Das Buch
Utta Danella ist heute die wohl beliebteste und meistgelesene deutsche Unterhaltungsschriftstellerin. Ihr Erfolg liegt begründet in ihrer farbigen, menschlichen und zugleich realitätsnahen Erzählweise. In ihren Romanen greift sie durchwegs Themen der deutschen Geschichte und Gegenwart auf, die sie im Schicksal ihrer Heldinnen und Helden, die ganz aus Fleisch und Blut sind, lebendig werden läßt. Sie ist eine Zeitbeobachterin, die sich für die Geschicke der einzelnen Menschen interessiert, keine Zeitkritikerin. »Ich wehre mich gegen jedes Kollektiv, ich bin ein unverbesserlicher Individualist, und ich bin mir aller Nachteile bewußt, die dies in der heutigen Zeit mit sich bringt.«
In ihrer *Nina*-Trilogie schildert Utta Danella die bewegte Lebensgeschichte der Nina Nossek, die im Ersten Weltkrieg sowohl ihren Ehemann als auch ihren Geliebten verliert und schließlich als junge Witwe mit ihren beiden Kindern in Berlin einen neuen Anfang sucht. Weitere Schicksalsschläge bleiben nicht aus, aber Nina gibt sich nicht geschlagen. In den Wirren des Wiederaufbaus nach dem Zweiten Weltkrieg entwickelt sie auch als attraktive Fünfzigerin noch einmal den Mut einer überaus starken Frau.
Der Roman-Zyklus ist eine kraftvolle Beschreibung der Epoche der beiden Weltkriege und des Wiederaufbaus aus der Perspektive einer faszinierenden Frau, die trotz aller Widrigkeiten dazu bereit ist, für ihr Lebensglück zu kämpfen.

Die Autorin
Utta Danella ist in Berlin geboren und aufgewachsen. Ein in den Nachkriegsjahren begonnenes Studium mußte sie aus Geldmangel abbrechen und arbeitete dann als Journalistin für mehrere Zeitungen. Schon ihr erster Roman *Alle Sterne vom Himmel*, 1956 veröffentlicht, wurde ein Erfolg. Heute liegt ein umfangreiches Romanwerk der beliebten Unterhaltungsschriftstellerin vor. Fast alle Titel sind im Wilhelm Heyne Verlag lieferbar. Utta Danella lebt seit langem in München.

Utta Danella

Nina

Der dunkle Strom

Flutwelle

Die Unbesiegte

Die Romane der großen Nina-Nossek-Trilogie
in einem Band

WILHELM HEYNE VERLAG
MÜNCHEN

HEYNE ALLGEMEINE REIHE
Nr. 01/8678

DER DUNKLE STROM
Copyright © 1977 by Hoffmann und Campe Verlag, Hamburg
(Der Titel erschien bereits in der Allgemeinen Reihe mit
den Band-Nr. 01/5665 und 01/8530
und liegt dort insgesamt in der 16. Auflage vor.)

FLUTWELLE
Copyright © 1980 by Hoffmann und Campe Verlag, Hamburg
(Der Titel erschien bereits in der Allgemeinen Reihe mit
den Band-Nr. 01/6204 und 01/8531
und liegt dort insgesamt in der 14. Auflage vor.)

DIE UNBESIEGTE
Copyright © 1986 by Hoffmann und Campe Verlag, Hamburg
(Der Titel erschien bereits in der Allgemeinen Reihe mit
den Band-Nr. 01/7890 und 01/8532
und liegt dort insgesamt in der 5. Auflage vor.)

Copyright © dieser Ausgabe 1992 by Wilhelm Heyne Verlag
GmbH & Co. KG, München
Printed in Germany 1992
Umschlagillustration: Helga Staroske/
die KLEINERT, München
Umschlaggestaltung: Atelier Ingrid Schütz, München
Gesamtherstellung: Ebner Ulm

ISBN 3-453-06187-X

DER DUNKLE STROM

Es ist ein Augenblick, und alles wird verwehn.
Eduard Mörike

ERZÄHLT WERDEN SOLL HIER DIE GESCHICHTE EINER FRAU, und zwar die ganze Geschichte, die Geschichte des Kindes, des jungen Mädchens, der erwachsenen, der reifen Frau. Sie wird Zeit brauchen, diese Geschichte, sie läßt sich nicht im Handumdrehen erzählen, wenn man sie verständlich erzählen will. Denn zu dieser Person gehört auch Umwelt, Raum und Zeit, andere Personen, die zu ihr in Beziehung stehen, in wichtiger oder weniger wichtiger. Aber es ist unmöglich, am Anfang zu entscheiden, was oder wer wichtig ist für ein Leben. Eine flüchtige Begegnung kann sich plötzlich oder auch an einem späteren Tag als sehr erfolgreich und bedeutungsvoll erweisen, weswegen auch die flüchtigen Begegnungen ein Anrecht darauf haben, verzeichnet zu werden.

Das Allerwichtigste aber ist die Zeit. Die Zeit, in die ein Mensch hineingeboren wird, in der er lebt und die er sich nicht aussuchen kann. Ebensowenig kann er sich seine Eltern, seine Geschwister, seine Familie aussuchen. In dieser Beziehung ist eine schicksalhafte Vorbestimmung gegeben. Im weiteren Verlauf des Lebens ist vieles in des Menschen Hand gegeben; er kann einen Ort verlassen, der ihm nicht zusagt, und er kann sich von Menschen abwenden, sogar von sehr nahen Menschen, wenn er sie nicht um sich haben will. Keiner aber kann, und dies ein Leben lang, seiner Zeit entfliehen. Sie ist ein absoluter und tyrannischer Gefährte für den Lebensweg eines Menschen – ich meine in diesem Fall die Zeit begriffen als geschichtliche, als historische –, ein Gefährte, sagte ich, dem keiner sich entziehen kann, auch wenn er ihm noch so unsympathisch und schwer erträglich erscheint, auch wenn er viel lieber eine andere Zeit um sich und mit sich hätte, eine fröhliche beispielsweise, eine unbeschwerte, vielleicht lieber eine langweilige oder auch eine prächtige. Mag sein, der eine oder andere wünscht sich eine heroische Zeit als seinen Begleiter, weil er das Gefühl hat, er sei im Grunde zum Helden geboren und nur eine friedlich ruhige Zeit verhindere seine rechte Entfaltung.

Wie dem auch sei, sie ist da, die Zeit, in der man lebt, in der man leben muß, man kann sie nicht wählen.

Im Fall unserer Geschichte ist es die Zeit unseres Jahrhunderts, keine friedliche, keine fröhliche, keine prächtige, auch keine heroische Zeit, ganz im Gegenteil, eine böse, eine feindselige Zeit, die mehr nahm, als sie gab, eine verdammte Zeit in diesem verdammten Jahrhundert des Unfriedens, der Kriege, der Unsicherheit, eine Zeit der großen Veränderungen. Sie brachte das Ende einer Epoche, und die Frage, ob eigentlich eine neue begonnen hat, kann ich nicht beantworten.

Ich möchte eher sagen, nein. Denn von Unsicherheit sind wir noch immer umgeben, die Wurzeln hängen in der Luft, die Heimatlosigkeit, die Orientierungslosigkeit der Menschheit besteht fort und verstärkt sich mehr und mehr, und daran haben auch die verschiedenen Heilslehren politischer Art nicht das geringste geändert, denn wer weiß eigentlich, wie er es haben will?

Fragt sich, ob das jemals anders war auf dieser Erde, ob der Mensch nicht, mit einem Fluch ins Leben geschickt, verflucht war, ist und bleiben wird, heimatlos, wurzellos, geplagt und gedemütigt zu sein, und sein Los ist es, die Jahre seines Lebens auf irgendeine halbwegs erträgliche Weise hinter sich zu bringen.

Die Frau, von der hier erzählt werden soll, sie heißt Nina Jonkalla, ist geboren im letzten Jahrzehnt des vorigen Jahrhunderts, und das war, gemessen an dem, was danach kam, eine relativ gute, friedliche und freundliche Zeit, eine Zeit der Ordnung und Sicherheit. Also das, was Menschen im Grunde sehr gern haben, auch wenn sie geneigt sind, sich gelegentlich darüber lustig zu machen oder gegen allzuviel Ruhe ein wenig zu rebellieren. Das sei jedem unbenommen; aber vor die Wahl gestellt, in welcher Zeit einer leben möchte, wird fast jeder, wenn er ehrlich ist, eine ruhige, friedliche und freundliche Zeit als Lebensbegleiter vorziehen, ausgenommen die paar echten und vielen falschen Helden, die es gern heroisch hätten.

Aber nur Ninas Kindheit und Jugend fielen in diese Zeit, dann war es schon da, das verdammte Jahrhundert, und brachte mit sich die großen Veränderungen. Mit dem Ersten Weltkrieg ging eine Epoche zu Ende, unwiederbringlich, und, ich bleibe dabei, eine neue hat noch nicht begonnen. Die Zäsur des ersten Großen Kriegs war so tiefgehend, der zweite Krieg gehört im Grunde noch dazu, als seine Fortsetzung, und was das Jahrhundert bringen wird, bis es zu Ende gegangen ist, daran wagt man meist kaum zu denken.

Es wird heute so viel geredet von der Bewältigung der Vergangenheit, und gemeint ist damit eine ganz bestimmte, kurze Zeitspanne, die Zeit des Dritten Reichs, aber sie genügt nicht, man muß weiter zurückgehen, man kann diesen Ausschnitt, diese wenigen Jahre unseres Jahrhunderts nicht für sich allein sehen und bewältigen, man muß die Epoche bewältigen; wie ich fürchte, eine Aufgabe, die über eines Menschen Kraft geht.

Das Erdbeben, das im Sommer 1914 ausbrach, ist bis heute nicht zur Ruhe gekommen, es brodelt weiter unter unseren Füßen, millimeterdünn ist die Haut, auf der wir leben, und keiner weiß, ob und wann sie wieder auseinanderreißt. Nur ein so erstaunliches Wesen wie der Mensch, der es fertigbringt, sich mit allen Bedingungen zu arrangieren, kann auf dieser Erde leben und überleben.

Für eines Menschen Leben sind zehn Jahre, sind zwanzig Jahre viel Zeit, aber es ist zuwenig, um einen Überblick über eine Epoche zu gewinnen. Noch leben zahlreiche Menschen unter uns, die das ganze Jahrhundert erlebt und erlitten haben, vielleicht verstehen sie ein wenig mehr von ihrer Zeit, vielleicht aber macht das große Geschenk der Götter an den Menschen, das Geschenk des Vergessenkönnens, auch sie nicht zu brauchbaren Zeugen.

Fragt man sie nach der vergangenen Zeit, lautet ihre Antwort fast immer: damals war es anders.

Manche sagen auch: es war besser.

Besser oder schlechter, anders war es wohl in jedem Fall. Die Sicherheit der Familie war gegeben, der ruhende Pol einer Heimat, die Geborgenheit in einem Glauben, die Zeit, um Zeit zu haben.

Begleiten wir Nina auf ihrem Lebensweg durch diese ihre Zeit, durch dieses Jahrhundert. Um es vorweg zu sagen: Sie ist keineswegs eine ungewöhnliche Frau, weder besonders schön noch besonders klug, weder mit besonderen Talenten ausgestattet noch in irgendeiner Weise erfolgreich. Ein

Durchschnittsmensch mit einem Durchschnittsleben. Möglicherweise hatte sie Gaben und Talente, die sie nur nicht zu nutzen verstand, ein Schicksal, das sie mit vielen Menschen teilt, denn fast jeder nimmt sich mehr vor, als er wirklich vermag. Und nicht selten ist die Zeit, seine Zeit, daran schuld, daß er nicht das Beste aus sich und seinem Leben machen kann. Oft ist es das Zweit- und Drittbeste, wenn nicht noch weniger.

Und wozu dann all die Qual? Wozu die Tage und Nächte, die erbarmungslos kommen und gehen und Stück für Stück unser Leben mit sich nehmen, fortgeschwemmt im dunklen Strom der Zeit, unwiederbringlich, unwiederholbar, verloren auf ewig. Nicht eine Stunde, nicht eine Minute vermag der Mensch festzuhalten, von allem Anbeginn war es so und wird so bleiben bis in alle Ewigkeit. Verspielt, vertan und dann vorbei. Keiner wird je verstehen, was mit ihm geschieht. Und keiner weiß warum, doch er liebt das Leben, trotz allem, was geschieht.

Tage und Nächte
1925

EIN TAG WIE DIESER war nicht wert, daß man ihn gelebt hatte. Es war – ein ganz gewöhnlicher Tag gewesen, irgendeiner zwischen gestern und morgen. Von früh an bis in die Nachtstunden hinein hatte er auf ihr gelastet wie ein Stein, den sie gern von sich geworfen hätte, aber wann hätte man jemals einen Tag wegwerfen, nur einen auslassen können. Ihr Körper wehrte sich mit stechenden Kopfschmerzen, ihre Seele verfiel in tiefe Depression, ein Zustand, der gar nicht zu ihr paßte. Ihr kam es vor, als habe ihr ganzes bisheriges Leben nur aus Enttäuschungen, aus betrogenen Hoffnungen und unerfüllten Wünschen bestanden. Darüber geriet sie in wilde Wut: sie war wütend auf sich selbst, auf die anderen, auf das Leben.

Mit Vehemenz warf sie das Glas an die Wand, es zerklirrte, und der Cognac floß über den hellen Sessel, tropfte auf den Teppich.

Eine Weile starrte sie Sessel und Teppich an, noch ganz verkrampft von ihrem Wutanfall, dann sank die Wut in ihr zusammen wie ein Luftballon, den man angestochen hatte.

»Das hast du davon, du Gans«, sagte sie laut, »jetzt kannst du sehen, wie du die Flecken herausbringst.« Sie rührte sich nicht, dachte nicht daran, einen Lappen zu holen, sah statt dessen zu, wie die Flüssigkeit versickerte.

Man würde es kaum sehen. Außerdem war Personal im Haus, und Marleen war reich genug, sich einen neuen Sessel und einen neuen Teppich zu kaufen. Zehn von jedem, wenn sie wollte. Ehrlich sich selbst gegenüber, wie Nina immer war, gestand sie sich ein, daß es nicht zuletzt der Neid auf Marleen war, der sie in diese düstere Stimmung versetzt hatte.

Marleen, oberflächlich und verlogen und dabei doch immer vom Glück begünstigt, geliebt, verwöhnt, von den Menschen und vom Schicksal.

So war das Leben. Es war kindisch, sich darüber zu empören, sich zu ärgern, sich zu grämen. Es war nur die Ungerechtigkeit, die sie so schwer ertrug. Die sie als Kind schon nicht ertragen hatte. Ungerecht war es vom Schicksal, daß sie alles verlor, was sie liebte. Sie würde nie darüber hinwegkommen, daß es Erni nicht mehr gab. Es schmerzte wie eine Wunde, die niemals heilen konnte, und wenn sie versuchte, nicht daran zu denken, gelang es nur für kurze Zeit, dann kehrten ihre Gedanken zu ihm zurück, und der Schmerz war wieder da, heftiger als zuvor.

Auch der Mann, von dem sie geglaubt hatte, er liebe sie, war gegangen. Von heute auf morgen war es aus gewesen. Nicht von heute auf morgen, sie hatte längst gewußt, daß er gehen würde. Alles war verloren. War weg, verschwunden, tot.

Sie hob die Hände, drehte die Handflächen nach außen – leer. So würde es bleiben, für immer.

Nein. Erschrocken ließ sie die Hände sinken. Sie versündigte sich. Da waren die Kinder. Sie hatte zwei gesunde, hübsche und kluge Kinder. Sie liebte diese Kinder. War das nicht genug für das Leben einer Frau?

Es war viel, aber es war nicht genug. Nicht genug, um glücklich zu sein. Lächerlich! Wer war schon glücklich, und was ist das schon – Glück? Eine Fiktion, eine Illusion, eine Wunschvorstellung.

Im Grunde war alles ganz unwichtig. Man sollte sich und sein Leben nicht so ernst nehmen.

Nina stand regungslos mitten im Zimmer, sah zu, wie sich der Cognac auf Sessel und Teppich verflüchtigte, und sprach vor sich hin: »Es ist ein Augenblick, und alles wird verwehn!« Dann lachte sie, verließ das Zimmer und ging, um sich ein Glas zu holen.

Im Haus war es still, nur der Hund, der in der Diele lag, stand auf, kam zu ihr, schob seinen Kopf in ihre Hand und begleitete sie in die Küche. Die riesige Küche war aufgeräumt und strahlte vor Sauberkeit. Totenstille auch hier, die Köchin und das Mädchen waren in ihren Zimmern und schliefen sicher schon längst.

Sie nahm sich ein Glas aus dem Küchenschrank, kein Schnapsglas, ein Wasserglas, und kehrte in ihr Zimmer zurück. Es war das Gastzimmer im Haus ihrer Schwester, das sie zur Zeit bewohnte. Marleen hatte sie eingeladen.

»Damit du auf andere Gedanken kommst«, hatte sie gesagt.

»Du nimmst das noch immer viel zu schwer. So eine Affäre kann nicht ewig dauern. Nimm dir einen anderen. Es gibt doch noch Männer genug.«

Für Marleen auf jeden Fall. Und sie machte auch Gebrauch davon. Das war nicht Ninas Art. Sie suchte Liebe. Marleen war anders. Die nahm sich, was ihr gefiel. Und jemanden zu lieben außer sich selbst, dazu war sie unfähig, davon war Nina überzeugt.

Heute war sie mit ihrem Liebhaber ausgegangen, in diesen geheimnisvollen Club, den sie so wichtig nahm. Übermorgen würde sie, das hatte sie ihrer Schwester am Nachmittag ganz nebenbei mitgeteilt, für eine Woche verreisen. Zweifellos war der neue Mann der Grund. Sie fuhr einfach weg, nachdem Nina gerade drei Tage da war, und sie überließ es ihr, sich des betrogenen Ehemanns anzunehmen. O nein, das kommt nicht in Frage, dachte Nina wütend, nicht noch einmal. Wie komme ich dazu, mit anzusehen, wie er leidet. Es ist peinlich für mich und peinlich für ihn. Er weiß nicht, was er zu mir sagen soll, und ich weiß nicht, was ich zu ihm sagen soll. Die Köchin kocht drei Gänge, das Mädchen serviert sie, wir essen ohne Appetit und machen mühsam ein wenig Konversation, dann verschwindet jeder erleichtert in sein Zimmer. Er kann es bestimmt leichter ertragen, ein betrogener Mann zu sein, wenn keine Zeugen vorhanden sind. Und was soll ich hier? Ich kenne keinen Menschen in Berlin. Es ist weder Trost noch Ablenkung für mich, in diesem Gastzimmer zu sitzen und mich zu betrinken.

Ob er schlief? Es war so unnatürlich still in diesem Haus. Keiner wußte, was er fühlte oder dachte. Er war tüchtig in seinem Beruf, verdiente viel Geld, und in seinem Haus war er so ein armer Hund. Wenn Marleen heimkam, um zwei, um drei, in den frühen Morgenstunden oder auch gar nicht, würde sie ihren Mann nicht sehen oder sprechen, jeder bewohnte ein eigenes Zimmer, seines war bescheiden eingerichtet, ihres war groß und prächtig, und am späten Vormittag, wenn sie aufstand, war er längst fortgegangen. Sie sahen sich beim Mittagessen. Marleen würde lächelnd, überlegen, und wie immer eine Augenweide, am Tisch sitzen und mit lässigem Geplauder Mann, Schwester und eventuelle Gäste unterhalten.

»Miststück!« sagte Nina, wieder in ihrem Zimmer und goß sich Cognac in das Wasserglas.

Der Hund war ihr gefolgt. »Paß auf! Hier liegen Scherben.«

Dem Hund zuliebe kniete sie nieder und begann, die Scherben aufzulesen, und natürlich schnitt sie sich dabei in den Finger. »Siehst du, das kommt davon, wenn man so unbeherrscht ist. Jetzt fließt sogar mein kostbares Blut, und das geschieht mir recht.«

Befriedigt betrachtete sie die Blutstropfen, die über ihre Hand liefen. Rotes, schweres Blut, sie hatte offenbar viel davon.

Das war natürlich auch eine Möglichkeit: sich die Pulsadern aufschneiden und langsam verbluten. Das würde Marleen lästig sein.

Und er? Am Ende fühlte er sich geschmeichelt und bildete sich ein, sie hätte es seinetwegen getan.

»Bildet sich ein, ich hätte ihn geliebt«, erklärte sie dem Hund. »Ich habe ihn nicht geliebt. Nie. Ich habe nur einen geliebt, und das ist lange her. Manchmal glaube ich, es ist nur ein Traum gewesen. Ein langer verzauberter Traum. Ich lebte in einer verzauberten Welt, weißt du. So etwas gibt es. Und es war nicht nur, weil ich so jung war. Ich glaube, man kann immer so empfinden, wenn man wirklich liebt.« Eine Weile mußte sie darüber nachdenken. Wäre es möglich, noch einmal so zu lieben? Nein, und vielleicht hing es doch mit dem Jungsein zusammen.

Den hier habe ich nicht geliebt. Ich wußte längst, daß er mich betrügt. Ich wußte es und wollte es nicht wissen. Und bin so blöd und warte, bis er geht und mich stehenläßt. Das ist es, was mich so ärgert. Ärgert, verstehst du. Du mußt nicht denken, daß ich leide seinetwegen.

Gekränkte Eitelkeit also. Marleen hatte das auch gesagt. Und hinzugefügt: Kann mir nicht passieren. Ich lasse es nie so weit kommen. Wenn einer Schluß macht, bin ich es.

Nina sog das Blut aus ihrem Finger, trank von dem Cognac, der zusammen mit dem Blut einen komischen Geschmack in ihrem Mund hinterließ, zündete sich eine Zigarette an und füllte das Glas noch einmal bis zur Hälfte.

Glas und Zigarette in den Händen trat sie vor den großen Spiegel und betrachtete sich eine Weile neugierig. Zweifellos - Marleen war hübscher. Auf den ersten Blick gesehen. Aber sie gefiel sich selbst besser. Sie sah sich noch immer mit seinen Augen. Was er damals über ihr Gesicht gesagt hatte, als sie achtzehn war, hatte sie nie vergessen. So sah sie sich. Und so war sie auch.

Sie trug eins von Marleens prächtigen Hausgewändern, es war lang und aus blauem Samt und war so elegant wie Marleens gesamte Garderobe. Drei Kleider hatte Marleen ihr heute geschenkt, kaum getragen. Sie nahm sie nur mit innerem Widerstreben, aber sie nahm sie. Man konnte diesen Tag betrachten, wie man wollte: sie konnte sich selbst nicht leiden, nicht einmal der Cognac half.

Auf dem herausgeklappten Deckel des Sekretärs – ein echtes Biedermeier-Stück, Marleen hatte es erst kürzlich in das Gastzimmer verbannt, weil sie ihr Zimmer von den Deutschen Werkstätten neu hatte einrichten lassen – lag ein Briefblock. Nina setzte sich und schrieb.

›Früher hatte ich einmal ein Tagebuch. Manchmal schreibe ich jetzt auf Zettel. Ich sollte mir wieder ein Tagebuch zulegen. Leontine meinte, es sei gut, seine Gedanken und Gefühle niederzuschreiben. Es kläre den Kopf und rücke die Dinge zurecht. Und es sei auch sehr lehrreich, später zu lesen, was man früher gedacht und gefühlt habe. Aber ich schreibe ja sowieso bloß, wenn ich Kummer habe. Wenn ich glücklich bin, schreibe ich nie.‹ Wieder dieses alberne Wort. Glücklich. Sie strich es aus und schrieb darüber, ›wenn es mir gutgeht‹. War es ihr gutgegangen in den letzten zwei Jahren mit diesem Mann, den sie jetzt haßte? ›NEIN!‹ schrieb sie mit großen Buchstaben. ›Ich wußte immer, daß er nicht viel taugt. Ich wußte es, und ich wollte es nicht wissen. Es geschieht mit recht. Recht. Recht. Verprügeln müßte man mich für meine Dummheit. Dafür, daß ich mich selbst belogen habe.‹

Die Wut kam wieder. Wie eine Flamme schlug sie empor, verdunkelte ihren Blick. Sie konnte als Kind schon so zornig werden, unbeherrscht und maßlos wütend. Sie hatte Schläge deswegen bekommen, es hatte nichts genützt.

Eine Weile starrte sie blicklos auf den Hund, der lag, ohne sich zu rühren, den Kopf auf den Pfoten. Er schlief nicht, er sah sie an.

Du hast es gut, du bist ein Hund. Ein Hund bei reichen Leuten. Das ist die beste Art von Leben, die ich mir vorstellen kann. Du bekommst jeden Tag Kalbfleischsuppe mit einem Knochen und mit viel Fleisch drin. Kalbfleisch, wohlgemerkt. Und abends bekommst du ein Kotelett oder Wiener Würstchen. Du fährst nur im Auto und siehst alle Leute auf der Straße hochmütig an. Den meisten Menschen heutzutage geht es viel schlechter als dir. Sie haben höchstens Kartoffelsuppe, und von Kotelett und Wiener Würstchen können sie nur träumen. Ich frage mich, ob du weißt, wie glücklich du bist. Ich bin betrunken, das merkst du ja. Und ich merke, daß du mich voll Verachtung ansiehst. Aber du bist ein Hund und verstehst das nicht. Du weißt nicht, wie schwer es ist, eine Frau zu sein.

Der Hund hätte wenigstens kommen und ihr den Kopf tröstend in den Schoß legen können, das tat er manchmal, er hatte sie gern. Heute tat er es nicht.

Dann läßt du es eben bleiben. Ich werde dich nicht darum bitten. Sie blickte auf das Blatt Papier vor sich und schrieb den Satz hin, den sie zuvor ausgesprochen hatte. ›Es ist ein Augenblick, und alles wird verwehn. Das ist von Mörike, und Wallenstein schrieb es mir in mein Poesiealbum. Es nahm sich merkwürdig aus zwischen all den blumenreichen Sprüchen, die darin standen. Es gefiel mir. Ich war sechzehn und machte eine elegische Zeit durch, alles erschien mir nichtig, alle Menschen verachtete ich, sogar meine arme Mutter, dieses geplagte Tier. Meinen Vater konnte ich sowieso nicht ausstehen. Und meine Geschwister mochte ich auch nicht besonders. Bis auf Erni natürlich. Er tat mir so leid, weil keiner ihn verstand. Seine kleine Künstlerseele in dem schwachen Körper. Einen gab es, den ich liebte. Mit all der glühenden Fantasie meiner sechzehn Jahre liebte ich ihn. Ich malte mir aus, daß alle anderen weg wären, einfach nicht mehr da, und er und ich allein auf der Welt. Und die Pferde natürlich und die Hunde. Vielleicht kann man nur in seinen Träumen glücklich sein. Sie sind nicht das wirkliche Leben, und darum sind sie unser glückliches Leben. Das wirkliche Leben besteht nur aus Tagen. Tage und Nächte. Noch ein Tag und noch ein Tag, man kann sie nicht anhalten. Sie kommen und gehen.

An manchen Tagen geschieht etwas, an anderen Tagen geschieht nichts. Irgend etwas geschieht immer, Gutes oder Schlechtes, Wichtiges oder Unwichtiges. Die Sonne scheint, oder es regnet, das ist schon Programm genug für einen Tag. Es gibt Menschen, die fangen mit ihren Tagen etwas Sinnvolles an. Diese Menschen beneide ich. Für sie muß das Leben anders sein. Möglicherweise glücklich. Vielleicht eben nur – gelebt. Ja, sie leben ihr Leben. Es läuft nicht bloß so vorbei, geht so vorüber, Tag für Tag. Wenn man bedenkt, wie lange Menschen auf dieser Erde leben, und es sind immer nur Tage gewesen. Ein Tag nach dem anderen. An einem werden sie geboren, an einem anderen sterben sie. Und dazwischen sind nichts als Tage. Und Nächte. Man muß sich wundern, daß die Menschen es noch nicht aufgegeben haben zu leben. Daß sie es nicht satt bekommen haben, all diese Tage durchzustehen, und vor sich den Tag, an dem sie sterben werden. Wozu eigentlich? Aufstehen, Tag vorübergehen lassen, schlafen. Aufstehen, Tag, schlafen. Das ist doch zu dumm. Nächte sind besser, da kann man schlafen. Wenn man schlafen kann. Es wird hell und dunkel und wieder hell und wieder dunkel. Morgen ist heute, gestern und ist vorbei. Es ist sinnlos. SINNLOS! Eines Tages ist man tot, und es ist genauso, als wenn man nicht gelebt hätte. So viele Männer sind jung im Krieg gefallen, es wäre besser gewesen, sie wären gar nicht geboren worden. Die paar Tage, die sie gelebt haben, sind kaum der Rede wert. Kindertage, Jugendtage. Es ist so mühsam, jung zu sein. So schwierig. Ich bin meiner Mutter nicht dankbar, daß sie mich geboren hat. Sie hätte es nicht tun sollen. Sicher denken meine Kinder eines Tages genauso. Zweimal habe ich abgetrieben. Zwei nicht geborene Kinder. Sie sind es, die mir dankbar sein müssen. Ich habe ihnen diese Tage und Tage und Nächte und Nächte erspart. Ich habe ihnen den Tod erspart. Ich habe ihnen das Geschenk gemacht, daß sie nicht sterben müssen. Ich finde, das ist das größte Geschenk, das man einem Menschen machen kann. Jeder hat Angst vor dem Tod. Darum klammert sich jeder an das bißchen Leben, an diese Tage und Tage. Darum werden sie nie . . .‹

Der Hund sprang auf, spitzte die Ohren, schaute erst zum Fenster und drängte dann zur Tür. Leises Motorengeräusch war zu hören. Also kam Marleen schon nach Hause.

Halb zwei. Nina stand rasch auf, knipste das Licht aus und ließ den Hund hinaus in die Diele. Marleen sollte nicht sehen, daß sie noch wach war.

Im dunklen Zimmer stand sie hinter der Gardine und sah, wie das Auto lautlos vor das Gartentor glitt und hielt. Eine ganze Weile rührte sich nichts. Dann stieg zuerst er aus, ging um den Wagen herum, öffnete auf ihrer Seite den Schlag und streckte seine Hand in das Dunkel des Wagens. Marleens Hand im langen schwarzen Handschuh, Marleens Fuß im Silberschuh, dann Marleen selbst. Sie war wie immer sehr chic gewesen an diesem Abend, ein schwarzes Kleid mit silbernen Streifen durchwirkt, kniekurz, die schlanken Beine in silberhellen Seidenstrümpfen, das Haar ganz kurz geschnitten, eng an den Kopf frisiert, schwarzglänzend wie Lack.

»Willst du nicht doch mitkommen?« hatte sie gefragt.

»Nein.«

»Wird sicher ganz nett. Wir spielen ein bißchen, tanzen ein bißchen. Baron Ortenau hat sich neulich ausführlich nach dir erkundigt. Wann denn meine charmante Schwester wieder einmal käme.«

»Dieser Miesling!«

»Mon dieu, Nina! Bißchen degeneriert, aber immerhin gute alte Familie. Geld hat er zwar nicht, lebt nur auf Pump. Aber als kleiner Trost doch nicht unbrauchbar.«

»Ich brauche keinen Trost.«

»Nicht? Um so besser.«

Da unten am Tor ein ganz korrekter Abschied. Handkuß für die Dame, höfliches Warten vor dem dunklen Wagen, bis sie das Haus betreten hatte. Dann stieg er ein, wendete den Horch geschickt zwischen den Alleebäumen der Villenstraße, verschwand in der Nacht.

Nina hatte ihn noch nicht zu sehen bekommen, den Neuen, aber sie konnte gewiß sein, daß er nicht degeneriert war, sondern groß und breitschultrig und möglichst blond. Das war der Typ, den Marleen bevorzugte.

Draußen begrüßte der Boxer die Herrin, lautes erregtes Atmen, kleine Freudenlaute. Nina sah ihn vor sich, wie er Marleen umtanzte, an ihr hochsprang. Er durfte tun, was er wollte, und wenn er das teure Kleid zerriß, machte es auch nichts. Marleen zog sowieso kein Kleid mehr als zwei- oder dreimal an.

Marleen Bernauer, schön, elegant, ein Luxusgeschöpf.

Der kleine Jude, mit dem sie verheiratet war und der ihr dieses Prachtleben zu Füßen legte, schlief allein in seinem Zimmer. Oder schlief auch nicht, sondern lauschte auf ihre Heimkehr. Er liebte sie, oder er liebte sie nicht. Er litt, oder er litt nicht. Das wußte keiner. Er war bescheiden, einfach, fleißig und arbeitete. Die Tage und Tage seines Lebens waren für die Arbeit da. Nachts schlief er allein. Marleen war nie allein. Und sie war nicht bescheiden. Sie war unter einem Glücksstern geboren. Achtzehnhunderteinundneunzig in einer niederschlesischen Provinzstadt in sehr einfachen Verhältnissen. Ihrer Mutter kostete sie beinahe das Leben, und wenn sie gestorben wäre, hätte sie zwei Jahre später nicht Nina zur Welt bringen können. Von solchen Zufällen hing alles ab.

Nina neidete ihrer Schwester das prachtvolle Leben, manchmal empfand sie Verachtung, manchmal Mitleid. Marleen hatte teure Preise bezahlt für ihr Glück.

Nina lachte, allein im dunklen Zimmer.

Marleen Bernauer – Magdalene Nossek. Wenn ihr Vater das noch erlebt hätte! Die Juden mochte er nicht, und der Lebenswandel seiner Tochter Lene war ihm schon damals ein Ärgernis gewesen.

Aber auch das Leben dieser Nossek-Tochter bestand schließlich aus nichts anderem als aus Tagen und Nächten.

Das konnte man sich natürlich nicht vorstellen, damals, zu Hause, wo alles so streng geordnet und festgefügt erschien. Der Strom hatte sie mitgenommen, der dunkle unberechenbare Strom des Lebens, er spülte sie fort, ertränkte sie fast im Sog, trug sie hoch in einem hellen Strudel, so wie er Lene Nossek hochgetragen hatte und sie eines Tages wieder hinunterziehen würde, dahin, wo Nina Nossek wütend gegen den Schlamm kämpfte, der sie zu ersticken drohte.

Tage und Tage, Nächte und Nächte, das war schon alles. Das war das Leben. Ein Augenblick, der verweht.

Ehe sie schlafen ging, zerriß Nina, was sie zuvor geschrieben hatte.

Die Familie

An einem Tag im März zog ein eisiger Wind die Oder herauf. Tief und grau hingen die Wolken über dem grauen Strom, an den Brückenpfeilern brach sich sprühend das Wasser.

Charlotte schauderte vor Kälte, als sie über die Brücke gingen. Sie legte den Arm um die schmächtigen Schultern des Kindes, dessen Mantel viel zu dünn und zu kurz war.

»Ist dir nicht kalt, Trudel? Halt dir den Mantel am Halse zu, du wirst dich erkälten. Gib mir den Korb!«

Aber sie hatte keine Hand frei, mußte nach dem Hut greifen, der beinahe davongeflogen wäre.

»Ich kann ihn selber tragen. Und mir ist nicht kalt«, sagte das Kind und lächelte mit blassen Lippen zu ihr auf, seine blonden Zöpfe tanzten im Wind.

Als sie die Brücke hinter sich gelassen hatten und zwischen die Häuser gelangten, spürte man den Wind nicht mehr so sehr.

»Lauf schnell nach Hause, Trudel. Grüß alle schön. Und sag der Mutter . . .« Charlotte schwieg. Es gab nichts mehr zu sagen, sie hatte ja erst am Vormittag mit ihrer Tochter gesprochen. »Sag, ich komm' übermorgen wieder vorbei. Und trink gleich was Warmes, ja?«

Trudel machte einen Knicks, ihr kleines eckiges Gesicht hob sich vertrauensvoll Charlotte entgegen. »Und ich danke auch schön, Großmama. Es hat so gut geschmeckt.«

»Du kommst bald wieder einmal zum Essen. Und nun lauf schnell. Ist dir der Korb auch wirklich nicht zu schwer?«

»Nein, gar nicht.«

Charlotte blickte dem Kind nach, es drehte sich noch einmal um, winkte, dann verschwand es unter den Lauben am Rathaus.

Charlotte seufzte, dann ging sie eilig weiter. Der Gedanke an Agnes bedrückte sie.

Am Vormittag war sie, wie so oft, rasch einmal bei ihrer Tochter gewesen. Sie fand Agnes mit der Dienstmagd im Waschhaus, das von undurchdringlichem weißem Dampf erfüllt war.

Die Magd stand am Waschbrett und rubbelte mit nackten roten Armen, Agnes fischte mit der Holzkelle die schweren heißen Wäschestücke aus dem brodelnden Kessel.

Charlotte hatte ihre Hilfe angeboten, aber Agnes hatte abgelehnt, statt dessen waren sie hinauf in die Wohnung gegangen, weil Agnes sowieso nach den Kindern sehen wollte. Währenddessen hatte Charlotte die Vorräte in der Speisekammer überprüft und festgestellt, daß das Eingemachte bis auf ein Glas aufgebraucht war.

»Ich habe noch ein paar Gläser mit Erdbeermarmelade«, sagte sie. »Und Pflaumenmus muß auch noch da sein. Und Birnenkompott. Du weißt schon, von den schönen gelben Birnen aus Kätes Garten. Die bringe ich dir heute Nachmittag.«

»Ich kann sie mir ja holen, Mama.«

»Du hast doch keine Zeit, wenn du Wäsche hast. Ich komme sowieso heute noch einmal in die Stadt, ich gehe am Nachmittag zu Leontine.«

»Dann schicke ich dir Trudel, sie kann dir helfen, die Gläser zu tragen.«

Doch Charlotte hatte eine bessere Idee.

»Ich werde Trudel von der Schule abholen. Ich hab' noch Klöße vom Sonntag und Schweinebraten, das wollte ich sowieso heute wärmen. Es reicht für zwei, sie kann gleich mit mir essen.«

»Ach, das wäre wunderbar, Mama«, sagte Agnes dankbar.

»Dann mache ich für die Kinder einen Brei, und für Berta und mich habe ich noch Erbsensuppe.«

Die große Wäsche fand immer an einem Tag statt, an dem ihr Mann nicht zum Essen nach Hause kam. Heute war er mit dem Baron in den Landkreis gefahren, erzählte Agnes, und würde vor Abend nicht zurückkehren.

Agnes strich sich das verwirrte braune Haar aus der Stirn, es war naß vom Dampf, ihre Hände waren rot und gedunsen.

»Ich muß dir noch etwas sagen, Mama.«

Daran dachte Charlotte jetzt, als sie leicht vorgebeugt gegen den Wind anging, mit der einen Hand hielt sie den Hut fest, in der anderen trug sie die Tasche und den Regenschirm. Immer mußte man sich Sorgen machen wegen der Kinder, das war ein Leben lang so gewesen, es würde sich wohl nie ändern. Grau wie dieser Tag, so grau war das ganze Leben.

Eine Viertelstunde später sah das Leben freundlicher aus, sie saß auf Leontines rotem Plüschsofa, ganz nah am Kachelofen, der eine wohlige Wärme ausstrahlte, und die alte Lina, die schon seit dreißig Jahren Leontines Haushalt versorgte, stellte die Kaffeekanne und einen großen puderzuckerbestreuten Napfkuchen auf den runden Tisch.

»Ach, das tut gut, hier zu sitzen«, sagte Charlotte mit einem tiefen Seufzer. »Ein schreckliches Wetter ist das heute.«

»Es wird Frühling«, sagte Leontine heiter.

»Davon habe ich nichts bemerkt.«

»Der Wind vertreibt den Winter. Sie werden sehen, wenn er ausgeblasen hat, kommt die Sonne.«

Der Kaffee duftete, der Kuchen schmeckte vorzüglich, Charlotte seufzte zufrieden, legte ihr Strickzeug bereit, legte sich die Worte zurecht, um Leontine ihr Herz auszuschütten. Aber zunächst kam sie nicht dazu. Leontine war randvoll von diesem albernen Brief erfüllt. Erst erzählte sie davon, dann holte sie ihn, zitierte einige Stellen daraus, schließlich, auf Charlottes mißbilligendes Kopfschütteln hin, las sie ihn vor, von Anfang bis Ende.

»Nun? Was sagen Sie dazu?«

Charlotte schüttelte abermals den Kopf, seufzte, warf einen scheelen Blick auf den Brief und sagte ablehnend: »Ich halte es für Unsinn. Ich kann das nicht glauben.«

»Da! Lesen Sie selbst, wenn Sie mir nicht glauben.«

Der Brief landete mitten auf dem Tisch, zwischen den Kaffeetassen. Leontine klopfte noch dreimal mit dem Finger auf die engbeschriebenen Blätter, schob die Brille auf die Stirn, ihre dunklen Augen blitzten vor Begeisterung.

»Aber ich glaube Ihnen ja, daß alles so dasteht, wie Sie es mir vorgelesen haben«, sagte Charlotte uninteressiert, ohne den Brief eines Blickes zu würdigen. »Ich glaube nur nicht, daß etwas daraus wird. Das ist doch eine Verrücktheit, weiter nichts. So etwas gibt es gar nicht.«

»Und ob es das gibt! Das wird es jetzt öfter geben. Das ist nur der Anfang.« Leontine nahm den Brief wieder in die Hand und schwenkte ihn wie eine Fahne. »Daß ich das noch erleben darf! Eins von meinen Mädchen.«

»Sie kennen sie doch kaum.«

»Ich erinnere mich ganz genau an sie. Sie war nicht lange bei mir, ein knappes Jahr etwa. Dann zog die Familie nach Leipzig. Ich sehe sie noch vor mir, ein kleines energisches Ding mit dicken schwarzen Locken. Ein nettes Kind. Und sehr intelligent.«

»Ihr Vater hatte das kleine Pelz- und Modegeschäft in der Langen Gasse, das weiß ich auch noch. So ein rundlicher kleiner Jude. Er hatte immer hübsche Sachen. Und war nicht teuer.«

»So ist es, so ist es. Und der Großvater war ein Fellhändler aus Kiew. Das müssen Sie sich einmal vorstellen. Evchen ist schon hier geboren. Aber ihr Vater ist noch in Rußland geboren. Und der Alte, der Großvater, war ein ganz frommer Jude. Er kam immer hier vorbei, wenn er in die Synagoge ging. Er trug ein kleines schwarzes Käppchen und hatte einen langen weißen Bart. Und jetzt macht seine Enkeltochter das Abitur und wird studieren.«

Charlotte lächelte säuerlich.

»Abwarten!«

»Vielleicht werde ich es noch erleben, daß eins von meinen Mädchen eine richtige Ärztin wird. Evchen würde ich es zutrauen, sie wird das schaffen. Ich sage Ihnen ja, sie war als Kind schon sehr entschieden in allem, was sie tat. Und sie hat mich nicht vergessen, ab und zu hat sie mir geschrieben. Agnes müßte sie eigentlich noch kennen.«

»Ihr Vater hat es also demnach in Leipzig weit gebracht.«

»Es scheint ihnen gutzugehen. Es war ein Glück für sie, daß sie gerade nach Leipzig gingen.«

»Wegen des Pelzhandels dort, meinen Sie?«

»Das meine ich nicht allein. Wegen dieser Käthe Windscheid. Das muß eine erstaunliche Frau sein. Sie wird in Leipzig Abiturkurse für Mädchen abhalten, und wenn ein Mädchen Abitur hat, kann es auch studieren.«

»Ja, ja«, sagte Charlotte ungeduldig, »das haben Sie mir ja vorgelesen. Ich halte es trotzdem für Unsinn. Wozu braucht ein Mädchen Abitur? Und warum soll es studieren? Dazu sind die Männer da.«

»Sie leben an Ihrer Zeit vorbei, Charlotte! Wie die meisten Frauen. Fast alle. Wenn alle so dächten wie Sie, dann würde sich nie etwas ändern.«

»Aber warum soll sich denn etwas ändern?«

»Warum? Warum? Weil wir auch nicht dümmer sind als Männer. Darum. Weil wir dasselbe können, was Männer können. Weil wir nie frei sein werden, wenn wir nicht arbeiten dürfen.«

»Aber alle Frauen arbeiten. Für ihre Familie, für die Kinder. Ist das nicht Arbeit genug?«

Sie sah ihre Tochter vor sich, über die dampfende Wäsche gebeugt. War das nicht gerade Arbeit genug? Warum denn noch studieren?

»Das ist nicht die Arbeit, die ich meine.«

»Ich stelle es mir nicht sehr angenehm für ein Mädchen vor, auf die Universität zu gehen. Da sind lauter junge Männer. Es ist einfach zu gefährlich. Stellen Sie sich vor, welchen Versuchungen junge Mädchen ausgesetzt wären. Und am Ende würden die Studenten die Mädchen doch nur verspotten und ... und ...« Nein, was die Studenten noch mit den Mädchen anstellen könnten, das mochte Charlotte nicht aussprechen.

»Das kann sein«, gab Leontine zu. »Am Anfang wird es sehr schwierig sein. Es gehört viel Mut dazu für ein Mädchen. Und viel Ausdauer.«

Leontine schob die Brille wieder auf die Nase und vertiefte sich erneut in ihren geliebten Brief.

»In Zürich will sie studieren, schreibt sie. Dort sind sie am fortschrittlichsten. Die Universität in Zürich hat als erste das Frauenstudium zugelassen. Und die ersten Frauen, die dort studiert haben, waren Russinnen, stellen Sie sich so etwas vor. Wir sollten uns vor ihnen schämen.«

»Mein Gott, wie Sie wieder übertreiben, Leontine; so ein paar verrückte russische Mannweiber, zu häßlich wahrscheinlich, um einen Mann zu bekommen. Glauben Sie mir, es werden immer nur Ausnahmen sein, die so etwas unternehmen.«

»Nun, immerhin wird es jetzt schon ein Mädchen aus unserer verschlafenen kleinen Stadt sein, das studieren wird. Warten Sie nur ab, in den nächsten Jahren werden es immer mehr werden. Endlich werden die Frauen begreifen, was für Möglichkeiten sie haben. Auch Sie, meine Liebe, werden es eines Tages anders sehen.«

»Ich?« Charlotte lächelte mitleidig. »Ich bestimmt nicht. Ich lehne das ab. Es passieren genügend schreckliche Dinge heutzutage. Auch noch studierende Frauen, das wäre unvorstellbar. Was soll aus der Familie werden? Die Frauen sind heutzutage sowieso so nachlässig und so ... so ... hemmungslos. Es ist schlimm genug, wie es zugeht in der Welt. Die Zeiten haben sich geändert, das ist wahr. Aber nicht zum Guten. Ich begreife die Welt nicht mehr. All dieses moderne Zeug, das man den Leuten einredet, für meinen Kopf ist das nicht faßbar.«

Fünf Maschen noch, dann war die Nadel zu Ende. Charlotte ließ die Strikkerei in den Schoß sinken, seufzte wieder einmal – sie besaß eine beachtenswerte Fertigkeit, variationsreich zu seufzen –, griff nach der Kaffeetasse, leerte sie und richtete anschließend den Blick auf ihr Gegenüber, in Erwartung der Belehrung, die unweigerlich folgen würde.

Leontine von Laronge trommelte mit den Fingern auf den Tisch, eine Handarbeit hinderte sie nicht daran, sie verabscheute Handarbeiten, dann legte sie los: »Erstens, meine Liebe, können sich Zeiten gar nicht ändern, denn es gibt sie nicht. Es gibt nur die Zeit. Sie ist so bedeutungsvoll, daß man sie nicht in den Plural versetzen kann. Alle bedeutenden Dinge sind nur im Singular vorhanden. Der Verstand. Die Vernunft. Die Liebe, der Haß. Der Hunger, der Durst, die Jugend, das Glück, das Leben, der Tod. Und eben auch die Zeit. Diese Worte in den Plural zu versetzen, ist Unsinn. Sie verstehen, was ich meine?«

Ein strenger Blick über den Tisch hinweg, Charlotte nickte ergeben. Zurechtweisungen dieser Art war sie von ihrer Freundin gewohnt.

»Man kann bestenfalls sagen«, fuhr Leontine fort, »die Sitten hätten sich geändert, die Anschauungen, die Mode. Und daran ist nichts Ungewöhnliches, das war schon immer so, seit Menschen auf dieser Erde leben. Zweitens kann wohl keiner von sich behaupten, er habe die Welt begriffen. Und was drittens Ihren Kopf betrifft, liebe Charlotte . . .« Das Fräulein von Laronge lächelte, ein wenig spöttisch, ein wenig mitleidig, war aber so höflich, den begonnenen Satz nicht zu beenden.

Charlotte warf einen kurzen Blick in das kluge kleine Gesicht, dann strickte sie in erhöhtem Tempo weiter und sagte ein wenig spitz: »Ja, ja, ich weiß, was Sie sagen wollen. Ich bin zu dumm, um diese moderne Welt zu begreifen.«

»Das habe ich nicht gesagt. Außerdem ist es weder allein eine Frage der Dummheit noch eine Frage der Klugheit, wenn man den Wandel aller Dinge auf Erden nicht anerkennt oder nicht anerkennen will. Es ist eine Frage der Bereitschaft. Und zuvor eine Frage der Einsicht. Alles wandelt sich, alles verändert sich, seit eh und je. Wenn dem nicht so wäre, lebten wir noch in der Steinzeit.«

»Aber eines werden Sie mir doch zugeben: daß sich durchaus nicht immer alles zum Besseren verändert.«

Das war ein gutes Stichwort. Fräulein von Laronge legte die Fingerspitzen zusammen, wie sie es gern tat, wenn sie ins Dozieren kam, überdies wußte sie, daß sie noch immer bemerkenswert schöne Hände besaß. Dann begann sie eine längere Rede.

»Was ist gut, was ist schlecht, meine Liebe? Was besser, was schlechter? Für wen ist dieses besser und jenes schlechter? Wer will das beurteilen, geschweige denn entscheiden. Wir, die wir mitten drinstehen? Jene, die vor uns waren? Jene, die nach uns kommen? Sehen Sie, zunächst muß man sich diese Fragen vorlegen. Fragen, die sich nicht ohne weiteres beantworten lassen. Eins jedoch kann man wohl mit Bestimmtheit sagen: Wir leben in einem Zeitalter des großartigsten Fortschritts. Was alles geschehen ist in unserem Jahrhundert – es ist enorm. Als ich geboren wurde, reiste man noch, wenn überhaupt, mit der Postkutsche. Denken Sie nur an die Mühen, denen sich unser Goethe mit seinen Reisen unterzog. Diese Unbequemlichkeiten, diese Strapazen! Heute durchqueren Eisenbahnzüge in rasendem Tempo unseren Kontinent. Und nicht nur den unseren, das weite Rußland, die unendliche Ausdehnung Amerikas werden dem Menschen mühelos erschlossen durch dieses technische Wunderwerk auf Schienen. Wann je hätte die Menschheit sich derartiges erträumt? Wäre ich je nach Paris gekommen ohne die fabelhafte Erfindung der Eisenbahn?«

Die Reise nach Paris, vor elf Jahren unternommen, in Jahren zusammengespart, war das größte Ereignis im Leben Leontines gewesen, und es gab eigentlich kaum ein Gespräch, in dem sie nicht auftauchte, manchmal kurz erwähnt, meist jedoch ausführlich erzählt, durchaus plastisch und interessant dargestellt.

Heute machte sie es kurz.

»Wie töricht haben die Leute zum größten Teil reagiert, als die ersten Eisenbahnen durch das Land rollten«, fuhr sie fort.

»Ich erinnere mich noch gut daran, wie mein Vater auf dieses Ungeheuer schimpfte, so nannte er die Eisenbahn nämlich. Sie sei ein Werk des Teufels, sagte er, sie verpeste die Luft, so daß man kaum mehr atmen könne, und für den Unglücklichen, der in ihr reise, bedeute sie Krankheit, wenn nicht gar den Tod, weil die anormale Geschwindigkeit der Fortbewegung sein Hirn schädigen müsse. Nun, meinem Gehirn hat die Reise nach Paris nicht das geringste angetan. Ich habe diese Reise in jeder Minute genossen. Ich habe die Heimat meiner Vorfahren kennengelernt« – Leontine stammte aus einer Hugenottenfamilie – »und ich habe die befriedigende Erfahrung gemacht, daß meine Schülerinnen bei mir die Sprache Voltaires korrekt genug lernen, um jederzeit in der Lage zu sein, sich in Frankreich zu verständigen, falls ihr Weg sie je dorthin führen würde.«

Sie blickte voll berechtigtem Stolz auf ihr Visavis, doch Charlotte hob nicht die Augen von der Strickerei. Das kannte sie alles schon. Vor- und rückwärts kannte sie es.

»Mein Vater war ein kluger Mann«, fuhr Leontine fort, »der Meinung war ich als Kind, der Meinung bin ich noch heute. Aber auch kluge Menschen können sich irren. Sie können falsch urteilen, wenn sie nicht aufgeschlossen sind für das Neue, für den Wandel, für die Veränderungen, die täglich um uns herum geschehen, im großen wie im kleinen, an Menschen und Dingen, in jedes Menschen Dasein, in dem sich ja täglich auch alles ändert und wandelt.«

So ging es noch eine Weile weiter, Leontine hörte sich gern reden, war verliebt in umständliche Formulierungen, außerdem war sie daran gewöhnt, daß man ihr zuhörte und nicht widersprach. Denn wenn sie etwas besaß und bewahrt hatte, unverändert und unwandelbar, so war es Autorität.

Charlotte Hoffmann strickte unterdessen emsig weiter, hörte nur mit einem Ohr zu, wohl wissend, daß die Predigt noch eine Weile dauern und unweigerlich bei der Jugend enden würde.

Widersprochen hätte Charlotte eigentlich ganz gern. Sie hätte gern gefragt, worin eigentlich Wandel und Veränderung in ihrem eigenen Leben bestanden. Mochte ja sein, daß die Welt rundherum sich unablässig änderte und die Menschen dazu. Aber in ihrem Leben, in Charlotte Hoffmanns kleinem bescheidenen Leben, änderte sich überhaupt nichts. Es blieb sich immer und ewig gleich, war sich gleichgeblieben in den grauen und eintönigen Jahren, die hinter ihr lagen. Aber noch während sie das dachte, entdeckte sie, daß das nicht stimmte. Wieviel hatte sich nicht verändert! Allein durch die Kinder, durch ihr Aufwachsen, ihre Ehen, waren nicht neue, unerwartete Horizonte hinzugekommen? Eins allerdings war sich gleichgeblieben: die Angst, die Sorge um die Kinder. Auch jetzt die neue Sorge um Agnes.

»Zugegeben, es wurde mir leichtgemacht, aufgeschlossen zu sein, bereit für alles Neue, für jeden Fortschritt«, so weit war Leontine nun gekommen, »das bewirkte mein Umgang mit der Jugend. Man kann selbst nicht stehenbleiben, wenn man mit offenen Augen die Entwicklung junger Menschen beobachtet. Noch dazu, wenn man das Glück hat, in einer Zeit zu leben, die das große Werk eines Humboldt, eines Pestalozzi zum Erbe erhielt. Und was ist die Entwicklung eines jungen Menschen letzten Endes anderes als die Entwicklung der Menschheit? Mitzuerleben, wie ein junger Mensch heranwächst, wie er sich selbst begreifen lernt, seinen Weg findet, reifer wird, endlich erwachsen wird, ein selbständiges Individuum...« Hier stockte ihr Redefluß.

Gewohnt, sich nicht nur präzise auszudrücken, sondern auch stets ehrlich zu sein, gefiel ihr nicht so recht, was sie gesagt hatte. Trocken fügte sie hinzu:

»Bestenfalls ist es so. Leider lernt durchaus nicht jeder, sich selbst zu begreifen, nicht jeder findet seinen Weg. Es ist immer noch viel Dunkelheit um die Menschen. Es bleibt die Unvollkommenheit, die Ungerechtigkeit, mit der wir leben müssen.«

»Und das wandelt sich offenbar nie«, sagte Charlotte triumphierend. »Das bleibt sich immer gleich. Ist es nicht so?«

Leontine gab sich ungern geschlagen. Außerdem war sie gewohnt, das letzte Wort zu behalten.

»Bis jetzt, meine Liebe, ist es so. Man darf die Hoffnung nicht aufgeben. Mag sich auch derzeit der Fortschritt hauptsächlich in technischen Dingen vollziehen, der Mensch wird sich nicht ausschließen können. Ist er nicht schon viel klüger geworden, viel wissender? Freier in seinem Denken, in seinem Reden? Auch und gerade wir Frauen. Wenn man bedenkt . . .«

Doch ehe sie in die Steinzeit zurückkehren konnte, unterbrach Charlotte sie, um endlich loszuwerden, was sie viel mehr beschäftigte als der Fortschritt der Menschheit.

»Agnes ist wieder schwanger.«

Mit hartem Aufprall landete Leontine in der Gegenwart.

»O nein!« rief sie. »Nein! Das arme Kind!«

Charlotte preßte die Lippen zusammen und strickte schneller.

»Aber das ist ja entsetzlich«, sagte Leontine voll Unmut. »Ich dachte, das würde nicht mehr passieren. Beim letztenmal ist sie beinahe gestorben. Und hat sich so schwer erholt. Umpusten könnte man sie. So ein zartes kleines Ding wie unsere Agnes. Also, ich muß sagen . . . ich muß schon sagen . . . ich finde das degoutante.«

Sie legte die Hand an die Kaffeekanne, der Kaffee war kalt geworden.

»Soll ich uns noch eine Tasse Kaffee aufbrühen lassen?« murmelte sie abwesend. »Oder einen kleinen Likör, Charlotte? Ich glaube, ich könnte jetzt einen vertragen.«

Charlotte nickte nur, sie dachte an Agnes, wie sie ihr heute vormittag in der Küche gegenübersaß, die Hände rot von der Arbeit in der Waschküche, das Haar verwirrt, die Augen groß und voll Angst in dem schmalen Gesicht.

»Ich fürchte mich diesmal so, Mama. Ich glaube, ich werde sterben.«

Das war die Folge der letzten schweren Geburt. Aber dann hatte sie gleich gelächelt, vertrauensvoll, lieb, wie nur Agnes lächeln konnte, und hatte hinzugefügt: »Das war dumm, Mama. Vergiß bitte, was ich eben gesagt habe. Ich werde sehr vorsichtig sein. Ich wünschte nur, es wäre endlich ein Junge.«

»Wirklich«, sagte Leontine, nachdem sie die Gläschen mit Kräuterlikör gefüllt hatte. »Ich finde es rücksichtslos.«

»Rücksichtslos?« wiederholte Charlotte erstaunt. »Wie meinen Sie das?«

»Wie soll ich das meinen? Ich denke, es ist deutlich genug, was ich ausdrücken will – Es ist rücksichtslos von ihm.«

»Aber, liebe Leontine!«

»So ein langweiliger Kerl wie der! Man kann es kaum verstehen.«

»Sprechen Sie von meinem Schwiegersohn?« fragte Charlotte pikiert.

»Von wem sonst? Er ist ja wohl verantwortlich dafür.«

»Aber, Leontine, ich bitte Sie! So kann man doch die Angelegenheit nicht sehen.«

»Wie denn sonst? Ich sehe sie so.«

Charlotte lächelte, in ihrer Stimme klang Überheblichkeit, als sie sagte: »Mein Gott, Leontine, das können Sie wohl nicht beurteilen. In einer Ehe... nun ja, es gehört dazu. Es ist das Los der Frauen.«

Schließlich war sie, Charlotte, eine verheiratete Frau gewesen und hatte selbst zwei Kinder zur Welt gebracht. Sie wußte Bescheid. Das Fräulein von Laronge, bei all ihrer Gelehrsamkeit, war nichts anderes als eine alte Jungfer. Was wußte sie von der Ehe? Wußte sie überhaupt, wie Kinder entstanden?

»Es wird eine Zeit kommen«, sagte Leontine mit Pathos, »in der eine Frau selbst darüber bestimmen kann, ob sie ein Kind haben will oder nicht.«

»Oh!« rief Charlotte voll Entsetzen und ließ das Strickzeug sinken. »Was für Ideen! Das sind diese sozialistischen Hirngespinste! Aber daß auch Sie dafür anfällig sind, das hätte ich nicht erwartet.«

»Nachdem ich Ihnen soeben einen Vortrag über den Fortschritt gehalten habe? Haben Sie denn nichts von dem begriffen, was ich gesagt habe?«

»Aber Sie können doch nicht diese Leute damit gemeint haben. Sie können doch nicht diese Volksverderber gutheißen!«

»Volksverderber! Reden Sie nicht so einen Unsinn, Charlotte. Ich habe Ihnen doch gerade zu erklären versucht, daß alles auf dieser Erde sich ständig wandelt. Und was die Sozialdemokraten betrifft – gewiß, sie schießen manchmal über das Ziel hinaus, stellen Ansprüche, die utopisch sind. Aber man kann durchaus nicht alles verwerfen, was sie anstreben. Und sie haben in vielen Dingen recht. Dieser Bebel ist ein kluger Mann, das hat selbst der Reichskanzler zugegeben. Auch er hat schließlich gegen das Elend, gegen die Armut gekämpft.«

»Es wird immer arme Leute geben«, sagte Charlotte abwehrend. »Und Sie haben selbst vor wenigen Minuten gesagt, daß die Ungerechtigkeit zum menschlichen Leben gehört. Haben Sie das gesagt oder nicht?«

»Das habe ich gesagt. Das heißt aber nicht, daß man sich damit zufriedengeben soll. Ich glaube, das habe ich auch deutlich genug gesagt. Man muß versuchen, es besser zu machen. Die Unbildung in weiten Kreisen des Volkes, das Elend der Kinder, die Belastung der Mütter, die Armut unter den Arbeitern, man muß es nicht hinnehmen.«

»Ach? Und wie wollen Sie es fertigbringen, daß alle Leute reich sind, alle Leute gebildet? Das ist doch lächerlich. Die Menschen sind nun einmal verschieden, das war immer so.«

»Sie sollen nicht alle gleich sein, das verlangt kein Mensch, aber die Gegensätze sollten nicht so kraß sein. Wenn man nicht versucht, es zu ändern, woher soll es denn dann kommen? Hat es der Kanzler nicht auch erkannt? Sind die Sozialgesetze nicht sein Werk? Sehen Sie, das ist es, was ich unter Fortschritt verstehe. Um diese Gesetze kann uns die ganze Welt beneiden. Und es war nur ein Anfang. Wenn wir ihn behalten hätten, dann wäre er auf diesem Wege weitergeschritten, zusammen mit den Sozialdemokraten. Denn sehen Sie, liebe Charlotte, der Kanzler ist ein moderner, fortschrittlicher Mensch.«

Sie sprach immer noch von Bismarck als ›der Kanzler‹. Caprivi, seinen Nachfolger, nahm sie nicht zur Kenntnis. Und für den jungen Kaiser hatte sie schon gar nichts übrig. Darüber ließ sie niemanden im Zweifel, was nicht sehr klug von ihr war und was dazu geführt hatte, daß die Anzahl ihrer Schülerinnen stark abgenommen hatte.

Natürlich lag es auch mit daran, daß die besseren Kreise in steigendem Maße ihre Töchter ins Lyzeum schickten, eine öffentliche Schule für höhere Töchter galt durchaus nicht mehr als unpassend. So etwas wie das ›Private Institut für höhere Töchter‹ paßte nicht mehr so recht in die moderne Zeit. Alles wandelt und verändert sich, Leontine vertrat mit Überzeugung diese Ansicht, sie konnte es überdies am eigenen Leib verspüren. Zweiundzwanzig Schülerinnen besuchten zur Zeit ihr Institut. Vor fünf Jahren noch waren es an die siebzig gewesen. Für das kommende Jahr lagen bis jetzt sechs Anmeldungen vor.

Charlottes Töchter hatten beide das ›Private Institut für höhere Töchter‹ besucht, und sie hatten dort alles gelernt, was höhere Töchter für das Leben brauchen: anständig französisch sprechen, Klavier spielen, feine Handarbeiten, gute Manieren, Konversation machen, tanzen, kochen, nähen, und – in diesem Fall der Persönlichkeit der Institutsleiterin zu verdanken – sie hatten beachtliche Kenntnisse in Geschichte, Geographie und dem Wandel der Menschheitsgeschichte erworben. Sogar die ›Vossische Zeitung‹ las Leontine mit ihren Schülerinnen, weil sie der Meinung war, auch eine Frau müsse darüber Bescheid wissen, was in ihrem Vaterland geschah, und Politik sei keineswegs allein Sache der Männer.

So gesehen war es wirklich eine moderne Schule, die Leontine leitete. Trotzdem blieben die Schülerinnen weg.

Charlotte hatte nicht das volle Schulgeld zahlen müssen, das geschah aus alter Freundschaft, die wiederum aus einer entfernten verwandtschaftlichen Bindung entstanden war; Charlottes Mann war der Sohn einer Cousine des Fräulein von Laronge gewesen. Außerdem wußte Leontine gut genug, wie knapp, um nicht zu sagen, wie ärmlich die Verhältnisse der Hoffmanns waren, nachdem Fritz Hoffmann 1870 in Frankreich gefallen war. Er war aktiver Offizier gewesen, ein hübscher, ein wenig scheuer junger Mann; als er sterben mußte für Preußen und das neue Deutsche Reich, war er gerade sechsunddreißig, seine beiden Töchter fünf und sieben. Agnes Hoffmann, die jüngere, war Leontines Liebling gewesen, ein zartes, schüchternes Kind, nicht sonderlich hübsch, solange man nicht ihr Lächeln sah, die Wärme in ihren braunen Augen. Sie war immer artig, sehr verträglich, gutwillig und geduldig, dankbar für jedes freundliche Wort. Alice war ganz anders. Sie war viel hübscher als ihre Schwester, aber sie war ziemlich hochmütig, berechnend, log auch hin und wieder und konnte gegen andere Kinder gehässig sein. Und sie war launisch; sie konnte reizend sein, wenn sie etwas erreichen wollte, doch von einem Moment zum anderen voll Ablehnung, auch gegen ihr nahestehende Menschen. Wenn Leontine ihr Vorhaltungen machte, was leider öfter vorkam, legte sie den Kopf ein wenig schief und fixierte ihre Lehrerin mit einem kühlen distanzierten Blick. Eine Entschuldigung, ein Einlenken waren von ihr kaum je zu erhalten.

Leontine hatte sich mit beiden Mädchen große Mühe gegeben, denn es war wenig wahrscheinlich, daß man sie, da sie ohne jede Mitgift waren, verheiraten konnte. Dazu kam, daß Charlotte, uninteressante Person, die sie nun einmal war, kaum gesellschaftlichen Umgang hatte, der ihrem Rang als Offizierswitwe entsprochen hätte.

Die Witwe Hoffmann war für die Oberschicht dieser Provinzstadt so gut wie nicht vorhanden, sie wurde nie eingeladen, man kannte sie kaum. Was verständlich war, denn sie stammte nicht aus der Stadt, auch ihr Mann nicht, er war erst kurz vor dem Krieg in diese Garnison versetzt worden; so gab es nicht einmal Schulfreundinnen oder Verwandte, die eine Hilfe gewesen wären.

Jahrelang sprach Charlotte immer wieder einmal davon, daß sie in ihre Heimat zurückkehren würde; nach Magdeburg, aber sie führte diesen Entschluß nie aus. Sie konnte sich selten zu einer Tat aufraffen, sie war eine zaghafte, unentschlossene Person und fürchtete sich vor jeder Veränderung. So blieb sie in der Stadt, in die der Zufall sie gebracht hatte, so vergingen die Jahre, die Kinder wurden groß, Charlotte lebte nur für sie, ohne ihnen viel mehr bieten zu können als eine bescheidene Wohnung, ein bescheidenes kärgliches Essen und viele unnütze Belehrungen, die die Entwicklung der Kinder eher hemmte als förderte.

Leontine hatte das immer klar erkannt. Sie tat ihr Bestes, um für einen Ausgleich zu sorgen. Und für eine möglichst sorgsame Ausbildung. Denn wenn die Mädchen nicht heiraten würden, mußten sie sich selbst ihr Brot verdienen, und dann blieb für eine Offizierstochter kaum etwas anderes übrig, als Gouvernante zu werden.

Dann geschah das Wunder: Sie fanden beide einen Mann. Agnes, die jüngere, heiratete sogar zuerst. Diesen langweiligen Kerl, wie Leontine ihn genannt hatte. Immerhin – er war Beamter, eine mittlere Charge zwar nur, da er nicht studiert hatte. Als Kreissekretär im Landratsamt bekleidete er eine ziemlich wichtige Position, der zweite Mann nach dem Landrat selbst. Es hieß, der Landrat verlasse sich in jeder Hinsicht auf ihn und schätze seine Fähigkeiten hoch.

Leontine mochte ihn dennoch nicht. Sie hatte Agnes immer bedauert. Sicher, sie sah es ein: Hauptsache, Agnes hatte einen Mann. Aber mußte es dieser trockene strenge Mensch sein, mit dem kümmerlichen blonden Schnurrbart über den schmalen Lippen, mit den farblosen Augen hinter dem Kneifer, mit den nervösen dünnen Fingern – Leontine gefiel er einfach nicht. Konnte er überhaupt lächeln? Hatte ihn schon einmal einer lachen gehört?

Aufrührerisch wie Leontine nun einmal veranlagt war, insgeheim fasziniert von der Emanzipation der Frau, von der letzthin soviel die Rede war, dachte sie oft: Ist es denn wirklich so unumgänglich notwendig für eine Frau, einen Mann zu haben? Einen Mann um jeden Preis, ganz egal, ob sie ihn mag oder nicht, von Liebe ganz zu schweigen? Daß Agnes ihren Mann nicht liebte, nicht lieben konnte, daran bestand für Leontine kein Zweifel. Obwohl man darüber natürlich nicht sprach.

Dennoch bekam Agnes jedes Jahr ein Kind. Mochte das verstehen, wer wollte.

»Ach!« seufzte Charlotte wieder einmal, diesmal tief und inbrünstig. »Ich bete zu Gott, daß es endlich ein Junge wird. Emil war schon das letztemal so verärgert, daß es wieder nur ein Mädchen war.«

Typisch, dachte Leontine erbost. Einen Sohn will er auch noch, dieser widerwärtige Mensch. Bildet sich ein, ein Mädchen sei nicht gut genug für ihn.

Drei Mädchen hatte Agnes bisher zur Welt gebracht. Eins davon war im Säuglingsalter gestorben. Eine vierte Schwangerschaft war vorzeitig durch eine Fehlgeburt beendet worden. Und nun war sie also wieder soweit. Armes Kind, arme Kleine, dachte Leontine, diesmal wird sie es kaum überleben.

Alice hatte erst mit 25 geheiratet, eigentlich war sie bereits auf dem Wege, eine alte Jungfer zu werden. Zweimal hatte sie eine Stellung als Gouvernante angetreten, war jedoch immer wieder rasch nach Hause zurückgekehrt, da es ihr jedesmal in Windeseile gelungen war, sich unbeliebt zu machen. Außerdem konnte sie Kinder nicht ausstehen.

Da sie ein schönes Mädchen war, hatte sie zwar immer Verehrer gehabt, aber keiner war kleben geblieben, nicht zuletzt deswegen, weil sie jeden Mann merken ließ, daß er ihr nicht gut genug war. Sie war ziemlich eingebildet, konnte sehr hochmütig auftreten und stellte hohe Ansprüche. Lieber wollte sie gar nicht heiraten, als sich mit einem Kompromiß abfinden, der unter ihrem Niveau lag. Und diese Ansprüche bezogen sich nicht auf die Qualität eines Mannes oder gar auf das, was man gemeinhin Liebe nannte, diese Ansprüche bezogen sich einzig und allein auf die gesellschaftliche Stellung, die ein Mann ihr bieten konnte. Sie hatte ihrer Mutter damit allerhand Kummer bereitet. Leontine dagegen hatte sie imponiert. Leontine imponierte es immer, wenn ein Mensch, wenn vor allem eine Frau wußte, was sie wollte und was sie nicht wollte.

Doch dann hatte Alice überraschend eine recht glänzende Partie gemacht. Sie war die Herrin eines Gutes, das eine knappe Stunde Kutschfahrt von der Stadt entfernt lag. Und sie hatte sich einen prachtvollen Mann eingefangen. Kinder hatte sie bis jetzt keine. Agnes Nossek aber brachte Anfang Oktober ihre vierte Tochter zur Welt.

An einem Tag des Jahres 1844 – das Jahr, in dem der Aufstand der Weber in Schlesien stattfand, jener verzweifelte Versuch halbverhungerter Menschen, auf ihr elendes Schicksal aufmerksam zu machen, ein Aufschrei, den Gott und die christlichen Mitmenschen hören sollten; es war übrigens auch das Jahr, in dem Marx und Engels einander in Paris kennenlernten –, an einem hellen Frühlingstag des Jahres 1844 kam Franz Nossek in diese Stadt.

Hergewandert aus seiner oberschlesischen Heimat, wo es ihm zwar nicht so schlecht wie den Webern, aber auch nicht besonders gut gegangen war; ein uneheliches Kind, im Waisenhaus aufgewachsen, bei viel Prügel und wenig Brot, mit vielen Gebeten und so gut wie gar keiner Schulbildung. Seit seinem zehnten Lebensjahr hatte er bei einem Bauern für seinen Unterhalt arbeiten müssen, nur für das Essen und ein Strohlager, Geld hatte er noch nie in der Hand gehabt. Mit zwölf Jahren kam er in eine Mühle, wo er schwere Säcke schleppen mußte, was seine Muskeln stärkte und seinen Rücken hart machte.

Trotz der schweren Arbeit wurde er ein großer kräftiger Bursche, der ein besonderes Talent hatte, mit Pferden umzugehen. Er durfte bald die schweren Gespanne lenken, und das machte ihn glücklich. Die Pferde waren sein ein und alles, und wenn er sie nach der Arbeit in die Schwemme reiten durfte, ihre festen glatten Muskeln an seinen nackten Beinen spürte, die Hände in ihre dicken Mähnen steckte, erschien ihm sein Dasein vollkommen.

Mit den Pferden kam er öfter in die Schmiede, sah dem Schmied bei der Arbeit zu, hielt die Pferde, wenn sie beschlagen wurden, klopfte sie beruhigend und sprach mit ihnen, wenn sie sich ängstigten. Und die Pferde wurden ruhig, wenn er bei ihnen war, auch das wildeste hielt still.

Der oberschlesische Schmied entdeckte dieses Talent in dem Jungen und meinte, er wäre der geborene Schmied und solle zu ihm in die Lehre kommen. So kam Franz zu einem Beruf. Zu einem alten und ehrwürdigen, geradezu klassischen Beruf, und von dieser Stunde an war er ein und für allemal ein glücklicher Mensch. Er konnte hart arbeiten, ermüdete nie, war immer freundlich, war fleißig und ehrlich, im Dorf mochten sie ihn, er betrank sich selten, war auch in betrunkenem Zustand nicht übel; wurde er wirklich einmal mit seinen großen starken Händen in eine Schlägerei verwickelt, so ging es meist um ein Mädchen. Für Mädchen interessierte er sich bald, es gab immer eine, die ihm besonders gut gefiel.

Er wurde Geselle und blieb zwölf Jahre bei seinem Meister. Als dieser starb, ging die Schmiede in andere Hände über, und da der neue Schmied zwei Söhne besaß, die das Handwerk gelernt hatten, brauchte man Franz in der Schmiede nicht mehr. Er begab sich auf Wanderschaft. Schweren Herzens einerseits, denn er hatte sein Dorf noch nie verlassen, andrerseits aber ging er auch ganz gern fort, denn ein Mädchen, das er lieb hatte, war gerade kurz zuvor einem anderen anverlobt worden.

Einige Jahre lang war er unterwegs, arbeitete eine Zeitlang in Breslau, doch die Stadt war ihm zu groß und zu laut, er kam sich verloren darin vor, also zog er weiter oderabwärts und landete schließlich in dieser kleinen niederschlesischen Stadt, dem Schauplatz unserer Geschichte. Sie hatte dazumal immerhin schon an die 15 000 Einwohner und lag geruhsam in der weiten Oderebene. Der beherrschende Bau war die Festung, die in der Geschichte des Landes, zuletzt im Krieg gegen Napoleon, eine Rolle gespielt hatte. Außerdem gab es ein Schloß jüngeren Datums, ein harmonischer Barockbau, umgeben von einem gepflegten Park. Mittelpunkt der Stadt war der Ring, wie man in Schlesien den Marktplatz nennt, in dessen Mitte das Rathaus, ein gotischer Bau mit einem Turm, stand. Zu beiden Seiten des Rings standen schöne alte Bürgerhäuser mit Arkaden, die man hier Lauben nannte. Wenn man von der Ostseite des Rings um eine Ecke bog, kam man zum Stadttheater, und in der Straße dahinter lagen das Amtsgericht und das Gymnasium, schräg gegenüber das Landratsamt. Früher war die Stadt Mittelpunkt eines Fürstentums, später eines Herzogtums gewesen, nun besaß sie schon lange keinen eigenen Herrscher mehr, sondern gehörte vor den Schlesischen Kriegen zum Habsburger Reich, nach den Schlesischen Kriegen zu Preußen. Unter den industriellen Anlagen war die wichtigste die Zuckerfabrik, die außer Zucker Stärke und Sirup produzierte. Eine kleine Eisengießerwerkstatt entwickelte sich später zu einer angesehenen Maschinenfabrik, und aus verschiedenen Spinnereien wurden im Laufe des Jahrhunderts textilverarbeitende Betriebe, noch später zu einer großen Textilfabrik.

Franz Nossek gefiel die Stadt auf den ersten Blick, auf den zweiten noch mehr, denn er fand sofort Arbeit in einer großen Schmiede bei einem gutmütigen Meister, er bekam sogar eine kleine Kammer im Haus und schlief zum erstenmal in seinem Leben in einem richtigen Bett. Auf den dritten Blick wurde überhaupt alles ganz großartig, denn in der übernächsten Straße, im Haushalt eines Viehhändlers, arbeitete ein blondes Mädchen, das Lene hieß und ihm so begehrenswert erschien wie keine je zuvor. Sie machte auch weiter keine Fisematenten, geradeso, als habe sie nur auf ihn gewartet.

Franz heiratete, kaum daß er ein halbes Jahr in der Stadt war, und sein Meister hatte nichts dagegen, daß Lene mit in die kleine Kammer zog. Als das erste Kind geboren wurde, streckte ihm der Meister das Geld vor, mit dem sich Franz eine kleine Kate am Stadtrand kaufen konnte, zwei Kammern, eine Küche, und nach sechs Jahren lebten sie zu fünft in dem winzigen Häuschen, das für Franz so prächtig war wie ein Schloß.

Später, als der alte Schmied sich zur Ruhe setzte, übernahm Franz die Schmiede, die Familie zog in das große Schmiedehaus. Alles in allem war es ein erfolgreiches Leben.

Er hatte zwei kräftige Söhne, eine niedliche Tochter, und dann wurde ihm sogar noch ein viertes Kind geboren, das war, als sie schon in der Schmiede wohnten, noch ein Knabe. Der war in mancher Beziehung anders als die anderen Kinder, etwas klein und schwächlich geraten, ziemlich naseweis und rechthaberisch. Er bezog deshalb manchmal Prügel von seinem Vater, was diesem fast das Herz brach, denn der große starke Schmied hatte ein Gemüt wie eine Miezekatze. Das sagte jedenfalls Lene immer.

Dieser jüngste Sohn, obwohl nicht gerade der schönste von allen, war offenbar der klügste. Als der Pfarrer meinte, man solle den kleinen Emil auf die höhere Schule schicken, fiel dem Schmied vor Erstaunen der Hammer aus der Hand. Er selbst konnte mit knapper Mühe seinen Namen kritzeln, ein Buch hatte er in seinem Leben noch nicht in der Hand gehabt.

Mit dem Jüngsten kamen die Bücher ins Haus. Riesenmengen von Büchern, die ein Heidengeld kosteten. Dem Schmied tat es leid um das Geld, er konnte beim besten Willen nicht einsehen, wozu das gut sein sollte, aber Lene widersprach energisch. So sei es nun einmal heutzutage, kluge Menschen brauche man überall, und er solle Gott danken, daß sein Sohn so einen gescheiten Kopf habe, zum Schmied tauge er sowieso nicht, dazu seien ja auch die anderen da, und vielleicht könne aus dem Emil einmal etwas Besseres werden.

Emil Nossek besuchte die Schule bis zum Abitur. Dem Schmied blieb das Unternehmen die ganze Zeit über verdächtig, aber für Lene war es das Erfolgserlebnis ihres Daseins. Und was bedeutete es für Emil Nossek selbst? Es brachte den Bruch in sein Leben, die tiefe Unzufriedenheit. Denn was er weiter wollte, bekam er dann doch nicht. Er wollte studieren. Jurist wollte er werden. Er wurde es nicht. Ein Studium stand zu jener Zeit in seinen Sternen nicht geschrieben, dafür war weder Geld noch Verständnis da, nicht einmal bei Lene. Ihr imponierte ihr gelehrter Sohn und was aus ihm geworden war. Nachdem er als Einjährig-Freiwilliger seinen Militärdienst in Beuthen abgeleistet hatte, mehr schlecht als recht, wurde er wahr und wahrhaftig Beamter des preußischen Staates. Nachdem er in der Hierarchie ein bißchen geklettert war, kam er ins Landratsamt, wurde Kreissekretär und der wichtigste Mitarbeiter des Landrats, der ohne Emil Nossek nie und nimmer hätte den Landkreis regieren können. Das glaubte Lene, und sie hatte nicht einmal so ganz unrecht damit.

Dieses prachtvolle Leben ihres jüngsten Sohnes tröstete sie über manchen Kummer hinweg, denn ihr zweiter Sohn starb am Hufschlag eines Pferdes, der ihn an der Schläfe traf, und die Tochter heiratete einen Säufer und brachte ein totes Kind nach dem anderen zur Welt.

Emil Nossek trauerte zeit seines Lebens darum, daß er nicht hatte studieren können, denn nur dadurch wäre ihm der Aufstieg in eine bessere Klasse, in eine bessere Gesellschaft gelungen. Nichts wünschte er sich mehr, als zu den ›Oberen‹ zu gehören, aber als kleinem Beamten ohne akademischen Grad blieb ihm die Aufnahme in die gute Gesellschaft versagt. Das gab es nicht. Oben saß der Adel, so einer wie der Baron von Klingenberg, der Landrat, die adligen Gutsbesitzer im Umkreis, der niedrige Adel der Stadt, die Offiziere der Garnison.

Dann kamen die Akademiker, die Anwälte, Notare und Ärzte, die hohen Beamten, ein paar angesehene reichgewordene Bürger, dann kam lange nichts, dann kamen die Pfarrer, die Lehrer, die Geschäftsleute, und dann noch viel länger nichts, doch schließlich kamen er und seinesgleichen.

Darunter kamen dann die anderen Stände: die kleinen Ladeninhaber, die Handwerker, die Arbeiter in den Fabriken, die Landarbeiter, die Tagelöhner.

Immerhin verlangte seine Stellung von ihm eine ordentliche, nicht zu kleine Wohnung, eine Dienstmagd, saubere und nicht zu armselige Kleidung für Frau und Kinder.

Ein schwieriges Rechenexempel. Das Gehalt eines preußischen Beamten war bescheiden. Sein Bruder, der Schmied, im Rang weit unter ihm stehend, kam leichter durchs Leben.

Aber, so war es nun einmal: Jeder Stand hatte seine ehernen Gesetze, die sich nie und nimmer ändern würden. Weder die Französische Revolution noch die Revolutionen in diesem Jahrhundert und schon gar nicht die vaterlandslosen Gesellen, die Sozialdemokraten, die sich im Reichstag immer breiter machten, hatten daran etwas geändert oder würden je etwas daran ändern können.

Das war für Emil Nossek durchaus in Ordnung. Er war keiner, der etwas verändern wollte. Er akzeptierte Gesetz und Ordnung dieser Gesellschaft, in der er lebte.

Aber er hatte einen Traum.

Der Sohn. Der all das schaffen würde, was er nicht geschafft hatte: das Studium, den Aufstieg, die Karriere. Den Wechsel in eine andere Welt. Der Sohn, der ein Akademiker sein würde, der Sohn, der mit am Stammtisch der Honoratioren sitzen würde. Gleichberechtigt. Angesehen. Der Sohn, der zwar nicht Landrat werden konnte, da er nicht von Adel war, aber der es zum Advokaten bringen konnte, zum Arzt, Regierungsrat, Oberregierungsrat. Warum nicht sogar zum Bürgermeister oder Professor. All das konnte der Sohn werden. Und wenn sie alle nur von trockenem Brot leben würden, der Sohn würde das Geld von ihm bekommen, um das zu werden, was er nicht geworden war.

Nur daß er den Sohn nicht bekam.

Er heiratete, als das Deutsche Kaiserreich fast zehn Jahre alt war, die Tochter eines Volksschullehrers; sie war gesund und ansehnlich, mit üppigen Formen, von fröhlichem Wesen, eine gute Hausfrau, eine ausgezeichnete Köchin, gewohnt, sparsam zu wirtschaften, denn im Lehrerhaus hatte es viele Kinder gegeben. Überdies besaß sie ein ausgeglichenes Temperament, man konnte sie schwer aus der Ruhe bringen. Sie hatte ein unerschöpfliches Repertoire an Volksliedern, die sie sang, wo sie ging und stand, sie kannte unzählige Märchen und Geschichten, und außerdem konnte sie auch noch die Orgel spielen. Das hatte ihr Vater ihr beigebracht, weil er manchmal am Sonntagmorgen seinen Rausch noch nicht ausgeschlafen hatte und jemanden brauchte, der einspringen konnte.

Eine gute Wahl, die Emil Nossek getroffen hatte. Dieses brave gesunde Mädchen würde brave gesunde Kinder zur Welt bringen, sie war nicht dumm, halbwegs gebildet, er war es sowieso – sie würden einen prachtvollen Sohn bekommen. Zehn Monate nach der Hochzeit kam planmäßig das erste Kind.

Es war ein Mädchen.

Emil war ein wenig enttäuscht, aber nicht allzusehr, es mußte ja nicht gleich beim erstenmal klappen, sie hatten Zeit genug. Er tippte dem Säugling mit dem Finger auf das winzige Bäckchen, streichelte seiner Frau übers Haar, sage: »Schön, schön!« und hoffte auf weitere Erfolge.

Die blieben zunächst aus. Zwei Jahre lang passierte nichts. Emil, der keineswegs übermäßige fleischliche Gelüste hatte, hatte jedesmal, wenn er mit seiner Frau zusammen war, nur einen Gedanken: der Sohn. Endlich war seine Frau wieder schwanger. Voll Spannung wartete er auf das Ergebnis.

Drei Tage lang lag die Frau in den Wehen, das Blut floß in Strömen aus ihrem Körper, ihr Schreien und Stöhnen wurde matter, dann endlich kam das Kind. Es war ein Knabe. Und er kam tot zur Welt. Wenige Minuten danach starb die Frau.

Emil erholte sich lange nicht von diesem Unglück. Er hatte seine Frau sehr gern gehabt. Und vor allem hatte er den Sohn gewollt. Aber so war sein Leben nun einmal. Unvollkommen. Das war die Zeit, in der sein Gesicht starr wurde, sein Mund schmal und hart, sein Wesen störrisch.

Pflichteifrig und ordentlich, wie gewohnt, tat er seine Arbeit. Sonst kümmerte er sich um keinen Menschen, kaum um seine Familie. Auch nicht um seine kleine Tochter, die von wechselnden Dienstmädchen versorgt wurde, denn keine hielt es lange bei dem mürrischen Mann aus.

»Sie sollten wieder heiraten, Nossek«, sagte der Landrat. »Ihre Kleine braucht eine Mutter.«

»Finden Herr Baron, daß das Kind verwahrlost ist?« fragte Emil beleidigt.

»Um Gottes willen, nein, das wollte ich nicht sagen. Aber die Kleine scheint ein wenig trübsinnig zu sein. Meine Frau hat sie neulich mal getroffen. Auf dem Markt. Diese Person, die Sie da jetzt haben – also, es geht mich ja nichts an, aber meine Frau meint, sie wäre recht grob mit dem Kind umgegangen.«

»Ich wollte den Trampel sowieso hinauswerfen«, sagte Emil.

Die Baronin von Klingenberg war eine resolute und ganz vorurteilsfrei denkende Dame. Es machte ihr nichts aus, den Wochenmarkt in der Stadt gelegentlich selbst zu besuchen. Einen breiten Hut auf dem Kopf, die weiten Röcke gerafft, die Dienstmagd mit dem Einkaufskorb hinter sich, wandelte sie über den Markt, prüfte die Qualität der Ware und vor allem die Preise. Sie war auf einem Gut aufgewachsen, sie wußte genau, wie ein anständiger Blumenkohl auszusehen hatte und was ein respektabler Salat kosten durfte. Schien ihr etwas nicht in Ordnung zu sein, zögerte sie nicht, dies sofort laut und energisch kundzutun. Die Marktfrauen fürchteten sie. Und bewunderten sie. Weil sie etwas von den Dingen verstand.

»Deine Eier, Minka?« sagte die Baronin und wies mit einem spitzen Finger, der in hellgrauem Leder steckte, auf den Eierkorb. »Wie sehen die bloß aus? Kriegen deine Hühner nichts zu picken? Die sind kaum größer als ein Taubenei.«

Die Marktfrau schoß einen wütenden Blick auf die Landrätin, bekam einen roten Kopf, die Hausfrauen rundherum nickten zustimmend und gingen weiter. Diese Eier waren nicht mehr zu verkaufen.

Die Landrätin kaufte an einem anderen Stand demonstrativ zwei Dutzend Eier und kehrte befriedigt zu ihrer Equipage zurück. Der Kutscher half ihr in den Wagen, der Korb wurde auf dem Boden verstaut, die Magd kletterte auf den Bock, die Braunen zogen an. Die Landrätin verließ höchst befriedigt nach ihrem wirkungsvollen Auftritt den Marktplatz.

Alle Frauen, Käuferinnen und Verkäuferinnen, sahen dem Wagen nach.

»Eene gutte Frau, die Frau Landrat«, sagten die Frauen. »Die versteht was, jo, jo, die versteht sich uff alles. Alles sieht se.«

Sie sah auch das nicht verwahrloste, aber vernachlässigte Kind, das die Tochter Emil Nosseks war.

Von ihr, via Landrat, bekam Emil die Anordnung, wieder zu heiraten. Nicht, daß er nicht schon selbst daran gedacht hätte. Nachdem sein Kummer sich etwas gelegt hatte, stand ihm wieder der Sohn vor Augen, im Vordergrund aller seiner Wünsche.

So wurde Agnes Hoffmann das zweifelhafte Vergnügen zuteil, die zweite Frau Nossek zu werden.

Am 2. September, bei der Parade zum Sedanstag, lernte sie ihn kennen. Ein pensionierter Oberst, in dessen Regiment ihr Vater Fritz Hoffmann Dienst getan hatte und der beim Heldentod des Leutnants Hoffmann zugegen gewesen war, hatte sich in all den Jahren immer ein wenig um Charlotte und ihre beiden Töchter gekümmert. Die Mädchen bekamen ein kleines Weihnachtsgeschenk, zum Geburtstag einen Taler, und Charlotte wurde manchmal von der Frau Oberst zum Kaffee eingeladen. Und immer, das war Tradition, zum Sedanstag, nahm der Oberst die beiden kleinen Mädchen zur Parade mit. Alice hatte sich schon bald dieser Einladung entzogen, aber Agnes sah treu und brav in jedem Jahr mit dem Oberst und seiner Frau dem Vorbeimarsch der städtischen Garnisonen zu.

Bei dieser Gelegenheit also wurde ihr Emil Nossek vorgestellt. Kurz darauf wurde Agnes bei der Frau Oberst eingeladen, zu einem kleinen Familienfest, wie es hieß, und sie sah Emil Nossek wieder. Zweifellos hatte die Frau Oberst die Hand im Spiel, daß sich noch zwei oder drei Gelegenheiten zu einem Zusammentreffen ergaben. Und nicht sehr viel später machte Emil einen Besuch bei Agnes Mutter. Ehe es sich Agnes versah, war sie verlobt.

Natürlich mußte sie sich glücklich preisen, daß er sie erwählte, daß überhaupt einer sie heiraten wollte. Sie war einundzwanzig, sehr lieb, sehr brav, sehr scheu. Sie hatte tausend romantische Träume von der großen Liebe geträumt, so wie es in den Romanen stand, die sie mit Leidenschaft las. Sie hatte auch schon einen geliebt, den Nachbarssohn, den Sohn von Doktor Menz, dem Hausarzt der Familie. Als Kinder hatten sie zusammen gespielt, irgendwann begann die unvermeidliche Jugendliebe, von ihrer Seite aus sehr intensiv empfunden. Ein paar Küsse, ganz hinten im Garten des Doktorhauses, ein paar zärtliche Worte, dann ging er nach Breslau, um zu studieren. Und damit war es zu Ende.

Sie wußte, daß es zu Ende war, daß es keine Fortsetzung geben würde. Also heiratete sie Emil Nossek. Er war nicht das, wovon ein junges Mädchen träumte. Aber Träume waren Träume, die Wirklichkeit sah anders aus. Das erkannte sie ziemlich früh.

Und die Liebe war in Wirklichkeit auch anders als das, was in den Romanen stand. Mit Widerwillen und geschlossenen Augen erduldete Agnes die Umarmungen ihres Mannes; so war es in der ersten Nacht gewesen, so blieb es. Agnes war eigentlich immer ganz froh, wenn sie schwanger war, dann ließ ihr Mann sie sofort in Ruhe.

Das erste Kind – ein Mädchen, Hedwig.
Das zweite Kind – ein Mädchen, Charlotte. Tot nach vier Wochen.
Dann eine Fehlgeburt.
Das dritte Kind – ein Mädchen, Magdalene.

Dies war die schwerste Geburt, fast sah es aus, als solle sie das Schicksal von Emils erster Frau erleiden.

Noch Wochen nach der Entbindung war sie so elend, daß sie kaum eine Weile im Sessel sitzen konnte. Und sie brauchte lange Zeit, sich zu erholen.

Dr. Menz sagte zu Emil: »Sie sollten . . . eh, Ihre Frau eine Zeitlang schonen, lieber Herr Nossek. Sie ist sehr blutarm und macht mir große Sorgen. Sie könnte in nächster Zeit kein gesundes Kind austragen.«

Das war eine schöne Zeit. Emil rührte sie fast ein Jahr lang nicht an. Sonst konnte von Schonung nicht viel die Rede sein, der Haushalt mit den drei Kindern, zur Hilfe nur ein junges Dienstmädchen, fast selbst noch ein Kind, machte Arbeit genug. Charlotte war jeden Tag da und half, so gut sie konnte.

Eine große Hilfe war auch Gertrud, Nosseks Tochter aus erster Ehe. So jung sie noch war, man konnte ihr schon die jüngeren Geschwister anvertrauen, sie hütete sie sorgfältig und mit großer Umsicht. Agnes war von Anfang an gut mit ihr ausgekommen, Stiefmutterprobleme hatte es nie gegeben. Im Gegenteil, das Kind, das Liebe immer vermißt hatte, war vom ersten Tag an bereit gewesen, die neue Mutter liebzuhaben. Und Agnes, warmherzig und verständnisvoll, erwiderte diese Zuneigung, für sie war Gertrud wie ein eigenes Kind.

Nun also gebar Agnes ihr viertes Kind.

Ein Mädchen.

Emil sah es gar nicht an. Er kümmerte sich einfach nicht darum.

Das Baby lag in seinem Körbchen, es sah gesund und rosig aus, hatte kurze blonde Härchen und blickte mit großen Augen in die Welt.

Zwei Tage nach der Entbindung kam Alice zu einem Besuch am Wochenbett. Sie trug einen zyklamenfarbigen breiten Hut mit Schleier, ein perlgraues Kleid, ganz eng in der Taille, sie war so hübsch wie immer, noch hübscher geworden in der kleidsamen Eleganz der gehobenen Schicht, der sie jetzt angehörte. Mit mäßigem Interesse betrachtete sie die neue kleine Nichte. »Ein nettes Kind«, sagte sie gnädig. »Sieht gar nicht so kümmerlich aus wie sonst die kleinen Kinder. Es ist also wirklich wieder ein Mädchen?«

Agnes, im Bett liegend, blickte an ihrer Schwester vorbei. Sie wußte, daß Alice ein wenig Schadenfreude empfand.

»Ja, stell dir bloß vor«, sagte Charlotte.

»Es muß wohl in der Familie liegen. Wir waren ja auch zwei Mädchen.«

»Aber Emil hat schließlich zwei Brüder.«

Alice lachte spöttisch. »Das ärgert ihn, was? Ob er wohl jetzt genug hat? Vier Töchter. Wie will er die bloß verheiraten?«

Agnes wandte den Blick vom Fenster, von dem Stück blauen Himmel, das sie von ihrem Bett aus sehen konnte. Sie sah ihre Schwester an und lachte auf einmal auch, es klang trotzig.

»Darüber brauchen wir uns heute noch nicht den Kopf zu zerbrechen. Ist sie nicht ein süßes Kind! Und sie hat es mir so leichtgemacht.«

Das stimmte, diesmal war es eine erstaunlich leichte Geburt gewesen, nach knapp vier Stunden war das Kind da. »Ein niedliches Dingelchen«, hatte Dr. Menz gesagt. »Gratuliere, Agnes. Und laß dir bloß nicht von deinem Mann das Leben schwermachen. Wer weiß, wie die Welt aussieht, wenn deine Tochter erwachsen ist. Wir leben in einer großartigen Zeit, der Fortschritt marschiert. Du weißt ja, daß es heutzutage schon Frauen gibt, die studieren. In meinen Augen ist eine Frau genauso viel wert wie ein Mann. Ich finde sogar, sie ist noch mehr wert. Sie ist aus besserem Material. Körperlich und seelisch bestimmt, möglicherweise auch geistig, das wird sich herausstellen, wenn man ihr die Möglichkeit gibt, es zu beweisen.«

»Es ist mir ganz egal, was Emil denkt«, sagte Agnes mit ungewohnter Härte und sah ihre Schwester an. »Ein Mädchen ist genauso viel wert wie ein Junge. Vielleicht sogar mehr. Bis sie groß ist, können Frauen ohne weiteres studieren oder überhaupt einen Beruf haben. Das weiß schließlich jeder. Dafür haben wir den Fortschritt.«

Alice tippte sich an die Stirn und blickte kopfschüttelnd ihre Mutter an.
»Hat es ihr diesmal hier geschadet?«
»Das hat sie von Leontine. Die redet immer so ein Zeug.«
»Dr. Menz sagt das auch. Und jeder moderne Mensch«, trumpfte Agnes auf.
»Du und ein moderner Mensch!« Alice lachte spöttisch. »Du bist so ein richtiges Hausmütterchen. Ein Kind nach dem anderen. Mach doch was dagegen, wenn du so modern bist.«
»Aber Kind!« rief Charlotte entsetzt. »Wenn dich einer hören würde!«
»Ach, tu doch nicht so, Mama, als ob du eben vom Himmel gefallen wärst. Es gibt genügend Frauen, die sich zu helfen wissen. Eine kleine Reise nach Berlin, und schon ist man los, was man nicht haben will.«
Charlotte errötete. Sie wußte wirklich so gut wie nichts über diese dunklen Seiten im Leben einer Frau. Sie wollte es auch nicht wissen. Und vollends widerwärtig war ihr die Vorstellung, daß ihre Tochter Alice sich solcher Praktiken bedienen könnte.
Hatte sie darum kein Kind? Sie war immerhin drei Jahre verheiratet.
Das Baby rührte sich in seinem Körbchen, dehnte sich mit einem kleinen Maunzen, drehte das Köpfchen zum Fenster und gähnte herzzerreißend.
Die drei Frauen lachten unwillkürlich.
»Gib sie mir«, sagte Agnes zu ihrer Mutter, »sie wird Hunger haben.«
Als Charlotte ihr das Baby in den Arm legte, hob sie es zärtlich an ihre Wange, dann entblößte sie die Brust und ließ das Kind trinken. Das letztemal hatte sie kaum Milch gehabt, aber diesmal sei mehr als genug da, hatte Dr. Menz gesagt. Darüber war sie sehr froh. Das kleine Mädchen sollte nicht hungern.
Sie liebte alle ihre Kinder von Herzen. Aber jetzt schien ihr dieses neue kleine Wesen das allerliebste zu sein. Sollte Alice doch reden, was sie wollte, es kümmerte sie nicht. Alice hatte nie ein Kind bekommen.
»Na, dann will ich mal nach Hause fahren«, sagte Alice und rückte ihren Hut zurecht. »Da kann Nicolas wieder nicht in Aktion treten. Diesmal hatte er fest damit gerechnet.« Nicolas von Wardenburg, Alices Mann, hatte nämlich seiner Schwägerin versprochen, er würde Pate sein, wenn ein Knabe zur Welt käme.
Das hatte Nicolas so hingeredet. Im Grunde interessierte es ihn nicht im geringsten, ob und wieviel Kinder die Nosseks bekamen und welchen Geschlechts sie waren. Viel lieber hätte er ein eigenes Kind gehabt.
Mit Emil Nossek konnte er sowieso nichts anfangen. Es gab kaum größere Gegensätze als die beiden Männer, der große schlanke Wardenburg mit seiner lässigen Eleganz und daneben der kümmerliche Spießer Nossek mit seinem engen Horizont und seinem unbefriedigten Dasein.
Nossek mußte dem Wardenburger alles neiden, was der darstellte und besaß, es konnte gar nicht anders sein. Nicolas hingegen kannte so ein Gefühl wie Neid gar nicht. Er sei ein oberflächlicher Mensch, leichtsinnig und arrogant, sagten manche von ihm. Das entsprach nicht der Wahrheit. Er schien so zu sein, er gab sich so, es war die Pose der Gesellschaft, in der er aufgewachsen war und die er als selbstverständlich übernommen hatte. Er war lebensfroh, ein wenig leichtsinnig auch, aber er besaß Herz und Verstand, und wenn er eines Tages zu der Erkenntnis gekommen wäre, daß Arbeit im Leben

eines Mannes von gewissem charakterbildendem Nutzen sein konnte, hätte es sich sehr vorteilhaft für ihn auswirken können. Leider hatte es ihm nie einer gesagt, und von selbst kam er nicht darauf.

Agnes mochte ihren Schwager gern, auch wenn sie in seiner Gegenwart, angesichts seiner attraktiven Männlichkeit, immer leicht befangen war. In ihren Augen war er der schönste Mann, den sie je gesehen hatte, schöner als Medow, der jugendliche Liebhaber des Stadttheaters, für den sie seit Jahren schwärmte und der mittlerweile so jugendlich auch nicht mehr war. Und sie sagte von Nicolas: »Er ist ein guter Mensch.«

Darauf beharrte sie, auch ihrem Mann gegenüber, der meist in abfälligem Ton über den Gutsherrn von Wardenburg sprach. Für ihn, den preußischen Beamten, war der Schwager eine Drohne. Er ließ das Gut verkommen, kümmerte sich nicht um die Wirtschaft, ritt und jagte und machte lange Reisen. Eines Tages würde das Gut so tief verschuldet sein, daß man es ihm unter dem Feudalhintern wegversteigern würde. Das hatte Emil Nossek einmal gesagt, und er hatte damit Agnes in banges Erstaunen versetzt, es klang so gar nicht nach Emil.

Übrigens wußte Emil, wovon er sprach. Auch der Landrat, so gern er den Wardenburg hatte, war ähnlicher Meinung.

Charlotte bewunderte ihren zweiten Schwiegersohn rückhaltlos, aber mehr noch bewunderte sie ihre Tochter Alice, der es gelungen war, dieses Prachtstück von Mann zu ergattern.

Auch heute blickte sie Alice voll mütterlichem Stolz nach, als diese nach flüchtigem Kuß und flüchtigem Lächeln das Zimmer der Wöchnerin verließ.

»Hast du ihren Hut gesehen? Den hat sie doch nicht hier gekauft.«

»Die Jeschke macht sehr hübsche Hüte«, erwiderte Agnes gleichgültig. »Sie läßt sich immer Pariser Modehefte kommen.« Sie neidete ihrer Schwester weder Hut noch Gut, noch Mann. Sie hatte ein Kind, ein süßes kleines Kind, auch wenn es wieder nur ein Mädchen war.

AN DIESEM TAG IN DER ERSTEN OKTOBERWOCHE DES JAHRES 1893, zwei Tage nach der Geburt der jüngsten Nossek-Tochter, schien die Sonne von einem wolkenlos blauen Himmel, und es war so warm, daß man hätte meinen können, man befinde sich noch mitten im Sommer. Der wärmende Umhang, den Alice mit auf die Fahrt genommen hatte, war ganz überflüssig; bereits auf der Hinfahrt hatte sie ohne ihn in ihrem schönen Kleid mit dem zyklamenfarbigen Kragen und den zyklamenfarbigen Manschetten im Wagen gesessen, sehr befriedigt, daß jeder sehen konnte, wie elegant und vor allem wie modisch sie wieder gekleidet war. Den Hut hatte die Jeschke genau passend zu dem Kleid, das von Gerson aus Berlin stammte, angefertigt.

Der Wagen hatte unten vor dem Haus, in dem sich im zweiten Stock die Wohnung der Nosseks befand, gewartet; Paule sprang vom Bock, als Frau von Wardenburg aus der Tür trat, grinste sie erfreut an und riß den Wagenschlag auf.

Alice raffte ihren Rock; stieg ein und schenkte Paule dabei ein kleines Lächeln, das Lächeln, das sie für jedes männliche Wesen bereithielt, wenn es ihr Bewunderung entgegenbrachte.

»Nun fahr mal flott zu. Meinst du, wir schaffen es in drei Viertelstunden?«

»Mit den Pferden schon«, rief Paule, schwang sich auf den Bock, nahm die Zügel und schnalzte mit der Zunge. Er betete die schöne Herrin an, seit er sie zum erstenmal gesehen hatte. Das war, als sie, von der Hochzeitsreise kommend, in Wardenburg eingetroffen war. Paule war damals 15, und er meinte, nie etwas Schöneres gesehen zu haben: diese großen blauen Augen, das volle blonde Haar, die schlanke Taille, und wie sie ging, so weich, so schwebend.

Er machte es später in der Küche dem Kutscher und der Köchin vor.

»Wie so 'n Schmetterling kommt se mir vor«, erklärte er begeistert.

»Du hast Schmetterlinge im Koppe, das haste, Schmetterlinge im Koppe, Dämlack«, sagte der Kutscher.

Paule war der uneheliche Sohn der Mamsell, er war auf Wardenburg aufgewachsen und gehörte zum Hausstand, war von seiner Mutter streng gehalten, gut gefüttert und von allen ein bißchen erzogen worden. Er war ein fröhlicher, gesprächiger Junge, besaß so etwas wie Fantasie und dachte sich oft Geschichten aus, ganz verrückte Geschichten; damit unterhielt er schon als kleiner Knirps an langen Winterabenden das Gesinde.

Er also liebte Alice vom ersten Tag an. Die anderen weniger. Beim Gutspersonal war Alice nicht sonderlich beliebt und wurde auch nicht voll anerkannt. Wer war sie denn schon groß? Ein armes Mädchen aus der Stadt. Und von der Wirtschaft verstand sie gar nichts.

»Reene gar nischt«, wie die Mamsell sagte.

Auch Nicolas wurde mit viel Reserve, wenn nicht gar Mißtrauen von den Gutsleuten angesehen. Er war ein Fremder für sie, er blieb es. Ein Fremder,

der unerwartet hereingeschneit war und mit dessen Erscheinen sich das Leben auf Wardenburg grundlegend verändert hatte.

Verändert? Es hatte sich nicht verändert, es war alles geblieben, wie es war. Und war doch anders geworden. Nur deswegen, weil der junge Herr ganz anders war, als der alte Herr gewesen war.

»So is das man nu, im Leben is das so, mißt er wissen«, philosophierte Miksch, der alte Gärtner, wenn sie in der Küche zusammensaßen, am Abend oder am Sonntagnachmittag, wenn die Arbeit getan war. »Die Menschen sin nu mal verschieden, nich? Jeder is anders. Manche sin mehr anders als andere. Viele sin sich ähnlich, nich? Manche sin nur 'n bißchen anders. Und der junge Herr, was der junge Herr is, der is nu eben ganz anders. Da muß ma sich erst dran gewöhnen, muß ma sich.«

»Is ja ooch 'n halber Russe«, sagte der Kutscher. »Da muß er woll anders sein.«

»Mag schon was ausmachen. Sicher tut es das. Aber das isses nich alleene, es kommt eben druff an, ich meene, een Mensch is eben, wie er is. Ich, was ich bin, ich hab' ja seinen Vater gut gekannt, ich hab'n ja sehn uffwachsen. Der war ooch wieder anders. Ganz anders. 'n schmucker Mann war das. Un sehr vornehm. Nich so . . . so lustig, wie der junge Herr is. Mehr ernst war der. Eben richtig vornehm. Manchmal kunnt ma denken, daß er traurig war. Wenn er eenen so ankuckte mit die dunklen Oogen, so ganz ernst, denn wurde einem richtig traurig ums Jemüte, richtig traurig wurde eenem da. Das Fräulein Clara, was sein Kindermädchen war, das Fräulein sagte immer, unser Carl Heinrich hat wieder seinen schwermütigen Tag. Ja, so hat se gesagt.« Miksch pusselte eine Weile gedankenverloren an seiner Pfeife herum, die anderen schwiegen respektvoll und warteten auf die Fortsetzung.

Das Leben des Carl Heinrich von Wardenburg, der als der direkte Erbe des alten Wardenburg eigentlich der rechtmäßige Besitzer des Guts sein müßte, dieses Leben des verschollenen oder verstoßenen Sohnes interessierte sie immer sehr. Irgendwie war es geheimnisvoll, von Düsternis umwittert, von Trauer umwoben, es rührte ihre Herzen an, es beflügelte ihre Fantasie. Gerade weil sie so wenig über dieses Leben wußten.

Carl Heinrich war das letztemal als Dreiundzwanzigjähriger in Wardenburg gewesen, damals, als er seinen Abschied nahm, und keiner hatte verstanden, wieso und warum. Jahrelang hatten sie ihn nur in Uniform gesehen, wenn er auf Urlaub kam, jetzt kam er in Zivil, still, ernst, verschlossen wie eh und je, dann reiste er ab und ward nicht mehr gesehn. Und sein Vater sprach nicht mehr von ihm, nie wieder.

»Das Fräulein Clara war ja nich direkt 'n Kindermädchen«, spann Miksch seinen Faden weiter, »mehr so 'ne Kuvernante, oder wie man das nennt. Sie lernte ihm ja ooch als kleenen Jungen alles, was 'n kleener Junge eben wissen muß. Denn ging er ja ins Kadettenkorps, un da ging er ja woll nich gerne hin, das kunnt' ma ihm ansehen, kunnt' ma das. War woll nicht geeignet als Offizier so richtig, der Carl Heinrich. War zu weech, nich? War ooch 'n Unglück, daß er die Mutter so früh verloren hat. Die hätt'n vielleicht besser verstanden, hätt' se. War 'ne feine, liebe Dame, die gnädige Frau.«

Miksch paffte eine Weile große Rauchwolken, und die Mamsell sagte: »'ne Mutter is wichtig für 'n Kind. Sag ich ooch immer. Viel wichtiger als 'n Vater.«

»So kann ma 's ooch nicht sehen«, widersprach Miksch. »Een Vater is sehr wichtig, gerade für eenen Jungen.« Dabei traf die vorwitzige Mamsell ein strafender Blick. »Ohne Vater wer'n die Kinder meist zu vorlaut, wer'n se. Kenn mer ja alle.«

Die Köchin rührte mit pikierter Miene in ihrem Kaffee herum. Paule, auf den sich die Anspielung bezog, war nicht zugegen. »Was unser alter Herr war«, fuhr Miksch fort, »der wär schon richtig. So geradezu war er. Bei dem wußt' ma immer, wie ma dran war. Bißchen rauh war er, meecht ma sprechen. Aber 'n guttes Herz hat er gehabt. Een guttes Herz.«

Dazu nickten alle. Seit der alte Herr tot war, trauerten sie ehrlich um ihn, auch wenn er wirklich ziemlich rauh gewesen war, grob manchmal, er konnte sie ganz schön aufjagen, wenn etwas nicht so klappte, wie er es haben wollte.

»Brüllen kunnte der, brüllen wie 'n Ochse«, sagte der Kutscher, und es klang voll Respekt und Hochachtung.

»Und meestens hatte er recht.«

Sie nickten. Grob konnte er sein und brüllen konnte er, aber ungerecht war er niemals gewesen, der alte Herr.

Der neue Herr auf Wardenburg brüllte nicht. Er sprach nicht einmal einen Tadel aus. Freundlich und gelassen ging er durch das Haus, den Hof und die Wirtschaftsräume, und wenn etwas nicht ganz in Ordnung war, übersah er es großzügig. Am liebsten ging er mit seinem Pferd ins Gelände oder kutschierte zweispännig, dann sogar vierspännig durch die Gegend. Mit Pferden konnte er umgehen, das merkten sie alle gleich, und darum imponierte er auch dem Kutscher und den Stallburschen am meisten.

Den Mädchen und Frauen imponierte er auch, allein schon durch sein gutes Aussehen, sein sicheres Auftreten, seinen lächelnden Charme.

Weniger imponieren konnte er dem Gutsverwalter, denn für die Wirtschaft interessierte sich der junge Herr nicht im geringsten.

»Sie machen das schon richtig, lieber Lemke. Ich mische mich da zunächst nicht ein. Zuerst muß ich mich hier einleben. Was soll ich Ihnen hineinreden, solange ich die Lage nicht überblicke.«

Dagegen hatte Lemke nichts einzuwenden. Anfangs. Aber nun lebte der junge Herr schon seit drei Jahren auf dem Gut, jetzt sollte er die Lage wenigstens soweit überblicken können, um zu erkennen, wie viele Schulden auf Wardenburg lasteten, wie sparsam und umsichtig man wirtschaften mußte, um einigermaßen durchzukommen.

Aber schon mit den Pferden war es losgegangen. Reitpferd, gut, hatte der alte Herr auch gehabt, früher, ehe die Gicht ihn plagte. Gefahren war er meist einspännig, das genügte ihm. Wenn es wirklich einmal nötig war, die große Kutsche zu nehmen, wurde eben eins von den Arbeitspferden mit eingespannt.

So etwas kam für den jungen Herrn überhaupt nicht in Frage. Zwei Orlowtraber wurden angeschafft, und später noch zwei dazu. Vierspännig, nur so zum Spaß. Weil sie das so gemacht hatten, dort, woher er kam. Hier war das nicht üblich auf sparsamem, preußischem Boden. Reitpferde hatte er inzwischen drei. Die gnädige Frau hatte nach der Hochzeit auch reiten gelernt. Na schön, warum nicht. Zumal sie nicht unbegabt war und an dem gnädigen Herrn einen guten Reitlehrer hatte. Aber dann fuhren sie nach

Berlin, oder er nach Petersburg und sie zur Kur nach Karlsbad oder gleich ins Österreichische, und er verschwand in eine Gegend, die sich Riviera nannte.

»Der Deuwel weeß, wo das sein mag«, sagte der Kutscher.

Dann standen die Pferde herum und mußten bewegt werden, sonst wurden sie die reinen Teufel. Alles hoch im Blut stehende Pferde, die brauchten jeden Tag ihre Arbeit, die konnte man nicht einfach auf der Koppel herumlaufen lassen, dann konnte keiner sie mehr bändigen. Für den Kutscher bedeutete das viel Arbeit. Und so kam es, daß Paule, der vorher auf dem Gut hier und da, wo es gerade nottat, mitgearbeitet hatte – Paule, geh mal, Paule, mach mal, Paule, hol mal –, daß Paule zum Kutscherassistenten avancierte, wenn man es so nennen wollte. Zum Bereiter obendrein.

Kein Wunder, daß er glücklich war mit der neuen Herrschaft auf Wardenburg. Er durfte die herrlichen Pferde reiten, er durfte die gnädige Frau begleiten, wenn sie allein spazierenritt, er durfte die schwarzen Traber fahren. Vierspännig noch nicht, das konnte kaum der Kutscher, das tat der junge Herr nur selbst.

Nun also ging es trab, trab durch die Stadt. Die Rappen zogen mächtig an, kamen gleich richtig in Schwung, das Stehen war ihnen sowieso zu langweilig gewesen.

Wie immer genoß es Alice unbeschreiblich, so durch die Stadt zu rollen.

Sie war es, die hier fuhr. Alice Hoffmann. Arm, von keinem beachtet, immer so bescheiden angezogen. Wie sie diese baumwollenen Kleider gehaßt hatte, diese schwarzen Schürzen, diese häßlichen Hüte. In Leontines Institut waren alle Mädchen besser als sie gekleidet gewesen. Die arme Agnes war dabei noch übler dran, sie hatte die abgelegten Kleider der älteren Schwester auftragen müssen.

Aber nun! Seht her!

Seht ihr mich? Dieser Hut mit der hochgeschwungenen Krempe, zyklamenfarbig, die neueste Mode aus Paris. Mein Kleid ist aus Seide. Meine Schuhe seht ihr leider nicht, sie sind aus Berlin, maßgefertigt vom teuersten Schuhmacher in der Friedrichstraße.

Seht ihr mich? Ich, Alice Freifrau von Wardenburg, fahre durch eure Stadt, in meiner eigenen Equipage, trab, trab, trab klappern die Hufe der Rappen. Schöne Pferde, edle Pferde, keine müden Kutschgäule.

Paule hatte die Peitsche hochgestellt, er hielt die Zügel mit festen Händen, denn die Pferde waren voll Temperament, und eine Stunde lang stehen, das mochten sie gar nicht gern.

Wie sie die Beine schmeißen!

Paule auf seinem Bock strahlte. Er war mindestens so stolz wie die schöne Herrin hinten im Wagen. Was für Pferde! Die schönsten Pferde weit und breit, das war gewiß. Graf Drewitz, der hatte auch schöne Pferde. Aber nicht so schön wie die beiden Schwarzen da vorn, nee, das denn doch nicht. Himmel, wie sie die Hälse wölben! Das konnte natürlich nur einer beurteilen, der es verstand. Und der verstand dann auch, daß solche Pferde gefahren sein wollten, so wie er, der Paule, sie fuhr.

Trab, trab, trab – er ließ ihnen noch ein bißchen Luft, sie machten scharfe Fahrt, die Leute blieben stehen und sahen dem Wagen nach.

Alice hatte sich zurückgelehnt, den Schleier fest unterm Kinn gebunden, die Füße leicht gekreuzt. Was für ein herrlicher Tag! Wie warm die Sonne noch schien!

Als sie aus der Stadt kamen, konnte sie weit über die Ebene blicken, die Felder waren zum größten Teil schon gepflügt, nur die Rübenernte war noch in vollem Gang. In vierzehn Tagen, drei Wochen, hatte Nicolas gesagt, würden sie nach Berlin fahren, wieder einmal unter den Linden in die Oper gehen bei Lutter und Wegener, bei Kempinski speisen, ein wenig einkaufen.

»Wohnen wir wieder im Bristol?« hatte sie gefragt.

»Natürlich. Wo sonst?«

Kinder? Nein, sie wollte keine Kinder. Schlank und schön wollte sie sein, dieses herrliche Leben genießen, das ein gütiger Gott ihr beschert hatte. Jeden Tag, jede Stunde wollte sie genießen, alles, was diese Ehe ihr bot – Reichtum, Ansehen, Freiheit.

Die arme Agnes. Erst der dicke Bauch, dann die Schmerzen, und dann Arbeit, nichts als Arbeit. Gefangen war sie, angebunden, und jedes neue Kind konnte sie das Leben kosten. Nicht ich, dachte Alice leidenschaftlich, nicht ich. Ich will leben, die paar Jahre, die mir noch bleiben, ich bin bald dreißig, aber, so wie ich aussehe, und überhaupt, wenn ich keine Kinder bekomme, werden es ein paar mehr Jahre sein, als sie anderen Frauen gegönnt sind.

Nicolas hätte gern Kinder gehabt, das wußte sie. Am Anfang ihrer Ehe hatte er manchmal davon gesprochen. Er war ein Einzelkind gewesen, genau wie sein Vater, aber er war in einer großen Familie aufgewachsen, und seine Cousins und Cousinen waren ihm wie Brüder und Schwestern. Es sei schön, wenn man Geschwister hätte, sagte er damals, drei Kinder, nicht wahr, Alice, das wäre doch gerade richtig, vielleicht auch vier.

Sie hatte dazu gelächelt, sie konnte ihm ja nicht ins Gesicht sagen: Ich will nicht, ich will nicht, ich habe Angst.

Bis jetzt hatte sie kein Kind bekommen, und sie war froh darüber. Er sprach nicht mehr davon, aus Taktgefühl, aus Gleichgültigkeit, sie wußte es nicht. Sie sprachen eigentlich nie davon. Wardenburg war kein Grund für ihn, sich Kinder zu wünschen, das Gut war ihm in den Schoß gefallen, viel verband ihn nicht damit. Wenn er Wardenburg nicht länger halten konnte, würde er zurückkehren auf die Güter seiner Familie im Baltikum. Die war unvorstellbar reich. So etwas wie Wardenburg wäre für sie eine Kate, 10 000 Hektar umfaßte allein der Besitz von Schloß Kerst.

Es war die Familie seiner Mutter, sein Erbteil war ihm ausgezahlt worden, als er mündig wurde, zuvor war seine Ausbildung davon bezahlt worden, während seiner Offiziersjahre hatte er das meiste davon verbraucht, er hatte bei der Garde in Berlin gedient, das war ein teures Pflaster. Aber die Balten würden ihm das nicht vorrechnen, er gehörte zu ihnen, sie waren so reich, so gastfreundlich, besaßen soviel Familiensinn; dies alles hatte Alice tief beeindruckt, als sie das erstemal dort gewesen war. Was für Verhältnisse! Die lebten wie die Fürsten. Und dachten in ganz anderen Dimensionen, in russischen eben, nicht in preußischen. Und wie nett sie gewesen waren, Alice hier und Alice da, man hatte ihr den Hof gemacht, ihr alle Wünsche erfüllt, sie merken lassen, daß sie schön war und begehrt wurde. Einladungen, Feste, Jagden, Ritte durch endlose Wälder. Und da sollte sie die Zeit mit Kinderkriegen verplempern?

Auch aus der Liebe machte sie sich nicht viel; sie war eine kühle Natur.

Natürlich war sie sehr froh, daß Nicolas sie geheiratet hatte, daß sie dadurch nun zu den privilegierten Kreisen des Adels gehörte. Die Anbetung anderer Männer ließ sie sich zwar gern gefallen, aber sie würde ihn nie betrügen. Ihr genügte die Bewunderung der Männer, ihr Begehren, ihre Wünsche – das war viel reizvoller, viel genußvoller als das, was in den Betten geschah.

Nicolas hatte das bald bemerkt und sich nicht viel Mühe gegeben, es zu ändern. Er verstand viel von Frauen, und er wußte, daß man aus einer kalten Frau nicht eine leidenschaftliche Geliebte machen konnte. Alice ihrerseits wußte, daß er immer noch diese Frau in St. Petersburg liebte. Mindestens einmal in jedem Jahr fuhr er nach St. Petersburg, allein. Oder er traf sie im Frühling in Nizza. Oder im Herbst in Paris. Natalia Fedorowna, eine russische Fürstin. Es störte Alice nicht.

Diese Frau war mindestens fünfzehn Jahre älter als Nicolas. Warum sollte sie nicht noch ein bißchen Spaß mit ihm haben, wenn ihr das nun einmal unverständlicherweise Spaß bereitete, dieses . . . dieses ekelhafte Zeug, das Männer mit Frauen trieben. Sollte sie doch. Sie wußte allerdings nicht, daß Nicolas inzwischen in Berlin eine kleine Freundin hatte, eine junge Schauspielerin vom Hoftheater. Aber selbst wenn Alice es gewußt hätte, sehr irritiert hätte es sie nicht.

Ich bin Frau von Wardenburg. Ich sitze in diesem Wagen und fahre durch die Stadt, die meine armselige Jugend gesehen hat. Fahre über eigenen Grund und Boden. Auf mein Gut. In meinen Salon.

Das war auch etwas, was dem Verwalter Lemke Sorgen bereitet hatte. Nicht nur die Pferde waren gekauft worden, die junge Frau hatte das ganze Haus neu einrichten lassen. Seidene Gardinen, samtbezogene Sofas, echte Teppiche, und ihr Schlafzimmer erst, mit dem riesenbreiten Bett, auch dort alles voller Seide und Schnickschnack. Ein Heidengeld hatte das gekostet, zwei Ernten waren dafür draufgegangen.

Wann hatte es je so etwas auf Wardenburg gegeben? Solide und ordentlich war alles gewesen, feste Möbel, derbe Stühle, es roch kühl, sauber und frisch. Gemütlich war es gewesen. Aber jetzt! Der Gartensaal war der reinste Alptraum geworden, alberne Möbel mit Kringeln und Verzierungen daran, Samtportieren und so komische Bilder, auf denen man gar nicht erkennen konnte, was sie eigentlich darstellen sollten. Das schlimmste war dieses grünliche Bild an der linken kurzen Seite des Gartensaals, kein Mensch konnte begreifen, was es bedeuten sollte, lange schmale Glieder, verrutschte Köpfe, wie kranke Schlangen sah es aus.

»Das hat mein Vater gemalt«, hatte Nicolas von Wardenburg einmal gesagt.

Lemke enthielt sich jeden Kommentars, aber sein Gesichtsausdruck war so sprechend, daß Nicolas laut gelacht hatte. Lemke dachte bei sich: Irgend etwas hat ja wohl mit dem Vater von dem jungen Herrn nicht gestimmt. Er selbst hatte ihn nicht gekannt, aber hier und da redeten die Leute. Der alte Miksch zum Beispiel . . . natürlich konnte er sich nicht hinstellen und mit den Leuten über die Herrschaft reden, aber seine Frau schnappte manchmal etwas auf, die erzählte es ihm dann.

»Er wollte nicht mehr Offizier sein, sagen die Leute. Er wollte es nie. Er wollte malen. Weil er ein Künstler war. Und der alte Herr warf ihn hinaus. Dann ging er nach Italien. Und da hat er die Gräfin kennengelernt, die russische.«

»Sie war keine Russin, sie war Baltin.«
»Das ist doch dasselbe.«
»Nein, das ist nicht dasselbe.«
»Aber sie sind doch Russen dort.«
»Ja, jetzt sind sie Russen.«
»Na, siehst du.«

Es war nicht die Aufgabe des Verwalters, sich den Kopf über die baltische Mutter des Herrn von Wardenburg zu zerbrechen. Seine Aufgabe war es, Gut Wardenburg zu bewirtschaften, und das wurde mit jedem Jahr schwieriger. Seit dem Tod des alten Herrn wuchsen die Schulden ins Unermeßliche.

Der alte Herr hatte gespart an allen Ecken und Kanten, da war man gerade so hingekommen. Aber nun? Lange konnte das nicht mehr gutgehen.

Als sie in den Seitenweg einbogen, der zum Gut führte, minderte Paule das Tempo. Eine Staubwolke verwehte hinter ihnen, es hatte lange nicht geregnet.

Weit hinten am Waldrand sah Alice ein goldenes Blitzen in der Sonne.

»Los, Paule«, rief sie, »fahr zu. Dort kommt der Herr. Wir wollen vor ihm da sein.«

Paule lachte, knallte mit der Peitsche. Die Rappen zogen wieder an, das taten sie gern, so nah am Stall.

Sie kamen zusammen auf dem Hof an. Der Goldfuchs hielt neben dem Wagen, Nicolas hob grüßend die Gerte an die Schläfe, sein braunes Haar, viel zu lang für einen preußischen Gutsbesitzer, hing ihm verwirrt in die Stirn, er ritt immer ohne Hut oder Kappe.

»Schon zurück? Wie geht es Agnes?«

»Stell dir vor, es ist wieder ein Mädchen«. Alice lachte voll Schadenfreude.

»Ach nein? Ach, Gottchen!« Nicolas lachte auch, doch dann schüttelte er bedauernd den Kopf. »Die arme Agnes! Sie tut mir leid, nicht er. Sie wird es ausbaden müssen.«

»Sie wird eben noch mehr Kinder kriegen müssen. Er wird sie nicht in Ruhe lassen.«

Der Stallbursche kam angelaufen, Nicolas sprang aus dem Sattel und klopfte dem Fuchs den Hals. »Brav, Toro, brav.«

Er reichte seiner Frau die Hand, sie raffte anmutig den Rock, stieg aus dem Wagen und lächelte ihn an.

»Danke, mein Lieber.«

Sie gingen immer sehr höflich miteinander um, es war so ihre Art. Sie waren beide gefallsüchtige Menschen, auf Äußerlichkeiten bedacht, die nicht nur dem anderen, die auch sich selbst etwas vorspielen mußten. Wenn es Verstimmungen zwischen ihnen gab, was gelegentlich vorkam, handelte es sich meist um Lappalien, nie um wichtige Dinge, weil jeder die wichtigen Dinge für sich allein lebte. Wenn sie stritten, war sie kalt und verletzend, er zunächst temperamentvoll, doch dann sehr rasch umschlagend in eine geradezu beleidigende Attitüde von Hochmut. Was Alice maßlos verärgerte. Es degradierte sie dahin zurück, woher sie gekommen war.

Jedoch, es kam nicht oft vor.

Alice blickte zu Paule auf, der auf dem Bock saß wie aus Erz. Und wie aus Erz standen die Rappen.

»Du bist gut gefahren, Paule. Sehr flott.«

Paule grinste. Was war er glücklich! Der alte Herr hatte ihn einen Nichtsnutz genannt, mit nichts als Flausen im Kopf. Der sollte ihn jetzt mal sehen, mit diesen beiden Rappen sollte er ihn sehen.

Er wartete, bis die gnädige Frau und der gnädige Herr die Stufen zum Portal des Gutshauses hinaufgestiegen waren und hinter der schweren Eichentüre verschwanden, dann fuhr er in raschem Trab über den Hof hinweg, hinüber zu den Ställen.

»Verdammter Lümmel!« schimpfte der Kutscher, der vor dem Pferdestall stand. »Mußte denn immer wie 'n Wilder hier ankommen? Kannste die Pferde nich wenigstens das letzte Stück Schritt gehen lassen?«

Der Kutscher strich einem der Rappen über den Hals. So gut wie trocken, der Atem der Tiere ging ruhig. Pferde wie die, dachte Paule.

»Was denen das ausmacht, mal 'ne halbe Stunde scharfen Trab zu gehen. Gar nischt is das für die. Gar nischt.«

»Halt die Schnauze«, knurrte der Kutscher. »Immer mußte Widerpart geben. Deine Mutter hat dich zuwenig verprügelt.«

Paule lachte frech. »Hat eben der Vater gefehlt.«

Er wußte nicht, wer sein Vater war, seine Mutter verschwieg es hartnäckig. Früher hatte er sich nicht getraut, danach zu fragen, aber jetzt fragte er sie manchmal.

»Geht dich nischt an«, bekam er zur Antwort.

Insgeheim musterte er alle Männer auf dem Gut und in der Umgebung, die dem Alter nach in Frage kamen. Seine Mutter war heute noch eine stattliche Frau, und bestimmt war sie ein hübsches Mädchen gewesen.

Manchmal träumte er davon, der alte Herr von Wardenburg wäre sein Vater. Ein tollkühner Traum, der ihm Schauer über den Rücken jagte. So wie er den alten Herrn gekannt hatte, war das reichlich unwahrscheinlich, aber konnte man wissen? Die Vorstellung war höchst ergötzlich – er, der Paule, ein Herr von Wardenburg.

Alice und Nicolas gingen durch das Vestibül des Gutshauses, eine geräumige Halle war es fast, von der in der Mitte eine breite Glastür in den Gartensaal führte, rechts und links zwei Türen in die anderen Räume, links hinten eine in die Wirtschaftsräume, daneben die Treppe, die nach oben führte. Sie betraten den Raum rechts vorn, den Alice ihren Salon nannte. Sie hatte ihn englisch eingerichtet, Chippendale-Möbel, eine goldrosa Streifentapete an den Wänden, gestreifte Bezüge für Sessel und Sofa und immer frische Blumen aus dem Garten. Ein schöner Raum, Geschmack besaß sie.

Grischa, der Diener, hatte sie an der Tür erwartet und öffnete ihnen die Tür zum Salon. Grischa, groß und schwarzhaarig, verbeugte sich, als er die Reitgerte von Nicolas entgegennahm, dann die Sporen, nachdem Nicolas sie abgeschnallt hatte.

»Champagner, Grischa«, befahl Nicolas. »Wir müssen die Geburt meiner kleinen Nichte feiern.«

Grischa erlaubte sich ein kleines Grinsen. Also wieder ein Mädchen! Hier im Haus wußte jeder, wie dringend die Verwandten in der Stadt auf einen Sohn gehofft hatten. Immerhin, dachte Grischa, sie kriegen wenigstens Kinder. Wird auch einmal ein Söhnchen dabei sein. Wir haben keine Kinder hier, gar keine. Das ist viel schlimmer. Besser vier kleine Töchterchen als gar kein Kind im Haus.

»Sehr wohl, Väterchen«, er verneigte sich. »Und wann soll serviert werden?«

»In einer halben Stunde«, sagte Alice. Und höflich zu Nicolas: »Es ist dir doch recht so?«

»Ja, natürlich.«

Das war auch so eine Neuerung im Haus, an die sich das Gesinde nicht gewöhnen konnte. Früher, beim alten Herrn, mußte das Essen Schlag zwölf auf dem Tisch stehen. Da wußte jeder, wie er dran war. Heute wurde einmal um ein Uhr, dann um halb zwei oder gar um zwei gegessen. Es war nie vorauszusehen, wann die Herrschaften sich zu Tisch setzen würden. Das erschwerte der Köchin und den Mädchen die Arbeit, aber das bedachte keiner.

Grischa verschwand, um den Champagner zu holen.

»Dein Hut ist bezaubernd«, sagte Nicolas und steckte sich eine von seinen dünnen russischen Zigaretten an.

»O ja, findest du? Gibst du mir auch eine?«

Sie nahm eine Zigarette aus der goldenen Dose, die er ihr anbot, und steckte sie zwischen die Lippen.

»Laß das nur nicht deine Mama sehen.«

»Sie hat es schon gesehen. Als sie das letztemal hier war.«

»Und was sagte sie?«

»Sie sagte . . . oh, nicht viel, sie war nur schockiert.«

In Wahrheit hatte Charlotte gesagt: »Da brauche ich mich nicht zu wundern, daß du keine Kinder bekommst.«

Und Alice darauf: »Wenn ich es dadurch verhindern kann, daß ich rauche, schmeckt mir die Zigarette noch einmal so gut.«

Grischa kam mit dem Champagner, öffnete geschickt die Flasche, füllte die Gläser und reichte sie auf silbernem Tablett seiner Herrschaft.

Er tat es formvollendet, denn er hatte eine erstklassige Ausbildung genossen. Aber er ließ es sich dennoch nicht nehmen, dazu zu sagen: »Wohl bekomm's, Mütterchen. Wohl bekomm's, Väterchen.« Und als sie die Gläser an die Lippen setzten: »Glück und Gesundheit dem Kindchen.«

Nicolas nickte ihm zu. »Danke, Grischa.«

Grischa war seit zwei Jahren im Haus. Er war ein Geschenk der Fürstin. Nach wie vor fühlte er sich als Leibeigener der Fürstin Natalia Fedorowna, was ihn nicht im mindesten störte, für sie hätte er sich in Stücke reißen lassen. Aufgewachsen auf einem ihrer Güter, geschult zu einem perfekten Diener von Alexis, der das Petersburger Palais der Fürstin führte. Dort hatte er auch zuerst seinen jetzigen Herrn kennengelernt, auch der war in gewisser Weise ein Leibeigener der Fürstin, denn er liebte sie. Siebzehn war Nicolas, als er die Fürstin Natalia Fedorowna kennenlernte. Seine Mutter war seit einem Jahr tot, und weil er trauerte und trauerte, schickte ihn die Familie nach St. Petersburg, damit er dort die Schule beende und auf andere Gedanken käme. Verwandte lebten genug in der Stadt, einige als Offiziere des Zaren, ein Onkel von Nicolas war in diplomatischen Diensten am Hof. Nicolas sollte Zerstreuung und Ablenkung in St. Petersburg haben und nicht mehr so schwermütig am Kamin sitzen und ins Feuer starren, das tat nicht gut für einen jungen Menschen.

Sein Vater war sofort nach dem Tod seiner Frau von Schloß Kerst verschwunden. Sie hörten wenig von ihm. Man konnte ihm nicht helfen, sie wußten alle, wie sehr er Anna Nicolina geliebt hatte und wie er litt unter ihrem Tod.

Ihr langsames Sterben hatte alle auf Schloß Kerst schwermütig gemacht. Sie litt an einer Blutzersetzung, die Ärzte nannten es Leukämie.

Ihr Vater, ihre Brüder, die ganze große Familie waren Anna Nicolinas Tod mitgestorben. Jeder hatte sie geliebt, schön und gütig und sanft, wie sie war. Aber nun war sie tot. Das Leben mußte weitergehen, der Junge mußte abgelenkt werden.

Die Fürstin Natalia Fedorowna war Anfang Dreißig, wunderschön und unermeßlich reich. Der Fürst war doppelt so alt wie seine Frau, machte sich nichts aus dem Hofleben und kam nur zu besonderen Anlässen nach Petersburg, er lebte auf einem der riesigen Güter, züchtete Pferde und Windhunde.

Natalia Fedorowna sah den Jungen aus dem Baltikum zum erstenmal in der Oper, es war ein Ballettabend, er saß verborgen im Hintergrund der Loge seines Onkels, und nur ein so scharfes Auge wie das der Fürstin, dem kein neues Gesicht entging, konnte ihn dort entdecken.

In der Pause stand er trübsinnig in einer Ecke, man konnte ihm ansehen, wie verloren er sich vorkam in dieser fremden glänzenden Welt. Ein Lächeln und eine leichte Kopfbewegung der Fürstin befahlen Onkel und Tante zur Reverenz. Sie fragte, wer der junge Herr in ihrer Begleitung sei, erfuhr seine Geschichte, und einige Tage darauf erhielt Nicolas eine Einladung zum Tee.

Es war eine große Ehre, und die Familie war stolz. Ihn verwirrte es.

»Ihr nicht? Ich soll allein hingehen?«

»Geh nur, Söhnchen, geh nur. Sie ist eine sehr bedeutende Frau, und sie kann dir sehr nützlich sein. Sie hat eine wichtige Stellung am Hof, der Zar schätzt sie sehr. Man sagt . . .«

Es war unnötig, dem jungen Mann zu erklären, was der Klatsch über sie und den Zaren behauptete. Tatsache war jedenfalls, daß Zar Alexander ihre Gesellschaft der der meisten anderen Damen bei Hofe vorzog.

Zu jener Zeit war es noch Alexander II., jener fortschrittliche Herrscher, der weitgehende Reformen in der überalterten Hierarchie des riesigen Rußland einführte, die Leibeigenschaft abschaffte und zum Dank dafür bei einem Attentat im Jahre 1881 ermordet wurde.

Die Fürstin war dem jungen Nicolas wirklich außerordentlich nützlich.

Bei seinem ersten Besuch plauderte sie unverbindlich, erzählte von ihren Pferden, von der Windhundzucht ihres Mannes, die in ganz Rußland berühmt war, erzählte von der Jagd in den unendlichen Wäldern ihrer Güter, alles Themen, bei denen der Junge mitreden konnte.

Bei seinem zweiten Besuch ließ sie ihn reden, ließ sich von seiner Mutter erzählen, denn sie war der Meinung, er müsse einmal ausführlich darüber reden, nicht alles stumm und gepeinigt in sich verschließen. Am Ende weinte er.

Und als er sich schämte, weil er geweint hatte, strich sie ihm übers Haar und sagte: »Du müßtest dich schämen, wenn du nicht um deine Mutter weinen würdest. Komm übermorgen wieder.«

Bei diesem dritten Teebesuch fand sie die richtige Methode, ihn zu trösten. Sie nahm ihn mit in ihr Bett. Es war nicht nur eine Laune, nicht nur ein kleines Vergnügen, das sie sich gönnte, den Jungen zu verführen und einige Male mit ihm zu schlafen. Sie nahm ihn ernst, hatte ihn gern, behielt ihn viele Jahre lang und vollendete die Erziehung, die seine Mutter begonnen hatte, die Erziehung zu einem Gentleman.

»Ich möchte, daß du ein Gentleman wirst«, hatte seine Mutter gesagt, als er noch ganz klein war. »Das bedeutet auch, daß du immer verantwortlich bist für das, was du tust. Nie soll dir einer etwas befehlen müssen. Du wirst von selbst das Richtige tun. Auch ich werde dir nie etwas befehlen. Ich werde dir vorschlagen, was du tun könntest, und du wirst dann selbst entscheiden.«

Die Fürstin erzog ihn überdies zu einem exzellenten Liebhaber, zu einem Mann, der genau wußte, wie man mit Frauen umging. Nun hatte er eine Ehefrau, die von dem Gentleman profitierte, für den Liebhaber jedoch wenig Verwendung hatte. Da Nicolas ein glückliches Naturell besaß, war er geneigt, dies als günstige Fügung des Schicksals anzusehen: Es gewährte ihm viel Freiheit. Vielleicht, so dachte er, nachdem er entdeckt hatte, daß das reizvolle Mädchen Alice nicht die geeignete Geliebte für ihn war, ist es ganz gut so; sie wird dann nicht allzu eifersüchtig sein.

Er wußte, daß dies nicht unbedingt zutreffen mußte; auch kalte Frauen konnten sorgsam bewachen, was ihnen gehörte. Aber mit Alice hatte er darin Glück, sie fragte nie, was er auf seinen Reisen erlebte. Und hier auf dem Gut benahm er sich vorbildlich, blamiert hätte er sie nie, dazu war er zu gut erzogen. Ein echter Gentleman eben.

Von Natalia Fedorowna hatte er Alice erzählt. Keine Einzelheiten natürlich, nur was sie ihm war, was sie für sein Leben bedeutete.

»Oh, ich sehe, un grand amour«, hatte Alice lächelnd gesagt. »Et pas encore fini?«

»Jamais.«

Niemals. Das hatte er klar und bestimmt gesagt. Niemals würde er aufhören, Natalia Fedorowna zu lieben, für immer würde er ihr Freund sein.

Als er sein Abitur gemacht hatte, ein nicht sehr glanzvolles Abitur – er lernte nicht gern und hatte nicht viel gearbeitet –, kam sein Vater, den er seit dem Tod Anna Nicolinas nicht gesehen hatte; nur in vierteljährlichen Briefen hatte er das Notwendigste über sein Leben und seine Fortschritte in der Schule an ihn berichtet, knapp und ohne das zu erwähnen, was in seinem Leben wichtig war.

Carl Heinrich von Wardenburg oder Henry von Wardenburg, wie er sich jetzt nannte, hatte in den vergangenen Jahren zunächst in Rom, dann in Florenz gelebt, er hatte wieder angefangen zu malen, doch da er ständig selbst an seiner Begabung zweifelte, ihm als einem reinen Autodidakten auch die Grundlage einer soliden Ausbildung fehlte, war nicht viel daraus geworden. Dazu kam, daß der Tod seiner Frau ihn zum zweitenmal heimatlos gemacht hatte. Ein zutiefst unglücklicher Mensch war er, manchmal von schweren Depressionen so heimgesucht, daß er tagelang sein Hotelzimmer nicht verließ und auch schon einige Male an Selbstmord gedacht hatte. Nun plötzlich jedoch besann er sich auf seinen Sohn, und was er von seinem Sohn verlangte, war so befremdlich, daß dieser Tage brauchte, um sich von der Überraschung zu erholen, die das väterliche Ansinnen ausgelöst hatte.

Henry von Wardenburg verlangte nicht mehr und nicht weniger, als daß Nicolas sofort St. Petersburg verlassen, sich nach Berlin begeben und in preußische Dienste treten sollte.

Bisher hatte sich Nicolas nicht allzuviel Gedanken um seine Zukunft gemacht, die Schule hatte ihn ausreichend beschäftigt, und das erste Ziel, die Schule abzuschließen, mußte zunächst einmal erreicht werden. Sein übriges Leben war abwechslungsreich genug; da war die zahlreiche Familie, da waren all die Feste und Einladungen, die damit verbunden waren, und da war schließlich als beherrschender Mittelpunkt seines Daseins Natalia Fedorowna.

Seinen Großvater, den Herrn von Schloß Kerst, sah er selten, eigentlich nur in den Ferien; der Senior kam nicht gern nach Petersburg, er liebte die großen Städte nicht, schon der jährliche Aufenthalt in Reval, jedes Jahr im Herbst und im Winter, war ihm lästig. So kam es, daß für Nicolas sein Onkel Konstantin, in dessen Haus in Petersburg er lebte, zu einem Vaterersatz geworden war. Graf Konstantin war ein weitgereister Mann, sprach Französisch und Englisch so gut wie Deutsch und Russisch, hatte lange als Diplomat im Ausland gelebt, nun tat er Dienst am Hof und gehörte zu jenem Teil der Balten, der loyal Rußland und dem Zaren diente. Ohne zu leugnen, daß er Balte war und von deutschen Ordensrittern abstammte. Damit befand er sich im Gegensatz zu vielen anderen Herren aus Kurland, Livland und Estland, die sich gegen zu weitgehenden russischen Einfluß wehrten und auf deutschsprachigem Unterricht und Studium für ihre Söhne bestanden.

Graf Konstantin sagte: »Ich hoffe, der Nationalismus wird im nächsten Jahrhundert keine Chance mehr haben.

Es gibt viel Wichtigeres zu tun: Die wachsende Industrialisierung bringt wachsenden Wohlstand, die größeren Aufgaben, die Technik und Wissenschaft uns stellen, verlangen klügere Köpfe. Es bleibt keine Zeit mehr, sich die Köpfe einzuschlagen, wir brauchen sie, damit sie Verstand und Wissen aufnehmen. Ich hoffe, den Tag noch zu erleben, an dem sich die Völker über alle Grenzen hinweg verständigen, mehr noch, ich wünsche mir den Tag, an dem es keine Grenzen mehr gibt.« Er sagte aber auch: »Ich fürchte, ich denke meiner Zeit zu weit voraus. Ich bin schneller als die Entwicklung der Menschheit, und vielleicht wird noch viel Blut fließen müssen, bis jeder so denkt wie ich.«

Graf Konstantin hatte großen Einfluß auf Nicolas, er tat viel für die Bildung und Sicherheit des jungen Mannes – seine eigenen Söhne waren bereits nicht mehr im Haus, einer diente als Oberst in der Armee des Zaren, der andere war Diplomat wie der Vater und zu jener Zeit, als Nicolas im Hause des Onkels lebte, als Attaché in Brüssel. Nicolas durfte an allen Festen und Bällen teilnehmen, er lernte es, wie man es im Hause des Onkels gewohnt war, sich in mehreren Sprachen zu verständigen, sich tadellos zu kleiden und sich mit Sicherheit in jeder Gesellschaft zu bewegen.

Über die Zukunft, über seine Zukunft, war bisher wenig gesprochen worden. Die Söhne der baltischen Familien studierten zumeist an der deutschsprachigen Universität in Dorpat einige Semester; beabsichtigten sie ernsthaft einen Abschluß, setzten sie das Studium meist in Deutschland fort. Ihren Militärdienst jedoch mußten sie als Untertanen des Zaren im russischen Heer leisten.

»Ich halte es für Unsinn, daß du nach Dorpat gehst«, hatte Graf Konstantin einmal gesagt, »du bist ein Petersburger geworden, es wird dir in der Provinz nicht mehr gefallen. Ein Gelehrter wird sowieso nicht aus dir, aber ein paar Semester Studium haben noch keinem Menschen geschadet, und die würde ich dir raten, hier zu absolvieren. Am besten nach deiner Dienstzeit. Vielleicht entscheidest du dich auch, aktiv zu werden und Offizier zu bleiben, nach einer gewissen Zeit könnte ich dafür sorgen, daß du zum Hofdienst abkommandiert wirst. Das wird sich finden, man wird sehen, mach erst dein Abitur.«

Nach dem Abitur, so war geplant, sollte Nicolas sich ein paar Wochen auf Kerst erholen und dann eine Reise nach Paris machen, um etwas von der Welt zu sehen.

Und nun also kam sein Vater, nicht mit dem Wunsch, sondern dem Befehl, daß Nicolas Petersburg sofort verlassen solle, um, wie alle Wardenburgs vor ihm, preußischer Offizier zu werden.

»Du bist Deutscher, genau wie ich. Auch deine Mutter war Deutsche. Es ändert nichts daran, daß die Balten heute russische Untertanen sind. Ich möchte nicht, daß du in Rußland dienst. Wenn es zum Krieg kommt, müßtest du auf russischer Seite gegen Deutschland kämpfen.«

Ein Krieg sei ganz und gar undenkbar, meinte Nicolas, schließlich lebe man in einer modernen Zeit. Auch seien Deutschland und Rußland in einem Bündnis vereint. Und das Deutsche Reich sei so stark, daß gewiß keiner seiner Neider einen Krieg wagen würde.

Henry betrachtete die weltpolitische Lage skeptischer. Das Deutsche Reich sei nicht sehr beliebt, Frankreich würde sich eines Tages Revanche holen, dessen sei er sicher. Abgesehen davon aber, wehe ja nun in Rußland ein anderer Wind, die Russifizierung der Deutschen werde jetzt mit anderen Mitteln vorangetrieben.

So war es. Alexander III., der kurz zuvor den Thron bestiegen hatte, war kein reformfreudiger und aufgeschlossener Herrscher wie sein Vorgänger. Nach der Ermordung seines Vaters und angesichts der revolutionären Strömungen im Russischen Reich war das Klima hart und böse geworden. Im tiefsten Inneren aber ging es Henry von Wardenburg darum, daß sein Sohn gutmachen sollte, was er schlechtgemacht hatte: Er hatte keinen ehrenvollen Abschied genommen; ein Wardenburg sollte preußischer Offizier werden, seine Verfehlungen vergessen machen.

Nicolas war verwirrt. Er verließ Petersburg, das ihm bisher ein abwechslungsreiches und amüsantes Leben geboten hatte, widerstrebend, aber in gewisser Weise fand er es auch verlockend, in die Hauptstadt des Deutschen Reiches zu gehen.

Die Fürstin, von ihm befragt, stimmte erstaunlicherweise seinem Vater zu. »Man muß wissen, wohin man gehört. Du bist wirklich kein Russe, mon cher. Ihr Balten werdet nie echte Russen werden. Außerdem tut es immer gut, seinen Horizont zu erweitern und auch einmal in einem anderen Land zu leben. Enfin, ich werde dich oft in Berlin besuchen.«

Das tat sie. Sie kam sehr oft nach Berlin, zwei- oder dreimal im Jahr, sie reiste mit einem ganzen Troß Dienerschaft an, bezog eine ganze Etage im Bristol, mietete auch einmal ein Haus am Tiergarten, es gefiel ihr in Berlin, und sie blieb jedesmal einige Wochen.

»Was wird man in Petersburg sagen, Natalia Fedorowna, wenn Sie so oft nach Berlin reisen?«

»Je m'en fiche«, erwiderte sie hochmütig.

Es blieb nicht aus, daß der Zar eine erstaunte Bemerkung gegenüber ihrem

Mann, dem Fürsten, fallen ließ, als die Fürstin einmal bei einem großen Empfang bei Hofe nicht zugegen war. Zur gleichen Zeit entdeckte sie, daß Nicolas sie betrog, daß er eine junge Geliebte hatte. Ihr Verhältnis kühlte sich ab; sie kam nicht mehr nach Berlin, reiste wieder wie früher nach Paris, an die Riviera, und es gab neue, andere Männer in ihrem Leben.

Nach einer längeren Zeit der Trennung trafen sie sich wieder in St. Petersburg. Nicolas war zu der Hochzeit einer seiner unzähligen jungen Cousinen gekommen.

Bei diesem Wiedersehen fühlte er sich ein wenig befangen. Die Fürstin jedoch, sicher ihrer selbst wie eh und je, war voller Verständnis. Es war so einfach, mit ihr zu sprechen, sich ihr anzuvertrauen, war immer so gewesen. Aus ihrer Liebe war Freundschaft geworden; echte tiefe Freundschaft, wie nur Russen sie aufbringen können, brachte sie ihm entgegen, und dies erwies sich als eine bleibendere Form der Liebe.

Niemals, konnte Nicolas darum heute sagen, niemals würde er aufhören, Natalia Fedorowna zu lieben und zu verehren, sie war auf immer verbunden mit seiner Jugend und seiner Heimat, denn das war nicht nur Schloß Kerst, das war auch Petersburg für ihn.

Die niederschlesische Provinz, Gut Wardenburg, als dessen Erbe sein Großvater ihn eingesetzt hatte, ganz überraschend für ihn – er war nie dort gewesen und kannte seinen preußischen Großvater nicht –, Wardenburg war für ihn, bis jetzt jedenfalls, nicht zur Heimat geworden.

Für gewöhnlich dachte er darüber nicht nach, er war keiner von denen, die das Leben unnötig komplizierten. Aber jetzt, in dieser Mittagsstunde, als sie auf das Wohl seiner neuen kleinen Nichte tranken, geriet er auf einmal in nachdenkliche Stimmung. Er neigte zur Sentimentalität, der Gedanke an das neugeborene Kind, dieses kleine Mädchen, das so offensichtlich unwillkommen war im Hause seines Schwagers, rührte ihn. Er dachte: Wenn wir Kinder hätten, würde ich mich vielleicht besser hier einleben können, würde mich nicht nur als Gast in diesem Haus empfinden.

»Du machst so ein ernstes Gesicht, woran denkst du?« fragte Alice.

Nicolas leerte sein Glas und reichte es Grischa, der ihm nachschenkte.

»Nichts Bestimmtes«, sagte er leichthin. »An früher.«

»»An deine Familie in Kerst? Oder an sie?«

Damit meinte sie die Fürstin, wie Nicolas wußte.

»Ja, auch.«

»Du denkst oft an sie, nicht wahr? Richtig wirst du hier nie heimisch werden.«

Nicolas zögerte mit der Antwort. Sollte er ihr sagen, was er soeben gedacht hatte? Es war nicht ihre Schuld, wenn sie keine Kinder bekam, seine genauso. Sie waren erst drei Jahre verheiratet, aber er hatte selten den Wunsch, sie zu umarmen.

»Ich glaube, du hast recht«, wich er aus. »Wenn ich eine Heimat habe, dann ist es Kerst.«

»Ich kann es verstehen. Es ist so schön dort. So weit und so groß. Und das Schloß ist so prächtig. Es muß dir hier eng vorkommen.«

Es klopfte. Eines der Mädchen meldete, in zehn Minuten werde serviert.

»Ich will mir nur schnell die Hände waschen«, sagte Nicolas.

»Und ich werde meinen hübschen Hut absetzen.«

49

Grischa hielt ihnen die Tür auf, verbeugte sich tief und sah ihnen nach, als sie die Treppe hinaufstiegen.

Dann kehre er zurück und trank mit bekümmerter Miene den Champagner aus. Er liebte Nicolas sehr, Alice weniger.

Auf der Treppe fragte Alice: »Meinst du nicht, daß Grischa noch viel mehr Heimweh haben muß als du?«

»Ich habe kein Heimweh, wie kommst du darauf? Ich kann nach Kerst fahren, wann immer ich will. Wir könnten dort im Mai wieder einmal einen Besuch machen, was hältst du davon? Wenn alles blüht und wenn die hellen Nächte kommen.«

»Oh, gern!« rief Alice. »Ich liebe euer Land. Ich liebe deine Familie. Sie sind alle so reizend zu mir.«

»Wir werden Grischa mitnehmen. Kerst ist nicht Rußland, aber ein wenig für ihn vielleicht doch.«

»Und wenn er dann nicht mit uns zurückkommen will? Ich könnte mir ein Leben ohne Grischa nicht mehr vorstellen.«

»Er kommt mit, keine Bange. Wo Natalia Fedorowna ihn hinbeordert hat, dort wird er bleiben bis zum letzten Atemzug.«

»Abends, wenn er singt – Betty sagt, sie muß immer weinen, wenn er singt. Auch wenn sie die Worte nicht versteht. Es klingt so traurig, sagt sie.«

»Es klingt immer traurig, wenn Russen singen.«

Früher hatte es auf Wardenburg keinen Diener gegeben, aber die junge gnädige Frau hatte partout einen Diener haben wollen. Erst war ein Bursche aus der Stadt gekommen, der log und stahl. Dann kam einer, der sich täglich betrank.

Als Nicolas der Fürstin gelegentlich eines Zusammentreffens von ihrem Diener-Fiasko erzählte, schickte sie ihnen Grischa, gewissermaßen als Geschenk. Grischa war perfekt. Auch wenn er komisch redete, wie die Wardenburger Leute fanden. Zwar hatte er im Petersburger Palais schon Deutsch gelernt – bei Alexis mußte jeder Diener eine Fremdsprache beherrschen –, aber er sprach es natürlich mit eigenartigem Akzent. Mittlerweile hatte er sehr gut Deutsch gelernt, er war nun bereits zwei Jahre im Haus. Sein Tonfall und seine Aussprache trugen ihm immer noch gelegentlich Spott ein, aber es war inzwischen ein gutmütiger Spott geworden. Sie hatten sich an Grischa gewöhnt, und die Streiche, die sie ihm anfangs gespielt hatten, ertrug er mit Ruhe und Geduld, beschwerte sich nie bei den Herrschaften; das hatten sie ihm hoch angerechnet.

»Weißt du was«, sagte Nicolas, bevor er in sein Zimmer ging.

»Junge oder nicht Junge, das wird ja doch nichts. Ich werde diesmal den Paten machen bei dem neuen Kindchen von Agnes.«

»Wirklich? Aber es ist doch ein Mädchen.«

»Das macht doch nichts. Ich habe vier Paten, zwei Tanten und zwei Onkel.«

»Da wird sich Agnes sehr freuen. Sie ist ja ganz verliebt in dich, das weißt du doch.«

»Ich habe sie auch sehr gern. Wie soll das Kind denn heißen?«

»Das könntest in diesem Falle du bestimmen. Ich glaube, sie haben an Charlotte gedacht, nach Mama.«

»Nein, nein, das dürfen sie nicht tun. Eine kleine Charlotte ist ihnen doch schon einmal gestorben. So etwas darf man nicht tun.«

Alice lachte. »Du bist sehr abergläubisch, ich weiß.«

»Sie soll ein schönes, anmutiges Mädchen werden. Ich möchte sie auf ihren ersten Ball ausführen und mit ihr tanzen.«

»Gut, daß Emil dich nicht hört. Also? Wie soll sie heißen?«

Nicolas legte den Kopf in den Nacken und überlegte.

»Warte, warte . . . Voilà, ich habe einen Namen für sie.«

»Laß hören!«

»Nicolina Natalia.«

Alice lächelte und hob vorsichtig den zyklamenfarbigen Hut aus ihrem Haar.

»Das klingt hübsch«, sagte sie liebenswürdig.

Nicolina Natalia hatte den Bann gebrochen; anderthalb Jahre später brachte Agnes einen Knaben zur Welt, den man Wilhelm taufte. Dann trat eine längere Pause ein, jedermann, auch Agnes, glaubte, sie würde keine Kinder mehr bekommen, doch auf einmal, vier Jahre nach der Geburt Wilhelms, wurde sie wieder schwanger und gebar nochmals einen Sohn.

Diese letzte und sehr schwere Geburt brachte sie dem Tod nahe, es dauerte lange, bis sie sich davon einigermaßen erholte. Dr. Menz verbot ihr jede Arbeit, verordnete leichte nahrhafte Kost, viel frische Milch, viel frische Luft, einen Liegestuhl in den Garten, ein Buch zum Lesen, viel Schlaf.

»Falls ich ins Haus komme und ich finde dich in der Küche, Agnes, oder bei sonst irgendeiner Arbeit, dann hast du mich das letztemal gesehen. Hast du mich verstanden? Gertrud besorgt das alles großartig, sie ist ein überaus tüchtiges Mädchen, und eure Rosel ist endlich mal eine brauchbare Kraft, die sich selbst zu helfen weiß. Also!«

»Aber der Kleine?«

»Was ist mit dem Kleinen? Du stellst seinen Korb neben deinen Liegestuhl, da ist er auch an der frischen Luft, du gibst acht, daß ihn keine Wespe sticht, und schaust ihm zu, wie er schläft; stillen kannst du ihn sowieso nicht, also gibst du ihm sein Fläschchen. Viel mehr braucht er vorerst nicht zum Leben. Viel ist ja auch nicht an ihm dran, das siehst du selbst. Versuchen wir also das Beste, um ihn aufzupäppeln. Zunächst aber mußt du wieder zu Kräften kommen. Von einer kranken Mutter hat das Kind gar nichts.«

Auch Emil Nossek wurde wieder einmal ermahnt, seine Frau zu schonen, was er gern zusagte und einhielt, und zwar von jetzt an für immer. Er war nahe fünfzig, hatte ziemlich viel Ärger im Amt und so gut wie gar keine erotischen Wünsche mehr. Den Sohn hatte er bekommen, Gott sei gelobt, sogar noch einen zweiten, mit dem allerdings nicht viel Staat zu machen war, wie Emil sich ausdrückte.

Aber Wilhelm! Den mußte man gesehen haben. Der schönste Knabe, den die Welt je gesehen hatte.

Als ihm der erste Sohn geboren wurde, geriet Emil Nossek total aus dem Häuschen. Es war der glücklichste, stolzeste Tag seines Lebens. Es war auch der Tag, an dem er sich zum ersten und einzigen Male betrank.

Was allerdings darauf folgte, war für seine ganze Familie ein Alptraum: Tag und Nacht, vom Morgen bis zum Abend, vom Abend bis zum Morgen bangte Emil um das Leben dieses einzigen Sohnes. Immer mußte jemand bei dem Kind sein, nicht eine Minute lang durfte es unbeaufsichtigt bleiben.

Die Wiege stand im Schlafzimmer der Eltern, und mitten in der Nacht stand Nossek auf, um zu lauschen, ob das Kind noch atme. Wenn der Kleine einmal weinte, wenn sich der geringste Anschein einer Unpäßlichkeit zeigte, eine Verdauungsstörung, eine Erkältung oder gar eine Kinderkrankheit, geriet Nossek sogleich in Panik, beschimpfte und bedrohte die ganze Familie, schrie Agnes an, ohrfeigte das Dienstmädchen und seine Töchter, weil sie das Kind nicht ordentlich behüteten, rannte selbst zum Arzt. Erst als Dr. Menz dem übergeschnappten Vater einmal ordentlich die Meinung sagte, nachdem ihn Nossek nachts um drei wegen einer Lappalie – der Kleine hatte ein wenig Durchfall – aus dem Bett geholt hatte, versuchte Nossek sich zu beherrschen.

Es fiel ihm schwer. Die Todesangst um seinen kostbaren Sohn, die ihn täglich verfolgenden Gespenster aller möglichen Gefahren, die dem Kind drohten, blieben seine ständigen Begleiter. Er entwickelte eine nie vermutete Fantasie, wenn er sich ausmalte, was einem Lebewesen auf dieser Erde alles zustoßen konnte.

Dabei war Wilhelm rundherum gesund, ein kräftiges, wohlgestaltetes Kind und schon bald ein ziemlich wilder und oft ungezogener Junge, was natürlich die Folge von Nosseks Affenliebe war, er wurde verwöhnt und verzogen, bekam die besten Bissen, durfte machen, was er wollte, sofern es keine Gefahren für ihn barg. Dementsprechend entwickelte und benahm sich der Junge, tyrannisierte seine Mutter, seine Schwestern, das Dienstmädchen, und wenn ihm einer entgegentrat, rannte er zu seinem Vater und beschwerte sich. Die Sonderstellung, die er einnahm, hatte er sehr bald heraus und nutzte sie schamlos aus. Auch vor einer Lüge schreckte er nicht zurück, und hatte er eine seiner Schwestern bei seinem Vater angeschwärzt, weil sie ihm angeblich etwas angetan hatte, freute er sich diebisch, wenn das Mädchen von Nossek mit der Reitgerte verhauen wurde. Die Reitgerte hatte einer im Landratsamt vergessen und nicht wieder abgeholt; seitdem diente sie im Hause Nossek als Zuchtrute.

Verständlich, daß Wilhelm, oder Willy, wie er zu Hause genannt wurde, sich bei seinen Schwestern nicht gerade großer Beliebtheit erfreute. Am besten kam er mit Magdalene aus, die ihm in mancher Beziehung ähnlich war, sie log auch, sie naschte, sie war hinterhältig und verstand es, anderen etwas vorzumachen. Sie war immer, wo sie ging und stand, auf ihren Vorteil bedacht, berechnend mit jedem Wort und jeder Geste, dabei ein bildhübsches Kind, dunkelhaarig, mit dunklen, fast schwarzen Augen, sehr grazil, sehr eitel, selbstbewußt. Mit Nina, die nur einundeinhalb Jahre älter war als er, verstand sich Willy gar nicht. Die beiden schlugen, bissen und kratzten sich manchmal, daß man glauben könnte, sie brächten einander um.

Die sanfte Agnes stand immer fassungslos vor diesen Szenen. »Aber Nina!« sagte sie. »So benimmt sich doch ein kleines Mädchen nicht. Schämst du dich denn nicht?«

»Nein!« schrie Nina wild. »Er hat gelogen. Es ist nicht wahr, was er sagt. Es war ganz anders. Er lügt. Er lügt.«

Sie ballte die Fäuste und machte Anstalten, wieder auf den kleinen Bruder einzuschlagen. Agnes trennte die Kinder, schimpfte auf Nina, versuchte dem Sohn recht zu geben; natürlich war sie von Emil beeinflußt und lebte vor allem in Angst vor ihm, und wenn Emil einen dieser Auftritte miterlebte, bekam Nina Schläge, nicht Willy, auch wenn er wirklich gelogen hatte oder wessen immer ihn Nina beschuldigte.

Lügen waren es vor allem anderen, die Nina in Rage brachten. Sie hatte einen geradezu fanatischen Gerechtigkeitssinn. Sie hatte immer das Bestreben, Ordnung in ihrer Umwelt zu schaffen, jedem zu seinem Recht zu verhelfen, und das, was sie für wahr und richtig hielt, nicht nur zu sagen, sondern auch in die Tat umzusetzen.

Sie war ein kleiner Don Quichotte und kämpfte gegen Ungerechtigkeit, gegen Unwahrheit und Lüge wie jener gegen Windmühlenflügel. Mit letzter Hingabe half sie allen und allem, was klein, schwach und krank und gefährdet war, allem, dem Unrecht geschah von Gott oder den Menschen.

Da waren vor allem Tiere, die sie rettete und pflegte und betreute, wenn sie eines in Gefahr und Not fand, und da war, von frühester Jugend an, ihr jüngster Bruder Erni, der immer kränklich und schwach war und ihr so hilfsbedürftig vorkam, den sie schützte und behütete, wo er ging und stand. Und den sie zudem noch zärtlich liebte.

Bei dem unerwarteten zusätzlichen Sohn benahm sich Nossek wieder ganz normal. Er hatte für den kleinen Ernst nicht allzuviel übrig, eben gerade weil der Junge so zart und schwächlich war. Eigentlich hätte er, im Gedenken an seine eigene Kindheit, er war schließlich auch der kleinste und schwächste neben seinen kräftigen Brüdern gewesen, gerade Verständnis und Zuneigung für dieses Kind haben müssen, aber wie oft sind menschliche Reaktionen unverständlich. Emil liebte seinen robusten, derben Willy, der mit beiden Beinen fest auf der Erde stand und sich sein Recht zu verschaffen wußte, abgöttisch.

An dieser Liebe änderte sich lange nichts, auch wenn Willy ihn schon bald enttäuschte, bereits in der Schule begann es, in der sich Willy zu Nosseks stillem Kummer als Niete erwies. So mußte Nossek ziemlich früh den Traum begraben, in seinem Sohn einen künftigen Akademiker zu sehen.

Das schwerste Los von allen hatte Gertrud, Nosseks Tochter aus erster Ehe. Sie war die Älteste, und das bedeutete für viele Jahre, eigentlich für ihre ganze Jugend, Arbeit, Pflichten und Verantwortung. Sie war immer dazu verdammt, ihre jüngeren Geschwister zu behüten und zu umsorgen, zu füttern, trockenzulegen, mitzuerziehen, zu tun, was für jedes der Kinder jeweils getan werden mußte. Für Agnes war sie die größte Hilfe, und das Gute daran war, daß beide, Agnes und Gertrud, sich vom ersten Tag an gut verstanden hatten. Daran änderte sich nie etwas, und Gertrud sah die Arbeit, die ihr zugefallen war, als selbstverständlich an, und sie tat sie gern. Sie liebte Agnes und ihre Geschwister, machte sich zwar nicht viel aus ihrem Vater, bezeigte ihm aber allen gebotenen Respekt, war immer gehorsam und fügsam, ein ernsthaftes artiges Kind, später ein stilles, fleißiges junges Mädchen, das eigentlich nie ein eigenes Leben führte.

»Sie ist das Aschenputtel für euch alle!« sagte Leontine, die bekanntlich für das Recht der Frau auf Selbstverwirklichung, auf eigenes Leben und Entwicklung ihrer Fähigkeiten eintrat, einmal erbost zu Agnes.

Leontine bestand auch darauf, daß Gertrud, die mit vierzehn die Volksschule verließ, in ihr Institut kam, um noch einiges hinzuzulernen, was, wie Leontine sagte, für ihr späteres Leben und für sie selbst von großem Nutzen sein würde. Eigentlich war das ganz überflüssig, Gertrud wußte genug vom Leben und von Menschen, sie konnte kochen, nähen, flicken, waschen, Kinder aufziehen. Französisch dagegen lernte sie nie. Das einzige Vergnügen, das ihr die wenigen freien Stunden verschönte, war lesen. Am liebsten Romane, die sie leidenschaftlich und mit glühenden Wangen verschlang.

Unter Emanzipation der Frau konnte sie sich ihr ganzes Leben lang nichts vorstellen. Sie brauchte das auch nicht, ihr war das Leben gerade recht, das sie führte. Nie kam sie auf die Idee, sie müßte einen Beruf haben oder ihr eigenes Leben leben.

Als Willy geboren wurde, war sie dreizehn, als Ernst auf die Welt kam, war sie ein junges Mädchen von annähernd achtzehn.

Ernst war für sie wie ein eigenes Kind. Mittlerweile wußte sie über die Pflege kleiner Kinder so viel, daß man ihr das Baby beruhigt überlassen konnte, und da Agnes ja lange Zeit leidend war, blieb alle Arbeit Gertrud überlassen. Wenn Agnes dann manchmal sagte: »Ich wüßte nicht, was ich ohne dich täte, Trudel«, so war ihr das Belohnung genug.

Ein Glück, daß seit einigen Jahren Rosel zum Haushalt gehörte. Bald, nachdem Nosseks das Haus bezogen hatten, war sie zu ihnen gekommen; sie war älter als die früheren Dienstmädchen, ziemlich häßlich, klein und vierschrötig, mit der Andeutung eines Buckels. Agnes hatte sie eigentlich nur mit einer gewissen Überwindung eingestellt, aber Rosel erwies sich als großer Glücksfall: fleißig, treu, umsichtig, auch zu eigenen Gedanken und Schlußfolgerungen fähig, sehr geduldig, allerdings auch mit einer eigenen Meinung ausgestattet, die sie ohne Scheu kundtat, wenn es ihr notwendig erschien. Eine Eigenschaft, die sie im Laufe der Jahre erfolgreich weiterentwickelte.

Über Haus und Garten verfügte Familie Nossek seit dem Jahr 1895. Sie bezogen das Haus am Stadtrand, ein Jahr, nachdem Willy seinen langersehnten ersten Schrei getan hatte.

Das Haus am Stadtrand

AN JENEM TAG, an dem sie das Haus bezogen, veränderte sich ihr Leben. Es war ein Schritt nach oben, so sah es jedenfalls Nossek. Auch Agnes und die größeren Kinder empfanden es so.

Mehr Raum zur Verfügung zu haben, hebt das Lebensgefühl, die Enge in der kleinen Wohnung hatte auch ihr Leben eng und klein gemacht. Jetzt hatten sie Platz, viel Platz, und es kam ihnen so vor, als gehörten sie mit einemmal einer anderen Gesellschaftsschicht an. Ein großes Haus, geradezu eine Villa, ein Garten, ein Tor, das in diesen Garten führte, das Stück Weg durch den Vorgarten zum Haus hin, die drei Stufen zur Haustür hinauf. Nossek ging diesen Weg jeden Tag beim Kommen und beim Gehen mit Stolz.

Wieder einmal war die Landrätin für diese Veränderung in Nosseks Leben verantwortlich. Sie befand eines Tages, die bisherige Wohnung sei zu klein für die größer gewordene Familie, sie brauchten nun ein Haus und vor allem einen Garten, in dem die Kinder spielen konnten.

Die Wohnung hatte sich mitten in der Stadt, etwas östlich vom Stadtzentrum, befunden, das Haus stand jenseits der Oder, also im Westen des Stromes, in einer Gegend, die vor zwanzig Jahren noch ganz ländlich und unbebaut gewesen war. Bauernland, Wiesen und Felder waren es gewesen, und das Haus, ihr Haus, war das erste gewesen, das dort draußen gebaut worden war. Einige Jahre lang stand es ganz allein in der grünen Ebene, ein schmaler Feldweg führte zu ihm hin, und etwa zehn Minuten entfernt befand sich ein lichtes Buchenwäldchen, das sich über einen kleinen Hügel hinzog, die einzige Erhebung in dieser Niederung der Oderlandschaft weit und breit. Von diesem Buchenhügel aus hatte man einen herrlichen Blick ins Land, man sah über den Strom hin, der breit und geruhsam dahinfloß, silbern im Frühling, wenn das helle Grün der Weiden an seinem Ufer sich über ihn neigte, grau an Regentagen, und im Winter nicht selten von Eis bedeckt; dann lag auch das ganze Land ringsum in weißer Schweigsamkeit, eine eintönige weiße Fläche, schwarzästige Bäume, ein paar hingeduckte Büsche. Wald gab es in dieser Gegend gar nicht, das nächste größere Waldgebiet befand sich erst einige Kilometer nordöstlich. Idyllisch aber war das Flußgebiet selbst, denn durch das flache Ufer konnte der Fluß nach den Seiten ausweichen, er bildete kleine Nebenarme, Teiche, Weiher, von Schilf umwachsen, ein Paradies für Wasservögel, für die Kinder beliebte Bade- oder Eislaufplätze. Allerdings war die Oder nicht immer der träge dahinfließende Strom, dem man sich getrost anvertrauen konnte. Fast in jedem Jahr einmal, wenn nicht öfter, führte sie Hochwasser, meist im Frühjahr nach der Schneeschmelze, gelegentlich auch im Sommer, wenn es zuviel Regen gegeben hatte. Dann verwandelte sich der Fluß in ein rasendes Ungeheuer, das sich weithin über die Ebene ausbreitete, die Wiesen unter Wasser setzte, nahe gelegene Bauernhöfe gefährdete, und das geschah manchmal über Nacht; so plötzlich kam das Wasser, daß immer wieder Menschenleben Opfer des Flusses wurden. Die Gefahr hatte sich verringert, seit die Regulierung verbessert und nach neuen Erkenntnissen ausgebaut worden war, aber nach wie vor fürchteten die Bewohner der Ebene das Hochwasser des Stromes.

Das Haus, das neue Haus der Nosseks, war nicht gefährdet, es befand sich weit genug vom Fluß entfernt; um an die Oder zu gelangen, ging man reichlich eine halbe Stunde.

Überhaupt, seit in den vergangenen Jahren das Gebiet bebaut worden war, eingeteilt in Straßen, unterteilt von Gärten, konnte sich kaum noch einer vorstellen, wie das gewesen sein mußte, als das Haus einsam und stolz mitten in der Landschaft stand. Da sich die Stadt jedoch in den letzten Jahren rasch vergrößert hatte, nicht zuletzt durch die sich vehement entwickelnde Industrie, hatte sie sich auch in dieser Richtung ausgedehnt – so war ein zusammenhängendes Stadtviertel entstanden. Zu Nosseks Befriedigung waren es ansehnliche Villen und Häuser, bewohnt von wohlhabenden und angesehenen Bürgern.

Ihr Haus nun war das älteste, es besaß eine verwegene Architektur, Fenster in den verschiedensten Größen und Formen, diverse Erker und Türmchen, und über der Eingangstür lächelte eine vollbusige Fortuna, das Füllhorn im runden Arm, freundlich auf die Eintretenden herab.

Dies war ein gutgemeintes, aber leider mißlungenes Symbol, denn Fortuna hatte in diesem Hause bisher keine Heimstatt gefunden; die dicken grauen Mauern hatten düstere Ereignisse und viel Unglück gesehen.

An den Erbauer des Hauses erinnerte sich kaum noch jemand, er hatte nur wenige Jahre darin gewohnt, ein Fremder, der von Norden gekommen war, den in der Stadt keiner kannte und der sich auch in der Stadt selten sehen ließ. Wie die Fama wissen wollte, sei es ein pensionierter Offizier gewesen, von Adel sogar, der angeblich im amerikanischen Bürgerkrieg gekämpft haben sollte, bloß wußte niemand, auf welcher Seite, aber das interessierte auch keinen, denn der amerikanische Sezessionskrieg war kein Thema in dieser Ecke der Welt. Die wenigsten wußten, daß er überhaupt stattgefunden hatte.

Dieser Mann, graues Haar und grauer Bart, lebte mit Frau und einer ältlichen Tochter einige Jahre in diesem Haus, und seine Haupttätigkeit bestand darin, auf die Jagd zu gehen, hauptsächlich auf Enten. Bei einem Jagdunfall beförderte er sich selbst ins Jenseits, worauf Frau und Tochter sofort das Haus verkauften und die Stadt verließen. Die Einsamkeit hätten sie nun satt, sie wollten nun endlich in der Großstadt leben, ließen sie noch verlauten, und eine Zeitlang munkelte man in der Umgebung, die beiden Frauen hätten den Alten wohl umgebracht, um ihn endlich los zu sein. Aber da das Haus so einsam lag und die Leute in der Stadt sowieso keine Notiz davon genommen hatten, wer darin wohnte, gerieten die ersten Bewohner rasch in Vergessenheit.

Gekauft hatte dann das Haus ein Bankdirektor, der Leiter der hiesigen Filiale einer Breslauer Bank, eine stadtbekannte Persönlichkeit. Er konnte daher der Anteilnahme der Stadt sicher sein, als das Unglück über ihn hereinbrach.

Zunächst war er selbst daran schuld; er hatte ungeschickt spekuliert, wobei er nicht nur sein eigenes Geld verlor, sondern auch Gelder der Bank veruntreute, und nur weil die Bank einen Skandal vermeiden wollte, kam es nicht zum Prozeß. Aber der Mann war von Stund an ein Geächteter, ein Ausgestoßener in der ehrbaren Gesellschaft dieser Stadt.

Auch privat hatte die Familie Unglück gehabt; der älteste Sohn fiel im Siebziger Krieg, die Tochter starb im Kindbett, der jüngste Sohn verschwand eines Tages, nachdem er seinen Eltern das letzte verbliebene Geld gestohlen hatte. Er war immer ein Tunichtgut gewesen, arbeitete nicht, trank und spielte und trieb noch Schlimmeres, worüber anständige Bürger nur hinter der vorgehaltenen Hand flüstern konnten. Was kein Wunder sei, wie die Leute sagen, das schlechte Beispiel des Vaters hatte seine Wirkung getan, der Junge war sechzehn gewesen, als die Affäre in der Bank passierte.

Die beiden, die in dem Haus zurückblieben, lebten ganz zurückgezogen, man sah sie niemals in der Stadt, ein altes Dienstmädchen besorgte die Einkäufe, die sich immer in sehr bescheidenem Rahmen hielten. Dann starb die Frau. Oder besser gesagt, sie war eines Tages tot. Die Kellertreppe hinuntergefallen. Nun bemächtigte sich vollends die Fama des Unglückshauses; die einen behaupteten, er habe sie hinabgestoßen, die anderen, sie habe sich hinabgestürzt – was wirklich geschehen war, wußte keiner.

Der Mann lebte noch fünf Jahre, allein mit der Dienerin, und wie er gelebt haben mochte, das hätte einem Menschen mit Fantasie viel Stoff zum Nachdenken gegeben. Dann starb auch er, und da auch sein Tod von einem Tag auf den anderen erfolgte, hieß es, er habe sich umgebracht.

Das alte Dienstmädchen verschwand, keiner wußte wohin.

Das Haus stand leer. Lange stand es leer, keiner wollte es kaufen, keiner wollte hineinziehen, keiner dort wohnen.

Eigentlich gehörte es auch keinem, es gab keinen Erben, kein Testament. Es gab möglicherweise irgendwo auf der Welt den verschwundenen Sohn, von dem niemand wußte, was aus ihm geworden war und ob er überhaupt noch lebte. Vielleicht war er in Amerika – immer noch das gegebene Ziel für einen mißratenen Sprößling –, vielleicht auch nur in Berlin oder in Breslau, jedenfalls ließ er nie etwas von sich hören.

Ungewöhnlich wie zuvor blieb die Situation des Hauses; ein verlassenes düsteres Gebäude, von einem großen Garten umgeben, der inzwischen völlig verwildert war.

Da das Haus sich nicht auf Stadtgebiet befand, gehörte es in den Zuständigkeitsbereich des Landratsamts, und darum kannte es Nossek schon seit langem. Von Zeit zu Zeit war er hergekommen, um zu sehen, ob etwas baufällig war oder ob einer etwas gestohlen hatte, aber es blieb immer alles unverändert. Die starken Mauern würden noch Jahrhunderte halten, und nicht einmal Diebe wollten das Unglückshaus betreten. Innen war es dunkel und roch muffig, die Möbel waren von einer dicken Staubschicht bedeckt, Spinnen und Mäuse führten ein ungestörtes Dasein.

Ab und zu hatte der Baron versucht, einen Mieter für das Haus zu finden, auch der Garnison hatte man es angeboten; es wäre eine repräsentative Offizierswohnung gewesen, doch keiner wollte es haben.

Die Landrätin sagte: »Warum zieht denn der Nossek nicht hinein? Der kann doch mit all den Kindern nicht in der kleinen Wohnung bleiben.«

Der Landrat schüttelte den Kopf und fand, das sei eine unmögliche Idee.

Es war eine gute Idee. Die Landrätin hatte meist gute Ideen.

Das Landratsamt behielt die Verwaltung des Besitzes ohne Besitzer, Emil zahlte eine sehr geringe Miete, mußte jedoch die Renovierung aus eigener Tasche bezahlen und sich verpflichten, das Haus sorglich zu behüten, falls der verschwundene Sohn eines Tages, möglicherweise geläutert, doch auftauchen würde.

Agnes wollte das Haus nicht. Sie fürchtete sich vor ihm. Es sei ein Unglückshaus, sage auch sie.

»Papperlapapp!« sage die Landrätin energisch. »Seien Sie nicht albern, Frau Nossek. Wo kriegen Sie denn sonst so ein solide gebautes Haus für so wenig Geld? Und dieser herrliche Garten! Ein Paradies für die Kinder.«

Also zog man in das Haus. Viel Geld für Renovierungen konnte Emil nicht ausgeben, man würde, so meinte er, nach und nach weitere Verbesserungen vornehmen. Die Fenster und Wände wurden gestrichen, einige Fensterscheiben mußten neu eingesetzt werden, und was sonst zu tun war, besorgten die Frauen, Agnes, Gertrud, das Dienstmädchen und eine Frau, die man zur Hilfe nahm; sie putzten und schrubbten wochenlang in dem Haus herum, und schließlich war es bewohnbar.

Auf einmal hatten sie viel Platz: eine Riesenküche, Vorratsräume, Dienstbotenzimmer, sogar ein Badezimmer war vorhanden. Es gab einen großen Wohnraum, ein riesiges Speisezimmer und für den Hausherrn, und das war Emils größter Stolz, eine richtige Bibliothek, in der viele, viele Bücher standen.

Allein sie auszuklopfen und abzustauben war ein Pensum von Tagen für die geplagten Frauen. Ordnen, hatte Emil verkündet, werde er die Bibliothek allein, so mit der Zeit.

Im ersten Stock lagen die Schlafzimmer. Die Mädchen, die bisher alle in einem Zimmer geschlafen hatten, schliefen nun zu zweit, Gertrud und Hedwig, Magdalene mit Nina, und der schönste und größte Raum wurde für den Kronprinzen reserviert, für Willy, wenn er erst groß genug sein würde, ein eigenes Zimmer zu bewohnen. Vorerst stand sein Bettchen im Schlafzimmer der Eltern.

Agnes hatte Emil gefragt, ob es nicht möglich sei, daß ihre Mutter zu ihnen zöge, Platz hätten sie ja nun genug, und Emil hatte großmütig seine Erlaubnis gegeben.

Aber Charlotte wollte nicht.

Nachdem beide Töchter verheiratet waren, hatte sie ihre frühere Wohnung aufgegeben und lebte nun in zwei winzigen Mansardenzimmern im Haus eines pensionierten Wasserbauinspektors; sie hatte eine eigene kleine Küche, ihre Zimmer waren gemütlich eingerichtet, und wenn sie sich ihren Kaffee gemacht hatte und sich mit einem Buch oder ihrem Strickzeug in den großen Ohrensessel setzte, war sie dankbar für die Ruhe, die sie umgab. Mit dem Hausherrn und seiner Frau verstand sie sich gut, die Frau war etwas kränklich, und Charlotte erledigte manchen Gang und manchen Handgriff für sie und konnte sich dafür an der reichlichen Obsternte des Gartens beteiligen. Mit ihrer Pension kam sie ganz gut zurecht, jetzt, nachdem sie allein war, bescheiden und einfach hatte sie immer gelebt, und so fiel es ihr nicht schwer, sich einzuschränken. Auf keinen Fall hatte sie Lust, ihre Selbständigkeit aufzugeben.

»Bravo, bravo!« rief Leontine aus, als sie von Charlottes Entschluß erfuhr. »Sehen Sie, liebe Charlotte, Sie emanzipieren sich auch schön langsam. Mit den Kindern hätten Sie keine ruhige Minute. Und es gäbe allerhand Arbeit für Sie.«

»Das sollte gerade ein Grund für mich sein, doch zu ihnen zu ziehen. Ich könnte Agnes helfen.«

»Agnes und Gertrud schaffen es schon. Sie sind schließlich auch nicht mehr die Jüngste, meine Liebe, und müssen sich etwas schonen. Es genügt, daß Sie hingehen, falls man Sie braucht.«

Charlotte fand das auch. Sie kam ja doch mehrmals in der Woche zu Besuch, sie half beim Einkochen, beim Nähen, beim Bügeln, bei der Pflege der Kinder, falls eines krank war, sie half viel und gern. Sie fühlte sich durchaus noch nicht alt, als die Nosseks das Haus bezogen, gesund und bei besten Kräften, aber sie hatte sich an das Alleinsein gewöhnt, sie liebte ihre stillen einsamen Stunden, besonders am Abend.

Auch ging sie gern in die Stadt, die Leute besehen, ein wenig hören, was vor sich ging, und da das Haus ziemlich weit draußen lag, wäre es für sie ein weiter Weg gewesen. Sie wohnte zwar auch jenseits der Oder, aber nahe der Brücke. In zehn Minuten war sie im Stadtzentrum.

Die Nosseks gewöhnten sich schnell an das Haus, und Agnes hatte so viel zu tun, daß sie gar nicht dazu kam, viel über die unglückselige Vergangenheit des Hauses nachzudenken. Für die jüngeren Kinder war es ohnedies das Haus ihrer Jugend: Magdalene war fünf, Nina drei, Willy fast ein Jahr, als sie einzogen. Erni wurde als einziger im Haus geboren. Vielleicht war darum sein Leben so unglücklich.

Der größte Nachteil des Hauses bestand darin, daß es schwer zu heizen war. Die Öfen taugten nicht mehr viel, zogen schlecht, die Winter waren lang und kalt. So nach und nach, hatte Nossek versprochen, würde man die Öfen ausbessern oder erneuern lassen. Sie gewöhnten sich daran, im Winter dicke, warme Kleider auch im Haus zu tragen, warme Jacken, warme Strümpfe, die Charlotte strickte, mollige Hausschuhe, und Emil, der empfindliche Gelenke besaß, zog sich Pulswärmer über, auch von Charlotte hergestellt, wenn er abends in seiner Bibliothek saß und las. Natürlich bekam jeder seine Wärmflasche ins Bett.

Hart war am Morgen das Aufstehen, dann flüchtete alles in die Küche, die immer warm geheizt war, ein neuer Küchenherd war gesetzt worden, darauf hatte Agnes bestanden.

Sie gewöhnten sich daran, in der Küche zu frühstücken, obwohl Emil es anfangs verbot. Es schicke sich nicht, hatte er gesagt, nur das niedere Volk nehme seine Mahlzeiten in der Küche ein. Er selbst ließ sich seinen Kaffee, zwei Butterbrötchen und das weiche Ei ins Speisezimmer bringen und frühstückte zähneklappernd und hastig, aber standesgemäß.

Aber der Winter ging vorbei, der Frühling kam rasch, und wenn er da war, blieb er auch und wechselte zum erwarteten Termin in einen langen, warmen, oft heißen Sommer über. Auf die Jahreszeiten war Verlaß in dieser Gegend, es war ein reines Binnenklima, dominierend die weite offene Ebene gen Osten hin; von Polen her, von Rußland gar, bekamen sie ihr Wetter, die stehende Hitze der Sommer, Schnee und Eiswind des Winters.

AN EINEM TRÜBEN GRAUEN WINTERTAG – sie wohnten etwa ein halbes Jahr in dem Haus – wurden sie daran erinnert, daß der Fluch des Hauses seine Wirksamkeit noch nicht verloren hatte. Sein Opfer war Hedwig, Agnes älteste Tochter.

Hedwig war ein stilles, oft störrisches Kind, dunkelhaarig und mager, nicht hübsch, nicht zugänglich, sie entzog sich jeder Annäherung, kümmerte sich nie um die jüngeren Geschwister, nur wenn sie direkt dazu angehalten wurde, und dann widerwillig. Einzig zu Gertrud hatte sie ein etwas besseres Verhältnis, ihr vertraute sie gelegentlich eine der Geschichten an, die sie sich ausdachte.

Sie hatte viel Fantasie, die sich aber immer in düsteren Bahnen bewegte. Sie fürchtete sich vor Gespenstern, aber auch vor Tieren und sogar vor Menschen. Erstaunlicherweise aber war sie eine gute Schülerin und brachte zu allen Zeiten von allen Kindern die besten Zeugnisse nach Hause.

Seit sie lesen konnte, sah man sie meist mit einem Buch vor der Nase, und Emil erwischte sie einige Male dabei, wie sie in seiner geheiligten Bibliothek in den Büchern herumsuchte und sich vor allem für Philosophie interessierte, was ihrem Alter keineswegs angemessen war.

Es war kurz vor Weihnachten, und Agnes war in die Stadt gegangen, um sich dort mit Charlotte zu treffen und einige Einkäufe zu erledigen.

Gertrud hatte wieder einmal gewaschen, kleine Wäsche, hauptsächlich Sachen der Kinder, und stieg zum Dachboden hinauf, um die Stücke aufzuhängen. Das alte Haus hatte einen riesengroßen Dachboden, von dicken Balken gestützt, verwinkelt und dunkel, hier standen alte Möbel der Vorbesitzer, die man nicht benutzen konnte oder wollte, und hier war im Winter die Wäscheleine gespannt.

Hedwig war ihrer Stiefschwester auf den Boden gefolgt, sie war längst fertig mit den Schularbeiten, die sie im Handumdrehen immer erledigte. Sie reichte Gertrud die nassen Wäschestücke zu, sagte: »Hu, wie kalt!«, nachdem sie eine Weile oben waren, und Gertrud meinte: »Ja, trocken wird das hier doch nicht ganz. Wir werden es morgen über Nacht in der Küche fertig trocknen müssen.«

Plötzlich flüsterte Hedwig: »Da! Guck mal!«

»Was denn?« fragte Gertrud, nahm eine Wäscheklammer aus der umgehängten Schürze und klammerte Klein Willys Höschen fest.

»Da ist was!« flüsterte das Kind. Sie wies in eine der dunklen Ecken des Bodens.

»Was soll denn da sein?«

»Bestimmt, Trudel. Da hat sich was bewegt.«

»Unsinn. Hier bewegt sich nichts. Nur wir beide.«

Als sie das schreckensblasse Gesicht des Kindes sah, ging sie furchtlos auf die gefährliche Ecke zu, steckte den Kopf unter den Balken, fuhr mit dem Arm in den Winkel hinein.

»Nichts ist da. Nur ein großes Spinnennetz.«
»Eine Spinne!« rief Hedwig entsetzt.
»Na ja, irgendwo müssen die Spinnen ja auch bleiben.«
Gertrud fegte mit der Hand das Spinnennetz zur Seite, und Hedwig, die ihr vorsichtig gefolgt war, sah voll Schrecken auf die dicke Spinne, die über den Boden auf sie zukroch.
»Mach sie tot!« rief Hedwig. »Mach sie tot!«
»Ja, ich mach ja schon«, sagte Gertrud und trat kräftig mit dem Fuß auf die Spinne.
»Nein!« schrie Hedwig hysterisch, denn auch der jähe Tod der Spinne entsetzte sie. Sie wich zurück, stieß mit dem Kopf an einen der dicken Balken, taumelte seitwärts unter die Dachschräge, es gab ein Krachen und Knirschen, der Boden unter ihr gab nach, und sie brach durch.
Gertrud stand einen Augenblick wie erstarrt, dann schrie sie auf.
»Hedel!«
Hedwig hing halb verdreht in einem Loch, ihr Körper war darin verschwunden, nur der Kopf sah heraus, und ihre weit aufgerissenen Augen blickten fassungslos vor Schreck zu Gertrud auf.
Die begriff sofort, was geschehen war. Hier war eine morsche Stelle im Gebälk, so morsch, daß sie selbst unter dem leichten Gewicht des Kindes nachgegeben hatte, und Hedwig war in irgendeinem unvermuteten Hohlraum dieses gräßlichen Hauses gestürzt.
Gertrud trat zurück und überlegte rasch. Wenn sie zu nahe herantrat, brach das Holz vielleicht noch weiter ein, und sie stürzten beide in dieses unklare Loch, von dem sie nicht wußte, wie groß es war, wie weit es hinunterreichte.
Sie legte sich flach auf den Boden, schob sich vorsichtig zu Hedwigs Kopf heran, so wie man sich auf geborstener Eisdecke an einen Eingebrochenen heranschiebt.
»Sei ganz ruhig, Hedel, rühr dich nicht. Hörst du? Du mußt ganz stillhalten. Ich muß erst die Bretter untersuchen. Hast du Boden unter den Füßen?«
»Nein«, keuchte das Kind.
»Ganz ruhig. Hab' keine Angst. Gleich hab' ich dich draußen.«
Davon konnte keine Rede sein. Sie konnte nur den Kopf des Kindes fassen, und daran konnte sie es nicht herausziehen, schon gar nicht in ihrer liegenden Stellung. Das Holz knackte schon wieder so schrecklich. Was mochte bloß da unten sein?
Gertrud geriet in Panik, sie begriff in Sekundenschnelle, daß hier eine tödliche Gefahr drohte. Sie mußte Hilfe holen. Aber wen? Außer den Kindern war niemand im Haus, sie waren zur Zeit ohne Dienstmädchen; das letzte war vor drei Tagen heulend weggelaufen, nachdem es von Emil eine Ohrfeige erhalten hatte.
»Halt dich ganz ruhig, Hedel«, sagte Gertrud und stand vorsichtig auf. »Ich hole jemand, der uns hilft. Aber du darfst dich nicht rühren, hörst du!«
»Laß mich nicht allein. Laß mich nicht allein«, ächzte das Kind und verdrehte die Augen.
Es sah schrecklich aus, und Gertrud, auch erst fünfzehn Jahre alt, war nahe daran, in Tränen auszubrechen.
»Ich bin gleich wieder da. Es geht ganz schnell. Und rühr dich nicht.«

Wie gehetzt lief sie die Treppe hinunter, aus dem Haus. Sie mußte in der Nachbarschaft Hilfe holen, hoffentlich war irgendwo ein besonnener und kräftiger Mann zu Hause, der die Situation meistern würde.

Sie fand ihn erst im dritten Haus, immerhin fünf Minuten von ihnen entfernt, dort wohnte ein Rittmeister der im Ort stationierten Kavalleriebrigade, dessen Bursche glücklicherweise anwesend war, damit beschäftigt, die Stiefel des Rittmeisters zu putzen.

Die Frau Rittmeister kam mit, das Dienstmädchen von Rittmeisters und einige Frauen aus den anderen Häusern. So gelangten sie alle auf den Dachboden, allerdings trauten sich nur der Bursche und Gertrud auf das gefährliche Terrain, die Frauen blieben mit vorgereckten Köpfen an der Tür zurück.

Hedwig war inzwischen ohnmächtig, sie war zwischen den Bohlen bis zum Kopf eingeklemmt und Gertrud flüsterte zitternd: »Mein Gott, sie wird ersticken.«

»Man ruhig, Kleene«, sagte der Bursche und begann die Bohlen rund um die Absturzstelle abzuklopfen und dann zunächst mit der Hand und schließlich mit dem Fuß auszuprobieren. Es schien alles fest zu sein, und nur rechts neben Hedwigs Kopf gaben die Bretter knirschend nach.

»Hier müssen wir den Boden rausbrechen oder raussägen«, sagte der Bursche entschlossen. »Und du gehst auf die andere Seite, und du mußt deine Schwester gleich feste anfassen, für den Fall, daß das Loch größer wird, daß sie nicht runterplumpst. Weeß ma denn, was da drunter ist?«

Man wußte es nicht, und Gertrud machte eine bange Viertelstunde durch, bis das Rettungswerk so weit fortgeschritten war, daß man das bewußtlose Kind hochziehen konnte.

Gerade da kam Agnes nach Hause, wunderte sich, daß nur die beiden Kleinen unten waren, auch Magdalene war inzwischen auf dem Boden gelandet, sie hörte die Stimmen von oben, laute, aufgeregte Stimmen, lief hinauf und kam gerade zurecht, wie man Hedwig, die wie tot aussah, auf festen Boden legte.

Hedwig war nicht tot, aber sie war lange Zeit krank, sie hatte Prellungen und Quetschungen, eine dicke Beule am Kopf, eine leichte Gehirnerschütterung, ihr Hals sah aus, als hätte einer sie gewürgt, und ihr linkes Bein war kompliziert gebrochen. Sie lag lange in der Städtischen Krankenanstalt, erholte sich schwer, da sie auch einen Schock davongetragen hatte. Es wurde Frühling, es wurde Mai, bis sie wieder herumhumpeln konnte.

Humpeln! Der Bruch war schlecht verheilt, war schief zusammengewachsen, sie würde für immer ein verkürztes Bein behalten.

»Das verfluchte Haus!« sage Agnes. »Ich habe es ja gleich gesagt.«

Der Dachboden war Zentimeter für Zentimeter untersucht worden, das Holz war überall fest und gesund, nur gerade an dieser einzigen Stelle war der Boden morsch gewesen. Darunter befand sich, wie man inzwischen auch festgestellt hatte, weiter nichts als ein kleiner Hohlraum, nicht sehr tief, und wenn der Boden weiter gebrochen und das Kind ganz hinuntergefallen wäre, hätte sie wahrscheinlich weniger Verletzungen davongetragen. Möglicherweise hätte sie sich aber auch an dem Querbalken, der den Hohlraum durchzog, zu Tode geschlagen.

»Ich habe mir immer schon gedacht, daß der Baumeister ein seltener Trottel gewesen sein muß, der dieses Haus gebaut hat«, sagte der Landrat, als er die ganze Geschichte erfuhr. Die Landrätin besuchte Hedwig im Krankenhaus, brachte ihr einen Kuchen und Schokolade, kümmerte sich auch um die unglückliche Agnes und sagte später zu ihrem Mann: »Vielleicht hast du recht gehabt, und es war doch kein guter Einfall von mir, das mit dem Haus.« »Unsinn! Fang du nicht auch noch mit so abergläubischen Geschichten an. Ein Unfall kann überall passieren. Schau dir diese Buden an, die sie heute bauen, die brechen in zehn Jahren schon zusammen.«

Hedwig nahm ihr Unglück recht gelassen hin. Daß sie nun ihr Leben lang hinken würde, erschütterte sie nicht sonderlich. Die Bücher waren ihr geblieben, ihre Gedanken auch, das war das Wichtigste. Im Hause behelligte sie keiner mehr mit irgendwelchen Arbeiten oder Pflichten, sie brauchte weder Kinder zu hüten noch in der Küche oder im Garten zu helfen, und das war ihr gerade recht. Auch Emil war außerordentlich milde zu ihr, schlug sie nicht mehr und duldete sie sogar in seiner Bibliothek und suchte ihr selbst die Bücher heraus, von denen er meinte, daß sie für sie geeignet seien. Sie war vorher ein frühreifes Kind gewesen, sie wurde es jetzt noch mehr. Mit zwölf Jahren hatte sie sämtliche Dramen von Schiller und Goethe gelesen und wagte sich bereits an Kant. Nachteilig war nur, daß sie so lange in der Schule gefehlt hatte, sie mußte eine Klasse wiederholen.

Blieb das Problem, wie sie in die Schule gelangen sollte, denn die Kinder hatten von hier draußen einen ziemlich weiten Schulweg. Jedoch, es ergab sich, daß in dem Haus, das dem ihren am nächsten lag, ein gleichaltriges Mädchen wohnte, das jeden Morgen von seinem Vater mit dem Einspänner in die Schule gefahren wurde.

Es waren wohlhabende Leute; dem Mann gehörte eine Zuckerraffinerie – Zuckerrüben wurden in der Gegend reichlich angebaut –, die jenseits der Oder, am anderen Ende der Stadt, lag.

Um zu seiner Fabrik zu gelangen, brauchte der Mann Wagen und Pferd, auch ein Kutscher war da, und die Tochter des Hauses, Karoline, war von eh und je in die Schule gefahren und mittags abgeholt worden.

Bisher hatte es keinerlei Verbindung zwischen den beiden Häusern gegeben. Gadinskis waren wohlhabende Leute und wurden im Laufe der nächsten Jahre reiche Leute.

Emil Nossek hatte bis dato für sie nicht existiert. Aber der schreckliche Unfall Hedwigs, der die Nachbarschaft sehr bewegt hatte, schuf diese Verbindung. Erst bei dieser Gelegenheit überhaupt erfuhr Agnes, daß Hedwig und Karoline Gadinski in die gleiche Schule gingen. Hedwig hatte keine Freundinnen gehabt, sie brauchte keine.

Während Hedwigs Aufenthalt im Krankenhaus erkundigte sich Karoline öfter bei Agnes nach Hedwigs Zustand, und sie, auch andere Mädchen aus der Schule, besuchten Hedwig im Krankenhaus. Als Hedwig wieder zur Schule gehen konnte, wurde die Mitfahrt im Wagen freundlich angeboten.

Emil sagte zwar: »Wir brauchen keine Almosen«, doch Agnes ließ sich auf keine Debatte ein. Das Kind war wichtiger als Emils lächerlicher Stolz.

Mit der Zeit lief Hedwig wieder ganz gut. Sie hinkte ein wenig, aber sie gewöhnte sich daran und lief fast so schnell und gewandt wie ein gesunder Mensch mit zwei gesunden Beinen.

Und noch ein Gutes hatte der Unfall für Hedwig. Normalerweise hätte sie genau wie Gertrud mit vierzehn Jahren die Schule verlassen müssen. Aber

Karoline Gadinski, obwohl keine gute Schülerin, wechselte im nächsten Jahr ins Lyzeum über, und nach langem Palaver durfte Hedwig ebenfalls ins Lyzeum gehen.

»Möchte wissen, wozu?« knurrte Emil. »Kostet einen Haufen Schulgeld. Das ist an ein Mädchen nur verschwendet.«

Zu jener Zeit sparte er noch jeden Groschen für das Studium seines Sohnes Willy.

Hier sah er sich erstmals einer eisernen Phalanx des Widerspruchs gegenüber. Alle, aber auch alle, Agnes, Charlotte, natürlich Leontine, aber sogar Nicolas und Alice bearbeiteten ihn, daß Hedwig die höhere Schule besuchen durfte, da sie ja offensichtlich sehr begabt sei und vielleicht später wirklich einen Beruf haben mußte, behindert wie sie ja nun sei. Dr. Menz schaltete sich ein, Hedwigs bisheriger Lehrer kreuzte auf und pries ihren Fleiß und ihre Intelligenz. Emils Widerstand besiegte schließlich wieder einmal der Landrat via Landrätin.

»Hören Sie, Nossek«, sagte der Baron, »ich habe Sie immer für einen vernünftigen Mann gehalten. Lassen Sie das Mädel doch in die höhere Schule gehen, wenn sie den Kopf dazu hat.«

»Für ein Mädchen ist das rausgeworfenes Geld«, beharrte Emil.

»Na, selbst Sie, Nossek, werden ja schon gemerkt haben, daß sich die Zeiten ändern«, sagte der Landrat ungeduldig. »Man hört hier und da von Fällen, wo Frauen studieren. Gut, das mag närrisch sein, zugegeben. Aber eine anständige Schulbildung hat noch keinem Menschen geschadet. Und in unserer Stadt sind es immerhin schon eine ganze Menge Mädchen, die die höhere Schule besuchen. Ganz zu schweigen von den Großstädten. Ganz so hinter dem Mond sind wir hier bei uns auch nicht mehr. Vielleicht könnte Ihre Tochter später mal in einem Büro arbeiten. Das machen immer mehr Frauen, in der Fabrik draußen, der Krause, hat lauter Frauen im Büro. Er sagt, sie seien sehr tüchtig. Na ja, ist eben heute so. Vielleicht könnte Ihre Tochter auch später mal . . .«

Auch des Landrats Fantasie reichte nicht aus, sich auszumalen, was die lahme, unscheinbare Hedwig für eine Karriere machen könnte, aber »'n bißchen was lernen, kann dem Mädel nichts schaden. Vielleicht, wenn sie sehr fleißig ist, kriegen Sie eine Ermäßigung für das Schulgeld. Ich werde mich da mal drum kümmern.«

Sie war fleißig und gescheit, und sie bekam Schulgeldermäßigung. Hedwig absolvierte sämtliche Klassen des Lyzeums als Beste, sie war überhaupt das klügste aller Nossek-Kinder.

Nina
1928

IN DER VERGANGENEN NACHT HABE ich von unserem Haus geträumt. Wieder einmal. Mindestens die Hälfte meiner Träume spielen in meiner Kindheit, ich weiß nicht, warum. Und in fast all diesen Träumen steht das Haus im Mittelpunkt. Es läßt mich nicht los, es hält mich fest wie mit eisernen Fingern. Es ist wohl doch ein Gespensterhaus. Ein Haus voll ruheloser Geister.

Mutter nannte es ein Unglückshaus. Sie meinte vor allem das Unglück mit Hedwig, das passierte, als wir erst wenige Monate darin wohnten. Aber schon ehe wir dort wohnten, sollen in dem Haus schreckliche Dinge geschehen sein. Offenbar hat es in diesem Haus niemals glückliche Menschen gegeben. So gesehen, sollte ich froh sein, daß keiner von uns dort mehr wohnt. Trotzdem kann ich mich von dem Haus nicht lösen. Wenn ich nicht am Tage daran denke, kommt das Haus in der Nacht, es ist wie ein Film, den man sich immer wieder ansehen muß.

Ich denke überhaupt viel an meine Kindheit. Ob das alle Menschen tun? Und meine Kindheit hat nun mal in diesem Haus stattgefunden.

Ich muß Marleen fragen, ob sie auch von dem Haus träumt. Dabei war es wirklich ein Monstrum, dieses Haus. Ich habe seither nie wieder ein so häßliches Haus gesehen.

Ein Klotz. Düster und verwinkelt. Aber es hatte Persönlichkeit. Es war nicht irgendein Haus, es war unser Haus, obwohl es uns ja in Wirklichkeit nie gehört hat.

Schön war nur der Garten. Der Garten war meine Welt. Ganz hinten am Zaun, wo die beiden Tannen mich gegen die ganze Welt abschirmten, hatte ich meine Ecke. Sobald es warm wurde, zog ich mich dorthin zurück, dort spielte ich, dort machte ich meine Schularbeiten, dort konnte ich in Ruhe lesen. Dort hatte ich auch meine Tiere, die ich nicht ins Haus bringen durfte. Nur die Katze gehörte ins Haus, wegen der Mäuse. Dort in meiner Ecke brachte ich auch den kleinen Hund unter, den ich am Straßenrand gefunden hatte, jämmerlich weinend, mit einer blutigen zerquetschten Pfote. Ein Heuwagen war ihm darübergefahren. Ich nahm ihn mit und verband die Pfote, machte ihm ein weiches Lager und baute ihm eine kleine Hütte. Jeden Morgen war mein erster Gang zu ihm. Er liebte mich genauso, wie ich ihn liebte. Er saß auf meinem Schoß, ganz fest an mich gekuschelt, und leckte meine Hände.

Willy erschlug ihn mit einem Stein. »Was willste denn mit dem Krepierling mit seinen drei Beinen«, sagte er.

Damals hätte ich ihn töten können, Willy, meinen Bruder. Man mußte mich mit Gewalt von ihm fortreißen, sonst hätte ich ihn umgebracht. Von jenem Tag an haßte ich meinen Bruder, haßte ihn so leidenschaftlich und inbrünstig, daß ich ihm alles Böse der Welt wünschte.

Vater hatte von dem Hund nichts gewußt und hörte erst von ihm, als die Schlacht zwischen Willy und mir tobte.

Er stellte mich zur Rede, denn Willys Gesicht war total zerkratzt von meinen Nägeln. »Ich hasse ihn und wünsche ihm, daß ihn auch einer erschlägt«, schrie ich, und mein Vater schlug mir dafür ins Gesicht.

Aber ich war nicht still, ich schrie dieselben Worte wieder und immer wieder, bis man mich in den Keller sperrte.

Von diesem Tag an war das Verhältnis zwischen mir und meinem Vater sehr gespannt, er strafte mich mit Verachtung, was mir nicht viel ausmachte.

Ich hatte mich vorher schon oft mit Willy geprügelt, aber dies war die letzte Schlacht, ich habe ihn nie wieder angerührt und ging ihm aus dem Weg, so gut es möglich war. Ich war dreizehn.

Heute weiß ich, daß es bei Willy so etwas wie Eifersucht war. Er war eifersüchtig auf den Hund, auf alles, was ich liebte. Natürlich war ich nicht schuldlos daran. Er wollte immer mit mir spielen, wollte mit mir zusammensein, zum Beispiel in der Ecke hinten im Garten, aber ich vertrieb ihn von dort, ich wollte ihn nicht um mich haben. Das war schon so, als er noch klein war, und als es naheliegend gewesen wäre, daß wir zusammen spielten, ich war ja nur anderthalb Jahre älter als er, stand ihm altersmäßig von allen Geschwistern am nächsten. Aber ich spielte lieber mit Kurtel oder mit Robert, obwohl sie ja viel älter waren als ich, oder mit Erni, der viel jünger war.

Erni liebte ich von der ganzen Familie am meisten.

Vermutlich hätte Willy auch ihn am liebsten erschlagen, wie Kain den Abel erschlug, weil er eifersüchtig war auf die Liebe, die Erni von allen erfuhr. Willy bekam keine Liebe, nur von Vater. Von Mutter natürlich auch, aber sie liebte Erni bestimmt mehr. Und alle anderen mochten Willy nicht besonders. Daran war natürlich Vater schuld, der aus Willy das gemacht hatte, was er geworden war, einen unausstehlichen, verlogenen Balg, der seine Umgebung tyrannisierte, der naschte und log und die anderen verpetzte.

Es ist fürchterlich, was man mit einem Kind alles falsch machen kann. Was man an ihm verderben kann, auch aus Liebe, aus falsch verstandener Liebe.

Ich denke immer bei meinen Kindern daran und versuche, alles richtig zu machen. Aber es gibt eigentlich gar keinen Vergleich zwischen meiner Kindheit und dem Leben meiner Kinder. Sie sind so frei! Auch wenn es uns nicht besonders gutgeht, es ist uns nie gutgegangen, wir hatten immer wenig Geld, und wenn ich an die furchtbaren Jahre der Inflation denke, dann wundere ich mich heute noch, wie ich sie eigentlich ernährt habe. Wir haben auch jetzt wenig Geld, unser Leben ist unsicher, aber meine Kinder sind frei und fröhlich und sehr selbständig. Victoria ist jetzt vierzehn, sie geht durch das Leben wie eine Göttin, die Welt gehört ihr. Und dabei ist sie ohne Hochmut, ohne Einbildung, sie lügt niemals, sie strahlt so viel Kraft und Sicherheit aus, daß man immer meint, man könne sich von ihr etwas davon ausborgen. Sie liebt wie ich die Tiere, aber sie liebt auch die Menschen, mich, ihren Bruder, die Familie, soweit verfügbar, sie liebt sogar ihre Lehrer mit wenigen Ausnahmen, sie hat unzählige Freundinnen und Freunde, manchmal bin ich direkt neidisch auf sie. Sogar Marleen ist von ihr bezaubert und lädt sie ein, ins Theater, zu Ausflügen, im letzten Jahr zu einer Reise an die See. Dann bin ich eifersüchtig; Marleen kann ihr so viel bieten, was ich ihr nicht bieten kann. Aber natürlich ist es dumm, eifersüchtig zu sein, das weiß ich ganz genau, Victoria ist unbestechlich, und sie hat unendlich viel Liebe zu verschenken, und am meisten an mich.

Manchmal habe ich Angst um sie. Denn irgendwann wird das Leben ihr Lachen zerstören, wird sie zu Boden werfen, wie es alle niederwirft und schlägt, die seine Beute sind. Das Leben ist wie ein gefräßiges Raubtier, es frißt Jugend und Schönheit und Glück und Liebe. Ich habe immer Angst vor dem, was morgen geschehen wird.

Manchmal, wenn wir abends aus dem Theater kommen und wir sind vergnügt und gehen in unsere Kneipe in der Uhlandstraße, und da sitzen wir dann und trinken und essen und sind eigentlich ganz froh zu leben, da wird mir plötzlich ganz kalt vor Entsetzen, und ich bilde mir ein, ich hätte in der dunklen Ecke hinter der Theke, gleich neben Ossis dickem Bauch, eine verzerrte Fratze gesehen, die mich anstarrt.

Gestern abend war es auch wieder so.

»Was hast du?« fragte Felix und legte seine Hand auf meine.

»Ach, nichts.«

Ossi brachte eine neue Lage, ich trank schnell und lehnte meine Schulter leicht an Felix, ich konnte ihm doch nicht sagen, daß ich in der Ecke hinter der Theke die bösartige Fratze des Lebens gesehen habe, meines Lebens, das nur darauf wartet, wann es mich wieder schlagen kann, wann es mir wieder etwas wegnehmen kann. Es gibt immer noch viel, was es mir wegnehmen kann – meine Kinder, Trudel und jetzt Felix, der mir mein Herz wieder ein wenig erwärmt hat. Ich bin so froh, wenn er bei mir ist. Aber ich weiß jetzt schon, daß es nicht lange dauern wird. Ich darf nie behalten, was ich liebe.

Das war so mit dem kleinen Hund, das war Nicolas, das war Mutter, das war Erni – alle haben sie mich verlassen. Alle hat das Leben mir weggenommen.

Und dann träumte ich obendrein noch von dem Haus heute nacht. Ich war ganz allein darin. Und es war so groß, riesengroß. Und ganz leer. Ich ging durch alle Räume, die Treppe hinauf bis auf den Boden, und dann hinunter in den Keller, meine Schritte hallten, nirgends war ein Mensch.

Kein Mensch und kein Tier, und ich dachte, es muß jemand da sein, und begann zu suchen, ich sah hinter Schränke und in jeden Winkel, aber ich fand niemanden. Ich bekam Angst und suchte immer weiter und lief immer schneller durch alle Räume und über alle Treppen, immer wieder dieselben Wege, und schließlich weinte ich, weil ich wußte, daß ich ganz allein war und allein bleiben mußte, ewig in diesem leeren Haus, daß ich nie wieder aus diesem Haus herausfinden würde.

Weinend wachte ich auf. Mein Gesicht war naß von Tränen, und mein Herz klopfte.

Leise stand ich auf und ging ins Wohnzimmer, es war mitten in der Nacht, alles ganz still, und dann ging plötzlich die Tür auf, und da stand Trudel in ihrem langen altmodischen Nachthemd und mit ihrem langen Zopf, sie kann sich ja einfach nicht dazu entschließen, sich die Haare abschneiden zu lassen.

»Was machst du denn?« fragte sie.

»Tut mir leid, daß ich dich gestört habe. Aber ich habe so dumm geträumt.«

Wir tranken ein Glas Bier zur Beruhigung, das schlägt sie immer vor, sie findet Bier beruhigend, und ich erzählte ihr meinen Traum, und sie sagte, daß sie auch oft von dem Haus träumt.

Komisch, so ein Haus; ein Gespensterhaus.

Sie erzählte mir dann zum tausendstenmal die Geschichte von Hedes Unfall. Ich war ja noch zu klein, als es passierte, um eine wirkliche Erinnerung daran zu haben, aber ich habe es so oft gehört, daß es so ist, als hätte ich es miterlebt.

Ich kenne Hede nur hinkend, für mich war das ganz normal, und da sie nie etwas davon hermachte, war es auch normal. Aber natürlich tut sie mir leid. Obwohl gerade sie ein Mensch ist, bei dem man Mitleid nicht anbringen kann, sie braucht keines.

Victoria, die ja immer sehr praktisch denkt – sie kennt die Geschichte von Hedes Unfall natürlich auch genau, hat sie oft genug gehört –, sagte neulich: »Für sie war es doch ein Glück, daß das passierte. Sie hätte nie in die Schule gehen dürfen, wenn sie nicht das kaputte Bein gehabt hätte. Das sagt ihr doch immer. Sie hat genau das Leben gekriegt, das sie haben wollte, nur weil sie da durchgekracht ist. Das war richtig Schicksal, versteht ihr das denn nicht?«

Manchmal tut es mir leid, daß die Kinder das Haus nicht mehr haben. Victoria sagt, sie könne sich noch gut daran erinnern. Sie war sechs, als Vater starb, und sieben, als Mutter auszog. Sie hat auch gute Erinnerungen an Vater. Sie nannte ihn Großpapa und setzte sich ungeniert auf seinen Schoß. Etwas, was wir nie getan haben. Großpapa ist lieb, plapperte sie, schon, als sie noch ganz klein war. Und er war auch lieb, zu ihr. Er freute sich, als ich ein Kind bekam, und er hatte das Kind gern, es machte ihm nichts aus, daß es ein Mädchen war. Später bekam ich ja dann einen Sohn, und das befriedigte ihn sehr. Wirklich, er war sehr nett zu den Kindern. Er war damals schon sehr krank, schmal und blaß saß er in seinem Sessel, meist eine Decke über den Knien, weil er immer fror, und ich sehe noch Vicky vor mir, wie sie ihm fürsorglich die Decke rundherum feststeckte mit ihren kleinen Händen. »Is schön warm so, ja?« fragte sie eifrig. Und er strich ihr über das Köpfchen und lächelte sie ganz lieb an. Mir kommen fast die Tränen, wenn ich daran denke. Kaum zu glauben, es war wirklich mein Vater. »Du hast hübsche Kinder, Nina«, sagte er einmal zu mir. Es störte ihn auch nicht, daß sie redeten, was sie wollten, daß sie lärmten, daß sie ganz anders waren, als wir als Kinder gewesen waren: immer still, immer ängstlich, immer auf der Hut, um ja nichts falsch zu machen, ihn nicht zu reizen, Mutter keinen Kummer zu machen. Fast könnte man sagen, das Alter hatte ihn gütig gemacht.

Ich konnte trotzdem nicht weinen, als er starb. Er war mein Vater, aber geliebt habe ich ihn nie.

Wenn ich bloß an die Sache mit dem Tagebuch denke.

Leontine schenkte es mir zu meinem vierzehnten Geburtstag. Sie sagte: »Ich habe immer Tagebuch geführt. Weißt du, es ist ganz interessant, wenn man später liest, was man geschrieben hat, was man gedacht und gefühlt hat in gewissen Stunden des Lebens. Oder was für Menschen man kannte und was man mit ihnen erlebt hat. Und was überhaupt geschehen ist. Du mußt ganz einfach hinschreiben, was dir durch den Kopf geht.«

Mir leuchtete das ein, und ich kam mir wichtig vor mit dem Tagebuch. Einige Wochen lang trug ich sorgfältig meinen Tageslauf ein und eben auch das, was ich mir so bei allem dachte. Und vor allem, was ich fühlte. Ich fühlte eine Menge damals.

Natürlich sollte keiner lesen, was ich schrieb. Das war schwierig. Vor allem Marleen, die bei mir im Zimmer schlief, spionierte mir nach. Ich konnte immer nur schreiben, wenn sie nicht da war. Meist verzog ich mich in den Garten, aber dann wurde es Winter. Ich steckte das Tagebuch unter mein Kopfkissen, wenn ich schlief. Und am Tage versteckte ich es an den unmöglichsten Orten und nahm es mit in die Schule. Ich hatte ja nichts, um etwas wegzuschließen.

Eines Tages erwischte Marleen das Tagebuch, sie hatte lange darauf gelauert. Sie las es, empörte sich und brachte es Vater.

Sie kamen alle darin vor, und sie kamen nicht gut dabei weg, ausgenommen Erni. Und Alice und Nicolas natürlich, die waren sowieso die strahlenden Helden meiner Welt.

Aber sonst stand in dem Tagebuch, daß ich Willy haßte und Marleen nicht leiden konnte und diesen und jenen auch nicht, und über Vater hatte ich geschrieben: alle haben Angst vor ihm, und keiner hat ihn lieb. Ich auch nicht. Er hat kein Herz.

Das alles las er, dann ließ er mich rufen, das besorgte Marleen, hämisch grinsend, er gab mir das Tagebuch wieder und sagte kalt: »Das paßt zu dir.« Sonst nichts, das war ja schon nach der Sache mit dem Hund, und unser Verhältnis war sowieso eisig.

Das Tagebuch unterm Arm ging ich in die Küche, es war Sonnabend, Trudel machte einen Kuchen, Mutter pusselte mit irgendwas herum, auch Rosel war dabei, und erstaunlicherweise war Marleen auch da. Sie saß auf dem breiten Fensterbrett und blickte mir spöttisch entgegen. Sie war fast siebzehn, eine junge Dame, sie trug lange Röcke und die Haare hochgesteckt und war sehr, sehr hübsch.

Vermutlich war sie auf einen Ausbruch von mir gefaßt, wir stritten uns oft, und darum war sie in die Küche geflüchtet, weil sie dort Schutz und Hilfe erwarten konnte.

»Nun?« fragte sie. »Wie sind die Bekenntnisse einer schönen Seele aufgenommen worden?«

Ich gab ihr weder Wort noch Blick, ging zum Küchenherd, machte die Ofentür auf und schmiß das Tagebuch hinein. Dann drehte ich mich ebenso wortlos wieder um und verließ die Küche. Die anderen, die natürlich nicht wußten, worum es sich handelte, sahen mir erstaunt nach, Mutter sagte etwas, aber ich gab keine Antwort und verschwand. Ich konnte sie alle nicht leiden, alle nicht. Und von mir aus konnten sie das ruhig merken.

Ich stand zu jener Zeit meiner Familie sehr kritisch gegenüber, um nicht zu sagen, feindselig. Natürlich Erni immer ausgenommen. Auch an Mutter hatte ich viel auszusetzen. Sie war mir zu bescheiden, zu demütig, sie ließ sich viel zuviel gefallen, warum denn eigentlich? Ich begriff es nicht, und ich verachtete sie im stillen. Ich kam ja durch Schulfreundinnen gelegentlich in andere Familien und konnte erleben, daß Frauen und Mütter durchaus in der Lage waren, sich durchzusetzen, daß in manchen Häusern alles nach ihrer Pfeife tanzte, auch die Ehemänner und Väter. Ich kannte schließlich Leontines flammende Reden für die Gleichberechtigung der Frau, es war die Zeit der Suffragetten in England, und Leontine las alles, was darüber in der Zeitung stand, und begeisterte sich dafür. Ich glaube, sie war der einzige Mensch in unserer Stadt, der sich dafür begeisterte, es kostete sie ihre letzten Schülerinnen. Und schließlich kannte ich Alice, Mutters schöne Schwester, und wußte, wie das Leben einer Frau aussehen konnte, wie ein Mann sich benahm: höflich, zuvorkommend, mit einem Lächeln und einem Kompliment, wenn er mit ihr zusammentraf. Aber Nicolas war sowieso für mich das Höchste, was auf Erden lebte, und was er sonst tat, davon wußte ich ja nichts. Aber ich glaube heute noch nicht, daß Alice unglücklich war in ihrer Ehe, sie führte ein Leben, wie es ihr entsprach. Selbst wenn man heute mit ihr spricht, sagt sie nie ein unfreundliches Wort gegen Nicolas, und wenn sie auf Wardenburg zu sprechen kommt, leuchten ihre Augen. Sie hat immer noch wunderschöne blaue Augen. Und da auch ich von nichts lieber spreche als von Wardenburg, leuchten meine Augen vermutlich auch, und wir können uns stundenlang damit unterhalten, Erinnerungen auszutauschen.

Heute tut es mir leid, daß ich von Vater geschrieben habe: Er hat kein Herz. Das stimmt nicht. Ich habe niemals vergessen, wie er damals weinte, als seine Mutter gestorben war. Das hat mir tiefen Eindruck gemacht, so klein ich war. Und später war er nett zu meinen Kindern.

Aber mit vierzehn ist man wohl doch sehr erbarmungslos, ganz einfach, weil man noch nichts versteht. Nichts vom Leben, nichts von den Menschen. Man urteilt sehr rasch und radikal. Und man ist so überheblich. Gott, war ich überheblich mit vierzehn, und noch einige Jahre länger.

Marleen war ich dann im nächsten Jahr los, darüber war ich sehr froh, ich bewohnte das Zimmer allein, das genoß ich sehr.

Jahrelang habe ich kein Tagebuch besessen. Erst gegen Ende des Krieges, als ich so unglücklich war, habe ich wieder angefangen zu schreiben. Aber es ist verschwunden; was ich da geschrieben habe, ich finde es nicht mehr.

Das Verhältnis zu meinem Vater wurde eigentlich erst ganz am Ende seines Lebens besser, eben durch die Kinder. Aber geweint habe ich trotzdem nicht bei seinem Tod, dafür war es zu spät.

Nina
1928

Gestern habe ich Felix von meinem Traum erzählt. Der erste Akt lief, wir hatten kurz in der Kulisse gestanden, nachdem er angefangen hatte, alles ging glatt, zu glatt, sie spielen das Stück jetzt über drei Monate und spielen es im Schlaf. Außerdem hat es mir noch nie besonders gefallen, in meinen Augen ist es kein gutes Stück.

Wir gingen in sein Büro, wir wollten einen wichtigen Brief schreiben, aber er saß vor seinem Schreibtisch, war irgendwie zerstreut. Dann fing er wieder an, von der ›Dreigroschenoper‹ zu sprechen. Das ist ein neues Stück von Bertolt Brecht, das Ende August im Theater am Schiffbauerdamm uraufgeführt wurde, wir waren drin, und wir waren ganz erschlagen davon.

Es ist ganz anders wie sonst Theaterstücke; aber es ist großartig. Mir hat vor allem die Musik gefallen, die Songs, nach denen bin ich ganz verrückt. Und Felix hatte gesagt: So etwas müßte man einmal machen können. So ein Stück möchte ich machen. Aber in meinem Bumstheater hier, du lieber Himmel, da ist ja gar nicht dran zu denken.

Ich wußte, daß er jetzt wieder so etwas dachte. Ich setzte mich auf die Lehne des altersschwachen grünen Sessels und zündete mir eine Zigarette an.

Da stand er plötzlich auf, kam zu mir, nahm mir die Zigarette weg, legte sie in den Aschenbecher, dann legte er den Arm um mich und drückte mich an sich, ganz fest, mein Kopf lag an seinem Tweedjackett, ich hörte sein Herz klopfen, und er sagte in mein Haar hinein: »Mein Glück! Weißt du, daß du mein Glück bist?«

»Ich möchte es gern sein.«

»Du bist es. Ich wußte gar nicht mehr, was das ist – Glück. Ich bin seit . . . ach, das läßt sich gar nicht mehr ausrechnen, da muß ich bis vor den Krieg zurückgehen, als ich mein erstes Engagement hatte. In Görlitz. Da war ich jung und verliebt und spielte schöne Rollen. Vermutlich war es schrecklich, was ich machte, aber ich fand mich selber großartig, und dem Publikum gefiel es auch, sie waren sehr nett zu mir, die Görlitzer. Ich war bestimmt ein miserabler Schauspieler, aber ich war ein gutaussehender Bursche. Damals. Kannst du dir das vorstellen?«

Er lockerte seinen Arm und sah mich an.

»Ist nicht mehr vorstellbar, wie?«

Ich blickte in sein zerfurchtes Gesicht mit der zerstörten Wange, legte einen Finger an die Narbe und sagte: »Doch. Für mich schon. Ich kann mir sehr gut vorstellen, wie du damals ausgesehen hast. Außerdem finde ich, du siehst auch heute noch gut aus.«

Er lachte, trat zurück, steckte mir die Zigarette wieder zwischen die Lippen und zündete sich dann selbst eine an.

»Du bist ein gutes Mädchen. Einem Krüppel wie mir so etwas zu sagen.«

»Sag mal, spielen wir hier Minna von Barnhelm?« fragte ich. »Hegst du

Tellheims Gefühle im edlen Busen? Übernimm dich nicht, ich hab' keinen reichen Onkel. Und mir gefällst du, sonst wäre ich nicht bei dir. Lädiert hat der Krieg euch doch fast alle, körperlich oder seelisch. Irgendwie hat jeder Mann einen Knacks. Und wir Frauen müssen mit euch leben, so wie ihr jetzt seid. Und wir lieben euch, so wie ihr jetzt seid. Weil wir um jeden froh sind, der noch da ist.«

»Liebst du mich denn, Nina?«

Das hatte er mich noch nie gefragt, unsere Gespräche waren niemals sentimental, und von unseren Gefühlen war sowieso nie die Rede, das paßte nicht in unsere kaltschnäuzige Zeit. Ich zögerte darum auch mit der Antwort. Es war mir peinlich, gefragt zu werden, und peinlich, zu antworten.

Doch dann sagte ich: »Ich spreche nicht gern davon, weißt du. Aber ich glaube, daß ich dich liebhabe. Du hast mir wieder Freude am Leben gegeben. Du hast es fertiggebracht, daß ich mich nicht mehr so verlassen fühle. Und ...«

»Und?« fragte er, als ich nicht weitersprach.

Ich hatte sagen wollen: Durch dich habe ich endlich Arbeit bekommen, und noch dazu eine, die mir Spaß macht.

Aber das kam mir in diesem Augenblick zu nüchtern vor, also vollendete ich den Satz mit den Worten: »Ich freue mich über jede Stunde, die ich bei dir sein kann.«

Er beugte sich über mich und küßte mich.

»Das hast du hübsch gesagt. Es ist wie ein Wunder, daß es so etwas noch gibt auf dieser schrecklichen Erde.«

»Hast du auch manchmal Angst vor dem Leben?«

»Natürlich. Nur ein total Stumpfsinniger kann ohne Angst leben.«

Dann erzählte ich ihm meinen Traum. Und von dem Haus. Er goß uns zwei Cognacs ein und hörte interessiert zu. Er weiß ja wenig von meinem Leben, und über meine Kindheit spreche ich sowieso nie. Mit Fremden. Mit Trudel ist das etwas anderes, sogar mit Marleen kann ich davon sprechen. Aber Felix ist ja kein Fremder mehr. Ich erzähle also von dem Traum, vom Haus, von dem Hund, auch von dem Tagebuch.

Das mit dem Tagebuch interessierte ihn sehr.

»Du hast ein Tagebuch gehabt? Kann ich mir gar nicht vorstellen.«

»Warum? Was findest du daran so komisch?«

»Du bist so gar kein reflektiver Typ. Du bist eine praktische Natur, ein aktiver Mensch, ein Tagesmensch, kein Nachtspintisierer. Kein Mensch, der leiden kann. Das sind die Tagebuchschreiber.«

»Also erstens habe ich gerade genug durchgemacht«, sagte ich beleidigt. »Und aktiv! Da muß ich lachen. Ausgerechnet ich. Von selbst bin ich zu gar nichts fähig, mir muß immer erst einer sagen, was ich tun soll.«

»Das bildest du dir ein. Dir braucht niemand etwas zu sagen. Du wirst bloß lernen müssen, dir selbst zu trauen. Das ist es, was dir fehlt.«

Dieser Satz machte mich für eine Weile stumm. Und nachdenklich.

Dann sagte ich: »Ich bin zu alt, um noch etwas zu lernen.«

»Lernen muß man sein ganzes Leben lang. Bis zur letzten Stunde lernt man oder man lebt nicht. Das merke dir, meine geliebte Nina. Und was dich persönlich betrifft, so hast du mir ja gerade erzählt, wie gering die Entfaltungsmöglichkeiten in deinem Elternhaus waren. Dann hast du geheiratet, dann kam der Krieg, deine Kinder, dann die miesen Jahre, was solltest du denn da nach eigenem Geschmack anpacken können? Aber nun!«

»Ja? Was ist nun?« Mir stand der Mund offen vor Staunen über die Wendung, die das Gespräch genommen hatte.

»Nun ist der Krieg, Gott sei Dank, lange her, die Inflation haben wir auch hinter uns, es geht uns nicht besonders gut in diesem Land, aber immerhin, Reichsmark ist Reichsmark, wir leben, und zwar in Freiheit und mit vielen Möglichkeiten. Deine Kinder sind nicht mehr so klein, daß sie dich von früh bis spät anbinden, außerdem hast du ja deine fabelhafte Trudel. Nun fange an.«

»Womit?«

»Zu leben und zu lernen. Etwas aus dir zu machen.«

Ich wollte sagen: Es ist zu spät. Ich wollte sagen: Ich bin fünfunddreißig, da kann man nicht mehr anfangen. Aber gleichzeitig fühlte ich, daß es Unsinn ist, so etwas zu sagen. Ich fühle mich nicht alt, ich fühle mich enorm jung. Und ich bin begierig, zu leben und zu lernen.

»Ich lerne ja täglich, hier bei dir. Das erstemal habe ich eine richtige Arbeit, die mir noch dazu Freude macht. Es ist schon fast ein Beruf, nicht?«

Er legte wieder seinen Arm um mich, und wir küßten uns lange. Ich legte einen Arm um seinen Hals und meine andere Hand auf seinen leeren Rockärmel. Er drückte mich immer ein wenig zu fest an sich, das kommt daher, weil er nur noch einen Arm hat.

Dann ließ er mich los und machte die Tür auf. Wir hörten den Applaus aus dem Zuschauerraum, der erste Akt war zu Ende. Er hat das im Gefühl, er braucht nicht auf die Uhr zu sehen, er weiß immer, wann der Vorhang aufgeht oder runtergeht.

Wir gingen nach vorn und kamen gerade zurecht, um zu verhindern, daß Sonja ihrem Partner die Augen auskratzte. Sie schäumte vor Wut.

»So ein lausiges Schmierentheater hier abzuziehen, du verdammter Bastard. Warum gehst du nicht nach Kyritz an der Knatter, wo du herkommst und hingehörst? Auf einer Berliner Bühne hat so ein Schmierenkomödiant wie du nichts zu suchen.«

Thiede lachte nur leise und verschwand in der Garderobe, um sich umzuziehen.

Während Felix die wütende Sonja beruhigte und in die Damengarderobe begleitete, erzählte mir Marga, die mit ihnen auf der Bühne gewesen war, was sich abgespielt hatte. Thiede, der ein sehr begabter und intelligenter Schauspieler ist, hat wieder drauflos improvisiert, er hat manchmal tolle Einfälle, ich habe mich schon halb totgelacht über ihn, und das Publikum, so erzählte Marga, hätte sich an diesem Abend königlich amüsiert über seine Pointen. Sonja aber, der die gewohnten Stichworte fehlten, war ins Schwimmen gekommen, und um passende Antworten zu finden, dazu ist sie nicht geistesgegenwärtig genug.

Natürlich hat sie recht, wenn sie wütend ist. Felix wird ihr jedenfalls recht geben und Thiede verwarnen. Aber er wird nicht verhindern können, daß das immer wieder vorkommt. Jeden Abend, seit genau achtundneunzig Tagen, spielen sie nun dasselbe Stück, sie fangen an zu schlampen, und sie fangen an zu blödeln, und so ein begabter Junge wie Thiede springt eben dann manchmal aus dem Text raus. Marga stört das gar nicht, sie findet sich immer zurecht, aber sie ist ein alter Hase, und sie ist so dankbar, daß sie bei uns spielen kann, sie war jahrelang ohne Engagement, und es muß ihr sehr drekkig gegangen sein. Sie ist ganz allein, der Mann ist gefallen und ihr Sohn auch, und jetzt ist das Ensemble ihre Familie, und wenn sie kein Engagement hat, ist sie verloren.

Sie macht alles, bessert die Kostüme aus, hilft beim Umbau und spielt jede Rolle, von der Herzogin bis zum Dienstmädchen. Nur die Liebhaberin kann sie nicht spielen mit ihren fünfundsechzig oder so.

Apropos achtundneunzig – da ist dann ja übermorgen die hundertste Vorstellung, das muß in die Zeitung, und für Blumen muß ich auch sorgen. Vielleicht läuft das blöde Stück noch einen Monat oder sogar zwei. Das Theater ist zwar nie ausverkauft, aber immerhin ganz gut besucht, besser als beim vorigen Stück.

Das war zwar viel besser, aber zu ernst. Die Leute wollen lachen. Hier reden sie immer noch davon, was das für ein Erfolg war vor drei Jahren, ein Stück von einem Mann, der Zuckmayer heißt, und es hieß ›Der fröhliche Weinberg‹, also das muß eine Sensation gewesen sein. Ich hab's leider nicht gesehen, ich war noch nicht in Berlin.

Andrerseits – die Leute weinen auch gern. Wenn es so richtig schön traurig ist, das genießen sie. Auch ich war in Tränen aufgelöst, als ich voriges Jahr den Sonny-Boy-Film mit Al Jolson gesehen habe. Vor einiger Zeit hat Felix mir die Platte geschenkt, mit dem traurigen Lied, und ich hab' sie mindestens schon hundertmal gespielt. Victoria lacht mich aus, ihr ist so was zu sentimental. Und eben auch keine richtige Kunst. Sie schwärmt nur für die Oper.

Übrigens gingen wir gestern nach der Vorstellung nicht zu Ossi, Felix mußte nach Hause, seine Frau ist plötzlich gekommen, sie hat während des zweiten Akts angerufen.

Schadet ja auch nichts, wenn ich mal zeitig ins Bett gehe, Trudel schimpft sowieso, weil ich immer so spät in der Nacht nach Hause komme. Sie liegt jeden Abend spätestens um zehn im Bett. Allerdings liest sie mindestens noch zwei Stunden.

Gestern, als ich heimkam, es war halb zwölf, war sie noch wach, und ich saß noch eine Stunde bei ihr am Bettrand und erzählte, kreuz und quer, was mir gerade durch den Kopf schoß.

Auch von Felix, sie kann ihn gut leiden. Sie gönnt es mir, daß ich mit ihm glücklich bin. Aber sie befürchtet neue Komplikationen für mein verqueres Leben.

»Kennst du denn seine Frau?« fragte sie heute nacht.

»Nö. Brauch' ich auch nicht zu kennen.«

»Will er sich denn scheiden lassen?«

»Kann er nicht. Wovon soll er denn das Theater finanzieren? Sie hat doch nun mal die Pinke. So ein kleines Privattheater, das kann sich nicht von selbst erhalten. Sie gibt ihm ja immer wieder was. Und solange er das Theater hat, ist er glücklich. Und ich hab' da eine Stellung und bin auch glücklich. Und miteinander sind wir außerdem auch noch glücklich. Was willst du denn eigentlich?«

Meine Schwester hat mich lange mit ihren ernsten grauen Augen angesehen.

»Bist du denn glücklich?«

»Aber ja. Soweit man heute glücklich sein kann. Und soweit ich es noch sein kann. Und was heißt überhaupt Glück? Kannst du mir sagen, was das ist? Ich weiß es nicht.«

Sie richtete sich im Bett auf, ihr Mund ist schmal geworden, das kenne ich schon, jetzt habe ich das Falsche gesagt.

»Du solltest es aber wissen. Vicky hat heute eine Eins in Englisch geschrieben. In Mathematik, sagt sie, ist sie zwar nicht besonders gut, aber sie wird bei einem Schulkonzert singen. Schubert, glaube ich. So ein begabtes Kind, und du sagst, du weißt nicht, was Glück ist.«

»Und mein Herr Sohn? Was hat der über die Schule verlautbart?«

»Nichts.«

»Aha. So hebt sich das ja wieder auf, nicht?«

Trudel ist sehr stolz auf meine Kinder. Sie hat nie Kinder gehabt, dabei wäre sie die geborene Mutter. Eine viel bessere als ich. Und seit sie bei uns lebt, habe ich viel Freiheit, da hat Felix schon recht. Mit dem Haushalt und mit den Kindern habe ich kaum mehr etwas zu tun, das macht sie alles und viel besser als ich. Und ich glaube, sie ist sehr froh, daß sie jetzt die Kinder um sich hat. Viele Jahre lang hatte sie nur mit alten und kranken Menschen zu tun. Sie hat Vater gepflegt bis zu seinem Tod, und sie hat Mutter gepflegt bis zu ihrem Tod. Beide waren sie krank, beide schwach und hilflos und ganz auf Trudel angewiesen. Und dann, ich bin schon aufgestanden von ihrem Bettrand und habe gute Nacht gesagt, fragt sie mich ganz sachlich: »Und was macht dein Felix, wenn ihm seine Frau kein Geld mehr gibt für sein Theater?«

»Dann machen wir Pleite, und ich bin arbeitslos.«

Ich blicke auf das Buch, das auf ihrer Bettdecke liegt, auf dem Umschlag ein liebliches Mädchengesicht, und es heißt: Die Liebe überwindet alles. Ich tippe mit dem Finger auf das blonde Mädchen und sage: »Da nützt die ganze Liebe nichts. Erst kommt das Geld und dann die Liebe. Oder wie ein gewisser Herr Brecht das ausdrückt: Erst kommt das Fressen, dann kommt die Moral.«

»Pfui«, entrüstet sich Trudel, »was ist denn das für ein Kerl, der so was sagt? Du hast schon einen sehr merkwürdigen Umgang neuerdings.«

»Leider kenne ich ihn nicht persönlich. Es ist ein neuer Dichter, und Felix meint, der wird mal ganz groß.«

»Wenn er solche gräßlichen Sachen schreibt! Das glaubst du doch selber nicht. Früher hätte ein Dichter solche Sachen nicht geschrieben. Ach, es ist schon eine widerliche Zeit. Mir tun immer die Kinder leid, die gar nichts Schönes mehr erleben.«

»Also weißt du, Trudel, wenn ich das Leben meiner Kinder mit dem Leben vergleiche, das wir als Kinder hatten, dann weiß ich nicht, warum sie dir leid tun.«

Sie blickt mich maßlos erstaunt an.

»Aber bei uns war doch alles in Ordnung. Wir hatten doch eine ordentliche anständige Jugend, und solche scheußlichen Sachen hat keiner gesagt.«

Ich wundere mich nicht, denn ich kenne sie ja. Sie, dieses geschundene Arbeitstier, diese Sklavin, die nie ein eigenes Leben hatte, sie sagt: Bei uns war alles in Ordnung. Und sie meint es auch so, das weiß ich. Sie hat an ihrem Leben nichts auszusetzen.

Ich beuge mich über sie und küsse sie auf die Wange.

»Schlaf gut«, sage ich liebevoll. »Wenn ich je an Engel glauben könnte, dann würde ich sagen, du hast einen ganz für dich allein. Oder vielleicht bist du selber einer, und wir fühlen uns alle von dir beschützt.«

Sie blickt mir stumm vor Staunen nach, als ich das Zimmer verlasse. Und eine Weile später, als ich im Bett liege, muß ich vor mich hin lachen. Das ist es, daß ich da noch nicht draufgekommen bin: Wir haben einen eigenen Engel für uns, Vicky, Stephan und ich, uns kann gar nichts passieren.

Der Vater

AN EINEM SCHÖNEN HELLEN FRÜHLINGSTAG DES JAHRES 1898, es war kurz nach Ostern, trat im Leben Emil Nosseks eine einschneidende Veränderung ein. Man konnte ohne Übertreibung sagen, es begann ein überaus unseliger Lebensabschnitt für ihn, und das hing mit dem seit langem drohenden Wechsel im Landratsamt zusammen.

Emil zu bestimmen, daß er Hedwig erlaubte, die höhere Schule zu besuchen, war der letzte nützliche Eingriff des Landrats in das Leben der Nosseks gewesen. Er war fast siebzig, hatte sein Amt lange und zur vollsten Zufriedenheit aller ausgeübt, nun setzte er sich zur Ruhe; das bedeutete für den Landkreis, daß er einen umsichtigen und verständnisvollen Landrat verlor, für Emil, daß er einen guten Chef gegen einen schlechten eintauschen mußte.

Zum Fortschritt der modernen Zeit gehörte es auch, daß man die Landräte immer seltener aus den Kreisen des Adels der jeweiligen Gegend besetzte, also mit Menschen, die Land und Leute kannten und verstanden. Die neuen Landräte wurden in Berlin ernannt, waren Verwaltungsjuristen, meist Regierungsassessoren, und da ein Landratsamt ein außerordentlich begehrter Posten war, konnte der Staat mühelos unter den besten, das hieß in diesem Fall unter den ehrgeizigsten, tüchtigsten und mit erstklassigen Referenzen ausgestatteten Beamten wählen. Manche betrachteten das Amt als Sprungbrett für eine weiterführende Karriere im Staat, andere als eine angenehme Position, um gesichert und angesehen durch das fernere Leben zu kommen. Voraussetzung war auf jeden Fall, daß der Bewerber für solch ein Amt über eigene Mittel verfügte, denn der preußische Staat bezahlte seine Beamten spärlich, auch solche in führender Stellung, und da dieses Amt Repräsentationspflichten verlangte, mußte der Amtsinhaber über eine gutgefüllte Brieftasche verfügen. Dies schuf schon von vornherein eine gewisse Auslese, von der man aber nicht sagen konnte, daß sie immer den richtigen Mann auf den richtigen Stuhl brachte. Manche fanden sich geschickt in das Amt, andere hatten wenig Ahnung von der Struktur des Kreises, dem sie vorstehen sollten, und, was schlimmer war, sie fanden nie die richtige Einstellung zu den Bewohnern ihres Amtsbereichs und blieben daher weitgehend auf verantwortungsvolle und tüchtige Mitarbeiter angewiesen, auf einen wie Emil Nossek zum Beispiel.

Emil hatte Pech mit dem Nachfolger des Barons. Der war eine ungute Mischung aus mehreren Bestandteilen. Er stammte aus kleinbürgerlichen Verhältnissen, was er jedoch verschwieg, und um gar nicht erst diesen Verdacht aufkommen zu lassen, hatte er sich einen überheblichen Ton und feudale Allüren zugelegt. Er war zweifellos ein gebildeter Mann, hatte sein Studium in kürzester Frist und mit besten Noten absolviert und mit einer Promotion abgeschlossen. Natürlich war er auch Corpsstudent gewesen und hatte dann bewußt und berechnend in bessere Kreise eingeheiratet, was nicht nur gesellschaftlich, sondern auch finanziell zu verstehen war und wofür er auch in

Kauf nahm, daß seine Frau fünf Jahre älter und keineswegs mit Schönheit gesegnet war. Aber sie hatte eine ansehnliche Mitgift und einflußreiche Verwandtschaft mit in die Ehe gebracht, das war mehr wert.

Dr. Hugo Koritschek war natürlich auch Reserveoffizier der Infanterie, und bei jeder nur irgend passenden Gelegenheit kreuzte er in Uniform auf, an jeder Reserveübung nahm er teil, und bereits drei Jahre nach seinem Einzug in das neue Amt konnte er die Schulterstücke eines Oberleutnants tragen. Er gab sich flott und forsch, war erfüllt von Ehrgeiz und Arroganz bis zum Hals, ein Streber übelster Sorte, was schon an seinem hochgezwirbelten Wilhelm-Zwo-Schnurrbart abzulesen war.

Auch wer Emil Nossek nicht besonders ins Herz geschlossen hatte, mußte ihn bedauern, als dieser Wechsel in seinem Leben stattfand. Der Baron hatte die Zuverlässigkeit und Umsicht seines Kreissekretärs anerkannt, schätzte ihn als integren und fleißigen Mann, und obwohl unter der Herrschaft des Barons alles auf das Gründlichste besorgt worden war – Wege- und Wasserangelegenheiten, Flurbereinigung, Überprüfung des Kreiskrankenhauses und was der Obliegenheiten mehr waren, die zu Emil Nosseks Pflichten gehörten –, immer waren die Arbeitsverhältnisse im Landratsamt vergleichsweise leger, der Umgangston vornehm und zurückhaltend gewesen. Nun wehte das, was man in Preußen einen frischen Wind nannte. Man kann auch an den neuen Besen denken, der besonders gut kehren soll.

Daß er dieser neue Besen war, machte Dr. Koritschek allen klar, die mit ihm im Landratsamt saßen oder mit diesem zu tun hatten. Was nichts daran änderte, daß er natürlich zunächst über Kreis und Leute, die er mit seiner neuen Amtsführung beglücken wollte, nichts wußte und daß er, um sich einzuarbeiten, auf seine Mitarbeiter und vor allem auf Emil angewiesen war. Klug genug war sein neuer Landrat, um das zu wissen und davon Gebrauch zu machen. Aber nicht klug genug, um die freundliche Atmosphäre, die bisher die Arbeit im Landratsamt angenehm gemacht hatte, zu erkennen und beizubehalten. In Windeseile hatte Herr Dr. Koritschek sich in Amt und Kreis unbeliebt gemacht, und wenn möglich, vermied man es, mit ihm zu tun zu haben, wodurch ihm logischerweise seine Arbeit nicht erleichtert wurde. Der neue Landrat bewegte sich für lange Zeit auf unsicherem Terrain, es fehlte an Information und Übersicht; das merkte er, das machte ihn ungerecht, schwierig und ungnädig.

Meist bekam Emil die Ungnade des neuen Herrn zu spüren, er mußte alles ausbaden, was danebengegangen war, und steckte manchen ungerechten Anschnauzer ein. Zusätzlich hatte er mehr Arbeit denn je. Denn wer immer im Amt zu tun hatte, kam zu ihm. Nicht daß Emil so besonders beliebt gewesen wäre, aber er war korrekt, die Leute kannten ihn und wußten, daß er sie kannte und über alles so gut Bescheid wußte wie keiner sonst.

Zusätzlich war es für Emil eine ständige Demütigung, von dem jüngeren, dem Akademiker, dem Herrn Doktor, Befehle und Anweisungen und schließlich auch Ermahnungen und Tadel entgegennehmen zu müssen, von denen die letztgenannten oft ungerechtfertigt waren.

War Emil schon zuvor alles andere als ein unbeschwerter oder gar fröhlicher Mensch gewesen, so wurde er jetzt vollends unzugänglich, geradezu verbiestert. Im Amt bemühte er sich um Gleichmut, aber seine Familie bekam es zu spüren. Irgendwo mußte er seinen Ärger, seine unterdrückte Wut, abreagieren. Die stille Agnes wurde noch stiller, das aufstrahlende Lächeln ihrer Jungmädchenzeit immer seltener, sie tat ihre Arbeit, sorgte wie zuvor aufs Beste für ihn, lebte ansonsten für die Kinder. Die Kinder gingen dem Vater so weit wie möglich aus dem Weg, ausgenommen Willy, der erstens von alldem noch nichts mitbekam, weil er zu klein war, und zweitens ohnehin eine Sonderstellung in der Familie einnahm.

Zweifellos – man konnte die Ungerechtigkeit von Emils Schicksal beklagen. An Intelligenz und Fähigkeiten stand er dem neuen Herrn nicht nach, und wenn er die Möglichkeiten zu Studium und weiterer Entwicklung gehabt hätte, wäre sein Leben anders verlaufen. Ob er dann ein glücklicher Mensch geworden wäre – wer vermochte das zu sagen? An seinem Wesen, an seinem Charakter hätte es wohl im Grunde nichts geändert, nur eben daß Befriedigung und Erfolg im Beruf für eines Mannes Leben Selbstbestätigung und daraus folgend eben doch so etwas wie Glück bedeuten.

Zwei Todesfälle in diesem Jahr beeindruckten Emil tief, der eine eher offiziell, der andere ganz persönlich.

Am 30. Juli dieses Jahres 1898 starb Otto Fürst von Bismarck, der Gründer des Reiches, der eiserne Kanzler, wie ihn der Volksmund nannte, der Alte vom Sachsenwald, der sich grollend auf Schloß Friedrichsruh zurückgezogen hatte, wie die Gazetten schrieben, nachdem der junge Kaiser, undankbar und ahnungslos wie die Jugend nun einmal ist, ihn nach Hause geschickt hatte.

In der Vorstellungswelt des Volkes spielte er noch immer eine große Rolle, er war die Vaterfigur, die zwei Generationen geprägt hatte, zudem hatte er wirklich das Deutsche Reich geschaffen, er und kein anderer, und der junge Kaiser, der heute mit sieghaften Gesten, prachtvollen Reden und aufwendigen Reisen von diesem Thron aus regierte, hätte wahrscheinlich besser getan, den Rat des Alten noch einige Zeit in Anspruch zu nehmen.

Davon war Leontine überzeugt, genau wie viele andere Menschen in diesem Lande auch. »Friedrich der Große und Bismarck, das waren die einzigen großen Männer, die Preußen je hervorgebracht hat«, entschied sie unnachgiebig. »Alles, was dazwischen lag, taugte nicht viel. Der eine hat Preußen zu einem angesehenen Staat gemacht, der andere hat das Deutsche Reich geschaffen, und ob noch einmal einer nachkommt, der ähnliche Taten aufzuweisen hat, bezweifle ich entschieden, wenn ich mir die Menschheit von heute ansehe.«

Das waren für Leontine, die Fortschrittsgläubige, ungewohnt pessimistische Töne, aber gewohnt, scharf und genau zu blicken, konnte sie der äußere Glanz des Reiches unter dem jungen Kaiser nicht darüber hinwegtäuschen, daß das Reich in eine Erstarrung geraten war, zudem, durch und durch zivilistisch gesinnt, verabscheute Leontine die Überbetonung des Militärischen. »Der Soldat«, das sagte sie ebenfalls, »auch der höchste Offizier, soll ein Diener des Staates sein und nicht ein Götzenbild, das man anbeten muß.«

Sie also gehörte zu den vielen, die ernsthaft um den Tod des Fürsten Bismarck trauerten. Auch Emil gehörte dazu. Zu seinem Leben gehörte Bismarck, er war immer da gewesen. Als Emil geboren wurde, war Bismarck Gesandter beim Deutschen Bundestag in Frankfurt und saß somit schon an den Hebeln deutscher Politik, die später zur Reichsgründung führen würde.

Davon wußte natürlich der kleine Emil noch nichts, er sollte es jedoch später ausführlich in der Schule lernen. Während er in die Schule ging, fanden all die großen Ereignisse statt, die Bismarcks beherrschende Stellung festigten.

Seit dem Jahre 1862 war Bismarck preußischer Ministerpräsident, und das blieb er bis zu seiner Verabschiedung im Jahr 1890. 1864 der Krieg gegen Dänemark, noch an Österreichs Seite, um die Rückgewinnung Schleswig-Holsteins, der erste Krieg, den Bismarck gewann, 1866 dann der Krieg gegen Österreich, wobei die Frage der Vorherrschaft im deutschen Raum geklärt wurde, und schließlich der Deutsch-Französische Krieg, der ›Siebziger Krieg‹, der Emil beinahe auf dem Schlachtfeld gesehen hätte, er absolvierte zu jener Zeit gerade seinen einjährig-freiwilligen Dienst, aber über die Etappe kam er nicht hinaus, und so gewannen die Preußen und ihre Verbündeten ihren Krieg auch ohne ihn. Seit 1871 – fast dreißig Jahre also gab es das Deutsche Reich und einen Kaiser dieses Deutschen Reiches, der bis zu diesem Zeitpunkt König von Preußen gewesen war und den, das wußte alle Welt, Bismarck auf den Kaiserthron gesetzt hatte, gar nicht zur Freude des Herrschers, denn Wilhelm I. wäre viel lieber König von Preußen geblieben als Deutscher Kaiser geworden. Auch Emil war sich nie so ganz einig darüber, ob er nicht lieber in einem preußischen Königreich als in einem Deutschen Kaiserreich gelebt hätte. Aber er war im Grunde ein unpolitischer Mensch, es lag ihm nicht, sich die Möglichkeiten vorzustellen, die geringfügige Änderungen der Weltpolitik ergeben haben mochten. Der alte Kaiser war gewiß all der Liebe seiner Untertanen wert, auch Emil enthielt sie ihm nicht vor, doch Bismarck bewunderte, ehrte und achtete er als einen der größten Männer deutscher Geschichte.

Der junge Kaiser – nun, Emil war sein Beamter und diente ihm so loyal, wie es sich gehörte, aber vermutlich wäre er sich mit Leontine ganz und gar einig gewesen in der Beurteilung dieses Hohenzollern, wenn er sich jemals dazu herabgelassen hätte, mit Leontine Gespräche über solche Themen zu führen. Abgesehen davon, daß sie sehr selten zusammentrafen, wäre es Emil im Traum nicht eingefallen, mit einem weiblichen Wesen über Politik zu sprechen.

Nun also war Bismarck tot, und nicht nur Emil, wohl jeder ›gute Deutsche‹, einschließlich seiner Gegner im Zentrum und bei den Freisinnigen, aber auch politisch denkende Menschen jenseits der Reichsgrenzen, wußten, daß etwas zu Ende gegangen war, das man, wie immer man dazu stand, achten mußte. Und daß ungewiß war, was kommen würde.

Der Rückversicherungsvertrag mit Rußland, auf den Bismarck so großen Wert gelegt hatte, war schon im Jahr seiner Entlassung nicht mehr erneuert worden. Zwar unterhielten das Deutsche Reich und sein Kaiser offenbar die besten Beziehungen zu den Großmächten, aber die Geschichte hatte genug gelehrt, wie brüchig Bündnisse in weltpolitischen Beziehungen, auch wenn verwandtschaftliche Bande sie fester zu knüpfen schienen, von heute auf morgen werden konnten . . . Bismarck jedenfalls hatte es sehr genau gewußt. Würde auch der junge Kaiser, der mit achtundzwanzig Jahren auf den Thron gekommen war, immer daran denken?

Übrigens hatte dieses Jahr 1898 noch einige wichtige Ereignisse zu verzeichnen, so unter anderem dies, daß das Deutsche Reich sogar einen Stützpunkt in China erhielt, das Pachtgebiet Kiautschou, was aber viel wichtiger war: In Paris entdeckte Marie Curie das Radium. Damit wurde sie die große Bahnbrecherin für die wissenschaftliche Arbeit der Frauen, die es von dieser Zeit an etwas leichter hatten, auf die Universität zu gehen. Im gleichen Jahr promovierte in Halle schon die erste deutsche Studentin; sie hieß Hildegard Wegscheider. In Rußland wurde eine Sozialdemokratische Partei gegründet, doch davon nahm Emil keine Notiz. Sozialdemokraten gab es ja hierzulande schon längst, und von denen hielt er absolut nichts.

Im Spätherbst dieses Jahres starb Lene Nossek, Emils Mutter, im Alter von vierundsiebzig Jahren, sie war aufrecht und klarblickend bis zuletzt geblieben, aber auch müde geworden. Sie betätigte sich zwar immer noch im Haushalt ihres Sohnes Fritz, des derzeitigen Meisters im Schmiedehaus, wo fünf Kinder, drei Söhne und zwei Töchter, heranwuchsen. Zwei weitere Kinder waren an der Bräune gestorben. Franz Nossek, Emils Vater, war schon vor drei Jahren auf den Friedhof gefahren worden, unter großer Anteilnahme seines Stadtteils und der umliegenden Gemeinden, denn er war ein geachteter und beliebter Mann gewesen.

Lene starb an Lungenentzündung. Dr. Menz, von Agnes eilends herbeigeholt, als es aber schon zu spät war, konnte ihr auch nicht mehr helfen. Im Schmiedehaus hatte zunächst keiner daran geglaubt, daß sie ernsthaft krank sein könnte; sie war nie krank gewesen.

Agnes betrachtete lange das immer noch schöne, ernste Gesicht ihrer toten Schwiegermutter, ihr wurde ganz feierlich dabei zumute, und sie dachte: Sie ist gern gestorben. Das wiederholte sie Charlotte gegenüber, nach der Beerdigung, und fügte hinzu: »Ich finde, sie hat ein gutes Leben gehabt. Eine sehr glückliche Ehe. Ich habe selten zwei Menschen gesehen, die sich so gut verstanden haben wie Vater Franz und Mutter Lene.« So hatte Agnes die beiden immer genannt, und sie war immer gern ins Schmiedehaus gegangen, sobald es einen Anlaß dazu gab und sie sich die Zeit nehmen konnte.

»Sie hat viel Kummer gehabt«, sage Charlotte. »Denk an den Sohn, den das Pferd erschlagen hat. Und dann ihre Tochter! Was aus der wohl geworden sein mag?«

Das wußte keiner. Emils Schwester war eines Tages aus ihrer unglücklichen Ehe, von einem Mann, der sich täglich betrank, sie täglich schlug, fortgelaufen, manche sagten mit einem anderen Mann, manche vermuteten, in den Fluß, wie auch immer, man hatte nie wieder von ihr gehört.

Natürlich war dies in Lenes Leben ein großes Leid gewesen, aber solange Franz lebte, hatten sie sich gegenseitig Kraft und Mut gegeben, und es hatte auch noch die drei Jahre nach seinem Tod gereicht, aber nun war sie, wie Agnes sagte, vielleicht wirklich gern gestorben.

Ihre beiden anderen Kinder, ihr ältester Sohn, Fritz, und Emil, ihr jüngster, waren ihr Stolz und ihre Freude gewesen. Beide tüchtig in ihrem Beruf, beide mit guten Frauen verheiratet, mit gesunden Kindern gesegnet. Fritz Nosseks ältester Sohn war bereits verheiratet und hatte Lene noch mit einem Urenkel erfreut.

Emil, so spröde, wie er sich gab, litt sehr unter dem Tod seiner Mutter. Eigentlich war sie der Mensch, außer Willy natürlich, den er in seinem Leben am meisten liebte. Sie hatte ihn immer großartig gefunden und alles bewundert, was er gesagt und getan hatte, aber das war es nicht allein, sie besaß soviel unverbildete Natürlichkeit, dazu echte Herzlichkeit; Gaben, die ihm völlig abgingen und die auch sonst keiner in seiner Umgebung aufzuweisen hatte. Bei ihr zu sitzen und mit ihr zu sprechen, das war wie ein warmes wohltuendes Bad gewesen, so hatte er es immer empfunden. Sie hatte alle seine Sorgen geteilt, den Kummer um den Tod seiner ersten Frau, die Besorgnis um Agnes' schwache Gesundheit, der so lange nicht geborene Sohn, und natürlich hatte sie auch seine Freude geteilt, als der Sohn endlich zur Welt kam.

Mit seinem Bruder verband Emil nicht viel, sie waren zu verschieden. Emil fühlte sich ihm geistig haushoch überlegen, was er natürlich auch war, und Fritz sah in Emil einen eingebildeten Kerl, der sich etwas Besseres dünkte.

Nach Lenes Tod kam Emil nur mehr sehr selten in sein Vaterhaus, gerade nur, wenn irgendein Familienfest gefeiert wurde, wie zur Konfirmation von Robert, Fritzens jüngstem Sohn, die im Jahr 1901 stattfand, oder im Jahr darauf zur Hochzeit der ältesten Tochter des Hauses. Aber da saß Emil schon wie ein Fremder inmitten seiner Familie. Seit Lene nicht mehr lebte, hatte er sich innerlich von ihr gelöst. Auch war er da schon ein kranker Mann.

AN IRGENDEINEM TAG SEINES LEBENS widerfährt es einem Menschen, daß er aus dem Unbewußtsein der Kindheit auftaucht zur Bewußtheit, daß von all den unzähligen Sinneseindrücken, von denen er seit dem Augenblick seiner Geburt ununterbrochen bestürmt wurde, einer so nachhaltig, so stark ist, um sich festzusetzen, einfach deswegen, weil er einen so tiefen Eindruck hinterließ, daß er, festgebannt wie auf einem Bild, im Kopf dieses Menschen haftenbleibt. Von diesem Tag an hat er das, was man Erinnerung nennt.

Zunächst sind es einzelne Bilder, hervorgerufen durch bestimmte Geschehnisse oder Erlebnisse, meist verbunden mit einem großen Schreck, einem Schmerz, einer Angst oder auch einer Freude, die haftenbleiben, die eine Zeitlang nachwirken und das bestimmte Gefühl, das mit ihnen verbunden war, für eine Weile bewahren oder wieder hervorrufen können. Im Laufe eines Lebens kann man feststellen, daß diese Erinnerungen nie verlorengehen, auch wenn viele andere Ereignisse, das tägliche Leben überhaupt, das in dieser Zeit stattfand, in tiefe Vergessenheit geraten sind, untergegangen und nicht mehr aufzufinden, doch dieses oder jenes ist geblieben, und man weiß genau, noch zehn, noch zwanzig, ja dreißig Jahre später: Das war damals, zu jener Zeit, als dies und das geschah, und ich war soundso alt, und ich habe so und nicht anders empfunden.

Ein solches Erinnerungsbild blieb Nina, entstanden aus Schreck und dumpfem Angstgefühl, aus jenem Winter, als sie ihren Vater weinen sah. Es mußte, das konnte sie sich später leicht ausrechnen, kurz nach dem Tod seiner Mutter gewesen sein.

An diesem Tag war Schnee gefallen, schwerer, dicker Schnee, der Haus und Garten und den Rest der Welt weiß und stumm werden ließ. Spät war er gekommen in diesem Jahr, der Schnee, ein nasser, regenreicher Herbst war vorangegangen, er war es, der Lene die Lungenentzündung gebracht hatte, und als man sie in die Erde legte, war die Erde noch weich und bereit, nicht starr, nicht gefroren. Nun deckte der Schnee auch Lenes frisches Grab zu, ließ die letzten Blumen auf ihrem Grab erfrieren, machte die Endgültigkeit ihres Fortgegangenseins auf eine schweigende und beharrliche Weise sichtbar.

Es war ein Sonntag, und Emil war am Nachmittag auf den Friedhof gegangen, allein, hatte im Schneefall lange am Grab seiner Mutter gestanden, und das Gefühl der Verlassenheit, das ihr Tod ihm gebracht hatte, war so stark geworden, daß er sich schließlich abrupt abwandte und fortging, um nicht in Tränen auszubrechen. Auf dem Weg zum Ausgang kam er an dem Grab vorbei, in dem seine erste Frau und sein erster Sohn lagen, aber hier verweilte er nur kurz und machte sich auf den Heimweg.

Es war ein weites Stück zu laufen, vom Friedhof bis zurück zum Haus, unablässig fiel der Schnee auf ihn, seine Füße waren eiskalt, und er dachte: Vielleicht bekomme ich auch eine Lungenentzündung und kann sterben.

Kann sterben, dachte er, nicht muß sterben.

Er befand sich in einer Stimmung, daß ihm der Tod willkommen gewesen wäre, und das war, wie er sofort einsah, eine ebenso törichte wie unrechte Stimmung, die er sich selbst verbieten mußte, die auch seine Mutter, wenn sie davon etwas gewußt, gerügt hätte. Sie war immer lebensbejahend gewesen, und überdies hatte sie die Pflichterfüllung, die Erledigung der ihr auferlegten Pflichten, um es einmal weniger starr auszudrücken, als erste und wichtigste Aufgabe ihres Lebens angesehen. So hatte sie ihre Kinder erzogen und nicht zuletzt ihren klugen Sohn Emil. Und ob es Pflichten für ihn gab! Sein Amt, heute schwer zu bewältigen unter der neuen Leitung und darum seiner bedürftiger denn je, und außerdem seine Familie, die auf ihn angewiesen war.

Das alles wußte er, machte er sich klar auf dem langen Heimweg, aber das änderte nichts an der Resignation, die ihn befallen hatte; sein Amt war ihm zur Last geworden, die tägliche Arbeit zur Plage, und was war ihm seine Familie? Darüber hatte er noch nie nachgedacht. Sie war da, die Familie, und er ernährte sie, so hatte es seine Ordnung. Aber was war sie ihm sonst?

Er kam nicht soweit zu denken: Liebe ich sie oder lieben sie mich, denn die Beantwortung dieser Frage hätte ihn in noch schwärzere Verzweiflung stürzen müssen. Das Wort Liebe war so fremd in seinem Vokabular, war überhaupt eine Sache, der er mißtraute, ein Begriff, der in Romane und Operetten gehörte, nicht in das tägliche Dasein eines Mannes. Aber er dachte merkwürdigerweise an diesem Tag wieder einmal an seine erste Frau, die Lehrerstochter, die damals bei der Geburt ihres zweiten Kindes, das sein erster Sohn hätte werden sollen, gestorben war.

Er hatte diese erste Frau sehr gern gehabt, in gewisser Weise war sie seiner Mutter ähnlich gewesen, resolut, tapfer, lebensbejahend und fröhlich. Das war gut für ihn gewesen, das spürte er instinktiv. Agnes, in ihrer scheuen, ängstlichen Art, Agnes, die sich wegschieben und treten ließ, die ihn ansah mit todtraurigen Augen, wenn er unfreundlich zu ihr war, ohne ihm jemals entgegenzutreten, und sei es im Zorn, und die sich damit bei ihm weder Ansehen noch – nun ja, meinetwegen Liebe erworben hatte. Noch ihr Lachen war scheu und zurückhaltend, war es jedenfalls in seiner Gegenwart, war es mehr und mehr geworden im Lauf der Jahre, ihre strahlenden Augen waren erloschen, und wenn sie strahlten, taten sie es nur noch für die Kinder.

Dies alles dachte er natürlich nicht genau, nicht in Einzelheiten, nur vage, befangen im Schmerz um die Tote, wobei es ihn selbst überraschte, daß der Tod seiner Mutter ihm so nahe ging. Sie war alt gewesen, es war zu erwarten, daß sie sterben mußte, es war der natürliche Lauf der Dinge, und schließlich, eine so große Rolle hatte sie in seinem Leben nicht gespielt, so oft war er gar nicht mit ihr zusammen gewesen, daß er sie nun so schmerzlich vermissen mußte. Es war und blieb töricht, sich von ihrem Tod so überwältigen zu lassen. Das sagte er sich auf diesem Weg mehr als einmal, und er versuchte, an anderes zu denken.

Und wieder dachte er an seine erste Frau, als könne nur bei ihr Trost und Ablenkung sein, und dann dachte er an diesen ersten Sohn, der mit ihr gestorben war. Fünfzehn Jahre wäre dieser Sohn heute, er könnte hier neben ihm gehen, groß und kräftig, das war sie selbst gewesen, vielleicht wäre dieser Sohn größer gewachsen als er, ein Junge, ein Jüngling schon, Obertertia, vielleicht gar schon Untersekunda, ein guter Schüler, der gern zu ihm in die Bibliothek kam und sich ein Buch aussuchte, sorglich beraten von seinem Vater.

Es würde lange dauern, bis Willy soweit sein würde. Er war jetzt drei Jahre, und Emil erschien es unerträglich lang, abzuwarten, bis das Kind zu einem Leser und Gesprächspartner herangewachsen war. (Daß Willy diese Rolle nie spielen würde, ahnte er glücklicherweise in dieser Stunde noch nicht.)

In solchen Gedanken und von der Trauer um die Mutter innerlich ganz mürbe geworden, kam er zu Hause an. Es war bereits dunkel, das Ungeheuer von Haus sah, in Schnee gehüllt, geheimnisvoll, ja sogar schön aus. Der Weg zwischen Gartentor und Haustür war sauber von Schnee geräumt, das hatte Gertrud besorgt, aber die Flocken fielen so dicht, daß von ihrer Arbeit schon in einer Stunde nichts mehr zu sehen sein würde.

Im Oberstock war ein Fenster erleuchtet, Hedwigs Zimmer, und unten brannte Licht hinter den drei Fenstern, die, eines seitwärts, zwei an der Rückseite des Hauses in den Garten blickend, zur Küche gehörten.

Saßen sie denn schon wieder alle in der Küche, dachte er mit flüchtigem Unmut, doch dann fiel ihm ein, daß Agnes angekündigt hatte, sie würden an diesem Nachmittag die ersten Weihnachtsplätzchen backen; das vereinigte natürlich alle Kinder in der Küche, ausgenommen Hedwig, die sich an solchen Unternehmungen nie beteiligte.

Hoffentlich, so dachte er, war seine Schwiegermutter nicht gekommen, bei diesem Schnee müßte er sie später nach Hause begleiten, und es gelüstete ihn nicht im geringsten danach, noch einmal in die Kälte hinauszugehen.

Über das bevorstehende Weihnachtsfest hatte er erst am Abend zuvor mit Agnes gesprochen, dahingehend, ob man wegen Lenes Tod die Festlichkeiten nicht auf ein Mindestmaß beschränken sollte.

Festlichkeiten, so hatte er sich ausgedrückt, und Agnes hatte gesagt: »Es ist das Heilige Christfest, und Mutter Lene wäre die letzte, die gewollt hätte, daß die Kinder ihretwegen darauf verzichten sollen.« Das klang noch fest, aber gleich zog sie sich wieder zurück, fügte unsicher hinzu: »Oder meinst du nicht auch, daß sie so gedacht hätte? Es ist ja nicht wegen dir oder wegen mir, es ist ja nur wegen der Kinder.«

Er hatte dann entschieden, Weihnachten zu feiern wie immer, vielleicht ein wenig stiller, und darum hatte also der Bäckerei dieses Tages kein ernstliches Hindernis entgegengestanden. Bescheiden war ihr Weihnachtsfest immer gewesen, es war kein Geld da, große Geschenke zu machen. Die Kleinen bekamen ein Spielzeug, eine Puppe, ein Bilderbuch, die Größeren etwas ›Praktisches‹, was sie sowieso benötigten – Charlotte strickte für alle –, es gab Apfel und Nüsse und vielleicht für jeden noch einen Pfefferkuchen. Die Hauptsache waren immer die kulinarischen Genüsse, an den Weihnachtstagen wurde gut und reichlicher gegessen als im ganzen übrigen Jahr.

Am Heiligen Abend gab es Würste und Rauchfleisch in polnischer Soße, das hatte Lene immer gemacht, weil Franz Nossek es sich so gewünscht hatte, und Agnes hatte es von Lene gelernt; Charlotte pflegte, als sie Kinder waren, am Heiligen Abend nur einen Heringssalat zu machen, den sie mit Butterbrötchen servierte.

Also, bereits am Heiligen Abend wurde schwer und ausgiebig gegessen, braune und weiße Würste in der dicken würzigen Soße, das fette Rauchfleisch, Sauerkraut dazu und Kartoffeln. Am ersten Feiertag gab es die Gans. Die bekam Emil meist aus dem Landkreis mitgebracht, eine richtig schwere, große Gans; sie kostete ihn sehr wenig, allerdings bestand er stets darauf, etwas dafür zu bezahlen, keiner sollte ihm je nachsagen, er sei zu bestechen gewesen; und sei es mit einer Weihnachtsgans. Zur Gans gab es Kartoffelklöße und Rotkraut, und zu diesem Festessen kam selbstverständlich Charlotte, während Leontine von je alle Einladungen zur weihnachtlichen Tafel abgelehnt hatte.

Blieb von der Gans noch etwas übrig, wurde am zweiten Feiertag davon gegessen, war es zu knapp, bekam es nur der Hausherr, die anderen kriegten das Gänseklein – Hals, Flügel, Magen und Herz der Gans –, das durch eine gute fette Suppe mit selbstgemachten Nudeln zu einem schönen Gericht wurde.

So war das immer gewesen, und so würde es auch in diesem Jahr sein. Natürlich würde es auch einen Christbaum geben, Agnes las die Weihnachtsgeschichte, dann sangen sie alle zusammen mit unsicherer Stimme »Stille Nacht, heilige Nacht«, bei welcher Gelegenheit Agnes dann sagte: »Es ist zu schade, daß wir kein Klavier haben.«

Vor dem Fest wurde gebacken, zuerst die Plätzchen, auf drei oder vier Arbeitsgänge verteilt, dann eine große Mohnbabe, ein Hefezopf und zuletzt ein großes Blech Streuselkuchen. Nichts also würde sich in diesem Jahr ändern, das war beschlossen, und wie Agnes ganz richtig gesagt hatte, wäre Lene die letzte gewesen, die das mißbilligt hätte.

Früher, als die Familie noch kleiner war, hatten sie oft einen Feiertag, meist den zweiten, bei Lene und Franz verbracht, aber nachdem diese Familie sich ebenfalls so vergrößert hatte, lief es höchstens auf einen Kaffeebesuch hinaus.

Als Emil das Haus betreten hatte, stampfte er mehrmals kräftig mit den Füßen auf und klopfte den Schnee von seinen Armen, die Küchentür öffnete sich, ein Schwall von Wärme schlug ihm entgegen. Agnes, die Wangen rosig und fast so hübsch wie früher, steckte den Kopf heraus und fragte: »Du kommst ja so lange nicht. Bist du nicht halb erfroren? Das ist ein Schnee, was?«

Gertrud, die ihm sonst wohl aus dem Mantel geholfen hätte, konnte es nicht, ihre Hände waren voller Mehl, er mußte den Mantel selbst ablegen, schüttelte ihn aus und hängte ihn im Flur auf. In die Küche einzutreten hatte er nicht vor, obwohl von dort die einladende Wärme kam. Er betrat die Küche so gut wie nie.

»In der Bibliothek habe ich eingeheizt«, rief Agnes ihm noch nach. »Ich bringe dir gleich einen heißen Tee.«

Dann saß er also allein in seiner Bibliothek, es war still und einsam, auch die Bücher waren in dieser Stunde keine Freunde, der Raum lag im Dunkel, er hatte nur die Petroleumlampe in der Ecke angezündet, und das Gefühl der Verlassenheit, kurz verdrängt durch den Eintritt in das Haus, kehrte zurück. Die waren da in der Küche mit ihren mehligen Händen und backten, und draußen fiel der Schnee auf das Grab seiner Mutter, der einzige Mensch, der ihn verstanden und geliebt hatte, denn jetzt dachte er auf einmal: geliebt.

87

Keiner kümmerte sich um ihn, keiner hatte ihn gern, und morgen mußte er wieder diesen Schnösel aus Berlin ertragen, morgen und alle Tage, die vor ihm lagen.

Er saß in seinem Sessel, stützte den Kopf in die Hand und starrte schwermütig in die Dunkelheit des großen Raumes.

Nach einer Weile kam Gertrud mit dem Tee, stellte die Kanne und die Tasse vor ihn auf den kleinen Tisch, sie beeilte sich, sie hatte ja zu tun in der Küche, es drängte sie, dorthin zurückzukehren. Sie sprach kein Wort, Emil auch nicht, auf einem Teller lag ein Stück Hefekuchen, der am Vortag für den Sonntag gebacken wurde.

Den Kuchen rührte Emil nicht an, er hatte sowieso keinen Appetit, aber er bemerkte, daß sie in der Küche in der Eile den Zucker vergessen hatten. Das sah ihnen ähnlich, zwei Gedanken zur gleichen Zeit im Kopf haben, das war zuviel verlangt, das war so Frauenart.

Auf die Idee, hinauszugehen und den Zucker zu holen, kam er nicht, er würde den Tee bitter trinken, er fühlte sich ohnedies als ein vom Schicksal geschlagener Mann. Bitterer Tee paßte ausgezeichnet dazu.

Er schob die Lampe zur Seite, damit ihr Schein nicht sein Gesicht traf, er wollte jetzt nicht lesen, er sah immer noch die Gräber vor sich, das neue Grab und das alte Grab, und nun weinte er.

Den Kopf in die Hand gestützt, saß er da, zutiefst unglücklich, des Lebens überdrüssig.

In diesem Augenblick kam Nina ins Zimmer getrippelt. Sie hatten draußen gemerkt, daß der Zucker vergessen worden war, und hatten die Kleine mit der Zuckerdose losgeschickt. Sie kam sehr leise, denn die Kinder waren dazu erzogen, sich leise zu verhalten, wenn der Vater im Haus war. Mit der einen Hand hatte sie die Tür vorsichtig aufgeklinkt, die andere umklammerte die Zuckerdose, lautlos kam sie herein, ging durch das dunkle Zimmer bis zu der Ecke, wo der Vater saß, auf der Backe hatte sie einen Mehlfleck und im Mundwinkel einen Teigkrümel, denn sie hatte natürlich vom Teig genascht, und dann, als sie vor ihm stand, sah sie, daß er weinte.

Beinahe hätte sie vor Schreck die Zuckerdose fallen lassen. Sie war fünf Jahre alt, sie hatte noch nie einen Erwachsenen weinen sehen, zu der Beerdigung hatte man sie nicht mitgenommen, nur Hedwig und Gertrud waren als groß genug befunden worden, daran teilzunehmen. Und nun – der Vater!

Der Vater, der gleich nach dem lieben Gott kam, so mächtig und allgewaltig, so zu fürchten und zu achten war er, saß da, die Hand über die Augen gelegt, der Kneifer baumelte an der Schnur auf seiner Brust, und unter seiner Hand kamen Tränen hervor, die ihm über die Wangen liefen.

Nina stand wie erstarrt, wagte sich nicht zu rühren, wagte kaum zu atmen, und tiefes Entsetzen erfüllte ihre Kinderseele. Der Gegensatz war auch zu groß; das heitere Treiben in der Küche, Schwatzen, Lachen, die Spannung, beim Backen zuzusehen, die Neugier auf das, was aus dem Ofen kam – und hier das große dunkle Zimmer, der schweigende Mann in der Ecke, der weinte.

Am liebsten hätte sie sich umgedreht und wäre weggelaufen, aber sie hatte schließlich eine Mission zu erfüllen, sie mußte den Zucker bringen, da war der Tee, schon in die Tasse gefüllt, und da hinein mußte der Zucker. Das beste war, den Zucker leise hinzustellen und dann schnell wegzulaufen.

Aber sie stand wie gebannt, und in ihrem kleinen Herzen, das noch so unbefangen reagierte, verwandelte sich der Schreck in tiefes Mitleid. Auch ihre Augen füllten sich mit Tränen, die Zuckerdose zitterte in ihrer Hand, ein Schluchzen entrang sich ihr, und Emil blickte auf.

Vor ihm stand seine jüngste Tochter, nicht ganz sauber im Gesicht, das eine Zöpfchen war aufgegangen, und über ihre Backen strömten aus weitgeöffneten Augen helle Tränen, aus Augen, die auf ihn gerichtet waren.

Er strich sich mit der Hand über Stirn und Wangen, setzte den Kneifer auf und frage: »Warum weinst du denn?«

»Ich . . . ich weiß nicht«, schluchzte das Kind.

»Was hast du denn da?«

Sie streckte ihm mit beiden Händen die Dose entgegen.

»Den . . . den Zucker. Trudel hat gesagt . . .« Sie konnte nicht weitersprechen.

Er nahm ihr die Zuckerdose ab, plazierte sie neben Teekanne und Teetasse, streckte unwillkürlich die Hand nach dem Kind aus und zog es zu sich heran. Mit seinem Taschentuch wischte er ihr die Tränen von den Backen, gleichzeitig auch den Mehlfleck und den Teigkrümel, strich ihr flüchtig übers Haar, sagte merkwürdig weich: »Danke. Und nun lauf wieder in die Küche.«

Sie wandte sich und rannte wie gehetzt aus dem Zimmer. Als sie draußen war, putzte er sich die Nase, zuckerte seinen Tee und fühlte sich wohler.

Nina vergaß diese Szene nie. Und später konnte sie auch rekonstruieren, daß seine Tränen wohl mit dem Tod seiner Mutter zusammenhingen, ein ganz natürlicher und verständlicher Vorgang also.

Es war der einzige Augenblick ihrer Kindheit, in dem es zu einer gewissermaßen persönlichen Begegnung mit ihrem Vater kam. Es wäre seine Sache gewesen, nicht ihre, diese flüchtige Bindung, die da entstanden war, festzuhalten und zu vertiefen. Aber dazu war Emil, dieser Unglückswurm, nicht imstande. Ihm war es nicht gegeben, Liebe zu gewinnen, Zuneigung zu empfangen, diese Gabe hatte Gott ihm nicht verliehen, und so konnte er sie bei aller Intelligenz nicht entwickeln und blieb darum, bei allem, was sich gegen ihn sagen ließ, ein tief bedauernswerter Mensch.

In der folgenden Zeit wurde er dazu ein kranker Mann. Er war nie ein kräftiger, von Gesundheit strotzender Mensch gewesen, aber doch niemals ernsthaft krank, er war nur öfter erkältet und litt gelegentlich unter Verdauungsstörungen.

Nun stellte sich ein Magenleiden ein, vermutlich ein Magengeschwür. Zweifellos war der Ärger, den er im Amt hatte, mit daran schuld. Früher hatte ihm das Essen geschmeckt. Agnes kochte gut und mit Liebe, und selbstverständlich bekam er als Hausherr stets die besten Bissen vorgesetzt, Fleisch vor allem, gute Soßen, kräftige Suppen, darauf verstand sich Agnes meisterhaft. Die Kinder bekamen selten Fleisch, da Agnes nur über ein bescheidenes Haushaltsgeld verfügte, kochte sie für sich und die Kinder so sparsam wie möglich. Aber nun aß Emil sehr wenig, es schmeckte ihm nicht mehr, das Essen bekam ihm nicht, es wurde ihm leicht übel, und Agnes saß bekümmert vor dem übriggebliebenen Braten, den er unlustig, fast angeekelt zurückgeschoben hatte. Er hatte keinen Appetit mehr auf Fleisch, die Soße war ihm zu fett, die Klöße lagen ihm schwer im Magen. Agnes mußte ihm einen Brei machen, Haferflocken oder Mehlsuppe, höchstens ein leichtes Kalbfleischsüppchen, das gerade konnte er hinunterbringen, wie er sich ausdrückte.

Emil wurde von diesem Leben nicht ansehnlicher, eine stattliche Erscheinung war er nie gewesen, und jetzt wurde er vollends mickrig, schmal und blaß, nicht blaß, mehr gelblich im Gesicht. Dr. Menz verordnete Diät, aber was Emil zu sich nahm, war sowieso schon Diät, viel weniger konnte er nicht mehr essen; geraucht hatte er nie, getrunken auch nicht, es gab also nichts zu verbieten. Er wußte selbst gut genug, wo der Ursprung seines Leidens lag: Es war der Ärger, der Verdruß, der ihn krank machte.

Als der jüngste Nossek-Sohn geboren wurde, Ernst, dachte Dr. Menz bei sich, es wäre besser gewesen, dieses Kind wäre nie gezeugt worden: die Mutter eine schwächliche, blutarme und früh verbrauchte Frau, der Vater ein kranker, verdrossener Mann. Dr. Menz, modernen Ideen zugeneigt, stellte wieder einmal Überlegungen an, wie man es anfangen sollte, daß eine gewisse Lenkung und Kontrolle bei der Zeugung der Kinder möglich sei.

»Natürlich bin ich nicht für Abtreibung, das kann ich als Arzt ja gar nicht sein«, sagte er zu seinem Sohn, der seit einiger Zeit in Breslau eine eigene Praxis besaß. Er hatte sich als Internist spezialisiert, bewunderte aber nach wie vor die umfassende Erfahrung seines Vaters, der nun seit annähernd vierzig Jahren praktizierte und für seine Patienten immer Zeit hatte.

»Aber ich meine«, fuhr Dr. Menz fort, »irgendwann muß es einmal dahin kommen, daß Menschen ihre Kinder bewußt und überlegt haben wollen und zur Welt bringen und nicht nur zwangsläufig wie die Tiere.«

»Mit Tieren kann man es nicht einmal vergleichen«, sagte Menz junior, »bei denen wird sogar eine sehr sorgfältige Zuchtauswahl getroffen, viel sorgfältiger als beim Menschen. Bei den domestizierten Tieren jedenfalls, und als domestiziertes Wesen sollte man den Menschen schließlich auch ansprechen können. Aber kannst du dich überhaupt beklagen in deiner Kleinstadt! Schau dir die Großstadt an, schau dir Breslau an, das Elend unter den Arbeitern, die ihre Kinder meist im Suff zeugen, und dann kriegen diese kranken unterernährten Frauen jedes Jahr ein Kind, bis sie eines Tages sowieso daran zugrunde gehen. Und die Kinder sind krank – sie sind rachitisch, haben eine vererbte Syphilis, und Tuberkulose ist schon fast das Normale. Nein, Vater, man muß da viel radikaler vorgehen. Ich bin für die Sterilisation kranker Frauen, und ich bin für Abtreibung, wenn sie denn schon unter solchen Umständen empfangen haben.«

»Machst du denn Abtreibungen?«

»Ich? Da sei Gott vor! Ich will ja nicht im Zuchthaus landen. Außerdem bin ich in meiner Praxis, Gott sei Dank, mit diesen Dingen nicht befaßt.«

»Dann kannst du leicht darüber reden. Kein Arzt will gern ins Gefängnis gehen.«

»Es gibt genügend, die abtreiben, da kannst du sicher sein.«

»Ja, dessen bin ich sicher. Ärzte machen es wohl nur, wenn sie sehr gut bezahlt werden. Und die Personen, die es sonst noch machen – Herrgott!«

Der Senior schlug mit der Faust auf den Tisch, und seine Stirn färbte sich rot. »Die gehören weiß Gott ins Gefängnis und ins Zuchthaus, wenn es nach mir geht. Was die an den Frauen verbrechen, darüber könnte man Tag und Nacht weinen. Weinen, hörst du!«

»Du hast recht, Vater. Aber wie willst du das Dilemma lösen? Ärzte dürfen nicht abtreiben, und die, die es tun, sind die Ärzte reicher Frauen. Sonst sind es eben Kurpfuscher und die Ratten in den Hinterhäusern, die sich der geplagten Frauen annehmen, das wissen wir alle. Dann sterben die Frauen, verbluten und verrecken unter Qualen. Oder sind zumindest für ihr Leben lang krank. Wie soll sich das je ändern?«

»Es wird sich ändern. Darauf kannst du dich verlassen, daß eine Zeit kommen wird, in der sich das ändert. In der eine Frau nur ein Kind kriegen wird, wenn sie eines will und wenn sie gesund genug ist, ein gesundes Kind zu haben. Diese Zeit wird kommen, davon bin ich überzeugt.«

»Nie, Vater.«

»Doch.«

Es war ein altes Thema zwischen ihnen, der alte Doktor war voller Optimismus und Zuversicht, was die moderne Zeit betraf, der junge voller Skepsis und Pessimismus. Von dieser Auseinandersetzung abgesehen, verstanden sie sich ausgezeichnet.

An Agnes' Schicksal nahm der junge Menz immer noch regen Anteil, obwohl sie einander nie wieder begegnet wären. Sie war seine Jugendliebe gewesen. Eigentlich war das schon zuviel gesagt, er war ihre Jugendliebe gewesen, für ihn aber war es nicht mehr gewesen als ein kleiner Flirt, wie man so etwas heute in gehobenen Kreisen nannte. Er war mittlerweile verheiratet, hatte ein Kind bisher, und seine Frau hatte er sehr bewußt ausgewählt, eine gesunde und kraftvolle Frau sollte es sein, intelligent und vernünftig, die aus einer gesunden und vernünftigen Familie stammen mußte. So etwas hatte er gesucht und hatte es auch gefunden. Mehr als zwei Kinder kämen nicht in Frage, das hatte er bereits verkündet, ehe er verheiratet war.

Mit tiefem Bedauern dachte er an Agnes. Was für ein sanftes, liebenswertes Mädchen war sie gewesen, mit den großen, schönen braunen Augen, dem aufstrahlenden Lächeln darin, wenn sie sich begegneten; er hatte das nicht vergessen.

Emil Nossek kannte er nicht, war auch nicht begierig, ihn kennenzulernen; was er von seinem Vater über diesen Mann hörte, den die arme Agnes geheiratet hatte, genügte ihm. Und er hatte auch nicht den Wunsch, Agnes wiederzusehen; besser war es, sie im Gedächtnis zu behalten, wie er sie gekannt hatte. Ein Lebenskünstler war er, der junge Dr. Menz.

»Na, jetzt hat er doch zwei Söhne, dieser Emil. Kann er sich damit nicht zufriedengeben?«

»Ich hoffe es«, meinte Menz senior. »Ich habe es ihm jedenfalls nahegelegt. Gesund ist dieses Kind sowieso nicht, ein ganz schwächliches Kerlchen, hat Untergewicht, ist sehr schwer zu füttern. Sie kann das Kind nicht nähren. Dabei brauchte es nichts notwendiger als Muttermilch. In besseren Kreisen würde man eine Amme für das Kind besorgen, aber davon kann hier ja nicht die Rede sein. Nein, sie sollte gewiß kein Kind mehr bekommen, sie würde es kaum überleben.«

»Und der andere Junge?«

»Das ist ein kräftiger Bursche, geradezu robust, würde ich sagen. Er muß nach der Schmiedefamilie schlagen, die sind alle wohlgeraten und gesund.«

›Und die Töchter?«

»Verschieden, ganz verschieden. Keine gleicht der anderen, es ist sehr merkwürdig. Was mich betrifft, so habe ich meinen ganz besonderen Liebling unter den Mädels. Die Älteste hat ja den Unfall gehabt, diesen Sturz seinerzeit, ich habe dir davon erzählt. Seitdem hat sie ein verkürztes Bein. Das haben die Klugscheißer im Krankenhaus vermurkst, mir wäre das nicht passiert, das kann ich dir sagen. Aber ein gescheites Mädchen soll sie sein, in der Schule immer die Beste, sagt Agnes.«

»Und das ist dein Liebling?«

»Nein, nein, die nicht. Die ist schwer zugänglich, nein, ich meine Nina, die dritte Tochter von Agnes. Es war ihre leichteste Geburt, und es war von Anfang an ein hübsches Kind. Ein sehr aufgewecktes kleines Mädchen. Die kann dich anschauen, weißt du, so ganz direkt und genau, sie hat wunderhübsche Augen, ziemlich hell, grau, nein, mehr grün, würde ich sagen.«

»Graugrün also«, konstatierte der Junior.

»Gut, graugrün. Ja, das trifft es wohl. Dazu hellbraunes Haar, ein bißchen rötlich fast, sie machen ihr immer zwei Zöpfchen, und die gehen ihr immer auf. Ich glaube, sie ist ein bißchen wild, meist treffe ich sie im Garten. Ich habe sie schon auf einem Baum sitzend angetroffen, hoch oben. Was machst du da oben? habe ich sie gefragt. Und sie antwortete ganz ernsthaft: ich will bei den Vögeln sein.«

Der Junior lachte amüsiert. »Du solltest sie darauf aufmerksam machen, daß sie nicht fliegen kann wie ein Vogel.«

»Genau so etwas Ähnliches habe ich gesagt, und sie sagte: das ist schade, nicht? Mit Tieren ist sie überhaupt ganz verrückt. Neulich brachte sie mir eine kleine Katze in die Sprechstunde. Die Katze ist krank, sie ist vom Baum gefallen, und ich muß sie behandeln. Ich sagte, einer Katze macht es nichts, wenn sie vom Baum fällt. Es ist aber ein sehr hoher Baum gewesen, sagte sie. Wirklich lief der Katze ein Blutfaden aus dem Maul, vielleicht hatte sie sich innerlich verletzt. Du mußt zu einem Tierarzt gehen, sagte ich. Nein, zum Tierarzt wollte sie nicht, ich müsse die Katze behandeln. Na gut, was blieb mir anderes übrig, ich sah mir die Katze an, sie war ein bißchen matt, und es schien ihr nicht gutzugehen. Am besten legst du sie in ein Körbchen, sagte ich, und läßt sie in Ruhe, vielleicht gibst du ihr ein bißchen Milch, wenn sie das mag, und dann warten wir mal ab. Du wirst lachen, drei Tage später, als ich da draußen in ihrer Gegend zu tun hatte, bin ich doch wirklich hingegangen, um mich nach der Katze zu erkundigen. Wo ist die kranke Katze? fragte ich Agnes. Oh, der geht es schon wieder ganz gut, sagt Agnes, sie sind beide hinten im Garten, hinter den Tannen. Sie zeigte mir die Ecke im Garten, wo ich die beiden finde, und wie ich hinkomme, sitzt die Kleine im Gras, und die Katze liegt neben ihr und schnurrt, was das Zeug hält. Nina springt auf, wie ich komme, wirft beide Arme um meine Hüften und jubelt, ja, ich muß es so ausdrücken, sie jubelt geradezu: du hast sie gesund gemacht, Onkel Doktor, du hast sie gesund gemacht.«

Der Junior lachte gutmütig. »Gratuliere.«

»Du kannst mir glauben, ich habe mich direkt vor dem Kind geschämt. Ich hatte ja gar nichts getan für die Katze, nicht wahr? Sie ist von selbst gesund geworden, das ist bei Katzen meistens so. Aber Nina machte mich dafür verantwortlich.«

»Nina! Ein aparter Name. Wie sind sie denn darauf gekommen? Sicher eine Romanfigur. Agnes las ja immer mit Leidenschaft Romane.«

»Nee, da ist der Gutsherr von Wardenburg dran schuld, der Russe. Der ist ihr Pate. Natalia heißt sie eigentlich. Und noch was – warte mal –, ja, richtig, Nicolina Natalia. Toller Name, was? Nur 'n bißchen lang für den Hausgebrauch. Da hat er Nina draus gemacht, gute Idee, finde ich. Nina paßt gut zu ihr.«

»Wer ist er?«

»Was er?«

»Du sagst: Da hat er Nina draus gemacht.«

»Ach so. Na, der Wardenburg. Dem das Gut da draußen gehört, bei Klein-Plettkow. An den alten Wardenburger müßtest du dich noch erinnern. War mein schwierigster Patient. Tat nie, was man ihm sagte.«

»Ach, der. Natürlich, an den erinnere ich mich gut. Ein Charakter. Und das ist also der Sohn.«

»Nein. Sein Enkel. Der Sohn ist auf und davon. Das ist der Sohn vom Sohn, Nicolas heißt er. Sehr netter Mann, bißchen leichtlebig vielleicht. Der ist mit der Schwester von Agnes verheiratet, mit dieser eingebildeten Alice. Kannst du dich an Alice nicht erinnern?«

»Natürlich kann ich mich an Alice erinnern. Hübsches Mädchen. So, die hat also einen Gutsherrn geheiratet. Da hat sie ja eine gute Partie gemacht.«

»Da ist sie auch stolz drauf. Kinder hat sie aber nicht. Sie will keine, wie sie mir in aller Deutlichkeit erklärt hat. Wie sie das macht, weiß ich nicht.«

»Sie hatte schon immer ihren Kopf für sich, daran erinnere ich mich auch«, sage der junge Menz und lächelte. Er hatte wirklich einige Erinnerungen an Alice, sie hatte ihn ziemlich von oben herab behandelt, und bei einem Annäherungsversuch, den er gewagt hatte, als Primaner, hatte sie ihn abblitzen lassen.

Agnes hatte ihre Schwester immer sehr bewundert, daran erinnerte er sich auch, und hatte es gar nicht begreifen können, daß er sich für sie, die kleine Agnes, und nicht für die schöne Alice interessierte.

Dieses Gespräch fand an einem Sonnabend nachmittag in der Kronprinzenstraße in Breslau statt, in der komfortabel eingerichteten Wohnung des Juniors. Dr. Menz fuhr ab und zu jetzt nach Breslau. Um ein wenig Großstadtluft zu schnuppern, wie er sagte, und um auch einmal in ein anständiges Theater zu gehen. Aber hauptsächlich wohl, um Sohn und Schwiegertochter und den kleinen Enkel zu sehen, der zwei Jahre alt war. Natürlich auch seiner Frau zuliebe, die dies alles auch tun wollte und überdies der Meinung war, er solle sich ein wenig mehr Ruhe gönnen, er sei nicht mehr der Jüngste, und es gebe nun einige junge Ärzte in ihrer Stadt, denen man ruhig ein paar Patienten überlassen könne.

Anfangs war Dr. Menz enttäuscht gewesen, daß sein Sohn nach Abschluß seiner Studien nicht zu ihm zurückgekehrt war, um die Praxis zu übernehmen. Inzwischen hatte er sich damit abgefunden und mußte zugeben, daß eine Facharztpraxis in der Großstadt nicht zu verachten war. Sie verschaffte mehr Ansehen und machte weniger Arbeit. Er zum Beispiel hatte selten in seinem Leben so friedlich an einem Sonnabendnachmittag bei Kaffee und Streuselkuchen sitzen können. Meist hatte es an der Tür geklingelt und einer hatte davor gestanden und hatte gerufen: »Herr Dukter, Herr Dukter, kumm Se nur schnell, kumm Se nur glei!«

Hier bei seinem Sohn störte keiner den Nachmittagsfrieden, nur sein kleiner Enkel, vom Mittagsschlaf erwacht, kam jetzt, begleitet von Mutter und Großmutter, ins Zimmer gewackelt, krähte vergnügt und grapschte zielbewußt nach dem Streuselkuchen, nachdem er auf Großvaters Schoß Platz genommen hatte.

Dr. Menz war sehr zufrieden, sein Sohn hatte es richtig gemacht; er hatte immer gewußt, was er wollte. Von der Familie Nossek, von Agnes, Nina und deren kürzlich geborenem kleinen Bruder Ernst sprachen sie an diesem Nachmittag nicht mehr.

Nicolas

AN EINEM ANDEREN TAG, EINEM SOMMERTAG, geschah ebenfalls so etwas Besonderes und Einzigartiges, das Nina nie vergessen würde. Onkel Nicolas hob sie zum erstenmal zu sich aufs Pferd und setzte sie vor sich in den Sattel. Ein Glücksgefühl ohnegleichen erfüllte sie so stark, daß es kaum zu ertragen war; schon als Kind war sie außerordentlich gefühlsbetont und erlebte alles so intensiv, bis in die Tiefe ihres Gemüts, daß sie immer wieder von ihrem jeweiligen Gefühl völlig überwältigt wurde. Diesmal also vom Gefühl der Freude, der Lust, auch des Stolzes. Da saß sie, hoch oben, vor sich den gewölbten Hals der Stute Ma Belle, die steilen Ohren, die dunkle Mähne über dem blaugrauen Fell. Und wie gut sie roch, nichts auf der Welt roch so gut wie ein Pferd, ausgenommen Onkel Nicolas selbst, der roch auch immer gut, nach Pferd und noch nach anderen wundervollen Dingen. Sein Arm lag um sie, am Rücken spürte sie seinen Körper, er lachte, küßte sie aufs Haar und rief: »Und nun traben wir ein paar Runden.«

Ma Belle trabte an, schneller und schneller, ihre Bewegungen waren weich und geschmeidig, so geschmeidig wie der Körper, an dem Nina lehnte.

»Hast du Angst?« fragte seine Stimme in ihr Ohr.

Sie schüttelte heftig den Kopf, sprechen konnte sie nicht, das Entzücken machte sie stumm. Weich federte das grüne Gras der Koppel, noch einmal im Kreis herum, noch einmal. Onkel Nicolas schnalzte leicht mit der Zunge, dann wurde die Bewegung der Stute noch schwingender und schwebender, sie galoppierte.

Am Gatter stand Tante Alice, sie lächelte, als die drei schließlich vor ihr Halt machten.

»Na?« fragte Nicolas und drückte den Kinderkörper an sich. »Wie haben wir das gemacht?«

»Großartig. Schade, daß ich nicht so ein Ding habe, so einen Photographierapparat.«

»Wir werden einen kaufen, und dann wirst du Nina immer photographieren, wenn sie reitet.«

»Darf ich wieder reiten?« fragte Nina atemlos.

»Natürlich. Du wirst eine erstklassige Reiterin werden, das merke ich jetzt schon. Du hast keine Angst, du bist locker und leicht, und die Pferde hast du auch gern.«

Nina wandte sich im Sattel, bis sie in sein Gesicht sehen konnte, das sich ihr zuneigte.

»Ich hab' die Pferde so lieb«, sagte sie mit ganz tiefer, ganz feierlicher Stimme, »am liebsten von allem auf der Welt. Nur dich - dich hab' ich auch so lieb.«

»Ninotschka«, sagte er zärtlich und küßte sie auf die Wange.

»Und wo bleibe ich?« fragte Alice.

»Dich hab' ich auch schrecklich lieb. Alles hier hab' ich lieb«. Nina breitete die Arme weit aus, als wollte sie alles umfangen, die Koppel, Land und Himmel, die Pferde und die Menschen.

Die Stute spielte mit den Ohren, lauschte auf die Menschenstimmen.

»Dann wird es das beste sein, du bleibst gleich hier«, sagte Nicolas. Er hob sie hoch und setzte sie auf die Erde.

»Und jetzt werde ich dir mal zeigen, was diese Schöne hier schon alles kann.«

Er hatte die Stute selbst gezogen und war sehr stolz auf sie. Sie war von bester Abstammung und, obwohl noch jung, ein ruhiges und gehorsames Pferd. Rund herum um die Koppel führte er sie in sämtlichen Gangarten vor, immer wieder das Tempo wechselnd, dann parierte er sie durch, sie stand bewegungslos, senkte den kleinen Kopf und kaute auf dem Gebiß.

»Sie ist zauberhaft«, sage Alice. »Und so brav. Man könnte meinen, du reitest sie schon jahrelang. Einmal möchte ich sie auch reiten.«

»Später, Alice. In einem Jahr oder so. Jetzt darf sie noch in keiner Weise irritiert werden.« Er schenkte Alice sein charmantes Lächeln, um die Absage zu versüßen. Aber er wußte, daß Alice eine etwas harte Hand hatte, es hätte die Stute wirklich irritiert, die bisher nur von ihm allein geritten worden war. Wenn er verreist war, ging sie auf die Koppel oder wurde höchstens longiert.

Nina hob die Hand und strich der Stute behutsam über den blaugrauen seidenglatten Hals.

»Und später wird sie dann ganz weiß? Wirklich?«

»Viel später. Wenn sie eine reife Dame ist. Je älter ein Schimmel, um so weißer, das mußt du dir merken.«

Dann lachte er und fügte hinzu: »Das ist bei Pferden sicher, bei Menschen nicht. Sonst könnte man sagen: je älter eine Dame, um so weiser. Doch das funktioniert meistens nicht.«

Damit konnte Nina nicht viel anfangen, doch Alice lachte bereitwillig. Sie hatte keinen Grund zu schmollen, weil er sie die Stute nicht reiten ließ. Erst im vergangenen Jahr hatte sie ein gutes Pferd bekommen, einen verläßlichen kastanienbraunen Wallach, den sie im Damensattel genauso gut wie im Herrensattel reiten konnte. Sie ritt lieber im Herrensitz, weil sie fand, so mache das Reiten mehr Spaß. Manche Damen auf den umliegenden Gütern rümpften die Nase, wenn sie die Herrin von Wardenburg in Hosen über ein Feld galoppieren sahen. Aber das störte Alice nicht. Wurden sie eingeladen zu einer Jagd oder zu einem Turnier, erschien sie jedoch stets korrekt im langen Reitrock und saß genauso sicher im Damensattel.

»Wann darf ich wieder reiten?« fragte Nina, ihr eifriges kleines Gesicht zu Nicolas emporgewandt.

»Morgen, Ninotschka. Jetzt bringen wir Ma Belle zu ihrem Freund Towarischtsch auf die Weide und schauen dann mal nach, ob es für uns schon Tee gibt. Und vielleicht ein Stück Kuchen dazu, was meinst du?«

»Himbeertorte«, sagte Nina, die aufs beste informiert war, und schob die Zungenspitze genüßlich zwischen die Lippen.

»Das trifft sich gut«, sagte Nicolas, »Himbeertorte für die himbeerroten Lippen meiner schönen Damen.«

Solche Sachen fielen ihm immer ein, und für Nina, die an verspieltes Geplauder nicht gewöhnt war, war es jedesmal ein Anlaß zum Lachen. Aber es war auch ein Anlaß, sich etwas dabei zu denken. Zum Beispiel, ob sie wirklich himbeerrote Lippen hatte. Das hörte sich hübsch an. Und war sie wirklich eine schöne Dame?

Wenn er es sagte, dann war sie es auch. Denn alles, was er sagte, war wie Gottes Wort. Er war ihr Abgott, und das begann schon in diesen frühen Jahren, als sie fünf, sechs und sieben Jahre alt war, als sie aus dem Dämmer der Kindheit in die Bewußtheit glitt, und er war es, der ihr bewußt machte, daß sie ein Mädchen war und eine Frau sein würde.

Nie wieder würde es einen Mann geben, der so war wie dieser, und kein Mann, der ihr je begegnen würde, konnte ihn übertreffen.

Nicolas ritt langsam hinüber zur übernächsten Koppel, wo Towarischtsch schon eng am Zaun stand und seiner geliebten blaugrauen Schimmelstute entgegenwieherte.

Alice und Nina folgten auf dem schmalen, grasbewachsenen Weg, der zwischen den Koppelzäunen entlangführte. Nina, noch aufgeregt von dem Ritt, konnte nicht still gehen, sie hopste neben Alice her und plapperte unentwegt.

Alice ging mit leicht geneigtem Kopf, mit nachdenklicher Miene, den weißen Leinenrock leicht mit der Hand raffend. Der breite weiße Strohhut beschattete ihr Gesicht, damit ihr feiner Teint nicht unter der prallen Julisonne leiden mußte. Zwischen weißem Rock und weißem Hut leuchtete eine blaue Bluse aus leichtem schleierartigem Voile, durch die man ihre Schultern und Arme sehen konnte.

Wie immer, seit sie sich das leisten konnte, zog sie sich elegant und geschmackvoll an, und in letzter Zeit bevorzugte sie eine verführerische Note in ihrer Kleidung. Nicolas nahm auch durchaus Notiz von dem, was sie trug; machte ihr wie gewohnt ein Kompliment dazu, aber mehr war es nicht. Das Kind soeben hatte er zärtlich geküßt, aber Alice hatte von ihm seit langem nichts anderes als einen Handkuß empfangen.

Sie standen am Koppelzaun und sahen zu, wie Nicolas die Stute absattelte, ihr die Trense vom Kopf streifte und sie dann losließ.

Sie tänzelte kokett auf Towarischtsch zu, der begrüßend gluckerte, doch als er gerade seine Nüstern auf ihren Hals legen wollte, machte sie eine rasche Wendung und stob über die Koppel davon, den Kopf erhoben, den Schweif gereckt.

In Nicolas' Gesicht stand das gleiche helle Entzücken wie in dem des Kindes. »Seht euch das an!« sage er hingerissen.

Nach einem kleinen Überraschungsschnaufer fegte Towarischtsch der Stute nach, und eine Weile jagten sie sich übermütig über die weite Koppel; bis sie schließlich ganz fern, am anderen Ende, einträchtig nebeneinander zu grasen begannen.

»Ein Jammer!« sagte Nicolas.

»Was?«

»Daß er ein Wallach ist.«

Alice lachte. »Ein Glück für ihn, würde ich sagen. Sonst könnte er nicht mit ihr hier herumspringen.«

»Auch wahr«.

Nina blickte verständnislos von einem zum anderen.

»Warum ist es ein Jammer?«

»Du hast doch gehört, was Tante Alice gesagt hat«, sagte Nicolas leichthin. »Es ist kein Jammer, es ist ein Glück für ihn. Man kann so ziemlich alles im

Leben von zwei Seiten aus betrachten. Manchmal auch von drei oder vier. Und sich immer die richtige Betrachtungsweise auszusuchen, das ist das beste Rezept, um glücklich zu sein. Verstehst du?«

Nina verstand nicht, aber sie nickte. Wenn er es sagte, dann mußte es so sein und nicht anders.

»Und nach diesem Rezept lebt dein lieber Onkel Nicolas«, sagte Alice. »Es bekommt ihm blendend.«

»Nicht nur mir. Auch denen, die mit mir umgehen. Oder nicht, ma chère?«

»Parfaitement. Tu as raison.«

Manchmal sprachen sie so, und Nina gefiel auch das, und daß sie es nicht verstand, machte nichts, sie verstand vieles hier nicht, es war eine andere Welt, in ihr sprach man eine andere Sprache, das war in ihren Augen ganz selbstverständlich. Und gerade weil manches geheimnisvoll klang, war es so schön.

Es war das erstemal, daß sie zu einem längeren Aufenthalt nach Wardenburg durfte, früher war sie höchstens zu einem kurzen Besuch dagewesen, an einem Sonntag zum Essen oder am Nachmittag zum Tee - hier gab es immer Tee, auch für sie, nicht Milch wie zu Hause.

Sie war schon seit einer Woche da, und ein Tag war schöner als der andere. Zu Hause werde demnächst ein neues Brüderchen oder Schwesterchen eintreffen, hatte man ihr gesagt, und da sei sie nur im Weg, besser sie komme aufs Gut hinaus. Ihr war es nur recht. Auf ein neues Brüderchen oder Schwesterchen legte sie nicht den geringsten Wert, das hatte sie alles schon. Aber das, was es hier gab, auf dem Gut, das hatte sie nicht und das wollte sie gern haben.

Zum Beispiel ein wunderschönes großes Zimmer für sich ganz allein, und immer, wenn sie in dieses Zimmer kam, war es aufgeräumt, ganz egal, wie sie es verlassen hatte. Und dann war die Schneiderin dagewesen und hatte ihr zwei neue Kleidchen gemacht, eins hellblau mit einem weißen Kragen und das andere weiß mit roten Punkten, das hatte einen weiten Rock mit einem breiten Volant herum, und wenn sie sich drehte, flog der Rock um sie wie ein Kreisel. Sie drehte sich, bis sie schwindlig wurde, nur um den Rock tanzen zu sehen. Es war das schönste Kleid, das sie je gesehen hatte.

Das erste, was Onkel Nicolas getan hatte, nachdem sie eingetroffen war: er hatte ihre Zöpfchen aufgeflochten, sich die Bürste aus Alices Boudoir geholt und damit Ninas Haar gebürstet.

»Diese albernen Zöpfchen will ich hier nicht mehr sehen. Sieh mal, was du für schönes Haar hast. Wenn die Sonne darauf scheint, sprüht es Funken.« Er ließ ihr das Haar über Schultern und Rücken fallen, Tante Alice band es später mit einem Band zusammen, und Nina gewöhnte sich an, eine Strähne vorn über die Schulter zu ziehen und damit zu spielen.

»Du machst sie eitel«, sagte Alice.

»Und? Schadet das was? Eine Frau, die nicht eitel ist, wäre keine.«

»Aber sie ist keine Frau.«

»Sie wird eine. Sie kann es nicht früh genug wissen.«

Vor dem Haus stand Grischa und blickte ihnen entgegen.

»Grischa! Grischa!« schrie Nina und rannte los. »Ich bin geritten. Richtig geritten. Auf Ma Belle.«

Grischa breitete die Arme aus und fing sie auf, schwenkte sie im Kreis.

»Und bist du runtergefallen, Ninusja?«
»Nein, Onkel Nicolas hat mich ja festgehalten.«
»Dann wollen wir sehen, ob du auf Grischa auch reiten kannst und nicht runterfallen.«

Mit einem mächtigen Schwung setzte er sie auf seine breiten Schultern, Nina kreischte laut, dann trabte er los, sie griff in seine dicken schwarzen Haare und rief: »Hü! Hü!« und so trabten sie um das Haus herum bis zur Terrasse, wo der Teetisch gedeckt war.

Eigentlich war sie zu groß, um noch auf Grischa zu reiten, aber Grischa war so stark, für den war sie nur ein winziges Püppchen, das er an einem ausgestreckten Arm in die Luft halten konnte, lange, minutenlang, und sein Arm zitterte nicht einmal dabei.

Für Nina war es der herrlichste Sommer, den sie je erlebt hatte. Länger als vorgesehen, sieben Wochen durfte sie auf Wardenburg bleiben, und plötzlich kam es ihr vor, als hätte sie schon immer hier gelebt, und vor allem wünschte sie sich, nie wieder anderswo zu leben. Von diesem Sommer an blieb ihr Herz endgültig auf Wardenburg, oder genauer gesagt, bei ihrem Onkel Nicolas zurück. Und was keiner von ihr wußte, und was natürlich auch sie selbst von sich nicht wissen konnte: sie war sehr treu. Wem ihr Herz einmal gehörte, dem blieb es auch.

In den Tagen dieses Sommers befand sich auch Alice, die vom Schicksal so begünstigte Schwester der armen Agnes, in einer zwiespältigen, manchmal geradezu depressiven Gemütslage. Auf den ersten Blick bestand kein Grund dafür. Es war alles wie immer, im Gegenteil, sie lebten sorgenfreier als zuvor, nachdem Nicolas im vergangenen Jahr von einem seiner zahlreichen baltischen Onkel mit einer ansehnlichen Erbschaft überrascht worden war.

Genauer gesagt, war es ein Onkel von Anna Nicolina gewesen, ein Bruder ihrer Mutter, ein etwas rastloser Geist mit vielen künstlerischen Interessen, die sich nicht zuletzt auch darin äußerten, daß er zumeist mit attraktiven Damen von Bühne oder Ballett befreundet war. Geheiratet hatte er nie, weil er, wie er sagte, zur Ehe total ungeeignet sei, womit er sicher nicht unrecht gehabt hatte.

Er hatte ein Stadthaus in Reval, eine Wohnung in St. Petersburg und in einigen Metropolen bevorzugte Hotels, in denen er regelmäßig zu Gast war. War er an allen diesen Orten nicht zu finden, begegnete man ihm, zumeist im Sommer, auf einem der Güter der Familie, wo er ebenfalls ein gern gesehener Gast war, ein freundlicher, gelassener Herr mit exquisiten Manieren und von großzügiger Lebensart; er machte reizende Geschenke und gab enorme Trinkgelder, so daß er sicher sein konnte, nie so rasch vergessen zu werden.

Während jener Jahre, die Nicolas als Schüler in Petersburg verbrachte, war er gelegentlich von Onkel André eingeladen worden, in einem vornehmen Restaurant mit ihm zu speisen, meist im Astoria, wo der Onkel Stammgast war. Die Beachtung, die Nicolas von der Fürstin zuteil wurde, war von Onkel André wohlwollend betrachtet worden.

»Es berechtigt zu den schönsten Hoffnungen, Söhnchen«, hatte er gesagt, »wenn du schon als Anfänger mit so hohen Karten spielst.«

Ein leidenschaftlicher Spieler, dies nicht zu vergessen, war der Onkel auch gewesen. Es blieb ihm dennoch genug Geld, sein Leben nach seinem Geschmack zu Ende zu leben und denjenigen, die er leiden mochte, etwas zu vererben. Auch Nicolas gehörte dazu. Dieses unverhoffte Erbe hatte, um es ehrlich zuzugeben, Wardenburg für ihn gerettet, denn es war so weit gekommen, daß er sich mit Verkaufsabsichten trug. Lemke war gegangen, schon vor zwei Jahren, er hatte es satt zu arbeiten, ohne einen Erfolg zu sehen. Nach ihm kam ein noch junger unerfahrener Mann als Verwalter aufs Gut, der gar nichts zuwege brachte. Wardenburg schien verloren.

Alice hatte nichts davon gewußt, denn Nicolas sprach nie mit ihr über finanzielle Dinge. Als er das erstemal erwähnte, daß er Wardenburg wohl verkaufen müsse, erschrak sie zutiefst. Lemkes Kündigung, die kurz darauf erfolgte, zeigte ihr, wie ernst die Lage war. Nicolas, leichtlebig wie immer, sah es anders.

»Der Verkauf des Gutes wird immer noch genug bringen, daß wir in Berlin gut davon leben können.«

Aber Alice war hellhörig geworden.

»Wie lange?«

»Oh, eine ganze Weile würde ich denken.«

»Möchtest du wieder Dienst nehmen?«

»Ich? Gewiß nicht.«

Er machte zwar alle Reserveübungen mit, sogar mit sichtlichem Interesse und Vergnügen, er war ganz gern Offizier gewesen, und das Zusammensein mit Kameraden bei Übungen und Manövern bedeutete jetzt für ihn eine angenehme Unterbrechung seines nutzlosen Lebens. Inzwischen war er Rittmeister geworden, aber die Uniform wieder für ständig anzuziehen, dazu hatte er dennoch keine Lust.

Alice wollte Wardenburg nicht verlassen. Seit ihrer Heirat war sie stolz darauf, Herrin von Wardenburg zu sein, und sie wollte es bleiben. Hier gehörte sie zu einem Kreis Privilegierter, zur guten Gesellschaft in Stadt und Land, in Berlin würde sie eine Fremde sein, eine Dame in mittleren Jahren, die zunächst keiner Gesellschaft angehörte und auf die Dauer vermutlich mit beschränkten Mitteln auskommen mußte. Es war etwas anderes, zwei oder drei Wochen in Berlin im Hotel zu wohnen, einzukaufen, auszugehen, die Theater zu besuchen, als dort ständig zu leben, ohne den Rückhalt einer Gesellschaftsschicht, der man angehörte.

Das sah sie ganz klar, auch daß sie in der Großstadt kaum damit rechnen konnte, durch ihre Erscheinung aus dem Rahmen zu fallen, dort gab es viele schöne Frauen, schöner, jünger und wohlhabender, als sie es sein würde. Und ebenso klar sah sie voraus, daß sie vermutlich die meiste Zeit in Berlin allein sein würde, Nicolas auf Reisen, in Paris oder in Wien, oder im Baltikum bei der Familie, und dabei wie selbstverständlich den Löwenanteil der zur Verfügung stehenden Mittel für sich verbrauchend. Und sie allein mit einem Dienstmädchen in einer Mietwohnung, statt auf eigenem Grund und Boden mit vielen Angestellten, die sie jetzt um sich hatte.

O nein, Alice wollte Wardenburg behalten. Wenn sie schon Nicolas mehr und mehr verlor, wobei sie wußte, daß sie ihn nie wirklich besessen hatte, dann wollte sie sich wenigstens dieses Leben, das sie jetzt führte, bewahren. Sie bedachte sogar die Gefahr einer Scheidung. Sie hatte keine Kinder, und daß Nicolas Beziehungen zu einer Frau hatte, daran zweifelte sie nicht. Vermutlich sogar in Berlin, denn er fuhr oft dorthin und stets allein. Seit zwei Jahren forderte er sie schon nicht mehr auf, ihn zu begleiten. Auch fuhr er allein ins Baltikum, auch dies schon seit Jahren. Ihre Ehe bestand nur noch aus einem höflichen und auch durchaus freundlichen Nebeneinander; sie ganz zu lösen, würde keinem eine schmerzhafte Wunde zufügen, nur für sie ein sehr verändertes und ziemlich trostloses Dasein bedeuten. Solange sie auf Wardenburg lebten, würde er sich nicht scheiden lassen, das glaubte sie zu wissen. Aber in Berlin? Dort waren die Sitten lockerer als auf dem Land, und er würde sich gewiß nicht mehr gebunden fühlen.

Erstmals begann Alice sich um das Gut, um die Wirtschaft zu kümmern. Sie war es, die einen neuen und sehr brauchbaren Verwalter einstellte. Nach dem kurzen Zwischenspiel mit Lemkes Nachfolger fragte sie ihren Schwager Emil, der sich im Kreis gut auskannte, ob er ihr nicht einen guten Mann empfehlen könne.

Und Emil konnte.

So kam Karl Köhler als Verwalter aufs Gut, ein Mann in mittleren Jahren, ein hervorragender Landwirt und ein sparsamer, umsichtiger Rechner. Ein Glücksfall, wie sich bald herausstellte.

Übrigens stammte er keineswegs aus dem Kreis, seine Familie und er hatten allerdings in den letzten Jahren in der Stadt gelebt. Er kam aus der Mark, aus dem Oderbruch, konnte und wollte dort aber nicht bleiben, nachdem ihn vor einigen Jahren ein schweres Unglück betroffen hatte. Er war auch damals Verwalter auf einem Gut, und als während der Ernte ein Großbrand ausgebrochen war, in dem fast alle Stallungen und Wirtschaftsräume niederbrannten, hatte Köhler sich bei dem Versuch, wenigstens die Tiere zu retten, eine schwere Rauchvergiftung zugezogen. Von einem herabstürzenden Balken war er beinahe erschlagen worden, überlebte zwar, lag aber mit einer schweren Kopfverletzung monatelang im Krankenhaus in Küstrin.

Damals ging das Gerücht, polnische Erntearbeiter, die in jedem Sommer scharenweise ins Land kamen, hätten den Brand gelegt, nicht zuletzt aus Rache an Köhler, der sie sehr hart behandelt haben sollte.

Es dauerte Jahre, bis der Mann wieder einigermaßen arbeitsfähig war, und natürlich hätte ihn diese Zeit in tiefstes Elend gebracht, hätte er nicht eine überaus tüchtige und starkwillige Frau gehabt. Anna Köhler pflegte den kranken Mann, sorgte für ihre beiden Kinder und verdiente wenigstens so viel, wie sie zum Überleben brauchten; sie ging zum Waschen, zum Nähen, zur Krankenpflege, die sie inzwischen gelernt hatte. Sie wurde hart dabei, aber sie gab nicht nach.

Als Köhler nach Wardenburg kam, stürzte er sich geradezu in die Arbeit, nicht zuletzt, um sich und allen anderen zu beweisen, daß er wieder gesund war, aber auch froh darüber, daß er wieder arbeiten konnte; die Jahre der Untätigkeit waren für ihn eine Strafe gewesen. Wer ihn sah, mußte zugeben, daß er ein fähiger Mann war und mehr als die meisten anderen von einem Gutsbetrieb verstand. Widerwillig mußten sie es zugeben, denn sehr gern hatten ihn die Wardenburger Leute nicht. Köhler war streng und ernst, verschlossen und wortkarg, und wenn er sie ansah mit harten schmalen Augen, zogen sie die Köpfe ein, die lebensfrohen Schlesier, und fürchteten sich vor ihm.

Natürlich ging es ihm auch gesundheitlich nicht so hervorragend, wie er glauben machen wollte; er litt unter schweren Kopfschmerzen, jeder Wetterumschlag quälte ihn, und das machte ihn ungeduldig und schwierig. Auch mit seiner Frau war nicht leicht umzugehen, selbst wenn man zugeben mußte, daß sie so tüchtig war wie ihr Mann. Lemkes Frau hatte sich um den Wirtschaftsbetrieb überhaupt nicht gekümmert. Anna Köhler sah, hörte und wußte nach kurzer Zeit alles, und wenn ihr etwas nicht paßte oder nicht richtig erschien, griff sie ein. Sie stellte fest, daß die Küche zuviel verbrauchte, ordnete an, daß die Mahlzeiten des Gesindes vereinfacht wurden, worauf die Köchin kündigte.

Miksch, der alte Gärtner, war gestorben, vor einigen Jahren schon. Der Garten, der zum Gut gehörte und den er zuletzt nur noch mit Blumen und Sträuchern bepflanzt hatte, wurde von Anna Köhler in einen reinen Wirtschaftsgarten umgewandelt, Gemüse und Salat wuchs jetzt darin, von allerbester Qualität, das mußte man zugeben. Nur davon gab es jetzt auf dem Mittagstisch, auch auf dem der Herrschaften. Sodann übernahm sie das Geflügel; Hühner, Enten und Gänse kamen unter ihr Kommando und gediehen prächtig. Sie war den ganzen Tag auf den Beinen, leistete Erstaunliches, erwartete aber von allen anderen, daß sie dasselbe oder wenigstens fast dasselbe leisteten. Alle mußten mehr arbeiten als zuvor, und wen sie für einen säumigen Arbeiter hielt, gleichviel, wie lange er dem Haus angehörte, wurde entlassen. Das besorgte ihr Mann, aber Anna Köhler bestimmte es.

Zu alledem betreute sie ihren Mann umsichtig und mit geradezu rührender Liebe und Hingabe. Ihre beiden Söhne, neun und elf Jahre alt, gehorchten wie die Soldaten und waren ebenfalls an Arbeit und Ordnung gewöhnt.

»Fürwahr, eine Musterfamilie«, sagte Nicolas und verzog das Gesicht.

Im übrigen hielt er sich heraus. Er sah ein, daß er froh sein mußte, einen so guten Mann zu haben und daß es am besten war, ihn machen zu lassen, ohne ihm hineinzureden. Wenn einer Wardenburg noch eine Weile über Wasser halten konnte, dann Köhler. Im Jahr darauf kam dann die Erbschaft, und so wurde die Lage wieder hoffnungsvoller. Obwohl Nicolas, nachdem er geerbt hatte, kurz erwog, Wardenburg erst recht zu verkaufen, um mit dem Erlös und der Erbschaft ein unbelastetes und sorgenfreies Leben ganz neu zu beginnen.

Als er davon zu Alice sprach, stieß er auf leidenschaftliche Ablehnung. Jetzt verkaufen? Nie. Das war Alices Antwort, und Nicolas ließ es denn, wie es war, nahm sich von dem Geld, was er brauchte, und lebte, wie es ihm gefiel.

Erstaunlicherweise war es Alice, die ein gutes Verhältnis zu dem neuen Verwalter und auch zu seiner Frau fand. Die Möglichkeit, Wardenburg zu verlieren, hatte sie doch sehr erschreckt, darum überlegte sie jetzt ihre Ausgaben genau, erlegte sich selbst Einschränkungen auf und stimmte den Sparmaßnahmen der Köhlers in den meisten Fällen zu. Sie ging nun auch in die Wirtschaftsräume, ließ sich berichten, hatte mit einemmal Zahlen im Kopf und konnte sogar etwas damit anfangen. Nur im Fall der Mamsell vermittelte Alice und setzte durch, daß sie die Kündigung zurücknahm und Anna Köhler in den Küchenbetrieb nicht allzu energisch eingriff.

Pauline Koschka sollte ihre Heimat nicht verlieren, denn das war Wardenburg für sie, seit sie als junges Mädchen ihre erste Stellung als Küchenhilfe hier angetreten hatte. Zumal sie in der letzten Zeit mit ihrem Sohn genug Kummer gehabt hatte. Paule hatte sich mit Köhler nicht vertragen, war vor einigen Monaten vom Gut verschwunden und hatte auch nicht die Absicht, je wiederzukommen, wie er hochnäsig wissen ließ. Das hatte alle betrübt, auch Alice, aber damit hatte der Ärger nicht begonnen, den Paule seiner Mutter gemacht hatte. Angefangen hatte es mit dem Mädchen. Mit der Zigeunerin, wie sie im Dorf genannt wurde. Das war eine üble Geschichte. Es hatte viel Streit gegeben zwischen Paule und seiner Mutter, auch bittere Tränen schließlich bei ihr; es nützte nichts, Paule war nicht nur verliebt, Paule war diesem Mädchen verfallen mit Haut und Haar. Auch Alice hatte es verärgert, denn bisher war Paule ihr immer gehorsam gewesen, ein treuer Diener seiner Herrin, aber nun wurde er frech, wenn man ihm Vorhaltungen machte. Sollte er also gehen, das sagte Alice schließlich auch. »Er wird schon zu Verstand kommen«, meinte Nicolas. Und Alice darauf, erbost: »Hier soll er sich bloß nicht mehr blicken lassen.«

Die Leute, die man die Zigeuner nannte, gehörten nicht ins Dorf und nicht in die Gegend. Sie waren eines Tages zugewandert, besser gesagt, durchgewandert, der Mann war Scherenschleifer, also ein Ambulanter, doch er wurde krank, und so blieben die Leute hängen, der Mann, seine Frau mit drei Kindern, zwei Jungen und einem Mädchen. Sie hausten in einer halbverfallenen Kate, und sie blieben, als der Mann wieder gesund geworden war. Eine Weile noch spazierte er mit seinem Schleifstein durch die umliegenden Dörfer, meist landete er jedoch sehr schnell im Wirtshaus. Im Suff prügelte er sich, und einmal verletzte er einen Knecht im nächsten Dorf so schwer, daß der an den Folgen starb. Daraufhin kam der Mann ins Gefängnis und starb dort nach einem Jahr an Schwindsucht.

. Die Frau war nicht viel besser, schlampig und streitsüchtig, dabei von einer wilden fremdländischen Schönheit, möglicherweise stammte sie wirklich von Zigeunern ab; sie kannte sich mit Kräutern und Tränken aus, konnte aus der Hand lesen, jedenfalls behauptete sie es; die Mädchen und Frauen aus dem Dorf gingen heimlich zu ihr, nahmen Liebestränke und Weissagungen mit nach Hause, auch schlimmere Dinge passierten, denn einige Mädchen wurden krank, eines starb, nachdem sie irgendein geheimnisvolles Mittel zu sich genommen hatte, das sie von einer Schwangerschaft befreien sollte. Worauf die Zigeunerin ebenfalls im Gefängnis verschwand. Zurück blieben die Kinder, aber sie waren zu alt, als daß ein Waisenhaus sie aufgenommen hätte. Das Mädchen etwa vierzehn, die Jungen fünfzehn und siebzehn, grob geschätzt, denn genau wußten sie alle es selber nicht.

Sie hausten zu dritt in der Kate und waren ein Ärgernis für die ganze Gegend. Genau und ohne Vorurteile gesehen, taten sie keinem etwas zuleide.

Die Jungen bemühten sich sogar um Arbeit, bekamen während der Ernte auch kurzfristig Arbeit, aber niemals eine feste Anstellung; keiner wollte sie auf dem Hof haben. Das Mädchen wurde zum Hüten ganz gern genommen, sie hatte ein großes Geschick mit Tieren, sie sei eben doch eine Hexe, wie die Leute murmelten. Dreihundert Jahre früher hätte man sie gewiß verbrannt, denn sie entwickelte sich zu einer ausgesprochenen Schönheit, schöner noch als die Mutter, mit ihrem schmalen, bräunlichen Gesicht und seinen riesigen schwarzen Augen, einen vollippigen, doch schön gezeichneten Mund und schwarzbraunem Haar, das ihr lang und lockig über die Schultern fiel.

Die Frauen haßten sie alle. Jeder Mann drehte sich nach ihr um.

Wie die Mutter suchte sie Kräuter in den Wiesen und im Wald, sammelte

Pilze und Beeren, fischte in der Oder, und fing vermutlich auch - was den Förster erboste, was er ihr aber nie nachweisen konnte, da er sie nie erwischte – Kleinwild in Schlingen und Fallen.

In Wirklichkeit tat sie es nie, ihre Brüder taten es. Sie liebte Tiere. Sie besaß einen Hund, der ihr irgendwann zugelaufen war, einen hellockigen Hirtenhund, der ihr nicht von der Seite wich, und jeden anknurrte, der sich ihr nähern wollte. Katzen hausten in der Kate, und dennoch flogen ihr die Vögel auf die Hand, die Tiere lebten bei ihr wie im Paradies, und sie unter ihnen, eine kleine Wilde, nicht schlecht, nicht böse, nur außerhalb jeder Ordnung stehend, der sich nun einmal jeder zu unterwerfen hatte. Eine Zigeunerin eben.

Mit der Zeit hatte man sich an sie gewöhnt, sie tat keinem etwas, wollte von keinem etwas, und manchmal, wenn ein Tier krank war, ein Pferd, ein Rind, ein Hund, holte man sie sogar heimlich am Abend; die Tiere wurden durch ihre Tränke und Sprüche meist gesund.

Nacheinander verschwanden die Brüder, der eine heuerte bei einem Oderschiffer an, der andere wanderte einfach los. Katharina, so hieß sie, blieb allein in der Kate zurück, bewacht von ihrem Hund.

Dieses Mädchen liebte Paule, liebte es bis zur Aufgabe seiner selbst. Er verließ alles, was bisher sein Leben ausgemacht hatte: seine Mutter, Wardenburg, die schöne Herrin, die heißgeliebten Pferde.

Lange Zeit war er nur am Abend verschwunden, war am Morgen zur Arbeit zurückgekehrt. Seine Mutter schimpfte, wütete, beschwor ihn, weinte - vergebens.

Als der neue Verwalter kam, war es ganz aus. Natürlich hatte der die Geschichte erfahren, doch die interessierte ihn nicht, er sah nur, daß Paule, ein kräftiger junger Mann, eben nicht viel leistete. Ein bißchen Pferde putzen, reiten und longieren, das war in Köhlers Augen keine Arbeit für einen ausgewachsenen Mann. Doch Paule widersetzte sich und wurde aufsässig, schüchtern war er nie gewesen und seinen eigenen Kopf hatte er immer gehabt. Dazu kam der ständige Streit mit seiner Mutter; so nahm er eines Tages seine paar Sachen, verließ das Gut und zog in die Kate zu der Zigeunerin.

Man mußte Mitleid mit der Mutter haben, und darum wollte Alice auch nicht zulassen, daß sie fortging. Auch sie sagte, was Nicolas gesagt hatte: »Er wird schon eines Tages zur Vernunft kommen.« Aber die Mamsell schüttelte den Kopf, Tränen in den Augen.

Sie war immer eine resolute und freundliche Frau gewesen, jetzt war sie müde und alt geworden und sagte nur: »Ich will ihn nie wieder sehen.« Und das sagte Alice schließlich auch.

Übrigens hatte Grischa einmal ein kurzfristiges Verhältnis mit der Zigeunerin gehabt. Das Mädchen war damals höchstens sechzehn, aber eine voll entwickelte Frau, ausgestattet mit allen Reizen, die sich an einer Frau denken lassen. Auch Grischa war von ihrer Schönheit bezaubert worden, aber er hatte dabei den Verstand behalten.

Glücklicherweise war er mittlerweile gut versorgt. So nannte es jedenfalls Nicolas, nachdem Alice einmal ihr Mißfallen über Grischas Liebesleben geäußert hatte. »Was willst du«, hatte Nicolas gesagt, »das ist doch eine ideale Lösung. Willst du, daß er fortgeht? Oder sich herumtreibt? Schließlich braucht er eine Frau.« Und lachend, als er Alices verständnislose Miene sah:

»Bei Gott, ma chère, du wirst es nie begreifen. Ein normaler Mann braucht eine Frau. Ist dir das immer noch nicht klar geworden?«

»Ich finde es degoutant«, sagte Alice kühl, im Tonfall ihrer Mutter.

»Gut, das bleibt dir unbenommen. Aber es ist nun einmal so. Und darum gönne Grischa seine Witwe. Sie ist ein properes Frauenzimmer, ich habe sie mir genau angesehen. Grischa ist dort in besten Händen.«

Grischas Witwe - das wurde ein feststehender Begriff. Sie lebte ehrbar und angesehen in Klein-Plettkow, nähte dem ganzen Dorf Kleider und Wäsche und kam auch regelmäßig nach Wardenburg, wo es immer etwas zu nähen gab. Sie war frisch und rund und rosig, mit sauber aufgesteckten blonden Flechten, hatte zwei Kinder; ihren Mann hatte sie verloren, als er bei einer Überschwemmung der Oder, wie sie fast jedes Frühjahr vorkam, ertrunken war.

Sie und Grischa waren ein Paar, und mit der Zeit fand sich jeder damit ab, zumal das Verhältnis niemanden verärgern konnte, nicht einmal der Pfarrer konnte sich sittlich entrüsten, man merkte fast nichts davon. Grischa blieb nie die ganze Nacht bei seiner Witwe, und wenn er an seinem freien Nachmittag dort anzutreffen war, so saß er sittsam auf dem Sofa, trank Tee oder spielte mit den Kindern. Die Kinder liebten ihn heiß, und die Witwe wurde immer hübscher und rosiger und blonder.

»Vielleicht will er sie heiraten?« fragte Alice.

Nicolas grinste. »Du kannst ihn ja mal fragen.«

Alice hütete sich wohl. Grischa war wie ein starker Stamm, die stärkste Säule, auf der Wardenburg ruhte, und das letzte, was Alice sich vorstellen konnte, war ein Leben ohne Grischa. Es fiele ihr leichter, auf Nicolas zu verzichten als auf Grischa, dachte sie einmal, als Nicolas nach Berlin gefahren war; sie mußte über diesen Gedanken lachen, aber falsch war er eigentlich nicht.

Auf solche Weise war Alice nun sechsunddreißig geworden, war nicht unglücklich, aber auch nicht glücklich, manchmal aber hatte sie das Gefühl, auf unsicherem Boden zu stehen, und manchmal überfiel sie der Wunsch, geliebt zu werden. Alles schien in ihrem Leben unerwartet gut gelaufen zu sein, von außen gesehen jedenfalls, aber in Wahrheit fühlte sie sich einsam, unverstanden und wußte, daß irgendetwas Wichtiges in ihrem Leben fehlte.

In diesem Sommer war sie endlich wieder einmal, zusammen mit Nicolas, auf Schloß Kerst gewesen. In den vergangenen Jahren war er stets allein gefahren, aber diesmal, als er seine Reise ankündigte und dabei ihre leicht beleidigte Miene sah, fragte er sie ganz unvermittelt: »Hättest du nicht Lust mitzukommen?«

Alice war nahe daran, schroff Nein zu sagen, aber im Grunde wollte sie ja so gern mitfahren, also nahm sie seinen leichten Ton auf und erwiderte: »Warum nicht?«

Vier Wochen waren sie dort gewesen. Es war eine wundervolle Zeit, genau wie in früheren Jahren. Das Land duftete nach Blumen, Wald und Gras, es war grün und licht, in den Nächten dunkelte es kaum; wenn der Himmel im Westen noch rot war, kam schon die Morgenröte im Osten aus dem Meer gestiegen. Es war eine trunkene Zeit, wie sie nur in nördlichen Ländern so intensiv gelebt wird. Geschlafen hatten sie wenig, sie hatten getanzt und gelacht, getrunken und gefeiert, immer waren sie irgendwo eingeladen, und genau wie früher hatte Alice das Gefühl, schön und begehrt zu sein. Auch die vielen hübschen jungen Mädchen der Familie konnten ihr dieses Gefühl nicht nehmen, immer war da ein Mann, der ihr Komplimente machte, ihre Hand ein wenig länger küßte als erlaubt. Sie gefiel sich selbst. Wenn sie in den Spiegel sah, kam es ihr vor, als hätte sie sich gar nicht verändert. Sie prüfte sich genau, ihre Haut, ihre Augen, ihren Hals, ihr Haar, ein paar winzige Fältchen, kaum zu bemerken, das Haar leuchtend blond wie immer, kein graues Fädchen darin, ihre Figur schlank und straff, die Hüften schmal wie ein junges Mädchen.

Weil ich keine Kinder habe, dachte sie. Sie dachte es nicht mehr triumphierend wie früher, eher trotzig, denn sie spürte manchmal, daß die baltischen Verwandten sich darüber wunderten. Oder nicht mehr wunderten, sondern sie bedauerten, wie sie diesmal erfuhr. Keiner von ihnen hatte je auf ihre Kinderlosigkeit angespielt, dazu waren sie zu taktvoll. Aber da waren die Worte der Gräfin Aurelia, die erstmals aussprach, was sie wohl alle dachten.

Gräfin Aurelia, irgendeine von Nicolas' zahllosen Tanten, eine sehr alte, sehr vornehme Dame, unendlich reich, verwitwet seit langem, residierte in ihrem Stadthaus in Reval. Ihre Söhne waren erwachsen, bewirtschafteten die verschiedenen Güter, auf denen die alte Dame, einmal hier, einmal da, einige Sommerwochen verbrachte, sonst lebte sie in der Stadt. Sie bewohnte eines der schönen alten Adelshäuser auf dem Domberg, verwöhnt und umsorgt von ihren estnischen Bediensteten; sie sprach estnisch so gut wie deutsch und russisch, aber das taten sie alle in diesem wundersamen Land, Alice hatte schon bei ihrem ersten Besuch darüber gestaunt.

»Das ist doch ganz verständlich«, hatte Nicolas ihr erklärt, »die Balten sind deutscher Herkunft, sie fühlten und fühlen sich von eh und je als Deutsche. Sie sind die Nachkommen der Ordensritter, die vor gut 600 Jahren hierher kamen und das Land besiedelten, christianisierten und kultivierten. Es ist ein Adel mit sehr alter, ungebrochener Tradition. Und auch was später zugewandert ist, zumeist aus deutschen Landen, war von gutem Stamm. Unsere Schlösser und Güter stehen auf altem historischen Boden, die Taten der Ordensritter sind hier noch sehr lebendig in der ›Ritterschaft‹, so nennt sich heute noch das, was in anderen Ländern Parlament genannt wird.«

›Und was mir gleich aufgefallen ist, diese enge verwandtschaftliche Bindung, die ihr hier untereinander habt. Ihr seid wie eine große Familie.«

»Das ist wahr. Eine Familie, in der es Auseinandersetzungen und Meinungsverschiedenheiten gibt, wie in jeder Familie, die aber im Grunde fest zusammenhält. Und das konnte hier gar nicht anders sein, denn es war doch immer ein gefährdetes Leben auf einer dünnen Eisschicht. Du mußt bedenken, die Baltendeutschen sind eine Oberschicht ohne Volkskörper eigenen Bluts. Eine Herrenschicht, die ein Land regiert, dessen einheimische Bevölkerung von anderer Nationalität ist. So etwas gibt es sonst eigentlich nur in Kolonien. Nur daß die Balten sich nie als Kolonialherren verstanden, sie betrachteten die Esten und Letten nie als Sklaven, sondern als ansässiges Volk, das hier Heimatrecht hat und für dessen Wohlergehen zu sorgen und es vor Feinden zu schützen, ihre Aufgabe und Pflicht war und ist. Das Verhältnis zwischen Herren und Volk war immer denkbar gut, es sind nur diese üblen Revolutionäre unserer Tage, die dieses gute Verhältnis stören wollen, um, wie sie sagen, das Alte zu stürzen, und ihre neue Welt zur Macht zu bringen.«

Die nationalistischen Parolen des neunzehnten Jahrhunderts waren nun auch in Rußland Mode geworden und machten sich in einer zunehmenden Russifizierung, die hauptsächlich gegen die Balten gerichtet war, bemerkbar.

»Außerdem entwickelte sich parallel zum Adel in diesen Ländern ein wohlhabendes und stolzes Bürgertum«, fuhr Nicolas fort. »Riga und Reval sind alte Hansestädte und haben immer eine große Rolle im Ost-West-Handel gespielt. Lübeck zum Beispiel ist Revals Mutterstadt, die Verbindung war von beiden Seiten aus sehr eng. Kommt dazu, daß Reval ein weitgehend eisfreier Hafen ist, was das für Rußland bedeutet, kannst du dir leicht ausmalen. Allerdings bedeutete dies auch eine große Gefahr. Iwan der Schreckliche belagerte Reval einmal fünf Monate lang, und ein paar Jahre später nochmals drei Monate. Allerdings vergeblich. Wir gehörten damals zu Schweden, genau wie Livland. Schweden war zu jener Zeit eine Großmacht, und wir hatten uns unterworfen, um vor den Russen geschützt zu werden. Erst zur Zeit Peter des Großen wurde das Baltikum endgültig russisch. Die altgewohnten Privilegien wurden uns jedoch zugesichert, eine eigene Regierung, deutsche Sprache, deutsche Schulen, die deutsche Universität in Dorpat. Aber seitdem sind wir eben russische Untertanen.«

»Es ist schwer zu verstehen«, sagte Alice. »Ihr seid deutsche Russen oder russische Deutsche und das Volk ist estnisch und spricht eine andere Sprache.«

»Ich habe früher nie darüber nachgedacht, ich bin damit aufgewachsen. Aber du hast recht, das gibt es wohl nirgends sonst in der Welt. Estnisch sprechen lernt man hier schon als Kind. Unsere Ammen, unsere Kinderfrauen, unser Dienstpersonal, ob auf den Gütern oder in der Stadt, sind Esten. Ich lernte deutsch und estnisch zu gleicher Zeit, aber das kam daher, weil meine Mutter mir viel Zeit widmete, ich war ja ihr einziges Kind, und sie war leidend. In den meisten Familien sprechen die Kinder eher und besser estnisch als deutsch, da nämlich, wo sie hauptsächlich ihren Kindermädchen überlassen sind. Russisch lernten wir dann ein wenig später, teils von unseren Hauslehrern, die manchmal Russen waren, doch meist hatte man beides, deutsche und russische Lehrer, bis die größeren Kinder, selbstverständlich nur die Knaben, in die Stadt ins Gymnasium kamen. Auch wenn man auf eine deutsche Schule ging, war es einfach notwendig, daß wir russisch so gut wie deutsch sprachen, denn wir würden später im russischen Heer dienen müssen.«

Jetzt sagte Alice, was sie die ganze Zeit dachte.

»Du sprichst immer per Wir. Du bist doch kein Balte, du bist Preuße.«

»Gewiß, das stimmt schon. Aber ich bin hier aufgewachsen, für mich ist dieses Land meine Heimat. Letzten Endes war dies der Grund, daß mein Vater bestimmte, ich sollte im preußischen Heer Dienst tun, um klare Verhältnisse zu schaffen und mir jeden Zwiespalt zu ersparen. Mir hätte es nichts ausgemacht, russischer Offizier zu werden, schon gar nicht unter Alexander II., der ein guter Herrscher war. Aber so wie die Dinge jetzt liegen, und ich preußischer Gutsbesitzer geworden bin, ist es vielleicht besser so. Ich kann meinem Vater nur dankbar sein. Wenn es einmal Krieg gibt, befände ich mich in einer vertrackten Situation.«

»Du sprichst von Krieg?« fragte Alice maßlos verwundert.

»Ich wünsche mir keinen, da sei Gott vor. Aber schließlich - wir leben nun mal auf dieser Erde, und auf ihr hat es immer Krieg gegeben.«

Für Alice war es eine fremde und schwer verständliche Welt, in die sie hineingeraten war. Sie stammte aus engen, übersichtlichen Verhältnissen, da mußten dieses großräumige Land, dazu diese seltsame Dreiheit von Volk, Herren und Oberherrschaft, von der jede Gruppe eine andere Sprache sprach, für sie verwirrend sein. Im Lauf der Jahre, nachdem sie häufiger im Baltikum gewesen war, war ihr die Situation vertrauter geworden, besser gesagt, sie kannte sie, nahm sie hin, wie sie war und dachte nicht mehr viel darüber nach.

Sie sprachen hier also mehrere Sprachen – deutsch, russisch, estnisch oder lettisch, je nachdem, wo ihre Güter lagen, und außerdem sprachen sie meist auch noch ausgezeichnet französisch. Sie waren wohlhabend bis reich, lebten in großem Stil, der nie etwas Protziges hatte, sondern gediegen und eher zurückhaltend war; auf ihren Gütern hatten sie sich oft einen bäuerlichen Zuschnitt bewahrt, denn der Boden, ihr Boden, ihr Land, war die Grundlage ihres Herrentums, hier hatten sie ihre festen Wurzeln. Ihre Gutshäuser, Herrenhäuser und Schlösser bargen wertvolle Kunstschätze, genau wie die Stadthäuser in Reval oder Riga, ohne daß man viel Aufhebens davon gemacht hätte. Und sie waren gute Reiter, Pferde gehörten zu ihrem Leben.

Die Einstellung zu Rußland fand in den einzelnen Familien einen verschiedenartigen Ausdruck. Manche betonten ihr Deutschtum und fügten sich nur mit Widerstreben der russischen Herrschaft, manche schickten sogar ihre Söhne auf Schulen und auf Universitäten in Deutschland. Andere Familien jedoch fühlten sich durchaus dem Zaren und dem Hof verbunden und betrachteten St. Petersburg auch als ihre Hauptstadt und den Dienst für den Zaren und für Rußland als ganz selbstverständlich.

So hielt man es auch auf Kerst. Jedoch keineswegs überall in Nicolas' weiterer Familie.

Übrigens hatte Nicolas in all den Jahren nie den Vorschlag gemacht, Alice solle ihn einmal nach St. Petersburg begleiten. Sie nahm an, es geschah aus Taktgefühl, der Fürstin gegenüber, ihr gegenüber. Alice machte sich nicht viel daraus. Die wenigen Wochen, die sie in Kerst verbrachte, waren so reich an Erlebnissen und Vergnügungen, und sie fühlte sich so wohl dort, daß sie gar nicht den Wunsch verspürte, die schöne Zeit durch eine umständliche Reise in die russische Metropole zu verkürzen.

Die Bindung an die estnische Dienerschaft, besonders an frühere Kindermädchen und Hausangestellte, war erstaunlich stark. Noch jedesmal, wenn Alice und Nicolas nach Reval gekommen waren, führte einer seiner ersten Wege zu Jülle, die ihn von Tag seiner Geburt an betreut hatte. Noch ehe er seine alten Freunde besuchte, wollte er Jülle sehen. Sie hatte das Haus verlassen, als er elf Jahre war, sie heiratete, und es hatte viel Tränen auf beiden Seiten gegeben. Die Verbindung war nie abgerissen, Jülle kannte sein Leben genau, und er das ihre, sie war gut verheiratet, hatte vier Kinder und lebte in Reval.

Einmal hatte er Alice zu einem Besuch bei Jülle mitgenommen, aber das Unternehmen war ein etwas mißglücktes, Jülle küßte Alice die Hand, was diese verlegen machte, sah sie mit bewundernden Augen an, aber sprechen konnten sie nicht miteinander, Jülle sprach nur estnisch.

»Sie sagt, du seist wunderschön«, übersetzte Nicolas.

›Und sie wünscht dir viele gesunde Kinder und ein glückliches Leben mit mir.«

108

Das war im Jahr nach ihrer Heirat gewesen, und seitdem war Alice nicht mehr mitgegangen, wenn er Jülle besuchte. Es gehörte nicht viel Fantasie dazu, zu erraten, wie Jülle mit ihren vier Kinder über die Kinderlosigkeit der Frau ihres geliebten Nicolas dachte.

Als Nicolas in diesem Jahr Jülle besuchte, saß Alice bei der Gräfin Aurelia, in ihrem Hause auf dem Domberg, von wo aus man die ganze Unterstadt überschaute und einen herrlichen Blick aufs Meer hatte.

Das Meer war glatt und blau an diesem Tag, es sah aus wie gespannte Seide, von oben betrachtet, und Alice, die das Meer früher überhaupt nicht gekannt hatte, war wie immer fasziniert von diesem Anblick.

»Warum geht ihr nicht ein paar Tage hinaus nach Strandhof?« fragte die alte Dame. »Das Haus steht leer. Ich glaube nicht, daß ich noch einmal hinausfahren werde, ich fühle mich hier am wohlsten.«

In Strandhof, direkt am Meer gelegen, hatte Tante Aurelia ein Sommerhaus. Alice war noch niemals draußen gewesen, weil während ihrer drei-, höchstens vierwöchigen Besuche nie Zeit dazu geblieben war.

»Ich würde gern ein paar Tage am Meer verbringen«, sagte Alice verträumt, immer noch hinaus in die Weite blickend, »aber Nicolas will schon in den nächsten Tagen zurückfahren. Er hat dringend in Berlin zu tun, sagt er. Und dort will er seine Geschäfte erledigt haben, bis bei uns die Ernte beginnt.«

Einige Minuten blieb es still im Zimmer, Gräfin Aurelia hob die Tasse und trank mit kleinen Schlucken von dem heißen starken Tee. Dann sagte sie, über die Teetasse blickend: »Mein armes Kind! Du bist so schön, es ist eine Freude, dich anzublicken. Was für schöne Kinder hättet ihr haben können!«

Alice wandte den Kopf vom Fenster ab, sie war erschrocken und verwirrt, eine helle Röte stieg in ihre Stirn. Natürlich konnte sie nicht sagen, was sie dachte, was sie immer gedacht hatte: daß sie keine Kinder wollte, daß sie sich niemals Kinder gewünscht hatte. Sie wäre bei der alten Dame auf Unverständnis gestoßen und hätte sich möglicherweise ihre Sympathie verscherzt. Aber zum erstenmal flog eine Ahnung sie an, daß vielleicht sie es war, die sich irrte.

Sie hob die Schultern und blickte verlegen zur Seite.

»Es tut mir leid für dich, mein Kind«, sagte Gräfin Aurelia. »Ich will dich gewiß nicht quälen, denn ich kann mir vorstellen, wie schwer es für dich zu tragen ist. Es ist gewiß auch hart für Nicolas, er ist so ein liebenswerter Junge. Ihr müßt es miteinander tragen, es ist Gottes Wille. Wir alle sind in seiner Hand.«

Dieses Gespräch, oder besser gesagt, die Worte der alten Dame, denn ein Gespräch war es nicht gewesen, hatten Alice sehr nachdenklich gemacht. So dachte man also in der Familie von Nicolas, so würden sie immer darüber sprechen, man würde sie bedauern, vor allem Nicolas würde man bedauern, der eine unfruchtbare Frau geheiratet hatte.

Mit einem gewissen Trotz blickte Alice seitdem in den Spiegel, prüfte ihr glattes Gesicht, ihre schlanke Taille und dachte: darum sehe ich so aus. Darum. Mich braucht keiner zu bedauern, ich wollte keine Kinder.

In Wahrheit hatte sie nie etwas dagegen getan, hatte es nicht tun müssen, weil sie ja offenbar wirklich unfruchtbar war. Oder war es denkbar, daß ihr Wille stark genug gewesen war? Wie dem auch immer, jetzt war das ohnehin kein Thema mehr.

Nicolas hatte seit zwei Jahren nicht mehr mit ihr geschlafen. Anfangs war es ihr gleichgültig gewesen, aber mit der Zeit irritierte es sie, denn sie zweifelte nicht einen Augenblick, daß es eine Frau in seinem Leben geben mußte. Sie wollte nicht darüber nachdenken. Ihr Zusammenleben war freundlich und ohne Komplikationen, er sprach nie von den Kindern, die sie nicht hatten, also war es ihm wohl auch nicht sehr wichtig.

In seiner Familie sprach zu ihm auch keiner davon, jedoch die Fürstin, wie immer sans gêne, hatte das heikle Thema einmal angeschnitten.

»Warum habt ihr keine Kinder, Nicolas Genrichowitsch?« lautete die lapidare Frage.

Ebenso lapidar war seine Antwort. »Wir haben keine bekommen.«

Aber damit gab sich die Fürstin nicht zufrieden. »Liebst du deine Frau nicht? Liebt sie dich nicht?«

»Dies hat wohl nichts mit Liebe zu tun, Natalia Fedorowna. Es hat wohl immer Mann und Frau gegeben, die einander nicht liebten und dennoch Kinder bekamen.«

Die Fürstin nickte. Das war ihr bekannt, sie wollte dennoch eine Antwort auf ihre Frage, war aber nicht geneigt, sie zu wiederholen. Sie sah ihn bloß an.

Nicolas machte sich die Antwort nicht leicht. Er sagte: »Liebe kann aus vollen Händen geboten werden. Darin werden Sie mir gewiß zustimmen, Natalia Fedorowna. In diesen Händen kann sich Leidenschaft oder Zärtlichkeit befinden, Freundschaft, Treue, Güte, Anständigkeit, Achtung, Verantwortung.« Er überlegte.

»Auch körperliche Anziehung«, er blinzelte zu ihr hin, was sie wohl für ein Gesicht machte zu seiner vorsichtigen Formulierung. Denn abgesehen von dem, was sie tat, lehnte sie eine offenherzige Redeweise zu diesem Thema, es sei denn im Bett, strikt ab.

Da er nicht weitersprach, sagte sie: »Dies und noch viel mehr können die Hände der Liebe bieten, das ist wahr. Auch den Stolz auf Kinder, die Freude an ihnen. Ich würde sagen, je mehr diese Hände halten, um so besser für einen Mann und eine Frau.«

»Die Hände meiner Liebe sind leer. Anständigkeit, Achtung und - nun ja, Freundschaft vielleicht, das ist geblieben.«

»War es jemals mehr?«

»Ich fürchte, nein. Ich habe übereilt und töricht geheiratet, ich war zu jung. Ich sah nur eine reizvolle Erscheinung, ein hübsches Gesicht, eine anmutige Gestalt, ein paar Capricen, die mich lockten. Es kam nichts mehr hinzu.«

»Und sie? Sind ihre Hände auch leer?«

»Das, was in ihren Händen war und ist, hat, glaube ich, mit Liebe nicht viel zu tun. Sie ist ein sehr selbstbezogener Mensch und zur Liebe nicht geschaffen. Vielleicht ist es darum ganz gut, daß wir keine Kinder haben.«

»Verzeih, Nicolas Genrichowitsch, aber was du sagst, ist Unsinn. Es gibt keinen Menschen, und erst recht keine Frau, die zur Liebe nicht geschaffen ist. Liebe äußert sich auf verschiedene Weise, ein jeder Mensch zeigt sie nach seiner Art, oder zeigt sie vielleicht gar nicht. Doch sie ist vorhanden. Ich kann dich von Schuld nicht freisprechen. Wußtest du denn nicht genug über die Liebe, um sie in einer Frau erwecken zu können?«

»Ich war wohl auf einen solchen Fall nicht vorbereitet. Mir war die Liebe so überreich und aus so vollen Händen dargebracht worden, daß es mir nicht gelang, sie in einem kleinen Finger zu entdecken.« Er nahm die Hand der Fürstin und küßte sie.

Sie lächelte. »Du bist der alte Charmeur geblieben. Das hast du hübsch gesagt.« Sie fügte hinzu: »Hast du schon einmal daran gedacht, daß es an dir liegen könnte, wenn ihr keine Kinder bekommt?«

Sein erstauntes Gesicht war Antwort genug, daran hatte er noch nie gedacht.

»Hast du irgendwo ein Kind?« fragte sie ebenso sachlich.

»Nicht, daß ich wüßte.«

»Aber es gibt eine Frau mit vollen Händen für dich, nicht wahr, Nicolas?«

Er blickte sie lächelnd an. »Wie kommst du darauf, Natalia Fedorowna?«

»Weil du während unseres ganzen Gespräches soeben durchaus kein unglückliches Gesicht gemacht hast.«

Dieses Gespräch, und in diesem Fall war es ein Gespräch, hatte vor etwa zwei Jahren stattgefunden.

Inzwischen hatte er ein Kind, einen Sohn. Er hatte es der Fürstin mitgeteilt, und sie hatte sich sehr befriedigt darüber gezeigt.

Als er seinerzeit von seinem Großvater Wardenburg zum Erbe erhielt, bedeutete das eine große Überraschung. Er kannte weder den Großvater noch Wardenburg. Seine Welt war Schloß Kerst, waren das Baltenland, Reval, St. Petersburg, er kannte keine andere Welt, für die Familie seines Vaters hatte er sich nie interessiert, zumal dieser nie davon sprach. Nun war er gerade einige Jahre in Berlin gewesen, hatte sich wohlgefühlt bei seinem Regiment, war vom Fahnenjunker zum Leutnant avanciert, war beliebt bei seinen Kameraden und geschätzt von seinen Vorgesetzten, ein umgänglicher und unkomplizierter junger Mann, mit dem jeder gut auskam. Er tat seinen Dienst, gerade so viel, wie er mußte, denn ein passionierter Soldat war er keineswegs, aber irgend etwas mußte er schließlich tun, zu einem Studium, einem akademischen Beruf hatte er erst recht keine Lust, da fühlte er sich als Offizier schon besser am Platz.

Dann kam Wardenburg. Er war sechsundzwanzig, als Wardenburg an ihn fiel, und er fühlte sich ein wenig unbehaglich und war nicht gerade von Begeisterung erfüllt, als er das erstemal nach Schlesien fuhr. Aber dann gefiel ihm Wardenburg, das Gutshaus war ein schöner Bau, die Räume nicht zu klein und gut angeordnet, die zu einfache, ländliche Einrichtung ließ sich ändern.

Der Landbesitz betrug nur etwas über 200 Hektar, an Kerst durfte man da nicht denken, aber das Land war fruchtbar und gut bestellt, die Landschaft vielleicht etwas eintönig auf den ersten Blick, sah man sich jedoch näher um, so ließen sich ihr einige Reize abgewinnen.

Er hatte keineswegs die Absicht, sofort den Dienst zu quittieren; Wardenburg hatte einen tüchtigen Verwalter, der konnte gut noch einige Jahre ohne ihn auskommen. Doch langsam gewann die Vorstellung, Herr auf eigenem Grund und Boden und ein freier Mann zu sein, immer mehr Macht über ihn. Im ersten Jahr, als er noch in Berlin lebte und nur zu gelegentlichen Besuchen nach Wardenburg kam, lernte er Alice kennen.

Es war im Winter, Weihnachten stand vor der Tür, er hatte eine Woche Urlaub genommen und war nach Wardenburg gefahren, um als neuer Gutsherr den Angestellten und dem Gesinde einzubescheren. Er war es von Kerst her gewohnt, daß das Personal reichlich und vom Gutsherrn persönlich mit Geschenken und Händedruck bedacht wurde. Er mußte es einige Tage vor Weihnachten tun, denn er hatte sich bereit erklärt, über Weihnachten für einen verheirateten Kameraden den Dienst zu übernehmen.

Nicolas fühlte sich vereinsamt. Ein Liebesverhältnis, das ihn einige Zeit beschäftigt hatte, war erst vor kurzem beendet worden; das Mädchen hatte geheiratet. Er konnte nach Kerst fahren, dort war er immer willkommen, er konnte weiter bis nach St. Petersburg reisen, dort gab es ebenfalls Familie genug, die ihn mit offenen Armen aufnehmen würde, aber dann entschloß er sich, in Berlin zu bleiben.

Zuvor also eine Woche Wardenburg. Am letzten Tag seines Aufenthalts, das würde drei Tage vor Heiligabend sein, würde er den Leuten bescheren und dann nach Berlin zurückkehren, sein Christbaum würde in diesem Jahr in der Offiziersmesse stehen, an Essen und Trinken würde es nicht fehlen.

Er war den dritten Tag in Wardenburg und fuhr am Nachmittag in die Stadt hinein, um noch einige Besorgungen zu machen. Er hatte beobachtet, daß Lemke Pfeifenraucher war, und so sollte er ein Päckchen Tabak bekommen, und er hatte auch gesehen, daß die Mamsell einen Jungen hatte, an dem sie offenbar sehr hing, dem wollte er auch noch ein Extrageschenk besorgen, denn der Junge war nett und aufgeweckt, und seine Mutter verwöhnte den neuen Gutsherrn mit allen Leckerbissen, auf die sie sich verstand.

Das Land lag unter tiefem Schnee, die beiden dicken Braunen trabten gemächlich vor dem Schlitten her, ihr Atem dampfte in weißen Wolken in die Luft. Das hatte etwas Heimeliges, Vertrautes, auch in Estland lag das Land wohl jetzt im Schnee vergraben, war ganz und gar grauweiß, eintönig, kalt, es wurde früh dunkel, und gern kam man wieder nach Hause, zurück in die warmen gemütlichen Räume.

Die kleine Stadt war weihnachtlich belebt, die Schaufenster heller als sonst, die Auslagen bunter und verlockender, und wenn bei Mierecke die Tür aufging, duftete es auf die Straße hinaus nach Gebäck, Lebkuchen und Pfeffernüssen. Auf dem Marktplatz um das Rathaus herum waren Buden aufgeschlagen, hier gab es allerlei Tand zu kaufen, aber auch schöne gediegene Sachen wurden angeboten, so Holzschnitzereien aus dem Gebirge, handgefertigtes Spielzeug, Christbaumschmuck, silberne, goldene, rote und grüne Glaskugeln, die meistens aus Böhmen kamen.

An einer der Buden blieb er lange stehen. Hier war ein Künstler am Werk gewesen, die holzgeschnitzten bemalten Figuren waren von seltener Schönheit, zwar wirklichkeitsgetreu, doch mit einem leicht überhöhten Schwung, ein wenig erdentrückter Irrealität versehen, fast gotisch muteten sie an in ihrer schmalen hochstrebenden Form.

Besonders eine Madonna fesselte ihn, eine Jungfrau mit dem Kind, etwa dreißig Zentimeter hoch, aufs feinste ausgeführt, herzanrührend, je länger man sie ansah. Zweimal kehrte er um, um das Stück noch einmal zu betrachten. Er glaubte, in den Zügen dieser Mariengestalt das Gesicht seiner Mutter zu erkennen, und je öfter er hinsah, um so deutlicher wurde ihm, es war keine Einbildung, es waren wirklich ihre Züge.

Abergläubisch veranlagt wie Nicolas war, machte das tiefen Eindruck auf ihn. Er hatte sich in diesen vorweihnachtlichen Tagen auf seinem neuen Besitz in zwiespältiger Stimmung befunden, da er sich noch immer nicht im klaren war, ob das Gut ein Gewinn oder ein Ballast für ihn sein würde. Und da begegnete ihm das Gesicht seiner Mutter, ein Zeichen des Himmels, es konnte nicht anders sein.

Wo mochte die Schnitzerei herkommen? Sicher aus dem Gebirge, dort lebten Katholiken, die in diesem Handwerk zu Hause waren; hier in der Stadt war man vorwiegend evangelisch.

Er fragte nach dem Preis, der mit zwölf Mark ziemlich hoch war, und so zögerte er. Über viel Geld verfügte er nicht, und die Einkäufe für die Gutsleute hatten ein großes Loch in seine schmale Leutnantskasse gerissen.

Die Frau, die die Ware anbot, war sehr jung, eigentlich noch ein Mädchen, ein kindliches Gesicht, von einem bunten Kopftuch umrahmt, blickte ihn fragend an, als sie sein Zögern gewahrte, und nannte dann schüchtern eine geringere Summe.

Nicolas nickte. Während sie die Schnitzerei sorgsam in weißes Seidenpapier einwickelte, betrachtete er ihr schmales blasses Gesicht, die Löcher in ihren Wangen, und schämte sich plötzlich, daß er den Preis heruntergehandelt hatte. Aber er hatte ja nicht gehandelt, es war ihr freiwilliges Gebot gewesen. Er zahlte, sie wünschte ihm ein gesegnetes Fest, und dann ging er, das Päckchen vorsichtig im Arm tragend, weiter durch die Straßen. Keiner kannte ihn hier, er kannte keinen, er kam sich plötzlich sehr verlassen vor. jetzt bereute er seinen Verzicht auf Kerst, er hätte doch dorthin fahren sollen, wo sie so wundervolle Weihnachtsfeste feierten. Aber auch dort wäre er im Grunde allein gewesen, ohne Vater, ohne Mutter, ohne Geschwister. Ein jäher Zorn auf seinen Vater flog ihn an. Der saß seit Jahren in Florenz, ließ selten etwas hören. Konnte er nicht wenigstens Weihnachten einmal mit seinem Sohn verbringen? Das einzige, was er jetzt hatte, war eine Madonna, die das Gesicht seiner Mutter trug. Und das war alles, ein Geschenk des Zufalls, mehr hatte er nicht.

Mit einem Wort: er war etwas sentimental an diesem Nachmittag, der junge Herr von Wardenburg.

Es dämmerte, bald würde es dunkel sein. Es war Zeit umzukehren, der Kutscher wartete mit dem Wagen im Gasthof ›Zum grünen Busch‹, wo man die Pferde einstellen konnte. Hoffentlich hatte er sich in der Zwischenzeit nicht zuviel Schnaps genehmigt. Nun, schlimmstenfalls konnte Nicolas selbst nach Hause kutschieren, die Braunen würden den Weg bestimmt finden. Eine Weile dachte er über – die Pferde nach, das lenkte ihn von seinen trübseligen Gedanken ab. Wenn er erst für ganz hier lebte, mußte er als erstes Pferde kaufen, die beiden Braunen waren heute recht müde dahingetrabt. Von zu Hause her kannte er herrlich jagende Schlittenfahrten, aber dazu mußte man erst einmal die richtigen Pferde haben.

In Gedanken war er weitergegangen, gelangte zu einer Anlage, nein, es war schon ein Park mit weiß verschneiten Bäumen und Büschen, es mußte der Schloßpark sein, schon bei seinem letzten Besuch war er hier vorbeigekommen. Nicolas wollte umkehren, doch dann hörte er Lachen, Rufen und Musik.

Ein Stück weiter, hinter einer kleinen Anhöhe, lag ein Teich, zugefroren, Fackeln flackerten rundherum, und auf der Eisfläche drehten Schlittschuhläufer ihre Kreise. Gegenüber seinem Standplatz stand eine Holzbude, dort spielten die Musikanten. Vor ihnen, am Rand der Eisfläche stand ein Blechteller, manchmal fuhr ein Läufer vorbei, rief einen Wunsch hinauf und eine Münze klapperte im Teller. Ein fröhliches und beschwingtes Bild: der verschneite Park, diese vagen Gestalten, die sich schwerelos über das Eis bewegten, teils von den flackernden Fackeln beleuchtet, teils im Schatten der Bäume verschwindend.

Schwerelos nicht jeder, gerade vor Nicolas gab es einen Plumps, ein junger Mann kam auf seiner Sitzfläche ein Stück herangerutscht, versuchte dann mühsam, sich aufzurappeln. In diesem Augenblick erblickte Nicolas Alice Hoffmann zum erstenmal. Leicht wie eine Feder kam sie herangeschwebt, ihr helles Lachen klang zu ihm herüber, sie rief dem Gestürzten zu: »Aber Herr Referendar, wenn Sie nicht schnell aufstehn, haben wir ein Loch im Eis.«

Nicolas behielt sie im Auge, eine schlanke Mädchengestalt in einem Kleid aus Samt, blau, wie es im Dämmerlicht schien, der Saum mit weißem Pelz besetzt, und wenn sie sich drehte, konnte man ihre Fesseln in den zierlichen Stiefelchen sehen. Sie drehte sich viel, sie war eine gewandte und sichere Läuferin, zog in Figuren und Schleifen über das Eis, graziös bis in die Fingerspitzen, Nicolas glaubte in diesem Augenblick, ein hübscheres Bild nie gesehen zu haben.

Auch kurz darauf, nachdem der Herr Referendar sich wieder zu ihr gesellt hatte und diese beiden nun mit verschlungenen Händen im Walzertakt dahin liefen, bot sie das Bild vollendeter Anmut, bog im Tanz kokett den Oberkörper und, als ihr der plumpe Partner zu langsam war, ließ sie ihn los, zog wieder allein ihre Kreise und Schleifen, der lange weite Rock schwang um sie. Ein anderer junger Mann, schlanker, und ein besserer Läufer, folgte ihr, es kam zu einer kleinen Verfolgungsjagd, aber sie ließ sich nur zu gern fangen, wie es Nicolas schien, sie bot ihre Hände dem neuen Tänzer, und diesmal war es ein ebenbürtiges Paar.

Immer den Läufern nachblickend, war Nicolas langsam am Rand der Eisfläche weitergegangen, bis zur Musikbude auf der gegenüberliegenden Seite. Gerade als die Musiker die ›Dorfschwalben‹ beendet hatten, kam das Mädchen in einem Schwung zu den Holzbänken geglittert, die vor der Bude standen, hielt mitten im Lauf inne, drehte sich noch im gleichen Schwung und setzte sich auf eben die Bank, hinter der er stand.

Eine Verzauberung lag über ihrer ersten Begegnung, plötzlich war es anderer Tag geworden, und das Mädchen da vor ihm war zum Verlieben, so wie sie in der Dämmerung des Wintertages in sein Leben geglitten war.

Er war etwas zur Seite getreten, um ihr Profil sehen zu können; daran war nichts auszusetzen, eine gerade wohlgeformte Nase, die Stirn hoch, unter dem Pelzkäppchen quoll blondes Haar hervor, an den Schläfen leicht gelockt. Die beiden jungen Männer waren ihr gefolgt, sprachen auf sie ein, offenbar Rivalen um die Gunst der hübschen Eisläuferin. Nicolas ließ sich darauf ein, das folgende Gespräch zu belauschen, schon entschlossen, die Bekanntschaft dieses Mädchens zu machen.

Der Gestürzte sagte: »Sie sind mir wieder einmal auf und davon gefahren, gnädiges Fräulein. Es ist hoffnungslos, mit Ihnen Schritt halten zu wollen.«

»Sie müssen mehr üben, Herr Referendar«, sagte sie und lächelte zu ihm auf, beugte sich dann zu ihrem Schlittschuh hinunter. »Oh! Ich glaube, mein linker Schlittschuh ist locker.«

Ehe der Herr Referendar die Situation erfaßte, kniete der andere junge Mann bereits vor ihr, langte ein Schlüsselchen aus der Jackentasche und zog ihren Schlittschuh nach, wobei er ihr lachend mitten ins Gesicht sah. Doch der Herr Referendar wollte auch etwas für sie tun.

»Darf ich Ihnen ein Glas Glühwein besorgen, gnädiges Fräulein?«
Ein Blick nach oben, das Näschen ein wenig schnuppernd; »Gern.«
Nicolas fühlte sich animiert.
Er trat näher an die Bank heran und sprach sie einfach an.
»Mein Kompliment! Sie sind ja eine großartige Läuferin.« Sie hob den Kopf, fixierte ihn kurz, gab keine Antwort. Der junge Mann zu ihren Füßen blickte erstaunt auf, der Herr Referendar runzelte unwillig die Stirn.

Nicolas fühlte sich durchaus nicht eingeschüchtert. Mit ein paar Provinzverehrern einer hübschen jungen Dame nahm er es leicht auf. »Wenn ich Ihnen zusehe, bekomme ich direkt Lust, auch wieder einmal Schlittschuhe anzuziehen.«

»Tun Sie es doch«, sagte sie schnippisch, ohne ihn anzublicken.
»Sind Sie jeden Tag hier anzutreffen?«
»Mein Herr!« rügte ihn der Referendar in scharfem Ton.
Das Mädchen lachte, stand auf und klopfte mit dem Fuß aufs Eis, wohl um zu sehen, ob der Schlittschuh wieder festsaß. Dann setzte sie sich wieder und streckte den anderen Fuß vor.

»Diesen auch, bitte«, sagte sie kokett lächelnd zu dem jungen Mann, der abermals niederkniete, sein Schlüsselchen wieder ansetzte, und dann aufblickend zu dem Herrn Referendar, der sichtlich angestrengt überlegte, wie er den frechen Eindringling nachhaltig zurechtweisen könnte: »Wo bleibt mein Glühwein?«

Der Herr Referendar entfernte sich also notgedrungen. Der zweite Schlittschuh saß nun auch fest, das Mädchen schob ein Löckchen unter die Pelzkappe, hob dabei den Kopf wie zufällig, so daß der Fremde ihr ins Gesicht sehen konnte. Es war der Mühe wert. Sie war bildhübsch, ihre Wangen rosig, die Augen leuchtend im Fackelschein.

Die trübselige Stimmung, die Nicolas an diesem Nachmittag begleitet hatte, war verflogen.

»Ich war einmal ein ganz guter Läufer«, sagte er. »Im Augenblick wundere ich mich selbst, warum ich diesen hübschen Sport vernachlässigt habe. Aber ich wette, wenn ich zwei- oder dreimal geübt habe, könnte ich einen Walzer mit Ihnen versuchen, gnädiges Fräulein.«

Der junge Mann mit dem Schlüsselchen stand verlegen und ratlos da, und wohl um sie von dem lästigen Verehrer wegzulocken, fragte er: »Wollen wir wieder laufen, Fräulein Alice?«

»Später«, erwiderte sie gleichmütig, »erst mein Glühwein.«
Den brachte der Referendar soeben, sie nahm das Glas in beide Hände, nippte und machte entzückt: »Mhmm! Süß und heiß!«
»Wie die Liebe«, kommentierte Nicolas.
Die jungen Männer blickten ihn tadelnd an, der Referendar räusperte sich, runzelte die Stirn und war dabei, einen schneidenden Verweis zu formulieren, doch Nicolas kam ihm zuvor, neigte leicht den Kopf und sagte unverfroren: »Würden Sie mich bitte der jungen Dame vorstellen? Ich bin Nicolas von Wardenburg.«

So hatte das angefangen. Ein kleiner Flirt am Rande der Eisfläche, nichts weiter als die Unverschämtheit eines Großstädters, der den beiden Provinzlern einmal zeigen wollte, wie man so etwas macht. Es war wohl wirklich so, wie er der Fürstin gesagt hatte: er war noch ein junger unreifer Mann gewesen, trotz einschlägiger Erfahrungen in puncto Frauen.

Im Januar nahm er einige Tage Urlaub, kehrte nach Wardenburg zurück, und nahm die Spur der Zufallsbekanntschaft auf. Diesmal benahm er sich als formvollendeter Gentleman, und da ihm Alice bei ihrem zweiten Zusammentreffen genauso gut gefiel wie beim erstenmal, begann er ihr ernstlich den Hof zu machen.

Alice begriff sofort, welch einmalige Chance sich ihr bot. Das war der Mann, auf den sie gewartet hatte! Dies sagte sie Charlotte, nicht ihm. Denn ihm machte sie die Werbung nicht allzu leicht, was ihn verständlicherweise reizte.

An Heirat dachte er ziemlich bald. Das kam nicht zuletzt daher, daß er sich immer mehr mit dem Gedanken befreundete, ein Gutsbesitzer zu sein, ein freier, unabhängiger Mann also, an keinen Dienst und keine Dienststunden mehr gebunden. Er entsprach auch seiner Herkunft. Er war in einem Feudalmilieu aufgewachsen, das Leben auf eigenem Grund und Boden war er von Kindheit an gewöhnt.

Die Überraschung, der Erbe eines Gutes zu sein, ging sehr schnell in die Freude und Befriedigung an dem Besitz über. Und ebenso schnell entschloß er sich; auf seinem Gut zu leben. Die Großstadt war immer erreichbar; wenn es ihm auf dem Lande zu langweilig wurde, ließ sich eine Reise jederzeit arrangieren. An finanzielle Schwierigkeiten dachte er zunächst nicht, davon war auf Kerst nie die Rede gewesen.

Ein wenig vereinsamt fühlte er sich auch; Kerst war nicht mehr so recht seine Heimat, er war dort ein Besuch geworden. Sein Großvater lebte nicht mehr, sein Onkel Georg, jetzt der Herr auf Kerst, war ihm herzlich zugetan und er ihm ebenso, dennoch gehörte er nicht mehr wie früher richtig zur Familie.

Sein Leben in Berlin war amüsant gewesen, es hatte einige Affären gegeben, keine von besonderer Wichtigkeit, seit der Fürstin hatte keine Frau eine wesentliche Rolle in seinem Leben gespielt.

Wollte er aber auf dem Gut leben, mußte er eine Frau haben. Er brauchte sie für sich, und das Gut brauchte eine Herrin, und schließlich mußten auf einem Gut Kinder aufwachsen.

Alice paßte gut in das Bild: ein schönes Mädchen, anmutig, gebildet, sicher im Auftreten, und nicht nur das, sondern dazu von erstaunlicher Selbstsicherheit.

Daß sie arm war, störte ihn nicht, er war nicht berechnend. Immerhin war sie die Tochter eines Offiziers, das galt in Preußen so gut wie ein Adelsbrief. Außerdem gefiel sie ihm, und er war in sie verliebt.

Alice war sich von vornherein klar darüber, daß sie diesen haben wollte und keinen anderen. Das verbarg sie lange genug, um es für ihn spannend zu machen. Doch sie war klug genug, den Bogen nicht zu überspannen; und da sie immer fürchtete, er würde so schnell verschwinden, wie er aufgetaucht war, sagte sie dann doch relativ schnell ja.

Darüber waren nun mehr als zehn Jahre vergangen, aus Verliebtheit war keine Liebe geworden, aber eine leidlich gute, erträgliche Ehe, daß Kinder ihnen versagt blieben, bedauerte er oft. Im übrigen genoß er die Ungebundenheit, die zu seinem Lebensstil gehörte.

In diesem Jahr war er siebenunddreißig, ein blendend aussehender Mann in den allerbesten Jahren, der sich seinen Charme und seine Unbeschwertheit bewahrt hatte. Doch dies war eine Täuschung, in sein Leben war ein Konflikt gekommen, Sorgen, Unruhe, lästige Gedanken, die er jedoch immer zu verdrängen suchte.

Denn da war eine Frau, die ihm nahestand, und es gab vor allem das Kind, von dem niemand wußte, außer der Fürstin. Er war in das geraten, was die Fürstin ›eine Situation‹ nannte und dadurch in einen Zwiespalt, wie er ihn in seinem bisherigen Leben nicht gekannt hatte.

Mit Ungeduld erwartete er den Abschluß der Erntearbeiten, um nach Berlin zu fahren, wo Frau und Kind auf ihn warteten. Er hatte versprochen, beide noch für zwei oder drei Wochen an die Ostsee zu begleiten. Oder zumindest, sie hinzubringen und eine Weile bei ihnen zu bleiben.

Das hatte gewisse Schwierigkeiten, die Großstadt verbarg sein Geheimnis, eine Reise bot ungeahnte Gefahren. Selbstverständlich würde man ein kleines, von der guten Gesellschaft nicht frequentiertes Bad aufsuchen.

Wichtig war die Ernte. So viel hing ja von dem Ertrag ab, den das Gut erwirtschaftete. Und wenn er nun schon so einen tüchtigen Mann wie Köhler hatte, sollte der nicht den Eindruck gewinnen, der Gutsherr sei am Verlauf und Ergebnis der Ernte nicht interessiert,

Also zeigte sich Nicolas viel im Gelände, ließ sich berichten, beobachtete das Wetter, ritt hinaus auf die Felder, benahm sich alles in allem so, daß nicht nur Köhler, sondern auch sein seliger Großvater mit ihm zufrieden sein konnte.

An einem Vormittag im späten August war er wieder einmal unterwegs, ritt die junge Stute, hatte einige Ernteabschnitte besucht und traf an dem großen Weizenfeld Köhler, der dort die Leute zur Eile antrieb, denn, wie er sagte, ein Gewitter liege in der Luft.

Nicolas musterte gründlich den rundum blitzblauen Himmel und schüttelte den Kopf.

»Kann ich mir nicht denken. Sieht doch prächtig aus.« Köhler griff an seinen Kopf.

»Ich habe meine Wetterstation hier, Herr von Wardenburg; heute kommt noch was, darauf können Sie sich verlassen.«

Dagegen ließ sich nicht viel sagen. Meist stimmten Köhlers Wettervoraussagen, also machte auch Nicolas ein bedenkliches Gesicht und fragte: »Werden Sie es schaffen?«

Köhler sagte: »Ja.« Und wenn er ja sagte, dann würde es wohl auch so in Ordnung gehen. Er stand in hohen Stiefeln am Rande des Feldes, sein Pferd im Schatten angebunden, er hatte seine Augen überall, und die Leute arbeiteten schweißüberströmt und unermüdlich. Es war sehr heiß, Nicolas fragte: »Haben Sie dafür gesorgt, daß die Leute zu trinken bekommen?«

»Die brauchen jetzt nichts, da schwitzen sie nur noch mehr. Sie können trinken, wenn wir eingefahren haben.«

Nicolas schwieg. Er hatte schon die Erfahrung gemacht, daß es nicht guttat, Köhler in seine Arbeit und seine Anordnungen hineinzureden, der Mann konnte sehr humorlos darauf reagieren. Nicolas hob die Gerte an die Schläfe und ritt weiter. Köhler war zweifellos sehr tüchtig, aber ein angenehmer Zeitgenosse war er nicht.

Hinter dem Weizen kam ein kleines Waldstück, Nicolas ließ der Stute die Zügel lang und wischte sich die Stirn. Vielleicht hatte Köhler recht, es war wirklich unerträglich heiß und bis zum Abend mochte ein Gewitter heraufziehen. Gewitter in dieser Ebene waren meist sehr heftig und nicht ohne Gefahr. Und wie die Fliegen klebten! Er strich der Stute, die gereizt mit dem Kopf und dem Schweif schlug, die Fliegen vom Hals und von der Kruppe.

»Ja, ja, meine Kleine, das ist lästig, ich weiß. Nun, nun, sei brav.«

Er kraulte die dunkle Mähne, ließ sie Schritt gehen unter den Bäumen, trabte dann einen Feldweg entlang, zwischen Feldern, die schon abgeerntet waren, in der Ferne sah er Klein-Plettkow liegen. Gleich am nächsten Rain endete sein Gebiet, die anschließenden Felder gehörten Bauern aus dem Dorf. Auch dort waren sie fleißig bei der Arbeit. Er ritt weiter nach Osten, kam an einen zwischen niedrigen Büschen wasserarm und träge dahinfließenden Bach, bog um eine Erlengruppe, sah den Stein fliegen und hörte den Schrei. Er legte den Schenkel an, Ma Belle fiel in Galopp, er parierte sie durch, als sie bei der zusammengesunkenen Gestalt waren, und Nicolas sprang aus dem Sattel.

Das Mädchen fuhr auf, zur Abwehr bereit wie ein gehetztes Tier, von ihrer Wange sickerte Blut. Als sie ihn erkannte, sank sie erleichtert zusammen, kauerte sich nieder, wischte das Blut, das ihr über den Hals lief, hastig weg, blickte einmal scheu zu ihm auf und senkte dann den Blick.

»Wer war das?« fragte Nicolas.

Sie hob die Schultern.

»Du mußt doch gesehen haben, wer den Stein geworfen hat.«

Sie schüttelte den Kopf.

»Es kam dort aus dem Gebüsch. Aber ich habe nicht gesehen, wer ihn geworfen hat«, sagte er.

Er beugte sich über sie, hob ihr Gesicht hoch und besah die Wunde. Es war eine tiefe Schramme über die linke Wange, die Wunde blutete stark.

»Kommt so etwas öfter vor?«

Sie schüttelte wieder den Kopf.

»Mach den Mund auf«, herrschte er sie an. »Sprechen kannst du ja wohl.«

Katharina sah ihn an. Ihre Augen waren groß und dunkel und von sehr langen Wimpern umrahmt, sie standen voller Tränen, die nun über ihre schmalen Wangen rollten und sich mit dem Blut vermischten.

»Du mußt es mir sagen«, seine Stimme war nun freundlicher, »Ich kann es nicht dulden, daß hier jemand in der Gegend herumläuft und Steine nach einem Mädchen wirft. Wenn du mir sagst, wer es ist, werde ich dafür sorgen, daß er bestraft wird.«

»Ich weiß nicht, wer es ist«, sagte das Mädchen fest. Seine Stimme war erstaunlich tief und wohlklingend. »Ich denke, es sind immer andere.«

»Also kommt es öfter vor.«

»Manchmal.«

»Kannst du gehen?«

Er ergriff sie am Arm und half ihr aufzustehen. Sie war ziemlich groß, sehr schlank, ihr grauer Rock war schmutzig und zerrissen, die Bluse von undefinierbarer Farbe, aber das ganze Mädchen wirkte dennoch jung und frisch, alles andere als verwahrlost. Dann sah er, daß sie einen schmutzigen Lappen um das Fußgelenk gewickelt hatte.

»Was hast du da?«

»Das war der Stein von gestern.«

»Verdammt noch mal!« rief Nicolas wütend aus. »Wo leben wir denn eigentlich? Im Mittelalter? Seit wann werden hier in unserer Gegend Mädchen gesteinigt?«

Er hatte sie nie gesehen, aber er wußte, wer sie war. Das Mädchen, das Paule an sich gelockt hatte. Und wo war Paule jetzt, während man sie fast erschlug?

»Wohnst du hier in der Nähe?«

Sie nickte und wies mit der Hand ein Stück bachaufwärts.

»Dort.«

»Ich bring dich hin.«

»O nein. Das ist nicht nötig.«

»Los, geh.«

Ma Belle am Zügel ging er neben ihr her, sie humpelte ein wenig, hielt den Kopf geneigt. Ihr war anzusehen, wie unangenehm ihr die Situation war. Es war nicht sein Land, auf dem sie lebte, es war Gemeindegebiet, aber er war trotzdem nicht geneigt, Tätlichkeiten zu dulden.

»Erzähl mir, was hier los ist«, sagte er.

Sie hob wieder die Schultern.

»Ich weiß nicht.«

Ihre Stimme klang hübsch, und sie sprach keinen Dialekt, das war merkwürdig.

»Komm, spiel nicht die Ahnungslose«, sagte er ungeduldig.

»Warum schmeißen sie Steine nach dir? Wer tut es?«

»Die Leute vom Dorf. Kinder sind es, meist Jungen. Sie hören von den Eltern, daß man mich fortjagen müßte, und dann tun sie es eben.«

»Soviel ich weiß, lebst du doch schon eine ganze Weile hier, und bis jetzt hat dich keiner fortgejagt. Warum jetzt auf einmal?«

»Sie wollten mich immer fortjagen«, sagte sie ruhig. »Früher, als meine Brüder noch da waren, haben sie sich nicht hergetraut. Meine Brüder sind sehr stark. Aber seit ich allein bin, kommen sie immer und schreien mich an.«

»Bist du denn allein?«

Sie ließ ihren Blick flink zu ihm hinübergleiten und schwieg.

»Komm, stell dich nicht so an. Ich denke, Paule ist bei dir.«

»Ja.« Sie nickte. »Er ist bei mir.«

»Und wo ist er jetzt?«

»Er sucht Arbeit.«

»So. Er sucht Arbeit, dieser Esel. Das hat er nötig. Und wo, bitte, sucht er Arbeit?«

»Er war in den anderen Dörfern. Hier gibt ihm keiner Arbeit.«

»Und in den anderen Dörfern?«

»Er hat bei der Ernte geholfen, drüben –« Sie machte eine ungenaue Bewegung gegen Osten zu. »Aber dann haben sie ihn wieder weggeschickt.«

»Und wo ist er heute?«

»Er sagt, er will weitergehen. In Dörfer, wo ihn keiner kennt.«

Das Buschwerk wurde dichter, das Mädchen blieb stehen.

»Was ist?« fragte er.
»Ich muß da durch.«
»Ist dort deine Hütte?«
»Ja.«
»Los, geh voran. Ich will sehen, wo du wohnst.«
Sie stand und starrte ihn an.
»Hörst du nicht? Los, geh schon!«
Sie duckte sich vor seinem barschen Ton, bog die Zweige auseinander, dahinter war ein kleiner Pfad, ordentlich ausgeschlagen, er bot auch für das Pferd Platz.
Die Hütte war eine elende Bretterbude, sie lag ein Stück vom Bach entfernt, mit dem Rücken im Erlengebüsch. Davor im Freien standen eine Bank und ein klobiger Tisch aus Holz. Auf einer Wäscheleine hingen Hemden und Strümpfe, die einem Mann gehörten. Nicolas blieb stehen und nahm das Bild staunend in sich auf. »Ein echtes Idyll!« sagte er.
Sie stand neben ihm und rührte sich nicht, als ginge der Platz sie nichts an.
»Sag bloß, Mädchen, wie kann man so hausen. Wie lange bist du denn schon hier?«
Sie hob wieder die Schultern.
Er versuchte sich an alles zu erinnern, was er über diesen Fall gehört hatte. Der Vater im Gefängnis, dort gestorben, wenn er sich recht erinnerte, die Mutter im Gefängnis, die Brüder auf und davon. Und jetzt also der Paule mit seinem fröhlichen Lachen, gut gepflegt von seiner Mutter, immer sauber gewaschen und ordentlich gekämmt, der hauste nun hier. Nicolas sah sich das Mädchen genauer an. Sie war bildhübsch, trotz der blutverschmierten Backe. Eine kleine Wilde. Sowas gab es hier also, kaum zu glauben.
»Wie heißt du denn?« fragte er.
»Katharina.«
Er mußte unwillkürlich lächeln. In Rußland war Katharina ein stolzer Name, dort dachte man unwillkürlich an die große Zarin, wenn man diesen Namen hörte.
»Hast du irgendwo sauberes Wasser, Katharina? Ich möchte dir gern diese Wunde auswaschen. Du kannst die schönste Blutvergiftung kriegen. Hast du Wasser?«
Sie hatte Wasser. Aus der Hütte holte sie einen Krug, das Wasser schien leidlich sauber zu sein, Nicolas nahm sein Taschentuch und wusch ihr vorsichtig das Blut aus dem Gesicht. Es tat ihr weh, ihre Augen füllten sich wieder mit Tränen, aber sie muckste nicht.
Zusammen mit ihr war ein Hund aus der Hütte gekommen, den sie dort eingesperrt hatte, ein großer heller Hund mit zottigem Fell. Der betrachtete den Fremden mißtrauisch und begann zu knurren, als Nicolas sich an ihrem Gesicht zu schaffen machte. Ein Zischlaut des Mädchens brachte ihn zum Schweigen, aber er ließ Nicolas nicht aus den Augen.
»Jetzt setz dich hin und zeig mir deinen Fuß.«
Sie wickelte den Lappen ab, ihr Knöchel war dick geschwollen und violettblau.
»Das sieht bös aus. Hoffentlich ist es nicht gebrochen.«
Er drehte vorsichtig ihren Fuß ein wenig, sie schrie auf, der Hund knurrte wieder.

»Du mußt kalte Umschläge machen und darfst nicht herumlaufen. Eigentlich brauchst du einen Doktor.«

Sie schüttelte heftig den Kopf, sie war blaß geworden unter der Bräune ihrer Wangen, der Fuß mußte ihr sehr weh tun.

»Hast du denn keine Angst, herumzulaufen, wenn sie hinter dir her sind, und du nicht einmal davonlaufen kannst? Warum nimmst du denn nicht wenigstens den Hund mit, er scheint ja gut auf dich aufzupassen?«

»Ich habe ihn hier gelassen, weil ich, weil ich . . .«

»Weil du was?«

»Ich wollte sehen, ob ich irgendwo Ähren lesen kann. Manche Felder sind schon leer. Und wenn er dabei ist, und die Bauern sehen ihn . . .«

»Was ist, wenn sie ihn sehen?«

»Sie beschmeißen ihn auch mit Steinen. Und dann fällt er sie an. Neulich hat er einen Jungen gebissen, und der Bauer hat gesagt, wenn er Venjo noch einmal sieht, haut er ihm mit der Sense den Kopf ab.«

Schaudernd schloß Nicolas die Augen. Was ging hier vor, wovon er keine Ahnung hatte!

Das Mädchen, auf der Bank sitzend, sah mit vertrauensvollen Augen zu ihm auf, sie schien keine Angst mehr vor ihm zu haben.

»Heute nacht haben wir in den Büschen geschlafen, Venjo und ich. Sie haben gesagt, sie werden mir die Hütte anzünden.«

»Wer hat das gesagt?«

»Ich weiß nicht. Der den Stein geschmissen hat, gestern, der hat es geschrien. Ich konnte nicht sehen, wer es war.«

»Was für Helden! Hör zu, Katharina, ich werde heute noch dem Gemeindevorstand berichten, was hier für Zustände herrschen.«

»O nein! Nein! Bitte nicht!« Sie griff mit beiden Händen nach seinem Arm. »Dann wird es nur noch ärger.«

»War es schon immer so oder ist es erst in letzter Zeit so geworden?«

Sie senkte den Blick. »Erst in diesem Sommer.«

Also, seit Paule bei ihr lebte. Vorher hatte man sie mehr oder weniger geduldet. Nicht geliebt, aber geduldet. Daß Paule mit ihr lebte, das verziehen ihr die Dörfler nicht. Paule war im Dorf sehr beliebt gewesen, das wußte Nicolas, er hatte auch dort sein Mädchen gehabt, war lange mit ihr gegangen, wie es hieß. Vermutlich sagten die Leute nun, das Mädchen habe ihn verhext, und die Hexe müsse man verjagen.

Der Hund spitzte die Ohren, lief rasch über die kleine Lichtung, auf das Gebüsch zu, dann ertönte ein Pfiff, den Nicolas kannte, eine Terz hinauf, eine Terz hinunter.

Paule erschien auf der Szene. Er trug nur Hemd und Hose, die Hose sah mitgenommen aus, das Hemd war schmutzig und verschwitzt.

Als er sah, wer sich vor der Hütte befand, blieb er mit einem Ruck stehen, seine Stirn rötete sich, seine Miene wurde finster.

Nicolas blieb ruhig und abwartend stehen und versuchte, sich zu beherrschen, denn im Augenblick war er sehr zornig auf den unbesonnenen Liebhaber. Katharina saß immer noch auf der Bank, den geschwollenen Fuß hatte sie hochgelegt. Auch sie blickte schweigend zu Paule hinüber.

Ma Belle rettete ihn. Auch sie hatte den Pfiff gehört, den sie seit ihrer Fohlenzeit kannte. Nicolas hatte den Zügel nur lose um die Banklehne geschlungen, jetzt trat sie zurück, der Zügel lockerte sich, fiel herab, und sie trottete langsam zu Paule hin. Und wenn etwas dazu geeignet war, Paules Trotz und Widerstand zu brechen, so war es der Anblick eines seiner geliebten Pferde, den er so schrecklich vermißte. Und noch dazu Ma Belle, die er seit ihrer Geburt kannte und über alles in der Welt liebte.

So stand also von vornherein die Partie gegen Paule. Er strich Ma Belle über den Hals, streifte ihr den Zügel über den Hals und kam, sie führend, die wenigen Schritte auf die Hütte zu.

Dann erst sah er das dramatische Zubehör, das blutige Taschentuch, das blutige Wasser, Katharinas Wange, über die immer noch Blut sickerte, und den verfärbten Fuß.

»Um Gottes willen«, stieß er hervor, »was ist denn passiert?« In seinem Blick war keine Feindseligkeit, nur Angst und Erschrecken.

»Wo kommst du denn her?« fragte Nicolas kalt.

»Ich war in Porkinnen. Um Arbeit fragen.«

Nicolas zog die Brauen zusammen.

»Porkinnen? Das ist doch nah an der polnischen Grenze. Was willst du denn dort für Arbeit finden?«

»Bei der Ernte, dachte ich.«

»So, dachtest du! Da kommen genug polnische Arbeiter hin, dort haben sie gerade auf dich gewartet.«

»Es ist ein großes Dominium, ich dachte, ich könnte vielleicht bei den Pferden arbeiten.«

»Sie kommen dort auch ohne dich aus, wie es scheint. Wie bist du denn da hingekommen?«

»Gelaufen.«

»Durak! Da mußt du ja zwei Tage unterwegs gewesen sein.«

So sah er auch aus, und sicher war er hungrig und durstig und müde, aber Nicolas erlaubte nicht, daß er sich hinsetzte.

»Geh und hol kaltes Wasser aus dem Bach. Du mußt Umschläge um ihren Fuß machen, immer wieder neue. Und sie darf nicht laufen, ehe die Geschwulst zurückgegangen ist. Ich komme morgen wieder her und sehe mir den Fuß an. Wenn er nicht besser ist, hole ich Doktor Menz.«

»Was ist denn passiert?« fragte Paule eingeschüchtert.

»Was passiert ist, du Narr!« fuhr Nicolas ihn an. »Daß man dein Mädchen hier bald erschlagen hat, das ist passiert. Du darfst sie nicht allein lassen. Wenn ihr euch schon das ganze Dorf zum Feind gemacht habt, durch deine Schuld wohlverstanden, dann mußt du sie gefälligst beschützen. Sie werfen mit Steinen nach ihr und wollen ihr die Hütte anzünden. Wer weiß, was heute noch passiert wäre, wenn ich nicht zufällig vorbeigekommen wäre.«

Paule stand mit hängendem Kopf, ein Bild des Jammers, das Pferd hielt er immer noch am Zügel.

»Und wie du aussiehst! Denkst du, du findest Arbeit, wenn du ankommst wie ein Strolch? Es gibt ausreichend Arbeitskräfte für die Ernte, das weißt du selber. Die Polen rennen uns jeden Sommer die Bude ein. Los, hol Wasser!«

Nicolas nahm den Zügel und band Ma Belle wieder an die Bank, diesmal etwas fester.

Paule bückte sich wortlos nach dem Eimer, goß das verbrauchte Wasser aus und ging den Weg zurück, den er gekommen war.

Katharina blickte vorwurfsvoll zu Nicolas auf.

»Wenn Sie so mit ihm sprechen . . .«, sie stockte und steckte unsicher den Finger in den Mund.

»Laß nur«, sagte Nicolas, wieder in freundlichem Ton, »einer muß mal so mit ihm sprechen. Er ist kein kleiner Junge mehr, sondern ein erwachsener Mann, und es wird Zeit, daß er einmal über sein Leben nachdenkt.«

Nicolas setzte sich neben sie auf die Bank. Es war schon spät, sicher bald Zeit zum Mittagessen, aber wenn er nun schon hier war, wollte er die Gelegenheit nutzen.

»Er ist sehr unglücklich«, sagte das Mädchen leise.

»Das nützt keinem etwas. Er hat sich selbst in diese Lage gebracht und nun muß er sehen, wie er damit fertig wird.«

Sie schwiegen, bis Paule mit dem gefüllten Eimer zurückkam. Der Hund hatte sich währenddessen dicht vor die Bank gesetzt, beschnüffelte vorsichtig den Fremden und duldete es, daß Nicolas ihm über den Kopf strich.

»So«, sagte Nicolas, als der Eimer vor ihnen stand, »und nun hol ein Handtuch, falls ihr so etwas habt, und mache ihr kalte Umschläge.«

Das Mädchen wollte aufstehen, aber Nicolas hielt sie fest.

»Du bleibst sitzen. Er wird ja wohl irgendeinen Lappen finden.«

Es dauerte eine Weile, bis Paule mit einem Fetzen zurückkam, er tauchte ihn nun ins Wasser und wickelte ihn geschickt um Katharinas Knöchel.

»Wenn ich den finde, der das getan hat, drehe ich ihm den Hals um.«

»Davon hat keiner was. Dann landest auch du im Gefängnis wie die anderen, die hier gehaust haben. Überleg dir lieber, was du tun willst.«

Paule blickte trotzig auf.

»Ich komme nicht aufs Gut zurück.«

»Davon habe ich nichts gesagt. Ich glaube auch nicht, daß jemand dich dort noch haben will. Schon gar nicht mit ihr zusammen. Oder denkst du, deine Mutter will sie als Schwiegertochter haben?«

Paule schwieg.

»Ich bin nur der Meinung, du solltest darüber nachdenken, was aus dir werden soll. Willst du bei Katharina bleiben?«

Paule nickte.

»Gib mir eine ordentliche Antwort, sage ja oder nein.«

»Ja.«

»Du liebst sie also?«

»Ja.«

»Gut. Ich nehme an, du weißt, was du sagst. Liebe bedeutet nicht nur, daß man mit einem Mädchen ein bißchen Spaß hat. Ich habe Katharina heute zum erstenmal gesehen, und ich finde, sie ist ein sehr hübsches Mädchen, und ich glaube, sie ist auch ein gutes Mädchen. Ich kann verstehen, daß du sie magst.«

»Herr!« sagte Paule überwältigt und sah Nicolas dankbar an. Er kniete immer noch im Gras, neben dem Wassereimer, und er sah jetzt wieder aus wie der Junge, den Nicolas seit vielen Jahren kannte.

»Du willst also bei ihr bleiben, und nehmen wir an, sie will auch bei dir bleiben, weil sie dich genauso gern hat wie du sie, dann müßt ihr von hier fortgehn. Erstens kannst du nicht auf die Dauer in dieser Hütte hier hausen, so ein Leben bist du nicht gewöhnt, und zweitens hättet ihr immer die Feindschaft der Leute aus dem Dorf zu ertragen, und es kann sein, sie nimmt noch bösere Formen an. Was mich betrifft, Paule, so könntest du ohne weiteres mit ihr zusammen aufs Gut kommen, aber du weißt, daß damit nichts gewonnen wäre. Ich würde sagen, ihr packt euren Kram hier zusammen, viel wird es ja nicht sein, und sobald Katharina wieder laufen kann, geht ihr fort von hier.«

Beide blickten ihn jetzt mit großen Augen an, wie Kinder, denen man ein Märchen erzählt. Katharinas hübscher Mund stand vor Staunen ein wenig offen, Paules Blick wurde hell.

»Wo sollen wir hin?« fragte er.

»Herrgott, du Esel, das weiß ich doch nicht. Die Welt ist groß. Du bist jung und stark und gesund, du wirst doch noch imstande sein, eine Arbeit zu finden und eine Frau zu ernähren. Keine Saisonarbeit während der Ernte, das ist Unsinn. Ihr geht hinein in die Stadt, setzt euch in die Eisenbahn und fahrt in eine andere Stadt. Und dort . . .«

»In die Eisenbahn!« rief Katharina in hellem Entsetzen. Nicolas lachte. »Ja, mein Kind, das ist die Art, wie man sich heute von einem Ort zu einem anderen bewegt.

Paule bekommt von mir ein schönes Zeugnis, da schreibe ich hinein, was er alles kann, vor allem, daß er gut mit Pferden umgehen kann, dann zieht er sich ordentlich an, wäscht sich sauber und rasiert sich, und dann wird er auch Arbeit finden. Ihr bekommt von mir das Geld für die Eisenbahn und noch etwas dazu, daß ihr eine Weile davon leben könnt, bis er Arbeit hat. Und du ziehst dich auch ordentlich an, Katharina, und steckst dir die Haare hoch, damit du dort, wo du hinkommst, gleich ein anderes Ansehen hast. Mir gefällst du ganz gut, wie du jetzt aussiehst, aber die Leute denken nun einmal anders darüber, daran mußt du dich gewöhnen. Und wenn du Paule behalten willst, mußt du sein Leben mitleben. Denn er wird, das kann ich dir mit Sicherheit sagen, dein Leben nicht lange mitleben, dann wird er dich verlassen. Jetzt denkt darüber nach, ich komme morgen wieder vorbei, und dann möchte ich hören, was ihr beschlossen habt. Und jetzt muß ich nach Hause.«

Er stand auf, band Ma Belle los.

Auch Paule war aufgesprungen. Er lachte plötzlich und sah ganz froh aus.

»Ja, Herr, Sie müssen reiten. Sie kommen sowieso zu spät zum Essen. Mutter wird schimpfen, wenn sie das Essen solange warmhalten muß.«

»So? Tut sie das manchmal? Na, dann werden wir uns beeilen, meine Schöne.«

Er klopfte der Stute den Hals, Paule hielt ihm den Bügel, als er aufstieg; vom Sattel aus lächelte Nicolas auf die beiden hinunter.

»Also besprecht euch und macht Pläne. Morgen will ich hören, was ihr beschlossen habt.« Und schon im Abreiten rief er Katharina zu: »Gute Besserung, mach fleißig Umschläge. Zum Anziehen bringe ich dir was mit, es wird sich schon etwas finden.«

Er lachte vor sich hin, als er gebückt durch das Erlengebüsch ritt. Er war mit sich zufrieden. Paule hatte er auf Trab gebracht, soviel war sicher. Der Junge war in Ordnung, es mußte ihm nur einer beibringen, daß er sich nicht auf die Dauer im Gebüsch verkriechen konnte. Und das Mädchen war auch in Ordnung, soviel Menschenkenntnis traute er sich zu. Sie konnte vermutlich weder lesen noch schreiben, aber sie sah intelligent aus, und wenn sie einmal begriff, worauf es ankam, würde sie sich auf ein anderes Leben einrichten, das fällt Frauen immer leichter als einem Mann. An einem anderen Ort, wo keiner ihr bisheriges Leben kannte, würde keiner sie Zigeunerin nennen, vorausgesetzt, sie kam in einem ordentlichen Anzug.

»Alles andere müssen die beiden allein schaffen«, sagte er laut. »Ich kann nicht mehr, als ihnen einen guten Rat geben.«

Glühend stach die Sonne vom Himmel, als er aus dem Gebüsch ins Freie kam, aber ganz hinten, am Horizont, stand eine einzelne steile Wolke. Ob das Köhlers Gewitter war?

»Los, Ma Belle! Jetzt zeig mal, was du kannst!«

Es bedurfte der Aufforderung nicht, Ma Belle hatte auch Hunger und sehnte sich nach dem kühlen Stall, sie griff weit aus, schnaubend vor Freude, daß es heimwärts ging. Soll ich Alice von dieser Begegnung erzählen? überlegte Nicolas während des Rittes. Oder Paules Mutter? Irgendwoher mußte er ja Kleider für das Mädchen bekommen.

Weder noch, entschied er rasch. Grischa, der war der rechte Vertraute für diesen Fall. Und sicher konnte seine Witwe irgend etwas zum Anziehen für das Mädchen auftreiben, einen Rock, zwei Blusen, ein Umschlagtuch. Schuhe mußte sie sich selber kaufen, sobald der Fuß wieder geheilt war.

Auf den Stufen vor dem Gutshaus saß Nina. Sie lief ihm entgegen, als er in den Hof trabte.

»Du kommst aber spät«, rief sie. ›Das Essen ist schon lange fertig.«

»Das ist ja fein, ich habe großen Hunger. Was gibt es denn?«

»Wunderschönes Rindfleisch mit Schnittlauchsoße. Und Klöße dazu. Und vorher eine gute Brühe«, berichtete Nina eifrig. »Und Pauline sagt, sie hat ganz viel Schnittlauch in die Soße getan, weil wir so schönen Schnittlauch im Garten haben.«

»Klingt ja gut«, sagte Nicolas und sprang vom Pferd.

»Und was gibt es dann?«

»Stachelbeeren und Grießpudding.«

»Nur für Leute, die vorher ordentlich Fleisch gegessen haben, das ist ja klar.«

Nina nickte. »Das ist klar.«

Er gab dem Stallburschen die Zügel.

»Reib sie ordentlich trocken, warte aber noch eine Viertelstunde mit dem Füttern. Und tränken erst, wenn sie gefressen hat.«

»Ich dagegen«, sagte Nicolas und legte den Arm um Ninas Schulter, »werde sofort ein großes Glas kaltes Bier trinken. Was hältst du davon?«

»Brr!« machte Nina und schüttelte sich.

»Du weißt eben noch nicht, was gut ist.«

Grischa hingegen wußte es. Er brachte das Bier, kaum daß Nicolas das Haus betreten hatte.

»Ich muß nachher mit dir sprechen«, sagte Nicolas. »Nach dem Essen. Komm in mein Zimmer.«

Eine Woche später setzte Nicolas die beiden in einen Zug, der nach Norden ging. Er war selbst mit auf den Bahnhof gekommen, Grischa war bei ihm, sonst wußte keiner in Wardenburg von der großen Abreise. Nicolas hatte gemeint, es sei besser so.

»Aber ich erwarte von dir«, hatte er zu Paule gesagt, »daß du deiner Mutter schreibst, sobald du irgendwo vernünftig untergekommen bist. Bitte sie um Verzeihung, erkläre ihr alles und schreibe ihr auch, daß du dich bemühen wirst, ein ordentliches Leben zu führen.«

Paule nickte eifrig. »Das werde ich bestimmt tun. Und an die gnädige Frau werde ich auch schreiben. Und natürlich an Sie, gnädiger Herr.«

»Übernimm dich nicht«, sagte Nicolas. »Ich werde dann schon erfahren, wo du gelandet bist.«

Paule schien wieder der alte zu sein, er sah hübsch und adrett aus, wirkte sehr männlich, um Jahre gereift. Er war sich anscheinend seiner Verantwortung bewußt geworden. Dazu kam die Aufregung über die bevorstehende Reise, er kam sich wichtig vor, und wenn er Angst hatte vor der Zukunft, dann ließ er es sich jedenfalls nicht anmerken.

Anders Katharina. Sie hatte Mühe, ihr Zittern zu unterdrücken, so ängstigten sie die Menschen, die Stadt, und vor allem dieses unbekannte Ungeheuer, die Eisenbahn. Aber sie sah sehr manierlich aus. Sie trug einen langen braunen Rock und eine dunkelgrüne hochgeschlossene Bluse, beides von der Witwe gestellt, und das lange dunkle Haar hatte sie in einem großen Knoten am Hinterkopf festgesteckt.

An ihrer Erscheinung war nichts mehr auszusetzen, eine junge Frau, die aussah wie andere Frauen auch, nur hübscher. Ihre langen schmalen Finger krampften sich ängstlich um das Bündel, das sie trug.

Nicolas lächelte ihr zu.

»Keine Bange, Katharina. Ihr werdet das schon schaffen. Denke an alles, was ich dir gesagt habe. Dein Leben war sicher ganz lustig bisher. Aber du wirst nicht jünger, auf die Dauer wäre es ein Leben im Elend geworden. Denk an deine Mutter! Du hast dir ja einen netten Mann geangelt. Und nun mußt du aufpassen, daß du ihn behalten kannst. Das liegt nur an dir.«

Sie nickte, sprechen konnte sie nicht, Tränen würgten sie im Hals, ihr Blick hing an dem Hund.

Der mußte zurückbleiben. Er stand auf dem Bahnsteig, Grischa hielt ihn an kurzer Leine. Der Hund zitterte auch und hatte den Schwanz eingekniffen, auch für ihn war der Bahnhof eine unbekannte und erschreckende Welt. Bis zuletzt hatte Katharina sich dagegen gewehrt, ihn zurückzulassen.

Nicolas hatte gesagt: »Du kannst ihn nicht mitnehmen, das mußt du einsehen. Er kommt zu mir nach Wardenburg, und ich verspreche dir, daß er es gut haben wird. Sobald ihr irgendwo seid, wo ihr bleiben könnt, und wo ihr den Hund unterbringen könnt, wird Grischa ihn euch bringen, das verspreche ich euch.«

Dann saßen sie im Zug, in einem Abteil vierter Klasse, Paule, ganz Mann von Welt, zog das Fenster herunter, sein Gesicht war ernst.

»Danke, gnädiger Herr«, sagte er, »ich danke Ihnen. Ich werde alles so machen, wie Sie gesagt haben.«

Zischend und fauchend setzte sich der Zug in Bewegung, Paule winkte, solange er die drei auf dem Bahnsteig sehen konnte, auch Grischa winkte, und Nicolas hob grüßend die Hand.

Der Hund jaulte. Grischa strich ihm beruhigend über das Fell.

»Ist gut, ist gut, mein Hundchen. Grischa gibt dir dann großen guten Knochen.«

»Na?« machte Nicolas.

»Wird werden«, sagte Grischa. »Paule ist guter Junge, und Mädchen ist gutes Mädchen.«

»Du mußt es ja wissen.«

Der erste Brief, schon nach zwei Wochen, kam aus Frankfurt an der Oder. Paule schrieb, er habe bei einem Pferdehändler Arbeit gefunden, es sei ein großer Verkaufsstall, er müsse auch die Pferde vorführen und vorreiten, wenn Kunden kamen. Sie hätten auch ein Zimmer, nur könnten sie den Hund dort nicht unterbringen.

Pauline nahm die Nachricht mit unbewegter Miene entgegen, sie hatte ihrem Sohn nicht verziehen, und es stand zu befürchten, daß sie ihm auch nicht verzeihen würde. Alice, die mittlerweile die Rolle kannte, die Nicolas bei der Auswanderung des jungen Paars gespielt hatte, zuckte die Achseln.

»Na ja, wer weiß, wie lange das gutgeht. Eines Tages kommt er wieder hier an. Allein. Glaub mir das.«

»Vielleicht«, sagte Nicolas. »Vielleicht auch nicht. Wirf einen jungen Hund ins Wasser, und er wird schwimmen.«

»Oder untergehn.«

»Dann hat er nichts getaugt.«

Eine Zeitlang hörten sie nichts, dann kam ein ziemlich langer Brief von Paule. Mit gleicher Post brachte der Briefträger auch einen Brief für Pauline.

Paule teilte zunächst mit, daß sie geheiratet hätten, Katharina und er. Er tat es mit geradezu feierlichen Worten, unter anderem schrieb er: »Keine Gewalt auf Erden kann mich je von Katharina, meiner Frau, trennen.«

Alice schüttelte den Kopf.

»Nun hör dir das an«, und sie las den Satz mit Pathos vor.

»Wo hat er das denn her? Der ist wohl übergeschnappt. Ob er soviel schlechte Romane liest?«

»Er liest überhaupt nicht«, sagte Nicolas, »aber er liebt Katharina. Und ich kann es sogar verstehn.«

Alice warf ihm einen schiefen Blick zu. »Ja, ja, ich weiß, du bist ein großer Frauenkenner.«

Früher hätte Nicolas vermutlich erwidert: »Sonst hätte ich dich ja nicht geheiratet.« Aber nun sagte er nur gelassen: »Ich hoffe es.«

Im weiteren Teil seines Briefes erging sich Paule in ausführlichen Schilderungen seiner Tätigkeit. Er arbeitete immer noch in diesem Verkaufsstall in Frankfurt an der Oder und schien mit seiner Arbeit sehr zufrieden zu sein. Sie hätten viele Pferde, schrieb er, sehr gute darunter, auch Remonten, die zugeritten werden mußten. Sie kauften bei Züchtern in der Gegend, aber auch viel in Ostpreußen und in Holstein. Vor der Stadt hätten sie ausreichend Weide für die Tiere und sehr gut gebaute Stallungen. Er selbst müsse viel reiten, und Katharina hätte nun auch reiten gelernt und sei, eine sehr gute Reiterin geworden. Das *sehr* war zweimal unterstrichen.

»Stell dir bloß vor«, sagte Alice, »jetzt reitet die kleine Herumtreiberin sogar. Hast du Worte!«

»Ich kann mir durchaus vorstellen, daß sie gut reitet. Mit Tieren hat sie sich offenbar immer gut verstanden, sie ist schlank und geschmeidig und sicher auch mutig. Na, und falls sie wirklich von Zigeunern abstammt, dann hat sie die Pferde sowieso im Blut.«

Den Hund erwähnte der Brief nicht, offensichtlich hatte Katharina sich damit abgefunden, ihr weiteres Leben ohne Venjo zu verbringen. Darüber waren sie ganz froh auf Wardenburg, denn Venjo gehörte mittlerweile zum Haus, er war wachsam, folgsam und sehr verständig, sie hatten ihn alle gern.

Die Mamsell sprach über ihren Brief nicht, bis Alice, neugierig, sie danach fragte. Was sie dazu sage, daß ihr Sohn geheiratet habe.

Pauline kniff die Lippen zusammen.

»Ich habe keinen Sohn mehr.«

»Ich weiß nicht, ob du so unversöhnlich sein solltest, Pauline. Er führt doch jetzt ein sehr ordentliches Leben. Und wenn er dieses Mädchen nun mal so gern hat, mein Gott, mit der Liebe ist es eben so. Du hast doch auch einmal geliebt, Pauline.«

Der Blick, den Alice für diese Bemerkung entgegennehmen mußte, war böse. Also ließ sie das Thema fallen. Noch heute war Paules Vater ein Geheimnis, aber Alice dachte, daß er aus gar so schlechtem Holz nicht gewesen sein konnte, selbst wenn Pauline ihn nach wie vor verleugnete.

Es war die letzte Nachricht, die von dem jungen Paar in Wardenburg eintraf. Langsam gerieten sie in Vergessenheit, Paule und seine schöne Zigeunerin. Auch Venjo schien sie nicht zu vermissen, ihm ging es gut, besser als es ihm je gegangen war.

Es dauerte Jahre, bis Nicolas die beiden wiedertraf, durch einen Zufall und unter sehr veränderten Umständen.

An einem Tag Ende September kehrte Nina nach Hause zurück, und zwar schweren Herzens. Von nun an blieb Wardenburg der große Wunschtraum ihres Lebens, und auf dem ersten Platz in ihrem Herzen thronte unwiderruflich der wunderbare Onkel Nicolas. Gleich danach kam die schöne Tante Alice, und im gleichen Rang der große starke Grischa, dann kamen Venjo, die Pferde und alle Leute von Wardenburg.

Auch die Wardenburger bedauerten ihre Abreise, sie hatten das kleine Mädchen liebgewonnen, allen voran Grischa, der nichts so sehr vermißte als die Kinder, die sein Herr nicht hatte. Auch Pauline war durch Nina, die sich gern in der Küche aufhielt, ein wenig von ihrem Kummer abgelenkt worden.

»Mir fehlt die Kleine richtig«, sagte Nicolas zu Alice. »Sie ist so ein liebenswertes Kind. Was meinst du? Sollen wir deine Schwester fragen, ob sie uns Nina für immer gibt?«

»Das täte Agnes nie. Du weißt, wie sie an ihren Kindern hängt. Außerdem - soviel ich weiß, packt Grischa zur Zeit deine Koffer. Vermutlich bist du in den nächsten Wochen in Berlin und kommst so schnell nicht wieder. Du warst vor der Ernte dort, du fährst nun wieder, und ich denke, daß gerade du Nina nicht so dringend brauchst.«

Ihr Ton war kühl und ganz unbeteiligt. Der Stolz verbot es ihr, nach dem Grund der Reise zu fragen, den sie ohnehin zu kennen glaubte.

»Ich fahre nach Breslau«, erwiderte Nicolas ebenso kühl und sachlich. »Es gibt einige geschäftliche Dinge zu erledigen.« Wie Alice wußte, saß in Breslau ein großer Getreidehändler, mit dem Wardenburg schon mehrmals Geschäfte gemacht hatte. Er zahlte gute Preise und war auch bereit, eine Ernte zu bevorschussen. Weiterhin würde Nicolas, wie Alice vermutete, versuchen, bei der Zentrale seiner Bank einen größeren Kredit zu bekommen.

»Allerdings habe ich die Absicht, dann noch für einige Tage nach Berlin zu fahren«, fügte Nicolas hinzu.

»Ich dachte es mir.«

Das war alles, was darüber gesprochen wurde. Sie fragte nicht mehr wie früher: kann ich nicht mitkommen? Ich möchte gern einkaufen, in die Oper gehen, ein wenig ausgehen. Das hatte sie sich abgewöhnt.

Als Nina heimkam, erwartete sie dort das neue Brüderchen. Sie betrachtete es uninteressiert und keineswegs erfreut. Schließlich hatte sie schon ein Brüderchen, an dem sie wenig Gefallen finden konnte, und es war nicht anzunehmen, daß es ihr mit der neuen Ausgabe anders ergehen würde. Es war sehr klein, das neue Brüderchen, ganz winzig, sein Kopf war kahl, sein Gesichtchen alt und fahl, nur die Augen waren groß. Rund und dunkel starrten sie ins Nichts und schienen die Umwelt gar nicht aufzunehmen.

»Nun? Was sagst du zu dem Ernstele?« fragte Agnes, den Arm um ihre Lieblingstochter gelegt.

»Gefällt mir nicht«, gab Nina kurz zur Antwort.

»Das darfst du doch nicht sagen. Sieh mal, er ist noch so klein. Und gar nicht kräftig. Wir müssen uns alle darum kümmern, daß er wächst und dicker wird. Und darum müssen wir ihn sehr, sehr liebhaben. Das braucht er nämlich, weißt du, viel Liebe.«

Nina legte den Kopf auf die Seite und betrachtete den kümmerlichen Wurm mit Skepsis. Aber die Worte ihrer Mutter waren genau die richtigen, um ihr Herz zu erreichen.

»Wächst er dann, wenn wir ihn liebhaben?«

»Bestimmt.«

»Kriegt er dann auch Haare?«

»Natürlich. Dann kriegt er Haare.«

»Na gut«, versprach Nina großmütig, »dann werde ich ihn liebhaben.«

Ein Versprechen, das sie ein Leben lang hielt. *Sein* kurzes Leben lang.

Die Haare waren der erste Kampf, den Nina auszufechten hatte, nachdem sie Wardenburg verlassen hatte. Gertrud wollte ihr am Morgen nach ihrer Ankunft wieder Zöpfchen flechten.

»Nein«, rief Nina energisch und entzog sich Gertruds Händen. »Nein! Ich will keine Zöpfe. Meine Haare sind so viel schöner.«

»Aber du kannst doch nicht so unordentlich herumlaufen.«

»Das ist nicht unordentlich, das ist schön. Onkel Nicolas hat gesagt, ich soll meine Haare so machen.«

Onkel Nicolas hat gesagt - an diesen Ausspruch mußten sie sich gewöhnen. Von früh bis abends, wo sie ging und stand, beim Aufstehen, beim Frühstück, beim Essen, beim Spielen, beim Umgang mit der Familie, allüberall erklang der magische Spruch: Onkel Nicolas hat gesagt.

»Laß sie doch«, sagte Agnes, die sich immer noch elend fühlte; sie war in diesen Wochen genauso kümmerlich dran wie der Zwerg in der Wiege.

»Sie muß sich erst wieder an uns gewöhnen. Auf dem Gut ist es eben ein anderes Leben.«

Nina durfte also ihr offenes Haar zunächst behalten, auch setzte sie durch, daß sie ihre feinen neuen Kleider – es waren noch zwei dazugekommen – nicht nur am Sonntag anziehen durfte. Sie zog sie einfach und ohne lang zu fragen am Nachmittag an und stolzierte damit durch Haus und Garten.

Daheim gab es nicht so gute Sachen zu essen wie in Wardenburg, nachmittags keinen Tee und dazu die prachtvollen Torten, die Pauline gebacken hatte, es gab, am schwersten zu ertragen, keinen Venjo und keine Pferde, und es gab, was eigentlich gar nicht zu ertragen war, keinen Onkel Nicolas, keinen Grischa, keine Tante Alice. Sie hatte kein Zimmer mehr für sich allein, niemand räumte ihre Sachen auf, wenn sie sie einfach liegen ließ. Dann kam noch ein früher Herbst, es fing an zu regnen, man mußte im Haus bleiben, und in diesem Haus gab es nicht so schöne Zimmer mit weichen Sesseln und kuscheligen Teppichen. Und niemand spielte Klavier.

Nina war höchst unzufrieden mit ihrem Dasein.

»Warum haben wir denn keinen Flügel?«

Agnes blickte ihre jüngste Tochter an.

»Du meinst ein Klavier?«

»In Wardenburg haben sie einen Flügel. Tante Alice spielt wunderbar.« Und das wunderbar dehnte sie über drei Takte.

»Und sie singt auch und hat mich viele Lieder gelernt.«
»Hat mich viele Lieder gelehrt, heißt es.«
»Und Onkel Nicolas erst! Der spielt immer ganz lustige Sachen. Da kann man dazu tanzen.«
»Du hast getanzt?« fragte Gertrud bereitwillig staunend.
»Viel getanzt«, prahlte Nina. »Onkel Nicolas hat mir gezeigt, wie man tanzt.«
»Zeig's uns auch mal.«
Nina hätte zwar gern ihre neuen Fertigkeiten vorgeführt, aber sie verzog unlustig den Mund.
»Ohne Musik kann man nicht tanzen. Und Musik ist das Allerschönste, was es gibt, sagt Onkel Nicolas. Er kann viel Musik. Und er singt auch schön.« Sie machte eine geheimnisvolle Miene. »Er kann auch russisch singen. Und Grischa kann es auch.«
»Das verstehst du ja doch nicht«, sagte Magdalene, die sich über Ninas ständige Angeberei ärgerte. »Dazu bist du doch viel zu dumm.«
»Verstehe ich doch. Ich verstehe alles, was Onkel Nicolas singt.«
»Und was er sagt. Onkel Nicolas hat gesagt, Onkel Nicolas hat gesagt, Onkel Nicolas hat gesagt«, äffte Magdalene ihr nach. »Ich kann's schon nicht mehr hören.«
Nina machte Anstalten, sich auf ihre Schwester zu stürzen, Gertrud fing sie gerade noch ab. »Pscht! Seid still. Ernstele schläft. Wenn ihr Krach macht, wacht er wieder auf.«
Wenn er aufwachte, schlief er lange nicht mehr ein. Er schrie zwar nicht, er weinte auch nicht wie ein normales Kind, er wimmerte nur leise vor sich hin, und zwar so kläglich, daß man immer wieder nach ihm schaute, weil es sich anhörte, als leide das Kind Schmerzen oder erdulde eine unbekannte Qual.
»Ich sage ja immer, daß wir ein Klavier haben müssen«, griff Agnes ein altes Thema auf. Sie neidete Alice das Klavier, sie wünschte sich seit Jahren eins. Zumal sie viel besser Klavier spielte als Alice. Oder gespielt hatte, damals, als sie noch zu Leontine in die Schule gingen. Sie war der Meinung, daß die Kinder unbedingt Klavier spielen sollten.
»Ich habe auch Klavier gespielt«, ließ Nina sie wissen.
»Mit einem Finger«, höhnte Magdalene.
»Du kannst mit gar keinem Finger.«
Sie bekamen das Klavier genau drei Jahre später, im Herbst des Jahres 1902. Dazwischen lag das so lang erwartete große Ereignis, die Jahrhundertwende.
Sie wurde im ganzen Land emphatisch gefeiert, es war ein Jubel ohnegleichen in allen Teilen des Deutschen Reiches, in Europa und sicher auch noch in der übrigen weiten Welt.
Die Deutschen begrüßten das neue Jahrhundert mit ungeheurer Begeisterung und erwartungsvoller Freude. Es ging ihnen ja so gut! Wohlstand herrschte im ganzen Land, es gab viele sehr reiche Leute, aber auch für den kleinen Mann sah das Dasein so erfreulich aus wie nie zuvor, Löhne und Gehälter waren gewaltig gestiegen, Wirtschaft, Handel und Industrie hatten sich unvorstellbar entwickelt, die Wissenschaft hatte eine nie erahnte Höhe erreicht, die Technik befand sich auf stürmischem Vormarsch. Die herrliche Sache, von der sie alle sprachen und träumten, und die es wirklich gab, auf allen

Gebieten, hieß der ›Fortschritt‹. Er war der Gott dieser Zeit. Naturwissenschaften - Medizin, Chemie, Physik, Biologie, all diese neuen fabelhaften Dinge verhießen eine Zukunft wie im Märchen, bald würde keiner mehr arm sein, keiner mehr krank sein, vielleicht nicht einmal mehr sterben müssen, auf jeden Fall sehr viel länger würde das Leben dauern, als es je gedauert hatte. Ein Leben in Gesundheit, Glanz und Reichtum im Übermaß verhieß das neue Jahrhundert, das zwanzigste nach der Geburt des Herrn Jesus Christus, der gekommen war, den Menschen das Heil zu bringen.

Sein Heil, so dachten sie, brauchten sie nun nicht mehr in dieser neuen klugen Welt, in der sie lebten, eine Welt, in der es Dinge gab, die man zwar nicht verstand, aber die dennoch vorhanden waren. So drehte man einen Schalter, und es wurde hell. Das große Wort war wahr geworden: Es werde Licht! Ein Knipser genügte, man brauchte keinen Gott mehr dazu. Das Jahrhundert der Elektrizität hatte begonnen.

Dann gab es Telephon und Telegraphie. Man konnte mit Leuten sprechen, die sich weit, weit weg an einem anderen Ort befanden, oder man konnte ihnen wie auf Windesflügeln eine Nachricht schicken, die sie erhielten, kaum daß man sie niedergeschrieben hatte. Kein Reiter war je so schnell gewesen, kein Kurier, kein Dampfzug, das alles machte ein kleiner dünner Draht, der die Nachricht in die Ferne summte.

Es gab aber noch unendlich viele andere wunderbare Dinge. Ein Wagen, der sich ohne Pferde vorwärts bewegte, man nannte es Automobil, von einem gewissen Herrn Daimler erfunden. Und in Amerika gab es einen Mann, der hieß Edison, dem war nicht nur die Sache mit dem Licht eingefallen; der hatte neben hundert anderen Erfindungen einen Apparat erfunden, der Musik machen konnte, das Ding hieß Grammophon, und kam gerade zurecht in dieser lebenslustigen, tanzfreudigen Zeit. Und in Paris hatte ein gewisser Herr Eiffel aus reinem Eisen einen Turm erbaut, dreihundert Meter hoch und damit der höchste der Welt. Und hier im Lande gab es noch einen gewissen Otto Lilienthal, der machte das Allertollste: er flog. Er stieg in der Mark Brandenburg auf und segelte doch wahrhaftig mit einem Fluggestell durch die Luft. Sowas gab es bisher nur im Märchen.

Noch andere wichtige und nützliche Dinge begleiteten diese glücklichen Menschen in dieses neue glückliche Jahrhundert: Der Franzose Louis Pasteur war den Bakterien auf die Spur gekommen, ein Deutscher, Wilhelm Röntgen, hatte die sogenannten X-Strahlen entdeckt, die Menschen durchsichtig machen konnten, und Robert Koch, ein Arzt, hatte die Tuberkel- und Cholerabazillen aus ihrem tödlichen Dunkel ans Licht gebracht. Die Bauern düngten ihre Felder mit künstlichem Dünger und erhöhten damit die Erträge um Beträchtliches; die Nordsee und die Ostsee waren seit fünf Jahren durch den Kaiser-Wilhelm-Kanal verbunden. Das allergrößte Wunder von allem aber: Deutschland überholte in der Industrieproduktion Großbritannien, das so lange an der Spitze aller Nationen gestanden hatte. Noch vor einem halben Jahrhundert war Deutschland ein armes Agrarland gewesen, und wollte ein fortschrittlicher Mann eine Dampfmaschine betreiben, mußte er Maschine und Männer, die sie bedienten, für teures Geld aus England holen.

Aber letzten Endes war es so überraschend ganz und gar nicht, wieso und warum die Zeit so unvorstellbar herrlich geworden war, denn an der Spitze des Reiches stand dieser herrliche junge Kaiser, der ihnen dies alles prophezeit hatte und der ganz genau in diese junge zukunftsfrohe Welt paßte. »Ich führe euch herrlichen Zeiten entgegen«, hatte er gesagt, und nun marschierten sie freudig, erwartungsvoll und hoffnungsvoll mit ihm zusammen in das neue, so viele Wunder verheißende Jahrhundert.

Erfunden war auch schon das Maschinengewehr.

Unmöglich erschien es, alles aufzuzählen, was das vergangene neunzehnte Jahrhundert, besonders in seiner zweiten Hälfte, den Menschen an großartigen Erkenntnissen und Dingen beschert hatte. Besser gesagt, was die Menschen sich selbst beschert hatten, denn sie waren es doch, die diese neue Welt des Fortschritts erdacht, erfunden, entdeckt, ertrotzt, erzwungen, geschaffen und erreicht hatten. Dabei waren sie reich, mächtig und unüberwindlich geworden und würden noch weiter und immer schneller auf diesem Weg voranschreiten. Sie hatten allen Grund dazu, stolz auf sich zu sein, die Menschen dieser Jahrhundertwende. Die ganze Silvesternacht hätte nicht ausgereicht, alle diese Taten und Wunder aufzuzählen.

Wie weit war die Erde nun erforscht, begangen und erkannt, und die wenigen weißen Flecken auf der Karte würden auch bald kein Geheimnis mehr sein. Eisenbahnen rollten mit unvorstellbarer Geschwindigkeit durch die Lande, große Schiffe durchpflügten die Ozeane so sicher und rasch, wie man früher im Boot auf einem See gerudert war, bald würden sie auch, das verhießen ganz Kühne, unter Wasser schwimmen können und daß man eines Tages durch die Luft fliegen würde, daran zweifelten höchstens ganz alte und sehr mißtrauische Leute. Nicht zu vergessen Kunst und Kultur, soviele Bücher waren nie geschrieben und von modernen Druckpressen vervielfältigt worden, Weltliteratur war entstanden, Theater, Oper, Musik gehörten zum gesellschaftlichen Leben, selbst in der kleinsten deutschen Stadt gab es ein Theater, einen Konzertsaal, und was darin geboten wurde, war nicht mehr Privileg von Königen, Fürsten, Adel und Großbürgertum, auch das Volk hatte nun Anteil daran. Maler und Bildhauer konnten sich über mangelnde Aufträge nicht beklagen, sie wurden weithin anerkannt und konnten ihre Werke einer großen Öffentlichkeit zugänglich machen.

Welch eine Lust würde es sein, in diesem neuen Jahrhundert zu leben!

Alice und Nicolas verbrachten Silvester in Berlin.

Erst Ende Oktober war er nach Wardenburg zurückgekehrt und war, ganz gegen seine sonstige Art, schlecht gelaunt und unzugänglich. Sie lebten sehr zurückgezogen, ritten nur eine Jagd auf Drewitz mit, nur einige dringende Verpflichtungen gesellschaftlicher Art nahm Nicolas wahr, sonst lehnte er alle Einladungen ab.

Alice verhielt sich still und abwartend, war gleichmäßig liebenswürdig, las, spielte Klavier, strickte neuerdings und kümmerte sich, wie schon in den letzten Jahren, um die Wirtschaft und um den Haushalt. Weihnachten verlief wie immer, das Gesinde wurde großzügig beschert, ein Lächeln und ein Händedruck vom Herrn, ein paar freundliche Worte an alle.

»Ich danke euch für eure Arbeit und Mühe«, sagte Nicolas, er sagte ähnliches in jedem Jahr, und es rührte alle immer sehr.

Am Heiligen Abend, zu später Stunde, saßen Alice und Nicolas allein vor dem erloschenen Christbaum.

»Schade, daß Nina nicht hier sein konnte«, sagte Nicolas auf einmal. »Ich hatte daran gedacht, sie einzuladen.«

»Du weißt, daß sie krank ist. Aber wir hätten es sonst auch nicht tun können. Es geht nicht. Wir können das Kind seiner Familie nicht so entfremden. Agnes hat mir erzählt, wie sie sich benommen hat, als sie im September nach Hause kam.«

Nicolas hatte reichlich Geschenke in das Haus seines Schwagers geschickt, für alle Kinder natürlich, nicht nur für Nina. Ein Besuch war nicht möglich, im Haus Nossek herrschte die Krankheit zu diesem Weihnachtsfest.

»Ich habe die Absicht, Silvester in Berlin zu verbringen«, sagte Nicolas, nachdem sie eine Weile geschwiegen hatten. Er leerte sein Glas, trank wie meist Champagner, aus Punsch und Glühwein machte er sich nichts.

»So«, sagte Alice.

»Es wird eine große Sache in diesem Jahr, die Berliner sprachen schon im Oktober von nichts anderem. Jahrhundertwende. Das erlebt nicht jede Generation.«

»Eigentlich ist es gar nicht die richtige Jahrhundertwende. Der Pfarrer hat mir neulich erklärt, daß sie genaugenommen erst im nächsten Jahr stattfindet. Wenn das Jahr 1901 beginnt.«

Nicolas lachte. »Ja, ja, ich weiß, das hört man hin und wieder. Aber das hilft nichts. Die 19 ist die magische Zahl. Die 19 mit den zwei Nullen daran, damit beginnt für die Menschen das neue Jahrhundert, das kannst du keinem ausreden. Ich empfinde es auch so. Möchtest du nicht mitkommen nach Berlin?«

Alice blickte überrascht auf.

»Ist das dein Ernst?«

»Aber ja. Warum nicht?«

»Das hast du mich lange nicht mehr gefragt.«

»Nun ...« er zögerte. »Ich dachte, der Anlaß wäre für dich doch auch reizvoll. Es wäre schade, das große Fest, das in Berlin zweifellos stattfinden wird, zu versäumen.«

»Kannst du mich denn brauchen - in Berlin?«

»Ich würde mich freuen, wenn du mitkommst«, ging Nicolas über die Frage hinweg. »Ich habe die Zimmer im Bristol bereits bei meiner Abreise bestellt.«

Es war Fairneß, es war Gutmütigkeit, es war auch ein Gefühl für Anstand, daß er sie mitnehmen wollte. Sie war seine Frau. Noch war sie es. An Scheidung hatte er manchmal gedacht in den letzten Jahren, denn in Berlin lebte eine Frau, die er liebte, wie er seit Natalia Fedorowna keine andere geliebt hatte.

Obwohl er sich letzthin nicht mehr ganz so sicher war, ob er Cecile noch so liebte wie vor drei Jahren, als alles begann. Ein wenig zerrte sie an seinen Nerven, ein wenig fühlte er sich unbehaglich. Sie war schön und leidenschaftlich, eine hingebungsvolle Geliebte, aber sie war auch schwierig und exaltiert und wurde immer exaltierter. Er mochte keine exaltierten Frauen, er mochte überhaupt Unbequemlichkeiten in seinem Leben nicht. Seit er Cecile kannte, war sein Leben zunehmend komplizierter geworden, und er mußte damit allein fertig werden. Nur - da war das Kind, sein Sohn, den er zärtlich liebte. Und so war, als das neue Jahrhundert begann, etwas in sein Leben gekommen, was er immer sorglich vermieden hatte: ein Konflikt.

Daß er Alice nach Berlin mitnehmen wollte, geschah nicht allein aus edlen Motiven, ein wenig war es auch Egoismus, wenn auch unbewußt, eine Art

Selbstschutz. Mit Cecile konnte er nirgends hingehen, jedenfalls nicht dorthin, wohin er gehen wollte, also mußten sie zu Hause bleiben, sie würde diese Nacht zweifellos dazu benutzen, sich in eine große dramatische Szene hineinzusteigern, das verstand sie vortrefflich. Er aber wollte unbeschwert feiern in dieser Nacht, er wollte ausgehen, gut essen, wollte lachen, tanzen, sich amüsieren.

Gar so optimistisch wie die meisten seiner Zeitgenossen sah er dem neuen Jahrhundert nicht entgegen, gewiß nicht, soweit es sein eigenes Leben betraf. Da war sein schwieriges Privatleben, da waren die Schulden, die auf Wardenburg lasteten. Den Bankkredit hatte er nicht bekommen, er hatte einen teuren Privatkredit zu horrenden Zinsen aufnehmen müssen. Er konnte sich jetzt schon ausrechnen, daß ihm von der nächsten Ernte kaum eine Kopeke bleiben würde. Also wollte er wenigstens das große Fest zur Begrüßung des neuen Jahrhunderts feiern, justament und gerade. Er hatte viele Freunde und Bekannte in Berlin, zum Teil noch von seiner Offizierszeit her, an Gesellschaft würde es ihm nicht mangeln. Aber diesmal wollte er Alice nicht ausschließen.

»Also, abgemacht?« fragte er. »Wir reisen am achtundzwanzigsten und erleben den größten Silvesterball, den es je gab.«

Alice lachte, angesteckt von seiner guten Laune.

»Ich freue mich. Ich habe mir schon lange gewünscht, wieder einmal nach Berlin zu reisen.«

»Siehst du, das habe ich erraten.«

Er stand auf, füllte die Gläser wieder, dann nahm er ihre Hand und küßte sie.

»Ich glaube, wir sind immer noch ein ganz ansehnliches Paar. Und ich denke, daß wir uns auch in dem neuen Jahrhundert noch eine Weile werden sehen lassen können.«

Alice summte vor sich hin, als sie zu Bett ging. Zuvor hatte sie ihre Abendkleider gemustert. Was sie anziehen würde, bereitete ihr noch allerhand Kopfschmerzen. Möglicherweise bekam sie in Berlin bei Gerson ein Pariser Modell, das, wie immer, ohne Änderungen passen würde.

Ob es aus war mit dieser Liaison in Berlin? War er deshalb nach seiner Rückkehr so schlecht gelaunt gewesen? Sie löste ihr blondes Haar, bürstete es sorgfältig und dachte: was wäre, wenn ich jetzt hinüber ginge in sein Zimmer? Einfach so. Wenn ich sagen würde, daß ich . . .

Was?

Sie steckte beide Hände in die blonde Flut, hob sie hoch und ließ sie weit auseinanderfallen. Hatte sie Verlangen nach der Umarmung ihres Mannes? Sie wußte es selbst nicht. Sie hatte ihn gern, sie liebte ihn, es war wichtig und gut, daß er da war, daß es ihn gab, sie wollte gern mit ihm nach Berlin reisen, mit ihm ausgehen, mit ihm gesehen werden, mit ihm essen und trinken und tanzen, aber damit waren eigentlich alle ihre Wünsche erfüllt.

Wenn er mehr von ihr wollte, nun gut, das war seine Sache. Man konnte abwarten, wie es in Berlin sein würde. Schließlich war *er* eigene Wege gegangen. Wenn er zu ihr zurückkehren wollte, dann war es seine Sache, den ersten Schritt zu tun.

Kinderfreundschaften

An einem Tag Mitte Dezember begleitete er Hedwig von der Schule nach Hause. Er blieb zurück, als sie das Haus betrat, unschlüssig, was er tun würde, verbarg sich unter den verschneiten Bäumen des Vorgartens, geduldig, langmütig, er hatte Zeit, er hatte viel Zeit, er hatte alle Zeit der Welt, die Zeit war seine Schwester, seine Verbündete, letzten Endes war jede Stunde seine Stunde.

Im Haus Nossek regierte die Krankheit, vor dem Haus lauerte der Tod auf seine Stunde. Weihnachten war kein Fest in diesem Jahr, und von dem großen Ereignis der Jahrhundertwende nahm man keine Notiz. Die Kinder hatten Diphtherie.

Hedwig hatte sie aus der Schule mitgebracht, Nina steckte sich als erste an, dann Willy.

Agnes, als sie begriffen hatte, was vor sich ging, verfiel von einer Minute zur anderen in einen Zustand hochgradiger Hysterie. Sie sah nur ein Kind - das jüngste, das Baby, dieses armselige Bündelchen Leben, das man nun endlich soweit gebracht hatte, daß es gelegentlich krähte oder mit den Beinchen strampelte, daß es nach der Flasche griff und sie auch einmal bis zum Ende austrank.

Und nun dies! Diese Krankheit würde das Kind nicht überleben, das war allen klar. Und die Gewißheit ihrer Hilflosigkeit stürzte Agnes in schwärzeste Verzweiflung. Sie lag vor dem Bettchen des Kindes auf den Knien und betete verzweifelt, betete annähernd Tag und Nacht um das Leben ihres jüngsten Sohnes, obwohl sie sich bei einigem Verstand hätte sagen müssen, daß gerade das Leben dieses Kindes sowieso eine fragwürdige Sache war und sicher nicht mehr allzu lange währen würde.

Aber Ernst wurde nicht krank. Ebensowenig wie Gertrud und Magdalene. Als Dr. Menz nach einer gewissen Frist, die er für die Inkubationszeit ansetzte, merkte, daß der jüngste Nossek offenbar von der Krankheit verschont bleiben sollte, als er zusätzlich Agnes' desparaten Zustand beobachtete, verbannte er die beiden, Mutter und Baby, in ein abseits gelegenes Zimmer des ersten Stocks, in eine Art Quarantäne; Agnes sollte sich hier mit dem Kind aufhalten, und mit der übrigen Familie möglichst nicht zusammentreffen und die Krankenzimmer nicht betreten.

Er tat es hauptsächlich Agnes zuliebe, denn er hatte das Gefühl, daß bei dem geringsten Anlaß mit einem Nervenzusammenbruch oder ernstlicher geistiger Schädigung zu rechnen war. Diese Frau war am Ende ihrer Kraft, und alles, was in ihr noch an Lebenswillen und Lebenskraft vorhanden war, konzentrierte sich auf das jüngste Kind. Es wäre Anlaß zu einer interessanten psychologischen Studie, dachte Dr. Menz flüchtig, aber er hatte jetzt keinerlei Zeit für theoretische Beobachtungen, viele kranke Kinder gab es in der Stadt; die Diphtherie wütete in diesem Winter wie eine Epidemie.

Natürlich war er sich auch klar darüber, daß das Exil im ersten Stock den

Kleinen nicht ernstlich vor der Krankheit schützen würde, schließlich befand er sich im gleichen Haus mit den kranken Geschwistern, und der Versuch, die Nahrung für die beiden Eingesperrten ganz getrennt zuzubereiten, ließ sich nur in beschränktem Maße durchführen. Aber für Agnes bedeutete es Trost, sie hatte das Gefühl, sich einer Notwendigkeit zu fügen.

Sie hatte sich nur schwach gewehrt, sie müsse sich schließlich um ihre kranken Kinder kümmern, aber Dr. Menz beschied sie energisch, das besorgten Gertrud und Rosel aufs beste, und viel könne sie dazu sowieso nicht tun. Also verschwand Agnes mit Ernstele nach oben. Sie betete viel. Dr. Menz befürchtete nur, daß Gertrud sich anstecken würde, aber Gertrud war eigentlich nie krank, sie wurde es auch diesmal nicht. Und wie schon so oft, dachte der Arzt, was sie eigentlich in dieser Familie ohne Nosseks Tochter aus erster Ehe täten.

Nina kam am besten weg, ihr Fall war nicht besonders schwer, die Krankheit verlief relativ harmlos, sie war nach kurzer Zeit fieberfrei, der Eiter war abgeflossen. Schlimm dagegen waren Hedwig und Willy dran.

Und das versetzte nun wieder Emil in Panik. Er wußte schließlich, daß seinem Bruder Fritz zwei Kinder an der Bräune, wie die Diphtherie im Volksmund hieß, weggestorben waren. Nun schien es, als warte der vor der Tür auf seinen geliebten Sohn Willy. Es kam die Nacht, in der Dr. Menz an dem blauangelaufenen, nach Luft ringenden Kind einen Luftröhrenschnitt machen mußte. Emil war allein in der Bibliothek, er stand vor der Bücherwand, die Stirn an die Bücher gepreßt, er bebte am ganzen Leib, Schweiß lief über seine Stirn, Tränen aus seinen Augen, und nun betete auch er.

Er hatte seit seiner Kindheit nicht mehr gebetet. Es war schwer, die Worte zu finden, aber Worte waren nicht nötig, jeder Atemzug, den er sich abquälte, genau wie das keuchende Kind es tun mußte, war ein Gebet. Seine Hände krampften sich zusammen und immer wieder stieß er nur die Worte hervor: »Herrgott! Herrgott! Hilf doch! Hilf mir doch!«

Als Gertrud nach einer Weile in die Bibliothek kam, starrte er sie mit weit aufgerissenen Augen an, totenweiß im Gesicht, schweißbedeckt, er erwartete zu hören: »Willy ist tot.«

»Es ist gut gegangen«, sagte Gertrud leise. »Dr. Menz meint, Willy wird durchkommen.«

Auch Gertrud war weiß wie der Schnee vor der Tür, dünn und schmal geworden in der Aufregung der letzten Tage, todmüde von den Nachtwachen.

Emil stürzte an ihr vorbei aus dem Zimmer, auf die Toilette, er mußte sich übergeben, sein kranker Magen vertrug die Aufregung nicht.

Dr. Menz wusch sich lange die Hände, auch er war zu Tode erschöpft. Seine Hände zitterten. Das taten sie jetzt manchmal, und wie so oft in letzter Zeit dachte er: ich muß aufhören. Seine Hände hatten nicht gezittert, als er das Skalpell ansetzte, aber er konnte nie sicher sein, ob er sich noch auf sie verlassen konnte.

Der Vorgarten war leer. Jener war verschwunden. Später also - sie entgingen ihm ja doch nicht.

Das geschah am sechsten Tag des neuen Jahrhunderts, am Tag der Heiligen Drei Könige.

Nina war als erste wieder auf den Beinen; die erste, für die Rosel ein paar gute Leckerbissen zubereiten konnte, damit sie wieder kräftiger und runder würde. Bei Hedwig dauerte es länger, Willy verbrachte den ganzen Januar noch im Bett. Magdalene, die verschont geblieben war, fand das ganze Ereignis höchst erfreulich, sie brauchte nicht in die Schule zu gehen, die sie haßte; wegen Ansteckungsgefahr mußte sie zu Hause bleiben, solange noch ein Kranker im Hause war. Und dann, als sie alle schon wieder fast gesundet waren, fing Agnes an. Wieder trabte das kleine braune Pferd von Dr. Menz täglich vor die Tür, wieder saß Gertrud nachts am Bett einer Todkranken, abgelöst nun von Charlotte, die mittlerweile ins Haus gezogen war, um die Rekonvaleszenten und nun auch die kranke Tochter zu pflegen.

Auch Agnes blieb am Leben, nur dauerte die Krankheit bei ihr am längsten, schwächte sie aufs neue, und ließ einen Herzschaden zurück, der sich nie mehr besserte.

Es wurde Frühling, bis im Hause Nossek wieder annähernd normale Verhältnisse einkehrten.

Während dieser Zeit lernte Nina Kurtel Jonkalla kennen. Er kam aus dem Nebenhaus als Abgesandter von Karoline Gadinski, Hedwigs Klassengefährtin, und brachte die Schularbeiten, brachte Notizen und Mitteilungen der Lehrer, die es sehr bedauerten, daß ihre beste Schülerin so lange der Schule fernbleiben mußte und die verhindern wollten, daß Hedwig die Klasse wiederholen mußte. Hedwig mußte allein zu Hause arbeiten, und das tat sie, sobald sie wieder einigermaßen gesund war, mit Feuereifer und Gründlichkeit, um nur den Anschluß an die Klasse nicht zu verlieren.

Kurtel kam durch den Schnee gestapft, klopfte an die Hintertür, die von der Küche in den Garten führte, zog seine Mütze, wenn ihm geöffnet wurde, und reichte die Papiere herein, machte einen Diener und entfernte sich wieder. Ins Haus durfte er nicht, solange noch Ansteckungsgefahr bestand. Meist nahmen Rosel oder Gertrud, wer sich eben gerade in der Küche befand, die Sendung entgegen, sagten danke, denn eine Belohnung durfte der Bote nicht empfangen, und damit hatte es sich.

Da sich aber Nina, seit sie wieder auf den Beinen war, am liebsten in der Küche aufhielt, wo es am wärmsten und auch am unterhaltsamsten war, kam es dazu, daß sie zur Tür stürzte, sobald das bekannte Klopfen ertönte.

Nach und nach entwickelten sich kurze Gespräche.

»Das ist aber viel heute.«
»Ja, Karoline sagt, heute haben sie viel auf.«
Oder: »Machst du auch Schularbeiten?«
»Hab' ich schon gemacht.«
»Hast du auch viel auf?«
»Nö, nicht viel.«
Oder: »Ich komme Ostern auch in die Schule.«
»O je!«
»Ich freu mich auf die Schule.«
Kurtel sparte sich die Antwort, aber sein Blick sagte alles.
»Gehst du denn nicht gern in die Schule?«
»Der Lehrer haut so viel.«
»Weil du dumm bist.«
»Ich bin nicht dumm.«
»Warum haut er dich dann?«
»Er haut immer.«

»Hedel hat noch nie erzählt, daß ihr Lehrer sie haut.«
»Das ist auch 'ne höhere Schule. Da hauen sie nicht so viel.«
»Dann geh ich eben auch in eine höhere Schule.«
»Das kannste jetzt noch nicht. Erst später. Und nur, wenn du ganz schlau bist.«
»Das bin ich«, sagte Nina selbstsicher.
Magdalene, die diesem Gespräch aus einiger Entfernung beiwohnte, mischte sich ein.
»Sie geht gar nicht in so eine Schule wie du. Sie geht in eine Privatschule wie ich. Da hauen sie nicht.«
»Aha«, sagte Kurtel und in seiner Seele regte sich nicht das geringste Quentchen Neid, das war ihm fremd. Es gab solche Leute und solche, das wußte er schon immer, feine Leute und kleine Leute, die Gadinskis waren feine Leute und reiche noch dazu, und die Nosseks waren zwar nicht reich und nicht ganz so fein wie die Gadinskis, aber doch viel reicher und feiner als er und seine Mutter. Er mußte in eine Schule gehen, wo man gehauen wurde, das war nun mal nicht anders, und die Kinder feiner Leute gingen in Schulen, wo nicht gehauen wurde. So war das Leben, und daran war nichts zu ändern.
»Du mußt immer anständig und ehrlich sein, und bescheiden. Und höflich zu allen Leuten«, hatte seine Mutter ihn gelehrt, und daran hielt er sich. Weder zu dieser Zeit, da er zwölf war, noch in seinen späteren Jahren, rebellierte er je gegen die gottgegebene Ordnung der Welt. Außerdem, das hatte seine Mutter ihn auch gelehrt, mußte er froh und dankbar sein für das Leben, das er führte.
»Wir haben so ein Glück gehabt. Ich weiß nicht, was aus uns geworden wäre ohne die Gadinskis.«
Kurtel sah das ziemlich früh ein; darum war er Karoline Gadinskis Diener und Sklave und Mädchen für alles im Hause. Zur Zeit Bote zum Nachbarhaus, eine Aufgabe, die ihm Spaß machte.
»Ich geh' nicht mehr lang in die Schule«, beschloß er das Gespräch an diesem Tage. »Noch zwei Jahre.«
»Und was machst du dann?«
»Dann geh' ich in die Fabrik.«
Nina überdachte das eine Weile, konnte sich aber nicht viel darunter vorstellen. Kurtel zog seine Mütze und verschwand. Am nächsten Tag fragte Nina: »Was machst du denn in der Fabrik?«
»Arbeiten.«
»Was denn?«
»Weiß ich noch nicht.«
Die Fortsetzung am Tag darauf hörte sich so an:
»Gehst du da gern hin?«
»Wohin?«
»In die Fabrik.«
»Nee.«
›Warum gehst du denn dann?«
»Ich muß Geld verdienen.«
Nina überlegte, dann kam ihr eine Idee.
»Warum wirst du denn nicht lieber Kutscher? Mein Onkel Nicolas hat viele Pferde. Da kannst du Kutscher werden.«

»Da hab' ich Angst vor.«
»Vor Pferden?« fragte Nina im Ton tiefster Ungläubigkeit. Kurtel nickte.
Ein Blick voll Verachtung traf den Knaben vor der Tür, an diesem Tag schneite es, er war weiß von oben bis unten. ›Du bist aber dumm. Vor Pferden kann man gar keine Angst haben. Die sind soo lieb.«
Kurtel hob unbehaglich die Schultern.
»Ihr habt doch 'n Pferd drüben.«
»Wir haben zwei.«
»Spielst du denn mit denen nicht?«
Kurtel stieß ein kurzes Gelächter aus.
»Spielen!«
»Warum nicht?«
»Da läßt mich der Kutscher gar nicht ran an die.«
Auch darüber mußte Nina eine Weile nachdenken, dann kam ihr die Erleuchtung.
»Wenn ich wieder raus darf, komm' ich mal rüber zu euch. Da werd' ich dir mal zeigen, wie man Pferde anfaßt. Ich weiß, wie man Pferde richtig anfaßt. Mein Onkel Nicolas hat mir das gezeigt. Und reiten kann ich auch schon.«
Rosel, die am Herd stand und die Suppe umrührte, drehte sich um und sagte: »Und ob se das kann, unsere Kleene. Die reitet dich von hier nach Breslau. In einem Rutsch durch.«
»Nach Breslau fährt man mit der Eisenbahn«, wies Nina sie zurecht. »Das ist viel zu weit für ein Pferd.«
»Was du nicht sagst! Und wie's noch keene Eisenbahn gab, wie biste dann nach Breslau gekommen? Nu?«
Nina blickte belästigt zur Seite und schwieg.
»Mit'm Pferd. Entweder uff'm Pferd druff, oder mit Pferd un Wagen. Siehste!«
»Das ist schon lange her«, erwiderte Nina gemessen. »Für 'n Pferd ist das viel zu weit.«
»Na, ich mechte wetten, dein Onkel Nicolas, der galeppiert da in een Tach hin. Der kann doch alles viel besser als die anderen, nich?«
»Kann er auch.«
So und in ähnlicher Art spielten sich die Gespräche zwischen Tür und Angel ab, an denen gelegentlich der eine oder andere teilnahm, wenn er sich gerade in der Küche befand. Und falls Kurtel kam, wenn Nina nicht zugegen war, zog er enttäuscht wieder ab. Jedenfalls gewöhnten sich im Hause Nossek alle nach und nach an den schmalen blonden Jungen mit der Stupsnase und den hellblauen Augen. Bis auf Emil, der ihn nie zu sehen bekam, und Agnes; die ihn erst später kennenlernte. Sie lag im Bett, bis in den März hinein.

KURT JONKALLA WAR DER SOHN von Martha Jonkalla, der einzige und sehr geliebte Sohn wohlgemerkt, tadellos erzogen, proper von Kopf bis Fuß.

Martha Jonkalla, die gute Seele im Hause Gadinski, war die Säule, auf der es ruhte, Schutzengel, Haushälterin, Köchin, Vertraute, Trösterin dazu, und obendrein hatte Karoline Gadinski ihr das Leben zu verdanken.

Als Adolf Gadinski vor nunmehr achtundzwanzig Jahren in Greifswald beim 3. Bataillon des Infanterieregiments Prinz Moritz von Anhalt-Dessau seinen einjährig-freiwilligen Militärdienst ableistete, lernte er dort Ottilie, die achtzehnjährige Tochter des Professors der Theologie, Ottokar von Bergen, kennen, eine ansehnliche, sittsame und wohlerzogene Tochter aus gutem Hause, die zärtlich an ihren Eltern hing und vom Leben so wenig wußte wie ein Reh im Wald über das Leben in der Tiefe des Ozeans.

Sie war das einzige Kind, hatte einen klugen, gebildeten, liebevollen Vater, der allerdings ein wenig weltfremd war, was aber seiner segensreichen Tätigkeit an der Greifswalder Universität keinen Abbruch tat. Die Mutter war eine betuliche, etwas mollige Hausfrau, die ihrem kleinen Mädchen alle Arbeit, alle Mühe, alle Sorgen fernhielt.

Ottilie hatte eine gute Privatschule besucht, bei ihrem Vater Latein gelernt, und ihre Lieblingstätigkeit bestand darin, Vaters unleserliche Schriften mit ihrer sauberen klaren Handschrift abzuschreiben, so daß sie von Studenten, Kollegen und eventuellen Druckern entziffert werden konnten. Es war ein frommes, gottesfürchtiges Haus, doch ohne Bigotterie, durchweht vom reinen Hauch der Wissenschaft. So etwa müßte man es ausdrücken, um dem Professor und den Seinen gerecht zu werden.

Ottilie war zierlich, blond, anmutig und ahnungslos. Adolf Gadinski sie sehen - beim sonntäglichen Gottesdienst übrigens - und sich in sie verlieben, war eins.

Was für ein bezauberndes Mädchen! Welch reine Unschuld im Blick! Welch rührendes Profil, wenn sie den Kopf zum Gebet neigte!

Adolf folgte ihr aus der Kirche, verloren für die übrige Welt, Faustens Worte auf den stummen Lippen: Mein schönes Fräulein, dürft' ich's wagen . . . Aber die Mutter war dabei.

Er bekam heraus, wer sie war, und bei nächstmöglicher Gelegenheit saß er bei Vater Professor in der Vorlesung, das konnte er sich erlauben, er hatte das Abitur.

Vater Gadinski zu Hause besaß auch damals schon eine gewinnbringende Raffinerie, der Sohn sollte nach der Militärzeit sowieso noch ein wenig studieren, das war vorgesehen. Allerdings nicht gerade Theologie.

Um es kurz zu machen: für den jungen Gadinski begann eine lange Werbe- und das hieß Leidenszeit, da Ottilie, nachdem er sie endlich kannte, ihn zwar sympathisch fand, aber von dem Gedanken an eine Ehe himmelweit entfernt war und auch nicht das geringste Verlangen verspürte, das angenehme Leben daheim bei Mütterchen und Väterchen aufzugeben und es gegen die Ungewißheit eines Lebens mit einem fremden Mann einzutauschen, der zudem noch aus einer so weit entfernten Gegend kam. Ja, wenn er wenigstens aus Greifswald gewesen wäre, daß Mami und Papi immer greifbar gewesen wären. Aber so?

Der Herr Professor gab dem Freier zu bedenken, daß seine kleine Otti sehr zart, ein wenig blutarm, sehr empfindsam und überhaupt noch ein Kind sei.

Adolf Gadinski, ein tatkräftiger und unternehmungslustiger junger Mann, hätte gut daran getan, dies respektvoll zur Kenntnis und gleichzeitig gerührten Abschied zu nehmen, sich von dannen zu machen, nach dem Ende seiner Militärzeit drei oder vier Semester zu studieren, wie beabsichtigt, und sich dann daheim in der Raffinerie einzuarbeiten und darüber die Greifswalder Liebe zu vergessen. Hübsche Mädchen gab es anderswo auch.

Aber er wollte diese und keine andere. Ein Leben lang hatte er Zeit, es zu bereuen.

Fünf Jahre warb er um die widerstrebende Schöne und kam immer wieder nach Greifswald. Die Eltern waren gerührt, aber Ottilie zierte sich noch immer. Dann starb der Vater Professor ganz plötzlich, und da ein anderer Freier nicht aufgetaucht war, gab zunächst die Mama, schließlich auch Otti, ihren Widerstand gegen Adolf auf.

Ottilie war noch immer zart, empfindsam und blutarm, sie würde es ihr Leben lang bleiben, sich dabei aber ganz wohl befinden. Nun nahm sie also endlich den glücklichen Adolf zum Mann, und Frau Professor zog mit um; das Töchterchen in der schwierigen Situation einer jungen Ehe allein zu lassen, schien ihr undenkbar.

Adolf ertrug dies alles mit rührender Geduld, er liebte seine Frau, und dabei blieb es. Er trug sie, wie man so hübsch sagt, auf Händen, was Otti mit Selbstverständlichkeit sich gefallen ließ; sie kannte es nicht anders. Sie las kluge Bücher, streute hier und da lateinische Vokabeln in das Gespräch, litt unter Migräne, litt unwahrscheinliche Qualen während ihrer monatlichen Heimsuchungen und bekam kein Kind.

Das war für Adolf und seine Eltern ein ständiger Kummer. Nacheinander starben sie alle, Gadinskis Vater und Mutter, schließlich auch die Frau Professor, und dann, als habe sie boshafterweise nur darauf gewartet, wurde Otti schwanger.

Die Aufregung im klein gewordenen Hause Gadinski war unvorstellbar. Otti während der Schwangerschaft zu erleben, hätte eine schwächere Natur als Adolf zeitlebens entmannt. So aber umsorgte er die werdende Mutter mit letzter Hingabe, richtete eine Art Staffettendienst zum behandelnden Arzt ein - es war wieder einmal Dr. Menz - und wartete in angespannter Geduld auf das große Ereignis.

Das Kind, es kam. Und beide überlebten es, Mutter und Kind. Es war eine Tochter.

Adolf wurde halb verrückt vor Glück und Freude, und Otti beschloß ein und für allemal, am tätigen Leben keinen Anteil mehr zu nehmen. Sie hatte ein Kind geboren! Kein Mensch konnte je wieder von ihr verlangen, daß sie auch nur einen Finger krumm machte.

Zart, empfindsam und blutarm wie sie war, nun auch geschwächt durch die Geburt, konnte sie das Kind selbstverständlich nicht stillen.

Da erschien Martha Jonkalla auf der Szene.

Sie war etwa acht Tage vor Otti Gadinski niedergekommen, hier in dieser Stadt. Sie war allein, verlassen und arm, stammte aus kleinbürgerlichen Verhältnissen, hatte vor zwei Jahren einen jungen Bergwerksingenieur geheiratet, der aus Oberschlesien stammte, war mit ihm in seine Heimat gezogen, und als sie im fünften Monat schwanger war, verunglückte ihr Mann tödlich im Bergwerk.

Verstört kam sie in ihre Heimatstadt zurück. Sie hatte keine Eltern mehr, war als Waise bei Onkel und Tante aufgewachsen, sehr karg gehalten, mit Arbeit eingedeckt seit frühester Kindheit, dazu angehalten, immer dankbar zu sein, daß man sie aufgenommen und vor dem Waisenhaus bewahrt hatte. Es war keine schöne Kindheit gewesen, die Heirat mit einem Mann, den sie herzlich liebte, hatte ihr ein neues Leben versprochen, und dieses neue Leben war beendet, nachdem es kaum begonnen hatte.

Onkel und Tante, alt und griesgrämig, waren nicht entzückt, die Nichte so bald wiederzusehen, noch dazu in anderen Umständen. Das Leben, das Martha Jonkalla vor sich sah, war mehr als trübsinnig.

Dr. Menz, der so viele Schicksale in dieser Stadt kannte, und so oft helfend eingegriffen hatte, trat auch hier als rettender Engel auf. Er brachte Martha in das Haus der Gadinskis, als Amme für Ottis Tochter Karoline. Martha wär gesund und kräftig, sie hatte mühelos Milch für zwei Kinder.

Seitdem lebte Martha bei den Gadinskis, und sich vorzustellen, was die ohne sie machen würden, dazu reichte keine Fantasie aus.

Otti lag auf der Ottomane, zart, empfindsam und blutarm, zu schwach, einen Finger zu rühren, Martha stillte die Kinder, zog sie auf, zog sie groß, besorgte den Haushalt, kochte wunderbar, hielt Wäsche, Möbel, Geschirr auf Hochglanz, auch den Hausherrn, der, genau wie die Kinder, unter ihrer Pflege aufs beste gedieh und sich ohne Störung seiner Fabrik widmen konnte, die sich im Zuge des wirtschaftlichen Aufschwungs der Jahrhundertwende zur größten Raffinerie weit und breit entwickelte.

Bleibt noch anzumerken, daß auch Adolf Gadinskis Privatleben mit der Zeit eine zufriedenstellende Regelung erfuhr. Ein Mann wie er, vital, gesund und tüchtig, brauchte selbstverständlich ein passendes weibliches Wesen für sein Wohlbefinden. Der Mißgriff mit der Professorentochter aus Greifswald ließ sich nicht mehr korrigieren, also mußte er sich nach realen Möglichkeiten umsehen. Es begann mit einigen glücklosen Versuchen, die in der Stadt schwierig waren, da er als ein weithin bekannter Mann in seiner Bewegungsfreiheit recht eingeschränkt war. Auch gelegentliche Besuche eines einschlägigen Hauses in Breslau konnten ihn nicht befriedigen.

Aber dann geriet eines schönen Tages Melitta Jeschke in seine Hände - oder er in ihre, wie man es nehmen wollte, blieb sich gleich: besser konnte er es nicht treffen.

Von der Jeschke, wie sie allgemein in der Stadt hieß, der Frau, die die chicsten und teuersten Hüte machte, war bereits die Rede gewesen. Sie nannte sich Modistin, über dem Schaufenster ihres kleinen Ladens stand ›Des modes‹, sonst nichts, im Fenster zeigte sie höchstens zwei oder drei Hüte, mehr nicht, aber die waren das Anschauen wert. Sie stammte nicht aus der Stadt, war eines Tages zugewandert, direkt aus Paris kommend, wie sie gelegentlich verlauten ließ, was durchaus glaubhaft war, wenn man ihre sensationellen Modelle sah. Sie war verheiratet, in jungen Jahren jedoch schnöde verlassen worden, worauf sie Paris ansteuerte, um sich einen Beruf und Selbständigkeit zu schaffen, denn Geschmack und Sinn für Mode hatte sie von je besessen. So erzählte sie ihre Geschichte, schmückte sie auch mit hübschen Details aus, unter denen eine leidenschaftliche Liebesaffäre im fernen Paris als zusätzliche Würze diente, und die Damen, die bei ihr arbeiten ließen, hörten Melittas Erzählungen gern zu.

Adolf Gadinski machte Melittas Bekanntschaft durch seinen Freund Münchmann, von dem noch zu berichten ist, und da funkte es sofort, Melitta sehen und von ihr hingerissen sein, war auch diesmal eins, ein klassischer Coup de foudre; wie erinnerlich war dies ein Charakteristikum Gadinskischen Liebeslebens.

Melitta Jeschke war gut gebaut, wies eine prachtvolle, üppige Büste, wohl gerundete Hüften bei schlanker Taille auf, ein wohlgeformtes Gesicht, prachtvolles rotbraunes Haar, und verfügte über Geist und Charme obendrein. Zur Liebe geschaffen und nach Liebe verlangend, zusätzlich umgeben vom Hauch Pariser Parfums war sie ein herrliches Weib, und mit ihm hatte Adolf einen guten Griff getan.

Die Liaison bestand schon seit einigen Jahren und würde auch weiterhin halten, beide waren zufrieden miteinander, ergänzten sich, brauchten sich, liebten sich. Adolf ersparte sich lästige Reisen in ein Breslauer Bordell, und Melitta hatte einen Vollblutmann im Bett ihres zauberhaft mit Pariser Flair eingerichteten Schlafzimmers. Ansonsten hatte sie ihren einträglichen Beruf, den sie ebenfalls liebte und der ihr keine Zeit ließ, sich darüber zu grämen, daß ihr Geliebter Weib und Kind besaß. Überdies war sie ja selbst verheiratet, nie geschieden von dem treulos verschwundenen Gatten, was Adolf unnötige Diskussionen ersparte, mit einem Wort: ein geradezu idealer Zustand.

Außer Freund Münchmann und möglicherweise noch einigen wohlbetuchten Herren dieser Stadt wußte keiner von diesem Verhältnis. Alle hielten sie dicht, schon aus eigenem Interesse, wußte man doch nie, wann man selbst auf Diskretion angewiesen war. Selbstverständlich hatte Otti keine Ahnung, wußte auch gar nicht, daß es solche Dinge auf Erden gab.

Erstaunlicherweise war Nicolas von Wardenburg im Bilde, Alice war Kundin der Jeschke, und so hatte Nicolas sie dort manchmal nach einer Anprobe oder einer Besprechung abgeholt, und es war auch schon vorgekommen, daß er nicht Alice, sondern den Hut abholte, wenn er fertig war und Alice nicht in die Stadt mitgekommen war. Bei einer solchen Gelegenheit traf er, es war an einem Abend, Adolf Gadinski bei Melitta Jeschke, wurde zu einem Sherry in die Wohnung gebeten, die hinter Laden und Werkstatt lag, und begriff sofort, wie die Situation beschaffen war. Nicolas seinerseits hielt einen kleinen Dauerflirt mit der rassigen Melitta in Gang, genoß ihre erotische Attraktion, und daß diese Frau einen Mann haben mußte, war für ihn ganz klar.

Gadinski, der ja in Wardenburg in jedem Jahr die gesamte Zuckerrübenernte kaufte, kannte er ganz gut, sie sahen sich gelegentlich, und Gadinski war auch jedesmal zu einem Vorschuß auf die Ernte bereit, wenn Nicolas in Schwierigkeiten war.

Noch ein paar Worte zu Otto Münchmann, Adolfs engstem Freund. Sie waren zusammen in die Schule gegangen, Freunde also von Kindesbeinen an, Freunde waren sie geblieben. Diese Freundschaft erfuhr eigentlich nur einmal eine kleine Trübung, als Adolf nämlich seine fade Otti anschleppte. Es fiel Münchmann schwer, Adolf zu dieser Eroberung zu gratulieren, und da er eine aufrichtige Natur war, verbarg er das auch nicht. Das nahm Adolf ihm übel, für eine ganze Weile, später aber wurde ihr Verhältnis so herzlich wie früher.

Otto Münchmann kam oft ins Haus Gadinski und genoß da gern Martha Jonkallas excellente Küche, Adolf verkehrte am liebsten im Hause Münchmann. In dieser glücklichen Ehe, die von vier Kindern gesegnet war, fühlte er sich heimisch. Außerdem wuchs Münchmanns Reichtum von Jahr zu Jahr. Ihm gehörte das größte Textilgeschäft am Platz. Sein Großvater war noch Schneider gewesen, sein Vater hatte einen kleinen Laden betrieben, der Sohn nun besaß ein Geschäft, das durch drei Stockwerke ging, in dem man alles kaufen konnte, was mit Textilien zu tun hatte, angefangen bei Taschentüchern und Bettwäsche bis zu den modernen verführerischen Damenstrümpfen aus Seide und Hemden aus Chiffon.

Doch zurück zum Haus Gadinski. Dort befand sich alles in bester Verfassung, gedieh zur Zufriedenheit. Martha Jonkalla hatte ihr frühes Unglück überwunden, sie stand einem großzügig geführten Haushalt vor, hatte längst ausreichend Personal zur Verfügung, das unter ihrer Anleitung willig und zufrieden arbeitete; allein die Küche hatte Martha sich vorbehalten, da sie fürs Leben gern kochte.

Um auch der blassen Otti Gadinski Gerechtigkeit angedeihen zu lassen: sie redete Martha nie hinein, ließ sie wirken und walten, wie die es für richtig hielt, und das war das Klügste, was Otti in ihrem Leben vollbracht hatte. Martha machte wirklich alles richtig.

Karoline, die Tochter des Hauses, gedieh prachtvoll. Sie war weder zart, noch blutarm, schon gar nicht empfindsam, schlug mehr nach dem Vater, war nicht besonders hübsch, aber sehr herrschsüchtig, und ohne Marthas behutsame Leitung hätte sie vermutlich das ganze Haus tyrannisiert. Sie hielt sich an Marthas Sohn, ihrem Milchbruder, schadlos. Der mußte für das großartige Leben im Hause Gadinski dankbar sein, was ihm seine Mutter ein für allemal eingeprägt hatte, und dafür konnte er es ruhig hinnehmen, die Rolle von Karolines persönlichem Bediensteten zu spielen. Es machte ihm nicht allzuviel aus, er war von Anfang an daran gewöhnt.

Karoline war kräftig und etwas dicklich geraten, Kurt Jonkalla eher klein und zart, er hatte wohl von seiner Mutter Milch den geringsten Anteil abbekommen. Dem Mädchen jedoch hatte er alles zu holen und nachzutragen, was sie sich gerade in den Kopf setzte, mußte ihr alle Wünsche erfüllen, mußte vorhanden sein, wenn sie mit ihm spielen wollte, und verschwinden, wenn sie bessere Gesellschaft hatte.

Dennoch bedeutete das kein hartes Leben für ihn. Im Hause Gadinski wurde gut gegessen, Martha und ihr Sohn hatten ein hübsches, gut geheiztes Zimmer, auch reichte es zu anständiger Kleidung für beide. Adolf Gadinski war ein gutmütiger Herr, niemals grob oder unbeherrscht, Otti kümmerte still, aber ganz zufrieden vor sich hin, und mit Karoline, der einzigen Plage, mußte man sich eben abfinden.

Als die Schulzeit begann, gewann Kurt mehr Freiheit, soweit es Karoline betraf, aber da er sie gegen die Knechtschaft der Schule eintauschen mußte, war es ein fragwürdiger Gewinn. Jedenfalls trennten sich außerhalb des Hauses ihre Wege, Karoline besuchte eine Privatschule und später das Lyzeum, Kurt ging in die Volksschule, wo er sich zwar als artiger, aber nicht sonderlich erfolgreicher Schüler erwies. Vermutlich lag das vor allem daran, daß er zuviel Angst vor seinem Lehrer und dessen ewig drohendem Rohrstock hatte, wenn seine Leistungen bescheiden blieben und sich etwa in ihm schlummernde Talente nicht entfalten konnten. Später sollte er, das war längst beschlossen, bei Herrn Gadinski in der Raffinerie arbeiten oder in der Zuckerfabrik, wie es die Leute nannten.

Nun war Kurt zwar artig, still und bescheiden und offensichtlich von mäßigen Geistesgaben, aber auch von sehr freundlichem, liebenswürdigem Wesen und zusätzlich von einer gewissen Hartnäckigkeit, wenn er etwas erreichen wollte, was ihm erstrebenswert erschien. Die Liebenswürdigkeit hatte er von seinem Vater, wie Martha oft feststellte, die Hartnäckigkeit von ihr. Beide Eigenschaften sollten dazu dienen, erhebliche Korrekturen an dem für ihn bestimmten Lebensweg vorzunehmen.

Nachdem Hedwig wieder zur Schule ging und ihre Schularbeiten selbst nach Hause bringen konnte, brach die Verbindung zum Nachbarhaus ab, das heißt, sie wäre abgebrochen, hätte Kurtel nicht in jeder freien Minute über den Zaun gespäht und hätte Nina, die an den Gesprächen mit ihm Gefallen gefunden hatte, diese Blicke nicht aufgefangen.

Vormittags war Kurtel nicht da, da mußte er in seine Schule gehen. Hedwig fuhr nach ihrer langen Krankheit wieder mit Karoline im Wagen zur Schule, während Kurtel den weiten Weg zu Fuß trabte und deshalb eine halbe Stunde früher aufbrechen mußte; war er einmal spät dran, überholten ihn die Mädchen auf dem Weg, aber nie hielt der Wagen an, um ihn zum Mitfahren aufzufordern. Er fand nichts dabei, das hatte seine Richtigkeit so. Schließlich genoß Hedwig das Privileg im Gadinskischen Wagen mitzufahren nur, weil sie ein lahmes Bein besaß.

»Das arme Mädel!« sagte Kurtels Mutter. »Sei dem lieben Gott dankbar, daß du zwei gesunde Beine hast.«

Kurtel war dem lieben Gott dankbar, nur wünschte er sich brennend ein Fahrrad, wie es manche Knaben in der Schule besaßen. Das war zu dieser Zeit der Traum seines Lebens. Martha kannte diesen Traum und sparte für das Rad. Sie würde es ihm kaufen, wenn er in die Fabrik gehen mußte. Das war ein noch viel weiterer Weg als der Schulweg, der durch die ganze Stadt, bis zum anderen Ende und noch bis vor die Stadt hinaus führte; der Weg von und zur Arbeit würde Kurtel jeden Tag zwei Stunden kosten, da sollte er dann das Rad haben.

Aber selbst die Aussicht auf das Fahrrad konnte Kurtel nicht dazu bringen, der Arbeit in Herrn Gadinskis Fabrik hoffnungsfroh entgegenzublicken. Er wollte nicht gern in die Fabrik. Er hatte das auch seiner Mutter gestanden, die sein volles Vertrauen hatte und der er eigentlich alles sagte, was ihn bewegte.

Martha hatte gesagt: »Aber Junge!«, doch im Innern ihres Herzens stimmte sie ihrem Sohn zu. Sie konnte seiner Zukunft als Arbeiter in der Zuckerfabrik auch nicht viel Geschmack abgewinnen, schließlich war sein Vater Bergwerksingenieur gewesen, und sie stammte auch nicht aus Arbeiterkreisen. Sie wünschte sich von Herzen für ihren Sohn eine gehobene berufliche Laufbahn. Außerdem war er ein schmales Bürschchen, sie konnte in ihn hineinfüttern, was sie wollte, es half nichts, er wurde weder größer noch stärker, und sich ihn unter den rauhen Arbeitern vorzustellen, war für Martha schon jetzt ein schmerzlicher Gedanke.

Herr Gadinski sah es als selbstverständlich an, daß der Junge zu ihm in die Fabrik käme, aber es gab dort ja auch bessere Posten, dachte Martha, und das hatte sie gelegentlich Herrn Gadinski gegenüber schon angedeutet. Herr Gadinski hatte geantwortet, das werde man dann schon sehen, es hätte ja noch Zeit, jetzt sollte der Junge erst einmal mit der Schule fertig werden, und wenn er dann eine schöne Handschrift hätte und gut rechnen könne, würde man ihn vielleicht im Büro gebrauchen können.

Der erste Buchhalter des Werks war Herr Vöckla, ein strenger, unfreundlicher Herr, Martha kannte ihn flüchtig, und der Kutscher, der manches erfuhr, wenn er auf seinen Herrn wartete, hatte erzählt, daß die Büroangestellten kein leichtes Leben unter dieser Fuchtel hatten. Das mußte man bedenken, aber schließlich wurde auch Herr Vöckla nicht jünger, Marthas Meinung nach mußte er bald sechzig sein, und so mochte es nicht ausgeschlossen sein, daß ihr Kurtel vielleicht eines Tages die atemberaubende Position eines Bürochefs der Zuckerfabrik erringen konnte. Natürlich würde es ein dorniger Weg sein, bis er dieses Ziel erreichte, aber unmöglich war es nicht.

Also schärfte Martha ihrem Sohn immer wieder ein, er sollte sich einer möglichst schönen, sauberen Handschrift befleißigen und im Rechnen gut aufpassen. Beides schaffte Kurtel mit einigen Mühen. Aber noch lagen zwei Jahre Schule vor ihm, und während dieser Zeit avancierte er zum Kavalier der Nossek-Mädchen. Die Initiative ergriff Nina. Als Hedwig wieder gesund und keine Botendienste mehr vonnöten waren, kam Kurtel nicht mehr ins Haus, aber Nina sah ihn in den ersten milden Frühlingstagen, wenn er nachmittags im Nachbargarten umherschlenderte oder auf dem Mäuerchen saß, der Marthas Gemüsegarten von dem Blumengarten trennte. Beide Gärten gehörten mit zu Kurtels Aufgabenbereich, er mußte fleißig darin arbeiten, umgraben, säen, pflanzen, jäten, gießen und ernten, aber jetzt gab es noch nicht viel zu tun, erst mußte der Boden weich werden, noch waren die Nächte kalt.

Auch Nina hielt sich viel im Garten auf. Nachdem sie so lange im Haus eingesperrt gewesen war, drängte sie hinaus an die Luft.

Gertrud sagte zwar: »Bleib nicht zu lange draußen, es ist noch kühl und setz dich ja nicht auf den Boden, die Erde ist noch feucht.« Also schlenderte Nina herum, und da die Büsche unbelaubt waren, hatte sie gute Sicht in den Nachbargarten. Sie winkte. Kurtel sauste zum Zaun.

»Warum kommst du denn nicht mehr?«

Er hob die Schultern.

»Brauch ich ja nicht mehr.«

»Du kannst uns doch besuchen.«

»Darf ich doch nicht.«

»Warum darfst du nicht?«

Na eben, warum durfte er nicht. Keiner hatte es ihm verboten.

»Komm mal rüber, ich zeig dir was.«

Er kletterte über den Zaun, und sie führte ihm ihre Ecke vor, hinter den Tannen. Er zimmerte ihr eine kleine Sitzbank aus Holz, damit sie nicht auf dem feuchten Boden sitzen mußte, und schließlich kletterte er jeden Tag über den Zaun, und dann saßen sie zu dritt auf dem Bänkchen, Nina, Kurtel und die Katze, in der ersten Frühlingssonne. Wenn es regnete, fiel das Rendezvous aus, und dann fehlte ihm etwas.

Nina entzückte ihn. Obwohl sie ja gemessen an ihm noch ein kleines Kind war, bewunderte er sie schrankenlos. Und sie - gemessen an Karoline war ja auch wirklich eine wahre Wohltat.

Nina war zu dieser Zeit ein sehr hübsches Kind mit ihren großen graugrünen Augen und dem hellbraunen, rötlich schimmernden Haar, mit der zierlichen, aber festen Figur. Sie war gewachsen, besonders nach der Krankheit, ihre Beine hatten sich gestreckt, sie war voller Leben und hatte den Kopf immer voll Ideen, und vor allem war es ihr Eifer, ihre Hingabe an alles, was sie tat, was ihre Gesellschaft so anregend machte. Kurtel wurde in ihrer Gegenwart sehr gesprächig, erzählte haarklein, was er in der Schule erlebte, auch seine zahlreichen Niederlagen gegenüber Lehrern und Mitschülern; er war alles andere als eine Kämpfernatur und mußte nicht nur den Rohrstock des Lehrers, auch häufig die Fäuste der stärkeren Jungen erdulden.

»Du mußt sie auch hauen«, riet ihm Nina. »Ich hau jeden, der mich haut.«

An sich wären seine Berichte aus der Schule dazu angetan gewesen, Nina die bevorstehende Schule zu verleiden, doch davon konnte keine Rede sein, sie konnte es kaum erwarten, bis sie zur Schule gehen durfte.

Allerdings konnte Kurtel auch bei schönem Wetter nicht immer, wie er wollte, bei Nina vorbeischauen, er hatte seine Pflichten im Haushalt zu erfüllen, und Karoline beanspruchte ihn nach wie vor für ihre persönliche Bedienung. So mußte er Botengänge zu ihren Freundinnen machen, denn zu jener Zeit waren die jungen Damen eifrig dabei, sich gegenseitig Briefchen zu schreiben, die hin und her gebracht werden mußten.

An diesen Albernheiten beteiligte sich Hedwig nie. Man konnte auch nicht sagen, daß sie und Karoline jemals Freundinnen waren. Was sie einte, war ein Zweckbündnis. Hedwig wurde im Wagen mitgenommen, und Karoline schrieb bei Hedwig ab und bekam, da sie eine miserable Schülerin war, von Hedwig eine Art Nachhilfestunden. Zu diesem Zweck ging Hedwig ins Nachbarhaus. Zu Nosseks kam Karoline nie.

Als dann die Gartenarbeit begann, wurden Kurtels Besuche bei Nina sehr selten. Dann stand sie am Zaun, an der Stelle, wo sie hinüberblicken konnte, und sah ihm zu, wie er arbeitete.

Ehe Nina eingeschult wurde, verbrachte sie zehn glückliche Tage auf Wardenburg. Sie wurde sogar schriftlich dazu eingeladen, was sie tief beeindruckte. »Tante Alice hat geschrieben«, sagte Agnes eines Tages. »Sie fragt, ob du nicht ein paar Tage zu ihnen hinauskommen willst, ehe die Schule anfängt.«

»Ja!« schrie Nina begeistert.

»Sie kommt nächste Woche sowieso in die Stadt, schreibt sie, und da kannst du gleich mitfahren.«

»O fein!« rief Nina aus und hopste auf einem Bein durchs Zimmer. »Darf ich lange bleiben?«

»Du kannst nicht lange bleiben, du weißt doch, Ostern fängt die Schule an.«

In Wardenburg war es so schön wie im vergangenen Sommer. Alle freuten sich, daß Nina kam, und für Nina war jeder Tag randvoll angefüllt mit Freude.

Sie durfte zum erstenmal allein auf einem braven älteren Pferd reiten, sie tat es mit großem Eifer und befolgte alle Anweisungen, die Onkel Nicolas ihr gab.

»Im Sommer kommst du für längere Zeit heraus«, sagte er, »und dann kriegst du richtigen Reitunterricht.«

Im Garten suchte sie bunte Ostereier, und Grischas Witwe schneiderte ihr ein blaues Schulkleid mit einem runden weißen Kragen. Venjo erkannte sie auch wieder und duldete ihre stürmischen Umarmungen, und Ma Belle war noch schöner geworden und sprang inzwischen kleine Hindernisse.

»Ich möchte auch springen«, erklärte Nina.

»Später«, sagte Nicolas. »Wenn du richtig reiten kannst.«

Nun erwies sich die Schule doch als Störenfried, aber es half nichts, in der Woche nach Ostern spazierte Nina das erstemal, den Ranzen auf dem Rücken, zusammen mit ihrer Schwester Magdalene, geleitet von Gertrud, zur Schule. Der Ernst des Lebens begann, wie ihr Vater in einer längeren Erbauungsrede am Abend vorher dargelegt hatte.

Der Ernst des Lebens fand zunächst in der ›Von Rehmschen Privatschule für Mädchen‹ statt, in der auch Magdalene zu ihrem großen Mißfallen nun im dritten Jahr ihre Vormittage verbringen mußte. »Du wirst schon sehen«, hatte sie düster verheißen, »fein ist das gar nicht.«

Aber Nina fand es fein. Ihr gefiel es in der Schule, und ihr Anpassungsvermögen, ihre Aufgeschlossenheit und ihr Eifer machten ihr nicht nur die Schule leicht, sondern machten sie auch bei den Damen der Schule beliebt. Es waren vier. Die Vorsteherin der Schule war Fräulein Luise von Rehm, die in ihren jungen Jahren als Hauslehrerin auf Gütern gewirkt hatte, da die Kinder der besseren Familien, besonders des Adels, meist zu Hause unterrichtet wurden. Luise von Rehm jedoch war eine fortschrittliche Dame, überdies eine gute Pädagogin, so daß es ihr auf die Dauer nicht genügte, ein oder zwei höhere Töchter feiner Kreise zu unterrichten, ihr Sinn stand nach einer richtigen Schule und nach einer ganzen Klasse.

Die Anregung dazu hatte sie sich bei Leontine von Laronge geholt, die Luise seit ihrer Jugend kannte. Leontine hatte ihr gut geraten. Sie sagte: »Sie müssen mit den Kindern der ersten Schuljahre anfangen, ein Institut wie meines hat keine Zukunft. Das bessere Bürgertum schickt seine kleinen Mädchen nicht gern in öffentliche Volksschulen. Die Kinder lernen dort nicht genug, sie sitzen zwei oder drei Jahre in derselben Klasse, und die intelligenten unter ihnen müssen sich immer wieder den gleichen Stoff anhören. Das ist in meinen Augen veraltet. Richten Sie kleine Klassen ein, nehmen Sie gute Lehrerinnen, und Sie werden in wenigen Jahren den Erfolg sehen.«

Leontine hätte es gern selbst gemacht. Aber sie fühlte sich zu alt, sie war auch abgestempelt durch ihr ›Institut für Höhere Töchter‹, das sich ja nur an größere Mädchen ab zwölf Jahren wandte und das, zu Leontines Betrübnis, nur noch vor sich hinkümmerte; nur wenige junge Damen kamen noch zu ihr, meist die Töchter der Mütter, die einst ihre Schülerinnen gewesen waren.

Luise von Rehm betrieb die Schule nun seit fünf Jahren und hatte sich mit ihr in der Stadt einen sehr guten Ruf erworben. Die Anfängerklasse behielt sie sich immer selbst vor. Als Nina in ihre Schule kam, war sie etwa Anfang vierzig, eine kühle, strenge Dame, die dunklen Haare über der hohen Stirn eingeschlagen, einen Kneifer am Band auf der Nase; stets trug sie graue oder schwarze Röcke und hochgeschlossene weiße Blusen.

Wenn sie die Klasse betrat, mußten die kleinen Mädchen aufstehen, durften sich nicht rühren, bis die Lehrerin das Katheder erreicht hatte, dann sagte Fräulein von Rehm laut und deutlich: »Guten Morgen, Kinder«, und die Kinder antworteten ebenso laut und deutlich: »Guten Morgen, Fräulein von Rehm.« Darauf wurde ein Choral gesungen, den die Lehrerin mit kräftiger Stimme führte, dann sprach sie laut und deutlich das Gebet, das sie täglich variierte, die Kinder standen mit gesenkten Köpfen und gefalteten Händen, stimmten in das »Amen« ein, dann hieß es »Setzen!«, und die Kinder setzten sich, leise und ohne Gepolter.

Sie saßen aufgerichtet, die Hände vor sich auf dem Pult gefaltet, den Blick unverwandt auf die Lehrerin gerichtet. Es war nicht erlaubt, den Blick abzuwenden, zu schwatzen oder sich sonstwie ablenken zu lassen. Geschah es doch, wurde die Übeltäterin ermahnt, im Wiederholungsfalle mußte sie aufstehen und eine Viertelstunde stehenbleiben, handelte es sich um ein schwerwiegendes Vergehen, mußte sie ›in die Ecke‹, das heißt mit dem Rücken zur Klasse in einer Ecke stehen, je nach dem Ausmaß der Störung zehn Minuten bis zu einer halben Stunde.

Der Unterricht war ausgezeichnet, präzise, klar, die Behandlung der Kinder gerecht, keines wurde bevorzugt, keines benachteiligt, jedes erhielt die Chance, zu zeigen, was es konnte, durfte auch ungeniert sagen, was es nicht verstand, und Fräulein von Rehm nahm sich auch stets die Zeit, einem langsam denkenden oder gehemmten Kind genau zu erklären, um was es ging, notfalls auch nach Ende des Unterrichts, was in diesem Fall nicht als Strafe zu verstehen war, wie Fräulein von Rehm den wartenden Müttern geduldig erklärte. Strafe in Form von Nachsitzen gab es allerdings auch. Geschlagen wurde in dieser Schule nie. Fräulein von Rehms tadelnder Blick oder scheltende Worte waren für die kleinen Mädchen Strafe genug.

Magdalene besuchte die dritte Klasse. Und selbst ihr, die faul und nachlässig war, hatte man die notwendigen Kenntnisse beibringen können. In relativ kurzer Zeit lernten die Kinder erstaunlich sauber und ohne orthographische Fehler schreiben, sicher lesen, sich überlegt und ohne Haspelei auszudrücken und auch einfache Rechenaufgaben zu bewältigen.

In der ersten Klasse machte das Fräulein von Rehm alles allein. Sie beaufsichtigte auch die Turnübungen, die jeden zweiten Tag dran waren, da sie der alten klassischen Meinung des ›mens sana in corpore sano‹ huldigte und Gymnastik, wie sie es nannte, für einen wichtigen Zweig des Unterrichts hielt. Sie kommandierte die Übungen selbst, als Vorturnerin kam jedesmal ein Mädchen aus einer der obersten Klassen, eine gute Turnerin natürlich. Es waren einfache gymnastische Übungen, auch Atemübungen, kleine Gruppentänze wurden einstudiert, was den Kindern Freude machte. Eine andere Lehrerin gab den Zeichen- und Handarbeitsunterricht. Im ersten Jahr wurde nur gehäkelt, zunächst Topflappen, dann ein Shawl, ein Deckchen, und da die Lehrerin eine junge heitere Dame war, liebten die Kinder diese Stunden besonders. Und dann die Malstunden. Da durften sie mit Wasserfarben malen, bekamen manchmal ein Modell, einen Blumenstrauß, eine Topfpflanze, ein Gefäß, ein anderes Bild, manchmal aber nur die Anregung, etwas zu zeichnen, was sie auf dem Schulweg gesehen hatten oder bei sich zu Hause, vielleicht auch ein Tier, das sie kannten. Immer war auch diese Stunde unterhaltend und machte Spaß.

Und dann lernten sie Gedichte. Darauf legte Fräulein von Rehm großen Wert. Jede Woche bekamen sie zwei oder drei Gedichte auf, erst kurze, dann längere, der Inhalt wurde ihnen erklärt, die Sprachmelodie mußte erfühlt werden.

Hier tat sich Nina besonders hervor. Sie lernte in Windeseile ein langes Gedicht, und wenn sie es aufsagen mußte, leierte sie es nicht nur herunter wie die anderen, sie sprach mit Betonung und lauter Stimme, mit sehr viel Gefühl und Ausdruck, ohne stecken zu bleiben. In dieser Hinsicht war sie in der Klasse ohne Konkurrenz.

Das war alles, was sie im ersten Jahr zu tun bekamen. Im zweiten Jahr würde Musikunterricht, Heimatkunde und später Erdkunde hinzukommen.

Nina ging mit großer Begeisterung in die Schule und war bei ihren Lehrerinnen sehr beliebt; sie begriff schnell, war voll Eifer bei der Sache und immer bemüht, alles gut zu machen. Ungezogen war sie eigentlich nie. Ihr ›Betragen‹ war immer einwandfrei.

Wenn sie dann ein sparsames Lächeln von Fräulein von Rehm empfing, ein zufriedenes Kopfnicken, strahlte Nina zu der Lehrerin hin und war sehr glücklich in ihrem kleinen Herzen.

»Ein Kind mit hervorragenden Anlagen«, sagte Fräulein von Rehm zu ihren Mitarbeiterinnen.

Leontine hätte ihr erzählen können, daß Ninas Mutter als junges Mädchen genauso aufgeschlossen und gutwillig gewesen war und genauso aus glücklichen Augen strahlen konnte, wenn man sie lobte.

Der Schulweg war ziemlich weit. Bisher war Magdalene von Gertrud oder von Rosel, auch von Agnes, als diese sich noch wohler fühlte, zur Schule gebracht worden, aus der Vorstadt bis zum Fluß, über die Brücke, bis vor die Tür der Schule. Heimwärts gingen die kleinen Mädchen gruppenweise, solange eine gemeinsame Richtung gegeben war, ein paar Mütter waren immer dabei, und meist war Gertrud, wenn sie Zeit hatte, Magdalene ein Stück entgegengegangen.

Aber nun - nun war Kurtel da. Anfangs ergab es der Zufall, daß sie sich auf dem Schulweg trafen, bis er eines Tages mit großem Ernst erklärte, er würde Magdalene und Nina zur Schule begleiten und sie auch wieder abholen und sehr gut auf sie aufpassen.

Das tat er, solange er noch selbst zur Schule ging, und es begründete eine Freundschaft zwischen den Kindern, die sich als sehr haltbar erweisen sollte. Kurtels Schule befand sich zwar ein ganzes Stück von der Mädchenschule entfernt, und er mußte im Laufschritt versuchen, noch rechtzeitig zu seiner Schule zu kommen, sonst begann der Tag für ihn gleich mit dem Rohrstock.

Im Trab eilte er nach Schulschluß den Weg zurück, um rechtzeitig bei der von Rehmschen Schule zu sein und die Mädchen abzuholen. Manchmal allerdings hatte er auch Zeit genug, denn sein Lehrer war ein lässiger Mann, der die Schulstunden je nach Laune beendete. Dann saß Kurtel vor dem hübschen alten Villenbau der Mädchenschule auf der Steineinfassung des Vorgartens und wartete geduldig. Er fühlte sich verantwortlich für die beiden kleinen Mädchen, und diese Verantwortung nahm er sehr ernst. So führte er Nina an der Hand über jede Straße, sorgsam nach rechts und links blickend. Er sagte beispielsweise auch: »Paß auf, daß du nicht stolperst, da ist ein Loch im Pflaster.« Gingen sie über die Oderbrücke, und es war ein windiger Tag, so ging er stets auf der Seite, von der der Wind blies, um für die Kleine einen Schutz zu bieten, der natürlich bei seiner schmächtigen Gestalt keinen großen Effekt machte. Oder er knöpfte Nina den Mantel am Hals zu und band ihr ein Tuch über die Zöpfchen, die sie wieder tragen mußte, seit sie in die Schule ging. Es hatte Tränen deswegen gegeben.

Magdalene verspottete Kurtel oft für seine Fürsorge. »Du bist wie 'ne Kinderfrau«, sagte sie. Oder: »Die ist doch nicht aus Zucker.« Was durchaus stimmte, Nina war weder besonders empfindlich noch besonders zart. Aber Kurtel beirrte das nicht, er hatte Nina kennengelernt, kurz nach der Krankheit, als sie blaß und spitz war. Seitdem verließ ihn das Gefühl nicht, er müsse sie beschützen und für sie da sein, ein Gefühl, das ihn sein Leben lang nicht verlassen sollte.

Magdalenes manchmal hochfahrende Art störte ihn nicht, das war er von Karoline gewöhnt. Überhaupt war es schwer, wenn nicht unmöglich, ihn zu verärgern oder zornig zu machen. Eine sanfte, geduldige Hartnäckigkeit, gepaart mit dem Wunsch, Gutes zu tun, war schon in diesen jungen Jahren ein hervorstechendes Merkmal seines Charakters. Mit der Zeit dehnte er seine Fürsorge auf das ganze Haus Nossek aus, ging dort bald aus und ein, und wenn es irgend etwas zu tun gab, zu holen, zu tragen, zu reparieren, hieß es nun auch bei den Nosseks: »Das macht der Kurtel.« Zusammen mit den Aufgaben im Haus Gadinski, die seine erste Pflicht waren, ergab das ein voll ausgefülltes Knabenleben.

Als vierter im Bunde gesellte sich überraschenderweise Robert Nossek zu diesem Kleeblatt, Fritz Nosseks jüngster Sohn, ein Cousin der Mädchen. Robert war zwar ein Jahr älter als Kurtel, ging aber in dieselbe Klasse, in der sowieso immer mehrere Jahrgänge beisammen saßen und wechselnd unterrichtet wurden. Die beiden Jungen kannten sich also, ohne sich bisher nähergekommen zu sein. Vor Jahren allerdings war eine flüchtige Begegnung zwischen ihnen entstanden, als auf dem Schulweg einige Mitschüler Kurtel angriffen und verprügelten, beziehungsweise verprügeln wollten. Da hatte Robert eingegriffen. Robert war, im Gegensatz zu Kurtel, groß und kräftig, ein Schmiedesohn mit echten Schmiedefäusten; der hatte Kurtel rausgehauen, und zwar so nachhaltig, daß sich später keiner mehr an ihm vergriff, jedenfalls nicht, wenn Robert in Sichtweite war.

Dies hatte zu keiner näheren Beziehung, geschweige denn zu einer Kameradschaft zwischen den beiden Jungen geführt, eher zu stiller gegenseitiger Verlegenheit. Kurtel bewunderte den großen, starken Robert zwar, aber sie sprachen kaum miteinander, doch jetzt, nachdem Kurtel die Beschützerrolle der Nossek-Mädchen übernommen hatte, was seinen Mitschülern natürlich nicht verborgen blieb und weswegen man ihn hänselte, trat Robert wieder in Aktion.

Zunächst, um Kurtel zu schützen, dem eine Meute folgte. Er gehe mit, um seine Cousinen abzuholen, ließ Robert ruhig wissen, worauf sich die Verfolger trollten.

Magdalene und Nina kannte er nur von gelegentlichen Familienbesuchen, nicht sehr gut, nun festigten sich die losen Familienbande, als Robert sich angewöhnte, das Trio ein Stück auf dem Heimweg zu begleiten, obwohl sein Weg doch in eine andere Richtung führte. Anfangs ging er mit bis zur Oderbrücke, mit der Zeit noch ein Stück weiter. Das machte Kurtel sehr stolz, die Mädchen fanden es interessant. Besonders Magdalene.

Sie war schon früh ein sehr weiblich bewußtes, kokettes kleines Geschöpf, und Robert war genau der Typ, der ihr ein Leben lang gefallen würde: groß, blond, hübsch und schon zu jener Zeit eine gewisse männliche Überlegenheit ausstrahlend.

So verging Ninas erstes Schuljahr, das zweite begann, und noch immer machte ihr die Schule großen Spaß. Sie gehörte zu den Besten der Klasse, war lebhaft, aufmerksam im Unterricht, und tat sich weiterhin hervor durch ihr besonderes Talent, Gedichte aufzusagen, je länger, je lieber. Einmal, von Fräulein von Rehm wegen des gelungenen Vortrags gelobt, platzte sie heraus:

»Ich hab' auch ein Gedicht gemacht.«

»Laß es uns hören.«

Und Nina deklamierte mit bewegter Stimme:

»Der Mond hat ein rundes Gesicht und guckt auf mein Bett.
Ich lerne jetzt ein Gedicht, und der Mond findet es nett.«

Die Klasse kicherte, Fräulein von Rehm nickte mit ernster Miene, obwohl sie, was bei ihr selten vorkam, am liebsten herausgelacht hätte.

»Das reimt sich ja wirklich sehr schön«, sagte sie.

»Ich mache wieder ein Gedicht«, verhieß Nina mit glühenden Wangen. »Mal ein ganz langes.«

»Und wie kamst du gerade auf den Mond?« wollte Fräulein von Rehm wissen.

»Weil ich ihn so liebhabe«, sprach Nina innig, worauf die Mädchen wieder lachten, diesmal lauter, doch Fräulein von Rehm lächelte nun und sagte: »Das kann ich verstehen, ich habe ihn auch sehr gern.«

Nina blickte sich triumphierend vor Stolz um. Wenn die anderen so dumm waren und das nicht verstanden, konnte man nichts machen, aber Fräulein von Rehm verstand sie sehr gut.

»Wenn das so ist«, sagte die Lehrerin, »können wir gleich ein Gedicht über den Mond drannehmen. Es ist ein sehr schönes und ein sehr berühmtes Gedicht, und der Dichter, der es gemacht hat, heißt Matthias Claudius. Und nun paßt auf.« Sie blickte über die Klasse hin, lächelte Nina noch einmal zu und begann:

»Der Mond ist aufgegangen,
die goldnen Sternlein prangen ...«

Sie sprach das ganze Gedicht ohne Stocken, mit sehr viel Gefühl und Andacht. Denn sie verlangte nicht nur von ihren Schülerinnen, daß sie Gedichte lernten, sie kannte selbst die meisten auswendig.

Als sie endete, ging ihr Blick über die Klasse, die kleinen Mädchen saßen still und artig wie immer, manche gleichgültig und unberührt, andere beteiligt, einige ergriffen. Am meisten waren Nina die Worte dieses Dichters ins Herz gedrungen. Als Fräulein von Rehms Blick auf sie fiel, sah sie, daß dem Kind die Augen voller Tränen standen, und nun rollte ihr auch schon eine über die Wange. Das rührte Luise von Rehm so ans Herz, wie ihr noch kein Vorfall während ihrer ganzen Schulzeit nahegegangen war.

Daß ein Kind schon so tief empfinden konnte, daß es begriff, zweifellos nicht mit dem Verstand, sondern mit dem Herzen, was ein Dichter ausdrükken wollte, fand sie sehr bemerkenswert. Sie erwähnte es später beim Mittagessen im Kreise ihrer Kolleginnen und fügte hinzu: »Ein sehr liebenswertes kleines Mädchen.«

»Das finde ich auch, ich mag Nina auch sehr gern«, sagte Fräulein Kreiss, die junge Handarbeits- und Zeichenlehrerin. »Man sollte keinen Unterschied zwischen den Kindern machen«, meinte Fräulein Bertram säuerlich. Sie gab französischen Unterricht und hatte bis jetzt noch nicht Ninas Bekanntschaft gemacht.

»Das kann mir gewiß niemand vorwerfen«, sagte Fräulein von Rehm kühl, »ich glaube, daß ich alle Kinder gerecht behandle und mit gleichem Maß messe. Aber die Verschiedenheit der Menschen ist eine Tatsache, die man nicht negieren kann. Ich finde es gut, daß es so ist. Meine beruflichen Erfahrungen haben mich gelehrt, daß alle Eigenschaften, die später das Wesen eines Menschen ausmachen, bereits in einem Kind von fünf oder sechs Jahren fertig vorhanden sind. Ein guter Pädagoge kann die guten Eigenschaften fördern und kann versuchen, üble Eigenschaften zurückzudrängen, ändern wird auch er letzten Endes an einem Menschen nichts. Das Gesetz, nach dem er angetreten, steht bereits geschrieben.« Worauf sich eine längere Debatte zwischen den Damen entwickelte, die bis zum Dessert dauerte und endete wie alle Debatten: daß jeder seine Meinung vertrat und bei seiner Meinung blieb.

Die zuvor schon gute Beziehung zwischen Nina und ihrer ersten Lehrerin vertiefte sich, Nina erfuhr eine weitgehende Förderung, und so empfand sie die Schule auch weiterhin nicht als Zwang, sondern als Vergnügen.

Erstmals war es für sie zu einem Vorgang gekommen, der sich später in ihrem Leben oft wiederholen sollte: daß ein Mensch, ein fremder Mensch, der ihr begegnete, sich bei näherem Kennenlernen ihr liebend zuwandte, bezwungen von der Intensität ihrer Gefühle, der Unmittelbarkeit ihrer Ausdruckskraft.

An einem Tag im Juni des nächsten Jahres waren die vier Kinder am Nachmittag im Garten der Nosseks zusammen. Von Agnes, die sich mit dem kleinen Ernst ebenfalls im Garten aufhielt, hatte jedes ein Glas Milch und ein Brot mit Pflaumenmus bekommen, und nun saßen sie satt und zufrieden im Gras, es war warm und sonnig, und sie redeten von den großen Ferien, die in greifbare Nähe gerückt waren.

Robert, nicht nur äußerlich, sondern auch in der Entwicklung der reifste von ihnen, überraschte sie mit der Mitteilung, daß er mit seinem älteren Bruder eine Fußwanderung durch und über das Riesengebirge machen würde. Bis nach Hirschberg würden sie mit der Bahn fahren und dann nur noch gehen.

Kurtel hörte mit großen Augen zu, er konnte an so etwas nicht denken; er hatte keinen großen Bruder, und auf den einfachen Gedanken, Robert zu fragen: darf ich mitkommen?, kam er nicht.

Magdalene beteiligte sich nicht am Gespräch und blickte mit scheinbar uninteressierter Miene in die Rosenbüsche, die in voller Blüte standen. Sie war pikiert, mehr als das, sie war gekränkt. Sie betrachtete Robert als ihren ganz persönlichen Kavalier und Beschützer, und daß er jetzt eine so weite Reise unternehmen wollte, sich für lange Zeit von ihr trennen wollte und sich ganz offensichtlich darauf noch freute, fand sie empörend. Außerdem hatte er versprochen, er würde in diesem Sommer so viel wie möglich mit ihr zum Baden gehen und ihr das Schwimmen beibringen. Das schien er total vergessen zu haben.

Für Nina waren Sommerferien kein Thema. Sie würde wie jedes Jahr nach Wardenburg gehen, für eine lange herrliche Zeit, und das war sowieso das Schönste, was es auf dieser Erde geben konnte. Sie kniete im Gras und spielte mit dem kleinen Ernst, von ihr zärtlich Erni genannt, lachte mit dem Kind, erzählte ihm lustige Geschichten, die sie sich selbst ausdachte, denn mit der Zeit hatte sie eine tiefe Zuneigung zu diesem kleinen Brüderchen gefaßt. Er war immer noch ein schmächtiges Kerlchen, dünn an Gliedern und Gelenken, mit spärlichem flachsblondem Haar, aber immerhin hatte er sich soweit herausgemacht, trotz sehr langsamer Entwicklung, daß man nun keine Besorgnis mehr um sein Überleben haben mußte.

Ein wenig später kam Charlotte, sie kam oft bei schönem Wetter zu einem Nachmittagsbesuch, Gertrud brachte Kaffee und setzte sich mit ihrem Flickkorb und mit melancholischem Gesichtsausdruck zu den Damen. Agnes und Charlotte tauschten einen besorgten Blick und bemühten sich um besonders weiche und liebevolle Töne.

Für Gertrud hatte das vergangene Frühjahr die erste ernste Begegnung mit einem jungen Mann gebracht. Das war so gekommen: Mit der Zeit waren einige Möbelstücke des weiland Bankdirektors und früheren Bewohners des Hauses etwas wacklig und wurmstichig geworden, die Kinder wuchsen heran und benötigten mehr Platz für ihre Bücher und Hefte und Schularbeiten; besonders Hedwig, die sich neuerdings mit chemischen Experimenten befaßte und nebenbei, das allerdings ganz im geheimen, sozialistische Studien betrieb, hatte sich mit ihren Utensilien so ausgebreitet, daß man beschlossen hatte, ihr ein zweites eigenes Zimmer für ihre Arbeiten einzuräumen. Kurzum, einige Neuanschaffungen waren nötig geworden, und zu diesem Zwecke kam ein Schreiner ins Haus. Gottseidank, so sagte Agnes später, trug Emil die Verantwortung dafür.

Der junge Mann hatte seine Werkstatt in einem Dorf, das zum Landkreis gehörte, lebte dort in einem kleinen Haus zusammen mit seiner Mutter, war fleißig, anständig, und arbeitete bei weitem billiger als die Handwerker in der Stadt. Emil hatte ihn entdeckt, sich über ihn informiert und den jungen Mann zu sich ins Haus geholt, damit er die gewünschten Arbeiten ausführte. Der Schreiner war ein stattlicher hübscher Mann Ende der zwanzig, wirkte sympathisch, war ruhig und freundlich - mit einem Wort, er gefiel Gertrud, und Gertrud gefiel ihm.

Sie hätten ein gutes Paar abgegeben. Der Schreiner war sich bald darüber klar und machte Gertrud auf eine behutsame, keineswegs aufdringliche Art den Hof. Für Gertrud war das etwas Neues. Ihr Leben bestand aus Arbeit für die Familie, hatte immer daraus bestanden, sie kam kaum außer Haus, kannte keinen Menschen, wurde nicht eingeladen, hatte nie eine Tanzstunde besucht, und Umgang mit einem jungen Mann hatte es für sie auch noch nie gegeben. Sie blühte auf in diesem Frühjahr, sie war nicht kokett, aber sie lachte öfter als sonst, sie errötete, sobald der Schreiner auftauchte, sie bewegte sich bewußter, sie schaute in den Spiegel, zupfte hier und da ein Löckchen aus ihrem brav aufgesteckten Haar und überlegte plötzlich jeden Tag eine Weile angestrengt, was sie anziehen sollte. Viel Auswahl hatte sie ohnedies nicht.

Agnes entgingen diese kleinen Anzeichen einer beginnenden Liebesgeschichte nicht, auch Charlotte bemerkte sie. Ungeschickterweise erwähnte Agnes den Fall gegenüber Emil, durchaus wohlmeinend, aber sie hätte es nicht tun sollen, sie kannte Emil schließlich. Sofort verbot er seiner ältesten Tochter strikt jedes persönliche Wort mit dem Schreiner.

»Ein Handwerker ist keine Partie für dich«, sagte er, der selbst der Sohn eines Handwerkers war. »Du mußt an deinen Stand denken.«

»Aber ...«, begann Gertrud.

Ein Blick ihres Vaters ließ Gertrud verstummen. Und bald darauf verschwand der Schreiner aus dem Haus und kam nicht wieder. Was und wie Emil mit ihm gesprochen hatte, wußten die Frauen nicht. Doch es mußte ganz bestimmt in einer Form geschehen sein, die den jungen Mann endgültig vertrieb.

Seitdem hatte Gertrud traurige Augen, sie sprach wenig, und sie lachte auch nicht, für lange Zeit nicht.

Wie eine standesgemäße Partie für Gertrud aussehen und woher sie kommen sollte, darüber hatte Emil allerdings nichts verlauten lassen. So blieb Gertrud ungeliebt und weiterhin das Aschenputtel der Familie, dem niemals ein Prinz erscheinen sollte.

Während die Erwachsenen Kaffee tranken, verzogen sich die Kinder und spazierten hinauf zum Buchenhügel, dem bevorzugten Ziel ihrer Spiele.

»Morgen gehe ich schwimmen«, erklärte Robert. »Ich glaube, das Wasser ist schon warm genug. Und dann werdet ihr auch schwimmen lernen.«

Kurtel nickte tapfer. Er hatte zwar Angst vor dem Wasser, aber natürlich wollte er schwimmen lernen, schon weil Robert, sein bewunderter Freund, ein guter Schwimmer war.

Magdalene war immer noch beleidigt. Als Robert sie leicht anstubste und sagte: »Du wirst es diesen Sommer auch lernen. Du brauchst keine Angst zu haben, ich werde gut auf dich aufpassen«, gab sie keine Antwort und schaute in eine andere Richtung.

»Du willst doch schwimmen lernen?«

»Ich weiß noch nicht«, gab Magdalene gedehnt zur Antwort. »Ich denke, du willst verreisen.«

»Ach, erst in den Ferien.«

Er brachte Magdalenes schlechte Laune nicht mit seiner Wanderung durch das Riesengebirge in Verbindung, er war an ihre Launen gewöhnt, und so wenig imstande wie andere männliche Wesen, die Gedanken in komplizierten weiblichen Gehirnwindungen nachzuvollziehen.

Im Gegenteil, er fing abermals an, begeistert von der bevorstehenden Reise zu schwärmen. Mit seinem älteren Bruder verstand er sich gut. Franz war zwanzig, ging in die Lehre bei einem Klempner und war so wohl geraten, wie alle Söhne des Schmiedes. Der dritte und älteste, Fritz Nossek, arbeitete beim Vater in der Schmiede und war bereits verheiratet. Auch Robert sollte Schmied werden, der Betrieb war so groß geworden, daß zwei Familienmitglieder darin arbeiten mußten, wenn man nicht zu viele Gesellen anstellen wollte.

Vater Nossek stellte es sich so vor, daß sein jüngster Sohn so weit sein würde, ihn zu ersetzen, wenn er sich aufs Altenteil zurückzog. Ein paar Wanderjahre wollte er Robert jedoch gern gönnen, wie er sagte. Jedoch die Pläne seines Vaters deckten sich nicht mit Roberts Wünschen. Und an diesem Nachmittag, unter dem hellen Grün der Buchen, sprach er zum erstenmal von dem, was ihn bewegte: »Daß ihr es alle wißt, ich werde bestimmt nicht Schmied.«

Am Vormittag, als sie aus der Schule kamen, hatten die Kinder, wie so oft, dem Vorbeimarsch der Soldaten, die von einer Geländeübung zurückkehrten, zugesehen. In der Stadt lagen eine Infanterie-, eine Kavallerie- und eine Feldartilleriebrigade in Garnison. Heute war es die Infanterie gewesen, die da in vorbildlichen Reihen vorbeimarschierte, ein Lied singend, und an der Spitze der Hauptmann auf einem prächtigen Schimmel. Für Robert gab es keinen schöneren Anblick, er kannte sich genau aus beim Militär, kannte alle Ränge, alle Abzeichen, wußte genau, was in der Garnison vorging, schon allein deswegen, weil manche Offiziere ihre Pferde bei seinem Vater beschlagen ließen, besonders wenn es edle Pferde waren, weil der Hufschmied der Brigade, wie es hieß, eine unfreundliche Hand hatte.

»Es muß eine wichtige Übung gewesen sein, wenn sogar der Hauptmann dabei war«, hatte Robert gesagt und sehnsuchtsvoll den Soldaten nachgeblickt, solange sie zu sehen waren.

Und nun also: »Daß ihr es wißt, ich werde nicht Schmied.«

»Warum nicht?« fragte Kurtel.

»Ich will was anderes werden.«

»Was denn?«

Robert holte tief Luft, atmete aus und sprach dann voll Nachdruck: »Ich will Offizier werden.«

»Oh!« machte Kurtel mit staunenden Augen.

Magdalene wandte in neu erwachtem Interesse ihren Blick auf den Cousin. Sie waren jetzt auf der Höhe des Hügels, hier standen die Buchen weit auseinander, die Sonne verstreute goldgrünes Licht über Gras und Moos.

»Das kannst du gar nicht«, sagte Kurtel. »Da mußt du erst in eine richtige Schule gehen.«

Robert nicke. »Ich weiß.«

Zwar war die Offizierslaufbahn nicht mehr allein dem Adel vorbehalten, es gab viele bürgerliche Offiziere in der Armee des Königs und Kaisers; er hatte das selbst so gewünscht, und nicht jeder stammte aus reichem Haus. Doch eine höhere Schulbildung war durchaus vonnöten, das war Robert bekannt. »Ich will trotzdem Offizier werden«, beharrte er, »das ist überhaupt das Schönste, was es gibt auf der Welt.«

Daß keine Aussicht bestand für ihn, auf eine höhere Schule überzuwechseln, wußte er. Seine Leistungen waren nicht entsprechend und außerdem hätte er dann die Schule schon vor einigen Jahren wechseln müssen, nun war es zu spät. Aber damals, mit zehn Jahren, hatte er noch nichts von seinem später erträumten Beruf geahnt.

»Mein Bruder sagt«, fuhr Robert fort, »ich kann höchstens mal Unteroffizier werden.«

»Das ist doch auch ganz schön«, tröstete ihn Kurtel. Robert schüttelte den Kopf. »Nein. Ich will unbedingt Offizier werden. Und ich weiß auch schon wie.«

»Wie denn?«

Robert machte ein geheimnisvolles Gesicht, die drei anderen Kinder waren von dem Thema nun gefesselt und schauten ihn gespannt an. Magdalene hatte ihr Schmollen vergessen.

»Wir müssen bloß einen Krieg haben«, sagte Robert.

Die Vorstellung faszinierte die Kinder. Ein Krieg! Das war etwas Großartiges, etwas Wunderbares. Etwas für Männer, für Helden.

»Au ja, ein Krieg!« rief Magdalene. »Das wäre fein. Dann können wir immer die Siege feiern und haben schulfrei.« Auch jetzt hatten sie ja jedes Jahr am 2. September, am Tag der siegreichen Schlacht von Sedan, schulfrei.

»Und wenn Krieg ist«, fragte Nina, »wirst du dann Offizier?«

Robert nickte. »Ganz bestimmt. Im Krieg werden die Tapfersten immer Offiziere, auch wenn sie vorher keine waren. Das hat schon der Alte Fritz so gemacht. Und der Napoleon auch. Seine Soldaten konnten sogar General werden, wenn sie tapfer waren und eine Schlacht gewonnen haben.«

Die einzigen Bücher, die Robert las, handelten vom Krieg, von Soldaten, von Helden, auch, wie man hören konnte, vom Kaiser Napoleon, der ihm außerordentlich imponierte, obwohl er ja eigentlich ein Feind war.

»Der Napoleon«, erzählte er seinen gebannten Zuhörern, »war ein ganz berühmter Mann. Erst war er ganz arm, und keiner kannte ihn. Und dann wurde er der größte General in Frankreich. Und dann sogar Kaiser.«

Er überlegte, mißbilligte selbst den Lobpreis des französischen Kaisers und fügte hinzu: »Er ist natürlich nicht so berühmt wie der Alte Fritz. Der konnte noch besser Krieg führen.« Er überlegte wieder, angestrengt, mit gerunzelter Stirn. »Der Napoleon hat aber viel mehr Krieg geführt. Und viel weiter weg. Aber er hat am Ende verloren. Friedrich der Große hat nie verloren.«

Kurtel wollte zeigen, daß er auch etwas wußte und sagte: »Unser alter Kaiser hat aber auch alle Kriege gewonnen.«

»Die hat der Bismarck gewonnen«, beschied ihn Robert kurz.

»Und unser Kaiser? Gewinnt der auch alle Kriege?« fragte Nina.

»Der macht ja keine«, sagte Robert tadelnd. »Das ist es ja. Aber jetzt braucht er auch noch nicht. Erst wenn ich groß bin, da muß es Krieg geben. Und dann kann ich auch Offizier werden.«

»Dann wünschen wir dir, daß es ganz viel Krieg gibt«, rief Kurtel, »damit du ganz berühmt wirst. Und auch General.«

Über ihnen in den Buchenwipfeln bewegte der Sommerwind leise die Blätter, ein leichter Ostwind. Darum war der Himmel so hoch und so klar, man konnte weit ins Land blicken, auf den Feldern stand das Korn schon hoch, das erste Heu wurde eingefahren, und dazwischen glänzte silbern der breite Strom der Oder.

Ein Bild des Friedens. Ihr gesegnetes, glückliches Heimatland des Friedens, so kannten sie dieses Land, dessen Erde in nicht ferner Vergangenheit genügend Blut getrunken hatte. Das Blut der Helden, die so schnell vergessen wurden. Robert stand gerade, den Kopf vorgereckt, den Blick ins Tal gerichtet, und rief mit Begeisterung: »Ich werde meinen Männern voranstürmen, mein Pferd wird das schnellste sein, und ich werde jeden Feind besiegen.«

Da unten im Tal blitzten für ihn die Bajonette, böllerten die Geschütze, ritten Roß und Reiter gegen den Feind an. »Ohne dich können wir gar keinen Krieg gewinnen«, sagte Magdalene bewundernd. »Und du wirst bestimmt General.«

Es war still auf dem Hügel unter den Buchen, ein Vogel strich talwärts mit hellem Schrei an ihnen vorbei, und plötzlich sagte Nina, leise und mit ängstlicher Stimme: »Aber in einem Krieg müssen doch auch immer viele Menschen sterben.«

»Natürlich«, sagte Robert ruhig, »das ist nun mal so. Aber das macht nichts. Und vom Feind sterben immer viel mehr.«

»Du hast wohl wieder mal Angst, wie?« fragte Magdalene spöttisch.

Nina antwortete nicht. Sie schob die Unterlippe vor, blickte auch hinab in das grüne friedliche Tal, auf den silbernen Strom. Sie hatte die drei anderen gegen sich, das spürte sie, die dachten wieder einmal, daß sie zu klein und zu dumm sei, um zu verstehen, wovon die Rede war.

Ganz verstehen konnte sie es auch nicht. Ganz verstehen konnte sie ja auch nicht, was Sterben war. In diesem Winter war die Katze gestorben, ganz plötzlich. Hatte zuckend und sich windend am Boden gelegen, hatte geschrien, war leiser geworden und miteins tot gewesen.

Es war ganz schrecklich. Nina konnte nächtelang nicht schlafen, und wenn sie schlief, weinte sie im Schlaf. Die Katze mußte etwas Giftiges gefressen haben, hatte Gertrud gesagt, oder die Leute hätten Mäusegift gestreut, und die Katze hatte eine giftige Maus erwischt.

Gleichviel was es war, es war schrecklich gewesen, als die Katze starb. Und Nina dachte, daß sie nie wieder so etwas Schreckliches sehen wollte. Es sollte

159

auch keiner sterben. Und wenn Robert nur General werden konnte, wenn viele Menschen starben, dann sollte er lieber nicht General werden. Aber ihm war das egal. Nein, Nina konnte es nicht verstehen. »Ich möchte nicht General werden«, flüsterte sie vor sich hin, ganz leise, damit die anderen es nicht hörten. Aber die waren schon fort, spielten Fangen unter den Buchen. Sie stand allein. Unten floß die Oder, langsam, glänzend im Sonnenlicht. Nur das Tageslicht und das Wetter änderten ihre Farbe, nicht mehr das Blut, das in sie floß.

Nina
1928

In den letzten Wochen war viel zu tun. Wir hatten Neueinstudierung und Premiere, eine Uraufführung sogar, Felix hat selbst Regie geführt und sich kolossal hineingekniet, und dann wurde es eine große Pleite. Seitdem gehen wir alle quasi auf Zehenspitzen und tragen Trauer. Felix ist sehr, sehr unglücklich, seine Stirn ist ständig gerunzelt, und ich weiß so gut wie jeder im Haus, was es bedeutet, wenn nichts in die Kasse kommt. Wir kommen schon kaum durch, wenn ein Stück läuft, so wie das letzte gelaufen ist, aber wenn das Theater leer ist, stehen wir kurz vor dem endgültigen Untergang. Jeder weiß es, jeder ist besorgt, die Stimmung unter den Schauspielern ist miserabel. Ich würde Felix gern helfen, aber ich kann nicht, Geld habe ich nicht, und raten läßt er sich nicht von mir.

Ich hatte ihm von dem Stück abgeraten. Mir gefiel es schon beim Lesen nicht. Es ist so unfroh und dazu ein ewiges Gelabere. So etwas mögen die Leute nicht. Es handelt von einem Mann, der aus dem Krieg kommt, und im Krieg war er sehr tapfer und vollbrachte große Taten, und dann in der Nachkriegswelt ist er feige und findet sich im normalen Leben überhaupt nicht zurecht, verlangt immer, daß alle ihn noch bewundern, aber es ist nichts mehr an ihm zu bewundern. Seine Heldentaten gehören der Vergangenheit an, und damit kann sich der Mensch nicht abfinden. Er redet und redet und redet, was er alles getan und geleistet hat fürs Vaterland, und was er wieder für große Dinge vollbringen will fürs Vaterland, wenn selbiges ihn ruft. Ich finde, das ist Unsinn. Der Krieg war zu ernst und zu fürchterlich, als daß man ihn jetzt im Theater totreden kann.

Das habe ich Felix gesagt, und er hat gesagt, ich verstehe das nicht, aber das Stück wäre genau so, wie Männer empfinden und denken. Darauf sagte ich, ich hätte noch nie verstanden, was eigentlich in den Köpfen der Männer vorgeht und ob sie denn wirklich gar keinen Verstand haben.

Wie es scheint, steckt das Stück uns an, wir reden auch lauter Unsinn. Meiner Meinung nach will keiner mehr was vom Krieg hören, das ist nun zehn Jahre her, und war so schrecklich, daß es bestimmt nie wieder einen Krieg geben wird. Das wenigstens haben wir mit dem ganzen Elend erreicht.

Trotzdem, sagt Felix, können wir die hinter uns liegende Zeit nicht einfach verdrängen, schließlich hat sie das Leben der meisten Menschen verändert, das ganze Leben und die ganze Welt dazu, und genau das würde in dem Stück ausgesprochen. Ich kann das nicht finden, in dem Stück wird nur gequatscht, dämlich gequatscht, und das ist in meinen Augen gerade Verdrängung. Und was soll denn das auch heißen? Alle Menschen wollen beiseite schieben, was sie quält und was sie traurig macht, wenn sie das nicht täten oder - wenigstens versuchten, könnte keiner weiterleben. Man denkt trotzdem noch oft genug an die Toten. An all die jungen Männer, die ihr Leben nicht gelebt haben. An die Kranken und Zerstörten, die man vor Augen hatte. So einer wie Felix zum Beispiel.

Ich zum Beispiel denke viel an Kurtel, auch wenn ich nicht daran denken will. Man hat mir nicht mitgeteilt, daß er tot ist. Vermißt, hat es geheißen. Und das nun seit zwölf Jahren. Vermißt in Rußland, was heute Sowjetunion heißt und von Kommunisten regiert wird. Es gibt keinen Zaren mehr. Wir haben ja auch keinen Kaiser mehr. Es geht auch ohne. Es geht schlechter, das mal bestimmt, aber unsere neuen machen wenigstens keinen Krieg.

Und wenn ich an Kurtel denke, der liebe, sanfte Kurtel, der nie ein böses Wort gesagt hat und nie einem Menschen auch nur das kleinste Unrecht angetan hat, und auf einmal ist er verschwunden, verlorengegangen in dem riesigen Rußland, einfach weg, dann weiß ich doch, daß es der helle Wahnsinn ist, was man mit den Menschen angefangen hat. Wenn ich an ihn denke, muß ich weinen. Nicht weil ich ihn so sehr geliebt hätte, geliebt habe ich ihn nie, ich habe ihn gern gehabt, von Herzen gern, und heute ist mein Herz erfüllt von Mitleid, und ich täte alles, was ich tun könnte, ihm zu helfen, aber da gibt es keine Hilfe mehr, er ist tot, ich weiß, daß er tot ist, erfroren, verdorben und gestorben, weit in Rußland drin. Wenn er in Gefangenschaft gekommen wäre, hätte man ja mal etwas gehört. Aber nie ein Wort.

Oder Robert. Als wir Kinder waren, da erinnere ich mich an einen Nachmittag, es war im Sommer, und ich war noch ziemlich klein, sieben oder acht, und wir waren hinaufgegangen zu den Buchen, die nicht weit von unserem Haus entfernt auf einem Hügel wuchsen, und da hatte er uns gesagt, er wolle Offizier werden. Das kann er aber nur, wenn es Krieg geben wird. Mit seinem Pferd wollte er seinen Soldaten voranreiten und jeden Feind besiegen. Wenn ich groß bin, muß es Krieg geben, sagte er.

Es gab Krieg, als er groß war. Er ritt nicht mit seinem Pferd gegen den Feind, er verreckte in einem Schützengraben in Frankreich. Vor Verdun, wo sie sich so erbittert umbrachten. Er war nicht Offizier geworden, nur Unteroffizier. Sterben mußte er trotzdem. Er hatte seinen Krieg bekommen. Ich möchte wissen, was er dachte, als er in dem Schützengraben lag, ob er sich noch immer Krieg wünschte. Damals konnte man sich so eine Art von Krieg gar nicht vorstellen, so stand es nicht in den Büchern mit den Heldentaten, die die Jungen lasen. Was heißt das also, verdrängen und vergessen? Wir, die wir es erlebt haben, können nicht vergessen, aber verdrängen können wir schon. Das habe ich miterlebt. Für jeden Menschen ist sein eigenes Schicksal wichtig, sonst nichts. Und wenn er überlebt hat, dann lebt er. Und er will so gut wie möglich leben, und er will gut essen und will lieben und lachen, und das andere will er nicht mehr wissen. Die Inflation zum Beispiel hat die meisten Menschen viel mehr getroffen als der Krieg. Nicht jeder war an der Front, aber jeder hat sein Geld verloren. Jeder hatte kein Geld oder nur wertloses Papier. Oder fast jeder. Die anderen hatten viel. Aber die meisten hatten keins, und es ging ihnen schlecht, und sie konnten es nicht begreifen. Sie konnten dies weniger begreifen als den Krieg. Und seitdem ist Geld überhaupt das Allerwichtigste geworden. Das Allergrößte. Es bedeutet ihnen mehr als Gott und mehr als die anderen Menschen und als die Liebe, und ich glaube, sie würden noch einmal Millionen Menschen opfern, nur damit sie ihr Geld behalten können.

Darüber sollte einer mal ein Theaterstück schreiben, über das veränderte Weltbild des Menschen. Es müßte heißen ›Der neue Gott‹ oder so. Aber wahrscheinlich kann man so etwas nicht auf die Bühne bringen, vielleicht könnte man ein Buch darüber schreiben. Das ist genau wie das Stück, das wir jetzt spielen, das wäre als Buch vielleicht möglich, aber nicht auf der Bühne. Wenn einer immerzu redet, und die Mitspieler sind nur Stichwortbringer, dann ist das einfach langweilig. Ich weiß, daß Thiede die Rolle nicht gern spielt, so umfangreich sie auch ist. Er ist ein echter Komödiant, er fühlt sich unbehaglich bei dem öden Gelabere.

Kommen die schlechten Kritiken dazu, die wir hatten.

Felix ist sehr verbittert.

»Ich will nicht nur immer seichten Schund machen, ich möchte Stücke spielen, die sich mit Zeitproblemen befassen.«

Ich habe gesagt, daß ich das durchaus verstehe, aber dann muß es eben auch ein gutes Stück sein und nicht nur seichter Problemquatsch. Wir haben uns richtig gestritten. Eine Woche lief das Stück gestern, und das Theater war zu einem Viertel besetzt. Das ist tödlich, nicht nur für die Kasse, auch für die Schauspieler. Thiede rennt ganz verstört herum und wird zusätzlich jeden Tag schlechter in dieser Rolle. Er sagt, er kommt sich vor, als wenn man ihm den Boden unter den Füßen wegzieht.

Marga sagte gestern nach der Vorstellung: »Kinder, das geht so nicht weiter. Frau Jonkalla, Sie müssen dem Chef beibiegen, daß er schleunigst absetzt und was anderes an Land zieht. Sonst gehen wir nächsten Monat alle stempeln.«

Heute kam Lissy. Sie war meine Vorgängerin bei Felix. Das heißt, sie war seine Sekretärin, nicht etwa seine Freundin. Sekretärin, Kulissenschieber, Mülleimer, Krankenschwester, Irrenwärter, Hilfsdramaturg, »ebent Mächen for allet«, wie Lissy das nennt. Glücklicherweise hat sie geheiratet, und so kam ich zu diesem ehrenvollen Posten. Der mir an sich viel Spaß macht, nur gerade jetzt nicht. Lissy kommt oft zu Besuch, sie vermißt das Theater sehr, und natürlich bekommen sie und ihr Mann immer Premierenkarten. Heute hat sie sich noch einmal den ersten Akt angesehen, dann kam sie zu uns ins Büro.

»Nee, wissen Se, Herr Bodman, det is 'ne Fehlzündung. Damit müssen Se schleunigst uffhören.«

Felix saß an seinem Schreibtisch, er hatte eine Flasche Korn neben sich stehen und trank einen nach dem anderen. Er trinkt überhaupt sehr viel in letzter Zeit. »Red keinen Unsinn, Lissy. Wir laufen jetzt eine Woche, ich kann nicht schon wieder absetzen.«

»Det müssen Se. Sonst könn' Se die Bude gleich dicht machen. Ick weeß doch, wat et bedeutet, wenn der Laden nicht jeht. Wie woll'n Se denn die Gagen zahlen?«

»Du gehst mir auf die Nerven, Lissy«, sagte Felix und schenkte sich wieder ein.

»Kann ja sein, kratzt mich aber nich weiter. Eener muß Ihnen doch mal Bescheid stoßen. Ick kann mir det leisten, nich? Ick bin n' Neutraler jewissermaßen. Meine Brötchen sin es nicht mehr, die hier jebacken wern. Un Frau Jonkalla vasteht et ebent noch nich so jut, nich?«

Ich machte schon den Mund auf, um zu sagen, daß ich genau ihrer Meinung sei, daß ich genau dasselbe sage wie sie, daß ich schon bei den Proben geunkt habe, aber Felix schoß einen wütenden Blick zu mir hinüber, also machte ich den Mund wieder zu.

»Es ist ein gutes Stück«, beharrte Felix eigensinnig«, »und es trifft genau ins Schwarze. Vielleicht kommt es zwei Jahre zu früh.«

»Kann ja sein, det der Mann det Richtige jemeint hat, und daß 'ne Welle ranrollt, aber jemacht is et mies.«

»Vielleicht hätt' ich nicht selber inszenieren sollen«, sagte Felix selbstquälerisch, das sagt er jeden Abend mindestens zwanzigmal. »Ich bin eben ein miserabler Regisseur.«

»Vielleicht sind Se keen Genie«, gab Lissy ungerührt zu, »aber det Stück hätte ooch der Reinhardt nich retten können. Wenn und es wäre nämlich jut, hätt' er's ja wohl jemacht, nich? Aber det is keen Stück, det is'n einziges Geseire. Man hört nach 'ner Weile nich mehr hin. Ob Se mir det nu glooben oder nich, et is so. Ooch, wenn er recht haben tut.«

Lissy wollte auch mal Schauspielerin werden, wie ich weiß, aber da sie sich ihren Berliner Dialekt nie abgewöhnen konnte, wurde nichts daraus. Aber sie versteht eine ganze Menge vom Theater.

Jedenfalls ging das noch eine Weile so weiter, Felix trank einen Schnaps nach dem anderen, erst als Lissy sagte: »Saufen Sie eigentlich die janze Flasche alleene aus«, goß er uns auch einen ein.

Dann war der zweite Akt durch, es war Pause, Felix ging hinaus, ich blieb mit Lissy im Büro. Ich kann das gar nicht sehen, wenn Thiede von der Bühne kommt, mit so verzweifelter Miene, ich mag ihn nämlich. Er ist ein guter Schauspieler, und wenn Felix ihm keine besseren Rollen gibt, wird er bei uns nicht mehr auftreten.

Lissy dachte dasselbe wie ich.

»Den Thiede seid ihr los. Der haut ab. Sobald der was anderes kriegt, kratzt er die Kurve.«

»Was sollen wir denn tun, Lissy?«

»Absetzen. Je eher um so besser. Is doch keene Schande nich, ham schon größere Theater jemacht. Denken Se mal, jetzt ist gleich Dezember, denn kommt Weihnachten un Silvester, da wollen sich die Leute amüsieren. Ihr müßt ein Stück haben, das bis zum Februar läuft. Mindestens.«

»Wo sollen wir denn jetzt so schnell ein Stück herkriegen?«

»Ach, et gibt doch jenügend jute Sachen. Ihr müßt was nehmen, was die Leute jernhaben. 'n Oscar Wilde oder sowat. Der ideale Gatte, det läuft immer. Oder was Französisches, Sardou oder so. Meinetwejen ooch Charleys Tante. Bloß von so'ne Uraufführung soll er doch wenigstens die Finger lassen, det biegen Se ihm mal bei. Det kann er nämlich wirklich nich. Kommt nischt bei raus.«

»Aber wie sollen wir das finanzieren? Wir können rein finanziell nicht schon wieder was Neues machen.«

»Na, die Klamotte hier kann doch nich ville jekostet ham. Eene Dekoration, nur fünf Schauspieler, anjezogen sin se ooch wie die letzten Menschen. Kann doch nich teuer jewesen sein.«

Stimmt, teuer war es nicht. Aber da ist noch der Autor, er fühlt sich als Dichter und hat Riesenrosinen im Kopf. Felix hält ihn für ein Talent und beide haben sich aneinander hochjejubelt.

»Und der Autor? Der ist so sensibel. Der springt glatt in die Spree, wenn wir das Stück absetzen.«

»Lassen Se'n ruhig huppen. Da hat die Welt nich viel verloren«, gab Lissy erbarmungslos zur Antwort. »Un was die Pinke betrifft, da muß eben die Lady ran. Gefällt ihr det Stück denn?«

»Sie hat's noch nicht gesehen, sie ist zur Zeit in Amerika.«

»Un kommt se wieder?«

Ich blickte Lissy verwirrt an.

»Wie meinen Sie das?«

»Na, ick hab' mir immer schon jedacht, det se eines Tages janz drüben bleibt. Sehn Se mal, die hat doch ihre ganze Mischpoke drüben. Un die soll 'n ja dort janz lustig leben, wie ich jehört habe. Un denn . . . also nehm' Se's mir nich übel, Frau Jonkalla, aber ick gloobe, die hat mit unserem juten Felix nich mehr viel im Sinn.«

Ich schwieg, schenkte Lissy und mir noch einen Schnaps ein. Die Pause würde gleich zu Ende sein, mir war jetzt schon bange, mit was für einem Gesicht Felix zurückkehren würde. »Sehn' Se«, erklärte Lissy und kippte ihren Schnaps, »is doch sonnenklar, nich? Wie die Herrn Bodman jeheiratet hat, war der jung un schön, nich? So der Typ strahlender Held, Don Carlos un Romeo un Ferdinand un so. Hat er Ihnen mal erzählt, in welcher Rolle die ihn zuerst gesehen hat?«

Ich schüttelte den Kopf.

»Als Peer Gynt. Na, wat sagen Se nu? Nu sagen Se gar nischt. Wissen Se, wat det for'ne Rolle is, für eenen, der jung is und voll Begeisterung? Det is Zucker von'ner Rolle. Wenn Se mich fragen, war er viel zu jung für die Rolle damals, aber er spielte se eben. Un sie sah ihn und ihn sehn und sich verknallen, war eins. Un denn ließ se sich ooch gleich scheiden, und mit dem nächsten Dampfer war se wieder da, und dann hamse geheiratet. Un denn kam ooch schon der Krieg. Und wie's'n wiederkriegte, sah er so aus wie heute. Nu sind Sie dran.«

»Sie sind gemein, Lissy«, sagte ich leise.

»Jemein? Ick bin nich gemein. Ick seh die Dinge nur, wie se sind. Sollten Se sich ooch angewöhnen, Frau Jonkalla, hilft ungemeen. Un nu pendelt se pausenlos hin und her zwischen hier und Amerika. Und nebenbei finanziert se ihm sein kleenet Theater hier. Auftreten kann er nich mehr, also will er'n Theater ham. Un wat glooben Se, wie lang die det noch macht?«

Ich schwieg, hörte draußen Felix' Stimme, der mit Thiede sprach.

»Det kann ick Ihnen genau sagen. So lange, bis se eenen andern hat. Un zwar drüben, nich hier. Die hat die Schnauze voll von Deutschland, die braucht jetzt een Amerikaner. Na gut, sie is nich mehr die Jüngste, sieht aber immer noch nach allerhand aus. Kenn' Se se eigentlich?«

»Nein«, sagte ich abweisend, »ich kenne Frau Bodman nicht.«

»Na, is ja ooch vielleicht besser in Ihrem Fall.«

Ich ärgerte mich, fand Lissy unverschämt. Was weiß sie denn über mich und Felix, gar nichts.

Aber natürlich ist es Unsinn, mir da etwas vorzumachen. Alle im Theater wissen, wie Felix und ich zueinander stehen, also weiß es Lissy auch. Und vermutlich weiß es seine Frau auch, irgendeiner wird es ihr schon erzählt haben. Und daß sie bisher dagegen nichts unternommen hat, beweist ja nur, daß Lissy recht hat. Es ist ihr gleichgültig, was Felix treibt, ob er sie betrügt oder nicht. Wenn sie noch für das Theater zahlt, ist es die reine Gutmütigkeit. Dollars hat sie offenbar genug, und Dollars stehen auch heute noch hoch im Kurs.

»Na, ihr zwei«, sagte Felix, als er wieder ins Büro kam.
»Wir ham uns überlegt, wat Se machen könnten, wenn Se umdisponieren. Wie wär's denn mit dem ›Idealen Gatten‹? Thiede gäb' einen süßen Lord Goring ab.«

»Für Thiede käme nur der Chiltern in Frage«, gab Felix widerborstig zur Antwort.

»Ooch gut. Un für die Lady wüßte ich Ihnen eene prima Besetzung. Die Linhardt. Vera Linhardt, die kenn' Se doch. Tolle Frau. Schön und kühl, wäre jenau die richtige Besetzung. Un ick weeß, det se zur Zeit frei is un 'ne Rolle sucht.«

»Hau ab, Lissy, du machst mich wahnsinnig.« Er hatte schon wieder die Flasche in der Hand. »Von den paar Leuten, die da waren, ist die Hälfte schon gegangen. Thiede wollte nicht auf die Bühne.«

Lissy sagt diesmal gar nichts, ich sagte: »Gott, der arme Junge.«

Thiede sagte dann auch nach der Vorstellung: »Ich spiele nicht weiter.« Er war blaß unter der Schminke, seine Augen ganz erloschen.

»Das können Sie gar nicht«, sagte Felix kalt, »Sie haben einen Vertrag.«

»Ich breche den Vertrag. Wenn Sie wollen, können Sie mir ja eine Konventionalstrafe aufbrummen. Zahlen kann ich nicht, also lassen Sie mich pfänden. Viel zu pfänden gibt es allerdings nicht. Ich wohne in einer Pension, ich habe keine Möbel, kein Auto, nur ein paar Bücher und zwei Anzüge. Bitte, bedienen Sie sich, Herr Bodman.«

»Mein Gott«, sagte ich, »hört doch auf, so blöd zu reden. Davon wird nichts besser.« Und dann wandte ich mich zum erstenmal gegen Felix. »Herr Thiede hat recht, wir müssen das Stück absetzen. Je eher, desto besser.«

Und da brüllt mich Felix an, die Adern schwollen an seinen Schläfen, die Narbe in seinem Gesicht färbte sich blutrot. »Was, zum Teufel, verstehst du denn davon? Ich verbitte mir deine Einmischung.« Aber ich ließ mich nicht beirren.

»Wenn wir uns morgen entscheiden, was wir machen, können wir übermorgen anfangen zu probieren. Dann spielen wir das hier noch eine Woche, machen dann eine Woche zu, und dann machen wir Premiere. Das ist genau vierzehn Tage vor Weihnachten. Bißchen spät, aber besser als gar nichts. Und es muß was Heiteres sein, das wir über Silvester und durch die Ballsaison spielen können.«

»Wie wär's denn mit der Fledermaus?« fragte Felix höhnisch. Er sah aus, als ob er mich ermorden wollte. Aber Thiede lächelte mich dankbar an.

»Sie sind eine Frau von raschem Entschluß. Ich bin auch der Meinung, daß man es so machen könnte.«

»Es muß ein Stück sein«, sagte ich, mit einemmal von wildem Eifer gepackt, »das wir möglichst mit dem Ensemble spielen können, das wir jetzt haben. Damit wir keinen hinaussetzen müssen. Und wen wir noch brauchen, engagieren wir dazu. Arbeitslose Schauspieler gibt es genug.«

Thiede war von meinem Eifer angesteckt. »Wir haben zwei Frauen und drei Männer auf der Bühne. Eva ist sehr vielseitig, ich denke, daß sie auch in einer Komödie gut rauskommen würde.«

Marga, die Thiedes Mutter spielt in diesem Stück, hatte sich zu uns gesellt, schon seit einer Weile, aber kein Wort bisher gesagt.

Jetzt griff sie ein.

»Ganz einfach. Wir machen ›Arms and the Man‹ von Shaw. Der Chocolatesoldier ist eine prima Rolle für dich, Peter.« Thiede lacht, er ist nicht wiederzuerkennen.

»Doch, würde mir Spaß machen. Ein gutes Stück. Eva wäre die Raina auf den Leib geschrieben.«

Ob sich was angesponnen hat zwischen den beiden, daß er es gar so wichtig hat, weiter mit ihr zu spielen?

»Ich könnte die Mutter machen«, fuhr Marga fort, »und Morotzki den Vater. Gott, wird der froh sein, wenn er die Wurzen hier los ist. Und ich denke, daß Bob mit dem Sergius hinkäme, der hat ja so schneidige Töne.«

»Und dann brauchen wir noch eine rasante Person für die Louka, was ganz Knuspriges.« Soll keiner sagen, daß ich nicht die geborene Dramaturgin bin, ich habe ›Helden‹ auch schon mal gesehen, noch bei uns zu Hause.

Felix blickte über uns alle hinweg, er hatte kein Wort dazu geäußert. Nun sagte er eiskalt: »Dann kann ich ja gehen. Ihr macht in Zukunft das Theater am besten ohne mich.«

Wendet sich und geht.

Ich blickte Felix nach und ärgerte mich über ihn. Alle wollen ihm helfen, und er benimmt sich wie eine Betonwand. Und jetzt ist er auch noch beleidigt.

»Jetzt sind wir ihm auf den Schlips getreten, wie?« sagte Thiede. »Meinen Sie, Sie können ihn überreden, daß er absetzt? ›Helden‹ wäre wirklich nicht schlecht. Wir müssen uns bloß erkundigen, wann es zuletzt in Berlin gelaufen ist.«

Felix war nicht in seinem Büro, nicht mehr im Theater, er war doch tatsächlich aus dem Haus gelaufen. Ich spülte die Schnapsgläser aus, trug die Kippen aufs Klo, räumte im Büro ein bißchen auf und wartete dann, bis das Theater leer war.

Mohlmann, unser nicht mit Gold zu bezahlendes Faktotum, wartete schon an der Tür auf mich.

»Der Chef ist weg, Molly, nicht?«

»Er is vor 'ner halben Stunde hier rausgelaufen, ohne Mantel. Ich dachte, er kommt gleich wieder, war aber nich.«

Es hat keinen Zweck, vor Molly Geheimnisse zu haben, er erfährt sowieso alles.

»Wir haben ihn geärgert, Molly. Er ist böse mit uns und der ganzen Welt. Sein Mantel hängt im Büro und seine Schlüssel sind drin. Wenn er sie braucht, wird er schon kommen.«

»Ick bin ja da«, sagte Molly tröstend, »keene Bange nich. Ärjer jibt's immer mal. Schadt nischt. Kann uns nich kratzen, wat wir allet hinter uns ham. Hauptsache, wir ham een Dach überm Kopp un' 'n bißken Pinke. Mehr braucht der Mensch nich zum Leben.«

»Darum geht's ja. Wer weiß, wie lange wir das noch haben.«

»Is'n ziemlicher Reinfall, det Stück, nich?«

»Kann man wohl sagen. Aber wir machen was anderes. Bald. Und weil wir das alle wollen, ist der Chef so böse.«

»Ach so, drum. Na, er is ja'n vernünftiger Mensch. Wird sich schon an den Jedanken jewöhnen. 'n Fehler kann jeder mal machen.«

»So ist es. Gute Nacht, Molly.«

»Gute Nacht, Frau Jonkalla. Denn schlafen Se man trotzdem jut.«
Molly ist ein Mensch, den man einfach liebhaben muß. Dabei so ein armes Schwein. Aber er fühlt sich nicht so, ist immer vergnügt, und wenn unsere Schauspieler Streit haben oder Kummer oder mit ihren Rollen nicht zufrieden sind, weinen sie sich bei Molly aus.

Er ist alles in einem: Hausmeister, Pförtner, Requisiteur, Nachtwächter, Kindermädchen für alle. Tag und Nacht ist er im Theater, bewohnt einen kleinen Raum, da steht ein Feldbett drin und ein kleiner Spirituskocher, da macht er sich seine Würstchen heiß und kocht sich Kaffee. Er hat nur noch ein Bein, auch so einer, den der Krieg kaputtgemacht hat. Früher war er Gärtner. Felix kennt ihn von draußen, sie waren in der gleichen Kompanie. Als Molly aus dem Krieg kam, lief ihm die Frau weg. Er ist ganz allein. Aber er hat uns, und wir lieben ihn alle, das Theater ist seine Heimat, und wir sind seine Familie.

Jetzt sitze ich hier zu Hause, alles schläft, es ist halb drei. Ich sitze im Wohnzimmer und bin ganz leise, damit Trudel nicht merkt, daß ich noch wach bin. Wo mag Felix hingelaufen sein? Auf dem Heimweg habe ich bei Ossi angerufen, aber da war er nicht. Garantiert sitzt er irgendwo und trinkt. Er wird sehr unglücklich sein, und es tut mir leid, daß ich ihn fortlaufen ließ. Angeschrien hat er mich auch, das hat er noch nie getan. Noch dazu vor den anderen. Früher hätte mich so etwas schrecklich wütend gemacht. Aber jetzt bin ich schon ziemlich abgebrüht, das bringt die Zeit so mit sich. Und Berlin. Hier nehmen sie kein Blatt vor den Mund. Und wer empfindlich ist, der sollte gar nicht herkommen. Irgendwie hat es mir einen Schock gegeben, was Lissy über seine Frau erzählt hat. Warum erzählt er mir das nicht selber? Mich fragt er immer nach früher aus, nach meinem Leben, meiner Ehe, und wen ich alles geliebt habe und so. Ich wußte zum Beispiel nicht, daß seine Frau sich hat seinetwegen scheiden lassen. Sie sieht gut aus, sagt Lissy. Und wenn sie das tut, was Lissy vermutet, nämlich daß sie sich eines Tages einen anderen Mann einkauft, was soll dann aus Felix werden? Was soll er machen mit einem Arm und seinem kaputten Gesicht. Wenn er das Theater nicht mehr hätte, das wäre sein Ende.

Es ist furchtbar. Und wir waren so gemein zu ihm, wir haben uns alle gegen ihn gestellt heute. Ich auch. Wenn ich Telefon hätte, würde ich versuchen, ihn anzurufen. Oder Molly anrufen und fragen, ob er im Theater ist und auf seinem Sofa im Büro schläft. Oder seine Hausschlüssel geholt hat.

Wir haben kein Telefon. Wenn ich telefonieren will, muß ich runtergehen zum Telefonhäuschen. Und wenn ich jetzt die Wohnung verlasse, hört Trudel mich bestimmt. Sie hört alles. Und ich bin so müde.

Nina
1928

WAS FÜR EIN TAG! Was für eine Nacht! Und noch ein Tag! Heute habe ich bis zehn geschlafen, ich hörte nicht, wie die Kinder aufstanden und zur Schule gingen. Was täte ich ohne Trudel?
　Sie brachte mir das Frühstück ans Bett, als sie merkte, daß ich wach war.
　»Weißt du!« sagte sie vorwurfsvoll.
　»Bitte!!!« sagte ich, noch immer gereizt.
　Sie goß mir den Kaffee ein und trug eine beleidigte Miene zur Schau. Am liebsten hätte ich gar nichts gegessen, mir war ganz flau im Magen vom vielen Trinken und Rauchen, aber ihr zuliebe aß ich eine Schrippe, mit Leberwurst. Und weil sie so knusprig war, aß ich noch eine zweite mit Honig. Das stimmte Trudel milder.
　»Ich habe mir Sorgen gemacht«, sagte sie, als sie mir die dritte Tasse Kaffee einschenkte.
　»Ich hab' doch angerufen.«
　»Aber erst so spät.«
　Im Notfall können wir im Nebenhaus unten beim Kaufmann anrufen, da wir dort Kunden sind. Er schickt dann das Mädchen herauf und läßt es ausrichten.
　Es stimmt, ich habe erst gestern vormittag gegen elf angerufen, da war ich immerhin einen ganzen Tag und eine ganze Nacht verschwunden. Das sind sie von mir nicht gewöhnt. »Es passiert so viel«, sagte Trudel noch.
　Ich lachte. »Kann man wohl sagen.«
　Ich warf noch einen Blick in die Zeitung, dann sprang ich aus dem Bett. Ich mußte ins Theater, mußte hören, wie es weiterging.
　Gestern, nein, vorgestern ist das nun schon, als ich ins Theater kam, war Felix immer nicht aufgetaucht. Molly hatte nichts gesehen und gehört, der Mantel hing noch im Büro. Wo hatte er die Nacht verbracht?
　Ich bekam eine Riesenangst, er war so verzweifelt weggelaufen, er war schon die ganze Woche verzweifelt gewesen wegen dieses dämlichen Stücks. Nicht nur deswegen, er war es ja eigentlich immerzu und ununterbrochen, seit diesem verdammten Krieg, der sein Leben zerstört hat. Das konnte auch ich nicht ändern, das konnte auch ich nicht ändern, was man Liebe nennt.
　Im ersten Augenblick dachte ich, daß er sich etwas angetan hat. Er hat mir einmal erzählt, daß er eine Pistole zu Hause hätte, noch aus dem Krieg. Aber zu Hause konnte er nicht gewesen sein, er hatte ja keinen Schlüssel.
　Im Theater war es unnatürlich still, keiner da außer mir und der Putzfrau. Und Molly natürlich. Doch dann kam Marga und kurz darauf Thiede. Sie hatten weiter geredet, das merkte ich gleich, und waren voller Ideen. Aber ich ließ sie nicht zu Wort kommen, erzählte ihnen, daß Felix verschwunden. war, und von dem hängengebliebenen Mantel mit seinen Schlüsseln drin.
　»Er hat sich umgebracht.«
　»Unsinn!« sagte Marga. »Fangen Sie bloß nicht an zu spinnen. Wenn sich

jeder Theaterdirektor umbringen wollte, wenn er mit einem Stück auf den Bauch fällt, gäbe es keine Theater mehr.«

Thiede zog eine Grimasse. »O doch. Theaterdirektoren wachsen nach wie Unkraut. Genau wie Schauspieler. Der ewige Glaube gehört zu diesem Beruf. Aber ich denke nicht, daß er so etwas täte. Nach allem, was er erlebt hat, kann ihn doch so etwas nicht umwerfen.«

»Einmal ist Schluß«, sagte ich. »Da will man nicht mehr.«

»Es paßt überhaupt nicht zu Ihnen, so etwas zu sagen«, wies mich Marga zurecht. »Ein so tapferes und lebensbejahendes Mädchen wie Sie.«

Das machte mich stumm. Komisch, alle Leute halten mich für tapfer und fröhlich und lebensbejahend und sowas alles. Ich sehe mich nicht so. Ich halte mich für feige, untüchtig und vom Leben geschlagen. »Aber wo soll er denn sein?«

»Er wird sich besoffen haben«, sagte Marga ungerührt.

»Na gut, und dann? Er muß doch irgendwo schlafen.«

»Er muß gar nicht. Es gibt in Berlin Möglichkeiten genug, wo man den Rest einer Nacht verbringen kann. Vielleicht ist er in irgendein Hotel gegangen. Oder mit einem Mädchen.«

»Mit einem Straßenmädchen?« fragte ich fassungslos. »Das tut er nicht.«

»Tut er nicht, auch gut.« Sie lächelte milde. »Sie wissen nicht viel vom Leben, Nina, wie? Die reine Unschuld vom Lande. Ausgebuhte Männer tun so etwas immer.«

»Laß sie doch«, sagte Thiede verweisend. »Sie braucht so etwas nicht zu wissen.«

Ich kam mir etwas lächerlich vor. Unschuld vom Land. Mein Blick hing am Telefon. Sonst klingelt es immerzu. Meist Schauspieler, die nach einem Engagement fragen. Oder Agenten, die uns ihre Schäflein andrehen wollen. Oder Lieferanten, die Geld zu bekommen haben. Zur Zeit waren wir offenbar von jedermanns Liste gestrichen. Flaute im Haus, so etwas spricht sich schnell herum. Er könnte aber wenigstens anrufen, wo immer er die Nacht verbracht hat. Er konnte sich ja denken, daß ich hier saß und mir Sorgen machte.

»Ich habe darüber nachgedacht, was wir gestern besprochen haben«, sagte Thiede. »›Helden‹ wäre wirklich nicht schlecht; ein gutes Stück.«

»Hat auch ein Könner geschrieben«, meinte Marga. »Sie kennen es?«

Ich nickte. »Soll ich Kaffee machen?«

»Gern.«

»Und dann - ich habe eine Bitte.« Ich sah die beiden an. »Könntet ihr nicht du zu mir sagen? Dann komme ich mir nicht so verlassen vor.«

Marga lächelte. »Natürlich, mein Kind. Und nun mach nicht so ein verzweifeltes Gesicht, koch Kaffee. Und dann wollen wir das Stück besetzen.«

Während wir Kaffee tranken und redeten, klingelte das Telefon. Es war ein Agent, der uns eine besonders begabte junge Schauspielerin anbieten wollte, sehr gut aussehend, pointensicher.

»Wir spielen momentan und sind komplett«, sagte ich.

»Ich habe gehört, Sie ändern den Spielplan«, bekam ich zu hören. »Haben Sie schon mal an Scribe gedacht? ›Ein Glas Wasser‹ ist immer eine gute Lösung. Geht immer. Und da hätte ich noch eine fabelhafte Frau für die Herzogin. Die Kleine, von der ich eben sprach, könnten Sie als Abigail nehmen. Eva könnte die Königin machen.«

»Danke«, sagte ich, »vielen Dank, wir werden darüber nachdenken.«

Also wußte die Branche schon Bescheid. Lissy oder einer von unseren Leuten hatte geschwatzt, egal, sowas wurde immer schnell bekannt.

Felix kam mittags gegen eins, er sah reichlich mitgenommen aus, geschlafen hatte er offenbar wirklich nicht.

»Nanu?« fragte er sarkastisch. »Dramaturgenkonferenz, nehme ich an.«

Er war immer noch mit Vorsicht zu behandeln, aber wir taten wie Tulpe, wie die Berliner sagen, gaben ihm auch Kaffee, dann ging Thiede fort, um Brötchen und Schinken zu holen, und wir frühstückten gemeinsam und wurden ganz friedlich. Über ein neues Stück sprachen wir nicht. Marga ging nach einer Weile, und Thiede meinte, er würde nun in seine Pension fahren und sich eine Stunde hinlegen. Daß er nicht mehr auftreten wollte in dem Stück, hatte er nicht mehr gesagt.

»Ich muß auch ein paar Besorgungen machen«, sagte ich, »willst du dich nicht ein bißchen hinlegen?«

Felix sah mich an, er sah furchtbar aus, alt und zerfurcht und so unglücklich.

»Entschuldige, bitte«, sagte er.

»Schon gut. Ich kann verstehen, daß du wütend bist auf alles und jeden. Also ich geh' jetzt.«

»Wo gehst du hin?«

»Es ist bald Weihnachten. Irgendwas muß ich den Kindern ja schenken. Ich schau mal in die Geschäfte.«

Ich fuhr zum Potsdamer Platz, ging die Leipziger entlang, sah in alle Schaufenster, obwohl ich kaum wahrnahm, was darin zu sehen war. Dabei hatte ich so viele Wünsche: einmal hemmungslos einkaufen, ein paar Kleider, Schuhe und vor allem ein Pelzmantel, das war mein heißester Wunsch. Würde ich wohl nie bekommen. Die Kinder haben allerlei Wünsche, aber sie sind so vernünftig, besonders Victoria, sie weiß ja, daß wir kein Geld haben. Daß wir froh sein können, wenn wir die Miete bezahlen können, was zu essen haben und das Schulgeld für die Kinder.

»Später«, sagte sie neulich zu mir, »werde ich viel Geld verdienen, das schwöre ich dir.«

»Ach Gott, Vicky!« sagte ich.

»Ich schwöre es dir. Ich werde einen Beruf haben, und ich werde arbeiten, soviel ich kann. Und es wird ja nicht immer so bleiben, wie es jetzt ist.«

»Ich fürchte doch. Was soll denn besser werden? Wir haben den Krieg verloren. Wir müssen zahlen, zahlen und zahlen. Wir werden immer arm bleiben.«

»Ich habe keinen Krieg verloren. Und ich werde auch nicht mehr zahlen für diesen Krieg. Wenn es eben in Deutschland nicht geht, werde ich auswandern.«

»Victoria!«

Es ist das Vorrecht der Jugend, an die Zukunft und an sich selbst zu glauben. Es hat wenig Zweck, dagegen etwas zu sagen.

Was die Kleider betrifft, bin ich ja noch gut dran. Ich bekomme viele Kleider von Marleen, und Mäntel und Kostüme, alles neue fesche Sachen, ich bin immer gut angezogen. Ihre Sachen sind kaum getragen und passen mir genau. Nur ihre Schuhe passen mir nicht, ich habe eine Nummer größer. Auch

Vicky bekommt viel von Marleen, die beiden verstehen sich überhaupt gut, manchmal ruft Marleen an und fragt Victoria: »Hast du Lust, mit mir shopping zu gehen?«

Dann kommt Victoria von Kopf bis Fuß neu eingekleidet zurück. Und sie waren zum Essen bei Kempinski und zum Kaffee bei Kranzler. Ich kann mit meinen Kindern höchstens zu Aschinger gehen.

Manchmal hasse ich Marleen, und das ist gemein von mir. Neid ist so eine widerwärtige Eigenschaft. Die übelste überhaupt, die ich kenne. Ich verbiete es mir immer selber, neidisch zu sein, und schäme mich, wenn ich es bin. Es ist so klein und mies und häßlich.

Marleen meint es ja gut mit uns, und sie lebt ihr Leben, wie es ihr paßt, und da hat sie ja recht. Ihr Mann ist noch reicher geworden in den letzten Jahren. Dabei stammt er gar nicht aus besonders wohlhabendem Haus, sein Vater hatte Konfektion en gros, hier in der Mohrenstraße, ein kleiner Betrieb, das hat er mir mal erzählt. Im Krieg hat er dann viel verdient, geschoben vermutlich mit Stoffen, wie sie es alle taten. Heute wohnt er in einer Villa am Wannsee. Vollends gesundgestoßen haben sich dann beide, Vater und Sohn, in der Inflation. Da kam ein Dritter zu ihnen, ein gewisser Kohn, es ist zu komisch, aber er heißt wirklich so, und der hat offenbar ein ganz kluges Köpfchen. Zu dritt haben sie dann abgesahnt. Ich verstehe ja nichts von Geldgeschäften. Ich weiß bloß, daß ich die Hände voll Papier hatte und nichts dafür bekam. Bernauer, Vater und Sohn, und dieser Kohn hatten Dollars. Woher und wieso, das weiß ich nicht. Offenbar haben sie damals halb Berlin dafür gekauft. Und sie haben Anteile an amerikanischen Firmen und sind im Autogeschäft, und der Himmel weiß wo noch.

Sie sitzen in ein paar Büroräumen am Jerusalemer Platz, ich bin da nie gewesen, aber Marleen hat es mir mal geschildert, sie sagt, man käme sich vor wie an der Börse. Sie geht selten hin, es ist ihr egal, wie das Geld verdient wird, Hauptsache, es ist da.

Marleens Mann arbeitet am meisten, er ist den ganzen Tag und manchmal die halbe Nacht im Büro. Sein Vater genießt sein Leben, geht aus, hat immer eine junge Freundin, was er mit der macht, weiß ich nicht, mit größter Fantasie kann ich es mir nicht vorstellen, er ist vierundsiebzig und ziemlich klein und dick. Mit dem Mädchen geht er in die ›Scala‹ oder in den ›Wintergarten‹, in die Bars und Nachtlokale und vorher natürlich immer gewaltig essen. Marleen sagt, er ist in allen teuren Lokalen Berlins bekannt. Und ein gern gesehener Gast. Nach Hoppegarten zu den Rennen geht er auch gern, er versteht viel von Pferden und gewinnt immer. Der Dritte, dieser Kohn, ist vormittags an der Börse, und nachmittags besucht er Kunden. So sei der stehende Ausdruck, erzählt Marleen. Was man sich genau dabei vorstellen soll, weiß ich nicht und sie vielleicht auch nicht.

Muß ein besonderes Talent sein, das Talent zum Geldverdienen. Ich habe es nicht. Keiner in unserer Familie hatte es je. Meine Tochter, wie sie mir angekündigt hat, wird es eines Tages haben.

Marleen und Max bewohnen eine Villa am Wannsee, ein herrliches Haus mit riesigen hohen Fenstern, mit Säulen und einer Terrasse, es ist schon fast ein Schloß. Für 'n Appel und 'n Ei haben sie es gekriegt, damals in der Inflation, so drückt Marleen es aus. Die Kinder sind immer ganz entzückt, wenn sie eingeladen werden.

»So ein Haus möchte ich auch haben«, sagte Victoria einmal, als sie nach Hause kam, und ich wurde wütend und schrie sie an. »Wenn es dir bei mir nicht gut genug ist, geh doch zu Marleen.«

Sie bekam ganz erschrockene Augen, nahm mich in die Arme und sagte: »Aber Mamilein, so meine ich das doch nicht. Du bist mein bestes auf der Welt, das weißt du doch. Ich meine nur, daß ich mal so viel Geld verdienen will, damit ich sowas haben kann. Für uns alle.«

Sie sagt nie, daß sie einen reichen Mann heiraten will wie Marleen, sie sagt immer, daß sie das Geld verdienen will.

»So viel Geld kann man nicht verdienen.«

»Onkel Max hat es doch auch verdient.«

»Die Zeit hat es für ihn verdient«, sagte ich böse.

Ja, eine schlimme Zeit ist günstig für das große Geld. Wenn man die schlimme Zeit zu nützen versteht. Nichts gegen Max. Ich mag ihn ganz gern, er ist ein anständiger, bescheidener Mensch. Selbst gönnt er sich gar nichts. Er hätte besseres verdient als meine Schwester, die ihn ständig betrügt. Auf jeden Fall ist es sehr dumm von mir, meiner Tochter zu grollen, weil sie Marleen und ihren prächtigen Haushalt bewundert. War ich als Kind nicht auch von Wardenburg begeistert? Erschien es mir nicht wie das Paradies, und gab es für mich Schöneres, als in Wardenburg zu sein? Na also. Und hätte ich nicht meine Familie treulos stehen- und liegenlassen, wenn ich für immer nach Wardenburg hätte gehen können? Ich sollte ganz still sein und Vicky keine Vorwürfe machen.

Übrigens kauft Marleen nicht nur für die Kinder ein und führt sie zum Essen aus, sie geht auch mit Vicky oft in die Oper. Marleen liebt die Oper. Manchmal darf ich auch mitgehen, in einem von Marleens herrlichen Abendkleidern.

Marleen wird auch für reichliche Weihnachtsgeschenke sorgen, und so werden meine Kinder viel besser dran sein als die meisten anderen Kinder in dieser Zeit. Da brauche ich mir gar nicht den Kopf zu zerbrechen, was ich ihnen schenken soll.

Ich landete schließlich bei Wertheim, kaufte ein paar Kleinigkeiten, aß einen Bissen im Erfrischungsraum, und dann fuhr ich mit der U-Bahn zurück und ging ins Theater.

Felix saß an seinem Schreibtisch.

»Hast du ein bißchen geschlafen?«

»Ach wo, das Telefon hat ja immerzu geklingelt.«

Wir erledigten ein paar Briefe, er sprach nicht davon, wo er die Nacht gewesen war, und ich fragte ihn nicht. Dann begann die Vorstellung, es war so leer wie an allen Tagen zuvor, aber heute schwiegen wir darüber, taten so, als ob wir es nicht bemerkten.

Nach der Vorstellung, als es still im Haus war, sagte Felix: »Ich möchte, daß du mitkommst.«

»Gehen wir zu Ossi?«

»Nein. Wir gehen zu mir nach Hause.«

Ich blieb stumm vor Staunen.

Ich war noch nie bei ihm. Ich wollte es nicht, und er wollte es nicht. Auch nicht, wenn seine Frau verreist war. Wir haben nie darüber gesprochen, aber es war ganz klar so. Wenn wir uns liebten, geschah es auf dem Sofa im Büro,

173

oder wir gingen in ein kleines Hotel hinter dem Bahnhof Friedrichstraße, da war er bekannt, das merkte ich, als ich das erstemal mit ihm dort war, und ich dachte, ob er wohl schon mit vielen Frauen dort gewesen war. Aber er war schließlich nicht für mich frisch und neu vom Himmel gefallen, er war achtundvierzig, und ich war auch nicht mehr neu und achtzehn. Ich wußte auch, daß er gelegentlich noch mit seiner Frau schlief, das hatte er mir gesagt, und damit mußte ich mich abfinden, oder ich mußte meiner Wege gehen. Ganz einfach. Und wenn ich ging, war ich wieder allein.

»Zu dir?«

»Zu mir. Ich möchte, daß du heute mit mir in meinem Bett schläfst.«

»Aber . . .«

»Miriam ist in New York, und heute nacht kommt kein Schiff aus Amerika an. Ich möchte nicht auf dieses verdammte Sofa, und ich möchte nicht in diese verdammte Absteige. Ich möchte in mein Bett, und ich möchte dich darin haben. Und wenn du jetzt nein sagst, will ich dich nie wieder sehen.«

»Ich glaube, du bist übergeschnappt«, sagte ich empört. »Was ist bloß plötzlich in dich gefahren? Was hast du eigentlich?«

»Satt habe ich es. Satt bis obenhin. Ich will einfach nicht mehr.«

Also ging ich mit. Ich fuhr mit hinaus nach Dahlem, sie haben dort eine Etage in einem zweistöckigen Haus, es steht direkt unter Kiefern, ein Garten ist darum, viel sah ich nicht von der Umgebung, es war ja dunkel, und gestern morgen, als ich ging, sah ich mich auch nicht um, ich machte, daß ich schnell wegkam, es war mir peinlich, weil ich dachte, die Leute, die noch im Haus wohnen, würden mich sehen. Ich ging allein, hatte ihn gebeten, das Haus erst ein wenig später zu verlassen.

Er lachte. »Du bist eine kleine Spießerin.«

Das ärgerte mich gewaltig. Ich bin keine Spießerin, aber ich kann nicht sagen, daß ich mich sehr wohl gefühlt habe in dieser Nacht in seinem Bett.

Zuerst hatte ich die Erfahrung zu machen, daß er und Miriam ein gemeinsames Schlafzimmer haben. Also, wenn ich alles erwartet hätte, das nicht. Richtig ordentlich zwei Betten nebeneinander. Ist das etwa nicht spießig? Und mir gegenüber tut er immer so, als hätten sie kaum etwas gemeinsam. Ich fühlte mich gedemütigt in dieser Nacht, es war mir einfach zuwider in diesem Ehebett zu schlafen, sogar ihr Nachthemd lag noch darin. Also, wenn er das nicht begreift, dann ist er gefühllos.

Erst saßen wir in der Küche und tranken Bier und machten uns Spiegeleier, dann holte er wieder die Schnapsflasche, aber ich nahm sie ihm weg.

»Du mußt doch totmüde sein.«

»Bin ich auch.«

»Wo warst du eigentlich letzte Nacht?«

Ich brachte es nicht fertig, die Frage zu unterdrücken.

»Unterwegs«, antwortete er kurz.

Ich mußte daran denken, wie Marga gesagt hatte, er könnte mit einer Frau gegangen sein. Aber das konnte ich ihn nicht fragen, das nicht. Doch wenn ich mir vorstellte, daß er es getan hat und jetzt mit mir schlafen will – also, das ist einfach unvorstellbar.

Ich fragte später: »Meinst du nicht, es ist besser, wenn ich nach Hause fahre?«

Er gab keine Antwort, sondern fing an, mich auszuziehen. Ich hätte es verhindern können, er kann das ja nicht so gut mit einer Hand, aber ich hielt still und sagte: »Trudel weiß nicht, wo ich bin. Sie wird sich Sorgen machen, wenn ich morgen früh nicht da bin.«

»Du bist kein kleines Kind. Sie wird es überleben, wenn du mal eine Nacht nicht zu Hause bist.«

Dann gingen wir also ins Bett, in sein Bett, wie er es genannt hatte. In das verdammte Ehebett, wie ich es sah. Er liebte mich, sehr heftig und sehr hungrig, und ich war sicher, daß er bei keiner anderen Frau gewesen war. Nachher war er so lieb und zärtlich, wie ich ihn kenne, sagte, wie nötig er mich brauche und daß er ohne mich nicht mehr leben kann. Wenn ich ihn verlasse, erschießt er sich.

»Denn du weißt nicht, wie mir zumute ist, Nina. Mein Leben ist keinen Pfennig mehr wert. Es steht mir bis obenhin. Nur du bist es wert, daß ich weitermache.«

Was soll man denn da machen? Ich mag ihn ja auch. Und ich will ihm so gern helfen. Nur hier schlafen, wo er mit seiner Frau schläft, das kann ich nicht. Lieber in der Absteige, wie er es nennt. Und ich kann nicht verlangen, daß er sich scheiden läßt, er braucht Miriam, weil sie für sein Theater das Geld gibt.

Ehe er einschlief, murmelte er, dicht an mich geschmiegt, den Kopf an meiner Brust: »Nächste Woche setzen wir das verdammte Stück ab. Wir machen was Neues. Morgen werden wir beraten.«

Dann schlief er ein, und er schlief wie ein Toter die ganze Nacht, ich zog mich später vorsichtig unter ihm hervor, ich war schon ganz steif. Ich habe kaum geschlafen, dieses Ehebett - ich bin eben doch eine Spießerin, da hat er sicher recht.

Gestern haben wir den ganzen Tag geredet, telefoniert und beraten. Nach der Vorstellung hat er alle Schauspieler, die in dem Stück sind, ins Büro gerufen und hat sie um ihre Meinung gefragt. Sie waren alle dafür, daß er absetzt. Dann haben wir uns wirklich auf ›Helden‹ geeinigt. Morgen fangen die Proben an.

Spät in der Nacht kam ich erst nach Hause. Trudel war noch auf und ein einziger Vorwurf.

»Bitte!« sagte ich, ich war nahe am Zerspringen. »Kein Wort. Ich weiß alles, was du sagen willst, aber ich kann jetzt keine Debatten vertragen.«

»Du solltest immerhin daran denken, daß du Kinder hast. Deine Tochter ist vierzehn. Sie bekommen einen merkwürdigen Eindruck von dir.«

»Meine Kinder können gar nicht merken, ob ich in der Nacht zu Hause bin oder nicht. Wenn sie in die Schule gehen, schlafe ich sowieso noch, oder? Und wenn sie aus der Schule kommen, bin ich im Theater. Also wozu das blöde Gerede!« Das Letzte sagte ich böse und gereizt und verschwand in meinem Zimmer.

Dann habe ich geschlafen, wunderbar geschlafen. In meinem Bett. Allein.

Heute ging es den ganzen Tag verrückt zu, ich kam kaum zur Besinnung, aber nun haben wir die Besetzung für die ›Helden‹ komplett, die Bücher sind verteilt, heute nacht wird Felix das Stück einrichten und die Striche machen, morgen ist Leseprobe. Es muß ja schnell gehen, mehr als eine Woche dürfen wir nicht geschlossen haben, sonst ist es ganz aus. Aber sonst waren wir heute ganz fröhlich, haben auch mal wieder gelacht und gealbert. Thiede übt schweizerisch, das klingt herrlich, er wird großartig sein als Schokoladensol -

175

dat. Marga sagt, sie kennt einen Schweizer, den wird sie Thiede mitbringen, denn der spricht ein unverfälschtes Schwyzerdütsch, und Thiede soll jeden Tag mit ihm ein Glas trinken, dann kann er es bis zur Premiere.

Als der erste Akt begonnen hatte, sagte Felix, ich soll nach Hause gehen und mich ausschlafen. Die nächsten zehn Tage werden fürchterlich.

Jetzt bin ich zu Hause, einmal zeitig heute, ich habe die Kinder gesehen, wir haben miteinander lange geredet, jetzt schlafen sie alle schon, nur ich kann nicht schlafen, ich bin zu durchgedreht. Ich müßte eine Schlaftablette haben. Aber eine verrückte Idee habe ich heute gehabt. Das kann ich nie, nie jemandem sagen. Ich habe mir nämlich gedacht, warum ich nicht einmal ein Stück schreibe. Ich bilde mir ein, ich könnte das. Felix würde vom Stuhl fallen vor Lachen. Aber irgendwie finde ich es nicht komisch, mir ist es ernst.

Das Klavier

AN EINEM TAG IM OKTOBER DES JAHRES 1902 bekamen sie endlich das Klavier, von dem jahrelang die Rede gewesen war. Es kam so spät, weil sich zuvor ein anderer Traum von Agnes erfüllen mußte, der Traum vom Buffet.

Die eigenen, ins Haus mitgebrachten Möbel und die nicht zu sehr verrotteten Reste des Bankdirektor-Mobilars hatten sich mehr schlecht als recht zueinander gefügt, und wenn etwas angeschafft worden war, betraf es meist die Kinder, sie brauchten Betten, als sie größer wurden, ein Pult für ihre Schularbeiten, einen Schrank, um ihre Sachen aufräumen zu können.

Das sogenannte Speisezimmer, neben der Bibliothek der größte Raum im Haus, hatte immer einen recht zusammengestoppelten Eindruck gemacht. Da gab es einen großen Tisch, an dem sie aßen, er stand in der Mitte, die Stühle ringsherum, das war soweit in Ordnung. Es gab eine Vitrine, in der Gläser standen, eine Anrichte, und sonst gab es nichts. Warum Frau Bankdirektor eigentlich kein anständiges Buffet gehabt hatte, war nicht mehr feststellbar. Agnes jedenfalls wünschte sich vom ersten Tag an eins, seitdem sie in das Haus gezogen war. Es kam noch vor dem Klavier.

Nun war es seit zwei Jahren da, ein Riesengebilde, das fast bis zur Decke reichte, der Mittelteil verziert mit geschwungenen Säulchen, in der oberen Abteilung Glasscheiben, rechts und links befanden sich die nicht minder breiten Seitenflügel, ohne Glasscheiben, das Ganze aus dunkler Eiche und wirklich ein Prachtstück.

Agnes war sehr stolz gewesen, als das Untier ins Haus gewuchtet wurde, und sie war es noch. Jedoch vergaß sie darüber das Klavier nicht. Sie, die so bescheiden war und nie persönliche Wünsche äußerte, hatte Emil seit Jahr und Tag mit dem Klavier in den Ohren gelegen, um es plastisch auszudrücken, bis das Klavier Emil so laut in den Ohren dröhnte, daß er weich wurde. Wider Willen, denn daß er es bereuen würde, wenn das Klavier erst einmal wirklich und akustisch vorhanden sein würde, daran zweifelte er nicht. Daß die Kinder unbedingt Klavier spielen müßten, daß es für die Mädchen einfach zur höheren Bildung gehörte, wie Agnes argumentierte, hatte Emil nie so recht überzeugt.

Gertrud hatte einstmals bei Leontine Klavierunterricht bekommen, nicht lange, ein Jahr etwa, bis Leontine ungeduldig aufgab, weil sich Gertrud trotz guten Willens als absolut unbegabt erwies.

Also, so Emil, benötige der Mensch, um Klavier zu spielen, eine gewisse Begabung, und die habe nun einmal nicht jeder. Die unsinnige Klimperei mancher Mädchen und Frauen sei etwas Fürchterliches, man entweihe damit die Musik, an der Agnes angeblich doch so viel gelegen sei.

Vergebens, Agnes gab nicht nach. Gertrud, so kämpfte sie weiter, habe ja keine Gelegenheit gehabt, zu üben. Und darum konnte sie auch nicht ordentlich Klavierspielen lernen, denn das Üben gehöre nun einmal dazu, wenn man es weiterbringen wolle. Aller Anfang sei eben schwer und beim Klavier nicht immer hörenswert. Schließlich habe sie ja auch - und dann pflegte Agnes aufzuzählen, was sie an Stücken alles gespielt hatte in ihren Mädchentagen auf Leontines Flügel. In den ersten Jahren ihrer Ehe war sie noch manchmal zu Leontine gegangen, um zu spielen, später fehlte ihr dann die Zeit. Die Zeit, die zum Beispiel Alice hatte, um regelmäßig zu spielen, in Übung zu bleiben und sich vielleicht sogar weiterzuentwickeln.

Doch nun kam das Klavier. Emil hatte es billig bei einer Versteigerung erwerben können, es war ein ansehnliches Instrument, aus Mahagoni, mit zwei Kerzenleuchtern rechts und links bestückt, glänzend und prächtig hielt es seinen Einzug in das Wohnzimmer des Nossek-Hauses.

›Und damit Klarheit herrscht«, hatte Emil beim Abendessen der Familie mitgeteilt, »solange ich im Hause bin, wird nicht herumgeklimpert. Ich brauche meine Ruhe.«

Um Emil Gerechtigkeit widerfahren zu lassen, sei kurz angemerkt, daß er durchaus nicht musikfeindlich war. Er hatte zwar nie ein Instrument gespielt, aber er besuchte ab und zu die Konzerte des Städtischen Musikvereins, genauso wie er gelegentlich ins Theater ging. Das war er seiner Stellung schuldig als gebildeter Mann und Bürger, keiner sollte auf die Idee kommen, daß Kunst für ihn nicht existiere. Doch sein höchster Lebensgenuß bestand nach wie vor darin, sich still mit einem Buch in seinen Sessel zu setzen, manchmal gönnte er sich jetzt ein Glas Rotwein dazu, und wenn er dann ungestört eine Stunde, sonntags auch mehr, lesen konnte, so waren dies für ihn die glücklichsten Stunden.

Da das Klavier zwei Tage vor Ninas Geburtstag geliefert wurde, betrachtete sie es von vornherein als ihr Klavier, und erst als das Instrument eine beherrschende Rolle in Ernis Leben zu spielen begann, wechselte es gewissermaßen den Eigentümer.

Nina stürzte sich also als erste auf die Tasten, um vorzuführen, was sie bei Alice gelernt hatte. Viel war es nicht, es war wirklich nur Geklimper. Auch Agnes, die sich bemühte, eingerostete Fertigkeiten zum Leben zu erwecken, konnte die Familie nicht begeistern. Immerhin gelang es ihr, ein paar einfache Stücke zu spielen und die Kinder zu begleiten, wenn sie sangen. Das heißt, es war Agnes' Vorstellung, daß die Kinder singen sollten, die Kinder dachten nicht daran, den Mund aufzumachen. Außer Nina natürlich, die sich immer gern produzierte und mittlerweile in der Schule außer Gedichten auch eine stattliche Anzahl von Liedern gelernt hatte.

Anläßlich des großen Ereignisses kam Leontine nach langer Zeit wieder einmal ins Haus, um die Neuerwerbung zu begutachten. Und sie konnte spielen. Andächtig lauschend saßen alle im Wohnzimmer, Charlotte, Agnes, Gertrud, Magdalene und Nina, und sogar Rosel war aus der Küche gekommen und stand mit offenem Mund an der Tür. So etwas Wunderbares hatte sie noch nie gehört. Einzig Hedwig, die sich nie beteiligte, blieb weg, und Willy, inzwischen siebenjährig und in allem und jedem das getreuliche Echo seines Vaters, hatte verlauten lassen, daß ihn das Geklimpere störe, und hatte sich verzogen, hatte wie immer ohne zu fragen, das Haus verlassen und spielte auf der Straße mit seinen Freunden, von denen er viele besaß.

Leontine begann mit Mozarts F-Dur-Sonate, es folgte das Albumblatt für Elise von Beethoven, Schuberts Deutsche Tänze, lange hielt sie sich bei Chopin auf, den sie besonders liebte; sie spielte drei Nocturnes und eine Mazurka, und sie beschloß das Konzert schwungvoll mit dem Strauß-Walzer ›Rosen aus dem Süden‹.

Sie war nun eine sehr alte Dame mit schneeweißem Haar, zierlich wie ein Püppchen, aber immer noch recht energisch und nicht abzubringen von ihrem Glauben an den Fortschritt und die Emanzipation der Frau. Schülerinnen hatte sie keine mehr, nur einzeln kamen manche Mädchen zu ihr, um Nachhilfe in Französisch zu nehmen oder ihre Bildung etwas aufzupolieren, und sie gab, das am meisten, Klavierstunden. Es waren fast immer Töchter von Müttern, die einst Leontines Schülerinnen gewesen waren und die Leontine auf diese Weise helfen wollten, durchs Leben zu kommen.

Sie mußte sehr bescheiden leben, da sie sonst keine Einnahmen und nur wenig Ersparnisse hatte. Sie beklagte sich nie, mußte nun auch ohne Dienstmädchen auskommen, die alte Lina war seit fünf Jahren tot, ein neues konnte sie sich nicht leisten. Aber es fanden sich junge Mädchen, die Besorgungen für Leontine machten, von irgendwoher kamen immer ein Kuchen, Plätzchen, Eingemachtes, kleine Aufmerksamkeiten zu Weihnachten und zu anderen Festtagen.

Alice zum Beispiel schickte regelmäßig einen Korb voll Wurst und Fleisch oder einen Schinken, wenn sie auf Wardenburg geschlachtet hatten, dazu Gemüse und Obst aus dem Garten. So kam alles in allem Leontine ganz gut durchs Leben. Sie hatte sich Liebe erworben, das zahlte sich aus. Und die Menschen dieser Zeit waren noch nicht herzlos, noch nicht gefühl- und gedankenlos, sie kannten ihre Mitmenschen, sie waren sogar teilweise noch gute Christen. Daß ihr hochgepriesener Fortschritt diesen Zustand möglicherweise ändern könnte, auf diesen Gedanken war Leontine bei aller Gescheitheit noch nicht gekommen, und wenn es je so sein würde, so würden ihr die Auswirkungen, zu ihrem Glück, erspart bleiben.

Als das Konzert beendet war, klatschten alle begeistern in die Hände, und Nina, die sich zu dem Walzer gedreht hatte, umarmte Leontine und rief:

»Das war sooo schön! Du spielst genau so schön wie Onkel Nicolas.«

Agnes lächelte. »Das ist das größte Lob, das Nina zu vergeben hat.«

Leontine nickte. »Das ist mir bekannt.«

»Nochmal«, bat Nina.

»In der Musik, Nina, heißt es da capo, wenn man etwas noch einmal hören möchte.«

»Da capo«, wiederholte Nina bereitwillig.

»Das weiß Onkel Nicolas bestimmt nicht«, warf Magdalene ein. Nina fuhr wie eine gereizte Schlange zu ihr herum.

»Onkel Nicolas weiß *alles*.«

»Amen!« sagte Magdalene.

»Wer will nun Klavier spielen lernen«, beendete Leontine den Streit.

»Ich!« schrie Nina begeistert.

Und Magdalene, um nicht zurückzustehen: »Ich auch!«

Leontine blickte Gertrud an, doch die schüttelte den Kopf. »Das wird ja doch nichts bei mir. Und ich hab' gar keine Zeit.« Von nun an pilgerten Magdalene und Nina einmal in der Woche zur Klavierstunde, anfangs zusammen, bis Leontine merkte, daß dies keine gute Partnerschaft abgab, es gab immer Sticheleien zwischen den beiden Kindern, das kostete unnütze Zeit. Also kamen sie hinfort getrennt.

Nina erwies sich als recht begabt. Sie bekam die Dammsche Klavierschule, aus der schon ihre Mutter das Klavierspiel erlernt hatte, und sie machte rasante Fortschritte. Es war wie immer bei ihr: alles, was sie tat, tat sie mit Entschiedenheit, voll Eifer und Hingabe. Ihre ganze kleine Person engagierte sich, und Lob und Anerkennung konnten sie zu erstaunlichem Fleiß und Ausdauer anspornen. Magdalene dagegen war faul und hatte wenig Lust zum Üben. Nur weil sie der jüngeren Schwester den Triumph nicht gönnen wollte, hielt sie durch und setzte sich zum Üben ans Klavier.

Ninas Leben war voll ausgefüllt. Da war die Schule, in die sie trotz aller düsteren Prophezeihungen noch immer gern ging, da war nun das Klavier, da waren einige Schulfreundinnen, die sie inzwischen besaß, und vor allem die beiden Getreuen, Kurtel und Robert. Doch über allem stand, wie nun schon seit Jahren, der Abgott ihres Lebens: Nicolas. Sie sah ihn selten, ins Haus kam er nur zu besonderen Anlässen, zu ihrem Geburtstag beispielsweise, den er nie vergaß; war er nicht im Land, schrieb er ihr einen Brief. Aber sie beschlagnahmte ihn in allen Ferien, für viele Tage und Wochen. Sie lernte gut reiten, durfte mit ihm und Tante Alice ins Gelände reiten, sie kannte sich aus im Gutsbetrieb, tauchte überall auf und jeder kannte ihre eifrige Frage: »Kann ich nicht was helfen?«

Agnes hatte einmal, vorsichtig, Alice gegenüber erwähnt, daß es doch eigentlich ungerecht sei, immer nur Nina einzuladen, auch wenn sie Nicolas' Patenkind war. Es mache die anderen Kinder eifersüchtig. Damit war natürlich nur Magdalene gemeint, und Alice sah es ein. Zweimal wurde Magdalene auch zu den großen Ferien eingeladen; sie fügte sich geschickt in Wardenburg ein, reagierte nicht so spontan wie Nina, kam aber mit allen gut aus, und durch ihre hübsche Erscheinung gewann sie Onkel Nicolas für sich. Was nun wiederum Nina eifersüchtig machte.

Einmal, nach Magdalenes ersten Reitversuchen, sagte Nina geringschätzig: »Du wirst es nie lernen. Du hast ja Angst, du bist feige. Und du kannst überhaupt nicht richtig mit einem Pferd umgehen.«

Nicolas zog die Brauen hoch und betrachtete Nina sehr genau. »Du kannst ja biestig sein«, sagte er.

»Ach, du weißt nicht, wie die ist«, verteidigte sich Nina.

»Ich denke, daß ich deine Belehrung nicht brauche. Auf jeden Fall weiß ich jetzt, wie du bist.«

Nina lief rot an und rannte fort. Sie schämte sich maßlos. Bisher hatte Onkel Nicolas sie gern gehabt, und nun mochte er sie nicht mehr, war böse auf sie und mochte stattdessen Magdalene lieber. Dabei wußte er nicht, daß Magdalene hinterhältig und boshaft war und daß sie manchmal schwindelte. Aber viel schlimmer war es, daß sie so hübsch war und Onkel Nicolas gefiel, und daß er sie aufs Pferd gesetzt hatte, was bisher ihr Privileg gewesen war.

»Onkel Nicolas gehört mir«, schluchzte Nina wütend, den Arm um Venjos Hals geschlungen, das Gesicht in sein Fell vergraben. Er war ihr in das Exil in einem Heuschober gefolgt, hörte sich eine Weile ihre Klagen an, bis es ihm zu langweilig wurde und er sich von dannen trollte.

Natürlich wußte Nina, so klein war sie nicht mehr, daß sie sich schlecht benommen hatte, daß sie neidisch und gehässig gewesen war, daß es ganz häßlich von ihr war, ihrer Schwester das nicht zu gönnen, was ihr selbst soviel bedeutete. Aber im Grunde ging es ja nicht um Wardenburg, nicht um die Pferde, nicht um das Kleid, das Magdalene genauso bekam wie sie, es ging einzig und allein um ihn, um Onkel Nicolas. Es ging darum, daß Magdalene zweieinhalb Jahre älter war, daß sie gewandter war, sich anmutig zu benehmen wußte, daß sie schon ganz weiblich reagierte, daß sie, und das war es doch nur: daß sie Onkel Nicolas gefiel.

Nicolas kam auf den Vorfall nicht zurück. Er wußte, daß Ninas Herz ihm gehörte, und er wußte, daß man immer eifersüchtig war, wenn man liebte.

Als Nina älter wurde, kam es vor, daß Nicolas sie von der Schule abholte, falls er sich zufällig in der Stadt aufhielt.

»Wollen wir zusammen essen gehen?«

Beim erstenmal, Nina war elf, blieb ihr vor ungestümer Freude fast die Luft weg.

»Wir beide?«

»Ja. Wäre doch nett. Ich habe dich lange nicht gesehen, und du mußt mir erzählen, was es Neues gibt. Wir gehen in den Ratskeller. Oder ins Hotel Drei Könige, da ißt man auch sehr gut.«

Der Kutscher wurde ins Haus Nossek geschickt, um Bescheid zu sagen. Onkel und Nichte speisten vornehm, aufmerksam bedient von mehreren Obern, denn Nicolas war überall bekannt und beliebt. Das waren Ninas erste Ausflüge in die große Welt, die sie sehr genoß. Und natürlich vertieften sich ihre Gefühle für Nicolas immer mehr, er war der Schönste, Beste, Klügste, es gab auf Erden überhaupt nichts Vergleichbares.

Es kam nicht oft vor, daß er sie zum Essen einlud, vier- oder fünfmal im Jahr. Manchmal war Alice dabei. Es gab Wochen und Monate, da hörte sie überhaupt nichts von ihm, er war viel auf Reisen, in Rußland nur noch selten, meist in Berlin, gelegentlich an der Riviera, in Paris, einmal in Italien. Manchmal bekam sie eine Karte von ihm, das machte sie sehr stolz.

Nach Schule, Klavierspielen, Onkel Nicolas – nein, man mußte die Reihenfolge ändern –, nach Onkel Nicolas, Erni, Schule, Klavierspiel, Kurtel und Robert, die übrige Familie – so ungefähr sah die Rangfolge aus –, trat schließlich etwas Neues in ihr Leben, das ebenfalls eine große Rolle spielen sollte: das Theater.

Begegnungen

AN EINEM TAG DES FOLGENDEN JAHRES, im späten Frühjahr, sah Nicolas in Berlin Katharina wieder, Paules schöne Zigeunerin. Es war viel Zeit vergangen, seit die beiden damals in die weite Welt, bis nach Frankfurt an der Oder, gezogen waren, und nach den Briefen des ersten Jahres hatten sie nichts mehr hören lassen. In Wardenburg sprach man nicht mehr von ihnen, nur gelegentlich machte Alice einmal eine Bemerkung, sie nannte Paule undankbar.

Nicolas zuckte die Achseln. »Was heißt undankbar? Er lebt sein eigenes Leben, und es mag ihm wichtiger sein als die Jugendzeit. Und wofür sollte er dankbar sein? Was haben wir für ihn getan? Er ist hier aufgewachsen, seine Mutter hat für ihn gesorgt, was selbstverständlich ist, er hat für uns gearbeitet, einen richtigen Lohn hat er meines Wissens nie dafür bekommen, nur hier und da ein Trinkgeld.«

»Auf jeden Fall ist es undankbar seiner Mutter gegenüber. Und lieblos. Sie hat nichts auf der Welt außer ihn.«

Pauline sprach ebenfalls nie von ihrem Sohn, doch sie war sichtlich gealtert und freudlos geworden.

Was Nicolas zunächst entdeckte, war ein Bild Katharinas. Er glaubte seinen Augen nicht zu trauen, stand höchst verwundert vor dem riesigen Plakat, auf dem eine bildhübsche Frau, das lange dunkle Haar von einem Silberband durchflochten, gekleidet in ein rotes langes Kleid auf einem prächtigen Schimmelhengst saß, der sich hochbäumte, die Vorderfüße in der Luft. Darunter stand ›La Carina, die Sensation von Berlin‹.

Es war eine Reklame des Zirkus Busch.

Am nächsten Abend saß Nicolas in einer Loge des Zirkus Busch, der seit 1895 in Berlin ein festes Haus besaß, nahe der Spree, am Bahnhof Börse. Daß ein Zirkus ein feststehendes und bleibendes Haus sein eigen nannte, war noch eine relativ junge Errungenschaft; der erste war Erst Jacob Renz gewesen, der bereits im vorigen Jahrhundert die Tradition gebrochen hatte, daß ein Zirkus ein wanderndes Gewerbe sein müsse.

Paul Busch besaß mittlerweile vier feste Häuser, neben dem Berliner eins in Hamburg, eins im Wiener Prater und eins in Breslau. Große und berühmte Artisten traten bei ihm auf, jede Premiere war ein Ereignis ersten Ranges, bei dem oft sogar die Kaiserliche Familie zugegen war, und bei den Proben am Vormittag, das wußte Nicolas auch, fanden sich die Offiziere des Garde Du Corps ein, um schönen Zirkusdamen und den Mädchen vom Ballett ihre Aufwartung zu machen.

Immer aufwendiger, immer fantasievoller waren die Vorführungen geworden, sie glichen Ausstattungsrevuen, in die die Nummern der Artisten eingebaut wurden. Heute bestand der erste Teil aus Szenen aus ›Tausend und eine Nacht‹. Ein bildschöner Mensch, der den Sultan mimte, lag gelangweilt in schwellenden Kissen, während Scheherezade, eine erstrangige Tänzerin, ihre jeweilige Geschichte als eigenen Tanz begann, und im weiteren Verlauf traten die Artisten auf, die in die Szene paßten.

Den letzten großen Auftritt vor der Pause hatte La Carina. Es war eine traumhafte Szenerie, rundherum schöne Mädchen, sich wiegend und biegend, ein aus Lichteffekten gebildeter Wasserfall rauschte hernieder und unter seinem sprühenden Glanz kam wie eine Erscheinung aus einer Märchenwelt das weiße Pferd in die Manege getänzelt. Es kam stolz im spanischen Tritt, ein Federbusch auf seinem Kopf nickte im Takt der Musik. Die Frau auf dem Pferd war von rauchblauen Schleiern umwallt, in denen viele bunte Edelsteine im Licht glitzerten. Ihr dunkles Haar, über der Stirn hochgetürmt, fiel in Locken über den Rücken, sie war unvorstellbar schön. Dann begann sie ihre Nummer, ritt Hohe Schule in einer Vollendung, wie Nicolas es noch nie gesehen hatte, das Pferd ging leicht und willig unter ihrer Hand und tanzte gleichsam schwerelos und wie von selbst um das Manegenrund, die schöne Reiterin lächelte, keine Anstrengung war ihr anzumerken, es war nichts als ein verzaubertes Spiel, das Roß und Reiterin boten, eben ein Märchen aus ›Tausend und eine Nacht‹.

Die Begeisterung der Zuschauer kannte keine Grenzen, es regnete Blumen in die Manege, als die Reiterin sich am Ende lächelnd verneigte, die Lustknaben am Hof des Sultans sammelten sie ein und brachten sie der Reiterin nach, als sie die Manege verlassen hatte.

Inzwischen hatte Nicolas auch Paule entdeckt, er stand vor dem Vorhang, der die Manege vom Sattelgang trennte, und seine Augen hingen ebenso verzaubert wie die aller anderen an der Frau auf dem Schimmel.

Also hatte Katharina gesiegt! Sie lebte nicht sein Leben mit, wie Nicolas ihr damals geraten hatte, er lebte ihr Leben mit. Das bürgerliche Dasein war offenbar nichts für sie gewesen, sie hatte es früh genug erkannt, und der Erfolg gab ihr recht, sie war eine berühmte Frau geworden.

Als die Pause begann, blieb Nicolas in der Loge sitzen, nahm eine Visitenkarte aus seiner Brieftasche, schrieb ein paar Worte darauf, winkte einen der Plazierer herbei und gab ihm die Karte mit der Bitte, sie Madame Carina zu überreichen. Der Plazierer kam nach ein paar Minuten zurück, mit der Bitte, der Herr möge ihm folgen.

Paule wartete schon hinter dem Vorhang, er strahlte über das ganze Gesicht, doch kaum kam er dazu, Nicolas zu begrüßen, da kam schon Katharina herangeflogen, noch im Kostüm, und fiel Nicolas um den Hals. Sie war nicht mehr das scheue Kind aus den Erlenbüschen, sie war ein Star, eine erfolgreiche, verwöhnte, vielbewunderte junge Frau.

Anfangs redeten sie alle drei durcheinander, lachten und freuten sich über dieses Wiedersehen, dann mußte Nicolas ihre Pferde ansehen, drei Lippizaner, einer schöner als der andere. Mit zweien trat sie abwechselnd auf, der dritte war in der Ausbildung.

»Kinder, ich finde das fabelhaft. Ihr müßt mir erzählen, wie das alles kam. Aber eins muß ich gleich sagen: ich bin sehr, sehr böse auf euch, daß ich davon nichts gewußt habe. Ich würde sagen, das hätte ich mir doch um euch verdient.«

Katharina sah Paule an und seufzte.

»Er will es ja nicht.«

»Warum nicht?«

»Wegen seiner Mutter.«

»Sie würde mir nie verzeihen, daß ich beim Zirkus bin«, sagte Paule. »Sie kennen sie doch, Herr von Wardenburg, sie hat nun einmal sehr strenge Ansichten.«

»Aber Katharina hat doch eine großartige Karriere gemacht. Sie ist eine große Künstlerin.«

»Mutter kennt einen Zirkus dieser Art nicht. Sie kennt nur so einen kleinen Wanderzirkus, wie er bei uns manchmal durchkam, und sie verbot mir immer hinzugehen. Ich mußte es heimlich tun.«

»In meinen Augen«, sagte Nicolas, »ist Zirkus ein höchst bedeutungsvolles Unternehmen. Er repräsentiert eine sehr alte und große Tradition, denn die ältesten Kulturen dieser Welt kennen den Zirkus.«

»Das machen Sie Mutter mal klar.«

»Ich werde es versuchen.« Aber Nicolas wußte bereits, daß es ein vergebliches Beginnen sein würde, er kannte Pauline gut genug und lange genug; wenn sie eine Meinung hatte, dann hatte sie sie, ob sie falsch oder richtig war, spielte keine Rolle.

»Wir sind ja noch nicht lange an so einem großen Zirkus«, gab Katharina offen zu. »Wir haben klein angefangen. Dies ist mein erstes Engagement in Berlin.«

»Berlin kann sich gratulieren. Sie waren einmalig in Ihrem Auftritt, Madame Carina.«

Nicolas lud die beiden ein, nach der Vorstellung mit ihm zu essen. Sie gingen zu Hiller, und für Nicolas war es ein Vergnügen zu sehen, mit welcher Sicherheit und Anmut die Zigeunerin vom Bachufer sich in dieser Umgebung bewegte.

Sie war mit ausgesuchtem Geschmack gekleidet, sehr dezent und damenhaft, ihre Haltung, ihr Lächeln, ihre Art, sich auszudrücken waren untadelig. Paule wirkte dagegen fast ein wenig linkisch. Eine sehr alte Erfahrung bestätigte sich wieder einmal: Frauen lernen schneller, sich anzupassen und umzustellen, und wenn sie jung und schön waren, ein bißchen klug dazu, gelang ihnen der Sprung von unten nach oben meistens mühelos.

Paule wird gut aufpassen müssen, dachte Nicolas, sonst verliert er sie bald. Sie ist eine Frau, nach der auch ein Mann der guten Gesellschaft die Hand ausstrecken wird.

Nun also erfuhr er die ganze Geschichte.

Noch in Frankfurt an der Oder hatte es angefangen, in dem Verkaufsstall, in dem Paule damals gearbeitet hatte. Katharina, die sich an das eintönige Leben einer Hausfrau nicht gewöhnen konnte, hatte mitgeholfen im Stall, hatte die Pferde zur Koppel gebracht und wieder hereingeholt, und wie immer liebten die Tiere sie. Anfangs ritt sie wie ein Naturkind auf ungesatteltem Pferd, dann gab Paule ihr Reitunterricht, sie war mit Begeisterung bei der Sache, sehr begabt dazu, in kurzer Zeit wurde sie eine ausgezeichnete Reiterin, und der Besitzer des Stalls entdeckte bald, daß sich ein Pferd besonders leicht verkaufen ließ, wenn Katharina es vorführte. Es war ungewöhnlich, daß eine junge schöne Frau Pferde vorritt, das gab es in keinem anderen Stall, und die Käufer kamen von weither, um dieses Mädchen zu sehen.

Offenbar hatte Paule, das hörte Nicolas zwischen den Worten heraus, durchaus manchmal Grund zur Eifersucht gehabt, denn Katharina wurde sehr umschwärmt. Aber sie hielt zu ihm und blieb ihm treu. Einmal, so erzählte Katharina lachend beim Dessert, habe ein sehr reicher Mann ihr eigene Wohnung, Equipage und Pferde, Schmuck und Kleider versprochen, alles, was sie sich wünsche, wenn sie mit ihm ginge.

»Nun, ich könnte mir vorstellen, daß es Angebote dieser Art heute erst recht gibt«, sagte Nicolas lächelnd.

Katharina legte den Kopf auf die Seite und blickte Nicolas unter ihren herrlich langen Wimpern kokett an.

»Heute nehme ich sie gar nicht mehr zur Kenntnis«, sagte sie offenherzig, »sie gehören zu meinem Beruf. Und ich verdiene nun selbst so viel Geld, daß ich mir Schmuck und Kleider kaufen kann. Dazu brauche ich keinen Mann. Einen Mann brauche ich nur für hier«, sie legte die schmale Hand mit den langen Fingern auf die linke Brust, »nur für mein Herz.«

»Und dafür ist Paule der Richtige?«

Sie nickte. »Ja, der Richtige.«

Angefangen hatte es dann damit, daß ein Zirkus in Frankfurt an der Oder gastierte.

»Es war ein mittelgroßes Unternehmen«, erzählte Paule, »nicht nur so ein kleiner Wanderzirkus. Sie hatten ein gutes Programm, sie hatten auch eine ganze Menge Tiere. Damals hatten sie Pech mit ihren Pferden gehabt, sie hatten Druse im Stall und drei Pferde waren eingegangen. Sie kamen zu uns, um sich unsere Tiere anzusehen. Katharina und ich ritten ihnen die Pferde vor, und zuletzt ritt Katharina noch ein junges Pferd, das sie selbst zugeritten hatte, das ging unter ihr wie Butter, Herr. Wie Butter, Sie können es mir glauben. Sie brauchte gar nicht viel zu machen, sie sagte nur manchmal ein Wort oder schnalzte mit der Zunge, und das Pferd wußte, was sie wollte. Die Zirkusleute waren begeistert. Und der Direktor sagte zu ihr - er war ein Pferdemann und führte selbst eine Pferdenummer vor -, er sagte zu Katharina . . .« Katharina unterbrach ihn, sie legte einen Finger unter Nicolas' Kinn, blickte ihm tief in die Augen und sprach mit tiefer, eindringlicher Stimme: »Mein Schönes Kind, haben Sie nie daran gedacht, zum Zirkus zu gehen? Kommen Sie zu mir! Ich bilde Sie aus und mache eine große Nummer aus Ihnen. Die Männer werden Ihnen zu Füßen liegen.« Sie lachte übermütig. »Paule machte ein finsteres Gesicht, das machte er damals oft.«

»Ich kann ihn verstehen«, sagte Nicolas, »all diese Herren mit den verführerischen Angeboten.«

»Und weil ich ihm seine alberne Eifersucht abgewöhnen wollte, sagte ich«, jetzt hob sie die Stimme, machte eine gezierte Miene und flötete: »Ach! Ich würde furchtbar gern zum Zirkus gehen, das war schon immer mein Traum. Aber Sie müssen meinen Mann fragen, ob er es erlaubt. Er ist sehr streng mit mir.« Nicolas mußte lachen. Sie war nicht nur eine gute Reiterin, sie war auch eine begabte Schauspielerin. »Ja, und der Herr Direktor sagte: reißen Sie einfach aus, liebes Kind. Vor strengen Ehemännern muß man immer ausreißen, wenn man so schön ist wie Sie.«

Sie hatte wieder den Tonfall gewechselt, sprach im Verschwörerton, und jetzt mußte auch Paule lachen.

»Damals hat er nicht gelacht, sondern wurde sehr wütend. Aber am Abend gingen wir dann doch in die Vorstellung, weil wir Freikarten bekommen hatten.«

»Katharina war ganz außer sich vor Begeisterung, sie hatte nämlich noch nie einen Zirkus gesehen. Ich schon, früher bei uns zu Hause, allerdings nur einen ganz kleinen. Und ich mußte doch heimlich hingehen, weil Mutter es nicht erlaubt hätte. Aber dieser Zirkus war viel größer, sie hatten wirklich hübsche Nummern dabei.«

›Ein Mädchen war dabei«, fuhr Katharina fort, »die tanzte auf einem dicken alten Pferd, das wie aufgezogen immerzu im Kreise trabte, das gefiel mir nicht besonders, aber unser Herr Direktor führte eine Freiheitsdressur vor, mit sechs Rappen. Es waren nur noch sechs, weil die anderen krank oder sogar tot waren. Seine Nummer gefiel mir. Nach der Vorstellung kam er zu uns und fragte mich, wie es mir gefallen hätte. Ich sagte, was er macht, würde ich gern machen, das wäre schön, aber was das Mädchen im Tüllröckchen gemacht hätte, gefiele mir nicht, so ein dickes altes Pferd hätte ich nicht gern. Er lachte und sagte: Weder noch, aus dir mache ich eine Schulreiterin, die fehlt schon lange in meinem Programm. Dazu hast du Talent, und ich verspreche dir, daß du in einem halben Jahr schon auftreten kannst.«

»Da platzte mir der Kragen«, unterbrach Paule die Erzählung, »ich schlug seine Hand von Katharinas Schulter, die hatte er nämlich dahingelegt, und schrie ihn an, jetzt hätte ich genug von seinem Gerede und duzen Sie gefälligst meine Frau nicht. Der Direktor lachte laut, ich nahm Katharina an die Hand und zog sie hinter mir her, sie wollte nicht, aber ich hielt sie fest. Sie war den ganzen Abend und noch am nächsten Tag böse mit mir.«

»Sie wollten also zum Zirkus, Katharina?«

»Ach, ich weiß nicht, ob ich es wollte. Darüber hatte ich noch nicht nachgedacht. Mir gefiel es ganz gut im Stall. Aber ich wollte auf jeden Fall bei Pferden sein, ohne Pferde konnte ich mir mein Leben nicht mehr vorstellen. Paule kann ja auch nicht ohne Pferde leben. Soweit waren wir uns einig. Übrigens, Herr von Wardenburg, ich hatte damals auch wieder einen Hund. Wie geht es Venjo?«

»Es geht ihm ausgezeichnet.«

»Er hat mich vergessen, nicht wahr?«

»Ich hoffe es. Haben Sie ihn nicht vergessen?«

»Nein. Und ich hatte immer ein schlechtes Gewissen, daß ich ihn nicht holen konnte. Anfangs ging es ja nicht, da wohnten wir in einem ganz kleinen Zimmer. Und dann bekamen wir ein Zimmer direkt beim Stall. Dort gab es sowieso einen Hund. Und der war immer um mich herum, den ganzen Tag. Und ich wußte ja, daß es Venjo gut bei Ihnen haben wird.«

Es war eine Verlockung zuerst, dann wurde eine Versuchung daraus. Der Zirkus gastierte einen ganzen Monat in Frankfurt an der Oder, Katharina saß, so oft sie nur konnte, in der Vorstellung, und schließlich gelang es ihr, Paule zu überreden. Als der Zirkus weiterzog, gehörten Katharina und Paule dazu, auch das hübsche junge Pferd, das sie zugeritten hatte. Paule war Stallknecht, Katharina und das Pferd Lehrlinge der Hohen Schule.

Was nun folgte war harte Arbeit. Schon nach kurzer Zeit mußte sich Katharina von ihrem Pferd trennen, was sie bittere Tränen kostete und ihr beinahe den ganzen Zirkus verleidet hätte. Aber der junge Fuchswallach war für die Zirkusarbeit nicht geeignet, er war zu unerfahren, er scheute vor dem Licht, vor lauten Stimmen, vor der Peitsche, er wurde immer nervöser und hatte vor allem kein Talent für die Tritte der Hohen Schule. An einem Ort, an dem sie eine Zeitlang gastierten, verkauften sie ihn einer sympathischen Dame. Katharina hatte die Käuferin, die ein braves Reitpferd suchte, sorgfältig begutachtet, und nun bekam sie einen alten Schimmel, schneeweiß, der bei einem pleitegegangenen anderen Zirkusunternehmen bereits Hohe Schule gegangen war. Er war schon etwas wacklig auf den Beinen, aber er verstand seinen Beruf, und wenn die Musik einsetzte, spitzte er die Ohren und hob die alten Beine wie eine Ballettänzerin.

Von ihm lernte Katharina eine Menge. Mit ihm trat sie auch das erstemal auf, und es sei, so erzählte sie, ein ganz netter Erfolg gewesen, obwohl die Darbietung noch bescheiden war.

Zu dieser Zeit war sie schon an den Zirkus verloren, sie sah und hörte und dachte nichts anderes mehr, eine wahre Leidenschaft für ihre Arbeit hatte sie gepackt, sie probierte wie eine Besessene und sparte jeden Pfennig, um sich bald ein eigenes und gutes Pferd kaufen zu können.

Der Erfolg kam dann schnell. Eines Tages war sie eine Nummer, sie bekam Angebote, wechselte zu immer größeren Unternehmen, war jetzt bei Paul Busch zu einer Spitzengage engagiert. »Und eines Tages«, sagte sie selbstsicher, »werde ich bei Ringling Brothers auftreten.«

Ringling Brothers, Barnum und Bailey, der größte Zirkus Amerikas, der berühmteste der Welt, wie Nicolas wußte. Er nickte. »Ich zweifle nicht daran, Madame Carina, nachdem ich Sie heute gesehen habe, Amerika wird Ihnen zu Füßen liegen.«

Sie beugte sich rasch zu ihm und küßte ihn auf die Wange. »Für Sie bleibt es bei Katharina und beim Du. Ohne Sie läge ich vermutlich ersäuft im Fluß oder gesteinigt im Gebüsch.« Dann lachte sie hellauf, ihre dunklen Augen blitzten, die Vorstellung, das traurige Ende einer Hexe genommen zu haben, schien sie über alle Maßen zu amüsieren.

Paule stimmte in ihr Gelächter nicht ein, er schien überhaupt ein wenig bedrückt. Nicolas verstand ihn, es war nicht schwer, sich seine Gefühle vorzustellen. Alles war anders geworden. Damals, als er in die armselige Hütte im Erlengebüsch kam zu einem verrufenen Mädchen, das dort allein und ausgestoßen hauste, trat er auf wie der Held aus dem Märchen. Heute war *sie* die Märchenprinzessin, verdiente Geld, war berühmt, würde noch berühmter werden, und das einzige, was er für sie tun konnte war, ihr das Pferd herbeizuführen und sie in den Sattel zu heben. Möglicherweise hatte er am Zirkus eine kleine Nebenbeschäftigung, das wußte Nicolas nicht. Er wagte auch nicht, danach zu fragen, das Geld verdiente sie, und wie lange sie bei ihm bleiben würde, schien eine Frage der Zeit zu sein. Welche Frau würde es auf die Dauer fertigbringen, den Versuchungen zu widerstehen, die täglich an sie herantraten, den Versuchungen des Ruhms, des Reichtums und der Männer, die sie zweifellos umschwärmten, dies vor allem. Andere Männer als Paule einer war.

Auch ich finde sie begehrenswert, dachte Nicolas, nicht zuletzt deswegen, weil ich ihre Vergangenheit kenne. Außerdem hat sie mir damals schon gefallen. Wenn es nicht wegen Paule wäre, würde ich glatt mein Glück bei ihr versuchen.

Das erinnerte ihn an Cecile. Er hatte ihr versprochen, nach der Vorstellung zu ihr zu kommen, sie war krank, fühlte sich nicht ganz wohl. Nun war es sehr spät geworden. Aber wie er sie kannte, wartete sie auf ihn.

Als er sich von den beiden verabschiedete, sagte er: »Alles Gute wünsche ich euch. Sofern das noch nötig ist. Und ich komme bestimmt noch einmal in die Vorstellung, Katharina, ich muß dich noch einmal sehen. Soll ich nicht doch deiner Mutter von euch erzählen, Paule?«

»Bitte nicht. Sie hat kein Verständnis dafür.«

Erfahren würde sie es ohnedies. Wenn er Alice von dem heutigen Abend erzählte, und das würde er gewiß tun, so würde Pauline es von ihr hören.

Nicolas küßte Katharinas Hand, doch sie neigte sich ihm wieder entgegen und küßte ihn, in ihren Augen stand deutlich eine Verlockung. Nun also, dachte Nicolas. So ist es und nicht anders, Paule wird bald weggeschickt werden, der arme Junge.

Cecile hatte wirklich auf ihn gewartet. Sie trug ein Negligée aus grüner Seide, das Grün machte sie sehr blaß, sie war nervös, die Aschenschale lag voller Zigarettenstummel. »Das war aber eine lange Zirkusvorstellung«, sagte sie vorwurfsvoll.

Also erzählte er ihr die ganze Geschichte, sie hörte stumm zu, wippte mit dem Fuß und hustete manchmal. Als er geendet hatte, sagte sie, leicht gereizt: »Du hast mindestens zehnmal betont, wie schön diese Frau ist. Seit wann schwärmst du für Zirkusdamen? Vermutlich wärst du lieber mit ihr weggegangen, als zu mir gekommen.«

Sie war krankhaft eifersüchtig und quälte Nicolas damit.

»Wenn du mir zugehört hast, dann wirst du begriffen haben, daß sie kein Mädchen dieser Art ist. Und ich habe dir auch von ihrem Mann erzählt, nicht wahr?«

»Wann siehst du sie wieder?«

»Demnächst gar nicht.«

›Du hättest mich mitnehmen können in den Zirkus.«

»Cecile! Ich weiß doch, daß du das Kind am Abend nicht allein lassen willst. Und daß du überhaupt nicht gern irgendwohin gehst, wo viele Menschen sind.«

»Ja, da hast du recht.«

Plötzlich hatte sie Tränen in den Augen, ihre Gefühle wechselten immer abrupt. Sie kam, setzte sich auf seinen Schoß und legte ihre Arme um seinen Hals, lehnte ihre Wange an seine.

»Verzeih! Ich habe dich so selten. Und wenn du schon in Berlin bist, geize ich mit jeder Stunde, das weißt du doch. Bleibst du heute nacht hier?«

Er hatte die Absicht gehabt, in sein Hotel zu fahren, aber nun blieb er bei ihr. Ehe er zu Bett ging, betrachtete er seinen schlafenden Sohn, er sah hübsch und rosig aus, sein Haar war hellblond wie das seiner Mutter. Wie immer erfüllte zärtliche Liebe sein Herz, und wie immer, wenn er das Kind ansah, dachte er: ich muß mit Alice sprechen, ich werde mich scheiden lassen.

Er war kein glücklicher Mann mehr. Er lebte in einem schrecklichen Zwiespalt, gehörte nicht hierhin und nicht dorthin, war heimatloser denn je. Er liebte Cecile, obwohl er nicht sicher war, nicht mehr, ob mit ihr leben wollte.

Fast fünfzehn Jahre war er nun mit Alice verheiratet, und das Leben mit ihr war angenehm verlaufen. Sie hatte sich in den letzten Jahren zu einer tüchtigen Gutsherrin entwickelt; daß Wardenburg noch gehalten wurde, war ihr und Köhlers Werk, das wußte Nicolas sehr gut, sein Verdienst daran war gering. Er beschaffte Geld, wenn es gebraucht wurde, gut. Aber das vermehrte nur die Schulden, denn Zinsen mußten unerbittlich gezahlt werden. Man schleppte sich von einem Jahr ins andere, erstaunlich, wie es ging, aber irgendwie ging es. Fiel die Ernte gut aus, sah die Lage etwas hoffnungsvoller aus. Sein wichtigster Gläubiger war mittlerweile Gadinski, der Raffineriebesitzer, und daß Gadinski und er sich gut verstanden, war von Vorteil und erleichterte Nicolas seine finanziellen Transaktionen.

Wie immer auch, es wäre ein übler Dank an Alice, sie nach all den gemeinsamen Jahren einfach zu verabschieden. Sie hatte ihm stets seine Freiheit gelassen, sie war großzügig, stellte keine unnützen Fragen. Das würde mit Cecile nicht so sein. Er liebte das Kind, sein einziges. Sein Sohn. Er hätte ihn gern nach Wardenburg geholt, schon allein, weil das Kind oft kränkelte, die Landluft würde ihm guttun. Er hätte den Jungen auch gern adoptiert und sodann ernstlich versucht, Wardenburg zu halten und zu sanieren. Für seinen Sohn.

Aber es war unmöglich, das Kind von Cecile zu trennen. Für sie war das Kind alles, was sie besaß. Denn ihn besaß sie nicht, er war nur ein Gast, einer der kam und der ging, und das nun seit Jahren. Und er liebte sie wohl, aber doch nicht so sehr, daß er ihretwegen Alice verletzen wollte. Er liebte das Kind, aber er konnte es nicht bekommen ohne die Mutter.

Ein unauflösbares Dilemma. Nicolas hatte zwar ein glückliches Naturell, konnte immer wieder beiseiteschieben und abschütteln, was ihn bedrängte, aber mehr und mehr fühlte er sich verdammt wenig wohl in seiner Haut.

In dieser Nacht schlief er schlecht, Cecile lag dicht an ihn geschmiegt, er mußte seinen Arm um sie legen, aber bei aller Liebe oder Leidenschaft, die er für eine Frau empfinden konnte, zog er es doch vor, sein eigenes Bett zu haben. Außerdem schlief Cecile unruhig, sie hustete viel, stand dazwischen auf und nahm eine Medizin.

»Du solltest nicht soviel rauchen«, sagte Nicolas. »Das ist nicht gut für dich. Und ich hatte dich doch gebeten, zum Arzt zu gehen.«

»Ich bin nur ein wenig erkältet«, sagte sie abwehrend, »es war in den letzten Tagen sehr windig. Willst du auch einen Löffel Hustensaft?«

Nicolas schüttelte angewidert den Kopf. »Ich huste ja nicht. Es sei denn, daß du mich ansteckst heute nacht.«

»Ach du!« sagte sie und griff mit beiden Händen in sein braunes Haar. »Du bist doch nie krank. Du bist wie das Leben selbst. So stark und so gesund. Und so unabhängig.«

War er das? Er selbst konnte das nicht finden. Er war es einmal gewesen, das war lange her. Damals in Petersburg, als Natalia Fedorowna ihm half, ein Mann zu werden. Auch seine Zeit als junger Offizier in Berlin war eine gute Zeit gewesen. Auch noch die erste Zeit auf Wardenburg. Aber jetzt gefiel ihm sein Leben nicht mehr. Es wäre wichtig gewesen, einmal mit einem Menschen zu sprechen, sich auszusprechen, einen Rat zu hören, Zuspruch zu bekommen.

Wie immer in solchen Fällen dachte er an die Fürstin. Er hatte sie seit zwei Jahren nicht gesehen. Sie reiste nicht mehr so viel, seit sie durch den Tod ihres ältesten Sohnes einen großen Kummer erlebt hatte; er war von einem

Anarchisten ermordet worden. Man hörte jetzt oft von inneren Unruhen Rußland, der Zar und die Geheimpolizei führten daraufhin ein immer strengeres Regiment, viele Aufrührer wurden nach Sibirien verbannt, aber wie immer in solchen Fällen, stieg die Zahl und die Entschlossenheit der Revolutionäre.

Nicolas fühlte sich zur Zeit wenig nach Petersburg hingezogen, und im Grunde war er froh, im Deutschen Reich zu leben. Rußland war ein gefährlicher Boden geworden. Er hatte allen Grund, seinem Vater dankbar zu sein, der ihm damals befahl, in Preußen zu dienen.

In dieser unruhigen schlaflosen Nacht dachte Nicolas an seinen Vater. Er tat es selten, doch ab und zu, und dann mit schlechtem Gewissen. Er schrieb manchmal einen Brief, erhielt auch eine Antwort, meist nur kurze, nichtssagende Mitteilungen. Es war viele Jahre her, daß er seinen Vater gesehen hatte.

In dieser Nacht beschloß er, sobald sich die Gelegenheit ergab, nach Florenz zu fahren, wo sein Vater lebte. Vielleicht konnte er mit ihm ein Gespräch führen über die verworrene Lage seines Lebens, vielleicht von ihm einen Rat erbitten. Aber es dauerte noch anderthalb Jahre, bis Nicolas zu dieser Reise kam. Erst im Herbst 1904 reiste er von München aus nach Italien.

An einem sonnigen Tag Ende September glitt der Zug, der Nicolas in den Süden brachte, weich in die oberitalienische Ebene hinab, ließ die Alpen hinter sich, die er in der Nacht überquert hatte. Einmal war Nicolas wach geworden, ihm war kalt. Er hatte am Abend, ehe er zu Bett ging, die Heizung abgestellt, weil das große komfortable Schlafwagencoupé überheizt gewesen war. Nachts in den Bergen war es kühl, er zog die Bettdecke fester um sich, und schlief sogleich wieder ein, sanft gewiegt von der lautlosen Bewegung des gut gefederten Zuges. Außerdem hatte er zum Abendessen im Speisewagen eine Flasche Burgunder getrunken.

Nun saß er im Speisewagen beim Frühstück, am übernächsten Tisch saß die hübsche blonde Frau, mit der er bereits am Abend zuvor einen kleinen Augenflirt gehabt hatte.

Sie war in Begleitung eines stattlichen Fünfzigers, wohl der Gatte, Gelegenheit zu einer Bekanntschaft war somit nicht gegeben, was Nicolas nicht bedauerte. Im Laufe der Jahre hatte er die Erfahrung gewonnen, daß es oftmals weitaus reizvoller war, eine schöne Frau nur mit den Augen zu liebkosen und ein verstohlenes Lächeln als Belohnung zu erhalten, als sich den Belastungen und Belästigungen einer näheren Beziehung auszusetzen.

Die Kellner bedienten lautlos und aufmerksam, schenkten Kaffee oder Tee nach, sobald sie bemerkten, daß die Tasse leer war, die gebratenen Eier waren vorzüglich, das Gebäck frisch.

Nicolas reiste gern. Überhaupt seitdem die Züge so schnell und bequem geworden waren. In seiner Jugend, wenn sie von Reval nach St. Petersburg fuhren oder umgekehrt, war es noch eine mühsame und im Winter kalte Reise. An jeder kleinen Station stand der Zug eine halbe Ewigkeit, wartete auf Anschlüsse, auf Post oder auf was auch immer, man hatte ja damals noch so viel Zeit. Meist stiegen die Reisenden aus, gingen in das Bahnhofsgebäude, um sich aufzuwärmen, tranken heißen Tee, der im Samowar immer bereit stand, aßen einen Happen aus dem großen Imbißkorb, der jede Reise begleitete.

Da war eine dunkle Erinnerung an eine Fahrt nach Petersburg, es war wohl seine erste, und er konnte nicht älter als fünf oder sechs Jahre gewesen sein. Sie reisten zu viert, seine Mutter, eine ihrer Cousinen, er und Jülle, sein Kindermädchen. Es war sehr kalt, der Schnee lag hoch, manchmal hielt der Zug mitten auf der Strecke an, vermutlich mußten Gleise geräumt werden, denn es schneite und schneite ununterbrochen, es wurde nicht hell, der Himmel hing tief und grau über dem weißen Land. Seine Mutter, die leicht ermüdete, saß blaß in ihrer Ecke, Jülle hatte ihr eine Decke über die Knie gelegt, und Yvonne, ein hübsches braunhaariges Mädchen von siebzehn Jahren, wärmte immer wieder Anna Nicolinas Hände in den ihren, dazu plauderte sie die ganze Zeit.

An den Stationen, an denen der Zug noch länger stand als gewöhnlich, mochte Anna Nicolina nicht aussteigen, Jülle holte Tee und brachte ihn in ihr Abteil, versuchte die junge Frau zu überreden, etwas zu essen. Doch Anna Nicolina schüttelte den Kopf, trank nur den Tee und verkroch sich tief in ihren Pelz.

Yvonne und der kleine Nicolas jedoch stiegen jedesmal aus, stapften im Schnee herum, sprachen mit anderen Reisenden, tranken ihren Tee im Stationsgebäude und aßen dazu von den gebratenen Hühnern, dem kalten Braten, den harten Eiern, den Kümmelbrötchen und dem Speckkuchen, die man ihnen auf Kerst eingepackt hatte.

Nicolas schüttelte über sich selbst den Kopf, als er hinausblickte auf Italiens ›holde Auen‹, grüngolden in der Sonne dieses Septembertags. Sehr merkwürdig, daß er gerade bei diesem Anblick an jene Winterreise denken mußte.

Warum wohl waren sie damals, zu so unwirtlicher Jahreszeit, nach Petersburg gefahren? Es mußte doch einen Grund gehabt haben. Er wußte ihn nicht oder hatte ihn vergessen. Vielleicht hatte seine Mutter einen bestimmten Arzt aufgesucht, da sie, wie er annahm, schon zu jener Zeit nicht mehr gesund gewesen war.

Er versuchte, sich den weiteren Ablauf der Reise ins Gedächtnis zu rufen, ihren Aufenthalt in der Metropole. Aber diese ersten Erinnerungen an Petersburg waren von den späteren überlagert. Es war immer das gleiche mit dieser traumhaft schönen Stadt; sobald man sie *erblickte*, schlug sie einen in Bann, allein schon durch die riesige Ausdehnung, die ihresgleichen in der Welt nicht hatte, diese gewaltigen Plätze, die überbreiten geraden Straßen, die herrlichen Paläste und prunkvollen Schlösser. Jedesmal von neuem ein überwältigender Eindruck, wie sie sich im breiten Strom der Newa spiegelten, deren Nebenarme die Stadt durchflochten, es hieß, die Stadt habe 365 Brücken, Nicolas hatte sie nie gezählt, und vermutlich hatte keiner sie je gezählt. Bei alledem war sie ja ein Kunstgebilde, diese Stadt, keine gewachsene Ansiedlung, sondern von Peter dem Großen aus dem Boden gestampft, hingezwungen auf den sumpfigen Untergrund des Newa-Deltas, weil er hier und nur hier, am Meer und nahe der widerwillig bewunderten westlichen Welt, *seine* Stadt haben wollte.

Schiffe wollte er haben und einen Hafen, den Anschluß an die Welt gewinnen und Rußland aus der Verlorenheit des endlosen Kontinents lösen und zu einer Weltmacht machen.

Sie sollten das Meer sehen, seine Russen, sie sollten den Blick nach Westen richten, sie sollten lernen vom Westen, Bildung und Kultur, Anstand und Sitte, Fleiß und Leistung, und wenn sie alles gesehen und gelernt hätten, dann würden sie es besser machen als der dekadente Westen, würden endlich so stark und mächtig sein, wie es dem großen russischen Reich zustand. Nicht zuletzt sollten sie es von den Deutschen lernen; wohlbedacht holte der Zar sich Deutsche ins Land, an den Hof, in Handel und Wirtschaft, machte sie zu Beamten, Offizieren, Ministern und Professoren.

Wo in der Welt gab es ein Denkmal, das der Persönlichkeit eines großen Mannes so gerecht wurde wie das Denkmal Peters auf dem Senatsplatz, am Ufer der Newa. Wie auf einer Woge ritt er auf dem sich bäumenden Pferd aufwärts, vorwärts, hinan, noch immer seine Stadt und die Newa beherrschend. Katharina II., die das Standbild errichten ließ, hatte ihn gut und genau verstanden, auch sie auf ihre Art ein gleich starker Herrscher wie ihr Vorgänger auf dem Zarenthron. Und dann diese breiten Straßen, Prospecte genannt, das seltsam dumpfe Geräusch, das die Pferdehufe auf dem Holzpflaster machten! Nicolas hatte es noch genau in den Ohren, er brauchte nur daran zu denken, schon hörte er es. Die vier- und sechsspännigen Kutschen der Adligen, der Angehörigen des Hofes, der Diplomaten, der reichen Leute hatten immer Vorfahrt, sie durften in der Mitte der Straße fahren, die gewöhnlichen Droschken mußten am Rand bleiben, dafür sorgte die Polizei, die man überall antraf in Petersburg, die ihre Augen überall hatte und sehr genaue Rangunterschiede machte. Schon an dem Kutscher sah man, mit wem man es zu tun hatte: je prächtiger und geschmückter seine Livree war, je breiter und ausgepolsterter sein Umfang, um so bedeutender der Passagier, den er beförderte.

Damals, bei seinem ersten Aufenthalt in Petersburg, konnte er das Pflaster aus Eichenholz noch nicht bemerkt haben, da Petersburg ja bestimmt unter einer hohen Schneedecke lag, durch die die Schlitten lautlos in jagender Fahrt dahinglitten, sogar mitten auf der Newa, sobald sie zugefroren war. Hatten sie im Hotel gewohnt? Gewiß nicht, sicherlich bei Onkel Konstantin, der damals als Vertreter der Ostseeprovinzen Mitglied des Reichsrats war. Sein Palais am Newski-Prospect war groß genug, ganze Völkerscharen zu beherbergen. Später, als Nicolas dort im Hause lebte, hatte er für sich allein drei Zimmer zur Verfügung und einen eigenen Diener dazu.

Der Kellner fragte leise, ob der Herr noch Tee wünsche.

»Non, merci, je suis bien servi«, antwortete Nicolas abwesend.

Er blickte aus dem Fenster. Das Tal der Etsch, durch das der Zug südwärts und abwärts glitt, hatte sich verbreitert, der grüne Fluß schäumte lebhaft neben dem Zug her.

Ala, die italienische Grenzstation, hatten sie soeben passiert, nun war es noch eine reichliche Stunde bis Verona. Dort wollte Nicolas für zwei Tage Station machen. Wenn er nun schon die weite Reise machte, war es wohl doch angebracht, der Stadt Dietrichs von Bern und des unsterblichen Liebespaares Romeo und Julia einen Besuch abzustatten. Auch würde durch diese Unterbrechung die Reise nicht gar so weit und ermüdend sein. Und wenn er sich selbst gegenüber ehrlich war, so begrüßte er diesen Aufenthalt schon deshalb, weil seine Ankunft in Florenz sich dadurch verzögerte.

Er kannte Italien kaum. Einmal war er in Venedig gewesen, und von der französischen Riviera aus hatte er einige der italienischen Küstenorte besucht. Ihn hatte es immer mehr nach Frankreich gezogen, Italien war ihm zu schmutzig. Zweifellos ein Vorurteil, aber er glaubte nun einmal, Italien müsse schmutzig sein, weil sein Großvater in Kerst das immer behauptet hatte. Wenn der von Italien erzählte, kehrte jedesmal die Geschichte wieder, wie er einmal, von Capri kommend, in Neapel in eine Choleraepidemie geraten sei, was für furchtbare Dinge er dort mit angesehen, wie fluchtartig er sich davongemacht hatte. Und jedesmal beendete der Großvater seinen Bericht mit den Worten: »Kein Wunder bei dem Dreck, in dem die dort leben. Durchaus kein Wunder. Es belohnt sich nicht, nach Italien zu reisen.«

Das war um so erstaunlicher, als des Großvaters Mutter Italienerin gewesen war, aber vielleicht gerade darum begreiflich, denn es hieß, sie habe sich genauso abfällig über die baltischen Ostseeprovinzen und das Russische Reich geäußert; sehr lange hatte sie es dort auch nicht ausgehalten.

Als ihre beiden Söhne, Nicolas' Großvater Alexander und sein Bruder Konstantin, mit zehn und elf Jahren nach St. Petersburg in die kaiserliche Kadettenschule kamen, was gegen ihren Willen geschah und worüber sie sich außerordentlich empörte, nahm sie kurzerhand ihre kleine Tochter, verließ ihren Mann und Schloß Kerst und kehrte nach Italien zurück. Geschieden wurden sie natürlich nie, denn schließlich war sie katholisch und war es geblieben, woran im Baltikum keiner Anstoß nahm; sie waren einander auch nicht gram, gelegentlich besuchte der Urgroßvater seine Frau in Italien, allerdings wurden die Besuche im Lauf der Jahre sehr selten, die Reise war lang und mühselig, und viel zu sagen hatten sie sich offenbar nicht mehr. Die beiden Söhne machten ab und zu kurze Pflichtbesuche, fanden aber wenig Anziehendes an Italien.

Wie mochte der Urgroßvater zu einer italienischen Frau gekommen sein, dachte Nicolas. Darüber hatte man ihm nie etwas erzählt. Auch Onkel Konstantin sprach nie von seiner Mutter. Nur seine Frau, Tante Galina, ließ gelegentlich aus einer spitzen Bemerkung erkennen, daß sie die Ansicht ihres Schwagers über Italien teilte.

Die kleine Tochter, die die Urgroßmutter mit zurück in ihre Heimat genommen hatte, kehrte nie ins Baltenland zurück, sie starb mit achtzehn Jahren. Vermutlich an der Cholera, dachte Nicolas, und damit hätte der Großvater ja recht gehabt mit seiner Abneigung gegen italienischen Schmutz. Immerhin nannte er seine einzige Tochter Anna Nicolina, und die hinwiederum, das wußte Nicolas, liebte Italien und hatte sich gern dort aufgehalten. Sie sprach oft von der Sonne und der Wärme des Südens, denn sie war gegen Kälte sehr empfindlich und fror meist, so wie damals, als sie im vereisten Zug nach Petersburg reisten. Vermutlich war auch die hübsche Yvonne ein Grund dieser Unternehmung gewesen, sie mußte bei Hof vorgestellt werden und einen Winter lang auf Petersburger Bällen tanzen, um möglichst glanzvoll verheiratet werden zu können.

Wie lange war das her!

Nicolas blickte melancholisch hinaus in die Landschaft. Damals war er ein kleiner Junge, ein paar Jahre später starb seine Mutter, sein Vater verließ ihn, verließ Kerst, und ihn schickten sie nach St. Petersburg. Kerst war nur noch ein Ort, an dem er seine Ferien verbringen durfte. Dann starb auch sein Großvater, die Cousins und Cousinen studierten, heirateten, lebten in St. Petersburg oder auf den Gütern in Estland. Die Bindungen der Kindertage wurden loser, lösten sich ganz, und für die nächsten Jahre war es Onkel Konstantin, sein Großonkel, und dessen Frau, die ihm am nächsten standen und in deren Haus in Petersburg er lebte.

Auch zu einem Bruder seiner Mutter, ihrem jüngsten Bruder, fühlte er sich hingezogen. Der war zu jener Zeit in Petersburg Major bei der Garde à Cheval, einem der vornehmsten Regimenter des Reiches, in dem seit jeher viele Balten dienten. Es war vorgesehen, daß Nicolas, sobald er mit dem Gymnasium fertig war, als Fahnenjunker in das gleiche Regiment eintreten sollte.

Sehr bald nahm die Fürstin den wichtigsten Platz in seinem Leben ein, das war wohl auch der Grund, daß er kaum Freundschaften mit seinen Schulkameraden schloß, nur einer, der junge Graf Schwaloff, der in die gleiche Klasse ging, stand ihm näher, mit ihm verbrachte er die Zeit, die Schule, Familie und Natalia Fedorowna übrigließ. Sie gingen gemeinsam ins Theater, mit Vorliebe in die Oper oder ins Ballett, diskutierten über die großen russischen Dichter, fuhren im Sommer, in den weißen Nächten, in denen es nie dunkel wurde, mit einem Boot hinaus auf die Newa-Inseln, und ein wenig war Nicolas, trotz der Fürstin, in Nina, Michail Schwaloffs zarte Schwester, verliebt.

Er bekam sie selten zu sehen, sie wurde im Institut Smolny erzogen, wo die adeligen jungen Damen aus ersten Kreisen ihre Ausbildung erhielten. Manchmal wurde er zu einem Sommerfest oder zu einer Jagd auf das Gut der Schwaloffs eingeladen, ein einzigesmal, so erinnerte er sich, hatte er bei solch einer Gelegenheit mit Gräfin Nina getanzt, sie war kühl und blaß und hochmütig, hatte ihn kaum beachtet. Mit achtzehn Jahren wurde sie verheiratet an einen Fürstentitel, zu dem ein Mann gehörte, fünfundzwanzig Jahre älter als sie.

Einmal nur hatte er sie später wiedergesehen, das war im Jahr 1890 gewesen, als Tschaikowskijs Ballett ›Dornröschen‹ im Marientheater uraufgeführt würde. Sie war immer noch kühl und blaß und hochmütig, dazu wunderschön. Zwei Jahre darauf war sie an ihrer kranken Lunge gestorben. Zu dieser Zeit war er nur noch ein Gast in St. Petersburg, inzwischen überall ein Fremder, nachdem sein Vater gekommen war und ihn nach Berlin befohlen hatte.

Diese Tatsache wurde Nicolas auf einmal bewußt. Kerst, St. Petersburg, Berlin, Wardenburg – der Wechsel war allzu rasch erfolgt. Die Verwandten und Freunde seiner Jugend waren ihm genommen worden, zwar hatte er in Berlin während seiner Offiziersjahre Kameraden und Bekannte genug gehabt, aber es war nie zu einer nahen und vertrauten Freundschaft gekommen. An Wardenburg band ihn nichts, er war ruhelos und rastlos, er reiste, er war hier und dort – aber wo gehörte er eigentlich hin, und wer gehörte zu ihm?

Ich habe nie einen wirklichen Freund gehabt, dachte Nicolas an diesem Vormittag im Zug, selbst verwundert über diese Entdeckung. Ich habe keine Mutter, keinen Vater, keine Geschwister, keine Freunde.

Blieben die Frauen. Natalia Fedorowna, die viele Jahre sein Leben bestimmt hatte, war ihm nun ferngerückt. Cecile, die er nach der Fürstin zweifellos am meisten geliebt hatte, war zu einem Problem geworden. Was dazwischen lag an Begegnungen mit Frauen spielte keine Rolle.

Und da war Alice, seine Frau. Wenn er ehrlich war, mußte er zugeben, daß sie nicht der schlechteste Teil seines Lebens war. Auch wenn es nicht die große Liebe geworden war, so verband sie doch Freundschaft, erprobte, wirkliche Freundschaft, und er war froh, daß er sich nicht hatte scheiden lassen, nachdem Cecile in sein Leben getreten war. Anfangs hatte er sowieso nicht daran gedacht, erst als sie das Kind erwartete und natürlich dann, als sie seinen Sohn geboren hatte.

Da war er glücklich wieder mitten in seinem Dilemma angelangt. Er schüttelte den Gedanken von sich, es war einfach lästig, immer wieder daran denken zu müssen. Der Junge war sechs Jahre alt, zu zart und zu empfindlich für die Schule, wie seine Mutter fand, überhaupt käme nur eine besonders ausgewählte und vornehme Privatschule in Betracht, hatte Cecile ihn wissen lassen. Aber das hatte Zeit, noch wollte sie sich von dem Kind nicht trennen, verbrachte jede Minute mit ihm, verwöhnte den Jungen, erfüllte ihm jeden Wunsch, und Nicolas war sich durchaus klar darüber, daß dies nicht die richtige Art von Erziehung war. Aber was sollte er tun? Natürlich hätte er den Jungen gern adoptiert und mit nach Wardenburg genommen, aber das war ganz unmöglich, nicht wegen Alice, er glaubte sicher zu sein, daß sie vernünftig reagieren würde, wenn sie erst einmal den Schock dieser Eröffnung über eine Jahre alte Beziehung und die Existenz eines Kindes ihres Mannes überwunden haben würde. Realistisch denkend, wie sie war, hatte sie sich unter ›Berlin‹ immer eine Liaison von Nicolas vorgestellt, aber würde sie einen Sohn, der nun schon vor dem Schuleintritt stand, hinnehmen und sich nicht zutiefst getäuscht und hintergangen fühlen? Nicolas schwindelte, wenn er anfing, dieses Problem zu durchdenken. Aber war es eigentlich nötig, denn Cecile würde sich ja niemals von dem Kind trennen, es wäre ihr Untergang. Sie und der Junge waren zu einem Albdruck für Nicolas geworden. Und so war Berlin ihm in letzter Zeit verleidet.

Er winkte dem Kellner, bestellte Cognac, neigte mit einem kleinen Lächeln den Kopf der blonden schönen Frau entgegen, die jetzt ihr Frühstück beendet hatte und ihn mit einem langen Blick bedachte, ehe sie mit ihrem Mann, der gar nichts gesehen hatte, den Speisewagen verließ.

Nun also sein Vater!

Warum fuhr er eigentlich zu ihm? Im Augenblick konnte er den Sinn seiner Reise nicht einsehen. Warum sollte er einem Mann, den er seit fünfzehn Jahren nicht gesehen hatte, nur weil er zufällig sein Vater war, von seinen Sorgen berichten? Das war absurd.

Sein Vater hatte sich nicht um ihn gekümmert, er hatte sich nicht um seinen Vater gekümmert, sie waren beide glänzend ohne einander ausgekommen; daß er jetzt hinfuhr, war eine lächerliche Sentimentalität. Auch Alice hatte sich darüber gewundert, jedoch gemeint, es sei vielleicht ganz schicklich, daß er seinen Vater einmal besuche.

»Wenn er schon nicht hierherkommen will, wäre es vielleicht wirklich an der Zeit, daß du dich einmal um ihn kümmerst. Er muß doch ziemlich alt sein. Wer weiß, wie es ihm geht.«

»Er ist – warte, er ist achtundsechzig geworden in diesem Jahr. Im Juli.«

Den Geburtstag seines Vaters vergaß er nie, schickte immer pünktlich einen Brief, bekam manchmal Antwort, manchmal nicht. Sein Vater allerdings schrieb ihm weder zum Geburtstag noch zu irgendwelchen Fest- oder Feiertagen.

Alt war er also nun, möglicherweise krank, und sicherlich in beschränkten Verhältnissen lebend. Es war schwer vorstellbar, wie er in den vergangenen Jahren gelebt hatte. Damals hatte er von Anna Nicolina eine gewisse Summe Geld geerbt, wie auch Nicolas, beide Erbteile waren ausgezahlt worden, doch Nicolas hatte keine Ahnung, wieviel sein Vater erhalten hatte, wie lange er damit ausgekommen war. Immerhin – das Leben in Italien war billig.

Wir sind eine merkwürdige Familie, sagte sich Nicolas. Eigentlich sind wir gar keine Familie. Gott hat mir wohl ein Familienleben nicht bestimmt.

Wie sein Vater wohl aussehen mochte? Alt und ungepflegt, armselig?

Je näher er seinem Ziel kam, um so unbehaglicher wurde ihm zumute, und wenn er sein Kommen nicht angekündigt hätte, wäre er am liebsten, nach dem kurzen Aufenthalt in Verona, auf der Stelle wieder zurückgefahren.

In Verona hatte er Pech mit dem Wetter, am Nachmittag begann es zu regnen, von den Bergen her kam ein scharfer Wind. Auch am nächsten Tag blieb das Wetter unfreundlich. Nicolas hielt sich daher nicht lange damit auf, durch das Markttreiben auf der Piazza Erbe zu schlendern, dann die wuchtigen Mauern der Arena zu bestaunen, die Scaliger-Burg verschwand hinter Regenschleiern, und die Etsch, die hier Adige hieß und die so lustig neben seinem Zug einhergetanzt war, tobte dunkel und böse unter den Brücken. Kein Zweifel, Italien empfing ihn nicht gerade sehr freundlich.

Doch am Morgen, als er, sehr früh, den Zug bestieg, der ihn nach Florenz bringen sollte, war der Himmel blankgefegt, die letzten Wolken stoben im Wind davon, und als der Zug die Poebene querte, strahlte die Sonne von einem tiefblauen Himmel. Dennoch hatte sich Nicolas' Laune nicht gebessert. Gegen Mittag also würde er nun in Florenz ankommen, und wenn sein Vater mit dem gleichen Mißbehagen ihrem Wiedersehen entgegensah, würde es für beide Teile ein quälendes Zusammentreffen sein.

Er würde es kurz machen, beschloß Nicolas, zwei Tage mochten genügen, dann konnte er anstandshalber wieder abreisen.

Als er in Florenz aus dem Zug stieg, sah er seinen Vater sofort, und auch Henry erkannte seinen Sohn, hob grüßend die Hand und kam schnell auf Nicolas zu.

Der Anblick seines Vaters war die erste Überraschung. Groß und schlank wie der Sohn, mit der gleichen lässigen Leichtigkeit in Gang und Bewegung, wirkte Henry jünger als seine Jahre, sein Haar war zwar grau geworden, doch sein hageres Gesicht war gebräunt und hatte klare, unverwischte Züge. Er lächelte, reichte Nicolas die Hand, sagte freundlich: »Nett, daß du gekommen bist«, so als hätten sie sich vor einem halben Jahr das letztemal gesehen, winkte einem Facchino und dann schritten sie nebeneinander den Bahnsteig entlang, für jeden Beobachter sofort als Vater und Sohn erkennbar.

Nicolas war befangener als sein Vater, als er sagte: »Es bleibt mir ja nichts anderes übrig, als zu kommen, wenn ich dich endlich einmal wiedersehen will.«

Die zweite Überraschung: vor dem Bahnhof stand ein leichter Einspänner, ein kleines braunes Pferd davor gespannt, auf den Henry zusteuerte, der Träger folgte ihnen; das Gepäck wurde im Wagen verladen, die beiden schwarzhaarigen Knaben, die das Pferd gehalten hatten, bekamen je eine Münze, und Henry sagte mit einladender Geste: »Steig auf!«

Gewohnheitsmäßig hatte Nicolas zuerst das Pferd betrachtet, eine zierliche Stute mit wachem Blick und lebhaftem Ohrenspiel. »Nettes Pferd«, sagte er, sehr verwundert darüber, daß sein Vater Pferd und Wagen besaß.

Henry kutschierte selbst. Er nahm die Zügel, sagte: »Sie heißt Cara. Sehr zuverlässig, sehr brav.«

Cara zog sofort an, ging in flottem Schritt über den belebten Platz, erwartend, daß jedermann ihr auswich, denn sie steuerte unbeirrt den Weg vorwärts, den sie offenbar kannte. Es war ziemlich viel Verkehr in der Stadt, große und kleine Wagen, Eselskarren unterwegs, Reiter dazwischen, aber auch Automobile und unübersehbare Mengen von Menschen, eilig, schlendernd, herumstehend.

Das irritierte Cara nicht im mindesten, sie schritt zügig voran, und als sie zu der Straße kamen, die am Arno entlang führte, setzte sie sich ganz von selbst in Trab. Nicolas blickte sich neugierig um, und um seinem Vater zu zeigen, daß er nicht vergeblich die Schule besucht hatte, sagte er: »Dies also ist Dantes Stadt.«

Henry verzog den Mund. »Auch das. Aber versuche nicht, mir einzureden, du habest die Divina Commedia gelesen.«

»Nun –« Nicolas lachte. »Du hast recht, ich habe sie nicht gelesen. Immerhin weiß ich, daß er sie geschrieben hat, daß er hier gelebt hat und eine Dame liebte, die Beatrice hieß.«

»Ob man es Liebe nennen kann, bezweifle ich«, sagte Henry trocken. »Die Überlieferung meldet, er hätte sie zweimal in seinem Leben gesehen, das erstemal war er ein kleiner Junge von neun Jahren. Und sie starb bereits mit vierundzwanzig Jahren.«

»Wie schrecklich! An der Cholera?«

Henry wandte ihm erstaunt das Gesicht zu. »An der Cholera? Wie kommst du darauf? Offen gestanden, ich weiß es nicht. Vermutlich im Kindbett, sie war ja verheiratet. Nicht mit Dante. Man weiß sehr wenig über sie. Meiner Ansicht nach ist sie mehr oder weniger eine Traumgestalt, ein Wesen, das er brauchte, um es anzudichten. Die Legende machte später eine bittersüße Liebesgeschichte daraus.«

Henry wies mit der Peitsche über die Stadt hin. »Die Uffizien. Dahinter der Palazzo Vecchio. Du wirst dir alles in Ruhe ansehen. Es ist die schönste Stadt, die ich kenne.«

»Schöner als Paris?«

»Für mich ja.«

»Es muß dir hier gefallen, nachdem du nun schon so lange hier lebst und offenbar nicht mehr anderswo leben willst.«

»Ich werde hier bleiben, bis ich sterbe. Und wenn ich sterbe, werde ich es als Geschenk betrachten, daß ich hier leben durfte. Übrigens, da wir gerade davon sprechen; mach nicht irgendwelche Überführungskunststücke mit mir, ich möchte hier begraben werden, oben in Fiesole, den Platz habe ich schon ausgesucht.«

Nicolas lachte gezwungen. »Davon brauchen wir wohl nicht zu reden, Vater, du siehst erstaunlich gesund und wohl aus.«

»Ich fühle mich auch gesund und wohl und habe durchaus nicht die Absicht, demnächst zu sterben. Wir kamen bloß gerade auf das Thema, nun weißt du Bescheid. Da ich zum katholischen Glauben übergetreten bin, wird es in keiner Beziehung Schwierigkeiten machen.«

Diese Mitteilung machte Nicolas stumm vor Staunen. Es war Überraschung Nummer drei. Das letzte, was er von seinem Vater erwartet hätte, waren Eskapaden religiöser Art. Ein Sonderling war er wohl immer gewesen, aber Nicolas konnte sich nicht erinnern, daß jemals von Glaubensfragen die Rede gewesen wäre.

Henry warf seinem Sohn von der Seite einen kurzen Blick zu, zog wieder leicht in der ihm eigentümlichen Weise den linken Mundwinkel nach unten und nahm dann ein goldenes Etui aus der Tasche.

»Rauchst du?«

»Gern.«

Nicolas bediente sich, Henry zügelte das Pferdchen zum Schritt, und als die Zigaretten brannten, rief er: »Avanti, Cara!« und Cara trabte wieder an.

»Du wirst dir alles ansehen«, nahm Henry den Faden wieder auf, »ich werde dich selbst führen. Ich bin schon lange hier, wie du ganz richtig sagst, aber ich werde nie müde und kann nie genug davon kriegen, diese herrlichen Bilder und Statuen immer wieder anzusehen. Vor allem Michelangelo! Für mich ist er neben Giotto der größte Künstler, der je gelebt hat. Aber auch die Geschichte dieser Stadt ist faszinierend. Wenn es dich interessiert, werde ich dir einiges über die Medici erzählen. Die Geschichte ihrer Familie und die Geschichte dieser Stadt gehören zusammen.«

»Es interessiert mich außerordentlich«, sagte Nicolas höflich, immer noch ziemlich konsterniert. Sein Vater hatte sich verändert, er war nicht mehr der unglückliche, gequälte Mensch, als den Nicolas ihn im Gedächtnis hatte, er machte einen zufriedenen, gelösten Eindruck, er wirkte geradezu heiter, wie er hier neben ihm saß und sein Pferd durch den lebhaften Verkehr lenkte.

Die Uffizien, natürlich, da mußte man wohl hingehen. Nicolas besuchte ungern Museen, er besaß wenig Verständnis für bildende Kunst. Seine Neigung galt der Musik, besonders der Oper und Operette. Aber sein Vater war schließlich Maler oder etwas ähnliches, da mußte man sich wohl in Geduld fassen und sich seine Lieblinge ansehen.

Ob er immer noch malte? Nicolas hatte keine Ahnung, in den Briefen war jedenfalls nie die Rede davon gewesen. Früher, auf Kerst, als Anna Nicolina noch lebte, hatte Henry ein Atelier besessen, eine Art Gartenhaus, ein Pavillon, ungefähr zehn Minuten vom Schloß entfernt am Waldrand, still und einsam, und dorthin zog sich Henry zurück, um zu malen.

Manchmal ging der kleine Nicolas an der Hand seiner Mutter zum Pavillon, und Anna Nicolina sagte: »Wir wollen nachsehen, wie es dem Papa geht.«

»Was macht er denn?«

»Er arbeitet. Er malt schöne Bilder.«

Schön fand der Junge die Bilder nicht, es war ein Wirrwarr von Linien, seltsame kränkliche Farben, auf den Bildern war nichts zu sehen, was ein Kind angesprochen hätte, also griff es nach den Pinseln, den Farben, den Tuben.

»Faß das nicht an!« herrschte ihn der Papa an, und Nicolas griff wieder nach der Hand seiner Mutter.

Ein einziges Bild besaß Nicolas von den seltsamen Werken seines Vaters, es hing im Gartensaal in Wardenburg, ein grünblaues undurchschaubares Bild, von dem keiner der Besucher verstand, was es darstellen sollte und das den Verwalter Lemke von Anfang an verstört hatte.

Ob Anna Nicolina die Bilder ihres Mannes gefallen hatten? Was hatten sie eigentlich auf Kerst von diesem Mann gedacht, den die einzige Tochter geheiratet hatte? Darüber dachte Nicolas heute das erstemal nach und kam zu dem Ergebnis, daß wohl keiner in der baltischen Familie über Anna Nicolinas Heirat sehr glücklich gewesen sein konnte. Ein Stammbaum, der bis zu den Ordensrittern zurückreichte, ein riesiger Besitz, ein herrliches Schloß, eine alte Tradition, eine schöne Tochter, und dazu ein junger preußischer Offizier, abgedankt, mit seinem Vater zerstritten, ohne Erbe und Vermögen.

Ein malender Dilettant.

Was hatte Anna Nicolina an ihm so geliebt, daß sie sich über den Widerstand ihrer Familie hinwegsetzte, denn Widerstand gegen diese Heirat mußte es gegeben haben, daran zweifelte Nicolas nicht. Anna Nicolina war sehr jung gewesen, als sie sich verliebte, aber sie war bereits in der Welt herumgekommen, viel gereist, hatte stets im Luxus gelebt, war verwöhnt worden, und gutaussehende Offiziere hatte es in ihrem Dasein vermutlich ausreichend gegeben, tüchtige, ernstzunehmende Männer dazu, die ihrer Liebe wert gewesen wären.

Ein Wort der Fürstin fiel Nicolas ein. Es kam immer wieder einmal vor, daß man sich wunderte über eine seltsame Verbindung, über ein Paar, das nicht zueinander zu passen schien. Dann hob Natalia Fedorowna die Schultern und sagte: »Da kann man nichts machen. Liebe hat ihren eigenen Maler.«

Was zum Beispiel mochte der Großvater, ein tätiger Mann, der souverän seinen riesigen Besitz verwaltete, einen ganzen Stab von Personal beschäftigte, was mochte der von dem malenden Schwiegersohn gehalten haben? Oder Anna Nicolinas Brüder, tätig, emsig, fleißig, interessiert, reitend, jagend, arbeitend – und dazu der malende nichtstuende Schwager im Pavillon? Das erstemal, wirklich das erstemal, daß Nicolas auf dieser Fahrt durch Florenz, den Arno entlang, darüber nachdachte. Das war die vierte Überraschung, und sie brachte sogleich die fünfte mit sich, er entdeckte nämlich, warum er Kerst so ferngerückt war, oder besser gesagt, Kerst und die Kerster von ihm: Anna Nicolina war lange tot, war vergessen; sein Vater hatte dort keine Spur zurückgelassen, eine vorübergehende und unwichtige Erscheinung; und so gehörte auch er, der Sohn dieser beiden, nicht dazu, war nur ein entfernter Verwandter, den man freundlich begrüßte, wenn er kam, aber nicht vermißte, wenn er wegblieb.

So war es und nicht anders, und die Begegnung mit seinem Vater, die Wiederbegegnung nach so vielen Jahren, machte ihm noch einmal seine Wurzellosigkeit, seine Heimatlosigkeit klar, die ihn heute morgen im Zug schon so betroffen gemacht hatte. Und blitzartig kam noch eine andere, neue Erkenntnis hinzu: Wie töricht von ihm gewesen war, nicht Wurzeln in Wardenburg zu schlagen. Dort hätte er eine Heimat finden können, im preußischen Boden seiner Vorfahren, doch das hatte er leichthin verworfen, hatte es seiner Herkunft nicht gemäß angesehen.

Wir hätten Kinder haben müssen, Alice und ich, das dachte er seit langem wieder einmal, dann wäre alles anders und Wardenburg wäre für mich zur Heimat geworden.

Nicolas bemerkte, daß sie die Stadt hinter sich ließen, die Straße stieg leicht an, nur vereinzelt standen schöne große Häuser, meist zurückliegend in Gärten versteckt, am Rand ihres Weges.

»In welchem Hotel wohne ich eigentlich?« fragte Nicolas.

»In gar keinem. Du wohnst bei mir.«

Das behagte Nicolas keineswegs, er wohnte nicht gern in einem Privathaushalt, auf Reisen zog er auf jeden Fall das Hotel vor.

Henry wies mit der Peitsche hügelan. »Ich wohne da oben, in Fiesole. Du wirst sehen, welch wunderschönen Blick man von dort auf die Stadt hat.«

Der Weg wurde steiler, ging in weiten Serpentinen den Hügel hinein, das Pferd ging Schritt, und Henry sprang auf die Straße.

»Ich gehe hier immer zu Fuß. Aber du kannst ruhig sitzen bleiben, Cara schafft das schon.«

»Keineswegs«, sagte Nicolas und sprang ebenfalls vom Wagen.

»Du bist sicher von der Reise müde.«

»Keineswegs«, wiederholte Nicolas, und die Fantasielosigkeit seiner

Ausdrucksweise zeigte seine Verwirrung. Er nahm sich zusammen. »Ich habe erstklassig geschlafen. Der Zug fuhr wie auf Watte.«

»Du wirst ein gutes Mittagessen bekommen. Zuerst natürlich Spaghetti mit Sahne und Schinken, ein paar Pilze blättrig hineingeschnitten. Dann eine Schüssel voll Salat, und dann in Ei gewendete Kalbsschnitzel. Der Wein in meinem Keller ist gut gekühlt, toscanischer Wein aus der Gegend von San Gimignano, ich habe dort einen Freund, der ein Weingut besitzt. Seine Weine sind die besten.«

»Du kennst dich gut mit deinem Küchenzettel aus.«

»Zumeist wird er mir nicht vorher mitgeteilt. Aber Maria ist ein wenig aufgeregt wegen meines Besuchs aus Deutschland und hat mich befragt, was er gern essen würde. Ich sagte ihr, ich habe meinen Sohn so lange nicht gesehen, daß ich seinen Geschmack nicht kenne. Aber wenn er dem meinen ähnlich ist, dürfte dieses Menü ihm schmecken.«

Nicolas war um den Wagen herumgegangen, ging neben seinem Vater, das kleine Pferd schritt zügig bergauf.

»Im Gegensatz zu mir«, sagte Henry nach einer kleinen Weile des Schweigens, »hast du ja italienisches Blut in deinen Adern. Du weißt, daß die Großmutter deiner Mutter Italienerin war.«

»Offen gestanden hatte ich es vergessen, aber heute morgen im Zug dachte ich daran.«

»Die Marchesa Nicolina stammte aus Florenz. Dein Urgroßvater hat sie hoch in den Norden entführt, aber lange hat sie es dort nicht ausgehalten.«

»Der Urgroßvater muß ein weitgereister Mann gewesen sein, wenn er nach Florenz kam, um sich eine Frau zu holen.«

»Sie haben sich in Wien kennengelernt. Beim Wiener Kongreß, nachdem Napoleon geschlagen war.«

»Mein Gott!« sagte Nicolas staunend. »Das ist ja fast hundert Jahre her.«

»Florenz war ja auch von Napoleon eingenommen und besetzt, und irgendeine Mission wird der Marchese wohl in Wien gehabt haben. Er hatte seine hübsche Tochter mitgenommen, damit sie etwas von der Welt zu sehen bekäme und auf den Bällen in Wien tanzen konnte. Sie war sechzehn Jahre alt. Dein Urgroßvater wiederum gehörte zum Stab des Zaren, Alexander I., wie du weißt. Da lernten sich die beiden also kennen, die blutjunge Italienerin aus Florenz, der baltische Hofbeamte aus Petersburg, gewissermaßen war Napoleon daran schuld. Es muß zunächst eine große Liebe gewesen sein. Aber sie merkte wohl sehr bald, daß sie sich mit einem russischen Ehemann nicht sehr wohlfühlte.«

»Schließlich hatte sie keinen Russen geheiratet, sondern einen Deutschen.«

»Sie machte da keinen Unterschied. Für sie waren das alles Russen, und wenn sie vom Baltikum sprach, nannte sie es Rußland.«

»Du kanntest sie?« fragte Nicolas maßlos erstaunt.

»Ich kannte sie. Sie wurde fünfundneunzig Jahre alt, die Toscana hat ein gesundes Klima, auch der Wein ist sehr bekömmlich. Sie hatte ein wunderschönes Haus in Montecatini, das ist ein Badeort, nicht allzu weit von hier, mit Thermalquellen, die sie regelmäßig gebrauchte. Sie war sehr reich, sehr klug und eine erstaunliche Erscheinung. Auch im Alter noch. Früher muß sie einmal sehr schön gewesen sein. Ich habe ein Bild von ihr, das wurde gemalt, als sie zweiundzwanzig Jahre war. Du wirst staunen, wenn du es siehst. Für den Fall, daß du dich noch daran erinnerst, wie deine Mutter aussah.«

»Durchaus«, sagte Nicolas verwirrt.

»Weißt du, was der größte Wunsch der Marchesa war?«

»Nein.«

»Dich kennenzulernen.«

»Das konnte ich nicht ahnen.«

»Gewiß nicht. Ich hätte es dir mitteilen können. Aber ich hielt es nicht für notwendig. Wenn deine Mutter noch gelebt hätte, wäre es etwas anderes gewesen. Aber so – es lagen Welten dazwischen. Und ich wollte es so. Ich wollte Welten zwischen meinem Leben von damals und dem Leben hier haben.«

»Dennoch hattest du Verbindungen zu der Marchesa.«

»Das war ein Zufall, denn sie mochte mich nicht. In Montecatini fand einmal eine Ausstellung meiner Bilder statt. Das Publikum in einem Badeort ist geduldig, da kann man auch so schlechte Bilder wie meine zeigen. Da also stieß sie auf meinen Namen und befahl mich zu sich.«

»Warum mochte sie dich nicht?«

»Weil ich deine Mutter geheiratet habe. Ich habe sie hier in Florenz kennengelernt, weißt du es nicht?«

»Nein.«

»Habe ich dir nie erzählt, wie ich Anna Nicolina kennenlernte?« Zum erstenmal nannte er ihren Namen.

»Nein«, sagte Nicolas schwach, »du hast mir nie etwas erzählt von dir und deinem Leben.«

»Ich gebe es zu, ich war ein schlechter Vater. Ich werde es dir gelegentlich erzählen. Es war so, daß Anna Nicolina hier bei der Marchesa war, denn die lebte damals in Florenz. Und sie wollte auf jeden Fall, daß ihre Enkelin einen Italiener heiratet, sie hatte schon eine großartige Partie vorgesehen, der schönste Palazzo in Florenz wäre Anna Nicolinas Domizil geworden. Sie hatte schon ihre Tochter hier verheiraten wollen, aber sie starb sehr jung. Nun sollte wenigstens die Enkelin davor bewahrt bleiben, in Rußland zu leben. Das Baltikum war für die Marchesa dasselbe wie Sibirien. Ich kam dazwischen.«

»Und warum habt ihr dann nicht in Florenz gelebt, du und meine Mutter? Du lebst doch jetzt auch hier.«

»Das ist eine sehr logische Frage. Aber erstens wandte die Marchesa uns zürnend den Rücken, zweitens hatte ich kein Geld, um eine Frau und mich und eventuell Kinder zu erhalten. Und drittens – nun ja, drittens hing deine Mutter ja sehr an ihrer Familie und an Kerst.«

Nicolas sagte nichts dazu. Es erstaunte ihn nur, mit welcher Unbefangenheit sein Vater darüber sprach, daß er nicht imstande gewesen war, als junger gesunder Mann eine Frau und Kinder zu ernähren. Es störte Nicolas. Er selbst war keineswegs besonders tüchtig, und gearbeitet hatte er in seinem Leben genaugenommen noch nie. Aber angenommen, er hätte Wardenburg nicht geerbt, dann wäre er eben Offizier geblieben und wäre durchaus imstande gewesen, seine Familie zu erhalten.

Er empfand ein wenig Verachtung für seinen Vater. Und gleichzeitig eine

202

vage Bewunderung. Ihm war es offenbar gelungen, sich zeitlebens außerhalb jeder Sitte und Konvention zu bewegen, und er gab sich nicht die geringste Mühe, das zu verbergen.

Henry lachte leise vor sich hin, wippte mit der Peitsche in seiner Hand.

»Es war sehr drollig. Als ich die Marchesa das erstemal besuchte, ließ sie mich in aller Deutlichkeit wissen, was sie von mir, von den Deutschen, von den Balten, und von den Russen hielt, das war alles für sie so ziemlich das gleiche. Sie hielt nicht sehr viel davon. Dann machte sie mir noch klar, daß deine Mutter nie so früh gestorben wäre, wenn sie in Italien gelebt hätte. Doch später verstanden wir uns sehr gut. Das Seltsame war, daß sie meine Bilder mochte. Ich glaube, sie war der einzige Mensch, der das tat, und darum vermisse ich sie sehr.«

Nicolas hatte Kopfschmerzen. Das war ganz ungewohnt für ihn. Es war die Sonne, die Hitze, denn es war jetzt sehr heiß geworden, die Sonne brannte in sein Gesicht, auf seiner Stirn standen Schweißperlen. Er hatte Durst.

Sein Vater sah frisch aus, er schwitzte nicht, ging leicht neben dem Pferd einher, mit langen gleichmäßigen Schritten. Sie bogen um die letzte Kehre, das Pferd blieb stehen. Henry hob den Arm und wies mit weitem Schwung in das Tal hinab, wo Florenz unter ihnen lag.

»Ist das nicht ein herrlicher Blick! Von hier oben ist er am schönsten. Deswegen wohne ich auch hier. Die Luft ist auch besser als unten in der Stadt. Steig auf!« Nicolas schwieg, kletterte wieder auf den Wagen, Cara trabte um die Kurve, und sie fuhren in Fiesole ein.

Ein großer Platz voller Buden, Menschen, Lärm, Lachen, Geschrei, Kinder liefen über die Straße, dem Pferd dicht vor den Füßen vorbei, Cara scheute nicht, sie schien daran gewöhnt zu sein. Als sie den Platz überquert hatten, fuhren sie eine enge Straße weiter, zu beiden Seiten standen Häuser, auch hier war Bewegung, waren Menschen, dann bog Cara plötzlich nach links ab, in einen schmalen staubigen Weg, doch schon nach einigen Metern blieb sie stehen und schnaubte zufrieden.

Das Haus war einstöckig, gelb getüncht, die Läden geschlossen, doch die Haustür stand offen. Ein kleiner gelber Hund kam herausgerannt, bellte laut, schwang wild seinen hochstehenden Schwanz, umkreiste Pferd und Wagen und sprang beglückt an Henry hinauf, als der auf dem Boden stand.

»Ecco!« sagte Henry vergnügt. »Wir sind daheim. Dies ist Beppo. Vergiß nie, ihn ausführlich zu begrüßen, sonst ist er stundenlang beleidigt.« Er beugte sich nieder, kraulte den Hund, der sich auf der Erde ausstreckte, alle vier Beine in der Luft und dabei selig quietschte. Mit ihm sprach Henry italienisch, schnell, viel, lebhaft und laut. Und übergangslos ging die italienische Redeflut weiter, diesmal an eine Frau gerichtet, die unter der Haustür erschienen war. Sie war etwa vierzig Jahre alt, das schwarze Haar in der Mitte gescheitelt und am Hinterkopf in einem dicken Knoten gebunden, das Gesicht war streng, ruhig und gut geschnitten. Sie blickte ein wenig scheu zu Nicolas, der inzwischen vom Wagen gesprungen war, sie knickste und bemächtigte sich des Gepäcks.

Nicolas wollte ihr helfen, aber Henry sagte: »Laß nur, Maria macht das schon. Komm herein! Es ist heiß geworden.«

Im Hineingehen sah Nicolas ein Mädchen, fast noch ein Kind, das um die Hausecke gehuscht kam und Cara wegführte.

Dann war er im Haus, es war angenehm kühl, aber er hatte wenig Zeit, sich umzusehen, Henry dirigierte ihn durch einen dunklen Gang bis zu einer Tür am Ende, öffnete die Tür, und sie kamen in einen verhältnismäßig großen Raum, auch hier war es dunkel, alle Läden dicht geschlossen.

»Nur einen kurzen Blick«, sagte Henry, ging zum Fenster, stieß einen Laden auf. »Da! Sieh hinaus! Verstehst du, warum ich nie mehr fort will?«

Das Haus lag auf der Florenz abgewandten Seite, ein Hochtal, weit offen dem Blick, das Gelände schwang abwärts und stieg wieder an, Wiesen, Bäume, in der Ferne grenzten die Hügel an den blauen Himmel.

»Schön!« sagte Nicolas bereitwillig, obwohl ihm schwindlig war vor Kopfschmerzen.

»Schön«, wiederholte Henry befriedigt und schloß die Läden wieder sorglich. »Maria besteht darauf, daß tagsüber alles dicht geschlossen bleibt. Das tun alle Frauen hier, und sie haben recht, so bleibt es kühl im Haus, und es kommen keine Fliegen herein. Für uns ist das merkwürdig, man muß sich erst daran gewöhnen. Wir im Norden sind froh, wenn Sonne ins Haus kommt.«

»Ich war sehr oft an der französischen Riviera, dort macht man es genauso.«

»Siehst du. Nun komm, ich zeige dir dein Zimmer, und dann können wir essen.«

Nicolas hatte keinen Hunger, nur Durst. Er hatte den Wunsch, sich hinzulegen, in eines dieser dunklen Zimmer, die Augen zu schließen, und nichts mehr zu sehen und zu hören. Und noch mehr wünschte er sich, weit, weit weg zu sein.

Sein Zimmer war im ersten Stock, es war nicht groß, aber sauber und kühl, ein Bett, ein Schrank, ein kleiner Tisch und zwei Stühle. Sein Gepäck war schon da, Maria nicht zu sehen.

»Sie packt nachher aus«, meinte Henry, »jetzt muß sie sich erst um das Essen kümmern. Hier«, er ging über den Gang und öffnete eine Tür, »hier haben wir ein Badezimmer. Wir haben das modernste Haus in Fiesole. Ich glaube, unser Badezimmer hat der ganze Ort besichtigt. Maria ist sehr stolz darauf.«

»Sehr schön«, sagte Nicolas mechanisch.

»Wasch dir die Hände und komm herunter. Ein Glas Wein, das wird uns guttun.«

Das Essen war ausgezeichnet, der Wein, kühl und herb, schmeckte wunderbar, Nicolas trank viel davon, und er aß auch wider Erwarten mit gutem Appetit. Maria und das junge Mädchen, das zuvor das Pferd weggeführt hatte, bedienten bei Tisch. Sie sprachen beide kein Wort, wechselten die Teller, brachten die Gerichte, schenkten Wein ein, bewegten sich flink und lautlos, geräuschlos öffnete und schloß sich die Tür.

»Du wirst sehr gut hier bedient«, sagte Nicolas, als sie am Ende des Mahls vor einem Korb voll Weintrauben saßen. »Ein Haushalt, der wie am Schnürchen läuft.«

»Ich habe es gern so. Und für eine Frau ist es befriedigend, wenn sie einen Haushalt gut besorgen kann. Grazie, Piccolina.«

Das galt dem jungen Mädchen, das jedem eine Schale mit Wasser hingestellt hatte, in die Henry seine Trauben legte, um sie zu waschen.

Er lächelte das Mädchen an, sie lächelte scheu zurück. »Das ist Isabella«, sagte er zu Nicolas, der daraufhin Isabella freundlich zunickte. Sie hatte ein schmales bräunliches Gesicht, brünettes Haar und braune Augen. Sie knickste und verschwand aus dem Zimmer.

»Sie ist meine Tochter«, sagte Henry gelassen.

Nicolas schlief bis fünf Uhr. Das Wiedersehen mit seinem Vater, das Essen, der Wein, die vielen neuen Eindrücke, die Überraschungen, die der Tag gebracht hatte, waren wie eine Flut über ihn hereingebrochen, er konnte sich nicht erinnern, je so müde gewesen zu sein, selbst Henrys letzte und größte Überraschung hatte die lähmende Erschöpfung nicht vertreiben können. Nicolas war nach oben gegangen, hatte sich auf seinem Bett ausgestreckt und war sofort eingeschlafen.

Sein letzter Gedanke: »Morgen reise ich wieder ab. Ich muß verrückt gewesen sein, hierher zu kommen.« Auch als er aufwachte, war er noch müde, und er brauchte einige Zeit, bis alle Gedanken in seinem Kopf geordnet waren.

Eine Tochter hatte er! Und Maria mit dem Madonnenscheitel war ja dann wohl die Mutter dazu. So also lebte er und hatte er gelebt, katholisch war er geworden, dieses Haus mochte Maria gehören oder wem auch immer, womit er eigentlich Geld verdiente und ob er überhaupt welches verdiente, war vermutlich nicht aufzuklären, es ging ihm blendend, das sah man ihm an, und was er ganz bestimmt nicht brauchte, das war sein Sohn aus Deutschland. Den hatte er längst vergessen, der war gar nicht mehr vorhanden. Tot, begraben und vergessen wie Anna Nicolina.

Und Nicolas dachte wieder, nachdem er wach war: Warum bin ich bloß hierhergekommen? Als wenn ich nicht genug Unordnung und Verwirrung in meinem Leben hätte. Mir Rat holen von ihm? Wie konnte ich nur auf solch eine Wahnsinnsidee kommen. Wir haben uns nichts mehr zu sagen.

Er blieb regungslos ausgestreckt auf dem Bett liegen, starrte an die weißgetünchte Decke, es war immer noch dunkel im Zimmer, durch die Ritzen der Läden sickerte in dünnen Streifen ein wenig Licht.

Schließlich, er war noch immer oder schon wieder sehr durstig, stand er auf, goß sich aus der Karaffe, die auf dem Tisch stand, Wasser ein, es schmeckte abgestanden und lau, dann zündete er sich ein Zigarette an und legte sich wieder aufs Bett.

Von draußen drangen Geräusche in seine Stille, der Hund bellte, ein Mädchenlachen, Henrys Stimme, dann lachte auch er.

Seine Tochter! Isabella! Wer hätte je so etwas gedacht!

Meine Schwester gewissermaßen, dachte Nicolas. Setzt sich hier auf seine berühmten toscanischen Hügel, hält sich eine Frau im Haus und hat ein Kind mit ihr. Wieso eins? Vielleicht hat er noch mehr. Wie alt mag das Mädchen sein? Dreizehn, vierzehn Jahre. Man sagt ja, im Süden reifen die Mädchen schneller. Es ist nicht zu glauben. Ich wünschte, ich wäre nie gekommen, und ich wünschte, ich könnte fort von hier und müßte ihn nie wiedersehen. Mein Vater? Es gibt auf der ganzen Welt keinen Menschen, der mir fremder und ferner ist als er. Und auch keinen Menschen, dem ich gleichgültiger bin. Auf jeden Fall möchte ich verdammt nochmal in ein Hotel und nicht in diesem Haus bleiben.

Als er sich schließlich widerwillig dazu bequemte, sein Zimmer zu verlassen und hinunterzugehen, fand er seinen Vater auf der Terrasse sitzend, die sich vor jenem Zimmer befand, aus dem er mittags den kurzen Blick über das sonnenüberflutete Hochtal getan hatte. Jetzt war der Abend nahe, die Luft war mild, die sanften Hügel lagen im Licht der Abendsonne. Von irgendwoher klang Glockengeläut.

»Wir blicken hier nach Osten«, waren die ersten Worte, die sein Vater sprach, »fast schon nach Nordosten. Wenn du den Sonnenuntergang über Florenz sehen willst, mußt du das Haus verlassen und dich auf die andere Seite des Ortes begeben. Aber es ist schon fast zu spät. Du hast lange geschlafen.«

»Ich war sehr müde. Ich werde den Sonnenuntergang über Florenz morgen bewundern.«

Wenn ich morgen abend noch da bin, setzte er in Gedanken hinzu, denn die Unlust war geblieben.

Sein Vater hatte es sich bequem gemacht, er trug eine Hose aus braunem Samt und eine ebensolche Weste über einem gelbseidenen Hemd, ein etwas ungewöhnlicher Aufzug, aber er stand ihm nicht schlecht. Vermutlich so eine Art Künstlerkostüm, dachte Nicolas spöttisch.

Zu Henrys Füßen lag der kleine gelbe Hund, er war aufgestanden, als Nicolas auf die Terrasse trat, hatte ihn flüchtig begrüßt, und sich dann wieder auf seinen Platz neben dem Korbsessel zurückgezogen. Unten im Garten, der vor der Terrasse lag, erblickte Nicolas Maria, wie sie Unkraut zupfte und mit einer Gießkanne hantierte. Blumen gab es in diesem Garten, aber auch Gemüse und Kräuter. Das Mädchen Isabella saß auf der halbhohen Mauer, die den Garten abschloß, und blickte von dort aus ebenfalls auf die Hügel hinaus.

Zweifellos ein Idyll. So lebten sie also hier, diese drei, denn mehr als drei schienen es nicht zu sein, wenn Henry nicht noch eine weitere Überraschung parat hatte.

Zählte man Beppo hinzu, waren es vier. Und Cara nicht zu vergessen.

Nicolas entdeckte sie, ein Stück unterhalb des Hauses auf einer kleinen eingezäunten Wiese, wo sie friedlich graste. Ohne Zweifel, ein geruhsames Leben, erwärmt von der Sonne des Südens, und wenn man Haus, Garten, Küche und Keller betrachtete, schien es ihnen durchaus gut zu gehen.

Henry zündete sich eine Zigarette an, vor ihm stand ein Glas mit einer dunkelbraunen Flüssigkeit. Nicolas stand am Geländer der Terrasse, an dem sich blaue, betäubend duftende Blüten emporrankten.

»Wirklich schön, dieser Blick«, sagte er höflich.

»Ich habe das Haus deswegen gekauft«, erzählte Henry. »Es war seinerzeit ein schwerer Entschluß. Ich hätte auf der anderen Seite, kurz ehe man nach Fiesole hineinkommt, auch ein sehr schönes Haus haben können, schöner und größer als dieses, herrschaftlich gewissermaßen. Eine Villa, verstehst du. Aber ich fand dieses Haus anheimelnder, es hat eine ländliche Note. Und dann war es dieser Blick gegen Osten, der mich bezauberte. Du siehst nie den Dunst über der Stadt, du siehst nur die Klarheit eines meistens blauen Himmels, es ist kühler, Wald und Wiesen sind hier unberührt, weithin steht kein Haus mehr, hier wird nichts gebaut. Links von uns, wo wir heute mittag über die Piazza fuhren, gibt es ein altes römisches Theater, du wirst es dir morgen ansehen. Auch unsere Kirche ist sehr schön, zwölftes Jahrhundert. Ein berühmter Maler hat hier einst gewirkt, nicht so ein Stümper, wie ich es bin. Fra Angelico, er war Dominikaner, und in der Kirche von San Domenico kannst du eine Madonna von ihm sehen. Wirklich sehr schön.« Henry legte den Kopf in den Nacken, blickte zum Himmel auf, der eine rauchblaue Farbe angenommen hatte und sich rasch verdunkelte.

»Ich habe es auch versucht, eine Madonna zu malen. Ich kann es nicht.«
»Es paßt wohl nicht mehr in unsere Zeit.«
»Du magst recht haben, es paßt wirklich nicht mehr zu uns armseligen Maschinenmenschen.«
»War sie dein Modell?« Nicolas wies mit einer Kopfbewegung auf Maria, unten im Garten, und wandte sich dann um, kehrte der Aussicht den Rücken und sah seinem Vater ins Gesicht.
»Ja. Sie war ein sehr schönes Mädchen.«
»Du kennst sie schon lange?«
»Seit fast zwanzig Jahren.« Henry lachte vor sich hin. »Ich bin ein sehr treuer Mann. Und ich habe nie Gefallen daran gefunden, immer wieder eine neue Frau zu erobern. Aber wenn ich eine sehe, die zu mir gehört, erkenne ich es sofort. Als ich deine Mutter sah, war der erste Blick bereits von Liebe begleitet. Wäre sie bei mir geblieben, hätte ich in meinem ganzen Leben keine andere Frau mehr angesehen. Maria war neunzehn Jahre, als ich sie das erstemal sah, sie verkaufte Blumen am Ponte Vecchio und sah wirklich aus wie eine kleine Madonna. Ich wohnte damals unten in der Stadt, in einem kleinen Hotel. Ihre Familie verstieß sie und verfluchte mich, als sie zu mir zog. Ihre Liebe war bedingungslos und total. Du mußt bedenken, was es für sie bedeutete, ihr ganzes Leben, das sie bisher geführt hatte, meinetwegen aufzugeben. Die Italiener sind Familienmenschen, ohne Familie kommen sie sich ganz und gar verloren vor. Ich war Mitte vierzig, mehr als doppelt so alt wie sie. Und schließlich konnte sie ja nicht wissen, ob ich nicht nur ein Abenteuer suchte und sie dann sitzen lassen würde.«
»Ja, du hast recht, sie hat viel gewagt für dich.«
»Für mich. Und aus Liebe. Viele Menschen können so eine Art von Liebe gar nicht begreifen. Weil sie dazu nicht fähig sind und weil sie ihnen nie begegnet ist. Ich verstand, was mir geboten wurde: nicht nur ein Herz, nicht nur ein Körper, sondern ein ganzes Leben, ohne Einschränkung, ohne Rückversicherung. Ausländer war ich obendrein, der ihre Sprache nur unvollständig sprach. Und was das schlimmste war, ich war Protestant.«
»Und wo nahm sie das große Vertrauen her, zu glauben, daß du sie nicht enttäuschen würdest?«
»Das kann ich dir nicht sagen. Vielleicht aus dem Instinkt. Vielleicht eben aus dem unerklärlichen Vorgang, den man Liebe nennt. Wir zogen dann hinaus nach Candeli, das ist drüben am anderen Ufer des Arno, ein kleiner Ort, die Häuser liegen verborgen hinter Mauern in großen Gärten. Ich hatte da ein kleines Haus gemietet, und wir lebten sehr zurückgezogen. Als ich daran dachte, ein Haus zu kaufen, zogen wir hier herauf. Ich liebe diesen Ort, er ist so anmutig, so heiter.« »Und deine Tochter? Wo kam sie zur Welt?«
»Noch in Candeli. Als sie drei Jahre alt war, kamen wir nach Fiesole. Es ist ihre Heimat. Sie ist jetzt dreizehn.«
Sein Blick ruhte liebevoll auf dem Mädchen, das auf der Mauer saß. »Gefällt sie dir?«

»Sie ist ein hübsches Kind.«

»Ja, und ein liebes dazu. Und klug. In der Schule ist sie die beste. Ihretwegen bin ich konvertiert. Natürlich auch Maria zuliebe, damit sie in Frieden mit ihrer Kirche leben kann. Und darum werde ich Maria auch heiraten. Ich sage dir das, damit du Bescheid weißt.«

»Du kannst tun, was du willst«, sagte Nicolas hochmütig, »du bist mir keine Rechenschaft schuldig.«

»Nun, da du jetzt hier bist, halte ich es für gut, dir dies alles mitzuteilen. Isabella ist deine Halbschwester, sie wird den Namen Wardenburg tragen.«

»Schade, daß sie kein Junge ist. Dann würde der Name Wardenburg wenigstens nicht aussterben.«

»Du hast keine Kinder?«

»Nein, leider nicht.« Von seinem Sohn in Berlin sagte er nichts, es wäre ihm albern vorgekommen, hier mit seinem Vater auf der Terrasse zu sitzen und Geständnisse über beidseitige uneheliche Kinder auszutauschen.

»Willst du auch ein Gläschen?«

»Was ist das?«

»Heißt Fernet-Branca und ist eine Art Magenbitter. Sehr bekömmlich vor dem Essen.«

Nicolas setzte sich in den zweiten Korbsessel, nahm das Glas entgegen, roch daran und nahm einen kleinen Schluck. »Schmeckt wie Rattengift.«

»Man gewöhnt sich daran.«

Das Mädchen war von der Mauer verschwunden, kam nach einer Weile von innen aus dem Haus und brachte ein Schälchen mit Oliven, das sie schweigend auf den Tisch stellte.

»Gesalzene Oliven«, sagte Henry und steckte eine in den Mund. »Von Marias eigenen Olivenbäumen.«

»Hat sie eigene Bäume?«

»Es war der größte Traum ihres Lebens. Sie wünschte sich keine Kleider und keinen Schmuck, sie ist anspruchslos wie eine Heilige. Aber sie wünschte sich Olivenbäume. Also schenkte ich ihr ein Stück Land, besser gesagt, einen Hang, gleich hier hinter dem Ort, und dort hat sie ihre Bäume. Es machte sie überglücklich.«

»Es ist schön, wenn man einen Menschen glücklich machen kann«, sagte Nicolas, leicht gelangweilt. Viel mehr hätte ihn die Frage interessiert, wo er das Geld her gehabt hatte, um ein Haus und Olivenbäume zu kaufen.

»Sie sagt, ich tue es ununterbrochen, seit ich bei ihr bin. Mein Vorhandensein macht sie glücklich, so sagt sie jedenfalls. Ich habe ihr eine Tochter gegeben und Olivenbäume. Am allerglücklichsten habe ich sie damit gemacht, daß ich zu ihrer Kirche übergetreten bin.«

»Heute vormittag hat mich diese Tatsache sehr befremdet, ich gebe es zu. Inzwischen verstehe ich dich besser.«

»Nicht wahr? Ich glaube, es ist immer notwendig, Umstände und Verhältnisse zu kennen, in denen ein Mensch lebt, und von dem zu wissen, was sein Herz erfüllt, wenn man ihn und sein Handeln verstehen will.«

»Und um Marias Glück vollständig zu machen, wirst du sie also heiraten.«

»Ja. Es ergibt sich so, weißt du. Es ist so gewachsen im Laufe der Zeit, wie die Olivenbäume und wie das Kind. Sie stammt aus ärmlichen Verhältnissen und war ein kleines Blumenmädchen am Ponte Vecchio, sie ist im landläufigen Sinn ganz ungebildet. Aber ich habe es nie so empfunden. Sie hat eine natürliche Würde. Kein anderer Mann außer mir hat sie je berührt. Ich bin der Freiherr von Wardenburg, ein bescheidener preußischer Adel von Friedrichs Gnaden. Für die Balten war ich ein Nichts und ein Niemand. Für Maria bedeutet das eine so wenig wie das andere, sie kennt unser Leben nicht. Ich bin der Sinn und Inhalt ihres Lebens, so wie ich bin. Basta! Sie hat nie von mir verlangt, daß ich sie heirate, hat nie die kleinste Anspielung gemacht. Ich glaube, sie erwartet es nicht.«

»Willst du damit sagen, sie weiß von deinem Vorhaben nichts?«

»Nein, sie weiß nichts.«

»Und wann hast du dich dazu entschlossen?«

»Heute.«

Wieder einmal hatte Nicolas Anlaß, sich zu wundern.

»Du bist doch immer wieder für eine Überraschung gut«, sagte er. »Du willst doch damit nicht sagen, es hätte etwas mit mir zu tun?«

»Doch. Ich habe natürlich schon manchmal daran gedacht. Schon wegen Isabella. Damit sie sich einmal gut verheiraten kann. Aber jetzt, nachdem ich es dir mitteilen konnte, ist für mich alles ganz einfach.« Henry lachte, er sah zufrieden und heiter aus, wirkte plötzlich jung. »Jedenfalls kommt es mir jetzt ganz klar und selbstverständlich vor. Ich habe in mir den Wunsch nach Harmonie, wenn du verstehst, was ich damit sagen will. In meinem Leben gab es sehr viele Disharmonien. Auch während meiner Ehe mit Anna Nicolina, so sehr ich sie liebte. Aber ihre Familie akzeptierte mich nie so richtig, das spürte ich, sie spürte es auch, und da fehlte dann eben die Harmonie. Aber jetzt, da ich alt werde, hat diese Harmonie sich eingestellt, die Landschaft hier strömt sie aus, mein Leben ist erfüllt davon, und nun, da du hier bist, kann ich den letzten Rest der Disharmonie beseitigen, das war mein Verhältnis zu dir. Kann sein, du findest mich lächerlich, aber das stört mich nicht. Ich kann dir sagen, was du noch nicht weißt. Darum habe ich mich gefreut, als du schriebst, daß du mich besuchen willst.«

»Ich wäre längst gekommen, wenn ich gewußt hätte, daß du es wünschst.«

»Ich weiß nicht, ob ich es wünschte. Das heißt, jetzt weiß ich, daß ich es gewünscht habe, immer schon, im Unterbewußtsein, ohne daß ich mir dessen bewußt war, verstehst du. Ich habe viel Unrecht an dir getan. Ich habe dich im Stich gelassen. Aber ich war so verzweifelt, damals, als sie tot war, mein Leben hatte keinen Sinn mehr, ich wünschte mir, auch zu sterben. Ich wollte mir das Leben nehmen. Dazu konnte ich dich nicht brauchen, und es war sinnlos, dich an mich zu binden. Außerdem war ich der Meinung, daß ich sowieso nicht viel taugte, weder als Mensch noch als Maler. Als ich nach Florenz kam, wo ich sie kennengelernt hatte, sah ich das als Endstation meines Lebens an. Doch dann kam Maria, und mit ihr begann ein neues Leben. Eine andere Art von Leben. Aber, sage selbst, wie hätte ich dir das klarmachen sollen. Ich habe viel an dich gedacht. Aber ich konnte dir das nicht schreiben, du hättest es nicht verstanden; du hättest es auch nicht verstanden, wenn ich gekommen wäre und dir alles erzählt hätte.«

»Dann bin ich eigentlich sehr froh, daß ich jetzt gekommen bin«, sagte Nicolas herzlich. »Spät, was ich bedauere.«

»Nicht *zu* spät. Vielleicht war die Zeit wichtig, die wir beide uns gegeben haben.«

Mit einemmal war die Stimmung eine andere, die Mißstimmung war von Nicolas abgefallen, er fühlte sich jetzt frei und heiter, die Abendstunde war auf einmal wirklich voll Harmonie. Die Hügel waren ins Dunkel getaucht, am Himmel leuchteten die ersten Sterne auf.

Eine Weile später bat Maria sie zum Abendessen.

Der Tisch war wieder nur für zwei gedeckt.

»Warum essen sie nicht mit uns?« fragte Nicolas.

»Laß sie. Es würde sie unnötig befangen machen. Auch könnt ihr sowieso nicht miteinander sprechen. Sie hat es lieber so, und sie hat immer das richtige Gefühl für die Situation.«

Es gab eine Terrine voll köstlicher Minestrone, dann Käse und zum Abschluß wieder einen Korb voll Früchte. Dazu tranken sie von dem herben kühlen Wein.

Später am Abend sagte Henry: »Es ist schade, daß du keine Kinder hast. So wird Wardenburg nicht in der Familie bleiben.«

»Auch wenn ich Kinder hätte, würde ich Wardenburg nicht halten können. Das Gut ist hoch verschuldet.«

»Warum?«

»Ich bin kein guter Rechner. Und ich habe wohl immer etwas zu großzügig gelebt.«

»Mein Vater war ein sehr sparsamer Mann. In meiner Jugend ging es knapp zu. Er hat sehr überlegt gewirtschaftet, und das muß man wohl auch bei einem Gut dieser Größe. Aber mein Vater liebte Wardenburg, es war sein ein und alles, und daß er mich von dort vertrieb, war die größte Strafe, die er sich denken konnte.«

»Er muß ein sehr harter Mann gewesen sein, wenn er dich so schwer bestrafte, nur weil du malen wolltest.«

»Das war es nicht allein.«

Nicolas wartete, ob sein Vater noch etwas hinzufügen würde, aber Henry begann nach einer Weile wieder von Wardenburg zu sprechen.

»Das Gut war ein Geschenk Friedrich des Großen. Nach der siegreichen Beendigung des Siebenjährigen Krieges belohnte er seine verdienten Offiziere mit Grund und Boden. Sie hatten schwere und entbehrungsreiche Jahre hinter sich, die Schlesischen Kriege forderten letzte Opfer von den Männern, Friedrich forderte sie, aber er war auch bereit, sie selbst zu bringen. Als er schließlich der Sieger war, woran er wohl selbst nicht mehr geglaubt hatte, ging er daran, Preußen zu reformieren, eine tüchtige Verwaltung zu festigen und vor allem wirtschaftliche Grundlagen für ein wenig mehr Wohlstand zu legen. Die Männer, die mit ihm und für ihn gekämpft hatten, oder besser gesagt, für Preußen, sollten nicht leer ausgehen, sie sollten Grundbesitzer sein, sie sollten Familien gründen und das Rückgrat des Staates sein. Sie bekamen Güter in der Mark und im eroberten Schlesien. Keine großen Güter, es war jeweils nicht sehr viel Land dabei, die Gutshäuser mußten sie sich selbst bauen, und Friedrich erwartete, daß es einfache Häuser waren, kein Prunk und kein Pomp, das paßte nicht zu Preußen. Und genauso erwartete der König, daß sie sparsam lebten, fleißig arbeiteten und viele Kinder bekamen. Der erste Wardenburg muß ein sehr tapferer Offizier gewesen sein, es heißt, der König habe ihn geschätzt und sei auf seinen regelmäßig unternommenen Inspektionsreisen zweimal nach Wardenburg gekommen und habe alles zu seiner Zufriedenheit vorgefunden. Der Wardenburg war nicht mehr der Jüngste, aber er heiratete sofort nach Friedensschluß und bekam sieben Kinder. Später kaufte er Land dazu, und sein Sohn nochmals. Der vergrößerte dann auch das Gutshaus, machte es ein wenig komfortabler.«

»Es ist ein schönes Haus, es hat mir von Anfang an gefallen«, sagte Nicolas. »Und Alice hat es auch innen sehr verschönt, sie hat viel Geschmack und hat fast alle Räume neu eingerichtet.«

»Das hätte mein Vater sich nie geleistet. Ich kann mich nicht erinnern, während meiner ganzen Kindheit nicht, daß auch nur ein Stück neu angeschafft worden wäre. Mein Vater war der einzige, der schließlich übrigblieb, seine beiden älteren Brüder fielen in den Freiheitskriegen. So kam Wardenburg an ihn, und er hat dort wirklich hart gearbeitet. Schade wäre es, wenn du das Gut nicht halten könntest.« Nicolas empfand geradezu ein schlechtes Gewissen.

»Ich hätte nie gedacht, daß du dir aus Wardenburg etwas machst«, sagte er bedrückt.

»Nein? Nun, du weißt wohl vieles nicht von mir. Es gab zwei große Schicksalsschläge in meinem Leben: als mein Vater mich von Wardenburg vertrieb, als Anna Nicolina starb. Alles andere war, verglichen damit, leicht zu ertragen.

»Warum bist du in all den Jahren nicht nach Wardenburg gekommen? Wir haben dich oft genug eingeladen.«

»Mein Vater hat mir verboten, Haus und Grund je wieder zu betreten. Ich hielt mich daran. Weil ich es verdient hatte.« Nicolas wußte nicht recht, was er dazu sagen sollte. Sie saßen nach dem Abendessen wieder auf der Terrasse, es war dunkel, er konnte Henrys Gesicht nicht sehen.

»In den Augen meines Vaters war ich nicht nur ein Schwächling und ein Feigling, sondern auch ein Versager und schließlich ein Betrüger.«

»War das nicht reichlich hart geurteilt?«

»Es war zutreffend geurteilt. Mein Vater hatte recht.« Henry goß noch einmal Wein in ihre Gläser, zündete sich dann eine Zigarette an.

»Ich werde dir erzählen, warum mein Vater recht hatte. Niemand weiß, was damals geschehen ist, Anna Nicolina habe ich es nie gesagt, und ich glaube, daß auch mein Vater zu keinem darüber gesprochen hat. Ich könnte also sterben, ohne daß einer erfährt, daß ich ein Lump war. Dir will ich es gestehen. Mein Vater warf mich nicht hinaus, weil ich ein schlechter Offizier war und weil ich malen wollte, obwohl beides für ihn unverständlich war und ihn ärgerte. Er warf mich hinaus, weil ich einen Wechsel gefälscht hatte. Ich hatte einem Betrag eine Null angefügt, was die fragliche Summe erheblich vergrößerte.«

Nicolas wagte kein Wort zu sagen, er rührte sich nicht. Was er zu hören bekam, war ungeheuerlich. An so etwas hatte er nie gedacht.

»Um mit dem zu beginnen, was zu meiner Entschuldigung dienen könnte: ich war ein sehr unglückliches Kind. Meine Mutter hatte ich früh verloren, und mein Vater brachte weder Geduld noch Verständnis für mich auf, als ich klein war. Immerhin – mein Leben war erträglich, solange ich zu Hause war, das Leben auf Wardenburg war meine gewohnte Welt, in der ich mich wohlfühlte, ich hatte Tiere um mich, die ich liebte, das Gesinde war freundlich zu mir, ich hatte eine nicht sehr kluge, aber gutmütige Erzieherin. Aber von dem Tag an, als ich in das Kadettenkorps eintrat, war ich ein verzweifeltes Kind. Die Härte und die Gefühlslosigkeit, mit der man dort behandelt und erzogen wurde, verstörte mich zutiefst. Ich fand nie Anschluß an die anderen Jungen, geschweige denn einen Freund, ich war immer ein Außenseiter, dem man übel mitspielte, sobald sich eine Gelegenheit dazu ergab. Und sehr bald wußte ich, daß mir nichts auf der Welt so verhaßt war, als Offizier zu werden. Es war einfach nicht mein Leben, würde es nie sein, das erkannte ich relativ früh. Als ich mir ein Herz faßte und zu meinem Vater davon sprach, hörte er mir nicht einmal zu, er war nicht bereit, das geringste Quentchen Verständnis aufzubringen.« Jetzt war die Ruhe aus Henrys Stimme gewichen, ihr Ton war höher geworden, Erregung klang durch.

»Ich war ein schlechter Schüler, das kam durch meine innerliche Verweigerung, ich hatte eine miserable Beurteilung fast auf allen Gebieten, und das erboste meinen Vater erst recht. Wenn er gesagt hätte, schön, lassen wir es, komm aufs Gut, lerne bei mir die Landwirtschaft, du kannst später dann einige Jahre auf anderen Gütern arbeiten, ich hatte zum Beispiel eine glückliche Hand mit Pferden, es wäre möglich gewesen, daß ich erfolgreich auf einem Gestüt gearbeitet hätte, das habe ich mir später manchmal gedacht. Reiten war so ziemlich das einzige, was ich gut beherrschte während meiner Kadettenzeit. Aber nichts lag meinem Vater ferner, als auf mich einzugehen. Also versteifte ich mich auf die Idee, ich sei ein Künstler. Ein mißverstandenes, ein unverstandenes Genie. Als ich dann als junger Leutnant in Berlin war, begann ich zu spielen. Es wurde viel gespielt in Offizierskreisen, meist hoch und leichtsinnig. Ich übertraf sie alle. Ich war der leidenschaftlichste Spieler, den es gab, und ich trieb es bis zur Selbstvernichtung.«

»Das habe ich nie gewußt«, sagte Nicolas leise. Er war erschüttert.

»Nein, woher auch? Hast du mal etwas von Sigmund Freud gehört?«

»Nein.«

»Es ist ein Nervenarzt aus Wien, der sich mit etwas beschäftigt, was man Psychoanalyse nennt. Ich habe viel von dem gelesen, was er geschrieben hat. Mir ist dabei klar geworden, daß ein Mensch, wie ich es damals war, sehr leicht in die Lage kommen kann, gegen sich selbst zu wüten, sich selbst zu zerstören, daß er sich selbst, aber auch die Umwelt, in dem Fall meinen Vater, dafür bestrafen will, weil er nicht geliebt wurde, weil ihm ein Leben aufgezwungen wurde, das er haßt. Man tut es unabsichtlich, unbewußt. Das Unterbewußtsein nennt es Freud, und ich glaube, er hat recht. Ich habe viel darüber nachgedacht und konnte später verstehen, warum ich tat, was ich getan habe. Du kannst sagen, es ist eine faule Entschuldigung. Nun gut, aber ich bin bereit, sie für mich gelten zu lassen. Ich hatte schließlich soviel Schulden, daß keine Aussicht bestand, sie je zu bezahlen. Du weißt, Spielschulden sind Ehrenschulden, ich konnte mir eine Kugel durch den Kopf schießen, ich tat es nicht, ich fälschte einen Wechsel. Das war der Grund, warum man mich aus der Armee ausstieß und warum mein Vater mir verbot, ihm je wieder unter die Augen zu kommen.«

Es war schwer, darauf etwas zu sagen.

»Schrecklich, schrecklich!« murmelte Nicolas.

»Gewiß«, sagte Henry, seine Stimme klang wieder ruhig und unbewegt.

»Aber es war eine Entscheidung, die ich selbst herbeigeführt hatte, und zwar auf diese üble Weise, weil ich zu feige gewesen war, mein Schicksal auf geradem Weg zu ändern. Aber nun war ich frei. Die Freiheit bedeutete große Not, Elend, eine absolut aussichtslose Lage, das war mir klar. Aber es war eben doch Freiheit. Und vor der Not und dem Elend bewahrte mich deine Mutter. Sie wußte nie, daß ich ein Spieler war, ein Defraudant, ein Lügner und Betrüger, keiner in Kerst ahnte es, sonst hätte sie mich nie heiraten dürfen. Aber ich hatte zum Lohn für alle Missetaten eine wunderbare Frau bekommen und ein Leben in Wohlstand und Luxus, es war mir klar, daß ich es nicht verdiente, und als sie krank wurde, war mir sofort klar, daß sie meinetwegen sterben mußte, damit ich zu meiner Strafe kam.«

»Mein Gott, Vater!«

»Vielleicht kannst du nun ein wenig meine Gefühle verstehen, damals, nach ihrem Tod. Warum ich wie gehetzt aus Kerst floh, warum ich auch dich nicht mehr um mich haben wollte. Ich wollte nichts haben als meine Strafe. Nichts als meine Verzweiflung. Auch dafür wüßte Sigmund Freud eine Erklärung.«

»Und warum wolltest du, daß ich in Preußen diente?«

»Weil du ein Wardenburg warst. Es war das einzige, was ich meinem Vater anbieten konnte. Ich hatte ihm meine Heirat, später deine Geburt mitgeteilt und nie eine Antwort erhalten. Und das letzte, was er von mir hörte, war die Tatsache, daß du in die preußische Armee eingetreten warst. Und darauf hat er letzten Endes ja reagiert, indem er dich zu seinem Erben machte. Und darum bedauere ich es tief, wenn du Wardenburg wirklich nicht halten könntest. Willst du es nicht versuchen?«

»Ja, Vater. Ich will es versuchen. Ich verspreche es dir.« Nicolas sagte es sehr ernst, geradezu feierlich. Ihm war beklommen zumute. Die Tragik, die das Leben seines Vaters verdunkelt hatte, erschütterte ihn. Er war hierher gekommen, um über seine Sorgen zu sprechen. Und er hörte die Beichte seines Vaters.

Von irgendwoher klangen durch die Nacht Mandolinenklänge, eine Frauenstimme sang dazu, die Blüten am Geländer dufteten, es war eine ganz unwirkliche, ganz unglaubwürdige Stimmung in dieser ersten Nacht, die Nicolas in der Toscana verbrachte. Er hatte sehr viel Wein getrunken, und er trank weiter, er war nicht müde, er war hellwach, und er dachte: ich werde Wardenburg halten. Zusammen mit Alice wird es mir gelingen. Und ich werde meinen Sohn nach Wardenburg bringen, es muß ein Weg gefunden werden. Ich weiß noch nicht wie, aber ich werde einen Weg finden.

»Es war schließlich Maria, die mich heilte. Heilte von mir selbst«, sagte sein Vater nach einer langen Weile des Schweigens. »Ihre Liebe, ihre Hingabe und ihr Glaube an mich, das Leben mit ihr, so unkompliziert und einfach, wie ich es nie gekannt hatte, das machte am Ende wohl doch einen anderen Menschen aus mir. Obwohl, ein Mensch ändert sich nie. Aber es brachte Ruhe in mein Leben. Ich konnte mich bescheiden. Damals nach Anna Nicolinas Tod hatte ich einige furchtbare Jahre verbracht. Ich ging zuerst nach Paris, ich hauste wie ein Wahnsinniger mit dem Geld, das ich geerbt hatte, ich wollte es nicht, das Kerster Geld, ich trank, und ich spielte auch wieder, ich war schließlich in Monte Carlo und spielte jede Nacht, und jetzt, du wirst es nicht glauben, jetzt gewann ich. Ich gewann ungeheure Summen, verspielte sie wieder, gewann aufs neue, ich trug immer eine Pistole bei mir und war entschlossen, mich zu erschießen. Hauptsächlich zu diesem Zweck kam ich schließlich nach Florenz. Ich benahm mich wie ein Narr, wie ein unreifer Knabe, nicht wie ein Mann von Mitte vierzig. Aber schon gleich, als ich nach Florenz gekommen war, wurde es anders. Ich sah Anna Nicolina überall, es war, als ob sie mir zusähe, und ich schämte mich vor ihr. Da fing ich plötzlich wieder an zu malen. Ja, und dann kam Maria.«

Es war spät in der Nacht, als sie schlafen gingen. Und Nicolas dachte, als er im Bett lag, daß dieser Tag sein Leben verändert hatte. Und nicht nur sein Leben, auch er hatte sich verändert. Es war einer der Tage im Leben eines Menschen, die länger sind als Jahre. Tage, an denen eine Wand durchsichtig wird, vor der man bisher wie ein Blinder stand.

Am nächsten Tag blieben sie in Fiesole, spazierten durch den Ort, Henry zeigte seinem Sohn den Dom und das römische Theater, und anschließend gingen sie von dort aus abwärts durch das Tal, das Nicolas schon vom Fenster aus gesehen hatte. Sie hielten sich nach links. Dort auf halber Höhe, wo die Hügel wieder anstiegen, lag ein kleines Haus, ein weißes ebenerdiges Gebäude, dessen Tür Henry aufschloß, als sie angelangt waren.

»Dies ist mein Atelier«, sagte er.

Nicolas hatte sich schon gefragt, ob er wohl noch male, und wenn ja, wo. In seinem Haus befanden sich zwar viele Bilder, aber kein Raum, in dem er zu arbeiten schien. Die Bilder gefielen Nicolas, es waren nicht mehr diese verzerrten, ihm unverständlichen Gebilde, die sein Vater früher gemalt hatte.

Dies also nun war das Atelier. Die Übereinstimmung mit seinen Kindheitserinnerungen verblüffte Nicolas. Auch damals gab es ja diesen Pavillon am Waldrand, in dem er malte, ganz für sich allein, entfernt von der Familie und dem täglichen Leben der anderen.

Das Häuschen hatte zwei Räume, in dem kleineren befanden sich viele Bücher, ein Tisch, ein paar Sessel, ein Sofa zum Ausruhen, und in dem größeren Raum, der nach Norden ging und der ein großes, über die ganze Hausbreite reichendes Fenster besaß, war die Werkstatt mit allem, was ein Maler benötigte, Staffelei, Lappen, Flaschen, Farben, Tuben, eben allen Malutensilien, und über allem der typische Geruch, der Nicolas gleich vertraut vorkam. Und Bilder waren hier, Skizzen, Zeichnungen, Aquarelle, Ölbilder, angefangene und halbvollendete, fertige.

»Hier verbringe ich zumeist meine Tage«, sagte Henry. »Sofern ich nicht irgendwo im Freien sitze und male.«

»Bäume«, sagte Nicolas erstaunt, nachdem er sich eine Weile umgesehen hatte. »Nichts als Bäume.«

»Zypressen. Zur Zeit arbeite ich nur an Zypressen. Ein schwermütiger, ausdrucksvoller Baum. Es gibt einige herrliche Exemplare hier in der Gegend, exorbitant gewachsen.«

Zypressen – einzeln, in Gruppen, am Hang, gegen einen blauen Himmel, vor einem düsteren Himmel, im Morgenlicht, im Abendlicht, in der Sonne, im Schatten, vor einer Hauswand, einsam in die Landschaft ragend, große und kleine Zypressen, in jeder nur denkbaren Weise gemalt oder gezeichnet, genau ausgeführt, nur vage angedeutet, auf manchen Skizzen nur einzelne Blätter, ein Blatt – es war unwahrscheinlich, wieviele Möglichkeiten es gab, Zypressen darzustellen.

»Vielleicht findest du das verrückt«, meinte Henry und blickte mit Befriedigung seine Zypressen an, »aber ich habe in diesem Jahr nur Zypressen gemalt. Man lernt viel dabei. Eines Tages werde ich das Geheimnis dieses Baumes entschleiert haben und werde ihn so malen können, wie er ist. Nicht nur, wie er von außen sich ansieht, sondern das, was er ausdrückt. Was er mir sagt. Vermutlich wird es keinen interessieren, nur mich. Aber das macht nichts. Ich male sowieso nur für mich.«

»Da du gerade davon sprichst«, sagte Nicolas zögernd, »erlaube mir eine Frage. Und entschuldige bitte, daß ich sie stelle.«

»Nur zu, du kannst mich fragen, was du willst.«

»Verkaufst du deine Bilder gelegentlich?«

»Nein, nie«, antwortete Henry heiter. »Wem sollte ich sie wohl verkaufen? Es gibt so viele Künstler, die gute Bilder machen. Wer sollte die meinen kaufen? Noch dazu in einer Stadt wie Florenz, in der man den Blick für Kunst schulen kann. Ich würde mich nur lächerlich machen, wenn ich versuchen wollte, diese Bilder einem Kunsthändler oder einer Galerie anzubieten.«

»Ich glaube, du bist zu bescheiden. Mir gefallen deine Bilder gut. Offen gestanden, ich bin kein Kenner, nur ein naiver Betrachter. Aber einige der Bilder, die drüben in deinem Haus hängen, finde ich ausgezeichnet. Zum Beispiel dieses eine, auf dem du den Blick vom Fenster aus in dieses Tal festgehalten hast. Ich habe es mir heute früh lange betrachtet. Es sind wundervolle Farben. Und wie die Hügel an den Himmel heranwachsen, genauso ist es in Wirklichkeit. Ich drücke mich sicher ungeschickt aus, aber ich finde dieses Bild sehr gut gelungen.«

»Vielen Dank, mein Sohn. Deine Worte erfreuen mein Herz. Wenn du gestattest, möchte ich dir das Bild, vor dem du gerade sprichst, zum Geschenk machen. Nimm es mit nach Warderburg, als kleinen Gruß für meine unbekannte Schwiegertochter. Damit sie sieht, wie es hier aussieht, wo ich lebe.«

»Kann ich das annehmen?«

»Das kannst du. Es ist gewiß kein großes Wertobjekt.«

»Für mich durchaus. Außerdem kann man nie wissen, vielleicht wirst du eines Tages berühmt. Es gibt Fälle genug, daß ein Künstler erst sehr spät Anerkennung gefunden hat.«

»Ja, zumeist nach seinem Tod, diese Fälle gibt es, da hast du recht. Aber diesen Träumen gebe ich mich nicht mehr hin, auf mein Wort. Ich male wirklich nur zu meiner eigenen Lust und Befriedigung. Und wenn ich manchmal das Gefühl habe, ich hätte etwas dazu gelernt, es ist mir eine Arbeit gelungen, dann macht mich das so glücklich, daß es gar keiner Bestätigung von außen bedarf.«

»Nun, ich frage mich nur –« Nicolas stockte.

»Ich weiß, was du fragen willst. Du möchtest wissen, wovon wir eigentlich leben.«

»Du hast ein Haus gekauft. Du hast eine Familie, die du ernährst; wie ich sehe, geht es euch gut, auch Pferd und Hund machen zufriedene Gesichter – du wirst verstehen, daß ich mich wundere und mich frage, wie du das bewerkstelligst.«

»Die Antwort ist ganz einfach: die Marchesa.«

»Die Marchesa?«

»Ich verdanke meinen relativen Wohlstand der Marchesa Vasari, der ich

damals die Enkeltochter wegnahm, was sie mir ja eigentlich nie verziehen hat. Die geborene Vasari muß man natürlich präzise sagen, aber hier in Florenz nannte sie jeder nur bei ihrem Mädchennamen. Ich erzählte dir bereits, wie ich sie wiedertraf, daß ich sie gelegentlich in Montecatini besuchte und daß wir uns ganz gut verstanden. Sie ist auch die einzige, die mir einige Bilder abkaufte, und ich glaube, sie tat es aus wohltätigen Gründen. Denn wie du ganz richtig vermutest, gab es eine Zeit, in der wir sehr bescheiden leben mußten, Maria, Isabella und ich. Ich habe dir auch erzählt, daß ich in Monte Carlo gewonnen habe, ich spielte später noch gelegentlich, aber nur noch mit schlechtem Gewissen und mit wenig Erfolg. Die große Glückssträhne meiner finstersten Zeit kehrte nicht zurück. Das Problem, wie ich meine Familie ernähren sollte, machte mir einige Jahre lang großes Kopfzerbrechen. Vorübergehend arbeitete ich bei einem Galeristen. Eine Zeitlang, ich gestehe es ohne Scham, fuhr ich eine Droschke, mit denen ich Fremde in Florenz herumführte und ihnen die Stadt zeigte, ich sprach Deutsch, ich sprach Französisch, auch ein wenig Englisch, das war ganz nützlich.«
»Das finde ich aber sehr beachtlich.«
»Wie man's nimmt. Ein besonders lebenstüchtiger Mann bin ich nie gewesen, und ich hatte wenig Hoffnung, es je zu werden.« Eine Eigenschaft, die du mir vererbt hast, dachte Nicolas, ich bin genauso untüchtig wie du und nicht einmal fähig, das Erbe, das mir ein gütiges Geschick beschert hat, zu erhalten.
»Ich hatte der Marchesa von Maria erzählt, auch daß wir ein Kind hatten, und das gefiel ihr. Kinder spielen im Gefühlsleben der Italiener eine große Rolle, egal, ob sie arm oder reich sind. Es störte die Marchesa keineswegs, daß Maria ein armes Kind aus dem Volke war, ich mußte ihr von ihr erzählen, und eines Tages brachte ich ihr ein Bild mit, das ich von Maria gemalt hatte. Auch ein Bild, das sie mir abkaufte. Natürlich wußte sie, daß es uns nicht besonders gut ging. Und dann kam die große Überraschung.« Henry lachte, hob den Arm in einer weit ausholenden Geste. »La grande sorpresa. Nicht nur du, mein Sohn, hast eine Erbschaft gemacht, ich auch. Als die Marchesa starb, mit fünfundneunzig, wie gesagt, vererbte sie mir ihr Haus in Montecatini mit allem Inventar.«
»Ah!« machte Nicolas überrascht. »Sieh an! Mir sind drüben im Haus einige sehr schöne alte Möbel aufgefallen. Und dieser wundervolle Aubusson.«
»Das ist nur ein Rest von dem, was sich in dem Haus befand. Es war fast ein Museum. Und erst das Haus selbst, geradezu ein Schloß, eine herrliche alte toscanische Villa, ein Traum von einem Haus. Sie schrieb mir einen Brief dazu. Ich habe ihn noch, und ich werde ihn dir vorlesen. Sie schrieb, es sei ihr von jeher klar gewesen, daß ich nicht viel tauge, und es sei mir ja bekannt, daß sie meine Heirat mit Anna Nicolina sehr mißbilligt habe. Offenbar habe ich aber das arme Kind wenigstens glücklich gemacht, und wie es scheine, sei es das einzige Talent, das ich besitze, eine Frau glücklich zu machen. In ihren Augen sei es nicht das übelste Talent, das ein Mann aufweisen könne.« Henry lachte. »So schrieb sie, und ich sehe noch die saure Miene des Notars vor mir, als er mir Testament und Brief vorlas. Von der Liebe allein aber würden Frau und Kind nicht satt, so ging es weiter, und darum erhalte ich das Haus mit allem, was sich darin befinde zur freien Verfügung. Mit ihrer Familie, soweit vorhanden, war sie zumeist zerstritten. Es waren alles viel jüngere Menschen, die meisten ihrer und der darauf folgenden Generation hatte sie überlebt. Die

erbten immer noch genug, einige Weingärten, sicher auch Geld und Aktien, was weiß ich. Ich jedenfalls hatte das Haus.«

»Erstaunlich«, sage Nicolas. Die Überraschungen, die sein Vater zu bieten hatte, nahmen kein Ende.

»Du sagst es. Es konnte keiner erstaunter sein als ich selbst. Ich fuhr mit Maria nach Montecatini, und wir besichtigten das Haus von oben bis unten. Maria war so beeindruckt, daß sie kein Wort sprach. Sie ging buchstäblich mit offenem Mund durch das Haus, ihre Augen wurden immer größer, und das einzige, was sie gelegentlich von sich gab, war: ›Dio mio!‹ oder ›Madonna!‹ oder ›Mamma mia!‹ und ähnliche Ausrufe. Das Personal war noch im Haus, es waren zwölf Personen, und sie betrachteten uns, als seien wir aus Löchern gekrochen. Doch ich sagte mit Pathos zu Maria: ›Ecco! Es ist dein Haus. Wenn du willst, kannst du morgen hier einziehen.‹ Aber sie ist ein Kind des Volkes und hat dessen gesunden Verstand.

Ich verkaufte das Haus an eine reiche Engländerin, die sich wegen der Thermalquellen dort niederlassen wollte, und ich verkaufte es zu einem sagenhaften Preis. Mitsamt dem Inventar und dem Personal. Das einzige Mal in meinem Leben, daß ich geschäftstüchtig war. Davon leben wir heute noch. Wir kauften uns das Haus in Fiesole, der Rest des Geldes ist sicher angelegt und dürfte für uns ausreichen. Praktisch leben wir von den Zinsen, und für Isabella wird einmal eine ansehnliche Mitgift vorhanden sein.«

»Eine hübsche Geschichte«, sagte Nicolas.

»Nicht wahr? Es ist ein Roman für sich. Ein Roman aus lauter Liebesgeschichten. Die erste begab sich beim Wiener Kongreß, dann kam die meine mit Anna Nicolina, sie begann in Florenz und führte ins Baltikum, und dann kehrte ich nach Florenz zurück und fand Maria. Fast ein Jahrhundert hat die Marchesa erlebt. Sie konnte faszinierend erzählen, von Napoleon, vom Zaren Alexander I., aber natürlich war für sie das größte Erlebnis die Einigung Italiens unter Cavour. Das war, wie du weißt, so eine Art italienischer Bismarck.

Die Gefühle der Marchesa waren gespalten. Sie konnte sich bis zum Ende ihres Lebens nicht einig darüber werden, ob sie Cavours Werk nun eigentlich mochte oder nicht. Einerseits war sie Florentinerin aus altem Geschlecht, das hieß für sie, Florenz als einen Staat für sich zu sehen, so wie es zur Zeit der Medici gewesen war, als Florenz seine große Blüte erlebte. Andererseits war sie eine Pragmatikerin, die durchaus begriffen hatte, daß eine neue Zeit begonnen hatte, in der für Kleinstaaterei kein Platz mehr war. Der Traum so vieler Generationen, ein ganzes, vereintes Italien, war auch an ihr nicht spurlos vorübergegangen. Und natürlich haßte sie die Österreicher aus tiefstem Herzensgrund, der Sieg von Solferino anno 1859 war für sie der größte Tag ihres Lebens, und dazu gehörte nun wieder Cavour und die Einigung Italiens. Aber im Grunde gab es für sie nur die Toscana. Sie war natürlich eine gute Katholikin, doch einmal sagte sie zu mir: ›Auf welches Paradies könnte ich hoffen, wenn ich gestorben bin? Ich habe in der Toscana gelebt.‹«

Einen Teil dieses zauberhaften Landes lernte Nicolas nun auch kennen. Cara zog den kleinen Wagen, auf dem sie saßen, auf schmalen Wegen durch die Hügel der näheren Umgebung, entlang den Gärten und Hängen, wo die Reben und die Olivenbäume wuchsen, durch schattige Wälder bis auf die Höhen dieser Hügel, oder drunten am Fluß entlang, von dem aus sie in kleine Seitentäler gelangten. Sie besuchten die Weinbauern, die Henry zum Teil kannte, kosteten vom frischen Wein, aßen Oliven und Brot dazu. Nicolas sah die Sonne glühend über Florenz untergehen, sah die vergoldeten Kuppeln und Dächer der Stadt, und sagte seinem Vater schließlich, er verstehe es gut, daß sich Dichter und Künstler zu allen Zeiten von diesem Land und dieser Stadt angezogen fühlten. Sein Verhältnis zu Maria und Isabella war freundlich, sie lachten, wenn sie ihn sahen, und er bemühte sich, mit den wenigen Worten italienisch, die er kannte, seinen Dank und seine Freude auszudrücken, vor allem Marias hervorragendes Essen zu loben, und beide, seines Vaters Lebensgefährtin und dessen Tochter, waren ihm unermüdlich zu Diensten und versuchten, ihm jede denkbare Bequemlichkeit zu bereiten.

An manchen Tagen trabte Cara mit ihnen hinab in die Stadt, die Nicolas recht gut kennenlernte, da seines Vaters Erklärungen voll Kenntnis und Wissen waren.

Am meisten von allem, was er sah, beeindruckten Nicolas die Gräber der Medici mit Michelangelos Schöpfungen der Sklaven, des Morgens und der Nacht.

Den Uffizien statteten sie mehrere Besuche ab, denn, so sagte Henry, kein Auge und kein Sinn könne verständig mehr als nur eine gewisse Anzahl von Eindrücken aufnehmen, es sei also besser, sich zu beschränken auf einige Werke, die es wert seien, daß man sie zwei- oder dreimal ansehe und sich anderes für spätere Besuche aufhebe.

Am längsten natürlich, wie fast jeder Erstbesucher der Uffizien, verweilte Nicolas vor Botticellis Venus.

»Sie sieht wirklich so aus wie auf den Reproduktionen, aber die sagen ja wenig, denn erst jetzt sehe ich diese Bilder in ihren Farben und damit zum erstenmal«, meinte er naiv.

»Die Venus und der David Michelangelos sind wohl die am meisten reproduzierten Kunstwerke dieser Stadt. Gefällt sie dir?« Das bezog sich auf Venus Anadyomene, wie sie da auf ihrer Muschel an Land geweht wurde, die schaumgeborene Göttin der Liebe.

»Ja, gewiß«, sagte Nicolas, »es ist ein zauberhaftes Bild. Nur würde ich dennoch, wenn man es mir nicht sagen würde, keine Venus in ihr sehen. Sie wirkt so unschuldig, so sanft und ahnungslos, ihr Blick ist sehr melancholisch, ihre Lippen weich, der Mund wirkt wie ein ungeküßter scheuer Mädchenmund, nein, wie eine Göttin der Liebe wirkt sie nicht auf mich, eher wie ein junges Mädchen, für das ein Verführer erst kommen muß, um sie zur Frau zu machen.«

Henry lachte. »Sieh an, du entwickelst dich zum Kunstbetrachter. Das ist mehr, als ich erwartet habe.«

»Es ist dein Verdienst. Man muß lernen, zu sehen. Ich habe es ein wenig hier gelernt, und ich werde es nicht vergessen.« Er blickte wieder auf das Bild, vor dem sie nun schon eine ganze Weile standen.

»Vielleicht heißt das Bild darum auch ›Die Geburt der Venus‹«, fuhr er fort, »wäre es möglich, daß der Künstler es so gemeint hat, daß die Venus hier gewissermaßen noch ein junges Mädchen ist, eine Anfängerin, die erst Venus werden soll. Das kann ich mir nicht vorstellen. Das Umfassende der Liebe, also auch das Verhängnis, das sie bedeuten kann, die tödliche Verstrickung, dies hat man wohl auch zu jener Zeit schon gekannt. Weißt du, worin ich die beste Interpretation der Venus sehe? In der Musik Richard Wagners. Im ersten Akt des ›Tannhäuser‹, dort finde ich die wirkliche Venus, da kommt das zum Ausdruck, was man mit dem Begriff Venus, also dem Begriff der körperlichen Liebe verbindet - Leidenschaft, Verführung, Hingabe, aber auch Sünde, Verderbnis und Gefahr. Zwischen dieser jungfräulichen Venus hier und Wagners glutvoller Göttin gibt es nicht die geringste Verbindung.«

Henry hatte ein anderes Lieblingsbild, auch ein Werk Botticellis, das er seinem Sohn bereits beim ersten Besuch der Uffizien gezeigt hatte, ohne Kommentar, doch an diesem Tag blieb er lange davor stehen, betrachtete das Gemälde mit einem geradezu schmerzlichen Ausdruck. Dann sagte er: »Die Madonna mit dem Granatapfel. Man könnte meinen, Botticelli habe dafür dasselbe Modell gehabt wie für seine Venus. Es ist der gleiche melancholische Blick, wie du es nanntest. Das längliche Gesicht, die hochgeschwungenen Brauen, der Mund ist nicht mehr so unschuldig, er ist wissender, ein wenig schwermütig. Und ganz anders sind die Hände, lange, schlanke Finger, und was für ein sensibler kluger Daumen. Ich muß immer an deine Mutter denken, wenn ich dieses Bild sehe. So ähnlich sah sie aus, später. Habe ich dir eigentlich erzählt, daß es hier war, wo ich sie kennenlernte, auf der Piazzale der Uffizien?«

Kurz darauf, sie standen draußen auf den Stufen, wies Henry schräg hinüber zur anderen Seite des Palastes.

»Hier war ich. Und dort drüben, auf der obersten Stufe, im Schatten der Säulen, stand sie. Sie trug ein weißes Kleid, kinderschmal in der Taille, der weite Rock bog sich schwebend bei der kleinsten Bewegung, du weißt, es war noch die Zeit der Krinoline, eine sehr anmutige Mode; auf den weiten weißen Rock des Kleides waren, etwa in Kniehöhe, kleine Kränze von hellblauen Blumen aufgestickt, vielleicht waren es Vergißmeinnicht, ein Sträußchen von gleicher Art war an ihrer linken Schulter befestigt. Ich sehe es noch genau vor mir. Dazu trug sie einen breitrandigen weißen Hut, von dem ein langes blaues Band herunterwehte. Ihr Haar war dunkel und fiel in weichen Locken zu beiden Seiten des Gesichts unter dem Hut hervor. Die Farbe ihrer Augen konnte ich auf die Entfernung, die uns trennte, nicht erkennen. In der Hand hielt sie lose einen Sonnenschirm, nicht aufgeklappt, sie stand ja im Schatten. Sie schaute verträumt, vielleicht sogar ein wenig melancholisch irgendwohin, abwesend, in ihre eigenen traumhaften Mädchengedanken versponnen. Ich wußte, daß ich nie etwas Schöneres gesehen hatte. Schön, das ist wohl nicht der richtige Ausdruck. Lieblich, das trifft eher, auch wenn dies heute ein veralteter Ausdruck ist. Lovely, sweet and lovely, so sagte James über sie.«

Nicolas blickte in das Gesicht seines Vaters, doch der schien ihn ganz vergessen zu haben, er lehnte da an einer Säule und blickte über die Piazzale hinweg auf die Stufen gegenüber, wo für ihn, und nur für ihn, das liebliche Mädchen im weißen Kleid noch immer stand.

»Ich saß hier auf einer Stufe und sah unverwandt zu ihr hinüber, und all diese wundervollen gemalten Gesichter in diesem Haus, auf dessen Stufen ich saß, verblaßten vor diesem lebendigen Mädchenantlitz. Es war mir sofort klar, daß sie eine Ausländerin sein mußte. Ich kann nicht sagen warum, es war durch kein äußeres Zeichen sichtbar, aber irgend etwas war an ihr, an ihrer

Haltung, an ihrer ganzen Erscheinung, was eben nicht italienisch war. Hinter ihr, zwischen den Säulen und dem Gebäude stehend, unterhielten sich lebhaft zwei elegante Damen mittleren Alters, die Marchesa, die zufällig eine Bekannte getroffen hatte, und um die beiden herum bewegte sich der Troß, ohne den eine Dame hierzulande damals nicht aus dem Haus ging, eine Duenna mit dem Hündchen an der Leine, jeweils ein Diener und noch eine Art Unterdiener, der ein Päckchen trug, möglicherweise hatte die Marchesa ein wenig Confiserie eingekauft.«

Henry schwieg.

Nicolas sagte: »Es ist hübsch, wie du es schilderst, ich sehe es vor mir. Und was tatest du eigentlich hier?«

»Ich wartete auf meine Freunde. Ich lebte damals seit ungefähr einem Jahr in Florenz, und wenn ich sage, ich lebte, so ist das eine krasse Übertreibung. Ich vegetierte. Nachdem mein Vater mich hinausgeworfen hatte, so wie ich ging und stand, besaß ich nichts mehr. Meine Schulden hatte er bezahlt, aber sonst konnte ich von ihm nichts mehr erwarten. Was ich durchaus einsah und als gerecht empfand. Aber es ist für mich heute noch ein Wunder, wie ich dieses erste Jahr überstanden habe. Es war nur möglich, weil ich Freunde gefunden hatte. Obwohl ich zu keiner Zeit meines Lebens leicht Anschluß an andere suchte und fand, schon gar nicht damals. Aber hier war es anders, die Freunde wuchsen einem gewissermaßen zu, es waren ja Leidensgefährten, Schicksalsgenossen. Sie waren jung wie ich und betrachteten sich ebenfalls als angehende große Künstler, und sie hatten so wenig Geld wie ich. Ich hauste in einer winzigen Mansardenkammer, in einer engen Gasse hinter Santa Croce, und teilte die Kammer mit einem Franzosen, der war einige Jahre jünger als ich, gerade zwanzig. Natürlich malte er auch. Im gleichen Haus wohnte der dritte Künstler, ein Schweizer, ungefähr in meinem Alter, er hatte ein vergleichsweise annehmbares Zimmer und bekam von Zeit zu Zeit aus Bern einen Kreditbrief, der uns vor dem Hungertod rettete. Sein Vater gab die Hoffnung nicht auf, daß das Buebli eines Tages genug haben würde vom Bohèmeleben und ins heimische Berner Kontor zurückkehren und ein vernünftiges Leben führen würde. Und wie ich das Buebli kenne, wird er das gewiß später getan haben, er war ein besonnener junger Mann und wirklich sehr unbegabt. Das wird er mit der Zeit, begabt wiederum mit dem Tatsachensinn des Schweizers, wohl eingesehen haben, aber zu jener Zeit malte er noch, nahm sogar Unterricht, hatte einen guten Lehrer, zu dem er mich mitnahm, damit der meine Werke begutachtete. Ich durfte dann sogar zu den Lektionen mitkommen, obwohl ich nichts dafür bezahlen konnte. Das festigte in mir den Glauben, daß ich ein Talent sei.«

Henry hatte sich eine Zigarette angezündet, er war ganz versunken in die Vergangenheit, in jene Zeit der ersten wirklichen Freiheit, die er je genossen hatte. »Wir lebten hauptsächlich von Brot und Käse und Wein, eine warme Mahlzeit war eine Seltenheit, und dann war es zumeist auch nur ein Teller voll Spaghetti. Es sei denn, man wurde eingeladen. Ein junger Engländer gehörte auch zu unserer Gruppe, der verfügte über einige Mittel und ließ uns großzügig daran teilhaben. Doch dann tauchte ein Krösus in unserer Mitte auf, ein anderer Engländer, ein Freund des erstgenannten, der junge Lord Boylingham. Der war reich, sehr reich, hatte erst vor kurzem, durch den plötzlichen Tod seines Vaters, Titel und Reichtum geerbt und reiste nun in der Welt herum und genoß sein Leben. Er malte nicht. Er hatte keinerlei künstlerische Ambitionen, selbst Bilder anzusehen, langweilte ihn tödlich. Irgendein Verwandter von ihm war der englische Konsul von Florenz, bei dem wohnte er, in einem schönen Palazzo, er ging in Gesellschaften, fuhr mit einer prächtigen Kutsche im Land herum, und gelegentlich bewegte er sich in unserem Kreis, den er höchst unterhaltend fand. Solange er hier weilte, ging es uns gut. Er lud uns ein, er hielt uns frei, wir konnten herrlich und ausreichend essen und trinken. Auch an diesem Vormittag wartete ich auf ihn und die anderen Freunde, wir wollten aufs Land fahren und draußen essen und uns amüsieren. Aber nun war das Mädchen da, dort drüben im Schatten. Ich vergaß alles, was sonst auf dieser Erde vor sich gehen mochte. Irgendwann spürte sie meinen Blick und sah zu mir her, wandte den Blick gleich wieder ab, blickte noch einmal herüber und drehte sich dann den plaudernden Damen zu. Da liebte ich sie schon.«

Henry lachte leise, fuhr sich mit der Hand durch das graue Haar. »Ob du es glaubst oder nicht, ich liebte sie auf der Stelle. Ich wußte, ich war meinem Schicksal begegnet.

Nach einer Weile kamen meine Freunde vom Ponte Vecchio herangeschlendert, sie lachten, sprachen mit mir, ich gab keine Antwort, Lord Boylingham fragte mich, ob ich träume, und ich sagte: ›Ja. Seht ihr dieses Mädchen da drüben? Das schönste Mädchen, das ich je gesehen habe.‹ James, der ein wenig kurzsichtig war, hob sein Lorgnon vor die Augen und sagte dann lässig: ›Die kleine Russin! Sweet and lovely, you're right.‹ Du kennst sie, fragte ich atemlos. ›Sure‹, sagte er, ›soll ich dich bekanntmachen? Es ist die Enkeltochter der Marchesa Vasari, jener Dame dort im lilafarbenen Kleid.‹ Und da nahm er mich schon beim Arm, zog mich über die Piazzale, direkt auf die Damen zu, zog schwungvoll seinen Zylinder und rief: ›Bonjour, mesdames!‹ Er konnte sich das erlauben, er war Engländer, ein Lord, sehr reich. Die Damen waren sehr liebenswürdig, vielleicht waren sie mit ihrem Gesprächsstoff am Ende, ein paar junge Männer wurden vielleicht als angenehme Abwechslung angesehen.

Ich wurde als Baron von Wardenburg vorgestellt, preußischer Offizier, momentan beurlaubt, weil ich malen wollte, ich sei sehr begabt und werde bestimmt sehr berühmt. Das brachte der Lord überzeugend heraus, es hörte sich gut an, die Damen fanden es très charmant, und als wir uns verabschiedeten, war mir gnädig erlaubt worden, mich beim Jour fix der Marchesa einzufinden. The sweet and lovely girl hatte ich kaum gewagt anzusehen, sie hatte kein Wort gesprochen, aber sie hatte *mich* angesehen. Und dann ging ich zwei Tage später wirklich mit James in den Palazzo der Marchesa, ich putzte und bügelte meinen letzten anständigen Anzug, und nun lernte ich Anna Nicolina kennen.

Der Palazzo der Marchesa war überwältigend, voller Kunstschätze, ungezählter Dienerschaft, mit vielen Gästen an diesem Tag, aber ich hatte ja immerhin gelernt, mich in einer solchen Umgebung zu bewegen. Diesmal trug Anna Nicolina ein Kleid aus zartgelber Seide, das Teerosenkleid nannte ich es bei mir, ich sah, daß ihre Augen grau waren, ein tiefes samtenes Grau, sie war ganz unbefangen, unterhielt sich mit mir ohne die sonst übliche Ziererei der jungen Mädchen. Wir sprachen deutsch. Das schuf eine Isolation gegenüber den anderen, wir waren wie auf einer Insel. Sie fragte mich, und ich erzählte ihr alles von mir, bis auf mein fürchterliches Vergehen natürlich, und es mußte so wirken, als hätte mein Vater mich verstoßen, weil ich Maler werden wollte. Das empörte sie. Und sie ließ mich ihr Mitgefühl merken, als sie herausbekam, wie armselig mein Leben zur Zeit war. Ihr Mitgefühl bedeutete viel für mich, denn es war ein Gefühl, nicht wahr, und ich genoß es, von ihr bedauert zu werden.«

»Und dann?« fragte Nicolas, als Henry nicht weiter sprach.

»Ich ging zu jedem Jour fix, ob es der Marchesa gefiel oder nicht. Ich wußte, wann die Damen ausfuhren, wann sie ihre Besorgungen machten und richtete es so ein, daß ich ihnen begegnete. Bis Anna Nicolina mir eines Tages sagte, daß sie in der nächsten Woche nach Hause reisen würde. Weit, weit fort, bis an die Ostsee, dort beginne jetzt die Zeit der hellen Nächte, und so schön, wie es in Florenz sei, der Sommer im Baltenland sei das Allerschönste, was man sich vorstellen könne. Sie erzählte davon, schwärmte von ihrer Heimat, von Kerst, von den Wäldern, dem Meer, und ich war auf all dies eifersüchtig, haßte das ferne Land, das ihre Liebe besaß. Ich vergaß meine Manieren und sagte, daß ich es nicht ertragen könne, sie nicht mehr zu sehen, daß ich genau so gut sterben könne, wenn sie aus meinem Leben verschwände. Sie sagte: ›Ich denke, Sie wollen ein berühmter Maler werden.‹ Und ich sagte: Ich will nur noch eins: in Ihrer Nähe sein. Ich liebe Sie.«

Henry hob beide Arme, breitete sie weit auseinander und legte dann die Hände zusammen wie zum Gebet. »Kannst du dir so etwas vorstellen? Ich war wie von Sinnen. Aber nun paß auf, was sie tat. Sie betrachtete mich mit großer Gelassenheit und sagte dann, ganz ruhig: ich lade Sie ein, uns zu besuchen. Wenn Sie mich heiraten wollen, müssen Sie mit meinem Vater sprechen. Ich werde ihn darauf vorbereiten, daß Sie kommen. Ich liebe Sie auch.«

Henry sah Nicolas an.

»Kannst du dir so etwas vorstellen?« wiederholte er.

»So ein Mädchen war sie. Ohne Winkelzüge, ohne Koketterie, klar wie das Wasser eines Brunnens. Ich war sprachlos, ich war außer mir, ich brachte keinen vernünftigen Satz zustande. Ich stotterte ihr nur vor, daß ich sehr arm sei, kein Geld verdiene, von meinem Vater verstoßen sei, wie sie ja wisse. Sie lächelte nur. ›Das macht nichts‹, sagte sie, ›mein Vater hat ein großes Schloß, in dem Platz genug ist, in dem immer Platz sein wird für einen Mann, den ich gewählt habe.‹«

Jetzt legte sich Henry die flache Hand vor die Stirn, die Erinnerung an jene Stunde im Palazzo der Marchesa, als eine junge baltische Gräfin aus vornehmstem Haus in dieser Weise mit ihm gesprochen hatte, erregte ihn noch heute.

»Kannst du dir so etwas vorstellen?« sagte er zum drittenmal. »Sie sagte es wörtlich so: für einen Mann, den ich gewählt habe. Sie war so jung, gerade achtzehn. Sweet and lovely. Und dabei so selbstsicher, so ganz ein Geschöpf aus altem Adel, mit all der Sicherheit ihrer glorreichen Vorfahren im Blut. So etwas kann man nicht lernen, so etwas ist angeboren. Wir Wardenburgs waren Emporkömmlinge gegen die da oben, hast du es nie empfunden?«

»Mich haben sie es nie merken lassen«, sagte Nicolas. »Vergiß nicht, ich bin dort geboren, ich bin dort aufgewachsen, bin schließlich ihr Sohn.«

»Ja, das ist natürlich ein Unterschied. Ich kam mir immer vor wie ein Freigelassener. Wie einer, den sie am Weg aufgelesen hatten. Ich verlor das nie, solange ich dort lebte.« Nicolas begriff in diesem Augenblick seine Bindung an Maria. Das war das umgekehrte Verhältnis, das hatte ihm Überlegenheit gegeben, und dadurch Kraft, er selbst zu sein. Anders zu leben, anders zu malen, anders zu werden. Den Makel der Jugendsünden abzuschütteln, seinen Vater und Wardenburg endgültig zu verlassen, und auch den Sohn zu vergessen, der in die Vergangenheit gehörte.

»Für den Mann, den ich gewählt habe«, sagte Henry leise. »Ich höre ihre Stimme noch. Sehe sie noch vor mir, ich hatte bis dahin kaum ihre Hand berührt. So war Anna Nicolina. So war deine Mutter.«

Vielleicht, dachte Nicolas, war es auch die besondere Mischung ihres Blutes, nicht nur der Adel alter Ordensritter war in ihr lebendig, der stolze Adel eines alten florentinischen Geschlechts hatte sich mit ihm verbunden. Das gab ihr die Sicherheit, zu tun, was sie wollte. Ob sie wirklich den richtigen Mann gewählt hatte, ob sie ihn zehn Jahre später noch einmal gewählt hätte, das würde Nicolas nie erfahren. Denn ob alter Adel, gleichgültig woher, sie war ja doch nur ein junges, unerfahrenes Mädchen gewesen. Und als sie eine Frau geworden war, als sie wirklich hätte wählen können, mit Besonnenheit und Verstand, da war sie krank, da war ihr Leben bereits zu Ende gelebt.

An diesem Tag sprachen sie nicht mehr von Anna Nicolina. Sie sprachen überhaupt nicht mehr von ihr, bis Nicolas abreiste. Aber für ihn, für Nicolas, war sie immer gegenwärtig, blieb es von nun an für alle Zeit, so als sei sie aus dem Reich der Schatten wieder aufgetaucht, sei wieder lebendig geworden, seit er sie, durch die Augen seines Vaters, unter den Säulen der Uffizien stehen sah: jung und lieblich, in einem weißen Kleid, auf dessen Rock sich kleine Kränze von blauen Blüten befanden.

An einem Junitag des Jahres 1906 stand Nicolas von Wardenburg am Fenster seines Zimmers im Hotel Baur au Lac in Zürich und blickte auf den Zürcher See hinaus, ohne etwas zu sehen. Nicht die blanke Wasserfläche unter dem blauen Himmel, nicht den Dampfer, der auf das Ufer zuhielt, nicht die waldigen Hänge, die den See umrahmten.

Er befand sich in einer verzweifelten Stimmung, und das war für ihn etwas ganz Ungewohntes. Er war vierundvierzig Jahre alt und sah sich, das erstemal in seinem Leben, einer Situation gegenüber, in der er sich nicht zu helfen wußte. Seelisch nicht, und wie leicht vorauszusehen war, auch bald finanziell nicht mehr.

Er kam aus Davos, wo er Cecile besucht hatte. Da er wußte, daß sie sehr krank war, hatte er erwartet, sie in elendem Zustand anzutreffen. Doch davon konnte keine Rede sein, die Kur schien ihr gut zu bekommen, und sie war schöner denn je, hatte sogar ein wenig zugenommen und schien guten Muts zu sein. Ein wenig Fieber, hatte sie lachend gesagt, das gehöre nun einmal zu ihrem Leben und daran gewöhne man sich. In einem Vierteljahr etwa werde sie das Sanatorium verlassen können, dessen sei sie ganz gewiß. Sie hatte ihn umarmt und geküßt, hatte seine Zurückhaltung gespürt und angstvoll gefragt: »Ekelst du dich jetzt vor mir?«

Also hatte er sie geküßt, obwohl der Arzt, der sie in Berlin behandelt und der auch ihn gründlich untersucht hatte, ihn eindringlich gewarnt hatte.

»Sie können von Glück sagen, daß Sie sich noch nicht angesteckt haben. Bei einer offenen Tbc kann man darauf warten. Vermeiden Sie alle Kontakte. Am besten wäre es, Sie würden Frau von Hergarth nicht wiedersehen.«

»Das kann nicht Ihr Ernst sein, Herr Doktor«, hatte Nicolas erwidert. »Das wäre – nun, gelinde ausgedrückt, nicht anständig.«

»Mag sein. Aber seien Sie sich darüber klar, es gibt nichts Unanständigeres als Krankheit. Die Schwindsucht macht sich nur gut auf der Bühne. Ich habe die Duse mal als Kameliendame gesehen. Sie auch?«

Nicolas nickte, der Arzt lachte freudlos.

»Wirklich, sehr rührend anzusehen. Man kann es auch noch mit Gesang haben, wie ich gehört habe, dann ist es sicher ein Hochgenuß. In der Realität ist es eine widerwärtige Angelegenheit. Wissen Sie, ich habe täglich damit zu tun, ich kenne die verschiedenen Stadien. Natürlich – in Ihren Kreisen kommt es wohl seltener vor.«

Der Berliner Arzt war noch jung, er hatte ein schmales Asketengesicht, Nicolas fand ihn verbissen und unliebenswürdig. Sicher war er einer von diesen Sozialisten. Der folgende Satz bestätigte seine Vermutung.

»Seien Sie froh, daß Sie noch gesund sind, ziehen Sie sich zurück, am besten mit einer kleinen Abfindung, wie das bei Herren Ihrer Kreise so üblich ist. Sie haben doch sicher Familie, warum wollen Sie Ihrer Frau und Ihren Kindern die Krankheit mit nach Hause bringen.«

»Sie müssen es schon mir überlassen, wie ich mich verhalte, Herr Doktor. Außerdem wissen Sie sehr genau, daß Ralph mein Sohn ist.«

»Da haben Sie doch den besten Beweis, wie berechtigt meine Warnung ist. Der Kleine hätte nie bei seiner Mutter leben dürfen. Und Frau von Hergarth hätte viel früher zu mir kommen müssen, da hätte ich ihr vielleicht helfen können. Sie wollte nicht wahrhaben, daß sie krank ist. Und Sie selbst, Baron, haben auch keine Notiz von ihrem Zustand genommen. Und was haben wir jetzt? Die vollständige Katastrophe.«

Ein unsympathischer Mann, fand Nicolas und verabschiedete sich kühl. Dies war bestimmt nicht der richtige Arzt für Cecile gewesen, er würde kaum Verständnis für ihr diffiziles Wesen und die komplizierte Form ihres Daseins aufgebracht haben. Offenbar hielt er Cecile für eine Demimonde, eine ausgehaltene Frau, und in ihm, Nicolas, sah er den kaltherzigen Verführer und rücksichtslosen Genießer, der zu Hause Weib und Kinder hatte und sich nebenbei eine aparte Geliebte leisten konnte.

In einem Punkt allerdings hatte der Doktor recht, Nicolas hatte sich lange nicht um Ceciles Zustand gekümmert. Aber ganz gewiß hätte er sie zu einem anderen Arzt gebracht, wenn er diesen zuvor gekannt hätte.

Was für einen Kampf hatte es gekostet, bis sie einwilligte, nach Davos zu gehen. Nie, nie würde sie sich von ihrem Kind trennen, lieber sterben.

»Wenn du Ralph liebst, mußt du gesund werden, gerade seinetwegen.«

Seit einem halben Jahr war sie nun in der Schweiz, und Nicolas sah, daß der Aufenthalt ihr gut getan hatte. Er blieb eine Woche bei ihr, wohnte in einem der Gästezimmer des Sanatoriums, und nahm notgedrungen am Tageslauf des Hauses teil. Er saß bei allen Mahlzeiten neben Cecile, begleitete sie auf ihren kleinen Spaziergängen, lag oder saß neben ihr bei den ausgedehnten Liegekuren, fand insgesamt das ganze Dasein in diesem seltsamen Milieu etwas langweilig und fühlte sich unbehaglich. Abends, wenn er Cecile zu ihrer Zimmertür brachte, schlang sie beide Arme um seinen Hals, er spürte ihren mageren heißen Körper an seinem, aber er empfand kein Begehren mehr. Er hatte nicht mit ihr geschlafen, obwohl er wußte, daß sie es erwartete. Er konnte nicht. Der unfreundliche Doktor in Berlin hatte wohl recht: Schwindsucht macht sich nur gut auf der Bühne.

Und er hatte ihr auch nicht gesagt, was er ihr hätte sagen müssen. Nur mit dem Chefarzt des Sanatoriums hatte er darüber gesprochen. Der hatte ihn schweigend durch die randlose Brille angesehen, während er berichtete, dann resigniert die Schultern gehoben.

»Das war zu erwarten.« Und dann sage er das gleiche wie sein Berliner Kollege. »Man hätte das Kind von ihr trennen müssen, als es noch klein war.«

»Aber da wußte man ja nicht, daß sie krank ist.«

»Ich hätte es ihr angesehen. Sie ist der Typ. Wissen Sie, man bekommt einen Blick dafür. Und darum hätte sie gar kein Kind bekommen dürfen. Vermutlich ist das Kind schon mit einer Erbanlage für die Krankheit auf die Welt gekommen. Und bei dem täglichen Beisammensein mit der Mutter mußte es krank werden. Nur ein Wunder hätte es verhindern können. Solche Wunder gibt es. Alles gibt es. Wie alt, sagten Sie, ist der Knabe?«

»Acht Jahre.«

»Und vermutlich genauso ein zartes nervöses Geschöpf wie seine Mutter.«

Nicolas nickte. »Ja, das stimmt.«

»Sie sind verheiratet, wie ich gehört habe?«
»Ja.«
»Haben Sie Kinder?«
»Nein. Ralph ist mein einziges Kind.«
Der Arzt lehnte sich zurück in seinem Sessel, er schob die Brille auf die Stirn, seine rotgeränderten Augen waren müde und traurig.
»Und vermutlich wollten Sie ein Kind haben. Einen Sohn. Seltsamerweise wollen so viele Menschen das. Ich für meine Person habe kein Verständnis für diesen Wunsch. Ich habe keine Kinder. Und ich wollte niemals welche haben. Es kommt wohl durch meinen Beruf. Wenn man immer mit Krankheit und Elend zu tun hat, wenn man begriffen hat, was für ein glückloses Wesen der Mensch ist, wie aussichtslos die Situation des Menschengeschlechts auf dieser Erde ist, dann kann man nicht verstehen, warum einer Kinder in die Welt setzen will. Ich war nicht immer Chefarzt eines Luxussanatoriums, müssen Sie wissen. Ich stamme aus Genf. Und als junger Mediziner ging ich nach Paris, weil ich dachte, ich könnte dort am meisten lernen. Ich habe gelernt. So viel gelernt, daß ich Gott nicht begreifen kann. Andererseits – wer kann das schon?«
»Aber Sie denken immer noch, daß es ihn gibt?«
»Ich denke es nicht. Ich vermute es. Ich wünschte, ich könnte sagen, ich glaube es. Aber ich könnte niemals mit Bestimmtheit sagen, es gibt ihn nicht. Denn irgend etwas ist ja drin in diesen Menschen, das von ihm kommt. Der eine fängt mehr damit an, der andere weniger. An manche ist es total verschwendet. Das Göttliche im Menschen, wissen Sie, das ist ein Thema, das mich immer mehr beschäftigt. Ob es das überhaupt gibt oder nicht. Denn wenn, dann müßte es doch allen Menschen mitgegeben sein. Gott macht ja wohl keine Klassenunterschiede.«
»Und Sie meinen, es gibt Menschen, in denen ist es nicht zu finden?«
»Genau das meine ich. Da ist es reingefallen wie ein Stein ins Wasser und untergegangen.«
»Der Stein liegt unten am Grund.«
»Gut geantwortet. Dann sage ich, es ist reingefallen wie in einen Sumpf. Kann da noch jemand finden, was am Grund liegt?« Das Gespräch hatte eine merkwürdige Wendung genommen. Der Arzt lag weit zurückgelehnt in seinem Sessel, er sah Nicolas nicht an, sein Blick ging an ihm vorbei an die Wand, ins Nichts. Nicolas fühlte sich herausgefordert.
»Nun – Gott, würde ich sagen. Er allein kann es finden. Wenn wirklich etwas von ihm dem Menschen mitgegeben wurde.«
»Falsch. Er kümmert sich nämlich nie mehr darum, was daraus wird. In keinem Fall.«
»Vielleicht später. Vielleicht kümmert er sich später darum. Wenn das Leben zu Ende ist.«
»Glauben Sie das?«
»Ich?« Nicolas lachte unbehaglich. »Nein, eigentlich nicht. Ich bin kein frommer Mensch. Aber es geht mir wie Ihnen, ich bin nicht ganz sicher.«
Eine Weile schwiegen sie beide, dann richtete sich der Arzt auf, rückte die Brille wieder in die Furche auf seiner Nasenwurzel.
»Also! Sprechen wir von Madame. Sie haben ihr vernünftigerweise nicht gesagt, daß das Kind krank ist. Gut.«

»Ich konnte es ihr nicht sagen. Sie ist so gut gelaunt, so voller Hoffnung. Sie meint, daß sie in einem Vierteljahr so weit wieder hergestellt sein wird, um das Sanatorium zu verlassen.«
»Hat sie das gesagt?«
»Ja.«
»Das ist ausgeschlossen. Und sie weiß es.«
»Aber ich finde, sie sieht gut aus. Viel besser als bei meinem ersten Besuch. Und sie ist nicht mehr so hektisch.«
»Sie hat sich zusammengenommen, weil Sie da sind. Aber sonst! Sie können mir glauben, ich habe viele labile Menschen hier oben, aber so labil wie sie ist selten jemand. Es ist schwer, ihr zu helfen. Sie pendelt übergangslos zwischen Anfällen tiefster Depression und wilder Lebensgier. Es ist nicht nur die Krankheit. Diese Frau wird mit ihrem Schicksal nicht fertig. Sehen Sie, da haben wir nun dieses ewige Gerede von der Emanzipation der Frau, von ihrer Befreiung, ihrer Gleichberechtigung und was weiß ich noch. Das sind alles leere Worte. In Wahrheit gilt das nur für einzelne, sehr starke Persönlichkeiten. Und wissen Sie was? Solche Frauen hat es immer gegeben. Frauen, die über sich und ihr Leben selbst bestimmen und einen Mann höchstens zur Dekoration oder zur Befriedigung erotischer Gelüste benötigen. Die meisten Frauen bleiben genau, wie sie immer waren – ausgeliefert an den Mann, von ihm abhängig, schlimmstenfalls von ihm mißbraucht. Und was noch schwerwiegender ist, sie sind und bleiben abhängig von den Sitten der Zeit und den Gesetzen der Gesellschaft, in der sie leben. Das ist bei einem Negerstamm im tiefsten Afrika nicht anders als bei uns sogenannten modernen und aufgeklärten Menschen.
Wer wagt es denn schon, sich außerhalb dieser Sitten und Gesetze zu stellen? Bei den Wilden käme es einer physischen Vernichtung gleich. Und bei uns? Auf jeden Fall einer psychischen, und in sehr vielen Fällen, das Beispiel Madames beweist es, einer physischen gleichfalls. Gleichberechtigung! Daß ich nicht lache! Diese törichten Geschöpfe, die einfach nicht von diesem Unsinn lassen können, den sie Liebe nennen.«
»Sie kennen Ceciles Geschichte?«
»Sie hat mir alles erzählt. Ausführlich. Sie muß darüber reden, das ist wie ein Zwang. Auch das gehört hier oben zu meinem Beruf, daß ich ihr zuhöre. Darum weiß ich auch, was das Kind ihr bedeutet. Auch so ein Punkt, der die Frauen verletzbar macht. Die Liebe zu dem Mann, die Liebe zu dem Kind, alles unnötiger Ballast auf dem Wege, frei und gleichberechtigt zu werden.«
»Sie haben sehr rigorose Ansichten, lieber Doktor. Wie wollen Sie es einer Frau beibringen, gegen ihren Instinkt zu leben?«
»Instinkt? Mit Instinkt hat das nichts zu tun. Es sind die Sitten und Gesetze unserer Gesellschaft, denen sie sich unterwerfen.«
»Oder – wie ist es mit dem Göttlichen im Menschen? Vielleicht hat es damit zu tun?«
»Wir sind ja nicht sicher, ob es überhaupt vorhanden ist. Wir hätten es bloß gern.«
Die Uhr gegenüber dem Schreibtisch ließ fünf schnelle helle Schläge hören.
»Tja, lieber Herr von Wardenburg, ich muß zur Sprechstunde hinüber. Und was Madame betrifft, bleiben Sie am besten noch ein paar Wochen hier,

Ihre Gegenwart ist die beste Therapie, die wirksamste Medizin. Seit sie wußte, daß Sie kommen, hat sie gegessen, was sie hinunterbringen konnte, hat sich neue Kleider gekauft, ist lebendiger geworden. Der Wille vermag vieles, auch in so schweren Fällen. Ich kann Ihnen jetzt schon sagen, was passieren wird, wenn Sie abgereist sind – sie wird sich willenlos der Krankheit ausliefern, wird im Bett liegen, ohne sich zu rühren, ohne zu essen, das Fieber steigt, und sie registriert es mit Genugtuung. Das hatten wir alles schon, nach Ihrer letzten Abreise war es genauso. Die Krankheit ist für sie wie . . . ja, wie ein Liebhaber, dem sie sich hingibt. Und überdies ein Zufluchtsort, der sie davor bewahrt, sich wieder ihrem verworrenen Leben zu stellen. Dabei müßte ihr Leben gar nicht verworren sein, wenn sie es so, wie es ist, bejahen würde. Das würde ich als richtig verstandene Liebe ansehen, die sie zu ihrem Kind haben sollte. Aber so klammert sie sich nur an das Kind, genau so, wie sie sich an Sie klammert. Sie sucht Schutz und Hilfe und einen Lebensinhalt bei Ihnen und bei dem Kind. Aber sie ist nicht imstande, gleiches zu geben. Klingt hart, wie? Hart und unbarmherzig, wie? Wahrheit ist immer hart und unbarmherzig, das macht sie so unbeliebt. Also, leben Sie wohl, lieber Herr von Wardenburg, Sie erhalten regelmäßig von uns Bericht.«

Der Arzt streckte Nicolas die kleine weiche Hand hin, ein Lächeln ersparte er sich.

Nicolas machte noch einen Versuch. »Sie könnten den Jungen nicht hier unterbringen? Das wäre doch die einfachste Lösung.«

»Wir nehmen keine Kinder auf. Aber ich kann Ihnen gern ein paar Adressen geben.«

Schließlich war Nicolas abgereist, mit fröhlichen Worten, hatte ihre Wangen, ihren sehnsüchtigen Mund geküßt, der jetzt Tod atmete, hatte ihre Grüße und Geschenke für den kleinen Ralph entgegengenommen.

»Und du besuchst ihn oft, nicht wahr? Du kümmerst dich darum, daß er gut versorgt wird.«

»Ich fahre hin, so oft ich kann. Es ist wirklich eine erstklassige Schule. Sie haben im ganzen nur 15 Interne, es sind immer zwei Jungen in einem Zimmer, und die Hausmutter ist eine reizende Person. Wirklich sehr lieb zu den Kindern. Sie haben sie alle gern.«

»Er wird mich vergessen«, sagte sie eifersüchtig.

»Das Essen ist ausgezeichnet, ich habe schon einigemale mitgegessen, wenn ich in Berlin war.«

»Und ist er immer noch ein so guter Schüler?«

»Der beste in seiner Klasse.«

»Er ist so klug wie du.«

»Ich war nie klug, chérie, schon gar nicht in der Schule.«

»Du kaufst ihm alles, was er sich wünscht, ja? Und du siehst auch darauf, daß er immer einen hübschen Anzug hat. Er hat so viel Spaß daran, sich hübsch anzuziehen. Und sag ihm, wie lieb ich ihn habe. In einem Vierteljahr bin ich wieder bei ihm. Du bist wirklich oft in Berlin?«

»Ich bin sehr oft in Berlin.«

»Sag ihm, daß ich ihn liebhabe.« Ihre Augen waren voller Tränen. »Und daß ich Tag und Nacht an ihn denke. Und an dich, Geliebter. An euch beide. Liebst du mich denn noch ein bißchen?«

»Ich liebe dich.«

Ihr Mund, der ihn zum Abschied küßte, war heiß und trocken; dann spürte er den salzigen Geschmack ihrer Tränen. Es war leicht vorstellbar, daß nun das wieder kam, was der Arzt ihre Depressionen genannt hatte. Daß sie vom Bahnhof zurückgehen würde ins Sanatorium und Trost bei der Krankheit suchen; sich der Krankheit hingeben würde wie einem Geliebten.

Nicolas saß in der kleinen Bahn, die ihn ins Tal brachte, er starrte aus dem Fenster, auf die Berge, die noch Schnee auf den höchsten Gipfeln trugen, dort war es licht und hell, doch in den Tälern lag schon das Dunkel.

Er sollte sich aufschreiben, was er ihr alles erzählt hatte, damit er es nicht vergaß und in seinen Briefen durcheinander brachte. Das Kind war längst nicht mehr in der Privatschule in Zehlendorf, es war seit drei Monaten in einer Lungenheilstätte im Harz. Und wenn er von dieser Reise zurückkehrte, würde er das kranke Kind besuchen, und den Brief, den der Kleine an seine Mutter schrieb, mußte er dann nach Berlin bringen und dort zur Post geben.

Nein. So hatte er sich sein Leben nicht vorgestellt. Er legte die Stirn an die kühle Fensterscheibe, der Zürisee glitzerte im Sonnenlicht, der Dampfer hatte angelegt, aber Nicolas sah das alles nicht, er hatte auf einmal nur einen Wunsch: fortzulaufen.

Wie hatte der Doktor gesagt? Die aussichtslose Situation des Menschengeschlechts. Trotzdem blieb es bestehen, dies Geschlecht, kämpfte, strampelte, würgte sich durch dieses Leben hindurch mit letzter Anstrengung und gab es weiter, damit der Mühe und Plage kein Ende würde.

Warum nahm man sie denn so schwer, diese paar Jahre, die das Leben währte? Und wozu mußte er einen Sohn haben?

Es klopfte, Nicolas wandte sich um.

Der Etagenkellner brachte den Champagner, den er bestellt hatte. Nicolas sah schweigend zu, wie der Kellner die Flasche öffnete, ihm eingoß, ihm das Glas auf den kleinen Tisch am Fenster griffbereit zurechtrückte.

»Merci bien«, sagte er mechanisch, nahm einen Schluck und zündete sich eine Zigarette an.

Es würde gar nichts anderes übrigbleiben, als das Kind auch in die Schweiz zu bringen. Das waren dann zwei Sanatoriumsaufenthalte, die er zu bezahlen hatte, und somit war vorauszusehen, daß all seine Sanierungsbemühungen des vergangenen Jahres umsonst gewesen waren.

Als er vor anderthalb Jahren seinem Vater versprach, er würde sich ernsthaft bemühen, Wardenburg zu halten und in Zukunft besser zu wirtschaften, war es ihm sehr ernst damit gewesen. Wardenburg mußte bleiben, vor allem für seinen Sohn.

Und dann hatte er Alice alles gesagt.

Ein Jahr war das ungefähr her. Er war zwei Wochen in Berlin gewesen und hatte erfahren, daß Cecile ernstlich krank war und an welcher Krankheit sie litt. Das war ihm nahegegangen. Verstört, voller Sorgen war er nach Wardenburg zurückgekehrt und verbrachte einige Tage in ungewohnter Schweigsamkeit. Alice fiel es natürlich auf, aber sie stellte auch diesmal keine Fragen.

An einem heißen Julitag, genauer gesagt, in der darauf folgenden Nacht kam es endlich zu einer Aussprache zwischen ihnen. Es war so ein Tag gewesen, an dem sich Köhler schon am Vormittag in bekannter Weise an den Kopf griff und ein Gewitter prophezeite.

Das Gewitter kam in der Nacht. Es war ein bösartiges Unwetter, Sturm tobte über das Land, dann Blitz, Donner und endlich Hagelschlag. Sie waren aufgestanden, keiner blieb in solchen Nächten im Bett, denn Gefahr für Haus, Hof und Stallungen bestand immer. Nicolas ging ruhelos in Alices englischem Salon auf und ab, Alice saß im Sessel, blaß und ängstlich, denn sie fürchtete jedes Gewitter. Grischa war gekommen, hatte gefragt, ob etwas gewünscht würde, Nicolas hatte den Kopf geschüttelt.

Zum Schluß also der Hagel, der wütend niederprasselte, Nicolas blickte zum Fenster hinaus und sagte: »Die Ernte ist hin.«

»Mein Gott, auch das noch!« stöhnte Alice.

Nicolas lachte auf. »Du sagst es.« Wieder lief er im Zimmer auf und ab, blieb plötzlich vor ihr stehen und sah sie an.

»Bist du sehr müde? Oder wärst du bereit, mir für einige Minuten Gehör zu schenken?«

Daß er sich so formell ausdrückte, das ernste, fast finstere Gesicht dazu, ließ Alice erstarren. Jetzt, dachte sie, kommt es. Jetzt sagt er mir, daß er sich scheiden lassen will. Sie richtete sich aus ihrer zusammengesunkenen Haltung auf, saß sehr gerade, den Kopf erhoben.

»Ich bin nicht müde. Ich könnte jetzt sowieso nicht schlafen.« Aber er sagte zunächst nichts, begann wieder ruhelos hin und her zu laufen.

»Möchtest du dich nicht hinsetzen?« fragte sie nervös.

»Entschuldige.« Er setzte sich nicht, blieb wieder vor ihr stehen.

»Du wirst es dir vielleicht schon denken. Es . . . es gibt in Berlin eine Frau.«

»Es überrascht mich nicht, das zu hören«, sagte Alice kühl.

»Ich habe ein Kind. Einen Sohn.«

Das überraschte sie doch. Sie wurde blaß, sah fassungslos zu ihm auf.

»Ich hätte es dir längst sagen sollen. Ich war zu feige.«

»Nennen wir es besser – rücksichtsvoll.«

»Danke. Du bist sehr freundlich.«

Darauf schwieg er wieder. Schwieg lange, und als sie sein zerquältes Gesicht sah, empfand sie Mitleid.

Feige war sie nicht. »Du willst dich also scheiden lassen«, sagte sie.

Jetzt sah er sie erstaunt an. »Nein. Ich will mich nicht von dir scheiden lassen. Durchaus nicht. Ich möchte nur, daß du es endlich weißt. Es ist so unwürdig, mit einer Lüge zu leben.«

»Wie alt ist dein – Sohn?«

»Er wird in diesem Jahr sieben.«

Alice verzog die Lippen zu einem spöttischen Lächeln. »Du hast es ziemlich lange ausgehalten, mit einer Lüge zu leben.«

»Mein Gott, Alice, begreifst du denn nicht?« Er wandte sich ab, ging zur Tür und griff zur Klingel. »Ich werde uns etwas zu trinken bestellen.«

»Keinen Champagner jetzt, bitte«, sagte Alice scharf. »Und Grischa wird wieder zu Bett gegangen sein.«

Er kam zurück, setzte sich nun endlich und erzählte mit wenigen Worten die Geschichte. Ohne Einzelheiten, auch Ceciles Krankheit verschwieg er.

Als er geendet hatte, sah er sie an, und sie bemerkte, daß er sich erleichtert fühlte, er glich dem Nicolas, den sie kannte. Sie wickelte die Kordel ihres Morgenmantels um ihr Handgelenk, wickelte sie wieder ab, das tat sie mehrmals, in Gedanken versunken. Zu ihrer eigenen Verwunderung stellte sie fest, daß sie sich auch erleichtert fühlte. Sie kannte also nun die sogenannte

Wahrheit, daß er diesmal nicht gelogen hatte, glaubte sie zu wissen. Dann aber war es so, daß die Frau in Berlin ihm nicht mehr allzuviel bedeutete. Scheiden lassen wollte er sich nicht. Doch das Kind war ihm wichtig.

Sollte sie nun eine Szene machen? Die betrogene, verratene Frau spielen? Weinen, ihn beschimpfen, ihm den Rücken kehren?

Dazu war sie zu stolz. Und wenn sie jetzt eifersüchtig war auf die andere Frau, die ihm ein Kind geboren hatte, dann war sie verlogen. Sie hatte keine Kinder haben wollen, und es hatte wenig Zweck, es zu bereuen, sie hatte ja kein Kind bekommen, und darum brauchte sie sich nicht schuldig zu fühlen.

»Wenn ich dich recht verstehe, möchtest du gern, daß dein Sohn hier aufwächst«, sagte sie.

»Ja«, sagte er. »Ich möchte es gern. Aber es ist unmöglich, ihr das Kind wegzunehmen. Das wäre barbarisch. Aber vielleicht später. Wenn er älter ist.«

Alice stand auf. »Dein Sohn wird mir jederzeit willkommen sein.«

Ihre Haltung war bewundernswert. Nicolas erhob sich, trat zu ihr.

»Verzeih mir, wenn du kannst. Und ich wünschte, das, was ich dir eben erzählt habe, würde unser gutes Verhältnis nicht zerstören.«

Alice lächelte. Ihr blondes Haar floß offen über die blaue Seide ihres Morgenmantels – blau war noch immer ihre Lieblingsfarbe –, ihr Blick war ohne Feindschaft. »Das wünsche ich auch«, sagte sie. »Und was mich betrifft, so wird es nicht geschehen.«

»Alice!« Er hob die Arme, zögerte, doch da sie nicht zurückwich, nahm er sie in die Arme und küßte sie, seit langer Zeit zum erstenmal.

Sie schloß die Augen und erwiderte seinen Kuß, und sie tat es mit ungewohnter Zärtlichkeit.

Danach waren sie beide ein wenig befangen, und Alice sagte: »Vielleicht sollten wir nun doch etwas trinken.«

Grischa war nicht ins Bett gegangen, er hielt sich im Vestibül auf, war gerade von draußen gekommen und hatte mit Köhler gesprochen.

»In Klein-Plettkow hat es eingeschlagen«, berichtete Grischa, »es brennt. Herr Köhler ist hinübergeritten, um zu sehen, ob er helfen kann.«

»Der kann es auch nicht lassen«, sagte Nicolas. »Hat er nicht von damals genug? Bis ihm wieder was passiert.«

»Er will nachsehen, sagt er, was auf unseren Feldern los ist. Ob der Hagel hat gemacht vielen Schaden.«

»Das hat er. Das weiß ich, ohne nachzusehen. Bring uns eine Flasche, Grischa, und dann geh ins Bett.«

Von dieser Zeit an schlief Nicolas wieder mit Alice, und es schien sogar, als habe sie jetzt mehr Verlangen nach seiner Umarmung als je zuvor. Auch die gemeinsame Bemühung, Wardenburg zu halten, möglichst sparsam zu wirtschaften, um wenigstens einen bescheidenen Gewinn zu erzielen, band sie wieder fester aneinander. Alice war es, die sagte: »Es würde mich glücklich machen, wenn dein Sohn eines Tages Herr auf Wardenburg sein würde.«

Nun war sein Sohn krank. Für wen also sollte er Wardenburg erhalten?

Nicolas stellte das Glas hart auf den Tisch zurück, wandte dem Zürisee den Rücken zu und fluchte auf russisch.

Er ließ sich vom Pessimismus der Ärzte viel zu sehr beeindrucken, erst der in Berlin, jetzt der andere in Davos. Das gehörte offenbar zu deren Berufshabitus, möglichst schwarz zu sehen. Cecile hatte ihm gar keinen so kranken Eindruck gemacht. Und Ralph war jung, bei ihm war die Krankheit rechtzeitig erkannt worden und würde auskuriert werden. In Gottes Namen kam er eben auch in die Schweiz, in das beste Sanatorium, das zu finden war, und binnen einem Jahr würde sein Sohn gesund sein.

Es fehlte ihm ein Mensch, mit dem man vernünftig sprechen konnte und der sich nicht nur in düsteren Betrachtungen über Zeit und Menschheit erging, das war letzthin so richtig Mode geworden.

Natalia Fedorowna. Wenn er nur mit ihr wieder einmal sprechen könnte, sie würde seine Welt mit wenigen Worten in Ordnung bringen. Er hatte sie viel zu lange nicht gesehen. Ihr Mann war inzwischen gestorben, wie er gehört hatte. Und dann die Sache mit ihrem Sohn, den die Anarchisten ermordet hatten, das war natürlich furchtbar. Wie er sie kannte, trug sie daran schwer. Seine letzten Briefe waren ohne Antwort geblieben, darum hatte er im vergangenen Jahr an Serafima geschrieben, die frühere Zofe der Fürstin; Nicolas kannte sie, seit er die Fürstin kannte. Erst zu Ende des Jahrhunderts hatte Serafima geheiratet, großzügig von der Fürstin ausgestattet, hatte mit dem Inhaber eines der luxuriösen Delikatessengeschäfte auf dem Newskij-Prospect eine recht gute Partie gemacht, und diese Heirat hatte der Fürstin viel Spaß gemacht, wie Nicolas wußte. Seit vielen Jahren kaufte das fürstliche Palais im Laden des Oleg Catjevec den Lachs und den Kaviar, Pasteten, Rebhühner und Fasanen, frische Ananas und Artischocken, und was sonst noch zur Tafel guter Häuser gehörte. »Er hat uns immer gute Sachen geliefert, der Oleg«, hatte die Fürstin lachend gesagt, »und nun bekommt er auch etwas Gutes von uns, er holt sich meine Fimofochka.«

Von Serafima hatte Nicolas postwendend Antwort bekommen. Das Mütterchen sei schon lange nicht mehr in St. Petersburg gewesen, es habe sich nach Pernisgosva zurückgezogen. St. Petersburg sei leer und öde ohne das geliebte Mütterchen, das Gott schützen möge.

Pernisgosva war das südlichste der fürstlichen Güter, wie Nicolas wußte, im Gouvernement Jekaterinoslaw im Dnjepr-Bogen gelegen, nicht allzuweit entfernt vom Schwarzen Meer. Dort war der Boden fruchtbar, das Klima warm. Der Fürst hatte, dessen erinnerte sich Nicolas noch, große Baumwollpflanzungen anlegen lassen, die sehr ertragreich geworden waren.

Was mochte sie tun, dort im Süden, allein? Aber wer wußte denn, ob sie allein war? Nicolas glaubte es zu wissen. Wenn sie sich so weit von dem Kreis der Menschen entfernte, in dem sie bisher gelebt hatte, wenn sie sich in Schweigen hüllte, nicht einmal seine Briefe beantwortete, dann bewies das nur, wie tief verletzt sie war, wie schwer sie litt. Auch darin war sie eine echte Russin, sie konnte mit überschäumender Lust ihr Leben genießen, aber sie konnte auch mit letzter Hingabe leiden.

Fedor, ihr ältester Sohn, war immer ihr Liebling gewesen. Er war klug, besonnen, aufrichtig, überlegt in seinen Reden und Handlungen, hatte sich mit seinem Vater und seiner Mutter gut verstanden und war im Gegensatz zu den meisten der russischen Großgrundbesitzer immer an der Arbeit und dem Ertrag seiner riesigen Ländereien interessiert gewesen. Daß gerade er von einem Anarchisten erschossen worden war, war tragisch im wahren Sinne. Er, genau wie der alte Fürst, hatte ein gutes Verhältnis zu seinen Bauern gehabt, das hatte Natalia Fedorowna immer erzählt, mit Stolz, denn auch sie ging menschlich und gütig mit ihren Untergebenen um, überzeugt, es sei ein Zeichen schlechter Rasse und niederen Denkens, einen Anvertrauten und zu Gehorsam Verpflichteten zu quälen oder zu schlagen.

Offenbar aber hatte sich im Rußland der letzten Jahre so viel geändert, daß man sich außerhalb dieses Reiches davon keine rechte Vorstellung machen konnte, und nach der Revolution im vergangenen Jahr waren die Verhältnisse vollends undurchschaubar geworden. Das allerdings hatte russisches Leben und russische Politik immer schon an sich, daß ein Außenstehender meist nicht begriff, was da vor sich ging. Heute abend, dachte Nicolas, werde ich mehr darüber erfahren. Dann würde er Michael treffen, den Sohn seines Onkels Georg, der zur Zeit in Zürich studierte.

In Gedanken verloren füllte Nicolas sein Glas nach, zündete eine neue Zigarette an.

Es war niemand da, weit und breit niemand, mit dem er über seine Probleme sprechen konnte. Alice, gewiß. Es war gut, daß sie nun alles wußte, daß er wenigstens mit ihr darüber sprechen konnte, helfen allerdings konnte sie ihm auch nicht.

Wenn man den Jungen einfach nach Wardenburg holte, so wie er jetzt war? Man konnte ihn gut füttern, konnte ihn wohlverpackt auf einen Liegestuhl an die frische Luft legen, er wußte ja jetzt, wie das gemacht wurde. Andererseits gehörte dazu Hochgebirgsluft oder wenigstens Waldluft, und beides hatten sie in Wardenburg nicht. Und dann brauchte er ja wohl auch ärztliche Behandlung. Wenn es wenigstens Dr. Menz noch gegeben hätte, aber der hatte vor zwei Jahren seine Praxis verkauft und war nach Breslau gezogen.

Der Gedanke an das Kind bedrückte Nicolas, nicht allein die Krankheit, sondern ebenso die Verlassenheit des Kindes, sein Kummer. Ralph war nie von seiner Mutter getrennt gewesen, schon als er in die Schule kam, gab es Tränen. Als dann Cecile ins Sanatorium mußte und Ralph als Interner in die Schule gesteckt wurde, war er stumm und blaß vor Furcht und Verzweiflung gewesen. Das hatte er Cecile nicht erzählt, natürlich nicht. Sonst stimmte alles, die Schule war gut geführt, die Hausmutter freundlich und nett zu den Kindern, aber Ralph war todunglücklich gewesen und konnte sich nicht eingewöhnen. Und nun war er wieder an einen anderen Ort gekommen, in diese Heilstätte im Harz, in der die starre Ordnung eines Klinikbetriebs herrschte, herrschen mußte, erst recht, da es ein Kindersanatorium war, in dem es zweifellos ohne einen gewissen Zwang und ein strenges Reglement nicht abgehen konnte. Es bedurfte keiner großen Fantasie, um sich vorzustellen, wie unglücklich sich das Kind fühlen mußte.

Und wenn es so ist, dachte Nicolas wild, dann nehme ich ihn mit, Wald oder nicht Wald, dann kommt er eben nach Wardenburg. Wenn er sowieso sterben muß, soll er wenigstens in der kurzen Zeit, die ihm noch bleibt, glücklich sein. Nicolas stöhnte auf. Er empfand eine jähe Wut, hatte Lust, das Glas an die Wand zu werfen, irgend etwas zu zerstören, mit dem Kopf an die Wand zu rennen.

Was war nur aus ihm geworden, aus ihm und seinem vergnügten unbeschwerten Leben? Cecile und die große Liebe! Damit hatte es angefangen. Jetzt wußte er, daß es weitaus besser war, der Liebe aus dem Weg zu gehen, damit hatte der Schweizer Doktor durchaus recht, und das galt nicht nur für eine Frau, es galt genausogut für einen Mann.

Viel besser, kleine unverbindliche Affären zu haben, die Freude machten und keine Sorgen hinterließen. Er hatte es doch früher so gehalten, warum war er nicht dabei geblieben?

Damals, ehe er Cecile kennenlernte, hatte er in Berlin eine amüsante, unproblematische Liaison mit der temperamentvollen Frau eines jüdischen Bankdirektors. Eine charmante Person, brillant im Aussehen und im Gespräch, bei jeder Premiere, bei jeder Vernissage zugegen und keineswegs nur aus Snobismus; sie war eine echte Kunstkennerin, wußte alles über neue Bücher, neue Theaterstücke und interessante Künstler. Über ein Jahr war Nicolas mit ihr befreundet, und das war ein unterhaltsames Jahr gewesen.

Während der Sommerwochen hatte es ein wohlgetarntes Treffen in Swinemünde gegeben, seine Freundin hatte ihre Kinder, das Kindermädchen und die Zofe dabei, er hatte sich im gleichen Hotel einlogiert, und sie trafen sich am Vormittag, am Nachmittag oder am Abend, sie war ungebunden, die Kinder waren gut versorgt. Außerdem war sie couragiert, eine selbstbewußte und unabhängige Frau, die aus einer alteingesessenen wohlhabenden jüdischen Familie stammte und Rahel Varnhagen unter ihren Vorfahren hatte. Trotz ihrer Ehe, ihrer Kinder und ihrer gesellschaftlichen Stellung nahm Laura sich die Freiheit, das Leben einer emanzipierten Frau zu führen, in dem Sinn, wie der Arzt in Davos es gemeint hatte. Eine angenehme Geliebte obendrein, die zwar Zeit hatte, aber wiederum nicht so viel, daß sie beherrschend werden konnte.

Wie reizvoll war dieses Verhältnis gewesen! Damals in Swinemünde konnte Nicolas sehen, wie umschwärmt Laura war. Wenn sie einander an der Table d'hôte trafen, war er nur einer unter ihren vielen Verehrern, und wenn er unter anderen Sommergästen auf der Promenade dahinschlenderte, nur einer unter vielen, der artig seinen Strohhut zog, wenn sie sich begegneten. Kurz darauf lag sie dann in seinen Armen, die Augen leuchtend vor Glück, ihr Körper bebend vor Wollust, ihre Haut wie Seide unter seinen streichelnden Händen, schlang ihre langen dunkelbraunen Haare um seinen Hals und flüsterte ihm ins Ohr: »Wenn du mich betrügst, erdroßle ich dich mit meinem Haar.«

»Was für ein schöner Tod!« sagte Nicolas.

Als der Ehemann eintraf, um auch ein wenig Seeluft zu genießen, reiste Nicolas vorsichtshalber ab, er wußte zu gut, daß sie es fertiggebracht hätte, ihn auch jetzt noch zu besuchen. Es vergingen einige Wochen, manchmal sogar Monate, bis sie sich wieder trafen, und darauf freute er sich ganz rasend, Laura sich auch, wie sie sagte, sie stürzte in seine Arme und ihr Zusammensein war für beide eine Lust.

Was für eine wunderbare Zusammengehörigkeit! Er gab sie auf, nachdem er Cecile getroffen hatte. Das geschah im kommenden Winter, als er während seines Aufenthalts in Berlin Laura zur Teezeit besuchte. Er traf sie in Gesellschaft einer Dame. Eine gertenschlanke, hochgewachsene Frau mit einem Gesicht von kühner Schönheit, die Augen dunkel unter hellblondem Haar, ein großer, leidenschaftlicher Mund.

Nicolas war sofort fasziniert. Touché, wie er es nannte. Cecile von Hergarth – das war der Name, den Laura bei der Vorstellung nannte – blieb nur eine knappe Viertelstunde, war nervös, sprunghaft in Rede und Gegenrede, angespannt, lächelte nicht und wich seinem Blick aus.

Als sie ging, umarmten sich die beiden Frauen, er bekam nur ein flüchtiges Kopfnicken, nicht einmal die Hand reichte ihm die Fremde.

»Na?« machte Laura, als sie allein waren.

»Ravissante«, sagte Nicolas.

»Du hast offenbar keine Ahnung, wer sie ist.«

»Mais non. Hätte ich es wissen müssen?«

»Du bist ein Bauer aus der Provinz, ich sage es ja immer. Mon dieu!« Sie hob in gespieltem Entsetzen die Hände mit den blitzenden Brillanten. »Wie kann man nur so ein langweiliges Leben führen!«

»Darum bin ich hier, mon amour, damit du mir das Leben wieder etwas interessanter machst. Und nun erzähle! Wer ist diese kühle Blonde, die so prominent ist, daß ich sie kennen müßte.«

»Prominent! So kann man es auch nennen. Sie ist der größte Skandal, den wir seit langem hatten. Eine Verworfene!« Laura schlug die Augen zur Decke und zog eine Grimasse. Sie war eine sehr freizügige Frau und machte sich gern über die Gebote der guten Gesellschaft lustig.

»Hast du nie ›Effi Briest‹ gelesen? Nein? Ich dachte es mir. Ein Bauer aus der schlesischen Provinz will preußischer Gutsherr sein! Daß ich nicht lache. Ich frage mich oft, wie ich an so etwas geraten konnte.«

»Ich werde mich bemühen, meinen Lebenswandel zu veredeln. Dir zuliebe täte ich alles.«

»Ich hoffe es. Als erstes lies Fontanes Roman, und dann wirst du wissen, worum es geht. Du hast soeben ›Effi Briest‹ gegenüber gesessen. Obwohl, Effi ist ein harmloses Kind gegen Cecile. Ihre Geschichte ist weitaus schlimmer.«

Dann also erfuhr er die Geschichte, die traurig genug war, denn trotz allem Fortschritt und aller Modernität, die die Berliner so gern zur Schau trugen, war das Dasein einer geschiedenen Frau aus guten Kreisen noch immer ein Martyrium, besonders, wenn, wie in diesem Fall, die Frau schuldig geschieden und der Ehemann von Rang und Familie war. Ihr Mann war ein hoher Generalstabsoffizier, sie hatte ihn betrogen, was sie auch nicht leugnete. Sie sei eine heißblütige, leidenschaftliche Frau, erfuhr Nicolas und sei früher von geradezu hinreißender Schönheit gewesen, wenn man ihr das heute auch nicht mehr so recht ansehe.

Nicolas verschwieg, daß er sie auch heute noch absolut hinreißend fand, ganz gleich, wie sie früher ausgesehen haben mochte. Denn gerade diese Morbidezza, dieser Hauch von Unglück, von Sünde möglicherweise, der ihr anhaftete, erhöhte in seinen Augen ihren Reiz.

Sie habe immer zahllose Verehrer gehabt, erzählte seine Freundin, habe auch gewaltig geflirtet, dagegen wäre nichts einzuwenden, aber dann verliebte sie sich aufs ernsthafteste und stürzte sich rücksichtslos in eine Affäre mit einem jungen Oberleutnant, noch dazu einem Untergebenen ihres Mannes.

»Weißt du, man kann es so oder so machen. Ich bin meinem Mann auch nicht so treu, wie du weißt. Aber ich blamiere ihn nicht.«

Nicolas nickte und dachte: und du liebst auch nicht. Du gibst deinen Körper, was mir genügt. Mehr aber gibst du nicht.

»Und dann?« fragte er.

»Nun ja, Skandal, eine Scheidung, das Kind, eine Tochter, hat man ihr weggenommen, in ein Pensionat geschickt, sie darf es niemals sehen, sie ist ausgestoßen und verfemt, lebt in einer winzigen Wohnung, wovon weiß ich nicht. Ich glaube, ich bin der einzige Mensch, der sie gelegentlich einlädt. Natürlich auch nur, wenn ich keine anderen Gäste habe.«

»Außer mir.«

»Außer dir, mein Schatz. Du gehörst hier nicht dazu, du lebst da draußen auf deiner Klitsche und bist ein vorurteilsloser Mann. Weißt du was? Du könntest ein gutes Werk tun. Führ sie doch mal aus, zum Essen oder ins Theater. Die Arme kommt nirgendwohin, sie versauert ja ganz.«

»Du bist sehr großzügig.«

»Immer. Das weißt du doch.«

Sie reckte sich, sie war jung, prachtvoll gewachsen, die verkümmerte Freundin erschien ihr niemals eine Konkurrenz. Sie war eine Konkurrenz. Sie wurde für Nicolas nach der Fürstin die zweite Frau, die er wirklich liebte. Zunächst war es gar nicht einfach, mit ihr in Verbindung zu treten. Er schickte Blumen und ein Briefchen, eine Antwort erhielt er nicht. Eine zweite Annäherung blieb ebenfalls ohne Erwiderung, er hätte es sein lassen können, so sehr versessen war er auf die Fremde auch wieder nicht, aber nun wurde es ein Sport.

Auf seinen dritten Brief erhielt er eine kurze Antwort in sein Hotel. Sie bat ihn, er möge doch ihrem Unglück nicht auch noch Beleidigungen hinzufügen. Daraufhin mietete er einen Wagen mit guten Pferden und fuhr eines Nachmittags zu ihrer Wohnung. Es war zwar erst Februar, aber schon fast ein Vorfrühlingstag, die berühmte Berliner Luft prickelte wie Sekt.

Er hieß den Kutscher warten, betrat das graue häßliche Miethaus in der Nähe des Halleschen Tors, und als er klingelte, öffnete sie ihm selbst die Tür. Sie wurde rot, dann blaß, ihre Brauen zogen sich unwillig zusammen, er hob die Hand.

»Gnädige Frau!« begann er. »Ich möchte mich rechtfertigen. Sie werfen mir Beleidigungen vor, darf ich Ihnen erklären, wie ich es meine? Unten steht ein Wagen, ich dachte an eine kleine Spazierfahrt, das Wetter ist herrlich. Keine große Toilette, ein Hut und ein Schal genügen. Wir fahren eine halbe Stunde, und wenn Sie mir verziehen haben, sehen Sie mich nie wieder.«

Damit wandte er sich um, stieg die Treppe hinab, setzte sich in den Wagen und wartete gespannt, was kommen würde. Er wartete eine Viertelstunde, der Kutscher wandte einigemale mit fragendem Blick den Kopf, die Pferde stampften ungeduldig, schließlich fragte der Kutscher: »Wat denn nu? Fahrn wa oder fahrn wa nich?«

»Wir fahren«, sagte Nicolas mit Bestimmtheit.

Dann kam sie, möglicherweise hatte sie seine Hartnäckigkeit vom Fenster aus beobachtet. Sie trug ein dunkelblaues Kostüm, eine hochgeschlossene weiße Bluse und einen kleinen blauen Hut. Er stieg aus, half ihr in den Wagen, die Pferde zogen an.

Sie fuhren nicht eine halbe Stunde, sie fuhren fast anderthalb Stunden bis Paulsborn und verließen den Wagen nicht. Sie war sehr schweigsam, vermied seinen Blick, also erzählte er von sich, von seinem Leben, unterschlug Alice nicht und sprach zuletzt von Kerst. Als er sie zur Haustür brachte, gab sie ihm die Hand. Ihre Wangen hatten ein wenig Farbe bekommen, ihr Blick war nicht mehr so unstet, sie lächelte.

Ob sie ihm die Freude machen würde, an einem der nächsten Abende mit ihm auszugehen? war seine letzte Frage. Er dachte nicht daran, ein verstecktes Lokal mit ihr aufzusuchen, er besorgte Karten für die Oper, bestellte einen Tisch bei Dressel. Als er ihr schriftlich mitteilte, was er vorhabe, erwartete er eine Absage, doch sie sagte zu.

Als er sie abholte, war er zunächst sprachlos. Sie hatte sich offenbar entschlossen, der Welt die Stirn zu bieten. Sie war in großer Toilette, das helle Haar kunstvoll hochgetürmt, jedoch trug sie kein einziges Schmuckstück, weil sie, wie er vermutete, ihren Schmuck wohl bis zum letzten Stück versetzt oder verkauft hatte. Doch sie nahm eine der Rosen, die er mitbrachte, und steckte sie an ihr Kleid. Sie war wunderschön.

Da sie sich entschlossen hatte, das Wagnis dieses Abends einzugehen, wobei sicherlich Trotz und Verzweiflung eine Rolle spielten, hielt sie sich mit großer Attitüde, den Kopf hoch erhoben, die nackten Schultern ganz gerade, doch ihre Hand war eiskalt, als Nicolas ihr vor der Oper aus dem Wagen half, er spürte es durch den Handschuh hindurch. Es mochte ihr erster Opernbesuch seit der Scheidung sein.

Der Abend kostete sie offenbar viel Kraft. Während der Pause bemerkte Nicolas, daß einige Leute sie erkannten und sich ostentativ abwandten. Auch er entdeckte einen ehemaligen Kameraden, der tat, als hätte er ihn nicht gesehen.

Bei Dressel war es dann leichter. Er hatte einen Tisch bestellt, an dem er immer saß, und wurde mit gewohnter Zuvorkommenheit bedient. Anfangs schien Cecile keinen Appetit zu haben, trank nur hastig von dem Wein, und erst, als er gelassen mit ihr plauderte, wurde sie ruhiger, begann etwas zu essen, hörte ihm zu und sprach auch selbst.

Als er sie nach Hause brachte, sagte sie: »Das werden Sie gewiß nie wieder tun.«

Er legte behutsam den Arm um sie, beugte sich über ihren Mund. Sie erstarrte und fragte kalt: »Muß ich gleich dafür bezahlen?«

»Später«, sagte er lächelnd. »Denn sei gewiß, ich komme wieder.« Nicolas führte sie noch zweimal abends aus, ehe er abreiste. Den Versuch, sie zu küssen, wiederholte er nicht.

Bei seinem nächsten Besuch in Berlin begann es von vorn, Blumen, Briefchen, ihre Absage, dann sah er sie wieder. Sie war hektisch bei diesem Wiedersehen, hatte rote Flecken auf den Wangen, ihre Hand zitterte. Es war nun Frühling geworden, sie fuhren wieder in den Grunewald, ließen den Wagen warten und gingen spazieren. Später speisten sie manchmal in einem der Lokale an der Havel. Nicolas war immer höflich, aufmerksam ihr zugewandt, nie zudringlich.

Einmal sagte sie: »Ich würde Sie gern zu mir bitten, aber meine Wohnung ist nicht sehr behaglich.«

»Dann sollten Sie umziehen. Ich werde Ihnen behilflich sein, eine passende Wohnung zu finden.«

Eines Nachmittags lud sie Nicolas zum Tee ein. Er kam mit Blumen und Pralinen, sie war wieder sehr nervös, unsicher, fahrig, er rettete die Teekanne, ehe sie zu Boden fiel.

»Ich bin Besuch nicht mehr gewöhnt«, sagte sie.

An diesem Nachmittag erfuhr er ihre Geschichte, die er ja zum Teil schon kannte. Er fragte, was aus dem Mann geworden sei, den sie geliebt hatte. Er sei in eine Garnison nach Ostpreußen versetzt worden, hatte nie wieder von sich hören lassen.

»Er war Ihrer Liebe nicht wert.«

»Vielleicht war ich es nicht wert, geliebt zu werden.«

Er schwieg und sah sie an.

»Sie widersprechen nicht? Er hat also recht getan.«

»Ich bin sehr froh, daß er aus Ihrem Leben verschwunden ist.«

So ähnlich hörten sich ihre Gespräche an, und sie bewegten sich manchmal auf dem Niveau eines Kitsch-Romans. Nicolas war sich dessen bewußt, doch es gab der ganzen Geschichte einen romantischen Anstrich. Wenn man verliebt ist, hat auch Kitsch seine Reize. Und Nicolas war verliebt.

Als er nach einer Stunde gehen wollte, sagte sie: »Ich muß Sie um etwas bitten.«

»Um was?«

»Wir dürfen uns nie wiedersehen.«

»Warum?«

»Es geht nicht.«

»Was haben Sie zu verlieren?« fragte er direkt.

»Meine Selbstachtung.«

»Die dürfen Sie behalten. Sie bekommen meine dazu und meine Liebe.«

»Nein.«

Er küßte ihr die Hand, doch als er schon an der Tür war, sagte sie: »Küssen Sie mich einmal!«

Er küßte sie und er blieb.

Sie war krank vor Einsamkeit, von ihrem Ausgestoßensein, sie war hungrig nach Liebe. Und schließlich war es nur noch er, den sie liebte, den sie je geliebt hatte.

Sie war eine leidenschaftliche Geliebte, von einer so vollkommenen Hingabe, wie es Nicolas noch nie erlebt hatte. Die Fürstin war immer Herrin ihrer selbst gewesen, sie gab sich und nahm sich sofort zurück. Cecile gab sich ganz und nahm nichts zurück.

Sie lag mit geschlossenen Augen in seinem Arm und flüsterte: »Ich möchte sterben.«

»Und warum?«

»Aus Liebe. Man kann nicht leben, wenn man so liebt, wie ich dich liebe. Es ist nicht zu ertragen.«

Sie war zweifellos exaltiert, immer nahe an Hysterie und manchmal mitten drin. Nicolas ertrug es lange mit Gelassenheit, denn er liebte sie wirklich. Nachdem sie das Kind bekommen hatte, fühlte er sich ihr tief verbunden. Er hatte einen Sohn, und das bedeutete ihm unendlich viel.

Sie hatte eine andere Wohnung inzwischen, und nach der Geburt des Kindes zog sie wieder um, in eine hübsche Dreieinhalbzimmerwohnung in einem der Neubauten um den Reichskanzlerplatz. Dort galt sie als junge Witwe, Nicolas trat als ihr Schwager auf. Auch ein Dienstmädchen hatte sie nun, das allerdings nicht im Hause wohnte, aber täglich kam.

»Jetzt bin ich eine ausgehaltene Frau«, sagte sie.

»Du bist eine Frau, die geliebt wird.«

Die große Stadt verbarg großmütig ihr Geheimnis, sie gingen selten aus, seit sie das Kind hatte, vermißte sie es nicht mehr. Im Sommer brachte Nicolas die beiden an die See, nach Ahrenshoop, einen von der Gesellschaft nicht so frequentierten Ferienplatz an der Ostsee, sie mieden die Hotels, logierten in einer Pension, einigemale mietete er ein kleines Haus, und er machte es immer möglich, ein oder zwei Wochen bei ihnen zu sein.

Nicolas erwog eine Scheidung, doch Cecile wollte nicht.

»Nein«, sagte sie mit Nachdruck. »Niemals! Das darfst du deiner Frau nicht antun. Es wäre eine große Sünde, ihr unschuldig mein Schicksal aufzubürden.«

Sie begriff auch bald, daß es ihm weniger um sie als um das Kind ging. »Später«, sagte sie, »wenn er groß ist. Dann sollst du ihn haben. Aber jetzt laß ihn mir noch. Er kennt dich ja von klein an. Er weiß, daß du zu uns gehörst. Er wird später ganz von selbst dein Leben mitleben.«

Nicolas hing sehr an dem Kind, Cecile dagegen ging ihm mit der Zeit ein wenig auf die Nerven, ihre pathetischen Reden, ihre zunehmende Hysterie, ihre Eifersucht, all das wurde zunehmend lästiger. Dann kam die Krankheit. Sie wurde immer dünner, hustete, hatte manchmal Fieber und weigerte sich lange, zu einem Arzt zu gehen.

Er war jedesmal recht froh, nach Wardenburg zurückzukehren. Alice war eine Erholung nach Ceciles Überspanntheiten, ja, man konnte geradezu sagen, daß sein Verhältnis zu Alice nie so gut gewesen war wie in den letzten zwei, drei Jahren, als er immer tiefer in die Wirrnis seiner Gefühle und die Komplikationen seines Daseins verwickelt wurde.

Es war auch die Zeit, in der er in Wardenburg wirklich heimisch wurde.

Kerst gehörte der Vergangenheit an, eine Jugenderinnerung, entrückt, blaß und unwirklich geworden.

AN DIESEM JUNIABEND IN ZÜRICH empfand Nicolas zum erstenmal die dunkle Drohung einer unbekannten Gefahr. Weder begriff noch erkannte er, welcher Art sie war und woher sie kam, er spürte nur, daß etwas anders wurde oder schon geworden war, und diese Veränderung trug ein böses, gefährliches Gesicht.

Dies war, gerade für ihn, eine befremdliche Regung, und sicher hätte er nicht so sensibel reagiert, wenn er sich nicht durch sein eigenes Schicksal, seine eigenen Sorgen, durch das Zusammentreffen mit Cecile und den damit verbundenen Gedanken und Gesprächen ohnedies in einem Zustand erregter Hellhörigkeit befunden hätte.

Anlaß für den Schreck, ja, für die Angst, die ihn überfiel, war eine Bemerkung seines Cousins Graf Michael Goll-Falingäa. Sie saßen sich gegenüber am Tisch eines gemütlichen Restaurant am Limmatkai, und der junge Graf sagte, und zwar ohne Dramatik, ganz ruhig: »Ich habe mich vom Baltikum gelöst. Ich werde nie dorthin zurückkehren.«

Das war so ungeheuerlich, daß Nicolas kein Wort fand, das sich darauf erwidern ließ. Alle Balten liebten ihre Heimat, alle Kerster hingen an Land und Schloß, sie hingen auch aneinander wie die Kletten, und sein eigener Auszug aus Kerst, erschien Nicolas immer wie ein Verrat, eine ungewollte Auswanderung, und viele Jahre danach, auch als er längst in Wardenburg lebte, betrachtete er Kerst als seine Heimat, tat es im Grunde heute noch.

Vor zwei Stunden hatte Nicolas seinen Cousin in der Halle des Baur au Lac getroffen, sie waren dann in den Anlagen am See entlang geschlendert, hatten eine Weile auf der Brücke gestanden, unter der die Limmat in den See fließt, und während dieser Zeit hatten sie unverbindlich, fast wie zwei Fremde, geplaudert. Nicolas wußte ja, was geschehen war, er wußte allerdings nicht, warum Michael in Zürich war, warum er hier sein Studium fortsetzte.

»Eine schöne Stadt, dieses Zürich«, sagte Nicolas, noch auf der Brücke. »Trotzdem wundere ich mich, wieso du gerade hier studieren willst. Wenn schon nicht Dorpat oder St. Petersburg, dann hätte ich eigentlich erwartet, dich in Heidelberg zu finden.«

»Hier gibt es fast mehr Russen als in St. Petersburg, weißt du das nicht? Nicht nur an der Universität. Zürich ist das Mekka unserer Emigranten, hier kann ihnen nichts passieren. Wenn sie genug Wahnsinniges angerichtet haben und ihre Hände von Blut tropfen, dann verschwinden sie für eine Weile nach Zürich. Weißt du das wirklich nicht?«

Michaels Stimme war voll Bitterkeit; auch wenn er sich noch so lässig gab, auf der Stirn hatte er eine steile Falte, die fast nie verschwand. Nicolas musterte den jungen Mann vorsichtig von der Seite, er sah gut aus, war hochgewachsen, schlank und blond, aber das, was im vergangenen Jahr geschehen war, hatte seine Spuren hinterlassen.

»Ich dachte, ich treffe hier vielleicht einen, mit dem ich eine Rechnung zu begleichen habe. Aber der ist inzwischen in Sibirien gelandet, denn nicht jedem gelingt rechtzeitig die Flucht in die großzügige Schweiz. Ich werde auch nicht lange hierbleiben, ich gehe im Wintersemester nach Wien.«

»Nach Wien? So«, sagte Nicolas höflich.

»Ich werde das Wasser vermissen. Dies ist zwar hier auch kein Meer, aber wenigstens ein schöner großer See.«

»Ja, in Wien gibt es nur die Donau.«

»Dafür aber Sigmund Freud. Bei ihm möchte ich gern arbeiten.«

»Meines Wissens«, sagte Nicolas, »bist du der erste in der Familie, der Medizin studiert. Wie bist du darauf gekommen?«

»Wie kommt man auf so etwas? Schwer zu sagen. Ich glaube, unser guter alter Doktor Treidel war schuld daran. Du erinnerst dich doch sicher auch noch an ihn?«

»Natürlich. Er lebt also noch?«

»Man kann nie so genau sagen, wer jetzt noch lebt bei uns, aber vor einem Jahr jedenfalls war er noch am Leben, und höchst aktiv und angriffslustig dazu. Er hat vielen geholfen in der schweren Zeit, obwohl er nicht mehr praktizierte. Mir hat er als Junge immer sehr imponiert, wenn er mit seinen beiden Schimmeln angefahren kam. Du erinnerst dich? Er hatte immer nur Schimmel und immer erstklassige Pferde, darauf legte er Wert. Mit denen legte er dann ein flottes Tempo vor. Und er kam bei jedem Wetter, im Winter mit dem Schlitten, und nur wenn der Schnee gar zu hoch lag, ließ er sich überreden, über Nacht zu bleiben. Damals fand ich, schon als Kind, so etwas wie er möchte ich auch einmal werden. Mit meinen Schimmeln kommen und den Menschen helfen.«

Natürlich erinnerte sich Nicolas an Dr. Treidel. Als er ein Junge war und seine Mutter sehr krank, kam Dr. Treidel oft nach Kerst. Er war zu jener Zeit ein Mann in den besten Jahren, ein großer kräftiger Mann mit einer leisen Stimme und behutsamen Händen. Nicolas sah ihn noch vor sich, wie er bei Anna Nicolina saß, ihre Hand in seinen beiden Händen hielt und leise mit ihr sprach, und wenn er ging, sahen sie alle die Ratlosigkeit in seinen Augen.

Nein. Daran wollte er jetzt nicht denken. Krankheit und Tod und Verzweiflung wurden langsam um ihn her beherrschend, er mußte nicht auch noch die Leiden vergangener Zeiten zurückrufen.

»Wohin gehen wir zum Essen?« fragte er.

»Ins Zunfthaus zur Meise, wenn es dir recht ist. Man ißt dort ausgezeichnet.«

»Ich vertraue mich deiner Führung an, du kennst dich hier aus.«

Nicolas kannte die beiden jungen Cousins, Alexander und Michael, nur von seinen sommerlichen Besuchen. Sie waren spätgeborene Nachkommen und erst zur Welt gekommen, nachdem Nicolas Kerst schon verlassen hatte. Das kam durch das Unglück, das Onkel Georgs erste Ehe beendet hatte.

Nicolas war neun Jahre alt, als Else, Onkel Georgs erste Frau, bei einem Reitunfall ums Leben kam. Sie war damals schwanger, und Onkel Georg gab sich die Schuld an ihrem Tod, weil er nicht verhindert hatte, daß sie ein junges, ungebärdiges Pferd ritt, weil er überhaupt zugelassen hatte, daß sie in ihrem Zustand noch ritt. Aber Else, sehr jung, die einzige verwöhnte Tochter von einem großen Gut, war selbst wild und ungebärdig, machte sowieso

241

stets, was sie wollte, war aufgewachsen wie ein Junge und ritt meist im Herrensattel, und am liebsten wilde Pferde. An diesem Tag stürzte sie, weit entfernt vom Schloß, und bis man sie fand, war sie verblutet.

Georg brauchte viele Jahre, um diesen Schmerz zu überwinden, er hatte das stürmische Mädchen sehr geliebt, er heiratete erst wieder Ende der siebziger Jahre, abermals eine sehr junge Frau, die ihm zwei Söhne gebar, Alexander und Michael. Nun war Michael allein übrig, der letzte Sohn von Kerst. In den Jahren von Nicolas' Kindheit fehlte für einige Zeit auf Kerst die Herrin. Auch der Großvater hatte seine Frau früh verloren, die junge Herrin war durch den Unfall ums Leben gekommen und Anna Nicolina viele Jahre krank. Die Rettung für Schloß, Familie und Gesinde war Friederike. Sie stammte aus einer Nebenlinie, eine lebendige, resolute, immer vergnügte Person, obwohl eigentlich auch sie keinen Grund hatte, vergnügt zu sein, denn sie hatte ihren Mann der Ostsee geben müssen.

Er war ein begeisterter Segler gewesen und war eines Tages nicht zurückgekehrt, weder tot noch lebendig. Wie man sich in der Familie zuflüsterte, war Friederike darüber keineswegs das Herz gebrochen, denn ihre Ehe war nicht die beste gewesen. Sie hatte in Reval gelebt, kam aber nur zu gern mit ihren drei Kindern nach Kerst und übernahm dort die Leitung des Hauses, fungierte viele Jahre als Herrin, von allen geliebt und anerkannt. Ihre Kinder, zwei Mädchen, ein Junge – Yvonne, Lilli und Siegfried – waren Nicolas' Spielgefährten und Jugendfreunde gewesen und standen ihm näher als die beiden Söhne seines Onkels Georg.

Schließlich saßen sie bei Kerzenlicht in dem hübschen Restaurant, wählten mit Bedacht das Menü und den Wein, und sprachen während des Essens über dies und das, über die Schweiz, den Reiseverkehr dieses Sommers, die bevorzugten Reisegebiete, erörterten auch die Frage, ob man sich ein Auto anschaffen solle und waren sich einig, Pferdemenschen, die sie beide waren, daß ein Auto nur etwas für Emporkömmlinge und Neureiche sei und nicht mit einer gut bespannten Equipage zu vergleichen.

Beide vermieden es, von der Revolution zu sprechen, von dem, was sich im vergangenen Jahr im Baltikum abgespielt hatte. Dann kamen sie nochmals auf Michaels Studium zu sprechen, und Nicolas erfuhr, daß, trotz Dr. Treidel, sich Michael besonders für Psychoanalyse interessierte.

»Darum willst du zu Freud nach Wien?«

»Du hast von ihm gehört?«

»Ein wenig.« Dank seines Vaters, durch den er in Florenz von dem Wiener Professor etwas erfahren hatte, sonst hätte Nicolas sicherlich keine Ahnung von ihm gehabt.

»Ein ungewöhnliches Gebiet, das du dir da ausgesucht hast.«

»Findest du? Ich glaube, es ist ein Gebiet der Medizin, das eine große Zukunft hat. So wie die Welt jetzt aussieht und wie die Menschheit sich entwickelt, wird sie bald nichts nötiger brauchen als Ärzte für ihre kranken Nerven und ihre kranken Seelen.«

»Das klingt nicht gerade optimistisch.«

»Nein. Woher auch? Oder blickst du vielleicht voll Optimismus in die Zukunft?«

Vor gar nicht zu langer Zeit hätte Nicolas eine derartige Frage mit einem verständnislosen Lächeln abgetan. Aber diese Zeit war auch für ihn vorbei.

»Vor einigen Tagen«, sagte er, »sprach ein Mann, übrigens auch ein Arzt, zu mir von der aussichtslosen Situation des Menschengeschlechts. Es erschien mir etwas übertrieben, aber möglicherweise hatte er recht.«

»Durchaus. Es gibt nichts, was so aussichtslos sein könnte wie die Situation des Menschen auf dieser Erde. Nur ist das Fabelhafte daran, daß es nicht nur eine aussichtslose, sondern auch eine haltbare Situation ist. So aussichtslos kann eine Situation gar nicht sein, als daß die Menschheit sie nicht durchsteht, sich mit ihr arrangiert und weitermacht.«

»Ist das nun das Göttliche im Menschen?« fragte Nicolas naiv, denn sein Gespräch mit dem Chefarzt des Sanatoriums spukte ihm immer noch im Kopf herum.

»Das?« Michael lachte, es war ein bitteres Lachen. »Gewiß nicht. Ich würde eher sagen, das Gegenteil. Das ist der Teufel im Menschen, der ihn so hart, so roh und so abgebrüht macht. Wenn nur ein Funken Göttlichkeit in ihm wäre, dann könnte er vor Scham schon längst nicht mehr weiterexistieren.«

»Mein Gott, Michael«, sagte Nicolas, »bist du nicht zu jung für solche Gedanken?«

»Ich bin nicht jung. Nicht mehr, nach allem, was im vergangenen Jahr geschehen ist.«

Nun waren sie also beim Thema. Nicolas entdeckte plötzlich, daß er all des Unglücks müde war. Müde dieser Gespräche, die nur noch von Not und Tod und dem Elend der Menschheit handelten. War er nicht sein Leben lang ein glücklicher Mensch gewesen? Was war auf einmal geschehen, mit ihm und allen anderen? Dieser Mann hier an seinem Tisch war jung, und er war genauso mutlos und zynisch wie der alte Arzt in Davos, und genauso wie jener Arzt in Berlin, mit dem Nicolas zuvor gesprochen hatte.

»Wie willst du Arzt werden mit solchen Anschauungen«, sagte Nicolas zaghaft.

»Ich habe dir ja schon gesagt, was für ein Arzt ich werden will. Vielleicht. Wer kann wissen, was letzten Endes aus ihm wird, das Leben ist so unberechenbar. Wir sind in ein Zeitalter der Gewalt und der Brutalität eingetreten.«

»Es ist ein Zeitalter des Fortschritts, der Wissenschaft und der Freiheit.«

Michael senkte spöttisch die Mundwinkel. »So? Bist du deinem Mörder noch nicht begegnet?«

Diese Frage verwirrte Nicolas, er mußte darüber nachdenken. Und da überkam ihn erstmals an diesem Abend das lähmende Gefühl der Angst, die sichere Vorahnung einer Gefahr, die irgendwo im Dunkeln auf ihn lauerte.

Die Saaltochter hatte den Tisch abgeräumt und einen neuen Krug mit Johannisberger vor sie hingestellt. Michael füllte die Gläser, hob das seine und sagte, die Stimme immer noch voll Spott: »Auf dein Wohl, Nicolas! Das ist ein guter Wein. Ich schätze die Schweizer Weine. Und ich wollte dich nicht erschrecken. Vielleicht lebt man in Preußen noch in Sicherheit. Bei uns sind die Mörder am Werk. Ich habe mich vom Baltikum gelöst. Ich werde nie dorthin zurückkehren.«

»Das kannst du deinen Eltern doch nicht antun«, sagte Nicolas nach einer Weile lastenden Schweigens. »Ich weiß, wie sehr du deinen Bruder geliebt hast und was sein Tod für dich bedeutet. Aber du kannst deswegen Kerst nicht aufgeben.«

»Meine Eltern verstehen mich. Mein Vater hat gesagt: zu sterben im

Kampf, sei er gerecht oder ungerecht, zu sterben für sein Land, für seinen Herrscher, das kann das Schicksal eines Mannes sein. Durchaus. Aber keiner von uns ist jemals von seinen eigenen Dienern ermordet worden. Und wenn die Zeit gekommen ist, in der das geschieht, ist es nicht mehr der Mühe wert, für sein Land zu kämpfen. Ein Mann würde sein Schwert dann nur noch mit Haß im Herzen führen. Und nur noch kämpfen, um der Rache willen. Damit befleckt er sein Schwert und beschmutzt seine Ehre.«

Nicolas glaubte, seinen Onkel Georg sprechen zu hören, der sich manchmal etwas pathetisch ausdrückte, dabei aber genau das meinte, was er aussprach.

»Du kennst Vater ja«, fuhr Michael fort, »er hat es gern ein wenig feierlich. Aber in einem hat er es genau getroffen. Mein Herz ist so voll Haß«, die grauen Augen verengten sich, die Stirnfalte vertiefte sich, »so voll unbändigem Haß, wenn ich an Alexanders Tod denke, daß es mich fast erstickt. Ich hätte wie ein Berserker wüten können dort im Kerster Land, ich hätte sie mit meinen eigenen Händen erwürgen können und sie alle ausrotten mögen mit Stumpf und Stiel, nur um Alexanders Tod zu rächen. Und wenn ich wüßte, wo ich ihn finde, ginge ich mit meinen Füßen nach Sibirien, um dieses Schwein zu töten. Mit meinen Händen. Und ich weiß, daß es nie anders geworden wäre, wenn ich dort geblieben wäre. Ich kann niemals vergeben und vergessen, ich bin kein Christ, sondern ein Barbar, wenn ich an meinen Bruder denke. Ich kann unter diesen Menschen dort nicht mehr leben. Du siehst, ich werde zuallererst mein eigener Patient sein müssen. Und wenn ich mich selbst nicht heilen kann, werde ich diesen Beruf wieder aufgeben. Das schwöre ich dir.«

»Was soll aus Kerst werden? Du bist der letzte Sohn!«

»Es kann wieder Wildnis werden. Kann werden, was es einst war, ödes, wildes Land an einem fernen nördlichen Meer. Es kümmert mich nicht länger. Außerdem gibt es noch genügend Kerster Abkömmlinge im Land. Du selbst. Deine Mutter war meines Vaters Schwester. Geh hin, wenn du willst und übernimm Kerst. Ich gebe es dir schriftlich, daß ich auf mein Erbe verzichte. Aber ich warne dich. Diese Revolution war nur der Anfang. Tausende sind getötet und ermordet worden im vergangenen Jahr, feige und hinterhältig. Güter und Herrenhäuser sind abgebrannt, die Pferde und Rinder haben sie mitverbrannt oder abgeschlachtet. Ich hatte ein Pferd, einen Rapphengst, den ich vor allen liebte, er war treu und mutig und schön. Sie haben ihm erst die Augen ausgestochen und dann die Sehnen durchschnitten.«

»Hör auf!« rief Nicolas und legte die Hand vor die Augen.

»Ich fange erst an, lieber Vetter. Möchtest du Kerst übernehmen? Bitte, du kannst es haben. Es waren unsere Freunde, unsere Diener, unsere Gefährten aus jahrhundertelangem Zusammenleben, die das getan haben. Sie sind bei uns weder gequält noch geknechtet worden. Mag sein, daß ihresgleichen in Rußland manchmal ein böses Leben hatten. Nicht bei uns. Sie waren freie Menschen. Fünfzig Jahre früher als in Rußland haben wir im Baltikum die Leibeigenschaft aufgehoben, freiwillig, ohne Zwang. Sie hatten die Möglichkeit, Schulen zu besuchen, zu studieren, sich Besitz zu schaffen. Du kennst den Pastor aus unserer Gemeinde, er war Este. Ihn haben sie auch ermordet. Und weißt du, warum? Weil er an Alexanders Grab bitterlich weinte. Er konnte vor Tränen nicht weitersprechen, als wir meinen Bruder begruben, er, der Mann, der meinen Bruder und mich getauft und konfirmiert hatte. Und weil er seinen wahnsinnig gewordenen Schafen Vorhaltungen machte über ihr übles Tun, nannten sie ihn einen Verräter und brachten ihn um.«

»Ich kann das nicht begreifen«, sagte Nicolas erschüttert.

»Nein, zu begreifen ist es wohl nie. Aber es ist so alt wie die Welt. Oder besser gesagt, so alt wie die Menschheit, die sich in einer aussichtslosen Lage befindet, wie du vorhin sagtest. Zu jeder Zeit, in jedem Land, unter jeder Regierung war es möglich, Menschen aufzuhetzen, aus friedlichen, freundlichen Mitbürgern Mörder zu machen. Die Geschichte ist reich an solchen Beispielen. Ich brauche dir nur zwei zu nennen, eines aus alter und eines aus neuer Zeit.

Kreuzige ihn! schrien sie damals in Jerusalem, und sie wußten selbst nicht, warum sie das wollten. Und dann denke an die Französische Revolution, das ist noch nicht so lange her. Sie hatten so große Ziele und so große Worte – Freiheit, Gleichheit, Brüderlichkeit. Und dann ließen sie den Mördern freie Hand. Jetzt sind wir dran. Was im letzten Jahr geschah, war der Anfang.«

Die Revolution des Jahres 1905 hatte in Rußland begonnen. Und zweifellos hatte das Volk Grund, unzufrieden zu sein und zu rebellieren, zu tief noch steckte Rußland in den Anschauungen vergangener Jahrhunderte, hatte nie eine Reformation, nie eine Aufklärung erlebt. Aber den Anarchisten ging es nicht darum, dem Volk sein Dasein zu erleichtern, ganz im Gegenteil, nur ein notleidendes, nur ein schlecht behandeltes Volk taugte zur Revolution, nicht Gespräche, nicht Reformen, sondern Mord und Aufstand und Attentat waren die Mittel, die sie anwandten. Das gehörte seit Jahren zum russischen Alltag. Als die Petersburger Arbeiter im Januar 1905 streikten und zum Winterpalais marschierten, sollte es eine friedliche Demonstration sein. Sie verlangten nichts als die Menschenrechte, die die moderne Zeit allen Menschen zugestand. Daß der Zar in die Masse schießen ließ, war ein Unrecht und eine Untat, doch es war die Antwort auf die jahrelangen Verbrechen, die die Anarchisten begangen hatten. Die Verunsicherung war auf beiden Seiten groß. Daran entflammte sich die Revolution, die fast ein ganzes Jahr lang dauerte.

Warum sie allerdings im Baltikum so grauenhaft wütete, war auf den ersten Blick nicht zu verstehen. Hier gab es keine Unterdrückten, kein Massenelend, keine Herrenwillkür. »Wir hatten die Hetzer seit langem im Land«, sagte Michael. »Sie kamen aus Rußland, die Kommunisten, die Bolschewisten, die Menschewisten und wie sie alle heißen. Ich weiß nicht, warum das so ist, aber in Rußland gehören alle Intellektuellen diesen radikalen Strömungen an, die Dichter, die Schriftsteller, die Journalisten, die Lehrer vor allem. Das sind die schlimmsten. Wir in Estland und auch in Livland hatten so etwas nicht. So schickten sie uns die Sendboten der Revolution aus Rußland. Auf Fahrrädern fuhren sie durch das Land, kehrten auf den Höfen ein, in den kleinsten Katen, in den Schenken und hetzten unsere armen Esten so auf, daß sie sich selbst nicht mehr kannten. Wir begriffen lange nicht, was eigentlich vorging. Wir waren immer gut mit den Esten ausgekommen, wir gehörten zusammen, das weißt du ja selbst noch. Auf einmal grüßten sie uns nicht mehr, drehten den Rücken, wenn man vorbeikam, warfen einen Stein. Und dann, als in Rußland die Revolution begann, begann es bei uns auch, wie auf Kommando, mit einem Schlag. Sie fingen an zu morden, dann brannten die ersten Gutshäuser. Und dann geilten sie sich auf an dem Blut und an den

Flammen, so ist es ja wohl immer; dann wollten sie mehr Blut und mehr Feuer sehen.«

Auch Kerst hatte man versucht anzustecken, doch das Feuer war rasch entdeckt worden und konnte gelöscht werden, ehe größerer Schaden entstand. Bei dieser Gelegenheit wurde Alexander von hinten erschossen, aus Qualm und Rauch heraus. Dennoch war der Mörder erkannt worden. Es war der Sohn eines Kutschers von Kerst, auch Nicolas kannte ihn noch. Da der Junge begabt war, hatte sein Großvater veranlaßt, daß er in der Stadt in die Schule gehen konnte, um später zu studieren.

»Er ist genauso alt wie Alexander«, sagte Michael, »als Kinder haben wir zusammen gespielt. Er wurde Lehrer, verließ aber schon in seiner ersten Stelle sein Amt und tauchte unter. Wie so viele seinesgleichen war er zu den Revolutionären gestoßen. Und wie wir nun wissen, fuhr er schon seit längerer Zeit bei uns im Land herum und hetzte die Leute auf. Er war selbst dabei, als sie Feuer legten auf Kerst, er hat sie hingeführt und angestiftet. Und er hob das Gewehr und schoß auf meinen Bruder.«

»Was ist aus ihm geworden?«

»Ich hätte ihn gern getötet. Als der ganze Spuk zu Ende war, wurde er gefaßt und anschließend nach Sibirien verbannt. Vielen gelang es, zu entkommen. Und wenn es ihm gelungen wäre, würde ich ihn vermutlich jetzt hier in Zürich treffen. Denn viele dieser Helden sind erst einmal ins sichere Ausland geflohen und warten auf bessere Zeiten. Denn es war nur der Anfang, ich sage es dir noch einmal.«

»Was wollen sie eigentlich?«

»Was sie wollen? Die Macht. Zunächst die Revolution und die Vernichtung alles Bestehenden. Und dann die Macht. Was Revolutionäre immer wollen. Um das unterdrückte Volk ihrerseits zu unterdrücken. Alles wie gehabt.«

»Aber jetzt herrscht doch wieder Ruhe im Land.«

»Gewiß, vorerst. Die Verhältnisse haben sich sogar im Vergleich zu den letzten Jahren merklich gebessert. Die Russifizierung wurde von Petersburg aus gebremst, der Deutschenhaß ist nicht mehr so spürbar.

Aber ich traue auch Petersburg nicht. Sie warteten viel zu lange, der Zar schickte die Truppen viel zu spät. Sie wollten ganz gern, daß man uns einen Denkzettel verpaßte, den großen baltischen Herren. Da sahen die Petersburger eine Weile ganz fröhlich zu, doch dann kamen die Truppen und stellten die Ordnung wieder her, was heißen will, sie richteten ihrerseits ein Blutbad an. Haß und Rache sind übriggeblieben. Nicht nur bei mir, Nicolas. Haß und der Wunsch nach Rache auf beiden Seiten. Nein. Ich will dort nicht mehr leben. Ich kehre nicht zurück.«

»Mich bedrückt der Gedanke an deine Eltern«, sagte Nicolas nach einem langen Schweigen. »Dich verstehe ich jetzt. Aber wenn ich denke, daß sie nun ganz allein sind in dem riesigen Schloß, nach allem, was geschehen ist.«

»Sie sind nicht allein. Tante Friederike ist ja da, und trotz ihres Alters immer noch sehr rüstig. Und Lilli, ihre jüngste Tochter ist mit den Kindern da, ihren Mann haben sie auch ermordet. Dann sind die Merfelder in Kerst, ihr Haus ist bis auf die Grundmauern abgebrannt. Nein, allein sind meine Eltern nicht. Es leben genügend Menschen auf Kerst, wenn du das meinst. Allein sind meine Eltern in Wahrheit dennoch; Alexander ist tot, und ich bin fort. Es werden keine Enkelkinder auf Kerst aufwachsen.«

So also neigte sich die Kurve abwärts, eine lange Geschichte kam zu ihrem Ende. Der erste Graf Goll war mit den Ordensrittern ins Land gekommen. Der letzte wandte dem Land voll Haß und Abscheu den Rücken.

»Später«, sagte Michael, »möchte ich nach Amerika.«

»Ich sehe«, meinte Nicolas, »du bist sehr gründlich.«

Die ersten Deutschen, die das Land an der nördlichen Ostsee betraten, waren Seeleute, die von Lübeck oder Bremen kamen, bis in den Unterlauf der Düna hineinsegelten, auf der Suche nach Stützpunkten für die Ausdehnung ihres Handels mit den russischen Städterepubliken.

Das geschah gegen Ende des zwölften Jahrhunderts.

Ihnen folgten die Ordensritter, die das Land erforschten, besiedelten und christianisierten. 1201 gründete Bischof Albert, der in der Historie als Gründer des Baltikums betrachtet wird, die Stadt Riga, sein Orden der Schwertbrüder vereinigte sich später mit dem Deutschen Orden.

In den folgenden Jahrhunderten erfolgte die Besiedelung und Erschließung des Landes, die Ordensritter erbauten Burgen und Schlösser mit befestigten Anlagen, denn es galt ja immer auch, sich gegen andringende Russen, Polen und Schweden zu wehren, die Landbevölkerung zu schützen, damit die Kultivierung von Land und Boden fortschreiten konnte. Die einfachen Leute lebten gern im Schutzbereich der Ritter, denn ihre Herrschaft war gerecht und tolerant. Das war der Grund, warum auch aus anderen östlichen Landesteilen Menschen in den baltischen Raum einwanderten. Gleichzeitig kamen von Westen her Einwanderer, die sich ebenfalls in dem neuen Staat, der als besonders großzügig und gottesfürchtig galt, ansiedelten. Erst als Iwan der Schreckliche im sechzehnten Jahrhundert baltisches Land bedrohte, unterwarfen sich die Ordensherren schutzsuchend dem schwedischen König. Dem Schweden deshalb, weil mittlerweile unblutig und friedlich die Reformation im Lande durchgeführt worden war und weil der schwedische König ausreichende Privilegien zugestand, die sich auf die deutsche Sprache, die Landeskirche, das geltende Recht und den ständischen Aufbau bezogen.

Von diesem Zeitpunkt an ging die Regierung des Landes von den Bischöfen an die Stände und die Ritterschaften über. Als dann schließlich Peter der Große zu Beginn des achtzehnten Jahrhunderts nach seinem Sieg über Karl VII. die baltischen Staaten dem russischen Reich angliederte, blieben die Privilegien erhalten und wurden von Peter garantiert.

Jedoch gab es gar nicht mehr viel Menschen, die davon Gebrauch machen konnten. Der Krieg, der vorangegangen war, der sogenannte Nordische Krieg, hatte über zwanzig Jahre gedauert, hatte die Bevölkerung fast ausgerottet, das Land verwüstet, Burgen und Schlösser zu Ruinen gemacht.

Doch nun begann die Zeit eines langen Friedens. Nach Aufbau und Neubesiedlung kam es zu einer gesunden wirtschaftlichen Entwicklung auf allen Gebieten, die sowohl den baltischen Herren wie auch der estnischen und lettischen Landbevölkerung zu einem gesicherten Dasein verhalf.

Kerst, das einstmals eine befestigte Burg und Sitz eines Bischofs gewesen war, wurde im Nordischen Krieg fast ganz zerstört, nur der Wehrturm der Burg blieb erhalten. Die Burg war eine Ruine, die riesigen Ländereien, die sie umgaben, davon viel Wald, reichten im Norden fast bis an die Ostsee, doch alles war verödet und verwildert.

Im Jahr 1731, ein Jahr nach dem Regierungsantritt der Zarin Anna, kam

Kerst an die Grafen Goll-Falingäa, die zuvor ein Gut von weitaus geringerer Größe, direkt am Meer gelegen, besessen hatten, das ebenfalls im Krieg schwer verwüstet worden war.

Von den Grafen Goll hatte nur einer den Krieg überlebt, und auch das nur, weil er als noch relativ junger Mann über den finnischen Meerbusen geflohen war und dort im Hause eines reichen Bauern Unterkunft fand. Er war verwundet, gesundete aber, heiratete die Tochter seines Gastgebers und kehrte nach dem Friedensschluß von Nystad in das nun russische Baltenland zurück. Seit dieser Ehe mit der Finnin führte die Familie den Doppelnamen.

Graf Johann Gustaf wurde zu einem Günstling Peters des Großen. Peter schätzte ja die Deutschen sehr und holte sie, genau wie Holländer und Engländer, gern an seinen Hof.

An dem Goll-Falingäa schätzte er vor allem dessen seemännische Talente, denn Peters größter Traum war und blieb eine große russische Flotte und gut ausgebaute Häfen.

Durch den Sieg im Nordischen Krieg hatte er die Häfen von Riga und Reval gewonnen, und als er die Stadt St. Petersburg aus dem Boden stampfte, erbaute er dort den ersten großen russischen Hafen, als dessen Kommandant der Graf Goll-Falingäa während Peters letzter Lebensjahre eingesetzt worden war.

Nach Peters Tod 1725 änderte sich für den Grafen nicht viel, denn Katharina, Peters zweite Frau, war ihm wohlgesonnen und hatte ein besonders herzliches Verhältnis zu seiner finnischen Frau. Katharina regierte zwei Jahre, wurde dann von dem zwölfjährigen Peter II. abgelöst, einem Enkel aus Peters erster Ehe, dem es gelang, sich drei Jahre auf dem Thron zu halten, dann starb er, als nächstes kam Ivan IV. für ein knappes Jahr zur Zarenwürde, der aber über das Babyalter nicht hinauskam. Natürlich regierten während dieser Intermezzi der jeweilige Familienclan, und durch die damit verbundenen Intrigen geriet Peters großes Erbe in tödliche Gefahr. Seltsamerweise überstand Graf Johann Gustaf diese wechselvollen Zeiten unbeschadet, erst als 1730 die Zarin Anna, eine Nichte Peters des Großen, den Thron bestieg, wurde er persona non grata am Hof, und das lag nicht an der Zarin, sondern an ihrem Favoriten und Berater, der genau genommen das Land regierte, dem Kurländer Ernst Johann von Biron, ein Balte also auch, der den stolzen Goll-Falingäa nicht länger am Hof dulden wollte.

Nun war der Biron ein kluger Mann, der sich nicht unnötig Feinde machte, und wenn er einen beiseite schob, dem er keinen Einfluß mehr zugestand, geschah es auf geschickte Weise. So erhielt der Graf Goll-Falingäa in Anerkennung seiner großen Verdienste um Krone und Reich das Schloß Kerst und 10 000 Hektar Land zum Geschenk.

Seit dieser Zeit also saßen sie auf Kerst.

Das alte Familiengut ging an den jüngeren Sohn über; Graf Johann Gustaf, so meldete die Familienchronik, fühlte sich auf Kerst sehr wohl und kehrte niemals, nicht einmal für einen Besuch, nach St. Petersburg zurück.

Erst der klügste Herrscher, der je auf dem Thron der Romanows gesessen hatte, die Zarin Katharina II., holte sich Johann Gustafs Enkel nach Petersburg an den Hof, betraute ihn mit Amt und Verantwortung und schenkte ihm ihre ganz persönliche Gunst.

Seit jener Zeit hatte es nie mehr eine Verstimmung zwischen dem Herrscherhaus und den Kerstern gegeben, und diese Zeit ohne politische noch familiäre Probleme hatte Nicolas in seiner Jugend miterlebt.

Daß Nicolas II., der jetzige Zar, weder bei seinem Volk noch bei den baltischen Herren sehr beliebt war, wußte Nicolas. Aber darum ging es jetzt nicht. Es ging um mehr.

Es ging, genau genommen, um eine Emigration.

Der letzte Graf Goll-Falingäa verließ die Heimat, die durch Jahrhunderte seiner Familie gehört hatte. Und Nicolas zweifelte nicht daran, nachdem er Graf Michael an diesem Abend gesehen, gehört und gesprochen hatte, daß es keine Rückkehr geben würde.

Die Motive für sein Handeln hatte Michael deutlich genug gemacht. Daß er überdies eine prophetische Gabe besaß, konnten beide nicht wissen, Nicolas und Michael nicht, an diesem Sommerabend in Zürich des Jahres 1906.

An einem Novembertag des Jahres 1908, also mehr als zwei Jahre später, hörte Nicolas abermals eine düstere Prophezeiung, die das künftige Schicksal Rußlands betraf. Das geschah in Paris. Er war dorthin gereist, um Natalia Fedorowna zu treffen, die er seit Jahren nicht gesehen hatte. Sie hatte im November Geburtstag, das wußte er. Der wievielte es war, wußte er nicht, er hatte sich nie für ihr Alter interessiert, bei einer Frau ihres Formats spielte es keine Rolle.

Durch einen Jugendfreund, der in Paris an der russischen Botschaft war, hatte er vor einiger Zeit erfahren, daß sie sich in Paris aufhielt. Er hatte ihr über die Botschaft geschrieben und angefragt, ob sie noch länger in Paris bleibe und ob ihr sein Besuch angenehm sei.

Darauf bekam er ein Telegramm mit der lapidaren Aufforderung: Venez en novembre. Natascha.

Sie schrieb niemals Briefe, versandte nur Telegramme.

Einmal hatte er sie gefragt, was sie getan hatte, als es noch keine Telegraphie gab. Und sie hatte logisch darauf erwidert: »Einen Kurier auf einem schnellen Pferd geschickt.«

Daß sie es verstand, mit der Zeit zu gehen, konnte Nicolas gleich bei der Ankunft in Paris feststellen. Am Bahnhof erwartete ihn keine Equipage, sondern ein Automobil. Mit einem ausnehmend schönen und jungen Chauffeur in einer dunkelblauen Livree.

In der Beziehung war die Fürstin sich treu geblieben; die Menschen, die um sie waren, mußten angenehm anzusehen sein. »Genauso wie ich schöne Tiere um mich habe«, auch das war einer ihrer Aussprüche, »will ich auch schöne Menschen sehen. Sie sind seltener als schöne Tiere, aber es gibt sie immerhin.« Auch sie erfüllte diesen Anspruch. Obwohl sie nun Anfang sechzig sein mußte, war sie noch immer eine bemerkenswerte Erscheinung, mit guter Haltung, das Gesicht von ruhiger Hoheit, die wenigen Falten darin machten es eher schöner, das Haar dunkel, möglicherweise gefärbt, die Augen unter den breiten Lidern noch klar und wach.

Natürlich war sie wie stets wundervoll angezogen, nach neuester Pariser Mode, und ihre Umgebung war so kostbar wie sie selbst. Sie logierte nicht im Hotel, sondern bewohnte ein Haus in Neuilly, das überaus komfortabel eingerichtet war, schön und kostbar die Teppiche und Möbel, schön und kostbar ihr Schmuck und die Bilder an den Wänden, zumeist Impressionisten, die sie, ihrer Zeit und ihrer Gesellschaft voraus, frühzeitig erkannt und von Anfang an geliebt hatte, schön und kostbar ihre Tiere, zwei Barsois, eine Siamkatze, ein Reitpferd und trotz des Automobils zwei Kutschpferde.

Nachdem Nicolas das alles betrachtet hatte, sagte er am Tag nach seiner Ankunft: »Es sieht so aus, Natalia Fedorowna, als hätten Sie Paris zu ihrem zweiten Wohnsitz erkoren.«

»Ich habe die Absicht, für längere Zeit hier zu bleiben. Es beliebt mir nicht mehr, in Rußland zu leben.«

Kurz und klar, wie es ihre Art war, gab sie ihm diese Auskunft, und Nicolas wurde, wie konnte es anders sein, an sein Gespräch mit Cousin Michael erinnert; der Sommerabend in Zürich wurde ihm auf einmal so gegenwärtig, als sei es gestern gewesen.

Es gab mehrere Gründe, die der Fürstin den Aufenthalt in Rußland verleidet hatten. Zunächst war es das Leid, das sie persönlich betroffen hatte. Sie hatte zwei ihrer Söhne auf gewaltsame Weise verloren, den ältesten bereits vor Jahren, den jüngsten im Russisch-Japanischen Krieg. Auch ihr Mann war gestorben, er war alt und leidend, seit längerer Zeit schon.

Sie zog sich auf das südlich gelegene Gut Pernisgosva zurück, lebte dort ganz für sich und bekam daher auch von den Auswirkungen der Revolution persönlich nichts zu spüren, hörte aber genug darüber, um sich ihre Gedanken zu machen.

Kam dazu, daß sie weder den Zaren Nicolaus noch seine deutsche Frau Alexandra, die ehemalige Prinzessin Alix von Hessen-Darmstadt, leiden mochte. Die ganz besonders nicht, sie sprach nur im Ton höchster Verachtung von ihr, nannte sie »die deutsche Kartoffel auf dem Zarenthron«. Obwohl jeder zugeben mußte, daß die Zarin eine schöne Frau war.

»Nun«, sagte Nicolas, »so deutsch ist sie gar nicht, sie ist eine Enkelin der Queen Victoria, wie du weißt.«

»Sie ist eine typische Deutsche, mit allen schlechten Eigenschaften, die nur Deutsche haben können.«

»Danke«, sagte Nicolas lächelnd.

Er wußte, daß die Fürstin die Deutschen nie gemocht hatte, auch wenn sie keinen Grund dafür angeben konnte.

Ein Sohn, der mittlere, war Natalia Fedorowna geblieben. Er war Diplomat und der russischen Botschaft in London attachiert, gut verheiratet, wie sie berichtete, mit zwei hübschen Kindern. Ihn besuchte sie gelegentlich.

Damals, als sie in Pernisgosva war, lebte sie sehr einsam. Aber es war ihr nicht einsam genug, um ganz ihrem Schmerz zu leben, und sie wollte diesen Schmerz voll erleiden. Sie ging für ein Jahr in ein abseits gelegenes Kloster in den Bergen des Kaukasus, dort lebte sie so still und zurückgezogen wie die Nonnen, deren tägliches Leben sie teilte, ihr einfaches Essen, ihre Gebete.

Dort begegnete ihr Zinaida.

Und diese Begegnung machte außerordentlich tiefen Eindruck auf sie. Mit bewegten Worten und ausführlich erzählte sie Nicolas davon, und dies war schließlich auch der Anlaß, warum sie Rußland verließ. Was ihr schwerfiel. Denn wie alle Russen liebte die Fürstin ihre Heimat aus tiefstem Herzen.

Zinaida war eine alte, einfache Frau.

»Keine Nonne. Sie lebte im Kloster, schon seit Jahren, war eines Tages gekommen und geblieben, keiner wußte, wer sie war und woher sie kam. Sie war alt, aber klar im Kopf und meistens ganz normal. Doch dann plötzlich sank sie zusammen, rührte sich nicht mehr, man bettete sie auf ein Lager, sie lag tagelang darnieder, ohne sich zu rühren, ohne zu essen, ohne ein Wort zu sprechen. Nur manchmal liefen Tränen über ihr altes runzliges Gesicht. Eines Tages stand sie wieder auf, benahm sich wie zuvor, saß mit uns beim Essen, ging mit zur Andacht, arbeitete im Garten oder in der Küche, redete mit allen, war eigentlich ein ganz fröhlicher, ausgeglichener Mensch. Das ging viele Wochen so, und dann sackte sie wieder zusammen, ihr Blick wurde starr, ihre Haut fahl, selbst ihr Haar schien grauer zu werden, ihre Hände lagen mit gespreizten Fingern auf der Decke und zuckten manchmal. Die Nonnen kannten das schon und beruhigten mich, als ich es das erstemal miterlebte. Und nun paß auf, Nicolas. Jedesmal, wenn sie wieder zu sich kam, hatte sie während ihres abwesenden Zustandes irgend etwas ›gesehen‹. So nannte sie es.«

Die Fürstin blickte Nicolas mit großen Augen an und schien seine Reaktion zu erwarten.

»Sie befand sich demnach in einer Art Trance«, sagte Nicolas also.

»So muß man das wohl nennen, ja. Sie erzählte uns, was sie ›gesehen‹ hatte. Oft waren es Dinge, mit denen keiner etwas anfangen konnte. So sprach sie einmal von Feuer, das vom Himmel gefallen sei und die ganze Erde verbrenne. Und dann wieder von einem großen Schiff, das im Meer versunken sei mit vielen Menschen, die alle ertrinken mußten. Aber sie prophezeite auch, daß Schwester Ludmilla demnächst sterben werde. Schwester Ludmilla war noch nicht alt und nie krank gewesen. Tatsächlich starb sie bald danach. Das Feuer, das vom Himmel fiel, sahen wir nicht. Und ein Meer, in dem ein Schiff versinken könnte, hatten wir nicht. Schwester Ludmilla jedoch starb. Und ein andermal, als sie voraussagte, daß unser Hirt sterben würde, ein junger Mann noch, geschah auch das. Ein paar Schafe verirrten sich in den Bergen, und der Hirt, bei dem Versuch, sie zu retten, stürzte ab und brach sich das Genick. Was sagst du dazu?«

»Erstaunlich«, sagte Nicolas, nur um etwas zu sagen.

Jene geheimnisvollen Dinge zwischen Himmel und Erde hatten ihn nie sehr beeindruckt, es mochte sie geben oder nicht, er jedenfalls gehörte nicht zu den Leuten, die dafür Interesse aufbrachten.

»Vielleicht stimmte das mit dem Schiff und dem Feuer auch«, meinte die Fürstin. »Es passierte eben nur anderswo oder zu einer anderen Zeit, nicht wahr?«

»So wird es sein, Natalia Fedorowna.«

»Ich sehe schon, mon ami, du nimmst das nicht ernst. In deinem Gesicht lese ich, daß du mich für ein abergläubisches dummes Weib hältst.«

Sie nahm einen Schluck Champagner, ließ sich Feuer für ihre Zigarette geben und sah ihn ernst an.

»Es stört mich nicht, was du denkst, Nicolas. Aber vielleicht wird es dich doch überraschen, wenn ich dir sage, daß sie auch Rasputin vorausgesagt hat.«

»Rasputin?«

»Schau mich nicht so erstaunt an. Du weißt schließlich, von wem ich spreche.«

»Gewiß, ein wenig weiß ich von diesem geheimnisvollen Mann, aber nicht sehr viel. Er dürfte eine Art Gegenstück zu deiner alten Wahrsagerin sein.«

»Ich fürchte, daß er etwas anderes ist. Sie sagte: der lange Rock steigt auf den Thron, stillt des einen Blut und läßt der anderen Blut fließen. Wie findest du das?«

»Ungeheuerlich«, sagte Nicolas, und nun lachte er doch.

»Es ist nicht zum Lachen. Sie konnte zu jener Zeit noch nichts von Rasputin wissen. Keiner wußte etwas von ihm. Übrigens sprach die Alte nur grusinisch, kein Wort russisch. Aber ich verstand sie, ich hatte eine Grusinerin als Kinderfrau gehabt. Und nun höre mir zu, du Ungläubiger! Einmal, nach einer besonders langen Zeit der Abwesenheit, wir dachten schon, sie werde nie mehr aufstehen oder verhungern, weinte sie, als sie wieder zu sich kam, was sie früher nie getan hatte. Sie weinte mehrere Tage lang, immer wieder, und wenn wir sie fragten, was sie ›gesehen‹ hatte, schüttelte sie nur den Kopf und gab keine Antwort. In der Woche darauf starb sie.«

»Dann hat sie wohl ihren eigenen Tod vorausgesehen.«

»Keineswegs. Sie muß ganz furchtbare Dinge gesehen haben, und es muß uns betroffen haben. Ehe sie starb, ließ sie mich rufen und umklammerte meine Hand und flüsterte: Geh fort, Mütterchen. Geh fort von dieser Erde. Diese Erde wird viel Blut trinken. Doch du kannst dich retten, wenn du der Abendsonne folgst.«

Nicolas nahm die Hände der Fürstin, küßte erst die eine, dann die andere.

»Und darum bist du hier in Paris, Mütterchen?«

»Darum, Nicolas Genrichowitsch. Ich glaube der Alten. Es ist bereits genug passiert in den vergangenen Jahren. Denk an die Französische Revolution. Sie war grausam. Die russische wird grausamer sein. Ich möchte gern noch einige Jahre leben.«

Geld besaß sie genug. Sie hatte einen großen Teil ihres Vermögens nach Frankreich und in die Schweiz transferiert und erhielt ja auch das regelmäßige Einkommen von ihren Gütern.

In Paris, so sagte sie, habe sie sich immer wohlgefühlt, sie könne von hier aus reisen, habe die Kinder in der Nähe und hoffe, daß sie ihren Sohn auch überreden könne, ein anderes, neues Leben ins Auge zu fassen. Von ihrer Dienerschaft hatte sie nur diejenigen mitgenommen, die sich von ihr nicht trennen wollten. Sie hatte ihnen gesagt, daß sie für längere Zeit im Ausland leben werde, und wer meinte, daß er das Heimweh nicht ertrage, solle lieber gleich daheim bleiben. Sie hatte großzügig abgefunden, wer zurückgeblieben war, einige waren ihr gefolgt und versuchten, sich in Frankreich einzugewöhnen.

»Ich habe noch französisches Personal dazu engagiert«, sagte sie, wieder ganz diesseits und sachlich, »damit sie sich gegenseitig anpassen und meine Russen sich besser assimilieren. Und für die Leitung des Haushalts habe ich einen englischen Butler, Gordon, du hast ihn ja nun kennengelernt.«

»Er ist ein Spitzenprodukt Old Englands«, sagte Nicolas. »Wo bekommst du nur immer so vollkommene Menschen her?«

Die Fürstin lachte. »Michail hat ihn in London für mich aufgetrieben. Er war bei einem echten Herzog. Ich bin für ihn gerade noch möglich, darunter täte er es nicht.«

»Du führst ein großes Haus, Natalia Fedorowna?«

»So ein wenig, Nicolas. Wir Russen sind zur Freundschaft geboren, du weißt es ja. Sie kommen gern zu mir. Mein Koch ist übrigens Franzose.«

»Das habe ich bereits mit Entzücken bemerkt.«

»Morgen werden ein paar Gäste hier sein, zu deinem Empfang. Heute wollte ich dich allein haben. Auch der Botschafter kommt gern in mein Haus, und wenn er Gäste hat, bewirtet er sie am liebsten bei mir. Am Vormittag reite ich im Bois de Boulogne, ich hatte noch ein zweites Pferd, es ist kürzlich an Kolik eingegangen. Schade, es war ein gutes Tier. Aber vielleicht hilfst du

253

mir, solange du da bist, ein zweites Reitpferd zu kaufen. Dann können wir zusammen reiten.«

»Es hat ein wenig geregnet heute«, meinte Nicolas.

»Das macht nichts. Ich liebe Paris, wenn es so grau ist. Grausilbern und ein wenig wehmütig. Es entspricht meiner Stimmung.«

»Wie ich gehört habe, ist dein Leben doch sehr abwechslungsreich.«

»Nun und? Was bedeutet das schon? Mein Herz ist voller Kummer. Das wird sich nie mehr ändern. Deswegen weine ich nicht, Nicolas. Ich habe Frieden gefunden, dort im Kloster. Es war Gottes Wille, mir meine Söhne zu nehmen. Sein Wille ist stärker, ich muß mich ihm beugen. Und vielleicht ist Gott auch klüger. Vielleicht bleibt meinen Söhnen viel Schreckliches erspart durch ihren frühen Tod. Falls die Alte recht hat.«

»Ja, vielleicht«, sagte Nicolas, er fühlte sich nun auch grausilbern und wehmütig, wie Paris im Novembernebel. »Vielleicht ist ein früher Tod wirklich ein gnädiges Geschick. Ich habe jedenfalls versucht, mich im vergangenen Jahr damit zu trösten.«

»Dein Sohn?«

»Ja. Beide, Natalia Fedorowna, mein Sohn und seine Mutter. Sie starben fast zur selben Zeit, das Kind einen Monat früher.«

»Du hast sie geliebt?«

»Ja.«

»Und deinen Sohn?«

»Ihn habe ich noch mehr geliebt.«

Sie schwiegen lange, dann hob die Fürstin die Hand in einer resignierten Geste.

»So ist es, dieses Leben. Nitschewo. Auch unseres geht vorbei. Geh, läute dem Diener, Nicolas, mon ami, er soll uns noch eine Flasche bringen. Und dann wollen wir die traurigen Dinge vergessen, solange du in Paris bist. Morgen haben wir Gäste, übermorgen gehen wir in die Oper und für die anderen Tage wird uns auch etwas einfallen.«

Er blieb fast drei Wochen in Paris, und sie sprachen während der ganzen Zeit, die voller Abwechslung und anregender Gespräche, voll von geistigen und leiblichen Genüssen war, nicht mehr von den traurigen Dingen, weder von ihren toten Söhnen und ihrem verlorenen Heimatland noch von seinem toten Sohn und seiner toten Geliebten.

Nina –
Zwischen den Jahren

IN DER ZEIT ZWISCHEN WEIHNACHTEN UND SILVESTER bleibt die Zeit stehen. Großmama, die ziemlich abergläubisch war, sagte immer, man dürfe in dieser Zeit nichts unternehmen, keine neue Arbeit beginnen, vor allem nicht waschen, das bringe Unglück. Und Vater sagte: Was für ein Unsinn! Dürfen wir wenigstens am Morgen aufstehen und uns den Hals waschen? Eine merkwürdige Zeit ist es schon, erst lebt man nur auf Weihnachten zu, es gibt viel Arbeit und Trubel und Besorgungen, dann ist das vorbei, und nun wartet man, daß der Rest vom alten Jahr vorübergeht und das neue Jahr beginnt. Den Rest vom alten braucht man nicht mehr und vom neuen Jahr erwartet man sich Wunderdinge, erwartet, daß alles besser und schöner und einfach großartig wird. Ich kenne keinen, der nicht denkt, daß das neue Jahr etwas kann, was vorher kein anderes Jahr konnte.

Das wird also nun 1929 sein, und ich weiß nicht recht, ob ich mich darauf freuen soll. Was soll sich schon ändern? Ich muß froh sein, wenn sich möglichst nichts ändert, die Kinder gesund bleiben, Trudel und ich natürlich auch, daß Felix mich weiterhin gern hat und daß wir alle zusammen einigermaßen über die Runden kommen. Was ich mir sonst noch wünschen könnte, Geld und Erfolg und einen Mann für mich allein, das sind doch nur Utopien, denn wo sollte das wohl herkommen.

Zwischen den Jahren sind wir immer bei Marleen eingeladen, sie nennt das einen Familientag. Die reiche Frau, die den armen Verwandten auch mal was zukommen läßt.

Als ich so eine Bemerkung machte, wurde Trudel richtig böse, ich sei boshaft, sagte sie, und ich sollte mich schämen, Marleen sei doch wirklich nett zu uns, besonders zu den Kindern, und dafür könnte ich ihr nur dankbar sein.

Nein, zum Teufel, sagte ich, ich bin nicht dankbar. Ich hasse es, dankbar zu sein, und ich will mein Leben lang nie jemandem dankbar sein müssen.

Das versteht Trudel nicht, sie sieht mich kopfschüttelnd und traurig an und hält mich für ein schlechtes Frauenzimmer. Natürlich hat sie recht, was die Kinder betrifft, sie haben von Marleen wieder eine Menge zu Weihnachten bekommen, sind ausstaffiert von Kopf bis Fuß, und dafür müßte ich Marleen wirklich dankbar sein.

Ich bin es nun einmal nicht. Amen.

Der Familientag also. Viel Familie ist es ja nicht mehr, wir drei Schwestern und meine beiden Kinder.

Aber dieses Jahr gab es eine Überraschung. Hede kam zu dem Familientag. Natürlich hat Marleen sie in den letzten Jahren auch immer eingeladen, aber sie ließ nie etwas von sich hören, wir haben sie alle lange nicht gesehen. In diesem Jahr ergab es sich, daß sie gerade in Berlin war, und da kam sie also. Wir fühlten uns richtig geehrt, daß unsere hochgescheite Schwester einmal von uns Notiz genommen hat. Edgar kam natürlich nicht mit, den kennen wir kaum.

Höchst interessiert an diesem unerwarteten Besuch war Victoria. Sie ist immer so begierig darauf, neue Menschen kennenzulernen. Sie kennt Hede natürlich, das schon, aber es ist viele Jahre her, daß sie sich gesehen haben, damals war Vicky noch ein kleines Mädchen.

Vormittags holte mich das Mädchen unseres Kaufmanns ans Telefon, Marleen war dran und sie sagte: »Stell dir vor, Hedwig kommt heute. Sie ist gerade in Berlin und hat mich eben angerufen.«

Ich rannte hinauf und verkündete die Neuigkeit. Trudel machte: »Oh!« Und Victoria rief: »Knorke!«

Als wir mit der S-Bahn zum Wannsee hinausfuhren, dachte ich darüber nach, wie lange ich meine Schwester Hedwig nicht gesehen hatte. Das letzte Mal bei Mutters Beerdigung. Als Erni starb, kam sie nicht, da war sie gerade mit Edgar auf einer Vortragsreise in Amerika.

Sie ist eine Fremde für mich, auch wenn sie meine Schwester ist. Aber das war eigentlich immer so. Als ich noch ein Kind war, lebte sie in unserer Familie wie eine, die nicht zu uns gehört. Sie hinkte, aber sie war klug, und wir waren ihr gleichgültig. Wir fanden sie alle ein bißchen schrullig und machten uns auch nicht viel aus ihr. So ungefähr müßte ich unser Verhältnis definieren. Sie saß über ihren Büchern, kannte Leute, die wir nicht kannten, machte komische Experimente, und statt Romane las sie unverständliche Fachbücher über Chemie und Biologie. Wir kamen selten in ihre Zimmer, denn als einzige von uns hatte sie zwei Zimmer zur Verfügung, genau genommen ein Zimmer und eine Kammer, und in der Kammer standen Reagenzgläser und solches Zeug, das keiner anrühren durfte. Sie führte ein Doppelleben. Und sie war bestimmt sehr unglücklich, solange sie noch in das Büro der Zuckerfabrik arbeiten ging. Dann verschwand sie eines Tages. Packte ihren Koffer, es war ein alter Pappkoffer von Großmama, und reiste ab. Einfach so. In all den Jahren hatte sie eisern Geld gespart, Pfennig für Pfennig, lief ewig in dem gleichen grauen Rock und in dunklen Blusen herum, es war ihr ganz egal, wie sie aussah, doch nun hatte sie so viel Geld, daß sie fortfahren konnte. Mutter jammerte, Vater wollte es ihr verbieten, aber das half alles nichts, sie sagte kühl: »Ich bin mündig und kann tun, was ich will. Und ich bleibe nicht länger hier.« Und dann war sie auch schon weg.

Es war kurz bevor das Malheur mit Marleen passierte, und unser Familienleben geriet damals mächtig ins Wackeln. Vor allem waren wir uns klar darüber, was das Ganze für Vater bedeutete, der doch so sehr auf seinen und natürlich auch unseren guten Ruf bedacht war. Gemessen an Hedwig war Marleen ein normaler Fall, sie hatte sich verliebt und erwartete ein Kind. Irgendwann mußte das passieren, denn herumpoussiert hatte Marleen seit Jahren, und das nicht zu knapp. Hübsch und gefallsüchtig und eben ein sehr erotischer Typ, das alles war sie, und darum konnte eigentlich keiner überrascht sein, was geschah. Vater sagte, sie brächte Schande über die Familie und das täten seine Töchter offenbar mit Vorliebe; das Ergebnis war, daß ich in den folgenden Jahren sehr streng gehalten wurde und über jeden meiner Schritte Rechenschaft ablegen mußte.

Marleen ging dann einfach durch mit dem Mann, den sie liebte, und er heiratete sie sogar, er liebte sie nämlich auch, wahrscheinlich viel mehr als sie ihn, so ist das immer bei Marleen, ihr Kind kam ehelich zur Welt, war aber tot. Vermutlich hatte sie alles versucht, um es loszuwerden, und da hatte das arme Wurm keine Lebenschance. Später, und auch heute, das weiß ich, denn sie macht kein Geheimnis daraus, läßt sich Marleen immer auskratzen, heute natürlich von einem richtigen Frauenarzt, denn sie will keine Kinder.

Wir sahen Marleen im Krieg erst wieder, da lebte sie von ihrem Mann getrennt und hatte einen Freund. Sie sagte, daß sie jetzt Marleen genannt werden wolle und nicht mehr Magdalene.

Für Vater war sie nach wie vor ein Ärgernis, aber er war damals schon so elend und krank, daß er wenig dazu sagte. Ich, die unerwünschte vierte Tochter, war damals sein bestes Stück, verheiratet, wenn auch nicht sehr glanzvoll, aber immerhin mit einem anständigen und strebsamen jungen Mann, der es vielleicht zu etwas bringen würde, wenn der Krieg erstmal vorbei war. Und zwei richtige, eheliche und gut geratene Kinder hatte ich auch.

Hedwig kam überhaupt nie zurück. Sie hatte uns nie geliebt und gebraucht, und wir waren alle der Meinung, sie sei ein kalter und herzloser Mensch. Zwei Jahre nach ihrer Abreise kam allerdings ein Brief von ihr, das war ungefähr 1910, und der Brief kam aus London. Das war ungeheuerlich.

Es gehe ihr gut und in London gefalle es ihr ausgezeichnet, das war so ziemlich alles, was sie in wenigen kühlen Sätzen mitteilte.

Mutter geriet ganz außer sich, setzte sich sofort hin und schrieb einen Brief an die Adresse, die Hedwig immerhin angegeben hatte. Was sie denn um Himmels willen in London tue, wovon sie lebe und sicher sei das doch ein sehr gefährliches Pflaster und sie solle doch bitte sofort nach Hause kommen. Es dauerte eine lange Weile, bis eine Antwort kam, auch diesmal nur ein kurzes Schreiben, in dem sie uns wissen ließ, daß sie nicht daran denke, zurückzukehren, außerdem habe sie viel Arbeit, sie habe sich den Suffragetten angeschlossen und kämpfe für die Zukunft der Frauen.

Viel wußten wir zwar nicht von den Suffragetten, aber was manchmal in der Zeitung stand, war schrecklich genug, danach mußten es fürchterliche Hyänen sein und auf jeden Fall total Verrückte.

Vater sagte gar nichts und kniff nur die Lippen zusammen, Mutter weinte, aber mir imponierte die lahme Hedwig sehr. Leontine, der ich brühwarm alles erzählte, war auch ganz begeistert. Sie war damals schon sehr alt, klein und dünn wie ein dürrer Zweig, aber Temperament hatte sie immer noch. Sie sagte, hoffentlich kommt Hedwig bald zu Besuch, damit sie ihr davon erzählen könne. Hedwig kam nie zu Besuch, und Leontine hätte sowieso nichts mehr davon gehabt, denn sie starb kurz darauf.

Den Sieg der Frauen hat sie nicht mehr erlebt. ›Votes for women‹ (woraus die Männer ›Oats for women!‹ machten) gab es zu ihrer Lebenszeit nicht, weder in England noch in Deutschland. Jetzt haben wir das, jetzt können wir wählen, der Krieg hat es uns beschert, ganz von selbst.

Das ist ja das Komische an einem Krieg, daß er nicht nur Unheil bringt, sondern auch gute Dinge nebenbei. Vorausgesetzt man glaubt, daß es gut ist, wenn Frauen wählen dürfen und gleichberechtigt sind. Ich finde es gut, aber es gibt auch heute noch viele Menschen, die es für Blödsinn halten. Meist natürlich die älteren und eine bestimmte Sorte Männer.

Ich machte mich möglichst chic für Marleens Familientag, obwohl wir ja nur unter uns Mädchen sein würden. Ich hatte ein grünes Jumperkleid an, ganz kurz und schmal und lose, das nennt man Gamin-Mode, das hat man jetzt, und ich hatte mir ausnahmsweise dieses Kleid einmal selbst gekauft und nicht von Marleen geerbt. Auch meine Haare hatte ich mir ganz kurz schneiden lassen.

Marleen sagte: »Du siehst aus wie zweiundzwanzig«, und das fand ich sehr nett von ihr. Sie ist nie neidisch auf mich, warum sollte sie auch.

Sie trug etwas ganz enges Schmales in Silbergrau und dazu einen langen roten Schal, der bis zu den Knien reichte. Sie sah toll aus. Trudel dagegen sah aus wie immer, Mode existiert für sie nicht, ich glaube, sie bemerkt es gar nicht, wenn sie sich ändert.

Die Überraschung des Tages war natürlich Hede. Sie war kein hübsches Kind gewesen und erst recht kein hübsches junges Mädchen, aber jetzt ist sie eigentlich eine ganz gut aussehende Frau. Eine interessante Frau. Sie sieht wahnsinnig gescheit aus, ihr Teint war ja immer leicht gelblich-bräunlich, das ist wirkungsvoll, ihre Augen und Haare sind dunkel wie bei Marleen, sie hat das Haar auch ganz kurz geschnitten, trägt eine Hornbrille, geschminkt war sie nicht, vielleicht etwas Puder, denn ihre Nase glänzte jedenfalls nicht. Sie trug ein glattes schwarzes Kostüm, das sah aus, als wäre es von einem teuren Schneider gemacht worden. Und Perlen um den Hals. Die sahen echt aus.

Während wir Kaffee tranken, beobachtete ich Victoria, die ließ keinen Blick von dieser unbekannten Tante, verfolgte jede Bewegung, hörte auf jedes Wort. Manchmal bemerkte Hede diesen Blick, dann sah sie Vicky an, und dann leuchtete in Vickys Gesicht ein rasches, zutrauliches Lächeln auf. Dieses Lächeln erinnert mich immer an Mutter. Komisch. Denn sonst hat Vicky bestimmt nichts von Mutter.

Hede war kühl, ein wenig herablassend und genau genommen sehr gleichgültig.

Marleen sagte leise zu mir, als wir vor dem Abendessen eine Weile an der Hausbar standen: »Sie benimmt sich wie ein Weltreisender, der eben mal bei den Kaffern vorbeikommt.« Vorher hatte Marleen sie gefragt, wie sie denn zu der Ehre käme, die berühmte Schwester bei sich zu sehen, mit so einer Auszeichnung hätte sie gar nicht mehr gerechnet. Sie sagte es spöttisch, aber Hede erwiderte ganz ruhig und ein wenig hochmütig, es sei ja auch nur ein Zufall, daß sie zu dieser Jahreszeit in Berlin wären, und sie sei nur hier, weil Edgar einen Kollegen besuche, der sehr krank sei und der ihn um diesen Besuch gebeten habe.

»Wir müssen leider um sein Leben fürchten«, sagte Hede mit der gleichen Unbeweglichkeit wie zuvor, »und das wäre ein Verlust für die Wissenschaft. Darum ist es wichtig, mit ihm zu sprechen.«

»Hast du ihn auch gesprochen?« fragte Marleen spitz.

»Gestern. Ich war lange mit Edgar bei ihm. Heute macht Edgar nur einen kurzen Besuch, es strengt den kranken Mann zu sehr an.«

»Dann hätte ja Edgar eigentlich mit zu mir kommen können.«

»Hätte er.«

»Wollte er aber nicht.«

»Nein.«

Peng! Gegen Hede kommt nicht einmal Marleen an.

Und da fragte Victoria auf einmal: »Was für eine Wissenschaft betreibt denn dieser kranke Mann?« Als alle sie ansehen, fährt sie tapfer fort, den Blick auf Hede gerichtet: »Ich meine, weil du gesagt hast, es wäre ein Verlust für die Wissenschaft, wenn er stirbt.«

Hede sieht meine Tochter freundlich an und erwidert sachlich: »Er ist eine Kapazität auf dem Gebiet der Isotopenforschung.«

Wir schweigen alle, sichtlich beeindruckt, und ich erwarte eigentlich, daß Vicky fragt: »Was is'n das?« Aber sie fragt nicht, und vielleicht ist meine Tochter so klug, daß sie weiß, was das ist. Ich jedenfalls weiß es nicht. Aber ich muß das ja nicht unbedingt wissen.

Eins ist sicher, dieser sogenannte Familientag bekam durch Hede eine gewisse Weihe und Würde. Victoria ist hin und weg, das kann man deutlich sehen, Stephan ist etwas unsicher, die kluge Tante schüchtert ihn ein. Trudel ist natürlich tief beeindruckt, sie kommt aus dem Staunen nicht heraus, was aus dieser Halbschwester, die sie einmal halbtot aus dem Bodenloch gezogen hat, geworden ist. Sie wagt kaum, den Mund aufzumachen, trinkt nur furchtbar viel Kaffee und ißt drei Stück Kuchen.

Marleen ist charmant wie immer und streut manchmal frivole Bemerkungen in das Gespräch, was bei Hede überhaupt keine Wirkung erzielt. Immerhin ist Marleen schön und reich und sehenswert von Kopf bis Fuß.

Ich dagegen komme mir vor wie eine Laus. Was habe ich denn? Was bin ich denn? Ein Nichts und ein Niemand.

Marleen hat einen Millionär zum Mann, tolle Liebhaber, ein eigenes Auto, ein Reitpferd und sieht fabelhaft aus.

Hedwig, die Lahme, ist mit einem Professor verheiratet, der Weltruf genießt, arbeitet bei seinen Forschungen mit, hält selbst Vorträge, und hat auch einen gewissen Namen. Sie hat nie studiert, damals waren die Frauen eben nicht so gleichberechtigt, aber durch ihren Fleiß, ihre Klugheit und den berühmten Mann, gehört sie dazu.

Und ich?

Ich bin eine schlecht bezahlte Bürokraft an einem ständig vor der Pleite stehenden Theater dritten Ranges, habe einen Liebhaber, der mit einer anderen Frau verheiratet ist, sehe zwar heute aus wie zweiundzwanzig, laut Marleen, bin aber sonst keine umwerfende Erscheinung und habe es nie zu etwas gebracht. Weder Geld, noch Mann, noch Beruf – nichts. Gar nichts bin ich.

Von Trudel braucht man in diesem Zusammenhang nicht zu reden, für sie gelten andere Gesetze.

Etwas allerdings habe ich, was meine Schwestern nicht haben: Kinder.

Ich weiß sehr gut, daß man sich darauf nichts einzubilden braucht, es ist gar nichts besonderes, wenn eine Frau Kinder hat, alle Frauen haben Kinder. Fast alle.

Meine Schwestern haben keine Kinder. Aber sie mögen meine Kinder. Sogar Hede, wie ich an diesem Tag feststellen kann. Von Trudel braucht man in diesem Zusammenhang abermals nicht zu reden, meine Kinder sind ihr Leben.

Marleen mag meine Kinder auch, besonders Victoria, und sie mag sie eben auf Marleen-Art, beschenkt sie, lädt sie ein, betrachtet sie als hübsches Spielzeug, Verantwortung würde sie niemals übernehmen. Aber wer auf dieser Erde mag eigentlich Victoria nicht? Ich bemerke im Verlauf des Nachmittags und Abends, daß sich Hede viel mit Victoria unterhält. Später, zur sogenannten Cocktailstunde, sitzen sie nebeneinander auf dem Ledersofa und sprechen ganz ernsthaft miteinander. Ich möchte für mein Leben gern wissen, worüber sie reden, aber ich will nicht hingehen und stören. Vicky wird es mir erzählen, sie erzählt mir alles.

Marleen mixt Cocktails, sie fragt, was wir wollen, und weil keiner bestimmte Wünsche hat, bekommen wir Manhattan. Marleen weiß, daß ich sterbe für Manhattan. I'm dying for it, wie Felix sagen würde, der mich immer wegen meiner Leidenschaft für dieses Gesöff aufzieht. Ich trinke drei Stück und werde sehr vergnügt davon.

Dann hört Marleen, daß Max nach Hause kommt, geht hinaus und schleppt den Armen an. Er begrüßt uns höflich, verneigt sich vor jedem, und setzt sich, sicher widerwillig, eine Weile in einen Ledersessel. Er ist klein und schmal und blaß, er sieht sehr jüdisch aus. Juden sind ja sehr verschieden, es gibt richtig schöne Menschen darunter, und klug sind sie eigentlich alle. Ist ja auch wieder Unsinn, was ich sage, es gibt kluge und dumme, schöne und häßliche, genau wie bei allen anderen Menschen auch. Ich bin da irgendwie vorbelastet durch meinen Vater, der mochte Juden nicht. Man bekommt einfach so ein dummes Vorurteil mit, man kann gar nichts dafür. Denn ich mag Juden eigentlich doch, ich kenne zum Beispiel ein paar wunderbare Schauspieler, und auch Regisseure. Ach, und Musiker natürlich, da sind sie überhaupt die größten, was für wundervolle Dirigenten gibt es unter ihnen.

Max ist nun wirklich kein schöner Mensch, aber ein furchtbar anständiger. Und so fleißig und so arbeitsam. Und sehr, sehr scheu. Das kann man heute wieder deutlich sehen, die Familie seiner Frau verwirrt ihn, er trinkt hastig seinen Manhattan aus, spricht höflich ein paar Worte zu jedem und sitzt auf der Sesselkante wie ein Schuljunge, der wartet, daß man endlich sagt: So, nun lauf! Und nach einem vorsichtigen Blick in Marleens Gesicht, ihr Nicken darauf, verdrückt er sich, so schnell er kann. Eine Weile ist es still, dann fragt Hede sehr direkt: »Wie hast du es fertiggebracht, daß er dich heiratet?«

Marleen sitzt noch auf der breiten Sessellehne von dem Clubsessel, in dem Max eben saß – sie hatte den Arm um seine Schulter gelegt und war richtig lieb zu ihm –, Marleen baumelt ein wenig mit einem ihrer schönen schlanken Beine, sitzt da schmal und graziös in Silbergrau mit dem langen roten Schal, raucht eine Zigarette aus langer Spitze, ihre Nägel sind rot lackiert, ihr Mund tiefrot geschminkt, alles dasselbe Rot wie der Schal, sie lächelt, und antwortet dann seltsamerweise ganz ernst, gar nicht flachsig: »Ich habe ihm das Gefühl gegeben, daß er keine Angst vor mir zu haben braucht. Er hat natürlich immer Angst vor Frauen gehabt. Erstens haben sie ihn ausgelacht und zweitens wußte er nie, was er mit ihnen anfangen soll. Das weiß er auch heute noch nicht. Aber er schmückt sich gern mit mir.«

Ich werfe aus dem Augenwinkel einen Blick hinüber zu Victoria, die immer noch neben Hede auf dem Ledersofa sitzt und Marleen aufmerksam zuhört.

»Er war ein ganz armer Hund in dieser Beziehung«, fährt Marleen fort.

»Und ist er das heute nicht mehr?« fragte Hede kühl.

»Nicht so sehr. Er weiß genau, wie er mit mir dran ist. Und es ist ihm recht so. Mehr wäre ihm zuviel.«

So habe ich das noch nie gesehen. Ich bin auch nicht sicher, ob Marleen sich da nicht etwas vormacht. Sie richtet sich halt ihr Leben ein, wie es ihr paßt, das hat sie immer getan. Max muß zufrieden sein mit dem, was sie ihm zukommen läßt, aus! Er schmückt sich mit ihr, das sagt sie in aller Ruhe. Sie steht diesem Haus vor, repräsentiert, empfängt seine Gäste und ist vor der

Welt die schöne Frau Bernauer. Wobei zweifellos die Welt weiß, daß sie mit anderen Männern schläft, nur nicht mit ihrem eigenen.

Marleen hat mir mal erzählt, als wir allein zusammensaßen, wie schrecklich Max von seinem Vater unterdrückt und geschuriegelt worden ist. Der alte Bernauer, ich kenne ihn nur flüchtig, ist das pure Gegenteil von Max, raumfüllend, laut, protzig und, was Frauen betrifft, soll er ein ziemlich hemmungsloses Leben geführt haben. Seine Frau, die Mutter von Max, die genauso still und bescheiden wie Max gewesen sein soll, ist daran kaputt gegangen. Und dann hat der Alte den einzigen Sohn so richtig klein gemacht, hat ihn von früh an schuften lassen, erst für die Konfektionsfirma, dann für die großen und immer größer werdenden Geschäfte, hat ihn sehr knapp gehalten und gründlich ausgenützt.

Erst dieser dubiose Teilhaber, dieser Kohn, der dann im Krieg dazukam, der hat Max etwas mehr Bewegungsfreiheit verschafft. Vermutlich hat er erkannt, daß Max weitaus klüger und fleißiger ist als sein großmauliger Vater. Aber den Komplex Frauen gegenüber, den hatte Vater Bernauer Max für alle Zeiten eingeredet. Natürlich kam auch sein wenig attraktives Äußeres dazu.

Und nun hat er Marleen. Das kann eigentlich, in meinen Augen, den Komplex nur vertieft haben. Ich weiß nicht, ob Max unglücklich ist oder nicht. Vielleicht ist er es wirklich nicht, und es genügt ihm, sich mit einer schönen Frau zu schmücken, wie Marleen es nennt. Wer kennt sich schon mit Menschen aus?

Schließlich bekommen wir Abendessen. Wieder ganz fabelhaft. Erst Gänseleberpastete mit einem Glas Sekt. Dann eine Tasse Hühnerbrühe. Dann Ente mit böhmischen Knödeln und Rotkraut, Rotwein dazu. Hinterher eine Eisbombe.

Die Kinder essen nicht, sie fressen.

Aber wir essen alle zuviel. Außer Marleen, die nimmt von allem nur ein paar Gabeln voll, ich beobachte das genau. Aber sie kann schließlich jeden Tag so essen, wenn sie will. Dann würde sie vermutlich platzen, doch sie ist gertenschlank.

Hede schmeckt es auch. Sie meint gnädig: »Deine Köchin ist vorzüglich.«

»Ist sie«, sagt Marleen. »Wir behandeln sie auch wie die Königin von Saba.«

Früher hatte Marleen viel Wechsel bei ihrem Personal, besonders die jeweilige Köchin war eine Katastrophe, das bekam ich immer wieder zu hören.

Die jetzige ist nun schon zwei Jahre da, eine Tschechin. Sie macht, was sie will in diesem Haus, keiner würde wagen, ihr Vorschriften zu machen. Mit Recht. Sie ist auch eine Kapazität, genau wie der Isotopenforscher.

Später, nach dem Essen, sagt Trudel mit schwimmenden Augen, denn sie hat ein bißchen viel Wein getrunken: »Es ist so schön, daß wir alle wieder einmal zusammen sind. Die ganze Familie.«

»Was davon übrig ist«, sage ich und denke an Erni.

Und Hede sagt: »Die ganze Familie ist es ja wohl nicht. Ich vermisse unseren Bruder Wilhelm.«

Da sehen wir uns alle an, Trudel, Marleen und ich. Wir sind richtig verblüfft. Keine von uns, wirklich keine, denkt jemals an Willy. Es ist, als wäre er nicht vorhanden. Der Sohn des Hauses Nossek, der einzige. Unser Bruder.

Hede hat unseren Blickaustausch beobachtet.

»Nun?« fragt sie.

»Du wirst lachen«, sagt Marleen, »ich habe ihn im vorigen Jahr zu diesem Zusammentreffen eingeladen. Schriftlich. Ich bekam sogar eine Antwort. Schriftlich. Das Haus eines Juden würde er nie betreten.«

»Oh!« sagt Hede, und es klingt verblüfft. Ihr Mann ist schließlich auch Jude. »Ist er so einer?«

»Er ist so einer. Im Krieg war er so etwas wie ein Held, aber ohne sich in Gefahr zu begeben. Sowas gibt es ja. Und es geht ihm nicht schlecht. Er ist der einzige, der zu Hause geblieben ist, er hat eine gute Partie gemacht, hat ein paar Kinder. Wir wissen nicht viel davon, denn er lädt uns nie ein. Die Frau kenne ich gar nicht.«

»Aber ich«, läßt sich Trudel vernehmen, und lieb wie sie ist, fügt sie hinzu: »Sie ist sehr nett.«

»Sie ist gräßlich«, sage ich. »Ich kenne sie auch, ich war sogar bei seiner Hochzeit, zusammen mit Trudel.«

»Du hast dich schandbar benommen«, sagt Trudel vorwurfsvoll.

»Kann sein. Ist mir egal.«

Ich war damals sehr unglücklich. Erni war so krank. Und auch sonst – alles war kaputt, alles verloren, alles vorbei. Alle tot und verschwunden, die ich liebte.

Und dann mein selbstgefälliger Bruder, der sich einbildet, die Welt sei allein für ihn erschaffen, und diese dicke glotzäugige Kuh, die er heiratete, ich ärgerte mich die ganze Zeit, daß ich zu dieser dämlichen Hochzeit gekommen war. Ich fand die Sippe ekelhaft, die er sich anheiratete. Und Mutter benahm sich so demütig, bloß weil die ein bißchen Geld hatten.

»Ich habe mich betrunken.«

Hede lacht amüsiert, sie ist jetzt sehr gelöst, und eigentlich gefällt sie mir.

»Erzähl mal«, sagt sie gut gelaunt, lehnt sich zurück und zündet sich eine Zigarette an.

Ich blicke kurz zu Victoria, und sie sagt freundlich: »Kannst du ruhig erzählen, Mutti, kenne ich schon. Hat Tante Trudel mir alles erzählt.«

»So«, sage ich. Stephan hat sich absentiert, er liegt vor dem Bücherschrank auf dem Teppich und schmunzelt über einem Band Wilhelm Busch. Den holt er sich immer aus dem Bücherschrank, wenn er bei Marleen ist.

Dann gebe ich also eine plastische Schilderung von Willys Hochzeit, von ihm, seiner Frau und der dazugehörigen Familie. Von meinen Gefühlen, und wie ich mich benommen habe. Das stimmt alle so heiter, daß wir den Familientag geradezu herzlich und in bester Stimmung beschließen.

»Es war fein, daß du da warst«, sagt Marleen beim Abschied zu Hede. »Hat mich ehrlich gefreut. Und ich glaube, die anderen auch.«

Sie sieht uns an, und wir nicken mit den Köpfen und sagen Ja. Victoria am lautesten. Hede wird fast ein wenig verlegen. »Kinder!« sagt sie. Und dann: »Ist doch was Komisches mit Familie. Eigentlich braucht man sie ja nicht.«

»Doch«, sage ich entschieden.

Marleen sagt: »Du hast dir nie etwas aus uns gemacht. Und gebraucht hast du uns wirklich nicht.«

»Außer Trudel«, sagt Hede, und es klingt liebevoll. »Als ich klein war, bedeutete sie mir sehr viel.«

»Ach Gott!« sagt Trudel gerührt.

»Sie war für uns alle wichtig«, sage ich. »Und sie ist es heute noch. Sie ist so eine Art ruhender Pol für uns. Also jedenfalls für mich und die Kinder. Und sie war es für Mutter und für Vater. Und für Erni. Sie ist der beste Mensch, der mir je auf Erden begegnet ist, und ich bin sicher, daß Gott ihr einen Platz in seiner nächsten Nähe reserviert hat.« Ich bin ein bißchen betrunken und auch sehr gerührt, Trudel muß schlucken und hat Tränen in den Augen und sag: »Nun red ock nicht so einen Unsinn!«

Marleen sagt, leise und sehr ernst: »Man weiß ja nie, was kommt. Und ob man nicht mal ganz froh ist, wenn man Familie hat.«

Ich sehe sie an und denke, daß sie im Grunde auch nicht glücklich ist, trotz allem, was sie hat.

Dann umarmen wir uns alle und küssen uns und fühlen uns ganz familiär und mögen uns gegenseitig wahnsinnig. Auch die fremde Hedwig.

Der Bernauersche Chauffeur, der uns nach Hause bringen soll, steht mit hochnäsiger Miene an der Tür und sieht sich gelangweilt die Familienszene an.

Nina
1929

Ich sei eine Romantikerin, hat Felix kürzlich mal gesagt, und eigentlich ziemlich altmodisch.
Ich kann das nicht finden. Ich halte mich für absolut hartgesotten, ich gehe arbeiten, habe mich dem Jargon meiner Umgebung angepaßt, habe ein Verhältnis mit einem verheirateten Mann, den ich jetzt sogar betrogen habe. Wenn ich keine moderne Frau bin, wer denn dann?
Nun hätten wir zu alledem noch das neue Jahr, und ich habe es mit reichlich gemischten Gefühlen in Empfang genommen. Erst war mir ganz mies. Dann allerdings – na ja.
Silvester ohne Felix. Seine Frau ist in der Woche vor Weihnachten gekommen, zusammen mit ihrem Bruder Dan, und Felix war ganz aus dem Häuschen, erstens weil die Lady nach so langer Zeit geruhte, sich seiner zu erinnern und zweitens noch ihr Brüderchen mitbrachte. Ich bekam ihn außerhalb des Theaters kaum zu sehen, und auch da nur tagsüber, abends verschwand er immer schnell, meist ehe die Vorstellung überhaupt zu Ende war. Weihnachten mußte er auch mit ihr feiern, na schön, ich sehe es ein, und ich fragte mich nur, ob vielleicht eine Scheidung am Christbaum hängt, weil sie sich männliche Verstärkung mitbrachte. Insgeheim war ich darauf gefaßt, daß sich die beiden Amerikaner mal im Theater sehen lassen würden, war aber bis jetzt nicht der Fall.
Weihnachten ohne Felix, na gut, ich habe Trudel und die Kinder, aber daß er mich Silvester auch sitzen ließ, erboste mich schon gewaltig. Monatelang ist sie nicht da, kümmert sich einen Dreck um ihn, dann läßt sie sich herab, mal wieder aufzukreuzen, und er hopst Tag und Nacht um sie herum. Was für eine Rolle spiele ich eigentlich? Wie komme ich dazu, nur da zu sein, wenn *er* mich braucht und will? Er hatte gemerkt, daß ich mich ärgerte und sagte, daß ich es doch verstehen müsse, es sei schließlich wichtig, und überhaupt, da sein Schwager dabei sei, der verwalte das ganze Familienvermögen, und das sei beträchtlich, und wenn er der Miriam das Konto sperrt, was soll dann aus dem Theater werden? Also ich solle nicht kindisch sein und begreifen, daß er Silvester mit ihnen ausgehen müsse, es ginge gar nicht anders.
Er kam kurz nach Beginn der Vorstellung, fein mit Ei, im Smoking, so in Schale habe ich ihn noch nie gesehen, er war nervös, sicher meinetwegen, denn ich war bitterböse und sprach kein Wort mit ihm. Er wollte mir einen Kuß geben, aber ich wandte ihm den Rücken zu.
»Sei nicht so albern, Nina! Wir alle leben von diesem Theater.«
»Hau bloß ab! Ich werde froh sein, wenn du draußen bist.«
»Wo geht *ihr* denn hin? Zu Ossi? Vielleicht kann ich später vorbeischauen.«
»Das kannst du garantiert nicht, also spare dir die Verrenkungen. Und ich gehe überhaupt nach Hause.« Und damit verließ ich das Büro, ging zur Bühne und stellte mich vorn links in die Gasse, da kann er wenigstens nicht

mit mir reden. Sie hatten gerade die hübsche Szene zwischen Raina und Bluntschli, Thiede und Eva also auf der Bühne, und die zwei machten das wieder großartig, sie sind jeden Abend besser.

Marga stand neben mir, sah mich von der Seite an, sah meine verbitterte Miene, sicher sah ich jetzt nicht aus wie zweiundzwanzig, sie legte mir die Hand auf den Arm und flüsterte: »Nachher trinken wir alle zusammen einen, ja?«

Als die Pause begann, ging ich ins Büro zurück, Felix war verschwunden. Er kommt später zu Ossi! Daß ich nicht lache, später muß er mit seiner Gattin ins Bett, auch das gehört zur Finanzierung des Theaters.

Ich fühlte mich schauderhaft. Deprimiert, beleidigt und gedemütigt, und ich liebte ihn kein bißchen mehr. Eine herrliche Stimmung, um das neue Jahr zu beginnen.

Damit ich nicht etwa anfing zu heulen, ging ich später wieder hinaus hinter die Bühne. Das Theater war ausverkauft, die Leute lachten und amüsierten sich, Thiede war großartig, inzwischen spricht er ein perfektes Schwyzerdütsch, ich höre ihm schrecklich gern zu. Und er sieht fabelhaft aus. Eigentlich finde ich, paßt das Stück sehr gut in unsere Zeit, es ist so eine Art pazifistisches Stück und so herrlich vernünftig. Wie eigentlich alles, was Shaw geschrieben hat, ein Genie, dieser Ire.

Felix hätte allen Grund der Welt, seinen Schauspielern dankbar zu sein, sie haben ihn vor der Pleite gerettet; denn dieses Stück läuft gut, und es hätte sich gehört, daß er nach Schluß der Vorstellung mit ihnen anstößt. Ich sagte das zu Marga, als sie im dritten Akt von der Bühne kam, und fügte hinzu: »Er benimmt sich abscheulich. Richtig gemein.«

»Ach, Kleine«, sagte sie und strich mir über die Wange. »Nimm doch bloß die Männer nicht ernst.«

»Ich rede ja nicht von mir. Ich mache mir den Teufel daraus, wohin er geht und mit wem. Ich meine euch.«

»Wir werden uns auch ohne den Herrn Direktor amüsieren, keene Bange nich, wie die Berliner sagen. Hörst du, wie die Leute lachen? Das ist Musik in meinen Ohren. Thiede wird jeden Abend besser. Es ist gottvoll, wie er die Pointen setzt. Paß auf, der Junge wird nochmal ganz groß.«

Dann mußte sie wieder auf die Bühne. Am Ende bekamen sie viel Applaus, und dann waren wir unter uns, und dann wurde es gleich sehr lustig, wie die Kinder alberten sie in ihren Garderoben herum.

Wir blieben im Theater. Wo soll man denn auch hingehen, kostet nur unnötig Geld. Ist auch zu spät, überall wird schon gefeiert. Molly hatte eingekauft, es gab warme Würstchen und Kartoffelsalat und saure Gurken, viel Käse und knusprige Brötchen. Flaschen waren auch genug da, jeder hatte etwas mitgebracht, Bob hatte sein Koffergrammophon dabei, und wir tanzten, in den Gängen, im Büro, schließlich auf der Bühne. Ich trank, und ich lachte, soll doch bloß keiner denken, daß ich mich gräme.

Ein schlechtes Gewissen hatte ich allerdings auch, wenn ich an die Kinder dachte. Vicky hatte am Tage zuvor gesagt: »Weißt du, was ich mir wünsche? Daß wir wieder einmal zusammen Silvester feiern, so wie früher.«

Als die Kinder kleiner waren, in Breslau und auch die ersten Jahre in Berlin, feierte ich mit ihnen zusammen, wir machten uns Punsch, setzten ulkige Hüte auf und zogen Knallbonbons, gossen Blei, was man eben so tut in der

Silvesternacht. Schon die Tatsache allein, daß sie so lange aufbleiben durften, war ja eine Sensation. Nun hätte ich ja diesmal leicht sagen können, ja, gut, ich komme nach dem Theater nach Hause, bereitet alles vor, aber im stillen hoffte ich ja doch, daß ich mit Felix zusammen sein würde.

Spät in der Nacht tanzte ich mit Thiede auf der halbdunklen Bühne, er hielt mich ziemlich fest, drückte mich an sich, ich spürte seinen Körper und daß er ein Mann ist. Sein Körper ist fest und geschmeidig, ich wollte mich von ihm losmachen, aber er hielt mich fest und küßte mich. Dann lief ich zu den andern, trank schnell ein Glas Sekt, und da sah ich, daß Eva nicht mehr da war. Gibt er sich deswegen mit mir ab? Bin ich eine Art Lückenbüßer? Das fehlte mir gerade noch.

Nach einer Weile kam er wieder, nahm mich bei der Hand und wollte wieder tanzen. Ich sagte, nein, ich will nicht mehr tanzen.

»Doch, du willst«, sagte er und zog mich mit.

Und dann ging es so weiter. Es war so, daß ich mich nach der Berührung seines Körpers sehnte, nach seinen Händen, nach seinem Mund, und das merkte er natürlich, drängte mich seitwärts in die Kulissen, preßte mich gegen die Wand und küßte mich. Sehr ausführlich. Ich war atemlos, als er mich losließ, aber natürlich wollte ich nicht zeigen, wie beeindruckt ich war, also sagte ich trotzig: »Übernimm dich bloß nicht. Hast du Krach mit Eva?«

»Krach mit Eva?« Er stand immer noch so dicht vor mir, daß sein ganzer Körper mich berührte.

»Na ja, du willst dich ja offensichtlich mit mir trösten.«

Er bog den Kopf zurück und lachte laut, ich sah seine gespannte Kehle, seine blitzenden Zähne, den schönen weitgeöffneten Mund. Er roch gut, auch aus dem Mund. Und er ist wirklich ein prima aussehender Bursche.

»Ach, Ninababy«, sagte er zärtlich. »Gib dich doch bloß nicht als kühle Mondäne. Die Rolle kauft dir doch keiner ab.«

Er strich mit dem Finger über meine Brustspitzen, erst die eine, dann die andere, mir wurde ganz schwach in den Knien, und ich sagte laut: »Laß das doch!«

»Warum? Gefällt es dir nicht?«

»Nein.«

»Glaub' ich nicht. Fühlt sich gar nicht so an.«

»Du bist unverschämt.«

»Ja.«

Er küßte mich wieder, ich wehrte mich nicht mehr, war ja auch egal, Felix schläft bei seiner Frau, Thiede war hier, bei mir. Und überhaupt hatte mir seit Jahren nichts so gut getan wie seine Liebkosungen.

Als ich wieder Luft bekam, sagte ich: »Aber Eva . . .«

»Was hast du eigentlich immer mit Eva? Sie ist mit ihrem Freund ausgegangen, er hat sie vorhin hier abgeholt. Das ist eine große Liebe mit den beiden, er ist extra aus Dortmund gekommen. Da war sie doch im vorigen Jahr im Engagement. Sie wollen sogar heiraten. Bist du nun zufrieden? Weil wir gut zusammen spielen, brauchen wir ja nicht ins Bett zu gehen.«

»Ich dachte . . .«

»Da denkst du falsch, Ninababy. Aber mit dir gehe ich heute ins Bett.«

Da wußte ich nicht, was ich sagen sollte.

»Ist es dir recht?«

»Du bist verrückt.«
»Nach dir.«
»Das glaube ich nicht.«
»Merkst du das nicht?«
»Na ja, vielleicht gerade heute.«
»Heute ist immer der beste Tag. Gestern ist vorbei, und morgen ist eine unsichere Sache. Leben findet immer heute statt. Und hübsche Dinge soll man immer heute tun, Ninababy. Kommst du mit?«
»Wohin denn?« Ich kam mir vor wie achtzehn.
»Zu mir. In meine Pension. Ist gar nicht weit von hier.«
»Aber das geht doch nicht.«
»Warum nicht? Das geht wunderbar. Und sag bloß nicht, es geht nicht wegen deinem Felix.«
»Felix ist mir ganz egal. Der spielt keine Rolle.«
Er lachte wieder und drückte mich fest an sich.
»Um so besser. Komm, laß uns gehen!«
»Aber die anderen.«
»Was ist mit denen? Zum Teil sind sie schon weg, und zum Teil sind sie blau. Hörst du, es ist ganz still geworden. Komm, schnell.«
Er nahm meine Hand und zog mich hinter sich her zum Büro, nahm meinen Mantel, zog ihn mir an, hing sich meine Tasche über den Arm. »Damit du mir nicht weglaufen kannst.«
Bei Molly in der Pförtnerstube lag Bob auf dem Feldbett und schnarchte laut.
»Alles Gute nochmal, Molly. Wir gehen noch tanzen, Frau Jonkalla und ich.«
»Det ist jut, det macht man. Tät ick ooch, wenn ick noch beede Beene hätte. Viel Spaß, Kinder.«
Dann waren wir auf der Straße, und er ließ mir gar keine Zeit zum Überlegen, ich lief mit ihm wie ein kleines Hündchen. Nur einmal blieb ich stehen und sagte: »Nein!«
Er sagte: »Ja«, und ich lief weiter mit.
Die Pension ist in einem großen alten Haus, Gründerzeitstil, überall war noch Licht, Musik und Lachen. War ja noch nicht so spät, kurz nach zwei, für Silvester ist das gar nichts. Und dann war ich wirklich in seinem Zimmer, es war warm und gemütlich, und ein bißchen unordentlich, aber ich kam gar nicht dazu, mich umzusehen, er zog mir den Mantel aus und begann ohne Umstände mein Kleid aufzuknöpfen.
»Also Peter, wirklich, so geht das nicht.«
Er küßte mich und zog mich weiter aus.
»Du bist süß, Ninababy, wie ein kleines Mädchen. Du wirst sehen, wie wunderbar das geht.«
Ich sah es. Und es war wunderbar. Er liebte mich wunderbar. Ich war nicht mehr so glücklich in den Armen eines Mannes seit damals, seit dem erstenmal.
Ich schwöre bei Gott – seitdem nie wieder.
Er küßte mich von Kopf bis Fuß, er streichelte jeden Zentimeter meiner Haut, er machte mich so verrückt, daß ich es jedesmal kaum erwarten konnte und mich fast auflöste vor Begierde, und das merkte er und wartete immer

länger. Nicht beim erstenmal, da geschah es rasch, aber beim zweitenmal und beim drittenmal, da zögerte er es so lange hinaus, daß schließlich ich es war, die ihn an mich riß, ich verschlang ihn geradezu. Am liebsten hätte ich nicht nur dieses eine Stück von ihm, sondern den ganzen Mann in mich hineinreißen mögen.

Es ist schrecklich, ich wußte gar nicht, daß es so etwas gibt, daß ich so sein kann.

Fest aneinander geschmiegt schliefen wir dann ein, und wir schliefen so vertraut, als gehörten wir seit Jahren zusammen.

Am Vormittag, als ich aufwachte, war ich immer noch glücklich, keine Spur von Reue, und warum auch. Liebe ist schön, kann so schön sein, wenn man den richtigen Mann dazu hat. Er war auch noch lieb, als er aufwachte, und es war ganz selbstverständlich, daß wir miteinander geschlafen hatten.

Dann stand er auf, zog sich einen Morgenrock an und sagte: »Jetzt hole ich uns Frühstück. Du kannst inzwischen ins Bad. Warte, ich schau mal nach, ob es leer ist.«

Ein wenig genierte ich mich, ich dachte, wenn ich jemand auf dem Gang treffe, wäre das doch peinlich. Ich war zwar nachts auch im Bad, aber da habe ich gar nichts gedacht, da war mir alles egal.

Das Bad war leer, ich sauste über den Gang, beeilte mich, steckte den Kopf zur Tür hinaus, als ich fertig war, doch der Gang war leer, sie schliefen wohl alle noch, und dann war ich wieder in seinem Zimmer.

Jetzt dachte ich zwischendurch auch mal an Felix. Total ohne Reue oder Scham, im Gegenteil, mit einer gewissen Befriedigung. Er soll sich doch bloß nicht einbilden, er sei für mich der einzige Mann auf der Welt. Thiede ist fünfzehn Jahre jünger als er. Was für einen wunderbaren Körper er hat. Und was für ein Liebhaber!

Dann kam er mit dem Tablett, und da war alles drauf für zwei Personen: zwei Teller, zwei Tassen, eine Riesenkanne Kaffee, Eier, Schinken, offenbar fand es kein Mensch komisch, wenn er sich Frühstück für zwei holte, womit ganz klar ist, daß sie daran gewöhnt sind.

Wenn es nicht Eva ist, wer ist es dann?

Geht es mich etwas an? Es geht mich nichts an.

In dieser Nacht bin ich es gewesen, und es war eine wundervolle Nacht. Sie wird sich nie wiederholen, und das werde ich akzeptieren und kein Wort darüber verlieren. Ich bin eben doch eine moderne Frau.

Hedwig und Magdalene

AN IRGENDEINEM TAG IN IRGENDEINEM JAHR verläßt man das Ghetto der Kindheit, das gleich einer Schutzzone ist, in der Traum und Wirklichkeit ganz von selbst ineinander übergehen, in dem man behütet und bewahrt wird, in dem die Tage lang sind, ein Monat kaum vergeht, ein Sommer länger als ein Leben währt.

Es beginnt die Zeit der Jugend, eine schwierige, schwer zu verstehende Zeit, was bedeutet, daß es nicht nur schwer ist, die Welt und die anderen zu verstehen, sondern daß man auch die größte Mühe hat, sich selbst zu verstehen, sich darüber klar zu werden, wer man ist, wie man ist, wohin man will und wohin man kann.

Auf einmal sind Probleme da, Verantwortung wird gefordert, Entscheidungen werden verlangt, jähe Freude und bittere Schmerzen kommen überfallartig, und es genügt nicht, dies alles mit dem Etikett Pubertät zu versehen, dann ginge es ja vorüber und das Leben müßte wieder leichter werden. Aber es wird nicht leichter, auch der Übergang von Jugend zu Erwachsensein ist schwierig, die Probleme bleiben, verändern sich, verstärken sich gar, und von nun an und ohne Ende wird von dem Menschen etwas verlangt, etwas erwartet: die Erfüllung von Aufgaben und Pflichten, Arbeit, Mühe und Plage, Erfolg, die Verantwortung anderen gegenüber, Familie zumeist, Kinder und schließlich und endlich die Entwicklung einer eigenen Persönlichkeit. Zu welchem Ergebnis nicht jeder kommt.

Nun werden die Tage immer kürzer, die Stunden vergehen rascher, man begreift, daß ein Sommer endet; und das wird so bleiben, von nun an wird das Leben immer schneller laufen, bis zwischen Sonnenaufgang und Sonnenuntergang kaum Zeit gewesen sein wird, die Sonne zu sehen.

Der Übergang zwischen Kindheit und Jugend geschieht unmerklich. Den Tag, an dem man aus der Schutzhaft der Unschuld entlassen wird, hat man meist übersehen, auch ist der Zeitpunkt bei jedem verschieden, doch je später es geschieht, um so besser, denn die Kraft, der Mut und das Vertrauen, die man in der Unberührbarkeit des Kindseins gewonnen hat, müssen für ein Leben lang reichen. Es wird nichts nachgeliefert.

Ein Mensch, der zu früh aus dem Traumland der Kindheit gerissen wurde, wird ein Leben lang daran leiden müssen, wird sich und den anderen nicht vertrauen, wird zu hart oder zu weich sein, wird an Güte nicht glauben und wird es oft versäumen, nach den Fetzen von Glück, die das Leben ihm vielleicht gewähren will, zu greifen und sie festzuhalten.

Als Nina fünfzehn Jahre wurde, im Oktober des Jahres 1908, war sie in vieler Beziehung noch ein Kind, auch wenn ihre Röcke nun länger waren und sie die Haare aufstecken durfte. Aber Liebe empfand sie bereits, zwar eine Traumliebe noch, die die Ernüchterung der Wirklichkeit nicht kannte.

Die Entwicklung ihrer beiden älteren Schwestern war anders verlaufen, sie hatten, jede auf ihre Art, ihre Kindheit früh beendet. Bei Hedwig spielte die körperliche Behinderung, die zu einer frühen Reife geführt hatte, eine gewisse Rolle, aber mehr als das waren es ihr hochentwickelter Verstand und ihr Intellekt, die sie früh aus dem Kindsein hinausführten. Bei Magdalene waren es ihr reizvolles Äußeres, Gefallsucht, Eitelkeit und eine zweifellos früh entwickelte Sexualität, die sie erwachsener erscheinen ließen als sie war, denn an geistiger Reife fehlte es ihr.

Das Verhältnis zwischen Hedwig und ihrer Familie hatte sich im Laufe der Jahre nicht verändert, es war weder gut noch schlecht, es war nicht vorhanden. Nun war sie schon vor ihrem Unfall ein verschlossenes, unzugängliches Kind gewesen, sie hatte wohl von beiden Elternteilen das schwierigste Erbe übernehmen müssen, von Agnes die Scheu, die Lebensangst, allerdings nicht die Bereitschaft, sich zu ducken. Und da sie klug war, lernte sie mit der Zeit Scheu und Lebensangst in sich selbst zu bekämpfen und, zum großen Teil jedenfalls, zu besiegen.

Den Verstand hatte sie von ihrem Vater, aber auch seine Sprödigkeit, seine Humorlosigkeit, die Unfähigkeit, ein Gefühl zu zeigen. Von wem sie allerdings Entschlußkraft, Mut und die Härte gegen sich selbst übernommen hatte, war nicht ersichtlich, doch hatte sie sich diese Eigenschaften, die sie als Kind keineswegs besaß, wohl zum größten Teil selbst anerzogen.

Die Familie war mit Hedwigs Los bis zum Jahr 1908 sehr zufrieden. Denn natürlich hatte man sich Sorgen machen müssen, was aus ihr werden sollte, da ja an eine Heirat kaum zu denken war. Wie schon einmal, erwies sich der reiche Nachbar, Adolf Gadinski, als hilfreicher Engel; seine Tochter Karoline hatte in den Schuljahren, in denen sie mit Hedwig in eine Klasse gegangen war, stets von ihrem weit überlegenen Geist profitiert.

Als Hedwig mit siebzehn Jahren und einem ausgezeichneten Zeugnis die Schule verließ, machte Gadinski seinem Nachbarn Nossek das Angebot, Hedwig als Bürokraft in der Zuckerfabrik zu beschäftigen. Sie sei ja ein sehr gescheites Mädchen, und man hätte in all den vergangenen Jahren Gelegenheit gehabt, ihre Zuverlässigkeit, ihren Ordnungssinn und ihren Fleiß kennenzulernen. Es sei ja nun üblich geworden, Frauen im Büro zu beschäftigen, und er sei schließlich kein altmodischer Mensch, und so wäre er nicht zuletzt Hedwig zuliebe bereit, sich diesen modernen Strömungen anzuschließen. Es sei nur notwendig, daß Hedwig einen Kursus in Stenographie und Maschinenschreiben besuche, dann stünde nichts im Wege, sie seinem bewährten Herrn Vöckla zur Ausbildung anzuvertrauen.

Wobei auf beiden Seiten mit keinem Wort die Rede davon war, ob man nicht Hedwig erst einmal fragen solle, was sie von dem ihr zugedachten Lebensweg hielt. Emil druckste ein wenig an seiner Zustimmung herum, erbat sich Bedenkzeit, da es ihn eine gewisse Überwindung kostete, Herrn Gadinskis Angebot anzunehmen. Emil hatte nun einmal seinen eigenen Stolz, nicht nur den gewöhnlichen preußischen Beamtenstolz, er hätte es am liebsten gesehen, wenn alle seine Töchter bis zu ihrer Verheiratung im Haus geblieben wären.

Eine Heirat hatte sich jedoch bei Gertrud schon nicht ergeben; die einzige Möglichkeit, die sich geboten hatte, war von Emil selbst zunichte gemacht worden; ob er das bereute, wußte man nicht, er sprach nicht darüber. Allerdings wäre Gertrud im Haus Nossek auch gar nicht zu entbehren gewesen.

Hedwigs Fall lag anders, und so mußte ein Weg gefunden werden, der ihr weiteres Fortkommen sicherte. Soviel war Emil klar. Ebenso klar war es, daß Hedwig für den klassischen Beruf höherer Töchter, den Beruf einer Gouvernante oder Erzieherin, absolut ungeeignet war, Kinder interessierten sie nicht, sie hatte ja nicht einmal eine Beziehung zu ihren eigenen Geschwistern. So war Herr Gadinskis Angebot ein Glücksfall, und wurde denn auch von Emil schließlich angenommen.

Eigentlich hätte er wissen sollen, daß seine Tochter Hedwig ganz bestimmte Wünsche hatte, aber nur einmal, nur ein einziges Mal hatte sie zu ihm davon gesprochen. Sie würde gern Chemie studieren, hatte sie ihm gesagt. Emil war nicht darauf eingegangen, von einem Studium konnte keine Rede sein, studieren würde einzig und allein sein Sohn Willy, das würde Geld genug kosten. Studium für ein Mädchen, auch wenn es nun schon nicht mehr so ungewöhnlich war, hielt Emil für Unsinn.

Hedwig hatte seine Meinung zuvor gekannt und kam nicht mehr darauf zurück. Sie hätte nun ihre Wünsche in der Schublade für unerfüllbare Träume ablegen können, und vielleicht hätte sie es getan, wenn sie gesund und hübsch gewesen wäre und eines Tages ein Mann sich in sie verliebt hätte. So aber erfüllten ihren Kopf nichts anderes als Pläne und immer wieder Pläne, wie sie ihr Ziel doch noch erreichen könnte. Pläne, die nicht zur Ausführung kamen, denn es fehlte ihr alles, was notwendig gewesen wäre: Zeit, Geld, Freiheit und das Abitur.

Ihr Interesse für Chemie war der Familie sowieso stets unverständlich gewesen, und keiner hatte es ernst genommen. Man betrachtete es als eine Schrulle, als eine ausgefallene Beschäftigung für das behinderte Mädchen, sie wußten nicht einmal, wie Hedwig und die Chemie zusammengekommen waren, weil sie von dem Umgang, den sie hatte, nichts wußten.

Begonnen hatte es in der Schule, als Hedwig etwa zwölf war. Damals schloß sie, nach einer Zeit vorsichtiger Annäherung, Freundschaft mit einem Mädchen aus ihrer Klasse, der Tochter eines Apothekers, die fast genauso klug wie Hedwig war, sie waren die Besten der Klasse, und daraus ergab sich in diesem Fall nicht Rivalität, sondern Freundschaft. Dies war die einzige Freundin, die Hedwig während ihrer Schulzeit besaß.

Margarethe, die Apothekerstochter, hatte zwei Brüder, und alle, der Apotheker, seine zwei Söhne, seine Tochter, waren sie gewissermaßen chemiebesessen. Der Apotheker hatte sich von seinen Chemiesemestern die Lust am Experimentieren, an Versuchen, an Erfindungen bewahrt, das ganze Apothekerhaus, ein sehr hübsches Haus am Ring, gegenüber dem Rathaus, glich einem Laboratorium, in dem es immer brodelte, zischte, sich mischte, sich trennte und gelegentlich auch explodierte.

Man sei, so sagte der Apotheker, in das Zeitalter der Chemie eingetreten, obwohl es natürlich immer Chemie gegeben habe, das ganze Leben, alles was da sei, bestehe aus chemischen Formeln, nur habe der Mensch früher nicht die Fähigkeiten und Mittel besessen, dies alles zu erforschen und zu erkennen, jetzt aber sei es endlich soweit, daß man nach und nach die letzten Geheimnisse der Natur entschleiern könne, über kurz oder lang werde man die Zusammensetzung alles irdischen Seins kennen, und an dieser Entwicklung teilzuhaben, sei überhaupt die einzig interessante Form des Daseins, und was ihn betreffe, so könne er sein Glück kaum fassen, in dieser Zeit leben zu dürfen.

Im Apothekerhaus wurden sämtliche Fachzeitschriften gehalten, die über die Fortschritte in der chemischen Welt berichteten und für Eingeweihte sich spannender lasen als Detektivgeschichten.

Und da war die Frau Apotheker, eine stille, freundliche Frau, die sich mit Geduld und Gleichmut, auch mit Humor, damit abfand, in einem Laboratorium zwischen besessenen Chemikern zu leben. Auch sie wies ein beachtenswertes Talent auf, sie war eine Meisterköchin, und die Formeln, nach denen es in ihrer Küche brodelte und dampfte, ähnlich der Situation im Familienlaboratorium, hatten den Vorzug, daß es in dem ihren besser roch. Wann immer die Wissenschaftler Zeit fanden, ihre Gläser und Kolben im Stich zu lassen, wurden sie mit köstlichen Leckerbissen gefüttert. Hedwig partizipierte daran, denn sie war oft zu Besuch im Apothekerhaus, und von dieser Zeit blieb ihr die Vorliebe und auch das Verständnis für eine gute Küche und ihre Erzeugnisse. Gerade dies hätte jemand, der es wert fand, Hedwigs Leben zu beobachten, zu gewissen Hoffnungen berechtigen können: wer gern und verständig ißt, hat zweifellos ein positives Verhältnis zum Leben und zu dessen physischen und psychischen Entwicklungsmöglichkeiten.

Kein Wunder, daß Hedwig von diesen Menschen und ihrem Dasein fasziniert war. Der Apotheker verstand es, hinreißend über sein Metier zu sprechen, und genauso wie er seine eigenen Kinder dafür interessiert hatte, gelang ihm das bei Hedwig. Da ihm nichts Besseres passieren konnte, als wieder einmal ein neues und ganz unerfahrenes Opfer zu haben, widmete er sich der Freundin seiner Tochter mit aller Begeisterung, die er für sein Fach aufbrachte, so daß Hedwig eigentlich im Laufe der Jahre bereits so etwas wie ein Studium der Chemie absolviert hatte. Übrigens hatte auch Hedwigs sich später entwickelnder sozialistischer Spleen seine Wurzel im Apothekerhaus.

Der älteste Apothekersohn Konrad, und dies war ein für alle Zeit fest verschlossenes Geheimnis in Hedwigs Herzen, wurde ihre erste und sehr tief empfundene Liebe, von der niemand etwas wußte, am wenigsten der Betroffene selbst. Als er aufbrach zum Studium, erst nach Breslau, dann nach Berlin, brach ihr bald das Herz, doch kam er gottlob oft zu Besuch, denn diese merkwürdige Familie liebte sich untereinander sehr. Dann stellte sich heraus, daß ihn mehr als die Veränderungen in der Retorte und in den Reagenzgläsern die Wandlungen der Gesellschaft interessierten. Er trat der sozialdemokratischen Partei bei, was seinem Vater verständnislose Verwunderung, jedoch keinerlei Empörung abnötigte, jenseits der Chemie ging für ihn nichts Bemerkenswertes vor sich.

Um so mehr waren die jungen Leute, der jüngere Bruder des Studenten, der noch ins Gymnasium ging, Margarethe und Hedwig von den sozialistischen Reden des Studiosus gefesselt. Nun kamen auch Bücher und Schriften dieser Art ins Apothekerhaus und verdrängten bei den jungen Leuten zeitweise sogar die Chemie. So nach und nach, etwa zwischen ihrem sechzehnten und achtzehnten Lebensjahr, siedelten sich in Hedwigs Kopf eine Menge neuer Gedanken und Ideale an.

Sie war ein Mädchen, das war Schicksal. Sie hatte einen Unfall gehabt und hinkte, nicht sehr, aber es zeichnete sie. Auch Schicksal. Sie hatte kein Geld, das stufte sie ein. Aber sie hatte einen Kopf, einen klugen, denkfähigen und entwicklungsfähigen Kopf, und der sollte absolut überflüssig und unbrauchbar sein, nur weil sie ein Mädchen, lahm und arm war?

Im Laufe der Jahre wurde sie immer weniger geneigt, diese Tatsachen als gottgegebenes Schicksal hinzunehmen, und in ihr wuchs, von keinem bemerkt, der Geist der Rebellion, unterstützt von dem großen Thema der Zeit: der Freiheit der Frau, ihrer Gleichberechtigung, der Emanzipation.

Eines Tages erkannte Hedwig, wenn einer diese Emanzipation brauchte, war sie das, und wenn einer sie wollte, war sie das, und wenn die Emanzipation nicht zu ihr kam, würde sie dorthin gehen, wo sie zu finden war.

Die Verlobung des Apothekersohnes mit einer hübschen, dümmlichen Tochter aus gutem Hause gab den letzten Anstoß. Denn so fortschrittlich war er nun auch wieder nicht, daß er ein armes, unhübsches und dazu hinkendes Mädchen als Mädchen angesehen hätte.

Blieb die Zuckerfabrik. Hedwig haßte sie. Sie haßte ihre Arbeit, sie haßte Herrn Vöckla, einen verknöcherten alten Junggesellen, der ihr das Leben schwer machte, sie haßte sogar Herrn Gadinski, der es doch nur gut gemeint hatte. Bei alledem war sie hochmütig und oft unausstehlich, sie wußte, daß sie klüger war als alle, mit denen sie zu tun hatte und blickte auf sie herab. Das machte sie nicht beliebt.

Hedwig las eine Unmenge Bücher, sie las die Fachzeitschriften des Apothekers, sie las Zeitungen, nicht nur die lokalen, auch das ›Berliner Tageblatt‹ und den ›Vorwärts‹, interessierte sich für Politik und verfolgte immer genau, was in der Welt vor sich ging. Und sie sparte. Denn schon sehr bald wußte sie, daß sie eines Tages fortgehen würde. Übrigens hatte sie es von vornherein abgelehnt, weiterhin im Wagen, es war nun ein Automobil, des Herrn Gadinski mitzufahren. Sie war nun seine Angestellte, eine schlechtbezahlte dazu, und sie verstand sehr wohl, daß es ihm unangenehm gewesen wäre, ihr auf die Dauer dieses Privileg zuzugestehen. Es schickte sich nicht mehr. Er machte auch zunächst das Angebot nicht, wälzte seinerseits den unliebsamen Gedanken im Kopf hin und her, aber gutmütig, wie er nun einmal war, meinte er dann doch, da werde sie ja wohl weiterhin mit ihm zusammen fahren, jedenfalls am Morgen, nicht?

»Danke, Herr Gadinski«, erwiderte Hedwig kühl. »Ich fahre mit dem Rad.«

»Mit dem Rad?« sagte er staunend, und sein Blick glitt zu ihrem Bein. Doch ehe er darauf hinweisen konnte, fuhr sie fort: »Radfahren wird für mich sehr bekömmlich sein, ich habe immer zu wenig Bewegung gehabt.«

Sie war zwar noch nie mit dem Rad gefahren, war aber sicher, daß sie es lernen würde. Ihre Schwester Nina war eine begeisterte Fahrerin, auf dem Rad ihres Freundes Kurtel, und Hedwig hatte ihr schon manchmal nachdenklich nachgeblickt. Erstaunlicherweise stimmte Emil ihrem Plan sofort zu. Ihm war das Mitgenommenwerden im Wagen des reichen Nachbarn sowieso immer ein Dorn im Auge gewesen, und dieser Dorn war dicker als das Vorurteil gegen radfahrende Mädchen. Also kaufte er seiner Tochter ein Rad.

Agnes war es, die sich darüber nicht beruhigen konnte, sie sah voller Angst einen neuen Unfall voraus, denn ihrer Meinung nach herrschte mittlerweile in der Stadt ein ungeheurer Verkehr.

»Aber Kind! Das kannst du doch nicht. Denk doch an dein Bein!«

»Was ist mit meinem Bein?« fuhr Hedwig sie gereizt an. »Dem fehlt gar nichts.«

Sie wurde eine ausgezeichnete Radfahrerin, das verkürzte Bein hinderte sie nicht im geringsten, im Gegenteil, solange sie auf dem Rad saß, schien

273

alles an ihr wie bei allen anderen zu sein. Außerdem ergab es sich, wie sie vermutet hatte: da sie nie Sport getrieben, in der Schule an keinen Turnstunden teilgenommen, nie getanzt hatte, wenig gelaufen war, wurde sie durch das Radfahren, durch die Bewegung in frischer Luft, bald gesünder und wohler aussehend. Sie fuhr bei fast jedem Wetter, und nur nachdem sie einmal bei vereister Straße gestürzt war, benutzte sie bei Schnee und Eis das Gadinskische Fahrzeug. Sonst aber radelte sie in flottem Tempo quer durch die Stadt, dem Bein bekam es gut, sie wurde gewandter, beweglicher und sogar hübscher.

Der Familie fiel das nicht auf. Allerdings bekam sie Hedwig auch selten zu sehen. Ihr Dienst begann um sieben, sie stand um halb sechs auf, und kam vor halb acht nicht nach Hause, manchmal wurde es auch acht oder halb neun, denn Herr Vöcklas' Leben spielte sich im Büro ab, und so war er der Meinung, auch für andere gäbe es nichts Schöneres auf Erden, als dort bis in den Abend zu sitzen. Wenn Hedwig nach Hause kam, war das Abendessen meist schon vorüber, und Gertrud stellte ihr Brot, Butter und Wurst und eine Kanne mit warmgehaltenem Pfefferminztee in ihr Zimmer, nachdem Hedwig einmal vorsichtig den Wunsch geäußert hatte, ob sie denn nicht oben essen könne, dort könne sie sich dann nebenbei ihren Büchern widmen.

Normalerweise hätte Emil es nicht erlaubt, aber Hedwig hatte immer eine Art Sonderstellung eingenommen, man war an ihr isoliertes Leben gewöhnt. Sie schrieb, sie las und ging zwischen elf und zwölf ins Bett. Nur sonntags nahm sie an den gemeinsamen Mahlzeiten teil, da hatte sie dienstfrei. Und wenn sie ausging, ging sie ins Apothekerhaus.

Als sie einundzwanzig geworden war, im September des Jahres 1908, entschloß sie sich zur Abreise. Die Aufregung war groß, Agnes weinte, Emil wollte es verbieten, Hedwig blieb kühl und gelassen, nahm einen kurzen Abschied und verschwand. Für immer.

Ihr erstes Ziel war Berlin. Sie mußte die Entdeckung machen, daß dort keiner auf sie gewartet hatte. Das einzige, was ihr blieb, wäre wieder Büroarbeit gewesen.

Sie zählte ihr gespartes Geld, viel war es nicht, aber bei größter Sparsamkeit würde sie eine Weile damit auskommen. So faßte sie den ungeheuren Entschluß, gleich nach England weiterzureisen. England galt als fortschrittliches Land, dort kämpften die Frauen schon seit einigen Jahren mit großem Nachdruck um ihre Rechte.

Und nun hatte sie das erstemal in ihrem Leben Glück. Auf der Überfahrt – es war sehr stürmisches Wetter, der Kanal zeigte sich von seiner unfreundlichsten Seite – lernte sie ein junges Paar kennen, Bruder und Schwester, wie sich herausstellte, die von Paris nach London heimkehrten; beide waren seekrank, besonders schwer das junge Mädchen. Hedwig, von der Seekrankheit verschont geblieben, konnte der jungen Engländerin behilflich sein, da sie, vom Apotheker sorglich ausgestattet, einige brauchbare Tabletten anzubieten hatte.

Den Rest der Reise machte man gemeinsam. An Land erholten sich die beiden rasch wieder, Hedwig, erregt durch die fremde Welt, war gesprächiger als gewöhnlich und erzählte den Geschwistern, die ungefähr in ihrem Alter waren, in ihrem Schulenglisch, das von Stunde zu Stunde im Gespräch ungehemmter wurde, wer sie war und woher sie kam.

Auf diese Weise hatte sie gleich Bekannte, war keine ganz Fremde mehr, als sie nach London kam, und schon war sie eingeladen, im Elternhaus der beiden bald einen Besuch zu machen. Auch eine Pension wurde ihr empfohlen, die eine ehemalige Kinderfrau der beiden führte, ein anständiges, ordentliches Haus, wie sie hörte, nicht teuer, und einen guten Mittagstisch gebe es auch.

Das Essen war schauderhaft, aber billig. Ebenso das Zimmer, winzig klein und nur mit dem Nötigsten ausgestattet, aber sie hatte eine Bleibe und wurde freundlich aufgenommen. Was sie in London eigentlich tun wollte und wie lange sie bleiben würde, darüber hatte Hedwig nicht nachgedacht. Für sie selbst erstaunlich, war eine abenteuerliche Ader in ihr aufgebrochen, was so weit ging, daß sie schon Pläne für eine Weiterreise in die Vereinigten Staaten erwog. Alles was in ihrer Jugend an Impulsen zurückgedrängt worden war, wurde lebendig, und was keiner in ihr vermutet hätte, auch sie selbst nicht, war mit einemmal da: Tatkraft und Erlebnishunger.

Sie lief in London herum, bis ihr die Füße schmerzten, bestaunte die riesige Stadt mit ihren herrlichen Bauten, den breiten und engen Straßen und den unvorstellbar herrlichen Parks, wurde sich ihres mangelhaften Englisch schnell bewußt, hörte überall hin, lernte täglich dazu und fand plötzlich Freude daran, diese Sprache zu sprechen. Eines Tages sah sie vor Westminster König Eduard in einer goldenen Karosse, den Vetter des Kaisers, vorbeifahren und bedauerte es, daß es nicht mehr die alte Queen Victoria war.

Schließlich fand Hedwig sogar Arbeit bei der Zweigniederlassung einer Hamburger Firma, die eine Bürokraft suchte, die sowohl englisch wie deutsch schreiben konnte. Noch etwas anderes fand sie: einen Mann. Er war Deutscher, Anfang dreißig, kam aus Sachsen und zog eines Tages in die Pension ein. Sie lernten sich am Mittagstisch kennen, der nach englischer Sitte abends stattfand. Er hieß Theodor, sah blaß und hungrig aus, war aber sehr klug, ein Intellektueller, der sich auch als solcher verstand. Schriftsteller nannte er sich, allerdings hatte er bis jetzt noch nichts veröffentlicht, sondern hatte sich, nach einem abgebrochenen Studium der Geschichte und Literaturgeschichte, nur politisch betätigt, ein radikaler Sozialist, kein Sozialdemokrat, einer, der die Welt nicht bloß verbessern, sondern von Grund auf umkrempeln, total erneuern und vorher möglichst in Stücke schlagen wollte.

Diese Töne waren Hedwig vertraut, obwohl sie ihr so kraß noch nicht begegnet waren. Er sprach kaum englisch, und war sehr angetan davon, in der Pension eine Deutsche vorzufinden, denn er mußte reden, reden, reden, möglichst viel von Bakunin, das war ihm ein Bedürfnis. Hedwig hörte zu, war manchmal gleicher, manchmal anderer Meinung, verändert und verbessert sollte die Welt werden, denn die hatte es nötig, das gab sie zu, Gewalt, Mord und Totschlag jedoch lehnte sie ab; sie vertraue auf die Vernunft der Menschheit, sagte sie. Ihr neuer Bekannter lachte hohnvoll, darauf könne sie lange warten, menschliche Vernunft sei eine Fiktion.

Soweit es ihn selbst betraf, hatte er vollkommen recht.

Hedwig wurde seine Geliebte. Das ergab sich verhältnismäßig rasch. Einmal war die Tatsache, daß sich überhaupt ein Mann für sie interessierte, so ungeheuerlich, daß sie stärker war als alle Bedenken. Zum anderen wies Theodor sie voll Nachdruck darauf hin, daß freie Liebe sowieso die einzige Form der Liebe sei, die noch Daseinsberechtigung habe, eine derart veraltete

Institution wie die Ehe, die nur noch von Kirche und Staat künstlich am Leben erhalten werde, sei zum Aussterben verurteilt.

Nach einer Weile flogen sie beide aus der Pension, mieteten sich von dem Geld, das Hedwig verdiente, ein Zimmer, in dem sie gemeinsam lebten. Bei ihren Londoner Bekannten, die sie auf der Überfahrt kennengelernt hatte, war sie nun nicht mehr erwünscht, der Butler ließ sie wissen, die Herrschaften seien ausgegangen, als sie wieder einmal einen Besuch machen wollte.

Nun gut. Eine Zeitlang war sie bereit, das veränderte Dasein zu akzeptieren, das ihr unerwartete Sensationen gebracht hatte. Theodor hatte bald verschiedene politische Beziehungen geknüpft, und so geriet Hedwig nun ernstlich in sozialistische Kreise und von dort geradewegs zu den Suffragetten.

Diese militanten Amazonen, die mit allen Mitteln die Gleichberechtigung der Frauen erzwingen wollten – ihr ›votes for women‹ gellte durch alle Straßen, klebte an allen Wänden –, waren in London, in England und wohl auch in der ganzen Welt, soweit sie Zeitungen las, bei allen ordentlichen Bürgern zutiefst verhaßt. Sie machten dem Ideal sanfter, holder Weiblichkeit große Schande, zogen schlampig gekleidet in langen Demonstrationszügen durch die Straßen, kämpften brutal gegen Polizei und Militär, warfen sich den Pferden vor die Hufe und den Kutschen unter die Räder, schmiedeten sich mit Ketten an die Eisenstäbe vor dem Parlament, gingen mit Leidenschaft ins Gefängnis, traten in Hungerstreik, nahmen alle Strafen und Demütigungen auf sich, und bezahlten auch mit ihrem Leben, wenn es sein mußte. Dies alles nur für ein Ziel: das Wahlrecht der Frauen.

Sie hatten zweifellos einige große, stimmgewaltige und kluge Frauen als Führerinnen, zum Teil aus bester Gesellschaft stammend, aber sie waren so besessen, so fanatisch, so einseitig auf ihr Ziel fixiert, daß eine intelligente Frau wie Hedwig, die auf dem besten Weg war, sich selbst zu finden, auf die Dauer von diesem Treiben abgestoßen wurde. Die anfängliche Begeisterung legte sich bei ihr rasch, nach zwei Jahren trennte sie sich von den Suffragetten, nachdem sie zuvor noch eine unbedeutende Rolle in ihren Reihen gespielt hatte.

Allerdings hatte sie inzwischen andere Sorgen, die ihr Leben sehr erschwerten. Theodor war eigentlich nie gesund gewesen, doch nun ging es rapide mit ihm abwärts, er wurde immer elender, er rührte sie nicht mehr an, und nun erfuhr sie, welch eine Krankheit ihn zerstörte. Die Syphilis. Oder genauer gesagt, er hatte als junger Mann Syphilis gehabt, und sie war, wie meistens bei dieser heimtückischen Krankheit, nicht ausgeheilt, hatte sich nur tief im Körper des Befallenen verkrochen und dort, wie eine Ratte im Dunkel, ihr tödliches Werk fortgesetzt.

Zwar hatte Paul Ehrlich schon vor Jahren das Salvarsan erfunden, das erste Mittel, das jahrhundertelangem Siechtum und Elend entgegenzutreten vermochte, aber für Theodor kam es zu spät. Hedwig, als sie begriffen hatte, wurde von Panik erfaßt. Sie wußte, was diese Krankheit bedeutete, im Apothekerhaus war ziemlich offen darüber gesprochen worden. Sie überwand jede Scheu und suchte sofort einen Arzt auf. Spuren der Ansteckung waren jedoch an ihr nicht zu entdecken. Und wunderbarerweise hatte sie sich auch nicht angesteckt, obwohl sie noch Jahre später mit nie versiegender Angst auf die Folgen ihrer ersten Affäre wartete.

Sie brachte es dennoch nicht fertig, diesen Mann im Stich zu lassen, mit dem sie immerhin seit mehr als drei Jahren zusammenlebte. Sie pflegte Theodor so gut sie konnte, bis er im Frühjahr 1913 starb.

Was sie erlebt hatte, sein langes, elendes Sterben, die Armut, in der sie zuletzt existiert hatten, war nicht spurlos an ihr vorübergegangen, ihr Lebensmut war auf dem Nullpunkt. Darum verließ sie England zwei Monate nach seinem Tod. Sie wollte möglichst diesen Teil ihres Lebens ganz und endgültig abschließen.

Nun war eigentlich die Stunde gekommen, in ihr Elternhaus zurückzukehren, um dort Schutz und Geborgenheit zu finden. Doch daran dachte sie nicht. Sie hatte viel erfahren und viel gelernt, aber im Grunde nichts erreicht. Immerhin sprach sie jetzt perfekt englisch. So fand sie, vermittelt durch ihre Londoner Firma, eine Stellung in einem Hamburger Handelskontor. Hier verdiente sie das erstemal ein wenig mehr, fühlte sich in ihrem Büro in der Hermannstraße auch wohl; Umgangsformen und Ton der weltoffenen Hanseaten behagten ihr sehr.

Noch immer lebte sie einfach, hatte sich ein kleines Zimmer in Eimsbüttel genommen, auf ihr Aussehen, ihre Kleidung legte sie jetzt ein wenig mehr Wert. Sie sparte nach wie vor. Warum, wußte sie eigentlich nicht. Sie wußte nur, daß sie immer noch auf einem Weg war, dessen Ziel ihr nur unbestimmt vorschwebte. Den Schock, den ihr Krankheit und Tod ihres Freundes verursacht hatte, überwand sie verhältnismäßig rasch, sie verdrängte die Erinnerung, sie wollte nicht mehr daran denken.

Als der Krieg ausbrach, war sie immer noch in Hamburg, und nun kam Schritt für Schritt ganz von selbst, wonach die Frauen, manche Frauen, so entschieden verlangt hatten: die Gleichberechtigung. Zunächst in der Form, daß sie das gleiche Recht und sogar die Pflicht hatten, zu arbeiten, um die Plätze einzunehmen, die die Männer verlassen mußten, um für Kaiser und Reich zu kämpfen und zu sterben.

Seltsamerweise hörte Hedwig nun auf zu arbeiten, jetzt begann sie zu lernen.

In einem Punkt hatte der heimische Apotheker recht gehabt: dies war das Zeitalter der Chemie, und im Krieg, der Deutschland den Zugang zu so viel dringend benötigten Rohstoffen versperrte, wurde sie wichtiger denn je zuvor. Und wichtig waren Leute, die es verstanden, mit ihr, an ihr, für sie zu arbeiten; Männer, soweit sie nicht eingezogen waren, genügten nicht mehr, man brauchte Frauen für die Arbeit in der chemischen Forschung und Industrie. So wurde wirklich und im wahrsten Sinn des Wortes der Krieg für Hedwig Nossek zum Vater aller Dinge, zum Förderer ihres Lebens, der ihr den rechten Weg wies und auf dem sie zu ihrem erstrebten Ziel gelangte.

Wie Pilze schossen die ›Chemieschulen für Damen‹ aus dem Boden, in Großstädten, in Kleinstädten, in Landschulheimen, auf Schlössern, angegliedert an große Werke, im ganzen Reich entstanden diese Institute, die Mädchen und Frauen zu der Arbeit in chemischen Berufen ausbilden sollten. Sie mußten dazu kein Abitur mitbringen, nur Begabung und Interesse.

Von nun an verlief Hedwigs Leben wie nach einem vorgefaßten Plan. Sie absolvierte mit Bravour den Lehrgang einer solchen Chemieschule, bekam die besten Empfehlungen von ihren Lehrern mit auf den Weg und gelangte noch während des Kriegs in das Institut für chemische Forschung des Professors Edgar von Guttmann, einer anerkannten Kapazität auf dem Gebiet der Erforschung der Pflanzenfarbstoffe.

Sie wurde der beste Mitarbeiter, den der Professor nach seinen eigenen Worten und dem Urteil seiner Kollegen je gehabt hatte. Nach einigen Jahren arbeitete sie ganz selbständig, wagte sich erfolgreich an eigene Versuche, schrieb seine Aufsätze und Abhandlungen und wurde wenige Jahre nach Kriegsende seine Frau. Sie war vierunddreißig Jahre, und sich vorzustellen, daß sie einmal ein ängstliches und häßliches Kind mit ausgeprägter Kontaktarmut gewesen war, dazu hätte weder die Fantasie des Professors noch der anderen Leute, mit denen sie Umgang hatte, ausgereicht.

Nur sie wußte es. Darum war ihr auch ein gewisser Hochmut geblieben. Alles, was sie war, war sie aus sich selbst geworden. Keine Hilfe im Elternhaus, kein Abitur, kein Studium, nur die eigene Kraft und der eigene Mut, und beides sich gewaltsam aufzwingend, waren ihre Helfer gewesen.

Und am Anfang der Umstand, daß sie im Boden eingebrochen war, was ihr immerhin ein paar Jahre Schulbildung einbrachte.

Und endlich der Krieg, ihr stärkster Verbündeter.

Ganz anders verlief Magdalenes Geschichte, gemessen an der Hedwigs eine ganz normale Mädchengeschichte: sie verliebte sich, lief mit Volldampf in die Liebe hinein, was nicht ohne Folgen blieb, woraufhin sie, ebenfalls mit Volldampf, auf und davon ging.

Hedwigs und Magdalenes Auszug aus dem Elternhaus folgten ziemlich dicht aufeinander, und da jedes Ereignis allein schon Erschütterung genug gewesen wäre, ist leicht vorstellbar, welch ein Weltuntergang für die Nosseks diese Doublette bedeutete.

Agnes und Emil, das schwer geprüfte Elternpaar, mußten an ihren erzieherischen Fähigkeiten verzweifeln, denn beide Töchter waren sang- und klanglos verschwunden. Schmach und Schande vor den Bekannten und Verwandten, Schmach und Schande für Emil im Amt, Schmach und Schande vor der ganzen Stadt, soweit sie von den Nosseks Notiz nahm.

Dabei hatte Magdalenes Zukunft so hoffnungsvoll ausgesehen, zumal in Agnes' Augen.

Voll Stolz hatte Agnes diese wohlgestaltete Tochter betrachtet, die von Jahr zu Jahr hübscher wurde und es verstand, mit Charme und Geschick ihre Umwelt zu gewinnen. Wenn je ein Mädchen dafür prädestiniert war, eine gute Partie zu machen, dann war es Magdalene. Natürlich war Agnes nicht blind für Magdalenes charakterliche Mängel, denn diese hübsche Tochter nahm es mit der Wahrheit nicht immer genau, sie war eitel, egoistisch und verfügte über ein beachtenswertes Talent, sich vor jeder Arbeit zu drücken. Aber kein Mensch kann alle Vorzüge in sich vereinen, und wem schließlich verzieh man williger ein paar Fehler als einer schönen Frau.

Verehrer hatte Magdalene stets gehabt, etwa seit ihrem zwölften Lebensjahr gab es immer Jungen, die sie von der Klavierstunde abholten, ihr die Tasche trugen, mit ihr zum Schwimmen und Eislaufen gehen wollten, allen voran Cousin Robert, der allen Ernstes, ehe er die Stadt verließ, um General zu werden, sich Magdalene erklärte und sie bat zu warten, bis er sie heiraten könne.

Die sehr junge Dame, inzwischen vierzehn Jahre alt, nickte gnädig und versprach, sie werde warten. Ein scheuer Kuß besiegelte das Bündnis.

Immerhin wußte Magdalene nun, wie so etwas vor sich ging. Kokett war sie von Natur aus, man konnte sagen, sie hatte mehr als eine weibliche Normalportion mitbekommen, selbstbewußt war sie auch, denn sie gefiel sich selbst und kannte ihre Wirkung, und so vergnügte sie sich einige Jahre damit, Jungens- und Jünglingsherzen zu sammeln, zur Übung gewissermaßen. Für jeden einigermaßen menschenkundigen Betrachter mußte es berechenbar sein, was geschehen würde, wenn ein richtiger Mann in ihr Spannungsfeld geriete.

Als sie mit fünfzehn die Schule von Fräulein von Rehm verließ, tat sie einige Zeit gar nichts, doch Agnes plädierte dafür, sie auf eine Haushaltsschule zu schicken, und Agnes wußte auch genau, auf welche, denn es gab in der Stadt ein sehr angesehenes Institut dieser Art, das nur von Töchtern erster Kreise besucht wurde.

Emil war dagegen, das koste unnötig Geld, fand er, und kochen und nähen könnten seine Töchter ja wohl im eigenen Haushalt lernen. Womit er nicht unrecht hatte. Aber zu Hause machte Magdalene keinen Finger krumm, und wurde sie wirklich einmal zu einer Arbeit im Haus oder Garten beordert, stellte sie sich absichtlich so ungeschickt an, bis jemand kam und ihr die Arbeit aus den unwilligen Fingern nahm.

Mit der Haushaltsschule hatte Agnes genau das Richtige getroffen. Dort ging es vornehm und hochgestochen zu, und hier traf Magdalene mit jungen Damen aus wohlhabenden Häusern zusammen, und diese wiederum hatten wohlhabende Eltern und dazu Brüder und deren Cousins und Freunde. Das Einladungskarussell begann sich zu drehen. Daraus ergab sich von selbst die Tanzstunde. Weder Gertrud noch Hedwig hatten je eine Tanzstunde besucht, aber Magdalene wurde von ihren neuen Freundinnen angeregt, sich an einem Tanzkursus bei Monsieur und Madame Calin (man sprach es Kalöhng aus) zu beteiligen.

Auch dies war Tanzschule Nummer Eins in der Stadt, und Monsieur Calin, nachdem er Magdalene gesehen hatte, war so entzückt, daß er die Gebühr auf die Hälfte herabsetzte.

Es war immer noch teuer genug, und Emil stöhnte. Aber Agnes konnte ja in gewissen Fällen eine beachtliche Hartnäckigkeit an den Tag legen, sie wurde sogar ziemlich deutlich, und Emil konnte sich ihren Argumenten nicht verschließen. Eine seiner Töchter mußte schließlich heiraten und welche, wenn nicht diese. Bei dieser Gelegenheit hätten sie eigentlich darüber sprechen können, daß Magdalenes endlose Verehrerkette, ihre Freude am Flirt, ihre Gefallsucht, ihre Koketterie, gewisse Gefahren in sich bargen. Aber erstens hätten Agnes und Emil ein Gespräch dieser Art niemals geführt, zweitens handelte es sich um manierliche Knaben, die der Sechzehnjährigen den Hof machten, und drittens kamen sie gar nicht auf die Idee, daß etwas Unschickliches passieren könne.

Magdalene war ein wohlerzogenes und behütetes junges Mädchen, und die Verwandlung eines solchen Mädchens in eine Frau geschah in der Hochzeitsnacht, ein Zweifel daran wäre an sich schon höchst unanständig gewesen.

Beim Abschlußball der Tanzstunde erlebte Agnes die stolzesten Stunden ihres Lebens. Magdalene, und das konnte jeder sehen, der Augen im Kopf hatte, war nicht nur die hübscheste, sondern auch die begehrteste Tänzerin des Abends, und da waren immerhin junge Damen aus reichen und sogar aus adligen Häusern dabei. Agnes, in ihrem mehrmals geänderten grauen Seidenkleid, saß an der Wand, von den andern Müttern kaum beachtet, ließ kein Auge von ihrer umschwärmten Tochter und sortierte die Tänzer, soweit sie ihr bekannt waren. Nun wußte man, was zur Wahl stand.

Warum sollte Magdalene weniger Glück haben als Alice und sich nicht solch einen prachtvollen Mann erobern wie Nicolas, einen Gutsbesitzer und von Adel? Es hatte noch Zeit, zwei oder drei Jahre, immerhin kannte man sich jetzt aus im männlichen Nachwuchs der Stadt und der Umgebung, und, was noch wichtiger war, dieser kannte Magdalene. Robert Nossek, dessen Verliebtheit in Magdalene kein Geheimnis für Agnes war, befand sich Gott sei Dank nicht mehr in der Stadt. Von dem heimlichen Verlöbnis ahnte sie nichts, aber das hatte Magdalene selbst inzwischen vergessen.

Im darauffolgenden Frühling überraschte Magdalene ihren Vater abermals mit einem kostspieligen Wunsch, der diesmal allein von ihr ausging: sie wollte Tennis spielen. Das Tennisspiel war in den letzten Jahren auch in der Provinz immer mehr in Mode gekommen und gehörte seit neuestem bei den Töchtern und Söhnen der jeunesse d'orée zum guten Ton. Die jungen Männer spielten seit einiger Zeit schon mit Begeisterung, und nun wetteiferten auch die jungen Mädchen darum, zu den besten Spielerinnen zu gehören, und nur sie, denn für verheiratete Frauen schickte sich das Tennisspiel nicht. Anmutig, den langen Rock mit einer Hand raffend, liefen die jungen Damen dem Ball entgegen, das heißt, sie liefen möglichst nicht, denn es gehörte sich für einen Kavalier, der jungen Dame den Ball möglichst genau vor das Rakkett zu plazieren, damit sie nur den schlanken Arm heben und zuschlagen mußte.

Auch diesen dritten und schwersten Kampf gegen Emil gewannen Agnes und Magdalene mit vereinten Kräften, was Agnes noch schwer bereuen sollte.

Später. Zunächst einmal verkehrte Magdalene nun wirklich in den allerersten Kreisen. Hier wie überall rissen sich die jungen Männer um ihre Gunst, trugen ihr Schläger und Bälle, Schal und Täschchen nach, brachten sie nach Hause und holten sie ab, luden sie abends ein zu Gesellschaften, Sommerfesten und Bällen, und Agnes, wie die übrige Familie, wartete auf die fällige Verlobung.

Ein paar ernstzunehmende Bewerber waren vorhanden: ein Referendar des Landgerichts, ein junger Assistenzarzt der Städtischen Krankenanstalt, der Sohn des reichen, sehr reichen Maschinenfabrikanten Nennig, und sogar ein richtiger Baron, Leutnant bei der in der Stadt liegenden Kavalleriebrigade. Der junge Industrielle, so überlegte Agnes, wäre natürlich die beste Partie, finanziell gesehen. Der Arzt verdiente nicht allzuviel. Ein Baron wäre der Höhepunkt, auch wenn er erst Leutnant war.

Ihn schien Magdalene auch zu bevorzugen, er war sehr unterhaltsam, hatte Charme, kam mit einem Zweispänner vorgefahren und holte Magdalene ab, wobei natürlich immer ein Chaperon dabei sein mußte, manchmal von Gertrud, meistens von Nina dargestellt. Auch Nina mochte den Leutnant, erstens fuhr sie gern spazieren, Pferde waren noch immer ihrer Leidenschaft, zweitens war der Leutnant so lustig und erzählte immer drollige Geschichten.

»Den mußt du heiraten«, erklärte sie ihrer Schwester, »der ist so nett.«
»Ach, ich weiß nicht. Er stammt von so einer Klitsche in Pommern. Ich glaube nicht, daß ich da gern leben würde.«
»Vielleicht wird er einmal General«, meinte Nina hoffnungsvoll.
»Das dauert mir zu lange. Da müßte ich noch jahrelang in irgendwelchen öden Garnisonen leben. Und immer eine dumme Pute als Vorgesetzte haben. Ich möchte viel lieber in eine Großstadt.«
»Nach Breslau?«
»Nach Berlin. Oder noch lieber nach Paris.«
»Du kannst aber nicht gut französisch«, meinte Nina kritisch, denn sie wußte, wie faul Magdalene in der Schule gewesen war.
»Das lernt man dort von ganz allein.«
»Denkst du, daß die Menschen dort anders sind?«
»Natürlich. Ganz anders.«
Doch mit einemmal wurde es ernst. Die kokette und flirterfahrene Magdalene verliebte sich leidenschaftlich, ohne zu zögern, ohne zu überlegen. Es war ein Mann, kein Knabe, kein Jüngling. Ein großer, schlanker blonder Mann, jener Typ, der es ihr immer wieder, ihr Leben lang, antun würde. Robert, der Cousin, war dazu eine Art Vorübung gewesen. Leider war es kein reicher Erbe, kein Baron, nicht einmal ein Leutnant, es war der Tennistrainer.
Natürlich war er ein großartiger Tennisspieler, der beste, den die Mädchen je gesehen hatten, und da das Tennisspiel derzeit eine große Rolle in ihrem Leben spielte, erstreckte sich das auch auf diesen fabelhaften Tennisspieler, der dazu noch fabelhaft aussah. Sie waren alle ein wenig in ihn verliebt, die jungen Töchter aus gutem Hause, und wie beim Spiel wetteiferten sie auch hier, wem wohl der schöne Blonde im weißen Dress die größte Aufmerksamkeit schenken würde.
Magdalene war die Glückliche.
Übrigens war dieser Tennistrainer ein vollausgebildeter Sportlehrer. Der Sport begann in diesen Jahren schon eine Rolle zu spielen, auch an den Schulen. Seit 1896 fanden die Olympischen Spiele statt, was in aller Welt wieder einmal als großer Fortschritt begrüßt worden war, obwohl man im Grunde nur die alten Griechen nachahmte, die aber nur ein paar wenige Disziplinen gehabt hatten.
Der Tennisspieler, Bruno mit Namen, war früher als Deutsch- und Turnlehrer in Liegnitz tätig gewesen, bis er ein Verhältnis mit der Frau eines anderen Lehrers anfing, was zwar erst nach geraumer Zeit entdeckt wurde, ihn aber die Stellung kostete. Es betrübte ihn nicht sonderlich, er wollte ohnehin viel lieber Tennis spielen als in schlechtgelüfteten Schulstuben Knaben unterrichten.
So versuchte er sich zunächst als Turnierspieler, wozu ihm die Mittel fehlten, und kam schließlich als Trainer in einen guten Club nach Berlin. Von dort ging er während der Sommersaison nach Travemünde und hier hatte ihn im vergangenen Sommer der schon erwähnte Maschinenfabrikerbe Hans Nennig kennen- und schätzengelernt, der sich vorerst mehr für Tennis als für die väterliche Fabrik begeisterte.
So kam der ›schöne Bruno‹ in die Stadt, für einen Sommer nur, wie er gleich erklärte, denn sein Sinn stand nach Höherem.
Der erste Kuß war wunderbar. So ein Kuß war nie zuvor geküßt worden,

und Magdalene vergaß alles, was sie bisher in diesem Sport erlebt hatte. Sie vergaß auch Tugend und Wohlerzogenheit, und die gute Partie, die sie machen wollte. Sie liebte. Und er auch.

Nun war es durchaus nicht so, daß Magdalene machen konnte, was sie wollte, aber man war im Hause Nossek an ihr Kommen und Gehen, an ihre vielen Verabredungen gewöhnt, auch war sie meist in Begleitung. Nina ging sehr gern mit auf den Tennisplatz, sie sah den Spielern zu und freute sich auf die Zeit, in der sie auch würde spielen dürfen.

Aber dann nahte ihr gewohnter Sommeraufenthalt in Wardenburg, und während dieser Zeit hatte Magdalene, die diese Wochen kaum erwarten konnte, ziemlich viel Bewegungsfreiheit. Da begann es dann also auch, die große Liebe verließ das platonische Terrain, und es passierte zum erstenmal in höchst unerwartetem Milieu, nämlich auf einer harten Bank im Garderobenraum der Damen, abends nach Spielschluß. Magdalene, unvoreingenommen von Natur, war auch keinesfalls geschockt von dem, was mit ihr geschah, wie es sich für ein anständiges junges Mädchen gehört hätte, sie genoß, vom erstenmal an, sehr intensiv die Umarmung eines Mannes, was um so einleuchtender war, als sie das seltene Glück hatte, an einen Kenner und Könner zu geraten, und das widerfährt selten einem Mädchen beim Eintritt ins Frauenleben, vielen überhaupt zeitlebens nicht.

Liebe macht erfinderisch. Und Heimlichkeit gibt ihr erst die rechte Würze. Bruno reiste nicht ab nach Ende der Tennissaison, er blieb in der Stadt und nahm sich ein ›sturmfreies‹ Zimmer in einem günstig gelegenen Haus in der Innenstadt, wo keiner sich um seine Besuche kümmerte.

Magdalene fand viele Wege, ihren Geliebten zu besuchen. Ihre zahlreichen Freundinnen boten Ausreden in Menge – oder sie ging mit Nina in die Stadt, um Besorgungen zu machen, zu deren Erledigung sie sich plötzlich eifrig anbot, setzte dann die kleine Schwester in die Konditorei Mierecke, bestellte Schokolade und Kuchen, verließ sie mit den Worten: »Warte, bis ich wiederkomme«, und Nina saß lange, wartete und wunderte sich.

Manchmal gingen sie auch am Abend ins Theater, was Nina sowieso mit Begeisterung tat, und Magdalene sagte im Verschwörerton: »Ich habe noch ein kleines Rendezvous, ich komme später.« Nina wunderte sich abermals, daß die Vorstellung begann und der Sitz neben ihr immer noch leer blieb, aber hingerissen, wie sie immer war, vergaß sie die große Schwester, die meist erst kurz vor Ende der Vorstellung auftauchte, zweimal überhaupt erst nach Schluß des Theaters, als Nina allein und etwas verängstigt vor dem geschlossenen Portal auf den Stufen stand.

»Du darfst aber zu Hause nichts sagen, das versprichst du mir?«

Unnötig, all die Schliche und Lügen aufzuführen, deren sich Verliebte zu bedienen wissen.

Im November kamen Magdalene Bedenken, im Dezember war nicht mehr daran zu zweifeln, daß sie schwanger war. Sie hatte zwar keine Ahnung von den Symptomen dieses Zustands – im Januar würde sie achtzehn werden, und keiner hatte sie aufgeklärt, aber so dumm war sie nun nicht, daß sie sich Illusionen über ihren Zustand machte. Er hatte zwar immer beteuert, es würde nichts geschehen, er sei erfahren, aber nun war es eben doch passiert.

Magdalene wußte sofort, was das bedeutete. In der Stadt war sie erledigt, eine gute Partie würde es für sie nicht mehr geben. Aber sie wollte auch gar keinen anderen mehr, sie liebte Bruno und nur Bruno, und dies für alle Zeit. Ihr Vater würde sie hinauswerfen, ihrer Mutter würde das Herz brechen, und auf keinen Fall durften sie es erfahren. Ziemlich kühl überdachte sie ihre Situation.

Das Nächstliegende war, in den Fluß zu gehen. Sie konnte zwar ganz gut schwimmen, aber es war Winter, die Oder kalt, also würde das wohl funktionieren. Die Vorstellung, ihr Leben zu beenden, gefiel ihr aber nicht. Sie versuchte es mit heißen Fußbädern, bis sie sich bald die Füße verbrühte, doch das half nichts. Sie fuhr mit Hedwigs zurückgelassenem Rad rumpelnd über verschneite Kartoffeläcker, es half auch nichts, nur eine Schramme im Gesicht trug sie nach einem Sturz davon. Sie sprang von Stuhl, Tisch und Schrank, bis sie sich den Fuß verknackste, das nütze genauso wenig. Dann sagte sie es ihm. Weinend.

Er liebte sie wirklich, der gutaussehende Tennisspieler, er schloß sie in die Arme, küßte sie zärtlich und meinte, dann würden sie eben heiraten. Magdalene war sehr erleichtert. Er war zwar kein Baron und kein reicher Mann, aber dafür liebte sie ihn über alle Maßen. Und er sie auch, wie er beteuerte. Sie lag in seinem Arm, ihr langes dunkles Haar floß über seine Hand, er streichelte sie, tröstete sie, und eigentlich war nun alles gut. »Wir müssen fortgehen«, sagte sie.

Das sah er ein.

»Ich werde mit dir durchbrennen«, fuhr Magdalene fort und schob die volle Unterlippe vor. »Da werden sie eine Weile zu reden haben. Aber niemand darf erfahren, daß ich ein Kind kriege, auch meine Eltern nicht.«

Denn wenn es nun schon war, wie es war, dann wollte sie der Stadt eine Sensation und einen Skandal bieten. Sie brannte mit dem Tennisspieler durch, das war chic, so etwas machten gelegentlich auch Frauen von Welt, sogar die Prinzessin Luise von Sachsen war mit dem Musiker Toselli durchgebrannt. Das war eben Liebe. Mit dem Tennisspieler kleinlaut abzuziehen, weil sie ein Kind erwartete und sich daher verdrücken *mußte*, das war nicht chic, das war Kleine-Leute-Manier.

In diesem Augenblick begann die Verwandlung von Magdalene in Marleen. Sie begann in ihrem Leben Regie zu führen, tat es sehr bewußt und überlegt, sogar in dieser Zeit, wo sie eigentlich total vernichtet hätte sein müssen. Und sie würde es im Laufe der Jahre zu vollendeter Meisterschaft bringen, sich selbst und ihr Leben stets in eine glanzvolle Dekoration zu stellen.

Bruno nahm die Sache sehr ernst. Er setzte sich hin und schrieb einen Brief an Herrn Dr. Crantz. Dieser Germanist, Hptm. d. R., Pädagoge von hohen Graden, war der Besitzer und Leiter des bestrenommierten Landschulheims Hohenbergen in der Mark, einer modernen, erstklassigen Schule, besucht von Söhnen aus ersten Häusern – ›Ausbildung bis zum Abitur, auch Vorbereitung zum Fähnrichexamen‹ lauteten seine Annoncen –, die dort von Lehrern ersten Ranges ausgebildet und erzogen wurden. Großen Wert legte man auf körperliche Ertüchtigung der Zöglinge, vom Turnunterricht über Fechten, Schwimmen, Reiten bis zu Tennis wurden fast alle Sportarten geboten.

Herr Dr. Crantz und Bruno kannten sich seit ihrer Militärzeit, hatten sich immer gut verstanden, und vor drei Jahren hatte Bruno das Angebot erhalten, als Sportlehrer in das Landschulheim Hohenbergen in der Mark zu kommen.

Damals war das freie Leben für Bruno verlockender, nun war das anders geworden, also schrieb er, daß er die Absicht habe, zu heiraten und sich daher die Anfrage erlauben wolle, ob eventuell die Position eines Sportlehrers vakant sei. Die Antwort kam postwendend. Herr Dr. Crantz ließ wissen, daß er sich über die Anfrage freue, im Augenblick sei keine Vakanz vorhanden, aber im kommenden Jahr werde der derzeitige Sportlehrer ausscheiden, und zu Beginn des Sommersemesters bestünde die Möglichkeit einer Anstellung. Der Herr Kollege möge doch in nächster Zeit zu einem Besuch nach Hohenbergen kommen.

Anfang Januar verreiste Bruno, um ein Gespräch mit Herrn Dr. Crantz zu führen, Magdalene erlebte ein paar bange Tage. Sie hatte den Brief gesehen, sie wußte, daß er nicht log. Aber wußte sie, ob er wiederkommen würde, ob er es sich unterwegs nicht anders überlegen würde?

Er kam wieder. Und die Stellung würde er auch bekommen. Er machte ihr den Vorschlag, daß er zu ihrem Vater gehen und offiziell um ihre Hand anhalten würde.

Magdalene gab ihm einen Blick aus dem Augenwinkel. Begriff er nicht, daß es leichter für sie war, mit ihm durchzugehen, als sich der staunenden Stadt und der erschütterten Familie als Braut des Tennistrainers zu präsentieren, noch dazu im dritten Monat?

An ihrem achtzehnten Geburtstag fand die erste, letzte und einzige Gesellschaft im Hause Nossek statt. Sie kostete Emil eine Menge Geld, denn Magdalene lud alle ihre Freundinnen und Freunde dazu ein. Bis auf den Tennistrainer, ihn einzuladen, ging wohl etwas zu weit.

Agnes, Gertrud und Rosel schufteten drei Tage lang, brachten das Haus auf Hochglanz, kochten, brieten, buken, und es wurde denn auch ein herrliches Fest, Magdalene, der strahlende Mittelpunkt, war schöner denn je. Nina sagte ein Gedicht auf, Erni, das achtjährige Wunderkind, spielte Klavier, die jungen Leute aßen, tranken und tanzten die halbe Nacht. Agnes fand es wundervoll, und sogar Emil saß eine Weile, mit angestrengt verbindlicher Miene, unter den Gästen seines Hauses.

In den folgenden Tagen schmuggelte Magdalene so nach und nach Teile ihrer Garderobe und was ihr sonst noch wichtig erschien aus dem Haus. Eine Woche nach dem Fest verließ sie Elternhaus und Stadt unter der Zurücklassung eines Briefes.

Es war vier Monate her, daß Hedwig ebenso plötzlich, wenn auch nicht so heimlich, von dannen gezogen war.

Die Wirkung auf die Familie Nossek war niederschmetternd. Agnes weinte und bekam einen schweren Herzanfall, man mußte um ihr Leben bangen.

Emil wand sich in Magenkrämpfen.

Gertrud weinte und verstand die Welt nicht mehr.

Rosel nickte nur immer mit dem Kopf und murmelte: »Das kleene Aas! Das kleene Aas! Ma meechts nich glooben, meecht ma nich!«

Nina saß in dem Zimmer, das sie bisher mit ihrer schönen Schwester gemeinsam bewohnt hatte, hatte das Kinn in die Hand gestützt und starrte in den verschneiten Garten. Sie dachte an die einsamen Sitzungen in der Konditorei und an den leeren Sessel im Theater.

Es war unerhört, aber interessant war es doch. Sie konnte Magdalene eine gewisse Bewunderung nicht versagen. Denn was Liebe war, wußte Nina auch. Und so, wie sie liebte, hatte nie zuvor ein Mensch auf Erden geliebt. Sie liebte immer noch denselben und würde nie einen anderen lieben: Nicolas von Wardenburg, ihren Onkel.

Schweigen im Hause Nossek. Der Vater krank, die Mutter krank, Gertrud und Nina gingen nur noch auf Zehenspitzen, und sogar Willy, der für gewöhnlich auf nichts und niemanden Rücksicht nahm, bemühte sich, leise aufzutreten und seine kräftige Stimme zu dämpfen.

Erni, der das ganze Drama natürlich nicht verstand, aber wie immer übersensibel reagierte, mußte auch einige Tage im Bett verbringen, er hatte wieder einen seiner Anfälle bekommen, er fiel um, bekam blaue Lippen, blaue Nägel, und jeder, der es miterlebte, glaubte, die letzte Stunde des Kindes sei gekommen.

Plötzlich hatte Nina keine großen Schwestern mehr. Hede, die Kluge, und Lene, die Schöne, sie waren nicht mehr da. Trudel, die älteste Nossek-Tochter, wurde eigentlich von ihr weniger als Schwester, sondern mehr als eine Art zweite Mutter angesehen.

Charlotte saß bei Rosel in der Küche und sagte immer wieder: »Ich versteh' das nicht. Nein, ich versteh' das nicht.«

»Ich schon«, murmelte Rosel grimmig und, als die anderen sie fragend ansahen, fügte sie mit unheilschwangerem Ton hinzu: »Hochmut kommt vor dem Fall.«

Hochmütig mußten beide Mädchen auf Rosel gewirkt haben; Hede, die kaum je die Küche betrat und mit Rosel nie mehr als das Nötigste gesprochen hatte, und Lene, im Aufstieg in eine bessere Gesellschaftsklasse begriffen und sowieso unwillig zu jeder Art von Haushaltsarbeit, hatte sich nur bedienen lassen; ständig mußten ihre Kleider und Blusen gewaschen und gebügelt, mußte hier und da ein Stich angebracht, eine Naht um ihre schlanke Taille verändert werden; und sehr oft war sie unzufrieden mit dem Ergebnis.

»Mein Gott, wie sieht denn dieser Spitzenkragen wieder aus. So kann ich doch nicht unter Leute gehen.«

An Ausrufe dieser Art war man gewöhnt.

Jeden Tag kam der Arzt ins Haus, nur war es eben leider nicht mehr der gute alte Dr. Menz, sondern jener neue, noch jüngere Mann, zu dem sie alle nicht das rechte Zutrauen hatten, was bestimmt ungerecht war, denn er gab sich größte Mühe, die von Lene hinterlassenen Opfer wieder auf die Beine zu bringen. Aber sie fühlten sich von ihm nicht richtig verstanden, so von innen heraus wie von Dr. Menz, der eben verstanden hätte, was es für sie bedeutete, nun schon die zweite Tochter zu verlieren. Außerdem war er ja von Anfang an dabei gewesen, hatte jede Geburt miterlebt, kannte Agnes' Zustand, Emils Schwächen, und vor allem kannte er Ernis schreckliche Krankheit.

An einem dieser trüben Tage war Alice zu Besuch gekommen, und Agnes liefen sofort wieder die Tränen über die Wangen, als ihre schöne und glückliche Schwester neben ihrem Bett saß.

Und ein ganz erstaunlicher Ausspruch kam aus Agnes' Mund: »Du kannst froh sein, daß du keine Kinder hast.«

»Das darfst du doch nicht sagen«, erwiderte Alice liebevoll und streichelte die kalte Hand ihrer Schwester. »Alle Eltern müssen sich daran gewöhnen, daß die Kinder aus dem Haus gehen, wenn sie erwachsen sind.«

»Aber doch nicht so, nicht so«, schluchzte Agnes. »Nicht auf diese Weise. Das habe ich mir um meine Kinder nicht verdient. Das nicht.«

Später saß Alice mit ihrer Mutter, Gertrud und Nina im Wohnzimmer, Rosel hatte Kaffee gekocht, der sehr dünn ausgefallen war, und Kuchen gab es auch nicht, sie war offenbar der Meinung, in einem so vom Schicksal geschlagenen Haus brauche man keinen Kuchen zu essen.

»So ein dummes Kind«, sagte Alice. »Mit dem Tennislehrer durchzugehen! Sie konnte jeden Mann haben, den sie wollte.«

»Das war wohl gerade der Fehler«, meinte Charlotte. »Man hat ihr das Leben immer zu leicht gemacht. Ich habe schon oft zu Agnes gesagt, sie soll auf das Mädel besser aufpassen. Immer war sie unterwegs, immer eingeladen, man wußte ja gar nicht, mit was für Leuten sie verkehrte. Und Tennisspielen! Ich habe in meiner Jugend auch nicht Tennis gespielt und ihr auch nicht. Da gab es das gar nicht. Sie hat nur ihrem Vergnügen gelebt, was Pflichten sind, wußte sie gar nicht.«

»Wir haben alles für sie getan, was wir konnten«. sagte Trudel weinerlich. »Jeder hat sich bemüht, ihr gefällig zu sein. Und das ist nun der Dank.« Nina ging das Gejammer auf die Nerven. Sie sprachen von Lene wie von einer Toten. Aber sie war nicht tot, sie war nicht krank, sie liebte einen Mann und wollte ihn sogar heiraten, wie aus ihrem zurückgelassenen Brief hervorging. Daß es Bruno, der Tennistrainer war, konnte gerade Nina ganz gut verstehen, sie war oft genug mit auf dem Tennisplatz gewesen, und ihr gefiel Bruno sehr gut. Sie fand, die Erwachsenen seien sehr altmodisch. Außerdem war Liebe für sie etwas sehr Romantisches, und sie sah den Grund nicht ein, warum sich die halbe Familie vor Gram bald umbrachte.

Als sie später ihre Tante Alice hinaus zum Wagen begleitete, sprach sie das aus.

Alice lächelte.

»Ach, weißt du, Nina, das Leben ist kein Roman. In einem Roman macht sich so eine Affäre sehr hübsch. Das wirkliche Leben ist ein wenig anders. Lene ist ein sehr verwöhntes Mädchen. Du glaubst doch nicht im Ernst, daß sie auf die Dauer damit zufrieden sein wird, in beschränkten Verhältnissen zu leben, mit einem Mann, der keinerlei gesellschaftliche Stellung hat. Du müßtest sie besser kennen.«

»Aber wenn sie ihn doch liebt.«

»Ach, Liebe . . .« sagte Alice.

Sie standen auf dem Weg zwischen Haustür und Gartentor, draußen scharrte einer der Rappen ungeduldig mit dem Vorderfuß.

»Wenn man jemand richtig liebte«, sagte Nina eifrig, »kann man überall und unter allen Verhältnissen mit ihm leben und glücklich sein.«

»Ich hoffe, Nina, du wirst nicht eines Tages die Erfahrung machen müssen, daß dem nicht so ist.«

»Aber du hättest Onkel Nicolas bestimmt doch auch geheiratet, wenn er arm gewesen wäre und keine besondere gesellschaftliche Stellung gehabt hätte.«

»Ich hätte ihn bestimmt nicht geheiratet,« sagte Alice mit Nachdruck.

Das enttäuschte Nina furchtbar. Ihrer Meinung nach hätte man mit Onkel Nicolas auch in einer Höhle leben können.

Alice zog ihren Pelzkragen fester um den Hals, es war sehr kalt an diesem Nachmittag.

Sie blickte an Nina vorbei in den verschneiten Garten, lächelte abwesend, sie sah verloren und einsam aus.

»Liebe ist Einbildung, Nina. Nur eine Illusion, wenn auch zeitweise eine schöne. Wenn man mit einem Mann zusammenleben will, glücklich, wie du sagst, ich würde es erträglich nennen, für beide Teile erträglich, dann ist Liebe vielleicht eine ganz hübsche Zutat, aber nicht das Wichtigste. Annehmbare finanzielle und gesellschaftliche Verhältnisse sind eine Grundlage, mit der man sich einrichten kann. Und dann kann man vieles andere großzügig übersehen. Kannst du mir sagen, was dieser Tennistrainer jetzt im Winter macht?«

»Nö, weiß ich nicht.«

»Was hat er gemacht, seitdem die Tennissaison zu Ende war?«

»Weiß ich auch nicht.«

»Und wovon hat er gelebt?«

»Keine Ahnung.«

»Siehst du, das meine ich. Vermutlich von einigen Ersparnissen aus dem Sommer, und er hat sparsam leben müssen. Aber wovon lebt er jetzt und wovon Lene, die nie in ihrem Leben gearbeitet hat, aber gern ein amüsantes Leben führt, gern hübsche Kleider anzieht und sich einladen läßt? Überleg dir das einmal! Kannst du dir wirklich vorstellen, daß sie mit ihm glücklich wird, auf die Dauer? Liebe hin und her.«

So betrachtet, konnte Nina es sich allerdings nicht vorstellen. Sie wäre glücklich geworden mit einem Mann, den sie liebte. Lene war anders. Aber sie fand es dennoch sehr enttäuschend und ernüchternd, den Fall von dieser Seite aus zu betrachten.

»Weißt du, was ich glaube«, sagte Alice. »Sie wird bald wieder hier sein, deine leichtsinnige Schwester.«

Das glaubte Nina ganz und gar nicht. Sie kannte Lene besser als die anderen, obwohl sie einander nie sehr nahegestanden und es viel Streit und Ärger zwischen ihnen gegeben hatte. Aber Nina meinte mit Bestimmtheit zu wissen, daß Lene viel zu stolz sein würde, um zurückzukehren und dann mit einer nur noch drittklassigen Ehe vorlieb nehmen zu müssen. Vielleicht wird sie ein gefallenes Mädchen, dachte Nina mit einem Schauder. Sie wußte zwar nicht genau, was ein gefallenes Mädchen war, aber man las manchmal davon in Romanen, und es hörte sich gefährlich genug an.

»Nicolas ist sehr böse auf Lene«, sagte Alice. »Er meint, sie hätte ja einmal vernünftig mit uns über alles sprechen können, wenn es schon zu Hause nicht möglich war. Es ist verständlich, sagte er, daß sie weder mit deinem Vater noch mit deiner Mutter über ihre Probleme sprechen konnte, da fehlt beiden das Einfühlungsvermögen und das savoir-vivre. Aber ein lebenserfahrener Mensch rechnet immer mit einer plötzlichen Leidenschaft, noch dazu bei einem so schönen Mädchen wie Lene. Sagt Nicolas.«

Das gab Nina einen Stich ins Herz. Er fand Lene schön, viel schöner als sie, sie wußte es ja.

Alice beugte sich vor und küßte Nina auf die Wange.

»Auf Wiedersehen, meine Kleine. Ich muß fahren, die Pferde bekommen sonst kalte Beine. Vielleicht kommen wir nächste Woche einmal in die Stadt und holen dich von der Schule ab. Dann gehen wir zusammen essen, ja?«

Sie stieg in den Schlitten, der Kutscher knallte mit der Peitsche, die Pferde zogen an.

Nina stand am Gartentor in Gertruds dickes Wolltuch gehüllt und sah ihr nach, nun auch den Tränen nahe.

Ja. Ja. Sie ballte die Hände zu Fäusten und preßte sie an die Lippen.

Ja. Kommt in die Stadt. Am liebsten gleich morgen. Bald. Aber wenigstens nächste Woche.

Sie hatte ihn so lange nicht gesehen. Erst war er lange in Paris gewesen, dann hatte er nur einen kurzen Besuch gemacht, einige Tage vor Weihnachten.

Er hatte ihr aus Paris eine Bürste mit silbernem Griff mitgebracht, den passenden Kamm dazu und einen Spiegel im silbernen Rahmen, den man aufstellen konnte. »Damit du dich täglich ansehen kannst, ob du auch täglich hübscher wirst«, hatte er mit seinem Nicolas-Lächeln gesagt und sie auf die Stirn geküßt.

Dies war das einzigemal, daß sie ihn gesehen hatte seit letzten Sommer in Wardenburg. Das war mehr, als ein Mensch ertragen konnte.

Sie sollte Lene nicht verstehen? Sie hatte ihre Schwester nie besonders gemocht, aber nun fühlte sie sich ihr ganz nahe. *Sie* wußte ja, was Liebe, was die richtige Liebe war. Wenn sie es alle nicht wußten, Nina wußte es. Und sie war viel übler dran als Lene. Die hatte weglaufen können mit dem Mann, den sie liebte und nun war sie bei ihm. Und wenn es zehnmal nur der Tennistrainer war.

Ich werde nie – nie – bei dem Mann sein können, den ich liebe, dachte Nina verzweifelt. Ich kann nicht mit ihm weglaufen, ich kann ihm nicht einmal sagen, daß ich ihn liebe, und er wird mich immer nur auf die Stirn küssen, und dann muß ich wegsehen, damit er nicht in meinen Augen liest, was ich empfinde. Oder weiß er es? Nein. Keiner weiß es. Keiner wird es je erfahren. Sie denken, ich bin noch ein Kind, und er denkt es auch. Er weiß nicht, wie glühend ich ihn liebe, und das ist keine Einbildung und keine Illusion, es *ist* Liebe. Ich weiß, daß es Liebe gibt. Nur gibt es sie nicht für mich. Und darum bin ich viel mehr zu bedauern als Lene. Und es wäre besser, ich wäre tot.

Sie stand mit den Füßen im Schnee, ließ Gertruds Schal von den Schultern gleiten und rührte sich nicht.

Vielleicht bekam sie eine Lungenentzündung und würde sterben, das wäre das beste, was ihr passieren konnte. Dann hatten sie Grund zum Weinen, denn dann hatten sie gar keine Tochter mehr.

Gertrud kam schließlich vor die Tür.

»Nina! Wo bleibst du denn? Komm sofort herein! Es ist so kalt.«

Nina ging langsam, mit tragischer Miene, auf die Tür zu.

»Mein Gott, du bist ja eisig. Du wirst dich erkälten.«

»Na, wenn schon«, sagte Nina.

»Nimm es doch nicht so schwer. Warte, ich mach dir Milch heiß.«

Sie denkt, ich nehme Lenes Flucht schwer, dachte Nina. Was sie wohl für ein Gesicht machen würde, wenn ich ihr sagte, daß ich Lene beneide. Hörst du, Trudel, ich beneide sie.

Charlotte war wieder hinauf zu Agnes gegangen, Nina saß eine Weile allein im Wohnzimmer, dann brachte Trudel ein Glas mit heißer Milch. Nina legte die Hände um das Glas und trank mit kleinen Schlucken. Dann ging sie zu Erni.

Auch er lag wieder einmal im Bett; blaß, wie durchsichtig war seine Haut, riesengroß die dunklen Augen. Aber wenigstens waren seine Lippen nicht mehr blau.

Er streckte ihr die Hand entgegen, und sie setzte sich auf den Bettrand.
»Wo warst du denn so lange?«
»Ich habe Tante Alice an den Schlitten gebracht.«
»War sie mit den schönen Rappen da?«
»Ja.«
»Haben sie die ganze Zeit vor dem Haus gestanden?«
»Aber nein, dazu ist es viel zu kalt. Der Kutscher war im Kretscham und ist vorhin erst gekommen.«
»War es wieder der fremde Kutscher?«
»Natürlich. Karl ist nicht mehr da, das habe ich dir doch erzählt. Er hat so viel getrunken und dann hat er die Pferde geschlagen, und wenn Onkel Nicolas was gesagt hat, ist er auch noch frech geworden. Darum hat Onkel Nicolas ihn hinausgeworfen.«
»Aber der Neue gefällt dir auch nicht, hast du gesagt.«
»Ich kenne ihn ja kaum. Und er kennt mich nicht. Er spricht nie ein Wort und guckt so böse.«
»Ob er auch lieb ist zu den Pferden?«
»Ich hoffe es.«
»Ich habe gar keine Schellen gehört.«
»Sie sind ohne Schellen gefahren.«
»Ist jemand gestorben?«
Nina beugte sich herab und küßte das blasse Gesicht.
»Nein, du Dummerchen.«
»Ist es, weil Lendel fort ist?«
»Sie kommt ja bald wieder.«
»Rosel sagt, sie kommt nie wieder.«
»Rosel sollte nicht so einen Unsinn reden. Das kann sie doch gar nicht wissen.«
»Aber warum seid ihr dann alle so traurig? Trudel weint immerzu. Und Mutter ist krank. Willy hat auch gesagt, Lendel kommt nicht wieder.« Erni richtete sich ein wenig auf, beugte sich dicht zu Nina und flüsterte: »Er hat gesagt, Lendel ist durchgegangen.«
»Was für ein Quatsch! Lendel ist doch kein Pferd.«
Darüber mußte Erni so lachen, daß er einen Hustenanfall bekam und seine Lippen sich wieder verfärbten.
Nina legte sich zu ihm aufs Bett und bettete seinen Kopf auf ihre Schulter.
»Sei jetzt still! Sie kommt sicher bald wieder.«
»Hedel ist auch nicht wiedergekommen.«
»Bei ihr ist es anders.«
»Was ist anders?«
»Alles.«
»Aber ...«

289

»Soll ich dir eine Geschichte erzählen?«
»Die von dem kleinen Wolfgang Amadeus.«
Vor einiger Zeit hatte Nina in der Bibliothek ihres Vaters ein Buch gefunden, das von den Reisen des jungen Mozart handelte. Es waren sehr rührselige Geschichten, die die Erlebnisse des Wunderkindes schilderten: als er mit seinem Vater durch die Lande reiste, hier und dort an den Höfen spielte, so bei der Kaiserin Maria Theresia in Wien, und da stand genau, was die Kaiserin gesagt und was der kleine Mozart darauf geantwortet hatte. Nina war der Ansicht, daß das ja eigentlich keiner genau wissen konnte, aber Erni gefielen die Geschichten so gut, daß er sie immer wieder hören wollte. Mittlerweile kannte Nina sie fast auswendig, sie brauchte das Buch nicht mehr, und manchmal dichtete sie neue Geschichten hinzu. So ließ sie Mozart zum Beispiel auf ein einsames Schloß kommen, das zwischen hohen Bergen gelegen war, schon die Fahrt dahin ließ sich höchst dramatisch schildern. In dem Schloß wohnte ein Graf mit seiner schönen Frau, doch die Frau Gräfin war sehr krank, und das schon seit Jahren, aber als der Wolferl ihr vorgespielt hatte, wurde sie sofort wieder gesund. Der Graf war darüber so glücklich, daß er den kleinen Mozart und seinen Vater reich belohnte, und sie bat, doch für immer im Schloß zu bleiben. Doch der kleine Mozart sagte: Mein Leben gehört der Musik. Und die Musik gehört allen Menschen, und darum muß ich mit meiner Musik immer weiter reisen.

Diese Geschichte liebte Erni besonders, er konnte sie immer wieder hören, auch wenn sie in dem Buch gar nicht vorkam. Nina dachte sich überhaupt viele Geschichten aus, nicht nur über Mozart. Oder sie vervollkommnete ihr bekannte Geschichten. Zu ihren Lieblingshelden gehörte Odysseus, den sie in der Schule gründlich behandelt hatten. Die lange Spanne Zeit, die verging, bis Odysseus zurückkehrte, faszinierte sie, erst zehn Jahre Krieg vor Troja, und dann auch noch zehn Jahre Irrfahrten, es erschien ihr unendlich und unvorstellbar, was ein Mensch während dieser Zeit alles erleben konnte. Was sie darüber erfahren hatte, erschien ihr zu spärlich und sie schmückte die Reisen des Odysseus mit großer Fantasie aus, ein schier unerschöpfliches Thema.

Erni, dieser dankbare und ebenfalls fantasievolle Zuhörer, beflügelte ihre Erzählungen. Homer wäre erblaßt, wenn er gehört hätte, was er sich alles hatte entgehen lassen.

Und dann natürlich das Theater. Nach Onkel Nicolas war es Ninas größte Leidenschaft und, so oft sie durfte, saß sie im Stadttheater, jedesmal atemlos vor Entzücken. In dieser Beziehung würde ihr Lene sehr fehlen, denn mit ihr zusammen war sie oft im Theater gewesen.

Was sie dort gesehen hatte, bekam Erni jedesmal genau geschildert. Vor einiger Zeit hatte sie ›Hanneles Himmelfahrt‹ gesehen, und das hatte sie tief beeindruckt, sie war vor Tränen bald zerflossen. Bei ›Maria Stuart‹ hatte sie auch sehr geweint, aber Hanneles trauriges Schicksal ging ihr noch näher als das tragische Ende der schottischen Königin.

Sie hatte Erni das Stück genau erzählt und sich dann schließlich aufs Sofa gelegt und das Hannele gespielt, wozu sie sich natürlich weitgehend einen eigenen Text erfinden mußte. Auch fehlten die anderen Personen, die sie nur andeuten konnte. Ihr Spiel war aber so überzeugend, daß Erni schließlich auch bittere Tränen vergoß, und am Ende weinten sie beide. So fand Agnes die beiden Kinder und schimpfte auf Nina, sie wisse doch, daß Erni sich nicht aufregen dürfe. Deswegen durfte Erni auch nicht ins Theater. Ein einziges Mal hatte man ihn mitgenommen, in ein Weihnachtsmärchen, und das hatte ihn so mitgenommen, daß er bis auf weiteres nicht mehr ins Theater durfte.

Auch in die Operette ging Nina sehr gern, viele Melodien kannte sie bereits auswendig durch Onkel Nicolas, der meist Operettenmelodien spielte und sogar dazu sang, wenn er sich ans Klavier setzte. Als letztes hatte sie, noch mit Lene zusammen oder vielmehr nicht zusammen, da Lene wieder einmal erst zum Finale erschienen war, den ›Zigeunerbaron‹ gesehen. Am nächsten Tag sang Nina dem kleinen Bruder die Melodien vor, und er versuchte, sie auf dem Klavier zu spielen, was nur unvollkommen gelang.

Dies war ihre geheime Welt, von der die anderen wenig wußten, und sie bedeutete für beide viel, für das kranke Kind und für Nina, die so lebensvoll und aufnahmebereit war. Der Altersunterschied von immerhin sechs Jahren störte in diesem Fall nicht; Erni war für sein Alter reif und einfühlsam, das kam wohl durch die Krankheit, aber auch durch seine künstlerische Veranlagung. Und Nina wußte genau, wie behutsam sie mit ihm umgehen mußte, er durfte nicht erschreckt werden, durfte weder Angst noch Freude intensiv erleben.

Am glücklichsten aber war er, wenn er am Klavier sitzen und spielen konnte. Schon als ganz kleiner Junge hatte er damit angefangen, ganz von selbst. Wenn Nina übte, kam er ins Zimmer, setzte sich still hin und hörte zu, und es war ihm auch nicht langweilig, wenn sie nur Tonleitern übte oder ihre Czerny-Etüden spielte. Er hörte sofort, wenn sie einen Fehler machte. Wenn er sie dabei erwischte, wie sie manchmal gekonnt über schwierige Passagen hinwegpfuschte und sich mit viel Pedal oder starken Bässen behalf, unterbrach er sie: »Das war falsch, Nina.«

Sie mußte dieselbe Stelle noch einmal spielen und noch einmal, bis sie stimmte. In dieser Beziehung war er strenger als Leontine, die sich im Laufe der Zeit an Ninas Schlampereien gewöhnt hatte, auch hörte sie nicht mehr so gut wie früher. Schließlich setzte sich Erni immer wieder selbst vor das Klavier, begann darauf zu tupfen, ganz zart, auf jeden Ton lauschend. Mit fünf Jahren bekam er Unterricht von Leontine, die ganz beglückt war und jedem erklärte, dieses Kind sei ein Talent, wenn nicht sogar ein Genie. Nachdem er Klavierstunden bekam, hätte er am liebsten den ganzen Tag vor dem Klavier verbracht, doch leider mußte man ihm das Klavierspielen immer wieder verbieten, weil es ihn zu sehr anstrengte.

Dr. Paulsen, der neue Arzt, sagte: »Das Kind braucht Ruhe. Nur Ruhe. Lassen Sie ihn bloß nicht zuviel Klavier spielen, das strapaziert sein Herz viel zu sehr.« Und ahnte nicht, was es für Erni bedeutete, wenn er nicht spielen durfte, es war, als würde man ihm das Atmen verbieten.

Erni hatte ein krankes Herz. Es sei ein kleines Loch in der Scheidewand des Herzens, so erklärte es ihnen Dr. Paulsen, und darum fließe sein Blut manchmal in die falsche Herzkammer, und das sei lebensgefährlich.

Auch mit der Schule war es schwierig, er kam nicht in die Volksschule, sondern in eine kleine Privatschule, wo nicht so viele Kinder waren, und, wie man annehmen durfte, auch leidlich anständig erzogene Knaben. Das kostete Emil viel Geld, obwohl ihm unter den besonderen Umständen ein Schulgeldnachlaß von fünfzig Prozent eingeräumt wurde.

Die Lehrer und die Mitschüler wußten, daß Erni krank war, daß man vorsichtig mit ihm umgehen mußte, ihn nicht schubsen, nicht mit ihm raufen durfte, und daß er auch immer wieder in der Schule fehlen würde, wodurch er natürlich stets Lücken hatte, die sich schwer auffüllen ließen.

Nina brachte ihn jeden Morgen in die Schule und holte ihn auch mittags wieder ab, es war eigentlich genau wie damals, als sie selbst klein war und Kurtel Jonkalla sie immer begleitete. Wenn Ernis Schule eher aus war, durfte sie früher gehen, denn Fräulein von Rehm, die Leiterin ihrer Schule, kannte ja das Drama. Hatte Erni sehr viel früher aus, dann lief Nina schnell zu seiner Schule, die nicht weit entfernt war, holte ihn ab und brachte ihn mit, er saß dann in der letzten Stunde bei den großen Mädchen in der Klasse.

Luise von Rehm, Ninas erste Lehrerin, hatte ihren wichtigen Platz in Ninas Leben behauptet, es hatte in all den Jahren nie ernsthafte Verstimmungen zwischen den beiden gegeben. Kam es bei Nina zu einer Ungezogenheit oder einer Torheit, waren sie meist so geringfügig, daß ein leiser Tadel der Lehrerin genügte, um Nina zur Einsicht zu bringen. Sie ging nach wie vor mit Begeisterung in die Schule, auch wenn sie durchaus keine überragend gute Schülerin war. Aber ihre Anteilnahme, ihre Aufmerksamkeit, ihre Bereitschaft, alles aufzunehmen und zu bewahren, was ihr vermittelt wurde, machte sie für alle ihre Lehrerinnen zu einer beliebten Schülerin.

Deshalb war es für Nina ein großes Glück, daß sie noch weiter zur Schule gehen durfte. Genau genommen verdankte sie es Lene, denn kurz nach deren Flucht fiel diese Entscheidung. Fräulein von Rehm hatte an Emil geschrieben und ihm vorgeschlagen, Nina noch zwei Jahre in ihrer Schule zu lassen, sie sei sehr aufgeschlossen und aufnahmefähig, und es wäre schade, wenn sie ihre Bildung nicht noch ein wenig erweitern könne. Sie sei daher bereit, ihr fernerhin das Schulgeld zu erlassen. Das konnte Luise von Rehm sich leisten, denn ihre Schule erfreute sich inzwischen großer Beliebtheit in der Stadt, sie hatte daher ihr Lehrerkollegium vergrößern und den Stundenplan erweitern können.

Emil Nossek schrieb zurück, er danke für das freundliche Entgegenkommen, das er aber in dieser Form nicht annehmen könne. Sie einigten sich schließlich auf das halbe Schulgeld.

Dieses Arrangement wurde ungefähr sechs Wochen nach Lenes Flucht getroffen, und dieses Malheur war nicht zuletzt der Grund, daß Emil sich entschloß, seine jüngste Tochter länger in die Schule gehen zu lassen, obwohl sie lange nicht so gescheit war wie Hedwig. Aber er hatte ja nun allen Anlaß, sich Gedanken über die Erziehung von Töchtern zu machen, und er kam zu dem Entschluß, daß Nina in der Schule am besten versorgt und aufgehoben war und weiter keine Dummheiten machen konnte. Würde sie Ostern mit der Schule aufhören, war sie auch erst fünfzehneinhalb, und was sollte dann aus ihr werden? Es wäre vermutlich auf dasselbe hinausgelaufen, wie bei Lene: Haushaltsschule, Tanzstunde, Ausschau nach einer Verlobung. Davon hatte er erst einmal genug, und Geld kostete es auch.

Kam dazu, daß Emil seiner jüngsten Tochter mißtraute, ihr heftiges Temperament war ihm zur Genüge bekannt, aber er begriff nie, aus welcher Quelle es gespeist wurde, kein Wunder, da er sich nie mit seinen Kindern beschäftigte, Willy ausgenommen – und daran verging ihm langsam der Spaß, wie er sagte – und außerdem war er kein besonders guter Psychologe, sonst hätte er erkennen müssen, daß Ninas Eifer, mit dem sie nach dem Leben griff, aus einem hingabebereiten und freudigen Herzen kam. Ihr Kampf gegen Unrecht und Lüge war so echt wie ihr Lachen und ihre Tränen, und ihr Nachgeben konnte nur Einsicht sein, nie Kompromiß. Bosheit, Neid und Heuchelei waren ihr fremd. Das Verhältnis zwischen Nina und ihrem Vater war äußerst kühl, was daher kam, daß sie sich strikt von ihrem Bruder Willy abgewandt hatte. Seine Bosheiten und Rücksichtslosigkeiten waren ihr unbegreiflich, und sie war nie bereit, sein Wesen zu tolerieren. Früher hatte es böse Kämpfe zwischen ihnen gegeben, aber seit zwei Jahren, seit er den kleinen Hund erschlagen hatte, übersah sie ihn völlig, auch alle Versuche von Agnes, das Verhältnis zwischen den beiden Kindern wieder zu bessern, scheiterten an Ninas unversöhnlicher Haltung.

»Man muß vergeben und vergessen können, Nina«, sagte Agnes.

»Nein. Nie«, erwiderte Nina mit eiserner Entschlossenheit.

»Er ist doch schließlich dein Bruder.«

»Um so schlimmer.«

»Du wirst noch oft in deinem Leben Dinge erleben, die häßlich sind und die dir wehtun. Es wird immer Menschen geben, die dich verletzen. Du mußt es lernen, zu vergeben, du bist doch ein Christ.«

Dies Gespräch fand kurz vor Ninas Konfirmation statt, und ihre Antwort war die gleiche wie immer: »Ich vergesse es nie. Und ich vergebe es nie. Lieber will ich nicht konfirmiert werden.«

Es fiel Nina schwer, in das bekümmerte Gesicht ihrer Mutter zu sehen und ihr so hart zu antworten. Sie hatte ihre Mutter gern, sogar sehr gern, auch wenn sie sie niemals als entscheidende Instanz in wichtigen Fragen ansah. Da gab es für sie nur zwei Menschen: Onkel Nicolas und Luise von Rehm. Übrigens hatte sie beiden niemals von dem Tod des Hundes erzählt, sie schämte sich zu sehr für ihren Bruder. Keiner sollte wissen, wie roh und gemein er war. Sie war gewiß, daß beide sie verstanden hätten, auf ihrer Seite gewesen wären. Onkel Nicolas liebte Tiere, und Fräulein von Rehm hatte selbst einen kleinen Hund, einen Foxterrier, den Nina manchmal ausführen durfte oder den sie mitnahm, wenn sie Erni holen ging, falls er früher Schluß hatte. Dann rannte sie mit Foxi, der bellend an ihr hochsprang, um die Wette, und Erni strahlte, wenn er den Hund sah.

Mit ihren Mitschülerinnen kam Nina gut aus, alle, auf die es ankam, mochten sie, sie war beliebt, weil sie ehrlich und entgegenkommend war, sie wurde von den meisten, wenn es etwas zu feiern gab, eingeladen – aber enge Freundschaft verband sie mit keinem der Mädchen. Das war nicht immer so gewesen. Bis vor anderthalb Jahren hatte sie eine Freundin gehabt, der sie sich eng verbunden fühlte.

Victoria von Roon war die Tochter eines Rittmeisters, der einige Jahre zur Kavallerie-Abteilung in die Stadt abkommandiert war. Victorias Mutter war Engländerin, sehr zurückhaltend, und genau so war die Tochter auch, ein schlankes, sehr blondes und ein wenig kühles Mädchen.

Wer sie näher kannte und ihr Vertrauen gewonnen hatte, fand in ihr eine treue und faire Freundin. Vielleicht war dies der Grund, daß Nina sich später nie wieder enger an ein anderes Mädchen anschloß. Was ihr an Victoria zunächst am meisten imponierte, war der Umstand, daß sie eine erstklassige Reiterin war und ein eigenes Pferd besaß. Jeder in dieser Familie hatte sein eigenes Pferd, der Rittmeister natürlich mehrere; auch Victorias Mutter ritt jeden Morgen, entweder auf dem Reitplatz hinter dem Exerzierplatz oder in der dazugehörigen Reitbahn, bei schönem Wetter ins Gelände, und zwar immer allein, sie verschmähte die Begleitung eines Grooms. Wenn Nina ihre Freundin besuchte, hielten sie sich meist im Stall auf, und manchmal durfte Nina Victorias Wallach reiten. Dann gab sie sich große Mühe, denn Victoria war natürlich eine viel bessere Reiterin. Sie gab Nina Unterricht, oft am Abend, wenn der Reitplatz leer war.

Einmal kam der Rittmeister dazu, und Nina fühlte sich gehemmt, merkte selbst, daß sie alles falsch machte.

Victoria sagte zu ihrem Vater: »Sie kann immer nur in den Ferien reiten, Daddy. Wenn sie bei ihrem Onkel auf dem Gut ist.«

Ihr Vater strich dem Wallach über den Hals und lächelte Nina an. »Du machst es schon sehr nett. Dein Sitz ist gut. Aus dir wird bestimmt noch eine ausgezeichnete Reiterin.«

Fairness und liebenswürdige Gelassenheit zeichnete die ganze Familie aus. Victorias Mutter, bei der sie manchmal Tee tranken, behandelte sie wie junge Damen, nicht wie Schulmädchen, und Nina war immer ganz bezaubert von der schlanken blonden Engländerin. Als der Rittmeister nach Norddeutschland versetzt wurde, mußte sich Nina von ihrer Freundin trennen, das fiel beiden schwer. Einige Monate lang wechselten sie eifrig Briefe, teilten sich ausführlich die kleinen und großen Ereignisse ihres Lebens mit, doch dann schrieben sie sich in immer größeren Abständen, irgendwann schlief die Korrespondenz ein.

Was aber Nina in all den Jahren erhalten geblieben war, das war ein treuer, zuverlässiger Freund: Kurt Jonkalla aus dem Nachbarhaus.

Zwischen Traum und Wirklichkeit

SEIT JENEM TAG IM WINTER, zur Zeit der Jahrhundertwende, als die Kinder im Hause Nossek Diphtherie hatten, und Kurt Jonkalla zum erstenmal an der Hintertür erschien, um die Hausaufgaben für Hedwig abzuliefern, gehörte er zur Familie. Für Nina war er eine Art älterer Bruder, gleichermaßen Freund, Beschützer und Vertrauter. Sie sah ihn oft, fast täglich, wenn es seine Zeit erlaubte.

Seine Mutter versorgte nach wie vor voll Umsicht das Haus des Herrn Gadinski, der seine Fabrik inzwischen beträchtlich vergrößert und in einem nahegelegenen Ort eine zweite Raffinerie dazugekauft hatte, wodurch sich seine Arbeit, aber auch sein Vermögen beträchtlich vermehrte.

Übrigens kannte Nina mittlerweile Herrn Gadinski ganz gut, er kam öfter nach Wardenburg, er kaufte dort nicht nur die ganze Zuckerrübenernte, auch über die geschäftlichen Beziehungen hinaus schienen sich Onkel Nicolas und Adolf Gadinski gut zu verstehen, so daß Herr Gadinski manchmal, wenn er gerade in der Nähe des Gutes war, zu einem Gespräch und einem kühlen Trunk vorbeikam. Auch Karoline war schon einige Male dabei gewesen, dadurch war Nina mit ihr ein wenig bekannt geworden, denn in der Stadt trafen sie sich so gut wie nie, obwohl sie nebeneinander wohnten.

Durch Kurt jedoch erfuhr Nina alles, was im Haus Gadinski vorging, so auch in diesem Frühling, daß sich Karoline verlobt hatte. Ein Leutnant vom Breslauer Leibkürassierregiment ›Großer Kurfürst‹ war der glückliche, Karoline hatte ihn im vergangenen Herbst in Breslau kennengelernt, als er bei einem Turnier mitritt und sogar eine Siegerschleife errang. Abends fand ein Ball statt und bei der Gelegenheit verliebte sich der Leutnant, laut Kurtel ein schneidiger junger Mann, ausgerechnet in Karoline Gadinski, für Nina unbegreiflich, denn ihr gefiel Karoline nicht besonders. Sie hatte einen stattlichen Busen, ein rundes Gesicht, und ihre Augen waren glupschig, wie Nina es ausdrückte. Wenn der Leutnant so schneidig sei und noch ein guter Reiter dazu, könne sie nicht verstehen, was er eigentlich an Karoline fände, sagte sie zu Kurtel.

Mit Kennermiene erwiderte der, sein Typ wäre sie zwar auch nicht, aber direkt häßlich sei sie nicht, und was ihre Figur beträfe, so wäre das Geschmackssache, manche Männer bevorzugten Frauen mit üppigen Formen.

Nina lachte hell auf. Kurtel als Frauenkenner, das fand sie höchst komisch. Dabei war er bald zweiundzwanzig, hatte in Braunschweig beim Infanterieregiment Nr. 92 gedient, war auch sonst schon allerhand herumgekommen. Und nicht zuletzt brachte es sein Beruf mit sich, daß er viel mit Frauen und ihren Figuren zu tun hatte. Weswegen Ninas Spott töricht und unpassend war, was Kurtel natürlich nicht aussprach, nur durch einen verwunderten Blick erkennen ließ.

In die Zuckerfabrik nämlich, wie vorgesehen, war Kurt Jonkalla nicht gegangen. Denn was keiner in dem immer höflichen Jungen vermutete, er hatte selbständige Gedanken im Kopf und die verstand er durchzusetzen, wenn auch nach gründlicher Überlegung.

Als er aus der Schule kam, hatte er seine Mutter schon so weit, daß sie es wagte, Herrn Gadinski zu sagen, ihr Sohn werde nicht in die Fabrik gehen.

Das verblüffte Herrn Gadinski, und auf seine Frage, was der Junge denn tun wolle, hatte Martha gemessen erwidert, ihr Sohn interessiere sich für die Textilbranche und würde zu Münchmann & Co. in die Lehre gehen.

»Na sowas!« staunte Herr Gadinski, aber gutmütig, wie er war, hatte er keine Einwände. Schließlich wußte er auch, was er an Martha hatte: sie bereitete ihm eine behagliche Häuslichkeit, hatte seine Tochter großgezogen und in all den Jahren die Leiden und Launen von Otti, seiner Frau, ertragen.

Otti verließ das Haus so gut wie nie. Früher war sie manchmal mit ausgefahren, aber seit Herr Gadinski ein Automobil besaß, weigerte sie sich; das sei ihr viel zu gefährlich, denn das fahre zu schnell, sagte sie.

»Richtig albern«, hatte Nina gemeint, als Kurtel davon berichtete. »Was soll denn mit so einem Karren schon passieren, den kann man ja anhalten. Pferde sind viel gefährlicher, die können durchgehen. Und dann muß man wissen, wie man sie richtig behandelt.«

Münchmann & Co., das erste Textilgeschäft am Platz, drei Stockwerke hoch, direkt am Ring gelegen, hatte sich im Laufe der Jahre auch vergrößert und verschönert und vor allem ständig das Sortiment seiner Waren erweitert. Kurtel hatte es indirekt Karoline zu verdanken, daß er in das Münchmann-Geschäft gekommen war.

Karoline und Käthe, die älteste Münchmann-Tochter, waren in eine Klasse gegangen und seit eh und je dick befreundet. Eine Zeitlang hatten sie sich gegenseitig eifrig Briefchen geschrieben, die dann Kurtel als Bote hin- und hertragen mußte. Das geschah in den Ferien, aber auch wenn sie sich täglich in der Schule sahen. Wenn Kurtel es albern fand, hatte er es nicht verlauten lassen, sondern war getreulich stadteinwärts und stadtauswärts getrabt, und war am Ende dafür belohnt worden. Er lernte Herrn Münchmann kennen, seine freundliche, immer vergnügte Frau und vor allen Dingen den Laden.

Der Laden imponierte Kurtel ungeheuer! Was es da alles gab! Und wie viele Leute kamen, um einzukaufen!

Manchmal stand er ganz versunken in einer Ecke, während er auf Käthes Antwortbrief wartete, sah, staunte und hörte den Verkaufsgesprächen zu.

Herrn Münchmann war das schließlich aufgefallen, und da ihm der blonde bescheidene Junge gefiel, sagte er: »Warum kommst du denn nicht zu mir in die Lehre? Ich mache einen erstklassigen Verkäufer aus dir.«

Diese Vorstellung elektrisierte Kurtel. Immer mit diesen schönen Dingen hier zu tun haben und nicht nur mit Zucker. Und wie vornehm die Verkäufer gekleidet waren, sie trugen richtige Anzüge mit weißen Hemden und gestärkten Kragen, die Haare hatten sie mit Pomade glatt an den Kopf gebürstet, und ihre Hände waren immer sauber.

»Das täte ich gern«, sagte Kurtel ernsthaft. »Aber ich muß ja in die Fabrik.«

»Kein Mensch muß müssen. Überleg dir mal den Fall. Und wenn du bei mir anfangen willst, werde ich das mit Herrn Gadinski schon regeln.«

Aber das regelte Martha dann schon, sie brauchte keine Fürsprache, sie trat für die Belange ihres Sohnes selbst ein. Herr Gadinski war überdies dann doch recht verständnisvoll, er sagte: natürlich solle Kurtel das lernen, was er gern lernen wolle, das sei ihm schon recht.

So kam Kurtel also zu Münchmann & Co. in die Lehre, und abermals wurde deutlich, wie er war: still, bescheiden, aber hartnäckig.

Inzwischen hatte Kurtel seine Lehre abgeschlossen, er war nun richtiger Verkäufer, ein sehr guter dazu, er bezog ein Gehalt, kleidete sich sehr ordentlich, was Martha immer mit Stolz erfüllte.

Wenn Nina mit Trudel, oder früher mit Lene in den Laden kam, stürzte er sofort herbei und bediente sie.

Zu Lene sprach er etwa so: »Sie sollten diesen Stoff nehmen, gnädiges Fräulein. Die Farbe paßt wundervoll zu Ihrem Teint.« Nina war herausgeplatzt, und auch Lene mußte lachen, denn sonst duzten sie sich ja, aber im Laden sagte er immer Sie und gnädiges Fräulein.

Sonntags hatte Kurtel frei, da Herr Münchmann ein fortschrittlicher Kaufmann war und am Sonntag sein Geschäft geschlossen hielt. Der Sonntag sei ein Feiertag, sagte er, und den müsse man heiligen. Gott habe bestimmt, daß die Menschen an diesem Tag nicht arbeiten sollten. Das könne Münchmann sich eben leisten, erklärte Emil, weil er so gut verdiene, daß er nicht auf die Bauern angewiesen sei, die am Sonntag in die Stadt kamen, um einzukaufen. Aber es seien ja Gott sei Dank genügend Kaufleute so vernünftig, ihre Geschäfte auch am Sonntag offen zu halten.

Nina und Kurtel trafen sich meist am Sonntag und besprachen die Vorfälle der vergangenen Woche. Also auch Karolines Verlobung.

»Wenn der so fesch ist, dieser Leutnant, hätte er auch was Besseres finden können als Karoline«, beharrte Nina.

»Was Besseres? Du bist dir wohl nicht klar darüber, was für eine gute Partie Karoline ist.«

»Na und?«

»Na und, du bist gut. Sie ist sein einziges Kind. Und Herr Gadinski ist sehr, sehr reich.«

»Das ist doch kein Grund zum Heiraten.«

»Und ob das ein Grund ist. So'n Leutnant hat doch nicht viel. Er stammt von einem kleinen Gut in der Gegend von Görlitz. Und hat noch drei Brüder. Dem bleibt doch gar nichts anderes übrig, als ein Mädchen mit Geld zu heiraten.«

Unwillkürlich mußte Nina an Lenes verflossenen Leutnant denken. Der stammte von einem Gut in Pommern und hatte auch ein paar Brüder. So gesehen wäre Lene bestimmt nicht die richtige Frau für ihn gewesen, er konnte nur froh sein, daß sie ihm davongelaufen war.

»Ich würde nie einen Mann heiraten, nur weil er Geld hat«, sagte Nina mit Bestimmtheit.

»Nein, du nicht. Zu dir paßt das auch nicht.«

»Ich heirate überhaupt nicht«, sagte sie mit tragischem Ton, setzte sich auf einen Baumstamm und schlang die Arme um die hochgezogenen Knie. Wen auch? Es gab nur einen, den sie liebte, immer und ewig lieben würde. Und den konnte sie nicht bekommen.

»Na, warte erst mal ab«, meinte Kurtel gutmütig. »Du bist ja noch viel zu jung, um davon etwas zu verstehen.«

»Phh!« machte Nina. »So viel wie du verstehe ich allemal. Willst du denn heiraten?«

»Natürlich. Später mal.«
»Wen denn?«
Er machte ein geheimnisvolles Gesicht. »Sage ich nicht.«
»Los! Sag's!«
»Nein.«
»Läßt du es eben bleiben. Interessiert mich auch gar nicht.« Sie waren oben auf dem Buchenhügel, noch immer ihr Lieblingsplatz, es war still und einsam, der Blick ging weit über den Strom und die Ebene. Aber man sah von hier aus auch, wie sich die Stadt vergrößert hatte und sich nun nach allen Seiten ausdehnte.

Nina wies hinunter auf die Sandinsel, die in der Oder lag. »Ich freue mich schon wieder, wenn wir da hinüberschwimmen. Noch vier Wochen, was meinst du, dann können wir baden gehen.«

»Kommt aufs Wetter an.«

Das Schwimmen brachte sie auf Robert, denn bei ihm hatten sie schließlich schwimmen gelernt.

»Er hat mir neulich geschrieben, daß er nach Afrika will«, sagte Kurtel. Nina blieb vor Erstaunen der Mund offen stehen. »Nach Afrika?«

»Zur Schutztruppe.«

»Warum will er das denn?«

»Er war ja immer ganz unternehmungslustig. Später, schreibt er, wird er sich dort eine Farm kaufen.«

»Ich denke, er wollte General werden.«

»Er wird wohl inzwischen gemerkt haben, daß er das nie werden kann. Ich glaube, er ist sehr gern Soldat, aber nun weiß er, daß es keinen Krieg gibt und daß er kein Offizier werden kann. Höchstens Feldwebel oder sowas; und wenn er dann aus dem Dienst entlassen wird, kriegt er einen Posten beim Staat, bei der Polizei oder so. Ich finde, es ist eine gute Idee, sich eine Farm in Afrika zu kaufen. Deutsch-Südwestafrika, das muß ein schönes Land sein. Und man lebt dort ganz frei.«

»Anders als hier?«

»Bestimmt. Ganz anders. Und dann denk mal, wie wichtig die Kolonien für uns sind. Da können wir doch nur froh sein, wenn so einer wie Robert dort hingeht.«

»Es ist aber so weit weg.«

»Halb so schlimm«, meinte Kurtel weltmännisch. »Man macht eine schöne Schiffsreise, und schon ist man da. Vielleicht werde ich ihn später mal auf seiner Farm besuchen.«

Die Vorstellung, daß der kleine Kurtel nach Afrika reisen wollte, war so ungeheuerlich, daß Nina zunächst keine Antwort einfiel. Gereist war er zwar schon oft. Er fuhr jedes Jahr einmal nach Breslau, und im Riesengebirge war er auch schon gewesen und hatte eine Kammwanderung gemacht. Vor einiger Zeit hatte er verkündet, daß er im nächsten Jahr einmal nach Berlin fahren werde.

»Unser Kurtel ist ein stilles Wasser«, hatte Lene einmal gesagt, »da steckt mehr dahinter, als man vermutet.«

Martha war sehr stolz auf ihren weitgereisten Sohn. Wenn man mit ihr sprach, ließ sie immer mal wieder einen Satz über die Reiseziele Kurtels einfließen: »Als mein Sohn das letztemal in Breslau war, hat er mitten auf der

Schweidnitzer Straße einen alten Bekannten getroffen.« Oder: »Kurtel sagt, hoch oben auf dem Kamm, in der Prinz-Heinrich-Baude, bekommt man für achtzig Pfennig einen vorzüglichen Schweinebraten, der schmeckt fast genausogut wie bei mir.«

Was würde Martha erst für Sätze bilden, wenn ihr Sohn in Berlin, geschweige denn in Afrika gewesen war!

»Weißt du«, sagte Kurtel, »ich glaube, Robert ist das mit der Lene sehr nahe gegangen. Er hat sie sehr gern gehabt.«

»Ja, ich weiß.«

»Er hat gedacht, die Lene wird ihn heiraten.«

Nina richtete sich auf. »Das kann er doch nicht im Ernst gedacht haben.«

»Doch. Damals, als er hier fortmachte, haben sie sich verlobt.«

»Was für ein Unsinn! Lene war damals . . . na, vielleicht vierzehn oder so.«

»Das konnte man bei ihr leicht vergessen. Sie benahm sich immer schon sehr erwachsen.«

»Zu dir auch?« fragte Nina eifersüchtig.

»Sie hat mich mal geküßt.«

»Nein!« Nina richtete sich gerade auf und starrte Kurtel fassungslos an. In Kurtel taten sich Abgründe auf. Erst Afrika, und nun noch ein Kuß von Lene.

»Sie hat dich geküßt?«

»Sie meinte, ich müßte auch einmal wissen, wie so etwas geht.« Er lächelte überlegen. »Es war natürlich nicht mein erster Kuß.«

Nina erhob sich von ihrem Baumstamm.

»Nicht dein erster? Wen hast du denn noch geküßt?«

»Aber Nina! Darüber spricht man doch nicht.«

»Du hast doch eben auch darüber gesprochen.«

»Mit Lene ist das was anderes.«

»Wieso?« fragte Nina kriegerisch. Lene mochte sein, wie sie wollte, aber keiner durfte es wagen, etwas gegen sie zu sagen.

»Nun, sie nahm es nicht so genau.«

»Was heißt, sie nahm es nicht so genau?«

»Mein Gott, Nina, das verstehst du nicht.«

»Spiel dich bloß nicht so auf! Sie ist eben sehr hübsch und hat immer viele Verehrer gehabt. Da kann sie doch nichts dafür. Und dann hat sie den Mann gefunden, den sie liebt. Das ist doch ganz normal.«

»Na, normal war das wohl nicht, was sie getan hat.«

»Ich verbiete dir, etwas gegen meine Schwester zu sagen«, rief Nina wütend. »Sie ist verheiratet und sehr, sehr glücklich. Ihr Mann ist Lehrer an einer ganz feinen Schule. Ein Internat ist das, wo überhaupt nur ganz reiche Leute ihre Söhne hinbringen.«

Kurtel lachte albern. »Lene als Lehrersfrau! Wie das wohl ausgeht!«

»Du Schafskopf!« rief Nina, wandte sich, ließ ihn stehen und lief den Hügel hinab, so schnell sie konnte.

Sie kochte vor Zorn. So waren die Menschen. Kurtel auch. Überall wurde von Liebe geschwärmt: in jedem Roman, in jedem Theaterstück, in jedem Lied ging es immer um die Liebe. Das fanden alle wunderbar. Aber wenn jemand in Wirklichkeit liebte, da galt das auf einmal nicht mehr, da war es etwas Schlechtes.

Mit Lene war doch alles in Ordnung. Sie hatte ihre Vermählung mitgeteilt, richtig auf gedruckten Karten, und später schrieb sie lang und breit über die Schule, wie schön die gelegen sei und was für vornehme Knaben dort unterrichtet würden, sehr viele Adlige, sogar ein paar richtige Grafen und Barone hatten sie unter den Schülern.

Natürlich war es komisch, sich Lene als Lehrersfrau vorzustellen, aber der Lehrer, den sie geheiratet hatte, war ja auch kein gewöhnlicher Lehrer, und ein schöner Mann war er obendrein. Da konnte Kurtel gar nicht mitreden, da war Kurtel eine ganz kümmerliche Figur dagegen.

Nach diesem Gespräch war Nina eine ganze Weile böse mit Kurtel, und er mußte allerhand Mühe aufwenden, um sie zu versöhnen.

In der Familie Nossek kehrten nach und nach wieder einigermaßen normale Verhältnisse ein. Immerhin war alles besser geworden, als man anfangs vermutet hatte. Lene war verheiratet, sie hatte nicht die fabelhafte Partie gemacht, die sich Agnes erhofft hatte, aber ein Lehrer an einem vornehmen Internat war schließlich auch ganz ansehnlich.

Nina schlich manchmal um den Tennisplatz herum. Hinein traute sie sich nicht mehr, was sie sehr bedauerte, sie war immer gern dort gewesen. Und sie selbst würde bestimmt nun nie Tennis spielen dürfen. Überhaupt wurde sie sehr streng beaufsichtigt, das hatte sie von dem Freiheitsdrang ihrer Schwestern. Sie mußte immer genau sagen, wohin sie ging und mit wem, und mußte pünktlich zu Hause sein, sonst gab es ein Donnerwetter. War sie bei einer Schulfreundin eingeladen, mußte Trudel sie hinbringen und abholen. Ins Theater durfte sie nur zweimal im Monat, und auch nur in Begleitung ihrer Mutter oder von Trudel. Nur mit Kurtel durfte sie komischerweise allein spazierengehen, den hielten ihre Eltern offenbar für ganz ungefährlich. Dabei hatte er Lene geküßt. Oder Lene ihn.

Dann wurde es Sommer, und die Tage bekamen wieder ein gewohntes Gesicht. Auch Erni ging es ganz gut, nur einmal hatte er einen Anfall, als er die Mondscheinsonate übte; der dritte Satz, der ja sehr schwierig ist, strengte ihn so sehr an, daß er umkippte und mit blauen Lippen und Nägeln liegen blieb.

Der nächste Schicksalsschlag kam schon im Sommer, und diesmal traf er Nina, und zwar mitten ins Herz.

Gleich nach Beginn der großen Ferien durfte sie wie jedes Jahr nach Wardenburg. Diesem Tag lebte sie entgegen, auf diesen Tag wartete sie in jedem Jahr mit größter Ungeduld. Der einzige Schatten, der auf diesen Tag fiel, war der Umstand, daß sie sich für längere Zeit von Erni trennen mußte, was ihr immer ein schlechtes Gewissen verursachte. Erni, mit seiner Sensibilität, wußte das genau, und tat so, als mache es ihm gar nichts aus, im Gegenteil, er gab vor, es gar nicht erwarten zu können, bis sie abreiste.

»Wenn du nicht fortfährst, kannst du nichts erleben. Und dann hast du keine neuen Geschichten, die du erzählen kannst«, sagte er beispielsweise. Geschichten brachte sie jedesmal mit, viele, denn ihre Tage in Wardenburg waren voll neuer Erlebnisse und Begegnungen, sei es mit Tieren oder mit Menschen, für sie war alles interessant, was dort geschah, und so intensiv, wie sie es aufnahm, so intensiv verstand sie es, darüber zu berichten.

Einmal, vor zwei Jahren, war Erni für eine Woche mit in Wardenburg gewesen, aber es war keinem recht wohl dabei, da jeder fürchtete, die fremde Umgebung und die dadurch verursachte Erregung könnten ihm schaden und einen Anfall hervorrufen. Es war aber alles gut verlaufen, Erni war ohne Zwischenfall wieder nach Hause zurückgekehrt, man wiederholte allerdings den Versuch nicht, auch er selbst äußerte nicht den Wunsch, noch einmal mitzukommen; er fühlte sich in der gewohnten Umgebung sicherer, denn er selbst fürchtete seine Anfälle. Immerhin kannte er nun das Gut, kannte das Gutshaus von innen, war in den Ställen gewesen, und wenn Nina erzählte, wußte er, wie es dort aussah und konnte sich alles bildlich vorstellen.

In diesem Jahr wurde Nina von Nicolas persönlich abgeholt, was sie mit ungeheurem Stolz erfüllte und eigentlich gar nicht fassen konnte. Er fuhr die beiden Rappen selbst, und sie durfte neben ihm auf dem Bock sitzen. Die Rappen, keine Orlowtraber mehr wie einst, sondern brave Holsteiner, waren die einzigen Kutschpferde, die es auf Wardenburg noch gab. Der Viererzug war längst abgeschafft worden. Die Familie versammelte sich fast vollzählig vor dem Gartentor, als sie abfuhren, und Nina winkte, bis sie um die Ecke bogen.

»Jetzt seid ihr ein paar weniger geworden«, sagte Nicolas.

»Was hört man denn von deinen Schwestern?«

»Von Hedel gar nichts. Aber Lene schreibt ab und zu. Stell dir vor, sie kriegt ein Kind.«

Er lachte. »Nun ja, so ungewöhnlich dürfte es ja nicht sein, wenn eine junge Frau, die aus Liebe geheiratet hat, ein Kind bekommt. Freut sie sich darauf?«

»Davon schreibt sie nichts.«

»Und wann bekommt sie das Kind?«

»Wann?« Nina blickte ihn erstaunt an. »Das weiß ich nicht. Davon hat sie auch nichts geschrieben.«

»So. Na, vielleicht wirst du schneller Tante als du denkst.«

»Ich? Tante?« Diese Vorstellung erheiterte Nina sehr. Nicolas knallte mit der Peitsche.

»Ja, natürlich, das bist du dann doch. Los, meine Schwarzen!« Die Rappen setzten sich in Trab, in flotter Fahrt ging es zwischen den Gärten der Vorstadt auf die Oder zu. Die Brücke überquerten sie im Schritt, und erst als sie die Innenstadt hinter sich gelassen hatten, zogen die Rappen wieder an.

»Bist du mit dem neuen Kutscher zufrieden?« frage Nina.

»Es geht. Allzuviel taugt er nicht. Er hat eine schwere Hand. Die Pferde gehen bei ihm nicht so, wie sie könnten.«

»Wie sie bei dir gehen.«

»Hm. Pferde mit empfindsamen Mäulern würde ich ihm gar nicht anvertrauen. Weißt du, wer ein guter Fahrer war? Paule Koschka, erinnerst du dich an ihn?«

»Natürlich. Ist er immer noch in Amerika?«

»Ja. Nun sind es schon fast drei Jahre, daß sie drüben sind. Sie müssen bei dem größten amerikanischen Zirkus eingeschlagen haben und steinreich geworden sein. Siehst du, das ist auch so ein Ausreißer wie deine Schwestern.«

Nicolas kniff die Augen zusammen und blickte über das ebene Land hin, das im hellen Sonnenschein lag. »Vielleicht haben sie recht. Es hat sicher sein Gutes, wenn man sich vom angestammten Platz fortbewegt, das bringt Schwung ins Leben. Man kann keine neuen Horizonte erblicken, wenn man immer auf dem gleichen Fleck kleben bleibt. Was meinst du?«

Nina dachte über eine kluge Antwort nach, denn sie fühlte sich geschmeichelt, daß er so ernsthaft mit ihr redete. Den Sinn hinter seinen Worten konnte sie allerdings nicht verstehen, der sollte ihr erst eine Woche später aufgehen. »Ich weiß nicht. Ich möchte gar nicht gern von hier weg. Aber ich möchte trotzdem auch mal eine richtige Stadt kennenlernen. Für Paule war es vielleicht gut, daß er weggegangen ist, er ist weit in der Welt herumgekommen.«

»Katharina hat im letzten Winter ein Kind bekommen, nach so langer Ehe. Einen kleinen Amerikaner. Pauline ist so davon beeindruckt, Großmutter geworden zu sein und einen Sohn in Amerika zu haben, daß sie sich nun endlich mit ihm ausgesöhnt hat. Wer hat schon weit und breit einen Sohn in Amerika? Nur sie. Sie stürzt jedesmal dem Briefträger entgegen, und zeigt jedem, den sie erwischen kann, ihren Brief. Im letzten hat er geschrieben, daß sie nach Deutschland zurückkehren werden, sobald der Kleine etwas größer ist, damit seine Mutter ihr Enkelkind zu sehen bekommt. Pauline hat vor Freude geweint.«

Pauline, die einige Jahre sehr deprimiert gewesen war, sah nun wieder besser aus, sie war nicht mehr deprimiert, weil ihr der Sohn fortgelaufen war, nur ihr Haar war grau geworden. In der Küche führte sie immer noch ein scharfes Regiment, die Mädchen spritzten nur so unter ihrem Kommando, und kochen konnte sie nach wie vor wundervoll. Zu Ninas Empfang gab es jungen Hammelbraten mit Kartoffelklößen und zarten grünen Bohnen aus dem Garten. Es war alles wie immer, eigentlich schöner, denn für Nina wurde es Jahr für Jahr schöner in Wardenburg, immer bewußter nahm sie alles auf. Nur Tante Alice schien bedrückt zu sein, sie sprach wenig, man sah sie eigentlich nur zu den Mahlzeiten.

Schließlich erfuhr Nina die entsetzliche Wahrheit. Es war am achten Tag ihres Aufenthalts, Nina und Nicolas ritten am Abend ins Gelände, denn es war tagsüber so heiß gewesen, daß sie für ihren Ritt die Abendstunde abgewartet hatten, damit die Pferde nicht mehr so arg von Fliegen und Bremsen geplagt würden.

Nina ritt Ma Belle, die nun auch schon eine reife Dame war und schneeweiß, wie Nicolas es einst prophezeit hatte. Doch immer noch ein wunderschönes Pferd.

Das Getreide stand hoch, unbewegt, kein Lüftchen rührte sich. Die Ernte hatte noch nicht begonnen, aber es würde bald so weit sein, die ersten polnischen Schnitter waren schon eingetroffen.

»Das Getreide steht gut in diesem Jahr«, sagte Nina sachverständig, denn das hatte sie inzwischen gelernt. »Da wird Köhler zufrieden sein.«

»Ich hoffe es«, meinte Nicolas gleichgültig. Er ließ den Blick über die Felder schweifen, sein Mundwinkel bog sich herab. Am Waldrand hielten sie die Pferde an und genossen die Kühle, die der Wald ausströmte. Es gab nicht viel Wald auf Wardenburger Gebiet, außer einigen Hölzern war dies das einzig zusammenhängende Waldstück, groß auch nicht, und in einer halben Stunde im Schritt zu durchreiten.

»Es geht mich nichts mehr an«, sagte Nicolas plötzlich.

Nina verstand ihn nicht. »Was geht dich nichts mehr an?«

»Wie die Ernte ausfällt.«

Nina verstand noch immer nicht und blickte ihn fragend an.

»Du mußt es ja doch erfahren, Nina. Es ist mein letzter Sommer auf Wardenburg. Und deiner auch.«

Seine Stimme klang kühl und unbeteiligt, so als wolle er erst gar keine Emotionen aufkommen lassen.

Nina starrte ihn fassungslos an. Eine Weile blieb es still, Nicolas Wallach schnaubte und schüttelte eine verspätete Fliege von seinem Hals. Nina zog die Schulterblätter zusammen, ein Frösteln überkam sie, trotz des warmen Abends. Sie sah sein verschlossenes Gesicht, und sie wußte, daß etwas Furchtbares geschah. Sie fühlte es, sie wußte es – aber sie konnte nicht wissen, daß nicht nur für sein Leben, daß auch für ihr Leben eine entscheidende Wende gekommen war. Es war auch für sie der erste Schritt, der in die Fremde führte.

»Ich verstehe dich nicht, Onkel Nicolas«, flüsterte sie, die Stimme gehorchte ihr kaum.

»Wir werden fortgehen von hier. Wardenburg gehört mir nicht mehr.«

»Wardenburg gehört dir nicht mehr?«

»Nein, Nina. Es gehört jetzt Herrn Gadinski.«

»Nein!« Das war ein Schrei, er gellte laut und empört auf die Felder hinaus. »Nein, das ist nicht wahr, Onkel Nicolas! Sag, daß es nicht wahr ist!«

Er sah sie an, seine Miene war hochmütig und kalt.

»Doch, Nina, es ist so. Genau genommen gehört mir Wardenburg schon lange nicht mehr.«

»Ich verstehe dich nicht«, wiederholte sie hilflos.

»Ich werde es dir erklären«, sagte er ganz ruhig. »Schulden habe ich immer schon gehabt, von Anfang an. Kann sein, ich habe nicht gut gewirtschaftet, ich leugne es nicht. Ein Gut wie Wardenburg wirft keinen großen Gewinn ab, und man müßte sehr sparsam sein, wenn man es halten will. Als ich seinerzeit hierherkam, verstand ich gar nichts von der Wirtschaft. Ich kam zwar von einem Gut, aber ich war als Junge von dort weggegangen, außerdem wurde in Kerst über die Arbeit nicht gesprochen, dafür waren ein Büro und ausreichend Verwaltungskräfte da. Es waren ganz andere Dimensionen, verstehst du. Meine Familie im Baltikum war reich, oder jedenfalls erschien es mir immer so. Ich lebte auf dem großen Fuß weiter, den ich von dort gewöhnt war, und damit habe ich Wardenburg sehr schnell hoch verschuldet. Es war hier in all den Jahren ein schwieriges Leben, immer von der Hand in den Mund.«

»Aber kannst du denn nicht jetzt sparsamer wirtschaften?«

»Das tun wir schon eine ganze Weile, besonders Alice. Aber es war zu spät, von den Schulden kam ich nicht runter, sie wurden immer mehr.«

»Hast du Wardenburg an Herrn Gadinski verkauft?«

»Da war nichts mehr zu verkaufen. Praktisch gehört ihm Wardenburg schon seit einigen Jahren.«

»Aber wie ist das möglich?«

»Du weißt doch, daß er immer die ganze Rübenernte gekauft hat. Und er hat mir Vorschüsse gegeben auf die Ernte kommender Jahre. Außerdem hat er meine Bankschulden übernommen und zum Teil getilgt. Aber das ist zu schwierig, dir das zu erklären, das verstehst du doch nicht. Tatsache ist, daß mir kein Halm mehr von dem Getreide gehört, das hier auf den Feldern steht.«

»Aber das darf doch nicht sein. Das ist doch gemein von Herrn Gadinski.«

»Das ist gar nicht gemein, das ist Geschäft. Was denkst du, wieviele Güter auf diese Weise den Besitzer wechseln. Klüger wäre es gewesen, rechtzeitig zu verkaufen, als noch ein Erlös für das Gut möglich war. Aber wir haben ja hier gelebt wie immer, uns berührten die veränderten Verhältnisse kaum. Doch nun will Gadinski das Gut selbst übernehmen. Das heißt, seine Tochter wird es bekommen.«

»Karoline?«

»Ja. Du hast vielleicht gehört, daß sie sich verlobt hat. Sie wird in diesem Herbst noch heiraten, ihr Verlobter wird den Dienst quittieren, sie werden auf Wardenburg leben. Er will ein Gut haben, er ist nicht gern Offizier. Vor allem will er Pferde züchten, sagt er. Und Karoline möchte gern eine Gutsherrin sein.«

»Dieses Biest! Ich konnte sie nie leiden.«

Nicolas lachte. »Sie ist doch ein ganz nettes Mädchen. Neulich hat sie mir mit großer Begeisterung geschildert, was sie alles vorhat mit dem Gut. Zur Zeit lernt sie reiten.«

»Phh! Die und reiten!« sagte Nina mit tiefster Verachtung.

»Sie ist Gadinskis einzige Tochter, und er liebt sie sehr, das habe ich gemerkt. Warum also soll er ihr nicht ein Gut zur Hochzeit überschreiben, zumal sein zukünftiger Schwiegersohn offensichtlich vom Gutsbetrieb allerhand versteht. Mehr als ich, wie es scheint. Karoline wünscht sich ein Gut, der junge Mann wünscht sich ein Gut, und Gadinski hat ein Gut. Ergo. Er braucht nicht einmal nach einem zu suchen. So sieht es aus.«

»Und du? Und Tante Alice?«

»Wir werden sang- und klanglos von hier verschwinden.«

»Das darf nicht sein. Nein, das darf nicht sein.«

Ihre Stimme bebte, sie neigte den Kopf nach vorn, tiefer und tiefer, bis ihr Gesicht auf Ma Belles Hals lag. Der Himmel stürzte ein. Die Erde fiel in Trümmer. Wardenburg verloren. Und Nicolas nicht mehr da. Das konnte sie nicht überleben.

Nicolas blickte auf ihren gesenkten Kopf herab, sein Herz war schwer. Sein Gleichmut war gespielt. Denn irgendwann in den vergangenen Jahren, er wußte nicht, wann das so gekommen war, war aus Wardenburg seine Heimat geworden. Es fiel ihm sehr schwer, von hier fortzugehen, er fühlte sich gedemütigt. Und er schämte sich, weil er versagt hatte. Er hatte sich sehr davor gefürchtet, es ihr zu sagen, denn er wußte, wie tief es sie treffen würde.

Gestern abend hatte er noch mit Alice darüber gesprochen. »Ich bringe es nicht übers Herz, es ihr zu sagen.«

»Du mußt es ihr sagen, Nicolas. Sie liebt uns und sie vertraut uns. Wir dürfen nicht riskieren, daß sie es von anderer Seite erfährt. Köhler weiß es, seine Frau weiß es. Obwohl ich nicht glaube, daß sie darüber sprechen, kann es doch durchgesickert sein. Gadinski hat keinen Grund zu schweigen. Karoline kauft bereits Möbel ein, wie du gehört hast. Sie kann jeden Tag hier auftauchen, und ich möchte nicht, daß Nina es von ihr erfährt.« Nun hatte er es ihr gesagt, und sie nahm es schwer, das hatte er gewußt.

Er legte die Hand um ihren schmalen Nacken.

»Ninotschka«, sagte er zärtlich. »Weine nicht! Du hast in Wardenburg nie geweint. Das darfst du mir nicht antun. Hörst du?« Er schüttelte sie ein wenig, sie hob den Kopf und blickte ihn an, ihre Wangen waren naß von Tränen.

»Ninotschka, nein, das kann ich nicht sehen. Sieh mal, Kind, ich mußte es dir doch sagen. Alice meint auch, du solltest es wissen. Vielleicht hätte ich es dir erst am letzten Tag sagen sollen, ich will dir doch deine Ferien nicht verderben. Aber dann wärst du traurig nach Hause gefahren. Und so kann ich dich doch noch trösten. Außerdem kommt vielleicht Karoline Gadinski hier an und beginnt, die Zimmer auszumessen.«

»Ich bringe sie um«, rief Nina wild.

»Sie kann doch nichts dafür.«

»Sie kann dich doch nicht einfach hinauswerfen.«

»Das tut sie ja nicht. Ich habe dir doch eben erklärt, wie die Lage ist. Wardenburg gehört ihrem Vater bereits.«

»Aber wenn sie nicht diesen dummen Leutnant heiraten würde, könntet ihr doch weiter hier bleiben.«

»Ja, vielleicht. Von Gadinskis Gnaden.«

»Nicolas!« Ihr Blick war herzzerreißend. »Du kannst doch nicht einfach fortgehen. Das geht doch nicht. Wie soll ich denn leben, wenn du nicht mehr hier bist?«

Nicolas betrachtete sie gerührt. Er wußte, daß dieses Herz ihm gehörte, seit vielen Jahren schon. Er beugte sich aus dem Sattel zu ihr hinüber, nahm ihr Gesicht in seine Hand.

»Ich gehe ja nicht nach Amerika. Das hätte auch wenig Zweck. Da ich weder besonders tüchtig noch fleißig und auch kein guter Rechner bin, würde ich dort wohl auch kein Millionär werden. Ich bleibe ganz in deiner Nähe.«

»Bei uns? In der Stadt?«

»Nein. Das nicht. Wir werden in Breslau leben.« Er küßte sie zart auf den Mund, sah ihr Erschrecken, das Zittern ihrer Lippen.

Dieses Kind! War sie nicht wie eine Tochter für ihn geworden? Er hatte sie lieb, und es war bitter, daß er ihr wehtun mußte.

»Komm, laß uns nach Hause reiten, es wird dunkel. Alice wird mit dem Abendessen warten. Heute trinken wir eine Flasche Champagner auf den Schreck. Du bist jetzt schon ein großes Mädchen und darfst mittrinken. Im Oktober wirst du sechzehn, nicht wahr?«

Sie nickte. Sein Kuß hatte sie stumm und wehrlos gemacht. Sie wußte selbst nicht, warum. Er hatte sie schon oft geküßt, er war immer zärtlich und liebevoll zu ihr gewesen. Was war denn heute anders?

Alles war anders geworden.

Sie ritten im Schritt den gleichen Weg zurück, den sie gekommen waren, gelangten wieder auf den Weg zwischen den Feldern.

»Ich bin froh, daß du es nun weißt, Nina. Nimm es nicht so schwer. Und mach' es mir nicht so schwer, ja?«

»Nein«, flüsterte sie, den Blick auf Ma Belles Hals gesenkt.

»Weißt du, ich habe in den vergangenen Jahren oft daran gedacht, Wardenburg zu verkaufen. Schon vor zehn Jahren. Auch wenn es mich schrecklich enttäuscht, muß ich dir sagen, daß es mir nicht sehr schwer gefallen wäre. Damals. Wardenburg hat mir anfangs nicht sehr viel bedeutet. Mit der Zeit ist es anders geworden. Heute fällt es mir schwer, von hier fortzugehen. Alice hat es immer verhindert, daß ich verkaufte. Sie liebte Wardenburg vom ersten Tag an, und sie wurde eine gute und sparsame Gutsherrin. Für sie ist es hart. Am Anfang hat sie auch viel Geld ausgegeben, weil sie nicht wußte, wie unsere Lage war. Es war meine Schuld, ich hätte es ihr sagen müssen. Als ich es ihr dann sagte, beschwor sie mich, Wardenburg nicht zu verkaufen. Jetzt nehme ich ihr die Heimat. Denn Wardenburg ist für sie Heimat geworden. Ich werde mir große Mühe geben müssen, sie zu entschädigen.«

Nina starrte trübsinnig auf den Weg. Die Stute ging langsam, so als fühle sie den Schmerz des Menschen, der auf ihr saß.

»Und was wird aus den Pferden?«

»Unsere Reitpferde nehmen wir natürlich mit. In Breslau gibt es schließlich Reitställe.«

»In einem fremden Stall sollen sie stehen?«

Nicolas strich seinem Wallach über den Hals.

»Tibor wird es nicht viel ausmachen, er ist noch nicht so lange hier.«

Tibor hatte Nina erst jetzt kennengelernt, Nicolas hatte ihn im Frühjahr gekauft, ein großer kräftiger Fuchs mit schönen, weit ausgreifenden Gängen.

»Manon ist etwas sensibler, aber wir werden es ihr schon gemütlich machen. Vielleicht werden wir auch einen eigenen Stall haben, ich weiß noch nicht, wie sich alles entwickelt.« Manon war die Stute von Tante Alice, auch ein Schimmel, eine Tochter von Ma Belle. »Und Ma Belle?«

»Sie bleibt hier. Sie ist immerhin schon fünfzehn. Ich habe sie im Frühjahr decken lassen, und der Tierarzt meint, sie hat aufgenommen.«

Das wäre dann Ma Belles drittes Fohlen, dachte Nina. Außer Manon hatte sie noch einen kleinen Hengst geboren, der zur Zeit zweijährig war.

»Du hast ja gehört, daß Karolines Verlobter züchten will. Ma Belle bringt sicher noch zwei bis drei Fohlen.«

»Ich hasse ihn«, sagte Nina.

»Nicht doch.« Nicolas legte seine Hand auf ihre verkrampfte Faust. »Haß ist ein lästiges Gefühl. Man schadet meistens sich selbst mehr damit als anderen. Wollen wir einen kleinen Trab machen?«

Sie trabten an, bogen nach einer Weile vom Feldweg ab auf einen Wiesenrain, der sich fast bis nach Wardenburg hinzog. In einer Viertelstunde würden sie zu Hause sein.

Abendessen. Champagner trinken. Tante Alice würde in Ninas Gesicht sehen und Bescheid wissen. Sie war auch unglücklich. Wardenburg war ihre Heimat, hatte er gesagt. War Nicolas unglücklich? Wenn er es war, zeigte er es nicht. Haltung nannten die Erwachsenen das. Er würde lächelnd von Wardenburg fortgehen, und keiner würde ihm ansehen, was er empfand.

Es war fast dunkel, die ersten Sterne, noch blaß, zeigten sich am Himmel.

»Warum nach Breslau?« fragte Nina.

»Das werde ich dir erklären, und bitte versuche, es ganz nüchtern zu sehen. Und wünsche dem armen Gadinski nicht wieder die Pest an den Hals.«

»Hat er etwas damit zu tun?«

»Durchaus. Sieh mal, es ist so. Wenn ich Wardenburg vor, na, sagen wir vor zehn Jahren verkauft hätte, hätte ich noch ganz schönes Geld dafür bekommen. Schulden hatte ich zwar schon, aber immerhin hätten wir davon leben können, Alice und ich. Jedenfalls eine Weile; damals dachte ich immer noch, es spielt für mich weiter keine Rolle, ich könnte jederzeit nach Kerst zurückkehren.«

»Kannst du das heute nicht mehr?«

»Doch, natürlich. Aber es ist komisch, ich habe mich innerlich nun doch von Kerst gelöst. Und ich weiß nicht, ob man einen Weg so weit zurückgehen soll. Ob man das kann. Außerdem wäre ich auch dort ein abhängiger Mensch. Und eigentlich auch ein nutzloser Mensch.«

Nicolas schwieg. Er dachte: das war ich sowieso mein ganzes Leben lang, ein nutzloser, ein unnützer Mensch. Einer, der nie etwas geleistet hat. Einer, der das, was er besaß, verlor. Die Erkenntnis war schmerzlich, er schämte sich fast. Er hatte es nie so gesehen. Ein nutzloses, verspieltes Leben. »Nun ja, es ist so, daß ich praktisch ohne Geld hier fortgehe. Wovon sollten wir leben, Alice und ich? Es sei denn, wir gingen wirklich nach Kerst.«

»Und – was werdet ihr tun?«

»Du wirst sehen, daß Gadinski nicht so übel ist, wie du denkst. Es ist zwar ein reicher, aber ein anständiger Mann. Das trifft nicht immer zusammen. Durchaus nicht. In gewisser Weise ist es ihm peinlich, daß er mich jetzt hier so ohne weiteres verjagt.«

»Das kann ihm auch peinlich sein.«

»Wie man's nimmt. Es gibt Leute, die empfinden in ähnlich gelagerten Fällen eine gewisse Genugtuung. Die Welt hat sich verändert. Jedenfalls meine Welt. Manchmal habe ich das Gefühl, sie ist dem Untergang geweiht. Solche wie Gadinski, das sind die Herren der neuen Zeit. Und wie gesagt, er ist kein übler Mensch. Aber es gibt üble Leute unter den neuen Herren. Kurz und gut, er hat mir einen Posten angeboten.«

»Einen Posten?« rief Nina empört. »Der? Dir?«

»Ja, der. Mir.« Nicolas lächelte. Wieviel Anteilnahme sie aufbrachte, wie leidenschaftlich sie reagierte, dieses Kind, das ihm heute gar nicht wie ein Kind vorkam. So wie heute hatte er nie mit ihr gesprochen. Aber das brachte die Situation wohl so mit sich.

»Sollst du vielleicht seinen Zucker verkaufen?« fragte Nina im Ton tiefster Verachtung.

»Sowas ähnliches. Bisher habe ich ihm das Rohprodukt geliefert, nun werde ich mich um das Endprodukt kümmern.«

»Versteh' ich nicht.«

Sie ritten in den Hof des Gutes ein. Vor dem Portal brannte die große Laterne, auf den Stufen sah Nina die hohe Gestalt Grischas, der nach ihnen Ausschau hielt.

»Gadinski hat in der Nähe von Breslau noch eine Raffinerie gekauft, ein offenbar etwas vernachlässigtes Werk. Er will mich dort als so eine Art Direktor hinsetzen. Du mußt doch zugeben, daß das anständig von ihm ist.«

Nina stieß ein höhnisches Lachen durch die Nase.

»Ich hasse ihn trotzdem. Und ich will nicht, daß du für ihn arbeitest. Du! Für den!«

Nicolas lächelte wieder.

»Du bist ein kleiner Snob. Aber wir müssen schließlich von irgendetwas leben. Auf jeden Fall hoffe ich, daß du uns oft in Breslau besuchen wirst.«

Sie waren angelangt. Grischa nahm die Zügel von Ma Belle und half Nina beim Absitzen.

Sie sah sein gutes breites Gesicht nur durch einen Tränenschleier. Was wurde aus Grischa? Sollte er vielleicht in Zukunft die dicke Karoline und ihren dämlichen Leutnant bedienen?

In der Halle kam ihnen Tante Alice entgegen, in einem wunderschönen blauen Kleid, der lange Rock schwang bei jedem Schritt um ihre noch immer mädchenhafte Figur.

»Oh, Tante Alice!« rief Nina, stürzte auf sie zu, schlang die Arme um ihren Hals und schluchzte laut auf.

Alice lege behutsam die Arme um Nina, sie mußte sich beherrschen, um nicht ebenfalls zu weinen. Nicolas hob die Schultern, und Grischa blickte von einem zum anderen, seine Augen waren voll Gram. Er wußte Bescheid, ihm hatte Nicolas es gesagt.

»Und selbstverständlich, Grischa«, hatte er dazu gesagt, »kommst du mit uns.«

Denn soweit gingen seine Zugeständnisse an die neue Zeit und die neue Welt nicht, daß er Natalia Fedorownas Grischa den Gadinskis überlassen hätte.

Nicolas blickte sie alle drei an, die weinende Nina, die traurige Alice, den gramvollen Grischa.

»Merde!« sagte er laut. »Bring uns Champagner, Grischa.«

Die Zeit der Schwermut. Die Zeit der Trauer und der Verlassenheit.

Nina kämpfte gegen ihre Gefühle nicht an, sie überließ sich ihnen mit der gleichen Hingabe, wie sie ihre Freude, ihre Liebe, ihre Begeisterung gelebt hatte.

Sie veränderte sich in diesem Winter, auch äußerlich.

Ihr Gesicht wurde schmaler, die Augen erschienen größer, um den Mund trug sie einen schmerzlichen Zug. Wenn sie Klavier spielte, bevorzugte sie traurige Stücke, und wenn sie Bücher las, waren es traurige Bücher. Man hörte sie nicht mehr lachen, nicht mehr singen oder trällern, wenn sie die Treppe herunterkam, sie warf nicht die Tür zu, wenn sie ins Haus kam, schon den Ruf auf den Lippen nach einem Mitglied der Familie, nach ihrer Mutter, nach Trudel, nach Rosel, meist nach Erni, falls sie nicht mit ihm zusammen von der Schule kam, denn kam sie heim, brauchte sie jemanden, um zu erzählen, was sie erlebt, gesehen oder getan hatte.

Jetzt ging sie still und ernst durch die Tage des Herbstes und Winters. Alle behandelten sie wie eine Kranke, waren besonders liebevoll und nachsichtig zu ihr, doch das Äußerste, was man ihr entlocken konnte, war ein melancholisches Lächeln.

Sie war tief ins Herz getroffen, und zu diesem Kummer gesellte sich das Nichtverstehen einer so großen Ungerechtigkeit des Schicksals und des lieben Gottes: denn daß Wardenburg in die Hände der Gadinskis gefallen war, das war ein Unrecht, das Gott, und nur er, ihr und Nicolas und Alice angetan hatte. Sie haderte mit ihm, sie konnte ihn nicht verstehen.

Die ganze Familie begriff, was sie verloren hatte, denn jeder wußte, was Onkel Nicolas und Wardenburg ihr bedeutet hatten. Schon Ende Oktober waren Alice und Nicolas nach Breslau übergesiedelt, und die Nachrichten, die von dort kamen, waren spärlich. Sie hatten ein Haus in einem Vorort namens Carlowitz gemietet, und Alice schrieb, lieber würde sie im Süden der Stadt oder in Scheitnig wohnen, das seien doch bessere Wohnviertel, aber von Carlowitz aus hatte es Nicolas nicht weit in die Zuckerfabrik, und darum hätten sie sich dort niedergelassen. Das Haus sei ganz hübsch, es habe einen Garten und einen Stall für die Pferde.

Worüber Agnes nicht hinwegkam, womit auch die anderen nicht fertig wurden: daß Nicolas, dieser prachtvolle, immer von allen bewunderte Nicolas, mit einemmal ein Angestellter des Herrn Gadinski sein sollte. In diesem Punkt fühlten sie alle ähnlich wie Nina, bis auf Emil, der eine stille hämische Freude nicht unterdrücken konnte.

»Das schöne Gut! Was für ein Jammer! Was für ein Jammer!« das sagte Agnes immer wieder, und sie war frei von Schadenfreude ihrer Schwester gegenüber, im Gegenteil, sie war tief betrübt über die unglückliche Wende, die das Leben von Alice genommen hatte.

Charlotte hingegen offenbarte erstmals ihrer Tochter Agnes gegenüber, was sie im Stillen erhofft hatte. »Da sie ja keine Kinder haben, weißt du, und beide Nina immer so gern hatten – also weißt du . . .«

Agnes begriff, sie nickte. Sie hatte ähnliche Gedanken gehabt. »Es hätte ja sein können, daß er Nina das Gut vermacht, nicht?« fuhr Charlotte fort. »Wo Nina sich doch so für alles interessiert, was da draußen vorging. Und dann hätte wenigstens eins von deinen Kindern ein besseres Leben gehabt.«

»Ja, es wäre schön gewesen«, meinte Agnes. »Auch für Erni.« Denn *so* weit hatte sie gedacht. Wenn Nina das Gut bekam, würde Erni, mit dem sie sich so gut verstand, später bei ihr auf dem Gut leben können, ein wenig spazierengehen, klavierspielen und immer in Ninas Fürsorge – das war das Leben, das sich Agnes für ihren kranken Sohn, ihr Lieblingskind, das ihr so viel Sorgen machte, ausgemalt hatte.

Diese Träume waren ausgeträumt, Wardenburg verloren, was sollte aus Nina, was aus Erni werden?

Und jeder im Haus, diesmal sogar Emil, erboste sich darüber, daß ausgerechnet Karoline Gadinski die neue Herrin auf Wardenburg sein sollte.

»Die paßt da gar nicht hin«, sagte die sanfte Agnes wegwerfend. »Alice, das war eine schöne Gutsherrin.«

Nina warf keinen Blick mehr über den Zaun auf das Nachbargrundstück, sie ging auch nicht in den Garten, als es Frühling wurde, und sie vermied es, auf der Straße am Gadinski-Haus vorbeizugehen, lieber machte sie einen Umweg. Sogar der ganz unschuldige Kurtel wurde ein Opfer ihres Hasses auf die Gadinskis, sie zog sich unmißverständlich von ihm zurück, schließlich wohnte er in diesem verhaßten Haus und gehörte zu diesen gräßlichen Leuten, von denen sie wünschte, die Erde möge sich auftun und sie verschlingen.

Früher hatte sie sich immer sein Rad ausgeliehen, doch das brauchte sie nun nicht mehr, sie hatte ja Hedwigs Rad. Sie hatte ihn zum Spazierengehen getroffen, im Winter waren sie gemeinsam zum Schlittschuhlaufen gegangen. Jetzt lautete ihre kühle Antwort, wenn er schüchtern anfragte: »Ich habe keine Zeit.« Oder: »Ich mag nicht.« Er kam wie früher an die Hintertür in der Küche, um nach ihr zu fragen, abends nach Geschäftsschluß oder am Sonntag, da er sie nicht wie früher im Garten fand, wo er über den Zaun hinweg mit ihr ins Gespräch kommen konnte.

»Sie will nischte mehr von dir wissen, Jungele, das siehste doch«, sagte Rosel mitleidig, nachdem sie wieder einmal einen ablehnenden Bescheid von Nina überbracht hatte, die sich nicht einmal mehr die Mühe machte, von oben herunterzukommen und mit ihrem langjährigen Freund zu sprechen.

Kurtel nickte betrübt.

»Das merke ich schon lange.«
»Du weeßt ja warum, nich?«
»Ja, ich weiß. Aber ich kann doch nichts dafür. Ich habe doch Wardenburg nicht übernommen.«
»Aber du geheerst nu mal zu denen da drüben. Das verzeiht sie dir nich.«
Es war, als wenn Nina einen dicken Trennungsstrich ziehen wollte: das Leben zuvor – das Leben danach. Das Leben mit Nicolas und Wardenburg, und der trostlose Rest, der noch blieb, das nicht lebenswerte Leben ohne Nicolas und ohne Wardenburg. In diesem Leben konnte es sowieso keine Freude mehr geben.

Nachrichten aus Breslau kamen selten. Und es schrieb immer nur Alice, höchstens stand darunter: Nicolas läßt grüßen. Der einzige Trost, den das Leben für Nina bereithielt, war das Theater. Sie ging nach wie vor, sooft man es ihr erlaubte, dort hin, und das waren die einzigen Stunden, in denen sie ihren Kummer ein wenig vergessen konnte. Allerdings mochte sie nicht mehr in die Operette gehen, das erinnerte sie zu sehr an Nicolas. Sie sah ihn am Klavier sitzen und hörte ihn singen: »Glücklich ist, wer vergißt, was nicht mehr zu ändern ist.« Das war das letzte, was er ihr vorgesungen hatte, als sie ihren letzten Ferientag auf Wardenburg verbrachte. Daraufhin fing sie an zu weinen, und Alice auch.

Nicolas versuchte, sie mit seinem Allheilmittel zu trösten, er ließ Champagner servieren, doch er war es dann, der sein Glas mit Vehemenz an die Wand warf und dazu laut ausrief: »Der Teufel soll doch alles holen!«

Das war das Ende in Wardenburg gewesen.

Im Laufe des Winters gewann ein Gedanke immer mehr Macht über Nina: ich will fort von hier. Er verband sich mit dem Wunsch, der sie schon seit einiger Zeit mehr und mehr erfüllte. Sie hatte bisher mit keinem Menschen darüber gesprochen, sie hätte auch nicht gewußt, mit wem. Nachdem aber ihre Schwestern so abrupt das Haus verlassen hatten, würde es für sie schwierig sein, ihrerseits einfach fortzugehen, es wäre ihr nicht anständig vorgekommen. Sie wußte natürlich, daß in nächster Zeit sowieso nicht daran zu denken war, sie war ja noch zu jung, mußte erst ihre Schulzeit beenden. Aber später? Konnte sie gehen? Durfte sie das? Was wurde aus Erni?

Anfang März des Jahres 1910 hatte sie eine Begegnung, die sie ein wenig aus ihrer Lethargie aufrüttelte und ihren vagen Träumen plötzlich ein deutliches Gesicht gab.

Es war in letzter Zeit üblich geworden, daß die jungen Mädchen den Künstlern des Theaters, die sie besonders bewunderten, ihre Poesiealber schickten, mit der Bitte um eine Eintragung. Eltern, Verwandte, Lehrer und Freundinnen hatten sich dort schon mehr oder weniger geistreich verewigt, ein Spruch jedoch von der Hand eines bewunderten Sängers oder Schauspielers war etwas ganz Besonderes. In der Schule zeigten sich die Mädchen gegenseitig ihre Alben, wobei sie die enttäuschende Entdeckung machten, daß zum Beispiel Reinhold Keller, der viel geliebte jugendliche Liebhaber des Stadt-Theaters, immer dasselbe schrieb, nämlich einen Spruch von Goethe:

›Willst du dir ein hübsch Leben zimmern,
mußt dich ums Vergangne nicht bekümmern,
das Wenigste muß dich verdrießen,
mußt stets die Gegenwart genießen,

besonders keinen Menschen hassen
und die Zukunft Gott überlassen.‹
»Phh!« machte Nina, als sie diese Weisheit zum erstenmal las, »da kenne ich bessere Sachen von Goethe.« Und nachdem der Spruch nach und nach in zehn Poesiealben auftauchte, sagte sie: »Ihr mit eurem Keller! Dem fällt schon gar nichts ein. Versteh' ich sowieso nicht, was ihr an dem findet.«

Nina war weit mehr von Eberhard Losau, dem Charakterspieler des Theaters angetan. Er war erst die zweite Spielzeit in der Stadt, ein großer hagerer Mann, mit einem zerfurchten Gesicht und einem eigentümlich eindringlichen, fast starren Blick. Die erste Rolle, in der Nina ihn gesehen hatte, war der ›Baumeister Solneß‹ gewesen, und dieses Ibsen-Stück, dessen beide Hauptpersonen von so widersprüchlichem Reiz waren, der alternde, zaudernde und doch eitle Mann, und das junge stürmische, bedenkenlose und fordernde Mädchen, hatte Nina damals aufgewühlt. Seitdem war Losau für sie der einzige Schauspieler des Theaters, der zählte. In diesem Winter nun, in der Zeit ihrer großen Leiden, sah sie ihn als ›Wallenstein‹. Das Stadttheater führte alle drei Teile an zwei Abenden auf und, dank Losau, der ein überzeugender Wallenstein war, geriet diese Inszenierung zu einem Höhepunkt der Theatersaison.

Ende Februar faßte Nina sich dann ein Herz, schickte ihr Poesiealbum an Eberhard Losau, und schrieb einen richtigen Brief dazu, nicht bloß die knappe Bitte um einen Eintrag, wie es die Mädchen für gewöhnlich taten, sie schrieb mehr als vier Seiten und setzte sich ausführlich mit dem Wallenstein und mit Losaus Darstellung auseinander.

Erst als sie alles hingeschrieben hatte, was sie dachte, kamen ihr Bedenken. Sollte sie den allzu lang geratenen Brief wirklich abschicken? Aber sie fand ihn selbst so gut, daß sie es nicht fertigbrachte, ihn zu ändern oder zu kürzen. Also gab sie beides, Poesiealbum und Brief, sorgfältig verpackt und verschnürt, beim Theaterportier am Bühneneingang ab und wartete gespannt, was passieren würde.

Zunächst passierte gar nichts, drei Wochen lang. Doch dann bekam sie nicht etwa ihr Album zurück, sondern ein kurzes Briefchen, des Inhalts, sie möge sich doch ihr Album selbst abholen, Herr Losau würde sich freuen, seine sachverständige Zuschauerin kennenzulernen. Geschrieben hatte den Brief Elvira Losau, die Gattin des Künstlers; der Tag, an dem sie nachmittags gegen vier Uhr kommen möge, war angegeben.

Dies war nun wirklich ein Ereignis, auf das Nina nicht gefaßt war, und sie so für einige Tage von ihrem Kummer ablenkte. Agnes las den Brief und meinte, da seine Frau ihn geschrieben hatte, könne Nina ruhig an dem bezeichneten Nachmittag hingehen. Seit langer Zeit wieder einmal stand Nina vor dem Spiegel, bürstete und frisierte ausdauernd ihr Haar, und überlegte lange, was aus ihrer knappen Garderobe des großen Tages würdig sei.

Die Losaus bewohnten eine Etage in einem der alten Bürgerhäuser, südlich des Rings, nicht sehr weit vom Theater entfernt. Elvira Losau, in Ninas Augen eine ältere Dame, obwohl sie gerade Ende vierzig war, empfing den Besuch freundlich. Elvira hatte ein hübsches, etwas puppiges Gesicht, das blonde Haar trug sie in einem Kranz um den Kopf gelegt, gekleidet war sie in ein wallendes Reformkleid aus schwarzem Samt, was für sie ganz bekömmlich war, denn sie war ein wenig aus der Form geraten; Elvira kochte nämlich

311

gern, und sie kochte gut, und während es der hageren Figur ihres Mannes nichts ausmachte, blieb bei ihr jedes Gramm, das sie zuviel aß, hartnäckig an Taille und Hüfte haften.

Zunächst blieben sie allein, Nina bekam eine Tasse Schokolade serviert und wurde ausgefragt nach ihrem Leben, ihrer Familie und ihren Plänen.

Bei dieser Gelegenheit sprach Nina zum erstenmal aus, was ihr nun seit geraumer Zeit im Kopf herumkreiste.

»Ich möchte gern Schauspielerin werden.«

Als Eberhard Losau nach einiger Zeit seinen Auftritt hatte, wurde ihm Nina von seiner Frau mit folgenden Worten präsentiert: »Hier siehst du eine zukünftige Kollegin vor dir.«

»Ei sieh, ei schau«, machte Herr Losau in leicht überzogener Komödiantenmanier, kniff sich ein Monokel ins rechte Auge und betrachtete Nina eine Weile eingehend und ungeniert. Dann kam er zu dem Schluß: »Recht niedlich, diese junge Dame. Was meinst du, Elly?«

Elvira nickte und bot Nina ein Plätzchen an, wonach dieser im Augenblick nicht der Sinn stand, sie war sehr verlegen, war unter dem langen Blick des Schauspielers tief errötet. »Dann wollen Sie mir wohl vorsprechen, mein Kind?« fragte Wallenstein mit tönender Stimme, und diese Frage brachte Nina vollends aus der Fassung, denn daran hatte sie nun wirklich nicht gedacht.

»Sie will nur ihr Poesiealbum abholen«, sagte Elvira mit erhobener Stimme, denn Wallenstein war ein wenig schwerhörig. Sie stand auf, ging zu dem Biedermeiersekretär, der im Zimmer stand, und legte das Poesiealbum vor Losau hin. »Du hast gesagt, du willst erst etwas hineinschreiben, wenn du sie gesehen hast«, erinnerte sie ihren Mann.

Der war aber noch immer damit beschäftigt, Nina genau zu mustern. »Ganz gut gewachsen, wie es scheint«, konstatierte er. »Das Gesicht noch kindlich, verspricht aber klare Linien. Die Stirn ist gut. Die Augen sind schön. Der Mund wird werden, er hat Schwung. Wie alt bist du, mein Kind?«

»Sechzehn«, hauchte Nina, vollständig verwirrt.

Er nickte befriedigt. »Ein gutes Alter. Willst du Unterricht bei mir nehmen?«

»Sie geht noch in die Schule«, sagte Elvira. »Und sie hat dir diesen entzückenden Brief geschrieben. Über den Wallenstein.«

»Weiß ich ja«, wehrte der Mime ab. »Also was willst du vorsprechen?«

Nina starrte ihn fasziniert an. Von der Nähe war er nicht so schön wie auf der Bühne, er wirkte weitaus älter, sein Gesicht war zerfurcht und gelblich getönt, seine Augen, zwar groß und ausdrucksvoll, waren rotgeädert, die Lider schwer. Nina sprang mit einem Schwung ins Wasser.

»Des Sängers Fluch«, murmelte sie.

»Wie?«

»Des Sängers Fluch«, wiederholte sie lauter.

»Gut. Aber sprich laut und deutlich. Stell dich da drüben an die Wand. Los!«

Nina nahm alle Kraft zusammen, die Lust und auch den Schmerz, und versuchte, die Ballade mit der gleichen Dramatik aufzusagen, wie sie es in der Klasse bei Fräulein von Rehm getan. Ein wenig befangen war sie aber doch, es geriet ihr nicht so gut wie sonst. Bei dem Ausbruch des Königs kiekste ihre Stimme, und gegen Ende zu blieb sie einmal hängen, doch Eberhard Losau half ihr sofort weiter.

»Nun ja, nun ja«, sagte Losau, als sie geendet hatte, »nicht so übel. dir klar, mein Kind, wieviel Aufopferung der Beruf eines Schauspielers verlangt? Es ist ein Weg voller Mühen und voller Leiden, von nie endender Qual und ewigem Kampf. Der Ruhm ist ein flüchtiger Gefährte und das Publikum ein treuloser Liebhaber. Und dennoch, dennoch, dennoch –« er stützte die hohe Stirn in die Hand, lächelte ins Nichts und fuhr dann in sachlichem Ton fort: »Eine Stunde bei mir kostet zehn Mark. Ich habe in Breslau gespielt, in Prag und in Wien, mein Kind. Du lernst bei mir, was man in diesem Beruf nur lernen kann. Zunächst einmal sprechen. Und dann sich bewegen. Weißt du, wie schwer es ist, sich zu bewegen? Die Hand, der Fuß, beide Hände, beide Füße, Kopf und Hals und Körper, sie gehören zusammen und sollen natürlich zusammen agieren, doch zunächst wird sich jeder Teil selbständig machen wollen und dir davonlaufen, und wenn du einem nachläufst, wird der andere auf und davon sein; die Teile deines Körpers bewußt und gezielt zu benützen, bis du dahin kommst, daß sie dir von selbst gehorchen und du sie nicht zu beachten brauchst, das ist eine der Voraussetzungen für eine erfolgreiche Künstlerlaufbahn.«

So ging es eine Weile weiter, Losau hielt ihr einen langen Vortrag über Schulung, Ausbildung und Tätigkeit des Schauspielers. Nina saß währenddessen auf der Sesselkante, und Elvira lächelte ergeben.

Schließlich sagte sie: »Ebbi, du mußt dich umkleiden zur Vorstellung. Es ist halb sechs.«

»Gewiß, gewiß. Nun, mein Kind, ich hoffe, ich habe dir die Lust nicht genommen. Überlege dir gut, ob du wirklich diesen dornenvollen Weg beschreiten willst. Und wenn dein Herz ja sagt, wenn dein Verstand ebenfalls zustimmt, dann komme zu mir. Zehn Mark die Stunde, vielleicht, wenn du begabt bist, können wir später über das Honorar sprechen. Zwei Stunden in der Woche sind vorerst nötig.«

»Danke«, sagte Nina schüchtern. »Vielen Dank.«

Sie blickte auf ihr rot eingebundenes Poesiealbum, das zwischen ihnen auf dem Messingrauchtisch lag.

Elvira nahm es in die Hand.

»Hier, Ebbi, du sollst da etwas hineinschreiben.«

»Wie?«

»Ihr Poesiealbum. Eine Eintragung für die kleine Nina.«

»Ach so, gewiß.«

Er zog sich zu dem Sekretär zurück, nahm eine Feder, tauchte sie ins Tintenfaß, überlegte eine Weile mit gerunzelter Stirn, tauchte die Feder abermals ein und schrieb.

Nachdem er mit dem Löscher sorgfältig die Schrift getrocknet hatte, überreichte er Nina das Poesiealbum.

»Gott segne dich, mein Kind.« Damit war sie entlassen.

Unter den Lauben am Ring klappte sie das Buch auf und las, was er geschrieben hatte.

›Es ist ein Augenblick, und alles wird verwehn!‹

In Klammern stand rechts darunter: Eduard Mörike.

Und dann groß und wuchtig über die ganze Breite des Blattes sein Name. Eberhard Losau.

Sie las es leise, dann laut. Sprach es vor sich hin. Das paßte gut in die Mollstimmung ihres derzeitigen Daseins. Alles wird verwehn, ja, so war es, warum sich also grämen. Das ganze Leben lohnte nicht.

Aber nun war immerhin etwas Neues da, das sie beschäftigte. Sie würde Schauspielerin werden. Es war ganz klar, das hatte sie immer schon gewollt, sie hatte es nur nicht gewußt. Eins jedenfalls war sicher; nun begannen die Schwierigkeiten erst.

Sie war sich im klaren darüber, wie absolut aussichtslos es für sie war, diesen Beruf anzustreben, zu Hause auch nur zu erwähnen, was sie plante. Ein Herzanfall ihrer Mutter und neue Magenkrämpfe ihres Vaters standen außer Zweifel. Und nach allem, was ihre großen Schwestern den Eltern angetan hatten, konnte sie nun nicht neues Unheil über die Familie bringen. Das würden sie nicht überleben.

Auch an Erni mußte sie denken. Sie konnte ihn nicht verlassen, und das mußte sie ja tun, wenn sie in die Welt hinausging, um berühmt zu werden. Also mußte sie zunächst in der Stadt bleiben und am hiesigen Theater auftreten. Wenn man sie später partout an einer großen Bühne haben wollte, dann, ja dann mußte eben Erni mitkommen. Aber das ging auch erst, wenn er älter war.

Sie war sich der Komplikationen ihres zukünftigen Lebens durchaus bewußt. Ganz abgesehen davon, daß nicht die geringste Aussicht bestand, in der Woche zwanzig Mark für den Unterricht bei Eberhard Losau aufzubringen.

Woran es jedoch nicht den geringsten Zweifel mehr gab: ihr Leben würde tragisch verlaufen. Nie konnte sie bei dem Mann sein, den sie liebte. Und sie mußte auf Ruhm und Reichtum verzichten, weil es keinen Weg gab, dorthin zu gelangen.

Von dieser Zeit an, es war ungefähr Ende März, wurde Ninas Gesichtsausdruck vollends elegisch, sie gewöhnte sich eine schleppende Sprechweise an, trug ihr Haar ganz glatt an den Kopf gebürstet und verwendete als Haarband grundsätzlich nur schwarzen Samt. Vor dem Spiegel übte sie den verträumtschwermütigen Gesichtsausdruck der Duse.

»Was ist eigentlich mit dir los?« fragte Luise von Rehm sie eines Tages. »Du läufst herum, daß man meinen könnte, du brichst demnächst unter der Last schwerster Schicksalsschläge zusammen.«

Nina seufzte. »So leicht ist mein Leben auch nicht.«

»Leidest du immer noch unter dem Verlust von Wardenburg?«

Nina warf ihr nur einen tieftraurigen Blick zu.

»Nina«, sagte Luise von Rehm energisch, »so geht es nicht. Du mußt begreifen, daß sich Geben und Nehmen im menschlichen Dasein die Waage hält. Meist ist es so, daß dir mehr genommen als gegeben wird ... Willst du dich immer so aufführen, wenn dir etwas weggenommen wird? In diesem Fall etwas, das dir nicht einmal gehört. Glaubst du, daß dein heißgeliebter Onkel Nicolas auch mit so einem Gesicht durch die Gegend läuft wie du? Er hätte mehr Grund dazu, aber so wie ich ihn beurteile, ist er ein Mann von Haltung und Selbstbeherrschung. Und ich kann mir kaum vorstellen, daß er zur Zeit an dir Gefallen finden würde.«

Fräulein von Rehm kannte Nicolas, sie waren einander begegnet, wenn er manchmal Nina von der Schule abgeholt hatte, um sie zum Essen auszuführen.

Bei aller Zuneigung, die Nina für ihre Lehrerin empfand, konnte sie nicht eingestehen, daß es ja nicht nur der Verlust von Wardenburg und die Trennung von Nicolas allein waren, die sie so unglücklich machten, sondern vor allem dies, daß sie nie zu ihm gehören würde, zu ihm, den sie allein auf dieser Welt jemals lieben konnte.

Nina sagte: »Das ist es nicht allein.«

»Was denn noch?«

»Mein Leben ist hoffnungslos.« Das klang nun wirklich im Ton tiefster Tragik.

»So. Und warum noch, abgesehen von Wardenburg?«

Nina zögerte. Aber zu einem Menschen mußte sie schließlich von ihren Träumen sprechen.

»Aus mir kann nicht das werden, was ich gern werden möchte.« Die Formulierung war schwierig gewesen, aber nun erschien sie ihr ganz wohlgelungen.

»Und was ist das?«

Fräulein von Rehms Blick war kühl, aber er ließ sie nicht los.

»Ich möchte Schauspielerin werden.«

So einfach ausgesprochen klang es ungeheuerlich.

»Schauspielerin?« fragte Fräulein von Rehm gedehnt, aber es klang nicht einmal sehr erstaunt.

»Ja«, sagte Nina mit Nachdruck und blickte ihr gerade in die Augen. Nun galt es dafür geradezustehen. Was kam jetzt? Schelte? Ermahnungen?

Doch Fräulein von Rehm enttäuschte sie auch in diesem Fall nicht. »Nun«, sagte sie langsam, »ich könnte mir sogar vorstellen, daß du Talent zu diesem Beruf hättest. Wenn ich allein denke, mit welcher Begeisterung du Gedichte aufsagst. Aber was würden deine Eltern dazu sagen?«

»Denen könnte ich das nie sagen. Die verstehen das bestimmt nicht. Da müßte ich auf und davon gehen, wie Hedwig und Lene.«

»Und das würdest du tun?«

Nina schüttelte den Kopf.

»Nein. Das könnte ich ihnen nicht antun. Es wäre furchtbar. Wenn ich auch ... nein, das geht nicht. Das würde sie umbringen. Und es geht auch wegen Erni nicht. Er braucht mich doch.«

Mit unglücklichem Gesicht sah sie ihre Lehrerin an. Fräulein von Rehm legte ihr die Hand auf die Schulter. »Nun verstehe ich ein wenig besser, warum du jetzt immer so betrübt bist. Aber ich würde mir an deiner Stelle nicht zu viele Sorgen machen. Für das Theater bist du sowieso noch zu jung. Jetzt gehst du erst noch ein Jahr in die Schule, und ich möchte, daß du dieses Jahr gut nützt; du kennst ja meine Meinung. Ein Mensch soll soviel lernen, wie er nur kann, und wenn er die Gelegenheit hat, es als junger Mensch zu tun, dann hat er Glück. Später hat er einen Beruf oder Familie, da bleibt oft keine Zeit mehr, etwas dazuzulernen. Wir waren doch beide sehr froh, daß dein Vater eingewilligt hat, daß du noch in die Schule gehen darfst. Wer weiß, wie du nächstes Jahr über deine Pläne denkst. Vielleicht möchtest du dann etwas anderes lernen, einen anderen Beruf ergreifen. Vielleicht sind auch deine Schwestern bis dahin wieder da, und du bist etwas freier.«

»Sie glauben wirklich, daß ich Talent habe?« fragte Nina sichtlich ermuntert.

315

»Doch, Nina, Talent hast du zweifellos. Aber das ist wohl nicht das einzige, was man für diesen Beruf braucht. Ich kenne dich nun seit vielen Jahren, du bist ein sehr gradliniger Mensch, und du hast es noch nicht gelernt, Kompromisse zu schließen. Ich sage nicht, daß das ein Fehler sei. Charakterlich gesehen ist es zweifellos ein gutes Zeichen, nur muß jeder Mensch im Laufe seines Lebens und besonders in seinem Berufsleben Kompromisse schließen. Und wie ich glaube, erst recht in einem Beruf dieser Art. Bosheit, Neid und Heuchelei begegnen dir natürlich überall in der Welt, aber sie begegnen dir ganz bestimmt und sehr massiv in der Welt des Theaters. Deswegen bezweifle ich, ob es der richtige Beruf für dich wäre.«

»Es ist ein dornenvoller Weg, das hat Herr Losau auch gesagt«, erklärte Nina und etwas von ihrem früheren Eifer klang in ihrer Stimme.

»Eberhard Losau? Kennst du ihn?«

Nina berichtete ausführlich über ihren Besuch bei dem Schauspieler und über das Gespräch, das dabei geführt worden war. Fräulein von Rehm lächelte.

»Sieh an, du entwickelst ja allerhand Initiative. Losau als Lehrer? Nun, darüber muß man nachdenken.«

Fräulein von Rehm ging auch gern und oft ins Theater, und sie hatte Losau in vielen Rollen gesehen, auch als Wallenstein. Sie fand nicht, daß er ein so überragender Schauspieler sei, aber sie hatte schließlich Vergleichsmöglichkeiten, sie hatte schon gutes Theater an den Bühnen der großen Städte gesehen, denn wo immer sie war, in Breslau, in Berlin und in Dresden, wo sie in den Ferien meist hinfuhr, weil dort ihre Mutter lebte, ging sie ins Theater. Sie wußte auch, daß Losau zwar früher an größeren Bühnen gespielt hatte, aber nirgends mehr ein Engagement erhalten hatte, weil er viel trank und unzuverlässig war.

Doch es war nicht nötig, dies Nina zu erzählen und ihr die harmlose Schwärmerei für den alternden Mimen zu verderben. »Paß auf, Nina, ich verspreche dir etwas, ja? Im nächsten Jahr hörst du mit der Schule auf. Und wenn du dann immer noch Schauspielerin werden willst, wenn es dir wirklich ernst damit ist, dann werde ich mit dir zusammen überlegen, wie man es am besten anfängt. Zuerst müßtest du von einem wirklich bedeutenden Theatermann geprüft werden.«

»Sie würden mir helfen?«

»Ja, ich würde dir helfen.«

Auch Luise von Rehm hatte es in all den Jahren nicht gelernt, Kompromisse zu schließen, in dieser Beziehung ähnelte sie ihrer Schülerin. Nichts war ihr so verhaßt wie Lüge und Hinterhältigkeit, dann verlor sich ihre von Berufs wegen nötige Toleranz, dann wurde ihr Gesicht hart und ihr Blick kalt und abweisend. Es gab Mädchen, an die sie sich nie gewöhnen konnte und die ihr nie näher kamen. Lene war eine davon gewesen. Die Abneigung beruhte auf Gegenseitigkeit. »Gott sei Dank, daß ich diese verdrehte alte Jungfer nicht mehr sehen muß«, sagte Lene, als sie mit fünfzehn die Schule verließ.

Aber zwischen Nina und ihrer Lehrerin hatte immer Einverständnis und Zuneigung geherrscht, von der ersten Klasse an, und daran hatte sich nichts geändert. Es war zweifellos Ninas Lernfähigkeit und Aufnahmebereitschaft zugute gekommen. Und ein wenig richtete sich nun ihr zerstörtes Innenleben an der verständnisvollen Haltung ihrer Lehrerin auf. Auf irgendeine Weise würde das Leben wohl doch weitergehen. Wardenburg war verloren, aber Nicolas nicht. Vielleicht würde sie ihn in den großen Ferien sehen, vielleicht schon früher.

Aber ihre Hoffnungen erfüllten sich nicht, weder zu den Osterferien noch zu den großen Ferien erhielt sie eine Einladung nach Breslau, und so gab es also keinen Anlaß, wieder etwas mehr Freude am Leben zu haben. Während der Sommerferien ging sie oft hinauf zum Buchenhügel, allein, saß dann dort, blickte ins Tal hinab und versank widerstandslos in tiefste Melancholie.

Manchmal tat es ihr leid, daß sie sich so abrupt von Kurtel abgewandt hatte, in seiner Gesellschaft hatte sie sich immer ganz wohl gefühlt. Außerdem erfuhr sie nun gar nichts mehr, was im Hause Gadinski und damit in Wardenburg vor sich ging. Sie wollte zwar nichts davon hören, aber eigentlich hätte sie doch ganz gern gewußt, was geschah.

So erfuhr sie nur via Rosel, daß Karoline von Belkow, geborene Gadinski, pünktlich neun Monate nach der Hochzeit einem Knaben das Leben geschenkt hatte; was sie aber viel mehr interessiert hätte, war das Fohlen von Ma Belle, ob es rechtzeitig und gesund zur Welt gekommen war und ob es ein Hengst- oder ein Stutfohlen war.

Einmal an einem Augustnachmittag war sie wieder auf den Hügel gegangen, sie hatte ein kleines Buch mitgenommen, ihr derzeitiges Lieblingsbuch, Rilkes Cornet, das sie schon mehrmals gelesen hatte und das sie immer wieder so schön traurig und sehnsüchtig stimmte. Das Buch war ein Geschenk ihrer Lehrerin Luise von Rehm.

Ach ja, reiten, reiten – das gab es für sie nicht mehr. Leider gab es den wundervollen Tod mit der Fahne in der Hand für sie auch nicht, gar nichts gab es für sie, sie war nur ein Mädchen. Einsam würde sie altern, ungeliebt, unverstanden bis zuletzt, so war ihr Schicksal. So saß sie da oben, den schwermütigen Blick ins Tal gewandt, und litt. Sie hatte es im Laufe der letzten Monate zu einer beachtlichen Perfektion im Leiden gebracht, und es war nicht paradox, es war Tatsache, daß sie nichts so sehr freute, als zu leiden.

Sie bemerkte nicht, wie der Himmel sich bezog, ihr Blick ging nach Osten, das Unwetter kam von Westen. Es war den ganzen Tag über drückend heiß gewesen, kein Lüftchen hatte sich gerührt, und noch bis zum letzten Augenblick polterten unten die Erntewagen von den Feldern in die Dörfer. Erst als es ganz schwarz geworden war, wurde sie aufmerksam, und da zuckte auch schon ein Blitz, krachte der erste Donnerschlag. Das Gewitter kam schnell, und es war heftig. Blitze und Donnerschläge schienen gleichzeitig niederzufahren, kamen von mehreren Seiten, dunkelschäumend wurde der silberne Strom, als der Regen niederzuprasseln begann.

Nina war erschrocken, hatte zuerst einen Anlauf genommen, schnell nach Hause zu rennen, war am Rande des Wäldchens vor dem Weg in die Ebene zurückgeschreckt, auf den die Blitze niederzuckten. Sie dachte: wenn mich ein Blitz trifft, bin ich tot. Sie blieb stehen, vor dem Wäldchen, auch als es zu regnen begann, als es goß, ein heftiger Sturm bog die Zweige hinter ihr, sie ging ins Wäldchen zurück, kauerte sich nieder, fürchtete sich und dachte doch voller Trotz: wenn mein Leben etwas wert ist, dann wird mir nichts geschehen.

Das war kurz, bevor ein abgerissener Ast sie auf den Hinterkopf traf. Sie stürzte zu Boden und verlor das Bewußtsein.

Kurtel war es, der sie fand, zwei Stunden später.

Als er vom Geschäft nach Hause kam, es regnete immer noch, er radelte geduckt, hatte einen von diesen neumodischen Regenumhängen über seinen Kopf gezogen, sah er vor dem Nossek-Haus Gertrud und Rosel stehen, sie gestikulierten, als sie ihn sahen, er bremste sofort. Agnes lag schon wieder darnieder, und Erni weinte, wie sie sagten. Er erfuhr auch, daß Nina die Absicht gehabt hätte, spazieren zu gehen. Ein Buch hätte sie auch dabei gehabt.

Es war für ihn nicht schwer, sie zu finden, er wußte, wo sie hingegangen war. Als er sie liegen sah, dachte er, sie sei tot, erschlagen vom Blitz. Er kniete nieder neben ihr und begann bitterlich zu weinen, hob ihren Kopf hoch, bettete ihn an sich, vergrub das Gesicht in ihr nasses Haar.

Er hatte sie immer gern gehabt, er hatte sie immer lieb gehabt, aber nun wurde ihm klar, er liebte sie. Und sie lebte. Auf seinen Armen brachte er sie den Hügel hinunter, eine große Anstrengung für ihn, denn Kurtel war ein kleiner schmaler Bursche, und Nina nun schon ein großes Mädchen. »Herr Jeses! Herr Jeses?« schrie Rosel. »Sie is tot! Sie is tot!«

Am nächsten Tag kam ein Brief von Alice. Sie frage an, ob Nina nicht für den Rest ihrer Ferien nach Breslau kommen wolle, um sich einmal in der neuen Umgebung umzusehen.

Nina mußte den Rest der Ferien und noch ein wenig länger im Bett bleiben, sie hatte eine Gehirnerschütterung und eine Platzwunde am Kopf, die genäht werden mußte. Dr. Paulsen war gleich zur Stelle gewesen.

Sobald sie wieder einigermaßen klar im Kopf war, las sie Alices Brief. Er hatte darunter geschrieben: Ich würde mich sehr freuen, wenn du kommst. Nicolas. Sie las den Brief immer wieder, er lag neben ihr auf dem Nachttisch, und jeden Morgen, wenn sie erwachte, und jeden Abend, ehe sie einschlief, küßte sie seinen Namenszug. Er hatte sie nicht vergessen.

Eines Tages fiel ihr auch wieder ein, was sie gedacht hatte, ehe sie niedergeschlagen wurde. Wenn mein Leben etwas wert ist, wird mir nichts geschehen. Wie war das Orakel nun zu deuten?

Es war ihr etwas geschehen, also war ihr Leben nichts wert. Aber sie lebte. Also war ihr Leben doch etwas wert.

Aus diesem Anlaß, bestimmt ein sehr trauriger, hatte Kurtel wieder Zugang zu Nina gefunden. Und sogar Zutritt zum Hause Nossek, und jetzt durch die Vordertür. Er kam jeden Tag nach Geschäftsschluß. Und er brachte ihr immer etwas mit: ein Sträußchen Blumen, eine Tafel Schokolade, Pralinen vom Konditor Miereckc, der die besten Pralinen in der Stadt hatte, ein Buch mit Gedichten von Rilke, drei von den besten Taschentüchern aus dem Hause Münchmann, ein Herz aus Marzipan, auch von Miereckc, ein hellgrünes Band für ihr Haar, von Ganghofer ›Die Martinsklause‹, ein Bild von Kaiser Wilhelm, und das nur, weil das Pferd so schön war, auf dem er saß.

»Jedid nee, nee«, sagte Rosel, »nu sieh ock den Kurtel an. Sein ganzes Geld gibt er aus für unser Mädel; das is'n Kavalier, is das.«

Blaß und matt war Nina, doch sie lächelte ihn wieder an, hörte ihm zu, überließ ihm ihre Hand. Doch war sie allein, nahm sie den Brief aus Breslau und küßte die Unterschrift: Nicolas.

An einem Sommertag des Jahres 1911 sah sie Nicolas wieder. Es wäre möglich gewesen, jung wie sie war, daß sein Bild nun ein wenig verblaßt wäre, daß neue Interessen und vielleicht sogar ein anderer Mann seinen Platz in ihrem Herzen eingenommen hätte. Doch davon konnte keine Rede sein. Es gab keinen Mann, der auch nur entfernt mit Nicolas vergleichbar war.

Im Winter besuchte sie auf Agnes' Wunsch die Tanzstunde, diesmal war es nicht wie bei Lene die vornehme und teure Tanzschule von Monsieur Calin, aber auch ein gutes, bürgerliches Institut, in denen nette Knaben aus guten Häusern ihre Tänzer waren. Nina ging ohne große Begeisterung dorthin, und die pickeligen Jünglinge, die ihr den Hof machten, hatten bei ihr nicht die geringste Chance. Sie taugten eigentlich nur dazu, Kurtel eifersüchtig zu machen, der immer genau wissen wollte, mit wem sie getanzt, wen sie bevorzugt und wer sie nach Hause gebracht hätte.

Denn mit der Zeit war es nun nicht mehr zu übersehen, daß Kurt Jonkalla als ihr ständiger Freund und Begleiter fungierte, natürlich nur soweit es seine knappe Freizeit erlaubte. Die Familie tolerierte es mit Nachsicht, von seiner Anständigkeit war man überzeugt, aber für ganz voll nahmen sie Kurtel denn doch nicht, so gern sie ihn hatten, was ungerecht war, denn Kurtel hatte sich zu einem recht ansehnlichen und ordentlichen jungen Mann herausgemacht. Er kleidete sich mit ausgewählter Sorgfalt, sprach mit gewählten Worten, las viele Bücher, um sein spärliches Schulwissen zu ergänzen. In dieser Beziehung war der Umgang mit Nina für ihn viel wert, sie empfahl und lieh ihm Bücher, und da sie einen guten Geschmack besaß, von Luise von Rehm dazu angeleitet, hätte nur ein böswilliger Mensch Kurtel als ungebildet bezeichnen können.

Ein Koofmich, sagte Emil verächtlich; aber sonst enthielt er sich jeder Kritik an dem Nachbarsjungen. Soviel hatte er immerhin aus den Erfahrungen mit seinen Töchtern gelernt, daß man froh sein konnte, zu wissen und zu beobachten, mit wem Nina Umgang hatte und wie er sich abspielte.

Außerdem hatte Emil genügend eigene Sorgen. Da war zunächst einmal die Degradierung, die er beruflich erfahren hatte. In all den vergangenen Jahren war sein Verhältnis zu Dr. Hugo Koritschek, dem Landrat, nicht besser geworden. Emil machte zwar die Arbeit, er war und blieb der Kreissekretär und doch verlor er immer mehr an Einfluß und Ansehen.

Dr. Koritschek betätigte sich in wachsendem Maße politisch, bei den Konservativen selbstverständlich, und strebte einen Sitz im Reichstag an, wie jedermann wußte. Die Möglichkeit eines steilen Aufstiegs bei entsprechender Befähigung und Bemühung war durchaus gegeben, schließlich hatte der derzeitige Kanzler des Deutschen Reichs, Bethmann-Hollweg, seine Laufbahn auch als Landrat begonnen. Für sein Amt blieb Dr. Koritschek daher wenig Zeit. Er war zwar viel unterwegs im Landkreis, hauptsächlich im Auftrag seiner Partei, hielt Vorträge, leitete Versammlungen, bastelte emsig an seiner

Karriere. Zwischendurch widmete er sich seiner Gattin, die im Lauf der Jahre vier Kinder zur Welt gebracht hatte, drei Söhne und eine Tochter, was ihn verständlicherweise mit Stolz erfüllte. Auch seine gesellschaftlichen Verpflichtungen nahm er sehr ernst, wohl wissend, daß gerade dies für eine politische Karriere von großer Wichtigkeit war. Entlastet im Amt wurde er seit einiger Zeit von einem frischgebackenen Referendar, einem jungen Mann aus guter Familie, sehr fähig, sehr tüchtig, durchaus kompetent für dieses Amt, auch beliebt bei allen, mit denen er zu tun hatte. Alles in allem ein Gewinn für das Landratsamt, da niemandem verborgen blieb, daß er für diese Tätigkeit besser geeignet war, als Dr. Koritschek jemals zuvor. Für Emil aber wurde er zum Verhängnis, denn nun rutschte er ab zu einer unteren Schreibtischcharge, spielte so gut wie keine Rolle mehr, keiner fragte nach ihm, keiner verlangte seinen Besuch, was zu Zeiten der Alleinherrschaft Koritscheks stets der Fall gewesen war. Es kam Emils schlechter Gesundheitszustand dazu, er sah elend aus, war oft krank, fehlte im Amt, und übel gelaunt war er meistens auch.

Ungünstig auf seine Laufbahn mußten sich die Malaisen mit seinen Töchtern auswirken, die eine mit dem Tennislehrer auf und davon, die andere ausgerechnet in England bei den Suffragetten, was via Apothekerfamilie in der Stadt bekannt geworden war und dann schließlich als Krönung der Skandal mit dem Wunderknaben Willy. Daraufhin war Emil endgültig passé.

Man konnte ihn bedauern. Das Leben war nicht freundlich mit ihm umgesprungen, und nachdem die Sache mit Willy passiert war, resignierte er. Er war fast sechzig, sah viel älter aus, ging gebeugt und armselig ins Amt, fühlte sich gedemütigt, daheim und im Amt, saß abends still in einem Sessel, aß nur ein paar Bissen, dachte nach, verbittert und enttäuscht und haderte unaufhörlich mit seinem Schicksal.

Willy mußte in diesem Frühjahr das Gymnasium verlassen, er wurde relegiert. Diese neue Schande brach Emil endgültig das Rückgrat.

Den Traum, Willy als Studenten und Akademiker vor sich zu sehen, hatte er allerdings schon längst begraben. Aber nun durfte er nicht einmal das Abitur machen! Zweimal war Willy sitzengeblieben, mehrmals hatte der Rektor des Gymnasiums Emil nahegelegt, den Jungen von der für ihn nicht geeigneten Schule zu nehmen, auf der er untragbar geworden war, teils seiner mangelnden Begabung wegen, teils wegen seiner Ungezogenheiten, die er sich erlaubte und die über das Maß üblicher Jungenstreiche weit hinaus gingen. Nur Emils Person und das Ansehen, das er immerhin noch genoß, hatte die Schulleitung veranlaßt, es so lange mit Willy auszuhalten.

Doch nun war es zum Skandal gekommen. Willy, gerade sechzehn geworden, groß und breitschultrig, blond und blauäugig, das Musterexemplar eines deutschen Knaben, jedenfalls äußerlich, war für sein Alter reif und früh entwickelt. Was ihm im Kopf fehlte, war offenbar seinem Körper zugute gekommen. Er habe die Tochter des Pedells belästigt, so formulierte es der Rektor zurückhaltend. In Wirklichkeit waren Willy und das Mädchen im Geräteschuppen des Gymnasiums in eindeutiger Situation inflagranti erwischt worden. Zweifellos war das Mädchen mit ihren siebzehn Jahren nicht unschuldig daran, eine frühreife Pflanze jedenfalls, die immer schon ausgiebig mit den Gymnasiasten herumpoussiert hatte und dafür schon öfter von ihrem Vater Prügel bezogen hatte.

Die Schule versuchte, schon im Interesse des Pedells, den peinlichen Fall zu vertuschen, und Willy sollte zunächst nur Karzer bekommen, doch ging er tätlich gegen seinen Klassenlehrer vor, ohrfeigte ihn und schloß ihn eigenhändig in den Karzer ein.

Das Maß war übervoll, der Skandal perfekt. Willy flog vom Gymnasium, und keine andere Schule der Stadt würde ihn aufnehmen. Emils Überlegung, nach dem ersten Schock, den ungebärdigen Sohn in ein strenges Internat zu stecken, wurde im Keim erstickt, denn Willy erklärte eindeutig: »Das versuch erst gar nicht, am nächsten Tag bin ich weg, und du siehst mich nie wieder.«

Er stand vor seinem Vater, gut einen Kopf größer als der, und war trotz der Umstände von wurschtiger Ruhe. Dafür, daß man ihn falsch erzogen hatte, konnte er nichts, und Emil war in der Tat so weit, einzusehen, daß es seine eigene Schuld war, wenn aus diesem heiß ersehnten und geliebten Sohn ein Versager geworden war.

Willy jedoch war heilfroh, die Schule los zu sein, er hatte sie immer gehaßt. Er überraschte seinen Vater mit der Ankündigung, er wolle Schmied werden. Man konnte von Emil als tiefverletzten Vater kaum erwarten, daß er sich über den Entschluß seines Sohnes, sich nun der Tradition der Familie zuzuwenden, freute, und er freute sich auch nicht im geringsten, zeigte sich andererseits aber gekränkt, als Fritz Nossek, sein Neffe, der Meister im alten Schmiedehaus, klipp und klar sagte: »Nein, bei mir nicht.«

»Warum nicht?« fragte Emil beleidigt.

»Ein Schmied muß die Pferde lieben, verstehst du, Onkel Emil? Das gehört dazu. Dein Sohn ist ein Rohling.«

Es war allerdings ebenfalls roh, das Emil so glatt ins Gesicht zu sagen, aber auf einmal ließen ihn alle wissen, was sie von seinem Goldsohn hielten.

Willy kam bei einem Schlosser in die Lehre und erwies sich als geschickt und anstellig, es gab wenig Grund zur Klage. Nur daß er manchmal ein freches Mundwerk hatte, woraufhin sein Meister ihm eine klebte, und da der selber groß und stark war, mußte Willy es hinnehmen. Seltsamerweise machte ihm das gar nicht so viel aus, er schien geradezu froh darüber zu sein, daß endlich einmal jemand da war, der ihm entgegentrat, ihn bändigte und die Autorität dazu besaß.

In seiner freien Zeit führte er ein relativ ungebundenes Leben, kam und ging wie es ihm paßte, trieb sich mit Freunden herum, die keiner kannte, trank auch bald ein Bier und einen Korn, und zwar mehrere hintereinander, und hatte ständig Mädchengeschichten, mit denen er ja frühzeitig begonnen hatte.

Emils große Liebe zu seinem ersten Sohn bröckelte langsam ab, was für ihn den größten Kummer seines Lebens bedeutete. So war er nicht unglücklich, als Willy anderthalb Jahre später seine Einberufung zum Militär bekam und die Stadt verließ.

Nina beendete Ostern 1911 mit einem guten Abgangszeugnis ihre Schulzeit.

Wie die Dinge lagen, war sie das folgsamste und erfolgreichste Kind der Familie Nossek, ein Kind, das bisher keinen Ärger und keinen Kummer verursacht hatte.

Wie in jedem Jahr veranstaltete Fräulein von Rehm eine Abschlußfeier, zu der die Eltern eingeladen und ein kleines Programm vorbereitet wurde. Zwar besaß die kleine Privatschule keine Aula, aber immerhin ein großes Terrassenzimmer auf den Garten hinaus, das zu diesem Zweck ausgeräumt, mit Stühlen besetzt und hübsch dekoriert wurde.

Ein Mädchen spielte auf dem Klavier ein Stück von Chopin, zwei andere ein Duo Klavier und Geige von Beethoven, Nina sagte ein Gedicht auf und zwar auf eigenen Wunsch den ›Prometheus‹ von Goethe. Sie machte es so großartig, daß man ihr atemlos zuhörte. Fräulein von Rehm hielt eine kleine Ansprache, dann wurden die Zeugnisse überreicht, und die Schulleiterin nahm offiziell mit Handschlag von jeder Schülerin Abschied.

Emil war nicht gekommen. Die Affäre mit Willy und der Pedelltochter war noch frisch, und ohnehin scheute er die Öffentlichkeit. Aber Agnes, Charlotte, Trudel und sogar Erni waren da, und sie waren alle stolz auf Nina, die so hübsch aussah in einem Kleid aus schwarzem Taft, mit einem weißen Spitzenkragen (alles aus dem Hause Münchmann, von Kurtel selbst ausgesucht), das hellbraune, rötlich schimmernde Haar in einer weich eingeschlagenen Welle hochgesteckt, das junge Gesicht klar und offen.

»Wie hübsch sie geworden ist!« flüsterte Charlotte ihrer Tochter zu.

Agnes nickte. Sie hatte dasselbe gedacht. Kein so auffallendes Mädchen wie Lene, aber auf eine liebenswerte und sehr lebendige Art ein Mädchen, das man gern ansah.

Ninas Haltung erinnerte beide an Alice. Die trug den Kopf so hoch erhoben wie sie und bewegte sich mit der gleichen gelassenen Anmut.

Einige Tage später allerdings mußte Agnes nun auch mit ihrer Lieblingstochter einen großen Schreck erleben.

Es war zwar schon manchmal, doch noch nie ernsthaft darüber gesprochen worden, was Nina beginnen sollte, wenn sie mit der Schule fertig war. In die Haushaltsschule zu gehen, hatte sie energisch abgelehnt. Es gab mittlerweile auch eine Berufsschule für junge Mädchen in der Stadt, man lernte dort Stenographie, Maschineschreiben, Buchführung und ähnliche nützliche Dinge. Agnes hatte einmal davon gesprochen, obwohl sie sich Nina nicht gern in einem Büro vorstellte.

Natürlich dachte Agnes in erster Linie an eine Heirat, und das bedingte, daß Nina in die Gesellschaft eingeführt wurde. Wer aber sollte das tun? Emil ging nirgends mehr hin, er war auch früher gesellschaftlich nicht in Erscheinung getreten. Zu den guten Familien der Stadt hatten die Nosseks sowieso keine Beziehungen mehr, die hatte damals, zu Lenes Zeiten, durchaus bestanden, hatten sich dann so blitzschnell aufgelöst, wie sie geknüpft worden waren. Und ähnliche gesellschaftliche Talente, wie Lene sie besessen hatte, konnte Nina nicht aufweisen. Besondere Interessen hatte sie auch nie entwickelt, dachte Agnes. Doch nun wurde sie eines besseren belehrt.

»Ich möchte Schauspielerin werden.«

»Nein!« Nach altgewohnter Weise griff sich Agnes sofort ans Herz, beziehungsweise an jene Stelle ihres Busens, wo sich darunter das Herz vermuten ließ. »Um Gotteswillen, Kind!«

Nina lächelte lieb, legte Agnes den Arm um die Schulter, auch sie war inzwischen schon größer als ihre Mutter, und sagte in ihrem sanftesten Ton: »Reg dich nicht auf, Muttel! Dazu besteht kein Grund. Ich sage dir nur, was ich gern tun würde. Fräulein von Rehm meint auch, daß ich Talent habe. Ob

ich es wirklich habe, weiß ich selber nicht, man kann das schlecht beurteilen. Ich habe einmal Eberhard Losau vorgesprochen, und er hat gesagt . . .«
»Du hast . . .«
»Ja, schon vor einem Jahr. Er würde mich als Schülerin nehmen. Aber eine Stunde kostet zehn Mark, und zwei in der Woche müßte ich mindestens haben, sagt er. Das ist sehr viel Geld.«
»Kind, das kannst du mir nicht antun!«
»Aber Mutter, du gehst doch auch gern ins Theater. Es ist einfach altmodisch, darin etwas Böses zu sehen. Etwas . . . etwas Unmoralisches. Ich weiß, daß viele Leute das tun. Aber Fräulein von Rehm sagt auch, das sei lächerlich. Es ist ein Beruf wie ein anderer auch, sagt sie. Nur vielleicht etwas schwieriger.«
»Niemals wird dich ein anständiger Mann heiraten.«
»Das glaube ich nicht. Es kommt darauf an, was für ein Leben man führt. Auch als Schauspielerin kann man eine Dame sein.« Dieser Satz stammte auch von Luise von Rehm und hatte auf Nina großen Eindruck gemacht.
»Ich würde es nie wagen, mit deinem Vater darüber zu sprechen.« Das sah Nina ein. Noch litt Emil unter dem Versagen seines Sohnes, man konnte ihm jetzt nicht mit so einem ausgefallenen Vorschlag kommen.

Auch Agnes konnte sich schwer mit dem Gedanken befreunden, daß Nina Schauspielerin werden könnte. Sie war immer gern ins Theater gegangen, für ihr bescheidenes und mühseliges Leben war das Theater eine Traumwelt, eine Zauberwelt gewesen, die sie für einen Abend von den täglichen Sorgen ablenkte. Jetzt sagte sie sich reuevoll, daß es wohl ihre Schuld sei, daß Nina auf den abwegigen Gedanken gekommen war, Schauspielerin zu werden. Sie besprach sich mit ihrer Mutter, die natürlich auch mißbilligend den Kopf schüttelte. Und Leontine konnte man nicht mehr befragen, möglicherweise wäre sie anderer Meinung gewesen.

Nicht herausfordernd, nicht drängend, doch mit stetiger Beharrlichkeit sprach Nina immer wieder von ihren Plänen. Schließlich fand sie erstmals von selbst einen Kompromiß. »Wir brauchen es ja Vater nicht zu sagen«, schlug sie vor. »Es braucht überhaupt keiner zu wissen, aber ich könnte doch mal Unterricht nehmen, und dann wird man ja sehen, was Herr Losau dazu sagt.«

»Wie willst du das vor Vater geheimhalten?« meinte Agnes, schon halb besiegt. »Und wo soll denn das Geld herkommen? Soviel kann ich von meinem Haushaltsgeld nicht abzweigen.«

»Aber wir sind doch jetzt weniger Leute«, sagte Nina listig. »Und ich werde mit Herrn Losau sprechen, vielleicht macht er es billiger. Die Haushaltsschule oder die Berufsschule kosten doch auch Geld. Erst werde ich Herrn Losau noch einmal vorsprechen. Richtig, meine ich. Ich habe nämlich ein paar Rollen gelernt. Und ich glaube, er wird Verständnis haben, was das Geld betrifft.«

Die Rollen hatte sie oben auf dem Buchenhügel gelernt, den Monolog der Jungfrau, Gretchens Gebet, Ophelias Wahnsinnsszene. Auf dem Hügel war es still, sie war allein, sie schluchzte und weinte, kniete betend als Gretchen und stand als herrliche Jungfrau von Orléans hoch aufgerichtet unter Bäumen und nahm Abschied von den Bergen und geliebten Triften. Ihre Stimme klang voll und melodisch ins Tal hinab, sie berauschte sich selbst daran.

Sie schrieb wieder einmal ein Briefchen an Eberhard Losau, doch diesmal hatte sie Pech. Zwei Tage, nachdem sie den Brief abgesandt hatte, erkrankte Losau, genauer gesagt, er brach mitten in der Vorstellung zusammen, blieb bewußtlos liegen, kam für einige Wochen ins Krankenhaus und lag später zu Hause. Es sei sein Herz, hieß es. Böswillige sagten, er hätte schon seit langer Zeit zuviel getrunken.

Nina machte einmal einen Besuch bei Elvira Losau, brachte einen Blumenstrauß für den Kranken. Zu sehen bekam sie ihn nicht, und Elvira sagte, an Unterricht sei in nächster Zeit nicht zu denken.

Die Herzattacke Eberhard Losaus machte Nina den ersten Strich durch die Rechnung, verbaute ihr den Weg, den sie eben beginnen wollte. Sie hatte Agnes fast herumgekriegt, die Großmama war nicht mehr so ablehnend und Emil spielte in der Familie fast keine Rolle mehr, so weit hatte er sich schon zurückgezogen.

Der Hauptgrund aber, warum aus Nina keine Schauspielerin wurde, war Nicolas.

»Schauspielerin!« sagte er. »Du? Das kommt nicht in Frage.«

An einem Tag Anfang Juni trat Nina ihre Reise nach Breslau an, – die erste Reise ihres Lebens überhaupt.

Für sie aber war es vor allem eine Reise zu Nicolas, und nach diesem Wiedersehen, fast zwei Jahre nach ihrem letzten Zusammentreffen, war sie ihm ganz und gar verfallen. Hätte sie ihre Träume verwirklichen können, wäre sinnvolle Arbeit und ein Ziel in ihr Leben gekommen, vielleicht hätte sich dann ihr Gefühl für Nicolas eines Tages wieder auf das reduziert, was es anfangs war, die Schwärmerei eines Kindes, eines heranwachsenden Mädchens für einen charmanten, amüsanten und attraktiven Mann.

So aber sah sie in ihm ihr Schicksal, die eine, einzige große Liebe, die ihr bestimmt war. Er konnte nicht ihr Liebhaber, ihr Freund, ihr Mann werden, er war ihr Onkel. Darum also war es eine unglückliche Liebe und ihr Schicksal verhängnisvoll. Sie nahm das hin, ohne Widerspruch, und griff darum nach einer helfenden Hand, nach einem Rettungsanker: ihre Ehe mit Kurt Jonkalla.

Eine erste Reise ist ein aufregendes Erlebnis. Daß am Ziel Nicolas sie erwarten würde, machte die Reise zu einem Weltereignis. Als ihr Zug auf dem Breslauer Hauptbahnhof einlief, und sie ihn dort stehen sah in seiner schlanken Lässigkeit, das Gesicht noch immer ohne Alter, auch ohne den zur Zeit üblichen kurzgeschnittenen Schnurrbart, in einem eleganten hellbraunen Anzug, den Hut in der Hand, blieb ihr fast das Herz stehen.

Auch Nicolas hatte Nina gleich gesehen, kam zur Tür des Waggons, streckte ihr die Hand entgegen, lächelte, sie raffte ihren Rock und stieg benommen aus.

»Ninotschka!« sagte er zärtlich. »Wie hübsch du geworden bist!«

Ohne weiteres, als sei sie noch ein Kind, schloß er sie in die Arme und küßte sie auf den Mund.

Sie zitterte in seinen Armen, er spürte es und hielt sie eine Weile fest. Bisher war sie ein Kind für ihn gewesen, ein Kind gedachte er abzuholen, fast schon eine junge Frau hielt er im Arm.

Nicolas trat ein wenig zurück und betrachtete sie.

»Und wie elegant!« sagte er. »Du siehst reizend aus. Hast du noch Gepäck?«

Sie nickte, immer noch unfähig, ein Wort herauszubringen. Mit einer Kopfbewegung beorderte Nicolas einen Gepäckträger, der in der Nähe gewartet hatte, in den Waggon. Nina trug ein funkelnagelneues Kostüm, grün und grau kariert, letzte englische Mode, wie Kurtel versichert hatte, darunter eine weiße Batistbluse und auf dem Kopf einen kleinen geraden Strohhut mit einem grünen Band.

Vor dem Bahnhof, neben einem Automobil stehend, wartete Grischa. Er strahlte, als er Nina sah, und sie schüttelten sich lange die Hand. Auch er sah aus wie immer, schien ebenfalls nicht älter geworden zu sein. Die Fahrt durch die Stadt war aufregend; abgesehen davon, daß es Ninas erste Autofahrt war, erschreckte sie der lebhafte Verkehr der Großstadt, Fahrzeuge aller Größen und aller Arten kamen von allen Seiten, Equipagen, Automobile, Straßenbahnen, Omnibusse, überall klingelte, hupte, rauschte, rollte es und klapperten Pferdehufe. Mit aufgerissenen Augen blickte Nina verstört um sich, bis Nicolas ihre Hand nahm und festhielt.

Grischa, vor ihnen am Steuer, fuhr nach rechts und links, bediente unentwegt einen Hebel an der Außenseite des Automobils, bremste, fuhr wieder an, bremste erneut und fluchte dazwischen auf russisch, nachdem sie beinahe eine Bäuerin mit einer Kiepe auf dem Rücken überfahren hätten, die ratlos mitten auf der Straße stand und sich weder vorwärts noch rückwärts traute.

Daß sich das Leben von Alice und Nicolas abermals verändert hatte, wußte Nina. Aber sie wußte nichts Näheres. Nur soviel, daß sie nicht mehr in Carlowitz wohnten und daß Nicolas nichts mehr mit Herrn Gadinskis Fabrik zu tun hatte. Die Fahrt ging nach Süden, in den vornehmen Teil der Stadt, dort bewohnten sie kein Haus mehr, sondern eine Mietwohnung in einer Nebenstraße der Kaiser-Wilhelm-Straße.

Halb betäubt stieg Nina die breite Treppe in den ersten Stock hinauf, dort war die Tür weit geöffnet, ein knicksendes Dienstmädchen, und mitten in der großen Diele stand Alice, schlank und gerade aufgerichtet wie immer, und Nina rief: »Oh, Tante Alice!« und fiel ihr erleichtert um den Hals. Alice hielt Nina eine Weile fest, genau wie zuvor Nicolas, sie hatte Tränen in den Augen.

Dann wurde Nina in das Gastzimmer geführt, legte ihre Jacke ab, kam nicht dazu, sich umzusehen, das Mädchen bekam den Kofferschlüssel, Nina wurde zum Badezimmer geführt, um sich die Hände zu waschen und Grischa servierte im Salon den Tee. Die Umgebung war vertraut, es waren die Möbel von Wardenburg. Sie standen in einem großen viereckigen Raum, der zwei hohe Fenster zur Straße hinaus hatte. Aber doch war es traurig, die Möbel hier wiederzusehen, sie gehörten nach Wardenburg, nicht in ein fremdes Haus.

Alice war, im Gegensatz zu Nicolas, gealtert, in ihrem Gesicht gab es Sorgenfalten, sie machte einen bedrückten und unsteten Eindruck. Sie war nicht glücklich in der Stadt, sie fühlte sich nicht wohl in dieser Wohnung, auch war sie viel allein, denn sie hatte kaum Bekannte, an deren Umgang ihr gelegen sein konnte.

Und sie machte sich Sorgen um Nicolas. Denn wenn es Nina auch erschien, als hätte sich Nicolas nicht verändert, so täuschte dieser Eindruck. Nicolas hatte sich verändert.

In der Zuckerfabrik des Herrn Gadinski war er nur ein Jahr geblieben, dann hatte Herr Gadinski freundlich aber entschieden erklärt, daß diese Position doch wohl nicht das Richtige für den Herrn von Wardenburg sei und daß man sich wohl besser trennen sollte.

Er zahlte Nicolas sogar eine Abfindung, gutmütig wie er nun einmal war, auch empfand er immer noch ein gewisses Unbehagen, daß er die Wardenburgs von ihrem Gut vertrieben hatte. Nicolas sah selbst ein, daß er zum Fabrikdirektor nicht geschaffen war. Von Bilanzen verstand er nichts, Zahlen hatten ihn nie interessiert, ebensowenig wie Umsatz, Gewinn oder Verlust, wie der Absatzmarkt und der Zucker überhaupt. Was Nicolas seltsamerweise interessierte, waren die Arbeiter der Fabrik.

Nicolas hatte nie in seinem Leben mit Fabrikarbeitern zu tun gehabt. Er kannte von Jugend an die Arbeiter und Angestellten eines Gutsbetriebs, und die waren immerhin gut ernährt und anständig untergebracht, man kümmerte sich um ihr Wohlergehen, sorgte für Pflege, wenn sie krank waren, wußte Bescheid über Liebschaften, Hochzeiten, Geburt und Tod. Und nicht viel anders war es mit den Hausangestellten, sie gehörten mehr oder weniger zur Familie, litten keine Not, waren immer wohlversorgt und dies meistens bis an ihr Lebensende.

So war es in Kerst gewesen, so im Hause seines Onkels in St. Petersburg, so im Palais und auf den Gütern der Fürstin und so schließlich auch in Wardenburg. Doch nun lernte er die Arbeiter der Großstadt kennen, die in engen und ärmlichen Verhältnissen hausten, bis zu zwölf Stunden arbeiten mußten und wenig verdienten, die kranke Frauen hatten und unterernährte Kinder und die ihre einzige Lebensfreude im Schnaps fanden. Wenn sie den Wochenlohn bekamen, vertranken sie einen guten Teil davon, Frau und Kinder mußten es büßen.

Für Nicolas war dies eine total neue Welt, der er zunächst hilflos und fassungslos gegenüberstand, dann empörte er sich, und dann ging er daran, die Verhältnisse zu ändern. Statt um die Absatzzahlen, kümmerte er sich um die Lebensumstände seiner Arbeiter. Bald kannte er viele von ihnen persönlich, sogar mit Namen. Er richtete eine Werksküche ein, die den Leuten ein warmes Essen ausgab, aber weder Bier noch Schnaps ausschenkte. Wenn er von einem Krankheitsfall hörte, schickte er seinen Sekretär, damit der sich an Ort und Stelle über den Fall informierte, für Arzt und Pflege sorgte, und darüber ließ er sich genau berichten.

Kein Wunder, daß Herr Gadinski die Geduld verlor. Ihm genügten die Bismarckschen Sozialgesetze, die er schon für übertrieben hielt, vollauf und eine Fabrik sei nun einmal kein Wohltätigkeitsverein, sagte er, sie müsse vor allem lukrativ arbeiten. Dazu brauche man gesunde und arbeitswillige Kräfte, erwiderte Nicolas gereizt, und Gadinski ließ ihn wissen, daß es Arbeiter genug gebe, und bei zu guter Behandlung würden die Leute nur frech und faul. Ganz unrecht hatte er nicht, denn Nicolas mußte die Erfahrung machen, daß er bei den Arbeitern keineswegs Dank erntete, sie spotteten über ihn und nannten ihn den ›roten Baron‹. Und sie belogen ihn. Er bekam haarsträubende Fälle vorgetragen, die sich bei näherer Prüfung als erfunden erwiesen, in seinem Büro tauchten heulende Frauen auf, die ihm grauenvolle Leidensgeschichten erzählten, an denen kein Wort wahr war.

Nach einiger Zeit hatte Nicolas den ganzen Betrieb satt, und daß er da, wo er es gut gemeint hatte, auf Undank und Unverständnis stieß, verdroß ihn. So war er eigentlich ganz froh, als Gadinski ihm gewissermaßen kündigte. Das ging durchaus freundschaftlich vonstatten, und noch jetzt, wenn Gadinski nach Breslau kam, trafen sie sich, und nachdem Nicolas seinen Club gefunden hatte, legte Gadinski großen Wert darauf, dort eingeführt zu werden.

Der Club! Er war es vor allem, der für Alice zu einem Ärgernis wurde.

Als Nicolas seine Tätigkeit in der Zuckerfabrik beendet hatte, hatte er nichts zu tun. Da er nie in seinem Leben gearbeitet hatte, machte ihm das nichts aus. Durch einige Bekannte, die er in Breslau besaß, teils schon von früher her, als er viele Bank- und Verkaufsgeschäfte in Breslau abgewickelt hatte, wurde er Mitglied in diesem feudalen Club, der in gehobenen Herrenkreisen außerordentlich beliebt war. Man traf sich dort zum Trinken, zum Speisen, zu mehr oder weniger geistreichen Gesprächen, und es wurde auch ein wenig gespielt. Damen waren nicht zugelassen. Jedenfalls keine Ehefrauen. Die Herren des Clubs jedoch hatten alle so ihre kleinen Beziehungen zu den Damen der Demimonde, des Balletts, der Varietés. Der Club war eine wundervolle Ausrede.

Alice wußte das, genau wie sie wußte, daß Nicolas seit einiger Zeit eine Liaison mit der Operettensoubrette unterhielt. Sie machte diesmal ebensowenig eine Szene, wie sie es früher getan hatte, es gehörte offenbar zum Leben eines Mannes seiner Art.

Viel weniger gefiel ihr die Freundschaft, die Nicolas mit einem Mann schloß, den sie hochmütig ablehnte, was töricht von ihr war, denn durch diesen Mann kam Nicolas zu einem neuen Verdienst, der gar nicht einmal schlecht war.

Theodor Blum war ein jüdischer Weingroßhändler, der vornehmlich französische Weine und Champagner importierte, sein Geschäftssitz war Berlin, und nun war er im Begriff, den schlesischen Markt zu erschließen. Die Herren hatten sich im Club kennengelernt, gemeinsame Berliner Bekannte wurden entdeckt, so kannte Blum beispielsweise Nicolas' verflossene Freundin, die Bankiersfrau Laura, und natürlich auch deren Mann, und er wußte sogar über Nicolas' jahrelanges Verhältnis zu Cecile von Hergarth Bescheid.

Blum meinte, Nicolas sei genau der richtige Mann, um die Vertretung seiner Firma für Breslau und Schlesien zu übernehmen, und ein adeliger Name für einen Generalvertreter garantierte schon den halben Erfolg. Nicolas zögerte, er war sich klar, daß es ein gesellschaftlicher Abstieg war, andererseits mußte er auf irgendeine Weise Geld verdienen. Da war zwar noch immer Kerst, und er hatte mit Alice ernsthaft die Frage erörtert, ob man dorthin zurückkehren solle, obwohl er das Gespräch in Zürich mit seinem Cousin fast Wort für Wort im Gedächtnis hatte. Er hatte Alice davon nie etwas erzählt. In Kerst als mittellose Verwandte um Unterschlupf nachzusuchen, fand Alice jedoch nicht sehr verlockend.

Ein Herr von Wardenburg als simpler Vertreter, im Dienst eines Juden, das allerdings fand Alice überaus degoutant. »Was willst du?« sagte Nicolas. »Das ist die neue Zeit.« Die ungewohnte Tätigkeit lag ihm ganz gut. Seine Gewandtheit, sein Charme öffneten ihm viele Türen, vor allem bei den Gutsherren des Landes, die stattliche Weinkeller besaßen, und so erzielte er gute Absätze. Er legte sich das Automobil zu und reiste im Land umher, besuchte Hotels und gute Restaurants, und die Umsatzprovision, die er bekam, wirkte anspornend.

Alice fand keinen Geschmack an diesem Leben und an der sogenannten neuen Zeit. Nicolas war viel unterwegs, sie wußte, daß er viel trank, daß er spielte, daß er eine Geliebte hatte, daß er, mit einem Wort, auf dem besten Weg war, abzusteigen.

Sie selbst war viel allein. Sie machte Handarbeiten, was sie früher nie getan hatte, sie kochte manchmal selbst, denn eine Köchin hatten sie nicht, und das Dienstmädchen verstand sich nur auf simple Gerichte. Die einzige Freude, die sie noch hatte, war das Reiten. Die Kutschpferde hatten sie zwar verkauft, aber die beiden Reitpferde behalten, sie standen in einem Tattersall, nicht allzuweit von der neuen Wohnung entfernt, und Alice ging jeden Morgen zum Reiten, bei schlechtem Wetter in die Reitbahn, bei schönem Wetter ritt sie, begleitet von einem Groom, ins Gelände, alle Straßen nach Süden hatten wohlgepflegte Reitwege, der letzte zog sich am Südpark entlang, und von dort gelangte man in freies Gelände mit Wald, Wiesen und Feldwegen. Im Tattersall schloß sie einige flüchtige Bekanntschaften, manchmal ergab es sich nun, daß sie sich einer kleinen Gruppe anschloß, meist waren sie zu viert, zwei Damen, zwei ältere Herren, und wenn Nicolas in der Stadt war, ritt er mit ihnen zusammen hinaus, und für Alice waren das dann die schönsten Stunden des Tages.

Der Rest des Tages verlief eintönig. Deshalb hatte sie sich auf Ninas Besuch gefreut, nicht zuletzt, weil sie hoffte, Nicolas würde dann ein wenig mehr Zeit für sie haben. Diese Hoffnung hatte sie nicht getäuscht. Er widmete sich Nina ausführlich, es machte ihm Spaß, mit ihr auszugehen oder auszufahren, sie gingen ins Theater und in die Oper, speisten oft in guten Restaurants. Alice war natürlich stets dabei, und so wurde auch ihr Leben wieder abwechslungsreicher.

Genau wie früher schon, als Nina ein kleines Mädchen war, interessierte sich Nicolas für ihre Garderobe. Sie brauche ein Abendkleid für die Oper, fand er, und ein luftiges Kleid für warme Sommertage und warum hatte sie das Reitkleid nicht mitgebracht? »Es paßt mir nicht mehr«, sagte Nina.

Nicolas musterte sie und nickte.

»Verständlich. Wir lassen dir eins machen.«

Einkäufe in eleganten Läden, Besuche beim Schneider, in einem Modeatelier, Anproben, auch das beschäftigte sie während Ninas erster Tage und war für alle drei höchst vergnüglich.

Schließlich ritten sie zu dritt, Nina auf einem Verleihpferd, und das waren für Nina die Höhepunkte dieser Wochen. Irgendwo auf dem Lande, in einem Dorfgasthaus, wurde gefrühstückt, ein Junge hielt derweil die Pferde, Nina strahlte, Alice sah fröhlich aus, und Nicolas verstand es wie immer auf das beste, die Damen zu unterhalten.

Zehn bis vierzehn Tage waren für den Besuch vorgesehen gewesen, aber es vergingen drei und vier Wochen, Nina war immer noch in der aufregenden Großstadt Breslau. Dann jedoch erklärte Nicolas, es sei nun in der Stadt zu warm, die Theater hätten Ferien, es wäre die rechte Zeit, ins Gebirge zu fahren. Er müsse ohnehin einige Hotels besuchen, um seine Tätigkeit nicht ganz zu vernachlässigen, und außerdem lerne Nina auf diese Weise das Riesengebirge kennen.

Alice lehnte es ab, mit im Automobil zu fahren, auf den Chausseen sei es ihr zu staubig, sie werde den Zug nehmen. »Und du fährst mit mir«, sagte sie mit ungewohnter Strenge zu Nina. Die wäre zwar ganz gern mit dem Automobil gefahren, aber sie nickte gehorsam. Natürlich konnte sie Tante Alice nicht allein fahren lassen, und Eisenbahnfahren war ja auch eine große Sensation für sie.

Sie blieben vierzehn Tage in Krummhübel, und Nina sah nun das Riesengebirge mit seinen blauen Bergen, den endlosen Wäldern, dem langgestreckten Kamm, den hübschen Kurorten und den gemütlichen Bauden.

Sie schaute und sie staunte und sie freute sich wie ein Kind über alles, was sie entdeckte, lief über eine blumige Bergwiese, warf sich ins Gras, und Nicolas, übermütig wie ein Junge, warf sich neben sie und kitzelte sie mit einem Grashalm im Nacken. Alice saß auf einer Bank am Waldrand und sah ihnen nachdenklich zu.

Natürlich wußte sie, was Nicolas für Nina bedeutete, was er ihr immer bedeutet hatte, daß sie ihn von Herzen liebhatte, seit sie das erstemal auf Wardenburg gewesen war. Daran hatte sich nichts geändert, nur war Nina kein Kind mehr und Nicolas trotz seiner neunundvierzig Jahre alles andere als ein würdiger Onkel.

Sie stiegen mehrmals zum Kamm auf, das heißt Nina, Nicolas und Grischa, Alice nicht, ihr war es zu anstrengend, sie liefen oben auf dem hohen schmalen Weg entlang, kamen zu bizarren Steingebilden, blickten in die tiefen Wasser des großen Teiches, vom Wind verbogene Bäume säumten ihren Weg. Auf den Bauden aßen sie zu Mittag, man aß dort überall sehr gut, und ein Zitherspieler unterhielt sie während des Mahls.

In der Prinz-Heinrich-Baude fand Nina den Spruch über der Tür so eindrucksvoll, daß sie ihn sich sofort abschrieb.

›Als dieses Haus hier Wurzeln schlug,
den Kaisergreis zu Grab man trug,
Als diese Mauer wuchs empor,
erklang dem Sohn der Trauerchor.
Als oben am Giebel prangte der Kranz,
der Enkel ward Kaiser der Deutschen.
Nun schirme Gott das Deutsche Reich
und auch das Haus am Großen Teich.‹

Das war 1888 gewesen, im Dreikaiserjahr.

Erst im August kehrte Nina nach Hause zurück, mit drei Koffern, nicht mit dem einen, mit dem sie abgereist war. Alice und Nicolas brachten sie an die Bahn, sie umarmte beide und bedankte sich immer wieder von Herzen. Es sei die schönste Zeit ihres Lebens gewesen, sagte sie, die sie nie, nie, vergessen werde.

Alice war versucht zu fragen: Und Wardenburg? War es da nicht schöner? Aber sie schwieg.

»Du kommst bald wieder«, sagte Nicolas. »Dein Zimmer ist immer für dich bereit. Und wenn du im Winter kommst, gehe ich mit dir auf einen großen Ball, das verspreche ich dir. Aber du mußt mir jetzt auch etwas versprechen.«

Sie sah ihn an, Anbetung, Hingabe im Blick.

»Das mit dem Theater schlägst du dir aus dem Kopf. Du wirst keine Schauspielerin, sonst bist du nicht mehr meine kleine Nina. Versprichst du es mir?«

Alice blickte Nina gespannt an, wie sie wohl auf diesen Eingriff in ihr Leben reagieren würde.

Nina war blaß geworden, ihr eben noch lächelndes Gesicht war ernst. Aber sein Blick lag so fest in ihrem, ließ ihr überhaupt keine Ausflucht, keinen Ausweg.

»Ja«, flüsterte sie, »ich verspreche es.«

»Dann auf bald, Ninotschka!« er nahm ihr Gesicht in beide Hände und küßte sie auf den Mund.

»Das solltest du nicht tun«, sagte Alice, nachdem der Zug abgefahren war.
»Was?« fragte er.
»Sie küssen.«
Nicolas machte ein erstauntes Gesicht.
»Aber ich habe sie immer geküßt.«
»Sie ist kein Kind mehr. Und sie liebt dich sehr, das weißt du doch.«
Nicolas lachte, nahm Alices Hand und küßte sie.
»Aber chérie! Was für Bedenken! Ich bin ein alter Onkel für sie. Warum soll sie uns nicht liebhaben? Wen hat sie denn schon zu Hause? Nur der kleine kranke Bruder, das ist der einzige, an dem sie hängt. Und sie hat doch hier eine schöne Zeit gehabt. Oder nicht?«
»Gewiß«, sagte Alice und ging den Bahnsteig entlang. Er verstand sie nicht oder wollte sie nicht verstehen.
Die Schauspielerin hatte er ihr ausgeredet, und damit war Alice einverstanden. Aber was würde Nina nun zu Hause tun? Sie würde Tag und Nacht von ihrem Onkel Nicolas träumen, und es war nur zu hoffen, daß es bald einen jungen Mann in ihrem Leben gab, der Onkel Nicolas in ihren Träumen ablöste.
Nicolas verließ am späten Nachmittag die Wohnung. Er gehe noch auf eine Stunde in den Club, sagte er. Er kam die ganze Nacht nicht nach Hause. Vermutlich, dachte Alice am Morgen, hat er seine Freundin versöhnen müssen, die er in letzter Zeit stark vernachlässigt hatte.
Eigentlich war Alice ganz froh, daß es diese Freundin gab. Sie hatte sie im vergangenen Winter als Adele in der ›Fledermaus‹ gesehen, ein apartes blondes Ding mit einer bemerkenswert hübschen Stimme. Ihre Koloraturen waren perfekt gewesen.
Alice lag regungslos auf dem Rücken und starrte an die Decke. Bin ich eigentlich unglücklich? dachte sie.
Ich bin unglücklich, ich bin sehr unglücklich. Nicht seinetwegen. Nicht, weil er mich betrügt. Das hat er immer getan.
Wenn wir doch bloß in Wardenburg geblieben wären!
Das war es, was sie ständig dachte. Das war wie der ständig wiederkehrende Refrain eines Liedes. Wären wir doch bloß in Wardenburg!
Ihr Leben war so nutzlos, so leer. Denn sie hatte sich ja im Laufe der Jahre viel mehr verändert als Nicolas. Er war der verspielte Mensch geblieben, der das Leben leicht nahm, den nichts ernstlich berührte. Aber sie hatte Wurzeln geschlagen, sie war eine tätige und tüchtige Gutsherrin geworden, sie hatte gearbeitet auf dem Gut, und diese Arbeit hatte ihr Leben erfüllt.
Wenn sie die Augen schloß, sah sie alles vor sich – das Gutshaus, wie es da mitten im Grünen lag, die Stufen, die zum Haus hinaufführten, die Tür, die dämmrige kühle Halle, ihr englisches Zimmer, das Gartenzimmer mit der Terrasse davor, auf der sie im Sommer Tee tranken, doch sie sah auch die Wirtschaftsräume, die Ställe, die Hühner im Geflügelhof, den Gemüsegarten, die Koppeln mit den Pferden, die Weide mit den Kühen, da war Pauline in der Küche, Köhler vor der Scheune, seine Frau in der Räucherkammer, da war der mürrische Kutscher, den sie zuletzt hatten. Auch an Paule erinnerte sie sich, es war, als hätte sie ihn gestern gesehen, den jungen Paule, siebzehnjährig, wie er sie stolz in die Stadt kutschierte.
»Nun fahr mal flott zu, Paule!«

Trab, trab, trab klapperten die Hufe der schwarzen Traber, ihre Hälse wölbten sich stolz, und genauso stolz saß Paule auf dem Bock, die Peitsche hochgestellt.

Hinten im Wagen saß sie, die Herrin von Wardenburg.

Das war vorbei.

Vorbei.

Alice warf sich herum, vergrub das Gesicht im Kissen und weinte.

Nicht lange. Sie richtete sich auf, stieg aus dem Bett und zog ihren Morgenmantel an.

Wenn sie verweint aus ihrem Zimmer kam, würde Grischa, würde das Mädchen denken, sie hätte geweint, weil Nicolas in dieser Nacht nicht nach Hause gekommen war.

Seinetwegen würde sie nicht weinen.

Er ist es nicht mehr wert, dachte sie hart.

Auch Nina hatte geweint, als sie im Zug saß und heimwärts fuhr. Sie hätte selbst nicht gewußt, warum sie weinte, nachdem sie eine so herrliche Zeit verbracht hatte. Der Abschied war es, sein Kuß. Der Aufruhr ihres unerfahrenen Herzens. Weil sie ihn liebte, das war der wirkliche Grund.

Von nun an lebte sie von einer Reise zur anderen. Sie fuhr das nächstemal im Januar und tanzte auf dem ersten Ball ihres Lebens, und die nächste Reise fand dann wieder im Sommer darauf statt.

Wenn sie zu Hause war, dachte sie an ihn, träumte von ihm, malte sich das Wunder aus, das geschehen müsse, damit sie zu ihm gehören könne.

Sie liebte Alice auch und wünschte ihr nichts Böses, und auch ohne Alice würde er ihr Onkel bleiben, aber ihre Fantasie wucherte üppig. Sie ließ die ganze Welt versinken, rundherum war alles öd und leer, und wie in einem neuerstandenen Paradies lebten sie beide, Nicolas und sie, nur die Tiere, Wald und Wiesen waren ihre Gefährten.

Sie sprach nicht mehr davon, daß sie Schauspielerin werden wolle, und Agnes wunderte sich im stillen, war aber froh, daß dieses Thema erledigt schien und war ihrer Schwester und Nicolas dankbar, die Nina diesen Unsinn offenbar ausgeredet hatten.

Zu Ärger gab Nina keinerlei Anlaß, sie war liebevoll und umgänglich, beschäftigte sich viel mit Erni, brachte ihn meist morgens in die Schule und holte ihn mittags wieder ab, obwohl das gar nicht mehr nötig war, Ernis Gesundheitszustand schien sich gebessert zu haben, er war nicht mehr so durchsichtig, sah eigentlich auch nicht krank aus und hatte seit über zwei Jahren keinen Anfall mehr gehabt.

Seine Leistungen in der Schule waren mittelmäßig, doch die Schule nahm in seinem Fall keiner wichtig, Hauptsache, er konnte überhaupt zur Schule gehen und einigermaßen normal leben.

Agnes sprach es nicht aus, aber abends, wenn sie betete, ehe sie einschlief oder zu schlafen versuchte, war ihre inständige Bitte an Gott: »Laß das Loch in seinem Herzen zuwachsen!« Früher hatte sie gebetet: »Laß das Ernstele am Leben! Gott, laß ihn am Leben!«

Seit sie über das Loch im Herzen ihres Sohnes aufgeklärt worden war, sah sie es immer vor sich. Nicht als die winzig kleine Öffnung, millimeterwinzig, wie Dr. Paulsen sich ausdrückte, sie sah es als riesengroßes schwarzes Ungeheuer, das das Herz ihres Kindes auseinanderriß.

Aber nun, da es Erni sichtlich besser ging, war sie voller Hoffnung. Gott war allmächtig. Wenn ER wollte, würde das Loch zuwachsen.

Immer vollendeter wurde Ernis Klavierspiel. Nach Leontines Tod besuchte er nun die Städtische Musikschule, und dort war man übereinstimmend der Meinung, er sei das größte Talent, das diese Stadt je hervorgebracht habe. Nur mußte man ihn immer vor allzu vielem Üben zurückhalten, damit er sich nicht überanstrengte.

»Wenn ich kein Pianist werden kann«, sagte er zu Nina, »dann werde ich Komponist.«

»So einer wie Mozart.«

»Nein, Nindel, so einer nicht. So einen hat es nur einmal gegeben auf dieser Erde. Wenn man sich an ihm messen will, darf man keine Musik machen.«

Im Umgang mit ihm hatten alle mit der Zeit Ohren bekommen, Musik gehörte zu ihrem Leben.

Und etwas Merkwürdiges war geschehen: im Laufe der Zeit, so nach und nach, hatte sich Emil immer mehr seinem jüngsten Sohn zugewandt.

Er saß jetzt oft am Abend still in einem Sessel und hörte zu, wenn sein Sohn spielte. Klein und zusammengesunken saß er da, aber sein Gesicht hatte einen friedlichen, fast glücklichen Ausdruck, den nie zuvor einer darin gesehen hatte.

Wenn Erni dazwischen höflich fragte: »Soll ich aufhören, Vater?« antwortete Emil: »Nein, spiel weiter.« Oder mit der Zeit hatte er einige Stücke, die er besonders liebte, und dann sagte er beispielsweise: »Könntest du nicht für mich die Mondscheinsonate wieder einmal spielen? Oder strengt es dich zu sehr an?«

»Nein. Gar nicht.«

Erni spielte, und Emil lauschte. Keine Rede mehr davon, daß das Geklimpere ihn störe, das Klavier hatte mittlerweile sogar der Bibliothek den Rang abgelaufen.

Erni mochte seinen Vater gern. Er kannte ihn nur als kranken Mann, er hatte jene Zeit, als die Familie und vor allem seine Schwestern den Vater fürchteten, nicht miterlebt. Vielleicht kamen sie sich dadurch näher, weil beide krank waren. Sicher aber brachte die Musik, die ihm im eigenen Haus so vollendet dargeboten wurde, Trost in Emils tristes Leben.

Denn es blieb nicht beim Klavierspiel allein. In der Musikschule traf Erni mit anderen Schülern zusammen, und manchmal kamen die Jungen ins Haus, dann spielten sie Duos oder ein Trio von Beethoven oder Schubert. Dann saß Emil mit geschlossenen Augen dabei und wurde wirklich, im wahrsten Sinn des Wortes, ›in eine bessere Welt entrückt‹.

Das brachte ihn mit der Zeit zum Nachdenken. Einen Sohn hatte er sich gewünscht, der studieren würde und Akademiker sein würde. Einen Sohn, der seinen eigenen Lebenstraum erfüllen sollte.

Diesen Sohn gab es nicht.

Dafür hatte ihm das Schicksal einen Sohn beschert, der ein großes Talent besaß, vielleicht sogar ein Genie war. War das nicht mehr? Akademiker gab es genug und gab es täglich mehr. Große Künstler waren zu jeder Zeit etwas Seltenes.

Es waren wirklich ganz neue Gedanken für Emil. Aber er fand großen Gefallen daran und eine tiefe Befriedigung. Und manchmal, wenn er Erni ansah, während der spielte, lag in seinem Blick etwas, was kaum einer je darin entdeckt hatte: Zuneigung, Liebe.

Diese Entwicklung, die den anderen nicht verborgen blieb, war für die arme Agnes eine tiefe Herzensfreude und brachte sie Emil so nahe, wie sie sich ihm noch nie gefühlt hatte. Alles in allem war in diesen Jahren die Stimmung im Hause Nossek sehr harmonisch.

An einem Winterabend des Jahres 1912 hatte Erni auch wieder einmal den Besuch eines Mitschülers, ein junger Geiger, der allerdings drei Jahre älter war als Erni, schon sechzehn, die beiden Knaben musizierten und spielten zum Schluß eines von Emils Lieblingsstücken, die Kreutzersonate von Beethoven, und Emil war so tief ergriffen und bewegt, daß er mit den Tränen kämpfte.

Er dachte: Warum ärgere ich mich eigentlich? Warum gräme ich mich? Wer ist schon Koritschek, ein aufgeblasenes Nichts, an den keiner mehr denkt, wenn er zur Tür hinaus ist. (Und mit Tür meinte er in diesem Fall die Lebenstür.)

Da hat einer gelebt wie dieser Beethoven und hat so eine Musik gemacht. Und dort sitzt mein Sohn und bringt mit seinen Händen diese Musik in mein Haus. Und vielleicht wird er eines Tages auch Musik machen. Große Musik, unsterbliche Musik. Mein Sohn.

Emil schwieg und blickte versunken in eine ferne Zukunft, Agnes schwieg auch, ihr Blick hing liebevoll an Erni, der sich, noch am Klavier sitzend, leise mit dem Geiger unterhielt, sie sprachen über das eben Gespielte, suchten in den Noten nach Stellen, die ihnen noch nicht voll gelungen erschienen.

Gertrud hatte die Flickarbeit beiseite gelegt und war leise hinausgegangen und kam nach einer Weile mit einer Kanne Tee zurück und einem Korb voller Plätzchen, die noch von Weihnachten übrig waren.

Nina war nicht da, sie weilte wieder einmal in Breslau.

Eine halbe Stunde später, der junge Geiger hatte sich verabschiedet, und Erni, der ihn hinausbegleitet hatte, kam ins Zimmer zurück, wo sein Vater immer noch saß, nun allein, er schien sich die ganze Zeit nicht gerührt zu haben.

Erni lächelte seinem Vater zu, setzte sich an den Tisch, steckte sich noch ein Plätzchen in den Mund und trank seinen Tee aus.

»Du möchtest gern Musik studieren, nicht wahr?« fragte Emil auf einmal.

»Ja, Vater. Und ich bin dir sehr dankbar, daß ich in die Musikschule gehen darf.«

Emil machte eine wegwerfende Handbewegung.

»Das genügt nicht. Hier lernst du nicht genug. In drei, vier Jahren wirst du auf ein richtiges Konservatorium gehen. Oder überhaupt auf eine Musikhochschule. Ein Künstler muß die beste Ausbildung haben, die es gibt, gerade für ihn ist das wichtig.«

»Das kostet aber viel Geld«, gab Erni zu bedenken.

»Für dich habe ich dieses Geld. Wenn ich erst pensioniert sein werde, bekomme ich weniger, aber ich kann noch ein paar Jahre arbeiten. Und wir brauchen nicht viel, deine Mutter und ich. Nina wird ja vielleicht heiraten. Du bekommst von mir das Geld. Du wirst bestimmt ein großer Künstler werden.«

Vater und Sohn sahen sich an, beide nun ein wenig verlegen, denn große Worte waren in diesem Haus nicht üblich.

Emil räusperte sich, wickelte die Decke von seinen Knien und stand auf.

»Gute Nacht, mein Junge«, sagte er weich. »Schlaf gut.«

Im Vorübergehen legte er Erni die Hand leicht auf die Schulter, dann ging er aus dem Zimmer, klein, schmal, ein wenig gebückt. Und – glücklich. Das war er jetzt manchmal. Ein wenig glücklich. Weil er diesen begabten Sohn hatte. Und weil es Musik gab.

Erni war reif und verständig für sein Alter, das hatte wohl die Krankheit bewirkt. Er konnte ja nie draußen herumtoben oder spielen wie andere Jungen, aber da er seine Musik hatte, vermißte er es nicht.

Nach wie vor war er Ninas engster Vertrauter, auf andere Weise als Kurtel es war, denn nur Erni kannte Ninas verworrene Gefühle, die er dennoch nicht voll begriff, denn er war ja noch ein Kind. Er wußte nur um ihre Unruhe, die Sehnsucht, die sie erfüllte, auch wenn sie ihm nicht genau erklären konnte, wonach sie sich sehnte. Manchmal begleitete er sie jetzt auf ihren Spaziergängen, auch zu ihrem Lieblingsplatz auf dem Buchenhügel, das schaffte er nun ohne Mühe.

Nicht, daß Nina untätig war. Sie arbeitete im Haushalt mit, wozu Agnes kaum mehr fähig war, Rosel war auch etwas taperig geworden, sie vergaß vieles, und so kam es, daß Nina meist die Einkäufe erledigte, auch fand sie Spaß am Kochen und arbeitete viel im Garten.

Was keiner wußte außer Erni: sie dichtete. Kleine Gedichte hatte sie früher schon manchmal gemacht, aber nun wurde das zu einer von ihr sehr ernst genommenen, sehr intensiv betriebenen Leidenschaft. Ihre unerfüllte Liebe, ihre Sehnsucht brachte sie zu Papier, meist waren es traurige und schwermütige Gedichte, die sie selbst zu Tränen rührten.

So einmal an einem der letzten schönen Herbsttage, als sie oben unter den Buchen saß und ein langes Gedicht verfaßte. Es begann:

>›Du dunkler Strom zwischen den Weiden,
>einziger Freund, der mich versteht,
>du kennst meine Schmerzen, kennst meine Leiden,
>weißt, wie traurig mein Leben vergeht.‹

In dieser Art ging es mehrere Strophen lang weiter, sie klagte gewissermaßen dem Strom ihr Leid, und das Gedicht endete:

>›Du allein, mein Strom, hast Erbarmen,
>denn meine Tränen sahst nur du,
>und in deinen kühlen Armen,
>findet einst mein Herze Ruh.‹

Sie war von dieser Dichtung selbst tief ergriffen, weinte über sich und über ihr Leben, am Abend las sie es Erni vor, der daraufhin auch zu weinen begann. »Du darfst nicht in den Fluß gehen, Nindel; das darfst du nicht.«

Nina schlang die Arme um ihn, ihre Tränen begannen wieder zu fließen, Wange an Wange saßen sie, trösteten sich gegenseitig, und sie sagte: »Aber nein, Erni, ich geh' nicht in den Fluß, ich hab' ja dich. Ich werde immer nur für dich leben.«

Das war eine schmerzensreiche Zeit, in der sie sich innerlich und äußerlich veränderte. Sie führte ein Doppelleben, oder eigentlich ein dreifaches Leben: die täglichen Pflichten im Haushalt, ihr einsames Träumen und Dichten, und dann die Besuche in Breslau, die Freude und Unterhaltung brachten und sie dennoch immer tiefer in ihre hoffnungslose Liebe verstrickten. Keiner begriff, und am wenigsten Nicolas, wie unrecht es gewesen war, ihr den Weg in den gewünschten Beruf zu verbauen, denn darin hätte sie Erfüllung finden können und zugleich Befreiung von ihrem quälenden Gefühl. Eberhard Losau war gestorben, er hatte sich von seinem Zusammenbruch nicht wieder erholt. Ins Theater ging Nina nicht mehr oft, denn, wie sie sagte, seien ihr die hiesigen Darbietungen zu provinziell, seit sie das Breslauer Theater kenne.

Als sie im Januar in Breslau war, führte Nicolas sie wirklich, wie er versprochen hatte, auf einen Ball. Er fand im Hotel Monopol statt, dem ersten Haus am Platz, und war ein jährlich wiederkehrendes Ereignis ersten Ranges. Die feinen Leute von Breslau führten ihre Töchter dort in die Gesellschaft ein, der Landadel kam in die Stadt, die Offiziere der in der Stadt liegenden Regimenter waren beliebte Tänzer. Für Nina war es der erste, und wie sich zeigen sollte, der einzige Ball ihrer Jugend.

Ihr Ballkleid war von Alices Modesalon angefertigt worden, und Nicolas hatte beratend zur Seite gestanden. Es war aus sahneweißem glänzendem Satin, um den schulterfreien Ausschnitt rankten sich rosa Röschen. Als sie es am Abend des Balles angezogen hatte, stand sie vor dem Spiegel und staunte sich selber an.

»Sie sind bestimmt die Schönste, gnädiges Fräulein«, sagte das Mädchen, das ihr assistiert hatte.

»Ja?« Nina drehte sich langsam, sie gefiel sich selbst ausnehmend gut. Der Friseur war am Nachmittag ins Haus gekommen und hatte sie frisiert, ihr Haar war kunstvoll aufgesteckt, geschmückt ebenfalls mit rosa Röschen.

Alice würde nicht mit zum Ball kommen, sie lag im Bett, sie hatte Migräne und fühlte sich nicht wohl.

»Sehen Sie doch mal nach, Hannel, wie es meiner Tante geht. Ob ich mal schnell kommen darf.«

Das Mädchen verließ das Gastzimmer, und gleich darauf trat Nicolas ein, im Frack, und Nina rief: »Du siehst wundervoll aus!«

Er blieb an der Tür stehen und sah sie an. »Das Kompliment kann ich dir zurückgeben.«

Sie drehte sich wieder zum Spiegel und sagte kokett: »Na ja, so hübsch wie Lene bin ich nicht. Die hat dir ja immer viel besser gefallen als ich.«

Er trat hinter sie, legte die Hände auf ihre nackten Arme, ihre Blicke trafen sich im Spiegel.

»Meinst du? Lene ist ein sehr hübsches Mädchen, da hast du recht. Aber du hast jetzt ein Traumgesicht bekommen.«

»Ein Traumgesicht?«

»Ja, Sieh dich an. In deinen Augen ist ein großes Geheimnis. Das gleitet zu den Schläfen hinauf, siehst du so«, er ließ ihre Arme los und fuhr mit den Fingerspitzen von ihren äußeren Augenwinkeln bis zum Haaransatz, so dicht hinter ihr stehend, daß sie seinen Körper spürte, ohne daß er sie berührte, »und verschwindet hinter deiner Stirn, die noch kindlich ist, aber täglich ernster wird, so daß man sich fragt, was wohl für Gedanken dahinter wohnen. Deine Augenbrauen sind hoch wie ein Vogelflug. Siehst du!« Seine Hände zeichneten leicht ihre Brauen nach. »Dann diese zarte Wangenlinie, die zu einem festen Kinn führt, das Gott sei Dank nicht rund ist. Ich mag ein rundes Kinn nämlich nicht, weißt du. Und nun sieh deinen Mund an!

Er hat schöne weitgeschwungene Bögen, es ist ein kluger Mund, kein törichter Mund. Manche Frauen haben einen törichten Mund, das mag ich auch nicht. Alles fügt sich harmonisch in deinem Gesicht. Aber viel wichtiger als alle diese Linien ist das Unsichtbare, das ein Gesicht ausstrahlt. Das, was von innen kommt. Was du fühlst, was du denkst, das macht dein Gesicht lebendig und schön. Das weckt Wünsche, das weckt Träume. Es verzaubert den Betrachter. Siehst du, Ninotschka, das ist das Geheimnis der Schönheit bei einer Frau. Frierst du?«

Sie war zusammengeschauert vor der Nähe seines Körpers, vor seinen leichten kosenden Händen, vor seinem Atem, den sie im Nacken spürte.

Sie schüttelte den Kopf, ihre Augen waren voll Verwirrung, er sah es wohl, und er wußte, daß er dieses Spiel, dieses alte, lang bewährte Spiel, das er so gut beherrschte, mit ihr nicht spielen durfte. Er trat zurück.

»Komm, laß uns gehen! Ich bin gespannt, wie du tanzen kannst.« Auf dem Ball hatte Nicolas viele Bekannte, all die Herren aus seinem Club, diesmal mit ihren Ehefrauen, Töchtern und Söhnen, und sogar Herr Blum aus Berlin war anwesend und geriet in helles Entzücken, als er Nina sah.

»Ihre Nichte, Wardenburg? Wirklich Ihre Nichte? Binden Sie uns da auch keinen Bären auf?«

Einige Leute kannte Nina schon, sie hatte sie im Theater, bei Ausfahrten, im Reitstall kennengelernt, alle waren reizend zu ihr, die jungen Herren machten ihr den Hof, ein flotter Leutnant bemühte sich nachdrücklich um sie, sie lachte, sie plauderte, sie tanzte die ganze Nacht, aber eigentlich wartete sie nur darauf, daß er wieder mit ihr tanzte, daß sie seinen Arm um sich spürte, sein Gesicht über sich sah.

Den ersten Tanz hatte er mit ihr getanzt, einen Walzer natürlich. Es war ein großes Orchester, und es spielte wundervoll. Der Kaiserwalzer war der Auftakt zum Ball gewesen, die Geigen sangen, und Nina spürte die Erde nicht mehr unter ihren Füßen, als Nicolas seinen Arm um sie legte.

Natürlich tanzte Nicolas vollendet, was an ihm war denn nicht vollendet, er führte sie sicher, ohne daß es zu merken war, und sie, eine gute Tänzerin, schien zu schweben, der weite Rock ihres Ballkleides schwang um sie, wenn er von rechtsherum nach linksherum wechselte, sie bog den Kopf zurück, sah sein geliebtes Gesicht, sein Lächeln, den plötzlichen Ernst in seinen Augen.

Es war wie ein Rausch, die Musik, der Saal mit den vielen Menschen, das Knistern von Seide, der Duft von Parfum.

Er konnte alles in ihrem Gesicht lesen, was sie empfand. In einem wilden Wirbel riß er sie während des letzten Taktes herum, ein wenig aus der Fassung geraten auch er, und hielt sie fest, als die Musik schwieg.

»Ach!« seufzte Nina.

»Dushinka!« sagte er zärtlich, hob ihre Hand an die Lippen und küßte sie.

Um Mitternacht wurde ein herrliches Souper serviert, aber Nina achtete gar nicht darauf, was sie aß, sie war berauscht, entrückt, denn noch immer klang ein Wort in ihrem Ohr: Du hast ein Traumgesicht.

Noch in dieser Nacht, spät, nachdem sie heimgekommen waren, saß sie in ihrem Zimmer und verfaßte ein langes Gedicht, das begann:

›Dein Arm um mich, Geliebter,
und Walzerklänge in meinem Ohr . . .‹

Übrigens sah Nina während dieses Breslauer Aufenthaltes zum erstenmal in ihrem Leben einen Film, und das war auch ein ungeheurer Eindruck. Der Film kam aus Amerika, eine hochdramatische Geschichte, die eine schöne dunkelhaarige Frau erlebte. Katharina Koschka hieß die Darstellerin, und Nicolas sagte, dies sei Katharina, die Zigeunerin vom Fluß und Paules Frau. Falls sie noch Paules Frau sei, was man nicht wissen könne.

»Eine kleine Wilde, so habe ich sie damals gefunden. Aus dem Gebüsch schmissen sie mit Steinen nach ihr. Es ist immer wieder ein Wunder, was ein Mensch aus seinem Leben alles machen kann.«

»Wenn er Glück hat«, sagte Alice.

»Gewiß, Glück gehört dazu. Aber auch der Wille und die Kraft.« Er schwieg, eine Falte erschien auf seiner Stirn, sein Blick verdüsterte sich.

Er dachte: Ich hatte alles nicht. Keine Kraft, keinen starken Willen, nicht einmal Glück.

Alice sah ihn an, ein spöttisches Lächeln auf den Lippen. Sie kannte ihn besser, als er ahnte. Es war nicht schwer zu erraten, was er dachte.

Und sie dachte: Ein Mann! Was ist das schon, ein Mann? Warum denkt man, daß sie all das haben, was wir nicht haben, Kraft und Mut und Willen. Glück? Das ist zuwenig. Er hat nichts festgehalten, was das Glück ihm geschenkt hat. Ich, wenn ich ein Mann wäre, ich hätte anders gehandelt.

»Champagner?« fragte sie leichthin.

»Wie?« Nicolas blickte sie erstaunt an.

»Ich nehme an, eine Flasche Champagner ist fällig. Wenn du so ein Gesicht machst wie jetzt, rufst du meist nach Champagner. Wie das Kind nach der Flasche.«

Es klang nicht gehässig. Aber Nicolas Augen verengten sich. Sie sprach jetzt manchmal so mit ihm, und manchmal hatte er den Wunsch, sie nicht mehr um sich zu haben.

»Eine gute Idee«, sagte er. »Trinken wir ein Glas auf die schöne Katharina.«

Von diesen Reisen kehrte Nina dann in das vergleichsweise langweilige Leben nach Hause zurück. Jedesmal fiel ihr der Abschied schwerer, während jeder Trennung wuchs die Sehnsucht, und da es ernstlich nichts gab, was sie abgelenkt hätte, steigerte sie sich immer mehr in ihr verhängnisvolles Gefühl hinein.

Ihre Heimkehr war jedesmal ein Ereignis. Sie kam mit einem Koffer voll neuer Sachen und führte stolz alles vor, die Familie staunte, und Rosel rief: »Nu sieh ock bloß, nu sieh ock bloß das Mädel. Ma meechts nich glooben! Seide, richtige Seide. Jedid nee, nee, was das bloß gekostet haben mag!«

Auf ihre Heimkehr wartete auch jedesmal sehnsüchtig Kurt Jonkalla. Er war eifersüchtig auf die fremde Welt, die sie so entzückte, und wenn sie mit leuchtenden Augen erzählte, saß er mit dem Ausdruck eines hungrigen Kindes dabei, und was er für sie empfand, stand ihm so deutlich im Gesicht geschrieben, daß alle Mitleid mit ihm hatten. Sonntags oder am Abend nach Geschäftsschluß kam er oft ins Haus, saß bei ihnen, und alle wußten, daß er Nina liebte. Sie wußte es auch.

»Eines Tages wirst du nicht mehr zurückkommen«, sagte er traurig.

»Das kann sein. Ich würde für mein Leben gern in Breslau leben. Hier bei uns ist doch nichts los. Aber so eine Großstadt, weißt du, das ist ein ganz anderes Leben.«

»Sie würden dich ja sicher gern dort behalten.«

»Ja, ich denke schon. Tante Alice geht es manchmal gar nicht gut. Dann könnte ich für sie sorgen, nicht? Nicolas ist so viel unterwegs.« Sie sagte zwar noch Tante Alice, aber ihn nannte sie nur noch Nicolas, denn eines Tages hatte er gesagt: »Laß den dummen Onkel weg. Du bist ein großes Mädchen, und mich macht das unnötig alt.«

»Dann wirst du auch eines Tages einen Mann aus Breslau heiraten«, quälte Kurtel sich weiter.

»Das wäre schön«, sagte sie, aber das war nur so hingeredet, denn welcher Mann sollte je für sie wichtig sein.

Jedoch Kurtel, bekanntlich ein Mann der Tat, wenn es darauf ankam, im übrigen still, bescheiden, aber hartnäckig, faßte eines Tages einen Entschluß.

Im Herbst des Jahres 1912 kehrte er von seinem Urlaub zurück, und überraschte Nina mit einer Neuigkeit.

»Ich habe eine Stellung in Breslau.«

»Was hast du?«

»Eine Stellung in Breslau. Ich habe mich im Kaufhaus Barasch beworben. Brieflich, schon vor einiger Zeit. Und jetzt habe ich mich vorgestellt. Sie haben mich genommen. Im Januar fange ich dort an, als Verkäufer in der Stoffabteilung. Oh, Nina, das ist ein wunderbares Haus. Riesengroß! So was hast du noch nicht gesehen.«

Natürlich hatte Nina es gesehen, sie kannte das Warenhaus Barasch gut, sie ging mit großem Vergnügen dorthin, um einzukaufen oder auch nur, um zu schauen.

»Du willst von Münchmann weg?«

»Natürlich«, sagte Kurtel lässig. »Ich möchte doch nicht mein ganzes Leben lang in der Provinz bleiben. Bei Münchmann war ich lange genug. Wenn ich tüchtig bin, werde ich eines Tages erster Verkäufer sein. Ich schwöre dir, daß ich das schaffe. Dann verdiene ich gut. Und vielleicht . . .« er machte ein geheimnisvolles Gesicht.

»Ja? Was?«

»Vielleicht werde ich auch die Einkäufer-Laufbahn einschlagen. Sie haben gesagt, wenn ich mich bemühe, wäre das möglich. Dann werde ich sehr viel Geld verdienen.«

»Du willst mich verlassen«, sagte Nina betrübt. »Wo es hier sowieso so langweilig ist. Ach, ich beneide dich. Du bist ein Mann. Ich wünschte, ich hätte auch einen Beruf.«

Und nun kam Kurtel also mit dem heraus, was ihm seit langem auf der Seele brannte, was er schon hundertmal geübt hatte, zuletzt auf der Heimfahrt im Zug von Breslau her.

Er räusperte sich, setzte zum Sprechen an, räusperte sich wieder, und dann sagte er entschlossen: »Nina! Wenn ich dann in Breslau bin – und wenn ich . . . wenn ich vorankomme, ich meine, wenn alles so geht, wie ich es mir denke, Nina, würdest du mich dann heiraten?«

Nina starrte ihn sprachlos an. Es war der erste Heiratsantrag ihres Lebens. Er kam von Kurtel, dem Vertrauten so vieler Jahre. Er war ihr Freund. Aber sonst? Sonst konnte er nichts sein für sie.

»Oh!« sagte sie. »Aber Kurtel!«

»Bitte überlege es dir, überlege es in Ruhe. Ich bin natürlich nicht so fein wie deine Verwandten in Breslau. Aber du weißt, daß ich dich liebhabe.

Schon immer. Und ich werde nie eine andere liebhaben. Und ich werde alles, alles tun, um dich glücklich zu machen.«

Nina war das Blut in die Wangen gestiegen, sie wußte nicht, was sie sagen sollte. Sie hatte Kurtel ja auch lieb, sehr sogar, aber nicht in der Art, wie er es meinte.

Kurtel tat, was er nie getan hatte, er küßte feierlich ihre Hand. »Du brauchst mir jetzt nicht zu antworten. Ich frage dich nächste Woche noch einmal. Vielleicht weißt du dann die Antwort.«

Er wirkte sehr männlich, sehr erwachsen. Da gab es nichts, worüber man leichtfertig hinweggehen konnte, worüber man lachen oder spotten konnte, das begriff Nina sehr gut. Sie begann nachzudenken.

Das erste Gefühl: Nein! Kein anderer, nur Nicolas.

Der erste kühle Gedanke: Nicolas wird es nie sein. Kurtel ist ein guter Mensch, er hat mich lieb.

Der zweite Gedanke, nun schon abwägend: Soll ich ewig hier in diesem Haus bleiben? Eine alte Jungfer werden wie Trudel, kochen, backen, im Garten arbeiten, im Sommer Obst einkochen, im Winter stricken. Wenn ich ihn heirate, würde ich in Breslau leben. Ich könnte Nicolas so oft sehen, wie ich wollte. Mit ihm reiten. Mit ihm ausgehen. Mich um Alice kümmern.

Der dritte Gedanke, nun schon genaues Kalkül: Ich wäre eine verheiratete Frau.

Eines war ihr sofort klar, mit Nicolas konnte sie darüber nicht sprechen. Er hatte ihr die Schauspielerin ausgeredet, er würde ihr Kurtel ausreden.

»Heiraten? Kurt Jonkalla? Wer ist denn das? Das ist doch kein Mann für dich. Liebst du ihn denn?«

Es gab nur eine ehrliche Antwort darauf: »Für mich wird es nie einen Mann geben, den ich lieben kann außer dir.«

Sie sprach schließlich mit Agnes. Die war gar nicht so sehr überrascht. »Das habe ich kommen sehen.«

»Wirklich? Aber, Mutter?«

»Kind, bist du blind? Wir wissen doch alle, wie gern er dich hat. Du bist in all diesen Jahren so viel mit ihm zusammen gewesen, ich dachte immer, du hast ihn auch gern.«

»Doch, natürlich hab' ich ihn gern.«

»Na also!« sagte Agnes erfreut und küßte sie auf die Wange. Sie übernahm es auch, mit Emil zu sprechen, und Emil war mittlerweile so gleichgültig geworden, daß er nur die Achseln zuckte. »Er ist ja wohl ein ganz tüchtiger junger Mann. Anständig und ehrlich. Wenn sie ihn heiraten will – von mir aus.«

Eigentlich wollte Nina gar nicht. Aber die Sache machte sich selbständig, auf einmal redeten sie alle im Haus davon. Und alle priesen sie Kurtel in den höchsten Tönen. Wenn man Agnes, wenn man Charlotte, wenn man Trudel, wenn man Rosel zuhörte, dann hatte Kurt Jonkalla überhaupt nur hervorragende Eigenschaften. Sie konnten nicht den geringsten Fehler an ihm entdecken.

»Was meinst du denn?« fragte Nina ihren kleinen Bruder.

»Du könntest dann in Breslau leben«, sagte Erni listig. »Und er wird dich immer machen lassen, was du willst.«

»Und du? Macht es dir nichts aus, wenn ich nicht mehr da bin?«

»Gleich wirst du ja nicht heiraten. Und später kann ich ja zu dir nach Breslau kommen. Ich muß nur noch ein Jahr auf die Schule gehen. Und dann möchte ich sowieso in Breslau aufs Konservatorium. Allein dürfte ich da ja nicht hin. Aber wenn du in Breslau bist . . .«

»Ach so«, sagte Nina nachdenklich.

Ausgerechnet zu dieser Zeit flatterte wieder einmal eine Nachricht von Lene ins Haus, von der man lange nichts gehört hatte. Sie schrieb aus Berlin. Und sie schrieb, daß sie sich von ihrem Mann getrennt hätte. Diese Schule ist mir schrecklich auf die Nerven gegangen, schrieb sie. Und das Leben auf dem Dorf habe sie satt bis obenhin.

Sie schrieb nicht, was sie tat, und wovon sie lebte, nur am Schluß des Briefes stand der Satz: Vielleicht besuche ich euch demnächst mal.

Emil sagte zu Agnes: »Das soll sie sich bloß nicht unterstehen, das kannst du ihr mitteilen.«

»Aber vielleicht geht es ihr nicht gut«, meinte Agnes. »Wovon soll sie denn leben, wenn sie nicht mehr bei ihrem Mann ist.«

»Das kümmert mich nicht.«

»Aber mich«, sagte Agnes mit einem ihrer energischen Ansätze. »Sie ist meine Tochter; und deine schließlich auch.«

Lene litt keine Not. Denn daß sie mit einem handfesten Skandal ihren Mann verlassen hatte, das schrieb sie nicht. Wieder einmal war sie auf und davongegangen, diesmal mit dem Vater eines Internatsschülers. Ein wohlhabender Mann, der einmal im Jahr seinen Sohn besuchte, und, nachdem er dabei Lene kennengelernt hatte, plötzlich das Bedürfnis verspürte, sich jeden Monat nach dem Ergehen seines Sprößlings zu erkundigen.

Eines Tages reiste Lene sang- und klanglos, ohne groß Abschied von ihrem Mann zu nehmen, mit dem neuen Verehrer nach Berlin. Natürlich war dieser Mann verheiratet, und Lene wurde zwei Jahre lang seine Geliebte. Sie bekam eine eigene Wohnung und Gelegenheit, sich in Berlin zu etablieren. Er war der erste von vielen Männern, die in den nächsten Jahren ihr Leben begleiteten. Ihre Ehe wurde erst nach dem Krieg geschieden, da war sie längst Marleen und hatte eine Menge gelernt. Vor allem, daß sie wieder heiraten mußte, um sich gegen den Boden unter den Füßen zu verlieren.

Als Kurtel das zweitemal fragte, sagte Nina Ja.

Sie kam sich schlecht vor, verworfen geradezu, und sie hatte das Gefühl, ein Unrecht zu tun. Luise von Rehm hatte einmal von ihr gesagt, sie würde es nur schwer lernen, Kompromisse zu schließen, obwohl dies in jedes Menschen Leben vonnöten sei.

Jetzt hatte sie einen ungeheuren Kompromiß geschlossen, und sie hatte mit keinem Menschen darüber gesprochen, auf dessen Urteil sie etwas gab, weder mit Luise von Rehm, noch mit Alice, noch mit Nicolas. Um alles in der Welt hätte sie gerade mit diesen drei Menschen nicht darüber sprechen mögen. Denn gerade ihnen, die sie so gut kannten und verstanden, hätte sie niemals erklären können, warum sie Kurts Antrag angenommen hatte.

Die Wirrnis ihrer Gefühle war zum Zeitpunkt ihrer Verlobung für sie selbst nicht zu bewältigen. Im Grunde war es ein gesunder Instinkt, der sie nach einem Ausweg suchen ließ. Sie brauchte Hilfe. Sie brauchte einen Freund. Und wer war ein Freund, wenn nicht Kurt Jonkalla.

AN EINEM TAG zwischen Weihnachten und Silvester siedelte Kurt Jonkalla nach Breslau über, seine stolze Mutter begleitete ihn auf der Reise, um ihrem Sohn zu helfen, sich in der neuen Umgebung einzurichten.
»Und damit der arme Junge Silvester nicht ganz allein ist«, sagte Martha Jonkalla. Denn allein war Kurtel noch nie gewesen.
Nina brachte die beiden an die Bahn, und Kurtel verabschiedete sich von ihr mit einem vorsichtigen Kuß auf die Wange. Auf den Mund geküßt hatte er sie nur einmal, am Heiligabend, als sie Verlobung gefeiert hatten. Bei der Gelegenheit war Martha Jonkalla das erstemal ins Haus gekommen und war so gerührt, daß ihre Tränen sogar in die polnische Soße flossen. (Sie war ledig aller Pflichten an diesem Abend, denn die Gadinskis verbrachten Weihnachten bei ihrer Tochter auf Wardenburg.) Daß aus ihrem Kurtel noch ein großer Mann werden würde, daran hatte Martha nie gezweifelt. Jetzt ging er in die schlesische Hauptstadt, und etwas später würde er eine schöne Tochter aus gutem Hause heiraten. Emil hatte nur anstandshalber kurz an der Weihnachts- und Verlobungsfeier teilgenommen, es ging ihm wieder einmal schlecht, er hatte schlimme Magenschmerzen, polnische Soße und Rauchfleisch konnte er schon lange nicht mehr essen, auch kein Sauerkraut, für ihn gab es nur zwei weiße Würste und eine trockene Kartoffel dazu. Er tauschte mit Kurt einen Händedruck und strich Nina übers Haar.
»Alles Gute, mein Kind«, sagte er, und das war seit vielen Jahren das erste persönliche Wort, das er an sie richtete. Daran war Willy schuld, wie alle wußten. Aber Willy war nicht mehr da, er war Rekrut, sie waren alle froh, daß er nicht mehr im Hause war, sogar Emil.
Nina hatte in aller Entschiedenheit erklärt, sie wünsche kein Theater wegen der Verlobung und vorerst brauche das auch kein Mensch zu wissen, die Leute würden schon rechtzeitig erfahren, wenn sie heiratete, und das hätte ja auch noch eine Weile Zeit.
Hier hatte sie jedoch wieder einmal nicht mit Kurtels strebsamer Hartnäckigkeit gerechnet, er dachte nämlich keineswegs daran, die Heirat jahrelang aufzuschieben, er war sechsundzwanzig, voll Selbstvertrauen, was seine Zukunft betraf, und er wünschte sich nichts so sehr, als möglichst bald mit Nina verheiratet zu sein. In Breslau bewohnte er zunächst ein möbliertes Zimmer hinter dem Odertor, sehr klein, sehr einfach, er sparte jeden Pfennig und stürzte sich mit großer Hingabe in seine neue Arbeit, und wenn er Zeit hatte, begann er in Breslau nach einer Wohnung Ausschau zu halten.
Nina lebte weiter wie zuvor, sie sprach mit keinem über die Verlobung, sie besuchte nicht einmal Luise von Rehm, was sie bisher manchmal getan hatte, nur um ihr nichts davon erzählen zu müssen. Sie teilte auch Alice und Nicolas nichts mit, sie benahm sich überhaupt so, als habe sich in ihrem Leben nicht das geringste geändert.
Martha Jonkalla natürlich sprach darüber. Otti Gadinski auf ihrer Chaise-

longue interessierte sich dafür so wenig wie für alles andere, was auf der Welt geschah. Adolf Gadinski sagte herzlich: »Wie schön für dich und deinen Sohn, Martha. Diese Nina ist ein reizendes Mädchen. Sagt mir nur rechtzeitig, was die beiden sich zur Hochzeit wünschen.«

Karoline von Belkow, geborene Gadinski, Kurtels Milchschwester, rümpfte kurz die Nase und sagte hochmütig zu ihrem Mann: »Da werden sie wohl auch zusammen passen.« Sie erwartete ihr zweites Kind und war eine hervorragende Gutsherrin geworden, tüchtig, umsichtig, mit rechnerischem Verstand begabt. Wardenburg war auf dem besten Weg, ein Mustergut zu werden.

Die Breslauer erfuhren es von Charlotte.

Nicolas war höchst indigniert. »Verlobt! Nina! Das kann ich nicht glauben. Was ist das für ein Bursche? Kennst du ihn?«

Alice kannte Kurtel nicht, sie hatte ihn nie gesehen, sie wußte nur, daß er im Nebenhaus wohnte und seit vielen Jahren mit den Nossek-Kindern befreundet war.

»Aber er kann doch kein Sohn vom Gadinski sein«, sagte Nicolas ungeduldig, »soviel ich weiß, hat der doch nur die Tochter.«

»Ich weiß auch nicht genau, wie das zusammenhängt. Ich glaube, seine Mutter ist dort im Hause angestellt.«

»Vielleicht ein unehelicher Sohn von Gadinski?« Denn über das aushäusige Liebesleben des Herrn Gadinski wußte Nicolas Bescheid.

»Ich weiß es wirklich nicht, Nicolas. Wir werden schon Näheres erfahren.«

Nicolas wollte gar nichts Näheres hören, er war tief gekränkt und enttäuscht. »Sie hat nie mit einem Wort von diesem Mann gesprochen. Sie kann sich doch nicht so mir nichts dir nichts verloben. Wahrscheinlich hat sich deine Mutter das nur eingebildet.«

Ein Briefwechsel zwischen Agnes und Alice sorgte für Aufklärung, Kurtel wurde dabei von Agnes ausführlich gelobt, allerdings erwähnte sie, daß es sich nicht um eine offizielle Verlobung handle, das hätte Nina so gewünscht.

»Siehst du«, sagte Nicolas. »Was die Weiber sich so zusammenreimen. Sie wollen das Kind unbedingt verheiraten. Sie ist noch viel zu jung.«

Damit legte er das lästige Thema zur Seite. Nina, die ihnen wie immer gelegentlich schrieb, erwähnte in ihren Briefen nichts von einer Verlobung oder einem Verlobten. Alice, die nun doch ein wenig neugierig war, schrieb ihr Ende März, ob sie nicht für eine Woche nach Breslau kommen wolle, und so reiste Nina Anfang April wieder einmal an.

Sie hatte Kurtel zwar geschrieben, daß sie kommen werde, aber ihre Ankunft nicht mitgeteilt. Er war um diese Zeit im Geschäft und konnte sie sowieso nicht abholen, und sie wollte gern, daß es wie immer sein würde, daß Nicolas sie abholte. Es war wie immer, sie kamen sogar beide an die Bahn, Alice und Nicolas, die Begrüßung war herzlich, und erst am Abend, nach dem Essen, fragte Nicolas: »Sag mal, was ist das eigentlich für ein Unsinn mit dieser sogenannten Verlobung?«

Nina berichtete knapp und ruhig. Sie hatte sich vorbereitet, alle Argumente zurechtgelegt.

Nicolas hörte sich das schweigend an, die Arme vor der Brust gekreuzt, und betrachtete sie kühl. Sie war sehr ernst, sie lächelte nicht einmal, auf keinen Fall sah sie so aus, wie man sich eine glückliche Braut vorstellte.

»Nun«, sagte er, nachdem sie geendet hatte und unsicher zu ihm hinüberblickte, »da muß man dir wohl gratulieren. Dann wollen wir ein Glas auf dein Wohl trinken.«

Der obligate Champagner kam, sie tranken eine, dann die zweite Flasche, Nicolas trank viel und schnell, auch Nina trank mehr als sonst. Grischa blickte von einem zum anderen. Er hatte von der Verlobung gehört, aber er sah keine fröhlichen Gesichter.

Gegen elf zog Alice sich zurück, Nina wollte auch aufstehen, aber Nicolas sagte: »Bleib hier! Wir trinken noch eine Flasche.«

Sie wußte nicht, was sie sagen sollte, sie merkte nur, daß er verärgert war, und während sie die dritte Flasche leerten, sprach er fast kein Wort. »Die Ehe«, sagte er dann auf einmal, »ist natürlich für Frauen eine wichtige Einrichtung. Ich sehe es ein, daß ein Mädchen nicht immer im Elternhaus bleiben möchte. Die Ehe gibt ihr eine gewisse Freiheit. Eine gewisse allerdings nur. Manchen Frauen gibt sie sehr viel Freiheit, aber das kommt auf die jeweilige Frau an. Was du von dem jungen Mann erzählt hast, klingt ja ganz erfreulich. Nur frage ich mich, ob du nicht hättest ein wenig anspruchsvoller sein sollen. Verkäufer in einem Warenhaus! Also wirklich, mein Kind, es fällt mir schwer, das zu schlucken.«

Dieses ›mein Kind‹ klang distanziert, nicht einmal hatte er an diesem Abend Ninotschka zu ihr gesagt.

»Aber wo soll ich denn einen Mann kennenlernen?« meinte Nina. »Ich komme ja nirgends hin. Und wir kennen überhaupt wenig Leute. Und er ist so anständig.«

»Das hast du im Laufe des Abends mindestens zwanzigmal verkündet, daß er anständig ist. Für mich ist es eine Neuigkeit, daß eine Frau sich einen Mann nach seiner Anständigkeit auswählt. Von Liebe hast du bisher nicht gesprochen.«

Seine Stimme klang so kalt, sein Blick war so abweisend, Nina war auf einmal den Tränen nahe. Sie war ein wenig betrunken, denn in der Aufregung des Wiedersehens hatte sie nur wenig gegessen, und nun war ihr der Champagner in den Kopf gestiegen. Sie tranken ja zu Hause nie Alkohol. Sie stand auf, ging zum Fenster, schob die Gardine zur Seite und blickte auf die dunkle Straße hinaus. Es hatte angefangen zu regnen, ein sachter Frühlingsregen, das nasse Pflaster glänzte im Licht einer Straßenlaterne.

»Du hast mir nicht geantwortet«, hörte sie seine Stimme.

»Hast du mich etwas gefragt?« murmelte sie und legte den Kopf an die kühle Scheibe.

Plötzlich stand er hinter ihr.

»Ja. Ich will wissen, ob du diesen Mann liebst.«

Sie antwortete nicht, ihre Augen füllten sich mit Tränen, sie hatte Lust wegzulaufen, hinaus in den Regen, immer weiter, immer weiter, und nie zurückzukehren. Nirgendwohin und zu keinem zurückzukehren. Denn da war kein Ort mehr, an den sie gehörte. Er ergriff ihren Arm und riß sie unsanft herum. »Gib mir Antwort! Liebst du ihn?«

Sie sah ihn an, die Augen voller Tränen, und schüttelte den Kopf. »Ich . . . ich kann keinen lieben. Keinen. Nur dich.«

Das hatte er hören wollen. Er zog sie mit beiden Armen an sich, bog ihren Kopf zurück, sah ihr in die Augen, und dann küßte er sie.

Küßte sie das erstemal wirklich und richtig, küßte sie wie ein Mann, voll Leidenschaft und Verlangen, er öffnete ihre unerfahrenen Lippen, und küßte sie weiter, bis sie halb ohnmächtig in seinen Armen hing.

Dann ließ er sie abrupt los, trat von ihr weg, ging zum Tisch zurück, goß den Rest der Flasche in sein Glas und zündete sich eine Zigarette an.

»Das war mein Verlobungskuß«, sagte er in dem gleichen kalten Ton wie zuvor. »Nun kannst du schlafen gehen.«

Wie betäubt schlich Nina aus dem Zimmer und verbrachte die erste schlaflose Nacht ihres Lebens.

Am nächsten Tag reiste Nicolas nach Paris.

DIE FÜRSTIN BEWOHNTE noch das gleiche Haus in Neuilly, nur traf Nicolas sie dort nicht an, sie war an der Riviera. Also nahm er am nächsten Tag den Nachtzug zur Küste. Er hatte schon seit einiger Zeit vorgehabt, sie wieder einmal zu besuchen. Briefe schrieb sie nicht, und er wußte daher wenig über ihr Leben, er wunderte sich nur, daß sie noch immer in Paris lebte. Jetzt hatte er sich über Nacht zu dieser Reise entschlossen, der Ärger über Nina und seine Unbeherrschtheit waren der Anlaß, wie immer zog er es vor, Unbequemlichkeiten und Verwirrung aus dem Weg zu gehen.

Natalia Fedorowna wohnte im ›Negresco‹ in Nizza, sie hatte nur eine Jungfer und einen Diener mit, aber sie war umgeben von alten Freunden, meist Russen, die nach wie vor den Frühling an der Riviera verbrachten.

Die Fürstin lebte wie immer in großem Stil, ihre Toiletten waren hinreißend, sie selbst war nun zwar eine ältere Dame, aber eine imponierende Erscheinung.

Sie freute sich sehr, Nicolas zu sehen.

»Ich hoffe, du wirst lange bleiben. Aber nur als mein Gast, das ist Bedingung.«

Nicolas lächelte und sagte ehrlich: »Nur unter dieser Bedingung kann ich lange bleiben.«

An der Sonnenküste Frankreichs traf sich auch in diesem Frühling tout l'Europe, soweit es gut bei Kasse war. Die Reichsten waren wie immer die Russen, der englische Adel und die amerikanischen Dollarmillionäre. Vom deutschen Adel war selten jemand hier zu finden, jedoch traf man die neuen Reichen aus Industrie und Wirtschaft.

Die Kleiderpracht der Damen übertraf alles je Dagewesene, wenn sie in der warmen Frühlingssonne auf dem Boulevard des Anglais flanierten oder auf den Terrassen und in den Vorgärten der Hotels und Restaurants saßen. Hüte wie in dieser Saison hatte es nie gegeben, sie waren breit wie Wagenräder, garniert mit ganzen Blumenbeeten.

Aber das alles war nichts gegen die Pracht der Abend- und Nachtstunden, man soupierte stundenlang unter den kristallenen Lüstern, die das Gold, die Diamanten und die Edelsteine an den Armen, auf den Dekolletées und in den Frisuren der Damen blitzen ließen. Elegante müßige Männer, die nur auf der Welt zu sein schienen, um schönen Frauen den Hof zu machen, vervollständigten das Bild. Ein wenig Demimonde dazwischen, auch Künstler und Künstlerinnen, und sicher der eine oder andere Hochstapler. Das alles gehörte dazu, am Abend umspielt von Melodien aus Puccini-Opern oder Lehar-Operetten, am Tage begleitet vom Getrappel edler Pferde, die weich gefederte Equipagen über den Boulevard zogen, obwohl es auch hier schon Automobile gab, die man mit Blumen schmückte, wenn man eine schöne Frau abholte. Und vor dem Boulevard in unendlicher Ausdehnung das Mittelmeer in seinem tiefen leuchtenden Blau.

Nicolas genoß es aus vollstem Herzen, wieder einmal so zu leben, wie es ihm behagte. Die Geschäfte waren in letzter Zeit schlecht gegangen, man sprach von einer Wirtschaftskrise, das stürmische Wachstum der vergangenen Jahre schien zu Ende zu sein, französische Weine und Champagner waren in Schlesien zur Zeit nicht sehr gut zu verkaufen. Er hatte Schulden, er mußte rechnen, er hätte sich Sorgen über die Zukunft machen müssen. Doch nun vergaß er diese Malaisen, er war der aufmerksame Kavalier der Fürstin, genau wie früher auch, begleitete sie auf ihren Spaziergängen, saß neben ihr bei der Tafel, morgens ritten sie am Meer, denn die Fürstin war noch immer eine excellente Reiterin, nachmittags fuhren sie in die kleinen malerischen Orte des Hinterlandes, besuchten die Ateliers der Maler und Töpfer und kauften ein. Die Fürstin schickte ihn auch zu einem teuren Schneider, denn sie fand, seine Anzüge seien von gesten und provinziell, die Rechnungen gingen diskret an sie.

Abends speisten sie, meist in Gesellschaft amüsanter Freunde, und Nicolas schwelgte endlich wieder in französischer Küche. Danach fuhren sie oft hinüber nach Monte Carlo ins Casino, die Fürstin setzte hoch, sie gewann, er verlor, es war ihr gleichgültig, sie schob Nicolas die Jetons zu, er gewann, er verlor, von den Verlusten wurde nicht gesprochen, die Gewinne gehörten ihm.

Das erinnerte ihn an seinen Vater, der seinerzeit nach Anna Nicolinas Tod hier gespielt und viel gewonnen hatte, so hatte er jedenfalls erzählt. Henry war im vergangenen Jahr gestorben. Als Nicolas es erfuhr, war er schon begraben. Er war dennoch nach Florenz gefahren, fand Maria in dem Haus in Fiesole, sie war nun die Signora von Wardenburg, sie hatte sich kaum verändert, sie war ruhig und freundlich, sprechen konnten sie nicht miteinander, nur Isabella, seine Halbschwester, sprach ein wenig deutsch.

Sie brauchten nichts, ließen sie ihn wissen, Henry hatte gut für sie gesorgt, außerdem war Isabella, die ein schönes Mädchen geworden war, bereits mit einem wohlhabenden Kunsthändler aus Florenz verlobt. Maria blieb in Fiesole, ihr Haus, ihre Olivenbäume, die Erinnerung an Henry, den allein sie geliebt hatte, genügten für den Rest ihres Lebens. Er sei leicht gestorben, erfuhr Nicolas. In dem kleinen Haus, in dem er sein Atelier hatte, mitten in seinen geliebten toscanischen Hügeln, hatte er eines Tages tot dagesessen, noch den Pinsel in der Hand.

Nicolas erbat sich einige seiner Bilder, er besuchte das Grab seines Vaters, dann blieb er noch ein paar Tage in Florenz und ging noch einmal die Wege, die er damals mit seinem Vater gegangen war.

An der Piazzale in den Uffizien blieb er stehen, so wie damals mit seinem Vater. Hier hatte alles begonnen. Da drüben, auf den Stufen gegenüber, hatte Anna Nicolina Gräfin Goll-Falingäa gestanden, und hier, auf diesen Stufen Carl-Heinrich von Wardenburg. Hätten sie sich damals nicht gesehen, gäbe es ihn, Nicolas, nicht. Na und? dachte Nicolas, und hob die Hand in einer resignierten Gebärde. Der letzte Wardenburg. Wenn es den nicht gegeben hätte, wäre nicht viel verloren gewesen, irgendeine Bedeutung für Welt und Menschheit hatte er nicht gehabt.

Er war fünfzig Jahre alt, als sein Vater starb. Und unzufrieden mit seinem Leben.

Als Henry fünfzig war, hatte er längst zur Zufriedenheit gefunden, das war der Unterschied.

Doch nun, ein Jahr später, in der Sonne der Riviera, war Nicolas besserer Stimmung. Er genoß das sorglose Leben, dachte nicht an seine wirtschaftlichen Schwierigkeiten, nicht an Alice und schon gar nicht an Nina. Lächerlich, wie er sich benommen hatte. Was kümmerte es ihn, wen sie heiratete, die Tochter von Agnes und Emil Nossek, was hatte er überhaupt mit dieser kleinbürgerlichen Familie zu schaffen?

Er blieb vier Wochen an der Riviera, bis Mitte Mai, da wurde es zu heiß, und er begleitete die Fürstin nach Paris und blieb weitere vierzehn Tage in Neuilly.

»Es ist schön, dich hier zu haben«, sagte Natalia Fedorowna. »Ich fühle mich jung mit dir. Manchmal ist es sehr einsam. Ich kenne zwar viele Leute, aber sie bedeuten mir nicht viel.« Michail, ihr Sohn, war in Washington an der Russischen Botschaft, seine älteste Tochter hatte einen Amerikaner geheiratet.

Die Fürstin hatte längst eine Reise nach Amerika vor, um ihre Angehörigen zu besuchen, aber da sie die Seereise scheute, war das Unternehmen immer wieder verschoben worden. Im vergangenen Jahr, so erzählte sie Nicolas, wollte sie nun wirklich die weite Reise wagen, ihre Kabine war gebucht, wenige Tage vor der Abreise stürzte sie beim Ausritt von einem neuen Pferd und verstauchte sich den Fuß. Es war nicht weiter schlimm, sie hätte dennoch reisen können, doch abergläubisch wie sie war, sagte sie sofort ab. Sie hatte für die ›Titanic‹ gebucht, das schönste und modernste Schiff der Welt, das auf dieser Jungfernfahrt mit einem Eisberg kollidierte und sank. Mehr als fünfzehnhundert Menschen kamen dabei ums Leben. »Da siehst du, wie wichtig es ist, auf die Zeichen, die das Schicksal gibt, zu achten. Zinaida hat den Untergang des Schiffes vorausgesagt. Du erinnerst dich, was ich dir von Zinaida erzählte.«

»Ich erinnere mich, Natalia Fedorowna. Und ich bin sehr froh, daß du dir den Fuß verstaucht hast. Ich werde deinem Pferd morgen einen Korb voll erstklassiger Äpfel bringen. Es muß ein sehr kluges Pferd sein.«

»Ein Werkzeug des Schicksals. Du kannst lachen, soviel du willst, ich glaube daran, daß es so etwas gibt.«

Am letzten Abend seines Aufenthalts in Paris saßen sie allein zusammen, so nah und vertraut, als hätte es nie eine Trennung zwischen ihnen gegeben.

Nicolas hielt lange ihre Hand, dann küßte er sie.

»Es war die glücklichste Stunde meines Lebens, Natalia Fedorowna, in der ich dich zum erstenmal gesehen habe ...«

»Nicht du hast mich, ich habe dich gesehen, Nicolas Genrichowitsch. Ich sehe dich dort noch stehen, im Theater. So ein hübscher großer Junge mit einem traurigen Gesicht.«

»Wirst du nie zurückkehren nach Rußland, Natalia Fedorowna?«

»Nicht, solange Rasputin regiert.«

»Ist das nicht übertrieben?«

»Oh nein. Ich weiß genau, was am Hofe vorgeht, ich bekomme ungeschminkte Berichte.«

»Ich hätte es nie für möglich gehalten, daß du es ertragen kannst, so lange fern von Rußland zu leben.«

»Ich werde es noch länger ertragen müssen. Es wird Krieg geben in Europa, Nicolas.«

»Das glaube ich nicht.«

»Du wirst es sehen, und es wird nicht mehr lange dauern.«

»Man wird dich internieren, hier, als Ausländerin.«
»Das wird man nicht. Denn Rußland und Frankreich werden auf einer Seite kämpfen. Gegen Deutschland.«
»Ah ja, ich weiß, die berühmte Einkreisung.«
»Sie besteht.«
»Wir haben den Dreibund.«
»Rußland ist reich. England ist reich. Und Rußland ist unermeßlich groß. England besitzt ein Weltreich. Deutschland hat keine Chance.«
»Wir haben die besseren Soldaten.«
»Das mag sein. Aber ihr habt dennoch keine Chance.«
Sie führten dieses Gespräch im leichten Plauderton, sie fühlten sich im Grunde nicht betroffen. Das war im Mai des Jahres 1913.
Zur gleichen Zeit trafen sich in Berlin die Mächtigen dieser Erde. Die Prinzessin Viktoria Luise, Kaiser Wilhelms einzige Tochter, heiratete den Welfenherzog Ernst August. Gleichzeitig feierte man das 25jährige Regierungsjubiläum des jungen Kaisers, in dem die Nation, das Bürgertum, der Adel, Handel und Wandel, die sozialdemokratischen ›Vaterlandsverräter‹ sich selbst feierten.
Ein großes glanzvolles Fest, ein Treffen der Monarchen, Fürsten und Staatspräsidenten. Auch Zar Nikolaus war aus St. Petersburg angereist, wie Georg V., König von England und Kaiser von Indien. Feste, Bälle, Empfänge, Musik, Paraden, Glanz und Gloria. Europa in einer stolzen Stunde!
Europa am Rande des Abgrundes. Es war das letzte Treffen der Monarchen, ehe ihre Völker in einem Blutbad ertrinken und fast alle ihre Throne stürzen würden. Sie wußten es nicht. Aber sie ahnten es vielleicht, genau wie die Fürstin ahnte, was kommen würde.
Es war auch das letztemal in diesem Leben, daß Natalia Fedorowna und Nicolas einander sahen. Auch das wußten sie nicht, das ahnten sie nicht einmal.
»Ich habe oft Heimweh nach Rußland«, sagte sie an diesem letzten Abend zu Nicolas. »Alle Russen haben Heimweh. Darum sind sie mir auch alle weggelaufen.«
»Ja, ich habe es bemerkt, du hast jetzt nur noch französisches Personal. Wo ist eigentlich der vorbildliche Butler geblieben?«
»Gordon? Der ist schon lange fort. Der konnte es mit meinen Russen nicht aushalten, und ich nicht mit ihm. Ecoutez, mon ami, du könntest mir etwas Liebes tun.«
»Alles, was in meiner Macht steht, Natalia Fedorowna.«
»Schickst du mir den Grischa? Oder brauchst du ihn nötig?«
»Aber nein, ich brauche ihn nicht. Wir haben ja kein Haus mehr, nur eine Wohnung, sieben Zimmer. Wir haben ein Dienstmädchen, und es kommt noch eine Frau zum Saubermachen. Grischa serviert, und er fährt mein Automobil. Aber ich kann es gut selbst fahren. Grischa kommt zu dir.«
»Er hat lange genug im Ausland gelebt, ich denke, er wird es aushalten, bei mir zu bleiben. Er ist treu und gut, wie du mir erzählt hast. Wird deine Frau es übelnehmen?«
»Gewiß nicht. Sie wird glücklich darüber sein, dir eine Gefälligkeit erweisen zu können. Außerdem gehört Grischa sowieso dir, er war nur eine Leihgabe.«

»Eine Leihgabe von – wieviele Jahre war er bei dir?«
»Warte, laß mich rechnen. Etwa zwanzig, denke ich.«
»Zweiundzwanzig«, sagte die Fürstin, die immer schon besser rechnen konnte als Nicolas. »Er muß ungefähr 43 oder 44 Jahre alt sein. Ich werde ihn mit Paulette verheiraten, meiner Jungfer. Ich bin sehr mit ihr zufrieden und möchte, daß sie bleibt. Sie ist 30 und braucht dringend einen Mann, das merke ich oft, denn dann ist sie launisch. Sieht Grischa noch gut aus?«
»Er sieht großartig aus. Und er hat immer eine Freundin gehabt, darum dürfte er wohl in dieser Beziehung noch gut in Form sein.«
»Très bien. Paulette könnte ruhig ein Kind bekommen, das macht gar nichts. Oder zwei. Dann bleiben sie wenigstens bei mir. Und Grischa muß nicht in den Krieg.«
»Sprich nicht mehr vom Krieg, Natalia Fedorowna. Ich kann es nicht hören.«
»Du wirst es hören müssen, mon ami. Aber gut, sprechen wir nicht mehr davon. Es genügt, zu leiden, wenn eine Leidenszeit begonnen hat. Nur ein Tor leidet zuvor.«
»Das ist wahr«, sagte Nicolas nachdenklich. »Es gibt Vorfreude, das ist ein schönes Gefühl. Vorleid gibt es nicht.«
Vier Wochen später reiste Grischa von Breslau nach Paris.
Alice ging es sehr nahe. »Er war immer noch wie ein Stück von Wardenburg«, sagte sie leise und traurig. »Jetzt haben wir gar nichts mehr.«
»Die Pferde«, sagte Nicolas. »Vergiß die Pferde nicht.«
Aber Manon, Ma Belles Tochter, mußte in diesem Sommer getötet werden, die Sehne an ihrem linken Vorderbein war kaputt, man konnte sie nicht mehr reiten, und Tibor, der Fuchs von Nicolas, war kein echter Wardenburger, er war dort nicht gezogen und hatte nur wenige Monate auf Wardenburg verbracht.
Es zerging, es zerfloß, es zerbröckelte. Nicolas hatte Schulden, wie er sie immer gehabt hatte und wenig Einnahmen. Er hätte sich große Sorgen machen müssen um seine Zukunft. Er machte sich keine. Die Fürstin hatte auch gesagt: nur ein Tor leidet zuvor.

Die unvorhergesehene Abreise von Nicolas hatte Nina vollkommen verstört zurückgelassen. Die Szene am Abend des Ankunftstags, sein Kuß – und dann am nächsten Tag fuhr er fort, ohne auch nur noch ein Wort mit ihr gesprochen zu haben.
Alice sah sehr wohl Ninas blasses Gesicht, das Nichtverstehen in ihren Augen, aber sie ging darüber hinweg und tat so, als sei die plötzliche Reise ganz selbstverständlich. Sie versuchte auch gar nicht erst, Entschuldigungen oder Ausreden für Nicolas zu erfinden. Erstens redete Alice sowieso nicht gern über Gefühle und seelische Komplikationen, und zweitens wußte sie nicht, was am Abend zwischen den beiden vorgefallen war. Fragen stellte sie nicht. Sie wollte es gar nicht wissen. Daß Nina seit vielen Jahren in Nicolas verliebt war, wußte sie. Und daß Nicolas davon nicht unberührt geblieben war, zeigte seine Eifersucht. Denn seine Reaktion auf die Mitteilung, daß sie heiraten würde, war Eifersucht, nichts anderes. Das war Alice alles klar. Und sie fand, je weniger man darüber redete, um so besser.
Daß Nicolas zur Fürstin gefahren war, zeigte seine Vernunft. Und je eher

Nina heiraten würde, abermals um so besser, dann war diese Jugendschwärmerei vom Tisch, und die Tatsache, daß er sich offensichtlich dadurch geschmeichelt fühlte, erledigte sich von selbst.

Wieder einmal wurde Kurtel für Nina zum rettenden Engel. Der Tag, an dem Nicolas abreiste, die folgende Nacht und noch den nächsten Vormittag verbrachte sie in tiefster Depression, gemischt mit lustvoller Erregung, die sein Kuß in ihr zurückgelassen hatte. Am Nachmittag raffte sie sich endlich auf, fuhr mit der Elektrischen in die Stadt, bis zum Ring, und ging ins Kaufhaus Barasch. In der Stoffabteilung war Kurtel gerade dabei, zwei Kundinnen zu bedienen, so blieb Nina in einiger Entfernung stehen und wartete ab. Wie nett er aussah! Ein kleines blondes Bärtchen zierte seit neuestem seine Oberlippe, das hatte sie noch gar nicht gesehen, aber es stand ihm gut. Und wie eifrig er seine Arbeit tat! Gewandt, liebenswürdig und unermüdlich, die Stoffballen häuften sich auf dem Tisch, und er debattierte mit den beiden Damen über alle Vorteile von Material und Farbe, hielt sich einmal selbst den Stoff vor die Brust, drapierte ihn vor dem Spiegel den Damen wechselseitig über die Schultern.

Ich werde ihm sagen, daß ich ihn nicht heiraten kann, dachte sie. Er wird fragen, warum, und ich werde sagen, daß ich einen anderen liebe. Das kann ich nicht sagen. Er weiß genau, daß ich niemanden kenne, und daß ich meinen Onkel liebe, das kann ich ihm nicht sagen. Was soll ich ihm denn sagen?

Sie spürte Nicolas noch, seine Arme, seinen Kuß, seinen Körper an ihrem, sie hatte es seit vorgestern abend ununterbrochen gespürt, Angst und Entsetzen, Lust und Entzücken fühlte sie gleich stark in sich. Er hatte sie erschreckt, aber es war ein wunderbares Erschrecken, es stieß sie nicht ab, es zog sie an.

Sie wußte ja nicht, noch nicht, was zwischen Mann und Frau geschah, sie hatte nicht die geringste Vorstellung, was geschehen würde, wenn sie Kurtel geheiratet hatte, aber daß es niemals so etwas sein würde, wie das, was vorgestern abend geschehen war, daß es niemals so empfunden würde, wie sie empfunden hatte, als Nicolas sie küßte – das wußte sie.

Endlich war Kurtel mit seinen Kundinnen fertig, und hatte, wie Nina sah, gut verkauft, viele, viele Meter Stoff wurden von zwei Ballen abgewickelt, abgemessen, ein Lehrling half Kurtel dabei, und ein älterer Herr, der in einiger Entfernung stand, sah wohlgefällig zu. Das war wohl der Abteilungsleiter, Herr Braun, von dem Kurtel in seinen Briefen so respektvoll und bewundernd schrieb, als handle es sich um Gottvater persönlich. Erst als die Verkaufsaktion sich dem Ende zuneigte, wandelte der Gott hinüber, sprach einige sicher bedeutungsvolle Worte zu den Damen, nickte Kurtel zu und sah diesem nach, als er seine Kundinnen zur Kasse geleitete.

Auf diesem Weg kam er an Nina vorbei, sah sie, stockte, seine Wangen röteten sich vor Freude und Überraschung, aber da Nina mit unbeteiligter Miene stehenblieb und tat, als kenne sie ihn nicht, setzte er seinen Weg fort und erledigte erst seine Arbeit bis zum guten Schluß.

Wie er dann auf sie zukam, so lieb und so blond, vor allem so beglückt, sie zu sehen, war ihr klar, daß sie es nicht übers Herz bringen würde, ihm zu sagen, daß sie es sich anders überlegt hätte.

Später. Oder sie würde ihm schreiben.

Dank Kurtel wurden die Tage in Breslau für sie dann doch ganz erträglich. Da es ohne Nicolas wenig Abwechslung gab, gewöhnte sie sich an, Kurtel

jeden Abend am Personalausgang des Kaufhauses abzuholen, was ihn unbeschreiblich freute. Er sagte es ihr auch, er sagte es ihr immer wieder.
Wie schön sie sei! Und was für ein wunderbarer Anblick, wenn er aus der Tür kam, und sie stand da vor ihm. Ach, Nina, deine Augen, dein Lächeln. Du weißt nicht, wie sehr ich dich liebe.
Ihr tat es wohl. Seine Komplimente waren einfach, ehrlich und unkompliziert, nicht so raffiniert und geistvoll verbrämt wie manche Bemerkungen von Nicolas.
Sie schlenderten durch die Stadt, die er bereits ganz gut kannte, viel besser als sie, denn durch die Stadt gegangen, abgesehen von den Hauptgeschäftsstraßen, war sie eigentlich nie. Und Gebäude, Kirchen, Brücken, die Universität, Plätze und Anlagen hatte ihr keiner gezeigt. Kurtel lud sie auch einigemale abends zum Essen ein. »Aber das ist doch viel zu teuer«, sagte sie.
»Das kann ich mir leisten«, sagte er stolz. »Ich bekomme sicher bald Zulage. Herr Braun sagt, bei mir braucht er nie in ein Verkaufsgespräch einzugreifen, ich mache das allein am besten. Und ich verkaufe jetzt schon mehr als die anderen.«
»Das habe ich gesehen«, stimmte Nina bereitwillig zu.
Sie wollte ihm ja so gern viel Liebes sagen, viel Liebes tun, um jetzt schon gut zu machen, was sie ihm antun würde, wenn sie die Verlobung löste.
Einmal gingen sie in den Schweidnitzer Keller, das berühmte alte Lokal im noch berühmteren alten Rathaus, das sich gleich gegenüber vom Kaufhaus Barasch befand. Und zweimal gingen sie in ein kleines Lokal auf der Schuhbrücke, wo Kurtel öfter zu Abend aß, wie er sagte, es sei billig und gut, er war dort eine Art Stammgast, Wirt und Wirtin begrüßten ihn, und er stellte Nina stolz als seine Braut vor. Auch die anderen Stammgäste nahmen regen Anteil an Ninas Auftritt, sie bemerkte es wohl, genau wie sie bemerkte, daß Kurtel rundherum beliebt war.
Was ja kein Wunder war. Er war höflich und war freundlich, vor allem hörte er geduldig zu, wenn einer etwas zu erzählen hatte. Gerade das war wichtig, denn die Schlesier redeten und erzählten so gern, und am allerliebsten und am allerlängsten redeten und erzählten die Breslauer. »Oh, Lerge!« sagte einer von den Stammgästen des Lokals. »Deine Braut, ma meechts nich glooben! So'n scheenes Mädchen.«
Irgendwie hatte es einen gewissen Reiz, so ganz erwachsen am Arm eines jungen Mannes abends durch eine große Stadt zu gehen, ein Lokal aufzusuchen, in ein Kino zu gehen, denn auch das taten sie einmal.
Das schloß nicht aus, daß Nina unausgesetzt an Nicolas dachte, darauf wartete, daß er wiederkäme oder daß wenigstens eine Nachricht von ihm einträfe. Eine Nachricht kam, ein Telegramm an Alice aus Nizza. Er sei jetzt hier und gedenke, eine Weile zu bleiben. Das war alles, was sie von ihm hörten.
Am Sonntag wurde Kurtel von Alice zum Abendessen eingeladen; das war für alle Teile sehr aufregend, und Nina dachte auf einmal: ein Glück, daß Nicolas nicht da ist!
Nicolas und Kurtel nebeneinander – das paßte einfach nicht. Sie sah im Geist seine hochgezogene Braue, den gesenkten Mundwinkel und das spöttische Lächeln. Der arme Kurtel wäre völlig verloren gewesen.
Allein mit Alice ging das sehr gut, Kurtel kam in seinem allerbesten dunkelblauen Anzug, das blonde Haar mit viel Wasser an den Kopf gebürstet. Er

353

nahm keine Pomade, nachdem Nina einmal gesagt hatte, sie finde Pomade gräßlich, das sei etwas für Ladenschwengel. Nun *war* er ja ein Ladenschwengel, aber er mußte nicht wie einer aussehen, das war Ninas Meinung, der er zustimmte. Er benahm sich tadellos, küßte Alice die Hand, überreichte einen gewaltigen Blumenstrauß und staunte sie den ganzen Abend lang mit seinen kinderblauen Augen an. (Auch er war im Stillen sehr froh darüber, daß der sagenhafte Onkel Nicolas nicht zugegen war.) Er redete nicht zuviel, aber auch nicht so wenig, daß die Unterhaltung Schwierigkeiten bereitet hätte. Seine Tischmanieren waren gut, die hatte er bei seiner Mutter gelernt, und wenn ihn der Riese Grischa, der mit unbewegter Miene servierte, ein wenig irritierte, so ließ er es sich nicht anmerken.

Alice sagte danach zu Nina: »Ein sympathischer junger Mann. Ich glaube, du wirst es gut haben bei ihm. Sicher wird er es noch weit bringen, er scheint ja sehr strebsam zu sein.« Nachher, allein in ihrem Zimmer, dachte Nina, daß das von Tante Alice nichts anderes gewesen war als reine Höflichkeit. Was konnte sie an Kurtel finden, sie, die Nicolas geheiratet hatte.

Dann hatte Nina noch eine Begegnung, über die sie sich ungemein freute und die sie wirklich vorübergehend von ihrem Kummer ablenken konnte. Sie war an einem Abend mit Kurtel ins Lobetheater gegangen, man gab ein Stück von Ibsen, und in der Pause kam, am Arm eines Oberleutnants, eine schlanke blonde Frau ihnen entgegen. Sie stutzten beide, sahen sich an.

»Victoria!« rief Nina staunend. Victoria von Mallwitz, geborene Roon, zeigte ihr kühles Lächeln. »If that is'nt Nina!«

Es war annähernd sechs Jahre her, daß sie sich nicht mehr gesehen hatten, seit damals, als Victoria wegen der Versetzung ihres Vaters die Schule von Fräulein von Rehm verlassen mußte. Jetzt lebte sie in Breslau, war seit einem halben Jahr verheiratet, ihr Mann stand als Oberleutnant beim Grenadierregiment König Friedrich III.

»Ich werde auch nach Breslau ziehen, wenn ich heirate«, sagte Nina eifrig und vergaß ganz, daß sie gar nicht heiraten wollte.

Victorias Mann, groß und schlank, war zunächst sehr zurückhaltend, und vielleicht wäre der gesellschaftliche Abgrund, der zwischen ihm und dem Verkäufer des Kaufhauses Barasch lag, nicht zu überbrücken gewesen, soweit es ihn betraf. Aber Victoria hatte eine englische Mutter, sie war mit sehr viel common sense und auf sehr demokratische Weise erzogen worden; Klassenunterschiede kannte man zwar in England auch, aber sie waren von anderer Art als die preußischen. Und Ludwig von Mallwitz, ihr Mann, war gar so preußisch auch nicht, wie er aussah, er hatte eine Bayerin als Mutter, wie sich herausstellte, und hatte einen Teil seiner Kindheit in München verbracht, wo sein Großvater als General in der Königlich Bayrischen Armee diente.

Dies alles erfuhr man voneinander im Laufe des Abends, als man nach dem Theater noch in das Weinlokal Becker und Brätz gegangen war, das Kurtel natürlich noch nie betreten hatte, während Nina es von einem Besuch mit Nicolas kannte.

Nina mußte nun von zu Hause erzählen, von ihrer Familie, von Fräulein von Rehm, und natürlich fragte Victoria, ahnungslos wie sie war, auch nach dem wundervollen Onkel Nicolas und Gut Wardenburg.

»What a pity!« sagte sie, nachdem Nina erzählt hatte, was mit Wardenburg geschehen war.

Wie immer mischte sie englische Sätze in ihre Rede, das hatte sie als Kind schon getan, das war keine Angabe, es kam ihr ganz selbstverständlich über die Lippen. In ihrem Elternhaus war immer viel englisch gesprochen worden, Victoria war auch öfters bei ihren Verwandten in England gewesen.

Nina erinnerte sich noch gut daran, wie energisch Victoria darauf bestanden hatte, daß man ihren Namen mit c und nicht mit k, also Viktoria schrieb, was der deutschen Schreibweise entsprochen hätte. »Queen Victoria war meine Patin«, teilte sie dann jedesmal hochnäsig mit, und das machte Eindruck.

Fräulein von Rehm hatte das c selbstverständlich akzeptiert, und die klügeren unter den Lehrerinnen auch, aber sie hatten eine Mathematiklehrerin, eine höchst preußisch-deutsche Dame, der die englischen Ahnen und Anverwandten der stolzen Victoria eine Art Herausforderung waren und die stets und ständig Viktoria schrieb. Was Victoria jedesmal ausbesserte. Das junge Ehepaar Mallwitz bewohnte ein Haus nahe dem Südpark, und Victoria hatte wie eh und je ihr eigenes Pferd.

Nicht ohne ein wenig Neid im Herzen hörte Nina ihr zu. Sie war diesmal gar nicht zum Reiten gekommen, Manon lahmte und konnte nicht geritten werden, Tibor durfte sie nicht reiten; außer Nicolas ritt ihn nur der Bereiter, er brauchte eine starke Männerhand und einen guten Reiter, er war nicht ganz einfach. Wäre Nicolas da gewesen, wären sie sicher einmal zusammen ausgeritten, aber so war es diesmal nichts geworden. Und sie dachte an diesem Abend: ich werde niemals reiten können und ein eigenes Pferd haben. Wenn ich Kurtel heirate, kann ich mir das nie leisten.

Im Laufe des Abends sprachen sie auch über das Theaterstück, das sie gesehen hatten, Ibsens ›Hedda Gabler‹, und Nina sagte, es falle ihr schwer, diese Frau zu verstehen oder ihr gar Sympathie entgegenzubringen, schließlich hätte sie ja einen Mann, den sie verachte, nicht zu heiraten brauchen.

Noch während sie es aussprach, wurde ihr ganz heiß. Sie verachtete Kurtel nicht, nie und nimmer, aber sie war auch im Begriff, einen Mann zu heiraten, den sie im Grunde nicht anerkannte. War sie etwa besser als Hedda Gabler?

»Die Ehe ist sehr oft ein fauler Kompromiß für eine Frau«, sagte Victoria in ihrem gleichmütigen Ton.

Ihr Mann sah sie an und lächelte, und sie fuhr fort: »Wenn sie den nicht nötig hat, den Kompromiß, wenn sie wirklich ihr Einverständnis hat für ihre Wahl, dann hat sie bereits großes Glück gehabt.«

Nun lächelte sie ihrem Mann auch zu, das Einverständnis schien vorhanden zu sein. Das Wort Liebe hatte Victoria nicht gebraucht, das sah ihr ähnlich.

Nina begann von ›Nora‹ zu sprechen, Ibsens umstrittenem Emanzipationsstück, das sie erst im vergangenen Jahr im heimischen Stadttheater gesehen hatte. Man hatte dort lange mit der Aufführung gezögert, um die kleinstädtischen Bürger nicht allzusehr zu empören.

Nina war sehr begeistert gewesen, und sie sagte nun: »Das muß eine tolle Rolle sein, diese Nora. Mir imponiert diese Frau gewaltig.«

»Wieso?« fragte Victoria kühl.

»Na ja, so einfach auf und davonzugehen, Mann und Kinder sitzenzulassen und sich auf eigene Füße zu stellen, dazu gehört doch allerhand Mut.«

»Ich würde eher sagen, dazu gehört eine gute Portion Verantwortungslosigkeit«, sagte Ludwig von Mallwitz.

»Na, wie der sie behandelt hat!« zog Nina für ihre Heldin ins Feld. »Wie so ein Püppchen. Und dann hat er nicht mal zu ihr gehalten.« Eine Weile diskutierten sie eifrig über Ibsens vielgescholtene Nora, die seit ihrer Uraufführung vor mehr als zwanzig Jahren nicht aus dem Gerede gekommen war. Kurtel konnte da nicht mitreden, er hatte ›Nora‹ nicht gesehen. Er war bisher überhaupt wenig ins Theater gekommen, ein großes Manko offenbar, wie er jetzt einsah. Er würde jetzt so oft wie möglich ins Theater gehen, die fünf Groschen für einen billigen Platz mußten vorhanden sein, lieber würde er auf sein Abendbier verzichten. Es gehörte zur Bildung. Nina sollte sich seinetwegen vor ihren feinen Bekannten nicht schämen müssen. Die ›Hedda Gabler‹ war sein erstes Ibsen-Stück gewesen heute Abend und besonders gefallen hatte ihm die überspannte Dame nicht, aber das lag vielleicht daran, daß er zu wenig davon verstand.

»Ich habe die Sorma in Berlin als Nora gesehen«, meinte Victoria, »und ich glaube, besser als sie kann diese Rolle keine spielen. Aber für mich ist diese Nora doch ein dummes Weib. Sieh mal, Nina, es ist doch ihre eigene Schuld, wenn sie sich jahrelang von ihrem Mann als Miesemausekätzchen behandeln läßt, das hat ihr doch offenbar gut gefallen, sonst hätte sie ihm ja diese Albernheiten leicht abgewöhnen können. Wenn sie sich so benommen hätte, daß er sie ernstnehmen mußte, dann hätte er sie auch ernstgenommen.«

»Ja, aber wie sie dann wirklich etwas vollbracht hat, um ihn aus seiner fatalen Lage zu retten, da läßt er sie im Stich. Er ist doch der Versager.«

»Er handelt der Rolle gemäß, die sie ihn so lange spielen ließ. Ihr Umschwung kommt völlig unmotiviert. Und man kann von ihm nicht verlangen, daß er da einfach mitmacht. Daß sie fortgeht von ihrer Familie, ist eine Laune, sonst nichts.«

»Es ist ein sehr ernsthafter und wohlüberlegter Entschluß«, verteidigte Nina ihre Heldin.

»Es ist kindischer Trotz, und kein Mensch im Publikum stimmt ihr zu.«

»Ich würde sagen, es stimmen ihr eine ganze Menge Leute zu, bestimmt Frauen, die sich in ihrer Ehe mißverstanden fühlen.«

Ludwig von Mallwitz lächelte amüsiert zu Kurtel hinüber, der das Lächeln unsicher erwiderte. Er wußte nicht, wovon die Rede war. Mallwitz freute sich an dem Eifer der jungen Frauen, die den Dialog ganz allein führten.

»Ich meine«, griff er in das Gespräch ein, »man kann es nicht als brauchbares Beispiel für die Emanzipation der Frau betrachten, wenn eine Frau nach vielen Jahren Ehe einfach fortläuft und Mann und Kinder zurückläßt. Das ist mißverstandene Emanzipation.«

»Na, vor allen Dingen ist es schwachsinnig«, meinte Victoria. »Das Eichhörnchen hat ja überhaupt nicht nachgedacht. Zur Emanzipation gehört ein Beruf, nicht wahr? Sie hat aber keinen. Und ein bißchen dumm ist sie auch. Kann mir jemand sagen, was sie machen wird, nachdem sie Helmer verlassen hat? Sie wird vermutlich in einem Bordell landen.«

Ihr Mann lachte hell heraus.

»Aber Schatz!« sagte er dann, nahm Victorias Hand und küßte sie. »Wer wird denn so rigoros sein!«

»Ja, sag doch selbst, was soll sie denn machen? Sie kann vielleicht einen

Blumenstand auf dem Potsdamer Platz betreiben. Aber bei Regenwetter stelle ich mir das auch nicht sehr gemütlich vor, da wäre sie in einem vornehmen Bordell doch besser aufgehoben. Und am besten natürlich bei ihrem Alten, zu dem sie vermutlich demnächst zurückkehren wird.«
»Wenn er sie noch will«, sagte Ludwig.
Nina hatte mit großen Augen zugehört.
»Na, weißt du«, sagte sie. »Von der Seite habe ich das noch nie betrachtet.«
»Solltest du aber«, sagte Victoria trocken. »Für uns ist das Stück zu Ende, wenn der Vorhang fällt, nachdem Nora gloriously in die große Freiheit gezogen ist. Aber ich habe mir gleich gedacht, was tut das dumme Stück denn nun? Morgen zum Beispiel.«

Es war ein anregender Abend, und Nina war von ihrem Kummer abgelenkt worden.

Zwei Tage später kehrte sie nach Hause zurück. Am Abend zuvor, ihrem letzten Abend in Breslau für diesmal, brachte Kurtel zur Sprache, was ihm schon die ganze Zeit auf dem Herzen lag.

»Nina! Laß uns doch noch in diesem Jahr heiraten.«
»Oh!« machte Nina und wußte nicht, was sie sagen sollte.
»Jetzt ist April. Könnten wir nicht so im September oder Oktober heiraten?«
»Aber Kurtel! So schnell.«
»Es ist doch unsinnig, jahrelang verlobt zu sein. Ich möchte so gern, daß du bei mir bist. Soll ich dir etwas sagen? Ich habe mir schon ein paarmal Wohnungen angesehen. Es müßte natürlich eine hübsche Wohnung sein. Aber sie dürfte nicht allzuviel kosten. Wieviel Zimmer brauchst du denn? Was meinst du?«

Nina wäre am liebsten fortgelaufen. Die ganze Zeit dachte sie darüber nach, wie sie ihm beibringen würde, daß sie ihn nicht heiraten konnte, und nun fing er an, schon von der Wohnung zu sprechen. Er sah ihr an, daß sein Vorschlag wenig Begeisterung bei ihr weckte.

»Du bist doch gern in Breslau, das sagst du doch immer. Denk mal, wir könnten dann manchmal zusammen ins Theater gehen, so wie gestern abend.«
»Ich kann doch nicht jetzt schon heiraten.«
»Warum nicht? Im Oktober wirst du zwanzig. Das ist doch ganz normal für ein Mädchen, wenn sie mit zwanzig heiratet. Deine Freundin ist doch auch verheiratet, die ist nicht älter als du . . .«
Die Sache mit der Wohnung mußte überlegt werden.
»Drei Zimmer«, sagte sie nachdenklich. »Drei Zimmer müßten wir schon haben.«
Er ergriff stürmisch ihre Hand.
»Für den Anfang, Nina, nur für den Anfang. Später bekommst du eine Wohnung wie deine Tante Alice. Genau so groß. Und ein Dienstmädchen bekommst du auch. Ich werde bestimmt eines Tages Einkäufer, das wirst du sehen. Ich schaffe alles, was ich will.«
Das klang sehr sicher, sehr selbstbewußt.
Nina sah ihn nachdenklich an.
»Ja«, sagte sie langsam. »Das scheint mir auch so.«
»Vielleicht haben wir später mal ein eigenes Geschäft. Das ist durchaus

möglich. Angenommen, jemand will vielleicht einen Teilhaber in seinem Geschäft haben, weil er selbst zu alt wird oder so, manchmal gibt es solche Gelegenheiten, weißt du. Man muß nur die Augen und Ohren offenhalten.«

»Ich wüßte noch etwas Besseres«, sagte Nina. »Du solltest ein Mädchen heiraten, dessen Vater ein Textilgeschäft hat.«

»Nie!« rief er und strahlte sie an mit seinen blauen Augen. »Das brauche ich nicht. Das schaffe ich ganz allein. Und ich will keine andere Frau der Welt, nur dich.«

Es klang wie ein Echo in ihrem Ohr. Wer hatte das gesagt?

Ich kann keinen anderen lieben. Nur dich.

Sie hatte das gesagt, zu Nicolas. Und Kurtel sagte es zu ihr.

Am nächsten Tag brachte er sie mit einem großen Blumenstrauß an die Bahn, er hatte sich extra eine Stunde freigeben lassen. Tante Alice kam nicht mit, sie fühlte sich wieder einmal nicht wohl, klagte über Rückenschmerzen und Kopfschmerzen. Sie sah wirklich sehr elend aus, und Nina fragte besorgt, als sie Abschied nahm: »Soll ich nicht doch lieber bleiben und mich um dich kümmern?«

»Nein, Kind, ich habe alles, was ich brauche. Grischa kümmert sich allerbestens um mich. Und Hanni ist ja auch ein liebes Ding.«

Diesmal also küßte Kurtel sie am Bahnhof. Und seine letzten Worte waren: »Also, ich halte dann immer mal Ausschau nach einer passenden Wohnung, nicht? Und wenn ich was finde, das mir gefällt, dann kommst du her und guckst es dir an, ja?«

Nina nickte. Sie hatte ihm nicht gesagt, daß sie ihn nicht heiraten konnte. Und sie schrieb ihm auch keinen Brief zu diesem Thema, als sie wieder zu Hause war. Denn es war sehr still zu Hause, und das Leben war sehr langweilig, es passierte gar nichts. Ein Tag war wie der andere.

Von seinem Entschluss, noch in diesem Jahr zu heiraten, ließ sich Kurtel nicht abbringen.

An Nina schrieb er: Wir wären Weihnachten dann schon verheiratet, und ich könnte für dich einen Christbaum schmücken, nur für dich.

Selbst der Gedanke an den eigenen Christbaum konnte Nina nicht heiratslustig machen. Und wer dachte denn auch mitten im Sommer an einen Christbaum!

»Das ist doch ein timpliches Gelabere«, sagte sie zu Erni, »findest du nicht auch?«

»Er hat dich eben sehr lieb«, meinte Erni.

»Was hat denn das mit dem Christbaum zu tun?« fragte Nina gereizt.

Sie war jetzt oft schlechter Laune, aber die Familie war ihr gegenüber sehr duldsam und verständnisvoll.

»Es ist ein bedeutender Lebensabschnitt, wenn man eine Ehe eingeht«, sagte Agnes pathetisch. »Man kann wohl sagen, es ist der wichtigste Tag im Leben einer Frau.«

»Phh!« machte Nina. »Es ist ein Tag wie jeder andere. Die meisten Leute heiraten. Was soll das denn schon Besonderes sein?«

An seine Mutter schrieb Kurt: Ich hebe mir meinen Urlaub auf, und dann können wir eine kleine Hochzeitsreise machen. Im Herbst ist es im Riesengebirge sehr schön.

Nachdem Martha sich einem diesjährigen Hochzeitstermin gegenübersah, war sie nicht mehr zu bremsen. Sie kam nun oft ins Haus Nossek, betrachtete sich bereits als Familienmitglied, und ihre altbekannte Tüchtigkeit begann nun auch die Nosseks zu erfassen. Sie dachte sich Diätrezepte für Emil aus, die ihm wunderbarerweise gut bekamen, für Agnes wußte sie ein altes Hausmittel, das ihrer Schwäche und ihrem flatternden Herzen helfen sollte und zu Erni sagte sie tatenfroh: »Warte nur, Jungele, dich päppeln wir auch noch auf. Dich kriegen wir dick und rund. Bis du mal heiratest, wirst du gar nicht mehr wissen, was Kranksein heißt.«

Nina behandelte sie mit großer Hochachtung, bewunderte ihr Aussehen, ihre Bildung, ihre Lebensart.

Und so, durch Martha angekurbelt, begann man im Hause Nossek mit den Hochzeitsvorbereitungen, sie machten sich Gedanken über die Aussteuer, prüften, überlegten, kauften, die Nähmaschine begann zu rattern.

»Wozu denn das alles?« sagte Nina abwehrend. »Bei Barasch gibt es alles fix und fertig zu kaufen, was man braucht. Und Kurtel bekommt sogar Prozente.«

Die Frauen, einschließlich Charlotte - inzwischen dreiundsiebzig, aber noch gesund und munter –, wurden von Marthas Eifer angesteckt. Endlich würde eine der Töchter heiraten, wie es sich gehörte. Agnes berichtete ihrer Schwester Alice ausführlich von allen Vorbereitungen und lud sie und Nicolas vorsorglich schon jetzt zur Hochzeit ein.

Es gehe ihr gesundheitlich nicht besonders gut, erfuhren sie von Alice, aber wenigstens habe sie jetzt den richtigen Arzt. Und ihr werdet staunen, es ist Dr. Menz. Nicht der alte Dr. Menz, aber sein Sohn, der in Breslau eine angesehene Praxis hat und ein so guter Arzt ist wie sein Vater, schrieb Alice. Zu ihm habe ich Vertrauen, und er hat mir auch schon sehr geholfen.

Von Nicolas schrieb sie gar nichts, auch Nina hatte nach ihrer Rückkehr nicht viel von ihm erzählt, ganz im Gegensatz zu sonst, aber das hatten sie gar nicht richtig zur Kenntnis genommen. Es war ja auch wohl nur verständlich, daß Nina nun mehr über ihren Verlobten als über ihren Onkel zu berichten hatte.

Martha überkam die Reiselust, sie fuhr im Laufe des Sommers mehrmals nach Breslau, um nach ihrem Sohn zu schauen, ob es ihm auch gut gehe, und damit er auch ordentlich zu essen hatte, nahm sie jedesmal zwei Riesenkörbe mit Lebensmitteln mit. Auch Wohnungen hatte sie gemeinsam mit Kurtel besichtigt und erzählte Nosseks sehr genau, was sie gefunden, beziehungsweise noch nicht gefunden hatten.

Anfang August kam sie höchst animiert von ihrer dritten Breslau-Reise zurück und berichtete, Kurtel hätte nun zwei Wohnungen an der Hand, die eine hinter dem Odertor, die andere am Schießwerder, beide seien sie hübsch, die eine gefalle ihr besonders gut, aber Nina müsse ja nun wohl selbst hinfahren und sie sich ansehen.

Also setzte sich Nina hin und schrieb an Alice, ob es recht sei, wenn sie in der nächsten Woche für einige Tage nach Breslau käme. Diesmal schrieb sogar Nicolas eigenhändig und postwendend zurück. Sie würden sich sehr freuen, Nina wieder einmal zu sehen.

Er war am Bahnhof, um sie abzuholen. Wie immer. Er war lieb und charmant, wie immer. Küßte sie auf die Wange, machte ihr ein Kompliment, und Nina, die dem Wiedersehen mit Bangen entgegengesehen hatte, war fast enttäuscht. Sie hatte sich irgendeine dramatische Szene ausgemalt, doch nichts davon. Nicolas fuhr sein Auto nun selbst. Daß Grischa nicht mehr da war, wußte Nina aus Alices Briefen, aber es war doch sehr seltsam, ihn nicht mehr vorzufinden.

Wer ebenfalls nicht da war, war Alice. Nicolas hatte sie in der vergangenen Woche zu einer Kur nach Bad Warmbrunn gebracht. »Sie wollte erst nicht«, erzählte er, »aber Dr. Menz hat es angeordnet, und was der sagt, ist für sie jetzt Evangelium. Ich hoffe, es wird ihr guttun. Und weißt du, was wir beide machen? Wir werden sie dort besuchen.«

»Ja?« fragte Nina.

»Ja. Wir nehmen uns das Auto und fahren hin und bleiben ein paar Tage dort. Es ist wirklich hübsch da. Du willst dir eine Wohnung ansehen, habe ich gehört?« Das war am ersten Abend, sie saßen beim Abendessen, das nun von Hannel serviert wurde.

Seine Frage klang liebenswürdig-unverbindlich, Nina blickte ihn unsicher an, aber es lag nichts Ungewöhnliches in der Luft. Er hatte sich offenbar mit der Tatsache ihrer Heirat vertraut gemacht. Schlimmer – es schien ihm völlig gleichgültig, ob sie heiratete, wen sie heiratete, wann sie heiratete.

Die Enttäuschung erstickte sie fast. Immer hatte sie gedacht, es würde etwas Ungeheuerliches passieren, das ihre Heirat verhinderte, und das konnte ja nur von ihm ausgehen. Aber sie war ihm egal, egal, egal. Aus ihr konnte werden, was wollte, es kümmerte ihn nicht. Er ahnte nicht, wie sehr sie ihn liebte, ahnte nicht, daß kein Mann der Welt ihr je etwas bedeuten würde, außer ihm.

Aber sie hatte es ihm doch gesagt. Hatte er es nicht gehört? Nicht verstanden?

Nach dem Abendessen stand er auf und sagte: »Du mußt mich entschuldigen, ich habe noch eine Verabredung. Wir sehen uns morgen. Willst du mit mir ausreiten?«

»Ich weiß gar nicht, ob ich noch reiten kann.«

»Wir werden es ausprobieren.«

Er hob grüßend die Hand und ging.

Wie vernichtet saß Nina am Tisch und sah ihm nach. Sie saß noch da, als das Mädchen kam, um abzuräumen. Saß noch, als der Tisch leer war.

Ob sie noch einen Wunsch habe, fragte Hanni.

»Nein, danke«, sagte Nina. »Gehen Sie nur schlafen. Wenn ich was brauche, kann ich es mir holen, ich weiß ja, wo alles ist.«

Wie leer und groß die Wohnung war! Ohne Grischa kam man sich darin ganz verloren vor.

Nicolas war gegangen und hatte sie einfach hier sitzen lassen. Er liebte sie nicht, hatte sie nicht das kleinste bißchen mehr lieb. Alles, alles war vorbei.

Ich möchte sterben, dachte sie, als sie im Bett lag. Ich möchte sterben.

Sterben, aber nicht heiraten.

Am nächsten Morgen ritten sie aus.

Da es sehr heiß war, mußten sie früh reiten, Nicolas auf seinem Tibor, Nina auf einem Tattersallpferd, einem ziemlich großen, unruhigen Braunen.

»Laß ihn nur gehen«, sagte Nicolas, »es ist ein gutes Pferd. Im Frühjahr, als Tibor den Husten hatte, habe ich ihn ein paarmal geritten. Er hat einen herrlichen Galopp, du darfst ihn nur nicht stören und mußt ihn laufen lassen, dann macht er gar nichts. Und halte deine Hände ruhig.«

Der Braune mochte ein gutes Pferd sein und einen herrlichen Galopp haben, doch Nina hatte es schwer mit ihm. Auch war sie so lange nicht geritten, daß sie sich auf dem fremden Pferd unsicher fühlte.

Entlang dem Südpark zog sich ein langer Reitweg hin, eine Strecke, die sie immer galoppierten. Wie Nicolas schon angekündigt hatte, zog der Braune kräftig los, er hatte große, weitausgreifende Galoppsprünge, genau wie Tibor, sie blieben Kopf an Kopf, und das Tempo steigerte sich. Dann scheute der Braune, als neben ihnen, auf der Straße, ein Automobil vorbeiratterte. Nicolas parierte Tibor durch, auch der Braune fiel in Schritt.

»Bleib lieber hinter mir«, sagte er. »Wir galoppieren jetzt ruhiger.«

Er setzte sich vor den Braunen, galoppierte wieder an, doch der Braune dachte nicht daran, hinter Tibor zu bleiben, das ging gegen seine Ehre, er griff aus, und da er schon dabei war, zog er an Tibor vorbei, was wiederum dem nicht paßte, Tibor steigerte nun auch das Tempo, und Nicolas mußte ihm eine scharfe Parade geben.

Nina aber hatte ihr Pferd nicht mehr in der Gewalt, er kam ihr aus der Hand, und sie hatte Angst. Gleich kam das Ende des Reitwegs, dann mußten sie über die Straße, und, was noch schlimmer war, durch eine Unterführung, stets eine gefährliche Sache.

»Setz dich hin«, schrie Nicolas hinter ihr, doch Nina zog mit aller Kraft am

Zügel, das ärgerte den Braunen, er wurde noch schneller. Gewohnheitsmäßig jedoch fiel er am Ende des Reitwegs in Trab, dann in Schritt.

»Mir scheint, du mußt wieder einmal ein paar Reitstunden nehmen«, sagte Nicolas.

»Ich kann ihn nicht halten«, sagte Nina kläglich.

»Hast du Angst?«

»Ach wo. Ich bin nur lange nicht geritten, das weißt du ja.«

»Wir gehen jetzt langsam.«

Gerade als sie unter der Unterführung waren, donnerte ein Zug darüber, der Braune machte einen Riesensatz und wollte losschießen. Doch Nicolas hatte das kommen sehen, griff mit fester Hand in den Zügel und es gelang ihm, das Pferd zu halten und wieder in Schritt zu bringen.

»So«, sagte er, »keine Angst. Jetzt sind wir im Freien, nun kommt uns nichts mehr in die Quere. Wir machen einen schönen langen Trab hier geradeaus, da beruhigt er sich am ehesten.« Nach der Unterführung liefen Wege in mehrere Richtungen, geradeaus ein breiter, gepflegter Reitweg, rechts und links nur noch Felder und Wiesen, keine Straßen und daher auch kein Verkehr.

Jedoch andere Reiter, und zwar eine ganze Schwadron. Ungefähr auf der Mitte der Strecke kamen ihnen die Kürassiere entgegen, auf der Rückkehr von einer Morgenübung. Man parierte höflich durch auf beiden Seiten, grüßte, ritt im Schritt aneinander vorüber, Nina und Nicolas trabten an, die Kürassiere setzten sich wieder in Galopp.

Ohne zu zögern, faßte der Braune einen Entschluß. Sie ritten auswärts, in die weite gefährliche Welt hinaus, die Pferde, an denen er eben vorbeigekommen war, liefen Richtung Heimat, das erschien ihm empfehlenswerter. Er buckelte zweimal, machte eine Wendung auf der Hinterhand und setzte im Galopp der vor ihm galoppierenden Schwadron nach, und zwar eilig, denn er wollte sie gern einholen. Ehe er sie erreicht hatte, war Nina aus dem Sattel geflogen. Und der Braune schloß sich, reiterlos und erfreut wiehernd, den Kollegen von der Kavallerie an.

Das war alles so schnell gegangen, daß Nicolas nicht eingreifen konnte. Auch Tibor war jetzt unruhig und widerspenstig. Bis er ihn gestraft und gewendet hatte, sah er Nina seitwärts am Rande des Reitwegs liegen.

Er sprang ab, als er bei ihr war, hielt Tibor am Zügel fest und beugte sich zu ihr hinab. »Nina!«

Sie sah zu ihm auf, bewußtlos war sie also nicht.

»Hast du dir etwas getan?«

Sie setzte sich auf und schüttelte den Kopf.

»Ich glaube nicht. Aber ich schäme mich.«

»Komm, steh auf. Und probier, ob alle Knochen noch heil sind. Du brauchst dich nicht zu schämen, so etwas kommt vor.« Die Soldaten hatten inzwischen auch angehalten und waren dabei, den Braunen einzufangen, der sich seitwärts auf eine Wiese abgesetzt hatte und dort übermütig herumtobte.

Der Offizier kam zurückgeritten.

»Ist alles in Ordnung?« fragte er. »Sie sind hoffentlich nicht verletzt, gnädiges Fräulein?«

»Nein, danke«, sagte Nina, die wieder auf den Füßen stand und ihren staubig gewordenen Rock abklopfte. »Mir geht es gut. Aber es ist mir sehr peinlich.«

Der Rittmeister lachte. »Das ist uns allen schon passiert. Ein Reiter, der nicht einmal herunterfallen kann, sollte ein Schaukelpferd benutzen.«

Der Braune war inzwischen eingefangen und wurde gebracht. Nicolas blickte Nina fragend an.

»Wie ist es, traust du dich . . .«

»Natürlich«, unterbrach sie ihn empört. »Denkst du, ich gehe zu Fuß nach Hause?«

Die Herren lachten, der Offizier sprang aus dem Sattel und half Nina beim Aufsitzen.

»Noch guten Ritt«, sagte er und salutierte. »Wir reiten jetzt im Schritt weiter.«

»Danke«, sagte Nicolas.

»Wir werden auch im Schritt nach Hause reiten«, sagte er, als die Schwadron außer Sicht war.

»Das werden wir nicht. Nun gerade nicht. Das macht der nur einmal mit mir.«

Nicolas lachte.

»Brav. So gefällst du mir.«

Der weitere Ritt verlief ohne Zwischenfälle, der Braune hatte sich beruhigt und machte keine Mätzchen mehr.

In einem Dorf, in dem sie schon manchmal eingekehrt waren, machten sie vor dem Dorfkretscham halt. »Wie wär's mit Frühstück?« fragte Nicolas. »Ich bin sehr dafür.«

Sie ritten in den Hof ein, ein Knecht kam angelaufen und hielt ihnen die Pferde. Man würde sie heute in den Stall stellen müssen, es war zu heiß, um sie auf dem Hof zu lassen. Nicolas hob Nina vom Pferd und hielt sie einen Augenblick in der Schwebe, ehe er sie niederstellte.

»Tapfer, Ninotschka! Das hast du gut gemacht.«

Ninotschka! Das erstemal, daß er sie wieder so genannt hatte. Aus glücklichen Augen sah sie ihn an.

Er schob seinen Arm unter ihren, sie gingen in den Garten, der sich hinter dem Kretscham befand, hier waren Tische gedeckt, am Rande der geharkten Wege blühten bunte Sommerblumen, ein paar Hühner liefen zwischen den Stühlen herum. Es gab einige Geißblattlauben, in denen ebenfalls Tische standen.

Da kam schon der Wirt gelaufen, er kannte Nicolas, und rief: »Guten Morgen ock, guten Morgen, Herr Baron. Guten Morgen, gnädiges Fräulein. Was wünschen Sie, bittscheen?«

»Frühstück«, sagte Nicolas, »und zwar ein ausführliches. Kaffee, Spiegeleier mit Schinken. Und vorher einen Korn für jeden, zur Beruhigung. Wir hatten einen stürmischen Ritt.«

»Nu sieh ock, un bei die Hitze! Nu den bring ich glei, glei bring ich den, Herr Baron!« und er rannte wieder fort. »Wollen wir uns da hineinsetzen? Da ist es kühler«, fragte Nicolas und wies auf eine der Lauben. Sie standen immer noch, und er hatte immer noch seinen Arm unter ihrem.

Nina nickte, lehnte ganz schnell ihren Kopf an seine Schulter. »Ich bin so glücklich«, sagte sie leise.

»Nanu? Weil du vom Pferd gefallen bist?«
»Weil du wieder richtig mit mir redest.«
»Habe ich denn unrichtig mit dir geredet?«
»Ja. So fremd. So, als ob du mich gar nicht mehr magst.«
»Aber Ninotschka! Du weißt doch, daß ich dich mag.«
Er legte ihr den Arm um die Schulter und küßte sie auf die Wange.
Sie setzten sich an den Tisch in einer Laube, und da kam auch schon der Wirt mit den beiden Schnäpsen.
»Frühstück kommt glei, glei kommt das Frühstück. Paar Minuten noch.«
»So, und hinunter damit!«
Nina kippte den Korn und schüttelte sich.
Und dann lachte sie ihn an, so selig, so strahlend, die Welt rundherum war vergessen, Kurtel war vergessen, die Hochzeit war vergessen. Und wenn sie erst vom Pferd fallen mußte, damit er wieder nett zu ihr war, dann fiel sie eben vom Pferd, kam gar nicht darauf an.
Sie frühstückten in bester Laune, redeten miteinander wie früher, über die Pferde, über den Ritt soeben, worüber Reiter immer sprechen.
»Morgen werde ich ein anderes Pferd für dich nehmen«, sagte Nicolas. »Die haben da eine kleine kastanienbraune Stute, ein sehr hübsches Pferd; und sehr brav. Die hat wenigstens Respekt vor Tibor und rennt ihm nicht davon.«
»Reiten wir morgen wieder?«
»Natürlich. Wenn du willst.«
»Ob ich will! Es ist das Schönste für mich auf der Welt, das Aller-Allerschönste, wenn ich mit dir reiten kann. Und mit dir hier sitzen kann. Und überhaupt bei dir sein kann.«
Er neigte den Kopf zur Seite und betrachtete sie mit einem undefinierbaren Ausdruck.
»Weißt du eigentlich, was du da redest?«
»Nur die Wahrheit.«
Er hatte sich vorgenommen, den lieben zurückhaltenden Onkel zu spielen und sich keinesfalls noch einmal von einem so törichten unbeherrschten Gefühl hinreißen zu lassen. Das machte sie ihm schwer.
Wie sie ihn ansah! Wie sie jeden Blick von ihm auffing, jeder möglichen Berührung entgegenkam, wie sie sich viel zu dicht neben ihn setzte, ihm Kaffee eingoß, ihm sein Brötchen mit Butter bestrich, wie sie lachte und redete. Wie sie kokettierte. Denn das tat sie auf einmal. Sie hatte es früher nie getan. Ihre Liebe war immer deutlich zu sehen gewesen, aber es war eine unschuldige Liebe gewesen. Jetzt war in ihrem Lächeln, ihren Blicken, ihren Bewegungen keine Unschuld mehr. Als er sich eine Zigarette anzündete, sagte sie: »Ich möchte auch eine.«
»Seit wann rauchst du denn?«
»Ach, manchmal. Wenn ich einsam bin.«
»Bist du denn einsam?«
»Ja, sehr. Aber heute nicht. Heute ist ein wunderbarer Tag.« Ehe sie gingen, sagte sie: »Danke. Ich danke dir.«
»Wofür?«
»Für alles. Daß du da bist. Hier bei mir.«
Er neigte sein Gesicht dicht an das ihre.

»Du bist eine gefährliche kleine Person geworden, weißt du das?«
»Das möchte ich gern sein. Gibst du mir . . . gibst du mir einen Kuß?«
»Nein.«
»Nur einen ganz kleinen.«
»Nein. Keinen kleinen und keinen großen. Nicht mehr.«
»Aber warum?«
»Du hast doch jetzt einen Mann, der dich küssen kann, soviel du willst.«
»Ach! Das ist doch ganz was anderes.«
»Schluß jetzt! Wir reiten. Und diesmal paßt du gut auf.«

Die nächsten drei Tage vergingen auf ähnliche Weise, sie ritten jeden Morgen sehr früh, Nina nun mit der Stute, mit der sie gut zurechtkam, sie frühstückten unterwegs, sie redeten und lachten, und Nicolas war vorsichtig und bemühte sich um harmlose Gespräche, aber das war unmöglich, denn sie forderte ihn heraus, immer wieder.

Der Kuß von damals ging ihr nicht aus dem Sinn. Sie wollte ihn einmal, nur einmal noch erleben.

Inzwischen hatte sie auch Kurtel getroffen, sie hatte die beiden Wohnungen besichtigt, sie tat es lachend und vergnügt, aber im Grunde interessierte es sie nicht, und daß sie in einer dieser Wohnungen mit Kurtel leben sollte, das erschien ihr weltenfern.

»Sie sind beide hübsch«, sagte sie. »Ich weiß eigentlich nicht, wie man sich entscheiden soll.«

Kurtel hätte ihr auch eine Wohnung auf dem Mond oder in Hinterindien anbieten können, das war alles so egal, sie fieberte immer nur den Stunden entgegen, die sie mit Nicolas verbrachte.

»Du bist so fröhlich«, sagte Kurtel beglückt.
»Ja. Ich weiß auch nicht, warum.«

Als sie am vierten Tag ausritten, sagte Nicolas, auch dies als Schutz und Schild benutzend: »Da müßte ich ihn ja wohl auch mal kennenlernen, deinen Zukünftigen. Alice meinte, er sei sehr nett.«

»Ja? Willst du wirklich?« fragte sie gedehnt.
»Natürlich. Wir könnten einmal abends mit ihm zum Essen gehen.«
»Wenn du meinst.« Es klang keineswegs begeistert.

Kurtel war sehr aufgeregt, daß er nun Onkel Nicolas, dieses Wunderwesen, kennenlernen sollte. Sie verabredeten sich ziemlich spät, Nicolas ging nie vor neun zum Essen, also konnte Kurtel noch nach Hause gehen und sich umziehen.

Er war sofort von Nicolas bezaubert und verstand nun Ninas Begeisterung.

Was für ein Mann! Wie er aussah, wie er ging und stand, wie er mit dem Ober verhandelte, wie er den Wein kostete, wie er die Zigarette hielt! Und Nina! Wie anders war sie in seiner Gegenwart, sprühend, lebendig, und so schön.

Kurtel gab sich große Mühe, gelassen zu erscheinen. Er war noch nie in so einem feinen Restaurant gewesen, war noch nie von solchen Obern bedient worden, hatte noch nie solche Sachen gegessen. Aber er bemerkte kaum, was er aß. Er mußte schauen und staunen. Der würde ja dann gewissermaßen auch sein Onkel sein. Würde sie vielleicht manchmal in so ein vornehmes Restaurant einladen. Er brauchte einen neuen Anzug, damit er bestehen konnte.

Sie gingen spät nach Hause, brachten Kurtel noch mit dem Automobil zu seiner Bleibe, und Kurtel wagte es nicht, Nina wie sonst auf die Wange zu küssen, er küßte ihr die Hand.

Auf dem Heimweg, durch die ganze Stadt zurück, summte Nina vor sich hin. Sie fragte nicht: Wie gefällt er dir? Wie findest du ihn? Sie hatte Kurtel schon vergessen.

»Ein netter junger Mann«, meinte Nicolas schließlich, »macht einen guten Eindruck.«

»Ja, ja, ja«, sang Nina vor sich hin, den Kopf auf die Lehne zurückgelegt.

»Mir scheint, du nimmst die ganze Sache gar nicht sehr ernst.«

»Was für eine Sache?«

»Nun, die Ehe, die du eingehen willst.«

»Ach, das wird sich schon finden.«

Nicolas lachte. »Ein ganz vernünftiger Standpunkt.«

»Weißt du, was die Hauptsache ist an dieser Ehe?«

»Nein, sag es mir!«

»Ich werde dann in Breslau leben. Und dich so oft sehen, wie ich will.«

»Wie du willst?«

»Wie *du* willst.«

»Ich weiß gar nicht, ob ich noch lange in Breslau bleibe.«

»Nicolas!«

»Ich lebe jetzt schon eine ganze Weile hier, und eigentlich hätte ich Lust, wieder einmal woanders zu leben.«

»Du darfst nicht fortgehen.«

Sie waren angelangt, er stieg aus, kam um den Wagen herum und reichte ihr die Hand.

»Komm, steig aus, du verrückte Braut. Aus dir kann noch allerhand werden, wie es scheint.«

In der Wohnung war es still. Hanni schlief schon lange.

»Willst du nach Berlin?« fragte Nina.

»Vielleicht.«

»Ich kann auch in Berlin leben.«

»Du?«

»Na ja, Kurtel kann auch dort eine Stellung finden. Er ist sehr tüchtig.«

»So.«

»Wenn ich will, daß wir nach Berlin gehen, dann gehen wir nach Berlin. Er tut alles, was ich will.«

»Aha.«

Sie standen in der Diele, sie sah ihn herausfordernd an.

»Wie wär's, wenn wir morgen nach Warmbrunn fahren und Alice besuchen würden?« sagte er ablenkend.

»Ach, noch nicht. Morgen wollen wir reiten.«

»Dann geh zu Bett. Sonst hast du nicht ausgeschlafen.«

»Gute Nacht, Nicolas«, sagte sie zärtlich, hob beide Arme, legte sie um seinen Hals und küßte ihn. Sie ihn. Auf den Mund.

Er rührte sich nicht, versuchte, fest zu bleiben, aber sie ließ ihn nicht los, da griff er zu, nahm sie in die Arme und nun, endlich, endlich, küßte er sie wieder. So wie damals im April. Genau so.

Sekundenlang blickten sie sich danach in die Augen. Nicolas war ernst, sie konnte nicht erkennen, was er dachte. Aber er sah, daß sie ihm gehörte, ganz und gar.

»Gute Nacht, mein Kind«, sagte er, wandte sich ab und ging in das Herrenzimmer.

Nina blickte ihm nach, sie lächelte.

Sie war kein Kind mehr, und er wußte es nun.

In ihrem Zimmer zog sie sich aus, ging ins Badezimmer, kehrte in ihr Zimmer zurück, löste ihr Haar und blickte sich lange im Spiegel an. Das Leben war schön. Und es war ganz richtig, daß sie Kurtel heiratete. Das würde sich alles finden. Irgendwie würde es gehen.

Das Bett war aufgeschlagen, sie zog das lange weiße Nachthemd an, stellte sich wieder vor den Spiegel und begann ihr Haar zu flechten.

Er hatte sie geküßt.

Die Tür des Zimmers öffnete sich. Sie fuhr herum.

Nicolas.

Er trug einen seidenen Morgenmantel, stand an der Tür, zog die Tür hinter sich zu und sah sie an.

»Alles bekommt er nicht von dir, dein netter junger Mann«, sagte er.

Sie stand wie erstarrt, das Lächeln war aus ihrem Gesicht verschwunden, eine kalte Angst kroch in ihr Herz.

»Was hast du denn da an?« fragte er.

Sie schluckte, blickte an sich herunter.

»Ein Nachthemd.«

»Kolossal. Wo bekommt man so etwas?«

»Das . . . das hat Trudel genäht.«

»So sieht es aus. Ich glaube, ich muß mich um deine Nachthemden auch noch kümmern. Wenn ich das nächstemal in Paris bin, werde ich dir ein paar mitbringen.«

Er kam auf sie zu, stand vor ihr, tippte auf das Rüschchen, das eng ihren Hals umschloß.

»Könntest du dich entschließen, das auszuziehen?«

Sie stand regungslos, wie hypnotisiert, unfähig sich zu rühren.

»Soll ich es dir ausziehen? Sieht schwierig aus.«

Es waren feste Wäscheknöpfe in festen Knopflöchern, solide Arbeit von Trudel. Er brauchte eine Weile, bis er alle aufgeknöpft hatte, dann zog er ihr langsam das Hemd über den Kopf.

»So ist es besser«, sagte er. Er löste den einen Zopf wieder auf, den sie geflochten hatte, breitete das Haar über ihre Schultern, seine Hände berührten ihre Brüste, glitten sanft darüber hin, dann beugte er den Kopf, küßte eine Brust, dann die andere. Dann zog er sie sanft an sich, sein Mantel öffnete sich.

»Wenn du die Liebe kennenlernst, Ninotschka, soll sie dich glücklich machen. Soll ich sie dir zeigen?«

Sie bog den Kopf zurück, ihre Kehle spannte sich, sie schloß die Augen.

»Ja. Nur du.«

Er hob sie auf, trug sie zum Bett, legte sie behutsam nieder und setzte sich auf den Bettrand. Eine Weile blieb er still sitzen und betrachtete sie.

»Schön und jung«, sagte er. »Ich wünschte, du würdest immer glücklich sein.«

Sie wollte sagen: ich bin es, wenn du bei mir bist.

Aber sie konnte nicht sprechen. Sie spürte nur seine Hände, die sie liebkosten. Zärtliche Hände, die ihren Leib berührten, ihre Brust, ihre Schenkel streichelten, sanft öffneten, Hände, die Zeit hatten, die warten konnten, bis sie weich und nachgiebig wurde, bis ihre Haut zu leben begann.

Sie hatte keine Angst. Auch nicht, als er sich neben sie legte. Auch nicht, als sein Körper sich sanft, ganz vorsichtig auf sie niederließ. Es war so wunderbar, ihn zu spüren, seine Haut auf ihrer Haut, das war wie in ihren Träumen, nur viel, viel schöner.

Was in ihren Träumen nicht vorgekommen war – daß er in sie eintauchte, in ihr war, das hatte sie nicht gewußt.

Der Schleier riß.

Es schmerzte nicht, sie schrie nicht. Es war wie ein tiefer dunkler Strom, in dem sie unterging, aus dem sie nie wieder auftauchen wollte.

Tage, die keinen Namen haben. Nächte, verbracht auf einem fernen Stern, weit weg von der Erde und den anderen Menschen. Verlorengegangen in dem großen Nichts und Nirgendwo, das nur zwei Liebende finden können.

Eine leidenschaftliche Glut hatte Nicolas erfaßt, wie er sie so nie empfunden hatte. Noch einmal, ehe sich sein Leben abwärts neigte, bot sich ihm das Wunder von Liebe und Leidenschaft: Diese junge Mädchenfrau, die ihm bereitwillig alles gab, ohne Einschränkung, ohne Überlegung, ohne Zweifel, denn sie sah in ihm die Liebe selbst.

Er war sich zu jeder Minute klar darüber, welch kostbares Geschenk ihm zuteil geworden war, und wie wenige Tage es ihm gehörte.

Viele Arten von Liebe hatte er gekannt, diese nicht. Viele Frauen hatten sein Leben begleitet, keine war wie sie gewesen, in der niemals fragenden Unschuld der Hingabe, in dem endlosen Vertrauen an ihn und seine Liebe.

Nina jedoch, die Novizin, nachdem sie die ersten scheuen Schritte in das unbekannte Land getan hatte, fand sich leicht und schnell darin zurecht und eroberte sich dieses Land im Sturm. Sie war so lange bereit gewesen, ihm zu gehören, daß es nun ganz selbstverständlich war, sich ihm zu überlassen. Und weil sie liebte, begriff sie sehr schnell, welche Rolle sie zu spielen hatte. Sie nahm nicht nur, sie gab. Er sollte glücklich sein, er sollte genießen, sollte jede andere Frau vergessen, die er je umarmt hatte.

»Du bist ein Naturtalent der Liebe«, sagte er.

»Nur, wenn ich bei dir sein kann«, erwiderte sie.

Er sprach nicht mehr davon, nach Bad Warmbrunn zu fahren, kein Tag, keine Nacht durften verloren gehen von den wenigen Tagen, den wenigen Nächten, die ihnen gehörten.

Jeden Morgen ritten sie aus, noch erschöpft von den schlafarmen Nächten; der Wind, der ihnen um die Ohren flog, wenn sie galoppierten, vertrieb die Müdigkeit. Wenn sie ihn ansah, lockten ihre Augen. Wenn er sie vom Pferd hob, ließ sie sich voller Bewußtheit in seine Arme gleiten, ihre Körper berührten sich und schon begehrte er sie wieder. Diese Tage waren wie ein einziger Tag, diese Nächte wie eine einzige Nacht.

Und dazwischen immer wieder ein abrupter Sprung in die Wirklichkeit, den Nina ebenfalls vollendet beherrschte. Sie holte Kurtel nach Dienstschluß ab, behandelte mit leichter Hand die Wohnungsfrage, nahm ihn mit zum Essen, wenn sie mit Nicolas verabredet war. Dabei war sie fröhlich, sehr gesprächig, aber jede ihrer Bewegungen, jeder Blick war nun die Bewegung und der Blick einer Frau, die sich der Gegenwart ihres Geliebten bewußt ist.

»Du hast dich verändert, irgendwie«, sagte Kurtel, dem das nicht ganz verborgen bleiben konnte. Sie saßen im Schloßrestaurant, hatten gut gespeist, und Nina hielt mit beiden Händen ihr Weinglas, trank in kleinen Schlucken, ihr Blick ging verträumt an den beiden Männern vorbei, aber sie wußte, daß beide sie ansahen, und wie sie sie ansahen.

»Wieso verändert?« fragte sie leichthin. »Ich bin wie immer.«

Kurtel bekam ein kleines Lächeln, dem ein wenig Zärtlichkeit beigemischt war, denn sie war mit Zärtlichkeit so angefüllt, daß sie mühelos auch an Kurtel davon abgeben konnte.

Nicolas, der ihr gegenüber saß, betrachtete sie unter gesenkten Lidern. Und ob sie sich verändert hatte! Kurtel hatte ganz recht.

Über die Situation, in der sie sich befanden, wollte Nicolas nicht nachdenken. Sein leichtfertiges Wesen machte ihm das nicht allzu schwer. Er dachte nur: Frauen sind erstaunliche Wesen. Da sitzt sie nun, meine junge Geliebte, und lächelt zärtlich den jungen Mann an, den sie demnächst heiraten wird. Nichts in ihrem Leben hat sie auf diese Rolle vorbereitet, aber sie spielt sie perfekt. Eine erfahrene Frau, die zwei Dutzend Liebhaber hinter sich gebracht hat, könnte es nicht besser machen.

Später, als sie im Bett lagen, sagte Nicolas: »Nichts ist so gewissenlos wie eine Frau, die von Berechnung oder von Liebe getrieben wird.«

»In diesem Fall von Liebe.«

»Ich weiß. Erstaunlich ist es trotzdem.«

Ohne viel zu überlegen, entschied sie sich schließlich für eine der beiden Wohnungen, und zwar für die am Schießwerder, die an einer kleinen Grünanlage lag, freundlich und sonnig war, zwei große und zwei kleine Zimmer hatte, die großen und ein kleines zur Straße, das zweite kleine, die Küche und das Badezimmer zum Hof gelegen. Den Hauswirt eroberte sie binnen weniger Minuten, und er versprach, daß er die ganze Wohnung neu streichen lassen werde.

»Tapeten«, sagte Nina. »Ich möchte lieber Tapeten haben.«

Zusammen mit Nicolas ging sie die Tapeten aussuchen, sie wählte helle Farben; während des Einkaufs alberten sie wie die Kinder, und daß sie mit einem anderen Mann zwischen diesen Tapeten leben würde, daran schienen beide nicht zu denken.

Oder nicht denken zu wollen. Es war wie eine stille Abmachung zwischen ihnen: sie lebten nur der Gegenwart, nur dem Tag und der Stunde, sie sprachen nie von später. Sie hatten keine Vergangenheit und keine Zukunft. Das Leben hatte begonnen, als er an jenem Abend in ihr Zimmer kam. Und es würde enden – wann, wo? Davon zu sprechen, scheuten sie sich beide.

»Und was ist mit den Gardinen?« fragte Kurtel, nachdem die Tapetenfrage geklärt war. »Solltest du die nicht gleich mit aussuchen? Die können wir bei uns im Geschäft bekommen.«

»Das soll deine Mutter machen, die versteht mehr davon. Irgendeinen Spaß muß sie schließlich auch haben. Wenn ich wieder zu Hause bin, schicke ich sie dir her.«

Zunächst dachte sie nicht daran, nach Hause zu fahren, sie würde bleiben, bis Alice von ihrer Kur zurückkam. Bis zum letzten Tag würde sie diese eine einzige Zeit ihres Lebens auskosten, in der Nicolas ihr allein gehörte.

Hanni, das Mädchen, schien ein wenig verstört zu sein und blickte sie manchmal unsicher an. Sie sah den Zustand des Bettes, vielleicht stand sie auf in der Nacht und lauschte.

»Je m'en fiche«, sagte Nicolas. Das war ein Ausspruch, den die Fürstin oft gebrauchte. Was er bedeuten solle, wollte Nina wissen.

»Es ist kein ganz feiner Ausspruch für eine Dame. Darum kann ihn nur eine wirkliche Dame gebrauchen. Im Grunde heißt es nichts anderes als: es ist mir total egal.«

»Es ist mir auch egal«, sagte Nina. »Und wenn morgen die Welt untergeht, ist mir das auch egal. Im Gegenteil, es wäre mir recht.«

Sie wußte nicht, wie nahe der Weltuntergang, auch ihr Weltuntergang, schon war.

Vor der Begegnung mit Alice war Nina dann doch ein wenig bange, sie war sehr schweigsam, als sie nach Warmbrunn fuhren, um sie abzuholen. Und als Alice dann bei ihnen war, vermied sie es ängstlich, Nicolas anzusehen.

Nicolas, besser geübt in solchen Situationen, war freundlich und liebevoll um Alice bemüht, dann abgelenkt und beschäftigt, auf der Heimfahrt hatten sie eine Panne, das Automobil streikte und mußte von zwei Pferden abgeschleppt werden.

»Wie ich diese Autofahrerei hasse«, sagte Alice. »Ich kann mir nicht vorstellen, daß dieses Gefährt eine Zukunft hat. Das ist wohl bloß so eine alberne Mode.«

Alice und Nina wurden zur nächsten Bahnstation gebracht, Nicolas blieb bei seinem kranken Fahrzeug, mit dem er am nächsten Tag in Breslau eintraf.

Am Tag darauf reiste Nina ab. Nicolas brachte sie zur Bahn. Sie standen auf dem Bahnsteig, und es fiel ihnen schwer, miteinander zu sprechen.

»Ich weiß eigentlich nicht, wie ich das Leben ertragen soll ohne dich«, sagte Nina schließlich. Er schwieg.

»Sag, daß du auch nicht ohne mich leben kannst.«

»Ich werde es müssen.«

»Dann liebst du mich eben doch nicht.«

»Ich habe schon viel darüber nachgedacht, was ich tun soll. Ich könnte dich entführen. Vielleicht nach Paris.«

»Das meinst du nicht im Ernst?«

»Nein«, sagte er langsam. »Das ist nur, was ich tun möchte. Was ich aber nicht tun darf. Wovon sollten wir leben? Du bist so jung. Ich kann dein Leben nicht noch mehr in Unordnung bringen.«

»Ich würde mit dir gehen, wohin du willst. Und es wäre mir egal, wovon wir leben.«

»Ja, ich weiß, daß es dir egal wäre. Du bist ein tollkühnes kleines Ungeheuer, das ins Wasser springt, wo es am tiefsten ist. Ich kenne dich jetzt sehr gut.«

Der Schaffner ging am Zug entlang und forderte zum Einsteigen auf. »Du wirst sehen, daß alles sich arrangieren wird«, sagte Nina mit einem nervösen kleinen Auflachen. »Das wirst du sehen. Laß mich nur machen. Wenn ich erst verheiratet bin, können wir uns treffen, so oft wir wollen. Tagsüber bin ich allein.«

»Nichts ist so gewissenlos wie eine Frau . . .« begann er, und sie fiel ihm ins Wort: »Wenn sie von Berechnung oder von Liebe getrieben wird. Du hast mir das bereits mitgeteilt. Jetzt muß ich einsteigen und fortfahren. In Wirklichkeit bleibe ich hier. Bei dir.«

Nicolas blieb stehen, ohne sich zu rühren, ohne zu winken, bis der Zug nicht mehr zu sehen war. Es war ihm, als hätte die Brandung ihn an Land geworfen. Als hätte ein Wirbelsturm ihn in die Wolken geschleudert, und nun war er auf der Erde aufgeschlagen. Daß ihm so etwas passieren konnte!

Nun war sie fort. Fast fühlte er sich ein wenig erleichtert. Dieses Kind! Dieses Mädchen!

Eine Frau. Von heute auf morgen eine Frau, eine hinreißende Geliebte dazu. Für wen würde sie das später sein? Doch nicht für Kurt Jonkalla. »Ich werde nie in meinem Leben einen anderen Mann lieben können«, das hatte sie ihm mehrmals gesagt, und er war fast geneigt, es für wahr zu halten.

Aber ihr Leben begann erst. Sein Leben war dem ihren weit voraus. Welcher Mann würde einmal bekommen, was er jetzt bekommen hatte? Später, in einigen Jahren, wenn er alt war und sie noch immer jung?

Er war weit davon entfernt, sie nach Paris oder anderswohin zu entführen, die Ungewißheit seines eigenen Lebens genügte ihm, und ein wenig ermüdet fühlte er sich nun auch.

Sie kann es leicht mit zwei Männern aufnehmen, dachte er zynisch. Und verbot sich diesen frechen Gedanken sofort.

Laut sagte er: »Das muß aufhören.« Nicolas kam zu sich, sah sich um. Er stand allein auf dem leeren Bahnsteig.

Ein Gefühl großer Leere überkam ihn. Er machte sich etwas vor, er belog sich selbst. Es würde unerträglich sein, sie mit einem anderen Mann verheiratet zu wissen, auch wenn es nur der liebe kleine Kurtel war.

Was für ein Wahnsinn! Er setzte sich entschlossen den Hut auf den Kopf und ging auf den Ausgang zu. Er war nicht zwanzig, er war fünfzig. Und es kam nicht in Frage, daß er sein künftiges Leben in einem Zwiespalt der Gefühle verbrachte.

Wie immer in prekären Situationen fiel ihm die Fürstin ein. Er mußte mit ihr darüber reden. Sie verstand alles, und sie würde ihm raten; und ihn wieder auf die Erde zurückholen. Jetzt würde er erst einmal in den Club gehen.

An einem Tag Mitte November des Jahres 1913 heirateten Nina Nossek und Kurt Jonkalla. Kurtels zielstrebige Hartnäckigkeit hatte wieder einmal gesiegt, er bekam Nina noch in diesem Jahr und würde sie unter seinen Christbaum setzen können. Nur einen Monat hatte er warten müssen, denn eigentlich hatte er geplant, im Oktober zu heiraten. An der Verzögerung war seine Mutter schuld.

Kein Mensch konnte sich daran erinnern, daß Martha jemals krank gewesen war, doch ausgerechnet jetzt, angesichts der Hochzeit ihres Sohnes, zu diesem so wichtigen Zeitpunkt ihres Daseins, spielte ein unfreundliches Schicksal ihr diesen Streich. Martha wurde krank, so krank, daß man um ihr Leben fürchten mußte.

Sie bekam Mitte September eine schwere Nierenbeckenentzündung, verursacht offenbar durch eine Erkältung, und wurde mit hohem Fieber in das Krankenhaus eingeliefert. Kurt nahm sich einige Tage frei und kam sofort angereist, und eine Weile dachte keiner an die Hochzeit, sondern an die kranke Frau.

Das heißt, Martha, sobald sie wieder einigermaßen klar im Kopf war, dachte unausgesetzt an die Hochzeit. Sie wollte nicht, daß ihretwegen der Termin verschoben wurde, doch Nina, neben ihrem Bett sitzend, protestierte energisch.

»Das wäre ja noch schöner. Ohne dich wird nicht geheiratet, Martha. Jetzt werde erstmal gesund, dann werden wir weitersehen.«

»Ach Gott, Kindel, du bist so lieb, so lieb bist du. Ach, und der arme Junge, er freut sich doch so auf dich.«

»Freut er sich eben noch bißchen länger. Vorfreude ist sowieso immer die beste Freude. Wer weiß, ob er mich noch leiden mag, wenn er mich erst immer hat.«

»Der wird sich freuen, der wird sich immer freuen, das kann ich dir sagen, ganz bestimmt kann ich dir das sagen.«

Martha lächelte, sie hielt Ninas Hand fest.

»Ich bin ja so froh, daß du ihn heiratest. Das ist das größte Glück, das es für mich geben kann.«

Nina senkte den Blick, sie brachte es nicht fertig, in Marthas schmal gewordenes Gesicht, in ihre dankbaren Augen zu sehen.

»Und die Wohnung wollt' ich dir einrichten, alles fix und fertig machen, daß du bloß reingehen brauchst und dich hinsetzen«, jammerte Martha.

»Das schaffen wir alles schon, Kurtel und ich«, tröstete Nina sie. »Nun werde erstmal wieder gesund, das ist die Hauptsache.«

Das wollte Martha, gesund werden und so schnell wie möglich. Und das schaffte sie auch. Die Hochzeitsvorbereitungen, die eine Weile geruht hatten, kamen wieder in Gang.

Zwar war es nun schon ein wenig kühl am Hochzeitstag, über die Oder blies ein frischer Wind, und Nina mußte den weißen Schleier festhalten, als sie vor der Kirche aus der Kutsche stieg. Denn natürlich heiratete sie in Weiß, mit Kranz und Schleier, wie es sich gehörte. Kurtel trug einen geliehenen Cut, in dem er sehr würdig und ein bißchen lächerlich aussah.

Es war keine aufwendige Hochzeit, doch ein hübsches Familienfest. Emil tat sein Bestes, einen wohlwollenden Brautvater abzugeben, Agnes und Martha flennten um die Wette, Trudel schloß sich ihnen an. Ninas Schwestern waren von dem Ereignis verständigt worden, gekommen waren sie nicht. Hedwig ließ gar nichts hören, von Magdalene kam ein Brief, sie schrieb sehr herzlich und meinte, Nina habe eine gute Wahl getroffen.

Bruder Willy hatte aus diesem Anlaß Urlaub bekommen, und erstmals seit Jahren wechselte Nina einige freundliche Worte mit ihm. Alice und Nicolas waren nicht gekommen, das verstimmte die Familie Nossek, ausgenommen Nina, sie fühlte sich sehr erleichtert.

Zwischen Alice und Nicolas hatte es deswegen seit langer Zeit wieder einmal eine ernsthafte Auseinandersetzung gegeben.

»Ich verstehe dich nicht«, sagte Alice. »Seit Jahren bringst du dich um mit ihr und tust, als sei sie dir ans Herz gewachsen. Jetzt willst du nicht einmal bei ihrer Hochzeit dabei sein.«

»Erstens fahre ich nicht mehr in diese Gegend«, sagte Nicolas kalt. »Zweitens geht mir so ein Familienfest auf die Nerven. Drittens bin ich gegen diese Heirat, das weißt du sehr gut.«

»Sie ist dein Patenkind.«

»Na, wenn schon. Sie hat immer das von mir bekommen, was ihr Freude gemacht hat. Diesen Ehemann habe ich ihr nicht ausgesucht.«

»Ich finde das sehr merkwürdig«, sagte Alice langsam.

»Das kannst du finden, wie du willst«, sagte Nicolas hochmütig. »Ich fahre jedenfalls nicht. Aber wer hindert dich daran? Es ist schließlich deine Familie.«

Er besann sich seltsamerweise ausgerechnet jetzt auf seine Familie, er fuhr drei Tage vor der Hochzeit ins Baltikum, wo er viele Jahre nicht gewesen war. Er müsse seinen Onkel besuchen, erklärte er, der sei nun schon ziemlich alt. Auch wolle er sehen, wie es auf Kerst gehe, nachdem keine Söhne und Nachfolger im Hause mehr lebten.

»Kann sein, daß wir doch dorthin zurückkehren. Könntest du es dir vorstellen?«

Alice wandte ihm den Rücken zu und ließ ihn stehen. Zur Hochzeit fuhr sie nicht. Sie hatte das Gefühl, auf schwankendem Boden zu stehen. Was hatte sich zwischen den beiden ereignet? Nina war verliebt in ihren Onkel, er war eifersüchtig auf ihren zukünftigen Mann. Diese Konstellation war nicht neu. War das alles?

Alice verbot sich, weiter darüber nachzudenken. Sie hatte in dieser Beziehung nie sehr viel Fantasie besessen, sie wollte sich jetzt nicht von geradezu monströsen Fantasien verwirren lassen. Aber hatte sie nicht bereits ein merkwürdiges Gefühl gehabt, als sie von Warmbrunn zurückkam? Und was war mit der Reise nach Hirschberg?

Es kam ihr nicht in den Sinn, ihm so direkte Fragen zu stellen, das war nie ihre Art gewesen. Im Grunde schämte sie sich ihrer Gedanken, aber sie wurde sie nicht los.

Die Reise nach Hirschberg hatte vierzehn Tage vor der Hochzeit stattgefunden. Nina war in Breslau gewesen, um letzte Hand an die Wohnung zu legen. Abends, als sie zu viert zusammen saßen, hatte Nicolas sie in Gegenwart von Alice und Kurtel gefragt, ob sie ihn nicht für einige Tage nach Hirschberg begleiten wolle. Er habe dort geschäftlich zu tun, und sie könne sich noch einmal, ehe der Ernst des Lebens beginne, ihrer Freiheit erfreuen. Vorausgesetzt, der zukünftige Herr Gemahl erlaube es.

Er sagte es wörtlich so, und Kurtel stimmte in sein Gelächter ein und meinte, natürlich erlaube er es, und was ihn betreffe, werde Nina immer ein freier Mensch sein.

Alice hatte nichts dazu gesagt, und Nicolas hatte sie höflich gefragt: »Du kommst doch auch mit?«

Sie hatte abgelehnt, das bereute sie jetzt.

Daß die Reise allerdings niemals stattgefunden hätte, wenn sie bereit gewesen wäre mitzufahren, auf diese Idee kam sie nicht. Dann hätte Nicolas zweifellos in letzter Minute eine Ausrede gefunden, die erklärte, wodurch er verhindert sei. Er hatte es sich gut überlegt, auch wußte er ohnehin, daß Alice, gerade nach der Panne auf dem Weg von Warmbrunn zurück, nicht gern längere Strecken im Auto fuhr.

Nina und Nicolas blieben vier Tage in Hirschberg. Sie wohnten im Hotel ›Drei Berge‹, hatten zwei Zimmer nebeneinander, je ein Doppelzimmer.

Nicolas machte in der Tat einige Geschäftsbesuche in Hirschberg und in den Orten im Gebirge, manchmal begleitete Nina ihn, oder sie bummelte in der hübschen alten Stadt herum und wartete auf seine Rückkehr.

Die meiste Zeit verbrachten sie sowieso im Hotel und im Bett.

Am letzten Tag, als ihre Sachen schon gepackt waren, standen sie wie zwei verlorene Kinder voreinander.

»Das war nun das Ende«, sagte er.

»Nein«, sagte Nina. »Niemals. Es gibt kein Ende.«

Er schob sie ein Stück von sich weg und sah sie an, seine Augen waren müde. »Schämst du dich nicht?« fragte er.

»Nein. Gar nicht. Ich liebe dich. Man braucht sich nicht zu schämen, wenn man liebt.«

»Ich will dich nicht mehr, wenn du mit einem anderen Mann zusammenlebst.«

»Bist du nie mit einer Frau zusammen gewesen, die verheiratet war?«

»Nina, ich hätte nie vermutet, daß du so eine Frage stellen könntest.«

»Ich bin eine ganz normale Frau und stelle ganz normale Fragen.«

»Und ich bin ein ganz normaler Mann und will eine Frau für mich allein.«

»Sag mir die Wahrheit! Hast du nie eine Frau geliebt, die verheiratet war?«

»Doch. Das habe ich. Aber bei dir gefällt es mir nicht.«

»Das glaube ich nicht. Es wird dir auch bei mir gefallen.«

Sie maßen sich mit Blicken, Nina wich seinem Blick nicht aus.

»Verdammtes Frauenzimmer!« sagte er und küßte sie. »Du bist dir deiner Sache viel zu sicher.« Verwundert fügte er hinzu. »Wie kam das eigentlich? Ich habe gar nicht gemerkt, wie du dich zu dem entwickelt hast, was du auf einmal bist.«

»Ich war immer so«, sagte Nina mit Bestimmtheit.

Damit hatte sie die Wahrheit gesagt. Sie war immer so gewesen. Was sie tat, tat sie ganz. Mit Eifer und Nachdruck, mit Hingabe und aus ganzer Seele. Wie sollte es anders sein, wenn sie liebte. Das einzige, was nicht ins Bild paßte, war ihre bevorstehende Ehe. Die lag vor ihr wie ein riesiger Berg, und sie wußte nicht, wie sie den bewältigen sollte.

Bis zum letzten Augenblick schob sie jeden Gedanken daran beiseite.

Doch am Morgen des Hochzeitstags, als sie bereits angezogen vor dem Spiegel stand, ihre Mutter und Trudel um sie herum, überkam sie wilde Panik.

Ich laufe weg. Ich kann mich jetzt umdrehen, aus dem Zimmer rennen, aus dem Haus, durch die Stadt, in den Fluß.

In den Fluß? O nein, gewiß nicht.

Zum Bahnhof. Und dann?

Sie blieb und heiratete.

Die Hochzeitsnacht verschob sich um einen Tag beziehungsweise um eine Nacht, denn sie reisten noch am gleichen Tag ins Isergebirge, nach Bad Flinsberg, was zwar keine weite, aber eine umständliche Reise war, sie mußten zweimal umsteigen und kamen spät am Abend an.

Das Hotel war kein Hotel, sondern eine billige Pension, und Nina, die nun schon einigemale in guten Hotels gewohnt hatte, machte ein verdrossenes Gesicht.

»Wenn es dir nichts ausmacht«, sagte sie zu Kurtel, in liebenswürdigem, aber sehr entschiedenem Ton, »möchte ich gleich schlafen gehn. Ich bin sehr müde. Es war ein anstrengender Tag.«

»Selbstverständlich«, sagte Kurtel und küßte sie väterlich auf die Stirn, »das verstehe ich. Ich störe dich bestimmt nicht.«

Das tat er wirklich nicht, er liebte sie ja und fühlte sich für sie verantwortlich. Nichts sollte geschehen, was sie erschrecken oder verstören würde.

Dennoch fand es Nina störend, daß er in dem Bett neben ihr lag, als sie am Morgen aufwachte. Nun war sie es zwar mittlerweile gewöhnt, die Nacht mit einem Mann zu verbringen, sofern also konnte es kein allzugroßer Schock sein. Nur eben der, daß es ein anderer, nicht Nicolas war.

Später gingen sie spazieren und sahen sich in Bad Flinsberg um. Aber es war zu spät im Jahr, von den Bergen kam ein eisiger Wind, der Kurpark war schon fast ganz kahl, und am Nachmittag begann es zu regnen, und nach und nach mischte sich Schnee in den Regen.

»Schade«, sagte Kurtel, »ich hatte gehofft, mit dir ein paar schöne Herbsttage hier zu verbringen. Aber das kommt daher, weil wir nun über einen Monat später geheiratet haben.«

»Das macht doch nichts. Sei froh, daß deine Mutter wieder gesund ist. Wir brauchen ja nicht lange hier zu bleiben. Mir gefällt das Zimmer sowieso nicht.«

Dagegen dachte sie mit einer gewissen erwartungsvollen Freude an die eigene Wohnung in Breslau, die sie nun beziehen würde. Das erschien ihr das Reizvollste an der ganzen Ehe. Eine eigene Wohnung, einen eigenen Haushalt, jeden Tag mußte sie überlegen, was sie kochen würde, und sie kochte gern, sie würde einkaufen gehen und nicht nur in ihrem Stadtviertel, sondern auch manchmal mit der Elektrischen in die Stadt fahren, bei Stiebler einkaufen, am Ring, auch bei Barasch, das war alles sehr verlockend. Hin und wieder konnte sie sich mit Tante Alice im Café Fahrig treffen oder sie besuchen.

Und Nicolas sehen. Vielleicht würde er sie manchmal zum Essen einladen oder ins Theater, oder sie auffordern, mit ihm reiten zu gehen. Und was noch?

Das war die große Frage, die sie mehr beschäftigte, als alles andere. Ein wenig quälte sie der Zweifel, wie er sich in Zukunft verhalten würde. Aber stärker war das Gefühl der Sicherheit: daß er sie liebte, daß er sie begehrte, daß er sie brauchte.

So sahen die Gedanken aus, die sie bewegten, während sie neben dem glücklicherweise ahnungslosen Kurtel durch Bad Flinsberg schlenderte.

In der Pension hatten sie eingeheizt, aber gemütlicher wurde das Zimmer davon auch nicht. In Breslau, in der neuen Wohnung standen große weiße Kachelöfen, und Herr Wirz, der nette Hauswirt, hatte versichert, daß es ausgezeichnete Öfen waren.

»Ein paar Briketts jeden Tag, Fräulein Nossek«, hatte er gesagt, »und Sie haben es mollig warm. Das wern Sie sehen, sehen wern Sie das. 'ne junge Frau darf nich frieren. Und immer wird der Herr Gemahl ja nicht zugegen sein, um für Wärme zu sorgen, nich?«

Am Abend kam dann der Herr Gemahl zu seinem Recht.

Nina war sehr schweigsam gewesen, sie hatte auch Ausreden gesucht, aber dann sagte sie sich, je schneller sie es hinter sich brachte, um so besser.

Sie war ein wenig gelangweilt, ein wenig überdrüssig dieser ganzen Eheaffäre. Bedenken hatte sie keine, sie war sicher, daß Kurtel es nicht merken würde, daß es bei ihr nicht das erstemal war. So erfahren war er gewiß nicht.

Und wenn schon, dachte sie. Er hat mich doch bekommen, was will er eigentlich noch?

Sie machte sich nicht einmal die Mühe, ihm deswegen ein Theater vorzuspielen, sie tat, was alle ehrbaren Jungfrauen taten: sie schloß die Augen und ließ es über sich ergehen.

Kurtel merkte wirklich nichts. Er war sehr aufgeregt und nervös, aber durchaus nicht unerfahren. Wie er alles in seinem Leben plante und vorbereitete, hatte er sich auch auf diesem Gebiet die nötigen Kenntnisse erworben. Er ging sehr behutsam und vorsichtig zu Werke, denn er dachte sich, daß es eine verantwortungsvolle Aufgabe sei, ein junges, ahnungsloses Mädchen aus gutem Hause in die Liebe einzuführen. Ihre Reserve und Passivität irritierten ihn nicht im geringsten, das konnte ja gar nicht anders sein.

Als er eingeschlafen war, lag sie noch lange wach. Nun schämte sie sich doch. Nicht vor Kurtel. Vor sich selbst. Sie war eine Verräterin, sie hatte ihre große Liebe verraten. Ihr Leben war nur noch eine einzige große Lüge. Und das wäre auch so, wenn zwischen ihr und Nicolas nichts geschehen wäre.

Wenn ich aber lügen muß, dachte sie trotzig, dann soll es sich auch gelohnt haben. Dann wäre ein Kuß zu wenig gewesen. Nicolas! Sie starrte mit weitgeöffneten Augen ins Dunkel und dachte an ihn.

Nicolas, verzeih mir!

Sehr bald war sie sich klar darüber, daß sie schwanger war. Kurtel war ganz verdattert, wenn auch ein wenig stolz.

»Mein Gott, so schnell. Das tut mir leid, Nina.«

»Es macht nichts«, sagte sie großmütig. »Ich will sehr gern ein Kind haben.«

Zu Nicolas sagte sie: »Es ist dein Kind.«

377

»Das kannst du doch nicht wissen.«
»O doch«, sagte sie triumphierend, »das weiß ich ganz gewiß.«
Sie gebar ihre Tochter Victoria Ende Juli 1914. Da war der österreichische Thronfolger längst ermordet, die Welt bebte in Unruhe, und einige Tage später begann der Krieg.
Kurt Jonkalla, von der allgemeinen Mobilmachung betroffen, mußte sofort einrücken.
Agnes schrieb: Du kommst natürlich sofort mit deinem Kind nach Hause.
Nina schrieb: Ich bleibe hier. Mir geht es ausgezeichnet. Außerdem sind die Züge zur Zeit viel zu überfüllt.
Nicolas von Wardenburg, Rittmeister d. R., wurde Ende September zu seinem Regiment einberufen.

In dieser Zeit, wie schon im vergangenen Jahr, war Nina viel mit Victoria von Mallwitz zusammen. Die Kinderfreundschaft, die damals so jäh beendet worden war, hatte sich, seit sie in derselben Stadt lebten, zu einer beiderseits sehr großzügigen, herzlichen Beziehung entwickelt.
Victoria war die einzige, die wußte, wen Nina wirklich liebte. Sie hatte auch einigemale als Ausrede und Zuflucht dienen müssen, so als Nina, Anfang des Jahres 1914, angeblich mit Victoria zu deren Eltern nach Berlin gefahren war. Statt dessen war sie mit Nicolas verreist.
»Wenn du mich verurteilst«, hatte Nina einmal zu ihr gesagt, »dann macht es mir nichts aus. Wenn du nichts mehr mit mir zu tun haben willst, dann täte es mir leid. Ich kann mein Leben nicht ändern. Es ist Schicksal, weißt du.«
»Ob es nun Schicksal ist oder was auch immer«, erwiderte Victoria in ihrem kühlen gelassenen Ton, »du steckst nun mal drin. Ich urteile nicht, ich verurteile dich nicht. Wie käme ich dazu? He jests at scars that never felt a wound.«
»Was ist das?«
»Romeo und Julia. Der Narben lacht, wer Wunden nie gefühlt.«
Nina lachte wirklich. An Romeo und Julia hatte sie im Zusammenhang mit sich selbst und Nicolas nie gedacht.
Aber so war es mit Victoria. Es war unkompliziert mit ihr zu sprechen, auch über komplizierte Dinge. Easy-going war es, wie Victoria es nannte.
Victoria, die selbst ihr erstes Kind erwartete, wurde die Patin von Ninas Tochter.
Auf einmal waren sie allein.
»Es ist komisch, nicht, daß die Männer verschwunden sind«, sagte Nina. »Aber es wird nicht lange dauern, das sagt jeder.«
»Mein Vater ist entgegengesetzter Meinung«, sagte Victoria.
Im Dezember 1914 gebar Victoria von Mallwitz einen Sohn, da war sie bereits Witwe. Ihr Mann war in der Schlacht von Tannenberg gefallen.
Nicolas von Wardenburg fiel 1916 während der Offensive der Alliierten an der Somme.
Kurt Jonkalla stand noch in Rußland, als dort 1917 die Revolution ausbrach. Er wurde später als vermißt gemeldet. Nina hörte nie wieder vom ihm.
Im Winter 1917 auf 1918, sie hungerten und sie froren, brachte Nina ihren Sohn Stephan zur Welt.

Nina
1929

NUN HAT FELIX ES IHNEN GESAGT. Er bat sie nach Schluß der Vorstellung noch einmal auf die Bühne, und sie ahnten wohl, was kommen würde. Felix sah elend aus, ein kleiner Nerv zuckte unter seinem linken Auge, seine Hand war unruhig, er steckte sie schließlich in die Hosentasche. Er tat mir leid, denn ich weiß, wie schwer ihm das fällt.

»Liebe Freunde«, sagte er, »ihr werdet euch ja schon gedacht haben, daß es mir auf die Dauer nicht möglich sein wird, dieses Theater weiter am Leben zu erhalten. Über die wirtschaftliche Lage brauche ich nicht zu reden, die kennt ihr alle selbst. Die Zuschüsse, die mir bisher zur Verfügung standen, werden in Zukunft ausbleiben. Die ›Helden‹ sind das letzte, was wir gemeinsam gemacht haben. Ich fühle mich ziemlich mies, und ihr werdet verstehen, daß ich nicht viel mehr sagen möchte. Wenn keiner von euch dringende Verpflichtungen hat, schlage ich vor, wir spielen weiter bis zum 20. März; der Mietvertrag für dieses Haus läuft bis 31. März, ich hab' ihn nicht verlängert. Tja, das wär's denn.«

Kurz und schmerzlos. So sieht das aus, wenn wieder mal einige Leute ihre Arbeit verlieren. Sicher, viel waren in diesem Stück nicht beschäftigt, und die sind ja sowieso immer nur für ein Stück engagiert, aber für so eine wie Marga, die schon lange bei uns mitmacht und für die sich in jedem Stück irgendeine Rolle gefunden hat, für die ist das glatt das Ende.

Und so einer wie Gustave zum Beispiel. Er ist Lothringer, fast siebzig Jahre alt. Früher war er Schauspieler, in Metz hat er angefangen, da war es noch französisch. Nach dem Siebziger Krieg wurde es deutsch. Heute gehört es wieder zu Frankreich. Viele Jahre ist er mit einer Wanderbühne durch ganz Europa gezogen. Als der Krieg begann, war er gerade in der Slowakei. Dann spielte er eine Zeitlang in Prag, später in Linz. Bis es ganz aus war mit seiner Stimme. Er wurde plötzlich heiser. Eine Weile ging es, dann war die Stimme wieder weg. Er dachte, er hätte Kehlkopfkrebs, aber das war es nicht. Nur seine Stimmbänder waren kaputt. Heute kann er nur noch flüstern. Er ist der Garderobier unserer Herren. Und der großartigste Maskenbildner, den man sich vorstellen kann, er verwandelt ein zwanzigjähriges Gesicht täuschend echt in ein Greisenantlitz. Das hat er beim Wandertheater gelernt, hat er mir geflüstert, da mußte jeder alles spielen. Was soll aus ihm werden?

Oder Molly, unser Faktotum. Der zwar früher nichts mit dem Theater zu tun hatte, aber in den letzten Jahren nur für uns gelebt hat. Felix verliert sein Theater. Ich meine Stellung.

Mir gegenüber, lässig an die Kulisse gelehnt, stand Peter Thiede, als Felix seine kleine Rede hielt. Ihm konnte es egal sein, er wollte sowieso nicht länger bei uns bleiben. Ein begabter Mensch wie er und mit dem Aussehen, bekommt auch heute noch jederzeit ein Engagement.

Felix hatte es mir schon vor einigen Tagen gesagt, daß er aufhört. Aufhören muß.

Zwischen uns herrschte ja sowieso eine gespannte Stimmung, seit seine Frau da ist. Ich war manchmal recht ruppig zu ihm. Übrigens kenne ich sie jetzt, neulich war sie mal da, sah sich die Vorstellung an und kam in der Pause nach hinten. Sie sieht wirklich nach allerhand aus, wie Lissy es ausdrückte. Schön blond gefärbt und wundervoll geschminkt, die Augenbrauen ausgezupft und in hohen Bögen gemalt, geklebte Wimpern und eiskalte himmelblaue Augen. Ach, ich bin gemein. Sie hat blaue Augen, ob sie eiskalt sind, weiß ich nicht. Sie waren es, als sie mich betrachtete. Sicher weiß sie ja, welche Rolle ich in Felix' Leben gespielt habe in letzter Zeit. Dusslig wie Männer sind, hat er es ihr vielleicht sogar erzählt.

»Das mußt du verstehen, honey, wenn du so lange nicht da bist, da kommt es eben mal zu einem kleinen Seitensprung.«

Ach, bin ich gemein!

Jedenfalls hat sie mich besichtigt, gesprochen hat sie mit mir nicht. Nur so über mich weg. Mit Felix. Die ganze Pause lang, und er saß wie auf glühenden Kohlen, das habe ich ihm angemerkt.

Ich habe nicht mehr mit ihm geschlafen seit Silvester. Bin nicht mitgegangen in diese verdammte Absteige hinter dem Bahnhof Friedrichstraße.

Wenn du deine Frau da hast, habe ich gesagt, mit der du ja noch ehelichen Verkehr hast, wie du mir selbst erzählt hast, würde ich es vorziehen, den unehelichen zwischen uns eine Weile ausfallen zu lassen. Wörtlich so habe ich gesagt, richtig zickig.

Genau genommen war das verlogen von mir. Denn seit der Silvesternacht, seit ich mit Peter geschlafen habe, zieht mich sowieso nichts mehr zu Felix. Ich bin wie verhext seitdem. Peter, das war auf einmal wieder – also, ich weiß nicht, wie man das ausdrücken soll, seit damals, seit Nicolas, bin ich nicht mehr mit einem Mann so glücklich gewesen. Irgendwie erinnert er mich an Nicolas. Er ist auch so zärtlich. So ganz dabei. Ich hatte ganz vergessen, wie das ist, wenn man in der Umarmung eines Mannes so tief versinken kann, daß einem die ganze übrige Welt egal ist.

Dabei ist das ganz unverbindlich zwischen uns. Oft war es ja auch nicht, seit Silvester im ganzen fünfmal. Anfangs dachte ich, was in der Silvesternacht passiert ist, sei ein einmaliges Ereignis. Und ich nahm mir vor, vernünftig zu sein und möglichst nicht mehr daran zu denken. Wenn er von der Bühne kam, und ich stand vielleicht gerade im Kulissengang, sagte er: »Hallo, Ninababy!« Oder: »Du siehst aber wieder hübsch aus heute abend.« Irgendsowas Unverbindliches. Aber eines Abends, ungefähr zehn Tage nach Silvester, sagte er: »Sehen wir uns nach der Vorstellung?« Ich nickte. Ich hatte so darauf gewartet. Und von nun an wartete ich jeden Abend, daß er es wieder sagte.

»Sehen wir uns nach der Vorstellung?«

Ich ging dann wieder mit zu seiner Pension, und es war so vollkommen wie beim erstenmal. Besser noch. Jedesmal besser. Es muß aufhören, sonst liebe ich ihn eines Tages doch. Dabei weiß ich ja, daß ich nie wieder einen Mann richtig lieben kann.

Ich will mich auch nicht noch einmal ganz an einen Mann und in die Liebe verlieren. Es ist so unerträglich, wenn es vorbei ist. Ich weiß ja nicht, was Peter in den anderen Nächten tut. Sicher gibt es eine andere Frau.

Ich will es gar nicht wissen.

Davon hat Felix natürlich keine Ahnung. Von mir wird er es nicht erfahren. Obwohl es ihm vielleicht die Trennung von mir erleichtern würde.

Vor vier Tagen sprach er endlich mit mir. Daß er das Theater schließen müsse, weil seine Frau ihm kein Geld mehr gibt. Das war zu erwarten, sagte ich.

»Und was wirst du machen?«

»Sie will, daß ich mit nach Amerika komme.«

Das war eine Überraschung. Ich hatte gedacht, sie würde sich scheiden lassen.

»Na, das ist ja fein«, sagte ich gleichgültig.

»Das hört sich sehr rotzig an. Dir macht das offenbar nicht viel aus.«

»Was soll ich tun? Aus dem Fenster springen?«

»Ich dachte, du liebst mich.«

»Dasselbe dachte ich von dir.«

»Ich liebe dich wirklich, Nina. Auch wenn du dich in letzter Zeit sehr merkwürdig benommen hast. Gut, ich sehe es ein, du hast deine Gründe, ich habe dich ja nicht gedrängt, nicht wahr? Sie hat gesagt, von Deutschland hat sie genug, sie will jetzt drüben bleiben. Sie hat ein Haus in Florida gekauft, dort könne ich mit ihr leben.«

»Das ist ja fein«, sagte ich und merkte, daß ich mich wiederholte.

»Die Familie hat viel Geld.«

»Ja, ich weiß, das hast du mir schon öfter mitgeteilt. Und was sollst du machen in dem Haus in Florida?«

»Gar nichts. Ich weiß nicht, was man in einem Haus in Florida macht. In der Sonne liegen oder sowas.«

»Na, das ist ja . . . ich meine, das ist ja ein fabelhaftes Leben.«

»Wie man's nimmt. Ich würde lieber so weiterleben wie bisher. Dir wäre es also egal, ob ich gehe oder bleibe?«

Es war ein dämliches Gespräch. Wo waren wir bloß hingeraten? Ich mochte ihn doch sehr gern, und wir haben uns gut verstanden und konnten reden und lachen, und ich war ja auch sehr froh, daß ich ihn hatte.

Ich nahm mich zusammen.

»Es ist mir nicht egal. Aber was erwartest du von mir? Soll ich dich bitten, hierzubleiben?«

»Ja.«

»Aber - mein Gott, Felix, was soll dann werden?«

»Wenn ich sie um die Scheidung bitte, wird sie nicht nein sagen. Dann könnten wir heiraten.«

»Und wovon leben wir?«

»Das kann ich dir so aus dem Stegreif nicht sagen. Vielleicht bekomme ich hier und da mal eine Regie. Oder vielleicht sogar ein Engagement als Regisseur in Meißen oder in Teplitz-Schönau. Es wäre natürlich ein mageres Leben.«

»Daran bin ich gewöhnt. Aber du weißt, daß ich kein freier Mensch bin, ich habe zwei Kinder. Ich kann nicht einfach mit dir nach Meißen oder nach Teplitz-Schönau gehen. Trudel ist auch noch da. Jetzt bekomme ich wenigstens diese kleine Rente. Wenn ich heirate, bekäme ich sie nicht mehr. Wovon sollten wir leben?«

So redeten wir hin und her, schließlich nahm er mich in die Arme und küßte mich, ich hielt still, aber sein Kuß bedeutete mir gar nichts mehr. Gar nichts. Das kam von Peters Küssen.

Mich erschreckte das furchtbar. Ich darf mich nicht noch einmal so total an einen Mann verlieren. Und in diesem Fall ist es sowieso Wahnsinn. Peter ist zwei Jahre jünger als ich, ein begabter Schauspieler am Beginn seiner Karriere. Es kann nichts anderes sein als ein kleines Abenteuer. Ich sage mir das jeden Tag zwanzigmal.

Und abends stehe ich im Kulissengang und warte, daß er fragt: »Sehen wir uns nach der Vorstellung?«

Auf keinen Fall will ich Felix heiraten. Ich will nicht einmal mehr mit ihm schlafen. Also ist es besser, für ihn und für mich, er geht nach Amerika.

Ich sagte: »Sehen wir die Sache doch vernünftig an, wir sind erwachsene Menschen und gerade genug geprügelt vom Schicksal. Miriam bietet dir ein sorgenfreies Leben. Ein Luxusleben. Du wärst ja dumm, wenn du es ausschlägst. Fahr halt mal mit hinüber und schau es dir an. Sie könnte ja einfach gehen und dich hier lassen. Probier das dolce far niente in Florida eine Weile. Wenn es dir nicht gefällt, kommst du wieder zurück. Dann hat sich auch weiter nichts geändert.«

»Diese vernünftige Betrachtungsweise paßt gar nicht zu dir.«

»Das lernt sich mit der Zeit.«

»Nein, Nina, du sagst nicht die Wahrheit. Ich kenne dich ein wenig besser. Du hast genug von mir, das ist es.«

Darauf antwortete ich nicht.

Gestern also hat er den anderen mitgeteilt, was los ist, und heute abend war die Stimmung flau. Nur bei Peter nicht, der war höchst animiert. Ich ging gleich nach Hause, nachdem die Vorstellung angefangen hatte. Heute abend war es aussichtslos zu warten, ob er seine Frage stellt: »Sehen wir uns nach der Vorstellung?«

Er hatte Besuch bekommen, eine Kollegin, Sylvia Gahlen, ein wunderschönes Frauenzimmer, sie hat schon bei Reinhardt gespielt, und zuletzt hat sie zwei Filme gedreht. Sie waren als Anfänger zusammen im Engagement in Zwickau, das sagte er mir, ehe er auf die Bühne ging.

Sie kam vor Beginn der Vorstellung. Peter stand schon bei Borkmann, dem Inspizienten, denn er ist immer sehr pünktlich, ein disziplinierter Schauspieler.

»Mensch, Thiede, Goldjunge!« rief sie und fiel ihm um den Hals und küßte ihn auf den Mund.

»Sylvie, du Fratz!« sagte er, als er wieder Luft bekam.

»Du schleckst mir die ganze Tünche ab. Ich muß gleich auf die Bühne.«

»Ich seh mir eure Vorstellung an. Deinetwegen.«

»Wo kommst du denn her?«

»Direkt aus Hamburg. Wir haben Außenaufnahmen gemacht im Hafen. Ich spiele eine Hafendirne.«

»Du? Das kannst du ja gar nicht.«

»Und ob ich das kann! So echt wie ich ist keine auf der ganzen Reeperbahn.«

Borkmann hatte das drittemal geklingelt, gleich ging es los.

»Kommst du mit nach der Vorstellung?« fragte die schöne Sylvie. »Ich bin eingeladen, lauter schicke Leute. Wird für dich ganz interessant sein.«

Ich ging also nach Hause und geriet mitten in eine Tragödie. Meine Familie war in der Küche, Trudel wischte den Boden auf und schimpfte dabei, Stephan saß auf einem niedrigen Hocker mit hängendem Kopf und baumelnden Armen. Victoria lehnte am Küchenschrank, und als ich eintrat, sagte sie: »Ausgerechnet!«

»Was ist denn hier los? Und was heißt ausgerechnet?«

»Ausgerechnet heißt: ausgerechnet heute kommst du nach Hause.«

»Entschuldige vielmals. Komme ich ungelegen?«

»Sehr ungelegen.«

Trudel richtete sich auf, warf den Lappen in den Putzeimer, mir einen schrägen Blick zu und fing an zu jammern.

»Ach, du lieber Himmel! Geht mir doch los! Aber das ist eben die heutige Jugend, ich sage es ja immer. Keinen Anstand und keine Moral. Wir, als wir Kinder waren, da herrschte wenigstens noch Ordnung. Wir hätten uns sowas nicht erlauben können. Lieber Gott, was hätte unser Vater mit uns gemacht!« Und so in der Art.

Stephan stöhnte und würgte, Trudel schob ihm den Eimer hin.

Victoria sagte gelassen: »Er hat die ganze Küche vollgekotzt.«

»Ist er krank?«

Ich ging zu meinem Sohn, legte die Hand auf seine Stirn, hob seinen Kopf zu mir hoch. Er war grün im Gesicht, und die Fahne, die zu mir heraufwehte, ließ keinen Zweifel an seinem Zustand.

»Er ist blau«, klärte Vicky mich auf.

»Ich sehe es.«

Trudel fing wieder an zu wehklagen, ich stellte mich hinter Stephan, legte die Hände rechts und links an seine Schläfen, sie waren feucht, sein Haar wirr und voll Schweiß.

»Das geht vorbei«, sagte ich tröstend. »Reg dich nicht auf, Stephan. So, ist schon gut. Kannst du mir sagen, was du getrunken hast? Und wo? Es ist nur, weil ich wissen muß, ob es etwa gefährlich sein könnte für dich.«

»Ist ja alles draußen«, beruhigte mich Vicky. »Kann ihm nicht mehr viel schaden.«

»Möchtest du bitte den Mund halten und Stephan reden lassen.« Ich hielt immer noch seinen Kopf zwischen den Händen, merkte, wie die Spannung in ihm nachließ, sah die Träne, die ihm über die Wange lief.

»Steffi, Liebling, wer hat dir zu trinken gegeben?« Seine Schultern zuckten, und dann, in letzter Verzweiflung, fing er an zu schluchzen.

Ich kniete mich neben den Hocker und nahm ihn in die Arme, ganz vorsichtig, damit ihm nicht noch einmal übel wurde.

»Schon gut, Jungchen, schon gut. Das ist wirklich nicht so schlimm. Wo warst du denn?«

Vicky übernahm es wieder, zu antworten.

»Bei seinem Freund, dem Benno.«

»Benno? Ich kenne keinen Benno.«

»Kannst du auch nicht kennen, is'ne neue Freundschaft. Hier gleich um die Ecke, neben dem Bolle. Der Vater is so'n Arschpauker.«

»Victoria!«

»Na, 'n Lehrer eben. Bloß an 'ner Volksschule, nichts Besonderes. Ein gräßlicher Kerl.«

383

Wenn Vicky das sagt, die im allgemeinen den Menschen sehr freundlich gegenübersteht, mußte dieser Lehrer wirklich ein gräßlicher Kerl sein.

»Ich kann mir nicht vorstellen, daß sich im Haushalt eines Lehrers die Kinder betrinken.«

»Die Eltern werden eben nicht da gewesen sein.«

Trudel, nachdem Stephan nun weinte, zerfloß in Mitleid.

Sie beugte sich nieder, zog ihm die Schuhe aus und murmelte tröstende Worte.

»Wie alt ist Benno denn?«

»So wie du, nich, Stephan?«

Stephan brachte es immerhin fertig, zu nicken.

»Benno geht ja noch«, erläuterte Vicky weiter. »Aber die anderen Gören! Es sind vier. 'n Junge mit dreizehn, und einer mit vierzehn. Und 'n Mädchen auch. Die is auch vierzehn, das sind nämlich Zwillinge. Die ist vielleicht eine Zimtzicke.«

Stephan wurde ruhiger, das Schluchzen versiegte, er lehnte sich an mich und starrte angestrengt in die Ecke neben der Tür.

»Warum starrst du denn immer dahin?«

»Wenn ich die Augen zumache, dreht sich alles«, murmelte er.

»Was habt ihr denn getrunken?«

»Wermut und Bier.«

»Pui Jases!« entfuhr es mir. »Das ist grauenhaft. Da wäre ich in demselben Zustand.«

»Ich hab' gar nicht viel getrunken, nur'n ganz kleines Glas.«

»Von beidem?«

Er nickte.

»Also nimm bitte zur Kenntnis, daß dies eine barbarische Mischung ist. Kein kultivierter Mensch wird so etwas trinken. Das eine Gute hat die Sache, du wirst in deinem Leben so ein Gemisch nicht mehr über die Lippen bringen. Und wie ekelhaft es ist, wenn man betrunken ist, weißt du nun auch. Ich könnte mir vorstellen, daß du es nicht wieder vergißt.«

So, genug gepredigt für den Moment.

»Die Eltern waren also nicht da?«

»Nein.«

»Und vermutlich haben die großen Kinder damit angefangen.«

»Ja. Fred hat'ne Eins geschrieben im Aufsatz.«

»Na, das kann ja wohl nicht wahr sein«, empörte sich Vicky, »dieser Schwachkopf.« Und zu mir: »Der geht nämlich ins Gymnasium.«

»Diese Eins habt ihr also gefeiert.«

Stephan nickte. »Sein Vater hat ihm drei Mark geschenkt. Und da haben sie eingekauft. Und dann haben wir alte Germanen gespielt.«

»Alte Germanen?«

»Na ja, wir haben uns im Wald gelagert. Und eben so getan, als ob wir Met trinken.«

Victoria amüsierte sich königlich.

»Mensch, du Riesenrhinozeros! Alte Germanen mit Wermut und Bier. Und dieser Dussel, dieser Fred, der findet das wohl noch gut. Sowas schreibt 'ne Eins? Muß ja 'ne komische Schule sein, wo so ein Schwachkopp eine Eins kriegt. Klar, daß dem sein Vater stolz ist, wo der ja nur so'n popliger

384

Volksschullehrer ist.« Und zu Stephan, neugierig: »Was war'n das für'n Thema?«

Gewohnt, seiner Schwester Rede und Antwort zu stehen, wandte er sein müdes Haupt und blickte sie fragend an.

»Na, der Aufsatz. Wo der Nachtwächter 'ne Eins gekriegt hat.«

»Das Vaterland erschafft sich den Menschen«, kam es prompt von Stephans Lippen. Es wurde offenbar ausführlich über den Aufsatz gesprochen, daß er sich trotz seines desparaten Zustands an das Thema erinnerte.

Trudel stand mit gefalteten Händen vor uns und fragte ängstlich: »Im Wald? Ihr wart im Wald? Da ist es doch viel zu kalt.«

Wir blickten sie alle drei etwas erstaunt an, doch Vicky kapierte sofort, und sagte ungeduldig: »'türlich nicht, Tante Trudel. Sie haben bloß so getan, als ob sie im Wald gewesen wären. Vermutlich haben sie sich auf denen ihre schäbigen Teppiche gelegt und sich eingebildet, es wären Bärenfelle. Nich, Stephan?«

Er nickte.

»Jungele, soll ich dir einen Haferschleim machen?« fragte Trudel mitleidig.

Stephan verzog angeekelt das Gesicht, und ich sagte: »Das braucht er nicht. Er geht jetzt ins Bett und schläft, dann ist ihm morgen wieder besser.«

Victoria wußte noch mehr.

»Der Vater von Fred und Benno, also der Pauker, das is so'n Nazi. Du weißt schon, Mutti.«

»Woher weißt du denn das?«

»Weil er immer in der SA-Uniform rumrennt. Und ich kenn' die Nuß, die Gisela, ja auch, das Mädchen von den Kindern. Die hat gesagt, der Hitler und so einer wie ihr Vater, die werden Deutschland retten.«

»Soll er erstmal besser auf seine Kinder aufpassen«, sagte ich. »Komm, Schatz, ich bring' dich jetzt zu Bett.«

Ich wusch ihm das Gesicht, ließ ihn den Mund spülen, er war so müde, daß er kaum die Augen aufhalten konnte.

Ich holte noch ein Kissen und bettete ihn ein bißchen höher, weil einem ja eher schlecht wird, wann man flach liegt. Vorsichtshalber stellten wir noch einen Eimer vor das Bett. Eine Weile saß ich bei ihm, er hielt meine Hand fest umklammert, machte die Augen nochmal auf und murmelte: »Geraucht haben wir auch.«

»Ich glaube nicht, daß die alten Germanen das getan haben.«

So ein blöder Text: ›Das Vaterland erschafft sich den Menschen.‹ Der Mensch erschafft sich das Vaterland, das würde ich sagen. Nur durch das, was man hineindenkt und hineinfühlt, wird eine Landschaft oder eine Gegend zum Vaterland.

Ich mußte auf einmal an Luise von Rehm denken. Was für schöne Aufsätze habe ich bei ihr geschrieben. Ich war berühmt für meine Aufsätze. Ihre Themen waren herrlich, mir fiel immer eine Menge dazu ein. Was habe ich auf dieser Schule nicht alles gelernt.

Der Griff um meine Hand wurde lockerer, löste sich. Er war eingeschlafen.

Morgen würde ich noch ein paar kluge Worte zu dem Vorfall sagen. Ich überlegte, ob ich zu dem SA-Mann hingehen und ihn darüber aufklären sollte, was seine Kinder treiben, wenn er nicht zu Hause war.

Das wäre gepetzt. Einerseits. Andererseits müßte er es eigentlich wissen.

Stephans kleines Zimmer ist ordentlich aufgeräumt, seine Sachen aufgehängt, die Bücher und Hefte auf seinem Tisch in Reih und Glied. Nur weiß man nie, macht er das oder Trudel. Außer diesem Kämmerchen hat unsere Wohnung noch drei Zimmer, eins ist für Trudel, in einem schlafen Vicky und ich, das andere ist unser Wohnzimmer, ein großes Zimmer, das sogenannte Berliner Zimmer. Auch die Küche ist groß und das Badezimmer ist riesig.

Früher war es eine hochherrschaftliche Acht-Zimmer-Wohnung, nach der Inflation wurde sie geteilt, weil sich viele Leute eine große Wohnung nicht mehr leisten konnten. Der andere Teil ist jetzt eine Anwaltspraxis. Das Ganze befindet sich in der Motzstraße. Unsere Zimmer gehen alle nach hinten raus, aber das macht nichts, es ist ein schöner großer Hof, sogar mit Bäumen darin. Die Miete ist nicht hoch. Im Norden oder im Osten könnten wir noch billiger leben, aber das will ich nicht. Wenn ich schon in Berlin bin, will ich im Westen wohnen.

Ich machte das Licht aus und ging in die Küche zurück, wo Trudel eben das Abendbrot auf einem Tablett herrichtete, Brot, Butter, Mettwurst und eine Schüssel mit Rührei, letzteres hatte sie wohl mir zu Ehren schnell gemacht. Durch Stephans dramatische Heimkehr war das Abendessen verzögert worden. Halb zehn inzwischen. Sonnabend. Der dritte Akt begann, Peter ging dann mit der schönen Sylvie aus. Später vielleicht mit ihr ins Bett.

»Das ist knorke, daß du mal abends zu Hause bist«, sagte Vicky. »Ich kann mich gar nicht mehr erinnern, wann wir das letztemal zusammen Abendbrot gegessen haben.«

Auf einmal hatte ich ein schlechtes Gewissen. Das Theater, das mir soviel bedeutete, und dann Felix, das hatte meine Zeit verbraucht. Habe ich meine Kinder vernachlässigt?

Sie haben Trudel und sind allerbestens versorgt. Aber Trudel ist nicht ich.

»In Zukunft werdet ihr mich immer abends zu Hause haben. Das Theater macht zu.«

Jetzt wußten sie es also auch.

»Aber Mutti! Warum denn? Erzähl mal!«

»Wir sind pleite. Felix hat bisher Geld von seiner Frau bekommen, und nun gibt sie ihm keins mehr. Das ist die ganze Geschichte.«

»Und was wirst du machen?« fragte Trudel.

»Weiß ich noch nicht. Ich werde versuchen, wieder eine Stellung zu finden. Jetzt war ich ja mal berufstätig, da geht es leichter.«

»Aber es gibt doch soviel Arbeitslose.«

»Ich sagte, ich werde es versuchen.«

»Wieder beim Theater?«

»Ich muß nehmen, was ich kriegen kann.«

»Das Stück, das ihr jetzt spielt, finde ich dufte«, sagte Vicky. Sie hat es dreimal gesehen, freie Plätze gab es immer genug. »Und weißt du, wen ich ganz prima finde?«

»Na?«

»Den Thiede. Der ist ganz mein Typ.«

»So.«

Meiner auch, müßte ich eigentlich hinzufügen.

Heute würde er mit Sylvia Gahlen schlafen.

Ich bin eine Pute. Eine richtig dämliche Pute. Warum soll er gleich mit ihr schlafen, bloß weil er mit ihr ausgeht? Es wird Zeit, daß ich Peter Thiede aus meinem Leben streiche. Wenn ich nicht mehr in der Kulisse stehe, wird er sich kaum an mich erinnern.

Victoria, meine trübsinnige Miene vor Augen, versuchte, mich aufzuheitern.

»Ich habe auch einen guten Aufsatz geschrieben. Nur'ne Zwei. Aber er ist trotzdem gut.«

»Worum ging es denn?«

»Was ist Mut? Und wer braucht ihn?«

»Klingt nach Dr. Binder.«

Das ist ihr Deutschlehrer, auf den sie große Stücke hält, wie ich weiß.

»Ja. Der geht immer aufs Ganze, nich? Ich habe geschrieben, Mut braucht jeder Mensch, sonst könnte er gar nicht leben. Mut braucht eine Frau, wenn sie ein Kind zur Welt bringt, und Mut braucht das Kind für seinen ersten Atemzug. Und für die ersten Schritte, die es macht.«

»Gar nicht schlecht.«

»Nicht wahr? Und dann habe ich geschrieben: Das Wichtigste, was man braucht, ist der Mut zu sich selbst. Später, wenn man erwachsen ist. Daß man den Mut hat, sich selber zu sehen, ohne sich was vorzumachen. Und auch den Mut, so zu leben, wie man will. Also ich meine, etwas aus sich machen, etwas werden, nicht?«

»Den Mut zu seinem eigenen Ich.«

»Ja, das meine ich. Schade, das ist mir nicht eingefallen. Der Mut zu seinem eigenen Ich, das klingt toll. Dr. Binder fand ganz gut, was ich geschrieben habe, nur stilistisch meinte er, wäre es manchmal schwach auf der Brust. Wenn ich ein bißchen mehr gefeilt hätte, sprachlich und so, hätte er mir eine Eins gegeben, sagt er.«

Mut zu seinem eigenen Ich. Wer hat das schon?

Ich blickte meine Tochter an. Sie wird ihn haben. Wer sonst, wenn nicht sie. Sie wird einmal hübsch. Ihr Haar ist wie meins, ihre Augen sind braun. Wie Nicolas' Augen. Sie hat auch seine Stirn und seinen kühnen Mund.

Ich muß Geld verdienen, irgendwie. Was man will, das kann man auch, hat Großmama immer gesagt. Warum habe ich denn keinen Mut zu meinem eigenen Ich? Warum versuche ich es denn nicht wenigstens mal? Das zu tun, was ich schon lange tun will. Wenn ich jetzt Zeit habe, denn so schnell werde ich bestimmt keine neue Stellung finden, warum setze ich mich nicht einfach hin und probiere es mal? Ich kann mich nicht blamieren, weil keiner davon weiß. Ich bilde mir nur pausenlos ein, ich kann das. Muß doch mal festgestellt werden, ob dem so ist.

Ein Theaterstück möchte ich schreiben. Ich weiß sogar schon den Titel. ›Die neue Nora.‹

Nicht Ibsens belämmertes Eichhörnchen, das sich mit einer Tarantella eine fragwürdige Freiheit ertanzt. Nora heute, die Frau des 20. Jahrhunderts, das ihr alle Möglichkeiten der Welt bietet. Nora mit kurzem Rock, Bubikopf und frei von Konventionen. Nora, die wählen darf, die studieren darf, die einen Beruf haben darf, die schlafen darf, mit wem sie will, und die sich nicht mehr von Männern und einer Ehe abhängig machen muß. Nora von heute, die ihr eigenes Geld verdient. Vorausgesetzt, daß sie Arbeit findet, und da liegt der

Hase im Pfeffer. Solange viele Männer keine Arbeit haben, gibt es für Frauen erst recht keine.

Sie kann immer noch Blumen auf dem Potsdamer Platz verkaufen, sie kann sich selbst verkaufen, das konnte sie schon immer. Aber was kann sie hier und heute, wenn sie nur will? Ich müßte einmal mit Victoria darüber sprechen. Sie hat soviel gesunden Menschenverstand, und sieht überhaupt das Leben viel nüchterner als ich. Ich denke oft an sie, sie war die einzige Freundin, die ich je hatte. Aber sie ist weit weg, sie wohnt in München.

Ich habe keinen Beruf. Ich bin zwar eine Frau des 20. Jahrhunderts, aber an mir klebt noch das 19. Wäre ich nur Schauspielerin geworden, wie ich gern wollte. Ich bin überzeugt davon, ich wäre eine gute Schauspielerin geworden. Das ist das einzige, was ich Nicolas noch heute übelnehme, daß er mich daran gehindert hat.

»Mutti?«

»Hm?«

»Oben auf dem Boden, da stehen doch diese Kisten, nicht?«

»Was für Kisten?«

»Wie wir damals von Breslau hergezogen sind, da hast du doch ein paar Kisten gar nicht ausgepackt, nicht?«

»Und?«

»Du hast gesagt, die brauchen wir gar nicht auszupacken, die stellen wir auf den Boden, was da drin ist, brauchen wir sowieso nicht.«

»Was ist denn drin?«

»Weiß ich doch nicht. Aber du hast gesagt, es sind alte Kleider von dir drin. Von früher, als du jung warst. Sachen, die du besonders gern hattest und die du nicht wegwerfen wolltest.«

Als du jung warst – wie das klingt.

»Es ist wegen dem Kostümfest«, schaltete sich Trudel ein.

»Was für ein Kostümfest?«

»Elga Jarow, aus meiner Klasse, die gibt nächsten Sonnabend ein Kostümfest. Ein ganz tolles Fest. Sie sagt, es kommen mindestens fünfzig Kinder. Die sind schrecklich reich, ihre Eltern, und die haben ein duftes Haus, im Grunewald, weißt du. So ein Haus, wie Marleen es hat. Noch größer. Richtige Musik spielt, und eine Tombola gibt es. Die Eltern kriegen alle noch einen Brief, damit sie Bescheid wissen, weil wir doch spät heimkommen. Und daß wir nach Hause gebracht werden. Die haben zwei Autos und einen Chauffeur.«

»Ein Chauffeur kann nicht zwei Autos fahren.«

»Elgas Bruder fährt ja auch, der ist schon zwanzig oder so.«

»Sie braucht was anzuziehen für das Kostümfest«, glaubte Trudel mich noch aufklären zu müssen.

»Ach nee!«

»Tante Trudel hat gesagt, sie ändert es mir, falls da in den Kisten auf dem Boden etwas Tolles ist.«

Und ob da was Tolles ist!

Am nächsten Tag, ein Sonntag, gehen wir auf den Boden, Vicky und ich. Stephan, wieder auferstanden, wenn auch noch etwas blaß und leidend, schließt sich an. Trudel macht inzwischen den obligaten Schweinebraten, alte schlesische Sitte, dort gibt es sonntags immer Schweinebraten mit Kartoffelklößen und Sauerkraut.

Drei Kisten sind es.

In der einen, das fällt mir sofort ein, sind Ernis Noten und Bücher. Die Kiste bleibt zu.

In der anderen, wie sich herausstellt, allerhand Nippes aus der Breslauer Wohnung. Eine Spieluhr, die Kurt mir schenkte, Ostern 1914. Sie spielte: Schlafe, mein Prinzchen, schlaf ein, und bezog sich auf meinen Zustand. Der Samowar, den ich Weinachten 1913 von Nicolas bekam. Heute trinken wir unseren Tee ganz schlicht aus einer Teekanne.

Eine schwarze Schachtel, mit Samt ausgeschlagen. Meine Haare.

Als ich das erstemal Marleen in Berlin besuchte, das war kurz nach der Inflation, Winter 23, überredete sie mich, mir einen Bubikopf schneiden zu lassen, lange Haare wären absolut lächerlich.

Ich erinnere mich genau. Es war zwischen Weihnachten und Silvester, als wir nach Berlin fuhren. Marleen hatte geschrieben, sie gebe eine große Silvestergesellschaft in ihrem neuen Haus am Wannsee, und ich müsse dabei sein, das würde mir bestimmt Spaß machen.

Ich wollte nicht fahren. Wegen Erni vor allem, der zu dieser Zeit wieder krank war. Er konnte kaum mehr Musik machen, mußte viel liegen. Dr. Menz hatte mir gesagt, daß das Loch in seinem Herzen größer geworden sei und daß ihm nicht mehr zu helfen war.

»Nicht er auch noch«, beschwor ich ihn. »Er ist das einzige, was ich noch habe.«

»Sie haben Ihre Kinder, Nina.«

»Alle sind tot, die ich geliebt habe. Erni gehört zu mir. Sie müssen ihn retten.«

Es war die Wahrheit, was ich sagte. Was hätte ich gemacht, in all den Jahren, wenn ich Erni nicht gehabt hätte. Die Kinder? Sie bedeuteten mir nicht so viel. Damals nicht. Daß Nicolas tot war, darüber kam ich nie hinweg. Ich war so voll Haß; auf den Krieg, auf den Kaiser, auf unsere Feinde, auf diese ganze widerliche Welt, in der ich eigentlich nicht mehr leben wollte.

Erni hatte mir geholfen. Eingezogen wurde er natürlich nicht, er hatte Musik studiert, und viele Jahre sah es so aus, als sei er überhaupt gesund.

»Das gibt es manchmal«, sagte Dr. Menz. »Wenn ein Kind mit so einem Herzfehler geboren wird, kann es sein, daß es sehr schnell daran stirbt. Es kann aber auch sein, daß das Loch kleiner wird, sich verwächst. Bei Ihrem Bruder ist das Leiden zum Stillstand gekommen; in der Zeit, als er gewachsen ist, wuchs das Loch nicht mit. Aber nun ist vielleicht eine gewisse Erschlaffung des Herzmuskels eingetreten. Wir wissen noch zu wenig darüber.«

»Sie müssen ihn retten«, sagte ich eigensinnig.

»Ich wünschte, ich könnte es. Ich habe Ihren Bruder sehr gern, Nina. Und ich halte ihn für ein großes Talent.«

»Das kann doch nicht sein, daß er jetzt stirbt. In den Krieg mußte er nicht, und jetzt noch – nein, Doktor. Sie müssen ihm helfen.«

Ich war des Sterbens so müde. So viele waren gestorben. Erst Victorias Mann. Dann Nicolas. Mein Cousin Robert. Und schließlich Kurt. Er war so gut wie tot, und ich sollte ihm wünschen, daß er tot war und nicht irgendwo in Sibirien. Dann starb Vater, dann Großmama, und in diesem Jahr war Mutter gestorben. Und nun sollte ich noch auf Ernis Tod warten? Täglich und stündlich warten, daß dieses verdammte Loch in seinem Herzen ihn umbrachte?

389

Manchmal hatte ich in den vergangenen Jahren das Loch ganz vergessen. Er hatte sogar eine Stellung, er arbeitete als Korrepetitor an der Oper, und er hoffte, daß er eines Tages dort würde dirigieren können. Obwohl er ja wußte, daß es viel zu anstrengend für ihn sein würde.

Mit seinem lieben Lächeln sagte er zu mir: »Wenn ich nicht dirigieren kann, macht es auch nichts. Diese Tätigkeit als Korrepetitor macht mir viel Freude. Weißt du, man ist von Anfang an dabei, man kann den Künstlern soviel helfen.«

Ich wußte, daß es an der Oper eine junge Sängerin gab, einen lyrischen Sopran, die Erni sehr gern hatte. Sie war seit zwei Jahren an der Breslauer Oper, und er hatte als erstes mit ihr die Agathe einstudiert. Und immer wieder erzählt, wie schön, wie silbernklar ihre Stimme sei.

Es war eine Freundschaft zwischen den beiden entstanden, und mehr war es nicht, würde es wohl nie sein, denn ob Erni je wie ein Mann würde leben können, das wußte ich nicht, und ich konnte nicht mit ihm darüber reden. Aber er war so geduldig, so gütig, er ertrug meine Ausbrüche, meine Schmerzen mit so viel Verständnis, er wußte ja, wie sehr ich Nicolas geliebt hatte, und wenn ich irgendwo Trost fand, dann bei ihm.

Denn ich hatte nichts verwunden, nichts vergessen. Manchmal war ich für meine Umgebung eine Plage. Ich glaube, ich war damals ziemlich hysterisch.

Nach Mutters Tod war Trudel zu uns nach Breslau gekommen. Sie hatte viel erduldet, bei drei Menschen ausgehalten, bis sie starben. Als sie kam, wollte ich ihr das Leben ein wenig angenehm machen, mit ihr spazieren gehen, mal ins Theater, mal in eine Konditorei, und dann wurde Erni immer kränker. Er ging selten aus dem Haus, einer mußte ihn begleiten auf seinen kurzen Spaziergängen, in der Oper konnte er nicht mehr viel arbeiten.

Ich war nahe daran, Amok zu laufen.

Es war dann eine Verschwörung zwischen Tante Alice, Trudel und Erni.

Sie sagten, Marleen hätte mich nun schon ein paarmal eingeladen, und das neue Haus müsse ja wohl sehr schön sein, und ich müsse es mir unbedingt ansehen. Ich solle hinfahren und Vicky mitnehmen. Sie würden sich schon um Erni kümmern.

Vicky ging schon in die Schule, darum konnten wir nur in den Ferien fahren.

Vicky war Ernis ganzes Glück, er liebte das Kind so hingebungsvoll, daß ich manchmal eifersüchtig war.

Sie liebte ihn auch. Angefangen hatte es mit seiner Musik.

Sie saß schon als kleines Kind stundenlang bei ihm, wenn er spielte oder komponierte, er lehrte sie viele Lieder, und sie sang mit Begeisterung. Es war wie zwischen Erni und mir, als wir Kinder waren. Er hatte mir auch zugehört, wenn ich übte, nur daß ich eine Dilettantin war und er ein Künstler.

Tante Alice sagte: »Erni und Trudel und der Kleine kommen Silvester zu mir. Sie bekommen etwas Gutes zu essen. Wir werden uns schon unterhalten. Ihr fahrt nach Berlin, ihr beiden.«

Also fuhr ich mit Vicky, halb widerwillig, nach Berlin.

Zwei Tage vor Silvester schleppte mich Marleen zu ihrem Friseur, und der schnitt mir erbarmungslos meine schönen langen Haare ab. Ich war außer mir, als ich sie vor mir liegen sah, und ich fand mich schauerlich mit dem kurzen Haar.

Der Friseur packte die Haare sorgfältig ein und meinte, ich könne sie ja zum Andenken aufheben.

Als wir dann zurückkamen in Marleens feudales Haus am Wannsee, betrachtete mich Vicky sehr kritisch, ging um mich herum und teilte mir schließlich mit: »Es gefällt mir gar nicht. Du siehst scheußlich aus.«

Das hatte mir gerade noch gefehlt.

Marleen lachte und legte Vicky kameradschaftlich den Arm um die Schultern.

»Finde ich auch«, sagte sie boshaft. »Wie eine gerupfte Gans.«

Ich war verzweifelt, aber die Haare waren ab.

Hier sind sie. Mein schöner langer goldbrauner Zopf. Glänzend und seidenweich. Mein Haar war Nicolas' ganzes Entzücken, er schlang es sich um den Hals, begrub sein Gesicht darin, breitete es über meinen Oberkörper aus und küßte meine Brust durch das Haar hindurch.

»Oh!« ruft Vicky und greift danach. »Deine Haare! Ich weiß noch genau, wie du . . .«

Ich schlage den Deckel des Kastens zu.

»Zum Teufel damit!«

Verdammte Kiste.

Wir machen die dritte auf. Aber da wird es noch schlimmer. Ganz zuoberst liegt das Ballkleid. Das Kleid aus sahneweißem Satin mit den rosa Röschen.

Du hast ein Traumgesicht . . .

Warum habe ich das bloß alles mitgeschleppt? Wer will es denn noch sehen, wer will sich daran erinnern? Ich doch nicht. Ich habe genug von meinem Leben, von dem heutigen und von dem von damals erst recht. Ich will nichts mehr wissen davon, will nicht selbstquälerisch in meiner eigenen Vergangenheit herumwaten.

Gibt es keine Tablette, die die Erinnerung auslöscht? Das wäre die Erfindung des Jahrhunderts.

Aber es kommt noch schlimmer.

Zunächst hat Vicky das Kleid vorsichtig herausgehoben und auseinander gefaltet.

»Oh Mutti! Wie schön. Hast du das angehabt?«

»Ja. Es war mein erstes Ballkleid.«

»Du mußt wundervoll ausgesehen haben.«

»Habe ich.«

Das Kleid liegt weitausgebreitet über den Kisten, auch Stephan betrachtet es interessiert.

»Mit wem hast du getanzt?« fragt Vicky.

»Mit vielen. Und besonders mit einem.«

»Mit wem?«

Ich gebe keine Antwort, starre auf das Kleid.

»Erzählst du mir davon, Mutti?«

Schweigen.

»Mutti!« flüstert Vicky. »Was hast du denn?«

»Nichts«, sagte ich. Bestimmt kein Traumgesicht.

»Willst du nicht darüber sprechen?«

»Jetzt nicht. Vielleicht später mal.«

Ich raffe das Kleid mit einer wütenden Handbewegung zusammen. »Das kannst du nicht anziehen.«

»O nein, das will ich ja auch nicht. Das wäre viel zu schade.«

Etwas tiefer in der Kiste finden wir mein Reitkleid, und darunter ein grünliches Gewand, auf dem schwarze und gelbe Vögel aufgedruckt sind.

Ich ziehe es heraus. »Vielleicht wäre das etwas.«

Der tea-gown. Meine Freundin Victoria schenkte ihn mir zur Hochzeit. Er hat weite Ärmel und fällt lose an der Figur herab, man kann aber auch einen Gürtel herumschlingen. Damals war das große Mode, und die feine Dame trug so etwas zum Frühstück.

Vicky findet, das Gewand wäre einfach knorke für das Kostümfest.

»Darf ich es wirklich anziehen?«

»Ja. Es gehört dir.«

»Oh, Muttilein!« Stürmische Umarmung.

Ich grabe weiter in der Kiste herum, das ist so eine Art Masochismus, und ganz unten fassen meine Finger etwas Festes, Eckiges. Ich ziehe meine Hand zurück, als hätte ich mich verbrannt. Hier also ist es.

Nein. Nie wieder will ich es in die Hand nehmen. Nie wieder. Mein letztes Tagebuch.

Ich stopfe alles in die Kiste und schlage den Deckel zu.

»Schluß! Gehen wir hinunter. Das Essen wird fertig sein.«

In den nächsten Tagen werde ich hinaufgehen, das Tagebuch holen und verbrennen.

Es soll so tot sein wie meine Toten.

So tot wie ich.

So spielte sich das am Sonntagvormittag ab, wir essen dann zu Mittag, auch Stephan hat Appetit, er schämt sich noch ein bißchen, aber es schmeckt ihm.

»Das beste Mittel«, erkläre ich ihm, »gegen einen Kater ist ordentlich essen. Sofern man kann. Wenn man das nicht kann, dann war es ein übler Rausch. So einen sollte man nur einmal im Leben bekommen und nie wieder. Mit der Zeit muß man lernen, wieviel man verträgt, und einmal besoffen sollte als Lehre genügen.«

Trudel sieht mich vorwurfsvoll an.

»Ich finde es nicht richtig, wie du vor den Kindern redest.«

»Warum? Einer muß es ihnen doch sagen, warum also nicht ich? Meist lernt man diese Dinge von Fremden, das ist wahr. Aber ich halte es nicht für schlecht, wenn man sie von seiner Mutter erfährt.«

Vicky will es wieder einmal genau wissen.

»Hast du auch schon mal . . . ich meine, bist du auch schon mal . . .«

»Ob ich schon mal blau gewesen bin? Ja, klar. Aber ich vertrage eine ganze Menge. Und ich weiß inzwischen, wann ich aufhören muß. Es kommt ganz auf die Umstände an, weißt du. Wenn man in netter Gesellschaft ist, wenn man sich gut unterhält oder erst recht, wenn man tanzt, da kann man ziemlich viel vertragen; das Schlimmste ist, wenn man allein ist und sich vor Kummer besäuft.«

Das sagte ich jetzt provozierend, gegen Trudel gerichtet, weil mich ihre vorwurfsvolle Miene reizt.

»Hast du dich auch schon mal . . .« beginnt wieder ein Satz von Vicky. Sie möchte es gern wissen, aber sie ist ein taktvolles kleines Mädchen.

»Aus Kummer besoffen? Das habe ich. Oder denkst du, mein Leben war immer so lustig? Erst der Krieg, dann die Inflation. Und was uns sonst alles passiert ist.«

Schweigen um den Tisch.

Vicky schiebt eine Gabel voll Kraut in den Mund, dann schneidet sie sich ein Stück von der braunen Kruste ab. Es gibt heute Schwärtelbraten, was bedeutet, daß der Braten mit einer knusprig braunen Schwarte bedeckt ist. Vicky zerknackt genußvoll den Leckerbissen zwischen den Zähnen. Ihrem Appetit schadet das Gespräch nicht.

»Und jetzt hast du wieder deine Stellung verloren«, sagt sie dann teilnahmsvoll. »Und überhaupt, nicht?«

Ich weiß nicht, ob sich überhaupt auf Felix bezieht. Ob sie mitbekommen hat, wie das Verhältnis zwischen mir und Felix war. Ich würde denken, ja. In diesem Jahr wird sie fünfzehn, und in diesem Alter ist ein Mädchen schon sehr hellhörig und aufgeklärt. Und was Liebe ist und Verliebtsein, weiß man in diesem Alter längst. Ich jedenfalls steckte tief und mittendrin in der Liebe. Nur war es bei mir insofern anders, daß es für mich immer ein und derselbe blieb.

Von Vicky weiß ich, daß der Mann ihrer Träume zur Zeit ihr Musiklehrer ist. Nicht, daß sie darüber spricht, aber ich höre es heraus, sie ist ja nicht verschlossen, und manchmal geht die Begeisterung mit ihr durch. Was er gesagt hat und wie er es gesagt hat! Und wie er sie dabei angeguckt hat!

»Also, Mutti, weißt du, er hat ganz dunkle Augen. Und er ist schrecklich romantisch. Da hat er mich angesehen und gesagt, Victoria, das hast du sehr beseelt gesungen.«

Sie muß immer singen, weil sie eine schöne Stimme hat und sehr musikalisch ist. Es muß bei ihr so ähnlich sein, wie es bei mir mit den Gedichten war. Ich hatte nie Hemmungen, ein Gedicht vorzutragen, und so ist es bei ihr mit dem Singen.

Der Musikunterricht an ihrer Schule ist sehr gut, sie werden angeregt, ein Instrument zu spielen, sie lernen Harmonielehre und kriegen Musikdiktate, und wenn sie singen, dann nicht nur Volks- und Wanderlieder, sondern auch Lieder von Schubert, Schumann, Brahms, manchmal sogar von Strauss.

Vicky hat offenbar das musikalische Talent von Erni geerbt. Das heißt, unmusikalisch bin ich ja gerade auch nicht, und ich habe mal ganz gut Klavier gespielt, aber Vicky spielt ausgezeichnet. Das Klavier ist von Breslau hierher mit umgezogen. Sie geht jede Woche zur Klavierstunde, und sie geht gern. Nur hat sie es schwer mit dem Üben.

Das Klavier steht im Berliner Zimmer, und daneben, durch eine nicht allzudicke Wand getrennt, ist die Anwaltspraxis. Manchmal haben sie sich schon beschwert. Eigentlich nicht beschwert, sondern nur höflich gebeten, doch etwas leiser zu spielen.

Ein Klavier ist ein Klavier. Man muß spielen, wie es sich gehört, und immer piano und pianissimo stimmt auch nicht. Dank des romantischen Musiklehrers darf Vicky nun manchmal nachmittags in der Schule üben, dort gibt es einen Flügel, und die Akustik ist besonders gut, wie sie mir begeistert mitgeteilt hat.

»Du mußt mal mitkommen! Wenn ich die Pathétique richtig kann, spiele ich sie dir mal vor, ja? Aber erst muß ich noch mächtig dran üben.«

Ich kann es kaum erwarten, bis wir mit dem Mittagessen fertig sind. Mir liegt daran, sie alle aus der Wohnung zu haben. Von Vicky weiß ich, daß sie an diesem Nachmittag zu ihrer Freundin Bine gehen will, um mit ihr gemeinsam Mathematikaufgaben zu machen. Mathematik ist Vickys schwache Seite, wofür sie mein vollstes Verständnis hat. Bine ist ein Genie in Mathematik.

Kommt es nur noch darauf an, Trudel und Stephan unter die Leute zu bringen.

Ich trockne das Geschirr ab und sage zu Trudel: »Du solltest mit Steffi ein bißchen spazierengehen, das täte ihm gut nach der gestrigen Orgie.«

»Meinst du?«

Sie scheint nicht viel Lust zu haben, vermutlich wartet ein spannender Roman auf sie.

»Schau mal«, sage ich, »die Sonne scheint, ein herrlicher Tag. Wie wär's mit dem Zoo?«

»Gehst du ins Theater?«

»Ja, später.«

Meist bin ich Sonntagnachmittag immer gleich nach dem Essen gegangen. Sonntag war der Tag, wo Felix und ich ganz ungestört waren, wir liebten uns dann auf dem Sofa im Büro, ich kochte Kaffee, brachte manchmal zwei Stück Kuchen mit von zu Hause, wenn Trudel gebacken hatte.

Sie waren schön, unsere Sonntagnachmittage, und es ist typisch für die menschliche Undankbarkeit und Vergeßlichkeit, daß sie mir schon so ferngerückt sind. Damals ging ich sehr beschwingt hin, fröhlich und erwartungsvoll, ihn zu treffen, von ihm geküßt und geliebt zu werden. Und was heißt: damals? Noch vor ein paar Wochen war es so.

Jetzt verbringt er den Sonntagnachmittag mit seiner Gattin, der teuren, und ich träume von Peter.

Wer sagt mir, daß er bei seiner Frau ist? Vielleicht wartet er im Büro auf mich. Er ist unglücklich, er braucht mich. Ein Mann, der nichts mehr hat, was sein Leben erfüllt. Keinen Beruf, keine Aufgabe, keine Geliebte. Nur seine Frau, von der er abhängig ist, und ein schlecht besuchtes Theater, das in wenigen Wochen zumacht.

Eigentlich sollte ich ins Theater fahren.

Aber als sie alle gegangen sind, rase ich so schnell ich kann zum Boden hinauf.

Das Tagebuch.

Ich will es nur in Sicherheit bringen, gar nicht lesen. Nur vernichten.

Ich grabe wieder in der Kiste, dann ziehe ich es heraus, ein schmales schwarzes Buch, eigentlich nur ein Heft mit hartem Einband.

Das erste Tagebuch, das Leontine mir geschenkt hatte, war in grünes Leder gebunden mit einer Goldprägung vorn drauf, einem großen geschwungenen D. Das sollte Diarium heißen, erklärte mir Leontine. Das Tagebuch flog dann ins Feuer, nachdem Marleen es mir geklaut und Vater ausgehändigt hatte. Gemeines Biest! Das Leder brannte schlecht, und Rosel schimpfte tagelang, daß es in der Küche so gestunken hätte.

Daraufhin war mir die Lust vergangen, und ich schrieb kein Tagebuch mehr. Obwohl es mir damals großen Spaß gemacht hatte. Irgendwann im Jahr 1916 fing ich wieder damit an. Nicolas war schon tot. Ich auch.

Ich habe keine Ahnung mehr, was ich eigentlich geschrieben habe.
Ich setze mich ins Wohnzimmer und fange an zu lesen.

Aha, wie erwartet, es beginnt mit dem Sommer 1916. Und ist anfangs nichts als eine einzige Totenklage.

Meine ganze Verzweiflung hatte ich zu Papier gebracht. Und mit Erinnerungen hatte ich mich gequält. Jedes Gespräch, jeden Blick, jedes Zusammensein hatte ich mir zurückgerufen. Ich war sehr freimütig mit dem, was ich schrieb. Das kam daher, daß ich allein lebte. Nur Vicky und ich in der Wohnung.

Es fällt mir auch wieder ein, daß ich das Tagebuch immer frei herumliegen ließ. Wenn mal Besuch kam von zu Hause, Mutter oder Trudel oder Martha, schloß ich es weg. Erni zog ja erst im Herbst 1916 zu mir, als er ins Konservatorium eintrat. Aber vor ihm brauchte ich keine Geheimnisse zu haben.

Mit der Zeit trug ich auch alltägliche Dinge ein. Was ich für Zuteilungen bekommen hatte, was der nette Verkäufer bei Stiebler für mich aufgehoben hatte. Oder was mein Hauswirt, mir nach wie vor treu ergeben, von einer Hamsterfahrt zu seinem Vetter für mich mitgebracht hat. Vickys Zähnchen sind eingetragen, drollige Worte, die sie sagte, die erste Kinderkrankheit.

Tage und Wochen vergingen, an denen ich kein Wort eintrug. Entweder hatte ich keine Zeit oder keine Lust. Und dann wieder Ausbrüche tiefster Verzweiflung.

So im Herbst 1916, Anfang November.

Wir haben schon Schnee. Über Nacht war er da. Wenn der Winter kalt wird, werden wir sehr frieren müssen, die Kohlenzuteilung ist knapp.

Und am Tag darauf notiere ich:

Deck die Erde zu, Schnee, deck sie zu. Laß alles erfrieren, was in ihr ist und was auf ihr ist. Ich wünschte, wir würden alle im Schnee ersticken, er sollte uns begraben, uns kalt und stumm machen wie die anderen, die in der Erde begraben sind. Damit wir endlich wieder einander gleich sind. Damit mich nichts mehr trennt von dir, Geliebter, damit wir in einem Grab begraben sind.

Und im Dezember schrieb ich:

Dies ist nun schon die dritte Kriegsweihnacht. Damals, als es losging, im Herbst 1914, sagten sie: Weihnachten sind wir wieder zu Hause.

Hat eigentlich keiner begriffen, was da begonnen hat?

Ich will nicht von mir sprechen, ich bin sicher dumm, aber all diese klugen Männer, hat keiner gewußt, was geschieht?

Und zwei Tage später:

Der Krieg ist das Normale geworden. Früher kannte man ihn nur aus Lesebüchern und Geschichtsbüchern. Oder aus Romanen. Er hatte immer etwas Unwirkliches, fast Märchenhaftes an sich. All diese strahlenden Helden - Alexander, Caesar, Karl der Große, Roland mit seinem Horn, Barbarossa, der große preußische Friedrich, Napoleon -, wie sie uns imponierten mit ihren Ruhmestaten und ihren Siegen. Robert sprach unaufhörlich von ihnen, er las nur Bücher, die von Krieg und Helden berichteten.

Jetzt ist er auch gefallen, wie Mutter mir schrieb, und ich frage mich, ob er noch an seine bewunderten Helden gedacht hat, als er im Schützengraben lag. Der Krieg hat gar nichts Märchenhaftes an sich, er ist schmutzig, schlammig, widerwärtig, ekelhaft, er riecht nach Blut und Leichen. Neuerdings nach Gas. Kann man es für möglich halten, kann es ein Mensch überhaupt fassen in seinem Kopf, daß Menschen andere Menschen mit Gas vergiften wollen? Roberts Helden kämpften noch mit dem Schwert in der Hand. Haben sie denn heute keinen Mut mehr zum ehrlichen Kampf, wenn sie schon kämpfen müssen? Schämen sie sich denn nicht ihrer Feigheit? Und sind sie eigentlich keine Christen?

Das darf man sowieso nicht fragen, denn wenn es danach ginge, hätte es niemals Krieg geben dürfen. Oder jedenfalls nicht mehr, nachdem Jesus gelebt hat. Liebe deinen Nächsten, das hat er doch gesagt, das hat man mich gelehrt. War das alles Lüge? Aber es war auch vor Jesus schon nicht erlaubt, Menschen zu töten. Die zehn Gebote sind älter, und da heißt es: Du sollst nicht töten.

Warum haben wir das eigentlich lernen müssen in der Schule und im Konfirmationsunterricht, wenn es gar nicht wahr ist. Denn heute heißt es: du sollst töten. Du mußt töten. Möglichst viele deiner Mitmenschen, und möglichst grausam sollst du töten, sie sollen am Gas ersticken, von Granaten zerfetzt werden, im Meer ertrinken, aus der Luft zur Erde stürzen, denn nun führen sie den Krieg auch noch in der Luft. Und wenn du möglichst viele getötet hast, wird man dich belohnen. Du bekommst einen Orden. Das Eiserne Kreuz. Dein Name steht in der Zeitung. Der Kaiser gibt dir die Hand. Ich kann das nicht begreifen.

Dem läßt sich auch heute noch nicht viel hinzufügen.
Das sah ich damals wohl ganz richtig. Es beschäftigte mich wohl auch weiter, denn am nächsten Tag schrieb ich:

Dann ist es ja wohl auch so, daß die anderen Gebote keine Geltung mehr haben, wenn das Wichtigste, du sollst nicht töten, plötzlich ins Gegenteil gekehrt wird. Ich bin der Herr, dein Gott, du sollst keine anderen Götter haben neben mir? Kann er im ernst erwarten, daß wir uns daran halten, daß wir ihm treu bleiben, nachdem er uns so im Stich gelassen hat. Wenn er so stark ist und so mächtig, und der einzige Gott überhaupt, warum kann er diesem Wahnsinn nicht Einhalt gebieten? Warum schweigt er zu dem ganzen Elend? Warum macht er gemeinsame Sache mit den Mördern?

Oder wenn es heißt, du sollst Vater und Mutter ehren, das kann man sowieso gleich streichen, denn man ehrt sie nicht, wenn man ihnen die Söhne wegnimmt und im Massengrab verscharrt. Sie haben keine Söhne mehr, und sie sollen nicht einmal weinen, sie sollen noch stolz sein. Auf dem Felde der Ehre gefallen - wenn das nicht ein dummes Gelabere ist. Was ist ein Feld der Ehre? Ich kann mir nichts darunter vorstellen.

Meine kriegsphilosophischen Betrachtungen werden von den Weihnachtsvorbereitungen unterbrochen.

23. Dezember 1916
Ich war schnell nochmal in der Stadt. Beim Stiebler am Zwinger. Mein netter Verkäufer hat mir neulich zugeblinzelt und geflüstert, ich soll auf jeden Fall nochmal vor Weihnachten vorbeikommen. Ich kenne ihn seit Jahren, Tante Alice kaufte schon bei ihm ein, als ich das erstemal in Breslau war. Im vergangenen Jahr ist sein Sohn gefallen, seitdem sind seine Haare ganz grau. Aber zu mir ist er trotzdem so nett.

Heute hatte er Schokolade für mich, ein Päckchen mit Pfeffernüssen, und kandierte Früchte. Wo die wohl herkommen? Es sei Beuteware, sagte er. Ich konnte mich nicht beherrschen, ich naschte schon auf der Heimfahrt in der Elektrischen. Eine Flasche Rotwein hat er mir auch gegeben, da können wir uns morgen abend Punsch machen, Erni und ich. Mir wäre am liebsten, es gäbe gar kein Weihnachten mehr.

24. Dezember

Heute habe ich den ganzen Tag gearbeitet, nur um nicht nachzudenken. Ich habe die Wohnung sauber gemacht, alle Böden aufgewischt. Vicky schrie wie am Spieß, weil ich sie in ihr Stühlchen gesetzt und darin eingesperrt hatte. Sie haßt nichts so sehr, als wenn sie keine Bewegungsfreiheit hat.

Als Erni kam, nahm er sie raus und setzte sich mit ihr aufs Sofa, die Beine hochgezogen, weil ich wie eine Wilde auf dem Boden herumwütete. Er meinte, was ich denn eigentlich saubermache, es sei doch alles sauber.

Vicky war gleich still, als sie bei Erni saß. Sie plapperte ohne Pause auf ihn ein. Er ist für sie das wichtigste Spielzeug geworden, sie läßt jede Puppe und jeden Teddybär liegen, wenn er in der Nähe ist. Wenn er im Konservatorium ist, tappelt sie ununterbrochen durch die Wohnung und sucht ihn. Am Anfang tat sie das, inzwischen hat sie sich daran gewöhnt, daß er fortgeht, aber sie wartet immer, daß er wiederkommt.

Wenn sie seinen Schritt auf der Treppe hört, rast sie zur Wohnungstür und schreit in höchsten Tönen: »Eeni! Eeni!«

Das Schönste ist für sie das Klavier. Als es in die Wohnung kam, kurz nach Ernis Umzug, schien sie sich erst davor zu fürchten, sie machte einen scheuen Bogen darum. Bis er sich das erstemal hinsetzte und spielte. Sie plumpste auf den Boden, wo sie ging und stand, blieb sitzen, ohne sich zu rühren, der Mund stand ihr offen, sie starrte Erni an und schien das ungeheure Wunder nicht fassen zu können. Es erinnerte mich daran, wie wir damals das Klavier bekamen. War das ein Ereignis! Mir tun alle Glieder weh, so habe ich mich heute verausgabt mit der Schrubberei. Jetzt werde ich den kleinen Weihnachtsbaum aufstellen. Ein paar Kerzen habe ich auch erwischt. Was Vicky sagen wird, wenn sie brennen?

Mutter wollte, daß wir alle drei nach Hause kommen. Aber Erni meinte auch, wir sollten lieber hier bleiben. Es fahren wenig Züge, und sie sind so voll. Gerade Weihnachten wird es besonders schlimm sein.

25. Dezember

Ich habe ihnen das ganze Weihnachtsfest verdorben. Saß die ganze Zeit nur da und heulte. Starrte in die Flammen und heulte. Da konnte sich das Kind ja nicht freuen. Sie saßen beide bei mir auf dem Sofa, Erni links und Vicky rechts, und versuchten, mich zu trösten.

Vicky streichelte mein Bein und sagte mit ganz tiefer Stimme: »Nu! Nu! Wein ock nich!« So wie ich manchmal zu ihr sage.

Zu Erni sagte ich: »Du hättest lieber zu Hause bleiben sollen.« Und fünf Minuten später: »Ich bin so froh, daß du da bist. Ich wüßte nicht, was ich ohne dich täte.«

26. Dezember

Ich habe Tante Alice keinen Weihnachtsbesuch gemacht. Aber ich glaube, das wollte sie auch gar nicht. Als wir uns das letztemal gesehen haben, das war vor zwei Wochen etwa, sagte sie, daß sie über Weihnachten Dienst im Lazarett tun würde. Sie macht anscheinend überhaupt sehr viel Dienst, sie ist mehr im Lazarett als zu Hause. Mich wundert das ja, so eine elegante Frau wie sie. Jetzt trägt sie meistens Schwesterntracht. Ich weiß nicht, ob ich das könnte, all das Elend mit den kranken und verwundeten Männern. Als ich das mal zu ihr sagte, gab sie mir zur Antwort, daß es nichts Besseres gebe, als eine Aufgabe zu erfüllen und eine Arbeit zu haben. Früher hätte sie das nicht gewußt, sagte sie. Seit sie arbeitet, ist sie wieder gesund.

Unser Verhältnis hatte einen Riß bekommen, nachdem sie das von Nicolas gesagt

hatte. Ich bin zwei Monate nicht zu ihr gegangen. Ich glaube, es ist ihr gar nicht aufgefallen. Es sei das Beste für ihn, daß er gefallen ist, sagte sie, und ich wurde furchtbar wütend und schrie sie an: »Wie kannst du nur so etwas sagen!«
Und sie, sehr kalt und sehr hart: »Er hatte den Boden unter den Füßen verloren. Sein Tod hat ihn wieder auf die Füße gestellt.«
Wenn das nicht absurd ist.
Ich mußte lange darüber nachdenken, ob sie mich damit gemeint hat. Oder was eigentlich. Ich bereue nichts. Das sechste Gebot gilt ja nun auch nicht mehr, wenn auch die anderen nicht mehr gelten. Ich würde es wieder tun und wieder tun, und Alice braucht mir nicht zu verzeihen und Gott schon gar nicht.
Vorige Weihnachten waren wir noch bei ihnen, Vicky und ich. Nicolas hatte Urlaub, und er hatte uns soviel mitgebracht. Herrliche Sachen zu essen. Und seinen geliebten Champagner. Während er da war, sahen wir uns jeden Tag. Er kam hierher. Und es war wie früher. Schöner noch. Und jetzt nie mehr. Nie mehr. Nie. Nie.
Ich glaube, daß Alice alles weiß. Aber sie würde nie darüber sprechen.

Sie hat nie darüber gesprochen. Ich glaube immer noch, daß sie alles wußte. Er war damals so glücklich mit Vicky.
Weihnachten 1915 auf 1916. Vicky war anderthalb Jahre alt, und sehr süß, sie redete auch schon viel. Es war drollig, die beiden zu sehen. Den großen schlanken Nicolas in seiner Uniform, das winzige Ding, das sich vertrauensvoll an ihn schmiegte. Sie steckte immer die kleine Nase an seinen Hals. Ich denke mir, sie roch ihn gern. Das tat ich als Kind auch schon. Jetzt kommt eine längere Pause, dann geht es im Februar weiter.

22. Februar 1916
Unser Hauswirt hat mir Kartoffeln mitgebracht, Speck und zehn Eier. Er war wieder bei seinem Vetter, der in der Nähe von Oels einen Bauernhof hat. Ich müßte mal mitfahren, hat er gesagt, damit mich der Vetter kennenlernt. Denn wenn der Krieg noch lange dauert, wird er vielleicht auch noch eingezogen, und dann müßte ich allein dahin fahren können, damit wir was zu essen kriegen. Ich brauche ja vor allem für Erni immer etwas Kräftiges. Es geht ihm jetzt gut, und er arbeitet so viel. Ich habe ihm gesagt, er darf nicht zu gesund werden, sonst holen sie ihn auch noch.

28. März
*Es wird Frühling. Gott sei Dank, ich habe keine Kohlen mehr. Kurt auf Urlaub. Er ist ganz anders geworden, so ernst und so schrecklich nervös. Gar nicht mehr der liebe kleine Kurtel. Nachts fährt er auf im Bett und schreit. Tagsüber bemüht er sich, ruhig zu erscheinen. Aber nachts schreit er. Ich frage mich, wie diese Männer jemals wieder ein normales Leben führen sollen. Stoffe hat er verkauft. Schimmernde Seide, zarten Chiffon, duftigen Georgette, das hat er den Frauen lächelnd angeboten. Jetzt hat er ein Gewehr in der Hand. Es paßt überhaupt nicht zu ihm. Seine Hände sind rauh. Und ein Finger fehlt ihm. Ich war ganz entsetzt. Solange es nur ein Finger ist, sagte er.
In der zweiten Woche seines Urlaubs fuhren wir nach Hause, seine Mutter will ja auch etwas von ihm haben. Und es ist mir lieber, wir fahren hin, als daß sie herkommt, wir haben zu wenig Platz in der Wohnung. Erni sagte, er könne allein bleiben, das mache ihm gar nichts aus, und auf die Marken einkaufen könne er auch.
Zu Hause war es eigentlich ganz nett. Martha kochte fürstlich für uns, bei Gadinskis gibt es offenbar keinen Mangel, die haben alles, nicht zuletzt durch Wardenburg.*

Wenigstens etwas. Trudel sagte mir, daß sie auch unseren Haushalt mitversorgt, sie müßten nicht hungern. Martha was ganz selig, ihren Sohn bei sich zu haben. Sie fütterte ihn pausenlos. Und er bekam Berge von Socken und Unterwäsche und Pulswärmer. Die stricken dort alle wie verrückt. Nicht nur für Kurt, für Soldaten überhaupt. Wann der Krieg aus ist, wollte Martha wissen.

Kurt sagte, das könnte keiner wissen. Aber mit Rußland wäre es wohl jetzt bald vorbei. Sie haben dort im Februar so eine Art Revolution gehabt. Und Rasputin ist im vorigen Jahr schon ermordet worden. Es wäre ein sehr großes Durcheinander, sagte Kurt, und gekämpft wurde eigentlich nicht mehr. Das könnte für uns ja nur gut sein, meinte Vater.

Ja, schon, sagte Kurt, aber die Revolution in Rußland gäbe ein böses Beispiel.

Bei uns ist sowas unmöglich, sagte Vater.

28. April
Ich glaube, ich bin schwanger. Das fehlt mir gerade noch.

3. August
Ich habe ewig nichts aufgeschrieben. Was soll ich denn auch schreiben? Ich war so wütend, als ich merkte, daß ich wirklich ein Kind bekomme. Mitten im Krieg. Ich denke nicht sehr freundlich an Kurt, das habe ich von seinem blöden Urlaub. Wäre er doch gleich in Rußland geblieben. Ich wollte kein Kind mehr.

Mit Vicky war es anders. Die wollte ich. Weil sie von Nicolas war. Ohne ihn gibt es für mich sowieso kein Leben.

Das war schon immer so, daran hat sich nichts geändert. Manchmal liege ich nachts wach und spiele das Erinnerungsspiel. Ganz früh fange ich an. Als ich das erstemal in Wardenburg war, richtig in den Ferien. Das war, als Erni geboren wurde. Nicolas setzte mich vor sich auf Ma Belle. Jeden Tag versuche ich zu rekonstruieren. Was er sagte, was ich sagte. Das geht sehr gut, ich habe inzwischen viel Übung darin. Ich bekomme alle meine Ferien zusammen, Jahr für Jahr. Oder wenn er in die Stadt kam, mich von der Schule abholte und mit mir zum Essen ging. Wie er aussah, was er anhatte. Und dann der fürchterliche Tag, an dem er mir sagte, daß sie weggingen von Wardenburg. Mein erster Besuch in Breslau. Unsere Gespräche. Unsere Ritte. Wie wir zum Essen gingen und wohin. Und zum Einkaufen, zu Gerson und Fränkel, zu Bielschowsky, zu Cramer. Er ging nur in teure Läden.

Einmal waren wir abends im Liebichtheater, die hatten ein fabelhaftes Programm, und da erzählte er mir nachher die ganze Geschichte von Paule und der schönen Katharina.

Später sah in Katharina auch im Film.

Und die Oper. Das Theater. Der Ball.

Wie er sagte: du hast ein Traumgesicht. Ich werde nie das Gefühl vergessen, wie er seine Hände auf meine Arme legte und wir uns im Spiegel ansahen . . .

Stundenlang liege ich wach und erlebe das alles wieder, Wort für Wort, Blick für Blick. Bis zu dem Kuß. Bis zu unserem letzten Zusammensein, hier in dieser Wohnung, in diesem Bett.

Ich bin süchtig nach diesen Erinnerungen. Auf diese Weise behalte ich ihn.

Ich kann immer wieder von vorn anfangen.

Nachmittags schon denke ich: heute abend, wenn ich im Bett liege, mache ich es wieder.

Das Ganze? Oder nur den letzten Teil?

Manchmal weine ich dann. Manchmal bin ich glücklich. Und manchmal denke ich, ob ich wohl verrückt werde.
Und dazu bin ich im fünften Monat. Ich will kein Kind.

20. August
   Martha war ein paar Tage da. Sie hat die Wohnung saubergemacht, denn ich habe zu nichts Lust. Sie hat Wäsche gewaschen. Und sie hat uns viel zu essen mitgebracht. Butter und Fleisch und vor allem Gemüse. Ich bin so heißhungrig auf Gemüse. Gestern habe ich drei Teller grüne Bohnen gegessen.
   Sonst bin ich ziemlich unausstehlich, aber Martha erträgt es geduldig. Vicky wird zärtlich von ihr geliebt und umsorgt. *Wenn sie wüßte –*
   Karolines Mann ist verwundet, ziemlich schwer, er hat einen Lungendurchschuß. Er liegt in Frankreich im Lazarett. Sie hat gerade ihr viertes Kind gekriegt.

14. November
   In Rußland ist der Krieg so gut wie aus. Dort haben sie wirklich eine Revolution. Mir ist es egal, was geht mich der Zar an. Aber es freut mich für Kurt, für ihn ist der Krieg zu Ende. Hoffentlich schicken sie ihn nicht an eine andere Front.
   Ich sehe schrecklich aus. Wie eine Tonne. Warum muß man so häßlich sein, wenn man ein Kind kriegt?
   Das ist alles. Mehr hatte ich damals nicht geschrieben. Vierzehn Tage später kam Stephan zur Welt, und dann hatte ich keine Zeit und keine Lust mehr.
   Irgendwie kommt es mir albern vor, wenn ich das heute lese. Ziemlich kindisch war ich da noch. Und viel gescheite Sachen habe ich nicht geschrieben. Bedeutende Leute schreiben bedeutende Tagebücher, ich dagegen? Na ja, macht nichts. Ich war vierundzwanzig und eben noch eine ziemlich dumme Gans.
   Getan habe ich überhaupt nichts. Viele Frauen haben im Krieg gearbeitet, ich fühlte mich nicht betroffen. Und wie läppisch meine Kommentare zu der Revolution in Rußland. Ich habe gar nicht mitgekriegt, was da passiert ist. Zeitung habe ich offenbar auch nicht viel gelesen. Ich war Tag und Nacht nur von meinen Gedanken an Nicolas ausgefüllt, alles andere war für mich nicht vorhanden.
   Der arme Kurtel! Er kam nie zurück. Erfroren, verhungert, zu Tode gequält, in Sibirien verloren gegangen, wer wird es je erfahren? Martha wartet immer noch auf ihn. Ich nicht. Ich weiß, daß er tot ist.
   Seinen Sohn hat er nie gesehen. Sein einziges Kind.
   Es war eine schwere Geburt, obwohl Stephan ganz klein und schwächlich war, nicht so ein schönes, kräftiges Kind wie Vicky. Für gewöhnlich erwartet man, daß die erste Geburt schwer ist, bei mir war es umgekehrt. Vicky bekam ich leicht. Es war ja auch noch kein Krieg, und ich war so gespannt, wie es sein würde. Und was Nicolas für ein Gesicht machen würde. Daß es sein Kind war, daran gab es nicht den geringsten Zweifel, zwischen Hirschberg und der Hochzeit hätte ich meine Vapeurs haben müssen, aber ich hatte sie nicht.
   Vielleicht hätte er mich später nie mehr umarmt, wenn das nicht gewesen wäre. Aber so war ich eben doch so etwas wie seine Frau. Die Mutter seines Kindes.
   Wie das klingt! Aber er wäre sicher sehr stolz, wenn er Vicky heute sehen würde. Ihr Lächeln, ihre Lebensfreude, ihr Charme – das ist er.

Ich habe ihn geliebt. Er war der wichtigste Mensch in meinen jungen Jahren.

Doch jetzt denke ich manchmal, wie traurig, wie unendlich schade es ist, daß Kurt nicht heimkehrte aus dem Krieg. Ich glaube, wir hätten uns gut verstanden, wir hätten eine gute Ehe führen können, wenn ich dazu gekommen wäre, zu entdecken, daß es neben Nicolas auch andere Menschen gibt, die es wert sind, geliebt zu werden.

Dieses Tagebuch werde ich auch verbrennen, genau wie das erste. Es ist nicht nötig, daß es einer liest.

Die bitteren Jahre

AN EINEM TAG IM MÄRZ DES JAHRES 1923 wurde Nina von Trudel und Martha Jonkalla an die Bahn gebracht. Die drei Frauen waren schwer bepackt, Martha hatte aus ihren Vorräten alles zusammengesucht, was sie entbehren konnte, auch noch einen Kuchen gebacken und zum guten Schluß Nina Geld in die Hand gedrückt. Nina wollte es nicht nehmen, aber Martha bestand darauf.

»Ich brauch doch nichts«, sagte Martha. »Ich hab' ja alles, was ich brauch. Früher hab' ich ja immer gespart, aber jetzt . . .« sie verstummte, die Verzweiflung in ihren Augen war kaum mit anzusehen. Nina schloß sie in die Arme. Wie fröhlich, wie tatkräftig war Martha immer gewesen - nun war sie alt und müde geworden. Doch nicht ohne Hoffnung. Sie wartete ständig auf die Heimkehr ihres Sohnes.

»Er kommt wieder, Nindel, du wirst sehen, er kommt wieder«, das waren ihre Worte, und Nina nickte dann und sagte, sie sei auch sicher, daß er eines Tages vor der Tür stehen würde.

Das war eine Lüge. Sie wartete nicht. Aber für Martha war es der einzige Trost. Ein zweifelhafter Trost, wie Nina fand. Wenn man ihr mitgeteilt hätte, daß ihr Sohn gefallen sei, wäre das nicht erträglicher gewesen? Oder war die Hoffnung auf seine Heimkehr eine Hilfe für sie, um weiterleben zu können? Nina vermochte es nicht zu entscheiden.

Sie wußte nur, daß Martha bei jedem Bissen, den sie in den Mund steckte, an ihren Sohn dachte, der gewiß hungern mußte. Und wenn sie sich abends in ihrem Bett ausstreckte, quälte sie die Frage, wo und wie er wohl schliefe. Und wenn die Öfen im Haus Gadinski an kalten Tagen Wärme ausstrahlten, fror sie im Geist in der sibirischen Kälte mit ihrem Sohn.

Davon sprach sie manchmal, und keinem fielen Worte ein, die sie zu trösten vermochten.

Nina hatte also die Handvoll Papiergeld eingesteckt, ohne es zu zählen. Geld war so ein fragwürdiger Begriff geworden, die Zahlen auf den Scheinen änderten sich ständig, sie hatten von Mal zu Mal mehr Nullen am Schluß, gleich blieb sich nur die Tatsache, daß man jedes Mal weniger dafür bekam. Ninas Haushalt mit Erni und den beiden Kindern war ein schwieriges Rechenexempel, an dem sie manchmal verzagte. Immerhin war es ihr bis jetzt gelungen, die Wohnung zu halten, und keiner war verhungert oder erfroren. Aber manchmal hatte Nina das Gefühl, daß sie dieses Leben nicht mehr lange ertragen konnte – vier Jahre Krieg, vier Jahre Nachkriegszeit, und niemals ein wenig Glück oder Freude, ganz zu schweigen von Sicherheit und geordneten Verhältnissen.

Ihre Jugend war in dem Chaos und dem Elend der Zeit untergegangen, und sie rebellierte gegen die Ungerechtigkeit ihres Schicksals.

Viele waren tot, zugegeben, aber andere waren reich geworden durch den Krieg, wurden es nun erst recht durch die Inflation, sie feierten Feste, tanzten auf Bällen, genossen ihr Leben. Manchmal glaubte Nina am Haß zu ersticken, am Haß auf diese Zeit und diese Welt, in der sie leben mußte.

Auch jetzt, schon im Zug, als sie aus dem Abteil dritter Klasse auf den Bahnsteig hinabblickte, in die erloschenen Augen Marthas, in Trudels verhärmtes Gesicht, stieg dieser Haß wieder in ihr hoch. Sie hatte dritter Klasse genommen, aus Trotz. Sie wollte nicht vierter fahren, nicht hier von diesem Bahnhof aus, aus der Stadt ihrer Kindheit, gerade nicht. Obwohl gewiß keiner sie kannte auf dem Bahnhof.

»Du wirst Mutter wohl das letztemal gesehen haben«, sagte Trudel zu ihr hinauf, in dem Jammerton, den sie sich neuerdings angewöhnt hatte.

›Ja, ja, ich weiß, das hast du mir heute mindestens zwanzigmal gesagt«, fuhr Nina sie gereizt an. »Ich kann es nicht ändern. Und ich kann nicht jede Woche herkommen.«

Trudel sah sie vorwurfsvoll an, doch sie schwieg.

Agnes lag nun schon seit einem halben Jahr, und Nina wunderte sich, daß sie überhaupt noch lebte. Sie war immer eine kleine zierliche Person gewesen, aber nun sah man sie kaum mehr in ihrem Bett, wie ein Kind lag sie darin, papierweiß das Gesicht, grau das Haar und immer mit dem knappen Atem ringend.

Je eher sie stirbt, um so besser, dachte Nina. Es ist doch eine Qual, so zu vegetieren. Und für Trudel ist es ein furchtbares Dasein, aber sie klagt nicht. Sie klagt nie. Emil war schon vor drei Jahren gestorben, qualvoll gestorben. In der gleichen Woche starb Adolf Gadinski. An einem Gehirnschlag, und dies war ein unvermuteter und tragischer Tod gewesen. Denn Adolf Gadinski war niemals krank gewesen, ein kraftvoller, mächtiger Mann, bis zum Tag seines Todes Herr seiner Sinne und mitten in seiner Arbeit stehend.

Die Zuckerfabriken waren verkauft. Otti Gadinski war eine reiche Frau, jetzt erst recht. Karoline bewirtschaftete nach wie vor Wardenburg - zusammen mit dem tüchtigen Karl Köhler, dessen Kopfverletzung ihm jetzt quasi das Leben gerettet hatte, denn er war nicht eingezogen worden –, ihr Mann war zwar heimgekehrt aus dem Krieg, aber er hatte sich von seiner schweren Verwundung nicht erholt, war ein Wrack, und wie lange er noch am Leben bleiben würde, war fraglich.

Sterben und Tod überall. Nina wollte nichts mehr davon hören und sehen. Sie fuhr gern wieder zurück nach Breslau. Es ging ihnen nicht gut, aber die Kinder waren lebendig und gesund, und auch Erni lebte und konnte arbeiten.

Dann fuhr der Zug, und Nina starrte hinaus auf die leeren nassen Felder, in die öde kahle Landschaft.

Ich möchte weg, dachte sie, weit, weit weg. In ein Land, in dem es keinen Krieg gegeben hat, in dem die Menschen satt und fröhlich sind und keine Sorgen haben. Oder eben nur die gewöhnlichen Sorgen, wie sie jeder Mensch in seinem Leben hat. Sterben mußte jeder irgendwann, aber vorher will man doch leben.

In den vergangenen Jahren hatte Nina schon mehrmals versucht, eine Arbeit zu bekommen. Sie hatte, bald nach dem Krieg, einen Kurs in Stenographie und Schreibmaschine besucht, und hatte zweimal kurzfristig eine Stellung gehabt, aber die Geschäfte gingen überall schlecht, und sie verlor beide Posten nach kurzer Zeit. Dann hatte sie zu Hause Adressen geschrieben und schließlich vor einem halben Jahr eine neue Stellung bekommen, die sehr hoffnungsvoll aussah.

Der Mann nannte sich Makler, er kaufte und verkaufte, es gab einen Haufen Post jeden Tag, und endlich einmal schien es sich um eine Firma zu handeln, die offenbar keine Kalamitäten hatte. Nina wurde gut bezahlt, das Büro befand sich in der Kaiser-Wilhelm-Straße, gar nicht weit entfernt von Tante Alices Wohnung. Nina mußte jeden Tag durch die Stadt fahren, es war ein weiter Weg, und es machte sie nervös, die Kinder so lange allein zu lassen. Eine Nachbarin kümmerte sich um sie, ein schlampiges, aber freundliches Weib, auch Herr und Frau Wirz, die Hausleute, sahen nach den Kindern. Vicky war auch schon sehr vernünftig, sie ging in die Schule, und wenn sie heimkam, kaufte sie ein und versorgte ihren kleinen Bruder.

Die erste Schwierigkeit bestand darin, daß Ninas Chef, ein dicker, ewig schwitzender Mann, mit ihr ins Bett gehen wollte. Ganz eindeutig und plump.

Auf Ninas abweisende Haltung hin sagte er in aller Deutlichkeit: »Wenn Sie so stolz sind, liebes Kind, werden Sie es schwer haben. Was erwarten Sie sich denn vom Leben? Einen neuen Mann? Männer gibt es für Frauen Ihrer Generation nicht mehr. Das merken Sie doch selbst.«

Nina war darauf gefaßt, die Stellung ebenso schnell zu verlieren wie die anderen zuvor. Denn so weit war sie noch nicht, daß sie mit dem Dicken ein Verhältnis angefangen hätte. Doch dann flog die Firma auf, Kriminalpolizei kam ins Haus, der Dicke wurde verhaftet. Auch Nina wurde verhört, aber sie hatte ja von den Geschäften sowieso nichts verstanden. Jetzt erfuhr sie, daß ihr Chef nicht nur mit Immobilien, sondern auch mit Rauschgift gehandelt hatte.

Im kommenden Oktober wurde sie dreißig Jahre alt. Wo waren eigentlich die letzten zehn Jahre geblieben?

Zehn schöne Jahre im Leben einer Frau, aber es wäre besser, sie hätte sie nicht gelebt.

Männer gab es für Frauen ihrer Generation nicht mehr, da hatte der Dicke recht gehabt. Die Männer waren tot und verschwunden. Seit Kurtels letztem Urlaub im Frühjahr 1917 hatte kein Mann sie mehr berührt.

Draußen auf dem Gang vor ihrem Abteil stand einer. Er stand schon eine ganze Weile da, rauchte, und blickte unverhohlen zu ihr herein. Es war ihr nicht entgangen. Auch den beiden anderen Frauen nicht, die mit ihr im Abteil saßen, ältere unfreundliche Frauen, die Nina mit vorwurfsvollen Blicken bedachten, so als könnte sie etwas dafür, daß der da draußen immer wieder zu ihr hinsah, und, wenn er ihren Blick auffing, lächelte.

Ein junger Mann noch, er hatte blondes lockiges Haar, trug einen grellfarbigen Schlips, sah aber sonst nicht übel aus.

Als der Zug in Breslau einlief, war es bereits dunkel. Nina suchte ihre Taschen und Päckchen zusammen, da kam der Blonde herein und fragte höflich: »Kann ich ihnen behilflich sein, gnädige Frau?«

»Danke, nein«, sagte Nina kühl.

»Aber Sie haben soviel zu tragen, das schaffen Sie ja nicht allein. Sie sind doch auch an den Zug gebracht worden.«

Warum eigentlich nicht? dachte Nina. Ich kann das wirklich nicht alles tragen.

»Haben Sie mich gesehen, wie ich eingestiegen bin?« fragte sie etwas liebenswürdiger.

»Aber ja, ich war ja im Nebenabteil.«

»Es waren meine Schwiegermutter und meine Schwester«, sagte Nina, denn es erschien ihr ganz angebracht, die Schwiegermutter zu erwähnen.

»Reizende Damen«, sagte der Fremde. »Und nun wollen wir mal sehen, wie wir aus dem Zug wieder herauskommen.«

Er brachte sie bis zur Elektrischen, hob die Sachen mit Hilfe eines Schaffners in die Bahn, und im letzten Augenblick sprang er selber auf.

»Sie müssen ja auch wieder aussteigen, nicht? Haben Sie was dagegen, wenn ich Sie nach Hause begleite?«

Nina blickte ihn kurz an, sie war etwas befangen, er hatte so eine direkte Art, sie anzusehen, nicht unverschämt, aber doch zudringlich.

»Sie machen sich sehr viel Mühe«, sagte sie steif. »Vielen Dank.«

»Es war mir ein Vergnügen.«

Während der Fahrt sprachen sie nicht viel, die Elektrische war ziemlich voll, dann stand er auf und bot einer Dame seinen Platz an.

Nina musterte ihn verstohlen. Er sah eigentlich nett aus. Ein offenes jungenhaftes Gesicht, fröhliche blaue Augen. Gutes Benehmen hatte er auch, wenn man davon absah, daß er sie angesprochen hatte. Aber es war schließlich gut gemeint, und sie hatte gar keinen Grund, sich so affig zu benehmen. Allein wäre sie mit den vielen Gepäckstücken wirklich nicht fertig geworden.

Erni hatte gesagt, er würde sie abholen. Aber vielleicht hatte er noch in der Oper zu tun. Also konnte sie froh sein, daß der fremde Mann ihr half.

Sie lächelte zu ihm auf, er lächelte zurück, und sie dachte auf einmal: wie sehe ich eigentlich aus?

Er brachte sie bis zu ihrer Haustür, und auf dem Weg von der Haltestelle bis dorthin, es waren immerhin zehn Minuten zu laufen, war sie abermals froh, daß er ihr geholfen hatte. Er erzählte, daß er in Grünberg gewesen sei, um seinen Onkel zu besuchen.

»Der ist Weinhändler, wissen Sie. Und so sauer wie sein Wein. Ich hatte gehofft, er hätte vielleicht eine Stellung für mich, ich brauche nämlich dringend Arbeit. Aber er hat nicht, hält nicht viel von mir. Und als ich ihn jetzt gesehen habe, war ich ganz froh, daß ich wieder abfahren konnte.«

»Und was haben Sie bis jetzt gemacht?« fragte Nina höflich.

»Gar nichts«, antwortete er vergnügt. »Nur ein bißchen Krieg gespielt. Ich war Leutnant. Kann man heute nicht mehr brauchen. Vor Kriegsbeginn habe ich ein paar Semester studiert. Jus. Jetzt kann ich mir das nicht mehr leisten.«

»Sie sind aber nicht von hier?« Das hörte sie an seiner Sprache.

»Aus Westpreußen. Aus Thorn. Wo jetzt die Polen sitzen. Mein Vater war da Pastor.« Er lachte. »Wie finden Sie das?«

»Wie soll ich das finden? Warum soll Ihr Vater nicht Pastor sein?«

»Er war es, er war es. Er lebt nicht mehr. Na, alle Leute fanden immer, ich sei für einen Pastor ein höchst ungeeigneter Sohn.«

»Das kann ich nicht beurteilen.«

»Es stimmt schon. Ich habe meinen armen Vater manchmal sehr geärgert. Das hat sich rumgesprochen, sehen Sie. Deswegen will mein Onkel auch nichts mit mir zu tun haben. Es ist der Bruder meiner Mutter, ich kenne ihn kaum.«

405

Vor der Haustür stellte er sich dann vor, korrekt mit einer Verbeugung. »Jochen Dircks.« Und dann fragte er: »Kann ich Sie wiedersehen?«

Nina schüttelte den Kopf, aber gleichzeitig dachte sie, wie töricht es war, immer so abweisend zu reagieren.

»Ach, bitte«, sagte er. »Sie kommen doch sicher mal in die Stadt, und wir könnten uns zu einer Tasse Kaffee treffen. Ich würde Sie ja gern in ein feudales Restaurant einladen, aber leider ist da momentan nichts zu machen. Das müssen wir verschieben.«

Schließlich willigte sie ein, ihn drei Tage später in der Stadt zu treffen. Er fragte, ob er die Sachen noch hinauftragen solle, aber sie sagte: »Danke, ich wohne gleich im ersten Stock. Mein Bruder ist da und wird mir helfen. Vielen Dank, Herr Dircks.«

Er zog seinen Hut, deutete einen Handkuß an.

»Also dann am Donnerstag, gnädige Frau. Ich freue mich sehr.«

Als die Haustür hinter ihr zugefallen war, blickte Nina auf ihre Taschen und Pakete, und plötzlich mußte sie lachen. Sowas! Da hatte sie doch ein Rendezvous. Daß es so etwas noch gab. Eigentlich ein netter junger Mann. Sohn eines Pastors. Leutnant, Jurastudium. Und nun zeitbedingt auf dem Trockenen sitzend.

Hübsch war es, ein Rendezvous zu haben.

Sie lief dreimal die Treppe auf und ab, sehr beschwingt nun und heiter, stellte alles vor der Tür ab, klingelte, bevor sie zum zweitenmal hinunterlief.

Vicky stand unter der Tür, als sie wieder oben war.

»Oh, Mamilein!« sagte das Kind. Es sah verstört aus.

»Was ist los?« fragte Nina alarmiert.

»Onkel Erni. Er . . . er ist krank.«

»Nein! Was fehlt ihm?«

Erni lag auf der Chaiselongue im Wohnzimmer, er lächelte, als Nina ins Zimmer kam. Seine Lippen waren blau.

Nein. Nein. Nein.

Das Zimmer drehte sich vor Nina, Entsetzen ließ sie eiskalt werden. Nein, das gab es nicht. Seit Jahren hatte er keinen Anfall gehabt.

»Es ist weiter nichts, Nina«, sagte Erni. »Bitte, erschrick nicht. Nur eine Kleinigkeit, geht gleich vorbei. Ich habe heute ein wenig viel gearbeitet.«

Neben seinem Dienst in der Oper gab er noch Klavierstunden, um ihre schmale Kasse aufzubessern. Und er komponierte. In jeder freien Minute komponierte er, zur Zeit ein Trio. Und für seine stille Liebe, die blonde Sopranistin, hatte er schon einige Lieder von Ricarda Huch vertont. Wunderbare Lieder waren es geworden.

Nina lächelte mit starrem Gesicht. »So. Zuviel gearbeitet. Hast du einen Arzt gerufen?«

»Nicht nötig. Ich kenne das ja. Geht gleich vorbei.«

»Du kennst es nicht«, schrie sie unbeherrscht. »Nicht mehr.«

Die Kinder sahen sie erschrocken an, sie nahm sich zusammen.

»Pack aus«, sagte sie zu Vicky, »ich habe schöne Sachen zum Essen mitgebracht. Ich muß nochmal hinunter, ich komme gleich wieder.«

»Wo willst du hin?« fragte Erni.

»Telefonieren.«

»Aber –«

»Bitte, Erni, sei vernünftig. Ich rufe nur mal schnell Dr. Menz an und frage ihn, was wir tun sollen.«
Sie kannte Dr. Menz, den Sohn vom alten Dr. Menz, durch Alice, die seit vielen Jahren bei ihm in Behandlung war. Und Dr. Menz kannte Erni. Nina hatte ihn regelmäßig zur Untersuchung geschickt, weil sie immer in Angst um ihn lebte, auch wenn die Anfälle seit vielen Jahren nicht wiedergekommen waren. Erni war jetzt dreiundzwanzig, im Sommer dieses Jahres wurde er vierundzwanzig. Seit er bei ihr lebte, seit dem Herbst 1916, hatte er nicht einen einzigen Anfall gehabt. Vielleicht hatte er wirklich zuviel gearbeitet. Aber er hatte immer viel gearbeitet in letzter Zeit. Ich hätte es nicht zulassen dürfen, dachte Nina, während sie die Treppe wieder hinabraste, ich hätte besser auf ihn achtgeben müssen.
Dr. Menz war glücklicherweise zu Hause, er hörte die Angst in Ninas Stimme und sagte: »Ich komme gleich. Er soll liegen bleiben. In einer halben Stunde bin ich da.«
So fing das wieder an mit Erni, und steigerte sich im Laufe dieses Jahres so rasch, daß er bereits im Herbst kaum mehr arbeiten konnte.
Im Herbst kam dann Trudel zu ihnen, nachdem Agnes gestorben war. Inzwischen war die Inflation auf ihrem irrsinnigen Höhepunkt angelangt, Millionen, Milliarden, Billionen glitten durch ihre Hände, kein Mensch konnte das verstehen, sie erstickten in Bergen von bedrucktem Papier, das man immer noch Geld nannte.
Und im Oktober, kurz nach ihrem dreißigsten Geburtstag, mußte sich Nina zum erstenmal auskratzen lassen.
Es war ein wahnsinniges Jahr, eine Zeit totaler Verwirrung, und Nina hatte oft das Gefühl, daß ihr der Boden unter den Füßen weggezogen wurde, daß sie einfach eines Tages in ein dunkles Nichts fallen würde, in einen Abgrund des Grauens, gegen den die Hölle ein übersichtlicher Ort sein mußte. Der Tod ihrer Mutter, die Beerdigung, Trudels Tränen, Marthas Klagen, Ernis sich rapid steigernder Verfall, die wirtschaftliche Not – und neben alledem hatte sich Nina in eine Liebesgeschichte verstrickt.
Liebe! War es Liebe? Das fragte sie sich nicht, denn das hätte sie nicht beantworten können. Als sie liebte, hatte sie es gewußt. Was sie jetzt erlebte, war etwas anderes. War das geradezu gierige Verlangen nach der Umarmung eines Mannes, über das sie selbst erschrak. Sie hatte nicht gewußt, wie sehr ihr ein Mann gefehlt hatte. Irgendeiner. Und im Grunde war es egal, welcher.
Wenn es nicht Nicolas sein konnte, war es egal, welcher.
Jochen Dircks bewohnte ein ärmliches möbliertes Zimmer in der Matthiasstraße, und wann immer Nina es möglich machen konnte, ging sie zu ihm.
Diese Affäre war so verrückt wie die Zeit. Und wie man über das verrückte Geld, über das Elend, über Ernis Krankheit, über die Zukunft, über nichts nachdenken konnte und wollte, so konnte und wollte sie nicht darüber nachdenken, was Jochen ihr bedeutete.
Er war ein Mann – und das genügte ihr. Er war überdies ein erfahrener und leidenschaftlicher Liebhaber. Er wußte genau, was er mit einer Frau zu tun hatte. Er war nicht zärtlich, seine Liebe war manchmal rücksichtslos, sogar brutal. Und das Schlimmste war, daß sie es zu dieser Zeit genoß. Sie

schämte sich manchmal. Sie schob es weg. Aber sie konnte sich nicht von ihm lösen.

Als sie merkte, daß sie schwanger war, blieb ihr vor Entsetzen das Herz stehen.

Ein Kind! In dieser Situation. Wo sie kaum wußte, wie sie die beiden vorhandenen ernähren sollte.

»Das ist kein Problem«, meinte Jochen. »Es gibt genug Leute, die dir das wegmachen. Ich besorge dir jemand.«

Aber mit dem letzten Rest Verstand, der ihr geblieben war, vertraute sie sich Dr. Menz an.

Er gab ihr die Adresse eines Arztes, und so wurde die Abtreibung ordentlich ausgeführt und schadete ihr nicht. Zu dieser Zeit war Trudel schon da, Nina konnte sich beruhigt einige Tage ins Bett legen. Natürlich hatte Trudel keine Ahnung, was vorangegangen war, sie nahm an, es handele sich um eine Blasenerkältung, wie Nina ihr gesagt hatte. Zwar kannte Trudel Jochen Dircks, er kam manchmal zu Besuch, war sehr nett zu den Kindern, höflich zu Trudel, bemühte sich, Erni zu unterhalten. Kein Mensch konnte etwas gegen ihn vorbringen, er war ein Mann mit Manieren und guter Haltung. Was wirklich zwischen ihm und Nina vorging, ahnte Trudel nicht, dazu fehlte es ihr an Vorstellungskraft.

Erni wußte es wohl, er sah Nina manchmal besorgt an, er sagte: »Nindel, verrenn dich nicht. Paß auf dich auf!«

»Ach, ist doch egal. Ist doch alles egal. Mein Leben ist verkorkst. Da wird nichts mehr draus.«

Die einzige Hilfe in dieser Zeit, und es war eine große Hilfe, kam von Marleen. Sie war bei Agnes' Beerdigung gewesen, im Sommer, und kam anschließend nach Breslau. Es ging ihr gut, sie sah fabelhaft aus, nach neuester Mode gekleidet, sie wohnte im Monopol, und während sie da war, kam Nina endlich wieder einmal dazu, in einem guten Restaurant zu speisen.

Marleen hatte wieder geheiratet, vor zwei Jahren, ihr Mann war reich. Sonst sprach sie wenig von ihm, auf Trudels neugierige Fragen meinte sie leichthin: »Er ist sehr nett. Genau das, was ich gebraucht habe.«

Als sie abreiste, ließ sie fast sämtliche Kleider zurück für Nina, auch Geld, und sie schickte von nun an regelmäßig immer wieder ansehnliche Beträge, vor allem für die Kinder bestimmt, wie sie sagte.

Nachdem im November die Rentenmark eingeführt worden war, die wahnwitzige Papierflut in sehr wenig, aber ordentliches Geld zurückverwandelt worden war, bedeutete Marleens Hilfe viel. Auch Jochen war von Marleen besichtigt worden.

»Netter Bursche«, sagte sie zu Nina, nachdem sie einen Abend lang beim Essen im Hotel mit ihm geflirtet hatte, »würde mir auch gefallen. Willst du ihn heiraten?«

»Nein. Er hat mich bis jetzt nicht darum gebeten, und wenn er es täte, möchte ich auch nicht. Ich weiß nicht warum, ich kann es nicht erklären. Ich hab' ihn gern, weißt du. Irgendwie so . . . ich kann es schwer erklären.«

»Ich schon«, sagte Marleen lächelnd. »Er ist ein Mann fürs Bett. Sonst ist nicht viel mit ihm los, wie?«

»Er arbeitet hin und wieder, aber nichts Gescheites. Er will wieder studieren, sagt er. Er geht nebenbei zur Universität, zunächst als Gasthörer.«

Und Jochen sagte am nächsten Tag zu Nina: »Das wäre genau das, was ich brauche, eine Frau wie deine Schwester.«
»So.«
»Ja. Eine Frau mit Geld. Da könnte man wieder leben wie ein Mensch.«
»Von dem Geld einer Frau?«
»Warum nicht? Die Zeit hat sich verändert, Prinzessin. Heute ist so etwas durchaus üblich.«
»Dann wärst du ein Gigolo.«
»Na, und?«

Er nannte sie immer Prinzessin, es klang ein wenig spöttisch, oder ein wenig liebevoll, je nachdem in welcher Stimmung er sich befand. Seine Stimmungen wechselten rasch, er konnte reizend sein, aber auch verletzend und lieblos.

Nina ärgerte sich oft über ihn, nahm sich immer wieder vor, dieses Verhältnis zu beenden, sich frei zu machen aus dieser beschämenden Situation. Aber wenn sie drei Tage nicht bei ihm gewesen war, war sie krank vor Verlangen. Ein unwürdiger Zustand, sie war sich klar darüber.

Nach der Abtreibung hatte sie eine Weile vor der Fortsetzung ihrer Beziehung zurückgeschreckt. Aber ein Mensch vergißt rasch. Er werde nun aufpassen, versprach er.

Zu Beginn des nächsten Sommers, Juni 1924, mußte sie zum zweitenmal ausgekratzt werden. Diesmal nahm es sie mit, körperlich und seelisch. Sie weinte tagelang, trug sich mit Selbstmordgedanken. Trudel werkelte mit besorgter Miene um sie herum, sprach im Flüsterton, doch gerade ihre Fürsorge reizte Nina zu hysterischen Ausbrüchen.

»Ich bin nicht krank«, schrie sie ihre Schwester an. »Kapierst du das denn nicht, du Gans? Ich habe abgetrieben. Schon zum zweitenmal. Und ich hab' es einfach satt. Was sind wir Frauen doch für arme Schweine.«

Trudel war fassungslos. Das stand nicht in ihren Romanen. Es gab zwar mittlerweile Romane, in denen so etwas beschrieben wurde, aber die las Trudel nicht.

Zur gleichen Zeit entdeckte Nina, daß Jochen sie betrog. Sie fand eine Haarnadel in seinem Bett, ganz simpel, und sie selbst trug längst einen Bubikopf.

Sie hatte manchmal schon einen Verdacht gehabt, dies war der Beweis.

Sie war am Nachmittag gekommen, es war sehr heiß, Ende Juli, sie hatte gar nicht die Absicht, mit ihm zu schlafen, noch nicht wieder.

»War die Dame heute vormittag hier?« fragte sie und hob mit spitzen Fingern die Haarnadel vom Bett. »Oder über Nacht?« Er nahm sich gar nicht die Mühe, es zu leugnen.

»Seit zwei Monaten, Prinzessin, hast du mir nicht mehr das Vergnügen gemacht. Bin ich ein Eunuch?«

Wäre sie klug gewesen, sie hätte diesen Anlaß benutzt, sich von ihm zu trennen. Aber sie konnte nicht mehr allein sein. Sie konnte nicht mehr ohne Mann leben. Im September 1924 fand Jochen Dircks, der Pastorssohn, der Leutnant mit dem Eisernen Kreuz Erster Klasse, der angehende Jurist, endlich das, was er immer gesucht hatte: eine Frau mit Geld.

Sie war etwa Mitte dreißig, hübsch und blond, der Mann hatte mit Dollars geschoben, war kurz nach Ende der Inflation verblichen und hatte die Witwe

409

mit Geld, Häusern und einem Landhaus im Riesengebirge wohlversorgt zurückgelassen.

Jochen hatte sich von seiner besten Seite gezeigt, er konnte ja sehr charmant sein, wenn er wollte. Und daß er anziehend auf Frauen wirkte, als Mann anziehend, war ihm eine bekannte Tatsache. In diesem Fall ging er wohlbedacht zu Werke, diese Frau wollte er nicht im Bett haben, er wollte sie heiraten. Ende des Jahres teilte er Nina sehr höflich seine Absicht mit.

»Du verstehst das, Prinzessin, nicht wahr? Ich liebe dich sehr. Es war eine schöne Zeit mit dir. Aber ich muß an meine Zukunft denken. Wenn ich sie heirate, kann ich fertig studieren. Und sie ist recht nett, du kannst sie dir ja mal ansehen.«

Nina sah ihn aus erloschenen Augen an. Jochen war nicht mehr wichtig. Mochte er heiraten oder zum Teufel gehen. Im Oktober des Jahres 1924 war Erni gestorben.

Wer war Jochen? Ein Garnichts, ein Bettvergnügen. Die Menschen, die sie geliebt hatte, wirklich geliebt, waren tot. Sie waren gestorben, einer nach dem anderen.

Ich möchte auch nicht mehr leben, dachte Nina. Muß ich denn? Ich muß nicht; und ich will nicht.

Es war in der Zeit zwischen Weihnachten und Neujahr, zwischen den Jahren, als sie von Jochens Heiratsplänen erfuhr. Am Heiligen Abend war er noch bei ihnen gewesen, nur kurz allerdings. Er hatte den Kindern Geschenke gebracht, und sich dann entschuldigt, er habe noch eine Verabredung mit Bekannten von der Universität.

»Kleine Weihnachtsfeier, du verstehst, Prinzessin?«

Drei Tage später dann also erfuhr sie die Wahrheit.

»Herzlichen Glückwunsch«, sagte sie, »und die Pest dir an den Hals.«

»Danke, Prinzessin. Wir werden ja sehen, welcher deiner Wünsche in Erfüllung geht.«

Er wollte sie küssen, sie spuckte ihm ins Gesicht.

Das war das Ende.

Und sie dachte: es geschieht mir recht, recht. Ich habe es gewußt, wie er ist. Und ich wußte, daß er mich betrügt. Recht geschieht es mir.

Trudel, Vicky und Stephan saßen über einem Spiel, das Marleen geschickt hatte. Autorennen hieß es.

Stephan setzte mit großem Surren und Purren sein kleines Auto in Gang.

»Könnt ihr nicht etwas leiser sein?« fragte Nina nervös, die bei ihnen saß und Strümpfe stopfte.

»Spiel doch mit, Mutti«, bat Victoria. »Ein feines Spiel.«

»Kindisch!« sagte Nina böse. »Du bist ja wirklich zu groß für so einen Quatsch.«

Marleen hatte mehrere Pakete geschickt, Spielsachen für die Kinder, Sachen zum Anziehen, auch Stoffe, denn Trudel konnte ja gut schneidern und machte fast alle Sachen für die Kinder. »Tante Marleen ist schrecklich lieb, nicht?« hatte Victoria gesagt.

»Ja, schrecklich lieb. Und die Klügste von uns allen«, hatte Nina höhnisch geantwortet.

Trudel, die auch reich beschenkt worden war, hatte dann wohl in ihrem Dankbrief Ninas desperaten Zustand erwähnt. Denn im Februar kam eine

Einladung aus Berlin. Nina solle doch wieder einmal für vierzehn Tage nach Berlin kommen, Abwechslung sei immer gut.

Im Februar 1925 reiste Nina zu Marleen. Es war ihr dritter Besuch in ihrem feinem Haus in Wannsee. Und der letzte, ehe sie mit Trudel und den Kindern ein knappes Jahr später nach Berlin übersiedelte. Es war ein rascher Entschluß gewesen, ein Rettungsversuch an sich selbst. Sie bekam auch sofort eine Stellung, denn sie war entschlossen, zu nehmen, was sie kriegen konnte, ganz egal was. Sie arbeitete als Garderobenfrau in einem Nachtlokal in der Tauentzienstraße.

»Na also, weißt du«, sagte Marleen. »Das geht aber nicht. Max wird dir etwas anderes besorgen, er kennt schließlich Leute genug.«

»Das geht sehr gut. Und ich wäre froh und dankbar, wenn ihr mich alle in Ruhe ließet«, antwortete Nina bissig. Sie blieb nur zwei Monate in dem Nachtclub, dann hatte sie eben dort Felix Bodman kennengelernt.

So kam Nina zum Theater. Allerdings nicht, wie sie einst geträumt hatte, auf die Bühne. Hinter die Bühne. Sc war das Leben. Zwischen Traum und Wirklichkeit lagen Berge, Meere und oft ein ganzes Leben.

Als Felix Bodman aus ihrem Leben wieder verschwand und nach Amerika übersiedelte, war Nina fünfunddreißig, und so voller Mut und Vertrauen in sich und ihre Zukunft wie nie zuvor in ihrem Leben. Und sie war so schön wie nie zuvor. Sie war ein hübsches Mädchen gewesen. Aber nun hatte das Leben ihr ein Gesicht gegeben.

Ein Traumgesicht, so hatte Nicolas einst gesagt. Ein wenig war davon noch übrig, verborgen, nur in seltenen Momenten sichtbar. Sonst war es ein kluges, ein wissendes, ein schönes Gesicht. Der Traum darin war nur für den zu finden, der ihn entdecken konnte.

Nina
1929

ENDE MÄRZ, DAS THEATER IST GESCHLOSSEN. Das heißt, es finden keine Vorstellungen mehr statt, Felix und ich erledigen noch restliche Büroarbeiten – Korrespondenz, Rechnungen, Absagen, Mitteilungen.
Wir sind beide einsilbig, reden nicht viel miteinander. Manchmal sieht er mich an, unsicher, unglücklich. Ob er immer noch wartet, daß ich sage: Bleib hier! Bleib bei mir! Ihre Wohnung in Zehlendorf wird aufgelöst, für Mitte April haben sie die Schiffspassage gebucht.
Armer Felix! Was wirst du in Amerika tun? Ein Haus in Florida, Geld und keine Sorgen mehr. Aber ich weiß, daß du nicht glücklich sein wirst. Trotzdem kann ich es nicht sagen, ich kann nicht: Bleib hier! Bleib bei mir!
Es fällt mir schon schwer genug, ihn nicht merken zu lassen, daß ich seine traurige Stimmung nicht teile, daß ich glücklich bin. Es ist wahr, ich bin glücklich. Nicht nur, weil ich verliebt bin, sondern weil es eine Veränderung in der Beziehung zwischen Peter und mir gegeben hat, ein Fortschritt, wenn man so will. Wir sind uns nähergekommen, wir reden, wir verstehen uns. Davor gab es eine Zeit, in der ich mich sehr deprimiert fühlte. Vierzehn Tage vergingen, drei Wochen, ohne daß er seine berühmte Frage stellte. Er lächelte mir im Vorübergehen zu, rief mir einen Gruß zu, manchmal schien er gleichgültig zu sein, schien mich kaum zu sehen.
Na gut, dachte ich, es ist vorbei, soll so sein.
Bloß keine Sentimentalität. Lächle, Nina, und benimm dich wie eine erwachsene Frau, du bist nicht mehr achtzehn, und selbst damals wußtest du bereits, daß es Träume gibt, die sich nicht erfüllen.
Jetzt ist die schöne Sylvia bei ihm. Am 20. März spielen wir das letztemal, und dann werde ich ihn vermutlich nie wieder sehen. Es sei denn auf der Bühne. Trotzdem, ich konnte mir nicht helfen, ich wußte es immer so einzurichten, daß ich in der Kulisse stand, wenn er abging. Ein flüchtiges Lächeln, ein Gruß, das war alles, was für mich übriggeblieben war.
In der letzten Woche, ehe wir aufhörten, zu spielen, ging ich an einem Abend während des zweiten Akts zu Borkmann, ich hatte ihm etwas auszurichten. Peter stand bei ihm, doch als ich mit Borkmann zu sprechen begann, nickte er uns zu und ging zum Hintergrund der Bühne, von wo aus er gleich wieder auftreten mußte.
Ich ging ihm nach. Er sah mir entgegen, ohne eine Miene zu verziehen, und als ich vor ihm stand, sah er mich nur schweigend an.
Da sagte ich es: »Sehen wir uns nach der Vorstellung?«
Er legte den Kopf zurück und lachte lautlos, dann schob er mich an die Wand, stellte sich vor mich, stemmte die rechte Hand neben meinen Kopf an die Wand und sagte: »Na endlich! Darauf habe ich gewartet. Daß du es einmal willst.«
»Daß ich ... Mein Gott, ich hätt' schon lang gewollt. Aber ich habe mich nicht getraut.«

412

»Du hast dich nicht getraut, Ninababy? Hattest du den Eindruck, daß ich dich nicht gern bei mir habe?«
»Nein, das nicht. Aber . . .«
»Aber?«
»Ich dachte, du mußt es sagen.«
»Hab' ich aber nicht. Ich war gespannt, wie lange du wohl so stolz bleiben wirst.«

Jenny Wilde, die die Louka spielt, kam vorbei und sagte: »Ab die Post!« Peter folgte ihr auf die Bühne, und ich stand da, als hätte mir einer mit dem Hammer auf den Kopf geschlagen.

Er hat gewartet, daß ich es einmal sage! Ich bin ja doch wohl sehr von gestern, auf die Idee war ich nicht gekommen. Ich bin immer noch der Meinung, ein Mann müßte anfangen.

Später, in seinem Bett, lang ausgestreckt neben ihm, damit ich ihn spüre von Kopf bis Fuß, erklärte er es mir. »Ich wollte gern mal wissen, wie ich mit dir dran bin. Du bist zwar jedesmal bereitwillig mitgekommen und hast auch immer schön mitgespielt, aber ich hatte nicht das Gefühl, daß es dir viel ausmacht, wenn wir uns mehrere Tage nicht treffen. Also, sprach ich zu mir selbst, machen wir die Probe aufs Exempel. Wenn sie dich ein bißchen mag, wird sie vielleicht doch den Mund auftun. Mag sie dich nicht, dann vergiß sie.«

»Ach, Peter!« Ich legte meinen Arm quer über seine Brust, es tat so gut, ihn zu spüren, seine Haut an meiner Haut, das war es, was ich in all den Jahren vermißt hatte. So war es mit Nicolas, und dann nie wieder.

Viel habe ich ja nicht erlebt, vor Felix war es nur Jochen, den ich im Zug kennenlernte, als ich nach einem Besuch daheim nach Breslau zurückfuhr, es war im Frühjahr 1923, die Inflation steuerte auf ihren Höhepunkt zu, das Leben war so schwierig, so unendlich schwierig, und ich wußte manchmal nicht, wie ich den nächsten Tag überstehen sollte.

Es war eine böse Zeit.

Mit Erni ging es täglich schlechter, ich wußte, daß er sterben mußte, und ich wünschte mir doch nur eins, daß er am Leben blieb, er war doch der wichtigste Mensch, der liebste Mensch, der mir geblieben war.

Wenn ich es vermeiden kann, denke ich nicht zurück an diese Zeit.

Meinen Mund auf Peters Brust sagte ich: »Du bist schrecklich dumm. Ich bin so gern bei dir. Aber du kennst mich zu wenig. Ich habe einfach Angst davor, mich in dich zu verlieben.«

»Warum?«

»Aus einer Art Selbstschutz. Verstehst du das nicht?«

»Nein. Erklär es mir.«

Er nahm mich in die Arme, legte mich auf den Rücken, beugte sich über mich und so war es schwer, etwas vernünftig zu erklären. Ich liebte ihn ja schon, ich liebte seinen festen glatten Körper, sein Gesicht mit den harmonischen Linien, der hohen Stirn, den ernsten hellbraunen Augen und dem spöttischen Mund, ich liebte seine Hände, die mich so gut anzufassen verstanden, seine Stimme mit ihren vielen Variationsmöglichkeiten, seine Art, mich zu lieben, einfach alles liebte ich an ihm, und so etwas hatte ich bisher nur einmal erlebt. Ich hatte gedacht, es sei unwiederholbar.

»Es ist schwer zu erklären.«

»Versuch es trotzdem. Ich zum Beispiel sehe in dir eine Frau, die zur Liebe geschaffen ist, wie man so hübsch sagt. Eine Frau, die viel Zärtlichkeit braucht. Und auch viel Zärtlichkeit zu geben hat. Warum hast du Angst vor der Liebe?«

»Ich habe bisher in meinem Leben nur einen Mann geliebt. Richtig, meine ich. Ich habe ihn unbeschreiblich geliebt. Ich dachte, daß ich nie wieder einen anderen lieben kann. Du erinnerst mich ein wenig an ihn.«

»Ich höre es gar nicht gern, daß du in mir einen anderen liebst. Was wurde aus diesem Mann?«

»Er fiel im Krieg.«

»Da warst du ja noch sehr jung. Willst du mir davon erzählen?«

Ich will. Niemals bisher habe ich zu einem Menschen von Nicolas und von meiner Liebe zu ihm gesprochen. Zu wem auch? Aber jetzt rede ich und rede, es bricht aus mir hervor wie ein Wasserfall. Eine sprühende Kaskade von Liebe, Lust und Leid, wie es Peter, spät in der Nacht, mit leichtem Spott nennt. Er hört mir die ganze Zeit geduldig zu.

Nur einmal stand er auf, verschwand nach draußen und kam mit einer Flasche wieder.

»Ist zwar nur gewöhnlicher deutscher Sekt, Champagner kann ich mir nicht leisten. Trinken wir in memoriam auf deinen geliebten Nicolas.«

Als ich dann schwieg, küßte er mich und sagte:

»Das war eine einzige Liebeserklärung, Ninababy. Was für ein glücklicher Mann, so geliebt zu werden. Und jetzt werde ich dir etwas sagen und du hörst mir gut zu, ja?«

Ich nickte; die Augen geschlossen, auf seinen ruhigen Herzschlag lauschend, ich hatte wieder meinen Lieblingsplatz in der Mulde zwischen seiner Schulter und seiner Brust bezogen.

»Es ist wunderbar, was du erlebt hast. Und ich denke, daß es dein ganzes Leben überglänzen wird. Bitte verzeih mir die pathetische Ausdrucksweise. Eine sprühende Kaskade von Liebe, Lust und Leid. Und Leid war, abgesehen vom traurigen Ende, der kleinste Teil davon. Es war eine viele Jahre währende, sehr tief empfundene Liebe, es war eine kurze Zeit sehr tief gefühlter Lust. Darum mußt du auch das Leid hinnehmen, es gehört dazu. Er hat dich nicht enttäuscht, nicht verlassen, sein Bild wurde in deinen Augen nie zerstört – er starb. Du kannst ohne jede Bitterkeit an ihn denken. Weißt du, daß dies nur wenigen Liebenden beschieden ist?«

»Doch, ich denke mir, daß es selten ist.«

»Es geschieht eigentlich nur denjenigen, die der Tod getrennt hat. Manche, ganz wenige, werden ohne Feindschaft miteinander alt. Aber das wäre bei euch ja sowieso nicht möglich gewesen.«

»Nein.«

»Und dann verstehst du auch, was ich meine. Nachdem ich diese Geschichte nun kenne und deinen Lobgesang auf den geliebten Nicolas gehört habe, ehrt mich der Vergleich. Was kam nach ihm?«

»Nur einer. Eine ganz alltägliche Geschichte. Es hatte sechs Jahre lang überhaupt keinen Mann für mich gegeben. Dann dachte ich, ich müßte wieder einmal wie eine normale Frau leben. Es hatte keine Bedeutung. Ich möchte jetzt nicht gern davon reden.«

»Das sollst du auch nicht. Und dann war es also nur noch Felix.«

»Ja, Felix. Ich hatte ihn gern. Durch ihn kam ich an unser Theater. Das war für mich eine schöne Zeit.«
»Das will ich hoffen, denn durch das Theater bekamst du mich.«
Ich stützte mich auf und sah ihn an. »Habe ich dich denn?«
»Für eine Weile. Ich würde gern noch mit dir zusammenbleiben. Ich finde, du hast auch heute noch ein Traumgesicht. Ich liebe deine unschuldigen Nixenaugen, deinen noch immer viel zu wenig geküßten Mund. Und deine Haut liebe ich auch.«
»Ich dachte immer . . .«
»Was?«
»Na ja, ich dachte, es gibt noch viele andere Frauen in deinem Leben.«
»Gleich viele? Und möglichst noch auf einmal? Bin ich dir vorgekommen wie ein Allesfresser? Wie einer, der sich wahllos zwischen Frauenleibern herumwälzt und nicht imstande ist, eine glücklich zu machen und von einer glücklich gemacht zu werden? Warst du nicht glücklich bei mir?«
»Doch, sehr. Das ist es ja gerade.«
»Ist was?«
»Was mich so unsicher gemacht hat. Ich dachte, nur ich empfinde so, und für dich ist es eben nur . . . na ja, so nebenbei mitgenommen.«
»Aha, zwischen den anderen Damen. Merke dir, mein geliebter Dummkopf, Quantität geht immer auf Kosten der Qualität, das ist in der Liebe genauso wie auf anderen Gebieten. Das gilt nicht nur für den Partner, das gilt auch für einen selbst. Man bestiehlt sich nämlich selbst, wenn man gleichzeitig mit fünf Frauen statt mit einer schläft. Das Gefühl: Gott, was bin ich für ein toller Kerl! ist nicht sehr ergiebig und macht nicht satt. Man verliert dann auch leicht das Gefühl dafür, ob eine Leitung unter Strom steht oder nicht.«
»Und bei mir . . .«
Ich wollte es gern hören.
»Bei dir sprang ein großer Funke. Ich wollte dich von Anfang an. Aber da war Felix, nicht wahr? Sobald es mir jedoch möglich erschien, habe ich zugegriffen. Obwohl mir der Gedanke Unbehagen bereitet, daß du außerdem noch mit ihm schläfst. In der Beziehung bin ich altmodisch.«
»Ich habe nicht mehr mit ihm geschlafen, seit ich in der Silvesternacht zum erstenmal in diesem Zimmer gewesen bin.«
»Ist das wahr?«
Er lachte, küßte mich und meinte, daß Männer so seien und wohl immer so bleiben würden, da ändere die moderne Welt gar nichts daran.
Dann schliefen wir ein, eng nebeneinander, und das war bei ihm gar kein Problem, ich konnte wirklich bei ihm schlafen, tief und fest.
Nun war es also doch Liebe geworden. Ich vergaß meine selbstquälerischen Bedenken, vergaß aber auch nicht, daß es kein Bund für die Ewigkeit sein würde. Er war ehrlich gewesen. Für eine Weile wollte er mich behalten, hatte er gesagt. Es machte mir nichts aus.
Wir hatten nun viele ernsthafte Gespräche. Nachdem das Theater geschlossen und auch meine Tätigkeit im Büro beendet war, sahen wir uns oft tagsüber, manchmal trafen wir uns bei Aschinger zu einem Paar Würstchen, denn Geld hatte wir beide nicht, oder wir bummelten gemeinsam durch die Stadt, und als es Frühling wurde, gingen wir im Grunewald spazieren oder fuhren mit der S-Bahn nach Potsdam und spazierten durch den Park von

Sanssouci, besichtigten auch das Schloß des großen Königs, das ich noch nicht gekannt hatte.

Felix machte keinen Versuch mehr, mit mir zusammen zu sein. Er hatte begriffen, daß ich mich von ihm entfernt hatte. Aber ich glaube, von Peter wußte er nichts. Wir sahen uns noch einmal, ehe er nach Amerika fuhr. Er hatte mir geschrieben und mich darum gebeten.

Wir saßen am Spätnachmittag Unter den Linden bei Kranzler, das Café war voll, und auf einmal war es schwierig, Worte zu finden. Worte, die nicht verlogen waren und nicht verletzten.

»Deine Augen leuchten, Nina. So hast du mich manchmal angesehen, ganz am Anfang. Ist es ein neuer Mann?«

»Ich habe mich heute wo vorgestellt«, wich ich aus. »Bei einer Kosmetikfirma am Hohenzollerndamm. Die suchen eine Sekretärin. Es sieht ganz hoffnungsvoll aus. Und wenn das nichts wird, habe ich auf jeden Fall eine Zusage von meinem Schwager Max, mit dem ich vorgestern sprach. Er meint, er könne mir sicher bei einem seiner Geschäftsfreunde etwas besorgen. Irgendwie werde ich schon durchkommen.«

Felix lächelte, ein wenig traurig. Er hatte sehr wohl bemerkt, daß ich seine Frage nicht beantwortet hatte.

Ich legte meine Hand auf seine. »Ich wünschte, du würdest nicht so unlustig deine große Reise antreten. Schau, es geht immer wieder ein Schiff zurück. Auf jeden Fall ist es doch interessant, Amerika kennenzulernen. Außerdem gibt es am Broadway auch Theater. Sogar deutschsprachige, wie man mir gesagt hat.«

»Wer hat das gesagt?«

Peter hatte es gesagt. »Weiß ich nicht mehr. Irgendeiner sprach neulich mal davon.«

»Die werden gerade auf mich gewartet haben.«

»Die Welt ist voller Wunder.«

»Gut, hoffen wir auf eins.«

Liebe Worte. Unverbindliche Worte. Das war der Abschied zwischen Felix und mir. Wenn mir einer vor einem Jahr gesagt hätte, daß ich mich so leicht von ihm trenne, hätte ich es nicht geglaubt. Ich habe ihn gern gehabt, er war in gewisser Weise auch ein wichtiger Mensch für mein Leben. Vergessen werde ich ihn nie, denn die Zeit mit ihm bedeutet einen Wendepunkt in meinem Leben.

Peter kennt inzwischen meine Pläne. Einige Versuche habe ich schon gemacht. Ich habe eine Kurzgeschichte geschrieben, ich habe ein Stück angefangen, ich bin noch unsicher, aber es fällt mir nicht schwer, zu schreiben. Peter hat mich ermutigt. Nur riet er mir davon ab, gleich als erstes einen so schwierigen Stoff wie ›Die neue Nora‹ zu versuchen.

»Das ist eine gute Idee und ein guter Stoff. Nur solltest du dafür schon ein bißchen mehr Erfahrung haben. Wenn du gleich gegen Ibsen antreten willst, wirst du auf unerbittliche Kritiker stoßen. Das könnte bei einem Anfänger ins Auge gehen. Hast du nicht einen etwas leichteren Stoff für den Beginn?«

»Doch, habe ich.«

»Laß hören.«

»Es heißt ›Die Heimkehr‹. Es handelt von einem Mädchen aus einer Kleinstadt, das mit einem wohlhabenden Bürgersohn verlobt war und dann kurz

vor der Hochzeit auf und davon ging, nicht eines Mannes wegen oder aus Leichtsinn, sondern weil sie die Enge der kleinen Stadt nicht mehr ertragen konnte und weil ihr vor der Enge und der Gleichförmigkeit des vor ihr liegenden Lebens graute. Sie wollte etwas werden. Karriere machen.«
›Hm. Also auch wieder eine Art Nora.«
»Wenn du so willst. Aber sie war ja nicht verheiratet und hatte keine Kinder, nicht?«
»Und weiter?«
»Das ist die Vorgeschichte, die erfährt man im Dialog. Die Handlung beginnt damit, daß sie zurückkommt, einige Jahre später. Sie hat keine Karriere gemacht, es ist nichts aus ihr geworden, es geht ihr nicht gut. Die Eltern empfangen sie mit Reserve und mit Vorwürfen, die übrige Familie ist spießig und macht es ihr schwer, die Kleinstadt ist höhnisch, der ehemalige Verlobte, inzwischen verheiratet, möchte sie als Geliebte haben. Sie wird seine Geliebte. Schließlich hat sie ihn einmal geliebt, und er sie auch, aber nun ist es bei ihr zum größten Teil Resignation, Kapitulation. Aber gleichzeitig beginnt sie sich selbst zu hassen, sie ist dabei, sich selbst fremd zu werden. Die Affäre bleibt nicht verborgen, sie wird angefeindet, sie ist unglücklich, schließlich findet sie sich soweit wieder, daß sie einen zweiten Aufbruch wagt. Diesmal, so sagt sie am Schluß, komme ich nicht wieder. Es gibt nur den Weg vorwärts oder abwärts, aber keinen zurück.«
»Drei Akte also. Die Heimkehr. Die Affäre mit dem Verflossenen. Der neue Aufbruch. Vielleicht auch vier. Die Heimkehr, die Affäre, die Isolation, der neue Aufbruch. Hm. Könnte gehen. Versuch es. Schöne Rolle für eine Schauspielerin.«
»Soll ich wirklich?«
»Du sollst. Vielleicht dauert es eine Weile, bis du die richtige Form findest, du darfst nur den Mut nicht verlieren.«
Wir waren mehrmals um das Jagdschloß Grunewald herumgewandert, während ich erzählte. Sein Interesse gab mir ungeheuer viel Aufschwung.
Dann überraschte mich Peter eines Tages mit der Neuigkeit, daß er einen Film drehen würde.
»Mit Sylvia Gahlen?«
»Mit ihr. Sie hat mich mit den richtigen Leuten zusammengebracht. Ein gutes Buch. Und eine gute Rolle für mich.«
Er würde Karriere machen, ich hatte nie daran gezweifelt, und mit seinem Aussehen war er für den Film prima. Er würde berühmt werden und mich vergessen.
Ich lächelte, ich küßte ihn und sagte: »Toi, toi, toi.«
Am Abend lud er mich zu Kempinski ein, wir speisten ausführlich, und ich fragte ihn: »Hast du auch genug Geld eingesteckt?«
»Ich denke, daß es reichen wird. Und wenn nicht, da drüben in der Nische sitzt mein Produzent. Schlimmstenfalls kann ich ihn anpumpen.«
»Wo?« fragte ich und blickte vorsichtig über die Schulter.
»Der mit dem graumelierten Haar und dem dicken Brillanten am Finger.«
An dem Tisch saßen zwei Herren und eine Dame.
»Aber das ist ja Sylvia Gahlen.«
»Das ist Sylvie, sehr richtig. Genaugenommen heißt sie jetzt Sylvia Boldt, der zweite Mann am Tisch ist ihr Mann, sie hat ihn vorige Woche geheiratet.«

»Sie hat geheiratet?«
»Hm.«
»Das hast du mir gar nicht erzählt.«
»Sollte ich das, Ninababy?«
Er lächelte mich an, auf seine zärtlich-überlegene Art. Er durchschaute mich ganz und gar.
»Es stand sogar in der Zeitung«, sagte er. »Sie kennt ihn schon eine ganze Weile, und ich glaube, sie verstehen sich sehr gut.«
»Und ich dachte immer . . .«
»Was hast du gedacht?«
›Daß du eigentlich sie liebst.«
Er seufzte und schlug die Augen zur Decke auf.
»Es ist sehr schwierig mit dir, Nina. Was muß ich tun, daß du mir endlich mein Herz abnimmst, das ständig vor deinen Füßen herumliegt? Das teure Abendessen bei Kempinski ist total an dich verschwendet.«
»Es hat aber sehr gut geschmeckt. Und du hast einen getrübten Blick, wenn du dein Herz immer noch herumliegen siehst. Ich trage es längst bei mir. Und ich werde es behalten. Für eine Weile.«
Wir sahen uns an. Und wir waren einander ganz, ganz nahe.
Ja, es ist Liebe. Für hier, für heute, für eine Weile. Das genügt doch.
Als ich jung war, hatte ich es doch sehr genau gewußt, daß man der Liebe nicht mit dem Stundenplan in der Tasche und der Stoppuhr in der Hand gegenübertreten konnte. Ob sie eine Stunde, einen Tag, ein Jahr oder ewig dauert, das ist gar nicht so wichtig. Sie darf nur nicht an einem vorübergehen, und die größte Torheit ist es, an den Schmerz des Abschieds zu denken, ehe man das Glück des Tages voll genossen hat. Aus Tagen besteht das Leben. Mit jedem ungelebten Tag, den man achtlos fortwirft, bestiehlt man sich selbst.
»Jetzt haben sie uns gesehen«, sagte Peter in meine Gedanken hinein. »Und da erhebt sich Thomas schon, Sylvias Flitterwöchner. Ich nehme an, man wird uns an ihren Tisch bitten. Schließlich bin ich der neueste Einkauf von Herrn Koschka.«
»Wie heißt er?«
»Paul Koschka. War bis vor einem Jahr in Hollywood, dort hat er Filme gemacht und Geld. Jetzt ist er dabei, Berlin zu erobern.«
In meinem Kopf klingelte es. Paul Koschka?
»Ich werde dich als angehende Autorin vorstellen«, sagte Peter. »Du schreibst zur Zeit an deinem ersten Stück. Nur keine falsche Bescheidenheit. Diesen Leuten imponiert man nur, wenn man auf die Punkte haut. Hallo, Tommy!«
Er stand auf, begrüßte Sylvias Mann, und kurz darauf fanden wir uns an dem anderen Tisch ein.
»Nina Jonkalla«, sagte Peter mit einer lässigen Handbewegung auf mich. »Sie schreibt zur Zeit ein Stück mit einer fabelhaften Rolle für mich.«
Paul Koschka war aufgestanden, er beugte sich über meine Hand, aber mitten in der Bewegung hielt er inne und sah mich scharf an.
»Wardenburg?« fragte er.
»Ja. Wardenburg.«
»Na, das ist eine Überraschung. So mir nichts dir nichts mitten in Berlin.«

Es war schwierig in dem etwas aufgeschwemmten Gesicht des Fünfzigers den jungen Paule wiederzufinden. Ich war fünf oder sechs Jahre, als ich ihn das letztemal gesehen hatte. Auf jeden Fall sah er nicht so aus, wie man sich ein Gespenst vorstellt.

Er rückte mir den Stuhl zurecht, setzte sich auch wieder und winkte dem Ober.

Die anderen blickten erstaunt.

»Sie können sich unmöglich an mich erinnern«, sagte ich.

»Meine Mutter hat mir erzählt, daß die kleine Nina einen Herrn Jonkalla geheiratet hat. Außerdem erinnere ich mich viel weiter zurück. Ich weiß noch, wie Ihre Tante Ihnen die erste Aufwartung machte. Sie waren drei oder vier Tage alt und sollten eigentlich ein Junge werden.« Zu dem Ober: »Champagner!« Zu mir: »Wie geht es Frau von Wardenburg?«

»Gut. Sie lebt in Breslau.« .

»Sie war eine schöne Frau. Eine Dame. Ich habe sie sehr verehrt.«

Nach Nicolas fragte er nicht, also wußte er wohl, daß er tot war.

In wenigen Worten, sehr selbstsicher, ein wenig großmotzig, klärte er die anderen über die Vergangenheit auf.

Als der Champagner eingeschenkt war, hob er sein Glas und sah mich an. »Auf Wardenburg!«

Ich nickte, ich mußte einen kleinen Anfall von Panik überwinden – Wardenburg, Champagner, es war so lange her.

»Ich habe es gekauft«, sagte Paul Koschka.

»Was haben Sie?«

»Ich habe Wardenburg gekauft. Vor einem halben Jahr. Für'n Appel und 'n Ei. Die Belkow mußte nach der Inflation schon verkaufen. Der Mann war ja an seinen Kriegsverletzungen gestorben, und vier Kinder hatte sie auch. Und der Gadinski war schon kurz nach dem Krieg gestorben. Herzschlag. Hatte zuviel gearbeitet, der Mann. Hatte sich übernommen mit seinen Fabriken. Tja, so ist das Leben. Wardenburg wechselte dann zweimal den Besitzer, keiner kam dort richtig zu Potte. Jetzt gehört es mir. Und ich werde wieder einen lukrativen Betrieb daraus machen.«

Ach, Nicolas. Hörst du das? Ihm gehört Wardenburg. Er trinkt zwar auch Champagner, aber sonst stimmt gar nichts mehr. Das ist die neue Zeit, hast du einmal gesagt. Ich bin nicht so sicher, ob ich sie mag. Ich lebe zwar in ihr, ich muß in ihr leben, doch deine Zeit gefiel mir besser. Aber schließlich hast du ihm den Weg in die Welt gezeigt, und jetzt ist er zurückgekehrt.

»Ich hoffe, Sie werden mich dort einmal besuchen, gnädige Frau«, fuhr Paul Koschka fort. »Sind doch wohl für Sie auch allerhand Erinnerungen, nicht? Meine Mutter hat mir erzählt, wie oft sie dort waren. Und wie gern.«

»Ja«, sagte ich. »Sehr oft. Und sehr gern.« Und in Gedanken fügte ich hinzu: Nie wieder, nie wieder werde ich einen Fuß auf Wardenburger Boden setzen.

»Ich habe ein gewisses Recht, dort zu sein. Wissen Sie, Gnädigste, meine Mutter und der alte Wardenburg, na ja . . .« Er schickte ein fröhliches Gelächter über den Tisch, und auf einmal sah er wirklich dem Paule ähnlich. »Honny soit und so weiter, nicht? Na denn, ein flottes Prost auf Wardenburg.«

Wir tranken. Peter sah mich von der Seite an, ich glaube, er verstand, was ich fühlte.

»Und Ihre Mutter?« fragte ich, um Höflichkeit bemüht, »lebt sie noch?«

›Und ob! Die ist jetzt der Chef in Wardenburg. Sechsundsiebzig ist sie, aber schwer auf Draht. Die bringt denen dort die Flötentöne bei.« Pauline, die Mamsell, im Salon von Tante Alice. Es war zum Lachen oder zum Weinen.

Ich lebte ja in dieser Zeit. Aber begriff man eigentlich immer, wie sich alles verändert hatte? Wenn man mitten drin steckte, nahm man alles als gottgegeben hin. Ein Krieg, und danach war nichts mehr, wie es vorher war. Die Welt stand auf dem Kopf. Zehn Jahre war es her, daß der Krieg zu Ende war. Lumpige zehn Jahre.

Und auf einmal dachte ich, was ich noch nie gedacht hatte: wie gut, daß Nicolas tot ist.

»Und Ihr Herr Onkel, gnädige Frau, à la bonheur, ein feiner Mann, ein Herr. Ich habe ihm viel zu verdanken. Wir beide, meine Frau und ich, wir haben ihm sehr viel zu verdanken. Das vergesse ich nicht.«

Ich lächelte. Ein wenig wurde er mir sympathischer, und ich sagte: »Mein Onkel hat auch immer sehr nett von Ihnen gesprochen. Er rühmte Ihre geschickte Hand mit Pferden.«

»Das will ich meinen. Pferde waren mein Höchstes. Heute auch noch. Ich habe ein paar Rennpferde laufen. Und im Grunewald haben wir zwei Reitpferde stehen, meine Frau und ich. Reiten Sie auch noch, gnädige Frau? Sie fingen doch damals gerade an.«

»Heute leider nicht mehr. Aber manchmal habe ich schon daran gedacht, wieder zu reiten.« Daß ich es mir nicht leisten konnte, brauchte ja keiner zu wissen.

»Ich hoffe, Sie werden mir einmal von Ihrem Leben erzählen, Herr Koschka«, sagte ich kühn. »Und von dem Ihrer Frau. Es muß ein interessantes Leben gewesen sein.«

»War es. Ein Roman, ein richtiger Roman. Ich sage ja immer, das Leben schreibt die besten Romane. Erkläre ich unseren Drehbuchautoren immer. Apropos Autoren – Sie sind Schriftstellerin, gnädige Frau?«

»Ich stehe noch am Anfang.«

»Das ist gut, das ist gut. Noch nicht verbraten und verbraucht. Denken Sie an mich, wenn Sie mal einen guten Stoff haben. Dafür bin ich immer Abnehmer.«

»Das ist ein Wort«, sagte Peter, »darauf wollen wir trinken. Nina schreibt das Buch, Sylvie und ich spielen die Hauptrollen, Herr Koschka produziert, das kann ja nur was Erstklassiges werden. Aber was machen wir mit Ihnen, Tommy?«

»Mich werdet ihr bestimmt gelegentlich brauchen, ich bin schließlich Rechtsanwalt.«

Es wurde ein hübscher Abend, und mein anfängliches Widerstreben gegen den neuen Herrn von Wardenburg verschwand immer mehr. Eigentlich war er ganz nett. Er war eben die neue Zeit. Mit ihr mußte man sich arrangieren, das hatte Nicolas mich gelehrt.

Es war spät in der Nacht, als der Maybach des Herrn Koschka mich nach Hause brachte. Peter küßte mich auf die Wange, Herr Koschka küßte schwungvoll meine Hand und sagte, er hoffe, mich bald wiederzusehen.

In der Wohnung war es still. Ich schaute in mein Zimmer, Victoria tief in die Kissen gekuschelt. Ich holte mir leise den Schreibblock und den Bleistift und ging ins Wohnzimmer.

Ich war nicht müde. Ich setzte mich an den Tisch und schrieb mit Schwung auf ein weißes Blatt: Der Herr von Wardenburg.

Das war nur ein Arbeitstitel. Nur für mich bestimmt. Ich würde eine schöne große Geschichte schreiben, eine Geschichte über Wardenburg, über einen wunderbaren Mann, und die konnte Herr Koschka dann verfilmen. Peter würde die Hauptrolle spielen, nur er war in dieser Rolle denkbar.

Ich hob den Kopf vom Papier, blickte über den Tisch und schickte einen Kuß in die Luft.

Er galt ihnen beiden – der Liebe von einst, der Liebe von heute. Liebe auf Zeit. Behalten durfte ich keinen, das war wohl mein Schicksal. Aber dafür waren meine Männer auch ganz besondere Männer.

Darum würde ich mich bemühen, ihnen ebenbürtig zu werden. Ab heute war ich erwachsen. Ab heute würde ich mein Leben in die Hand nehmen, in sämtliche Hände, ich würde arbeiten und alles erreichen, was ich wollte. Denn ab heute war ich bereit, mich für die neue Zeit zu entscheiden, eine Frau des zwanzigsten Jahrhunderts zu werden.

Vor allen Dingen brauchte ich schleunigst eine Schreibmaschine.

Hinter mir ging die Tür auf. Trudel im langen weißen Nachthemd, den geflochtenen Zopf über der Schulter.

»Nina! Was machst du denn hier?«
»Ich arbeite.«
»Du arbeitest? Jetzt? Es ist drei Uhr.«
»Es ist so schön ruhig. Und mir fällt gerade viel ein.«

Sie trat hinter mich und blickte auf das Papier, das nicht mehr weiß und leer war.

»Was schreibst du denn da?«
»Eine Geschichte von der alten und der neuen Zeit.«
»Dichtest du?«
»Sowas in der Art. Und darum stör mich nicht.«

Sie ging lautlos hinaus, kam kurz darauf wieder, eine Flasche Bier und zwei Gläser in Händen. Sie wollte mich wohl beruhigen.

»Möchtest du ein Bier?«
»Profan. Ich habe heute Champagner getrunken. Seit langer Zeit endlich wieder einmal. Weißt du, daß wir auf Wardenburg immer Champagner tranken?«
»Du hast davon erzählt. Ich habe noch nie Champagner getrunken.«
»Von meinem ersten Honorar trinken wir welchen, soviel du willst.«
»Kriegst du denn Geld für das, was du da schreibst?«
»Das wollen wir doch stark hoffen. Na denn, ein flottes Prost. Das sagte der, der uns heute abend den Champagner spendierte. Muß ich dir gelegentlich mal erzählen, wer das ist.«

Wir tranken das Bier, erst eine Flasche, dann die zweite, Trudel wurde auch davon schon sehr vergnügt. Und ich müde. Zehn Seiten hatte ich geschrieben, das war nicht viel, aber ein Anfang.

Morgen würde ich weiterschreiben. Und übermorgen. Und jeden Tag, der kam.

Diese kostbaren Tage. Meine Tage. Keinen durfte ich mehr versäumen, vergeuden oder verlieren.

Manche Tage meines Lebens habe ich geliebt. Und viele gehaßt. Aber nun war es höchste Zeit, daß ich lernte, mit meinen Tagen etwas Sinnvolles anzufangen, daß ich sie selbst gestaltete.

Wie war das mit diesem Aufsatzthema von Stephans Freund gewesen? ›Das Vaterland erschafft sich den Menschen‹, und ich hatte gedacht, eigentlich müßte man den Satz umkehren. Ich wüßte auch ein Thema: Der Mensch gestaltet sein Leben. Er ist dafür verantwortlich.

Und wenn einer seinen sinnlos verbrachten Tagen nachweint, sollte man ihn nicht bedauern. Es sind seine Tage, es ist sein Leben. Vieles, was geschieht, liegt in seinen eigenen Händen. Nicht alles, gewiß nicht. Die Zeit, in der man lebt, ist oft ein Feind, der schlimmste Feind, den es geben kann. Dagegen anzukämpfen, ist wie ein Kampf gegen Windmühlenflügel. Es ist, als ob man gegen den Strom schwimmen will. Und dann dreht sich der Wind. Und dann trägt einen der Strom. Man muß nur wissen, was man will. Es ist mein Leben, ich bestimme, was daraus wird.

Spät hatte ich das begriffen. Aber nicht zu spät.

FLUTWELLE

Warum fliehst du nicht, Mensch
wenn die steigende Flut deine Hüften umspielt,
warum schreist du nicht, Tor
wenn deine Schultern sich neigen unter der Gischt
Und weit geöffnet sind deine Augen, Verlorener
ungläubig, noch immer nicht
hoffnungslos,
wenn die erbarmungslose Flutwelle
sich mit deinen Tränen mischt.

Die Reisenden
1931

»Ich«, sagte Victoria Jonkalla, »bin siebzehn.«
Sie kreuzte die Arme hinter dem Kopf und dehnte sich im Sand.
Der Mann neben ihr auf dem Korbstuhl schob sich den Strohhut tiefer in die Stirn, um sich vor dem gleißenden Widerschein der Sonne auf dem Meer zu schützen.
»Ich bitte um Verzeihung, daß ich gefragt habe. Man fragt Damen nicht nach ihrem Alter. Aber wenn eine Dame so jung ist wie Sie, darf man es wohl noch tun. Sweet and seventeen also.«
»Gerade geworden«, erklärte sie voll Stolz.
»Ich weiß auch, wann. Ich sah die Blumen auf Ihrem Tisch, das war vor zwei Tagen. Da kann man noch gratulieren. Was ich hiermit tue.«
»Danke.« Sie streckte ein Bein in die Luft und fragte kindlich:
»Ist es nicht fabelhaft?«
»Siebzehn zu sein? Gewiß.«
»Nein, ich meine, daß ich meinen Geburtstag gerade hier gefeiert habe. Am Lido. Das ist doch einfach toll.«
»Waren Sie schon öfter hier?«
»Ach wo. Das erstemal. Es ist meine erste Auslandsreise. Und gleich nach Venedig. Die meisten kommen erst hierher, wenn sie heiraten, nicht?«
»Das ist wohl so der Brauch.«
»Ich kann gar nicht sagen, wie ich mich auf diese Reise gefreut habe. Ich dachte, ich werde verrückt, als ich hörte, daß ich mitfahren darf.«
»Es gefällt Ihnen hier?«
»Es ist einfach himmlisch. Das Meer. Und der Strand mit all den fabelhaften Leuten. Und das tolle Hotel. Alles überhaupt.«
Der Mann, er war genau sechzig Jahre alt, blickte über die Schulter zurück in die Richtung, wo sich das Hotel Excelsior befand, in dem er mindestens schon zehnmal gewohnt hatte, genau wußte er es nicht, und versuchte, es mit den Augen einer Siebzehnjährigen zu sehen, die zum erstenmal darin wohnte. So betrachtet, war es zweifellos ein tolles Hotel, und der Lido fabelhaft und Venedig einfach himmlisch.
Er lächelte und betrachtete ungeniert die schlanke, langgliedrige Mädchengestalt, bekleidet nur mit einem hellgrünen Badeanzug. Guter Stall, dachte er. Die Figur, die Kopfform, das Gesicht. Auch wie sie sich bewegte, wie sie kam und ging. Er hatte in den letzten Tagen öfter Gelegenheit gehabt, sie zu beobachten, wenn sie durch die Halle schritt, wenn sie den Speisesaal betrat und verließ. Nichts an ihr war linkisch oder ungeschickt, sie besaß für ihr Alter eine erstaunliche Sicherheit.
Hier am Lido, wo sich die Reichen und die Schönen ihr jährliches Stelldichein gaben, europäischer Adel, amerikanische Finanzen, alte Namen und neuer Reichtum, und die meisten davon kannte er seit Jahren von hier oder von anderswo, waren ihm die beiden Frauen aufgefallen, diese so junge, die

noch keine Frau war, und die andere, deren Alter sich schwer schätzen ließ, weil sie so attraktiv war, daß die Frage nach ihrem Alter unerheblich wurde. Sie war stets mit erlesener Eleganz gekleidet, wirkte manchmal ein wenig arrogant, zog dennoch alle Männerblicke auf sich und erwiderte sie auch hier und da, wie er festgestellt hatte. Ein leichter Hauch von *Demimonde* haftete ihr an, das fand jedenfalls er, der außerordentlich darin geübt war, Frauen zu beurteilen. Er hatte sich gefragt, ob sie wohl die Mutter dieses Mädchens sein könnte, entdeckte aber keinerlei Ähnlichkeit, wenn man von der Selbstsicherheit absah, und erfuhr vom Portier, daß die Damen verschiedene Namen trugen.

Signora Bernauer, Signorina Jonkalla, beide aus Berlin.

»Sie sind also am 28. Juli 1914 geboren«, meinte er nachdenklich. Das Mädchen lachte übermütig. »Sie haben fabelhaft gerechnet. Genau das ist der große Tag gewesen.«

»Eine sehr bewegte Zeit in der Weltgeschichte. Sie sind eine Tochter des Krieges, Signorina. Genau vier Wochen vor Ihrem Eintritt in diese Welt wurde der österreichische Thronfolger ermordet, und als Sie zwei Tage alt waren, begann der große Krieg.«

»Ach ja, stimmt«, sagte sie gleichgültig. »So wie heute, nicht?«

»Ja, heute. Vor genau siebzehn Jahren. Zwei Tage lebten Sie gerade noch im Frieden, der genaugenommen schon keiner mehr war. Ein niedliches kleines Baby, ahnungslos, in was für eine schreckliche Welt es hineingeboren worden war.«

Sie richtete sich auf, blickte auf das Meer hinaus, blaugrau war es, erste Schatten der Abenddämmerung verdunkelten den Horizont.

»Ich glaube, ich geh' noch mal schwimmen.«

»Sie waren doch gerade vorhin erst im Wasser. Ihr Badeanzug ist noch nicht einmal trocken.«

»Ich könnte jeden Tag hundertmal hineingehen«, rief sie überschwenglich. »Es gibt überhaupt nichts Schöneres, als im Meer zu schwimmen. Ach, und mit dem Krieg, das ist so lange her. Wir haben einen Lehrer in der Schule, der erzählt immer und ewig von seinen Kriegserlebnissen, er war Offizier, und er fand den Krieg ganz prima. Gar nicht schrecklich. Er sagt, es sei die schönste Zeit seines Lebens gewesen!« Sie blickte ihren Gesprächspartner fragend an. »Ist doch komisch, nicht? Meine Mutter sagt auch, der Krieg war schrecklich. Aber vielleicht denken Frauen anders darüber.«

»Es gibt auch Männer, die so denken. Ich zum Beispiel.«

»Waren Sie auch im Krieg?«

»Nein.«

Er war dreiundvierzig, als Franz Ferdinand und seine Frau Sophie in Sarajevo erschossen wurden. Und er war gerade in London, reiste aber vorsorglich gleich nach Wien zurück, denn er ahnte, was kommen würde, hatte jedoch kein Verlangen, in England interniert zu werden. Daß man ihn einzog, war nicht zu befürchten. Militärdienst hatte er nie geleistet, auch war er zu alt und die Firma kriegswichtig, sein Vater fünfundachtzig und krank. Es ist so lange her, hatte dieses Kind eben gesagt – siebzehn Jahre war es her, daß der Krieg begann. Siebzehn Jahre genau auf den Tag. Und nicht einmal zwölf Jahre war es her, daß er endete.

Eine lange Zeit? Eine kurze Zeit.
Er lächelte wieder, diesmal sehr melancholisch. Wenn man siebzehn ist, kann die Welt selbst nicht älter sein als siebzehn. Das war das Geschenk und das Verhängnis zugleich.
»Gott sei Dank, jetzt wird es nie mehr Krieg geben«, sagte das Mädchen. »Das ist für alle Zeiten vorbei.«
»Wer sagt denn das?«
»Nie wieder Krieg, das sagen doch alle. Wir sind moderne Menschen. Die wollen keinen Krieg.«
»So, sind wir modern? Verändern sich die Menschen wirklich? Es wird immer Krieg geben. Nur die Toten machen keine Kriege mehr. Denken Sie nur an Ihren Lehrer, dem der Krieg so gut gefiel, daß er heute noch davon schwärmt.«
»Ach, der! Der gibt an. Damals war er jung. Heute hat er einen Bauch und eine Glatze. Der macht bestimmt keinen Krieg mehr. Wir glauben ihm sowieso nicht, daß er so tapfer war, wie er immer erzählt. Meine Freundin Elga sagt, er will uns bloß imponieren. Und wenn er ein Held gewesen wäre, sagt sie, würde er ja nicht mehr leben.«
Der Mann mußte lachen. »Was für eine erbarmungslose Schlußfolgerung.«
Sie blickte ihn unsicher an. Ihre Augen waren haselnußbraun, mit Kleinen gelben Punkten darin.
»Und überhaupt, ich denke auch, daß der Krieg schrecklich war. Mein Vater ist nicht zurückgekommen.«
»Gefallen?«
»Das weiß man nicht. Er ist vermißt. In Rußland.«
Also war es immerhin möglich, daß die dunkelhaarige Signora Bernauer die Mutter des Mädchens war, es mochte eine zweite Ehe geben.
»Und Ihre Mutter? Sie hat lange auf ihn gewartet?«
»Sie sagt, sie hat gleich gewußt, daß er tot ist. Er soll ein sehr guter Mensch gewesen sein. Und Mutti sagt, die guten Menschen müssen immer zuerst daran glauben. Aber meine Großmutter, seine Mutter, die wartet immer noch, daß er wiederkommt.«
Zwölf Jahre warten. Zwölf Jahre Hoffnung und Enttäuschung, Tränen und Gebete. Die wartenden Mütter.
»Wenn man denn schon Monumente zum Andenken des Krieges bauen muß«, sagte Cesare Barkoscy langsam, »dann sollte man sie nicht stürmenden und sterbenden Soldaten errichten, sondern den wartenden Müttern.«
Das Mädchen zog bei seinem ernsten Ton unbehaglich die Schultern hoch und blickte wieder sehnsüchtig auf das Meer hinaus. Aber es war zu gut erzogen, um das Gespräch von sich aus zu beenden.
»Ist die aparte Dame, mit der ich Sie zusammen sehe, Ihre Frau Mama?«
»Marleen? Aber nein! Das ist die Schwester von Mutti.«
»Also Ihre Tante.«
»Na ja, gewissermaßen. Aber das darf man zu ihr nicht sagen, sie mag das nicht.«
»Verständlich. Sie ist absolut kein Tantentyp. Falls es so etwas gibt.«
»Sie gefällt Ihnen?«
»Eine höchst reizvolle Frau.«

Victoria seufzte. »Ja, nicht? Sie ist fabelhaft. Alle Männer sind in sie verknallt. Haben Sie den tollen Italiener gesehen, der sie schon ein paarmal abgeholt hat? Mit einem eigenen Boot? Der wohnt in einem Palazzo in Venedig, ist irgendein hohes Tier bei Mussolini.«

»Und er gefällt ihr?«

»Ach, das weiß man bei ihr nicht. Sie läßt sich den Hof machen. Sie hat Sex-Appeal, nicht?«

»Zweifellos. Aber nun will ich Sie dem Meer nicht länger vorenthalten, Signorina, sonst wird es zu kühl, und Sie kommen zu spät zur *cena*.«

Sie sprang auf, wie von einer Feder hochgeschnellt.

»Ja, dann schwimme ich schnell noch mal.«

Er stand ebenfalls auf, nahm seinen Strohhut ab, neigte den Kopf und sagte: »Darf ich mich Ihnen vorstellen, nachdem Sie mir so ein reizendes Plauderstündchen geschenkt haben? Barkoscy ist mein Name. Cesare Barkoscy.«

Sie lächelte, ein wenig verlegen. »Ich bin Victoria Jonkalla.«

Er stutzte.

»Victoria?«

»Ja.«

»Als man Sie taufte, Signorina Victoria, hatte der Krieg sicher schon begonnen. Man muß in Ihrer Familie sehr siegessicher gewesen sein.«

»Ach«, sie lachte, »das hat mit Krieg und Sieg nichts zu tun. Meine Taufpatin heißt Victoria. Sie ist eine Freundin meiner Mutter, eine halbe Engländerin. Und darum schreiben wir Victoria mit c. Nach der Queen Victoria.«

»Ich verstehe. Das ist natürlich etwas anderes. Sie leben in Berlin?«

»Ja. Hört man das?«

»Ein wenig.«

»Meine Mutti kommt aus Schlesien. Ich bin in Breslau geboren.«

»Nun, das ist für einen echten Berliner wohl obligatorisch.«

»Kennen Sie Berlin?«

»Wer kennt es nicht? Derzeit ist es der Nabel der Welt.«

»Aber Sie . . .« Victoria sprach nicht weiter. Es gehörte sich nicht, einen Erwachsenen auszufragen.

Er verstand die unausgesprochene Frage.

»Ich bin aus Wien. Und *meine* Mama ist Italienerin.«

»Ach, darum heißen Sie Cesare. Ein toller Name.«

»Wie man's nimmt. Er paßt nicht sehr gut zu mir. Aber meine Mama schwärmte für Cesare Borgia.«

Er lachte, und sie lachte mit. Cesare Borgia, ausgerechnet. Und dazu dieser zierliche, weißhaarige Herr mit dem sensiblen Mund und den schmalen Händen, beides war ihr aufgefallen.

»Ich habe auch sonst, vom Äußeren abgesehen, keinerlei Ähnlichkeit mit ihm.«

»Und das hat Ihre Frau Mama sehr enttäuscht?« fragte sie und kam sich höchst gewandt vor bei dieser Konversation.

»Möglicherweise. Ich hatte keine Gelegenheit, sie danach zu fragen.«

Ob das hieß, daß seine Mutter früh gestorben war?

»Heute lebe ich teils in Wien, teils in Mailand.«

»Abwechselnd?«

430

»Abwechselnd.«
»Das finde ich fabelhaft.«
Er lächelte. »Jetzt wissen wir schon eine ganze Menge voneinander. Ich hoffe, Sie werden mir wieder einmal die Freude machen, daß ich mich mit Ihnen unterhalten darf.«
Ihr Blick war kindlich. »Aber ja. Schrecklich gern.«
»Dann viel Spaß beim Baden. Und schwimmen Sie nicht zu weit hinaus.«
Er blickte ihr nach und dachte wieder: Guter Stall. Gute Rasse. Geradezu Vollblut.
Victoria kicherte vor sich hin, als sie mit kräftigen Zügen ins Meer hinausschwamm. Wie der redete! Richtig ulkig. Das mußte sie Elga erzählen. Sie haben mir ein reizendes Plauderstündchen geschenkt. So was! Das klang wie aus dem vorigen Jahrhundert. Aber der war ja auch schon alt. Irgendwie aber nett. Und Cesare! Sie tauchte das Gesicht ins Wasser und prustete übermütig. Wie konnte ein Mensch bloß Cesare heißen!
Sie sah ihn wieder, als sie mit Marleen den Speisesaal zum Abendessen betrat. Marleen ganz in Weiß, Smaragde in den Ohren und am Hals, das Gesicht gebräunt, das dunkle Haar eng an den Kopf gebürstet, die Spitzen in die Wangen gebogen.
Sie sah hinreißend aus, sie wußte es. Keiner hätte ihr angesehen, daß sie in diesem Jahr vierzig geworden war. Aber weder ihr Aussehen noch ihr Geld ermöglichten ihr den Zugang zu der snobistischen Gesellschaft, die dem Lido sein Gepräge gab, das wußte sie auch. Sie war schon einmal hier gewesen, mit ihrem Mann, und das war ein Fiasko gewesen. Max verreiste nicht gern, es sei denn in Geschäften. So ein Hotel wie das Excelsior, die internationale Society am Strand und in der Halle machten ihn noch unsicherer, als er ohnehin schon war. Er wirkte dann noch kleiner und schmächtiger, sah noch jüdischer aus, hätte sich am liebsten den ganzen Tag in seinem Zimmer versteckt.
Mit einem Liebhaber zu fahren, erschien Marleen nicht opportun, außerdem hatte sie ihren derzeitigen satt. So war sie auf die Idee gekommen, ihre Nichte mitzunehmen – ein junges, unbefangenes Mädchen, nett anzusehen, ergab eine passende Begleitung.
Sie hatte Victoria schon als Kind gelegentlich mit an der Ostsee gehabt, es hatte nie Schwierigkeiten mit ihr gegeben, sie war anpassungsfähig, wohlerzogen und wurde niemals lästig.
Cesare Barkoscy saß bereits an seinem Ecktisch, an dem er immer allein speiste und stets mit besonderer Aufmerksamkeit bedient wurde. Er neigte grüßend den Kopf, als Marleen und Victoria vorübergingen, und Victoria schenkte ihm ein strahlendes Lächeln.
»Kennst du den?« fragte Marleen, als sie saßen.
»Habe ich heute kennengelernt. Am Strand. Er heißt Cesare Barkoscy. Cesare, wie findest du das?«
»Toll, wie du sagen würdest«, erwiderte Marleen und lachte.
»Er wohnt in Wien. Und in Mailand auch. Abwechselnd, sagt er.«
»Das hat er dir alles erzählt?«
»Wir hatten ein reizendes Plauderstündchen«, sagte Victoria mit unschuldigem Augenaufschlag.
»Alter Wüstling!« Marleen naschte eine Gabel vom *antipasto*.

»Gar nicht. Er ist sehr vornehm. Ein richtiger Kavalier.«

Marleen nahm einen Schluck aus ihrem Glas, grüßte dann das englische Ehepaar am Nebentisch mit einem Lächeln, wobei sie den Kopf wenden und den einsamen Cesare in seiner Ecke noch einmal betrachten konnte.

»Er sieht nach Geld aus. Reicher Jude aus Wien, vermutlich ungarischer Abstammung. Versteht was von der Börse.«

»Das kannst du gleich erkennen?«

»Ich kenne einige von dieser Sorte. Es läßt sich gut mit ihnen umgehen, sie haben Manieren und verstehen zu leben. Für eine Frau sind sie sehr brauchbar.«

»Aber doch nicht für eine Frau wie dich.«

Marleen zog eine Braue hoch. »Wieso nicht? Findest du, daß ich etwas Besseres zu Hause habe?«

»Onkel Max ist doch ganz anders.«

»Eben. Mit dem da drüben wäre vermutlich schwieriger umzugehen.«

»Wie war's denn heute mit Salvatore?«

»Das übliche. Erst hat er mir von seinem Duce vorgeschwärmt, dann wollte er mich verführen.«

»Und hast du?«

»Fragen stellst du für so 'ne kleene Göre, da muß man sich schon wundern.«

Sie lachten beide, blickten sich vertraut in die Augen. Sie hatten sich immer gut verstanden, Marleen, die Reiche, die Kapriziöse, die Egoistin, die nur sich liebte und sonst nichts auf der Welt, und Ninas junge, unbeschwerte Tochter, die sich selbst noch nicht kannte.

»Es eilt nicht«, meinte Marleen lässig. »Wir bleiben ja noch vierzehn Tage. Mit der Zeit lernt man, daß eine gut komponierte Ouvertüre den ersten Akt genußreicher macht.«

Der Doppelsinn der Worte ging Victoria nicht auf. Außerdem irritierten Marleens frivole Reden sie nicht im geringsten, im Gegenteil, sie imponierten ihr. Sie bewunderte Marleen, vor allem deswegen, weil diese besaß, was sie sich selbst so heiß wünschte: Geld.

Victoria spießte einen der Ravioli auf die Gabel und verspeiste ihn mit Genuß. Das Essen war fabelhaft. Und das alles konnte man nur haben, wenn man reich war, dieses Hotel, dieses Essen, solche Reisen, solche Kleider, die Verehrer. Und wie wurde man reich? Durch einen Mann.

Durch einen Mann, wie Marleen ihn geheiratet hatte, einen Mann, den sie nicht liebte und den sie betrog.

Das war der Punkt, an dem Victorias Gedanken eigene Wege gingen. Es gab noch eine andere Möglichkeit, reich zu werden, man konnte Karriere machen, und dann hatte man alles, Männer, Erfolg, Geld.

Männer? Erfolg, Ruhm und Reichtum, das erschien Victoria leicht zu erringen. Nur den Mann, den sie liebte, würde sie nie bekommen. Und einen anderen wollte sie nicht.

Sie seufzte. Da war der große Kummer wieder da, hatte sich ungeladen ins Hotel Excelsior geschlichen.

Marleen ist zu einem echten Gefühl nicht fähig, das sagte Nina, Victorias Mutter und Marleens Schwester, denn sie kannte Marleen seit ihren gemeinsamen Kindertagen. Und sie hatte wohl recht mit diesem Urteil.

Was Marleen fehlte, besaß sie selbst im Übermaß. Nina lebte nur aus dem Gefühl heraus, war darum so schutzlos, so verletzbar.

Und darum darf sie es nie, nie erfahren, dachte Victoria.

Tagsüber, am Strand, am Meer, im Hotelgarten, noch zuletzt während des Gesprächs mit dem Fremden, war sie eigentlich sehr vergnügt gewesen, da hatte sie vergessen, was sie bedrückte.

Daß sie den Mann liebte, den ihre Mutter auch liebte. Den Nina so zärtlich und hingebungsvoll liebte, wie es nun einmal ihrem Wesen entsprach.

Sie darf es nie erfahren, und er darf es nie erfahren, es ist mein Schicksal, daß ich auf die große Liebe meines Lebens verzichten muß. So ist es und so wird es bleiben, mein ganzes Leben lang. Das weiß ich.

Allerdings wußte sie nicht, daß ihre Mutter, daß Nina, als sie so alt war wie ihre Tochter heute, genau das gleiche empfunden, daß sie genauso hoffnungslos geliebt hatte.

Am gleichen Abend, zur gleichen Stunde schlenderte Nina mit Peter durch Salzburg. Er hatte seinen Arm unter ihren geschoben und redete wie meistens in den vergangenen Tagen von der Jedermann-Aufführung, die sie vor drei Tagen auf dem Domplatz gesehen hatten.

Nina hörte nur mit halbem Ohr zu, blickte an den Fassaden der Häuser in der Getreidegasse empor, warf begehrliche Blicke in Schaufenster, schaute in die Gesichter der Vorübergehenden, die genau wie sie beide an diesem milden Sommerabend durch die Stadt spazierten.

Nina verfügte nicht über den Backfisch-Wortschatz ihrer Tochter, sonst hätte sie vermutlich auch verkündet, daß sie Salzburg fabelhaft fände, die Festspiele einfach toll und ganz Österreich überhaupt himmlisch. Aber für sie war hauptsächlich und vor allem aus *einem* Grund alles so wunderbar: weil sie mit Peter hier war, weil er sie mitgenommen hatte auf diese Reise, weil sie ihn endlich einmal, ungestört von ihrer Familie und unbehindert von seiner Umwelt, für sich allein haben konnte.

Genau wie für Victoria war es auch für Nina die erste Auslandsreise ihres Lebens, und Berge hatte sie noch nie gesehen. Jedenfalls nicht die Alpen. Als junges Mädchen war sie einige Male im Riesengebirge gewesen, aber das war so lange her. Seit sie in Berlin lebte, hatte es keine Ferienreise für sie gegeben, und nun gleich so weit und an einen so zauberhaften Ort. Salzburg war ein großes Erlebnis für sie, sie glaubte, nie etwas Schöneres gesehen zu haben als diese Stadt, deren Gassen und Häuser Anmut und Harmonie geradezu ausstrahlten. Sie war Peter zutiefst dankbar, daß er sie mitgenommen hatte, genauso wie sie ihm für seine Liebe dankbar war.

War es Liebe? Besser gesagt, für sein Vorhandensein in ihrem Leben, sein Immer-noch-Vorhandensein.

Sie ging sehr vorsichtig, sehr behutsam mit ihrer Bindung um, und nur weil sie ihn liebte, erwartete sie nicht, daß er ihre Gefühle auf die gleiche Weise erwiderte. Sie hütete sich, ihm allzu deutlich zu zeigen, was sie für ihn empfand, was er ihr bedeutete. So war es von Anfang an gewesen, so hatte sie es gehalten in den zweieinhalb Jahren, die vergangen waren, seit er gefragt hatte, aus der Laune einer fröhlichen Nacht heraus: »Kommst du mit?«

Damals war sie mit Felix befreundet, war seine Sekretärin, falls man ihre Tätigkeit in dem Kleinen Privattheater so hochtrabend bezeichnen wollte. Immer nahe an der Pleite entlang machten sie mittelmäßiges Theater, eine kleine Gemeinschaft, wohl wissend, wie fragwürdig ihre Existenz war. Peter Thiede spielte bei ihnen, ein unbekannter junger Schauspieler, der von der großen Karriere träumte. Sie mochte ihn gern, doch er stand ihr nicht näher als die anderen, die dort am Abend auf die Bühne gingen.

Dann kam die Silvesternacht, in der Felix sie allein ließ, weil er mit seiner Frau feiern mußte.

Sie war sehr unglücklich gewesen, verzweifelt über ihr unerfülltes Leben, eine Frau von fünfunddreißig Jahren, der das Leben kein Glück, keine Geborgenheit schenken wollte. Sie war wütend auf Felix und voll Bitternis gegen das Schicksal, das sie so stiefmütterlich behandelte.

Nach der Vorstellung hatten sie im Theater ein wenig gefeiert, die von der Bühne und die hinter der Bühne, soweit sie nichts Besseres vorhatten, und Peter hatte mit ihr getanzt, hatte sie geküßt und dann war sie einfach mitgegangen in seine Pension und in sein Bett.

Einfach so. Von Liebe konnte keine Rede sein, zweifellos tat sie es aus Trotz gegen Felix, aus Trotz gegen die ganze Welt.

Aber dann war etwas Seltsames geschehen: zum erstenmal, seit es Nicolas nicht mehr gab, hatte sie Glück und Lust in den Armen eines Mannes empfunden.

Nur diese eine Nacht, hatte sie sich selbst geschworen, ich werde vernünftig sein.

Aber nun war er immer noch da, obwohl er vorsichtshalber gleich zu Beginn ihrer Beziehung gesagt hatte: für eine Weile möchte ich dich behalten.

Das vergaß sie nie. Nicht, wenn er sie umarmte, nicht, wenn sie ihn manchmal tagelang nicht sah, nichts von ihm hörte, auch nicht, wenn er so, wie an diesem Abend, neben ihr ging und alles sagte, was ihm am Herzen lag, was ihn bedrückte, was er sich wünschte. Sie kannte seine Wünsche so genau.

Eine gute Bühne, die großen Rollen, Erfolg, Ruhm, sich selbst und sein Talent verwirklichen.

Nichts von alledem hatte er bisher erreicht. Damals, im Frühjahr 1929, als Felix das Theater schließen mußte, weil seine amerikanische Frau ihm kein Geld mehr dafür gab, sondern bestimmte, daß er fortan mit ihr in Amerika leben sollte, standen sie alle auf der Straße. Auch Peter Thiede fand zunächst kein Engagement; es gab so unendlich viele Schauspieler in Berlin, gutaussehend wie er, begabt wie er, auf der Jagd nach dem Glück, nach einer Rolle, nach der Möglichkeit zu spielen.

Plötzlich schien es, als habe Fortuna ihre Schritte verlangsamt, um sich auch einmal nach ihnen umzublicken. Paul Koschka, der sich gerade in Berlin als Filmproduzent etablierte, engagierte Peter für eine Rolle und machte Nina Hoffnung auf Drehbucharbeit. Aber das Jahr 1929 hatte noch eine üble Überraschung parat – im Oktober der Börsenkrach in New York, der Beginn der großen Weltwirtschaftskrise.

Koschkas Filme wurden nie gedreht. Fortuna war weitergegangen.

Nina hatte nie begriffen, was da eigentlich passiert war. Sie selbst hatte nichts zu verlieren, weil sie nichts besaß, seit Kriegsende lebte sie sowieso von der Hand in den Mund. Das Schlimmste war für sie die Zeit der Inflation gewesen, die Jahre 1922 und 1923, als sie allein war mit den Kindern, mit ihrer Schwester, mit dem kranken Bruder, verantwortlich für alle. Auch damals hatte sie nicht mitbekommen, was geschah, was mit dem Geld geschah, es blieb nur die Tatsache, daß sie so bitter arm waren wie nie zuvor. Sie wußten nicht, von einem Tag zum anderen, wie und wovon sie leben sollten.

Und dennoch war selbst die Inflation in Wahrheit nicht das Allerschlimmste gewesen, sie brachte zwar Not und Sorgen, aber was bedeutete dies gegen das große, nie zu überwindende Leid ihres Lebens: Nicolas lebte nicht mehr. Nicolas war aus dem Krieg nicht zurückgekehrt.

Später dachte sie manchmal: es war ganz gut, daß ich so viele Sorgen hatte, es war wirklich gut, daß ich mich darum kümmern mußte, wie wir existieren konnten, denn wie hätte ich es sonst ertragen können, ohne Nicolas zu sein.

Dann der Sprung ins Unbekannte, der Neubeginn in Berlin und dabei ein wenig Glück am Anfang: die Begegnung mit Felix, das Theater; eine Arbeit, die zwar schlecht bezahlt wurde, aber Spaß machte. Irgendwie gelang es ihr, die klein gewordene Familie, nur noch sie, die beiden Kinder und ihre Schwester Gertrud, über Wasser zu halten. Dann verlor sie die Arbeit, und es blieb eigentlich nur noch die Hoffnung, von der sich leben ließ, und ihr Lebensmut, den sie trotz allem nicht verloren hatte.

Und plötzlich dieser junge Geliebte, in dessen Armen sie – nein, Nicolas nicht wiederfinden, aber wenigstens zeitweise vergessen konnte.

Für eine Weile möchte ich dich behalten . . .

Die Angst, ihn zu verlieren, ihn bald zu verlieren, war ihr ständiger Begleiter. Sie gab sich selbstsicher, selbstständig, hütete sich vor Sentimentalitäten, sprach nicht von Liebe, spielte die moderne, erfahrene Frau, die emanzipierte Frau des zwanzigsten Jahrhunderts, die Affären leicht nimmt und einen Mann nicht festhält. Spielte sie gut, wie sie selbst glaubte.

Daß die Liebe in ihren Augen geschrieben stand, daß jeder Blick, jedes Lächeln sie verriet, daß Peter genau wußte, wie es in ihr aussah, das hätte sie nicht vermutet. Er aber sagte es ihr nicht, er war froh über ihre Haltung, sie machte es ihm leicht, zu bleiben oder zu gehen, wenn er eines Tages wollte. Peter hatte sie gern, liebte sie auf seine Weise, dachte jedoch keinesfalls an eine feste Bindung, konnte gar nicht daran denken, in der Unsicherheit seines Lebens. Eine Frau mit zwei Kindern, auch wenn er die Kinder mochte, eine Frau, älter als er, arm, erfolglos und ohne Aussicht auf Erfolg oder Geld. Das alles war ihm klar, er sah das ganz nüchtern. Aber Ninas Liebe, ihre Herzlichkeit, ihre Wärme taten ihm wohl, und die schwere Zeit ließ sich gemeinsam besser überstehen. Allein, daß er darüber reden konnte, reden zu einem Menschen, der ihn verstand.

In der Wintersaison 29/30 bekam er dann eine Rolle in einer albernen Komödie, wieder in einem der kleinen, ständig von Pleite bedrohten Theater.

»Das ist mein Untergang«, sagte er düster. »Kein anständiges Haus wird mich je engagieren, wenn ich immer nur in solchen Klamotten auftrete.«

Immerhin war er bis zum März beschäftigt, war anschließend zwei Monate arbeitslos, bekam dann eine Tournee und tingelte den Sommer über mit einem Singspiel durch Bäder und Kurorte.

Es war für ihn, der vom Hamlet und vom Ferdinand träumte, eine Qual.

Doch im Herbst 1930 kam wieder ein Filmangebot, und endlich klappte es. Zuerst nur eine Nebenrolle, doch bereits in seinem zweiten Film spielte er die

Hauptrolle, zwar wieder nur das, was er eine Klamotte nannte, aber es war ein hübsch gemachter Film, der ihn immerhin bekannt machte. Und vor allem hatte er endlich einmal Geld verdient.

Die neue Situation war günstig für ihn. Bei der Umstellung vom Stummfilm auf den Tonfilm waren viele Schauspieler auf der Strecke geblieben, das war seine Chance, er war ein gut ausgebildeter Schauspieler, er konnte nicht nur aussehen, er konnte auch sprechen. Aber befriedigen konnte ihn das natürlich nicht.

Jetzt, an diesem Abend auf dem Domplatz in Salzburg, wies er mit geöffneten Armen auf die Stufen des Doms.

»Warum darf ich nicht dort stehen?«

Nina stand mit dem Rücken zu den leeren Zuschauerbänken, sah sein schönes, leidenschaftliches Gesicht und dachte: wenn ich dir doch helfen könnte!

Und gleichzeitig dachte sie, wie auf einem anderen Gleis: wenn du Erfolg hast, wirst du mich verlassen.

»Es kommt schon noch«, sagte sie. »Du bist noch jung. Die anderen, die hier stehen, sind doch älter als du. Sie haben auch einmal angefangen.«

Was für ein dummes Geschwätz, dachte sie. Ich rede, als sei ich seine Großmutter.

»Dieser Moissi . . .« begann er.

Und wieder, wie gestern und vorgestern, setzte er ihr auseinander, was alles ihm an Alexander Moissi, der den Jedermann gemacht hatte, nicht gefiel. Die Art, zu sprechen, die Art, sich zu bewegen, seine Stimme, sein Aussehen, sein Auftreten, eigentlich gefiel ihm gar nichts an dem berühmten Kollegen.

Das war nicht etwa pure Gehässigkeit, nicht nackter Neid; Nina wußte, daß er durchaus imstande war, große Leistungen anderer Schauspieler zu bewundern und daß es manchen berühmten Kollegen gab, den er verehrte, Ernst Deutsch zum Beispiel, Heinrich George, Werner Krauß vor allem, Bassermann, Kortner – aber wen auch immer, Alexander Moissi gehörte nicht dazu.

Über allem jedoch gab es einen fernen Gott, bei dem unweigerlich jedes dieser Gespräche landete: Max Reinhardt.

Es war Peters größter Wunsch, sein höchstes Ziel, einmal Reinhardt vorzusprechen.

Reinhardt war hier. In Salzburg. Er residierte in Schloß Leopoldskron, und die Auserwählten dieser Erde durften seine Gäste sein.

Peter Thiede, ein unbekannter und erfolgloser Schauspieler aus Berlin, gehörte nicht dazu.

Nina nahm ihn energisch am Arm.

»Komm, hör auf, dich zu zerfleischen wegen diesem Jedermann. So toll finde ich das Stück nun auch wieder nicht. Die Kulisse ist schön, der Dom, der Platz, die Burg da oben. Ohne das alles hätte es die halbe Wirkung.«

»Darum geht es nicht. Es geht darum, hier zu stehen und hier zu spielen, ganz egal, wie das Stück ist. Verstehst du das nicht? Wenn du hier dabei bist, dann bist du oben.«

»Was heißt oben, jetzt bin ich hungrig. Meinst du, wir könnten uns ein kleines Abendessen leisten?«

Sofort war er wieder der Mann, den sie kannte, liebevoll und zärtlich.

Er schloß sie in die Arme.
»Armes Ninababy, ich lasse dich verhungern.« Er küßte sie auf die Nasenspitze. »Ich werde dich jetzt gut füttern. Was darf's sein? Ein Gulasch mit Nockerln?«
»Hatten wir gestern.«
»Ein schönes Wiener Schnitzerl, gnä' Frau, resch gebacken, einen Häuptlsalat dazu? Ein Viertel Kremser darf's auch sein? Und hernach am End gar Salzburger Nockerln?«
Er sprach jetzt österreichisch, auf Dialekte verstand er sich ausgezeichnet.
»Geh, sei lieb, Herzerl, stell dich auf die Domstufn da. Ja, magst?«
»Warum denn?«
»Frag net, tu, was ich dir sag. Ich will dich runterheben, das wird mir Glück bringen.«
Er hob sie von der Stufe, nahm sie in die Arme und küßte sie.
»Verzeih mir, Nina.«
»Was hab' ich dir denn zu verzeihen? Ich weiß ja, wie es in dir aussieht. Und genauso weiß ich, daß du eines Tages ganz groß wirst. Ich hab's dir immer prophezeit.«
»Vielleicht bin ich unbegabt. Vielleicht bilde ich mir nur ein, daß ich was kann.«
»Unsinn. Du weißt sehr gut, daß du Talent hast. Wenn du dich nur entschließen könntest, ein Engagement an einem guten Stadttheater anzunehmen.«
»Ich geh' nicht in die Provinz. Das kannst du mir nicht einreden.«
»Was heißt Provinz! Jeder muß richtig anfangen. Die berühmtesten Schauspieler haben in der Provinz gespielt. Es gehört dazu.«
»Ich geh' von Berlin nicht fort. Dort sind meine Chancen.«
»Das denken viele. Und laufen dort herum und warten auf diese sogenannten Chancen. Provinz ist ein dehnbarer Begriff. Unsere Theater in Breslau sind ausgezeichnet, ich würde sie durchaus nicht als Provinz bezeichnen. Ich kenne viele, die heute in Berlin spielen und in Breslau angefangen haben.«
Er wurde ärgerlich, das wurde er immer an diesem Punkt des Gespräches, das sie nicht zum erstenmal führten.
»Du vergißt ganz, daß ich schließlich in der Provinz angefangen habe. Ich habe in Zwickau gespielt. Und in Remscheid. Und ein Jahr in Meißen. Ist das Provinz genug? Du redest von Dingen, die ich sehr genau kenne. Man muß damit aufhören, man muß dorthin, wo die großen Schlachten geschlagen werden.«
»Na, ich weiß nicht, ob es nicht besser ist, in Breslau den Hamlet zu spielen als in Berlin den Wurschtl.«
»Du mit deinem ewigen Breslau! Möchte wissen, warum du nicht dort geblieben bist, wenn es so fabelhaft ist.«
Weil ich dort nicht mehr leben konnte, weil mich jedes Haus, an dem ich vorbei kam, jedes Geschäft, das ich gern betreten hätte, und erst recht das Theater und selbst die Luft, die ich atmete, an ihn erinnert hat.
Das dachte sie, sprach es nicht aus. Denn so verständnisvoll er sich am Anfang ihr Klagelied über Nicolas angehört hatte, so ungern wollte er, daß sie noch heute von ihm sprach.

»Ich will und muß in der Großstadt leben«, fuhr er fort.

»Ich brauche Berlin. Ich liebe Berlin. Ohne Berlin gehe ich ein. Ich bin ein Junge aus dem Ruhrpott und habe es schwer genug gehabt, dort rauszukommen. Ich gehe nicht zurück. Ich will in Berlin auf der Bühne stehen oder gar nicht.«

Nina seufzte. Sie hatten das Gespräch hundertmal geführt, es kam nichts dabei heraus. Er saß in Berlin und wartete auf die große Chance. Wie so viele andere. Machte schlechtes Boulevardtheater und verbrauchte sein Talent und sein Renommee. Wie so viele andere. Von einer guten Bühne in der sogenannten Provinz, an der er ordentliche Rollen spielte, führte möglicherweise ein Weg nach Berlin in die großen Häuser. Aber bald war es so weit, daß kein angesehenes Stadttheater ihn mehr für ein ernstzunehmendes Fach engagieren würde. Für den Romeo war er schon zu alt, für den Hamlet fehlte ihm die Erfahrung.

»Ich staune nur immer, wieviel dir daran liegt, mich loszuwerden.«

Das war immer das Ende dieser Gespräche. Wenn er Berlin verließ, um ein Engagement in der Provinz anzutreten, würde es zwangsläufig das Ende ihrer Beziehung bedeuten.

Obwohl es im Grunde nichts und niemand gab, Nina in Berlin festzuhalten. Aber konnte ein Schauspieler mit seiner Freundin, deren Schwester und Kindern in Bielefeld oder Regensburg auftauchen? Das war absurd. Und daß Nina sich von ihren Kindern nicht trennen würde, das wußte er.

Einmal, das war im vergangenen Herbst, stand er in Verhandlung mit dem Theater in Freiburg und hatte sie gefragt, halb spielerisch, ob sie denn mit ihm kommen würde.

»Nur ich?«

»Natürlich. Nur du.«

»Ich kann die Kinder nicht allein lassen.«

»Also erstens sind die Kinder so klein auch nicht mehr und zweitens werden sie von deiner Schwester allerbestens versorgt.«

»Ja, schon. Aber trotzdem . . . ich kann sie nicht im Stich lassen.«

»Aber mich. Mich kannst du im Stich lassen.«

Es waren im Grunde sinnlose Dialoge, denn jeder wußte zuvor, was der andere sagen würde. Es war zudem ein überflüssiges Gespräch, er ging nicht nach Freiburg, denn gerade zu der Zeit kam das erste ernstzunehmende Filmangebot.

»Wenn sie dich zum Beispiel hier ans Landestheater in Salzburg engagieren würden, Provinz ist das schließlich auch, würdest du da nicht mit Freuden annehmen?« fragte Nina listig vor den Stufen des Doms.

»Vielleicht. Aber in Österreich gibt es Schauspieler genug, da brauchen sie mich bestimmt nicht. Und ich würde Salzburg, so schön es ist, auch nur als Sprungbrett für Wien betrachten. Oder lieber noch für Berlin.«

Er legte den Kopf zurück und blickte hinauf in den dunklen Himmel.

»Ich möchte nirgends sonst leben als in Berlin. Nirgends anders Theater spielen. Es gibt keine Stadt, die so lebendig ist, so abenteuerlich, so wild und so witzig zugleich. So hart und so weich in einem. So atemberaubend böse und dabei so heiter gemütvoll. Nein, nur Berlin kommt für mich in Frage. Berlin ist der Mittelpunkt der Welt.«

Nina mußte lachen über seine Ekstase. Wie konnte sie ahnen, daß nur we-

nige Stunden vorher ein weitgereister und welterfahrener Mann fast wörtlich das gleiche zu ihrer Tochter gesagt hatte.
»Kriege ich nun endlich etwas zu essen oder nicht?«
»Sofort, gnä' Frau.«
Er schob seinen Arm unter ihren, sie kehrten auf den Mozartplatz zurück und machten sich auf die Suche nach einem Lokal, das nett, aber nicht zu teuer war.
»Wenn der Moissi . . .« fing Peter wieder an, nachdem er den dritten Bissen von seinem Tafelspitz in den Mund geschoben hatte.
»Schluß!« gebot Nina. »Wenn ich den Namen Moissi heute abend noch einmal höre, verlasse ich dich für immer und alle Zeit. Ich möchte nicht ständig mit Herrn Moissi am Tisch sitzen oder im Bett liegen. Laß uns lieber überlegen was wir morgen machen.«
Sie hatten vor, Salzburg am nächsten Tag zu verlassen, da es für einen längeren Aufenthalt zu teuer war. Sie wollten auf gut Glück ins Salzkammergut fahren und irgendwo an einem der Seen in einer kleinen Pension einige Tage verbringen.
Fest stand nur, daß sie in acht bis zehn Tagen wieder in Salzburg sein mußten, denn Peter wollte auf jeden Fall versuchen, Karten für die Premiere der ›Stella‹ zu erhalten, was ihm bisher nicht gelungen war.
Auch eine Reinhardt-Inszenierung natürlich.
Balser würde spielen, Helene Thimig, Reinhardts Lebensgefährtin, und vor allem Agnes Straub. Agnes Straub war für Peter die größte Schauspielerin überhaupt. Er hatte sie in Berlin schon einige Male gesehen, er hätte sie am liebsten jeden Tag gesehen, denn, so sagte er: »Diese Frau ist ein Phänomen. Sie ist das Theater persönlich. Wenn sie auf der Bühne steht, brauchst du keinen anderen mehr. Sie könnte das Telefonbuch vorlesen, es wäre ein Ereignis.«
Die ›Stella‹-Premiere sollte am 13. August sein, doch schien es unmöglich, dafür noch Karten zu bekommen. Die nächste Aufführung dann erst wieder am 21. August, und das wäre für Nina auf jeden Fall zu spät, bis dahin mußte sie zurück in Berlin sein.
»Du kannst ja noch bleiben«, hatte sie großmütig gesagt.
»Vergiß nicht, daß ich ein arbeitsloser Schauspieler bin, ich brauche ein Engagement. Ist sowieso leichtsinnig genug, hier herumzutrödeln.«
»Na, du bist jetzt schon fast ein Filmstar.«
Er verzog das Gesicht.
»Hat sich was. Sehr die Frage, ob die mich nochmal holen.«
Aber im Grunde hoffte er sehr darauf. Wenn er auch auf die Filmerei herabsah, so brachte sie doch Geld. Und möglicherweise Popularität. Vielleicht war es ein Weg, der ihn dahin führte, wohin er wollte.
Als er sich zu dieser Reise entschloß, hatte natürlich auch der Gedanke eine Rolle gespielt, daß es *vielleicht* doch eine Möglichkeit gab, Reinhardt zu begegnen.
Hier hatte er allerdings schnell begriffen: Reinhardt war ein Gott.
Und die Wolken, über denen sein Thron stand, waren für einen gewöhnlichen Sterblichen nicht einmal zu sehen, geschweige denn zu erreichen.
Es sei denn, es kam jemand, der die Leiter kannte, die nach oben führte.

Allein in Berlin zurückgeblieben waren Gertrud, Ninas Schwester, und Stephan, Ninas Sohn.

Beide genossen, jeder auf seine Weise, das Alleinsein. Immerhin war es das erstemal in den sechs Jahren, seit sie in Berlin lebten, daß sie die Wohnung für sich hatten.

»Werdet ihr auch zurechtkommen?« hatte Nina zwar gefragt, ehe sie abreiste, aber es war eine rein rhetorische Frage, denn besser behütet als von Trudel konnte der Junge gar nicht sein.

»Mach dir nur keine Sorgen, reis' du nur«, war Trudels Antwort gewesen, auch wenn sie selbstverständlich, sie konnte gar nicht anders, Ninas Verhältnis zu dem Schauspieler mißbilligte.

Einige Male hatte sie vorsichtig ein paar Bemerkungen fallen lassen, was denn dies für einen Eindruck auf die Kinder machen solle, es sei doch ein schlechtes Beispiel, das sie ihnen gebe, aber Nina hatte entweder gelacht oder sich jede Einmischung verbeten. Einmal hatte sie barsch gesagt: »Was verstehst *du* denn davon?«

Trudel war fünfzig. In ihrem Leben hatte es nie das gegeben, was man gemeinhin Liebe nennt, nie hatte ein Mann sie umarmt. Als sie ein junges Mädchen war, versuchte ein junger Mann, Schreiner von Beruf, sich ihr zu nähern, auf höchst ehrbare Weise, aber das hatte ihr Vater energisch unterbunden. Einen Handwerker betrachtete er nicht als geeignete Partie für eine Beamtentochter. Trudel war eine Zeitlang traurig gewesen, ein paar Tränen, doch es blieb ihr nicht viel Zeit, sich ihrem Kummer hinzugeben, dazu hatte sie viel zu viel Arbeit. Agnes Nossek, ihre Stiefmutter, kränkelte jahrelang, aufgezehrt von den vielen Geburten, und auf Trudel, der Ältesten, lag die Verantwortung für den ganzen Haushalt und vor allem war sie damit beschäftigt, die jüngeren Geschwister zu versorgen.

Sie verließ das Elternhaus nicht, pflegte den kranken Vater, dann die Mutter und erst als beide gestorben waren, zog sie zu ihrer Schwester Nina nach Breslau und widmete sich deren Kindern. Genaugenommen war ihr Leben ein Opfer für die Familie gewesen, nur daß sie es nicht so betrachtete. Es war kein leeres Leben, es war angefüllt mit Arbeit, mit Fürsorge und vor allem mit Liebe, die sie gab und erhielt. Nur die Liebe eines Mannes war es nie gewesen.

Natürlich hatte sie nie einen Beruf erlernt oder ausgeübt, dafür wäre gar keine Zeit gewesen, doch in den letzten Jahren bedauerte sie diesen Umstand in steigendem Maße, und zwar allein aus finanziellen Gründen. Immer waren sie knapp mit Geld, Nina verdiente wenig, und wäre Trudel nicht eine so geschickte Hausfrau gewesen, die es verstand, mit einem Minimum auszukommen, wäre es ihnen weit deutlicher zu Bewußtsein gekommen, wie mager ihr Budget ausfiel. Trudel war es gewöhnt, sparsam zu wirtschaften, der preußische Beamtenhaushalt, in dem sie aufgewachsen war, hatte sie das gelehrt. Sie putzte, kochte, nähte, stopfte und strickte, schneiderte einen großen Teil der Kleidung für die Kinder, besserte jedes schadhafte Stück sorgfältig aus, mit einem Wort, sie war ein Wunder an Umsicht und Sparsamkeit.

»Was täte ich ohne dich!« das hatte Nina oft gesagt in den Jahren ihres Zusammenlebens, und sie sagte es mit besonderem Nachdruck, wenn Trudel darüber klagte, wie unnütz sie sich vorkomme, wie belastend es für sie sei, daß sie gar nichts zu ihrem Auskommen beitragen könne und sich von ihrer Schwester erhalten lassen müsse.

Praktisch veranlagt wie sie war, hatte sie auf Abhilfe gesonnen, denn wenn sie auch altmodisch war und unerfahren in vielen Dingen, so war sie doch nicht weltfremd.

Ein wenig verdienen ließ sich nur mit dem, was sie konnte, das war ihr klar. Vor zwei Jahren hatte sie angefangen, sich in der Nachbarschaft nach Näh- und Flickarbeiten umzusehen, hatte im Milchladen, beim Kaufmann, die Erlaubnis erwirkt, einen kleinen Zettel anzubringen, auf dem sie ihre Dienste anbot. Als Nina davon erfuhr, empörte sie sich und verbot es.

»So arm sind wir auch nicht, daß du anderen Leuten die Socken stopfen mußt.«

Selbst Nina, so modern sie sich gab, konnte ihre Herkunft nicht verleugnen.

Doch da hatte Trudel schon die ersten Kunden gewonnen, diese brachten die nächsten, das machte ihr Mut, und sie gab kurzentschlossen eine kleine Anzeige im Lokalanzeiger auf, die nicht ohne Echo blieb.

Seitdem marschierte sie also los, holte Sachen, die auszubessern waren, änderte Kinderkleidchen, flickte Jungenhosen, verkürzte Hemdärmel und schließlich wagte sie es, der einen oder anderen Kundin ein neues Kleid zu schneidern. Sparen mußte fast jeder in der Zeit der Wirtschaftskrise, also war die Hilfe, die Trudel anbot, in vielen Fällen erwünscht, besonders, wenn Frauen und Mütter berufstätig waren oder selbst kein Talent für derartige Arbeiten hatten. Mit der Zeit ergab es sich, daß Trudel auch an der Nähmaschine in einem fremden Haushalt arbeitete, wenn es eilte oder etwas anzuprobieren war. Nur hatte sie keine Ahnung, was sie für ihre Dienste verlangen sollte, sie war anfangs viel zu billig. Das brachte ihr zwar viele Kunden, machte ihre Arbeit aber nicht gerade einträglich.

Fräulein Langdorn war in diesem Punkt hilfreich. Sie war Sekretärin in der Anwaltspraxis, die den vorderen und größeren Teil ihrer Wohnung einnahm. Man traf sich gelegentlich im Treppenhaus, und Fräulein Langdorn, ein spätes Mädchen wie Trudel, wenn auch mit einem richtigen Beruf, blieb gern zu einem kleinen Schwatz stehen.

Zu ihr sagte Trudel: »Ich weiß nie, was ich sagen soll, wenn die Leute mich fragen, was es kostet.«

»Ich werde mich erkundigen«, erklärte Fräulein Langdorn sofort, und sie tat es auch, und zwar so gründlich, wie sie alles tat. Von da an hatte Trudel eine Richtschnur, wie ihre Preise aussehen mußten. Was nicht bedeutete, daß sie sie nicht senkte, wenn sie darum gebeten wurde.

»Mein Mann ist arbeitslos.«

»Mein Mann ist abgebaut worden.«

»Mir haben sie gekündigt. Wer weiß, wann ich wieder etwas Neues finde.«

»Der Junge war so lange krank. Ich habe die Arztrechnung noch nicht bezahlt.«

»Die Schulden wachsen mir über den Kopf. Wenn ich nächste Woche nicht die Miete zahle, fliegen wir raus.«

Und immer wieder, in steigendem Maße, das eine Wort, das Leitmotiv, der Fluch, das Motto dieser Jahre: arbeitslos.

Immerhin erfuhr sie auf diese Weise, daß finanzielle Schwierigkeiten auch in anderen Familien an der Tagesordnung waren.

Aber sie hatte auch einige gute Kunden, die klaglos zahlten, was sie verlangte.

Wie auch immer, es verschaffte Gertrud Nossek Befriedigung und Selbstvertrauen, daß sie nun ein wenig zum Haushalt ihrer Schwester beitragen konnte. Nina erkannte das sehr wohl und gab es nach einiger Zeit auf, gegen die, ihrer Meinung nach, nicht standesgemäße Tätigkeit ihrer Schwester zu protestieren.

Jedoch erfuhr sie nie, daß Gertrud acht Wochen lang das Anwaltsbüro geputzt hatte, als die dort beschäftigte Putzfrau sich den Arm gebrochen hatte. Nina wunderte sich nur, wieso am letzten Weihnachtsfest vom Nachbarn ein großer Freßkorb abgegeben wurde.

»Wie kommen wir denn zu der Ehre?«

Trudel konnte zwar schlecht lügen, aber sie erklärte mit erstaunlicher Gelassenheit: »Ach, ich habe Fräulein Langdorn ein paar Sachen gerichtet. Und ihrer Mutter auch. Die ist ja halb gelähmt. Und Fräulein Langdorn hat wenig Zeit, sie muß viel arbeiten da vorn.«

»Und du hast es gratis gemacht, das sieht dir ähnlich.«

»Ich kann doch kein Geld von ihr nehmen, wo sie immer so nett ist.«

Stephan grinste, er und Trudel tauschten einen Blick. Er als einziger wußte, was wirklich vorgegangen war.

»Du bist ja eine ganz schöne Lügentante«, sagte er hinterher. »Mir erzählst du immer, man soll nicht lügen.«

»Das war nicht gelogen, das war geschwindelt«, klärte ihn Trudel listig auf. »Warum sollen wir deine Mutter unnötig aufregen?«

Zwischen Trudel und ihrem Neffen bestand ein sehr inniges Verhältnis, sie verwöhnte ihn, wo sie konnte, räumte ihm seine Sachen nach, denn Stephan war sehr unordentlich, kochte ihm, soweit möglich, seine Lieblingsgerichte, putzte seine Schuhe, hörte sich seine Schulsorgen an, und die hatte er ausreichend, las ihm jeden Wunsch von den Augen ab.

Auch in diesem Fall hatte Nina es aufgegeben, zu protestieren.

»Der Junge ist viel zu weich. Du darfst ihn nicht so verwöhnen. Ich erfahre ohnehin nur die Hälfte, das übrige kungelt ihr sowieso unter euch aus.«

So ähnlich hörten sich Ninas Einwände an, und Trudels Antworten darauf ähnelten sich auch.

»Laß mich doch. Das Leben wird noch schwer genug für ihn. So schreckliche Zeiten, wie wir jetzt haben. Nichts hat seine richtige Ordnung mehr.« Oder: »Er ist so zart, so empfindlich. Wenn er größer und kräftiger sein wird, macht er dann sowieso schon alles allein.« Und, womit sie Nina mitten ins Herz traf: »Manchmal erinnert er mich an Erni. Der war auch so ein empfindsames Kerlchen.«

»Red' nicht so einen Stuß«, fuhr Nina sie an. »Erni war krank, vom Babyalter an. Stephan fehlt gar nichts, der ist nur faul.

Und Erni war ein Genie. Wenn er am Leben geblieben wäre, dann . . . «

Nina verstummte. Den Tod ihres Bruders hatte sie nie verwinden können.

Stephan mit Trudel genoß also sein Feriendasein. Er durfte so lange im Bett bleiben, wie er wollte, Frühaufstehen war ihm verhaßt, er bekam das Frühstück ans Bett serviert und meist blieb er dann noch liegen und las, am liebsten Karl May, den auch Trudel inzwischen zu ihrer Lektüre gemacht hatte.

Bisher waren, seit ihrer Mädchenzeit, möglichst wildbewegte Liebesro-

442

mane ihre Lieblingsbücher gewesen, aber Stephan zuliebe beschäftigte sie sich jetzt mit Winnetou und Old Shatterhand. Damit sie mit dem Jungele darüber reden konnte.

Mit Arbeit hatte sie sich reichlich eingedeckt; während Nina und Victoria verreist waren, hatte sie Zeit und vor allem Platz genug, keinen störte das Rattern der Nähmaschine, und sie wollte so viel verdienen, daß sie Stephan nach den großen Ferien ein neues Fahrrad schenken konnte. Sein altes war verrostet, doch Nina hatte es abgelehnt, ein neues zu kaufen.

»Das neue würde in kurzer Zeit genauso aussehen. Wenn du dein Rad nicht pflegst, bekommst du kein neues.«

»Stephan kommt immer zu kurz bei dir«, hatte sich Trudel eingemischt.

»Willst du damit sagen, daß ich meine Kinder ungerecht behandle?«

»Vicky war immer dein Liebling.«

Daraufhin schwieg Nina. Sie liebte beide Kinder, das war ganz selbstverständlich, und sie war der Meinung, daß sie jedem gerecht wurde. Nur war es mit Victoria anders, sie war ein Mensch, der, so jung sie war, immer im Mittelpunkt stand. Es ging soviel Kraft von ihr aus, soviel Lebensfreude. Ihr Charme und die lächelnde Selbstverständlichkeit, mit der sie durchs Leben ging, machten sie einfach unwiderstehlich.

Es war immer überflüssig gewesen, sie zu bemuttern oder zu verwöhnen, sie brauchte das nicht, sie wollte das nicht, sie erledigte alles, was sie anging, sei es die Schule, seien es ihre Freundschaften, den Umgang mit Menschen überhaupt, höchst selbständig und nach ihrem Geschmack. Sie ließ sich nie hineinreden in das, was sie tat oder tun wollte. Das war schon so, als sie ganz klein war, und es hatte sich nur noch verstärkt. Die Schule machte ihr keine Mühe, sie war beliebt bei Lehrern und Mitschülern und blieb doch bei allem völlig unabhängig.

Sie ist wie er, das dachte Nina oft. Sie ist seine Tochter, wie sie besser nicht geraten konnte. Nicolas wäre stolz auf sie, er würde sie lieben.

Daß sie Victoria vielleicht wirklich mehr liebte, weil sie Nicolas' Tochter war, das wollte sie nicht zugeben, aber im Grunde mochte es so sein.

Mit diesen Gedanken war sie allein. Keiner wußte, keiner würde je erfahren, wessen Kind Victoria war. Das war sie ihrem Mann schuldig. Sie hatte ihn betrogen, ehe sie ihn heiratete. Das mochte eine Schuld sein, doch wenn es eine war, so ging es allein sie an, blieb ihre Schuld, die sie nie im Leben bereuen würde.

Kurt Jonkalla, ihr Mann, war aus dem Krieg nicht heimgekehrt. Vermißt in Rußland. Sie hatte von Anfang an nicht daran gezweifelt, daß er tot war. Aber sie hatte sich manchmal gefragt, was er wohl zu dieser erstaunlichen Tochter gesagt hätte, wenn er zurückgekehrt wäre und Victorias Heranwachsen miterlebt hätte. An diesem Punkt ihrer Überlegungen angekommen, mußte Nina jedesmal lächeln.

Kurtel hätte sich über die hübsche und gescheite Tochter gewiß nicht gewundert. Er hatte ja auch Nina, seine Frau, seine einzige Liebe, über alle Maßen hübsch und gescheit gefunden, ihm wäre es ganz selbstverständlich gewesen, daß Victoria sich so und nicht andere entwickelte.

Für Nina aber bedeutete diese Tochter die Erfüllung aller Träume, die sie einst für sich selbst geträumt hatte. Victoria würde das erreichen, was sie selbst nie erreicht hatte.

Ein wenig schlechtes Gewissen allerdings blieb ihr dennoch.

Nicht wegen Kurtel, er war ja tot, aber wegen Stephan. Sie hatte ihn nicht gewollt, sie hatte überhaupt kein Kind von Kurt Jonkalla gewollt, und so war es denn doch wohl eine Tatsache, daß sie ihre Tochter mehr liebte als ihren Sohn. Darum blieb ihr gar nichts anderes übrig, als zu erlauben, daß er von Trudel verwöhnt und verhätschelt wurde. Auch sie selbst war nachsichtiger Stephan gegenüber als es für den Jungen gut war, eben aus dem Schuldbewußtsein heraus, daß er ungewollt und unwillkommen auf die Welt gekommen war.

Doch so sehr sie ihre Tochter liebte, weil sie in ihr Nicolas liebte, so wenig blieb sie blind gegen Victorias Fehler:

Egoismus und eine gute Portion Rücksichtslosigkeit.

Auch das war ein Erbteil, das sie von Nicolas mitbekommen hatte.

Nina selbst waren diese beiden Eigenschaften fremd.

Auf der Rückfahrt von Salzburg nach Berlin hatte Nina Zeit genug, über sich, über ihr Leben und ihre Kinder nachzudenken.

Die Fahrt war lang und sie war allein. Peter war in Salzburg geblieben.

»Ein paar Tage noch, Ninababy. Du bist nicht böse, nein? Es ist wichtig für mich.«

Sie sah es ein, es war wichtig, und sie wünschte, daß er erfolgreich sein würde. Aber sie war bei alledem eifersüchtig und kam sich verlassen vor.

Zunächst waren sie, wie beabsichtigt, einige Tage im Salzkammergut geblieben, und zwar am Wolfgangsee. Im vergangenen Jahr war in Berlin mit großem Erfolg ›Das weiße Rössl‹ uraufgeführt worden, und seitdem wollten viele Leute, nicht nur Nina, einmal am Wolfgangsee gewesen sein.

Der berühmt gewordene Ort war von Fremden überlaufen, aber sie fanden etwas außerhalb in einer kleinen Pension ein hübsches Zimmer und konnten mit Muße Dorf und See betrachten, spazierten in die Wälder und Berge, und Nina war wunschlos glücklich bis zu dem Tag, es war der fünfte Tag ihres Aufenthaltes, als sie Sylvia Gahlen begegneten. Sie wohnte natürlich im Hotel Weißes Rössl, allerdings nicht in Begleitung ihres Mannes, wie sich herausstellte; die beiden Herren, die bei ihr waren, um sie waren, eine Menge Trara um sie machten, wie es Nina mit einer Spur von Gehässigkeit ausdrückte, waren ein bekannter Filmregisseur und ein Drehbuchautor.

»Was willst du, sie ist eine berühmte Frau. Ein Star«, meinte Peter, nicht ohne Neid.

Sylvia, schön wie immer, gekleidet natürlich in ein echtes Salzburger Dirndl, lehnte malerisch an der Brüstung und gab Autogramme. So erblickten sie den Star das erstemal.

»Sylvia!« rief Peter erfreut.

Die große Kollegin war so natürlich und liebenswürdig geblieben wie früher auch.

»Peter, altes Haus! Mensch, was machst du hier?« so lautete ihre Begrüßung.

Dann das übliche, Umarmung, Küßchen rechts und Küßchen links, ein großes Palaver. All dem wohnte das umstehende Fußvolk mit Neugier und Entzücken bei, dann wurde Peter sogar erkannt.

»Das ist der Peter Thiede!« rief eine Mädchenstimme, und dann mußte auch er Autogramme geben.

Es tat ihm gut. Nina sah es, gönnte es ihm, aber ein wenig schmerzte es doch, daß sie selbst nur mehr zur Statisterie gehörte.

Peter kannte Sylvia Gahlen aus seiner Anfängerzeit in Zwickau. Sie hatten damals zusammen gespielt, was sonst gewesen war zwischen den beiden, wußte Nina nicht. Sylvias Weg war steil bergauf gegangen, sie hatte Theater gespielt, gute Rollen an guten Häusern, unter anderem auch bei Reinhardt, und mittlerweile hatte sie beim Film Karriere gemacht. Am Wolfgangsee war sie für einige Tage, weil man in der Umgebung die Schauplätze für einen Film begutachten wollte, der kurz vor dem Start stand.

»Wir wollen mit den Außenaufnahmen anfangen und sie bis Anfang Oktober im Kasten haben«, erklärte ihnen der Regisseur während der Jause. »September ist wettermäßig günstig für die Gegend hier, und die Leut' haben sich bis dahin auch schon ein bisserl verlaufen.«

Von Sylvia erhielt Peter spielend alles, was er sich wünschte.

Eine Karte für die ›Stella‹-Premiere, allerdings nur eine, und schließlich sogar, es kostete sie einen Anruf, eine Einladung nach Leopoldskron.

Er war selig. Und er sah nur noch Sylvia.

Das Lächeln fiel Nina schwer, neben dem Filmstar kam sie sich alt und hausbacken vor. Zwar war Sylvia freundlich, aber sie behandelte Nina doch als Nebensache, auch war nie die Rede davon, daß auch für sie eine Premierenkarte zu bekommen sei. Ihre Zeit hätte es erlaubt, sie mußte erst Montag, den 17. August, wieder in Berlin sein.

Doch dann fuhr sie schon am 13. August ab, am Tag der Premiere.

Sie hatte es selbst vorgeschlagen, hoffend, daß er widersprechen würde, aber Peter meinte liebenswürdig, daß er es gut verstehe, wenn sie noch einige ruhige Tage in Berlin haben wolle, ehe sie wieder arbeiten müsse. Es verletzte sie, denn es war offensichtlich, daß er sie ganz gern loswerden wollte.

Peter brachte sie an die Bahn, er war lieb, er küßte sie, er sagte: »Du bist doch nicht böse«, und sie sagte: »Nein, natürlich nicht, und toi-toi-toi«, und dann fuhr sie ab. Allein.

So war das eben.

Und es war auch ganz typisch für die Torheit des menschlichen Herzens, daß die schönen Tage, die sie zuvor mit ihm erlebt hatte, Salzburg, der Aufenthalt am Wolfgangsee, seine zärtlichen Umarmungen, ausgelöscht waren, als hätte es sie nie gegeben.

Jetzt galt nur noch die Tatsache, daß sie allein in diesem Zug saß und er mit Sylvia in Salzburg blieb.

Sie war früher schon auf Sylvia eifersüchtig gewesen, damals, als ihre Affäre mit Peter begann. Eines Abends war Sylvia überraschend im Theater aufgetaucht und war anschließend mit ihm weggegangen. Eine freundschaftliche Begegnung zwischen Kollegen, das konnte es sein, aber es war nur zu verständlich, daß sich Nina gegenüber dieser schönen, auch damals schon berühmten Frau wie ein Nichts und Niemand vorkommen mußte.

Im Sommer darauf hatte sie Sylvia noch einmal gesehen, bei Kempinski.

Peter hatte Nina ganz vornehm zum Abendessen eingeladen, um den Filmvertrag zu feiern, den er von Koschka bekommen hatte.

Zufällig waren Paul Koschka, Sylvia und ihr Mann an diesem Abend auch bei Kempinski.

»Da drüben sitzt mein Produzent«, hatte Peter gesagt, und später wurden sie an den Tisch gebeten.

Es war zwei Jahre her, Nina erinnerte sich genau an diesen Abend.

»Wardenburg!« sagte Koschka, als er Nina sah, und sie hatte ihn gehaßt, als er ihr erzählte, daß er Wardenburg gekauft hatte. Für 'n Appel und 'n Ei, wie er sich ausdrückte.

Seine Mutter war Mamsell auf Wardenburg gewesen, als das Kind Nina seine Ferien dort verbrachte. Heute war die Mamsell die Herrin auf Wardenburg, nachdem ihr unehelicher Sohn Paule das entsprechende Geld verdient hatte und die Welt so anders geworden war.

»Die Welt hat sich verändert. Jedenfalls meine Welt. Manchmal habe ich das Gefühl, sie ist dem Untergang geweiht.«

Das hatte Nicolas von Wardenburg ihr gesagt, an jenem unvergessenen Abend, als er ihr mitteilte, daß er Wardenburg verlassen mußte, daß er tief verschuldet sei und das Gut ihm im Grunde nicht mehr gehörte.

Gadinski, der reichste Mann in Ninas Heimatstadt – er besaß eine Zuckerfabrik – wurde der neue Besitzer, das heißt seine Tochter Karoline, die dicke dumme Karoline, wie Nina sie nannte, wurde nach ihrer Heirat Herrin auf Wardenburg. Aber das war eine kurze Episode. Karoline blieb mit vier Kindern zurück, nachdem ihr Mann an den Folgen einer Kriegsverletzung gestorben und ihr Vater einem Gehirnschlag erlegen war.

Wardenburg wechselte einige Male den Besitzer, in den Nachkriegsjahren war es schwerer denn je, ein Gut zu bewirtschaften, aber Nina wollte gar nicht wissen, was mit Wardenburg geschah.

Nicolas und Wardenburg gehörten zusammen, beide waren das höchste Glück ihres Lebens gewesen, doch Nicolas war tot und Wardenburg auf immer verloren.

Und dann plötzlich im Jahr 1929 der reich gewordene Gesindejunge, der ihr prahlerisch erzählte: »Ich habe Wardenburg gekauft.« Und ob die Welt sich verändert hatte!

Auch für Paul Koschka veränderte sie sich wieder; schon im Herbst darauf verlor er bei dem großen Wirtschaftskrach in Amerika sein ganzes Geld. Er fuhr mit dem nächsten Dampfer nach New York, um zu retten, was zu retten war, und kehrte nicht nach Berlin zurück. Der Film wurde nicht gedreht, sie hörten nie wieder von ihm. Immerhin wußte Nina von ihrer Schwiegermutter, daß die alte Koschka noch auf Wardenburg lebte, verkauft worden war der Besitz nicht wieder.

Im Zug sitzend erinnerte sich Nina so lebhaft an den Abend bei Kempinski, als habe er gestern stattgefunden. Sie ohne Arbeit, Peter ohne Arbeit, doch sie waren verliebt und nun hatte er diesen Filmvertrag bekommen. Und wenn sie den dicken Koschka auch haßte, weil ihm jetzt Wardenburg gehörte, so mußte sie ihm gleichzeitig dankbar sein, weil er Peter den Vertrag gegeben hatte. Sie hatten Champagner getrunken, weil, wie Koschka sagte, Nicolas von Wardenburg auch immer Champagner getrunken hätte, woran er sich noch gut erinnern könne.

Er hatte mit großer Hochachtung von Nicolas gesprochen, und das versöhnte Nina im Laufe des Abends ein wenig mit dem Emporkömmling. Sein Wagen brachte sie nach Hause, er hoffe, sie bald wiederzusehen, sagte er beim Abschied.

446

Trotz aller zwiespältigen Empfindungen hatte der Abend ihr großen Auftrieb gegeben.

Sie war heimgekommen mit der festen Absicht, ihr Leben nun endlich selbst zu gestalten, etwas aus sich zu machen.

Endlich zu tun, was sie seit langem vorhatte: zu schreiben.

Ein Buch oder ein Theaterstück. Oder, in Gottes Namen, ein Drehbuch, wie Koschka angeregt hatte.

Noch in derselben Nacht hatte sie angefangen. Sie saß im Wohnzimmer und schrieb und schrieb, bis plötzlich, es war drei Uhr morgens, die Tür aufging und Trudel im Nachthemd erschien. »Was machst du denn da?«

Ein paar Wochen lang hatte sie weitergeschrieben. Wardenburg war das Stichwort, das Leben von Nicolas wollte sie aufschreiben, bis sie merkte, daß sie gar nicht viel davon wußte. Nur gerade das, was sie selbst anging. Aber wie hatte sein Leben wirklich ausgesehen? Er war im Baltikum geboren und aufgewachsen, seine Mutter war gestorben, als er noch ein Knabe war, sein Vater hatte sich nicht um ihn gekümmert. Das war alles, was sie wußte. Das war zu wenig. Gut Wardenburg hatte er von seinem Großvater geerbt, und einmal machte er die Bemerkung, daß er sich anfangs aus dem bescheidenen niederschlesischen Besitz nichts gemacht habe, an baltischen Verhältnissen gemessen war Wardenburg eine Klitsche. Also hatte er sich um Wardenburg kaum gekümmert, überließ alle Arbeit dem Verwalter, reiste viel – wohin reiste er? Zu wem? Mit wem? Sie zweifelte nicht daran, daß es Frauen in seinem Leben gegeben hatte, von denen sie nichts wußte, nichts wissen konnte, ahnungsloses Kind, das sie damals war. Die einzige, die sie fragen könnte, war Alice, aber Alice würde nicht darüber reden, heute sowenig wie damals. Eins nur hatte sie vage begriffen, später, als junges Mädchen, daß Alice ihren Mann verachtete. Später, als er Wardenburg heruntergewirtschaftet und verloren hatte. Als er im Jahr vor dem Krieg jene dubiose, in Alices Augen total unmögliche Tätigkeit ausübte: eine Berliner Firma zu vertreten, die Champagner und Cognac importierte. So etwas war es doch gewesen, oder nicht?

Nina wußte zu wenig, fast nichts darüber. Sie merkte beim Schreiben, daß das Leben des Nicolas von Wardenburg, den sie so sehr geliebt hatte, ihr so gut wie unbekannt war.

Damit war der erste Schwung vorbei, ihre Gedanken zerflossen, Zweifel quälten sie, sie grübelte, verlor sich in einzelne Erinnerungen, außerdem fand sie schlecht, was sie geschrieben hatte. Es war eine Sache, seine Gedanken in der Vergangenheit spazierenzuführen, eine andere, sie aufzuschreiben. Das entdeckte sie sehr rasch.

Sie war zutiefst entmutigt. Sie dachte: ich kann es nicht.

Ich werde es nie können. Nur meine Geschichte könnte ich aufschreiben, seine und meine, aber wie kann ich schreiben, was wirklich geschehen ist, niemand kennt die Wahrheit, und wie könnte ich so schamlos sein, sie der Welt, sie meinen Kindern mitzuteilen. Wie könnte es Alice zugemutet werden, schwarz auf weiß zu lesen, was wirklich geschah.

Als sie so weit gekommen war, lachte sie. Schwarz auf weiß keiner würde je drucken, was sie schrieb.

Sie gab das Schreiben auf.

Niemals würde sie erklären und darstellen können, was ihr Onkel Nicolas von Wardenburg für sie bedeutet hatte. Sein Einfluß auf ihr Leben hatte begonnen, als sie kaum geboren war. Er wurde ihr Pate und von ihm erhielt sie den Namen – Nicolina Natalia. Sie war sehr stolz, daß er diesen Namen für sie ausgewählt hatte. Keines ihrer Geschwister hatte so einen prachtvollen Namen. Sie war sechs Jahre alt, als sie das erstemal zu einem längeren Aufenthalt nach Wardenburg kam.

Und von da an verbrachte sie alle Ferien auf dem Gut, das waren die Tage und Wochen, auf die sie das ganze Jahr hinlebte. Dort war alles anders als in ihrem bescheidenen Elternhaus; wie sie lebten auf dem Gut, wie sie redeten und dachten, was sie aßen und tranken, wurde für sie zum Maßstab aller Dinge. Sie hatte ein eigenes Zimmer, es gab ausreichend Personal im Haus, sogar einen Diener, einen echten Russen, den großen breiten Grischa, den sie nach Onkel Nicolas am meisten liebte. Und sie bewunderte Alice, die schöne Herrin von Wardenburg, die Schwester ihrer Mutter, die so ganz anders war, als die scheue kleine Agnes Nossek. Und dann die Tiere, die Pferde vor allem, die ihr so viel bedeuteten; nie würde sie den Tag vergessen, als Nicolas sie das erstemal auf ein Pferd setzte, vor sich in den Sattel, auf seine schöne Schimmelstute Ma Belle. »Hast du Angst?« hatte er leise an ihrem Ohr gefragt. Angst? Niemals, wenn er bei ihr war. Später lernte sie dann richtig bei ihm reiten. Auch Tante Alice hatte ein eigenes Pferd, einen kastanienbraunen Wallach, und vor den Wagen wurden stets Rappen gespannt, schöne, stolze Traber, die besten Pferde im ganzen Landkreis.

Nicht nur reiten lernte sie bei ihm, so viele Dinge brachte er ihr bei, nebenbei, ohne viel Aufhebens, sein Lächeln, sein Charme, seine Gewandtheit waren ihr Vorbild, sie war noch ein Kind, da war sie bereits sein Geschöpf.

Als er ihr sagte, daß Wardenburg verloren sei – sie war fünfzehn – schien die Welt unterzugehen.

Nicolas und Tante Alice zogen nach Breslau. Als Nina neunzehn war, entschloß sie sich, frei von jeglichen Skrupeln, Kurt Jonkalla, den Jungen aus dem Nachbarhaus, zu heiraten, nur weil er eine Stellung in Breslau antrat und die Ehe mit ihm ihr die Möglichkeit gab, nicht nur dem Elternhaus zu entlaufen, sondern in Breslau zu leben, in der Nähe von Nicolas.

Und ehe sie den ihr total ergebenen Kurtel heiratete, war sie die Geliebte ihres Onkels geworden, und als sie heiratete, war Victoria bereits gezeugt.

Mit weit geöffneten Augen, die nichts sahen, starte Nina aus dem Zugfenster und wurde sich so intensiv wie nie zuvor der Ungeheuerlichkeit jener Situation bewußt. Damals war ihr das alles ganz selbstverständlich vorgekommen. Nicolas war der Mittelpunkt ihrer Welt, er war ihr Leben, nichts gab es außer ihm, das zählte. Sie hatte nie bereut, was sie getan hatte, sie bereute es heute sowenig wie früher. Aber es kam ihr dennoch so absurd, so unwahrscheinlich vor, daß *sie* es war, die das erlebt hatte. Es war so lange her, und trotz allem, was sie erlebt hatte, was in den dazwischenliegenden Jahren geschehen war, kam ihr Leben ihr ereignislos und armselig vor gemessen an jener Zeit, gemessen an dem, was sie damals empfand.

Hätte sie sich nicht dem Mann gegenüber den sie geheiratet hatte, schuldig fühlen müssen, hätte sie nicht wenigstens ein schlechtes Gewissen haben müssen – er liebte sie so sehr, er betete sie an, und sie betrog ihn auf so schamlose Weise, ohne auch nur im mindesten das Gefühl einer Schuld oder eines Unrechts zu haben. Und so war es bis heute geblieben. Sie dachte auch heute noch: es war mein Recht, Nicolas zu lieben und von ihm geliebt zu werden.

Bestraft worden war sie sowieso, sie hatte beide Männer verloren. Nicolas war 1916 gefallen, Kurt Jonkalla aus Rußland nicht zurückgekehrt. Sie hatte von jedem der Männer ein Kind, und keiner außer ihrer Freundin Victoria wußte, daß die Kinder verschiedene Väter hatten.

Sie war blaß und müde, als sie spät am Abend in Berlin ankam. Aber sie lächelte.

Mein Leben mag nicht viel wert sein, und ich bin nicht viel wert, aus mir ist nichts geworden, aus mir wird nichts werden, ich bin nur auf die Welt gekommen, um Nicolas zu begegnen, das genügt.

Noch immer war ihr nicht klar geworden, daß Nicolas nicht nur ihr Glück, sondern auch ihr Verhängnis war. Sie hatte in seinem Schatten gelebt, sie tat es heute noch. Sie machte ihm auch heute noch keinen Vorwurf, daß er sie daran gehindert hatte, Schauspielerin zu werden, was sie sich so heiß gewünscht hatte.

»Du wirst keine Schauspielerin, sonst bist du nicht mehr meine Nina.« Die Arroganz seiner Klasse, das Gefühl seiner männlichen Überlegenheit, waren in diesen Worten enthalten, aber auch das Bewußtsein der Macht, die er über sie hatte.

»Versprichst du mir das?«

Sie hatte es ihm versprochen. Sie hätte ihrem Vater getrotzt, und zweifellos wäre es ihr auch gelungen, ihre Mutter herumzukriegen, denn Agnes Nossek ging ja selbst gern ins Theater, aber wenn Nicolas nein zu ihren Plänen sagte, dann gab es diese Pläne nicht mehr.

So war es gewesen.

Sie trat aus dem Anhalter Bahnhof ins Freie und nach kurzem Zögern leistete sie sich ein Taxi. Sie hätte die U-Bahn nehmen können, aber der Koffer war schwer, und es war schon spät.

Was sie wohl sagen würden zu Hause, daß sie heute schon kam? Schade, daß Vicky nicht da war, sie wäre bestimmt am meisten an ihrem Bericht interessiert. Aber sicher sehr enttäuscht, daß sie in Salzburg keine Opernaufführung besucht hatte, den ›Rosenkavalier‹ oder die ›Entführung‹. Vicky lebte und starb für die Oper, sie sparte jeden Groschen, um sich gelegentlich einen Platz im vierten Rang leisten zu können. Manchmal nahm Marleen sie mit, auf einen erstklassigen Platz, in einem Kleid, das Marleen ihr schenkte.

Jetzt hatte sie Vicky nach Venedig mitgenommen. Dieses Kind, und dann so eine weite Reise. Hoffentlich würde Marleen gut auf sie aufpassen.

Das würde sie nicht, das wußte Nina sehr genau. Ihre Schwester Marleen, die schöne und reiche Marleen Bernauer, einst Lene Nossek, hatte in ihrem ganzen Leben immer nur an einem Menschen Interesse gehabt, an sich selbst.

Aber das machte nichts, Victoria konnte sehr gut auf sich selbst aufpassen, auch das wußte Nina genau.

Nina drückte anhaltend auf den Klingelknopf, als sie in der Motzstraße angekommen war, aber nichts regte sich, sie mußte schließlich nach dem Schlüssel in ihrer Tasche kramen.

Kaum zu glauben, daß die beiden schon fest schliefen.

»Hallo!« rief sie, als sie die Wohnungstür aufgeschlossen hatte. »Hallo, ich bin da!«

Keine Antwort.

449

Ungläubig ging sie durch die Wohnung, keine Trudel, kein Stephan. Waren sie im Theater?

Doch Trudels Schwarzseidenes hing im Schrank.

Bis nachts um drei saß sie untätig herum, packte nicht einmal den Koffer aus und wurde zunehmend unruhig. Es mußte etwas passiert sein. Sie waren krank. Oder verunglückt. Das gab es doch nicht, daß sie nicht zu Hause waren mitten in der Nacht.

Sie aß ein Wurstbrot, trank eine Flasche Bier, durchblätterte den Lokalanzeiger, holte sich schließlich einen von Trudels Liebesromanen und ging damit ins Bett. Dann kamen die Tränen.

Ich bin allein, allein, allein. Sie sind bestimmt tot. Ich verliere alles, was ich liebe. Und nun muß etwas ganz Furchtbares geschehen sein.

Es war nichts Furchtbares geschehen, sie waren weder tot noch verunglückt, sie waren nur verreist. Auf diese Idee wäre Nina nicht gekommen, denn noch nie hatte Trudel die kleinste Reise unternommen, wozu denn auch und wohin und schließlich wovon?

Sie erfuhr es Freitag morgen vom Hausmeister, den sie nach der mit Ängsten verbrachten Nacht fragte, ob er eine Ahnung habe, wo ihre Schwester und ihr Sohn sein könnten.

Die beiden, hörte sie, seien am Donnerstag in aller Früh aus dem Haus marschiert, das Fräulein Nossek mit einer großen Tasche, der Herr Sohn mit einem kleinen Koffer.

»Det is ja woll klar wie Kloßbrühe, det se varreist sin, nich?« schloß Herr Kawelke messerscharf.

»Aber wohin denn?«

»Det ham se mir nich jesagt. Ha'ck ooch nich jefragt. Neujierig bin ick nich, det wissen Se ja woll, Frau Jonkalla.«

»Ja, ja, ich weiß«, sagte Nina beruhigend, denn Herr Kawelke war sehr darauf bedacht, daß seine Diskretion anerkannt wurde, deren er sich stets befleißigte, was allerdings durch seine Frau wettgemacht wurde, die mehr als neugierig war und ihre Nase in alles steckte. Aber offenbar hatte sie den Auszug von Trudel und Stephan nicht beobachtet, sie hätte sich bestimmt eine Frage nicht verkniffen.

»Vielleicht ham se 'ne Landpartie jemacht. Det Wetter is ja janz schnuckelig.«

Sie kamen am Sonntag nachmittag zurück, schwer beladen. Sie brachten einen Korb voll grüner Bohnen, einen anderen mit frühen Pflaumen, drei Köpfe grünen Salat, zwei grüne Gurken, ein frisch geschlachtetes Huhn, zwei dicke Würste und eine Speckseite. Sie hatten allerhand zu schleppen gehabt und kamen ziemlich erschöpft aber bester Laune in der Motzstraße an.

Zunächst waren sie sehr enttäuscht, Nina schon vorzufinden.

»Du bist schon da?« rief Trudel. »Na, so was aber auch! Ich dachte, du kommst heut abend erst.«

»So'n Mist«, ließ sich Stephan vernehmen. »Wir wollten dir das doch alles so richtig schön aufbauen, Mutti. Das sollte doch eine Überraschung sein.«

»Das war es auch. Komm ich hier an, mitten in der Nacht, und kein Mensch ist da. Ich habe gedacht, euch ist was passiert. Konntet ihr nicht einen kleinen Zettel hinlegen?«

»Hätten wir ja getan, nicht, Stephan, hätten wir getan, wenn wir gedacht hätten, du kommst. Aber du hast doch gesagt, du bleibst so lange es geht und kommst erst am Sonntag abend.«

Nina seufzte.

»Kann ich nun vielleicht erfahren, wo ihr herkommt?«

Trudel betrachtete bekümmert den bunten Blumenstrauß, der sämtliche Köpfe hängen ließ, füllte das Abwaschbecken mit Wasser und legte die Blumen hinein.

»Aus Neuruppin«, schrie Stephan begeistert. »Wir war'n in Neuruppin, Mutti, da is es prima. Und der Onkel Fritz hat einen Riesengarten, das is alles aus seinem Garten, die Pflaumen und die Gurken und die Bohnen, und wir hätten noch viel mehr mitnehmen können, wenn wir es hätten tragen können. Und das Huhn ist auch von ihm, das hat er extra geschlachtet. Ich hab' gesagt, ich will nicht, daß er es schlachtet, lieber esse ich kein Huhn. Aber er hat gelacht und ein bißchen später kam er mit dem Huhn. Und da haben wir es eben mitgenommen. Wo es doch sowieso schon tot war, nich?«

»Neuruppin? Wie kommt ihr denn nach Neuruppin? Wo liegt denn das überhaupt?«

»Und Apfelbäume hat er auch, und Birnen, die sind jetzt bald reif, dann sollen wir wieder kommen, und da können wir mitnehmen, soviel wir wollen. Nur könn' wir nich so viel tragen, aber Onkel Fritz sagt, er findet schon mal einen, der nach Berlin fährt mit 'nem Auto, und der bringt dann alles mit. Und ich hab' gebadet im Neuruppiner See, der ist vielleicht prima. Der schönste See, den ich kenne. Und . . .«

So ging es noch eine Weile weiter, Stephan war so begeistert, wie Nina ihn kaum je erlebt hatte.

Sie setzte sich auf den Küchenstuhl und betrachtete das Stilleben auf dem Tisch, das sie gut für eine Woche ernähren würde. Das Huhn war fett und groß, es würde eine gute Brühe geben und einen Topf voll Hühnerfrikassee. Die Bohnen reichten für dreimal Mittagessen, die Würste waren beachtlich. Das beste von allem waren die Pflaumen.

Nina griff in den Korb und begann davon zu essen.

»Es sind die ersten«, sagte Trudel, »aber sie sind schon ganz süß. Ich werde einen Kuchen backen. Es ist schade, daß wir die Erdbeerzeit verpaßt haben, sagt er. Er hat zwei große Beete voller Erdbeeren, die besten, die es überhaupt gibt.«

»Wer in Gottes Namen hat Erdbeeren, Pflaumen und Birnen? Kann ich das endlich mal erfahren?«

»Onkel Fritz.«

»Herr Langdorn.«

»Herr Langdorn? Was für ein Herr Langdorn?«

Trudel blickte ihre Schwester erstaunt an.

»Na, bei dem waren wir doch.«

»Davon habt ihr bis jetzt kein Wort gehustet. Hier von unserem Fräulein Langdorn? Ich denk', die ist nicht verheiratet.«

»Das ist doch ihr Bruder«, rief Stephan.

So langsam nahm die Geschichte Form an.

Fräulein Langdorn stammte aus Neuruppin. Aber schon um die Jahrhundertwende war Vater Langdorn mit Weib und fünf Kindern nach Berlin übergesiedelt. Er war bei der Reichsbahn, saß an der Sperre und paßte auf, daß keiner den Bahnsteig betrat oder verließ ohne gültigen Fahrtausweis oder ohne zumindest im Besitz einer Bahnsteigkarte zu sein. Jedermann wird begreifen, welch wichtige Person Vater Langdorn im Leben seiner Kinder darstellte, noch heute hielten sie sein Andenken in hohen Ehren.

Weitaus spektakulärer jedoch war die Karriere des ältesten Langdorn-Sohnes, Friedrich mit Namen, Fräulein Langdorns großer Bruder, genannt Fritz. Er brachte es bis zum Lokomotivführer und hatte jahrelang die Strecke Berlin-Stettin, später Berlin-Dresden befahren.

Daß er davon auch heute noch eindrucksvoll zu erzählen wußte, erfuhr Nina im Laufe des Abends von ihrem Sohn. Denn nachdem Neuruppin und der See, Herrn Langdorns Häuschen und der große Garten, Hund, Hühner und das Schwein, das dort jährlich gemästet wurde, erschöpfend behandelt waren, berichtete Stephan nur noch von den Fahrten auf Fritz Langdorns Lokomotive. Erzählte so anschaulich, als habe er selbst daran teilgenommen.

Trudel, nach mehreren Wurstbroten und zwei Flaschen Bier, selig müde, sagte gerührt: »Er hat sich so viel mit dem Jungele beschäftigt. Immerzu hat er ihm erzählt und erzählt, nicht, Stephan? Auch vom Krieg.«

Stephan nickte. »Er hat 'n Eisernes Kreuz. Und einmal hat er ganz allein fünf Russen gefangengenommen. Er hat so laut geschrien, daß die gedacht haben, er is 'ne ganze Armee. Aber am Schluß war er dann bei den Russen gefangen. Das war gar nicht lustig, sagt er. In Sibirien war er, und da hat er sich die Füße erfroren. Und vorher hat er schon einen Schuß im Knie gehabt, drum kann er auch nich richtig laufen.«

»Er hinkt ein bißchen«, sagte Trudel, »ist nicht so schlimm. Mit der Zeit gewöhnt man sich dran, sagt er. Sonst könnt' er auch nicht so viel im Garten arbeiten. Kommt aufs Wetter an, wenn's schön trocken ist, macht das Knie nicht viel Menkenke, sagt er.«

So nach und nach bekam Nina die Lebensgeschichte von Fritz Langdorn zusammen. Zum Beispiel, daß er nach dem Krieg, als er nach den schlimmen sibirischen Jahren in die Heimat zurückkam, mitten in das Inflationsberlin hinein, von Berlin nichts mehr hatte wissen wollen. In den kalten sibirischen Nächten hatte er nur von Neuruppin geträumt, der Stätte seiner Kindheit.

Neuruppin, wo Obst und Gemüse gedieh, wo man so schön im See schwimmen konnte, wo die warmen märkischen Sommer die kalten Glieder wieder wärmen würden. Und selbst wenn es im Winter kalt wurde, so war es doch nie so kalt wie in Sibirien.

»Lokomotive fahren konnte er ja nicht mehr, so wie er zugerichtet war«, erzählte Trudel. »Aber er kriegt 'ne ganz hübsche Pension. Und das Häuschen und der Garten, das gehörte alles seinem Onkel, und der hat ihm das vererbt, nur ihm allein, weil er doch soviel mitgemacht hat und das Eiserne Kreuz hat. Der Onkel war auch ein großer Held, schon im Siebziger Krieg.«

»Eine beachtliche Familie«, meinte Nina, ein wenig gelangweilt.

Sie hätte so gern auch von ihrer Reise erzählt, aber dafür bestand kein Interesse.

»Und nun lebt er eben da mit seinem Garten und seinen Viechern«, fuhr Trudel fort, »und ist glücklich und zufrieden, sagt er. So glücklich und zufrieden wie ein Mensch nur sein kann, der soviel mitgemacht hat, und alles ist dann doch noch gut ausgegangen, sagt er. Ist doch schön, wenn einer so was sagt. Findest du nicht auch, Nina?«

Nina nickte. »Sehr schön. Nur weiß ich immer noch nicht, wie es zu dieser Reise gekommen ist. War das die Idee von Fräulein Langdorn?«

»Ja, natürlich. Sie hat mir schon oft von ihrem Bruder erzählt. Und von Neuruppin. Seit ihre Mutter tot ist, fährt sie da fast jedes Wochenende hin. Muß sich einer um ihn kümmern, sagt sie, bißchen Ordnung im Haus machen und so. Früher hat das ihre Schwester besorgt, aber die ist jetzt mit ihrem Mann nach Stettin gezogen. Da ist der nämlich her. Und weil ihr Chef jetzt in Urlaub ist, Fräulein Langdorn ihrer, meine ich, und es sind Gerichtsferien und sie haben sowieso nicht viel zu tun, hat sie gesagt, wir könnten schon am Donnerstag fahren. Damit wir zurück sind, wenn du kommst. Wußtest du, daß Theodor Fontane in Neuruppin geboren ist?«

»Nein«, gab Nina zu, »ich wußte es nicht.«

»Siehst du«, sagte Trudel vorwurfsvoll, »so was sollte man aber wissen. Der hat so schöne Bücher geschrieben.«

»Jetzt weiß ich es«, sagte Nina und aß noch eine Pflaume. Zu einem Bericht über Salzburg kam sie an diesem Tag nicht. Nur gerade, daß Trudel fragte: »Wieso bist du denn schon früher zurückgekommen?« und Ninas Antwort: »Wir hatten kein Geld mehr«, kopfnickend als plausible Erklärung akzeptierte.

»Ich weiß nicht, was ich tun muß«, sagte Victoria. »Aber ich will es einfach. Ich will es.«

»Es ist schon einmal eine ganz brauchbare Voraussetzung, wenn man etwas ernsthaft will«, gab Cesare Barkoscy zur Antwort.

»Obwohl natürlich in diesem Fall der Wille allein nicht genügt. Ein gewisses Talent dürfte eine ebenso wichtige Voraussetzung sein. Beides, Talent und Wille, muß sich dann umsetzen in Arbeit. In sehr viel Arbeit, mein Kind. Sind Sie sich darüber klar?«

»Natürlich. Aber Geld gehört eben auch dazu. Und das haben wir nicht.«

Sie waren soeben aus dem Markusdom getreten, standen noch auf den Stufen und blickten über den Platz, der voller Menschen und voller Tauben war. Vom Torre del Orologio schlug es vier Uhr nachmittags, die Tauben flogen auf, die Menschen blickten zum Turm empor.

»Jetzt gibt es drei Möglichkeiten« sagte Cesare, nachdem die Schläge verklungen waren, »wir nehmen das nächste Schiff zum Lido, wir setzen uns drüben ins Quadri und essen ein Eis, oder wir schlendern zum Abschied noch einmal durch die Merceria bis zum Rialto.«

»Zum Abschied? Sie reisen ab?«

»Übermorgen.«

»Schade.«

»Ich bedanke mich für dieses Schade.«

Er lächelte sie von der Seite an, sie lächelte zurück.

»Wir bleiben auch nicht mehr lange. Marleen langweilt sich, seit ihr Besuch da ist.«

»Das hat der Besucher gewiß nicht beabsichtigt. Vielleicht hätten wir die beiden einmal mitnehmen sollen zu unseren Exkursionen.«

»Sie haben es nicht vorgeschlagen.«

»Das ist wahr. Aber ich glaubte, Ihre charmante Frau Tante sei allerbestens unterhalten. Ein rasanter Italiener, ein guter Freund aus Deutschland.«

Victoria lachte amüsiert. »Das ist es ja eben. Der gute Freund aus Deutschland hat ihr den Flirt mit dem Italiener vermasselt.«

»Auf jeden Fall hat es mir außerordentliche Freude gemacht, Ihnen Venedig zu zeigen. Mein Venedig.«

Cesare Barkoscy hatte Victorias müßigem Herumliegen am Strand des Lido ein Ende gemacht. Nach einem weiteren Gespräch, das dem ersten gefolgt war, hatte er sich erboten, sie in Venedig herumzuführen, denn, so sagte er, wenn sie nun schon einmal hier sei, solle sie auch die Schönheit der Stadt und ihre Kunstschätze kennenlernen. Ganz nebenbei hatte Victoria auch viel über die Geschichte der Serenissima erfahren, angefangen von der ersten Besiedelung im fünften Jahrhundert, als sich die Menschen vor den Hunnen auf die Laguneninseln flüchteten, mitten in die Unwirtlichkeit dieses Schwemmlandes, das ihnen kaum Überlebenschancen bot. Und wie daraus dann die mächtige Republik San Marco entstand, eins der reichsten und erstaunlichsten Staatsgebilde, das die Weltgeschichte je gesehen hatte. Und schließlich der Niedergang, entstanden aus eben jenem Reichtum, der Luxus, Trägheit und Zynismus im Gefolge hatte.

»Venedig ist ein Beispiel vom Aufstieg und Fall einer politischen Macht, eines Landes oder eines Staates. Überall in der Geschichte bieten sich ähnliche Fälle. Als die Türken darangingen, sich Europa untertan zu machen, das Christentum auszurotten und den Halbmond des Propheten siegreich auf der Wiener Burg zu hissen, war Venedig auf diesem Weg eins ihrer begehrtesten Ziele. Wenn sie Venedig eingenommen hätten, mit all seiner Pracht und seinem Reichtum, dann wären sie nicht mehr zu besiegen gewesen.«

»Prinz Eugen, der edle Ritter«, summte Victoria vor sich hin, »er hat es verhindert.«

»Er unter anderem, ja. Aber Venedig hat seine Rettung einem Deutschen zu verdanken. Einem Norddeutschen. Das wissen Sie nicht, Victoria?«

»Nein, das weiß ich nicht.«

»Ja, man lernt eben immer noch zu wenig in der Schule, wie lange man die Schulbank auch drückt. Das war der Graf von der Schulenburg, der 1715 als Feldmarschall in den Dienst der Republik Venedig trat, übrigens nach langen und für ihn demütigenden Verhandlungen, denn trotz aller Gefahr, die ihnen drohte, waren die Herren von Venedig voll von Hochmut und Arroganz. Dekadent bis auf die Knochen. Sechs Monate lang feierten sie damals in dieser Stadt Karneval. Sie wollten nur noch genießen, nicht mehr arbeiten, nicht mehr kämpfen. Sie waren reif für den Untergang.«

»Und dieser deutsche Graf . . .«

»Schulenburg rettete Venedig noch einmal. Es war eine der größten Schlachten der Weltgeschichte, die Schlacht um und auf Korfu. Schulenburg befand sich in aussichtsloser Lage, die Türken waren auf der Insel gelandet, sie waren ihm tausendfach überlegen, aber er hielt die verkommene Festung, er vertrieb die Türken von der Insel. Das war 1716. Schulenburgs Tapferkeit ermöglichte Eugen den Aufmarsch durch Ungarn, den Angriff auf die Flanke der Türken, brachte ihm den Sieg von Peterwardein und Belgrad.«

»Und dann?«

»Nun, Österreich schloß wieder einmal Frieden mit den Türken, bis zum nächsten Waffengang. Denn immer und immer wieder droht Europa Gefahr aus dem Osten. Der ewige Kampf zwischen dem Abendland und dem Morgenland wird wohl nie versiegen, solange Menschen diese Erde bevölkern. Oder, was ich durchaus für möglich halte, bis das Abendland endgültig abgetreten ist. So wie Venedig abtreten mußte. Besiegt und erledigt, und nicht zuletzt durch eigenes Versagen.«

»Aber damals haben sie gesiegt. Was wurde aus dem deutschen Feldmarschall?«

»Er bekam ein Denkmal auf Korfu. Und er blieb in den Diensten der Republik Venedig bis zu seinem Tod. Napoleon war es dann, der ein Ende mit Venedig machte.«

»Der kam aber nicht aus dem Osten.«

»Das stimmt, mein aufmerksames Fräulein. In diesem Fall kam der Eroberer vom Westen. Das nennt man die ost-westliche Schaukel der Weltgeschichte. Nach dem Wiener Kongreß kam Venedig zur Habsburger Monarchie.«

»Ja, das haben Sie mir gestern schon erzählt. Das wußte ich auch nicht. Ich habe gedacht, das alles hier ist eben Italien.«

»Italien im heutigen Sinne gibt es erst seit Mitte des vorigen Jahrhunderts. Seit Cavour es einte. So wie es Bismarck einst mit dem Deutschen Reich getan hat.«

»Und jetzt haben sie hier den Mussolini. Das ist ein großer Mann, nicht wahr?«

»Wie man's nimmt. Er ist zweifellos eine Persönlichkeit. Ein Condottiere, und das in unserer modernen Zeit. Die Frage ist nur, ob man Geschmack am Faschismus findet. Wobei ich nicht verhehlen will, daß er in mancher Beziehung für Italien ganz bekömmlich ist. Übrigens haben Sie ja in Deutschland eine faschistische Variante des Duce.«

»Ach, Sie meinen den Hitler. Dr. Binder hat mal gesagt, das ist ein harmloser Irrer, gewachsen auf dem Mist des Versailles Vertrages.«

»Gar nicht schlecht beobachtet von Dr. Binder. Ihr verflossener Deutschlehrer, war es nicht so? Ich fürchte nur, er hat diesen Mann zu harmlos beurteilt. Immerhin sind die Nationalsozialisten seit vergangenem September die zweitstärkste Fraktion im Deutschen Reichstag. Ich nehme an, Dr. Binder wird sein Urteil inzwischen revidiert haben.«

»Er ist gar nicht mehr in Deutschland.«

»Ach, er ist nicht mehr in Deutschland. Wie soll ich das verstehen? Ist er ausgewandert?«

»Er unterrichtet jetzt an einer deutschen Schule in Argentinien. Als er ging, sagte er zu uns, er müsse einmal hinaus in die Welt, ehe er zu alt dazu sei und ehe vielleicht die Türen ins Schloß fallen. Komisch, nicht?«

»Hm. Nein, nicht allzu komisch. Ist er Jude?« Die Frage kam kurz und nebenhin.

Sie verblüffte Victoria. »Das . . . das weiß ich nicht. Über sowas reden wir bei uns in der Schule nicht. Wir wissen es bloß von den Mädchen in der Klasse, die nicht am Religionsunterricht teilnehmen. Genau wie die Katholiken. Meine Freundin Elga ist Jüdin. Aber sie sieht gar nicht so aus.«

»Wie meinen Sie das, Victoria, sie sieht nicht so aus?«

Sie errötete ein wenig. Er war wohl auch Jude, jedenfalls hatte Marleen es vermutet.

»Zum Beispiel Onkel Max, der Mann von Marleen, der sieht jüdisch aus. Das sagt jedenfalls Mutti immer. Ich weiß eigentlich auch nicht genau, was sie damit meint. Onkel Max ist sehr klein, ganz dünn und furchtbar schüchtern. Jedenfalls in der Familie. Man kann mit ihm gar kein richtiges Gespräch führen. Man hat das Gefühl, er ist froh, wenn man ihn in Ruhe läßt. Aber er ist schrecklich tüchtig, sonst würde er nicht so viel Geld verdienen, heute, wo alle Leute kein Geld haben.«

Cesare lächelte.

»Gerade dann. Irgendwo muß das Geld ja bleiben.«

»Er hat's schon vorher gehabt, und dann noch viel in der Inflation dazu verdient, sagt Mutti. Und eigentlich nicht er, sondern sein Vater. Und sein Kompagnon. Ich kenne sie alle nicht.«

»Und womit verdienen sie das Geld?«

Victoria lachte. »Sie werden es nicht glauben, aber das weiß ich auch nicht. Geschäfte heißt es immer. Onkel Max macht Geschäfte. Können Sie sich darunter etwas vorstellen? Also ich nicht. Ich habe Marleen mal gefragt, und sie hat gesagt: keinen blassen Schimmer. Hauptsache, der Rubel rollt.«

Cesare lachte herzlich. »Der Standpunkt einer schönen, verwöhnten Frau. Es läßt sich nichts dagegen sagen.«

Noch nie in ihrem siebzehnjährigen Leben hatte sich Victoria so ausführlich und anregend mit einem Menschen unterhalten, noch dazu mit einem Mann, der soviel älter war als sie und den sie zudem nur wenige Tage kannte. Sie hatte das Gefühl, als kenne sie ihn schon lange und als gebe es keinen Menschen auf der Welt, der sie je so gut verstanden hatte. Ihre Ferien am Lido bekamen dadurch eine ganz unerwartete Bereicherung, nicht nur, weil sie soviel gelernt und gesehen hatte, sondern weil seine Art, mit ihr umzugehen und mit ihr zu sprechen, ihr ein Gefühl des Erwachsenseins und der Selbständigkeit gab.

Sie war darüber jeden Tag aufs neue erstaunt, und sie freute sich jeden Tag auf das Zusammensein mit ihm. Nachdem sie ihm nun noch von ihrem großen Herzenswunsch erzählt hatte, war ein Gefühl der Verbundenheit entstanden, das sie es wirklich bedauern ließ, wenn diese Zeit nun vorbei war.

Ohne noch viel darüber zu reden, schlenderten sie über den Platz, gingen durch den Turm und bogen in die Merceria ein.

Cesare wußte, wie gern das junge Mädchen hier spazierenging und dabei sehnsüchtige Blicke in die Schaufenster warf. Ein Eis bekamen sie schließlich am Rialto auch noch.

Er beschloß, am nächsten Tag ein Abschiedsgeschenk für sie zu kaufen, eins von diesen wunderschönen handbemalten Tüchern, die hier hinter manchen Schaufenstern lagen; er würde es sorgfältig aussuchen, es mußte die Farbe ihrer Augen und ihres Haares haben. Ein Geschenk von ihm hatte Victoria schon nach ihrem ersten Bummel bekommen, ein Buch, in dem die Geschichte Venedigs anschaulich dargestellt wurde. Es befinde sich immer in seinem Reisegepäck, wenn er nach Venedig komme, hatte er dazu gesagt, man könne nachlesen, was man möglicherweise vergessen habe.

»Aber werden Sie das Buch dann nicht vermissen? Ich gebe es Ihnen zurück, wenn ich es gelesen habe.«

»O nein, Sie behalten es zur Erinnerung an Venedig und an mich. Ich kann mir ein neues Exemplar in Wien besorgen. Auch für Sie wird es interessant sein, das eine oder andere wieder nachzulesen, wenn Sie an Venedig zurückdenken. Ich möchte nicht als Schulmeister erscheinen, aber seien Sie sich über eins klar, Fräulein Victoria: Wissen und Verstehen, das ist die größte Lust, die ein Mensch in seinem Leben empfinden kann.«

Diesen Satz hatte Victoria wörtlich an Marleen weitergegeben, die spöttisch den Mund verzog.

»Dieser Meinung wird er wohl nicht immer gewesen sein, dieser alte Wichtigtuer«, war Marleens Kommentar. »Kann ich mir gut vorstellen, wie seine Lüste früher ausgesehen haben.«

Fast war sie ein wenig eifersüchtig, daß Victoria diesmal eigene Wege ging und dies auch noch mit soviel Vergnügen.

Außerdem war die schöne Marleen Bernauer noch genauso ungebildet wie damals, als sie noch Lene Nossek hieß und knapp achtzehnjährig mit dem Tennistrainer durchbrannte. Erlebt hatte sie zwar viel, doch sie war so oberflächlich, so egozentrisch geblieben wie in den jungen Tagen ihres Lebens.

Natürlich hatte Victoria ihr Cesare Barkoscy vorgestellt, die Erlaubnis für die Rundgänge in Venedig war ganz formell eingeholt worden. Ob sie mitkommen wolle, hatte Cesare sie nicht gefragt. Er beurteilte sie sehr genau: Mode, Männer, Flirt, ihr eigenes, zweifellos sehr reizvolles Ich – mehr existierte für sie nicht auf dieser Erde, mehr interessierte sie nicht.

Dagegen rührte es ihn immer wieder, wenn Victoria spontan ausrief: »Wenn doch Mutti bloß hier wäre! Wenn sie das alles sehen und hören könnte!«

Mit den Gesprächen über Mutti, also über Nina, war ihre Bekanntschaft in ein persönliches Fahrwasser geraten. Nachdem sie eine Woche lang die Kanäle und Gassen, die Palazzi, Kirchen und Museen durchstreift hatten, wußte Victoria nicht nur über Venedig, sondern Cesare auch über die Familie Nossek-Jonkalla Bescheid.

Einmal sagte Victoria ganz verwundert: »Ich weiß gar nicht, warum ich Ihnen das alles erzähle. Ich habe noch nie mit einem Fremden soviel über mich und meine Familie geredet.«

»Mit einem Fremden?«

Etwas unsicher erwiderte sie sein Lächeln.

»Na ja, ich kenne Sie ja gerade erst zehn Tage, nicht?«

»Die Dauer einer Bekanntschaft sagt nicht viel über ihre Intensität aus. Sich mitzuteilen, ist eine Sache des Vertrauens.«

»Aber Vertrauen ist doch etwas, das man erst nach langer Zeit gewinnen kann.«

»Das kann so sein. Aber es gibt auch ein spontanes Vertrauen. Genau wie es eine spontane Freundschaft gibt.« Und spontane Liebe, fügte er für sich hinzu, doch er sprach es nicht aus. Es wäre in diesem Fall eine unpassende Bemerkung gewesen.

»Ja«, sagte Victoria verwundert, »das gibt es offenbar.«

Und dann wieder das Lächeln um seinen feingezeichneten Mund, das manchmal die dunklen Augen erreichte, manchmal nicht.

Wie schnell war es Victoria vertraut geworden. Vertraut, als kenne sie es seit langem.

Sie war stets eine gute Menschenbeobachterin gewesen, soweit dies bei ihrer Jugend möglich war. Allein deswegen, weil Menschen sie interessier-

457

ten. Aber es war immer Instinkt, Gefühl, unbefangene Aufgeschlossenheit. In diesem Fall jedoch war es anders. Sie sah und erlebte diesen fremden Mann sehr bewußt – sein Gesicht war ausdrucksvoll, und was er sprach, war klug, man konnte darüber nachdenken, man behielt seine Worte.

Dazu kam, daß sie sich wie von selbst bemühte, ihre Worte klug zu wählen, um dem Gespräch mit ihm gewachsen zu sein. So etwas hatte sie noch nicht erlebt; sie kam sich neben ihm reif und erwachsen vor, was im Grunde absurd war, denn er war ja soviel älter als sie.

Sie selbst kam nicht darauf, wo der tiefere Grund für ihr Vertrauen oder vielleicht besser gesagt, für ihre Zutraulichkeit lag, aber Cesare, nachdem er ihre Lebensgeschichte bald gut kannte, begriff sehr wohl.

Es hatte in dieser Familie nie einen Mann gegeben, keinen Vater, keinen Großvater, keinen Onkel, dieses Mädchen war nur mit Frauen aufgewachsen. Es war ihm aufgefallen, mit welcher Begeisterung sie von ihrem Musiklehrer sprach, auch von dem Deutschlehrer, Dr. Binder, aber, so sagte sie: »Leider haben wir den nicht mehr. Überhaupt sind in unserem Lyzeum hauptsächlich Lehrerinnen. Der einzige, den wir noch haben, ist der Mathematiklehrer, aber der ist gräßlich, mit dem kann man nicht reden. Außerdem bin ich in Mathe sehr schlecht, ich hab' einfach keinen Kopf für Zahlen. Und erst Arithmetik, also das ist mir ein Greuel, ich kapiere es nicht. Da habe ich ein Brett vor dem Kopf.«

»Und was ist mit dem Lehrer, von dem Sie mir ganz zu Anfang erzählten? Der immer vom Krieg schwärmt und den Heldentaten, die er dort vollbracht hat.«

»Ach, Lüttchen. Den haben wir in Geschichte. Den finden wir ganz ulkig, aber sonst . . . nein, Binder war da ganz anders.«

Sie hatte überhaupt nicht mehr viel Lust, in die Schule zu gehen, das erfuhr er auch. Wozu das Abitur machen, da sie ja sowieso nicht studieren wolle, es koste nur unnötig Zeit und Geld.

Das brachte ihn auf die Frage, wie sie sich ihre Zukunft vorstelle, ob sie einen Berufswunsch habe oder lieber bald heiraten wolle.

»Heiraten, ich? Nein, bestimmt nicht. Ich möchte ganz etwas anderes.«

»Und was wäre das?«

»Darüber kann ich nicht reden. Weil es ja Unsinn ist. Ich habe noch nie davon gesprochen.«

Und dann sprach sie doch davon.

Das war vor zwei Tagen, sie waren auf der Isola San Giorgio, besichtigten Palladios herrliche Kirche, und Cesare referierte eine Weile hingebungsvoll über das ›Letzte Abendmahl‹ von Tintoretto.

Anschließend spazierten sie eine Weile auf der Insel herum, saßen dann auf einer Bank am Ufer, als sie unvermittelt sagte:

»Es ist ein Traum. Ein Wunschtraum.«

»Wovon träumen Sie, Victoria?«

»Ich möchte Sängerin werden.«

Sie hatte nicht lange überlegt, sprach es schnell aus und wartete atemlos auf seine Reaktion.

»Sie möchten singen.« Er nickte und dachte: eine gute Bühnenerscheinung wäre sie auf jeden Fall.

»Ja, ich möchte Gesang studieren. Ich weiß, es ist verrückt, wir können uns das gar nicht leisten und . . . und überhaupt, es ist ganz undenkbar, wie ich das schaffen sollte.«

»Haben Sie denn eine gute Stimme?«

»Ich bilde es mir ein. Und Marquard sagt es auch.« Das war der Musiklehrer, wie Cesare bereits wußte. »Ich muß immer Solo bei ihm singen. Und er gibt mir die schwersten Musikdiktate. Wenn wir ein Schulfest haben, eine Abschlußfeier oder sowas, singe ich meistens. Ich oder die Lili Goldmann aus der Parallelklasse. Die hat einen wunderschönen Alt. Und sie wird Musik studieren, das steht schon fest. Wir beide haben schon Duette gesungen von Brahms und von Robert Franz. Bei der letzten Abschlußfeier habe ich zwei Lieder von Schumann gesungen, ›Der Nußbaum‹ und ›Aus der Fremde‹. Alle haben gesagt, es sei sehr gut gewesen.«

Sie wartete, ob er etwas sagen würde, und als nichts kam, als er sie nur ansah, mit diesem Lächeln um den Mund und in den Augen, fuhr sie hastig fort: »Ich weiß, daß es verrückt ist. Ich weiß auch, wie teuer das ist. Lili hat es mir erzählt, was eine Gesangstunde kostet oder die Studiengebühr an der Musikhochschule. Aber sie hat reiche Eltern, ihr Vater hat ein großes Geschäft. Für uns kommt das nicht in Frage, das weiß ich selber. Aber ich wünsche es mir so sehr.«

Das war vor zwei Tagen gewesen auf der Insel San Giorgio. Und heute, vor dem Markusdom, hatte sie bereits gesagt: ich will es.

Und Cesare Barkoscy hatte darauf klargestellt: Wille und Talent seien die beiden Voraussetzungen für diesen Beruf, die sie dann in Arbeit umsetzen müsse.

Wie immer hatte er die Tatsachen mit wenigen Worten klargemacht, das war eine seiner hervorragenden Fähigkeiten, wie Victoria bereits wußte.

Und selbstverständlich hatte Cesare auch zum Thema Musik einiges beizusteuern, was Venedig betraf. Daß Richard Wagner im Palazzo Vendramin gestorben war, hatte Victoria bereits gewußt. Aber nun erfuhr sie auch, welch große Rolle die Oper im Venedig der Vergangenheit gespielt hatte.

»Monteverdi wirkte dreißig Jahre lang in Venedig. Und man kann ihn getrost als Vater der Oper bezeichnen, auch wenn es vor ihm schon Versuche gab, die Musik zu dramatisieren. Aber Monteverdi hat die Oper geschaffen, wie wir sie kennen, die große Arie, das Ensemble, das Zusammenspiel der menschlichen Stimme mit einem Orchester. Er war übrigens hauptamtlich Kapellmeister im Markusdom. Außerdem schuf er ungezählte Opern, von denen leider viele verlorengegangen sind. Sehen Sie, Victoria, das wäre so ein Wunschtraum *meines* Lebens, solch eine verlorene Partitur aufzufinden.«

»Ach ja? Doch, das ist eine tolle Vorstellung.«

»Nicht wahr? Von so etwas habe ich immer geträumt. Tja, ist mir nie gelungen. ›Orfeo‹ hieß übrigens die Oper, die am Anfang aller Opern stand. 1607 hat Monteverdi sie geschrieben. In ihren Anfängen, eigentlich noch ziemlich lange, wurden Opern nur an Fürstenhöfen aufgeführt, wurden nur vor Aristokraten gespielt. Venedig öffnete die Oper auch dem Volk, die Dogen und die reichen venezianischen Handelsherren waren echte Mäzene. Und offenbar waren die Venezianer allesamt opernverrückt. Gegen Ende des 17. Jahrhunderts gab es allein in dieser Stadt zehn Opernhäuser. Man stelle sich so etwas vor! Im Laufe der Zeit wurden alle Großen des italienischen Musiktheaters hier aufgeführt und gefeiert – Rossini, Bellini, Verdi, Puccini.«

Am nächsten Tag bereitete Cesare Barkoscy seiner jungen Freundin die größte Überraschung. Victoria, Marleen und Daniel hatten gerade erst gefrühstückt, als ein Page mit einer Note für Victoria klopfte.

Cesare ließ sie bitten, baldmöglichst in der Hotelhalle zu erscheinen, er habe ihr etwas mitzuteilen.

Marleen schüttelte den Kopf.

»Der hat es vielleicht wichtig. Was hat er denn nun schon wieder vor?«

»Keine Ahnung. Ich lauf schnell mal hinunter.«

Victoria, die zum Strand wollte, trug einen von Marleens schicken Strandanzügen, lange weite Hosen, ein tief ausgeschnittenes Oberteil, das Ganze in Zitronengelb.

Cesare wartete in der Halle auf sie, in einen weißen Anzug gekleidet, den Strohhut in der Hand.

»Ein Vorschlag, Victoria. Ich erzählte Ihnen ja gestern von dem Conservatorio Benedetto Marcello, der Musikhochschule Venedigs. Nun, ich habe heute morgen versucht, den *professore* Giamatto zu erreichen, ein alter Freund von mir aus Wien. Er war eine Zeitlang an der Wiener Oper als Korrepetitor und zweiter Kapellmeister beschäftigt; das ist lange her, noch vor dem Krieg. Jetzt unterrichtet er hier am Conservatorio. Ich habe ihn angerufen, und siehe da, ich habe ihn erreicht. Wie wäre es, wenn wir heute nachmittag zu ihm führen und Sie singen ihm vor?«

»O nein!« rief Victoria voll Entsetzen.

»Warum nicht? Ich finde, es ist eine gute Idee. Außer Ihrem Musiklehrer hat noch kein Mensch Ihre Stimme beurteilt. Warum nicht einen Fachmann fragen?«

»Ich soll . . . ich soll ihm vorsingen?«

»Das dachte ich.«

»Das kann ich nicht.«

»Warum nicht?«

»Ich bin nicht in Übung. Ich habe gar keine Noten hier.«

»Ersteres wird man berücksichtigen, letzteres dürfte kein Hindernis sein, ich bin sicher, daß das Conservatorio die Noten besitzt, die Sie brauchen. Sagen Sie mir, was es sein soll. Ein Schubertlied, ein Schumannlied? Es wird vorhanden sein.«

»Ich würde sterben vor Angst.«

»Das glaube ich kaum. Sie haben gestern gesagt: ich will es. Ich sage heute: wagen Sie wenigstens dies. Es ist ganz unverbindlich, und wir hören einmal, was ein Fachmann zu Ihrer Stimme sagt; noch dazu ein Italiener. Sie können sicher sein, daß er ein strenges Urteil hat, wenn es um Gesang geht. Ich mache jetzt einen kleinen Morgenspaziergang in Richtung Mallomocco, in einer Stunde etwa werde ich zurück sein und dann werden Sie mir Ihren Entschluß mitteilen. Denken Sie über meinen Vorschlag nach.«

Er lächelte, hob grüßend den Strohhut, und wandte sich zum Ausgang.

Victoria starrte ihm sprachlos nach.

Aber er hatte den Hotelgarten noch nicht durchschritten, da hatte sie ihn eingeholt.

»Ja«, rief sie atemlos. »Ja, ich tue es. Ich singe ihm vor.«

Sie lächelte ihn strahlend an, selbstgewiß, siegessicher.

»Bravo, bravissimo. Denn Mut, Victoria, gehört auch zu diesem Beruf.«

Was Marleen die Laune so endgültig verdorben hatte, war die Ankunft ihres Freundes Daniel Wolfstein. Oder besser gesagt, ihres Liebhabers Daniel, denn als Freund betrachtete sie ihn nicht, hatte sie bisher noch nie einen Mann betrachtet. Männer waren für Geld, Bett und gesellschaftlichen Rahmen da, nicht einmal an Liebe dachte Marleen, geschweige denn an Freundschaft.

Einen echten Freund hatte sie eigentlich nie besessen, nur das, was man so gemeinhin Freunde nennt, die aber besser gesagt Bekannte waren, Gefährten für die langen Nächte bei Spiel, Tanz und Flirt.

Zu ihrer Familie, also zu ihren Schwestern, unterhielt Marleen ein ziemlich distanziertes Verhältnis; sie sahen sich nicht sehr oft, vertrugen sich aber ganz gut. Marleen beschenkte ihre Schwestern gern, besonders Nina, die fast ihre ganze Garderobe von ihr bezog, aber auch Ninas Kinder bekamen von ihr, was sie brauchten. Denn Marleen besaß nicht nur schlechte Eigenschaften, sie war bei allem Egoismus, mit dem sie ihr Leben lebte, großzügig und freigebig. Auch das Verhältnis zu ihrem Mann war, sachlich betrachtet, nicht das schlechteste. Max Bernauer war sich klar darüber, war es von Anfang an gewesen, warum sie ihn geheiratet hatte. Wäre ihm etwas unklar gewesen, so hätten die rigorosen Worte seines Vaters ihn aufgeklärt.

»'ne hübsche Person isse, diese Schickse. Wirste nich denken, daß se blind is, mein Sohn. Wirdse brauchen die Penunze, an der du dranhängst.«

Max hatte sie dennoch geheiratet, und die Ehe war gar nicht einmal schlecht. Zwar betrog ihn Marleen, hatte ihn immer betrogen, und er wußte es, aber es spielte in ihrem Zusammenleben keine große Rolle, er hatte wenig sexuelle Gelüste, er war, wie auch in anderen Dingen, in diesem Punkt bescheiden und hätte nie erwartet, daß seine attraktive Frau mit ihm allein vorlieb nahm. Dazu kam, daß die Leichtfertigkeit, die Frivolität der zwanziger Jahre es als *Quantité négligeable* ansah, wenn Ehegatten einander betrogen. Max allerdings betrog seine Frau nicht. Trotz allem, was sie tat, bewunderte er sie nach wie vor und liebte sie auf seine stille, zurückhaltende Weise von ganzem Herzen. Das wußte Marleen, und das brachte es mit sich, daß es nie Streit oder Ärger zwischen ihnen gab, ihr Umgangston war höflich, sie konnte manchmal überraschend zärtlich und liebevoll zu ihm sein, was Max immer in Verlegenheit brachte.

Eigentlich, wenn man es genau besah, war ihr Mann der einzige wirkliche Freund, den Marleen besaß, und sie war nicht so dumm, das nicht zu erkennen.

Was nun ihre Liebhaber betraf, so war ihr im vorliegenden Fall das erstemal ein richtiger Mißgriff unterlaufen. Seit ihrer Mädchenzeit bevorzugte sie einen Männertyp: groß, blond, breitschultrig. Jung-Siegfried war ihr Männerideal, so hatte der Tennistrainer ausgesehen, mit dem sie davongelaufen war, so sahen, bis auf wenige Ausnahmen, die Männer aus, die sie sich zu Gespielen wählte. Es waren Sportler, Künstler, fesche Jungens aus den Club- und Amüsierkreisen, in denen sie verkehrte, ehemalige Offiziere, abgerutschter Adel; sie waren Tänzer, Tennisspieler, Reiter, Rennfahrer; sie sahen immer gut aus, sie hatten die besten Manieren. Skandale hatte es nie gegeben um die schöne Marleen Bernauer.

Und dann passierte ihr diese Sache mit Daniel Wolfstein! Er war weder groß und blond und breitschultrig, noch gehörte er den Kreisen an, in denen sie verkehrte. Schlimmer noch, er war ein Angestellter ihres Mannes.

Vor drei Jahren etwa war er in die Firma gekommen; Kohn, der gerissene Kohn, Kompagnon vom alten Bernauer, im Alter zwischen Vater und Sohn stehend, hatte diesen Wolfstein geholt.

Wie so oft bei Juden, waren irgendwelche entfernt verwandtschaftlichen Beziehungen der Grund, sich des jungen Mannes anzunehmen, wobei man natürlich die Qualifikation des Aspiranten sehr genau bedachte.

Wolfstein stammte aus einfachen, aber sehr ordentlichen, orthodox jüdischen Verhältnissen. Die Familie kam aus Riga, noch der Großvater Wolfstein hatte einen florierenden Handel mit Petersburg betrieben. Vater Wolfstein dagegen mußte in dem immer schwieriger werdenden Verhältnis zwischen Balten und Russen vor dem Krieg schwer arbeiten, um die große Familie einigermaßen zu erhalten. Die Zeichen der Zeit allerdings erkannte er sehr deutlich und war darum mit der gesamten Familie, der Gattin, den Eltern, den Schwiegereltern und den sechs Kindern, rechtzeitig, ehe die rote Revolution ausbrach, ins Deutsche Reich übergesiedelt.

Daniel, der heute vierunddreißig war, hatte in Riga eine gute Schule besucht. Nach dem Krieg war er dann von seinem Vater nacheinander bei einer Bank, bei einem Börsenmakler, in einer Textilfirma sowie bei einer Zeitung untergebracht und schließlich zu einem Onkel in New York geschickt worden.

Bei seiner Rückkehr vor drei Jahren wußte er so ziemlich alles, was man vom Geschäftsleben wissen mußte, sprach perfekt amerikanisch, hatte sich auch ein wenig rüde amerikanische Umgangsformen angeeignet, was seinen Vater verärgerte, und hatte sich außerdem zu einem freidenkenden Juden gemausert, der dem alten Glauben wenig Achtung bezeugte, was seinen Vater grämte.

Sodann hatte er eine Vorliebe für gutes Essen und Trinken entwickelt und für Frauen, für schöne, teure und für ihn kaum erreichbare Frauen. Er war nämlich auf den ersten Blick alles andere als eine besonders einnehmende Erscheinung, gewann aber im Gespräch durch seine Dynamik und Selbstsicherheit.

Der alte Wolfstein empfahl den weitgereisten, vielseitig gebildeten Sohn an Kohn, und so kam Daniel zu Bernauer und Co., und dort begegnete ihm das Exquisiteste an Frau, was er je gesehen hatte, Marleen Bernauer, die Frau seines Chefs.

Er war durchaus nicht Marleens Typ, untersetzt, kräftig gebaut, dunkelhaarig, dunkle Augen unter schweren Lidern, eine Hakennase, sinnliche Lippen, die Hände ein wenig zu grob; er war voll Intelligenz und Angriffslust, doch stark von seinen Gefühlen und seiner Sexualität abhängig, mit einer fatalen Neigung zur Sentimentalität.

Seit einem halben Jahr etwa war er in der Firma, als Marleen ihn zum erstenmal bei einer der abendlichen Einladungen zu sehen bekam, die Max Bernauer zwei- oder dreimal im Jahr in seiner Grunewaldvilla gab; Geschäftsfreunde, ausländische Partner, befreundete Bankiers, ein wenig Kunst und Sport dazwischen, für letzteres war Marleen zuständig. Sie war wie immer die perfekte Gastgeberin, Essen und Getränke von erster Qualität, sie selbst hinreißend anzuschauen.

Natürlich hatte Daniel von ihr gehört, gesehen hatte er sie nie, in die Büroräume der Firma kam sie nicht. Sie befanden sich noch immer am Jerusalemer Platz, noch von der Zeit her, als der alte Bernauer vor allem mit Konfektion zu tun hatte; damit befaßten sie sich heute kaum mehr, es gab nur noch drei Konfektionsfirmen, die ihnen gehörten, aber von selbständigen Angestellten geführt wurden. Heute ging es vor allem um Aktien, um Import und Export, sie besaßen einen kaum mehr übersehbaren Haus- und Grundbesitz in Groß-Berlin und waren in den letzten Jahren sehr intensiv ins Autogeschäft eingestiegen. Sie besaßen Anteile an deutschen, italienischen und amerikanischen Automobilfirmen, importierten vor allem amerikanische Wagen nach Europa. In diesem letztgenannten Geschäftszweig wurde Daniel Wolfstein hauptsächlich tätig.

Das alles wußte Marleen nicht, es interessierte sie nicht, die nebulose Firma, an der Max beteiligt war, hatte sie nie interessiert und nie hatte Max sie damit gelangweilt.

Daniel Wolfstein war hingerissen von Marleen. Sie bemerkte wohl, daß seine Blicke ihr den ganzen Abend folgten, das beeindruckte sie nicht, sie war daran gewöhnt. Es waren auch an jenem Abend genügend Männer in ihrem Haus, die sie mit Komplimenten verwöhnten.

Das tat Daniel nicht, das hätte er zunächst nicht gewagt. Auf die Dauer jedoch wagte er mehr. Denn er wünschte sich nichts so sehnlich auf der Welt wie diese Frau, und um zu seinem Ziel zu gelangen ging er ganz systematisch vor. So tauchte er in dem Reitstall im Grunewald auf, in dem sie ihr Pferd stehen hatte und fragte höflich, ob er sie gelegentlich bei ihren Ausritten begleiten dürfe. Das wollten andere auch, er war nie mit ihr allein. Es gelang ihm, zu ihrem Tennisclub Zutritt zu finden, und er war ein so guter Tennisspieler wie Reiter; Tennis spielen hatte er in Amerika gelernt, reiten konnte er schon seit seiner Kindheit. Marleen dagegen übte beide Sportarten nur lässig und ohne großes Engagement aus, ihr kam es mehr auf das Amüsement an, das damit verbunden war: die Clubabende, Bälle, Flirt, Tanz, vergnügte Nächte. Allerdings ärgerte es sie, daß dieser kleine Emporkömmling ihr im Sport überlegen war. Bei anderen Männern hatte es sie nicht gestört, in diesem Fall fand sie es impertinent. Ein guter Tänzer war Daniel natürlich auch, er konnte gewandt reden und war bald bei den Damen sehr beliebt. Er fing sofort ein Verhältnis mit einer jungen Schauspielerin an, aber nur, um Marleen zu reizen.

Marleen war zu jener Zeit mit einem Stahlhelmer liiert, dessen militärisches Air sie jedoch bald langweilte. Daniels Hartnäckigkeit siegte, er wurde ihr Geliebter, und sie hätte kaum zu erklären gewußt, wie es geschah – eine lange Nacht, es war viel getrunken worden, und sie war am Ende mit in seine Wohnung gefahren, ein höchst anspruchsvoll eingerichtetes Junggesellenappartement am Hohenzollernplatz.

Denn verheiratet war Daniel Wolfstein nicht, auch ein ständiges Ärgernis für seinen Vater.

So fing das an, und von Anfang an war Marleen nicht sehr wohl bei dieser Verbindung, sie hatte gegen ihre Prinzipien, schlimmer, gegen ihren Geschmack und Stil gehandelt. Zwar war Daniel ein außerordentlich leidenschaftlicher Liebhaber, doch das änderte nichts daran, daß er ein Angestellter

463

ihres Mannes war und daß sie diese Liaison, trotz mancher sexueller Freuden, die sie bot, als unpassend empfand. Nur – sie wurde ihn nicht wieder los. Daniel liebte sie, begehrte sie, hielt an ihr fest und bedrängte sie sogar, sich scheiden zu lassen. Er mußte nicht bei Bernauer und Co. bleiben, erklärte er ihr des öfteren, es gebe Möglichkeiten genug für ihn, den Platz zu finden, an dem er soviel Geld verdiente, wie sie brauchte.

Marleen erwiderte seine Gefühle in keiner Weise und suchte seit längerer Zeit einen Ausweg aus dieser Affäre, die ihr zum Hals heraushing. So ernst, so intensiv wollte sie ihre Amouren nicht, das war lästig. Außerdem merkte sie, daß Max davon wußte, er sprach nicht darüber, aber sie spürte es. Wenn er es wußte, wußte Kohn es auch und ebenso der alte Bernauer, der seinen Sohn sowieso schlecht behandelte. Soweit aber war sie solidarisch mit ihrem Mann, lächerlich machen wollte sie ihn nicht, schon gar nicht wegen dieses raufgekommenen Judenjungen, wie sie Daniel im stillen nannte. Die Rolle, die sie in diesem Fall spielte, gefiel ihr nicht. Sie hatte sich immer an gewisse Spielregeln gehalten, diesmal hatte sie die falsche Karte erwischt.

In diesem Jahr war sie viel gereist, um Daniel aus dem Weg zu gehen; im Frühling war sie an der Riviera gewesen, danach in Paris, in Begleitung ihrer Freundin Lotte Gutmann, einer ebenso reichen, verwöhnten Frau wie sie. Eine andere Beziehung zu einem Mann hatte sie nicht begonnen, sie mußte Daniel erst loswerden.

Auch diese Reise nach Venedig mit ihrer Nichte Victoria war eine Art Flucht, und nun tauchte dieser aufdringliche Bursche doch wirklich am Lido auf.

Das ging zu weit, das mußte ein Ende haben. Sie war unfreundlich zu ihm, ungnädig, zeigte deutlich ihren Ärger, er dagegen zeigte seine Liebe, umwarb sie, kniete, bildlich gesprochen, Tag und Nacht zu ihren Füßen.

Wie lästig das war!

Heiraten wollte er sie, das erklärte er ihr auch hier am Lido wieder mit aller Eindringlichkeit.

»Ich denke nicht daran, mich scheiden zu lassen«, sagte sie wütend. »Ich bin sehr zufrieden mit Max.«

»Das glaube ich gern. Mich würdest du nicht so behandeln wie ihn.«

»Es geht dich einen feuchten Kehricht an, wie ich meinen Mann behandle. Immerhin – er ist ein *gentleman*. Du – du bist ein Prolet.«

Daniel, zermürbt von den vorhergegangenen Debatten, unglücklich über ihre abweisende Haltung, verzweifelt darüber, daß sie nicht mehr mit ihm schlafen wollte, schlug sie daraufhin ins Gesicht.

Das war Marleen noch nie passiert. Sie wollte ihm mit allen zehn Fingern ins Gesicht fahren, beherrschte sich aber im letzten Augenblick. Sie würde sich nicht auf sein Niveau hinabbegeben. Wenn er mit zerkratztem Gesicht hier herumlief, dann hatte sie sich endgültig angepaßt. Dagegen gab ihr seine Mißhandlung endlich den gewünschten Anlaß, ihn loszuwerden. Sie nahm das Telefon und ließ sich die Rezeption geben, sagte, daß sie am nächsten Tag abreisen werde und daß man ihr eine Zugverbindung nach Berlin vermitteln und Plätze reservieren möge.

Total vernichtet hatte Daniel ihrem Gespräch zugehört, jetzt kam er, kniete vor ihr nieder, umfing ihre Hüften mit beiden Armen.

»Verzeih mir! Verzeih mir! Du hast recht, ich bin ein Prolet.«
»Schon gut«, sagte sie mit beleidigender Gleichgültigkeit, »ich wäre dankbar, wenn du mich jetzt von deinem Anblick befreien würdest.«
»Aber ihr könnt doch mit mir fahren. Ich bin ja mit dem Wagen da.«
»Wir fahren nicht mit dir. Und ich wünsche jetzt, allein gelassen zu werden.«

Ihre Stimme war eiskalt, ihr Blick ging über ihn hinweg.

Daniel fing an zu weinen, preßte sein Gesicht in ihren Schoß, sie trat nach ihm, wand sich aus seiner Umklammerung und sagte, ohne die Stimme zu heben: »Hinaus!«

Sie war nicht einmal zornig, sie war geradezu erleichtert, daß sie ihn jetzt hinauswerfen konnte, und das für immer.

Wunderschön anzusehen, perfekt geschminkt, in einem schwarzen, tiefausgeschnittenen Abendkleid saß sie in der Halle, als Victoria und Cesare Barkoscy von Professore Giamatto zurückkehrten.

Victoria hatte rote Wangen, sie war erregt und glücklich.

»Oh, Marleen!« rief sie, neigte sich und küßte Marleen auf die Wange. »Wie schön du bist! Ach, ich bin so glücklich!«

»Na, ihr beiden«, Marleen lächelte und reichte Barkoscy die Hand zum Kuß. »Welches Museum haben Sie heute mit ihr besucht, daß sie davon so glücklich ist?«

Cesare und Victoria tauschten einen Blick, dann rief Victoria stürmisch: »Ich *muß* es ihr erzählen.«

»Setzt euch«, sagte Marleen. »Und dann erzählst du. Und dann ziehst du dich um. Einen Cocktail zum Abschied?«

»Zum Abschied?« fragte Victoria.

»Wir reisen morgen.«

Victoria begriff sofort. Marleen war verärgert und schlecht gelaunt, seit dieser Wolfstein, den Victoria nie zuvor gesehen hatte, hier aufgetaucht war. Das schien ein Mann zu sein, von dem Marleen nichts oder nichts mehr wissen wollte. Ein Mann, der sich aufdrängte, wie gräßlich! Victoria war ganz und gar auf Marleens Seite. Wenn der nicht ging, dann gingen sie eben, ganz klar.

Auch Barkoscy war der Fall nicht rätselhaft. Wie töricht von diesem Mann! Eine Frau wie Marleen hatte das Recht ja oder nein zu sagen nach ihrem Belieben.

»Und nun erzähle, was du so Beglückendes erlebt hast.«

»Wir waren bei Professor Giamatto.«

»Aha. Und?«

»Ich habe ihm vorgesungen.«

»Was hast du?«

»Gesungen habe ich. Marleen, gesungen. Stell dir vor! Erst ›An die Musik‹ und dann ›Der Tod und das Mädchen‹. Schubert, du weißt ja. Und dann hat er gefragt, ob ich auch etwas aus einer Oper kann, und da habe ich den Cherubin gesungen.«

»Würdest du mir bitte der Reihe nach erzählen. Ich verstehe kein Wort.«

›Du holde Kunst‹ war noch etwas unsicher, etwas wacklig gekommen.

›Der Tod und das Mädchen‹, da hatte sie sich hineingekniet. ›Vorüber, ach vorüber, geh, wilder Knochenmann . . .‹

465

Marquard hatte das Lied mit ihr einstudiert, sie hatte es immer geliebt. Ihre Stimme klang fest und sicher, und sie brachte alle Intensität in die Musik und in den Text hinein, die sie aufbringen konnte.

Der *professore* hatte genickt, dann mit Barkoscy in raschem Italienisch gesprochen. Dann die Frage nach der Opernarie.

Natürlich sang sie zu Hause Opernarien, begleitete sich selbst auf dem Klavier, abends, wenn in der Kanzlei keiner mehr war. Manchmal beschwerten sich andere Hausbewohner. Es war alles so schwierig. Auch besaß sie ja keine Klavierauszüge. Aber den Auszug vom Figaro hatte ihr Nina einmal zu Weihnachten geschenkt.

Nachdem sie die beiden Cherubin-Arien gesungen hatte, sagte der *professore*: »*Bene*, Signorina. Ich bin kein Gesanglehrer, bin Dirigent. Meine Schülerin können Sie nicht werden. Aber wenn ich würde sein Gesanglehrer, ich würde Sie nehmen.«

Sie sei musikalisch, fügte er hinzu, habe Gefühl für Phrasierung und Darstellung, die Stimme sei unfertig, unausgebildet, aber das Material sei vorhanden.

Er sprach recht gut deutsch, er war liebenswürdig, charmant, er hätte ihr sicher auch nichts Unfreundliches gesagt, wenn ihr Gesang ihm nicht gefallen hätte, doch er hätte sie dann kaum ermutigt. Auch habe er sich, wie ihr Cesare auf der Rückfahrt erzählte, auf italienisch ihm gegenüber sehr positiv geäußert.

Das alles bekam Marleen zu hören.

Es schien sie gar nicht so sehr zu überraschen.

»Ich kenne deine Begeisterung für die Oper und für die Musik«, sagte sie. »Ich habe oft neben dir gesessen. Und ich weiß auch von deiner Singerei in der Schule, davon redest du oft genug. Ob du einen Beruf aus dem Singen machen sollst, kann ich nicht beurteilen. Mir hast du noch nie etwas vorgesungen. Zweifellos ist es ein herrlicher Beruf. Aber kein leichter Weg, nicht wahr?«

Sie blickte Cesare an, der nickte.

»Ein langer und ein schwerer Weg«, sagte er. »Eine Ausbildung von fünf, sechs, sieben Jahren, das kommt auf die Umstände an, den Fleiß, die Gesundheit, vermutlich auch auf die Qualität der Ausbildung. Wenn, das ist meine Meinung, ist die beste Ausbildung die einzig empfehlenswerte.«

»Und das ist teuer«, warf Victoria ein.

»Gewiß. Jedoch geben Akademien und Hochschulen Stipendien, wenn ein Studierender begabt und fleißig ist.«

»Mach dir um das Geld nicht allzuviel Sorgen«, sagte Marleen lächelnd. »Warum sollte sich Max nicht einmal als Mäzen betätigen? Das überlaß nur mir.« Zu Cesare gewandt fügte sie hinzu: »Max ist mein Mann. Er geht zwar sehr selten in die Oper oder ins Konzert, aber ich glaube, es würde ihn freuen, eine so talentierte Nichte zu besitzen.«

Max ging nie in die Oper und ins Konzert, und seine Nichte nahm er kaum zur Kenntnis, aber er würde wohl auch in diesem Fall tun, was Marleen wünschte.

»Mein Gott«, sagte Victoria, »ich kann es gar nicht fassen. Ich meine, daß es wirklich möglich wäre. Bisher habe ich nur davon geträumt. Und jetzt auf einmal . . . Kann es denn wirklich Wahrheit werden?«

Sie blickte Cesare an und sagte spontan: »Das ist alles nur passiert, weil ich Sie getroffen habe. Das ist richtig Schicksal.«
Es klang kindlich erregt und voll Begeisterung. Cesare lächelte.
»Schicksal ist ein bedeutungsvolles Wort, mein Kind. Zweifellos gibt es etwas in dieser Art, nur scheut man sich ein wenig, gleich das Schicksal zu bemühen, wenn das Ergebnis einiger Unterhaltungen erfreuliche Folgen haben sollte.«
»Doch ist es Schicksal«, beharrte Victoria. Sie kicherte albern. »Schicksalstage am Lido, das klingt wie ein Buch, das Tante Trudel gern lesen würde. Ach, es ist einfach toll.«
»Nun fahren Sie erst einmal nach Hause, denken Sie nach, sprechen Sie mit Ihrer Frau Mama, gehen Sie noch ein wenig in die Schule und lassen Sie mich gelegentlich wissen, wie es weitergeht.«
»Ich darf Ihnen schreiben?«
»Es wäre mir eine große Ehre.«
In einem Sessel in der Nähe hatte sich Daniel niedergelassen, im Abendanzug, er sah aus wie ein verprügelter Hund. Sein Blick hing an Marleen, doch sie schien ihn nicht zu sehen.
Sie lächelte Cesare an.
»Es wird langsam Zeit zur *Cena*. Du ziehst dich jetzt um, Victoria. Mach dich hübsch. Wollen Sie heute mit uns zu Abend essen, Herr Barkoscy? Wenn Sie nun schon so schicksalhaft hier aufgetreten sind, sollten Sie doch nicht sang- und klanglos aus unserem Leben verschwinden.«
»Auch das wäre eine große Ehre, gnädige Frau, und ein unerwartetes Vergnügen dazu. Dann darf ich mich auch für kurze Zeit entfernen, um mich umzukleiden?«
Er erhob sich, sein Blick streifte Daniel, den Marleen so offensichtlich nicht beachtete.
»Ach ja«, sagte Marleen und wies mit einer Handbewegung zu Daniel hinüber, »Herr Wolfstein, ein Bekannter aus Berlin, wird ebenfalls mit uns speisen.«
Sie war ganz Herrin der Situation, sie würde es zu keinem Eklat kommen lassen, Daniel würde mit am Tisch sitzen, selbstverständlich, und das würde das letztemal in diesem Leben sein, daß er neben ihr saß.
Während des Essens fragte Cesare: »Sie reisen doch nicht auch schon ab, Herr Wolfstein? Sie sind ja erst seit wenigen Tagen hier.«
»Ich habe leider wenig Zeit«, erwiderte Daniel und bemühte sich um ein Lächeln.
»Ich würde Ihnen raten, noch zu bleiben«, meinte Marleen, »Sie haben von Venedig kaum etwas gesehen, Daniel. Lassen Sie sich von Herrn Barkoscy erzählen, was es hier alles zu sehen gibt.«
Daniel war zutiefst verzweifelt. Sie würde ihm nie verzeihen.
Aber er durfte sie nicht verlieren, er konnte ohne sie nicht leben.
Daß sie ihn nicht liebte, wußte er. Hatte er immer gewußt. Aber eine Frau wie sie wurde geliebt, sie brauchte nicht selbst zum lieben. Er würde den Rest seines Lebens dazu benutzen, ihr zu dienen, sie zu verwöhnen, sie auf Händen zu tragen, ihr jeden Wunsch zu erfüllen. Er würde der reichste Mann der Welt werden, viel reicher als Max Bernauer. Denn er mußte ihr die Welt zu Füßen legen, damit sie bei ihm blieb.

Er stocherte in seinen Fettucine herum und versuchte vergebens, ihren Blick aufzufangen.

Victoria aß die Fettucine bis zum letzten Zipfelchen, ohne zu merken, wie gut sie schmeckten. Sie war so glücklich, so unbeschreiblich glücklich. Und sie konnte es kaum erwarten, das alles Nina zu erzählen. Was sie wohl sagen würde! Ich, deine Tochter, werde es schaffen. Ich habe dir immer gesagt, daß ich etwas werden will, daß ich reich und berühmt sein will. Ich will es nicht nur für mich, ich will es auch für dich.

Unsinn, das würde sie natürlich nicht sagen. So etwas sprach man nicht aus, man dachte es vielleicht. Zunächst mußte sie nur arbeiten, lernen und arbeiten.

In ihrer Kehle saß noch der Klang vom Nachmittag *Voi che sapete che cosa e amor,* sie konnte das noch viel, viel besser singen, wunderschön konnte sie das singen, locker, leicht, eine Reihe von schimmernden Perlen, sie würde arbeiten, wie noch nie ein Mensch gearbeitet hatte.

Was ihr nicht bewußt wurde: sie hatte in den letzten Tagen nicht ein einziges Mal an ihre große Liebe, an Peter Thiede, gedacht. Sie hatte ihn glatt vergessen.

Das Gespräch am Tisch wurde fast ausschließlich von Marleen und Cesare bestritten. Daniel bemühte sich gelegentlich um eine Frage oder eine Antwort, und wenn man Victoria ansprach, blickte sie auf, wie aus einem Traum erwachend, und fragte:

»Ja?«

Cesare lächelte. In seinen dunklen Augen lag Zärtlichkeit. Er hatte dieses Kind in seinem Leben nicht zum letztenmal gesehen, das wußte er. Seine Rolle in ihrem Leben war bisher kurz und nicht unwichtig gewesen, aber sie war noch nicht zu Ende.

Erstes Buch

1931-36

Man mochte es betrachten, wie man wollte, auch wenn man nicht gleich das Schicksal bemühte, so begannen in diesem Sommer Entwicklungen, die für jeden in dieser Familie eine Veränderung seines Lebens einleiteten.

Zunächst war Nina betroffen. Als sie am Montag nach ihrer Rückkehr aus Salzburg an ihrem Arbeitsplatz erschien, wurde ihr eröffnet, daß sie einen Monat später keine Arbeit mehr haben würde.

Es war keine besondere Art von Schicksal, das ihr widerfuhr, sie teilte es mit Millionen. Nicht, daß ihr diese Stellung viel bedeutete, sie hatte sie vor einem Jahr nur angenommen, um überhaupt etwas zu verdienen.

An diesem Montag kam sie gegen Mittag heim, feuerte ihre Handtasche in die Ecke und rief wütend: »Oh, verdammt, verdammt, warum habe ich nicht einen vernünftigen Beruf gelernt. Keiner von uns hat was gelernt. Wenn ich denke, mit welch lächerlichem Dünkel unser Vater sich an seinem Beamtentum emporgerankt hat. ›Meine Töchter brauchen nicht zu arbeiten.‹ So ein hirnverbrannter Unsinn!«

Trudel sah und hörte ihr fassungslos zu und rief dann empört: »Wie sprichst du von unserem Vater!«

»Wie ich von ihm spreche? Wie er es verdient. Was war er denn schon groß? Dritte oder vierte Charge in diesem dämlichen Landratsamt. Auch schon was!«

»Er war Kreissekretär im Landratsamt«, sagte Trudel mit Betonung.

»Ich wiederhole: auch schon was! Wie ist es denn bei uns zugegangen? Knapp und knäpper. Mutter hat geschuftet wie ein Ochse, mußte noch pausenlos Kinder kriegen, und dann war sie frühzeitig kaputt und krank. Und du – du warst das allergrößte Schaf, das unbezahlte Dienstmädchen für alle. Und ich . . .« sie verstummte.

»Sehr richtig, und du? Was hast du denn schon groß getan? Geheiratet.«

»Geheiratet, ja. Und ich hatte meine Gründe dafür, ich wollte weg aus diesem Kleinstadtmief. Weg aus diesem alten kalten, widerlichen Haus.«

»Das Haus unserer Jugend«, sprach Trudel mit Rührung.

»Ach, hör auf mit deiner blödsinnigen Sentimentalität. Haus unserer Jugend, wenn ich sowas höre. Diese alte Bruchbude, dieses gräßliche Monstrum. Von Landrats Gnaden uns zugewiesen, weil sonst kein Mensch darin wohnen wollte.«

»Der schöne Garten? Hast du den vergessen?«

»Nichts habe ich vergessen. Es wird mir schlecht, wenn ich an unsere Kindheit denke.«

»Wir haben eine schöne Kindheit gehabt.«

»Haben wir das? Na, du warst ja wohl immer etwas bekloppt, daran hat sich nichts geändert. *Ich* habe manchmal eine schöne Kindheit gehabt, nämlich dann, wenn ich auf Wardenburg war. Da bekam ich eine Vorstellung davon, wie das Leben von Menschen aussehen kann.«

»Bis ihm von Wardenburg kein Stuhl und kein Stein mehr gehörte, deinem großartigen Herrn Onkel.«
»Laß Nicolas aus dem Spiel. Du verstehst das alles nicht.«
»Immerhin habe ich verstanden, warum du damals unbedingt nach Breslau wolltest.«
»So? Und warum?«
»Weil er dort war, dein fabelhafter Onkel Nicolas. Das war der Grund. Darum hast du den armen Kurtel geheiratet.«
Nina ließ sich auf einen Stuhl sinken und blickte ihre Schwester erstaunt an.
»Du bist gar nicht so doof, wie ich dachte.«
»Ach, das haben doch alle gewußt. Rosel, die hat das damals als erste gesagt. ›Unser Nindel muß nach Breslau machen‹, hat sie gesagt, ›damit sie bei ihrem Onkel ist. Ihr versteht das nicht, aber ich versteh' das Kind.‹«
»Das hat sie gesagt?«
Trudel nickte mehrmals. »Rosel war nicht dumm.«
»War sie nicht. Das wußte ich früher schon.«
Rosel war das alte, etwas schiefgewachsene Dienstmädchen, das es lange, viel länger als alle anderen, im Hause Nossek ausgehalten hatte. Sie ließ sich weder von viel Arbeit abschrecken noch vom Hausherrn einschüchtern. Kurz nach Ende des Krieges war sie ganz plötzlich während einer Grippeepidemie gestorben. Danach versorgte Trudel den Haushalt mit Vater und Mutter allein, es war ja sonst keiner mehr da.
»Marleen und Hedwig, die haben es richtig gemacht, die sind rechtzeitig abgehaun. Die hatten wenigstens was von ihrem Leben.«
»Na, ja«, Trudel rümpfte die Nase. »Hedwig vielleicht, die war ja immer die Klügste von uns allen. Aber Lene? Was hat die schon groß getrieben? Möcht' ich gar nicht wissen, was die getrieben hat.«
»Sie hat ihr Leben gelebt. Und heute ist sie eine reiche Frau.«
Ninas Zorn war verraucht, sie zündete sich eine Zigarette an.
»Haben wir noch einen Korn im Haus?«
»'n Rest ist noch da.«
Trudel ging in die Küche, holte die Schnapsflasche und goß ihnen beiden ein.
»Warum bist du denn so böse? Was ist denn passiert?«
»Ich bin arbeitslos, das ist passiert.«
»Hat er dich rausgeschmissen?«
»Rausgeschmissen? Du hast eine Ausdrucksweise! Mich schmeißt man nicht raus. Er macht den Laden zu.«
»Ziemlich alt ist er ja auch schon. Zieht er zu seiner Tochter?«
»Nein.«
»Der arme Mann, so ganz allein.«
»Ist mir ziemlich egal, was er macht. Denk lieber an uns.
Weißt du eigentlich, wie niedrig so eine Arbeitslosenunterstützung ist?«
»Soviel hast du ja auch nicht verdient.«
»Manchmal kannst du mich wahnsinnig machen.«
Trudel lächelte friedlich.
»Wir kommen schon durch. Ich hab' eine Menge Kunden. Und wenn der Sommer vorbei ist und es kalt wird, dann brauchen sie alle wieder was.«

»Einen Beruf muß der Mensch haben. Auch eine Frau. Eine Frau erst recht. Frauen kommen sowieso immer zu kurz. Und wenn sie dann nicht mal einen vernünftigen Beruf haben, sind sie ganz verloren.«
»Ich kenn 'ne Menge Leute, die einen vernünftigen Beruf haben und trotzdem arbeitslos sind. Das ist eben heute so. Weil wir den Krieg verloren haben und weil sie uns so viel Geld mit den Reparationen abknöpfen. Das kann ein Volk nicht schaffen.«
»Seit wann interessierst du dich denn dafür?«
»Steht ja jeden Tag in der Zeitung. Die Wallstreetjuden sind schuld, die machen uns total fertig.«
»Die Wallstreetjuden? Wie kommst du denn auf so was?«
»Die Juden überhaupt. Die sind unser Unglück. Sieh doch deinen Schwager an, den Max. Woher hat der denn das ganze Geld? Eigentlich wär's doch unser Geld.«
»Gertrud«, sagte Nina ernst, »mit wem hast du denn geredet?«
»Herr Langdorn hat mir das alles erklärt. Der weiß Bescheid. Würdest dich wundern, was der alles weiß. Wundern würdest du dich.«
»Ich wundere mich. Ich wundere mich sehr. Da habt ihr also nicht nur über den Garten und die Eisenbahn gesprochen. Ist der denn Kommunist?«
»Kommunist!« rief Trudel voll Empörung. »Kommunist! Ein Mann wie der. Mit dem Eisernen Kreuz. Nee, der ist kein Kommunist. Der ist bei den Nationalsozialisten.«
»So. Bei den Nazis. Sieh mal an! Richtig in dieser Partei?«
»Natürlich. Schon lange. Und er sagt, wenn der Hitler erst an der Regierung ist, dann wird sich hier alles ändern. Aber auch alles.«
Nina nickte. »Das glaube ich auch.« Sie goß sich einen zweiten Korn ein, dann war die Flasche leer. »Bei den Nazis. Schon wieder einer.«
»Wer denn noch?«
»Es gibt langsam eine ganze Menge davon. Dieser komische Freund von Stephan, dieser Benno . . . wo ist er denn überhaupt, ist er wieder bei dem?«
»Sie wollten ein bißchen mit dem Rad rausfahren.«
»Wird Zeit, daß die Schule wieder anfängt. Dieser Umgang paßt mir nicht.«
»Ich bitte dich, sein Vater ist Lehrer.«
»Und auch einer von den Braunen, nicht? Herrn Fiebigs Sohn ist auch dabei. Ich hab' den schon ein paarmal in diesem komischen braunen Hemd gesehen. Kürzlich, ehe ich wegfuhr, hatte er eine Schramme im Gesicht, und der Alte sagte, sein Sohn hätte sich mit den Kommunisten gekloppt, in irgend so einem obskuren Lokal, wo sie zusammengetroffen sind. Statt daß sie sich aus dem Weg gehen!«
»Wohnt denn der junge Fiebig wieder bei seinem Vater?«
»Nein, der hat geheiratet, das hab' ich dir schon erzählt. Bei seinem Vater wohnt der doch nicht. Aber er besucht ihn manchmal.«
Der alte Fiebig, Albert Fiebig, bei dem Nina seit einem Jahr tätig war, von Beruf Maler und Tapezierer, besaß in der Motzstraße, kurz vor dem Nollendorfplatz, eine Werkstatt und einen kleinen Laden, in dem ein paar Rollen altmodischer Tapeten hingen, die keiner haben wollte, in dem man aber auch Farben, Leim, Lacke und Pinsel kaufen konnte.
Der Laden ging schlecht, gelegentlich bekam Fiebig noch Aufträge, aber es gab immer weniger Leute, die es sich leisten konnten, ihre Wohnung tapezie-

ren zu lassen. Fiebig machte es billig, rasch und ordentlich, auch wenn er schon achtundsechzig war und an Rheuma litt. Als Nina bei ihm anfing, beschäftigte er noch einen Gesellen, aber das trug das Geschäft inzwischen nicht mehr, und nun war auch eine Hilfskraft überflüssig geworden.

»Tut mir leid, Frau Jonkalla, tut mir ehrlich leid. Ich mag Sie gern, das wissen Sie ja«, hatte Herr Fiebig an diesem Vormittag gesagt, »aber ich hör auf. Hat keinen Zweck mehr. Ich verdien' ja nicht mal mehr die Miete für den Laden, Sie sehen es ja selbst. Ich hätt's Ihnen schon vorher sagen können, aber ich wollt' Ihnen den Urlaub nicht vermiesen. Für den Laden interessiert sich wer, der hat Lebensmittel, sowas geht immer noch, essen müssen die Leute, auch wenn sie sonst kein Geld haben.«

»Werden Sie ausziehen, Herr Fiebig?«

»Nee, werd' ich nich. Erstmal behalt ich ein Zimmer hinten. Und die Werkstatt. Kommt mal einer und will was gemalt oder tapeziert haben, mach ich das. Ich krieg' ja sowieso nur 'n Auftrag, wenn ich ganz billig bin. Wissen Sie ja auch. Und denn darf ich eben keine Kosten haben. Das verstehn Sie doch.«

»Ja, natürlich versteh ich das.«

»So 'ne hübsche Frau wie Sie und so freundlich und adrett, Sie werden bestimmt wieder was finden. Ich schreibe Ihnen ein großartiges Zeugnis, doch, det mach ick.«

Zu dieser Stellung, die Nina immer für unter ihrer Würde gehalten hatte, war sie durch eine der Fiebig-Töchter gekommen.

Rosmarie Fiebig arbeitete als Friseuse in einem Salon in der Nähe, in dem sich Nina gelegentlich die Haare schneiden ließ. Rosmarie war das, was die Berliner eine flotte Puppe nannten, hübsch, keß, mit vielen Verehrern, von denen sie auch Gebrauch machte, sofern für sie etwas dabei heraussprang. Darüber sprach sie ganz offen.

»Ich schlaf' doch nich mit so'nem Kerl für nischt und wieder nischt. Ich bin doch nich doof. Wenn einer von mir was will, denn is es mit Liebe allein nich getan. Bei mir nich.«

Sie hatte eine sturmfreie Bude, wie sie es nannte, in einem Hinterhaus am Prager Platz, und dachte nicht im Traum daran, zu ihrem Vater zu ziehen, als der schließlich ganz allein war.

Frau Fiebig war schon vor Jahren gestorben, dann war der Sohn Fiebig ausgezogen, dann Rosmarie. Annelise, die ältere Tochter, im Gegensatz zu Rosmarie ein sehr braves, bieder wirkendes Mädchen, blieb bei ihrem Vater und versorgte Haushalt und Geschäft. Doch dann heiratete sie und bekam auch gleich ein Kind.

»Schön blöd«, kommentierte Rosmarie. »'n Kind und das in so 'ner Zeit wie heute. Die hat se ja nich alle, sich 'n Kind machen zu lassen. Ich wollt, ihr 'ne Adresse geben und wissen Sie, was sie gesagt hat? Nee, sagt sie, ich will das Kind. Wie finden Sie denn so was?«

Als das Kind dann da war, hatte Annelise keine Zeit mehr, zu ihrem Vater zu kommen, und so hörte sich das Gespräch beim Haarschneiden eines Tages folgendermaßen an:

»Ich weiß ja nich, wie Sie da drüber denken, Frau Jonkalla, aber Sie suchen doch 'ne Arbeit, nich?«

»Ja, sicher.«

»Also Sie könnten ja bei meinem Vater arbeiten. So'n bißchen im Laden, viel is ja da nich los, aber es muß schließlich einer da sein, wenn er auf Arbeit ist. Und Rechnungen schreiben und so was alles, das hat meine Schwester immer für ihn gemacht. Und ihm auch mal was zum Essen einkaufen.«

Sehr wohl hatte sich Nina bei dieser Arbeit nicht gefühlt. Aber es war besser als gar keine. Sie verdiente nicht viel, doch auch das war besser als gar nichts. Seit Felix das Theater zumachen mußte, hatte sie keine Arbeit mehr gefunden. Was konnte sie denn auch schon groß? Maschineschreiben, ein bißchen Stenographie, das konnten viele, und besser als sie.

Sie hatte den alten Mann ganz gern gemocht, und sie hatte im stillen immer gestaunt, was er leistete, wie flink und ordentlich er arbeitete. Aber nun konnte er nicht mehr, wollte nicht mehr.

»Wie wird er denn allein zurechtkommen?« fragte Trudel mitleidig.

»Seine Kinder werden sich um ihn kümmern müssen. Und er sagt, wenn's gar nicht mehr geht, zieht er raus in seinen Schrebergarten.«

Mit Alfred, seinem Sohn, hatte Fiebig auch allerhand Kummer gehabt. Tapezierer hatte der nicht werden wollen, der hatte nur eins im Kopf: Autos. Er hatte eine Mechanikerlehre gemacht, dann war er einige Jahre als Privatchauffeur gefahren, und dann ging er nach Süddeutschland zu einer großen Autofabrik. Rennfahrer wollte er werden, das war sein Wunschtraum.

Er war es nicht geworden, lebte seit einiger Zeit wieder in Berlin, hatte kürzlich geheiratet und war ein begeisterter Nationalsozialist.

Von ihm erhielt Nina zu ihrem größten Erstaunen ein Angebot, kaum vierzehn Tage, nachdem der alte Fiebig ihr gekündigt hatte. Bis zum nächsten Ersten solle sie noch bleiben, hatte der Alte gemeint, es sei ja noch einiges zu tun, die Ware müsse so weit wie möglich ausverkauft werden, Rechnungen standen noch offen und mußten angemahnt werden. Also ging Nina nach wie vor jeden Morgen die Viertelstunde zu Fiebigs Geschäft.

Eines Tages tauchte Fred auf, in einer Lederjacke, die dichten blonden Haare ordentlich mit Wasser an den Kopf gekämmt, ein fröhliches Lächeln in dem offenen Jungensgesicht. Er war meist guter Laune, achtete nicht auf das Gebrumm seines Vaters.

Er sagte zu Nina: »Da sehn Sie, daß ich recht hatte, mich nicht weiter mit dem Murks hier zu befassen. Da war mein Vater nun so böse, weil ich das hier nicht machen wollte. Nee, das ist nichts für mich, anderen Leuten die Wände zu beklecksen. Alt und krumm ist er dabei geworden, und was hat er jetzt?«

Sie waren allein im Laden, Nina machte eine Aufstellung der noch vorhandenen Ware, Fred hatte sich auf den Ladentisch gesetzt, rauchte und sah ihr zu. »Zigarette?« fragte er.

Nina nahm die angebotene Zigarette, er gab ihr Feuer und fragte: »Was werden Sie denn nun machen?«

Nina hob die Schultern.

»Was die meisten machen. Stempeln gehn.«

»Wenn Sie da nicht unbedingt scharf drauf sind, wüßt ich vielleicht was für Sie.«

»So. Was denn?«

»Kommen Sie doch zu mir.«

»Zu Ihnen?«

»Ja, Sie sind 'ne nette, freundliche Frau, richtig gebildet, nicht? Büro und so was können Sie, und ich brauch, da jemand. Meine Frau kann mir nicht helfen, die hat 'ne prima Stellung, und die behält sie auch.«

Seine Frau, das wußte Nina, war Verkäuferin im KaDeWe, und zwar Erste Verkäuferin, wie er immer betonte, bei Damenwäsche.

Sie war hochangesehen, und kündigen würde man ihr bestimmt nicht.

Nina kannte sie. Eine dunkelhaarige, energische kleine Person, recht hübsch, sehr gewandt, mit höflichen Umgangsformen. Die beiden schienen sich gut zu verstehen.

»Ich hätt' ja nicht geheiratet«, hatte Fred einmal erklärt, »nicht irgendeine. Ich hatte immer 'ne genaue Vorstellung, wie meine Frau sein sollte. So eine rumgewischte Pflasterbiene, wie sie zu Dutzenden rumlaufen, das wäre nichts für mich. Meine Frau ist anständig. Ich geh seit vier Jahren mit ihr, da lernt man ein Mädchen kennen. Und 'n bißchen was auf der hohen Kante hat sie auch, geerbt von ihrem Vater. Das Geld hat sie eisern gespart. Da kann man was mit anfangen.«

Soweit war es jetzt, wie Nina erfuhr. Fred Fiebig war ausgebildeter Fahrlehrer und hatte die Absicht, eine Fahrschule aufzumachen, eine Reparaturwerkstatt dazu, und später würde er vielleicht noch eine Tankstelle pachten.

»Denn wissen Sie«, erklärte er begeistert, »dem Auto gehört die Zukunft. Es wird gar nicht mehr lange dauern, da fahren alle Leute mit dem Auto. Lassen Sie nur den Führer erstmal drankommen, dann wird alles anders hier. Dann kann sich jeder Mensch ein Auto leisten. Und inzwischen solln die Leute fahren lernen. Ich kenn' mich aus. Mit meinem früheren Chef war ich viel unterwegs; in Hamburg und in Köln, und sogar mal in Paris. Was glauben Sie, was das für'n Spaß macht, solche Strecken zu fahren. Das will doch jeder mal erleben. Und der Führer wird Autos bauen. Und wir werden alle genug Geld haben, um ein Auto zu kaufen.«

Nina lachte. »Sie mit Ihrem Führer! Zaubern kann der auch nicht.«

»Nein, aber handeln, das kann er und das wird er. Warten Sie nur ab, das geht schneller, als Sie denken. Was glauben Sie denn, wie lange der Führer sich diese Zustände noch ansieht? Das ist ja die Hölle, in der wir leben. Sehn Sie sich doch diesen Brüning an mit seinen albernen Notverordnungen, was bringt denn das? Die Löhne kürzen, die Preise senken, die Gehälter abbauen – wie soll denn da eine Wirtschaft hochkommen? Sparen, erklärt der uns immerzu, wir müssen sparen. Was soll man denn noch groß sparen, wenn sowieso nichts mehr da ist? Und dazu denn der olle Hindenburg! Ich will ja nichts gegen ihn sagen, im Krieg war er ein großer Mann, aber nun ist er doch schon ziemlich vertrottelt, sonst hätte er den Brüning längst zum Teufel gejagt und unseren Adolf in die Regierung geholt. Aber nächstes Jahr ist es soweit. Dann geht's aufwärts, dann kommen die Arbeitslosen von den Straßen. Die Klopperei auf den Straßen hört auf. Dann haben ordentliche Menschen wieder ein Recht, zu leben und zu arbeiten. Sie werden sehen.«

Nina schwieg. Was sollte sie dazu sagen? Die lange Rede bewies, daß Fred Fiebig in den Versammlungen seiner Partei gut aufgepaßt hatte, und außerdem war er einer, der bedingungslos glaubte. Einer, der Adolf Hitler glaubte und vertraute. Und er war nicht der einzige, das immerhin wußte Nina, sowenig sie sich auch mit Politik beschäftigte.

»Übrigens, Sie müßten Autofahren lernen.«

»Was soll ich?«

»Fahren lernen. Ist doch klar. Sie können nicht bei mir arbeiten, und denn nichts von Autos verstehen. Das bringe ich Ihnen bei. In Nullkommanichts bringe ich Ihnen das bei. Sie sind doch 'n intelligenter Mensch.«

Am 1. September hörte Nina beim alten Fiebig auf und fing beim jungen Fiebig an. Zwar lag die Arbeitsstelle nicht mehr so bequem in der Nähe, Werkstatt und Fahrschule befanden sich in Steglitz. Nina konnte mittags nicht mehr nach Hause kommen, und auch abends wurde es oft spät, denn die theoretischen Kurse fanden meist am Abend statt, wenn Berufstätige, die es ja immerhin auch noch gab, Zeit dafür hatten.

Im großen und ganzen aber war die neue Stellung angenehm und auch recht unterhaltsam. Fred war sehr nett zu ihr, er behandelte sie mit einer Mischung aus Achtung und Kameradschaft, er respektierte in ihr die Dame, war aber sehr offenherzig und zog sie in allen Dingen des Geschäfts ins Vertrauen.

Erstaunlicherweise ging das Geschäft nicht schlecht, offenbar wollten wirklich viele Leute Autofahren lernen, und der extrem niedrige Preis, den Fred für einen Kurs verlangte, und der erstklassige Unterricht, den er gab, brachten ihm sehr viele Schüler.

Er selber arbeitete unermüdlich von früh bis spät, war mit den Schülern unterwegs, gab den theoretischen Unterricht, und dazwischen oder spät am Abend legte er sich selbst in der Werkstatt unter ein Auto, um daran herumzubasteln. Anfangs beschäftigte er einen Mann in der Werkstatt, später zwei. Alles Parteigenossen, versteht sich, die gern für ihn arbeiteten und wenig Lohn verlangten, erstens weil sie Freunde waren und zweitens weil sie froh waren, überhaupt Arbeit zu haben.

Nina lebte gewissermaßen zwischen ganz neuen Kulissen. Um sie herum gab es auf einmal nur Nationalsozialisten, nicht nur Fred selber, alle seine Freunde und Bekannten, seine Frau und die meisten seiner Schüler waren Anhänger des merkwürdigen Mannes mit dem kleinen schwarzen Bärtchen.

Für Nina war er bisher eine Unperson gewesen. So viele Politiker gab es, soviel Geschrei, Reden, Aufmärsche, Streiks, Prügeleien, Verbote, Polizeieinsätze – man war daran gewöhnt und abgestumpft, nahm es kaum zur Kenntnis. Von Politik hatte Nina sowieso keine Ahnung, auch das hatte ihrer Erziehung gefehlt, denn ihr Vater war der Meinung, daß eine Frau von Politik ohnehin nichts verstehe und darum auch nichts mitzureden habe.

Seltsam war es, daß Nina, trotz aller Ressentiments, die sie gegen ihren Vater hatte, sich dennoch an ihm orientierte, wenn es um Politik ging. Beispielsweise, wenn sie zur Wahl ging. Sozialdemokraten zu wählen ging nicht an, die hatte ihr Vater, ein kleiner preußischer Beamter, aus tiefstem Herzen verabscheut. Zentrum kam wohl auch nicht in Frage, denn von den Katholiken hatte er auch nicht viel gehalten. Mit Trudel hatte Nina schon vor Jahren ernsthaft darüber debattiert, was er wohl in dieser Republik gewählt haben würde, worauf Trudel energisch meinte: »Gar nichts. Die Brüder hätten ihm alle nicht gepaßt.«

»Aber Hindenburg doch.«

»Ja, der vielleicht.«

Sie hatten also bei der ersten Reichspräsidentenwahl, nach Eberts Tod, für Hindenburg gestimmt, so wie die meisten Deutschen es taten. Schwieriger war es bei den Landtags- und Reichstagswahlen, sie einigten sich schließlich auf die Deutschnationalen, weil die wohl am ehesten Emil Nosseks Geschmack entsprochen hätten. Also wählten seine Töchter seitdem deutschnational, ohne sich allzuviel darunter vorstellen zu können.

Trudel murrte sowieso jedesmal: »Immer diese alberne Wählerei! Muß ich da wirklich hingehen?«

Zur gleichen Zeit kamen nun die Nossek-Töchter in nähere Berührung mit Nationalsozialisten – Trudel in Neuruppin, Nina an ihrem neuen Arbeitsplatz.

Ehrlicherweise mußte Nina zugeben, daß diese Nazis, von denen man so wilde Sachen in der Zeitung las, eigentlich alles nette und ordentliche Leute waren. In dem Kreis, in dem sie sich bewegte, waren sie zumeist jung, sie waren voll Begeisterung und blickten hoffnungsvoll in die Zukunft. Alles würde gut werden, wenn erst ihr Führer, wie sie den Mann mit dem schwarzen Bärtchen nannten, das Land regieren würde.

»Und ganz demokratisch wird's zugehen, das werden Sie sehen, Frau Jonkalla. Er kommt legal an die Regierung, da kann ihm keiner was anhaben«, behauptete Fred, und jeder seiner vielen Vorträge, die er Nina hielt, schloß mit den Worten: »Jedenfalls wissen Sie jetzt, was Sie das nächste Mal zu wählen haben. In Ihrem eigenen Interesse. Und im Interesse Ihrer Kinder.«

Wieder dachte Nina an ihren Vater. Ob der diesen Hitler gewählt hätte? Wohl kaum. Ihr Vater war für Ordnung und Recht gewesen, das ganz gewiß, er war für Deutschland, für Preußen, für Bismarck und – aber schon mit gewissen Einschränkungen für den Kaiser.

Aber ob ihm Hitler gefallen hätte?

»Klar«, sagte Stephan, »klar ist der Hitler richtig. Benno ist in der Hitlerjugend. Das ist knorke, sagt er, und ich soll da auch mitmachen.«

»Ich möchte nicht, daß du dich auf der Straße herumtreibst«, sagte Nina.

»Es sind ordentliche Jungen«, mischte sich Trudel ein, »sie treiben sich nicht herum wie diese Kommunistenlümmel. Sie treiben Sport und wandern und singen und außerdem lernen sie eine Menge. Wir können nur froh sein, wenn die Jugend wieder besser erzogen wird.«

»Ich wundere mich über dich«, sagte Nina darauf, aber eigentlich wunderte sie sich nicht mehr. Trudels Metamorphose war nur zu offensichtlich. Der erste wirkliche Nationalsozialist in der Familie Nossek war Gertrud Nossek.

Die brave, stille Trudel, die sich nie für Politik interessiert hatte, kaum eine Ahnung gehabt hatte, von wem das Land regiert wurde, in der Zeitung nur den Roman und die Lokalnachrichten gelesen hatte, Trudel mauserte sich im Verlauf eines Jahres zu einer Anhängerin von Adolf Hitler.

Das kam nicht von selbst, das hatte seinen Grund.

Der Grund saß in Neuruppin und hieß Fritz Langdorn.

Dem ersten Besuch in Neuruppin waren andere gefolgt. Sie bekamen ihren Anteil an der Birnen- und Apfelernte, bekamen runde rote Tomaten, erstklassige Kartoffeln, Eier und Butter, immer wieder einmal ein Huhn, zu Martini eine Ente, zu Weihnachten eine Gans, ganz zu schweigen von dem Segen, der auf sie herniederfiel, als das Langdornsche Schwein geschlachtet wurde.

Aber das war alles nichts gegen die Tatsache, daß Gertrud Nossek zum erstenmal in ihrem fünfzigjährigen Leben einen Mann hatte, der sich ernsthaft für sie interessierte, der sie immer wieder einlud, der ihr einige Male eine

Karte schrieb, der sie in Berlin besuchte und dort ausführte, um mit ihr bei Meinecke ein Eisbein zu essen, wovon Trudel nach etlichen Bieren und Korn mit verschwiemelten Augen, aber selig nach Hause kam.
»Du glaubst es nicht«, sagte Victoria, »sie hüpft herum wie ein Karnickel im Frühjahr. Mutti, so was gibt's ja nicht.«
»Offenbar doch. Ich hätte es auch nicht für möglich gehalten.«
»Und pausenlos löchert sie einen mit ihrem dämlichen Hitler. Die weiß doch gar nicht, wovon sie redet.«
»Weißt du es denn?«
»Nee«, gab Victoria zu, »aber Elga sagt, der ist ein Untermensch.«
»Elga oder ihr Bruder?«
»Klar, der auch.«
»Es sind Juden, die können ja gar nichts anderes sagen. Fred sagt, Hitler will alle Juden rausschmeißen. Mein Gott, Marleen darf nie erfahren, was Trudel da treibt. Stell dir vor, Max würde das hören.«
»Ach, sie wissen das schon.«
»Woher denn?«
»Von mir.«
»Aber Victoria!«
»Onkel Max hat neulich gesagt, der Hitler wäre gar nicht schlecht für Deutschland.«
»Na, mir soll's recht sein. Aber mir gefällt der Hitler trotzdem nicht. Fred hat mich ja neulich mitgeschleppt auf so eine Parteiversammlung. Ich finde das Geschrei abscheulich.«
»Schreien tun sie alle«, sagte Victoria sachlich. »Das gehört zur Politik.«
»Früher nicht. Früher haben sie nicht geschrien.«
»Hat Wilhelm nicht geschrien?«
»Der Kaiser? Bestimmt nicht.«
»Hast du ihn denn mal gehört?«
»Wo sollte ich denn? Er war da, und das genügte.«
So einfach war das früher gewesen. Selbst im Krieg war es einfach gewesen. Jeder hatte gewußt, wie er dran war. Erst nach dem Krieg hatte das alles angefangen, die roten Fahnen, die Revolution, das Geschrei auf den Straßen, auch in Breslau waren sie marschiert.
Ob das nie aufhörte?
»Wenn der Hitler erstmal dran ist, hört es auf«, versprach Trudel. »Der wird für Ordnung sorgen. Gott sei Dank, dann haben wir wieder ein richtiges Vaterland.«
Fräulein Langdorn tat alles, was in ihren Kräften stand, um die Bande zwischen ihrem Bruder und dem Fräulein Nossek enger zu knüpfen. Der Bruder war allein in Neuruppin, einer mußte sich gelegentlich um ihn kümmern, genauer gesagt, eine Frau. Sie hatte schließlich jahrelang die kranke Mutter auf dem Hals gehabt, nun noch jedes Wochenende nach Neuruppin zu fahren, das war ihr einfach zu viel. Sie wollte gern am Sonntag daheim sein in ihrer kleinen, aber liebevoll eingerichteten Wohnung, wollte sich um ihren Wellensittich kümmern, mit ihrer Freundin Kaffee trinken, mal ins Theater gehen und nicht im Neuruppiner Garten Gemüse und Obst ernten, bis sie krumm war, dann noch einkochen und sich um das geschlachtete oder ungeschlachtete Schwein bemühen.

477

Das alles tat nun Trudel. Mit wachsender Begeisterung, sowohl für Fritz Langdorn als auch für Adolf Hitler. Es kam dahin, daß sie fast jeden Sonnabend gen Neuruppin zog, oft begleitet von Stephan, der auf diese Weise nicht nur seine Kenntnisse über die deutsche Reichsbahn, sondern auch über den zukünftigen Führer des deutschen Volkes vertiefte.

Als er einmal, zurückgekehrt von der Wochenendtour, den Ausspruch tat: »Juda verrecke!«, holte Nina aus und gab ihm eine schallende Ohrfeige.

»Du fährst mir nicht mehr mit nach Neuruppin, daß das klar ist. In meiner Wohnung werden derart haarsträubende Gemeinheiten nicht ausgesprochen. Alles, was du am Leibe trägst, ist von Onkel Max bezahlt. Und der *ist* Jude. Und ein verdammt anständiger Mensch.«

»Ach, und dafür soll ich wohl auch noch dankbar sein, daß der mir Klamotten schenkt? Das ist doch der beste Beweis, der hat Geld und wir nicht. Und von dem hab' ich noch gar nichts gekriegt, der sieht uns ja kaum an. Das ist alles von Marleen, die schenkt es uns«, schrie Stephan, Tränen der Wut in den Augen, denn er war selten von seiner Mutter geschlagen worden, und jetzt, mit fünfzehn, war er eigentlich zu groß dafür. Es sah aus, als müsse er noch eine zweite Ohrfeige einstecken, doch Trudel warf sich dazwischen, wütend ebenfalls, gar nicht mehr so still und bescheiden wie sonst.

»Schlag das Kind nicht!« rief sie aufgebracht. »Wenn du noch nicht erkannt hast, was die Stunde geschlagen hat, wird es Zeit, daß du dich mal umsiehst in der Welt. So wie jetzt kann es jedenfalls nicht weitergehen.«

Nina warf Trudel nur einen zornigen Blick zu und wandte sich an ihren Sohn.

»Wenn Marleen uns etwas schenkt, dann kauft sie es mit dem Geld von Onkel Max. So alt bist du ja wohl inzwischen, daß du das kapierst. Denkst du, ich finde es lustig, wenn ich für mich oder für euch Klamotten, wie du es nennst, annehmen muß, bloß damit wir was anzuziehen haben? Seit zehn Jahren bekommen wir Geld und Geschenke von Marleen, beziehungsweise von ihrem Mann. Ihr wart noch ganz klein, da wußte ich nicht, wie ich euch ernähren und anziehen sollte. Euer Vater ist nämlich aus dem Krieg nicht zurückgekehrt, falls du das schon vergessen haben solltest. Und ich bemühe mich, so gut ich kann, ein paar Piepen zu verdienen. Aber vermutlich hätte ich besser daran getan«, jetzt hob sich ihre Stimme, von Wut übermannt, sie schrie, »euch gleich im ersten Badewasser zu ersäufen, da wäre mein Leben leichter gewesen. Die Klamotten für mich hätte ich mir notfalls allein verdienen können. Oder ich hätte einen Mann gefunden, der sie mir bezahlt. Mit zwei schlechterzogenen Kindern am Bein ist das leider unmöglich.«

Volltreffer! Trudel und Stephan starrten sie sprachlos an.

Sie waren nicht daran gewöhnt, daß Nina schrie und genausowenig, daß sie sich so drastisch ausdrückte.

»Na, weißt du«, sagte Trudel nach einer Schweigeminute erschüttert, »du hast Ausdrücke!«

Das war ein gutes Stichwort.

»So? Habe ich das?« Nina blieb bei ihrer Lautstärke. »Ich würde sagen, ich habe mich sehr milde und gepflegt ausgedrückt, gemessen an dem, was Stephan eben sagte. Juda verrecke! Das ist ja wohl das allerletzte. Ich hab' das schon gelesen an Hausmauern und in der U-Bahn. Aber ich hätte es nie für möglich gehalten, daß mein Sohn sich auf dieses miese Rattenlochniveau begibt und so was ausspricht. Und das hört er bei deinem großartigen Herrn Langdorn, diesem Nazistrolch. Das letztemal, daß Stephan da draußen war.«

»Herr Langdorn würde niemals so ordinäre Ausdrücke gebrauchen«, sprach Trudel würdevoll. »So was nimmt der nicht in den Mund. Stephan, wo hast du dieses häßliche Wort her?«

»Benno sagt das immer«, knurrte Stephan.

»Hach, auch so ein brauner Weltverbesserer, der Herr Lehrer um die Ecke. Aber nicht imstande, seine Kinder anständig zu erziehen. Übrigens habe ich dir den Umgang mit diesem dämlichen Benno schon lange verboten. Soll ich dich vielleicht einsperren?«

Nina war selten so wütend geworden, und diese Wut hatte ihre Wurzel zweifellos in einer großen Unsicherheit. Von allen Seiten fühlte sie sich auf einmal von diesen Nazis eingekreist, nun stritten sie sich schon zu Hause wegen diesem gräßlichen Hitler.

Trudel war noch nicht fertig.

»Wenn dir die Nazis so unsympathisch sind, dann möchte ich wissen, warum du dann bei einem arbeitest«, sagte sie spitz.

»Weil ich mir nicht aussuchen kann, wo ich mein Geld verdiene.«

»Sehr charakterfest finde ich das gerade nicht.«

So war das nun mit Trudel: Fritz und Adolf machten eine andere, eine ganz neue Frau aus ihr; ihre Denkweise, ihr Wortschatz, ihr Auftreten hatten sich in erstaunlich kurzer Zeit radikal verändert.

Nina stand dieser Entwicklung ebenso fassungslos wie hilflos gegenüber – ihre große Schwester Gertrud, der Fels in der Brandung gewissermaßen, die Ruhe, Güte und Fürsorge in Person, das war sie gewesen, seit Nina auf der Welt war. Nicht allein für Nina, für alle Nossek-Kinder, für ihre Mutter dazu und nicht zuletzt für Emil Nossek, als er krank und elend geworden war. Alle waren sie von Trudel versorgt, betreut, geliebt, gestreichelt, gefüttert und, sofern es Nina und ihre Geschwister betraf, mehr oder minder aufgezogen worden.

Jetzt kam es Nina vor, als hätte sie eine Fremde vor sich.

Schließlich sprach sie doch mit Marleen darüber, als sich beide in der Vorweihnachtszeit zu einem Stadtbummel trafen, um für die Kinder Geschenke zu besorgen.

Sie saßen Unter den Linden bei Kranzler, tranken Kaffee, und Nina futterte mit ziemlich finsterer Miene ihr Schokoladentörtchen.

»Du siehst so verbiestert aus«, sagte Marleen. »Was hat dir denn die Petersilie verhagelt? Ich habe gute Nachrichten für dich. Endlich konnte ich in Ruhe mit Max über Victoria sprechen. Wenn wir ihr im Monat hundert Mark geben, meinst du, das reicht für die Gesangstunden?«

»Ich habe keine Ahnung, was das kostet. Aber ehe wir über Victoria sprechen, laß uns erst über Trudel sprechen. Die ist übergeschnappt.«

»Ach, du meinst wegen ihrem Heini da in Neuruppin? Victoria hat mir das schon erzählt. Also, ich finde das zum Schreien. Warum regst du dich auf? Laß sie doch. Was hat sie denn schon von ihrem Leben gehabt?«

»Dieser Kerl ist ein Nazi.«

»Ja, ich weiß. Was stört dich denn daran?«

»Na, hör mal, das sagst ausgerechnet du?«

»Du mußt das Geschwätz von diesen Leuten nicht so ernstnehmen. Irgendwelche blödsinnigen Parolen haben sie doch alle. Mit irgendwas müssen sie die Leute auf sich aufmerksam machen. Sicher wird der auch mal für eine Weile Reichskanzler, sagt Max, und er wird genauso schnell verschwinden wie die anderen. Wenn er nämlich merkt, daß das alles nicht so einfach geht, wie er heute herumposaunt. Max findet ihn gar nicht so übel. Das ist wenigstens einer, der noch an Deutschland denkt, sagt er, und besser als der Kommunismus ist der Faschismus auf jeden Fall. Ich hab' das doch im Sommer in Italien gesehen, die fahren gar nicht so schlecht mit ihrem Duce. Die sind alle begeistert von ihm. Die Leute brauchen das einfach, daß sie sich wieder begeistern können. Daß ihnen nicht immer bloß alles mies gemacht wird.«

»Daß gerade du so was sagst!« wiederholte Nina.

»Gott, ich brauche das nicht. Aber mir geht's ja gut. Und schließlich bin ich ja auch nicht Volk.«

»Und was der alles von den Juden sagt – hättest du da keine Angst?«

»Ach komm, das ist doch Laberei. Parteigerede. Die werden sich hüten und den Juden was tun. Ohne Juden geht unsere ganze Wirtschaft kaputt. Außerdem bin ich ja keine Jüdin.«

»Nein, du nicht.«

»Und Max auch nicht mehr. Er ist getauft, das weißt du doch. Der geht schon lange in keine Synagoge mehr. Sein Vater auch nicht. Denen passiert schon nichts.«

»Auf alle Fälle ärgert es mich, wenn Trudel so einen Unsinn redet. Und Stephan fängt nun auch schon damit an.«

»Stephan ist ein halbes Kind. Victoria meint, dieser Lokomotivführer imponiert ihm ganz gewaltig.«

»Ich will nicht, daß er mit nach Neuruppin fährt.«

»Laß ihn doch. Ihm gefällt's, und du hast am Wochenende deine Ruhe. Vielleicht kriegst du doch mal Besuch oder so. Was ist eigentlich mit dem Thiede?«

»Nichts weiter. Zur Zeit dreht er einen neuen Film. Ich sehe ihn selten.«

»Na ja, ist ja auf die Dauer auch nicht das Richtige. Du solltest wieder heiraten.«

»Wen denn? Zur Hitlerjugend will er auch.«

»Wer? Thiede?«

»Quatsch, Stephan.«

»Ach so«, Marleen lachte erheitert, »na, das brauchst du ja nicht zu erlauben. Aber sonst, dieser Neuruppiner Genosse ist doch für euch ganz nützlich.«

Das stimmte, und das war das allerärgerlichste dabei. Nicht nur, daß Nina bei einem Nazi ihr Geld verdiente und im Grunde nichts Nachteiliges über ihn sagen konnte, sie wurden mehr und mehr von Neuruppin ernährt. Trotz ihrer zwiespältigen Gefühle war Nina auch schon zweimal mit einem von Freds Wagen draußen gewesen und vollbeladen wieder heimgekehrt. Denn Autofahren hatte sie inzwischen gelernt, und zwar schnell und gut, genau wie Fred es prophezeit hatte.

Fritz Langdorn blickte sie aus blauen Augen treuherzig an, lachte fröhlich und kochte Kaffee für sie, später humpelte er hinaus und herein und belud das Auto mit Gemüse, Salat und Obst, und als es auf den Winter zuging, mit

Eingemachtem, mit Eiern, Speck, Butter und dem obligaten Huhn. Das Eingemachte war nun schon zum größten Teil von Trudels kundigen Händen zubereitet, also hatten sie sogar ein gewisses Anrecht darauf.

Und auch der kritischste Mensch hätte nichts Übles über Fritz Langdorn sagen können, er sah weder aus wie ein Randalierer noch wie ein Straßenkämpfer und schon gar nicht wie ein Judenfresser, er war ein sympathischer, biederer und fleißiger Bürger von Neuruppin. Er war freundlich, gutmütig, hilfsbereit, warmherzig, das waren die Vokabeln, die einem einfielen, wenn man ihn sah und mit ihm sprach. So einer wie er würde keinem Menschen etwas Böses tun, dessen war Nina gewiß.

Was eigentlich hatte sie gegen die Nazis? Diejenigen, die sie persönlich kannte, waren zumeist nette Leute. Und immer wieder, es war merkwürdig, dachte sie an ihren Vater. Er war sein Leben lang für Recht und Ordnung gewesen, die Juden hatte er nicht besonders geschätzt, aber Hitler hätte er abgelehnt, dessen war sie sicher. Ihr Vater hätte Brüning bevorzugt, das wäre ein Mensch nach seinem Geschmack gewesen, ein preußischer Pflichtmensch, der still seine Arbeit tat, ohne Geschrei und Effekthascherei; ein Mann, der Sparsamkeit verlangte, Bescheidenheit, Fleiß und Arbeit, der das Menschenmögliche versuchte, um das zerstörte, ausgeblutete deutsche Volk am Leben zu erhalten.

Erstmals bezog sie Nicolas in ihre politischen Überlegungen ein. Wen hätte Nicolas gewählt?

Hitler auf keinen Fall. Nicolas von Wardenburg war ein Herr, mit Leuten, die brüllend auf der Straße herumzogen, hätte er nichts gemein haben wollen. Er war von altem Adel, er war Offizier – also auch er deutschnational? Obwohl sie ziemlich sicher war, daß Nicolas auch an Hugenberg keinen großen Gefallen gefunden hätte. Ohne daß es ihr recht bewußt wurde, begann Nina über Politik nachzudenken. Das kam durch die veränderte Umgebung, sie mußte sich, ob sie wollte oder nicht, mit diesen Fragen auseinandersetzen.

Alles in allem ging es ihnen gar nicht so übel, als das Jahr 1932 begann und fortschritt. Es ging ihnen viel besser als den meisten Leuten. Es gab über sechs Millionen Arbeitslose; Geschäfte und Firmen gingen täglich pleite; Wohnungen und Läden standen leer, besonders in den guten Vierteln, weil sich kein Mensch mehr die Miete leisten konnte; an den Türen klingelten ständig Bettler und Krüppel; die Selbstmordrate stieg.

In ihrer unmittelbaren Nachbarschaft hatte ein Mann seine Frau und seine drei Kinder und schließlich sich selbst umgebracht.

»Den ha 'ck gekannt«, sagte Herr Kawelke, »'n ganz braver Mann war det. Buchhalter inne große Firma. Erst hamse'n abjebaut, denn entlassen. Seit zwei Jahren ohne Arbeet. Den Jungen konnt' er nich mehr in die Schule schicken, und det Mädchen fing an, uff der Straße die Männer anzumachen. Un denn noch'n kleenet Kind dazu, war erst vier Jahre alt, det kleene Jör.«

Reichskanzler Brüning regierte weiter mit Notverordnungen und ohne den Reichstag, der weitgehend beschlußunfähig war und meist nur zusammentrat, um sich zu vertagen. Im Volk war Brüning unbeliebt, er wurde beschimpft, denn er versprach ihnen nichts, machte ihnen keine Hoffnungen, verlangte nur immer wieder, daß sie sich einschränken sollten. Nur wenige begriffen, daß dieser Mann mit letzter Verzweiflung darum kämpfte,

Deutschland vor seiner eigenen Torheit zu retten. Aber wann war es je möglich, Menschen vor ihrer Dummheit zu bewahren? Nicht den einzelnen, nicht ein Volk.

Im Februar 1932 begann der Wahlkampf für die Reichspräsidentenwahl. Sieben Jahre lang hatte der alte Feldmarschall, der im Volk so populäre Sieger von Tannenberg, das schwere Amt innegehabt. Vierundachtzig Jahre alt war Hindenburg und eigentlich müde. Sein Ruhestand wäre wohlverdient gewesen. Brüning beschwor ihn, sich wieder zur Wahl zu stellen, denn Hindenburg war der einzige, der dem Volk noch einen gewissen Halt geben konnte.

Um die Wahl zu vermeiden, um die Unruhe, den Streit, den Lärm, den der Wahlkampf mit sich bringen würde, zu umgehen, versuchte Brüning den Reichstag zu einer Gesetzesänderung zu veranlassen, die es erlaubte, die Amtszeit des Reichspräsidenten automatisch um ein Jahr, um zwei Jahre zu verlängern.

Jedoch damit drang er nicht durch, die Wahl war unvermeidlich.

Es gab vier Gegenkandidaten, einer davon war Hitler, ein anderer der Führer der Kommunisten, Thälmann. Zunächst mußte Adolf Hitler zum Deutschen gemacht werden, er war ja noch immer österreichischer Staatsangehöriger und somit nicht wählbar.

Für die Nazis war das eine Kleinigkeit, sie waren schon so stark, ihre Anhänger in einzelnen Ländern des Reiches schon so mächtig, daß mühelos ein Weg gefunden wurde, diese Bagatelle zu erledigen.

Der 13. März war Wahltag, am 26. Februar wurde Hitler durch einen einfachen Trick deutscher Staatsbürger: er wurde in Braunschweig zum Oberregierungsrat ernannt. So simpel ging das. Und nichts konnte für den, der sehen und hören wollte, die Zustände besser charakterisieren als dieser Vorgang. Nur nahmen die meisten Menschen, der Bürger, der kleine Mann, das alles nicht zur Kenntnis. Sie waren viel zu sehr mit sich selbst beschäftigt, es ging ihnen zu schlecht.

Der erste Wahlgang brachte noch keine Entscheidung, im zweiten Wahlgang, der im April stattfand, wurde Hindenburg wiedergewählt.

Nina war von dem Ergebnis tief befriedigt. Jetzt würde es wohl ein Ende haben mit diesem Nazigeschrei. Sie saß still dabei und empfand eine ehrliche Schadenfreude, als Fred und seine Freunde schimpften und drohten. Ihr mit eurem Hitler, dachte sie, der wird bald abgewirtschaftet haben. So ein blöder Schreier, so ein hergelaufener Niemand, der wird Deutschland niemals regieren.

Gleich nach der Wahl handelte Brüning: eine neue Notverordnung verbot die Verbände der Partei, SA und SS, genauso wie Aufmärsche und Kundgebungen. Ruhe sollte jetzt im Land herrschen.

Es war ein vorübergehender Zustand. Im Juni mußte Brüning zurücktreten, Hindenburg ließ ihn fallen, beeinflußt von vielen Seiten, schlecht beraten von Brünings Gegnern. Tief verletzt, verbittert, verließ Brüning das Amt, das er so integer und mit bester Absicht zwei Jahre lang innegehabt hatte. Atemlos wartete das Volk, wartete die Welt, ob dies nun Hitlers Stunde sein würde.

Franz von Papen hieß der neue Reichskanzler, fast keiner kannte ihn, keiner wußte, wer er war, Offizier, Diplomat, ein schlanker, eleganter Herr mit verbindlichem Lächeln. Wie war der alte Feldmarschall auf den gekommen, fragten sich die Leute.

Der Chef der Reichswehr, General von Schleicher, hatte ihn ausgesucht. Schleicher hatte seit Jahren im Hintergrund die Fäden gezogen, eine graue Eminenz der Republik. Jetzt allerdings trat er aus der Dunkelheit hervor, mußte hervortreten, er wurde Reichswehrminister im Kabinett von Papen.

Und dann wurde es gleich wieder sehr stürmisch, noch im Juni wurde das Uniformverbot, das Versammlungsverbot aufgehoben, marschierten die Braunen und die Roten wieder durch die Straßen, ging alles weiter wie zuvor, es gab Tote und Verwundete, die Unsicherheit war größer denn je, der Reichstag bot ein Bild des Jammers, *handlungsfähig* war er nicht.

Doch dann geschah etwas Merkwürdiges: die Nationalsozialisten verloren Stimmen, ihre Anhänger wurden weniger. Es zeigte sich bei den regionalen Wahlen, es wurde noch deutlicher bei der Wahl zum neuen Reichstag im November – die fünfte Wahl in diesem Jahr – von 230 Sitzen rutschte die NSDAP auf 196.

Die Gegner der Nazis, und das waren viele, atmeten auf. Das war der Anfang vom Ende, bald würde es mit diesem Hitler, mit diesem ›böhmischen Gefreiten‹, wie ihn Hindenburg nannte, mit dieser sogenannten Bewegung, vorbei sein.

Immerhin – zwölf Millionen Wähler hatte Hitler immer noch, und die Nazis blieben nach den Sozialdemokraten die zweitstärkste Partei im Reichstag.

Der neue Reichskanzler hieß Schleicher.

Lange würde er nicht Reichskanzler bleiben, aber das ahnten viele nicht, als das Jahr 1932 sich dem Ende zuneigte.

»Jetzt geht es in den Endspurt«, sagte Fred Fiebig und rieb sich die Hände. »Auf zum letzten Gefecht. Ja, Frau Jonkalla, nur den Mut nicht verlieren, paar Stimmen her oder hin, das kann uns nicht erschüttern. Jetzt kommt bald der eiserne Besen und fegt den ganzen Dreck aus diesem Land hinaus.«

Was sollte Nina dazu sagen? Sie hatte keinen Grund, sich über Fred zu beschweren, sie verdiente mehr, als sie je verdient hatte, die Arbeit war abwechslungsreich und nicht allzu mühsam, alle waren freundlich. Fred, seine Frau, seine Freunde, immer häufiger und immer zahlreicher saßen sie abends in dem Raum hinter der Fahrschule und redeten und redeten. Immer wieder kam einer mit einer Beule oder einer Platzwunde, kam hinkend oder mit blauem Auge, dann lachten sie, schlugen ihm auf die Schulter, gossen ihm einen Korn und ein Bier ein und nannten ihn einen tapferen Kämpfer.

»Hast du's den roten Brüdern wieder mal gezeigt? Recht so. Die werden bald in den Mauselöchern verschwunden sein.«

Menschen vom gleichen Volk, dachte Nina, Menschen, die eine Sprache sprechen, die gleiche Not leiden, dieselben Sorgen haben. Warum? Warum, warum?

Ganz von selbst fand sie eine Antwort.

Der Krieg war schuld. Solange war er nun schon vorbei, aber die Saat der Gewalt war üppig aufgegangen, sie wucherte und gedieh, das Blut der Schlachtfelder hatte sie ebenso gedüngt wie die Not der vergangenen Jahre, und keinem war es gelungen, sie mit der Wurzel auszureißen. Ganz im Gegenteil, in diesem dunklen, unwegsamen Dschungel hatten sie sich ineinander verkrallt und versuchten, sich zu ersticken.

Nina lernte etwas Wichtiges in dieser Zeit: Sie lernte zu fragen, auch nach Dingen, die sie zuvor nie gekümmert hatten. Sie wurde wach, sie wurde vor allem kritisch.

Darum blieb sie oft so lange bei Fred und seinen Freunden sitzen. Sie mußte das einfach wissen. Sie hätte nach Hause gehen können, aber das Fieber, das die Menschen schüttelte, hatte sie angesteckt, sie mußte hören, sehen, lernen, erfahren, sie wollte wissen, woher es kam, und sie wollte möglichst voraussehen, wohin es ging.

Später, in den Jahren, die folgten, wunderte sie sich oft, wie ahnungslos und dumm sie in jener Zeit gewesen war. Sie hatte nichts begriffen, nichts verstanden. Genauso wenig wie Fred und seine Freunde.

Sie trank viel, sie rauchte viel, genau wie die anderen.

Sogar einen Verehrer hatte sie unter Freds Freunden, einen sehr hartnäckigen noch dazu; ein großer, schwergewichtiger Gewerbelehrer, ein lautes, raumfüllendes Mannsbild, SA-Mann der ersten Stunde, Hitler hatte ihm schon die Hand gedrückt, was ihm in diesem Kreis ein besonderes Ansehen verlieh.

Der versuchte immer wieder, Nina in eine Ecke zu drängen, sie zu küssen, ihr Knie, ihre Brust zu berühren. Einmal, ein einziges Mal, hatte sie sich von ihm nach Hause fahren lassen, das war fürchterlich gewesen, zerzaust, mit verrutschtem Rock und geöffneter Bluse gelang es ihr mit Mühe und Not, aus seinem Auto zu fliehen.

Den wollte Nina nicht. Auch wenn sie sich oft einsam fühlte, war sie zu solchen Kompromissen nicht bereit.

Von Peter Thiede hörte sie nur noch selten. Es hatte keine Trennung, keinen Abschied gegeben, er war nur langsam aus ihrem Leben hinausgeglitten. Zwei Filme hatte er in diesem Jahr gedreht, sein Name war nun bekannt, und im Herbst 1932 erfüllte sich sein großer Traum, er erhielt ein Engagement am Deutschen Theater, an Reinhardts weltbekannter Bühne. Auch wenn Reinhardt selbst dort nur noch sehr selten inszenierte, war der Ruf dieses Hauses so bedeutend wie eh und je.

Von allem, was in diesem Jahr und in dieser Zeit geschah, blieb Victoria weitgehend unberührt. Sie war mit sich selbst beschäftigt. Im Frühjahr beendete sie ohne Abitur die Schule und begann mit ihren Gesangstunden. Sie folgte dem Rat ihres langjährigen Musiklehrers Marquard und ging weder in ein Konservatorium noch auf die Musikhochschule, sondern in das private Gesangstudio der Frau Professor Losch-Lindenberg; sie folgte dorthin Lili Goldmann, einem Mädchen aus der Parallelklasse, die über eine schöne Altstimme verfügte. Marquard hatte mit beiden Mädchen sehr ausführlich über die Gründe für seine Empfehlung gesprochen: »Ich habe in den letzten Jahren genau verfolgt, wie die Ausbildung in den verschiedenen Instituten vor sich geht. Ihr wißt ja, daß ich die menschliche Stimme für das herrlichste Instrument halte.«

Das wußten sie, er hatte es ihnen oft gesagt. Er wäre gern Sänger geworden, hatte er ihnen einmal erzählt, hatte sich auch eine Weile ausbilden lassen, aber dann erkannt, daß er, wie er sich ausdrückte, kein neuer Caruso werden würde.

Er spielte mehrere Instrumente perfekt und war ein passionierter Musiklehrer, glücklich darüber, wenn hier und da unter seinen Schülerinnen eine war, bei der sein Enthusiasmus für die Musik ein Echo fand.

In diesem Jahrgang waren es diese beiden, Victoria und Lili.

»Sänger ist so ziemlich der härteste und aufopferungsvollste Beruf, den man sich aussuchen kann. Ihr werdet auf vieles verzichten müssen, und ihr werdet mehr arbeiten müssen, als die meisten anderen Menschen. Und schafft es vielleicht dennoch nicht. Aber wenn ihr es schafft, dann gehört ihr zu den Glückskindern dieser Erde.«

Jetzt gehe es aber darum, sich über die Art der Ausbildung, ihre Dauer, ihre Intensität klar zu werden.

»Der Unterricht in den Instituten ist manchmal sehr unpersönlich, geht zu wenig auf die vorhandene Begabung, auf die individuelle Persönlichkeit des Schülers ein. Die Losch-Lindenberg dagegen gibt einen großartigen Unterricht, sehr intensiv, sehr ehrlich. Sie verlangt viel, und sie macht keine Kompromisse. Wenn sie merkt, es wird nichts, dann sagt sie das unumwunden. Denn sie ist nicht aufs Geld aus, sie hat von ihrem Mann ein Vermögen geerbt und gibt Gesangstunden aus Freude an der Sache, nicht, um damit Geld zu verdienen. Das ist schon mal viel wert.«

Und dann lächelte ihr Lehrer und fügte hinzu: »Und da ich sie kenne und schätze und manchmal in ihr Studio komme, um zu hören, was sich da tut, werde ich euch nicht ganz aus den Augen verlieren, meine lieben Kinder.«

Lili hatte im vergangenen Winter schon mit den Stunden begonnen und war hell begeistert. Außerdem, so sagte sie offen, sei es doch von großer Wichtigkeit für sie, daß die Stunden bei der Losch-Lindenberg nicht allzu teuer seien, die meisten Gesanglehrer verlangten weitaus mehr.

Zwar hatte Victoria noch im letzten Sommer Herrn Barkoscy erzählt, Lili sei aus vermögendem Haus, aber so ganz stimmte das inzwischen auch nicht mehr. Lilis Vater besaß ein Juweliergeschäft in der Joachimsthaler Straße – aber wer kaufte heute noch Schmuck?

Lili und Victoria trafen sich öfter bei Elga Jarow, seit vielen Jahren Victorias beste Freundin, die zwar selbst weder künstlerische noch sonstige berufliche Ambitionen hatte, aber lebhaften Anteil an Victorias Plänen nahm.

Die Jarows bewohnten eine große Villa am Rande des Grunewalds, sie waren wohlhabende, besser gesagt, reiche Leute, die von der Not der Zeit nicht berührt wurden. Elgas Vater war Anwalt, ein bekannter Strafverteidiger, und verdiente dementsprechend gut, das große Vermögen jedoch war durch Elgas Mutter in die Familie gekommen. Sidonie Jarow entstammte einer der größten jüdischen Bankiersfamilien, weltweit gesichert war das Vermögen dieses Hauses, und über Geld hatte Sidonie Jarow nie in ihrem Leben nachdenken müssen.

Sidonie war eine zierliche, anmutige Frau, blond und blauäugig, genau wie ihre Tochter Elga, selbst der penibelste Rassenforscher hätte sich schwer getan, in ihr die Jüdin zu erkennen. Abgesehen davon wußte natürlich jedermann, wer sie war. Sidonie war das vollkommen gleichgültig. Ihr war eigentlich alles egal, was auf der Welt vorging, für sie existierte nur etwas, das von Bedeutung war: ihre Pferde. Ihr Vater besaß einen berühmten Rennstall, außerdem eine eigene Vollblutzucht. Sidonie hatte als sehr junges Mädchen Theodor Jarow geheiratet. Er liebte sie und hatte sie partout haben wollen, und ihr war es im Grunde auch egal gewesen, wen sie heiratete. Obwohl sie zwei hübsche Kinder, einen Sohn und eine Tochter, zur Welt brachte, gab sie nur gelegentliche Gastspiele in ihrem großen Haus am Grunewald. Wenn sie nicht auf dem Gestüt war, reiste sie von Rennplatz zu Rennplatz, denn sie mußte dabei sein, wenn eines ihrer Pferde lief, ganz gleich in welcher Stadt Deutschlands, in welchem Land Europas das Rennen stattfand. Sie mußte aber auch dabei sein, wenn die Stuten fohlten, wenn die Fohlen abgesetzt wurden, wenn die Jährlinge das erstemal auf die Weide gingen, wenn die Zweijährigen ins Training kamen oder ihre ersten Rennen liefen. Sie kannte jedes ihrer Pferde von den Nüstern bis zur Schweifspitze, und es waren immerhin mit den vier Hengsten und den Veteranen an die hundertzwanzig bis hundertfünfzig Stück, je nachdem, wie viele Jungtiere vorhanden waren. Sie liebte jedes ihrer Pferde aus tiefstem Herzensgrunde, und gab es einen Unfall, stürzte eines oder wurde krank oder trug eine Verletzung davon, war sie zutiefst besorgt, und geschah noch Schlimmeres, starb eines der Tiere oder mußte getötet werden, litt sie tage- und wochenlang.

Um ihren Mann und ihre Kinder dagegen kümmerte sie sich wenig, und als der Mann sich schließlich eine Freundin nahm, berührte sie das nicht im mindesten.

Elga und ihr Bruder Johannes hatten jedoch nicht das Gefühl, etwas entbehrt zu haben. Sie waren sorgfältig von ausgesuchtem Personal und Lehrern aufgezogen worden, ihr Vater liebte sie, und wenn sie ihre Mutter gelegentlich sahen, freuten sie sich, spotteten liebevoll über die pferdeverrückte Mama und gingen erleichtert zur Tagesordnung über, wenn Sidonie wieder abgereist war. Für Pferde allerdings interessierten sie sich beide nicht, es war ihnen am liebsten, wenn sie von Pferden nichts sahen und hörten.

Johannes war fünf Jahre älter als seine Schwester, und Victoria kannte ihn solange wie sie Elga kannte, sie war mit Johannes befreundet wie mit Elga, aber unmerklich war in den letzten zwei Jahren bei ihm aus dieser Freundschaft so nach und nach Liebe geworden.

Elga merkte es früher als Victoria selbst.

»Du bist in Victoria verliebt«, hatte sie ihrem Bruder gegenüber festgestellt, als Victoria im vorigen Sommer vom Lido zurückgekommen war und begeistert von einem gewissen Cesare Barkoscy berichtet hatte, worauf Johannes deutliche Anzeichen von Eifersucht erkennen ließ.

»Könnte sein«, gab Johannes leicht verlegen zur Antwort.

»Das ist prima«, meinte Elga. »Ich liebe sie auch. Du kannst sie später heiraten, dann bleibt alles in der Familie. Das mit der Singerei wird schon nicht so wichtig sein.«

»Ich nehme sie auch, wenn sie singt«, sagte Johannes.

Er war ein liebenswürdiger, junger Mann, mittelgroß, schlank, vom Typ her ähnelte er seinem Vater, er hatte braune Augen und lockiges braunes Haar, er war überaus höflich und rücksichtsvoll, leicht verletzbar, nicht frei von Komplexen.

Er studierte Architektur.

War er auch in all den vergangenen Jahren für Victoria nichts anderes gewesen als Elgas Bruder, so fand sie sich mühelos mit der neuen Situation ab. Es war sehr angenehm, geliebt und verehrt zu werden. Daß sie immer noch in Thiede verliebt war, behielt sie für sich – sie ging in jeden seiner Filme, himmelte ihn aus der Ferne an, aber mit Maßen, denn sie war ein realistisch denkendes Mädchen. Im übrigen ließ sie sich von Johannes verwöhnen, segelte mit seiner Jolle auf der Havel, fuhr mit seinem Auto durch die Gegend und ging mit ihm und Elga ins Theater oder ins Konzert.

Vom Elend und von der Not der Zeit merkte Victoria Jonkalla relativ wenig. Zu Hause ging es nicht mehr so knapp zu wie früher, daß sie singen würde, war inzwischen eine rundherum anerkannte Tatsache, ihre Mutter und Marleen, beziehungsweise Onkel Max würden es gemeinsam finanzieren. Durch den engen Umgang mit Elga und Johannes bewegte sich Victoria in verhältnismäßig großzügigem Rahmen, sie besuchte gute Restaurants und saß in der Oper nicht mehr im vierten Rang. Hitler, die Kommunisten, Streiks, Saalschlachten, Straßenkämpfe?

Das ging Victoria Jonkalla nichts an. Sie war wirklich ein Glückskind in dieser Zeit.

Johannes holte sie ab, als sie zu ihrer ersten Gesangstunde ging, und fuhr sie in seinem beigefarbenen Roadster nach Halensee, wo sich das Gesangstudio der Frau Professor Losch-Lindenberg befand.

Er legte den Arm um ihre Schulter, als sie ausgestiegen war.

»Toi-toi-toi«, sagte er. »Ich wünsche dir, daß du eine neue Melba wirst.«

Victoria lachte. »Ausgerechnet! Dann mußt du immer Pfirsiche mit Eis essen.«

Er neigte sich zu ihr und küßte sie auf den Mund.

»Das wäre das wenigste, was ich für dich tun würde. Verlange etwas Schwereres.«

»Halt mir den Daumen!«

»Das ist auch nicht schwierig. Soll ich dir nicht lieber ein Opernhaus bauen?«

»Später.«

Sie gab ihm auch einen Kuß, schlenkerte ihre Mappe und ging unbeschwert, voll Zuversicht zu ihren ersten Übungen. Atemübungen würden es sein, das wußte sie von Lili.

Ende Mai kam Cesare Barkoscy nach Berlin.

Victoria hatte schon lange auf diesen Besuch gewartet, sich darauf gefreut. Seit dem vergangenen Sommer stand sie mit ihm im Briefwechsel. Sie schrieb ihm ab und zu, berichtete, was in ihrem Leben geschah, und so hatte sie ihm auch mitgeteilt, daß sie nun mit den Gesangstunden angefangen hätte.

Cesare schrieb zurück, das sei doch nun wirklich ein Grund, sie wiederzusehen, er fühle sich als eine Art Patenonkel, was das Singen angehe, und er habe vor, falls ihr das nicht allzu lästig sei, an diesem Teil ihrer Entwicklung ein wenig Anteil zu nehmen.

Berlin präsentierte sich einigermaßen manierlich, als er kam; es war noch die Zeit des Uniform- und Aufmarschverbotes, die Zeit nach der Reichspräsidentenwahl und vor Brünings Rücktritt.

Es ging relativ friedlich zu.

»Er wird im Adlon wohnen«, verkündete Victoria stolz, und Nina meinte darauf: »Das war zu erwarten.«

Sie und Victoria wurden zum Abendessen eingeladen, eben ins Adlon, und Nina hatte direkt ein wenig Lampenfieber, diesen sagenhaften Italiener nun endlich kennenzulernen.

Aber es ging ganz leicht; vom ersten Moment an, genau wie seinerzeit ihre Tochter, faßte Nina Zutrauen zu diesem Mann.

Er kam ihnen zwischen den hohen Marmorsäulen der Halle entgegen, küßte Nina die Hand, sein Blick war aufmerksam, dann lächelte er.

»Ich habe es mir gedacht, daß meine kleine Freundin eine hübsche und charmante Mama hat«, sagte er, als sie beim Cocktail auf den roten Ledersessel in der Bar saßen.

Nina trug eins von Marleens hübschen Kleidern und war beim Friseur gewesen. Der ganz kurze Bubikopf war aus der Mode, sie trug ihr Haar jetzt wieder etwas länger, Rosmarie hatte es in weiche Wellen gelegt und nach hinten frisiert, Wangenlinie und Stirn blieben frei. Das Kleid war taubenblau, schräg geschnitten, ihre Figur war so mädchenhaft schlank wie die ihrer Tochter. Um den Hals trug sie eine Perlenkette, die Marleen ihr geschenkt hatte.

»Perlen passen nicht zu mir«, hatte Marleen gesagt. »Ich brauche Steine und was zum Glitzern.«

Cesare entdeckte manche Ähnlichkeit zwischen Mutter und Tochter, doch auch manchen Unterschied.

»Die Augen sind verschieden«, sagte er. »Aber die Haarfarbe ist die gleiche. Honigfarben. Venedigs Sonne zauberte wunderbare Lichter in das Haar Ihrer Tochter, gnädige Frau. Ich habe mich außerordentlich daran entzückt.«

»Das haben Sie mir nie gesagt«, meinte Victoria erstaunt und geschmeichelt.

»Nun, man muß nicht alles aussprechen, was man beobachtet. Ich tue es jetzt, und es ist für Sie und für mich auf diese Weise eine Erinnerung an Venedig. Ich stelle mir die Haarfarbe, die man der Venezianerin von einst nachsagte, so ähnlich vor. Es heißt, sie hätten sich auf die Dächer und Balkone gesetzt, das Gesicht durch einen breiten Hutrand vor der Sonne geschützt, denn die Haut mußte natürlich weiß bleiben, aber der Deckel des Hutes wurde entfernt, das Haar ausgebreitet, so daß die Sonne ihm den gewünschten Goldton verleihen konnte.«

»Ich bekomme Kopfschmerzen, wenn ich nur daran denke«, sagte Nina lächelnd.

»Venedigs Sonne wird in meinem Haar ein Gold bereiten: aller Alchemie erlauchten Ausgang«, zitierte Cesare.

Nina hob fragend die Brauen.

»Was ist das?«

»Rilke. Es gibt ein Gedicht von ihm, das so beginnt. Leider kann ich es nicht mehr auswendig, nur die erste Zeile fiel mir soeben ein.«

»Sie lieben Rilke? Ich auch. Überhaupt Gedichte«, Nina wurde lebhaft, das Gespräch mit diesem seltsamen Mann ging ihr so leicht von den Lippen wie zuvor schon ihrer Tochter. »In der Schule tat ich nichts lieber als Gedichte aufsagen. Je länger, je lieber. Ich kannte soviele auswendig. Inzwischen habe ich sie leider vergessen.«

»Das ist schade. Aber gerade im Moment habe ich mir vorgenommen, wieder häufiger Gedichte zu lesen.«

Er hätte hinzufügen mögen: der Blick in Ihr Gesicht, Nina, regt mich dazu an.

Aber wie immer sprach er nicht alles aus, was er dachte.

»Ach, Rilke«, sagte Nina. »Ich schwärmte so für den ›Cornet‹. Sicher ist das nicht sehr originell, das taten damals wohl viele junge Mädchen. ›Reiten – reiten –.‹ Einmal wäre ich beinahe gestorben, den ›Cornet‹ in der Hand.«

»Gestorben?« fragte Victoria. »Wieso denn das?«

Nina trank einen Schluck Wein. Das Essen war vorüber, es war ausgezeichnet gewesen, sie warteten auf das Dessert.

»Ungefähr eine halbe Stunde von unserem Haus entfernt gab es eine kleine Erhebung. Sonst war die Gegend ja ganz eben, dort bei uns in Niederschlesien. Ich bin nämlich keine geborene Berlinerin«, fügte sie hinzu, an Cesare gewandt.

»Das war mir bereits bekannt. Eine Berlinerin aus Breslau.«

»Nicht einmal das. Ich komme aus einer kleinen Stadt an der unteren Oder. Und wie gesagt, da gab es diesen Hügel. Wir nannten ihn den Buchenhügel, weil er mit Buchen bewachsen war, die aber sehr weit auseinander standen. Das gab so ein lichtes helles Grün im Sommer.«

Cesare nickte. »Ich kann es mir vorstellen.«

»Wirklich? Es ist eigentlich eine sehr deutsche Landschaft.«

»Sie vergessen, gnädige Frau, daß ich Österreicher bin. Auch wir haben Buchen.«

»Ach ja, stimmt. Ich bilde mir immer ein, Sie seien Italiener.«

»Nur meine Mutter war Italienerin. Und was geschah auf jenem Buchenhügel mit dem ›Cornet‹ und mit Ihnen?«

»Ich war an einem warmen Sommertag dort hinaufgegangen, allein, nur mit dem ›Cornet‹ in der Hand, ich war sehr melancholisch, eigentlich schon traurig, eine unglückliche Liebe machte mir das Herz schwer.«

»Eine unglückliche Liebe?« fragte Victoria neugierig. »Oh, Mutti, wer war es denn? Und wie alt warst du?«

Nina beantwortete nur die letzte Frage.

»Ich war sechzehn. Man kann sehr leiden in diesem Alter.«

Cesare blickte in das schmale Gesicht, in die großen graugrünen Augen.

Du bist auch heute nicht glücklich, dachte er. Du siehst aus, als seist du selten in deinem Leben glücklich gewesen. Dabei siehst du genau so aus, als seist du zur Liebe geboren. Deine Augen sind anders als Victorias Augen. In deinen Augen ist Traum, ist Sehnsucht, aber auch Resignation. Victorias Augen sind heiter, voll Zuversicht, ein wenig Härte ist vielleicht sogar darin. Deine Augen sind jünger als ihre Augen.

»Ich saß da, las im ›Cornet‹, träumte vor mich hin, ja, ich glaube, geweint habe ich auch ein bißchen«, erzählte Nina weiter, sie tat es ohne Ironie, die Wehmut, die sie gefühlt hatte, damals, an jenem Tag, schwang in ihren Worten mit.

Ihr selbst kam es vor, mochte auch noch soviel Zeit vergangen sein, als sei es gar nicht lange her. »Am liebsten wollte ich sterben. Ich merkte gar nicht, daß ein Gewitter aufzog, ich saß am Ostrand des Hügels, blickte auf die Oder hinunter, und das Gewitter kam von Westen. Es kam sehr schnell, und es war sehr heftig. Ich konnte nicht mehr nach Hause laufen, und ich weiß noch, daß ich dachte: es macht ja nichts, wenn ich sterbe. Wenn mein Leben etwas wert ist, dann wird mir nichts geschehen. Dann brach ein großer Ast von einem Baum und traf mich am Kopf.«

»Mutti, das hast du mir nie erzählt.«

489

»Nein. Es fiel mir gerade eben ein. Ich weiß auch nicht, warum. Ach ja, Rilke, das war das Stichwort.«
»Und dann?«
»Ich lag da ziemlich lange, bewußtlos. Kurt Jonkalla fand mich schließlich.«
»Mein Vater«, sagte Victoria befriedigt.
Nina lächelte. Sie sah ihre Tochter an. Dann nickte sie.
»War er die unglückliche Liebe?«
»Nein, er nicht. Wir waren damals nichts als Jugendfreunde. Vielleicht liebte *er* mich schon, ich weiß es nicht.«
Meine unglückliche Liebe war dein Vater, dachte Nina, dein wirklicher Vater. Mein Onkel Nicolas. Er war nicht mehr da, ich dachte Tag und Nacht an ihn und sehnte mich nach ihm. Wardenburg war verloren und Nicolas fort.
Sie hatte das Gefühl, wenn sie jetzt mit Victoria allein wäre, wenn nicht der fremde Mann am Tisch säße, dann hätte sie ihrer Tochter die Wahrheit sagen können.
Ob sie einmal Victoria sagen würde, wer ihr Vater war?
Später, viel später erst würde sie es Victoria sagen können.
Sie war zu jung. Sie mußte selbst geliebt haben, um zu verstehen.
»Ein junger Mann fand Sie also«, brachte Cesare ihre Erzählung wieder in Fluß, »ein junger Mann, der Ihnen zugetan war. Ein Jugendfreund.«
»Er brachte mich nach Hause. Und er mußte mich tragen. Ich war bewußtlos und naß bis auf die Haut. Kurtel war klein und nicht sehr kräftig, es muß ihn sehr angestrengt haben. Dann mußte ich lange im Bett liegen, ich hatte eine Gehirnerschütterung und eine Platzwunde am Kopf, die genäht werden mußte. Ich könnte euch die Narbe zeigen.«
»Warum hast du mir das nie erzählt, Mutti?«
»Ich habe dir vieles nicht erzählt. Es ist Vergangenheit. Und man soll doch in der Gegenwart leben, nicht wahr?«
Cesare konnte seinen Blick kaum von ihrem Gesicht lösen. Diese weiche Linie der Wange, der sanfte Bogen der Lippen und dann diese Augen. Ein Gesicht zum Träumen, dachte er, und ahnte nicht, wie nahe er dem kam, was Nicolas einst zu der jungen Nina gesagt hatte: Du hast ein Traumgesicht.
Das wäre auch eine Geschichte, die Nina ihnen erzählen könnte.
Der erste Ball ihres Lebens, das weiße Ballkleid mit den rosa Röschen um den Ausschnitt, und Nicolas, der hinter ihr stand, die Hände auf ihren Armen, ihre Blicke, die sich im Spiegel begegneten.
Du hast ein Traumgesicht.
»Als ich im Bett lag«, erzählte Nina weiter, »mußte ich immer darüber nachdenken, wie mein Orakel nun ausgegangen war. Wenn mein Leben etwas wert ist, wird mir nichts passieren. Mir war etwas passiert. Aber ich lebte. Wie also lautete die Antwort?«
Sie blickte über den Tisch hinweg in Cesares Augen.
»Zu welcher Antwort kamen Sie?« fragte er.
»Eigentlich zu keiner. Heute kenne ich sie. Mein Leben war nichts wert, und ein Blitz oder auch der Ast hätten mich ruhig erschlagen können.«
»Aber Mutti!« sagte Victoria betroffen.
Cesare hielt ihren Blick fest. »Ich fürchte, gnädige Frau, Sie sind auf dem

besten Weg, wieder so melancholisch zu werden wie seinerzeit mit dem ›Cornet‹ unter dem Arm. Ich schlage vor, wir löffeln unser Dessert zu Ende und setzen uns zu einer Flasche Champagner in die Bar.«

»Das wird mir guttun«, sagte Nina höflich.

Aber sie dachte: was auf Erden könnte mich melancholischer machen als Champagner. Nicolas trank Champagner, wo er ging und stand, und bei jedem Schluck werde ich an ihn denken. Aber das werde ich euch nicht erzählen. Ich verstehe überhaupt nicht, warum ich diese Geschichte erzählt habe.

Aber das würde sie noch lernen, daß man Cesare gegenüber ganz von selbst mitteilsam wurde. Diese Erfahrung hatte Victoria bereits vor einem Jahr gemacht.

Cesare blieb nur fünf Tage in Berlin, er sah Victoria noch dreimal, Nina nur noch einmal, als sie zu dritt in die Oper Unter den Linden gingen.

Leider habe er diesmal nicht mehr Zeit, sagte er, aber er werde bald wieder einmal kommen.

Gemeinsam mit ihrer Tochter überlegte Nina, ob man ihn einmal in die Motzstraße einladen solle.

Aber Victoria entschied noch vor Nina: »Lieber nicht.«

Nina verstand sie. Sie lebten verhältnismäßig kleinbürgerlich in der Motzstraße, das Excelsior am Lido, das Adlon in Berlin, die Oper, das war jeweils ein Rahmen, der ihnen besser zu Gesicht stand, und Cesare Barkoscy ebenfalls.

Cesare sprach den Wunsch aus, Victoria singen zu hören; ob sie schon etwas gelernt hätte, das würde ihn interessieren.

»Es gibt noch nicht viel zu hören«, sagte Victoria. »Bis jetzt habe ich hauptsächlich atmen gelernt. Das ist die Voraussetzung für anständiges Singen, sagt Marietta. Marietta Losch-Lindenberg, so heißt meine Lehrerin.«

»Nennen Sie sie Marietta?«

»O nein. Kein Gedanke. Wir sagen Frau Professor zu ihr. Aber unter uns, da nennen wir sie eben Marietta. Das klingt schon so richtig musikalisch, nicht?«

»Wie viele Schüler sind es denn?«

»Zur Zeit sind wir neunzehn. Fünf Männer und alles andere Mädchen.« Sie seufzte. »Es lernen viel mehr Mädchen singen als Männer. Dabei gibt es viel mehr Männerrollen auf der Bühne als Frauenrollen. Sie behält auf die Dauer nicht jeden. Jeder hat ein Jahr lang die Chance zu zeigen, was er kann und ob er ordentlich arbeitet. Dann schmeißt sie ihn raus, wenn es nicht klappt. Das sagt sie jedem gleich zu Anfang. Ich bin das Baby, wie Marietta mich nennt. Weil ich zuletzt angefangen habe. Dabei bin ich nicht einmal die Jüngste. Wir haben eine, die ist erst siebzehn.«

»Das sind Sie doch auch, wenn ich mich recht erinnere.«

»Nicht mehr lange. Ich bin fast achtzehn. Ulrike ist erst im April siebzehn geworden.«

»Ach ja«, Cesare nickte mit ernster Miene. »Das ist natürlich ein gewaltiger Unterschied.«

»Aber mit meinem Zwerchfell ist Marietta schon sehr zufrieden: Hier, fühlen Sie mal.«

Sie stand auf, nahm seine Hand und legte sie ungeniert auf ihren Leib, atmete ein und stützte das Zwerchfell ab. Das ereignete sich bei einem Mittagessen in einem Lokal draußen an der Havel. Cesare war leicht betroffen, aber Victoria war mittlerweile so daran gewöhnt, daß man einander die Hand auf das Zwerchfell legte, daß sie nichts dabei finden konnte. Sie war sehr stolz auf ihr erfolgreiches Zwerchfell.

Sie setzte sich wieder und fuhr fort: »Das ist die Säule, auf der die Stimme ruht. Wenn das Zwerchfell nichts taugt, nützt die schönste Stimme nichts.«

»Einleuchtend«, sagte Cesare und dachte: Schade um deine schlanke Taille, die wirst du auf diese Weise nicht lange behalten. Aber das ist wohl der Preis des Ruhms. Falls es je einer werden sollte.

»Ich singe nur Excercisen und Scalen. Und Sprechübungen muß ich machen, um die Stimme nach vorn zu bringen. Richtig singen darf ich erst viel später. Am Anfang ein paar leichte Lieder. Und dann Bach. Immer wieder Bach: Der ist ganz wichtig, sagt Marietta.«

Victoria brachte Cesare an den Zug, er fuhr nach Paris, Schlafwagen, erster Klasse.

»So eine Reise möchte ich auch einmal machen«, sagte Victoria sehnsüchtig.

»Später, mein Kind, jetzt kümmern Sie sich erstmal schön um Ihr Zwerchfell. Addio, Baby.«

Victoria zog eine Schnute, er küßte sie auf die Wange.

Im Herbst, das könne sein, käme er noch einmal für ein paar Tage. Und ganz bestimmt im nächsten Frühjahr zu einem langen Besuch.

»Der is 'ne Wolke, nicht?« sagte Victoria zu Nina, als sie nach Hause kam.

»Er ist ein eigentümlicher Mensch«, meinte Nina. »Es ist schwierig, sich ein Urteil zu bilden. Da ist irgendetwas, das einen bezaubert. Was macht er eigentlich?«

»Keine Ahnung. Geschäfte, wie das immer heißt.«

»Geschäfte – was heißt das wirklich? Wir leben so abseits, wir wissen gar nicht, wo die Leute, die Geld haben, das Geld herhaben. Es muß eine ganz bestimmte Begabung sein.«

»Ich stell mir das so vor wie mit dem Singen«, sagte Victoria leichtherzig. »Einer hat die Begabung für die Musik und der andere für Geld.«

»Ja«, sagte Nina langsam, »so wird es wohl sein. Und es gibt eine Menge Menschen, die haben überhaupt keine Begabung. Ich möchte wissen, wozu die überhaupt leben.«

Aber wie immer man die Welt auch betrachtete – Begabung, Geld, Hitler, Brüning, Gesangstunden und ein prachtvolles Zwerchfell – das größte Ereignis in diesem Jahr war die Hochzeit von Trudel Nossek.

Als Nina erfuhr, was in Neuruppin bevorstand, es war an einem Tag im August, ziemlich genau ein Jahr nach Trudels erstem Besuch in Fontanes Geburtsort, schnappte sie nach Luft.

»Warum nicht?« fragte Trudel kühl und stellte den Korb mit den ersten frühen Pflaumen auf den Tisch. »Die ewige Hin- und Herfahrerei habe ich satt. Und Fritz möchte mich immer bei sich haben.«

»Du willst uns wirklich verlassen?«

»So dringend braucht ihr mich doch nicht mehr. Victoria ist so gut wie erwachsen, und das Jungele – na, der wird uns oft besuchen. Er kann in allen Ferien bei uns sein. Wir werden immer ein Zimmer für ihn bereithaben. Fritz hat Stephan sehr gern.«

Wir, uns, das sagte sie mit größter Selbstverständlichkeit, und dieser Plural bezog sich nicht mehr auf Nina und ihre Kinder, er bezog sich auf den braunen Lokomotivführer.
Am nächsten Tag kreuzte Nina bei Marleen am Kleinen Wannsee auf.
Marleen saß auf der Terrasse, sie trug kurze weiße Shorts, es war sehr warm an diesem Tag, die Beine baumelten über der Sessellehne, und sie lachte sich halbtot, als Nina ihr die Neuigkeit verkündet hatte.
»Die Welt ist voller Wunder. Trudel als Braut. Es ist zu schön, um wahr zu sein.«
»Ich finde es nicht zum Lachen.«
»Warum nicht? Glaubst du, sie hat schon mal mit einem Mann geschlafen?«
»Bestimmt nicht. Mit wem denn?«
»Nun, dann stell' dir das vor! Das junge Paar im ersten Liebesrausch. O nein, ich kann nicht mehr. Was willst du, Tee oder lieber was Kaltes?«
»Was Kaltes. Und ich finde dich reichlich albern.«
Marleen, noch immer lachend, klingelte nach dem Mädchen.
»Ich muß ihn unbedingt kennenlernen, diesen Casanova. Einer, dem es gelingt, Trudel von ihrer Jungfräulichkeit zu erlösen, ist bestimmt sehenswert. Wenn das kein Romanstoff ist – sie liest doch so gern Romane. Wie alt ist sie eigentlich?«
»Einundfünfzig.«
»Da wird es aber wirklich Zeit. Sie kriegt von mir ein fabelhaftes Hochzeitsgeschenk. Was meinst du? Ein Doppelbett?«
»Hör doch auf, dich lustig zu machen. Ich find's nicht lustig.«
»Aber ich. Cilly, Whisky, Wermut, Soda und Zitrone. Und viel Eis, bitte! Wann soll denn die Hochzeit sein?«
»Nächsten Monat schon. Mitte September. Und weißt du, warum?« Nina lachte jetzt auch. »Sie sind ja wohl beide praktisch veranlagte Leute. Also der Lokomotivführer hat Mitte September Geburtstag, er wird sechzig. Und Trudel meint, da könne man beide Feste zusammenlegen, das käme nicht so teuer. Da braucht man die Familie nur einmal einzuladen.«
»Wie recht sie hat. Sind wir das, die Familie?«
»Nur zum kleinen Teil. Der Bräutigam hat Schwestern und Brüder, und die sind verheiratet und haben vermutlich Kinder und sonstigen Anhang. Es wird ein großes Fest.«
»Klingt entsetzlich.«
»Nicht wahr? Das wirst du dir wohl noch mal überlegen, ob du daran teilnimmst.«
»Und ob ich das werde! So was erlebt man nur einmal.«
Später, sie rauchten und hatten jeder zwei Manhattan getrunken, blickte Marleen verträumt auf den Kleinen Wannsee hinaus.
»Paßt wunderbar zusammen. Ich bin zur Zeit nämlich auch verliebt.«
Nina blickte unwillkürlich zur Tür, die ins Haus führte, ob dort nicht etwa überraschend Max stand.
»Schon wieder mal?« fragte sie uninteressiert.
»Ja. War ich schon lange nicht mehr.«
»Freut mich für dich.«
»Ist in gewisser Weise eine genauso ulkige Angelegenheit wie der Lokomotivführer. Ein SA-Mann aus Bayern.«

493

»Was? Bist du verrückt?«

»Achtundzwanzig ist der. Und rasend in mich verliebt. So ein richtiger Naturbursche. Der bringt mich bald um, so potent ist der.«

»Marleen, das kann nicht dein Ernst sein.«

»Aber ja. Ich hab' so was noch nicht erlebt. Eigentlich gar nicht mein Typ. Weißt du, so ein großer, kräftiger Bursche, naiv wie ein Kind. Manieren muß ich dem erst beibringen. Die Stirn ist ziemlich niedrig. Viel Grips hat er nicht.«

»Kann ich mir denken. Sonst wäre er ja wohl kaum bei der SA.«

»Da ist der schon lange dabei. Ganz von Anfang an. Als er neunzehn war, hat er diesen Putsch in München mitgemacht, Marsch auf die Dings, auf die . . . na, wie sagt er immer? Feldherrnhalle heißt das Ding, glaube ich.«

»Ich finde dich geschmacklos.«

»Ach wo. Kann ja auch ganz nützlich sein. Wenn der Hitler wirklich mal an die Macht kommt, wie die das nennen, dann habe ich einen Nazi-Goi im Hause, ist doch praktisch. Kann uns gar nichts passieren. Und wenn wir den Hitler dann los sind, stelle ich den Loisl als Chauffeur ein oder als Reitknecht. Alois heißt der, stell dir vor. Zu Hause nennen sie ihn Loisl. Ist das nicht süß?«

Nina reichte ihr leeres Glas über den Tisch.

»Gib mir noch so 'n Ding. Ist ja egal, wovon mir schlecht wird.«

»Er stammt aus irgendeinem Dorf in Bayern, sein Vater hat da 'ne Landwirtschaft. In der Nähe von Miesbach ist das Kaff. Na, das ist doch schon eine Pointe, Loisl aus Miesbach, damit schlage ich doch alle und jede.«

»Und was macht dein Loisl in Berlin?«

»No, was wird er machen, er bewegt sich in der Bewegung. Bereitet die Machtübernahme vor. Ich kenne ihn vom Reitclub.«

»Vom Reitclub?«

»Ja, sein Führer will, daß seine Trabanten die feine Lebensart lernen, unter anderem reiten. Wir haben uns schief gelacht. Hennig hat ihn vielleicht geschurigelt. Dreimal ist der arme Loisl am ersten Tag vom Pferd gefallen. So was passiert ja sonst nicht, man geht mit Anfängern immer sehr vorsichtig um, gibt ihnen ein ganz braves Pferd. Aber du weißt ja, Hennig war Rittmeister im Krieg, und die Nazis kann er nicht ausstehen.«

»Warum darf der denn dann überhaupt bei euch reiten? Sind doch fast alles Juden in eurem Club.«

»Nee, das denkst du bloß. Halb und halb etwa. Und so gut geht das Geschäft zur Zeit auch nicht, wer kann sich denn noch Reitstunden leisten. Die Verleihpferde stehen die meiste Zeit. Da nimmt Hennig jeden, den er kriegen kann, auch einen SA-Mann aus Miesbach.«

»Mir kommt es vor, als seien zur Zeit alle Menschen verrückt«, murmelte Nina.

»Das waren sie doch immer schon. Zu jeder Zeit. Du hast momentan eine politische Neurose. Dir geht's doch gar nicht so schlecht. Brauchst du ein neues Kleid? Wir gehen dann rauf und suchen dir eins aus, ich hab' ein paar schicke neue Sachen da. Und nachher fahren wir in die Stadt und essen bei Borchardt. Oder lieber im Kaiserhof? Da kannst du vielleicht den Hitler sehen.«

»Ich könnte dir eine reinhaun.«

»Sei friedlich. Trudels bevorstehende Heirat hat dich total aus den Pantinen gekippt. Sei doch froh, ihr habt dann mehr Platz in der Wohnung, du brauchst nicht mehr mit Victoria in einem Zimmer zu schlafen, das ist doch auch ganz angenehm. Wie geht's denn mit den Gesangstunden?«

»Sie ist sehr zufrieden damit. Bloß immer die Schwierigkeit mit dem Üben. Solange in der Kanzlei Betrieb ist, kann sie nicht üben. Und abends beschweren sich die Leute über uns.«

»Und was macht sie da?«

»Sie übt teils bei ihrer Lehrerin und teils draußen bei Elga. Die haben einen schönen Flügel, den ohnehin keiner benutzt.«

»Na, ist doch prima. Elga, das ist die kleine Jarow, nicht? Ich kenne ihn, ist ein fescher Mann. Und er hat eine süße Freundin, die hat 'n Laden am Kudamm, ich habe da auch schon gekauft. Eine ganz temperamentvolle Schwarzhaarige. Seine Frau ist so eine fade Blonde.«

»Fad ist die nicht, jedenfalls hat Vicky das noch nicht gesagt, nur kümmert sie sich kaum um die Kinder und den Mann. Die hat nur Pferde im Kopf.«

»Ach ja, ich weiß schon, die geborene von Hertzing. Mensch, Nina, die stinken vor Geld.«

»Elga hat einen älteren Bruder, mit dem flirtet Vicky sehr heftig.«

»Fabelhaft. Den soll sie heiraten, dann ist es egal, ob sie als Sängerin Erfolg hat oder nicht.«

Bei der Hochzeit in Neuruppin war Marleen wirklich zugegen.

Wie immer sah sie umwerfend aus, sie trug ein türkisblaues Ensemble, die Jacke hochgeschlossen, das Kleid darunter bestand im oberen Drittel nur aus Spitze, die Verwandtschaft des Lokomotivführers konnte den Blick kaum von Marleen wenden, die zudem von sprühender Liebenswürdigkeit war. Fritz Langdorn platzte bald vor Stolz über den feinen Familienzuwachs, den er vorzuführen hatte.

Marleen war in Begleitung ihres SA-Mannes, und der trug doch wirklich und wahrhaftig diese gräßliche Uniform, was Fritz Langdorn sehr entzückte. Weniger Nina. Nur mit Mühe konnte sie sich überwinden, diesem neuen Liebhaber ihrer Schwester die Hand zu geben.

Trotz des eleganten Kleides und des echten Schmucks ist Marleen eben doch ein ordinäres Stück, dachte Nina voll Verachtung, während sie unlustig bei der Hochzeitstafel saß. Das Essen schmeckte ihr nicht, sie trank nur viel, um ihre schlechte Laune, ihren Überdruß an diesen Leuten zu überwinden.

Sie konnte sie alle nicht leiden, diese und jene Familie nicht, ihre Schwestern konnten ihr gestohlen bleiben, und die beiden neuen Schwäger, der legale und der illegale, waren ihr ein Ekel.

Sie gab sich nicht die Mühe, mit irgend jemandem ein Gespräch zu führen, sie blieb abweisend, kühl, verschlossen. Aber etwas wußte sie von diesem Tag an ganz genau: nie und nimmer wollte sie mit Nazis etwas zu tun haben.

Es ist kein Umgang für mich, dachte Nina hochmütig. Es ist einfach unter meinem Niveau. Es ist Plebs, der raufkommt, es ist wichtigtuendes Kleinbürgertum. Nicolas, du hast mich gelehrt, was ich bin und wie ich sein soll, und ich werde immer so sein, wie du mich gewollt hast.

Über den Tisch hinweg fiel ihr Blick auf ihre Tochter. Victoria hatte eine kleine Falte auf der Stirn, und einen Mundwinkel leicht herabgezogen.

Nina öffnete den Mund vor Schreck. So, genauso ein Gesicht hatte Nicolas gemacht, wenn ihm irgend etwas nicht paßte. Sie blickte Victoria starr an, wie eine Klammer lag es um ihre Kehle.

Nicolas, deine Tochter, sie ist wie du. Wie du.

Einer klopfte an sein Glas und hielt eine Rede. Im Hintergrund an der Tür stand ein kleines Mädchen in Rosa, ein Körbchen in der Hand. Das würde der nächste Auftritt sein. All diese Langdornschen Sprößlinge, die Nina weder auseinanderhalten wollte noch konnte, mußten ein Gedicht aufsagen oder ein Lied singen oder sonst eine alberne Darbietung bringen.

Gräßlich. Es war einfach gräßlich.

Nina leerte ihr Glas, noch ehe die Rede begann. Sie würde sich jetzt betrinken. Dann aufstehen und gehen und nie mehr in ihrem Leben nach Neuruppin fahren.

Nina
Reminiszenzen

Ist doch komisch, daß ich mich jedesmal betrinke, wenn eines von meinen Geschwistern heiratet. Bei Willys Hochzeit war es auch so, da fühlte ich mich genauso angewidert, fand die ganze Sippe, einschließlich Willy, zum Kotzen.

Genaugenommen ist mir dieser Langdorn-Mensch nicht direkt unsympathisch, er ist sogar ganz nett. Ein anständiger Mensch, wie man so sagt.

Aber es genügt eben nicht, daß einer ein anständiger Mensch ist. Das ist zu wenig. Mich stört es, daß er bei den Braunen ist. Ich kann nicht erklären, warum ich so eine Aversion gegen diese Leute habe, sie haben mir nichts getan. Aber ich mag sie nicht. Es ist mehr ein Gefühl, ich kann es nicht begründen.

Es würde mich natürlich genauso stören, wenn er bei den Roten wäre. Seltsamerweise kenne ich keine Kommunisten, dabei gibt es davon doch auch eine Menge.

Die einzig normale Hochzeit von uns vier Mädchen hatte ich, richtig in Weiß, mit Kirche und Orgel. Hede und Marleen haben das allein erledigt, ohne Beteiligung der Familie.

Aber Willy, mein Bruder, der heiratete auch mit allem Drum und Dran, und ich habe mich von Trudel überreden lassen, dabeizusein. Auch Mutter zuliebe, sie war damals schon sehr krank, und sie hatte immer darunter gelitten, daß ich mich mit Willy nicht vertrug. Als Kinder haben wir uns geprügelt, und später, als er den kleinen Hund erschlagen hatte, den ich so liebte, habe ich nie mehr ein Wort mit ihm gesprochen.

Ich verabscheute Willy und machte keinen Hehl daraus, und das verdarb das Verhältnis zwischen mir und meinem Vater vollends.

Denn Vater liebte Willy. Das einzige seiner Kinder, das er liebte.

Er hatte sich so sehr einen Sohn gewünscht. Seine erste Frau war eine Lehrerstochter, die brachte Trudel zur Welt, und bei der zweiten Geburt starb sie. Ein paar Jahre darauf heiratete mein Vater wieder, meine arme Mutter. Was für ein hilfloses kleines Ding sie war, sie tat mir immer leid, ich weiß auch nicht warum. Und sie bekam eine Tochter nach der anderen, eine starb glücklicherweise bald nach der Geburt. Mit Trudel waren es dann vier Mädchen, ich kam zuletzt auf die Welt, und mein Vater soll sich überhaupt nicht darum gekümmert haben. Irgendwie kann ich das sogar verstehen, immer nur Töchter, das ist ja langweilig. Er wollte einen Sohn.

Doch dann – dann kam Willy. Trudel hat mir erzählt, daß Vater richtig glücklich war, als Willy geboren wurde. Willy war das einzige von uns Kindern, das verwöhnt wurde, und gerade bei ihm war es fehl am Platze. Willy war böse. Brutal und gemein.

Vier Jahre nach Willy wurde Ernst geboren, mein geliebter Erni. Aber es bedeutete meinem Vater seltsamerweise nicht viel, daß er nun noch einen zweiten Sohn hatte. Vielleicht weil Erni so klein und schwächlich war und von Geburt an krank.

Er hatte häufig Anfälle, wurde blau im Gesicht, fiel um – später erfuhren wir, daß er ein Loch in der Herzwand hatte.

Als er mit fünfundzwanzig starb, sagte Dr. Menz in Breslau, es sei ein Wunder, daß er überhaupt so lange gelebt habe. Wäre er nicht krank gewesen, wäre ein großer Mann aus ihm geworden. Ein neuer Schubert, ein neuer Mozart, was weiß ich, bestimmt der größte Komponist in diesem Jahrhundert. Davon bin ich heute noch überzeugt. Ich kann nur nicht verstehen, warum der liebe Gott einem Menschen eine große Begabung mitgibt und ihn gleichzeitig krank und lebensunfähig auf die Welt kommen läßt. Das soll mir mal einer erklären.

Es ist sehr schwer, Gott zu verstehen. Trudel hat damals gesagt, man braucht ihn nicht zu verstehen, man kann ihn gar nicht verstehen, dazu ist er viel zu groß.

Ich *will* ihn aber verstehen. Was habe ich von einem Gott, den ich nicht verstehen kann. Der einen Krieg zuläßt. Der es zuläßt, daß die Menschen sich so grauenvoll töten. Der alles Böse geschehen läßt und dann die Bösen nicht einmal bestraft.

Am allerwenigsten habe ich Gott bei Erni verstanden. Der hatte nie etwas Böses getan, er war rein und schuldlos wie ein Engel und ein großer Künstler dazu. Und mußte sich so elend zu Tode quälen.

Seitdem kann ich nicht mehr an Gott glauben. Er hat etwas Gutes, Reines, Edles zerstört, er hat es geschaffen und dann zerstört. Ich kann nicht verstehen, warum er das getan hat. Man könnte sagen, was er geschaffen hat, kann er auch zerstören. Aber das gibt doch keinen Sinn.

Willy war gemein und gesund. Und dumm. Vater hatte sich eingebildet, er müsse Abitur machen und studieren und dann würde etwas ganz Großartiges aus ihm werden, aber Willy war der Dümmste im Gymnasium er blieb immer wieder sitzen, und mit sechzehn oder siebzehn haben sie ihn relegiert. Weil man ihn mit einem Mädchen erwischt hatte, nicht nur beim Knutschen oder so, sondern richtig. Er hat später immer noch damit angegeben. In seiner Schule waren sie vermutlich froh, daß sie endlich einen Grund hatten, ihn loszuwerden.

Dann ging er zu einem Schlosser in die Lehre.

Ja, mein Vater, so sehen Träume aus. Von allen deinen Kindern hast du das geliebt, das am wenigsten taugte.

Erst kam Willy zum Militär, das gefiel ihm ganz gut, und dann begann der Krieg. Ihm ist natürlich nichts passiert. Nicolas fiel in Frankreich, Kur-

497

tel verschwand in Rußland, aber Willy kam ohne einen Kratzer nach Hause. Solchen wie ihm passiert nie etwas. Ihm hat der Krieg sogar Spaß gemacht, ich hörte ihn einmal prahlen, was für tolle Dinge er erlebt hätte, besonders mit Frauen. Mit Weibern, wie er sich ausdrückte.

Und dann hat er also geheiratet. Ich blöde Gans fuhr von Breslau zu dieser Hochzeit, weil Trudel das partout wollte. Schließlich ist er dein Bruder, und es gehört sich, und lauter solches Gewäsch.

Willy machte eine ausgesprochen gute Partie, einzige Tochter von einer Baufirma bei uns daheim.

Widerwillig bin ich zu dieser Hochzeit gefahren, es ging uns so schlecht, wir hatten kein Geld, und Nicolas war tot. Und dann diese dicke, satte, doofe Blondine, die mein Bruder heiratete, und die dicke, doofe, satte Familie dazu, so richtig spießig, und wie wichtig sie sich nahmen, und mittendrin mein Bruder Willy, groß und blond und so vital, ich haßte sie alle.

Bei dieser Hochzeit habe ich mich auch betrunken. Und merken lassen, daß ich sie nicht mochte. Sie haben mich ja auch nie wieder eingeladen, Gott sei Dank.

Trudel sagte, ich hätte mich unmöglich benommen.

Wenn schon. Es kam mir vor, als lebten sie auf einem anderen Stern. Nein, ich war es, die auf einem anderen Stern lebte, auf einem fernen, eiskalten, einsamen Stern.

Ich habe Willy dann nur noch einmal gesehen, bei Mutters Beerdigung. Bei Ernis Beerdigung wollte ich ihn nicht dabeihaben, ich habe es ihm erst danach mitgeteilt, daß er gestorben ist. Das heißt, nicht ich, Trudel hat das getan. Natürlich fand sie auch das wieder unmöglich.

Ich sagte: wenn Willy kommt, gehe ich nicht mit. Erni ist *mein* Toter. Ich will Willys dummes Gesicht an seinem Grab nicht sehen. Denn ich hasse Willy, weil er lebt und Erni tot ist.

Trudel verstand das nicht. Du bist ja nicht normal, sagte sie damals.

War ich auch nicht. Zu jener Zeit bestimmt nicht.

Marleen hatte Willy mal eingeladen, vor zwei oder drei Jahren, zu unserem sogenannten Familientag. Marleen nennt das so, wenn sie uns zwischen Weihnachten und Neujahr in ihr Haus zu einem festlichen Essen einlädt. Sind ja doch nur wir, Marleen, Trudel und ich, und die Kinder. Einmal war Hede da, ganz zufällig. Weil sie mit ihrem Mann gerade in Berlin war. Bin neugierig, was Marleen in diesem Jahr machen wird. Ob sie den Lokomotivführer einladen wird. Zusammen mit ihrem SA-Mann in das Haus ihres jüdischen Mannes. Es ist einfach verrückt.

Also damals hatte sie Willy eingeladen, und er schrieb, das Haus eines Juden würde er nie betreten. Marleen hat uns das erzählt und dazu gelacht. Max wird sie es ja hoffentlich nicht erzählt haben. Vermutlich ist Willy auch so ein Nazi. Das würde gut zu ihm passen. Und das erklärt ganz genau, warum es zu mir nicht paßt. Ich habe nämlich inzwischen etwas begriffen: es ist eine bestimmte Veranlagung, die einen Menschen zum Nationalsozialisten macht. Es ist gar nicht mal die Politik, es ist eine Eigenschaft.

Wenn ich Marleen das nächste Mal sehe, werde ich ihr sagen, daß sie mit diesem SA-Mann Schluß machen muß. Das ist sogar unter *ihrem* Niveau. Sie wird doch noch einen anderen Liebhaber finden können als ausgerechnet den.

Auf einmal bin ich rundherum von diesen Nazis umgeben. An meinem Arbeitsplatz, meine Schwestern, und um Stephan muß ich auch fürchten, daß er beeinflußt wird, teils von dem Lokomotivführer, teils von diesem gräßlichen Benno, der bei uns um die Ecke wohnt und den Stephan viel zu oft sieht.

Aber wahrscheinlich nehme ich das alles zu wichtig.

Victoria ist immun. Sie lebt in ihrer eigenen Welt. Sie ist so stark, daß sie alles von sich fernhalten kann, was ihr nicht paßt.

Warum denke ich das eigentlich immer? Bilde ich mir das ein? Nur weil ich es will?

Nicolas war nicht stark. Ich bin es auch nicht.

Aber Victoria, sie wird es sein.

Sie muß es einfach sein. Herr Gott, es muß doch in dieser Familie endlich einen geben, der stark genug ist, das Leben zu meistern, er selbst zu sein, herauszukommen aus dem Schlamm des Grundes, und der dann nicht immer wieder weggespült wird von der Flut, sondern ihr standhält.

Wenn ich schon zu feige bin und zu dumm, aus mir etwas zu machen, dann muß es Victoria gelingen. . . .

Anfang Oktober 1932 kam Cesare Barkoscy wieder nach Berlin, in ein unruhiges, krisengeschütteltes Berlin. Der Reichstag, der am 30. August zum erstenmal zusammengetreten war, hatte sich bereits am 12. September wieder aufgelöst, neue Wahlen standen vor der Tür. Papen regierte ohne Parlament und wieder mit Notverordnungen, sofern man überhaupt noch von regieren sprechen konnte.

Immerhin gab es zwei bedeutende Ereignisse, die in seine Kanzlerschaft fielen: Ihm gelang es, die Reparationszahlungen auszusetzen, was jedoch im Grunde nicht sein Verdienst war, ihm fiel in den Schoß, woran Brüning so mühevoll und zäh gearbeitet hatte. Das zweite Ereignis war ebenso bedeutungsvoll, es war ungeheuerlich, nur nahm fast kein Mensch davon Notiz, weil die Zeit an sich so ungeheuerlich war und eine Lähmung von ihr ausging, die die Menschen gleichgültig werden ließ. Im Sommer des Jahres 1932 hatte Papen kurzerhand die preußische Regierung ihres Amtes enthoben.

Der preußische Landtag, von Sozialdemokraten geführt, hatte bis zu dieser Zeit immer noch ordnungsgemäß und demokratisch unter seinem Ministerpräsidenten Braun gearbeitet. Nun löste Papen die preußische Regierung auf und übernahm selbstherrlich das sogenannte Amt eines Reichskommissars für Preußen.

Das war ein harter Eingriff in die Rechte der Landesregierungen und ein Schlag gegen die Sozialdemokratie. Dem Kabinett der Reichsregierung gehörten schon lange keine Sozialdemokraten mehr an, und im Reichstag, obwohl nach wie vor die stärkste Fraktion, waren sie machtlos, hilflos dem Druck der Nationalsozialisten ausgesetzt, ausgeliefert der Torheit der Kommunisten, die verbohrt und uneinsichtig nur das Geschäft der Nazis besorgten, in ihrem blinden Haß auf die Republik.

Wenn die Sozialdemokraten überhaupt etwas erreichen wollten, mußten sie mit dem Zentrum, mit den Deutschnationalen stimmen, und das demoralisierte die einst so starke und mächtige Partei, die zu Zeiten des Reichspräsidenten Ebert auf dem besten Wege gewesen war, aus Deutschland eine Demokratie zu machen.

In Berlin tobte wieder der Wahlkampf. Am 6. November sollte die Wahl für einen neuen Reichstag stattfinden, Streiks, Straßenschlachten, Schießereien, Verhaftungen, Tote und Verwundete waren an der Tagesordnung.

Und gleichzeitig, wie auf einem anderen Stern, fand in der Staatsoper Unter den Linden die festliche Premiere der ›Meistersinger‹ statt. Furtwängler stand am Pult, Heinz Tietjen inszenierte, Bockelmann sang den Sachs, Fritz Wolff den Stolzing, und die wundervolle Lotte Lehmann das Evchen.

Cesare hatte über das Adlon drei Karten für die Premiere bekommen. Victoria war außer sich vor Freude.

»Das wird für Mutti das schönste Geburtstagsgeschenk« sagte sie.

»Hat sie denn Geburtstag?« fragte Cesare.

»Am 6. Oktober.«

»Das trifft sich ja wirklich ausgezeichnet.«

Am 6. Oktober traf ein herrliches Blumenarrangement in der Motzstraße ein, am 7. Oktober trafen sie sich zum Cocktail in der Adlon-Bar, anschließend gingen sie in die Premiere.

»Im Studio sind sie ganz außer sich, daß ich heute abend hier bin«, sagte Victoria höchst befriedigt. »Ich bin natürlich die einzige, die drin ist. Alle beneiden mich.«

»Ich denke, daß man mich auch beneiden wird«, meinte Cesare. »Ich bin noch nie mit zwei so hübschen Frauen in einer so schönen Oper gewesen.«

Cesare hatte nicht übertrieben, seine Begleiterinnen waren wirklich höchst erfreulich anzusehen, natürlich von Marleen angezogen, Nina in einem jadegrünen Samtkleid mit tiefem Rückendekolleté, Victoria ganz in sahneweißem Organza.

Nach der Oper dinierten sie im Adlon. Victoria strahlte, sie sagte: »So möchte ich immer leben.«

Cesare lächelte.

»Wie?«

»So, wie hier, in diesem Hotel.«

»Wenn Sie eine berühmte Sängerin werden, Victoria, wird es für Sie der gewohnte Rahmen sein.«

»Ach ja, wenn –« seufzte Victoria, aber im Grunde ihres Herzens zweifelte sie nicht daran, daß sie berühmt sein würde. Reich, berühmt, geliebt – die Träume der Jugend – sie waren das Recht der Jugend, und das einzige Glück des Jungseins. Doch sie waren nicht mehr als eine Seifenblase.

»Das Evchen kann ich später auch singen«, verkündete Victoria bei der Vorspeise, »Marietta sagt, ich tendiere ausgesprochen zum lyrischen Sopran, soll aber zur Lockerung mit dem Soubrettenfach anfangen. Später kann ich dann steigern bis zur Eva und zur Elsa. Aber erst *viel* später. Sie sagt, das schlimmste, was ein Sänger machen kann, ist, wenn er zu früh an die großen Partien geht, die Stimme überfordert und sie damit kaputtmacht. Sie sagt, es hat noch keiner Sängerin geschadet, wenn sie erstmal das Ännchen singt und dann die Agathe. Man kann nicht wissen, sagt sie, ob später noch mehr drinsteckt. Vielleicht die Elisabeth oder die Senta. Aber das frühestens in zwanzig Jahren.«

Cesare lächelte ein wenig melancholisch. In zwanzig Jahren, das sagte sich leicht, wenn man so jung war.

In zwanzig Jahren, was würde dann sein? 1952 – das war noch ein langer Weg. Historisch gesehen waren zwanzig Jahre wenig, doch für ein Menschenleben war es viel Zeit.

Für mich, dachte Cesare, ist es bereits über das Ziel hinaus. Ich werde sie nicht mehr hören als Elisabeth, wie schade, Tannhäuser ist meine Lieblingsoper.

»Bekomme ich denn diesmal etwas zu hören?« fragte er.

»Ein paar Schubertlieder habe ich einstudiert. Nächstes Jahr, sagt Marietta, darf ich den Cherubin probieren.«

›Marietta sagt‹, das war jedes zweite Wort, Cesare kannte es schon.

»Ich singe Ihnen gern etwas vor, aber ich hätte dann gern ein wirklich gutes Instrument für die Begleitung. Ob Sie wohl einmal mit hinauskommen zu meiner Freundin Elga? Mutti, was meinst du?«

»Warum nicht? Das ließe sich doch sicher arrangieren.«

Nina war ein wenig abwesend. In der Oper hatte sie Marleen gesehen, wahrhaftig in der Begleitung ihres neuen Freundes, Loisl aus Miesbach, im Frack. Er hatte gar nicht schlecht ausgesehen, Marleen war offenbar erfolgreich mit ihrer Erziehungsarbeit.

Nina hatte Marleen, die in einem größeren Kreis stand und sich lächelnd unterhielt, rechtzeitig entdeckt. Nina hatte stracks kehrtgemacht, so, als hätte sie am anderen Ende des Foyers irgend etwas gesehen, das ihr Interesse erregte.

Seit der Hochzeit in Neuruppin hatte sie Marleen nicht gesehen, die Mißstimmung, die sie an jenem Tag empfunden hatte, war noch nicht verflogen, richtete sich auch gegen Marleen. Die Tatsache zudem, daß sie beide, Victoria und sie, in Marleens Kleidern hier paradierten, verstärkte ihr Unbehagen.

Victoria, die viel zu beschäftigt damit war, über die Aufführung zu reden, hatte Marleen nicht gesehen, doch Cesare, der Marleen ja vom Lido her kannte, hatte sie wohl erblickt und Ninas Manöver durchschaut. Er ließ sich nichts anmerken, Nina mochte ihre Gründe haben, die er respektierte, ohne sie zu kennen. Während des Essens sagte er: »Ich möchte gern, daß Sie mich in Wien einmal besuchen.«

»Ich?« fragte Victoria.

»Sie beide. Würden Sie mir die Freude machen, Frau Nina?«

»Wien«, Nina lächelte, »das wäre schön. Ich kenne so wenig von der Welt. Im vergangenen Jahr war ich in Salzburg. Das war meine erste Reise nach Österreich. Es war wunderschön. Ja, natürlich, ich würde gern nach Wien kommen.«

»Ich habe die Absicht, im nächsten Frühjahr wieder nach Berlin zu kommen. Vielleicht könnten wir dann zusammen von hier aus fahren. Wien ist im Frühling am schönsten.«

Am Tag bevor er abreiste, sang ihm Victoria wirklich die Schubertlieder vor, draußen in der Jarowschen Villa. Sie begleitete sich selbst, Elga konnte zwar Klavier spielen, aber sie sagte: »Victoria ist so kritisch. Ich kann es nicht gut genug.«

»Ich rede mir ja dauernd den Mund fußlig, du sollst mehr üben. Ich fände es prima, wenn du mich begleiten würdest.«

»Ich habe so wenig Zeit zum Üben«, erwiderte Elga. Sie ging noch zur Schule, sollte im nächsten Sommer ihr Abitur machen.

Victoria sang drei Lieder, die ›Fischerweise‹, die ›Forelle‹, ›Gretchen am Spinnrad‹. Zu einer Zugabe war sie nicht zu bewegen.

»Ich singe nur, was Marietta erlaubt, keinen Ton mehr.« Cesare fand, ihre Stimme war heller und härter geworden. In Venedig war der Ton weicher, samtener gewesen. Aber was verstand er vom Gesangstudium, es mochte verschiedene Phasen der Ausbildung geben.

Johannes war auch dabei und sehr beruhigt, daß es sich bei dieser venezianischen Bekanntschaft wirklich um einen älteren Herrn handelte. Kein Grund zur Eifersucht also, mochte sie ruhig Briefe mit ihm wechseln.

Früher als sonst kam Dr. Jarow nach Hause, Cesare wurde zum Abendessen gebeten.

Im Verlauf des Abends wurde das Gespräch sehr ernst.

»Wenn Brüning es geschafft hätte«, meinte Dr. Jarow, »wenn er sich hätte halten können, und nach dem günstigen Ausgang der Reichspräsidentenwahl hatte ich die Hoffnung, dann wären wir ohne große Erschütterungen aus dem Tief herausgekommen. Seine Verhandlungen, die Reparationen betreffend, waren höchst erfolgreich und auf dem besten Wege.«

»Nun kann Papen den Erfolg für sich buchen, der Brüning gebührte.«

»Papen wird sich nicht lange daran erfreuen können.«

»Und wer kommt dann? Hitler?«

»Es wird sich nicht verhindern lassen. Wenn das Wahlergebnis im nächsten Monat ihm weiterhin Zuwachs bringt, gibt es keine Rettung mehr vor den braunen Horden.«

»Und dann?«

»Dann gehen wir einem neuen Krieg entgegen«, sagte Theodor Jarow mit Bestimmtheit.

»O nein«, protestierte Victoria entschieden, »das wird nie geschehen. Das gibt es nicht. Nicht in unserer Zeit.«

»Wir hatten dieses Thema vergangenes Jahr in Venedig schon, wenn ich mich recht erinnere«, sagte Cesare. »Ihrer Ansicht nach, Victoria, kann es in unserer sogenannten modernen Zeit keinen Krieg mehr geben. Wissen Sie auch noch, was ich Ihnen antwortete?«

»Sehr genau. Sie sagten, es würde immer Kriege geben.«

Cesare nickte.

Johannes nahm das Wort. »Ich gebe Victoria recht. Ich fürchte, dieser Generation, der du angehörst, Vater, und Sie, Herr Barkoscy, dieser Generation sitzt der Krieg noch so in den Knochen, daß sie ihn einfach nicht loswerden kann. Aber die Welt hat sich verändert. Sie hat sich ganz kolossal verändert. Und die Menschen haben sich verändert – sie sind freier geworden, selbstbewußter, unabhängiger. Diese Menschen von heute ziehen nicht mehr in den Krieg. Sie würden lachen über die Zumutung, sich gegenseitig totzumachen wie Wilde aus der Steinzeit. Nur weil es irgend jemand ihnen befiehlt.«

»So, bist du der Meinung?« fragte sein Vater. »Und was tun sie zur Zeit, diese unabhängigen, freien Menschen von heute? Sie schießen sich auf den Straßen und in den Hinterhöfen tot, sie prügeln sich und schlagen sich die Köpfe ein.«

»Das tun sie freiwillig und nicht, weil es ihnen befohlen wird. Es sind politische Auseinandersetzungen.«

»Und, was glaubst du, passiert, wenn Hitler ihnen befehlen würde, zu mar-

schieren? Dann marschieren sie, sie tun es heute schon. Und wenn er befiehlt, zu schießen? Was meinst du, schießen sie oder schießen sie nicht?«
»Sie schießen nicht. So ein Untermensch wie dieser Hitler kann vielleicht ein gröhlendes Stück Masse um sich versammeln, aber niemals das deutsche Volk.«
»Ich wünschte nichts auf der Welt so sehr, als daß du recht hättest, mein Junge; nur glaube ich, du machst zwei grundsätzliche Fehler: du unterschätzt Herrn Hitler, den ich für viel gefährlicher halte, als ihr euch auch nur vorstellen könnt, und du überschätzt das deutsche Volk, daß ich leider für viel dümmer halte, als es sein sollte.«
»Kannst du dir vorstellen«, fuhr Johannes eifrig fort, »daß diese Jugend von heute begeistert durch die Straßen marschiert, ein Sträußchen am Helm, ein forsches Liedlein auf den Lippen, siegreich wolln wir Frankreich schlagen oder irgend so einen Quatsch, und am Straßenrand steht die brave deutsche Maid und winkt mit dem Taschentüchlein? Das ist ein Bild aus dem Panoptikum.«
»Diese Bilder sind noch nicht einmal zwanzig Jahre alt, und es war auch damals durchaus nicht so, daß jeder über den Krieg begeistert war. Das ist auch so ein Märchen, wie vieles andere, was dir aus dieser Zeit erzählt wird. Gewiß, es gab in manchen Kreisen diese Begeisterung. Und junge Menschen sind leicht zu beeinflussen. Ich bin da ganz mit dir einer Meinung, diese Begeisterung, mit der ein Teil, ich betone, ein Teil der Jugend 1914 hinauszog, um sich schlachten zu lassen, diese Begeisterung wird es nie wieder geben. Man weiß jetzt viel zu genau, wie erbarmungslos, wie wenig heldenhaft, wie schmutzig und gemein der moderne Krieg ist. Außerdem hatte die Begeisterung von damals ihre Wurzel im Glanz und Gloria der Kaiserzeit. Na, und von Glanz und Gloria kann ja nun heute wirklich keine Rede sein.«
»Sag ich ja. Die Voraussetzungen sind andere geworden, Krieg ist einfach nicht mehr möglich. Und die Weltwirtschaftskrise, die haben wir sowieso bald überwunden. Ich höre zur Zeit eine interessante Vorlesung zu diesem Thema. Alle Anzeichen deuten darauf hin, daß es wieder aufwärts geht. Das ist ein ganz normaler Vorgang, das Pendel schlägt zurück. Im Wirtschaftsleben gibt es und gab es immer dieses Auf und Ab. Das ist wie Ebbe und Flut. Steht sogar schon in der Bibel: die sieben fetten und die sieben mageren Jahre. Für uns ist der erste Schritt damit getan, daß die Reparationszahlungen aufhören.«
»Ja, das ist in meinen Augen auch ein ganz wichtiger Punkt«, meinte Cesare, »das könnte Deutschland vor dem Nationalsozialismus retten. Und ich glaube, das Ausland begreift auch langsam, wie wichtig es ist, Hitler zu stoppen. Amerika hat längst eingesehen, daß Deutschland an den Reparationen zugrunde geht und daß es letzten Endes sinnlos ist, diesem Staat riesige Kredite zu gewähren, die er dann in Form von Reparationen wieder hergeben muß, anstatt damit seine Wirtschaft zu sanieren. All diese gutgemeinten Pläne, Youngplan, Kelloggplan, haben wenig genützt. Übrigens haben meiner Ansicht nach die Vereinigten Staaten allen Grund, sich für ein Ende der Reparationen stark zu machen. Hätten sie nicht ganz überflüssigerweise 1917 in den europäischen Krieg eingegriffen, dann wäre das Ende nicht so vernichtend gewesen. Dann wären Deutschland und Österreich nicht auf diese jammervolle Weise besiegt worden, es hätte einen Kompromißfrieden

gegeben und eine Eindämmung des Kommunismus. Europa sähe heute besser aus. Das haben die Amerikaner inzwischen auch begriffen.«

»Und wir hätten unseren lieben Kaiser Wilhelm noch«, warf Victoria spöttisch ein.

»Möglich. Oder seinen Sohn. Nun werden Sie statt dessen Herrn Hitler haben. Ich weiß nicht, ob das unbedingt vorzuziehen ist.«

»Das schlimmste für uns ist Frankreichs tödlicher Haß«, sagte Jarow. »Sie verhindern alles, was zur Gesundung Deutschlands führen könnte, ohne zu begreifen, wie sehr sie sich selbst im Endeffekt damit schaden.«

»Sie haben leider auch die deutsch-österreichische Zollunion verhindert, und das war eine von Brünings besten Ideen. Das wäre für beide Staaten von großem Nutzen gewesen.«

»Ich habe gute Freunde in Frankreich, und die sagen, eine Zollunion zwischen Österreich und Deutschland wäre der erste Schritt zu einem großdeutschen Reich.«

»Und wäre das so schlimm? Seit die Habsburger Monarchie zerschlagen ist, blieb der Stumpf eines Staates übrig, der nicht leben und nicht sterben kann. Früher oder später muß das zur Katastrophe führen. Ein großdeutsches Reich war das Konzept des vorigen Jahrhunderts, und Bismarck hat es verhindert. Er wollte die kleindeutsche Lösung, damit Preußen die Führung hätte. Es war kurzsichtig gedacht. Preußisch war es gedacht, nicht deutsch. Genauso kurzsichtig sind die Franzosen jetzt. Ich könnte ihnen dasselbe sagen, was ich Victoria eben sagte, ob sie gut beraten sind, Herrn Hitler der Zollunion vorzuziehen. Abgesehen davon, daß er das großdeutsche Reich haben will und haben wird. Wir haben auch in Österreich genügend Nazis, die da mit ihm einer Meinung sind.«

Die Herren blickten sich an, nickten sich zu, sie waren sich einig. Sie wußten, wovor sie sich fürchteten, wovor sich nicht nur Frankreich, wovor sich Europa, die ganze Welt fürchten mußte.

Die jungen Leute fühlten sich durch den Pessimismus der älteren Generation ein wenig gelangweilt. Sie kannten das Gerede schon. War sinnlos. Sie würden sowieso alles anders und viel besser machen.

Cesare Barkoscy kam im Frühling nicht nach Berlin, um Nina und Victoria zu besuchen und anschließend mit ihnen nach Wien zu fahren. Er kam überhaupt nicht mehr nach Berlin. Statt dessen hatte er sein Haus in Wien verkauft und hielt sich mehr als früher in Mailand und Zürich auf.

Es hatte geschäftliche, aber auch persönliche Gründe.

Der Stimmenverlust, den die Nationalsozialisten bei der Novemberwahl hinnehmen mußten, konnte sie nicht aufhalten, es schien sie erst recht anzustacheln.

Nach Papens Rücktritt wurde am 2. Dezember Schleicher, der solange im Hintergrund die Fäden gezogen hatte, für kurze Zeit Reichskanzler. Nicht einmal zwei Monate behielt er das Amt.

Anderthalb Jahre später würde Hitler ihn ermorden lassen.

Das Jahr 1933 war gerade einen Monat alt, da stand Adolf Hitler auf dem Balkon der Reichskanzlei, unten marschierte die SA mit Fackeln. Der Mann, nach seinem so lang ersehnten Sieg, stand da mit eisernem Gesicht und hob in mechanischem Rhythmus den rechten Arm. Ein neuer Cäsar? Deutschlands Rettung oder sein Untergang?

Die Meinungen waren geteilt. Ein Siegesjubel ohnegleichen durchbrauste die Stadt – doch wer jubelte eigentlich?

Die Nazis, natürlich. Diejenigen, die mit ihnen sympathisierten, die sich Aufstieg, Gesundung, Macht und Stärke für Deutschland erhofften. Und es jubelten die, die nichts verstanden und begriffen, die Idealisten, die Ahnungslosen, die Gutwilligen, die Dummköpfe.

Der Mann auf dem Balkon war kein Idealist, er war nicht ahnungslos, nicht gutwillig, nicht dumm. Er war Reichskanzler geworden. Oder wie er und seine Anhänger es nannten: er hatte die Macht ergriffen. Und er würde sie nicht wieder hergeben, nicht freiwillig, nicht gutwillig, auch nicht, wenn jede Vernunft dafür sprach. Er würde sie behalten bis zu seinem eigenen Untergang und dem Untergang dieses Volkes, das ihm zujubelte an diesem 30. Januar des Jahres 1933.

Viele jubelten nicht. Sie schwiegen, sie schlossen die Fenster, sie drehten das Radio aus, sie fürchteten sich. Sie hatten Angst. Angst – auf einmal hockte sie wie ein graues drohendes Gespenst inmitten des deutschen Volkes.

Einen Monat später brannte der Reichstag. Es war der Beginn eines großen, alles vernichtenden Brandes, aber auch das begriffen nur wenige.

Kurz darauf verließen Elga und Johannes Jarow Berlin. Sie protestierten, aber ihr Vater ließ nicht mit sich reden.

»Es ist alles vorbereitet«, sagte er. »Ich habe ein Haus am Zürichsee gekauft. Auf dem Dolder. Es liegt wunderschön, mitten im Wald.« Und als er die betrübten Gesichter seiner Kinder sah, fügte er tröstend hinzu: »Es besteht immerhin die Möglichkeit, daß es nicht allzu lange dauert. Obwohl ich, offen gestanden, nur eine geringe Hoffnung habe. Vielleicht, wenn das Ausland einmal solidarisch ist, kann es gelingen, diesen Mann wieder zu vertreiben. Sie haben solange in die deutsche Politik und in die deutsche Wirtschaft eingegriffen, ich kann nur hoffen, daß sie es diesmal auch tun werden. Aber – die Dummheit lebt nicht nur in diesem Land. Und nichts ist so erfolgreich wie der Erfolg. Auf jeden Fall werdet ihr die Grenze nicht mehr überschreiten, solange dieser Mensch in diesem Land regiert.«

»Und du, Vater?« fragte Elga verzagt.

»Ich komme bald nach. Ich habe noch zwei wichtige Prozesse abzuwickeln, und ich kann meine Klienten nicht im Stich lassen. Einen Partner, beziehungsweise Vertreter, habe ich längst eingearbeitet, wie ihr wißt.«

»Wir müssen alles hierlassen, was uns gehört?« Elga hatte Tränen in den Augen. Ihre Bücher, ihre Bilder, na gut – aber Stopsel?

Ihre Hand lag auf dem Kopf des Hundes, der sich eng an sie drückte.

»Ich lasse dir Stopsel hinüberbringen, ich verspreche es dir. Aber es wäre unklug, wenn du ihn jetzt dabei hast. Du mußt mit einem gewissen Sadismus bei diesen Leuten rechnen. Ich weiß, mein Kind, du kannst dir darunter nichts vorstellen. Und gebe Gott, daß du es nie lernen mußt. Aber wir sind Juden. Vielleicht sind wir nicht an Leib und Leben bedroht. Noch nicht. Aber uns etwas anzutun, was uns ärgert, was uns kränkt, was uns weh tut, das würde ihnen Spaß machen. Sie können uns nicht umbringen, das denn doch nicht in unserer modernen Zeit, Pogrome gehören einer vergangenen Zeit an, glücklicherweise. Aber dir den Hund wegnehmen, zu behaupten, daß er nicht mit ausreisen darf, irgendeinen läppischen Grund würden sie finden, das bringen sie fertig. Das willst du doch nicht?«

505

Elga schüttelte unter Tränen den Kopf und preßte den Hund noch fester an sich.

»Stopsel kommt sobald wie möglich nach Zürich. Ich werde eine ganz unverfängliche Person finden, die ihn auf der Reise begleitet, und ich werde einen Umweg finden, auf dem er sicher reisen kann. Willst du mir das glauben?«

Elga nickte, aber nun liefen ihr die Tränen über die Wangen. Sie war nicht neugierig auf Zürich und das schöne Haus am Dolder, sie wollte hier im Grunewald bleiben, wollte hier mit ihrem Stopsel spazierengehen, mit Victoria und Johannes auf der Havel segeln, wenn der Frühling kam, im hellen Sand liegen und im klaren Wasser der Havelseen schwimmen, wenn es Sommer wurde.

Vielleicht auch bei Gelegenheit den netten jungen Mann mit der blonden Tolle wiedersehen, der im letzten Sommer einige Male sein Boot längsseits gelegt hatte, um mit ihr und Victoria zu flirten. Er hatte sie immer so seltsam angesehen. Und einmal hatte er sie eingeladen, sie allein, mit ihm auf einem der Restaurationsschiffe Kaffee zu trinken.

»Meinst du, ich soll mitgehen?« hatte Elga, die immer ein wenig schüchtern war, Victoria zugeflüstert.

»Klar, warum denn nicht? Der sieht doch ganz schnieke aus. Er wird dich schon nicht gleich auffressen.«

»Die junge Dame ist meine Schwester«, hatte Johannes mit erhobenem Zeigefinger gesagt, »bringen Sie sie ja unbeschädigt wieder zu mir an Bord.«

»Kann ich nicht versprechen. Eigentlich hätte ich mehr Lust, sie zu entführen. Als Seeräuber bin ich nicht zu übertreffen.«

Seitdem hatten sie ihn immer den Seeräuber genannt, sie kannten seinen Namen nicht, und als Elga mit ihm Kaffee trank, hatte er sich auch nur als Heinz vorgestellt.

»Ist der frech geworden?« fragte Victoria.

»Gar nicht. Er war sehr lieb.«

»Lieb auch noch. Wie findest du das, Johannes? Das können wir wohl nicht dulden. Elga, du hast einen großen Fehler, du findest alle Leute lieb. Der sah mir gar nicht nach lieb aus, eher nach keß. Hat er dir einen Kuß gegeben?«

»Wo denkst du hin! Ich kenne ihn doch kaum.«

»Doof ist er also auch«, stellte Victoria kühl fest. »Wozu hat der dir denn dann einen Kaffee spendiert.«

Elga kicherte. »Und eine Cremeschnitte.«

»Der typische Verführer. Laß dich nie zu Cremeschnitten einladen. Iß lieber Käsebrot, das bremst einen stürmischen Verehrer. Sogar einen Seeräuber, denke ich mir.«

So hatten sie herumgealbert, im letzten Sommer, und Elga hatte noch manchmal an den jungen Mann namens Heinz gedacht.

Während der letzten schönen Herbsttage im September war er plötzlich verschwunden. Soviel sie auch den Kopf drehte, das Wasser absuchte, die Boote beobachtete, kein Heinz.

»Er seeräubert anderswo«, hatte Victoria gesagt. »Bricht dir nun das Herz?«

»Blech. Der ist mir doch ganz schnurz.«

Ganz schnurz war er ihr nicht, und sie dachte, auch wenn er vielleicht im September verhindert war, so hätte er ja auch später versuchen können, sie wiederzusehen. Ihr Boot hatte schließlich einen Namen und einen Liegeplatz, wenn er gewollt hätte, war es herauszubringen.

Das war jetzt alles vorbei. In Zürich kannte sie keinen Menschen. Und wie sollte sie eigentlich ohne Victoria leben?

»Geld habe ich genügend transferiert«, sagte Dr. Jarow. »Ob ich später in der Schweiz arbeiten kann, weiß ich nicht.«

»Jetzt verstehe ich auch, warum Sam die Pferde nach Frankreich gebracht hat«, sagte Johannes.

»Eine Vorsichtsmaßnahme. Mein Schwiegervater war schon immer ein weitblickender Mann.«

Samuel von Hertzing, der Großvater von Elga und Johannes, hatte, für alle überraschend, im vergangenen Sommer das Gestütsgelände verkauft und war mit sämtlichen Vollblütern nach Nordburgund, in die Gegend von Macon, übergesiedelt. Damals hatten sie noch alberne Witze darüber gemacht.

»Das tut Sam nur, damit er seinen Burgunder in der Nähe hat.«

Denn die Vorliebe des Bankiers für gute Weine war bekannt.

Der Rennstall befand sich noch in der Nähe von Frankfurt, doch wurden nur noch die wenig erfolgversprechenden Pferde dort trainiert.

Die Ratten verlassen das sinkende Schiff, dieser dumme Spruch kam Johannes während des Gesprächs mit seinem Vater in den Sinn.

Es war ein unpassender Vergleich, das fand er selbst. Sie waren keine Ratten, sie verließen dieses Land, das ihre Heimat war, diese Stadt Berlin, in der sie aufgewachsen waren, höchst ungern. Auch sein Vater würde lieber in Berlin bleiben, das wußte Johannes mit Sicherheit, er hing an seiner Arbeit, und dann gab es noch Susanne, die sein Vater liebte. Auch darüber wußte Johannes Bescheid.

Und ein sinkendes Schiff? Wenn man den Nazis glauben wollte, war Deutschland ein Schiff, das Fahrt aufnahm und bald mit wehender Flagge vor dem Wind segeln würde.

Wenn es vielleicht wirklich so war? Wenn sie recht hatten?

Johannes fand die Nazis zwar abstoßend, aber sie waren die moderne, die junge Zeit, sie hatten einen forschen Ton und waren von sich selbst überzeugt. Letzteres war er nicht, und der forsche Ton lag ihm auch nicht, Grund genug, ihn an anderen zu bewundern.

Und eines mußte jedermann zugeben, der Hader und Streit der letzten Jahre, die unzähligen Parteien, das sinnlose Gerede, die lächerliche Impotenz des Reichstags, all das hatte das Elend immer noch größer gemacht. Vielleicht konnten die neuen Herren nun wirklich alles besser machen. Schlechter auf keinen Fall.

Ihre Abneigung gegen die Juden? Parteigeschwätz, was sonst.

Parolen für den kleinen Mann. Und was hieß schon Juden? Der alte Hertzing, sein Großvater, ja, der war noch so ein Typ, wie man sich einen richtigen Juden vorstellte. Aber er, seine Schwester, sein Vater – sie waren Menschen wie die anderen auch.

Es gab keinen Unterschied.

Ach, und Victoria!

»Wirst du mich auch nicht vergessen?« fragte er, als er sie zum letztenmal im Arm hielt, das war bereits am Tage nach dem Gespräch mit seinem Vater.

Noch am gleichen Abend würden sie mit dem Nachtzug nach Mailand reisen. Vorsichtshalber nicht direkt nach Zürich. Sie fuhren nach Mailand, um ein paar Vorstellungen in der Scala zu besuchen, so sollte ihre Antwort lauten, wenn man sie im Zug oder an der Grenze nach Ziel und Zweck der Reise fragen würde. Sie hatten wenig Gepäck und ausreichend Abendkleidung in den Koffern.

Elga und Victoria nahmen nur flüchtig Abschied, denn Victoria glaubte wirklich, es handle sich um eine kurze Reise, sie begriff nicht, was vorging, und Elga war es peinlich davon zu sprechen. Jüdin oder nicht Jüdin, das war nie ein Thema zwischen ihnen gewesen.

Und dann fragte Johannes so feierlich: »Wirst du mich auch nicht vergessen?«

»Kann man nie so genau wissen«, antwortete Victoria burschikos. »Es gibt noch eine Menge schöner Menschen auf der Welt.«

»Du wirst dich in einen anderen verlieben.«

»Während ihr in die Oper geht? Na, ich werde mal sehen, was ich tun kann. Mensch, mach doch nicht so ein Gesicht. Ich hab' gar keine Zeit, mich zu verlieben. Ewig meckerst du, weil ich für dich keine Zeit habe, und nun soll ich mir noch einen anderen Knaben auf den Hals laden.«

»Ich hab' dir gesagt, daß wir nicht nur wegen der Oper fahren. Wir werden später in der Schweiz leben. Und ich weiß nicht, wann wir zurückkommen.«

»Ach, bald. Das wird alles halb so wild.«

»Komm doch mit. Du kannst in der Schweiz auch Gesangstunden nehmen.«

»Wovon denn?«

»Mein Vater hat Geld drüben.«

»Du bist wohl nicht ganz dicht. Ich lasse mich doch nicht aushalten.«

»Wir könnten heiraten.«

»Du spinnst. Ich will doch jetzt noch nicht heiraten.«

Sie war achtzehn. Sie hatte Johannes gern, es war eine hübsche Zeit mit ihm gewesen, aber es war weiter nichts gewesen als Küsse und harmlose Liebkosungen. An Heiraten dachte sie nicht im Traum. Und was Liebe war, das wußte sie noch nicht.

An einem hellen Frühlingsnachmittag im April tauchte ein überraschender Besuch in der Motzstraße auf. Victoria war allein zu Hause, sie hatte sich gerade angezogen, um zur Gesangstunde zu gehen. Wie immer verwendete sie viel Sorgfalt auf ihr Äußeres, hatte eine Weile vor dem offenen Kleiderschrank überlegt, was sie an diesem Tag tragen konnte.

Die Auswahl war nicht allzu groß, jedoch dank Marleen auch nicht zu karg.

Sie entschied sich für einen blauen Faltenrock und dazu die passende kurze blaue Jacke, darunter eine weiße Bluse. Befriedigt betrachtete sie sich im Spiegel, nahm dann den Handspiegel zu Hilfe und bewunderte, nicht minder befriedigt, ihr Profil.

Seitdem Marietta einmal gesagt hatte: »Du hast ein bemerkenswert gelungenes Profil, Victoria, und darum solltest du möglichst die Stirn frei tragen, damit es zur Geltung kommt«, war sie dazu übergegangen die Haare länger und in einem Mozartzopf zu tragen.

Mariettas Kommentar war kurz aber zufriedenstellend gewesen.

»Gut!« war alles, was sie gesagt hatte, es genügte, daß Victoria bei dieser Frisur blieb.

Nachdem sie mit der Musterung der eigenen Person zu Ende war, drehte sie sich wirbelnd einmal um sich selbst, daß der Faltenrock schwang, und sah sich dann mit ebenso großer Befriedigung in ihrem Zimmer um.

Seit Tante Trudels Heirat verfügte Victoria über ein eigenes Zimmer, und das war noch immer und jeden Tag aufs neue eine Quelle ständiger Freude. Zuvor hatte sie mit ihrer Mutter in einem Zimmer geschlafen, aber nun war Trudels Zimmer ihr Zimmer geworden.

Es ging wie alle Zimmer ihrer Wohnung auf den großen, baumbestandenen Hof hinaus; es war groß und hell, spärlich möbliert, denn Trudel hatte die altmodischen Möbel aus ihrem Elternhaus mitgenommen.

Außer Bett und Schrank befanden sich in dem Zimmer nur noch ein kleiner Tisch und zwei Korbstühle, ein Spiegel an der Wand und, das wichtigste, das Klavier. Es war noch das Klavier aus der Breslauer Wohnung und wirklich nicht mehr das jüngste und schönste, aber es tat noch seine Dienste. Aus dem Wohnzimmer hatte es Herr Kawelke zusammen mit dem Hausmeister vom Nachbarhaus in ihr Zimmer bugsiert, und da es weiter von dem Anwaltsbüro entfernt lag, war sie nicht mehr so behindert beim Üben.

Wie immer war das Zimmer ordentlich aufgeräumt, so wie Victoria ihre eigene Person pflegte und hübsch machte, so tat sie es mit ihren Sachen und dem Raum, den sie bewohnte, ganz im Gegensatz zu Stephan, dessen Kammer eine sagenhafte Unordnung aufwies, seit Trudel dort nicht mehr aufräumte. Zwar machte sich Trudel jedesmal darüber her, wenn sie zu einem Besuch in Berlin auftauchte, aber da dies höchstens einmal im Monat geschah, kam sie kaum bis auf den Grund. Zwischendurch wurde Nina einmal dort tätig, nicht ohne jedesmal zu schimpfen, doch Victoria weigerte sich, auch nur einen Finger krumm zu machen, wie sie es nannte, und spöttisch fügte sie hinzu: »Sonst lernt das Jungele ja nie, was Ordnung ist. Abgesehen davon, finde ich es höchst widersinnig für einen Hitlerjungen, in so einem Krusch zu leben.«

Denn Hitlerjunge war Stephan inzwischen geworden. Nina hatte es nicht verhindern können, auch nicht mehr verhindern wollen; wenn es nun einmal Mode geworden war, in einer Uniform durch Feld und Wald zu traben und dabei dämliche Lieder zu grölen – das waren wieder Victorias Worte – mußte es der Junge in Gottes Namen eben tun.

Sehr schnell stellte sich heraus, daß Stephan gar nicht besonders geeignet war für diesen neuen Zeitvertreib, seine Begeisterung legte sich rasch. Irgendwelche verwaschenen romantischen Vorstellungen, die er von der Sache gehabt hatte, erwiesen sich als unrichtig. Was man von ihm verlangte, widerstrebte ihm im Grunde, der ›Dienst‹ wurde ihm lästig, und er ging sehr rasch dazu über, Ausreden zu erfinden, um ihm fernzubleiben. Immer öfter entdeckte er ein Brennen in seinem Hals, das auf eine bevorstehende Erkältung hinwies oder stellte fest, daß sein Knie oder sein Fußgelenk furchtbar schmerzte und er keinesfalls mit den anderen mitmarschieren konnte. Nina mußte ihm dann eine Entschuldigung schreiben, was sie bereitwillig tat. Auch im Verlauf der kommenden Jahre blieb Stephan bei dieser Verweigerung, wurde nur noch erfindungsreicher, was die Ausreden betraf. Es hatte keine politischen Gründe, er fühlte sich nur nicht wohl in diesem Kreis.

Daß er anfangs, ohne Zwang, mitmachen wollte, hatte eigentlich nur den Grund, daß er seinen Freund Benno nachahmen, oder besser noch, Benno imponieren wollte. Er, Stephan, als gewiefter Karl-May-Leser, würde sich zweifellos im Fährtenlesen und bei verwegenen Ritten durchs Gelände hervortun. Aber es wurden weder Fährten gelesen noch Pferde bestiegen, es wurde marschiert, gesungen, und man mußte sich endlose Belehrungen und Redereien über den Führer und seine Ziele anhören.

Die Freundschaft mit Benno währte nun schon über vier Jahre, hatte nichts mit der Schule zu tun, es war eine reine Straßenbekanntschaft. Bei den Spielen auf der Straße in diesem Viertel war Benno schon immer der Anführer, der Tonangebende gewesen, genau wie früher sein älterer Bruder Fredi.

Stephan, der im Grunde scheu und introvertiert war, hatte bei den Gassenjungenspielen immer abseits gestanden, aber Benno hatte ihn erstaunlicherweise mit seiner Zuneigung bedacht und in ihren Kreis hineingezogen. Darauf war Stephan seinerzeit sehr stolz gewesen und darum schloß er sich eng an Benno an, wie immer bewunderte der Schwächere den Stärkeren, der Leise den Lauten.

Benno Riemer war laut, groß und kräftig, von sich selbst überzeugt, immer imstande die Führung an sich zu reißen. Die ganze Familie war so geartet. Er hatte zwei Brüder und eine Schwester, Fredi und Gisela, älter als er, und das Nesthäkchen der Familie, dem bereits das Glück widerfahren war, auf den Namen Adolf getauft zu werden. Bennos Vater war Volksschullehrer.

Alle Kinder hatten des Vaters hellrotes Haar geerbt, sein breites energisches Kinn, seine durchdringende Stimme. Die Mutter war ebenfalls groß und kräftig gewachsen, auf eine derbe Art ganz hübsch, mit hellblondem Haar, das sie in einem Zopfkranz, was ganz unmodern war, um den Kopf gelegt hatte.

»Die sieht aus wie Thusnelda nach der Schlacht im Teutoburger Wald, auf dem Marsch nach Rom begriffen«, spöttelte Victoria, und hatte ebenso wie Nina versucht, Stephan die Anhänglichkeit an diese Familie zu vermiesen. Jedoch vergebens; auf seine stille, hartnäckige Art hielt Stephan an dieser Freundschaft fest. Es war übrigens die einzige Freundschaft mit einem gleichaltrigen Jungen, die er je gehabt hatte; in der Schule, die er nur mühsam bewältigte, hatte er keinen Freund.

Nachdem Trudel nicht mehr da war, sein bester Freund im Grunde, seine Vertraute in allen Lebenslagen, war er noch häufiger bei den Riemers als früher. Und wenn er es einigermaßen bei den Hitlerjungen aushielt, so ihretwegen, denn die Riemers waren stramme Nationalsozialisten, überdies nun im sozialen Aufstieg begriffen, denn Bennos Vater war das, was man jetzt einen alten Kämpfer nannte, er hatte eine ganz niedrige Parteimitgliedsnummer und war einer der ersten im ganzen Viertel gewesen, den man in der SA-Uniform herumstolzieren sah. Unter dem neuen Regime war er bereits Rektor einer Schule geworden, bekleidete eine führende Charge in der SA, Frau Riemer tummelte sich in der NS-Frauenschaft, Fredi war HJ-Führer, Gisela führte im BDM – mit einem Wort, die ganze Familie befand sich auf der Höhe der Zeit.

Aber das war es gewiß nicht, was Stephan anzog, es war jetzt wie früher Bennos beschützende und ehrliche Freundschaft, die ihm viel bedeutete. Dagegen kamen Ninas Kritik und Victorias Spott an der Familie Riemer nicht an.

Victoria, ganz anders geartet als ihr Bruder, hatte immer viele Freundinnen gehabt, allerdings keine, die ihr so nahestand wie Elga Jarow, die sie noch mehr vermißt haben würde, wäre nicht das Gesangstudium zur Zeit der beherrschende Faktor ihres Lebens gewesen, dem alles andere nachgeordnet wurde. Auch hatte sie im Studio genügend junge Leute um sich, Gesprächsstoff war ausreichend vorhanden, denn sie alle vereinte ja dasselbe Ziel, derselbe Ehrgeiz. Natürlich gab es auch Eifersüchteleien, Gegnerschaft, hier und da ein kleiner Hader, auch dies eine Vorübung auf den angestrebten Beruf.

Ein Jahr besuchte Victoria nun das Gesangstudio, sie hatte viel gelernt, denn sie war fleißig und aufmerksam, ihre Stimme war voller und kräftiger geworden ihre Atemtechnik bereits vorzüglich, derzeit studierte sie die Sopranpartie aus dem ›Messias‹ von Händel, als nächstes würde, so hatte Marietta schon angekündigt, ihre erste Opernpartie folgen, vermutlich die Marie aus dem ›Waffenschmied‹.

Victoria kontrollierte ihre Mappe, ob alles drin war, blickte nochmals in den Spiegel und war zum Gehen bereit. Wie immer war sie außerordentlich pünktlich sie würde eine Viertelstunde vor der Zeit in Halensee eintreffen. Sie fuhr mit dem Rad, um das Geld für die U-Bahn zu sparen. Jedenfalls bei schönem Wetter.

War es kalt, windig oder regnerisch, nahm sie der Stimme zuliebe die U-Bahn.

Es klingelte an der Wohnungstür, und sie lief hinaus, um nachzusehen. Vermutlich wieder ein Bettler, es war den neuen Herren noch nicht gelungen, sie von der Straße und aus den Häusern zu vertreiben.

Sie griff in ihre Jackentasche. Hatte sie noch einen Groschen? Doch vor der Tür stand nicht die kümmerliche Gestalt, die sie erwartet hatte, vor der Tür stand der Mann ihrer Träume: Peter Thiede.

»Oh!« machte sie überrascht.

Und er lächelte: »Hallo, meine Schöne.«

Er umarmte sie, küßte sie auf die Wange, so wie er es immer getan hatte, hielt sie dann auf Armlänge von sich ab und sagte:

»Du bist aber wirklich das Ansehen wert. Ein verdammt hübsches Mädchen bist du geworden.«

Sie errötete erfreut über das Lob, lachte ihn an und sagte:

»Vielen Dank, großer Star, aus deinem Mund hör' ich das besonders gern, wo du dich ja ununterbrochen unter hübschen Mädchen bewegst.«

»Na, es geht. Abgeschminkt sind sie nicht alle direkt zum Anbeißen. Willst du eigentlich auch zum Film?«

»Ich singe doch.«

»Ja, ja, ich weiß. Immer noch?«

»Was heißt immer noch? Ich fange jetzt langsam an, ein bißchen zu können.«

»Was für bescheidene Töne! Bin ich von dir gar nicht gewöhnt.«

Sie waren ins Wohnzimmer gegangen, Thiede blickte um sich.

»Irgendwie sieht es hier anders aus. Es fehlt was.«

»Das Klavier. Steht jetzt in meinem Zimmer. Ich hab' doch jetzt ein eigenes, seit Tante Trudel verheiratet ist.«

»Ich habe davon gehört. Ich finde das fantastisch. Glücklich verheiratet?«

»Es ist uns nichts Gegenteiliges bekannt.«

Sie blickte ihn bewundernd an und sagte: »Du siehst aber auch fabelhaft aus.«
»Danke. Man tut, was man kann.«
Er trug einen vorzüglich geschnittenen hellgrauen Anzug, eine dunkelblau und rot gestreifte Krawatte zum weißen Hemd, das braune Haar war in flottem Schwung nach hinten gebürstet, das Gesicht markant und ausdrucksvoll, durch einen leichten Zug des charmanten Leichtsinns aufgelockert.
»Was verschafft mir die Ehre deines Besuchs?«
»Eigentlich gilt er ja nicht dir, sondern Nina. Aber sie ist nicht da, wie ich sehe.«
»Sie arbeitet doch.«
»Immer noch in dieser komischen Fahrschule?«
»Klar.«
»Verstehe ich nicht, warum sie nicht endlich mal was Vernünftiges macht. So ein kluges und charmantes Mädchen wie deine Mutter, die verkauft sich doch unter Wert.«
»So einfach ist es eben nicht, etwas zu finden.«
»Ich werde mich darum kümmern.«
»Das hast du lange nicht getan«, sagte Victoria leise.
»Das ist ein Vorwurf, schönes Kind, ein Pfeil mitten in mein schwarzes Herz hinein. Aber sieh mal, ich habe allerhand gearbeitet im letzten Jahr. Vier Rollen allein in dieser Spielzeit, und soeben habe ich einen Film abgedreht.«
»Ja, ich hab's gelesen. ›Weiße Nächte‹. Klingt toll.«
»Spielt im zaristischen Rußland. Ich bin ein Offizier, den man in einen Spionagefall verwickelt, um ihn zu vernichten. Natürlich wegen einer Frau, die ich liebe und die mich liebt, und die der Schurke seinerseits haben will. Geht aber alles gut aus.«
»Das beruhigt mich. Ich würde dich ungern als Leiche im Kino wiederfinden.«
»Siehst du dir denn meine Filme an?« fragte er eitel.
»Jeden. Und nicht nur einmal.«
»Das freut mich. Sag mal – etwas anderes, warum habt ihr eigentlich kein Telefon? Ich hätte angerufen und wäre hier nicht so hereingeplatzt, aber man kann ja nicht. Ihr seid wirklich noch von vorgestern.«
»Es hat wohl finanzielle Gründe. Aber ich hätte auch gern eins.«
»Also, dann kümmere dich drum. Und jetzt gib mir mal die Nummer von Ninas Büro. Ich hatte sie zwar, aber ich finde sie nicht mehr.«
»Warte, ich schreib' sie dir auf.«
»Ich möchte Nina dringend wiedersehen. Und ernsthaft mit ihr reden.«
»Worüber denn?«
»Das geht dich nichts an, du Grünschnabel. Danke.«
Er steckte den Zettel mit der Nummer in die Rocktasche, und die ordentliche Victoria meinte: »Auf diese Weise wirst du die Nummer wieder verlieren.«
»Werde ich nicht. Ich rufe sie nachher gleich an.«
Victoria blickte auf die Uhr.
»Ja, tut mir leid, aber ich muß weg. Ich würde dich gern zu einer Tasse Kaffee einladen, aber ich habe um vier Stunde.«
»Wo mußt du denn hin?«

»Nach Halensee.«
»Ich fahre dich, ich habe den Wagen unten.«
»Prima.«
Er fuhr sie bis vor die pompöse Gründerzeitvilla, in der sich das Gesangstudio Losch-Lindenberg befand, und als das silbergraue Kabriolett vor dem hohen Gittertor hielt, sagte Victoria: »Hoffentlich sehen sie zum Fenster 'raus.«
»Wer?«
»Na, die schon da sind. Wenn ich schon einmal in so einem schicken Wagen hierhergebracht werde, soll das auch jemand sehen.«
Thiede lachte. »Ich würde dir das Vergnügen gern öfter machen, aber ich habe ja noch eine kleine Nebenbeschäftigung. Außerdem müßte ich dazu deinen Stundenplan kennen.«
»Och, den kannst du gern kriegen. Zweimal in der Woche vormittags um zehn Gesangstunde, einmal Atemübungen und Gymnastik in der Gruppe, früh um neun, Montagabend um fünf Klavierstunde. Jeden Mittwoch, abends um sechs, kommt ein Italiener von der Sprachschule, der gibt uns italienischen Unterricht. Und Freitagabend um sechs Musikgeschichte bei Herrn Marquard. Das ist mein früherer Musiklehrer von der Penne, erinnnerst du dich?«
»Dunkel. Von dem warst du immer ziemlich begeistert, nicht?«
»Bin ich immer noch. Mehr denn je. Ihm habe ich es zu verdanken, daß ich hier im Studio bin. Und diese Vorlesungen über Musikgeschichte, das ist ganz neu, die gibt es erst seit Januar. Und weißt du, warum? Wegen mir und Lili.«
»Fabelhaft. Wer ist Lili?«
»Die ging mit mir in dieselbe Schule und studiert jetzt auch Gesang. Und Herr Marquard – also das ist so, er kennt Frau Professor Losch-Lindenberg schon lange, als sie noch am Theater war. Sie hat ja auch hier an der Staatsoper gesungen, und in Dresden und in München, und in Bayreuth und überall eben. Er verehrt sie sehr. Verehrte Frau Kammersängerin, so sagt er immer zu ihr. Na ja, und er hat gesagt, wir sollen zu ihr gehen, weil wir da was Gescheites lernen. Und ab und zu kommt er ins Studio, um zu hören, was da los ist. Seit wir hier sind, Lili und ich, kommt er oft. Mich kann er besonders gut leiden.«
»Das spricht für seinen Geschmack.«
»Und dann hat er mit Marietta, also mit Frau Professor besprochen, daß er jede Woche einmal eine Vorlesung über Musikgeschichte hält. Das macht er ganz toll, schon früher in der Schule hat er uns viel erzählt, aber jetzt macht er es natürlich ganz gründlich. Momentan sind wir bei Händel. Das trifft sich gut, weil ich gerade Händel singe. Ich freue mich jedesmal auf den Freitagabend.«
»Ich sehe, du bist ein glückliches Mädchen. Glücklich mit dem, was du tust. Wenn das so bleibt, kann man dich beneiden.«
»Bei dir ist es doch auch so, nicht?«
»Doch. Darum weiß ich auch, wovon ich spreche. Jetzt ist es bei mir so. Es gab auch schwierige Zeiten, das weißt du ja noch. Aber die gibt es in einem Künstlerleben immer mal. Jetzt habe ich aber noch nicht kapiert, was du heute, Donnerstagnachmittag um vier Uhr, hier tust. Das kam nicht vor.«

»Das ist überhaupt das Tollste von allem, das ist der Ensemblenachmittag. Der dauert von vier bis sechs, aber manchmal auch bis sieben oder noch länger. Da sind alle da, aber es singen meistens nur die älteren Semester, die schon richtige Partien studieren. Aber alle hören zu. Das ist wichtig, sagt Marietta, damit man sich daran gewöhnt, vor Publikum zu singen. Also da singt einer mal ein Lied oder eine Arie, oder zwei singen ein Duett . . .«
»Oder drei ein Terzett oder vier ein Quartett, und manchmal singt ihr ganze Opern.«
»So ungefähr. Was wir eben auf die Beine stellen können. Ich habe erst einmal ein Lied gesungen. ›Die Forelle‹, von Schubert. Beim nächstenmal komme ich dran. Ich singe aus dem ›Messias‹. ›Er weidet seine Herde‹. Kennst du das?«
»Auf die Gefahr hin, von dir ausgelacht zu werden, eigentlich nicht.«
»Hör zu.« Leise, klar begann sie ihm die Arie vorzusingen.
Thiede lauschte aufmerksam.
»Schön«, sagte er, als sie geendet hatte. »Wunderschön. Du wirst bestimmt eine berühmte Sängerin.«
Sie schloß die Faust um den Daumen. »Dein Wort in Gottes Ohr.«
»Das ist also ein wichtiger Tag für dich.«
»Ja. Sie werden alle kritisch zuhören.«
»Hast du Lampenfieber?«
»Noch nicht. Aber das kommt dann ganz bestimmt. Und nun muß ich gehen.«
Sie hatte immer mal einen Blick auf die Fenster geworfen, in der Hoffnung, daß man sie von drinnen aus sah. Das große Musikzimmer, in dem die Ensemblestunden stattfanden, ging auf die Straße hinaus, und es war kaum anzunehmen, daß der auffallende Wagen übersehen worden war. Peter stieg aus, ging um den Wagen herum, um ihr den Schlag zu öffnen. Und gerade als sie ausstieg, kamen Gerda Monkwitz und Horst Runge die Straße entlang, ebenfalls auf dem Weg zur Ensemblestunde. Die konnten nun alles ganz genau sehen, auch, daß Peter sie küßte, sogar auf den Mund, und daß er ihr über die linke Schulter spuckte.
Es war zu schön, um wahr zu sein.
»Toi-toi-toi für deinen Auftritt«, sagte Peter. »Und ich hoffe, wir sehen uns bald wieder.«
»Wäre mir eine Wonne.«
Der Ton ihrer Stimme, das Strahlen ihrer Augen begleiteten Peter noch eine Weile, nachdem er abgefahren war.
Ein bemerkenswertes Mädchen, fand er. Als er sie kennenlernte, war sie erst fünfzehn und schon damals reizend anzusehen und von verblüffender Sicherheit. Kein Wunder, daß Nina stolz war auf diese Tochter.
Wenn sie wirklich begabt war, würde sie ihren Weg machen. Vielleicht sollte er doch einmal veranlassen, daß Probeaufnahmen von ihr gemacht wurden. Wenn sie auch noch singen konnte bei ihrem Aussehen, würde man bei der UFA höchstangetan von ihr sein.
Dann wandten sich seine Gedanken Nina zu. Er hatte sie seit Monaten nicht gesehen, ihr nicht einmal Karten zu seinen Premieren geschickt, und darum hatte er ein schlechtes Gewissen.
Wenn sie eingeschnappt war, hatte sie allen Grund dazu. Zwar gab es mo-

mentan eine neue Liebesaffäre in seinem Leben, aber derer war er bereits
überdrüssig. Nina war so wohltuend gewesen, zärtlich, anschmiegsam, doch
nie lästig. Er hatte es nicht vergessen.

Victoria war stehengeblieben, bis Gerda und Horst herangekommen waren, und Gerda tat ihr auch sofort den Gefallen zu fragen: »Was hast du dir denn da für einen schicken Kavalier angelacht?«

»Kennst du den nicht?« fragte Victoria lässig zurück, »das war doch Peter Thiede.«

»Der Filmschauspieler?«

»Ja. Is 'n guter Freund von mir.«

»Haste nie erzählt. Woher kennst du den denn?«

»Ach, den kenne ich schon eine ganze Weile. Ich hab' ihn sehr gern.«

»Willst du denn zum Film?« fragte Runge.

»Wenn ich wollte, könnte ich«, erklärte Victoria selbstsicher. »Aber da mache ich mir nicht so viel draus. Ich möchte lieber eines Tages die Mimi singen.«

»In der Staatsoper, wa?«

»Wenn möglich, ja.«

Im großen Musikzimmer war die gesamte Schülerschaft der Frau Kammersängerin Professor Marietta Losch-Lindenberg versammelt.

Fünfzehn waren sie zur Zeit. Ein Mädchen hatte aufgegeben im Herbst, nachdem Marietta es ihr nahegelegt hatte. Tränen waren geflossen, doch inzwischen war ein Verlobungskärtchen ins Haus geflattert.

»Bene«, hatte Marietta geäußert. »Soll sie heiraten und ihren Kindern Wiegenlieder vorsingen. Das wird ein leichteres Leben für sie sein.«

Es fiel Marietta jedesmal schwer, einem ihrer Schüler den erträumten Beruf auszureden, sie wußte, wie tief es einen jungen Menschen schmerzen konnte, von seinen Träumen Abschied zu nehmen. Aber sie wußte auch, wie hoch die Anforderungen in diesem Beruf waren und wie unglücklich ein erfolgloser Künstler werden konnte, notgedrungen werden mußte.

Manche glaubten ihr natürlich nicht, wechselten nur den Lehrer. Marietta machte sich ihr Urteil nicht leicht. Jeder, den sie angenommen hatte, sollte seine ehrliche Chance haben, zu zeigen, wie weit sein Talent, sein Fleiß, seine Ausdauer reichten.

»Was ihr euch erwählt habt«, sagte sie, »ist der härteste Beruf unter Gottes Sonne. Mittelmäßige Sänger gibt es bergeweise, sie sind für sich und die Umwelt eine Pein. Schlechte Sänger sollte man ersäufen. Denn wer singt und es nicht kann, macht sich eines Verbrechens schuldig. Er mordet die Musik. Aus meinem Studio, mit meinem Namen als Lehrer, soll keiner kommen, der nicht wenigstens das Rüstzeug hat, an einer anständigen großen Bühne zu singen.«

Zwei waren im vergangenen Herbst ins erste Engagement gegangen.

Eine Sopranistin nach Bielefeld, ein junger Tenor sogar nach Dresden, was für ein erstes Engagement ganz ungeheuerlich war, denn Dresden verfügte über eines der größten und besten Opernhäuser in Deutschland.

Es war immer eine feierliche Angelegenheit, wenn einer seine Studien abschloß und ins erste Engagement ging, Victoria hatte es zum erstenmal miterlebt und war sehr bewegt gewesen über die Worte, die Marietta bei dieser Gelegenheit sprach.

515

Mahnungen, Ratschläge, gute Wünsche, aber auch Warnung und fast einen Fluch beinhalteten die Sätze, die Marietta den Debütanten mit auf den Weg gab.

»Ihr seid keine Durchschnittsmenschen. Ihr seid berufen, den anderen Menschen Freude, Glück und Erhebung zu schenken. Und ihr könnt es nur durch Opfer und Verzicht. Es gibt eine erbarmungslose Göttin über euch: die Musik. Und wenn ihr nicht dienen wollt, bis zum letzten Einsatz, bis zur Selbstaufgabe, wenn ihr nicht das Beste geben wollt, was ihr aus euch herausholen könnt, seid ihr verdammt bis ans Ende und nicht wert, daß die Sonne euch bescheint.«

Der junge Tenor hatte geweint, Marietta die Hand geküßt und geflüstert: »Ich werde nie, nie vergessen, was ich Ihnen zu verdanken habe, Frau Professor.«

Mit dem Tenor hatte es gelegentlich Schwierigkeiten gegeben.

Er sah recht gut aus, war überheblich, in der Arbeit schlampte er ganz gern. Zweimal hatte Marietta ihn hinausgeschmissen, aber immer wieder aufgenommen, wenn er reuig mit einem Blumenstrauß aufkreuzte; seine Stimme war zu schön.

Beim Abschiedsabend gab es Sekt und belegte Brote, Mariettas Rede, Umarmungen und gute Wünsche von den Studienkollegen, ein bißchen Neid vielleicht auch und hinter jeder Stirn der Gedanke:

Wenn ich erst dran bin ...

An diesem Nachmittag nun war der ›Freischütz‹ dran. Sie hatten eine Agathe, ein Ännchen, einen Max, so daß sich der ganze Forsthaus-Akt durchsingen ließ.

Sie saßen verstreut im Zimmer herum, teils auf Stühlen und Sofas, teils auf dem Boden, die Frau Professor thronte anfangs in ihrem hohen Lehnsessel, in dem sie es aber meist nicht lange aushielt, dann stand sie dahinter, die Ellenbogen auf der Lehne; war sie zufrieden, stützte sie das Kinn auf den abgespreizten Daumen, begann ihr etwas zu mißfallen, steckte sie den Daumen in den Mund. Man brauchte sie nur zu beobachten, dann wußte man Bescheid.

Sie war eine imponierende Erscheinung, groß und üppig, jedoch nicht dick, dazu war ihre Figur zu wohlproportioniert. Es wäre schade um jedes Pfund, das sie weniger hätte, so hatte es der nach Dresden abgewanderte Tenor einmal formuliert. Sie war das, was man eine Walküre nannte, und die Brünnhilde hatte sie denn auch gesungen, sogar in Bayreuth, was ihr im Kreise ihrer Schüler eine Art Heiligenschein verlieh.

Mit fünfzig hatte sie aufgehört, freiwillig und ganz bewußt.

»Man muß wissen, wann man aussteigen muß«, erklärte sie ihren Schülern. »Das ist in der Kunst wie in der Liebe so. Wer nicht aussteigen kann, muß absteigen. Ehe ich mit einem Müllkutscher schlafe, schlafe ich mit mir selber. Die Leute müssen sagen: wie schade, daß sie nicht mehr singt. Wenn sie sagen: Gott der Gerechte, jetzt singt die immer noch, das ist von Übel.«

So gern sie gesungen hatte, so begeistert sie in ihrem Beruf aufgegangen war, so gern lehrte sie jetzt, so begeistert gab sie weiter, was sie konnte und wußte. Sie war wirklich eine hervorragende Lehrerin, in der Beziehung war Victoria von Herrn Marquard gut beraten worden. Individueller, intensiver, intuitiver konnte ein Unterricht nicht sein.

Drei Jahre lang hatte Marietta an einer Musikhochschule unterrichtet, dann fand sie, daß ihr ein eigenes Studio mehr Befriedigung geben würde. In jener Zeit starb ihr Mann, ein reicher Industrieller, der ihr soviel Geld hinterließ, daß sie sich diesen Wunsch erfüllen konnte. Achtundfünfzig war sie heute, sah immer noch blendend aus, sie hatte große tiefblaue Augen und war ständig so geschminkt, als müsse sie gleich auf die Bühne.

Das tollste war ihr Haar, eine kupferrote, leuchtende, dicke Löwenmähne, durch die sie in Momenten der Erregung oder Begeisterung mit allen zehn Fingern fuhr.

Bernhard Marquard war an diesem Nachmittag auch zugegen; wann immer er es zeitlich einrichten konnte, fand er sich zu den Ensemblestunden ein.

Er saß still in einer Ecke, die schmale Figur ganz versunken in einem Lederfauteuil, das blasse Gesicht beherrscht von den dunklen Augen, den Augen eines Romantikers.

Er nickte Victoria zu, als sie hereinglitt und sich still neben Lili auf ein kleines Bänkchen schob, ihr bevorzugter Platz.

Zunächst war der ›Freischütz‹ noch nicht dran, sondern die Frau Professor sprach über künftige Pläne. Bis zum Herbst, kündigte sie an, werde man den ganzen ersten Akt des ›Figaro‹ einstudieren und anschließend den zweiten Akt des ›Rigoletto‹.

Wie weit man alles über die Bühne bringen werde, komme auf den Fleiß der einzelnen an. Wer welche Rolle singen werde, sei noch nicht in jedem Punkt klar, auf jeden Fall Runge den Figaro.

Horst Runge war der Meisterschüler im Hause, er besaß einen wunderschönen Bariton, war außerordentlich musikalisch, hatte das absolute Gehör. Er war auch bereits zweimal bei einem Liederabend in der Provinz mit Erfolg aufgetreten.

Er fragte auch gleich zurück: »Den Rigoletto nicht?«

Marietta schoß ihm nur einen tadelnden Blick zu und ließ sich auf keine Erörterungen ein. Was auch überflüssig war, denn Klaus Juncker, der zweite Bariton im Studio, der also zweifellos den Grafen singen würde und auch eine schöne Stimme besaß, hätte die gleiche Frage stellen können. Offenbar hatte sich Marietta noch nicht entschieden, oder, was wahrscheinlicher war, gedachte sie, die Partie doppelt zu besetzen. Das ergab erstens keinen Hader zwischen den jungen Künstlern, und zweitens hatte es den Vorteil, daß sie miteinander wetteifern konnten.

Und da kam es auch schon. Nachdem Marietta den Blick über die jungen erwartungsvollen Gesichter hatte schweifen lassen, sagte sie: »Ich denke daran, einige Rollen doppelt zu besetzen. Mary wird die Susanne singen, und Charlotte die Gilda, doch ich sehe keinen Grund, warum ihr nicht beide jede Partie studieren und dann alternieren könnt. Auch den Cherubin können wir doppelt haben, das macht Angela, und ich denke, daß Victoria als zweite Besetzung in Frage kommt.«

Victoria zog die Luft zwischen die Zähne, ihre Augen leuchteten. Kein Zweifel, daß sie besser sein würde als Angela, auch wenn die schon seit zwei Jahren das Studio besuchte. Angela, eine schmale Dunkelhaarige, saß ein Stück weiter entfernt auf dem Boden, wie immer hatte sie die Schuhe ausgezogen und die Füße gegen das Empiresofa gestemmt. Die beiden Mädchen tauschten einen kurzen Blick, Angela zog hochmütig die Brauen hoch, Victoria lächelte herablassend. Du wirst schon sehen, daß ich besser bin als du, dachte sie.

»Als erstes Ziel ›Figaro‹«, beendete Marietta ihre Rede, »und zwar bis Mitte Oktober. Wenn es gut wird, laden wir Publikum ein. Und nun los mit dem ›Freischütz‹. Avanti!«

Am Klavier saß Oscar Mosheim, der immer bei den Ensemblestunden begleitete, und sonst den Klavierunterricht gab.

Und dann begann Ulrike mit dem Ännchen – ›Schelm, halt fest‹.

Victoria zog die Mundwinkel herab. Na ja, war nicht umwerfend.

Sie würde das Ännchen heute schon besser singen.

Aber auf das Ännchen war sie sowieso nicht scharf. Die Agathe wollte sie singen.

Peter Thiede hatte es auf einmal außerordentlich eilig, Nina zu sehen. Schon bei der nächsten Telefonzelle hielt er an, zog den Zettel mit der Nummer aus der Tasche und versuchte sein Glück.

Sie meldete sich selbst.

»Fahrschule Fiebig, Jonkalla.«

»Sehen wir uns heute abend?« fragte Thiede mit seiner verführerischsten Stimme.

Ein kurzes Schweigen am anderen Ende der Leitung, dann ihre Stimme, überrascht, leise: »Peter?«

Sehen wir uns nach der Vorstellung, das war das Zauberwort gewesen, damals, als ihre Beziehung begann, als beide noch bei Felix am Theater waren, Nina im Büro, Peter als Schauspieler.

Wenn sie sich trafen, ehe er auf die Bühne ging, wartete sie auf diese Frage; wartete manchmal tagelang, redete sich selbst gut zu, vernünftig zu sein, denn es würde keine Fortsetzung geben.

»Ninababy, ich möchte heute abend elegant mit dir essen gehen. Läßt sich das machen?« Und als nicht gleich eine Antwort kam, fuhr er fort: »Und sei bitte nicht beleidigt, weil ich solange nichts habe hören lassen. Ich habe gearbeitet, aber das ist natürlich keine Entschuldigung. Gib mir Gelegenheit, mich heute abend ausführlich zu entschuldigen. Bitte.«

»Du brauchst dich nicht zu entschuldigen. Habe ich dich je angebunden?«

»Gotteswillen, nein. Trotzdem fühle ich mich schuldig. Kommst du mit heute abend? Wir gehen zu Horcher, ja? Wir müssen wieder einmal ernsthaft miteinander reden. Soll ich dich abholen?«

»Hol mich zu Hause ab«, sagte sie, »ich kann heute etwas früher Schluß machen.«

Das konnte sie zwar nicht, aber das würde sie schon hinbiegen.

Wenn sie schon mit ihm ausging, wollte sie erst nach Hause und sich hübsch machen.

»Gut. Ich bin um acht bei dir. Ich war heute schon mal dort, habe Victoria getroffen.«

»Ach ja?«

»Erzähle ich dir heute abend. Also, bis später.«

Als er kam, schloß er sie zärtlich in die Arme und küßte sie auf beide Schläfen. Nicht auf den Mund, er wußte, daß Frauen das nicht gern hatten vor einem Ausgang, der Lippenstift verwischte sich.

Sie aßen bei Horcher, das Restaurant war gut besucht, doch Thiede, der hier bekannt war, hatte einen Tisch bestellt.

Nina hatte sich zurechtgemacht und trug das taubenblaue Kleid. Sie war sicher, er kannte es noch nicht, denn seit sie das Kleid besaß, hatten sie sich nicht gesehen.

»Du siehst bezaubernd aus, Ninababy. In all den Jahren, in denen ich dich nun kenne, hast du dich nicht verändert.«

»Du bist ein großer Schmeichler, ach, der geborene Heuchler . . .« zitierte sie.

»Tosca, das weiß ich sogar. Deine Tochter sang mir heute eine Arie aus dem ›Messias‹ vor. Die kannte ich nicht. Schön hat sie gesungen.«

»Sie hat dir vorgesungen?«

»Ja, im Auto. Ich habe sie zu ihrer Frau Professor Dingsbums gefahren.«

»Das wird ihr Spaß gemacht haben.«

»Es schien so. Und ihre Arbeit scheint ihr auch großen Spaß zu machen. Eines Tages wirst du die Mutter einer berühmten Tochter sein.«

Nina lächelte. »Wir hoffen es. Aber eigentlich wage ich es gar nicht, richtig zu hoffen. In meinem Leben gab es so viele Enttäuschungen – ich habe immer Angst um Vicky.«

»Um die brauchst du keine Angst zu haben. Die schafft das schon. Und wenn es mit dem Singen nicht klappt, dann soll sie zum Film gehen. Hübsch genug ist sie. Und so lebendig dazu. Sie hat viel Ausstrahlung, weißt du, und das ist es vor allem, was den Reiz einer Frau ausmacht.«

Nina verspürte einen Hauch von Eifersucht. Er hatte früher nie in Vicky eine Frau gesehen. Aber nun sah er sie offenbar mit anderen Augen.

»Aber eigentlich wollte ich nicht über Vicky mit dir sprechen, sondern über dich. Nina, du hattest doch einmal ganz konkrete Pläne, du wolltest schreiben, du hast sogar schon angefangen, soviel ich weiß. Und jetzt sitzt du in dieser popligen Fahrschule herum und vergeudest deine kostbare Zeit.«

»Ich war sehr froh, als ich diese Stellung in dieser popligen Fahrschule bekam. Und ich bin jetzt noch froh, daß ich sie habe. Du weißt, wie kostbar heutzutage nicht nur Zeit ist, sondern auch Arbeit. Ich muß einfach etwas verdienen. Vicky studiert, Stephan geht noch zur Schule, sie werden beide noch lange nichts verdienen. Es hängt an mir, daß aus ihnen etwas wird.«

»Ich weiß. Aber du könntest mehr verdienen.«

»Womit?«

»Ich sagte es ja gerade. Mit Schreiben. Hattest du nicht mal einen Roman angefangen?«

»Da ist nichts daraus geworden, ich kann das nicht.«

»Dann hattest du Ideen für ein Theaterstück. Ich weiß sogar noch, wie es heißen sollte. ›Die neue Nora‹, stimmt es?«

»Stimmt genau.«

»Und dann sprachen wir von Filmarbeit. Damals mit dem Koschka, der mir den ersten Filmvertrag gab, aus dem dann nichts wurde.«

»Ich weiß alles. Aber wie soll ich das anfangen?«

»Hör zu, mein Herz. Ich kenne immerhin jetzt eine ganze Menge wichtiger

519

Leute. Vom Film, vom Theater, von der Presse. Und du mußt eins bedenken, es findet zur Zeit eine gewisse Umschichtung statt. Die jüdischen Mitarbeiter werden überall zur Seite gedrängt, möglicherweise nach und nach hinausgedrängt. Das ist eine Chance, wenn man sie zu nutzen weiß.«
»Ich finde es nicht anständig, darauf zu spekulieren.«
»Anständig oder nicht – es ist nun mal so. Zweifellos wird mancher, der bisher nicht zum Zuge kam, nun mehr Möglichkeiten haben. Und ein unbekanntes Talent findet jetzt Chancen, glaube mir das. Die Nazis wollen eine Menge für Theater und Film tun, sie haben so eine Art kulturelles Sendungsbewußtsein, und das ist nicht die schlechteste Eigenschaft an ihnen. Siehst du, ich mache mir auch nicht viel aus diesen Brüdern, aber ich habe das Gefühl, daß sie bald sehr sicher im Sattel sitzen werden. Sie fangen es ganz geschickt an, der Vierjahresplan, dann diese Inszenierung im März in Potsdam, also das hätte Reinhardt nicht besser machen können, das war einfach gekonnt. Was willst du, es gefällt den Leuten. Es ist ein Erfolg. Ich weiß, wie Erfolg riecht, wie er schmeckt. Und hier stinkt es ja geradezu nach Erfolg. Du wirst sehen, diese Leute bleiben uns erhalten.«

Thiede sprach leise, zu ihr geneigt, verstummte, als der Ober sich ihrem Tisch näherte und Wein nachschenkte.

»Vier Wochen ist es jetzt her, seit sie dieses Ermächtigungsgesetz durchgeboxt haben. Weißt du, was das ist? Das ist der Tod der anderen Parteien. Wir leben in einer Diktatur. Ob es uns paßt oder nicht, es ist eine Tatsache. Ich für meine Person bin froh, daß ich Künstler bin. Wenn ich vor der Kamera stehe oder auf der Bühne, ist das ein unpolitischer Akt. Mir kann keener, wie die Berliner sagen. Ich tue meine Arbeit und das so gut ich kann, und ich will Geld verdienen.«

»Und die Juden?« fragte Nina leise.

»Hör zu, mein Herz, ich bin keiner. Das ist keine Schuld, das ist kein Verdienst, auch das ist eine nüchterne Tatsache, die mir zur Zeit nützt. Außerdem wird sich das legen. Wir haben noch genügend jüdische Kollegen in den Ateliers, und denen tut keiner was. Das schleift sich alles ab. Dieser Goebbels, den habe ich neulich mal kennengelernt, der kam zu uns ins Atelier während der Aufnahmen, also der Bursche ist unerhört charmant. Und sehr gescheit. Nebenbei gesagt, er sieht selber aus wie drei Juden. Also wenn der ein Arier ist, dann fresse ich meinen Besen.«

»Ich kann mir eigentlich gar nicht vorstellen, wie das nun weitergeht.«

»Das kann sich niemand vorstellen, und das wissen die neuen Herren auch nicht, das kannst du mir glauben. Jetzt werden sie erstmal auf Deubel komm raus Arbeit beschaffen für das Volk, und dagegen ist nichts zu sagen. Das sollen sie ruhig machen. Dann kommt es nur noch darauf an, ob sich die Sozis von ihrem Schock wieder erholen und Herrn Hitler abservieren. Ich habe mich nie für Parteien interessiert, mir sind sie alle zuwider. Ich bin schon lange zu keiner Wahl mehr gegangen. Mir geht es nur darum, daß es den Menschen besser geht, daß sie Geld haben, um ins Kino und ins Theater zu gehen.«

Nina lachte. »Du machst es dir leicht.«

»Was soll ich sonst tun? Ich tue keinem was Böses, also wird mir auch keiner was tun. Ich sehe nur, daß alle Theater spielen, alle Ateliers in Betrieb sind, das genügt mir. Und ob in der Reichskanzlei Herr Hitler sitzt oder Herr Sonstwas, ist mir sowas von egal.«

Seine Betrachtung der Lage war eigentlich ganz vernünftig, fand Nina. Man änderte ja doch nichts, wenn man sich über Politik aufregte. Und ruhiger war es ja wirklich in der Stadt und auf den Straßen geworden.

»Hast du eigentlich mal wieder etwas von Felix gehört?« fragte Peter beim Dessert.

»Schon lange nicht. Eine Weile hat er ganz regelmäßig geschrieben, und ich habe ihm geantwortet. Er fühlte sich nicht sehr wohl in Florida, das habe ich dir erzählt. Aber vor einem Jahr etwa . . ., warte mal, ja, ein Jahr oder dreiviertel Jahr ist es her, da kam ein blöder Brief von ihm, in dem er ziemlich von oben herab mitteilte, daß er doch ganz froh sei, jetzt in Amerika zu sein. In Deutschland seien die Zustände doch wohl ziemlich belemmert, und es sei auf die Dauer eben doch von Übel, einem besiegten Volk anzugehören. Das hat mich so geärgert, daß ich ihm gar nicht geantwortet habe. Und seitdem hat er nichts mehr von sich hören lassen.«

»Na ja, er ist schon ein armes Schwein, so wie der Krieg ihn zugerichtet hat, einen Arm verloren, das Gesicht zernarbt, da kann ich schon verstehen, daß er verbittert ist. Schließlich war er Schauspieler, und ein verdammt gutaussehender Bursche, du hast ja sicher auch die alten Rollenbilder von ihm gesehen.«

»Ja, hab' ich.«

»Alles in allem hat er doch Glück gehabt mit dieser amerikanischen Frau, die trotz allem zu ihm gehalten hat und dann noch ein paar Jahre lang das ganze Theater für ihn finanziert hat, das war doch anständig von ihr. Wie hieß sie gleich?«

»Miriam.«

»Ohne die wäre er doch total verschüttgegangen. War eine ganz hübsche Frau.«

»Ich habe sie nur einmal gesehen. Ja, sie sah ganz gut aus. War aber viel älter als er.«

Nina ärgerte sich sogleich, daß sie das gesagt hatte. Sie war schließlich auch älter als Peter.

»Dank ihr konnten wir bei ihm Theater machen«, fuhr er fort. »Und ich hab' dich kennengelernt Ninababy.« Er nahm ihre Hand und küßte sie.

Nina lächelte ihn an. Sie genoß es sehr, mit ihm hier zu sitzen, gut zu essen, sie kam so selten irgendwohin, meist saß sie abends zu Hause.

»Ich möchte gern eine Flasche Sekt mit dir trinken«, sagte er, »aber nicht hier.«

»Wo willst du denn noch hingehen? In eine Bar?«

»Zu mir.«

»Oh!« machte Nina. Wie meinte er das? Seit Salzburg hatte sie nicht mehr mit ihm geschlafen, und das war fast zwei Jahre her. Auch sonst hatte es keinen Mann in ihrem Leben gegeben.

Nein, nicht noch einmal, dachte sie. Ich habe es überwunden, ich habe mich damit abgefunden, daß es dich nicht mehr gibt. Du wirst nie erfahren, wie schwer es für mich war.

Sie sprach es nicht aus, aber er schien ihr anzusehen, was sie dachte, noch immer spiegelten sich ihre Gefühle allzu deutlich in ihrem Gesicht.

Wie er sie ansah! Sie kannte diesen Blick, zärtlich, eindringlich, dazu das leichte Lächeln um seinen Mund. Sie kannte das nicht nur von der Wirklichkeit her, sie kannte es auch von der Filmleinwand, es war derselbe Blick, dasselbe Lächeln, die der jeweiligen Partnerin galten.

Nicht noch einmal. Laß mich in Frieden.

Aber sie ging mit ihm.

Seine neue Wohnung befand sich am Olivaer Platz, im obersten Stock, war sehr exklusiv, sehr geschmackvoll eingerichtet, die großen Fenster boten einen herrlichen Blick über das nächtliche Berlin.

»Das ist toll«, rief Nina immer wieder, während sie durch die vier Räume ging, »einfach toll!«

»Das wollte ich dir zeigen«, sagte er stolz. »Ich hab' mir immer gewünscht, mal eine richtige Wohnung zu haben. Seit Jahren und Jahren habe ich nur in möblierten Buden oder in billigen Pensionen gewohnt. Meine vorletzte Filmgage habe ich voll hier hineingesteckt.«

»Und du wohnst ganz allein hier?«

»Ganz allein. Was nicht heißen soll, daß ich immer allein bin. Heute abend zum Beispiel nicht.«

»Und wer sorgt für dich?«

»Bärchen.«

»Wer ist Bärchen?«

»Frau Amanda Bär. Ein Juwel. Sie kommt am Morgen, macht mir Frühstück, räumt auf, putzt meine Schuhe, wäscht und bügelt meine Hemden, kocht was Gutes, wenn ich zu Hause bin, und obendrein hört sie mir noch meine Rollen ab. Ansonsten betrachtet sie mich kritisch von Kopf bis Fuß, ebenso meinen Umgang.«

»Dann bist du ja gut behütet.«

»Kann man sagen. Nicht nur behütet, auch bewacht. Eine Frau zum Beispiel, die Bärchen nicht gefällt, wagt sich nie wieder in diese Wohnung. Bärchen hat eine unnachahmliche Art, schweigend ihre Meinung zu äußern.«

»Hoffentlich kommt sie heute abend nicht mehr.«

»Erst morgen früh um acht. Aber so leise, daß sie dich im Schlaf nicht stören wird.«

Nina lachte nervös. »Morgen früh um acht sitze ich bereits an meinem Schreibtisch.«

»Das wird sich finden. Übrigens ist Bärchen eine leidenschaftliche Gegnerin der Nazis. Sie ist überzeugte Kommunistin.«

»Um Gottes Willen, und das sagt sie auch noch?«

»Jedem, der es hören will oder nicht. Eines Tages werden wir den Hitler aufbaumeln, sagt sie beispielsweise, an der nächsten Laterne. Und denn, Herr Thiede, komm ick nich mehr bei Ihnen, denn jeh ick ins Parlement und rejiere mit.«

»Das ist ja eine ulkige Type.«

»Ich möchte mir jern von Ihnen rejieren lassen, Bärchen, sage ich dann, Sie tun es jetzt schon, und es bekommt mir gut. Lieber wär's mir trotzdem, Sie rejieren mir alleene und lassen andere im Parlament wurschteln. So, und nun setz dich endlich. Ich hol' den Sekt. Dort stehn Zigaretten. Und dann wird gearbeitet.«

»Gearbeitet?«

Als er mit der Flasche zurückgekommen war und ihre Gläser gefüllt hatte, sagte er: »Auf dein Wohl, mein geliebtes Ninababy. Und nun streng dich mal

an. Du hast früher immer so hübsche Ideen gehabt für Geschichten und Theaterstücke, das kann doch nicht alles aus deinem Kopf entfleucht sein. Diese dämliche Fahrschule kann dich doch nicht so ausfüllen, daß du gar keine anderen Gedanken mehr hast.«
»Nein, natürlich nicht. Geschichten denke ich mir immer noch aus.«
»Laß hören.«
»Gott, so aus dem Stegreif . . .«
»Wie war das mit der neuen Nora?«
»Das ist passé. Die Frauen sind heute alle so selbständig und emanzipiert, da kannst du mit einem Norastoff nicht mehr landen. Aber ich weiß eine andere Geschichte. Wenn zum Beispiel ein Mann wie mein Kurtel, also wenn der nach so vielen Jahren nun doch noch aus Rußland zurückkehren würde, und hier wäre das Leben weitergegangen, seine Frau liebt einen anderen, hat vielleicht wieder geheiratet, die Kinder kennen ihn gar nicht, was geht dann in so einem Mann vor? Meinst du nicht, das wäre eine gute Geschichte?«
»Sicher. Eine sehr ernste Geschichte allerdings. Und die Leute wollen vom Krieg nichts mehr hören. Außerdem keine sehr originelle Geschichte, so was hat's schon öfter gegeben. Weißt du nicht eine heitere Geschichte? Oder eine mit viel Liebe?«
»Aber diese Geschichte handelt ja von Liebe? Von der verlorenen und vergessenen Liebe.«
Er kam und setzte sich zu ihr auf die Sessellehne.
»Reden wir beide ein wenig von Liebe.«
»O nein, darüber reden wir nicht mehr.«
»O ja, darüber reden wir bestimmt. Steh mal auf, Ninababy.«
»Warum?«
»Steh auf.«
Sie stand zögernd auf, er ließ sich in den Sessel gleiten und zog sie auf seinen Schoß, legte die Arme um sie und küßte sie auf den Hals.
Sie saß steif, voller Abwehr. Wäre sie doch nicht mitgegangen!
Sollte die ganze Pein von vorn beginnen?
Sie drängte ihn zurück.
»Nein, Peter, bitte nicht. Laß mich los.«
»Du bleibst heute bei mir. Es ist so schön, dich wieder im Arm zu haben. Du kannst nicht behaupten, daß du mich kein bißchen mehr liebst.«
»Ich liebe dich überhaupt nicht mehr«, sagte sie heftig.
»Du lügst. Ich spüre es deutlich, daß du mich liebst.«
»Du hast dich so lange nicht um mich gekümmert.«
»Stimmt.« Seine Lippen berührten zart ihre Brust, seine Hand glitt sanft über die Seide ihres Beines, glitt unter den Rock und begann geschickt die Strumpfhalter zu lösen.
»Du hast bestimmt eine andere Frau . . .« Sie bog sich zurück, schob seine Hand weg.
»Nicht nur eine. Mehrere. Aber sie sind ganz unwichtig.«
Jetzt griff er fest zu, bog ihren Kopf in den Nacken und küßte sie. Nina widerstand nicht länger, es tat so gut, ihn zu spüren, seine Lippen, seine Hände; ihre Lippen öffneten sich, es war wirklich unwichtig, was es sonst noch gab, jetzt war sie bei ihm, nur diese Stunde zählte. So war es immer gewesen, schon damals, als es anfing, beim erstenmal dachte sie: es ist nur heute. Nur einmal.

523

Und es war wie früher. Er liebte sie wunderbar, voll Zärtlichkeit, voll Leidenschaft, und ihr Körper, hungrig nach Liebe, sehnsüchtig nach der Umarmung eines Mannes, antwortete bereitwillig seinem Verlangen.

Später in der Nacht, sie lagen nebeneinander in seinem breiten Bett, ihr Kopf auf seiner Schulter, so wie früher, genau wie früher, und sie war müde, aber gleichzeitig hellwach, denn es wäre zu schade gewesen, nur eine dieser wunderbaren Minuten zu verschlafen, später in dieser Nacht dachte sie: es gab nur zwei Männer in meinem Leben, die ich lieben konnte. Nicolas, als ich jung war. Und er, der jetzt bei mir ist.

»Ich hol uns was zu trinken«, sagte er.

Diesmal brachte er Champagner. Der Sekt von vorhin war warm und schal geworden.

Champagner – den hatte Nicolas immer getrunken.

Auch das wußte Peter noch. Er setzte ihr das Glas an die Lippen und sagte: »Der erste Schluck für Nicolas. Der zweite für mich.«

Nina stiegen die Tränen in die Augen. Sie liebte ihn so sehr, daß in diesem Augenblick beide Männer zu einem wurden.

»Der erste Schluck für euch beide«, sagte sie leise.

Er nahm ihr das Glas ab, beugte sich über sie.

»Weißt du, was so wundervoll an dir ist? Du bist zur Liebe fähig. Nicht nur im Bett. Überhaupt. Du strahlst Liebe geradezu aus. Das können Frauen heute nicht mehr. Diese modernen Frauen, die sich so freizügig geben, für die Liebe nur ein Spiel ist, ein Zeitvertreib – sie lassen im Grunde einen Mann unbefriedigt. Liebe ist altmodisch und gehört ins vorige Jahrhundert, hat mir mal eine gesagt. Was soll ich mit so einer Frau anfangen? Das ist doch ernüchternd. Ich halte mich durchaus für modern, aber ich möchte trotzdem richtig geliebt werden.«

»Ach, Liebe ist so ein dummes Wort«, sagte Nina. »So unüberlegt verschwendet. Mißbraucht und oft verlogen. Und ich bekomme sowieso immer nur ein kleines Stück davon.«

»Das kränkt mich tief. Kannst du dich beklagen? Wie lange kennen wir uns? Und hat es was geändert, nur weil wir uns eine Zeitlang nicht gesehen haben?«

Nina lächelte. Was verstand schon ein Mann?

»Nein«, sagte sie. »Es hat nichts geändert. Für eine Weile bist du wieder da.«

»Das hast du mir nie verziehen, daß ich das damals sagte. Frauen können Ehrlichkeit nicht vertragen.«

»Richtig moderne Frauen eben doch.«

»Alles in allem war es keine kleine Weile, sondern eine lange Zeit, die wir zusammen waren. Und ich bin heute so glücklich wie am Anfang, wenn du bei mir bist.«

Sie küßte ihn. »Danke, daß du das sagst.«

»Und du bist auch ein bißchen glücklich?«

»Ich bin sehr glücklich.«

Bettgeplauder. Gespräche nach einer wohlgelungenen Umarmung. Morgen würde alles wieder vergessen sein. So modern war Nina immerhin, um das zu wissen. Ob sie allerdings so modern werden würde, einmal nicht mehr darunter zu leiden, bezweifelte sie. Aber sie wollte jetzt nicht aufstehen und

fortgehen, sie wollte neben ihm bleiben, dieses Gefühl, ihn zu spüren von Kopf bis Fuß, bei ihm zu liegen, war fast noch schöner als der Liebesakt.
»Soll ich dir noch eine Geschichte erzählen?« fragte sie.
»Weißt du noch eine?«
»Ich weiß noch viele.«
»Erzähle!«
»Also paß auf. Da sind zwei Männer. Forscher. Und Freunde.«
»Du erzählst mir doch keine Homosexuellengeschichte? Das geht heute nicht mehr. Das gehört in die entartete Epoche. Die Nazis mögen das nicht.«
»Unsinn, davon weiß ich zu wenig, könnte ich gar nichts drüber erzählen. Die beiden machen eine Expedition, irgendwohin, wo es ganz gefährlich ist.«
»Amazonasgebiet vielleicht?«
»Ja, so etwas meine ich. Und sie kommen auch wirklich in Lebensgefahr, der eine wird schwer krank, bekommt ein Fieber oder Indianer überfallen sie und verwunden ihn, irgend so was. Und dann stirbt er.«
»Trauriger Anfang. Könnte man aber ganz schön dramatisch machen. Der andere rettet sich?«
»Natürlich. Sonst geht die Geschichte ja nicht weiter. Doch der Tote sagt zu ihm: Kümmere dich um meine Tochter. Versprich es mir.«
»Der Tote? Erscheint er ihm als Geist?«
»Stell dich nicht so dumm. Er sagt es natürlich, ehe er stirbt.«
»Aha, verstehe. Letzte Worte und so. Und ich sehe schon, worauf es hinausläuft. Der Gerettete kommt nach Hause, kümmert sich und verliebt sich und die beiden werden ein glückliches Paar.«
»Noch lange nicht. Die Tochter ist ja noch ein Kind.«
»Das ist schon besser. Wie alt ist denn die Kleine?«
»Vielleicht fünf oder sechs.«
»Das wird eine lange Geschichte.«
»Der Forscher versteht von Kindern gar nichts, hat auch kein Interesse daran, aber er bringt es nicht über das Herz, dem Kind zu sagen, daß sein Vater tot ist.«
»Moment mal, hat das Kind keine Mutter?«
»Die ist schon lange tot.«
»Also ein armes, armes Waisenkind.«
»Du sollst es nicht lächerlich machen.«
»Tu ich ja nicht. Ich will bloß klarsehen. Weiter.«
»Das Kind bleibt zunächst bei ihm, und er muß viel arbeiten, die Forschungen auswerten, und am liebsten würde er das Kind in ein Internat geben, aber es ist ja noch so klein, und da engagiert er erstmal ein Kindermädchen. Weil er es seinem Freund versprochen hat, nicht? Eines Tages hört das Kind ein Gespräch zwischen dem Kindermädchen und noch jemandem, vielleicht der Haushälterin, und die sagen . . .«
»Und die sagen, ach, die arme, arme Kleine, nun hat sie weder Vater noch Mutter, und dieser herzlose junge Forscher will sie am liebsten weggeben zu ganz fremden Leuten.«
»Das Kind geht zu dem Mann, sieht ihn an und fragt: Warum hast du mir nicht gesagt, daß mein Vati tot ist?«
»Das könnte eine hübsche Szene geben. Ich bin der herzlose Mensch, und vor mir steht das kleine Mädchen mit seinen großen traurigen Augen, sehr

525

schön, kann ich mir gut vorstellen. Was habe ich denn bis jetzt gesagt, wo der Vati geblieben ist?«

»Noch im Urwald. Oder wo er eben war.«

»Aha, ein gründlicher Forscher also. Wie geht's nun weiter?«

»Der Mann gewöhnt sich an das Kind, er hat das Kind gern, und das Kind mag ihn auch. Und er behält das Kind im Haus.«

»Nina, deinen Onkelkomplex kriegst du niemals los.«

»Er hat aber auch eine Frau, die ihn liebt und ihn heiraten möchte, und die will das Kind loswerden. Sie ist eifersüchtig auf das Kind.«

»Schlechtes Luder. Die heiratet er mir nicht. Statt daß sie sich darauf freut, dem Kind eine liebe Mutti zu werden.«

»Später kommt das Kind aber doch in ein Internat, weil er eine neue Expedition macht.«

»Hoffentlich kommt er heil nach Hause. Deine Tochter hat heute gesagt, sie würde mich nicht gern als Leiche im Kino wiederfinden.«

Nina lachte.

»Das sieht ihr ähnlich. Nein, du kommst heil wieder, aber erst nach langer Zeit und wirst nun sehr berühmt, schreibst ein Buch und hältst viele Vorträge, und manchmal besuchst du das kleine Mädchen...«

»Das aber so klein auch nicht mehr ist.«

»Sie ist inzwischen fünfzehn oder sechzehn und sehr hübsch geworden.«

»Und sehr verliebt in den Onkel Forscher.«

»Ja, natürlich.«

»Was mache ich nun mit der Göre?«

»Du nimmst sie wieder zu dir, weil sie das gern möchte. Und sie liebt dich sehr, aber du mimst immer nur den Vater.«

»Den Onkel, bitte.«

»Schließlich kommt sie auf den richtigen Dreh, wie sie dich kriegen kann.«

»Da bin ich aber gespannt.«

»Ganz einfach. Sie tut so, als sei sie in einen anderen Mann verliebt, mit dem geht sie immerzu abends aus, kommt spät oder gar nicht nach Hause...«

»Und ich werde rasend eifersüchtig, versohle sie und heirate sie sodann. Schönes Happy-End.«

»Ach, du nimmst mich nicht ernst.«

»Aber gewiß doch. Es ist wirklich eine süße Geschichte. Was glaubst du, was für ein großartiger Film das wäre. Ich sehe das schon vor mir. Der Amazonas, die Indianer, die vergifteten Pfeile, das entbehrungsreiche Forscherleben, ich mit lauter Stoppeln im Gesicht und mit tiefliegenden Fieberaugen, wie ich mich mit letzter Kraft aus dem Dschungel kämpfe, und dann der große Forscherruhm – übrigens könnten wir auch Archäologen aus den beiden machen, das ist genauso effektvoll. Sie graben und graben und finden dolle Dinge, doch der eine wird vom Fluch der Tempelgötter dahingerafft, der andere kann gerade noch entkommen, kehrt aber später zurück und buddelt den Rest aus. Für die Kleine brauchen wir ein ganz niedliches Kind, und für die Große finden wir auch was. Prima, Ninababy, das machen wir. Du schreibst das mal kurz auf, und ich biete es an. Wäre ja gelacht, wenn wir das nicht hinkriegen. Vielleicht können wir noch irgendeinen Nazidreh hineinbringen.«

»Ach nein, bitte nicht.«
»Vielleicht hat der junge Forscher nie so richtig Erfolg gehabt, weil ein böser Jude ihm im Weg stand und seine Ideen klaute. Oder ein böser Kommunist, und dann hat inzwischen die neue Zeit begonnen als er von der letzten Expedition zurückkommt, und nun wird er ganz schnell berühmt.«
»Ich möchte das nicht gern.«
»Gut, du bist die Autorin. Ich dachte nur, damit es sich leichter verkaufen läßt. Kommunist ginge sowieso nicht, das würde mir Bärchen nie verzeihen.«

Eine Zeitlang amüsierten sie sich noch damit, die Geschichte auszuschmücken, und Peter, abgebrüht gegen Stoffe wie alle Theaterleute, flachste herum, was Nina zum Lachen brachte, aber auch ein wenig ärgerte, weil er sie nicht ernst nahm.

Dabei tranken sie eine zweite Flasche Champagner und schliefen schließlich ein, da war es bereits vier Uhr morgens.

Wie Peter schon vorausgesehen hatte, saß Nina nicht um acht an ihrem Schreibtisch, sondern rief um zehn an, um Herrn Fiebig mitzuteilen, daß sie leider krank sei. Es war das erstemal, seit sie bei ihm arbeitete, daß sie nicht erschien, und Fred Fiebig war sehr besorgt und wünschte gute Besserung.

Zu der Zeit stellte Bärchen den Teewagen mit dem Frühstück dezent an die Schlafzimmertür, und Nina meinte: »Sie scheint das gewohnt zu sein.«

Unangenehm war ihr nur der Gedanke an Victoria.
»Was soll sie bloß denken? Sie wird sich Sorgen machen.«
»Wird sie nicht. Du bist früher auch schon manchmal nachts nicht nach Hause gekommen.«
»Da war Trudel noch da. Jetzt sind die Kinder allein.«
»Victoria weiß, daß ich dich gestern anrufen wollte, also wird sie sich denken können, wo du bist.«
»Das ist mir peinlich.«
»Sei nicht albern, Nina. Victoria ist kein Kind mehr. Sie wird sicher auch schon mal . . .«
»Victoria?« rief Nina empört. »Ganz bestimmt noch nicht.«
»Bist du da so sicher? Hat deine Mutter gewußt, als du das erstemal mit Nicolas geschlafen hast?«
»Meine Mutter! Das ist doch ganz etwas anderes.«
»Wie du meinst. Aber wie dem auch sei, ihr solltet euch endlich ein Telefon zulegen. Dann könnten wir Victoria rechtzeitig über deinen Verbleib informieren. Wir rufen an, und du sagst, ich muß mich heute nacht um meinen lieben Peter kümmern, er fühlt sich einsam.«
»Du bist ein unseriöser Mensch.«
»Es trifft mich tief, das aus deinem Mund zu hören. Aber noch mehr erschüttert es mich, daß du einen unseriösen Menschen liebst.«
»Wer spricht denn hier von Liebe?«

Peter setzte sich kerzengerade im Bett auf, legte das angebissene Brötchen auf den Teller zurück und fragte streng:
»Willst du etwa behaupten, daß du aus purem Vergnügen die Nacht in einem fremden Bett verbringst?«
»Ich bin schließlich eine moderne Frau. Und wie wir wissen, ist Liebe unmodern und gehört ins vorige Jahrhundert.«
»Schade um meine edlen Gefühle.«

»Gib mir noch eine Tasse Kaffee. Und dann erkläre mir, wie ich hier hinauskomme, ohne Bärchen über den Weg zu laufen.«
»Gar nicht. Sie will immer wissen, wer hier genächtigt hat. Sie ist auch eine moderne Frau. Und für totale Gleichberechtigung. Daß du hier geschlafen hast, stört sie gar nicht. Nur wenn du ihr nicht gefällst, dann ist der Ofen aus.«
»Ihr Kaffee ist ausgezeichnet. Ich werde ihr das sagen, ob das was nützt?«
»Das brauchst du ihr nicht sagen, sie trinkt ihn selbst. Nein, am besten läßt du so nebenbei einfließen, wie sehr du Lenin bewunderst. Ich und Lenin, das sind die Leute, die sie am meisten liebt. Wenn du uns beide auch liebst, darfst du wiederkommen.«
»Lenin? Das war doch der mit dem Spitzbart und der Revolution, nicht? Soll ich denn wiederkommen?«
Er wischte sich sorgfältig ein wenig Eigelb von den Lippen, ehe er sie küßte.
»Du sollst. Irgendwie hat mir die ganze Zeit etwas gefehlt. Ich wußte nur nicht was.«
»Ach, Peter«, flüsterte Nina und erwiderte seinen Kuß.
Du wirst es morgen wieder nicht wissen, dachte sie. Aber es ist hübsch, daß du es heute sagst.

Nina
Reminiszenzen

Geschichten habe ich mir immer ausgedacht, schon als Kind. Als ich klein war, fürchtete ich mich in unserem großen verwinkelten Haus, zumal Mutter immer sagte, es sei ein Gespensterhaus. Lange bevor wir dort wohnten, waren ein Mann und eine Frau darin umgekommen, es wurde von Mord und von Selbstmord gemunkelt, genau hat man es uns Kindern nie erzählt, genau wußte es wohl auch keiner. Das Haus hatte viele Jahre leergestanden und war ziemlich verkommen, als wir es dann vom Landratsamt, bei dem mein Vater tätig war, als Wohnung zugewiesen bekamen. Es war ein kaltes, ungemütliches Haus, und ich weiß, daß meine Mutter sich nie wohl darin fühlte. Ich dachte mir obendrein noch Gespenstergeschichten aus und gruselte mich noch mehr.
Später waren es dann nur noch Geschichten über Nicolas und mich, die meine Fantasie bewegten. Ich wünschte mir, immer bei ihm zu sein, und möglichst sollte er nur für mich da sein.
So mit zehn und elf begannen diese Träumereien. Nur die Pferde, Venjo, der Hund, und Grischa, der russische Diener, die durften bleiben. Aber Vater und Mutter, meine Geschwister, sogar Tante Alice verbannte ich kaltblütig aus unserem Leben, damit ich Nicolas für mich allein haben konnte. In einer meiner Geschichten, das weiß ich noch ganz genau, wurden sie alle von einer schrecklichen Seuche dahingerafft. So egoistisch und grausam kann ein Kind sein.
Dabei hatte ich Tante Alice eigentlich sehr gern, ich bewunderte sie, weil sie so schön und stolz war.
Nicolas hat nie über seine Ehe gesprochen, auch später nicht, und ich hätte es nie gewagt, ihn danach zu fragen. Aber es muß eine merkwürdige Ehe gewesen sei. Von heute aus gesehen, mit all dem modernen Vokabular

versehen, würde ich meinen, sie war eine frigide Frau. Aber ich weiß es nicht. Kinder hatten sie jedenfalls nicht. Ich habe nie gesehen, daß sie sich küßten oder umarmten oder irgendeine Zärtlichkeit austauschten.

Nicolas küßte ihr immer nur die Hand, er war sehr höflich, sehr zuvorkommend, das war so seine Art, und sie war außerordentlich dekorativ in ihren langen schwebenden Kleidern, aber stets kühl und unnahbar. Am meisten hat sie wohl das Gut geliebt, und es muß ihr schwergefallen sein, Wardenburg zu verlassen, wo sie wie eine Königin herrschte, um dann nur noch in einer Wohnung in Breslau zu leben. Auch wenn es eine große Wohnung war.

Dort lebt sie heute noch. Ich habe sie nicht mehr gesehen, seit ich Breslau verlassen habe. Anfangs habe ich ihr gelegentlich geschrieben, sie hat auch geantwortet, aber zwischen uns war eine Art luftleerer Raum entstanden, schon seit damals, seit meiner Heirat, und ich werde wohl nie erfahren, ob sie weiß, ob sie vermutet, was zuletzt zwischen Nicolas und mir geschehen ist. Rein gefühlsmäßig würde ich sagen, ja, sie wußte es. Aber darüber sprechen – das war unmöglich, damals nicht, heute nicht.

Sie muß jetzt etwa siebzig sein. Und sehr allein. Keinen Mann, keine Kinder, mein Gott, was tut sie den ganzen Tag?

Im Krieg war sie fabelhaft, sie arbeitete von Anfang bis Ende für das Rote Kreuz, und soweit ich es beurteilen kann, war das eine gute Zeit für sie, so absurd das klingt. Es war die erste sinnvolle Tätigkeit seit sie Gut Wardenburg verlassen mußte.

Daß Nicolas fiel, berührte sie nicht sonderlich. Jedenfalls tat sie so. Einmal machte sie eine Bemerkung, die mich sehr gegen sie aufbrachte. Sie sagte: »Er hatte den Boden unter den Füßen verloren, und sein Tod hat ihn wieder auf die Füße gestellt.«

Es hörte sich so an, als ob sein sogenannter Heldentod das beste sei, was ihm passieren konnte. Mich machte das schrecklich wütend, ich konnte ihr das lange nicht verzeihen, und wenn ich ganz ehrlich bin, habe ich es ihr bis heute nicht verziehen.

Jetzt begreife ich durchaus, was sie meinte. Nicolas war ein Mensch, der im Grunde nichts richtig ernst nahm, auch das Gut nicht.

Daß es am Ende dann so 'runtergewirtschaftet und verschuldet war, daß er es nicht mehr halten konnte, hat sie ihm wohl nicht verziehen. Aber es war ja gerade diese leichtlebige Art, die ihn so liebenswert machte.

Nein, geliebt hat sie ihn sicher nicht. Nicht so, wie ich Liebe verstehe. Was Peter meint, wenn er sagt, ich sei zur Liebe fähig.

Kein Zweifel, daß Nicolas sie betrogen hat. Er war viel auf Reisen, in Berlin oder in Paris, in Petersburg oder im Baltikum, wo er aufgewachsen war. Ich weiß nur, daß es eine Russin gab, Natalia Petrowna, die er sehr geliebt haben muß. Von ihr hat er mir einige Male erzählt. Von ihr stammt die Hälfte meines Namens: Nikolina Natalia. Nikolina hieß seine Mutter.

So ein Name war in unserer Familie noch nicht vorgekommen, es hat auch mein Leben lang nie jemand Gebrauch davon gemacht, ich wurde immer Nina genannt.

Übrigens war Grischa, der Diener, ein Geschenk von Natalia Petrowna an Nicolas. Grischa muß so eine Art Leibeigener gewesen sein. Später, nach Wardenburg, als sie in Breslau lebten, hat die Fürstin ihren Grischa wieder zurückgeholt. Ich war sehr traurig, als Grischa nicht mehr da war, er gehörte zum schönsten Teil meiner Kindheit.

Meine Mutter hat ihre Schwester Alice immer sehr bewundert, ganz ohne Neid. Und sie war tief betrübt, als Wardenburg verlorenging, keine Spur von Gehässigkeit oder Schadenfreude darüber, daß ihre vom Schicksal so bevorzugte Schwester nun ein bescheideneres Leben führen mußte. Einmal sagte Mutter, sie hätte im stillen gehofft, daß ich Wardenburg erben würde, weil sie doch keine Kinder hätten und mich so gern mochten.

Mein Gott, Wardenburg! Wenn im Sommer die Hitze über den Feldern stand, die polnischen Schnitter zur Ernte ins Land kamen, und ich Ferien hatte, ritt ich mit Nicolas durchs Gelände, an den Wiesenrändern entlang, durch das Waldstück, über den kleinen Bach zu der alten Hütte, wo die schöne Zigeunerin gehaust hatte, mit der Paule Koschka auf und davon ging. Wie lange das her ist!

Ganz konkret wurden dann meine Geschichten, als Erni größer wurde. Da dachte ich mir die Geschichten nicht nur aus, da erzählte ich sie. Wenn Erni wieder liegen mußte, weil er einen Anfall gehabt hatte, setzte ich mich zu ihm und las ihm vor, und wenn es nichts mehr zu lesen gab, erfand ich eben Geschichten.

Am liebsten war ihm etwas mit Musik. Geschichten über Mozart zum Beispiel, denn Mozart war sein ein und alles.

Einmal dachte ich mir ein Märchen aus, wie ging das nur?

Ein kleiner Junge verirrte sich im Wald, es war Winter und sehr kalt, es lag hoher Schnee, und schließlich war er so erschöpft von dem Stapfen durch den Schnee und so steif von der Kälte, daß er hinfiel und nicht mehr aufstehen konnte. Jetzt muß ich erfrieren, dachte er. Und dann begann er ganz leise zu singen, schon halb betäubt, er sang vom Frühling und von der Sonne – ach ja, jetzt fällt es mir wieder ein:

Frühlingshimmel, so hell und blau, Frühlingsluft, so lind und lau, wärmt mein Herz und meine Hände, Vöglein singt zu meinem Ende, Sonne, süße Sonne, du, küsse mich zur Ruh.

Komisch, daß ich das noch weiß. Für ein kleines Mädchen war es eigentlich ein ganz hübscher Vers.

Erni stiegen Tränen in die Augen, und ich erschrak und dachte, daß ich den Jungen nicht erfrieren lassen darf, was ich eigentlich vorgehabt hatte. Aber das hätte Erni nur traurig gemacht. Also erzählte ich weiter: Und er sang so schön, daß plötzlich die Nacht ganz hell wurde, um ihn herum schmolz der Schnee, Gras und Blumen sprossen aus der Erde, eine sanfte Wärme hüllte ihn ein, und vor ihm erschien eine leuchtende Frauengestalt, die sagte: ich bin Cäcilia, die Schutzheilige der Musik. Du bist mein Geschöpf, schlafe jetzt, ich werde dich behüten, denn aus dir wird dereinst ein großer Musiker werden.

Das Kind schlief ein, und am nächsten Tag fand es sein Vater, wie es mitten im Schnee lag und friedlich schlief und nicht erfroren war.

Es war eine herzbewegende Geschichte. Erni wollte sie immer wieder hören, mit der Zeit fiel mir noch eine Menge dazu ein, ich schmückte sie aus, und sie endete damit, daß aus dem Jungen später ein ganz berühmter Mann wurde.

»So wie Mozart?« fragte Erni.

»So wie Mozart«, sagte ich.
»Niemand wird wieder so schöne Musik machen wie Mozart«, sagte er.
»Aber ich möchte auch einmal Musik machen.«
»Das wirst du bestimmt, Erni.«
Als er dann zu mir nach Breslau kam, ich war schon verheiratet, lebte er bei mir und ging in die Musikschule. Einmal gingen wir zusammen in die Oper, in die ›Zauberflöte‹ – Erni war so ergriffen und bewegt, daß ich Angst um ihn bekam und fürchtete, er würde wieder einen Anfall bekommen. Zu der Zeit dachten wir alle, er sei gesund, das Loch in seinem Herzen zugewachsen. Aber die Angst blieb doch immer.

In der Elektrischen, auf der Heimfahrt von der Oper, hielt ich die ganze Zeit seine Hand, die ganz heiß war, und zu Hause steckte ich ihn gleich ins Bett und gab ihm einen Baldriantee zur Beruhigung. Ich saß bei ihm auf dem Bettrand, hielt immer noch seine Hand, und er sagte: »Die Kraft der Musik bezwingt alles, Not und Tod, Feuer und Wasser, siehst du, Mozart hat das gewußt. Und Schnee und Kälte, wie in deinem Märchen, Nindel.«

Ach Erni, sie hat dir dennoch nicht geholfen, die Musik, du mußtest sterben.

Als ich siebzehn und achtzehn war, hatte ich meine lyrische Phase, da machte ich Gedichte, möglichst traurige und schwermütige Gedichte, weil meine Gefühle traurig und voll Schwermut waren. Nicolas war nicht mehr da, Wardenburg gehörte den Gadinskis. Damals wollte ich Schauspielerin werden. Nicolas war dagegen, und so wurde ich eben keine Schauspielerin.

Heute denke ich, daß er recht hatte. Ich weiß inzwischen, wie schwer das Leben für eine Schauspielerin in der heutigen Zeit ist, und wenn ich auch immer noch der Meinung bin, daß ich Talent hatte, so hätten mir ganz gewiß die Kraft und das Durchsetzungsvermögen gefehlt, um Karriere zu machen.

Ich hätte es nicht geschafft, ich habe nie etwas geschafft.

Es fiel mir alles aus den Händen. Die Menschen, die ich liebte; die Talente, die ich besaß.

Ganz genau erinnere ich mich an einen Abend im Winter, nicht lange nach Ernis Tod. Marleen hatte mich eingeladen, sie in Berlin zu besuchen. Sie hat zwar kein Herz, aber sie wußte doch, was ich verloren hatte.

Ich weiß eigentlich nicht, warum ich nach Berlin fuhr. Zur Ablenkung, zur Betäubung, eine Weile fort aus unserer Wohnung, in der Erni gestorben war. Trudel sorgte ja für die Kinder, und sie mußten wenigstens für eine Weile mein starres, leeres Gesicht nicht mehr sehen.

Marleen war sehr nett, als ich kam, ging mit mir einkaufen, nahm mich abends mit zu einer Gesellschaft, am nächsten Tag waren wir im Theater, doch als wir vom Theater nach Hause fuhren, sagte sie so nebenbei: »Du kannst dich doch auch allein ein bißchen amüsieren, nicht? Ich fahre ein paar Tage weg. Wenn wir zurückkommen, veranstalten wir eine hübsche Fête für dich.«

Sie hatte damals einen neuen Liebhaber, mit dem wollte sie zusammen sein, das sagte sie auch ganz ungeniert.

Am nächsten Tag weigerte ich mich, mit ihr auszugehen, sie hatten irgendeine Veranstaltung in einem Club, ich sagte, ich wolle nicht mitgehen.

Ich aß mit Max allein zu Abend, wir wußten beide nicht, was wir reden sollten, es war so eine peinliche Situation, denn ich wußte, daß sie einen neuen Freund hatte, und er wußte es sicher auch, und ich haßte Marleen wegen ihrer Rücksichtslosigkeit. Max ist so ein guter Mensch, so grundanständig, er tat mir leid, aber gleichzeitig verachtete ich ihn, daß er sich das gefallen ließ.

Wir sagten uns bald gute Nacht, jeder ging in sein Zimmer, es war totenstill im Haus, und ich war so allein und so verzweifelt, und ich dachte immer nur: es muß etwas geschehen, es muß etwas geschehen.

Es geschah gar nichts, ich betrank mich und wünschte mir, nicht länger leben zu müssen.

Drei Tage später fuhr ich zurück nach Breslau, ich wartete nicht ab, bis Marleen von ihrer *excursion d'amour* zurückkehrte.

Aber auf der Fahrt faßte ich einen Entschluß. Als der Zug im Breslauer Hauptbahnhof einrollte, stand es für mich fest: wir gehen fort, Trudel, die Kinder und ich. Wenn Trudel nicht mitwollte, dann mußte sie eben nach Hause zurückkehren.

Aber ich würde Breslau verlassen und nach Berlin ziehen.

Ich wußte nicht, warum ich das wollte, und ich wußte nicht, was ich mir davon versprach. Ich wußte nur, daß etwas geschehen mußte, ehe ich verrückt wurde. Ich konnte nicht bis an mein Lebensende in dieser Dreizimmerwohnung am Schießwerder bleiben, die ich im Herbst 1913 bezogen hatte, als ich Kurt Jonkalla heiratete. Ich konnte dort nicht für immer und ewig bleiben, bloß so vor mich hinvegetieren, langsam alt werden und meine Toten beweinen. Ich war noch jung und ich lebte.

Im Sommer 1925 zogen wir nach Berlin. Es war der helle Wahnsinn, ich bekomme heute noch eine Gänsehaut, wenn ich daran denke.

Ich hatte nichts zu verlieren. Ich habe auch nichts gewonnen. Aber ich begann doch wieder zu leben.

Trudel fand es total meschugge, wie sie sagte, und protestierte bis zuletzt. Aber sie kam mit. Ein Leben ohne die Kinder konnte sie sich nicht vorstellen. Sie hatte ja auch sonst keinen Menschen auf der Welt als uns.

Jetzt hat sie Fritz Langdorn. Wäre sie nicht mit nach Berlin gegangen, hätte sie ihn nicht.

Victoria war elf und höchst animiert von dem Unternehmen.

Berlin? Na, einfach toll, sagte sie.

Vielleicht hat sie damals nicht toll gesagt, aber so etwas ähnliches.

Stephan war noch nicht ganz acht, ihm war es egal. Er ging in Breslau nicht gern in die Schule, er würde in Berlin auch nicht gern gehen, Hauptsache, Trudel war da.

Ich ging aufs blanke Eis und wußte nicht, ob es mich trug. Ich stürzte mich ins offene Meer und wußte nicht, ob ich darin schwimmen konnte.

Ich bin nicht untergegangen, aber ich kämpfe noch immer gegen das dunkle Wasser, gegen den Schlamm am Grund und die Flut, die über mir zusammenschlägt.

Wird es immer so bleiben?

Es wird immer so bleiben, weil das Leben so ist . . .

In den folgenden Wochen und Monaten hörte Nina wieder öfter Peters berühmte Frage am Telefon: »Sehen wir uns heute abend?« Er hatte weder eine Filmrolle noch Theaterproben und daher Zeit für sie. Aber es blieb wie früher auch unberechenbar und ungewiß, ob und wann er sich meldete, das machte ihr Leben unstet und gab ihm eine ungute Spannung. Er bestand jedoch darauf, daß sie endlich einige ihrer Geschichten aufschrieb, denn er hatte sich in den Kopf gesetzt, sie unterzubringen. »Es muß ja nicht lang sein. Ein Exposé von drei bis vier Seiten, das genügt.«

So gedrängt, setzte sich Nina schließlich eines Abends hin und versuchte, ihre Gedanken aufzuschreiben.

Was dabei herauskam, gefiel ihr nicht. Armselig und banal kamen ihr die Geschichten in der Kurzform eines Exposés vor, doch Peter meinte, das sei ganz normal, die Leute, die es lesen würden, dachten sich schon das Nötige dazu.

Doch plötzlich geriet sie in Schwung, wurde ausführlicher, schrieb Dialoge, die Einfälle überstürzten sich, es ging kunterbunt durcheinander, und auf einmal bemühte sie sich, ihren Erzählungen eine Form zu geben.

Nach mehreren vergeblichen Anläufen gelang ihr endlich eine gutgebaute Novelle.

Es war die Geschichte einer Frau, die von ihrem Geliebten verlassen wird und alle Stadien von Bestürzung, Schmerz, Wut, gekränkter Eitelkeit, Haß und Demütigung durchläuft, mit dem Gedanken an Selbstmord spielt, bis sie eines Tages entdeckt, daß sie viel mehr als den treulosen Mann ihren Schmerz liebt; ihre Enttäuschung, ihr Verlassensein zu einem tragenden Motiv ihres Lebens gemacht hat und alles andere ihm unterordnet.

›Eines Abends erkannte ich, daß die Lust am Leiden eine Sucht geworden war, ohne die ich nicht mehr leben konnte. Wie so oft ging ich wie blind durch die Straßen der Stadt, blickte an den Gesichtern der Menschen vorbei, hörte nicht auf ihre Schritte, fühlte nicht die Sonne auf meinem Gesicht. Gegen Abend kam ich in einen Park, auf den Bänken saßen Leute, eine Amsel sang, die Büsche waren grün. Es war Frühling geworden, und ich hatte es nicht bemerkt. Ich wollte die Büsche, die Amsel und den Frühling hassen, sie waren nicht für mich bestimmt, doch auf einmal, ich weiß selbst nicht, wie es kam, fand ich mich lächerlich. Ich war wie ein Trinker, der sich mit Alkohol betäubt, wie ein Süchtiger, der ohne Droge nicht leben kann – ich wollte leiden. Ich versuchte, mich zu erinnern, warum ich litt. Ich dachte an ihn, wollte in sein Gesicht schlagen, aber ich wußte nicht mehr, wie er aussah. Der Mann hatte kein Gesicht mehr. Der Mann war mir verlorengegangen.

Ich litt an einem Wesen, das es gar nicht gab.

Ich blieb stehen und lachte. Lachte über mich, so laut ich konnte. Die Leute, die auf den Bänken saßen, die Leute, die vorübergingen, sahen mich erstaunt und befremdet an, wahrscheinlich dachten sie wirklich, ich sei betrunken.

Als ich endlich aufhören konnte zu lachen, ging ich weiter, ich fror, ich fühlte mich viel einsamer als zuvor, denn mein Leid hatte mich verlassen, war von mir abgefallen wie ein zerlumptes Kleidungsstück. Nun war ich nackt, innen und außen, aber es machte mir nichts aus, ich fühlte mich jung und schön und stark, außerdem war mir klar, daß über mir in den Wolken bereits das goldene Kleid hing, das herabfallen und mein Herz und meinen Körper einhüllen würde, genau wie es vom Himmel fiel und Aschenbrödel in eine

Prinzessin verwandelte. Ein atemberaubendes Glücksgefühl erfüllte mich, ich mußte nur die Hand öffnen, und die ganze Welt würde hineinfallen.‹

Das war das Ende der Geschichte, und sie zu schreiben war eine große Anspannung. Sie konnte es abends kaum erwarten, vom Büro nach Hause zu kommen, bereitete für die Kinder schnell etwas zum Essen und setzte sich dann in ihr Zimmer und schrieb, oft bis in die späte Nacht.

Die Kinder störten sie nicht. Stephan brütete über seinen Schulaufgaben oder verdrückte sich manchmal still, um Benno zu treffen; doch es war nicht nur Benno, der ihn aus dem Hause zog, denn in diesem Sommer verliebte sich Stephan zum erstenmal. Sie wohnte in der Nähe, hieß Ingeborg und war so alt wie er. Hand in Hand lief er mit ihr durch die Straßen, sie kauften sich für einen Groschen Eis und kehrten erst nach Hause zurück, wenn es dunkel wurde. Er brachte sie bis zu ihrer Haustür, und als er es das erstemal wagte, ihr einen Kuß zu geben, lief er danach wie in Trance das letzte Stück heimwärts.

Jetzt wußte er, was Liebe war.

Er erzählte keinem davon, nicht einmal Benno durfte wissen, was passiert war.

Von Victoria wurde Nina auch nicht gestört, die saß am Klavier, übte ihre Exerzisen, sang ihre Lieder, studierte den Cherubin.

Manchmal hob Nina den Kopf, lauschte eine Weile, lächelte zufrieden und schrieb weiter. Sie schrieb die Novelle viermal um, bis sie fand, besser könne sie ihr nicht gelingen.

Es war ein rauschhaftes Gefühl, es versetzte sie in eine neue Welt, die ganz allein ihre Welt war.

Diese Novelle bekam niemand zu lesen, nicht Victoria, nicht Peter. Für den Film war das sowieso kein Stoff. Aber für Nina war diese Arbeit wie ein Zauberschlüssel, der ihr die Tür zu dieser neuen Welt aufgeschlossen hatte.

An den Abenden darauf schrieb sie in rascher Folge drei Gedichte, das letzte beendete sie in der Nacht um drei Uhr, todmüde sank ihr Kopf auf die Tischplatte, sie schlief ein.

»Sie sehen so blaß aus, Frau Jonkalla«, sagte Fred Fiebig am nächsten Tag zu ihr. »Gehen Sie eigentlich nie an die Luft? Wie wär's denn, wenn Sie mal ein bißchen Urlaub nehmen? Seit Sie bei mir sind, haben Sie noch nie Urlaub gemacht. Fahren Sie doch mal an die See. Oder in den Harz.«

Er wollte mit seiner Frau im August Urlaub machen, es würde auch das erstemal sein, seit er die Fahrschule und die Werkstatt betrieb, und dann wäre es natürlich gut, wenn Nina im Geschäft sei, sagte er noch.

Das war im Juli. Nina reiste weder ans Meer noch in den Harz, sie blieb in Berlin, aber sie fuhr manchmal mit der S-Bahn nach Nikolassee, spazierte durch den Wald zur Havel hinunter, legte sich in den weißen Sand und schwamm in dem klaren warmen Wasser weit hinaus.

Victoria begleitete sie nur zweimal. Sie hätte keine Zeit, erklärte sie, und in die Sonne könne sie sich sowieso nicht legen, das schade der Stimme. Im August würde der Unterricht ohnedies für vier Wochen ausfallen, dann fuhr die Frau Professor zu den Festspielen nach Bayreuth und anschließend zu ihrer Schwester an den Bodensee. Es war in jedem Jahr das gleiche Programm, die Schüler konnten ihre Ferien danach einteilen.

Noch im Juli erhielt Nina einen Brief von der italienischen Botschaft, darin bat ein Conte Coletta mit höflichen Worten um ihren Anruf.

»Was soll denn das bedeuten?« fragte Nina erstaunt, doch Victoria kapierte sofort: »Da kann nur Herr Barkoscy dahinterstecken.«
Manchmal sprachen sie von ihm und bedauerten es, von ihm so gar nichts mehr zu hören. Victoria hatte ihm zweimal geschrieben, aber keine Antwort erhalten.

Als Nina in der Botschaft anrief, wurde sie mit dem Conte Coletta verbunden, der sie um ein Treffen bat.

Es handelte sich um eine Nachricht von Cesare.

Der Conte, ein außerordentlich gutaussehender Italiener, der perfekt deutsch sprach, richtete Grüße von Cesare aus und erklärte Nina, daß Signor Barkoscy, den er kürzlich in Milano getroffen habe, ihn gebeten habe, einen Brief mit nach Berlin zu nehmen.

»*Eccola*«, sagte er und legte den Brief vor Nina auf den Tisch. Signor Barkoscy befinde sich zur Zeit in Amerika, erfuhr Nina noch, werde aber wohl in zwei Monaten spätestens wieder in Europa sein.

Dann äußerte sich der Conte noch sehr angetan über Berlin, das er nun endlich genauer kennenlernen würde, denn er sei seit neuestem der italienischen Botschaft attachiert. Sein letzter Posten sei Canberra gewesen, nun sei er außerordentlich froh, der Heimat um so vieles nähergerückt zu sein.

Nina steckte den Brief ungeöffnet ein, sie las ihn zu Hause.

»Liebe, sehr verehrte gnädige Frau, meine liebe Victoria«, schrieb Cesare in seiner kleinen, regelmäßigen Schrift. »Ich muß als erstes um Vergebung bitten, daß mein Schweigen so ungebührlich lange dauerte. Zum einen waren es Geschäfte, die mich einige Zeit von Europa fernhielten, zum anderen sind es die Veränderungen, die sich in Deutschland ergeben haben, die mich von einem erneuten Besuch in Berlin abhielten. Sollte es jedoch so sein, daß Sie mir noch freundschaftlich gesonnen sind und einem Wiedersehen nichts entgegenzusetzen hätten, so wäre es mir eine außerordentlich große Freude, Sie im September in Wien begrüßen zu dürfen. Wien ist zwar eine etwas unruhige Stadt zur Zeit, die Ungewißheit über die Zukunft stört den Lebensrhythmus der Wiener. Der Conte Coletta, mit dem ich die Reisemöglichkeiten besprochen habe, machte den Vorschlag, Ihnen einen Wagen mit Chauffeur zur Verfügung zu stellen, so daß Sie ohne Mühe und wie ich hoffe auf unterhaltsame Weise nach Österreich gelangen könnten.«

»Vornehm, vornehm«, unterbrach Victoria die Lektüre an dieser Stelle. »Botschaftswagen mit Chauffeur, wenn das keine Wolke ist. Das darfst du dir nicht entgehen lassen, Mutti.«

»Und du?«

»Ich kann im September auf keinen Fall, das weißt du doch. Da sind wir voll in den Proben vom ›Figaro‹. Wenn Cesare mich sehen will, muß er schon nach Berlin kommen.«

»Ich kann doch nicht allein dahin fahren. Ich kenne ihn doch kaum.«

»Viel mehr als du kenne ich ihn auch nicht. Was spricht denn dagegen?«

»Ich weiß nicht. Außerdem habe ich ja gar keinen Urlaub mehr. Im September läuft der Betrieb bei uns wieder voll an. Herr Fiebig hat doch die Tankstelle gepachtet, die übernimmt er am 1. September.«

»Warum macht es der gute Cesare eigentlich so kompliziert?« fragte Victoria nachdenklich. »Ob er am Ende wirklich 'n Jude ist?«

»Wer sagt denn das?«

»Marleen hat es gesagt, damals in Venedig. Also ich kann das einem Menschen nicht ansehen. Ich hab' einfach keinen Blick dafür. Denkst du, für mich sieht Elga irgendwie anders aus?«

»Meinst du, daß er deswegen nicht direkt an uns schreibt?«

»Kann sein. Aber das interessiert doch keinen Menschen, woher und von wem man Post bekommt.«

»Du bekommst doch auch Post von Elga.«

»Klar. Massenweise. Sie langweilt sich zu Tode in Zürich. Alles so ein Blödsinn. Ihr Vater ist ja auch noch hier und hat erst kürzlich einen großen Prozeß geführt, du hast es ja in der Zeitung gelesen. Keine Ahnung warum er Elga und Johannes so Hals über Kopf in die Schweiz expediert hat. Manche Leute haben offenbar gedacht, der Hitler würde alle Juden im Wannsee ersäufen. Kein Mensch tut denen was. Onkel Max wühlt nach wie vor in seinen Geschäften herum, und Marleen schwimmt in Samt und Seide.«

Vergangenen Sonntag hatte Victoria einen Besuch bei Marleen gemacht und war mit der Botschaft zurückgekehrt, daß Marleen gerade die Koffer packe. Sie werde einige Wochen am Tegernsee verbringen.

»Aha, der Loisl«, hatte Nina gesagt. »Tegernsee muß ja doch dort in der Ecke sein, wo der herstammt.«

»Hast du Max eigentlich gesehen?« fragte Nina jetzt.

»Nee, den sieht man ja nie.«

Nina schrieb einige Zeilen an Cesare, dankte für die Einladung, leider sei es unmöglich daß sie nach Wien kämen, sie habe im September keinen Urlaub, und Victoria sei in der Musikschule voll beschäftigt.

Anschließend machte sie sich Sorgen, daß der Brief zu kühl und nichtssagend ausgefallen sei. Auch wußte sie nicht, was sie damit machen sollte. Dem Conte schicken oder direkt an Cesares Wiener Adresse?

Der Brief blieb also zunächst liegen, und das war gut so, denn Mitte August erhielt Nina abermals ein Schreiben des Conte Coletta, in dem dieser ihr mitteilte, daß man die Reise nach Wien wohl verschieben müsse. Wie er soeben zu seinem tiefsten Bedauern erfahre, habe Signor Barkoscy in Amerika einen Unfall erlitten und werde wohl in nächster Zeit nicht nach Europa reisen können.

Daraufhin rief Nina abermals in der italienischen Botschaft an, aber der Conte war nicht zugegen, auch bei einem weiteren Anruf nicht erreichbar.

So blieben sie über das Schicksal Cesares im Ungewissen, und das für längere Zeit.

»Hoffentlich ist er nicht tot«, meinte Victoria. »Täte mir leid.«

»Er muß ja nicht gleich tot sein. Irgendwann wird er sich schon melden«, sagte Nina.

Aber dann vergaßen sie beide Cesare Barkoscy, Victoria mußte singen, Nina mußte schreiben.

Diesmal schrieb sie einen Roman. Sie schrieb den ganzen Herbst und Winter daran, es ging langsam vorwärts, denn sie hatte ja immer nur am Abend und am Sonntag Zeit. Es war die Geschichte einer bittersüßen Liebe zwischen einem Mann von fünfzig und einem sehr jungen Mädchen. Es war wieder einmal, wie Peter es nannte, ihr Onkelkomplex.

Doch die Arbeit gelang ihr erstaunlich gut. Manchmal wurde sie ein wenig sentimental, doch im großen und ganzen hielt sie die Balance zwischen der unfreundlichen Wirklichkeit und der Traumwelt, in der die Liebenden lebten, gekonnt durch.

Im Frühsommer des folgenden Jahres wurde der Roman von der Zeitschrift ›Die Dame‹ zum Vorabdruck angenommen und respektabel honoriert. Später machte der Ullstein Verlag ein Buch daraus.

Es war ein Wunder, ein veritables Wunder, so empfand es Nina.

»Das habe ich dir zu verdanken«, sagte sie zu Peter.

»Wenn du es nur einsiehst«, erwiderte er.

Und da ihr Name nun nicht mehr gänzlich unbekannt war, gelang es auch, einen ihrer Filmstoffe zu verkaufen.

Für Nina begann nun doch so etwas wie ein neues Leben. Ihr Verhältnis zu Peter hatte sich in Freundschaft verwandelt, sie sah ihn häufig, auch wenn er jetzt eine junge hübsche Geliebte hatte, begabter Nachwuchs aus dem UFA-Stall.

Nina trug es mit Gelassenheit. Sie hatte dazugelernt. Und besaß etwas Neues: Selbstvertrauen.

»Jotte doch, so'n kleenet Mächen«, sagte Bärchen geringschätzig. »Möchte wissen, was er an der findet.«

»Sie ist hübsch, sie ist jung«, erwiderte Nina friedlich. »Und er braucht wieder mal was Neues. Das hebt sein Selbstgefühl.«

Denn Peter ging nun auch auf die Vierzig zu, da war eine Zwanzigjährige im Bett notwendig.

Mit Bärchen hatte Nina sich gut angefreundet und auf diese Weise einen Nachholkursus über den Marxismus und das Kommunistische Manifest absolviert.

»Seien Sie bloß vorsichtig«, warnte sie Bärchen immer wieder, »Sie reden zu viel. Sie sollten lieber die Klappe halten.«

»Mir tut schon keener was. Ick jehör zum Volk. Und den Schimmelpilz überleb ick ooch, da könnse Jift druff nehmen.«

Sie nannte Hitler den Schimmelpilz, weil sie fand, er sehe so aus.

Sie überlebte ihn nicht. Sie starb während des Krieges im KZ, nachdem man sie in einer Druckerei erwischt hatte, wo Flugblätter gedruckt wurden.

Aber in den Jahren 33, 34 und 35 lebte es sich noch recht friedlich und gemütlich in Berlin. Je weniger man sich für Politik interessierte, je weniger man sich darum kümmerte, was die Nazis sagten und taten, desto unbekümmerter konnte man das Leben genießen. Sofern man nicht gerade ein Jude, ein Sozialist oder ein ›entarteter‹ Künstler war. Oder sonstwie unangenehm auffiel.

Berlin war voller Leben und Schwung wie eh und je. Den Menschen ging es ein wenig besser, es gab wieder Arbeit, sie verdienten, sie gaben aus, sie dachten an den Kauf eines Autos, vielleicht nicht sofort, aber in nicht zu ferner Zukunft, sie konnten mit ›Kraft durch Freude‹ in den Urlaub fahren, auch jene, die noch nie in Urlaub gefahren waren, und wenn sie nicht mit ›Kraft durch Freude‹ fahren wollten, konnten sie reisen, wohin sie wollten, ins Ausland allerdings kaum. Devisen waren knapp und standen nur für Geschäftsreisen zur Verfügung.

In den Läden am Kurfürstendamm, in der Tauentzienstraße, in der Friedrich- und Leipzigerstraße gab es alles zu kaufen, was ein Mensch sich wünschen konnte. Die Kinos waren zumeist ausverkauft, die Theater spielten, und sie machten gutes Theater, in den Opern sangen berühmte Künstler, und die Philharmoniker machten die herrlichste Musik unter ihrem Dirigenten Wilhelm Furtwängler.

Hatten die Berliner einen Grund zur Klage? Konnten die Menschen in Deutschland nicht mit ihrem Führer zufrieden sein?

Es ging ihnen doch gut. Auf jeden Fall besser als zuvor. Fast allen. Die im Dunklen sieht man nicht – doch das war schon immer so.

Für die meisten, die nie gelernt hatten, politisch zu denken, konnte es noch so aussehen, als habe Adolf Hitler gehalten, was er dem deutschen Volk versprochen hatte. Viele, die früher nichts von ihm hatten wissen wollen, standen den Nazis nun positiv gegenüber. Viele drängten sich danach, in die Partei einzutreten. Viele wollten nichts mehr davon wissen, daß sie Kommunisten, Sozialisten, Zentrumsleute gewesen waren.

Genauso viele aber mochten den Führer Adolf Hitler immer noch nicht. Sie verabscheuten sein Gesicht, seine Reden, den sogenannten deutschen Gruß mit der hochgereckten Hand, sagten stur weiterhin ›Guten Tag‹ und ›Auf Wiedersehen‹. Sie verabscheuten die Gesänge, die Marschmusik, die Eintönigkeit der Presse und mißtrauten auch jenen Männern, die mit und neben Hitler regierten.

Das war bei vielen, wie bei Nina, zunächst ein unbestimmtes Gefühl; andere erkannten früh, daß hier ein System der Willkür aufgerichtet wurde, das ohne Achtung vor dem Recht und dem Leben des einzelnen und der Völker bedenkenlos seine Ziele verfolgte. Manche sprachen das aus, wie zum Beispiel Bärchen, andere blieben stumm. Sie warteten, was geschehen würde. Sie hatten Angst vor der Zukunft.

Es ging ein Riß durch das deutsche Volk. Es war geteilt. Schwer zu erfassen, wie sich diese Teilung in Zahlen hätte ausdrücken lassen: Fünfzig zu fünfzig? Dreißig zu siebzig? Es war eine Frage der Bildung, der Herkunft, des Alters, der Erfahrung, der Naivität oder der politischen Weitsicht. Wieviele Menschen in einem Volk sind verführbar? Wieviele klug? Wird sich das je erfassen lassen? Wahlen waren kein Maßstab mehr, die gingen ausnahmslos mit überwältigender Mehrheit zugunsten der Nazis aus. Doch selbst die Dümmsten in diesem Lande glaubten nicht daran, daß es dabei ehrlich zuging. Doch das war ihnen relativ gleichgültig, sie hatten sich totgewählt in den Jahren zuvor. Die Wahl, Bestandteil der Demokratie, war lächerlich gemacht worden.

Im Oktober 1933 verkündete Hitler mit Aplomb den Austritt aus dem Völkerbund, anschließend mußte das deutsche Volk darüber abstimmen, ob es damit einverstanden sei.

Offensichtlich war es einverstanden, denn neunzig Prozent sagten ja zum Nein in Genf.

Vergessen war, wie sehr man sich vor nicht zu langer Zeit um den Eintritt in den Völkerbund bemüht hatte, der das besiegte Deutschland gar nicht hatte haben wollen. Jetzt brauchte man den Völkerbund mit seinen uferlosen Debatten nicht mehr, der Führer handelte, dabei kam mehr heraus, wie jeder deutlich sehen konnte. Bald würden alle wieder Arbeit haben, ein großes Autobahnnetz war geplant, und die Autos, die darauf fahren sollten, würden folgen. Der Führer verstand es, für Ordnung im eigenen Haus zu sorgen,

538

dazu benötigte er keinen Völkerbund, der sowieso nie zu einer Einigung gelangen konnte. Das leuchtete dem deutschen Volk ein, das Wahlergebnis in diesem Fall war möglicherweise nicht einmal allzusehr gemogelt.

Im Juni 1934 bewies ihnen der Führer, *wie* er für Ordnung sorgte, sogar in der eigenen Partei: Er ließ Ernst Röhm, den Stabschef der SA, kurzerhand ermorden und eine Reihe großer SA-Führer samt ihren Trabanten dazu; die SA war ihm zu mächtig und zu selbständig geworden, sie forderte eine permanente, weitergehende Revolution, erstrebte ein Kommissarsystem, ähnlich dem in Sowjetrußland.

Das wollte Adolf Hitler nicht dulden. Der Staat war er, er duldete keine anderen Götter, auch keine Halbgötter neben sich.

Und da es gleich in einem Aufwasch ging, wurden auch sonstige mißliebige Personen ohne großen Umstand und ohne jede Gerichtsverhandlung mit um die Ecke gebracht.

Das kam so plötzlich und ging so schnell, daß es der Bürger erst richtig zur Kenntnis nahm, als es schon vorbei war. Was war da passiert? Ein Putsch? Ein Aufstand? Wer gegen wen? Die Nazis gegen die Nazis?

Noch ein anderer Mann des öffentlichen Lebens kam in diesem Sommer gewaltsam ums Leben. Der österreichische Bundeskanzler Dollfuß wurde im Juli in Wien in seinen Amtsräumen niedergeschossen, von den Nazis hieß es. Von den österreichischen oder von den deutschen Nazis? Genau wußte es keiner. Doch die Welt wartete mit angehaltenem Atem, was nun geschehen würde, denn es wäre der richtige Zeitpunkt gewesen, daß Hitler seine deutschen Nazis mit seinen österreichischen Nazis vereinigte, um das von ihm ersehnte großdeutsche Reich zu schaffen.

Erstaunlicherweise kam einer dazwischen, von dem man das nicht erwartet hatte: Benito Mussolini, der Duce Italiens, ein Faschist wie Hitler, marschierte am Brenner und an der Grenze Kärntens auf, um die Vereinigung der Nachbarländer falls nötig mit Waffengewalt zu verhindern. Mussolini, der schon ein paar Jahre länger an der Macht war, verfügte über ein schlagkräftiges Heer.

Hitler hatte noch zu wenig Soldaten, er mußte es dulden, zu Hause zu bleiben und abzuwarten.

Ein paar Wochen zuvor erst hatten sich der Führer und der Duce erstmals in Venedig getroffen, hatten vorsichtig Fühlung aufgenommen. Hitler erstrebte ein Bündnis und vor allem Freundschaft mit Italiens mächtigem Mann, den er in so vielen Dingen nachgeahmt hatte. Mussolini blieb zurückhaltend und schien für den Gesinnungsgenossen aus Deutschland nicht viel Sympathie zu empfinden.

Von Bündnis oder gar Freundschaft konnte jetzt keine Rede mehr sein. Mussolini stellte sich gegen Hitler und seine Expansionsbestrebungen.

In der weiten Welt lächelte man voller Schadenfreude. Das war gut, wenn sich diese beiden nicht vertrugen.

Das deutsche Volk kam abermals nicht dazu, sich allzuviel Gedanken zu machen, denn schon wurde es mit dem nächsten einschneidenden Ereignis konfrontiert.

Anfang August starb Hindenburg, sechsundachtzig Jahre alt, auf seinem Gut Neudeck. Die Fahnen sanken auf halbmast, die Nazis inszenierten gekonnt eine gewaltige Totenfeier.

Der Tod des alten Reichspräsidenten traf das Volk. Es war, als sei mit ihm nun wirklich die alte Zeit endgültig ins Grab gesunken.

Und die Gegner Hitlers befürchteten nicht zu Unrecht, daß das letzte Bollwerk geschwunden war, und Hitler die totale Alleinherrschaft antreten würde.

Sie irrten sich nicht. Einen neuen Reichspräsidenten zu wählen war unnötig, der Führer in seiner aufopferungsvollen Liebe für sein Volk, übernahm das Amt gleich mit.

Damit jedoch alles seine demokratische Ordnung hatte, wurde das Volk hinterher noch gefragt, ob es damit einverstanden sei.

Wie nicht anders zu erwarten, ergab die Volksabstimmung: es war einverstanden.

Jener Teil des Volkes, der nicht einverstanden war, tat gut daran, seine Meinung für sich zu behalten. Man lernte es allmählich, in einer Diktatur zu leben. Es ließ sich sogar ganz angenehm darin leben, wenn man sich nur bemühte, nicht unangenehm aufzufallen.

Dr. Jarow hatte Deutschland inzwischen verlassen, still, ohne Abschied zu nehmen, war er abgereist. Auch Kohn, der Kompagnon von August und Max Bernauer, kam nicht aus Amerika zurück.

August Bernauer, der Vater von Max, starb im Herbst 1934 einen friedlichen Herztod. Ihm hatten die Nazis nichts getan.

Er seinerseits hatte gar nicht so viel an ihnen auszusetzen.

»Nebbich«, pflegte er zu sagen, »auch schon wer, dieser Goi aus Österreich. Wird er spielen 'ne Weile den Kaiser von Deutschland, wird er stolpern über seine eigenen Beine und wird verschwinden in ein tiefes Loch, wo ihn keiner mehr findet. Werden wir leben, werden wir sehen.«

Er lebte nicht, um zu sehen, und das war gut für ihn.

Die schöne Marleen Bernauer, seine Schwiegertochter, lebte nach wie vor im Wohlstand, wenn auch nicht ganz ohne Ärgernisse, die ihre Ursache zumeist in ihren Liebesaffären hatten.

Daniel Wolfstein und der Loisl aus Oberbayern prügelten sich im Garten ihrer feinen Villa, wobei der Loisl einwandfrei Sieger blieb. Max Bernauer wurde erstmals energisch und verbot beiden Herren sein Haus. Leider war er nicht so energisch und so klug, das gleiche mit seiner Frau zu tun, seinen Koffer zu packen und dem Kohn nach Amerika zu folgen. Er sah für sich keine Gefahr; er war Deutscher, Berlin war seine Heimat, er wollte nirgendwo anders auf der Welt leben als in dieser Stadt.

Den Loisl ereilte die Strafe mit Windeseile, er geriet in die sogenannte Säuberung der SA, konnte nur mit Mühe und Not seine Haut retten, den hübschen Posten in Berlin war er los, er kehrte zurück ins heimische Dorf bei Miesbach, wo sein Vater inzwischen Bürgermeister war.

Marleen war ganz froh, ihn auf so einfache Weise loszuwerden, er war zuletzt ziemlich lästig gewesen. Sie war ihrer Affären ein wenig müde, auch schien es geraten, für eine Weile ein solides Leben zu führen. Max war in letzter Zeit sehr kühl ihr gegenüber, eine Zeitlang aß er sogar allein in seinem Herrenzimmer.

Vielleicht, wenn Marleen ein wenig klüger gewesen wäre, hätte sie es nun fertiggebracht, mit ihrem Mann solidarisch zu sein, hätte ihn veranlaßt, sein Geld zu zählen und festzustellen, wieviel davon flüssig gemacht und ins

Ausland verbracht werden konnte und hätte mit dem Mann, der ihr immerhin anderthalb Jahrzehnte ein außerordentlich angenehmes Leben geboten hatte, das Land verlassen. Noch stand die Welt offen, noch konnten sie sich mit ihrem Geld Freiheit kaufen.

Aber Marleen war nicht klug, Max war es leider auch nicht.

Da er nie davon sprach, Deutschland zu verlassen, kam sie ihrerseits nicht auf die Idee.

Sie versöhnte sich statt dessen mit Max wieder, lebte für eine Weile recht brav, kaufte sich ein neues Pferd, eine bildhübsche Schimmelstute, bekam auch ein neues Auto, ein Mercedes-Kabriolett, ging zur Massage, zum Friseur, in die Modeateliers, mit Freunden zum Fünfuhrtee ins Esplanade und danach in die Jockey-Bar.

Alles in allem führte sie ein so ausgeglichenes Leben wie nie zuvor, und dabei störten die Nazis sie nicht im geringsten. Das änderte sich schlagartig von dem Augenblick an, in dem Alexander Hesse in ihr Leben trat.

Friedlich und gemütlich ging das Leben auch in Neuruppin weiter.

Trudel war ein wenig rundlicher geworden und hatte sich nun doch endlich die Haare schneiden lassen, was sie jünger und hübscher machte. Fritz Langdorn war immer noch höchst zufrieden mit seiner Wahl; eine tüchtige, freundliche, rundherum beliebte Frau hatte er sich da genommen, spät, aber doch nicht zu spät.

»Der kluge Mann läßt sich eben Zeit«, sagte er immer.

Der Garten war eine Pracht, die Erdbeeren waren selten so gut wie in diesem Jahr, die Bäume trugen schwere Frucht, Schwein, Hühner, Enten und Gänse gediehen vortrefflich. Eine Katze gab es jetzt auch im Haus, das war Trudels Wunsch gewesen.

Im Sommer 1934 verbrachte Stephan Jonkalla wieder die großen Ferien in Neuruppin, schwamm im See, radelte durch das grüne Land, ließ sich von Trudel verwöhnen und seine Leibgerichte kochen. Und hatte sein erstes wirkliches Liebeserlebnis.

Diesmal war es nicht nur ein Kuß an der Haustür, diesmal lag er in einer Scheune und hatte ein Mädchen unter sich.

Ihre Eltern besaßen eine Gärtnerei, Fritz Langdorn kaufte dort schon seit Jahr und Tag Samen, Pflanzen, Unkrautvertilgungsmittel und was ein Gartenmensch sonst noch so braucht. Das schuf eine gewisse Verbindung, man kannte sich, die Gärtnerstochter kannte den Jungen aus Berlin und der sie.

Die Gärtnerstochter war zwei Jahre älter als Stephan und wußte schon Bescheid. Sie brachte Stephan die Sache bei. Nach dem ersten Mal war er sich nicht klar darüber, ob er das nun mochte oder nicht.

Er saß am Abend in der Dunkelheit ganz hinten in der äußersten Ecke des Gartens und streichelte die Katze, die schnurrend auf seinen Schenkeln lag.

Eigentlich widerlich! Wie die gerochen hatte. Und was sie für ein dämliches Zeug gequatscht hatte. Ihre Beine waren zu dick. Und diese dicken festen Beine hatten sich um ihn geklammert. Er zog unbehaglich die Schultern hoch, er ekelte sich und empfand gleichzeitig Lust an seinem Ekel.

Er würde es nie wieder tun.

Doch, er würde es schon morgen wieder tun, um zu wissen, wie ihm diesmal dabei und danach zumute sein würde.

Im Herbst 1933 kam das Genie in das Gesangsstudio Losch-Lindenburg.
Oskar Mosheim, der bisher den Klavierunterricht gegeben und die Sänger am Klavier begleitet hatte, bat Marietta eines Tages um eine Unterredung.
»Ich denke, daß es besser ist, wenn ich meine Tätigkeit in Ihrem Haus beende, verehrte Frau Kammersängerin«, sagte er. »Ich möchte nicht, daß Sie Schwierigkeiten bekommen. Ich bin Jude, wie Sie wissen.«
»Das kümmert mich einen Dreck«, erwiderte Marietta. »Mir macht kein Mensch Schwierigkeiten. Auch die neuen Herren dürften meinen Namen noch kennen. Ich war schon berühmt, da bohrten die noch in der Nase. Und mein Name wird noch bekannt sein, wenn man den von Herrn Hitler nicht mehr kennt.«
»Ich fürchte, Sie sind zu optimistisch, verehrte Frau Kammersängerin. So schnell wird der Name Adolf Hitler nicht vergessen werden. Obwohl ich natürlich aus tiefstem Herzen wünsche, daß Sie recht behalten. Auf jeden Fall will ich keine Schuld daran haben, wenn man Ihnen die Arbeit erschwert. Sie wissen ja, es gibt jetzt diese Reichsmusikkammer, ich darf da nicht hinein, infolgedessen bin ich auch kein Musiker mehr, nicht in Deutschland.«
»Ja, ja, ja, mir haben sie auch schon eine Aufforderung geschickt, mich da anzumelden. Ich denke nicht daran.«
»Es wird Ihnen nichts anderes übrig bleiben, wenn Sie weiterarbeiten wollen. Aber das ist im Grunde unwichtig. Die Musik wird die Reichsmusikkammer auf jeden Fall überleben. Ob ich sie überlebe, ist eine andere Frage. Für Sie ist vor allem eins wichtig: daß Sie Ihre Schüler weiterhin in bewährter Qualität ausbilden können.«
»Aber dazu brauche ich Sie, lieber Freund.«
Mosheim lächelte melancholisch. »Es gibt genügend Leute, die Klavier spielen können.«
Er war nicht zu überreden, blieb bei seinem Entschluß und informierte Marietta noch darüber, daß er gedenke, Berlin zu verlassen.
»Meine Tochter und mein Schwiegersohn leben in Baden-Baden, mein Schwiegersohn hat dort ein Hotel. In den letzten Jahren war der Geschäftsgang etwas flau, bedingt durch die wirtschaftliche Lage. Das wird sich nun wohl bessern. Mein Schwiegersohn ist kein Jude, also wird es keine Schwierigkeiten geben, weder für ihn noch für meine Tochter. Und ich werde dort unbeachtet und still im Hause leben können.«
»Na, ist ja exzellent«, sagte Marietta erbost, »Sie werden auf der Lichtenthaler Allee spazierengehen, und ich kann schauen, was ich mit meinen Kindern mache. Jetzt wo wir gerade mitten im ›Figaro‹ sind.«
Von dieser Unterredung erfuhren die Kinder nichts, man sagte ihnen nur, daß Herr Mosheim sich aus Altersgründen zurückzöge. Sie waren sehr betrübt, es gab eine Abschiedsfeier, und es rührte sie alle sehr, als Oskar Mosheim weinte. Sie umarmten ihn, er mußte versprechen, sie oft zu besuchen und bestimmt zu ihrem ersten Auftritt, gleich in welcher Stadt, zu kommen.
Er versprach es und verschwand aus ihrem Leben.

Marietta fand sehr schnell einen Ersatz.
Was heißt Ersatz! Sie fand das ›Genie‹.
Ein Kollege von ihr, der an der Staatlichen Musikhochschule unterrichtete und mit dem sie sich gelegentlich zu einem Gedankenaustausch traf, empfahl ihr einen jungen Mann, der im zweiten Semester an der Hochschule studierte.
»Der Bursche ist unerhört talentiert. Er spielt sechs oder sieben Instrumente perfekt, fragen Sie mich nicht welche, ich könnte sie nicht nennen. Ich weiß nur, daß er ein Teufel auf der Geige ist. Er geht seit neuestem in die Dirigentenklasse und hat sich dort schon unbeliebt gemacht.«
»Wie das?«
»Er weiß alles besser und er kann alles besser. Damit eckt er natürlich gewaltig bei seinen Lehrern und Mitschülern an. Tatsache ist, daß er wirklich vieles besser weiß und kann, aber das darf man um Gottes Willen nicht zugeben, sonst schnappt er restlos über. Er hat die Musik gewissermaßen erfunden.«
»Aha, einer von denen ist das. So einen hatte ich auch mal am Pult.«
»Er kommt aus der Tschechoslowakei, ist erst an einem kleinen Konservatorium ausgebildet worden, fällt mir im Moment nicht ein wo, war dann zwei Jahre in Prag; zweifellos ist einiges an ihm verhunzt worden, man hat ihn wohl überschätzt und wuchern lassen, wie er wollte. Kurz und gut, er muß jetzt hier mal richtig in die Zange genommen werden, muß vor allem Disziplin und Einordnen lernen. Aber er wird das alles schnell kapieren, er ist recht intelligent. Was ja nicht unbedingt bei einer genialen Veranlagung dazugehören muß.«
»Klingt ja sehr interessant«, meinte Marietta, »aber ich fürchte, mein Studio ist nicht der richtige Platz für dieses raumsprengende Genie.«
»Versuchen Sie es doch mal mit ihm. Der Junge muß was verdienen. Er hat überhaupt kein Geld, hungert sich durch. Stipendium bekommt er nicht, er ist noch neu und Ausländer obendrein.«
»Ist er denn um Gottes Willen wenigstens arisch?«
»Das ist er. Das wurde überprüft, weil er ja um ein Stipendium eingekommen ist. Er ist ungeheuer temperamentvoll, wissen Sie. Eine Zeitlang hat er in einem Caféhaus gespielt, bis die Hochschule dahinterkam und es untersagte. Entweder er studiert Musik an einem staatlichen Institut, oder er mimt den Zigeunergeiger, hat man ihm gesagt. Also hat er aufgehört. In dem Café haben sie bittere Tränen vergossen, als er Abschied nahm. Die hatten dort jeden Abend den Laden knallvoll, die Weiber beteten ihn an, wenn er ihnen auf seiner Geige was vorschluchzte.«
»Na, dann kommt er schon gar nicht in Frage. Denken Sie doch an meine Mädchen.«
»Bei Ihnen soll er ja Klavier spielen. Macht er jetzt in einer Ballettschule, zweimal in der Woche. Ich hole ihn mir immer, wenn ich einen Begleiter oder Korrepetitor brauche. Er ist wirklich fantastisch. Wenn er die Partitur angesehen hat, hat er sie im Kopf. Glauben Sie mir, verrückt oder nicht, er ist ein Künstler. Übrigens hat Mosheim ganz recht, daß er aufgehört hat, Ihnen hat er damit einen Dienst erwiesen. Die Richtung ist nun einmal so, wir müssen uns ihr anpassen. Bedenken Sie, meine Liebe, was wir schon alles erlebt haben. Wir werden auch das noch überleben. Beethovens Neunte ist dauerhafter als Hitler, Lenin und diverse Könige und Kaiser zusammen.«
Das Genie kam aus Bratislava und hieß Prisko Banovace. Es war lang und

hager, hatte schwarzes langes Haar, das ihm dauernd in die Stirn fiel, dunkle glühende Augen und das zerfurchte, blasse Gesicht eines Lebemannes.

Die Mädchen im Studio konnten sich tagelang nicht über ihn beruhigen, nachdem er seinen ersten Auftritt gehabt hatte.

»So was gibt's ja gar nicht.«

»Ein richtiger Dämon.«

»Kinder, vor dem fürchte ich mich.«

»Nee, ich möchte ihm auch nicht im Dunkeln begegnen.«

»Ich weiß gar nicht, was ihr wollt, ich finde ihn toll.«

»Heißt der wirklich so?«

So schnell wie Oskar Mosheim war noch nie ein redlicher und verdienter Mann vergessen worden. Der ›Figaro‹ erhielt eine ungeahnte Brisanz, seit Prisko Banovace am Flügel saß, obwohl sie ihn schon monatelang einstudiert hatten.

Bislang war es so vor sich gegangen: Mosheim spielte, die Schüler sangen, wenn es etwas zu korrigieren gab, klopfte die Frau Professor mit dem Bleistift auf ihr Pult oder den Flügel oder die Empirekommode, wo sie sich eben gerade befand, dann hörte Mosheim auf zu spielen, die Schüler auf zu singen. Frau Professor sagte, was zu sagen war.

Jetzt unterbrach das Genie.

»Falsch«, sagte er in seinem harten Deutsch. »Die Achtelnote war sich unsauber.«

Beim erstenmal war Marietta nur überrascht. Beim zweitenmal blitzten ihre Augen. Beim drittenmal sagte sie: »Die Einstudierung der Partien liegt in meiner Hand.«

Erstaunlicherweise konnte das Genie ein unerhört charmantes Lächeln auf sein Gesicht zaubern. Deswegen gab er in der Sache aber noch lange nicht nach.

»Bitte um Verzeihung, gnädige Frau. Es kann Einstudierung nur nutzen, wenn meeglichst alle Fehler hinausgebigelt werden.«

Daraufhin bekam Mary von Dorath einen Lachkrampf und konnte nicht weitersingen.

Marietta schwieg, das Genie saß unbeweglich, die Hände auf den Tasten, die Schüler feixten und tauschten Blicke.

»Mary, geh hinaus und beruhige dich«, sagte Marietta schließlich eisig. »Und versuche, dich in Zukunft besser zu beherrschen. Es gibt auch auf der Bühne manchmal Situationen, die zum Lachen reizen. Damit muß man fertig werden. Horst, wir nehmen den Aktschluß, Ihre Arie – ›non pi ǹ andrai . . .‹«

Zweifellos, durch das Genie wurde das Studio noch interessanter, als es vorher schon war. Und obwohl Prisko den ›Figaro‹ erst übernommen hatte, als er schon beinahe fertig einstudiert war, gelang es ihm, in den letzten drei Wochen soviel Feuer und Schwung hineinzubringen, daß es eine fast bühnenreife Darbietung wurde.

Marietta verstand genug von Musik und Theater, um das anzuerkennen. Auch wenn sie Prisko manchmal in seine Schranken wies oder sich seine Einmischungen verbat, so war sie sich doch darüber klar, was für eine Perle sie in ihrem Musikzimmer hatte.

»Ihr verdammter Slowake ist wirklich ein Genie«, sagte sie halb lachend, halb erbittert zu ihrem Kollegen, der am Abend gekommen war, als sie den

Figaro-Akt aufführten. »Manchmal möchte ich ihn am liebsten hinausschmeißen. Aber er kann's. Er hat's in den Fingerspitzen. Er braucht keine Noten, er schaut nicht auf die Tasten, er schaut meinen Kindern auf den Mund. Er merkt schon vorher, wenn sie patzen, wenn sie mit dem Tempo ins Schleudern kommen, wenn sie anfangen zu schwimmen. Er läßt ein Zischen hören wie eine Schlange. Und wie ein Kaninchen die Schlange, so sehen sie ihn an und singen besser denn je.«

Eltern, Verwandte und Freunde der Schüler waren eingeladen worden, Herr Marquard war natürlich da, der einstmals berühmte Heldentenor Friedrich Hochkirch, langjähriger Kollege Mariettas in vielen Partien und immer noch eng mit ihr befreundet, und als wichtigste Person hatte sich ein Opernagent eingefunden. Alles in allem waren es ungefähr sechzig Personen – die Schiebetür zum Nebenzimmer war geöffnet – sie fanden alle Platz.

Nina war auch da. Zum erstenmal hörte sie Victoria vor Publikum singen.

Zum erstenmal sah sie Prisko Banovace. Victoria hatte von ihm erzählt, und Nina fand eigentlich nichts Besonderes an ihm. Eine dürre schwarze Latte von Mann, häßlich und ungepflegt mit seinen schwarzen strähnigen Haaren und dem speckig glänzenden schwarzen Anzug.

»Er ist einfach toll«, hatte Vicky mehrmals versichert, in ihrem überschwenglichen Ton.

Na ja, vielleicht spielt er ganz gut Klavier, dachte Nina.

Aber daß er jemals ihrer hübschen, anmutigen und ordentlichen Tochter gefährlich werden könnte, auf diese Idee kam Nina nicht.

Auf eine gefährliche Weise anziehend war er für alle Mädchen im Studio, und um das zu erklären, hätte man psychologische Theorien heranziehen müssen. Man konnte es aber auch einfacher haben: es war das Dämonische, das Geniale, das Ungewöhnliche an ihm, auch das absolut Unabhängige, um nicht zu sagen Rabiate, das die Mädchen anzog, wie so etwas zu allen Zeiten weibliche Wesen anzuziehen pflegt.

Victoria machte ihre Sache gut. Mehr als gut, ausgezeichnet. Eigentlich wäre sie gar nicht drangekommen, denn Angela, der Mezzosopran, hatte den Cherubin ebenfalls studiert und hatte ältere Rechte. Glücklicherweise war sie erkältet.

Horst Runge war natürlich erstklassig, auch Lili Goldmann kam mit der Marcellina zurecht, obwohl es ihre Partie im Grunde nicht war. Schwach war Klaus Juncker als Graf, dagegen Mary ganz bezaubernd als Susanna.

Der Chor mußte wegfallen, den übernahm Prisko auf dem Flügel.

Mary und Horst kannten den Agenten Werner Roth, sie hatten ihm schon vorgesungen. Victoria sah ihn zum erstenmal und erlebte den Triumph, daß er sie nach Schluß der Darbietung ansprach.

»Wie alt sind Sie?« fragte er ohne weitere Umschweife.

»Neunzehn«, flüsterte Victoria.

»Dann arbeiten Sie fleißig weiter. In drei Jahren sprechen wir uns wieder.«

Victorias Wangen glühten.

»Hast du gehört, Mutti?« fragte sie aufgeregt, als sie zu Nina kam.

Nina hatte es natürlich nicht gehört.

»Der Mann ist unerhört wichtig«, sagte Victoria. »Ohne ihn kein Engagement. Zu ihm kommen sie alle. Wenn er einen Anfänger aufnimmt, kriegt der bestimmt was. Ach, Mensch, Mutti!«

Sie war glücklich, ihre Wangen glühten, ihre Augen strahlten, sie war hinreißend anzuschauen.

Die Hübscheste von allen, fand Nina.

Touchwood reichte kleine Canapees, gefüllte Eier und hausgemachten Geflügelsalat herum, dazu gab es einen schweren süßen Wein und für die Kinder Limonade.

Touchwood war eine Art Haushälterin bei Marietta, aber diese Bezeichnung wurde ihrer Stellung nicht gerecht. Sie war viele Jahre Mariettas Garderobiere gewesen und stand nun, nach dem Rückzug von der Bühne, Mariettas Haushalt vor, verstand von Musik und Singen beinahe soviel wie Marietta, konnte aber außerdem kochen und das übrige Hauspersonal beaufsichtigen.

»Touchwood, was hast du für einen gräßlichen Wein eingekauft?« fragte Marietta im Laufe des Abends.

»Ein ganz teurer Wein, Madame.«

»Davon wird ja jeder besoffen.«

Marietta trank für gewöhnlich gar nichts, höchstens Tee oder Mineralwasser, leicht angewärmt. Und einen Sud, den Touchwood für sie aus Eiern, Cognac und irgendwelchen Kräutertropfen zusammenrührte, der angeblich gut für die Stimme war. Marietta sang zwar nicht mehr, aber sie war an das Gebräu gewöhnt.

Früher hatte sie es vor jedem Auftritt getrunken.

Bliebe noch zu erklären, wie Touchwood zu ihrem Namen gekommen war. Mit der Zeit hatte sie alle Künstlerbräuche angenommen, das Spucken über die Schulter, das Toitoitoi, das Klopfen auf Holz. Als sie einmal Marietta auf einer Amerikatournee begleitete, lernte sie, daß Amerikaner für letzteres sagten: *touch wood.*

Das gefiel ihr so gut, daß sie den Ausdruck annektierte und ihn ständig benutzte, auch wenn er nicht so ganz paßte.

War sie vorher schon bekannt gewesen, dank dem Bekanntheitsgrad ihrer Herrin, wurde sie es jetzt noch mehr.

»Hast du Touchwood mitgebracht?« fragten die Künstler, wenn sie irgendwo bei Gastspielen mit Marietta zusammentrafen, denn Touchwood wurde langsam als Talismann angesehen.

Der Abend war ein Erfolg. Als Marietta ihre Gäste und ihre Schüler verabschiedete, war sie müde und zufrieden.

Sie reichte jedem die Hand, sprach ein paar passende Worte, genoß die bewundernden Blicke, die ihr noch immer galten, heute wieder ganz besonders, da sie in ein weites wallendes Gewand aus violetter Seide gekleidet war, das mit ihrem roten Haar einen unerhörten Effekt ergab.

Zu Nina sagte sie: »Victoria macht sich gut. Sie ist aufmerksam und fleißig.«

Nina fand, das sei zu wenig, was man über einen Künstler sagen konnte. Mußte es nicht heißen: Sie ist begabt, sie hat Talent, sie hat eine schöne Stimme?

Aber Victoria selbst erklärte ihr ja immer wieder: »Das bißchen Begabung bedeutet gar nichts. Arbeit macht den Künstler.«

Und nun, nachdem Nina auch angefangen hatte künstlerisch zu arbeiten, begriff sie, was ihre Tochter meinte. Ein paar hübsche Gedanken im Kopf spazierenzuführen, bedeutete gar nichts; sollten sie sich auf dem Papier bewähren, mußten sie erarbeitet werden.

Als letzter verabschiedete sich Prisko Banovace. Er hatte den Rest des Abends ziemlich unbeachtet in einer Ecke verbracht, viel gegessen, alle Platten geleert, denn Hunger hatte er immer, was Touchwood bereits wußte, die daher für ihn immer etwas Eßbares bereithielt. Auch dem süßen Wein hatte er reichlich zugesprochen, seine dunklen Augen glühten nicht mehr, sie schwimmerten, wie Marietta fand. Er roch nach Alkohol, und seine Haare zipfelten mehr denn je in seine Stirn.

»Danke ich vielmals, gnädige Frau«, sagte er und beugte sich tief über Mariettas Hand und küßte sie, »es war ein scheener Abend. Hat es allen gefallen ganz wunderbar. Wirde gerne ich vorschlagen, daß wir machen nun zweite Akt von ›Figaro‹ auch.«

Daran hatte Marietta auch schon gedacht, und es ärgerte sie, daß Prisko es vor ihr sagte.

»Wir haben mit dem ›Rigoletto‹ angefangen.«

»Ich weiß, ich weiß, machen wir beides. Sind sich alle so gut drin in ›Figaro‹.«

»Und wer sollte die Gräfin singen? Wir haben keine Gräfin.«

»Die neue junge Dame, bitteschcen. Frau Welter.«

»Wo denken Sie hin? Mit der habe ich erst einmal viel Arbeit.«

»Geht sich schneller, als Sie denken. Sehr begabtes Frau.«

Das war wieder einer der Augenblicke wo Marietta den lebhaften Wunsch verspürte, diesen Menschen hinauszuwerfen. Sehnsüchtig dachte sie an Oskar Mosheim zurück, der niemals eigene Ideen gehabt und immer nur das gemacht hatte, was sie wollte.

»Wollte ich noch sagen, daß ich jetzt bin einverstanden mit Klavierstunden.«

»So«, sagte Marietta, weiter nichts. Dieser Mensch ging ihr auf die Nerven. Aber er war ein Genie.

Mit den Klavierstunden war es so, daß Prisko Banovace es zunächst einmal weit von sich gewiesen hatte, sie zu übernehmen.

Das war unter seiner Würde, er gab keine Klavierstunden. Zumal Klavierstunden dieser Art.

Um auch dies zu erklären: Die Klavierstunden, die im Studio erteilt wurden, waren natürlich nicht die Art von Unterricht, den jemand haben mußte, der richtig Klavier spielen wollte.

Es war keine methodische Ausbildung, es waren wirklich nur simple ›Klavierstunden‹, wie sie sie fast alle, die hier sangen, bereits gehabt hatten. Klavier spielen konnten sie alle ein bißchen, mehr oder weniger gut, was eben junge Mädchen und Knaben so an Klavierspiel erlernt hatten.

Sie sollten sich notfalls allein begleiten können, sollten mit einem Klavierauszug zurechtkommen, und wenn es zu einer Mozart- oder Beethovensonate reichte, war nichts dagegen einzuwenden. Das war für Prisko natürlich eine schandbare Stümperei.

Oskar Mosheim hatte die Bedürfnisse des Studios richtig gesehen und seinen Unterricht darauf eingestellt. Wenn einer bei Prisko Klavier spielen wollte, dann mußte er Klavier spielen, nicht klimpern. So hatte er es ausgedrückt.

»Dummes Geklimpere ich kann nicht hören.«

»Na schön«, hatte Marietta gesagt, »ich werde schon jemanden finden, der das übernimmt.«

Als nächstes hatte sie verlautbart: »Ihr könnt ja auch eure Klavierstunden woanders nehmen.«

Voll des süßen Weines und von dem Abend animiert, kam nun Priskos überraschendes Angebot, Klavierstunden zu geben.

Das würde natürlich sein Honorar entsprechend erhöhen, er konnte es brauchen. Aber das war kein Grund für ihn, Kompromisse zu machen; was die Kunst betraf, macht er keine. Er war bis jetzt auch nicht verhungert.

Jetzt übernahm er also die Klavierstunden. Anfangs zum Entzücken der Mädchen, in der Folge zu ihrem Entsetzen.

Für die Klavierstunde mußten sie jetzt intensiv üben, denn die Euphorie des ›Figaro‹-Abends hielt nicht an, und wenn sie nun zur wöchentlichen Klavierstunde kamen, geschah dies mit Bangen und Zittern.

»Verdammtes Pfusch«, schrie Prisko. »Nimm deine Fiße von Pedal. Ich heere nur Waldrauschen, kein Musik. Und hier«, sein langer spitzer Zeigefinger stach auf das Notenblatt, »hier hat Mozart ein as geschrieben, kein a. Hast du keine Ohren in deine Kopf?«

Manchmal mußte Marietta eingreifen, wenn es Tränen gab. Mußte ihre eigene Stunde unterbrechen, weil der Lärm aus dem großen Musikzimmer, wo die Klavierstunden stattfanden, unerträglich wurde. »Die Kinder sind hier, um singen zu lernen, nicht um Klaviervirtuosen zu werden.«

Aber keiner, keiner wollte Prisko Banovace missen, so weit war es nach wenigen Monaten. Sie schimpften auf ihn, beschwerten sich über ihn, zeterten laut über seine Anmaßung und Unverträglichkeit, hetzten untereinander gegen ihn, aber waren ihm total und bereitwillig ausgeliefert, respektierten ihn, sobald er Stunde gab oder in der Gesangstunde begleitete.

Bei den Übungen waren sie nach wie vor mit Marietta allein. Doch wenn sie Lieder einstudierten, Arien aus Oratorien oder Opern, saß nun meist Prisko am Klavier; für Marietta war es bequemer, sie schluderte auch gern am Klavier und war nicht selten von Prisko korrigiert worden.

»Dieses Ei hat mir der Teufel ins Nest gelegt«, sagte Marietta zwar manchmal, aber auch sie war von diesem Besessenen fasziniert.

Das wäre alles nicht so schlimm gewesen und hätte sich mit einigem Humor ertragen lassen, wären die Mädchen nicht nach und nach alle Priskohörig geworden.

Das Genie hatte eine so starke Persönlichkeit, daß sich keiner ihm entziehen konnte, schon gar nicht eine Frau.

»Der macht euch alle verrückt«, sagte Horst Runge. »Mein Gott, was sind Weiber doch dämlich.«

Er selbst arbeitete mit leidenschaftlicher Hingabe, auch und gerade wenn Prisko am Klavier saß, aber erstens war Horst im Endstadium der Ausbildung, zweitens war er ein Mann. Das war etwas anderes.

Horst hätte schon für diese Spielzeit ein Engagement haben können, und zwar nach Chemnitz, nur wollten die Chemnitzer Gerda nicht mitengagieren. Das war auch so etwas, was Marietta zur Raserei bringen konnte.

Horst Runge und Gerda Monkwitz waren seit Anbeginn der Welt zusammen. Zusammen waren sie zu Marietta gekommen, sie bewohnten zusammen zwei möblierte Zimmer, sie studierten zusammen, schliefen zusammen, taten alles gemeinsam.

Sie kannten sich, wie Marietta sagte, vermutlich schon aus dem Sandkasten.

Ganz so war es nicht, aber immerhin kannten sie sich seit der Tanzstunde. Sie waren beide Berliner, und als Horst Runge beschloß, Sänger zu werden, tat Gerda Monkwitz desgleichen. Sie hatte eine ganz hübsche Stimme, einen etwas schrillen, aber tragfähigen Sopran der von der Soubrette bis zur Jugendlich-Dramatischen reichte, was an sich schon ein Nonsens war, wie Marietta fand. Sie war unerhört fleißig und gutwillig und genau so hausbacken und langweilig.

Dies war Mariettas Meinung. Jedoch Horst Runge war mit Gerda durchaus zufrieden. Dagegen war nichts zu machen, auch wenn Marietta ihm des öfteren einen längeren Vortrag darüber hielt, daß ein Künstler eine künstlerisch tätige Frau so dringend brauche wie einen vereiterten Zahn.

»Ein Künstler braucht eine Frau, die für ihn sorgt, die ihm ein gemütliches Heim schafft, meinetwegen seine Kinder bekommt und sonst die Schnauze hält. Ein Sänger mit einer Sängerin als Frau ist eine Katastrophe.«

Horst hatte Gegenbeispiele parat, die Devrients, die Niemeyers, waren das nicht berühmte Künstlerpaare gewesen, unsterblich sozusagen.

Marietta war immer versucht, Gerda Monkwitz hinauszuwerfen, wußte aber, daß sie dann Horst Runge auch los war. Und er war ein begnadeter Sänger. Der beste, den sie seit langem in ihrem Studio gehabt hatte. Und so töricht, wie nur ein Sänger sein konnte, sich von Anfang an mit dieser Frau zu belasten.

Um gerecht zu sein – Gerda liebte Horst genauso wie Horst Gerda liebte, sie sorgte für ihn, stopfte seine Socken, kochte sein Essen, pflegte seine kostbare Kehle. Wenn sie nur nicht auch noch selber gesungen hätte!

Und er hatte sich in den Kopf gesetzt, nur ein Engagement anzunehmen, wenn seine Frau gleichfalls ein Engagement an derselben Bühne bekam. Denn aus diesem Anlaß wollten sie dann heiraten, das war allen bekannt.

»Mensch, Horst«, sagte Marietta, »bist du dir klar darüber, was du dir verbaust? Du bist ein hübscher Mensch, singen kannst du auch, dein Luna kann einem die Schuhe ausziehen. Die Frauen werden sich deinetwegen zerreißen. Und da willst du gleich mit einer Frau antanzen? Das ist doch verrückt.«

»Eine Frau ist wie die andere, wa?« konterte Horst. »Wenn ich was werden will, brauche ich kein Weibergewimmel um mich herum, das stört nur. Wenn ich einmal oder höchstens zweimal in 'ner Woche mit 'ner Frau schlafe, langt's mir. Wenn es mehr wird, kostet mich det zuviel Kraft. Die brauch ich zum Singen, wa?«

Rein äußerlich gesehen war Gerda sehr hübsch, gut gewachsen, blond, blauäugig, aber sie besaß nicht einen Funken Temperament.

Marietta resignierte schließlich. Wenn es ihn nicht störte, warum sollte es sie stören?

Gerda also war gegenüber Priskos Klavierattacken, ganz zu schweigen von seinen sonstigen Reizen, immun. Wenn er sie anschrie, weil sie falsch spielte, ließ sie die Hände von den Tasten sinken und blickte phlegmatisch an ihm vorbei.

Auch Prisko war sie bald gleichgültig. Er sortierte sich die Schüler und

549

Schülerinnen entsprechend ihrer Begabung aus; nur wer ihm dessen würdig erschien, kam in den Genuß seines vollen Zornes.

Das erste Mädchen in Mariettas Stall, das seine volle Aufmerksamkeit gewann, war Thora Welter.

Sie war im Studio genauso neu wie Prisko, war etwa zur gleichen Zeit wie er dort erschienen.

Und wie er war sie ein Außenseiter.

Einmal schon deswegen, weil sie wesentlich älter war als die übrigen Schüler. Sie hatte schon zwei Engagements hinter sich, sie war verheiratet gewesen und nun geschieden, sie hatte ein Kind.

Außerdem hatte sie eine wunderschöne Stimme, die aber leider vollkommen verdorben war.

Man hatte sie zu früh überfordert, zu anstrengend eingesetzt, genau das, wovor Marietta ihre Schüler immer warnte.

Es kamen die persönlichen Belastungen dazu, eine bösartige Scheidung, der Kampf um das Kind, das ganze politisch verbrämt, denn Thora stammte aus einer Sozialistenfamilie, ihr Mann war Nationalsozialist der ersten Stunde und mittlerweile ein enger Mitarbeiter des Propagandaministers Goebbels.

»So wie die Dinge liegen«, sagte Marietta, »bekommst du hier sowieso keinen Fuß mehr auf den Boden. Aber deswegen kannst du doch deine Stimme wieder hinkriegen. Gesungen wird anderswo auch.«

Und, so setzte sie für sich hinzu, die Zeiten werden sich ja auch mal wieder ändern, dann singst du erst recht und gerade hierzulande.

Die Stimme war enorm. Groß, voll und reich, nur kippte sie plötzlich um, gab nach, versickerte.

Thora war heruntergekommen, sie sah schlecht aus, war viel zu dünn, geradezu mager, nervös, sie weinte oft, wollte am liebsten nicht mehr leben.

Sie behandelten sie alle wie ein rohes Ei, die Mädchen bewunderten im stillen das bewegte Leben, das sie hinter sich hatte, und alle waren bemüht, ihr Selbstvertrauen und Mut zu geben.

Denn Thora war im Grunde ein liebenswerter, anständiger Mensch, der nur, und das in mehrfacher Hinsicht, aus der Bahn geworfen worden war.

Touchwood bemühte sich zunächst, sie herauszufüttern. Im allgemeinen war es nicht üblich, daß die Schüler im Studio zu essen bekamen, aber für Thora war immer etwas da, und auch wenn sie sagte: »Danke, nein, ich habe keinen Hunger«, blieb Touchwood neben ihr stehen, bis sie gegessen hatte, was für sie bereitstand.

Da sie anfangs sehr verschlossen war, dauerte es einige Zeit, bis sie ihre Geschichte kannten.

Geheiratet hatte sie mit neunzehn, allerdings nahm sie in ihrer Heimatstadt Hamburg damals schon Gesangstunden. Ihr Vater war Däne und arbeitete in einer Werft, die Mutter war streng und unzugänglich, eine ehrpußlige Arbeiterfrau.

Als Thora schwanger wurde, flog sie zu Hause hinaus. Sie versuchte, abzutreiben, es mißlang. Ihr Freund heiratete sie, sie brachte ein schwächliches Kind zur Welt, das nach einem halben Jahr starb. In dieser Zeit hatte sie natürlich ihre Ausbildung vernachlässigt, sie war gesundheitlich in schlechtem Zustand, zumal die Ehe von vornherein voller Streit und Zank war, ihr Mann stammte aus kleinbürgerlichen Verhältnissen und war krankhaft eifersüchtig. Er ging dann nach Berlin und widmete sich voll den Aktionen der Nationalsozialisten.

Thora nahm die Gesangstunden wieder auf, immer in Geldnöten, stets unter seelischem Druck. Als schließlich ihr Mann verlangte, sie solle nach Berlin übersiedeln, tat sie es. »Ich Kamel bildete mir ein, ihn zu lieben«, sagte sie, als sie Marietta schließlich ihre Lebensgeschichte erzählte.

»Wäre ich damals hart geblieben, hätte ich mir viel erspart, denn dann wäre es aus gewesen.«

In Berlin mußte sie feststellen, daß ihr Mann eine Freundin hatte. Das allein wäre ein ausreichender Grund gewesen, sich von ihm zu lösen. Aber sie blieb, ertrug das entwürdigende Dreiecksverhältnis, das sich über zwei Jahre hinzog. Währenddessen sang sie im Chor der Charlottenburger Oper, um etwas zu verdienen, und nahm Gesangstunden bei einem Mitglied des Hauses. Er verlangte nicht viel Geld dafür, weil ihre Stimme so einmalig schön war.

Mit dreiundzwanzig bekam sie ein Engagement in eine westfälische Industriestadt und wurde dort gleich in großen Partien eingesetzt. Gelegentlich kam ihr Mann und machte ihr schreckliche Szenen, verdächtigte sie, mit dem gesamten Ensemble zu schlafen.

Dabei lebte sie ganz zurückgezogen, sie liebte ihren Mann immer noch, sie war eine treue Frau, außerdem brauchte sie ihre ganze Kraft, um ihrer Arbeit gerecht zu werden.

Schon in diesem jugendlichen Alter sang sie die Senta, die Fidelio-Leonore, die Sieglinde und ähnliche schwere Partien.

Sie blieb zwei Jahre an diesem Theater, ging dann nach Danzig, sang wieder das große Fach. Nach einem Besuch ihres Mannes wurde sie schwanger. Sie sang, solange es ging, sang in ihrem Zustand all die großen Partien, brachte aber immerhin diesmal ein gesundes Kind zur Welt.

Und sie hatte das Kind kaum geboren, als ihr Mann ihr eröffnete, daß er sich scheiden lassen wolle.

Daraufhin bekam sie einen Nervenkollaps, anschließend litt sie unter tiefen Depressionen. Sie verbrachte ein halbes Jahr in einer Nervenheilanstalt, die Ehe wurde geschieden, das Kind kam vorübergehend in Pflege.

So war das mit Thora Welter, geborene Thordsen. Unter dem Namen Thora Thordsen war sie aufgetreten, und Marietta riet ihr, den Mädchennamen wieder anzunehmen, auch für das Privatleben.

Die kranke Stimme gesundzupflegen, war eine Aufgabe, die Marietta reizte. Sie machte eine strenge Kur mit Thora, nur leichte Übungen zu Beginn, dann ein wenig Bach, ein paar leichte Lieder. Keine Rede davon, daß sie die Gräfin singen konnte.

»Wenn du alles tust, was ich dir sage, wirst du in zwei Jahren wieder auftreten und wirst schöner singen denn je«, verhieß Marietta.

Von ihrem geschiedenen Mann, der wieder geheiratet hatte, bekam Thora eine geringe Unterhaltszahlung; sie mußte sehr bescheiden leben, hatte nur ein möbliertes Zimmer, eine kleine Bude, nachdem sie während des ersten Winters, den sie dem Studio angehörte, dreimal die Wohnung gewechselt hatte, weil die Vermieterinnen das Kind nicht dulden wollten.

Dann endlich wohnte sie bei einer freundlichen älteren Frau, die gegen ihre Übungen und gegen den kleinen Jungen nichts einzuwenden hatte, ihn auch gelegentlich beaufsichtigte. Oft brachte sie das Kind mit ins Studio, wo sich Touchwood seiner annahm. Auch die Mädchen waren entzückt von dem Kleinen, einem hübschen Kind mit hellem blonden Haar, sehr artig und umgänglich.

Marietta nahm für ihre Stunden kein Geld von Thora, sie sagte: »Es ist mein Ehrgeiz, deine Stimme hinzukriegen, und wenn du etwas geworden bist, kannst du mich bezahlen.«

Alles war auf bestem Wege, Thoras Nerven stärkten sich, ihre Stimme gewann wieder Kraft und Fülle, sie konnte wieder lächeln, nahm ein paar Pfund zu und lebte nicht mehr so isoliert unter ihren Mitschülern, und ausgerechnet da begann sie ein Verhältnis mit dem Genie.

Oder besser gesagt, er begann es mit ihr.

Nachdem er den Winter über im Studio gewirkt und sich mehr oder weniger alle Mädchen untertan gemacht hatte, traf er seine Wahl. In erster Linie waren es bei ihm künstlerische Gründe, die ihn zu einer Frau führten.

Die große Musikalität Thoras – sie spielte zum Beispiel ausgezeichnet Klavier –, die wunderschöne, aber kranke Stimme, reizten ihn, sich ihr mit besonderer Aufmerksamkeit zu widmen.

In diesem Punkt trafen sich seine Ambitionen mit denen Mariettas.

Sie waren sich einig, daß Thoras Stimme es verdiente, gerettet zu werden.

Ganz behutsam und vorsichtig ging er mit ihr um, zügelte sein ungebärdiges Temperament, wenn er mit ihr arbeitete. Wenn sie bei ihm Klavier spielte, und wie gesagt, sie konnte es, und am Klavier mußte sie sich ja nicht schonen wie beim Singen, saß er still neben ihr oder lehnte an der Wand und hörte zu.

Sie war eine vorzügliche Chopin-Spielerin, und das brachte sie seiner slawischen Wesensart nahe. Wenn sie geendet hatte, die Hände von den Tasten sinken ließ, nachdem sie hingebungsvoll und bravourös eine Nocturne oder einen der Walzer gespielt hatte, lag sein Blick voll Wärme und Zärtlichkeit auf ihr. Sie sah es, wenn sie aufblickte, es verwirrte sie.

»Gut«, sagte er, »sehr, sehr gut. Sie hätten auch Klavier studieren kennen, Thora. Wären Sie auch berihmt geworden.«

»Ja«, sie lächelte, »das wollte ich anfangs. Ich war als Kind kaum vom Klavier wegzubringen. Für meine Eltern war es unbegreiflich, in unserer Familie war niemand musikalisch, spielte niemand ein Instrument.«

»Und wie kam es bei ihnen?«

»Ich hatte eine Freundin in der Schule, schon als ich noch ganz klein war. Die Eltern waren reiche Leute, sie wohnten an der Elbchaussee, hatten dort ein wunderschönes Haus. Aber das sagt Ihnen nichts? Ich meine, was in Hamburg die Elbchaussee bedeutet.«

Er schüttelte den Kopf.

»Das ist eine ganz feine Gegend, dort wohnen lauter reiche Leute. Wir wohnten in Altona, und daß wir in die gleiche Volksschule gingen, Kirsten und ich, lag daran, daß ihre Eltern anfangs noch in der Palmaille wohnten. Sagt ihnen auch nichts?«

Er schüttelte wieder nur den Kopf.

»Na, macht nichts. Später zogen sie an die Elbchaussee, Kirsten ging in die höhere Schule, ich ja weiter in die Volksschule. Aber wir blieben Freundinnen, und ihre Eltern hatten nichts dagegen, ich wurde eingeladen, durfte immer zu ihr kommen.«

Der Gedanke an die Freundin, an die glücklichen Stunden in dem schönen Haus über der Elbe ließ ihre Augen aufglänzen, man sah, wie hübsch sie früher gewesen sein mußte. Heute wirkte sie verhärmt und verbittert.

»Ihr Vater war Reeder. Mein Vater war Vorarbeiter auf einer Werft, aber das spielte für Kirsten und ihre Eltern keine Rolle. Kirsten bekam natürlich Klavierstunden, sie machte sich nicht viel daraus. Die Lehrerin kam ins Haus, und ich saß oft dabei, wenn sie Stunde hatte und lernte ganz von selbst ebenfalls Klavier spielen. Und wenn sie nicht üben mochte, übte ich um so leidenschaftlicher. Kirstens Vater sagte: ›Thora ist ein begabtes Kind, sie muß auch richtig Klavierstunden nehmen‹. So kam das.«

Sie schwieg, präludierte leise auf dem Flügel, den Kopf gesenkt. Prisko betrachtete mit Entzücken das schmale, mit einemmal so weich gewordene Gesicht.

Im Nebenzimmer saßen Mary und Victoria über ein musikwissenschaftliches Lexikon gebeugt, Mary hob den Kopf und kicherte.

»Bigelt er sich Thoras wunde Seele auf. Ist sich ganz still da drin.«

Victoria war ein wenig eifersüchtig.

»Findest du nicht, daß er sich reichlich viel mit Thora abgibt?«

»Aber das tun wir doch alle. Sie braucht das.«

Mary war ein verständiges, großzügiges Mädchen. Und nur mit Maßen in Prisko verknallt. Sie hatte einen netten Freund, einen jungen Leutnant der Reichswehr, mit dem sie ganz zufrieden war.

»Na, sicher. Aber trotzdem. Die Klavierstunde ist längst vorbei, was quatschen die denn da immerzu?«

»Mußt du Ohr an Schlisseloch legen, wenn du willst heeren.«

»Ach, sei nicht so albern. So spricht er ja gar nicht.«

Was denn aus ihrer Freundschaft mit Kirsten geworden sei, wollte Prisko nebenan wissen.

Thora erzählte, daß Kirstens Vater ganz plötzlich starb, er war erst neunundvierzig Jahre alt, und Kirstens Mutter zwei Jahre darauf wieder heiratete, einen Amerikaner.

»Wir waren siebzehn, als wir uns trennen mußten. Bis dahin hat unsere Freundschaft gehalten. Kirsten lebt heute in Texas, in Houston. Eine Zeitlang haben wir uns noch geschrieben, aber so etwas schläft ein. Und ich glaube, wenn ich nicht so unglücklich gewesen wäre über die Trennung, wenn ich mir nicht so verlassen vorgekommen wäre, hätte ich mich nicht so schnell und bedingungslos an Frank angeschlossen.«

Sie hatte ihn kennengelernt, kurz nachdem Kirsten nach Amerika gegangen war, und sie glaubte, es sei die große Liebe. Sie glaubte so etwas immer, sie war ein bedingungslos liebender, hingabebereiter Mensch. Leider war sie bis heute nicht klüger geworden.

Bis der Winter zu Ende ging, hatten Thora und Prisko ein Verhältnis, und eine schlechtere Wahl hätte sie auch diesmal nicht treffen können.

Dieser besessene, ichbezogene Mensch bedeutete für sie nicht Heilung, sondern neue Komplikationen.

Zunächst verbargen sie den Wandel ihrer Beziehungen gut, auch Marietta argwöhnte nichts. Denn da Prisko sich von Anfang an sehr intensiv mit Thora beschäftigt hatte, fiel es auch jetzt nicht auf, wenn sie ständig zusammen musizierten. Es ging sogar soweit, daß Marietta es Prisko überließ, die Übungen mit Thora zu machen, denn er hatte vollkommen begriffen, worauf es ankam und auf welche Weise die Stimme wieder aufgebaut werden mußte.

Auch hatte Marietta angenommen, wenn Prisko schon mit einem ihrer Mädchen intim wurde, was sie von Anfang an befürchtet hatte, würde es jede sein, nur nicht gerade Thora. Die anderen waren alle hübscher und jünger.

Mary war es, die der Sache auf die Spur kam.

»Die beiden kuscheln miteinander«, sagte sie eines Tages zu Victoria.

»Ach, du spinnst ja.«

»Na, kuck sie dir doch mal an, wie sie jetzt immer die Augen verdreht. Und sie malt sich an, das hat sie doch früher überhaupt nicht getan. Die lief doch immer rum wie ihre eigene Großmutter. Und er schleppt das Kind rauf und runter, daß es nur so eine Art hat. Früher hat er Heinzi überhaupt nicht angeschaut. Jetzt benimmt er sich, als sei er der Vater.«

Victoria beobachtete nun auch genauer und fand, daß Marys Vermutungen stimmen konnten. Auf dem Rad fuhr sie den beiden einmal nach, als sie gemeinsam das Studio verließen.

Prisko trug den kleinen Heinz auf dem Arm, und Thora ging mit neu erwachtem Schwung mit langen Schritten nebenher.

Da war es schon Frühling, die Forsythien blühten in den Vorgärten, die Büsche wurden grün. Victoria benutzte sie als Tarnung.

Thoras Zimmer befand sich in einem Hinterhaus der äußeren Kantstraße, und dort verschwanden die beiden.

Victoria war empört. So wie Prisko mit ihr arbeitete, sich mit ihr abgab, hatte sie gedacht, sie wäre es, die er am liebsten von allen Schülerinnen mochte. Es war eine Tatsache, daß Prisko sie bevorzugte. Die Intensität, mit der sie arbeitete, hatte ihn für Victoria eingenommen, dies war der beste Weg, sein Interesse zu wecken. Zur Zeit studierte sie die Micaela, eine Partie, die ihr lag, und so unentbehrlich hatte er sich inzwischen im Studio gemacht, daß Marietta ihm die Einstudierung einer Partie fast ausschließlich überließ und dann erst, wenn die Partie stand, mit den Schülern daran arbeitete.

Einmal hatte Prisko Victoria mitgenommen in den großen Saal der Musikhochschule, als er dirigierte. Sie empfand das als Auszeichnung und war sehr stolz darauf. Er dirigierte die ›Erste‹ von Brahms, er wirkte souverän und kaum wie ein Schüler, wenn er vor dem Orchester stand. Er dirigierte auswendig, mit sparsamer Gestik und großer Intensität. Victoria saß stumm und gebannt, tief beeindruckt. Neben ihr hörte sie jemanden sagen:

»Hier wächst Furtwänglers Nachfolger heran.«

Und ausgerechnet diese langweilige Thora hatte der sich ausgesucht? Die war fast dreißig und überhaupt nicht attraktiv, fand Victoria.

Sie war versucht, Mary von ihrer Entdeckung zu erzählen, doch sie genierte sich, weil sie den beiden nachgegangen war.

Möglicherweise bedeutete es auch nichts, er hatte nur das Kind nach Hause gebracht, vielleicht hatten sie noch Tee zusammen getrunken, und das war es schon.

Aber von nun an beobachtete Victoria scharf, und sie begann, was sie bisher nicht getan hatte, jedenfalls nicht bewußt, mit Prisko zu kokettieren.

Mit Mary von Dorath hatte sich Victoria näher angefreundet.

Es war nicht eine so enge Freundschaft wie mit Elga, aber sie verstanden sich gut, trafen sich auch außerhalb des Studios, meist zu einem Konzert- oder Opernbesuch, und manchmal wurde Victoria zu Doraths eingeladen, die ein gastfreies und sehr lebendiges Haus führten.

Sie wohnten in Zehlendorf. Marys Vater war aktiver Offizier, Oberst bei der Reichswehr, im Krieg war er Jagdflieger gewesen. Marys Mutter, eine heitere, hübsche Frau, war musisch veranlagt, sie spielte sehr gut Klavier und sang, sie hatte als junges Mädchen eine Gesangsausbildung gehabt, doch dann geheiratet und alle beruflichen Pläne vergessen. Auf diese Weise hatte Mary im Elternhaus von vornherein Verständnis für ihre Wünsche gefunden, die Mutter war stolz auf die begabte, vielversprechende Tochter. Mary besaß einen leichten, silbrig klingenden Sopran, eine erstaunliche Höhe, das Koloraturfach war ihr Ziel. Sie hatte zwei Brüder, einer lebte im Haus, er studierte Medizin. Der andere war ebenfalls Offizier, Flieger wie sein Vater einst. Den kannte Victoria noch nicht, da er sich noch in der Ausbildung befand und selten nach Hause kam.

Die Familie stand dem nationalsozialistischen Regime ablehnend gegenüber, das wurde nicht direkt ausgesprochen, das wagte mittlerweile keiner mehr, aber aus vielen nebensächlichen Bemerkungen wurde es deutlich genug. Das Ohr war inzwischen geschult für derartige Bemerkungen; auch wenn man so jung war wie Victoria und im Grunde politisch total uninteressiert, wuchs man ganz von selbst in diese Hellhörigkeit hinein.

Das Verhältnis zwischen Thora und Prisko hielt ungefähr ein Jahr an, mit der Zeit wußten es alle, auch Marietta, die es verständlicherweise mißbilligte, zumal Thora zunehmend wieder exzentrische Züge entwickelte.

Das Ganze nahm ein dramatisches Ende, als Prisko sich anderweitig verliebte, diesmal in eine blutjunge Geigerin, mit der er das Beethoven-Violinkonzert in der Hochschule einstudierte und aufführte. Sie gingen alle hinein, es war ein hervorragendes Konzert, die Zeitungen brachten höchst positive Besprechungen, Priskos Name war nicht mehr unbekannt in Berlin.

Es ging ihm nun auch finanziell besser, er bekam das Stipendium, sein Deutsch war so gut wie makellos geworden, und er zog sich nun auch ein wenig besser an.

Ende also mit Thora. Sie schnitt sich doch wirklich und wahrhaftig die Pulsadern auf, wurde gerettet, aber ihr Zustand war abermals desperat.

Marietta warf sie hinaus.

»Das dumme Weib! Ein für allemal, Kinder, merkt euch das: die Liebe kann für eine ernsthafte Künstlerin nur eine nebensächliche Begleiterscheinung des Lebens sein. Möglichst eine angenehme. Aber sie darf niemals die erste Rolle in eurem Denken und Fühlen beanspruchen. Sonst gebt ihr besser den Beruf auf. Die großen Gefühle könnt ihr auf der Bühne ausleben. Privat, an einen Mann, sind sie verschwendet.«

Victoria nickte dazu mit entschlossener Miene. Sie war fest überzeugt davon, daß sie es stets und ständig so handhaben würde, wie Marietta empfahl. Schließlich hatte sie es bisher ganz von selbst so gehalten.

Ihre erste große Liebe war Peter Thiede gewesen, heute lächelte sie darüber – eine Jugendschwärmerei. Dann ihre Freundschaft zu Johannes Jarow, das war sehr nett gewesen und hatte ihr Gefühlsleben nicht strapaziert. Seitdem gab es keinen Mann in ihrem Leben, der ihr etwas bedeutete. Sie hätte gar keine Zeit dafür gehabt.

Natürlich wurde sie hier und da angesprochen, es kam zu einem Rendezvous in einem Café, einem kleinen Flirt, das war auch schon alles. Sie brauchte Zeit und Nerven für ihre Arbeit.

Wenn sich ihre Gedanken näher mit einem Mann beschäftigten, so war es Prisko Banovace, das häufige Zusammensein, die enge Zusammenarbeit, das Einverständnis, das sie bei der gemeinsamen Arbeit erzielten, schuf eine Verbindung. Und er interessierte sie, reizte sie, nicht zuletzt deswegen, weil er über die Arbeit hinaus kein Interesse an ihr zu haben schien. Und sie war eifersüchtig – zunächst auf Thora, dann auf die schmale, ätherisch wirkende Angela, die ganz unverhohlen mit Prisko flirtete.

Sie erwischte die beiden einmal, als sie sich küßten.

Victoria kam ins große Musikzimmer geplatzt, auf der Suche nach einem Band Schumann-Lieder, und da fand sie die beiden in enger Umarmung. Soeben war noch ›Rosen brach ich nachts mir am dunklen Haage‹ zu hören gewesen, das Lied war mittendrin unterbrochen worden, eine Korrektur schien vonnöten, statt dessen war es ein Kuß.

Den beiden schien es gar nicht viel auszumachen, sie lösten sich voneinander, Prisko setzte sich wieder vor die Tasten, Angela lächelte auf ihre langsame, überlegene Art, die Victoria sowieso immer ärgerte.

»Ei, potz Blitz«, sagte Victoria, nur um überhaupt etwas zu sagen. Es kam keine Antwort.

Prisko fing wieder an zu spielen, Angela sang weiter, so als sei nichts geschehen.

Victoria griff sich den Schumann, verschwand wieder und murmelte draußen: »Heimtückisches Biest!« Das galt Angela, mit der sie sich ohnehin nicht gut vertrug.

An einem Abend im Oktober traf Victoria zufällig in der Staatsoper mit Prisko zusammen. Sie hatte von Marietta eine Karte bekommen, die ihren Schülern, gerecht verteilt, hier und da eine Karte schenkte, wenn sie welche erhielt und selbst nicht gehen konnte oder wollte.

Es war eine Aufführung von ›Eugen Onegin‹ unter der Leitung von Robert Heger. Maria Cebotari sang die Tatjana, der von allen Frauen angeschwärmte Heinrich Schlusnus den Onegin. Marietta hatte gesagt: »Geh mal rein und paß gut auf, die Tatjana wäre etwas für dich.«

In der Pause also traf sie Prisko, der sie weltmännisch zu einem Glas Sekt einlud.

Inzwischen konnte man sich mit Prisko sehen lassen, sein Haar war kürzer und einigermaßen ordentlich frisiert, er besaß zwar weder Frack noch Smoking, aber immerhin einen neuen, nicht mehr glänzenden schwarzen Anzug.

Er schwang sich zu einem Kompliment auf.

»Du siehst aber hübsch aus.«

»Danke, Maestro«, sagte Victoria mit Augenaufschlag. Sie wußte, daß sie gut aussah. Vom Mozartzopf hatte sie sich inzwischen getrennt, sie trug das Haar in einer kurzen Lockenfrisur, die sehr apart wirkte, und das Kleid, kürzlich erst von Marleen geerbt, war umwerfend: schwarzer Panne, ganz eng auf Figur gearbeitet, das Rückendekolleté reichte bis zur Taille.

Nina hatte zwar gesagt: »Schwarz ist nichts für ein junges Mädchen«, doch Victoria fand: gerade.

Als sie ging, konnte Nina nicht umhin zuzugeben, daß ihre Tochter großartig aussah.

An diesem Abend, in dem schwarzen Kleid, bei Tschaikowskys morbider Musik, fühlte sich Victoria ganz als Vamp.

Nach der Oper schlenderten sie Unter den Linden entlang, er fragte: »Was machen wir denn jetzt? Wollen wir noch irgendwohin gehen?«

Und Victoria darauf, mit größter Lässigkeit: »Gehn wir doch auf einen Cocktail in die Adlon-Bar.«

Das raubte sogar Prisko die Fassung.

»Ins Adlon?«

»Klar. Sehr nett dort.«

»Warst du denn da schon?«

»Schon oft.«

Zweimal mit Cesare, und das war nun auch schon eine ganze Weile her, aber das brauchte Prisko ja nicht zu wissen.

Ganz große Dame durchschritt sie die Halle des Adlon, ließ sich den Mantel abnehmen, blickte gelassen und leicht gelangweilt um sich. Damit imponierte sie Prisko ungeheuer. Er hätte es nie gewagt, das Adlon zu betreten, aber in Victorias Begleitung ging es ganz mühelos. Im Geist zählte er sein Geld, sicher würde es teuer hier sein.

Victoria hatte das wohlweislich bedacht, aber in ihrem Täschchen steckte auch etwas Geld, sie bekam jetzt von Nina ein ausreichendes Taschengeld.

Denn Nina war nun nicht mehr so knapp mit Geld: da war zuerst der Abdruck in der ›Dame‹ gewesen, und das Buch, das in diesem Herbst herausgekommen war, hatte ihr einen ansehnlichen Vorschuß gebracht. Vorsichtshalber allerdings hatte sie ihre Stellung bei Fiebig noch nicht aufgegeben, nur arbeitete sie etwas weniger. Fred Fiebigs Betrieb ging gut, er konnte sich eine Stenotypistin leisten, die von Nina eingearbeitet wurde.

»Wenn Sie nun eine Schriftstellerin sind, Frau Jonkalla«, sagte Fred Fiebig voll Respekt, »brauchen Sie ja auch Zeit für Ihre Arbeit. Aber ich wäre Ihnen dankbar, wenn Sie noch dreimal in der Woche kommen könnten.«

Victoria ließ sich voll Grandezza in einem der roten Ledersesselchen der Adlon-Bar nieder, ihre Miene war leicht blasiert, sie benahm sich, als sei sie ein täglicher Gast hier.

Prisko war beeindruckt. Mit Thora hätte er hier nicht sitzen können. Mit Thora konnte er nirgends hingehen, da war das Kind, da war ihre Menschenscheu, da war ihre Sucht, ständig und immer mit ihm, und nur mit ihm, zusammen zu sein. Ihre klammernde, besitzergreifende Liebe war lästig.

Er hatte sie satt. An ihre Karriere glaubte er mittlerweile auch nicht mehr. Was nützte die schönste Stimme, sie war einfach nicht der Typ dazu, etwas aus sich zu machen. Mit der kleinen Violinistin hatte er auch einen Mißgriff getan. Die war siebzehn, und auch wenn sie erstklassig Geige spielte, war sie noch ein dummes Kind. Diese Schöne hier, die würde es schaffen, die besaß nicht weniger Selbstbewußtsein als er. Mit Genugtuung bemerkte er, daß ihre reizvolle Erscheinung sogar in diesem Rahmen manchen Blick auf sich zog.

Man konnte, rückblickend, den Beginn der Beziehung zwischen Victoria und Prisko auf diesen Abend datieren.

Sie unterhielten sich ausgezeichnet, an Gesprächsstoff mangelte es ihnen nicht. Sie fachsimpelten mit Leidenschaft; die Aufführung, die sie gerade gesehen hatten, mußte besprochen und kritisiert werden, dann hechelten sie das Studio durch, von Marietta angefangen bis zum neuesten Zugang, einem jungen, etwas dicklichen Tenor, Siegfried mit Namen, blond und doof, wie Victoria gnadenlos urteilte, unmusikalisch bis auf die Knochen, wie Prisko bereits festgestellt hatte.

Sie tranken einen Cocktail, dann einen zweiten.

»Mach dir keine Sorgen«, sagte Victoria kameradschaftlich, »ich habe Geld bei mir.«

Das kränkte ihn.

»Du bist selbstverständlich eingeladen.«

»Ja, sicher. Aber könnte ja sein, du hast nicht genug bei dir.«

Später umriß sie mit Sicherheit ihre Zukunftspläne.

»Spielzeit 36/37 geh' ich ins Engagement. Ich möchte ein anständiges Provinztheater, wo ich möglichst voll ins Repertoire hineinkomme, damit ich nach ungefähr zwei Jahren zehn Partien sicher auf der Pfanne habe. Das Theater darf nicht zu klein sein, damit ich keine Partien übernehmen muß, die mich überfordern, und nicht zu groß, damit ich auch an die Rollen komme. Das mach' ich zwei Jahre. 39/40 muß es dann schon ein gutes Haus sein. So etwa Mitte der vierziger Jahre möchte ich hier an der Staatsoper singen.«

Prisko lachte verblüfft.

»Du bist gut. Du weißt, was du willst.«

»Das muß man. Wenn man das nicht weiß, soll man gar nicht erst anfangen. Weißt du es nicht?«

Doch, er wußte es auch. Er machte die Augen schmal, seine schlanke, langfingerige Hand fuhr durch sein Haar.

»Ich werde ein wenig länger brauchen. Aber sagen wir so in zwölf bis fünfzehn Jahren möchte ich hier an der Philharmonie dirigieren. Und in Bayreuth.«

»Salzburg nicht?«

»Doch, natürlich auch.«

Sie blickten sich in die Augen, prüften sich gewissermaßen, schätzten die gegenseitigen Chancen ab. Dann lächelten sie.

In diesem Augenblick war ein Bund geschlossen, sie fanden sich einander ebenbürtig.

Dann unterhielten sie sich eine Stunde lang großartig damit, sich die Partien auszumalen, die sie singen, die Opern und Konzerte aufzuzählen, die er dirigieren würde, und wann und bei welcher Gelegenheit sie auf der Bühne, er am Pult stehen würde.

Sie waren jung. Sie waren begabt. In dem Leben, das vor ihnen lag, konnte es gar keine Hindernisse geben.

Was zur Zeit in diesem Land geschah, ging sie nichts an. Interessierte sie nicht. Was unter Gottes Sonne konnte unwichtiger sein als Politik.

Ihre Freundschaft entwickelte sich anders als seine hitzige Beziehung zu Thora, als die Affäre mit dem Geigenmädchen. Es war zunächst, wie bisher auch, und nun noch in verstärktem Maße, die gemeinsame Arbeit.

In diesem Winter 34 auf 35 erarbeitete sich Victoria ein recht umfassendes Liedrepertoire, und nachdem sie mit der Micaela fertig war, studierte sie – ein alter Wunschtraum von ihr – die Mimi.
Und sie tat dies, jedenfalls im ersten Arbeitsgang, fast allein mit Prisko. Marietta war hochzufrieden. Bei einem der öffentlichen Abende, der im Februar stattfand, sang Victoria zusammen mit Siegfried, dem Tenor, die zweite Hälfte des ersten Aktes von ›La Bohème‹, von Mimis Auftritt an. Und sie war so gut, daß Marietta sie vor allen Leuten umarmte und küßte.

»Mein Mauseschwänzchen«, sagte Marietta, und das war die größte Liebkosung, die über ihre Lippen kommen konnte, »ich bin stolz auf dich.«

Leider konnte Nina nicht dabei sein, was Victoria sehr bedauerte. Aber Nina hatte jetzt eigene Verpflichtungen, ihr neuester Roman gedieh aufs beste und sollte im nächsten Herbst erscheinen. An diesem Abend war sie von ihrem Verleger zu einem Empfang in seiner Grunewaldvilla eingeladen.

Kein Zweifel, die Familie Jonkalla war im Aufstieg begriffen.

Nur mit Stephan klappte es nicht so ganz, er mußte zur Zeit eine Klasse repetieren, was Nina sehr ärgerte.

»Von mir aus kannst du mit der Schule aufhören«, hatte sie gesagt, »und in eine Lehre gehen. Wenn ich schon das teure Schulgeld für dich bezahle, kann ich wohl erwarten, daß du dich auf den Hosenboden setzt und fleißig bist.«

Stephan hatte Besserung gelobt und bemühte sich nun wirklich, fleißig zu arbeiten. Wenn nur nicht die Mädchen wären, die ihn ständig von der Arbeit abhielten. Zur Zeit war er rasend verliebt in eine junge Serviererin vom Café Wien. Er saß wie angenagelt neben Benno auf seinem Stühlchen im Café und wartete, bis seine Angebetete Schluß machte, um sie nach Hause zu bringen. Da Benno auch eine Flamme unter den Bedienungen hatte, verlief der Abend nicht so einsam.

Auf diese Weise kam er oft spät ins Bett, und es gab regelmäßig eine Szene, wenn er nach Hause kam; Nina wartete auf ihn und machte ihm Vorwürfe.

»Nimm dir ein Beispiel an deiner Schwester«, fuhr ihn Nina an. »Die arbeitet, und Liebesaffären gibt es bei ihr nicht.«

»Die geht auch oft abends aus.«

»Erstens ist sie drei Jahre älter als du, und wenn sie geht, geht sie in die Oper oder ins Konzert.«

Doch nun hatte Victoria ihre erste Liebesaffäre. Das ergab sich an dem Abend ganz von selbst, als sie ihren Erfolg als Mimi hatte.

Es war gegen elf Uhr, als Marietta ihre Gäste und ihre Schüler entließ. Zunächst gingen sie in einer Gruppe, der Tenor war dabei, Ulrike wurde von ihrem Freund abgeholt, Mary von ihrem Leutnant, sie überlegten, ob sie noch irgendwo hingehen sollten, denn sie waren zwar müde, aber doch noch erregt von dem Abend.

Besonders Victoria.

»Kinder, ich könnte die ganze Welt umarmen!« sagte sie. »Ich muß aber nach Hause, morgen um zehn habe ich Stunde.«

»Komm doch ein bißchen mit«, bat Mary. »Wir trinken ein Glas Wein.«

Es gab, etwa zehn Minuten von Mariettas Haus entfernt, eine nette kleine Kneipe, wo sie manchmal noch zusammensaßen.

Aber Victoria blieb fest. »Nee, heute nicht. Ich muß heim. Sonst krächze ich morgen nur.«

»Ich bring dich an die Straßenbahn«, erbot sich Prisko, und zu den anderen sagte er: »Ich komm dann nach.«

Er kam nicht.

Auf dem Weg zur Straßenbahn blieb er stehen und sagte: »Dann umarme wenigstens mich.«

»Wie?«

»Du hast eben gesagt, du könntest die ganze Welt umarmen.«

»Ach so«, Victoria lachte. Dann legte sie mit einer weichen Bewegung beide Arme um seinen Hals.

»Du hast die Umarmung verdient. Ohne dich wäre die Mimi nicht so gut gelungen.«

Er küßte sie. Es war nicht das erstemal, sie hatten sich manchmal schon geküßt, aber diesmal war es anders, er küßte sie sehr ausdauernd, sehr leidenschaftlich, drängte seinen Körper an ihren, und Victoria begriff sofort, jetzt wurde es ernst. Kein Widerstand, keine Abwehr. Sie waren sich schon so nahe, daß der letzte Schritt unvermeidlich erschien.

»Du kommst mit«, bestimmte er, als sie in der Straßenbahn saßen, die den Kurfürstendamm hinein stadteinwärts fuhr.

Nur wenige Leute fuhren mit ihnen, Victoria blickte in ihre Gesichter, ein junges Paar, ein älterer Mann, griesgrämig, eine junge Frau, die vor sich hin lächelte. Der Schaffner knipste die Fahrscheine, Victoria lächelte ihn strahlend an.

»Na, Frollein, so vagniejt?« sagte er freundlich.

»Ja. Ist doch ein schöner Tag heute.«

»Mir isses zu kalt.«

»Aber jetzt wird es bald Frühling.«

»Na, wennse meenen.« Er ging weiter, er lächelte jetzt auch.

»Du kommst mit«, wiederholte Prisko. Seine dunklen Augen bohrten sich in die ihren.

»Warum?«

»Du weißt warum. Wir gehören zusammen.«

Er sagte nicht: ich liebe dich. Oder: ich will dich. Er sagte: wir gehören zusammen.

Victoria empfand es auch so. Er würde Karriere machen, sie würde Karriere machen. Sie wußten beide, was sie wollten.

Er wollte sie. Und sie wollte ihn.

Sie war zwanzig und ein halbes Jahr alt, sie hatte noch nie mit einem Mann geschlafen.

Auch das wollte sie endlich wissen.

Er bewohnte ein möbliertes Zimmer in der Bleibtreustraße, sie kannte es, sie war zusammen mit Mary und Horst und Gerda schon einmal dort gewesen, ihn zu besuchen, als er krank war.

Sie hatten ihm etwas zu essen gebracht, sein Fieber gemessen, seinen Zustand furchtbar bedauert – es war nur eine Magenverstimmung gewesen, darunter litt er von Zeit zu Zeit. Essen wollte er nicht, Fieber hatte er nicht und nach kurzer Zeit hatte er sie alle drei hinausgeworfen, weil sie seine Leiden nicht ernst nahmen.

»Ihr kommt bloß, weil ich Bauchweh habe«, sagte er. »Wäre ich erkältet, würdet ihr euch einen Dreck um mich kümmern.«

Alle vier legten wie auf Kommando die Hand auf die Kehle.

»Bestimmt nicht«, erwiderte Mary. »Leute mit Erkältung missen allein sterben. Kein Sänger wird sich um ihnen kimmern.«

Es war ein großes altes Haus aus der Gründerzeit, die Wohnung befand sich im vierten Stock, sie gehörte einer Beamtenwitwe, die nur eine Kammer bewohnte, alles andere war vermietet. Das alles wußte Victoria schon. Vor dem Haus verhielt sie dennoch zögernd den Schritt. »Ich weiß nicht . . .«

»Kimmert sich kein Mensch drum«, sagte er, vor Erregung wieder in seine alte Sprache verfallend. »Hier kommt und geht jeder, wie er will.«

»Ich kann aber nicht lange bleiben. Nina wundert sich sonst.«

Sie blieb nicht lange. Es ging außerordentlich schnell.

Prisko, hochgradig erregt und rücksichtslos wie er in der Liebe war, hielt sich nicht mit langem Vorspiel auf. Er schälte sie mit zitternden Händen aus dem Mantel, dann auch gleich aus ihrem langen Kleid, das sie an diesem Abend trug, und riß ihr fast die Wäsche vom Leib.

Victoria biß die Zähne aufeinander, sie bereute es, mitgegangen zu sein, sie hatte Lust, ihn fortzustoßen und wegzulaufen.

Sein gieriges nacktes Gesicht, seine hastigen Hände, dann sein nackter Körper, das befremdliche Aussehen eines Mannes in erregtem Zustand – sie fand es widerlich.

Aber es gab kein Weglaufen mehr, das erkannte sie auch. Es mußte wohl sein.

Sie zitterte nun auch, aber mehr vor Angst als vor Wollust.

Er warf sie aufs Bett, er warf sich über sie, in wenigen Minuten war alles vorbei.

Er keuchte, küßte sie mit feuchten Lippen mitten ins Gesicht, wälzte sich zur Seite.

Victoria lag wie erstarrt. Das also war es! Das war ja schrecklich. Das würde sie nie wieder tun.

Als er sich beruhigt hatte, streichelte er sie, flüsterte in einer fremden Sprache wilde Worte in ihr Ohr.

Ganz plötzlich kam ihr zu Bewußtsein, daß er ein Ausländer war. Sie hatte es in letzter Zeit manchmal vergessen, so gut war sein Deutsch nun, so vertraut waren sie durch die gemeinsame Arbeit, auch durch die gemeinsame Sprache der Musik geworden. Abrupt schob sie sich aus dem zerwühlten Bett.

»Ich muß weg.«

Er setzte sich auf. »Du bist enttäuscht?«

»Aber nein.« Sie versuchte, ihre Fassung wiederzugewinnen, lächelte flüchtig auf ihn herab. Auf dem Bettlaken waren Blutflecken. Angeekelt wandte sie den Kopf ab und griff nach ihren Sachen.

Er sah schuldbewußt aus, saß nun auf dem Bettrand, ganz nackt und so mager und seltsam, sie mochte ihn nicht ansehen.

»Entschuldige. Ich war zu heftig. Ich habe nicht daran gedacht . . . « Sie fingerte am Verschluß des Büstenhalters.

»Daß ich Jungfrau bin? Tut mir leid. Jetzt bin ich es nicht mehr.« Plötzlich lachte sie. »Muß ja wohl auch mal sein. Aber ich muß jetzt wirklich gehen.«

»Warte, ich zeige dir das Badezimmer.«

»Na schön.«

In einem alten Bademantel von ihm ging sie über den Gang, ganz ungeniert, ob jemand sie sah oder nicht.

Wenn sie nur schon aus dieser Wohnung und aus diesem Haus draußen wäre.

Sie betrachtete ihr Gesicht im Spiegel über dem Waschbecken. ›Man nennt mich Mimi. Einst hieß ich Lucia . . .‹

So schön hatte sie gesungen heute, der Klang saß noch in ihrer Kehle, strömte noch in ihr. Liebe war also nur gesungen schön. Das war es. Dafür konnte man leben.

Liebe!

Das war zum Lachen. Mit Liebe hatte das nichts zu tun.

Dieser fremde Mensch da drin im Bett – der ging sie gar nichts an. Sie liebte den Mann, der am Flügel saß, wenn sie sang.

Nicht den Mann im Bett.

Und nun noch der erschreckende Gedanke: O Gott, ich werde doch kein Kind bekommen!

Er hatte sich angezogen, als sie zurückkam.

»Ich bringe dich nach Hause.«

»Nicht nötig.« Es klang hochmütig.

Wut blitzte aus seinen Augen.

»Selbstverständlich bringe ich dich nach Hause.«

»Bitte sehr.«

Sie saßen schweigend nebeneinander in der U-Bahn. Schweigend gingen sie das Stück zu ihrer Wohnung.

»Victoria . . .«, begann er vor der Haustür.

»Gute Nacht«, sagte sie freundlich. »Bis morgen. Schlaf gut.«

Die Tür klappte hinter ihr zu. Prisko stand verdattert davor. So etwas war ihm noch nicht passiert.

Nina war auch gerade erst nach Hause gekommen, es war ein Uhr.

»Du kommst aber spät. Hat es heute so lange gedauert?«

»O Nina!« Victoria warf stürmisch beide Arme um Ninas Hals. »Ich war fabelhaft. Einfach fabelhaft. So schade, daß du nicht da warst. Meine Arie! Das Duett! Dieser Siegfried ist ja ein Doofkopp, aber er singt nicht schlecht. Das Duett war gekonnt. Und mein a am Schluß, ganz rein, ganz klar. Durchgehalten bis zum geht nicht mehr. O Nina!«

Das, was sie in der letzten Stunde erlebt hatte, war vergessen. War total unwichtig.

Nina lächelte, strich ihr das Haar aus der Stirn.

»Dein Haar ist ganz verwirrt.«

»Ja? Na, heute drehe ich es mir nicht mehr ein, ich bin zu müde. Und weißt du, weißt du, was ich als nächstes mache?«

»Na?«

»Die Pamina. Das ist das Schwerste, was ich bisher überhaupt gesungen habe. Marietta hat es am Schluß gesagt, als wir gingen, da hat sie gesagt, Kindchen, jetzt kommt die Pamina dran. Was sagst du dazu?«

»Fabelhaft. Und nun geh schlafen.«

Und dann ihre Stimme, rein, süß – ›Wenn ich mit euch nun ginge.‹

Und, in Ermangelung des Partners, sang sie Rudolfs Partie mit, ›Es wär doch schön zu weilen hier, draußen weht der Nachtwind.‹ ›Will euch ja nicht

lassen – wenn wir zurück sind‹ und so den ganzen Aktschluß, bis ›Liebst du mich wirklich?‹ – ›Ich liebe dich, ich lieb nur dich allein.‹
Rein und fest gehalten das Aktschluß-a der Mimi.
Nina lauschte entzückt.
»Wunderschön, mein Herz.«
»Und wie war's bei dir?«
»Auch gut. Ich habe das neue Buch fertig im Kopf. Und diesmal wird es etwas Originelles. Mein Herr Verleger ist ganz begeistert.«
»Wir werden beide berihmt, berihmt, berihmt«, sang Victoria, umfaßte Nina und tanzte mit ihr durchs Zimmer.
Dann blieb sie stehen, ihre Augen strahlten, wie nur Victorias Augen strahlen konnten, und sie rief: »Ist das Leben nicht herrlich?«
An Prisko Banovace dachte sie dabei allerdings nicht.
»Ja, Vicky«, sagte Nina. »Manchmal.«
Und als Victoria aus dem Zimmer getanzt war, sagte Nina leise: »Ich hoffe, es wird immer herrlich sein, für dich.«
Das Jahr 1935 zeigte Deutschland, zeigte der Welt, wie fest Hitler mittlerweile im Sattel saß. Gleich der Januar brachte einen rauschenden Erfolg; bei der Abstimmung im Saargebiet stimmte eine überwältigende Mehrheit für Deutschland, und diesmal konnte keiner sagen, die Nazis hätten die Wahl manipuliert, eine internationale Wahlkommission hatte die Aufsicht geführt.
Der Jubel der Partei war gewaltig, das Volk jubelte mit: Die Saar ist wieder deutsch.
Nun ging es Schlag auf Schlag. Im März verkündete Hitler die Wiedereinführung der Wehrpflicht, und von Göring erfuhr man, daß sich eine deutsche Luftwaffe im Aufbau befand. Noch im gleichen Monat verlangte Hitler eine Flotte für Deutschland; er gab sich bescheiden, er würde mit 35 Prozent der englischen Flottenstärke zufrieden sein, und im Juni bereits wurde in London das Flottenabkommen unterzeichnet.
Genaugenommen hatte das Ausland damit die deutsche Wiederaufrüstung genehmigt.
Ebenfalls im Juni wurde die Arbeitsdienstpflicht eingeführt, damit waren die letzten Arbeitslosen von der Straße verschwunden. Die Arbeitslosigkeit war vorher schon stark zurückgegangen, statt sechs Millionen im Jahr 1932 waren es nur mehr zwei Millionen Arbeitslose, und diese verschwanden jetzt auch – es wurde aufgerüstet, Straßen wurden gebaut, das erste Teilstück der Autobahn war bereits dem Verkehr übergeben worden. Schlecht sah es allerdings um den Export aus, das Ausland kaufte zögernd und ungern deutsche Produkte, zumal Deutschland selbst kaum importierte, da es an Devisen fehlte. Für private Auslandsreisen, für Ferienreisen standen Devisen nicht zur Verfügung. Zehn Reichsmark wurden umgetauscht, wenn man die Grenze überschreiten wollte, das reichte für einen Tagesausflug. Wer jedoch Freunde, Bekannte oder Verwandte im Ausland hatte, die ihn einluden, konnte reisen, sooft er wollte und bleiben, solange er konnte.
Im Lande selbst sah es äußerlich recht erfreulich aus, die Menschen waren zufrieden. Es ging ihnen weitaus besser als noch vor wenigen Jahren und daß sie das dem Führer verdankten, bekamen sie oft genug zu hören. Die meisten glaubten es gern. Laut zu kritisieren wagte keiner mehr.
Eine Vorahnung kommenden Unheils jedoch ging durch die Welt, als wäh-

rend des Nürnberger Parteitages im Herbst die sogenannten Nürnberger Gesetze verkündet wurden, die die Juden praktisch rechtlos machten.

Eine neue Welle der Emigration setzte ein, doch noch immer schwieg die Welt, griff nicht ein.

Mussolini hatte staunend Hitlers rapiden Aufstieg mitangesehen, nun wollte auch er beweisen, daß er ein Mann der Tat war. Im Oktober überfiel er ohne Kriegserklärung Abessinien, ein Überraschungsangriff, ein Kampf mit ungleichen Waffen, denn Italien war modern gerüstet, der afrikanische Staat dagegen hatte weder Waffen noch ausgebildete Soldaten. Der Duce erfocht einen Sieg nach dem anderen, im Frühjahr 1936 war der Krieg zu Ende, der Negus ging außer Landes, Abessinien wurde italienische Kolonie. Daran hatten auch die wirtschaftlichen Sanktionen gegen Italien, an denen sich dreiundvierzig Staaten beteiligten, nichts ändern können.

Deutschland hatte sich an den Sanktionen nicht beteiligt, das knüpfte nun endlich das Freundschaftsband zwischen den beiden Ländern, die Achse Rom-Berlin war geboren.

Hitler ergriff die Chance, als sich die Augen der Welt auf Italien statt auf Deutschland richteten, einen neuen Coup zu landen. Überraschend marschierten im März 1936 deutsche Truppen im Rheinland ein, das bis dahin nach dem Versailler Vertrag eine entmilitarisierte Zone gewesen war.

Die Welt schrie auf und – tat nichts.

Alles in allem genommen waren die Bestimmungen des Versailler Vertrages damit fast bedeutungslos geworden. Schon sprach man davon, daß der polnische Korridor zwischen Pommern und Ostpreußen wohl nicht mehr lange erhalten werden könne, auch daß man Deutschland die verlorengegangenen Kolonien zurückgeben müsse.

Da flammte ein Brand in einem anderen Teil Europas auf, in Spanien brach der Bürgerkrieg aus.

Rechts gegen links, Kommunismus gegen Faschismus, immer noch und immer wieder, die beherrschenden Ideologien dieser sogenannten modernen Zeit standen sich erbittert gegenüber, der Religionskrieg des zwanzigsten Jahrhunderts vernichtete wieder einmal erbarmungslos Gesundheit, Wohlstand und das Leben der Menschen, zu deren Glück die Heilsbringer angeblich angetreten waren.

Es war von vornherein klar, welche Staaten auf welcher Seite in diesen Krieg eingreifen würden.

Die Sowjetunion für die Kommunisten, Deutschland und Italien für die Faschisten. Die Legion Condor, gebildet aus Angehörigen des bisher bestausgebildeten Teils der neuen deutschen Luftwaffe, würde schließlich entscheidenden Anteil am Sieg Francos haben.

Aber dieses Geschehen, das doch alle Aufmerksamkeit verdient hätte, trat für viele Menschen in Deutschland und in der ganzen Welt in den Hintergrund, denn ein großes Fest stand vor der Tür: Die Welt kam zu den Olympischen Spielen nach Berlin.

Und die Nazis hatten damit Gelegenheit, zu zeigen, wie hervorragend sie es verstanden, solch ein Fest zu organisieren. Berlin erstrahlte in Flaggenschmuck und Blumenpracht, die neu erbauten Olympiastätten waren gigantisch, die Organisation der Spiele vollkommen. Die Welt bestaunte die Deutschen, die Welt bewunderte diesen Hitler, und dann sammelten diese

Deutschen noch mit größter Selbstverständlichkeit die meisten Medaillen ein; dieses besiegte, geknechtete, verelendete Volk war auf einmal jung, stark, unbesiegbar. Die USA, die große Sportnation, erreichte nur den zweiten Platz in der Nationenwertung.

Die Juden? Die Wiederaufrüstung? Die Wehrpflicht? Und nun noch ein Krieg in Spanien?

Man wollte es nicht sehen, wollte es nicht wahrhaben, nichts sollte den Frieden stören, den Frieden um jeden Preis. Denn in einem Punkt war die Welt sich einig: nie wieder Krieg.

Und war sich darin mit Hitler einig, denn er verkündete das ja ununterbrochen, in jeder Rede, in jedem Schriftstück: Krieg will ich nicht.

Nur Gerechtigkeit für Deutschland. Die faire Chance, aufzubauen, wirtschaftlich gesund zu werden, internationales Ansehen zu erringen. Die Welt war auf einmal bereit, diese Wünsche anzuerkennen.

Es war wohl der Preis, den man bezahlen mußte für den Frieden um jeden Preis.

Frieden um jeden Preis – das gibt es nicht. Eines Tages würde die Welt erkennen, daß der Preis zu hoch gewesen war. Daß sie bezahlt hatten für etwas, das sie nicht bekamen. Doch dann würde es zu spät sein.

Hitler verlängerte die Wehrpflicht auf zwei Jahre, verkündete den zweiten Vierjahresplan, der erste war vorzeitig und erfolgreich abgeschlossen worden.

An die Erfolge Hitlers, an die Leistungen des Regimes hatten sich die Deutschen inzwischen gewöhnt. Wer wollte es noch wagen, wer konnte es noch wagen, an dem einmaligen Genie des Führers zu zweifeln?

Wieviel Prozent waren es jetzt noch, die sich noch immer nicht mit ihm abfinden konnten? Dreißig Prozent? Zwanzig? Zehn?

Wieviel auch immer es waren, es war die schweigende Minderheit.

Die Mehrheit war laut, zufrieden und fand an diesem Dasein im Dritten Reich nichts oder nicht viel auszusetzen.

»Siehst du«, sagte Trudel, »wie alles gut geworden ist. Habe ich es dir nicht gleich gesagt? Ich wage gar nicht daran zu denken, was aus uns ohne den Führer geworden wäre.«

Sie war in Berlin, um Nina beim Umzug zu helfen. Es war im Frühjahr des Jahres 1936. Nina bezog eine prachtvolle Fünfzimmerwohnung am Victoria-Luise-Platz, große helle Räume, durch Schiebetüren verbunden, Stuckdecken, schönster Jugendstil.

»Meine Güte«, hatte Trudel gesagt, als sie die leeren Räume das erstemal besichtigte, »was willst du denn da eigentlich reinstellen?«

»Muß ja nicht alles vollstehen«, meinte Nina leichtherzig. »Ist doch schön, wenn man Platz um sich hat.«

»Schade, daß wir unser schönes Buffet nicht mehr haben«, bedauerte Trudel. »Kannst du dich noch an unser riesiges Buffet erinnern?«

»Ich kann«, sagte Nina und schüttelte sich, »das wäre das letzte, was ich hier sehen möchte.«

Sie kaufte mit Bedacht einige Möbel, gute, ausgesuchte Stücke, es war gar nicht mal teuer, so viele jüdische Wohnungen wurden aufgelöst. Bei Händlern, aber auch aus privater Hand kam man billig an die Sachen. Sie kaufte

565

eine breite Couch, lachsfarben, und einen dazu passenden Teppich mit grauer Kante.

Sogar Trudel gefiel das.

»Sieht vornehm aus.«

Die wichtigste Anschaffung war ein Flügel für Vicky. Endlich kam das alte Klavier aus dem Haus.

Nina hatte jetzt ein richtiges Arbeitszimmer mit einem großen Schreibtisch, bisher hatte sie ihre Manuskripte am Wohnzimmertisch geschrieben.

»Na ja, du bist ja jetzt direkt 'ne berühmte Frau«, sagte Trudel nicht ohne Stolz. »Fritz findet dein Buch wunderbar. Er hat's schon dreimal gelesen.«

»Vielen Dank.«

»Aber du wirst zugeben, wenn Hitler nicht gekommen wäre, hättest du das nicht erreicht.«

»So ein Blödsinn«, erwiderte Nina gereizt. »Was hat denn meine Arbeit mit dem zu tun?«

»Früher haben nur die Juden Bücher geschrieben. Und Filme haben nur die Juden gemacht. Da wärst du gar nicht rangekommen.«

Nina schwieg. Es war sinnlos, mit Trudel zu diskutieren, ihr Glaube an Adolf Hitler war unerschütterlich.

Einen echten Erfolg hatte Nina mit dem Buch gehabt, das im Herbst 1935 erschienen war. Erst ein Abdruck in einer Tageszeitung, dann ein Filmvertrag, dann das Buch im Ullstein-Verlag.

Es gab zwar die Brüder Ullstein nicht mehr, aber der Verlag existierte noch. Der Name war ein weltweit bekanntes Markenzeichen, auf das die Nazis noch nicht verzichten wollten. Erst im Jahr 1937 sollte der Ullstein-Verlag in Deutscher Verlag umbenannt werden.

Das Buch hieß ›Sieben Tage hat die Woche‹, und es war ihr wirklich gut gelungen.

Wie der Titel verhieß, spielte es im Ablauf einer Woche, von Montag bis Sonntag. Es geschah nichts Aufregendes, aber der Alltag einer Familie wurde in einer Weise geschildert, die deutlich machte, daß es oft gerade die kleinen Ereignisse sind, die den einzelnen prägen und sein Leben nachhaltig beeinflussen.

Hauptpersonen waren ein Ehepaar, deren fast erwachsene Tochter, ein Sohn im Flegelalter und die jüngste Tochter, eine Zwölfjährige. Drumherum gruppiert Bekannte und Verwandte, Freundschaften, Begegnungen mit Fremden, alte und neue Sorgen und Freuden.

Nina war es gelungen vor allem zwei Dinge in den Roman hineinzubringen: Herz und Humor.

Die Leser schmunzelten, sie waren gerührt, ähnliches hatte fast jeder schon erlebt. Ganz besonders gut getroffen war die Zwölfjährige, eine helle Göre, die auf berlinisch-schnoddrige Art das Geschehen kommentierte.

Die Leute lasen jeden Morgen als erstes die Romanfortsetzung, die Zeitung bekam Briefe aus allen Bevölkerungsschichten und keiner, nicht einer darunter, war negativ. Das Buch später ging weg wie warme Semmeln. So nannte es Ninas Verleger. Bei alledem hatte Nina das Zeitgeschehen, die Naziumwelt, ganz aus der Geschichte ausgeklammert. Diese Geschichte konnte überall auf der Welt, in jeder Gesellschaft, in jedem Volk spielen, nur spielte dennoch die Stadt Berlin eine beherrschende Rolle, und so gesehen konnte der Roman eben doch nirgends anders angesiedelt sein als gerade in Berlin.

Die einzige kleine Nazianspielung, die darin enthalten war, bestand darin, daß der Vierzehnjährige, der natürlich bei der Hitlerjugend war, immer unpünktlich zum Dienst erschien. Deshalb tauchte eines Tages der jugendliche Führer, stramm und zackig, in voller Uniform im Hause auf und machte den Eltern Vorhaltungen über die Disziplinlosigkeit des Filius.

»Wie nennt sich denn so ein führender Knabe bei der Hitlerjugend?« hatte Nina ihren Sohn gefragt, und der empfahl: »Da nimmst du am besten einen Fähnleinführer«, denn das war Benno inzwischen. Unpünktlichkeit und Säumnis im Dienst waren nach wie vor Stephans Spezialität, Nina hatte in diesem Fall nicht einmal ihre Fantasie zu bemühen brauchen.

Der Fähnleinführer kommt also und macht seinem Unmut Luft.

»Das ist ja unerhört«, spricht darauf der Vater des Jungen. »Versteh ich gar nicht, woher der Junge die Unpünktlichkeit hat. Hier bei uns herrscht Ordnung. Pünktlichkeit ist die Höflichkeit der Könige, so sagt man ja wohl. Einen König haben wir ja nicht mehr, aber pünktlich sind wir trotzdem.«

Die ganze Familie grinst dazu, denn der Witz an der Szene bestand darin, daß gerade der Herr des Hauses an notorischer Unpünktlichkeit litt, was die Familie ständig in Atem hielt.

Mit diesem Buch hatte Nina das geschafft, was ihr Verleger einen ›Durchbruch‹ nannte. Von nun an war alles begehrt, was sie schrieb.

Und sie hatte begriffen worin ihr Talent bestand.

Nicht Blut und Boden, nicht Marschmusik und Heroismus, nicht Liebesleid und Todeslust, nein, der Alltag, das Menschliche, das Lächeln über beides und eine gewisse Leichtigkeit in den Beziehungen der Menschen untereinander, das war es, was die Menschen gern lasen. Immer schon, und in dieser Zeit erst recht.

Eine große Dichterin würde sie nie werden. Aber sie hatte die Gabe, den Leser zu unterhalten, und das war, bei Licht besehen, eine Gabe, die man nicht hoch genug bewerten konnte.

Dies, unter anderem, sagte ihr Verleger.

»Liebe Nina«, sagte er, »kommen Sie nie auf die Idee, die Menschheit neu zu erfinden. Das ist in der Wirklichkeit und auch in der Literatur nicht möglich. Den Menschen Freude zu machen, sie zu unterhalten, sie abzulenken vom grauen Alltag, ihnen dabei ruhig einen Spiegel vorzuhalten, in dem sie sich erkennen, das ist eine verdienstvolle Aufgabe.«

Niemand auf der Welt konnte überraschter sein über Ninas Erfolg als Nina selbst. Dieses schwere, mühselige Leben, das hinter ihr lag, dieser oft hoffnungslose Kampf, mit dem sie sich durch die Jahre gerungen hatte, die Demütigungen, die sie hatte einstecken müssen, die Enttäuschungen, die zu ihrem täglichen Leben gehört hatten – und nun dies.

Frau Jonkalla hier, Frau Jonkalla dort – was schreiben Sie? Was stellen Sie sich als nächstes vor? Was dürfen wir für Sie tun? Wie hoch soll der Vorschuß sein? Konnte so etwas möglich sein? War es nicht nur ein Traum, aus dem sie morgen erwachen würde?

Sie schrieb ein Drehbuch für die UFA, sie brauchte dazu Peters Vermittlung nicht mehr. Und sie war ganz besonders stolz, als ›Die Dame‹ zwei Gedichte von ihr abdruckte.

Sie hatte auf einmal Geld. Sie konnte sich Wünsche erfüllen, in einen Laden gehen und kaufen, was ihr Freude machte. Sie war frei.
Frei nun auch von der Vergangenheit. Frei endlich auch von Nicolas. Sie war nicht mehr sein Geschöpf, sie war ein eigener Mensch geworden.

Nina
Reminiszenzen

Manchmal denke ich, ich wache auf, und alles ist vorbei. Vorgestern, als wir dieses Essen bei Habel hatten, war mir plötzlich so, als säße ich nicht mehr auf meinem Stuhl, als schwebe ich davon, als löse sich alles in Nebel auf. Die Gesichter um mich herum waren Fratzen, ihre Stimmen klangen wie das Gekreisch von Unglücksraben.

Vielleicht kann ein Mensch, der all das erlebt hat, was ich erlebt habe, nie mehr unbeschwert glücklich sein. Vielleicht, weil er um die Fragwürdigkeit der großen wichtigen Dinge weiß, Liebe, Erfolg, Glück, Gesundheit; weil er es weiß, wie schnell das alles vergeht, kann er ihnen nicht trauen. Kann sich selbst nicht trauen.

Das merkt man mir nicht an. Sie decken mich mit Komplimenten ein, und ich finde selbst, daß ich gut aussehe, besser denn je.

Ich leiste mir jede Woche den Friseur, kosmetische Pflege, kaufe mir schicke Kleider. Sie küssen mir die Hand, und hin und wieder ist einer dabei, der ganz gern in nähere Beziehung zu mir treten würde. Kein Mann mehr in meinem Leben seit Peter, und mit Peter habe ich lange nicht mehr geschlafen. Ich kann es immer noch nicht, wenn ich nicht so etwas wie Liebe dabei empfinde.

Irgend so ein Heini von der Reichsschrifttumskammer war auch dabei, vorgestern, und er salbaderte einen endlosen Unsinn, wie wichtig es sei, dem Volk Freude und Entspannung zu schenken in dieser großen und bewegten Zeit, in der wir leben, die den Menschen soviel Kraft und Mut abverlangt.

Und ich hätte das Talent, den Menschen mit meiner Feder Kraft durch Freude zu schenken.

So sagte er es wörtlich, und ich mußte mich zusammennehmen, um nicht laut herauszulachen.

Natürlich ist das ein gelungener Ausdruck: Kraft durch Freude.

Woher soll ein Mensch denn Kraft nehmen, wenn nicht aus der Freude. Sie sind ja überhaupt außerordentlich gewandt im Erfinden solcher Formulierungen, das muß man ihnen lassen.

Daß ich sie nicht leiden kann, ist ein Manko meinerseits. Richtig erklären kann ich es immer noch nicht. Sie haben mir nichts getan, es geht mir gut unter ihrem Regime. So gut wie nie zuvor, da hat Trudel schon recht.

Warum kann ich ihnen nicht trauen?

Weil die Dummen ihnen trauen? Gott soll mich schützen, ich will nicht von mir behaupten, ich sei klug. Ich bin nie sehr klug gewesen. Vielleicht habe ich nur so ein Gefühl. Und es sagt mir, daß ich auf dünnem Eis tanze. Ich habe das Gefühl, um mich herum steigt die Flut und wird mich eines Tages hinwegspülen.

Vielleicht habe ich zu viele Menschen gekannt, denen es so ergangen ist – mein Vater, meine Mutter. Nicolas, Alice, Kurtel, Erni. Wer noch? Felix, der auch.

Und was ist mit Peter? Ich sehe ihn noch vor mir stehen auf den Stufen des Salzburger Doms, die Arme ausgebreitet: »Hier möchte ich einmal spielen.«

Es geht ihm gut, er ist ein vielbeschäftigter Filmstar, aber er kommt mir nervös und unstet vor. Den Hamlet hat er immer noch nicht gespielt, und er wird ihn niemals spielen. Er hat geheiratet und will sich schon wieder scheiden lassen, und neulich sagte er zu mir: »Mich kotzt das alles an.«

Warum sagt er das? Er hat Erfolg und Geld, er kann Frauen haben, soviel er will, warum ist er nicht glücklich? Ich weiß warum, er ist nur scheinbar ein oberflächlicher Mensch, er hat Ideale, hatte bestimmte Vorstellungen von seinem Beruf, und nun spielt er diese albernen Filmrollen, Flirt, ein paar Schwierigkeiten, Kuß in Großaufnahme, aus. Neuerdings haben sie ihn als Offizier entdeckt, er sieht so gut aus in Uniform, und darum verkaufen sie ihn dann in irgend so einem verlogenen Heldenepos aus dem Weltkrieg.

»Und kannst du dir vorstellen, was als nächstes kommt? Ich mime einen Helden beim Alten Fritz, der ist jetzt groß in Mode.«

»Mach's doch nicht, wenn es dir nicht paßt.«

»Richtig. Bloß wer bezahlt meine Rechnungen und meine Schulden?«

Bärchen hingegen, wider alle Grundsätze, findet ihn in diesen Rollen wunderbar.

»Hamsen jesehn, unsern Peter, als Hauptmann hoch zu Roß? War er doch wieder zum Valiebn, nich?«

Es geht zweifellos eine gewisse Verführung aus von diesen Filmen, wenn sogar so ein überzeugtes Kommunistenweib wie Bärchen sich davon beeindrucken läßt.

Marleen, meine verwöhnte Schwester, ist ebenfalls unstet und nervös. Ich sehe sie selten, und wenn, kann ich kaum vernünftig mit ihr reden. Sie hat sich so etwas Klirrendes angewöhnt, es ist wie ein Gitter um sie, das man nicht durchbrechen kann. Es gibt einen neuen Mann, soviel ich weiß, aber von dem spricht sie nicht, ganz gegen ihre sonstige Gewohnheit. Ihr Verhältnis zu Max muß denkbar schlecht sein. Neulich sagte sie zu mir: »Ich sehe ihn ja kaum.«

»Arbeitet er denn noch so viel?« fragte ich.

»Was soll er denn arbeiten? Die meisten Beteiligungen und was da alles so ist, betreiben Kohn und Wolfstein von Amerika aus. Was hier an Anteilen noch war, mußten sie ja fast alles hergeben, die Firmen sind arisiert, da hat Max nichts mehr drin verloren. Das Bürohaus am Jerusalemer Platz ist auch verkauft. Neuerdings hängt er meist in einer von diesen Textilfirmen in der Kronenstraße herum, das gehört ihm wohl noch mehr oder weniger. Damit hat sein Vater angefangen. Max hat sich früher nie darum gekümmert.«

»Will er nicht auch nach Amerika gehen?«

»Max nicht. Er verläßt Berlin nicht, sagt er. Er sei zu alt, um noch einmal von vorn anzufangen. Für ihn reicht es, und da wird er eben für den Rest seines Lebens bescheiden leben.«

Sie lachte dann auf diese seltsam klirrende Art und sagte noch: »Bescheiden gelebt hat er schließlich immer. Er hat von seinem Reichtum nie Gebrauch gemacht.«

»Aber du wirst ja kaum einverstanden damit sein, bescheiden zu leben.«

»Für mich ist immer noch genug da.«

Sie hat das Pferd verkauft, weil man es nicht mehr so gern sieht, daß Juden in den Reitställen sind. Marleen ist keine Jüdin, aber sie hat viele jüdische Freunde, und da die verschwunden sind, hat sie auch aufgehört. Sehr viel hat ihr das Reiten nie bedeutet.

Manchmal frage ich mich, wie es wohl unserer Schwester Hedwig gehen mag. Sicher ganz gut, sie ist in den Vereinigten Staaten, ihr Mann, ein Professor der Chemie, auch Jude, unterrichtet dort an einer Universität. Hede wird gar nicht wissen, wie es bei uns ist. Es ist ihr sicher auch gleichgültig, sie hat nie nach uns gefragt.

Glücklich ist Trudel. Sie verdient es. Sie soll glücklich sein, auch wenn es nur das Glücklichsein der Einfalt ist.

Meinen Bruder Willy habe ich wiedergesehen. Er kam zu den Olympischen Spielen nach Berlin, zusammen mit seiner Frau und drei Kindern; das vierte ist zu klein und war nicht dabei. Sie waren bei mir zum Abendessen, Trudel und Fritz aus Neuruppin waren gekommen, natürlich hatte ich Marleen verständigt, sie sagte nur: »Bitte verschone mich.«

Aber Stephan war da, er hatte extra Urlaub vom Arbeitsdienst bekommen, und Vicky natürlich auch, es war ein richtiger Familienabend. Nur ich saß dabei, als ginge mich das alles nichts an.

Willy ist groß und breit, laut und fröhlich, ein gutaussehender deutscher Mann wie aus dem Bilderbuch und, wie ich schon vermutet hatte, ein echter Nationalsozialist. Ist komisch, aber ich kann inzwischen vom Wesen her, vom Charakter aus beurteilen, ob einer dazugehört oder nicht. Kreisleiter ist er da bei uns zu Hause, was immer das ist. Alter Kämpfer, wie er stolz betonte.

Vor mir hat er jetzt eine Menge Hochachtung. Schriftstellerin! Na so was! Wie machst du das bloß!

Einmal, ob es meinem Verleger gefällt oder nicht, werde ich die Geschichte meiner Kindheit aufschreiben, sowie ich sie sehe. Trudel bleibt dabei, daß wir eine schöne Kindheit gehabt haben. Kann ich etwas anderes sagen?

Meine verhärmte, kranke Mutter, mein unbefriedigter, kranker Vater, die Furcht, in der wir Kinder vor ihm lebten.

Kraft durch Freude – wie wenig Freude hatten wir. Woher haben wir die Kraft genommen, das Leben zu bestehen? Wie elend, wie mühsam ist das Leben der Menschen. Und wie unwichtig. Woran erfreuen sie sich denn? Sie kratzen sich das bißchen Freude zusammen, wo sie es finden können, eine neue Wohnung, neue Möbel, ein neues Kleid, eine Urlaubsreise, ach, und nicht zu vergessen, unser wunderbarer Führer.

Worüber sollte man sich denn freuen, wenn nicht über dieses Ungeheuer.

Woraus besteht das Leben denn? Aus Tagen. Aus Nächten. Tage und Nächte, immer so weiter, immer so weiter. Ein Tag beginnt und er endet

und damit läuft das Leben davon, schneller und schneller, und man läuft hinterher und meint, man müsse etwas davon haben. Was denn eigentlich?
Erfolg. Geld. Liebe.
Es ist alles unwichtig.
Nein, es ist nicht unwichtig. Geld, Erfolg und Liebe – wenn man schon leben muß, muß man es haben. Wenigstens eins davon.
Keiner kann alles haben.
Ich wünschte mir, ich wäre nie geboren. Und was für eine Schuld habe ich auf mich geladen, daß ich Kinder zur Welt gebracht habe ...

Noch ein überraschendes Wiedersehen brachten die Olympischen Spiele für Nina: Felix Bodman kam seit seiner Emigration zum erstenmal wieder nach Berlin.

Allerdings war Emigration der falsche Ausdruck, davon sprach man 1929 noch nicht, auch eine Auswanderung konnte man es nicht nennen, Felix war ganz schlicht und einfach in die Vereinigten Staaten übergesiedelt, als sein Theater pleite ging, weil seine Frau ihm kein Geld mehr dafür gab. Aber sie hatte Geld, sie war Amerikanerin, sie wünschte, daß er fortan mit ihr in Florida lebte.

Er hatte Berlin schweren Herzens verlassen, er war todunglücklich gewesen, daß er das Theater hatte schließen müssen, und er trennte sich schwer von Nina, die er liebte.

Nina hingegen fiel der Abschied leicht, denn sie hatte Felix betrogen und verlassen, als sie sich in Peter Thiede verliebte.

Damals, im Jahr 1925, als Nina den gewaltigen Entschluß faßte, mit den Kindern und mit Trudel nach Berlin zu gehen, war es eine Reise ins Ungewisse gewesen. Es war eine Verzweiflungstat, ein Sprung in ein unbekanntes Wasser. Verantwortungslos nannte es Trudel.

»Wenn du allein wärst«, hatte sie gesagt, »dann könntest du ja machen, was du willst. Aber denkst du denn nicht an die Kinder?«

»Doch, gerade«, war Ninas bockige Erwiderung. »Wir haben hier nichts und wir haben dort nichts. Aber wenn es irgendwo Möglichkeiten auf der Welt gibt, dann gibt es sie in Berlin.«

»Das mußt du mir mal erklären, mußt du!«

»Das kann ich nicht erklären. Das ist so.«

Erstaunlicherweise fand sie dann in Berlin sehr schnell Arbeit, als Garderobenfrau in einer Bar am Kurfürstendamm. Trudel war entsetzt, sogar Marleen zeigte sich schockiert.

»Also weißt du, alles was recht ist. Ich bin ein vorurteilsloser Mensch, aber das geht zu weit. Max wird dir schon irgendeine Stellung besorgen. Zunächst kannst du meine Hilfe ruhig annehmen.«

Marleens Hilfe war sowieso vonnöten, bei der Beschaffung der Wohnung, bei den Umzugskosten, in der ersten Zeit der Ungewißheit.

Aber Nina hatte das Gefühl, daß für ihr Selbstgefühl nichts wichtiger sei, als eine Tätigkeit und ein eigener Verdienst, und sei er noch so bescheiden. Sie studierte täglich die Stellenanzeigen in den Zeitungen, schrieb oder rannte sofort hin und bewarb sich, aber wie schon in Breslau zeigte sich, daß niemand sie brauchte. Sie konnte nichts. Sie hatte nichts gelernt.

Eine Anzeige lautete: Freundliche junge Frau mit gutem Leumund für Abendtätigkeit gesucht.

Sie erging sich in wilden Vermutungen, was damit gemeint sein konnte, als sie sich auf den Weg machte, um sich vorzustellen. Von ihren Besuchen in Berlin her wußte sie immerhin, was es möglicherweise an abendlichen Tätigkeiten für eine freundliche junge Frau geben könnte, Bardame, Tischdame in einem Nachtlokal, Animiermädchen und Schlimmeres.

Es handelte sich tatsächlich um eine Bar, aber kein Wüstling betrachtete ihren Busen und ihre Beine, sondern eine energisch wirkende Dame mittleren Alters erwartete sie dort.

Lotte Wirtz war durchaus eine Dame; sie führte mit ihrem Mann diese gepflegte Bar am Kurfürstendamm, die von gutem Publikum frequentiert wurde, worauf Lotte Wert legte.

Zwielichtige Vögel, Gesindel, wie sie es nannte, kamen bei ihr gar nicht über die Schwelle. Sie war früher Schauspielerin gewesen, hatte den Beruf aufgegeben, als sie merkte, daß sie darin nicht erfolgreich sein würde.

Sie sah sich Nina an, ließ sich berichten, sagte dann: »Es ist vielleicht nicht das richtige für Sie, aber Sie gefallen mir, und wenn Sie glauben, dem Nachtbetrieb gewachsen zu sein, versuchen wir es mal. Ich brauche an der Garderobe jemanden, der ehrlich ist, nicht klaut und nicht mit den Gästen im Bett verschwindet.«

Nina fand ihre Tätigkeit zwar abenteuerlich, doch ganz unterhaltsam. Die Bezahlung war ganz gut, die Trinkgelder besser.

Es war die Zeit des wirtschaftlichen Aufschwungs nach der Inflation; die Leute hatten Geld, wollten ausgehen, das Leben genießen. Berlin war eine vergnügungssüchtige Stadt zu jener Zeit.

Nina fand, brav und bieder habe sie lange genug gelebt.

Das war das neue Leben, das sie suchte. Das war Berlin.

Sie nahm Mäntel, Pelze, Capes, Frackumhänge, Hüte in Empfang, lächelte freundlich, bürstete Revers ab, half mit einer Sicherheitsnadel, nähte Knöpfe an und mußte sich auch manche traurige Lebensgeschichte anhören.

Unverschämt kam ihr keiner. Die Männer, die einen Flirt versuchten, waren leicht im Zaum zu halten. Denn alles in allem wirkte Nina doch recht harmlos und provinziell. Und gleichzeitig wie ein staunendes Kind, das erstmals eine ganz fremde Welt erlebte.

Vielleicht war es das, was Felix Bodman anzog. Er kam oft, zwei- oder dreimal in der Woche, er ging nach der Vorstellung nie nach Hause, er ging in die Kneipe zu Ossi in der Uhlandstraße, oder er kam in diese Bar. Meist war er allein, manchmal in Begleitung von Kollegen. Lotte kannte er von einer gemeinsamen Spielzeit her, als sie beide, er jung, sie jung, zusammen Romeo und Julia gespielt hatten.

Bei Nina, an die Garderobentheke gelehnt, unterhielten sie sich einmal darüber. Es war spät in der Nacht oder besser gesagt früh am Morgen, Nina war müde, Lotte wohl auch, aber Felix, leicht beschickert, hatte keine Lust nach Hause zu gehen.

»Romeo und Julia, soll man es für möglich halten! Mensch, Lotte, bist du sicher, daß du das warst?«

»Absolut.«
»Ich nicht. Zu denken, daß ich den Romeo gespielt habe, und mit welcher Begeisterung. Und wie ich heute aussehe!«
»Du warst ein guter Romeo, Felix.«
»Na ja, sicher. Ich war überhaupt ein guter Schauspieler. Und jetzt habe ich die zerschossene Fresse. Und das hier . . .«
Er schlenkerte den leeren Jackenärmel. »Das ist aus mir geworden.«
»Du bist nicht der einzige«, sagte Lotte sachlich.
»Ist auch ein Trost. Können Sie sich vorstellen, liebe Dame«, wandte sich Felix an Nina, »können Sie sich in Ihren kühnsten Fantasien vorstellen, daß ich den Romeo gespielt habe?«

Er sprach ein wenig undeutlich, die Zunge gehorchte ihm nicht mehr ganz, er schwankte ein wenig.

Nina war verlegen, weil er sie so direkt ansprach, aber dann blickte sie ihn gerade an und erwiderte: »Wenn ich Ihre Augen ansehe, kann ich es mir sehr gut vorstellen.«

»Meine Augen?«

Nina wurde rot, sie wußte nicht recht, was sie noch sagen sollte, aber sie fuhr tapfer fort: »Ihre Augen sehen aus wie die eines Menschen, der eine große Liebe erleben kann.«

»Na bitte, na, wer sagt's denn? Lotte, hast du das gehört? Die Kleine hier sieht meine Augen und nicht mein Gesicht. Wissen Sie denn überhaupt, Fräulein, was das ist, Romeo und Julia?«

Das ärgerte Nina. Wenn sie auch jetzt hier die Garderobenfrau mimte, so war sie doch ein gebildetes Mädchen und hatte selbst einmal Schauspielerin werden wollen.

Ohne lange nachzudenken, begann sie: »Willst du schon gehn? Der Tag ist ja noch fern. Es war die Nachtigall und nicht die Lerche, die eben jetzt dein banges Ohr durchdrang. Sie singt des Nachts auf dem Granatbaum dort. Glaub, Lieber, mir, es war die Nachtigall.«

Es war ein voller Erfolg. Felix hatte zuerst den Mund aufgemacht, dann wieder zugemacht, er schien auf einmal nüchtern geworden. Seine Augen, und es waren wirklich schöne Augen, dunkel und groß, betrachteten Nina voll Erstaunen.

Er nickte mehrmals und ohne den Blick von Nina zu lassen, sagte er: »Lotte, du mißbrauchst eine hoffnungsvolle junge Schauspielerin als Garderobenfrau.«

»Nicht, daß ich wüßte«, sagte Lotte Wirtz. »Abgesehen davon, daß dergleichen zur Zeit öfter vorkommen mag. Sind Sie Schauspielerin, Frau Jonkalla?«

Nina schüttelte den Kopf.

»Aber nein. Ich wäre nur gern eine geworden.«

So hatte es angefangen mit Felix. Er blieb jetzt jedesmal eine Weile bei ihr stehen, wenn er kam oder ging. Er blieb schließlich so lange stehen, daß es Nina unangenehm wurde.

»Bitte, Herr Bodman, das fällt auf. Frau Wirtz wird denken . . .«
»Na? Was wird sie denken?«
»Ach, Sie wissen schon . . .«
»Sie wird denken, daß Sie mir gefallen. Und da denkt sie richtig. Und sie

573

wird gleichzeitig denken, daß so ein Krüppel wie ich bei einer jungen hübschen Frau sowieso keine Chancen hat.«

Eines Tages wartete er auf sie, als sie auf die Straße trat, es war vier Uhr morgens, im November, es war kalt und es regnete.

»Wie kommen Sie eigentlich nach Hause?« fragte er.

Abwehrend sagte sie: »Ich wohne nicht sehr weit.«

Manchmal fuhr schon eine U-Bahn oder eine Straßenbahn, manchmal ging sie zu Fuß.

»Wo denn?«

»In der Motzstraße.«

»Nicht so weit, sagt sie. Wollen Sie etwa sagen, daß Sie laufen? Das ist doch ein Weg von einer halben Stunde.«

»Die Luft tut mir gut.«

Er winkte einem Taxi und brachte sie heim. Er versuchte keine Annäherung, begleitete sie an die Haustür, küßte ihr die Hand.

Von da an wartete er jede Nacht auf sie.

Nina sagte: »Aber das geht doch nicht.«

»Liebes Kind, ich kann nicht schlafen, wenn ich daran denke, daß Sie einsam und allein durch die kalten, dunklen Straßen irren.«

Schließlich küßte er sie vor der Haustür. Nina widerstrebte nicht, erstens hatte sie es erwartet, zweitens tat es wohl, ein wenig Freundlichkeit und Wärme in dieser großen fremden Stadt zu spüren.

Dann küßte er sie bereits im Taxi, und eines Nachts sagte er: »Also, wenn ich dir wirklich kein Graus bin, könntest du dir vorstellen, daß wir uns näher befreunden?«

Ach Nicolas, dachte Nina.

Das war es immer, was sie damals dachte. Nur einen Mann hatte sie geliebt nur einen gab es, den sie je lieben konnte.

Aber Nicolas war tot, und sie war allein.

»Ich könnte dir sogar eine andere Tätigkeit bieten, falls du nicht scharf darauf bist, weiterhin die Garderobentante zu machen. Ich hab' 'n kleines Theater, das weißt du ja schon. 'ne Schmiere, wenn du so willst. Aber ich tue mein Bestes. Du könntest bei mir arbeiten, Kind. Lissy will nämlich heiraten. Lissy ist meine Sekretärin, wenn du den hochtrabenden Ausdruck gestattest. Sie ist außerordentlich tüchtig, versteht eine Menge vom Theater, kann gut mit Schauspielern umgehen. Das sind ja sowieso meist Verrückte. Ich bin total aufgeschmissen, wenn Lissy geht.«

»Und ich? Was soll ich . . .«

»Du sollst ihren Posten übernehmen.«

»Aber wenn Lissy so tüchtig ist und alles so gut kann, ich kann das sicher nicht.«

»Vielleicht nicht gleich. Aber bald. Außerdem hätte ich dich gern bei mir. Richtig, wenn du verstehst, was ich meine. Ich mache das nicht zur Bedingung, aber ich wünsche es mir. Verstehst du?«

Drei Jahre lang arbeitete Nina für und mit Felix. Sie war Felix' Geliebte, und sie war ganz glücklich dabei. Was hieß glücklich? Sie fand ihr Leben erträglich, und sie hatte Felix gern. Und das Theater machte ihr Spaß. Es war nun wirklich ein amüsantes, wenn auch oft entbehrungsreiches Leben. Ohne Sorgen waren sie nie; die täglichen Kämpfe vor und hinter der Bühne, jeden

Abend die Angst, ob auch genügend Leute kommen würden, damit sie nicht vor leerem Haus spielen mußten, die Neuinszenierungen, die Erfolge, die durchgefallenen Stücke, das ganze Theatermilieu, das Nina faszinierte.

Felix liebte sie, daran gab es keinen Zweifel. Und Nina war dankbar für seine Liebe. Für einige Zeit war die Einsamkeit von ihr genommen. Sie wußte, was sie ihm bedeutete. Er litt unter den Blessuren, die der Krieg hinterlassen hatte, litt darunter, daß er nicht mehr auf der Bühne stehen konnte, setzte dafür seinen Ehrgeiz ein, ein guter Regisseur zu werden, was ihm nur mäßig gelang.

Ihre Liebe fand auf dem Sofa im Büro statt, tagsüber, wenn keiner im Hause war, wenn keine Proben stattfanden, und da sie en suite spielten war das Haus tagsüber meist leer. Oder sie gingen nach der Vorstellung in ein mieses kleines Hotel am Bahnhof Friedrichstraße.

Eine Absteige nannte es Felix, und Nina hatte gleich beim erstenmal gemerkt, daß er hier nicht unbekannt war. Zu ihr nach Hause konnten sie nicht gehen, da waren Trudel und die Kinder. Zu ihm nach Hause konnte sie nicht mitgehen, da war seine Frau.

Allerdings war Miriam, seine Frau, oft verreist. Sie fuhr heim, nach Amerika, sie hatte die Nase voll von dem maroden Nachkriegsdeutschland. Sie hatte sich in Felix verliebt, vor dem Krieg, da war er ein gutaussehender junger Schauspieler gewesen. Sie hatten geheiratet, sie hatte den Krieg in Deutschland ausgehalten, sie hatte den entstellten Mann zurückbekommen: einen Arm hatte er verloren, das Gesicht war von einem Granatsplitter zerfetzt. Felix erwartete eigentlich immer, daß sie die Scheidung verlangen würde.

Aber sie blieb bei ihm. Sie finanzierte das kleine Theater, zahlte seine Schulden, ertrug seine Liebschaften, erduldete seine Launen.

Sie war alles in allem eine großartige Frau.

Natürlich sah Nina es anders. Das Vorhandensein einer Ehefrau, auch wenn sie oft nicht anwesend war, blieb lästig; sie weigerte sich, während Miriams Abwesenheit mit in seine Wohnung zu gehen, es geschah nur einmal, und das war schon kurz vor dem Ende ihrer Beziehung.

Schließlich hatte es Miriam satt. Sie wollte zurück nach Amerika, und Felix sollte mitkommen. Sie gab kein Geld mehr, das Theater mußte zumachen. Sie standen alle auf der Straße: Felix, Nina, die Schauspieler, der Inspizient, der Portier, alle.

Das war zu Beginn des Jahres 1929.

Es hätte für Nina ein schwerer Schlag sein müssen, aber da war etwas Neues in ihr Leben getreten: Liebe.

Peter Thiede, Schauspieler an diesem Theater, in den sie sich stürmisch und leidenschaftlich verliebt hatte.

Sie ließ Felix ohne Bedauern ziehen. Im Gegenteil, sie war froh, daß er mit Miriam nach Amerika ging, das ersparte ihr, ihn weiter zu betrügen oder zu enttäuschen.

Jetzt, 1936, zu den Spielen kam Felix das erstemal wieder nach Europa.

Er rief Nina an, sie freute sich und lud ihn zum Abendessen ein. »Wollen wir nicht lieber ausgehen?« fragte er.

»Komm erst einmal zu mir. Wir haben uns solange nicht gesehen. Hier können wir in Ruhe reden.«

Sie war ganz unbefangen, mit der neuen Sicherheit, die der Erfolg ihr ver-

575

liehen hatte. Und sie freute sich wirklich, ihn wiederzusehen. Er sah aus wie damals, er war nicht dünner und nicht dicker geworden, das Haar ein wenig grau, die Augen immer noch schön und lebendig.
»Nina, mein geliebtes Herz!« Er legte den Arm um sie, zog sie fest an sich, nach einem kleinen Zögern küßte er sie. »Wie schön, dich wiederzusehen. Und noch dazu als berühmte Frau.«
»Du kannst mir nicht weismachen, ich sei in Amerika berühmt.«
»Noch nicht. Aber das kann ja noch werden.«
»Und woher weißt du?«
»Lissy. Ich weiß immer alles, was in Berlin vorgeht.«
»Ach, Lissy. Ich habe nie wieder von ihr gehört.«
»Warum solltest du. Lissy gehörte zu meinem Inventar. Sie hat mir immer getreulich berichtet, was hier so vorgeht. Auch, daß du mich mit Thiede betrogen hast.«
»Lieber Himmel!«
Es war leicht, mit ihm zu reden, die alte Vertrautheit stellte sich rasch wieder ein.
»Du bist allein hier?«
»Nein. Zwei Freunde sind dabei. Nachbarn aus Florida. Große Sportfans. Sie wollten partout zu den Spielen, und da sie nicht deutsch sprechen, mußte ich mitfahren. Für mich war es ein erwünschter Anlaß, Berlin wiederzusehen. Ist ja ganz fantastisch hier geworden. Dieser Hitler ist ja wohl eine tolle Nummer.«
Nina verzog das Gesicht. »Ist er. Und deine Frau? Ist sie nicht dabei?«
»Miriam ist krank. Sie hat Krebs. Sie wird nicht mehr lange leben.«
Es schockierte Nina, weil er es so sachlich und unbeteiligt aussprach.
Später, nach dem Essen, erzählte er von Florida.
»Es ist wunderschön. Die Sonne, das Meer, unser Haus. Die ewigen Blumen. Ich langweile mich zu Tode.«
»Tust du gar nichts?«
»Nichts. Ich bin ein Prinzgemahl.«
Schon am nächsten Tag lernte Nina die beiden Amerikaner kennen, die mit Felix nach Berlin gekommen waren; Jim Avenger und Kenneth Shaw. Es waren große, gutaussehende Männer, fröhlich und aufgeschlossen, bereit, alles *wonderful* zu finden, was sie in Germany zu sehen bekamen.
Wonderful war es wirklich, und Nina empfand geradezu so etwas wie Nationalstolz, als sie miterlebte, wie gekonnt diese Spiele abliefen, wie großartig alles organisiert war, wie mühelos die Deutschen siegten.
Glücklicherweise gab es auch eine Menge amerikanischer Sieger, das freute Nina, und das brachte die beiden Amerikaner zu kindlichem Jubel.
Nina war dabei, als Helen Stephens den 100-Meter-Lauf gewann und als Jack Medica im Freistilschwimmen die Goldmedaille errang. Nach Deutschland sammelten die USA die meisten Medaillen ein.
Und es war wirklich ein Fest der Freude und des Friedens, für eine Weile vergaß die Welt, wollte es auch vergessen, was Hitler ihr schon für Nüsse zu knacken gegeben hatte.
Berlin war so angefüllt mit Menschen, daß man meinte, die Stadt müsse auseinanderplatzen. Aber sie wurden alle untergebracht, alle verpflegt, versorgt, befördert und bestens unterhalten.

Felix und seine Freunde wohnten im Eden, Nina wurde des öfteren eingeladen, mit ihnen zu speisen, abends auszugehen, sie zu begleiten, was immer sie taten. Felix zeigte sich gern mit ihr, er demonstrierte Vertrautheit. Den beiden Amerikanern imponierte sie ungeheuer weil sie Bücher schrieb.

»Hierzulande bedeutet das gar nicht so viel«, sagte Nina einmal zu Felix.

»Ja, ich weiß. In Amerika ist es anders. Dort sind Autoren höchst angesehene Leute, auch wenn sie nur Kriminalromane schreiben. Der Durchschnittsamerikaner steht allem geistigen Tun mit einer bewundernden Naivität gegenüber. In Deutschland hat man für geistig arbeitende Menschen nie viel übrig gehabt. Allerdings dachte ich, es sei inzwischen ein wenig besser geworden.«

»Vielleicht. Kommt darauf an, ob man den Nazis genehm ist oder nicht. Der größte Dichter gilt nichts, wenn er Jude ist.«

»Vielleicht hatten sich die Juden hier wirklich zu breit gemacht. Ich weiß das schließlich noch von meiner Theaterzeit her. Als Nichtjude, als *goi*, war man sowieso immer am untersten Ende. Die Kritik, die Presse, alles, was zählte, war in jüdischen Händen.«

»Und heute ist es in Nazihänden. Wo ist da der Unterschied?«

»Du sprichst so abfällig über die Nazis? Magst du sie nicht?«

Nina zögerte mit der Antwort. Es war so schwierig, darauf zu antworten. Doppelt schwierig, einem Menschen zu antworten, der aus dem Ausland kam. Es war nicht zu erklären, wie es war. Man konnte es nur erleben. Auch hatte man Bedenken, sich allzu offenherzig zu äußern, selbst einem alten Freund gegenüber.

»Ich kann es schwer erklären«, sagte sie. »Mir geht es gut. Mir ist es nie so gut gegangen. Aber ich mag sie nicht. Ich habe keinen Grund. Aber ich mag sie nicht.«

»Du mußt einen Grund haben. Es ist doch albern, zu sagen, ich mag sie nicht und damit basta.«

»Na gut, ich werde versuchen, es zu erklären. Es ist der Zwang. Verstehst du?«

»Nein. Ich verstehe nicht. Was für ein Zwang? Du bist ein freier Mensch, du kannst tun und lassen, was du willst. Du schreibst deine Bücher, deine Tochter studiert Musik, dein Sohn hat seine Schule fertig und kann studieren. Macht jetzt ein bißchen Arbeitsdienst, das wird ihm nicht schaden. Berlin ist eine herrliche Stadt voller Leben und Betrieb. Und dies Theater! Mein Gott, dies Theater! Dafür würde ich zu Fuß vom Nordpol nach Berlin latschen. Weißt du überhaupt, was dir hier geboten wird?«

»Das ist alles wahr und alles richtig, und dennoch fühle ich mich nicht als freier Mensch. Ich soll denken, was die denken. Und sagen, was die sagen. Und schön finden, was die schön finden. Und ablehnen, was die ablehnen.«

»Nina, das sind doch Kinderkrankheiten. Übereifer, eine typisch deutsche Eigenschaft. Ich würde sagen, nicht unbedingt eine Erfindung der Nazis. Wir waren immer ein gründliches Volk. Wir tun immer etwas um der Sache willen, und das mit tödlichem Ernst. Willst du sagen, es war bei Wilhelm anders? Damals sollte man auch alles schön finden, was der Kaiser schön fand. Aber das kannst du doch nicht als Unfreiheit bezeichnen. Man tut es oder man tut es nicht. Ich finde, man lebt nach wie vor in Deutschland besser als irgendwo sonst auf der Welt. Und ich weiß jetzt, wovon ich rede.«

Es war nicht zu erklären, Nina gab auf.
»Ich würde gern zurückkommen«, sagte Felix nach einer Weile.
Nina betrachtete ihn kühl. »Wenn sie tot ist?«
»Ja.«
Er blickte sie lange an, und in seinen Augen stand, was er dachte, aber nicht aussprach. Nicht nur zurückkehren nach Deutschland wollte er, auch zurückkehren zu ihr.
In diesem Augenblick überkam Nina ganz stürmisch, geradezu leidenschaftlich das Gefühl der Freiheit. Im Gegensatz zu dem, was sie eben noch gesagt hatte. Aber das hatte jetzt nichts mit den Nazis zu tun, nichts mit Hitler und seinem Regime. Es war ihre eigene, persönliche, ihre selbstgewonnene Freiheit: ihre Arbeit, ihr Erfolg, das Geld, das sie verdiente.
Einen Mann zu haben oder zu lieben, war vielleicht ganz nett. Aber es stand in ihrem Belieben, ob sie wollte, wen sie wollte, wann sie wollte. Oder ob sie gar nicht wollte.
Sie mußte lachen, und es war ein unpassender Moment, um zu lachen, denn sie hatten gerade vom Tod seiner Frau gesprochen.
Aber ihr war plötzlich ein verblüffender Gedanke durch den Kopf geschossen.
Es ist nicht zu glauben, dachte sie, aber ich bin doch wirklich und wahrhaftig eine emanzipierte Frau geworden. Ganz von selbst. Und ich finde es großartig.
Felix blickte sie befremdet an, vielleicht empfand er ihr Lachen auch als deplaciert.
Glücklicherweise klappte in diesem Augenblick die Wohnungstür. Nina stand rasch auf.
»Da kommt Vicky. Ich mache uns was zu essen, ja? Sie wird auch Hunger haben.«
Es war der letzte Abend, den Felix in Berlin verbrachte, und er hatte ihn mit ihr verbringen wollen. In den vergangenen vierzehn Tagen waren sie stets zu viert gewesen, Nina, Felix, Jim und Kenneth.
Die drei Männer planten noch einen Trip durch Europa, wie Nina inzwischen wußte. Paris natürlich, die Riviera, Italien, vielleicht sogar Griechenland. Jim hatte eine Frau, die er zu Hause gelassen hatte, Kenneth war Witwer.
Kenneth war es auch, der in den vergangenen Tagen Nina überreden wollte, die Reise mitzumachen. Er hatte keinen Hehl daraus gemacht, wie gut ihm Nina gefiel. Er hatte es so deutlich gezeigt, daß Felix eifersüchtig wurde.
Beim Tanz im Quartier Latin schmiegte Kenneth seine Wange an Ninas Wange, küßte ihr Ohr und flüsterte: »You're so sweet, honey. You won't believe it but I love you.«
Nina verstand zwar nicht viel Englisch, aber soviel immerhin.
Es war ganz nett, umworben zu sein. Aber die Vorstellung, wochenlang mit den drei Männern unterwegs zu sein, fand sie fürchterlich. Wie angenehm war ihr Leben jetzt, wie unabhängig, in ihrer schönen Wohnung, mit der Freiheit, die ihr das Schreiben verschaffte.
»Ich habe zu tun«, sagte Nina denn auch, »ich arbeite an einem neuen Buch.«
Das machte Eindruck. Das respektierte man.

Abgesehen davon war die Arbeit an dem neuen Buch wirklich problematisch. Ein großer Erfolg war eine Hypothek, das erkannte Nina inzwischen. Den Erfolg der ›Sieben Tage‹ zu erreichen, wenn nicht zu übertreffen, war eine schwierige Aufgabe, der sie sich gegenüber sah. Dazu kam, daß sie nun nicht einfach einen Aufguß dieses Buches schreiben wollte. Sie wollte etwas Neues, etwas anderes machen. Sie wußte nur noch nicht, was es werden sollte.

Victoria aß mit ihnen zu Abend, aber sie war sehr schweigsam, fast unhöflich, ganz gegen ihre sonstige Art. Sie wirkte bedrückt.

Sie hatte eine schwere Zeit hinter sich, das wußte Nina.

Schwierigkeiten mit der Stimme, das hatte Victoria tief getroffen, aber nun war das wohl behoben. Doch das Kind war verändert, fand Nina, und das beschäftigte sie weit mehr als Felix und seine Trabanten.

Beim Abschied sagte Felix: »Hast du noch einmal darüber nachgedacht? Willst du wirklich nicht mit uns kommen?«

»Ich kann nicht. Ich habe zu arbeiten, du weißt es doch.«

»Wenigstens für einen Teil der Reise, Nina. Komm doch an die Riviera.«

»An die Riviera im Sommer? Das ist doch meschugge.«

Nicolas war im Frühling an die Riviera gefahren, das wußte sie noch sehr genau.

»Jim und Kenneth würden sich wahnsinnig freuen.«

»Ja, sicher«, sagte Nina gelangweilt.

»Kenneth hat sich schwer in dich verliebt, das hat er mir gestern gestanden.«

»Ich fühle mich hochgeehrt.«

»Wen liebst du eigentlich, Nina?«

»Geht dich nichts an.«

»Könntest du mich nicht wieder lieben, Nina?«

»Ich werde mich immer freuen, dich gelegentlich zu sehen«, gab Nina zur Antwort.

»Du bist nicht mehr meine Nina«, sagte er traurig. »Du bist hart geworden.«

»Hart? Das glaube ich nicht. Vielleicht ein wenig klüger.«

Und ein wenig älter, fügte sie im Geist hinzu.

Als er gegangen war, mußte sie wieder lachen.

Ich bin eben doch eine emanzipierte Frau.

Victoria war in ihrem Zimmer, sie saß da, tat gar nichts und starrte in die Luft.

»Vicky, würdest du auch sagen, daß ich eine emanzipierte Frau bin?«

Nun mußte Victoria auch lachen.

»Wer sagt das? Doch nicht Felix?«

»Nein, ich sage es.«

»Ach Nina!« Victoria stand auf und legte den Arm um Ninas Schulter. »Du wirst nie eine emanzipierte Frau sein. Wie kommst du auf diese abwegige Idee?«

»Ich weiß nicht, was du unter einer emanzipierten Frau verstehst«, sagte Nina beleidigt, »aber ich finde, ich bin eine. Ich habe allein zwei Kinder großgezogen, ich habe mir mein Geld verdient, und nun schreibe ich auch noch Bücher. Und wenn ich einen Mann nicht will, dann will ich ihn nicht.«

»Wollte Felix denn?«
»Er, und der eine Amerikaner auch.«
»Schade.«
»Was schade?«
»Dieser Amerikaner, wie heißt er gleich? Den fand ich ganz nett. Wär doch mal eine Abwechslung für dich.«
»Ich habe eine andere Abwechslung im Sinn. Ich werde verreisen.«
»Also doch.«
»Nicht, was du denkst. Nicht mit diesen Knülchen an die Riviera. Ich fahre nach Bayern.«
»Auch nicht schlecht.«
»So ist es. Kommst du mit?«
»Nein. In acht Tagen kommt Marietta wieder, dann muß ich arbeiten.«
Es klang nicht so beschwingt wie sonst, nicht so begeistert.
Sie hatte diese Stimmbandgeschichte offenbar noch immer nicht ganz verwunden.
»Hast du was, Liebling?« fragte Nina besorgt.
»Was soll ich haben?« gab Victoria unwirsch zur Antwort. »Gar nichts. Alles okay, wie deine Amerikaner sagen.«

Gar nichts war okay. Victorias schlechte Laune hatte guten Grund. Während Berlin feierte und die olympischen Kämpfer bejubelte, war sie endlich beim Arzt gewesen und hatte erfahren, daß sie schwanger war.
Ihre erste Reaktion war hemmungslose Wut. Das mußte ihr passieren, gerade jetzt, da es mit der Stimme wieder langsam aufwärts ging. Und dann überkam sie, zum erstenmal in ihrem Leben, eine tiefe Mutlosigkeit. Alles ging schief. Sie hatte versagt. Sie würde es niemals schaffen. Am besten wäre es, zu sterben.
Der vergangene Winter hatte für sie den ersten Tiefpunkt ihres Lebens gebracht. Victoria, vom Glück verwöhnt, so sicher ihrer selbst und ihrer Zukunft, hatte die Erfahrung machen müssen, daß sich das Glück ihr versagte. Die Stimme wurde krank.
Sie wurde immer wieder ohne äußeren Anlaß heiser, keine Erkältung trug die Schuld, es kam von selbst und kam immer häufiger. Marietta schickte sie zu einem Halsspezialisten, dem bewährtesten Sänger- und Schauspielerarzt von Berlin.
Der entdeckte eine Rötung und Schwellungen auf den Stimmbändern. »Volkstümlich nennt man so etwas Stimmbandknötchen. Eine bekannte Sängermalaise. Manche haben es nie, manche haben es manchmal. Manche leiden oft darunter, die sollten das Singen besser aufgeben.«
Das sagte er ihr kalt und nüchtern, entsprechend streng waren seine Anordnungen. Mindestens drei Monate nicht singen. Am besten auch nicht sprechen.
Februar, März und April gingen darüber hin, Victoria hielt sich strikt an das Gebot des Arztes, sie sang keinen Ton, sie sprach sowenig wie möglich, sie war beinahe stumm.
Anfangs saß sie mit unglücklichem Gesicht bei den Ensemblestunden da-

bei und hörte den anderen zu. Beobachtete aus schmalen Augen, einen Mundwinkel herabgezogen, Prisko, wie hingebungsvoll er mit den anderen probte. Haßte ihn deswegen. Bösartige Gefühle waren Victoria bisher fremd gewesen, jetzt stellte sich heraus, daß sie dazu fähig war.

Schließlich ging sie nicht mehr hin, sie wollte nichts hören und sehen, sie blieb zu Hause, las ein Buch nach dem anderen, ging viermal, fünfmal in der Woche ins Kino. Dort war sie allein, sie mußte nicht sprechen.

Ihr Verhältnis zu Prisko bekam auf diese Weise die ersten Risse. In dem vergangenen Jahr waren sie einander sehr nahegekommen, sie nannten es Liebe, und Victoria hatte mit der Zeit mehr Gefallen an dem körperlichen Zusammensein gefunden, obwohl es keine große Leidenschaft war, die sie empfand. Sie war im Grunde ein zu ichbezogener Mensch, um sich wirklich hingeben zu können.

Ihre Zusammenarbeit jedoch blieb vollkommen; das gemeinsame Musizieren und Studieren vereinte sie mehr als es Umarmungen im Bett fertigbrachten. Damit war es nun erst einmal vorbei und mit anzusehen, wie er mit den anderen arbeitete, erregte Eifersucht und Neid in ihr. Jetzt gab es auch manchmal Streit zwischen ihnen, und da sie nicht reden sollte und schon gar nicht laut reden, waren es vernichtende Streits. Wurde sie dann doch laut, so machte sie ihm Vorwürfe, er sei schuld daran, daß die Stimme nicht gesundete.

Es folgte die Versöhnung, logischerweise Versöhnung im Bett, aber das war oft nur Selbstbetrug. Manchmal weinte sie, sie hatte früher nie geweint, manchmal war sie von unvermuteter Zärtlichkeit, Zärtlichkeit, die aus ihrem Kummer, ihrer Hilflosigkeit geboren wurde. Sie verlangte nach Zuspruch, nach Trost, doch das fand sie bei Prisko kaum, dazu war er nun wieder zu egoistisch, oder besser gesagt, viel zu sehr mit sich selbst und seiner Arbeit befaßt.

Mitte Mai konnte sie wieder mit leichten Übungen anfangen, zur Kontrolle besuchte sie jede Woche den Arzt. Es war so, als finge alles noch einmal von vorn an, und damit war ihre Geduld, ihre Ausdauer überfordert, sie war nervös, blaß und leicht gereizt.

»Wenn Sie so weitermachen, bekommen Sie noch einen Nervenkoller dazu«, sagte der Arzt. »Hat Ihnen niemand gesagt, was für einen erbarmungslosen Beruf Sie sich ausgesucht haben? Haben Sie nur die eine Seite gesehen? Wie einer auf der Bühne steht und singt und sich hinterher vor dem Vorhang verbeugt? Das ist der kleinste Teil von allem. Nur wer von robuster Gesundheit ist und Nerven wie Stahlseile hat, sollte sich diesen Beruf erwählen. Haben Sie schon einmal darüber nachgedacht, warum man erfolgreichen Sängern so oft nachsagt, sie seien dumm? Weil es eine höchst brauchbare Eigenschaft für einen Sänger ist. Denken macht anfällig, Intellekt macht krank. Dummheit gibt Kraft.«

»Kind, du bist so jung. Nimm doch Vernunft an und reibe dich nicht so auf. Das kommt schneller in Ordnung, als du denkst, dann singst du genauso gut wie früher«, tröstete Marietta.

»Und wenn es wiederkommt?«

Das war die Angst, die von nun an ihr Leben begleiten würde: wenn es wiederkommt.

»In der Spielzeit 36/37 gehe ich ins erste Engagement«, hatte sie einst

581

selbstsicher verkündet. Nicht einmal für 37/38 konnte sie jetzt damit rechnen.

In diesem Herbst traten mehrere der Mitschüler ihr erstes Engagement an; Angela würde nach Breslau gehen, Charlotte nach Augsburg, Horst und Gerda hatten nun endlich eine Bühne gefunden, die sie zusammen engagierte. Im Juli hatten sie verabredungsgemäß geheiratet und waren in den Harz auf Hochzeitsreise gegangen.

Nur Mary sagte: »Mir eilt es nicht.«

Mary, die wohlbehütete Tochter aus gutem Hause, hatte im Grunde ein wenig Bange vor dem Theaterleben, das zeigte sich nun.

Statt dessen hatte sie sich mit ihrem Leutnant verlobt und wollte heiraten.

»Oder? Was meinst du?« fragte sie unsicher Victoria.

»Na, dann heirate doch«, erwiderte Victoria gleichgültig. »Du siehst ja, wie es mir geht. Ist doch wirklich ein Scheißberuf.«

So etwas sagte Victoria auf einmal.

Lili Goldmann hatte nie Schwierigkeiten mit ihrer Stimme, sie sang so schön, daß einem die Tränen kommen konnten, zum Beispiel bei der Arie des Orpheus ›Ach, ich habe sie verloren, all mein Glück ist nun dahin.‹

»Kind, Kind, Mauseschwänzchen«, flüsterte Marietta ergriffen, »du wirst eines Tages in der Scala singen.«

Zunächst allerdings würde Lili gar nicht singen, kein Theater in Deutschland würde sie engagieren, sie war schließlich Jüdin.

Ihr Vater hatte sein Geschäft inzwischen verkaufen müssen, nachdem man ihm einige Male die Schaufenster eingeschlagen hatte, auch Schmuck war gestohlen worden.

Die Polizei zuckte nur mit den Achseln.

»Tja, in Ihrem Fall . . .« sagte sie.

Das Geschäft war also arisiert worden, wie der *terminus technicus* dafür lautete. Das war an der Tagesordnung; immerhin bekamen die Juden zu dieser Zeit noch Geld, wenn sie ihr Geschäft verkauften, nicht den vollen Wert, aber sie gingen nicht mit leeren Händen aus.

Marietta verlangte von Lili keine Mark mehr für die Gesangstunden. »Es ist mir eine Ehre und eine Wonne, deine Stimme auszubilden, und damit basta«, beschied sie Lilis schüchterne Einwände. »Wenn du berühmt bist, kannst du allen erzählen, daß du bei mir singen gelernt hast.«

»Ach, ich und berühmt! Ich werde nie singen dürfen.«

»Und ob du singen wirst. Wenn sich hier demnächst nichts ändert, gehst du ins Ausland. Deine Stimme verstehen sie überall.«

»Ich hätte Angst davor«, erwiderte Lili, die inzwischen restlos eingeschüchtert war und sich kaum mehr auf die Straße wagte.

Gemessen an Lilis Sorgen waren Victorias Sorgen gering, aber das sah sie nicht ein. Kein Mensch auf der Welt hatte ein so schweres Los wie sie. Und nun noch das, sie bekam ein Kind, das war der Gipfel allen Elends. Sie war ratlos. Aber sie brachte es nicht übers Herz, Nina davon zu erzählen. Nina würde außer sich sein, sie mochte Prisko nicht, hatte Victorias Verhältnis zu ihm immer ablehnend gegenübergestanden.

Die Olympischen Spiele waren zu Ende, die Gäste abgereist, die Flaggen eingeholt. Die Nazis waren wieder ein Stück gewachsen, reckten sich satt und selbstzufrieden. Das sollte ihnen erst mal einer nachmachen.

Ende August brachte Victoria ihre Mutter an die Bahn.

Nina hatte ihre Freundin Victoria angerufen und gesagt: »Du hast mich schon so oft eingeladen, was hältst du davon, wenn ich jetzt käme?«

»Eine Menge«, erwiderte Victoria von Mallwitz. »Komm geschwind, mit der Ernte sind wir so gut wie fertig, und wir werden das Leben genießen. Du mußt mir aber versprechen, daß du den ganzen September bleibst. September ist in Bayern der schönste Monat, da ist der Himmel meistens blau. Wir werden in die Berge fahren, im Garten herumliegen, auf die Jagd gehen und uns jeden Abend besaufen. Und reiten, Nina.«

»Ach Gott, Victoria! Weißt du, wie lange es her ist, daß ich zum letztenmal im Sattel gesessen habe? Ich kann gar nicht mehr reiten.«

»Das verlernt man nicht.«

Wie ein verlorengegangenes Kind blieb Victoria auf dem Bahnsteig zurück, als der Zug abgefahren war. Nina abgereist, Prisko nicht in Berlin, Marietta noch nicht vom Urlaub zurück. Kein Mensch, mit dem sie reden konnte.

»Kind, du siehst so schlecht aus«, hatte Nina eben noch gesagt, als sie vom Abteilfenster auf Victoria hinabsah, »und so dünn bist du geworden. Grämst du dich immer noch wegen der dummen Knötchen? Aber das ist doch jetzt wieder gut. Wärst du doch mitgekommen. Victoria hätte dich so gern einmal wiedergesehen.«

»Sie hat mich doch erst vor ein paar Monaten gesehen«, murmelte Victoria, denn wie meist war Victoria von Mallwitz, ihre Patin, während der Grünen Woche in Berlin gewesen.

»Vielleicht überlegst du es dir noch und kommst nach, ja? Du würdest mir eine große Freude machen.«

Victoria nickte.

Vor dem Anhalter Bahnhof stand sie eine Weile traumverloren herum, schlenderte dann zum Potsdamer Platz, lief geradeaus weiter zum Pariser Platz und durch das Brandenburger Tor in den Tiergarten hinein. Hier setzte sie sich auf eine Bank und starrte vor sich hin.

Sie dachte an Elga. Von der hatte sie lange nichts gehört. Johannes sei nun in Amerika, war die letzte Nachricht, die vom Genfer See gekommen war.

Elga hatte schon vor einem Jahr geheiratet, einen Mann aus Genf, der beim Völkerbund tätig war.

»Es ist sehr hübsch hier«, hatte sie damals geschrieben, »der See und die Berge, und die Stadt gefällt mir auch. Man kann schick einkaufen. Durch den Völkerbund ist hier immer etwas los, sehr interessante Leute. Wir werden viel eingeladen. Unsere Villa liegt direkt am Genfer See, ganz, ganz wunderschön. Wann besuchst du uns?«

Ich könnte hinfahren, dachte Victoria. Vielleicht kriegt Elga auch gerade ein Kind, dann haben wir ein gemeinsames Thema.

»Na, Frollein, so allein?« wurde sie angesprochen. Ein flotter junger Mann, ein Strohhütchen auf dem Scheitel, lächelte auf sie nieder.

Victoria ließ einen eiskalten Blick an ihm vorbeigehen, er verzog sich rasch.

Das fehlte ihr gerade noch, ein Mann. Von Männern hatte sie ein für allemal genug.

583

Prisko war seit Mitte Juni nicht da, er hatte ein Engagement. Er leitete in einem großen Seebad an der Ostsee das Kurorchester.

Das Angebot war im Mai überraschend von einer Agentur gekommen, der vorgesehene Dirigent hatte aus Gesundheitsgründen absagen müssen. Wie es sich gehörte, hatte Prisko die Hochschule um Erlaubnis gefragt. Sein Lehrer, der Leiter der Dirigentenklasse, hatte zweifelnd das Haupt gewiegt, sich sodann mit der Direktion beraten, schließlich bekam Prisko die Genehmigung, das Engagement anzunehmen.

»Sie können ja auf Niveau achten«, gab ihm sein Professor mit auf den Weg.

Und ob er das tat! Er probte mit dem verblüfften Kurorchester, als hätte er die Philharmoniker vor sich. Die Herren waren anfangs erstaunt, erbost, widerwillig. Dann riß sein Können, sein Schwung sie mit.

»Meine Herren«, hatte Prisko gesagt, als er sich der anfänglichen Verweigerung gegenübersah, »es ist nicht einzusehen, warum wir Schund abliefern sollen. Spielen müssen wir, also können wir auch gut spielen. Bedenken Sie, daß vielleicht Leute hier sind, die etwas von Musik verstehen. Oder auch solche, die noch nie anständige Musik gehört haben. Gerade denen sollten wir zeigen, wie es klingt, wenn es stimmt. Sie können es, das weiß ich.«

Eine erstklassige Musik kam aus der Muschel auf der Promenade, erst recht abends im Kursaal, ob sie nun Filmmelodien spielten, einen Querschnitt aus ›Eine Nacht in Venedig‹, ›Die Moldau‹ und sogar die ›Kleine Nachtmusik‹, es war immer hörenswert.

Natürlich hatte es in den vergangenen Jahren viele arbeitslose Musiker gegeben, auch auf diesem Sektor waren die Nationalsozialisten emsig gewesen. So wurde es beispielsweise verboten, mit wenigen Ausnahmen, Plattenaufnahmen im Rundfunk zu verwenden, jeder Sender mußte möglichst Originalorchester spielen lassen. In den Kurbädern, in den Sommerfrischen an der See und im Gebirge, wurden wieder Orchester für die gesamte Saison engagiert, denn das Ferienleben nahm einen ungeahnten Aufschwung, die Leute verdienten mehr, ins Ausland reisen konnten sie aus Devisengründen so gut wie gar nicht, das kam den deutschen Kurorten zugute.

Von Victorias Nöten ahnte Prisko nichts. Ihm ging es großartig an der Ostsee, ein eigenes Orchester, jeden Tag Musik, vormittags, nachmittags und abends, ganz gleichgültig, ob die ›Lustige Witwe‹, ob ›Madame Butterfly‹, die Ouvertüre zu ›Wilhelm Tell‹ oder Paul Lincke, ihm machte das Spaß.

Dann überkam es ihn, bei den Zigeunerweisen von Sarasate nahm er selbst die Geige in die Hand. Das Publikum war hingerissen.

Und die Frauen! Er war so umschwärmt, er konnte sich vor Angeboten kaum retten. Wo er hinkam, ob am Strand, in einem Lokal beim Essen, bis vor die Tür seiner Pension am späten Abend, er war immer umlagert.

Kein Zweifel, er hatte ein Stardasein in diesen Sommermonaten, und er genoß es.

Er betrog Victoria zum erstenmal. Erst war es ein junges Mädchen aus Wuppertal, das mit seinen Eltern da war, eine süße Kleine, aber gut behütet, das war ein wenig umständlich. Dann eine leicht verderbte Berlinerin, die die Ferien mit einem viel älteren Freund verbrachte, der sie sofort beim Schlafittchen packte und abreiste, als er merkte, was im Gange war.

Doch dann kam die Witwe. Goldblond, bildhübsch, jung und sehr temperamentvoll, und Geld hatte sie auch. Sie blieb, bis die Saison zu Ende war, keine andere Frau kam mehr an Prisko heran, doch ihm war es recht so, diese Frau konnte einen Mann befriedigen, in jeder Beziehung. Er war stürmisch in sie verliebt, konnte nicht genug von ihr bekommen, selbst wenn er auf dem Podium stand, den Taktstock in der Hand, erregte es ihn, zu wissen, daß sie da unten saß, er sah ihren nackten Körper, der Sinnlichkeit ausstrahlte, ihre Hände, die ihn zu liebkosen verstanden wie keine Frau bisher.

Sie hatte für ihn ein Zimmer in ihrem Hotel gemietet, im ersten Haus am Platze, und da konnte er gehen oder bleiben, wie er wollte. Außerdem überschüttete sie ihn mit Geschenken; seidene Hemden, Krawatten, goldene Manschettenknöpfe, eine neue Uhr, eine Brieftasche aus Kroko, irgend etwas fand sie immer.

Prisko blies sich auf wie ein Pfau. Was für ein tolles Weib!

Sie wohnte in Frankfurt, hatte ein Landhaus im Taunus.

»Du kannst bei mir wohnen, wann immer du willst«, sagte sie, »du kannst in Ruhe arbeiten, ich störe dich nicht. Ich lasse gleich den Flügel stimmen, wenn ich zurückkomme. Du mußt dich auch niemals verpflichtet fühlen. Es ist nicht unbedingt so, daß ich gleich wieder heiraten will. Mir gefällt mein Leben sehr gut, so wie es jetzt ist.«

Ihr Mann war vor einem knappen Jahr an einer Blutvergiftung gestorben, da war sie gerade zwei Jahre verheiratet gewesen. Sie war erst sechsundzwanzig Jahre alt. Kinder hatte sie nicht.

»Ich würde dich ganz gern heiraten«, sagte Prisko. »Was Besseres kann mir gar nicht mehr über den Weg laufen.«

Victoria hatte er total vergessen.

Die schöne Witwe lachte. »Warten wir erstmal ab. Wenn du versprichst, ein ganz berühmter Mann zu werden, läßt sich darüber reden.«

Als er im September sein Abschiedskonzert gab, hatte sich der Kurdirektor höchstpersönlich eingefunden, Prisko bekam viele Blumen, das Publikum applaudierte mit einer Ausdauer, die der Kurort noch nicht erlebt hatte. »Es wäre schön, wenn wir Sie nächstes Jahr wieder hier sehen würden«, sagte der Kurdirektor.

»Mal sehen«, meinte Prisko gnädig, »wenn mich bis dahin die Philharmoniker nicht brauchen, komme ich vielleicht.«

In Berlin teilte ihm Victoria gleich am ersten Abend in lakonischer Kürze die Neuigkeit mit.

»Ich bekomme ein Kind.«

»Das gibt's doch nicht«, staunte er. Und so ferngerückt war ihm Victoria, daß er die dumme Frage anhängte: »Von wem denn?«

Victoria machte die Augen ganz schmal, ihr Mundwinkel bog sich herab.

»Ich bringe dich um«, sagte sie leise.

Vorausgegangen war ein Gespräch mit Marietta. Sie war die erste, der sich Victoria anvertraute.

»Du schreckst vor nichts zurück«, sagte Marietta. »Erst die Stimmbänder und nun auch das noch. Weiß es Prisko schon?«

»Nein.«

»Was seid ihr doch für dumme Kinder! Konntet ihr nicht aufpassen?«

585

Victoria preßte die Lippen zusammen, sie wollte nicht weinen.

»Tja«, meinte Marietta, »ich kann dir da nicht helfen. Früher war das kein Problem, da ließ man eben abtreiben. Aber bei den Nazis ist es nicht möglich, kein Arzt traut sich mehr. Ich habe erst neulich von einem Fall gehört, eine junge Sängerin, die ich kenne, sie sitzt im Zuchthaus und der Arzt auch. Ich wüßte auch keine illegale Adresse für dich, ich bin über das Alter hinaus. Wie weit bist du denn?«

»Schon drei Monate. Ich wußte es ja nicht.«

»Na ja, da kannst du sowieso nichts mehr machen. Bißchen doof bist du ja wohl auch.«

»Ich dachte, ich hätte eine Störung, ich habe doch so viele Medikamente genommen wegen dieser Stimmbandgeschichte. Unregelmäßig war ich sowieso immer schon.«

»Willst du ihn heiraten?«

»Ich wollte eigentlich nicht«, sagte Victoria mit unglücklichem Gesicht.

»Aber du wirst ihn heiraten müssen. Oder willst du ein uneheliches Kind zur Welt bringen? Das kannst du deiner Mutter nicht antun.«

»Ja, das stimmt. Mir wäre es egal, ob ich verheiratet bin oder nicht.«

»Ach, sag das nicht so unüberlegt. Das ist schwierig. Und für das Kind auch. Wenn eine Frau keine Kinder will, das kann ich verstehen, besonders wenn sie einen anstrengenden Beruf hat. Wenn man aber ein Kind hat, dann trägt man auch Verantwortung. Ein uneheliches Kind ist ein unglückliches Geschöpf. Ich weiß, wovon ich rede, ich war eins.«

Victoria sah ihre Lehrerin erstaunt. Das hatte sie nicht gewußt. Woher auch und wieso? Was wußte man über Mariettas Leben, ehe sie *die* Losch-Lindenberg war.

»Als ich geboren wurde, war es noch eine große Schande, ein uneheliches Kind zu haben. Meine Mutter war eine Lehrerstochter in einer Kleinstadt, und mein Vater machte Musik, fiedelte in Tanzlokalen herum. Er soll ein hübscher Mensch gewesen sein. Er verführte meine Mutter, und dann war er weg. Und ich war da. Meine Mutter wurde verstoßen, wie das so üblich war, wir lebten hier in Berlin, draußen im Wedding bin ich aufgewachsen, in sehr, sehr engen Verhältnissen. Meine Mutter war verbittert und todunglücklich. Ich habe sie nie lachen gesehen. Sie starb, als ich siebzehn war. Ich hatte damals eine Stellung als Dienstmädchen, schon seit zwei Jahren. Siehst du, so war das. Ich bin nicht daran kaputtgegangen, ich bin daran stark geworden. Ich wollte es allen zeigen. Darum habe ich gearbeitet bis zum Umfallen. Darum wurde ich etwas. Darum habe ich auch einen reichen Mann geheiratet. Auch das. Ich wollte nie wieder arm sein.«

»Hatten Sie nie ... ich meine ...«

»Ein Kind? Doch. Es wurde tot geboren, und da dachte ich mir, daß es wohl doch nicht meine Aufgabe sei, Kinder in die Welt zu setzen. Mein Beruf war mein Leben. Der war wichtiger als Männer, Liebe und Kinder. Und ich habe Kinder genug – meine Schüler.«

»Ich wünschte, ich könnte auch so leben.«

»Jeder lebt sein Leben. Jetzt bekommst du ein Kind. Mach keinen Unsinn, mach nichts an dir kaputt, *so* wichtig ist es auch wieder nicht. Man sagt ja, die Stimme einer Frau wird schöner, wenn sie ein Kind geboren hat. Prisko wird dich heiraten. Ich werde dafür sorgen.«

»Das ist nicht nötig«, sagte Victoria hochmütig. »Selbstverständlich wird er mich heiraten. Das wollte er immer schon.«

Sie fand, Marietta nahm die Angelegenheit recht leicht.

Marietta macht sich nichts mehr aus mir, dachte sie. Erst das mit der Stimme und jetzt meine Blödheit mit dem Kind, und sie hat neue Schüler, die ihr viel wichtiger sind.

Besonders auf eine war Victoria eifersüchtig, ein Mädchen namens Carola. Neunzehn, braunes lockiges Haar, sehr lebhaft, sehr begabt, mit einem erstaunlich vollen und klangschönen Sopran.

Schon zweimal hatte Marietta ›mein Mauseschwänzchen‹ zu ihr gesagt, und das schon nach einem halben Jahr.

Victoria von Roon und Nina Nossek waren eng befreundet, als sie zwölf und dreizehn Jahre alt waren.

Als Victorias Vater, der als Rittmeister bei der einheimischen Garnison stand, versetzt wurde, bedeutete es Trennung für die beiden Mädchen.

Für Nina war es ein Verlust; sie kam zwar mit allen Mitschülerinnen gut aus, nannte die eine oder andere Freundin, aber ein wirklich enges Verhältnis hatte es nur zu Victoria gegeben.

Zu den Roons ging Nina gern; der Rittmeister war ein eleganter, verbindlicher Mann, Victorias Mutter war Engländerin, eine kühle blonde Schönheit, von Nina sehr bewundert.

Victoria war ein Einzelkind und entsprechend sorgfältig und intelligent erzogen. Der freie, kameradschaftliche Ton, der zwischen ihr und ihren Eltern herrschte, hatte Nina sehr beeindruckt.

Am meisten imponierten ihr jedoch die Pferde; in dieser Familie konnte jeder gut reiten, und Victoria besaß damals schon ein eigenes Pferd, das Nina manchmal reiten durfte.

Nina hatte bei Nicolas auf dem Gut reiten gelernt, aber Gelegenheit dazu hatte sie immer nur in den Ferien. Solange jedoch Victoria in der Stadt lebte, ergab sich in der übrigen Zeit des Jahres dazu öfter eine Möglichkeit.

Viele Jahre hörten sie nichts voneinander, bis sie sich in Breslau wiedertrafen. Nina, bereits verlobt, ging eines Abends mit Kurtel ins Lobetheater, sie sahen ›Hedda Gabler‹ und trafen Victoria, am Arm eines Mannes.

Wie sich herausstellte, war Victoria nicht erst verlobt, sondern bereits verheiratet. Ihr Mann, Ludwig von Mallwitz, aus guter bayerischer Familie stammend, stand damals als Oberleutnant beim Grenadierregiment König Friedrich III. in Breslau.

Die Freude des unverhofften Wiedersehens war groß. Sie gingen anschließend in ein Weinlokal, es gab viel zu erzählen, die alte Freundschaft lebte schnell wieder auf. Kurt Jonkalla, zu jener Zeit Verkäufer im Warenhaus Barasch, war ein wenig befangen im Umgang mit dem Offizier von Adel und der vornehm-kühlen Victoria, Nina war selig.

Als Nina dann geheiratet hatte und in Breslau lebte, sahen sich die beiden jungen Frauen häufig. Victoria war die einzige, die von der Liebe zwischen Nina und Nicolas wußte, und der einzige Mensch auf Erden, der die Wahrheit kannte, daß nämlich Ninas Tochter ein Kind von Nicolas war.

587

Sie wurde Patin bei dem Kind, das kurz vor Kriegsausbruch geboren wurde. Von ihr bekam Victoria Jonkalla den Vornamen, Victoria mit c. Darauf hatte Victoria von Mallwitz, geborene Roon, immer Wert gelegt, auf das c.

Victoria von Mallwitz bekam ihr erstes Kind im Dezember 1914, da lebte ihr Mann nicht mehr, er war gleich zu Beginn des Krieges in der Schlacht von Tannenberg gefallen. Sie verließ bald darauf Breslau, ihr Schwiegervater wünschte, daß sie mit dem kleinen Sohn nach Bayern kam.

Nina und Victoria blieben in Verbindung, sie schrieben sich regelmäßig, sie wußten voneinander, was in ihrem Leben geschah, und das war wenig Gutes. Nicolas fiel 1916, Kurt Jonkalla kam aus Rußland nicht zurück, und gegen Ende des Krieges fiel Victorias Vater, was ihr sehr naheging.

Ihre Mutter kehrte nach dem Krieg nach England zurück, doch Victoria blieb in Bayern, sie verstand sich mit der Familie ihres Mannes außerordentlich gut. Einige Jahre nach dem Krieg heiratete sie dann ihren Schwager, den älteren Bruder ihres Mannes, der gesund aus dem Krieg heimgekehrt war.

An Nina schrieb sie: »Ich will nicht behaupten, daß es eine Liebesheirat ist; es gibt zwar gewisse Familienähnlichkeiten, aber im Grunde ist er ein ganz anderer Mann als Ludwig. Mehr ein bäuerlicher Typ, ein echter handfester Bayer. Aber er ist die Güte in Person, und ich lebe so gern hier auf unserem Gut; ich verstehe mich so wunderbar mit meinem Schwiegervater, und vor allem möchte ich, daß meinem Sohn diese schöne Heimat erhalten bleibt. Daß er hier aufwächst.«

Es war eine glückliche Ehe geworden, wie Nina wußte. Zwei Kinder hatte Victoria noch geboren, und noch immer lebte sie gern im bayerischen Land.

Nina war ständig eingeladen worden, zu Besuch zu kommen. Sie war nie gefahren, Unsicherheit, ein wenig dummer Stolz hatten es verhindert, es war ihr so schlecht gegangen in all den Jahren, sie hatte einfach Hemmungen. Victoria hingegen kam öfter nach Berlin.

Vor fünf Jahren, als Nina mit Peter in Salzburg war, hatte sie die feste Absicht gehabt, auf dem Rückweg Victoria zu besuchen. Doch dann fuhr sie allein nach Hause, mißgestimmt, unglücklich, und so kam es wieder nicht dazu.

Doch nun hatten Ninas Lebensumstände sich grundlegend geändert, sie fühlte sich frei und unabhängig, sie hatte endlich etwas geleistet, was sich sehen lassen konnte. Jetzt fuhr sie gern nach Bayern.

Victoria war selbst am Münchner Hauptbahnhof, um Nina abzuholen, schlank, hübsch und blond, mädchenhaft wirkend, stand sie auf dem Bahnsteig, an ihrer Seite Albrecht, ihr fünfzehnjähriger Sohn.

»Fein, daß du da bist«, sagte sie gelassen wie immer, küßte Nina auf die Wange, winkte einem Gepäckträger. Auf dem Bahnhofsvorplatz hatte sie ihren Wagen stehen, einen großen Ford, den sie selbst steuerte, rasch und sicher kamen sie hinaus zum Waldschlössl, wie das Gut hieß.

Es lag im bayerischen Voralpenland, oberhalb des Isartals, abseits der großen Straßen. Nach Süden zu, gegen die Berge hin, hatte man einen weiten Blick, von allen anderen Seiten war das Gut von Wald umgeben, der gleich hinter den Feldern begann.

Das Waldschlössl, ein verspielter Bau mit rosa getöntem Mauerwerk, mit Türmchen und Erkern, lag in einem kleinen Park, eigentlich war es mehr ein großer Garten. Es dämmerte schon, als sie ankamen, Nina sah nicht viel von der Gegend, die Berge in der Ferne, besonders klar und deutlich bei Föhn, erblickte sie erst am nächsten Tag.

Es war ein schönes Land, eine schöne Heimat, genau wie Victoria gesagt hatte, und Nina fühlte sich von Anfang an wohl. Sie bewohnte ein großes Eckzimmer im ersten Stock und konnte vom Fenster aus auf die Koppeln sehen, auf denen die Pferde grasten. Sorglich davon getrennt lag eine andere Weide mit Rindern.

Seit ihrer Kindheit hatte sie so etwas nicht mehr gesehen, und natürlich kamen viele Erinnerungen, auch wenn hier alles anders war als in Wardenburg. Gut Wardenburg war ein großer Besitz gewesen, weit in die Ebene hingelagert. Wald hatte es kaum gegeben auf den Feldern wuchsen Weizen, Roggen, Hafer; Rüben und Kartoffeln.

Hier baute man nur wenig Getreide an, Hafer und Gerste vor allem; ein Drittel des Besitzes bestand aus Wald. Aber es gab auf dem Hof alles, was zu einem richtigen Gutsbetrieb dazugehörte: zwei Hunde, mehrere Katzen, Hühner, Enten. Aus einem Fischweiher in der Nähe holten sie die Karpfen und aus dem Bach die Forellen. Es gab auch zahlreiches Gesinde auf dem Gut, aber natürlich keinen Grischa, sondern eine Zenzi und Mariele im Dirndl, Mägde und Knechte, deren Sprache Nina kaum verstand. Freundlich waren sie alle, die preußische Dame aus Berlin wurde aufmerksam bedient.

»Du hast recht«, sagte Nina schon am Tag nach ihrer Ankunft. »Hier ist es wunderschön. Ich kann es verstehen, daß du geblieben bist.«

»Gell?« sagte Victoria, aber das war der einzige bayerische Laut, den sie sich leistete, sonst sprach sie nach wie vor reinstes Hochdeutsch und streute hier und da einen englischen Ausdruck dazwischen, das hatte sie als Kind schon getan.

Joseph von Mallwitz war kein so schneidiger Mann wie sein gefallener Bruder, er war breit, ein wenig schwer und gedrungen, er sprach nicht viel, doch wenn er sprach, war es kernigstes Bayerisch.

»Verstehst du ihn eigentlich immer?« fragte Nina.

»*Sure.* Ich habe es gelernt«, erwiderte Victoria.

Aber es gingen wirklich, wie Victoria einst geschrieben hatte, Güte und Wärme von diesem Mann aus. Er hatte viel Humor, konnte herzhaft lachen; er war gemütlich, wie die Bayern es nannten. Und er liebte Victoria von Herzen, das stand in seinem Gesicht geschrieben, wenn er sie nur ansah.

Sein Vater, Albrecht von Mallwitz, glich im Typ mehr seinem gefallenen Sohn, schlank und drahtig, er besaß eine ausgesprochene Reiterfigur, auch wenn er nun schon fast achtzig war.

Zwischen ihm und Victoria bestand eine sehr enge Bindung, das war deutlich zu spüren, er war stolz auf die schöne Schwiegertochter, immer noch tief befriedigt darüber, daß es ihm gelungen war, sie auf dem Gut zu halten.

Victoria war unumschränkte Herrin hier, sie wurde allseits respektiert und geliebt. Ihre Schwiegermutter lebte schon lange nicht mehr.

Sie hat ein beneidenswertes Leben gehabt, dachte Nina. All die Jahre wurde sie umsorgt und liebgehabt.

Wie allein war ich, wie schwer war mein Leben. Wie allein bin ich heute noch.

Victorias ältester Sohn studierte in München, hatte allerdings noch Semesterferien und hielt sich zur Zeit in England bei seiner *grandma* auf. Die beiden Kinder aus zweiter Ehe gingen noch zur Schule. Neben dem fünfzehnjährigen Albrecht gab es noch eine zwölfjährige oder beinahe zwölfjährige Elisabeth, Liserl genannt.

Und dann die Pferde! Schon am dritten Tag ihres Aufenthaltes mußte sich Nina aufs Pferd setzen.

Sie war ein wenig ängstlich, sagte: »Ich kann nicht mehr reiten. Weißt du, wann ich das letztemal auf einem Pferd gesessen habe? Das war 1913.«

»Du hast doch nicht etwa Angst?« fragte Victoria in ihrer kühlen Art. »Ich sag dir doch, daß man Reiten nicht verlernt. Jetzt probier mal meine Hosen, die müßten dir passen.«

Die Hosen paßten, die Stiefel waren ein wenig zu groß, Nina bekam dicke Socken. Daß sie damals mit Nicolas nur im Damensattel geritten war, erwähnte sie nicht. Es wäre ihr vorgekommen, als sei sie hundert Jahre alt.

Victoria führte ihr das Pferd selbst vor. Ein brauner Wallach mit einer schmalen weißen Blesse.

»Das ist der Buele, der ist ganz brav, der tut bestimmt keinen Schritt zuviel. Auf dem hat die Liserl auch reiten gelernt, und jetzt ist er für dich da.«

Buele war wirklich brav, er stand, ohne sich zu rühren, bis Nina sich mühselig hinaufgezogen und zurechtgesetzt hatte.

Sie hatte in den vergangenen Jahren keinen Sport getrieben und war ziemlich steif. Und wie hoch so ein Pferd war, das hatte sie auch vergessen.

Victoria bestieg einen rassigen Fuchs, der aufgeregt tänzelte.

»Das braucht dich nicht zu stören«, sagte sie, »das macht der immer so. Ist hauptsächlich Angabe. *Just for show.* Buele stört das nicht, der ist daran gewöhnt.«

Sie ritten im Schritt aus dem Tor, ein Stück die Straße entlang, auf der, wie Victoria sagte, höchstens einmal im Jahr ein Auto käme. Dieser Tag schien es jedoch gerade zu sein, eine Staubwolke wirbelte auf, ein Auto näherte sich in flotter Fahrt.

Nina nahm die Zügel fest in die Hand und legte instinktiv die Knie an. Der Fuchs sprang in die Höhe, zur Seite und dann mit einem gewaltigen Satz über den Graben auf das Stoppelfeld.

Buele hingegen war durch das Auto nicht im mindesten irritiert, er ließ es ruhig an sich vorbeifahren.

Nina faßte Vertrauen zu ihm, er schien wirklich ein braves Pferd zu sein.

Sie bogen in einen Feldweg ein und ritten, immer noch im Schritt, auf den Wald zu.

Es war ein herrlicher Tag, der Himmel von tiefem Blau, die Sonne warm wie im Hochsommer.

»*How do you feel?*« wollte Victoria wissen.

»Fein«, sagte Nina und lachte.

Auf einem weichen Waldweg versuchten sie es mit einem Trab, es ging gut, Nina hielt sich tapfer, abgesehen davon, daß sie die Bügel entweder verlor oder daß sie ihr nach hinten rutschten.

Nach einer halben Stunde sagte Victoria: »*That will do.* Für das erste Mal ist es genug.«

Im Schritt ging es nach Hause zurück, Nina saß ab, zwar erleichtert, doch gleichzeitig von Bedauern erfüllt, daß es vorüber war. Sie war stolz und glücklich, daß sie es gekonnt hatte.

»Ich muß Wotan noch bewegen, sonst ist er morgen der reine Teufel«, rief Victoria und stob zum Tor hinaus, auf das nächstgelegene Stoppelfeld zu, verschwand in rasantem Galopp.

Nina klopfte Buele den Hals und stellte fest, daß sie keinen Zucker bei sich hatte.

»Das passiert mir auch nur einmal«, sagte sie zu ihm. »Weißt du, ich bin den Umgang mit einem Pferd nicht mehr gewöhnt. Ich bringe dir gleich Zucker in den Stall, ja?«

Der Knecht, der erstaunlicherweise Nazi hieß, kam grinsend herbei und nahm ihr das Pferd ab, um es in den Stall zu führen.

»No? Wie is denn ganga?«

»Gut«, sagte Nina und lachte ihn an.

»Sixt as. Bal mas amal ko, ko mas.«

Daß der Knecht Nazi hieß, hatte ihre Verwunderung erregt.

»Ist er denn so ein großer Nazi, daß man ihn so nennt?« hatte sie gefragt.

Darüber hatten sie alle gelacht.

»Er heißt Ignaz. Nazi ist seit eh und je die landesübliche Abkürzung für diesen Namen. Der arme Nazi kann nichts dafür, daß sein ehrlicher Name heute so in Verruf gekommen ist.«

Victoria sprach so etwas laut und ungeniert aus. Daß sie in dieser Familie keine Anhänger des derzeitigen Regimes waren, hatte Nina allerdings schon gewußt; sie waren alteingesessene Bayern, gut katholisch, dem Wittelsbacher Königshaus noch immer treu ergeben.

Ehe sie ihr zweites Kind bekam, war Victoria konvertiert, auch das wußte Nina. »Der Kinder wegen«, hatte Victoria damals in ihrer gelassenen Art gesagt, »und auch meinem Schwiegervater zuliebe«.

Sie hatte sich für dieses Leben und diese Familie entschieden, darum tat sie es gründlich und fair, wie es ihre Art war.

Nina sah Buele nach, bis er im Stall verschwunden war, reckte sich dann und atmete tief aus.

Nicolas, hast du mich gesehen? Ich habe wieder auf einem Pferd gesessen. Gott, wie bin ich glücklich.

Sie schlenderte langsam zum Tor, lehnte sich an die sonnenwarme Mauer und hielt nach Victoria Ausschau. Weit und breit nichts zu sehen.

Doch, ganz hinten am Waldrand wehte ein goldener Schweif. Das war Wotan, dem jetzt die Flausen ausgetrieben wurden. Eine halbe Stunde später kam Victoria zurück, erhitzt, strahlend auch sie.

»So, für heute reicht es ihm. Morgen mehr von dieser Nummer.«

Am nächsten Tag hatte Nina zwar einen gewaltigen Muskelkater, doch das konnte sie nicht davon abhalten, Buele zum zweitenmal zu besteigen. Nach acht Tagen ritt sie schon zwei Stunden lang mit Victoria spazieren, keine wilden Sachen, einen ruhigen Trab, ein kurzes Stück Galopp, wovon der Buele sowieso nicht viel hielt, er war nicht nur brav, er war auch faul.

»Siehst du jetzt ein, wie dumm es von dir war, mich nie zu besuchen?« fragte Victoria während eines Rittes.

»Du hast recht. Aber du weißt nicht, wie es war.«

Victoria schwieg darauf. Sie wußte es. Und sie verstand ihre Freundin. Und darum freute sie sich auch ehrlichen Herzens über Ninas neue Tätigkeit und die ersten Erfolge, die sie damit erzielt hatte.

Mitte September kehrte Ludwig, der Älteste, aus England zurück, nun ritten sie manchmal zu dritt. Am Sonntag, wenn die Kinder keine Schule hatten, waren die beiden jüngsten auch dabei.

Joseph machte seinen Ritt schon in aller Früh, kaum daß es hell wurde. Dann arbeitete er auf dem Hof, im Büro, oder er war im Dorf, sie sahen ihn meist erst zum Mittagessen.

Am Sonntag, manchmal schon am Sonnabend, oder am Samstag, wie sie hier sagten, kam stets Besuch, Freunde aus der Umgebung oder aus München. Dann gab es eine große Kaffeetafel mit selbstgebackenem Kuchen, nicht von Victoria gebacken, die sich um den Haushalt kaum kümmerte, das machte Mirl, die Köchin.

Abends wurde feierlich bei Kerzenlicht gespeist, dazu wurde ein frischer herber Wein gereicht.

Nina mußte von Berlin erzählen, von den Olympischen Spielen und was sich sonst so tat in der Reichshauptstadt.

Sie konnte aussprechen, was sie dachte, in dieses Haus kam keiner, der der Nazipartei nahestand.

»Mich wundert das sehr«, sagte Nina an einem dieser Abende naiv, »ich habe immer gedacht, in Bayern gibt es besonders viele Nazis. Hier hat es doch schließlich angefangen.«

Einer der Gäste am Tisch, ein Mann namens Silvester Framberg, blickte sie an und nickte.

»Ja, dieser Makel wird uns bleiben, weit über die jetzige Zeit hinaus. Es hat wirklich in München angefangen. Und natürlich haben wir in unserem Land viele Anhänger des Hakenkreuzlers. Hier wie anderswo auch. Aber mindestens ebenso viele, die anderer Meinung sind. Und so ist es sicher überall, in Berlin doch auch, nicht wahr?«

»Ich muß Ihnen ehrlich sagen, ich weiß es nicht«, antwortete Nina. »Ich spreche eigentlich mit keinem Menschen darüber. Man spricht darüber nicht mit Fremden. Und Freunde habe ich nicht.«

»Wie kommt denn das? Eine so charmante Frau wie Sie und eine bekannte Schriftstellerin dazu.«

»Das bin ich noch nicht lange. Die Leute vom Verlag oder von den Redaktionen, die ich nun kenne – also, man vermeidet das Thema. Notgedrungen. Man weiß ja nicht, wie die anderen denken. Manchmal sind es Andeutungen, kleine Bemerkungen am Rande, die man hört oder besser überhört. Ich bin in der Reichsschrifttumskammer, das ist obligatorisch, aber da komme ich fast nie mit irgend jemand zusammen.«

»Und Kollegen von Ihnen?«

»Kenne ich auch nicht. Ich lebe sehr zurückgezogen.«

Es war für sie selbst erstaunlich, hier in diesem geselligen Kreis, richtig zu erkennen, wie einsam sie im Grunde war.

Sie hatte wirklich keine Freunde. Außer Peter gab es keinen Menschen in ihrem Leben, der ihr nahestand.

Bärchen gab eine gute Geschichte ab, von ihr konnte sie erzählen, die Tischrunde lachte.

»Ich habe jahrelang eine Stellung in einem kleinen Betrieb gehabt«, erzählte Nina anschließend, »ehe ich anfing zu schreiben. Dort waren sie alle begeisterte Nazis. Das war schon vor 33 und dann noch zwei Jahre danach, und ich habe dadurch gewissermaßen alles, was geschehen ist, von der Naziseite aus miterlebt. Sie waren so begeistert, so voller Zuversicht. Und sie waren anständige Menschen, ich müßte lügen, wenn ich ihnen etwas Übles nachsagen sollte. Das ist ja das Seltsame an der ganzen Sache, daß ich eigentlich gar nichts Konkretes gegen die Nazis sagen kann, sie haben mir nichts getan. Es ist mehr ein Gefühl, daß ich sie nicht mag. Ich kann es nicht begründen.«

»Ein gesunder Instinkt würde ich sagen«, meinte Silvester Framberg. »Aber es gibt außerdem Tatsachen, die nicht aus der Welt zu schaffen sind. Sie als Schriftstellerin werden ja beispielsweise eine Meinung über die Bücherverbrennung im Mai 1933 haben.«

»Ja, natürlich. Das war ein großer Schock für mich.«

Es kam ihr immer noch merkwürdig vor, wenn man sie als Schriftstellerin bezeichnete. War sie damit gemeint?

»Wir sind sehr arm geworden in Deutschland, unsere geistige Elite ist emigriert«, sagte Framberg. »Juden oder Nichtjuden, sie konnten oder sie wollten in diesem Land nicht mehr leben.«

Nina empfand fast so etwas wie ein schlechtes Gewissen. Die geistige Elite war emigriert, und nun schrieb sie selbst und hatte sogar ein bißchen Erfolg, vielleicht auch nur deswegen, weil die Elite nicht mehr da war.

»Aber von Konzentrationslagern hat man in Berlin schon gehört?«

Nina kam sich examiniert vor. Dieser Mann war hartnäckig. Seine grauen Augen blickten sie unverwandt an.

»Ich habe nichts davon gehört«, sagte sie. »Eben nur gerade, daß es sie gibt. Und was andere darüber wissen, kann ich nicht sagen.«

»Wie geht es deinem Schwager?« fragte Victoria.

Wie ging es Max? Abermals ein Grund, um ein schlechtes Gewissen zu haben. Aber wann hatte sie je gewußt, was Max dachte, tat und empfand? Es war nie möglich gewesen, ihm näherzukommen. »Ich weiß es nicht«, gab sie hilflos auf Victorias Frage zur Antwort.

Das, was sie wußte, wollte sie vor fremden Menschen nicht gern erzählen. Marleen und Max hatten sich getrennt. Oder schienen sich getrennt zu haben, ganz genau wußte Nina nicht einmal das.

Die Villa am Wannsee war verkauft, sie hatten eine Wohnung in Dahlem, doch aus der war Max ausgezogen, vor gar nicht langer Zeit. Er lebte jetzt mitten in der Stadt, in der Wohnung seines Vaters, der gestorben war.

Der Grund war ein neuer Mann in Marleens Leben. Oder besser gesagt, einer der Gründe, denn neue Männer hatte es in Marleens Leben immer gegeben. Aber diesmal schien es ein ernster Fall zu sein, der allerdings Marleen nicht gut bekam. Als Nina sie zuletzt gesehen hatte, war sie nervös und rastlos, trank viel und rauchte ununterbrochen.

Die Tatsache, daß dieser Mann ein großes Tier in der Partei war, schien Max offenbar tief getroffen zu haben.

»Ich finde dich geschmacklos«, sagte Nina zu ihrer Schwester, und Marleen darauf, müde: »Das habe ich schon einmal von dir gehört.«

Bei der Loisl-Affäre mochte Nina es gesagt haben. Aber das war im Vergleich hierzu eine harmlose Angelegenheit gewesen; dieser neue Mann, Alexander Hesse, war wirklich ein bedeutender Mann, Industrieller aus Westdeutschland, der seit einiger Zeit in Berlin lebte und in leitender Position dem Planungsstab des neuen Vierjahresplanes angehörte. Ein Mann der Wirtschaft, der Partei, von großem gesellschaftlichen Ansehen dazu. Das Bittere für Marleen bestand darin, daß sie total im Hintergrund bleiben mußte, eine Geliebte, die versteckt wurde. Alexander Hesse war verheiratet, Marleen die Frau eines Juden.

»Ich möchte mich scheiden lassen«, hatte Marleen gesagt, als Nina kurz vor ihrer Reise mit ihr zusammentraf.

»Das kannst du Max nicht antun. In seiner jetzigen Situation.«

»Das wird Max egal sein«, erwiderte Marleen kalt. »Und ich kann wohl einmal auch an mich denken.«

»Du hast immer an dich gedacht, und zwar ausschließlich«, sagte Nina. »Ich bin der Meinung, du mußt jetzt zu Max halten.«

So war der Stand der Dinge, mehr wußte Nina nicht, und auf Victorias Frage: »Wie geht es Max?« konnte sie wirklich nur antworten: »Ich weiß es nicht.«

»Ich kann Ihnen übrigens ein Buch empfehlen«, sagte Dr. Framberg am gleichen Abend zu Nina. »Wenn Sie einmal nachlesen wollen, wie es war in München und wie alles begonnen hat. Lesen Sie ›Erfolg‹ von Lion Feuchtwanger. Meiner Ansicht nach eines der besten Bücher, das in unserer Zeit geschrieben wurde. Feuchtwanger hat uns auch verlassen. Ein bedeutender Mann. Ich kannte ihn gut.«

Bücher von mir würde dieser Silvester vermutlich gar nicht lesen, dachte Nina, das hält er sicher für unter seinem Niveau.

»Ich habe noch nie gehört, daß jemand Silvester heißt«, sagte Nina.

»Das kommt ganz einfach daher, daß ich an einem Silvesterabend zur Welt gekommen bin. Das ersparte meinen Eltern jedwedes Kopfzerbrechen, wie sie mich taufen sollten.«

Zwar war Nina ein wenig eingeschüchtert von dem prüfenden Blick der grauen Augen, aber sie fühlte sich dennoch zu diesem Mann hingezogen.

Zu Victoria sagte sie: »Ich finde ihn sehr sympathisch.«

»Er und Ludwig waren eng befreundet«, erzählte Victoria, »ich lernte ihn schon kennen, als wir uns verlobten. Ich erinnere mich genau an folgende Szene: Ludwig hatte uns bekannt gemacht, Silvester nickte ihm zu und sagte: ›Genehmigt!‹ Wie findest du das? Ich antwortete: ›Das beruhigt mich außerordentlich.‹«

Nina mußte lachen. Sie konnte sich gut vorstellen, wie die junge Victoria das damals hochnäsig hervorgebracht hatte.

»Hat er Ludwig auch gefragt, als er heiraten wollte?«

»Es ist eine etwas verworrene Geschichte mit seinem Privatleben. Er hatte immer Pech mit der Liebe. Die erste Frau, die er heiraten wollte, kam bei einem Lawinenunglück ums Leben. Er ist ein begeisterter Skifahrer, ein sehr guter dazu, und er machte sich danach Vorwürfe, daß er sie auf eine Hochgebirgstour mitgenommen hatte. Er konnte sich ausgraben, aber als er sie fand, war sie tot.«

»Schlimm.«

»Ja. Er hat es lange nicht verwunden. Dann war er mit einer jüdischen Malerin liiert, er wollte sie sofort heiraten, als es mit den Nazis anfing, doch sie weigerte sich. Sie hat sich das Leben genommen.«

»Mein Gott, warum denn?«

»Warum? Frag nicht so naiv. Es paßte ihr wohl nicht, als ein *outcast* zu leben. Vielleicht liebte sie ihn und wollte sein Leben nicht noch schwieriger machen. Die Nazis hatten ihn nämlich sofort abgesetzt, er hatte sich schon vorher zu eindeutig gegen sie geäußert.«

Silvester Framberg war Kunsthistoriker, erzählte Victoria weiter, und bis zum Jahr 33 Direktor eines Museums gewesen. Heute war er Mitarbeiter in einem wissenschaftlichen Verlag, hatte eine Werkstatt, in der alte Bilder und alte Möbel restauriert wurden, und war außerdem an einem Antiquitätenladen beteiligt.

»Den führt seine derzeitige Freundin. Auf ihren Namen läuft das Geschäft auch. Er meint, es sei besser, wenn er im Hintergrund bleibt.«

Ein guter Reiter war er auch, im Krieg hatte er bei der Kavallerie gedient. An einem Sonntagvormittag, es war der dritte Sonntag den Nina im Waldschlössl verbrachte, machte sie mit Silvester Framberg allein einen Ausritt.

Victoria hatte keine Zeit, zum Mittagessen wurden mehr Gäste als sonst erwartet, Josephs Schwester mit Mann und Kindern war angesagt, und außerdem hatte das Liserl Geburtstag. Sie wurde zwölf, eine große Kindergesellschaft sollte am Nachmittag stattfinden.

»Paß mir gut auf Nina auf«, sagte Victoria, als Nina und Silvester aufgesessen waren. »Keine wilden Sachen, bitte.«

Silvester warf einen Blick auf Buele, der geduldig, mit gesenktem Kopf, der Dinge harrte, die da kommen würden.

»Ich weiß nicht, was sich Buele unter wilden Sachen vorstellt«, sagte er. »Meinst du, er würde freiwillig einem Baum ausweichen, der sich ihm in den Weg stellt?«

»*Go ahead*«, lachte Victoria und patschte Buele auf sein rundes Hinterteil.

Buele hatte wirklich einen ziemlich wilden Tag, er schnob zufrieden und sprang zum Galopp an, als sie auf eine Waldschneise kamen und galoppierte sie in relativ flottem Tempo durch, ohne einmal auszufallen. Das konnte Nina nun schon wieder mühelos.

»Bravo«, lobte Silvester. »Das war ein anständiger Galopp. Dafür, daß Sie solange nicht geritten sind, machen Sie es sehr gut.«

»Sie wissen nicht, was es für mich bedeutet«, sagte Nina.

Und plötzlich begann sie zu erzählen. Sie sprach von Nicolas, von ihrem Kindheitsglück auf Wardenburg. Sie ritten am Waldrand entlang, im Schritt nun, und Nina redete und redete.

Wie eine Flut stürzte es aus ihr heraus, Nicolas, Tante Alice, Grischa, das Haus und die Felder, wie sie dort lebten, Nicolas' Lachen und sein Charme, das Ende von Wardenburg.

Silvester hörte zu, stellte nur manchmal eine Frage, sein Blick streifte sie von der Seite.

»Entschuldigen Sie«, sagte Nina dann. »Ich langweile Sie sicher gräßlich.«

»Keineswegs. Was könnte interessanter sein, als etwas über das Leben eines Menschen zu erfahren, den man erst flüchtig kennt, über den man jedoch gern ein wenig mehr wissen möchte.«

Eine kokette Antwort wäre naheliegend gewesen, Nina kam sie nicht in den Sinn. Sie fühlte nur eine dunkle Unruhe, gemischt aus Freude, Erwartung und Angst.

»Das Beste, was ein Mensch haben kann«, fuhr er fort, »sind schöne Kindheitserinnerungen. Das kann ihm keiner nehmen, das bleibt durch alle Zeit, was immer sie auch bringen mag. Haben Sie jemals daran gedacht, das aufzuschreiben, was Sie mir eben erzählt haben?«

»O ja, das ist es, was ich am liebsten schreiben würde. Und ich habe es auch schon einmal versucht. Als ich überhaupt das erstemal zu schreiben begann, wollte ich das Leben meines Onkels erzählen. Aber es glückte mir nicht.«

»Ich meinte auch nicht das Leben Ihres Onkels, sondern ich meinte das, was Sie als Kind erlebt und empfunden haben. Wie die Augen eines Kindes es sahen.«

»Aber es war vor allem er, was ich sah. Ich wollte seine Lebensgeschichte aufschreiben, aber das mißlang.«

»Nach allem, was Sie erzählt haben, mußte es mißlingen. Er war wohl eine vielseitig schillernde Gestalt und von einem kleinen Mädchen schwer zu durchschauen. Sie kannten sicher nur eine Seite seines Wesens, was halt ein Kind zu begreifen und aufzunehmen fähig ist. Sie sollten nur die Kindheitserlebnisse des kleinen Mädchens erzählen. Ehe es erwachsen war, war es vorbei, so haben Sie es gerade berichtet.«

Es war nicht vorbei, dachte Nina. Dann kam das andere, die Erlebnisse des großen Mädchens. Fast fühlte sie sich versucht, ihm den Rest auch noch zu erzählen. Diesem fremden Mann hätte sie erzählen können, was sie sonst verschwieg.

Der Tag wurde turbulent, das Haus war voller Gäste und Betrieb. Doch spät am Abend, als Silvester Framberg sich verabschiedete, um nach München hineinzufahren, hielt er ihre Hand fest und sagte: »Soviel ich gehört habe, waren Sie erst einmal in München drinnen, seit Sie hier sind. Möchten Sie mir nicht einen Tag schenken? Ich würde Ihnen gern meine Stadt zeigen.«

»Das wäre sehr nett«, sagte Nina verlegen.

»Aber Sie kommen allein, ja?«

»Aber Victoria . . .«

»Erstens kennt Victoria München gut genug, und zweitens hat sie bestimmt Verständnis dafür, wenn ich Sie einmal für mich allein haben möchte. Oder glauben Sie, sie hat noch nicht gemerkt, daß wir uns gut verstehen? Darf ich Sie am Mittwoch um zehn abholen?«

Nina war verwirrt wie ein junges Mädchen vor dem ersten Rendezvous. Victoria hat bemerkt, daß wir uns gut verstehen. Was sollte das denn heißen? Hatte er mit Victoria über sie gesprochen?

Mittwoch früh um zehn war er pünktlich da, sein hellgrüner Adler wartete vor dem Haus auf sie, er stand daneben. Victoria begleitete Nina hinaus.

»Am Abend bringst du sie mir aber zurück«, sagte sie zu Dr. Framberg.

»Ungern«, erwiderte der.

Es war wieder ein blauer Tag mit Sonnenschein, allerdings schon merklich kühler. Nina trug ihr graues Flanellkostüm und eine weiße Bluse.

»Du siehst aus wie fünfundzwanzig«, hatte Victoria gesagt, ehe sie das Haus verließen.

Es begann mit einem Rundgang durch die Stadt: die Frauenkirche, die Residenz, das Nationaltheater, die Theatinerkirche wurden besichtigt, alles mit Sachkenntnis geschildert und mit historischen Anmerkungen versehen.

»Das«, meinte Silvester sodann, »genügt vorerst, sonst bekommen Sie müde Füße. Natürlich würde ich noch gern mit Ihnen in die Pinakothek gehen, aber das heben wir uns für einen anderen Tag auf. Jetzt gehen wir erst einmal essen.«

Sie speisten ausgezeichnet im Preysing-Palais, wo er einen Tisch bestellt hatte und gut bekannt war.

Den Nachmittag verbrachten sie im Schloß und im Park Nymphenburg. Als er sie am Abend zum Waldschlössl hinausfuhr, sagte er: »Falls der Tag Ihnen angenehm war, könnten wir einen zweiten folgen lassen. Da wäre noch verschiedenes, was ich Ihnen gern zeigen würde.«

»Ich muß ja wieder einmal nach Hause fahren.«

»Das eilt nicht. Sie sind eine Frau im freien Beruf, was versäumen Sie?«

»Meine Tochter . . .«

»Wie ich gehört habe, doch schon eine erwachsene und sehr selbständige junge Dame.«

»Ich höre gar nichts von ihr. Das beunruhigt mich.«

»Es beweist, daß sie beschäftigt ist.«

Victoria hatte kein einziges Mal geschrieben. Nina hatte zweimal ein Gespräch mit Berlin angemeldet, Vicky jedoch nur einmal erreicht.

»Ist alles in Ordnung bei dir?«

»Klar, was soll denn nicht in Ordnung sein?« Das hatte fast unfreundlich geklungen.

»Du bist so allein.«

»Mein Gott, Nina, ich bin nicht allein. Ich habe zu tun, ich bin im Studio, mir geht's fabelhaft.«

So hörte es sich gar nicht an, fand Nina. Vielleicht hatte sie Ärger mit diesem Prisko. Nina wünschte schon lange das Ende dieser Affäre herbei. Sie mochte den Burschen nicht, und wenn er ein noch so großes Genie war. Er war dennoch kein Mann für Victoria.

Länger als beabsichtigt blieb Nina im Waldschlössl, der Oktober begann, und sie war immer noch da.

Sie hatte inzwischen viel gesehen, sie waren einige Male im Gebirge gewesen, waren vom Kochelsee zum Walchensee die Kesselbergstraße hinaufgefahren. Sie kannte Garmisch-Partenkirchen, wo die Winterspiele stattgefunden hatten, sie kannte Mittenwald, und sie hatte einige der bayerischen Seen kennengelernt: den Tegernsee, den Starnberger See, den Ammersee.

Am allerbesten war sie jedoch mit München bekannt geworden, der ersten Führung von Silvester Framberg waren drei weitere gefolgt.

Sie waren in der Oper, in den Kammerspielen gewesen, und im Odeon hatte sie ein herrliches Konzert erlebt. Das war alles wunderschön und höchst anregend; noch viel anregender jedoch und jeden Tag schöner und aufregender gestaltete sich die Beziehung zu Silvester.

Der Mann mit den prüfenden grauen Augen besaß unerwartet viel Temperament, er küßte Nina, als er sie vom zweiten Münchenbesuch ins Waldschlössl fuhr.

Hielt einfach am Straßenrand, wandte sich ihr zu und zog sie in die Arme, blickte ihr eine Weile in die Augen, dann, als er merkte, daß sie etwas sagen wollte, legte er seine Lippen auf ihre Lippen, es war ein richtiger, langer und sehr intensiver Kuß.

Einer von jener Art, der einer Frau die Knie weich machen konnte. Und erst recht einer Frau wie Nina, die so gefühlsbetont war.

Während der letzten Woche, die Nina in Bayern verbrachte, waren sie jeden Tag zusammen. Sie war in München, oder er kam ins Waldschlössl, er begleitete Victoria und Nina auf ihren Exkursionen ins Gebirge, und einige Male ritten sie auch zusammen aus.

»*Now, that's rather fun*«, meinte Victoria trocken. »Endlich kommst du mich mal besuchen, nach Jahren und Jahren, und was machst du? Du schnappst dir das Herz meines liebsten Freundes.«

»Ach Gott, das Herz!« wehrte Nina ab. »Von Herz wollen wir doch nicht reden.«

»Wovon denn? Er ist ein Mann mit Herz, und wenn du ihn jetzt schlecht machen willst, sind wir geschiedene Leute.«

Nina kam es unwahrscheinlich vor, daß sich wirklich ein Mann in sie verliebt hatte, noch dazu ein so kluger und erfahrener Mann. Es fiel ihr schwer, daran zu glauben, sie war scheu und zurückhaltend, kam ihm nicht entgegen und war überwältigt, wenn er sie in die Arme nahm. Sie kannte inzwischen die Werkstatt und den Laden; dort hatte sie seine Partnerin kennengelernt, nach Victorias Meinung die Frau, mit der er liiert war.

Sie war eine große energische Dame, etwa in Ninas Alter, dunkelhaarig, nicht hübsch, aber ein interessanter Typ. Sie betrachtete Nina so prüfend, wie er es anfangs getan hatte, sie war nicht gerade sehr freundlich.

Er verhielt sich ganz sachlich, so als ginge ihn keine der Damen etwas an, aber auf jeden Fall hatte er beide gut beobachtet.

Als er später mit Nina beim Abendessen in den Torggelstuben saß, sagte er ohne große Umschweife: »Ich wollte gern, daß du Franziska kennenlernst. Und sie dich. Victoria wird dir ja erzählt haben, daß wir seit vielen Jahren befreundet sind, aber es war immer ein etwas eckiges Verhältnis, falls du dir darunter etwas vorstellen kannst.«

»Offen gestanden, nein.«

»Nun, dann hör zu. Franziska ist eine sehr resolute Person. Sehr raumfüllend und dominierend. Ich gebe zu, daß sie außerordentlich tüchtig ist. Als ich meinen Posten verlor, war sie eine große Hilfe. Sie hatte zuvor schon einen kleinen Laden, ich konnte dann Geld zusteuern, und wir leisteten uns das neue Geschäft. Die Werkstatt mußte ich erst aufbauen, der Verlag kam später. Ich bin nicht an sie gebunden, ich könnte heute mit den beiden anderen Berufen gut durchkommen. Damals, 33, als ich meine Bezüge verlor, war das nicht so. Franziska leitet daraus einen gewissen Anspruch ab.«

»Sie möchte dich heiraten.«

»Das kann sie Gott sei Dank nicht, sie ist verheiratet. Ihr Mann läßt sich nicht scheiden, und ich denke, daß sie das auch gar nicht will. Sie ist katholisch erzogen, außerdem ist ihr Mann krank, sie könnte ihn nicht im Stich lassen. Aber sie führt keine Ehe mehr mit ihm.«

»Sondern mit dir.«

»So ist es. Aber ich hatte schon lange den Wunsch . . .« Er brach ab, nahm Ninas Hand. »Versteh mich recht, ich will sie nicht schlechtmachen, ich will eigentlich überhaupt nicht über sie reden, aber sie ist keine Frau für mich. Ich sagte ihr das bereits, ehe ich dich kennenlernte. Ich hatte nie sehr viel Glück mit Frauen, vielleicht hat Victoria dir auch davon erzählt, sie kennt ja mein Leben recht gut. Du brauchst deswegen nicht zur Seite zu schauen, ihr wäret keine normalen Frauen, wenn ihr nicht darüber gesprochen hättet.«

»Sie machte einige Andeutungen«, sagte Nina abwehrend. »Victoria ist keine Schwätzerin.«

»Ich weiß. Schau, es ist so, wie ich hier vor dir sitze, bin ich in diesem Jahr fünfzig geworden. Ich war nie verheiratet. Es ergab sich so. Ich war wählerisch, und die beiden Frauen, die ich gern geheiratet hätte, gingen mir verloren. So etwas macht natürlich kopfscheu. Man zieht sich zurück.« Und mit einem seiner prüfenden Blicke in Ninas Gesicht fuhr er fort: »Und jetzt will ich dich nicht kopfscheu machen, indem ich vom Heiraten rede. Wir kennen uns wenige Wochen, aber ich habe mich in dich verliebt, das gebe ich zu. Daß es bei dir nicht im gleichen Maße der Fall ist, weiß ich auch.«

Er machte eine wirkungsvolle Pause, Nina blickte auf, blickte auf die Tischplatte, griff verwirrt nach ihrem Glas, wußte nicht, was sie antworten sollte.

»Ich habe dich sehr gern«, murmelte sie.

»Dein Glas ist leer, entschuldige. Darf ich dir noch ein Viertel bestellen?«

»Ich habe schon zwei, aber ich trink' noch eins.« Jetzt sah sie ihm voll in die Augen, sie lachte. »Es gelingt dir wirklich, mich aus der Fassung zu bringen. Deswegen trinke ich auch so schnell. Ob du es glaubst oder nicht, ich habe gar nicht so viel Erfahrungen mit Männern. Und ich habe nie gedacht, daß sich noch einmal einer in mich verlieben wird.«

»Jetzt schwindelst du aber. Du bist eine hübsche Frau, du bist eine charmante Frau, und du bist vor allem eine sehr weibliche Frau. Ich würde sagen, du bist zur Liebe geschaffen.«

Nina öffnete weit die Augen. Wie hatte Peter einmal gesagt? Du bist zur Liebe fähig. Wenn es also so war, wenn sie so auf einen Mann wirkte, warum zum Teufel liebte sie dann keiner?

Doch hier war ja einer, der es tat. Und Peter hatte es auch getan. Und Felix schließlich auch.

Es war nicht allzuviel für das Leben einer über vierzigjährigen Frau, aber vielleicht war sie selber schuld. Sie hatte so zurückgezogen gelebt, sie war kaum unter Menschen gekommen, sie hatte die Liebe nicht gesucht.

Nina neigte sich näher zu ihm, ihre Augen waren voll kindlichem Staunen.

»Ich möchte sehr gern ein wenig geliebt werden«, sagte sie leise.

»Von mir?«

Sie nickte.

»Wir bleiben also in Verbindung? Ich darf dich in Berlin besuchen?«

»Ja. Ich würde mich sehr freuen, wenn du kommst.«

Und sie dachte: Wie gut, daß ich jetzt die schöne Wohnung habe.

Und Trudel darf er nicht zu sehen bekommen mit ihrem Nazigeschwätz. Vicky wird ihm gefallen. Er liebt Musik, er versteht viel von Musik.

Zwei Tage später fuhr sie nach Berlin zurück, er kam mit an die Bahn, es war ein trüber, schon recht kühler Tag, das schöne Wetter schien vorbei zu sein.

Victoria küßte sie auf beide Wangen, Silvester küßte sie auf den Mund.

»Simsalabim«, mokierte sich Victoria. »Willst du nicht lieber dableiben?«

»Vergönn mir doch die Freude, nach Berlin zu fahren«, sagte Silvester. »Hatte ich schon lange vor, mal nachzuschauen, was die Preußen da so treiben. Außerdem muß ich den Furtwängler und seine Philharmoniker wieder mal hören. Und vor allen Dingen die Erna Berger als Violetta. Da gibt es nämlich eine Neuinszenierung in Berlin, und die Berger ist mein Höchstes. Schöner kann überhaupt niemand singen. Tja, ich bin bestens informiert, ich lese Zeitung.«

»Und wer singt, bittschön, den Alfredo?«

»Helge Roswaenge.«

»Na ja, das ist wohl eine Reise wert. Genehmigt! Nina, der Besuch aus München wird dir nicht erspart bleiben. Und jetzt mußt du einsteigen, der Zug fährt sonst ohne dich ab, der Schaffner hat schon dreimal gerufen.«

»Du siehst, wie schwer es ihr fällt, von mir zu scheiden«, sagte Silvester.

Er trug heute einen Lodenmantel und ein grünes Hütchen, er lachte geradezu übermütig, als Nina aus dem Abteilfenster sah.

»Er wird kommen«, dachte sie. »Und was mach ich dann?«

Nina
Reminiszenzen

Er wird kommen, und was mach ich dann?

Irgendwie kommt es mir unmöglich vor, daß es noch einmal einen Mann in meinem Leben geben sollte. Warum eigentlich nicht? Aber ich habe Angst davor, ich bin nicht mehr jung, ich bin nicht mehr schön.

Schön bin ich nie gewesen. Ganz nett vielleicht, ein bißchen hübsch, wenn ich glücklich war.

Du hast ein Traumgesicht, das sagte Nicolas, als ich auf den ersten und einzigen Ball meines Lebens ging. Mit ihm. Ich sah nur ihn, ich hörte nur ihn, es gab nichts auf der Welt außer ihm. Zur Liebe geschaffen, zur Liebe fähig, wie immer man es nennen will, ich bin eine Närrin in der Liebe. Ich verliere mich, wenn ich liebe. Und das will ich nicht mehr. Das kann man nicht mehr in meinem Alter.

Aber vielleicht kann man etwas anderes, eine Gemeinschaft haben mit einem Mann, eine Freundschaft, ein . . . wie soll man das nennen? Einverständnis, Gemeinsamkeit, ja, das ist es wohl.

Aber er spricht von Liebe. Und wenn er mich küßt, ist es mehr als Freundschaft. Wenn er mit mir schlafen will, was mache ich denn da?

Ja, was mache ich denn da?

Ob er noch mit dieser Franziska schläft? So etwas kann man nicht fragen. Und er kann es nicht sagen, das wäre auch nicht das Benehmen eines Kavaliers. Manchmal sieht er ganz jung aus. Das bißchen Grau an den Schläfen steht ihm. Sein Haar ist ganz dunkel und dazu die grauen Augen, die einen so ansehen können.

Ich muß jetzt mal ganz nüchtern versuchen, meine Männer auseinanderzusortieren. Da war Nicolas am Anfang, und solange er lebte, war das die ganz große Liebe.

Dazwischen Kurtel, notgedrungen, weil ich ihn ja geheiratet hatte. Das berührte mich nicht. Gott, war das gemein von mir, er hat mich so geliebt.

Dann die Affäre in Breslau, Anfang der zwanziger Jahre, an die will ich nicht denken, da schäme ich mich. Die vergesse ich.

Ich habe sie vergessen.

Und dann also Felix und Peter. Aus. Das war schon alles.

Sonst war da wirklich nichts mehr.
Und es war ja, genaugenommen, nie eine richtige Ehe dabei.
Die mit Kurtel dauerte ja nicht lange, da begann der Krieg, und er war fort. Ich habe nie eine Ehe geführt. So wie andere Frauen. Wie Victoria zum Beispiel. Ich war eine alleinstehende Frau mit zwei Kindern, die sie allein aufzog, und mit ganz wenigen Liebhabern.
Die Kinder sind nun groß, und es ist nicht einzusehen, warum ich nicht noch einmal einen Liebhaber haben soll, ehe ich uralt werde.
Habe ich mich denn verliebt?
Ich weiß es nicht. Aber es beschäftigt mich. Es beschäftigt mich gewaltig. Das ist kindisch in meinem Alter.
Warum ich bloß immerzu an mein Alter denke. So alt bin ich noch gar nicht. – Was ist das für ein Fluß, über den wir fahren?
Ist das die Donau?
Ich bin nicht alt, und ich werde nicht pausenlos an einen Mann denken, mit dem ich ein bißchen geflirtet habe. Ich werde statt dessen darüber nachdenken, was ich als nächstes schreibe. Es ist Oktober, bis zum März muß ein neues Buch fertig sein.
Ich werde einen Liebesroman schreiben. Eine richtig schöne, glückliche Liebesgeschichte, ohne Politik, ohne Komplikationen, nur zwei Leute, die sich lieben.
Und wenn es denn sein muß, ist nicht einzusehen, warum ich nicht ein paar Studien machen sollte ...

Beide Kinder waren an der Bahn, Victoria und Stephan, um sie abzuholen.
Stephan hatte seine Arbeitsdienstzeit beendet. Er hatte sie widerwillig begonnen, aber schlecht bekommen war ihm das Leben an der frischen Luft nicht, er war kräftiger geworden, sein Gesicht war gebräunt. Er hatte eine gewisse Wurschtigkeit entwickelt.
»Mußt du nun wirklich gleich zum Militär?« fragte Nina.
»Es hilft nichts, ich muß. Wenn ich jetzt anfange, zu studieren, muß ich nächstes Jahr unterbrechen, das hat auch keinen Sinn. Ich habe mich freiwillig gemeldet, nach Cottbus.«
»Da befindet sich sein lieber Benno«, warf Victoria ein.
»Benno will dabeibleiben«, sagte Stephan.
»Das paßt erstklassig zu ihm. Das ist genau der Typ, wie ich mir einen Feldwebel vorstelle«, meinte Victoria spöttisch.
Nina lächelte. Sie waren erwachsen, aber die Überheblichkeit, mit der Victoria in der Kindheit ihren Bruder behandelt hatte, war geblieben.
»Nach zwei Jahren bin ich ROB und Fahnenjunker.«
»Was um Himmels willen ist das denn«, wollte Nina wissen.
»Reserveoffiziersbewerber«, sagte Stephan wichtig. »Wenn ich noch ein Jahr dranhänge, bin ich Reserveoffizier.«
»Es ist nicht zu fassen«, sagte Nina. »Ich kann mich immer noch nicht daran gewöhnen, daß es bei uns wieder so militärisch zugeht. In meiner Jugend war es auch so. Da war das Militär überhaupt das wichtigste von allem. Wer gesellschaftlich anerkannt werden wollte, mußte Reserveoffizier sein.«

Ihr Vater war es nie gewesen, weil er das Abitur nicht hatte. Er hatte sein Leben lang darunter gelitten, wenn am Sedanstag oder an Kaisers Geburtstag die anderen aus dem Landratsamt in Uniform herumstolzierten. Er kam sich drittklassig vor, ein kleiner Mann, ein Nichts und Niemand.

Nach dem Krieg wurde alles Militärische verteufelt. Man riß den Offizieren die Schulterstücke herunter, als sie heimkehrten, spuckte sie an, verachtete sie. Und jetzt ist es wie früher.

»Das hat der Führer fertiggebracht. Er hat uns die Ehre wiedergegeben«, plapperte Stephan, es klang eingedrillt.

Nina warf ihm einen schiefen Blick zu.

»Graust es dir denn nicht vor dem Rekrutendasein?«

»Doch, schon. Aber Benno hat erzählt, es ist nicht so schlimm für einen Abiturienten. Nur in den ersten Wochen muß man ein bißchen 'ran, dann wird das Leben sehr angenehm.«

»So. Na, hoffentlich wirst du nicht enttäuscht.«

»Was soll ich denn machen? Es muß doch sein.«

Vor dem Studium grauste es Stephan auch. Und er wußte auch gar nicht, was er studieren sollte, Jura oder Germanistik?

Ihn interessierte weder das eine noch das andere, vor allen Dingen hatte er nicht die geringste Lust, schon wieder seinen Kopf anstrengen zu müssen. Die Schule war ihm sauer genug geworden. Daß er die endlich hinter sich hatte, war das beste, was ihm passieren konnte.

Seit neuestem hatte er entdeckt, daß er am liebsten Schauspieler werden wollte.

Das erfuhr Nina an diesem Abend auch.

»Das ist ja ganz etwas Neues. Du hast dich doch nie besonders für Theater interessiert.«

»Also, die haben alle festgestellt, meine Kameraden, meine ich, daß ich toll begabt bin. Wir haben manchmal bunte Abende gemacht, und da war ich immer eine Bombe. Wenn wir Mädchen eingeladen hatten, die waren immer ganz verrückt nach mir.«

»Vielleicht ist es wirklich besser, du gehst erstmal zu den Soldaten. Da hast du Zeit, dir das zu überlegen.«

»Na ja, eben«, sagte Stephan wurschtig, »das dachte ich mir auch.«

Am nächsten Tag entschwand er nach Neuruppin, um sich in der Zeit, die ihm blieb, ehe er einrücken mußte, von Trudel verwöhnen zu lassen. Sie stand ihm immer noch näher als Mutter und Schwester, daran hatte sich nichts geändert.

»Ich weiß nicht, ob der je richtig erwachsen wird«, sagte Victoria, als sie mit Nina beim Abendessen saß. »Er braucht immer jemanden der ihn bemuttert und bevatert. Ich war nie so. War unser Vater denn so eine Type?«

»Keineswegs. Kurtel war ein weicher und umgänglicher Mensch, und er wurde von seiner Mutter sehr betan und umsorgt, aber er hatte so eine stille Hartnäckigkeit, wenn er etwas wollte. Und er war umsichtig und tüchtig.«

Wie immer widerstrebte es ihr, Victoria gegenüber das Wort ›dein Vater‹ zu gebrauchen.

»Mit Mädchen ist mein Herr Bruder offenbar groß eingestiegen. Er hatte fünf verschiedene Fotografien dabei, alle mit liebevollen Widmungen versehen.«

»Woher weißt du das denn?«
»Weil er sie mir gezeigt hat. Er mußte ja mit seinen Erfolgen angeben, nicht? Er wollte wissen, welche meiner Meinung nach die hübscheste ist. Ich fand sie alle doof.«
»Was du ihm auch nicht vorenthalten hast.«
»Bestimmt nicht. Wenn er mich schon fragt.«
Er hat so eine hübsche Schwester, dachte Nina, das müßte seinen Geschmack eigentlich beeinflussen.
Sie fand, Victoria sah zur Zeit besonders hübsch aus, die Haut weich und samten, das Haar schimmernd honigfarben, sie war auch nicht mehr so dünn, schien nicht mehr so gereizt und nervös zu sein wie vor einigen Wochen. Offenbar war mit der Stimme alles wieder in Ordnung.
Was Victoria so hübsch machte, erfuhr Nina kurz darauf, denn Victoria hatte sich entschlossen, reinen Tisch zu machen, hier und heute.
»Nina«, sagte sie, »ich muß mit dir sprechen.«
»Ja?« sagte Nina verträumt. Sie hatte soeben an Silvester Framberg gedacht, der an diesem Vormittag angerufen und sich erkundigt hatte, ob sie gut angekommen sei, wie ihr Berlin wieder gefalle und ob sie nicht ein wenig Sehnsucht nach München habe.
»Ich hab' mir gedacht, daß ich so in drei Wochen etwa in Berlin vorbeischaue. Wär' dir das recht?«
»Laß mir etwas Zeit«, hatte sie geantwortet.
»Das ist genau das, was ich nicht vorhabe. Du sollst dich an mich gewöhnen und sollst mich nicht gleich wieder vergessen bei deinen rasanten Berlinern.«
»Ich hab' mich schon viel zu sehr an dich gewöhnt.«
»Soll das heißen, daß ich dir fehle?«
Dieses Gespräch rekapitulierte Nina im Geist, als Victoria mit ihrem Geständnis herausrückte.
»Ich kriege ein Kind.«
Das kam ohne Vorwarnung, ohne Einleitung. Knallhart, mitten auf den Abendbrottisch serviert.
Nina begriff es zunächst gar nicht. Sie starrte Victoria nur entgeistert an, fragte: »Wie?«
»Es tut mir leid, ich bin mir durchaus klar darüber, was ich dir damit antue. Und was ich vor allem mir antue. Aber es ist nun mal so. Und ich dachte, du mußt es endlich wissen.«
»Endlich?«
»Ich wußte es schon, ehe du nach München gefahren bist. Ich wollte dir die Reise nicht verderben.«
»Na, vielen Dank«, sagte Nina zornig. »Dafür verdirbst du mir nun die Heimkehr. Ist das wirklich wahr? Kann es das geben? Dieser verdammte Prisko! Ich habe dir immer gesagt, ich kann den Kerl nicht ausstehen.«
»Hast du. Ich kann ihn auch nicht mehr ausstehen. Du hast recht gehabt.«
Victoria schien ganz ruhig zu sein, von einer geradezu kalten Überlegenheit, die Nina absurd vorkam. Begriff sie nicht, was das bedeutete?
Nina stand auf, ging zum Rauchtisch, nahm eine Zigarette und zündete sie an. Ihre Hände zitterten. Sie konnte keinen klaren Gedanken fassen, der Überfall war zu plötzlich gekommen, traf sie völlig unvorbereitet.

»Vicky, das kann doch nicht wahr sein.«
»Doch, es ist wahr.«
»Du bist so ruhig. Macht dir das gar nichts aus? Weißt du eigentlich, was das bedeutet?«
»Ich weiß es. Und ich war nicht so ruhig in den letzten Wochen, ich habe genug durchgemacht. Wäre es dir lieber, wenn ich mir das Leben nehme? Mich vor die U-Bahn schmeiße? Daran habe ich auch gedacht. Das kann ich immer noch tun. Das war der gute Stil in früherer Zeit bei so einem Malheur. Das gefallene Mädchen geht ins Wasser. Aus. Aber ich weigere mich, das Gretchen zu spielen, ich bin kein Gretchentyp. Und ich bin nicht verführt worden, ich wußte, was ich tat. Vielleicht hättest du mir erklären sollen, wie ich mich schützen kann.«
»Soll das ein Vorwurf sein?«
»In gewisser Weise schon. Du wußtest, wie ich mit Prisko stehe. Du hättest ja mal mit mir reden können.«
Nina schwieg, Zorn und Verzweiflung erstickten sie fast.
»Ich versuche, nüchtern und sachlich zu bleiben«, sprach Victoria weiter. »Ich kann mich nicht hinsetzen und Tag und Nacht heulen, das führt zu gar nichts. Du kannst mich rausschmeißen, wenn du willst. Dann gehe ich.«
»Und wohin, wenn ich fragen darf? Zu diesem slowakischen Hintertreppengenie?«
»Nein«, sagte Victoria mit schmalen Lippen.
Nina kam an den Tisch zurück, setzte sich wieder, stützte den Kopf in die Hände und begann zu weinen.
Victoria saß gerade aufgerichtet auf ihrem Stuhl, in ihrem Gesicht standen Härte und Entschlossenheit. Sie hatte Zeit gehabt, während Ninas Abwesenheit alles zu durchdenken.
Von tiefster Verzweiflung war sie zu totaler Apathie gelangt, hatte ernsthaft an Selbstmord gedacht. Der Umschwung war vor acht Tagen eingetreten, und er hatte seine Ursache in ihrer Wut auf Prisko und in einem Gespräch mit Marietta.
»Also gut«, hatte Prisko gesagt, »dann müssen wir eben heiraten.«
Der Ton, in dem er es sagte, sein Gesichtsausdruck dazu, hatten Victoria mit wildem Haß erfüllt. Auf einmal fühlte sie sich stark und mutig. Sie wollte nicht von ihm abhängig sein, von einem Mann, den sie nicht liebte.
Es war auf einmal glasklar, daß sie ihn nie geliebt hatte.
Die gemeinsame Arbeit, die gemeinsamen Interessen hatten sie zusammengeführt, das andere geschah nur am Rande.
Sie wußte mittlerweile, daß er sie betrogen hatte, die Witwe schrieb und telegraphierte pausenlos. Er machte sich nicht einmal die Mühe, Briefe und Telegramme vor ihr zu verbergen; und befragt erzählte er bereitwillig, genauer gesagt, er prahlte mit dieser Eroberung.
Es ließ Victoria kalt.
»Das ist doch keine Umgebung, in der ein kreativer Mensch etwas leisten kann«, sagte er hochtrabend und wies mit wegwerfender Handbewegung auf sein zugegebenermaßen bescheidenes, möbliertes Zimmer. »Ich kann hier nicht länger wohnen.«
Und dann schilderte er ausführlich, wie er sich sein zukünftiges Leben vorstellte.

Victoria hörte mit herabgezogenem Mundwinkel zu, es konnte keinen Menschen auf Erden geben, der ihr gleichgültiger war als dieser Mann, der der Vater ihres Kindes war.

Von der Bleibtreustraße aus fuhr sie zu Marietta; es war spät am Abend, keine Schüler mehr im Haus.

»Ich heirate Prisko nicht«, teilte sie Marietta kurz mit.

»Und warum nicht?«

»Ich will nicht.«

»Will *er* nicht?«

»Er reißt sich nicht gerade darum, aber er würde mich heiraten, wenn ich darauf bestehe.«

»Und du bildest dir ein, allein schaffst du es besser?«

»Ja«, sagte Victoria mit Bestimmtheit. »Ich würde an meinem Haß ersticken, wenn ich ihn täglich sehen müßte. Ich will ihn nicht mehr sehen. Ich hasse ihn.«

»Das ist eine neue Konstellation«, sagte Marietta langsam. »Rein gefühlsmäßig eine durchaus verständliche Reaktion. Ich glaube, es geht Frauen oft so in diesem Zustand. Es ist das Gefühl des Gefangenseins, der Unfreiheit, die eine Schwangerschaft mit sich bringt. Du willst also kämpfen und nicht unterkriechen, so ist es doch, nicht wahr?«

»Ich wußte, daß Sie mich verstehen.«

»Und deine Mutter?«

»Ich werde ihr alles sagen, wenn sie zurückkommt.«

»Wenn sie es schwernimmt, Victoria, bin ich bereit, mit ihr zu sprechen.«

»Danke, Frau Professor. Ich werde versuchen, ihr meinen Standpunkt zu erklären. Sie kann Prisko sowieso nicht leiden. Es ist die Frage, ob es ihr lieber wäre, ihn als Schwiegersohn zu haben und dafür ein legales Kind, oder ob sie zu mir hält, wenn ich es allein durchstehen will. Nein, das ist Unsinn, was ich sage, natürlich hält sie zu mir. Es ist gemein von mir, daran zu zweifeln. Aber es wird natürlich schwer für sie sein.«

»Deine Mutter ist ein sehr empfindsamer Mensch, nicht wahr?«

»Das kann man sagen.«

»Im Gegensatz zu dir.«

Victoria warf den Kopf in den Nacken.

»Ich bin es nicht. Und ich werde es nie sein.«

»Nun mach es nicht so dramatisch, Kind. Verlieb dich nicht in deine eigene Pose. Jedenfalls freut es mich, daß du dich nicht für die Gretchentragödie entschieden hast. Du bist kein Gretchentyp.«

Das waren Mariettas Worte, und sie gefielen Victoria so gut, daß sie sie übernahm.

»Und wie soll es also weitergehen?«

»Es gibt verschiedene Möglichkeiten, ich habe mich noch nicht entschieden. Ich warte noch auf eine Nachricht. Vor allem, Frau Professor, möchte ich Sie bitten, im Studio nicht darüber zu sprechen, das geht keinen etwas an.«

»Weiß es noch niemand? Auch Mary nicht?«

»Nein. Niemand weiß es.«

»Und Prisko? Wird er denn den Mund halten?«

»Er hat es mir versprochen. Das ist der Preis, den ich dafür gefordert habe, daß ich ihn laufenlasse.«

Marietta lachte laut auf.

»Mädchen, du imponierst mir. Du hast Haltung.«

»Er wird sowieso nicht mehr hierher kommen. Er hat bei seiner Tingelei in dem Seebad eine Eroberung gemacht, schöne Witwe mit viel Geld und angeblich besten Verbindungen, er will jetzt ins Engagement.«

»Jetzt? Im Oktober?«

»Ist mir egal, wie er sich das vorstellt. Er sagt, die Hochschule hat er sowieso dick, er kann genug und braucht nichts mehr zu lernen. Und einen Posten als Korrepetitor kriegt er allemal. Aber am liebsten will er komponieren, und dazu braucht er Ruhe und Zeit und eine luxuriöse Umgebung.«

»Mit einem Wort, er wird sich von der Dame aushalten lassen. Damit wären wir ihn los.«

»Und ich möchte auch fort von hier.«

»Wohin denn?«

»Das weiß ich noch nicht. Ich könnte ohne weiteres zu meiner Tante nach Neuruppin, die ist ein Rührstück und würde sich die Beine für mich ausreißen. Aber das ist mir zu blöd. Ich könnte vermutlich auch zu Victoria von Mallwitz. Sie ist eine sehr kluge und großzügige Frau. Das ist da, wo meine Mutter jetzt ist. Eine Verwandte in Breslau habe ich auch noch, die Tante meiner Mutter. Ich hab' das alles durchdacht. Von vorn bis hinten und immer wieder. Vielleicht gibt es auch noch eine andere Möglichkeit, das weiß ich aber noch nicht. Sobald das Kind da ist, fang ich sofort an zu üben. Vielleicht kann ich nächstes Jahr doch ins Engagement.«

»Und das Kind?«

Das Kind? Dafür hatte Victoria keine Verwendung. Und darüber hatte sie noch nicht nachgedacht.

»Man kann es doch irgendwohin in Pflege geben«, sagte sie gleichgültig. »So etwas gibt es doch.«

»Gewiß«, sagte Marietta nachdenklich, »so etwas gibt es.«

Du bist hart geworden, Victoria, dachte sie. Aber du mußt es sein, anders geht es nicht. Und ein wenig warst du es immer schon.

Das Gespräch zwischen Nina und Victoria verlief nicht so sachlich, es dauerte bis spät in die Nacht. Victoria redete, Nina hörte zu und versuchte mit der unerwarteten Situation fertig zu werden.

Es war schwer für sie. Jetzt ging es ihnen endlich besser, und nun dies. Victorias fester Entschluß, Prisko Banovace nicht zu heiraten, verwunderte sie sehr.

»Ich dachte, du liebst ihn?«

»Mein Gott, Nina, sei nicht so sentimental. Liebe! Ich liebe ihn nicht. Wenn ich ihn heiratete, würde ich mich wahrscheinlich bald wieder scheiden lassen.«

»Aber ein uneheliches Kind . . . das ist doch furchtbar.«

»Ja, sicher.«

»Nie wird ein anständiger Mann dich heiraten.«

»Sei nicht so altmodisch. Wenn ich erst berühmt bin, wird kein Mensch danach fragen. Und ich werde mich durch diesen Zwischenfall nicht von meinen Plänen abbringen lassen. Ich bin eine moderne Frau, kein Gretchen.«

Nina schwieg, starrte vor sich hin, rauchte eine Zigarette nach der anderen. An München, an Silvester Framberg, dachte sie nicht mehr.

Statt dessen dachte sie: Im Grunde ist sie anständiger als ich. Ich habe Kurt Jonkalla geheiratet und trug ein Kind von Nicolas. Dieses Kind hier. Kurtel hat es nie erfahren, und ich hätte es auch nicht gesagt, wenn er aus dem Krieg zurückgekehrt wäre. Aber ich habe Nicolas geliebt.

Schließlich kam Victoria mit ihrem Entschluß heraus, Berlin zu verlassen. Daran hatte Nina gar nicht gedacht.

»Hättest du es denn gern, wenn ich hier mit einem dicken Bauch herumlaufe? Gerade das will ich dir nicht antun.«

Nun dachte Nina doch an Bayern. »Victoria«, rief sie erleichtert. »Du könntest zu Victoria gehen, ins Waldschlössl.«

»Daran habe ich natürlich auch gedacht. Aber ich hatte noch eine bessere Idee. Ich habe an Cesare geschrieben.«

»Was hast du? An wen hast du geschrieben?«

»Cesare Barkoscy. Er hat einmal zu mir gesagt: ›Victoria, wenn Sie jemals Hilfe brauchen, dann denken Sie an mich.‹«

»Du bist ja verrückt. Das ist doch ein Fremder für uns. Was gehen wir denn den an? Außerdem haben wir seit Jahren nichts von ihm gehört. Das war doch damals die Sache mit diesem Conte ... wie hieß er doch gleich?«

»Coletta.«

»Richtig. Der von der Botschaft. Und da hieß es doch, Herr Barkoscy habe einen Unfall gehabt. Vielleicht lebt der gar nicht mehr.«

»Er lebt. Gestern habe ich mir seinen Antwortbrief in der Italienischen Botschaft abgeholt. Kurz bevor dein Zug ankam.«

Ninas Kopf war wirr, ihre Augen vom Weinen gerötet. Victoria wurde ihr immer unverständlicher, jetzt redete sie plötzlich von diesem Italiener, den sie nur flüchtig kannten.

»Ich hatte in den letzten Wochen Zeit genug zum Nachdenken. Ich bin alle Möglichkeiten durchgegangen. Auch die, mein Leben zu beenden. Einmal saß ich an meinem Sekretär und wollte dir einen Abschiedsbrief schreiben.«

»Mein Gott, Kind!«

»Ich fing an zu kramen und fand die Briefe von Cesare. Da kam es wie eine Erleuchtung über mich. Am nächsten Tag bin ich zur Italienischen Botschaft gegangen und habe nach dem Conte Coletta gefragt. Er war da und er war sehr, sehr nett. Er erzählte mir, daß Cesare lange krank war, und es geht ihm auch heute noch nicht gut. Er ist in Baden bei Wien, da hat er ein Haus. Hast du das gewußt?«

»Woher soll ich das denn wissen?«

»Ich sagte dem Conte, daß ich gern an Cesare schreiben wollte, und zwar in sehr vertraulicher Angelegenheit. Und er sagte, ich solle ihm den Brief bringen, er würde ihn mit der diplomatischen Post befördern. Via Italien. Und da habe ich ihm geschrieben. Alles.«

»Das ist ja ungeheuerlich.«

»Man tut ungeheuerliche Dinge in meiner Situation.« Und plötzlich schrie sie: »Es ist nicht so ungeheuerlich, als wenn ich mich vor die U-Bahn schmeiße, oder? Wäre dir das lieber?« Sie fing sich sofort wieder. »Entschuldige. Aber ich bin kein Gretchentyp.«

»Das sagtest du bereits mehrfach. Und weiter also.«

»Gestern rief der Conte an. Er ist Militärattaché bei der Botschaft, wußtest du das?«

»Es ist mir wirklich egal, was er dort macht. Er rief also an.«

»Ja. Und er sagte, es sei soeben ein Brief für mich eingetroffen, ob er ihn mir schicken solle oder ob ich ihn abholen wolle. Da habe ich ihn abgeholt. Warte!«

Sie sprang auf, lief aus dem Zimmer, sie war schlank und behend, man sah ihr noch nichts an.

Sie kam mit dem Brief zurück, schwenkte ihn triumphierend.

»Hier, lies! Er schreibt, ich soll zu ihm kommen. Der Coletta wird mir das Geld geben. Man muß ja tausend Mark hinterlegen, wenn man nach Österreich will. Lies mal.«

Es war ein herzlicher, ein geradezu liebevoll väterlicher Brief.

›Keine Panik‹, stand unter anderem darin. ›Es gibt katastrophale Ereignisse in unserer Welt, Victoria, aber dies ist keine Katastrophe. Damit kann man fertig werden. Kommen Sie zu mir, wenn Ihre Mutter es erlaubt. Ich habe hier ein stilles Haus für mich allein, ein Flügel ist auch vorhanden. Ich bin ein alter kranker Mann und sehr einsam. Ich werde glücklich sein, wenn Sie bei mir sind, und ich werde alles für Sie tun, was in meinen Kräften steht.‹

»Na, was sagst du?« fragte Victoria, nachdem Nina zu Ende gelesen hatte.

»Ich kann das nicht fassen.«

»War das nicht eine gute Idee von mir? Laß mich zu ihm fahren. Er wird mir helfen. Sehr schade, daß mir das nicht früher eingefallen ist, dann wäre vielleicht in Österreich eine Abtreibung möglich gewesen. Aber nun fahre ich zu ihm, ich kann dort bleiben, bis die Geschichte erledigt ist, ich kann sogar singen, siehst du. Es braucht niemand etwas von diesem Malheur zu wissen. Nicht mal Stephan braucht es zu erfahren.«

»Und was machst du mit dem Kind? Willst du es ersäufen, wenn es auf der Welt ist? Ich denke, du bist kein Gretchen.«

»Da wird mir schon etwas einfallen. Oder Cesare weiß etwas, ein Heim oder so. Manche Leute adoptieren auch Kinder, nicht?«

Das Kind war noch nicht geboren, und sie hatte es schon aus ihrem Leben entfernt. Nina begriff das in diesem Augenblick, sie begriff dies schneller, als sie alles bisher Gesprochene begriffen hatte.

Sie sah Victoria an, als sähe sie sie zum erstenmal.

Die lachte jetzt. »Cesare war für mich eine wichtige Begegnung. Das war schon damals in Venedig so. So etwas ist doch Schicksal. Ich kann mich noch erinnern, wie er einmal sagte: ›Wir brauchen nicht gleich das Schicksal zu bemühen.‹ Aber es war eben doch Schicksal.«

»Er ist krank, schreibt er.«

»Vielleicht von dem Unfall her. Baden bei Wien, kennst du das?«

»Woher soll ich das denn kennen? Ich war ja noch nicht einmal in Wien.«

»Ich meine dem Namen nach. Ich hab' im Lexikon nachgesehen. Das ist ein Kurort, ein ganz berühmter. Kaiser Franz Joseph war dort. Und Beethoven hat dort oft gekurt. Es liegt im Wienerwald. Ich werde hinfahren. Aber ich möchte, daß du damit einverstanden bist.«

»Zuviel der Ehre«, sagte Nina müde. »Du hast ja alles schon allein entschieden.«

Victoria fuhr Mitte November nach Wien, Noten im Gepäck, Entschlossenheit im Gesicht, Verzagtheit im Herzen. Denn gar so stark, wie sie sich gab, war sie nicht.

Am Wiener Westbahnhof wurde sie von einem kräftigen dunkelhaarigen Mann von ungefähr Mitte Vierzig abgeholt.

»Ich bin der Anton Hofer«, war der einzige Satz, den er sprach, dann fuhr er sie schweigend nach Baden hinaus.

Es war schon dunkel, Nebel hing in den Bäumen des Wienerwaldes, und Victoria dachte: »Was tue ich eigentlich hier? Oh, ich wünschte, ich wäre tot.«

Das Haus lag am Rand von Baden, da, wo es nach Helenental hinausging. Es schien sehr groß zu sein, vor dem Eingang brannte eine matte Laterne, fünf Stufen führten zu einem Portal hinauf, das rechts und links von Säulen flankiert war. Das war alles, was Victoria, die todmüde war, als ersten Eindruck aufnahm.

Der Mann, der sie gefahren hatte, trug ihre beiden Koffer ins Haus. In einer weiten düsteren Halle erwartete sie eine kleine rundliche Frau, die doch wahrhaftig einen Knicks machte.

»Grüß Gott, gnä' Frau«, sagte sie. »Ich bin die Anna. Darf ich Ihnen Ihr Zimmer zeigen?«

Eine breite knarrende Treppe führte hinauf in den ersten Stock, und dort war das Zimmer, groß, mit alten gemütlichen Möbeln eingerichtet, mollig warm geheizt. Ein breites Himmelbett ragte ins Zimmer hinein. Der Raum wirkte anheimelnd, er sah aus, als könne man sich darin wohlfühlen.

Anna nahm ihr den Mantel ab und sagte: »Ich pack' Ihre Koffer dann gleich aus, gnä' Frau. Wann's jetzt erst zum Nachtessen kommen mögen, ist eh' schon spät.«

Victoria blickte sehnsüchtig auf das Bett, ihr Rücken schmerzte vom langen Sitzen, im Leib verspürte sie ein Ziehen.

»Vielleicht krieg ich eine Fehlgeburt«, dachte sie, »das wäre fabelhaft.«

Im angrenzenden Badezimmer wusch sie sich die Hände und folgte Anna ins Erdgeschoß hinunter.

Sie vergaß die Müdigkeit, als sie Cesare erblickte. Er saß vor einem Kamin, in dem ein Feuer brannte, er wirkte klein und schmal, das Gesicht war wächsern. Er saß in einem Rollstuhl.

»Danke, daß ich kommen durfte«, sagte Victoria befangen.

»Es bedeutet ein großes Glück für mich, daß Sie gekommen sind, mein Kind«, war seine Antwort.

Sie ergriff die kalte Hand, die er ihr entgegenstreckte, beugte sich dann in raschem Entschluß hinab und küßte seine Wange.

Anton kam ins Zimmer, trat hinter Cesare und schob den Rollstuhl durch eine breite Tür in das danebenliegende Zimmer, in dem mit Silber, schimmerndem Porzellan und Kerzen der Tisch gedeckt war.

»Sie haben auf mich mit dem Abendessen gewartet«, sagte Victoria verlegen, »das wäre doch nicht nötig gewesen.«

»Es ist seit Jahren das erstemal, daß ich in Gesellschaft einer schönen Frau speisen darf. Und da soll ich nicht warten?«

Er war gelähmt. Seit seinem Unfall konnte er nicht mehr gehen.

Daß es kein Unfall gewesen war, sondern ein Attentat, erfuhr Victoria im

609

Lauf der nächsten Wochen, in denen sie viel Zeit hatten, einander alles zu erzählen, was geschehen war, seit sie sich zuletzt getroffen hatten.

Nun erfuhr Victoria auch, was Cesares Beruf gewesen war, wenn man es so nennen wollte. Sie hatte ja nie gewußt, was er tat, er hatte nie davon gesprochen.

Er hatte mit Waffen gehandelt.

Das erstaunte Victoria über die Maßen.

»Sie haben damals zu mir gesagt, daß Sie den Krieg verabscheuen.«

»Das tue ich auch heute noch. Aber ich habe nie das Geld verabscheut. Das muß ich leider zugeben. Und ich wurde in dieses Milieu hineingeboren. Mein Vater hatte eine Fabrik, in der Waffen hergestellt wurden: Gewehre, Pistolen, zuletzt während des Krieges Handgranaten. Ich mußte sehr früh seine Arbeit übernehmen, es war ein kriegswichtiger Betrieb, das Geld verdiente sich von allein. Nach dem Krieg habe ich die Fabrik verkauft, aber ich blieb in dem Geschäft. Der Handel mit Waffen geht über alle Grenzen hinweg. Und ich hatte die allerbesten Beziehungen. Die Aufrüstung in Italien unter Mussolini hat mich reich gemacht, gab mir das wieder, was ich in der Inflation verloren hatte. Tja, so ist das. Daß ich versuchte, Waffen nicht in allzu schlechte Hände gelangen zu lassen, hat mich in diesen Stuhl gebracht. Ich verweigerte einem Gangstersyndikat in Chicago, was es von mir haben wollte, dafür knallte man mich nieder. Ich hatte fünf Kugeln im Leib, zwei davon im Rückgrat. Die Waffen haben sich also letzten Endes gegen mich gerichtet. Ich sehe eine gewisse Gerechtigkeit darin.«

Victoria hörte sich das staunend an. Das war eine völlig unbekannte Welt, von der sie nichts gewußt hatte. Und daß ausgerechnet dieser zarte, feinsinnige Mann mit seinen sensiblen Händen solch ein blutiges Geschäft betrieben hatte, war schwer zu verstehen.

»Ich habe die Waffen mein Leben lang gehaßt und bin doch nie von ihnen losgekommen. Ich liebte und begehrte Musik, Bilder, schöne Frauen und schöne, gesunde Kinder, Victoria, auch das, obwohl ich nie Kinder hatte, und ich mußte immer für Vernichtung und Tod arbeiten. Das war der Konflikt in meinem Leben, von Anfang an.«

In diesem Haus in Baden war Cesare geboren, er hatte die ersten Jahre seines Lebens hier verbracht. Und hier war auch seine Mutter gestorben, sie hatte sich mit einer Pistole aus der Produktion ihres Mannes erschossen. Ein Ereignis, das auf das Kind einen furchtbaren Eindruck gemacht hatte.

»Seitdem habe ich die Waffen so gehaßt. Sie war schön, sie sang wie ein Engel, und ich liebte sie.«

»Warum hat sich Ihre Mutter das Leben genommen?«

»Ich erzählte Ihnen damals schon, daß sie Italienerin war. Sie war Sängerin, jung und begabt, und sie sang im Teatro Fenice in Venedig, als mein Vater sie kennenlernte. Er war viel älter als sie, eine sehr dominierende, herrische Erscheinung, nicht so klein und schwach wie ich. Anfangs war es wohl eine große Liebe. Er brachte sie in dieses Haus, er muß krankhaft eifersüchtig gewesen sein, denn er sperrte sie geradezu ein, sie durfte nur in seiner Begleitung das Haus verlassen. Keine Rede davon, daß sie je wieder auftreten würde. Als sie dieses Leben nicht mehr ertrug, beendete sie es. Ich war acht Jahre alt. Alt genug, um zu leiden. Ich kam dann in ein Internat, mein Vater lebte mit einer anderen Frau zusammen, die ich nie gesehen habe. Dieses

Haus hier haßte ich. Ich habe hier nie gewohnt. Erst als ich lahmgeschossen war, kehrte ich in dieses Haus meiner Jugend zurück. Ich dachte mir, zum Sterben ist es gerade der richtige Ort. Aber jetzt sind Sie hier, Victoria, jetzt habe ich gar keine Lust mehr zum Sterben. Sie bringen das Leben in dieses Haus. Ein neues Leben. Ich werde Ihrem Kind das Haus vermachen. Es hat keinen Vater, aber es soll ein Vaterhaus haben. Durch sein Leben wird es das Haus von seinem Fluch erlösen.«

Manchmal war er ja ein wenig pathetisch, fand Victoria.

Der frühere Charme, die Leichtigkeit der großen Welt waren nur noch in Spuren vorhanden. Doch sie ging geschickt auf ihn ein, widmete sich ihm, sang ihm vor und war sich klar darüber, daß nicht nur er ihr half, sondern sie ihm auch.

Das erleichterte ihr den Aufenthalt in diesem einsamen Haus.

Der einzige Gast, der regelmäßig kam, war sein Arzt, ein älterer, sehr sympathischer Mann, der sich auch um Victoria kümmerte.

Er kam zweimal in der Woche zum Abendessen, anschließend spielten die Herren Schach. Victoria las oder strickte, etwas, das sie nie zuvor getan hatte.

Auch das Dienerehepaar, die Hofers, das Cesare versorgte, hatte der Arzt ihm verschafft. Anton war im Krieg Sanitäter gewesen und hatte im Lazarett bei dem Doktor, der Stabsarzt gewesen war, gearbeitet. Darum auch war Anton geübt und geeignet, den gelähmten Mann zu versorgen. Er war und blieb schweigsam, war aber hilfsbereit und immer gutwillig. Anna dagegen redete gern.

Außerdem kochte sie hervorragend. Nachdem Victoria vierzehn Tage im Hause gelebt hatte, sagte sie: »So gut habe ich in meinem Leben noch nie gegessen«, und das gewann ihr Annas Herz.

Einmal fragte Cesare nach Marleen, und Victoria erzählte, was sie wußte. Daß Marleen sich von ihrem Mann getrennt habe und sich vermutlich scheiden lassen werde.

»Nicht, weil er Jude ist. Oder vielleicht ein bißchen doch. Onkel Max hat die Villa verkauft, es war zuletzt sehr ungemütlich für sie. Es kamen böse Anrufe und böse Briefe, der Hund wurde vergiftet, dem Auto die Reifen zerschnitten und lauter solche Sachen. Es ist eben bei uns jetzt so.«

»Und wie trägt Ihr Onkel das alles?«

»Von ihm kann ich eigentlich gar nichts erzählen. Er war immer sehr verschlossen und ist es jetzt noch mehr. Ich habe ihn eine Ewigkeit nicht gesehen. Marleen liebt einen Mann, der eine große Position in der Partei hat.«

»Nicht gerade eine dankbare Situation für die Frau eines Juden.«

»Nein. Sie ist auch nicht mehr so unbeschwert und heiter wie früher.«

»Verständlich.«

Als Victoria das letztemal einen Besuch bei Marleen in Dahlem gemacht hatte, das war im September gewesen, hatte sie eigentlich vorgehabt, Marleen von ihren Sorgen zu erzählen. Aber Marleen sprach nur von sich, von ihren eigenen Sorgen. Victoria hatte den Eindruck, daß Marleen sich für nichts anderes auf der Welt interessierte als für Marleen. Aber war das nicht immer so gewesen?

Heute war Victoria ganz froh, daß sie geschwiegen hatte. So wenig Menschen wie möglich sollten wissen, was geschah. Dann würde auch an ihr selbst dieses Ereignis spurlos vorübergehen.

Über Weihnachten kam Nina. Sie verbrachten einige ruhige Tage, bekamen gut zu essen und sprachen sehr vertraut miteinander.

»Sie können ganz beruhigt sein, Frau Nina«, sagte Cesare. »Hier wird alles für Victoria getan, was getan werden muß. Ich liebe sie wie ein eigenes Kind, das sollen Sie wissen.«

Nina war gerührt von seinen Worten. Victoria lächelte. Sie war die Herrin in diesem Haus, Cesare erfüllte ihr jeden Wunsch, jede Laune wurde akzeptiert.

Ein großer, ganz moderner Plattenspieler war ins Haus gekommen, und ab und zu fuhr Victoria mit Anton nach Wien und kaufte ein, Platten, Bücher, Pralinen. Aber auch einen Pelzmantel besaß sie nun, neue Schuhe, seidene Wäsche, ihre Kleider wurden von einer Schneiderin genäht und verbargen geschickt ihren Zustand.

Beruhigt, aber auch wieder beunruhigt fuhr Nina ab. Victoria war ihr entglitten, sie entwickelte sich auf seltsame Weise.

Auch war sie zu dick, fand Nina.

»Iß nicht zu viel, die Geburt wird sonst zu schwer.«

Ihr Angebot, zu kommen, wenn es soweit sein würde, hatte Victoria zurückgewiesen.

»Ich habe hier alles, was ich brauche. Es würde mich nur nervös machen, wenn du hier herumhängst.«

Über Silvester blieb Nina nicht, sie wollte nach München.

»Das ist schade«, meinte Cesare. »Warum wollen Sie dieses wichtige neue Jahr nicht mit uns zusammen erwarten?«

»Wieso ist es ein wichtiges Jahr?«

»Sie werden Großmama, meine Liebe.«

Nina verzog das Gesicht. »Darauf hätte ich leicht verzichten können.«

»Wir sind eine kosmopolitische Familie geworden«, sagte Victoria, »früher saßen wir ewig und drei Tage in der Motzstraße herum, Weihnachten, Silvester und überhaupt. Jetzt bin ich im Wienerwald, du fährst nach München. Und mein Brüderlein, dieser Dusselkopp, verlobt sich in Cottbus.«

Das war eine Neuigkeit, die Nina mitgebracht hatte: Stephan hatte in Cottbus eine Braut gefunden. Nina hatte sich geweigert, davon Notiz zu nehmen.

Im Februar brachte Victoria eine Tochter zur Welt. Es war ein gesundes Kind, die Geburt war nicht allzu schwer gewesen.

»Das kommt davon, weil ich richtig atmen gelernt habe«, verkündete sie stolz, kaum daß sie wieder sprechen konnte.

»Ich erinnere mich, Victoria«, sagte Cesare liebevoll, »dein Zwerchfell ist eine Pracht.«

Victoria betrachtete das kleine Mädchen ziemlich gleichgültig.

Sie war vor allem froh, es hinter sich zu haben.

»Ein wunderschönes Kind«, sagte Cesare. »Es hat ganz dunkle Augen und ganz dunkles Haar. Und viel Haar für so ein Baby. Oft kommen Kinder ohne Haare auf die Welt.«

Er beugte sich über das Kind, machte ihm das Kreuzzeichen auf die Stirn und flüsterte: »Gott schütze dich.«

Sein Vater war Jude gewesen, aber durch seine Mutter war er katholisch getauft und erzogen worden.

»Vielleicht war das auch ein Grund, daß sie sterben wollte«, hatte er einmal

612

gesagt. »In den Augen der Kirche lebte sie in Sünde, weil sie einen Juden geheiratet hatte. Mein Vater wollte sich nicht taufen lassen. Immerhin erlaubte er, daß ich Christ sein durfte.«

Als er Victoria fragte, auf welchen Namen das Kind getauft werden sollte, überlegte sie nicht lange.

»Wie hat deine Mutter geheißen, Cesare?«

»Maria«, sagte er.

»Dann nennen wir sie Maria Henrietta«, sagte sie.

Sie dachte dabei an Marietta. Denn das war der richtige Name der Frau Professor Losch-Lindenberg. Und sie war der nächste Mensch, dessen Zuwendung und Zuneigung Victoria brauchte.

Zweites Buch

1937-41

Eigentlich hatten sie keine Zeit mehr zu verschwenden, denn ihrer beider Leben hatte die Mitte überschritten. Die Tage und Nächte begannen kostbar zu werden.
Dennoch heirateten Nina und Silvester Framberg erst im Frühjahr 1938. Es war Ninas Schuld, daß es so lange dauerte, und sie stellte mit ihrem Zögern Silvesters Geduld und Zuneigung auf eine harte Probe. Denn trotz seiner äußeren Ruhe war er ein temperamentvoller Mann, kein Zögerer, kein Grübler, einer, den es zur Tat drängte. Einige Male kam es beinahe zum Bruch zwischen ihnen.
Von Heirat sprach er ziemlich bald.
»Ich weiß sofort, ob ja oder nein«, sagte er. »In den beiden Fällen, in denen ich heiraten wollte, zweifelte ich nicht daran, die passende Frau gefunden zu haben, es ist beide Male nichts daraus geworden, und mit dir wird es auch nichts. Du willst nicht.«
Nina wollte schon. Einerseits. Andererseits war sie voller Bedenken.
Sie hatte ihn gern. Vielleicht war es Liebe. Sie hatte nur Angst, von Liebe zu sprechen.
Er dagegen sprach von Liebe. Und wurde sehr ärgerlich, als sie wiederholte, was Peter einmal gesagt hatte.
»Liebe ist altmodisch. Sie gehört ins vorige Jahrhundert.«
»Ich halte mich absolut nicht für altmodisch. Und ich bin der Meinung, Liebe ist so modern wie eh und je. Allein das Wort modern ist im Zusammenhang mit Liebe ein unpassender Begriff. Liebe ist lebendig. Ein Mensch, der lebt, kann auch lieben. Er muß es sogar, sonst lebt er nicht. Sonst führt er nur ein Schattendasein. Und nie konnte Liebe wichtiger sein, als in einer Zeit wie der unsrigen. Es kann sehr schnell sehr kalt werden, Nina, und dann muß man einen Menschen haben, der zu einem gehört.«
Schon bei seinem ersten Besuch in Berlin, im November '36, war sie seine Geliebte geworden, und es war ein überwältigendes Gefühl für Nina, die solange allein gelebt hatte, die immer nur heimliche oder unsichere Bindungen an einen Mann gekannt hatte, daß da plötzlich einer war, der voll und ganz für sie da war, nur für sie da sein wollte, der alles, was eine Frau sich wünschen konnte, Leidenschaft, Zärtlichkeit und Fürsorge, ganz offen darbot, und zwar für immer. Er war zur Liebe fähig, genau wie sie auch, und er war reif und erfahren genug, um auf Einschränkungen verzichten zu können. Sie fühlte sich geborgen und beschützt, auch das war ein neues Gefühl für sie.
Daß sie dennoch zögerte, ihn zu heiraten, hatte mehrere Gründe. Sie hatte so lang allein gelebt, eigentlich immer, und Alleinleben macht stark und unabhängig. Es fiel ihr schwer, diese Unabhängigkeit aufzugeben, gerade jetzt, da sie beruflich Erfolg hatte und zum ersten Mal ausreichend Geld verdiente. Auch wollte sie sich ungern von ihrer Wohnung trennen. Endlich hatte sie eine schöne Wohnung, noch dazu eine, die sie sich ganz aus eigener Kraft

geschaffen hatte, und die aufzugeben, war ein Opfer. Das verstand er nicht, das konnte ein Mann wohl überhaupt nicht verstehen.

Auch von Berlin mochte sie sich nicht trennen. Gewiß war München eine schöne Stadt, für sie war es jedoch eine fremde Stadt.

In Berlin war sie heimisch geworden, sie konnte sich kaum mehr vorstellen, je anderswo gelebt zu haben. Es ging ihr wie allen Menschen, die irgendwann nach Berlin kamen: Die Stadt verschloß sich nicht, wehrte nicht ab, sie kam einem entgegen und nahm einen an und auf. Die lebendige Atmosphäre Berlins, die Aufgeschlossenheit, die Leichtigkeit und der Schwung, mit denen man hier lebte, brachten es mit sich, daß der Fremde sich schnell und leicht akklimatisierte.

Es war also eine dreifache Trennung, die von ihr verlangt wurde – die Trennung von Berlin, von ihrer Wohnung, von ihrer Unabhängigkeit.

Aber das alles hätte Nina wohl in absehbarer Zeit bewältigen können, wäre da nicht das größte Hindernis gewesen, das sich ihrer Ehe in den Weg stellte: Victoria.

»Sie braucht mich. Ich kann sie nicht allein lassen.«

»Deine Tochter ist eine erwachsene Frau. Sie hat bisher sehr selbständig gehandelt und nicht nach deiner Hilfe gefragt. Ich kann nicht einsehen, warum du mich ihretwegen schlecht behandeln mußt.«

Wider Erwarten verstanden sich Silvester und Victoria nicht besonders gut. Er fand sie egoistisch und eingebildet. Sie verhielt sich ablehnend, geradezu feindselig.

Er lernte sie erst im April 1937 kennen, als sie nach Berlin zurückkehrte. Ohne das Kind.

Sie hatte das Kind in Baden gelassen und darüber war Nina sehr empört.

»Du kannst doch dein Kind nicht hilflos bei fremden Leuten lassen.«

»Also, erstens sind es keine fremden Leute, und zweitens ist ein kleines Kind immer hilflos, ganz egal, wo es sich befindet. Meiner Ansicht nach ist sie dort besser aufgehoben als bei mir. Ich kann sie nicht brauchen. Oder willst du vielleicht mit dem Kinderwagen durch die Straßen schieben und die Großmutter spielen? Gerade jetzt, wo du dir einen Mann geangelt hast. Da wärst du schön blöd. Und der Herr aus München wird sich bestens bedanken. Von mir aus kannst du heiraten, soviel du willst. Ich brauche dich nicht. Ich komme sehr gut allein zurecht.«

»Warum willst du denn dein Kind nicht bei dir haben?«

»Weil ich nicht will, verdammt nochmal. Ich kann gar nicht damit umgehen.«

»Das kann jede Frau, die Mutter ist.«

»Bitte, Nina, verschone mich mit deinen Kalendersprüchen. Ich will keine Mutter sein. Und ich bin keine. Ich habe gar keine Zeit dafür. Anna macht das fabelhaft. Sie bringt sich rein um mit der Kleinen. Und Cesare gebärdet sich wie Vater und Großvater zusammen. Was willst du denn mehr? Laß sie doch glücklich werden mit dem Kind, wenn sie partout wollen.«

Die Hofers hatten keine Kinder, worüber sie sehr betrübt waren. Kurz nach Ende des Krieges hatte Anna zwar ein Kind bekommen, aber das kleine Mädchen wurde nur ein Jahr alt, dann starb es an einer Grippe. Anton, der sich noch in Gefangenschaft befand, hatte seine Tochter nie gesehen. Anna gab sich die Schuld am Tod des Kindes; wenn sie besser aufgepaßt hätte, so sagte sie, hätte es sich nicht erkälten können. Hielt man ihr vor, daß es sich um eine Grippewelle, und zwar um eine bösartige, gehandelt hatte und das Baby vor einer Ansteckung nicht bewahrt werden konnte, beharrte sie eigensinnig: »Hätt' ich besser drauf geschaut, hätt's sich net angesteckt.«

Nachdem Maria Henrietta geboren war, drehte sich der ganze Haushalt in Baden nur noch um sie. Alle drei, Cesare, Anna und Anton, standen um das Kind herum, als wäre ein Wunder geschehen.

»Sie haben sich aufgeführt, als sei es das erste Kind, das auf die Welt gekommen ist«, kommentierte Victoria spöttisch, später in Berlin.

Anna badete, wickelte und fütterte das Kind, sie redete in hundert zärtlichen Lauten zu ihm, trug es herum, legte es schlafen und bewachte seinen Schlaf.

So kam es, daß Victoria eigentlich von Anfang an kaum etwas mit dem Baby zu tun hatte. Da sie auch keine Neigung zeigte, die ihr zukommenden Aufgaben zu übernehmen, wuchs Anna ganz von selbst in die Mutterrolle hinein. Victoria war es nur zu recht. Gestillt hatte sie nur vier Wochen, dann meinte sie, das lange nun, sie wolle sich die Figur nicht total verderben.

Für Cesare hatte ein neues Leben begonnen. Sein Rollstuhl stand neben dem Stubenwagen, in dem das Kind schlief, und er wurde nicht müde, das kleine Gesicht zu betrachten.

»Sie wird einmal wunderschön«, sagte er andachtsvoll.

»Das kannst du doch heute noch gar nicht sehen«, antwortete Victoria und fand, daß Cesare doch schon reichlich vertrottelt war.

Maria Henrietta war wirklich ein hübsches Baby. Sie hatte riesengroße, ganz dunkle, fast schwarze Augen. Auch ihr Haar war tiefdunkel und für ein so kleines Kind reichlich vorhanden. Sie war sehr artig, schrie selten, lag da und blickte mit diesen großen Augen staunend in die Welt, von der sie noch nichts wußte.

»Der Zauber der Unschuld«, sagte Cesare. »Dio mio, geboren werden in diese schreckliche Welt und nicht zu wissen, was es bedeutet. Ich wünschte, ich könnte ...« Er stockte.

»Was?« fragte Victoria.

»Ich wollte eben sagen, ich wünschte, ich könnte eine Mauer um sie bauen, so hoch wie der Himmel, um alles Unheil, alles Leid von ihr fernzuhalten. Aber auf diese Weise könnte sie ja nicht wirklich leben.«

»Eben. Soviel ich weiß, versuchte dein Vater um die Frau, die er liebte, diese Mauer zu bauen. Und als sie das nicht ertrug, beendete sie ihr Leben.«

»Ja, vielleicht müssen Menschen leiden, um wirklich zu leben. Aber nicht zu viel, Victoria, nicht zu viel. Wenn das Leid zu groß ist, erstickt es das Leben.«

Die Begeisterung, die Maria Henrietta in Baden auslöste, kam Victoria sehr gelegen. Unter sich hatten sie wohl schon darüber gesprochen, Cesare und die Hofers. Aber sie wagten es zunächst nicht, Victoria mit ihrem Angebot zu kommen.

Cesare schnitt eines Tages vorsichtig das Thema an.

»Ich weiß ja nicht, was du vorhast, Victoria.«

»Wieso weißt du es nicht? Ich habe laut und deutlich genug davon gesprochen. Ich will wieder anfangen zu üben, will arbeiten und so bald wie möglich ins Engagement.«

617

»Und die kleine Maria? Was wirst du mit ihr machen?«

»Das habe ich auch schon gesagt. Ich suche ein nettes Heim für sie, wo sie gut versorgt wird.«

»In Berlin?«

»Ja, sicher. Wo sonst?«

»Selbstverständlich. Es ist halt weit von Berlin her zu uns. Sonst könnte sie ja dableiben.«

Natürlich hatte Victoria schon daran gedacht. Und sie hatte gehofft, daß er etwas sagen würde, denn der Vorschlag mußte von ihm kommen. Es mußte so aussehen, als trenne sie sich ungern von dem Kind.

»Es ist wirklich sehr weit. Und so umständlich mit dieser Tausendmarksperre.«

»Das soll kein Hinderungsgrund sein. Das Geld wird immer für dich bereit sein. Du bekommst ein Konto in Berlin und kannst dort immer abheben, was du brauchst.«

»Aber . . .«

»Ich weiß, Victoria, es ist eine Zumutung. Du bist die Mutter. Wir wollen nicht mehr darüber sprechen.«

Und ob Victoria darüber sprechen wollte!

»Du kannst das doch nicht allein entscheiden«, sagte sie. »Die Arbeit hätte Anna. Ich bezweifle, daß sie auf die Dauer ein Baby auf dem Hals haben will. Und Anton würde sich auch schön bedanken.«

Das wußte Cesare allerdings besser.

»Anton ist ganz vernarrt in die Kleine. Und Anna! Na, das brauche ich dir wohl nicht zu erklären, das siehst du ja selbst. Soweit ich es beurteilen kann, versteht sie es sehr gut, mit einem Baby umzugehen. Oder was meinst du?«

»Auf jeden Fall besser als ich«, sagte Victoria trocken.

Sie ließ ein kleines Lächeln folgen, dann seufzte sie.

»Darüber muß ich erst nachdenken.«

»Selbstverständlich, mein Kind. Gott soll mich strafen, wenn ich dir dein Kind abschwatzen will. Ich bin ein alter Egoist. Verzeih mir.«

Victoria war bereits fest entschlossen, Maria Henrietta in Baden zu lassen. Etwas Besseres konnte ihr gar nicht passieren. Die Kleine würde bestens versorgt sein, und sie war jede Last und Verantwortung los. Sie konnte in Berlin so frei und unabhängig leben und arbeiten wie zuvor auch. Prisko hatte keinerlei Recht an dem Kind, und wenn er je auftauchen und fragen würde, dann, so hatte sie sich vorgenommen, würde sie einfach erklären, sie hätte das Kind zur Adoption freigegeben und wisse nicht, wo es sich befinde.

Maria Henrietta mit den großen dunklen Augen im kleinen blassen Gesicht blieb also in Baden bei Wien, in einer alten Villa, die ihr gehörte, denn Cesare hatte wahrgemacht, was er angekündigt hatte, das Haus war auf Maria Henrietta Jonkalla überschrieben worden.

Er unternahm auch noch weitere finanzielle Transaktionen, sein Anwalt kam einige Male von Wien heraus, Aktien wurden verkauft oder umgeschrieben, nur seine Konten in der Schweiz und in Italien ließ Cesare unangetastet.

Zu Anna und Anton sagte er: »Ihr habt Wohnrecht in diesem Haus auf Lebenszeit, und ihr werdet auch ausreichend Geld von mir erben, damit ihr immer in der Lage seid, für Maria zu sorgen, wenn ich nicht mehr bin. Das Geld, das Maria von mir erben wird, wird der Anwalt verwalten, bis sie mündig ist.«

So war das Leben des kleinen Mädchens, kaum daß es auf der Welt war, sorglich ausgepolstert. Soweit es sich voraussehen ließ.

Cesares Vorsorge erwies sich als klug: als im Jahr darauf die Deutschen in Österreich einmarschierten und das Großdeutsche Reich entstand, war Maria Henrietta eine wohlhabende junge Dame, verfügte über eigenes Vermögen und eine Villa.

Nina hielt sich gerade in München auf, als der sogenannte Anschluß stattfand. Sie wollte nun wirklich heiraten und war wieder einmal in eine andere Stadt gekommen, um sich Wohnungen anzusehen. Um eine Wohnung auszusuchen, in der sie dann mit einem Mann leben sollte, der ihr Mann sein würde.

Damals, in Breslau, war sie neunzehn gewesen. Nun war sie vierundvierzig. Eine große Spanne Zeit, ein ganzes Leben lag dazwischen.

War es möglich, noch einmal zu beginnen?

Daran zweifelte sie noch immer.

Sie hörten in München im Radio, was vor sich ging, und Nina rief aufgeregt: »Lieber Himmel, was wird mit Cesare? Er muß fort. Er kann da nicht bleiben.«

»Das wird hart für ihn sein«, sagte Silvester. »Er hat ein glückliches Jahr gehabt. Und nun soll er alles aufgeben.«

»Ich muß hinfahren. Ich muß die Kleine holen.«

Silvester seufzte lautlos. Es würde wohl nie möglich sein, Nina für sich allein zu haben. Da waren die Kinder, und da war nun noch dieses Kind, um das sich zwar die eigene Mutter nicht kümmerte, aber die Großmutter.

Silvester fand es nicht so verlockend, eine Großmutter zu heiraten. Er hatte einmal, im Scherz, eine derartige Bemerkung gemacht, und Nina hatte sehr zornig darauf reagiert.

»Du brauchst mich überhaupt nicht zu heiraten. Ich habe bisher sehr gut ohne dich gelebt.«

Solche Gespräche gab es manchmal zwischen ihnen, und schuld daran war einzig und allein Victoria. Die Sorge um sie, die Sorge um das Baby beanspruchten viel Raum in Ninas Fühlen und Denken, sie rückten Silvester in eine zweite Position, die ihm nicht gefallen konnte.

»Ich sehe nicht ein, warum du dir Gedanken um das Kind machen sollst, wenn es die eigene Mutter nicht tut.«

Seiner Meinung nach war Victoria egoistisch und lieblos, er hatte darüber mit der anderen Victoria, mit Victoria von Mallwitz gesprochen, die das natürlich alles hautnah miterlebte und oft dafür herhalten mußte, dem Liebespaar das gesträubte Gefieder zu glätten.

»Mein Lieber, du hast dir nun einmal eine Frau ausgesucht, die ein Leben hinter sich hat und erwachsene Kinder dazu. Du mußt dich damit abfinden oder Nina aufgeben. Sie wird sich niemals von ihren Kindern trennen.«

»Das will ich ja gar nicht. Nur möchte ich mindestens gleichberechtigt neben den Kindern vorhanden sein.«

»Nina liebt dich von Herzen, das weiß ich.«

»Da weißt du mehr als ich«, sagte er verärgert.

Natürlich war auch er egoistisch; er hatte nie eine Frau gehabt, nie Kinder, er liebte Nina und wollte sie haben, sie allein.

Zweifellos waren die Voraussetzungen für diese Ehe nicht die besten.

Aber gerade die Schwierigkeiten banden sie aneinander. Wenn Nina etwas brauchte, so war es ein Mensch, mit dem sie über all das sprechen konnte, was sie bewegte. Das war vor allem und immer noch an erster Stelle Victoria. Das vergangene Jahr war schwer gewesen, und Nina hatte viel Kraft gebraucht, um ihre Tochter vor tiefster Verzweiflung zu bewahren.

Die Stimme war daran schuld. Zunächst, aus Baden zurückgekehrt, war Victoria mit großem Elan wieder an die Arbeit gegangen. Wenn man sich im Studio Losch-Lindenberg wunderte, wo sie solange gewesen war, überhörte sie es, ging souverän darüber weg.

»Eine Liebesaffäre«, sagte sie lässig. »Muß auch mal sein.«

Doch inzwischen waren neue Schüler da, die sie nicht kannten, von den alten nur noch wenige, Lili Goldmann natürlich, die nicht ins Engagement gehen konnte, obwohl sie längst reif dafür war. Mary war noch da, doch sie heiratete im Sommer 37 und erwartete kurz darauf ein Kind. Vom Singen sprach sie nicht mehr. Ein Jammer bei ihrer schönen Stimme. Victoria war zur Hochzeit eingeladen, eine große prachtvolle Hochzeit mit allem, was dazu gehörte.

Denn, so sagte Marys Vater, der inzwischen General geworden war: »Man muß Feste feiern, solange noch Gelegenheit dazu ist. Es wird uns bald vergehen.«

Victoria lernte bei dieser Gelegenheit Marys Bruder kennen, den Hauptmann Helmut von Dorath, einen großen blonden Recken, Luftwaffenoffizier und seit dem vergangenen Jahr im Einsatz in Spanien bei der Legion Condor. Daher war er schon so bald Hauptmann geworden, wie Mary erzählte, denn ihr Bruder sei ein Held.

»Leider«, fügte Mary hinzu. »Mir ist viel lieber, er bleibt am Leben.«

Mary und ihr Bruder verstanden sich sehr gut, und Victoria wußte, daß Mary immer in Angst um ihn lebte.

Zwischen Victoria und Helmut von Dorath war es ein *coup de foudre*, der Hauptmann verliebte sich Hals über Kopf, und auch er gefiel Victoria außerordentlich.

»Ein toller Mann, dein Bruder«, sagte sie zu Mary, und es war ganz der Tonfall ihrer Jungmädchenzeit.

Viel konnte nicht daraus werden, der Hauptmann verschwand sehr schnell wieder aus Berlin, der Krieg in Spanien ging weiter.

Aber die Küsse, die Victoria bekommen hatte, als er sie heimbrachte, leidenschaftliche stürmische Küsse, vergaß sie lange nicht. Seit Prisko hatte kein Mann sie mehr geküßt, und Priskos Küsse waren gegen die des Fliegers nicht wert, daß man sich an sie erinnerte.

Victoria arbeitete also wieder bei Marietta, und noch immer war Marietta die einzige, die von dem Kind etwas wußte.

Nach ihrer Rückkehr hatte Victoria einen kurzen Bericht gegeben. Ob Marietta sich geschmeichelt fühlte, daß das Kind hieß wie sie, war nicht zu erkennen, statt dessen sagte sie: »Du bist ein ganz gerissenes kleines Luder, wie ein Kuckucksei hast du das Kind in ein fremdes Nest gelegt. Und dir ist es total schnurz und piepe, was daraus wird.«

»Na ja, so würde ich es nicht ausdrücken.«

»Aber ich! Denn so ist es. Nun gut, jeder Mensch muß wissen, was er tut. Alt genug bist du. Und wenn du eben keine Muttergefühle hast, hast du sie nicht.«

»Ich habe sie nicht«, sagte Victoria kühl. »Ich will Karriere machen, sonst nichts.«

Aber gerade das gelang ihr so schwer. Ihre Geduld wurde abermals auf eine harte Probe gestellt. Zwar übte sie wie eine Wahnsinnige, sang vier, fünf Stunden am Tag, bis zur totalen Erschöpfung.

»Deine Stimme ist nicht mehr geschmeidig«, rügte Marietta. »Sie ist hart, überanstrengt. Ich will dir etwas sagen, mit Gewalt kann man gar nichts erreichen. Fleiß ja, Arbeit, aber nicht Verbissenheit.«

Sie sollte recht behalten. Bereits Anfang Juli hatte Victoria zum zweitenmal geschwollene Stimmbänder und wurde wieder zum Schweigen verurteilt.

Und das war, trotz allem was zuvor geschehen war, die größte Krise, die sie je durchgemacht hatte. Das war die Zeit, in der sie unleidlich wurde, unausstehlich, als kein Mensch mehr mit ihr auskommen konnte, und die Hauptleidtragende war Nina.

Das war auch die Zeit, als es zu einer ernsthaften Krise und beinahe zur Trennung zwischen Nina und Silvester kam, denn er mußte miterleben, wie Nina sich quälte und vor allem von Victoria gequält wurde.

Anfang August verschwand er türenknallend aus Ninas Wohnung, reiste ab, und sie hörte drei Wochen lang nichts von ihm. Also gut, dann ist eben Schluß, dachte sie trotzig. Ich kann sehr gut ohne ihn leben.

Aber das konnte sie bereits nicht mehr. Sie weinte, auch sie wurde blaß, unleidlich, unausstehlich.

Stephan, der um diese Zeit auf Urlaub kam, sagte: »Das ist ja das reinste Irrenhaus hier bei euch«, und entschwand nach Neuruppin.

Victoria von Mallwitz brachte die Dinge wieder ins Lot. Sie kam angereist, verfrachtete Victoria zu Cesare und ihrer Tochter nach Baden, und schickte Nina an den Tegernsee, wo Silvester im Hotel Bachmair auf sie wartete.

»Er will nichts mehr von mir wissen«, sagte Nina widerborstig.

»Das wirst du dann schon sehen. Zuerst geht ihr mal jeden Tag ausführlich spazieren. Und jeden zweiten Tag macht ihr eine Bergtour. Wenn der See noch warm genug ist, wird gründlich geschwommen. Da werdet ihr schon wieder zu euch kommen. *For heaven's sake, Nina, don't be such a fool.* Er liebt dich. Und du liebst ihn auch. Was erwartest du eigentlich noch von deinem Leben? Du bist alt genug, endlich ein wenig Verstand zu entwickeln.«

In Baden wurde Victoria verwöhnt und umsorgt wie eine Prinzessin. Cesare ertrug geduldig ihre Launen, Anna kochte einen Kräutertee, der angeblich das beste Heilmittel für eine kranke Stimme war, der brave Anton fuhr sie im Wienerwald spazieren oder auch nach Wien hinein, wenn sie einkaufen wollte.

Sonst lag Victoria im Liegestuhl im Garten, schwieg hartnäckig, aß die Leckerbissen, die Anna ihr zubereitete, nahm etliche Pfunde zu und spielte erstmals mit ihrem Kind. Und fand, Maria Henrietta sei eigentlich sehr niedlich.

»Siehst du!« sagte Cesare glücklich. »Ich habe dir doch gleich gesagt, daß sie zauberhaft ist. Sie wird das schönste Mädchen, das je auf dieser Erde gelebt hat.«

»Phhh!« machte Victoria, das ging auch ohne Ton.

Die Stimme besserte sich diesmal rasch, schon Anfang Oktober kehrte sie nach Berlin zurück und fing wieder an zu üben, diesmal vorsichtiger, kam gut über den Winter. Die Stimme wurde wieder weich, geschmeidig und klangvoll. Im Februar schloß sie ein Engagement für die kommende Spielzeit an das Stadttheater von Görlitz ab.

»Gerade richtig«, meinte Marietta. »Du mußt erst Bühnenerfahrung bekommen, und für den Anfang ist es besser, du hast kein zu großes Haus. Da überanstrengst du dich nicht.«

»Wenn deine Tochter nun ein Engagement hat und endlich für sich allein sorgen kann, darf ich dann meinen Antrag wiederholen?« fragte Silvester Framberg.

»Ich warne dich. Diesmal wird es ernst. Dann hast du mich auf dem Hals.«

Und dann kam also der Anschluß Österreichs, als Nina gerade in München war, um eine Wohnung auszusuchen.

»Ich muß hinfahren. Ich muß das Kind holen.«

»Du fährst auf keinen Fall allein in diesen Hexenkessel. Ich komme mit. Und wichtiger als die Kleine ist jetzt Cesare Barkoscy. Er muß Österreich verlassen.«

»Du meinst, weil er Jude ist? Er ist Halbjude. Und getauft.«

»Sei nicht so naiv, Nina. Das hilft ihm gar nichts.«

»Er hat gute Verbindungen zu Mussolini. Wegen seiner Waffengeschäfte, das habe ich dir doch erzählt.«

»Sehr fraglich, ob ihm das was nützt. Erst spielen sie mal verrückt in Österreich, das hörst du doch.«

Sie hörten es im Radio. Das Gebrüll, das über den Äther kam, war beachtlich.

»Ich möchte bloß wissen, warum sie so begeistert sind«, sagte Nina. »Sie haben doch Zeit genug gehabt, um zu erkennen, was bei uns los ist.«

»Und was ist bei uns los? Den meisten Leuten geht es gut. Und Leute, die nicht unter den Nazis leben wollen, gibt es hier und gibt es dort. Die hörst du bloß nicht. Was schreit, ist die Straße. Die schreit immer. Immer wieder und immer wieder das gleiche dumme Geschrei der Betörten. Das ist so alt wie die Welt. Nichts Neues unter der Sonne. Außerdem, das darfst du nicht vergessen, hat die Begeisterung in Österreich vor allem wirtschaftliche Gründe. Sie wollen auch mit von dem großen Kuchen essen. Wie bald er ihnen im Halse stecken bleiben wird, das wissen sie nicht. Und die, die es wissen, schreien nicht.«

Vierzehn Tage später fuhren sie mit Silvesters Wagen nach Österreich.

Im Haus Barkoscy in Baden lebte man ganz unbehelligt. Es lag weit ab. Cesare war den Leuten so gut wie unbekannt, denn seit er dort wohnte, hatte er das Haus nie verlassen. Anna und Anton Hofer aber waren Leute aus dem Volk, denen keiner etwas Übles wollte.

»Das Haus gehört mir nicht«, sagte Cesare, »also kann es mir keiner wegnehmen. Ich bin ein alter, gelähmter Mann, ich kann ihnen nicht einmal das Pflaster putzen, was die Juden in Wien tun mußten. Keiner sieht etwas von mir, keiner hört etwas von mir. Nur Anna und Anton kommen unter die Leute. In einem Konzentrationslager würde ich ihnen auch nicht viel nützen, denn ich kann nicht arbeiten. Außerdem sind die Leute hier heraußen ganz kommod, Baden ist nicht Wien.«

»Ich wundere mich über Ihre Gelassenheit«, sagte Silvester, der bei dieser Gelegenheit Cesare kennengelernt hatte. »Soviel ich gehört habe, sind Sie ein kluger und welterfahrener Mann. Sie können sich doch keinen Illusionen hingeben über das Regime, unter dem wir leben.«

»Das tue ich nicht. Früher oder später wird es zum Krieg kommen. Hitler will ihn haben, und er wird ihn kriegen. Auch wenn die ganze übrige Welt ihn nicht will. Die Frage ist nur wann. Ich würde sagen, in vier oder fünf Jahren.«

Silvester wiegte den Kopf, er war skeptisch.

»Der Mann auf der Straße spricht nicht von Krieg, denkt nicht an Krieg, hat ihn überhaupt nicht in seinem Vorstellungsvermögen. So ist es in Deutschland. Bisher war es so. Erstmals jetzt, als das Unternehmen Österreich lief, flackerte die Angst auf. Da haben manche daran gedacht. Haben Angst bekommen. Vier oder fünf Jahre sagen Sie? So lange wird es nicht mehr dauern.«

»Hört auf«, sagte Nina. »Ich kann das nicht hören. Es gibt keinen Krieg. Ich mag den Hitler auch nicht, aber Krieg will er bestimmt nicht. Das sagt er ununterbrochen.«

»Der sagt viel, wenn der Tag lang ist. Die Leute schreien Hoch und Heil und haben morgen vergessen, was er gestern gesagt hat.«

»Fünf Jahre, vielleicht sogar sechs«, wiederholte Cesare. »Mehr Zeit habe ich sowieso nicht mehr. Wenn ich diese Zeit noch friedlich in diesem Haus leben kann, bin ich Gott dankbar dafür. Ich bin sogar bereit, Herrn Hitler dafür dankbar zu sein, wenn er mir noch soviel Zeit läßt.«

»Und warum wollen Sie nicht von hier fortgehen?« fragte Silvester. »Es wäre doch auf alle Fälle sicherer. Wie ich gehört habe, haben Sie doch gute Verbindungen in Italien. Der Mussolini ist auch ein Verrückter. Aber nicht so gefährlich wie unserer. Wäre es nicht besser für Sie, nach Italien zu gehen?«

»Nein«, sagte Cesare eigensinnig. »Ich möchte hierbleiben. Sehen Sie, wenn ich jetzt nach Italien übersiedle, wäre ich dort sehr allein. Hier werde ich sehr gut versorgt. Ich könnte die Hofers nicht veranlassen, mit mir ins Ausland zu gehen. Sie sind einfache Menschen, das hier ist ihre Heimat. Ich glaube nicht, daß sie woanders leben möchten. Und für Maria ist es auch gut hier. Sie kann hier ungestört aufwachsen, ihr tut kein Mensch was. Und ich möchte es noch ein wenig miterleben, wie sie heranwächst.«

Das brachte Silvester auf ein anderes Problem.

»Victoria muß sich unbedingt die Papiere von diesem Menschen beschaffen, der der Vater des Kindes ist.«

Cesare hob alarmiert den Kopf.

»Das ist richtig. Maria muß geschützt sein. *Dio mio,* Nina, dieser Mann ist doch kein Jude?«

»Kann ich mir nicht denken, nachdem er ja in Berlin an der Hochschule studiert hat. Und das letzte, was Victoria von ihm hörte, klang auch ganz unverfänglich. Er ist am Opernhaus in Frankfurt engagiert, das wäre doch unmöglich, wenn er Jude wäre.«

»Auf jeden Fall muß sich Victoria die Unterlagen beschaffen. Wir müssen wissen, ob er Arier ist. Das muß vorliegen.«

»Victoria will nichts mehr von ihm wissen. Sie hat nur über Dritte erfahren, daß er ein Engagement hat. Und daß er die Witwe geheiratet hat.«

Klein und zusammengesunken saß Cesare in seinem Stuhl.

Nina dachte, daß es wirklich nicht so aussah, als ob er noch lange leben würde. Ob er wohl Schmerzen hatte? Er sprach nie davon.

»Ach ja, die Witwe. Von der hat Victoria mir einmal erzählt. Da geht es ihm sicher gut. Da kann Victoria vergessen, was war, und sachlich mit ihm reden. Maria ist wichtiger. Und was mich betrifft«, er hob die blasse schmale Hand, »da machen Sie sich keine Sorgen. Ich habe noch Freunde. Und wenn ich sage Freunde, dann sind es Freunde. Sie dürfen sich nicht täuschen lassen. Der Jubel der Masse ist nur die eine Seite des Gesichts, das Österreich heute bietet. Es gibt genügend Menschen in diesem Land, die genau wissen, was los ist. Zugegeben, ich lebe hier in einem Vakuum. In einem luftleeren Raum, der sich sehr schnell mit Sturm füllen kann. Ich habe vorgesorgt, soweit es möglich ist. Das Haus gehört Maria. Anna und Anton haben Wohnrecht. Der Wagen läuft auf Antons Namen. Mir gehört hier eigentlich gar nichts mehr. Nur eine Pistole. Von ihr werde ich Gebrauch machen, wenn es notwendig sein sollte. Entschuldigen Sie, es klingt so dramatisch, das mag ich nicht. Ich möchte, daß Sie diese Worte ganz nüchtern aufnehmen. Wie sie gemeint sind. Es würde mir wirklich nicht viel ausmachen, mein Leben zu beenden. Oder sagen wir mal, es hat eine Zeit gegeben, in der es mir nichts ausgemacht hätte. Seit Maria hier ist, genieße ich es, noch zu leben. Aber wenn sie durch mein Vorhandensein gefährdet wäre, dann würde ich nicht lange überlegen, was ich tue.«

Es war ein heller Frühlingstag, ein erster grüner Schimmer lag über den Büschen, auf der Wiese blühten Krokusse.

Sie saßen auf der breiten Holzveranda hinter dem Haus, geschützt vor allen Blicken, nur der Wienerwald blickte zu ihnen herein. Das Kind trippelte schon, sein dunkles Haar lockte sich an den Spitzen.

Nina hatte Angst gehabt, es könne die Stufen hinunterfallen, die in den Garten führten, und hatte es auf den Schoß genommen. Es saß nun dort, zwar artig aber ein wenig steif und unbehaglich. Es waren fremde Hände, die es hielten. Aber es wehrte sich nicht, es war nur eingeschüchtert.

Liebe ich dieses Kind? dachte Nina.

Nein, warum sollte ich? Ich kenne es kaum. Und es kennt mich nicht. Aber es ist Victorias Kind. Sie sollte es lieben. Es ist wirklich ein hübsches Kind. Und es ist nicht verlassen und ausgestoßen, es bekommt ausreichend Liebe und Fürsorge.

»Maria kann nichts passieren«, wiederholte Cesare hartnäckig. »Wenn wirklich eine Gefahr droht, würden Anna und Anton sie retten. Anton hat den Wagen. Er kann damit fahren, wohin er will.«

»Wir sorgen uns nicht um Maria«, sagte Silvester, »sondern um Sie, Herr Barkoscy.«

»Das ist nicht mehr der Mühe wert. Aber dennoch vielen Dank. Sehen Sie, ich muß nicht unbedingt weiterleben. Mein Leben war amüsant, abwechslungsreich, auch erfolgreich, wenn man es von der finanziellen Seite aus betrachtet. Und nun sitze ich in diesem Stuhl. Schon eine ganze Weile. Ich muß nicht eine Ewigkeit darin sitzen. Vor allem muß Victoria den Nachweis erbringen, daß Maria einen arischen Vater hat. Das müssen Sie ihr sagen. Wenn sie mit diesem Mann nicht reden will, kann sie es über einen Anwalt erledigen lassen.«

Nina und Silvester blieben noch zwei Tage in Wien. Aber es war nicht das Wien, das Silvester kannte, es gefiel ihm derzeit nicht.

»Laß uns nach Hause fahren, Nina. Laß uns heiraten und beisammen bleiben. Es wird dunkel und stürmisch. Man sollte nicht allein sein in dieser Zeit.

›Wer jetzt kein Haus hat, baut sich keines mehr . . . Laß uns wenigstens eine Zeitlang in Frieden miteinander leben.«
»Eine Zeitlang?«
»Ich wünschte, ich könnte sagen, eine lange Zeit.«
Er nahm sie in die Arme, küßte sie, und in seinem Kuß spürte sie zum erstenmal seine Angst.
Und ein Echo war in ihren Ohren – wie war das doch gleich?
Eine Weile möchte ich dich behalten . . .
Würde es denn nie in ihrem Leben einen Mann geben, den sie für immer behalten konnte?

Sie heirateten im Mai, Victoria von Mallwitz richtete die Hochzeit aus, draußen im Waldschlössl, im allerkleinsten Kreis.

Zur selben Zeit lief der Abdruck eines Romans von Nina in der Berliner Illustrirten, und der Titel des Romans gab Anlaß zu Gelächter am Hochzeitstag.

Der Roman hieß: ›Wir sind geschiedene Leute‹.

Es war die Geschichte eines Künstlerehepaars, Schauspieler, beide bekannt und berühmt, beide temperamentvoll und schwierig, die sich scheiden lassen und jeweils ein neues Leben mit neuem Partner beginnen, aber immer wieder auf der Bühne zusammentreffen. Es gab Nina zwei Möglichkeiten: erstens einmal die, ausführlich über Theater zu schreiben, was sie schon lange verlockt hatte, und zweitens Himmel und Hölle, in der zwei Liebende leben müssen, darzustellen. Dazu kam die Theaterwelt und die Komik des Alltagslebens zweier ehrgeiziger, eitler und in sich selbst verliebter Künstler.

Auch das Buch wurde später sehr erfolgreich und noch später gab es einen hervorragenden Film, in dem zudem noch Peter Thiede die Hauptrolle spielte.

Zunächst aber bezog Nina eine Fünfzimmerwohnung in München-Bogenhausen in der Holbeinstraße.

Eine neue Welt, ein neuer Mann, eine neue Liebe.

Es ist ein Augenblick, und alles wird verwehn . . .

Genau ein Jahr und drei Monate blieben ihr, um im Frieden sich in diesem neuen Leben einzurichten. Dann begann der Krieg.

Zuvor noch, im Sommer 1938, reiste Nina zum erstenmal nach vielen Jahren in ihre Heimat. Es war ein spontaner Entschluß, nicht einmal Silvester wußte von dieser Reise. Es ging ihr um Martha Jonkalla, Kurtels Mutter, ihre Schwiegermutter.

Martha war ein Problem. Natürlich hätte es sich gehört, daß sie Martha von ihrer Heirat verständigte, darüber war Nina sich klar. Aber sie brachte es nicht übers Herz, ihr das einfach zu schreiben. Martha, diese vernünftige, realistische Person, hatte die Hoffnung ja noch immer nicht aufgegeben, daß ihr Sohn eines Tages doch noch aus Rußland zurückkehren würde. War die Welt nicht voller Wunder? Warum sollte denn ausgerechnet dieses Wunder nicht geschehen? Sie sprach nicht mehr ständig davon wie früher. Aber sie wartete, sie hoffte, sie betete.

In den vergangenen Jahren hatte Nina ihre Schwiegermutter selten gesehen. Nur zweimal war Martha nach Berlin gekommen, obwohl es wirklich keine weite Reise war von Niederschlesien. Das erste Mal kam sie, bald nachdem Nina mit den Kindern und mit Gertrud von Breslau nach Berlin umgezogen war. Nina hatte gerade angefangen, bei Felix im Theater zu arbeiten, sie war relativ heiter und erfüllt von ihrem neuen Leben, nur verheimlichte sie Martha, daß sie ein Verhältnis mit Felix hatte.

Das beengte Leben in der Motzstraße gefiel Martha, die in dem großen Gadinski-Haus lebte, gar nicht. Sie sagte immer wieder: »Kindel, hier kannst du doch nicht bleiben. Komm doch mit mir nach Hause.«

Aber Nina wäre lieber in die Hölle gegangen als in ihre Heimatstadt, das sprach sie auch aus, und das konnte Martha nicht verstehen.

»Es ist doch schön bei uns. Alles wie früher. Und du bist dort nicht so allein, ich bin da, dein Bruder ist da und seine Familie.«

»Geh mir los mit dem. Du weißt genau, daß ich ihn nicht ausstehen kann.«

»Guter Gott, Kindel, du bist doch nun eine erwachsene Frau, man kann doch einen Kinderstreit nicht ein Leben lang mit sich rumschleppen.«

Nina ersparte sich die Antwort. Martha verstand nicht, keiner verstand, was sie von ihrem Bruder Willy trennte.

Natürlich wäre auch Trudel gern nach Hause zurückgegangen, daran bestand kein Zweifel, Martha hatte in ihr eine Verbündete.

»Geh doch«, sagte Nina kalt. »Wir kommen schon allein zurecht.«

»So? Kommt ihr das? Du gehst arbeiten, bist nächtelang in deinem Theater, und wer kümmert sich um die Kinder?«

Als Martha zu ihrem zweiten Besuch nach Berlin kam, arbeitete Nina bereits in der Fahrschule, und Gertrud war seit einiger Zeit verheiratet. Letzteres war wohl hauptsächlich der Anlaß für Marthas erneute Reise. Die Tatsache, daß Trudel Nossek geheiratet hatte, war so ungeheuerlich, daß sie sich mit eigenen Augen davon überzeugen wollte.

Sie verbrachte einige Tage in Berlin, in der Motzstraße hatten sie ja nun mehr Platz, und anschließend fuhr sie für eine Woche nach Neuruppin, wo es ihr ausnehmend gut gefiel. So eine kleine Stadt war ihr angenehmer als das riesige Berlin, das ihr Furcht einflößte.

Wie eh und je bewunderte sie Nina ohne Einschränkung, und in Kurtels Kindern sah sie verständlicherweise die Vollendung menschlicher Wesen. Immer wieder sagte sie: »Wenn Kurtel doch nur seine Kinder sehen könnte! Wie stolz er wäre! Wie glücklich!«

»Vielleicht fände er uns ganz widerlich«, sagte Victoria aus purer Opposition, denn das Gerede dieser Großmutter, die sie kaum kannte, ging ihr erheblich auf die Nerven.

»Daß du so schön singen kannst, was glaubst du denn, wie ihn das glücklich machen würde.«

»Na ja, sicher«, meinte Victoria gelangweilt, und Nina wechselte rasch das Thema.

In all den Jahren waren viele Pakete von Martha gekommen, meist mit Lebensmitteln, denn sie hatte immer Angst, Nina und die Kinder würden in Berlin verhungern. Und dann strickte sie unentwegt für die Kinder – Strümpfe, Handschuhe, Schals und Pullover, Sachen, die die Kinder nie anziehen wollten.

Verändert hatte sich Martha Jonkalla kaum, klein, fest und stämmig, auf sicheren Beinen, arbeitsam wie in jungen Jahren. Das Haar war grau geworden, die Haut ein wenig verschrumpelt, aber nicht sehr, dazu war sie zu lebendig und aktiv.

In diesem Sommer, als Nina zu ihr fuhr, war sie fünfundsiebzig.

Mehr als mit Nina und ihren eigenen Enkelkindern war sie verständlicherweise mit den Gadinskis und deren Nachwuchs verbunden. Sie gehörte zu der Gadinski-Familie, seit sie als junge Witwe, den eben geborenen Kurtel im Steckkissen, in dieses Haus gekommen war, als Amme für die kleine Karoline, denn Ottilie Gadinski, zart, empfindsam und blutarm, konnte ihr Kind nicht stillen. Die Tatsache allein, ein Kind zur Welt gebracht zu haben, betrachtete Ottilie als derart enorme Leistung, daß sie beschloß, fortan nicht mehr am tätigen Leben teilzunehmen. Sie lag auf dem Sofa, ließ sich bedienen und verwöhnen, klagte über unzählige Schmerzen und Krankheiten, und keiner erwartete, daß sie noch lange leben würde.

Doch sie überstand ihre verschiedenen Leiden bei bester Gesundheit, an ihrem Lebensstil hatte sich bis heute nichts geändert, sie lag, sie seufzte, sie klagte und ließ sich verwöhnen.

Dies war von Anfang an eine von Marthas Hauptaufgaben gewesen: sich um Ottilie zu kümmern. Und natürlich um den Herrn des Hauses, Adolf Gadinski, Besitzer der Zuckerfabrik, den reichsten Mann der Stadt, gesund, vital, lebensfroh, geschlagen mit der jammernden Frau, die er dennoch zärtlich liebte. Martha führte meisterhaft den großen Haushalt, befehligte eine Schar von Dienstboten, kochte allerdings selbst, denn sie kochte großartig und sehr gern, und erzog die beiden Kinder, Karoline, die das einzige Kind der Gadinskis blieb, und ihren Sohn Kurtel. Als Kurtel mit vierzehn die Schule verließ, sollte er in der Fabrik arbeiten, aber Kurtel, der bei aller wohlerzogenen Bescheidenheit immer sehr genau wußte, was er wollte, mochte nicht in die Fabrik. Und Martha wollte es eigentlich auch nicht; bei allem Respekt für Herrn Gadinski stellte sie sich vor, daß ihr Sohn etwas Besseres werden könnte.

Kurtel ging also in die Lehre zu Münchmann & Co., dem größten Textilhaus der Stadt, und Herr Gadinski, gutmütig wie er war, hatte nichts dagegen einzuwenden. Wenn der Junge lieber Koofmich werden wollte, bitte sehr.

Nina und Kurt Jonkalla waren Nachbarskinder und Jugendfreunde, er liebte sie, seit sie ein kleines Mädchen war, und sie heiratete ihn im Jahr 1913 nur aus dem einzigen Grund, weil er eine Stellung in Breslau antrat und weil in Breslau Nicolas von Wardenburg lebte, seit er das Gut verloren hatte. Wardenburg gehörte jetzt Herrn Gadinski, an den Nicolas tief verschuldet gewesen war.

Als Gadinskis Karoline einen Leutnant von den Breslauer Leibkürassieren heiratete, bekam sie als Hochzeitsgeschenk von ihrem Vater Gut Wardenburg, und Nina haßte sie darum aus tiefstem Herzen.

Lange konnte sich Karoline nicht am Leben einer Gutsherrin erfreuen, sie bekam zwar rasch hintereinander vier Kinder, doch ihr Mann kehrte mit einer schweren Verwundung aus dem Krieg heim, an deren Folgen er einige Jahre später starb. Und ganz überraschend für alle erlag der starke, gesunde Adolf Gadinski, auch nicht lange nach dem Krieg, einem Gehirnschlag.

Die kränkliche, seufzende Ottilie lebte immer noch. Und Karoline mit ihren vier Kindern lebte bei der Mutter in dem Gadinski-Haus, da sie in den schweren Nachkriegsjahren das Gut nicht halten konnte.

Arbeit also gab es für Martha Jonkalla mehr als genug. Nach wie vor führte sie den Haushalt, allerdings nicht mehr so unangefochten und selbständig wie früher, denn Karoline war weder so passiv wie ihre Mutter noch so um-

627

gänglich wie ihr Vater, sie war zänkisch, rechthaberisch, launisch, mit einem Wort, sie konnte unausstehlich sein. Martha ertrug es mit Geduld, schreckte allerdings auch vor energischen Worten und Taten nicht zurück; die schlimmste Drohung: Ich gehe.

Dann lenkte Karoline ein. Sie wußte sehr gut, was sie an Martha hatte.

Das war die Situation, als Nina im Sommer 1938 einen Besuch im Haus Gadinski machte, das sie während ihrer Jugendzeit nie betreten hatte. Denn die Gadinskis waren reiche Leute, die Nosseks nur bescheidene mittlere Beamte.

Als Nina sich zu dieser Reise entschloß, befand sie sich in Berlin, und zwar zum erstenmal wieder, seit sie geheiratet hatte. Es ging um die Wohnung. Ihre Wohnung.

Als sie nach München umzog, im Mai, hatte sie sich nicht entschließen können, die Wohnung zu kündigen. Victoria hatte gesagt: »Ist doch Blödsinn, Wohnungen sind knapp in Berlin, wir können froh sein, daß wir sie haben. Erst kann ich doch mal drin wohnen.«

»Aber Kind, du kannst doch nicht allein in der großen Wohnung sein. Und außerdem gehst du ja im Herbst nach Görlitz.«

»Du wirst ja wohl kaum erwarten, daß ich lange in Görlitz bleibe. Vielleicht kriege ich bald ein Engagement in Berlin, dann wäre es doch dumm, wenn die Wohnung nicht mehr da wäre.«

Den Traum, an der Staatsoper oder am Deutschen Opernhaus zu singen, hatte sie nicht aufgegeben, das war ihr ständiges zweites Wort: Wenn ich erst in Berlin engagiert bin.

»Und Stephan wird ja auch mal mit seinem Militär fertig sein, dann wird er froh sein, wenn er weiß, wohin. Ob er nun studiert oder was er macht, irgendwo muß er ja wohnen.«

Nina, von Kindheit an sparsam erzogen, sagte: »Es ist doch heller Wahnsinn, Miete für zwei Wohnungen zu bezahlen.«

»Die in München zahlst du doch nicht. Die zahlt dein zukünftiger Mann. Und alles andere zahlt er auch, wenn du erst mit ihm verheiratet bist. Schließlich verdienst du genug mit deinen Büchern, daß du dir die Miete für diese Wohnung leisten kannst.«

Das entbehrte nicht der Logik, Nina sah es ein. Außerdem kam es ihren Wünschen entgegen, es fiel ihr so schwer, die Wohnung aufzugeben. Sie war so schön, die hellen großen Räume, hübsch eingerichtet, lauter leichte elegante Möbel; der Horror, den ihr die schweren wuchtigen Eichenmöbel in ihrem Elternhaus eingeflößt hatten, war nicht vergessen. Schön hatte sie es auf Gut Wardenburg gefunden, Tante Alice und ihr englisches Zimmer; alles licht, leicht, helle Polstermöbel, helle Teppiche, das hatte ihr gefallen.

Silvester hatte zwar ein wenig bitter gesagt: »Du hältst dir den Rückzug offen«, aber in diesem Punkt war Nina hart geblieben. Victoria konnte in der Wohnung sein, Stephan, wenn sein Militärdienst beendet war, natürlich auch, wenn er auf Urlaub kam und ihn ausnahmsweise mal nicht in Neuruppin verbringen wollte, auch wenn man selbst nach Berlin kam – »sieh mal, wenn wir nach Berlin kommen, brauchen wir kein Hotel, dann wissen wir gleich, wo wir hingehören.«

»Ich wohne sehr gern im Hotel«, sagte Silvester eigensinnig.

Kurz und gut, die Wohnung blieb, und noch bevor Nina heiratete, ergab sich eine günstige Gelegenheit, drei Zimmer davon zu vermieten. Horst Runge, Victorias früherer Kollege aus dem Studio, hatte es geschafft: ein Engagement ans Deutsche Opernhaus. In der Spielzeit 38/39 würde er in Berlin singen.

»Mensch, Horst, hast du ein Schwein«, hatte Victoria neidisch gesagt.

»Schwein?« Er pochte mit dem Finger auf seine Kehle. »Stimme.«

Übrigens würde er allein in dieses Engagement gehen, das Deutsche Opernhaus dachte nicht im Traum daran, Gerda Monkwitz, seine Frau, ebenfalls zu engagieren.

Zwar hatte er früher erklärt: kein Engagement ohne Gerda. Aber das hatte er sich inzwischen anders überlegt. Die Karriere würde er machen, nicht sie. Das hatte jeder gewußt, jetzt wußte er es auch.

Gerda fand sich ohne Kommentar damit ab und bereitete sich darauf vor, eine gute Hausfrau zu werden, das heißt, sie war es sowieso schon, sie würde es in Zukunft ausschließlich sein.

»Vielleicht kriege ich ein Kind«, sagte sie in ihrer wurschtigen Art zu Victoria, als sie im April in Berlin zusammentrafen und die Wohnungsangelegenheit besprachen.

»Wenn du partout willst.«

»Eine Frau muß einfach ein Kind haben. Sonst ist sie keine richtige Frau.«

»Ach ja?«

»Das wirst du schon auch noch merken. Wenn du erst den richtigen Mann hast.«

»Ich mache mir nichts aus Kindern«, sagte Victoria.

»Das kommt dann schon, wenn du erst eins hast.«

Victoria lächelte. Gerda war immer eine Gans gewesen, daran hatten Gesangsstudium und Horst Runge nichts ändern können, daran würde auch ein Kind nichts ändern.

Die Runges mieteten also drei Zimmer der Wohnung. Es gab zwei Bäder, das machte keine Schwierigkeiten. Die Küche war groß, Nebenräume waren ausreichend vorhanden.

»Aber wir machen nur einen kurzen Mietvertrag«, sagte Victoria zu Nina, »kann ja sein, ich brauche die Wohnung mal ganz für mich allein.«

»Für dich allein? Was willst du denn allein in dieser Riesenwohnung machen?«

»Wenn ich heirate –«

Nina starrte ihre Tochter sprachlos an. »Du willst heiraten?«

»Na, warum denn nicht? Einmal wird ja dieser Krieg in Spanien zu Ende sein. Helmut will nicht heiraten, solange er dort herumbombt. Er sagt, er will mich nicht zur Witwe machen, ehe ich eine Frau geworden bin.« Sie lachte unbeschwert. Nina war schockiert.

Über die Art, wie Vicky redete. Und darüber, daß sie an eine Heirat dachte.

Sie kannte den Flieger. Er gefiel ihr, kein Vergleich mit dem slowakischen Genie, ihrer Meinung nach.

»Er will dich also wirklich heiraten?«

»Klar will er. Die Frage ist nur, ob ich will.«

»Liebst du ihn denn?«

Victoria lachte und schloß Nina in die Arme.

»Ja, mein geliebtes Huhn, ich liebe ihn ganz wahnsinnig. Was sagst du dazu? Ich bin ganz verrückt nach ihm, wenn du es wissen willst.«
»Weiß er denn ...«
»Aha, das dachte ich mir, daß das kommt. Er weiß nicht. Aber sei beruhigt, ehe ich ihn heirate, werde ich ihm alles beichten. Es wird ihm schnurz und piepe sein. Zufällig liebt er mich. Und außerdem lebt er ziemlich gefährlich da unten. Ich kann mir vorstellen, daß man da andere Perspektiven bekommt. Wenn man damit rechnen muß, jeden Tag abgeschossen zu werden, und sollte man wunderbarerweise überleben, von den Kommunisten massakriert zu werden, also, dann denke ich mir, daß einem das Vorhandensein eines kleinen Bastards nicht allzuviel ausmachen kann.«
»Wie du redest«, sagte Nina aufgebracht. »Ich mag das nicht hören.«
»Ich rede ganz sachlich.«
»Es klingt furchtbar.«
»Ach, Nina, tu nicht, als seist du eben vom Mond gefallen. Das Leben ist kein weiches Nest, in dem das Weibchen sich behaglich kuscheln kann, bewacht vom großen starken Männchen, das ihm die besten Happen in den Schnabel steckt.«
»So war mein Leben bestimmt nicht«, sagte Nina.
So war ihr Leben jetzt. Ganz plötzlich, ganz unerwartet war ihr Leben so. Und sie brauchte lange, bis sie sich daran gewöhnte. Sie gewöhnte sich im Grunde nie ganz daran, und das war nur gut für sie, denn solch ein Leben war nicht für sie bestimmt.
Ende August also war sie in Berlin, das erste Mal nach ihrer Heirat, nach drei glücklichen Monaten, man konnte ohne Übertreibung sagen, nach drei sehr, sehr glücklichen Monaten.

Sie wollte die Zimmer, die Runge demnächst beziehen würde, freimachen, beziehungsweise war vereinbart worden, daß ein Teil ihrer Möbel drin bleiben sollte, und Nina wählte sorgfältig aus, was sie dem Sänger und seiner Frau überlassen wollte. Trudel war gekommen, wie immer, wenn man ihre Hilfe brauchte, sie räumten um, hatten sich viel dabei zu erzählen, und Trudel sagte immer wieder: »Was bin ich froh, nein, was bin ich froh, daß du doch noch geheiratet hast, Nindel. Wann bringst du ihn mir denn mal mit, deinen Mann? Ich muß ihn doch kennenlernen, muß ich doch. Und Fritz ist auch schon so neugierig auf seinen neuen Schwager.«
Nina lächelte ein wenig gequält. Bisher hatte sie es vermieden, Silvester mit Neuruppin zusammenzubringen, die politischen Ansichten waren gar zu gegensätzlich. Obwohl sie sicher war, daß Silvester souverän darüber hinweggehen würde.
Silvester war nicht mitgekommen nach Berlin, er schrieb an einem Buch über mittelalterliche Kunst und meinte, ein paar Tage Ruhe und Sammlung täten ihm ganz gut, Ehe sei doch viel anstrengender als er vermutet hatte.
Mit der Wohnung waren sie nach drei Tagen fertig und da kam Nina auf die Idee, zu Martha zu fahren. Einfach so. Einen Besuch von zwei Tagen und bei der Gelegenheit erzählen, daß sie geheiratet hatte. So vernünftig Martha war, es würde sie treffen, es würde sie verletzen, das wußte Nina, das verstand sie auch, aber erfahren mußte sie es dennoch.
Fred Fiebig lieh ihr einen Wagen und damit fuhr sie ostwärts. Allein.

Sie hatte flüchtig daran gedacht, Trudel mitzunehmen, die wäre sicher gern einmal in die Heimat gefahren. Aber nein, Nina verwarf den Gedanken sofort, das Ganze bekam dann einen unnötig sentimentalen Anstrich, denn Trudel würde zweifellos unerträglich sentimental werden.

Sieh mal hier, guck mal dort, da haben wir, da war doch – nein, das denn doch nicht.

Doch fragte Nina ihre Tochter, ob sie mitkommen wolle.

»Bestimmt nicht«, sagte Victoria in ihrer kühlen entschiedenen Art. »Was soll ich denn in dem Kaff?«

»Wir haben auch ein schönes Stadttheater.«

»Freut mich. Aber von Görlitz aus kann es nur noch aufwärts gehen, das weißt du doch. Nicht abwärts. Außerdem studiere ich meine Partien.«

Als erstes würde sie die Anna singen aus ›Hans Heiling‹ und dann Lortzings Undine. Beides schöne und nicht ganz leichte Partien. Sie studierte sie mit Marietta ein, beziehungsweise mit dem derzeitigen Klavierbegleiter im Studio, einem ziemlich faden Burschen, wie Victoria fand. Seit langem dachte sie zum erstenmal wieder einmal an Prisko. Schade, daß sie mit ihm nicht arbeiten konnte. Auch wenn sie ihn nicht mehr leiden konnte, als Korrepetitor war er unvergleichlich gut.

Als dritte Partie, das wußte Victoria auch schon, würde sie die Sonja aus dem ›Zarewitsch‹ singen, denn sie war mit Operettenverpflichtung engagiert. Erst hatte sie die Nase gerümpft, aber Marietta sagte: »Auch eine Operette kann man anständig singen. Erst recht, würde ich sagen. Und der Lehar hat allerhand an Musik geschrieben, das mußt du singen können, mein Kind, sonst gehst du baden.«

Kein Begleiter also für die Reise in die Vergangenheit. Nina fuhr allein.

Nina
Reminiszenzen

Es macht Spaß, mit dem Auto durch das Land zu fahren. Fred hat das schon vor Jahren gesagt. Es ist warm, die Sonne scheint, das Verdeck habe ich zurückgeschlagen, das Land ist grün und weit und friedlich. Nein, es gibt bestimmt keinen Krieg, alles Unsinn, was Silvester und seine Freunde daherreden. Dies ist ein Land des Friedens; ich wußte gar nicht mehr, wie schön es hier ist, die weite Ebene, Wälder, Wiesen, die Ernte geht zu Ende, dann fahren die polnischen Schnitter wieder nach Hause. Ob es überhaupt noch polnische Schnitter gibt?

Sicher doch, wir haben sie ja immer gebraucht, sie waren fleißig und fröhlich, Nicolas spendierte ihnen zum Abschluß der Ernte ein Faß Bier und ein Faß Schnaps, guter schlesischer Korn, er holte ihn selbst aus der Brennerei. Sie tranken ihn wie Wasser. Sie sangen, und sie tanzten und dann waren sie betrunken. Köhler, der Verwalter von Wardenburg, sah es nicht gern, daß sie Schnaps bekamen. Er trank nie. Er war hart und streng mit den Leuten, aber Nicolas sagte: ›Sie haben fleißig gearbeitet, nun sollen sie sich besaufen‹. Im Gutshaus tranken wir Champagner. Als ich klein war, bekam ich nur einen Schluck, aber so ab zehn Jahren etwa bekam ich ein ganzes Glas. Nicolas bot auch Köhler immer ein Glas an, der nahm es, verbeugte sich steif, sagte, ›Auf Ihr Wohl, Herr Baron‹, nippte an dem Glas und ließ den Rest stehen.

Grischa schüttelte seinen großen Kopf und brummte: ›Mann nix weiß, was gut ist.‹ Er hätte niemals Köhlers Glas ausgetrunken, er goß den Rest aus. Alices und Nicolas' Gläser leerte er immer mit Behagen, wenn sich noch etwas darin befand. ›Wohl bekomm's, Väterchen, wohl bekomm's Mütterchen‹ sagte er, wenn er ihnen die gefüllten Gläser auf einem Silbertablett anbot, und er lachte dazu über sein gutes breites Gesicht.

Ich werde zwei Tage bleiben, länger nicht, das genügt. Ob Martha weinen wird? Nein, sie weint nicht. Aber sie wird mich ansehen, so ... ich weiß jetzt schon, wie sie mich ansehen wird. Ich bin nicht sentimental, sie ist nicht sentimental, aber sie ist unglücklich. Ich bin glücklich. Jetzt bin ich glücklich. Ach, Silvester in München. Du hättest mitkommen sollen auf diese Reise. Ich wollte es nicht, aber nun wünsche ich doch, du wärst hier.

Ich werde mich nie an deinen Namen gewöhnen. Wie kann ein Mensch Silvester heißen. Ich nenne dich Silvio. Vergangenen Winter waren wir in München in der Oper, im ›Bajazzo‹, und die Nedda sang im Liebesduett so beseelt ihr *Silvio,* das blieb mir im Ohr. Als wir nach der Oper beim Walterspiel zum Essen waren, sagte ich zum erstenmal zu ihm: Silvio.

Er lachte. ›Ich bin doch kein Italiener‹, sagte er. ›Aber einmal werden wir nach Italien fahren, wir beide. Ich möchte dir Florenz zeigen. Und Capri. Und die Bucht von Sorrent. Wir werden im Mittelmeer baden.‹

Diesen Sommer haben wir viel im Starnberger See gebadet. Und ein paar schöne Bergtouren haben wir gemacht. Ich war auf dem Herzogstand, und auf der Benediktenwand, das fand ich schon sehr hoch. ›Sehr beachtlich für eine Preußin‹, sagte er.

Ich habe mit Martha gesprochen, habe es ihr gesagt, und sie hat mich so angesehen, wie ich es erwartet hatte, aber sie war sehr lieb und verständnisvoll. Außerdem wußte sie es schon, von Trudel. Hätte ich mir denken können.

›Du bist eine junge hübsche Frau, Nindel, warum sollst du nicht wieder heiraten. Ich wünsche dir alles Gute.‹

Und dann sagte sie noch: ›Ich wünsche dir einen Mann, den du behalten kannst.‹

Bisher habe ich keinen behalten können. Meine Ehe mit Kurtel dauerte nicht einmal ein Jahr, dann begann der Krieg. Dann noch zweimal Urlaub und dann war er verschwunden. Einfach weg. Als hätte es ihn nie gegeben. Nicht tot. Nur weg.

›Über Rußlands Leichenwüstenei faltet hoch die Nacht die blassen Hände‹ – so fängt ein Gedicht an, ich glaube, es ist von Richard Dehmel, ich habe es in der Schule aufgesagt. Gedichteaufsagen war mein Höchstes, da war ich nicht zu schlagen.

Fräulein von Rehm lebt nicht mehr, das habe ich gleich ermittelt. Sie hätte ich gern wiedergesehen, sie war eigentlich das Beste an meiner Kindheit. Was sie wohl sagen würde, daß ich Bücher schreibe. Die ersten Gedichte, die ich gemacht habe, las ich ihr vor, und über ihr strenges Gesicht glitt ein Lächeln. Sie hat mich verstanden. Ich wußte das gleich, schon am ersten Tag, an dem ich zur Schule ging. Ich bin gern in die Schule gegangen, ihretwegen. Dabei war sie wirklich streng und sehr unnahbar. Die meisten Mädchen fürchteten sie und konnten sie nicht leiden. Marleen zum Beispiel. Diese alte Schreckschraube, sagte Marleen immer. Ich liebte meine Lehrerin. Nach Nicolas liebte ich sie am meisten von allen Menschen. Erni natürlich immer ausgenommen, aber das war ein anderes Gefühl, Erni war ein Teil von mir. Mein Herz schlug für sein krankes Herz mit, auch wenn ihm das nicht helfen konnte. Sein Grab kann ich nicht besuchen, er liegt in Breslau begraben, aber es ist ja auch überflüssig, auf den Friedhof zu gehen, das ist nur eine dumme Sitte, von der keiner was hat. Kurtel hat kein Grab, und Nicolas hat kein Grab. Oder wenn sie welche haben, weiß man nicht wo. Eines in Frankreich, eines in Rußland.

Wie international die Toten sind nach so einem Krieg.

Meine Eltern sind hier begraben. Fräulein von Rehm auch.

Vielleicht gehe ich doch mal auf den Friedhof. Fräulein von Rehm wußte, daß ich Nicolas liebte. Und wie verzweifelt ich war, als Wardenburg verloren war. Ihr habe ich auch gesagt, daß ich gern Schauspielerin werden wollte. Sie hat mich immer verstanden. Ich habe sie richtig geliebt, mehr als meine Mutter.

Arme Mutter, verzeih mir, daß ich das denke. Natürlich habe ich dich liebgehabt, du hast mir immer leid getan. Dein Leben war so eng. Du warst so geängstigt und gedemütigt, du warst nie frei, du hattest keine Möglichkeit, du selbst zu sein, dich zu entwickeln, ein freier Mensch zu werden. Manchmal habe ich dich ein wenig verachtet. Weil du dich nicht gewehrt hast.

Heute sehe ich das anders – wogegen hättest du dich denn wehren sollen? Gegen den Mann, gegen die Kinder, gegen die Armut? Sie waren dein Schicksal, und du hättest nur gehen können und alles verlassen, aber dann wäre gar nichts mehr da gewesen.

So ein Gedanke ist dir natürlich nie gekommen, nicht der leiseste Hauch eines solchen Gedankens. Du warst zum Dienen geboren, zum Dienen und zum Dulden, und in der Bibel steht ja wohl, daß der Mensch damit auch glücklich sein kann. Wenn man überhaupt im Zusammenhang mit dir von Glück reden will. Glück war für dich so unerreichbar wie der Thron des Kaisers.

Aber vielleicht täusche ich mich, vielleicht warst du manchmal glücklich. Wenn du ein Kind geboren hattest, das gesund war und am Leben blieb. So ein Kind wie ich, nicht eins wie Erni, das krank zur Welt kam.

Was ist überhaupt Glück? Ein Augenblick, und alles wird verwehn ...

Martha wollte, daß ich im Gadinski-Haus wohne, und Karoline ließ sich herab, eine Einladung auszusprechen. Als junges Mädchen nannte ich sie immer die dicke Karoline, dabei war sie gar nicht dick, nur ein bißchen üppig um den Busen herum. Jetzt ist sie dick. Martha kann gut kochen, und Karolines Kinder sind schon groß, arbeiten braucht sie nicht. Geheiratet hat sie auch nicht wieder. Viel hat sie wohl nicht mehr, die Pension einer Offizierswitwe, und von ihres Vaters Vermögen blieb ja wohl ein wenig übrig, was eben die Inflation übriggelassen hat.

Damals übersah sie mich. Ich war das arme Mädel von nebenan. Und ich haßte sie abgrundtief, als sie Wardenburg übernahm. Abgesehen von Willy habe ich nie mehr einen Menschen so gehaßt. Dabei konnte sie gar nichts dafür, Nicolas hat das Gut verwirtschaftet, das ist die nackte Tatsache. Ein Mann wie er war zu Arbeit und Verantwortung nicht geschaffen. Auch nicht dazu erzogen. Er war einer, der nur mit dem Leben spielt. Manche sind so. Und ich habe ihn geliebt, weil er so war, wie er war. Und auch heute noch gestehe ich ihm das Recht zu, so zu sein, wie es zu ihm paßte. Aber ich sollte Karoline nicht mehr hassen, sie trägt keine Schuld am Verlust von Wardenburg. Außerdem hat sie es nicht mehr.

Natürlich dachte ich nicht im Traum daran, bei ihnen zu wohnen, ich kann mir schließlich ein Hotel leisten. Ich wohne im Hotel Drei Könige, noch immer das erste Haus am Platze. Ich habe das schönste Zimmer des Hauses, denn ich bin eine berühmte Tochter dieser Stadt. Eine Schriftstellerin. Der Stadtanzeiger schickte mir einen Reporter zum Interview, und in der Zeitung erschien ein zweispaltiger Bericht mit Bild. Martha ist sehr stolz.

Auch mein gräßlicher Bruder. Er lud mich ein, und ich mußte hin, das ging ja nun nicht anders. Er ist ein hohes Nazitier, es geht ihm blendend, mit einem Mercedes holte er mich ab, und ihr Haus am Stadtrand ist ganz prachtvoll. Ein fünftes Kind haben sie auch noch gekriegt, und seine Frau, die doofe blonde Kuh, trägt das Mutterkreuz auf dem Busen. Ich war kühl und hochmütig und lächelte nur aus dem Mundwinkel. Das kann ich mir leisten, ich bin eine bekannte Autorin und neuerdings auch noch mit Herrn Dr. Framberg verheiratet. Für meine Heimatstadt bin ich eine Wolke, so würde Vicky es ausdrücken.

Komischerweise gibt es sonst keinen mehr in der Stadt, der mich kennt. Falls noch ehemalige Schulfreundinnen hier leben, lassen sie sich nicht blicken. Gott sei Dank. Sie sind neidisch. Oder sie lesen keine Zeitung. Oder sie sind fortgezogen wie ich.

Doch das Erstaunlichste, was mir hier passiert: Mir gefällt diese Stadt, in der ich geboren bin. Ich habe nie gewußt, wie hübsch sie ist.

Der riesige Marktplatz, Ring genannt, und in der Mitte das Rathaus, breit hingelagert mit seinem hohen Turm, wirklich ein wohlgelungener Bau. Schöne alte Bürgerhäuser umrahmen den Platz, hohe Giebel haben sie und lange blanke Fenster, und unten die Laubengänge, rundherum, auf drei Seiten des Platzes. Auf der vierten Seite steht die Elisabethkirche, ein rein gotischer Bau. Wunderschön. Ich bin sicher, das würde Silvio auch gefallen.

Ich habe früher auch nie bemerkt, wie schön das Schloß ist, vollendetes Barock, und dieser zauberhafte Schloßpark mit dem großen See in der Mitte. Ich habe hier gelebt und habe das alles nicht gesehen.

Einmal werde ich mit Silvio herfahren, er ist schließlich der Kunsthistoriker in der Familie, er wird mir die Stadt meiner Kindheit richtig erklären können. Ich schreibe ihm einen langen Brief, schreibe ihm alles, was ich denke und empfinde. Er wird lächeln, wenn er den Brief liest.

Lieber Gott, beschütze mich, aber ich liebe ihn.

Hier, weit weg von ihm, hier, wo mein Leben begann, hier erkenne ich zum ersten Mal, wie sehr ich ihn liebe. Lieber Gott, mach, daß ich ihn behalten kann.

Es ist ein Augenblick, und alles wird verwehn – diesmal nicht, lieber Gott, bitte, diesmal nicht.

Das Schönste von allem, habe ich ihm geschrieben, ist die Oder.
Das Schönste von allem ist wirklich die Oder. Ich stehe auf der Brücke und schaue in den dunklen, geruhsam fließenden Strom. Wie oft bin ich über diese Brücke gegangen, auf dem Weg in die Stadt, auf dem Weg in die Schule. Wenn ich bei Nicolas im Wagen saß, wurden die Rappen vor der Brücke durchpariert und trabten erst jenseits der Brücke wieder an.
Auf einer Brücke trabt man nicht, sagte Nicolas, da gehen die Pferde im Schritt.
Die Brücke ist ein Symbol. Über den Abgrund, der mich von meiner Jugend trennte, ist eine Brücke geschlagen. Ganz von selbst. Hier ist alles geblieben, wie es war, aber ich bin eine andere geworden. Endlich frei. Es ist, weil ich dich habe, Silvio. Und nun kann ich auch meine Heimat lieben . . .

Ganz zuletzt, ehe Nina zurückfuhr nach Berlin, kam es noch zu einer unerwarteten Begegnung. Ein Anruf von Gut Wardenburg, Paul Koschka war am Telefon.
Er habe gelesen, daß sie in der Stadt sei, ob sie nicht einen Besuch auf Wardenburg machen wolle? Er und seine Frau würden sich sehr darüber freuen.
Nina zögerte mit der Antwort, sagte dann leise: »Nein, ich möchte lieber nicht.«
»Verstehe«, rief Paul munter durchs Telefon. »Versteh' ich alles sehr gut, gnädige Frau. Aber dürfen wir Sie dann wenigstens besuchen?«
Nina konnte es nicht gut abschlagen, also vereinbarten sie für denselben Nachmittag ein Treffen bei ihr im Hotel, denn am nächsten Tag wollte sie abreisen.
Während ihres Aufenthalts hatte Nina mit keinem über Wardenburg gesprochen und keiner hatte mit ihr darüber gesprochen.
Es war wie ein Zauberkreis, der um die Glücksstätte ihrer Jugend gezogen war, die keiner zu überschreiten wagte.
Allerdings bedeutete Wardenburg für die anderen nichts Besonderes, nicht für Martha, nicht für ihren Bruder, der höchstens ein- oder zweimal dort gewesen war. Der einzige Mensch, mit dem Nina zusammengetroffen war, der zu Wardenburg eine persönliche Beziehung hatte und für den es ebenfalls Kummer und Trauer bedeuten mußte, daran zu denken, war Karoline von Belkow, die geborene Gadinski. Gerade mit ihr konnte und wollte Nina aber nicht darüber sprechen. Daß die alte Koschka vor einigen Jahren gestorben war, wußte Nina, das war via Martha und Trudel bekannt geworden. Aber sie hatte nicht gewußt, wem Wardenburg jetzt gehörte.
Ganz einfach, immer noch Paul Koschka.
Paule, der uneheliche Sohn der Mamsell, aufgewachsen auf dem Gut, siebzehn Jahre alt, als Nina geboren wurde; und als sie als kleines Mädchen nach Wardenburg kam, arbeitete er dort noch, zog aber bald darauf fort in die große weite Welt. Verflucht und verstoßen von seiner Mutter, die es nicht verwinden konnte, daß ihr Sohn sie und das Gut verließ, weil er sich in das hergelaufene Stück, das da in einer Bretterhütte in den Büschen hauste, verliebt hatte.
Die Leute in der Gegend nannten das Mädchen nur die Zigeunerin, und die Kinder warfen Steine nach ihr. Und ausgerechnet an so etwas war der

ordentliche brave Paule geraten, sorgfältig und streng von seiner Mutter aufgezogen, das machte Pauline Koschka rasend. Es war ihr Stolz, daß ihr Sohn so gut geraten war, auch wenn er keinen Vater besaß. Er war fleißig und arbeitsam und verstand es besonders gut, mit Pferden umzugehen. Nicolas erlaubte ihm schon in jungen Jahren, seine Pferde zu reiten und zu longieren, auch den Zweispänner durfte er fahren. Es bestand also die durchaus berechtigte Hoffnung, daß Paule eines Tages die angesehene Stellung eines Kutschers auf Wardenburg bekleiden würde.

Und dann dies! Eine Wilde, eine Analphabetin, die nie eine Schule besucht hatte, von ungewisser Herkunft, die die Gemeinde nur widerwillig duldete. So etwas behauptete der Paule zu lieben, verließ das Gut, verließ seine Mutter und kroch zu der Zigeunerin in die schmutzige Hütte.

Nicolas machte dem ein Ende. Er ritt zufällig eines Tages in der Nähe vorüber, als Katharina von einem Stein getroffen am Boden lag, und er empörte sich außerordentlich über diese Zustände. Er brachte sie in die Hütte, wusch und verband ihre Wunde und ließ sich durch Katharinas zitternde Angst nicht davon abbringen, die Rückkehr Paules abzuwarten, der auf Arbeitssuche war.

Das Mädchen war schön, von einer wilden naturhaften Schönheit, das beeindruckte Nicolas, den Frauenkenner. Sie war auch keine Zigeunerin, sie war das Kind von Landstreichern, die eines Tages hier gelandet waren, die Mutter gestorben, der Vater im Gefängnis, die Brüder weitergezogen, sie allein war zurückgeblieben und hauste in der armseligen Hütte, verachtet und gemieden von allen.

Nicolas sprach in aller Ruhe mit dem trotzigen Paule, machte ihm klar, daß dies auf die Dauer kein Leben sei, nicht für ihn, nicht für das Mädchen, und riet ihm fortzugehen und an einem anderen Ort Arbeit zu suchen und auf vernünftige Weise für Katharina zu sorgen. Denn ich kann verstehen, daß du sie liebst, sagte Nicolas, und das brach Paules Trotz.

Nicolas gab den beiden ein kleines Anfangskapital mit auf die Reise, das hatte Paule ihm nie vergessen. Überdies hatte er es gut genützt.

Später wurde Katharina eine berühmte Frau, eine exzellente Schulreiterin, ein international bekannter Zirkusstar; Anfang des Jahrhunderts sah Nicolas sie im Zirkus Busch in Berlin auftreten, verbrachte einen Abend mit den beiden und hörte die erstaunliche Geschichte von Katharinas Karriere.

Aber diese Karriere war noch nicht zu Ende, ihr Höhepunkt kam erst. Nicht viel später trat Katharina in Amerika bei Ringling Brothers auf, dem größten Zirkus der Welt, und von dort führte ihr Weg direkt nach Hollywood. Sie wurde ein recht bekannter Stummfilmstar. Eine Karriere, wie sie nur zu jener Zeit denkbar war.

Bis dahin hatte Paul mehr oder weniger im Schatten seiner berühmten Frau gelebt, doch in Hollywood begann sein Aufstieg. Das junge Unternehmen Film bot viele Möglichkeiten, Paul wurde Filmproduzent und verdiente rasch sehr viel Geld.

Ende der zwanziger Jahre kehrte er nach Deutschland zurück, um nun hier Filme zu produzieren, doch beim Börsenkrach von 1929 verlor er sein Geld. Zuvor aber hatte er Wardenburg bereits gekauft, seine Mutter, die ehemalige Mamsell, war nun die Gutsherrin auf Wardenburg, und verziehen hatte sie ihm auch.

Das war das letzte, was Nina über ihn gehört hatte.

Er hatte damals Peter Thiede für einen Film engagiert, den er machen wollte, doch ehe es dazu kam, war Paul Koschka aus Deutschland verschwunden; das geschah im Oktober 1929, nach dem schwarzen Freitag.

Nun lebten sie beide auf Wardenburg, Paul und Katharina. Nina fand es verwunderlich, daß niemand ihr davon erzählt hatte. Es war doch kaum denkbar, daß Karoline von Belkow es nicht wußte.

Aber möglicherweise verbot ihr derselbe Hochmut, den Nina im Zusammenhang mit Wardenburg empfand davon zu sprechen. Auch lag das Gut ja nicht sehr nahe bei der Stadt. Früher, mit den Pferden, war es eine Stunde Fahrt, jetzt mit dem Wagen ging es natürlich ein wenig schneller. Paule hatte damals mit den Rappen die Strecke schon in einer dreiviertel Stunde geschafft.

Sie aßen zusammen im Restaurant des Hotels zu Abend, Paul war alt geworden, aber er war nicht mehr so dick wie damals, als Nina ihn in Berlin getroffen hatte. Katharina war noch immer eine schöne Frau, das dunkle Haar von weißen Fäden durchzogen, das schmale Gesicht gebräunt, die dunklen Augen mit den überlangen Wimpern klar wie einst.

»Sie sollen wissen, daß wir Wardenburg lieben«, sagte sie.

»Ja«, fügte Paule hinzu, »und gut bewirtschaften. Mit Gewinn. Das Gut ist in bester Verfassung. Schade, daß Sie nicht einmal hinauskommen wollen, gnädige Frau.«

»Vielleicht später einmal«, murmelte Nina und betrachtete das erstaunliche Paar nicht ohne Sympathie.

»Es war ein Triumph für mich, das Gut zu kaufen, das müssen Sie begreifen«, sagte Paule im Verlauf des Abends. »Meine Mutter hatte von mir nichts mehr wissen wollen, sie beantwortete keinen meiner Briefe, ich war nicht mehr ihr Sohn, ich war ein verhaßter Fremder für sie, der sie verraten hatte. In Katharina sah sie eine Teufelin. Was wir erreicht hatten in den Jahren, besonders was Katharina geworden war, imponierte ihr nicht im geringsten. Aber dann kaufte ich das Gut und machte sie dort zur Herrin, wo sie ein Leben lang gedient hatte. Da war ich wieder ihr Sohn. Und als ich dann mein Geld in Amerika verlor, hätte ich lieber Zeitungen verkauft, ehe ich Wardenburg hergegeben hätte. Verstehen Sie das?«

Nina nickte.

»Doch, so wie Sie es erklären, ist es gut zu verstehen. Und nun wollen Sie hier bleiben?«

»Ja«, sagte Katharina ernst, »und sehr gern. Ich habe nie eine Heimat gehabt. Ich bin in meinem ganzen Leben nirgendwo zu Hause gewesen. Wardenburg ist für mich Heimat geworden.«

Nina lächelte wehmütig. Wie sich die Welt verändert hatte!

Das verfemte Mädchen aus der Hütte am Busch, die verachtete Zigeunerin, für sie war Wardenburg Heimat geworden.

Es war Nicolas' Heimat, es müßte meine Heimat sein, dachte Nina, und eine Weile kämpfte sie mit einem jäh aufwallenden Haßgefühl.

Sie wußte, es war lächerlich und ungerecht. Diese beiden konnten nichts dafür, daß Nicolas sein Recht auf Wardenburg verloren hatte. Er hatte es von seinem Großvater geerbt, und er hatte es, wie alles in seinem Leben, mit leichter Hand verspielt und vertan.

Paul erzählte, daß er während der Weltwirtschaftskrise noch einige Jahre in Amerika hart gearbeitet hatte, allerdings ohne sein verlorenes Vermögen wiederzugewinnen. Aber immerhin hatte er sich wieder soweit saniert, daß er Pläne machen konnte, und einer davon war, nun doch in Deutschland Filme zu drehen.

»Doch dann kamen die Nationalsozialisten an die Regierung und das Filmwesen wurde total zentralisiert. Heute kontrolliert die UFA praktisch alles, da sah ich keine Möglichkeit mehr. Und nach meinem ersten Herzanfall dachte ich mir, daß es vielleicht besser sei, nun etwas ruhiger zu leben.«

»Ich vor allem dachte es«, sagte Katharina und lächelte ihm zu.

»Ja, du, *my love,* du hast immer die besten Einfälle.« Er nahm ihre Hand und küßte sie.

Seit zwei Jahren lebten sie nun auf Wardenburg, hatten einen tüchtigen Verwalter, und Paul hatte begonnen, Pferde zu züchten.

»Das war immer mein Traum. Ich habe einen Prachtburschen von einem Trakehnerhengst gekauft. Ein Pferdchen, gnädige Frau, ein Pferdchen! So etwas haben Sie noch nicht gesehen. Die ersten Fohlen sind in diesem Frühling geboren worden, fünf Stück, alle gesund, alle wunderschön.«

Pferde, die später im Krieg elend zugrunde gehen würden, aber das wußten sie in diesem Sommer 1938 noch nicht.

Paul hatte große Pläne mit seinen Pferden.

»Es ist ja wieder aufwärts gegangen in Deutschland. Gott sei Dank. Jetzt lebt man wieder gern hier. Und unsere Regierung tut viel für den Sport, auch für den Reitsport. Ich träume davon, daß eines meiner Pferde auf der nächsten oder übernächsten Olympiade starten wird. Stellen Sie sich das doch bloß mal vor, gnädige Frau, ein Wardenburger Pferd kommt mit einer Goldmedaille nach Hause. Wäre das nichts? Würde das Ihren Herrn Onkel nicht freuen?«

Als Nina zurückfuhr nach Berlin, mußte sie an diesen Satz noch denken und lachte. Paule, der Stalljunge, dann der dickliche Filmproduzent, als den sie ihn in Berlin gesehen hatte, und jetzt Gutsherr von Wardenburg, wollte eine Goldmedaille für eins seiner Pferde. Es war kaum zu glauben.

Ganz verzeihen konnte es ihm Nina nicht, daß er dort war, wo Nicolas hingehörte. Nicolas, der Herr, der wirkliche Herr.

Paule würde nie ein Herr sein. Aber das war wohl nicht mehr vonnöten. Und direkt unsympathisch, das dachte sie wieder, war er ihr nicht. Das Gut wirtschaftete mit Gewinn, und die Nazis schien er auch zu mögen. Nun ja.

Vielleicht, dachte Nina, fahre ich wirklich einmal mit Silvio hin, nächstes Jahr oder übernächstes. Mit ihm zusammen könnte ich es ertragen. Und es ist sehr seltsam, jetzt, da ich hier war, ist mir Wardenburg nicht nähergekommen, es ist mir ferner gerückt. Es ist auf einmal alles so lange her. Nicht vergessen, aber solange her. Vielleicht liegt es auch daran, daß ich zu ihm fahre. Daß am Ende dieser Reise ein Mensch auf mich wartet, den ich liebe.

Marietta war nicht nur eine Frau mit Einfällen, Marietta verstand es auch zu handeln. Oder, mußte man nun schon sagen, sie besaß den Mut dazu. Kurz vor Weihnachten 1938 verreiste sie und kehrte erst im Januar des neuen Jahres zurück.

Das war noch nie dagewesen. Üblicherweise fuhr sie im Sommer zu den

Festspielen nach Bayreuth und nach Salzburg, anschließend zu ihrer Schwester an den Bodensee.

Nach Salzburg zu gelangen, hatte ihr nie Schwierigkeiten bereitet, die Tausendmarksperre war kein Problem für sie, und Freunde besaß sie genug in Salzburg, deren Gast sie sein konnte, so daß die Devisenknappheit sie nicht behelligte. Außerdem war ihr Name noch immer so bekannt und auch bei den Herren des Dritten Reiches so angesehen, daß keiner wagte, ihr irgendwelche Fragen zu stellen. Das machte Marietta sich jetzt zunutze.

Im Sommer, in Salzburg, war erstmals ein Gedanke in ihrem Kopf aufgetaucht, ein Geistesblitz, wie sie es nannte, der sie seitdem nicht losließ und den sie weiter ausgebaut hatte. Nun, nach allem, was im Herbst geschehen war, schien es ihr an der Zeit, den Gedanken in die Tat umzusetzen.

Sie war lange in Salzburg geblieben, sie war ja nicht mehr auf einladende Freunde angewiesen, denn nach dem Anschluß Österreichs konnte man solange dort bleiben, wie man wollte. Sie hatte das ganze reichhaltige Programm konsumiert und genossen: ›Don Giovanni‹ und ›Der Rosenkavalier‹ unter Karl Böhm, die ›Meistersinger‹ unter Furtwängler, ›Tannhäuser‹ und ›Fidelio‹ unter Knappertsbusch; die berühmtesten Sänger der Zeit waren zu hören, und nach ihrer Rückkehr hatte Marietta ihren Schülern ausführlich berichtet, erklärt und analysiert und in den sehnsüchtigen jungen Augen überall denselben Traum erkannt: Wenn ich erst dort singen werde...

Neben dem Kunstgenuß aber hatte Marietta viele alte Freunde und Kollegen wiedergetroffen und mit einigen ein bestimmtes Gespräch geführt, das nicht abgeschlossen, aber auch nicht abgerissen, sondern über ihre Schwester in Konstanz fortgeführt worden war.

Darum die überraschende Reise zur Weihnachtszeit.

Sonst hatte Marietta immer gesagt: »Weihnachten und Silvester ist durchaus kein Anlaß, sich auf die faule Haut zu legen. Das werdet ihr später im Beruf auch nicht können. Im Gegenteil, während der Feiertage gibt es große Abende und ausverkaufte Häuser.«

Diesmal sagte sie: »Ich hab' was zu erledigen. Ihr arbeitet fleißig, übt mit Brasch« – das war der neue Korrepetitor –, »macht keinen Unsinn, sonst raucht's im Karton. Ich möchte von jedem eine Stunde fertige Arbeit vorliegen haben, wenn ich zurückkomme. Carola, deine Frau Fluth unlängst war höchst bescheiden. Sie war, genau gesagt, schlampig. Das höre ich nochmal, ist das klar? Vor allem das Duett im 1. Akt, und zwar mit dir, Lili. Du hast die Frau Reich doch früher schon mal gesungen?«

Lili nickte stumm. Die zweite Altistin im Haus, die jüngere Eva Paulsen, hob alarmiert den Kopf und wollte protestieren, denn sie hatte die ›Lustigen Weiber von Windsor‹ mit Carola einstudiert.

Ein herrischer Blick von Marietta ließ sie schweigen.

»Und dann, Lili«, fuhr Marietta fort, »möchte ich endlich die Amneris komplett von dir haben. Und zwar so!« Sie hob die rechte Hand, Daumen und Zeigefinger zum Kreis geschlossen.

»Wozu denn?« fragte Lili leise, die ganze Hoffnungslosigkeit ihrer Lage stand in ihrem Gesicht geschrieben.

»Halt den Mund!« fuhr Marietta sie an. »Du arbeitest und damit basta!«

Ihr Blick prüfte die Gesichter vor sich, haftete auf Eva, Lilis Rivalin. War Lili gefährdet, wenn sie sie in der Schule ließ? War Eva eine Denunziantin?

Oder dieser farblose Brasch, den sie nicht mochte?

In der Reichsmusikkammer wußten sie, daß eine Jüdin ihr Studio besuchte. Zweimal schon war eine Anfrage gekommen, wieso und warum. Die erste hatte Marietta ignoriert. Die zweite vor einem Vierteljahr jedoch diplomatisch beantwortet.

In Lilis Interesse erschien ihr das notwendig. Fräulein Goldmann werde nur noch kurze Zeit ihr Studio besuchen, da ihre Ausbildung abgeschlossen sei, so ungefähr lautete der knappe Inhalt ihres Briefes, den sie geschickt in elegante Redewendungen verpackt hatte.

Doch dann hatte der 9. November 1938 nur zu deutlich gezeigt, wie bitter ernst die Lage für die Juden geworden war, und daß es zum Krieg kommen werde, fürchtete Marietta manchmal auch.

Touchwood wurde angehalten, Augen und Ohren offenzuhalten, dann reiste Marietta ab, drei Tage vor dem Weihnachtsfest. Als sie wiederkam, Mitte Januar, bestellte sie als erstes Herrn Marquard, den ehemaligen Musiklehrer von Victoria und Lili ins Studio. Er kam noch ab und zu, aber seltener als früher. Er war an die sechzig und wegen eines Herzleidens frühzeitig pensioniert worden. Vor einem Jahr etwa war seine Frau gestorben. Marietta wußte, daß er sehr einsam war und vielleicht auch sehr unglücklich. Er kam an einem Sonntagnachmittag, das Haus war leer und still, Touchwood servierte Tee und Kuchen.

»Vielen Dank für die Einladung«, sagte Herr Marquard höflich. »Wie komme ich zu der seltenen Ehre? Gibt es etwas zu feiern?«

»Vielleicht«, antwortete Marietta.

Herr Marquard war ein wenig irritiert. Die Frau Kammersängerin kam ihm verändert vor. Sie rührte schweigend ihren Tee um, blickte mit ernster Miene auf das große Ölgemälde an der Wand, das den verstorbenen Herrn Losch darstellte.

»Ich war einmal hier, während Sie verreist waren«, versuchte er das Gespräch in Gang zu bringen. »Die Kinder haben fleißig gearbeitet. Dieser neue Tenor, den Sie hier haben, macht sich recht gut. Nur diesen Brasch, den finde ich langweilig. Hat überhaupt kein Temperament, der junge Mann.«

»Ich weiß«, sagte Marietta abwesend und schwieg weiter.

Nach einer Pause sagte er: »Übrigens hat mir Victoria geschrieben. Sie scheint ganz zufrieden zu sein. Endlich hat sie jetzt die Mimi gesungen, das war ja immer ihre Traumrolle. ›Ich war fabelhaft‹, hat sie geschrieben. Echt Victoria, nicht wahr? Sie litt ja nie an übergroßer Bescheidenheit. ›Meine Garderobe quoll über von Blumen, und vor Einladungen kann ich mich überhaupt nicht retten, ich verkehre hier bei allem, was gut und teuer ist, angefangen beim Bürgermeister und Polizeipräsidenten und hohen Offizieren und allerersten Parteigrößen.‹ Das schreibt sie auch. Na ja, das ist nun mal heute so.«

Wieder trat eine Pause ein. Nun vollends verwirrt, verspeiste Herr Marquard ein zweites Stück Kuchen, das Marietta ihm schweigend auf den Teller gelegt hatte.

»Ausgezeichnet, der Kuchen«, murmelte er. »Hat sicher Touchwood gebacken.«

»Haben Sie Lili auch gehört, als Sie hier waren?« fragte Marietta unvermutet.

»Lili? Nein, die war nicht da. Ich fragte Touchwood nach ihr, und sie sagte, Lili sei schon seit einer Woche nicht dagewesen.«

»Ja, das habe ich auch gehört«, sagte Marietta, richtete sich auf und blickte Herrn Marquard an. »Sie war überhaupt nicht da, während ich verreist war. Sie traut sich kaum mehr aus dem Haus. Das heißt also, sie übt nicht. Da, wo sie jetzt wohnen, kann sie nicht singen. Hierher kommt sie nicht. Wie finden Sie das, Herr Marquard?«

»Tief, tief bedauerlich. Sie besitzt eine der schönsten Stimmen, die ich je gehört habe. Zumal sie dank Ihrer Schulung soviel Höhe dazugewonnen hat. Sie hat einen fantastischen Umfang. Ich würde sagen, sie kann jetzt glatt die Eboli singen. Auch die Carmen. Oder meinen Sie nicht, Frau Kammersängerin?«

Schweigen.

»Wirklich ein Jammer«, sagte Herr Marquard und senkte den Kopf. »Ein Jammer.«

»Es ist kein Jammer, es ist eine Schweinerei«, fuhr Marietta auf.

Wieder erfaßte ihr Blick voll den Besucher.

»Wie leben Sie eigentlich jetzt, Herr Marquard?« kam überraschend eine Frage.

»Ach lieber Gott, wie soll ich schon leben. So ein bißchen übriggelassen komme ich mir vor. Die Schule fehlt mir. Und meine Frau fehlt mir. Von meiner Tochter höre ich wenig, ihr Mann hat zwar eine gute Position in Düsseldorf in einem großen Industrieunternehmen, er hat wohl viel zu tun dort, und meine Tochter hat ja die Kinder, nicht wahr?«

»Sehr innig war das Verhältnis wohl nie.«

»Ach, so würde ich es nicht nennen. Es gab nur keine gemeinsamen Interessen. Meine Tochter macht sich gar nichts aus Musik. Sie ist eine sehr gute Tennisspielerin, hat sogar Turniere gespielt. Sport ist überhaupt für sie das Wichtigste. Sie hat nie ein Instrument gespielt, und ich habe mir weiß Gott viel Mühe gegeben.«

»Spielen Sie noch viel?«

»Gewiß, jeden Tag. Ohne Musik, Sie wissen es, kann ich nicht leben.«

»Apropos Leben – wie geht es Ihrem Herzen?« kam es ohne Umweg von Marietta.

»Danke, danke, recht gut. Ich lebe ja sehr ruhig und friedlich, ich habe zur Zeit keinerlei Beschwerden.«

»Ich kenne in Zürich einen ausgezeichneten Herzspezialisten«, sagte Marietta.

Herr Marquard lächelte. »Aber verehrte Frau Kammersängerin, wie käme ich nach Zürich? Und wir haben auch gute Ärzte hier, nicht wahr?«

»Haben Sie nie daran gedacht wieder zu heiraten?«

Diese Frage nun verblüffte Herrn Marquard aufs äußerste. Er ließ die Teetasse, aus der er gerade trinken wollte, sinken und blickte Marietta aus erschrockenen Augen an.

»Aber verehrte liebe Frau Kammersängerin!«

»Ich habe daran gedacht, Herr Marquard, und ich möchte gern daß Sie heiraten«, sagte Marietta ohne Umschweife.

»Sie möchten, daß ich . . .«

»Sie sind allein, ohne große Bindungen an irgend jemand, Sie sind nicht ganz gesund, aber auch nicht so krank, daß eine Heirat Sie umbringen würde, Sie lieben die Musik über alles, und außerdem finde ich, daß ein Mensch die Gelegenheit nutzen sollte, wenn es ihm vergönnt ist, ein gutes Werk zu tun.«

Mit diesem erstaunlichen Satz vermochte Herr Marquard nun gar nichts anzufangen. Er saß nur da und starrte Marietta sprachlos an.

Sie ließ ihn nicht länger in Zweifel, was sie im Sinn hatte.

»Ich möchte, daß Sie Lili Goldmann heiraten. Und nun seien Sie still und hören Sie zu.«

Still war Herr Marquard ohnedies, und zuhören mußte er, da blieb ihm gar nichts anderes übrig.

»Ich denke seit Jahr und Tag darüber nach, wie ich Lili helfen könnte. Ihre Stimme ist so schön, sie muß endlich gehört werden. Hier bei uns kann sie nicht singen. Vielleicht nie. Außerdem geht das Mädchen seelisch kaputt. Sie ist jung und auch ganz hübsch, aber schauen Sie sich an, wie sie jetzt aussieht. Ein wandelnder Trauerkloß. Ich kann dieses verzweifelte hoffnungslose Gesicht nicht mehr sehen. Außerdem geht die Stimme dabei auch in die Binsen. Letzten Sommer in Salzburg habe ich einen ehemaligen Kollegen getroffen, der jetzt in Zürich arbeitet. Er gibt genau wie ich Unterricht. Dem habe ich die ganze Malaise mit Lili erzählt. Er hat mir an die Adresse meiner Schwester geschrieben und jetzt, als ich Weihnachten bei meiner Schwester war, bin ich für einige Tage nach Zürich gefahren. Kurz und gut, passen Sie auf, ich stelle mir das so vor: Sie heiraten Lili, und zwar in Konstanz bei meiner Schwester machen wir das, ganz schnell und nebenbei. Sie hat dann einen arischen Mann und einen anderen Namen, und dann fahrt ihr nach Zürich. Georges wird mit ihr weiterarbeiten, wird ihr ein Engagement besorgen, was bei Lili kein Problem sein wird, sobald sie ihre Depression überwunden hat. Für Sie, lieber Herr Marquard, gibt es zwei Möglichkeiten. Sie bleiben in Zürich, sind den ganzen Kram hier los, vermutlich allerdings auch Ihre Pension, das müßte man ermitteln. Dafür könnten Sie sich um Lili kümmern, sie wäre nicht allein, und wenn sie erst angefangen hat, wird sie bald sehr viel Geld verdienen. Das wird für Sie dann auch reichen. Denn Lili wird Ihnen nicht vergessen, was Sie getan haben, dafür kenne ich sie gut genug. Oder Sie kommen zurück und leben weiter wie bisher. Wobei nicht ganz auszuschließen ist, daß man Ihnen ein paar unbequeme Fragen stellen wird. Aber das weiß ich nicht. Ich brauche wohl nicht zu betonen, daß es sich um eine pro-forma-Ehe handeln wird, eine Ehe also, die nicht vollzogen wird. Sie können sich natürlich auch sofort wieder scheiden lassen. Na, was sagen Sie?«

Zunächst sagte Herr Marquard gar nichts. Er saß nur da und schaute wie hypnotisiert in Mariettas nun lächelndes Antlitz.

»Noch Tee?« fragte sie. »Oder lieber einen Cognac auf den Schreck? Schauen Sie, lieber Freund, Sie brauchen mir heute keine Antwort zu geben. Denken Sie in Ruhe darüber nach. Aber nicht zu lange. Denn wenn Sie nein sagen, muß ich mir etwas anderes ausdenken. Ich bin fest entschlossen, Lili aus diesem Land zu bringen. Und wenn es die letzte Tat meines Lebens ist.«

»Das ... das ist ja ungeheuerlich«, brachte Herr Marquard schließlich hervor.

»Mag sein. Ungeheuerliche Zeiten erfordern ungeheuerliche Taten. Keine

Bange, ich finde auch einen anderen Weg. Und ich finde ihn bald. Und wenn ich das Kind eigenhändig über die Grenze bringe. Ich bin das einfach ihrer Stimme schuldig.«

Marietta lehnte sich zurück und schwieg. Touchwood steckte den Kopf zur Tür herein.

»Wird etwas gewünscht?« fragte sie.

»Bring uns Cognac.«

Cognac trank Marietta sonst nie, heute ließ sie sich ein großes Glas davon einschenken, auch Herr Marquard bekam eins hingestellt, er nahm es und trank es leer, als sei es Wasser.

»Das kann Ihrem Herzen nur guttun«, meinte Marietta sachlich. Dann machte sie »Ksch!« zu Touchwood hin, die neugierig im Zimmer stehengeblieben war. Touchwood kannte Marietta gut genug, um zu begreifen, daß irgendwelche ungewöhnlichen Dinge hier verhandelt wurden.

Als Touchwood mit beleidigter Miene verschwunden war, richtete sich Herr Marquard kerzengerade auf. Er hatte rote Flecken auf den Wangen, seine Hände zitterten ein wenig.

»So schlecht ist mein Herz gar nicht«, sagte er. »Und wenn auch! Kein Mensch kann ewig leben. Und so lebenswert ist mein Leben nicht mehr. Sie haben gesagt, ein Mensch sollte die Gelegenheit nutzen, wenn es ihm vergönnt ist, ein gutes Werk zu tun. Wie wahr! Wie wahr! Lili war meine Schülerin, ich habe ihr Talent entdeckt. Jetzt ist sie Ihre Schülerin, Sie haben dieses Talent entwickelt. Ich mache es.«

Marietta sprang auf.

»Bravo, lieber Freund! Sie sind ein Mann von raschem Entschluß. Ich wußte es, daß Sie der Richtige sind. Morgen hole ich mir Lili hierher und werde ihr das sagen. Sie wird weinen, sie wird nicht wollen, wegen ihrer Eltern, das ist verständlich. Ich werde mit ihren Eltern sprechen. Für sie können wir nichts tun. Aber Lili ist ihr einziges Kind, sie werden zustimmen. Und dann muß das schnell über die Bühne gehen. Der einzige Mensch, der bis jetzt davon weiß, ist meine Schwester. Sie ist eine patente Person, sehr angesehen in Konstanz. Sie wissen ja, ihr Mann hat dort einen großen Besitz, sie wird das arrangieren. Eine kurze Zeremonie auf dem Standesamt und dann ab die Post.«

Herr Marquard war ebenfalls aufgestanden, seine dunklen Romantikeraugen leuchteten.

»Ich bewundere Sie, Frau Kammersängerin. Ich habe Sie immer bewundert, als Künstlerin, als Mensch. Aber jetzt . . .« Die Stimme versagte ihm. Tränen traten in seine Augen. »›Und wenn die Welt voll Teufel wär‹ – das sagte Martin Luther. Wie wahr! Wie wahr! Wir sind alle viel zu feige. Stellen Sie sich vor, wenn jeder nur einen Menschen retten würde. Jeder nur einen, was damit gewonnen wäre.«

»Erstens braucht nicht jeder zweite gerettet zu werden«, sagte Marietta trocken, »so viele sind gar nicht in Gefahr, und zweitens sind die Menschen nicht so. Nicht jeder ist zum Helden geboren, nicht jeder zum Märtyrer. Das kann man nicht fordern, das wäre weltfremd und verlogen. Außerdem muß man erst einmal in die Situation kommen, einen Menschen retten zu können. Wir sind in dieser Situation. Und wir werden diesen einen Menschen retten. Und seine Stimme. Und nun wollen wir einen genauen Plan ausarbeiten.«

Mariettas Plan war gut. Und ihre Regie erstklassig. Schon Mitte März trafen Herr und Frau Marquard in Zürich ein, und bereits im Herbst darauf sang Lili Marquard kleine Partien im Zürcher Opernhaus. Hochzeit und Ausreise waren relativ unbeachtet geblieben, beides fand gerade zu der Zeit statt, als die Nazis Prag und die Tschechoslowakei besetzten, die letzte Unverschämtheit, die sie sich leisteten, ehe die Welt genug hatte und sich wehrte.

Im Jahr 1941 gelangte Lili dann unversehrt in die Vereinigten Staaten, begleitet von ihrem Mann. Er war nicht nach Deutschland zurückgekehrt, sie hatten sich auch nicht scheiden lassen. Sie führten keine Ehe im üblichen Sinn, aber sie blieben Freunde und einander verbunden bis zu seinem Tod. Er konnte ihren Aufstieg noch miterleben, sie sang an der Met, nach dem Krieg an der Scala und in Salzburg, genau wie Marietta es prophezeit hatte. Und sie nannte sich Lili Marquard, unter diesem Namen machte sie eine internationale Karriere.

Von ihren Eltern hatte sich Lili nur schweren Herzens getrennt, es hatte Mariettas ganzer Energie bedurft, daß Lili den Weg zu ihrer Rettung akzeptierte.

Ihre Eltern sah sie niemals wieder, sie erfuhr auch nicht, was aus ihnen geworden war. Sie wurde weltberühmt, sie wurde reich – die Schwermut aus ihren Augen verschwand nie.

Die große Treibjagd auf die Juden hatte im November 1938 begonnen. In Paris war ein Attentat von einem Juden an einem deutschen Botschaftsangehörigen verübt worden, das gab den Nazis die willkommene Gelegenheit, die Juden nun vollkommen aus der Wirtschaft und dem Kulturleben auszuschließen, ihre Rechtlosigkeit auf jedem Gebiet zu manifestieren und obendrein, quasi als Sühne für das Pariser Verbrechen, noch vorhandenes jüdisches Vermögen zu beschlagnahmen.

Gleichzeitig wurde in einer konzentrierten Aktion gewalttätig gegen die Juden vorgegangen; in der Nacht des 9. November, die unter der makabren Bezeichnung Reichskristallnacht in die deutsche Geschichte einging, brannten im ganzen Land die Synagogen, wurden jüdische Geschäfte aufgebrochen, Waren vernichtet, Einrichtungen zertrümmert, auch in jüdische Wohnungen drangen SA-Männer ein und schlugen alles kurz und klein.

Das Ganze sollte so aussehen, als sei es eine spontane Demonstration der Bevölkerung gegen die Juden, doch davon konnte keine Rede sein, nur die SA trat in Aktion. Die Bevölkerung war größtenteils höchst empört. Mit verdutzten und nun auch schon viele mit finsteren Gesichtern, standen die Menschen anderntags vor den zerschlagenen Schaufensterscheiben, vor verbrannten Möbeln, vor zerschnittenen Kleidungsstücken und Stoffballen. Die blinde Zerstörungswut, oder, noch schlimmer, die gelenkte und befohlene Zerstörungswut, die hier am Werk gewesen war, stieß die Deutschen ab. Dies Volk war nie reich gewesen, zudem lagen die Notzeiten noch nicht so weit zurück, als daß man sie vergessen hätte, und schließlich war es ein ordnungsliebendes und arbeitsames Volk; Dinge einfach kaputtzumachen, ohne Sinn und Zweck Sachen zu zerstören, die nützlich und brauchbar waren, dafür hatten die Deutschen kein Verständnis, das konnten sie nicht gutheißen. Und auch in dieser Zeit und in dieser Welt verabscheute ein normal empfindender Mensch jede Art von Gewalt, erst recht, wenn sie an Wehrlosen verübt wurde.

Ohne daß es ihnen recht klar wurde, verloren die Nazis als Folge der Reichskristallnacht viele Anhänger, das reichte bis in die Reihen der alten Kämpfer hinein, unter denen sich ja auch ehrbare und anständige Menschen befanden, die nun sagten: So haben wir es nicht gemeint.

Und es gehörten dazu die Lauen und die Leichtherzigen, die bisher gesagt hatten: So schlimm wird es schon nicht werden, das schaukelt sich alles zurecht, und die nun ihren Irrtum einsehen mußten. Und es betraf die Hoffnungsvollen und idealistisch Gesinnten, die geglaubt hatten, das neue Deutschland werde das beste, anständigste und edelste Deutschland sein, das es je gegeben hatte. Und auch die, die nicht hatten sehen wollen, und die, die nicht hatten hören wollen, konnten sich nun Augen und Ohren nicht länger zuhalten.

Man lebte in einer Diktatur und war ihrer Willkür ausgeliefert. In dieser Nacht waren es die Juden, wer würde es in kommenden Nächten sein?

Diejenigen, die es sowieso gewußt hatten, hätten dieser Bestätigung nicht bedurft. Allerdings blieb ihnen ein positives Ergebnis: Sie waren mehr geworden, viel mehr, die nun den Nazis ablehnend, feindlich, haßerfüllt gegenüberstanden.

Genaugenommen hatten die Juden auch wenn es ihnen nichts nützte, einen Sieg errungen. Da man sie geschlagen hatte, waren viele getroffen worden, denen der Schlag nicht galt. Die Juden hatten nicht geschrien, sie waren stumm geblieben, aber ihr gequältes Schweigen hatte viele wach gemacht.

Schweigen mußten auch diese. Keiner durfte sagen, was er wirklich dachte, sofern er dachte, was dem Regime nicht genehm war. Der doppelte Mechanismus der Diktatur funktionierte ganz von selbst, denn jedwede politische Diktatur braucht zum Überleben die Diktatur der Angst. Diese Partnerschaft war so alt wie die Welt, oder besser gesagt, so alt wie die Menschheit, auch das zwanzigste Jahrhundert bediente sich ihrer, nicht nur in Deutschland, aber dort besonders gründlich und gut durchorganisiert.

Erstmals schien nun auch Cesare Gefahr zu drohen. SA-Leute kamen ins Haus und wollten ihn mitnehmen. Der stille Anton Hofer entpuppte sich als Held. Nur über seine Leiche, so sagte er, werde man den kranken Mann aus dem Haus schaffen.

»Das ist ein Pflegefall, und ich bin verantwortlich«, sprach er in reinstem Hochdeutsch. »Ich bin geprüfter Krankenpfleger, und im Krieg war ich Sanitätsunteroffizier. Ich war verwundet und zwei Jahre in russischer Gefangenschaft. Wenn ihr meint, daß ihr mich niederschlagen dürft, dann tut es.«

So viele Sätze hintereinander hatte er seit Jahren nicht mehr gesprochen, aber das wußten die SA-Männer nicht. Sie sahen nur einen einfachen Mann, der ihnen so mutig entgegentrat, wie sie es nicht gewohnt waren bei ihren schändlichen Einsätzen.

Und neben ihm stand eine kleine rundliche Frau und schimpfte im geschertesten Dialekt auf sie ein.

»Ihnen will ja ka Mensch was tun, sans doch stad«, versuchte einer der SA-Männer sie zu überschreien. »Aber schämen solltens sich, in einem jüdischen Haus zu wohnen und für an Juden zu arbeiten.«

Mit einer geradezu herrischen Handbewegung brachte Anton seine Frau zum Schweigen.

»Das ist meine Sache, was ich tue. Da laß ich mir keine Vorschriften machen. Und das Haus gehört uns und unserem Pflegekind und keinem Juden. Schämen solltet *ihr* euch, hier einzudringen und einen solchen Spektakel zu machen und nicht zu wissen, wer hier der Hausherr ist. Und jetzt schleichts eich!«

Sie gingen wirklich, nicht ohne die Drohung alles nachzuprüfen und wiederzukommen.

Sie kamen nicht wieder. Noch am selben Tag führte Cesare zwei Telefongespräche, das eine mit seinem Anwalt, das andere wieder einmal mit der italienischen Botschaft. Die unsichtbare Mauer um das Haus bewährte sich, sie wurden nicht wieder behelligt.

Cesare änderte sein Testament noch einmal. Das Legat, das er den Hofers zugedacht hatte, verdoppelte sich.

»Schneidig warst, Anton. Einen tapferen Mann hast du, Anna.«

»Wär ja noch schöner, wann er sich von den hergelaufenen Schratzn was sagen ließ. Der eine war der Bua von aner Standlfrau am Markt, da wo ich das Gemüs kauf. Den kenn ich, wie er noch in die Hosen gemacht hat. In der Schul war er allweil der Dümmste, das hat mir sei Mutter selber erzählt. Naa, vor sowas kriechen wir noch lang net ins Mausloch.«

Die Juden rückten enger zusammen, duckten sich. Max Bernauer, der allein in dem Dahlemer Haus wohnte, warfen sie die Fensterscheiben ein, morgens fand er immer wieder einen Zettel an der Tür: Juden raus!

Er war schon einmal ausgezogen und auf Marleens Bitten wieder zurückgekehrt. Es war eine verquere Situation mit den beiden, denn Marleen hielt sich nur noch selten in ihrem Haus auf, meist bewohnte sie eine kleine Wohnung in der Grunewaldstraße, ein Notbehelf, ihr nicht angemessen, wie sie fand. Aber hier konnte ihr Freund sie ungehindert besuchen.

Nun wollten sie sich scheiden lassen. Gesprochen hatten sie schon öfter davon, Max machte keine Schwierigkeiten, er hatte einen Großteil seines noch vorhandenen Vermögens auf Marleen überschrieben, es war sicher angelegt, ein Anwalt kümmerte sich darum. Doch Marleen war die Situation unbehaglich. In acht Tagen änderte sie achtmal ihre Meinung und kam schließlich zu der Erkenntnis: Es muß etwas geschehen, oder ich werde verrückt.

Wie schon einmal, zog Max in die alte Wohnung seines Vaters am Jerusalemer Platz, im selben Haus, in dem sich früher die Büroräume von Bernauer & Co. befunden hatten. Das Haus gehörte ihm nicht mehr, aber die Wohnung. Es war eine alte Berliner Wohnung, eingerichtet mit Möbeln der Jahrhundertwende, alles alt und verwohnt, aber nicht ungemütlich. Ein älteres jüdisches Ehepaar wohnte derzeit darin, außerdem zwei Brüder, auch schon über sechzig, sie alle hatten früher für Bernauer & Co. gearbeitet, der alte Mann als Buchhalter, einer der Brüder als Korrespondent, der andere als persönlicher Sekretär des alten Bernauer, der niemals eine Sekretärin um sich dulden wollte. »Frauen sind zum Aufräumen, zum Kochen und fürs Bett da«, hatte er gesagt, »in einem Büro haben sie nichts zu suchen.«

Sie waren allesamt aus ihren Wohnungen vertrieben oder hinausgegrault worden, und Max hatte sie aufgenommen.

Die Firma Bernauer & Co. gab es längst nicht mehr, aber Max lebte vom Vermögen, und das würde ihm bis ans Lebensende reichen, er hatte nie viel für den eigenen Bedarf gebraucht, hatte immer bescheiden und ohne Ansprüche gelebt.

Er bewohnte zwei Zimmer, auch das große Badezimmer, der reinste Saal, hatten die anderen stillschweigend für ihn freigemacht, obwohl er protestiert hatte. Sie respektierten in ihm immer noch den Chef, den reichen und mächtigen Mann, was er ja alles nicht mehr war.

Er lebte schweigsam und zurückgezogen unter ihnen, las viel. Die Bibliothek seines Vaters war hervorragend ausgestattet, obwohl der alte Bernauer in seinem Leben kein Buch gelesen hatte. Da die Frau kränklich war, besorgte Max die Einkäufe für alle; er tat das ganz gern, für so etwas hatte er nie Zeit gehabt, aber nun spazierte er durch die Friedrichstraße oder die Leipziger entlang, besah sich die Schaufenster, ein scheuer kleiner Mann, den keiner beachtete. Erst als im September 1941 der gelbe Stern eingeführt wurde, verzichtete er auf diese Spaziergänge, besorgte nur noch die wenigen Lebensmittel, die ihnen zustanden, in denjenigen Geschäften, die sie betreten durften, ansonsten ging er nur bei Dunkelheit aus dem Haus.

Und dunkel war es in Berlin geworden, in der lebensfrohen, vergnügungssüchtigen Stadt waren die Lichter ausgegangen.

Anfang des Jahres 1939 wurde die Ehe von Marleen und Max geschieden, das ging ganz leicht, Marleen war Arierin und brauchte bloß zu sagen, daß sie nicht mehr mit einem Juden verheiratet sein wollte, das genügte als Begründung. Die Scheidung war eine reine Formsache.

Doch kurz vor dem Scheidungstermin tauchte Marleen überraschend am Jerusalemer Platz auf.

Sie klingelte, hörte es hinter der Tür huschen und wispern, dann Totenstille. Sie klingelte ungeduldig dreimal hintereinander.

Max öffnete ihr.

»Du bist es«, sagte er ohne ein Zeichen von Freude.

»Ja. Entschuldige, daß ich hier so hereinplatze, aber du hast ja kein Telefon.«

Irgendwo klappte eine Tür, dann war es wieder still.

»Und was möchtest du?«

»Gar nichts. Ich wollte mal schauen, wie es dir geht. Mal mit dir reden.«

»Brauchst du Geld?« fragte er kalt.

»Nein danke. Du hast mich großartig versorgt. Müssen wir hier im Flur stehenbleiben?«

Sie war ein wenig nervös, doch immer noch eine schöne und aparte Frau, elegant gekleidet, sorgfältig geschminkt. Ein paar Falten hatte sie nun allerdings doch, das sah Max, als sie aus dem düsteren Flur in sein Wohnzimmer kamen.

Sie blickte sich um.

»Kurios. Sieht aus wie bei deinem Vater. Willst du nicht lieber die Möbel aus der Dahlemer Wohnung?«

»Nein. Wozu? Ich habe alles, was ich brauche. Sie stehen in einem Lagerhaus, du kannst darüber verfügen.«

»Ja, das hast du mir schon gesagt. Aber ich habe mich neu eingerichtet.«

»Dann verkauf sie. Oder verschenk sie. Ist mir egal.«

Marleen zündete sich eine Zigarette an und blickte sich suchend um.

»Gib mir einen Schluck zu trinken.«

»Was möchtest du? Cognac? Whisky?«

»Cognac, bitte.«

Er trank und rauchte nicht. Saß ihr nur schräg gegenüber auf dem alten grünen Kanapee seines Vaters und blickte seine Frau abwartend an. Nicht mißtrauisch, nicht kritisch, nicht feindselig. Eher gleichgültig.

»Also, was willst du?«

»Das mit der Scheidung – Max, ich habe darüber nachgedacht, vielleicht sollten wir es doch nicht tun.«

»Warum nicht?«

»Ich weiß nicht. Es ist nur so ein Gefühl.«

»Und dein Freund?«

»Es ist ja bis jetzt auch so gegangen. Heiraten kann er mich sowieso nicht. Er kann sich nicht scheiden lassen.«

»Du hast mir gesagt, er könnte nicht mit dir – zusammentreffen, solange du mit einem Juden verheiratet bist. So war es doch?«

»Ja. Das hat er gesagt.«

»Gut.« Max sprach leise, sein Blick ging an ihr vorbei. »Da dir an diesem Mann viel liegt, wie du auch gesagt hast, mußt du dich scheiden lassen. Ich habe das eingesehen. Und abgesehen von Herrn Dr. Hesse ist es auf jeden Fall für dich günstiger, in der heutigen Zeit nicht mit einem Juden verheiratet zu sein.« Das klang kühl und unbeteiligt, als spreche er von einem Fall, der ihn nicht im geringsten berührte. »Also lassen wir es dabei in zwei Wochen ist es erledigt.«

»Ich habe direkt ein schlechtes Gewissen.«

Jetzt sah er sie an, seine dünnen Lippen kräuselten sich spöttisch.

»Ach nein! Meinetwegen?«

»Weil ich dich im Stich lasse.«

»Du läßt mich nicht im Stich. Nicht mehr und nicht weniger, als du es immer getan hast.«

»Das ist ungerecht, Max. Wir haben uns doch immer ganz gut verstanden.«

»Gewiß. Ich hatte Verständnis für dich. Und dabei wollen wir es lassen. Und weil es so ist, kann ich mir kaum vorstellen, daß du mit mir in dieser Wohnung leben möchtest.«

»Ach, sei nicht albern. Natürlich nicht. Aber wir könnten uns woanders eine hübsche Wohnung mieten. Oder ein kleines Haus. Dann hättest du es auch wieder ein wenig komfortabler.«

»Und dein Freund?«

»Ich kann ja meine jetzige Wohnung behalten, da kann er mich besuchen. Meine Freunde haben dich doch nie gestört. Das läßt sich alles arrangieren.«

»Nicht mehr so leicht wie früher. Wo immer wir wohnen würden, wir wären Angriffen ausgesetzt. Du auch.«

»Ach, wegen diesem Blödsinn da im November, wo sie alles zerteppert haben. Wegen diesem Mord in Paris an diesem Botschaftssekretär, diesem – wie hieß er doch gleich?«

»Ernst vom Rath.«

»Eben. War doch dumm von diesem Juden, den Mann zu erschießen. Konnte er sich doch denken, daß es die Juden in Deutschland auszubaden hätten. Aber das ist ja jetzt vorüber.«

»Es wird andere Anlässe geben, mach dir keine Illusionen. Und ich möchte nicht eines Tages im Konzentrationslager landen, weil ich deinem Freund im Wege bin.«
»Der kümmert sich da nicht drum. Der hat Wichtigeres zu tun. Und überhaupt – der ist nicht so. Ich glaube, du kennst ihn sogar.«
»Kann sein.«
»Na schön, wie du willst. Es war ein Vorschlag. Dir zuliebe.«
»Ich danke dir.«
Er sah sie an, sein Blick war kalt.
Es war das letzte Mal, daß sie sich sahen. Anfang des Jahres 1941 wurde Max in eine Fabrik dienstverpflichtet, was er gesundheitlich nicht lange aushielt. Er war erst knapp über sechzig, aber verbraucht und müde über seine Jahre hinaus. Daß er seine Arbeit nicht mehr hatte, machte ihn doppelt müde. Und die Demütigungen, die er einstecken mußte, vernichteten jeden Lebenswillen.

In der Wohnung waren sie nun sieben Menschen, ängstliche, zitternde Verfemte. Jedes Klingeln an der Tür versetzte sie in Panik. Und dann klingelte es wirklich eines Tages in der Morgendämmerung, sie wurden ohne große Umstände alle sieben eingesammelt, auf einen offenen Lastwagen verfrachtet, weggefahren. Von dem Lastwagen stiegen sie um in einen Eisenbahnwaggon in Richtung Osten, das Ziel war das Lager Theresienstadt.

Man hörte nie wieder von Max Bernauer.

Marleen Bernauer, die sich wieder Magdalene Nossek nannte, lebte gefahrlos, denn sie war Arierin, und sie lebte in relativ guten Verhältnissen, denn Max hatte ihr genügend Geld zurückgelassen. Dieses Geld hätte man ihr abgenommen, wäre sie seine Frau geblieben, damit tröstete sich Marleen, wenn sie wieder einmal ein Anfall von schlechtem Gewissen plagte. Was jedoch selten vorkam.

Im Frühling 1939 wechselte sie noch einmal die Wohnung und etablierte sich sehr geschmackvoll im vierten Stock eines Hauses in der Budapester Straße, gleich neben dem Hotel Eden. Sie hatte ein Dienstmädchen, fuhr einen eigenen Wagen bis zum September 1939, ging viel aus, zum Fünf-Uhr-Tee, abends mit Freunden zum Essen oder ins Theater, gab hübsche kleine Feste, kleidete sich, wie sie es gewohnt war, elegant von Kopf bis Fuß. Alles in allem lebte sie recht angenehm.

Freunde und Bekannte hatte sie genug, mehr denn je, und wer sich einige Zeit zurückgezogen hatte, weil sie noch jüdisch verheiratet war, ließ sich nun wieder bei ihr blicken, sehr erfreut, die attraktive Frau erneut seinem Bekanntenkreis hinzuzufügen.

Und sie hatte einen Freund. Einen Mann, der sie aufrichtig liebte, im Grunde mehr, als sie es verdiente. Dr. Alexander Hesse, an leitender Stelle in Görings Stab der Vierjahresplanung beschäftigt, blieb all die Jahre, auch während des Krieges, treu und liebend ihr verbunden. Anders konnte man es nicht ausdrücken, als mit diesen vergleichsweise romantischen Worten, denn Alexander, ein kühl planender, nüchterner, absolut unromantischer Mensch, hatte endlich in seinem Leben etwas gefunden, was er nie gehabt und bis dato nicht gebraucht oder scheinbar nicht gebraucht hatte: eine Frau, die er liebte.

Sie hatte ihn kurioserweise durch Daniel Wolfstein kennengelernt, das

649

war noch vor der Hitlerzeit. Wolfstein hinwiederum kannte Hesse aus Amerika. Es war eine eher flüchtige Bekanntschaft, aber Wolfstein, der alle Bekanntschaften pflegte, von denen er meinte, sie könnten ihm irgendwann nützlich sein, hielt die Verbindung aufrecht, und die Herren trafen sich gelegentlich in Berlin zum Abendessen.

Dr. Alexander Hesse war zu jener Zeit Inhaber eines angesehenen Chemiewerkes im Ruhrgebiet; er kam aus kleinbürgerlichen Verhältnissen, hatte Chemie studiert und war der geborene Manager. In die Fabrik hatte er eingeheiratet, sie genial durch die schwierige Zeit gesteuert und sogar vergrößert. Er war kein Nationalsozialist, aber er war auch kein Gegner Hitlers, er gehörte zu jenen, für die nur der Aufstieg der Wirtschaft zählte, sonst nichts. Kein Opportunist, er war schon ohne die Nazis jemand gewesen, aber jemand, den die Zeit und die Stunde ganz nach oben brachte.

Er liebte ausgewähltes Essen und gute Weine und insgeheim auch schöne Frauen. Wenn ihm die provinzielle Enge und seine sauertöpfische Frau mehr als sonst auf die Nerven gingen, kam er gern für einige Tage nach Berlin.

An einem Abend war Marleen mit ihrer Freundin Lotte Gutmann in der Oper, und Daniel hatte ihr gesagt, daß er mit Hesse bei Lutter und Wegener esse, sie solle doch nach der Vorstellung vorbeischauen.

Alexander Hesse war wie elektrisiert, als er Marleen erblickte, damals noch *ravissante* von Kopf bis Fuß. Was für eine Frau! Der Charme, der Esprit, die mondäne Welt, alles in einer Person.

Jedesmal, wenn er nun nach Berlin kam, rief er sie an. Sie traf ihn einige Male, ohne sich besonders für ihn zu erwärmen. Es war ja wieder einmal nicht ihr Typ, kein breitschultriger großer Blonder, sondern ein kleiner Dunkler mit klugen Augen, von nicht gerade blendendem Aussehen, der ungeschickterweise allzu deutlich zeigte, wie fasziniert er von ihr war.

Seine Hartnäckigkeit siegte.

Im Frühsommer des Jahres 1935 verbrachten sie eine Woche in Swinemünde, und selbst der vielgeliebten Marleen war es selten passiert, daß sich ein Mann ihr so bedingungslos hingab. Er bewunderte jeden Zentimeter an ihr, fand alles wunderbar, was sie sagte oder tat, genoß ihre Capricen wie ein seltenes Geschenk. Sie sei die erste Frau, die er wirklich liebe, das sagte er ihr immer wieder.

Anfang '36 wurde er dann in Görings Stab berufen. Im Sommer kam seine Frau nach Berlin, widerwillig, sie konnte Berlin nicht ausstehen, wollte nirgends sonst leben als im Rheinland. Dabei war sie alles andere als eine fröhliche Rheinländerin, sie war fad und blond, bläßlich und hager, und Alexander schätzte es gar nicht, sie bei den vielen offiziellen Gelegenheiten, bei denen er sich zeigen mußte, an seiner Seite zu haben. Denn das gesellschaftliche Leben der Nazis war sehr rege, und da er eine Führungsposition innehatte, wurde er ständig eingeladen.

»Mit dir möchte ich dort auftreten«, sagte er zu Marleen, »da würden sie alle den Mund aufsperren mit ihren doofen Frauen.«

Aber leider, gerade das ging nicht. Marleen mußte versteckt werden, Marleen war mit einem Juden verheiratet.

Dr. Hesse drängte auf Scheidung. Nicht, daß er persönlich etwas gegen Juden hatte, aber er hielt es für Marleen besser, wenn sie diese Ehe beendete, zumal er wußte, daß keine enge Bindung zwischen ihr und ihrem Mann bestand. Und auch in eigener Sache schien es ihm geboten, es würde ein unnötiges Druckmittel in den Händen der Nazis bedeuten, wenn man wußte, wen er besuchte, mit wem er verstohlene Wochenenden verbrachte. Er war ohnedies sicher, daß die Gestapo Bescheid wußte, die wußten immer alles. Aber es war nicht nötig, daß sie eines Tages Gebrauch von ihrem Wissen machten. Und daß so etwas von heute auf morgen der Fall sein konnte, das wußte er nun wiederum genau. Über die Methoden eines diktatorischen Regimes machte er sich keine Illusionen. Er besaß für das vorliegende einen gewissen Gebrauchswert, jetzt hatte er ihn noch, das konnte sich ändern.

War Marleen erst geschieden, konnten sie sich freier bewegen, auch zusammen ausgehen, gemeinsam die Oper besuchen, er konnte ungeniert ihr Gast sein.

Und so ergab es sich denn auch, nachdem Marleen geschieden war. Seine Frau hielt sich höchst selten in Berlin auf, reiste eigentlich nur zu offiziellen Anlässen an, bei denen sie mit ihm erscheinen mußte. Das große Haus in Zehlendorf, das er bewohnte, wurde von Personal geführt, seine Frau entschwand nach einem flüchtigen Aufenthalt ins heimatliche Köln, wo ihre Eltern lebten und die beiden Söhne studierten.

Scheiden lassen würde sie sich nie, daran hatte sie keinen Zweifel gelassen. »Und da ich keine Jüdin bin, kriegst du mich auch nicht los«, hatte sie tückisch hinzugefügt. Das war so ihre Art, aus dem Hinterhalt zu schießen. Sonst schien es sie nicht sonderlich zu interessieren, was ihr Mann trieb und mit wem er verkehrte. Daß er beruflich sehr angespannt war und kaum über freie Zeit verfügte, wußte sie ohnedies.

Das bekam Marleen natürlich auch zu spüren, aber das störte sie wenig. Ihr Leben war amüsant genug, es fehlte weder an Geld noch an Unterhaltung. Im Sommer 1939 verbrachte sie vier Wochen am Wörther See. Sie wohnte im Schloßhotel in Velden, war fast wieder die Marleen von früher, hübsch, unbeschwert, amüsierbereit, Max hatte sie vergessen. Einen süßen kleinen Flirt hatte sie auch, endlich einmal wieder ihr Typ, ein Tänzer, ein Schwimmer, ein Tennisspieler, groß und blond; es war der letzte Seitensprung ihres Lebens, denn erstaunlicherweise hatte sie für Alexander Hesse Gefühle entwickelt, die ihr früher fremd gewesen waren. Sie nannte es nicht Liebe, das lag ihr nicht, aber es war auf jeden Fall Zuneigung, die sie für diesen Mann empfand.

Sie trennte sich daher ohne großes Bedauern von dem blonden Seitensprung, als Alexander angereist kam, um endlich auch einmal zwei Wochen Urlaub zu machen.

Soweit wäre alles höchst zufriedenstellend gewesen, wenn ja, wenn nicht immerzu von Krieg geredet worden wäre.

»Denkst du denn auch, daß es Krieg gibt?« fragte Marleen, als sie beim Frühstück saßen.

»Ich fürchte, ja.«

»Aber das ist doch Wahnsinn! Wir haben schon einmal einen Krieg verloren, weil die ganze Welt gegen uns war. Was hat sich denn geändert? Weiß das denn der Hitler nicht?«

Alexander reichte Marleen seine Tasse und ließ sich Kaffee nachschenken, dann zündete er eine Zigarre an.

»Das weiß er bestimmt. Jedermann weiß es. Aber es ist ihm zu leicht gemacht worden. Österreich, das Sudetenland, im Frühjahr der Zaubertrick mit Prag – das ist wie beim Poker. Man versucht das Blatt auszureizen, das man in der Hand hat. Und hat man es nicht, wird gebluff. Hitler wird die Karten nicht auf den Tisch werfen und passen. Jetzt nicht mehr. Ich wünschte, man könnte ihn noch bremsen.«

Hesse arbeitete zwar für das Dritte Reich, aber er war im Grunde kein echter Nazi. Zweifellos jedoch war er ein Nutznießer des Regimes, und die Möglichkeiten, die man ihm zur Verfügung stellte, reizten ihn.

Seine Hauptarbeit bestand darin, die Entwicklung von Ersatzstoffen zu fördern, dafür hatte er einen großen Stab an Wissenschaftlern und Technikern und unbegrenzte Mittel zur Verfügung. Das deutsche Reich war knapp an Rohstoffen, das würde von vornherein jeden Sieg verhindern. Das wußten die Nazis auch; wenn sie Krieg führen wollten, brauchten sie die Mittel dazu, und die bestanden nicht nur aus Menschen. Aber es brauchte Zeit, um Ersatz für die fehlenden Rohstoffe zu erfinden, zu entwickeln, zu erproben. Dazu reichte kein noch so großzügig ausgestatteter und finanziell reich bestückter Vierjahresplan aus, es brauchte Zeit, Zeit, Zeit.

Und diese Zeit wollten sie sich nicht nehmen. Hitler vor allem nicht. Erst vor kurzem, als Alexander während eines Empfangs mit ihm zusammengetroffen war, hatte der Führer Hesses Zeitpredigt, wie er es nannte, schroff zurückgewiesen.

»Ich habe keine Zeit.«

Marleen war gerade wieder eine Woche in Berlin, als der Krieg begann. Trotz aller Rederei, die vorausgegangen war, saß sie verdutzt und verdattert in ihrer schönen Wohnung über dem Zoo, lauschte ins Radio, und als Alexander abends auf einen Sprung vorbeikam, fragte sie: »Und was nun?«

»Jetzt stecken wir uns erstmal Polen in die Tasche, das ist kein Kunststück. Das ist der erste Schritt zum Lebensraum im Osten, von dem der Führer träumt. Danzig wird wieder deutsch, und den Korridor können wir auch vergessen. Und wenn der Himmel oder die Vorsehung oder wer auch immer ein Einsehen hat, ziehen sie alle noch einmal den Schwanz ein und lassen uns mit Polen so friedlich nach Hause ziehen wie mit der Tschechoslowakei. Ich glaub's bloß nicht. Irgendwann läuft das berühmte Faß über. Und dann haben wir den großen Krieg am Hals.«

»Und den verlieren wir wieder.«

»Sag es nicht laut. Aber verlieren werden wir ihn bestimmt.«

»Ein Glück, daß wir wenigstens das Bündnis mit Rußland haben. Das hat der Hitler ganz geschickt gemacht, finde ich.«

»Hm«, machte Alexander nur. Die Zigarre hing ihm im Mundwinkel, seine Lider verdeckten die Augen. Er trank heute den schweren Rotwein, den er sonst genoß, schnell und achtlos.

Er macht sich Sorgen, dachte Marleen. Ich auch. Wir wissen beide, was auf uns zukommt. Wir haben einen Krieg mitgemacht.

»Ob wir wieder so wenig zu essen kriegen wie das letzte Mal?«

»Das befürchte ich weniger. Die Organisation ist vorbildlich. Die Lebensmittelkarten sind längst gedruckt. Das klappt wie am Schnürchen. In der Beziehung sind sie nicht zu schlagen. Nein, hungern werden wir nicht. Ich meine, richtig hungern. Du wirst natürlich manches nicht bekommen, was du gern hättest. Aber dafür laß mich nur sorgen, ich gehöre schließlich zu den

Privilegierten, ich habe Sonderrechte. Nein, was ich befürchte, ist der Luftkrieg.«

»Ach, da kann doch nicht viel passieren. Göring hat doch gesagt . . .«

»Geschenkt. Ich weiß, was er gesagt hat. Leider ist es blanker Unsinn.«

»Aber wir haben doch diese fantastische Luftwaffe. Was die da in Spanien geleistet haben, soll ja enorm sein. Übrigens will Victoria ihren Fliegerhauptmann nun wirklich heiraten. Der Mann sieht großartig aus. Ehe sie mit den Dreharbeiten anfing, waren sie beide mal bei mir. Er hat jetzt einen Posten im Luftfahrtministerium. Die Schreibtischarbeit liegt ihm nicht, meinte er, er will lieber fliegen.«

»Das kann er jetzt wieder.«

»Ich glaube, er ist wahnsinnig verliebt in Victoria. Und sie mag ihn auch sehr gern. Ich finde, sie passen gut zusammen. Wenn es dir recht ist, lade ich die beiden mal ein, wenn du hier bist.«

Hesse hob abwehrend die Hand. Die knappe Zeit, die er für Marleen erübrigen konnte, verbrachte er lieber mit ihr allein. Der Spanienflieger interessierte ihn nicht im geringsten, mochte er aussehen wie er wollte. Victoria kannte er längst.

Zur Zeit drehte sie ihren ersten Film bei der UFA in Babelsberg, was Marleen höchst beachtlich fand. Hesse hatte sich ihre Erzählungen darüber bisher geduldig angehört. Heute hatte er andere Gedanken im Kopf.

»Am besten ist es, sie heiratet ihn möglichst bald«, sagte er trocken. »Ehe er abgeschossen wird. Da bekommt sie wenigstens die Pension.«

»Du hast eine seltsame Art, über ein Liebespaar zu reden.«

»Kindchen, ich rede nur realistisch. Singen ist bestimmt eine schöne Sache, aber an eine internationale Karriere kann Victoria jetzt nicht mehr denken. Jetzt schmoren wir erst einmal im eigenen Saft. Und wenn alles so ausgeht, wie ich es mir vorstelle – na, ich bezweifle, ob man in diesem Land überhaupt wieder Theater spielen wird.«

»Du machst mir Spaß.«

»Sie soll ihren Flieger heiraten, bestell ihr das von mir. Überleben wird er den Krieg gewiß nicht. Das brauchst du ja nicht dazu zu sagen. Und was dich betrifft, so habe ich mir schon Gedanken gemacht. Ich werde ein Haus auf dem Land kaufen.«

»Für mich?« Marleen richtete sich alarmiert auf. »Das kommt nicht in Frage. Ich geh' nicht aufs Land. Ich kann nur in Berlin leben.«

»Kannst du ja. Sollst du ja. Aber Göring in Ehren, man weiß nicht, was passiert. Ich denke an ein Haus in Bayern.«

Marleen lachte amüsiert.

»Vielleicht in Miesbach, wie? Also das kommt nicht in Frage. Nicht bei mir.«

»Kindchen, überlaß das mir. Ich werde in einer hübschen Gegend ein Haus kaufen, am Tegernsee oder in Garmisch, irgendwo da herum. Gelegentlich richtest du das nett ein, das kannst du ja, und das macht dir auch Spaß. Und wenn es hier mal ungemütlich wird, weißt du, wo du hingehörst. Solange die Luft sauber bleibt, brauchst du Berlin ja nicht zu verlassen.«

»Dich sollte der Göring hören. Morgen hätten sie dich eingesperrt.«

»Vielleicht. Vielleicht auch nicht. Göring ist nicht ganz so dumm, wie er redet. Und vor allem ist er kein Fanatiker. Das unterscheidet ihn von den meisten, mit denen er da im selben Karren sitzt.«

»Und wo sitzt du eigentlich?«
»Ich sitze, wenn du so willst, zwischen sämtlichen Stühlen. Ich mache meine Arbeit und das so gut, wie ich kann, und ich mache sie für diesen Staat. Aber ich bin kein Fantast. Und kein gläubiger Hitlerjunge. Wenn es irgend geht, will ich überleben. Und meine Kinder sollen überleben. Und du auch.«

Marleen registrierte, daß sie erst nach ihm und den Kindern kam, doch war nicht die Zeit, jetzt darüber zu argumentieren. Seine Frau war unter den Überlebenden nicht vorgekommen. Doch das überraschte sie nicht, sie wußte, daß ihm nicht viel an ihr lag.

Und warum würde man ausgerechnet in Bayern überleben? Das war ihr nicht ganz klar. Vielleicht wurde es gar nicht so schlimm mit diesem Krieg. Bisher jedenfalls, das war eine Tatsache, hatte sich der Hitler immer ganz geschickt aus der Affäre gezogen.

Nach vier Wochen war der Polenfeldzug beendet. Siegreich. Und was für ein Sieg!

Sieg schmeckt gut.

Zwar hatten weder England noch Frankreich Hitlers Friedensangebot angenommen, aber der Krieg ging auch nicht weiter. In Berlin lebte man, als gebe es keinen Krieg. Zwar war die Stadt am Abend verdunkelt, aber sonst war alles wie immer. Am Nachmittag trafen sich die Damen bei Kranzler oder bei Schilling zum Kaffee, in der Dämmerstunde bei Mampe zum Cocktail mit der besten Freundin oder dem neuesten Flirt. Die Restaurants waren gut besucht, das Essen noch vorzüglich, die Lebensmittelkarten zeigte man nur pro forma vor. Am Abend ging man ins Theater oder ins Konzert. Es gab, wie eh und je, viele Theater in Berlin, und alle spielten. Gründgens im Staatstheater, Hilpert im Deutschen Theater, einst Reinhardts Haus, George im Schillertheater. Dazu die vielen Privattheater, deren Programm sich sehen lassen konnte. Die Scala hatte ein volles Haus, genau wie der Wintergarten. In der Staatsoper entzückten sich die Damen über einen neuen Dirigenten, er hieß Karajan, man sagte von ihm, er sei ein Genie. Die Aufführungen des Deutschen Opernhauses in Charlottenburg standen in Qualität denen der Staatsoper kaum nach. Das Problem bestand eigentlich immer nur darin, Karten zu bekommen, denn alle Häuser waren ständig ausverkauft.

Man merkte in der Reichshauptstadt wirklich nichts vom Krieg. Der erste Schreck legte sich, die große Angst verging wie Rauch. Der Führer würde es schon richten.

Victoria hatte im Spätsommer, in den Theaterferien, ihren ersten Film gedreht. Das heißt, der Film war schon fast abgedreht, als sie nach Berlin kam, man hatte ihre Szenen an den Schluß gelegt, damit sie die Spielzeit ungestört zu Ende führen konnte. Probeaufnahmen hatte sie schon vor einem Jahr gemacht, das Filmangebot war dennoch überraschend gekommen und hatte sie sehr gefreut.

Film spielte eine große Rolle. Filmstars waren die Lieblinge der Menschen, zum Film zu kommen der Traum jedes Mädchens, es brauchte dazu keine Schauspielerin zu sein. Doch die UFA, unter dem wachsamen Auge von Goebbels arbeitend, bemühte sich um Qualität, um gute Schauspieler, um gute Drehbücher. Die Rolle, die der Film im Bewußtsein der Masse spielte, wurde nicht unterschätzt. Drei- bis viermal in der Woche gingen die Leute ins Kino – fasziniert, bezaubert, hingerissen.

Und Kino war gesellschaftsfähig geworden, nicht mehr wie früher eine zweitrangige Kunst. Die besten Schauspieler drängten sich nach Rollen. Denn nichts machte so populär, so prominent, nichts war so einträglich wie der Film. Noch war es keine Hauptrolle, die man Victoria angeboten hatte, auch keine große Rolle, doch eine interessante Aufgabe.

Eine Sängerin, schön, berühmt, verwöhnt, die an einem Opernhaus die schönsten und die besten Partien singt. Sie wird ermordet, sie stirbt auf der Bühne, doch keinen Bühnentod, sondern einen echten. Glücklicherweise hatte man für die Musikaufnahmen die ›Bohemè‹ gewählt, und darüber war Victoria besonders erfreut, denn die Mimi hatte sie nun, wie sie es nannte, ›totsicher im Kasten‹.

Die Arie des Tenors, ihre Arie, das Duett aus dem ersten Akt waren bereits aufgenommen worden. Ihr Partner war ein bekannter Sänger der Staatsoper. Sterben allerdings soll Mimi erst am Ende des vierten Akts. In diesem Film jedoch sank sie schon während des Quartetts im dritten Akt tot zu Boden.

Das war sehr gut gemacht – wie ihre Stimme zu flackern begann, wie sie wankte, in die Luft griff, aussetzte, die Verwirrung der drei anderen, die mit ihr auf der Bühne standen, schließlich ihr Sturz. Vorhang.

Damit war Victorias Rolle zu Ende. Was dann folgte, war die Aufklärung des Falls.

Peter Thiede spielte ebenfalls in diesem Film, er war der Mann am Pult, der Dirigent der Oper, im Privatleben mit der schönen Sängerin verheiratet, allerdings nicht glücklich. Er gerät in Verdacht, eine junge Sängerin gerät in Verdacht, die im Schatten der verwöhnten Diva stand, keiner von beiden war es natürlich, dem *happy end* zwischen Dirigent und Nachwuchsmimi stand nichts im Wege.

Keine große Rolle, doch eine dankbare Rolle. Victoria sah wunderschön aus, sie sang herrlich, und sie starb gekonnt.

Ehe der Film abgedreht war, hatte sie einen neuen Vertrag in der Tasche, diesmal für die Hauptrolle in einem Revuefilm.

Vorher aber hatte sie Ärger.

Dabei war alles in letzter Zeit nach Wunsch gegangen. Sie hatte Erfolg in ihrem ersten Engagement, sang schöne Partien, wurde gefeiert und gelobt von Presse und Publikum, und ihr Agent hatte bereits zwei Angebote für die Spielzeit 40/41 parat, beides angesehene Opernhäuser. Nun dieser erste Film, dem ein zweiter folgen würde, was ihren Namen bekannt machte. Und dazu ein gutaussehender Mann, den sie liebte, der heil aus der Luft über Spanien zurückgekehrt war und der sie heiraten wollte; konnte eine Frau mehr vom Leben verlangen?

Helmut von Dorath war ohne Kratzer heimgekehrt aus der mörderischen Schlacht auf der Iberischen Halbinsel. Franco hatte gesiegt, Hitlers Waffenhilfe hatte sich gelohnt. Von den Toten, von den Krüppeln, von den Gefolterten und den Ermordeten, von den Heimatlosen und Obdachlosen sprach man nicht, davon sprach keiner nach einem Sieg. Nur die Niederlage macht das Elend offenbar.

Ganz unverletzt war der Hauptmann von Dorath dennoch nicht geblieben. Sein Körper wies keine Verletzung auf, jedoch seine Seele, seine Nerven waren genauso beschädigt wie bei jedem Mann, der aus dem Krieg kommt. Er mochte nicht darüber sprechen. Er wollte nichts davon hören. Er wollte vergessen, was er erlebt hatte, aber vergessen konnte er es nicht. Er wollte es verdrängen, doch dazu war es zu nah. Der einzige, der ihn verstand, war sein Vater, der hatte schon einen Krieg mitgemacht. Die anderen sagten: »Erzähl doch mal!« Er wich aus, er wehrte ab, er wurde unfreundlich. Das ließ sich nicht erzählen. Darüber plauderte man nicht. Das mußte weg.

Das einzige, was er sich wünschte, war ein ruhiges Heim und darin eine Frau, die zärtlich und liebevoll war und nicht die geringste Ahnung hatte von dem, was er erlebt hatte. Eine Kuschelfrau in einem Kuschelheim und vielleicht Kinder, mit denen man spielen konnte, und dann würde eines Tages die spanische Wirklichkeit einem anderen Leben angehören an das man sich nur vage erinnerte.

So ungefähr sah des Hauptmanns Wunschbild aus, auch wenn er das nicht aussprach, sich auch selbst nicht bewußt machte.

Und dazu nun Victoria, die allerdings an seinen spanischen Erlebnissen nicht interessiert war, aber auch nicht an dem Leben, das er sich vorstellte.

Sie liebte ihn und wollte ihn heiraten. Er würde ihrem Leben den gesellschaftlichen Rahmen geben, den sie sich wünschte.

Und außerdem war sie voll Verlangen nach ihm, nach seinen Umarmungen, das war ganz anders als damals bei Prisko, der ihr Verlangen niemals in dieser Art wecken konnte.

Und da der Hauptmann sie auch liebte, leidenschaftlich sogar, und durch die lange Trennung angefüllt war mit Sehnsucht nach ihr und ihrer Liebe, hätte eigentlich ihrer Verbindung nichts im Wege gestanden.

Doch er sagte, das war gegen Ende der Filmaufnahmen: »Ich werde froh sein, wenn du mit diesem Unsinn fertig bist.«

Sie lachte.

»Ich auch. Die Filmerei ist ziemlich anstrengend. Hätte ich nie gedacht. Ich habe mir immer eingebildet, die tun da nicht viel. Aber du hast keine Vorstellung, wie strapaziös das ist. Zum Beispiel . . .«

Und dann redete sie. Redete wie immer und meistens von sich selbst. Von ihrer Arbeit, ihren Wünschen, ihren Partien, jetzt also von dem Film. So war es immer gewesen, er kannte es.

Er kannte es nicht. Sie waren nicht sehr viel und nicht sehr oft zusammen gewesen, und da hatten sie denn doch meist von Liebe gesprochen.

Jetzt sprach sie vom Film, auch von den Partien, die sie als nächstes singen würde. Und vom nächsten Engagement. Und vom nächsten Film.

Er sagte: »Das hört jetzt alles auf.«

Sie verstand ihn zunächst nicht. Begriff gar nicht, was er meinte. Bis er ihr unmißverständlich klarmachte, was er von ihr verlangte. Daß sie aufhörte mit allem – kein Theater mehr, keine Oper, kein Film. Sie sollte seine Frau sein, sonst nichts.

Victoria nahm das zuerst gar nicht ernst.

»Du bist verrückt. Du kannst nicht erwarten, daß ich nicht mehr singe.«

»Natürlich sollst du singen. Für mich. Du singst wunderschön. Ich will das oft hören. Nur ich. Keine fremden Menschen.«

So begann die Auseinandersetzung, anfangs noch spielerisch, von Victorias Seite aus mit Lachen abgetan.

»Warte nur, wenn ich erst hier an der Staatsoper singe. Oder am Deutschen Opernhaus. Dann wirst du sehen, wie albern das ist, was du jetzt redest.«

Sie schliefen zusammen, versöhnten sich im Bett, früh um sechs mußte Victoria aufstehen, um sieben kam der Wagen, um sie zu den Aufnahmen abzuholen.

»Das ist doch kein Zustand«, sagte er.

»Das ist nur der Film. Der ist in einer Woche abgedreht. Die Proben beim Theater fangen nicht so früh an.«

»Wann immer sie anfangen, sie fangen in Görlitz an. Und ich bin hier. Wie stellst du dir das vor?«

»Görlitz ist nur noch eine Spielzeit, das weißt du doch. Und ich kriege im Februar oder März Urlaub, wenn wir den Film machen. Dann bin ich sowieso in Berlin.«

»Dann spielt sich das so ab wie jetzt.«

»Na ja, sicher. Vorübergehend. Nächste Spielzeit gehe ich vermutlich nach Leipzig. Dort ist ein reines Opernhaus, keine Operettenrollen für mich. Höchstens mal Silvester. Ich würde gern mal die Rosalinde singen oder die Lustige Witwe.«

»Das ist in Leipzig, und ich bin hier.«

»Himmel, sei doch nicht so stur. Das ist doch keine Entfernung. Und von dort komme ich bestimmt nach Berlin. Mein Agent sagt das, jeder sagt das. Dann ist es überhaupt kein Problem mehr.«

»Victoria, daß wir uns recht verstehen: Wenn du meine Frau werden willst, verlange ich, daß du das Theater und den Film aufgibst.«

»Was sind denn das für Töne! Verlange ich! Wenn du meine Frau werden willst! Was bildest du dir eigentlich ein? Ich habe jahrelang gearbeitet für diesen Beruf. Du denkst doch nicht, daß ich ihn aufgebe für eine Ehe.«

»Ich denke, du liebst mich?«

»Sicher liebe ich dich. Das eine hat doch mit dem anderen nichts zu tun.«

»Für mich schon. Ich will keine Frau, die für die anderen Hopsassa macht.«

»Ich mache kein Hopsassa. Ich bin Opernsängerin.«

»Das ist für mich dasselbe.«

»Auf welchem Stern lebst du eigentlich? Eine berühmte Sängerin ist viel mehr als ein General. Falls du je einer wirst.«

So die Gespräche. Lang und kurz, laut und leise, mit zunehmender Gereiztheit.

Er führte seine Mutter ins Spiel.

»Sie hat auch eine schöne Stimme. Sie ist als Sängerin ausgebildet. Als sie meinen Vater heiratete, hat sie selbstverständlich damit aufgehört.«

»Das ist ihre Sache. Ich höre nicht auf.«

»Und Mary? Singt sie etwa schlecht? Sie singt mindestens so gut wie du. Sie hat eben ihr zweites Kind bekommen. Sie denkt nicht mehr daran, auf der Bühne herumzuhopsen.«

»Schön blöd von ihr. Aber jeder kann ja machen, was er will. Ich gebe den Beruf nicht auf. Für keinen Mann der Welt.«

Er, leise, drohend: »Auch nicht für mich?«

Victoria, laut, triumphierend: »Auch nicht für dich.«

»Dann liebst du mich nicht.«

»Du bist lächerlich. Du hast immer gewußt, wer ich bin und was ich bin. Ich habe dich nie im Zweifel gelassen, was mein Ziel ist.«

»Ja, ich weiß jetzt, wer du bist und was du bist.«

»Und was bitte?«

»Eine Egoistin, die nur an sich denkt.«

Die Gespräche steigerten sich, sie wurden Streit, sie wurden Zank, sie wurden Hader und Haß. Keiner gab nach, keiner suchte nach einem Kompromiß. Vielleicht wenn er nicht aus Spanien gekommen wäre, vielleicht wenn er nicht drei Jahre Krieg hinter sich gehabt hätte, vielleicht hätte er anders reagiert.

Vielleicht auch nicht. Herkommen, Familie, Beruf hatten ihn geprägt. Er wollte eine Frau lieben, besitzen, behüten. Aber mit nichts und niemandem teilen.

Versöhnung im Bett wurde unmöglich. Victoria wies ihn ab. Er trotzte. Der Kampf, neben den anstrengenden Filmarbeiten geführt, zermürbte sie. Er hatte die meisten Nächte mit ihr in Ninas Wohnung am Victoria-Luise-Platz verbracht, dann lief er mitten in der Nacht fort, kam drei Tage nicht.

Als er wiederkam, sah er elend aus. Er liebte sie, und er litt. Aber Victoria war inzwischen verbiestert. Gereizt, müde, wütend. Neben der Arbeit waren diese Auseinandersetzungen schwer zu verkraften. Und im Grunde hatte sie schon begriffen, daß es so nicht gehen würde. Einer mußte nachgeben.

Als er wiederkam, es war der Abend vor dem letzten Drehtag, es war schon spät, sie wollte gerade ins Bett gehen, fielen sie sich in die Arme. Liebe, noch einmal. Es war das letzte Mal.

Denn nach der Umarmung flammte der Streit erneut auf. Und er sagte, was er schon einmal gesagt hatte und worauf sie nie eine Antwort gegeben hatte: »Und unsere Kinder? Denkst du nicht an unsere Kinder?«

»Was für Kinder?« fragte sie gereizt.

»Wir werden Kinder haben, Victoria. Ich wünsche mir Kinder von dir.«

Und sie, bösartig nun: »Ich werde keine Zeit haben, um Kinder zu bekommen.«

Sie standen sich im Schlafzimmer gegenüber, Victoria, eben noch nackt, hatte sich ein Negligé um die Schultern geworfen, ein leichtes hellrotes Gewebe, das ihren Körper deutlich sehen ließ, und sie war sich dessen bewußt. Sie war schön, und er sollte es sehen. Wenn er sie wollte, das, was er hier sah, dann sollte er auch das andere wollen, das, was sie war: eine Künstlerin. Nicht nur eine simple Frau für den Hausgebrauch.

»Du willst keine Kinder haben?« fragte er fassungslos.

Sie stand vor dem Toilettenspiegel und kämmte ihr Haar. »Du benimmst dich wie ein Relikt aus dem vorigen Jahrhundert. Kinder! Ich möchte wissen, warum man Kinder kriegen soll. Vielleicht denkst du mal darüber nach, daß vor genau sechs Tagen der Krieg begonnen hat. Welcher Mensch, der seine fünf Sinne beisammen hat, kriegt denn Kinder mitten im Krieg?«

»Der Krieg wird nicht lange dauern. Und gerade in so einer Zeit ist es wichtig, das Leben weiterzugeben.«

»Du redest einmaligen Stuß«, sagte Victoria verächtlich. »Leben weitergeben! Als wenn das ein Kunststück wäre, Kinder zu kriegen. Das kann jeder. Und ich brauche dich nicht dazu. Ich habe bereits ein Kind.«

»Das ist ein alberner Witz«, sagte er.

»Das ist kein Witz. Ich habe eine Tochter, sie ist zweieinhalb Jahre alt. Ein süßes Kind. Aber mein Bedarf an Kindern ist damit gedeckt.«

Er wollte es nicht glauben; er war fassungslos, als sie schließlich ein Bild von Maria Henrietta holte und es ihm zeigte. Es war das neueste Bild, das Cesare ihr geschickt hatte. Maria Henrietta auf der Veranda stehend, an das Geländer gelehnt, eine Puppe im Arm, ein scheues Lächeln im Gesicht, die großen dunklen Augen staunend und voll Unschuld.

»Das ist wirklich dein Kind?«

»Aber ja! Ist sie nicht goldig?«

»Wo ist sie denn?«

»Bei Bekannten. In Österreich. Es geht ihr dort sehr gut.«

»Du hast mir nie ein Wort davon gesagt.«

»Nun habe ich es gesagt. Ist das wichtig für dich?«

»Ob es wichtig ist?«

Er blickte auf von dem Bild, sah sie an, als sei sie eine Fremde, die er noch nie gesehen hatte.

»Und wer ist der Vater dieses Kindes?«

»Das ist noch unwichtiger, ich habe ihn vergessen«, sagte sie lässig über die Schulter. Jetzt wollte sie ihn provozieren, sie hatte die ganze Affäre satt.

»Ich kann dich nicht heiraten, wenn du ein uneheliches Kind hast.«

»Dann läßt du es eben bleiben. Du kannst mich nicht heiraten, weil ich singe, du kannst mich nicht heiraten, weil ich filme, du kannst mich nicht heiraten, weil ich am Theater bin, und nun kannst du mich nicht heiraten, weil ich ein Kind habe. Ein uneheliches Kind«, sprach sie ihm prononciert nach. »Wer bist du eigentlich? Dein eigener Großvater? Du hast total vermottete Ansichten. Ein Spießer bist du. Das ist es, was du bist. Von mir aus kannst du des Teufels Großmutter heiraten. Ich jedenfalls verzichte dankend. Der letzte, den ich jemals heiraten würde, der bist du. Und nun laß mich bitte allein. Ich muß schlafen, denn morgen muß ich arbeiten.«

Das war nun wirklich das Ende. So überlegen allerdings, wie sie sich gab, war sie nicht, sie weinte, als er gegangen war, konnte lange nicht einschlafen. Als der Wagen sie abholen kam, hatte sie verschwollene Augen und ein paar Falten im jungen Gesicht.

Der Maskenbildner fluchte, er hatte lange mit ihr zu tun. An diesem Tag mußte eine Szene mit Peter nachgedreht werden, die beim erstenmal mißlungen war. Ein Streit zwischen dem Dirigenten und der Sängerin, die ein Ehepaar waren und sich nicht mehr liebten.

Beim Mittagessen in der Kantine sagte Peter: »Du warst dufte heute. Du bist ja direkt eine Schauspielerin. Habe ich gar nicht gewußt.«

»Du weißt vieles nicht von mir.«

»Das läßt sich nachholen. Aber warum machst du so ein mieses Gesicht? Schlecht gelaunt?«

»So kann man es nennen.«

»Liebeskummer?«

»Bißchen mehr. Eine geplatzte Verlobung.«

»Der Flieger?«

»Ich heirate ihn nicht.«

»Du ihn nicht oder er dich nicht?«

»Sowohl als auch.«

Sie schob den Teller mit dem Gulasch beiseite, ihre Augen füllten sich mit Tränen.

»Weine nicht. Denk an die geklebten Wimpern. So was kannst du dir hier nicht leisten. Lächle, Süße. Das ist nicht so wichtig. Viel wichtiger ist es, daß der Film gut wird. Und der nächste besser. Dann bist du oben. Wozu brauchst du einen Mann, der dich zum Weinen bringt. Heute abend gehen wir zusammen essen, und dann erzählst du mir die Chose, ja?«

Mit einem verständnisvollen Menschen über das ganze Desaster zu reden, war Victoria ein dringendes Bedürfnis. Nina war in München, Cesare, der ein noch besserer Gesprächspartner gewesen wäre, allzuweit entfernt, und eine Reise konnte Victoria im Augenblick nicht ermöglichen, ihr blieben einige Tage zur Erholung, dann begann die Spielzeit in Görlitz. Flüchtig hatte sie daran gedacht, sich bei Marleen auszuweinen, die kannte sich gut aus mit Männern und Liebesaffären und würde vermutlich ein paar passende Worte dazu sagen können. Aber nun war Peter bereit, sie anzuhören, das war ihr höchst willkommen.

Abends, als sie beide abgeschminkt waren, holte er sie in ihrer Garderobe ab.

»Wo möchtest du denn gern hingehen?«

»Ist mir egal. Wo ich was Anständiges zu essen kriege. Ich bin schrecklich hungrig.«

»Dann kann es ja nicht so schlimm sein mit deinem Kummer. Solange du Appetit hast, geht das Leben weiter.«

»Bei mir ist es anders. Wenn ich glücklich bin, brauche ich nichts zu essen.«

»Gut. Geben wir dir ordentlich zu essen heute abend. Wenn's dir recht ist, gehen wir zu mir. Ich habe vorhin mit Bärchen telefoniert, sie hat die ersten Rebhühner bekommen, die macht sie uns mit Weinkraut und Kartoffelpüree, während wir in Ruhe eine Flasche Champagner trinken und die Füße auf den Tisch legen.«

»Rebhühner! Wo hat sie die denn her? Doch nicht auf Lebensmittelmarken.«

»Bärchen hat ihre Quellen. For Ihnen, Herr Thiede, wird immer was Gutes zu essen da sein, det kann ick vasprechen. Der Schimmelpilz wird mir nich vorschreiben, wat uff'n Tisch kommt.«

»Redet sie immer noch so leichtsinnig daher? Das kann gefährlich werden.«

»Ich warne sie jeden Tag mindestens dreimal. Aber ich kann sie nicht ändern. Also wie wäre es mit den Rebhühnern? Sie weiß, daß ich heute letzten Drehtag hatte, und da besorgt sie immer etwas Besonderes.«

»Fabelhaft wäre es. Champagner, Rebhühner, Beine auf den Tisch, das alles kann ich brauchen.«

»Gut. Dann rufe ich sie an, ehe wir hier abfahren, da kann sie schon mal anfangen.«

Peter hatte noch seinen Wagen. Als berühmter Star hatte er den roten Winkel bekommen, der ihn bis auf weiteres berechtigte, ein Auto zu fahren.

Als sie von Babelsberg in die Stadt hineinfuhren, sang er Zarah Leanders berühmten Song – merci, mon ami, es war wunderschön –, er sang ihn von Anfang bis Ende und hatte auch den Text lückenlos parat.

Victoria betrachtete ihn von der Seite. Er sah besser aus denn je, er war jetzt dreiundvierzig, schlank, gebräunt, das hübsche Gesicht geprägter und interessanter als früher.
Er fing ihren Blick von der Seite auf.
»Ich hoffe, mein Gesang gefällt dir.«
»Ausgezeichnet. Du hast eine angenehme Stimme.«
»Ich habe im Film ja auch schon gesungen.«
»Ja, ich weiß; in ›Liebe mit Musik‹. Das war ein süßer Film. Habe ich dreimal gesehen.«
»Ehrt mich ungemein.«
Er begann einen neuen Song, amerikanisch diesmal – *stormy weather*.
»Kenne ich gar nicht.«
»Hab' ich auf Platte. Spiele ich dir nachher vor. Und dann habe ich alle Songs von der Dietrich. Das ist eine tolle Frau. Mit der hätte ich gern mal gearbeitet.«
»Aber die kommt nicht wieder.«
»Jetzt bestimmt nicht mehr.«
»Vielleicht wenn wir den Krieg gewonnen haben.«
Er lachte. »Erst recht nicht.«
»Weißt du, daß ich mal schrecklich verliebt in dich war«, sagte Victoria nach einer Weile des Schweigens.
»Ich denke schon, daß ich das weiß. Ich bedaure nur, daß du in der Vergangenheit redest.«
»So mit sechzehn und siebzehn, da dachte ich Tag und Nacht nur an dich. Ich war so eifersüchtig auf Nina. Hast du das bemerkt?«
»Ich hielt es für selbstverständlich«, sagte er eitel.
»Ganz schön eingebildet bist du, das kann man sagen.«
»Hast du von Nina kürzlich etwas gehört?«
»Ja. Am Tag nachdem der Krieg in Polen angefangen hat. Sie rief an. Total verzweifelt. Als wenn die Welt untergehen würde. Ich beruhigte sie.«
»War sie zu beruhigen?«
»Kaum. Sie hat schon einen Krieg mitgemacht und sie wisse, was Krieg bedeutet. Diesmal könne es nur noch schlimmer werden. Ich sagte ihr, es werde gar nicht schlimmer. Kein Mensch will diesen Krieg. Er wird bestimmt bald vorbei sein.«
»Glaubst du das wirklich?«
»Bombensicher. Wir sind so stark, an uns wagt sich keiner ran. Helmut sagt das auch.«
»Der sollte es besser wissen. Drei Jahre haben sie gebraucht, um den Krieg in Spanien zu beenden.«
»Das ist doch ganz etwas anderes. Das war ein Bürgerkrieg. Und wir haben da überhaupt nicht gekämpft. Eben gerade die Legion Condor ein bißchen.«
»Ja. Ein bißchen Bomben geschmissen. Hat ihm das denn gefallen, deinem Hauptmann?«
»Er spricht nicht darüber. Kein Wort.«
»Aha. Typisch.«
»Wieso? Was ist daran typisch?«
»Wir haben auch nicht darüber gesprochen.«
»Warst du denn im Krieg?«

661

»Ja. Ein bißchen. Ich hatte Glück. Ich kam 1915 in die Gegend von Verdun. Die Fronten waren schon erstarrt, nur Grabenkrieg. Schon am zweiten Tag bekam ich einen Schuß in den Oberschenkel, 'ne Menge Splitter und so, ich kam ins Lazarett hinter der Front, dann nach Hause, denn die Wunde heilte nicht. War weiter keine große Sache, aber sie heilte eben nicht. Später machte ich dann Fronttheater, das war ganz lustig. 1917 kam ich nach Mazedonien, dort war es herrlich. Vom Krieg merkten wir nicht viel. Und ich hatte ein wunderbares Mädchen dort. So was Schönes hast du selten gesehen. Schwarzhaarig und schwarzäugig und ein Temperament, meine Güte, die war anstrengender als der ganze Krieg.«
»Und dann?«
»Im September 1918 überrannten uns die Engländer, der bulgarische Zar dankte ab, es war ein großes Durcheinander, ich landete in englischer Gefangenschaft. Da ging es mir auch nicht schlecht. Ich meine, gemessen an dem, was andere erlebt haben. Das ist mit dem Krieg wie mit dem ganzen Leben, du kannst Glück haben oder Pech. So, da sind wir. Ich nehme an, die Rebhühner schmurgeln schon, der Champagner ist kalt gestellt.«
Peter Thiede war für Victoria eine Wohltat an diesem Abend. Sie kuschelte sich auf die Couch, nachdem sie in der Küche artig Bärchen begrüßt hatte, die sie von einigen Besuchen her kannte. Bärchen fragte sogleich nach Nina, und ehe Victoria Auskunft geben konnte, sagte sie: »Det wird ihr woll mächtig in die Knochen jefahrn sein, det mit dem Kriech.«
»Ja. Sie war ganz außer sich, als wir neulich telefonierten.«
»Vasteht sich. Aber bestelln Se ihrer Mutter von mir, die Russen wern den Schimmelpilz in Klump haun, un denn wird endlich for alle Zeiten Ruhe sein.«
»Aber wir haben doch ein Bündnis mit Rußland?«
»So?« fragte Bärchen hämisch. »Ham wa det? Det is ja nur Kleister in die Augen for die Doofen, det könnse mir glooben, so is det.«
Als Peter mit dem Champagner kam, hatte Victoria schon die Schuhe ausgezogen und lag in der Couchecke.
»Daß die immer noch frei herumläuft, wundert mich«, sagte sie, »hast du nicht Angst, daß dir das mal schadet?«
»Was?«
»Daß sie bei dir arbeitet.«
»Nö, hab' ich nicht. Ich bin keine ängstliche Natur. Angst zieht Gefahr an. Und vergiß nicht, was für ein hochangesehener Mann ich bin. Als ich das letzte Mal bei Goebbels eingeladen war, hat er mir lang und breit auseinandergesetzt, daß ich genau jener Typ des deutschen Mannes sei, den der deutsche Film am nötigsten braucht.«
»Ach nee! Wie meint er denn das?«
»Hat er mir genau erklärt. Also da gibt es diese echten kernigen deutschen Männer, edel, treu, mutig, Marke Held. So einer wie dein Flieger etwa. Davon hätten wir einige, sagte er. Aber die andere Sorte, charmant, elegant, leichtlebig, Marke Gentleman, im Kern aber eben doch richtig deutsch und sich gegebenenfalls zum Helden emporrankend, also sowas ist rar, und so was bin ich.«
»Na denn Prost, charmanter Held. Übrigens schlecht gesehen ist das nicht. Das charakterisiert dich ganz gut.«
»Ich hoffe nur, daß ich mich nie zum Helden emporranken muß. Außer im

Film natürlich. Und das neueste und beste weißt du noch nicht. Ich werde diesen Winter bei Hilpert spielen. Eine wonnige Rolle.«
»Glückwunsch. Einziehen wird man dich hoffentlich nicht.«
»Glaub, ich nicht, ich werde hier gebraucht. Soldaten haben wir genug.«
Der Abend verlief wie nach einem Drehbuch, und beide spielten ihre Rollen perfekt. Bärchen servierte die Rebhühner, brachte den Wein, sah befriedigt zu, wie sie die ersten Bissen nahmen, und ließ sich loben.
Dann sagte sie: »Denn jeh ick nu. Det Jeschirr brauchen Se nachher nur in die Küche stelln, Fräulein Victoria. Und 'n schönen Abend noch.« An der Tür drehte sie sich nochmal um. »Morgen könn wa ja ausschlafen, nich?«
»Können wir«, sagte Peter. »Dem Himmel sei Dank.«
Während des Essens plauderten sie unbeschwert, wie gute alte Freunde, sprachen auch von Nina.
»Ich glaube, sie hat jetzt den Richtigen«, sagte Peter. »Was meinst du?«
»Doch, glaub' ich auch. Sie ist glücklich mit ihm.«
»Das hat sie verdient. Ich kenne ihn ja nicht, sie hat ihn mir vorenthalten.« Er grinste. »Käme ihr wohl indezent vor.«
Victoria hatte sich sichtlich erholt. Das Essen schmeckte ihr, der Wein auch, und an den Hauptmann dachte sie erst wieder, als sie nach dem Essen, wieder auf der Couch, Peter das ganze Drama erzählte.
Daß der Flieger von ihr verlangte, den Beruf aufzugeben, überraschte ihn nicht. Das sei zu erwarten gewesen, sagte er, und sie sei naiv und keine gute Menschenkennerin, wenn sie das nicht einkalkuliert hätte.
»Wenn einer hier kein Menschenkenner ist, dann er«, erwiderte Victoria. »Er mußte wissen, wie wichtig mir meine Arbeit ist.«
»Und wie ehrgeizig du bist. Und daß du das Zeug hast, etwas zu werden.«
»Findest du?«
»Finde ich.«
Daß sie ein Kind hatte, war allerdings auch für Peter ein Schock. Sie hatte es erzählt, auch das, sie sah keinen Grund, es ihm zu verschweigen, es gehörte zu der Geschichte.
Erst lachte er, dann sagte er: »Das ist ja ein dicker Hund. Wie hast du das denn gemacht?«
»Na, wie wohl?«
»Ich meine, daß du es so unbeachtet über die Bühne gebracht hast. Meist merkt ja die Umwelt was davon.«
»Hat sie eben bei mir nicht. Dank Cesare.«
»Dein venezianischer Flirt. Und du hast das Baby einfach dort bei ihm stehen und liegen lassen?«
»Sie hat es dort wunderbar. Schöner kann ein Kind gar nicht aufwachsen.«
Er betrachtete sie mit neugieriger Verwunderung.
»Ganz schön gerissen, wie du das hingekriegt hast.«
»Hat Marietta auch gesagt. Sie ist außer Nina die einzige, die es weiß. Bis jetzt. Jetzt weiß es Helmut, und du weißt es auch. Macht mir aber nichts aus. Ich schäme mich nicht, ein Kind zu haben. Es ist ein bezauberndes Kind, wirklich.«
»Wann hast du es zuletzt gesehen?«
»Ehe ich ins Engagement gegangen bin.«
»Also vor einem Jahr. Seltsam, man sollte meinen, dir entgeht etwas.«

»Wieso?«
»Nun – also, ich habe keine Kinder. Aber ich könnte mir vorstellen, daß es Freude macht, sie heranwachsen zu sehen. Und wenn es einem Menschen wichtig sein sollte, dann der Mutter.«
»Willst du mir eine Moralpredigt halten?«
»Da sei Gott vor. Ich denke nur eben drüber nach. Und es wundert mich offen gestanden genauso sehr, daß Nina das Kind nicht zu sich genommen hat.«
»Sie hätte es vielleicht getan, aber ich finde, sie kann es Silvester nicht zumuten.«
»Hm. Das mag sein. Wie käme er dazu. Hat er Kinder?«
»Nicht, daß ich wüßte. Und nun glaube mir eins, besser als in Baden bei Cesare könnte die Kleine es nirgends auf der Welt haben.«
»Ich glaube es ja. Mich stört an der Geschichte nur, daß er Jude ist. Bist du dir bewußt, was für eine gefährliche Situation das ist. Überhaupt jetzt, wo wir Krieg haben.«
»Er ist Halbjude. Keiner tut ihm was. Das ist ein Mann, der gut auf sich selber aufpassen kann.«
Sie tranken eine zweite Flasche Wein, und später am Abend fragte Peter lässig: »Bleibst du hier heute Nacht?«
»Heißt das, daß wir . . .
»Ja, das heißt es. Es ist zwar lange her, daß du in mich verliebt warst, aber wir können ja mal nachforschen, ob davon noch etwas übriggeblieben ist.«
Sein Blick, sein Lächeln, viel erprobt, immer erfolgreich.
»Es sei denn, du liebst ihn immer noch, den Mann mit den strengen Grundsätzen.«
»Wenn ich das täte«, sagte Victoria entschieden, »wäre es für mich erst recht ein Grund, hierzubleiben.«
»Ah, ja, nach dem Motto: Die beste Therapie gegen eine unglückliche Liebe ist eine neue Liebe.«
»Sprechen wir von Liebe?«
Er stand auf, trat hinter sie und legte seine Hände auf ihre Schultern.
»Ja, verdammt nochmal, das tun wir. Wenn du das nicht willst, dann geh nach Hause.«
Victoria bog den Kopf zurück und blickte in sein Gesicht.
Mein Dritter, dachte sie. Und der erste, den ich geliebt habe, und jetzt kriege ich ihn.
Und dann noch: Das geschieht dir recht, Helmut, recht geschieht es dir. Es geht auch ohne dich. Es ist schon einer da, der mich haben will. Es wird immer einer da sein, wenn ich einen haben will.
»Ich möchte nicht nach Hause gehen«, sagte sie.

Ninas Entsetzen, als der Krieg begann, war grenzenlos. Sie war keine Frau, die zur Hysterie neigte, doch sie gebärdete sich total hysterisch, sie weinte, sie schrie: »Nein! Nein! Es kann nicht sein! Es darf nicht sein!«
Sie verfluchte Hitler mit wilden Worten.
»Diese Bestie! Dieser Teufel! Ich hasse ihn!« Silvester mußte ihr den Mund zuhalten, sie wohnten schließlich in einem Mietshaus, und sie schrie so laut, daß man es durch die Wände hören konnte.

»Beruhige dich. Bitte, beruhige dich. Du wußtest es doch. Ich habe es dir doch immer gesagt.«

»Ich habe es nicht geglaubt. Nein, ich habe es nicht geglaubt, daß wir von einem Verbrecher regiert werden.«

»Nina, er hat schon viele Menschen auf dem Gewissen, auch das weißt du. Was jetzt geschieht, ist nur eine logische Folgerung aus allem, was bisher geschehen ist.«

»Wie du redest! Als wenn es dich nichts anginge. Man muß doch etwas tun.«

»Es geht mich genausoviel an wie jeden Menschen in diesem Land. Du kennst meine Meinung.«

»Ach, deine Meinung. Ja, ich weiß, was ihr redet, du und deine Freunde. Aber getan habt ihr nichts. Warum redet denn jeder bloß und läßt alles geschehen? Warum bringt ihn keiner um? Heute. Gleich heute. Ehe der Wahnsinn Wahrheit wird.«

»Das Attentat«, sage Silvester. »Das nicht stattgefundene Attentat. Der Mord, den keiner begehen wollte. Wie oft haben wir darüber gesprochen. Wir paar Menschen, die einander vertrauen können. Ich bin sicher, viele haben davon gesprochen. Man hätte es gleich am Anfang tun müssen. Ehe er so stark und mächtig war. Und ehe er so erfolgreich war. Aber Deutschland ist kein Land für Attentäter. So wenig wie es ein Land für Revolutionen ist. Wir sind ein ordentliches Volk. Ein gehorsames Volk. Doch wie man sieht, können solche Tugenden sehr verhängnisvoll sein.«

»Philosophiere nicht! Sag, was wir tun sollen?«

Die Augen voller Tränen klammerte sie sich an ihn, er schloß sie in die Arme, hielt sie ganz fest.

»Ich weiß es nicht. Ich habe erwartet, er würde durch das Militär beseitigt werden. Die meisten Offiziere, jedenfalls soweit sie noch aus dem alten Offizierskorps stammen, verachten ihn. Und ich habe gedacht, sie würden ihn eines Tages stürzen. Aber er war auch in diesem Punkt geschickt – er hat ihren Stand wieder aufgewertet, er hat ihnen die Ehre wiedergegeben, wie es immer so schön heißt. Zweifellos sind viele unter ihnen, für die die Ehre aus seiner Hand eine Schande ist. Aber gehandelt haben sie nicht. Und ein Mörder war auch nicht unter ihnen.«

»Mörder sagst du! Er wäre kein Mörder, er wäre ein Wohltäter der Menschheit. Man müßte ihm ein Denkmal errichten. Aber die Männer sind feige geworden. Feige. Heil, mein Führer, und dann kriechen sie vor ihm. Heil Hitler. Ich weiß jetzt genau, wann ich angefangen habe, ihn zu verabscheuen. Als dieser lächerliche Gruß eingeführt wurde. Heil Hitler – das ist doch idiotisch. Hat es jemals in Deutschland einen Mann gegeben, einen König, einen Kaiser, einen Staatsmann, der auf so eine irrwitzige Idee gekommen wäre? Hat es das je auf der ganzen Welt gegeben? Kannst du mir in der ganzen Weltgeschichte ein Beispiel nennen, daß einer von einem ganzen Volk verlangt, man solle jedesmal seinen Namen hinausplärren, wenn man ›Guten Tag‹ sagt?«

»Das einzige, was mir in diesem Zusammenhang einfällt, wäre ›Salve Caesar‹, und das ist, zugegeben, eine ganze Weile her und war wohl auch anders gemeint.«

»Du bist so ruhig, ich verstehe dich nicht.«

»Ich bin nicht ruhig. Allerdings bin ich auch nicht überrascht.«

665

»Ja, du hast gesagt, es wird Krieg geben. Ich hielt es nicht für möglich. Wie lange ist es denn her? Zwanzig Jahre. Wenig mehr als zwanzig Jahre, als der Krieg zu Ende war. Wir waren besiegt. Wir hatten verloren. Und so viele waren tot. Aber es leben doch noch genügend Menschen, die es wissen. Die es mitgemacht haben. Dieser verdammte Verbrecher hat es doch selber mitgemacht. Er kann es doch nicht vergessen haben.«

»Gewiß nicht. Und das ist es ja, was ihn herausfordert. Besiegt, verloren, das will er auslöschen. Er will der Held sein, der Deutschland zum Sieger macht.«

»Das kann er doch nicht im Ernst glauben. Er kann doch nicht so dumm sein, das zu glauben. Wir werden wieder die Welt gegen uns haben, genau wie beim letztenmal. Und warum denkt er, daß wir, dieses kleine Volk in der Mitte, die ganze Welt besiegen können? Hat er sich noch nie eine Landkarte angeschaut? Dieser Mann ist verrückt. Ach, und Stephan! Was sollen wir bloß mit Stephan machen? Sag mir, was mach ich mit dem Jungen? Er wird tot sein, wie alle tot waren.«

Sie schluchzte verzweifelt. Silvester gab ihr einen Cognac und versuchte, sie zu trösten, obwohl er keinen Trost wußte.

Sie fing an von Nicolas zu sprechen, von Kurtel, von Erni, sie sagte: »Alle, die ich liebte, hat der Krieg mir genommen. Auch Erni wäre noch am Leben. Er war ja schon ganz gesund. Aber es gab sowenig zu essen. Und ich hatte keine Kohlen, ich konnte im Winter nicht heizen. Und dann die Inflation. Wir waren so arm. Du weißt nicht, wie arm wir waren. Er lebte noch, bestimmt, er lebte, wenn das alles nicht gewesen wäre.«

Das Telefon klingelte, Franziska rief aus dem Geschäft an.

»Warum kommst du denn nicht, Silvester? Was soll ich denn tun? Soll ich zusperren? Feuer legen? Alles in Trümmer schlagen? Komm bitte, ich muß mit dir reden.«

»Tu mir den Gefallen«, sagte Silvester leise, »und spiel du nicht auch noch verrückt.

Ich kann Nina nicht allein lassen, sie ist völlig außer sich.«

»Ihr Sohn?«

»Auch. Und wegen allem.«

»Wie recht sie hat. Kommst du dann später?«

»Sobald sie sich etwas beruhigt hat.«

Franziska Wertach, die Inhaberin des Antiquitätengeschäftes, an dem Silvester beteiligt war, hatte sich mit seiner Heirat ganz gut abgefunden. Man konnte nicht gerade sagen, daß Nina und sie Freundinnen waren, aber es bestand keine Feindschaft, sie kamen miteinander aus. Franziska, eine kluge Frau, war der Meinung, es hätte schlimmer kommen können, wenn er denn unbedingt heiraten mußte in seinem Alter.

Nina saß in der Sofaecke, hatte sich noch einmal Cognac eingeschenkt, ihre Hand, die das Glas hielt, zitterte.

»Es war Franziska. Sie will den Laden anzünden.«

»Eine gute Idee. Warum tun wir nicht alle so etwas? Feuer anzünden, Scheiben einschlagen, Schienen rausreißen, die Gebaude stürmen und die ganze Nazisippe rausholen und erschießen. Sag mir, Silvio, warum tun wir das nicht? Kein Mensch in diesem Volk will einen Krieg, das weiß ich ganz genau. So wie ich denken heute alle. Alle.«

»Fast alle, ja. Da möchte ich dir zustimmen. Begeisterung für den Krieg wirst du nirgends finden.«
»Also warum tun wir nichts? Es ist doch ganz einfach. Wenn jeder Mann sich weigern würde, einzurücken. Keiner marschiert. Er kommt einfach nicht. Das Vaterland ist ja nicht angegriffen worden. Also bleibt er zu Hause.«
»Dann wird er erschossen.«
»Du kannst nicht ein ganzes Volk erschießen. Ich sagte, keiner kommt. Alle bleiben zu Hause.«
»So etwas gibt es nicht.«
»Das sehe ich nicht ein. Damals, 1918, haben sie die Waffen weggeworfen. Warum können sie es nicht heute gleich tun, ehe sie damit schießen. Sollen doch die Nazis ihren Krieg allein führen. Was meinst du, wo Stephan ist?«
»Keine Ahnung. Vielleicht auf dem Marsch nach Polen. Vielleicht noch in Jüterbog bei seinem Lehrgang. Sie werden vermutlich kaum die ganze Wehrmacht brauchen, um Polen zu erobern.«
Nina reichte ihm ihr leeres Glas. »Gib mir noch einen.«
Er schenkte ihr wortlos ein. Es änderte nichts an der Situation, wenn sie sich betrank, aber vielleicht half es ihr über die erste Stunde hinweg.
»Werden wir Polen denn erobern?«
»Es ist anzunehmen.«
»Und was werden die anderen machen? Frankreich? England? Amerika? Rußland?«
»Mit Rußland haben wir seit neuestem ein Bündnis, wie du weißt.«
»Das hat er fein gemacht, wie?«
»Zweifellos. Er wußte sehr gut, was er tat. Ein Meisterstück. Eine Woche ist es her. Er hat sich den Rücken freigemacht, und acht Tage später marschiert er. Nein, dumm ist der nicht.«
»Aber wird Rußland es denn zulassen, daß wir Polen angreifen?«
»Erstens ist das den Russen egal, die haben den Polen noch nie etwas Gutes gewünscht, und zweitens ist das für die Russen keine Überraschung. Über Hitlers Absichten waren sie sich wohl im klaren. Und zweifellos werden sie ihren Reibbach dabei machen. Und schließlich und endlich kann es ihnen nur lieb sein, wenn Hitler endlich das bekommt, wovon er ewig redet: Lebensraum für sein Volk. Es geht ja nicht nur um Danzig und um den Korridor, das hätte man uns vermutlich früher oder später freiwillig gegeben, schon damit es zu keinem Krieg kommt. Nein, es geht ihm um den Lebensraum für das deutsche Volk. Und den sucht er im Osten, daran hat er ja nie Zweifel gelassen.«
»Haben wir denn zu wenig Raum?«
»Wir leben sehr eng aufeinander, das ist wahr. Und einiges haben wir nach dem Versailler Vertrag ja noch verloren. Und wir sind immer zu kurz gekommen mit überseeischen Besitzungen. Wir sind keine Seefahrernation wie Großbritannien, das sich ein Weltreich zusammenstahl. Frankreich, Belgien, die Niederlande, sie alle haben Kolonien, die ihnen Reichtum bringen und Arbeitsmöglichkeiten für ihre Menschen. Wir kamen da zu spät, und das bißchen, das wir uns im letzten Jahrhundert geholt haben, sind wir ja wieder los.«
»Na bitte, die haben es, und wir haben nichts. Egal, ob das nun gerecht ist

oder nicht, auf Erden geht es nie gerecht zu, oder? Im einzelnen Menschenleben nicht und bei den Völkern nicht. Das ist halt so.«

»Ja, das ist so. Nur wie der einzelne Mensch versucht, es zu ändern, einen Ausgleich in der Gerechtigkeit herzustellen, so tut es auch ein Volk.«

»Willst du damit den Krieg verteidigen?«

»Da sei Gott vor. Ich versuche nur meinerseits gerecht zu sein, oder sagen wir besser, sachlich. Daß dies ganze Unternehmen aussichtslos ist, wenn sich aus Hitlers Ostlandritt ein Weltkrieg entwickelt, daran besteht kein Zweifel.«

»Du denkst also, es ist noch möglich, daß es ... ich meine, daß es kein großer Krieg wird?«

»Nina, ich weiß es nicht. Es kommt darauf an, was die Weltmächte tun. Frankreich und England haben Garantieabkommen mit Polen. Sie haben sich verpflichtet, Polen zu helfen, falls es angegriffen wird. Sie müßten uns jetzt den Krieg erklären.«

»Und werden sie es tun?«

»Das eben ist die Frage. Wenn sie es nicht tun, dann haben wir auch keinen Krieg. Dann haben wir bloß einen Aufguß von dem, was wir vergangenes Jahr und dieses Jahr mit der Tschechoslowakei erlebt haben. Aber ich glaube nicht, daß Chamberlain und Daladier noch einmal dieselbe Reise unternehmen können. Es gibt Dinge, die lassen sich nicht wiederholen.«

»Auch nicht, um den Frieden zu erhalten?«

»Chamberlains *peace for our time* ist nur ein Wunschtraum. Es gibt keinen Frieden um jeden Preis. Nicht für ein Volk von Ehre.«

»Volk von Ehre – wie du redest. Du redest wie die. Das sind doch nur Phrasen.«

»Es sind keine Phrasen, Nina. Aber bitte, ich kann es anders formulieren. Es gibt keinen Frieden um jeden Preis für einen Staat von Vernunft. Denn der Frieden um jeden Preis ist ein kranker Frieden, ein verlogener Frieden, der den Krieg in sich trägt wie ein eiterndes Geschwür, das eines Tages aufbricht. Wenn England und Frankreich noch einmal vor Hitler kuschen, dann haben sie den Krieg halt nächstes oder übernächstes Jahr. Aber haben werden sie ihn, und man sollte meinen, das wissen sie mittlerweile.«

Sie wußten es. Zwei Tage nach dem Einmarsch der deutschen Truppen in Polen, der ohne Kriegserklärung erfolgt war, erklärten England und Frankreich dem Deutschen Reich den Krieg, nachdem zwei Tage und zwei Nächte lang fieberhaft versucht worden war, einen großen Krieg zu vermeiden. Sogar Mussolini war als Vermittler eingeschaltet worden. Hitler und das betrogene deutsche Volk hatten eine letzte Chance. Wenn Hitler sich zu einem sofortigen Waffenstillstand bereitfand, wollten die Westmächte über Deutschlands Forderungen gegenüber Polen verhandeln.

Man war zu jedem Entgegenkommen bereit, nur um den Krieg zu vermeiden. Vergebens.

Dabei hätte Hitler zweifellos bei diesen Verhandlungen abermals mit einem günstigen Ergebnis rechnen können, die Frage Danzig, die Frage Polnischer Korridor wären sicher zufriedenstellend für ihn und Deutschland beantwortet worden. Hitler wußte das. Er mußte es wissen. Und schon darum trug er und er allein die Schuld an diesem Krieg, der so unendliches Elend über die Menschen brachte. Keiner außer ihm wollte diesen Krieg, das deutsche Volk schon gar nicht, das bis zuletzt seinen verlogenen Friedensbeteuerungen geglaubt hatte. Weil es glauben wollte um jeden Preis.

»Ich frage mich«, sagte Silvester, als sie am 3. September abends wußten, daß sie sich mit England und Frankreich im Kriegszustand befanden, als kein Zweifel mehr bestand, daß es ein großer Krieg werden würde, nicht nur ein kurzer Feldzug in Polen, »ich frage mich, wer eigentlich wirklich noch daran geglaubt hat, daß der Krieg zu vermeiden war.«

»Fast alle«, sagte Franziska bestimmt.

»Ich«, sagte Nina.

Sie war erschöpft nach den vielen Tränen, den Verzweiflungsausbrüchen der letzten Tage, sie war blaß und müde, wirkte um Jahre älter.

Victoria von Mallwitz und ihr Mann waren am späten Nachmittag nach München gekommen, sie besaßen noch ihr Auto und hatten vorsorglich einen größeren Benzinvorrat angelegt, denn Benzin war schon seit einiger Zeit knapp geworden. Es war Victoria nicht gelungen, ihren Sohn zu erreichen, der als Volontärarzt in der Universitätsklinik arbeitete, und das machte sie so unruhig, daß sie darauf bestand in die Stadt zu fahren. Sie hatte zwei Söhne, um die sie bangen mußte. Der jüngste, Albrecht, hatte in diesem Jahr das Abitur gemacht und befand sich zur Zeit beim Arbeitsdienst. Vorher hatte er noch Victorias Mutter in England besucht.

Als er zurückkam, hatte er berichtet: »Sie haben Angst vor Hitler und Angst vor Krieg. Jeder hat mich ewig gefragt, wie das bei uns ist.«

»Und was hast du geantwortet?« fragte Victoria.

»Daß wir auch Angst haben, vor beiden.«

Victoria hatte nach diesem Gespräch gedacht, ob es recht gewesen war, die Kinder in diesem Geist zu erziehen, sie mußten nun einmal in diesem Staat leben. Doch war es keine bewußte Erziehung zu diesem Denken gewesen, es war der Geist und die Tradition des Hauses, in dem sie aufgewachsen waren, die Kinder hatten niemals anders gedacht als ihre Eltern.

Zwei Söhne im wehrfähigen Alter – Victoria wußte, was das bedeutete. Sie war beherrscht wie immer, sie ließ sich nicht gehen wie Nina, aber ihr Gesicht war starr, und ihren Händen merkte man an, wie nervös sie war, sie öffneten und schlossen sich ununterbrochen, und um das zu verbergen, rauchte sie eine Zigarette nach der anderen.

»Es ist absurd«, sagte sie an diesem Abend, »Wir müssen diesem verdammten Hitler Erfolg und Sieg wünschen, um unseretwillen, um unserer Kinder willen. In Wahrheit wünschen wir ihm den Untergang. Aber sein Untergang wird auch der unsere sein.«

»Nicht unbedingt«, widersprach Silvester. »Ich denke, daß sich jetzt, gerade jetzt, die Hand finden wird, die sich gegen ihn erhebt.«

Das schien bei ihm zu einer fixen Idee geworden zu sein. Er sprach im Laufe des Abends immer wieder von einem Attentat. Würde man Hitler beseitigen, so war seine These, zu diesem Zeitpunkt, da seine Lügen vor aller Augen deutlich sichtbar geworden waren, würde mit ihm die ganze Partei untergehen.

Sie konnten so offen sprechen. Wie sie hier zusammensaßen, kannten sie sich gut genug, kannten ihre Ansichten, vertrauten einer dem anderen.

Victoria und ihr Mann hatten ihren Sohn kurz gesprochen, der sie beruhigt hatte. Es lag kein Einberufungsbefehl vor, er würde in nächster Zeit in Mün-

669

chen bleiben. Daß sich das von heute auf morgen ändern konnte, wußten sie alle drei.

Anschließend waren Victoria und Joseph von Mallwitz in die Innenstadt gefahren, zu Franziskas Geschäft, und hatten dort Silvester getroffen. Auch Nina war da, die nicht allein zu Hause bleiben wollte. Außerdem befand sich im Laden Professor Guntram, ein Historiker der Universität München, Silvesters Freund seit ihrer gemeinsamen Studienzeit, auch er ein leidenschaftlicher Gegner Hitlers.

Alle zusammen kamen sie in die Wohnung in der Holbeinstraße, und Nina und Victoria hatten sich zunächst damit abgelenkt, für alle ein gutes Abendessen zu bereiten.

»Solange wir noch etwas zu essen haben«, sagte Victoria, »wollen wir es genießen.«

In der Küche sagte Nina: »Ich wünschte, ich wäre tot. Du wirst sehen, Victoria, das ist das Ende für uns alle.«

»Nimm dich zusammen, Nina. Du änderst nichts. Mach nicht so ein trostloses Gesicht, damit hilfst du Silvester nicht und dir nicht.«

»Denkst du vielleicht, du siehst besonders fröhlich aus? Wir beide, wir wissen doch, was uns bevorsteht. Wenn es jemand wissen kann, dann wissen wir es. Ich habe einfach nicht die Kraft, noch einen Krieg durchzustehen. Ich kann nicht.«

»Du wirst staunen, was du alles kannst.«

»Ich habe Angst um Stephan. Und ich habe Angst um Silvester. Er war Offizier im letzten Krieg, sie werden ihn holen.«

»Nicht so schnell. Er ist über fünfzig, ihn brauchen sie noch nicht. Wir müssen viel mehr Angst um unsere Söhne haben.«

»Ich habe nichts von Stephan gehört. Ich weiß nicht, wo er ist. Mit Victoria habe ich telefoniert. Aber die kapiert das gar nicht richtig. Wird schon nicht so schlimm werden, hat sie gesagt. Und dann hat sie von ihrem Film geredet. Das ist ihr wichtiger als der Krieg. Wie findest du das?«

»Verständlich. Sie ist jung, und sie weiß nicht, was uns bevorsteht.«

»Vielleicht dauert es wirklich nicht solange, was meinst du?« Victoria stieß ein kurzes trockenes Lachen aus. »Kommt mir sehr bekannt vor. Das muß ich schon mal gehört haben.«

Silvester war inzwischen in den Weinkeller gegangen und mit mehreren Flaschen Frankenwein zurückgekehrt.

»Gott sei Dank«, sagte er, »mein Keller ist gut gefüllt. Ich habe erst letzten Monat eine große Fuhre in Würzburg geholt.«

»Wir sind auch ganz gut bestückt draußen«, meinte Joseph von Mallwitz. »Nicht nur was den Wein betrifft.«

So war es. Sie begannen sich einzurichten, sich umzustellen, sich abzufinden.

»Keine Situation auf dieser Erde, an die der Mensch sich nicht anzupassen versteht«, sagte Professor Guntram. »Er arrangiert sich, mit allem und mit jedem. Nur so kann die Menschheit überleben.«

»Und nur so macht sie immer wieder denselben Mist«, rief Franziska temperamentvoll. Sie fuhr sich mit beiden Händen durch ihr kurzes schwarzes Haar. »Alles hätt' ich erwartet, nur nicht, daß ich nochmal einen Krieg erleben muß. Damals war ich zweiundzwanzig, als es losging. Und hatte mich grad verlobt. Gleich am Anfang ist er dann gefallen, an der Marne. Ich dacht' ich überleb's nicht. Ich hab' ihn so gern gehabt. Mei, bin ich froh, daß ich keine Kinder hab'.« Und dann nach einem erschrockenen Blick auf Nina und Victoria: »Entschuldigt, das war gedankenlos.«

»Sag mir eins, Bertl«, wandte sich Silvester an den Professor, »du als Historiker müßtest es wissen; war dieser Krieg unvermeidbar? Ist er ein Gesetz der Geschichte?«

»Ein Gesetz der Geschichte gibt es nicht. Dieses Etikett kann man immer erst hinterher draufpappen. Es gibt höchstens eine gewisse Gesetzmäßigkeit des Ablaufs, das große Pendel der Weltenuhr, das von rechts nach links, von Ost nach West schwingt. Aber immer war es der Mensch, der die Geschichte schrieb. Und die Kriege werden meist durch seine Torheit, seine Machtgier, seine Unvernunft heraufbeschworen. Es ist der Große, der Gewaltige, der das Blut der vielen Armen und Kleinen fließen läßt.«

»Also ist Hitler ein großer Mann?«

»Ach verdammt, hört auf zu theoretisieren«, rief Nina. »Er ist kein großer Mann, er ist ein Ungeheuer.«

»Auch ein Ungeheuer kann im geschichtlichen Sinn ein großer Mann sein«, sagte der Professor. »Nehmen wir mal Dschingis Khan, den Hitler so sehr bewundert. Der war zweifellos ein Ungeheuer und ein großer Mann der Geschichte dazu, er hat Reiche vernichtet und Reiche entstehen lassen.«

»Das kann uns doch egal sein, das ist lange her.«

»Eines Tages wird auch Hitler lange her sein, und denen, die dann leben, wird es ebenfalls egal sein. Das ist die Erbarmungslosigkeit der Geschichte, die gleichgültig über Menschenleben hinweggeht. Ich lehre sie zwar, aber gelernt hat bislang noch keiner daraus. Denn immerhin weiß man eins genau: Die Großen und Gewaltigen bringen Tod und Zerstörung in die Welt, und die Kleinen und Armen müssen jedesmal dafür sorgen, daß es dennoch weitergeht.«

»Diesmal auch?« fragte Silvester.

»Aber gewiß. Diesmal auch. Das ist, wenn du so willst, ein Gesetz. Nicht das Gesetz der Geschichte, sondern das Gesetz des Lebens.«

»Und warum«, fragte Franziska, »können die Armen und Kleinen nicht vorher sagen: bis hierher und nicht weiter? Warum können sie das nicht ein einziges Mal sagen?«

»Weil sie keine Stimme haben, die gehört wird. Sie haben nur ihren Körper, der vernichtet werden kann, und wenn er überlebt, haben sie ihre Hände, mit denen sie arbeiten. Sie fangen immer wieder an. Und weil sie immer wieder anfangen, hört es nie auf.«

»Ich sehe«, sagte Silvester und füllte die Gläser wieder, »du bist in Gedanken schon nach dem Krieg. Das ist die Erbarmungslosigkeit des Historikers.«

»Es ist doch seltsam«, meinte Franziska, »wie man eigentlich schon vorher ahnt, was kommt. Ich weiß zwar nicht mehr, wie das damals war, ich war zu jung und zu dumm. Aber diesmal, da hab' ich das als bewußter Mensch miterlebt. Wie die Kriegsangst plötzlich da war, wie sich das gesteigert hat. Er will keinen Krieg, hat das Scheusal immer gesagt. Und wir haben es nur zu gerne geglaubt. Und doch war die Angst plötzlich da. Man hat davon gesprochen. Man hat gedacht, es kommt. Man hat direkt körperlich gespürt,

671

wie es näherkam. Wie eine schwarze Wolke, die größer und größer wird. Man wollte sie nicht sehen. Aber man hat gewußt, daß sie da ist, daß sie kommt, näher und näher.«

»So wie Tiere spüren, daß ein Gewitter kommt«, sagte Victoria. »Bloß sind sie nicht so dumm wie wir, es nicht sehen zu wollen. Sie wissen, daß es kommt. Und sie fliehen. Oder sie verbergen sich. Aber wir denken: Es wird schon nicht kommen.«

»An diesem Krieg sind die Amerikaner schuld«, sagte der Professor zu aller Erstaunen. »Hätten sie sich nicht ganz überflüssigerweise 1917 in den europäischen Krieg eingemengt, dann wäre das Ende nicht so fatal gewesen. Wir hätten verloren, gewiß, aber nicht so schmählich. Es hätte einen Verständigungsfrieden gegeben, die große gesellschaftliche Umschichtung in Europa wäre behutsamer vor sich gegangen, das große wirtschaftliche Elend wäre uns erspart geblieben, und damit hätte Hitler keine Chance gehabt. Soll man dies nun ein Gesetz der Geschichte nennen, daß Amerika, das von Europäern entdeckt und bevölkert worden ist, am Ende Europas Untergang bewirkt?«

»Werden sie diesmal auch eingreifen?«

»Aber ganz gewiß. Diesmal müssen sie eingreifen, um Hitler zu vernichten. Wenn wir von ihm befreit sein wollen, brauchen wir Amerikas Hilfe dazu.«

»Können wir uns nicht selbst von ihm befreien?« fragte Silvester.

»Wir können es versuchen«, sagte der Professor langsam. »Ich weiß bloß nicht wie.«

»Gesucht wird ein antiker Held«, sagte Franziska spöttisch, »der den Opfergang fürs Vaterland auf sich nimmt. Nur fürchte ich, daß es so etwas nicht mehr gibt. Das ist kein Zeitalter für Helden, das haben die letzten Jahre schon gezeigt. Es ist ein Zeitalter für den Heldentod.«

»Nun hört auf, darüber zu reden, wie man Hitler umbringen soll, es tut ja doch keiner«, sagte Victoria energisch, »laßt uns lieber über *facts* sprechen.«

»Was meinst du?« fragte Silvester. »Sprechen wir nicht pausenlos über *facts*?«

»Ich meine Isabella. Was machen wir mit ihr?«

Das brachte alle zum Schweigen, sie blickten sich betreten an, tranken aus ihren Gläsern, zündeten Zigaretten an.

Guntram hob die Schulter und seufzte.

»Ich hab' auf sie eingeredet wie auf einen kranken Gaul, daß sie endlich ihren Koffer packen und verschwinden soll. Sie will nicht. In München bin ich geboren, in München bin ich aufgewachsen, in München hab' ich studiert, in München hab' ich meine Freunde, in München will ich sterben. So ihre Worte. Und sie will die Praxis nicht aufgeben. Sie brauchen mich, sagt sie. Sie haben sonst keinen mehr.«

»Und das stimmt ja auch«, sagte Franziska. »Es gibt kaum noch jüdische Ärzte, die praktizieren. Und sie ist eine gottbegnadete Ärztin, sie hat es in den Fingerspitzen. Ich geh' auch zu ihr, wenn mir was fehlt.«

Sie gingen alle zu ihr, das wußte Nina. Sie selbst kannte Dr. Isabella von Braun nur flüchtig. Das heißt, von dem Adelsprädikat machte Isabella keinen Gebrauch. Dr. Braun, so kannte man sie, so hatte es auf ihrem Türschild gestanden, unten an dem Haus, nahe dem Englischen Garten, in dem sie wohnte und praktizierte. Das Schild war nicht mehr da, doch ihre Patienten wußten, wo Dr. Braun zu finden war.

Eine gute alte Münchner Familie, der Vater war Maler gewesen, Professor an der Akademie, ein Zeitgenosse von Lenbach und Stuck, er war vom Prinzregenten Luitpold geadelt worden. Isabellas Mutter, eine wunderschöne, zartgliedrige Frau, erkrankte nach der Geburt der zweiten Tochter an Tuberkulose, das Leiden war zweifellos latent vorhanden gewesen, nur hatte man es nicht gewußt, nun machte es rapide Fortschritte. Bis dahin hatten die Brauns ein großes Haus geführt, viele Freunde gehörten zu ihrem Leben, es gab rauschende Feste, im Fasching durchtanzte Sylvia von Braun, umschwärmt und immer von verliebten Männern umgeben, ganze Nächte. Damit war es nun vorbei. Sie starb im Alter von sechsunddreißig Jahren.

Isabella war bereits elf Jahre alt, als ihre Schwester Marie Sophie geboren wurde, sie erlebte das qualvolle Sterben ihrer Mutter sehr intensiv mit. In jener Zeit entstand in dem jungen Mädchen der Wunsch, Ärztin zu werden.

Eine Menge Verantwortung hatte sie immer tragen müssen, sie stand dem großen Haushalt vor, obwohl sie noch in die Schule ging, denn ihr Vater, ein höchst emotionaler Mann, war nach dem Tod seiner Frau total zusammengebrochen, lebte ganz zurückgezogen. Sie mußte sich um die kleine Schwester kümmern, an der sie mit großer Liebe hing, eine Bindung, die nie zerbrach, auch als Marie Sophie vorübergehend eigene Wege ging.

Silvester kannte die beiden Mädchen, die etwa gleichaltrige Isabella und die jüngere Marie Sophie, genannt Sopherl, seit seiner Jugend, denn sein Vater, der Archäologe Professor Framberg, und der Maler, Professor von Braun, waren Freunde. Silvester verliebte sich schon als Jüngling in das Sopherl; anmutig, zart, fragil, glich sie der Mutter, jeder hatte Angst, sie könne deren Leiden geerbt haben; Isabella behütete die kleine Schwester vor jedem Luftzug. Sie wußte um Silvesters Gefühle, da war Sopherl noch ein halbes Kind. Nie hätte Silvester es gewagt, zu früh diesem elfenhaften Wesen seine Zuneigung zu gestehen.

Dann war es zu spät. Marie Sophie war neunzehn, als sie sich verliebte. Sie hatte nicht nur der Mutter Schönheit, sondern auch des Vaters Talent geerbt, also malte sie, und bei einer Vernissage, zu der sie eingeladen war, lernte sie einen jungen Maler kennen, einen großmäuligen kraftvollen Typ, von zugegeben bestechendem Äußeren, allerdings mit rüden Manieren und wenig Begabung versehen.

Letzteres störte Sopherl anfangs nicht. Sie war wie in einem Treibhaus aufgewachsen, auf einmal blies ihr der Wind hart ins Gesicht, das gefiel ihr. Nicht sehr lange, aber lange genug, um verheerende Folgen für sie zu haben. Sie heiratete den Maler Hals über Kopf, gegen den Widerstand des Vaters, den Widerstand der Schwester, sie gebar sehr bald ein totes Kind, sie war der Brutalität des Mannes nicht gewachsen sie wurde nervös, überreizt, schließlich depressiv und kehrte nach der Scheidung, ein Schatten ihrer selbst, ins Elternhaus zurück.

Isabella hatte noch vor dem Krieg ihr Medizinstudium begonnen, Anfang der zwanziger Jahre eröffnete sie ihre erste Praxis, in einem alten Schwabinger Haus, nicht weit von ihrem Elternhaus entfernt, in dem sie immer noch wohnte.

Zu jener Zeit waren weibliche Ärzte noch selten und wurden zumeist mit gewissem Mißtrauen betrachtet und kaum in Anspruch genommen. Nicht so Isabella. Die Patienten strömten ihr zu, es ging ihr bald ein sagenhafter Ruf voraus, viele ihrer Patienten schwärmten in höchsten Tönen von ihr, sprachen von ihren heilenden Händen.

Zu jener Zeit starb Isabellas Vater, der lange krank gewesen war, und nun gab es in ihrem Leben nur noch zwei Pole: ihre Patienten und Marie Sophie.

Die beiden Schwestern lebten zusammen, später verkaufte Isabella die Villa, nahm dafür eine schöne große Wohnung, in der sie beide wohnten und in der auch die Praxis untergebracht war. Marie Sophie hatte nach einigen Jahren menschenscheuer Zurückgezogenheit wieder angefangen zu malen, sie war unvorstellbar labil und empfindsam, hatte immer wieder Anfälle von Depression, von Männern wollte sie nichts mehr wissen.

Aber sie malte nun mit wachsendem Erfolg interessante Bilder. Die Bilder waren wie sie: überspannt, nervös, depressiv, jedoch von großem Reiz für den Kenner. Sie bekam Ausstellungen, es gab Galerien, die sich für sie interessierten, es fanden sich gelegentlich Käufer.

Auch Silvester hatte Unglück erlebt. Er hatte ein anderes Mädchen gefunden, in das er sich verliebte, er wollte heiraten. Seine Verlobte kam bei einem Lawinenunglück ums Leben, und er gab sich die Schuld an ihrem Tod, er hätte die unerfahrene Skiläuferin nicht auf eine so große Tour mitnehmen dürfen. Auch er war zerzaust, verbittert, schreckte vor einer neuen Bindung zurück.

Die Freundschaft zu den Schwestern Braun jedoch war geblieben, er kam oft ins Haus, von Liebe war nicht die Rede, lange nicht. Er ging sehr oft mit Marie Sophie in die Oper oder ins Konzert, Isabella kam selten mit, die Praxis nahm sie meist zu lange in Anspruch, bis sie fertig war, hatte die Vorstellung längst begonnen. Marie Sophie jedoch konnte trunken werden von Musik, erregt bis zur Ohnmacht. Nach Isoldes Liebestod, nach Lohengrins Abfahrt – Wagner war ihre große Leidenschaft – saß sie blaß und zitternd auf ihrem Platz, Silvester mußte sie behutsam aufwecken wie eine Schlafwandlerin.

Die Gefühle, die er ihr einst entgegengebracht hatte, erwachten erneut, anders, stärker, er begehrte sie, aber er wartete lange, er war sich bewußt, wie vorsichtig man mit ihr umgehen mußte. Es fiel ihm schwer, er war ein temperamentvoller, leidenschaftlicher Mann, die Zeit, die er um sie warb, war lang und mühevoll für ihn. Doch dann wurde sie seine Geliebte.

Er wollte sie heiraten, Isabella hatte nichts dagegen. Nach Hitlers Machtergreifung wurden Marie Sophies Bilder aus Galerien und Ausstellungen entfernt, sie bekamen das Etikett ›Entartete Kunst‹.

Auch wenn sie dieses Schicksal mit den großen Meistern der Epoche teilte, stürzte es Marie Sophie von Braun wieder einmal in tiefste Depressionen. Bald danach verlor auch Silvester seinen Posten als Museumsdirektor, woran sie sich die Schuld gab, was unsinnig war, denn nicht seine Bindung an eine Jüdin, sondern seine eindeutigen Äußerungen über Hitler hatten seine Entlassung bewirkt.

Daß sie Jüdin war, hatte Marie Sophie nie bewußt zur Kenntnis genommen, sie war katholisch getauft und erzogen genau wie Isabella, das Judentum war in ihrem Elternhaus niemals ein Thema gewesen, sie waren Münchner und Bayern, notfalls auch Deutsche, aber nun auf einmal waren sie Ausgestoßene, gehörten einer fremden, geschmähten Rasse an.

Isabella registrierte das mit schweigendem Ingrimm, ihrer Praxis tat es zunächst kaum Abbruch. Aber Marie Sophie ertrug die Diffamierung nicht. Sie wollte nicht mehr malen, und Silvester sollte sie nun auch nicht mehr heiraten.

Das könne ihm nur schaden, sagte sie.

»Sie stellen mich sowieso nicht mehr ein«, sagte er. »Und außerdem müssen wir nicht hier bleiben. Wir werden in der Toscana wohnen, du wirst malen, und ich werde ein Buch schreiben, über die Medici und die Kunst ihrer Zeit. Das hat mich schon immer gereizt, und es stört mich gar nicht, daß es schon eine Menge Bücher darüber gibt.«

»Und wovon werden wir leben?«

»Das wird sich finden.«

»Und Isabella?«

»Am besten ist es, sie kommt mit.«

»Sie wird sich nie von ihren Patienten trennen.«

Das hatte Marie Sophie richtig gesehen. Isabella dachte nicht daran, München zu verlassen. Wegen der Nazis? Die kranken Menschen, die sie brauchten, waren wichtiger.

In einem neuen Anfall von Depression griff Marie Sophie in den Medikamentenschrank ihrer Schwester. Natürlich war der Medikamentenschrank abgeschlossen, doch Marie Sophie hatte die Scheiben zerschlagen und gefunden, was sie brauchte, mehr als genug, um daran zu sterben.

So verlor Silvester die zweite Frau, die er heiraten wollte. Seine Freunde, die auch Isabellas Freunde waren, hatten nun Angst um Isabella. Ihr stand der Medikamentenschrank erst recht zur Verfügung.

Aber Isabella war stark. Sie litt, aber sie lebte weiter, lebte nun ausschließlich für ihre Patienten. Und es kamen in den folgenden Jahren immer noch viele zu ihr, auch wenn das Schild an der Haustür verschwunden war. Die Nazis versuchten, ihr eine Abtreibungsgeschichte anzuhängen, es gab eine langwierige Untersuchung, die ihre Unschuld erwies, einer der besten Anwälte Münchens, der auch zu ihrem Freundeskreis gehörte, übernahm die Verteidigung. Noch war die Rechtsbeugung nicht soweit gediehen, daß man sie verurteilen konnte, aber sie bekam Praxisverbot.

Doch sie praktizierte weiter, und die Patienten kamen, wenn es auch fast nur noch jüdische Patienten waren. Sie durfte keine Rezepte mehr schreiben, doch sie kannte genügend Kollegen, die ihr wohlgesonnen waren und einsprangen. Es gab natürlich andere, vor denen sie sich hüten mußte, vor Denunziationen war sie nie sicher, auch in der Umgebung gab es Leute, die sie beobachteten, der Blockwart der Straße, eine Frauenschaftsziege in der Nachbarschaft, die sie gern vertrieben hätten.

Aber sie ließ sich nicht dazu überreden zu emigrieren.

»Ich werde hier gebraucht«, lautete ihre Antwort, wenn die Freunde ihr rieten, Deutschland zu verlassen.

»Sie ist sehr mutig«, sagte Franziska an diesem Abend des 3. September des Jahres 1939. »Aber auch sehr leichtsinnig. Unlängst, als ich bei ihr war, kam die Milchfrau, die um die Ecke ihren Laden hat. Die hat ein offenes Bein, und Isabella behandelt sie. Erfolgreich, wie ich hörte. Die Milchfrau schwört auf Dr. Braun und spricht in den höchsten Tönen von ihr, auch in ihrem Laden.

Das erzählte sie selber, in aller Unschuld. Aber liebe Frau, sagte ich, das dürfen Sie doch nicht tun, Sie schaden doch der Frau Doktor. Die schaut mich mit großen Augen an. ›Aber gengans, bei uns heraußen hier kennt doch jeder die Frau Doktor, der tut keiner was zuleid.‹ Sagt sie und entschwindet mit ihrem Verband am Bein. Das stellt euch einmal vor. Bei uns heraußen ist mitten in Schwabing, und nicht einmal in Schwabing sind alle Leute so harmlos, oder besser gesagt, so blöd, wie die Milchfrau. Wir können darauf warten, bis Isabella in einem Konzentrationslager landet. Zudem sie ja selber auch nicht vorsichtig ist. Sie könnte ja nun wenigstens bloß noch Juden behandeln und keinen anderen.«

»Du gehst ja auch hin«, sagte Silvester.

»Aber ich rede nicht darüber.« Und als alle sie nun schweigend ansahen, fügte sie ärgerlich hinzu: »Na, zu euch halt. Das werd' ich ja noch dürfen. Ich hab' sie gefragt, wie sie sich das Leben in einem KZ vorstellt. Wißt ihr, was sie geantwortet hat? ›Da brauchen sie auch Ärzte.‹ Jetzt seid ihr dran.«

»Wann warst du das letzte Mal bei ihr?« fragte Victoria.

»No, das wird so zehn Tage her sein. Als ich wieder so scheußliche Rückenschmerzen hatte.«

»Dann weißt du nicht das neueste. Ich war nämlich erst am Donnerstag bei ihr. Ich hab' sie heimgebracht, sie war zwei Tage draußen bei uns, denn sie hat in unserem Dorf auch eine dankbare Patientin, die alte Theres, die keinen anderen Doktor an sich heranläßt. Sie ist zweiundachtzig, und, na ja, sie hat Alterskrebs, sagt Isabella, da ist sowieso nichts mehr zu machen. Aber es tut ihr gut, wenn Isabella hin und wieder nach ihr schaut. Kurz und gut, ich bringe Isabella heim, wir kommen in ihre Wohnung, und da ist eingebrochen worden.«

Die ganze Runde gab Laute des Erstaunens von sich.

»Das weiß ich ja gar nicht.«

»Das erste, was ich höre.«

»Warum hast du das nicht erzählt?«

»Einfach deswegen, weil am nächsten Tag der Krieg mit Polen begann. Ich bin spät in der Nacht nach Hause gefahren, als ich am nächsten Morgen aufstand, war Joseph schon beim Hafer draußen, und auf einmal war Krieg. *You see?*«

»Was ist gestohlen worden?« fragte Silvester.

»Instrumente und Medikamente. Sie hat ja nicht mehr viel da, es gibt ja kaum noch Apotheken, bei denen sie etwas bekommt. Aber wir wissen, was daraus gemacht werden kann.«

»Was habt ihr getan?«

»Sie hat die Polizei angerufen, da kennt sie nichts. Und die sind auch gekommen. Sie könnten gar nichts machen, haben sie gesagt, es gibt keine Arztpraxis in diesem Haus, folglich können auch keine Instrumente und Medikamente gestohlen worden sein. Und wenn sie so etwas dergleichen im Haus gehabt hätte, dann hätte sie sich strafbar gemacht, und das werde man untersuchen. Vielleicht hat die Gestapo sie schon abgeholt. Wir müßten mal bei ihr vorbeischauen.«

»Warst du noch dort, als die Polizei gekommen ist?« fragte Victorias Mann.

»Ich war dort.«

»Victoria, das ist sehr leichtsinnig von dir.«

»Ich bin doch nicht feige. Sie haben mich gefragt, wer ich bin.«
Victoria legte den Kopf in den Nacken, ihre Stimme war kalt und hochmütig, als sie sagte: »Ich bin Victoria von Mallwitz, habe ich ihnen geantwortet. Und sie angesehen. Da haben sie nichts mehr zu mir gesagt. Und nichts gefragt.«
Professor Guntram lachte. »Du bist leichtsinnig, da hat dein Mann recht. Vielleicht kannst du einen Schwabinger Revierbeamten mit dieser Miene einschüchtern. Die Gestapo bestimmt nicht. Du mußt an deine Kinder denken, Victoria.«
»Ja, ich weiß. Alle müssen immerzu an etwas denken und auf etwas Rücksicht nehmen: auf die Kinder, auf den Mann, auf die Frau, auf den Beruf, auf die Karriere, auf ihr ganzes verdammtes Leben, und auf diese Weise haben wir jetzt den Krieg auf dem Hals. *That's it.*«
Eine Weile schwiegen sie. Dazu gab es keinen Kommentar. Sie hatte recht. Aber Joseph hatte auch recht.
»Fahren wir schnell hinüber, Joseph, und schauen, ob Isabella da ist?« fragte Silvester dann.
Es war halb zwölf, und es war zwölf, als die beiden Männer zurückkamen. Auf ihr Klingeln hatte niemand geöffnet, die Fenster waren dunkel.
»Entweder sie haben sie abgeholt, oder sie hat sich abgesetzt. Endlich doch.«
»Wenn sie sich versteckt hat, dann weiß ich, wo sie ist«, sagte Franziska.
»Sie hätte doch zu uns kommen können«, sagte Silvester.
»Das täte sie nie. Sie will keinen gefährden, und deine Lage ist eh prekär genug, darüber bist du dir wohl klar. Du stehst auch auf der Schwarzen Liste. Wir alle, die wir hier sitzen, da macht euch keine Illusionen. Ich werde morgen schauen, ob ich sie finde. Ich sag euch nicht wo, je weniger man weiß heutzutage, desto besser.«
Franziska und Silvester sahen sich an. Er wußte, was sie meinte.
In einem kleinen Haus in Forstenried draußen wohnte eine alte, eine sehr alte Frau, die einstmals im Haus von Professor von Braun Köchin gewesen war. Isabella hatte ihr das Häuschen gekauft, damals, als sie die Villa am Englischen Garten verkaufte. Franziska und Silvester waren selbst schon mit draußen gewesen in Forstenried, sie kannten die Alte. Die würde sich für Isabella in Stücke reißen lassen.
Bloß hat keiner was davon, dachte Silvester. Und in dem Dorf mit lauter neugierigen Leuten ist Isabella viel gefährdeter als in der Großstadt.
Nina hatte sich an dem Gespräch nicht beteiligt, sie kannte Isabella kaum, in die Holbeinstraße war sie nie gekommen. Und als Patientin hatte Nina sie nicht besucht, das hatte wohl keinen Sinn mehr.
Sie saß dabei und hörte zu. Sie hatte Kopfschmerzen, ihre Augen brannten. Mit einem Mal war alles anders geworden. Sie war so glücklich gewesen mit Silvester, es schien, als wäre endlich Ruhe in ihr Leben gekommen. Als hätte sie eine Heimat gefunden, in der sie bleiben konnte.
Die Stimmen der anderen gingen an ihrem Ohr vorbei. Isabella, der Krieg, was werden sollte. Was sein könnte. Was sie vielleicht noch retten würde.
Hitlers Tod. Frankreichs und Englands Nachgeben. Das russische Bündnis.
Ein Wunder.

Nina
Reminiszenzen

Ihr Gerede gestern abend hat mich ganz krank gemacht. Da haben wir gesessen und geredet und getrunken bis spät in die Nacht. Es war vier Uhr morgens, als wir schlafen gingen. Joseph und Victoria blieben bei uns. Reden, reden, reden – das ist alles. Seit ich hier bin, höre ich sie reden. Das hilft gar nichts. Ich habe auch versucht, mich zu erinnern, wie das damals war, 1914, aber Franziska hat wohl recht, wir waren jung und dumm, wir hatten keine Ahnung, das ist über uns gekommen wie Regen und Wind, wir wußten nicht, wieso und warum. Wie man heute in Büchern lesen kann, haben zwar damals viele Leute auch mit einem Krieg gerechnet. Aber sie haben ihn nicht so gefürchtet, wie wir ihn heute fürchten. Es war lange Zeit Frieden gewesen, es erinnerte sich kaum jemand mehr an einen Krieg, und die Kriege, die vorher waren, müssen vergleichsweise harmlos gewesen sein. Außerdem hat Bismarck sie gewonnen. Wir lernten in der Schule alle unsere glorreichen Siege auswendig, und am Sedanstag hatten wir schulfrei, in der Stadt machte die Garnison eine große Parade. Wir Kinder genossen es sehr, es war jedesmal ein großes Fest. Robert, mein blonder Vetter, schwärmte immer vom Krieg. Er wollte so gern einen Krieg erleben und Offizier werden und möglichst auch ein Held. Er fiel vor Verdun.

Nicolas? Er war zwar Offizier, aber in den Krieg ziehen wollte er bestimmt nicht. Er war ein Lebenskünstler, aber kein Held. Und mein armer Kurtel? Du lieber Gott, der war kein Offizier, der war kein Held, der eignete sich nicht einmal als Soldat. Aber er mußte einer werden. Er lebte gerade noch lange genug daß ich ein Kind von ihm bekam, meinen armen Stephan, den sie diesmal töten werden.

Heute nacht, als ich nicht einschlafen konnte, habe ich an sie gedacht, an jeden einzelnen. Und wie das damals war. Auf einmal waren alle Männer verschwunden. Victorias Mann fiel als erster, gleich zu Kriegsbeginn in der Schlacht von Tannenberg. Als ihr Sohn geboren wurde, hatte er schon keinen Vater mehr. Ich weiß genau was Victoria heute empfindet, auch wenn sie nicht davon spricht.

Was haben wir eigentlich damals über den Krieg geredet? Ich kann mich überhaupt nicht daran erinnern. Was hat mein Vater gesagt, was meine Mutter? Gar nichts haben sie vermutlich gesagt. Krieg war für sie etwas Mögliches. Willy, ihr Sohn und mein Bruder, hat den Krieg unbeschadet überlebt. Was er wohl jetzt sagen mag, der Herr Kreisleiter, schreit er Heil oder ist er entsetzt?

Der Krieg dauerte über vier Jahre, wir hungerten, und wir froren, und als Kurtel auf Urlaub kam, war er still und verstört, ganz verändert sah er aus. An einer Hand fehlte ein Finger, davon wußte ich gar nichts. Das sei nur eine Lappalie, sagte er. Nachts fuhr er aus dem Schlaf auf und schrie.

Was hat man mit diesen Männern gemacht? Die Toten können es nicht mehr erzählen, und die überlebt haben, sprachen zu wenig davon. Aber sie können es nicht vergessen haben. Warum schreien sie jetzt nicht?

Das Unbegreifliche für mich ist, daß dieser Hitler es auch erlebt hat. Es heißt, er sei blind gewesen nach einem Gasangriff. Das kann doch nicht ohne Eindruck auf diesen Menschen geblieben sein. Er ist doch ein Mensch, mag er immer sein, was er sonst noch ist.

Ich habe ein Buch von einem Schriftsteller namens Remarque gelesen und dieses Buch hat mich tief erschüttert. Es heißt ›Im Westen nichts Neues‹. Das haben wir nicht gewußt, damals, und nicht erfahren. Es ist ein sehr berühmtes Buch, viele Menschen haben es gelesen. Haben sie es nicht verstanden? Die Nazis haben es dann verboten, und schließlich haben sie es verbrannt. Gleich am Anfang, als sie die Bücher verbrannten.

Das fiel mir heute nacht auch ein. Als ich Silvester das erste Mal sah, draußen im Waldschlössl, sprach er von der Bücherverbrennung. Er sah mich an und sagte: Und die Bücherverbrennung? Was sagen Sie dazu, als Schriftstellerin? Und ich antwortete so läppisch darauf. Es sei ein Schock für mich gewesen, sagte ich, richtig zickig, geradezu im Plauderton. Darüber ärgere ich mich heute noch. Ich wundere mich, daß er mich daraufhin überhaupt noch jemals angesehen hat.

Wie kann ich sagen, ich sei 1914 jung und dumm gewesen? Jung bin ich nicht mehr, aber dumm immer noch. Ich habe nicht gemerkt, was da geschah. Nicht wirklich. Nur so ein bißchen törichtes Gerede – eigentlich mag ich den Hitler nicht, nein, sympathisch ist der mir nicht, ich kann auch nicht sagen, warum. Blind und blöd, auch heute noch.

Allerdings war keiner da, mit dem ich darüber hätte sprechen können. Einer, der mir die Augen geöffnet hätte. Diese Bücherverbrennung zum Beispiel, so einen großen Eindruck hat sie wirklich nicht auf mich gemacht. Ich hab's in der Zeitung gelesen, hab' den Kopf geschüttelt, fand es im Grunde mehr albern als furchterregend. Ich kann mir vorstellen, daß es vielen Menschen so erging wie mir, daß sie die Nazis in erster Linie albern fanden. Eine aufgeblasene Horde, die sich selbst höchst wichtig nahm und die man nicht ernst zu nehmen braucht.

Heil Hitler – da muß doch einer nicht ganz klar im Kopf sein, wenn er das als Gruß einführt. Dazu noch die Hand heben.

Hier in München gibt es ein sogenanntes Mahnmal, gleich hinter der Feldherrnhalle am Beginn der Residenzstraße. Am 9. November 1923 war dieser berüchtigte Marsch zur Feldherrnhalle, wo der Hitler das erste Mal versuchte, die Macht zu ergreifen. Das ist auch so ein schwachsinniger Begriff – Macht ergreifen. Worte, dumme Worte, man hört sie, und man hört sie nicht.

Die bayerische Polizei, oder Soldaten, oder was weiß ich, haben diesen Marsch aufgehalten und dabei ein paar Nazis umgelegt. Hitler haben sie anschließend eine Weile eingesperrt. Bärchen sagt immer, die Bayern können eben nicht schießen, wenn das in Preußen passiert wäre, wären wir die Brüder ein für allemal los.

Für die Toten des 9. November befindet sich eine Art Denkmal an der Seite der Feldherrnhalle, ich habe es mir noch nicht näher angesehen. Zwei Posten stehen daneben, und das wäre ja noch nicht so schlimm, aber es ist Vorschrift, daß jeder Mensch, der dort vorbeigeht, die Hand hebt zum sogenannten Hitlergruß.

Das sind so die Sachen, die denen einfallen. Ich geh' vorbei und schau nicht hin. Franziska sagt, eines Tages werden sie mich verhaften deswegen. Und ich habe gesagt, ich bin fremd in München, ich weiß das eben nicht. Aber nun bin ich nicht mehr fremd in München, und nun tue ich das, was die meisten Münchner tun, ich weiche aus. Zwischen der Residenzstraße und der Theatinerstraße gibt es eine kleine Verbindungsstraße, ich weiß gar nicht, wie die eigentlich richtig heißt, in München nennt man sie nur noch das Drückebergergasserl. Weil alle da einschwenken, um nicht an dem Mahnmal vorbeigehen zu müssen und die Hand zu heben. Ich kann mir nicht helfen, für einen Menschen des zwanzigsten Jahrhunderts finde ich so etwas unglaublich. Ich muß immer an Wilhelm Tell denken – siehst du den Hut dort auf der Stange.

Seit ich Silvester kenne, gibt es einen Menschen auf der Welt, mit dem ich über dies alles reden kann. In Berlin hatte ich keinen. Bei Fred Fiebig redeten sie zwar auch, aber die waren dafür, fanden alles großartig, was der Hitler tat. Und ich war allein, es gab keinen Menschen, der zu mir gehörte. Meine Schwester Marleen? Die interessierte sich nicht sonderlich für das Zeitgeschehen, auch wenn sie mit einem Juden verheiratet war und man annehmen mußte, daß sie das verdammt nochmal sehr viel anging. Mit Max konnte man nie ein Gespräch führen, Max hatte Hemmungen. Und Peter? Der meckerte so ein bißchen, wie alle Leute es taten, machte sich lustig über die Nazis, und sonst hatte er nur seine Karriere im Kopf. Bärchen, die war die einzige; aber das war schon wieder so extrem, daß man es auch nicht ernst nehmen konnte. Außerdem wollte ich ja keineswegs statt Hitler den Stalin haben. Schließlich Trudel. Das ist erst recht zum Lachen, die schwärmte für Hitler. Weil der Lokomotivführer ihr das vorredete, laberte sie es nach.

Was sie wohl jetzt sagen in Neuruppin? Er hat ja wohl allerhand mitgemacht im vorigen Krieg. Ob er noch so begeistert ist von seinem Führer? Oder sitzt er jetzt mit dummem Gesicht im Neuruppiner Gemüsegarten und fragt sich, ob er wohl ganz verblödet war?

Bleiben meine Kinder. Stephan quatschte nach, was Benno quatschte. Ärgerte sich mit der Schule, wurschtelte sich so durch, ob in der Schule, ob beim Arbeitsdienst, ob beim Militär, und später hatte er nur noch Mädchen im Kopf. Und Victoria? Die lachte, als ich mit ihr telefonierte. Wird schon nicht so schlimm werden, nimm das nicht so ernst, und dann sprach sie nur noch von ihrem Film.

Nein. Ich kann nichts dafür. Ich kannte keinen, mit dem ich hätte reden können. Erst seit ich Silvester kenne und seine Freunde und wieder mit Victoria zusammen bin, erst seitdem kenne ich diese Gespräche. Es muß aber viele Menschen in Deutschland geben, die diese Gespräche führen. Nur genützt hat es nichts. Gar nichts. Ein antiker Held wird gesucht, sagte Franziska. Wieso eigentlich? Rathenau wurde ermordet, Erzberger wurde ermordet, wieso hat sich in den ganzen Jahren keiner gefunden, der Hitler erschießt?

Heute bin ich allein in der Wohnung, das erste Mal wieder, seit es angefangen hat. Silvester ist in seine Werkstatt gegangen, nachdem wir alle zusammen gefrühstückt hatten.

Wie fühlst du dich? fragte er mich. Und ich sagte, danke, mir geht's gut. Tut mir leid, daß ich mich so aufgeführt habe. Das ist jetzt vorbei. Der Mensch arrangiert sich, hat der Professor gesagt. Er arrangiert sich mit allem und jedem. Also gut, ich arrangier mich auch.

Aber das war eine Lüge. Ich kann mich nicht mit dem arrangieren was jetzt passiert.

Ich habe ein neues Buch angefangen nachdem mein Verleger aus Berlin mehrmals angefragt hatte, ob denn die Flitterwochen noch nicht zu Ende seien, ob ich nicht wieder einmal etwas schreiben möchte. Eine hübsche heitere Liebesgeschichte, die müßte mir doch jetzt leicht aus der Feder fließen.

Silvio lachte, als er den Brief las, er sagte, na, dann laß es mal fließen.

Hundertachtunddreißig Seiten habe ich bis jetzt geschrieben. Kein weiteres Wort wird mir einfallen zu dieser hübschen heiteren Liebesgeschichte, ich werde dieses Buch nie zu Ende schreiben. Das, was ich wirklich schreiben möchte, kann ich nicht schreiben. Ich möchte meine ganze Empörung, meinen ganzen Haß niederschreiben. Oder ich schreibe ein Buch über politische Attentate. Zur Anregung. Das wäre eigentlich eine interessante Arbeit, das zu recherchieren und zusammenzustellen, einiges fällt mir gleich ein, Marat und die Corday, Abraham Lincoln, der Arme, und natürlich Cäsar – ich muß unbedingt heute noch Silvio fragen, was er davon hält. Das wäre eine richtige ernsthafte Arbeit. Der Professor würde mir sicher helfen, würde mir sagen, wo ich die nötigen Bücher dafür herbekomme.

Und ich könnte eigene Zwischentexte machen, wieso und warum es in jedem Fall zu dem Attentat kam. Ob es begründet war oder nicht. Ob es berechtigt war oder nicht.

Berechtigt, das ist das Wort. Der Mord, den Gott und die Menschen verzeihen.

Ob sie mich dann einsperren?

Aber eigentlich müßte das Attentat geschehen sein, ehe ich das Buch fertig habe; ich warte darauf.

Am 9. November, dem schicksalsträchtigen Datum der Nationalsozialisten, wurde auf Hitler ein Attentat verübt. Wie jedes Jahr fand im Münchner Bürgerbräukeller die Gedenkfeier für die Toten des 9. November 1923 statt, dabei gab es eine Explosion und acht Tote. Hitler war nicht darunter, er hatte nach seiner Rede sofort den Saal verlassen, was ungewöhnlich war.

Das Gerücht hielt sich hartnäckig, dieses Attentat sei nichts anderes gewesen als eine Inszenierung von Goebbels, um dem deutschen Volk zu zeigen, daß der Führer unverletzlich sei, weil von der Vorsehung beschützt.

Möglicherweise sollten auch ein paar mißliebige Parteigenossen auf diese Weise beseitigt werden, die mit den Kriegsplänen ihres Führers nicht einverstanden waren.

Der Fall war mysteriös, er blieb es für alle Zeit, denn aufgeklärt wurde er nie. Elser hieß der Mann, der die Bombe hochgehen ließ, ein Einzelgänger, den keiner kannte. Seltsam war es, wie er in den wohlbewachten Bürgerbräukeller hineingekommen war, um dort rechtzeitig und ungestört eine Zeitbombe zu installieren. Noch seltsamer, daß ihm weder der Prozeß gemacht noch daß er sofort hingerichtet wurde. Man sperrte ihn zwar ein, doch später wurde bekannt, daß er im Gefängnis ein relativ angenehmes Leben gehabt haben sollte. Erst kurz vor Kriegsende wurde er ohne Aufsehen liquidiert.

Wieviele Menschen im Land insgeheim dachten: wie schade, daß dies schiefgegangen ist, blieb ebenfalls eine Frage, die nicht beantwortet werden konnte. Doch es ist anzunehmen, daß es sich um eine große Zahl handelte.

»Verdammt schade«, das sagte auch Silvester, und Nina meinte: »Stell dir bloß vor, es hätte geklappt. Wir wären ihn los und hätten keinen Krieg mehr. Der liebe Gott und die Vorsehung sind nicht identisch, er hat uns im Stich gelassen.«

»Man kann sagen, er läßt die großen Toren immer im Stich. Ich glaube, allzuviel Dummheit widert ihn an, was verständlich ist. Übrigens hättest du jetzt den besten Aufhänger für dein Buch. Du könntest es damit einleiten, daß dein Abscheu über dieses scheußliche, an dem Führer verübte Verbrechen, das, der Vorsehung sei Dank, den Führer nicht verletzt habe, dich auf den Gedanken gebracht hat, ein Buch über die Geschichte des Attentats zu schreiben. Schöner Anfang.«

»Das wäre ein schön verlogener Anfang. Wie sagt ihr hier in Bayern? Ich tät mich der Sünden fürchten.«

»Es gäbe dir das Alibi, in dem Buch selbst um so freier und ungenierter zu Werk zu gehen. Der Zweck der Übung soll ja die Anregung sein, die du deinen Mitmenschen geben willst.«

»Du bist allerhand raffiniert, das muß man sagen. Meinst du wirklich, ich soll so ein Buch schreiben? Wird das nicht zu schwierig für mich sein?«

»Beginne mit den Recherchen, beschäftige dich mit dem Stoff, dann wird es sich herausstellen, ob du damit fertig wirst. Du hast Zeit. Niemand drängt dich.«

Aber der Krieg lag wie ein lähmendes Gespenst über Ninas Denken, sie konnte sich auf keine geistige Arbeit konzentrieren. Sie ging soviel wie möglich aus dem Haus, lief durch die Stadt, ging im Englischen Garten spazieren, saß bei Silvester in der Werkstatt und sah ihm zu, wie er geduldig und liebevoll einen alten Schrank restaurierte. Bei solch einer Arbeit redete er gern, doch der junge Mann, der bisher bei ihm gearbeitet hatte, war eingezogen worden, also freute es ihn, wenn Nina da war, um ihm zuzuhören.

Er sagte beispielsweise: »Es ist ein angenehmes Gefühl, in einer Zeit, die die Zerstörung in sich trägt, in der man für die Zerstörung belohnt und belobt wird, sich damit zu beschäftigen, etwas zu heilen, zu pflegen, wieder lebendig zu machen. Sieh dieses Holz an! Als es noch ein Baum war, hatte Columbus Amerika entdeckt, Gutenberg die Buchdruckerkunst erfunden und Martin Luther den christlichen Glauben gespalten. Als aus dem Baum ein Schrank geworden war, tobte der Dreißigjährige Krieg in Deutschland. Vielleicht ist ihm damals schon diese Ecke abgeschlagen und diese Wunde an der Seitenwand zugefügt worden, sie sieht aus, wie mit einem Säbel geschlagen. Und hier, siehst du, sind Rauchspuren wie von einem Schuß, der ihn gestreift hat. Und über die Innenseite der linken Tür muß einmal Blut gelaufen sein, anders kann ich mir diese dunklen alten Flecken nicht erklären.«

»Mein Gott, wie schrecklich, Silvio! Das siehst du alles diesem Schrank an?«

»Ich versuche, mir seine Geschichte auszumalen. Vielleicht hat er irgendwo in der Magdeburger Gegend in einem Bauernhaus gestanden, als Tillys Landsknechte plündernd in Haus und Hof drangen, den Bauer erschlugen, die Frau vergewaltigten, den Schrank ausraubten. Mitnehmen konnten sie ihn nicht, er war zu schwer. Es ist natürlich nicht gesagt, daß er in der

Magdeburger Börde stand, er kann genausogut in Brügge zu Hause gewesen sein, und Herzog Albas erbarmungslose Söldner schleppten die Frau aus dem Haus, um sie als Hexe zu verbrennen, sie klammerte sich an den Pfosten des Schranks, siehst du, diesen hier, und als sie nicht losließ, schlugen sie ihr die Hand ab, und so drang ihr Blut in das Holz. Oder er stand auf einem Schloß in der Normandie, und als Katharina von Medici ihre Häscher losschickte, um die Hugenotten auszuräuchern, verbarg sich die Schloßherrin, die schmal und zierlich war, in diesem Schrank, und als man sie fand, durchbohrte der Stahl ihr Herz.«

»Silvio, du machst mich ganz krank mit deinen Geschichten. Kann denn nicht dieser Schrank auch einmal in einem friedlichen Haus bei glücklichen Menschen gestanden haben, die sich liebten?«

»Vorübergehend, vielleicht. Tatsache ist, daß es auf dieser Erde viel mehr Not und Blut und Krieg gegeben hat als Glück und Frieden und Liebe.«

»Willst du mir damit klarmachen«, fragte Nina leise, »daß wir also in einer ganz normalen Zeit leben? Daß es durchaus gebräuchlich ist, daß die Menschen einander umbringen?«

»Gebräuchlich ist es. Ob es normal ist, wage ich zu bezweifeln. Denn sonst wäre die Lust am Töten und am Sterben ja größer, als sie in Wirklichkeit ist. Jedenfalls heute ist diese Lust gering. Früher mag es anders gewesen sein, als die Lebenserwartung der Menschen um vieles geringer war und sie darum vertrauter mit ihrem eigenen Tod leben mußten. Was auch schon durch den Glauben bedingt war. Deswegen mag ihr Sterben nicht weniger bitter gewesen sein als das unsere.«

»Können wir nicht von etwas anderem reden?«

Er konnte über vieles reden. Er erzählte von seiner Studienzeit, die er in München und in Heidelberg verbracht hatte, er erzählte mit besonderer Begeisterung von seiner ersten Stellung in München, im Landesamt für Denkmalspflege, wo er sich offenbar so gut bewährt hatte, daß man ihn anschließend in das Nationalmuseum versetzte, und ihm später, in relativ jungen Jahren, ein eigenes Museum anvertraute.

Nina begriff, daß es ihn nicht glücklich machen konnte, hier in diesen beiden ebenerdigen Räumen in einem Hinterhaus am Oberen Anger zu sitzen und an alten Möbeln herumzubasteln, auch wenn er dazu Geschichten erfand.

Manchmal war ihre Gesellschaft unerwünscht. Immer dann, wenn einer seiner Freunde kam, Professor Guntram, der Rechtsanwalt Dr. Hartl, der Internist Dr. Fels und der Brauereibesitzer Münchinger. Das waren die vier, die Nina kannte, manchmal kam nur einer, manchmal kamen sie auch alle vier, und sie wußte, daß noch einige andere Männer, die sie nie gesehen hatte, zu diesem Kreis gehörten. Sie sprachen über Politik. Oder besser gesagt darüber, was man tun müsse und tun könne, um das Naziregime loszuwerden. Nina fürchtete diese Gespräche, weil sie immer Angst um Silvester hatte. Teilnehmen durfte sie an diesen Gesprächen nie. Silvester sagte: »Nun geh ein bißchen rüber zu Franziska und trink eine Tasse Kaffee mit ihr.«

Er sagte es liebenswürdig, aber bestimmt, so wie man ein Kind aus dem Zimmer schickt. Es verärgerte Nina jedesmal. Sie ging, aber sie machte ihm abends Vorhaltungen, einmal sogar eine regelrechte Szene.

»Du behandelst mich, als sei ich die größte Schneegans des Jahrhunderts.«

683

»Bringen die anderen vielleicht ihre Frauen mit? Sei nicht kindisch, Nina. Das ist kein Thema, in das ich dich einbeziehen kann. Um deinetwillen nicht.«
»Ach? Bin ich vielleicht nicht einbezogen, ganz von selbst? Genügt nicht die Tatsache, daß ich deine Frau bin, um mich an eurer Verschwörung zu beteiligen?«
»Wer redet von Verschwörung?« rief er zornig. »Hüte dich vor so törichten Worten. Wir unterhalten uns ganz einfach, das ist alles. Jeder hat so seine Erfahrungen in seiner Berufswelt, die tauschen wir aus. Wir informieren einander, so könnte man es nennen.«
»Es ist mir egal, wie du es nennst. Ich hasse eure Gespräche. Ich fürchte sie.«
Und damit lief sie aus dem Zimmer, knallte die Tür hinter sich zu.
Sie sprach auch mit Franziska darüber, bei der sie landete, wenn sie fortgeschickt wurde. Denn die wußte um diese Treffen, und sie war genau Ninas Meinung, daß es gefährlich für die Männer war.
»Sie bilden sich ein, Silvesters Bude da hinten ist unverfänglich. Sie können sich weder in der Arzt- noch in der Anwaltspraxis treffen und schon gar nicht in der Universität und auch in keinem Lokal, und nach Hause gehen sie nicht, eben wegen ihrer Damen, also machen sie da so ein bißchen Untergrundbewegung hinter Silvesters blinden Scheiben. Die denken, dort fällt das nicht weiter auf. Weißt du, was sie sind? Sie sind wie Buben, die Indianer spielen. Ich kenne das schon jahrelang, das ist nicht neu. Und jetzt mach' ich uns eine Tasse Kaffee.«
Der Antiquitätenladen befand sich in der Sendlinger Straße, ein langer schmaler Raum, der sich im rückwärtigen Teil nach beiden Seiten verbreiterte, also eine Art T-Form besaß. Der eine Balken des T war Franziskas Büro, dort stand ein Schreibtisch, das Telefon, auch das Schränkchen mit den Flaschen und der Topf mit dem Tauchsieder. Vorn an der Straße gab es ein Schaufenster und die Eingangstür, an der sich eine Glocke befand, die einen Dreiklang von sich gab, wenn jemand den Laden betrat. Was selten vorkam, denn nach Beginn des Krieges stand den Leuten nicht der Sinn danach, nach altem Silber, wertvollen Gläsern, englischen Möbeln, einem Rokokoschränkchen oder einem alten Stich zu suchen.
»Wenn das so weitergeht, werden wir bald zusperren müssen. Ich will ja nicht behaupten, daß sich vorher die Kunden die Klinke in die Hand gegeben haben, aber es kamen doch durchschnittlich in der Stunde zwei bis drei herein. Und gekauft hat auch immer mal einer ein Stück. Unsere Lage hier ist erstklassig, Sendlinger Straße, kurz vorm Marienplatz, hier kommt jeder mal vorbei, wenn er in der Stadt ist. Heute bist du der erste Mensch, der den Laden betreten hat. Mist ist das! Ausgewachsener Bockmist!«
»Vielen Dank«, sagte Nina lachend. »Soll ich wieder gehen?«
»Nein, du bleibst, wir trinken Kaffee und schimpfen noch ein bißchen auf die Männer. Mein Gott, was sind wir geschlagen. Deiner ist ja noch wenigstens aller Liebe wert. Aber wenn ich an mein altes Möbel zu Hause denke, da kommt mir der Kaffee schon hoch, ehe ich ihn getrunken habe.«
Dazu schwieg Nina. Sie kannte Franziskas Mann nicht, denn sie kam stets ohne ihn, es hieß, er sei ein Trinker, er sei brutal und gewalttätig gewesen, dazu war er nun allerdings zu schwach und zu krank. Franziska hatte eine denkbar schlechte Ehe geführt, aber sie hatte sich nie scheiden lassen, sie war praktizierende Katholikin.

Nina dachte für sich, daß es ehrlicher sei, sich scheiden zu lassen, als auf den Tod eines Mannes zu warten, den man nicht liebte. Es machte sie auch immer ein wenig befangen, daß Franziska und Silvester ein Liebespaar gewesen waren, und auch wenn Silvester versicherte, sie seien es bereits nicht mehr gewesen, als Nina in sein Leben kam, so glaubte ihm das Nina nicht so ganz. Oder wenn sie es ihm glaubte, vermutete sie, daß möglicherweise Franziska auf eine Fortsetzung oder Wiederaufnahme ihrer Beziehung gehofft hatte. Denn Freunde waren sie, daran bestand kein Zweifel. Warum es mit der Liebe nicht geklappt hatte oder woran sie gescheitert war, wagte Nina nicht zu fragen, ihren Mann nicht und Franziska schon gar nicht. Sie waren alle drei nicht von der Wesensart, über intime Verhältnisse zu reden.

Manchmal kam Silvester rechtzeitig, um Nina abzuholen, und sie fuhren gemeinsam nach Hause. Aber manchmal wurde es sieben, halb acht, und sie hörten und sahen nichts von ihm.

»Ich sperr jetzt zu«, sagte Franziska. »Die basteln da drüben noch an Hitlers Ableben herum. Wollen wir essen gehen?«

»Nein, ich geh' nach Hause.«

Dann war Nina trübsinnig, und wenn Silvester heimkam, ergaben sich unliebsame Gespräche, die von ihrer Seite aus heftig geführt wurden. Es kam nicht oft vor, aber es kam vor.

Doch abgesehen davon liebten sie sich, waren sie glücklich. Und gerade darum fürchtete Nina, dieses Glück könne zerstört werden.

Denn zunächst einmal lebten sie wieder höchst friedlich und relativ sorglos in diesem Herbst und Winter. Der Krieg hatte aufgehört. Er war gewissermaßen eingeschlafen.

Deutschland und Rußland hatten Polen unter sich aufgeteilt, die Russen ihren Einflußbereich auf die baltischen Staaten ausgedehnt, daneben war Hitlers großes Umsiedlungsprogramm angelaufen. Die Deutschen, die in den Ostgebieten Haus, Hof und Besitz gehabt hatten, kehrten heim ins Reich, sie wurden zum großen Teil im Warthegau, im eroberten polnischen Gebiet, auch im Reich selbst angesiedelt. Die Begeisterung über die Veränderung ihres Lebens hielt sich in Grenzen. Sie lebten seit Generationen, teils seit Jahrhunderten im Baltikum, in Wolhynien, in der Ukraine, selbst noch an der Wolga, hatten diese Gegenden zivilisiert und kultiviert, es war ihre Heimat, und nun kamen sie als besitzlose Fremdlinge in ein Land, das sie Heimat nennen sollten, obwohl sie es gar nicht kannten.

Daß sie die Vorläufer jenes ungeheuren Flüchtlingsstroms waren, der sich einige Jahre später in derselben Richtung wie sie bewegen würde, doch dann nicht willkommen und versorgt, sondern gehetzt, verletzt und armselig, das konnten sie nicht ahnen. Oder besser gesagt, nicht wissen. Eine Ahnung mochte einem nachdenklichen Menschen schon kommen bei diesem Exodus, denn eine gewisse Folgerichtigkeit ließ sich geschichtlich immer erkennen und deuten, auch im voraus, wenn man den Sinn und Verstand dazu besaß.

Der Krieg hatte sich auf die Meere zurückgezogen, die deutsche Kriegsmarine sorgte für Sondermeldungen und fügte der englischen Flotte schwere Verluste zu, mußte allerdings auch eigene hinnehmen. Und dann gab es auf einmal auch Krieg im fernen Nordosten. Als die Sowjetunion ihren Einfluß auf Finnland ausdehnen wollte, wehrte sich das tapfere kleine Volk. Der russisch-finnische Winterkrieg erwies sich als ein Heldenlied für die Finnen, nur half es natürlich nichts, auf die Dauer hatten sie keine Chance gegen das riesige Reich, gegen das sie kämpften.

Zwischen Deutschland und Frankreich herrschte tiefster Frieden. Der deutsche Westwall, die französische Maginotlinie, vom jeweiligen Staat als Wunderbauwerk moderner Verteidigung gepriesen, schien von Schläfern besetzt und bewacht zu sein. Beide Seiten hüteten sich, die Feindseligkeiten zu eröffnen, hüteten sich vor jedem Schuß. Bloß den Krieg nicht anfangen. Tun, als sei er nicht vorhanden. Dann mochte er sich wie eine Nebelwolke eines glücklichen Tages in der Ferne auflösen. So ungefähr waren die Gefühle nicht nur der Zivilisten, auch der Soldaten. Immer noch wollte kein Mensch in Europa den Krieg. Offenbar wollte Hitler ihn auch nicht, denn er gab keinen Befehl zum Angriff. Er schien darauf zu warten, daß man ihm seine Beute Polen ließ und Frieden schloß.

Wegen Stephan konnte Nina ganz beruhigt sein, er war zwar nach Polen in Marsch gesetzt worden, doch nicht zum Einsatz gekommen. Jetzt lag seine Einheit in einem Dorf bei Posen im Quartier, und jeder seiner Briefe endete mit dem Seufzer: Wir langweilen uns hier zu Tode.

»Der Junge spinnt«, sagte Nina aufgebracht. »Er soll doch froh sein, daß es langweilig ist. Was will er denn eigentlich? Kämpfen? Marschieren? Noch mal siegen?«

Das wollte Stephan alles nicht, daran ließ er keinen Zweifel. Im Gegenteil er hatte es satt bis obenhin, beim Militär zu sein. Das schrieb er ganz ungeniert.

Das ist kein Leben für mich, schrieb er. Ich möchte wie ein ganz gewöhnlicher Bürger leben und auch gern endlich einen Beruf haben.

Ende November schrieb er: Ich wünsche mir eine gemütliche Wohnung mit einem richtigen warmgeheizten Badezimmer, und dann möchte ich drei neue Anzüge haben und abends mit einem netten Mädchen ausgehen, erst zum Essen, dann zum Tanzen oder ins Theater. Hier ist es kalt und dreckig und schlammig, und wir öden uns gegenseitig an.

Und gleich darauf folgte ein anderer Brief, in dem stand nur: Heureka! Weihnachten kriege ich Urlaub. Darf ich mal in München vorbeischauen?

»Oh, Silvio«, sagte Nina glücklich. »Das wird ein schönes Weihnachten. Ich bin so gespannt wie er sein wird. Und wie er aussieht. Wir müssen viel zu essen besorgen, sicher ist er hungrig.«

»Wir werden viel zu essen dahaben, dafür sorgt schon Victoria. Wir bekommen eine Gans, hat sie gesagt, und der Joseph schießt uns auch noch einen Hasen.«

»Und ich mach Klöße dazu und Rotkohl.«

»Da du jetzt in Bayern lebst, mein Herz, machst du Knödel und Blaukraut, aber sonst ist es eine herrliche Vorstellung.«

Und das deutsche Volk im übrigen? Wie ging es auf das erste Weihnachtsfest im Krieg zu? Hoffnungsvoll, konnte man sagen. Hartnäckig hielt sich der Glaube, bei manchen, bei vielen, es werde das einzige Weihnachtsfest sein, das man im Krieg erleben mußte. Der Führer hatte es wieder einmal gut gemacht, er hatte gesiegt, und keiner wagte sich nun noch an das deutsche Volk heran. Es konnte nur noch Wochen dauern, höchstens Monate, dann war von Krieg keine Rede mehr. Manche, wie gesagt, viele dachten so. Nicht alle.

Fred Fiebig in Berlin zum Beispiel hatte den Krieg mit Ärger betrachtet. Das denn doch nicht, jetzt, wo man die großartigen Autobahnen hatte und noch mehr bekommen würde und bald diese ebenso großartigen Volkswagen in Massen gebaut würden, die so billig waren, daß jeder Volksgenosse sich ein Auto leisten konnte. So hatte er sich das schon immer vorgestellt und dafür so fleißig Autofahrer ausgebildet.

Aber dann sah er schnell ein: kein Grund zur Besorgnis. Der Krieg war vorbei, und der Führer war eben doch der Größte und der Beste. Fred Fiebig und seine Freunde waren in ihrem Glauben nicht schwankend geworden, höchstens ein wenig, und das nur vorübergehend.

Willy Nossek in seiner niederschlesischen Kleinstadt fühlte sich ganz als Sieger. Adolf Hitler war der Mann, den sie gebraucht hatten, und er, Willy Nossek, sein treuer Gefolgsmann. Die paar Unbelehrbaren, die trotz aller Erfolge des Führers nicht bekehrt und belehrt werden konnten, mit denen mußte man kurzen Prozeß machen. Weg mit Schaden.

Hier und da hatte es jedoch erstaunlichen Gesinnungswandel gegeben.

Zum Beispiel in Neuruppin.

Fritz Langdorn, der ehemalige Lokomotivführer, der tapfere Soldat des ersten Weltkrieges, ausgezeichnet mit dem Eisernen Kreuz, verwundet, so lange in russischer Gefangenschaft, ein anständiger deutscher Mann, Hitlers Anhänger seit langer Zeit, Fritz Langdorn war nicht zu täuschen. Er spürte es in allen Knochen, daß das nicht gutgehen konnte.

Am 1. September 1939 ähnelten seine Gefühle in erstaunlicher Weise denen seiner fernen Schwägerin in München. Ungläubig, fassungslos, außer sich vor Wut und Enttäuschung, hatte Fritz Langdorn den Kriegsbeginn erlebt.

»Das kann er doch nicht machen. Das ist eine Schweinerei. Das ist eine gottverdammte Schweinerei«, so hörte sich das bei ihm an. »Er macht Krieg. Und er hat immer gesagt, er will keinen Krieg. Er hat uns betrogen und belogen, dieser gemeine Schuft.«

Trudel blieb vor Schreck der Mund offen stehen.

»Aber Fritz! Um Gottes willen! Wie redest du von dem Führer?«

»Führer? Der ist mein Führer gewesen. Krieg macht er. Weißt du, was das bedeutet? Hast du eine Ahnung, was ein Krieg heute ist? Dieses Schwein! Dieser Betrüger!«

»Sei doch still, wenn dich einer hört. Der Führer wird schon wissen, was er tut.«

»Er weiß es eben nicht.«

»Du mußt ihm vertrauen.«

»Halt dein Maul! Davon verstehst du nichts.«

Trudel war still. In diesen Tönen hatte er noch nie mit ihr geredet. Sprachlos und zutiefst erschüttert blieb sie in der Küche zurück, als ihr Mann hinaus in seinen Garten stapfte. Er hinkte stärker denn je, zog das Bein nach, das ihn auf einmal schmerzte, wie es ihn seit Jahren nicht geschmerzt hatte. Nicht, daß dieser Wandel gar so plötzlich gekommen wäre. Das mit Österreich hatte er gerade noch geschluckt. Hitler war nun mal Österreicher, und wenn er partout den Anschluß von Österreich wollte, hatte das wohl persönliche Gründe. Obwohl er, Fritz Langdorn, sehr gut ohne die Österreicher leben konnte. Deutschland war Deutschland, das genügte ihm.

Die Annexion des Sudetenlandes, schließlich die Besetzung der Tschechei hatten ihn bereits mit tiefem Grimm erfüllt.

»Was gehn uns denn die Tschechen an? Kannst du mir das sagen? Die konnten uns noch nie leiden. Ein Reichsprotektorat – was soll denn dieser gottverdammte Unsinn, damit werden wir bloß Ärger haben. Und in der Welt macht es uns Feinde. Sie können uns sowieso nicht leiden, das war auch schon immer so. Müssen wir ihnen denn noch Gründe dafür liefern?«

Trudel hatte ihn nur ratlos angesehen. Sie war ahnungslos wie immer, Wien und Prag waren bloße Namen für sie, sie war dort nie gewesen, sie wollte auch gar nicht hin, aber wenn der Führer ... »Sei still«, hatte er sie damals schon beschieden, »davon verstehst du nichts.«

Und so langsam, denn im Grunde steckte es ihm wirklich noch in den Knochen, war die Angst vor einem Krieg in ihm gewachsen. Das war wie eine kleine schmerzende Wunde, die nicht heilen wollte. Irgendwann hatte er begonnen, die Zeitung mit Mißtrauen zu lesen, irgendwann saß er mit skeptischer Miene vor seinem Volksempfänger, wenn der Führer sprach.

Reden konnte er nur mit einem Menschen darüber, mit seinem alten Freund und Kriegskameraden Böhlke.

Sie hatten viel zusammen mitgemacht, waren gemeinsam von Neuruppin aus in den Krieg gezogen, auch Böhlke war Unteroffizier, auch er hatte sich die Füße erfroren, was für einen seiner Füße nicht so schlimm war, denn nach einer schweren Verwundung wurde ihm ein Bein amputiert. Das ersparte ihm Sibirien, er kam früher als Fritz in die Heimat zurück.

Böhlke war Schreiner, besaß eine eigene Werkstatt, die heute sein Sohn leitete, er selbst pütscherte nur noch so ein wenig mit herum.

Böhlke junior war ebenfalls früh zu den Nazis gestoßen, Böhlke senior hatte es mit Mißfallen betrachtet. Er hatte früher SPD gewählt, später gar nicht mehr gewählt, den Hitler auf keinen Fall.

Als sein Freund Fritz Langdorn sich so überzeugt den Nazis zuwandte, trat eine Entfremdung zwischen den Männern ein.

»Du bist'n Döskopp«, sagte Böhlke. »Das ist doch'n Spinner. Aus dem wird nie was.«

Aus dem war was geworden, aber das hatte Böhlkes Meinung nicht geändert. Mit Zurückhaltung und großem Mißtrauen sah und hörte er sich an, was da vor sich ging.

»Siehste«, hatte Langdorn gesagt, »du hast mir ja nich geglaubt. Das ist der Mann, den wir brauchen. Der macht uns wieder gesund und stark.«

»Erst mal abwarten«, war die Antwort.

Die Schreinerei florierte nach den mageren Jahren, der Junior trug stolz die SA-Uniform spazieren und paradierte damit in Neuruppin herum, wenn es einen Anlaß gab.

»Irgendwie paßt mir die Richtung nicht«, knurrte der Senior weiter, wenn auch schon leiser.

Ein Anhänger der Nazis wurde er nie. Er wartete ab. All die Jahre lang wartete er ab, alle Erfolge, aller Fortschritt konnten ihn nicht überzeugen, daß da der richtige Mann am richtigen Platz zu finden sei.

Als der Krieg begann, sagte nun er: »Siehste! Was hab' ich immer gesagt? Du mit deinem Hitler. Der bringt uns in dieselbe Scheiße wie Wilhelm. In eine größere Scheiße würde ich sagen.«

Er trug es seinem alten Freund nicht nach, daß er sich für eine Weile verirrt hatte. Für Böhlke ging das Leben langsam, gewissermaßen nur noch auf einem Bein. Zehn Jahre waren für ihn gar nichts.

Fritz Langdorn schämte sich nicht zuzugeben: »Du hast recht gehabt.« Diesen Gefolgsmann hatte Adolf Hitler verloren. Der friedliche Winter '39 auf '40 täuschte Fritz Langdorn nicht. Er zweifelte nicht daran, daß es weitergehen würde. Und er wußte ganz genau, daß es schiefgehen würde. Wieder einmal.

Emsiger denn je arbeitete er in seinem Garten, vergrößerte die Hühnerschar, fütterte zwei Schweine und hielt Trudel an, Vorräte anzulegen und einzukochen, was einkochbar war.

»Wir werden es brauchen. Ich weiß, was Hunger ist. Und du wirst es kennenlernen.«

»Ich weiß auch, was Hunger ist. Ich hab' den Krieg auch erlebt. Aber diesmal ist es anders, das wirst du sehen.«

»Diesmal wird es schlimmer, das wirst *du* sehen.«

Trudel liebte und bewunderte Hitler. Fritz hatte sie zwar damals in Windeseile zu Hitler bekehrt, aber es gelang ihm nicht, sie gegen Hitler aufzuhetzen. Es kriselte in dieser bisher so freundlichen Ehe.

Davon wußte Nina in München nichts. Ihre große Schwester Gertrud, der treueste Gefährte seit ihrer Kindheit, war ihrem Leben entglitten, nur selten tauschten sie Briefe aus, zu Weihnachten, zum Geburtstag, wenn es irgend etwas Neues über Stephan zu berichten gab.

Von Stephan erfuhr Nina dann, wie sich die Lage in Neuruppin verändert hatte. Wie gewohnt war Stephan erst einmal nach Neuruppin gefahren, als er Urlaub hatte, er fand einen mürrischen Fritz Langdorn, der kaum die Zähne auseinanderbrachte, er fand eine verstörte Tante Trudel, die törichtes Zeug schwätzte. Nach vier Tagen hatte Stephan diesmal genug von Neuruppin gehabt und war nach München gefahren.

Ninas erster Gedanke, als sie ihn sah: was für ein hübscher Junge! Das war er immer gewesen, doch nun war er männlicher geworden, das Gesicht schmal und straff, das hellbraune Haar ein wenig zu lang für einen Soldaten, sein Blick, früher immer etwas verträumt und abwesend, war ernst, aufmerksam und nachdenklich geworden. Er hatte eine besonders charmante Art, mit seiner Mutter umzugehen, machte ihr Komplimente, scheute vor Zärtlichkeiten nicht zurück, nahm sie einfach in die Arme und küßte sie. Während seines Aufenthalts begleitete er sie auf jedem Weg; ob sie in der Umgebung einkaufen ging oder in die Stadt fuhr, ins Geschäft oder in die Werkstatt, Stephan wich nicht von Ninas Seite. Und er genoß das Leben, von dem er geträumt hatte, ein Zimmer für sich allein, wo er so lange schlafen konnte, wie er wollte, und dann brachte Nina oder Betty, das Hausmädchen, das tagsüber kam, ihm das Frühstück ans Bett. Er lag genießerisch in der Badewanne und bewegte sich in Silvesters schwarzem Seidenmorgenrock den halben Tag von Sessel zu Sessel, lesend, Platten hörend, redend, wenn jemand da war, mit dem er reden konnte, und er sagte: »So möchte ich immer leben.«

Nina war amüsiert. »Wie findest du das?« fragte sie Silvester.

»Verständlich. Er ist ein durch und durch ziviler Mensch, ein Lebensgenießer und Kavalier mit Manieren. Daß er sich beim Militär nicht wohlfühlt, ist mir ganz klar.«

689

»Und wie bekommen wir ihn da fort?«
»Ja, wie?«
Erfreulicherweise kamen Silvester und Stephan sehr gut miteinander aus, obwohl sie einander kaum gekannt hatten. Silvester hatte dieser Begegnung mit ein wenig Bedenken entgegengesehen, eingedenk seines kühlen Verhältnisses zu Ninas Tochter. Doch mit dem Sohn gab es keine Schwierigkeiten. Stephan war höflich und liebenswürdig, interessiert an allem, was Silvester sprach und erzählte, über Bücher, über Bilder, über Vergangenheit und Gegenwart, er zeigte sich aufgeschlossen für Belehrung und nahm dankbar Silvesters Angebot an, ihm München zu zeigen. Sie gingen in Museen und Ausstellungen, er begleitete Silvester in die Werkstatt, las die Bücher, die Silvester ihm gab und wollte auch darüber reden.

Silvester war angenehm überrascht, er besaß ja keinen Sohn, doch jetzt entwickelte er dem jungen Mann gegenüber geradezu väterliche Gefühle. Auch Nina freute sich über das gelungene Familienleben, obwohl sie nicht überrascht sein mußte, sie kannte ja Stephans Bereitschaft, sich einer stärkeren Persönlichkeit anzuschließen, einem Mann, bei dem er Freundschaft und Verständnis fand.

So hatte er sich als halbwüchsiger Junge an Fritz Langdorn angeschlossen, auch seine Freundschaft mit Benno, wenn auch ganz anders geartet, basierte auf dem Wunsch nach dem männlichen und stärkeren Partner.

Sie gingen in die Oper und ins Residenztheater, sie wurden eingeladen, hatten selbst Gäste und waren am zweiten Feiertag draußen im Waldschlössl. Jedermann war von Stephan höchst angetan. Die Uniform hatte er gleich ausgezogen, er trug einen eleganten braunen Anzug den Silvesters Schneider ihm innerhalb von zwei Tagen angefertigt hatte.

Ganz besonders entzückt von Stephan war Franziska.
»Was für ein goldiger Bursch«, sagte sie zu Nina. »Warum hast du ihn uns bis jetzt vorenthalten?«

Bei Franziska im Laden hielt sich Stephan mit Vorliebe auf, er half ihr die Bilder und Möbel abstauben, räumte die Vitrine mit den alten Gläsern um, tat es mit so vorsichtigen Fingern, daß sie ganz beruhigt sein konnte, er machte Kaffee für sie, holte Kuchen in der naheliegenden Bäckerei und hörte sich bereitwillig ihre Geschichten über Antiquitäten und ihr Leben an.

»Schau'n Sie, Stephan, ist die nicht schön?« sagte sie und wies auf eine Kommode. »Echtes Empire. Ist es nicht eine herrliche Form?«

»Wunderschön, gnädige Frau«, nickte Stephan, betrachtete die Empirekommode und sodann Franziskas Beine, die ebenfalls das Ansehen wert waren.

»Ich bin heute abend eingeladen bei Freunden in Schwabing. Wissen Sie was, Stephan, ich nehm' Sie mit.«
»Aber gern.«
Mit einem Wort, Stephan war ein Erfolg.
Der Abschied war herzzerreißend. Er hielt Nina im Arm, ehe sie die Wohnung verließen, um zum Bahnhof zu fahren, klammerte sich an sie, als sei er noch ein kleiner Bub.

»Jetzt muß ich in dieses blöde Kaff zurück, und ich würde so gern bei dir bleiben. Es ist so schön hier bei euch.«

»Ach, Stefferl«, sagte Nina und strich ihm über das Haar, »ich wünschte mir nichts so sehr, als daß du hierbleiben könntest. Vielleicht geht alles bald vorbei, und dann kommst du zu uns nach München. Du kannst hier studieren, du kannst machen, was du willst, Hauptsache, der Krieg ist aus, und du bist da. Dann werden wir uns das Leben schön machen.«

Widerwillig hatte er den schönen braunen Anzug ausgezogen, trug wieder die Uniform, die ihm zwar gut stand, die er aber haßte.

Ganz zum Schluß, ehe sie gingen, sagte er auf einmal: »Wir müssen nur den Hitler loswerden, dann können wir endlich leben, wie wir wollen.«

Über Stephans Schulter hinweg blickte Nina in Silvesters Augen. Sie hatten das Thema vermieden, Silvester sagte auch jetzt nichts, aber Nina rief: »Dann sind wir uns ja einig.«

Als der Zug abgefahren war, weinte sie.

»Ich werde ihn wiedersehen, nicht wahr, Silvio? Es ist kein Krieg mehr. Sag es.«

»Ach, mein geliebtes Herz, ich wünschte, es wäre so. Komm, laß uns durch München bummeln. Und dann gehen wir ganz fein zum Essen.«

Vor dem Bahnhof blieb er stehen, sah sie an. »Ich bin so froh, daß ich dich hab', Nina. Ich muß dir ganz schnell was sagen: Ich liebe dich.«

Nina, noch mitgenommen von dem Abschied, stiegen wieder die Tränen in die Augen.

»Ich liebe dich auch. Und ich möchte euch behalten. Dich. Und Stephan. Und Vicky. Endlich möchte ich behalten, was ich liebe.«

Er schob seinen Arm unter ihren, über den Bahnhofsplatz gingen sie in die Schützenstraße hinein, auf den Stachus zu. Und sie empfanden beide das gleiche: ein starkes Zusammengehörigkeitsgefühl, das sich so rasch in dieser späten Ehe entwickelt hatte.

»Wo möchtest du heute essen? Im Schwarzwälder? Im Preysingpalais? Beim Walterspiel?«

»Im Preysingpalais. Da waren wir, als wir zum erstenmal zusammen essen gingen. Weißt du es noch?«

»Ich werde es nicht wissen! Die Dame aus Berlin, die berühmte Schriftstellerin, die mir die Ehre gab, mit mir essen zu gehen. Ich weiß noch genau, wie stolz ich war.«

»Jetzt nimmst du mich auf den Arm«, sagte sie und konnte wieder lachen.

Victoria hatte über Weihnachten natürlich nicht kommen können, sie hatte an einem Feiertag die Pamina gesungen, zwischen den Jahren einmal die Martha und einmal die ›Verkaufte Braut‹ und am Silvesterabend zum erstenmal die ›Lustige Witwe‹.

Am Neujahrstag hatte sie angerufen und gesagt: »Ich war fabelhaft.«

Das kannten sie schon. Victoria war sich selbst immer ein dankbares Publikum, außerdem zweifelten sie nicht daran, daß sie eine fabelhafte Hanna Glawari hingelegt hatte.

»Es ist eine Gemeinheit, daß ihr nicht kommt, um mich zu sehen. Ich werde ja wahrscheinlich nie wieder Operette machen. Nina, halt mir die Daumen, ich hab' eine ganz dolle Sache im Busch. Wenn das klappt, dann bin ich oben.«

»Berlin?« fragte Nina.

»Noch besser. Dresden.«

Nina war überrascht. Bisher hatte Victoria als Höhepunkt ihrer Engagementswünsche immer Berlin vorgeschwebt. Allerdings hatte die Dresdner Oper einen sagenhaften Ruf, es gab Kenner, die sie der Berliner Staatsoper vorzogen. Zum Teil sangen dieselben Sänger hier wie da, und wer in Dresden engagiert war, gastierte bestimmt hin und wieder in Berlin.

»Jetzt schreib dir bitte die Daten auf, wann ich die Hanna wieder singe. Bitte, bitte, Nina, komm einmal her. Ich hab' so eine fabelhafte Garderobe, ich seh' umwerfend aus.«

»Gut, Liebling, ich werde kommen.«

»Aber es muß bald sein. Ab Ende Februar bin ich beurlaubt, da drehe ich meinen Film. Da bin ich endlich mal wieder in Berlin. Da könntest du eigentlich auch für eine Weile kommen. Ich sehe nicht ein, warum die Runges die ganze Wohnung für sich allein haben.«

Das Gespräch hatte am Neujahrstag stattgefunden, und Nina fand die Idee, sich wieder einmal für einige Zeit in Berlin aufzuhalten, höchst verlockend. Das ließ sich ja sicher mit einem Abstecher nach Görlitz verbinden.

»Weißt du schon, wann du die Witwe zum letztenmal singst, ehe du nach Berlin abdampfst?«

»Nö, so genau habe ich den Spielplan nicht im Kopf.«

»Also dann schreib es mir. Ich komme zu dir, und dann fahren wir gemeinsam nach Berlin.«

»Knorke, das machen wir so.«

Vielleicht, dachte Nina, nachdem sie den Hörer aufgelegt hatte, mache ich sogar einen Abstecher nach Neuruppin, das kann ich mir nicht entgehen lassen.

Denn von der veränderten Atmosphäre in Neuruppin hatte Stephan berichtet.

»Irgendwie stimmt das nicht mehr bei denen. Onkel Fritz ist sehr schweigsam, und Tante Trudel sagt, er ist komisch geworden.«

»Was meint sie damit?«

»Soweit ich es mitbekommen habe, ist er gegen den Krieg.«

»Mein Gott, Junge, wer nicht? Freut sich Trudel vielleicht über den Krieg?«

»Er ist nicht nur gegen den Krieg, er ist auch gegen seinen einst so heiß geliebten Führer.«

»Das kann nicht wahr sein.«

»Ist doch wahr. Er spricht davon nicht. Aber Tante Trudel hat gesagt: Er ist so komisch geworden, er zweifelt an unserem Führer.«

Nina hatte hellauf gelacht.

»Es ist nicht zum Lachen«, sagte sie dann. »Die Zeit ist traurig genug. Aber wenn ich denke . . . nein, Stephan, wenn ich denke, wie das angefangen hat. Wie ihr damals immer nach Neuruppin gefahren seid und Trudel plötzlich eine Nazisse wurde, bloß wegen dem Lokomotivführer. Und jetzt ist er nicht mehr dafür? Das gibt's doch nicht.«

»Wie gesagt, er hat nicht davon geredet. Aber sie. Sie versteht die Welt nicht mehr.«

»Arme Trudel! Sie war nie die Klügste. Aber so lieb. Und so gut. Und sie hat nie begriffen, was der Hitler eigentlich ist.«

Und gleich darauf dachte Nina: Ich brauche mich gar nicht so aufzuspielen, ich habe auch nichts begriffen. Daß ich jetzt klüger geworden bin, verdanke ich Silvio.

692

Aber sie war nicht so klug, die Gefahr zu begreifen, in der sie alle lebten. Der schlafende Krieg hatte auch ihre Angst einschlafen lassen. Kurz nach Stephans Abreise kramte sie das Manuskript hervor, an dem sie im vergangenen Sommer geschrieben hatte, die heitere Liebesgeschichte, an der weiterzuschreiben sie keine Lust empfunden hatte, nachdem der Krieg begonnen hatte. Sie las, was sie geschrieben hatte, es gefiel ihr gut. Sie fand wieder in den Stoff hinein, setzte sich hin und schrieb fleißig jeden Tag. Wenn sie im Februar nach Berlin fuhr, konnte sie ihrem Verlag vielleicht schon ein Teilmanuskript mitnehmen.

Mit der Geschichte der Attentate war sie in einen toten Winkel geraten. Vielleicht würde sie später einmal daran weiterarbeiten.

Nina
Briefe

Berlin, 5. März 1940

Lieber Silvio, heute habe ich endlich mal einen ruhigen Nachmittag und will Dir einen langen Brief schreiben. Die Tage in Görlitz waren so turbulent, ich bin kaum zu mir selbst gekommen – Theater, Einladungen, Packen, und immerzu kam noch Besuch. Vicky hat unendlich viele Verehrer und Freunde hier, die ihr alle noch Adieu sagen wollten. (Allerdings hatte ich nicht den Eindruck, daß eine ernsthafte Liebesaffäre darunter war.)

Vicky hat fast ihre ganze Garderobe mitgeschleppt, weil sie ja nach den Dreharbeiten nur noch vier bis fünf Wochen in Görlitz auftreten wird, auch keine Neueinstudierung mehr macht, sondern nur ein paar Reprisen aus dem Repertoire. Ich habe alle wichtigen Leute kennengelernt, den Intendanten, den Dirigenten, die Regisseure und fast alle Kollegen von Vicky. Alle bedauern, daß sie weggeht, aber wie mir der Intendant sagte: ›Das ist eben mein Schicksal, daß die großen Talente bei mir nur Durchgangsstation machen, Tür auf und rein, Tür auf und raus.‹ An einem Abend waren wir sogar beim Bürgermeister eingeladen, wo es nur so wimmelte von Honoratioren. Alles dreht sich um Vicky, das müßtest du sehen. Mich stellt sie dann immer sehr feierlich vor – meine Mutter. Ich komme mir vor wie eine Matrone. Wenn wir allein sind, nennt sie mich Nina. Aber sie waren alle sehr nett zu mir, manche kannten meinen Namen und hatten sogar etwas von mir gelesen, also das war schon irgendwie befriedigend für mich, daß ich nicht nur so als doofe unbedarfte Mutter hier durch die Kulissen schiebe.

Nun zur ›Lustigen Witwe‹. Es war wirklich eine gute Aufführung. Eine bombastische Ausstattung, ich frage mich nur, wo so ein kleines Stadttheater das Geld dafür hernimmt. Aber wie der Intendant mir erklärte, stecken sie das meiste von den Subventionen in die Operetten, weil die den größten Publikumszulauf haben. Vicky war natürlich fabelhaft, da muß ich mich schon ihrer eigenen Worte bedienen. Sie sah hinreißend aus, und ich saß da unten und staunte, wie ich zu dieser schönen Tochter gekommen bin. Ihre Kostüme waren unerhört elegant, sie schleift diese tollen Roben mit einer Nonchalance über die Bühne, die umwerfend ist.

Am Tag, ehe wir abreisten, habe ich sie noch als Martha gehört, war auch eine hübsche Aufführung. Ganz unter uns gesagt, bin ich mit Vickys Stimme nicht ganz glücklich, sie ist sehr hart geworden, manchmal schrill, sie forciert im Forte, und das Piano klingt gepreßt. Ich bin nur ein Laie, aber ich habe im Laufe der Jahre doch eine ganze Menge über Gesangstechnik mitbekommen, so daß ich mir ein Urteil erlauben kann. In der ›Lustigen Witwe‹ fiel es nicht so auf, aber zum Beispiel so ein Lied wie ›Letzte Rose‹, das ja im Grunde ganz einfach ist, oder besser gesagt, das so einfach scheint, da merkt man es deutlich, die Stimme ist zu hart und angestrengt.

Natürlich habe ich mich nicht getraut, ihr das zu sagen, sie nimmt das sicher krumm und würde mir antworten, was verstehst denn du davon? Aber ich habe halt immer Angst wegen ihrer Stimmbänder, sie darf sich nicht überanstrengen; nun kommen diese wochenlangen Filmaufnahmen, das geht auch ganz schön an die Nerven.

Jedenfalls sind wir aber bequem im Auto nach Berlin gekommen, der Polizeipräsident persönlich, ein großer Verehrer von Vicky, stellte uns einen Wagen mit Chauffeur.

Sorgt Betty auch ordentlich für Dich? Mit den Marken geht sie ziemlich konfus um, kauft immer alles auf einmal, und dann ist nichts mehr da. Geh doch mal selber zu meinem kleinen Kaufmann in der Schumannstraße, der ist ein Schatz, er hat immer etwas extra für mich, Orangen oder Zitronen und auch mal ein italienisches Gemüse, das man sonst nirgends bekommt. Wie heißt es denn gleich? Schirokko oder so ähnlich. Es hat Dir jedenfalls sehr gut geschmeckt. Nur mußt Du in der Küche bleiben, wenn Betty das Gemüse zubereitet. Oder vorher den Mehltopf verstecken. Meine Art, Gemüse ohne Mehl zuzubereiten, findet sie greislich. ›Wann ma scho a Gmies fressn müssen, muß a was nei‹, sagt sie immer. Das erinnert mich an meine Küchenpflichten. Vicky wird sicher bald heimkommen, und ich will ihr noch was kochen.

Ich küsse Dich, mein Liebster. Und ich schreibe Dir bald wieder. Und, bitte, sei vorsichtig. Du weißt schon, was ich meine.

Berlin, 8. März 1940

Lieber Silvio, es war so schön, gestern Deine Stimme zu hören. Und zu hören, daß ich Dir fehle. Du hast so lange allein gelebt, ganz frei und unbelastet, es könnte ja sein, daß Du Dir so ein Leben wieder wünschst. Ich könnte das verstehen. Wer, wenn nicht ich. Obwohl ich natürlich nie frei und unbelastet war, denn da waren ja die Kinder und Trudel, und früher Erni, also richtig allein war ich eigentlich nie. Manchmal habe ich mir gewünscht, einmal ohne Verantwortung zu sein, aber ich kann nicht sagen, ob ich mich dabei sehr wohlgefühlt hätte. Verantwortung ist halt doch etwas, das dem Leben erst einen Sinn gibt. Oder was meinst Du? Wenn eine Frau keinen Mann hat und keine Kinder und auch keinen richtigen Beruf, dann muß das Leben doch sehr leer sein. Natürlich gibt es Menschen, die eine so starke Persönlichkeit haben, daß sie ausreichend mit sich selbst beschäftigt sind. Aber vielleicht wird man dann doch sehr egoistisch. Darum war ich ja so froh, daß es bei mir mit dem Schreiben doch noch geklappt hat, weil ich mir sagte, wenn ich die Kinder einmal nicht mehr bei mir habe, dann habe ich doch wenigstens eine Art Beruf und hänge nicht nur so verloren in der Gegend herum. Aber wenn ich ganz ehrlich bin, so habe ich mir im Grunde meines Herzens immer einen Mann gewünscht, der zu mir gehört. Nicht irgendeinen, sondern den Mann, der mich versteht und den ich liebhaben kann. Und es kommt mir immer noch ganz unwahrscheinlich vor, daß ich ihn jetzt habe.

Ach Silvio, es ist sicher albern, in meinem Alter von Liebe zu reden wie ein Backfisch. Aber es hat wohl nichts mit dem Alter zu tun. Jeder Mensch in jedem Alter wünscht sich, geliebt zu werden und zu lieben. Entschuldige, ich finde es selber dumm, immerzu von Liebe zu reden, das klingt wie aus einem Schlagertext, aber es ist nun mal das Wort, das man dafür braucht. Und ich verstehe jetzt viel besser, was Liebe ist. Es ist hauptsächlich das Gefühl, einen Menschen zu haben, der zu einem gehört; für den man da ist.

Weißt Du, was ich mir wünsche? Du wirst lachen. Ich wünsche mir, daß wir zehn und zwanzig Jahre lang zusammenbleiben können, und ich weiß dann bei jedem Blick und bei jeder Geste von Dir, was Du meinst. (Ich weiß es auch jetzt schon sehr oft.) Wenn Du so nach innen blickst, so als ob Du gar nichts mehr siehst, wer oder was um Dich herum ist, dann weiß ich, Du bist in der Vergangenheit. Oder denkst über etwas Wichtiges nach. Später werde ich dann von selbst wissen, ob Du es mir erzählen willst oder nicht. Jetzt drängle ich Dich manchmal, auch wenn Du gar nicht darüber sprechen willst.

Vicky kommt jeden Abend sehr sehr spät, sie ist reichlich nervös, und sie greift sich immer wieder mit der Hand an die Kehle. Das kenne ich nun schon. Ich habe den Eindruck, daß sie manchmal leicht heiser spricht. Das arme Kind, sie hat es wirklich nicht leicht. Was für ein mörderischer Beruf.

12. März 1940

... gestern war ich endlich bei meinem Verlag und habe ihnen das Manuskript gebracht, soweit vorhanden. Sie freuten sich sehr, ich solle fleißig weiterschreiben, dann könne das Buch im Herbst noch erscheinen. Dann bin ich durch die Stadt gebummelt. Berlin ist wie immer, vom Krieg merkt man gar nichts. Ich bin zu meiner Parfümerie gegangen, wo ich immer Crème und Kosmetikartikel eingekauft habe, und sie haben mir anstandslos alles gegeben, was ich wollte. Und dann war ich bei meiner Schneiderin, die hat noch eine große Auswahl von Stoffen da liegen, sie macht mir zwei neue Kleider, solange ich hier bin. Es ist wichtig, diese Verbindungen nicht einschlafen zu lassen.

Heute abend gehen wir mit Peter zum Essen, Vicky und ich. Sie hat nur zwei Einstellungen heute und wird früher fertig sein. Er tut zur Zeit gar nichts, zuletzt hat er en suite in einem Stück in den Kammerspielen vom Deutschen Theater gespielt, leider ist das schon aus, ich hätte ihn gern wieder einmal auf der Bühne gesehen. Sein nächster Film beginnt Ende April. Ich bin ein freier Mensch, hat er gesagt, ganz zu Ihrer Verfügung, Madame.

14. März 1940

... Das war ein hübscher Abend mit Vicky und Peter. Wir waren wieder einmal bei Kempinski, seligen Angedenkens. Die beiden verstehen sich gut, aber das war schon immer so. Er hat ihr sehr geholfen bei ihrem ersten Film, sagt sie, da war er ja ihr Partner. Mit dem jetzigen kommt sie nicht besonders gut aus, das ist ein sehr berühmter, der furchtbar eitel ist. Ein richtiger Piesepampel, sagt sie, ewig meckert er herum und ist eifersüchtig, wenn sie eine Großaufnahme hat und er nicht.

Sie spielt diesmal ein junges Mädchen aus der Provinz, das nach Berlin kommt und von Tuten und Blasen keine Ahnung hat, aber auf jeden Fall zum Theater will. Aber sie landet nur im Chor, und es passiert dies und das, und am Schluß verkracht sich der weibliche Star mit dem Direktor und haut ab. Und dann bekommt Vicky die große Rolle und ist natürlich fabelhaft und gleich berühmt. Na ja! Typisch Film, nicht?

Peter flachste den ganzen Abend herum. Da ist denen ja wieder mal was Originelles eingefallen sagte er, Aschenbrödel auf Revue dressiert. Das Doofste vom Doofen sind Drehbuchschreiber. Jedenfalls bin ich nicht gleich am Anfang tot, sagte Vicky, das hat auch sein Gutes. Und ich hab' ein paar dolle Nummern drin. – Besser ist es, du machst sowas nicht wieder, sagte Peter, sonst werden sie in Dresden dankend auf dich verzichten.

Dresden schwebt nämlich noch, da ist noch nichts entschieden, und das beschäftigt Vicky sehr.

Wir kamen nicht spät nach Hause, ich dachte, Peter würde uns noch zu sich einladen, aber er meinte, Vicky solle ins Bett gehen sie müsse am nächsten Morgen früh wieder raus.

Als wir zu Hause waren, sagte ich vorsichtig zu ihr, vielleicht hat Peter recht, und du solltest dich schonen und mehr an deine Stimme denken.

Sie wurde gleich ziemlich böse. Was ist mit meiner Stimme? Der fehlt gar nichts. Die strenge ich hierbei sowieso nicht an. Was gefällt dir denn an meiner Stimme nicht?

So habe ich es nicht gemeint, sagte ich, ich hatte nur den Eindruck, sie klingt ein bißchen überanstrengt.

Ich dachte, sie frißt mich auf. Kümmere dich nicht um Sachen, von denen du nichts verstehst. Ich weiß selber am besten, was ich tue. Schon gut, schon gut, sagte ich, geh schlafen. Aber sie ging nicht schlafen, kuschelte sich in die Sofaecke und wurde wieder ganz umgänglich.

Und dann erzählte sie, wie sie es machen wird, das weiß sie nämlich schon ganz genau. Wenn der Film fertig ist, macht sie noch die letzten Vorstellungen in Görlitz, dann fährt sie für einige Wochen nach Baden und schweigt erst mal ausgiebig. Und ab Herbst will sie wieder eine Weile bei Marietta arbeiten. Und Dresden? fragte ich ganz erstaunt.

Das wäre sowieso erst für die Spielzeit 41/42, sagte sie.

Ich war ganz erstaunt, das hatte ich nicht gewußt. So gesehen hat sie ja Zeit genug, sich zu erholen, nicht?
Besonders gefreut hat es mich, daß sie sich endlich einmal um das Kind kümmern will. Sie hat es lange nicht gesehen. Wir auch nicht, Silvio. Manchmal vergißt man die Kleine ganz. Das ist auch nicht recht. Sie ist jetzt drei Jahre alt, das ist ein süßes Alter für ein Kind. Meinst du nicht, wir sollten einmal hinfahren? Auch schon Cesare zuliebe. Eigentlich benehmen wir uns doch schandmäßig.
Ißt Du auch ordentlich? Und paßt Du gut auf Dich auf? Ich freue mich so, Dich wiederzusehen.

. . . endlich habe ich Marleen besucht. Seit ich in Berlin bin, habe ich diese Begegnung vor mir hergeschoben, ich habe sie geradezu gefürchtet. Ich kann selber nicht sagen, warum. Auf jeden Fall waren es unnötige Hemmungen, Marleen geht es großartig, sie sieht wie immer blendend aus, schick von Kopf bis Fuß. Sie hat eine prachtvolle Wohnung, gleich über dem Zoo. An ihrer Tür steht M. Nossek. Sie hat sich neu eingerichtet, das tat sie ja immer gern, mit Seidentapeten und indirekter Beleuchtung, und sehr schöne Bilder hat sie hängen. Das sei eine neue Liebhaberei von ihr, erklärte sie mir und führte mir stolz jedes Stück vor. Ich nehme an, das hat sie bei ihrem Neuen gelernt. Und natürlich hat sie eine Perle von Dienstmädchen, die für alles sorgt und auch noch hervorragend kochen kann, wie ich feststellen konnte. Es ist merkwürdig auf dieser Welt, aber es gibt Menschen, die fallen immer auf die Füße, ganz egal, was sie tun oder was sich um sie herum tut.
Abends lernte ich dann den sagenhaften neuen Mann kennen. Was heißt neu, sie hat ihn ja nun schon viele Jahre. Das ist ein eigenartiger Fall. Erzähl ich Dir lieber mündlich.

. . . heute bin ich, gewissermaßen zum Abschied, ganz allein im Grunewald spazierengegangen. Es roch schon nach Frühling, auch wenn alles noch ganz kahl ist. Und ich habe nachgedacht. Zum Beispiel darüber, wie sehr sich mein Leben verändert hat, seit ich mit Dir lebe. Berlin, das mir so vertraut ist, war auf einmal eine Stadt, in der ich zu Besuch war. Ich will nicht behaupten, daß ich mich in München schon ganz heimisch fühle, aber in München habe ich etwas, was ich in Berlin gar nicht hatte: Freunde. Es sind natürlich alles Deine Freunde. Abgesehen von Victoria. Dabei sind die Berliner viel geselliger und unkonventioneller als die Münchner. Trotzdem habe ich in Berlin sehr einsam gelebt. Also lag es wohl an mir. Aber vielleicht ist es einfach so, daß eine Frau nur Freunde findet, wenn sie einen Mann hat. Eine Frau allein will keiner haben. Ich hatte natürlich meine Schwestern, aber mit Marleen war es immer eine sehr lose Verbindung, wir haben uns manchmal monatelang nicht gesehen, und was wir miteinander sprachen, war meist sehr oberflächlich. Auf jeden Fall wirst Du Marleen nun bald kennenlernen, sie kommt nach München, sie wollen nämlich ein Haus in Bayern kaufen, und sie will sich verschiedenes ansehen. Er will das Haus, sie nicht. Erzähle ich Dir.
Schlimm ist es, daß ich Trudel nicht getroffen habe. Ich konnte mich einfach nicht dazu aufschwingen, nach Neuruppin zu fahren. Aber sie wäre

sicher gekommen, wenn ich sie verständigt hätte, daß ich in Berlin bin. Es ist gemein von mir, Trudel, die immer zu meinem Leben gehört hat, die mir so nahe stand wie sonst kein Mensch. Warum ist das jetzt anders geworden?
Nun tue ich nur noch eins – ich freue mich. Ich freue mich auf Dich.

Peter brachte Nina zum Anhalter Bahnhof. Er küßte sie zärtlich zum Abschied und sagte: »Ich bin traurig, Ninababy. Du liebst mich nicht mehr, du liebst einen fremden Mann.«
»Ich liebe meinen Mann. Aber du bist mein Freund, mein allerbester Freund.«
Er verzog das Gesicht.
»Mager, sehr mager. Mehr ist nicht übriggeblieben?«
»Das ist doch viel. Freundschaft ist etwas Wunderbares. Und ein bißchen liebe ich dich auch noch. Du bist ein ganz wichtiger Teil meines Lebens, und das weißt du sehr genau.«
»Dein Mann ist zu beneiden. Weiß er eigentlich, was er an dir hat?«
»Ich hoffe es. Peter, ich habe eine große Bitte. Kümmere dich um Vicky, ja? Sie ist so nervös. Und ihre Stimme macht mir Sorgen. Manchmal ist sie heiser. Hast du es bemerkt?«
»Natürlich. Wenn der Film abgedreht ist, wird sie einen langen Urlaub machen.«

In dieser Nacht schlief Victoria bei Peter, das erste Mal wieder, seit sie in Berlin war.
»Sie hat nichts gemerkt«, sagte Victoria und lachte. »Nina ist und bleibt naiv.«
»Was hätte sie denn merken sollen? Wir haben uns ganz korrekt verhalten. Sie sieht in mir deinen väterlichen Freund und hat mir noch extra aufgetragen, mich um dich zu kümmern.«
»Na, das tust du denn ja auch«, sagte Victoria und streckte sich wohlig in seinem Arm. »Gott, bin ich kaputt. Aber ich habe heute eine dufte Szene hingelegt. Burkert war ganz hin und weg. Du bist ja direkt 'ne Schauspielerin, Puppe, hat er zu mir gesagt.«
»Wenn du dich gütigst erinnern würdest, das habe ich dir auch schon mal gesagt.«
»Ja, ich weiß, aber von seinem Regisseur hört man das besonders gern. Dafür ist dieser Piefke steif wie ein Stück Holz. Wo der eigentlich seinen Ruhm her hat, möchte ich auch mal wissen. Der bildet sich ein, er macht's allein mit seiner Schönheit. Mit dir habe ich viel lieber gespielt. Mir graust jetzt schon vor den Liebesszenen mit dem.«
Piefke nannte sie ihren derzeitigen Partner, er war einer der berühmtesten und beliebtesten Filmschauspieler, doch sie hatte sich vom ersten Tage an nicht mit ihm vertragen. Er hatte ausgeprägte Starallüren und hatte sie von Anfang an merken lassen, daß er sie für eine unbedarfte Anfängerin hielt. Doch damit kam er bei Victoria nicht an, sie hatte ein viel zu starkes Selbstbewußtsein und hielt eine Menge von sich selber.

Sie setzte sich im Bett auf und schlang die Arme um die Knie.
»Willst du das Neueste hören? Ich kann diesen Sommer noch einen Film machen. Sie haben ein fabelhaftes Drehbuch, mir auf den Leib geschrieben.«
»Wer sagt das?«
»Na, Burkert. Und der Produzent. Ich hab' das Buch natürlich noch nicht gelesen, aber sie sagen, sie hätten schon immerzu überlegt, wer das spielen könnte, jetzt wüßten sie es. Ich. Mal sehen, habe ich gesagt, und wenn, dann für die doppelte Gage.«
»Ich denke, du willst Ferien machen. Und bei Marietta arbeiten.«
»Mach ich alles. Angenommen wir haben bis Ende April abgedreht, dann kann ich Mai und Juni in Baden verbringen. Das ist zum Erholen fabelhaft dort. Und dann anschließend könnte ich den Film machen und ab September bei Marietta arbeiten. Vorher ist sie sowieso nicht da. Im Winter möchte ich ein paar Liederabende geben, mit einer Konzertagentur bin ich schon im Gespräch. Erstmal in der Provinz. Berlin ist schwierig, da bin ich noch zu unbekannt. Mit Marietta studiere ich diesmal die Elsa, das habe ich mir fest vorgenommen. Und dann werde ich . . .«
Sie redete weiter, Peter schwieg, blickte zu ihr auf. Er kam sich alt neben ihr vor. Sie war jung, sie war schön, sie war ehrgeizig, das vor allem. Zwar lag sie hier bei ihm im Bett, aber es bedeutete ihr nicht viel. Ein paar Liebkosungen, ein paar Küsse, eine mäßig leidenschaftliche Umarmung, und dann sprach sie wieder nur von sich, von ihren Plänen, von ihrer Karriere.
Unwillkürlich verglich er sie mit Nina. Was für eine zärtliche, hingebungsvolle Geliebte war sie gewesen, ganz auf ihn eingestellt, ohne je eigene Wünsche in den Vordergrund zu stellen. Ihre Tochter war jünger und schöner, aber nicht fähig, Liebe zu geben oder Liebe zu nehmen. Sie konnte keinen Mann lieben, sie liebte nicht einmal ihr Kind, sie liebte nur sich selbst.
Auf einmal kam es ihm vor, als sei er niemals mit einer Frau so glücklich gewesen wie mit Nina. Es war ein Fehler gewesen, das dumme Wort, das damals am Anfang stand – für eine Weile möchte ich dich behalten. Er hätte sie heiraten sollen, was machten die paar Jahre aus, die sie älter war. Im Wesen war sie jünger als ihre Tochter. Jetzt hatte ein fremder Mann sie bekommen. Und den liebte sie. So wie Nina lieben konnte.
»Wie ist er eigentlich, dein sogenannter Stiefvater in München?« unterbrach er Victorias Redefluß.
»Wer?«
»Ninas Mann.«
»Ach, der. Och, der ist schon in Ordnung. Sieht gut aus. Ich kann nicht viel mit ihm anfangen, er kann mich nicht leiden.«
»Warum nicht?«
»Weiß ich nicht. Wir können's eben nicht miteinander. Ich glaube, er hält mich für ein ziemlich egoistisches Frauenzimmer.«
»Da hat er ja nicht so unrecht.«
»Eben«, sagte sie ungekränkt und legte sich wieder zurück und gähnte herzhaft. »Nina ist ganz gut aufgehoben bei ihm. Wenn sie sich auch einbildet, eine selbständige Frau zu sein, im Grunde ist sie es nicht. Ein Mann, ich meine ein richtiger Ehemann, ist für sie schon recht nützlich.«
»Sie war in all den vielen Jahren eine sehr selbständige Frau, vergiß das nicht. Sie hat sich sehr tapfer durchs Leben geschlagen. Du hast allen Grund,

ihr dankbar zu sein. Sie hat gearbeitet und hat dir das teure Gesangstudium finanziert.«

»Mensch, was sind denn das für Töne? Hat sie dich heute weich gekocht beim Abschied? Ich weiß das ja alles. Anfangs hat ja Onkel Max ein bißchen was dazugesteuert, aber später dann nicht mehr. Klar bin ich Nina dankbar, und ich mag sie auch, wir sind immer gute Freunde gewesen. Ich bin halt anders als sie.«

»Das bist du wirklich.«

»Dafür mache ich auch Karriere. Du weißt selbst gut genug, daß man mit Samtpfötchen in diesem Beruf nicht weit kommt.«

Wie von einer Feder geschnellt, fuhr sie wieder in die Höhe.

»Du! Das Allerneueste weißt du noch nicht. Nächste Woche dirigiert Prisko hier in der Singakademie. Das Mozart-Requiem. Was sagst du dazu? Ich hab's heut mittag in der BZ gelesen.«

»Was für'n Prisko?«

»Peter, sei nicht so bescheuert. Der Banovace. Marias Vater. Mein Verflossener. Der hat es nun auch geschafft. Es sind nicht gleich die Philharmoniker, aber die kriegt er auch noch. Das ist auch einer ohne Samtpfötchen. Und unerhört begabt. Ein Genie. Man kann sagen von ihm, was man will, ein Genie ist er.«

»Wie schön für ihn! Willst du ihn wiederhaben?«

»Nicht die Bohne. Ich hab' ihn längst vergessen. Obwohl wir sicher mal irgendwo zusammentreffen werden, wenn ich singe, und er dirigiert. Aber das würde mir heute nichts mehr ausmachen.«

»Was hältst du denn davon, jetzt mal ein bißchen zu schlafen? Morgen mußt du früh raus.«

»Muß ich nicht. Es genügt, wenn ich um elf draußen bin. Früh ist der Piefke dran mit einer großen Szene, da brauchen sie mich nicht.« Sie gähnte wieder, kuschelte sich an Peters Schulter zurecht. »Da kann sich Burkert abschinden mit diesem Holzbock«, fügte sie schadenfroh hinzu. »Sowas Unbegabtes hast du selten gesehen. Also gut, schlafen wir eine Runde.«

Wie immer schlief sie in Windeseile ein, ohne Gutenachtkuß, ohne zärtliches Wort. Peter dagegen lag noch lange wach, er dachte wieder an Nina.

Sie würde jetzt in München sein. Und sie war gern heimgefahren zu diesem Mann, das hatte er ihr angemerkt. Ob sie jetzt in seinem Arm lag, so wie ihre Tochter hier bei ihm? Es war erstaunlich, es war kaum zu glauben, aber er beneidete diesen Mann in München.

Sie schliefen noch nicht in München, sie saßen in der Sofaecke, tranken Wein, und Nina erzählte. Erzählte alles noch einmal, was sie schon geschrieben hatte, nun kamen die Details, ihre Gedanken, ihre Beobachtungen, alles sollte er wissen und verstehen.

Sie hatte es kaum abwarten können, bis der Zug im Münchner Hauptbahnhof einlief, schon lange vorher stand sie im Gang, unruhig, voll erwartungsvoller Freude. Drei Wochen waren es, daß sie ihn nicht gesehen hatte, es kam ihr vor wie drei Jahre.

Silvester schien sich genauso zu freuen. Er sah sie schon von draußen, hob sie vom Trittbrett und hielt sie im Arm.

»Gengans weiter, gengans weiter«, tönte eine ungeduldige Männerstimme hinter ihnen, denn sie versperrten den Ausgang, Ninas Koffer und Taschen auf dem Boden verstreut. »Mei, ist des was mit dene junga Leit.«

Der Sprecher konnte kaum älter sein als Silvester, aber er war grantig. Sie lachten übermütig hinter ihm her.

»Der ist bloß neidisch, weil ihn keiner abholt. Ach, Silvio! Ich bin so froh, daß du noch da bist.«

»Wo soll ich denn sein?«

»Ich hab' immer Angst, du könntest plötzlich nicht mehr da sein.«

Der Gepäckträger, der Ninas Koffer beförderte, ging schmunzelnd hinter ihnen her. Ihm gefielen die zwei, die da Arm in Arm, eifrig aufeinander einredend, zum Ausgang steuerten.

Silvester hatte ein reichliches Abendbrot eingekauft, Heringssalat, Schinken und Wurst, Käse, frische Semmeln und Brezen.

»Lieber Himmel, da hast du aber eine Menge Marken verbraucht.«

»Fast gar keine. Ich war bei deinem netten Kaufmann in der Schumannstraße und hab' ihm erzählt, daß du heute kommst. Da hat er mir alles so gegeben.«

Zuerst redete sie nur von Victoria.

»Ich kann es noch immer nicht fassen, daß ich eine so berühmte Tochter habe. In der Nachtausgabe war ein großer Bericht über sie, mit Bild. Über den neuen Film. Ein neues Engagement hat sie noch nicht abgeschlossen. Sie hätte Leipzig haben können. Und Danzig. Aber Dresden reizt sie mehr. Sie hat dort schon vorgesungen, und sie wird im Winter zweimal auf Engagement gastieren. Wahrscheinlich mit der Pamina. Und dann will sie eine Tournee mit Liederabenden machen. Kennst du Dresden?«

»Natürlich. Ich würde sagen, es ist die schönste deutsche Stadt. Wenn deine Tochter dort wirklich engagiert ist, werden wir sie besuchen. Dresden mußt du kennenlernen. Ein Schmuckstück. Wir haben mal hier von der Universität aus eine Exkursion nach Dresden gemacht, als ich studierte. Und ich erinnere mich noch genau, was mein Professor damals sagte. Es fällt einem Bayern schwer, eine Stadt jenseits der Mainlinie überhaupt zur Kenntnis zu nehmen, sagte er, aber diese Stadt, meine Herren, sollten Sie sehr aufmerksam betrachten. Sie werden ihresgleichen innerhalb der deutschen Grenzen nicht finden. Und damit hatte er recht.«

Dann kam der Film dran, dann der gräßliche Piefke, schließlich die Wohnung.

»Tipptopp in Ordnung. Gerda Runge ist eine vorzügliche Hausfrau. So ordentlich war es bei mir nie. Übrigens kriegt sie ein Kind. Und er hat eine wunderschöne Stimme. Ich hab' ihn als Rigoletto gehört, einfach fantastisch.«

»Und was sprechen die Berliner so im allgemeinen?«

»Du meinst wegen Krieg? Davon sprechen sie eigentlich gar nicht. Du merkst auch nichts davon. Gerade, daß es abends verdunkelt ist. Das ist natürlich seltsam in einer Stadt, die immer so voll Licht war. Aber du kannst hingehen, wohin du willst, überall ist Betrieb. Die Theater sind jeden Abend ausverkauft, an den Kinokassen stehen die Leute Schlange. Du, und zweimal war ich bei Mampe am Kudamm, da servieren sie dir noch einen erstklassigen Cocktail, man weiß nicht genau, was drin ist, schmeckt aber gut, so rötlich, mit einem dicken Zuckerrand um das Glas.«

»Brrr!« machte Silvester.

701

»In den Cafés bekommst du kaum einen Platz, und der Kuchen schmeckt noch prima. Nee, du merkst wirklich nichts vom Krieg. Einmal bin ich in der Motzstraße vorbeigegangen, bei meiner alten Wohnung. Komisch, daß ich da solange gewohnt habe. Und bei meinem Friseur war ich, wo ich früher immer hingegangen bin. Rosmarie ist nicht mehr da. Und der alte Fiebig ist gestorben. Ich habe Fred mal angerufen, und er erzählte mir, daß sein Vater ganz leicht gestorben sei, das Herz ist einfach stehengeblieben. Er war ganz allein.«

Und so ging es weiter, kunterbunt durcheinander, Silvester hörte sich alles geduldig an, sah ihr Gesicht, lebendig, jung und glücklich lächelnd, wenn ihre Augen sich trafen. Die verzweifelte Nina vom Tag des Kriegsbeginns war vergessen.

Lange hielt sie sich bei Marleen auf, schilderte genau den feudalen Haushalt und das Kleid, das Marleen getragen hatte.

»Das war schon kein Kleid mehr, ein Hausgewand, lang, mit weiten Ärmeln, so ein irisierendes Blau, umwerfend sah sie aus, wie ein Zauberwesen.«

Silvester fragte nach Max.

»Der soll immer noch am Jerusalemer Platz wohnen, in der alten Wohnung seines Vater. Sie besucht ihn nicht, sie sagt, er legt keinen Wert darauf. Ich hatte erst recht keinen Grund, ihn zu besuchen. Du brauchst mich gar nicht so tadelnd anzuschauen, das ist nicht lieblos, aber zu Max hatte ich nie Kontakt. Der ist ein schwieriger Mensch.«

»Und Marleens Freund?«

»Ich würde sagen, schwierig ist der auch. Aus dem wird man nicht schlau. Ich hab' mich ja gewundert, daß er kam, als ich da war. Wir haben abends zusammen gegessen, ganz toll, Champagner und Kaviar und danach ganz zarte Filets, ich weiß auch nicht, wo sie das herbekommt. Das heißt, vermutlich bringt er das ja mit. Er muß irgendein hohes Tier sein, aber ich weiß nicht, was er macht. Ich glaube, er wollte mich kennenlernen. Er hat mich auch nach dir gefragt.«

»Und hast du ihm von mir erzählt?«

»Ein bißchen. Er muß eine große Nummer in der Partei sein, irgendwo muß der Luxus ja herkommen, in dem Marleen lebt. Aber unsympathisch ist er nicht. Und sehr gebildet. Wir haben viel über Musik und Theater gesprochen. Na, und Bilder, da ist er überhaupt Experte, da hast du gefehlt. Er nannte Namen, die ich gar nicht kenne. Weißt du, die jetzt verboten sind, weil sie entartete Kunst sind. Er wischte das mit einer Handbewegung weg, das sei alles Blödsinn, wirkliche Kunst lasse sich nicht verbieten, die bestehe weiter. Und als ich von unserer Münchner Kunstausstellung sprach, sagte er: Das kann ich mir schenken.«

»Hm. Und was war das mit dem Haus in Bayern?«

»Er will das. Das hat Marleen mir erzählt, ehe er kam. Sie soll dort eine Zuflucht haben, falls mal in Berlin was passiert.«

»Was soll das heißen? Wenn was passiert?«

»Er fürchtet, daß es Luftangriffe geben wird.«

»Aha, also doch. Spricht man in Berlin doch von Krieg.«

»Marleen sagt, sie will in Berlin bleiben. Aber wenn er es partout will, richtet sie halt ein Haus am Tegernsee ein. Oder vielleicht in einem Vorort von

München, wir sollen ihr mal sagen, wo es hübsch ist. Ich muß da ja nicht wohnen, hat sie gesagt, ich versteh' sowieso nicht, wie du das in München aushältst. Nur in Berlin kann man leben. Ich hab' gesagt, ich bin gern in München. Schon allein deswegen, weil ich dich in München habe. Da hat sie gelächelt. Das hört sich an, als ob du glücklich bist, hat sie gesagt.« Nina rückte näher zu Silvester, legte den Kopf an seine Schulter. Sie war jetzt müde, vom vielen Reden, von der großen Freude, vom Wein. »Das bin ich, habe ich gesagt.«

Er legte den Arm um sie. Eine Weile saßen sie schweigend, und für eine Weile hatten sie keine Angst vor der Zukunft.

Plötzlich setzte sich Nina gerade auf und sah ihn an.

»Wirklich, Silvio, manchmal frage ich mich, haben wir überhaupt noch Krieg? Oder hat er vielleicht so plötzlich aufgehört, wie er angefangen hat?«

Der Krieg erwachte gar nicht sehr viel später aus seinem Winterschlaf. Am 9. April 1940 zogen die Deutschen unerwartet gen Norden, besetzten Dänemark, deutsche Schiffe drangen in Norwegens Fjorde ein. Das Volk erfuhr: Dies geschehe, um einer geplanten englischen Invasion in Norwegen zuvorzukommen. Was der Wahrheit entsprach. Nur ging es weder den Deutschen noch den Engländern um Norwegen, sondern allein um die Erzbahn, um die Sicherung beziehungsweise Kontrolle der schwedischen Erzlieferungen. Dieser kriegswichtige wirtschaftliche Hintergrund des Überfalls auf Skandinavien wurde zweifellos von den wenigsten richtig verstanden, weswegen die Ausweitung des Krieges nach Norden als unverständlich und unwichtig betrachtet wurde.

Dänemark kapitulierte ohne Gegenwehr, wurde besetzt und durfte zunächst die eigene Regierung behalten. Die Norweger wehrten sich tapfer und hofften auf englische Hilfe, doch unterlagen sie sehr rasch den deutschen Landungstruppen, die in einer Blitzaktion per Schiff und per Flugzeug das Land eroberten und innerhalb eines Tages sämtliche wichtigen Hafenstädte besetzten.

Auch für die Engländer war die Überraschung komplett, die *home fleet* dampfte so schnell es ging auf Norwegen zu, in dem festen Glauben, sich vereinzelten vorwitzigen Schiffen gegenüber zu finden, die leicht vernichtet werden konnten. Aber die Deutschen waren aus Norwegen nicht mehr zu vertreiben, auch wenn die deutsche Flotte in den auswegslosen Fjorden starke Verluste hinnehmen mußte. So wurden allein zehn deutsche Zerstörer versenkt, was sich nie mehr ausgleichen ließ bei dem bescheidenen Stand der deutschen Kriegsmarine. Die englische Flotte beherrschte die Nordsee, was entsprechende Nachschubschwierigkeiten für die Deutschen mit sich brachte. Aber dennoch, Norwegen wurde gehalten.

Hoch im Norden bei den Lofoten lag der Erzhafen Narvik, ein Name, in Deutschland so gut wie unbekannt, ein Ort, über tausend Seemeilen von der Heimat entfernt, und dort war ein einziges Gebirgsjägerregiment unter dem kühnen General Dietl an Land gegangen, ein aussichtsloses Unternehmen. Um Narvik wurde hart gekämpft niemand erwartete, weder auf deutscher noch auf englischer oder norwegischer Seite, daß die Deutschen sich halten würden, ohne Nachschub, ohne Verbindung zur Heimat. Selbst Hitler gestattete schließlich widerwillig, daß der verlorene Haufen versuchen sollte, sich zu retten, wenn er schon nicht auf ehrenvolle Weise zu Grunde gehen wollte.

Aber sie schafften das Wunder, sie hielten Narvik, am 10. Juni kapitulierte Norwegen, König Hakon verließ das Land.

Allerdings ging das Heldenlied von Narvik in einem größeren Ereignis unter, denn mittlerweile war auch der Krieg im Westen erwacht. Frankreichs *drôle de guerre* war zu Ende. Am 10. Mai marschierten, nein, stürmten deutsche Truppen durch die Niederlande und Belgien, ungeniert die Neutralität dieser Länder verletzend, nach Frankreich hinein. Vorweg die Panzer, darüber die Bomber und Jäger, die von Anfang an den Luftraum beherrschten. Ein Siegeszug ohnegleichen! Bis Mitte Juni war auch dieser Feldzug beendet, Holland und Belgien besetzt, Frankreich besiegt, die Engländer ins Meer gedrängt, in wilder Flucht zurück auf ihre Insel.

Es ging so schnell, es verlief so stürmisch, daß Sieger wie Besiegte kaum zur Besinnung kamen. Im deutschen Rundfunk ertönten täglich, fast stündlich die Sondermeldungen, die Erfolg auf Erfolg, Sieg auf Sieg verkündeten. Keiner begriff, was da vor sich ging. Sah so ein Krieg aus? Wovor hatte man sich eigentlich gefürchtet? Und war die übrige Welt wirklich so schwach, so krank, so kaputt, daß man sie im Handumdrehn erobern und besiegen konnte? Selbst mancher leidenschaftliche Kriegsgegner wurde von dem Rausch dieser Siege mitgerissen.

Hitler befand sich auf dem Gipfel seiner Macht, und das bewirkte verständlicherweise im deutschen Volk wieder einmal einen Umschwung der Gefühle. Diejenigen die sich enttäuscht von Hitler abgewandt hatten, weil er einen Krieg begann, mußten nun, bekehrt oder zumindest widerwillig, zugeben: Der Führer war der Größte. Was er vollbracht hatte, war keinem zuvor je gelungen. Jetzt mußte jede Kritik verstummen, keiner hätte es noch wagen dürfen, ein abfälliges Wort gegen Hitler oder seine Partei zu sagen. Und jeder, fast jeder dachte nur eins: Gott sei gepriesen, der Krieg ist vorbei.

»Gott sei Dank«, sagte auch Nina, »jetzt ist Schluß mit dem Krieg. Bin ich froh, nun wird für immer Frieden sein.«

Es war Anfang Juli, an einem Sonntag, sie waren alle draußen im Waldschlössl, saßen im Garten, tranken guten Bohnenkaffee, und Mirl hatte Kirschtorte gebacken, es gab sogar Schlagrahm dazu. Die Männer sahen sich an. Nachgerade wußte keiner mehr recht, was in dieser Situation zu sagen war.

Victoria von Mallwitz jedoch hatte eine Meinung.

»Nein«, sagte sie. »Der Krieg ist nicht zu Ende. Ich kenne meine Engländer. Die werden sich mit dieser Schande nicht abfinden. *They will fight.* Dieser neue Premier, dieser Churchill, ist ein harter Bursche.«

»Er kann nur darauf hoffen, daß die Amerikaner jetzt eingreifen«, sagte ihr Mann. »Aber die Amerikaner wollen keinen Krieg. Diesmal nicht.«

»Darauf würde ich mich nicht verlassen«, meinte Professor Guntram. »Churchill mag ein harter Bursche sein, doch Roosevelt ist ein gerissener Bursche. Er wird einen Weg finden. Was wissen wir denn, was wirklich vorgeht in der Welt? Gar nichts wissen wir. Wir bekommen nur das zu lesen und zu hören, was unsere Regierung uns erlaubt. Das ist heute sowenig die Wahrheit wie gestern. Ich möchte annehmen, ein Gespräch zwischen England und Amerika ist bereits im Gang, dem sehr bald Taten folgen werden. Und trotz aller Siege ist unsere Situation fatal. Bedenkt nur einmal, was wir alles besetzt halten. Wo sollen wir die Menschen hernehmen, dies alles zu bewachen und zu verwalten? Wo nehmen wir das Material her, die Waffen, die Munition, das Öl, das Eisen, die Rohstoffe, um all das gegebenenfalls zu halten und zu verteidigen? Und wir brauchen auch Menschen im Land, die Waffen und Munition und Versorgungsgüter, Maschinen und Fahrzeuge und Flugzeuge und Schiffe und der Teufel weiß, was noch alles, herstellen. Uns fehlen die Menschen, uns fehlt das Material. Uns fehlt alles. Denkt ihr, das wissen die andern nicht? Das ist kein Rechenkunststück, das liegt offen zutage. Wenn die amerikanische Kriegsmaschinerie erst einmal anläuft, sind wir hoffnungslos verloren, da mögen unsere Soldaten noch so tapfer sein. Ich gebe Victoria recht: Der Krieg ist nicht zu Ende. Er fängt erst an.«

»Nein«, bat Nina, »nein, sagt so etwas nicht. Wenn Hitler mit sich reden läßt, und das kann er doch jetzt in dieser fantastischen Position, in der er sich befindet, und es will doch offensichtlich niemand Krieg, dann werden sie Frieden machen.«

»Er würde mit sich reden lassen, selbstverständlich. Er will sich mit England verständigen, das ist deutlich zu sehen, aber ich fürchte, die anderen werden nicht mehr mit sich reden lassen. Wenn sie jetzt Frieden machen, mit einem Hitler in dieser fantastischen Position, wie du es zu Recht nennst, dann hat Deutschland die Hegemonie über Europa auf lange Zeit. Und das werden sie nicht dulden. Also geht der Krieg weiter.«

Dr. Isabella Braun, die jüdische Ärztin, saß diesmal mit in ihrem Kreis. Joseph hatte sie mit dem Wagen abgeholt und, ihren Widerspruch nicht beachtend, mit herausgebracht.

»Du bleibst ein paar Tage bei uns. Du brauchst frische Luft und Sonne. Wenn du so weitermachst, haben deine Patienten bald nichts mehr von dir.«

»Das werden sie sowieso nicht. Und außerdem ist es zu gefährlich für euch.«

»Schmarrn«, war Josephs Erwiderung. »In meinem Haus bestimm' immer noch ich, was da geschieht. Ich bin Major gewesen im letzten Krieg, mir soll einer kommen und dumm daherreden.«

Blaß und hager, das schmale Gesicht beherrscht von den dunklen Augen, keine Furcht, Gelassenheit im Gesicht, so saß Isabella in ihrer Runde. Nina betrachtete sie scheu. Was für eine Frau! Zweimal schon, das wußten sie alle, war die Gestapo bei ihr gewesen, zweimal war sie ungeschoren davongekommen. Aber wenn sie zum dritten Mal kämen?

»Ich hätt' gern, wenn du verschwinden würdest«, sagte Franziska an diesem Nachmittag. »Können wir denn nicht irgendwo ein schönes Versteck für Isabella finden? Vielleicht dauert es ja wirklich nicht mehr so lange, ich denke ähnlich wie Nina. So hirnlos und verbohrt können die Leut' doch gar nicht sein, hier bei uns nicht und drüben bei den andren auch nicht. Aber Isabella, du mußt aus deiner Wohnung raus. Und du mußt mit der Praxis aufhören, das hilft nun mal nix.«

»Du kannst bei uns bleiben«, sagte Victoria, »in unser Haus kommt keiner. Wir sind angesehene Leute hier draußen.«

»Du hast Personal im Hause, Victoria. Du hast Kinder«, erwiderte Isabella und nahm eine Zigarette. »Das kommt nicht in Frage.«

Joseph gab ihr Feuer. »Auf unsere Leut' ist Verlaß. Du mußt ja nicht grad' im Dorf herumspazieren, wo unsere dreieinhalb Nazis wuchern. Und Kinder haben wir nur noch eins im Haus, die Liserl. Und die ist sogar BDM-Führerin, das ist der beste Schutz.«

»Der Krieg ist aus«, sagte Nina hartnäckig, es klang wie eine Beschwörung, »er ist aus, ich weiß es.«

Die anderen schwiegen, tranken ihre Tassen leer, rauchten, blickten in den blauen Sommerhimmel hinauf. Es war so friedlich hier im Garten des Waldschlössls. Durch eine Lücke im Buschwerk sah man die Kühe grasen, und vom Hinterhof her kam das Gegacker der Hühner. Am Tor lehnten der Nazi und die Leni und alberten miteinander, und draußen auf der autoleeren Straße spielte Liserl mit ihren Freunden Ball über die Schnur. Sie hatten die Schnur wirklich quer über die Landstraße gespannt, es war schon früher kaum ein Auto auf dieser Straße gefahren, jetzt kam schon gleich gar keins mehr. Liserl, Elisabeth von Mallwitz, war fast sechzehn, groß, langbeinig, hübsch und sehr selbständig und eigenwillig. Sie war wirklich seit einiger Zeit Führerin bei den Jungmädeln.

»Laßt mich das nur machen«, hatte sie gesagt, »da bestimm' *ich* nämlich, was da geschieht. Das ist fei besser, als wenn irgend so a depperte Nazigeiß daherkommt und den Mädels an unnötigen Schmarrn in die Köpf' setzt.«

Sie machte das auf ihre Weise genial. Am Sonntag führte sie die Elf- und Zwölfjährigen geschlossen in die Kirche, worüber sich das ganze Dorf amüsierte. Der Ortsgruppenleiter war mit einem Protest im Waldschlössl vorstellig geworden, aber Joseph von Mallwitz hatte schlitzohrig gesagt: »Mei, was wolln'S denn? Ich kann doch meiner Tochter nicht in ihr Amt dreinreden. Das will der Führer gewiß nicht, daß man die Jugend beeinflußt. Die jungen Leut' machen das schon recht. Und meine Tochter, wissen'S , die ist gescheiter als ich. Sie ist die Beste in ihrer Klasse. Fragen Sie mal nach bei ihren Mädeln, was die alles wissen. Da könnten Sie und ich fei noch was lernen, über Geschichte und Heimatkunde und die einschlägige Literatur. Haben Sie den Mythos des 20. Jahrhunderts gelesen? Sehngs! I aa net. Hab' ich gar ka Zeit dazu. Aber meine Tochter und die Mädels, die lesen das. Und die Winterhilfe, vergessen Sie nicht. Die Mädels haben das Meiste gesammelt im ganzen Landkreis, hören'S Ihnen mal um. Meine Tochter meint, man muß wissen, was in der Kirch geredet wird, drum muß man auch hingehn.«

An diesem Nachmittag warfen sie draußen auf der Straße den Ball über die Schnur, fünf Mädel, fünf Buben, ein paar aus Liserls Schule, die andern aus dem Dorf. Liserl war die schnellste und gewandteste, sie erwischte jeden Ball, noch in der abwegigsten Position. Sprang hoch, wie von einer Feder geschnellt, griff ihn in der Luft und warf ihn kräftig der Gegenseite zu.

Victorias Söhne waren nicht im Haus. Ludwig von Mallwitz war nun doch eingezogen worden und tat derzeit Dienst als Unterarzt in einem Feldlazarett in der Gegend von Troyes. Albrecht von Mallwitz hatte den Arbeitsdienst hinter sich und hatte sich zu Victorias Entsetzen zur Ausbildung bei der Luftwaffe gemeldet.

»Wenn ich schon Soldat sein muß, will ich fliegen«, hatte er gesagt. »Flieger wollte ich sowieso werden. Da lern' ich das gleich bei der Gelegenheit.«

Auch wo Stephan sich aufhielt, wußte Nina. Er hatte den Frankreichfeldzug mitgemacht, war unverletzt geblieben und befand sich in Paris.

Der Benno hat gut auf mich aufgepaßt, hatte er in seinem letzten Brief geschrieben. Der ist überhaupt der beste Soldat, den man sich vorstellen kann, der weiß schon vorher, wo es hinschießt, und dann nimmt er mich am Kragen und bringt mich auf Nummer Sicher.

Nun ist der Krieg ja bald aus, das hatte er auch geschrieben, und dann komme ich nach München und studiere. Ich freue mich schon darauf. Ich möchte Kunsthistoriker werden, wie Silvester.

Nina hörte nicht auf das, was sie redeten. Sie wollte es nicht mehr hören, es war sowieso Unsinn.

Sie legte den Kopf in den Nacken und blickte in den friedlichen blauen Sommerhimmel. Alles Unsinn. Der Krieg war vorbei. Und Stephan hatte ihn überlebt.

Vicky war in Berlin und drehte ihren neuen Film, nun schon der dritte. Diese schöne und berühmte Tochter, die auch noch eine Menge Geld verdiente.

Maria in Baden ging es gut – sie ist wirklich süß, hatte Vicky geschrieben – und ganz demnächst, das hatte Nina sich vorgenommen, würde sie das Kind besuchen. Es war doch eine Schande, daß das Kind ganz ohne ihre Familie aufwuchs.

Silvester war hier, saß neben ihr, keiner hatte ihm etwas getan, sie hatten den Krieg ganz ohne ihn gewonnen. In einem verstohlenen Winkel ihres Herzens hegte Nina an diesem Nachmittag freundliche Gefühle für Adolf Hitler. Sie taten ihm alle Unrecht, wie sie hier beieinander saßen. So ein Unhold war er gar nicht, er hatte wunderschön gesiegt, und, nun den Mund voller Sieg und Lob und Jubel, würde er einen vernünftigen Frieden machen.

»Er kann gar nicht anders«, murmelte sie vor sich hin.

»Was sagt du?« fragte Silvester und beugte sich zu ihr.

»Ach, nichts weiter«, sie drückte ihre Schulter gegen seine. Sie war glücklich.

Frieden würde sein in der Welt. Sie fühlte es ganz genau.

Ihr Gefühl hatte sie getrogen. Der Krieg war nicht zu Ende, er fing erst an. Damit hatte der Professor recht gehabt. Immer mehr Schauplätze bekam dieser merkwürdige Krieg, er dehnte sich nach allen Seiten aus, ob man wollte oder nicht.

Ob Hitler wollte oder nicht. Zunächst war der Achsenpartner daran schuld, der Duce in Italien, Benito Mussolini, um dessen Anerkennung und Freundschaft Hitler einst gebuhlt hatte, auf den er heute liebend gern verzichtet hätte.

Nachdem der Sieg in Frankreich feststand, hatte der Duce ganz schnell noch in letzter Minute den Franzosen den Krieg erklärt, um auch zu den Siegern zu gehören und von der Beute etwas abzubekommen. Und dann wollte er den deutschen Bundesgenossen zeigen, daß er auch zu siegen verstand. Er versuchte es in Ägypten, er versuchte es in Griechenland, er versuchte es in Jugoslawien, in jedem Fall vergebens, und in jedem Fall mußten ihm die Deutschen nachmarschieren, um ihn rauszuhauen. Auf diese Weise bekam der Krieg eine gewaltige räumliche Ausdehnung. Hitlers Bestreben, den Balkan auf jeden Fall herauszuhalten, war durch Mussolinis Ungeschick vereitelt worden. Und dann kämpften auf einmal deutsche Truppen in Nordafrika gegen die Engländer, was in Deutschland kein Mensch begriff. Was in aller Welt hatte man denn in Afrika verloren? Die afrikanische Wüste war bisher

707

in Hitlers lautesten Tönen nicht vorgekommen. Aber wie auch immer, auch hier siegten die Deutschen, das Afrikakorps, eine Handvoll tapferer Männer, nicht ausgebildet für diese Art von Krieg, sorgte eine Weile für neue Siegesfanfaren.

Aber dennoch beschlich jeden denkenden Menschen ein heimliches Grausen, wenn er sich die Landkarte ansah.

Wie hatte Professor Guntram gesagt?

Wo sollen wir die Menschen hernehmen?

Im Norden und im Süden, im Westen und im Osten, überall kämpften, siegten, standen die Deutschen. So viele Deutsche konnte es gar nicht geben, um all diese fernen Plätze zu halten, zu behalten, zu behaupten, zu beschützen, zu verteidigen, zu ernähren und schließlich und endlich – zu befrieden.

Doch halt – im Osten kämpften sie nicht. Im Osten gab es keinen Krieg. Da würde es auch keinen geben. Denn da gab es keinen Feind, nur einen Freund. Einen Verbündeten: das große mächtige russische Reich. Die Sowjetunion.

Im Osten fand kein Krieg statt. Die beiden großen Mächte, die stärksten Europas, hatten sich geeinigt, sie würden Europa unter sich aufteilen. Friedlich und freundlich würden sie darüber verhandeln, denn sie waren Freunde, waren Bündnispartner das Großdeutsche Reich und die Sowjetunion.

Doch Hitler wollte nicht teilen.

Am 22. Juni 1941 marschierten deutsche Truppen in Rußland ein. Ein neuer Feldzug, ein neuer Blitzkrieg und wieder, wieder die strahlenden Fanfaren des Sieges.

Fast zwei Jahre währte der Krieg schon, aber nun begann er erst wirklich. Ein halbes Jahr später, im Dezember, erklärte Hitler den Vereinigten Staaten von Amerika den Krieg. Dazu zwang ihn der Dreimächtepakt, das Verteidigungsbündnis, das Deutschland, Italien und Japan einte, denn Japan hatte Amerika angegriffen und befand sich mit der Weltmacht im Krieg. Dazu zwangen Hitler aber auch die ungeheuren Lieferungen, die von Amerika nach England über das Meer kamen und denen die schwache deutsche Kriegsflotte nicht Einhalt gebieten konnte.

Wie arm, wie verlassen war Deutschland inmitten der feindlichen Welt. Ein winziges Land, ein kleines Volk, verdammt zum Untergang. Durch eigene Schuld.

Durch eigene Schuld?

Heil, mein Führer!

Führer, befiehl, wir folgen dir!

Wußten sie, was sie versprachen, was sie beschworen, was sie bejubelten? Die Törichten, die Verführten, die Gläubigen, die Widerwilligen, die Feindseligen – sie gehörten nun alle zusammen. Sie waren gleich geworden. Sie waren nur noch Verlorene.

Von beiden Seiten brandeten gleich gewaltigen Flutwellen die Kraft und die Macht der wirklich Starken über sie her: die Flutwelle von Menschen aus dem Osten, die Flutwelle von Material aus dem Westen.

Die Verlorenen
1942-45

»Ich«, sagte Victoria Jonkalla, »danke Ihnen für Ihr Verständnis.« Es klang müde. Sie stand, einen Ellenbogen auf die Theke gestützt, scheinbar lässig an die Bar gelehnt. Der lange Rock ihres Abendkleides verbarg das Zittern ihrer Knie, das Lächeln lag wie eine gefrorene Maske auf ihrem Gesicht.

Der Mann, der eine Armlänge entfernt von ihr stand, sah, wie steif ihre Lippen waren und wie abwesend ihr Blick. Am Haaransatz über dem linken Ohr befand sich noch ein Rest Schmirke.

»Es war rücksichtslos, Sie einfach hierherzubringen, ohne Ihre Erlaubnis zu erbitten. Vielleicht wären Sie lieber allein gewesen. Verzeihen Sie mir!«

Sie gab keine Antwort, sah ihn nicht an. Er legte behutsam seine Finger auf ihre Hand. Die Hand war eiskalt, zur Faust geballt, was ihre lockere Haltung Lügen strafte.

»Wie schön Sie sind!«

Victoria hielt den Blick gesenkt, ihre Lippen begannen zu beben. Es kostete sie unendlich viel Mühe, sich zu beherrschen. Wer war dieser fremde Mensch? Sie wäre gern allein gewesen und sie hätte gern geweint.

»Entspannen Sie sich, gnädige Frau«, sagte er leise. »Ich kann mir vorstellen, wie schwierig es ist, ohne Probe in eine routiniert laufende Inszenierung einzusteigen.«

»Ich hatte eine kurze Stellprobe.«

»Darf ich Ihnen noch ein Glas Champagner geben?«

»Gern.«

Das erste Glas hatte sie fast in einem Zug geleert, ohne Blick oder Geste zu ihrem Gastgeber, dann hatte sie es fahrig zurückgestellt, nur sein rascher Zugriff bewahrte es vor dem Hinunterfallen.

»Wollen Sie sich nicht setzen?« Er wies mit einer Handbewegung zum Kamin hinüber, vor dem sich die meisten Gäste niedergelassen hatten.

Ein Sessel war frei geblieben, wohl für sie bestimmt. Der Tenor, der den Tamino gesungen hatte, führte das große Wort. Für die Partnerin dieses Abends hatte er keinen Blick mehr gehabt, seit sie die Bühne verlassen hatten.

»Ich möchte gern noch hier stehenbleiben. Einen Moment noch.« Es klang bittend, fast flehend. Gleichzeitig spürte sie die Wärme und die Hilfe, die von seiner Hand ausgingen, die noch immer die ihre umschloß. Ihre Finger lockerten sich, sie bog die Schultern zurück und seufzte.

Er ließ ihre Hand los und sagte: »Sie können in diesem Haus tun, was Sie wollen. Betrachten Sie es als das Ihre.« Mit einer Kopfbewegung rief er den Diener herbei, nahm ein Glas vom Tablett und reichte es ihr. »Wenn Sie heute abend niemand mehr sehen wollen, steht Ihnen ein Zimmer zur Verfügung, in dem Sie allein speisen können.«

Sie lächelte. »Das wäre ziemlich töricht, nicht wahr? Nein, danke, es geht mir schon besser. Ich weiß auch nicht, aber ich fühlte mich den ganzen Abend lang etwas benommen.« Sie hob die Hand an die Kehle. »Ich fürchte, eine Erkältung ist im Anzug. Ich war leider etwas indisponiert heute abend.« Nun hatte sie gelogen, aber das konnte niemand außer ihr wissen.

»Sie haben wunderbar gesungen. Wenn ich Sie auf der Bühne sehe, weiß ich nie, was ich mehr bewundern soll, Ihre Schönheit oder Ihre Stimme.«

Jetzt war es ihm endlich gelungen, sie zum Leben zu erwecken. Sie hob langsam die Lider. Es war das erste Mal, daß sie ihn aus der Nähe sah, daß er eine wirkliche Person wurde, ein Mensch, ein Mann, nicht nur ein schemenhaftes Gesicht unten im Publikum. Aufgefallen war er ihr einige Male in Görlitz. Er saß immer in der ersten Reihe, seitlich. Das Licht von der Bühne beleuchtete sein Gesicht, und das Gesicht war so bemerkenswert, daß man es wiedererkannte.

»Dein Verehrer ist wieder da«, hatte ihr Partner gesagt, es war bei der Premiere der Martha, die sie in Görlitz gesungen hatte. »Und du weißt wirklich nicht, wer er ist?« hatte sie damals gefragt, langsam von Neugier geplagt, wer dieser Fremde sein mochte, der in unregelmäßigen Abständen ins Theater kam, nur wenn sie sang, aber durchaus nicht immer, wenn sie sang. Manchmal in dichter Folge, manchmal wochenlang nicht.

Zuerst hatte man *sie* gefragt, wer er sei. Keiner der Kollegen kannte ihn. Sie hatte die Schulter gehoben. »Keine Ahnung.« Sie war zu stolz, um Nachforschungen anzustellen, wer dieser Mann mit dem markanten Kopf war. Irgendwann würde sie es erfahren, irgendwann würde sie ihm begegnen.

Daß sie ihm hier in Dresden begegnete, war eine Überraschung, die ihr jetzt erst richtig zu Bewußtsein kam. Immer noch hatte sie keine Ahnung, wer er war, wie er hieß. Nur daß sie sich hier in seinem Haus befand, in einem Haus von nie gesehenem Luxus, war ihr inzwischen klargeworden. Sicher hatte jemand seinen Namen genannt, als sie das Haus betraten. Aber sie war wie erstarrt gewesen, bewegte sich wie eine Marionette, man nahm ihr den Pelz ab, sie ordnete vor dem Spiegel ihr Haar, und dann küßte jemand ihre Hand. Das mußte dieser Mann gewesen sein. Sie hatte ihn gar nicht angesehen.

Die anderen waren plaudernd, lachend an ihr vorbei in diesen Raum gegangen, sie schienen hier gut bekannt zu sein, kamen wohl öfter in das Haus. Es waren die meisten der Sänger, mit denen sie heute abend auf der Bühne gestanden hatte, es war der Dirigent des Abends, einige Damen waren dabei, wohl ihre Frauen, und dann noch einige andere Leute, von denen sie nicht wußte, wer sie waren, so wenig, wie sie es von ihrem Gastgeber wußte. Sie war am Nachmittag erst in Dresden angekommen, sie war vormittags in Berlin noch beim Arzt gewesen, dann bei Marietta. »Ich kann heute abend nicht singen. Unmöglich.« Sie hatte Pillen geschluckt, die Wundermischung von Touchwood, Annas Kräutertee. Sie befand sich am Rande der Hysterie.

»Nimm dich zusammen«, hatte Marietta gesagt. »Du übertreibst. Die Stimme ist in Ordnung. Wozu hast du deine Technik? Es ist die Chance deines Lebens. Wenn man dich in Dresden engagiert, bist du ganz oben. Deine verdammte Filmerei hat dich total verdorben. Du bist zu jung, mein Kind, um dir Nervenkrisen leisten zu können. Verdammt nochmal, hörst du mir überhaupt zu?«

Sie hatte im Zug gesessen wie in Trance, sie war in Dresden kurz ins Hotel gegangen, dann in die Oper, die Probe, ein Gespräch mit dem Regisseur, kurz vor der Vorstellung ein paar karge Worte vom Dirigenten.

710

Sie war auch auf die Bühne gegangen wie in Trance, sie hatte das Gefühl, schlecht geschminkt zu sein, das Kleid saß nicht, und die Stimme war eine Katastrophe. Bei dem Duett mit Papageno drohte sie das erste Mal wegzukippen, und von da an hatte sie nur noch vor der g-moll-Arie gezittert. Sie würde die Arie an diesem Abend nie singen können. Nicht diese Arie. Die nicht.

Jetzt war sie hier, es war vorbei, und irgendwie hatte sie die Arie gesungen. Sie lächelte und hob ihrem Gastgeber diesmal leicht das Glas entgegen.

»Ich kenne Sie. Ich habe Sie schon öfter von der Bühne aus gesehen. Und ich nehme an, diese herrlichen Blumenarrangements, die immer ohne Karte kamen, waren von Ihnen?«

»Sie werden viele Blumen bekommen haben.«

»Na ja, sicher. Aber es hielt sich in Grenzen. Jedenfalls war das, was ich jetzt rückwirkend als Ihre Blumen betrachte, außer Konkurrenz.«

Sie hatte sich gefangen, sie konnte plaudern, und sie empfand nun auch wie einen magnetischen Strom die Suggestion, die von diesem Mann ausging.

Sie leerte auch das zweite Glas sehr rasch, ihre Haltung war nun wirklich locker, ihre Finger glitten durch das honigfarbene Haar, das lang und lockig bis auf ihre Schultern fiel. Eine bewußte Geste, für den Mann bestimmt. Sie war wieder sie selbst. Zum Teufel mit Dresden! Wenn man sie nicht engagierte, machte es auch nichts. Sie konnte soviele Filme machen, wie sie wollte, soviel Geld verdienen, wie sie wollte, sie war berühmt. Sie wandte sich dem Raum zu und blickte sich um.

Der Raum war riesig, kein Zimmer, eine Halle. Er wirkte wie eine Bühne mit einer überschwenglichen Dekoration. Er war rechteckig, an der einen Schmalseite befand sich die Tür, durch die sie eingetreten waren, gegenüber bedeckte ein Gobelin, der im Kerzenlicht seltsam lebendig wirkte, die ganze Wandfläche. Die Bar, an der sie lehnten, nahm ein Drittel der Breitseite des Raums ein, daran anschließend stand ein Bechsteinflügel auf einem Podest, dann folgte eine Sesselgruppe, die im Rund stand, bei einem Konzert vermutlich dem Flügel zugewandt aufgereiht wurde. Dort saßen zwei der Gäste in ein eifriges Gespräch vertieft, Victoria erkannte den Dirigenten des Abends und einen älteren Mann mit einem fleischigen geröteten Gesicht.

Die andere Breitseite des Raums wurde von dem Kamin in der Mitte beherrscht, vor dem die anderen Gäste saßen. Rechts und links davon befand sich je eine geöffnete Flügeltür, die eine gab den Blick auf Bücherwände im Halbdunkel frei, wohl eine Bibliothek, durch die andere Tür erblickte man eine gedeckte Tafel, an der sich der Diener und ein Mädchen in schwarzem Kleid und weißem Schürzchen zu schaffen machten.

Victorias Staunen wuchs mit jedem weiteren Blick. Wo befand sie sich hier eigentlich? Es schien ein Märchenschloß zu sein. Ein Wirklichkeit gewordener Film. Aber weder in Babelsberg noch auf der Bühne hatte sie je eine derart fantastische Dekoration gesehen. Ihr letzter Rundblick galt dem Boden. Er war von riesigen Teppichen bedeckt, Teppichen, die übereinander zu liegen schienen, Teppichen von leuchtenden Farben und unwahrscheinlichen Mustern.

Der Mann hatte schweigend ihre Blicke verfolgt.

»Dieser hier stammt aus Samarkand«, sagte er und wies auf den Teppich direkt vor ihren Füßen. »Die Experten streiten sich darüber, wie alt er ist. Mir ist das ziemlich egal, ob man sein Alter auf hundert oder dreihundert Jahre

schätzt. Mir ist er von allen der liebste. Sehen Sie diese seltsamen Blüten? Sieht aus, wie aus einem Zauberwald, nicht wahr?«
»Ein schönes Stück«, sagte Victoria gelassen. »Ich komme mir überhaupt vor wie in einem Zauberschloß. Ist es Ihr Haus, in dem wir uns befinden?«
»Es ist mein Haus.«
»Ein bemerkenswertes Haus. Ich habe ähnliches noch nicht gesehen. Wäre es sehr unhöflich, wenn ich Sie frage, wer Sie sind?«
»Mein Name ist Cunningham. Das klingt englisch, aber das darf Sie nicht täuschen. Ich bin Deutscher. Mein Urgroßvater war der Sohn eines englischen Lords und kam eines Tages nach Dresden, um einen Besuch bei Friedrich August I., dem damaligen sächsischen König, zu machen. Es ist nicht überliefert, warum er nach Dresden kam. Ob er eine Mission bei Hof zu erfüllen hatte oder ob er nur kam, um diese prachtvolle Stadt zu besichtigen, die ihresgleichen in Europa nicht hat. Gleichviel, er verliebte sich in Dresden und sodann in eine Hofdame der Königin. Möglicherweise war die Reihenfolge auch umgekehrt, jedenfalls blieb er hier, heiratete die Dame, bekam drei Söhne und vier Töchter und wurde ein reicher Mann. Seitdem gehören die Cunninghams zu dieser Stadt.«
»Ich war noch nie in England. Und wenn ich es mir genau überlege, kenne ich auch keinen Engländer. Aber Sie sehen so aus, wie ich mir einen vorstelle. Auch wenn Sie Deutscher sind.«
»Wir befinden uns mit England im Krieg. Hoffentlich hat Ihre Beobachtung keinen negativen Effekt.«
»Ich führe mit niemandem Krieg«, sagte Victoria lächelnd. »Und ich wüßte nicht, was ich gegen Engländer haben sollte.«
Cunningham war groß, schlank, seine Haltung ein wenig vornüber geneigt, was aber an der Gesprächssituation liegen mochte, denn er neigte sich ihr zu, ohne sie wieder berührt zu haben, seit er ihre Hand losgelassen hatte. Sein Gesicht war schmal und scharf geschnitten, er wirkte herrisch, aber in seinen braunen Augen standen Wärme und Güte. Sein Haar, eisgrau, fast weiß, lag wie eine Kappe um seinen Kopf. Er mochte Mitte vierzig sein, vielleicht auch älter. Es ließ sich schwer schätzen.
Victoria überkam auf einmal ein großes Gefühl der Erleichterung. Den ganzen Tag lang, noch mehr am Abend, hatte sie das Gefühl gehabt sich einer feindlichen Umwelt gegenüber zu sehen. Dieser Mann bot Schutz gegen die Bosheit der Welt.
»Es ist bestimmt ungewöhnlich, zu Gast in einem Haus zu sein und den Gastgeber nicht zu kennen. Ich hoffe, Sie werden mir das verzeihen.«
»Ich habe Ihnen nichts zu verzeihen. Und woher sollten Sie wissen, wie ich heiße. Sie sind mit meinem Wagen abgeholt worden, Sie sind in ein fremdes Haus gekommen . . .«
Sie hörte nicht mehr zu, eine Melodie ging flüchtig durch ihren Kopf – ›war ein Haus da und die Leut' schicken mich hinein‹. Einmal hatte Marietta mit ihr die Sophie geprobt, aber dann abgebrochen.
»Keine Partie für dich«, hatte sie gesagt.
»Warum nicht?« hatte Victoria gefragt, die nichts auf Erden lieber singen wollte als den ›Rosenkavalier‹.
»Deine Stimme ist nicht locker genug für die Sophie. Später kannst du vielleicht mal die Marschallin singen. Wenn du sehr, sehr an dir arbeitest.«

Die Verzweiflung stieg noch einmal wie eine schwarze Woge in ihr hoch. Ich werde bald überhaupt nicht mehr singen, wenn das so weitergeht. Ein bißchen Operette und Filmlieder, dafür wird es reichen. Ach, ich wünschte, ich wäre tot!

Er mußte etwas gefragt haben, sie hatte es überhört.

Sie schenkte sich eine Rückfrage, es war Zeit, dieses Gespräch abzubrechen. Sie hatte nur den Wunsch, der Abend möge zu Ende gehen, sie wollte ins Hotel, in ihr Bett, sie wollte endlich allein sein.

»Wäre es nicht an der Zeit, daß ich die Gastgeberin auch kennenlerne?« fragte sie kühl.

»Es gibt keine. Sie müssen mit mir allein vorliebnehmen.«

Das hatte sie gewußt. Keine Ehefrau würde einen Mann wie diesen so lange ungestört mit einer anderen Frau sprechen lassen. Sie gab keinen Kommentar, stellte eine zweite Frage.

»Sie waren in der Vorstellung?«

»Selbstverständlich. Wenn ich extra nach Görlitz gefahren bin, um Sie so oft wie möglich zu sehen, werde ich doch nicht Ihren ersten Auftritt in Dresden versäumen.«

Sie registrierte, daß er gesagt hatte: zu sehen. Bei einer Sängerin wäre es näherliegend zu sagen: Sie zu hören.

Sie war versucht, eine weitere Frage folgen zu lassen, nämlich die Frage: »War ich sehr miserabel?«

Aber erstens wußte sie die Antwort darauf, und zweitens gab es keinen Menschen auf der Welt, dem sie diese Frage gestellt hätte. Möglicherweise Marietta. Aber da hätte sie sich die Frage sparen können, Marietta hätte es ihr ohnedies gesagt.

»Wie ich gehört habe, werden Sie das nächste Mal als Micaela gastieren?«

»Vielleicht. Im nächsten Monat, ich weiß es noch nicht.«

Das war wieder gelogen. Sie wußte genau daß die Micaela in drei Wochen geplant war. Das zweite Gastspiel auf Engagement. Die Micaela war leichter als die Pamina, aber vermutlich würde man nach der heutigen Darbietung auf eine weitere Präsentation verzichten. Sicher war nur eins, wenn sie sich in derselben Verfassung befand wie heute, würde sie absagen.

Es waren alles berühmte Leute, mit denen sie heute auf der Bühne gestanden hatte, Namen von Weltruf. Es war ein neues Erlebnis für sie, daß sie das eingeschüchtert hatte. So eingeschüchtert, wie es nicht im entferntesten zu ihr paßte. Sie waren hilfreich gewesen solange die Vorstellung lief, hatten sie eingewiesen in die unbekannte Inszenierung. Danach hatte keiner ein freundliches Wort zu ihr gesagt.

Seit Wochen kämpfte sie wieder mit der Heiserkeit. Und das bevorstehende Gastspiel hatte psychisch eine verheerende Wirkung auf die Stimme gehabt. Erst auf ihre Nerven, dann auf die Stimme. Dabei war die Tournee mit dem Liederabend, die sie im November und Dezember absolviert hatte, erfolgreich gewesen. Erst am Ende, besonders am letzten Abend in Lübeck, war sie heiser gewesen. Und danach in steigendem Maße. Vier Wochen hatte sie geschwiegen. Dann der Arzt, dann Marietta.

»Ich sag' ab.«

»Kind, was ist bloß mit dir los? Du übertreibst. Du machst dich verrückt. Wenn du so weitermachst, wirst du nicht mehr singen können.« So Marietta.

»Ich hab' Ihnen schon vor Jahren gesagt, das wichtigste, was ein Sänger braucht, sind gute Nerven. Am besten gar keine«, so der Arzt. »Die Stimmbänder sind klar. Sie haben nichts zu befürchten.«
Aber sie fürchtete sich. Sie war nicht mehr sie selbst. Eine andere Victoria, eine, die sie nicht kannte, gewann die Oberhand. Sie haßte diese andere.
Es war keine Basis für eine Künstlerin, sich selbst zu hassen. Sie mußte sich selbst lieben. Sich selbst über alles andere stellen, nur so war es möglich, Leistung zu erbringen.
Marietta hatte recht, sie hätte das mit dem Film nicht anfangen sollen. Der leichte Ruhm verdarb sie für die schweren Aufgaben. Wenn Dresden sie nicht engagierte, hatte sie für die nächste Spielzeit kein Engagement. Aber das war ihr gleichgültig. Sie wollte kein Engagement, sie wollte Ruhe. Allein sein. Sie wollte gar nichts mehr.
»Wenn Sie sich ein wenig erholt haben, gnädige Frau, würde ich Sie gern zu Tisch bitten.«
»Erholt? Ich hatte keine Erholung nötig«, erwiderte sie hochmütig. »So anstrengend ist die Pamina nicht. Und ich habe großen Hunger.«
Die anderen hatten offenbar nur auf sie gewartet. Alles erhob sich, als Cunningham mit ihr auf den Kamin zukam, Tamino schenkte ihr auch jetzt keinen Blick, aber der Sänger des Papageno schob seinen Arm unter ihren.
»Sie haben sich wacker gehalten, Frau Jonkalla«, sagte er freundlich. »Meine Frau sagt, sie hat das Duett selten so gut gehört wie von uns beiden.« Er griff nach einer kleinen blonden Frau, die mit zwei reizenden Grübchen zu Victoria hinauflächelte. »Elly, meine Frau. Sie findet mich eigentlich immer großartig.«
»Na, ist er doch oooch«, sagte die Blonde. Sie sächselte ein wenig, es klang lieb. »Aber ich fand Sie ganz wunderbar, Frau Jonkalla. Und so scheen ham Sie ausgesehn. Ich guck mir alle Ihre Filme an. Nich, Liebchen, ich sach immer, Victoria is prima.«
Sie waren zwölf Leute um den Tisch, Victoria saß zur Rechten des Gastgebers. Es gab zwei Gabeln voll Geflügelsalat, eine Tasse kräftige Brühe mit Eierstich, Fasanenbrüstchen auf Weinkraut, danach ein warmes auflaufartiges Dessert. Dazu französische Weine, erst einen weißen Burgunder, dann roten Bordeaux. Der Diener und das Mädchen servierten perfekt.
Man befand sich im Februar 1942. Doch in diesem Haus merkte man nichts vom Krieg, vergaß man den Krieg. Auch wenn der Krieg inzwischen fürchterliche Wirklichkeit geworden war. Die Katastrophe, die sich im Herbst und Winter in Rußland abgespielt hatte, konnte nicht einmal von der geschulten nationalsozialistischen Propaganda vertuscht werden. Die zurückgekehrt waren, verwundet und verstümmelt, mit erfrorenen Gliedmaßen, konnten davon erzählen, wie grauenvoll die Soldaten gelitten hatten und gestorben waren. Sie hatten Moskau nicht erreicht; diesmal war der stürmische Vormarsch steckengeblieben, erst im Schlamm, dann im Schnee. 20 Grad Kälte, 30 Grad, bis zu 50 Grad war das Thermometer gefallen, darauf waren die Eroberer nicht vorbereitet, dafür waren sie nicht ausgerüstet. Die Motoren streikten und versagten, die Pferde verhungerten, erfroren und verreckten, der Nachschub fehlte; vom Baltischen Meer bis zum Schwarzen Meer standen die Deutschen, versuchten verzweifelt zu halten, was nicht zu halten war.

Napoleons Schatten schien sich gespenstisch über der weißen Ebene Rußlands zu erheben.

Zu spät! Man hätte früher an ihn denken sollen. Diese Weite war nicht zu erobern und nicht zu besiegen, nicht von Menschen. Napoleon allerdings hatte den Rückzug befohlen. Hitler erlaubte ihn nicht. Er erlaubte nicht einmal, die Front zu begradigen, winterfeste Stellungen auszubauen, den Frühling abzuwarten. Gleich, gleich sollte es vorwärts gehen, die Siege durften nicht abreißen, es mußte geschehen, was er wollte.

Er berief verdiente Generale ab, war keinem Argument, mochte es noch so vernünftig sein, zugänglich, übernahm schließlich selbst den Oberbefehl, aber er befahl aus der Ferne, die Front selbst besuchte er nicht.

Die ganze Welt wußte nach dem Winter 41/42, daß die Wende des Krieges gekommen war. Der Untergang Hitlers und mit ihm der Untergang des deutschen Volkes waren nur noch eine Frage der Zeit. Und je länger diese Zeit währen würde, um so mehr Menschen würden sterben müssen.

An diesem Tisch im Hause Cunningham sprach man davon nicht. Die Künstler lebten in einer Schutzzone, die alle Not, alle Unbill von ihnen fernhielt, jedenfalls zu dieser Zeit noch. Die Künstler wurden verwöhnt und bevorzugt behandelt, sie bekamen alles, was sie wünschten, denn das Regime wußte, wie wichtig sie waren. Sie allein konnten es fertigbringen, das Volk an eine bessere und schönere Welt glauben zu machen, es hinwegzutäuschen über die hoffnungslose Wirklichkeit. Die Ausstattung von Opern, Operetten und Revuen war so prächtig wie nie zuvor, von einer kriegsbedingten Sparsamkeit war nichts zu bemerken. In den Ateliers drehte man Film auf Film. Das Angebot an Konzerten in allen größeren Städten war immens. Der Rundfunk, der deutsche Reichssender bot ein vielseitiges Programm, und in Berlin erprobte man bereits die ersten Fernsehsendungen. Wer in diesen künstlerischen Berufen Beschäftigung fand, brauchte unter den Einschränkungen des Krieges, die nun mehr und mehr wirksam wurden, nicht zu leiden, es drohte keine Einberufung und keine Dienstverpflichtung. Noch nicht.

Victoria hatte immerhin in Berlin schon nächtliche Luftangriffe erlebt. Nach dem ersten Schreck gewöhnte man sich daran, es passierte nicht allzuviel. Sie stand bei Alarm meist nicht einmal mehr auf, um in den Keller zu gehen. Zwar klopfte Gerda Runge aufgeregt an ihre Tür: »Victoria, Alarm! Komm mit in den Keller!« Sie hielt ihr Baby im Arm und war jedesmal ganz außer sich vor Angst.

Einige Male war Victoria in den großen Luftschutzkeller des Hauses mitgegangen, doch es war ihr lästig, dort angestarrt und angesprochen zu werden. Victoria Jonkalla, die Filmschauspielerin. Einmal bat man sie sogar um ein Autogramm.

Ungeschminkt, in einen Morgenrock gehüllt, kam sie sich nackt und bloß vor. Darum hatte sie in letzter Zeit meist bei Peter genächtigt, der das Bett nicht verließ, wenn die Sirenen heulten.

»Alles halb so wild. Berlin ist groß. Es muß schon des Himmels Wille sein, wenn ausgerechnet unser Haus getroffen wird.«

In den letzten drei Wochen war er nicht dagewesen, er hatte Außenaufnahmen für einen Winterfilm in Österreich. Allerdings hatte er sich geweigert, Skilaufen zu lernen, die Sportszenen mußten gedoubelt werden.

715

»Ich bin ein total unsportlicher Mensch«, hatte er gesagt. »Das einzige, was ich eventuell tue, ich setze mich auf ein braves Roß, wenn es sein muß.«
Victoria blieb während dieser Zeit in seiner Wohnung. Gerda Runge mit ihrem Muttertick ging ihr auf die Nerven. Immerzu kam sie an, um zu berichten, was das Baby gepiept, geziept oder sonst von sich gegeben hatte, wie seine Verdauung und sein Appetit gewesen seien, Victoria sollte kommen und sich das Bübchen ansehen.
»Nein, das mußt du gesehen haben! Ist er nicht süß?«
In Peters Wohnung war sie allein, hatte ihre Ruhe, brauchte vor allen Dingen nicht zu sprechen. Sie konnte schweigen, sie mußte schweigen, um der Stimme willen.
Bärchen war nicht mehr da. Man hatte sie im Dezember verhaftet, Peter wußte nicht warum, wußte auch nichts über ihren Verbleib. Auf seine Anfrage hatte man ihn ziemlich unfreundlich abgewiesen und die drohende Bemerkung hinzugefügt, wie sehr man sich wundere, daß er, ein verdienter Künstler des deutschen Volkes, eine gefährliche Kommunistin in seinem Haushalt beschäftigt habe. Davon habe er nichts gewußt, hatte Peter ungerührt erwidert, Frau Bär habe seine Wohnung aufgeräumt und seine Wäsche in Ordnung gehalten, Gespräche habe er mit ihr nicht geführt.
»Hoffentlich hält sie wenigstens jetzt die Klappe«, sagte er zu Victoria. »Sonst geht es ihr nämlich wirklich an den Kragen. Das wäre ein Verlust für mich und ein Verlust für die Menschheit.«
Er sollte Bärchen nie wiedersehen, sie starb im KZ.
Jetzt kam eine ältere mürrische Frau in die Wohnung, die wortlos aufräumte, das Geschirr abwusch, vom Kochen nichts verstand.
»Dieser Scheißkrieg!« sagte Peter. »Er kann einem das ganze Leben vermiesen.«
In Dresden allerdings wußten sie offenbar so gut wie nichts vom Krieg, hier war noch keine Bombe gefallen. Hier würde auch keine fallen, wie Victoria an diesem Abend erfuhr. Der Mann mit dem dicken roten Gesicht sagte es während des Essens.
»Man weiß in der Welt, was für ein unersetzliches Juwel diese Stadt ist. Nur ein Barbar könnte Bomben auf Dresden werfen.«
Es war eine unwirkliche Umgebung, in der Victoria sich befand. Selbst sie, die sich um den Krieg so gut wie gar nicht kümmerte, empfand das Illusionäre dieses Hauses und dieser Gesellschaft. In Berlin fürchtete man den Krieg mittlerweile doch, und das sprach man aus.
Victoria begriff, daß der dicke Mann eine wichtige Rolle in der Stadt zu spielen schien, darum lächelte sie liebenswürdig zu seinen Komplimenten. Möglicherweise hatte er bei ihrem Engagement mitzureden.
Doch welche Rolle spielte Cunningham? War er ein hoher Parteifunktionär? War er ein Diplomat? Einfach ein reicher Grandseigneur, der sich seine eigene Welt erschaffen hatte? Ein Künstler am Ende gar?
Er verstand viel von Musik, von der Oper besonders, das erfuhr sie aus dem Gespräch. Außerdem beobachtete sie, daß alle, die anwesend waren, ihn respektierten und mit Sympathie wenn nicht gar mit Zuneigung bedachten.
Tamino sagte im Laufe des Abends: »Was wäre unser Leben ohne Richard Cunningham? Es gibt zwei Orte auf Erden, wo ich glücklich bin: auf der Bühne und hier in Richards Paradies.«

»Und wo bleibe ich?« fragte neckisch seine Frau, eine rundliche Brünette, worauf die anderen pflichtschuldigst lachten.

Es war drei Uhr in der Nacht, als Victoria, die todmüde war, Cunningham bat, sie nun zu entschuldigen. Sie verabschiedete sich von den anderen, die ans Heimgehen nicht zu denken schienen.

»Sie haben seßhafte Gäste«, sagte sie zu Cunningham, der sie hinausbegleitete.

»Daran bin ich gewöhnt. Es steht notfalls für jeden auch ein Zimmer und ein Bett zu Verfügung.«

Vor dem Haus blieb Victoria stehen und versuchte im Dunkeln etwas von der äußeren Fassade zu erspähen.

»Sie werden mich hoffentlich einmal am Tag besuchen«, sagte Richard Cunningham. »Es ist ein schönes, stilechtes Barockpalais. Mein Urgroßvater bewies Geschmack, als er es kaufte.«

Diesmal erschien kein Chauffeur, Richard Cunningham steuerte den Horch selbst. Auch darüber wunderte sich Victoria nicht mehr, natürlich hatte dieser Mann auch jetzt noch einen Wagen. Irgendwann würde sie ja wohl erfahren, worin die Macht dieses Mannes lag. Denn daß sie ihn wiedersehen würde, daran zweifelte sie nicht.

Er sprach während der kurzen Fahrt nicht. Vor dem Hotel Bellevue stieg er aus, ging um den Wagen herum und öffnete ihr den Schlag. Sie war so müde, daß sie beim Aussteigen taumelte. Mit einer schützenden Gebärde legte er den Arm um sie, und einen Augenblick lang lehnte sie sich an ihn.

»Werde ich Sie morgen sehen?«

»Ich fahre morgen nach Berlin zurück.«

»Das ist schade. Ich hätte Ihnen gern die Stadt gezeigt.«

»Vielleicht werde ich wiederkommen.«

»Sie werden bestimmt wiederkommen. Ich habe lange auf Sie gewartet, Victoria. Und so sehr mir die Dresdner Oper am Herzen liegt, so geht es mir in diesem Fall nicht um ihre Belange. Ich möchte, daß Sie zu mir kommen.«

Er sagte es ganz ruhig, ganz gelassen, ganz undramatisch, aber es sprach so viel Sicherheit aus seinen Worten, daß es Victoria noch einmal bestätigte, was sie eigentlich den ganzen Abend schon gewußt hatte: Dieser Mann würde fortan zu ihrem Leben gehören.

Und wieder hatte sie das Gefühl der Geborgenheit, des Schutzes. Das hatte sie noch bei keinem Mann empfunden.

Doch. Flüchtig ging ihr der Gedanke an Cesare durch den Kopf. So anders ihr Verhältnis zu Cesare war, so verschieden Cesare selbst von Cunningham war, es gab eine gewisse Ähnlichkeit zwischen den beiden Männern. Doch sie war zu müde, um länger darüber nachzudenken.

In der Hotelhalle küßte Cunningham ihre Hand, drehte die Hand dann und küßte die Innenfläche.

»Auf Wiedersehen, Victoria. Wir sehen uns bald.«

In ihrem Zimmer trat sie vor den Spiegel, ließ den Pelz herabgleiten, zu Boden fallen, sah die Frau im Spiegel an. Die Frau war blaß. Sie war wie ausgelöscht. Das Kleid aus schwarzer glänzender Seide lag eng um ihre Figur, das Dekolleté war tief und ließ den Ansatz der Brüste sehen.

Wie sie es immer tat, legte sie die Hand um ihre Kehle. Die Kehle schmerzte.

Sie versuchte, einen leisen Ton zu singen, doch es gelang nicht, sie hatte keine Stimme mehr.
Wenn doch irgendein Mensch bei ihr wäre, in dessen Armen sie weinen konnte!
Peter? Nein, er nicht.
Sie dachte an Nina. Warum war Nina nicht bei ihr, warum hatte sie keine Mutter, die sie behütete, die ihr half, die sie tröstete. Den Trost, den sie als Kind nicht gebraucht hatte, jetzt suchte sie ihn.
Wieder dachte sie an Cesare.
Cesare, so klein und schwach und alt geworden in seinem Rollstuhl, nur noch ein Lächeln, ein liebevoller Blick, sonst schien an ihm nichts mehr zu leben.
Angenommen, sie würde das zweite Gastspiel absagen, was jedermann begreifen würde nach dieser erbärmlichen Pamina, und engagieren würde man sie in Dresden ohnedies nicht, dann konnte sie bereits in zwei Tagen bei Cesare und Maria in Baden sei. In der Stille und Friedlichkeit des alten Hauses am Rande des Wienerwaldes. Dort wollte keiner etwas von ihr. Anna würde sie verwöhnen, Cesare ihre Hand streicheln und ihr liebe Worte sagen, und dieses anmutige dunkelhaarige Kind, nach dem sie sich auf einmal sehnte, würde die Arme um ihren Hals legen und zärtlich Mami flüstern.
Sie konnte dort bleiben, so lange sie wollte. Es fielen keine Bomben, es war kein Krieg, sie wurde geliebt, sie konnte sprechen oder schweigen, und wenn sie heiser war, spielte es keine Rolle. Zum Teufel mit der Pamina!
Sie fuhr sich mit beiden Händen ins Haar, hob es hoch, ließ es fallen, schüttelte wild den Kopf.
Ich sprach, daß ich furchtlos mich fühle . . .
Ich werde Ihnen eine Micaela hinlegen, wie sie noch keine Micaela gehört haben. Ich habe drei Wochen, und in diesen drei Wochen werde ich die Stimme auf Hochglanz bringen. Marietta und ich, wir werden das schaffen.
Dann warf sie sich über das Bett und weinte. Endlich.

In derselben Nacht, nur zwei Stunden später, wurde Cesare Barkoscy aus dem Bett geholt, verhaftet und abtransportiert. Den Anton Hofer, der sich wieder schützend vor Cesare stellte, nahmen sie auch gleich mit.
Es ging so schnell, daß Cesare nicht dazu kam, von seiner Pistole Gebrauch zu machen. Es war auch nicht notwendig. Er starb bereits fünf Tage später in dem Waggon eines Zuges, der nach Auschwitz rollte. Anton Hofer, der bei ihm war, drückte ihm die Augen zu, machte das Kreuzeszeichen auf seiner Stirn und sprach ein stummes Gebet, in dem er Gott dankte, daß er den geliebten Herrn erlöst hatte, ehe man ihm weitere Pein zufügen konnte.
Er selbst blieb nicht im Lager. Er wurde zunächst bei Straßenarbeiten eingesetzt und als man von seiner Sanitätervergangenheit erfuhr, zum Dienst in ein Feldlazarett überstellt. Von dort endlich schrieb er an seine Frau, bekam aber keine Antwort, was ihn sehr beunruhigte. Erst vier Monate später, im Juni 1942, kehrte Anna Hofer in das Haus nach Baden zurück. Allein.
Sie war am Tag nach Cesares und Antons Verhaftung Hals über Kopf aus dem Haus geflüchtet, nachdem man auch gegen sie massive Drohungen ausgesprochen hatte. Sie hatte nur den einzigen Gedanken: Maria zu retten.
Sie besaß eine Cousine in der Steiermark, die mit einem Bauern verheiratet

war. Man nahm sie nicht gerade mit offenen Armen auf, man kannte sie kaum, und nachdem Anna ungeschickterweise in ihrer Aufregung erzählt hatte, was geschehen war, legte man ihr unverhohlen nahe, das Haus wieder zu verlassen.

»Damit wollen wir nichts zu tun haben«, sagte die Cousine und fügte hinzu, daß sie sowieso nicht verstehe, wie man bei einem Juden leben und arbeiten könne.

Anna Hofer war in ihrem Leben nie gereist. Und sie hatte immer noch Angst, scheute vor jeder Uniform, hatte das Gefühl, jeder Polizist, jeder Soldat, ja, sogar jeder Bahnbeamte habe es auf sie und das Kind abgesehen.

Sie kam bis nach Graz, dann wußte sie nicht weiter. Sie hatte kaum Gepäck, und sie hatte auch wenig Geld bei sich, und auch die Lebensmittelmarken würden bald zu Ende sein.

In einem kleinen Beisl in Graz kehrte sie ein, es war bitterkalt, und wo sie am Abend schlafen sollten, war auch noch ungeklärt.

An diesem Tag hatte Maria Geburtstag, sie wurde fünf Jahre alt. Anna trieb es die Tränen in die Augen, wenn sie nur daran dachte. So schön hatten sie immer den Geburtstag des Kindes gefeiert, sie hatte einen großen Kuchen gebacken, mit Lichtern darauf, und viele Geschenke wurden darum herum aufgebaut.

Maria war verständlicherweise verstört durch die unvermutete Unruhe, den Ortswechsel, die unfreundlichen Worte, die sie auf dem Bauernhof zu hören bekommen hatte. Aber sie saß still und artig vor dem Teller mit der heißen dünnen Suppe und löffelte das Gebräu in sich hinein.

Wenn sie möglichst brav war, würde man vielleicht bald nach Hause zurückkehren, und Anna würde aufhören zu weinen.

Die Wirtin des kleinen Gasthauses in der Grazer Altstadt hatte die beiden schon länger beobachtet, die Frau mit dem unglücklichen Gesicht, die sich manchmal die Tränen abtupfte, das kleine Mädchen mit den ratlosen Rehaugen.

Das Lokal leerte sich, die Mittagszeit war vorbei, die beiden saßen immer noch dort.

Die Wirtin, eine resolute Person, setzte sich an den Tisch und fragte unverhohlen, woran es denn fehle.

Anna Hofer, gewitzigt durch ihre Erfahrung bei den Verwandten, erzählte nicht die Wahrheit, nur daß sie durch einen Krankheitsfall von ihrem Mann getrennt worden sei und nicht wisse, wohin und was tun.

Ob sie denn sonst keine Familie habe, fragte die Wirtin.

Und da kam Anna die große Erleuchtung. Nina Framberg in München, das war die Rettung.

Von da an ging alles ganz einfach. Die Nummer herauszubringen war für die Wirtin keine schwere Aufgabe, das Telefongespräch kam bereits nach einer Stunde, und Nina war glücklicherweise zu Hause.

Da die Wirtin zuhörte, sprach Anna nur in Andeutungen, aber Nina begriff sofort, daß etwas Schlimmes geschehen sei, mehr oder weniger hatte man es ja immer erwartet.

Klar und knapp kamen ihre Anweisungen. Anna solle für sich und das Kind ein Zimmer suchen in einem Hotel oder einem Gasthaus, die Adresse sofort durchtelefonieren, sie würde dann kommen und die beiden abholen.

Erleichtert atmete Anna auf, bedankte sich vielmals bei der hilfreichen Wirtin, die auch ein Zimmer für die beiden wußte. Drei Tage später landeten Anna und Maria Henrietta in München in der Holbeinstraße.
Das war im Februar 1942.

Zu dieser Zeit machte Stephan Jonkalla die schlimmste Zeit seines bisherigen Lebens durch.

Bis vor kurzem hatte er den Krieg in recht angenehmen Verhältnissen verbracht. Von Paris aus war seine Einheit in die Normandie verlegt worden, nach Evreux, wo die Männer das taten, was man bei der Wehrmacht ›eine ruhige Kugel schieben‹ nannte. Stephan hatte eine bezaubernde junge Französin als Freundin, lernte erstklassig französisch, verkehrte sogar in der Familie seiner Freundin, denn zu jener Zeit gab es Bevölkerungskreise, die gegenüber den Deutschen noch nicht ausgesprochen feindselig waren. Nach Paris waren es etwa hundert Kilometer, und Stephan nahm jede Gelegenheit wahr, um hinzufahren, die Stadt kennenzulernen und jedes Museum, jede Galerie zu besuchen, die er finden konnte. Benno Riemer, noch immer sein bester Freund und Beschützer, Feldwebel inzwischen, hielt jede Unbill, jedes Ärgernis von ihm fern.

Die fatale Situation im Osten machte dem bequemen Leben ein Ende. Vierzehn Tage zur Eingewöhnung in Polen, um besser auf die Kälte vorbereitet zu sein, eine vergleichsweise bessere Ausrüstung für die winterlichen Temperaturen, darin bestanden ihre Vorteile, ehe sie an die zersplitterte russische Front kamen.

In der Gegend von Welikije-Luki kam ihre Division gerade zurecht, um der erfolgreichen Winteroffensive der gut gerüsteten Russen entgegengeworfen zu werden. Schon während der ersten Tage erlitten sie schwere Verluste, die gutgenährten Frankreichbesetzer sahen sich auf einmal dem schrecklichsten Gesicht des Krieges gegenüber. Stephan wurde gleich anfangs verwundet, ein Streifschuß am Oberarm, eine geringfügige Verletzung, die nicht einmal zu einem Heimaturlaub reichte. Daß er nicht getötet worden war, verdankte er Benno, der, mit einem sechsten Sinn für Gefahr begabt, ihn zur Seite riß, ehe der Schuß ihn tödlich treffen konnte.

Nach einem Monat, bei teilweise 52 Grad unter Null, bei minimaler Ernährung, war Stephan genauso demoralisiert wie die meisten seiner Kameraden. Benno hatte einem toten Russen den Mantel abgenommen, und in diesen Mantel hüllte er Stephan ein, wo immer er saß oder lag, denn Stephan war inzwischen so lethargisch geworden, daß er selbst nichts mehr dazu tat, um sich vor der Kälte zu schützen.

»Laß doch«, sagte er. »Wir krepieren sowieso. Je schneller, desto besser. Erfrieren soll gar kein unangenehmer Tod sein.«

Benno trieb auch immer wieder etwas zu essen auf und fütterte Stephan wie ein kleines Kind, ehe er selbst einen Bissen in den Mund steckte.

Eines Tages wurde ein kleiner Trupp von ihnen versprengt und geriet in einem Waldstück in eine russische Falle, sie waren ringsum eingeschlossen, ein Ausweg schien unmöglich.

Als sie ihre Munition verschossen hatten, sagte Stephan: »Endlich! Wir haben es hinter uns«, und ließ sich einfach rücklings in den Schnee fallen.

Benno Riemer fand einen Durchschlupf. Vier Männer konnte er retten, einer davon war Stephan, den er buchstäblich durch den Schnee schleifen mußte.

Und schließlich das Ende. Mit dem einzigen Kübelwagen, den sie noch besaßen, waren sie auf einer Erkundungsfahrt, um festzustellen, ob überhaupt noch Anschluß an deutsche Gruppen möglich war. Der Kübelwagen fuhr auf eine von Partisanen gelegte Mine und flog in die Luft. Zwei Mann waren gleich tot, zwei schwer verwundet. Stephan blutete aus einer Kopfwunde, er war ohne Besinnung. Benno lebte noch. Und er sah, daß Stephan lebte. Er kratzte mit den Händen Schnee zusammen, häufte ihn auf Stephan, nahm die Pistole aus dem Gurt, die einzige Waffe, die ihm geblieben war, und wartete auf den Angriff der Partisanen. Erst würde er Stephan erschießen, dann sich.

Es blieb still, nichts rührte sich. Offenbar war keiner in der Nähe, der auf das Hochgehen der Mine gewartet hatte.

Benno, dessen blutgetränkte Uniform am Leib festgefroren war, grub den bewußtlosen Stephan wieder aus dem Schnee und brachte es fertig, ihn so weit hinter sich herzuzerren und zu schleifen, bis er auf einen Posten traf.

»Hauptverbandsplatz«, keuchte er. »Schnell.« Und als die Männer ihn aufheben wollten: »Nein, nicht ich. Er. Kann bei ihm nicht so schlimm sein.« Die Männer zögerten, blickten in sein leichenblasses Gesicht.

»Los, los, Beeilung. Ihr könnt später nach mir sehen, wenn ihr ihn abgeliefert habt.«

Er lag im Schnee, hob mit letzter Kraft den Kopf und sah den Männern nach, die Stephan forttrugen. Dann starb er.

Ende Mai, nicht lange nachdem der vielgehaßte Judenjäger, der SS-Führer Reinhard Heydrich, in Prag ermordet worden war – ein gelungenes Attentat, das wiederum viele Juden zu büßen hatten –, wurde Silvester Framberg das erste Mal verhaftet. Nach sechs Wochen kam er wieder, eine tiefe Narbe im Genick, eine kahle Stelle auf dem Kopf. Er sprach nicht, er schwieg. Er erzählte nicht, was ihm widerfahren war, aber er war ein anderer Mensch geworden: grimmig, kalt, schweigsam, entschlossen. War er bisher ein leidenschaftlicher Gegner der Nazis gewesen, so war er jetzt ihr fanatischer Feind.

Nina war in diesen Wochen wie gelähmt vor Entsetzen gewesen, doch ihre Erleichterung, daß er wieder da war, wich Verwirrung und Verstörtheit, als sie bemerkte, daß das Geschehene nicht nur ihn, sondern auch ihr gemeinsames Leben verändert hatte. Sie erfuhr nicht, warum man ihn verhaftet hatte, sie vermutete jedoch, daß Dr. Isabella Braun der Anlaß war.

Von ihr war nämlich seit geraumer Zeit nicht mehr die Rede gewesen. Keiner der Freunde sprach von ihr, keiner äußerte Besorgnis über ihr Schicksal; auch wenn man abends zusammensaß, wurde nicht mehr von ihr gesprochen. Es war, als hätte es sie nie gegeben.

In ihrer Wohnung war sie auch nicht mehr. Das hatte Nina selbst ergründet. Sie war einfach eines Tages hingegangen, hatte an der Tür geklingelt, eine dickliche blonde Frau öffnete ihr.

»Entschuldigen Sie«, sagte Nina, »ich wollte zu Frau Dr. Braun.«

»Schon wieder jemand, der nach der Judensau fragt. Die gibt's nicht mehr hier«, rief die Frau böse und knallte die Tür zu.

Eine Weile lehnte Nina am Treppengeländer, zutiefst erschrocken, das Herz klopfte ihr bis zum Hals, so unverhohlen war ihr Gemeinheit noch nie begegnet.

Aber dann nahm sie allen Mut zusammen und klingelte im Parterre beim Hausmeister.

Hier war die Reaktion eine andere. Die Hausmeisterin, eine grauhaarige kleine Frau, spähte über Ninas Schulter besorgt ins Treppenhaus zog dann Nina an der Hand in die Wohnung.

»Wir wissen aa nix. Fort is. Gsagt hats nix. Ihre Sachen san alle noch da gewesen. Vor acht Wochen hat der Hausherr die Wohnung räumen lassen und andre Leut' neigenommen. Greisliche Leut' sans, die Neuen. San Sie bekannt mit der Frau Doktor?« Nina nickte.

»Mei, des is schlimm. Wissen'S, mir ham Angst, mei Mann und i, daß sie sich was antan hat. Pillen und so Zeug hat's ja grad gnu ghabt. Mei, des is a Zeit.«

Nina wußte, daß Isabella nicht mehr auf die Straße gegangen war, seit der Zwang bestand, den gelben Stern zu tragen. Erst war sie ohne den Stern gegangen, dann, als sie angepöbelt worden war, blieb sie zu Hause. Die Freunde hatten sie mit Lebensmitteln versorgt, vermutlich auch die Hausmeisterin, die ihr wohlgesonnen schien. Aber wo war Isabella nun?

Nina war sicher, daß Silvester es wußte. Denn wenn sie sich das Leben genommen hätte oder wenn sie verschwunden wäre, ohne eine Spur zu hinterlassen, dann hätte er darüber etwas gesagt. Und Franziska hätte bestimmt ihrer Besorgnis Ausdruck gegeben. Also wußten sie etwas, was Nina nicht wußte.

Auf ihre Fragen antwortete Silvester: »Keine Ahnung. Sie wird sich abgesetzt haben.«

»Du lügst mich an«, rief Nina erregt. »Du weißt genau, was mit ihr los ist. Und ihretwegen haben sie dich geholt. Denkst du denn gar nicht an mich, Silvio? Ich denke, du liebst mich.«

»Das ist keine Zeit mehr für Gefühle. Ich möchte nicht, daß du in etwas hineingezogen wirst, was dich nun nicht betrifft.«

»Es betrifft mich nicht? Etwas was dich betrifft, soll mich nicht betreffen? Und natürlich mache ich mir wie ihr Sorgen um Isabella. Sonst wäre ich nicht hingegangen, um nach ihr zu sehen.«

»Es war sehr leichtsinnig von dir, in Isabellas Wohnung zu gehen. Am besten ist, du kümmerst dich um gar nichts. Wir führen einen Kampf, Nina. Ich hätte dich nicht heiraten sollen. Du warst unbelastet, du hattest deinen Beruf, der dir Freude machte, du warst niemals in Gefahr. In Kampfzeiten darf ein Mann keine Frau haben, ich hätte es wissen müssen.«

»Du redest einen horrenden Blödsinn«, sagte Nina zornig. »In was für ein albernes Pathos steigerst du dich da hinein. Wer verlangt von dir, daß du kämpfst? Gegen Hitler, gegen die Nazis? Du allein wirst sie nicht besiegen. Und ein wenig Rücksicht schuldest du mir am Ende doch, denn du hast mich ja geheiratet, auch wenn du es jetzt bedauerst.«

Sein Verhalten erbitterte sie. Sechs Wochen Tränen und Angst, schlaflose Nächte und Verzweiflung, und nun zeigte sich, daß er kein Vertrauen zu ihr hatte. Ihr fiel ein, was Franziska einmal gesagt hatte: »Je weniger man weiß, desto besser.«

Nina fuhr hinaus ins Waldschlössl, was jetzt ein ziemlich umständliches Unternehmen geworden war, von einer Bushaltestelle aus mußte man ein ganzes Stück zu Fuß gehen. Einen Wagen hatten sie auf dem Gut nicht mehr. Maria war draußen. Nina hatte sie sofort zu Victoria gebracht, nachdem Silvester verhaftet worden war.

Sie beklagte sich bitter bei Victoria über Silvesters Verhalten. Schließlich fragte sie: »Du weißt natürlich, wo Isabella ist?«

»Ich weiß es nicht.«

»Du lügst. Ihr lügt alle.«

»*For heaven's sake,* Nina, benimm dich nicht wie eine Närrin. Ich weiß es nicht, ich schwöre es. Wenn sie Isabella irgendwo versteckt haben, werden sie es uns nicht sagen. In unserem eigenen Interesse. Ich bin sicher, daß Joseph es auch nicht weiß.«

»Sie ist hier im Dorf.«

»Da ist sie nicht. Ich will es auch gar nicht wissen, wo sie ist. Wenn sie in Sicherheit ist, gut. In relativer Sicherheit. Sie könnten sie zum Beispiel auf eine Berghütte gebracht haben. Silvester wird es wissen. Und seine Freunde auch. Möglicherweise Franziska. Aber frage nicht. Sei so klug und frage nicht.«

»Wenn sie auf einer Berghütte ist, muß sie verpflegt werden. Sie brauchen Silvester nur zu beobachten, dann ist es aus mit ihm. Sie werden ihn wieder holen. Sie werden ihn umbringen. Bedeutet ihm denn Isabella so viel mehr als ich?«

»Isabella ist in Lebensgefahr, du nicht. Das mit der Berghütte ist auch nur eine Vermutung von mir. Genausogut kann sie in einem Keller versteckt leben. Du kannst diese Männer nicht hindern zu tun, was sie tun müssen.«

»Müssen?«

»Ja. Müssen. Der Krieg ist überall. Auch hier bei uns. Du kannst keinen Mann daran hindern, wenn er kämpfen will.«

»Um den Preis seines Lebens«, sagte Nina bitter.

»Jeder Kampf hat das Leben als Einsatz.«

»Ich verstehe dich nicht. Wie kannst du so reden!«

Victoria schwieg. Auch Nina sagte lange nichts.

Es war Sommer geworden das Getreide war reif, die Kühe grasten auf den Weiden. Es war wie früher. Und doch war alles anders.

Silvester war nicht mehr der Mann, der ihr gehörte. Silvester war ein Fremder geworden. Einer, der sein Leben einsetzte in einem sinnlosen Kampf. Sie würde ihn verlieren. Das war etwas, was sie bereits wußte.

»Was soll ich mit Maria machen?« fragte sie müde.

»Laß sie bei mir. Sie hat sich gut eingelebt, Luft und Sonne tun ihr gut. Sie war ein rechter Blaßschnabel, als sie herkam.«

»Soll das ein Vorwurf sein?«

»Ach, halt den Mund!« rief Victoria wütend. »Du hast keinen Grund, dich so idiotisch zu benehmen. Für das Kind war es eine ungeheure Umstellung, und damit muß sie erst fertig werden, und das kann sie hier besser, als wenn sie dich mit trostloser Miene und Silvester in seiner Verbiesterung um sich hat. Da, schau sie dir an.«

Maria saß in der Nähe im Gras und hatte, wie immer, den kleinen Hund bei sich. Im Frühjahr hatte Josephs Jagdhündin geworfen, zwei Welpen waren

723

auf dem Hof geblieben und wuchsen hier auf. Sie waren Marias ganzes Entzücken. Besonders die kleine Hündin Mali war ständig mit ihr zusammen, schlief in ihrem Zimmer, lag in ihren Arm gekuschelt, lief ihr nach, wo sie ging und stand.

»Cesare und Baden in Ehren«, sagte Victoria, »und diese Anna ist bestimmt ein Rührstück, ich habe sie ja kennengelernt, aber darüber bist du dir wohl klar, daß dieses Kind vollkommen weltfern und unkindlich aufgewachsen ist. Sie hat nie mit anderen Kindern gespielt, sie hat Angst vor anderen Kindern. Liserl hat sich rührend Mühe gegeben, hat Kinder aus dem Dorf mitgebracht, vergebens. Maria läuft fort und versteckt sich, wenn Kinder kommen. Nächstes Jahr, spätestens übernächstes, muß Maria in die Schule. Wie stellst du dir das vor«?

»Willst du mir die Schuld dafür geben?«

»Ein wenig schon. Wenn sich deine Tochter schon nicht um das Kind kümmert, hättest du es wenigstens tun können.«

»Ich habe jetzt andere Sorgen.«

»Eben. Drum laß sie hier.«

Anna Hofer hatte bei ihnen in der Holbeinstraße gewohnt, nachdem sie mit Maria aus Graz gekommen war. Daher war es Nina auch gar nicht möglich gewesen, dem Kind näherzukommen, das sich immer an Anna klammerte, nur bei Anna sein wollte, mit Anna in einem Zimmer schlief. Nina hielt es für besser, das Kind vorerst in Ruhe zu lassen, damit es mit der Veränderung in seinem Leben fertig werden konnte, also hatte sie sich dem kleinen Mädchen nicht aufgedrängt.

Dann wurde Silvester verhaftet, was verständlicherweise den Haushalt in Aufruhr brachte. Anna geriet in Panik, sie erlebte dies nun schon zum zweitenmal.

Nina schlug ihr vor, nach Baden zurückzukehren. Ihr werde man sicher nichts tun, vielleicht sei ihr Mann auch schon wieder da, und vor allem müsse sie für ihn erreichbar sein. Er wisse ja gar nicht, wo sie sich aufhalte.

Das hatte sich Anna auch schon gedacht. Außerdem wünschte sie sich nichts so sehr, wie nach Hause, in die vertraute Umgebung, zurückzukehren und dort auf Anton zu warten, der sicher bald kommen würde. Daran zweifelte sie nicht.

Natürlich hätte sie gern Maria mitgenommen. Aber Nina schüttelte den Kopf.

»Maria bleibt vorerst hier. Ich muß meine Tochter fragen, was mit Maria geschehen soll. Das müssen Sie einsehen, Anna.«

Anna sah es nicht ein und schied ein wenig erbost aus der Holbeinstraße. Nina hatte ihr eine Fahrkarte nach Wien gekauft, sie reichlich mit Geld und Proviant versehen, brachte sie an die Bahn, allerdings ohne Maria. Mit Tränen in den Augen fuhr Anna ab. Und sie kam in ein leeres Haus, kein Cesare, kein Anton, keine Maria.

Aber wenigstens daheim war sie wieder.

Gleich am Tag nach der Ankunft setzte sie sich hin und malte einen langen, herzbewegenden Brief an Victoria Jonkalla.

›Liebe, gute gnädige Frau‹, schrieb sie, ›geben Sie mir meine Maria wieder. Ich hab' doch immer gut auf sie aufgepaßt. Und sie hat es bei mir doch am besten. Ich weiß doch genau, was gut für sie ist.‹

Jetzt, im Waldschlössl, sagte Nina zu Victoria: »Vicky hat immer gesagt, Maria hat es bei Cesare so gut wie nirgends sonst auf der Welt.«

»Daran zweifle ich nicht. Aber es ist kein normales Leben für ein Kind. Sie haben ja offenbar ganz für sich und ganz zurückgezogen gelebt. Sie ist ein bezauberndes Kind. Erstaunlich klug für ihr Alter, sie redet wie eine Zehnjährige. Wenn sie überhaupt redet. Sie ist ein total isoliertes Wesen. Mir vertraut sie jetzt ein wenig. Man kann das ja auch verstehen. Denk doch mal, was sie alles erlebt hat in letzter Zeit. Das muß sie ja verstören. Sie muß einfach mal für einige Zeit am selben Platz bleiben. Außerdem würde es ihr das Herz brechen, wenn sie den Hund nicht mehr hätte, der ist ihr ganzes Glück. Ich versuche gerade, Mali stubenrein zu machen, damit wir nicht immer die *mess* in Marias Zimmer haben.«

Maria und der kleine Hund interessierten Nina nicht besonders. Sie wollte über Silvester reden. Aber Victoria war diesmal keine Hilfe. Victoria verstand sie nicht.

Oder wußte sie doch mehr, als sie sagte?

Mit Unruhe und Mißtrauen im Herzen fuhr Nina wieder nach München zurück. Victorias letzte Worte beim Abschied: »Hab' Verständnis für Silvester. Und laß ihm Zeit. Er wird wieder zu sich kommen. Und dann kümmere dich um Stephan. Der braucht dich jetzt am nötigsten.«

Aber um Stephan konnte man sich nicht viel kümmern und helfen konnte man ihm auch nicht. Nina hatte ihn schon zweimal besucht und war jedesmal tief verstört von dieser Reise zurückgekehrt. Er lag seit zwei Monaten in einem Lazarett in der Fränkischen Schweiz. Ein Halbtoter, ein Halblebendiger, der fahle Schatten eines Mannes, er hörte schwer, hatte Sehstörungen, und wenn er versuchte aufzustehen, fiel er in Ohnmacht, in eine tiefe Bewußtlosigkeit, aus der er manchmal stundenlang nicht erwachte. Außer der sichtbaren Kopfwunde hatte er einen Schädelbasisbruch gehabt, was man erst viel später entdeckt hatte. Sein rechtes Bein war steif, an seiner linken Hand fehlten zwei Finger.

Dies war die geringste seiner Verletzungen, doch gerade sie erschütterte Nina zutiefst. Damals, als Kurtel das letzte Mal auf Urlaub gekommen war, fehlte an seiner linken Hand ein Finger. War es nicht grauenvoll, wie sich das Schicksal des Vaters an dem Sohn wiederholte? Kurtel war in Rußland zugrundegegangen, sicher auf elende Weise. Stephan allerdings war da, aber kaum noch lebensfähig. Eigentlich erwartete Nina täglich, daß man ihr schreiben würde, er sei gestorben.

Bei ihrem ersten Besuch hatte er sie nicht erkannt. Beim zweitenmal war immerhin ein kurzes Gespräch möglich. Er sprach nur von Benno. Wo Benno sei, wann er komme, wie es ihm gehe?

Nina hatte sich schließlich bei den Riemers in Berlin erkundigt und erfahren, daß Benno gefallen war. Doch sie wagte nicht, es Stephan zu sagen.

Bei ihrem nächsten Besuch im Lazarett traf Nina ihre Tochter; telefonisch hatten sie dieses Treffen vereinbart, und Vicky kam wirklich. Sie kam in einem großen Auto, das von einem Chauffeur gesteuert wurde, sie war höchst elegant gekleidet und sah bildschön aus. Sie kam Nina vor wie ein Wesen von einem anderen Stern.

Nachdem sie Stephan besucht hatten, weinte Nina. Victoria nahm sie liebevoll in die Arme und tröstete sie.

»Unser Jungele wird schon wieder. Dafür werde ich sorgen. Überlaß alles mir, Nina. Ich weiß schon, was wir mit ihm machen. Das hier ist nicht der richtige Ort, er braucht individuelle Betreuung und einen vorzüglichen Arzt. Wir bringen ihn auf den Weißen Hirsch.«

»Wohin?« fragte Nina unter Tränen.

»Ich werde es dir erklären. Aber nun laß uns mal schauen, ob wir in diesem Nest ein Café oder etwas ähnliches finden, wo wir uns in Ruhe unterhalten können. Wir werden es Oswald überlassen, der findet immer was.«

Oswald war der Chauffeur, wie Nina erkannte. Und Oswald schien Victoria gut zu kennen, das war offenbar nicht die erste Fahrt, die er mit ihr machte. Er lehnte am Kotflügel, stand aber sofort stramm, als sie auf den Wagen zugingen, und zog die Mütze. Er war ein älterer, zuverlässig erscheinender Mann, der erstaunlicherweise breit sächsisch sprach. Das verwunderte Nina noch mehr. Wie kam Vicky zu einem sächsischen Chauffeur, sie war doch noch gar nicht in Dresden.

Aber noch vordringlicher war die Frage: Wie kam sie überhaupt zu Wagen und Chauffeur, und das in dieser Zeit?

Es konnte nur ein Mann dahinterstecken, vermutete Nina. Sie war neugierig.

»Oswald«, sagte Victoria, »ob es wohl hier eine Kneipe gibt, wo man sich mal eine Stunde niederlassen kann?«

»Aber sicher doch, gnädche Frau«, erwiderte Oswald, »ich hab' vorhin schon eene gesehn, wie wir reingefahrn sin. Da bringch Sie gleich hin. In zwee Minuten sin mer da.«

Es war ein kleines Lokal mit einer gemütlichen holzgetäfelten Wirtsstube, und die Wirtin war sogar bereit, Kaffee zu kochen und ein Butterbrot, gegen Marken natürlich, herzurichten. Der Kaffee war Muckefuck, Victoria trank nur zwei Schlucke davon, aber Nina leerte das Kännchen ganz und aß zwei Brote. Sie war seit den frühen Morgenstunden unterwegs, sie war hungrig und durstig und außerdem mittlerweile an das Gebräu gewöhnt. Zwar besorgte Franziska ihnen immer wieder einmal Bohnenkaffee, aber meist tranken sie nun doch Ersatzkaffee.

»Was war das für ein Hirsch, von dem du gesprochen hast?«

»Das ist ein Ort bei Dresden. Mehr ein Vorort. Liegt wunderschön an den Elbhängen und ist berühmt für seine gute Luft. Angefangen hat es irgendwann mit einem Kurheim, und das hieß Weißer Hirsch. Da gingen die reichen Leute hin, auch Ausländer, um zu kuren und um sich zu erholen. Inzwischen nennt man den ganzen Stadtteil so, verstehst du? Hast du nie davon gehört? Der Weiße Hirsch ist weltberühmt. Es gibt dort jetzt mehrere Sanatorien, alles gutgeführte erstklassige Läden. Von einem kenne ich den Chefarzt persönlich, ein fabelhafter Mann, ein vorzüglicher Arzt. Und dort bringe ich Stephan unter. Da hat er die beste Pflege und die beste Behandlung, die sich überhaupt nur denken läßt. Und ich kann mich jeden Tag um ihn kümmern.«

Daß Victoria an die Dresdner Staatsoper engagiert war, wußte Nina natürlich. Und was das für eine Sängerin bedeutete, wußte sie auch.

Wenigstens einer in unserer Familie, der glücklich ist, dem es gut geht, dachte Nina. Wenigstens einer. Und ich habe immer gewußt, daß es Vicky sein würde.

»Ich bin sowieso meist in Dresden, auch jetzt schon«, sagte Victoria. »Der ewige Luftalarm in Berlin macht mich ganz krank. Du weißt nie, ob du eine Nacht durchschlafen kannst. Ich brauche meinen Schlaf.«

Unwillkürlich mußte Nina lächeln. Das war echt Vicky. Wer brauchte seinen Schlaf nicht?

»In Berlin wird es langsam ungemütlich. In Dresden gibt es keinen Alarm.«

»Wieso nicht?«

»Weiß ich nicht. Es gibt eben keinen. Das mit Dresden war überhaupt das beste, was mir passieren konnte. In mehr als einer Beziehung. Kannst du dich noch erinnern, wie ich immer davon geträumt habe, in Berlin engagiert zu werden? Da stände ich jetzt schön blöd da.«

Die Berliner Staatsoper war in diesem Jahr, bereits im April, total zerstört worden. Das hatte die Berliner schwer erschüttert; ihre schöne Oper, die ihnen so viel bedeutete. Bomben mitten Unter den Linden. Der Krieg ging ihnen mehr und mehr auf die Nerven. Zwar hatte Göring sofort mit dem Aufbau der Oper begonnen, die Staatstheater gehörten ja zu seinem Ressort, worüber sich der Propagandaminister Goebbels ständig ärgerte, denn Göring machte mit seinen Theatern, was er wollte und ließ sich nicht hineinreden. Jetzt hatte er versprochen, die Oper in Windeseile neu und schöner denn je aufzubauen. Das geschah auch, nützte jedoch wenig, denn kurz nach ihrer Wiederherstellung wurde sie zum zweitenmal zerbombt.

»Nein, das ist schon alles prima gelaufen«, erzählte Victoria weiter. »Dresden ist fabelhaft.«

»Hast du denn schon eine Wohnung, wenn du so oft da bist?«

»Ich wohne im Hotel.«

»Aber das ist doch sehr teuer.«

»Ninaschatz, das spielt überhaupt keine Rolle. Ich werde soviel Geld haben, wie du dir gar nicht vorstellen kannst.«

Nina verstummte. Es schienen bedeutende Dinge in Vickys Leben vorzugehen, und es betraf offenbar nicht allein die Oper. Zunächst aber sprach Victoria wieder von Stephan.

»Gleich nächste Woche werde ich zum Weißen Hirschen hinauffahren und alles für Stephan vorbereiten. Und dann kommt es mir noch darauf an, wann und wie wir ihn hier rausbekommen.«

»Ich bezweifle, daß er transportfähig ist.«

»Ich werde das organisieren. Laß mich nur machen. Wir machen ihn gesund, du wirst sehen. Schön langsam, damit sie ihn nicht mehr holen können. Für ihn ist der Krieg zu Ende. Das hat doch auch sein Gutes, nicht wahr?«

Am erstaunlichsten aber war, was Victoria zum Schluß sagte, kurz bevor sie sich trennten.

»Sobald ich in Dresden etabliert bin, nehme ich Maria zu mir.«

»Du willst Maria zu dir nehmen?«

»Aber ja. Natürlich. Es wird höchste Zeit, daß ich mein Kind bei mir habe.«

Darüber war Nina so verdutzt, daß sie nicht wußte, was sie sagen sollte. Victoria lachte.

»Du siehst mich an, als hättest du mich nie gesehen. Es ist doch ganz normal, daß eine Mutter ihr Kind um sich haben will. Bisher habe ich keine Zeit gehabt, na bitte, da ging es eben nicht.«

»Und hast du denn jetzt Zeit?«

»Jetzt wird mein Leben sehr viel bequemer werden. Ich nehme mir ein Kindermädchen. Du siehst ja, daß ich Wagen und Chauffeur habe. Also!«

»Und ein Mann gehört ja sicher auch dazu.«

»Du sagst es. Ich werde bald heiraten.«

»Du wirst heiraten?«

»Was schaust du so erstaunt? Ich kann doch auch mal heiraten. Ich werde in sehr guten Verhältnissen leben. Maria wird das herrlichste Leben bei mir haben. Und wir werden auch Kinder finden, die mit ihr spielen, da kann Victoria ganz beruhigt sein. Für ein Kind ist es schließlich die Hauptsache, bei seiner Mutter zu sein. Aber jetzt mußt du einsteigen, sonst fährt der Zug ohne dich ab.«

»Aber Vicky, um Gottes willen, wer ist denn dieser Mann?«

Victoria lachte. »Du wirst ihn kennenlernen. Bald.«

Es war eine lange Fahrt nach München, in Bayreuth mußte Nina umsteigen, in Nürnberg noch einmal, der Zug war voll, die Leute lästig dicht um sie herum.

Aber sie sah und hörte nichts, sie dachte immer nur an das, was Vicky gesagt hatte. Diese schöne, erfolgreiche Tochter, die sie mit einem schwarzen Horch und einem livrierten Chauffeur an die Bahn gebracht hatte, und das im dritten Kriegsjahr.

Wie sie dort auf dem kleinen Bahnsteig stand, in einem schilfgrünen Leinenkostüm, und lächelnd sagte: Es wird höchste Zeit, daß ich mein Kind bei mir habe.

Und dann: Für ein Kind ist es die Hauptsache, bei seiner Mutter zu sein.

Vicky, die sich nie um dieses Kind gekümmert hatte. Die sich nie selbst als Mutter bezeichnet hatte.

Und schließlich: Ich werde bald heiraten.

Bis Nina in München ankam, war sie verärgert. Warum wußte sie nicht, was im Leben ihrer Tochter vor sich ging?

Hatte sie Vicky nicht immer geliebt, sich Sorgen um sie gemacht, immer darum gebangt, ob auch alle ihre Wünsche, ihre Träume in Erfüllung gehen würden? Stephan war im Grunde stets zu kurz gekommen.

Gewiß, Vicky war freundlich, liebenswürdig, auch hilfsbereit, aber sie war ihr ferngerückt, fremd geworden, lebte ihr Leben für sich.

Das hatte sie immer getan, auch das war genaugenommen keine neue Erkenntnis für Nina. Ein wenig rücksichtslos, egoistisch, unabhängig bei allem Charme und aller Liebenswürdigkeit. Die Tochter von Nicolas. So war er gewesen, so war sie.

Von mir, dachte Nina, hat sie eigentlich wenig. Aber als sie das alles zu Ende gedacht hatte, war Ninas Ärger verschwunden. Vicky gehörte auf die Sonnenseite des Lebens, und das war es schließlich, was sie immer gewünscht hatte.

Gut gelaunt kam Nina in der Holbeinstraße an. Silvester war nicht da. Eine kurze Nachricht auf dem Küchentisch teilte ihr mit, daß er noch eine Verabredung habe und spät nach Hause kommen werde.

Ninas gute Laune verflog. Sie hatte gehofft, daß er sie erwarten würde, daß sie ihre Neuigkeiten gleich loswerden konnte. Aber nein, sicher saß er wieder irgendwo mit seinen Freunden zusammen und plante die Götterdämmerung des Dritten Reiches. Oder sie besuchten Isabella, die in einer Berghütte oder einem Kellerloch oder wo auch immer versteckt lebte. So lange, bis man sie fand und in ein Lager brachte und Silvester und seine konspirativen Freunde dazu.

Nina zog sich aus und stellte sich unter die Dusche. Es war heiß gewesen an diesem Tag, besonders heiß im Zug. Sie empfand Überdruß an allem, an Silvesters Untergrundtätigkeit, an den Nazis, an Hitler, am Krieg.

Nackt stellte sie sich vor den Spiegel im Schlafzimmer. Im nächsten Jahr würde sie fünfzig sein. Ihr Körper war immer noch schlank und straff, ihre Brüste fest, ihre Beine wohlgeformt. Nicht so lang wie Vickys Beine, aber es ging. Vicky hatte schließlich Nicolas von Wardenburg zum Vater gehabt, und sie bloß Emil Nossek, das war ein Unterschied.

Nina lachte.

Jetzt würde sie in der Küche nachsehen, was es zu essen gab. Irgendetwas würde schon da sein. Sie hatte einen Riesenhunger. Vicky würde heiraten. Und Maria zu sich nehmen. Und dafür sorgen, daß Stephan gesund wurde.

Morgen mußte sie zu Victoria hinausfahren und ihr das alles mitteilen. Silvester würde es sowieso nicht sonderlich interessieren.

Nach ihrem ersten Gastspiel in der ›Zauberflöte‹ und dem Zusammentreffen mit Richard Cunningham in Dresden hatte Victoria eigentlich erwartet, diesen Mann bald wiederzusehen. Doch dies war nicht der Fall. Sie hörte nichts von ihm, als sie wieder in Berlin war, und sie wußte so wenig von ihm wie an jenem Abend in seinem Haus.

Sie war versucht, Marietta davon zu erzählen, aber sie ließ es bleiben. Marietta hätte vermutlich gesagt: »Hast du nichts anderes im Kopf als einen neuen Flirt? Arbeite lieber.«

Das tat sie. Drei Wochen später sang sie eine glanzvolle Micaela in Dresden. Sie hatte selbst das Gefühl, nie so gut gesungen zu haben. Sie war hervorragend in Form, sah blendend aus, hatte sich vor allem diesmal in der Hand.

Ihr Partner, ein Star der Berliner Staatsoper, war die Liebenswürdigkeit in Person. Schon das Duett gelang so hervorragend, daß sie Szenenapplaus bekamen. Und im dritten Akt steigerte sich Victoria zur Höchstform, auch im Spiel.

Es war ein Erfolg, das Publikum feierte sie begeistert.

Im Hotel Bellevue hatten sie Blumen erwartet und eine Karte von Cunningham.

Würden Sie mir die Freude machen, nach der Vorstellung mit mir zu speisen?

Es war wie das letzte Mal, der Wagen, der Chauffeur, das märchenhafte Haus. Cunningham, der sie an der Tür begrüßte, ihr die Hand küßte, den Pelz abnahm.

Der Unterschied zum letztenmal bestand darin, daß keine anderen Gäste da waren, daß sie allein mit ihm war.

Der riesige Raum, das Feuer im Kamin, die Kerzen, die leuchtenden Farben der Teppiche, der Diener mit dem Tablett, auf dem die gefüllten Champagnergläser standen. Nur zwei.

»Wir sind allein,« sagte Cunningham, nachdem sie den Raum betreten hatten. »Und es kommt auch niemand mehr. Beliebt es Ihnen, dennoch zu bleiben?«

Victoria lächelte. Sie hatte so etwas erwartet. Aber heute war sie Herrin der Situation. Sie hatte gut gesungen, hatte einen erfolgreichen Abend hinter sich, außerdem war sie neugierig auf diesen Mann. Drei Wochen hatte sie auf eine Nachricht von ihm gewartet, doch sie hatte nichts von ihm gehört, das hatte die Spannung gesteigert. Sie fragte sich, ob er das absichtlich getan hatte.

»Es beliebt mir«, erwiderte sie. »Ich finde es sehr angenehm, daß wir allein sind.«

An diesem Abend erfuhr sie alles über ihn. Die großen Geheimnisse, die sie hinter seiner Person vermutet hatte, gab es nicht. Weder war er ein hohes Tier in der Partei noch sonst eine Persönlichkeit des öffentlichen Lebens. Er war ganz einfach ein reicher Mann. Dazu ein Mann von großer wirtschaftlicher Bedeutung, was ihm gewisse Privilegien einräumte.

Den Reichtum hatte er nicht erworben, sondern ererbt. Er bestand in Ländereien in Ungarn, Waldgebieten und Bergwerken in Oberschlesien und mehreren Fabriken in Schlesien und Sachsen, die heute zum großen Teil für den Krieg produzierten. Unter anderem gehörte auch eine Maschinenfabrik in der Oberlausitz, nahe Görlitz, zu seinem Besitz.

»Meine Leistungen sind bescheiden«, sagte er, »es war alles schon da. Mein Großvater war ein fleißiger Mann, mein Vater auch, und ich war der einzige Sohn und Erbe. Meine Aufgabe bestand nur darin, dafür zu sorgen, daß diese Betriebe von fleißigen und fähigen Männern geführt wurden. Ich bin viel unterwegs, um den Überblick nicht zu verlieren und um informiert zu sein. Daher auch gesteht man mir in der heutigen Zeit einen Wagen zu.«

Es war nach dem Essen, als er ihr das erzählte, sie saßen vor dem Kamin, tranken Mokka und Cognac.

»Dieses Leben läßt mir immerhin Zeit, meinen Liebhabereien zu leben, das ist vor allem die Kunst, Musik, Theater, und es ist diese Stadt, der ich mich eng verbunden fühle und in der ich einige Ehrenämter bekleide. Was übrigens mein Vater auch schon tat.«

»Ein beneidenswertes Leben«, sagte Victoria.

»Gewiß. Allerdings ist mir eins verwehrt geblieben: eine Frau, mit der ich glücklich leben konnte, und Kinder. Beides habe ich mir gewünscht. Und eines Tages, Victoria, möchte ich Sie fragen, ob Sie diese Frau sein wollen.«

Es war eine seltsame Formulierung, sie blickte ihn unsicher an, nippte am Cognac, sagte schließlich: »Das klingt wie ein Heiratsantrag. Aber es klingt merkwürdig.«

Nun erfuhr sie auch den Rest. Er war verheiratet gewesen, seine Frau war vor genau zwei Wochen gestorben.

»Sie war seit vielen Jahren krank, sie war eigentlich immer krank. Multiple Sklerose. Das war der Grund, warum ich Ihnen meine Blumen ohne Karte schickte. Ich hatte kein Recht, mich Ihnen zu nähern. Als Sie vor drei Wochen das erste Mal hier waren, Victoria, wußte ich bereits, daß das Ende kurz bevorstand. Vor zwei Wochen habe ich sie begraben. Es war ein qualvolles Leben für sie, aber auch eine Qual für mich. Ich will nicht behaupten, daß es keine anderen Frauen in meinem Leben gegeben hat, aber es war niemals eine Frau, die zu mir gehörte die ich wirklich liebte. Es wäre geschmacklos, Sie heute zu fragen, ob Sie meine Frau werden wollen. Aber wenn Sie im Herbst Ihr Engagement in Dresden antreten, darf ich Sie dann fragen?«

Sie hätte antworten mögen, daß sie ja noch gar nicht wußte, ob man sie engagieren würde, aber möglicherweise wußte er besser Bescheid als sie. Doch mit oder ohne Engagement war sie bereits entschlossen, diesen Mann zu heiraten. Er gefiel ihr, er zog sie an, und er würde ihr die Sicherheit und Geborgenheit geben, die es ihr ermöglichte, nur noch zu tun, was ihr gefiel. Zu singen, was und wo sie wollte, zu filmen, wenn und wann sie wollte und vor allen Dingen nicht mehr gepeinigt auf jeden heiseren Ton ihrer Kehle zu warten.

Sie wurde in diesem Jahr achtundzwanzig, und sie wollte gern heiraten. Außerdem hatte sie sich immer gewünscht, reich zu sein. Er bot ihr allen Luxus, den man sich erträumen konnte, und der stand ihm sogar jetzt, mitten im Krieg, zur Verfügung.

Und er würde nie verlangen, daß sie nicht mehr singen, nicht mehr auftreten, nicht mehr filmen sollte. Ihm gefiel sie nicht nur als Frau, sondern auch als Künstlerin.

Es war mit einem Wort ein Idealfall. Nur konnte sie nicht ganz einsehen, warum ihr diese ganze Pracht erst ab Herbst zur Verfügung stehen sollte. Es war erst März.

Zunächst aber sollte er ihr Geheimnis erfahren, doch sie wußte im voraus, wie er darauf reagieren würde. Sie erzählte ihm von Maria und erhielt die Antwort, die sie erwartet hatte. »Wir werden sie zu uns nehmen.«

Victoria sagte: »Das habe ich mir immer gewünscht.«

Das war eine Lüge, die ihr leicht über die Lippen ging, denn Gleichgültigkeit gegenüber Maria hätte er nicht verstanden, soweit kannte sie ihn nun schon.

»Ich habe mir immer Kinder gewünscht, und Sie bringen gleich eins mit. Das ist wundervoll. Erzählen Sie mir von ihr. Haben Sie ein Bild von ihr?«

»Nicht hier. Im Hotel. Ich zeige es Ihnen morgen.«

Auf erstaunliche Weise war sie angerührt, bewegt. Es hatte nicht viele Männer in ihrem Leben gegeben, und hatte es eigentlich Liebe gegeben? Du weißt gar nicht, was Liebe ist, hatte Peter einmal zu ihr gesagt. Du wirst nie einen anderen Menschen so lieben wie dich selbst.

Sie hatte nicht widersprochen, weil es der Wahrheit entsprach. Einesteils brachte es der Beruf mit sich, anderenteils war sie eben so.

Das war auch damals ihre Antwort gewesen: Ich bin eben so. Du mußt mich nehmen, wie ich bin.

Das tue ich ja auch, hatte Peter lächelnd erwidert. Und sie war sich klar darüber, daß er sie nicht liebte und nie lieben würde, nicht so, wie er Nina geliebt hatte.

Aber hier wurde eine neue Rolle von ihr verlangt. Die Rolle der liebenden Frau. Und wenn es einen Mann gab, für den es sich lohnte, diese Rolle zu spielen, so war es Richard Cunningham. Sie hatte das Gefühl, daß diese Rolle ihr leicht fallen würde.

Sie stand auf, ging durch die ganze Länge des Raumes, bis vor den Gobelin und betrachtete ihn das erste Mal aus der Nähe. Das Helle, Glänzende war das Gefieder eines Schwans, der aus einer goldenen Wolke auf einen nackten Frauenkörper herabstieß. Golden wie die Wolke war das lange Haar der Frau, das von ihrem zurückgeneigten Kopf in das Grün eines Busches floß.

Sie wandte sich um. Er war aufgestanden, als sie aufstand, war aber vor dem Kamin stehengeblieben.

Langsam ging sie auf ihn zu. Sie ging wie auf der Bühne, sehr bewußt, sehr auf Wirkung bedacht.

Sie blieb vor ihm stehen und sagte: »Das ist alles sehr . . . verwirrend. Sie würden es mir leichter machen, wenn Sie nicht so kalt und gelassen über diese Dinge sprechen würden.«

Damit hatte sie ihn getroffen.

»Kalt und gelassen? Victoria! Wie können Sie so etwas sagen. Sie mißverstehen mich ganz und gar. Seit Monaten denke ich nur an Sie. Seit über einem Jahr. Aber ich wollte kein Verhältnis mit Ihnen. Was sollte ich tun? Meiner Frau einen baldigen Tod wünschen, nur um Sie endlich für mich zu haben? Ich wußte, daß sie nicht mehr lange leben würde. Aber ich . . . ich war hilflos. Meiner Frau gegenüber. Ihnen gegenüber. Verstehen Sie doch meine Situation.«

»Verstehen Sie *meine* Situation. Hier und heute. Sie sagen mir, daß Ihre Frau gestorben ist, Sie sagen, daß Sie mich heiraten wollen, nicht gleich, irgendwann später, zu einem Ihnen respektierlich erscheinendem Zeitpunkt. Sie teilen mir dies alles mit wie . . . ja, wie einen Spielplan für die nächste Saison. Sie fragen nicht nach meinen Gefühlen, Sie fragen nicht, was ich davon halte, Sie fragen nicht, ob es vielleicht einen Mann in meinem Leben gibt. Und von Liebe sprechen Sie schon gar nicht. Möglicherweise ist es dumm von mir, das zu erwarten.«

Er griff mit beiden Händen nach ihr, erregt, zog sie an sich. »Aber ich liebe dich. Ich liebe dich über alles in der Welt. Ich liebe dich so sehr, daß ich davon nicht sprechen kann. Weil es keine Worte dafür gibt. Ich erschrecke selbst vor diesem Gefühl. Ich habe zwanzig Jahre lang mit einer kranken Frau gelebt. Oder besser gesagt, neben ihr gelebt. Ich erwähne es jetzt zum letztenmal, dann werde ich nie mehr davon sprechen. Victoria, ich habe soviel Liebe zu geben, dir zu geben, nur dir, daß auch du vielleicht vor meinem Gefühl erschrecken wirst.«

Nun war es ihr gelungen, seine Ruhe und Gelassenheit zu vertreiben. Es war alles ein wenig theatralisch, fand sie, doch das störte sie nicht, Theater war ihr Lebenselement.

Sie bog den Kopf zurück, schloß die Augen, und nun küßte er sie. Küßte sie leidenschaftlich, ausdauernd, mitreißend.

Na also, dachte sie. Wozu warten bis zum Herbst?

Sie legte langsam, wie zögernd die Arme um seinen Nacken, ihr Körper wurde weich und nachgiebig in seinen Armen, der Effekt blieb nicht aus.

Noch in dieser Nacht wurde sie seine Geliebte.

Sie heirateten in Berlin, noch ehe sie ihr Engagement in Dresden antrat. Es war eine kurze Formalität, Marietta und Horst Runge waren Trauzeugen.

»Nicht schlecht«, sagte Marietta. »Du warst immer ein gerissenes kleines Luder, du hast dir da einen fetten Fisch an Land gezogen.«

»Wenn schon, denn schon«, erwiderte Victoria. »Etwas Mittelmäßiges hätte ich nie geheiratet.«

So ähnlich wie Marietta äußerte sich auch Marleen, die an dem Hochzeitsessen bei Borchardt teilnahm.

»Ich habe viel von dir gelernt«, sagte Victoria.

Nina war nicht dabei, Victoria verständigte sie erst nach vollzogener Eheschließung von der Veränderung ihres Lebens.

»Wird deine Mutter nicht beleidigt sein?« hatte Cunningham besorgt gefragt.

»Ach wo. Sie hat momentan soviel auf dem Hals. Die Schwierigkeiten mit Silvester, die Sorge um meinen Bruder, dann noch Maria, die da draußen auf dem Land ist. Warum soll sie extra nach Berlin fahren, die Züge sind jetzt so voll und so unbequem geworden. Wir werden sie ja bald sehen.«

»Und ihr einen Teil ihrer Sorgen abnehmen. Sobald wir zurück sind, kommt Maria nach Dresden und dein Bruder auf den Weißen Hirsch.«

Sie planten eine Reise nach Salzburg, Cunningham hatte Karten für die Festspiele, sie würden den ›Figaro‹ und die ›Arabella‹ sehen und in einige Konzerte gehen. Auf dem Hinweg waren zwei Tage für München eingeplant, auf dem Rückweg drei, und Maria wollte man gleich nach Dresden mitnehmen.

Ganz unvorbereitet war Nina nicht, Victoria hatte ihr bereits am Telefon von der bevorstehenden Heirat erzählt.

Nina und Richard Cunningham verstanden sich vom ersten Blicktausch an ausgezeichnet. Und Nina war sehr froh und erleichtert, daß Vicky geheiratet hatte und dazu noch so einen fabelhaften Mann.

»Gefällt er dir?« fragte Victoria am ersten Abend, den sie zusammen in der Holbeinstraße verbrachten.

»Um mit deinen Worten zu reden: Er ist fabelhaft«, sagte Nina. »Gott sei Dank, daß du verheiratet bist. Dieser gräßliche Krieg, und man weiß nicht, was noch kommen wird. Jetzt brauche ich mir wenigstens um dich keine Sorgen mehr zu machen, du bist versorgt und aufgehoben.«

»Das denke ich auch«, sagte Victoria leichtherzig. »Irgendwann wird der Krieg ja mal zu Ende gehen, wir werden ihn vermutlich verlieren, aber diese ganzen Cunningham-Betriebe haben schon einmal einen verlorenen Krieg glänzend überstanden, es wird auch diesmal genug für uns übrigbleiben. Für uns alle, nebenbei bemerkt. Ich werde immer für Stephan sorgen können, das sollst du wissen.«

»Das ist ein sehr beruhigendes Gefühl für mich«, sagte Nina ernst. »Gesund wird er wohl nie mehr werden, der arme Junge.«

»Warte erst einmal ab, was sie dort im Sanatorium mit ihm anstellen werden. Richard und der Chefarzt sind eng befreundet. Übrigens auch ein großer Opernfreund. Der wird alles tun, was menschenmöglich ist, um Stephan zu helfen.«

»Nur, daß du Maria mitnehmen willst . . .«

»Nina, das ist doch das beste. Sie kann doch nicht ewig da draußen auf dem Dorf bleiben. Sie kommt in ein traumhaft schönes Haus, kriegt ein wunderbares Zimmer, ein Garten ist auch da, eine Menge Personal ist im Haus, ein Kindermädchen habe ich schon gefunden. Und Richard freut sich jetzt schon auf sie. Er ist ganz verrückt nach Kindern.«

»Da wirst du ja noch eins bekommen müssen.«

»Warum nicht? In solchen Verhältnissen, weißt du, ist Kinderkriegen wirklich keine Affäre. Und dann kommt noch etwas dazu, was mir sehr, sehr angenehm ist. Ich hatte dieses verdammte Sirenengetute nachts in Berlin

jetzt satt. Und im Rheinland hat es ja schon allerhand böse Luftangriffe gegeben. Wer weiß, was in Berlin noch passiert. Marleens Freund ist der Meinung, das wird noch sehr finster. In Dresden haben wir nichts zu befürchten.«
»Wieso eigentlich nicht?«
»Dort gibt es niemals Luftangriffe. Die Stadt wird bestimmt verschont, das sagt dort jeder.«

Ab Herbst 1942 war Victoria Mitglied der Dresdner Staatsoper, beschäftigt wurde sie allerdings nicht sehr viel. Sie ›ging spazieren‹, wie es im Theaterjargon hieß. Sie bekam die Lola, die Nuri, auch die Marzelline im ›Fidelio‹, durfte noch einige Male die Micaela übernehmen, damit hatte es sich schon. Aber das störte sie nicht weiter, da dachte sie durchaus realistisch. Für dieses Haus war sie eine blutige Anfängerin, sie konnte wirklich nicht erwarten, daß man sie in den großen Partien beschäftigte. Sie hatte Zeit, sie war jung. Zunächst konnte sie von den berühmten Kolleginnen lernen, die auf dieser Bühne sangen. In zehn Jahren würde *sie* die Elsa, das Evchen, die Elisabeth singen, vielleicht die Arabella und die Marschallin.

Außerdem war sie viel zu sehr damit ausgefüllt, verheiratet zu sein, einen Mann zu haben, der ihr jeden Wunsch von den Augen ablas, das große Haus zu führen, viele Gäste zu haben. Sie gab oft Hauskonzerte mit namhaften Künstlern, natürlich sang sie dann auch. Für ihre Gäste war sie eine Sensation, schön, begabt, charmant, eine vorzügliche Gastgeberin und singen konnte sie auch noch. Sie wurde auch nicht mehr heiser, seitdem die Spannung von ihr abgefallen war.

Nina kam im Winter zu Besuch und war natürlich hingerissen von der Umgebung, in der ihre Tochter lebte.

»Endlich hast du einen Rahmen, der dir angemessen ist«, sagte sie.

Victoria lachte. »Na, direkt in einer Hundehütte haben wir ja auch nicht gelebt.«

»Wenn ich an Nicolas denke«, begann Nina, »das Leben auf Wardenburg, das hätte zu dir gepaßt.«

»Ach ja, dein sagenhafter Onkel, den du als kleines Mädchen so angehimmelt hast«, meinte Victoria gleichgültig.

Nina sprach nicht weiter. Sie hatte vorgehabt, Victoria endlich die Wahrheit zu sagen, sie endlich wissen zu lassen, wer ihr Vater war. Schon seit Jahren wollte sie bei passender Gelegenheit Victoria das große Geheimnis ihres Lebens mitteilen. Aber auch jetzt war nicht der richtige Zeitpunkt. Es ging nicht, so aus heiterem Himmel, ohne Anlaß und ohne Vorbereitung, Victoria mit diesem Geständnis zu überfallen. Eigentlich ging es überhaupt nicht mehr. Es war endgültig zu spät. Außerdem hatte sie das Gefühl, daß es Victoria kaum interessieren würde, ein leicht amüsiertes Staunen, das wäre wohl alles, was sie für Ninas Geheimnis übrig haben würde.

Marleen kam ebenfalls nach Dresden und blickte sich anerkennend um, außerdem war sie wie eh und je ein Schmuckstück für jede Gesellschaft; sogar Marietta scheute die Reise nicht, um zu sehen, was für Wunderdinge dort in Dresden geboten wurden.

Mit einem Wort: Für Victoria bestand das Leben zu jener Zeit aus eitel Lust und Freude.

Sie gab sich viel mit Maria ab, die relativ rasch ihre Scheu ablegte und sich dieser schönen strahlenden Mutter zärtlich zuwandte. Aber noch mehr als an Victoria hing das Kind an Richard Cunningham, die beiden liebten sich so innig, daß Victoria manchmal eifersüchtig wurde. Richard gelang es auch, Maria ihre Angst vor anderen Kindern zu nehmen, er suchte sorgfältig nach Bekannten, die Kinder in Marias Alter hatten, lud sie ein, gab lustige Kinderfeste, spielte mit den Kindern, baute ein Kasperletheater auf, in dem er selbst erdachte Stücke aufführte, die großen Erfolg hatten. Auch Mali, die kleine Jagdhündin, war vom Waldschlössl mit nach Dresden umgezogen, denn keiner hatte es übers Herz gebracht, Maria von dem Hündchen zu trennen. Mali lebte sich gut in Dresden ein und wurde der Liebling des ganzen Hauses.

Als Nina im Frühjahr 1943 zu ihrem zweiten Besuch nach Dresden kam, sagte sie: »Bei euch kann man glatt vergessen, daß wir uns im Krieg befinden. Und in was für einem Krieg! Du hast keine Vorstellung, wie es in Berlin aussieht. Sie haben dort jetzt furchtbare Angriffe.«

Die Tragödie von Stalingrad hatte dem Volk klargemacht, daß der Krieg verloren war, nur ganz Verbohrte, nur ganz Törichte sprachen noch von Sieg.

Der große Rückzug aus Rußland hatte begonnen, das tapfere Afrikakorps war geschlagen, und Goebbels hielt im Berliner Sportpalast die leidenschaftlichste seiner leidenschaftlichen Reden, verhexte die Menge wie ein Medizinmann mit seiner in der deutschen Geschichte nie-vergessen-sein-sollenden Suggestivfrage: ›Wollt ihr den totalen Krieg?‹ Und der Ja-Schrei der verhexten Menge fuhr wie ein Dolch in das Herz des deutschen Volkes und riß eine Wunde, die wohl niemals vernarben wird.

Wie allerdings dieser totale Krieg aussehen sollte, das wußte selbst er nicht zu sagen, denn Menschen, Material, Panzer, Schiffe, Flugzeuge, Waffen, Munition, Treibstoff, Rohstoffe, alles, was nötig gewesen wäre, um diesen Krieg noch totaler zu machen, konnte selbst Goebbels nicht herbeihexen.

Die letzten Kräfte konnte man mobilisieren, die Alten und die Jungen einziehen, auch noch mehr Leute aus den sowieso angespannt arbeitenden Betrieben herausholen, der Zivilbevölkerung die größte Sparsamkeit abverlangen, die höchsten Anstrengungen unternehmen, um Ersatzstoffe jeder Art herzustellen und schließlich und endlich die Fata Morgana einer Wunderwaffe, die den Sieg herbeizaubern würde, in die Düsternis des Kriegshimmels malen.

Was konnte es gegen die Kriegsmaschinerie des reichen Amerika bewirken, die mittlerweile auf vollen Touren lief, was gegen die Menschenmassen der Sowjetunion, die inzwischen fanatisch und erbittert kämpften?

Nichts.

Der totale Krieg wurde nicht von Deutschland gegen seine Feinde geführt, den totalen Krieg führten die Verbündeten gegen das ausgeblutete Deutsche Reich. Und in steigendem Maße gegen die Zivilbevölkerung, denn die Bomben, die auf deutsche Städte fielen, verwandelten nicht nur diese Städte in Trümmerhaufen, sondern verwundeten und töteten die Menschen, die in ihnen lebten, Frauen und Kinder, Säuglinge und Greise, Gerechte und Ungerechte; nur eine kriegsentscheidende Wirkung hatten sie nicht. Das Volk war wehrlos und hilflos dem Tod ausgeliefert, der aus dem Himmel niederfiel, jedoch Hitler und seine Gefolgschaft traf er nicht, die saßen in sicheren Bunkern, Hitler mit seinem Stab in Ostpreußen, in der sogenannten Wolfsschanze. Und so wenig Hitler an die Front gegangen war, so wenig besah er sich die zerbombten Städte. Es kümmerte ihn nicht. Wenn dieses Volk nicht siegen konnte, mochte es untergehen. Mit ihm. Durch ihn. Aus dem totalen Krieg sollte ein totaler Untergang werden.

In Dresden waren noch keine Bomben gefallen, es gab gelegentlich Alarm, doch in dieser Stadt war man sicher, soweit nach Osten kamen die feindlichen Flugzeuge nicht.

Stephan Jonkalla ging es nach und nach besser. Er lebte noch immer im Sanatorium, doch er konnte es für kleine Spaziergänge verlassen, er kam auch zu seiner Schwester, die sich liebevoll um ihn kümmerte. Er ging am Stock, er war still, schwermütig und ermüdete leicht. Immerhin war sein Sehvermögen wieder hergestellt, nur der Hörnerv des einen Ohrs war für immer zerstört.

»Hauptsache, du lebst«, sagte Victoria. »Und für später gibt es keine Probleme. Richard wird dir nach dem Krieg einen bequemen Posten in irgendeinem seiner Betriebe geben, wo du dich nicht weiter anzustrengen brauchst. Und dann suche ich dir eine nette Frau, die dich liebt und verwöhnt, dir das Frühstück ans Bett bringt und deine Sachen aufräumt, genau wie es früher Tante Trudel getan hat.«

»Glaubst du denn wirklich, daß das Leben nach dem Krieg einfach so weitergeht wie früher? Vicky, glaubst du das wirklich? Du machst dir da etwas vor. Das sind Illusionen. Es wird fürchterlich sein nach dem Krieg.«

»Ja, ja, ich kenne den Spruch. ›Genieße den Krieg, der Frieden wird schrecklich.‹ Erst mal abwarten.«

Von einer düsteren Zukunft wollte Victoria nichts hören, und man sprach auch in ihrer Gegenwart möglichst nicht davon, denn sie erwartete ein Kind.

Die Schwangerschaft machte ihr kaum Beschwerden, Richard, der sich unbeschreiblich auf das Kind freute, verwöhnte sie, und noch immer lebte sie ja in einem Rahmen, der die Unbill der Zeit weitgehend von ihr fernhielt.

»Große Partien verpasse ich zur Zeit nicht«, sagte sie, »und große Sprünge kann man auch nicht machen, also ist die Zeit ganz günstig, um das zu erledigen. Maria, was möchtest du haben? Ein Schwesterchen oder ein Brüderchen?«

»Ein Schwesterchen«, wünschte sich Maria; und sie bekam es. Victoria gebar ihre zweite Tochter Anfang August 1943, wenige Tage nach ihrem eigenen Geburtstag. Sie nannte sie Micaela, allerdings machte der Standesbeamte Michaela daraus, da er annahm, es handle sich um einen Schreibfehler.

Zu dieser Zeit waren die Alliierten bereits in Italien gelandet, Mussolini war abgesetzt und verhaftet worden, der erste der faschistischen Führer somit geschlagen und entmachtet. Zwar ließ ihn Hitler später durch einen Handstreich der SS befreien, doch wurde der einst so mächtige und großmäulige Duce dadurch mehr oder weniger Hitlers Gefangener.

Nun mußten die Deutschen also auch noch Italien besetzen und verteidigen, doch auch hier trieb man sie Schritt für Schritt zurück.

Seit dem Sommer 1943 mußte Victoria von Mallwitz das Gut allein bewirtschaften, denn ihr Mann war als Reserveoffizier eingezogen worden. Es gab überhaupt kaum mehr Männer im Waldschlössl, nur zwei alte Knechte, doch bekam Victoria französische Kriegsgefangene als Hilfskräfte zugeteilt mit denen sie gut zurecht kam. Erstens sprach sie perfekt französisch und zweitens behandelte sie die fremden Arbeitskräfte gerecht und anständig. Ihr jüngster Sohn, Albrecht von Mallwitz, wurde mit seinem Jagdflugzeug über England abgeschossen. Er konnte sich mit dem Fallschirm retten, war verwundet und kam in englische Kriegsgefangenschaft.

Victoria, als sie es erfuhr, sagte: »Gott sei Dank.«

Mehr bangte sie um ihren ältesten Sohn Ludwig, der tat Dienst in einem Feldlazarett auf der Krim, und er fiel gegen Ende des Jahres, als die Krim abgeschnitten und eingekesselt wurde.

»Ludwigs Sohn«, sagte sie, als sie und Nina sich seit langer Zeit einmal wiedersahen. »1914 der Vater, 1943 der Sohn. Sag mir, Nina, welch ein Wahnsinn herrscht auf dieser Erde? Und wir haben es kommen sehen. Damals, als es anfing mit diesem Unmenschen, haben wir es kommen sehen. Ich erinnere mich noch genau an einen Sonntag im März 1933, es war der Sonntag, nachdem dieses Affentheater in Potsdam stattgefunden hatte, du weißt schon, der sogenannte Tag von Potsdam. Als Hitler seinen ersten Reichstag eröffnete.«

»In Potsdam?« fragte Nina verwundert. »Daran erinnere ich mich gar nicht.«

»Das sieht dir ähnlich. Ich glaube du hast gar nicht richtig begriffen, was da vor sich ging. Hitler im Frack und der arme alte Hindenburg in Generalfeldmarschallgala, und die Glocken der Garnisonskirche in Potsdam bimmelten ihr ›Üb immer Treu und Redlichkeit‹ dazu. Ausgerechnet in der Potsdamer Garnisonskirche eröffneten sie ihren ersten Reichstag. In solchen Inszenierungen waren sie ja immer groß, das muß ihnen der Neid lassen. Ich weiß noch genau, was Guntram sagte. ›Friedrich der Große hätte ihnen ins Gesicht gespuckt‹, sagte er, und Felix Hartl, der war auch da, der sagte: ›Glaub' ich nicht, dem wäre seine Spucke noch zu schade gewesen, er hätte sie von seiner Garde aus Preußen hinauspeitschen lassen.‹ Das war schon beachtlich, daß sich die Bayern mit den Preußen mal solidarisch fühlten. Aber wir hatten ja ein schlechtes Gewissen, hier bei uns war der Kerl ja aufgeblüht wie so eine Brennessel auf dem Misthaufen der damaligen Elendszeit. Womit ich allerdings die Brennesseln nicht beleidigen möchte.«

Nina hörte staunend zu.

Da saß Victoria von Mallwitz, scheinbar kühl und beherrscht wie immer, erging sich in Erinnerungen, und eine Woche zuvor hatte sie die Nachricht erhalten, daß ihr Sohn gefallen war.

»Drei Tage später hatten sie dann das Ermächtigungsgesetz durchgesetzt, und von da an konntest du den Reichstag vergessen. Konntest du das vergessen, was man so hochtrabend Demokratie nennt. War *passé*. Und dann fingen sie an aufzuräumen und schmissen alle hinaus, die ihnen nicht paßten, die rot oder schwarz oder jüdisch oder was weiß ich sonst noch waren. So wie deinen Silvester. Am nächsten Sonntag nach dem Humbug in Potsdam waren sie alle hier draußen bei uns. Guntram, Felix und Dr. Fels und natürlich Silvester, damals noch in Begleitung von Marie-Sophie, mit der er ja quasi verlobt war. Isabella war auch dabei.«

»Franziska nicht?«

»Nein, die kannten wir damals noch nicht. Das heißt, Silvester kannte sie wohl schon. Franziska war mit den beiden Braun-Mädchen schon lange be-

freundet. Mit Isabella in erster Linie, Marie-Sophie war ja eine komische Person, mit der konnte man eigentlich nicht befreundet sein.«
»Wie war sie denn? Ich meine, Silvester hat sie doch geliebt.«
»Na ja, geliebt. Wenn du mich fragst, waren das bei ihm Reste aus der Pubertätszeit. Damals hatte er sich halt in Marie-Sophie verknallt. Hübsch war sie schon. Apart sollte man besser sagen. So ein ätherisches Wesen, das immer halb in den Wolken schwebte. Und plötzlich lag sie unterm Teppich, *down and done,* das nannte sich dann Depressionen. Die pflegte sie mit Hingabe. Nein, Silvester kann froh sein, daß er sie los wurde. Es mag herzlos klingen, aber an dieser Frau hat die Welt nicht viel verloren. Im Gegensatz zu Isabella, die nicht nur eine hervorragende Ärztin, sondern auch ein wunderbarer Mensch ist.«

Nina hatte nun schon begriffen, warum Victoria soviel redete und erzählte. Sie wollte sich ablenken, sie wollte sich nicht ihrem Gram hingeben. Sie rauchte ununterbrochen, und sie füllte immer wieder die Gläser. Ihre Hand zitterte, und ihre Augen waren gerötet. Sie hatte ihren ersten Mann sehr geliebt, und sein Sohn, der nun gefallen war, hatte ihrem Herzen von allen Kindern wohl am nächsten gestanden. Ludwig von Mallwitz, seinem Vater sehr ähnlich, korrekt, zuverlässig, klug, ein gutes Abitur, das Medizinstudium, Promotion, und jetzt vermoderte er in Rußland. Neunundzwanzig Jahre war er alt geworden.

Draußen lag Schnee, es war kalt. Sie saßen in der Bauernstube, gleich unten rechts, wenn man hineinkam ins Waldschlössl, sie war holzgetäfelt, gemütlich, warm geheizt, sie hatten Leberknödel gegessen und Kartoffelsalat und tranken roten Südtiroler. Das heißt, Victoria hatte kaum etwas gegessen, sie trank nur und rauchte, und wenn ihre Finger keine Zigarette hielten, tanzten sie unruhig auf der Lehne der Holzbank.

»Erzähl weiter«, sagte Nina mitleidig. »Wie war das damals an dem Sonntag im März?«

»Da ist nicht mehr viel zu erzählen, ich, sag ja, sie waren alle hier und redeten, was das nun wohl werden sollte mit diesem Hitler und seinen braunen Mannen, und wir waren *disgusted,* aber natürlich hatten wir die Tragweite des Geschehenen nicht erfaßt. Und dann sagte Guntram: Denkt an mich, dieser Mann bringt uns einen neuen Krieg. Wir schauten uns betreten an, ich sehe noch das grimmige Gesicht vor mir, das Joseph machte, und dein Silvester sagte: Das wird keinem mehr gelingen und dem hergelaufenen Schreihals schon gar nicht. Lieber bringe ich ihn mit meinen eigenen Händen um.«

»Das hat er gesagt?«

»Hat er. Ein leichtsinniges Mundwerk hatte er immer schon, und er bekam ja kurz darauf die Quittung, da war er seine Stellung los. Ja, das war 1933. Das ist jetzt zehn Jahre her. Fast elf. Januar 1944. Und immer noch Krieg. *Oh damned!* Und ich hab' gedacht, der Krieg wird aus sein, bevor meine Söhne tot sind.«

Nun weinte sie doch. Ihr Kopf sank vornüber auf die Tischplatte, ihre Schultern bebten. Nina setzte sich neben sie auf die Bank und legte den Arm um sie. Sagen konnte sie nichts. Worte konnten nicht trösten.

Der nächste Schlag traf Nina. Im Februar 1944 wurde Silvester Framberg zum zweitenmal verhaftet. Desgleichen Franziska Wertach. Nicht viel hätte gefehlt, und man hätte Nina auch festgenommen. Sie wurde mehrmals verhört, aber man glaubte ihr, daß sie von dem Versteck auf dem Dachboden nichts gewußt hatte. Es war kaum zu glauben, aber im Speicher des Hauses in der Sendlinger Straße, in dem sich unten das Antiquitätengeschäft befand, hatte man Dr. Isabella Braun seit zwei Jahren verborgen. Es war ein Geschäftshaus, in dem sich keine Wohnungen befanden, also auch keine neugierigen Mieter, und da die Dachböden aus Luftschutzgründen seit Beginn des Krieges leergeräumt waren, hatte niemand Isabella dort entdeckt. Jetzt fand die Gestapo das Versteck, aber nicht Isabella. Sie war verschwunden.

Vergebens wartete Nina diesmal auf Silvesters Rückkehr. Sie erfuhr bis zum Ende des Krieges nicht, was aus ihm geworden war. Es war die gespenstische Wiederholung des schon einmal Erlebten: Ein Mann verschwand im Nichts, man wußte nicht, lebte er und würde heimkehren, war er tot und für ewig verloren.

Isabella überlebte den Krieg. Als Franziska und Silvester merkten, daß sie beobachtet und überwacht wurden, hatten sie die Ärztin buchstäblich in letzter Minute aus dem Haus gebracht. Silvesters Freund, der Internist Dr. Fels, leitender Arzt einer großen städtischen Klinik, legte sie als angeblich schwer Herzkranke in ein Einzelzimmer seiner Station. Isabella sah so elend aus, daß jedermann, auch die Schwestern der Klinik, in ihr eine Todeskandidatin sahen. Keiner kannte ihren wirklichen Namen, keiner wußte, wer sie war. Ein Jahr und vier Monate lag Isabella im Bett, nur in der Nacht, jedesmal, wenn die Nachtschwester auf ihrer Runde vorbeigekommen war, stand sie auf, machte Übungen, bewegte sich lautlos im Zimmer auf und ab. Sie hatte sich entschlossen zu überleben. Sie war es allen denen schuldig, die so viel Gefahr für sie auf sich genommen hatten. Allerdings wußte sie nicht, daß Silvester und Franziska im Konzentrationslager waren, das hatte Dr. Fels ihr verschwiegen.

Nina, zermürbt von den Jahren der Bangnis und der Angst, weinte diesmal nicht. Sie hatte gewußt, daß es so kommen würde, genau wie sie gewußt hatte, daß sie Silvester nicht behalten konnte. Ihr Schmerz mischte sich mit Bitterkeit. Er hatte sie belogen und verraten; warum und für wen er es auch getan haben mochte, ihr war er die Liebe schuldig geblieben, die sie sich erhoffte, als sie ihn heiratete.

»Er hat seinen Privatkrieg gegen Hitler geführt«, sagte sie zu Marleen. »Er fühlte sich als Held und Widerstandkämpfer, und da er das Attentat gegen Hitler nicht durchführen konnte, wollte er Dr. Isabella Braun retten. Es war eine fixe Idee von ihm. Vielleicht hängt es mit Isabellas Schwester zusammen, die sich seinerzeit das Leben genommen hat, als das alles anfing, ich weiß es nicht. Er hat sie auf jeden Fall mehr geliebt als mich.«

»Wen?« fragte Marleen. »Diese Isabella oder ihre Schwester?«

»Nun, sagen wir beide. Es ist mir auch egal. Irgendwie fühlte er sich immer schuldig an dem Tod dieser Frau, und darum rettete er also nun Isabella. Wenn er sie gerettet hat. Wie gesagt, es war eine fixe Idee von ihm. Und er bezahlte sie mit seinem Leben.«

»Das weißt du ja nicht. Vielleicht lassen sie ihn bald wieder frei.«

Nina schwieg darauf. Natürlich gab es noch einen Funken Hoffnung, aber eben nur einen Funken.

»Mach nicht so ein verzweifeltes Gesicht«, sagte Marleen. »Komm, wir

trinken noch eine Flasche Sekt. Was haben wir schon alles erlebt. Es ist nun mal unser Pech, in dieser Zeit zu leben. Aber nun wird es ja nicht mehr lange dauern. Der Krieg ist bald zu Ende.«
»Und dann? Was wird dann sein?«
Marleen hob die Schultern.
»Tja, wer das wüßte. Alexander will nach Südamerika. Er sagt, er bleibt nicht in Europa, hier wird man nie mehr menschenwürdig leben können. Seit sein Sohn gefallen ist, kann man kaum mehr vernünftig mit ihm sprechen.«
Nina lehnte sich in das weiche kobaltblaue Sofa zurück, zog die Beine auf den Sitz, zündete sich eine Zigarette an und sah Marleen zu, wie sie geübt eine Flasche Sekt öffnete.
Dann legte Nina den Kopf zurück auf die Sofalehne und lachte.
»Warum lachst du?« fragte Marleen.
»Ach, nur so. Über dich.«
»Über mich?«
»Ja. Du sagst, was für ein Pech, in dieser Zeit zu leben. Also, was dich betrifft, dir geht es doch fabelhaft. Besser kann man doch gar nicht leben. Du hast immer einen Mann, der dir das Leben auspolstert. Immer gerade den Richtigen zur richtigen Zeit. Wie kannst du sagen, daß du Pech hast?«
»Na ja, so gesehen hast du recht. Meine Männer waren mehr oder weniger alle ganz nützlich. Ach, mein armer Max, wer weiß, was aus ihm geworden ist. Er hat keinen Silvester gefunden, der ihm geholfen hat.«
»Er hat auch keine Frau gehabt, die zu ihm gehalten hat.«
»Ach, das hätte auch nichts genützt. In was für Zuständen hätte ich denn leben sollen in den letzten Jahren?«
»Eben«, sagte Nina sarkastisch. »Bestimmt nicht in diesen.«
Sie machte eine Handbewegung über das Zimmer hin, hübsch eingerichtet, schöne Bilder an den Wänden, weiche Sessel, Sekt in den Gläsern, kleine Häppchen auf dem Teller, warm geheizt das ganze Haus, und ein Mädchen zur Bedienung war auch wieder vorhanden.
Marleen war nun doch nach Bayern gekommen, in Berlin hatte sie es ab Mitte des Jahres 1943 denn doch zu ungemütlich gefunden. Allerdings hatte sie sich nicht in die Berge zurückgezogen, so weit hatte sie Alexander Hesse nicht gehorcht, aber sie hatte, vor zwei Jahren schon, das Haus in Solln, einem Vorort von München, gekauft und es nach und nach bei gelegentlichen Besuchen eingerichtet.
Als Nina das Haus zum erstenmal gesehen hatte, war sie höchst verwundert.
»Na, weißt du! Das kommt mir vor wie zu Hause.«
»Nicht wahr?« sagte darauf Marleen strahlend. »Es hat mich auch daran erinnert. Darum habe ich dieses genommen. Aber es ist viel hübscher als unser Haus daheim. Und vor allem viel komfortabler.«
Es war eine alte Villa, wohl um die Jahrhundertwende herum gebaut, mit Türmchen und Erkern, dicken Mauern, großen Zimmern, einer respektablen Eingangshalle. Doch das Haus war renoviert von oben bis unten, mit modernen Bädern versehen, mit Heizung und Warmwasserversorgung. Es hatte einem jüdischen Fabrikanten gehört, der gerade noch rechtzeitig ausgewandert war, dann hatte eine Zeitlang ein Sänger des Münchener Nationaltheaters darin gewohnt der es verkaufte, als er nach Wien engagiert wurde. Als

Marleen das Haus sah, wollte sie es sofort haben, und Alexander Hesse gab nach. Ihm gefiel das Haus auch, er fand es gemütlich und Marleen angemessen.

Und nun wohnte sie hier. Anfangs nicht sehr gern, sie vermißte Berlin und ihren Bekanntenkreis, doch Berlin war gefährlich, und in München lebte man noch relativ ruhig, hier draußen sowieso.

Ruhig leben mußte Marleen nun notgedrungen auch, einen Wagen hatte sie natürlich nicht mehr, ein Taxi gab es nur in Notfällen, der Weg in die Stadt hinein war lang und unbequem, also blieb sie daheim, las viel, hörte Schallplatten und beschäftigte sich mit ihrem Hund. Alexander hatte ihr einen jungen Boxer geschenkt, nachdem sie es sich gewünscht hatte. Einen Boxer hatte sie früher schon gehabt im Haus am Kleinen Wannsee, der Marleen stürmisch liebte.

Auch dieser Boxer war treu und anhänglich, und wenn Marleen auf der Couch lag und las, lag er lang hingestreckt an sie geschmiegt.

Sie ging auch viel spazieren mit dem Hund, der lebhaft war und Bewegung brauchte. Es bekam Marleen gut, sie sah frisch und jung aus, dazu hübsch und gepflegt wie immer.

Anfang, Mitte vierzig, für älter hätte keiner sie geschätzt. Gemessen am Leben der Allgemeinheit führte Marleen Bernauer beziehungsweise Magdalene Nossek, wie auf ihrem Türschild zu lesen war, ein höchst angenehmes Leben. Nina besuchte sie gern, nachdem Silvester fort war. Sie fühlte sich einsam in der Holbeinstraße, sie war oft sehr unglücklich.

»Warum schreibst du denn nicht einfach wieder mal ein Buch?« fragte Marleen.

»Dazu bin ich nicht in der Stimmung.«

»Was heißt in Stimmung. Andere Leute haben auch Kummer und müssen arbeiten. Wenn du etwas zu tun hättest, würdest du nicht mit so vernieselter Miene herumlaufen. Denk bloß nicht, daß du davon hübscher wirst.«

Wirklich begann Nina wieder zu schreiben. Nicht die heitere Liebesgeschichte, die sie angefangen und nie beendet hatte, sondern die Geschichte einer Frau, deren Mann gefallen war, und die nun unentwegt darüber nachdachte, was sie in ihrer Ehe alles falsch gemacht hatte. Es war eine schlechte Ehe gewesen, mit Streit und Hader, mit Mißtrauen und Mißverständnissen. In Rückblenden gewissermaßen erinnert sich nun diese Frau an die einzelnen Stationen dieser Ehe, an bestimmte Szenen, wie es in Wirklichkeit gewesen war und wie es hätte sein können, wenn sie anders, klüger, großzügiger liebevoller reagiert hätte. Sie erlebt also wie in einem Doppelspiel ihre Ehe, wie sie hätte sein können, neben Erinnerung, wie sie wirklich gewesen war.

Nina wurde rasch von dem Stoff gefesselt, sie arbeitete flüssig, mit steigendem Engagement und erleichterte sich dadurch den Kummer über Silvester ein wenig. Wenn es Alarm gab und sie in den Keller mußte, preßte sie jedesmal das Manuskript fest an sich. Alles durfte kaputtgehen, nur diese beschriebenen Blätter nicht, sie waren derzeit ihr wichtigster Besitz.

Im April kam überraschend Stephan nach München. Es ginge ihm recht gut, sagte er, und er wolle nun bei ihr bleiben, damit sie nicht so allein sei.

Diesmal weinte Nina, aber vor Freude. Sie hatte nichts davon gewußt, Stephan kam unangemeldet. Von Dresden aus war er über Prag und Wien gefahren, denn das Reisen war nun sehr beschwerlich geworden, die Züge überfüllt, doch mit seinem Versehrtenausweis hatte man ihm überall einen Platz verschafft.

»Mein Gott, Junge, Stephan!« sagte Nina. »Wo du doch in Dresden so sicher warst. Wir haben hier jetzt so viele Luftangriffe.«

Denn München war inzwischen auch kein friedlicher Ort mehr, Tag und Nacht gellten die Sirenen, fielen Bomben, kroch man in den verhaßten Keller, einen Teil seiner Habe in Koffer und Taschen mit sich schleppend.

So viele Siege es einst gegeben hatte, so viele Niederlagen gab es jetzt. Im Juni landeten die Briten und Amerikaner in Frankreich, die lange gefürchtete Invasion der Alliierten begann.

Heim ins Reich – dahin trieb man jetzt von allen Seiten die unglücklichen deutschen Soldaten, die so tapfer, so verzweifelt, so vergeblich gekämpft hatten.

Am 20. Juli 1944 das Attentat, das lang ersehnte Attentat auf Hitler. Es mißlang, und wieder begann das große Morden, starben die verzweifelten und verlorenen Männer, die versucht hatten, dem verzweifelten und verlorenen Vaterland zu helfen. Es gab keine Rettung. Der bittere Weg mußte bis zu Ende gegangen werden.

Im August wurde Paris befreit, im September standen die Alliierten an der deutschen Grenze, drangen die Russen in Ostpreußen ein. Und noch immer kein Ende des Krieges. Hitler gab nicht auf. Wenn er unterging mußte das ganze Volk mit ihm untergehen.

Anfang Dezember brannte in der Holbeinstraße der Dachstuhl aus, lagen die Scherben sämtlicher Fenster in der Wohnung verstreut, war die Wohnungstür von dem Druck einer in der Nähe heruntergegangenen Mine aus den Angeln gerissen. Es gab kein Licht, kein Gas, kein Wasser, keine Heizung. Stephan war schwer erkältet, er hustete die ganze Nacht hindurch.

Nina rief Marleen an, sobald das Telefon wieder funktionierte. »Könnte Stephan nicht eine Weile bei dir bleiben? Der Hausmeister hat mir zwar jetzt die Fenster mit Brettern vernagelt, aber es zieht wie Hechtsuppe. Und die Heizung geht nicht. Der Junge wird mir ja nicht gesund.«

»Natürlich kann er zu mir kommen«, sagte Marleen, »und du kommst am besten mit. Ich mopse mich hier sowieso zu Tode. Es ist stinklangweilig den ganzen Tag. Außerdem bist du doch hier ein wenig sicherer als in der Stadt. Zu essen habe ich genug und den Keller voller Koks. Und Platz habe ich auch. Du kannst das Eckzimmer im ersten Stock haben und Stephan das unten neben dem Salon, da braucht er mit seinem Bein keine Treppen zu steigen.«

»Und wenn dein Alexander kommt?«

»Erstens war der erst vor vierzehn Tagen da und kommt bestimmt nicht so bald wieder. Zweitens sitzt er an irgendeinem geheimen Ort und bastelt an Wunderwaffen herum. Er hat nicht mal *mir* gesagt, wo das ist. Und drittens und letztens ist das *mein* Haus. Pack zusammen, was du brauchst, ich kenne hier in der Nähe einen Mietwagenfahrer, dem habe ich erst neulich ein halbes Pfund Bohnenkaffee untergeschoben, der holt euch. Stephan mit seinen ganzen Blessuren bekommt spielend die Genehmigung. Ruf mich an, wenn ihr fertig seid, und dann schicke ich den Huber. Aber bitte, ehe es dunkel wird.«

»Was denn, heute noch?«

»Klar. Je eher, desto besser. Was wollt ihr denn frieren in der kalten Bude. Wir machen euch ein schönes Abendbrot zurecht.«

So war Marleen nun auch. So war sie immer gewesen, großzügig und hilfsbereit, wenn ihr der Sinn danach stand und sie gerade nichts anderes zu tun hatte.

Nina packte in Eile einige Koffer, steckte ihr kostbares Manuskript, das kurz vor der Vollendung stand, in ihre Aktenmappe, und Stephan suchte von Silvesters Bücher die wertvollsten heraus; daß sie ihre Wohnung in der Holbeinstraße für immer verließ, ahnte Nina dennoch nicht.

Marleen rettete ihnen gewissermaßen das Leben. In der Woche darauf traf eine Luftmine das Haus, in dem Nina seit nun fast sechs Jahren gewohnt hatte, in dem sie, lange Zeit jedenfalls, sehr glücklich gewesen war.

Mit der Isartalbahn fuhr Nina bis zum Stadtrand, nachdem der Hausmeister, der sich hatte retten können, sie angerufen hatte. Sie lief durch rauchende Trümmer, fand eine Trambahn, die sie ein Stück weiterbrachte, lief wieder und stand endlich vor der Ruine des Hauses.

Das war nun also auch vorbei. Sie trauerte gar nicht so sehr um den verlorenen Besitz – Möbel, Wäsche, Kleider, Geschirr, es wurde alles so unwichtig in dieser Zeit. Sie hatte soviel in ihrem Leben verloren, es kam auf mehr oder weniger nicht mehr an.

Silvester hatte sie verloren, auch ihn. Als sie ihn heiratete, hatte sie gehofft, nun würde sie für den Rest ihres Daseins in Ruhe und Geborgenheit leben können. Liebe für sie, einen Mann, der zu ihr gehörte.

Nina stand auf der Straße, die Fäuste in die Taschen ihres Wintermantels gebohrt, ein Kopftuch umgebunden, dicke Stiefel an den Füßen.

Habe ich wirklich daran geglaubt? fragte sie sich. Ich wußte doch, daß es nicht so sein würde. Keine Liebe, keinen Mann, keine Ruhe und keine Geborgenheit, das alles ist nicht für mich bestimmt. Damals nicht, heute nicht, niemals. Ich bin allein. Ich werde immer allein sein.

Entschlossen wandte sie sich von dem zerfetzten Haus ab und ging die Straße entlang, fünf Häuser weiter, wo Herr Palincka, der Hausmeister, untergekommen war.

Herr Palincka, das war auch so ein Fall, wie er nur in dieser Zeit vorkommen konnte. Er war Deutschböhme, in Prag geboren und aufgewachsen, ein heller Kopf, ein erstaunlich guter Beobachter. Er war Hausdiener im Hotel Ambassador in Prag gewesen, später Privatchauffeur eines reichen Juden, an dem er sehr gehangen hatte und von dem er heute noch schwärmte.

»War ein guter Herr. So verständnisvoll. Konnte ich kommen und sagen, fühle mich heute nicht gut, Chef, hab' ich Kopfschmerzen, sagt er, Palincka, trink einen Slibowitz und hau dich aufs Ohr, fahr' ma mit dem Taxi.«

Der verständnisvolle Herr und sein aufgeweckter Chauffeur hatten mit wachem Mißtrauen beobachtet, was sich rundherum tat, der Anschluß an Österreich, dann der Einmarsch ins Sudetenland, das Abkommen von München, darauf sagte der Chef zu seinem Chauffeur: »Weißt' was, Palincka, ich habe einen Cousin in San Franzisko, den werd' ich mal besuchen für eine Weile. Du kannst hier im Haus wohnen bleiben, aber ich rate dir, paß auf, was sich tut, und überleg dir, was du tust.«

Palincka paßte auf und überlegte, als es an der Zeit war. Als die Deutschen Prag besetzten, beschlagnahmten sie natürlich die Villa des Juden und war-

743

fen Palincka hinaus, nannten ihn einen Judenknecht, als er das Eigentum seines Herrn beredt verteidigen wollte.

Palincka sah sich eine Weile das Treiben der Nazis in Prag an und beschloß dann, heim ins Reich zu kehren, ehe ihn die Tschechen hinauswerfen oder möglicherweise massakrieren würden. Denn daß dies eines Tages passieren mußte, bezweifelte er nicht. Er sprach tschechisch so gut wie deutsch und wußte, was die Leute redeten.

Erst wollte er nach Wien, aber dann kam er nach München. Einfach so. »Mal schauen, was das sein möchte für eine Stadt«, so erzählte er es Nina. »Mein Herr hatte einen Freund, der kam oft zu Besuch nach Prag. Und der wohnte in München und sagte immer, was für eine scheene Stadt ist sich das München. Kann man leben wie in guter alter Zeit.«

In München angekommen, besuchte er den Freund seines Herrn, der kein Jude war und daher unbehelligt, wenn auch nicht nazifreundlich weiter im Lande bleiben konnte, und da fand Palincka, was er bisher noch nicht gefunden hatte: die Frau fürs Leben. Der Freund von seinem Herrn hatte eine böhmische Köchin. »Und was kann sie kochen, meine Rosi! Weiß ich, was ist gute beemische Küche, gut essen kann man nur bei uns, aber sie kann noch besser als gut kochen, sie ist Meisterin im Kochen.«

Das erste Mal bei der Rosi in der Küche gegessen, und schon war es geschehen; sie heirateten und wurden ein äußerst glückliches Paar. Palincka, klein und hager, trotz guter böhmischer Küche nahm er kein Pfund zu, die Rosi, klein und rund, die beste Reklame für ihr Talent, lebten nun seit vier Jahren wie die Turteltauben. Seit drei Jahren hatten sie die Hausmeisterei in der Holbeinstraße. Nina hatte sich immer gut mit den beiden verstanden, sich gern mit ihnen unterhalten.

An diesem Nachmittag unterhielt Herr Palincka sie damit, ihr dramatisch von der Unglücksnacht zu berichten, in der das Haus, in dem sie beide gewohnt hatten, sterben mußte.

»War sich großes Glück, daß sich kein Mensch war da. Daß Sie gegangen sind zu liebe Frau Schwester, gnädige Frau, war beste Idee. Hat Ihnen und Herrn Sohn gerettet das Leben. Und vergessen Sie nicht, mir zu grießen sehr herzlich Frau Schwester.«

Für Marleen hatte er eine Schwäche, riß ihr jedesmal die Haustür weit auf, wenn er sie kommen sah. Gesehen hatte er immer alles, aufmerksam beobachtet auch, niemals geklatscht. Jetzt gab es keine Tür mehr aufzureißen.

Er zählte noch einmal einzeln auf, wer alles in dieser Nacht nicht im Haus gewesen war, als es passierte. Die junge Frau im zweiten Stock, wo der Mann im Feld stand, war aufs Land evakuiert mit den beiden kleinen Kindern, welch ein Glück. Die alte Dame nebenan war zu ihrer Tochter gezogen nach Regensburg. Im ersten Stock verehrte Frau Dr. Framberg war mit Herrn Sohn gegangen zu liebe Frau Schwester. Nebenan hatten sich die Herrschaften rechtzeitig in den Bunker begeben. Und so weiter und so fort. Es war wirklich in der Schreckensnacht außer Herrn Palincka und seiner Rosi keiner im Haus gewesen.

»Sagt sich Rosi zu mir in einer Bombenpause, sagt sie, hab' ich komisches Gefühl, laß uns fortlaufen, Palincka, gehn wir ein Häusl weiter. Hab' ich gesagt gar nichts, hab' ich gesagt, laufen wir schnell, weiß ich, meine Rosi hat sechsten Sinn.«

744

So hatten sie ebenfalls überlebt, denn der Luftschutzkeller in ihrem Haus war eingestürzt.

Jetzt waren sie in einem anderen Haus untergekrochen, wo er mit dem Hausmeister befreundet war und wo auch mehrere Wohnungen leer standen.

»Aber es kann Sie hier auch treffen«, sagte Nina.

»Keller ist besser in dieses Haus, und Rosi wird uns warnen.«

An die übersinnlichen Fähigkeiten, die Rosi außer ihrem Kochtalent seiner Meinung nach besaß, glaubte er so fest, daß er sich wirklich nicht fürchtete.

Ninas Adresse und Telefon hatte er, seine jetzige Adresse befand sich an einem Mauerrest, Nina konnte sich beruhigt auf den langen Heimweg nach Solln machen, es war kalt, und es wurde bereits dunkel. Aber man hatte sie gestärkt, keiner verließ Rosi Palincka ohne Jause. Nina bekam erstklassigen Bohnenkaffee und selbstgebackene Buchteln. Woher Rosi und Palincka diese Schätze hatten, wußte Nina nicht, sie wußte nur, daß die beiden immer gehabt hatten, was sie für ihr Leben als notwendig erachteten. Es waren brauchbare Talente in dieser Zeit, und Palincka, der dank seiner Rosi den Krieg unversehrt und wohlgenährt überlebte, wurde später einer der erfolgreichsten Schwarzhändler der Nachkriegszeit und damit ein reicher Mann.

An diesem Nachmittag sagte er zu Nina, als sie ihm zum Abschied die Hand reichte: »Wird sein für mich schönster Tag, wenn ich kann Herrn Doktor geben Ihre Adresse, gnädige Frau.«

Und Nina wußte, daß er es so meinte, wie er es sagte. Sie hatten nie über Politik, nie über das Regime gesprochen, aber sie wußten einer vom anderen, was er dachte.

Aufrichtig getröstet verließ Nina ihren bisherigen Hausmeister. Zwar gehörte sie nun auch zu den Ausgebombten, war arm, besitzlos, obdachlos, aber sie teilte das Schicksal mit so vielen, und es war, gemessen an der Sorge um Silvester, ein ertragbares Schicksal. Besonders für sie, da sie ja bei Marleen keine Notunterkunft, sondern ein komfortables neues Heim gefunden hatte. Und Stephan war am Leben geblieben wider alles Erwarten, Vicky ging es gut, sie war in Sicherheit und mit einem großartigen Mann verheiratet, das war mehr als ein Mensch in dieser Zeit erwarten konnte.

Nina ging das alles durch den Kopf, sie hatte Zeit genug, denn es dauerte über drei Stunden, bis sie nach Solln kam, zwar fuhr die Trambahn ein Stück, und dann nahm sie die Isartalbahn, aber sie mußte überall lange warten und dazwischen immer wieder eine Strecke laufen.

Wenn wir draußen nicht ausgebombt werden, dachte sie, und wenn Silvester vielleicht doch wiederkommt, dann wäre es geradezu der Himmel auf Erden, trotz allem, was geschieht. Und jetzt brauche ich noch vier, fünf Wochen, dann bin ich mit dem Buch fertig. Drucken wird es keiner, es gibt ja kein Papier, aber geschrieben habe ich es.

Vicky in Dresden erwartete in diesem Monat ihr drittes Kind. »Dann ist aber Schluß«, hatte sie geschrieben. »Ich mach' das auch nur, weil ich nicht singen kann und weil ich sonst nicht viel zu tun habe. Und auch weil Richard so viel Freude an den Kindern hat. Es ist kaum zu glauben, wie vernarrt er in die beiden Mädchen ist. Hoffentlich wird es diesmal ein Junge. Wenn schon, denn schon.«

»Hätte ich nie gedacht, daß Vicky so gebärfreudig ist«, hatte Marleen ge-

sagt, als sie von dem bevorstehenden Nachwuchs erfuhren. »Die Kleine damals hat sie ausgesetzt, ich hab' nicht einmal davon gewußt, und jetzt kriegt sie ein Kind nach dem anderen. Sie hat diesen Mann offenbar sehr gern.«
»Was ich verstehen kann«, sagte Nina, und Marleen nickte und meinte, sie könne es auch verstehen, Richard Cunningham wäre jederzeit auch ein Mann nach ihrem Geschmack gewesen.

Seit dem Herbst 1944 kamen die Flüchtlinge, erst einige, dann mehr und mehr, bis ein endloser Strom heimatlos gewordener Menschen über die Straßen trieb. In den Jahren zuvor, als im Westen des Reiches, in Hamburg, in Berlin die Luftangriffe zahlreicher wurden und an Brutalität zunahmen, war die Bewegung in entgegengesetzter Richtung gegangen. Wer es ermöglichen konnte, wer nicht durch seinen Beruf oder die Fanilie an die großen Städte gebunden war, zog südwärts oder lieber noch ostwärts. Jenseits der Elbe, jenseits der Oder kannte man Luftangriffe nur aus der Zeitung. Auch die Ausgebombten, besonders Mütter mit kleinen Kindern, hatte man im Ostteil des Reiches untergebracht.
Aber nun der Treck aus dem Osten! Endlos schien die Flut verzweifelter Menschen, die sich retten wollten, mit Pferdewagen, zu Fuß, Handwagen mit dem letzten bißchen Habe hinter sich herziehend, und immer schneller, immer verzweifelter kamen sie, gehetzt und gejagt von den rasch vorwärts rükkenden Russen.
Raum für sein Volk hatte Hitler gewollt. Nun ging auch das verloren, was bisher für einen großen Teil des Volkes Heimat gewesen war.
Der Winter war bitterkalt, es lag hoher Schnee, Menschen und Tiere erfroren und verhungerten am Straßenrand, nur weiter, nur weiter. Die Letzten waren die Schlesier, die Ende Januar mit dem Elendszug begannen.
Dresden, vom Krieg unberührt, diese schöne, leuchtende, noch immer unzerstörte Stadt, war zu Beginn des Februar ein einziges Flüchtlingslager. Dresden war ein ersehntes Ziel, hier standen heile Häuser, hier gab es ausgeschlafene Menschen, die helfen wollten und helfen konnten.
Zuvor noch, kurz vor Weihnachten, gebar Victoria Cunningham einen Sohn. Wie sie ihrer Mutter geschrieben hatte, war sie ja ohne Arbeit, sämtliche Theater waren seit dem vergangenen Sommer geschlossen, der totale Krieg hatte schließlich auch die Künstler erreicht. Sie waren zum Fronteinsatz oder zur Fabrikarbeit eingezogen worden.
»So gesehen«, sagte Victoria, »ist Kinderkriegen ja noch das kleinere Übel.«
Im Hause Cunningham herrschte kein Mangel auch wenn es nun etwas bescheidener zuging. Das Auto war stillgelegt, denn Richard brauchte die Betriebe im Osten, in Ungarn, in Oberschlesien nicht mehr zu besuchen, sie lagen jetzt im Kampfgebiet, wenn sie nicht schon erobert und verloren waren. Chauffeur und Diener gab es ebenfalls nicht mehr im Haus, sie waren zum Volkssturm eingerückt.
Maria Henrietta Jonkalla ging zur Schule, und sie ging gern. Sie war ein intelligentes wohlerzogenes, ganz normales, allerdings besonders hübsches kleines Mädchen. Von beiden Elternteilen hatte sie die Musikalität geerbt, sie besaß das absolute Gehör und spielte hervorragend Klavier.
Richard Cunningham, der Maria von Herzen liebte, war auf ihr musikalisches Talent besonders stolz.

»Was meinst du? Ob sie Pianistin wird?«

»Es ist mir egal, was sie wird«, sagte Victoria, »wenn nur dieser verdammte Krieg endlich zu Ende wäre. Warum haben sie bloß diesen Kerl letzten Sommer nicht umgebracht? Dann hätten wir es längst hinter uns.«

Cunningham war kein Anhänger Hitlers, das hätte seinem Wesen nicht entsprochen. Aber natürlich hatte er in den vergangenen Jahren mit den Nazis zusammengearbeitet, das ergab sich aus seiner wirtschaftlichen Position. Im Grunde aber waren seine Interessen international. Hitler hatte er anfangs für eine vorübergehende Erscheinung gehalten und nicht besonders ernst genommen. Ein Fehler, wie er heute zugab.

»Hätte ich rechtzeitig erkannt, wo das hinführt«, sagte er einmal zu Victoria, »wäre ich nicht in Deutschland geblieben. Aber dann hätte ich dich nicht gefunden, und so gesehen war es eben doch gut daß ich geblieben bin. Aber mach dir keine Sorgen, sollten die Verhältnisse nach dem Krieg unerträglich sein, verschwinden wir so schnell wie möglich. Wir gehen nach Johannesburg.«

In Südafrika, das wußte Victoria aus Richards Erzählungen, lebte sein bester Freund, Rudolf Heinze. Sie waren zusammen in die Schule gegangen, hatten zusammen studiert, sich oft in dasselbe Mädchen verliebt, was ihre Freundschaft nie beeinträchtigt hatte.

»Ich habe viele Freunde und noch mehr Bekannte«, sagte Richard, »aber einen richtigen, echten Freund findet man nur einmal im Leben, genau wie man nur einmal die richtige echte Frau findet. Er hat mir immer sehr gefehlt, auch wenn wir uns oft gesehen haben.«

In den zwanziger Jahren war Rudolf nach Südafrika gefahren, um den Bruder seines Vaters zu besuchen, der früher eine riesige Farm in Südwestafrika besessen hatte. Nach dem Ersten Weltkrieg, als Deutschland die Kolonien verlor, war er nach Johannesburg gegangen, und sie wußten in Dresden nicht so recht, was er eigentlich trieb. Rudolfs Vater, Professor an der Technischen Hochschule, schickte seinen Sohn auf die Reise, damit er erstens etwas von der Welt zu sehen bekam und sich zweitens um den Onkel kümmerte und ihn möglichst, falls es ihm sehr schlecht ging, mit nach Hause brachte. Zwar seien die Verhältnisse in Deutschland derzeit nicht gerade rosig, doch hier sei Familie, die sich seiner annehmen könne.

Wie sich herausstellte, ging es dem Onkel keineswegs schlecht, und er dachte nicht im Traum daran, in das Nachkriegsdeutschland zurückzukehren. Er hatte sich mittlerweile in Südafrika an einer Mine beteiligt, die ihm einige Jahre später allein gehörte. Binnen zehn Jahren wurde er einer der reichsten Männer am Kap.

Das großzügige freie Leben in Südafrika gefiel Rudolf ausnehmend gut. Er blieb lange, dehnte diesen Besuch über Monate aus und trat schließlich als Angestellter in die Firma seines Onkels ein, einige Jahre später wurde er Teilhaber.

»Wenn nicht Krieg wäre«, erzählte Richard, »hättest du ihn längst kennengelernt. Heimweh nach Dresden hat er immer noch, und er kam so alle zwei bis drei Jahre zu Besuch. Auch ich bin zweimal unten gewesen. Gegen ihn bin ich ein armer Mann. Er lebt in einem Stil, der wahrhaft imponierend ist. Wenn wir kämen, würde er uns mit offenen Armen aufnehmen.«

»Gibt es dort eine Oper?« fragte Victoria.

»Ich denke schon. Und wenn es keine gibt, werden wir eine für dich bauen.«
Victoria lachte.
»Mir wollte schon einmal ein Mann eine Oper bauen.«
»Wer?«
»Meine erste Liebe, Johannes Jarow. Gott, ist das lange her. Elga lebt in Genf, und Johannes ging nach Amerika. Wie ihnen wohl zumute sein wird, wenn sie an mich denken. Und wie klug war es von Dr. Jarow, daß er sie damals gleich nach Zürich verfrachtete. Elga war die beste Freundin, die ich jemals hatte. Später hatte ich mich ganz gut mit Mary von Dorath angefreundet, aber sie wollte nichts mehr von mir wissen, als ich ihren Bruder sausen ließ. Schneegans!«

Eine Freundin hatte Victoria übrigens in Dresden auch gefunden. Luise Gräfin Ballinghoff, kurz Lou genannt, arbeitete als Hilfsschwester in einem Lazarett auf dem Weißen Hirsch, ganz in der Nähe des Sanatoriums, in dem Stephan untergebracht gewesen war. Sie war ein wenig älter als Victoria, eine zierliche blonde Frau, ihr Mann war schon im Frankreichfeldzug gefallen, und sie wollte nicht ständig zu Hause sitzen. Mit dem Chefarzt des Sanatoriums und mit seiner Frau war sie befreundet, daher kam sie oft zu Besuch, und dort hatte Victoria sie kennengelernt. Lou war musikalisch, sie spielte Klavier, noch besser Geige, das schuf eine Verbindung, sie kam oft ins Palais Cunningham, um Victoria zu begleiten, wenn sie sang. Außerdem kannte sie Marietta.

»Ich hab' sie noch auf der Bühne gehört und bin einmal zu ihr gegangen, um ihr vorzusingen. Ich wäre gern Sängerin geworden. Aber sie meinte, das solle ich bleiben lassen, das Material werde nicht ausreichen, ich solle lieber weiter herumfiedeln. Wörtlich, so sagte sie.«

»Sieht ihr ähnlich«, kommentierte Victoria.

Dann hatte Lou geheiratet und betrieb die Musik nur noch aus Liebhaberei, obwohl sie mehr als eine Dilettantin war.

Sie kam gern zu Victoria, auch der Kinder wegen. Sie hatte sich Kinder gewünscht und keins bekommen, aber sie hatte eine reizende Art, mit Kindern umzugehen. Maria bekam von ihr Klavierstunden, was für beide eine reine Freude war.

Marietta hielt sich nicht mehr in Berlin auf, wie Victoria wußte, ihr war es dort zu gefährlich geworden. Jetzt wohnte sie bei ihrer Schwester am Bodensee.

Mitte Januar hatte Richard Cunningham Geburtstag, er wurde fünfzig. Am selben Tag taufte man seinen Sohn, er bekam ebenfalls den Namen Richard, das war Familientradition, wie Victoria erfuhr, die ihn lieber Michael genannt hätte.

»Der erste Sohn heißt bei uns immer Richard«, sagte ihr Mann. »Aber der nächste, den nennen wir Michael.«

»Vielen Dank, jetzt langt es mir. Mehr Kinder kriege ich auf keinen Fall.«

Sie machten eine Haustaufe, in der Halle wurde ein Altar aufgebaut, sogar Blumen und Grünpflanzen hatte Richard bei seinem Gärtner aufgetrieben.

Es war ein großes Fest, Richards Geburtstag und Richards Taufe, alle Freunde des Hauses kamen, sie waren nicht mehr so fröhlich, so sorglos wie einst, aber sie sagten, jeder sagte es: »Nun kann es nicht mehr lange dauern.«

Mehr noch als das Geburtstagskind und der Täufling entzückte Maria Henrietta die Gäste. Sie war groß geworden, sehr grazil und anmutig, ihr Gesicht, immer noch zart und blaß, umrahmt von den offenen, fast schwarzen Locken, wurde beherrscht von großen dunklen Augen, die selig strahlten, wenn sie das Baby betrachteten. »Wir wollen noch viele Kinder kriegen«, sagte sie, worüber sich alle sehr amüsierten.

Es war das letzte Fest, das in diesem Haus gefeiert wurde. Es war der letzte Geburtstag, der Richard Cunningham vergönnt war, und es war das einzige Fest, das der kleine Richard Cunningham erlebte.

Und es war auch das letzte Mal, daß Victoria Cunningham, die Sängerin und Filmschauspielerin Victoria Jonkalla, in diesem Hause sang.

Sie sang das Halleluja von Mozart, und sie sang es wunderschön, ihr Mann sah sie an und liebte sie wie am ersten Tag, liebte sie tausendmal mehr als am ersten Tag, liebte sie zu recht, denn sie hatte ihn nicht enttäuscht. Für ihn war sie die Frau, die er sich erträumt hatte.

Als am 13. und 14. Februar, in dem furchtbarsten Luftangriff, der in diesem Krieg stattfand, die Stadt Dresden vernichtet wurde, war das Haus Cunningham voll von Flüchtlingen. Man hatte so viele aufgenommen, wie es nur möglich war, und die Menschen, die seit Wochen ohne Dach über dem Kopf in eisiger Kälte auf der Straße dahingetrieben waren, kamen sich vor, als seien sie ins Paradies geraten. Im Haus war es warm, man versorgte die Flüchtlinge mit trockener Kleidung und in der Küche wurde heiße Suppe gekocht, Kaffee bereitet, Brote geschmiert, Milch für die Kinder gewärmt. Sie lagen und saßen in weichen Sesseln, auf den leuchtenden Teppichen und hatten zum erstenmal, seit sie Haus und Hof, ihre eigene Wohnung ihr eigenes Bett verlassen mußten, das Gefühl, Menschen zu sein, die nicht nur hilflos und mitleidslos dem Elend preisgegeben waren.

Victoria hatte in der Küche, im Haus überall geholfen; wie ein Märchenwesen aus einer anderen Welt erschien sie den halb verhungerten, abgerissenen Unglücklichen.

Dann allerdings machte sie sich Sorgen um Micaela. Ihre Stirn war heiß, an ihrem Körper zeigten sich rote Flecken.

Sie sperrte das Kind in seinem Zimmer ein, verbot dem Kindermädchen das Zimmer zu verlassen und versuchte, lange Zeit vergeblich, den Arzt zu erreichen, der die Kinder behandelte. Er kam gegen Abend.

»Sieht nach Scharlach aus«, stellte er fest.

»Um Gottes willen«, rief Victoria. »Was machen wir denn da? Wir haben das Haus voller Menschen. Und voller Kinder. Das gibt ja eine Epidemie. Und das Baby? Was mach' ich mit dem Baby?«

»War Micaela denn draußen bei den anderen?«

»Nein. Ich habe sie in ihrem Zimmer gelassen. Weil so viel Betrieb im Haus ist. Und weil ich schon morgens fand, daß sie nicht in Ordnung ist. Evi war die ganze Zeit bei ihr. Sie ist auch aus diesem Zimmer nicht herausgekommen.«

Evi, das Kindermädchen, nickte eifrig. Sie war gern bei Micaela geblieben, im Haus gab es zuviel Arbeit und zuviele schmutzige Leute, das gefiel ihr sowieso nicht.

»Ja, wir können unser Glück versuchen«, meinte der Arzt. »Packen Sie die Kleine warm ein und bringen Sie sie aus dem Haus, mitsamt Evi. Aber wohin? Die Kliniken sind alle voll belegt.«

Victoria dachte nach, nicht lange, dann kam ihr der rettende Gedanke.
»Zu Lou. Zu Gräfin Ballinghoff. Die wird schon keinen Scharlach kriegen. Ich muß bloß ergründen, wann sie vom Dienst nach Hause kommt.«

Abends gegen neun trafen Victoria, Micaela und das Kindermädchen in Lous Wohnung ein, wo sie erwartet wurden, das Bett war bereitet, für Victoria und Evi stand ein Imbiß auf dem Tisch.

Lou schloß die Kleine beglückt in die Arme.

»Das finde ich herrlich. Da habe ich für eine Weile das Schätzchen ganz für mich allein.«

»Du machst mir Spaß. Das Kind ist krank, und du findest das herrlich. Außerdem hast du sie nicht für dich allein, Evi muß auch hierbleiben. Die kann ich nicht mehr ins Haus mitnehmen, die steckt voller Scharlachbazillen. Falls es Scharlach ist, was noch nicht feststeht.«

»Und du? Du bist auch ein Bazillenträger.«

»Ich fahre zu Dr. Hermann in die Praxis, das haben wir so ausgemacht, er desinfiziert mich von Kopf bis Fuß.«

»Na, da bin ich aber gespannt, ob du nicht demnächst bei dir im Haus ein Krankenhaus hast. Stell dir vor, es hat sich auch nur einer angesteckt. Was ja auch schon gestern passiert sein kann, nicht wahr?«

Das Palais Cunningham wurde kein Krankenhaus, es wurde ein Totenhaus. Zwei Stunden später lebte in diesem Haus keiner mehr.

Gerade als Victoria gehen wollte, gab es Alarm, und kaum war die Sirene verklungen, kamen die Christbäume, und dann fielen auch schon die Bomben. Dresden war auf Luftangriffe nicht vorbereitet, es gab keine Flak, keine Jäger griffen die anfliegenden Bomber an, ungehindert wurde die wehrlose Stadt überfallen. Nach dem ersten Angriff brannte die Stadt, nach dem zweiten, eine Stunde später, kamen die Sprengbomben, kamen die Tiefflieger, die in die zusammengeballten Menschenleiber, die sich vor dem Feuer in die Grünflächen geflüchtet hatten, hineinschossen, bis sich nichts mehr rührte. Der dritte Angriff kam am nächsten Tag. Da stand fast kein Haus mehr in dieser Stadt, da lebten nur noch wenige.

Etwa 300 000 Menschen fanden am 13. und 14. Februar in Dresden den Tod. Ganz genau ließ sich die Zahl nie ermitteln, es waren zuviele Flüchtlinge in der Stadt, die zuvor keiner gezählt hatte, die man auch als Tote nicht mehr zählen konnte, weil sie verbrannt, verkohlt, zerrissen, zerfetzt, in der tödlichen Hitze zu Kindergröße zusammengeschrumpft waren.

Es geschah im Februar 1945. Es war das sinnloseste Geschehen des ganzen Krieges. Das deutsche Volk war besiegt, die Alliierten hatten die Grenzen an mehreren Stellen überschritten. In einem Inferno unvorstellbarer Grausamkeit starb Deutschlands schönste Stadt, zu einem Zeitpunkt, als es nicht mehr vonnöten war, sie zu vernichten.

Als Nina von dem Angriff erfuhr, erschrak sie zu Tode. Aber noch ahnte sie nichts vom Ausmaß der Katastrophe, das gaben der deutsche Reichssender, die Zeitungen nicht bekannt. Erst nach und nach verbreitete sich das Gerücht vom Sterben der Stadt und ihrer Menschen. Nina wartete auf einen Anruf, ein Telegramm, auf irgendeine Nachricht. Es kam nichts.

»Ich muß hin«, sagte Nina.

»Das kommt nicht in Frage«, sagte Stephan. »Sie werden irgendwo auf dem

Land sein, die Verbindung klappt nicht, du weißt ja, wie das ist nach solchen Angriffen.«

Wie es geschehen war, was geschehen war, erfuhren sie eigentlich nie. Sie erfuhren gar nichts, denn aus Dresden kam keine Nachricht mehr.

Anfang März war Nina nicht mehr zu halten, sie wollte reisen. Aber reisen konnte man nicht mehr. Es fuhren keine Züge und die, die fuhren, wurden beschossen.

»Wenn Victoria tot ist . . .« sagte Nina. »Nein, das kann nicht sein. Das kann nicht sein. Nicht Vicky. Nicht sie.«

Tag und Nacht warten, ein Brief, ein Telegramm, ein Anruf. Oder sie standen einfach vor der Tür.

Nina lief in die Stadt, zur Holbeinstraße, brachte ein Schild an den Trümmern an.

Wir sind bei Marleen.

Nichts. Ein großes Schweigen kam aus Dresden, sonst kam nichts. Doch dann, Mitte April war es, klingelte das Telefon.

Marleen ging an den Apparat, denn Nina war nicht mehr zu bewegen, den Hörer abzunehmen, zu oft hatte sie vergebens, atemlos, darauf gewartet, Vikkys Stimme zu hören.

»Ist das dort bei Nossek?« fragte eine Männerstimme.

Marleen wurde blaß.

»Ja«, flüsterte sie.

»Ich rufe an vom Bahnhof Moosach. Hier ist vor ein paar Tagen ein Transport angekommen, und da war ein kleines Mädchen dabei, das heißt Maria Jonkalla, das will zu Ihnen.«

Marleen hob die Hand an den Mund und starrte Nina an, die mit schreckgeweiteten Augen an der Tür lehnte.

»Ja«, sagte Marleen, »ja, das ist hier.«

Zwei Stunden später brachte ein Sanitätswagen Maria Henrietta ins Haus.

Sie standen alle drei am Gartentor und sahen, wie ein Sanitäter das Kind herunterhob. Es war in eine graue Wolldecke gehüllt, sein Haar hatte man ganz kurz geschnitten, man sah eine rote Narbe an der linken Schläfe. Ein Arm war in Gips.

Der Mann stellte Maria behutsam auf den Boden, sie schwankte ein wenig, er hielt sie fest, ließ sie dann los.

»Versuch es«, sagte er, »du kannst allein stehen. Wir haben es doch probiert.«

Dann sah er die drei Menschen an, die mit bangem Gesicht dieser Ankunft zugesehen hatten: Nina, Marleen, Stephan.

»So, hier ist sie. War schwierig, bis wir herausgebracht haben, wo sie hingehört. Sie besann sich schließlich auf den Namen Framberg. Da wohnte aber keiner mehr. Der Hausmeister sagte uns dann, wo wir Sie finden.«

Er ließ Maria stehen und trat einige Schritte vor, sagte leise, und in seiner Stimme klang Mitleid: »Sie muß Furchtbares mitgemacht haben. Sie war in Dresden verschüttet, und man hat sie erst nach fünf Tagen ausgegraben. Unter lauter Toten soll sie gelegen haben. Es soll lange gedauert haben, bis man aus ihr herausgebracht hat, wie sie heißt und wer sie ist. Und ob sie irgendwo Verwandte hat. Erst konnte sie sich an gar nichts erinnern. Aber dann sagte sie, sie will nach München. Eine Rotkreuzschwester, die einen Verwundetentransport begleitet hat, hat sie dann mitgenommen und zu uns gebracht. Tja! Und sonst – na, Sie sehen ja.«

Er wandte sich zu dem Kind zurück, es stand da, hatte den gesunden Arm tastend vorgestreckt, das Gesicht erhoben.

Nina schrie auf.

»Nein!« schrie sie. »Nein!«

»Pst!« machte der Mann. »Sie müssen klaren Kopf behalten. Und Sie müssen ihr helfen.«

Nina stand da und starrte das Kind an, Tränen liefen über ihr Gesicht, sie merkte es gar nicht.

Da war Victorias Tochter. Das einzige, was von Victoria geblieben war. Da war Maria Henrietta.

Sie war blind.

Am 8. Mai 1945 war der Krieg vorbei. Einfach so. Er hatte angefangen, und nun war er aus. Als sei dies das normalste von der Welt.

Nina und Marleen standen im Garten und sahen die ersten Amerikaner in komischen hochrädrigen Autos vorüberfahren. Aus dem Nachbarhaus hing ein großes weißes Bettuch, und ein Nachbar, den sie gar nicht kannten, winkte über den Zaun.

»Dem Himmel sei Dank, wir haben's überstanden. Jetzt kann man wieder leben. Jetzt beginnt das Leben neu.«

Er drückte die Frau an sich, die neben ihm stand, beide lachten, und er rief »Wollen Sie nicht rüberkommen? Wir haben noch eine Flasche Schampus, die ist dran.«

Nina sah Marleen an.

»Geh du. Ich will nicht. Das Leben beginnt neu. Ist der Mensch von Sinnen? Wie stellt der sich das vor? Ich habe die Kraft und den Mut nicht mehr, ein neues Leben zu beginnen. Nicht noch einmal.«

»Es wird dir gar nichts anderes übrigbleiben«, sagte Marleen. »Es sind zwei kranke Menschen in diesem Haus, die dich brauchen. Für die du sorgen mußt.«

»Wie könnte ich das? Ich wüßte nicht, wie. Ich bin fertig. Ich bin am Ende. Warum soll ich noch leben? Ich will nicht mehr. Und ich kann nicht mehr.«

»Doch, du kannst. Du kannst, weil du mußt und weil du willst. Du bist viel stärker als du selber weißt. Ich habe dich immer bewundert, wie stark und wie mutig du bist.«

»Du? Du hast mich bewundert?«

»Wir kommen aus demselben Stall, nicht wahr? Du warst als Kind schon die Mutigste und die Stärkste von uns allen. Du hast dich behauptet, gegen Vater, gegen Mutter, gegen Willy, du hattest deinen Standpunkt, und dabei ist es geblieben. Ich habe immer geschwindelt und gemogelt und mich so durchlaviert. Du nicht. Und dennoch hat man mir mein ganzes Leben lang gegeben. Und dir hat man genommen. Weil du stark warst und ich schwach. Ist es so auf dieser Erde? Ich weiß es nicht. Ich weiß nur, daß du dabei immer stärker geworden bist.«

»Wie du redest!« sagte Nina. »Ich kenne dich nicht wieder.«

Marleen lachte.

»Nur heute mal. Es ist ein besonderer Tag. Ich werde mich bestimmt nicht mehr ändern. Du mußt mich nehmen, wie ich bin.« Sie legte Nina den Arm um die Schultern. »Aber ich kann ja versuchen, dir ein wenig zu helfen. Vermutlich sind wir die einzigen, die noch übrig sind von den Nosseks. Wer weiß, was aus Trudel geworden ist. Und unser Bruder Willy? Sollte er noch leben, werden ihn die Russen wohl nach Sibirien transportieren. Aber er wird uns beiden nicht fehlen. Kein Grund zu Sentimentalität.«

»Du vergißt unsere Schwester Hedwig.«

»Ach ja, stimmt. Aber die kann man leicht vergessen, die hat ja im Grunde nie zu uns gehört. Aber ich, Nina, was ich mir auch so geleistet habe im Laufe meines Lebens, ich hab' dich immer gern gehabt. Und . . .«

Und Vicky hatte sie sagen wollen, aber sie verschluckte den Namen gerade noch. Von Vicky wurde nicht geredet. Durfte nicht geredet werden.

Stephan lag im Bett. Der Anblick von Maria hatte ihn so tief getroffen, daß er einen Rückfall erlitten hatte. Er könne nun auch nicht mehr sehen, sagte er, das kenne er ja, das habe er lange genug selbst erlitten. Er hatte Fieber, und er fantasierte. Er sprach von Benno, vom Schnee, von der Kälte. Er schien wieder dort gelandet zu sein, wo man ihn aufgelesen hatte.

Es war der Schock, den Marias Ankunft ausgelöst hatte. Früher hatte er sie gar nicht gekannt, hatte nicht einmal von ihrem Vorhandensein gewußt. Aber während seiner Jahre in Dresden war auch er dem Zauber Marias verfallen, dem scheuen Lächeln in dem Kindergesicht und diesen großen dunklen Augen, die nun erloschen waren.

»Na, wie ist es?« klang es über den Zaun. »Kommen Sie?«

»Ja, gern. Gleich«, rief Marleen zurück. »Ein Glas Sekt wird uns guttun. Ich habe auch noch eine Flasche im Keller, falls eine nicht ausreicht.« Sie nahm Nina energisch am Arm.

»Los! Du kommst mit. Kannst du dich erinnern, was der Mann gesagt hat, der Maria brachte? Sie müssen klaren Kopf behalten. Du hast den Krieg überlebt, und da sind zwei Menschen, die auf dich angewiesen sind. Auf dich, Nina.« Sie neigte sich dicht an Ninas Ohr. »Nur auf dich, Nina. Für sie mußt du sorgen, für sie mußt du leben. Und weil du mußt, kannst du es auch. Und so gesehen hat unser fröhlicher Nachbar recht: Es beginnt ein neues Leben. Wie es aussehen wird . . .« Sie hob die Hände, die Handflächen nach oben gekehrt. »Keine Ahnung. Wenn ich fromm wäre, würde ich sagen: Gott wird es wissen. Aber vermutlich weiß er es auch nicht.«

»Gott hat uns schon lange vergessen.«

»Solche wie dich vergißt er nicht, Nina. So eine wie mich vielleicht schon. Aber so eine wie du, da hat er wohl Achtung davor.«

»Ach, hör auf«, sagte Nina ärgerlich. »Du redest furchtbaren Unsinn. Und jetzt laß uns gehen und den Sekt trinken, sonst trinken die ihn allein. Lange kann ich aber nicht bleiben. Ich muß den Kindern was zu essen machen. Was haben wir denn noch da?«

»Ach, eine ganze Menge. So schlecht sieht es bei uns gar nicht aus. Als uns Therese verlassen hat, habe ich mir die Vorräte ganz genau angeschaut. Geklaut hat sie nicht. Und alles gut verwahrt.«

Therese, das Mädchen, war ungefähr vor vierzehn Tagen weinend aus dem Haus gegangen, heim auf den Hof ihrer Eltern im Chiemgau. Sie müsse sich um sie kümmern, so ungern sie die Damen auch verlasse in der schweren Zeit.

»Hungern werden wir nicht so schnell«, fuhr Marleen fort, »und das ist mehr, als die meisten Menschen zur Zeit von sich sagen können.«
»Haben wir noch Eier im Haus?«
»Einen großen Topf voll. Hat die Therese eingelegt.«
»Dann mache ich heute mittag Eierkuchen. Den ißt Stephan so gern. Und vielleicht mag Maria ihn auch.«

Sie traten durch das Gartentor des Nebenhauses, der Nachbar stand vor der Tür und winkte mit beiden Armen.

»Nur herein, nur herein in die gute Stube. Ist es nicht ein Wunder, daß man noch eine hat? Ein Dach über dem Kopf, ein Bett, um darin zu schlafen, das ist ein wahres Wunder. Das kann man feiern, das ist auch ein Sieg in der heutigen Zeit.«

Marleen lächelte. »Sie sind ein Lebenskünstler, wie? Sie wollen auf jeden Fall heute einen Sieg feiern.«

»So ist es. Einen Sieg über den Krieg. Wir haben ihn überlebt, und darum haben wir ihn besiegt.«

»Eine gesunde Denkweise.«

Er küßte erst Marleen, dann Nina die Hand.

»Willkommen, schöne Nachbarinnen. Wir kennen uns noch nicht. Wissen Sie, ich habe allerhand erlebt. Werde ich Ihnen gelegentlich mal erzählen. Jedenfalls habe ich mich jetzt seit Monaten in diesem Haus versteckt. Darum haben Sie mich nie gesehen.«

»Aha«, sagte Marleen, »ich verstehe. Darum feiern Sie heute einen Sieg.«
»So ist es, so ist es. Meinen Sieg. Ich feiere meinen ganz persönlichen Sieg.«

Nina betrachtete ihn kurz. Was mochte er sein? Ein Deserteur? Ein Jude? Ein Widerstandskampfer?

Sie würden es erfahren. Es war nicht so wichtig. Er feierte seinen Sieg.

Die Frau war hübsch, brünett, hatte strahlend blaue Augen. Sie war glücklich. Sie feierte auch einen Sieg. Der Mann, den sie liebte, war gerettet.

Nina nahm das Glas, das man ihr anbot, zwang sich ein Lächeln ab, versuchte die Bitterkeit, die in ihr aufstieg, zu unterdrücken. Einer siegte, der andere unterlag. Was kam es darauf an? Aber ob Sieg oder Niederlage, wenn man überlebte, mußte man an morgen denken.

Und morgen, das hieß: Stephan wieder gesundzupflegen, Maria an ihr verändertes Leben zu gewöhnen, und es hieß auch, darüber nachzudenken, was sie ihnen morgen zu essen geben würde. Gleich, wenn sie wieder drüben waren, würde sie in den Keller gehen und die Vorräte betrachten. Sie einteilen. Das konnte sie bestimmt besser als Marleen.

Sie trank einen Schluck, einen zweiten.

»Darf ich noch einmal einschenken?« fragte der Nachbar, von dem sie noch nicht einmal den Namen wußte. Aber das war im Augenblick ganz unwichtig. Er war ein Sieger, das genügte.

»Gern«, sagte Nina, und das Lächeln fiel ihr nicht mehr so schwer. »Es tut wirklich gut.«

Mit einem Sieger zu sprechen tat auch gut. Und an morgen denken war auch eine große Hilfe.

Nur das Gestern, das mußte man vergessen. Falls man konnte.

Plötzlich fiel ihr ein, was Peter einmal gesagt hatte, damals ganz zu Anfang

754

ihrer Liebe. Gestern ist vorbei, und morgen ist eine unsichere Sache. Leben findet immer heute statt. Damals hatte ihr das gefallen, aber da war sie jung gewesen. Heute wußte sie: Gestern war niemals vorbei, gestern war das gelebte Leben, das man nicht einfach abschütteln konnte. Und zweifellos war morgen eine unsichere Sache, mehr denn je. Aber das war es schließlich in ihrem Leben meist gewesen, das würde keine neue Erfahrung sein.

Heute war der Krieg zu Ende gegangen. Es war erstaunlich, wie gleichgültig ihr dieser Tag, den sie so herbeigesehnt hatte, auf einmal war. Es kam wohl ein Punkt, ein jetzt und hier und heute, da man weder Freude noch Schmerz empfinden konnte. Die Flutwelle hatte sie überspült, war gewichen und hatte sie armselig und verloren auf dem nackten Boden zurückgelassen. Keine Hoffnung mehr, daß dieses neue Leben ein besseres Leben sein würde.

Nur die Gewißheit, daß es ihr Pflichten und Verantwortung aufbürden würde. Aber möglicherweise war das besser als gar nichts.

… **DIE UNBESIEGTE**

Es sind nicht alle glücklich,
die da lachen.
Das wahre Glück, mein Freund,
besteht nicht nur im Glücklichsein
vielmehr im Glücklichmachen.

Erstes Buch

München – Juni 1945

Master-Sergeant Davies kam mit großen Schritten aus dem Haus, sein Gesicht war gerötet, seine Augen funkelten wütend. Lieutenant Goll, der im Jeep saß, blickte ihm fragend entgegen. Er kannte diesen Ausdruck bei Davies; so hatte er im Panzer gesessen, wenn sie in ernsthafte Kalamitäten gerieten, mit dieser Miene konnte er aber auch seine Leute anbrüllen, wenn sie seiner Ansicht nach nicht spurten. Eine berserkerhafte Wut konnte diesen im allgemeinen schweigsamen und verträglichen Mann aus Minnesota plötzlich überfallen. »Well, I told them«, knurrte er zwischen den Zähnen hervor. Goll warf einen Blick auf Jackson, der hinter Davies herangetrottet war, doch der zeigte keinerlei Reaktion, er schob sich hinter das Steuer des Jeeps und kaute mit Hingabe an seinem Gummi herum.

»And what's wrong?« fragte Goll.

»It's a shame«, stieß Davies hervor. »That's what it is.« Er stieg nicht in den Jeep, lehnte sich an das Vorderrad und starrte erbittert auf das Haus.

Der Lieutenant verstand. Sie kannten sich noch nicht lange, erst seit der Ardennen-Offensive der Deutschen waren sie zusammen. Aber Zeit war ein irrealer Begriff in einer mörderischen Zeit wie dieser. Was sie gemeinsam erlebt hatten, das Fürchterliche, das Großartige, die Not, das Elend, das Blut und das Sterben um sie herum, dazu Pattons nicht aufzuhaltender Vormarsch, dieser stürmische Siegeszug in das verwüstete Land hinein, hatte sie so aneinander gebunden, daß es keiner Worte bedurfte, um sich zu verständigen.

Davies war ein hervorragender Soldat, ein tapferer Kämpfer im Krieg. Als Besatzungssoldat, als boshafter Unterdrücker, eine Rolle, die anderen gut lag, war er total fehl am Platz. Er hatte genug von der Zerstörung in diesem Land gesehen, vom Elend seiner obdachlosen, heimatlosen Menschen; es widerstrebte ihm zutiefst, in ein Haus zu gehen und Menschen, die noch ein Dach über dem Kopf hatten, auf die Straße zu werfen, Nazi hin – Nazi her. Er hatte zu Hause eine Frau und zwei Kinder, die lebten sicher und gut genährt in ihrem hübschen kleinen Haus, und er wünschte sich nur, daß er bald wieder bei ihnen wäre und von dem, was hier geschah und geschehen war und noch geschehen würde, nichts mehr sehen und hören mußte. Er war weder dumm noch primitiv, ein Mann mit unverdorbenem Charakter.

Sicher war es notwendig gewesen, diesen Kampf auf sich zu nehmen, aber nun war Hitler tot, der Krieg war zu Ende, und nun sollte er auch zu Ende sein. Nicht jeder Mensch in diesem Land konnte ein Verbrecher sein, das hatte er bereits begriffen.

Davies machte keine Anstalten, in den Jeep zu klettern, er blieb stehen, wo er stand, und zündete sich eine Zigarette an.

»You better go and see for yourself, Sir.«

Das gerade wollte Goll durchaus nicht. Es war nicht seine Aufgabe, den Bewohnern eines Hauses die Beschlagnahme anzukündigen, er hatte nur die

Requirierungsliste in der Hand. Der Lieutenant seufzte, stieg aus dem Jeep und betrachtete nun seinerseits das Haus. Ihm gefiel es. Doch er hatte nun einmal einen europäisch angekränkelten Geschmack, auch wenn er das Europa seines Vaters und seiner Mutter nur im Krieg kennengelernt hatte.

Hübsches altes Haus, fand er. Ziemlich altmodisch, mit Erkern und Balkons, es sah wohlhabend aus und gemütlich zugleich. Sicher war es innen verwahrlost und schmutzig, die Heizung funktionierte nicht, die sanitären Anlagen waren primitiv, es gab kein warmes Wasser.

Aber all dies hätte Davies nicht in Wut versetzt. Außerdem wußte er inzwischen, daß die Häuser dieser Deutschen, sofern sie noch standen, nicht verwahrlost und schmutzig waren, selbst nach fünfeinhalb Jahren Krieg nicht. Daß manches nicht funktionierte, dafür konnten sie nichts.

Er ließ den Blick über den Garten schweifen, der rechts von dem Haus eine erhebliche Ausdehnung zu haben schien, ein paar schöne alte Bäume standen darin, der Rasen war tiefgrün und gepflegt, rundherum Rosen in leuchtendem Rot, und direkt vor ihm hing über den Zaun ein Busch mit Jasmin, dessen Duft ihn einhüllte. Der Krieg schien spurlos an diesem Haus vorübergegangen zu sein. Die Mauern waren sauber verputzt, ohne Risse und Löcher, die Fenster blitzten in der Sonne.

Ein höchst passendes Haus für Pattons Leute. Was hatte Davies daran auszusetzen?

Er wandte sich zu Davies um, doch der brachte die Zähne nicht mehr auseinander, starrte grimmig vor sich hin und schenkte dem Haus keinen Blick mehr.

Goll war einundzwanzig, Davies dreiundvierzig und sein Untergebener, aber was bedeutete das schon? Außerdem hatte Davies ihm das Leben gerettet, als er, jung und unerfahren, seinen ersten Einsatz hatte.

Während Goll zögernd, unschlüssig, was er eigentlich tun sollte, unter der halb geöffneten Gartenpforte stand, kam eine Frau aus der Tür des Hauses, die Davies offengelassen hatte, als wolle er damit andeuten, daß die Angelegenheit für ihn keinesfalls erledigt sei.

Die Frau blieb neben der Haustür stehen, zu der drei Stufen hinaufführten, und da das Stück Vorgarten, das sie von Goll trennte, nur wenige Schritte ausmachte, konnte er sie genau betrachten.

Sie war schlank, wirkte mädchenhaft und jung, obwohl sie nicht mehr jung war. Ende vierzig etwa, schätzte Goll, ungefähr im Alter seiner Mutter.

Die Frau an der Tür trug ein glattes blaues Leinenkleid, ein ganz einfaches Kleid, doch an ihr wirkte es elegant. Ihr Haar war hellbraun mit einem rötlichen Schimmer, es war locker nach hinten gekämmt und ließ eine klare, faltenlose Stirn frei; sie sah weder verhungert noch elend aus, nur tiefunglücklich. Goll stieß die Gartentür vollends auf und ging auf sie zu. Als sie ihn sah, schien sie zu erstarren, ihre Augen wurden weit vor Schreck, ihr Mund öffnete sich wie zu einem Schrei; nicht nur Schrecken, geradezu Entsetzen drückte ihr Gesicht aus.

Goll blieb stehen. Was war an ihm so entsetzlich, daß die Frau ihn so ansah?

Der Auftrag, der ihn herführte, was sonst? Wie furchtbar, ein Besiegter zu sein! Aber wie peinlich, ein Sieger zu sein.

Er hob die Hand an den Mützenschirm und sagte in seinem gepflegten

Deutsch mit dem rollenden R: »Lieutenant Goll. Erlauben Sie, daß ich eintrete?«

Der Blick der Frau hing gebannt an seinem Gesicht, das Entsetzen wich, ein kindliches Staunen trat an seine Stelle. »Bitte«, sagte Nina. Sie trat ins Haus, er folgte ihr. Seltsamerweise wurde er wieder an seine Mutter erinnert. War es die Anmut der Bewegung, die schmalen Hüften, die feinen Fesseln der schlanken Beine?

Dieser Unsinn, den sie uns zu Hause erzählt haben, dachte er. Die deutschen Naziweiber haben blonde Zöpfe um den Kopf, dicke Hintern und breite Hüften.

Sein Vater hatte darüber nur gelacht, und natürlich hatte er recht, wie immer. Sie waren ganz anders, diese Frauen, und sie waren das Erstaunlichste, was er bisher in diesem vernichteten Land gesehen hatte. Auch wenn er sich natürlich, im Gegensatz zu den meisten der Soldaten, streng an das Gebot der Nonfraternization hielt.

Sie kamen in eine große Diele, links im Hintergrund führte eine ziemlich breite Treppe empor, an der linken Seite der Diele war eine hohe geschlossene Tür, doch im Hintergrund, neben der Treppe und auf der rechten Seite, waren die beiden Flügeltüren weit geöffnet, so daß das helle Licht des Sommertages die Diele durchflutete. Nur wenige Möbelstücke standen hier, schöne alte Möbel, und auf einem schmalen Ständer gab eine Vase mit Rosen dem Raum Leben und Farbe.

Sechs Wochen nach Ende des mörderischen Krieges war dieses Haus auch innen ein bemerkenswerter Anblick. Möglicherweise, schoß es Goll durch den Kopf, hatte ein hoher Nazifunktionär darin gewohnt, weil alles so komfortabel und wohlerhalten aussah.

Nina wandte sich zu dem amerikanischen Offizier um.

Die Verzweiflung, die sie empfand, wurde immer noch von dem Staunen über den Anblick des jungen Mannes verdrängt. Er sieht aus wie Nicolas, dachte sie. So muß Nicolas ausgesehen haben, als er sehr jung war. So hätte sein Sohn ausgesehen, wenn er einen gehabt hätte. Und – sie versuchte den Gedanken sofort zu verscheuchen, ihn gar nicht erst zu denken, aber er war schon da, ließ sich nicht mehr zurückschieben – er sieht Vicky ähnlich. Gott im Himmel, er sieht Vicky ähnlich, er könnte ein Bruder von ihr sein.

Ihre Augen füllten sich mit Tränen. Alles konnte sie ertragen, zu allem noch die Beschlagnahme des Hauses, nur nicht den Gedanken an Vicky.

Goll sah die Tränen in ihren Augen und verwünschte sich selbst, daß er ins Haus gekommen war. Das war nicht seine Aufgabe. Dieser verdammte Davies! Go and see for yourself, er würde ihm nachher Bescheid sagen.

»Sie haben es gehört«, sagte er steif. »Ihr Haus ist von der Besatzungsmacht beschlagnahmt.«

»Ja. Ich habe es gehört. Wir müssen es bis morgen mittag geräumt haben, wir dürfen nichts mitnehmen außer Garderobe und Lebensmittel.«

Sie wirkte nun ganz beherrscht, hob ein wenig hochmütig das Kinn. »Es ist ja nicht das erste Haus, mit dem das passiert. Ich habe schon verschiedentlich von Leuten gehört, die man auf diese rüde Weise auf die Straße gesetzt hat. Unseren Nachbarn ist es genauso ergangen, wir haben sie bei uns aufgenommen.«

Goll runzelte unwillig die Stirn. Wie erlaubte sich diese Deutsche mit ihm

763

zu sprechen? Hatte sie noch nicht begriffen, daß sie den Krieg verloren hatte?

»Übrigens ist das nicht mein Haus, es gehört meiner Schwester. Ich habe in der Stadt gewohnt, in München. Wir sind ausgebombt.«

Sie tupfte mit den Fingern die Tränen aus ihren Augenwinkeln, fügte dann kühl hinzu: »Sie verstehen mich? Es scheint, Sie sprechen gut deutsch.«

»Ja«, sagte er, irritiert durch ihre Sicherheit, »das ist in meiner Familie so üblich, wir sprechen englisch, französisch und deutsch.« Kaum ausgesprochen, ärgerte er sich, daß er vor der Deutschen angab.

»Und amerikanisch, nehme ich an«, fügte sie ein wenig süffisant hinzu.

Das artete in eine Konversation aus, dazu war er nicht hier.

»I'm sorry«, sagte er dennoch, und es klang wirklich wie eine Entschuldigung, »aber das Haus ist beschlagnahmt, daran ist nichts zu ändern.«

Nina nickte stumm, wies mit der Hand zu der offenstehenden Tür an der rechten Seite.

»Bitte«, sagte sie wieder.

Wider Willen folgte er ihr auch durch diese Tür.

Als erstes sah er, was wohl auch Davies gesehen und so zornig gemacht hatte: das Kind mit den toten weißen Augen. Das Kind saß auf einem Stuhl, die blicklosen Augen weit geöffnet, sein Gesicht war blaß, von einer geradezu tödlichen Blässe, das kurze Haar sehr dunkel, fast schwarz, und er dachte unwillkürlich: ob es auch dunkle Augen gehabt hat? An der linken Seite der Schläfe hatte das Kind eine tiefe Narbe, die in die Wange hineinreichte.

Es war ein schrecklicher Anblick.

Goll blieb an der Tür stehen und wußte nicht, was er sagen sollte.

Am Fensterbrett, mit dem Rücken zum Garten, lehnte eine junge Frau, ihr Haar war brünett, die Augen von strahlendem Blau, sie machte weder einen unglücklichen noch einen gedemütigten Eindruck, sondern lächelte Goll unbefangen an.

»Lieutenant Goll«, sagte Nina formell mit einer Handbewegung zu dem Amerikaner hin. »Eva Walther. Unsere Nachbarin. Sie wohnte in dem Haus nebenan.« Nun wies ihre Hand zum Fenster hinaus, und Goll konnte über die Breite des Gartens hinweg das Dach des Nachbarhauses sehen, ein rotes Dach über grünen Büschen.

»Right«, sagte Eva, löste sich von dem Fensterbrett und kam in die Mitte des Zimmers. »We have been thrown out a fortnight ago.«

Es klang nicht einmal betrübt, sondern geradezu fröhlich.

»Sie können deutsch mit ihm reden«, sagte Nina.

Eva lächelte immer noch. »Direkt schade. Ich zeige gern, was ich kann. Der Kollege von Ihnen, Lieutenant, der gerade hier war, hat mich gut verstanden. Ich ihn weniger, das gebe ich zu. Aber immerhin haben wir verstanden, worum es geht.«

»Außerdem wohnt in diesem Haus meine Schwester«, nahm Nina das Gespräch wieder auf. »Wie gesagt, ihr gehört das Haus.«

Sie wies wieder in den Garten hinaus, diesmal in den rückwärtigen Teil, und was Goll dort sah, steigerte seine Verwirrung weiter. In weißen Shorts, ein rotes schmales Tuch über der Brust, lag dort eine Frau in einem Liegestuhl und nahm offenbar ein Sonnenbad. Neben ihr im Gras lag ein Hund, ein Boxer.

Das war also die Besitzerin des Hauses, und sie tat, als ginge sie das alles gar nichts an.

»Und die Dame, die Sie dort unter dem Baum sehen, ist unsere Tante Alice. Sie ist seit drei Wochen hier. Flüchtling aus Schlesien. Seit dem Januar, seit man sie aus Breslau abtransportiert hat, war sie in verschiedenen Flüchtlingslagern. Sie ist zweiundachtzig. Wir waren sehr froh, als wir sie hier im Haus hatten.«

Die alte Dame saß unter einem breitästigen Ahorn, neben ihr stand ein kleiner Tisch, eine Tasse und eine Kanne darauf.

Das Ganze war ein Albtraum. Goll fühlte sich überfordert und nahm sich noch einmal vor, Davies sehr deutlich die Meinung zu sagen.

»Dann wohnt mein Sohn noch in diesem Haus«, fuhr Nina fort. »Er ist da drüben in dem Zimmer, er muß meist liegen. Er ist an der Ostfront schwer verwundet worden.«

Eva und sie verständigten sich mit einem Blick, es war besser, Herbert nicht zu erwähnen, er war noch immer nicht entlassen, lebte immer noch unangemeldet, daher auch ohne Lebensmittelmarken, erst bei Eva, nun bei Marleen und Nina.

Goll blickte an den Frauen vorbei, er zwang sich, kalt und gelassen zu erscheinen. Ein junger Mann aus wohlhabendem und kultiviertem Haus, seine Mutter und sein Vater stammten aus diesem Europa, sein Vater ein Balte, die Mutter Deutsch-Russin. Er war zwar in Amerika geboren, aber das war auch schon alles. Warum mutete man ihm das zu? Er würde versuchen, heute abend den General zu sprechen, er würde ihn bitten, ihn von dieser Aufgabe zu entbinden.

»Das ändert alles nichts«, sagte er kalt. »Es sind wenig Leute in diesem Haus. Das ist selten in dieser Zeit.«

»Ah ja?« sagte Nina. Herausfordernd blickte sie den jungen Sieger an, der aussah wie Nicolas. Wenn sie doch aus dem Haus geworfen wurden, war es sowieso egal, demütigen würde sie sich nicht, bitten nicht. »Ehe ich ausgebombt wurde, hat meine Schwester das Haus allein bewohnt. Mit einem Dienstmädchen. Sie wohnte vorher in Berlin, und sie hat dieses Haus gekauft, um etwas mehr . . . nun ja, Ruhe zu haben. Vor den Fliegerangriffen, Sie verstehen?« Jetzt war ihr Ton unverhohlen arrogant. »Ihr Mann war Jude. Eines Tages wurde er abtransportiert, niemand weiß, was aus ihm geworden ist.«

»Nun, darüber dürfte wohl jetzt kein Zweifel mehr bestehen«, sagte Goll, »vermutlich wurde er ermordet.«

»Das denken wir auch.«

Sie sah ihn gerade an, wich seinem Blick nicht aus. Sie hatte keinen Menschen ermordet, und sie würde sich immer dagegen wehren, daß man ihr die Morde der Nazis auflud. Daß Marleen sich von Max hatte scheiden lassen, brauchte man ja nicht zu erwähnen. Er hatte es selbst gewollt. Ansonsten konnte man nur hoffen, daß die Amerikaner nicht herausbrachten, wer dieses Haus wirklich gekauft hatte. Aber so schlau waren sie wohl nicht, Alexander Hesse würde bestimmt alle Spuren, die zu ihm führten, verwischt haben.

Goll löste sich aus ihrem Blick.

»Bis morgen mittag also«, sagte er.

Und als er keine Antwort bekam, als die Frauen ihn nur ansahen, empfand er fast so etwas wie Haß. Diese Deutschen! Diese Frauen!

Aber dann sah er wieder nur das blinde Kind und fragte sich, ob es eigentlich hören konnte, ob es verstand, was gesprochen wurde.

»Wissen Sie schon, wo Sie unterkommen?« fragte er und wußte selbst nicht, wie ihm diese Worte über die Lippen kamen. Wie gut er deutsch spricht, dachte Nina. Und die Art, wie er spricht, kommt mir so vertraut vor. So hat Nicolas auch gesprochen. Ich glaube, jetzt werde ich gleich verrückt. Ob es vielleicht doch so etwas gibt wie Seelenwanderung? Nicolas fiel 1916 in Frankreich. Das ist schon gar nicht mehr wahr.

»Nein«, sagte sie. »Wie sollte ich? Es kommt alles sehr plötzlich.«

»Haben Sie nicht damit gerechnet?«

Wieder tauschten Nina und Eva einen Blick. Natürlich hatten sie damit gerechnet, wer nicht?

»Vielleicht«, sagte Eva freundlich, »sollten Sie dem Lieutenant noch von Ihrem Mann erzählen.«

»Ach, wozu denn?« sagte Nina. Sie ging zu dem kleinen Rokokoschreibtisch, der links vom Fenster stand, nahm sich eine Zigarette aus der Dose und zündete sie an. Sie hatten nicht nur Zigaretten, registrierte Goll, sie nahmen sie aus der Dose, nicht aus der Packung. Was für Leute waren das eigentlich? Sein Ärger mischte sich mit Neugier.

»Ihr Mann«, berichtete Eva, »Dr. Framberg, ist in einem Konzentrationslager. Oder besser muß man wohl sagen, er war in einem KZ. Wir hoffen immer noch, daß er zurückkehrt.«

Goll blickte auf das kleine Mädchen mit den weißen Augen. »Und sie?« fragte er.

»Dresden«, erwiderte Eva lakonisch. »Sie werden davon gehört haben. Das Kind war fünf Tage verschüttet. Mehr wissen wir auch nicht. Sie spricht nicht.«

Das Kind drehte den Kopf zur Seite, und Goll sah, daß seine Lippen zitterten.

Er hatte nur den einen Wunsch, möglichst schnell aus diesem Haus hinauszukommen. Da draußen die Frau im Liegestuhl, ihren Hund neben sich, die alte Dame unter dem Baum, die beiden Frauen hier, die ihm weit überlegen schienen, das blinde Kind, ein verwundeter Sohn, ein Mann im KZ – ob sie das Davies auch alles erzählt hatten? Wohl kaum. So lange war er gar nicht in dem Haus gewesen. Er würde nun gehen. So what – was ging ihn das alles an?

»Sie heißt Maria«, sagte Eva. »Maria Henrietta. Her mother was a famous singer at the Dresden Opera.« Und mit einem erschrockenen Blick auf Nina verbesserte sie sich. »Sie ist eine berühmte Sängerin an der Oper in Dresden. Aber wir wissen nicht . . .«

»Hören Sie auf!« fuhr Nina sie an, ihr Gesicht war hart geworden. Aber Eva war nicht zu bremsen. All das, was geschehen war, und nun auch noch dies, was dachten sich diese Leute, die über den Ozean gekommen waren? Sie waren keine Nazis gewesen, sie nicht, Herbert nicht, Nina nicht, ihr Mann nicht – hatten die das noch immer nicht kapiert?

Sie ging an Nina vorbei und zog die Schublade des kleinen Schreibtisches auf.

»Hier, Lieutenant, wollen Sie einmal sehen? Victoria Jonkalla. Marias Mutter.« Sie hielt ihm die Bilder unter die Nase, Victoria als Pamina, als Mimi, als Agathe, als Micaela.

Goll warf einen flüchtigen Blick auf die Bilder, dann wandte er den Kopf zur Seite.

»I believe you«, sagte er unfreundlich. »Is she . . .«

»We dont know it«, sagte Eva, nun auch unfreundlich. »Nina never had a message. Maybe she is dead.« Und ohne weitere Rücksicht auf Nina zu nehmen: »Sie ist tot. Ihr Mann ist tot. Dresden ist kaputt, die Oper ist kaputt.« Und noch einmal: »Sie werden davon gehört haben.«

Wie unverschämt diese Weiber waren! Goll drehte sich abrupt um.

»Bis morgen mittag«, sagte er kalt. Dann ging er.

Davies lehnte wie zuvor am Jeep, vor ihm am Wegrand lagen drei Zigarettenstummel.

»Let's go«, sagte Goll scharf und stieg in den Jeep.

Davies erwiderte nichts und kletterte in das Fahrzeug.

Private Jackson fuhr kauend los.

Goll und Davies vermieden es, einander anzusehen. Welten trennten sie, was Herkunft und Bildung anging, doch sie empfanden beide dasselbe: wie widerlich es sein konnte, ein Sieger zu sein.

Nina und Eva blickten sich an, und dann, gleichzeitig, blickten sie auf das Kind. Eva wäre gern hingegangen und hätte es in die Arme geschlossen. Doch Maria scheute vor jeder Berührung zurück, es war schon ein Fortschritt, daß es gelungen war, sie wenigstens manchmal in ihre Gemeinschaft aufzunehmen, daß sie bei ihnen saß, schweigsam.

»So ein Mist!« sagte Eva. »Wo ich jetzt alle Fenster so schön geputzt habe!« Das hatte sie wirklich in den letzten Tagen getan, sie war immer voller Tatendrang, und seit sie und Herbert vor vierzehn Tagen im Nachbarhaus untergekommen waren, verlangte es sie danach, den ganzen Tag etwas zu tun, entweder im Haus oder im Garten.

»Ich muß etwas trinken«, sagte Nina.

»Das ist eine gute Idee«, rief Eva. »Ich steige mal eben in den Keller. Was Spritziges, Frau Framberg?«

»Was Spritziges, ja. Und bitte, sagen Sie Nina zu mir.«

»Gern«, sagte Eva.

»Und überhaupt«, Nina lächelte ihr zutrauliches Lächeln, das sie schon als junges Mädchen gehabt hatte und das so selten geworden war in ihrem Gesicht, »könnten wir genausogut du sagen, wenn wir nun schon Schicksalsgenossen sind. Wenn auch nur noch für kurze Zeit.«

»Sie sind . . . ich meine, Nina, du bist mir nicht böse, daß ich das von deiner Tochter gesagt habe? Von Dresden?«

Ein rascher Blick zu Maria. »Ich dachte mir, das soll der ruhig wissen, dieser blöde amerikanische Schnösel, der von nichts eine Ahnung hat.«

»Ich fand ihn ganz sympathisch«, sagte Nina versonnen. »Er hat mich an jemand erinnert.«

»So? An wen?«

Jetzt war das Lächeln nur noch in ihren Augen. »An den Mann, den ich liebte, als ich jung war. Den ich liebte seit meiner Kindheit. Den ich liebte wie sonst keinen Menschen, weder früher noch später, außer . . .« Ihr Blick streifte die Rollenbilder Victorias, die noch auf dem Schreibtisch lagen.
»Er fiel im Ersten Weltkrieg.«
»Aber da warst du ja noch blutjung.«
»Nicht viel jünger als du heute, Eva.«
Nina trat an die Tür, die auf die Terrasse hinausführte.
»Er war der Mann meiner Tante Alice.«
»Oh, dein Onkel also!« rief Eva erstaunt.
»Nun ja, da er die Schwester meiner Mutter geheiratet hatte, war er mein Onkel. Da kommt Herbert aus dem Gebüsch gekrochen.«
»Ist er nicht ein kluges Bürschchen?« fragte Eva stolz. »Er hat die Amis gesehen und hat sich gleich verdrückt.«
In grauer Hose und einem kurzärmeligen weißen Hemd, die Hände in den Taschen vergraben, kam Herbert über die Wiese geschlendert, machte eine Verbeugung, als er bei Alice von Wardenburg vorbeikam, hauchte mit den Fingerspitzen Marleen einen Kuß zu, als er den Liegestuhl passierte. Der Boxer stand animiert auf, wackelte mit dem Stummel und trottete Herbert nach.
»Jetzt wird ihm gleich das Lachen vergehen«, vermutete Nina.
»Ach wo, dem doch nicht. Du weißt es ja, er fühlt sich als Sieger in diesem Krieg. Ich denke, daß wir zu seiner Mutter nach Eichstätt gehen werden. Irgendwie werden wir schon hinkommen. Ich hab' ja die beiden Räder mit herübergeschmuggelt. Bloß muß er endlich in ein Entlassungslager, da hilft alles nichts. Er muß ja mal Lebensmittelkarten kriegen. Und überhaupt vorhanden sein.«
»Und ob ich vorhanden bin«, sagte Herbert unter der Tür.
»Wie kann ich es den Damen beweisen?«
»Indem du in den Keller gehst und eine Flasche Champagner heraufbringst.«
»Gute Idee! Gibt es was zu feiern?«
»Nicht direkt. Wir wollen nur welchen trinken, solange wir noch welchen haben.«
»O weia, das habe ich mir schon gedacht, als ich den Jeep vor dem Haus halten sah. Müssen wir auch hier raus?«
Nina nickte.
»Scheiße erster Klasse«, kommentierte Herbert, entschuldigte sich nicht bei den Damen für den Ausspruch, hielt sich aber nach einem Blick auf das Kind die Hand vor den Mund.
»Bin gleich wieder da. Wenn wir die Vorräte lichten sollen, bringe ich am besten zwei Flaschen. Madame hat sicher lange genug in der Sonne gebraten und wird uns Gesellschaft leisten.«
»Ihr muß ich es auch sagen«, seufzte Nina, als Herbert aus dem Zimmer war. Denn daß Marleen ungerührt in ihrem Liegestuhl geblieben war, konnte nicht Gleichgültigkeit genannt werden, sie hatte von dem Besuch der Amerikaner gar nichts gemerkt. Seit Dezember 44, seit Nina mit ihrem Sohn Stephan ins Haus gekommen war, hatte Marleen ihr die Führung des Haushalts überlassen. Sie hatte sich auch vorher kaum darum gekümmert, denn Theres, ihr Mädchen, war selbständig und umsichtig gewesen. Doch im April hatte

768

die Theres das Haus verlassen, wenn auch unter Tränen. Sie müsse nun heim zu ihren Eltern, hatte sie gesagt, was jeder verstand.

»Die Amerikaner werden sich freuen, wenn sie euren Keller sehen«, sagte Eva. »Wenn wir nur ein Fahrzeug hätten, damit wir was mitnehmen könnten.«

Dank Marleens Beziehung zu Dr. Alexander Hesse war ihr Weinkeller wohl gefüllt, auch Lebensmittel waren ausreichend vorhanden. Ganz zu schweigen von dem Warenlager an Stoffen, das sich in einem besonderen Raum des Kellers befand, wertvolle Tauschobjekte in dieser Zeit. Die Stoffe stammten noch von Bernauer und Sohn beziehungsweise aus den Konfektionsfirmen in Berlin, der Quelle ihres Wohlstands, mit denen sie zwar nichts mehr verbunden hatte, doch sie gehörten ihnen noch. Die Geschäftsführer der Firmen hatten die Stoffe rechtzeitig aus Berlin verlagert und Max benachrichtigt, wo sie sich befanden. Natürlich hatte jeder seinen Anteil auch beiseite gebracht.

Max wäre von sich aus nie auf so eine Idee gekommen, auch war ihm zu jenem Zeitpunkt jeder Besitz bereits vollkommen gleichgültig. Er hatte Marleen wissen lassen – sie waren schon geschieden –, sie könne über die Stoffe nach Belieben verfügen!

Marleen erzählte Alexander Hesse davon und sagte: »Was soll ich mit dem Kram anfangen? Das liegt irgendwo in der Mark herum. Das sind bestimmt keine Dessins, die ich tragen würde.« Alexander hatte nur gelächelt, er kannte Marleens verwöhnten Geschmack.

»Ich sorge dafür, daß sie nach München transportiert werden, sobald du dort bist. Kann sein, dieser Kram wird eines Tages sehr nützlich für dich sein.«

Dr. Hesse, der seit Jahren seine Begabung in den Dienst der Nationalsozialisten gestellt hatte, zweifelte dennoch seit dem ersten Tag des Krieges nicht daran, wie dieser ausgehen würde. Und eine Vorstellung davon, wie es danach in Deutschland aussehen würde, hatte er auch. Nachdem Marleen auf sein Drängen 1943 nach Solln umgezogen war, einem hübschen stillen Vorort Münchens, kamen die Stoffe bald nachgereist. So etwas konnte Hesse immer noch spielend organisieren.

Mit noch größerem Bedauern dachte Nina an den riesigen Haufen Koks im Heizkeller.

Der Koksvorrat war nicht einmal auf illegale Weise ins Haus gekommen, den hatte man Marleen auf ordentlich deutsche Art im letzten Kriegswinter ins Haus geliefert. Prozentual zu der Menge Koks, die man in den Jahren zuvor bezogen hatte, bekam jeder Haushalt eine entsprechende Lieferung. Und da Marleen es immer gern warm hatte, nie daran dachte, zu sparen, lässig die Türen offenließ, war ihr Verbrauch an Heizmaterial enorm gewesen.

Nina hatte schon im vergangenen Winter, seit sie im Haus war, an Heizung gespart, weitere Lieferungen würden sicherlich ausbleiben. Aber über den nächsten Winter kamen sie gewiß noch, ohne frieren zu müssen. Das war nun auch vorbei, die Amerikaner bekamen den schönen Koks.

Herbert dagegen bemängelte die fehlende Kühlung, denn noch war es Sommer.

Als er aus dem Keller kam, drei Flaschen unter dem Arm, sagte er: »Der Keller ist ja ganz schön kühl, aber für Schampus nicht ausreichend. Sie müßten unbedingt wieder einmal Eis für Ihren Eisschrank geliefert bekommen, Nina.«

»Ist gut«, sagte Nina. »Ich werde unsere Nachfolger daran erinnern.«

Mit einer Art Galgenhumor versuchten sie, mit der Situation fertig zu werden.

Herbert trat auf die Terrasse hinaus, von der drei Stufen in den Garten führten, und wedelte einladend mit der Hand. »Champagnertime, meine Damen«, rief er.

Eva zog ihn energisch am Hosenbund zurück.

»Bist du wahnsinnig? Sollen dich die Amis gleich hier rausholen?«

»Ich fürchte, irgendwann catchen sie mich doch. Wenn wir jetzt heimatlos auf der Straße herumirren ... gnädige Frau«, wandte er sich an Nina, »es ist zum Kotzen, wirklich. Ich fand's so gemütlich in diesem Palazzo.«

»Ich auch«, erwiderte Nina trocken.

»Ich frag mal Stephan, ob er ein Glas mittrinkt«, sagte Eva, »mein Gott, für ihn ist das noch viel schlimmer.«

Sie ging über die Diele, klopfte an die verschlossene Tür. Bis Herbert die erste Flasche geöffnet hatte, gekonnt, nur mit einem leisen Blub und ohne einen Tropfen zu verspritzen, trotz ungenügender Kühlung, waren alle im Zimmer versammelt, auch Tante Alice.

»Begabt, nicht?« fragte Herbert, »ich könnte glatt Oberkellner im Adlon werden.«

»Ja, falls es das Adlon noch gäbe«, meinte Nina und nahm ihr Glas.

»Na denn, auf gute Weiterreise.«

»Was ist denn eigentlich los?« frage Marleen. »Du willst verreisen?«

»Wir alle, liebe Schwester. Hast du nicht gemerkt, daß wir Besuch hatten?«

»Besuch? Nö. Wer war denn da?«

Herbert strich dem Hund über den Kopf. »Conny ist auch nicht gerade der geborene Wachhund. Eigentlich hätte er ja einen Ton von sich geben müssen.«

Als Marleen erfahren hatte, was vorgefallen war und was ihnen bevorstand, machte sie eine höchst erstaunte Miene. »Du meinst, wir müssen aus dem Haus?«

»Bis morgen mittag. So wie wir gehen und stehen.«

»Das ist eine Unverschämtheit«, sagte Marleen empört. Auch jetzt wurde ihre Stimme nicht lauter, so ganz schien sie es nicht zu glauben. Ihre Beine in den kurzen Shorts waren schon gebräunt, ebenso ihre Schultern. Obwohl Tante Alice sie mißbilligend anblickte, war an ihrer Erscheinung nichts auszusetzen; Marleen Nossek, geschiedene Bernauer, war immer noch eine hübsche Frau, es schien, als könnten die Zeit und das Leben ihr nichts anhaben. Allerdings war das Leben mit ihr immer sehr freundlich umgegangen, abgesehen von einigen stürmischen Jahren in ihrer Jugend.

Sie war die hübscheste der Nossek-Töchter gewesen, sie war oberflächlich und egoistisch, doch ein Glückskind. Nina hatte das Leben ihrer Schwester nie ohne leise Neidgefühle betrachten können.

»Ich werde mich beschweren«, verkündete Marleen und trank von ihrem Champagner.

»Das tust du«, sagte Nina spöttisch. »Am besten wendest du dich an Marschall Patton persönlich. Unser netter kleiner Leutnant wird uns wohl kaum helfen können.«

»Wenn ich nur wüßte, wo Alexander steckt.«

Nina lächelte mitleidig. Ein bißchen dumm war Marleen ja schließlich immer gewesen. Wo würde Alexander Hesse stecken – in einem Kriegsverbrecherlager vermutlich. Wo er auch hingehörte. Aber Nina unterdrückte diese Bemerkung. Wer Dr. Alexander Hesse war, was er gewesen war in dem untergegangenen Nazistaat, mußte nicht jeder wissen, Eva und ihr Freund nicht, auch Stephan nicht und auch nicht Tante Alice, die es vermutlich gar nicht interessiert hätte. Seit sie bei ihnen war, schien sie in einem schwebenden Nirgendwo zu leben, sie aß kaum, sie nippte auch jetzt nur an ihrem Glas, äußerte sich nicht zu dem bevorstehenden Desaster. Sie hatte ihre Wohnung in Breslau im Januar 45, bei eisiger Kälte, Hals über Kopf verlassen müssen, sie war herumgestoßen worden, von Lager zu Lager, sie hatte kein eigenes Bett mehr, besaß außer einigen Kleidungsstücken nichts, was ihr gehörte. Es war eine Zeit der Demütigung, und sie hatte nur gehofft, daß sie sterben würde, es ging ihr gesundheitlich sowieso schon lange nicht gut. Aber sie war nicht gestorben, auf allerlei Umwegen war sie nach München gelangt, wo ihre Nichten seit einigen Jahren wohnten.

Sie war sehr liebevoll empfangen worden, Marleen war immer noch eine reiche Frau, sie hatte nichts verloren, und wie sie auch sein mochte, gutmütig und hilfsbereit war sie immer gewesen.

Alice von Wardenburg bekam ein hübsches Zimmer und geriet in eine Welt der Ruhe und Geborgenheit, wie sie in dieser Zeit höchst ungewöhnlich war. Knapp drei Wochen hatte das gedauert.

»Also, mal im Ernst«, meinte Eva, »angenommen, General Patton ist gerade nicht zu sprechen, was werdet ihr tun?«

Ja, was werden wir tun? dachte Nina.

»Mir fällt eigentlich nur das Waldschlössl ein. Draußen bei meiner Freundin, Victoria von Mallwitz. Das ist . . .« sie machte eine vage Handbewegung, »auf das Gebirge zu. Im Voralpenland, eine sehr hübsche Gegend.«

»Du kannst nicht von mir verlangen, daß ich bei der Mallwitz unterkrieche«, sagte Marleen nicht gerade liebenswürdig. »Die konnte mich noch nie leiden.«

»Ihr kennt euch kaum. Aber bitte, wenn dir etwas Besseres einfällt. Du wohnst jetzt immerhin zwei Jahre hier. Wie viele Bekannte hast du denn, die dich, ich spreche gar nicht von uns, die dich aufnehmen würden?«

»Ich kenne keinen Menschen in Bayern«, sagte Marleen abweisend. »Denkst du, ich biedere mich fremden Leuten an?«

»Stimmt«, sagte Eva freundlich lächelnd. »Wir haben eine ganze Weile nebeneinander gewohnt und haben uns erst kennengelernt, als die Amerikaner einrollten. Komisch, nicht? Mit Conny habe ich allerdings manchmal über den Zaun hinweg schon geflirtet.«

»Sie hatten ja diese gräßlichen Kinder im Haus«, sagte Marleen, ein wenig verbindlicher.

»Gräßlich waren sie, das kann man sagen. Ausgebombte aus dem Ruhrpott, die man mir ins Haus gesetzt hatte, sage und schreibe fünf Kinder hatten die. Und die Alte baumelte immer mit dem Mutterkreuz und tat, als gehöre das Haus ihr.«

771

»Ein Glück, daß sie so viele Kinder hatten. Und er war auch noch schwer verwundet, da hat der liebe Herr Gauleiter ihnen ein eigenes Häuschen besorgt. Wo gleich?« meinte Herbert.

»Im Gebirge. In Mittenwald, glaube ich.«

»Na, das wird die Mittenwalder freuen. Aber gut, daß sie weg waren, was wäre sonst aus mir geworden?«

Eva und Herbert lächelten sich zu. Seine Rettung blieb für beide das große Ereignis, er hatte überlebt, sie waren zusammen, nichts, was sonst geschah, würde wichtiger sein.

»Wir könnten bei Mama in Eichstätt unterkommen«, sagte er.

»Daran habe ich auch schon gedacht. Wenn sie dich nicht unterwegs schnappen, wirst du dort in ein Entlassungslager gehen, damit man dich endlich wieder herzeigen kann.«

»Sie müssen wissen, gnädige Frau«, wandte sich Herbert an Alice von Wardenburg, »ich bin nicht etwa ein verkappter Kriegsverbrecher, sondern ich habe auf dem Rückzug in Polen einen Nazibonzen krankenhausreif geschlagen, als er vor meinen Augen einen kleinen polnischen Jungen mit einer Reitgerte fast tot geprügelt hat, weil der ein Stück Brot geklaut hatte. Daraufhin haben sie mich erst eingesperrt und dann sollte ich zu einer Strafkompanie. Na ja, ganz auf den Kopf gefallen bin ich von Haus aus nicht, es gelang mir, zu türmen. Dann habe ich auf einem Bauernhof Zivilkleider organisiert, und dann – meine Fresse! Ich meine, Entschuldigung, dann ging's erst richtig los. It was a long way to Tipperary. Es ist mir gelungen, hierher zu kommen, fragen Sie nicht, wie. Und Eva hat mich im Keller versteckt.«

»Ja, und erst waren die Flüchtlinge noch im Haus«, erklärte Eva eifrig. »Fragen Sie ebenfalls nicht, was wir ausgestanden haben.«

»Ich bin nichts als ein lumpiger Deserteur«, fuhr Herbert strahlend fort.

»Das erklären Sie mal den Amis.«

»Egal, Entlassungspapiere brauchst du.«

Stephan hatte bisher geschwiegen, jetzt sagte er, zu seiner Mutter gewandt: »Ich denke, das Waldschlössl ist bis unters Dach mit Flüchtlingen belegt.«

»Ja, das sagte Victoria, als wir uns das letzte Mal sahen. Das war so Anfang März, da war sie mal hier. Aber für uns wird sie Platz haben. Schlimmstenfalls kampieren wir im Stall. Die Frage ist nur, wie wir hinkommen. Überhaupt wenn wir ein bißchen was mitnehmen wollen.«

»Für mich kommt das nicht in Frage«, sagte Marleen giftig. Nina überhörte es. Marleen sollte ruhig einmal merken, daß sich ihr das Leben nicht immer wie ein gutmütiger Hund zu Füßen legte, so wie es der Boxer inzwischen getan hatte. Nina ging es nur um ihren kranken Sohn und um das blinde Kind. »Du hast dich ja mit Victoria immer gut verstanden, nicht, Stephan?«

»Ich habe sie immer bewundert. Sie ist eine großartige Frau.«

»Es wird uns bei ihr nicht schlecht gehen, wir bekommen sicher ordentlich zu essen, es ist ja ein Gut. Und einen Arzt wird es in einem der Dörfer rundherum schon geben.«

»Ich brauche keinen Arzt«, widersprach Stephan, »mir geht es sehr gut.«

Nina sah ihren Sohn liebevoll an. Dieser labile, oft schwierige Junge, der mehr tot als lebendig aus Rußland zurückgekehrt war, hatte in letzter Zeit eine erstaunliche Wandlung durchgemacht. Sie war sich bewußt, daß Herbert daran großen Anteil hatte. Er hatte sich viel mit Stephan abgegeben, hatte so etwas wie Lebensmut in dieses trostlose Haus gebracht. Sein ständiger Ausspruch: wir haben den Krieg besiegt, wir haben ihn überlebt, hatte auf Stephan seine Wirkung nicht verfehlt.

Es würde schade sein, dachte Nina, Herbert nicht mehr um sich zu haben.

Mit Stephan also würde es besser gehen, als sie noch vor wenigen Wochen erwartet hatte, aber ...

»Maria«, sagte sie behutsam, »du erinnerst dich an das Waldschlössl und an ...« Nie war es ein Problem gewesen, daß ihre Freundin und ihre Tochter den gleichen Namen trugen. Victoria von Mallwitz war Victoria Jonkallas Patin gewesen, im Juli 1914, als das Kind zur Welt kam, wenige Tage vor Ausbruch des Krieges. Jener Krieg, der Nicolas getötet hatte. Und Kurt Jonkalla, ihren Mann. Und dieser Krieg nun – Nina schob den Gedanken wild beiseite. Vicky war nicht tot. Sie konnte nicht tot sein. Sie nicht. Es war nicht vorstellbar. Victoria Jonkalla, ihre schöne berühmte Tochter, jung, strahlend, voll Lebensfreude. Sie war nicht tot. Eines Tages würde sie wieder bei ihr sein.

»Maria«, sagte Nina noch einmal, ihre Stimme klang heiser. »Du warst doch draußen im Waldschlössl, als du aus Baden kamst. Weißt du noch? Da war die Liserl, die immer so schön mit dir gespielt hat und ...«

Jetzt bemerkte sie, was die anderen schon entdeckt hatten. Maria saß nicht mehr auf dem Stuhl, sie tastete sich an der Wand entlang in eine Ecke des Zimmers, stand dort zitternd, die weißen Augen starr.

»Wir müssen fort?« fragte sie im Flüsterton.

»Ja, Liebling, du hast es gehört.«

Nina stand auf, ging zu dem Kind.

»Du kannst dich doch an das Waldschlössl erinnern, nicht wahr? Du warst dort, ehe du ...« Ehe du nach Dresden gingst, ehe deine Mami dich holte, das hatte Nina sagen wollen, aber das waren verpönte Worte. Niemals sprach sie das Wort Mami aus, niemals das Wort Dresden.

Doch dann sagte sie etwas viel Schlimmeres, sie sagte:

»Du weißt doch noch, draußen bei Tante Victoria. Wo du Mali bekommen hast.«

Ein leiser hoher Klagelaut kam aus dem Mund des Kindes, dann liefen Tränen aus den weißen Augen über sein Gesicht. Es war das erste Mal, daß sie das Kind weinen sahen, sie standen alle stumm vor Entsetzen.

»Mali!« schluchzte Maria. »Mali!«

Nina begriff sofort. Wie konnte sie nur den Hund erwähnen! Sie wußte ja, was er Maria bedeutet hatte, und sicher war auch er in jener Schreckensnacht ums Leben gekommen.

Sie kniete nieder bei dem Kind, umfing es mit beiden Armen. »Maria! Maria! Weine nicht! Ich bin ja bei dir. Es geschieht dir nichts. Der Krieg ist vorbei. Es fallen keine Bomben mehr. Du bekommst wieder einen Hund. Ganz bestimmt«, so versuchte sie das Kind zu trösten, doch es war kein Trost.

»Mali!« schluchzte Maria, wie im Krampf schüttelte sich der magere kleine Körper in Ninas Armen.

Hilflos blickte Nina zu den anderen auf.

»Ja, Mali, natürlich, die kenne ich auch, Maria«, sagte Stephan. Er zitterte nun auch, Tränen standen in seinen Augen. Es stimmte nicht, was Nina gerade gedacht hatte. Er war immer noch so schwach, so am Rande seines Lebens, daß jede Erregung ihn aus der Fassung brachte. Während seiner Rekonvaleszenz war er längere Zeit bei seiner Schwester in Dresden gewesen, dort erst hatte er Maria kennengelernt, und er hatte das anmutige Kind mit den großen dunklen Augen liebgewonnen.

Herbert legte die Hand auf Ninas Schulter und schob sie sanft zur Seite, ging seinerseits in die Knie.

»Maria«, sagte er ruhig. »Was ist mit Mali geschehen?«

Maria schloß beide Arme vor sich zu einem Kreis, als hielte sie etwas darin.

»Mali!« schluchzte sie. »Sie hat so geweint. Und sie hat geschrien. Und dann . . . dann war sie auf einmal still. Sie war tot. Und ich war ganz allein.«

Was hatte der Sanitäter gesagt, der Maria Henrietta im April ins Haus brachte? »Sie war in Dresden verschüttet, und man hat sie erst nach fünf Tagen ausgegraben. Unter lauter Toten soll sie gelegen haben. Sie konnte sich an gar nichts erinnern.«

Jetzt erinnerte sie sich an ihren Hund, den sie zärtlich liebte und der offenbar in ihren Armen gestorben war. Nina legte die Hand um ihre Kehle, jene hilflose Geste, die sie von Vicky übernommen hatte. Sie kniete auf dem Boden, Tränen liefen auch über ihr Gesicht.

Warum nur hatte sie von dem Hund gesprochen?

Erinnerte sich Maria also doch? Nicht nur an den Hund, auch an alles andere, was geschehen war? Wußte sie es und hatte es nur in sich verschlossen? Lag auch Victoria in jenem Keller, schreiend, jammernd, dann verstummt? Konnte sich Maria auch daran erinnern, würde sie darüber sprechen?

O Gott im Himmel, nein, dachte Nina, laß sie es vergessen haben. Es würde besser für sie sein, wenn auch ihr inneres Auge erloschen war. Das sagte sie später zu Herbert, als sie auf einer Terrassenstufe saßen.

Herbert widersprach.

»Der Meinung bin ich nicht. Sie hat überlebt. Und sie muß schließlich weiterleben, trotz allem, was geschehen ist. Der gebrochene Arm ist gut geheilt, ihr Haar ist nachgewachsen, die Narbe verblaßt ein wenig. Und Sie haben gehört, was Dr. Belser gesagt hat, daß es vielleicht möglich sein wird, ihr das Augenlicht wiederzugeben, teilweise wenigstens. Er hat von einer Transplantation gesprochen. Irgendwann wird es ja wieder etwas normaler zugehen, dann muß man den richtigen Arzt finden, und dann muß man es versuchen. Man muß es versuchen, Nina. Und darum darf das Kind nicht wie in einer Höhle leben, immer noch verschüttet. Mit der Zeit muß es gelingen, daß sie über das spricht, was sie erlebt hat. Sonst wird sie seelisch krank, Nina.«

»Ich fürchte, das ist sie schon«, sagte Nina.

Auch ihre Augen waren wie erloschen, sie sah nicht den blühenden Garten vor sich, sie blickte in das Dunkel, in dem alle, alle verschwunden waren, die sie liebte.

Geblieben war das blinde Kind. Am Leben geblieben war auch ihr Sohn.

Sie blickte über die Schulter zurück ins Zimmer. Marleen und Eva waren nicht mehr da. So wie sie Eva kannte, war sie in der Küche und würde für alle etwas zu essen herrichten. Alice von Wardenburg saß regungslos in einem Sessel, ihr Gesicht war unbewegt. Ob sie an Nicolas dachte? Nina würde nie im Leben Champagner trinken können, ohne an ihn zu denken. Auf Wardenburg hatten sie immer Champagner getrunken. An guten und an bösen Tagen. Immer kam von Nicolas die Order: Bring uns eine Flasche, Grischa.

774

Stephan und Maria saßen auf dem blauen Seidensofa, sie saßen schweigend, eng aneinander geschmiegt, Stephan hatte den Arm um Maria gelegt, ihr Kopf lehnte an seiner Schulter. So eine Szene hatte es noch nie gegeben, seit Maria ins Haus gekommen war.

Nina kämpfte wieder mit den Tränen. Diese beiden verstümmelten Opfer, die der Krieg ihr übriggelassen hatte. Und wie schon manchmal dachte sie: wäre es nicht besser gewesen, wenn auch Maria die Hölle von Dresden nicht überlebt hätte?

Und ohne weiter zu überlegen, sprach sie es aus.

Herbert nickte.

»Ja, vielleicht. Ich kann schon verstehen, daß Sie das denken. Aber sie ist nun einmal da, und wir müssen alles tun, daß sie zu einem normalen Leben findet.«

›Wir‹ hatte er gesagt, dieser fremde Mann, den Nina vor ein paar Wochen noch gar nicht gekannt hatte.

»Ein normales Leben? Das kann ich mir beim besten Willen nicht vorstellen für dieses arme Kind.« Sie legte eine Hand auf sein Knie. »Ich kann mir ja nicht einmal vorstellen, was wir in diesem Unglückshaus ohne Sie und ohne Eva tun sollen. Wissen Sie eigentlich, Herbert, wieviel Kraft und Mut ihr beide mir gegeben habt, seit ich euch kenne?«

Seine Stirn rötete sich ein wenig, er nahm ihre Hand von seinem Knie und küßte sie.

»Danke, daß Sie das sagen, Nina. Sie hätten auch sagen können: zwei glücklich Verliebte, die auch in dieser Zeit das Leben wunderbar finden, oder vielleicht sollte man sagen, gerade in dieser Zeit, und das auch immer hinausposaunen, wären Ihnen auf die Nerven gefallen. Na ja, und dieses Unglückshaus, wie Sie es nennen, sind Sie ja vorerst los. Ich finde, wir sollten uns als nächstes mal den Kopf zerbrechen, wie Sie da hinauskommen zu ihrer Freundin, in dieses Waldschlössl. Erklären Sie mir noch mal genau, wo es liegt.«

»Also, man müßte von hier aus zunächst über die Isar, falls es noch eine Brücke gibt. Und dann in Richtung Bad Tölz, und dann geht es irgendwo links ab. Das Waldschlössl liegt sehr einsam. Doch das nächste Dorf ist zu Fuß, nun, ich würde sagen, in einer halben Stunde zu erreichen. Wir sind ja mit dem Auto gefahren, draußen hatten sie immer noch ein Auto, es ist ein großer Gutsbetrieb. Wenn ich meine Freundin anrufen könnte, würde sie mich vielleicht holen. Aber bis jetzt war keine Verbindung zu bekommen.«

»Wir könnten es ja noch einmal versuchen. Und irgendein Fahrzeug brauchen Sie, das ist klar. Weder Ihre Tante noch Stephan, noch das Kind können die Landstraße entlang marschieren. Und die schöne Marleen wird es auch nicht wollen. Wo steckt sie eigentlich?«

»Sie hadert mit dem Schicksal, nehme ich an. Sie ist Schicksalsschläge nicht gewöhnt.«

»Aber ihr Mann . . .«

»Ach Gott, der arme Max«, sagte Nina. »Sie hat ihn geheiratet, weil er sehr reich war. Geliebt hat sie ihn bestimmt nicht. Sie hat ihn immer betrogen.«

»Hm«, machte Herbert. »Wollen wir mal in der Küche nachschauen, ob Eva uns was Anständiges kocht! Ich würde sagen, heute mittag und heute abend müssen wir noch mal richtig schlemmen. Und heute nachmittag, Nina, müssen Sie sich um ein Fahrzeug und um die dazugehörige Fahrgenehmigung kümmern. So leid es mir tut, ich kann Ihnen das nicht abnehmen, ich bin ein Veilchen, das im Verborgenen blüht. Was ist denn mit diesem Huber vorn am Bahnhof?«

»Einen Wagen hat man ihm wohl gelassen, für Krankentransporte und so. Aber wo man die Genehmigung herbekommt, weiß ich auch nicht. Von der Polizei? Von den Amerikanern?«

»Das wird der Huber schon wissen.«

Er stand auf, reichte ihr die Hand und zog sie hoch. Wieder einmal hatte er es verstanden, sie auf den Boden der Tatsachen zurückzubringen, die Aufgaben und die Verantwortung, die ihr und nur ihr oblagen, in den Vordergrund zu stellen. Keiner schien sie zu bemerken, als sie durch das Zimmer gingen. Stephan hatte nun auch die Augen geschlossen, so als wolle er damit dem blinden Kind noch näher sein.

Nina preßte die Lippen zusammen. Wie sie ihr Leben haßte, o Gott, wie sie es haßte.

Wenn ich Gift hätte, dachte sie, würde ich es ins Essen tun und würde sie alle zusammen vergiften. Außer Eva und Herbert natürlich. Die würde ich vorher aus dem Haus werfen. Was habe ich gesagt? Er hat mir Kraft und Mut gegeben? Was für ein Unsinn! Ich habe weder Kraft noch Mut, und ich will einfach nicht mehr. Ich will nicht mehr.

Nina

Tage und Nächte, daraus besteht das Leben, der Tag vergeht, die Nacht, der nächste Tag, die nächste Nacht, und immer so weiter, bis man endlich sterben kann.

Soweit bin ich, daß ich mir den Tod wünsche: Den Krieg überlebt haben, heißt, den Krieg besiegt zu haben, allein durch die Tatsache des Überlebens, das sagt Herbert immer. Es mag gelten für ihn und Eva, sie sind jung, aber ich . . . ich will einfach nicht mehr. Ich kann nicht mehr. Warum soll ich noch leben?

Wenn ich weg bin, was wird geschehen? Maria kommt in ein Heim für blinde Kinder, so etwas wird es ja wohl noch geben. Und Stephan? Nun, er könnte vielleicht wirklich draußen im Waldschlössl bleiben für den Rest seines Lebens. Es wird sowieso nicht mehr lange dauern, sein armes zerstörtes Leben.

Ich hätte endlich meine Ruhe. Es ist zuviel, was mir aufgebürdet wird. Ich kann die Last nicht mehr tragen.

Habe ich mich nicht tapfer geschlagen? Da war dieser vorige Krieg, ich war in Breslau, Nicolas fiel 1916, Victoria war zwei Jahre alt. Sie war seine Tochter. Vicky hat es nie erfahren, daß Kurt Jonkalla nicht ihr Vater war. Ich hatte immer vor, es ihr zu sagen, wenn sie erwachsen ist, ich habe es nie getan. Sie ist umgekommen, ohne es zu wissen. Jetzt denke ich also doch, daß sie tot ist. Nein, ich denke es nicht. Ich will es nicht denken.

Ich komme mir vor wie Kurtels Mutter, Martha Jonkalla, meine Schwiegermutter. Wir erfuhren nur, Kurt ist vermißt in Rußland. Und sie wartete, wartete all die Jahre, daß er doch noch kommen würde. So wie ich jetzt warte, daß Nachricht von Vicky kommt. Will ich denn, daß sie lebt um jeden Preis? Soll sie ein Krüppel sein? Nein, niemals, dann soll sie lieber tot sein. Verstört im Geist auch sie, blind auch sie, taub durch diese fürchterlichen Bomben, die sie auf die schöne friedliche Stadt warfen. Nein, Vicky, du sollst tot sein, ich bete darum, daß es schnell gegangen ist, daß du nicht leiden mußtest. Es hat keinen Zweck, jetzt noch darum zu beten, es ist zu spät, es geschah vor vier Monaten. Warum haben sie das getan? Wir waren doch besiegt, es war doch alles schon entschieden.

Keiner, den ich kannte, hat je gedacht, daß Hitler diesen Krieg gewinnen würde. Keiner. Nicht einmal Fritz Langdorn in Neuruppin, den meine große Schwester geheiratet hat. Wann war das doch gleich? Zweiunddreißig oder dreiunddreißig, um die Zeit etwa, Trudel war schon fünfzig, und meines Wissens hatte es niemals einen Mann in ihrem Leben gegeben, keine Liebe, kein Verhältnis, erst recht keine Ehe. Sie hat immer nur für andere gelebt, für uns, ihre Geschwister, für die Eltern, schließlich für meine Kinder. Und dann heiratete sie auf einmal, das war eine Sensation. Fritz Langdorn aus Neuruppin, Fontanes Geburtsort, wie sie immer stolz betonte. Fritz mit seinem Häuschen, seinem Garten, dem vielen Obst und Gemüse darin, sie werden nicht gehungert haben. Jetzt sind wohl die Russen bei ihnen, falls sie noch leben.

Fritz war in dem vorigen Krieg verwundet worden, er war ein anständiger und ehrenhafter Mann, doch, das gewiß. Aber er war ein großer Anhänger der Nazis, allerdings nur bis zu dem Tag, an dem Hitler den Krieg begann. Da war Fritz kein Nazi mehr, da wurde er zum leidenschaftlichen Gegner der Nazis. Er wußte, was Krieg bedeutete, er hatte schon einen mitgemacht.

Ich auch. Nicolas in Frankreich gefallen, Kurtel in Rußland verlorengegangen, dieser liebe, brave Kurtel, so sanft und gut, auf welch elende Weise mag er wohl zugrunde gegangen sein. 1917 kam Stephan zur Welt, er war Kurtels Sohn, sie haben einander nie gesehen. Wir haben gehungert. In diesem Krieg merkwürdigerweise nicht. Aber damals haben wir gehungert. Und gefroren. Dann kam diese schreckliche Inflation, ich weiß nicht, wie ich sie alle durch diese Zeit gebracht habe, die Kinder, Trudel und Ernie. Ich mußte für sie sorgen. Ich weiß nicht, wie ich das geschafft habe, aber ich habe es geschafft.

Und dann kam das Allerschlimmste, dann starb Ernie.

Ernie, mein junger Bruder, geboren mit einem Loch im Herzen, ein Sorgenkind vom Tag seiner Geburt an. Was hat meine arme Mutter mit diesem Kind gelitten, wie habe ich mit ihm gelitten, von allen meinen Geschwistern liebte ich ihn am meisten, nein, das ist nicht wahr, er war überhaupt der einzige, den ich liebte. Musikalisch hochbegabt, ein Künstler, aber ein kranker Mensch. Verdammt zu einem frühen Tod. Ich wollte es nicht wahrhaben, ich kämpfte um sein Leben, es war ein aussichtsloser Kampf. Das Loch in seinem Herzen rettete ihn vor dem Krieg, aber sterben mußte er trotzdem.

Im Oktober 1924 starb er, da war er gerade fünfundzwanzig. Ich konnte und konnte es nicht fassen. Da hatte ich ihn nun glücklich durch die Hungerjahre gebracht, und dann starb er doch.

Vicky war zehn Jahre, sie hatte Onkel Ernie sehr geliebt, sie war so begabt wie er.

Nie mehr in meinem Leben, glaube ich, war ich so verzweifelt. Nur jetzt wieder. Wenn ich sterben würde in dieser Nacht, hätte ich es endlich hinter mir. Wer will mich daran hindern, mein Leben zu beenden. Ich habe noch eine ganze Menge Schlaftabletten, seit Monaten kann ich sowieso nicht mehr von selbst einschlafen. Ich gehe hinaus, in diesen schönen duftenden Garten, ich nehme die Tabletten, ich trinke irgendwas dazu, und morgen früh liege ich tot unter den Büschen. Ich bin fünfzig Jahre alt, das ist alt genug in einer Zeit wie dieser. So viele sind gestorben, die viel jünger waren.

Wenn morgen die Amerikaner kommen und hier einziehen wollen, liegt eine tote Frau im Garten. Man soll mich ruhig liegen lassen, damit die sehen, was sie anrichten.

Es wird ihnen egal sein, ganz egal. Es heißt ja, wir haben viele, viele Menschen auf fürchterliche Art umgebracht. Was ich auch glaube. Sie waren so, diese Ungeheuer. Und die anderen sind an der Front umgekommen, in den Luftschutzkellern, sie sind von Tiefflieger abgeknallt worden, also was soll mein Tod schon bedeuten für die Amerikaner. Dieser hübsche junge Leutnant, der aussieht wie Nicolas, dem wäre es vielleicht unangenehm, aber der kommt sicher nicht mehr ins Haus. Dem war es heute schon unangenehm, das habe ich ihm angemerkt. Die hier kommen werden, mit Bürstenschnitt und dicken Hintern, werden höchstens verächtlich sagen: get that corpse out.

Eine Leiche mehr spielt überhaupt keine Rolle.

Nur für mich. Ich werde es dann endlich hinter mir haben. Ob ich sie wiedersehen werde? Ob es wahr ist, was die Religionen sagen: Gibt es ein Jenseits, in dem man sich wiederbegegnet? Ernie, meine Eltern, Nicolas, Kurtel und . . .

Ich wünsche mir das nicht, was sollen sie mir dort? Ich habe sie hier gebraucht. Hier. Es wäre besser, wenn alles ausgelöscht wäre, einfach zu Ende. Vorbei.

Es ist ein Augenblick, und alles wird verwehn . . . das stand in meinem Poesiealbum, das schrieb einer in mein Poesiealbum, als ich zur Schule ging. Das ist eine angenehme Vorstellung. Ach, ich fühle mich befreit. Ich sterbe heute nacht. Ja, es ist ein Gefühl der Freiheit. Ein wunderbares Gefühl. Ich bin geradezu glücklich. Ich werde jenseits des Flusses sein, jenseits des dunklen Stromes, des silbernen Stromes meiner Jugend, wissend oder nicht wissend, begreifend oder nicht begreifend, und ich möchte keinen dort treffen. Nicht einmal Vicky, falls sie dort ist. Freiheit, Ruhe, Vergessen. Ja, das ist es vor allem. Alles vergessen haben, was geschehen ist. Nichts mehr wissen, um nichts mehr weinen.

Wie schön der Garten in der Nacht ist! Über den Bäumen kommt jetzt der Mond herauf.

Als Kind habe ich ihn einmal angedichtet. Ich war sehr stolz auf mein Gedicht, Fräulein von Rehm, meine Lehrerin, die ich so heiß liebte, lächelte gerührt und auch amüsiert, als ich ihr das Gedicht vortrug. Die Klasse kicherte.

Der Mond scheint auf mein Bett . . . so ähnlich ging es, es fällt mir nicht mehr ein, wie es weiterging. Später habe ich auch Gedichte gemacht, keine schlechten Gedichte, sie wurden veröffentlicht. Auch die paar Romane, die ich schrieb; es kommt mir vor, als sei es hundert Jahre her, daß ich mich eine Schriftstellerin nennen konnte. Richtig daran geglaubt habe ich selber nicht. Denn wie sollte es möglich sein, daß es in meinem unglücklichen Leben so etwas wie Erfolg geben sollte. Aber eine Weile war es dennoch so. Sogar Geld habe ich mit dem Schreiben verdient. Zum erstenmal im Leben konnte ich mir eine schöne Wohnung leisten. Für kurze Zeit natürlich nur.

Heute könnte ich keine Zeile mehr schreiben, das Leben ist zu grauenvoll, darüber kann man nicht mehr schreiben.

Ach, Mond, was für eine Lust, tot zu sein!

Meine Verantwortung? Ich pfeife darauf. Jetzt bin ich soweit, daß ich darauf pfeifen kann. Das Kind in eine Blindenanstalt, Stephan zu Victoria ins Waldschlössl, das geht alles wunderbar. Marleen, Tante Alice? Die können sehr gut ohne mich leben. Ich sollte ein paar Zeilen an Victoria schreiben, damit sie weiß . . . nein, nicht, warum ich es tue, das weiß sie.

Um ihr mitzuteilen, was ich von ihr erwarte? Das weiß sie auch. Sie wird bestimmt gut für Stephan sorgen. Einer ihrer Söhne ist gefallen, sie kann Stephan als ihren Sohn betrachten. Möglicherweise behält sie sogar Maria bei sich, sie ist viel stärker, viel mutiger als ich. Sie ist auch nicht allein, sie hat einen Mann, sie hat noch einen Sohn, eine Tochter, das Gut, die Leute, die dazugehören, die Tiere, das Haus voller Flüchtlinge – sie wird gar keine Zeit haben, so wie ich trübselig herumzusitzen und über ihr Leben nachzudenken. Wir haben uns immer verstanden, sie wird mich auch jetzt verstehen.

So sicher bin ich dessen nicht. You're a coward, Nina, das wird sie vielleicht sagen.

Seltsam, jetzt stehe ich seit einer Stunde an diesem Fenster und starre in den Garten hinaus und habe nicht einmal an Silvester gedacht. Silvester, mein Mann.

Bei Victoria habe ich ihn kennengelernt, als ich sie das erste Mal im Waldschlössl besuchte. Im Jahr bevor der Krieg begann, haben wir geheiratet. Ich dachte, für mich beginnt ein neues Leben. Habe ich das wirklich gedacht? Ich habe es vielleicht gehofft, aber nicht daran geglaubt.

Ich kann nie behalten, was ich liebe. So war es doch, Nina, das hast du im Grunde gedacht.

Hast es gewußt.

Der Krieg ist seit mehr als einem Monat zu Ende; er ist aus dem Lager nicht zurückgekehrt, also lebt er nicht mehr. Er hat sein Leben aufs Spiel gesetzt, um eine Jüdin zu retten. Das ist gewiß eine ehrenhafte Tat, aber ich habe es ihm damals schon übelgenommen, weil er mich darüber vergaß. Meine zweite Ehe hat ein wenig länger gedauert als meine erste, nicht von der Zeit her, nur von der Dauer des Zusammenseins. Wir hätten gut miteinander leben können, doch dann begann der Krieg. Mein panisches Entsetzen, mein Nichtverstehenkönnen am 1. September des Jahres 1939, seine Bitterkeit, sein ›Es konnte gar nicht anders kommen‹.

Egal, egal, egal. Vergiß es, Nina. Geh jetzt hinauf und hol die Tabletten. Sei ganz leise, damit keiner dich hört. Ob sie alle schlafen in diesem Haus, in der letzten Nacht unter diesem Dach?

Stephan habe ich eine Tablette gegeben, und wenn sein armer Kopf ihn nicht zu sehr plagt, schläft er vielleicht. Ob Maria schläft, weiß ich nie. Für sie ist die Nacht nicht dunkler als der Tag. Ein wenig vielleicht. Der Arzt sagt, sie könne möglicherweise hell und dunkel unterscheiden. Mein Gott, konnte dieses Kind nicht lieber tot sein?!

Marleen? Tante Alice? Schlafen sie?

Eva und Herbert werden schlafen, in dem schönen breiten Bett, in dem der Hesse schlief, wenn er Marleen besuchte. Tante Alice habe ich mein Zimmer überlassen, ich schlafe in dem kleinen Zimmer, in dem die Theres geschlafen hat, als sie noch hier war.

Hier unten wohnt nur Stephan. Das Wohnzimmer und dieses Terrassenzimmer sind leer von Menschen. Der kleine Leutnant hat schon recht. Für diese Zeit ist das Haus gering belegt. Das war Alexander Hesses Werk, er hat Marleen bis zuletzt beschützt, und das wirkt sogar noch über das Kriegsende hinaus. Wie die Amerikaner wohl in diesem Haus schlafen werden?

Ach, egal. Ich jedenfalls werde nun ewig schlafen können. Dies ist die schönste Nacht meines Lebens, weil es die letzte Nacht ist.

Tage und Nächte, Nächte und Tage, daraus besteht das Leben. Nun fällt mir auch ein, wann ich das zum erstenmal dachte. Es war nach Ernies Tod, und Marleen hatte mich eingeladen, damit ich auf andere Gedanken käme. Ich war in Berlin in ihrer großen vornehmen Villa, Luxus rundherum, doch

Marleen war selten da, sie hatte gerade einen neuen Liebhaber, und ich saß mit ihrem Mann, dem armen kleinen Juden, der ihr all den Luxus bescherte, allein in dem feinen Haus herum. Es war quälend.

Ich betrank mich abends in meinem Zimmer, und eigentlich wünschte ich mir damals schon, zu sterben. Ja, das weiß ich wieder ganz genau. Ich wollte damals gern sterben, obwohl ich soviel jünger war. Marleens Hund war bei mir, auch ein Boxer. Ich sprach mit ihm, aber er sah an mir vorbei. Tiere mögen keine Menschen, die sich selber aufgeben.

Endlich ist es nun wirklich meine letzte Nacht.

Und ich will keinen, keinen wiedertreffen jenseits des Flusses. Ich bete nicht, schon lange nicht mehr. Aber hör mir zu, du erbarmungsloser Gott, falls es dich gibt: ich will keinen wiedertreffen, keinen.

Ich habe sie hier gebraucht. Dort will ich allein sein. Ich will endlich Ruhe haben. Ich will nicht mehr lieben, nicht mehr fühlen, nicht mehr leiden.

Dann wird Ruh' im Tode sein . . . das hat Vicky wunderschön gesungen, die Arie der Pamina. Die g-moll-Arie nannte sie es. Eine verdammte Nummer, sagte sie und legte die Hand um ihre Kehle.

Ach Vicky, deine schöne Stimme, und dann immer wieder dein kranker Hals. Hast du nun Ruh' im Tode?

Jetzt fange ich an zu weinen. Warum denn nur? Dazu besteht kein Grund mehr, gleich ist es vorbei. Endlich wird es vorbei sein.

Nina wandte sich mit einer heftigen Bewegung vom Fenster ab, ging durch das dunkle Zimmer, bremste ihren Schwung und öffnete die Tür ganz leise. Wenn Stephan schlief, durfte sie ihn nicht wecken.

In der Diele, am Fuß der Treppe, stand Alice. Die Diele war nur fahl beleuchtet durch das Windlicht, das Nina immer brennen ließ, falls Stephan in der Nacht aufstand.

Unwillkürlich legte sie die Hand an die Lippen, Alice nickte, kam auf sie zu. Nina trat zurück ins Zimmer, Alice folgte ihr, und Nina schloß ganz leise wieder die Tür.

»Kannst du nicht schlafen?«

»Du hast mir neulich eine Tablette gegeben«, sagte Alice. »Ich bin eigentlich dagegen, Tabletten zu nehmen, aber heute hätte ich gern eine, wenn du so freundlich wärst.«

»Natürlich«, sagte Nina. »Ich wollte auch eine nehmen, aber ich dachte mir, daß ich die letzte Nacht in diesem Haus auch ohne Schlaf verbringen kann.«

»Es tut mir so leid für euch«, sagte Alice, es war noch der gleiche verbindlich-höfliche Ton, den Nina aus ihrer Kindheit kannte.

»Mir tut es vor allem leid um dich«, erwiderte Nina. »Ich hoffte, du würdest hier . . .« sie stockte, wußte nicht, was zu sagen war, »nun, ich meine, du würdest hier ein neues Zuhause finden.«

»Ich brauche keines mehr«, sagte Alice.

»Aber – ich dachte, es gefällt dir hier.«

»Gewiß«, sagte Alice höflich. »Ein sehr schönes Haus, sehr angenehm. Aber ich hatte nur ein wirkliches Zuhause, Wardenburg. Nachdem wir Wardenburg verloren hatten . . .« sie schüttelte leicht den Kopf, »war es eigentlich ganz gleichgültig, wo ich lebte.«

Als sie Wardenburg verloren hatten – das war ein Menschenleben her. Nina war damals sechzehn Jahre alt.

Der Mondschein reichte nicht aus. Nina zündete eine Kerze an und blickte in das noch immer schöne, regelmäßige Antlitz dieser alten Frau, die die Schwester ihrer Mutter war, die die Frau von Nicolas gewesen war.

»Das ist lange her«, sagte Nina. »Das ist schon gar nicht mehr wahr.«

»Vielleicht nicht für dich«, sagte Alice kühl. »Ich habe Wardenburg nie vergessen.«

»Vergessen? Nein, vergessen habe ich es auch nicht. Das weißt du sehr genau.«

Alice hob spöttisch die Mundwinkel. »Das weiß ich sehr genau.« Sekundenlang blickten sie sich gerade in die Augen, dann senkte Nina den Blick.

»Ich werde morgen alles organisieren«, sagte sie. »Ein Fahrzeug, und wir werden sehen, was wir alles mitnehmen können, und dann fahren wir zu Victoria ins Waldschlössl. Es wird dir gefallen dort. Es ist auch ein Gut. Nicht in Schlesien, sondern in Bayern. Aber es wird dir gefallen, bestimmt.«

Alice machte ein hochmütiges Gesicht. Auch das kannte Nina von früher. Diese Frau war immer stolz gewesen. Wie schwer mußte es ihr fallen, bei fremden Leuten unterzukommen.

Nina hätte gern den Arm um sie gelegt, aber das wagte sie nicht. Zwischen ihr und Alice stand immer noch Nicolas.

»Ich bringe dich hinauf«, sagte sie. »Komm. Und dann hole ich dir die Schlaftablette.«

Wie sich erwies, schliefen auch andere in dieser Nacht nicht. Auf der Treppe trafen sie Herbert. Er kam leise herabgeschlichen, legte ebenfalls den Finger auf die Lippen.

»Was ist?« flüsterte Nina.

»Eva schläft«, flüsterte er zurück, »aber ich ... können wir ins Zimmer gehen, damit wir reden können?«

Alice blickte zögernd von einem zum anderen, doch Herbert legte seine Hand unter ihren Ellenbogen und geleitete sie die Treppe hinunter.

Als sie wieder im Terrassenzimmer waren, schloß er sorgfältig die Tür und fragte Alice: »Sie können auch nicht schlafen, gnädige Frau?«

»Ich wollte ihr gerade eine Tablette geben«, sagte Nina.

Er sah, daß Nina vollständig angezogen war, und sagte: »Und Sie, Nina, Sie haben es erst gar nicht versucht, wie ich sehe.«

»Bis jetzt noch nicht.«

»Das ist gut. Dann bleiben Sie noch eine Weile hier und stehen Schmiere.«

»Was haben Sie vor?«

»Ich möchte unsere beiden Räder aus dem Haus bringen, daß wir die wenigstens haben.«

»Sie dürfen jetzt nicht auf die Straße.«

»Curfew, ich weiß. Aber ich kann sie nur in der Nacht verstecken.«

»Verstecken? Wo?«

»Sie kennen das Haus von dem alten Lehrer, dem Oberstudienrat, da vorn an der Ecke. Der ist in Ordnung, Eva kennt ihn, und ich habe mich schon manchmal mit ihm unterhalten. Ich schiebe die Räder, also eins nach dem anderen natürlich, bis zu seinem Haus, rechts an seinem Zaun fehlen ein paar Latten, dort gehen die Räder durch und dann verstecke ich sie in seinem Garten unter den Fliederbüschen.«

»Wenn eine Streife Sie erwischt, werden Sie eingesperrt.«

»Weiß ich auch. Darum ist es gut, daß Sie hier sind, Nina. Sie gehen ans Gartentor, schauen nach rechts und links, lauschen sorgfältig in die Stille der Nacht, ob irgendwo die lieben Schritte unserer Befreier zu hören sind, und falls nicht, dann schiebe ich los.« Er grinste. »Dann warte ich hinter dem Zaun vom Studienrat, und wenn ich von Ihnen nichts höre, komme ich zurück und hole das andere Rad.«

»Wenn Sie nichts von mir hören . . . und was wollen Sie von mir hören?«

»Na, irgendeine Warnung. Wenn Sie irgendwas hören oder sehen, dann, na sagen wir mal, piepsen Sie wie ein Vogel im Schlaf.«

Unwillkürlich mußte Nina lachen. »Spielen wir Karl May?«

»So was ähnliches. Nur dürfen Sie nicht wie ein Coyote heulen, das würde auffallen, weil es die hier nicht gibt.«

»Und wenn man Sie schnappt?«

»Dann grüßen Sie Eva schön von mir, und sie soll sich beruhigen, ich werde das auch überleben.«

»Na schön«, sagte Nina, und wieder einmal, ohne daß sie sich im Moment darüber klar wurde, war es Herbert, der ihr Kraft und Mut gab und sie von ihrem Vorhaben ablenkte.

»Soll ich dich erst hinaufbringen«, fragte sie Alice.

Doch Alice schüttelte den Kopf, sie setzte sich in den großen Ohrensessel und machte ein angeregtes Gesicht.

»Ich könnte jetzt erst recht nicht schlafen. Ich muß sehen, wie das ausgeht.«

»Wenn es klappt, und ich komme unverhaftet zurück, trinken wir alle einen großen schönen Cognac. Oder auch zwei.«

Es klappte. Die Sieger fuhren nicht die ganze Nacht auf Streife, und sie hatten Wichtigeres zu tun, es gab so viele hübsche und willige Mädchen in diesem Land, Nonfraternization oder nicht, um die man sich kümmern mußte.

Als Herbert gerade mit dem zweiten Rad verschwunden war, erschien Stephan unter der offenen Haustür und blickte erstaunt auf seine Mutter, die unter dem Gartentor kniete, den Kopf lauschend vorgestreckt. Nina hätte beinahe laut aufgeschrien, als seine Hand ihre Schulter berührte.

»Nina, was ist denn los?«

»Pscht! Kein Wort. Geh sofort ins Haus und mach kein Licht.«

»Aber ...«

»Sei still!« fuhr sie ihn an. »Ich erzähl es dir gleich.«

Zu viert waren sie dann im Terrassenzimmer.

»Na?« fragte Herbert stolz. »Wie habe ich das gemacht?«

Er servierte den versprochenen Cognac, und nachdem er ihn heruntergeschluckt hatte, meinte er nachdenklich: »Ob ich vielleicht ein paar von den Flaschen auch noch um die Ecke bringe?«

»Sind Sie wahnsinnig?« rief Nina.

»Nö, warum? Ging doch bestens. Ist der Cognac nicht gut? Echter französischer. Wissen Sie, was der heute wert ist? Die Amis werden sich nichts dabei denken, wenn sie ihn saufen. Muß ein toller Knabe gewesen sein, der

783

Freund Ihrer Frau Schwester. Was der hier alles angesammelt hat – alle Achtung!«

»Ein reicher und vor allem ein einflußreicher Mann. Ich muß gestehen, ich kenne ihn kaum.«

»War er ein dicker Nazi?«

»Nein, ich glaube, gerade das war er nicht. Dazu hat er die wohl zu gut durchschaut. Aber er gehörte . . . nun, wie soll man das nennen, er gehörte zu ihren nützlichen Handlangern.«

»Verstehe. Ja, das gab es. Es gibt überhaupt nichts, was es nicht gibt. In dieser Zeit. Und vermutlich in jeder Zeit. Wissen Sie«, Herbert ließ sich behaglich in einem Sessel nieder und schenkte sich noch einmal Cognac ein, »ich bin ein historisch denkender Mensch. Die Weltgeschichte war ja wohl immer sehr bewegt, nicht? Ich denke oft darüber nach, was es alles schon gegeben hat, seit Menschen diesen Stern bewohnen. Was sie erlebt haben. Und überlebt haben.«

»Nicht alle«, meinte Nina.

»Gewiß nicht. Aber so als Ganzes gesehen, hat die Menschheit doch überlebt. Sicher viel schlimmere Zeiten als unsere. Dschingis-Khan zum Beispiel. Oder wie die alten Römer die besiegten Germanen im Triumphzug nach Rom schleppten, die schöne Thusnelda vorneweg, sie dann einsperrten und schließlich abmurksten. Oder . . .«

»Genug«, sagte Nina. »Wenn Sie die Weltgeschichte nach Mord, Totschlag, Raub und Schändung durchgehen wollen, dann sitzen wir morgen früh noch hier.«

»Länger, viel länger, Verehrteste. Damit können wir uns wochenlang beschäftigen. So gesehen sind wir ja noch ganz gut dran. Die Amerikaner sind zwar streng mit uns und lassen uns wissen, daß sie jeden Deutschen für eine Laus halten, aber ich möchte wetten, daß das ein vorübergehender Zustand ist. Ich meine, an sich ist die Situation ja sowieso absurd. Die kommen nach Europa, fühlen sich als die größten Sieger aller Zeiten, wollen uns Zivilisation, Kultur und gutes Benehmen beibringen, holen sich die Mädchen für ein paar Zigaretten ins Bett, machen sich in unseren Häusern breit, sofern sie die nicht vorher in die Luft gejagt haben, und wo sind sie eigentlich hergekommen? Eben aus diesem Europa! Und das ist noch gar nicht so lange her. Sie haben die Indianer massakriert und so gut wie ausgerottet, aber uns wollen sie nun mal zeigen, wie gebildete Leute sich benehmen. Und was folgt daraus? Ich muß noch mal auf die alten Römer zurückgreifen. Vae victis, das galt bei denen schon. Hat sich nichts geändert unter der Sonne.«

Sie schwiegen eine Weile, Herbert hob die Flasche.

»Wer will noch mal? Wer hat noch nicht?«

Sie wollten alle.

»Und dann«, fuhr Herbert fort, »haben die Germanen schließlich Rom erobert und dort das Sagen gehabt. Na, und erst Karl der Große . . .«

Stephan lachte leise vor sich hin. Nina blickte ihn erstaunt an. Sie konnte sich nicht erinnern, daß er gelacht hatte, seit er wieder bei ihr war.

»Wollen Sie damit sagen, daß wir eines Tages Amerika erobern werden?« fragte er.

»Aber, lieber Freund, das haben wir längst getan. Es sind genug Deutsche hinübergegangen, noch in jüngster Zeit. Deutsche, Franzosen, Engländer,

Italiener und was es sonst noch gibt im alten Europa. Sie haben diesen Kontinent erobert und daraus gemacht, was er heute ist.«
»Also auch die Indianer massakriert«, sagte Stephan spöttisch.
»Zweifellos, das waren alles wir. Das taten schon die ersten, die nach Columbus kamen. Ist halt so Sitte und Brauch auf dieser Erde.«
Der Mond stand jetzt voll über dem Garten und erhellte den Raum. Die Kerze war erloschen.
»Sie erinnern mich an meinen Geschichtslehrer«, sagte Stephan.
»Na, das freut mich. Ich wollte nämlich mal Geschichte studieren. Daraus wurde nichts, ich mußte Geschichte mitmachen. Wir sind ja so ungefähr eines Alters, Stephan. Schule, Arbeitsdienst, Militärdienst, Krieg. Da sind wir nun, einigermaßen erwachsen, jedoch ohne Ausbildung und ohne Beruf. Ich habe wenigstens vier Semester studieren können, Studienurlaub hieß das, aber was nützt das heute? Jedes Arschloch, das unsere Vorfahren da drüben gezeugt haben, kann uns befehlen, was wir tun und lassen sollen. Damit muß man sich erst einmal abfinden.« Er hob sein Glas: »Zum Wohl. Bitte die Damen um Entschuldigung für meine Ausdrucksweise. Das ist Landserdeutsch. Sie haben es ja wenigstens bis zum Offizier gebracht, Stephan, nicht?«
»Sagen Sie deshalb Sie zu mir?« fragte Stephan.
»Nö, eigentlich nicht. Ich war immer ein miserabler Soldat. Es fiel mir schwer, Jawoll zu sagen, und es fiel mir schwer, eigenes Denken zu unterlassen, und vor allem war es mir unmöglich, andere Menschen totzuschießen. Es klingt vielleicht albern in unserer Situation, aber ich liebe die Menschen. Irgendwie liebe ich sie. Selbst unsere siegreichen Amis. Sie können ja nichts dafür, daß sie doof sind. Und jeder ist vielleicht auch nicht doof. Das ist das Gemeinsame zwischen uns und ihnen. Uns hat man etwas eingeredet, ihnen hat man etwas eingeredet. Nun gibt es immer Menschen, die können selber denken. Aber beileibe nicht alle. Hier nicht und dort nicht. Nur wenn man sich besieht, was daraus wird, was das Ergebnis ist! Heiliger Bimbam, dann kann einen wirklich tiefste Verzweiflung befallen.«
»Nein, bitte, Herbert«, sagte Nina rasch. »Nicht Sie auch noch.«
»Glauben Sie, liebste Nina, weil ich hier manchmal so den Hanswurst spiele, zeigt meine wahren Gefühle?«
»Sie sind ein Sieger, Herbert. Vergessen Sie es nicht.«
»Danke, Nina, daß Sie mich erinnert haben.«
Er machte wieder die Runde mit der Flasche, schenkte ihnen ein, auch wenn Alice abwehrend die Hand erhob. Nina fühlte, wie der Cognac ihr in den Kopf stieg, eine leichte Trunkenheit machte sich bemerkbar. Die Tür öffnete sich vorsichtig.
»Ist da wer?« fragte Evas Stimme.
»Fast die ganze Hausgemeinschaft, um mich noch einmal des Sprachgebrauchs unserer verflossenen Herren zu bedienen. Wir feiern hier meine letzte Heldentat und besaufen uns systematisch dabei.«
»Was für eine Heldentat, um Gotteswillen?«
»Ich habe Oberstudienrat Beckmann unsere Räder in den Garten gelegt. Wie Ostereier, weißt du?«
»Das hast du gut gemacht. Warum hast du mich nicht helfen lassen?«
»Nina hat Schmiere gestanden. Klappte alles bestens.«

Eva ging durch das nur vom Mond erleuchtete Zimmer zur offenen Terrassentür.

»In einer Nacht wie dieser . . .« begann sie.

»Nur weiter«, ermunterte Herbert sie.

»Ja, wenn ich es noch wüßte.«

»In solcher Nacht wie dieser, da linde Luft die Bäume schmeichelnd küßte«, zitierte Nina träumerisch, »erstieg wohl Troilus die Mauern Trojas und seufzte seine Seele zu der Griechen Zelte hin, wo Cressida im Schlummer lag.«

»Bravo«, rief Herbert. »Nun weiß ich, was wir machen. Wir machen ein Theater auf.«

»Ja«, sagte Nina. »Ein Feld-Wald-und-Wiesentheater.«

»Noch schenkt der Sommer uns die Gnade des hellen Lichtes und der warmen Nächte. Ein Tor, wer jetzt schon an des Winters Dunkelheit und Kälte dächte.«

Ehrfürchtiges Schweigen, dann fragte Nina: »Paßt gut. Von wem ist das?«

»Ob Sie's glauben oder nicht, von mir«, sagte Herbert. »Eben gedichtet.«

»Ein armseliger Knittelvers«, meinte Eva, wenig beeindruckt.

»Und was hast du sonst noch zur Seite gebracht?«

Nina lachte. In dieser Nacht? In der Nacht ihres Todes?

Die Nacht ging zu Ende. Im Garten zwitscherte müde ein Vogel. Sie lauschten, schwiegen, es verging eine Weile, dann antwortete ein zweiter, und bald darauf war ein lebhaftes Vogelgespräch im Gang.

»Na, hört euch das an«, sagte Eva. »Sie freuen sich ihres Lebens, als wenn nichts wäre.«

»Für sie ist auch nichts«, sagte Herbert. »Wenn wir in Italien wären, würde in diesem Garten kein Vogel mehr leben.«

»Bis jetzt seid ihr ja noch ganz gut ernährt worden«, sagte Nina.

»Eben. Geradezu friedensmäßig«, sagte Herbert. »Eva hat recht. Ich hätte den Weg zu Studienrats ruhig noch einige Male machen können. Apropos – wie wäre es denn mit ein bißchen was zu essen?«

»Jetzt?« fragte Eva empört. »Weißt du noch, was du alles zum Abendessen verspeist hast?«

»So vage erinnere ich mich. Aber das ist lange her. Und wir haben seitdem eine ganze Flasche Cognac verkassematuckelt.«

Er hob die Flasche hoch. »Gerade noch einer ist für dich drin.«

Die Situation war absurd, die Zeit war absurd, und die Menschen reagierten entsprechend. Und da war etwas so Ungeheueres, etwas so Gewaltiges, das alle anderen Gefühle, die der Not, des Elends, der Verzweiflung, der Ausweglosigkeit übertraf: ich lebe.

Nina, die auf dem Boden saß, neben Tante Alices Sessel, legte den wirren Kopf an die Seitenwand des Sessels. Was war es nur mit diesem Leben, warum klammerte man sich so daran?

Sie hatte sich die Freiheit des Todes gewünscht, und nun ergab sie sich dem Zwang des Lebens. Und wenn sie nun tat, das war ganz klar, tat sie es total und mit ganzer Kraft.

Sie stieß sich mit beiden Händen vom Boden ab und sprang auf. Gelenkig wie ein junges Mädchen.

»Ich mach uns ein paar Stullen zurecht, ja? Und koch Kaffee.«

»Eine fabelhafte Idee«, rief Herbert emphatisch. »Wir können im Morgengrauen Stullen essen, mit was drauf, und wir haben Kaffee. Bohnenkaffee. Wer in diesem zerschlagenen Land hat das noch. Na gut, ein paar werden es haben, aber die meisten nicht. Wir haben es nur noch jetzt und hier und gleich, aber ein Schelm, der die Stunde nicht genießt und nur an morgen denkt.«
Nina stand, ein wenig schwankend zwar, doch ihr Kopf war noch klar.
»Würdest du sagen, Herbert, daß man so denken muß, um zu leben?«
»Wie das Beispiel zeigt, würde ich sagen: Ja. Und Nina, falls wir uns morgen trennen müssen, wollen wir doch diese Nacht nicht vergessen. Hier oder irgendwo oder irgendwann werden wir uns wiedertreffen, und dann wollen wir uns daran erinnern, an diese Nacht, an das, was wir gedacht und gesagt haben. Leben ist kostbar. Man muß es bewahren.«
»Ja«, sagte Nina, sie sagte es laut und überzeugt. Sie dachte nicht mehr daran, daß sie hatte sterben wollen in dieser Nacht. Eva blickte hinaus in den Garten, sie lächelte, die Vögel sangen nun laut und alles übertönend, Morgendämmerung erweckte die Bäume zum Leben.
Alice senkte den Kopf. Für sie galt das nicht mehr.
Stephan sagte: »Ich werde Sie vermissen, Herbert.«

Wie sich die Übernahme des Hauses durch die Amerikaner abspielen würde, darüber hatte sich Nina keine Gedanken gemacht. Aber es erstaunte sie, relativ früh am Tage, es war kurz nach zehn, den jungen Leutnant wieder unter der Tür zu sehen. Hinter ihm der andere breitschultrige Amerikaner.
Nina kniete auf dem Boden der Diele, um sich herum hatte sie kleine Pakete mit Kleidungsstücken gestapelt, gerade eben soviele, wie jeder tragen konnte. Eva und Herbert saßen auf der Treppe und gaben gute Ratschläge, sie hatten ohnedies nur noch das, was sie aus dem Nebenhaus mitgebracht hatten.
Marleen war oben, stand seit einer Stunde ratlos vor ihren wohlgefüllten Schränken. Immerhin hatte es Nina mit gutem Zureden so weit gebracht, daß sie sich bereit erklärte, bei dem Fahrunternehmen Huber vorbeizugehen. Sie kannte Huber, er war bis zum Ende des Krieges immer für sie gefahren, denn Marleen sparte nicht mit seltenen Gegengaben, Kaffee, Zigaretten, auch ein Stoff für Frau Huber war einmal abgefallen, und außerdem ging es dem Huber wie fast allen Männern, mit denen Marleen im Laufe ihres Lebens zusammengetroffen war, sie faszinierte ihn, ihr Aussehen, ihr Auftreten, ihr Charme.
Aber nun waren die Amerikaner schon da. Nina strich sich das Haar aus der Stirn, ihre Stirn war feucht, die schlaflose Nacht machte sich bemerkbar. Auch war es warm an diesem Tag.
Lieutenant Goll blickte auf die kniende Frau, sie war blaß, sie sah müde aus, wirkte nicht so ruhig und überlegen wie am Tag zuvor. Ein jähes Glücksgefühl überkam den Leutnant, so heftig und überwältigend, wie er es in seinem Leben noch nie verspürt hatte. Die Botschaft, die er zu überbringen hatte, machte seine Kehle trocken.
Sie blickten ihn alle an, wie er da unter der Tür stand, doch er nahm die Gesichter gar nicht richtig wahr. In dem Sessel an der Wand, das mußte wohl der kranke Sohn sein, und da war noch ein anderer junger Mann auf der Treppe. Und wo war die alte Dame? Wo das blinde Kind?
Davies gab ihm von hinten einen sanften Stoß, Goll schritt über die Schwelle, ging wie im Traum auf die Frau zu, die am Boden kniete und zu ihm

aufblickte. Er legte mechanisch die Hand an den Mützenschirm, sah durch die offene Tür das blinde Kind auf demselben Stuhl sitzen wie am Tag zuvor. Auf einem blauen Sofa, gerade aufgerichtet, regungslos, saß die alte Dame.

Er mußte zweimal zum Sprechen ansetzen, seine Stimme gehorchte ihm nicht.

»Good morning«, sagte er dann, weil ihm nichts anderes einfiel.

»Schon?« fragte Nina. »Sie haben gesagt – mittags.«

Und dann sah sie das Lächeln in seinem jungen Gesicht, und sie sah, wie der andere, der hinter dem Leutnant stand, über das ganze Gesicht grinste.

Das Herz schlug ihr bis zum Hals. Nicolas...

»Es ist erledigt«, sagte Lieutenant Goll in seinem schönen klingenden Deutsch. »Sie können bleiben. Das Haus wird nicht beschlagnahmt.«

Nina legte die Hand um ihren Hals, spürte ihr Herz darin klopfen und sie dachte: Nicolas, du hast geholfen.

Und dann: wie schrecklich, wenn er gekommen wäre, dieser junge Mensch, mit dieser Nachricht, die ihn offensichtlich freut, das kann ich ihm anmerken, und ich hätte tot hier gelegen.

Ihm wäre es nicht egal gewesen.

Sie senkte den Kopf, legte die Hand vor die Augen, und Goll sah die Tränen zwischen ihren Fingern. Das machte ihn vollends verlegen und hilflos.

Und wieder einmal mußte er an seinen Vater denken, was er, der berühmte Psychiater und Psychologe, dazu sagen würde. Eins war gewiß, er würde zufrieden sein mit seinem Sohn.

Die anderen schwiegen, selbst Herbert hielt ausnahmsweise den Mund, auch Eva hatte das Gefühl, daß sie sich nicht einmischen dürfe. Was hier geschah, ging diese beiden Menschen an, die weinende Nina und den jungen Sieger, der erste, der ihr zu einem Sieg verholfen hatte.

»Bitte...« sagte Frederic Goll, er mußte schlucken, er war selbst den Tränen nahe, denn zum erstenmal in seinem Leben erfuhr er, was für ein unbeschreibliches Glück es bedeutete, einem Menschen etwas Gutes tun zu können.

Davies ging entschlossen an ihm vorbei, trat zu Nina und streckte ihr die Hand hin.

»Come on«, sagte er fröhlich. »Get up! And here...« er zog aus seiner Jackentasche mehrere Candies, »for the little girl.«

Nina ergriff die warme breite Hand des Siegers, sie kam nur mühsam hoch, ihre Knie zitterten, sie blickte Davies an, dann den Leutnant.

»Danke«, flüsterte sie. »Danke. Wie... wie haben Sie das denn fertig gebracht?«

Unter Tränen lächelte sie beide Männer an.

»Well...«, sagte Davies, der sie nicht verstanden hatte, er blickte fragend auf den Leutnant.

»Ich hatte Gelegenheit, gestern mit General Patton zu sprechen«, sagte Goll. »Ich tat es«, er blickte durch die Tür zu Maria hin, »wegen ihr.«

»Danke«, sagte Nina noch einmal. Sie wischte mit den Händen die Tränen von den Wangen, tupfte wie gestern mit den Fingerspitzen in die Augenwinkel, versuchte, sich zu beherrschen.

Herbert setzte zum Sprechen an, doch Eva knuffte ihn in die Seite. Es gab jetzt nichts zu sagen.

»Ich wußte«, sagte Nina leise, »daß mir von Ihnen nichts Böses kommen konnte. Vielmehr, ich hätte es wissen müssen.« Sie schniefte, Stephan stand auf und reichte ihr sein Taschentuch.

»Oberleutnant Jonkalla«, sagte er mit einer kleinen Verbeugung zu dem Amerikaner. »Ich möchte Ihnen auch danken, im Namen aller Bewohner dieses Hauses.«

In diesem Augenblick erschien Marleen oben auf der Treppe, sehr elegant in einem weißen Kostüm, denn natürlich hatte sie sich bei der Auswahl ihrer Garderobe nicht allein auf das Praktische beschränken können.

»Oh!« machte sie und blickte auf die Menschengruppe hinab. Und als keiner etwas sagte, fragte sie unsicher: »Müssen wir schon weg?«

»Nein, Marleen, wir können bleiben«, antwortete Nina, wieder einigermaßen gefaßt. »Dies ist Lieutenant Goll, er hat sich für uns verwendet«, und mit einer Handbewegung zur Treppe hinauf: »Mrs. Nossek, meine Schwester.«

Das Ganze nahm wieder einmal gesellschaftliche Formen an, es ging offenbar in diesem Haus nicht anders. Goll machte eine steife Verbeugung zur Treppe hin, die Schwester interessierte ihn nicht.

Zu Nina sagte er: »Es gilt natürlich nur für jetzt und für uns. Was später sein wird, dafür kann ich keine Garantie geben.«

»Ich verstehe«, sagte Nina.

Ohne sich um die anderen zu kümmern, trat Goll unter die Tür und blickte auf Maria, die so stumm und starr da saß wie am Tag zuvor.

»Ich hoffe, man wird ihr helfen können«, sagte er.

»Ich hoffe es auch«, erwiderte Nina »Und Sie haben bereits geholfen. Gestern, als Sie fort waren, hat sie zum erstenmal gesprochen und sich an etwas erinnert.«

»Sie meinen, es war ein Schock?«

»Ich weiß nicht, wie man das nennen soll.«

»Was hat sie gesagt?«

Nina zögerte, dann erzählte sie leise, indem sie den Leutnant von der Tür wegzog, von dem Hund.

Frederic Goll liebte Hunde, Pferde, alle Tiere. Die verendeten Pferde auf den Straßen zu sehen, hatte ihn Nerven genug gekostet. Die Tiere waren zusammen mit den Menschen in den zerbombten Häusern gestorben, das wurde ihm jetzt erst klar. Nie mehr, dachte er, nie mehr. Ich werde . . .

Er wußte nicht, was er tun würde, er wußte nur, daß er sich bis zum letzten Atemzug, bis zur Selbstaufgabe dafür einsetzen würde, daß es nie mehr Krieg auf dieser Erde geben durfte.

»Ich muß gehen«, sagte er.

Nina und er gingen durch die Diele, in der alle wie erstarrt standen oder saßen, wie Marionetten, an deren Fäden keiner zog, Marleen auf halber Treppe stehend, Eva und Herbert auf den Stufen sitzend, Stephan ebenfalls stehend. Nur Davies lebte, er lachte, zog noch eine Packung Camel aus der Hosentasche und drückte sie Stephan in die Hand.

Im Vorgarten blieb Goll stehen.

»Warum haben Sie das gesagt?«

»Was?«

»Sie wußten, daß Ihnen von mir nichts Böses kommen konnte.«

Nina zögerte. Dann versuchte sie, es ihm zu erklären.

»Als ich Sie gestern sah, da war ich . . . ich war . . . vielleicht haben Sie es gemerkt, aber es hat mich total aus der Fassung gebracht. Es ist nämlich so, Sie sehen jemandem ähnlich, der mir viel bedeutet hat. Ein Mann, den ich sehr liebte, als ich jung war. Schon als ich ein Kind war. Er hieß Nicolas von Wardenburg, er fiel im Krieg. Nicht in diesem. Im vorigen Krieg. 1916 in Frankreich. Und Sie . . . Sie sehen ihm nicht nur ähnlich, Sie sprechen auch wie er.«

»Ich verstehe nicht . . .«

»Nein, das können Sie auch nicht verstehen. Ich verstehe es ja selbst nicht. Es war mein Onkel, wissen Sie. Der Mann meiner Tante Alice, die Sie ja gestern gesehen haben. Die alte Dame im Garten. Er war Balte.«

Goll starrte sie sprachlos an.

Nina lachte nervös. »Sie werden gar nicht wissen, was das ist. Er, ich meine Nicolas und Alice, sie hatten ein Gut in Schlesien, da, wo ich herkomme. Aber er war im Baltikum aufgewachsen, weil seine Mutter Baltin war. Wie soll ich Ihnen erklären, was das ist. Jetzt sind da die Russen und . . .«

»Ich weiß, wo das ist und was das ist«, sagte Goll langsam.

»Der Ort, aus dem er stammte, hieß Kerst. Schloß Kerst. Da hat er seine Jugend verbracht. Es muß sehr schön dort gewesen sein. Ich kenne es nicht, aber meine Tante Alice war mehrmals dort, sie sagt, es sei ein herrliches Land. Es ist so lange her, aber . . . als ich Sie sah und Sie sprechen hörte, das ist es, verstehen Sie, deswegen habe ich das gesagt: Ich hätte wissen müssen, daß mir von Ihnen nichts Böses geschehen könnte. Sie finden mich sicher albern.«

»Schloß Kerst«, wiederholte Goll wie im Traum.

Stumm standen sie voreinander, es gab nichts mehr zu sagen. Davies näherte sich.

»Go ahead«, sagte er respektlos zu Goll. »There's something else to do.«

»Ich verstehe Sie sehr gut«, sagte Frederic Goll. »Und daß ich so spreche, das ist ganz selbstverständlich. Mein Vater ist auch Balte.«

Er verbeugte sich, wandte sich um und folgte Davies.

Nina blickte ihm mit großen Augen nach. Träumte sie? Gab es Wunder auf dieser Erde? War Nicolas in diesem jungen Menschen, diesem Knaben noch, wiedererstanden?

Mein Gott, jetzt fange ich an zu spinnen. Eilig folgte sie den Amerikanern durch den Vorgarten.

Private Jackson war diesmal nicht dabei, Davies schob sich hinter das Steuer des Jeeps. Er fühlte sich fabelhaft.

Hoffentlich würde er bald nach Hause kommen zu Frau und Kindern, von diesem kaputten Deutschland hatte er die Nase voll. Gut, daß wenigstens diese Leute hier ihr Haus behalten konnten. Es war viel größer und feiner als sein Haus in Minnesota, aber das störte ihn nicht. Ein Mensch mußte ein Heim haben, und das durfte ihm keiner wegnehmen. Patton war ein feiner Kerl, das wußte er sowieso, ein Mann, mit dem man reden konnte, auch wenn er der härteste Fighter der ganzen Armee war.

Und dann dachte Davies dasselbe, was der junge Leutnant gerade gedacht hatte: damned war! Never again. Not for me, not for my children. Hitler is dead, but . . . Stalin is left. Good old uncle Joe, as they called him. I don't like him nevertheless.

Nina und der Amerikaner gaben sich die Hand.

»Ich danke Ihnen«, sagte sie noch einmal unter dem Gartentor.

Goll neigte stumm den Kopf, hob die Hand an die Mütze.

Irgend etwas Entscheidendes war geschehen in seinem Leben, gestern und heute, er wußte nur nicht, was es war. Wie immer dachte er: Ich muß mit Vater darüber sprechen. Er wandte sich nicht mehr um. Nina blickte dem Jeep nach.

Als sie ins Haus zurückkam, blieb sie unter der Tür stehen. Eva und Herbert tanzten einen Walzer in der Diele nach einer von Herbert gepfiffenen Melodie.

Marleen rief schrill von der Treppe herab: »Wir müssen nicht fort?«

»Bis auf weiteres nicht«, sagte Nina.

Dann sank sie in die Knie und begann wild zu schluchzen.

Cape Cod – September 1945

Lieutenant Goll und Master-Sergeant Davies kehrten bereits im September nach Amerika zurück. Die Sieger wurden relativ schnell abgelöst durch die sogenannte Besatzungstruppe, nicht zum Vorteil der Deutschen, denn die Männer der kämpfenden Truppe waren weitaus umgänglicher und humaner gewesen; sie hatten den Krieg am eigenen Leib erlebt, sie hatten zwar Tod gebracht, aber auch das Sterben mitansehen müssen, und schließlich hatten sie das Elend, die Demütigung der Besiegten miterlebt, und falls einer nicht ganz stumpfsinnig und abgebrüht war, hatte es in ihm einen bleibenden Eindruck hinterlassen.

Die Angehörigen der Besatzung waren, jedenfalls in der ersten Zeit, hart und unzugänglich, oft auch ungerecht gegen die Bevölkerung. Es waren viele Emigranten oder Söhne von Emigranten unter ihnen, die sich als Rächer verstanden, und überhaupt ließ sich leicht mit dem Klischee arbeiten: Alle Deutschen sind Nazis, alle Deutschen sind Verbrecher, jeder ist ein Mörder.

Master-Sergeant Davies war froh, dem zerstörten Land den Rücken kehren zu können, er freute sich auf seine hübsche blonde Frau und seine beiden wohlgenährten Kinder und auf sein ordentliches kleines Haus in Minnesota. Schöne, lange Ferien, dann würde er Dienst machen wie früher auch, die Japse waren nun auch erledigt, so daß man ihn nicht mehr brauchen würde. Vom Krieg hatte er ein für allemal genug. Zwar war ihm nicht ganz geheuer bei dem Gedanken an good old uncle Joe in Moskau und die Ausbreitung seiner Herrschaft über halb Europa, aber sollten die Europäer selber sehen, wie sie damit fertig wurden. Sich auszumalen, wie verhängnisvoll sich die Zweiteilung der Welt auf die Dauer auswirken würde, überstieg seine Intelligenz und seine Fantasie, woraus ihm kein Vorwurf zu machen war, auch Intelligenz und Fantasie der verantwortlichen Politiker versagten da. Ausgenommen ein Mann wie Churchill, der ziemlich deutlich voraussah, was kommen würde. Aber ihn hatte man schon – undankbar, wie Völker sind – nach Hause geschickt.

Master-Sergeant Davies blieben noch fünf Jahre, sich seines Lebens zu freuen. Seine Frau wurde die Witwe eines Mannes, der wieder in einem weit entfernten Land kämpfen und diesmal auch sterben mußte. Korea – sie hatten gar nicht gewußt, daß es dieses Land gab. Ein Bürgerkrieg schien es nur zu sein, der die Vereinigten Staaten nichts anging, der Süden und der Norden des Landes bekämpften sich, aber im Grunde war es wieder der Kampf zwischen Ost und West, der die ganze Welt ergriffen hatte und der sie nicht zur Ruhe kommen lassen würde.

Lieutenant Goll und Master-Sergeant Davies nahmen rasch und formlos voneinander Abschied in New York, jeder war mit seinen Gedanken schon eine Station weiter, aber ganz seltsam, als Davies, die Hand an der Mütze, sagte: »Good luck, Sir«, fiel Goll auf einmal das Haus in dem Vorort von München ein, die blasse Frau, die ihn so fassungslos angestarrt hatte, das blinde Kind – dies war offenbar etwas, was ihn mit Davies verband, das Gefühl der Freude, Menschen in Bedrängnis geholfen zu haben.

Goll hatte nicht nur Freude empfunden, er war geradezu glücklich gewesen an jenem Morgen, und das Gefühl war so stark gewesen, daß er es nicht vergessen hatte. Es war das einzige Mal während des Krieges, seines Krieges, der ja nicht lange gedauert hatte, seiner Nachkriegszeit, die ebenfalls kurz gewesen war, daß er den Feinden etwas Gutes tun konnte.

Feinde? Er empfand nicht so, als er in jenes Haus kam, und jetzt erst recht nicht mehr. Der einzige Feind, den er bekämpfen wollte mit aller Kraft und mit jeder Möglichkeit, über die er verfügte, war der Krieg. Mochte es in der Vergangenheit denkbar gewesen sein, Auseinandersetzungen zwischen den Völkern auf dem Schlachtfeld auszutragen, diese Zeit war ein für allemal vorbei. Das anonyme Töten mit Bomben, Granaten und Raketen und seit neuestem mit Atombomben hatte den Krieg ad absurdum geführt. Er hatte mit eigenen Augen gesehen, wie ein Land aussah, daß auf diese Weise geschlagen wurde, was aus Menschen und Tieren, was aus den Städten wurde, daß wahllos Frauen und Kinder, Alte und Kranke verstümmelt, zerfetzt und vernichtet wurden, daß die Heimstätten der Menschen nur noch Trümmer waren, daß jede Gesittung und jeder Anstand verlorengehen mußten, daß Ehre und Stolz so tief gedemütigt wurden und schließlich am Ende jede Menschenwürde in den Staub getreten war.

Das war kein Kampf mehr, das war pure Vernichtung, und seit Coventry, Rotterdam, Berlin, Dresden und nun noch Hiroshima wußten sie, wie weit diese Vernichtung gehen konnte.

Es würde eine Zäsur geben in der Geschichte der Menschheit, die den Krieg ächtete und unmöglich machte, und diese Erkenntnis zu verbreiten und zu erklären, das würde die wichtigste Aufgabe der Zukunft sein.

Das war es, was Frederic Goll zu seinem Vater sagte, als er wieder daheim in Boston war, nachdem die erste Erregung des Wiedersehens, die Freudentränen seiner Mutter überstanden waren.

»Ich werde nicht Medizin studieren, Vater, sondern Geschichte und Philosophie. Ich möchte viel besser verstehen lernen, wie alles sich entwickelt hat auf dieser Erde, und besonders in Europa, denn unsere Geschichte ist ja leicht übersehbar. Und ich möchte schreiben, weil ich denke, daß ich etwas zu sagen habe. Vielleicht werde ich Journalist. Oder Schriftsteller. Oder . . .« er zögerte, fügte dann hinzu: »Vielleicht aber auch Politiker.«

»So«, sagte Professor Goll gelassen. »Das kannst du machen, wie du willst. Du wärst nicht der erste, der aus einem Krieg zurückkehrt und darüber reden und schreiben will. Das haben die Männer immer getan, das werden sie auch diesmal tun. Genützt hat es jedoch nie.«

»Wenn es auch diesmal nichts nützt, wird die Menschheit am Ende sein.«

»Die Menschheit, ach ja. Einmal muß sie ja wohl am Ende sein. Aber ich glaube nicht, daß wir Menschen selbst darüber befinden können. Alles in diesem Kosmos hat Anfang und Ende, und es gehorcht einem Gesetz, das wir nicht kennen.«

»Das mag so sein. Aber mit dieser Erkenntnis kann ich mich nicht zufriedengeben. Noch leben Menschen, und für die, die heute leben und morgen leben werden, möchte ich arbeiten.«

Der Professor nickte. »Das genügt durchaus. Politiker also, das erstaunt mich wirklich. Ich hatte nie den Eindruck, daß du dich für Politik interessierst.«

»Politik und Geschichte sagte ich.«

»Ich habe dich gut verstanden. Die Zusammenhänge begreifen, die Vergangenheit und die Gegenwart einander näherbringen, und so die Zukunft besser machen.« Der Professor lachte leise. »Dies ist immer noch das Land der unbegrenzten Möglichkeiten. Vielleicht wirst du eines Tages Präsident der Vereinigten Staaten, wenn es dir denn so ernst ist mit dieser Aufgabe. Wir haben schon einen Mann in dieser Stadt, der dieses Ziel für seine Söhne anstrebt, der alte Kennedy. Einer seiner Söhne ist gefallen in diesem Krieg, aber er hat noch drei. Sie stammen aus Irland und sind katholisch, also ist es so gut wie unmöglich, daß einer seiner Jungen Präsident wird. Wir kommen aus dem Baltikum und sind gute Protestanten. Deine Mutter ist Deutsch-Russin und katholisch-orthodox. Das heißt, für die Amerikaner sind wir eigentlich Russen. Aber du bist in Amerika geboren, versuche es immerhin.«

Frederic schüttelte den Kopf.

»Ich dachte nicht daran, Präsident zu werden.«

»Nun, warum nicht. Wenn du an Politik denkst – man muß sich immer hohe Ziele setzen.«

Und dieses Land verführt dazu, dachte Professor Goll. Es schien wirklich so, daß hier alles möglich sei, wenn man es nur ernsthaft genug wollte. Der große Weg vorwärts.

Er hatte auch immer an den Weg zurück gedacht, das Heimweh hatte ihn nie verlassen. Aber es gab keinen Weg zurück, keinen Weg zurück in die Unschuld der Jugend, keinen Weg zurück in die Heimat, keinen Weg zurück zu dem, was Vergangenheit geworden war.

Nun war es endgültig verloren, das weite grüne Land an dem silbernen Meer. Und wenn jene starben, die so wie er die Erinnerung daran noch besaßen, würde es sein, als habe es das baltische Land der Ordensritter nie gegeben.

Geschichte würde es sein, Historie, für die wenigen, die sich dafür interessierten, doch biegbar, polierbar, verbiegbar wie jede Historie.

Er sah seinen Sohn an. »Es befriedigt mich durchaus, daß du Geschichte studieren willst. Durchaus. Es ist zunächst eine sehr gute Idee. Was später aus dir wird, das wird sich finden. Ich bin Arzt, dein Bruder studiert Medizin, ein Historiker in der Familie ist höchst wünschenswert.«

Ariane Goll hatte vor Glück geweint, als sie ihren jüngsten Sohn wieder in die Arme schloß. Sie war eine empfindsame Frau, immer rasch von ihrem Gefühl übermannt, und daß dieser schreckliche Krieg nun zu Ende war und beide Söhne ihn überlebt hatten, dafür war sie Gott und allen Heiligen dankbar. Noch immer mischte sie in ihre Danksagungen deutsche mit russischen Worten, die amerikanische Sprache genügte ihr nicht, um auszudrücken, was sie empfand.

George Goll, ihr ältester Sohn, war überhaupt nicht eingezogen worden, auch seine freiwillige Meldung war zurückgewiesen worden, er hatte also sein Medizinstudium nicht unterbrechen müssen. Und nun war, ›Gott sei ewiger Dank dafür‹, Frederic heil zurückgekehrt. Darum hatte sie Gott täglich angefleht, er hatte ihre Gebete erhört. Und das dachte Ariane gleichzeitig: wie viele Mütter, hier in diesem Land wie drüben jenseits des Meeres, hatten vergeblich gebetet. Ihr Mann lächelte weder über ihre Tränen noch über ihre stürmischen Dankesworte. Er hatte genausoviel Angst um das Leben seines Sohnes ausgestanden.

Zwei Söhne hatte er, zwei Söhne hatte sein Vater gehabt. Alexander, sein Bruder, war in der Revolution von 1905 ermordet worden, sie hatten es mitansehen müssen, sein Vater und er. Das war eine Wunde, die nie verheilt war, die auch er, der Psychiater, an sich selbst nicht heilen konnte. Damals hatte er alles verloren, was ihm lieb und eigen war – seinen Bruder, seine Eltern, sein Pferd, seine Heimat. Alles, was bis dahin sein Leben ausgemacht hatte. Nach Jahren der Einsamkeit und Verbitterung, in denen er nichts kannte als seine Arbeit, war er in Amerika ein erfolgreicher Mann geworden, weit entfernt von dem verlorenen Land. Doch nicht weit genug, um zu vergessen. Und dann kam der Krieg. Und dann dieser Gedanke: Das Schicksal seines Vaters würde sich an ihm wiederholen. Zwei Söhne, und nur einer würde überleben.

Das Schicksal war so läppisch.

Doch Frederic war heimgekehrt. Und der Professor erkannte sofort, auf welchem Irrweg er sich befunden hatte: sein Vater hatte beide Söhne verloren.

Ende September verbrachten sie ein langes Wochenende in ihrem Landhaus auf Cape Cod, kein feudaler Landsitz, nur ein einfaches Holzhaus über den Klippen des Ozeans, wie es viele Bostoner auf dieser Halbinsel besaßen. Michael Goll hatte das Haus gekauft, sobald er es sich leisten konnte, denn der Anblick des Meeres war ihm eine Lebensnotwendigkeit. Es war nicht das östliche Meer seiner Jugend, es war die Küste des Atlantischen Ozeans, doch getrennt, wirklich getrennt, war dieses Meer nicht von jenem, irgendwo würden sich die Wasser mischen.

An diesem Sonntag, Ende September, war die Familie beisammen, auch George war mitgekommen. Am Nachmittag waren sie eine Weile am Strand gelaufen, doch der Wind wehte stürmisch vom Meer herein, also waren sie bald ins Haus gegangen, George hatte das Feuer im Kamin angezündet, und nun blickten sie durch das breite Fenster in die anstürmenden Wogen des Ozeans in der Abenddämmerung.

In dieser Stunde sprach Frederic von dem Haus in München. Seine Kriegserlebnisse hatte er schon berichtet, er war kein verschlossener Mensch, und in diesem Haus war es immer üblich gewesen, sich mitzuteilen, einander alles zu erzählen. Es lag am Vater, der es von Berufs wegen ganz selbstverständlich erwartete, daß man sich aussprach, daß man nichts Wichtiges in sich verschloß, und es lag an der Herzlichkeit, der immer vorhandenen Anteilnahme der Mutter, daß die beiden Söhne diesem Elternhaus nahegeblieben, sich nie von ihm abgewendet hatten.

Frederic hatte wieder einmal von General Patton erzählt, dessen faszinierende Persönlichkeit in all ihrer Widersprüchlichkeit ihn nach wie vor beschäftigte.

»Ich weiß, wie oft er angeeckt ist. Und wie gut er es versteht, sich Feinde zu machen. Seine Alleingänge während der Kämpfe brachten ihn manchmal nahe an das Kriegsgericht.«

»Soviel ich weiß, hat man ihn ja auch einmal strafversetzt«, sagte sein Vater.

795

»So etwas Ähnliches, ja. Er maßte sich an, alles besser zu wissen und alles besser zu können, und ließ sich ungern Vorschriften machen. Schon gar nicht von Montgomery oder von Eisenhower. Und die waren schließlich die Oberbefehlshaber. Es ist wohl immer schlecht, wenn zwei Nationen zwei Oberbefehlshaber in Charge haben. Aber so war es nun einmal. Und wenn sich die zwei schon nicht einig waren, so war Patton mit keinem von beiden einig. Er hatte auch meistens recht, er ist nun mal ein Stratege von Gottes Gnaden. Die schwerfälligen Theorien am grünen Tisch sind ihm ein Greuel. Aber er ist ein Mensch, nehmt alles nur in allem. Seine Soldaten lieben ihn, ganz egal, was er von ihnen verlangt, und er verlangt viel. Und ich war ihm so dankbar, daß er mir diese unangenehme Sache abnahm. Ich habe mich so geschämt.«

»Was war das für eine unangenehme Sache, für die du dich geschämt hast?« fragte Ariane.

»Die Häuser zu beschlagnahmen. Die Deutschen aus ihren Häusern zu werfen, sofern sie noch eins hatten, und unsere Offiziere hineinzusetzen. Sie durften nichts mitnehmen, nur gerade, was sie tragen konnten. Viel besaßen sie sowieso nicht mehr. Ich schämte mich deswegen.«

»Mit Recht«, sagte Ariane. »Obwohl du ja nichts dafür konntest.«

Frederic lehnte sich zurück, zündete sich eine Zigarette an und nahm einen Schluck von seinem Whisky.

»Ja, es ist das alte Lied, hier wie dort. Bei uns und bei ihnen drüben. Befehl ist Befehl. Sie wurden dadurch zu Verbrechern und wir – zu Siegern. Aber es kann nicht die Aufgabe eines Siegers sein, Menschen ihr Heim zu nehmen. Wie gesagt, falls sie noch eins hatten, was durchaus nicht üblich war.«

Sein Vater sagte: »Das ist so alt wie die Geschichte der Menschheit. Der Sieger vertrieb die Besiegten immer von Haus und Hof, schändete die Weiber und tötete die Kinder. Nahm die Männer als Geiseln.«

»Nun, ich hatte geglaubt, in einer modernen Zeit des Fortschritts und der Aufklärung zu leben. Ich konnte mir nicht vorstellen, daß mittelalterliche Gesetze noch gelten«, erwiderte Frederic, seine Stimme klang erregt.

»General Patton befreite dich von dieser Aufgabe?« fragte sein Bruder.

»Ja, stell dir vor, er höchstpersönlich. Ich war nur ein kleiner Leutnant, aber er begriff, daß ich mich schämte. Und er sagte nicht: Befehl ist Befehl. Ich fuhr noch am Abend zu ihm nach Bad Tölz und ließ mich nicht abweisen. Das war nach der Sache mit dieser Frau, die mich so merkwürdig ansah.«

»Eine Frau?« fragte Ariane.

»Fassungslos blickte sie mich an. Und sie war so zart und so hübsch«, er lachte kurz auf, »sie erinnerte mich an dich, Ma.«

»An mich?« fragte Ariane befremdet. »Eine hübsche junge Deutsche, die es offenbar verstand, intensive Blicke zu versenden, erinnerte dich an mich?«

»Sie war keine hübsche junge Deutsche, die mit Blicken etwas ausrichten wollte. Sie war etwa in deinem Alter, Ma. Und sie war so schlank und zart wie du. Sie hatte große graue Augen, in denen das blanke Entsetzen stand. Am nächsten Tag weinte sie dann. Und sie sagte: Ich wußte, daß mir von Ihnen nichts Böses kommen konnte.«

»Das sagte sie? So mit diesen Worten?« fragte sein Vater.

»Genau mit diesen Worten. Und dann erklärte sie mir, was sie damit meinte. Ach, und dieses Kind! Dieser schreckliche Anblick!«

Frederic legte die Hand über seine Augen, sie schwiegen, blickten ihn mitleidig an.

»Es war blind, dieses Kind.«

»Möchtest du uns diese Geschichte nicht genau, von Anfang bis Ende erzählen?« fragte sein Vater, denn er sah, daß Frederic sich quälte mit dem Erlebten.

»Das Ende? Ich kenne es nicht. Ich wurde kurz darauf versetzt. Ich habe sie nicht wiedergesehen. Vielleicht mußten sie das Haus längst verlassen. Ich konnte ihnen einmal helfen. Aber das gilt nicht für immer.«

Professor Goll klopfte leicht mit der Fingerspitze auf den Tisch.

»Beginne mit dem Anfang, Frederic!«

Als Frederic seine Geschichte beendet hatte, sprang seine Mutter auf, setzte sich auf die Lehne seines Sessels, legte beide Arme um seinen Hals und küßte ihn auf die Wange.

»Das hast du großartig gemacht, dafür muß ich dich umarmen. Und du sagst, sie sah mir ähnlich, diese arme Frau?«

»Nein, das habe ich nicht gesagt. Ich sagte, sie erinnerte mich an dich, weil sie so zart und so anmutig war, so schutzbedürftig wirkte.«

George grinste. »Jedenfalls verstand sie es, den Ritter in dir zu wecken. Das ist die wahre Kunst echter Weiblichkeit. Erwähnte sie wirklich Schloß Kerst?«

»Ja, stellt euch das vor. Ich war wie vor den Kopf geschlagen. Und dieser Nicolas, der ihr Onkel war und dem ich angeblich ähnlich sehen soll – wer soll das denn sein?«

Professor Goll legte den Kopf auf die Seite und betrachtete seinen jüngsten Sohn mit offensichtlichem Erstaunen.

»Sie hatte nicht unrecht, diese Frau in Deutschland. Du siehst Nicolas wirklich ähnlich. Komisch, daß mir das nie aufgefallen ist.«

»For heaven's sake, Vater, wer ist dieser Nicolas?«

»Er ist dein Onkel. Oder besser gesagt, er war dein Onkel. Ich wußte, daß er im vorigen Krieg gefallen ist. Meine Mutter hat es mir nach dem Krieg mitgeteilt.«

»Mein Onkel? Wirklich mein Onkel? Wie ist das denn möglich?«

»Nun, ganz einfach. Seine Mutter war die Schwester meines Vaters.«

»Das hast du mir nie erzählt«, rief Ariane. Sie saß immer noch auf Frederics Sessellehne, den Arm um seine Schulter gelegt.

»Du weißt, daß ich lange Zeit überhaupt nicht gern von Kerst gesprochen habe. Es ist bitter, eine so schöne Heimat, wie ich sie hatte, zu verlieren. Und daß ich meine Eltern im Stich ließ, ist eine Schuld, die immer auf mir lasten wird.«

»Auch heute noch?« fragte Ariane leise.

Er nickte. »Immer.«

Eine Weile blieb es still. Nur das Rauschen des Meeres war zu hören, doch es war kein Frieden mehr im Raum, eine Spannung war entstanden, Ariane spürte sie in Frederics Nacken, dessen Muskeln ganz steif geworden waren.

Professor Goll hob sein leeres Glas.

»Gebt mir auch noch einen Schluck.«

George stand auf und füllte alle vier Gläser mit dem dunklen duftenden Whisky. Irischer Whisky, sie tranken keinen Bourbon in diesem Haus.

»Ich weiß noch ganz genau, wann und wo ich Nicolas zum letztenmal gesehen habe. Es war in Zürich, 1906. Ein Jahr nach der Revolution, die soviel Unheil über uns gebracht hatte. Mein Bruder wurde ermordet. Es gab keinen Menschen, den ich mehr liebte als meinen Bruder Alexander. Sie versuchten, das Schloß in Brand zu stecken, sie töteten unsere Tiere. Sie wüteten wie die Barbaren im Kerster Land. Der Zar schickte später Truppen, zu spät. Und wie ich glaube, absichtlich zu spät. Die baltischen Herren sollten gedemütigt werden. Das hat den Haß in mir erweckt. Viel Blut war geflossen, ungerechtes Blut, denn wir hatten keine russischen Verhältnisse im Baltikum. Es war der Anfang von dem, was später kam. Und irgendwie habe ich das, ja, vielleicht nicht erkannt, aber geahnt. Ich ging fort. Ich sehe Nicolas noch vor mir, wir saßen in einem Restaurant in Zürich, am Limmatkai, und ich sagte zu ihm: Ich habe mich vom Baltikum gelöst. Ich werde nie dorthin zurückkehren. Er war entsetzt. Das kannst du deinen Eltern nicht antun, sagte er.«

Michael Goll blickte eine Weile schweigend in die Flammen des Kaminfeuers. Das Feuer auf Kerst, das seine Jugend beendete. Alexander von der Mörderkugel des einstigen Gespielen niedergestreckt, das sterbende Pferd ...

»Ich habe es ihnen angetan. Und mein Vater verstand mich. So schwer es ihm fiel, auch den zweiten Sohn zu verlieren. Ich studierte in Zürich, später ging ich nach Wien.«

»Und dieser Nicolas?« fragte Frederic. »Was ist mit ihm?«

»Er lebte schon lange nicht mehr auf Kerst. Von seinem Großvater hatte er ein Gut in Preußen geerbt. In Schlesien. Von seinem Großvater väterlicherseits. Das Ganze ist eine etwas verwickelte Geschichte. Anna Nicolina, die Schwester meines Vaters, lernte einen jungen Mann in Florenz kennen, er war preußischer Offizier gewesen, hatte plötzlich den Dienst quittiert, weil er Maler werden wollte. Worauf ihn sein Vater hinauswarf und enterbte. Eine wirklich dramatische Sache muß das gewesen sein. Nun saß er jedenfalls in Florenz herum und malte und hatte natürlich keine Kopeke. Aber nach allem, was man mir erzählt hat, muß sich das so abgespielt haben, daß Anna Nicolina von ihrer Italienreise zurückkam nach Kerst und in aller Bestimmtheit erklärte, diesen Mann wolle sie heiraten und keinen anderen. Ich kann mir denken, daß die Familie davon nicht sehr begeistert war, aber was läßt sich machen gegen Liebe? Außerdem war man in unserer Familie immer sehr großzügig, und Geld war schließlich genug da, um einen malenden Schwiegersohn zu erhalten. Tja, wie gesagt, ich kenne das nur aus Erzählungen meines Vaters, er liebte seine Schwester sehr. Sie muß ein schönes Mädchen gewesen sein. Sie erkrankte an Leukämie und starb mit Anfang Dreißig oder so.«

»Und dieser Nicolas?« fragte Ariane.

»Er war ihr Sohn. Das einzige Kind von Anna Nicolina und diesem Herrn von Wardenburg. Nicolas wuchs in Kerst auf, es war seine Heimat. Als seine Mutter gestorben war, verschwand sein Vater und kümmerte sich nicht mehr um den Sohn. Später schickte man Nicolas nach St. Petersburg, denn der Tod seiner Mutter hatte ihn ganz schwermütig gemacht. Er kam zu Onkel Konstantin, der am Hof des Zaren einen hohen Posten bekleidete und ein großes Haus in St. Petersburg führte. Nicolas beendete dort die Schule, wurde in die Gesellschaft eingeführt und hatte eine höchst beachtliche Liaison mit einer

russischen Fürstin.« Michael legte den Kopf in den Nacken. »Natalia Petrowna, sie muß eine bemerkenswerte Frau gewesen sein. Ich kenne ein Gemälde von ihr.«
»Ja, und dann?« fragte Ariane ungeduldig. »Wieso trafst du ihn in Zürich?«
»Warte, soweit sind wir noch lange nicht. Erst passierte folgendes: Als Nicolas mit der Schule fertig war, tauchte plötzlich sein Vater auf und verlangte von ihm, daß er nicht Dienst in der Armee des Zaren nahm, was das übliche gewesen wäre, sondern in preußische Dienste trete. Das geschah. Nicolas ging nach Berlin, diente dort und erbte später, als relativ junger Mann noch, das Gut von seinem Großvater Wardenburg.«
»Und dann trafst du ihn in Zürich wieder?«
»Keineswegs. Wir sind uns noch oft in Kerst begegnet. Ich sagte ja schon, das Baltikum war seine wirkliche Heimat. Er kam immer wieder zu Besuch und zu längeren Ferien. Alexander und ich, wir waren ja viel jünger als Nicolas, wir stammten aus der zweiten Ehe meines Vaters. Im Sommer zur Zeit der hellen Nächte war Nicolas meist in Kerst. Er war ein charmanter, höchst liebenswerter Mann«, Professor Goll neigte seinen Kopf leicht zu Frederic, »sehr gut aussehend, was der zarten, anmutigen Dame in München offenbar gut im Gedächtnis geblieben ist. Ein wenig leichtlebig war er wohl auch. Ich schwärmte für seine Frau, die ihn manchmal begleitete. Alice von Wardenburg, eine ausnehmend schöne Frau, blond und stolz, etwas kühl, immer von Verehrern umgeben. Als ich sechzehn, siebzehn war, erschien sie mir der Höhepunkt weiblicher Vollkommenheit. Alexander neckte mich immer damit, aber ihm gefiel sie auch.« Der Professor lächelte ein wenig wehmütig. »Ja, Frederic, das muß die alte Dame gewesen sein, die du dort im Haus getroffen hast. Sie lebt also noch. Nicolas, wie gesagt, fiel im Weltkrieg.«
»Die alte Dame unter dem Ahornbaum«, murmelte Frederic. »Es stimmt, sie sagte, das ist meine Tante Alice. Ein Flüchtling aus Schlesien. Demnach auch meine Tante.«
»Das ist ja ungeheuerlich«, rief Ariane. »Wie schön, mein Junge, daß du ihnen das Haus erhalten konntest. Ich muß dich noch einmal küssen. Stell dir vor, du würdest das alles jetzt erfahren, und sie säßen auf der Straße. Durch deine Schuld.«
»Na ja, direkt seine Schuld wäre es ja nicht gewesen«, sagte der Professor. »Aber immerhin, so ist es besser.«
»Hoffentlich konnten sie wirklich in dem Haus bleiben«, sagte Frederic besorgt. »Wenn ich das alles gewußt hätte, dann hätte ich mich noch einmal darum gekümmert. Wirklich ein sehr schönes Haus.«
»Ja, das hast du gesagt. Komfortabel und gar nicht vom Krieg belästigt.«
Frederic mußte lächeln über die Formulierung seiner Mutter. »Nicht von Bomben zerstört, nicht einmal beschädigt, soweit ich gesehen habe. Sie hatten Blumen da stehen und schöne alte Möbel, und der Garten war wundervoll. Aber, Vater, wer war sie, diese Frau, die sagte, ich sähe Nicolas ähnlich? Sie nannte ihn auch ihren Onkel. Und sie sagte, sie hätte ihn geliebt als junges Mädchen.«
»Du weißt ihren Namen nicht?«
Frederic schüttelte den Kopf.
»Auf dem Requirierungsschein stand ein anderer Name. Das Haus ge-

hörte ihrer Schwester. Sie selbst war in München ausgebombt. Nein, ich kenne ihren Namen nicht.«

»Wenn sie Nicolas ihren Onkel nannte, so kann sie nur aus der Familie von Alice stammen. Nehmen wir an, Alice hatte Geschwister – ja, ich erinnere mich sogar, sie hatte eine Schwester. Ganz klar, dann stammt deine anmutige Dame aus dieser Familie. Alice ist ihre Tante und Nicolas ihr Onkel. Sie war verliebt in ihn als junges Mädchen, was ich verstehen kann, und sie fand, daß du ihm ähnlich siehst. Was ich bestätigen kann.«

»Aber daß ich gerade in dieses Haus kam!« rief Frederic, und es klang fast verzweifelt.

»Aber das war doch gut«, sagte Ariane. »Du konntest ihnen helfen. So etwas ist eine Fügung des Himmels. Und wenn ihr mich zehnmal auslacht, ich glaube daran, das wißt ihr ja.«

»Mein Gott, wie viele Menschen in diesem armen Deutschland hätten so eine Fügung des Himmels gebraucht«, murmelte Frederic.

»Nun, das war eben dein Fall. Sag noch mal! Wie hat sie gesagt?«

»Ich wußte, daß mir von Ihnen nichts Böses kommen konnte.«

»Siehst du! Sie hat das genauso gesehen wie ich. Sie hat Nicolas geliebt, und Nicolas hat sie vielleicht auch liebgehabt, und er hat sie beschützt.«

Professor Goll räusperte sich.

»Ja, ja, ich weiß«, sagte Ariane. »Wir befinden uns hier in einem Haus von Wissenschaftlern. Aber gerade du, mein Freund, hast doch gerade genug mit der Seele des Menschen zu tun. Oder nicht? Mit dem Unbewußten und dem Unterbewußtsein, und wie das alles heißt. Es läßt sich nun einmal nicht alles wissenschaftlich ergründen. Und begründen. Gott ist auch noch da. Und seine Heiligen. Und wer weiß . . .«

»Beschwöre nun bitte nicht die abgeschiedene Seele von Nicolas«, sagte ihr Mann mit gutmütigem Spott.

»Ich tue es aber. Und du und ich und keiner von euch kann wissen, was da ist und was da sein kann, nicht wahr?«

»Nein«, sagte ihr Mann liebevoll. »Wir wissen es nicht. Wir wissen nur, daß Frederic menschlich gehandelt hat, soweit es ihm möglich war. Und daß es sich offenbar um entfernte Verwandte handelte oder wie man das nennen soll. Wollen wir es damit gut sein lassen. Und hoffen wir, daß sie in ihrem Haus bleiben konnten.«

Ariane war noch nicht zufriedengestellt.

»Aber wer war nun das blinde Kind?«

»Das Kind war in Dresden verschüttet, sagte eine andere Frau, die noch im Haus war. Und seine Mutter soll eine berühmte Sängerin gewesen sein. Sie nannte auch den Namen, aber ich habe ihn vergessen.«

»Sie ist tot?«

»Ich habe es so verstanden.«

»Ach, schrecklich, schrecklich!« Ariane stand auf und schüttelte sich. »Warum nur sind Menschen so töricht? Die paar Jahre Leben, die ihnen geschenkt sind, und dann müssen sie sich umbringen.«

»Nun, in diesem Fall«, sagte George, »ist es ja eindeutig, wer daran schuld war.«

»Na gut, Hitler ist schuld. Aber warum mußten so viele seinetwegen sterben? Warum läßt Gott das zu?«

800

»Schluß jetzt«, sagte der Professor und stand ebenfalls auf.
»Das ist eine Frage, die wir hier und heute und vermutlich niemals beantworten können. Ich schaue jetzt mal nach dem Hund, ob er sich endlich ausgetobt hat. Sicher ist er naß und dreckig und traut sich nicht ins Haus. Und dann könnten wir eigentlich ans Abendessen denken.«
»Ich habe längst daran gedacht«, sagte Ariane. »Es gibt Piroggen.«

Michael Graf Goll-Fallingäa, jetzt schlicht Dr. Michael Goll, für seine Studenten Professor Goll, trat vor sein Holzhaus, wo ihn an der Ecke der Wind vom Meer her heftig packte. Fast war es schon Sturm, der erste Gruß des Herbstes.
Der Labrador hatte bereits gewartet, er kam, nicht weniger heftig als der Wind, auf ihn zugestürzt und bellte laut vor Freude. Naß war er nicht und dreckig schon gar nicht, aber müde vom Laufen und Spielen mit dem Nachbarhund, nun wollte auch er gern ins Haus.
Michael ergriff mit beiden Händen fest den Hundekopf.
»Na, Buster, war's schön? Das hier ist besser als in der Stadt, wie?«
Eine kurze Weile blieben Herr und Hund noch stehen, und Goll, die Augen vor dem Wind zusammengekniffen, blickte auf das dunkle Meer hinaus, auf die jagenden Wolken, zwischen denen die ersten Sterne blitzten. Das Toben der Brandung erfüllte ihn, wie immer, mit einem rauschhaften Glücksgefühl.
Arianes Worte fielen ihm ein.
Warum sind die Menschen nur so töricht? Die paar Jahre Leben, die ihnen geschenkt sind . . .
Die paar Jahre? War es nicht viele Jahre her, seit er an dieser Küste gelandet war? Und hatte er nicht in dieser Neuen Welt, die für ihn wahr und wirklich eine neue Welt gewesen war, ein erfülltes und erfolgreiches Leben gefunden? Heute schien die Zeit auf einmal zusammengeschrumpft. Es war nicht zu vermuten gewesen, daß sein Sohn, aus diesem kriegsversehrten Europa heimgekehrt, ihn zurückversetzte in die Jahre seines Beginns. Und nicht nur dorthin, sondern zurück an das Ende, das harte kompromißlose Ende, das vor diesem Beginn lag.
Die Wasser mischten sich, die Wasser trafen sich – dort fern über dem Ozean lag der Ausgangspunkt seines Lebens. Ein gefestigtes, sicheres Leben inmitten der hellen Weite der östlichen Landschaft, inmitten der Felder und Wälder des Gutes, das mehr als zehntausend Hektar Grund umfaßte, hinter den sicheren Mauern von Kerst. Mehr als zwanzig Jahre lang war es seine Welt gewesen, und damals hätte er nicht im Traum daran gedacht, daß es je für ihn eine andere Welt geben würde. Die Torheit der Menschen hatte ihn vertrieben, so wie sie jetzt wieder Millionen heimatlos über die Straßen trieb.
Ariane hatte recht, Frederic hatte recht, es war wirklich zum Verzweifeln mit dieser Menschheit. Ein Mann wie dieser Hitler, ein Mann allein, hatte es fertiggebracht, die schlafende Torheit zu wecken und Not und Tod über Europa zu bringen.
Hatte sie wirklich geschlafen? Auf keinen Fall sehr fest und nicht sehr lange, und dieser unglückselige Mensch war nur eins unter vielen Ungeheuern, die immer wieder aus dem Dunkel hervorbrachen und Elend über die Menschheit brachten. Es hatte ja schon begonnen, damals als er Kerst ver-

ließ, das Morden und das Töten, falls es je unterbrochen worden war. Hatte es denn jemals schon ein Jahrhundert ohne Mord und Tod, ein Jahrhundert des Friedens auf dieser Erde gegeben?

Gewiß – jeder Mensch erlebt das Morden und Töten, die Not und das Elend seiner Lebenszeit, und die Leiden der Vorfahren helfen ihm nicht im geringsten, die eigenen Leiden leichter zu ertragen. Die Bitterkeit, die er empfunden hatte, damals in Zürich, als er das letzte Mal mit Nicolas zusammensaß, war plötzlich so gegenwärtig, so nah, als seien nicht Jahre, als seien nur Tage darüber hinweggegangen.

Ihm fiel sogar ein, was er damals zu seinem Vetter gesagt hatte: Bist du deinem Mörder noch nicht begegnet?

Nicolas begegnete ihm genau zehn Jahre später auf dem Schlachtfeld in Frankreich.

Schlachten, ja, das war das richtige Wort, sie schlachteten einander ab, diese hirnverbrannten Menschen, nur daß jener, der seinen Bruder Alexander getötet hatte, es wollte, während jener, der Nicolas tötete, es tat, weil man es ihm befahl. Das war der Unterschied zwischen Mord und dem erlaubten Töten im Krieg, sterben mußte dieser wie jener, der eine so sinnlos wie der andere. Und immer gräßlicher wurde das Gemetzel, denn seit neuestem glitt der Tod in einer schaurig-schönen Atomwolke dahin und tötete in Sekundenschnelle so viele Menschen auf einmal wie nie zuvor.

Es befand sich in der Tat in einer aussichtslosen Situation, dieses Menschengeschlecht, und es würde für alle vorstellbare Zeit darin verweilen. Kein Fortschritt, keine Aufklärung und schon gar keine Religion hatten jemals daran etwas ändern können.

Das baltische Land, besiedelt und kultiviert von den Ordensrittern, bereits im 12. und 13. Jahrhundert, hatte eine lange Zeit des Friedens erlebt. Des relativen Friedens wäre besser zu sagen, denn natürlich galt es immer, das fruchtbare Land, die Burgen und Schlösser gegen gierige Eroberer zu verteidigen und die Bevölkerung, die sich in den Schutz der Ritter begeben hatte, vor Raub und Mord zu bewahren. Aber es blieb wirklich eine lange Zeit des friedlichen Aufbaus; Einwanderer aus dem Westen kamen gern in dieses grüne friedvolle Land, das seinen Reichtum durch Fleiß und Arbeit mehren konnte.

Iwan der Schreckliche wurde zu einer ernsten Bedrohung, ihm waren die Ordensritter nicht gewachsen, und sie wählten sich als Schutzmacht den schwedischen König. Das war bereits im sechzehnten Jahrhundert. Der Nordische Krieg dauerte über zwanzig Jahre, verwüstete das Land, zerstörte Schlösser und Burgen, die Menschen verelendeten, starben, wurden fast ausgerottet.

Peter der Große schließlich, der erste bedeutende Herrscher auf dem Zarenthron, brachte Frieden ins Land, die baltischen Staaten wurden dem russischen Reich angegliedert, und so war es fortan geblieben. Sehr zum Vorteil des Baltikums, es folgte eine lange Zeit des Friedens, und der jeweilige Herrscher auf dem Zarenthron schätzte die klugen und erfahrenen Herren aus dem Baltikum an seinem Hof.

So sah es noch aus zu Lebzeiten von Michaels Eltern und Großeltern, obwohl schon die erste Unsicherheit begann, der kommende Wandel sich ankündigte. Diesmal kam der Kampf heimtückisch aus dem Inneren, die revolutionären Bewegungen hatten lange gebraucht, bis sie vom Westen in den

Osten gelangten, aber um so blutiger würden sich ihre Fäuste hier um den Hals des Volkes krallen.

Bereits nach dem vorigen Krieg war das Baltikum kein Staat im Staate mehr, immerhin aber lebten noch Balten im Land. Jetzt hatte sich die Sowjetunion endgültig das alte Land der Ordensritter einverleibt, und die letzten Balten hatte der deutsche Diktator ›heim ins Reich‹ geholt, wie er das nannte. Heimatlose Vertriebene sie nun auch.

Wäre Alexander Graf Goll-Fallingäa am Leben geblieben, so wäre er heute ein Mann von fünfundsechzig Jahren. Doch vermutlich hätte ihn schon die Revolution des Jahres 1917 von Kerst vertrieben.

Alexander war seinem Mörder früh begegnet, und all der Haß auf diesen Mörder, den Michael damals empfunden hatte, schien auf einmal nichtig geworden. Er meinte zu wissen, daß sein Bruder Kerst niemals freiwillig und kampflos verlassen hätte. Also hätten sie ihn 1917 gewiß getötet. Seine eigenen wilden Gefühle jedoch, als er mit Nicolas in Zürich sprach, waren dennoch nicht vergessen.

Die fassungslosen Worte seines Vetters: Das kannst du deinen Eltern nicht antun.

Und: Was soll aus Kerst werden?

Er hatte darauf geantwortet: Es kann wieder Wildnis werden. Kann werden, was es einst war, ödes, wildes Land an einem fernen nördlichen Meer.

Michael strich sich mit beiden Händen das zerzauste Haar aus der Stirn.

Welche Geister beschwor dieser Tag!

Der Hund stupste ihn mit der Nase an, unterbrach die wirren Gedanken.

»Ja, Buster, gehen wir hinein. Mir ist auch kalt. Wir setzen uns jetzt beide an den Kamin, ich trinke noch einen Whiskey, du wärmst dein kaltes Fell, und dann bekommen wir sicher bald etwas Gutes zu essen.«

Er ging um die Ecke, auf die Tür zu, eilig nun, als wolle er vor der Vergangenheit fliehen, die sich heute so gewalttätig auf ihn gestürzt hatte.

Ein Haus in München, in dem zerstörten Deutschland, und darin eine Frau, die von Nicolas von Wardenburg sprach. Wie konnte so etwas nur möglich sein!

Nicolas! Er sah ihn deutlich vor sich, elegant, lässiger Charme, das gewinnende Lächeln, und wie das Lächeln an jenem Abend aus seinem Gesicht verschwand.

Wie ein Echo war es – das kannst du deinen Eltern nicht antun. Was soll aus Kerst werden?

Auch seine Antwort auf diese letzte Frage fiel ihm wieder ein: Übernimm Kerst. Deine Mutter war meines Vaters Schwester, du kannst Kerst haben. Ich verzichte auf mein Erbe. Ich gebe es dir schriftlich.

Nicolas hatte das Angebot nicht angenommen, so oder so war sein Leben verloren, sein Mörder war schon geboren.

Frederic war allein im Wohnraum, er saß vor dem Kamin, rauchte und blickte nachdenklich in die Flammen. George half seiner Mutter wohl beim Zubereiten des Abendessens, das tat er gern. Buster sprang begeistert auf Frederic zu und legte ihm die Vorderpfoten in den Schoß, er war selig, daß Frederic wieder da war, er hatte ihn sehr vermißt.

Genau wie sein Vater faßte Frederic den Hundekopf mit beiden Händen und blickte dem Tier in die Augen.

»Ja, Buster, old boy, ich bin auch froh, dich wiederzuhaben.«

Vater und Sohn tauschten einen kurzen Blick, sprechen mochte keiner mehr, die Gedanken, die jeden bedrängten, schienen geradezu körperlich im Raum greifbar zu sein.

Der Hund legte sich mit einem zufriedenen Seufzer zwischen die beiden Sessel: nie würde eines Menschen Welt so in Ordnung sein wie die seine.

Goll nahm sein Glas, trank einen Schluck, und ein wenig von dem Frieden, den das Tier ausstrahlte, teilte sich ihm mit. Er registrierte es und mußte lächeln. Ach, großer Meister, Sigmund Freud, verehrter Abgott meiner jungen Jahre, wie ist dem Menschen eigentlich zu helfen?

Soll ich es dir sagen? Mit ganz einfachen Dingen, dies zum Beispiel: eine Tür, die du hinter dir schließen kannst und die den Sturm aussperrt, ein Dach über dem Kopf, das dich schützt, eine Familie, die sich verträgt, ein Tier, das dich mit Liebe anblickt.

So einfach ist das.

Und so viele haben es dennoch nicht.

»Vater«, sagte Frederic nach einer Weile in das tiefe Schweigen hinein, »sollte man nicht...«

Michael verstand sofort, was er meinte.

»Natürlich«, sagte er, »wir werden uns darum kümmern. Du weißt den Namen der Frau nicht, aber wir haben ja immerhin den Namen Alice von Wardenburg. Es wird sicher nicht lange dauern, bis man auf normale Weise Kontakt zu Deutschland aufnehmen kann.«

Ariane steckte den Kopf mit den kurzen dunklen Locken zur Tür herein.

»Essen ist fertig, kommt ihr?«

Ariane von Bollmann hatte Michael Goll in Wien kennengelernt, da war sie zwölf Jahre alt, ein zierliches, elfenhaftes Geschöpf, hübsch, lebendig, eigenwillig. Sie besuchte neben dem Lyzeum eine Ballettschule und träumte davon, die größte Primaballerina aller Zeiten zu werden.

Sie war Deutsch-Russin, junger Nachwuchs der weitverzweigten Bollmann-Familie, deren Mitglieder sowohl in St. Petersburg wie in Moskau und sogar in Kiew zu finden waren, alles wohlhabende bis reiche Leute, denen Geschäfte, Fabriken, Handelsniederlassungen gehörten, alteingesessene Russen, auch wenn sie ihre deutsche Herkunft stolz betonten.

Eingewandert war der erste Bollmann zur Zeit Peter des Großen; er war Brückenbauer, Ingenieur, wie man das heute nannte, und solche Leute holte sich Peter gern an seinen Hof, besonders wenn sie aus dem Westen Europas kamen. Von dorther erhoffte sich Peter Zivilisation, Kultur und vor allem Leistungswillen und Fortschritt für seine Russen. Der erste Bollmann wurde der Stammvater einer fruchtbaren Familie, die sich große Verdienste um das Russische Reich erwarb. Von Katharina wurde sie geadelt.

Leo von Bollmann nun, Arianes Vater, war der erste Künstler in der Familie, ein international gefeierter Pianist, und daß sie endlich einen berühmten Musiker hervorgebracht hatte, erfreute die gesamte Familie vom Norden bis zum Süden, denn musikalisch waren sie immer gewesen, die Bollmanns, schon zur Zeit der großen Katharina besaßen sie ein eigenes Hausorchester.

Leo heiratete erst spät, die Konzertreisen, die ihn durch ganz Europa führten, ließen keine Zeit für die Ehe, und da er ein gutaussehender Mann war, die dunklen Augen entrückt, wenn er spielte, eine schwarze Locke in der Stirn, gab es überall Frauen, die ihm ihr Herz zu Füßen legten. Wovon er auch Gebrauch machte.

Für einige Zeit wieder in Moskau, verliebte er sich dann doch sehr heftig in eine junge Sängerin des Bolschoi-Theaters, ein Coup de foudre par excellence auf beiden Seiten, sie heirateten bald, zum Entzücken der Familie, die eine glanzvolle Hochzeit ausrichtete, dazu kamen sie von allen Himmelsrichtungen angereist; nun gab es zwei Künstler im Hause Bollmann.

Vera von Bollmann gebar ein Jahr nach der Hochzeit einen Sohn, er erhielt den Name Tristan, denn Vera schwärmte für Richard Wagner.

Tristan teilte das traurige Schicksal seines Namensgebers, er wurde nicht alt, er starb noch viel früher, mit zweieinhalb Jahren, er stürzte aus dem Fenster und brach sich das Genick.

Zu jener Zeit war seine Mutter wieder schwanger, und da sie sich die Schuld am Tod ihres Sohnes gab, war diese Schwangerschaft eine Zeit hoher Dramatik. Sie hatte am Flügel gesessen und Skalen gesungen, denn am Abend hatte sie Vorstellung in der Oper. Das Kindermädchen war gekommen und hatte ihr den kleinen Tristan gebracht, man hatte sie mit einer Besorgung beauftragt, Vera hatte genickt, ohne ihre Übungen zu unterbrechen und mit der Hand auf das Sofa im Musikzimmer gewiesen, wo das Kind hingesetzt wurde. Nur, daß es dort nicht sitzen blieb. Während Vera besorgt ihr hohes A wiederholte, das ihr an diesem Tag gar nicht klar und schön gelingen wollte, war der Kleine vom Sofa gekrabbelt, dann ins nächste Zimmer gestiefelt, laufen konnte er schon ausgezeichnet, und dort auf das Fensterbrett eines offenen Fensters geklettert. Was ihn gelockt hatte, sich weit hinauszubeugen, würde man nie erfahren – war es ein Vogel gewesen, die bunten Blumen drunten im Garten, eine Bewegung in der Ferne – er stürzte.

Veras Verzweiflung war abgrundtief; sie war schuld, nur sie. Statt auf ihr Kind achtzugeben, hatte sie gesungen. Nie mehr, so schwor sie, werde sie wieder einen Ton singen. Dann unternahm sie einen Selbstmordversuch.

Es war zu befürchten, das Kind, das schließlich zur Welt kam, müsse gezeichnet sein vom Schmerz seiner Mutter, doch es war ein gesundes kleines Mädchen; natürlich dachte niemand daran, es Isolde zu nennen, es bekam den Namen Ariane.

Lange vor der Geburt schon war Leo mit seiner traurigen Frau von Moskau nach St. Petersburg umgesiedelt, weil er fand, eine gänzlich neue Umgebung würde hilfreich sein, und Verwandtschaft besaßen die Bollmanns auch in St. Petersburg ausreichend. Das war wichtig, die junge Frau mußte eine liebevolle Umgebung haben, besonders wenn Leo wieder auf Konzertreise ging. Später gewöhnte er sich daran, sie mitzunehmen, und da sie die kleine Ariane am liebsten nicht aus den Augen ließ, kam die auch mit. Das war, soweit es all die begeisterten Damen betraf, die Leo umschwärmten, recht bedauerlich. Aber er liebte seine Frau nach wie vor sehr innig, und das kleine Mädchen war überhaupt sein ganzes Entzücken. Und weil die Kleine gar so anmutig war in Gang und Bewegung, kam sie schon mit sechs Jahren in die berühmte Ballettschule des Marientheaters in St. Petersburg.

Später hielten sich die drei für zwei Jahre in Wien auf, denn neben seinen Konzertverpflichtungen hatte Leo einen Lehrauftrag der Wiener Musikakademie angenommen.

Hier also lernte der Student Graf Goll das Kind Ariane kennen – besser gesagt, er lernte Leo und seine Frau kennen, dies wiederum durch einen Kommilitonen, ebenfalls ein Deutsch-Russe, ebenfalls ein Freudschüler. Michael, der sehr einsam lebte, fleißig studierte, viel in Konzerte und ins Theater ging, hatte kaum private Bekannte in Wien. Das änderte sich durch die Bollmanns, er kam nun oft in ihr Haus, lernte dort andere Menschen kennen, wurde anderswo auch eingeladen, endlich kam er aus seiner Isolation heraus, was wichtig für ihn war, denn seit dem Tod seines Bruders war er eigentlich keine einzige Stunde froh gewesen. In der kleinen Ariane sah er nichts anderes als ein niedliches kleines Mädchen, das sich besonders anmutig auf der Spitze drehen konnte. Ariane hingegen, mit der Frühreife zwölfjähriger weiblicher Wesen, sah in dem baltischen Grafen die große Liebe ihres Lebens.

Dann gingen die Bollmanns wieder nach St. Petersburg zurück, und Michael studierte noch einige Semester in Berlin. Im Jahr 1913, er hatte alle Examina abgelegt, auch schon promoviert, bestieg er ein Schiff, um in die Vereinigten Staaten zu reisen, das zum Mekka der Freudschen Lehre geworden war. Ein Besuch sollte es sein, nicht mehr, doch der Krieg, der 1914 begann, entschied für ihn, er blieb in Amerika. In Europa wäre er entweder in Deutschland oder in Österreich interniert worden, oder er hätte auf russischer Seite in den Krieg ziehen müssen.

In Boston kam er mit der Harvard-Universität in Verbindung und besuchte zwei Jahre lang alle Kurse der Graduate School of Medicine, die erst im Jahre 1912 gegründet und der medizinischen Fakultät angegliedert worden war.

So hatte sich Michael Goll noch während des Krieges fest in den Vereinigten Staaten etabliert, so begann seine bemerkenswerte Karriere.

In Boston traf er auch die Bollmanns wieder, denn Leo befand sich gerade auf einer Tournee in Nordamerika, als der Krieg ausbrach.

Als Leo in der Boston Symphonie Hall ein Konzert gab, ließ Michael seine Karte ins Künstlerzimmer bringen.

Ariane war mittlerweile neunzehn, und als sie den baltischen Grafen wiedersah, wurde ihr sofort klar, daß sich an ihren Gefühlen nichts geändert hatte. Ihn davon zu überzeugen, daß er die gleichen Gefühle für sie hegte, war nicht schwer, sie war wirklich jeder Liebe wert. Sie heirateten bereits im Jahr darauf, und er hatte nichts dagegen, daß sie in einer amerikanischen Compagnie tanzte, was sich jedoch bald von selbst erledigte, da sie immer wieder an schmerzhaften Sehnenscheidenentzündungen im Sprunggelenk litt. Eine große Ballerina würde sie nicht werden. Doch sie wurde eine glückliche Frau.

Wenn er in Amerika blieb, wollte er nur in Boston leben, hatte Michael schon sehr bald entschieden. Boston war nun einmal die europäischste Stadt aller amerikanischen Städte, man pflegte hier eine schöne Architektur, den Luxus einer prätentiösen Kultur mit Hingabe, schließlich lebte in Boston und Umgebung die Aristokratie Amerikas.

Im späteren Plymouth, in der Cape Cod Bay, hatten die Pilgerväter nach zweimonatiger Überfahrt auf der berühmten ›Mayflower‹ zuerst den Fuß auf amerikanischen Boden gesetzt, und obwohl sie um ihres Glaubens willen aus England geflohen waren, nannten sie dieses Land Neuengland, und daran hatte sich bis zur Gegenwart nichts geändert.

Die Neuengländer waren stolz auf ihre Historie und bildeten eine sehr in sich geschlossene Gesellschaft, sie fühlten sich immer noch als Engländer, und wenn sie denn schon Amerikaner waren, so waren sie der Adel der Neuen Welt. Hier entstand die erste Universität der Vereinigten Staaten, eben Harvard, und den Ort, an dem sie gegründet wurde, nannten sie Cambridge. Immerhin waren es aber die Bostoner, die den Tee ins Meer kippten, und hier begann Paul Reveres berühmter Ritt, hier begann der Unabhängigkeitskrieg.

Leo und Vera waren also in Amerika geblieben, und nach der Revolution verspürten sie auch keine große Lust, in die Heimat zurückzukehren. Es dauerte eine Weile, bis die Verbindung zur Familie wieder hergestellt war, die Opfer waren nicht allzu groß gewesen. Zwei der jüngeren Familienmitglieder waren im Krieg gefallen, einer durch die Revolution umgekommen, einige waren außer Landes geflüchtet, doch viele geblieben. Und wenn auch ein Großteil des Besitzes enteignet worden war, saßen bald alle verbliebenen Bollmanns wieder in guten Positionen, denn auch die Sowjets brauchten tüchtige Unternehmer, wenn man sie auch nicht mehr als solche bezeichnete.

Auch um der Kinder willen waren Vera und Leo in Boston geblieben, erst recht, nachdem Ariane die zwei Söhne geboren hatte, um die Vera ständig in tausend Ängste schwebte. Leo gab noch Konzerte, hauptsächlich aber unterrichtete er nun eine Meisterklasse im Boston Conservatory, was ihn nicht hinderte, bereits 1922 den Ozean zu überqueren, um zu sehen, was im guten alten Europa eigentlich los war.

Bei seiner nächsten Reise, zwei Jahre später, begleitete ihn Michael. So erfreulich sich alles entwickelt hatte, eine Last konnte Michael niemand von der Seele nehmen: der Gedanke an seine Eltern.

Schon während der Studienzeit in Wien, später in Berlin, hatte sein kühner Entschluß: ich werde nie ins Baltikum zurückkehren, Risse bekommen.

Das betraf vor allen Dingen seinen Vater Georg, denn seine Mutter besuchte ihn sowohl in Wien als auch in Berlin. Sie war ja so viel jünger als ihr Mann und immer lebhaft und beweglich gewesen.

Sein Vater mochte nicht reisen, er scheute die Unbequemlichkeit, auch litt er zunehmend an Rheuma. Darum, und nur darum, war Michael geneigt, seinen Schwur zu brechen.

Seine Mutter riet ihm davon ab.

»Tu es nicht«, sagte sie. »Und das ist auch die Meinung deines Vaters. Du wirst dich ein zweites Mal nicht losreißen können. Wir wissen ja, daß du Heimweh hast. Du wirst alles neu durchleiden. Und glaube mir, es wird bei uns ein schlimmes Ende nehmen. Auch wenn wir scheinbar Ruhe im Land haben, die Revolution geht weiter. Und seit Rasputin in Rußland regiert, ist ein neuer, nicht durchschaubarer Schrecken dazugekommen. Blick nicht zurück, Mischa! Leb dein Leben!«

Sie war eine energische, sehr modern denkende Frau, fast dreißig Jahre jünger als ihr Mann, und sie hatte Grund genug, an die Zukunft zu denken, an ihre eigene Zukunft. Sie hatte viel Arbeit auf Kerst zu leisten, nachdem Georg immer leidender wurde. Lilli, eine Cousine von Michael, die auf Kerst aufgewachsen war, Spielgefährtin seiner Kindheit, war mit ihren beiden Kindern nach Kerst zurückgekehrt, nachdem ihr Mann von Bolschewisten getötet worden war. Und Elena, eine entfernte Verwandte, sehr jung noch, lebte ebenfalls auf Kerst; sie standen Michaels Mutter zur Seite. Es war das erste Mal in der Geschichte von Kerst, daß dort Frauen regierten.

Seinen Vater sah Michael niemals wieder; er starb 1914, gleich nach Beginn des Krieges, zu seinem Glück konnte man sagen, so blieben ihm Aufruhr, Flucht und Not erspart.

Für die Frauen war es leicht, zu entkommen, ein weißer Offizier half ihnen nach Ausbruch der Revolution, westwärts zu fliehen. Eine Zeitlang blieben sie in Danzig, 1920 kam die Gräfin mit Lilli, den Kindern und Elena nach Berlin. Sie waren nicht ganz mittellos, sie hatten Geld und Schmuck retten können, was natürlich durch die Inflation aufgezehrt wurde. Aber da war Leo schon in Berlin gewesen, da kamen Dollars aus Boston, dann machte Elena, eine sehr aparte junge Frau, eine gute Partie, und wie es nun einmal in dieser Familie üblich war, wurden alle daran beteiligt. Den Flüchtlingen aus Kerst ging es in Berlin nicht allzu schlecht.

1924 sah Michael seine Mutter wieder, sie war Mitte der sechzig und höchst lebendig. Sie hatte eine Riesenwohnung in der Leibnizstraße und führte darin so eine Art Pension, fast alles Dauergäste, die sich bei ihr wie zu Hause fühlten. Das hatte es bei Leos erstem Besuch in Berlin noch nicht gegeben, so wurde Michael mit einer Neuheit konfrontiert.

»Aber Mutter, das geht doch nicht«, sagte er leicht schockiert, denn Medizinstudium hin und Freud her, er war immer noch, besonders auf europäischem Boden, der Graf Goll-Fallingäa.

Das gehe großartig, belehrte ihn die Gräfin.

»Ich kann nicht den ganzen Tag herumsitzen und nichts tun. Und Arbeit habe ich sowieso kaum, ich habe ausgezeichnetes Personal, das siehst du ja selbst. Vor allem aber bin ich nicht einsam, ich habe immer Leute um mich und interessante Gespräche, denn du wirst sehen, wenn du meine Gäste kennengelernt hast, alles gebildete und kluge Menschen. Und weißt du, deine Dollars sind sehr schön, besonders bis zum Ende der Inflation hätten wir ohne sie gar nicht überleben können, aber ich will nicht total abhängig von dir sein. Auch Elena ist so großzügig, ich könnte jederzeit zu ihr ziehen, ihr Mann ist ganz reizend zu mir, aber ehe ich nicht ganz alt und wacklig bin, tue ich es nicht. Es befriedigt mich, mir selber ein paar Kopeken zu verdienen. Verstehst du das nicht?«

»Gewiß, Mama. Du bist noch lange nicht alt, und es ist sicher gut, wenn du Anregung und Abwechslung hast. Du könntest auch zu uns nach Boston kommen.«

»Könnte ich. Aber bewahr mich der Himmel, Jungchen, nun mußte ich schon von Kerst nach Berlin auswandern, bis nach Amerika, also wirklich, das ist mir zu weit. So jung bin ich auch nicht mehr. Außerdem würde ich bestimmt seekrank.« Die Gräfin Goll-Fallingäa blieb also in Berlin, und es ging ihr dort recht gut. In den folgenden Jahren kreuzte Michael noch zweimal über den Ozean, um seine Mutter zu besuchen, einmal begleitete ihn Ariane, und der kleine George, zehn Jahre alt, war auch dabei.

Als Hitler ›die Macht ergriff‹, wie er das nannte, änderte sich zunächst am Leben in Berlin nichts. Dies Berlin war eine Weltstadt, die, an den Wechsel der Regierungen in der Weimarer Republik gewöhnt, sich von den Nazis anfangs nicht sonderlich beeindrucken ließ.

Doch dann verließ Elena mit ihrem jüdischen Mann, der höchst mißtrauisch in die Zukunft blickte, schon im Jahr darauf, das Deutschland Hitlers, sie kamen in die Staaten, keine armen Emigranten, denn zu jener Zeit war es noch möglich, Geld zu transferieren, und Elenas Mann, ein kluger Kunsthändler, verfügte ohnedies über internationale Verbindungen, er faßte schnell Fuß in New York, die Verhältnisse waren bald geordnet.

Mit Elena besprach Michael ausführlich die Möglichkeiten, wie man seine Mutter veranlassen könne, ebenfalls in die Staaten zu kommen. Elena war skeptisch. Die Gräfin war nun vierundsiebzig und, wie Elena meinte, ziemlich eigensinnig.

»Du hättest sie längst herüberholen sollen.«
»Das war meine Absicht. Aber sie wollte nicht.«
»Sie will auch jetzt nicht. Sie wird Lilli nicht allein lassen.«
»Lilli hat ihre Kinder.«
»Sicher. Und die sind alle gut verheiratet, und jüdisch ist keiner von ihnen, warum sollten sie fortgehen. Lillis Jüngste ist sogar mit einem begeisterten Nazi verheiratet. Es geht ihnen allen gut.«

An Krieg dachten sie damals noch nicht, gewiß nicht in Amerika. Und was man aus Deutschland hörte, klang ganz erfreulich. Die wirtschaftlichen Verhältnisse besserten sich, die Arbeitslosigkeit wurde beseitigt, das deutsche Volk schien recht zufrieden mit seinem Dasein.

1937 sah Michael seine Mutter zum letztenmal. Da hatte Deutschland längst aufgerüstet, die Juden waren Outcasts, denen aber noch keiner ans Leben wollte, die Stadt Berlin barst vor Leben und Betriebsamkeit, hatte ein Angebot an Kultur, an Musik, Oper und Theater, wie es sich vielseitiger nicht denken ließ. Die Pension betrieb die Gräfin nicht mehr, sie lebte mit Lilli in der Grunewaldvilla von Lillis Sohn, und es ging ihr großartig. Kein Gedanke daran, daß sie nach Amerika übersiedeln wollte.

Im Jahr darauf starb sie ganz plötzlich an einem Gehirnschlag; ein rascher Tod, der sie nicht leiden ließ.

Das war bereits nach dem Anschluß Österreichs, nach der Besetzung des Sudetenlandes, und von Krieg sprach man nun manchmal schon. Und Michael dachte bei der Beerdigung seiner Mutter: Vielleicht ganz gut, daß sie gestorben ist. Wer weiß, was geschieht in Europa.

München – September 1945

An einem sonnigen Tag Ende September, als Nina vom Einkaufen kam, sah sie, wie ein großer amerikanischer Wagen vor dem Haus hielt.
Vor Schreck blieb sie stehen.
Was bedeutete das? Wieder Beschlagnahme? Oder – kam vielleicht der junge Mann noch einmal, der sie so an Nicolas erinnert hatte?
Ein amerikanischer Offizier stieg aus, ging um den Wagen herum, öffnete die Tür des Beifahrersitzes, eine Dame stieg aus, und da hatte Nina sie schon erkannt. Sie stieß einen Ruf der Überraschung aus.
Victoria von Mallwitz hatte sie ebenfalls gesehen und hob grüßend die Hand, dann begann sie mit Hilfe des Amerikaners den Wagen auszuräumen, und Nina sah im Näherkommen staunend, was an Kartons und Säcken zum Vorschein kam.
Nina stellte die beiden Einkaufstaschen ab, als sie bei dem Wagen angelangt war, und lächelte unsicher.
»Hallo, Nina, darling!« sagte Victoria in ihrer gelassenen Art, als hätten sie sich vor drei Tagen zum letztenmal gesehen. Dann stellte sie auch noch vor: »Captain Whitfield – Mrs. Framberg.«
Der Captain neigte den Kopf und lächelte mit prachtvollen Zähnen. Also lächelte Nina auch. Aus dem Augenwinkel sah sie, daß die Haustür sich einen Spalt geöffnet hatte, Eva und Herbert, wer sonst?, beobachteten die Szene vor dem Haus. »See you later, captain«, sagte Victoria nun. »And thank you for the lift.«
Der Captain verbeugte sich wieder, stieg in seinen Wagen, fuhr samtweich an und schnell davon.
Nina mußte lachen.
»Wie ich sehe, hast du dir bereits einen Kavalier erzogen.«
»Das war bei dem nicht schwer, das hatte seine Mami schon getan. Er ist ein vollendeter Gentleman. Die gibt es übrigens bei den Amerikanern ausreichend, man muß ihnen nur Gelegenheit geben, sich gut zu benehmen. Nina, wie freue ich mich, dich endlich zu sehen. Wie geht es dir?«
»Den Umständen entsprechend, danke.«
Sie umarmten sich, dann schob Victoria die Freundin ein Stück zurück und betrachtete sie prüfend.
»Well, du siehst gut aus. Weder halb verhungert noch tief verzweifelt.«
»Verhungert sind wir nicht. Da wir ja allerhand Leute sind, verfügen wir über eine Anzahl von Lebensmittelkarten. Auch Herbert ist nun entlassen und bekommt seine Karten.«
»Aha. Wer ist Herbert? Na, du wirst mir alles erzählen. Ich habe euch auch was mitgebracht – Kartoffeln, Gemüse, Fleisch und Speck, Äpfel und ein paar Gläser Eingewecktes, ich weiß nicht, was noch. Liserl hat es zusammengestellt.«
»Das ist ja wunderbar. Kartoffeln brauchen wir dringend. Gemüse und

Obst gibt es ja sowieso nicht, und das vermisse ich am meisten. Wie kommst du bloß hierher?«

»Hast du ja gesehen. Das ist einer vom Oberkommando, oder wie die das nennen, in Bad Tölz. Charming boy. Sie gehen bei uns auf die Jagd, weißt du. Wir dürfen ja nicht schießen. Aber Ordnung im Wald muß schließlich sein. Wenn das Wild überhandnimmt, zerbeißt es uns die Bäume. Und frißt die Aussaat, ganz zu schweigen von dem Schaden, den es nächstes Jahr anrichtet. Wir bekommen immer reichlich von den Amerikanern, wenn sie auf Jagd waren, mal ein Reh, mal Fasanen oder Hasen. An unsere Jagdzeiten halten sie sich allerdings nicht, sie schießen alles, was ihnen vor die Flinte läuft. Aber ich habe ihnen schon klargemacht, daß das auf die Dauer nicht geht, sie müssen lernen, wann bei uns was geschossen wird.«

Nina lachte. »Das sieht dir ähnlich. Du wirst sie schon an ordentliche deutsche Sitten gewöhnen.«

»So ist es. Dieses Land ist kleiner als Amerika. Bei uns kann man Wild nicht wahllos abknallen, soviel haben wir auch wieder nicht. Komm, tragen wir das Zeug erst mal rein.« Victoria bückte sich, doch Nina schob ihre Hand zurück.

»Laß, das macht Herbert. Er steht schon lange an der Tür, er weiß nämlich immer, wann er gebraucht wird.«

Sie winkte ihm, und Herbert nahm mit einem großen Sprung die drei Stufen, die in den Vorgarten führten.

»Einmal wirst du dir den Fuß brechen«, schimpfte Nina.

»An meinem dreißigsten Geburtstag höre ich damit auf«, versprach Herbert. »Was ist denn das für eine Weihnachtsbescherung? Darf ich raten? Das ist die vielgeliebte Victoria von Mallwitz von ihrem Gut jenseits der Isar.«

Er machte einen tiefen Diener. »Ich nenne mich Herbert Lange, gnädige Frau. Sind Sie mit all den Säcken und Kartons über die Isar gerudert?«

»Ach wo«, klärte Nina auf. »Ein schicker Ami hat sie mit einem schicken Auto direkt vors Haus gefahren. Hast du ihn denn nicht gesehen?«

»Eva. Ihr gefiel er auch. Oder besser gesagt, ihr gefielen beide, der Mann und der Wagen. Sie holte mich, aber da war die ganze Pracht schon verschwunden.«

»John holt mich am Nachmittag wieder ab, da können Sie beide noch besichtigen.«

»Wie ich immer sage«, sagte Herbert und betrachtete sowohl Victoria als auch die auf der Erde verstreute Fracht mit Wohlgefallen, »die wirklichen Sieger in einem Krieg sind meist die Frauen. Wer hätte es je für möglich gehalten, daß die Nonfraternization, mit der sie sich so wichtig machten, so schnell aufgehoben wird. Ging halt nicht. Weil sich keiner an das Fraternisierungsverbot hielt. Warum? Der Frauen wegen. Ich nehme an, John sitzt gern bei einem kühlen bayerischen Bier bei Ihnen unterm Apfelbaum.«

»Mit unserem Bier können wir momentan nicht viel Staat machen. Aber John und seine Freunde schätzen unseren Südtiroler Roten, davon haben wir glücklicherweise noch einen ansehnlichen Vorrat. Und wir haben eine Menge hübscher Mädchen auf dem Gut.«

»Wozu werden die denn gebraucht? Eine Frau wie Sie genügt doch als Attraktion.«

»Können wir nicht hineingehen, ehe die ganze Umgebung sieht, was uns vor das Haus gefahren worden ist?« fragte Nina.

811

»Herbert kann drinnen seine weiteren Komplimente loswerden, und du erzählst mir, woher du um Himmels willen so viele hübsche Mädchen nimmst.«

»Abgesehen von meiner Tochter, sind es genau zehn Flüchtlingsmädchen zwischen sechzehn und zwanzig. Alle bei mir wohlgepflegt und wohlgenährt. Und für die Amerikaner nur zum Anschauen da.«

Herbert lachte. »Dafür möchte ich meine Hand nicht ins Feuer legen.«

Victoria bückte sich nach einem der Pakete. »Gehn wir rein. Ich bin schon sehr gespannt, wie es bei euch aussieht.«

Sie gab sich heiter, auch wenn sie es nicht war. Denn die Frage, diese fürchterliche Frage, mußte sie stellen. Und dann war noch etwas, das Nina wissen mußte.

»Rühren Sie nichts an, gnädige Frau. Überlassen Sie den letzten Teil des Transportes mir.« Herbert warf sich mit Schwung einen der Säcke über den Rücken. »Ah! Fühlt sich an wie Kartoffeln.«

Eva kam aus der Tür.

»Kann ich was tun?« fragte sie.

Herbert rief: »Und ob! Verdien dir deine Kartoffelsuppe.«

Zu Victoria sagte er: »Das ist Eva, mein zukünftiges Weib. Das heißt, wenn sie sich eine angemessene Zeit lang zufriedenstellend benimmt, kann sie das werden.«

Eva gab ihm einen Klaps, und er stolzierte, übertrieben unter dem Kartoffelsack ächzend, ins Haus.

Nina nahm ihre Einkaufstaschen.

»Komm rein, Victoria! Das ist für mich der schönste Tag seit Kriegsende, weil du da bist.« Sie verstummte, überlegte, verbesserte sich dann: »Der zweitschönste.«

Victoria streifte sie mit einem kurzen Blick, zu fragen wagte sie noch nicht. Wenn es Nachricht von Vicky gab, wäre wohl Nina gleich damit herausgeplatzt.

In der Diele umarmten sie sich noch einmal, beide hatten Tränen in den Augen, als sie eine Weile schweigend so verharrten.

»Es war höchste Zeit, daß ich dich wiedersehe, Nina. What a long way! Und sonst, Nina? Wollen wir gleich das Schlimmste hinter uns bringen?«

»Keine Nachricht von Vicky. Sie ist tot, ich kann nicht länger daran zweifeln. Ich kann nicht mehr hoffen. Keine Nachricht von ihrem Mann, keine Nachricht über die Kinder. Keiner hat überlebt. Schließlich wissen wir ja, wie Maria dort ausgegraben wurde. Sie lag unter lauter Toten, hieß es.«

Nina grub die Zähne in die Unterlippe, sie wollte nicht weinen, sie wollte nicht ihre ganze Verzweiflung zeigen, nun, da Victoria endlich zu einem Besuch gekommen war. Victoria wußte ohnehin, was Nina empfand. Sie wußte ja, wie abgöttisch Nina ihre schöne, berühmte Tochter geliebt hatte, wie tief die Bindung zwischen den beiden gewesen war. Wer hätte Nina besser verstehen können? Victoria hatte ihren ältesten Sohn in diesem Krieg verloren, gefallen in Rußland, Ludwig von Mallwitz, im gleichen Jahr geboren wie Victoria Jonkalla, im Jahr 1914. Kinder des Krieges, beide. Opfer dieses zweiten Krieges, beide.

Als Victoria ihren Sohn zur Welt brachte, war ihr Mann bereits tot. Sie hatte ihn geliebt, und sie war noch so jung. Und sie hatte diesen Sohn geliebt, der jetzt irgendwo in Rußland verscharrt lag, sie wußte nicht, wo, und sie wußte nicht, wie er gestorben war. Genausowenig, wie Nina es von ihrer Tochter wußte. Doch das stimmte ja gar nicht, Nina wußte es, und das war fast noch schlimmer, denn sie mußte diesen qualvollen Tod ihres Kindes immer wieder mitsterben, bis zum Ende ihres eigenen Lebens.

»Damned!« stieß Victoria zwischen den Zähnen hervor. All diese Toten – wofür? Warum? Wer konnte es je begreifen? Und wie sollte ein Mensch damit leben?

Auch Victorias Vater war im ersten Krieg gefallen, und ihre Mutter, die Engländerin war, ging zurück in ihre Heimat, Victoria und der kleine Ludwig sollten sie begleiten. Doch ihr Schwiegervater, Albrecht von Mallwitz, der Victoria zärtlich liebte, holte sie auf das Gut in Bayern. Hier würde sie vom Elend der Nachkriegszeit nichts spüren, und ihr Sohn sollte schließlich der Erbe des Gutes werden, so argumentierte er.

Victoria versprach nicht, zu bleiben, doch sie blieb. Sie fand auf dem Gut, dem die Herrin fehlte, denn ihre Schwiegermutter war bereits vor Jahren gestorben, eine Aufgabe, die ihr Leben ausfüllte. Später heiratete sie den Bruder ihres Mannes, Joseph von Mallwitz. Es war keine Liebesheirat, jedenfalls nicht von ihrer Seite, doch es wurde eine glückliche Ehe. Sie bekam noch zwei Kinder, Albrecht, der bei der Luftwaffe gedient hatte und sich noch in englischer Gefangenschaft befand, und ihre Tochter Elisabeth.

Zwei von drei Kindern waren ihr geblieben, und so wahnsinnig war das Leben auf dieser Erde, daß sie dafür noch dankbar sein mußte. Wem? Gott? Seit sie die Nachricht von Ludwigs Tod erhalten hatte, betrat sie keine Kirche mehr. Mit Haß im Herzen konnte man nicht beten.

Und genauso mußte Nina empfinden, sie hatte auf fürchterliche Weise ihre Tochter verloren, und ihr Sohn war nach seiner schweren Verwundung elend und krank. Und dann mußte überdies das blinde Kind im Haus sein, von dem Victoria nur am Telefon gehört hatte, damals im April, als das Telefon noch funktionierte. Ob dieses Kind noch am Leben war?

Victoria hob den Kopf, sah Nina an, ihre Augen waren trüb geworden vor Gram.

»Und – Stephan?« fragte sie.

»Es geht ihm wesentlich besser. Er hat noch immer seine dunklen Stunden, aber er lebt sonst ganz normal mit uns zusammen, er spricht, und er nimmt Anteil. Und er ist – ja, wie soll ich das ausdrücken? Er ist so lieb. Ich hatte ihm gegenüber ein schlechtes Gewissen, ich habe Vicky immer mehr geliebt. Und als er dann so elend in diesem Lazarett lag, kaum mehr ein Schatten eines Menschen, da dachte ich: das ist die Strafe, ich habe ihn nicht genug geliebt, und jetzt verliere ich ihn. Aber nun ist es Vicky, die ich verloren habe.«

Sie schwiegen beide, sahen mit abwesenden Augen zu, wie Eva und Herbert durch die Tür hinaus und hinein marschierten.

»Stephan war ein schwieriges Kind«, sagte Nina gedankenverloren. »Die Schule war für ihn eine Pein. Und er hat Trudel immer mehr geliebt als mich. Du erinnerst dich an Trudel?«

»Natürlich. Ich weiß doch, was für eine Rolle deine Schwester in eurem Leben spielte. Hast du Nachricht von ihr?«

»Nein. Sie leben ja in der russisch besetzten Zone. Falls sie noch leben, sie und ihr Mann.«

»Ich frage mich manchmal, wie all diese auseinandergerissenen Menschen je wieder zueinander finden sollen. Ich sehe das ja auch bei meinen Flüchtlingen. Das ist bei allem Jammer immer der größte Kummer. Von meinen Flüchtlingsmädchen wissen drei, daß ihre Eltern tot sind. Vier haben keine Ahnung, was aus Eltern und Geschwistern geworden ist. Eine kann nicht mit dem Tod ihres kleinen Bruders fertig werden, der vor ihren Augen von dem Planwagen stürzte und von einem Panzer überrollt wurde. Einem deutschen Panzer noch dazu. Davon redet das Kind ununterbrochen, ich kann es schon gar nicht mehr hören. Es muß ein furchtbarer Anblick gewesen sein. Die Mädchen haben es gut bei mir, sie müssen viel arbeiten, und das hilft ein wenig. Aber am Abend höre ich sie weinen, wenn ich durch die Halle gehe, wo sie ihre Lager haben.«

»Es ist seltsam, nicht? Manchmal kommt es mir vor, als seien wir nur noch von Toten umgeben, wir alle. Es ist unser Pech, daß wir am Leben geblieben sind. Die Toten sind besser dran als wir. Sie mußten ihren Tod sterben, so schrecklich er auch gewesen sein mag, aber dann hatten sie Ruhe. Das Leid bleibt ihnen erspart.«

Victoria fuhr sich mit einer heftigen Handbewegung durch ihr blondes Haar.

»Shut up!« sagte sie heftig. »Ich bin nicht gekommen, damit wir uns als Klageweiber aufführen. Laß uns nur noch von den Lebenden sprechen. Wir waren bei Stephan.«

Inzwischen waren im Kreis um Victoria und Nina die ganzen Schätze aufgebaut worden, wobei sich Herbert um eine gewisse Symmetrie bemüht hatte.

»Kommt mir vor wie Weihnachten«, sagte er. »Soll ich vielleicht die kleine Tanne hinten im Garten abschlagen und dazustellen?«

»Untersteh dich!« sagte Nina, und wie immer war es Herbert gelungen, die Düsternis zu vertreiben.

»Haben wir ein Sprungtuch?« fragte er nun besorgt.

»Ein Sprungtuch? Wozu denn das?« wunderte sich Nina.

»Also die Baronin vom Haus schräg gegenüber hängt fast bis zu den Knien zum Fenster hinaus. Sie kann es nicht fassen, was hier vorgeht.«

»Ich auch nicht«, sagte Nina, und nun lächelte sie.

»Also dann hol ich noch das letzte Säckchen. Bis gleich.«

»Herbert, den du hier erlebst«, sagte Nina, »ist meine größte Hilfe, was Stephan angeht. Herbert ist so lebensbejahend und so fröhlich, das steckt einfach an. Er fühlt sich als Sieger in diesem Krieg, allein deswegen weil er ihn überlebt hat.«

»Womit er ja nicht unrecht hat.«

»Für Stephan ist er ein höchst heilsamer Umgang. Sie sind gleichaltrig, das ist auch schon mal gut. Du weißt, Stephan hat immer einen Freund gebraucht. Er macht ja noch keine großen Spaziergänge, aber wenn er aus dem Haus geht, dann geht er mit Herbert.«

»Wer ist denn eigentlich dieser Wunderknabe?«

»Sie wohnten im Nachbarhaus, und als es beschlagnahmt wurde, haben wir sie aufgenommen. Das heißt, Eva wohnte da, er hatte sich im Keller versteckt, er war desertiert, und wir haben ihn das erste Mal an jenem Tag gesehen, als die Amerikaner einmarschiert sind. Ja, und dann ist Tante Alice noch hier.«

»Wie bitte? Doch nicht Alice von Wardenburg?«

»Auch sie ist jetzt ein armer Flüchtling. Aber noch immer eine Dame von Format.«
Victoria blickte sich um.
»Es sieht gut bei euch aus. Ein schönes Haus ist das.«
»Beinahe hätten sie uns rausgeschmissen, das Haus sollte beschlagnahmt werden. Daß wir dann doch bleiben konnten – das war für mich der schönste Tag seit Kriegsende. Ich muß dir das nachher ausführlich erzählen.«
»Und – was ist mit dem Kind? Ist es noch hier?«
»Natürlich. Und es ist ein großes Problem. Sie ist nicht nur blind, sie ist psychisch total gestört.«
»Ob sie vielleicht eine Zeitlang zu uns hinauskommen sollte?«
»Es darf keine Veränderung in ihrem Leben mehr geben. Und überhaupt, wenn du so viele Leute da draußen hast, das wäre für das Kind unerträglich.«
»Voilà«, sagte Herbert, »alles in die Scheuer gebracht. Wie ich gesehen habe, ist da ein prachtvoller großer Blumenkohl dabei. Wo gibt es denn noch so was? Und in diesem großen Karton befindet sich ein Holzfaß, und aus dem duftet es gar lieblich – vermute ich richtig, gnädige Frau?«
Victoria nickte. »Selbst eingelegtes Sauerkraut.«
»O Tag des Glückes! Machst du uns Sauerkraut, Eva?«
»Nein, Geliebter, heute gibt es Blumenkohl.«
»Ich habe Rinderbraten mitgebracht«, sagte Nina, »und zwar für alle Marken, ein schönes Stück. Den können wir dazu machen. Und viele Kartoffeln.«
»Laß den Rinderbraten für Sonntag«, schlug Victoria vor. »Zu dem Sauerkraut. Dort in dem kleinen Päckchen sind Koteletts. Wir haben nämlich vorgestern geschlachtet. Deswegen hatte ich es auch eilig, zu euch zu kommen. Das meiste pökeln wir ja ein, aber frische Koteletts sind nicht zu verachten.«
Eva wickelte das Päckchen bereits aus.
»Eins, zwei, drei, vier, mein Gott, acht Stück. Das reicht für uns alle.«
»Also!« rief Herbert. »Ich werde jetzt alles in die Küche bringen, was in die Küche gehört, und Eva macht sich an die Arbeit. Dann bringe ich in den Keller, was in den Keller gehört, und werde mir erlauben, ein sprudelndes Fläschchen mit heraufzubringen. Oder auch zwei. Ein paar gute Sachen haben wir nämlich auch noch.«
»Trinken wir ein Fläschchen«, sagte Victoria. »Und wer wird Fräulein Eva in der Küche helfen?«
»Ich natürlich«, sagte Herbert. »Kartoffeln schälen kann ich meisterhaft.«
»Und während ihr kocht, muß ich unbedingt eine Weile mit Nina allein sprechen.«
»Ich bitte um Vergebung, wir verdrücken uns gleich.«
»Du bist, wie immer, zu vorlaut«, rügte Eva. »Erst der Keller.«
Victoria lächelte auf ihre kühle, immer etwas hochmütige Art. »Wir machen es so: erst einen Begrüßungsschluck. Dann will ich das Kind sehen. Und dann spreche ich mit Nina.«
Nina blickte sie ängstlich an. Was kam nun?
Zu dem Gespräch zwischen Victoria und Nina kam es aber dann doch erst nach dem Essen, und das war gut so, denn sonst hätte es Nina sicher den Appetit verdorben.
Stephan und das blinde Kind waren im Garten, Nina hatte sie hinausgeschickt, ehe sie einkaufen ging.

815

»Das Wetter ist so schön heute, ihr solltet ein bißchen an die Luft gehen.«
Maria kostete es Überwindung, das Haus, den vertrauten Sessel zu verlassen, aber von Stephan geführt, war sie mit ihm in den Garten gegangen.
Stephan und Maria verstanden sich recht gut, das Kind vertraute ihm, soweit es ihm möglich war, und für ihn war es eine Aufgabe, ihr zu helfen. Er tat instinktiv das richtige, indem er ihr erklärte, wie es um sie herum aussah. Er beschrieb die Möbel, führte sie durch Türen, veranlaßte sie, die Dinge zu berühren. Auch die Bäume im Garten, sie mußte mit der Hand ein Blatt, eine Blume, einen Baumstamm berühren, und er sagte ihr, wie das aussah, was sie anfaßte. »Ich konnte auch eine Zeitlang nicht sehen nach meiner Verwundung, weißt du. Aber nun ist es viel besser geworden. Du wirst auch eines Tages wieder sehen können.«
Maria schüttelte den Kopf.
»Doch. Weil du es willst. Eines Tages wirst du es wollen. Wenn alles wieder besser geworden ist, wird man dich operieren.«
Maria schüttelte immer nur den Kopf.
»Doch, du willst es. Eines Tages willst du.«
»Nein«, sagte Maria.
»Der Himmel ist heute ganz blau. Du weißt noch, wie ein blauer Himmel aussieht?«
Maria schwieg bockig.
»Die Blätter an den Bäumen sind noch grün. Bald werden sie sich färben, dann sind sie gold und rot und braun. Du kennst diese Farben noch, Maria?«
Diesmal nickte Maria.
»Siehst du!« Und da der Ausdruck ihn störte, fuhr er fort: »Du siehst es jetzt mit deinem inneren Auge, Maria. Das kannst du, weil du früher gesehen hast. Wenn du blind geboren wärest, wüßtest du nicht, wovon ich spreche. Aber eines Tages wirst du wieder sehen. Ich will es, Nina will es, und du willst es auch, Maria.«
Solche Gespräche führten sie nur, wenn sie allein waren. Maria spürte es sofort, wenn jemand in der Nähe war, dann verstummte sie.
Auch Alice war an diesem Tag für eine Weile in den Garten gegangen, hatte die beiden mit Blicken verfolgt, war ihnen aber nicht nahe gekommen. Ihr Herz war verhärtet gegen das Kind. Das Kind von Victoria Jonkalla, die Tochter von Nicolas war. Das blinde Kind seine Enkeltochter.
Alice wußte es. Anfangs hatte sie es nur geahnt, später wußte sie es, denn das Mädchen Victoria wurde Nicolas immer ähnlicher. Sie wunderte sich, daß keiner außer ihr das zu bemerken schien. Aber wer hatte Nicolas so gut gekannt wie sie?
Marleen war zu oberflächlich, Trudel zu dumm, keiner sah die Augen von Nicolas, sein unbekümmertes Lächeln, seinen bezwingenden Charme in dem Kind Victoria, nicht seinen Anspruch an das Leben, seinen Egoismus in der erwachsenen Victoria.
Die lange Zeit, die vergangen war, hatte den Groll in ihrem Herzen nicht erstickt, er war eher gewachsen.
Mein ist die Rache, spricht der Herr – so dachte Alice. Und so war es geschehen. Nicolas' Tochter war tot, begraben unter den Trümmern von Dresden, verbrannt und verglüht. Und ihr Kind war blind.
Nina hatte bezahlen müssen für ihren Betrug, das war nur gerecht.

Alice saß im Gartenzimmer, als Nina mit Victoria hereinkam. »Frau von Wardenburg, wie schön, daß Sie hier sind«, sagte Victoria liebenswürdig. »Sie können sich noch an mich erinnern?«

»Selbstverständlich«, erwiderte Alice kühl.

Die wußte es auch. Hatte es immer gewußt, sie war Ninas Vertraute gewesen.

»Setz dich, Victoria«, sagte Nina, »Herbert bringt uns gleich was zu trinken. Die beiden sind im Garten, ich hole sie.«

Sie war nun nervös, fühlte sich erschöpft, ihr Kopf hämmerte. Das ging ihr jetzt manchmal so, es war, als breche etwas in ihr zusammen, Kopfschmerzen überfielen sie und ein Überdruß an allem, was um sie war. Manchmal hatte sie das Gefühl, sie könne keinen Menschen in ihrem Leben mehr ertragen. Keinen. Und gerade hatte sie sich noch so über den Besuch gefreut.

Auf einmal erschien es ihr eine nicht zu bewältigende Aufgabe, das Leben in diesem Haus zu präsentieren. Verständlich zu machen, wie sie lebten.

»Ja, wir sind froh, daß Tante Alice bei uns ist«, sagte sie mit flacher Stimme. »Und sieht sie nicht fabelhaft aus? Genauso schön wie früher.«

Alice gab keine Antwort, sah Nina nicht an, und Victoria spürte die Feindseligkeit, die von Alice von Wardenburg ausging. Mein Gott, dachte sie, noch immer. Nach dieser langen Zeit. Nach allem, was geschehen ist.

Und Alice dachte: es ist so lange her. und ich hatte es fast vergessen, und Nicolas ist so lange schon tot. Betrogen hat er mich immer. Warum empfinde ich so anders, seit ich in diesem Hause lebe? Es ist, als sei Nicolas mit mir gekommen. Oder war er schon vorher da?

Nina preßte die Hand gegen die Stirn, als sie in den Garten ging. Diese Kopfschmerzen! Die Leute hier sagten, es käme vom Föhn. Heute war ja wohl Föhn, darum war der Himmel so blau, war es so warm.

Stephan hatte sie gesehen, sie winkte und rief: »Wir haben Besuch.«

Und Stephan freute sich. Er hatte Victoria immer geliebt und bewundert. Er küßte ihre Hand, sie küßte ihn auf die Wange.

»Daß du endlich gekommen bist! Wir haben so auf dich gewartet, Mutter und ich.«

Victoria betrachtete ihn sachlich.

»Nun, du siehst schon wieder ganz ordentlich aus.« Sie nahm seine Hand, an der zwei Finger fehlten, strich dann leicht über seine Schläfe.

»Hast du noch oft Kopfschmerzen?«

»Sehr oft. Aber wenigstens kann ich wieder einigermaßen laufen.«

»Hauptsache, du bist da.«

Ein flüchtiger Gedanke an Ludwig, ihren Sohn. Wie glücklich wäre sie, wenn er bei ihr wäre, ganz egal, in welchen Zustand. Doch sie verbot sich den Gedanken sofort.

An der Tür, wo Stephan sie losgelassen hatte, stand Maria. Victoria ging auf sie zu.

»Maria«, sagte sie leise, »kennst du meine Stimme noch? Du warst eine Zeitlang bei mir.«

Sie berührte leicht mit der Hand die Schulter des Kindes, doch Maria wich sofort zurück, in ihrem Gesicht standen Angst und Abwehr.

»Draußen im Waldschlössl, weißt du nicht mehr?«

Und da kam es auch schon.

»Mali«, flüsterte das Kind.
»Ja, richtig. Da wo Mali herkam.«
Nina, die hinter dem Kind stand, legte erschrocken den Finger auf die Lippen und schüttelte den Kopf.
Victoria verstand. Natürlich, Mali war wohl auch tot. Maria weinte diesmal nicht, sie stand stumm und starr, eingehüllt in die Dunkelheit, die voll Qual und Nichtverstehen war.
Stephan ging zu ihr, nahm sie um die Schulter, führte sie zu dem blauen Sofa, auf das sie sich beide setzten, wie so oft.
Eine Weile blieb es still im Zimmer, Victoria blickte Nina an, unterdrückte einen Seufzer. Das war wohl alles noch viel schwerer für Nina, als sie es sich vorgestellt hatte. Dann kam Herbert mit den beiden Flaschen, hinter ihm Eva.
»Oh«, sagte Victoria. »Champagner! So etwas haben wir draußen nicht.«
»Ist wohl noch französische Beuteware«, meinte Herbert. »Stammt alles von dem großen Unbekannten, der dieses Haus so umsichtig ausgestattet hat, als müsse es eine jahrelange Belagerung aushalten.«
Nina und Victoria wechselten einen Blick.
Der große Unbekannte, Dr. Alexander Hesse, Marleens Freund und Gönner, besser gesagt, der letzte Mann, der die schöne Marleen Bernauer geliebt hatte. Marleen war immer geliebt worden, am meisten wohl von diesem Mann.
Er hatte eine wichtige Position im Nazi-Staat innegehabt, er war Chemiker. Er besaß eine Fabrik im Ruhrgebiet, aber er war nach Berlin gekommen, um an Görings Vierjahresplan mitzuarbeiten, an der kriegswichtigen Aufgabe, Ersatzstoffe für das rohstoffarme Deutschland zu entwickeln. Er hatte für die Nazis gearbeitet, aber er war nie ein Nazi gewesen. Doch wer würde ihm das heute glauben.
Victoria stellte keine Frage, doch Nina sagte: »Wir wissen nicht, was aus dem großen Unbekannten geworden ist.«
Victoria nickte. Tot, gefangen, in einem Lager, versteckt, geflohen. Alles war möglich.
Nach einer Weile erschien Marleen auf der Bildfläche, und da sie Victoria von Mallwitz nie hatte leiden können, begrüßte sie sie mit überströmender Herzlichkeit.
Nun berichtete Nina die Geschichte von der Beschlagnahme des Hauses und dem glücklichen Ausgang dieser Bedrohung.
Mit einer Kopfbewegung zu dem Kind hin schloß sie: »Ich glaube, wir haben es hauptsächlich ihr zu verdanken.«
»Das war es also, was du den schönsten Tag nach Kriegsende nanntest«, meinte Victoria. »Aber du weißt doch, daß ihr jederzeit hättet zu mir kommen können.«
»Ich weiß. Aber wir sind allerhand Leute.«
»So what! Ich hätte euch auch noch untergebracht.«
Schwierigkeiten mit den Amerikanern hätten sie auf dem Gut nicht gehabt, berichtete Victoria. Joseph von Mallwitz, ein konservativer Bayer, hatte nie etwas mit den Nationalsozialisten im Sinn gehabt, seine Haltung war immer kompromißlos gewesen, dabei so besonnen und in mancher Beziehung schlitzohrig, daß keiner sich an ihn herangewagt hatte. Außerdem führte er einen Musterbetrieb, das Ablieferungssoll war immer korrekt erfüllt wor-

den, die Bauern im Dorf standen zu ihm. So dumm war auch ein Kreisleiter der Nazis nicht gewesen, daß er sich an solch einem Mann die Finger verbrannt hätte. Dazu Victoria, so selbstsicher, so überlegen, zwei Söhne im Feld, einer gefallen – und die Niederlage vor Augen, besser man kümmerte sich nicht weiter um das Waldschlössl.

Das Gut lag so einsam draußen im Alpenvorland, so übersichtlich waren die Verhältnisse, daß auch die Amerikaner schnell informiert waren, mit wem sie es zu tun hatten.

»Wir sind von Anfang an gut mit ihnen ausgekommen«, erzählte Victoria. »Sie waren richtig froh, wenn ihnen mal keine Lügengeschichten aufgetischt wurden. Mit Haltung und Stolz imponiert man ihnen am meisten. Außerdem ist unser Betrieb nach wie vor wichtig, schließlich müssen die Leute auch nach dem Krieg etwas zu essen bekommen. Ich denke, daß wir demnächst ein Auto zugelassen bekommen, Pferde haben wir bereits ausreichend, unsere Maschinen sind in gutem Zustand. Na, und Arbeitskräfte haben wir mehr als genug durch die Flüchtlinge.«

Zuletzt, das wußte Nina, mußte das Gut mit wenigen Kriegsgefangenen als Hilfskräfte auskommen.

»Ich würde das Waldschlössl gern einmal sehen«, sagte Herbert nachdenklich. »Nina hat schon viel davon erzählt. Und nach all dem Elend, das man in der Stadt sieht, diese Trümmer, diese obdachlosen, hungrigen Menschen, ist es tröstlich, daß es noch so etwas wie eine heile Welt gibt.«

»Na ja«, sagte Victoria, »so heil ist die Welt bei uns auch nicht. Ich sprach ja schon von den Flüchtlingen. Aber natürlich, gemessen daran, wie die meisten Menschen heute leben müssen, jedenfalls in den Großstädten, ist es schon eine Oase. Ich bemühe mich jedenfalls, meinen Flüchtlingen das Leben soweit wie möglich zu erleichtern. Diese Menschen haben Furchtbares erlebt. Ich will nicht einzelne Geschichten erzählen, die mir berichtet wurden, aber allein die Tatsache, Heimat, Haus, Wohnung zu verlieren, bei Nacht und eisiger Kälte auf der Straße entlangzuziehen, die toten Alten und die toten Kinder am Wegrand liegen zu lassen, die Tiere verrecken zu sehen, es ist einfach eine Schande für unser Jahrhundert, daß so etwas möglich ist. Wie viele sind elend umgekommen. Erfroren, erschlagen, ertrunken. Doch man soll nie vergessen, wer die Schuld daran trägt, das sage ich ihnen auch. Das alles haben wir Hitler zu verdanken. Er hat Deutschland zerstört. Er begann, die Bosheit auszusäen. ›Das ist der Fluch der bösen Tat, daß sie fortzeugend Böses muß gebären.‹«

Es blieb still, sie blickten alle etwas betreten in ihre Sektgläser.

»Du hast recht«, sagte Nina dann. »Man darf nie vergessen, wie es begann: mit Jubel und Heilgeschrei.«

»Nicht bei jedem«, widersprach Victoria, »das wollen wir auch festhalten.«

»Ich erinnere mich genau an den Tag, als der Krieg begann«, sagte Nina. »Ich benahm mich wie eine Wahnsinnige. Ich weinte, ich schrie, Silvester mußte mir den Mund zuhalten. Warum bringt denn keiner den Kerl um? schrie ich. Ich hatte nicht daran geglaubt, daß es Krieg geben würde. Silvester hatte es schon lange prophezeit. Er . . .«

Victoria wollte nicht, daß sie länger von ihrem Mann sprach, dazu würde später Gelegenheit sein. Sie hob ihr Glas, leerte es, sagte: »Einen kleinen Schluck nehme ich noch, schmeckt wirklich gut. Jedenfalls, nun ist er aus, dieser Krieg. Wir haben bitter für die Nazis bezahlt und werden weiter bezahlen müssen. Und wenn ich bei uns draußen so etwas wie ein kleines Stück heile Welt erhalten kann, wenn mir das gelingt, dann kann schließlich auch ich sagen«, sie lächelte Herbert zu, »ich habe den Krieg besiegt.«

Sie tranken ihr zu, wie immer hatte Victoria alle Herzen gewonnen, selbst Alice blickte sie wohlgefällig an, und Marleen hatte ein ganz andächtiges, ernstes Gesicht bekommen.

»Wie gesagt, die Flüchtlinge sind uns eine große Hilfe. Ich habe einen fabelhaften Pferdemann aus Ostpreußen da, ein Geschenk für den Hof. Unsere Pferde sehen inzwischen alle gut aus, und ihr könnt mir glauben, manche kamen mehr tot als lebendig bei uns an. Einen bildschönen Trakehner habe ich, eine hellbraune Stute, mit der möchte ich züchten, sobald ich irgendwo den passenden Hengst auftreibe. Ich habe ausreichend Personal für das Haus, für den Garten, für die Feldarbeit, für den Stall. Sie sind ja so froh, wenn sie arbeiten können. Und unser Beispiel wirkt im Dorf. Die Flüchtlinge in unserer Gegend haben es bestimmt besser als anderswo.«

Eva stand auf.

»Ich könnte Ihnen stundenlang zuhören, Frau von Mallwitz. Es ist wirklich so, wie Herbert sagt: es tut wohl, mal etwas Positives zu hören. Aber jetzt will ich mich doch um das Essen kümmern. Und du kommst mit«, das galt Herbert, der ihr bereitwillig folgte.

Doch es bot sich dennoch keine Gelegenheit für ein Gespräch zwischen Nina und Victoria, denn Stephan war so angeregt, wie ihn keiner bisher erlebt hatte, er wollte noch mehr hören, er wollte Victoria ansehen, weil die Sicherheit und Ruhe, die von ihr ausgingen, eine Wohltat für ihn waren. Später sagte Nina: »Ich schau mal, wie weit sie in der Küche sind. Ich glaube, wir können bald essen. Ich decke dann gleich den Tisch. Weißt du, Victoria, wir essen im Wohnzimmer. Das Zimmer, das eigentlich als Speisezimmer gedacht war, ist jetzt Stephans Zimmer.«

»Ja«, sagte Stephan, »ein Zimmer, das mir ganz allein gehört. Wie lange habe ich davon geträumt.«

Als sie sich zu Tisch gesetzt hatten, fiel Victoria sofort auf, daß Maria fehlte.

Befremdet blickte sie Nina an. »Ißt sie nicht mit uns?«

»Nein. Ich habe ihr bereits in der Küche zu essen gegeben.«

»Aber Nina!« rief Victoria empört. »Wie kannst du nur! Du darfst das Kind doch nicht so isolieren.«

Nina legte Messer und Gabel wieder aus der Hand.

»Sie wollte es so. Es hat keinen Zweck, sie zu etwas zu zwingen. Und überreden kann man sie schon gar nicht.«

»Ich schlage vor«, sagte Herbert, »daß wir uns jetzt den Appetit auf dieses köstliche Essen nicht verderben. Wir werden Frau von Mallwitz später erklären, wie das läuft.«

Er sprach mit einer gewissen Bestimmtheit, ohne die übliche Flachserei. Victoria warf ihm einen erstaunten Blick zu, schwieg.

Nina sah nicht von ihrem Teller auf, es sah aus, als sei ihr der Appetit schon verdorben.

Jedoch Herbert begann ein Gespräch, erzählte von den Nachbarn, von der Freundlichkeit, mit der sie einander begegneten.

»Die Menschen sind viel aufgeschlossener geworden in letzter Zeit. Die Bedrohung durch den Krieg, aber auch die Angst vor dem Regime ist weggefallen, und bei aller Not hat jeder das Gefühl, daß wirklich ein neues Leben begonnen hat. Natürlich ist das bei uns hier draußen anders als in der Stadt. Auch hier ist so etwas wie eine Oase. Die meisten Häuser sind zwar vollgestopft mit Menschen, und nicht immer kommen sie gut miteinander aus, aber sie versuchen es wenigstens. Ein paar Sauertöpfe gibt es auch darunter, das kann wohl nicht anders sein. Ich weiß, daß man uns beneidet. Weil wir mehr oder weniger im Familienkreis geblieben sind. So gesehen ist es geradezu von Vorteil, daß Eva und ich hier aufgenommen wurden, so sind wenigstens noch zwei Menschen im Haus.«

»Stimmt«, meinte Nina, »sonst hätten sie uns sicher noch jemand reingesetzt.«

»Wir sind trotzdem für die heutige Zeit unterbelegt. Aber das kann sich natürlich schnell ändern.«

»Und Ihr Haus?« wandte sich Victoria höflich an Eva.

»Gleich nebenan. Zur Zeit steht es leer. Eine kurze Zeit wimmelten ein paar Amis darin herum, aber die sind längst verschwunden.«

»Und Sie dürfen nicht wieder einziehen?«

»Nein. Dürfen wir nicht.«

»Mit diesen Ungerechtigkeiten werden wir wohl noch eine Weile leben müssen.«

Eva lächelte. »Ich empfinde es nicht einmal als so ungerecht. Sehen Sie, eigentlich habe ich gar kein Recht darauf, in diesem Haus zu sein. Es gehörte meiner Schwiegermutter. Ich hatte gleich zu Anfang des Krieges geheiratet, sehr überstürzt, wie das in solchen Fällen geschieht. Wir kannten uns kaum. Mein Mann fiel im Frankreich-Feldzug. Meine Schwiegermutter hatte ich nie gesehen, und sie wollte auch nichts von mir wissen. Sie war natürlich dagegen, daß ihr Sohn geheiratet hatte, er war vierundzwanzig, ich neunzehn. Wir hatten uns an der Universität kennengelernt, ich als erstes Semester. Na ja, wie das so geht. Ich schrieb ihr dann, als Heinz tot war, aber ich bekam keine Antwort. Als ich dann ausgebombt wurde in Berlin, das war im März 43, fuhr ich einfach hierher. Ich bin nämlich Waise, ich habe gar keine Familie.«

»Und dann?« fragte Victoria. »Was sagte die Schwiegermama?«

»Ich kam eigentlich nur her, um sie sterben zu sehen. Sie war herzkrank und lebte noch ein halbes Jahr. Und sie war eigentlich ganz froh, daß ich hier war. Tja, so kam ich zu dem Haus. Sie war Witwe, ihr einziger Sohn gefallen. Ich erbte das Haus. Das meine ich, wenn ich sagte, daß ich eigentlich gar kein Recht auf das Haus habe.«

»Und wie kommt nun Herbert in die Geschichte?« fragte Victoria.

»Wir haben uns im Zug kennengelernt«, übernahm Herbert den weiteren Bericht. »In einem gesteckt vollen Zug, der von Berlin am Anhalter Bahnhof abfuhr. Ich hatte Urlaub und wollte meine Mutter in Eichstätt besuchen. Und Eva befand sich eben gerade auf jener Fahrt zur unbekannten Schwiegermama. Wir standen nebeneinander im Gang, manchmal setzte sie sich auf meinen Koffer, sie hatte gar keinen mehr. Und wie es so ist, sie erzählte mir das alles. Und ich verliebte mich in sie. Ehe ich aussteigen mußte, gab sie mir ihre Adresse. Später kam ich dann einfach hierher, als ich nicht wußte, wohin.«

»Eine ganz einfache Geschichte«, meinte Nina, die sie schon kannte. »Eine Geschichte aus unserer Zeit.«

»Eine Liebesgeschichte, wenn ich richtig verstehe«, sagte Victoria.

»Ja«, sagten Eva und Herbert wie aus einem Mund, dann sahen sie sich an und lachten.

»Auch eine Geschichte voller Angst«, fügte Eva hinzu. »Er saß immerhin vier Monate bei mir im Keller, und ich hatte eine fremde Familie im Haus. So echte, in der Wolle gefärbte Nazis. Hätte man Herbert entdeckt, wäre es uns wohl beiden an den Kragen gegangen.«

Nina mußte daran denken, wie sie die beiden kennengelernt hatte: am Tag, als der Krieg zu Ende war, standen sie plötzlich am Zaun. Ein strahlender Mann, ein Sieger, ein glückliches Mädchen.

Als sie mit dem Essen fertig waren, nahm Nina das Thema Maria wieder auf.

»Du wunderst dich, daß Maria nicht mit uns gegessen hat. Es ist nicht immer so, in letzter Zeit ist es uns gelungen, daß sie sich mit an den Tisch setzt. Erst einmal mußt du wissen, daß sie anfangs überhaupt nichts essen wollte. Man mußte sie zwingen dazu, ich habe sie gefüttert wie ein Baby. Und es hat mich viel Selbstbeherrschung gekostet. Ich bin kein geduldiger Mensch, ich habe sie auch manchmal zornig angefahren. Nun mußt du nicht denken, daß wir immer so feierlich an diesem Tisch hier essen, kommt ganz darauf an, was wir haben, ob wir etwas haben. Herbert ist viel unterwegs, seit er entlassen ist. Auch Eva ist in der Stadt.«

Herbert hob den Finger.

»Schwarzer Markt. Man muß sich über die Preise informieren und sehen, was man erwischen kann. Wir sind beide recht begabt in dieser Beziehung, Eva und ich.«

»Manchmal essen wir nur schnell etwas in der Küche«, erzählte Nina weiter. »Stephan hat lange Zeit allein in seinem Zimmer gegessen, es war ihm lieber so. Also bitte«, ihre Stimme klang jetzt leicht gereizt, »verurteile mich nicht, bedenke die komplizierten Verhältnisse in diesem Haus. Auch Marleen hat ihre Launen. Manchmal gehen wir ihr alle auf die Nerven, dann ißt sie auch lieber in ihrem Zimmer.«

»Das kannst du dir sparen, Nina«, protestierte Marleen, »das ist wirklich nicht oft vorgekommen.«

»Bleiben wir bei Maria«, beharrte Victoria.

»Ja, wie gesagt, anfangs war es schwierig, sie überhaupt zum Essen zu bewegen. Sie wollte nicht essen, nicht sprechen, nicht berührt werden, und ich kann dir nicht sagen, ob sie geschlafen hat. Für sie ist es immer Nacht, nicht wahr?« Ninas Stimme zitterte, ihre Augen hatten sich gerötet.

Stephan legte tröstend die Hand auf ihre.

»Und ich dazu in diesem desperaten Zustand«, sagte er.

»Es gab immer wieder Stunden, in denen ich nicht mehr leben wollte. Es geht mir ja viel besser, ich gebe es zu. Aber ein Krüppel bin ich doch.«

»Schmarrn«, fuhr ihn Victoria an, denn soviel bayerisch hatte sie immerhin gelernt. »Krüppel! Du bist kein Krüppel. Dir fehlen zwei Finger an der linken Hand, glücklicherweise die linke. Du bist Rechtshänder, soviel ich weiß, nicht?«

Und als Stephan nickte, fuhr sie fort: »Dein Bein ist noch ein wenig steif, aber nicht sehr. Und dein Kopf – nun, das ist gewiß arg. Eine Kopfverletzung ist immer eine böse Sache. Etwas wird zurückbleiben. Aber vielleicht wird es mit der Zeit besser werden. Du sprichst ganz normal, du hast keine Behinderung, wenn du dich bewegst. Das habe ich doch jetzt gesehen. Schau dir andere an, wie sie aus dem Krieg zurückgekommen sind. Wenn sie zurückgekommen sind.«

Nina schaute ängstlich auf ihren Sohn, sie hätte es nie gewagt, so energisch, so deutlich zu ihm zu sprechen.

Aber von Victoria nahm er es hin.

Er sagte: »Ich habe nichts gelernt, ich habe keinen Beruf, ich werde nie einen haben. Ich bin achtundzwanzig Jahre alt und lebe hier vom Geld meiner Mutter und meiner Tante. Ich bin zu nichts, zu gar nichts nütze.«

»Herrgott noch mal!« beteiligte sich Herbert an der Schelte Victorias. »Du bist ein undankbarer Pinsel, das ist es, was du bist. Ich habe auch noch keinen Beruf. Wir werden schon einen finden. Wir sind eine ganze Generation ohne Beruf. Schule, Arbeitsdienst, Barras, Krieg. So geht es vielen. Wohl dem, der eine Mutter und eine Tante hat, die ihn ernähren können. Weißt du, wovon ich lebe? Von Evas kleiner Witwenpension. Und so wie ich hier an diesem Tisch sitze, werde ich ebenfalls von deiner Frau Mama und deiner liebreizenden Frau Tante ernährt. Und heute und morgen und noch einige Tage dazu von dem, was uns heute eine zauberhafte Fee von jenseits der Isar ins Haus gebracht hat. Wollen wir erst mal abwarten, wie es weitergeht. Ich wette, nein, ich bin ganz sicher, eines Tages werden wir sämtliche hier genannten Damen ganz groß einladen können. Ich glaube daran. Ich glaube an mich. Und weißt du, warum? Ich lebe. Andere sind tot. Oder sie sind wirklich Krüppel. Und vielleicht –« er stockte, dann beging er das große Sakrileg – »vielleicht solltest du gelegentlich an deine Schwester denken.«

Tödliches Schweigen um den Tisch.

»Herbert!« sagte Eva leise.

Der hatte einen roten Kopf bekommen, auch Stephan war das Blut in die Wangen gestiegen.

Erstaunlicherweise sagte Nina: »Ja, vielleicht solltest du das.«

Victoria sagte: »Und an Ludwig, meinen Sohn. Aber nun Schluß damit. Ich beharre immer noch darauf, mehr über Maria zu hören.« Sie sah Nina an.

»Unter allen Problemen, die wir mit Maria haben, ist Essen eines der größten«, berichtete Nina und zwang sich, kühl und sachlich zu sprechen. »So, wie wir heute gegessen haben, das bedingt, daß man ihr das Fleisch schneidet, die Bissen auf einem Teller bereitlegt. Das verstört sie. Denn fällt ihr etwas vom Löffel, und es landet neben dem Teller oder auf ihrem Rock, dann hört sie sofort auf zu essen.«

»Man sagt doch immer, Blinde seien besonders geschickt.«

»So lange ist sie ja noch nicht blind. Und sie ist ein Kind. Immerhin habe ich es jetzt so weit gebracht, daß sie Suppe aus einer Tasse gut essen kann, auch ein leichtes Gericht wie Rührei oder Eierkuchen, den man natürlich auch in Stücke zerteilen muß. Deswegen mache ich jetzt meist nach bayerischer Sitte Kaiserschmarrn, das ißt sie sehr gern. Sofern wir Eier haben.«

»Damned«, warf Victoria ein. »Eier! Daran habe ich nicht gedacht. Das nächste Mal!«

»Am liebsten ist ihr eine Stulle, die sie in die Hand nehmen und von der sie abbeißen kann. Falls ich etwas habe, was ich drauftun kann. Aber sie ist schon mit einem Butterbrot zufrieden. Es geht ja auch alles schon etwas besser, nicht?«

»Sie macht es schon sehr gut«, sagte Eva. »Aber heute hatte sie Angst, weil ein Gast da war. Sie weigerte sich, mit am Tisch zu essen.«

»Aber sie kennt mich doch«, sagte Victoria erschüttert.

»Das war in ihrem vorigen Leben.« Nina sah die Freundin an, und Victoria hätte das Gespräch am liebsten abgebrochen, es war eine Qual für Nina, das war deutlich zu sehen. Aber sie mußte dennoch weiter darüber sprechen, vielleicht sogar konnte das eine Hilfe sein.

»Wo ist sie jetzt?«

»In Stephans Zimmer.«

»Und was macht sie da?«

»Nichts. Was soll sie machen? Sie sitzt einfach so da.«

»Nina, es tut mir leid, wenn ich dich quäle, aber so kann es doch nicht weitergehen. Sie muß doch irgendwann wieder in die Schule gehen.«

»Die Schulen haben sowieso vor kurzem erst wieder angefangen. Und wie stellst du dir das vor? Sie soll in eine Schule gehen. Sie kann nicht in eine normale Schule gehen. Sie müßte in eine Blindenanstalt, und dort müßte sie dann auch bleiben. Dann wäre es ganz aus mit ihr. Es ist ja nicht nur, daß sie nicht sehen kann, das ist es nicht allein, sie ist auch psychisch total gestört. Das ist es ja, was mir so große Sorge macht. Sieh mal, ich möchte sie später, falls die Verhältnisse je wieder besser werden, operieren lassen. Aber das hätte keinen Zweck, wenn sie in diesem Zustand ist. Da man ja auch nicht weiß, ob eine Operation gelingt.«

»Was für eine Operation meinst du?«

»Eine Transplantation. Wir haben hier einen sehr netten Hausarzt, der sagt, man hat das schon versucht, mit Kriegsblinden. Es ist natürlich eine zweifelhafte Sache. Aber es wäre für sie wieder eine furchtbare Nervenbelastung. Man muß damit noch warten. Und man müßte den richtigen Arzt haben. Und ich müßte es mir leisten können.«

Victoria wischte diese letzte Bemerkung mit einer Handbewegung vom Tisch. »Und was war nun mit Mali?«

»Soweit wir es verstanden haben, starb Mali in ihren Armen, als sie unter den Trümmern des Hauses begraben lagen.«

Ninas Stimme brach. »Man muß sich das alles vorstellen. Man muß es sich vorstellen.«

Victoria nahm eine Packung Camel aus ihrer Tasche, steckte Nina eine zwischen die Lippen, nahm sich auch eine. Dann warf sie die Packung auf den Tisch. »Bitte sich zu bedienen.« Herbert gab ihnen Feuer.

Aber Nina mußte sich weiter quälen.

»Sie war ja nicht allein. Sie hat eine kleine Schwester gehabt, einen kleinen Bruder. Richard, und . . .« Sie verstummte.

»Sie müssen ja alle da gelegen haben. Nicht nur Mali weinte und schrie. Nicht nur Mali war dann endlich tot.«

Sie stand auf, schob heftig den Stuhl zurück und lief aus dem Zimmer.

Sie schwiegen eine Weile, dann sagte Victoria: »Das ist ja furchtbar. Ich wollte Nina eine Freude machen mit meinem Besuch. Und jetzt regt sie sich so auf.«

»Ich würde sagen, es ist ganz gut, wenn sie das mal ausspricht«, meinte Herbert. »Das tut sie sonst nicht. Sehen Sie, wir wissen gar nichts über Marias Leben. Über ihre Eltern. Daß sie Geschwister hatte, das hören wir heute zum erstenmal. Im Grunde ist Nina nicht weniger verstört als das Kind.«

»Wie habt ihr das mit dem Hund erfahren?«

»Das war das erste Mal, als Maria sprach. Nachdem die Amerikaner da waren.« Herbert berichtete kurz von jenem Tag, als das Kind zum erstenmal eine seelische Regung zeigte.

»Vorher hätte man meinen können«, schloß er, »sie sei leblos wie eine Puppe.«

»Es geschah demnach, als Nina vom Waldschlössl sprach. Daran erinnert sie sich doch.«

»Ja, so war es.«

»Sie war einige Zeit bei mir draußen, als sie von Wien kam. Genauer gesagt, Baden bei Wien, da hat sie die ersten fünf Jahre ihres Lebens verbracht. Victoria hatte das Kind dort bekommen, sie war damals noch nicht verheiratet, es war eine etwas unliebsame Affäre mit einem jungen Dirigenten, muß ein verrücktes Huhn gewesen sein. Vicky hatte bald die Nase von ihm voll, aber sie bekam das Kind. Eben in Baden bei Wien. Da lebte ein Freund von ihr, ein alter Jude.«

»Cesare Barkoscy«, warf Marleen ein, die bisher kein Wort gesagt hatte. »Wir haben ihn gemeinsam kennengelernt, als wir am Lido waren, Vicky und ich. Das war . . .« sie überlegte, »ja, ich weiß, Vicky wurde siebzehn, als wir dort waren. Ich hatte sie mitgenommen in ihren Ferien. Cesare wohnte im selben Hotel, er gab sich viel mit Vicky ab, zeigte ihr Venedig und so. Bei ihm hat sie später das Kind gekriegt. Es sollte keiner wissen. Ich wußte es auch nicht.«

»Nicht einmal ich«, warf Stephan ein.

»Und dann blieb das Kind dort«, sagte Victoria. »Sie hatte keine Verwendung dafür, sie wollte Karriere machen. Aber später, als sie Karriere gemacht hatte und als sie dann noch diesen fabelhaften Mann geheiratet hatte, eben in Dresden, holte sie Maria sofort zu sich. Da war Maria gerade bei mir draußen. Dieser Cesare war inzwischen verhaftet und abtransportiert worden. Das Kind ist wirklich viel herumgestoßen worden.«

»Nach allem, was Nina mir erzählt hat«, sagte Marleen, »hat sie es da in Wien sehr gut gehabt.«

»Sicher. Man hat sie verwöhnt und geliebt. Aber sie war nur mit alten Leuten zusammen. Als sie ins Waldschlössl kam, hatte sie noch nie in ihrem Leben mit einem anderen Kind gespielt. Und sie wollte es auch nicht. Und soll das nun so weitergehen? Soll dieses Kind ewig im Schatten leben? Vielleicht wäre es wirklich besser, das Haus wäre beschlagnahmt worden und Maria wäre bei mir draußen.«

»Aber ich bitte Sie!« sagte Marleen pikiert.

»Nein«, meinte Herbert, »es wäre nicht gut, sie unter viele Menschen zu bringen, hier im Haus sind wir schon fast zu viele. Sie sehen ja, am wohlsten fühlt sie sich, wenn sie neben Stephan sitzen kann. Sie fürchtet die fremden Menschen, die sie nicht sieht, und die vielleicht auch zu laut sind für sie.«

»Aber sie muß sich doch wieder an Menschen gewöhnen. Nina sagt, sie will sie operieren lassen. Gut, falls das möglich ist. Aber muß sie denn nicht wirklich in irgendeine Schule gehen?«

825

»Dazu hätte ich eine Idee«, sagte Herbert. »Ich habe mich bloß noch nicht getraut, mit Nina darüber zu sprechen.«

»Lassen Sie hören!«

»Hier in unserer Straße, vorn in dem Eckhaus, wohnt ein netter älterer Herr. Ein pensionierter Oberstudienrat. Im Krieg hat er allerdings noch gearbeitet, da fehlten ja die jungen Lehrer, aber jetzt darf er nicht mehr, er war natürlich Parteigenosse. Er hat eine nette freundliche Frau, die beiden leben so still vor sich hin, ihr einziger Sohn ist gefallen. Sie haben auch ein paar Flüchtlinge im Haus, alles ältere Leute. Ich habe mich mit dem Oberstudienrat Beckmann ganz gut angefreundet, seit ich mich wieder sehen lassen kann. Eva kennt ihn ja schon länger.«

»Ja, ich kenne ihn ganz gut. Auch seine Frau. Sie kümmerte sich um meine Schwiegermutter, als es ihr so schlecht ging.«

»Wir machen manchmal einen Schwatz über den Zaun«, fuhr Herbert fort, »ich war auch schon mal bei ihnen im Haus.« Und erklärend für Victoria berichtete er weiter: »Ich hatte nämlich keine Entlassungspapiere und war eigentlich nicht vorhanden. Vor sechs Wochen habe ich mir ein Herz gefaßt und war in München an oberster Stelle bei den Amis. Da war eine sehr gefällige deutsche Sekretärin, mit der habe ich ein bißchen poussiert, und die hat das genial für mich erledigt. Ich mußte nur vorzeigen, daß ich keine SS-Tätowierung habe. Das ging ganz einfach, es ist alles möglich in dieser verrückten Zeit. Die Amerikaner sind sowieso überfordert, die Deutschen schwindeln das Blaue vom Himmel herunter, und auch wenn die Amerikaner das wissen, nützt es ihnen nicht viel. Also ich bin wieder ein ordentlicher Bürger.«

»Der Studienrat«, mahnte Victoria.

»Vielleicht gelingt es uns, Maria an ihn zu gewöhnen. Er könnte sie zunächst einmal unterrichten. Zeit hat er, Geduld sicher auch. Sie ist ja in Dresden schon in die Schule gegangen.«

»Ja, aber wie soll er sie denn unterrichten? Das verlangt ja sicher bestimmte Voraussetzungen, ein blindes Kind zu unterrichten. Blindenschrift oder solche Sachen«, meinte Eva.

»Schreiben und Lesen wird es halt zunächst nicht sein. Aber es gibt doch sonst eine Menge, was ein Mensch lernen kann.«

»Ich zweifle, ob so etwas auf Dauer erlaubt ist«, sagte Victoria.

»Heute ist alles erlaubt. Genaugenommen ist Maria tot, nicht wahr? Wenn man das Kind in eine Anstalt steckt, wird Nina verrückt. Dann läuft sie Amok. Und Sie sagen, Maria soll zu Ihnen aufs Gut kommen. Was gibt es denn dort für eine Schule?«

»Eine Dorfschule. Und größere Kinder müssen nach Bad Tölz oder nach München fahren.«

Victoria stand auf.

»Das ist alles ungeheuer schwierig. Und jetzt muß ich mit Nina sprechen. Ach, zum Teufel, das fällt mir schwer.«

»Etwas Unangenehmes?« fragte Herbert.

Victoria gab keine Antwort.

»Schauen wir erst nach Maria«, sagte sie statt dessen.

Maria saß allein in Stephans Zimmer, Nina war nicht bei ihr. Victoria legte ihr wieder die Hand auf die Schulter.

»Hat es dir geschmeckt, Maria?«
Das Kind duckte sich, wandte den Kopf zur Seite.
»Sicher doch, nicht, Maria?« sagte Stephan. »War doch gut.«
Er setzte sich neben sie, sie lehnte sich ein wenig an ihn.
»Ja«, sagte sie leise.
Victoria verließ das Zimmer. Hier würde sie heute nichts ausrichten können.
Eva und Herbert räumten den Tisch ab und verkündeten, sie würden nun abspülen. Marleen entschwand mit dem Hund in den Garten. Alice saß im Gartenzimmer, still und stumm wie das Kind. Langsam begann Victoria die Atmosphäre im Haus auf die Nerven zu gehen. Was war draußen bei ihr den ganzen Tag über für Leben und Betrieb!
»Wo kann Nina sein?«
»Da sie hier nirgends zu sehen ist, wohl oben in ihrem Zimmer. Treppe rauf, dritte Tür rechts.«
Nina saß auf ihrem Bett, sie hatte geweint.
»Ich hatte gedacht, es freut dich, wenn ich komme«, sagte Victoria, »und nun bist du so unglücklich.«
»Ich bin sehr froh, daß du gekommen bist. Es tut mir gut, mit dir zu sprechen. Und wenn ich weine – ich weine sehr oft in letzter Zeit. Victoria!«
»Ja?«
»Verstehst du, daß es nicht leicht ist mit dem Kind? Als ich damals anrief, es war Mitte April, weißt du es noch? Maria war gerade hier angekommen, und ich erzählte dir, wie sie aussah und wie alles war, sie hatte ja auch noch einen gebrochenen Arm, und die Wunde in ihrem Gesicht war fürchterlich, und ich hab' dir doch gesagt, wie entsetzt ich war.«
»Natürlich weiß ich es noch, Nina. Und ich sagte zu Joseph, ich muß sofort zu Nina, aber wir hatten keinen Wagen mehr, und es war ja bei uns auch so ein Durcheinander. Tut mir leid, Nina, daß ich mich nicht längst um dich gekümmert habe.«
»Du hättest auch nichts ändern können. Ich weiß heute so wenig wie damals, wie das weitergehen soll.«
Nina schwieg. Es war so schwer, alles zu erklären, die richtigen Worte zu finden.
»Seit wann wohnst du in diesem kleinen Zimmer?« fragte Victoria.
»Tante Alice hat das Zimmer, das ich vorher bewohnt habe. Jetzt schlafe ich hier. Und Maria«, sie stand auf und stieß die angelehnte Tür zum Nebenraum auf, »hier.«
»Sehr klein.«
»Es war eine Abstellkammer. Anfangs, als ich noch das große Zimmer hatte, schlief sie bei mir. Das war quälend, ich wußte nie, ob sie schlief oder nicht. Ich lauschte auf ihre Atemzüge. Manchmal wimmerte sie ganz leise vor sich hin. Ich dachte, ich werde verrückt.«
»Ach, Nina!«
»Dieses Arrangement ist besser. Das ist eine kleine Kammer, das stimmt, aber Maria findet sich darin zurecht, sie kann alles greifen. Und dann . . .«
Nina öffnete eine Tür, die auf den Gang führte, »gleich gegenüber ist eine Toilette. Das war noch schlimmer als die Sache mit dem Essen.«
Victoria nickte, sie verstand.

»Sie wollte nicht aufs Klo gehen, sie hatte Angst, sich zu beschmutzen. Es war ein Kampf, den wir führten, und davon weiß keiner etwas außer uns beiden. Ich gebe zu, ich bin auch manchmal aus der Rolle gefallen. Sie bekam fürchterliche Verstopfung, und es ist ja nicht so, daß du einfach heute in die Apotheke gehen kannst und ein mildes Abführmittel bekommst. Kannst du verstehen, was mich das für Nerven gekostet hat? Ich sage dir offen, ich habe manchmal gedacht: wenn das Kind nur auch tot wäre!«

»Und nun?« fragte Victoria.

»Wir haben uns in diesem Punkt arrangiert. Marleen hat ihr Badezimmer mit einem eigenen Klo. Stephan, Herbert und Eva haben unten eins. Dies hier ist für Tante Alice, für mich und das Kind. Klopapier gibt es nicht zu kaufen. Daran hat der gute Hesse nicht gedacht, als er das Haus ausstaffierte mit Champagner und Cognac und Wein und Säcken voll Zucker und Mehl, daß er auch tausend Rollen Klopapier dem Vorrat hätte hinzufügen müssen. Ach, zum Teufel, was für eine lächerliche Zeit das ist, das obendrein. Es spielt sich folgendermaßen ab: ich stehe sehr früh auf, ich bin viel zu nervös, um lange zu schlafen. Dafür schläft Tante Alice glücklicherweise lange, das hat sie immer schon getan. Ich lege für Maria ein feuchtes Tuch bereit, damit sie sich sauber machen kann. Denn sie hat nie erlaubt, daß ich das für sie tue. Auch das bereitet ihr Qual, denn sie weiß, daß das Tuch halt schmutzig ist, wenn sie es benützt hat. Es ist ein Trauma für sie. Ich denke mir, daß sie damals, als sie unter den Trümmern lag, ja wohl auch beschmutzt war. Das sind so die elementarsten Schwierigkeiten, mit denen wir zu kämpfen haben.«

Victoria nickte. »Ja, wenn man das alles zu Ende denkt . . .«

»Du siehst ein, daß man das Kind weder in die Schule schicken noch in eine Anstalt geben kann.«

»Dort werden sie wissen, wie man das handhabt.«

»Denkst du, sie machen das besser als ich? Es wäre für Maria ein tödlicher Schock, dies alles mit fremden Menschen wieder zu erleben. Jetzt klappt es ganz gut. Tagsüber, wenn ich denke, sie müßte vielleicht, tippe ich sie an und frage: wollen wir hinaufgehen? Sie nickt, wir gehen hinauf, ich bleibe vor der Tür, und sie macht ihr Pipi. Siehst du, siehst du«, rief Nina, ihre Stimme klang schrill, »wie das alles ist?«

»I see, Nina, ich bewundere dich.«

»Ach danke. Das nützt mir wenig. Weißt du, daß ich ernsthaft daran gedacht habe, mir das Leben zu nehmen? Nicht nur einmal. Ich dachte mir, du wirst dich schon um Stephan kümmern. Und Maria muß dann eben doch in eine Anstalt. Mir kann es ja dann egal sein.«

»Diesen Gedanken hast du hoffentlich überwunden.«

»Nein. Er hat etwas Verlockendes. Damals, im Juni, als der junge Amerikaner das zweite Mal ins Haus kam, um uns zu sagen, daß wir bleiben dürfen, da hatte ich so etwas wie Lebensmut. Aber das hält natürlich nicht lange vor.«

»Aber du denkst auch immer wieder daran, daß sie dich beide brauchen, Stephan und Maria.«

»Ja, natürlich. Maria habe ich jetzt so weit, daß sie sich von mir waschen läßt, so richtig von Kopf bis Fuß. Wir dürfen auch in Marleens Badewanne. Und Marleen hat auch noch anständige Seife, die wir benutzen dürfen. Ich glaube, das macht Maria als einziges wirklich Freude, gewaschen und gebadet zu werden. Sie war immer schon ein sehr sauberes Kind.«

»Ja, ich erinnere mich. Als sie damals bei uns war, kam sie ewig an und wollte sich die Hände waschen.«

»Alles, was hier steht und geht, verdanke ich Marleen. Wir haben uns als Kinder nicht vertragen. Und später habe ich oft über ihren Lebenswandel die Nase gerümpft. Nun, was soll das? Sie war immer ein Glückskind. Und ich war immer auf ihre Hilfe angewiesen. Als ich Mitte der zwanziger Jahre mit den Kindern und Trudel nach Berlin zog, was eine reine Wahnsinnstat war, hätte ich dort nicht existieren können ohne Marleens Hilfe. Ich verdiente erst gar nichts, dann wenig. Dann kam die große Arbeitslosigkeit. Marleen kleidete mich und die Kinder, ich bekam Geld von ihr . . .«

»Von ihrem Mann, willst du sagen.«

»Ach, der arme Max! Er tat ja nur, was sie wollte. Das Geld gab sie. Er nahm kaum Notiz davon, daß wir auf der Welt waren.«

»Ihr habt nie wieder von ihm gehört?«

»Nein. Und wir wissen ja nun, was alles geschehen ist.«

Victoria sagte ernst: »Wir haben es vorher schon gewußt. Nicht in dem ganzen schrecklichen Ausmaß, aber wir haben es gewußt. Es ist eine Schande, die Deutschland lange Zeit belasten wird. Womit wir beim Thema wären.«

Victoria setzte sich auf den einzigen Stuhl, der im Zimmer stand. Es fiel ihr schwer, Nina mit neuem Kummer zu quälen. Nina hatte verstanden. »Silvester? Ich weiß nicht, was aus ihm geworden ist.«

»Aber ich«, sagte Victoria ruhig.

»Er ist tot?«

Victoria schüttelte den Kopf.

»Er lebt? Ist er bei dir?«

»Er ist nicht bei mir. Und ich weiß auch erst seit kurzem, daß er am Leben ist.«

»Und warum?« flüsterte Nina, »warum weiß ich es nicht? Ich bin – ich bin doch seine Frau.«

Victoria sprach möglichst sachlich, ohne Gefühlsaufwand. »Er lebt, er ist natürlich nicht ganz gesund, und er hat einen Komplex aus dem Lager mitgebracht. Auch er ist, was du öfter schon heute erwähnt hast, verstört.«

»Und wo ist er?«

»In München. Bei Franziska.«

»Sie hat also auch überlebt.«

»Ja. Man hat ihr ein paar Zähne ausgeschlagen und das Nasenbein gebrochen, ihr linker Arm ist halb gelähmt. Die Frauen waren ja wohl noch bestialischer als die Männer in diesen Lagern.«

»Hast du sie gesehen?«

»Nein. Ich nicht. Joseph war bei ihnen. Sie wohnen in dem Haus in der Sendlinger Straße, in dem Franziska unten ihren Laden hatte. Das Haus ist stehengeblieben und einigermaßen heil. Ihre Wohnung in Bogenhausen ist auch zerstört, ihr Mann ist tot.«

»Durch den Bombenangriff?«

»Nein, er starb schon vorher. Du weißt ja, daß er ein Alkoholiker war, an ihm hat Franziska nicht viel verloren.«

»Und Silvester?«

»Er wohnt da bei ihr in der Sendlinger Straße. Es geht ihnen nicht schlecht,

sagt Joseph. Als ehemalige KZ-Häftlinge kriegen sie Sonderzuteilungen, sie haben Möbel für die Wohnung bekommen, vorher waren es Büroräume.«
»Und was machen sie da?«
»Nichts. Auch sie müssen erst wieder Menschen werden, verstehst du?«
»Und warum weißt du das? Und ich nicht? Er ist doch mein Mann. Er hat sein Leben riskiert, um eine Jüdin zu retten.«
»Und du warst dagegen.«
»Ich hatte Angst um ihn. Er war doch vorher schon einmal verhaftet worden.«
»Es war nicht vergeblich, was sie taten. Isabella von Braun hat überlebt. Doktor Fels hatte sie in seiner Klinik versteckt. Sie lag dort bis Kriegsende auf seiner Privatstation als angeblich schwer Herzkranke. Das war sehr mutig vom Anderl Fels.«
»Ja. Sicher.«
»Ich sagte dir seinerzeit schon, man kann einen Mann nicht daran hindern, ein Held zu sein . . .«
»Ja, das hast du gesagt. Und ich weiß, wie die Männer zu Silvester kamen in seine Werkstatt, und wie sie da zusammen saßen und darüber redeten, wie man Hitler umbringen könnte. Das taten sie jahrelang. Und wozu soll das gut sein? Sie haben ihn nicht umgebracht. Sie hatten gar keine Möglichkeit, an ihn heranzukommen. Also wozu das Geschwätz, das sie alle nur gefährdet hat.«
»Immerhin haben sie Isabella gerettet.«
»Ja, ich weiß, sie war auf dem Dachboden in der Sendlinger Straße versteckt, und als man sie holen wollte, war sie fort. Dafür verhafteten sie Silvester und Franziska.«
»Professor Guntram auch. Aber er kam noch vor Kriegsende wieder frei. Er ist ein hochangesehener Mann an der Universität, ein international bekannter Historiker. Man konnte ihm nicht nachweisen, daß er von der Sache gewußt hatte.«
»Also haben sie ihm keine Zähne eingeschlagen.«
»Nein.«
»Was hat man mit Silvester gemacht?«
»Ein paar Zähne fehlen ihm auch . . .« Victoria schwieg, blickte mitleidig auf Nina, die auf dem Bettrand saß. »Und er hat eine Rückenverletzung, er kann kaum gehen und nicht aufrecht stehen, sagt Joseph.«
»Dann werden wir also einen kaputten und verstörten Menschen mehr im Haus haben«, sagte Nina trocken.
Victoria setzte sich neben Nina auf den Bettrand und legte den Arm um ihre Schultern.
»Ich würde ihn zunächst einmal in der Stadt lassen, in seinem eigenen Interesse«, sagte sie vorsichtig. »Joseph hat erzählt, sie wohnen da ganz kommod, die Wohnung ist groß und irgendeine Hilfsorganisation für entlassene KZ-Häftlinge hat sie ganz wohnlich eingerichtet. Von diesen Leuten werden sie auch versorgt, die kaufen ein, machen Essen und erledigen alles andere.«
»Aber er ist doch mein Mann«, wiederholte Nina, »er müßte doch bei mir sein.«
»Dann müßtest du Franziska auch aufnehmen, er wird sie nicht allein zurücklassen. Und dann mußt du eins bedenken, sie brauchen beide ärztliche

Behandlung. Doktor Fels gehört zu Silvesters Freunden, er gehörte ja auch zu dieser Widerstandsgruppe, oder wie man das nennen soll. Auf ihn fiel gar kein Verdacht, man hat ihn nicht einmal verhört. Nur die anderen. Und er hatte, wie ich schon sagte, Isabella in seiner Klinik versteckt. Sie praktiziert bereits wieder in Schwabing.«

»So.«

»Ja. Franziska und Silvester brauchen ihren Arzt. Fels behandelt sie, Isabella auch. Von hier draußen wäre es viel zu umständlich, in die Stadt zu kommen.«

Victoria wußte, warum sie das sagte. Sie wollte Nina darauf vorbereiten, daß Silvester keineswegs in dieses Haus ziehen wollte, in dem Nina derzeit lebte.

»Warum weiß ich das alles nicht?« fragte Nina.

»Ich sage dir ja, wir wissen es auch noch nicht lange. Guntram kam zu uns hinaus, was für ihn ja auch ziemlich mühsam war. Er jedenfalls ist vollkommen unbelastet, wird wieder an der Universität unterrichten, und im Lager ist ihm offenbar auch nicht viel geschehen. Er ging dann nach Niederbayern, wo seine Schwester lebt, und da blieb er, bis der Krieg zu Ende war und auch noch den ganzen Sommer über.«

»Und wann kam er zu euch?«

»Das war vor etwa drei Wochen. Er hatte es von Fels erfahren, daß die beiden da waren und sich verkrochen wie zwei kranke Tiere. Jedenfalls am Anfang. Jetzt sorgen alle dafür, vor allem Isabella, daß sie sich normalisieren.«

»Und ich?« fragte Nina verzagt. »Was soll ich denn nun tun?«

»Ich denke mir«, sagte Victoria ruhig, »du fährst nächster Tage in die Stadt hinein und gehst einfach hin. Die Bahn fährt ja wieder.«

»Ja, die Bahn fährt. Ich soll einfach hingehen?«

»Ich halte es für das beste. Es sei denn, du vergißt, was ich dir erzählt habe.«

»Das kann ich nicht.«

»Nina, ich hielt es für nötig, daß du Bescheid weißt. Und du hast recht, wenn du dich ärgerst. Denn Silvester hätte dich als erste davon verständigen müssen, daß er lebt.«

»Vielleicht weiß er nicht, wo ich bin.«

»Er weiß ja, daß Marleen in Solln wohnt, und er weiß, daß ihr ausgebombt seid, und nun hat es ihm Joseph auch noch gesagt, wo er dich findet.«

»Und er? Wollte er nicht zu mir kommen?«

»Ich sage dir doch, er ist menschenscheu geworden. Er hat Hemmungen. Vielleicht kannst du ihm helfen.«

»Und wer hilft mir?« Nina schrie es fast.

»Niemand. Du mußt dir selber helfen. Aber wie gesagt, du kannst auch vergessen, was ich dir heute erzählt habe. Ich sehe ja, wie schwierig dein Leben zur Zeit ist. Und wenn Silvester verbiestert ist, und das muß er sein, nach allem, was Joseph mir erzählt hat, dann wird es nur eine zusätzliche Schwierigkeit in deinem Leben sein.«

»Kommt schon gar nicht mehr darauf an«, sagte Nina voller Hohn. Sie war maßlos enttäuscht, tief verletzt. Silvester, ihr Silvio, der behauptet hatte, sie zu lieben. Und hatten sie sich nicht geliebt? Sie hatte lange gezögert, diese späte Ehe einzugehen, aber dann waren sie doch recht glücklich gewesen, eine kurze Zeit allerdings nur. Der verdammte Hitler, sein verdammter Krieg hatte auch das zerstört.

831

»Silvester kann verbiestert sein, das weiß ich«, sagte Victoria, »ich kenne ihn länger als du. Ich habe seine downs miterlebt, zum Beispiel damals, als Marie Sophie sich das Leben nahm. Er ist ein charmanter, lebenskluger Mann, aber leicht zu verletzen, und am schlimmsten ist es, wenn man seine Würde verletzt. Und was denkst du, ist in diesem Lager geschehen? Das muß erst heilen. Er braucht viel Zeit.«
»Er liebt mich eben nicht. Er hat mich nie geliebt.«
»Er hätte dich wohl kaum geheiratet, wenn er dich nicht geliebt hätte. Ich weiß doch, wie gut ihr euch verstanden habt, vom ersten Augenblick an, damals, als du ihn draußen bei mir kennengelernt hast. Nun spiel nicht die Beleidigte, geh zu ihm! Vielleicht wartet er nur darauf. Ich glaube, es wird gar nicht schwer für euch beide sein, den Weg wieder zu finden. Den Weg von dir zu ihm. Oder besser gesagt, von ihm zu dir.«

Aber manche Wege waren verschüttet. Trümmer deckten noch so vieles zu, nicht nur die Toten, auch die Lebenden.

Nina brauchte Tage, um mit dem Aufruhr fertig zu werden, den Victorias Nachricht in ihr angerichtet hatte. Sie war maßlos enttäuscht über Silvesters Verhalten. Sie konnte nicht verstehen, daß er nicht zu ihr gekommen war. Er mußte doch wissen, wie sie gelitten, wie sie gewartet hatte, und wenn er sie liebte, wie er immer behauptet hatte, dann hätte er eigentlich nur den einen Wunsch haben müssen – wieder bei ihr zu sein.

Statt dessen war er bei Franziska, verkroch sich bei ihr wie ein krankes Tier. Er war verletzt, innerlich und äußerlich, und offenbar wollte er keinen sehen und sprechen, auch nicht sie, seine Frau.

Nina wußte nicht, was sie tun sollte. Sie hatte Angst vor diesem Wiedersehen, das er anscheinend nicht wollte. Aber nun, da sie wußte, daß er lebte, mußte sie den ersten Schritt tun. Die anderen merkten ihr an, daß sie unglücklich war, sie war schweigsam, abwesend, gab kaum Antwort, wenn man mit ihr sprach. Es war nicht schwer zu erraten, daß es mit dem Gespräch zusammenhing, das Victoria mit ihr geführt hatte.

Selbst Marleen bemerkte Ninas seltsamen Zustand.
»Was ist denn eigentlich mit dir los? Du läufst mit einer Trauermiene durch die Gegend, daß einem jeder Bissen im Hals steckenbleibt. Was hat dir denn Victoria eigentlich erzählt?«
»Laß mich in Ruhe!«

Endlich, zu Beginn der neuen Woche, entschloß sie sich, nach München hineinzufahren. Das Wetter war immer noch sehr schön, nur ein wenig kühler war es geworden. Nina wählte mit Bedacht ihre Garderobe – ein Kostüm, eine weiße Bluse, ein passendes Hütchen. Sie schminkte sich sogar, auch mit Kosmetika war Marleen reichlich eingedeckt. Ein paar Tropfen Parfüm, ebenfalls aus Marleens großer Flasche.

Marleen betrachtete die Vorbereitungen und schließlich Ninas Aufmachung mit Erstaunen.
»Du siehst blendend aus. Kannst du mir sagen, was du vorhast? Hast du ein Rendezvous?«

Unwillkürlich mußte Nina lachen. »So könnte man es nennen.« Eine elegante, gepflegte Dame war ein recht seltener Anblick in dieser Zeit. Schon im Zug erregte sie Aufsehen; auch in der Stadt drehte man sich nach ihr um.

Ja, schaut nur, dachte sie aufsässig. Man muß sich wehren gegen das

Elend. Es gibt sicher noch genug Frauen, die volle Kleiderschränke haben. Wer nicht ausgebombt ist, kein Flüchtling ist, hat alles behalten. Man muß die Fummel anziehen, in Lumpen lebt es sich nicht leichter. Und ich möchte auch einmal wieder etwas Neues haben. Im Keller liegt ein jadegrüner, ganz dünner Wollstoff. Ich werde Marleen sagen, daß ich ihn haben möchte, daß wir ihn nicht gegen Fleisch oder Butter oder Kaffee eintauschen werden. Ich werde mir ein Kleid machen lassen, Marleen hat draußen eine gute Schneiderin. Zu meinem schwarzen Persianer wird das toll aussehen. Den behalte ich auch, der kommt mir nicht auf den schwarzen Markt.

Mit solchen Gedanken, immer langsamer gehend, schritt sie durch die Trümmer der Innenstadt. Was nicht zerstört war, war beschädigt, immerhin standen noch ein paar Häuser, und die Straßen waren sauber aufgeräumt.

Vor dem Rathaus blieb sie stehen und betrachtete es mit Wohlgefallen. Silvester hatte sich immer über den Bau lustig gemacht, ihr hatte er gefallen. Zwischen den Ruinen standen Buden und kleine Behelfsbauten, in denen die merkwürdigsten Dinge verkauft wurden. In den Schaufenstern der Läden, die noch vorhanden waren, konnte man Ware besichtigen, die allerdings nur gegen Bezugsschein erhältlich war.

Aber wie Herbert sagte, gab es auf dem schwarzen Markt alles zu kaufen, was man wollte. Auch einige Lokale gebe es in der Stadt, in denen man, auf Marken natürlich, schon wieder ganz ordentlich zu essen bekomme.

Nina bekam auf einmal große Lust, in solch einem Lokal einzukehren. Müßte hübsch sein, wieder einmal essen zu gehen. Allerdings so ganz allein? Und wo waren die Lokale, die Herbert gemeint hatte?

Sie ging vom Marienplatz westwärts, kam in die Sendlinger Straße und schon gleich darauf zu dem Haus, in dem Franziska ihren Laden gehabt hatte: Antiquitäten, alte Möbel, alter Schmuck. Wie oft hatte sie bei Franziska im Hinterzimmer gesessen, sie hatten Kaffee getrunken, zuvor hatte Silvester sie weggeschickt aus seiner Werkstatt am Oberen Anger, immer dann, wenn seine Freunde kamen und sie ihre geheimen Gespräche führten.

Sie kam zu Franziska, und die sagte: »Sie sind wie Buben, die Indianer spielen.«

Franziska war es, die Silvester schließlich ins Vertrauen zog, in diesem Haus, oben auf dem Dachboden hatten sie Isabelle von Braun, die jüdische Ärztin, ihre gute Freundin versteckt. Das Haus stand noch, nur ein paar Splitter hatte es abgekriegt. Der Laden war auch noch da, geschlossen, das Schaufenster mit Brettern vernagelt.

Nina ging weiter, die Sendlinger Straße entlang, bis zum Sendlinger Tor-Platz. Hier blieb sie stehen und schaute in die Ruinenlandschaft rundherum. Ihr kam es vor, als hinge immer noch der Geruch nach Brand und Ruß in der Luft. Warum auch nicht? In den geborstenen Mauern, in den Trümmern hatte sich dieser Geruch festgesetzt. Roch es nicht auch nach Leichen? Wie viele Tote mochten wohl noch unter den Trümmern liegen?«

Sie zog die Schultern fröstelnd zusammen. Wie schön hatte sie es dagegen draußen, gute Luft und das Grün im Garten. Ihr Herz war erfüllt von Dankbarkeit, daß sie dort sein durfte. Wem hatte sie es zu danken? Marleen.

»Du haben Zigaretten? Kaffee?« fragte eine leise Stimme neben ihr. »Ich kann besorgen Fleisch.«

Nina wandte sich heftig um, ohne den Sprecher anzusehen. Hatte sie es nicht gut? Sie brauchte sich nicht um den schwarzen Markt zu kümmern, das besorgten Herbert und Eva. Geld hatten sie noch genug und Ware zum Tauschen auch. Das alles würde sie Silvester sagen. Wenn er schnell gesund werden wollte, dann mußte er zu ihr kommen.

Rasch, ohne nach rechts und links zu blicken, ging sie den Weg zurück, diesmal zögerte sie nicht vor dem Haus, betrat es durch eine Tür, die lose in den Angeln hing, stieg rasch die knarrende Holztreppe hinauf; im zweiten Stock hatte Victoria gesagt. An der Tür klebten zwei Zettel.

Dr. Framberg stand auf dem einen. F. Wertach auf dem anderen, sogar eine Klingel gab es.

Mit dem behandschuhten Finger drückte Nina fest auf die Klingel, nicht ängstlich, nicht mehr zögernd.

Franziska öffnete, und einen Augenblick starrten sich die beiden Frauen an, dann lachte Franziska.

»Die gnädige Frau! – Darauf haben wir schon gewartet. Und wie elegant! Sakra, sakra, wie aus dem Modejournal geschnitten.« Sie zischte durch die Zahnlücken beim Sprechen, sie trug eine schwarze Männerhose und einen schlampigen Pullover.

»Grüß dich, Franziska«, sagte Nina befangen. Wie verhielt man sich? Sollte sie Franziska umarmen, würden sie beide weinen? Sie streckte Franziska die Hand hin, und Franziska nahm sie ohne zögern, schüttelte sie kräftig. Sie war niemals zimperlich oder wehleidig gewesen.

»Fein, daß du dich mal sehen läßt«, sagte sie.

Nina unterdrückte eine unfreundliche Antwort. Sie lächelte, vermied es, Franziska auf den Mund zu sehen. Die Nase war wirklich schief. Nur Franziskas dunkle Augen wirkten lebendig wie eh und je.

»Komm rein. Du kommst grad recht. Wir haben eben eine Flasche Wein aufgemacht. Lieferung von unseren amerikanischen Freunden.« Die Tür zu einem Zimmer hatte sie hinter sich offengelassen, ging nun darauf zu und rief: »Wir haben lieben Besuch, Silvester.«

Nach ihr betrat Nina den Raum, der ihnen wohl als Wohnzimmer diente. Sie nahm nichts von der Einrichtung wahr, sah nur den Tisch, darauf standen Essensreste und Weingläser, und auf einem Sofa hinter dem Tisch saß Silvester.

Nina blieb mitten im Zimmer stehen, ihr Herz klopfte im Hals, ein jäher Schwindel befiel sie.

Das war Silvio? Oder war er es nicht? Sein dunkles Haar war grau und ganz schütter, das Gesicht voller Falten, voller Bitterkeit.

»Nun, das ist eine Überraschung«, sagte er ruhig, und seine Stimme war wirklich noch seine Stimme. »Entschuldige, daß ich nicht aufstehe. Mein Rücken ist ein wenig lädiert.«

»Silvio!« flüsterte Nina.

Als er den Kosenamen hörte, den sie ihm gegeben hatte, löste sich die Starrheit in seinem Gesicht.

»Komm näher«, sagte er, »setz dich!« Er wies mit der Hand auf den Stuhl, der an der Schmalseite des Tisches stand. Mit steifen Beinen ging Nina die wenigen Schritte, sie war froh, daß sie sich setzen konnte.

Die Hand gab er ihr nicht, sah sie nur an.

»Nina«, sagte er nach einer Weile. »Hübsch, sauber, lieb anzuschauen. Wie immer. Schön, daß es noch Menschen gibt, die sich nicht verändert haben.«

»So lange ist es ja nicht her, daß wir uns nicht gesehen haben«, sagte Nina mit einem kleinen nervösen Lachen. »So schnell kann ich mich ja nicht verändert haben.«

Das war eine dumme Bemerkung. sie bereute sie sofort. »Zeit kann ein sehr relativer Begriff sein«, gab er zur Antwort. »Kommt darauf an, was man erlebt. Aber ich habe schon gehört, daß es dir gut geht.«

Sie hörte den Sarkasmus in seiner Stimme, und sie hatte Mühe, ihren Ärger nicht zu zeigen.

»Für heutige Begriffe geht es mir ganz gut, ja. Jedenfalls was die äußeren Umstände betrifft. Aber es hat dich jedenfalls nicht sehr interessiert, das zu erfahren.«

Er legte den Kopf ein wenig schief, sah sie an und schwieg.

»Genaugenommen könnte ich ja tot sein.«

Er nickte. »Ich auch. Jeder von uns müßte das eigentlich sein.«

»Warst du in der Holbeinstraße?« fragte sie.

»Nein. Wozu?«

»Wir haben schließlich dort gewohnt. Hätte ja sein können, du wolltest wissen, was aus unserer Wohnung geworden ist. Und aus mir.«

»Ehe wir nach München kamen«, sagte er so ruhig wie vorher, »waren wir eine Zeitlang in einem Recreation Center, wie die Amerikaner das nennen. Dort hat man mir bereits mitgeteilt, daß ich keine Wohnung mehr habe und daß ich sagen solle, wo ich hinwolle, aufs Land oder nach München zurück.«

»Aha. Und hat man dir auch gesagt, daß deine Frau am Leben ist?«

»Man hat mir gesagt, daß es keine Toten in dem Haus gegeben habe.«

»Und du hast nie den Wunsch gehabt, mich zu sehen?«

»Aber ich sehe dich ja. Hier bist du. Unverändert.«

Franziska hatte ein drittes Glas gebracht, füllte die Gläser, reichte eins Nina.

»Also denn, prost! In der Heimat, in der Heimat, da gibt's ein Wiedersehn.«

Nina trank, es war ein süßer Wein, und sie wunderte sich, denn süße Weine waren Silvester immer ein Greuel gewesen.

»Weißt«, sagte Franziska, »wir sind noch gar nicht lange in München. Den ganzen Sommer waren wir drinnen im Gebirge. War sehr schön. Hat uns gut getan. Aber dann wollten wir doch nach München zurück. Schön ist es hier nicht mehr. Aber es ist halt München, net? Sobald ich meine Zähne habe, mache ich den Laden unten wieder auf.«

»Oh, wirklich?« staunte Nina bereitwillig. »Was willst du denn da verkaufen?«

»Was ich früher auch verkauft hab'. Die Amerikaner sind ganz wild auf Antiquitäten. Und die Leut verkaufen alles, was sie noch haben, um Lebensmittel dafür einzutauschen. Das wird ein gutes Geschäft, wirst sehen.«

Nina nickte. Franziska war eigentlich wie früher, sie wirkte nicht verbittert, und Zukunftspläne hatte sie auch.

»Ich krieg die Zähne demnächst«, erzählte sie. »Isabella hat schon einen erstklassigen Zahnarzt für mich aufgetrieben, der muß bloß noch besorgen, was er für meine Goschen braucht.«

»Und sonst?« fragte Nina. »Bist du gesund?«

»Geht so.« Sie hob mit der rechten Hand den linken Arm in die Höhe. »Der

835

ist noch ein bisserl lätschert. Aber Isabella macht Übungen mit mir. Sie meint, das kommt alles wieder in Ordnung.«

»Gott sei Dank«, sagte Nina. Sie stand rasch auf, ging zu Franziska, beugte sich zu ihr und küßte sie auf die Wange. »Ich freu mich, daß du alles einigermaßen überstanden hast.«

»No ja, was soll man machen? Ich leb ja noch, und da muß es halt irgendwie weitergehen.«

Nina blieb neben Franziskas Stuhl stehen und sah Silvester an. »Und du?« fragte sie.

»Danke der Nachfrage. Ich könnte dasselbe antworten.«

»Ich hab' gehört, du hast etwas mit dem Rücken.«

»So könnte man es nennen.«

»Ach, tu nicht so fremd. Von anderen muß ich erfahren, daß du am Leben bist. Ich meine, ich wäre die erste gewesen, der du es hättest mitteilen müssen.«

»Ich habe es niemand mitgeteilt. Nur gab es halt Leute, die sich darum gekümmert haben, was aus mir geworden ist.«

»Aha. Und was waren das für Leute?«

»Der Anderl. Isabella. Guntram. Und noch so ein paar.«

»Die Widerstandsgruppe«, konnte sich Nina nicht verkneifen zu sagen. »Ihnen hast du es ja schließlich auch zu verdanken, was dir passiert ist.«

»So kann man es nennen. Du hast nicht danach gefragt, was aus mir geworden ist.«

»Wie hätte ich das denn tun sollen?«

»Ja, wie?«

Er hatte recht. Nina erkannte es im gleichen Augenblick. Sie hätte irgend etwas unternehmen müssen, sie hätte nach seinem Verbleib fragen müssen – aber wen, wo, wie? Ihr Leben war so randvoll erfüllt mit Schwierigkeiten, diese ersten Nachkriegsmonate hatten eigentlich nur aus dem jeweiligen Tag bestanden, man dachte nicht darüber nach, was morgen kommen würde. Was anderswo geschah.

»Es war alles sehr schwer für mich«, sagte Nina leise.

»Das tut mir leid«, sagte er.

Das klang förmlich und uninteressiert, wieder mit einem Unterton von Sarkasmus. Sie erkannte sofort: was er aus dem Lager mitgebracht hatte, waren nicht nur körperliche Beschwerden, es war vor allem ein abweisender Hochmut, und dies, das begriff sie auch, war eine Art von Selbstschutz. Er wollte sich nicht selbst bemitleiden, und er wollte auch von anderen kein Mitleid. Und sprechen über das, was er erlebt hatte, wollte er schon gar nicht. Das war genauso gewesen, als er nach seiner ersten Verhaftung im Jahr 1942 nach sechs Wochen zurückkam: er sprach kein Wort von dem, was er erlebt hatte.

Verwirrt nahm Nina ihr Glas und trank einen großen Schluck. Sie schüttelte sich.

»Wo habt ihr denn den her? Der ist ja süß.«

»Na ja, direkt aussuchen kann man sich ja heute nicht, was für einen Wein man bekommt«, sagte Franziska.

Nina lag es auf der Zunge, zu erwidern: Kommt zu mir, da bekommt ihr einen erstklassigen französischen Wein. Aber sie unterließ diese überflüssige Bemerkung.

»Und wie ist es mit dem Essen? Bekommt ihr denn genug?«
»Freilich. Mehr als genug. Wir haben eh net viel Appetit. Wenn man sich eine Zeitlang das Essen abgewöhnt hat, kann man sich schwer wieder daran gewöhnen. Als uns die Amerikaner da in ihr Sanatorium geholt hatten, was denkst denn, ich hab' jeden Bissen wieder ausgebrochen. Ich mußte ernährt werden wie ein kleines Kind, mit Brei und so einem Mampf. Silvester ging es auch nicht anders.«

Franziska erzählte dies alles mit lächelnder Miene und ohne große Bewegung. »Isabella hat uns jetzt eine Diät verschrieben, und wir kriegen das auch, was wir brauchen. Na, es schmeckt mir jetzt schon viel besser. Weißt du, was ich am liebsten mag? Peanutbutter. Also da bin ich ganz verrückt drauf, das könnt ich löffelweise fressen. Kennst das?«

Nina schüttelte den Kopf.

»Ist so was Amerikanisches. Ich hab' noch welche, ich laß dich kosten.«

Franziska verschwand und kam gleich darauf mit einem großen Glas wieder, in dem sich eine hellbraune Masse befand. Sie steckte einen Löffel hinein, brachte ihn gehäuft wieder zum Vorschein und hielt ihn Nina hin.

»Da, versuch mal!«

Also nahm Nina, wenn auch widerstrebend, den Löffel und steckte sich die Masse in den Mund.

»Na?« fragte Franziska, »ist das gut oder net?«

»Doch, sehr gut. Schmeckt nach Erdnüssen.«

»Stimmt, Peanuts sind Erdnüsse auf amerikanisch. Magst noch einen Löffel?«

Ehe Nina widersprechen konnte, hatte sie den zweiten gefüllten Löffel in der Hand.

Mir wird bestimmt schlecht, dachte sie, das fette Zeug und der süße Wein auf meinen leeren Magen.

»Danke, Franziska. Schmeckt wirklich gut. Ich hab' früher schon gern Erdnüsse gegessen.«

»Siehst, ich auch. Silvester mag es nicht. Er sagt, es ist eine kindische Schleckerei. Wir haben halt früher die richtigen Nüsse gehabt, und die Amis machen da so eine Creme draus. Ist sehr bequem zu essen, man braucht die Nüsse nicht erst auszupulen. Die Amerikaner sind ein faules Volk, die wollen möglichst keine Arbeit beim Essen haben.« Franziska plauderte ganz unbeschwert, sie bewies, um wieviel haltbarer Frauen sind, wie leichter sie sich mit Tatsachen abfinden.

Jetzt lachte sie sogar: »Nüsse könnt ich derzeit gar nicht essen, net? Aber ich krieg wieder bildhübsche Zähne, da sorgt Isabella schon dafür. Silvester hat seine schon. Bei mir dauert's ein bissel länger, weil mein Kiefer noch gebrochen war. Das mußte erst heilen.«

»Mein Gott!« flüsterte Nina. Sie sah Silvester an, der schweigend auf seinem Sofa saß und mit undurchsichtiger Miene dem Gespräch lauschte. Oder hörte er gar nicht zu?

Was soll ich nur machen? dachte Nina. Soll ich einfach zu ihm gehen, ihn umarmen und küssen, wartet er darauf? Oder will er es gar nicht?

Sie stand unsicher auf.

»Darf ich mir die Wohnung einmal ansehen?«

»Aber freilich«, antwortete Franziska. »Wart, ich zeig dir alles. Früher war

837

hier ein Anwaltsbüro drin. Weißt es noch? Woher sollst es wissen. Der war ein dicker Nazi, und seine Frau, wenn herkam, hat sich aufgeplustert wie eine Truthenne. Aus is jetzt. Weg sans. Und ich wollt gern in das Haus. Wenn ich den Laden wieder aufmach, ist es doch praktisch und bequem bei den heutigen Verkehrsverhältnissen. Oben sind Ausgebombte einquartiert, und unter uns haust der alte Schlederer mit seiner Frau, die kennst auch, die haben früher zwei Häuser weiter ein Textilgeschäft gehabt. Der Laden ist hin, ihre Wohnung auch, die war im selben Haus. Und dann sind sie einfach hier eingezogen, gleich nach dem Dachstuhlbrand. Der Dachstuhl ist ausgebrannt, man riecht's noch. Riechst es auch?«

Nina nickte. »Es fällt nicht auf, die ganze Stadt riecht so.«

»Ich merk's gar nimmer.«

Währenddessen führte Franziska sie durch die Wohnung, die bescheiden, aber einigermaßen erträglich eingerichtet war. Sie hatten jeder ein Schlafzimmer, und außer dem Wohnzimmer, in dem sie saßen, gab es noch einen vierten Raum, der leer war und offensichtlich nicht benutzt wurde.

»Brauchen wir nicht«, meinte Franziska. »Macht nur unnötig Arbeit. Was zum Sitzen und Essen und was zum Schlafen, das langt uns. Und wenn ich den Laden wieder hab', bin ich eh meist drunten.

In Silvesters Schlafzimmer, das spartanisch eingerichtet war, nur ein Bett, ein Stuhl, zwei Haken an der Wand, blieb sie stehen.

»Du brauchst keine Angst zu haben, daß ich deinen Mann verführe. Soweit ist er noch nicht wieder. Fragt sich, ob er überhaupt noch kann. Sie haben Männer mit Vorliebe in diese Gegend getreten.«

Nina blickte Franziska gequält an.

»Du kannst ihn verführen, wenn du willst und wenn du meinst, es tut ihm gut«, sagte sie. »Ich denke, das ist im Moment unsere geringste Sorge.«

»Der Schorsch ist tot«, sagte Franziska drauf. »Hat sich totgesoffen. Hätt er das früher getan, hättest du den Silvester sowieso nicht bekommen. Er war mein Freund, bis du gekommen bist. Du hast ihn mir weggenommen.«

»Willst du mir jetzt noch einen Vorwurf daraus machen?«

»A naa, woher denn. Ich mein bloß. Is eh nicht mehr wichtig jetzt. Er braucht keine Frau, und ich brauch keinen Mann; jedenfalls zur Zeit nicht. Wann ich wieder einen möcht«, Franziska kicherte albern, »tät ich mir einen jüngeren suchen.«

Die Küche war unaufgeräumt und schmutzig. Leere Weinflaschen, leere Schnapsflaschen standen überall herum. Teller mit Essensresten stapelten sich im Spülbecken.

Mochte Silvester wirklich so leben? Nina wußte doch, was für ein gepflegter, ordentlicher Mann er gewesen war, wie wichtig ihm eine kultivierte Umgebung war. Das Lager, nun gut, aber das war ja nun vorbei.

Ich werde ihn jetzt fragen, ob er nicht zu mir kommen will, beschloß Nina und kehrte ohne weiteres Zögern in das sogenannte Wohnzimmer zurück, wo Silvester, ohne sich gerührt zu haben, auf seinem Platz saß.

Ob das schlimm war mit seinem Rücken? Wenn es wirklich eine böse Verletzung war, gehörte er dann nicht in ein Krankenhaus, Isabella in Ehren. Gehörte er nicht wenigstens in eine schönere Umgebung. Nina trat rasch hinter ihn und legte beide Hände auf seine Schultern, dann beugte sie sich vor und küßte ihn auf die Wange.

»Ich möchte gern wissen, wie es dir wirklich geht.«
»Das siehst du ja.«
»Nein, das sehe ich nicht. Seit ich hier bin, sitzt du auf diesem Sofa. Kannst du nicht mal aufstehen? Ich möchte sehen, ob du dich bewegen kannst. Ob du laufen kannst.«
Er straffte seine Schultern, ihre Hände glitten herab.
»Ich kann aufstehen, und ich kann mich bewegen.«
»Dann tu es«, drängte sie, »ich möchte es sehen.«
»Warum?«
»Mein Gott, Silvester, sei nicht so albern.«
Er schob den Tisch zurück, stützte sich darauf und stand langsam auf.
Nina schob den Tisch noch weiter weg, streckte ihm die Hand hin.
»Komm«, sagte sie, »gib mir die Hand. Ich möchte sehen, ob du laufen kannst.«
Er blickte auf ihre Hand herab, dann nahm er sie zögernd, sein Griff war matt, und seine Hand war feucht.
Nina zog ihn hinter dem Tisch hervor, von dem Sofa weg. Es ging ohne weiteres; er ging leicht gebückt, aber er bewegte die Beine ganz normal.
»Na also«, sagte Nina. »Warum sitzt du da wie angeklebt? Denkst du, davon wird es dir besser gehen? Sagt Isabella nicht, daß du dich mehr bewegen solltest? Oder Doktor Fels? Gehst du niemals aus dem Haus?«
»Niemals. Da müßte ich die Treppe hinunter.«
Nina nickte. »Das hab' ich mir gedacht. Und wenn du in die Praxis gehst zu Isabella oder zu Doktor Fels?«
»Fels ist zur Zeit selber krank, er liegt mit einem Herzschaden in seiner eigenen Klinik. Und Isabella kommt her, sie hat ein Auto.«
»So. Und wie wäre es, wenn du dich eine Weile in die Klinik von Doktor Fels legen würdest. Beziehungsweise dich dort behandeln läßt, statt hier in dieser Bruchbude herumzusitzen.«
Silvester sah sie erstaunt an. Dann lächelte er ein wenig, schließlich kannte er Ninas Temperament.
»Findest du es so schrecklich hier? Ich dächte, für heutige Begriffe lebten wir ganz komfortabel.«
Franziska kam mit einer neuen geöffneten Flasche Wein ins Zimmer.
»Trinken wir noch einen«, rief sie. »Nanu, was macht ihr denn da? Spielt ihr Ringelreihn?« Denn Nina und Silvester standen immer noch Hand in Hand im Zimmer.
Sein Lächeln hatte Nina Mut gemacht.
»Komm zu mir hinaus nach Solln«, sagte sie, ohne Franziska zu beachten. »Du hättest es weitaus komfortabler. Du kannst ein Zimmer im Erdgeschoß haben, da brauchst du keine Treppen zu steigen, es ist eine Terrasse da und davor ein schöner großer Garten. Noch ist alles grün. Es wird zwar Herbst und dann Winter, aber wir haben noch ausreichend Koks im Haus, du wirst nicht frieren. Hier habt ihr nur alte Öfen, wie ich sehe. Ich werde dir gut zu essen geben. Und wir haben einen sehr tüchtigen Hausarzt, ich denke, was Isabella kann, kann der auch.«
Silvester ließ ihre Hand los.
»Du denkst doch nicht im Ernst, daß ich in das Haus von der Nazihure ziehe?«

Nina blickte ihn fassungslos an.

»Sprichst du von meiner Schwester?«

»Allerdings.«

»Wau!« machte Franziska. »So sagen die Amis immer, wenn sie sich über etwas wundern. Streitet nicht. Trinkt lieber.«

Sie füllte die Gläser wieder und reichte Nina eines davon.

»Danke«, sagte Nina. »Für mich nicht mehr. Dieser Wein bekommt mir nicht.«

»Habt ihr denn eine bessere Auswahl?«

Nina blickte Silvester gerade in die Augen. Dann trat sie einen Schritt zurück.

»Du sprichst von meiner Schwester Marleen?«

»Von wem sonst? Schließlich weiß ich ja, wie sie zu dem Haus gekommen ist?«

»So? Wie denn? Sie hat es gekauft.«

»Von welchem Geld? Von dem Geld des Juden, den sie vergasen ließ? Oder vom Geld des Nazis, mit dem sie hurte?«

»Du bist ein gebildeter Mann, Silvester. Es paßt nicht zu dir, so zu reden. Auch das, was du erlebt hast, entschuldigt es nicht. Und da wir gerade dabei sind: du hast dir dein Unheil selbst eingebrockt. Ich habe das seinerzeit gesagt, ich sage es jetzt. Aber schön, du hast es so gewollt. Und du hast Isabella von Braun gerettet. Das müßte dich befriedigen und nicht bösartig machen.«

Silvester schwieg, er nahm das Glas von Franziska und trank diesen gräßlichen Wein.

»Du solltest das nicht trinken«, sagte Nina, »das kann dir nicht guttun.«

»Du gibst ganz schön an, meine Liebe«, sagte Franziska.

»Nicht nur Isabella, auch andere Leute waren gefährdet«, fuhr Nina fort. »Du hast Isabella gerettet und kamst dafür ins Lager. Als ich in Not war, war ich allein. Wäre meine Schwester Marleen nicht gewesen, wären wir beide in der Holbeinstraße umgekommen, Stephan und ich. Doch wir sind schon vor dem Angriff zu Marleen gezogen, und es ging uns dort sehr gut, gemessen an dem, wie es anderen Menschen geht. Ich will dich gern bei mir haben. Und ich möchte, daß es dir gutgeht, so gut wie möglich. Und ich bin sicher, daß ich dich gesundpflegen kann. Es geht auch Stephan schon viel besser, er war schwer verwundet, das wirst du ja noch wissen.«

Er gab keine Antwort.

»Mein Angebot bleibt bestehen«, sagte Nina. »Komm zu mir!«

»Und meine Antwort ist dieselbe: Ich habe in dem Haus der Nazihure nichts verloren. Schlimm genug, daß sie dort noch wohnen darf, daß man sie nicht hinausgeworfen hat. Daß niemand sich darum gekümmert hat, wie sie zu dem Haus kam.«

Ein maßloser Zorn stieg in Nina auf, der gleiche atemberaubende Zorn, der sie schon als Kind überfiel, wenn sie mit Ungerechtigkeit konfrontiert wurde.

»Ach, willst du dich vielleicht darum kümmern? Das waren ja die Praktiken der Nazis, andere Leute zu denunzieren. Silvester! Was ist aus dir geworden?«

»Was sie aus mir gemacht haben.« Er tastete nach dem Tisch, schob sich wieder dahinter und setzte sich.

»Ach geht, seid friedlich. Trinken wir noch was«, sagte Franziska, die bereits wieder ihr Glas geleert hatte und sichtlich angetrunken war.

»Ich denke, es ist besser, ich gehe jetzt«, sagte Nina. »Ich muß das erst . . .« sie griff mit der Hand an die Stirn, der Wein, dieses sinnlose fürchterliche Gespräch, nun überfielen sie wieder die Kopfschmerzen. »Ich meine, ich muß . . . ach, zum Teufel, Silvio!« Sie setzte sich neben ihn auf das Sofa. »Überleg dir, was ich gesagt habe. Und ich will vergessen, was du gesagt hast.«

»Was ich gesagt habe über deine Schwester? Ich kann es dir gern noch einmal wiederholen.«

Nina stand auf, sie gab keinem die Hand, sie kam sich mißhandelt vor, aber gleichzeitig schnürte der Zorn ihr fast die Kehle zu. Sie blieb vor Franziska stehen, die ein wenig schwankte, schon wieder ein volles Glas in der Hand.

»Denk mal gelegentlich an deinen Mann.«

Franziska kicherte albern. »Nicht gern.«

»Wenn ihr das jeden Tag so macht, dann seid ihr jeden Tag bis zum Abend betrunken.«

»Ich bin nicht betrunken«, sagte Silvester. »Und Franziska werde ich die Flasche gleich wegnehmen.«

»An Dreck wirst du!« schrie Franziska.

Nina ging zur Tür, wandte sich noch einmal um. Ihre und Silvesters Blicke trafen sich.

»Du brauchst die Nazihure nicht von mir zu grüßen«, sagte er, und wirklich, nun hatte auch er das Glas wieder in der Hand.

»Stephan auch nicht?« fragte Nina leise.

Er winkte ab.

Nina ging.

Nina

Er hat nicht nach Vicky gefragt, er hat nicht nach Stephan gefragt. Genauso wenig, wie er nach mir fragt. Von Maria weiß er nichts. Joseph war hier, hat sich das angesehen, hat mit ihnen gesprochen, erzählt hat er nichts. Dann hat er Victoria in Marsch gesetzt.

Die ehrenwerten Freunde. Widerstand im Hinterzimmer. Reden, reden, reden.

Ich will nicht ungerecht sein, ich nicht. Sie haben Isabella gerettet. Jeder Mensch, der gerettet werden konnte vor den Mördern, ist . . . Herbert würde vermutlich sagen, es ist ein Sieg. So gesehen hat Silvester einen Sieg errungen. Das müßte ihn doch freuen. Lächerlich, was heißt freuen, was soll ihn freuen. Es müßte ihn friedlich stimmen, nun ja, auch freundlich. Er hat einen hohen Preis gezahlt für Isabellas Rettung, aber er ist am Leben. Und ich glaube nicht einmal, daß es ihm so schlecht geht, ich glaube, daß er sich gehenläßt. Er wehrt ab, er weist zurück, er ist bösartig. Er hat nur darauf gewartet, daß er mir das sagen konnte über Marleen. Statt einzusehen, daß ich mein Leben Marleen verdanke, beschimpft er sie.

Schuld bin ich. Warum habe ich ihm so viel erzählt. Über mich, über mein Leben, über Marleens Leben, über Vicky – man soll einem Mann, auch wenn er einen angeblich liebt und auch wenn man ihn geheiratet hat, nicht alles erzählen. Manchmal später, wenn eine Ehe in die Brüche geht, wird man für das Vertrauen bestraft. Dann werfen sich die Menschen gegenseitig alles an den Kopf, was sie an Nachteiligem voneinander wissen. Das ist nichts Neues.

Mein Leben? Er kennt es. Aber doch nicht alles. Ich habe ihm zwar ausführlich von Nicolas erzählt, aber ich habe ihm nie gesagt, daß er Vickys Vater war. Und ich habe ihm auch nie von meinem Verhältnis zu Peter Thiede erzählt. Oder habe ich doch? Großer Gott, ich weiß es nicht mehr.

Aber es ist keine Schande, ich habe Peter geliebt, und ewig kann eine Frau nicht ohne einen Mann leben. Peter war, nach Nicolas, der Mann, den ich am meisten geliebt habe. So ist das, Herr Dr. Framberg. Das habe ich bestimmt nicht gesagt. Ich wollte gar nicht heiraten. Ich nicht. Ich wollte in Berlin bleiben, ich wollte in der Nähe von Vicky bleiben, ich hatte endlich eine schöne Wohnung, von selbst verdientem Geld, und darauf war ich stolz. Es hat viele, viele Jahre gedauert, bis ich soweit war, und mir ist es lange sehr dreckig gegangen. Aber dann hatte ich plötzlich so etwas wie Erfolg und auch Geld.

Als ich Silvester im Waldschlössl kennenlernte, gefiel er mir gut, es fing so hübsch an mit uns beiden, er zeigte mir München, er küßte mich, und dann kam er mir nach Berlin nachgereist. Liebe also, warum nicht? Auf Heiraten war ich gar nicht verrückt. Ich wollte auch nicht nach München. Von heute aus gesehen, war es natürlich ein Glück, daß ich nach München kam. Weil es in Berlin noch viel schlimmer war als hier, und noch ist, und weil, ja, zum Teufel, weil Marleen auch hierher gezogen ist. Auf Veranlassung von Herrn Dr. Hesse. Der Marleen geliebt hat und das Beste für sie wollte, ob er nun ein

Nazi war oder nicht. War er nicht, sagt Marleen, dazu war er viel zu klug. Daß es uns jetzt verhältnismäßig gut geht, verdanken wir diesem Mann, lieber Silvester. Und wenn meine Schwester ihn geliebt hat, mehr oder weniger, und sich von ihm verwöhnen ließ, dann geht dich das einen Dreck an, Silvester. Meine Schwester hatte immer Männer, die sie liebten und verwöhnten, deswegen ist sie noch lange keine Hure. Ich, die ich Marleens Leben recht gut kenne und manchmal den Kopf darüber geschüttelt habe, würde solch ein Wort für sie nie gebrauchen. Es gibt Frauen, die so sind wie sie. Hat es immer gegeben, Frauen, die geliebt und verwöhnt werden, weil sie schön sind, weil sie Erotik haben – na, wie soll man das nennen, in Berlin nannten sie es Sex-Appeal. Also Frauen, die Sex-Appeal haben. Ich habe ihn nicht, und ich bin auch nicht schön. Aber ich lasse meine Schwester von keinem Menschen beleidigen, auch nicht von dir, Silvester. Sie kann nichts dafür, daß du im Lager warst. Und ich werde dir etwas sagen, Silvester Framberg, ich habe größere Opfer gebracht in diesem Krieg als du. In jedem Krieg habe ich diese Opfer gebracht, im ersten fiel Nicolas, und Kurt, mein Mann, kehrte aus Rußland nie zurück. Und dann starb Ernie, mein Bruder, den ich über alles in der Welt liebte. Und in diesem Krieg – ja, Silvester, meine Tochter, auch sie liebte ich über alles in der Welt. Ich hätte gern mein Leben gegeben, wenn ich ihr Leben damit hätte retten können. So ist das.

Du mochtest Vicky nicht leiden, du nanntest sie egoistisch, eingebildet und ehrgeizig. Nun gut, wenn ein Künstler Karriere machen will, braucht er diese Eigenschaften. Mich hat Vicky glücklich gemacht, seit sie auf der Welt war. Und ich war stolz auf ihre Karriere. Und sie hat ihrem Bruder geholfen. Und sie hat das Kind geholt. Sie war gut.

Du bist nicht gut zu mir, Silvester. Du hast mich geheiratet und im Stich gelassen. Du hast Isabella gerettet – lieber Gott, ich fange immer wieder von vorn an. Wo bin ich eigentlich? Ich muß einen Zug bekommen, ich muß irgendwie nach Hause kommen.

Diese Braun-Mädchen, das war dein Komplex. Mit Sophie warst du verlobt, und sie hat sich das Leben genommen. Weil sie Jüdin war und weil sie ihre Bilder nicht mehr ausstellen durfte. Isabella war Ärztin und eine gute Ärztin, wie alle sagen. Ich kannte sie kaum. Sie durfte dann nur noch jüdische Patienten behandeln, und dann durfte sie überhaupt nicht mehr praktizieren, und dann habt ihr sie versteckt. Sehr gut, und es muß dich doch befriedigen, daß ihr sie gerettet habt. Aber warum bist du nun feindselig zu mir? Ich verstehe es nicht. Wir waren doch glücklich miteinander. Wir haben uns doch geliebt.

Ich kann das Wort Liebe nicht mehr hören. Keine Frage, wie ich eigentlich lebe. Und wovon. Keine Frage nach Stephan, mit dem du dich doch gut verstanden hast.

Wie er damals auf Urlaub war, er kam aus Polen, es war im ersten Kriegswinter, er kam Weihnachten nach München, und ihr habt so verständig miteinander geredet, und Stephan bewunderte dich, er hörte dir andächtig zu, wenn du von deinem Studium, von deinem Beruf erzähltest, Stephan hat nie einen Vater gehabt, und er hat sich so gern einem überlegenen Mann angeschlossen, damals sagte er, das wolle er auch, studieren, Kunsthistoriker, das wäre es überhaupt, was er am liebsten werden wollte.

Wenn sich Stephan heute darüber beklagt, daß er keinen Beruf hat, so ist das fast zum Lachen. Er wußte gar nicht, was er werden wollte. Er war nun selig, als er die Schule hinter sich gebracht hatte, die ihm schwer genug gefallen war. Studieren, na ja, aber was denn? Zuerst mußte er ja sowieso das alles tun, was die jungen Männer tun mußten in dieser Zeit. Und beim Militär gefiel es ihm ganz gut, allein schon deswegen, weil sein Freund Benno dort seinen Beruf gefunden hatte und sagte, es sei überhaupt prima. Da fand Stephan es auch prima. Im übrigen war er hauptsächlich mit Mädchen beschäftigt, wie viele es gewesen sein mögen, keine Ahnung. In Frankreich dann hatte er wohl so etwas wie eine richtige Liebe.

Dann kam er plötzlich nach Rußland, und dann war es schon gleich aus mit ihm. Wie er da eigentlich lebend herausgekommen ist, möchte ich gern wissen. Was heißt lebend?

Er war mehr tot als lebendig. Monate lang lag er meist ohne Bewußtsein, und ich erwartete jeden Tag die Nachricht von seinem Tod. Vicky holte ihn nach Dresden, in ein Sanatorium auf dem Weißen Hirsch. Sie sagte, da gebe es gute Luft und fabelhafte Ärzte.

Fabelhaft war Vickys Lieblingswort. Ich war fabelhaft, sagte sie, wenn sie anrief nach einer Premiere. Du mußt unbedingt kommen und mich in dieser Rolle sehen.

Ach, zum Teufel, daran will ich jetzt nicht denken. Wo bin ich bloß? Mir tun die Füße weh. Ich kann nicht stundenlang in diesem stinkenden München herumrennen, ich habe Hunger, ich will nach Hause.

Irgendwann hatte Stephan mal die Idee, Schauspieler zu werden, das fällt mir gerade ein. Das war, glaube ich, noch vor dem Krieg. Er produzierte sich im Kameradenkreis, so war das wohl, und sie fanden ihn – na was denn? Fabelhaft.

Und wie er dann Weihnachten 1939 Urlaub bekam und uns besuchte, war ich so glücklich darüber, daß er sich mit Silvester gut verstand. Und Silvester mochte ihn auch. So was möchte ich auch machen, sagte mein kleiner Stephan, ich möchte Kunsthistoriker werden. Ach lieber Himmel, was für ein Kind er noch war.

Im April 1944 kam Stephan dann überraschend nach München. Er wolle nun bei mir bleiben, sagte er, ich sei so allein. Silvester war vor zwei Monaten verhaftet worden.

Stephan ging es ein wenig besser, er konnte langsam gehen, er konnte auch wieder sehen. Und im Dezember, nachdem in dem Haus, in dem wir wohnten, der Dachstuhl ausgebrannt war, als wir weder Licht noch Gas noch Heizung hatten, sagte Marleen: Kommt doch heraus zu mir. Und das rettete uns das Leben, denn in der Woche darauf traf eine Luftmine das Haus in der Holbeinstraße.

Aber bei Marleen ging es uns gut.

Siehst du, Silvester, das alles hätte ich dir gern erzählt, ausführlich. Wenn du schon nicht erzählen willst, was du erlebt hast, ich will es. Und ich dachte, wenn du also lebst, dem Himmel sei Dank, dann wird es dich doch interessieren, wie es mir ergangen ist.

Hörst du mir eigentlich zu, Silvester?

Mein Gott, ich spinne. Die Leute sehen mich an. Ich habe laut gesprochen.

Ich fahre jetzt nach Hause, hoffentlich geht ein Zug. Ich lege mich ins Bett, nein, nicht ins Bett, auf die große Couch im Wohnzimmer, ohne Schuhe und

im Morgenrock, Eva wird mir was zu essen machen, und ich werde herrlichen Bohnenkaffee trinken.
Und ich werde ihnen nicht erzählen, was ich heute erlebt habe.

Es war ziemlich spät, als Nina nach Hause kam, es war schon dunkel, und sie hatten sich Sorgen gemacht. Sie saßen alle im Wohnzimmer, Marleen und der Hund auf der Couch, Eva strickte, Herbert bastelte an einer Lampe herum, die kaputtgegangen war, Stephan und Maria saßen wie meist eng nebeneinander. Sie machten alle ernste, nachdenkliche Gesichter, denn Alice hatte zuvor von Wardenburg gesprochen, wie es da aussah, wie sie da gelebt hatten, was es für sie bedeutete, das Gut zu verlieren. Eine zufällige Bemerkung stand am Anfang, Herbert war während des Krieges eine Zeitlang auf einem oberschlesischen Gut einquartiert gewesen, und dann fing Alice plötzlich an zu reden, erst zögernd, dann, als die Erinnerungen sie überwältigten, geradezu in Ekstase. Das war noch nie vorgekommen, daß Alice soviel sprach, sie geriet ins Schwärmen, ihre Wangen röteten sich, ihre Augen leuchteten, und sie konnten alle auf einmal sehen, wie schön sie einst gewesen sein mußte; sie lauschten ihr gebannt.

»Na ja, jetzt hätten Sie das Gut sowieso verloren«, waren Herberts tröstende Schlußworte, als Alice endlich verstummte. »Und in Breslau war es ja dann auch ganz schön, ich kenne die Stadt, eine wunderschöne Stadt war das. Auch vorbei. Scheißkrieg.«

Daraufhin schwiegen sie, und Eva stellte das Radio an. Sie hörten alle gern die Musik von AFN, dem Sender der Amerikaner. Auch Maria wandte bereits lauschend den Kopf, und Eva, die gut englisch konnte, sang manchmal die Teste mit.

Alice sagte auf einmal: »Wieso hast du eigentlich kein Klavier, Marleen?«

»Es war ein wunderschöner Flügel im Haus, als der Sänger noch hier wohnte. Dem gehörte das Haus vorher, von ihm habe ich es gekauft. Er ging an die Wiener Oper. Und seine Möbel hat er natürlich mitgenommen.« Sie lachte. »Das Klavier! Es war der Wunschtraum meiner Mutter, und irgendwann hatte sie es dann geschafft, wir bekamen das Klavier, ein riesiges altes Möbel. Und nun mußten wir alle Klavier spielen lernen. Trudel gab es gleich wieder auf, sie war ganz unbegabt. Aber ich lernte es einigermaßen, und Nina spielte recht gut. Doch der Künstler in unserer Familie war mein kleiner Bruder Ernst. Er studierte später ja auch Musik in Breslau, und er war dann Korrepetitor an der Breslauer Oper. Aber er war ja so krank. Er hatte ein Loch im Herzen. Er starb, wann war denn das?«

»1924«, sagte Stephan. »Ich kann mich noch gut an Onkel Ernie erinnern. Und Vicky erst! Die ließ ihn nicht aus den Augen, wenn er am Klavier saß und spielte. Das war in Breslau, in Ninas Wohnung«, fügte er erklärend für Eva und Herbert hinzu. »Und es war ein anderes Klavier. Das bei meiner Großmutter, das kenne ich auch noch.«

Plötzlich bemerkte er, daß Maria sich aufgerichtet hatte und den Kopf vorstreckte, den Mund leicht geöffnet, als lausche sie auf etwas.

Stephan nahm ihre Hand.

»Maria hat auch schon sehr gut Klavier gespielt. Wir waren alle sehr stolz auf sie. Nicht, Maria?«

Maria nickte, ein seltsames Leben war in ihr Gesicht gekommen.

»Ja«, sagte sie, und es hörte sich ganz normal an. »Das war sehr schön. Ich habe sehr gern Klavier gespielt.«

Sie blickten alle gebannt auf das Kind; soviel auf einmal und in diesem Tonfall hatte sie noch nie gesprochen.

»Menschenskinder!« rief Herbert. »Das ist überhaupt die Idee des Jahrhunderts. Wir brauchen ein Klavier. Maria muß Klavier spielen. Sie kann es, und sie wird es jetzt erst recht können. Maria, möchtest du ein Klavier?«

»Ja«, sagte das Kind leidenschaftlich. »Ja.«

»Und wo bitte, nimmst du derzeit ein Klavier her?« fragte Eva.

»Das laß nur meine Sorge sein. Ich habe schon ganz andere Dinger gedreht. Und wenn Maria ein Klavier haben will, dann kriegt sie ein Klavier. Noch besser einen Flügel. Platz haben wir genug in diesem Haus.«

»Du spinnst«, konstatierte Eva, aber auch sie blickte fasziniert auf das Kind.

Maria Henrietta Jonkalla lächelte.

Das hatten sie noch nie gesehen. Stephan bekam Tränen in die Augen, Marleen legte die Finger auf die Lippen und unterdrückte einen Ausruf des Erstaunens, und selbst Alice blickte erstmals mit Anteilnahme, ja mit Rührung auf das blinde Kind. Im Radio sang jetzt einer ›Gonna take a sentimental journey‹, und Herbert drehte den Apparat lauter.

»Paßt gut auf«, meinte er. »Ein bemerkenswerter Tag. Erst Ihre Erzählung von Wardenburg, gnädige Frau, wirklich, das war hochinteressant. Und nun werden wir ein Klavier auftreiben.«

»Wirklich?« fragt Maria, und es war die Stimme eines aufgeregten, erwartungsvollen Kindes.

»Aber sicher!« sagte Herbert.

»Gonna take a sentimental journey, gonna take my heart at ease, gonna take a sentimental journey to my good old memories«, sang Eva.

»Ihr werdet jetzt alle bei mir englisch lernen«, sagte sie, als das Lied zu Ende war. »Das muß man einfach können in dieser Zeit.«

»Bißchen kann ich ja«, sagte Herbert.

»Genügt nicht. Ihr lernt perfekt englisch, du auch, Maria. Paß man auf, wie schnell du alles lernst. Das Lied hat dir doch eben gefallen, nicht?«

Maria nickte.

»Und es wird dir noch mehr gefallen, wenn du den Text verstehst. Die haben nämlich oft sehr hübsche Texte, diese amerikanischen Schlager. Neulich habe ich was ganz Tolles gehört, ›When they begin the Beguine‹, oder so ähnlich hieß das, es war auch ein ganz origineller Rhythmus. Ich hab den Text nicht ganz verstanden, hoffentlich spielen sie das bald wieder einmal.«

»Na, schreiben wir doch einfach mal an den AFN. Das freut sie bestimmt«, schlug Herbert vor. »Wenn wir uns nun für amerikanische Schlager interessieren, sind wir doch schon bestens umerzogen. Sollen wir wirklich bei dir Englisch lernen?«

»Klar. Schließlich wollte ich mal Lehrerin werden. Ich habe schon fünf Semester studiert.«

»Du wolltest Lehrerin werden?« fragte Stephan erstaunt.

»Klar. Ich hab' Kinder gern. Und ich hätte mich auch gut dafür geeignet. Und vielleicht mache ich auch weiter. Kann passieren, ich gehe eines Tages wieder zur Universität.«

»Was hast du denn studiert?«

»Germanistik, Anglistik und Literaturwissenschaft. Ich war eine fleißige Studentin.«

»Ich wollte mal Kunsthistoriker werden«, sagte Stephan. Das hatte er ganz vergessen, im Moment war es ihm wieder eingefallen.

»Also, es geht so«, nahm Eva wieder das Wort. »Wir werden jetzt alle etwas arbeiten. Wer will, kann bei mir ordentlich englisch lernen und vielleicht das eine oder andere auch noch, Maria, das geht dich an, und . . .«

»Mensch, Eva!« schrie Herbert. »Der Beckmann, der Oberstudienrat, die haben einen Flügel. Maria, ich weiß, wo du Klavier spielen kannst. Bis wir ein eigenes Klavier haben, gehen wir drei Häuser weiter. Machst du das, Maria?«

Das Kind zog den Kopf zwischen die Schultern, schwieg.

Eine Weile blieb es totenstill im Zimmer.

»Es ist ganz hier in der Nähe, Maria. Und es sind sehr nette Leute. Soll ich morgen fragen, ob du dort Klavier spielen darfst?«

»Ja«, flüsterte Maria.

Herbert blickte sich triumphierend im Kreis um, alle waren stumm vor Staunen.

»Wir erleben heute ungeheuerliche Dinge«, sagte Herbert dann, und seine Stimme bebte. »Es ist ein besonderer Tag. Und wo ist eigentlich Nina? Es ist schon lange dunkel, es muß doch bald curfew sein. Sie ist schon den ganzen Tag unterwegs. Weiß denn niemand, wo sie ist?«

»Sie hat sich sehr elegant angezogen«, sagte Marleen. »Aber sie hat mir nicht gesagt, was sie vorhat.«

Nicht lange danach kam Nina. Sie klingelte stürmisch an der Haustür, Eva und Herbert liefen hinaus, und Nina küßte beide, das hatte sie noch nie getan, dann lief, nein, stürmte sie geradezu ins Wohnzimmer.

»Da seid ihr ja alle! Ich bin so froh, euch zu sehen.«

»Wir sind auch froh, dich zu sehen«, sagte Eva. »Wir haben uns schon Sorgen gemacht. Wo warst du bloß so lange?«

»Ach, ist ja egal. Ich bin halbtot vor Hunger, ich habe den ganzen Tag nichts gegessen.«

»Dem kann abgeholfen werden«, meinte Herbert. »Was befehlen, Madame? Etwas Kaviar als Vorspeise? Eine Tasse kräftige Hühnerbrühe sodann? Ein saftiges Steak? Oder lieber ein Wiener Schnitzel?«

»Hör auf«, rief Nina, »du bist gemein.«

»Darf's auch eine exzellente Kartoffelsuppe sein?«

»Kartoffelsuppe ist fabelhaft. Und ihr müßt alle hierbleiben, ich will euch sehen. Ich zieh mich bloß schnell aus und dusche. Ich stinke nach Rauch und Ruß. In München ist es scheußlich.«

»Du warst in München?« staunte Marleen. »Was hast du denn da gemacht?«

»Darüber möchte ich nicht sprechen.«

Aber nachdem sie die Kartoffelsuppe gegessen hatte und dann in die Stulle biß, die Eva ihr zurechtgemacht hatte, erzählte sie ihnen alles. Nur das häßliche Wort, das Silvester für Marleen gebraucht hatte, ließ sie weg.

847

Nachkriegszeit

Nichts ist so absolut, so unbestechlich wie die Zeit. Doch auch Silvester hatte recht, wenn er sagte, Zeit könne ein sehr relativer Begriff sein.
Vergangen wie eine Chimäre waren die zwölf Jahre des Tausendjährigen Reiches, versunken im Meer der Geschichte die fast sechs Jahre des Krieges, aber schneller als alles andere vergingen die Jahre der sogenannten Nachkriegszeit, die man datieren kann bis zum Juni 1948, bis zur Währungsreform also, oder, politisch gesehen, bis zum Mai 1949, als die Bundesrepublik Deutschland sich konstituierte, das besiegte Volk, jedenfalls die Hälfte davon, wieder einen Staat besaß.
Nina begriff nie, wo eigentlich die Jahre nach dem Krieg geblieben waren, wie ein Sturmwind waren sie vorübergebraust und ließen sie kaum zur Besinnung kommen, aber auch täglich weniger zu Passivität und Resignation.
Der Krieg, sein katastrophales Ende, hatte die Menschen wie ein Wirbelsturm durch Höhen und Tiefen gerissen, hatte sie voneinander getrennt, hatte das Leid des endgültigen Verlustes gebracht, hatte viele der Heimat oder zumindest des eigenen Heims beraubt.
Die Nachkriegszeit brachte materielle Not; Armut, Hunger, Kälte, Arbeitslosigkeit, aber gleichzeitig war eine geistige Lebendigkeit wiedererstanden, denn mehr denn je spielte die Kunst eine große Rolle für die Menschen; Theater, Musik, Bücher wurden verlangt, und das hatte keiner erwarten können, der dieses Volk in den letzten verzweifelten Monaten des Kriegs, in der ersten Zeit nach der Niederlage erlebt hatte. Die Sorge um das tägliche Brot, um das Dach über dem Kopf, um die Kohle für den Ofen verhinderte nicht, daß Konzertsäle, Theater, Kabaretts, Kinos, soweit noch vorhanden, bis zum letzten Platz ausverkauft waren. Und was geboten wurde auf Bühne und Podium war von allererster Qualität, denn die Künstler waren da und wollten arbeiten, nichts als arbeiten. Denn auch für sie ging es ums nackte Überleben.
Die Münchner Staatsoper war schon im Oktober 1943 durch Bomben zerstört worden, als Konzertsaal stand einzig der Saal des Deutschen Museums zur Verfügung, den aber die Amerikaner zunächst für Veranstaltungen für ihre Soldaten beanspruchten. Aber die Aula der Universität war erhalten, dort fanden seit Frühjahr 46 Konzerte statt, das Prinzregententheater war stehen geblieben, ein besonders schöner Bau mit guter Akustik, dort konnte man schon im August 45 das erste Konzert hören, und im Herbst brachte man dort die erste Oper nach dem Krieg heraus; ein Ereignis, das alle Not vergessen ließ; die Neuinszenierung des ›Fidelio‹ am 18. November des Jahres 1945 mit erstklassiger Besetzung. Von da an spielte man regelmäßig Oper in diesem Haus, denn es sollte bis zum Jahr 1963 dauern, bis das Nationaltheater, also das richtige Opernhaus Münchens, wiederaufgebaut war und eröffnet wurde.
Im Herbst 45 spielten aber auch schon die Kammerspiele, die stehen ge-

blieben waren, sie begannen mit einem gemischten Programm, halb Kabarett, halb Varieté, dann spielten sie wieder Theater. Das Residenztheater, ebenfalls zerstört, etablierte sich wenig später im Brunnenhof der Residenz, und zusätzlich entstanden im Laufe der Zeit in seltsamen Gegenden und verwegenen Räumen, am Stadtrand, in Ruinen, in Höfen und in Zimmern Theater und Theaterchen, die gut besucht waren, weil sie gutes Theater machten. Vor allem lernte man nun neue Dramen des Auslands kennen, französische, englische und amerikanische Stücke, die neugierig und interessiert besucht wurden.

Die Grenzen hatten sich wieder geöffnet, das Gefangensein der Deutschen war beendet, und auch wenn man sie zunächst als Geschlagene ansah und behandelte, so war dies nur eine vorübergehende Haltung der Sieger. Denn sie begriffen bald: nicht jeder in diesem so bitter bestraften Volk hatte das gleiche gedacht, getan, gefühlt und erlitten. Mochte es auch im ersten Augenschein nach der Niederlage so aussehen, als eine sie das gleiche Schicksal, so war es doch wie immer auf dieser Erde: jeder Mensch hatte sein eigenes Schicksal. Was sie einte – sie hatten überlebt. Der Unterschied lag darin, wie. Gesund oder krank, zerstört am Körper oder in der Seele, ohne Heim und Besitz die einen, mit Haus, Wohnung, Hof und Garten die anderen. Manche satt, die meisten hungrig. Manche reich, die meisten arm. Manche geeignet zum Schiebertum, zu schwarzen Geschäften, die anderen total unfähig dazu. Die einen bereit, die eigene Schuld, die Schuld des Volkes anzuerkennen, die anderen verbittert, trotzig, unbelehrbar. Die einen fähig, das Leben, so wie es sich bot, zu meistern, mit der Kraft und dem Willen aufzubauen, zu arbeiten. Die anderen resigniert, bereit, sich immer tiefer in den Sumpf des Versagens, der Niederlage fallen zu lassen.

Nina gehörte zu jenen, die die Kraft und den Willen aufbrachten, ihr Leben neu zu gestalten, und nicht nur das ihre, auch das Leben derjenigen, die zu ihr gehörten. Wieder einmal, wie so oft in ihrem Dasein, nahm sie den Kampf auf. Und seltsamerweise war es Silvesters Verweigerung, ihr beizustehen, die in ihr eine widerstandsfähige Kraft erweckte, den Mut zur Selbstständigkeit, den sie ja in ihrem Leben immer aufgebracht hatte, wenn es von ihr verlangt wurde.

Am Tag nach dem Besuch bei Silvester und Franziska setzte sie sich hin, um einen langen Brief an Victoria von Mallwitz zu schreiben, in dem sie schildern wollte, wie diese Begegnung verlaufen war. Nach einigen vergeblichen Versuchen, ihre Eindrücke, ihre Enttäuschung darzustellen, gab sie es auf. Wozu? Warum? Es ließ sich nicht erklären, was sie empfand. Nicht einmal sachlich beschreiben.

Bestimmt würde Victoria Verständnis aufbringen für Silvesters verändertes Wesen, verständlich durch das Unheil, das ihm widerfahren war. Nina wollte es ja verstehen, aber sie war nicht imstande, die Ungerechtigkeit hinzunehmen, die ihr daraus erwuchs. Sie hatte keine Schuld. Und waren sie sich nicht einig gewesen in der Beurteilung des Regimes, waren sie sich nicht beide klar gewesen über den Ausgang des Krieges? Sie hatten sich doch verstanden, sie hatten eine Sprache gesprochen. Und nur weil sie bei Marleen lebte, erfuhr sie jetzt diese feindselige Abwehr.

Die einzigen im Haus, mit denen sie darüber sprechen konnte, waren Eva und Herbert, sie waren unvoreingenommen, konnten sich anhören, was

Nina erzählte, von früher, von jetzt, ihnen konnte sie auch offenbaren, was für einen Grund Silvester angab, um ein Zusammenleben mit ihr abzulehnen.

»Er kann nicht verlangen, daß ich mit dem maroden Stephan und dem blinden Kind in dieses stinkende Haus ziehe, wenn ich hier nun mal eine bessere Bleibe habe. Das muß er doch einsehen.«

»Wie könnte er«, meinte Herbert. »Er weiß ja nicht, wie wir hier leben. Und wie es scheint, hast du es ihm auch nicht verständlich machen können.«

»Ich bin gar nicht dazu gekommen. Da war eine Wand zwischen uns. Eine Mauer. Er muß doch noch wissen, warum Marleen das Haus gekauft hat. Es gehörte einem Sänger hier von der Oper, der ging nach Wien ins Engagement. Und seine Frau war gestorben, da wollte er das Haus verkaufen.«

»Meine Schwiegermutter hat mir von ihm erzählt«, sagte Eva.

»Ein sehr berühmter Mann, eine gewaltige Stimme hatte er. Sie hat ihn oft auf der Bühne erlebt. Heinrich Ruhland heißt er. Sie war schon halb tot, da schwärmte sie noch von ihm. Manchmal hat er seine Übungen hier im Garten gesungen, da konnte die ganze Nachbarschaft daran teilnehmen.«

»Hesse wollte, daß Marleen aus Berlin verschwand, er sah sehr genau voraus, wie sich der Luftkrieg entwickeln würde. Marleen wollte gar nicht. Ich kann nur in Berlin leben, sagte sie. Und aufs Land wollte sie schon gar nicht und nach Bayern sowieso nicht. Dies hier war dann ein Kompromiß, nahe der Stadt, aber doch ein gutes Stück von ihr entfernt. Das Haus war also da, sie hatte es längst eingerichtet, aber sie dachte nicht daran, es zu beziehen. Als es dann in Berlin ungemütlich wurde, kam sie doch.«

»Und dieser Mann? Der große Unbekannte?« fragte Herbert. »Pardon, ich möchte nicht neugierig sein.«

»Ich kann dir auch nicht viel über ihn erzählen. Ich habe ihn ein einziges Mal in Berlin getroffen. Er hatte sehr viel Arbeit, und wenn er mal Zeit hatte, wollte er Marleen für sich allein haben. Ich kann gar keine Meinung über ihn haben. Jedenfalls hat er Marleen geliebt. Und er war schon ein reicher Mann, ehe die Nazis ihn vereinnahmten. Er muß ein genialer Chemiker gewesen sein.«

»Du sprichst in der Vergangenheit. Ist er denn tot?«

»Keine Ahnung. Auch Marleen weiß das nicht. Wer nun das Haus bezahlt hat, ist doch egal. Marleen hatte Geld genug, sich das Haus zu kaufen. Und wenn er es ihr geschenkt hat, na wenn schon.«

»Wer immer das Haus gekauft hat«, sagte Eva mit ihrem praktischen Sinn, »ich sehe nicht ein, was das mit dir und deinem Mann zu tun hat.«

Zwei Wochen später kam überraschend Victoria. Diesmal nicht in amerikanischer Begleitung, sondern in einem alten Opel.

»Das ist noch nicht unser Wagen«, sagte sie, »er gehört unserem Doktor. Der Pfarrer benutzt ihn, und der Tierarzt auch. Manchmal darf ich damit fahren. Wenn gerade keine eiligen Fälle anstehen.«

»Gut, daß du kommst«, sagte Nina. »Kannst du eine Weile bleiben?«

»Gar nicht. Ich muß so schnell wie möglich zurück. Kann ja doch immer ein Notfall sein. Ich bringe euch bloß was zu essen.«

Immerhin blieb Zeit genug, daß Nina los wurde, was sie bedrückte. Wie erwartet, nahm Victoria es gelassen zur Kenntnis.

»Was hast du denn gedacht? Du kennst Silvester doch. Ich habe dir unlängst schon gesagt: man hat seine Menschenwürde verletzt. Das dauert, bis so was heilt.«

»Aber ich habe sie doch nicht verletzt. Und wo soll das heilen? Dort bei Franziska, in der Bruchbude? Wenn sie sich besaufen?«

»Hier ginge es auch nicht. Was Marleen betrifft, so hat er ja nicht unrecht. Sie ist ohne einen Kratzer durch diese Zeit gekommen, nicht einmal ein seelischer Kratzer wird sich finden lassen Ich gönne es ihr, du gönnst es ihr, es können nicht schließlich alle Menschen am Boden liegen. Aber betrachte es mit Silvesters Augen. Gleich 33 hat er seinen Posten verloren, er war immerhin Direktor eines Museums. Dann hat er sich so durchlaviert, hat mit Franziska diesen Laden gemacht. Das heißt, sie hat ihn gemacht, er mußte im Hintergrund bleiben. Und dann hat er die Werkstatt gehabt, wo er alte Möbel restaurierte. Das waren lange verlorene Jahre für ihn.«

»Auch dafür kann ich nichts«, beharrte Nina. »Als ich ihn damals bei dir kennenlernte, hatte ich nicht den Eindruck, daß er unglücklich war.«

»Das war 1936. Da dauerte die ganze Malaise gerade erst drei Jahre, und man konnte noch hoffen, daß es eine Änderung geben würde.«

»Das Attentat, ich weiß«, sagte Nina bitter. »Das nicht stattgefundene Attentat auf Hitler, von dem sie ewig redeten.«

»Das war eine Hoffnung für viele. Silvester war schon vorher oft sehr down. Wenn ich bloß daran denke, in welchem Zustand er sich befand, als Sophie sich das Leben genommen hatte. Er war unansprechbar. Und dann kamst du.«

»Sehr richtig. Dann kam ich. Möchte nur wissen, wozu?«

»Er hat sich in dich verliebt. Sehr rasch und sehr stürmisch. Wir waren alle froh darüber.«

»Ich war als eine Art Therapie gedacht, vor dir und seinen Freunden, wenn ich richtig verstehe.«

»Warum nicht? Liebe ist immer eine gute Therapie. Ich war von Anfang an dafür, daß ihr heiraten solltet.«

»Ich nicht. Er mochte Vicky nicht. Und er holte mich von Berlin weg. Ich hatte endlich eine richtig schöne Wohnung. Die erste in meinem Leben, von selbst verdientem Geld dazu. Das kannst du nicht begreifen, was das für mich war.«

»Trotzdem war es ein Segen für dich, daß du hier warst und nicht in Berlin geblieben bist. Das mußt du doch zugeben. Steht sie eigentlich noch?«

»Was?«

»Deine Wohnung in Berlin.«

»Keine Ahnung. Zuletzt wohnte Runge drin mit seiner Frau und seinem Kind. Er war ein Kollege von Vicky, am Deutschen Opernhaus engagiert. Als die Theater schließen mußten, ging er fort von Berlin. Wenn die Wohnung noch steht, sind sowieso jetzt andere Leute drin.«

»Hier geht es dir doch auf jeden Fall besser, das mußt du doch zugeben.«

»Ach! Und warum geht es mir besser? Weil ich bei Marleen bin. Wenn ich in der Holbeinstraße geblieben wäre, wäre ich tot. Und Stephan auch. Aber wir waren hier und sind hier, und es geht uns für heutige Verhältnisse großartig. Und ob dieses Haus nun mit jüdischem oder mit nationalsozialistischem Geld bezahlt worden ist, spielt dabei überhaupt keine Rolle.«

»Eines Tages wird Silvester das einsehen. Hab' ein wenig Geduld. Ich kenne ihn doch, er ist ein kluger Mann und ein großmütiger Mann. Es wird nicht lange dauern, da ist er wieder er selbst. Und ich weiß, daß er dich aus Liebe geheiratet hat.«

»Franziska hat mir vorgeworfen, ich habe ihn ihr weggenommen.« Victoria lachte. »Na, das stimmt ja auch.«

»Du findest das wohl noch komisch?«

»Komisch? Komisch ist eigentlich zur Zeit gar nichts. Oder alles, wie man's nimmt.«

Ein großer Trost war Victoria nicht gewesen, und Ninas zwiespältige Gefühle hielten an.

Herbert sagte eines Tages, das war ungefähr vier Wochen nach Ninas Besuch in München: »Ich bin dafür, wir fahren nächste Woche mal in die Stadt hinein.«

»Wer wir?«

»Wir drei, du, Eva und ich. Wir bringen dich zu deinem Mann, und du peilst mal die Lage. Wir warten irgendwo in der Nähe, damit du nicht wieder so allein und verzweifelt durch München irrst. Außerdem brauchen wir Kaffee und Zigaretten, und ich muß mich mal umhören, wie jetzt die Preise sind. Vielleicht rückt deine Schwester mal wieder ein paar Meter Stoff heraus.«

Mit Fleisch und Butter waren sie mittlerweile ganz gut versorgt. Im Nachbarort, in Pullach, wohnte ein Rechtsanwalt, der in vielen Prozessen die umliegende Bauernschaft vertreten hatte, besonders während des Krieges, wenn es um Delikte der Schwarzschlachtung oder Schiebereien ging, auch bei Anklagen wegen ungenügend erfülltem Ablieferungszoll. Zwar sah der Mann selber noch seiner Entnazifizierung entgegen, denn um für die Bauern im Falle eines Verstoßes vor Gericht zu gehen, mußte er notgedrungen ein angesehener Parteigenosse sein. Doch er hatte sich bei seiner Klientel soviel Kredit erworben, daß sich in seinem Haus ein üppiger schwarzer Markt für Fleisch, Butter und Geflügel etabliert hatte. Diese Verbindung verdankte Herbert dem Oberstudienrat Beckmann, der seit vielen Jahren der Schachpartner des Rechtsanwaltes war.

Verbindungen, Beziehungen, Organisieren, Kompensieren, Schieben – wie immer man es nennen wollte, das war im Krieg so gewesen, es war jetzt in verstärktem Maß so, keine drohende Strafe konnte es verhindern: Razzien, Haussuchungen, Verhaftungen sowohl der deutschen Polizei wie der Militärpolizei, die meist gemeinsam auftraten, halfen gar nichts, der elementare Griff nach dem Leben, und das hieß vor allem Essen, Trinken, Wärme, Wohnen, all diese Urnotwendigkeiten des Lebens setzten sich durch, und wenn man ehrlich war, mußte man zugeben: wie hätten die Menschen in dieser Zeit überleben sollen ohne den schwarzen Markt. Mag der Schieber auch eine verachtete Figur sein, in der Zeit der Not ist er ein Helfer, ein Engel geradezu. Und es ist ein Irrtum, zu glauben, ohne ihn wäre mehr Ware auf dem legalen Markt erschienen. Das gewiß nicht. Und selbst wer auf diese Weise die Basis für späteren Reichtum schuf, sei's drum – auch durch Krieg, auch durch das Sterben und das Leid der Menschen wurden und werden einige, und gar nicht wenige, reich.

Anfang November fuhren sie in die Stadt. Es war kühl und windig, es hatte geregnet, und die Stadt wirkte in dem Grau noch trostloser.

Angekommen vor dem Haus in der Sendlinger Straße, sah Nina als erstes, daß die Bretter von dem Schaufenster entfernt waren, daß eine Scheibe eingesetzt worden war, was man in dieser Zeit nur als Wunder bezeichnen konnte. Und durch das Schaufenster entdeckte sie zwei Menschen, Franziska und ein männliches Wesen, die emsig am Werk waren.

»Da ist sie. Das ist Franziska. Die ist imstande und eröffnet den Laden wirklich.«

»Geh mal rein, wir warten hier«, sagte Eva.

»Nö, kommt mal ruhig mit. Franziska ist ja soweit ganz normal. Wen hat sie denn da?«

Es war ein junger schlanker Bursche mit wilden schwarzen Locken, gekleidet in ein rotes Seidenhemd und knallgrüne Hosen.

»Sieht aus, als hätte sie den bei den Zigeunern aufgelesen«, murmelte Nina.

Der Lockenkopf schleppte eben eine verstaubte Kommode von hinten heran, Franziska, in einem schwarzen Kittel, stand mitten im Laden und dirigierte ihn mit weiträumigen Handbewegungen, eine Zigarette hing ihr im Mundwinkel.

Nina öffnete vorsichtig die Ladentür, sogar der Dreiklang der Glocke ertönte noch, nur etwas heiser.

Franziska fuhr herum.

»Ach, du bist's! Ich dachte schon, der erste Kunde käme.«

»Tag, Franziska«, sagte Nina verlegen. »Störe ich?«

»Woher denn? Komm nur rein.« Dann wandte sie sich wieder zu ihrem Gehilfen um. »No, Paolo, a la destra. Voilà. Bene.« Franziska lachte, nahm die Zigarette aus dem Mund.

»Hi, Nina. Nice to see you.«

Nina trat ein, gefolgt von Eva und Herbert.

»Du machst wirklich den Laden wieder auf?«

»Freilich. Du wirst lachen, ich hab' sogar im Keller noch allerhand Ware gefunden. Da ist nicht mal geplündert worden. No, wer klaut schon Antiquitäten, ist ja nix zum Essen.«

»Das sind Freunde von mir«, sagte Nina und machte sie miteinander bekannt.

»Fein, daß ihr gekommen seid. Könnt gleich mal sagen, wie ihr das findet. Sieht doch fast schon wie ein Laden aus, oder? Grad vorhin sind die Glaser weg. Ist das eine Scheibe, wie? Blitzblank. Hoffentlich klaut sie keiner heute nacht.«

Franziska schüttelte allen die Hand, dann sagte sie: »Das ist Paolo, der hilft mir.«

Paolo lachte mit weißen Zähnen und streckte ebenfalls die Hand aus.

»Hübscher Bursche«, meinte Nina und betrachtete den Lockenkopf, der höchstens Anfang Zwanzig war.

»Italiener«, erklärte Franziska. »Echter Faschist. Er war auf dem Weg nach Hause, und am Brenner haben ihn seine eigenen Landsleute verprügelt. Partisanen. Da ist er wieder umgekehrt. Trieb sich dann so in der Gegend herum. Ich hab' ihn nebenan in der Ruine aufgelesen. Der ist doch dekorativ, net? Ich muß auch an weibliche Kundschaft denken.«

»Und so chic angezogen«, sagte Nina.

»In der Uniform kann er ja nicht mehr herumlaufen. Ist eine Bluse von mir, und die Hose stammt noch vom Fasching. Hab' ich im Keller in einem Sack gefunden. Und dann hab' ich es mal durchs Wasser gezogen, und nun hat er's an. Wartet, ich mach uns Kaffee.«

Das berührte Nina sehr vertraut, das war wie früher. Kaffee trinken im Hinterzimmer des Ladens, wie oft hatten sie das getan. Im Laden hingen ein paar Bilder, ein paar wacklige Möbelstücke waren zu besichtigen, ein recht hübscher Biedermeierstuhl und ein blitzendes silbernes Teeservice.

»Das hat mir schon jemand gebracht, damit ich's verkauf. Möglichst an einen Ami gegen Zigaretten.«

»Darfst du denn das?« fragte Nina naiv.

»Geh, frag net so blöd. Heute darf man alles. Wirst sehen, wie mir die Leut die Bude einrennen, die noch was zu verkaufen haben. Je älter, um so besser. Die Amis sind ganz wild auf das Zeug.«

Franziska waren keinerlei Beschwerden mehr anzumerken, sie hatte Zähne im Mund, den linken Arm bewegte sie recht lebhaft, nur die Nase war noch schief.

»Mein Arm ist schon fast wieder gut, sixt es?« Zum Beweis schlenkerte sie ihn durch die Luft. »Die Zähne sind erst ein Provisorium, ich krieg später bessere.« Sie musterte interessiert Eva und Herbert. »Und wer seid nachher ihr?«

Nina erklärte es, und bald war ein lebhaftes Gespräch im Gang, über Gott und Zeit und Welt und vornehmlich über Franziskas zukünftige Ware.

»Ihr könnt mir alles bringen, Möbel und Bilder und Schmuck und so. Ich verkauf alles«, war schließlich Franziskas Resümee.

»Wir sind eigentlich in die Stadt gekommen, um zu kaufen, nicht um zu verkaufen«, sagte Herbert. »Wir brauchen Kaffee und Zigaretten.«

»Das könnt ihr alles von mir haben. So einen Nescafé halt. Fünfhundert die Dose. Und Zigaretten hab' ich auch da. Stück fünf Mark. Na, weil ihr's seid, vier.«

Das ging so eine Weile weiter, sie unterhielten sich ausgezeichnet, und Nina kam sich albern vor, als sie daran dachte, was sie Eva und Herbert für trübsinnige Geschichten erzählt hatte.

»Ist er oben?« fragte sie schließlich

»Wer? Ach, Silvester meinst du? Naa, der is nimmer da.«

»Der ist nicht mehr da? Was soll das heißen?«

»Victoria war da. Hast du sie nicht geschickt? Sie fand das unmöglich bei uns. Wir waren auch gerade beide blau. Ich dachte, du hättest sie in Marsch gesetzt.«

Nina schüttelte den Kopf. »Hat sie ihn mitgenommen? Ist er im Waldschlössl? Das ist gut.«

»Gut, das findest du, net wahr? Hauptsache, er ist nicht mehr bei mir.« Das klang ironisch, doch ohne die geringste Feindseligkeit. Franziska schien sich wirklich nicht verändert zu haben.

»Ich habe Victoria nur einmal kurz gesprochen, seit ich hier war«, sagte Nina leicht verärgert.»Sie sagte, sie wollte bei euch vorbeischauen und ...«

»No, das hat sie ja getan. Und sie hat ihn gleich mitgenommen.«

»Also ist er draußen bei ihr.«

»Nein. Wer sagt denn das? Sie hat ihn zu Isabella gebracht.«

»Zu Isabella?«

»Ja. Er braucht Pflege und Ruhe. Und ärztliche Behandlung. Wo hat er die? Bei Isabella.«

Nina nickte. »Natürlich. Victoria ist wie immer die klügste von uns allen.«

»Ist sie. Ich geb dir die Adresse, falls du sie nicht mehr weißt. Ist die alte. Das Haus ist stehen geblieben, und Isabella hat ihre Praxis genau da, wo sie früher hatte.«

»Ich weiß die Adresse noch. Er wohnt bei ihr?«

»Sie hat Platz genug. Ihr setzt man keine fremden Leute rein. Und ihre Praxis läuft schon wieder auf Hochtouren. Sie ist nun mal eine gottbegnadete Ärztin. Schau dir meinen Arm an.«

Wieder schlenkerte Franziska den Arm hoch durch die Luft. »Ich dacht, ich könnt ihn nie mehr auch nur einen Zentimeter heben.«

»Das ist fabelhaft, ja«, sagte Nina bereitwillig.

»Sie wird auch Silvester kurieren, in dieser und jener Beziehung. Wirst du ihn besuchen?«

»Natürlich.«

»Fein. Grüß schön von mir.«

Ganz schwindlig von Kaffee und Zigaretten standen sie zwei Stunden später wieder auf der Straße, wohlverpackt in einem alten Lumpen die Dose mit dem Nescafé und eine Stange Zigaretten. Auch das Päckchen mit den drei Metern Stoff hatte Eva noch unter dem Arm.

»Den nehmen wir wieder mit«, hatte Herbert entschieden. »Braucht sie für den Laden nicht.« Aber er hatte Franziska versprochen, sofort in seiner ganzen Umgebung auf die Jagd zu gehen nach Antiquitäten oder was man dafür halten könnte.

»Kann ruhig auch ein Kitsch sein«, hatte Franziska gesagt.

»Rehe auf der Waldwiese mit Vollmond oder Engel über der Totenbahre oder so was. Haben die Leut sicher noch haufenweis. Und alte Familienbilder zum Beispiel. Da mach ich dann ein Schild dran, das ist der Graf Itzenplitz oder die Fürstin Denkdochmal. Oder alte Bilder von Königen und Kaisern, so was alles. Das wär's doch.«

»Darf's auch der Hitler sein?«

Franziska überlegte eine Weile und sagte dann: »Ich stell mir vor, die Amis kaufen den auch. Später mal. Jetzt haben sie ihn wahrscheinlich sowieso überall schon als Souvenir eingesammelt.«

»Und nun?« fragte Herbert, als sie langsam in Richtung Marienplatz gingen, es hatte wieder angefangen sacht zu regnen.

»Nach Schwabing?«

»Nein«, antwortete Nina. »Heute nicht. Dem fühl ich mich nicht mehr gewachsen. Und wenn er bei Isabella ist – also, da ist er ja wirklich gut aufgehoben. Und außerdem – wie sollen wir denn jetzt nach Schwabing kommen. Es regnet ja. Und die Trambahnen sind so voll.«

»Stimmt alles genau. Wollen wir irgendwo einkehren? Zum Essen ist es allerdings zu spät. Und Muckefuck brauchen wir ja nicht mehr zu trinken, nach dem guten Kaffee.«

»Fahren wir heim, sobald ein Zug geht«, sagte Nina und fühlte sich erleichtert. »Schön, daß ihr da seid. Und jetzt – ich sag euch was, jetzt kümmere ich mich da nicht mehr drum. Er weiß, wo ich bin, und Isabella weiß es auch, und Post geht ja auch wieder.«

Sie fühlte sich wirklich erleichtert. Befreit von einer Verantwortung, von der sie nicht gewußt hatte, wie sie sie tragen sollte. Sie hatte genug Sorgen.

Sie schob ihren Arm unter Herberts Arm, nahm Evas Hand. »Ihr wißt gar nicht, wie froh ich bin, daß ich euch habe. Ich seh dich noch am Zaun stehen, Herbert, am Tag als die Amerikaner kamen. Jetzt beginnt das Leben neu, hast du gerufen. Kommen Sie rüber, wir haben noch eine Flasche Schampus. Mensch, Herbert, da warst du ein wildfremder Mann, den ich nie im Leben gesehen hatte. Und jetzt bist du ein Schutzengel in meinem Leben geworden.«

»Na, na, machen Sie halblang, gnädige Frau«, sagte Herbert verlegen.

»Und Eva auch«, beharrte Nina, »sie ist der erste Mensch, mit dem ich wieder mal gelacht habe.«

»Ich denke, das gleicht sich aus«, sagte Eva herzlich und drückte Ninas Hand, »wir sind bei euch untergekommen und leben nicht schlecht dabei. Daß wir uns zusätzlich gut leiden können, ist natürlich knorke.«

Nina lachte wirklich, als sie den Berliner Ausdruck hörte. »Die Münchner würden sagen, es ist pfundig. Ach ja, Berlin. So in meines Herzens Tiefe wünsche ich mich immer noch zurück.«

»Das vergiß jetzt erst mal«, meinte Herbert. »Sei froh, daß du hier bist. Und das nächste Mal, wenn wir in die Stadt fahren, gehen wir fein essen, ich weiß auch schon, wo. Sammelt mal immer schon Lebensmittelmarken.«

»Ich möchte gern mal ins Theater gehen«, sagte Nina, »oder in ein Konzert.«

»Gibt es alles. Die Kammerspiele haben wieder angefangen. Das Problem ist nur, wie kommen wir nachts nach Hause. Vielleicht könnten wir bei deiner Freundin Franziska übernachten.«

»Das denn doch nicht.« Nina blieb stehen. »Dieser kleine Italiener? Ob der bei ihr wohnt?«

»Sicher doch. Wo sonst? Und da sie jetzt allein ist –«

»Ich trau's ihr zu. Mit allem, was dazugehört. Sie ist ja noch nicht alt.«

»Ich weiß nicht, wie alt sie ist«, meinte Eva, »aber sie wirkt sehr munter. Und sieht gut aus.«

»Trotz allem, was sie erlebt hat, nicht?«

Nina dachte an die Franziska, die sie vor einigen Wochen erlebt hatte – schlampig, ungepflegt, trinkend, ohne Zähne, aber auch schon lebendig und lebensbejahend. Ob Silvester eines Tages ...

Sie schob den Gedanken beiseite. Er wollte den Weg zu ihr nicht finden, aber sie suchte ihn auch nicht mehr.

Am 20. November begannen in Nürnberg die Kriegsverbrecherprozesse, in denen die Größen des Dritten Reiches, soweit noch vorhanden, und einige der hohen Militärs vor Gericht gestellt wurden. In langwierigen Protokollen, Anklagereden und Plädoyers wurde das ganze Geschehen der letzten zwölf Jahre ausgebreitet und analysiert, ein Unternehmen, das ein Jahr lang dauerte und mit der Verurteilung vieler dieser Männer endete; Verurteilung zu jahrelanger oder lebenslänglicher Haft, Verurteilung zum Tode, teils durch Erhängen, was wiederum sehr fatal an die Praktiken der Nationalsozialisten erinnerte.

Ein aufwendiges Unternehmen – nur daß die Deutschen, soweit nicht unmittelbar davon betroffen, kaum Interesse dafür aufbrachten. Zwar berichtete das Radio ausführlich, und es stand spaltenlang in den Zeitungen, die immer noch nur zweimal in der Woche erschienen, aber dieses Volk war des Krieges, des Regimes der großen Männer von gestern müde. Die Bewältigung der Gegenwart kostete viel zuviel Mühe, um sich daneben noch mit der Bewältigung der jüngsten Vergangenheit zu beschäftigen. Das mußte einer späteren Generation vorbehalten bleiben.

Außerdem saßen drei der zutiefst schuldig Gewordenen nicht in Nürnberg auf der Anklagebank – Hitler nicht, Goebbels nicht, Himmler nicht. Sie hatten ihrem Leben selbst ein Ende gesetzt, hatten sich der Verantwortung und der Strafe entzogen. Der einzige der obersten Führungsschicht, der geblieben war, Göring, war nun gerade beim Volk einigermaßen beliebt gewesen. Auch er beging Selbstmord, nach dem Urteil.

Die anderen waren zum Teil Männer, die schon vor Hitlers Zeit eine Rolle in Politik und Wirtschaft gespielt hatten und denen man zu Recht vorwerfen konnte, sich dem Diktator nicht verweigert zu haben. Und dasselbe galt für die Generäle. Zweifellos würde es ein Makel auf der deutschen Offiziersehre bleiben, daß sie mit dem braunen Diktator, dem aus dem Chaos der ersten Nachkriegszeit aufgestiegenen Demagogen, paktiert hatten, obwohl sie ihn, die meisten von ihnen, im Grunde verachtet und verabscheut hatten. Sie hatten dem Vaterland nicht gedient, sie hatten es verraten.

Sodann saßen noch einige im Volk höchst unbeliebte Figuren der Naziherrschaft auf der Anklagebank, denen man sowieso nie etwas Gutes gewünscht hatte, denn wenn auch zeitweise betört und verführt, so dumm war dieses Volk nie gewesen, um nicht zu wissen, was vor sich ging und mit wem man es zu tun hatte. Allein die Witze der Nazizeit, die Legion waren, legten davon Zeugnis ab.

Jedoch hatte der Nürnberger Prozeß höchste Bedeutung für die internationale Presse, die sich im zertrümmerten Nürnberg zusammenfand, um weltweit zu berichten, wie man mit Leuten verfuhr, die einen Krieg begonnen und dann auch noch verloren hatten, die Millionen und Millionen von Menschen in den Tod getrieben, zu Krüppeln gemacht, zu Bettlern erniedrigt hatten. Auch die Frage wurde schon diskutiert, weniger von den Deutschen als von den internationalen Prozeßbeobachtern, ob es juristisch vertretbar sei, über Taten zu Gericht zu sitzen und Urteile zu sprechen, die zu dem Zeitpunkt, als sie begangen wurden, nicht Verbrechen waren, sondern Gesetz.

Ob es wenigstens etwas nützen würde? Ob es nie mehr Krieg, nie mehr Mord, nie mehr Haft für Andersdenkende, nie mehr Folter geben würde? Ob in Zukunft alle Völker bereit sein würden, miteinander zu leben anstatt gegeneinander zu kämpfen? Ob jede Regierung in jedem Land bereit und willens war, die andere Meinung, das andere Denken und Reden zu tolerieren? Schon während des Prozesses glaubte eigentlich kein Mensch daran, nicht auf Seiten der Sieger, nicht auf Seiten der Besiegten. Die Konfrontation war bereits wieder gegeben, nur war sie großräumiger, totaler geworden und wieder einmal historisch nachweisbar: Der Gegensatz zwischen Ost und West, die jahrhundertealte Schaukel, die der Krieg vorübergehend angehalten hatte, war wieder in Bewegung gesetzt. Der Religionskrieg dieses Jahrhunderts, der sich nun auf Ideologien berief, war bereits in vollem

857

Gange. Es sollte sich zum Vorteil des deutschen Volkes, der im westlichen Teil des Landes lebte, auswirken. Doch Frieden war immer noch nicht.

Das große Wort des Evangeliums ›Und Friede auf Erden‹, würde es auf ewig ein Traum bleiben?

In allen Kirchen, soweit sie noch standen, in vielen Heimstätten der Menschen, sofern sie noch welche hatten, wurden die Worte an diesem ersten Weihnachtsfest nach dem Kriege gesprochen, und sicher mit mehr Inbrunst denn je.

Mochte es auch noch so armselig zugehen an dieser ersten Nachkriegsweihnacht, so war es für viele eben doch ein Fest des Friedens, des Glaubens und ein wenig auch schon wieder der Hoffnung.

Das ist das Wundersame im Wesen des Menschen.

Etwas ganz irdisch Wundersames allerdings ereignete sich im Haus von Marleen Nossek.

Zwei Tage vor Weihnachten klingelte es an der Tür. Sie waren alle da, die Haustür nun fest geschlossen, denn die kostbare Wärme mußte im Haus festgehalten werden. Nina hatte auch bestimmt, daß das Gartenzimmer geschlossen und nicht geheizt wurde, und sie waren alle gehalten, sich warm anzuziehen, damit man so sparsam wie möglich mit dem Koks umgehen konnte. Denn daß es in absehbarer Zeit keine Lieferung mehr geben würde, daran war nicht zu zweifeln.

Vor der Tür stand nicht der Weihnachtsmann, aber offenbar zwei von ihm Abgesandte, zwei junge amerikanische Offiziere, die freudig grinsten, nicht viel sagten, eine große Tüte und ein Paket auf den Boden stellten, einen Brief überreichten, ›Merry Christmas‹ wünschten und wieder verschwanden.

»Nanu!« staunte Nina und betrachtete den Brief in ihrer Hand. »Der ist an Tante Alice.«

In der Diele war es auch kalt, also trugen Nina und Herbert, der mit an die Tür gekommen war, die unerwarteten Gaben ins Wohnzimmer, wo alle versammelt waren.

»Ein Brief für dich, Tante Alice.«

»Für mich?«

»Ja, hier steht es. Mrs. Alice von Wardenburg. Und die Adresse stimmt.«

»Wer kann mir denn schreiben? Und das da – was ist das?«

»Das wissen wir noch nicht. Vermutlich gehört es dir auch. Sollen wir mal auspacken?«

Alice nickte, und Eva und Nina machten sich sogleich an die Arbeit, wobei sie einen Ruf des Erstaunens nach dem anderen ausstießen.

»Na so was!« sagte Herbert, als die ganze Bescherung auf dem Tisch ausgebreitet lag. »Und ich hab' nicht mehr an den Weihnachtsmann geglaubt. Das muß er persönlich sein.«

»Zwei Amerikaner, sagt ihr?« staunte Eva. »Na ja, kann auch gar nicht anders sein. Das ist alles Ware aus dem PX.«

PX – das Märchenland, in dem Amerikaner einkaufen konnten. Manches davon allerdings kam dank des schwarzen Marktes auch unter die Leute. Dies hier aber war ganz legal ins Haus gekommen. Schokolade, Candies, die Nina schon bekannte Peanutbutter, eine große Dose Nescafé, Dosen mit Schokoladensirup, Gläser mit Käse, mit Corned beef, Büchsen mit Gemüse, mit Ananas, mit Marmelade – alles ging von Hand zu Hand, wurde sprachlos betrachtet, kopfschüttelnd weitergereicht, und als schließlich noch drei Paar Nylonstrümpfe den Gabentisch krönten, wußte keiner mehr, was er dazu sagen sollte. Sogar Maria bekam die Dinge in die Hand gedrückt, mußte sie befühlen, und Eva sagte jedesmal dazu, worum es sich handelte.

»Das ist alles für dich«, sagte Nina.

»Wieso für mich?« fragte Alice verwirrt.

»Vielleicht«, mutmaßte Herbert, »eine Gabe für ältere Damen. Entschuldigen Sie, gnädige Frau.«

Alice lächelte verwirrt.

»Wofür entschuldigen Sie sich? Für die ältere Dame? Das bin ich ja nun wohl wirklich. Aber warum soll das alles für mich sein?«

»Weil auf dem Brief dein Name steht«, sagte Nina. »Wo ist denn der Brief eigentlich?«

Der Brief war nicht gleich zu finden, er war unter der ganzen Bescherung verschwunden und wurde erst nach einigem Suchen herausgefischt.

»Hier ist der Brief. Du solltest ihn lesen, Tante Alice.«

»Wo ist denn meine Brille? Lies du ihn, Kind.«

Nina, betroffen von der liebevollen Anrede, blickte in Alices Augen, dann besah sie sorgfältig den Brief, er hatte ein breites Format, mit Maschinenschrift war die Adresse geschrieben. Einen Absender sah sie nicht.

Herbert reichte ihr ein Taschenmesser, Nina schlitzte behutsam, als sei er aus zerbrechlichem Glas, den Umschlag auf, zog den Briefbogen heraus, faltete ihn auseinander, und da sah sie auch den Absender.

Sie stieß einen Schrei aus. »Nein!«

Die anderen blickten sie fragend an, Eva rief: »Nun sag schon!«

»Wißt ihr, von wem das kommt? Unser kleiner Amerikaner. Der Leutnant, der uns beschlagnahmt hat. Das gibt es ja nicht.«

»Ich dachte, der ist gar nicht mehr hier.«

»Ist er auch nicht. Auf dem Briefkopf steht: Frederic L. Goll, Boston, Black Bay, USA.«

»Er heißt Frederic«, sagte sie kindlich.

»Wie Chopin«, nickte Herbert ungeduldig. »Und nun lies endlich den Brief.«

Der Brief war die allergrößte Überraschung.

Die Anrede lautete: ›Dear Mrs. von Wardenburg‹, und darunter stand auf deutsch: ›Liebe Tante Alice!‹

Alle waren stumm vor Staunen, alle blickten Alice an.

»Er nennt mich . . . Tante?«

»Das tut er«, rief Nina aufgeregt. »Und hab' ich nicht gleich gesagt, er sieht aus wie Nicolas. Mein Gott!«

Laut las Nina vor:

»Ich möchte Sie erinnern an mein zweimaliges Erscheinen in dem Haus, in dem Sie wohnen. Es handelte sich um die Beschlagnahme des Hauses, die sich dann glücklicherweise verhindern ließ.

Damals wußte ich nichts von einer verwandtschaftlichen Beziehung zwischen uns. Ich denke nur daran, wie die Dame, die man Nina nannte, eine Nichte von Ihnen, feststellte, daß ich einem Mann namens Nicolas ähnlich sähe. Dies hat mein Vater bestätigt, als ich wieder daheim war.

Mein Vater ist Dr. Michael Goll, er ist gebürtiger Balte, und Sie kennen ihn

859

unter dem Namen Graf Goll-Fallingäa. Er ist auf Kerst aufgewachsen, und er ist der jüngere Sohn meines Großvaters Georg Goll-Fallingäa. Die Schwester meines Großvaters, sie hieß Anna Nicolina, war die Mutter von Nicolas von Wardenburg, Ihrem Mann. Sie sind also wirklich, verehrte Alice von Wardenburg, meine Tante. Sie können sich vorstellen, wie überrascht ich war, als ich das alles von meinem Vater erfuhr. Mein Vater kann sich noch gut an Sie erinnern, er sagt, als junger Mann habe er für Sie geschwärmt, Sie waren eine bildschöne Frau, von allen Männern bewundert.«

Nina blickte auf.

»Na, das ist vielleicht ein Ding.« Sie lächelte Alice an, die rote Flecken auf den Wangen bekommen hatte.

»Eine bildschöne Frau, das weiß ich auch noch. Kannst du dich an den erinnern, Tante Alice?«

»Ich weiß nicht, ja, doch«, sagte Alice verwirrt. »Der Onkel von Nicolas hatte zwei junge Söhne. Er hat sehr spät ein zweitesmal geheiratet.« Sie legt die Hand über die Stirn. »Wie war denn das? Ich glaube, seine erste Frau war bei einem Reitunfall ums Leben gekommen. Ja, so war das. Kerst! Das kann es nicht geben. Mein Gott, das ist so lange her.«

»Lies mal weiter«, drängte Herbert. »Da hast du wirklich recht gehabt, als du behauptet hast, er sieht deinem Onkel ähnlich.«

Nina las: »Leider wußte ich das alles noch nicht, als ich Ihnen begegnete. Ich konnte es nicht wissen, ebensowenig wie Sie. Nun haben wir uns überlegt, mein Vater und ich, wie wir Ihnen das mitteilen können, denn vielleicht interessiert es Sie auch. Die Schwierigkeit bestand darin, daß ich mir die Adresse nicht gemerkt hatte. Nun ergab sich aber folgende Möglichkeit: ein Freund meines Bruders George, ein Offizier der U.S. Air Force, wird demnächst nach Deutschland versetzt, allerdings nach Frankfurt. Ihn habe ich mit der Aufgabe betraut, Ihre Adresse herauszufinden, Ihnen den Brief zuzustellen und möglichst noch einige Dinge beizupacken, die Ihnen und Ihrer Familie Freude bereiten sollen.

Ich hoffe, es geht Ihnen gesundheitlich gut, ebenso wie ich hoffe, daß Sie einer erneuten Beschlagnahme des Hauses entgangen sind, auch darüber wird sich der Freund meines Bruders informieren. Grüßen Sie alle von mir im Haus, ganz besonders Nina und das kleine Mädchen. Und nehmen Sie herzliche Grüße entgegen von meiner Mutter, meinem Vater, meinem Bruder und von Ihrem Frederic L. Goll.«

Eine Weile blieb es still. Alice saß wie erstarrt auf ihrem Stuhl, Marleen staunte mit großen Augen abwechselnd Alice und die Bescherung auf dem Tisch an, selbst Maria saß mit vorgerecktem Kopf und angespannter Miene.

»Das is 'n dicker Hund«, kommentierte Herbert. »Verwandtschaft in Amerika. Verehrte gnädige Frau«, er wandte sich an Alice, »ich kann nur gratulieren. Und so was muß man pflegen, dann kommt vielleicht öfter mal der Weihnachtsmann. Sie müssen ihm einen schönen langen Brief schreiben.«

»Ich?« fragte Alice, doch gleich darauf nickte sie. »Selbstverständlich, das werde ich tun.«

»Er hat sich bestimmt große Mühe gegeben mit diesem Brief. Ist gar nicht so einfach, die Familienverhältnisse auseinanderzupuzzeln. Wie war das? Sein Vater – nein, sein Großvater war der Bruder von einer Dame ... oder noch mal von vorn. Wir müssen das noch mal lesen.«

»Die Mutter meines Mannes, Nicolina von Wardenburg, war eine geborene Gräfin Goll-Fallingäa«, erklärte Alice mit Bestimmtheit. »Und ihr Bruder, er hieß Georg, war der Onkel von Nicolas und ist der Großvater dieses jungen Mannes aus Amerika. Georg kenne ich. Und seine beiden Söhne auch, natürlich. Der ältere wurde später von Revolutionären ermordet. Nicolina starb sehr jung.«

»Von ihr habe ich meinen Namen. Jedenfalls die Hälfte davon«, sagte Nina stolz. »Nicolas war mein Patenonkel. Richtig heiße ich Nicolina Natalia.«

»Das kann nicht wahr sein!« staunte Herbert. »Ich hätte nie gewagt, mich dir so formlos zu nähern, wenn ich das gewußt hätte.«

»Ja«, sagte Alice, und sie sah Nina sehr freundlich, geradezu liebevoll an. »Er war dein Patenonkel. Du warst das vierte Mädchen bei Nosseks. Eins war schon als Baby gestorben, aber Gertrud, die Tochter aus der ersten Ehe deines Vaters hoffte auf einen Sohn. Doch meine Schwester Agnes bekam wieder ein Mädchen, das warst du, und du warst ein sehr hübsches Kind. Ich erinnere mich, daß sie sagte, es sei die leichteste Geburt bisher gewesen.«

Alice wurde auf einmal sehr gesprächig. »Sonst hatte sie sehr viel mitgemacht bei jeder Niederkunft, Agnes war ein so zartes, empfindsames Geschöpf. Ich war einige Tage, nachdem du geboren warst, bei euch zu Besuch, um dich zu besichtigen. Dein Vater nahm keine Notiz von dir. Er wollte keine Tochter mehr, er wollte endlich einen Sohn. Als ich wieder draußen war auf Wardenburg, erzählte ich es Nicolas. Er hatte Agnes versprochen, Pate zu sein, wenn ein Sohn geboren würde. Und nun sagte er: das wird ja doch nichts. Ich werde Pate sein bei dem kleinen Mädchen. Dann ließ er Champagner kommen, und wir tranken auf dein Wohl. Grischa brachte den Champagner. Kannst du dich an Grischa erinnern?«

»Aber natürlich«, rief Nina leidenschaftlich. »Wie könnte ich Grischa vergessen? Wie könnte ich auch nur das geringste vergessen, was in Wardenburg geschehen ist.«

»Grischa war unser russischer Diener«, fuhr Alice fort. »Er war ein Geschenk der Fürstin. Und von ihr erhielt Nina den zweiten Teil ihres Namens, von der Fürstin Natalia Petrowna!«

»Das wird ja immer toller«, meinte Herbert. »Jetzt gibt es auch noch fürstliche Verwandtschaft.«

»Keine Verwandtschaft«, lächelte Alice. »Nicolas liebte die Fürstin, als er ein sehr junger Mann war und in St. Petersburg bei seinem Onkel Konstantin lebte. Er liebte sie eigentlich sein ganzes Leben lang. Wenn er plötzlich verreiste, nach St. Petersburg, nach Paris, an die Riviera, geschah es meist, um Natalia Petrowna zu treffen. Sie muß eine sehr schöne Frau gewesen sein, und sie spielte wohl eine große Rolle am Hof des Zaren.«

»Davon weiß ich gar nichts«, sagte Nina befangen.

»Wie solltest du auch. Du warst ein Kind, dann ein junges Mädchen. Du liebtest Nicolas. Man kann sagen, du hast ihn angebetet. Sein Leben war anders, als du es gesehen hast. Du sahst nur eine Seite von ihm.«

Eine Weile blieb es still im Zimmer, Alice und Nina sahen sich an, und alle spürten, daß hier über eine alte, sehr alte Geschichte gesprochen wurde.

Dann lächelte Alice, eine kühle, souveräne Dame, das war sie heute wie damals.

»An jenem Tag sagte Nicolas: voilà, ich habe einen Namen für sie. Nicolina

Natalia. Nun, es wurde im täglichen Gebrauch Nina daraus.« Und plötzlich ganz unvermutet legte Alice die geöffnete Hand auf den Tisch. »Du warst ein liebenswertes Kind. Wir freuten uns immer, wenn du auf Wardenburg warst.«

Nina stieg das Blut in die Wangen, dann legte sie behutsam ihre Hand in Alices Hand.

»Ich war nie in meinem Leben so glücklich«, sagte sie erstickt, »wie auf Wardenburg.«

Es war richtig feierlich geworden. Eine Versöhnung vollzog sich hier, das begriffen sie alle. Ausgelöst durch einen jungen Mann aus Boston.

Herbert räusperte sich. »Nicolina Natalia, klingt fantastisch. Eine echte russische Fürstin. Ich dachte, das gibt es nur im Roman.«

»Na ja, heute schon«, meinte Eva. »Aber damals gab es sie wohl noch in Lebensgröße.«

»Er heißt Frederic«, sagte Nina versonnen. »Klingt hübsch, nicht? Aber gar nicht baltisch.«

»Sie hatten dort öfter französische Namen«, sagte Alice. »Sie sprachen alle perfekt französisch. Und russisch natürlich. Und estnisch. Es war eine Welt für sich. Ein herrliches Land. Endlose Weite, unendliche Wälder, und dann im Sommer die hellen Nächte, in denen es nicht dunkel wurde. Von Schloß Kerst war es nicht weit zum Meer. Ich war so gern dort. Und sie waren so galant, ich hatte so etwas in unserem Nest nie erlebt. Große Herren waren sie.« Ihre Augen leuchteten, sie war noch immer schön.

»Galant sind sie heute noch, wie der Brief beweist«, sagte Eva.

»Und ich habe gleich gesagt, er sieht Nicolas ähnlich«, wiederholte Nina. »Ich hab's doch gesagt, nicht wahr?«

»Hast du«, bestätigte Herbert. »Und dann laß uns noch mal in Ruhe alles betrachten, was der Weihnachtsmann gebracht hat. Maria, magst du ein Stück Schokolade? Das heißt, wenn die Tante des Mr. Goll es erlaubt.«

Alice lächelte. »Er schreibt, es gehört uns allen.«

Sie blickte von dem Brief auf, denn sie hatte inzwischen ihre Brille gefunden und las nun selbst, was der Neffe aus Amerika geschrieben hatte. »Ich möchte auch gern ein Stück Schokolade.«

Eva schob ihr den Riegel mit der Hershey-Schokolade über den Tisch, und Alice zerriß mit Bedacht das Papier, das die kostbare Gabe umhüllte.

»Ich«, sagte Nina, »hätte gern einen großen Löffel voll Peanutbutter.«

Ein tragisches Ereignis verdüsterte die Weihnachtstage: der Tod General Pattons.

Schon zuvor hatte man Patton, Kommandeur der dritten amerikanischen Armee und zuletzt Oberbefehlshaber in Bayern, abberufen und nach Bad Nauheim versetzt.

Noch immer war dieser eigenwillige Offizier, zweifellos der populärste Heerführer der Amerikaner und bei seinen Soldaten beliebt wie kein anderer, für die höhere Führung ein gewisses Ärgernis. Das war während des Krieges so gewesen, das blieb so. Denn Patton hatte seinen eigenen Kopf und auch seine eigene Meinung, was den Krieg betraf und was die Menschen betraf, für die er nach dem Krieg zuständig war. Er war immer vorn gewesen bei seinen Soldaten, er war niemals ein General am grünen Tisch. Sein Durchbruch in der Normandie, der die deutschen Truppen zum Rückzug zwang, sein erfolgreicher Gegenangriff in den Ardennen im Winter 44 machten ihn zu einem wirklichen Sieger, ein Kämpfer und ein Sieger, der auch vor dem Einsatz des eigenen Lebens nicht zurückschreckte.

Das schrieben die Zeitungen jetzt, nach seinem Tod. Es war nichts als ein läppischer Autounfall, ein Lastwagen rammte das Auto, in dem er saß. Kein passender Tod für diesen Mann. Weswegen sich auch allerhand Gerüchte um diesen Tod rankten, noch lange Zeit, nachdem man ihm in Luxemburg eine glanzvolle Trauerfeier bereitet hatte.

Es mochte den Deutschen nicht viel bedeuten; doch Nina und alle in diesem Haus empfanden Trauer. Für sie war General Patton, auch wenn sie ihn nie gesehen hatten, kein Unbekannter. Durch Frederic Goll war er für sie ein Mensch geworden, den sie kannten und dem sie zu Dank verpflichtet waren.

Das größte Wunder des neuen Jahres war Maria. Sie war blind, scheu und ängstlich, doch sie begann wieder zu leben. Der Arm war gut geheilt, und das Haar, das man ihr ganz kurz geschoren hatte, nachdem man sie in Dresden ausgegraben hatte, war wieder gewachsen und fiel ihr weich und dunkel über die Wangen und verdeckte die Narbe, die immer mehr verblaßte. Sie war ein hübsches Kind gewesen, sie war es wieder, wenn man den Blick in ihre weißen Augen vermied. Doch gerade das war unmöglich. Nina hatte schon im Haus nach einer dunklen Brille gesucht, aber es war nur die Sonnenbrille von Marleen vorhanden, und die war dem Kind zu groß.

»Ich muß drüben auch eine haben«, überlegte Eva, »doch die wird ihr auch über die Nase rutschen.«

»Kommt Zeit, kommt Brille«, ließ sich Herbert vernehmen, und er trieb dann auch eine auf, sie stammte von Bekannten der Beckmanns und gehörte einer inzwischen herangewachsenen Tochter. Sie kostete eine Packung Camel.

Maria brauchte die Brille, sie ging nun aus dem Haus. Sie selbst hätte es nicht bemerkt, wenn man sie anstarrte, doch Nina war der Gedanke zuwider.

Angefangen hatte es mit dem Englischunterricht.

Nein, vorher noch kam Conny.

Der schwarzgestromte Boxer von Marleen hieß Conato von der Hochsteige, Marleen nannte ihn Conny. Den Hund, den sie früher besaß, hatte man vergiftet. Sie wohnte damals noch mit ihrem Mann zusammen, doch sie waren schon vom Kleinen Wannsee nach Dahlem umgezogen, in ein weit bescheideneres Haus. Marleen weinte bitterlich über den Tod des Hundes. Sie hatte, so fand Nina, ihre Hunde immer mehr geliebt als ihre Männer, womit Nina nicht unrecht hatte.

Nie mehr einen Hund, schwor Marleen. Doch dann kam Conny, jung, verspielt, zärtlich – er tröstete sie über das Exil in einem Münchner Vorort hinweg, sie ging mit ihm spazieren, pflegte ihn mit Sorgfalt und erzog ihn zu einem angenehmen Hausgenossen.

»Direkt schade, daß du alle deine Kinder abgetrieben hast«, sagte Nina einmal, »du hättest eine gute Mutter abgegeben.«

Marleen lachte. »Na, ich weiß nicht. Mit einem Hund hat man weniger Ärger. Und wenn ich Kinder gebraucht habe, hatte ich ja deine. Stell dir vor, ich hätte mit Max Kinder gehabt. In dieser Zeit. Vielen Dank!«

»Warum gerade mit Max?«

863

»Mit wem denn sonst?« Und sich rasch verbessernd fügte sie, ehrlich, wie sie war, hinzu: »Ich meine, von wem sie auch gewesen wären, sie hätten offiziell Max als Vater gehabt, nicht?«

»Du hast vorher nie daran gedacht, dich scheiden zu lassen?« fragte Nina neugierig.

»Nein«, antwortete Marleen mit Bestimmtheit. »Mir konnte es nirgends besser gehen als bei Max. Wenn die dämlichen Nazis nicht gekommen wären, hätten wir ewig zusammenleben können.«

»Dann frage ich mich, warum du nicht mit Max rechtzeitig emigriert bist. Ihr hattet Geld genug, und das haben doch viele Juden getan.«

»Du weißt ganz genau, daß Max es nicht wollte. Ich habe nie einen Menschen gekannt, der sich so als Deutscher fühlte wie Max. Das weißt du auch.«

»Ja, stimmt«, mußte Nina zugeben.

Max Bernauer ging Deutschland wirklich über alles. Die Spuren davon fanden sich noch jetzt in diesem Haus. Marleen las viel, und meistens Romane, die nicht zu anspruchsvoll sein durften. Aber es standen sehr viele Bücher über deutsche Geschichte im Bücherschrank, die hatten alle Max gehört.

Nachdem Marleen dann von Max getrennt lebte und schließlich von ihm geschieden wurde, war sie abermals umgezogen, sie wohnte in der Budapester Straße in exzellenten Verhältnissen, und ohne Hund.

Alexander Hesse schenkte ihr den jungen Boxer, als sie widerwillig von Berlin nach München ging. Alle im Haus hatten ihn gern, Conny war ein freundlicher Hund, der gern schmuste und die Menschen, von denen ihm nie etwas Böses geschehen war, liebte.

So schmeichelte er sich auch manchmal an Maria heran, die anfangs zurückzuckte, woraufhin Nina den Hund immer möglichst von Marias Seite vertrieb. Sie sollte nicht an Mali erinnert werden. Herbert nannte dies Ninas überflüssige Einmischung in den Lauf der Welt. So war sie immer schon gewesen, es war ihr Temperament, und sie war der Meinung, daß niemand die Dinge und den Lauf der Welt so gut verstand wie sie.

Wie so oft, Herbert hatte recht. Eines Tages, es war im Herbst, beobachtete Nina von der Terrasse aus, wie Conny dicht an Marias Beine geschmiegt saß, die beiden waren allein im Gartenzimmer, und Marias Hand glitt sacht über das weiche Fell des Hundes. Nina wagte nicht, sich zu rühren, beobachtete die Szene gespannt. Aber nichts Besonderes geschah. Maria weinte nicht, der Hund gähnte, dann legte er den Kopf auf ihr Knie, und Maria tastete mit den Händen die Form des Hundekopfes ab. Conny war größer als Mali, und sein Kopf war ganz anders geformt als der der kleinen Jagdhündin. Das hatte Maria nun festgestellt.

Von da an sah man die beiden oft nebeneinander, und Herbert sagte zu Nina nur: »Siehste!«

Dies war also der erste Schritt aus Marias Verbannung heraus. Der zweite waren die Englisch-Stunden, die Eva, wie angekündigt, ab dem Spätherbst der gesamten Familie gab. Denn, so sagte sie, in dieser Zeit sei es absolut notwendig, englisch zu sprechen. Sie könne zwar nicht garantieren, daß man die Amerikaner verstehen werde, aber die würden verstehen, was man zu ihnen sagte.

Marleen hatte abgelehnt, an dem Unterricht teilzunehmen, Alice auch, sie sei zu alt, um noch etwas zu lernen, sagte sie. Aber im Laufe des Winters ergab es sich, daß sie meist im Wohnzimmer saßen; es war der größte Raum und der einzige Raum, in dem Nina gestattete, daß die Heizung voll aufgedreht wurde.

Und so waren Alice und Marleen notgedrungen Teilnehmer an dem Englisch-Unterricht, wenn auch stumm.

Alice Nossek hatte genau wie ihre Schwester Agnes das ›Private Institut für Höhere Töchter‹ von Leontine von Laronge besucht und recht gut französisch gelernt, wie es sich zu jener Zeit für eine höhere Tochter geziemte. Englisch sprachen sie damals nicht in der niederschlesischen kleinen Stadt, die ihre Heimat war.

Magdalene Nossek und Nina Nossek, die nächste Generation, besuchten die ›Rehmsche Privatschule für Mädchen‹, das war schon eine Entwicklungsstufe weiter, denn hier unterrichtete nicht Fräulein von Rehm allein, es gab noch vier andere Lehrerinnen, und der Unterricht war recht vielseitig. Englisch allerdings gehörte nicht zum Lehrplan.

Es gab zu jener Zeit in ihrer Heimatstadt auch schon ein richtigs Lyzeum, das die ältere Schwester von Magdalene und Nina besuchen durfte, Hedwig Nossek, die gar nicht hübsch war, durch einen Unfall ein verkürztes Bein zurückbehalten hatte, weswegen man annahm, daß sie nie einen Mann bekommen würde und auf möglichst schickliche Weise selbst für ihren Unterhalt würde sorgen müssen. Zufällig war aber Hedwig Nossek, oder Hede, wie man sie nannte, das klügste aller Nossek-Kinder, darum ermäßigte man später auch ihr Schulgeld, damit sie die Mittlere Reife machen konnte.

Zu einem Studium reichte das nicht, doch studiert hätte Hede gern, und zwar Chemie, wofür sie sich brennend interessierte. Es war nun zwar möglich geworden, daß Mädchen studierten, doch für Emil Nossek, ihren Vater, war das kein Thema, er wollte nur einen Studenten in der Familie sehen, Willy, seinen heißgeliebten Sohn, der sich allerdings als viel zu dumm erwies, er schaffte nicht einmal das Abitur. Hede ging später von zu Hause weg, bis nach London, wo sie ganz von selbst englisch lernte und sich den Suffragetten anschloß. Nach einigen Jahren kam sie nach Deutschland zurück, blieb jedoch in Hamburg und nahm dort eine Stellung an. Für ein junges Mädchen ihrer Zeit, das weder hübsch noch wohlhabend war und dazu noch lahmte, entwickelte sie allerhand Initiative und stürzte damit ihre Eltern in tiefste Verwirrung.

Der Krieg, der Erste Weltkrieg, verhalf Hede dann zu einer erstaunlichen Karriere.

Was Hitler eigentlich hätte wissen müssen: auch damals schon fehlte es dem deutschen Volk an Rohstoffen. Und genau wie in diesem letzten Krieg arbeiteten Wissenschaftler fieberhaft daran, Ersatzstoffe zu erfinden. Es fehlte auch an Chemikern, und das Erstaunliche geschah, man begann Mädchen und Frauen in Chemie auszubilden, dazu brauchten sie weder das Abitur noch ein Studium. Im ganzen Land schossen die Chemieschulen für Damen wie Pilze aus der Erde, und wie auch auf vielen anderen Gebieten öffnete der Krieg den Frauen bisher verschlossene Türen. Vom Frauenwahlrecht angefangen bis zu jeder Art von Berufsausbildung, von freier Liebe bis zur Abtreibung war nach dem Krieg die Emanzipation der Frau gewaltig vorangekommen.

Für Hedwig Nossek begann ein neues Leben. Nicht nur arbeitete sie auf dem Gebiet, das sie immer interessiert hatte, und das ganz ohne Studium – diese unscheinbare Nossek-Tochter mit dem verkürzten Bein machte später eine großartige Partie, die sie allein ihrer Persönlichkeit verdankte.

Sie heiratete einen anerkannten Wissenschaftler und wurde an seiner Seite auch bekannt, arbeitete an seinen Forschungen mit, begleitete ihn auf Vortragsreisen, hielt selber Vorträge. Der Mann war Jude, zwar in Deutschland geboren, aber schon nach dem Ersten Weltkrieg ausgewandert und wurde später amerikanischer Staatsbürger.

Es gab also noch mehr Verwandte in Amerika, für Nina und Marleen, sogar eine leibliche Schwester. Doch für Hede existierte die Familie schon lange nicht mehr und sie nicht für die Familie.

Evas Englisch-Stunden wurden für Maria der zweite Schritt ins Leben. Um ihr die Teilnahme zu ermöglichen, gab Eva gewissermaßen phonetischen Unterricht. Stephan und Herbert, die beide schon in der Schule ein wenig Englisch gelernt hatten, machten sich Notizen, und Nina tat es sowieso eifrig. Aber vor allem ging es darum, daß Maria etwas lernte, und das konnte nur ohne Schreiben und Lesen möglich sein. Also benannte Eva zunächst einmal alle Gegenstände des täglichen Gebrauchs, die Dinge im Haus, im Garten, in der nächsten Umwelt. Sie formte einfache Sätze, erst auf deutsch, dann auf englisch, ließ die Verben und Hilfsverben mündlich konjugieren, und es stellte sich heraus, daß bei dieser Art von Unterricht alle recht mühelos lernten, und Maria war binnen kurzem die Beste von allen. Dem Kind hatte geistige Anregung gefehlt, und wie sich nun zeigte, war dies die beste Therapie. Ihr Gedächtnis war erstaunlich, und dank ihrer Musikalität war ihre Aussprache vortrefflich. Das reichlich von Eva gespendete Lob tat ein übriges.

Vor aller Augen veränderte sich das Wesen des Kindes, erst recht als das Klavier dazukam.

Das Klavier war ein prachtvoller Bechsteinflügel, und der stand im Hause des Oberstudienrates Beckmann. Herr Beckmann spielte recht gut, seine Frau spielte noch besser, und am besten hatte der gefallene Sohn gespielt, der an der Musikakademie studiert hatte, um Dirigent zu werden.

Jetzt spielte Maria Henrietta. Ausgestattet mit dem neuen Selbstvertrauen, das der Sprachunterricht ihr vermittelt hatte, war es gar nicht schwer gewesen, sie zu dem Gang in das Haus an der nächsten Ecke, zu dem Haus der Beckmanns, zu bewegen. Nina schwebte zwar in tausend Ängsten, wie dieses ungeheuerliche Unternehmen verlaufen würde, doch Herbert sagte: »Kümmere dich mal gar nicht drum, das machen wir.« Wir, das waren in diesem Fall Herbert und Stephan. Sie nahmen Maria in die Mitte und spazierten ganz unbefangen plaudernd zum Hause Beckmann, wo sie bereits erwartet wurden. Denn selbstverständlich hatte Herbert alles bestens vorbereitet. Zunächst ging es ja nicht um das Klavierspielen, sondern die Idee war, daß Maria von Alfons Beckmann unterrichtet werden sollte.

Maria lernte leicht, bewies immer wieder ihr phänomenales Gedächtnis und nahm begierig alles auf, was man ihr vermittelte.

An den Flügel setzten sie sie allerdings schon am ersten Tag. Nach einem scheuen Zögern glitten ihre Finger vorsichtig über die Tasten, noch ohne einen Ton anzuschlagen. Der Oberstudienrat, seine Frau, Herbert, Stephan, sie standen wie gebannt und blickten auf das Kind. Was würde geschehen?

Herbert hatte Stephans Hand gefaßt und hielt sie fest, denn Stephans Hand zitterte. Und Herbert dachte: ein Glück, daß Nina nicht dabei ist, sie würde die Spannung nicht aushalten und bestimmt etwas sagen.

Worte waren unnötig, sie konnten das Kind nur stören.

Nach einer Weile schlug Maria vorsichtig einen Ton an, neigte lauschend den Kopf zur Seite, noch einen Ton, noch einen, sie beugte sich vor, griff einen vollen Akkord, und dann begann sie zu spielen. Was sie gelernt hatte in Dresden, ehe die Trümmer sie begruben, es war noch da. Es war nicht erschlagen und nicht erstickt worden, sie konnte nicht sehen, aber sie besaß das absolute Gehör, das hatte sie von ihrem Vater geerbt. Das slowakische Hintertreppengenie hatte Nina ihn genannt.

Herbert stand und blickte wie verzaubert auf das Kind am Flügel. Maria schien die Welt um sich vergessen zu haben, sie spielte versunken, lauschte auf ihr Spiel, ihr Gesicht verklärte sich geradezu dabei.

Könnte Mozart sein, dachte Herbert. Was ihm der Oberstudienrat später bestätigte.

Dann preßte Herbert fest Stephans Hand, sie sahen sich an, sie waren glücklich. Der nächste, und wie es schien, der wichtigste Schritt zu Marias Heilung war getan.

Von nun an ging sie täglich zu Beckmanns. Wie es auf diesem Weg aussah, hatte Herbert ihr genau beschrieben, und bald konnte sie auf Begleitung verzichten. Nina war den Beckmanns unendlich dankbar, denn jetzt erlebte sie, wie alle anderen, die Entwicklung Marias von einem verstörten, hilflosen Wesen zu einem lebendigen, fühlenden Menschen.

Es ging nicht von heute auf morgen, es gab Rückschläge, es gab Enttäuschungen, es gab Peinlichkeiten für das empfindliche Kind, es war eine Entwicklung, die Jahre dauerte.

Schon als der Frühling kam, als dieses erste schreckliche Jahr nach dem Krieg nun doch vorübergegangen war, hatte sich für alle im Haus das Leben verändert.

Nina war nicht mehr so gehetzt, nicht mehr so nervös. Alice von Wardenburg hatte ihre Abwehr, ihre Feindseligkeit abgelegt und sich diesem neuen Dasein zugewandt, und Stephan schließlich war zwar kein gesunder Mensch, doch auch kein verzweifelter Mensch mehr. Marleen brauchte sich nicht zu verändern; sie war immer und zu allen Zeiten sie selbst.

Maria war noch immer ein stilles, zurückhaltendes Kind, aber sie bewegte sich mit Sicherheit im Haus und im Garten, sie hatte viel gelernt und lernte täglich mehr, schneller und aufmerksamer als jedes andere Kind, sie spielte immer besser Klavier, übrigens auch mit Vergnügen die amerikanischen Schlager, die sie im AFN hörte.

Duplizität der Ereignisse – es kam ein zweiter Brief aus Amerika, der ebenfalls eine Überraschung bedeutete. Diesmal war er an Marleen gerichtet.

»An mich?« fragte Marleen erstaunt, als Nina ihr den Brief brachte.

Marleen lag im Bett und las, sie war ein wenig erkältet und hatte beschlossen, nicht aufzustehen, Nina brachte ihr das Frühstück ans Bett, die Heizung war aufgedreht, Conny kam nach einem kurzen Gang durch den Garten und die nächsten Straßen zu ihr und legte sich vor das Bett, nachdem er sich zuvor zufrieden in ihre Hand gekuschelt hatte. Draußen lag Schnee, es war kalt. Marleen fand es höchst gemütlich.

Als sie den Umschlag des Luftpostbriefes betrachtet hatte, riß sie die Augen auf, sie wurde ganz blaß.

»Was ist denn?« fragte Nina.

»Weißt du, von wem der Brief ist? Von Alexander. Das ist seine Schrift.«

»Er kommt aus den USA. Den Absender habe ich weiter nicht angesehen.«

»Es ist kein Absender. Nur so ein paar komische Zeichen.«

Marleen riß den Brief hastig auf, las, stockte, las wieder. Alexanders Schrift war schon immer schwer zu lesen gewesen. Und Briefe hatten sie sich früher nie geschrieben, sie kannte seine Schrift nur von Notizen oder kurzen Vermerken am Telefon.

»Was schreibt er denn? Mein Gott, er lebt«, sagte Nina. »Und er ist in Amerika.«

Marleen sah Nina an, in ihren Augen stand kindliches Staunen. »Ich habe immer gedacht, daß er tot ist.«

»Ja, das habe ich auch gedacht. Wo ist er denn?«

»Er schreibt, er ist . . . warte mal, ich kann das so schlecht lesen, ja, er schreibt, er war in amerikanischer Gefangenschaft, ist aber . . . also anscheinend ist er nun frei. Lies doch mal selbst. Das ist eine furchtbare Klaue. Wie ein Arzt.«

Nina nahm den Brief und versuchte ihn zu entziffern.

»Ja, in Kriegsgefangenschaft war er. Wieso denn? Er war doch gar nicht Soldat. Und hier, jetzt verstehe ich es, er arbeitet in einem Labor. Und jetzt kommt eine Adresse, die ist besser lesbar, da hat er sich Mühe gegeben. In Dallas ist er. Wo ist denn das? Und du sollst ihm schreiben, was du brauchst.«

»Was ich brauche?«

»Ja, ›Laß mich wissen, was ich Dir schicken kann. Brauchst du Geld? Lebensmittel? Irgendeine Hilfe? Laß mich vor allen Dingen wissen, ob diese Adresse noch stimmt.‹«

Marleen warf sich im Bett herum, vergrub das Gesicht in den Kissen und weinte. Nina betrachtete sie mit stillem Staunen. Hatte sie Marleen je weinen gesehen? Doch, damals, als sie ihr den Hund vergiftet hatten.

Den Brief in der Hand, setzte sich Nina auf den Bettrand und streichelte sanft Marleens Rücken. Gab es doch etwas, einmal in ihrem Leben, das ihr ans Herz ging? Liebte sie diesen Mann wirklich? Nina versuchte, sich an ihn zu erinnern. Sie hatte ihn ein einziges Mal gesehen, das war . . . ja, wann war das, es war bereits nach Kriegsbeginn. Anfang 1940 mußte es gewesen sein.

Dann fiel es Nina ein. Es war im März 1940, sie war erst in Görlitz gewesen, wo Vicky ihre letzten Vorstellungen sang, und hatte ihr dann geholfen bei der Rückkehr in die Wohnung am Victoria-Luise-Platz, ganz hatte Vicky ihre Zelte ja dort nie abgebrochen, das Engagement in Görlitz, ihr erstes, betrachtete sie nur als Zwischenspiel. Nun würde sie ihren zweiten Film bei der UFA drehen.

Es war mein letzter Aufenthalt in Berlin, dachte Nina.

Vicky ging ja später nach Dresden, und ich habe sie dort besucht. Ich blieb ziemlich lange in Berlin, ich genoß es, vom Krieg spürte man nichts, und trotz Silvio hatte ich immer Heimweh nach Berlin.

Sie hob noch einmal den Brief und studierte ihn, es ging ein bißchen besser, aber manches Wort blieb unverständlich. Und eine Brille, dachte Nina erbost, brauche ich offenbar nun auch. Hilf, Gott, ich werde alt.

»Also weißt du«, sagte sie, »das ist höchst verwirrend. Wieso war er in Kriegsgefangenschaft? Und wieso arbeitet er jetzt? Kriegsgefangene sind in einem Lager, oder sie werden heimgeschickt. Ich versteh das alles nicht. Und die Adresse hier, das ist gar nicht seine Adresse. Es heißt: schreibe an, und dann kommt ein Doppelpunkt, und dann kommt ein Name. Simon Rosenberg. Das klingt doch deutsch. Und jüdisch dazu. Das kann kein Mensch verstehen. Tut er Buße in einem jüdischen Lager, gibt es so was? Und das Ganze ist in Dallas, Texas. Habe ich noch nie gehört. Na, komm, hör auf zu weinen.«

Sie klopfte Marleen beruhigend auf den Rücken. »Hauptsache, er lebt! Und so schlecht kann es ihm gar nicht gehen, wenn er dir Hilfe anbietet.«

Marleen setzte sich auf, sie mußte husten, dann putzte sie sich die Nase.

»Ich hab mich wirklich erkältet«, sagte sie kläglich. »Kenn ich gar nicht an mir. Weil du ewig an der Heizung sparst.«

»Müssen wir doch. Schau dir den Kokshaufen mal an, wie klein der geworden ist. Jetzt ist Februar, noch knapp einen Monat kommen wir hin, und dann ist noch lange kein Sommer in München. An den nächsten Winter wage ich gar nicht zu denken.«

»Dann wird uns Alexander eben Koks beschaffen«, sagte Marleen mit kindlicher Zuversicht.

Nina mußte laut lachen. »Gott bewahre dir dein kindliches Gemüt. Schreiben wir halt nach Texas, zu essen und zu trinken haben wir einigermaßen, aber Koks brauchen wir. Marleen, ich möchte für mein Leben gern wissen, was er da macht.«

»Ich auch.«

»Ich habe immer gedacht, man liest seinen Namen mal bei irgend so einem Prozeßbericht. Hauptsächlich deswegen habe ich sie so genau studiert.«

»Warum denn? Er ist doch kein Verbrecher. Und er war kein Nazi, das habe ich dir doch immer gesagt.«

»Hast du gesagt. Aber er hat immerhin für die Nazis gearbeitet. Er hat ihnen seinen Verstand und sein Talent zur Verfügung gestellt, nicht? So kann man es ausdrücken.«

Marleen nickte.

»Na ja, bitte, und nimm mal einen Mann wie Schacht, der sitzt in Nürnberg mit auf der Anklagebank. Bei dem war es doch auch nicht anders.«

»Das alles kann sowieso kein Mensch verstehen«, wehrte Marleen ab, die sich jetzt so wenig wie früher für Politik interessierte und die den Krieg nur zur Kenntnis genommen hatte, soweit er ihre Person betraf.

Sie nahm Nina den Brief aus der Hand und vertiefte sich wieder darin, ihre Augen waren gerötet, sie schniefte ein wenig, ob von der Erkältung oder der inneren Bewegung ließ sich nicht unterscheiden. Aber selbst in diesem Zustand, ungeschminkt, mit dem verwirrten Haar, war Marleen Nossek, geschiedene Bernauer immer noch eine hübsch anzuschauende Frau. Ein paar Falten um die Augen, die Wangenpartie ein wenig schlaff, aber kein grauer Faden in ihrem dunklen Haar, keine Falte auf der Stirn. Das Nachthemd war aus rosa Seide, mit Spitze am tiefen Ausschnitt.

»Du könntest dir wenigstens einen Schal ummachen«, tadelte Nina, »wenn du schon erkältet bist. Und hast du kein wärmeres Nachthemd?«

»Ach, ist ja egal«, sagte Marleen. »Ich bin sowieso krank. Das heißt wirklich Rosenberg.«

869

»Ist nicht egal. Du mußt schnell gesund werden. Und ein bißchen auf dich schauen. Vielleicht kriegst du deinen Alexander wieder.«

Marleen blickte von dem Brief auf und starrte an die Zimmerdecke. Sie schien darüber nachzudenken, was Nina gesagt hatte. Ob sie ihn wirklich wiederhaben wollte? Nina war nicht sicher. Marleens Gefühlsleben, ihre Männeraffären waren nie durchschaubar gewesen. Nur soviel stand fest, sie hatte ihre Männer oft gewechselt, sie hatte keinen lange behalten. Außer Max, aber mit dem war sie nur verheiratet, sonst nichts.

»Geh mal da drüben an die oberste Schublade«, sagte Marleen, »da liegen Schals. Und dort auf der Kommode steht Cognac. Schenk uns mal was ein. Irgendwie, weißt du, versteh ich das nicht.«

»Mir geht es auch so. Aber ich kann es sowieso nicht verstehen«, sagte Nina, während sie den Schal holte und dann zwei Gläser mit Cognac füllte. Es war immer noch französischer, es war nur recht und billig, daß man im Gedanken an Alexander davon trank.

»Du kennst ihn ja besser. Ich hab' ihn ein einziges Mal gesehen, er legte wenig Wert auf deine Familie.«

»Ach, er hatte so wenig Zeit. Er war froh, wenn er mal eine Stunde für mich hatte. Wann war denn das?«

»Es ist mir gerade eingefallen, wann das war. Im März 40, als Vicky ihren zweiten Film drehte. Ich war in Berlin, und einmal traf ich ihn bei dir.«

Gar nicht Marleens Typ, hatte Nina damals gedacht, denn Marleen bevorzugte große, blonde, breitschultrige Männer, sportliche Typen, doch Alexander war nur mittelgroß, gedrungen, ein dunkler Kopf mit schwermütigen dunklen Augen. Kein schöner Mann, doch eine Persönlichkeit.

»Er schien sich nicht viel aus mir zu machen«, sagte Nina. »Er war so abwesend.«

»Na ja, der Krieg. Er sah ja von Anfang an, daß es böse ausgehen würde. Gleich als der Krieg begonnen hatte, fing er damit an, ich müßte ein Haus in Bayern haben.«

»Hat er dieses Haus gekauft?« fragte Nina und nippte an ihrem Cognac.

»Ja. Aber es ging natürlich auf meinen Namen. Und dann hat er so nach und nach alles herschaffen lassen, was wir hier haben«. Marleen schüttelte den Kopf und wand sich den Schal um ihren schlanken Hals. »Ich sagte zu ihm, du spinnst ja. Und einmal sagte er, gut, daß deine Schwester den Mann in München geheiratet hat. Also, es ist schon komisch, aber es ist, als hätte er alles vorausgesehen.«

»Klug war er wohl. Wir können nur in Dankbarkeit an ihn denken.«

Nina hob ihr Glas. »Auf das Wohl von deinem Alexander. Es freut mich, daß er am Leben ist.«

»Mich auch.«

Nina holte die Flasche und füllte die Gläser wieder.

»Damals in Berlin, also da merkte man von Krieg noch gar nichts. Ich war einmal mit Peter und Vicky bei Kempinski zum Essen, das war wie immer. Peter habe ich damals auch zum letztenmal gesehen. In natura, meine ich. Im Film habe ich ihn noch oft gesehen.«

»Ach ja, Peter Thiede, deine große Liebe.«

»Meine zweite große Liebe«, verbesserte Nina.

Alexander Hesse war nicht nur klug, er war auch clever. Er hatte vorausgesehen, wie es mit Hitler und seinem Krieg zu Ende gehen würde. Und er hatte nicht nur für Marleen gesorgt, sondern auch für sich selbst.

Er hatte sein Studium beendet, ehe der erste Krieg begann, war Leutnant der Reserve, wurde eingezogen, aber schon bald für die Arbeit in einem chemischen Werk freigestellt, denn mit seinen Forschungen hatte er sich damals schon einen gewissen Namen gemacht. Während des Krieges heiratete er die Tochter eines Fabrikbesitzers im Ruhrgebiet, seine beiden Söhne wurden vor 1918 geboren. Aus seiner Frau machte er sich nicht allzuviel, sie war spröde, nicht besonders hübsch; außer den Kindern verband ihn nichts mit ihr. Doch er verstand sich gut mit seinem Schwiegervater, zusammen brachten sie die Fabrik ohne Einbuße über die schlechten Nachkriegsjahre, und Alexander bewies ein besonderes Geschick im Umgang mit den Franzosen während der Ruhrbesetzung. In den zwanziger Jahren verbrachte er zweimal eine längere Zeit in den USA, er sah sich dort gründlich um, knüpfte Verbindungen, und er hatte, was keiner wußte, weder seine Frau noch Marleen, in gewisser Weise Verwandte in den Staaten. Als er Marleen endlich erobert hatte, das war bereits 1936, also während der Nazizeit, war es gescheiter, über seine amerikanischen Verbindungen nicht zu sprechen. Marleen kannte er schon eine Weile, sie hatte sich nicht für ihn interessiert, er war wirklich nicht ihr Typ. Doch seine ausdauernde Werbung führte zum Ziel. Und sie blieben zusammen. Er liebte sie, die erste und einzige Frau seines Lebens, die er liebte, und er war so geartet, daß seine Liebe eine Frau binden konnte, sogar die flatterhafte Marleen.

1934 schon war er nach Berlin berufen worden in Görings Stab, zur Mitarbeit an führender Stelle des Vierjahresplans. Er erfüllte damals seine Aufgabe mit Bravour, aber den Krieg gewinnen konnte er später so wenig wie die vielen anderen tüchtigen Wissenschaftler, die für Hitlers Kriegswirtschaft arbeiteten.

Da er am Ausgang des Krieges nicht zweifelte, hatte Alexander Hesse sich überlegt, wie er den Folgen seiner Tätigkeit am besten entgehen konnte. Der Ausweg, den er fand, war, wie gesagt, clever.

Er setzte auf die Wehrmacht, er machte zweimal eine Reserveübung mit, obwohl das kein Mensch von ihm verlangt hätte. So brachte er es schließlich zum Rang eines Hauptmannes und verließ Berlin, ehe sich der Ring darum schloß, in Wehrmachtsuniform, meldete sich bei seinem Regiment, das im Westen stand, und dort ließ er sich, bei erster Gelegenheit, gefangennehmen. Als Offizier, nicht als Mitarbeiter in einem der Forschungsstäbe des Regimes.

Im Durcheinander des Kriegsendes ging das gut, damit hatte er gerechnet. Die Amerikaner, die gar nicht gewußt hatten, wer er war, wurden erst auf ihn aufmerksam, als die Russen ihn anforderten. Daraufhin verschiffte man ihn schleunigst in die Staaten, wo er zunächst in einem Kriegsgefangenenlager für Offiziere verschwand; so hatte er es sich vorgestellt, so hatte es geklappt.

Die erste Karte, die er ausgespielt hatte, war sein Offiziersrang, in dem man ihn angetroffen hatte. Die zweite Karte: sein Ruf als exorbitanter Chemiker, denn sowohl die Russen wie die Amerikaner waren erpicht darauf, kompetente Wissenschaftler in die Hand zu kriegen, Nazi oder nicht Nazi.

Die dritte Karte: seine jüdische Verwandtschaft in Amerika. Und dies war das große Geheimnis seines Lebens, das er vor jedem bewahrt hatte.

Alexander Hesse war Halbjude. Seine Mutter hatte als junges Mädchen im damaligen Posen den Sohn eines jüdischen Kaufmanns geheiratet, eine recht wohlhabende Familie, die den Sohn wegen dieser Heirat zunächst verstieß, doch nachdem das Kind geboren war, bekamen die jungen Leute, die recht armselig lebten, eine kleine Zuwendung der Eltern des jungen Mannes, und ihm wurde schließlich auch gestattet, wenn auch auf bescheidenem Posten, im Geschäft wieder mitzuarbeiten. Ins Haus durfte die christliche Schwiegertochter nicht kommen, ihr kleiner Sohn auch nicht.

Alexanders Mutter, Amelie, die Tochter ehrbarer Handwerker, war darüber nicht betrübt, sondern erbost. Für ihre Zeit war sie eine höchst selbständige Frau, stolz dazu, aufgeschlossen, durchaus zu eigenem Denken fähig. Schon zwei Jahre nach der Heirat starb ihr Mann an einer Blutvergiftung, Amelie verließ die kleine Wohnung, in der sie mit ihm gelebt hatte, und kehrte mit dem Kind zu ihren Eltern zurück, von den jüdischen Schwiegereltern wollte sie nichts wissen. Als sie wieder heiratete, war der kleine Alexander anderthalb Jahre alt, und Karl Hesse, sein Stiefvater wurde für ihn zu seinem richtigen Vater. Einen anderen hatte er nie gekannt.

Karl Hesse war Geselle in der Werkstatt von Amelies Eltern gewesen, noch jung, ein warmherziger Mensch, in seinem Beruf sehr tüchtig.

Auf Amelies Wunsch verließen sie Posen, sie gingen nach Breslau, dort wuchs Alexander auf, und er hätte nie gewußt, daß Hesse, der ihn adoptiert hatte, nicht sein Vater war, wenn es seine Mutter nicht gesagt hätte, und zwar an dem Tag, als er von seinem Einjährig-Freiwilligen Jahr zurückkehrte, Amelie platzte vor Stolz. Ihr Sohn, den die eigenen Großeltern in Posen nicht hatten anerkennen wollen, nur weil seine Mutter keine Jüdin war, hatte die Schule bis zum Abitur besucht, hatte es bis zum Leutnant gebracht und würde nun die Universität in Breslau besuchen, er würde studieren, er würde promovieren, denn sie wußte, wie klug er war.

Auf Alexander machte die Eröffnung seiner Mutter weiter keinen großen Eindruck, Hesse war sein Vater gewesen in all den Jahren, er blieb sein Vater. Er hatte vor allem sein Studium, seine Laufbahn im Sinn, er war voller Tatkraft, voller Willen und von großer Begabung für den Beruf eines Chemikers.

Viel später erst, nach dem Krieg, er war schon verheiratet, Posen inzwischen polnisch geworden, ging er daran, nach der Familie seines wirklichen Vaters zu forschen. Das war nicht besonders schwer, die Großeltern waren tot, es gab jüngere Verwandte, Cousinen und Cousins, die sich dunkel erinnerten, daß es mal eine unerwünschte Heirat gegeben hatte. Heute war man nicht mehr so kleinlich, die Rosenbergs, soweit noch in Posen, empfingen ihn ohne Feindschaft. Interessant fand er, daß ein Onkel von ihm, also ein Bruder seines wirklichen Vaters, mit seiner ganzen Familie nach Amerika ausgewandert war. Diese Adresse nahm er mit. Und als er seine erste Reise in die USA machte, besuchte er diesen Zweig der Familie, und dort wurde er äußerst freundlich aufgenommen, denn Besuch aus Europa war willkommen, und da von der zurückgelassenen Familie keiner kam, nahm man den unbekannten Neffen und Vetter mit Freuden auf.

Soweit, so gut. Doch als dann die Nazis kamen, lebte Alexander in der ständigen Angst, sie könnten etwas über seine Herkunft, über seinen wirklichen Vater erfahren. Es begann mit der Geburtsurkunde, die er fälschen ließ, aber wo ruhten die Papiere über die Adoption, welche Merkmale an ihm wiesen auf seine jüdische Abkunft?

Keiner wußte davon. Er verbarg dieses Geheimnis vor jedem Menschen. Und es war ihm gelungen, nicht nur unbeschadet, sondern auf hohem Posten die Nazizeit zu überleben.

Jetzt, in Amerika, machte er Gebrauch von seinem Geheimnis. Die Verwandten in Texas bezeugten die Wahrheit seiner Aussage. Seine hohe Position im Dritten Reich bezeichnete er als eine Flucht nach vorn. An seiner Qualifikation bestand ohnedies kein Zweifel.

Von alldem wußte Marleen nichts, als sie an diesem Februarmorgen des Jahres 46 in ihrem hübschen rosa Nachthemd, nun einen Schal um den Hals gewickelt, in ihrem Bett saß, die Hand auf Connys Kopf.

»Ich versteh das alles nicht«, sagte sie zum sechstenmal.

»Du?«

»Nein, ich auch nicht«, wiederholte Nina geduldig.

»Ob er wohl wiederkommt?«

»Sicher nicht so bald. Er wird erst mal abwarten, wie sich hier alles weiter entwickelt. Sieht ja so aus, als ob er dort einen windgeschützten Winkel erwischt hätte. Seine Fabrik steht nicht mehr?«

»Nein, die ist zerbombt. Und einer seiner Söhne ist gefallen.«

»Seine Frau?«

Marleen hob die Schultern. »Die hat er auch irgendwo aufs Land verfrachtet. Also wird sie wohl überlebt haben. Und Geld ist bestimmt genug da.«

»Geld, ja«, sagte Nina, nachdem sie eine Weile geschwiegen hatten. »Wie stehen wir denn mit Geld?«

»Ich hab' genug für alle.«

»Ich habe auch noch etwas auf meinem Konto. Aber Herbert meint, es wird irgendwann wieder so was geben wie nach dem letzten Krieg, so eine Geldentwertung.«

»Aber das wäre ja schrecklich.«

»Das wäre es. Dann müssen wir Geld verdienen.«

»Wir?« Es klang entsetzt.

Nina lachte. »Nun, zumindest ich.«

»Womit denn?«

»Das weiß ich auch noch nicht. Ich hab' das nach dem letzten Krieg schon versucht und war nicht sehr erfolgreich.«

»Und warum kannst du nicht wieder Bücher schreiben?«

Nina lächelte mitleidig. »Wie stellst du dir das vor? Man hat mich längst vergessen. Und in der Reichsschrifttumkammer war ich auch.«

»Das waren schließlich alle.«

»Erklär das mal den Amis.«

»Also ich fand deine Bücher sehr hübsch. Siehst du«, sie hob das Buch, das auf ihrem Nachttisch lag. »Ich lese gerade wieder eins. richtig nett zu lesen. So amüsant.«

»Wer will das heute?«

»Gerade heute.«

»Papier gibt es sowieso nicht. Und schließlich und endlich, ich bin älter geworden.«

»Na und?« fragte Marleen erstaunt. »Das mag ja für eine Bardame von

873

Nachteil sein. Aber für eine Schriftstellerin? Je älter man wird, um so mehr erlebt man. Das kann doch nur von Vorteil sein.«

Nina lachte. »Recht hast du. Und jetzt muß ich hinunter und was zu essen machen. Eva und Herbert sind in der Stadt. Sie wollen sich an der Universität einschreiben.«

»Ja, das haben sie gesagt. Und Maria ist wieder an der Ecke bei dem Lehrer?«

»Ja. Sie geht gern dorthin.«

»Ist sie allein gegangen?«

»Nein. Stephan hat sie begleitet. Es ist sehr glatt heute draußen.«

Marleen zog die Decke hoch. »Gut, daß ich nicht hinaus muß. Gib mir noch einen Cognac. Ist das schön, wenn der Mensch ein Bett hat.«

»Das kannst du wohl sagen. Und dann denke mal darüber nach, was du deinem Alexander antworten wirst, ihm verdankst du es schließlich.«

»Ich weiß schon, was ich ihm schreiben werde«, sagte Marleen und dehnte sich schläfrig. »Momentan bin ich ganz gut versorgt, aber irgendwann werde ich Geld brauchen.« Sie blickte zu Nina auf. »Nicht für mich. Für uns alle.«

Nina lächelte, als sie die Treppe hinunterging. Was für ein Leben! War es nicht unbeschreiblich verrückt? Wie hatte sie ihre Schwester Lene verabscheut, als sie zwölf, dreizehn, vierzehn war. Die Szene mit dem Tagebuch, das Lene ihr gestohlen und dem Vater gezeigt hatte.

Vor Wut habe ich es dann in den Küchenofen geschmissen, dachte Nina. Was für ein verrücktes, verrücktes Leben. Ob ich es doch noch einmal mit dem Schreiben versuche?

Sie trat vor die Tür, es war weiß und glatt und kalt, von Maria und Stephan noch nichts zu sehen.

Im Wohnzimmer saß Alice allein und legte eine Patience.

»Was soll ich denn heute kochen?« fragte Nina.

Das war noch immer die wichtigste Frage von allen.

Nina

Ich habe Silvester wiedergesehen. Der Gedanke an ihn war wie ein ständig bohrender Schmerz, und je mehr Zeit verging, desto verwirrter waren meine Gefühle, und schließlich fühlte ich mich irgendwie schuldig, obwohl ich nicht weiß, worin diese Schuld besteht, die er mir auflasten will.

Ich hatte ihm doch nichts getan. Und die Tatsache allein, daß ich bei meiner Schwester wohnte, und nicht nur ich, sondern noch zwei kranke Menschen, für die ich sorgen mußte, konnte doch nicht so schwerwiegend sein, daß er überhaupt nicht mehr nach mir fragte.

Ich fühlte mich ungerecht behandelt, schuldig zugleich, und es waren lästige, belastende Gefühle. Ich sprach mit keinem über meinen Mann, und die anderen respektierten es, sie sprachen auch nicht von ihm. Sie kannten ihn nicht, ausgenommen Stephan, und seine Begegnung mit Silvester lag mehr als sechs Jahre zurück und bedeutete Stephan nichts mehr, war untergegangen in dem Grauen, das er erlebt hatte.

Das war es, was meinen Gefühlen Ärger beimischte: Begriff denn Silvester nicht, daß andere Menschen auch gelitten hatten in dieser Zeit? Daß andere auch verletzt waren an Körper und Seele? Und daß ich es war, die bei dem tiefen Schmerz, der mich getroffen hatte, zwei dieser Menschen um mich hatte. Denn das würde er ja inzwischen wissen, er und seine fabelhaften Freunde, von denen auch keiner nach mir fragte.

Und so kam auch noch ein gewisser Trotz dazu, der mich veranlaßte, Silvester aus meinen Gedanken zu verdrängen.

Wie zu erwarten, duldete Victoria auf die Dauer diesen Zustand nicht. Sie beschloß, die verfahrene Situation in Ordnung zu bringen, denn sie haßt unklare Verhältnisse.

So geht das nicht weiter, hatte sie bei ihrem letzten Besuch gesagt, ihr benehmt euch idiotisch, alle beide. Warum kannst du denn nicht einfach mal hingehen?

Ich schüttelte nur den Kopf.

Nun hat sie also ein Treffen vereinbart, ganz formell, und sie kam mit, sie dachte wohl, in ihrem Beisein würde sich alles ganz leicht klären lassen.

Wir fuhren mit dem Auto, sie hat nun wieder eins, und sie bekommt Benzin von ihren amerikanischen Freunden. Sonst fahren ja die meisten Autos heute, wenn welche fahren, mit diesen ulkigen Holzöfen hintendrauf, die Holzgas produzieren.

Die Fahrt durch die Stadt, durch die Stadt nach Schwabing, machte mir richtig Spaß. Seit Jahren fuhr ich das erstemal wieder in einem Auto. Ich würde auch wieder gern einmal selbst fahren, fragt sich nur, ob ich es noch kann. Damals, bei Fred Fiebig, habe ich es schnell gelernt, aber ein eigenes Auto habe ich nie besessen, das brauchte man in Berlin auch nicht mit seinen U-Bahnen und S-Bahnen, man kam ja blitzschnell überallhin. Und Taxen gab es auch genug. Nachdem ich Silvester geheiratet hatte und in München wohnte, ließ er mich nur höchst ungern seinen Wagen fahren, ein ziemlich altersschwacher Adler, und er meinte, er könne besser damit umgehen. Und dann wurde sowieso das Benzin knapp, und dann war Krieg und Schluß mit dem Autofahren.

Wir hielten gegenüber von dem Haus, in dem Isabella wohnte, es war wirklich dasselbe Haus, ein schöner alter Jugendstilbau, ein paar Kratzer an der Fassade, ein paar Löcher von Brandbomben, das war alles, sonst sah das Haus geradezu prachtvoll aus.

Victoria wies nach oben und sagte: »Siehst du das große Fenster? Das war das Atelier vom Sopherl.«

Pflichtschuldigst blickte ich hinauf, das große Fenster ist ein großes Loch, wenn einer dort wieder malen will, muß er erst Glas für das Fenster auftreiben, denn hinter Brettern kann man nicht malen.

Wenn Silvester jetzt in diesem Haus wohnt, ob er dann oft an dieses Sopherl denkt, die sich das Leben nahm, um ihn vor der Ehe mit einer Jüdin zu bewahren?

Ich stellte diese Frage Victoria, die damit beschäftigt war, die Mitbringsel aus dem Wagen zu kramen.

»Sicher wird er an sie denken«, sagte sie gleichmütig, »es hängen ja noch genug Bilder von ihr herum.«

»Ich verstehe das ja nicht«, sagte ich eigensinnig, »wenn er später Isabella gerettet hat, warum hat er denn Sopherl nicht gerettet, wenn er sie doch geliebt hat?«

»Er wollte ja mit ihr in die Toskana gehen«, entgegnete Victoria geduldig, »seinen Posten war er sowieso los, war ja egal, wo er lebte, nicht? Aber mit ihr war nichts anzufangen, sie war depressiv, immer schon. Eine schwierige Person. Kein Vergleich mit Isabella, die vernünftig und sachlich ist. Und gescheit. Und tüchtig dazu.«

Ich nicke. Das weiß ich alles schon, Isabella ist überhaupt der Höhepunkt der Schöpfung, das haben sie immer alle gesagt. Und darum ist es nur gut, daß er sie gerettet hat. Ich stehe und starre immer noch hinauf zu dem riesigen leeren Fensterloch. Er hatte halt immer Pech mit seinen Frauen. Die erste, die er heiraten wollte, starb unter einer Lawine, es geschah bei einer gemeinsamen Skitour, und er gab sich die Schuld daran. Die zweite war eine depressive jüdische Malerin, die sich das Leben nahm, anstatt fernerhin friedlich in der Toskana oder sonstwo ihre Bilder zu malen. Und dann geriet er ausgerechnet an mich, und das war auch ein Mißgriff. Warum eigentlich? Er sagte, daß er mich liebe und holte mich aus Berlin nach München.

»Los, nun komm schon«, sagte Victoria, »steh nicht da und starr Löcher in die Luft. Hier, nimm das mal. Ich weiß schon, daß du nicht gern hergekommen bist, aber es geht einfach nicht so weiter mit euch. Ich will, daß das in Ordnung kommt. Dafür werde ich schon sorgen.«

In mir regt sich Widerspruch. Sie wird dafür sorgen! Bin ich ein unmündiges Kind? Victoria mit all ihrer Tüchtigkeit kann einem manchmal auf die Nerven gehen. Ich weiß gar nicht, ob ich ihn wiederhaben will. Wo denn? Hier unter den Augen der gescheiten Isabella und den Bildern der depressiven Sophie? Ich denke nicht daran. Das kann kein Mensch von mir verlangen. Nicht mal Victoria von Mallwitz.

Ich weiß ja nicht einmal, ob ich ihn noch liebe. Liebe – so ein Quatsch. Was heißt das schon? Ich kann gar nicht mehr lieben, ich bin ausgebrannt. Ich bin eine Ruine, so ist das. Ich bin gar nicht mehr zu irgendeiner Art von Liebe fähig. Drei Menschen waren es, die ich geliebt habe: Nicolas, meinen Bruder Ernie, meine schöne Tochter.

Sie sind tot.

Liebe ich Maria? Nein, ich sorge für sie. Und Stephan? Doch, ihn liebe ich, aber auf eine andere Art.

Kann ich das Victoria erklären? Kann ich nicht. Will ich auch gar nicht.

Schweigend gehen wir über die Straße, neben der Haustür das Schild: Dr. Isabella Braun, praktische Ärztin.

Im Treppenhaus treffen wir die Hausmeisterin, es ist dieselbe wie damals, und sie erkennt mich sogar wieder.

Es kommt mir immer vor, als sei das hundert Jahre her, aber soviel Zeit ist ja nicht vergangen, seit ich in diesem Haus war, ein einziges Mal nur.

Silvester war zum erstenmal verhaftet worden, und ich weiß heute nicht mehr, was ich mir davon versprach, zu Isabella zu gehen, die ich kaum kannte. Ich war nicht ihre Patientin, ich war nicht mit ihr befreundet, wie Silvester und sein Kreis. Sie war nicht mehr da. Andere Leute wohnten nun dort.

›Schon wieder jemand, der nach der Judensau fragt, die gibt's hier nicht mehr‹, schrie die Frau, die mir die Tür aufgemacht hatte.

Mir wurde ganz schwindlig, so hatte noch nie ein Mensch mit mir gesprochen. Unten traf ich die Hausmeisterin, sie war sehr freundlich, nahm mich mit in ihre Wohnung und sagte, daß sie auch nicht wisse, wo die Frau Doktor wäre. Einfach verschwunden sei sie, und dann hatte man die Wohnung geräumt und andere Leute eingewiesen. ›Greisliche Leut‹, nannte sie die Hausmeisterin. Heute lacht sie mich an.

»Jetza is wieder da, unsere Frau Doktor. Des hat uns gfreit, mein Mann und mi.«

Victoria greift in einen der Beutel.

»Das ist für euch«, sagt sie, »bissel ein Speck, eine Butter und ein Bauernbrot. Das backen wir selber.«

»Vergelt's Gott«, sagte die Hausmeisterin, »das Brot is eh so knapp, satt wird man nie.«

Dann steigen wir die Treppe hinauf in den ersten Stock.

Die Tür ist nur angelehnt, es ist Sprechstunde, die Patienten sitzen nicht nur im Wartezimmer, auch im Gang, es sind viele, und ich denke, daß Isabella hart arbeiten muß. Aber das hat sie wohl immer getan. Für ihre Patienten hat sie früher gelebt, lebt sie jetzt wieder.

Victoria geht zielbewußt an den Leuten vorbei, dann wird es ruhiger in dem Gang, eine kleine Biegung, und unter einer geöffneten Tür steht Silvester. Er hat wohl das Auto vom Fenster aus gesehen und uns auch.

Er trägt einen ordentlichen grauen Anzug, er sieht viel besser aus, er küßt Victoria die Hand, dann mir. Dann küßt er uns beide auf die Wange.

Also!

Was machen wir nun? Wir machen Konversation, sitzen in einer Ecke um einen runden Tisch herum. ›Wie geht es dir?‹ ›Danke, ganz gut. Zeitentsprechend halt.‹ ›Und was treibst du immer so?‹ ›Ach na ja, und so in der Art.‹ Wir sind alle drei freundlich und nett, wir lächeln, Silvester erzählt, daß sein Rükken nun schon besser sei, und manchmal geht er schon im Englischen Garten spazieren, sind ja nur ein paar Schritte, nur wenn es gefroren hat, fühlt er sich unsicher, Isabella hat ihm einen Stock verordnet, den nimmt er mit.

»Ein alter Mann, der an einem Stock geht, das ist aus mir geworden«, sagt er, aber er lächelt dabei, es ist sein liebenswertes Lächeln mit Fältchen in den Augenwinkeln, ich kenne es noch.

Ein Dienstmädchen bringt Tee und Gebäck. Wir trinken also Tee, knabbern an den harten Plätzchen herum, Victoria redet, sie redet viel, wohl um eine gelöste Atmosphäre zu schaffen. Sie erzählt vom Waldschlössl, von seinen Bewohnern, von ihren Flüchtlingen, sie sagt immer ›meine Flüchtlinge‹, von den Pferden, von den Kühen und was sie sonst noch zu verwalten hat. Albrecht, ihr Sohn, ist auch aus der Gefangenschaft entlassen, er erholt sich bei seiner englischen Großmama. Wir hören zu, wir nicken, wir machen ›Oh!‹ und ›Ah!‹ und trinken Tee.

Ich fühle mich wirklich entspannter, lehne mich in meinem Sessel zurück und betrachte in Ruhe meinen Mann.

Mein Mann. Für mich ist und bleibt es ein fremder Begriff. Ich habe nie einen richtigen Ehemann gehabt. Mit Kurt Jonkalla war ich zwar verheiratet, aber ganz für voll in der Rolle des Ehemanns habe ich ihn nie genommen, er war der Kurtel, ein Freund meiner Kindheit. Daß ich nur Nicolas liebte, dafür konnte er nichts. Daß ich ihn trotzdem geheiratet hatte, war eine Gemeinheit. Ich sehe es ein, ich gebe es zu. Doch Kurtel war sehr glücklich mit mir, und vielleicht hätte es später noch etwas werden können mit unserer Ehe; wir waren knapp dreiviertel Jahr verheiratet, da begann der Krieg, und aus Rußland kam er nie zurück, mein erster Mann.

Als ich Silvester Framberg kennenlernte, war ich immerhin schon dreiundvierzig Jahre alt, er wollte mich heiraten, ich wollte nicht so recht, ich dachte mir, das geht sowieso nicht gut, das ist für mich nicht bestimmt. Im Frühjahr 38 haben wir dann geheiratet. Und eine Weile war es wirklich eine Ehe, und es gefiel mir.

Da sitzt er nun, nett und umgänglich, sein Blick ist ohne Abwehr, ohne Haß – Haß war es wohl auch bei unserer letzten Begegnung nicht, es ist schwer zu beschreiben, was es war, ich hab' es ja auch nicht verstanden.

Heute sagte er: »Ich möchte mich bei dir entschuldigen.«

Ich lächle und sage: »Es ist schon gut. Ich habe deine Gefühle verstanden.«

Das ist doch alles Lüge, ein lächerliches Theater. Dann muß ich beinahe lachen, denn ich denke an den Brief von Alexander Hesse. Der lebt, und zwar in Amerika. Was würde Silvester sagen, wenn ich ihm das erzähle? Würde er weiterhin so freundlich-gütig auf mich blicken?

Ich habe es nicht einmal Victoria erzählt, es ist ein Geheimnis zwischen Marleen und mir. Keiner weiß davon.

Ich merke: Silvester weiß inzwischen Bescheid über mein Leben, weiß von Maria, von Stephan und sagt: »Du hast es nicht leicht, wie ich gehört habe.«

Ich antworte nicht darauf, aber ich merke, wie mein Gesicht vor Hochmut erstarrt.

Nicht leicht. Begreift er nicht, was Vickys Tod für mich bedeutet?

In diesem Augenblick hasse ich ihn.

Dann will er noch wissen, wie ich finanziell hinkomme, ob ich Geld brauche. In dieser Beziehung betrachtet er sich offenbar noch als mein Mann.

Ich schweige; Victoria schaut mich besorgt an, sie kennt mich; doch ehe ich etwas Bissiges erwidern kann, kommt Isabella herein.

Sie kommt auf einen Sprung nur, sagt sie, sie hat einen weißen Kittel an, sie ist hager und groß, ihr tief gefurchtes Gesicht ist schön in seiner gemeißelten Magerheit, ihr dunkles Haar ist fast weiß geworden.

Sie lächelt mich freundlich an, ist ganz unbefangen; trinkt im Stehen eine Tasse Tee, der Tee ist kalt geworden, mit ihren Gedanken ist sie in ihrem Sprechzimmer.

»Wird es dir nicht zuviel Arbeit?« fragt Victoria, doch Isabella schüttelt den Kopf und lächelt. »Nein«, sagt sie, »darum lebe ich ja noch.«

Dann geht sie wieder.

Silvester kommt auf meine finanzielle Lage nicht zurück, aber sicher wird er mit Victoria darüber sprechen, wenn er sie das nächstemal trifft. Falls er Geld hat, wird er dann auf mein Konto etwas überweisen. Ich habe, auch nachdem ich ihn geheiratet hatte, mein eigenes Konto behalten. Es war für mich eine Sensation gewesen, ein Bankkonto zu haben, und ich hatte es, seit mein erstes Buch erschienen war. Ich habe keine Ahnung, wie seine finanzielle Lage ist. Darüber spricht er nicht. Als er verhaftet wurde, war jedenfalls nicht viel Geld da, woher auch? Und wie ist es jetzt? Lebt er von Isabella? Von Zuwendungen seiner Freunde, die alle recht wohlhabend sind? Oder bekommt er als ehemaliger KZler von irgendwoher Geld? Von den Amerikanern? Vom Staat? Von was für einem Staat? Ich weiß das nicht, er erzählt es mir auch nicht. Victoria weiß es bestimmt, sie weiß alles über sein Leben, und wenn ich sie frage, wird sie es mir erzählen.

So vergeht eine Stunde und noch eine halbe, und mir fällt nichts mehr ein, worüber ich reden könnte. Von mir und meinem Leben in Marleens Haus will Silvester offensichtlich nichts wissen, er stellt keine Fragen. Wie es in mir aussieht, müßte er sich eigentlich denken können.

Das Gespräch wird quälend, Victoria gibt schließlich auf. »Sobald das Wetter schön wird, wenn es Frühling wird«, sagt sie, »dann kommt ihr beide zu mir hinaus. Du brauchst Erholung, frische Luft und Sonne, Silvester. Ihr werdet zusammen spazierengehen, und vielleicht«, sie lacht ein wenig, »werdet ihr auch wieder zusammen ausreiten. Ich habe schöne Pferde draußen.«

»Reiten? Ich? Mit meinem Rücken?« sagt Silvester.

»Vielleicht tut es deinem Rücken gerade gut«, sagt sie, »reiten ist gesund.«

Jetzt ist auch sie verlogen. Sie weiß, daß sich das Vergangene nicht zurückholen läßt. Wie sie weiß, daß ich bei ihr keine Ferien machen kann; wer sorgt für Maria und Stephan? Sicher, Eva und Herbert täten es schon. Aber nicht so wie ich. Außerdem wollen sie ja anfangen zu studieren, wenn die Universität wieder aufmacht.

Und wenn ich mir alles vorstellen kann, ich kann mir nicht vorstellen, daß ich mit Silvester im Wald spazierengehe. Geschweige denn reite.

In dem Zimmer hier hängen jedenfalls keine depressiven Bilder, das habe ich gesehen.

Und dann können wir endlich gehen.

Er verabschiedet sich im Zimmer von uns.

»Die vielen Leute da draußen«, murmelt er.

Während wir die Treppe hinuntergehen, denke ich darüber nach, wie es am Abend sein wird. Einmal wird Isabella ja fertig sein mit ihren Patienten, sie wird müde sein, abgespannt, sie werden zu Abend essen, was machen sie dann? Reden, lesen, Radio hören. Heute reden sie vielleicht über mich. Victoria sagt nichts, bis wir wieder im Auto sitzen. »Du benimmst dich komisch«, sagt sie, und es klingt ärgerlich. »So«, sage ich. Und nach einer Weile, als nichts mehr kommt, füge ich hinzu: »war doch friedlich. Was erwartest du denn? Er will nicht zu mir kommen, das ist eine Tatsache. Und ich kann nicht mit Stephan und Maria noch zusätzlich in diese Wohnung ziehen, in der es von Patienten wimmelt. Oder wie stellst du dir das vor?«

»Nein, natürlich nicht«, gibt sie zu.

»Also, was erwartest du von mir?«

»Ich möchte, daß es zwischen euch wieder so wird wie früher«, sagt sie.

»So wie früher wird es nie mehr werden, das weißt du ganz genau. Vielleicht irgendwie anders. Heute ging es doch schon ganz gut. Man muß Geduld haben.«

Sie wirft mir einen schrägen Blick zu.

»Das klingt seltsam aus deinem Mund«, sagt sie.

»Wieso? Man muß Geduld haben mit Silvester, das hast du selbst einmal gesagt. Seine Menschenwürde ist verletzt. Aber man muß auch Geduld haben mit mir. Es ist ja nicht so, daß ich ein glücklicher Mensch bin.«

Sie legt mir im Fahren eine Hand aufs Knie.

»Ich weiß«, sagt sie leise. »Ich hab' halt nur gedacht – na ja. Wollen wir noch auf einen Sprung zu Franziska?«

Franziska ist eine Wohltat, eine Erholung nach diesem Nachmittag. Ihr Laden ist vollgepackt, da steht und liegt und hängt ein unbeschreiblicher Kram herum, und dazwischen kann man ein paar wirklich hübsche Stücke entdecken. Es sind sogar Kunden da, zwei Amerikaner, die kindlich entzückt an einer Spieldose drehen, die ›O du fröhliche, o du selige‹ spielt. Eine alte Frau ist da, die gerade ein ziemlich großes Bild auspackt, und mir bleibt die Spucke weg, als ich sehe, was es ist: Friedrich der Große, hoch zu Roß.

Und das in Bayern.

»Ich habe noch mehr«, flüstert die alte Frau. »Auch Napoleon. Und Kaiser Wilhelm. Und Ludwig den Zweiten. Und die Kaiserkrönung in Versailles. Mein Mann hat das gesammelt, wissen sie.«

»Na, ist ja ganz nett«, sagt Franziska, während ihre Augen vor Wonne glitzern. »Ich nehme es in Kommission.«

»Ich bringe die anderen auch noch«, sagt die alte Frau, »ich konnte nur nicht alle auf einmal tragen.«

Der schwarze Lockenkopf ist auch da, er poliert eifrig an einem schwärzlichen Samowar herum.

»Setzt euch hinter«, sagt Franziska, »ich mach gleich Kaffee.«

»Nicht nötig«, sagt Victoria, »wir kommen gerade von Silvester, wir haben Tee getrunken.«

»Geh, ihr wart dort? Und?« fragt Franziska neugierig und sieht mich an.

»Es war sehr nett bei ihm«, sage ich. »Er schaut schon wieder gut aus.«

»Ah geh«, sagt sie nochmal, dann wendet sie sich den beiden Amerikanern zu und spricht mit einem bayerisch gefärbten Englisch auf sie ein, stellt noch einen Maßkrug mit Zinndeckel neben die Spieldose, und dann holt sie mit geheimnisvoller Miene und bewegten Gebärden einen wunderschön ziselierten Dolch aus einer Schublade und legt ihn auf den Tisch.

»Na, was sagts? Das ist venezianische Arbeit. Venice, you see. It belonged to Casanova.«

Sie winkt Paolo, der kommt und redet in rasendem Italienisch auf die verdutzten Amis ein, die kein Wort verstehen, aber tief beeindruckt sind.

Ich wundere mich, daß sie so was überhaupt haben darf, wie diesen Dolch, das ist schließlich eine Waffe. Aber natürlich, wenn er Casanova gehört hat.

Die Amerikaner kaufen alles, die Spieldose, den Bierkrug und den Dolch. Sie zahlen mit Zigaretten.

»Sixt es«, strahlt Franziska, nachdem die beiden mit ihren Schätzen den Laden verlassen haben.

Ich fühle mich entspannt und gelöst. Auch Victoria lächelt. Die alte Frau mit dem Preußenkönig auf dem Schimmel steht immer noch da, sie sieht so armselig und hungrig aus.

»Bekommt sie gar nichts?« frage ich.

»Ich nehm's in Kommission, habe ich gesagt. Na, weil ihr da seid.«

Sie reißt die Stange Zigaretten auf und gibt der Alten eine Packung.

»Aber die raucht doch sicher nicht«, sage ich.

»Geh, sei net so blöd. Das ist bares Geld. Sie wird schon wissen, was sie damit macht.«

Die Alte nickt und geht schnell, als hätte sie Angst, man könne ihr den Schatz wieder entreißen. Friedrich der Große für eine Packung Camel.

»Morgen bringe ich Napoleon«, ruft sie an der Tür.

»Wollts wirklich keinen Kaffee?« fragt Franziska.

Also trinken wir noch mit ihr Kaffee. Der Tee war sowieso ein bißchen dünn.

Es ist schon dunkel, als wir aus der Stadt hinausfahren. Ich bin todmüde und starre blicklos durch die Windschutzscheibe in den tiefhängenden Himmel. Es wird wieder regnen oder schneien. Wenn der Winter nur erst vorbei wäre.

Ich bilde mir ein, wenn es Frühling wird, wenn die Erde sich erwärmt, wird das ganze Leben leichter sein. Nachkriegszeit und Winter, das ist schwer zu ertragen. Ich muß dann nicht mehr jedes Stück Koks im Keller zählen, er ist sowieso bald zu Ende.

Irgendwann, im Laufe des Sommers, werde ich anfangen, mir den Kopf zu zerbrechen, womit wir im nächsten Winter heizen werden. Aber vielleicht bin ich dann schon tot, dann brauche ich mich nicht mehr darum zu kümmern.

Der Gedanke hat noch immer, und immer wieder, etwas Verlockendes. Es wäre wie eine Reise in ein fremdes schönes Land, in dem es grün ist und warm ist und . . .

Ach, hör bloß auf, Nina, du widerst mich an. Du bist viel zu feige, und du hast überhaupt keinen Grund, dich über dein Leben zu beklagen. Maria spielt Klavier und lernt jetzt die Geschichte der alten Griechen, das fasziniert sie sehr, sie bringt es fertig, davon zu erzählen, höchst anschaulich, als sei sie dabeigewesen.

Neulich beim Abendessen fing sie von Plato an und seiner Politeia, ich wußte gar nicht, was das ist. Ich sah Marleen und Alice an, daß sie es auch nicht wußten, doch Eva und Herbert gaben Kluges von sich, also stellte ich keine Frage. Dann kam Maria auf Demosthenes und seine Reden, da wußte ich Bescheid, das war der mit den Kieselsteinen im Mund. Inzwischen sind sie bei Alexander dem Großen, für den schwärmt Maria geradezu. Der macht das ganz geschickt, dieser Oberstudienrat. Je weiter entfernt Geschichte ist, um so problemloser. Alexander hat zwar auch Krieg geführt, Eroberungskriege, und wie, aber das ist lange her. Und ein böses Ende nahm es schließlich mit ihm auch. Wenn man Maria so sieht und ihr zuhört, da kann man nur staunen, wie sie sich in den letzten zwei, drei Monaten verwandelt hat.

»Woran denkst du«, unterbricht Victoria das Schweigen, »wir sind schon gleich in Solln.«

»An Alexander den Großen«, antworte ich.

»Wie?« Sie lacht.

Ich erzähle ihr von Maria, und sie nickt befriedigt.

»Gute Idee, das mit dem Unterricht«, sagt sie.

Ich kann kaum die Augen offenhalten, und Kopfschmerzen habe ich auch schon wieder.

»Ich bin furchtbar müde«, sage ich.

»Das ist der Beginn der Frühjahrsmüdigkeit«, antwortet Victoria sachlich. »Ganz verständlich. Und sehr einseitig ist die Ernährung ja auch. Dir fehlen Vitamine. Weißt du, was ich mir gedacht habe? Ihr habt doch diesen schönen großen Garten. Du könnntest doch im Frühling anfangen zu säen. Gemüse und Kräuter.«

»Davon haben wir schon gesprochen, Eva und ich. Herbert sagt, er wird umgraben. Werkzeug können wir uns leihen, das hat er schon organisiert.«

»Na prima. Ich bringe euch Saat und junge Pflanzen. Es lohnt sich wirklich, wenn ihr den Garten nützt. Und es wird dir Spaß machen, wenn etwas wächst, das wirst du sehen.«

Ich muß so gähnen, daß mir die Tränen in die Augen treten.

Victoria lacht.

»War ein anstrengender Tag, arme Nina. Gehst du heute mal zeitig schlafen.«

»Heute muß ich noch Strümpfe stopfen. Maria hat kein einziges Paar ganze Strümpfe mehr und ich auch nicht. Und am allernötigsten brauche ich Schuhe für Maria, sie ist gewachsen, und die abgelatschten Treter, mit denen sie hier ankam, die sie ihr beim Roten Kreuz gegeben hatten, passen nicht mehr.«

Victoria ist von der Hauptstraße abgebogen und fährt nun langsam durch die ruhigen Villenstraßen von Solln. Hinter den Fenstern der hübschen Häuser ist Licht. Ist das nicht schon viel? Als ich herauszog mit Stephan, waren die Fenster noch dunkel. Allerdings gibt es jetzt manchmal auch kein Licht, dann ist Stromsperre. Damit läßt sich leben, denn es fallen keine Bomben. Wir haben genügend Kerzen im Haus, daran hat Hesse auch gedacht, sogar eine Petroleumlampe, nur kein Petroleum. Aber Herbert ist schon auf der Suche danach, bestimmt wird er demnächst welches auftreiben. Und nun werden die Tage länger, bald ist es März. Im März, so hat man uns verkündet, beginnt die Entnazifizierung, was immer das sein soll.

Von uns kann das keinen etwas angehen. Höchstens mich, die ich im Dritten Reich Bücher geschrieben habe, die veröffentlicht wurden. Einen Roman hat man im Völkischen Beobachter abgedruckt, mit großem Erfolg. Und drei meiner Stoffe sind verfilmt worden. Es waren keine großen Filme, Unterhaltung, nichts, für das Herr Dr. Goebbels mir die Hand geschüttelt hätte. Bin ich nun also ›betroffen‹ oder nicht? Da ich nie wieder schreiben werde, kann es mir egal sein. Und denen, die sich jetzt wichtig tun werden, auch. »So, da sind wir«, sagt Victoria, »sei nicht böse, wenn ich nicht mehr mit hineinkomme, es ist schon spät.«

»Nein, fahr nur, du hast noch einen weiten Weg. Und ich danke dir. Und es tut mir leid, wenn ich es nicht richtig gemacht habe.«

»Das kommt schon in Ordnung«, sagt sie.

Ich steige aus, und sie fährt weg.

In Ordnung? In wessen Ordnung? In Gottes Ordnung? Der Menschen Ordnung? Der Amerikaner, der Russen Ordnung? Der Nazi Ordnung kann es ja nicht mehr sein, wenigstens etwas. Aber sonst sehe ich nirgends eine Ordnung.

Ich stehe vor der Haustür, mir ist kalt, und es beginnt zu regnen. Gott, bin ich müde. Und ich habe alles so satt. Es gibt überhaupt keine Ordnung mehr, schon lange nicht mehr, wenn es sie überhaupt in meinem Leben je gegeben hat.

Über ein Jahr, daß Vicky tot ist. Fast ein Jahr, seit Maria hier eintraf.

Scheißordnung würde Herbert sagen.

Und ich habe alles falsch gemacht. Mit Silvester habe ich alles falsch gemacht. Im Oktober, als ich ihn das erstemal wiedersah, hätte ich ihn in die Arme nehmen und sagen müssen: Wie gut, daß du wieder da bist. Warum habe ich es heute nicht getan? Weil ich erwartet habe, daß er es tut? Warum habe ich es nicht getan?

Konnte er es nicht tun, nicht sagen: arme Nina, arme, arme Nina? Dann hätte ich geweint in seinen Armen. Das wäre besser gewesen als der ganze Unsinn, den wir geredet haben.

Dann war plötzlich einer da, der Nina in die Arme nahm, der sie verstand, in dessen Armen sie weinen konnte und der mit ihr weinte.

Ende März las sie in der Zeitung, daß wieder ein kleines Theater aufgemacht hatte, und sie las den Namen Peter Thiede. Peter! Er hatte überlebt, er war hier, er spielte Theater. Verzaubert wie ein Kind vor dem Christbaum saß Nina vor der kurzen Zeitungsmeldung.

Sie sprach zu keinem davon, überlegte tagelang, was sie tun sollte. Ihm schreiben an die Adresse des Theaters? Einfach hingehen? In eine Vorstellung? Das war schwierig, abends kam sie nicht mehr nach Hause.

Oder lieber gar nichts tun? Sich nur darüber freuen, daß er lebte? Es war so lange her, und er würde sie längst vergessen haben. Und alt war sie inzwischen auch geworden. Sie betrachtete sich lange im Spiegel: blaß, schmal im Gesicht, die Augen umschattet, ohne Glanz.

»Findest du, daß ich sehr alt aussehe?« fragte sie Marleen.

»Du? Nicht die Spur. Du siehst immer noch sehr hübsch aus. Ein paar Pfund mehr könntest du haben, das wäre für dein Gesicht besser. Und dann solltest du dich ruhig ein wenig zurechtmachen, ich habe ja noch genug von dem Zeug.«

Am nächsten Tag, nachdem Maria in die Schule gegangen war – so nannten sie das jetzt – klopfte sie bei Marleen und fragte: »Darf ich mal in deine Töpfe greifen?«

883

»Bitte sehr«, Marleen wies zu ihrem Toilettentisch, Nina setzte sich davor, verrieb ein wenig Leichner-Schminke in ihrem Gesicht; ein wenig Rouge auf die Wangen, Puder darüber. Marleen betrachtete sie prüfend.
»Nimm noch etwas Wimperntusche«, riet sie.
Sie fragte nicht, wozu, warum. Das war angenehm. Denn Nina wußte selbst nicht, was sie vorhatte. Sie würde in die Stadt fahren, durch die Gegend streifen, schauen, ob sie das Theater fand. Es nur einmal ansehen, von außen.
Vielleicht hing ein Programmzettel da. Oder ein Bild von ihm. Treffen wollte sie ihn gar nicht, wozu auch?
Eva würde sich um das Mittagessen kümmern. Herbert fuhr mit ihr in die Stadt. Sie trug das graublaue Kostüm, obwohl es eigentlich noch ein wenig kühl dafür war.
»Großartig siehst du aus«, sagte er, als sie im Zug saßen.
»Findest du?«
»Was hast du denn vor?«
Nina lachte. »Früher hätte man gesagt: einen Stadtbummel machen.«
»Gute Idee. Vielleicht sehen wir uns später bei Franziska. Ich hab' den Schmuck für sie dabei.«
Herbert klopfte auf seine Tasche, ein schöner alter Goldschmuck, Kette, Ohrringe und Armband, hatte ihm neulich eine Dame aus der Umgebung anvertraut. Alter Familienschmuck, hatte sie gesagt, aber der nütze ihr jetzt wenig, sie brauche etwas zu essen.
Sie alle hatten den Schmuck bewundert, er war wirklich schön.
»Ein Jammer«, hatte Eva gesagt. »Zu denken, daß dann so eine blöde Amikuh damit herumläuft.«
»Na, vielleicht schenkt er ihn auch einem deutschen Fräulein.«
»Die wird sich bestimmt mehr für Kaffee oder Zigaretten interessieren. Und was zu essen.«
Nina fand das Theater, fand ein Plakat davor und ein Bild von Peter Thiede, ein Rollenfoto aus einem seiner Filme: der intensive Blick, das charmant-leichtsinnige Lächeln um seine Lippen. Er sah genauso aus wie früher.
»Nebbich«, sagte sie laut. »Es ist ja auch ein Bild von früher.«
›Sehen wir uns heute abend?‹
Das war das Zauberwort gewesen, auf das sie immer gewartet hatte. In der Silvesternacht des Jahres 1928 hatte er sie das erste Mal mitgenommen in seine Pension. Als das neue Jahr begann, hatte sie die erste Nacht mit ihm verbracht. Ein Silvesterabenteuer, was sonst? Sie gab sich als moderne, vernünftige Frau, eine Fortsetzung würde es nicht geben.
Doch ab und zu in den nächsten Wochen, während der Vorstellung, in den Kulissen kam seine Frage: ›Sehen wir uns heute abend?‹ Sie war mit Felix Bodmann befreundet, dem das kleine Theater gehörte, Peter spielte die Hauptrolle auf der Bühne, sie arbeitete im Büro. Doch Felix wurde auf einmal unwichtig, obwohl sie ihm doch so dankbar gewesen war: weil sie bei ihm Arbeit gefunden hatte, weil er sie liebte, weil sie nicht mehr so allein und verlassen war in der großen Stadt Berlin.
Allein und verlassen war sie gar nicht, sie hatte Trudel, sie hatte die Kinder, aber sie war eine Frau, die endlich wieder einmal geliebt werden wollte. Felix also, und es machte ihr nichts aus, daß er verheiratet war. Sie teilte

seine Sorgen um die Existenz des Theaters, zählte wie er jeden Abend die Zahl der Besucher, die in dem kleinen Parkett saßen.
In der Silvesternacht war Felix früh gegangen, seine Frau, natürlich. Schließlich finanzierte sie das Theater. Aber Nina war verärgert. Und dann Peter, der mit ihr auf der Bühne tanzte, als sie alle, das ganze kleine Ensemble, nach der Vorstellung feierten. Feiern was? Wieder so ein verdammtes neues Jahr mit neuen Schwierigkeiten.
Doch da war nun Peter, dieser junge, begabte Schauspieler. Sie hätte nie gedacht, daß er sie beachtete. Natürlich waren sie eine verschworene Gemeinschaft an dem kleinen, ständig von der Pleite bedrohten Theater, aber Nina war viel zu scheu in dem ungewohnten Milieu, und sie wußte auch, wie gut Peter den Frauen gefiel.
Dann die Silvesternacht. Sie ging einfach mit ihm. Vielleicht kam es daher, daß er sie ein wenig an Nicolas erinnerte; so verschieden er von Herkunft und Lebensweise auch sein mochte, es war sein Charme, sein leichter Ton, sein Lächeln, seine Zärtlichkeit, die sie an Nicolas denken ließen.
Es ist nichts, redete sie sich ein. Eine Laune von ihm, ein Abenteuer in der Silvesternacht. Bloß keine Liebe, nie wieder. Und dennoch wartete sie auf seine Frage: ›Sehen wir uns heute abend?‹
Nicht viel später machte das Theater zu, sie waren alle arbeitslos, Felix ging mit seiner Frau nach Amerika, doch Nina und Peter blieben zusammen, sie hatten keine Arbeit, kein Geld, aber Liebe war es nun doch.
Eine Weile werde ich dich behalten, hatte er gesagt.
Ein Ausspruch, der Nina kränkte und den sie nie vergaß.
Dann machte er sehr rasch Karriere beim Film. Sie sah und hörte lange nichts mehr von ihm. Plötzlich rief er wieder an, und sie sagte sich, das klang sehr vernünftig: Nein, nie wieder, nicht noch einmal; ich habe ihn vergessen.
Aber sie schlief wieder mit ihm; und das war gut, denn Peter brachte sie dazu, endlich zu tun, wovon sie stets gesprochen hatte: zu schreiben. Geschichten, einen Roman, einen Filmstoff; daß sie schließlich Erfolg mit diesen Versuchen hatte, war sein Verdienst.
Nina stand da und starrte in sein lächelndes Gesicht.
Für eine Weile werde ich dich behalten.
Nina drehte sich abrupt um. Das mußte in einem anderen Leben gewesen sein.
Immerhin, er war da, er lebte, er spielte Theater, also war er gesund. Das war schon viel in dieser Zeit. Nun konnte sie gehen.
Sie ging langsam um das Haus herum, hinten war es zerstört, doch seitwärts und vorn, wo der Eingang zu einem Lokal war, sah es ganz manierlich aus.
Zögernd betrat sie die Kneipe, an der Tür war ein Pfeil – ›Zum Theater‹ stand da. Also mußte man zum Theater durch das Lokal. So was gab es heute, so was war normal.
Sie raffte den dicken Stoff zur Seite, der hinter der Eingangstür wohl als Schutz gegen die Kälte angebracht war, hörte laute Stimmen, Lachen, und dann sah sie ihn. Es war eine einfache Kneipe, zwei Tische, die zusammengeschoben waren. Die Schauspieler.
Er saß da, halb von ihr abgewandt, sie redeten, schienen vergnügt zu sein.

Seine Kollegen, dachte Nina. Die Blonde neben ihm, wie jung, wie hübsch, sicher seine Freundin. Ich gehe wieder.

Sie stand da und rührte sich nicht, immer noch den rauhen Stoff des Vorhangs zusammengekrampft in einer Hand.

Einer blickte zu ihr hin, dann noch einer, und dann wandte auch er den Kopf.

Er zögerte keine Sekunde, sprang auf, kam auf sie zu, blieb vor ihr stehen.

»Ninababy!«

Ohne ein weiteres Wort nahm er sie in die Arme und küßte sie auf den Mund.

Er hat mich sofort erkannt. So schrecklich alt kann ich gar nicht geworden sein.

Er bog den Kopf zurück, betrachtete sie, nahm sein Taschentuch und wischte ihr Marleens verschmierten Lippenstift vorsichtig aus dem Gesicht.

»Du kannst dich später neu anmalen«, sagte er, und es war der alte, so wohlbekannte zärtliche Ton. Dann schloß er sie ganz fest in die Arme und küßte sie, lange und zärtlich.

Nina schloß die Augen. Ein Schluchzen saß in ihrer Kehle. Jahre und Jahre waren vergangen. Peter Thiede, der große UFA-Star, er war wie immer.

Jetzt blickten alle zu ihnen her, einige applaudierten, dann ließ Peter sie los, lachte, legte den Arm um ihre Schultern und führte sie an den Tisch, blieb vor den anderen stehen.

»Wißt ihr, was das ist?« fragte er. »Das ist ein Wiedersehen!«

»Ja, das sind die Wiedersehen in dieser Zeit«, sagte ein massiger, grauhaariger Mann mit tönender Stimme und stand auf. »Mit das Schönste, was es heutzutage gibt. Gnädige Frau!«

Er verneigte sich, und Nina streckte ihm schüchtern die Hand entgegen, die er nahm und feierlich küßte.

»Das ist Ulrich Santner«, sagte Peter, und Nina erwiderte: »Du brauchst ihn mir nicht vorzustellen. Ich habe ihn oft genug in Berlin auf der Bühne gesehen.«

Santner nickte zufrieden. Auch von den anderen kannte Nina drei, vom Theater oder vom Film der jüngsten Vergangenheit.

»Und dies ist Nina Jonkalla«, sagte Peter schließlich, und eine von den Damen rief: »Oh! Die berühmte Schriftstellerin!«

Nina schluckte und öffnete die Augen weit. Gab es das? Erinnerte sich jemand an sie?

Die nächsten Stunden vergingen wie im Rausch. Sie bekamen eine Suppe zu essen, die Wirtin war so fröhlich wie ihre Gäste, der Wirt saß schließlich mit am Tisch. Und sie redeten und redeten, sie lachten, sie lebten. Lebten. Natürlich sprachen sie von ihrem Stück, Nina kannte es nicht, es war von einem amerikanischen Autor; dann sprachen sie von dem nächsten Stück, das sie machen würden, aber noch lief dieses großartig, sie waren jeden abend ausverkauft, und dann sprachen sie von den Rollen, die sie früher gespielt hatten, in Berlin und anderswo, ehe die Theater schließen mußten, damit die Künstler an der Front oder in den Fabriken den Krieg gewinnen halfen.

Der Krieg war vorbei, und sie spielten wieder. Das war das einzige, das etwas für sie bedeutete.

Später mußte Nina das Theater besichtigen, es lag hinter dem Lokal, es war

886

klein, aber es gab eine richtige Bühne. Nur dahinter sah es übel aus, das Haus hatte keine Rückfront mehr, und die Garderoben, es waren nur zwei, befanden sich in kleinen zugigen Holzbuden.

»Macht nichts«, tönte Santner mit seinem sonoren Organ. »Hauptsache, wir spielen. Was glaubt ihr, wie die Neuberin durch die Lande gezogen ist. Geradezu fürstlich hier.«

»Du tust geradeso, als seist du dabei gewesen«, sagte die schlanke Brünette mittleren Alters, es war Katharina Linz. Nina hatte sie auch oft auf der Bühne gesehen. »Ach, wenn ich an meine Garderobe in Berlin denke. Und die wundervollen Blumenarrangements, die Göring mir immer schickte.«

Darüber lachten sie wieder alle sehr, und einer meinte: »Dessen würde ich mich heute nicht mehr rühmen.«

»Warum nicht?« widersprach Kathatrina Linz. »Es war mein Leben. Mein Erfolg. Meine Rollen. Gott, wenn ich an meine Widerspenstige denke. War ich nicht gut?«

»Du warst umwerfend«, gab Santner zu. »Edgar war dein Petrucchio. Man wunderte sich jedesmal, daß das Theater noch stand, wenn ihr fertig wart mit eurer großen Szene.«

So ging es weiter; Nina hörte zu, und während der ganzen Zeit hielt Peter ihre Hand. Er war dünn, fast mager, und das waren sie alle, und wenn sie nicht von ihren Rollen sprachen, redeten sie vom Essen und wo und wie etwas zu organisieren sei.

Was das anging, war die wichtigste Person die hübsche Blonde, wie Nina bald herausfand. Sie hatte einen amerikanischen Freund, den alle priesen und dessen Vorzüge offenherzig besprochen wurden.

»Ein anständiger Boy«, ließ sich Santner vernehmen, »sei froh, daß du den hast. Und sei ihm ja treu.«

»Wir brauchen ihn nämlich«, erklärte Peter. »Er ernährt uns. Und er war sehr hilfreich beim Transport der Kulissen und Requisiten; die mußten wir anderswo zusammenbasteln, hier ist kein Platz.«

Die Blonde, sie hieß Ingrid, lächelte melancholisch.

»Ich bin ihm ja treu. Ist mir sowieso egal, wer es ist.«

Plötzlich hatte sie die Augen voller Tränen.

Santner nahm ihre Hand.

»Henry ist ein netter Junge«, sagte er tröstend.

»Und so verliebt in dich.« Zu Nina gewandt fügte er hinzu: »Er ist da bei dem Theateroffizier beschäftigt. Wir mußten uns ja vor- und rückwärts verhören lassen, bis wir die Spielerlaubnis bekamen. Und er war gleich verrückt auf Ingrid. Diese Verbindung ist wahnsinnig wichtig für uns. Das weißt du doch, Ingrid, Schatz.«

»Natürlich weiß ich es. Und ich tue ja auch alles für euch. Entschuldigt mich!« Sie sprang auf und lief aus dem Raum. Alle sahen ihr nach.

»Jetzt weint sie wieder stundenlang«, sagte Katharina.

»Mein Gott, wenn sie es nur nicht wüßte. Wenn man ihr wenigstens gesagt hätte, er sei gefallen.«

Nina erfuhr die Geschichte.

Der Mann, den Ingrid liebte und mit dem sie kurze Zeit verheiratet gewesen war, wurde kurz vor Ende des Krieges wegen Feigheit vor dem Feind aufgehängt.

»Am Straßenrand«, sagte ein Mann namens Holger, von dem Nina inzwischen wußte, daß er der Regisseur war.

»Im Osten«, berichtete er. »Was heißt im Osten, es war bereits kurz vor Berlin. Er war Oberleutnant, und er hatte seine kleine Truppe, die bis auf ein paar Mann zusammengeschossen war, zurückgezogen. Und er weigerte sich, sie wieder gegen die Russen zu führen. Da hat ihn irgend so ein verrückter Heldenklau am Wegrand aufhängen lassen. Man muß sich das vorstellen, drei Wochen vor Ende des Krieges.«

»Wie furchtbar!« murmelte Nina. »Und wieso weiß sie das?«

»Das ist ja das Dumme. Ein Freund von ihrem Mann, ein junger Leutnant, lag in einem Lazarett in der Mark, und da ist sie hingetrampt, weil sie so lange keine Nachricht hatte. Der Junge hat es ihr erzählt. Schluchzend. Bald darauf ist er dann auch gestorben.«

»Er wäre besser vorher gestorben«, sagte Katharina hart. »Sie kann damit nicht fertig werden. Was ich verstehen kann. Er muß ein feiner Kerl gewesen sein, ein guter Offizier. Und er hat den ganzen Krieg mitgemacht, und dann muß man sich dieses Ende vorstellen. Diese Gemeinheit! Diese Bestien!«

Sie schwiegen eine Weile, dann fuhr Katharina fort: »Ein sehr gut aussehender Mann. Ich habe ihr übrigens jetzt sein Bild weggenommen. Sie kommt von der Bühne, und da steht sein Bild an den Spiegel gelehnt, und schon weint sie wieder. Ich habe ihr gesagt, Kindchen, habe ich gesagt, das geht nicht. Die Schminke ist so knapp, einmal geschminkt muß es über die ganze Vorstellung halten.«

»Und? Hat sie das Bild hergegeben?« fragte Santner.

»Ich sage doch, ich habe es genommen. Du kriegst es später wieder, habe ich gesagt. Später, wenn . . . ja, und da wußte ich auch nicht weiter. Konnte ich sagen, später, wenn du vergessen hast?«

»Sie wird es nie vergessen können«, sagte ein anderer.

»Sie ist jung«, widersprach Santner. »Und hübsch. Und begabt. Es wird wieder einen Mann geben, den sie lieben kann. Es muß nicht gerade der kleine Amerikaner sein, mit dem sie jetzt schläft. Aus Verzweiflung, würde ich sagen. Nicht nur, um uns zu helfen.«

»Es ist eine Rolle, die sie spielt«, sagte Katharina ernst. »Eine zeitgemäße Rolle. Und sie tut es nicht nur uns zuliebe.«

Nina hatte erstaunt zugehört. Gab es eigentlich gar keine glücklichen Menschen mehr in diesem Land?

»Die beste Medizin für Ingrid wird die Arbeit sein. Nicht irgendein Mann. Sie spielt diesmal eine kleine Rolle, aber sie ist begabt. Sie muß aus dieser Verzweiflung finden. Die Ungerechtigkeit, oder was du die Gemeinheit nanntest, Katie, damit ist so schwer fertig zu werden. Laßt sie eine große Rolle spielen, dann wird es ihr besser gehen. So, Schluß damit. Holt mal die Schnapsbuddel. Ist zwar nur ein mieser Fusel, aber jetzt brauchen wir ihn.«

»Ich muß gehen«, sagte Nina, nachdem sie zwei Schnäpse getrunken hatte.

»Was denn? Wie denn?« fragte Santner. »Kommen Sie heute abend nicht in die Vorstellung?«

»Das geht leider nicht. Ich würde furchtbar gern. Ich möchte nichts lieber, als endlich wieder einmal ins Theater gehen. Aber ich wohne außerhalb und komme nicht mehr nach Hause.«

»Das ist kein Problem. Wir kampieren sowieso alle auf die ulkigste Weise.

Einige von uns schlafen hier in der Kneipe, da drüben, sehen Sie, auf diesen Bänken an der Wand. Es wird sich schon ein Lager für Sie finden. Oder, Peter?«

Peter lächelte. »Nina ist verheiratet«, sagte er.

»Ach ja? Na dann, wenn du meinst, sie muß am Abend brav zu Hause sein.« Santner blickte von Nina zu Peter, von Peter zu Nina.

»Wann sagst du, habt ihr euch zum letztenmal gesehen?«

»Nina, wann?« fragte Peter.

»Im März 1940«, antwortete sie prompt. »Als . . .« Sie verschluckte den Rest.

Als Vicky nach Berlin kam, um ihren zweiten Film zu drehen, hatte sie sagen wollen.

»Stimmt genau«, Peter nickte. »Ich weiß es wieder. Vicky und ich brachten dich an die Bahn. Du bist nach München gefahren«, er faßte Ninas Hand fester, »und ich dachte, ich beneide diesen Mann in München.«

Nina senkte den Kopf; jetzt kämpfte sie mit den Tränen. Er weiß es nicht. Er weiß gar nichts.

Alle blickten sie gespannt an. Dann räusperte sich Santner und machte eine weitausholende Geste.

»1940. Das ist eine kleine Weile her. Wie kannst du so bestimmt sagen, nach all dem, was geschehen ist, die Dame ist verheiratet?«

»Nina?« fragte Peter erschrocken.

»Mein Mann lebt.«

Vicky ist tot. Vicky, mit der zusammen du mich an die Bahn gebracht hast.

Kurz darauf verabschiedete sie sich. Da sagte Katharina liebenswürdig: »Aber wir bestehen darauf, daß Sie sich baldigst eine Vorstellung ansehen. Wir sind gut. Und ein ehrbares Nachtlager wird sich finden lassen, mit dem der Herr Gemahl zufrieden ist. Ich wohne bei Freunden hier, gar nicht mal so übel, da läßt sich etwas machen.«

»Danke«, sagte Nina.

Peter begleitete sie. Es war Nachmittag, fast schon ein Frühlingstag, die Sonne schien.

Eine Weile gingen sie schweigend nebeneinander her, er hatte den Arm unter ihren geschoben. Nina betrachtete ihn von der Seite. Er war wirklich sehr dünn, sein Gesicht, dieses schöne lächelnde Gesicht, hatte jetzt scharfe Züge; um den Mund, um die Augen waren Falten, die sie nicht kannte. Er war zwei Jahre jünger als sie. Plötzlich blieb er stehen und drehte sie zu sich.

»Das klang seltsam, wie du das gesagt hast: mein Mann lebt. Ist er krank? Verwundet?«

»Er lebt«, sagte Nina, sie beherrschte sich nur noch mühsam. »Er lebt. Aber nicht mit mir zusammen. Noch nicht. Oder vielleicht auch nie wieder, daß weiß ich nicht. Er war im KZ. Ja, er ist krank. Natürlich. Und er ist verwundet in seiner Seele. Oder wie du das nennen willst. Im Moment will er nichts von mir wissen. Aber Peter, das ist es nicht. Du weißt ja nicht . . .«

Er faßte sie fest an beiden Armen.

»Was weiß ich nicht, Nina? Dein Sohn?«

Sie schüttelte den Kopf, und schon liefen Tränen über ihre Wangen.

»Vicky«, flüsterte sie.

»Um Gottes willen, was ist mit Vicky?«

»Sie ist tot. Peter. Sie ist tot.«

Er hielt sie im Arm, sie weinte an seiner Wange und spürte die Tränen, die aus seinen Augen kamen.

Menschen, die vorübergingen, sahen sie an, nicht allzu neugierig; es gab noch immer soviel Anlaß zu weinen. Sie gingen langsam die Maximilianstraße hinunter, kamen an der Ruine der Oper vorbei und blickten über den verwüsteten Platz.

»Das war eine schöne Stadt«, sagte Peter. »Und Dresden, das war überhaupt die schönste Stadt, die ich je gesehen habe. Erzähl weiter.«

Alles konnte sie ihm erzählen. Er war ein Freund. Seit so vielen Jahren. Mit Verliebtheit hatte es angefangen, ein Abenteuer in einer Silvesternacht. Daraus war Liebe geworden. Und nun war es beides: Liebe und Freundschaft.

»Die schöne Victoria Jonkalla«, sagte er. »Ich weiß noch genau, wie wir unseren ersten Film zusammen drehten. Damals ging ihre Verlobung mit dem Fliegerhauptmann auseinander. Er verlangte, daß sie mit dem Beruf aufhörte. Kein Theater, kein Film; und dann erzählte sie ihm auch noch von ihrem Kind. Dann könnte er sie nicht heiraten, sagte der Held. Dann läßt du es bleiben, sagte sie. Und ich tröstete sie. Aber da war nicht viel zu trösten; sie war sich immer selbst genug. Eine sehr selbstbewußte, sehr moderne Frau, das war sie. Und nun ist dieses Kind blind. Nina, meine arme Nina.« Er nahm sie wieder in die Arme, und Nina stand regungslos, in allem Kummer fühlte sie sich erleichtert.

›Da sprang der eiserne Ring von seinem Herzen‹, ging es ihr durch den Kopf; es gibt doch ein Märchen, da heißt es so.

»Es ist gut, daß du da bist«, sagte sie.

»Wir werden uns jetzt oft sehen. Und natürlich kannst du bei mir nächtigen. Ich wohne wieder einmal in einer kleinen, miesen Pension, wie ganz am Anfang. Weißt du noch, Ninababy? Nur war das damals in Berlin feudal dagegen. Jetzt habe ich so eine Art Notunterkunft, durch die der Wind pfeift. Aber ich bin ja auch erst seit vier Wochen hier, ich werde schon etwas Besseres auftreiben. Und dann kommst du zu mir. Wann immer du willst. Es wird alles so sein wie früher.«

»Wie früher?«

Nichts würde sein wie früher.

»Du hast mir noch gar nichts von dir erzählt«, sagte sie. »Wie bist du aus Berlin herausgekommen?«

»Ich war schon lange nicht mehr in Berlin. Meine Wohnung war sowieso hin. Weißt du noch, wie stolz ich war, als ich sie endlich hatte?«

Nina nickte.

»Wir haben einen Film gedreht. Erst in Wien, am Rosenhügel, dann Außenaufnahmen. Goebbels tat ja bis zum Schluß so, als sei alles ganz normal. Also drehten wir Filme. Ich mußte froh sein, wenn ich dabei beschäftigt war, da wurde ich nicht eingezogen, mußte nicht in die Fabrik. Deshalb war ich vor Kriegsende und auch noch danach im Salzkammergut. Ein Filmstar hat es gut, nicht? Es finden sich überall ein paar Verehrerinnen, die für ihn sorgen. Und jetzt bin ich hier. Und hab' ein Engagement. Es wimmelt von Schauspielern in München.«

Sie waren bei Franziskas Laden angelangt, und Nina sah durch das Schaufenster, daß Herbert da war.

890

»Ich komme nicht mit hinein«, sagte Peter. »Ich möchte jetzt keine fremden Menschen kennenlernen. Ich muß erst mit dem fertig werden, was du mir erzählt hast. Wann sehe ich dich wieder?«

»Nächste Woche, vielleicht. Soll ich einfach wieder dorthin kommen?«

»Ja, Ninababy. Wenn ich nicht da bin, bin ich hinten im Theater. Oder die Wirtin sagt dir, wo du mich findest, oder wann ich komme. Ich werde immer Nachricht für dich hinterlassen.«

Lebte er allein? Hatte er keine Frau, keine Freundin?

Es war so unwichtig. Frauen hatten sein Leben immer begleitet, manchmal war er verheiratet, dann wieder geschieden, das spielte alles keine Rolle mehr.

»Du hast direkt hier vor der Tür, auf offener Straße, einen fremden Mann geküßt«, sagte Herbert, als Nina in den Laden kam. »Ich muß mich wundern, aber schon sehr.«

»Das war kein fremder Mann«, sagte Nina.

Sie trat vor den Spiegel mit dem wuchtigen Goldrahmen, der seit neuestem zu Franziskas Angebot gehörte. Von Marleens Schminke, Wimperntusche und Lippenstift war nicht mehr viel zu sehen. Die letzten Spuren beseitigte sie mit Spucke. Und dann war es, trotz allem, was geschehen war, das Gesicht der jungen Nina.

Du hast ein Traumgesicht, hatte Nicolas einmal zu ihr gesagt. Damals träumte sie von ihm. Die Zeit der Träume war vergangen; es gab nichts mehr, wovon man träumen konnte. Oder war es das einzige, was blieb?

Wie Nina gehofft hatte: Frühling und Sommer erleichterten das Leben wesentlich, auch wenn die Lebensmittelrationen noch geringer wurden. Aber sie mußten nicht hungern dank der Schätze im Keller, dank Marleens Vermögen und schließlich dank Herberts Talent auf dem schwarzen Markt. Den Garten hatten sie zum Teil in Gemüsebeete verwandelt, wie die meisten ihrer Nachbarn auch, und gespannt warteten sie auf die Ernte.

Solln war ein Ort ganz eigener Prägung. Entstanden aus einem Dorf, um die Kirche herum immer noch eine ländliche Gemeinde; doch in den vergangenen Jahrzehnten waren viele hübsche Villen entstanden, hatte sich eine gutbürgerliche Gesellschaft angesiedelt; höhere Beamte, Offiziere der alten Armee, aber auch Künstler und Wissenschaftler hatten ihre Häuser gebaut oder gekauft; es gab viel Raum, große Gärten, alte Bäume und ruhige kleine Straßen. Die Verbindung zur Stadt war schwierig geworden, da man seit Beginn des Krieges kaum mehr ein privates Auto fahren durfte. Gemessen am Leben in der Stadt war es idyllisch; nicht so feudal wie in Harlaching, Geiselgasteig oder Grünwald, dort gab es prachtvolle Häuser, daher war dort die Beschlagnahme durch die Amerikaner am häufigsten gewesen. Man lebte in Solln sehr zurückgezogen, der Krieg und die Nöte der Nachkriegszeit brachten die Menschen einander näher.

Auch Marleens Haus war nicht mehr so isoliert; da war Eva, sehr beliebt wegen ihres natürlichen Wesens, und ebenso Herbert, der so viele gute Tips wußte, was die Beschaffung von Lebensmitteln anging; seine lebensfrohe Art schuf ihm rasch Freunde. Was aber die Menschen im Umkreis am meisten bewegte, war das blinde Kind, das sie nun kannten. Zuvor hatte man kaum etwas von seiner Existenz gewußt, keiner hatte es zu Gesicht bekommen. Aber da Maria sich nun außerhalb des Hauses bewegte, anfangs nur auf der kurzen Strecke zum Haus der Beckmanns, später in Begleitung Stephans auch einmal ein Stück weiter, wurde sie allenthalben beachtet; ihr erhobenes Gesicht, ihr tastender Schritt, ihr scheues Zurückweichen vor jeder Begegnung mit Fremden erweckten Anteilnahme und Mitleid. Und da sie stets zusammen auftraten, kannte man auch den ernsten, gutaussehenden Mann, in dessen Gesicht, in dessen Bewegungen immer noch die Spuren der durchgestandenen Leiden zu finden waren. Diese beiden, das blinde Kind, der schweigsame Mann, die immer dicht nebeneinander gingen, wenn nicht Hand in Hand, wurden im Ort bekannte Erscheinungen.

Dank Frau Beckmann wußte man sowieso alles über sie. Was in Dresden geschehen war; wie die Monate nach dem Krieg verlaufen waren; wie erstaunlich das Kind sich in letzter Zeit entwickelt hatte. Frau Beckmann hatte sehr viele Bekannte rundherum, und ein verschlossener Typ war sie ohnedies nicht. Bei Herrn Beckmann lernte Maria eifrig, von Frau Beckmann wurde sie mütterlich betreut, und, was Maria nicht wissen konnte, sie half dieser Frau aus dem dunklen Schacht jahrelanger Trauer ins Leben zurück. Der einzige Sohn der Beckmanns war bereits 1941 gefallen, und die Leere ihres Lebens war für die herzenswarme und lebhafte Frau unerträglich gewesen. Nun war Maria da, die sie verwöhnen konnte, der sie vieles erzählte und beibrachte, und auch Stephan wurde so etwas wie ein Ersatzsohn für sie, denn meist verbrachte er die Unterrichtsstunden gemeinsam mit Maria. Das interessierte ihn zunehmend. Er habe in seiner ganzen Schulzeit nicht soviel gelernt, sagte er einmal, wie in der Studierstube des Oberstudienrates. Wie er ehrlich zugab, habe das an ihm gelegen, er war ungern in die Schule gegangen. Jetzt rekapitulierte er früher vermitteltes Wissen und gewann neues dazu, denn die Gegenwart des aufmerksamen jungen Mannes war für Herrn Beckmann ein Anreiz, sein großes und vielseitiges Wissen auch zu seiner eigenen Freude auszubreiten.

So erfuhr die Umwelt dann auch, was sich in der Studierstube über dem weiträumigen Garten zutrug, und Frau Beckmann konnte Marias rasche Auffassungsgabe, ihr phänomenales Gedächtnis und vor allem ihr Klavierspiel nicht genug loben. Das blinde Kind gewann eine gewisse Berühmtheit: irgend jemand kam vorbei und brachte ein Glas selbstgemachter Marmelade, einen Korb voll Kirschen oder Johannisbeeren oder Pflaumen, sogar ein selbstgebackener Kuchen kam in das Haus Nossek, und das bedeutete viel in dieser Hungerzeit, in der jeder daran dachte, selber satt zu werden.

Die merkwürdigste Begebenheit jedoch ereignete sich Ende Juli an einem sehr warmen Tag, als eine alte Dame im Garten erschien und höflich, doch mit großer Bestimmtheit darum ersuchte, in Marias Hand zu lesen.

Nina war nicht da. Marleen befand sich in ihrem Zimmer und verfaßte einen Brief an Hesse, der inzwischen mehrmals geschrieben hatte, glücklicherweise jetzt mit der Schreibmaschine. Die anderen waren im Garten, ohne Herbert, der irgendwo wieder einer verlockenden Spur nachging. Alice und Stephan saßen unter dem Ahorn, Maria lehnte am Stamm des Baumes, das tat sie gern, sie spürte den Baum im Rücken, ihre Hände streichelten sacht seine Rinde, und sie hörte seinen Gesang. Eva kniete zwischen den Beeten und zupfte Unkraut.

Die Haustür war offen, und die fremde Frau kam durch das Gartenzimmer über die Terrasse, von Conny freundlich bewedelt, stracks auf sie zu und verkündete ohne Umschweife ihr Anliegen.

»Hast du gehört, Maria?« fragte Eva, leicht unangenehm berührt, und musterte die Fremde mißtrauisch. Für solchen Hokuspokus hatte Eva absolut nichts übrig, und am liebsten hätte sie gesagt: Lassen Sie den Quatsch! Machen Sie das Kind nicht verrückt! Doch die Fremde wirkte sehr seriös, war gut gekleidet, und ihr streng geschnittenes Gesicht unter dem grauen Haar ähnelte in keiner Weise dem einer Zigeunerin. Auch Stephan zog die Brauen zusammen und schaute besorgt auf Maria, die sich von dem Baum nicht gelöst hatte, nur den Kopf lauschend zur Seite neigte.

Die Fremde merkte die Abwehr. Sie blickte der Reihe nach alle an und sagte ruhig: »Ich habe von Maria gehört. Ich wohne in Pullach, und ich bin heute herüberspaziert, um Maria zu treffen. Verzeihen Sie mein unangemeldetes Eindringen.«

Eva sah Maria an, und wie so oft erschrak sie fast über die anmutige Schönheit des Kindes.

Maria war gewachsen in letzter Zeit, sie war groß für ihr Alter, schlank, aber nicht mehr so mager wie im vergangenen Jahr. Ihr dunkles Haar fiel weich und leicht gelockt auf ihre Schultern, ihr Gesicht war blaß wie immer, doch sehr schön, wenn – ja, wenn man nicht ihre Augen anblickte.

Eva stand da, die erdbeschmutzten Hände von sich gestreckt, und wußte nicht, was sie tun sollte.

»Hast du das gehört, Maria?« wiederholte sie.

»Ja«, antwortete Maria. »Was bedeutet das?«

Sie sprach wie eine Erwachsene, ihre Stimme klang voll und weich.

»Ich möchte in deine Hände sehen«, sagte die fremde Dame, »weil ich etwas über dich wissen möchte.«

Sie sagte nicht: über deine Zukunft. Eva atmete auf.

Die Dame wandte sich nun an Alice und stellte sich vor.

»Mein Name ist Antonia Mojewski. Ich bin ein Flüchtling wie Sie, Frau von Wardenburg.«

»Woher kennen Sie mich?« fragte Alice.

Die Dame lächelte. »Kennen Sie mich nicht mehr?«

Alice schüttelte den Kopf, aber man sah an ihrem Blick, daß sie etwas suchte.

»Ihre Stimme . . .« murmelte sie.

»Sehr richtig. An der Stimme kann man einen Menschen nach langer Zeit wiedererkennen, auch wenn sein Äußeres sich verändert hat. Wir haben beide während des Weltkriegs in Breslau beim Roten Kreuz gearbeitet. Wir hatten oft Nachtdienst auf dem Bahnhof. Wir haben dort nie ein persönliches Gespräch geführt. Aber einmal, in einer solchen Nacht, sprachen Sie zu mir. Ihr Mann war kurz zuvor gefallen, doch das erwähnten Sie kaum. Sie sprachen von Gut Wardenburg, wo Sie früher mit Ihrem Mann gelebt hatten und wo Sie sehr glücklich waren, das sagten Sie. Sie erzählten mir von dem Gut. Sie sprachen nicht von Ihrem Mann, nur von dem Gut, von dem Gutshaus, von den Menschen, von den Tieren, besonders von den Pferden, Sie beschworen ein verlorenes Paradies herauf, mit einer Inbrunst und mit einem Schmerz, wie ich sie selten bei einem Menschen erlebt habe. Ich verstand damals schon, in den Augen und in den Händen der Menschen zu lesen.

893

Aber ich bat nicht um Ihre Hand, denn ich wußte, daß es ein auf immer verlorenes Paradies für Sie sein würde. Dann kam ein Zug an, wir mußten auf den Bahnsteig, um den Soldaten Verpflegung zu bringen. Später haben wir nie wieder miteinander gesprochen.«

»Ich erinnere mich«, sagte Alice leise. »Es muß im Sommer 1916 gewesen sein. Ich hatte wenige Tage zuvor die Nachricht von seinem Tod erhalten. Das ist dreißig Jahre her.«

»Fast auf den Tag«, sagte die Fremde.

Die anderen hatten diesem Dialog gelauscht. Eva wischte unwirsch ihre Finger am Kittel ab. Das paßte ihr nicht, das war ihr zu gespenstisch.

»Also wirklich . . .« begann sie, und als die beiden alten Damen und Stephan sie fragend ansahen, fuhr sie fort und lachte unsicher: »Das ist ja ein merkwürdiger Zufall. Ich meine, daß Sie sich kennen.«

»Zufall?« fragte Frau Mojewski, »ach, wissen Sie, es ist kein Zufall, wenn Wege sich kreuzen. Es liegt eine gewisse Bestimmung darin.«

»Kann ja sein, aber . . .«

Doch weiter kam Eva nicht, Stephan, gefangengenommen von dem Aussehen der fremden Frau, von ihrer Art zu sprechen, fragte höflich: »Wollen Sie sich nicht setzen?«

»Danke«, sagte Frau Mojewski und setzte sich an den kleinen runden Tisch, um den drei Stühle standen, auch die Kaffeetassen standen noch hier, denn sie hatten zuvor Kaffee getrunken.

»Darf ich Ihnen etwas anbieten?« fragte Stephan.

»Danke«, sagte Frau Mojewski. »Vielleicht ein Glas Wasser, ehe ich wieder gehe. Ich bin dankbar, wenn ich mich ein wenig setzen darf. Ich werde Sie nicht lange aufhalten.«

Stephan wies Eva mit einem fragenden Blick auf den dritten, freien Stuhl hin, doch sie schüttelte widerborstig den Kopf. Wie schützend hatte sie die Hand auf Marias Schulter gelegt, und nur widerwillig blieb sie hier.

Es war so schwierig gewesen, Marias Verstörtheit nach und nach ein wenig abzubauen, und schwierig war es immer noch, mit ihr umzugehen; der geringste Zwischenfall, ein heruntergestoßenes Glas, eine unerwartete Berührung, ein ungeschickter Griff, ließen Maria zurückweichen in ihr dunkles Niemandsland, in dem keiner sie erreichen konnte.

»Willst du mir deine Hände geben, Maria?« fragte Antonia Mojewski. Maria lauschte der Stimme, legte den Kopf auf die Seite. Zögernd hob sie die Hände, die Innenflächen nach unten gekehrt.

Antonia beugte sich vor, ergriff sanft Marias Hände, zog das Kind zu sich heran und drehte dann ihre Hände um.

Lange sagte sie nichts, auch die anderen verharrten schweigend, Eva konstatierte mit einem gewissen Ärger, daß sie wie gebannt auf Marias Handflächen und auf das Gesicht der fremden Frau starrte.

Dann strich Antonia weich mit ihrer Hand über Marias Hände. »Du bist eine große Künstlerin, Maria. Das Schicksal hat dir ein schweres Los auferlegt, du hast in sehr jungen Jahren großes Leid erfahren. Du wirst seinen Schatten niemals abschütteln können. Aber du wirst das Leid verwandeln in Demut und Dankbarkeit, denn es wird dir mehr gegeben werden als dir genommen wurde. Doch du darfst dich niemals der Gnade entziehen, die dein Talent dir schenkt. Dann wirst du eine sehr berühmte Künstlerin werden.«

Sie umschloß mit ihren Händen Marias Hände, hielt sie so einen Augenblick, ließ sie dann los.
Schweigen. Maria trat einen Schritt zurück, Eva legte wieder den Arm um sie.
Was für ein Blech, dachte Eva wütend. Das wußten wir alles vorher schon. Sogar, daß Maria eine große Künstlerin ist, sogar das wußten wir, verehrte Dame.
Sie war nahe daran, damit herauszuplatzen, aber als erwarte sie das, blickte Antonia zu Eva auf und lächelte leicht. Dann stand sie auf und sagte: »Nun werde ich wieder gehen.«
Stephan erhob sich.
»Nicht doch eine kleine Erfrischung, gnädige Frau?«
»Wirklich nicht, danke. Ein Glas Wasser, wie gesagt, das wäre mir sehr angenehm.« Sie sprach leicht, höflich, reichte Alice die Hand.
»Ich wünsche Ihnen alles Gute, Frau von Wardenburg.«
»Danke«, erwiderte Alice verwirrt. »Danke.«
Stephan wollte die Fremde begleiten, doch Eva sagte energisch:»Bleib hier. Bleib bei Maria.« Denn Maria stand regungslos, mit einem seltsam abwesenden Ausdruck im Gesicht; ganz verloren, unendlich einsam sah sie aus.
»Ich werde Frau ... eh ...«
»Mojewski«, sagte die Fremde freundlich zu Eva.
»Also, ich werde Frau Mojewski hinausbegleiten und ihr das gewünschte Glas Wasser kredenzen.«
Sie ging zielbewußt auf das Haus zu, Frau Mojewski folgte ihr, nachdem sie Stephan zugelächelt hatte.
Nachdem sie das Wasser getrunken hatte, sagte Frau Mojewski zu Eva, sie standen jetzt in der Diele: »Sie mißbilligen meinen Auftritt.« Es war keine Frage.
»Ach, wissen Sie ... ich glaube an so etwas nicht.«
»Was meinen Sie mit so etwas? Haben Sie schon einmal Ihre Hände betrachtet, was darin alles geschrieben steht? Und in jedes Menschen Hand steht eine andere Schrift. Ist dies nicht ein ungeheurer Reichtum der Schöpfung?«
»Na, was auch immer in jedes Menschen Hand steht«, sagte Eva trotzig, »den Krieg haben sie alle mitmachen müssen. Oder nicht?«
»Jeder auf seine Weise. Und jeder auf eine andere Weise.«
»Na ja, natürlich, das schon«, gab Eva zu und dachte an ihr Leben und an Herberts Leben und an die vielen anderen, die tot waren. »Es ist nur – wissen Sie, es ist schwierig, Maria mit ihrem Dasein zu versöhnen. Oder, nein, das ist dumm gesagt. Es ist schwierig, ihr das Leben überhaupt zu ermöglichen. Und ich wollte nicht, daß sie irritiert wird.«
»Glauben Sie, daß dies geschehen ist?«
»Ich – weiß nicht. Sie werden zugeben, es war eine seltsame Begegnung für das Kind.«
»Am besten, Sie unterhalten sich nachher mit ihr darüber, ganz unbefangen. Erklären ihr das mit der Schrift in der Hand. Die sie ja nicht sehen kann.«
»Ja, das wäre es, was ich natürlich am liebsten gewußt hätte«, platzte Eva heraus.
»Und das wäre?«

895

»Ob sie immer blind bleiben wird?«
Antonia Mojewski lächelte.
»Das ist eine sehr große und sehr schwierige Frage. Und wenn Sie nicht daran glauben, daß ich einiges aus den Händen herauslesen kann, dann werden Sie mir auch nicht glauben, wenn ich Ihnen versichere: Sie wird eines Tages wieder sehen. Aber es wird noch lange dauern. Und es wird einige Hindernisse geben.«
Eva senkte den Kopf.
»Ach so«, sagte sie leise, »das haben Sie also auch gesehen. Dann bin ich froh, daß Sie es nicht gesagt haben.«
Antonia Mojewski nickte.
»Ich hielt es auch für besser, davon nicht zu sprechen. Nun gehe ich. Danke für das Wasser. Leben Sie wohl!«
Eva mußte dem heftigen Impuls widerstehen, ihre Hände auszustrecken und zu bitten: »Schauen Sie doch auch mal hinein.« Aber das wäre doch wohl zu lächerlich gewesen, nach allem, was sie gesagt hatte.
Unter der Tür blieb Antonia Mojewski noch einmal stehen.
»Übrigens – Sie werden ein gesundes und schönes Kind bekommen.«
»Ich?« rief Eva entsetzt.
»Sie sind schwanger. Wußten Sie das nicht?«
Und damit entschwand die alte Dame sofort aus Evas Blicken, denn der wurde auf einmal ganz schwindlig.
Als sie schließlich zum Gartentor lief, sah sie die Fremde schon ein ganzes Stück entfernt die kleine Straße entlanggehen, dann bog sie um die Ecke.
»Na so was!« murmelte Eva. Sie zweifelte keine Sekunde an der Weissagung. »Mir war ja schon ein paarmal so komisch.«
Sie blieb in der Diele stehen, fuhr sich durchs Haar, ging dann zum Spiegel und blickte hinein.
»Eigentlich wollte ich studieren«, erklärte sie ihrem Spiegelbild. Was würde Herbert dazu sagen? Und wie sollte man das finanzieren? Sie hatten vorgehabt, nicht so bald zu heiraten, damit Eva ihre kleine Witwenpension weiter beziehen konnte. Ein Kind in dieser Zeit! Wo es sowieso nichts zu essen gab und keine Kohlen im nächsten Winter und ... und ... überhaupt. Sie strich sich mit den Händen über die schmalen Hüften, den flachen Bauch.
Verdammt noch mal! Wütend wandte sie sich von dem Spiegel ab. Er hatte immer so aufgepaßt. Aber sie wußte genau, wann das passiert war. Es war gerade erst drei Wochen her.
Wissen konnte man noch gar nichts. Auch die alte Frau nicht. Und abtreiben konnte sie immer noch, das war kein Problem. ›Ein gesundes und schönes Kind.‹ Konnte man das eigentlich so ohne weiteres ...?
Sie warf den Kopf in den Nacken und lachte. Sie wußte nicht, warum sie lachte. Aus Verzweiflung oder aus Lust am Leben.
Marleen kam die Treppe herunter.
»So vergnügt, Eva? Ihr habt Besuch, habe ich gesehen.«
»Schon wieder weg.«
»Wer war's denn?«
»Eine Art Pythia.«
»Eine was?«

»Eine Irre«, sagte Eva hart. »Sie kennt Ihre Tante Alice von früher aus Breslau, und sie hat Maria aus der Hand gelesen und ihr prophezeit, daß sie eine große Künstlerin wird, und mir hat sie angekündigt, daß ich ein Kind bekomme.«
»Nein?« rief Marleen. »Das alles war hier los? Und ihr holt mich nicht?«
»Es war ein sehr kurzer Besuch. Aber sehr inhaltsreich.«
»Kriegen Sie wirklich ein Kind?«
»Keine Ahnung. Na ja, vielleicht . . . ach, verdammt!«
Nina kam in dieser Nacht nicht nach Hause, sie hörte die Geschichte erst am nächsten Tag.
»Total meschugge«, sagte sie, »sie hat wirklich gesagt, Maria wird wieder sehen können?«
»Es wird noch lange dauern, hat sie gesagt. Und sie hat es nur zu mir gesagt.«
»Kriegst du wirklich ein Kind?«
»Herbert hat mich das gestern abend auch schon gefragt. Ausgerechnet er. Aber keine Bange, ich laß mich auskratzen.«
»Du?« Nina lächelte. »Gewiß nicht.«

Es kam jetzt wirklich manchmal vor, daß Nina am Abend nicht nach Hause kam, sondern in der Stadt übernachtete. Es kostete sie Überwindung, es war ihr peinlich. Andererseits – was für ein unerwartetes Wunder war es, in den Armen eines Mannes zu sein, geliebt zu werden und zu spüren, daß sie noch ganz und wirklich lebte. Trotz allem.
Angefangen hatte es mit dem ersten Theaterbesuch, und Nina hatte lange darüber nachgedacht, wie sie ihrer Familie klarmachen sollte, daß sie in der darauffolgenden Nacht nicht nach Hause kommen konnte. »Ich kann bei Frau Linz schlafen, auf einer Matratze«, erklärte sie weitschweifig. »Das geht bei ihr, sie hat öfter mal Gäste, sagt sie. Ich möchte eben so furchtbar gern mal ins Theater gehen, und ich . . .«
Dieses Unternehmen fand weder so große Beachtung, noch erweckte es soviel Befremden, wie sie vermutet hatte.
Eva sagte: »Nun geh schon in dein Theater, hat doch kein Mensch was dagegen. Wir schaffen das alles prima ohne dich.«
Nina war in den vergangenen Wochen noch einige Male in der Stadt gewesen, hatte jedesmal Peter getroffen, und die Gespräche mit ihm ließen sie das Leben viel leichter ertragen. War es nicht immer so gewesen? Und war es nicht ganz selbstverständlich, daß sie wieder zusammenfanden?
Aufgeregt wie ein Kind saß sie in dem kleinen Theater und entzückte sich an der Vorstellung des amüsanten Stücks, als sei sie noch nie im Theater gewesen. Sie waren alle gut und in bester Spiellaune, und das Publikum war ebenso begeistert und entzückt wie Nina.
Nach der Vorstellung war sie in den beiden wackligen Garderoben, und während sich die Schauspieler abschminkten, redete und lachte alles durcheinander, die Euphorie nach einer gelungenen Vorstellung, wie bekannt war das auf einmal wieder. »Wenigstens braucht ihr hier nicht Angst zu haben, vor einem halbleeren Haus zu spielen«, sagte sie zu Peter.
»Nee, müssen wir wirklich nicht. Wir sind jeden Abend ausverkauft, und alle anderen Theater sind es auch, alle Kabaretts, alle Konzerte, das Prinzre-

gententheater sowieso. Aber das war ja während des Krieges in Berlin auch nicht anders.« Er wischte sich mit einem nicht gerade sauberen Tuch die Schminke aus dem Gesicht; Abschminktücher gab es nicht.

»Aber ich weiß schon, woran du denkst«, fuhr er fort. »Damals bei Felix. Als wir nie wußten, ob mehr als drei Leute ins Theater kommen würden.«

»Ja überhaupt, als wir dieses blöde Heimkehrerstück spielten. Weißt du noch? Anschließend machten wir Shaws ›Helden‹, und da war das Theater gut besucht. Du warst ein bezaubernder Bluntschli.«

»Na Kunststück«, sagte Peter mit einem schiefen Grinsen, »da war ich zwanzig Jahre jünger.«

Santner, der dicht daneben saß, hatte zugehört.

»So, den Bluntschli hat er gespielt? Kann ich mir gut vorstellen. Was hat er denn noch gespielt? Ich kenne dich nur vom Film, du Beau.«

»Einmal habe ich noch bei Hilpert gespielt, das war alles. Sonst nur Film.«

»Er wollte immer gern den Hamlet spielen«, erklärte Nina eifrig.

Santner lachte laut.

»Warum lachst du?« fragte Peter beleidigt. »Denkst du, ich hätte es nicht gekonnt?«

»Aber sicher doch, warum nicht. Den wollen wir alle spielen, irgendwann, und ich habe ihn auch gespielt. In der Provinz noch, ehe ich nach Berlin kam. War sicher nicht schlecht. Ist auch 'ne Weile her.«

»Ich wollte eben nicht in die Provinz, das war es. Das heißt, ganz am Anfang war ich's für ein Jahr. Aber dann mußte es Berlin sein, na, und da war ich eben die meiste Zeit arbeitslos. Bis der Film kam.«

»Da hast du ja auch gut hingepaßt mit deinem Aussehen.«

»Er war ein sehr seltener Typ für den Film. Ein gutaussehender Mann mit Charme und ein wenig leichter Lebensart. Das gab es nicht so häufig im deutschen Film«, sagte Nina.

Sie sah Santners spöttischen Blick im Spiegel und errötete.

»Das hat doch Goebbels sogar mal zu dir gesagt. Nicht, Peter?«

»So was in der Art.«

Er lachte nicht dabei, und Nina sah nur sein Gesicht im Spiegel, mager, mit Falten darin, blaß unter der nackten Lampe.

»Na ja, sowohl dies wie das ist ja nun endgültig vorbei«, sagte Peter, und es klang Resignation in seiner Stimme.

»O nein«, widersprach Nina heftig. »Du wirst noch wunderbare Rollen spielen.«

»Schnaps?« fragte Santner und zog die Flasche unter dem Tisch hervor. »Sie sollten seine Agentin werden, Nina.«

Diesmal traf sein Spott sie ohne den Umweg über den Spiegel, aber sie erwiderte seinen Blick tapfer.

»Ich habe immer an ihn geglaubt, und ich fand immer, daß er ein guter Schauspieler ist.«

Santner nickte, Peter lächelte, und Nina nahm verwirrt das Gläschen, das Santner ihr reichte, trank und schüttelte sich.

»Pui, Jases! was für ein gräßliches Zeug.«

»Kartoffelschnaps. Haben Sie was Besseres?«

Die anderen waren auch dazu gekommen, die Flasche machte die Runde, und Nina beschloß, eine Flasche Cognac aus Marleens Keller zu entwenden.

Ein paar Flaschen waren noch da, und sie hatten sich sowieso angewöhnt, etwas sparsamer mit dem edlen Stoff umzugehen.

Sie lungerten alle noch eine Weile in der Garderobe herum, es war nun Mai und nicht mehr so kalt darin. Nur Ingrid war bereits von ihrem Amerikaner abgeholt worden.

»Er paßt sehr gut auf sie auf«, meinte Katharina Linz. »Was Wunder, sie kriegt viele Briefe aus dem Publikum.«

»Ja, und ein Angebot der Kammerspiele liegt auch vor«, berichtete Santner.

Das erregte großes Aufsehen.

»Von Engel? Woher weißt du das?«

»Sie hat es mir erzählt. Und es wundert mich nicht, ich habe euch gleich gesagt, die Kleine hat Talent. Und sie ist jung und hübsch. Vielleicht wird sie einmal die Ophelia spielen.«

»Wäre für sie gar nicht empfehlenswert«, meinte Katharina.

»Was machen wir jetzt?«

Das war eine rein rhetorische Frage, denn sie saßen so gut wie jeden Abend draußen im Lokal, tranken ein dünnes Bier und aßen eine Kleinigkeit, die Wirtin sorgte immer dafür, daß sie ihnen etwas vorsetzen konnte.

»Und was wird mit Nina?« fragte Katharina. »Nächtigt sie bei mir?«

»Ach, weißt du«, meinte Peter, »es ist ein so schöner Frühlingsabend, vielleicht bringe ich sie nach Hause.«

Katharina lächelte, Nina wollte widersprechen, doch sie schwieg. Er wußte nicht, wie weit der Weg war, aber sie wußte es.

»Die Sache ist doch ganz einfach«, sagte Santner. »Wenn Nina wieder einmal kommt, falls wir ihr gefallen haben heute abend, werden wir Ingrid sagen, daß ihr Ami sie nach Hause fährt.«

»Das ist eine großartige Idee«, sagte Peter lächelnd. »Schade, daß du nicht heute schon darauf gekommen bist.«

»Sehr schade«, sagte Santner mit ernster Miene. »Aber dann wäre sie jetzt schon weg, nicht?«

»Eben.«

Eine Weile saßen sie noch mit den anderen draußen in der Kneipe, dann verabschiedeten sie sich und gingen in den warmen Frühlingsabend hinaus.

Peter nahm ihre Hand.

»Du kommst mit mir«, sagte er, und Nina nickte.

Sehen wir uns nach der Vorstellung?

Das alte Zauberwort. Wie lange war das her?

Er wohnte wirklich sehr primitiv, ein altes Haus im Lehel, die Fenster noch immer mit Brettern vernagelt, das Zimmer klein, ein Bett, ein Stuhl, ein kleiner Tisch und ein wackliger Schrank.

»Ach, Peter«, sagte sie, als sie angelangt waren.

»Gefällt dir nicht«, meinte er. »Habe ich mir fast gedacht.«

Er nahm sie in die Arme, sie legte ihre Wange an seine und seufzte.

»Es gefällt mir, weil du hier bist. Aber . . .«

»Was, aber?«

Ich bin schon so alt, hatte sie sagen wollen. Ich kann dir nicht mehr gefallen.

Doch sie sagte es nicht.

Ihr Körper war schlank und hatte sich kaum verändert, und als sie neben ihm lag, war es wie früher. Seine Zärtlichkeit, seine behutsame Art, sich ihr zu nähern, und dann seine Leidenschaft, die so wunderbar war wie eh und je. Die Jahre, die vergangen waren, schien es nicht gegeben zu haben, sie liebten sich auf dem schmalen, knarrenden Bett mit einer Hingabe, die Nina alles vergessen ließ.

Dann lagen sie still nebeneinander, Peter zündete zwei Zigaretten an, und er hatte sogar eine Flasche Wein bereit.

»Eine Weile werde ich dich behalten«, sagte sie, als sie den ersten Schluck getrunken hatte.

»Diesen Ausspruch hast du mir nie verziehen.«

»Ich habe ihn mir gemerkt, ja. Und habe mir immer Mühe gegeben, eine vernünftige Frau zu sein.«

»Ach, Ninababy!« Er küßte sie liebevoll. »Du bist genau, wie du immer warst. Du erinnerst dich hoffentlich auch noch an etwas anderes, was ich gesagt habe?«

»Was meinst du?«

»Ich habe gesagt, du bist eine Frau, die zur Liebe fähig ist. Die die Liebe selbst ist. Weißt du das auch noch?«

»Ja, ich weiß es, das hast du gesagt. Du willst sagen . . .«

»Was?«

»Ach, nichts.«

»Du willst sagen, es gilt auch heute noch?«

»Es ist so lange her.«

»So lange gar nicht. Es kommt uns nur so vor, weil wir so viel erlebt haben.«

»Und weil so viel Zeit darüber vergangen ist. Ich kann dir nicht mehr gefallen.«

Er lachte. »Das mußte ja kommen. Ich bin auch nicht jünger geworden, Ninababy. Und das, was wir beide immer so gut verstanden haben, das ist ja noch da. Oder willst du dich beschweren?«

Sie nahm seinen Kopf in beide Hände und küßte ihn, so zärtlich, so innig, wie sie es früher kaum vermocht hätte.

»Weißt du, ich habe Angst gehabt. Es ist so lange her, seit . . .«

»Seit?«

»Seit ein Mann mich geliebt hat, wollte ich sagen.«

»Und dein Mann?«

»Er kam Anfang 1944 ins Lager. Und vorher war er auch schon so . . . wie soll ich sagen, so belastet mit seinen Sorgen. Die Liebe, oder besser gesagt ich, spielte keine sehr große Rolle mehr in seinem Leben. Weißt du«, sie stützte sich auf einen Ellenbogen und blickte in sein lächelndes Gesicht, »weißt du, ich dachte, ich kann das gar nicht mehr.«

»Dasselbe habe ich auch gedacht.«

»Du?«

Er lachte. »Ob du es glaubst oder nicht, ich habe auch schon lange keine Frau mehr geliebt.«

»Peter! Das kann nicht wahr sein. Du?«

»Ich weiß, du hast mich immer für einen Allesfresser in der Liebe gehalten. Ich habe schon damals versucht, dir das auszureden. Ich habe seit zwei Jahren mit keiner Frau mehr geschlafen.«

Nina war sprachlos. Sie starrte ihn an, als habe sie ihn noch nie gesehen.
»Jetzt habe ich dich aber mal richtig schockiert, Ninababy. Mein ganzer Ruf ist hin.«
»Das kann nicht wahr sein. Wo die Frauen immer so verrückt auf dich waren.«
»Aber ich nicht auf jede. Das war für mich sehr aufregend heute abend. Hätte sein können, ich kann es auch nicht mehr. Was hättest du dann gesagt?«
»Ich kann das nicht glauben.«
»Paß auf, ich werde es dir erklären. Von meiner letzten Freundin habe ich mich 1943 getrennt. Da war meine Wohnung kaputt. Du erinnerst dich an meine Wohnung?«
»Natürlich. Sie war so entzückend.«
»Richtig. Aber dann war sie hin.«
»Und dann?«
»Dann wohnte ich eine Zeitlang bei Sylvie.«
»Ach ja, die hast du doch geliebt, oder nicht?«
»Ich weiß, du warst immer eifersüchtig auf sie.«
»Damals in Salzburg . . .«
»Stimmt. Es war in Salzburg, und es war im Jahr 31. Kannst du nachrechnen, Ninababy? Sylvie war beim Film schon gut angekommen, sie war ein Star, kann man sagen. Sie wollte mich Reinhardt vorstellen. Und das tat sie auch.«
»Und ich mußte allein nach Berlin zurückfahren.«
»Sylvie war sehr glücklich verheiratet. Vorher schon und auch, als wir uns in Salzburg trafen, und auch, als ich in Berlin in ihre Wohnung zog. Gut, wir hatten mal was miteinander, das war lange vorher, in der berühmten Provinz, von der Santner heute schwärmte. Wir waren – wo war das gleich? –, ach ja, in Zwickau waren wir zusammen engagiert. Dann kam nichts mehr, Sylvie war gut verheiratet, und ich hatte dich.«
»Für eine Weile.«
»Right, würden unsere Befreier sagen. Sylvie lebte mit ihrem Mann sehr gut, und ich hoffe, sie tut es heute noch. Sie hat zwei Kinder.«
»Nein? Wirklich?«
»Wirklich. Ich wohnte dann bei ihr und dem Mann und den Kindern, sehr reizende Kinder übrigens, und dann brachte ihr Mann sie vor den Bomben in Sicherheit nach Schlesien.«
»Ausgerechnet nach Schlesien.«
»Nun, das war damals eine Gegend, in der keine Bomben fielen.«
»Wie in Dresden.«
Er küßte sie. »Ja, genauso. Ich weiß nicht, was aus ihr geworden ist. Ich blieb dann bei ihrem Mann, sie hatten ein hübsches Haus in Zehlendorf. Die Theater schlossen, der totale Krieg wurde immer totaler, und ich mußte froh sein, daß immer noch Filme gedreht wurden. Erst drehten wir in Berlin, dann in Wien. Schließlich machten wir hauptsächlich Außenaufnahmen; und dann hatten wir keinen Film mehr in der Kamera, aber wir taten so, als ob wir drehten. Das war zuletzt im Salzkammergut, in St. Gilgen.«
»Aber du hast gesagt, es seien Verehrerinnen dagewesen, die sich um dich gekümmert haben.«

»Und ob sie das getan haben. Gott schütze sie! Es war auf einem Bauernhof dort in der Gegend, wir waren alle da untergekommen, und sie taten für uns, was sie konnten. Es waren eine Mutter und zwei Töchter in dem Haus, ich hätte mit keiner etwas anfangen können, und wenn, dann höchstens mit der Mutter, die Töchter waren erst fünfzehn und siebzehn. Also ließ ich es ganz bleiben. Ich hatte auch keine besondere Lust dazu.«
»Und deine Filmpartnerin?«
»Das war zuletzt Evelyn König. Du erinnerst dich an sie?«
»Na ja, so ein bißchen. Irgendein Nachwuchs von Goebbels Gnaden.«
»Richtig. Die war gewiß nicht mein Typ. Also!«
»Und dann?«
»Dann schmissen uns die Amerikaner hinaus. Ich kam nach München.«
»Ach nein?«
»Ja, das war im Sommer 45. Und ich wollte nur eines, ich wollte nach Berlin. Du weißt, Berlin war immer der Magnet für mich.«
»Und kamst du nach Berlin?«
»Natürlich nicht. Das war unmöglich. Ich trampte eine Weile kreuz und quer, und dann lag ich da.«
»Was heißt das, du lagst da?«
»Ich wurde krank, Nina. Mein Herz machte nicht mehr mit.«
»Dein Herz?« Nina richtete sich kerzengerade im Bett auf.
»Was ist mit deinem Herzen?«
»Nun, es ist nicht mehr so gesund, weißt du. Ich hatte eine schwere Zeit in meiner Jugend und in meinen Anfangsjahren, dann kam die Zeit der Arbeitslosigkeit und schließlich der Film, da haben wir ja auch nicht gerade sehr vernünftig gelebt. Wir haben viel getrunken, wenig geschlafen . . .«
»Ich hab' ja gleich gesagt, du sollst diesen gräßlichen Schnaps nicht trinken«, rief sie.
»Irgendwann lag ich auf der Nase. Das war in Oberfranken, als ich auf dem Weg nach Berlin war. Ich kam dort in ein Krankenhaus, na, du kannst dir schon denken, wie es war, zeitgemäß halt. Dort lag ich ziemlich lange. Und dann blieb ich in der Gegend und erholte mich. Und dann kam ich nach München. Und nie gab es eine Frau, Ninababy. Du bist wieder die erste, und du bist wieder die Richtige.«
Sie schlief in dieser Nacht in seinem Arm, so wie früher auch, die Jahre waren versunken. Wie viele Jahre, als sie das erste Mal so bei ihm lag. Fast zwanzig Jahre waren es. Für eine Weile werde ich dich behalten.
Als Folge dieser Nacht entwickelte Peter Thiede eine erstaunliche Initiative, das war Nina zu verdanken. Denn bisher hatte er sich nur so treiben lassen.
Schon im Monat darauf fand er eine bessere Bleibe, in einem schönen alten Haus in der Widenmayerstraße. Es war eine riesige Zehnzimmerwohnung, sie gehörte zwei Schwestern, die die Räume vermieteten, um Einquartierung zu vermeiden.
Eine schöne Wohnung, mit guten Möbeln ausgestattet, und als Nina das erste Mal hinkam, sagte sie: »Aber das geht doch nicht. Hier.«
»Das ist alles sehr schön und gepflegt«, sagte Peter, »und wir haben sogar ein Hausmädchen, aber sonst sind die Damen sehr freizügig. Sie sind zwar aus guter Familie, aber jede von ihnen ist mit einem amerikanischen Offizier

befreundet, was natürlich diesem Haushalt sehr nützlich ist. Sie bleiben dadurch auch im gewohnten Milieu, beide waren mit Offizieren verheiratet, die eine sogar mit einem General. Der hat Stalingrad nicht überlebt. Der andere Herr ist noch in Gefangenschaft.«

»Und wenn er heimkommt?«

»Wird man leben, wird man sehen. Jetzt muß man zuerst einmal leben. Und du wirst sehen, es sind sehr attraktive Frauen.«

»Und dich bewundern sie natürlich?«

»Was heißt bewundern. So bewundernswert bin ich nicht mehr. Aber sie kennen mich jedenfalls vom Film und haben mich gern aufgenommen. Es wohnt noch ein Schauspieler hier, Claus Hergarth, falls du dich an den noch erinnerst.«

»Klar. Hat er nicht mal bei Gründgens gespielt?«

»Hat er. Später ging er nach Hamburg, und als es dort mulmig wurde, entschwand er nach Paris. Da muß er eine ganz lustige Zeit verbracht haben, hat auch gefilmt und was weiß ich. Er blieb sogar, bis die Amerikaner einmarschierten, entschwand dann nach Südfrankreich, wo seine Pariser Freundin ein Haus besaß. Aber die Franzosen waren ja ziemlich unfreundlich gegen Damen, die mit Deutschen liiert waren, also schickte ihn Madame fort. Vorübergehend, wie er sagt, denn sie liebt ihn.«

»Ist ja eine tolle Geschichte. Und was macht er jetzt?«

»Zur Zeit ein bißchen Cabaret, und natürlich möchte er auch an die Kammerspiele, doch wer möchte das nicht? Da stehen sie gewissermaßen Schlange.«

»Der wohnt allein hier?«

»Sieht so aus.«

»Und was spiele ich hier für eine Rolle?«

»Du bist meine Frau.«

»Was bin ich?«

»Ich habe gesagt, meine Frau ist mit unserer Tochter in der Nähe von München auf das Land evakuiert worden. Sie wohnt da sehr nett und will dort bleiben, weil die Kleine etwas kränklich ist. Aber ab und zu sieht sie hier mal nach dem Rechten, sie ist sehr eifersüchtig.«

»Hast du das wirklich gesagt?« fragte Nina entsetzt.

»Ganz wirklich, Ninababy.«

»Du bist ein elender Schwindler.«

Aber so sehr war sie schon wieder von seiner leichten Lebensart gefangengenommen, daß sie lachend die Arme um seinen Hals schlang und nicht gegen die Schwindelei protestierte. Im Laufe des Sommers kam Nina also nun öfter in die Stadt, sie ging ins Theater oder auch nicht, im Juli hörten sie auf mit dem Stück, begannen aber gleich etwas Neues zu probieren, und Nina machte es Spaß, bei den Proben dabeizusein.

Die Bewohner der Widenmayerstraße kannte sie mit der Zeit alle, und die kannten Nina. Da war außer dem Schauspieler noch ein angehender Ingenieur, er war während des Krieges bei den Funkern und hatte jetzt sein Studium wieder aufgenommen. Sodann ein älterer Rechtsanwalt aus Hannover, der bei einem Luftangriff nicht nur sein Haus, sondern auch seine Frau und die beiden Töchter verloren hatte. Ein hagerer, tieftrauriger Mensch, der wenig sprach. Sie wußten lange nichts von seinem Schicksal, aber eines Nachts, als sie alle zusammensaßen, erzählte er davon. Er weinte. Und Nina weinte auch.

Die beiden Amerikaner waren dabei, der eine verstand ein wenig deutsch, der andere gar nicht, aber sie verstanden immerhin, worum es ging. Der eine machte ein grimmiges Gesicht, der andere sah gequält aus. Jetzt, hier in diesem Lande lebend, als Sieger, als Befreier, täglich mit diesen Menschen konfrontiert, die man geschlagen hatte, war so vieles für einen halbwegs gebildeten und kultivierten Amerikaner schwer zu verstehen und zu ertragen.

»It was Hitler, was'nt it?« sagte der mit der grimmigen Miene schließlich.

»Ich war nie sein Anhänger«, sagte der Anwalt, und zu einer der Damen gewandt: »Vielleicht können Sie Ihrem Bekannten erklären, daß ich zu der Zeit, als meine Familie ums Leben kam, verhaftet war, weil man mich im Zusammenhang mit dem 20. Juli verdächtigte. Meine Haltung war bekannt.«

Die hübsche blonde Frau lächelte, sie sagte: »Ich will es ihm gern erklären, aber schauen Sie, Herr Doktor, es traf nun einmal Gerechte und Ungerechte. Ist das nicht immer so? In jedem Krieg? Ich weiß nicht, wie mein Mann ums Leben gekommen ist, ich werde es wohl nie erfahren. Ich weiß nur, was er sagte, als er zum letztenmal hier war. Das war lange vor Stalingrad, es war noch während des Vormarschs in Rußland. Er sagte: Im Krieg zu fallen, ist die letzte Ehre, die uns bleibt. Ich möchte lieber draußen bleiben als in einem siegreichen Hitlerstaat leben.«

Nina erklärte nicht, warum sie geweint hatte, keiner wußte hier Näheres über sie, das war besser so. Über ihre Tochter reden konnte sie nicht, höchstens mit Peter.

Aber nicht immer ging es so trist zu. Meist waren Nina und Peter sowieso für sich. Saßen sie aber mit den anderen zusammen, waren es oft sehr vergnügte Abende, sie hatten zu essen und zu trinken; aber Nina sagte zu Peter eines Abends, als sie wieder in ihrem Zimmer waren: »Irgendwie verstehe ich Carla und Annette nicht. Das paßt doch nicht, sie und die beiden Amis. Müssen sie das denn tun? Die Männer sind verheiratet, wie du ja mitbekommen hast. Und nun sitzen sie hier als Eroberer und halten sich zwei Frauen aus guter Gesellschaft als Geliebte. Mir gefällt das nicht. Warum tun sie das?«

»Wer? Die Amis oder die Mädchen?«

»Mädchen! Es sind erwachsene Frauen. Haben die denn keine Kinder?«

»Doch, Annette hat einen Sohn, der ist bei ihrer Mutter im Allgäu. Sicher ist er dort besser aufgehoben als in der Stadt.«

»Wenn sie das Kind bei sich hätte, müßte sie ein anderes Leben führen.«

»Müßte sie wohl, ja. Aber was willst du? Eine Frau braucht einen Mann.«

»Kann sie keinen deutschen Mann finden?«

Peter lachte. »Ninababy, sei nicht so streng. Mit unseren Männern ist zur Zeit nicht viel los. Viel zu hungrig, um gute Liebhaber zu sein, das siehst du ja an mir.«

»Du wirst ja gut gefüttert von allen Seiten. Nein, also wirklich, ich finde es nicht richtig. So die kleinen Mädchen, die Fräuleins, wie man sie nennt, die sich mit Amis herumtreiben, na ja, schön, das ist nun mal nicht anders. Aber diese beiden – nein, es paßt nicht zusammen.«

»Würdest du unter keinen Umständen ein Verhältnis mit einem Amerikaner anfangen?«

»Nein, nie«, erwiderte Nina entschieden. Dann zögerte sie, überlegte. »Es kommt natürlich darauf an . . .«

»Worauf kommt es an?«

»Was für ein Mann er ist. Ich kenne ja nicht viele Amerikaner, das sind die ersten, mit denen ich zusammensitze und mit denen ich rede. Nein, mit keinem von den beiden möchte ich ein Verhältnis haben, auch wenn sie mich mit Schokolade überschütten würden.«

»Aber wenn dir einer als Mann gefiele?«

»Als Mann und vor allem als Mensch. Aber es liegen doch Welten dazwischen, zwischen ihnen und uns. Sie sind hier, urteilen und verurteilen und haben im Grunde doch keine Ahnung, wie es wirklich war. Und sie sind so schrecklich satt und zufrieden, die beiden hier auch. Das ist mir einfach zuwider.«

»Ja, sie haben nun mal den Krieg gewonnen, und genug zu essen haben sie auch.«

»Ich kenne einen einzigen Amerikaner; aber der war ganz anders. Ich hab' doch mal erwähnt, daß sie uns das Haus beschlagnahmen wollten, nicht? Ich muß dir mal die ganze Geschichte erzählen. Aber der war halt kein richtiger Amerikaner. Der war ein halber Balte. Ein Neffe von Tante Alice. Verwandt mit Nicolas.«

»Das gibt's ja nicht.«

Peter fand, es sei eine schöne Geschichte. Und dieser Amerikaner, der kein richtiger Amerikaner war, hätte ihr also gefallen können.

»Nicht so, wie du denkst. Er war blutjung. Aber ich werde ihn nie vergessen: Ich sehe ihn noch da stehen, als er am nächsten Tag kam und sagte, daß das Haus nicht beschlagnahmt würde. Er freute sich so darüber. Na, und dann der Brief! Das war vielleicht ein Wunder.«

Dank der Schwestern jedoch bekam Nina manchmal ein Paar Nylonstrümpfe und das eine oder andere Döschen oder Gläschen aus dem PX. Und Zigaretten waren immer genug im Haus, keiner fragte, ob er davon nehmen durfte.

Von dem Rechtsanwalt wußte keiner, was er eigentlich den ganzen Tag tat. Er lief viel in der Stadt herum, sonst saß er in seinem Zimmer und las, denn es gab viele Bücher im Haus, und keine schlechten. Manchmal war er betrunken, was man verstehen konnte.

»Wovon lebt er eigentlich?« fragte Nina.

»Weiß ich es? Viele Menschen leben ja heute in einem Nirgendwo.«

»Aber er muß doch hier Miete zahlen, und er muß doch essen. Und ganz gut angezogen ist er auch. Wenn alles kaputt war in seinem Haus, muß er sich doch neue Sachen beschafft haben.«

»Willst du ihn auch noch betreuen? Er wird halt schwarz gekauft haben.«

»Dann muß er Geld haben.«

»Kann ja sein, er hat noch was. Vielleicht kriegt er auch was, weil die Nazis ihn eingesperrt hatten.«

Von dem jungen Paar, das noch in der Wohnung lebte, er aus Bremen, sie aus Frankfurt an der Oder, wußte man sehr gut, was sie taten. Sie hatten große Pläne für die Zukunft, und inzwischen beherrschten sie souverän den schwarzen Markt.

Nina hatte sich angewöhnt, gelegentlich Silvester zu besuchen, und nun, in dieser ausgeglichenen Stimmung, die Peters Gegenwart ihr verschaffte, ging es viel leichter.

Natürlich wußte Silvester nichts von Peter, sie erzählte ihm nichts davon, obwohl anzunehmen war, daß es ihm gleichgültig sein würde. Aber sie unterhielt sich jetzt ganz unbefangen, wenn sie bei ihm saß, allerdings nie über das Leben in Solln und nie über seine Zeit im Lager. Silvester nahm inzwischen wieder Anteil am Leben, und er war gut informiert, nicht nur über das, was sich in der amerikanischen Zone ereignete, sondern auch in den übrigen Teilen Deutschlands. Da war die Entnazifizierung in allen vier Besatzungszonen nun in vollem Gang, und der berüchtigte Fragebogen mit seinen 131 teils sinnlosen Fragen war in aller Mund.

»Ohne ihn ausgefüllt zu haben, kann keiner mehr in diesem Land arbeiten«, erklärte ihr Silvester.

»Ich finde das idiotisch«, entschied Nina.

»Du mußt ihn auch ausfüllen.«

»Einen Dreck muß ich. Ich bin schließlich mit dir verheiratet, und es ist ja wohl erwiesen, daß du ein Gegner des Regimes warst. Noch bin ich mit dir verheiratet.«

»Willst du dich scheiden lassen?«

»Nun, vielleicht du, nachdem du keine Verwendung mehr für mich hast.«

Er fand solche Bemerkungen von ihr gar nicht komisch, und sie schämte sich danach, wenn sie daran dachte, daß sie ihn im Grunde ja betrog. Aber konnte man einen Mann betrügen, der seine Frau einfach beiseite schob?

Dafür, dachte Nina bissig, müßte man einen eigenen Fragebogen einrichten – was ist Liebe, was ist Treue, und was ist Betrug?

Durch Zeitungen und Rundfunk und auch wohl durch Gespräche mit seinen Freunden wußte Silvester über alles Bescheid, über den Kontrollrat, über die Demontage, über die Konferenz der siegreichen Außenminister und die Reparationen, auch was in der Ostzone geschah, so die Aufstellung der Volkspolizei bereits im Juni des Jahres 1946 und die zunehmende Konfrontation zwischen Amerikanern und Russen.

»Der nächste Krieg ist schon in Sicht«, meinte er düster.

Nina sagte wenig dazu, sie ließ ihn reden, froh, daß er überhaupt redete. Sie wußte nicht allzuviel von diesen Dingen, ihr Leben war so ausgefüllt, denn genaugenommen war es ein Doppelleben, das sie führte, und das nahm alle ihre Kräfte in Anspruch.

Sie sagte nicht mehr, daß er zu ihr kommen sollte, und er regte auch kein gemeinsames Leben an.

Gesundheitlich ging es ihm besser, er begann ein Buch zu schreiben über die Eingriffe der Nazis in die Kunst, das Unrecht, das entstanden war, als der Begriff ›Entartete Kunst‹ geprägt wurde.

Nina, die inzwischen die Bilder der Sophie von Braun kannte, dachte bei sich, daß er ja Anregung genug fand, wenn er diese Bilder betrachtete, die sie scheußlich fand. Aber sie hütete sich, das auszusprechen. Viel verstand sie ja auch nicht von Malerei. Das hinwiederum hatte Alexander Hesse verstanden, und mit ihm wäre Silvester wohl in diesem Punkt sehr schnell einig geworden. Wir sind alle schizophren in diesem Land, dachte sie. Ob das jemals wieder anders wird?

Isabella sah sie manchmal, sie war immer freundlich, auch Professor Guntram traf sie einmal bei Silvester, der ihr Komplimente machte, aber keiner fragte danach, wie das eigentlich mit ihnen weitergehen sollte. Und so, wie die Dinge jetzt lagen, war Nina froh darüber. Wie befreit eilte sie jedesmal davon; sie wußte nicht, was sie über sie dachten und sagten, und es war ihr auch egal.

Professor Guntram sagte: »Sie sieht ganz reizend aus, deine Frau, Silvester. Sie wird immer jünger und hübscher. Solltest du nicht wieder mit ihr zusammenleben?«

»Wo?« fragte Silvester nur.

Davon wußte Nina nichts. Sie lebte auf dünnem Eis, aber war es nicht ihr Leben lang so gewesen?

Ein schlechtes Gewissen hatte sie eigentlich nur, was Maria betraf, wenn sie immer mal wieder für einen Tag, eine Nacht aus Solln verschwand. Und sie genierte sich vor Alice und vor Stephan und erfand die wildesten Ausreden.

»Laß das doch«, sagte Marleen eines Tages. »Du bist ein erwachsener Mensch. Es ist doch gut, wenn du ein wenig Freude haben kannst. Maria und Stephan sind voll beschäftigt, das siehst du doch. Es spielt überhaupt keine Rolle, wenn du mal einen Tag nicht da bist.« Marleen seufzte. »Ich beneide dich.«

Denn wenn auch Nina nie darüber sprach, wo sie war und was sie tat, Marleen wußte es sehr genau. Den anderen erzählte sie, sie sei bei Silvester.

Das war eine böse Lüge, die sie belastete und manchmal auch ihr Zusammensein mit Peter verdunkelte.

Einmal, als sie sich wieder angeklagt hatte, sagte er:

»Wird es denn nie anders werden mit dir? Damals, als wir uns kennenlernten, sagtest du, über Nacht könntest du nicht wegbleiben. Da war Trudel, da waren die Kinder. Und später, als deine Kinder schon größer waren, sagtest du dasselbe. Genaugenommen bist du Großmutter, Nina . . .«

»Du bist gemein.«

»Na, es ist doch so. Und nun genierst du dich immer noch vor deinem Sohn und vor deiner Tante und vor deinem Enkelkind. Du bist ein freier Mensch, Nina.«

»Das denkst du nur, das war ich nie.«

Der Sommer verging wie im Flug. Im Herbst konnten Eva und Herbert ihr Haus wieder beziehen, und kurz darauf heirateten sie, denn Eva bekam wirklich ein Kind, und abgetrieben hatte sie nicht.

Zuvor aber erschien noch der Kammersänger Ruhland auf der Bildfläche.

Kammersänger Heinrich Ruhland, der Vorbesitzer von Marleens Haus, kam an einem Nachmittag im September zu Besuch. Diese erste Begegnung sollte nicht die letzte sein.

Ehe sie den berühmten Mann kennenlernten, wußten sie schon eine Menge über ihn, und zwar durch Frau Beckmann, die für ihn schwärmte.

Er war lange Jahre Mitglied des Nationaltheaters, der Münchner Oper, gewesen, und Frau Beckmann hatte gesagt: »Mei, wenn Sie ihn als Lohengrin gehört hätten! Wenn er mit seinem Schwan über die Schelde kam, schön wie ein Gott, bekam ich jedesmal eine Gänsehaut.«

»Ähnlich muß es gewesen sein«, bestätigte Herr Beckmann. »Wenn er dann ohne Schwan wieder abzog, mußte ich sie festhalten, sonst wäre sie ihm nachgeschwommen.«

»Und sein Tannhäuser! Bis zum Schluß ein Wunder. Meist zittert man ja vor der Romerzählung, ob der Sänger es noch schafft. Aber er! Die Stimme war kraftvoll und herrlich wie zu Beginn.«

Im Jahr 39 war die Frau des Kammersängers an Krebs gestorben, das war einer der Gründe, warum er das Haus nicht mehr mochte und es verkaufen wollte. Kam hinzu, daß er sich mit dem damaligen Intendanten nicht vertrug und daß es einige vielbesprochene Zusammenstöße mit dem Gauleiter gegeben hatte. Den Einladungen des festfreudigen Herrn folgte er längst nicht mehr, wo es möglich war, ging er ihm aus dem Weg. Traf er jedoch aus offiziellem Anlaß oder bei einer Premiere mit ihm zusammen, machte er keinen Hehl aus seiner Abneigung. Dies alles zusammen bewirkte, daß er kaum noch in München sang, sondern meist an der Wiener Staatsoper auftrat.

Daher kam es wohl, daß Nina ihn nie gehört hatte. Obwohl er, wie Frau Beckmann wußte, auch oft in Berlin und Dresden gastiert hatte.

Sicher hatte Vicky ihn gekannt, wenn sie auch Wagner noch nicht gesungen hatte. Mit der ihr eigenen Selbstsicherheit hatte sie jedoch angekündigt: »So in fünf, sechs Jahren singe ich die Elsa und später dann auch die Elisabeth.« Marleen hatte den Kammersänger kennengelernt, als sie das Haus bei ihrem zweiten Aufenthalt in München, begleitet von Alexander Hesse, gründlich besichtigte. Zwar waren die Verhandlungen durch einen Makler geführt worden, aber an jenem Tag war Ruhland zugegen, weil er, wie er sagte, gern wissen wolle, wer nach ihm sein liebes altes Haus bewohnen werde. Marleen fand seine Zustimmung, und sie sagte, er sei ein sehr gut aussehender Mann und sehr galant.

Der Anruf kam am späten Vormittag, Heinrich Ruhland war am Telefon und fragte, ob es wohl genehm sei, wenn er am Nachmittag auf einen Sprung vorbeischaue. Er sei momentan in Solln, wohne bei seiner Kollegin Agnes Meroth, und ein wenig plage ihn die Neugier, wie sich denn die Nachfolger in seinem früheren Haus fühlten.

Nina, die am Telefon war, erwiderte: »Ganz fabelhaft, Herr Kammersänger. Wir freuen uns sehr, wenn Sie kommen.«

Das sagte sie zwar, ein wenig bange war ihr jedoch vor dieser Begegnung. Am Ende hatte er von Vicky gehört, und noch immer war es ihr unmöglich, über Vicky zu sprechen.

Wie sie vieles über ihn gehört hatten, so wußte Ruhland recht gut Bescheid über die Bewohner seines früheren Hauses. Mit seiner Kollegin Agnes Meroth war er gut befreundet, sie hatten in den vergangenen Jahren Kontakt gehalten, sie hatte auch in Wien gesungen, ehe die Theater schließen mußten. Sie waren ein erfolgreiches Paar auf der Bühne gewesen, nicht nur stimmlich paßten sie gut zusammen, beide waren gute Schauspieler, was nicht für jeden Sänger gilt, und so steigerten sie sich gegenseitig in ihren Partien zu außerordentlichen Leistungen. Das Publikum dankte es ihnen, sie wurden bewundert und geliebt. Heinrich Ruhland, der Tenor, wurde natürlich von den Damen immer noch ein wenig mehr geliebt.

Die Kammersängerin Meroth wohnte einige Straßen weiter, auch in einem hübschen alten Haus mit großem Garten, sie sang noch gelegentlich einige Partien im Prinzregententheater, doch zog sie sich mehr und mehr von der

Bühne zurück. Sie war glücklich verheiratet mit einem Professor der Literaturgeschichte, nun seit einigen Jahren emeritiert, und hatte zwei erwachsene Söhne, die beide den Krieg überlebt hatten. Die Rosenzucht im Garten der Meroths war weithin berühmt.

Nina, nachdem sie den Anruf erhalten hatte, informierte Marleen und ging eine Weile später zu den Beckmanns, um ihnen die Neuigkeit mitzuteilen. Sie geriet mitten in eine Geographiestunde. Der Oberstudienrat hatte in geduldiger Arbeit, aus mühselig zusammengestohlener Pappe, Modelle der einzelnen Erdteile geformt, ziemlich große sogar, damit genügend Platz blieb für Ländergrenzen, für die Erhebungen der Gebirge, die Mulden der Seen und für die Stecknadelköpfe, die die wichtigsten Städte markierten.

Als Nina kam, tastete Maria gerade über die Gebilde von Nord- und Südamerika, und Herr Beckmann erzählte vom Bau des Panamakanals.

»Wir sehen erstmal die beiden Erdteile gleichzeitig an«, erklärte er Nina, »das erleichtert das Verständnis für ihre Lage und ihre Größe und für die Verschiedenheit der Bevölkerung.«

Nina beugte sich über die beiden Erdteile, die auf dem großen Eichentisch im Eßzimmer aufgebaut waren, und sagte hingerissen: »Aber das ist ja fantastisch! Was haben Sie sich bloß für eine Arbeit gemacht, Herr Beckmann.«

Denn der Oberstudienrat hatte nicht nur maßstabgerecht diese Pappmodelle gebastelt, er hatte sie auch noch angemalt, grün, gelb, braun und blau, wie in einem Atlas. Die Farben wären zwar für Maria nicht notwendig gewesen, doch der Oberstudienrat hatte die Modelle zu seiner eigenen Zufriedenheit mit Farbe versehen. Zusätzlich stand noch ein Globus dabei, damit sich Maria von der Kugelform der Erde eine Vorstellung machen konnte.

Nina tippte mit dem Zeigefinger vorsichtig auf einen Stecknadelkopf.

»Das muß Boston sein«, sagte sie.

»Sehr richtig. Und hier«, der Finger des Oberstudienrates fuhr einen Millimeter südwärts, »liegt Plymouth, das habe ich auch ein wenig angebuckelt, denn immerhin ist dies der Ort in der Cape Cod Bay, wo die Engländer, die mit der ›Mayflower‹ gesegelt waren, erstmals ihren Fuß auf amerikanischen Boden setzten. Um schließlich Amerikaner zu werden. Wie war das doch gleich mit dem Unabhängigkeitskrieg, Maria?«

»1775 bis 1783«, kam es prompt von Maria.

»Und wie hieß der erste Präsident der Vereinigten Staaten von Amerika?«

»George Washington.«

Herr Beckmann lächelte voll Stolz und meinte: »Sehen Sie, Frau Nina, das ist eine ganz moderne Art von Unterricht, den wir hier haben, wir mixen Geographie und Geschichte gelegentlich zusammen.«

»Ihr seid wirklich tüchtig«, sagte Nina. »Daß du dir das alles merken kannst, Maria. Ich hätte das nicht gewußt, als ich so alt war wie du.«

Sie legte dem Kind die Hand auf die Schulter, und Maria berührte mit einer flüchtigen Liebkosung Ninas Hand mit der Wange. Das geschah zum erstenmal, und Nina registrierte es, wie sie jede neue Regung, jeden kleinsten Entwicklungsschritt Marias beachtete, um verständnisvoll und sensibel auf das Kind eingehen zu können. War es möglich, daß Maria nun doch so etwas wie Zuneigung, wie Liebe empfinden konnte?

Sie mußte sich zusammennehmen, um Maria nicht in die Arme zu schließen, aber das wäre falsch gewesen, man durfte nichts tun, was sie er-

909

schreckte, was sie zurückweichen ließ, und man durfte vor allen Dingen kein großes Aufheben von jeder Regung, von jedem kleinen Schritt vorwärts machen. So weit hatte Nina ihre eigene Rolle begriffen.

»Also wirklich«, sagte Nina und überblickte wieder die schöne Neue Welt, »das ist wirklich ganz unglaublich, was ihr hier habt.«

»Wir fangen mit Amerika an, das ist ja heutzutage ganz passend. Australien habe ich schon auf Lager, das war nicht so schwer. Zur Zeit arbeite ich an Europa und Asien, das wird ein Riesentrumm. Meine Frau schimpft schon, weil ich den ganzen Keller damit verstelle. Übrigens, Stephan, könnten Sie mir dabei nicht ein wenig helfen?«

»Aber selbstverständlich, gern«, sagte Stephan.

»Das Trumm ist so groß«, erklärte Herr Beckmann, »ich hab's mir auf zwei Holzböcken aufgenagelt und muß nun immer drumherum rennen, von der Biskaya zum Chinesischen Meer. Das ist ein weiter Weg.«

Nina lachte. »Was täten wir nur ohne Sie!«

»Ich wüßte etwas, was Sie für mich tun könnten. Suchen Sie mal drüben bei sich nach Stecknadeln. Meine Frau hat inzwischen alle vor mir weggeschlossen. Ich brauche aber noch viele.«

»Soviel ich weiß, erzielt man auf dem schwarzen Markt gute Preise damit«, sagte Nina. »Aber hier sind sie wirklich wichtiger, das sehe ich ein.«

Noch einmal tippte sie mit dem Finger auf Boston. Seit im vergangenen Monat die Aktion der CARE-Pakete angelaufen war, hatten sie schon zwei bekommen, eins für Alice, eins für Maria. Stephan, der wußte, was sie dachte, lächelte ihr zu.

»Boston«, sagte er, »ja. Die von der ›Mayflower‹ sind leichter hingekommen, als wir es könnten. Für uns ist es unerreichbar.«

»Also das denke ich ganz und gar nicht«, widersprach Herr Beckmann. »Ich bin ziemlich sicher, daß Sie Ihren . . . na, was ist er denn? Cousin oder so was ähnliches, eines Tages besuchen werden.«

»Er wird uns besuchen«, sagte Nina. »Das hat er in seinem letzten Brief geschrieben. Er möchte uns gern alle wiedersehen, oder, wie er schreibt, jetzt richtig kennenlernen, und damit möchte er nicht zu lange warten. Das meint er wohl vor allem wegen Tante Alice. Er studiert jetzt, schreibt er. Apropos Besuch – deswegen bin ich gekommen. Wo ist Ihre Frau, Herr Beckmann?«

»In der Küche, nehme ich an. Sie brät irgendwas mit Mais und Haferflocken, Frau Moser hat ihr das Rezept gegeben. Wird sicher schrecklich sein.«

Nina lachte. »Ich habe gestern einen Kartoffelkuchen gebacken, war gar nicht mal schlecht. Und heute gibt es bei uns Kartoffelstückchen in einer Bechamelsauce. Mit einer Art Bechamelsauce, sagen wir mal. Aber mit viel, viel Schnittlauch. Der wächst großartig bei uns im Garten.«

Frau Beckmann war von dem angekündigten Besuch des Kammersängers erwartungsgemäß beeindruckt.

»So was aber auch!« sagte sie. »Meinen Sie, ich könnt mal so ganz zufällig vorbeikommen?«

»Das meine ich nicht, Irmgard«, sagte der Oberstudienrat streng. »Das wäre aufdringlich.«

»Ich sag doch zufällig. Angenommen, es schmeckt dir heute mittag, könnte ich Frau Nina das Rezept bringen.«

»Es schmeckt mir bestimmt nicht, das weiß ich jetzt schon.«

»Mei, so ein Mann! Da plagt man sich und plagt sich, und er sagt vorher schon: es schmeckt mir nicht.«

»Kommen Sie ruhig vorbei, Frau Beckmann«, ermunterte Nina sie. »So, wie Sie ihn mir geschildert haben, freut er sich bestimmt, Sie wiederzusehen.«

»Man weiß so gar nichts darüber, wie er heute lebt. Ich weiß nicht mal, wo er lebt. Er ist einfach wie vom Erdbeben verschwunden.«

»Das ist ein Schmarrn«, ihr Mann schüttelte nachdrücklich den Kopf. »Du hörst doch gerade, daß er lebt. Wie und wo geht dich nichts an.«

»Die Meroth weiß es. Aber von der erfährt man ja nix. Und noch schlimmer ist ihre Haushälterin, die kriegt den Mund schon gar nicht auf.«

Der Kammersänger kam zehn Minuten nach vier. Er war wirklich eine eindrucksvolle Erscheinung, groß, kräftig, mit leuchtend blauen Augen in dem großflächigen Gesicht unter eisgrauem Haar. Eine wirkungsvolle Bühnenerscheinung, dachte Nina.

Er küßte Marleen die Hand, die sich für den Besuch besonders hübsch gemacht hatte, er küßte Nina die Hand, schaute sich erwartungsvoll um und meinte dann: »Sehr kommod haben Sie es hier.«

Er betrachtete die Bilder, die alle von Alexander Hesse stammten oder von ihm ausgesucht waren, und sie nötigten dem Kammersänger ein anerkennendes Nicken ab.

»Kompliment, gnädige Frau«, sagte er zu Marleen. »Sie sind eine Kennerin.«

Marleen quittierte dies mit dankendem Lächeln.

Dann ging er in den Garten und amüsierte sich über die Gemüsebeete. Anschließend wurde im Gartenzimmer Kaffee serviert und der Rest von Ninas Kartoffelkuchen, den der Kammersänger aber verschmähte. Höflich sagte er: »Ich muß auf meine Taille achten.«

Nina lachte daraufhin. »So etwas hört man heute selten.«

»Nun also, das weiß ich. Aber mir geht's nicht schlecht. Ich leb' wie im Paradies. Unberufen!« Er klopfte auf die Tischplatte. Dann sprach er eine Weile über Agnes Meroth, die liebe Kollegin, bei der er zur Zeit wohnte.

»Für ein paar Tage nur. Ich wollte München wiedersehen. Nun also, ich hab's schon bereut. Was ist aus dieser Stadt geworden! Ein Jammer. Ein Jammer.«

Dann betrauerte er ausführlich die zerbombte Oper, erzählte von den letzten Partien, die er hier gesungen hatte, nahm einen kleinen Cognac an, und dazwischen blickte er sich immer wieder suchend um.

Marleen und Nina waren allein mit ihm. Alice hatte es vorgezogen, in ihrem Zimmer zu bleiben, Stephan und Maria waren wieder zu Beckmanns gegangen, Maria wollte Klavier spielen und Stephan gleich anfangen, an dem Modell von Europa und Asien mitzuarbeiten.

Conny, dem der Gast gefiel, hatte sich dicht an das Kammersängerknie gesetzt und ließ sich kraulen.

»Ein hübscher Bursche. Wir haben auch zwei Hunde draußen.«

»In Ihrem Paradies?« fragte Nina.

»Eben dort. Ich werd's Ihnen gleich schildern. Nur eine Frage noch« – er blickte Nina mit seinen großen blauen Augen an, räusperte sich, stellte aber dann entschieden die Frage, die ihn offenbar beschäftigte: »Victoria Jonkalla ist Ihre Tochter?«

911

Er sagte ist, nicht war, und das war sehr taktvoll von ihm, es erleichterte Nina die Antwort.
»Ja. Kennen Sie – meine Tochter?«
»Nun also, wir sind uns in Dresden begegnet. Ich hab' da mal den Pedro gesungen. Und sie war die Nuri. Schöne Stimme. Ja, und dann war ich bei ihr zu Haus eingeladen, in dem Cunningham-Palais, das war ja höchst beachtlich!«
Nina schwieg und nickte.
»Nun also«, der Kammersänger fuhr sich durch die graue Mähne. »Meine Kollegin hat mir von dem Kind erzählt, von Victorias Tochter.«
Ein flüchtiger Ärger flog Nina an. So taktvoll war er auch wieder nicht. Erwartete er, daß sie Maria vorführte wie eine Zirkusnummer?
»Sie ist nicht da. Sie ist bei Beckmanns, vorn an der Ecke. Die kennen Sie ja sicher noch.«
»Gewiß, gewiß«, rief der Kammersänger etwas zu lebhaft. »Entschuldigen Sie, gnädige Frau, daß ich nach dem Kind gefragt habe. Aber man hat mir erstaunliche Dinge berichtet.«
»Über Maria?«
»Sie ist ja eine Art lokaler Berühmtheit hier. Sie soll außerordentlich intelligent sein. Und hochmusikalisch.«
Agnes Meroth, beziehungsweise ihre Haushälterin waren zwar in der Weitergabe von Nachrichten zurückhaltend, aber offensichtlich nicht in deren Aufnahme.
»Sie ist blind«, sagte Nina kühl.
»Auch das hat mir meine Kollegin erzählt.«
»Ich kenne Frau Meroth nicht.«
»Nun also, die Quelle ist wohl Frau Beckmann. Sie hat immer schon ganz gern geratscht, ich erinnere mich daran. Aber nie im bösen, nein, das nicht. Sie erzählt wahre Wundergeschichten von der Kleinen.«
»Frau Beckmann übertreibt«, sagte Nina abweisend. »Was soll es für Wundergeschichten über ein blindes Kind geben. Für mich gäbe es nur ein Wunder.«
Heinrich Ruhland nickte, er hatte verstanden. »Daß sie geheilt würde.«
Nun erschien als rettender Engel, ehe das Gespräch zu düster wurde, Frau Beckmann auf der Bildfläche, wirklich mit dem Rezept in der Hand.
»Oh!« rief sie und mimte Überraschung. »Herr Kammersänger! Das kann nicht wahr sein! Wo kommen Sie denn her?«
Ruhland grinste und schloß Frau Beckmann umständlich in die Arme, worauf diese rote, heiße Wangen bekam.
»Meine gute Frau Beckmann!« röhrte er mit vollem Organ.
Das Rezept war auf den Boden gefallen, Nina hob es auf.
»Nun? Hat es ihm geschmeckt?«
»Gar nicht. Er hat hintennach ein Marmeladenbrot gegessen.«
»Eine Tasse Kaffee? Mein Kuchen ist auch nicht besonders. Ich muß demnächst mal bei Franziska vorbeischauen, damit wir wieder was zu essen kriegen. Seit Herbert ewig in der Universität rumhängt, gehen uns seine Einkäufe ab.«
»Habt ihr wenig zu essen?« fragte Ruhland naiv.
Dabei lächelte er Marleen an, die mit den Augen kokettierte.

»Was für eine Frage!« meinte Nina.

»Nun also, mir geht es ausgezeichnet«, erklärte der Kammersänger zufrieden, »und nicht nur was die Menage betrifft.«

»In Ihrem Paradies«, sagte Nina noch einmal, es klang ein wenig süffisant.

»Dürfen wir denn erfahren, lieber Herr Kammersänger, wo Sie sich aufhalten?« fragte Frau Beckmann.

Und dann erfuhren sie es also. Er hielt sich in Oberbayern auf. Im Chiemgau. In einem alten Schloß.

Als er seinerzeit das Haus verkaufte, war ihm klar, daß er an diesen Ort nicht zurückkehren würde. Genauso klar war es für ihn, wie der Krieg eines Tages enden würde. Wo konnte man dann noch einigermaßen als Mensch leben, hatte Heinrich Ruhland sich gefragt, und die Antwort bereitete ihm keine Schwierigkeiten: in Oberbayern, auf dem Lande.

Marleen hörte mit Erstaunen zu und meinte versonnen: »Das hat Alexander auch gesagt.«

»Kluge Leute haben das wohl gesagt«, nickte Ruhland. »Ich erinnere mich an den Herrn in Ihrer Begleitung. Er ist nicht hier?«

Die Frage verwirrte Marleen, da ja außer Nina keiner von dem Verbleib Hesses wußte.

»Nein«, sagte sie. »Aber es geht ihm gut.«

Ruhland fragte nicht weiter, es blieb offen, ob er wußte, damals gewußt hatte, wer Alexander Hesse war.

Dann erzählte er von Schloß Langenbruck, wo er jetzt lebte, und das Erstaunlichste daran war, daß er dort aufgewachsen war.

»Der Baron von Moratti ist mein Jugendfreund und ein Musikkenner und Musikliebhaber. Er spielt nicht nur Klavier, er bläst auch wunderschön die Klarinette.«

Reich war der Baron nicht, der Unterhalt des Schlosses, der dazugehörige Park, das notwendige Personal hatten viel Geld gekostet, kosteten es noch immer. Seine Frau hatte ihn verlassen, Kinder hatte er nicht.

»Nun also! Da habe ich mir damals gedacht, es wäre doch gar nicht von Übel, wenn man für die nähere und fernere Zukunft ein Obdach hätte, das erstens möglichst weit ab vom Krieg liegt, zweitens in einer schönen Gegend und drittens meinem Sinn für eine dekorative Umgebung entspricht. Man lebt dort immer ein bisserl wie im Theater. Das Schloß ist ein alter Bau mit einem wunderschönen Innenhof. Es hat geradezu einen italienischen Reiz. Nun, die Vorfahren meines Freundes stammen ja auch aus Italien. Die Szenerie ist so etwa wie im Troubadour. Und die Landschaft rundherum ist zum Singen schön.«

Ruhland hatte das Geld, das er für sein Haus bekommen hatte, in notwendige Restaurationen für das Schloß gesteckt, noch ein bisserl mehr, wie er sagte, und hatte dort nun Wohnrecht auf Lebenszeit. Zu alledem war der Baron froh, ihn zur Gesellschaft zu haben, weil er sonst arg allein gewesen wäre.

»Sie leben dort allein mit dem Baron?« gurrte Marleen. »Ein Mann wie Sie, der an Leben, an Betrieb und auch an ... nun, an Verehrerinnen gewöhnt ist?«

»Die hab' ich da draußen auch«, erwiderte der Kammersänger eitel. »Und allein sind wir keineswegs. In einem Teil des Schlosses hat man noch während des Krieges ein Lazarett untergebracht. Glücklicherweise waren es zumeist Rekonvaleszenten, und davon haben wir noch eine ganze Menge, die sich recht wohlfühlen. Ein paar Musiker sind auch darunter, wir haben ein kleines Orchester zusammengestellt und haben diesen Sommer im Schloßhof Konzerte gegeben. Das war etwas für die Amerikaner, die sind mit großer Begeisterung gekommen, bis von Salzburg her, und nicht mit leeren Händen. Flüchtlinge haben wir selbstverständlich auch aufgenommen, die sich allesamt nützlich machen, und von den umliegenden Bauern werden wir ausreichend mit Lebensmitteln versorgt. Es ist nicht langweilig und es ist friedlich. Ich bin dort, seit die Theater geschlossen haben, und gemessen an dem, was alles in meinem armen Vaterland geschehen ist, kann ich es nur ein Paradies nennen.«

Sie schwiegen beeindruckt. So etwas gab es halt auch, gab es vermutlich überall in Deutschland, hier oder dort, und wenn man Glück hatte, konnte man in solch einem Paradies leben.

»Schwierigkeiten mit den Amerikanern hatten wir gar nicht, der Baron ist bekannt als Gegner der Nazis, das weiß dortzulande jeder, er ist ja auch so gut wie niemals mehr in die Stadt gekommen, seit die hier regieren. Na, und draußen, da haben ihn die Leute sowieso respektiert, auch die Nazis, die dort irgendwelche Ämter hatten.«

Nina mußte unwillkürlich an Joseph von Mallwitz denken. So ähnlich hatte sich das im Waldschlössl und drumherum auch abgespielt. Diese Bayern waren schon eine Rasse für sich.

Unwillkürlich mußte sie lachen.

»Was amüsiert Sie, gnädige Frau?«

Nina sprach aus, was sie eben gedacht hatte.

»Ich denke, ich kann Ihnen da zustimmen. Es ist die alte katholische Tradition in diesem Land, ein tief verwurzelter Konservativismus, der seine eigenen Regeln hat.«

»Um so unverständlicher wird es mir immer bleiben, daß es gerade hier mit dem Nationalsozialismus angefangen hat.«

»Nun also, das ist nicht so verwunderlich. Konservative, genau wie Liberale sind natürlich duldsam. Das, was man allgemein die Münchner Gemütlichkeit nennt, das erregt sich nicht so rasch. Und dann beruhigt sich das auch wieder. Wäre der Hitler in Bayern geblieben, hätte er sich gewiß nicht so erfolgreich ausbreiten können.«

Nina lächelte: »Ich denke, über diesen Punkt werden sich noch Generationen von Historikern streiten. Berlin war im Grunde auch kein guter Nährboden für ihn. Wenn auch nicht konservativ, so doch liberal und vor allem weltstädtisch. So ganz für voll hat man ihn dort auch nie genommen. Am Anfang stand ja wohl die politische und wirtschaftliche Situation, das war der beste Nährboden für ihn.«

»Es war nur die Fortsetzung des vergangenen Krieges, die wir erlebt haben. Der Versailler Vertrag war ein eiterndes Geschwür, das eines Tages aufbrechen und einen dreckigen Satan herausspeien mußte.«

Das war ein derart plastisches Bild, daß sie alle eine Weile darüber nachdenken mußten.

Ich muß mir das merken, dachte Nina, ich muß es Silvester erzählen.

»Übrigens«, sagte der Kammersänger, »so ein ganz echter Bayer bin ich nicht. Daher wohl also meine Bewunderung für das Bayernland und seine Bewohner. Was echte Bayern sind, die granteln lieber über sich selbst. Meine Mutter war Bayerin, und sie war das Kindermädchen beim Ferdl Moratti. Mein Vater ist Mecklenburger, er kam als Kutscher auf das Schloß. Dort hat er meine Mutter kennengelernt, und dort bin ich geboren. Sie sehen also, mein Leben rundet sich, wenn ich dort nun mein Alter verbringe.«

Das erstaunte sie sehr, und Frau Beckmann flüsterte: »Aber Herr Kammersänger, wie können Sie von Alter sprechen.«

»Tu ich ja nicht. Ich mein halt, mit der Zeit wird's ja kommen.«

»Und der Baron . . .?« fragte Nina.

»Sehr richtig, gnädige Frau. Er war drei Jahre alt, als ich geboren wurde. Man kann sagen, wir kennen uns ein Leben lang.«

»Aber wie kamen Sie dazu, Sänger zu werden?« fragte Marleen.

»Nun also, wie ich schon sagte, es ist eine musische Familie, Musik wurde dort im Haus immer gemacht. Ich sang im Kirchenchor, später sogar Soli, immer noch mit Knabenstimme, versteht sich, der Pfarrer und der Lehrer förderten mein Interesse, der Baron und die Baronin sowieso, und als ich dann zum Tenor mutierte, fanden sie meine Stimme noch schöner und meinten, ich müsse Gesang studieren. Es war eigentlich ein ganz leichter Weg.«

Heinrich Ruhland faltete die Hände über seinem Bauch, denn so etwas wie einen Bauch hatte er auch heute noch, und blickte zufrieden durch die Terrassentür in seinen ehemaligen Garten. Die Blicke der Damen hingen mit Bewunderung an ihm, das störte ihn nicht, daran war er gewöhnt.

»Sie müssen mich einmal besuchen, da herinnen«, sagte er. »Ist nur ein bisserl schwierig hinzukommen derzeit. Mich fährt jetzt, wenn ich wohin will, der Bürgermeister von unserer Kreisstadt. Der ist zwar Kommunist, aber ein ganz umgänglicher Mann. Und Musik hat er auch gern.«

Frau Beckmann druckste eine Weile herum, dann platzte sie mit der Frage heraus, die ihr am Herzen lag: »Und wie geht es Ihrem Sohn?«

»Der Rico ist jetzt sechzehn«, antwortete Ruhland ohne Zögern. »Sie wissen, was für ein wilder Bub er war.«

»Und ob ich das weiß«, sagte Frau Beckmann. »Unsere Fensterscheiben haben auch mal daran glauben müssen.«

»Ja, ja, er hat allerhand Unfug angestellt. Ich hatte ja wenig Zeit für ihn, und meine Frau war viel zu gutmütig. Ich habe ihn dann in ein Internat gesteckt, und da ist er immer noch. Gott sei Dank war er jung genug, der Krieg hat ihn nicht mehr erwischt.«

Er blieb eine Stunde, machte noch einen Rundgang durch den Garten und betrachtete liebevoll die ihm wohlbekannten Bäume. Marleen begleitete ihn, sichtlich animiert von diesem Besucher.

»Der Rico war ein verflixter Lausbub«, erzählte Frau Beckmann indessen Nina. »Ein bildhübscher Bub, doch seine Mutter hat ihn zu sehr verwöhnt. Sie war ja auch viel allein, und der Herr Kammersänger, der war halt immer umschwärmt. Sie verstehen? Die Frauen sind ihm nur so nachgelaufen, und da war ja auch mal dies oder das. Er hat seine Frau sehr geliebt, das schon, aber wie das halt so ist bei einem berühmten Tenor, net wahr. Und der Bub war ihr ein und alles. Mei, was der hier alles angestellt hat, das ist kaum zu glauben. Richtig heißt er Enrico. Weil sein Vater so den Enrico Caruso bewundert hat.«

Später gingen sie alle zu Beckmanns, sogar Marleen, die damit zum erstenmal das Haus der Nachbarn betrat.
Sie trafen Maria am Klavier, die gerade ein Nocturne von Chopin versuchte, aber mittendrin stockte und nicht weiter wußte.
»Das ist meine Schuld«, sagte Frau Beckmann, »ich hab's ihr vorgespielt, aber ich kann's auch nicht richtig. Und ich kann die Noten nicht finden.«
Ruhland ging zum Flügel, tippte Maria an und sagte, ganz nonchalant, mit der größten Selbstverständlichkeit: »Laß mich mal.«
Er hatte das Nocturne im Kopf und spielte es fehlerlos.
»Ich glaub, wir haben die Noten draußen«, sagte er dann. »Ich schick sie euch.«
Maria stand starr neben ihm, aber ihr Gesicht war angeregt, sie hatte genau zugehört.
»Hast du auch schon mal gesungen, Maria Henrietta?« fragte er.
Maria schüttelte den Kopf.
»Ich kenn dich«, sagte er gelassen, »ich hab dich schon mal gesehen, als du ein ganz kleines Mädchen warst. In Dresden, weißt du.«
Alle hielten den Atem an, doch Ruhland sprach mit derselben Ruhe weiter.
»Deine Mutter hat sehr schön gesungen, eigentlich müßtest du auch singen können. Hör mal zu.« Und leise, aber noch immer mit unvergleichlichem Timbre begann er das Wiegenlied von Brahms zu singen.
»Guten Abend, gut Nacht, mit Rosen bedacht'...«
Maria hatte das Gesicht ihm nun zugewandt, und als er geendet hatte, rief sie ganz aufgeregt: »Das kenne ich.«
»Das habe ich mir gedacht. Wollen wir es mal zusammen versuchen?«
Zweimal sangen sie es zusammen, das dritte Mal sang Maria allein, klar, rein, ohne Fehler.
Nina lehnte ihren Kopf an Stephan, der leise ins Zimmer gekommen war und hinter ihr stand, sie kämpfte mit den Tränen. Wie oft hatte sie das Lied von Vicky gehört.
Ruhland ließ erst gar keine gerührte Stimmung aufkommen.
»Weißt du was, Maria? Wenn du ein bisserl älter bist, werde ich dir Gesangstunden geben. Ich glaube, du wirst eine sehr schöne Stimme haben. Und musikalisch bist du auch. Möchtest du singen lernen?«
»Ja, oh ja«, flüsterte Maria.
Nein, oh nein, dachte Nina. Das kann ich nicht noch einmal erleben, gerade das nicht.
Und das war es, was sie dem Kammersänger sagte, als er sich von ihr verabschiedete.
Er nahm ihre Hand, hielt sie einen Augenblick fest.
»Es geht nicht um Sie, gnädige Frau. Es geht um Maria. Sie muß einen Lebensinhalt haben, nicht wahr? Und ich könnte mir keinen besseren für sie vorstellen.«
»Mein Gott, Sie haben sie heute das erste Mal gesehen.«
»Nun also, man sagt, Tenöre seien dumm, nicht wahr? Aber ich war eigentlich auch immer mit meinem Kopf oberhalb der Kehle ganz zufrieden. Denken Sie darüber nach. Eine Blinde kann in Kirchen singen, im Rundfunk, möglicherweise sogar im Konzertsaal; warum soll nicht auch ein blinder Mensch glücklich werden? Und was kann einen Menschen glücklicher ma-

chen als Musik? Und am glücklichsten macht die eigene Stimme, wenn man sie beherrscht. Begabung ist da. Die Hauptsache ist Fleiß und Arbeit. Das wissen Sie wohl noch von Ihrer Tochter?«

»Und ob ich das weiß! Oh, mein Gott«, nun liefen Tränen über Ninas Gesicht. »Ich könnte es nicht noch einmal ertragen.«

Alle anderen hatten sich schon verabschiedet, sie standen vor dem Haus der Beckmanns, Frau Beckmann unter der Tür, Herr Beckmann an der Gartenpforte, Marleen, Stephan und Maria waren schon auf dem Weg nach Hause, blieben nun stehen und warteten auf Nina. Frau Beckmann riß erstaunt die Augen auf, als der Kammersänger Ninas Gesicht zwischen seine beiden großen Hände nahm und sie zärtlich auf die Stirn küßte.

»Weinen Sie nicht, Nina Jonkalla. Denken Sie darüber nach. Wir werden später wieder darüber sprechen.«

Dann winkte er den Beckmanns noch einmal zu und ging.

Nina blieb stehen und starrte ihm nach, ohne ihn zu sehen. Sie sah auch die Beckmanns nicht, die nicht wußten, was da geschehen war und was sie tun sollten. Es hing wohl mit Marias Mutter zusammen, mußten sie sich denken.

Stephan, der zurückgekommen war, als er Nina da so verloren stehen sah, faßte sie am Arm.

»Was hast du?«

Nina schüttelte den Kopf.

»Ich kann das nicht, Stephan. Das nicht.«

»Was meinst du? Was kannst du nicht?«

Aber sie schüttelte nur immer wieder den Kopf, sie erzählte keinem Menschen, was Heinrich Ruhland zu ihr gesagt hatte.

Doch, einem erzählte sie es, Peter.

Sie fuhr schon am nächsten Tag in die Stadt, und ehe sie Peter im Theater traf, besuchte sie Silvester. Das geschah jetzt öfter und war zunehmend unproblematischer geworden. Sie rief jedesmal vorher an, fragte, ob ihr Besuch genehm sei, das war er immer, und dann fuhr sie vom Bahnhof aus mit der überfüllten Tram nach Schwabing.

Silvester Framberg hatte sich erholt und mehr und mehr zu sich selbst zurückgefunden. Er verließ das Haus zu kleinen Spaziergängen, meist im Englischen Garten oder durch Schwabings verwüstete Straßen, in die Stadt fuhr er nie, die Trambahnen, auf denen die Menschen auf den Trittbrettern hingen, scheute er. So kam er auch selten zu Franziska, höchstens wenn Isabella Zeit hatte, fuhren sie mit dem Auto abends zu einem Besuch. Doch Franziska war so beschäftigt und hatte meist im Laden oder in der Wohnung eine Menge seltsamer Menschen – dubiose Typen nannte sie Silvester – sitzen, so daß ein vernünftiges Gespräch nicht möglich war. Es wurde viel getrunken, viel geraucht, es wurden die wildesten Geschäfte abgeschlossen, und Silvester, auch Isabella, kamen sich fremd und überflüssig dabei vor. Isabella lebte für ihre Arbeit und für Silvester, das füllte ihr Leben aus, einige der alten Freunde kamen manchmal, man sprach kaum mehr von der Vergangenheit, man beschäftigte sich nun mit der Gegenwart, der Zukunft und vor allen Dingen wieder einmal mit Politik.

Bayern hatte als erstes Land im besiegten Deutschland eine Art Regierung erhalten, die jedoch sehr von dem Wohlwollen und den manchmal unerforschlichen Ratschlüssen der Militärregierung abhing. Im Januar dieses Jahres hatten die ersten Wahlen stattgefunden, und außerdem ereignete sich soviel im viergeteilten Deutschland, in Europa, in der Welt, daß ständig Gesprächsstoff vorhanden war. Allein, daß man wieder wußte, was in der Welt geschah, war noch immer ein Ereignis.

Silvester las jede Zeitung, die erschien, sogar eine amerikanische Zeitung kam regelmäßig ins Haus, er hörte Radio, er war auf das beste orientiert. Er las viel, Isabellas Bibliothek war zwar damals beschlagnahmt worden nach ihrem Verschwinden, aber die Bücher waren aufbewahrt und wiedergefunden worden, Isabella hatte sie zurückbekommen. Und schließlich und endlich schrieb Silvester langsam aber stetig an seinem Buch, in dem er sich mit der bildenden Kunst und der Architektur dieses Jahrhunderts befaßte, und zwar mit jenen Werken, die von den Nazis als ›Entartete Kunst‹ verdammt worden waren.

Wenn Nina jetzt kam, spürte sie, daß er sich freute, sie zu sehen, und sie sprachen in zunehmendem Maße unbefangen miteinander.

Nina kam sogar gern am Mittwoch, an dem die Praxis geschlossen war, nachdem Isabellas Freunde energisch dafür gesorgt hatten. Es sei kein Sinn darin zu sehen, hatte Professor Guntram gesagt, daß man sich so große Mühe gegeben habe, ihr Leben zu retten, damit sie es jetzt mutwillig verkürze, indem sie sich totarbeite. Mittwochnachmittag also keine Praxis mehr, und Nina, die das nicht gewußt hatte, kam so erstmals zu einer Teestunde zu dritt und hatte dabei gemerkt, wieviel umgänglicher Silvester war in Gegenwart der Ärztin. Und mit Isabella zu sprechen, war geradezu eine Labsal, das erfuhr Nina nun auch. Ihr konnte man alles erzählen, auch über Maria und das Leben draußen im Haus, und Nina tat es zum erstenmal so ausführlich in Silvesters Gegenwart, denn seit jenem ersten Zusammentreffen, noch bei Franziska, hatte sie es vermieden, von Maria, von Stephan oder gar von Marleen zu sprechen. In Isabellas Gegenwart ging das mühelos, sie war interessiert, sie stellte Fragen, vornehmlich nach Maria, nach der Entwicklung des Kindes, aber sie fragte auch nach Stephan, nach Alice und nach Marleen.

Im Grunde mußte sich Silvester von ihr beschämt fühlen, und in gewisser Weise war das auch der Fall, nun zeigte auch er sich aufgeschlossen und wollte mehr über Ninas Leben wissen. Er wußte bald so gut wie alles darüber, außer ihren Begegnungen mit Peter.

Nina hatte darüber nachgedacht, ob er, bei seinem eifrigen Zeitunglesen, nicht auf Peters Namen gestoßen war; Peter hatte bei der letzten Premiere sehr gute Kritiken bekommen. Aber möglicherweise wußte Silvester gar nicht mehr, was für eine Rolle Peter Thiede in Ninas Leben gespielt hatte, zumal sie mit den Berichten über ihr Verhältnis zu Peter ohnedies sehr zurückhaltend gewesen war. Gott sei Dank, dachte sie jetzt.

Möglicherweise hätte Silvester als Verfolgter des Naziregimes eine Wohnung zugewiesen bekommen, wo und in welchem Zustand auch immer, aber er bemühte sich nicht darum, und das war nur vernünftig, wie Nina einsah. Er war bei Isabella am besten aufgehoben, und sie hätten sowieso nicht mit Maria und Stephan in eine fremde Wohnung ziehen können, vor allem wegen Maria nicht, denn niemand war wichtiger in Marias Leben als der Oberstudienrat Beckmann.

Auch diesmal war es ein Mittwoch, als Nina nach Schwabing kam, sie hatte Franziska kurz besucht, war dann durch den Englischen Garten gegangen.

Sie wußte, daß Silvester nach dem Mittagessen eine Stunde schlief, und möglicherweise tat das Isabella an dem freien Nachmittag auch. Es blieb, wie immer, bei der Teestunde.

Diesmal konnte Nina von dem Besuch des Kammersängers erzählen, das war einmal etwas Neues, sie tat es ausführlich und mit Humor. Nur die letzten Worte, die zwischen ihr und Ruhland gewechselt worden waren, verschwieg sie.

Beide, Isabella und Silvester, hatten Ruhland oft in der Oper gehört und bestätigten das enthusiastische Urteil von Frau Beckmann.

»Ach, und Sopherl erst«, sagte Silvester, »die war jedesmal halb ohnmächtig, wenn er sang.«

»Ja«, meinte Isabella kühl, »sie konnte sich ungeheuer alterieren.«

»Ihr ging es wie deiner Frau Beckmann mit dem Lohengrin«, fuhr Silvester angeregt fort. »Ruhland war auch wirklich ein Traum von einem Lohengrin, im Aussehen und mit der Stimme sowieso. Seine Gralserzählung, sein Abschied – ganz, ganz groß.«

»Nun also!« sagte Nina. »Schade, daß ich ihn nicht gehört habe.«

»Will er denn nicht mehr singen?«

»Davon hat er nichts gesagt. Es gefällt ihm offenbar sehr gut in seinem Paradies da draußen. Und Musik machen sie da auch.«

»Das wird für ihn das wichtigste sein«, sagte Isabella. »Ruhm und Anerkennung hat er genug gefunden. Wenn er dort neben dem angenehmen Leben auch noch Musik hat, wird ihm nichts fehlen.«

Es stellte sich heraus, daß Silvester sogar den Baron Moratti kannte.

»Er kam oft zu uns ins Museum«, erzählte er. »Und ich war auch mal draußen in seinem Schloß. Da hat er unwahrscheinliche Schätze. Ich sehe ihn direkt vor mir. Ein kleiner schmaler Herr mit leiser Stimme und zarten Händen. Ein wenig degeneriert vielleicht, so könnte man das nennen. Es gab damals einen Skandal – wie war denn das, mit seiner Frau? Weißt du es nicht mehr, Isabella?«

»Werd' ich das nicht wissen«, sagte Isabella. »Ob das ein Skandal war! Er hatte sich das lange überlegt mit dem Heiraten, er war immer ein wenig scheu Frauen gegenüber. Und dann war es prompt eine Mesalliance. Ich kannte die Jilla ganz gut, es war eine Freundin vom Sopherl.«

»Richtig«, Silvester wurde ganz lebhaft, »sie malte auch.«

»Na ja, was man so malen nennt. Jedenfalls trieb sie sich in Schwabinger Künstlerkreisen herum, Geld hatte sie nie, aber immer eine Menge Verehrer. Hübsch war sie, aber extravagant.

Dann reizte sie es wohl, die Baronin zu spielen. Im Schloß da draußen auf dem Land war es ihr bald zu langweilig, und Geld hatte der Moratti sowieso nicht. Sie kam nach München zurück, das muß so Ende der zwanziger Jahre gewesen sein. Sie hatte dann ein Verhältnis mit einem Bankier, der natürlich verheiratet war, und das ergab den Skandal. Sie wollte ihn zur Scheidung zwingen und machte ihn und sich und seine Frau dazu unmöglich. Er dachte nicht daran, sich scheiden zu lassen. Außerdem war sie ja auch noch nicht geschieden und ist es vermutlich bis heute nicht.«

»Nein?« fragte Nina erstaunt.

»Baron Marotti ist katholisch, ich glaube nicht, daß er sich scheiden lassen würde. Für ihn käme nur eine Annullierung der Ehe durch den Papst in Frage.

Aber da er sicher nicht mehr heiraten wollte, nach dieser Erfahrung, war es ihm wurscht.«

»Und was ist aus der Baronin Moratti geworden?« wollte Nina wissen.

»Keine Ahnung. Sie verschwand dann aus München – Sie müßten mal Ruhland fragen, wenn Sie ihn wiedersehen.«

Nach der Teestunde mit Isabella und Silvester ging Nina ins Theater und konnte kaum erwarten, daß die Vorstellung zu Ende ging, weil sie darauf brannte, Peter das alles zu erzählen.

Und ihm sagte sie auch, was Ruhland über Maria gesagt hatte. Das war in der Nacht, sie lag in seinem Arm und genoß es, auch wenn ihre Gedanken immer etwas ruhelos danach fragten, wie es zu Hause ohne sie gehen würde. Jedesmal nahm sie sich vor, nie mehr in der Stadt zu übernachten, sie schämte sich vor allen Dingen vor Stephan und glaubte, ihre Pflichten gegenüber Maria zu vernachlässigen. Wenn sie sich anklagte, seufzte Peter und wandte die Augen zur Decke.

»Ob du noch einmal in deinem Leben ein erwachsener, selbständiger Mensch werden wirst? Damals konntest du über Nacht nicht wegbleiben wegen Trudel und den Kindern, später wegen der nun schon reichlich erwachsenen Kinder, und so ist es heute immer noch.«

»Ja, so ist es nun einmal«, sagte Nina. »Ich bin kein freier Mensch. Und es ist mir peinlich, wenn sie denken . . .«

Peter küßte sie. »Geschenkt. Ich weiß es.«

In dieser Nacht nun ihr Bericht über das, was sie gestern gehört und erfahren und was heute von Isabella und Silvester dazugekommen war.

»Extraordinaire«, sagte Peter. »Lauter interessante Leute. Und der Herr Kammersänger hat es dir angetan, ich höre es schon. Ohne daß er dir etwas vorgesungen hat.«

»Aber er hat ja gesungen.«

»Richtig. Guten Abend, gut' Nacht. Ich bin eifersüchtig, daß du es weißt.«

»Schön«, meinte Nina und streckte sich wohlig an seinem Körper. Noch immer, wie damals, wie ganz zu Anfang, war es ein wunderbares Gefühl, seinen Körper zu fühlen. Bevor sie sich liebten, doch auch danach.

»Du bist zu dünn, Peter. Du mußt mehr essen.«

»Leicht gesagt, Ninababy. Mir fehlt das Geld für Schwarzmarktkäufe, und zum Tauschen habe ich auch nichts.«

»Aber hier, bei dir . . .«

»Ich mag nicht bei den Schwestern schnorren.«

»Wo hier immerzu die Zigaretten herumliegen. Die kannst du doch zum Tauschen benützen.«

»Ich muß mich über dich wundern, Nina.«

»Ach, komm mir nicht mit Moral, das paßt nicht in unsere Zeit.«

»Heute nicht und gestern nicht. Erst kommt das Fressen. Dann kommt die Moral.«

»Ach ja, der Brecht. Ich weiß noch, wie sie die Dreigroschenoper in Berlin uraufgeführt haben. Felix war so begeistert. So etwas möchte ich mal in meinem Theater machen, sagte er.«

»In den Kammerspielen machen sie sie jetzt wieder.«

»Nein, wirklich? Oh, Peter! Und du spielst nicht mit?«

Ein Schatten flog über sein Gesicht.

»Für mich bleibt nur so ein bißchen Boulevard, mehr wird es nicht mehr werden.«

Früher hätte sie gesagt: du wirst bestimmt noch den Hamlet spielen. Das konnte man nun nicht mehr sagen, dazu war es wohl zu spät.

»Ich weiß schon, warum ich dir zu dünn bin«, sagte Peter lächelnd, »weil dir der Herr Kammersänger jetzt besser gefällt. Der ist sicher gut gepolstert.«

»Ist er auch.«

»Aber was er gesagt hat über Maria, also weißt du, das finde ich gar nicht dumm.«

»Das kann man doch heute noch gar nicht sagen, ob sie singen kann. Sie ist ein Kind.«

»Na gut, wird sie nicht so schön singen wie Vicky. Aber zu ihrer eigenen Befriedigung wäre es doch gut. Es würde ihr Leben ausfüllen. Wie hat er gesagt? Es würde sie glücklich machen.«

»Auch das kann man jetzt nicht wissen. Man kann überhaupt nicht wissen, wie es kommen wird. Das haben wir ja nun wohl gelernt.«

»Ich glaube nicht, daß dies eine so neue Erfahrung für das Menschengeschlecht ist. Aber nun sprechen wir mal von dir, Ninababy.«

»Nein. Ich will nicht.«

»Aber ich. Warum schreibst du nicht wieder?«

Nina richtete sich im Bett auf und lachte bitter.

»Das kannst du mich nicht im Ernst fragen.«

»Das frage ich dich in vollem Ernst.«

»Ich kann es bestimmt nicht mehr. Und ich hätte jetzt auch gar keine Zeit dazu.«

»Die Zeit hättest du schon. Maria und Stephan sind beschäftigt, wie ich höre. Dein Mann beansprucht deine Zeit kaum.«

»Und du?« fragte sie leise.

»Nun, ich bin doch wirklich bescheiden. Ich bin dankbar, wenn du alle zwei Wochen mal hier erscheinst. Und ob du im Winter dazu Lust haben wirst, muß man abwarten.«

Er sah alt aus und traurig. Warum war er so mutlos? Das war er nie gewesen, und sie hatte ihn in schweren Zeiten gekannt. Sie fuhr wieder mit der Hand über seinen Körper. Er war so mager.

Ich muß ihm etwas zu essen besorgen. Ich muß Victoria anrufen, sie wird mir etwas bringen, sie war sowieso lange nicht da.

»Wenn man schreiben kann, dann kann man es. Das verlernt man nicht«, sagte er.

»Das erinnert mich an einen ganz bestimmten Abend.«

»So, an welchen?«

»Weißt du es nicht?«

»Vielleicht.«

»Du hattest dich lange Zeit nicht um mich gekümmert. Und dann riefst du plötzlich an. Wir gingen zu Horcher essen und dann in deine Wohnung. Und ich dumme Gans fiel wieder auf dich rein.«

»Hast du es bereut?«

»Ach, Peter! Ich wollte dich viel lieber hassen als lieben.«

»Haß ist ein lästiges Gefühl. Und es macht häßlich.«

»Und damals – ich weiß es noch genau, ich arbeitete bei Fred Fiebig in der Fahrschule, da riefst du plötzlich an. War das vor den Nazis?«
»Aber nein, sie waren schon da. Ich hatte gerade ›Weiße Nächte‹ abgedreht.«
»Stimmt. Und du hattest die schöne neue Wohnung am Olivaer Platz!«
»Und da warst du dann an jenem Abend.«
»Ja. Ich war bei dir. Und im Bett sagtest du auf einmal: Ninababy, du wolltest doch mal ein Theaterstück schreiben. Was ist daraus geworden?«
»Und dann?«
»Wir haben darüber geredet. Und dann habe ich wirklich zu schreiben versucht.«
»Mit Erfolg.«
»Mit ein bißchen Erfolg.«
»Warum schreibst du nicht, Ninababy?«
»Das ist vorbei.«
»Das glaube ich nicht. Als ich dir heute abend zugehört habe, deine Erzählung von dem Kammersänger und von dem Baron und von dem Schloß, das du nicht einmal gesehen hast, und dann noch, was Isabella und Silvester berichtet haben, also das war direkt schon ein Roman.«
»Vierundvierzig, kurz ehe unser Haus in die Luft flog, hatte ich einen Roman in Arbeit. Ich nahm das Manuskript immer mit in den Luftschutzkeller und ließ es nicht aus der Hand. Und natürlich nahm ich es mit, als wir zu Marleen hinauszogen. Auch die Schreibmaschine.«
»Siehst du! Das ist schon einmal viel wert, heutzutage eine Schreibmaschine zu besitzen. Und was ist aus dem Manuskript geworden?«
»Nichts. Ich habe nicht weiter geschrieben. Dresden, dann Maria. Ich weiß nicht, wo das Manuskript geblieben ist.«
»Was war es denn?«
»Eine Ehegeschichte.«
»Vielleicht solltest du lieber etwas Neues anfangen. Zu einem neuen Leben gehört ein neuer Stoff.«
»Nichts werde ich mehr anfangen. Kein neues Buch und kein neues Leben. Es ist alles vorbei.«
»Was für ein Unsinn! Und das aus deinem Mund. Du steckst doch schon mittendrin in einem neuen Leben. Auch wenn du einen alten Liebhaber im Bett hast.«

Er neigte sich über sie und küßte sie. Ihr Gesicht war nackt und ohne Schminke, und er dachte verwundert: wie wenig sie sich verändert hat. Sie hat soviel Schlimmes erlebt, aber da sind nur ein paar kleine Falten in ihrem Gesicht, sie hat immer noch diese verträumten Augen und diesen sehnsüchtigen Mund.

Später, nachdem Nina im Bad gewesen war, huschte sie leise den langen Gang entlang, lauschte, es war drei Uhr in der Nacht, ganz still in der Wohnung. Nicht ganz. Aus dem Schlafzimmer von einer der Schwestern kam leises Lachen. Die andere, das hatte Peter erzählt, war mit ihrem amerikanischen Freund in Berchtesgaden.

Ohne Zögern ging Nina in das Wohnzimmer und in den angrenzenden Salon. Gäste waren, wie fast immer, an diesem Abend da gewesen, Gläser standen herum, leere Flaschen, Aschenbecher voll Kippen. Ein paar angerissene Zigarettenpackungen. Und was war das? Schokolade, eine Schale mit Keksen. Sicher nicht gut für die Zähne, aber gut zum Einschlafen für einen leeren Magen. Und dann entdeckte sie noch, hinter dem Plattenspieler, zwei Packungen Pall Mall.

Ohne Skrupel steckte Nina alles in die Taschen von Peters zerschlissenem Bademantel. Vielleicht war er nicht sehr geschickt in diesen Dingen, aber die Wirtin in seinem Lokal im Theater, die wußte bestimmt, wie man das in etwas Nahrhaftes umsetzte.

Die Jahre dazwischen

Eine gewisse Regelmäßigkeit kam in Ninas Leben, was jedoch nicht gleichbedeutend sein konnte mit einem ordentlichen Leben oder etwa gar einem gesicherten Leben. Das hatte sie höchst selten in ihrem Dasein erfahren, sie hatte immer kämpfen müssen, und sie war eine versierte Kämpferin geworden, abgesehen von den Stunden der Mutlosigkeit, die sie immer wieder durchzustehen hatte. Mit der Zeit war auch Maria kein allzu großes Problem mehr, ihr Leben verlief in geregelten Bahnen, nicht zuletzt dank Stephan, der sie begleitete, wo immer sie hinging, und das war eines Tages auch das Pfarrhaus.

Victoria Jonkalla hatte ihre Tochter damals in Baden bei Wien katholisch taufen lassen; sie tat es Cesare Barkoscy zuliebe, der sie aufgenommen hatte und in dessen Haus sie das unerwünschte Kind zur Welt brachte. Cesare hatte einen jüdischen Vater gehabt, jedoch eine katholische Mutter, die er sehr geliebt und schon als Achtjähriger verloren hatte.

Maria Henrietta Jonkalla war also Katholikin, und die Verbindung zum Pfarrhaus stellte, wie konnte es anders sein, Frau Beckmann her. Nun war es immer noch schwierig, Maria mit unbekannten Menschen zusammenzubringen, jede fremde Stimme versetzte sie in Angst, sie zog den Kopf zwischen die Schultern, verstummte, erstarrte.

Pfarrer Golling war darauf vorbereitet, und so fand die erste Begegnung zwischen ihm und Maria im Hause Beckmann statt. Er war ein kleiner, zeitgemäß magerer Mann mittleren Alters mit einer ruhigen, wohlklingenden Stimme, was für Maria wichtig war. Er hörte ihrem Klavierspiel zu, lobte sie dafür und fragte dann, ob sie nicht auch einmal gern die Orgel hören wolle.

Doch, das wollte Maria gern, der Klang der Orgel war ihr sowohl von Baden wie von Dresden her vertraut, und auch in der kurzen Zeit, die sie im Waldschlössl weilte, hatte Liserl sie manchmal mit in die Kirche genommen.

Also spazierten Maria und Stephan nun zur Kirche, das war schon ein wesentlich weiterer Weg, zunächst nur, um dem Organisten beim Üben zuzuhören, nach einiger Zeit besuchten sie auch die Messe und die Gottesdienste an den Feiertagen. Sie wurden ins Pfarrhaus eingeladen, und ganz behutsam, ohne sich aufzudrängen, begann Pfarrer Golling mit dem Religionsunterricht, nachdem er Ninas Erlaubnis eingeholt hatte. Stephan war, wie immer, zugegen; einige Jahre später konvertierte er.

Nun wurde Maria im Ort noch bekannter als zuvor, die Leute sagten: »Grüß Gott, Maria«, wenn sie sie trafen, der Kaufmann hatte einen Apfel für sie, der Bäcker ein Stück Kuchen, und der Ofen, den sie im Winter so dringend brauchten, stammte auch von einem Freund Marias. Ninas zweites Problemkind, ihr Sohn Stephan, litt nach wie vor gelegentlich unter Depressionen, und nicht nur, wenn die Kopfschmerzen ihn quälten, sondern auch dann, wenn er sich über die Nutzlosigkeit seines Lebens beklagte, über den Beruf, den er nicht besaß, das Geld, das er nicht verdiente.

Einmal sagte Nina ziemlich wütend: »Ach, hör auf herumzujammern. Du warst nie besonders tüchtig. Ich erinnere dich an deine kläglichen Leistungen in der Schule. Und als du mit der Schule fertig warst, hattest du nicht die geringste Vorstellung, was aus dir werden sollte. Du verkrochst dich bei Tante Trudel in Neuruppin, und sie verwöhnte dich nach Strich und Faden. Später hattest du nichts als Mädchen im Kopf, und sonst wolltest du möglichst immer nur tun, was dein Freund Benno tat.«

Stephan war nicht im mindesten beleidigt. »Na, das tat ich denn ja auch«, sagte er. »Nur ist Benno tot und ich nicht.«

»Eben. Und für Benno wäre es heute kein Zuckerlecken, er war ein begeisterter Nazi und seine ganze Sippe dazu.«

»Benno hat mir das Leben gerettet.«

»Woher willst du das wissen?«

»Ich weiß es eben . . .«

»Na gut, und wenn es so ist, dann kann ich ihm nur dankbar sein. Wie dringend ich dich brauche, Stephan, das weißt du doch selbst. Was wäre aus Maria geworden ohne dich? Was würde sie tun, täglich und stündlich? Findest du nicht, daß dies eine Aufgabe ist, die das Schicksal dir zugewiesen hat? Daß zwei Menschen, beide Opfer des Krieges, imstande sind, sich gegenseitig zu helfen. Und mir hilfst du schließlich auch.«

Mit der Zeit fanden sich im Pfarrhaus für Stephan nützliche Aufgaben. Er nahm dem Pfarrer, der in dieser Notzeit mehr als genug zu tun hatte, manchen Gang ab, er besuchte einsame alte Menschen, machte Besorgungen für sie, er kümmerte sich um Kranke und Kriegsversehrte, und so kam es, daß auch Stephan im näheren und weiteren Umkreis bekannt wurde, man brachte ihm Sympathie entgegen, und dies wiederum bedeutete ihm Trost und Befriedigung.

Doch dann mußte Nina den Kampf um Marias Freiheit führen, und da war es nur gut, daß so viele Leute das Kind kannten, daß so viele Zeugnis ablegen konnten, der Pfarrer, die Beckmanns und nicht zuletzt Heinrich Ruhland und Isabella von Braun.

Nina jedoch sagte, außer sich vor Zorn, sie würde das Kind lieber töten als es in eine Blindenanstalt zu geben.

»Ich habe sie wieder zu einem Menschen gemacht. Man hat sie mir mehr tot als lebendig ins Haus gebracht, und niemand hat sich damals darum gekümmert, ob sie lebte und wie sie lebte. Es war weiß Gott keine Aufgabe, die ich mir gewünscht habe. Sie war nicht nur blind, sie war vernichtet. Sie ist ein Kriegsopfer, ein Kind, um das sich keiner gekümmert hat außer mir.«

So ihr großer Ausbruch im Verlauf der Auseinandersetzung mit der Behörde.

Der Staat würde sich hinfort um das Kind kümmern, erwiderte man ihr, und die Blindenanstalt würde sie keinen Pfennig kosten.

»Der Staat?« fragte Nina höhnisch zurück. »Was für ein Staat? Ein Staat, der uns verhungern und erfrieren läßt? Der nur die überleben läßt, die soviel Geld oder Besitz haben, um sich des Schwarzen Marktes zu bedienen? Es ist ja alles da, nicht wahr? Man bekommt es nur nicht auf regulärem Weg.«

Der harte Winter 46 auf 47 hatte die Not der Menschen ins Unerträgliche gesteigert, die Rationen waren immer geringer geworden, die Wohnungen waren kalt. Alte, Schwache, Kranke und auch viele Kinder überlebten diesen Winter nicht.

Da es keinen Koks gab, war die Heizung im Hause Nossek stillgelegt. Aber eines Tages war ein wildfremder Mann gekommen, hatte geklingelt, auf einer Handkarre hatte er einen altersschwachen, aber, wie sich erwies, noch funktionstüchtigen Dauerbrandofen.

»Das blinde Mädchen soll nicht frieren«, hatte er nur gesagt, den Ofen vom Karren gehoben und war eilig von dannen gezogen. Für Stephans Zimmer organisierte Herbert einen kleinen Kanonenofen, und Marleen bekam von ihrem alten Verehrer, dem Mietwagenunternehmer vom Bahnhof, einen kleinen weißen Kachelofen, über dessen Herkunft Herr Huber verschmitztes Schweigen bewahrte.

Es gab eine knappe Zuteilung an Kohle, man suchte sich Holz im Wald, und Herbert klaute zusätzlich Kohle am Bahnhof.

Nina schlief nun in dem Zimmer, in dem Eva und Herbert gewohnt hatten, und Maria war in Ninas bisheriges kleines Zimmer umgezogen, in dem sie sich gut zurecht fand. Diese Zimmer waren eiskalt, Alice hatte gesagt, es mache ihr nichts aus, in einem kalten Zimmer zu schlafen. Doch sie erkältete sich im Laufe des Winters schwer, der Husten quälte sie fast zum Ersticken, und Nina quartierte sie auf die Couch im Wohnzimmer um.

Erkältet waren sie alle hin und wieder, nur Maria nicht, die kerngesund war und gar nicht empfindlich. Marleens Schneiderin hatte ihr aus einem warmen Stoff eine lange Hose gemacht, feste Schuhe brachte Victoria von Mallwitz, Pullover für alle strickte am laufenden Band Eva, die ungeduldig ihre Schwangerschaft über sich ergehen ließ. Die Wolle wiederum kam von Isabella, zu deren dankbarsten Patienten einige der Juden aus der Möhlstraße gehörten.

Die Möhlstraße im Stadtteil Bogenhausen war zu einem Schwarzmarktzentrum ganz besonderer Art geworden. In den schönen alten Villen, soweit sie noch standen, waren fast nur Juden untergebracht, teils Entlassene aus den Lagern, teils Versprengte aus den Ostgebieten. Hier gab es so ziemlich alles zu kaufen, was ein Mensch zum Leben brauchte, vorausgesetzt, er konnte es bezahlen. Die deutsche Polizei hielt sich fern, auch die Amerikaner mischten sich nicht ein.

Frau Doktor Braun mußte nicht bezahlen, der erste erfolgreich behandelte Patient zog andere nach sich, und sie brachten Isabella ins Haus, was sie gern haben wollte.

Silvester sagte vorwurfsvoll: »Das ist nicht anständig. Du nimmst es anderen Menschen weg.«

Isabella lachte nur. Sie war, schon durch ihren Beruf bedingt, Pragmatikerin.

»Haben wir Krieg gehabt oder nicht? Haben wir ihn verloren oder nicht?« Und ihr größter Trumpf: »Warst du im Lager oder nicht?« Er schwieg, und sie fügte hinzu: »Es gibt Situationen, da geht es nicht um Anständigkeit, da geht es ums Überleben. Das hast du gelernt, und ich auch. Ich habe auf dem verdammten Dachboden genug gefroren. Nun nicht mehr.«

Und Isabella nahm nicht nur für sich und Silvester, der leicht reden konnte, denn er hungerte und fror bei ihr nicht, sie sorgte genauso für Nina und Ninas Familie.

Isabella von Braun, die verfolgte Jüdin, fühlte sich nach wie vor als Deutsche, besser gesagt, als Bayerin.

»Meine Familie«, so erklärte sie einmal Nina, »ist in diesem Land immer glücklich gewesen. Wenn es Sie interessiert, erzähle ich Ihnen einmal die Geschichte der Brauns. Sie ist eng mit Bayern verbunden. Böses getan hat man uns hier nie. Zuletzt – na ja, die Nazis, die haben nicht nur Juden umgebracht. Menschen sind, wie sie immer waren, verführbar, manipulierbar, töricht. Und auch gütig, hilfsbereit, opferwillig. Ich habe alle Sorten kennengelernt, aber eigentlich mehr Gute als Böse. Schuld? – ›Ihr laßt den Armen schuldig werden, dann überlaßt ihr ihn der Pein‹, das sagt Goethe. Hat sich nichts geändert. Und es gibt nichts Dümmeres als dieses Wort von der Kollektivschuld. So etwas gibt es nicht. Auch wenn es immer so war, daß viele büßen mußten für die Schuld weniger.«

Die Verhältnisse im Hause Nossek, gemessen an anderen, waren erträglich. Zusätzlich kamen die CARE-Pakete aus Boston, und eines Tages das erste und nicht das letzte von einer gewissen Peggy Rosenberg aus Dallas in Texas, adressiert an Marleen.

»Wer mag das denn sein?« wunderte sich Stephan.

»Wir wissen nicht, wer das ist. Aber wir können uns denken, wer veranlaßt, daß sie geschickt werden«, sagte Nina und erzählte ihm von Hesses Briefen.

»Der lebt und ist frei? Ich denke, der war so ein dicker Nazi?«

»Ich weiß nichts über ihn. Aber er lebt und ist in Amerika. Ob frei oder gefangen, weiß ich auch nicht.«

Nina war sogar in der Lage, immer noch etwas für den Haushalt der Beckmanns abzuzweigen, denn es lag ihr viel daran, den Oberstudienrat und seine Frau gesund und am Leben zu erhalten. Zu den Hosen und dem dicken Pullover wurde Maria eine alte Pelzjacke von Marleen angezogen, und so stapfte sie unverdrossen durch den tiefen Schnee und lernte mehr als jedes andere Kind in dieser Zeit. Auch den Englischunterricht erteilte Eva nach wie vor.

Herbert kam oft die ganze Woche nicht nach Hause, er studierte fleißig und arbeitete nebenbei in den Nachtstunden in der Druckerei einer Zeitung.

»Wenn ich mich schon vermehre«, hatte er verlauten lassen, »muß ich mich daran gewöhnen, ein paar Piepen zu verdienen.«

Der Weg in die Stadt und nachts wieder heraus wäre zu umständlich, wenn nicht gar unmöglich gewesen. Anfangs nächtigte er bei Franziska auf einem Matratzenlager, aber bei Franziska kam man kaum zum Schlafen, ihre Bekannten vermehrten sich wie die Heuschrecken, so drückte es Herbert aus, nächtelang wurde gefeiert.

An der Universität traf er einen ehemaligen Kameraden wieder, auch ein Eichstätter Junge, der höchst komfortabel bei seiner Tante in der Kaulbachstraße logierte. Die wohnte in einem fast unbeschädigten Haus, war eine ehemalige Schauspielerin, in München immer noch sehr beliebt, was dem Haushalt zugute kam. Hier konnte Herbert übernachten, auch tagsüber arbeiten, und zur Universität waren es nur ein paar Schritte.

»Ich bin ein Glückskind«, verkündete Herbert strahlend, nachdem er dieses Quartier gefunden hatte. »Ich hab's euch immer gesagt: der geborene Sieger.«

»Und ich der geborene Verlierer«, maulte Eva. »Ich muß hier allein rumsitzen und ein Kind kriegen.«

Sie blieb nicht allein. Noch ehe sie im April ihr Kind zur Welt brachte, hatte sie eine Mitbewohnerin, Almut Herrmann, eine geprüfte Blindenlehrerin, bei der Maria nun auch schreiben und lesen lernte.

Dies war das Werk des Kammersängers.

Von allen fremden Menschen, mit denen Maria zusammengetroffen war, hatte keiner sie so fasziniert wie Heinrich Ruhland. Es war verständlich; er hatte ganz normal mit ihr gesprochen, er hatte mit ihr gesungen und gesagt, daß sie später bei ihm singen lernen sollte. Das vergaß sie nicht.

Er kam noch einmal zu Besuch, ehe der harte Winter einsetzte, und brachte viele Noten mit, auch Bände mit Kinderliedern – ›Fuchs, du hast die Gans gestohlen‹, ›Der Mai ist gekommen‹, ›Weißt du, wieviel Sternlein stehen‹ – und natürlich auch das Wiegenlied von Brahms. Er beauftragte die beglückte Frau Beckmann, all diese Lieder mit Maria zu spielen und zu singen. »Aber kommen Sie nicht auf die Idee, ihr Gesangsunterricht zu geben«, fügte er drohend hinzu. »Nur ihr das vorspielen und vorsingen, und dann soll sie es nachsingen. Wie man es mit einem Kind macht.«

Als er brieflich von Frau Beckmann erfuhr, was für Schwierigkeiten Nina mit den Behörden hatte, trieb er die Blindenlehrerin auf.

Das war nicht einmal schwierig; der kommunistische Bürgermeister der Kreisstadt bewunderte sowohl den Kammersänger als auch den Baron Moratti und konnte sich nichts Schöneres vorstellen, als aufs Schloß eingeladen zu werden, zu einem Abendessen oder gar zu einem Konzert.

Der ganze Landkreis wimmle von Flüchtlingen, meinte er, warum solle nicht eine Blindenlehrerin darunter sein.

Er fand sie in einem Bauernhaus in der Nähe des Chiemsees, sie kam aus Breslau, das war natürlich eine spezielle Pointe, sie war Anfang Vierzig, energisch, tüchtig, heiter, hatte sich aber in der fremden Umwelt sehr einsam gefühlt. Es konnte ihr gar nichts Besseres geschehen, als bei Eva zu wohnen und im Nebenhaus das blinde Kind zu unterrichten.

Nina sagte zu Herbert, das war am Tag nach der Taufe seines Sohnes Sebastian: »Langsam geht es mir schon wie dir. Ich komme mir vor wie eine Siegerin.«

Sie blickte zufrieden auf den Kreis der Gäste, die bei Eva um den Tisch saßen, der an diesem Tag reichlich gedeckt war. Es war im Juni, man hatte vorsorglich mit der Taufe gewartet, bis es wärmer war.

Der Pfarrer saß mit am Tisch, die Beckmanns natürlich, auch Herberts Mutter, die man aus Eichstätt geholt hatte, der Kammersänger war dabei, er hatte in der Kirche das Ave Maria gesungen und sang später im Haus ›Schlafe, mein Prinzchen, schlaf ein . . .‹

Isabella von Braun war da und – Peter Thiede, den Isabella mit herausgebracht hatte, denn er war inzwischen Isabellas Patient. Nur Silvester Framberg war nicht da.

Nina war darüber keineswegs erbittert. Ihr Verhältnis zu Silvester hatte sich auf eine friedliche, wenn auch ein wenig unpersönliche Weise eingespielt, ihr war es recht so.

Als der Pfarrer sich verabschiedete, betrachtete er noch einmal das schlafende Baby.

»Das Leben geht weiter«, sagte er zu Eva. »Ein Gemeinplatz, ich weiß. Aber ein Gemeinplatz ist meist deswegen einer, weil er den Tatsachen entspricht.

929

Warten wir ab, wie das Leben auf dieser Erde aussehen wird, wenn Ihr Sohn erwachsen ist.«

»Ich hoffe, er muß keinen Krieg erleben«, erwiderte Eva. »Sonst kann er machen, was er will.«

Denn die wachsende Spannung zwischen den Vereinigten Staaten und der Sowjetunion war zu einer ständigen Bedrohung geworden, die Angst vor einem neuen Krieg verließ die gepeinigte Menschheit nicht.

Auch Isabella stand eine Weile später vor dem Körbchen, in dem das Kind schlief, dann blickte sie auf ihre Uhr.

»Nichts da«, sagte Nina energisch und nahm sie am Arm. »Wir haben die Taufe extra auf Mittwoch gelegt, damit du Zeit hast. Schau mal, das Wetter ist so schön. Wir machen jetzt einen Rundgang durch den Garten, dann trinken wir Kaffee, und du fährst mit Peter hinein, wenn er zu seiner Vorstellung muß.«

Also gingen sie durch den Garten, besser gesagt, durch die Gärten, denn Herbert hatte zwischen den Büschen ein Stück Zaun entfernt, so daß sie von einem Haus ins andere kamen, ohne die Straße zu betreten.

Und wieder blühten die Rosen, zwei Jahre waren vergangen, seit man sie aus dem Haus werfen wollte, ein Jahr würde es dauern bis zur Währungsreform, aber das wußten sie nicht.

Nina erklärte eifrig, was sie schon an Gemüse und Kräutern ausgesät hatte, und was sie noch zu pflanzen gedachte.

»Besonders stolz war ich auf unsere Tomaten im vergangenen Jahr. Jeder hat gesagt, so gute Tomaten hat er noch nie gegessen.«

»Ich erinnere mich«, meinte Isabella. »Du hast mir auch welche mitgebracht.«

»Dieses Jahr werden es viel mehr sein. Ich habe jetzt Übung als Gärtnerin.«

Peter Thiede ging neben ihnen, er sah nun wieder besser aus, und das war Isabellas Werk.

Im vergangenen bösen Winter, es war im Februar, hatte Nina ihn zu Isabella in die Sprechstunde geschleppt, trotz seines Widerspruchs.

»Entweder du tust, was ich sage, oder du siehst mich nie wieder«, drohte sie.

»Und dein Mann?«

»Du sollst nicht zu ihm gehen, sondern zu einer Ärztin meines Vertrauens.«

»Ich bin nicht krank.«

»Doch, bist du. Und du bist ein alter Freund von mir. Ich kenne dich viel länger als Herrn Dr. Framberg. Daß wir miteinander schlafen, brauchen wir ja keinem auf die Nase zu binden.«

Sie machte sich ernsthaft Sorgen um Peter, er war immer dünner geworden, der Anzug schlotterte um seinen Körper, dann bekam er eine schwere Grippe, die er nicht auskurierte, weil er die Kollegen nicht im Stich lassen wollte. Danach klagte er über Halsschmerzen.

»Ich war ja schon beim Arzt«, wehrte er ab, und Nina sagte:

»Ich weiß es. Der hat dir aber nicht geholfen. Isabella ist besser.«

Und für sich dachte sie, daß Isabella schließlich mit Doktor Fels, dem bekannten Herzspezialisten, befreundet war.

Doch so schlimm stand es um Peter nicht, es waren nervöse Beschwerden, Überarbeitung, der Krieg, Unterernährung.

Isabella kurierte die Folgen der Grippe aus, verbot ihm das Rauchen und verschrieb eine Krankenzuteilung. Außerdem schlug sie vor, er solle Urlaub machen.

Peter lächelte sie an.

»Urlaub? Heutzutage? Wie? Wo? Wovon?«

Isabella lächelte auch.

»Ich weiß, wo. Und teuer wird es auch nicht sein.«

Nun stand dieser Urlaub kurz bevor. In drei Wochen würde das Stück auslaufen, eine andere Truppe würde für zwei Monate in ihrem Theater spielen, und Peter würde sich vier Wochen lang im Waldschlössl aufhalten, faulenzen, spazierengehen, sich gut füttern lassen und, so Victoria: »Bißchen beschäftigen werden wir ihn auch.«

Isabella hatte das arrangiert, bei ihr hatte Peter auch Victoria von Mallwitz wiedergesehen, die er ja schon von früher her kannte, wenn auch nur flüchtig.

»Es ist mir eine Ehre und ein Vergnügen, so einen berühmten Mann zu beherbergen«, sagte Victoria. »Zehn Pfund mindestens müssen Sie zunehmen, dann sind sie wieder so schön wie früher und können einen neuen Film drehen. Meine Tochter ist schon ganz aufgeregt. Sie hat bereits als Zwölfjährige für Sie geschwärmt.«

»Und Sie, gnädige Frau? Haben Sie auch einen meiner Filme gesehen?«

»Einen? Viele. Jedenfalls in den ersten Jahren. Später wurde es ja für uns immer schwieriger, in die Stadt zu kommen. Ob Sie's glauben oder nicht, bei uns auf dem Dorf gibt es kein Kino. Manchmal kam ein Wanderkino, das spielte im Saal beim Moserwirt. War jedesmal gesteckt voll.«

»Für mich war Ihr schönster Film ›Tödliche Träume‹«, sagte erstaunlicherweise Isabella. »Das muß so Ende der dreißiger Jahre gewesen sein. Mit dieser wunderschönen blonden Frau.«

»Das war Sylvia. Sylvia Gahlen. Ja, ich habe gern mit ihr gespielt. Sie ist eine gute Schauspielerin. Den Film haben wir 1937 gedreht. Sylvia bekam daraufhin ein Angebot aus Hollywood.«

»Und ist sie hinübergegangen?«

»Leider nicht. Sie war sehr glücklich verheiratet. Nicht wahr, Nina, du erinnerst dich auch noch an Sylvia?«

Er lächelte Nina zu, ein wenig spöttisch, denn Nina war immer eifersüchtig auf Sylvia gewesen.

Nina nickte. Und ob sie sich an Sylvia Gahlen erinnerte! Neben ihr war sie sich wie eine graue Maus vorgekommen.

»Nein, Sylvia wollte nicht nach Amerika«, erzählte Peter weiter. »Sie hatte damals schon ein Kind und bekam später ein zweites. Und wie wir alle liebte sie Berlin. Ich wüßte gern, was aus ihr geworden ist. Ich habe nichts von ihr gehört, in keiner Zeitung von ihr gelesen. Ihr Mann hatte sie mit den Kindern nach Schlesien verfrachtet, ins Riesengebirge. Damit sie vor den Luftangriffen verschont blieben.«

Sie nickten. Es gab immer noch so viele Menschen, über deren Schicksal man nichts wußte.

»Ich weiß noch, wann ich sie das erste Mal sah«, sagte Nina in das Schweigen hinein. »Es war bei Felix, in unserem kleinen Theater, das ständig vor der Pleite stand. Und dann war es soweit. Felix hatte uns am Tage zuvor mitge-

teilt, daß er das Theater schließen müsse. Wir waren am Boden zerstört, denn nun waren wir alle arbeitslos.«
»Stimmt genau«, sagte Peter. »Wir waren tief deprimiert.«
»Du nicht. Sylvia kam, kurz bevor die Vorstellung begann, und du warst höchst begeistert, sie zu sehen.« Der Vorwurf in ihrer Stimme war nicht zu überhören.
»Warum sollte ich nicht? Wir hatten in der Provinz zusammen Theater gemacht, und bei ihr war es dann schnell bergauf gegangen. Sie hatte bei Reinhardt gespielt und schon zwei Filme gemacht. Sie war drin, und ich war draußen.«
Ja, dachte Nina, und dann bist du mit ihr fortgegangen, und ich hatte gehofft, du würdest bei mir bleiben. Und zwei Jahre später, in Salzburg, da mußte ich allein nach Berlin zurückfahren, und du bist bei ihr geblieben.
Sie blickte nachdenklich zu Silvester hinüber, der schweigsam in seinem Sessel saß und sich an dem Gespräch bisher nicht beteiligt hatte.
Wußte Silvester das eigentlich, hatte sie je davon erzählt?
»Ich möchte zurück nach Berlin«, sagte Peter.
»O nein!« rief Nina. »Doch jetzt nicht.«
»Ich habe mich immer in Berlin wohlgefühlt.«
»Es muß nur noch ein Trümmerhaufen sein«, sagte Isabella.
»Ja, das ist es wohl. Aber für mich war es die schönste Stadt der Welt.«
»Warum?« fragte Silvester. Es war das erste Mal, daß er das Wort direkt an Peter richtete.
Der lächelte. »Weil die Berliner eben so sind, wie sie sind.«
Die armen Berliner! Der jahrelange Luftkrieg, das Bombardement der Russen, der Einmarsch der sowjetischen Armee und alles, was darauf folgte – es war nicht das Ende ihrer Leidenszeit.
Die Währungsreform, am 18. Juni 1948 verkündet, am 20. Juni in Kraft getreten, änderte mit einem Schlag das Leben in den westlich besetzten Zonen; die D-Mark war geboren, und sie erwies sich als ein lebenskräftiges Kind.
Eine Einigung der westlichen Besatzungsmächte mit dem Osten war nicht zustande gekommen, die Sowjets verboten den Besitz der neuen D-Mark für ganz Berlin, zogen dann zwar mit einer eigenen Währungsreform nach, die jedoch nicht im entferntesten die gleiche Wirkung hatte. Und Berlin wurde von der übrigen Welt abgeschnitten, mit aller Radikalität: alle Verbindungen auf der Straße, auf der Schiene, in der Luft, im Wasser wurden gesperrt. So wollte man Berlin endgültig in die Knie zwingen, wollte demonstrieren, wie die verlorene Insel, die diese Stadt darstellte, nun für immer vereinnahmt werden konnte.
Es gab nichts zu essen für die Berliner; die Betriebe lagen still, weil der Strom gesperrt wurde, der aus dem Osten kam; Arbeitslosigkeit, Kälte in den Wintermonaten, Not, Elend, Hunger, das mußten die Berliner über ein Jahr lang ertragen, und in der übrigen Welt wuchs die Kriegsfurcht zum drohenden Gespenst.
Doch das Leid der Berliner hatte eine unerwartete Folge: es machte die Amerikaner zu ihren Freunden. Schon bald nach Beginn der Blockade flogen die ersten amerikanischen Transportmaschinen Lebensmittel in die Stadt. Luftbrücke nannte sich dies einmalige Hilfswerk menschlicher Nächstenliebe, sie war das Werk des amerikanischen Militärgouverneurs, General Lu-

cius D. Clay, der sich damit nicht nur die Liebe der Berliner, sondern des ganzen deutschen Volkes verdient hatte. Denn auch für das übrige Deutschland waren die Amerikaner auf einmal keine Feinde mehr, das war Berlin zu verdanken.

Über ein Jahr lang, Tag für Tag, Nacht für Nacht, flogen die amerikanischen Maschinen in die unglückselige Stadt, sie konnten die Berliner nicht satt machen, ihre Wohnungen nicht erwärmen, die Betriebe nicht in Gang halten, aber sie sorgten dafür, daß die Berliner nicht verhungerten und nicht verzweifelten. Und ihr sprichwörtlicher Humor war, selbst in dieser Zeit, nicht umzubringen. ›Rosinenbomber‹ wurden die dröhnenden Vögel, die in Tempelhof landeten und dort wieder aufstiegen, liebevoll genannt.

Der Irrsinn, die Schizophrenie menschlichen Handelns auf dieser Erde wurde wieder einmal mit Nachdruck manifestiert: Jahrelang hatte diese Stadt vor amerikanischen Flugzeugen gezittert, hatte das ferne und dann näherkommende Geräusch der anfliegenden Maschinen mit ihrer todbringenden Bombenlast die Menschen angstbebend in die Keller getrieben. Und nun, drei Jahre später, war das Dröhnen der anfliegenden Maschinen Musik in den Ohren der Menschen.

Zu jener Zeit war Peter nicht mehr in München, er war nach Berlin gefahren, ehe die Blockade begann, und konnte nicht mehr zurück.

»Das ist furchtbar«, sagte Nina zu Isabella. »Jetzt haben wir ihn glücklich ein bißchen aufgepäppelt, und nun verhungert er uns dort.«

Barlog hatte ihm ein Engagement angeboten, da war kein Halten mehr gewesen.

»Du hast ihn sehr gern, nicht wahr?« fragte Isabella.

Nina nickte.

»Silvester hat gesagt: sie liebt ihn mehr als mich.«

»Liebe! Was heißt Liebe! Ich kann gar nicht mehr lieben. Aber das mit Peter, das ist eine lange Geschichte. Das sind viele, viele Jahre. Damals, als ich ihn kennenlernte, ging es mir sehr dreckig. Die Kinder waren noch so jung, und ich mußte alles allein schaffen. Das versteht Silvester nicht. Peter war mein einziger Freund, mein Trost in dieser Zeit. Wir waren ja immer wieder getrennt, er lebte sein erfolgreiches Leben sehr gut ohne mich. Aber trotzdem – als ich Silvester kennenlernte, ging es mir gut, da hatte auch ich Erfolg. Und verdiente Geld. Und dann ist noch etwas anderes . . .«

»Ja? Was?«

»Vicky. Peter hat sie sehr liebgehabt, und er weiß, was es für mich bedeutet, daß . . . ich glaube, Silvester hat das nie verstanden. Will es gar nicht verstehen.«

»Du tust ihm unrecht. Er leidet unter eurer Entfremdung.«

»Ach ja?«

Im Sommer des Jahres 48 erhielt Nina einen Brief ihres früheren Verlegers. Der Brief kam nicht aus Berlin, sondern aus einer niedersächsischen Kleinstadt, war an Nina Jonkalla gerichtet und an die Adresse der Holbeinstraße. Er hatte einige Umwege machen müssen, dieser Brief, und als Nina ihn las, war es wie ein Märchen aus vergangener Zeit.

›Ich sitze hier auf dem Dorf zwischen Kühen und Schafen‹, schrieb der Verleger, ›träume von den Büchern, die ich gemacht habe, und von denen, die ich machen werde. Das kann man nun wieder, und ich hoffe, liebe Nina,

es werden auch Bücher von Ihnen dabei sein. Fangen Sie immerhin schon an zu schreiben, aber keine traurigen Geschichten über Krieg und Tod und Not, über Heimkehrer und ausweglose Situationen. Schreiben Sie über Menschen, die den Mut zum Leben haben, vergessen Sie nicht Ihren Humor und Ihren ganz speziellen Charme, über die Liebe zu schreiben. Wir haben uns aus Berlin gerettet, meine Frau und ich, auch Frau Schwarzer ist hier, meine tüchtige Sekretärin, an die Sie sich gewiß noch erinnern, und Herr Momhart, mein ebenso tüchtiger Buchhalter. Er stellt schon Kalkulationen auf, wie man wieder Bücher machen kann, denn das wollen wir unbedingt. Erst kürzlich habe ich Ihre Geschichte dieser Schauspielerehe wieder gelesen ›Wir sind geschiedene Leute‹. Ein wahrhaft zauberhaftes Buch, liebe Nina, auch heute noch und heute erst recht.
Ich weiß nicht einmal, ob Sie am Leben sind, wo Sie sind. Ich schicke diesen Brief an die Adresse in München, die Frau Schwarzer noch im Kopf hat.
Es gibt auch einen anderen Grund, warum ich Ihnen schreibe. Schon mehrmals hat eine Frau Ballinghoff aus Berlin an mich geschrieben und sich nach Ihrem Aufenthalt erkundigt. Ich konnte der Dame nicht dienen. Für den Fall, daß Sie wissen, um wen es sich handelt, füge ich die Adresse bei. Und bitte geben Sie mir bald Bescheid, wo Sie sind und wie es Ihnen geht. Ich weiß nur, daß Sie damals nach München geheiratet und mich nach dieser Heirat sträflich vernachlässigt haben. Nicht nur mich, auch Ihre Arbeit. Das habe ich sehr bedauert!‹
In einer Nachschrift hieß es dann: ›Der Brief ist zurückgekommen, das Haus, in dem Sie gewohnt haben, existiert offenbar nicht mehr. Aber ich schicke ihn noch einmal ab, und vertraue auf die Findigkeit der Post.‹
Dieser Brief hatte eine doppelte Wirkung auf Nina. Sie freute sich darüber, daß ihr Verleger sich an sie erinnerte und was er über ihre Bücher schrieb. Und sie empfand tiefe Niedergeschlagenheit, denn schreiben würde sie nie wieder. Wenn Peter noch dagewesen wäre! Er hatte sie damals ermutigt, anzufangen, er würde sie jetzt ermutigen, neu zu beginnen. Aber er hatte sie verlassen, wieder einmal, und ohne ihn war ihr Leben arm und glanzlos, sie empfand es in der ersten Zeit, nachdem er München verlassen hatte, unerträglich, ohne ihn zu sein.
Wer die Frau Ballinghoff in Berlin war, wußte sie nicht. Der Name sagte ihr nichts.
Stephan hätte es gewußt, er kannte Lou Ballinghoff, die Freundin seiner Schwester Victoria, von seinem Aufenthalt auf Weißen Hirsch her.
Aber Stephan war nicht da. In diesem Sommer war er es, der Ferien machte, zusammen mit Maria.
Ende Juni war der Kammersänger Ruhland wieder einmal nach München gekommen, hatte sich die blasse Maria betrachtet, den blassen Stephan, hatte sich die Lieder angehört, die Maria mittlerweile singen, die Stücke, die sie auf dem Klavier spielen konnte, viel mehr waren es nicht geworden, denn das Talent von Frau Beckmann hatte seine Grenzen. Maria war nun elf Jahre alt, sie wußte viel und sie war ein bemerkenswert hübsches, aber sehr stilles Kind.
»Nun also!« sagte der Kammersänger Ruhland. »Ihr habt es zwar ganz nett hier, aber nun muß Maria auch einmal etwas anderes kennenlernen. Sie könnte ruhig noch ein wenig besser Klavier spielen, aber vor allem sollte sie schwimmen lernen.«

»Schwimmen? Ich?«
»Warum nicht? Du willst doch singen lernen. Wir müssen deine Lungen weiten und deinen Körper kräftiger machen. Ich schwimme sehr gern. Wir werden zusammen im Chiemsee schwimmen. Vom Schloß aus ist es etwa zwanzig Minuten mit dem Wagen. Außerdem haben wir ganz in der Nähe einen hübschen kleinen See, dort werden wir anfangen.«
»Ich kann doch nicht schwimmen«, sagte Maria.
»Erklär mir, warum nicht? Im Wasser sind keine Balken, und wenn wir beide ins Wasser gehen und geradeaus losschwimmen und geradeaus wieder zurück, kann gar nichts schiefgehen. Hier«, er griff fest um ihren Arm, »da ist keine Kraft drin. Du hast überhaupt keine Muskeln. Wie willst du jemals singen mit einem so schwachen Körper? Wir werden auch Atemübungen machen, und du wirst auf der Wiese turnen. Mit Rico. Er kann nicht viel, aber das kann er.«
Maria schwieg, sie war sprachlos vor Erstaunen, aber wie immer in Gegenwart des Kammersängers weder befangen noch ängstlich. Und genauso wie er sie damals, als er zum erstenmal da war, gefragt hatte: möchtest du nicht singen lernen? fragte er jetzt: möchtest du nicht schwimmen lernen?
Und genau wie damals antwortete Maria. Ja, oh ja.
Nina saß dabei und hörte staunend zu. Und so klug war sie inzwischen, daß sie sich nicht einmischte.
»Stephan kommt mit«, bestimmte der Kammersänger, »Maria braucht ihn, und er braucht mal andere Kulissen. Sie können doch schwimmen, Stephan?«
Stephan lachte unsicher. »Doch, natürlich.«
»Und wann sind Sie das letzte Mal geschwommen?«
»Das ist lange her. Das war . . . ja, es war in Frankreich. Während des Krieges.«
»Das ist zu lange her. Es wird Ihnen auch guttun, kräftiger zu werden. Ihr werdet euch nicht langweilen. Mein Sohn ist da, der Rico, der bringt Leben in die Bude. Von Maria kann er allerhand lernen, denn er ist leider ziemlich dumm, das teure Internat hat nicht viel genützt.«
Daraufhin lachte Maria.
Das war noch immer ein seltenes Ereignis, Nina sah und hörte es mit Verwunderung.
»Nun also! Soweit wäre alles klar«, sagte der Kammersänger befriedigt. »Sie sind natürlich auch herzlich eingeladen, Nina.«
»Vielen Dank. Aber ich muß arbeiten. Wir haben nämlich kein Geld mehr.«
»Das haben wir alle nicht mehr. Die Währungsreform hat uns ganz schön aufs Trockene gesetzt. Wenn ich denke, wieviel Geld ich verdient habe – na, der Teufel hat es geholt. Ein paar Liederabende habe ich inzwischen gegeben, und im Prinzregententheater habe ich noch ein paarmal den Tristan gesungen. Aber vor allen Dingen sind wir nun draußen dabei, unsere Landwirtschaft zu aktivieren. Der Baron hat zwar viel von dem Ackerland verpachtet und, noch schlimmer, verkauft, aber wir züchten wieder Vieh, und auf dem Land, das uns noch gehört, da sitzt ein tüchtiger Pommer, der arbeitet für drei. Und wir haben uns ein Gewächshaus zugelegt, was heißt eins, es sind nun schon drei, war nur immer noch schwierig mit dem Glas, aber unser kommunistischer Bürgermeister, der sich glücklicherweise bis heute halten konnte, hat uns sehr geholfen. Die nächsten Wahlen werden ihn wohl kip-

pen. Nun also, Kommunisten in öffentlichen Ämtern, das werden bald tempi passati sein. Aber um unseren da draußen wird es schade sein. Der beste Kommunist, der mir je begegnet ist.«

»Und was wächst in den Gewächshäusern?« fragte Nina interessiert.

»Salat, jede denkbare Art von Gemüse, und zwar in bester Qualität, denn wir wollen das ja nicht alles selber essen, sondern verkaufen. Blumen haben wir auch. Ja, lachen Sie nur, Nina, die Leute werden auch wieder Blumen kaufen. Und also, unter uns gemurmelt, schlau, wie ich bin, habe ich auch noch ein Konto in der Schweiz. Wait and see, wie unsere amerikanischen Freunde sagen, ich rühr' da nicht dran, zur Zeit brauche ich es nicht. Vielleicht später, man wird sehen.«

So machte Maria also ihre erste Urlaubsreise, begleitet von Stephan und von Almut Herrmann, die dabei ein wenig überschnappte, da sie sich als Schloßbewohnerin ganz in ihrem Element fühlte. Und außerdem bewunderte sie Heinrich Ruhland hemmungslos, himmelte ihn an wie ein Backfisch, wenn er am Flügel saß und Schubertlieder sang. Was Heinrich Ruhland nicht störte, an die hingebungsvollen Blicke der Frauen war er ein Leben lang gewöhnt.

Nina arbeitete. Denn wenn auch für Marleen eine Dollarüberweisung aus Amerika gekommen war, ging es nicht an, daß sie stets und ständig nur von ihrer Schwester lebte.

Das erste Mal hatte sie bereits im Frühjahr gearbeitet, drinnen in der Stadt im Theater. Die Dame, die an der Kasse saß und Karten verkaufte, mußte ihre Mutter im Rheinland besuchen, davon war lange die Rede gewesen, das ließ sich nicht länger aufschieben, denn die Mutter war krank. Schweren Herzens verließ die Kassendame München und ihre Schauspieler, so bald wie möglich werde sie zurückkommen, versicherte sie. Es dauerte dann immerhin acht Wochen, bis sie kam, das Reisen war immer noch beschwerlich. Die Mutter war gestorben, was Nina ganz besonders bedauerte, denn sie hatte im stillen gehofft, sie könne den Posten behalten.

Zuerst hatte sie zwar gesagt: aber das kann ich doch nicht, als Peter vorschlug, sie solle die Vertretung an der Kasse übernehmen. Sie konnte es sehr gut. Und vor allem war es herrlich, nun fast den ganzen Tag im Theater zu sein, jeden Abend die Vorstellung zu sehen und jede Nacht bei Peter zu schlafen.

Oder zumindest viele Nächte. Einige Male übernachtete sie auch bei Isabella, um den Schein zu wahren. Sonst, so erzählte sie, laufe sie gleich los, wenn die Vorstellung begonnen hatte, dann bekam sie noch den Abendzug.

»Ziemlich anstrengendes Leben, nicht«, meinte Isabella, mit leichtem Spott in der Stimme.

»Mir gefällt es«, erwiderte Nina.

Peter war von dem Ensemble, das Nina am Anfang kennengelernt hatte, als einziger noch an diesem Theater. Die hübsche blonde Ingrid war an die Kammerspiele engagiert worden, und ebenso Kurt Santner. Auch das war ein Grund, warum es Peter nach Berlin trieb; er wollte nicht an einem kleinen Boulevardtheater hängen bleiben, wobei sowieso bei jeder Neueinstudierung die Schauspieler wechselten. Daß man zusammenblieb, war nur in der ersten Nachkriegszeit so gewesen, wer länger blieb, mußte damit rechnen, in die Chargen abzusinken. Es gab durchaus nicht in jedem Stück eine gute Charakterrolle, und als jugendlicher Liebhaber war Peter mittlerweile zu alt.

Nina verstand das sehr gut, und sie wußte, daß sie ihn nicht überreden durfte, an diesem Theater zu bleiben. Aber doch wenigstens in München, Peter, hatte sie gesagt. Und er darauf: ich habe bisher kein Angebot bekommen.

Spielte er nun in Berlin bei Barlog? Hungerte er? Welche Frau hielt er im Arm?

Nina verbot sich diese albernen Gedanken. Es war nur zu wünschen, daß eine Frau da war, die für ihn sorgte. Vielleicht war Sylvia Gahlen wieder in Berlin, ihr Mann war ja ein tüchtiger Anwalt, denen würde es sicher nicht so schlecht gehen.

Peter hatte in seinem Brief, den Nina kurz nach seiner Ankunft in Berlin erhielt, nichts von Sylvia geschrieben. Doch er hatte ihr mitgeteilt, daß das Haus am Victoria-Luise-Platz, in dem sie gewohnt hatte, nur noch zum Teil bestehe, es sei bis zum ersten Stock ausgebrannt.

Na, sicher, dachte Nina, im zweiten Stock habe ich ja gewohnt, wäre komisch, wenn für mich noch etwas geblieben wäre.

Dann kam kein Brief mehr aus Berlin.

Im Juni hatte Nina eine neue Arbeit gefunden, diesmal vermittelt durch Pfarrer Golling.

Unter den Flüchtlingen, die nun auch zu seiner Gemeinde gehörten, befand sich ein Ehepaar mit einem vierundzwanzigjährigen Sohn aus dem Sudetenland. Es war ihnen gelungen, rechtzeitig die Tschechoslowakei zu verlassen, ehe der Haß gegen die Deutschen, der sich in den Jahren der Besetzung angestaut hatte, die furchtbaren Opfer forderte, die das Kriegsende in diesem Teil Europas so blutig werden ließ.

Der Sohn, der gerade zu jener Zeit bei seinen Eltern eine Woche Heimaturlaub verbrachte, er hatte zuvor in einem Lazarett gelegen mit einer Infektion, benutzte das allgemeine Durcheinander, mit den Eltern zu fliehen, statt an die sich auflösende Front zurückzukehren. Er hatte Glück, er wurde nicht erwischt, er hatte den Krieg überlebt.

Ein Opfer jedoch in letzter Stunde war seine Mutter geworden. Mit ihrem vollgeladenen Karren, auf denen sie ihr kostbarstes Gut, ihr Handwerkszeug, mit sich schleppten, waren sie auf ihrem verworrenen Fluchtweg über Sachsen ins fränkische Land gekommen. Da der Sohn sich ja verstecken mußte, damit nicht ein sogenannter Heldenklau ihn noch erwischte, zogen sie meist in der Nacht weiter, oder – wenn am Tage, dann durch Wälder, auf jeden Fall durch ein Gelände, das zuvor erforscht worden war, und diese Aufgabe übernahm meist die Frau, sie war behende und gewandt, besaß scharfe Augen und Ohren. Auch oblag es ihr, auf Bauernhöfen nach Eßbarem zu fahnden, darum zu betteln, es gegebenenfalls zu stehlen.

Eines Tages, als sie über eine Wiese lief, wurde sie von amerikanischen Tiefliegern beschossen und schwer verletzt. Vater und Sohn schleppten die bewußtlose Frau später in den Wald zurück, glaubten zuerst, sie sei tot, doch sie atmete noch und nun mußte der Mann, der Sohn blieb weiterhin im Wald versteckt, nach einem Arzt suchen. Bis die Frau endlich behandelt wurde, war sie fast verblutet. Ihr rechter Arm war total zerschmettert und mußte amputiert werden.

Warum Amerikaner diese Angriffe auf einzelne Menschen flogen, zu einem Zeitpunkt, als sie den Krieg mehr als gewonnen hatten, war und blieb unverständlich. Das schlimmste an einem Krieg ist, daß er die Bestialität an sich erzeugt, als Selbstzweck.

Die Frau überlebte. Aber sie war und blieb schwach, kränklich, und konnte sich mit dem linken Arm nur schwer behelfen.

Ihr Mann und ihr Sohn umsorgten sie mit rührender Liebe, doch hatten sie kaum das Nötigste zu essen, keine Unterkunft, und sie wurden von der Umwelt so feindselig behandelt, wie es den meisten der Flüchtlinge erging. Verhältnisse wie im Waldschlössl waren ja eine große Ausnahme.

Anfangs hausten sie unter primitivsten Verhältnissen in einem Holzschuppen am Waldrand, weit entfernt vom Ort. Das hatte man Pfarrer Golling berichtet, er suchte eine Bleibe für sie, und es gelang ihm, ein Zimmer in einem Haus am Ortsrand zu finden, gerade ehe der harte Winter begann. In diesem Haus ging es dem Josef Czapek, seiner Frau Anna und ihrem Sohn Karel nicht gut, sie wurden eben gerade geduldet und bekamen kein freundliches Wort zu hören.

Aber Vater und Sohn begannen ihr Leben selbst in die Hand zu nehmen, die sorgsam gehüteten Werkzeuge, von zu Hause mitgenommen, und ihre Kunst ermöglichten es, daß sie schon vor der Währungsreform ein erstaunlich gutes Einkommen hatten, erst recht danach.

Sie waren Glasbläser, und sie waren Künstler hohen Grades. Einen Teil des benötigten Rohstoffes hatten sie mitgebracht, Quarzsand, Kieselsäure, und Bruchglas ließ sich reichlich finden. Sie erbauten mit eigenen Händen, wieder ein Stück vom Ort entfernt, in Richtung München, einen stabilen Behelfsbau, in dem der Ziegelofen stand, sie produzierten unermüdlich, und sie verkauften ihre Produkte so gut, daß sie zwei Helfer anstellen konnten, ebenfalls Glasbläser, einer aus dem Sudetenland, der andere aus dem Erzgebirge, die sie einfach per Annonce durch die Zeitung gesucht hatten.

Sie stellten Gebrauchsartikel her, die jeder in dieser Zeit dringend benötigte, jedoch auch Vasen, Schalen, Gläser von bemerkenswerter Schönheit, und diese Ware, die keiner Bewirtschaftung unterworfen war, die man ohne Bezugsschein kaufen konnte, in einer Zeit, in der es fast nichts zu kaufen gab, war sehr begehrt.

Die Czapeks hatten bald Kunden nicht nur in München, sondern auch in nahegelegenen Orten und vor allem im Gebirge, beispielsweise am Tegernsee, wo noch eine heile Welt und vermögende Leute zu finden waren. Ein ganzes Fenster eines Geschäftes in Bad Wiessee war mit edlen Glaskompositionen der Czapeks dekoriert, und ständig mußte der Ladeninhaber nachbestellen, nicht nur die Amerikaner, auch die Einheimischen und die zumeist wohlhabenden Leute, die sich rechtzeitig hier ein Haus gekauft oder gebaut hatten, kauften die Glaswaren.

Und so war es in Garmisch, in Bad Reichenhall, in Berchtesgaden, um nur einige der Orte zu nennen, in denen Czapek, Vater und Sohn, ihre Kunden hatten.

Sie hätten sehr zufrieden sein können, ja glücklich, wenn nicht die Krankheit der Frau und Mutter ihr Leben verdüstert hätte. Der Aufbau, den sie leisteten ganz aus eigener Kraft, war beachtlich, und es würden nicht einmal zehn Jahre vergehen, bis sie eine große Glasfabrik ihr eigen nennen konnten, ein echtes Beispiel der kommenden Wirtschaftswunderzeit, die ja nicht durch ein Wunder entstand, sondern durch das Können und den Fleiß und den Willen der Menschen, die es erarbeiteten.

Doch bis dahin war noch ein langer Weg; immerhin benötigten die Czapeks auch zu dieser Zeit eine Hilfskraft für die Korrespondenz, um Rechnungen zu schreiben, Angebote zu entwerfen, kurz und gut: sie benötigten eine Sekretärin.

Dies war Ninas erster Job nach der Währungsreform, und sie mußte sich ziemlich anstrengen, um zu begreifen, worum es hier ging, und sich in dieses fremde Metier einarbeiten.

Die Verbindung war über Pfarrer Golling durch Stephan hergestellt worden.

Stephan hatte die Czapeks manchmal im Auftrag des Pfarrers besucht, besonders die kranke Frau, und hatte staunend miterlebt, mit welch rapider Schnelligkeit sich zwei Menschen eine Existenz aufbauen und erfolgreich werden konnten.

Er hatte zu Hause davon erzählt, und Marleen hatte gesagt:

»Ein paar neue Gläser könnten wir mal brauchen, ist ja doch verschiedenes kaputtgegangen im Laufe der Jahre.«

Als Nina zum erstenmal Stephan in die Werkstatt begleitete, brachte sie nicht nur Gläser mit, sondern auch eine wunderschöne lichtgrüne Glasschale, in die man Obst oder Blumen füllen konnte, die man aber auch ganz einfach als Dekorationsstück für sich allein wirken lassen konnte.

So kam es zur Bekanntschaft mit den Czapeks, Nina brachte der kranken Frau Bücher mit, denn sie las sehr gern, es kam, man konnte sagen, fast zu einer Art Freundschaft, und es kam am Ende zu einer Tätigkeit für Nina, die sie nicht nur befriedigte, sondern ihr auch, nach der Währungsreform, das dringend benötigte kleine Einkommen verschaffte.

Silvester hatte kopfschüttelnd gesagt: »Aber das ist lächerlich, warum willst du denn arbeiten? Ich kann doch für dich sorgen.«

»Das ist gut zu wissen«, sagte Nina lächelnd. »Aber es ist für mich ganz befriedigend, wenn ich mir selbst Geld verdienen kann.«

»Ich denke, du willst wieder schreiben?«

»Ich weiß nicht. Vielleicht will ich. Ich weiß nur nicht, ob ich kann.«

Und Isabella meinte: »Ich finde es sehr vernünftig, wenn Nina arbeitet. Das kann ihr nur guttun.«

Von dem Brief ihres Verlegers hatte sie Isabella und Silvester erzählt, sie mußte einfach darüber sprechen.

Marleen hatte nur gesagt: »Ist doch prima. Dann schreib halt wieder mal was.«

Als ob das so einfach ging, so aus dem Handgelenk und mit all der Bürde, die sie tragen mußte.

In Schwabing fand sie mehr Einfühlungsvermögen.

Isabella sagte: »Ich kenne deine Bücher nicht. Du könntest mir ja mal eines davon mitbringen, damit ich es lese.«

»Ach«, sagte Nina, »das ist nichts für dich. Dazu bist du viel zu klug.«

Silvester mußte daraufhin lachen. »Spiel nicht die Bescheidene. Es sind sehr hübsche Bücher, lesbar und flott geschrieben. Und wenn Herr Wismar wieder mit dir arbeiten will, so sollte das ein Ansporn sein, Nina.«

»Mir fällt überhaupt nichts mehr ein. Und ich habe auch gar keine Zeit. Und dann – Geschichten über Menschen, die den Mut zum Leben haben, das gibt es ja gar nicht mehr.«

»Das ist Unsinn«, meinte Isabella. »Die Welt ist rundherum erfüllt von solchen Menschen. Gerade heute. Ich bin ein Beispiel dafür. Silvester ist es. Und du selber, du bist das allerbeste Beispiel.«

»Ich? Da kann ich nur lachen.«

»Und was ist mit deinen Glasbläsern? Sind die nicht bewundernswert?«

»Und die arme kranke Frau? Und mein Leben? Vicky? Die blinde Maria? Silvester, der mich nicht mehr leiden kann? Wo soll ich denn heitere lebensbejahende Geschichten hernehmen?«

Ihre Worte versetzten Silvester in Erregung, er wurde geradezu zornig. Er stand auf, trat dicht vor sie hin.

»Meine Gefühle für dich haben sich nicht geändert, Nina. Nur bin ich ein alter, vergrämter Mann geworden, der dir nicht zumuten kann, daß du wieder mit ihm zusammenlebst. Und ich kann nicht von dir erwarten . . .«

Isabella unterbrach ihn, und nun war sie zornig.

»Erstens bist du nicht alt, und krank bist du auch nicht mehr, und vergrämt brauchst du schon gar nicht zu sein. Und zweitens, was du erlebt hast, haben viele erlebt, und sie haben Schlimmeres erlebt. Du könntest langsam damit aufhören, dich selbst zu bemitleiden.«

»Aber das tue ich nicht.«

»Ich bin gewissermaßen schuld, daß dein Leben verdorben ist. So hört sich das an, nicht wahr? Meinetwegen bist du ins Lager gekommen, und nun hast du dich entschlossen, dein restliches Leben lang ein Lagerkomplex zu haben. Weißt du, wie ich das finde? Ungerecht gegen das Schicksal, feige für dich selbst, und eine Belastung für mich, denn du lastest mir eine ewige Schuld auf.«

»Aber Isabella! Mein Gott! Wie kannst du so etwas sagen?«

»Um dir einmal vor Augen zu führen, wie dein Verhalten auf mich wirkt.«

Nina schwieg, hörte sich das erstaunliche Gespräch an. Silvester war ganz weiß im Gesicht geworden.

»Ich habe mir alle Mühe gegeben, dich wieder gesund zu machen«, fuhr Isabella unbeirrt fort. »Und dir geht es wirklich nicht schlecht. Du kannst dich bewegen, du kannst laufen, du kannst arbeiten. Und wenn du vergrämt bist, wie du es nennst, so ist es nichts als Trotz. Und kindisch ist es obendrein. Seht, was das Schicksal mir angetan hat, seht, wie ich leide. Damit kannst du dich natürlich für den Rest deines Lebens einrichten, aber du kannst nicht erwarten, daß eine hübsche und so lebendige Frau wie Nina mit dir zusammenleben möchte. Ich selber würde ihr davon abraten. In ihrem eigenen Interesse.«

Daraufhin entstand ein langes und tiefes Schweigen. Silvester hatte sich an die Wand gelehnt, er war blaß, und er sah sehr unglücklich aus.

Er tat Nina leid. Isabella schien das erste Mal so mit ihm gesprochen zu haben, und es kam ihr vor, als hätte sie das lange schon vorgehabt. Es war wohl der letzte Teil ihrer Therapie. Isabella war wieder ganz gelassen, schenkte sich noch einmal Tee ein und zündete sich eine Zigarette an.

»Sprechen wir einmal von den Jahren«, fuhr Isabella nach einer Weile fort, als die beiden anderen immer noch schwiegen.

»Du bist, soviel ich weiß, jetzt zweiundsechzig. Das ist für einen geistigen

Menschen kein Alter. Du warst etwas mehr als ein Jahr von diesen zweiundsechzig Jahren im KZ. Das ist im Vergleich zu anderen, die zehn oder mehr Jahre darin waren, nicht sehr viel. Manche von diesen Männern arbeiten inzwischen wieder, in Parteien, in der Politik, in der Wissenschaft. Wir sprechen jetzt von denen, die überlebt haben. Du hast dich, seitdem du draußen bist, verkrochen. Erst bei Franziska, dann bei mir. Dir ist es dabei nicht schlecht gegangen, oder? Vom Elend der Nachkriegszeit hast du wenig verspürt. Franziska ist ein gutes Beispiel. Ihr hat man übler mitgespielt als dir, und wie schnell hat sie wieder das bekommen, was dieser Verleger schreibt: Mut zum Leben. Sie lebt auf ihre Weise, na schön, das hat sie immer getan. Und ich? Dank der Hilfe meiner Freunde, dank deiner und Franziskas Hilfe ist mir das Lager und der unvermeidliche Tod darin erspart geblieben. Dafür muß ich dankbar sein – dir, Franziska, meinen Freunden, dem Schicksal, Gott – und ich bin es. Ich bin es und werde es sein, jeden Tag, der mir noch zu leben vergönnt ist. Ich arbeite, und das mit Begeisterung. Dankbar auch dafür, daß ich es noch kann und daß ich es wieder darf. Ich bin ein wenig älter als du, aber ich komme mir vor, als sei ich zwanzig Jahre jünger.«

Mit einer geradezu theatralischen Handbewegung wies sie auf die gegenüberliegende Wand, an der eins von Sopherls verzerrten, depressiven Bildern hing.

»Meine Schwester hat sich das Leben genommen, und du weißt sehr genau, was das für mich bedeutet hat. Es war ganz und gar sinnlos, es war ein lächerlicher Tod. Sie hätte mit dir oder allein ins Ausland gehen können, sie hätte von mir genügend Geld bekommen, um zu leben, wo sie wollte und wie sie wollte. Ich habe meine Schwester sehr geliebt, ich habe sie verwöhnt, ich habe ihr jede Schwierigkeit aus dem Weg geräumt. Sie war der einzige Mensch, der mir geblieben war nach dem Tod meiner Eltern. Sie hat es mir auf diese Weise gedankt. Es gibt keinen Menschen mehr, der zu mir gehört, der mich liebt, den ich lieben kann. Weißt du, daß ich sie verachte für das, was sie getan hat? Weil sie es mir angetan hat.«

Nina schlug das Herz im Hals, sie wagte kein Wort zu sagen. War das die ruhige, überlegene Isabella, die sie kannte? Was für Worte kamen aus ihrem Mund! Wie einsam sie war! Wie unglücklich auch sie!

Ohne daß sie wußte, was sie tat, sprang Nina auf, ging zu Isabellas Sessel, sank dort auf die Knie, barg ihren Kopf in Isabellas Schoß.

»Isabella«, schluchzte sie, »sprich nicht so! Ich kann es nicht hören. Du bist nicht allein. Ich liebe dich. Alle lieben dich.«

Es war wirklich eine hochdramatische Szene, die sich ganz unerwartet entwickelt hatte, doch Isabella war ihr gewachsen, sie hatte Sinn für Dramatik.

Sie strich über Ninas Haar und sagte, zu Silvester gewendet: »Weißt du, wen ich bewundere? Wer mir imponiert? Sie. Hier. Deine Frau. Ich kenne ihr Leben ja nun ganz gut. Sie hat es immer schwer gehabt, es ist ihr viel aufgebürdet worden. Doch sie ist tapfer und sie hat Lebensmut. Und du wärst dazu bestimmt, ihr zu helfen, ihr zur Seite zu stehen. Statt dessen nennst du dich selbstquälerisch einen vergrämten alten Mann. Mach nur so weiter. Nina kann ohne dich leben. Und sie wird auch wieder schreiben. Ich werde sie von jetzt an jedesmal fragen: hast du schon angefangen, Nina?«

Isabella legte ihre Hände um Ninas Gesicht, hob es hoch, neigte sich und küßte sie auf die Stirn.

»Sie wird von jetzt an meine kleine Schwester sein. Sie wird nicht verzagen, und ich werde ihr Mut machen. Falls das überhaupt nötig ist. Und nun laß endlich die Wand los, Silvester, und gieß uns einen Cognac ein. Steht da drüben in der Vitrine.«

Beide Hände noch immer um Ninas Gesicht gelegt, fügte sie lächelnd hinzu: »Wir haben nämlich einen vorzüglichen Hennessy im Haus, einer meiner Freunde aus der Möhlstraße hat ihn mir gebracht. Er hat ihn mir geschenkt.« Sie küßte Nina noch einmal.

»Und nun steh auf. Wir werden jetzt einmal ganz vernünftig miteinander reden.«

Silvester füllte drei Gläser mit dem Cognac und schüttelte unausgesetzt den Kopf.

»So habe ich dich noch nie erlebt«, sagte er.

»Es wurde Zeit, daß dir einer die Wahrheit sagt.«

»Und es ist wahr, daß ich dich mit einer Schuld belaste?«

»Das tust du doch. Ich bin schuld an dem, was dir widerfahren ist.«

»Das darfst du doch nicht sagen.«

»Ich sage es aber.«

»Ich habe meinen Posten gleich verloren, nachdem die Nazis an die Macht kamen.«

»Es ist vielen Menschen so gegangen, daß sie für ihre Meinung einstehen und bezahlen mußten. Immerhin hast du die folgenden Jahre unbehelligt gelebt. Nicht in dem Beruf, der dir angemessen war, aber auch nicht als Ausgestoßener.«

»Nein, das war er wirklich nicht«, sagte Nina, die sich wieder gefaßt hatte. »Als ich ihn kennenlernte, wirkte er auf mich als ein starker und selbständiger Mensch. Ein Mensch mit Lebensmut, um das Wort noch einmal zu gebrauchen. Mein Gott, er tat so, als ob er mich liebe. Und er wollte mich heiraten.«

»Ich habe dich geliebt, Nina«, sagte Silvester. »Du warst für mich ... ja, wie ein neues Leben.«

»Das ich dann zerstört habe«, sagte Isabella.

»Die Zeit hat uns zerstört. Die Nazis. Der Krieg«, sagte Nina.

»Das ist alles vorbei. Die Nazis, der Krieg – und die Zeit ist weitergegangen. Sie hat uns älter gemacht. Aber auf keinen Fall dümmer. Du wirst schreiben, Nina, du wirst es jedenfalls versuchen. Silvester wird sein Buch beenden, und dann wird er sich wieder dem Leben stellen. Und wir werden Maria operieren lassen.«

»Wirklich?« fragte Nina.

»Ja. Man muß es versuchen. Sie ist soweit stabilisiert, daß man es in zwei Jahren etwa versuchen kann. Du willst es doch?«

»Natürlich will ich es. Ich habe nur Angst davor.«

Der Versuch mißlang. Maria wurde operiert, als sie fünfzehn war. Zwar glückte die Transplantation, sie konnte einige Tage lang sehen, dann trübte sich die neue Hornhaut, das Transplantat wurde vom Körper nicht angenommen.

Das war wieder eine schwere Zeit für Nina. Und danach sah es aus, als finge alles von vorn an. Maria verstummte, erstarrte, erlosch.

Anders war es diesmal, da sie kein Kind mehr war, kein hilfloses Objekt, sondern ein denkender, ein kluger, ein höchst sensibel empfindender Mensch. Lange Zeit führte überhaupt kein Weg zu ihr. Sie rührte kein Klavier mehr an, sie las nicht, sie lernte nicht, sie sprach nicht einmal mehr mit den Menschen, die sie kannte, die um sie waren.

Keiner fand Zugang zu ihr, weder Nina noch Stephan, nicht mehr die Beckmanns, nicht Pfarrer Golling, nicht einmal Heinrich Ruhland und Rico.

Nina schrieb alles ausführlich nach Boston, und dann kam Professor Goll nach München.

Inzwischen gab es die Bundesrepublik Deutschland, ein neuer demokratischer Staat, basierend auf dem Grundgesetz, das im Mai 1949 in Kraft getreten war. Professor Theodor Heuss war der Bundespräsident, Dr. Konrad Adenauer der Bundeskanzler dieses neuen Staates, der allerdings nur die drei ehemaligen westlichen Besatzungszonen umfaßte, die sowjetisch besetzte Zone, die Ostzone, wie es im Volksmund hieß, war ein Staat für sich geworden, und die seit der Berliner Blockade sichtbar gewordenen Gegensätze zwischen West und Ost waren mittlerweile festgefahren, waren zu feindlichen Fronten erstarrt. Dafür gab es auch einen Namen: man nannte das den ›Kalten Krieg‹. Eine verhängnisvolle Wortschöpfung, denn sie konnte das Wort Krieg nicht entbehren. Daß er kalt war, dieser Krieg, bedeutete, daß man sich nicht mit Waffen umzubringen brauchte, das körperliche Leben der Andersgesinnten nicht auslöschen mußte. Das war aber auch schon alles – Feindschaft, Gefahr, Angst blieben bestehen, ein friedliches Zusammenkommen selbst engster Familienmitglieder war nicht möglich, die Vernichtung menschlichen Glückes war nach wie vor nicht geächtet. Die Welt war in zwei Teile gespalten, und dies sollte für lange Zeit anhalten, Generationen würden heranwachsen, die das Bild der Erde gar nicht anders kannten.

In der Bundesrepublik Deutschland war ein gewaltiger Aufbau in Gang gekommen, und das im wörtlichsten Sinne, Häuser, Geschäfte, Fabriken, Betriebe wurden aufgebaut, die Wirtschaft belebte sich, entwickelte sich, und zwar in so rapidem Tempo, daß die übrige Welt nur mit Staunen zusehen konnte, was diese vernichteten Deutschen leisten wollten und – konnten. In der Geschichte sind zwei Namen für immer mit diesem Aufbau, dem Wiederaufbau, wie man es nannte, verbunden:

Ludwig Erhard, der Wirtschaftsminister der jungen Bundesrepublik, der nach seinem Amtsantritt eiligst die Bewirtschaftung aufhob und so freie Bahn für freie Menschen schuf, die arbeiten und Erfolg haben wollten.

Und George C. Marshall, der als amerikanischer Außenminister bereits im Jahr 1947 in seiner berühmten Rede vor der Harvard-Universität an die Völker Europas appellierte, ein gemeinsames Wiederaufbauprogramm in Angriff zu nehmen, wobei sie mit der Hilfe der Vereinigten Staaten rechnen dürften.

Dies war der Beginn, der erste Schritt zu jenem großartigen Unternehmen, das als Marshallplan in die Geschichte einging, verkündet zu einer Zeit, da sich Deutschland noch in tiefstem Elend befand.

So zeigte sich sehr früh, daß die westlichen Mächte, vor allem die USA, aus den Fehlern gelernt hatten, die man nach dem Ersten Weltkrieg begangen hatte. Der Versailler Vertrag von 1919, der von dem besiegten Volk riesige Reparationszahlungen verlangte, hatte nur Not über die Deutschen gebracht, zahlungsunfähig waren sie nach einiger Zeit ohnedies, er schnürte der Weimarer Republik den Hals zu und bereitete den Boden für den Nationalsozialismus. Gelernt hatte man auch, daß ein Elendsvolk in der Mitte Europas das Elend unwiderruflich auf die anderen Völker übertragen mußte, das war wie ein Seuchenherd, den man nicht eingrenzen und nicht wirksam bekämpfen konnte.

Offenbar war es doch einmal in der Geschichte möglich, aus den Fehlern der Vergangenheit zu lernen.

Der Morgenthauplan, dieses Monstrum der ersten Nachkriegszeit, der vorsah, Deutschland zu einem Agrarland rückzuentwickeln und seinen Bürgern nur ein Existenzminimum zu erlauben, war sehr schnell gestorben. Die Demontage, die in deutschen Fabriken zwar anlief und auch einige Jahre lang fortgeführt wurde, war nicht mit letzter Rigorosität durchgeführt worden, ausgenommen in der Ostzone, hatte jedoch die paradoxe Folge, daß sich deutsche Betriebe bei dem schnellen Wiederaufbau mit modernsten Maschinen einrichten konnten.

Großen Anteil an dem sagenhaften Erfolg des Wiederaufbaus hatte die gelungene Währungsreform. Keiner hatte wissen können, wie es ausgehen würde, wenn jeder Mensch in diesem Volk an einem bestimmten Tag nicht mehr als vierzig Mark in seinem Besitz haben durfte. Wenn gleichzeitig alle Vermögen, alle Werte, alle Versicherungen auf zehn oder gar 6,5 Prozent abgewertet sein würden.

Nun, alle Werte waren es gewiß nicht. Wert an Grundbesitz, an Immobilien blieb bestehen, auch wenn sich zunächst damit nichts anfangen ließ. Der größte Wert jedoch war die Ware, die versteckte, die gehortete Ware, eben jene Gebrauchsgüter, die man zuvor nur über den Schwarzen Markt beziehen konnte. Sie fand sich sofort nach der Währungsreform und nach Aufhebung der Zwangswirtschaft auf dem Markt. Die Menschen, die die Währungsreform als Erwachsene erlebten, und erst recht ihre Kinder, wuchsen in einen nie erwarteten und nie erlebten Wohlstand hinein, der kennzeichnend blieb für die Ära Adenauer.

Gerecht? Ungerecht? Ungerechtigkeit gab es wie immer auf dieser Erde reichlich. Die Alten, die Kranken, die im Krieg Versehrten hatten keinen Anteil an Wiederaufbau und dem darauffolgenden Wohlstand. Für die blieben die vierzig Mark nur vierzig Mark, sie vermehrten sich nicht. Ersparnisse waren verloren. Wer alt war, konnte neue nicht mehr schaffen. Auch die tiefste Verzweiflung, auch der Selbstmord gehören in jene glorreiche Zeit des Wiederaufbaus, bestätigt wurde wieder einmal Bert Brechts unsterbliches Wort: Die im Dunklen sieht man nicht.

Professor Michael Goll war in Begleitung seines Sohnes Frederic bereits 1949 das erste Mal nach Deutschland gekommen. Er wollte mit eigenen Augen sehen, was aus Europa geworden war, ob sich in dem alten vom Schicksal geschlagenen Kontinent noch eine Spur seiner früheren Größe finden ließ. Sie waren zuerst in Frankreich; Paris, das im Krieg nicht zerstört, nicht einmal beschädigt worden war, zeigte sich in gewohntem Glanz, jedenfalls nach außen hin. Politisch war es ein schwer zerrüttetes Land, belastet zusätzlich mit den Unruhen in seinen Kolonien. Sie besuchten Berlin, dessen Anblick Professor Goll erschütterte. Die Stadt war noch nicht, wie zwölf Jahre später, durch eine Mauer getrennt, aber unsichtbar war diese Mauer doch da, die Zerrissenheit der Stadt war deutlich spürbar. Im Westen regte sich zwar schon bemerkbar Leben und Auftrieb, von einem Wiederaufbau der Stadt aber konnte nicht die Rede sein, und noch trostloser sah es im Osten aus. Das einzige, was an das Berlin von einst erinnerte, war das kulturelle Leben, das in beiden Teilen der Stadt höchst lebendig und interessant war.

Dann reiste Professor Goll nach Wien, wo er auch einige Studienjahre verbracht hatte, doch Österreich war ein viergeteiltes Land, Wien eine viergeteilte Stadt, die strahlende Königin an der Donau wirkte müde und traurig.

»Ich kann nicht sagen«, bemerkte Professor Goll, als er eines Morgens mit seinem Sohn beim Frühstück saß, »daß diese Reise mich fröhlich stimmt. Ich wollte dir mein Europa zeigen, mein Wien, mein Berlin – es ist nicht mehr da. Es war in den zwanziger Jahren schon deprimierend, doch dieser zweite Krieg hat Europa den Rest gegeben.«

An eine Reise in seine Heimat im Baltikum war nicht zu denken, doch das wollte Michael Goll gar nicht. Die Erinnerung an seine schöne Kindheit wollte er sich nicht zerstören lassen, die Erinnerung an seinen Abschied von der Heimat war schlimm genug.

Blieb München. An sich bestand kein Grund, München zu besuchen. Aber dies betraf nun Frederics ganz spezielle Erinnerung, und da war die alte Dame, die Michael als Jüngling gekannt hatte. Alles in allem war der Aufenthalt in München, der nur wenige Tage dauerte, der beste Teil der ganzen Reise.

Zerstört war diese Stadt auch, doch seltsamerweise lebte sie, sie lebte auf eine sehr aktive Weise, sie schien sich heftig freizustrampeln von den Fesseln des Elends, was besonders sichtbar dadurch wurde, da sie gerade zur Zeit des ersten Oktoberfestes nach dem Krieg nach München kamen.

Die Stadt lachte – trotz der Trümmer. Und die Menschen lachten auch.

Vater und Sohn hatten ausführlich besprochen, wie man zu Alice von Wardenburg und ihrer Familie Verbindung aufnehmen sollte. Daß sie irgendwann im Herbst in Deutschland sein würden, hatten sie zuvor brieflich mitgeteilt, ohne einen genauen Zeitpunkt zu nennen, da sie ihn selbst nicht kannten. Nun angelangt, war es ein Problem, wie man einander begegnen sollte.

Der Professor schlug vor, daß man sich mit Alice von Wardenburg und ihrer Nichte Nina im Hotel treffen solle, zu einem Abendessen vielleicht.

Frederic war dagegen.

»Wir wissen nicht, in welchem Zustand sich Alice befindet. Sie muß ja nun schon sehr alt sein. Vielleicht macht es ihr Beschwerden, in die Stadt zu gelangen. Außerdem würde ich so gern das Haus wiedersehen. Und das Kind.«

Also gab es einen Telefonanruf und ein Gespräch mit Marleen, Nina war nicht da, sie kam erst immer am Abend von den Czapeks zurück.

Marleen, die von dem angekündigten Besuch wußte, sagte liebenswürdig: »Kommen Sie doch einfach morgen nachmittag zum Tee. Nina wird sich bestimmt freimachen können.«

Das Ganze verlief höchst undramatisch und war, wie Professor Goll danach sagte, die Reise wert gewesen.

Am bewegtesten war Frederic, als er das Haus wiedersah – als er aus dem Wagen stieg, die Gartenpforte sah, die Haustür und dann Nina unter der

Haustür. Es war genau wie damals, nur kam er diesmal nicht als Feind, sondern als Freund.

Wie im Traum nahm er Ninas Hand, die sie ihm entgegenstreckte, stand in der Diele, auch hier sah es aus wie damals, er sah sich selbst da stehen in seiner Uniform, die Unglücksbotschaft verkündend.

Michael Goll blickte erstaunt seinen Sohn an, der stumm war, kein Wort hervorbrachte und dem anzusehen war, wie dieses Wiedersehen ihn überwältigte.

Ich bin mir gar nicht klar darüber, dachte Professor Goll, wie weich dieser Junge ist, wie verwundbar und wie empfindsam. Dann küßte er Nina die Hand und sagte: »Ich kenne das alles hier so gut, als sei ich schon hier gewesen.«

Nina war unbefangen und heiter, und das erste, was Frederic zu ihr sagte, war: »Sie haben sich gar nicht verändert.«

Nina lächelte und dachte, wie oft sie diesen Satz eigentlich schon gehört hatte.

Sie hatte sich zuvor lange im Spiegel betrachtet, ein wenig zurechtgemacht, ein hübsches Kleid angezogen, dann wieder den Spiegel befragt. War sie sehr alt geworden?

Es schien, sie hatte keine Zeit dazu, alt zu werden.

Das Leben, ihr Leben, hatte sie immer so im Trab gehalten, daß sie dem Altwerden einfach davonlief.

Sie gingen ins Gartenzimmer, hier befand sich Alice, sie war nun fünfundachtzig, doch gerade aufgerichtet, schlank und hoheitsvoll saß sie in ihrem Sessel. Sie war alt, aber von einer immer noch bemerkenswerten Schönheit, die unzerstörbar schien. Nur ihr Gehör hatte nachgelassen, man mußte ziemlich laut mit ihr sprechen. Ihr Geist war noch klar, und Erinnerungen, die weit zurück lagen, wie jene an die baltischen Sommer, waren noch vorhanden, Michael konnte mit ihr darüber sprechen. Dann kam Marleen, elegant gekleidet, an ihrer Seite Conny, der sich über den Besuch höchst erfreut zeigte. Man konnte also über den Hund sprechen hier, oder Frederic erzählte von den beiden Hunden in Boston, es waren inzwischen zwei, Buster hatte einen Sohn gezeugt. Dann kam das Mädchen, brachte den Tee, die Karaffe mit dem Rum und einen wieder friedensmäßig hergestellten Kuchen.

Ja, eine Haushaltshilfe gab es wieder im Haus, darauf hatte Marleen bestanden. Nina war schließlich den ganzen Tag nicht da, und irgendeiner mußte sich um die Arbeit im Haushalt kümmern und mußte kochen. Marleen hatte dies alles nie getan, und sie hatte nicht die Absicht, in ihren späten Jahren damit anzufangen.

Frederic schien es lange, noch als er Tee trank, den Kuchen höflich versuchte, sich am Gespräch beteiligte, oder viel mehr kaum beteiligte, als erlebe er das alles im Traum. Sein Vater musterte ihn einige Male von der Seite. Da schien etwas zurückgeblieben von Frederic in diesem Haus, damals. Fand er es wieder? Oder suchte er es?

Dann stand Frederic auf, trat an die offene Tür, die in den Garten führte, es war ein warmer Tag Ende September, er schaute hinaus und sagte wie in Trance: »Tante Alice, Sie saßen damals da draußen unter dem Ahornbaum. Und Sie, Marleen, lagen in einem Liegestuhl, der Hund lag neben Ihnen, und Sie taten, als ginge Sie das alles gar nichts an.«

»Nun, ich wußte ja noch nichts davon«, meinte Marleen.

»Und Nina stand vor mir«, fuhr Frederic fort, »sie blickte mich so fassungslos an, als sei ich ein Geist aus einer anderen Welt. Und das war ich ja auch für sie, wie ich später erfuhr. Und ich haßte mich so.«

Professor Goll räusperte sich. Geisterbeschwörungen dieser Art schätzte er gar nicht.

Nina stand auf, trat neben Frederic und legte die Hand auf seinen Arm.

»Du warst großartig, Frederic. Ich habe immer mit Dankbarkeit an dich gedacht. Das haben wir alle getan. Es wäre schlimm gewesen, wenn wir das Haus hätten verlassen müssen, in jener Zeit. Aber du warst wirklich prima. Und natürlich, ich gebe es zu«, sie lachte ein wenig verlegen, »ich habe es auf Nicolas geschoben, der dich gewissermaßen – na, wie nennt man so was? Der mit dir gekommen war.«

Das letzte hatte sie leiser gesagt, Alice mußte es nicht hören. Der Professor räusperte sich wieder und war bereit, in dieses makabre Gespräch einzugreifen, doch da lachte Nina schon, wandte sich zum Zimmer zurück.

»Ich habe in meinem Leben noch nie solche Gedanken gehabt, Professor. Ich bin eigentlich ein sehr nüchterner Mensch. Aber es gibt halt manchmal so seltsame Augenblicke. Wie damals mit dem Rilke auf dem Buchenhügel!«

»Und was ist das?« fragte Professor Goll.

»Ach, das werde ich jetzt nicht erzählen, das ist ein Erlebnis aus meiner Jugend.«

Im Garten blühten wie damals Rosen, Frederic sah das rote Dach des Nachbarhauses.

»Die energische junge Dame, sie wohnt jetzt wieder da drüben?«

»Ja. Sie ist verheiratet und sie hat ein Kind. Und ihr Mann, den du damals kurz gesehen hast, hat gerade sein erstes Staatsexamen gemacht.«

Frederic blickte noch einmal suchend über den Garten hin.

»Und wo ist sie?«

Nina wußte sofort, wen er meinte.

»Maria hat noch Unterricht. Aber sie wird bald kommen. Mit Stephan.«

Das war drei Jahre vor Marias Operation. Sie war zwölf, schlank und hübsch, sie trug eine dunkle Brille, und wer von ihrem Leiden nicht wußte, hätte es kaum bemerkt, so sicher bewegte sie sich. Und sie redete auch ohne Scheu, längst waren fremde Menschen kein Horror mehr für sie. Professor Goll betrachtete sie mit Interesse. Was für ein bezauberndes Kind!

Am nächsten Abend, Nina hatte eine Einladung zum Abendessen im Hotel gern angenommen, fragte er: »Wird man nichts unternehmen mit ihren Augen?«

»Doch. Ich habe es vor. Aber ich gebe zu, ich habe Angst davor. Wir alle haben Angst davor. Sie ist jetzt so sicher und so ausgeglichen. Und sie lernt so fleißig. Das hat lange gedauert, bis wir dahin gekommen sind. Wenn ich mir vorstelle, daß ich sie in eine Klinik bringen muß – aber natürlich muß es sein, ich denke immer daran.«

»Man sollte nicht zu lange damit warten.«

»Die Zustände bei uns sind ja erst seit kurzem wieder halbwegs erträglich. Und ich habe Angst, daß es mißlingt.«

»Wir könnten Maria mitnehmen nach Boston«, schlug der Professor vor. »Zweifellos ist man bei uns in der Entwicklung solcher Operationen etwas weiter.«

Nina schüttelte den Kopf. »Das ist unmöglich. Maria unter fremden Menschen, ganz allein in einer fremden Welt, das würde sie sehr verstören.«
»Sie könnten mitkommen, Nina.«
Und wer soll das bezahlen? dachte Nina, aber sie sprach es nicht aus. Natürlich würde sie ein Gast sein, und Maria auch. Aber sie hätte auch Angst vor der fremden Welt. Sie war noch nie im Ausland gewesen.
Er würde Erkundigungen einziehen bei Kollegen, versprach Professor Goll.
»Ich komme wieder«, sagte Frederic zum Abschied. Zuvor hatte er von seinen Studien erzählt und daß er sich dafür entschieden habe, in den diplomatischen Dienst zu gehen. Diese Entscheidung war erst vor kurzer Zeit gefallen und hatte die Zustimmung seiner Familie gefunden.

Zu Beginn des Jahres 1950 starb Alice von Wardenburg. Es kam nicht plötzlich, sie starb langsam, lange und sehr bewußt. Erst war es nur wieder eine schwere Grippe gewesen, von der sie sich nicht erholen konnte, und dann wurde sie immer schmaler, immer stiller, verlor die stolze Haltung, sank förmlich in sich zusammen.
Und dann weigerte sie sich, zu essen. Alles gute Zureden half nichts, die beste Fleischbrühe, die Nina ihr anbot, ließ sie stehen.
»Aber du mußt doch etwas essen, Tante Alice«, beschwor Nina sie, »du bist so schwach.«
»Das ist gut, Kind. Es ist nun Zeit.«
Dr. Belser, der Hausarzt der Familie, der sie alle gut kannte, kam regelmäßig, und Nina sagte verzweifelt: »Was soll ich nur tun? Sie ißt einfach nicht. Sie müssen etwas unternehmen, Herr Doktor.«
»Ihr Herz ist sehr schwach. Ich wundere mich offengestanden seit Jahren schon, daß es überhaupt noch schlägt.«
»Sie war immer irgendwie krank, seit sie Wardenburg verlassen mußte. Ich habe nie richtig begriffen, was ihr eigentlich fehlte. Dann im Krieg, ich meine im ersten Krieg, da war sie beim Roten Kreuz tätig, da schien es ihr ganz gut zu gehen. Und all die vielen Jahre dann – ich gebe zu, ich habe mich gar nicht um sie gekümmert. Sie muß sehr einsam gewesen sein.«
»Aber sie hat doch jetzt, in den letzten Jahren, hier ein gutes Leben gehabt«, sagte der Arzt. »Sie war nicht mehr einsam. Sie hatte Familie um sich, und ihr habt gut für sie gesorgt. Nun will sie sterben.«
»Das dürfen Sie nicht sagen. Man muß doch etwas tun.«
»Ich kann ihr kein neues Herz geben. Und ich kann sie nicht zum Essen zwingen. Und wenn ich es könnte, täte ich es nicht.«
Nina blickte den Arzt verwundert an, sie standen in der Diele, waren von oben gekommen, wo Alice im Bett lag, denn seit drei Tagen wollte sie auch nicht mehr aufstehen.
»Vielleicht wenn man sie in eine Klinik bringen würde . . .«
»Ich glaube nicht, daß Sie ihr damit etwas Gutes tun würden, Frau Framberg. Es ist die Aufgabe eines Arztes, Menschenleben zu retten, kranke Menschen gesund zu machen, Menschen am Leben zu erhalten. Aber es ist nicht seine Aufgabe, einem Menschen das Leben aufzuzwingen. Es gibt einen Punkt, an dem ein Mensch sehr bewußt seinem Tod begegnet, ihm entgegengeht. Es ist nicht allein eine Frage des Alters, dieser Punkt kann auch schon in

jüngeren Jahren erreicht werden. Wenn ein Mensch denkt: es ist genug, dann kann man ihn nicht mehr aufhalten. Man soll es auch gar nicht. Es ist ein Geschenk, wenn man sich mit dem eigenen Tod versöhnen kann.«

Nina stand regungslos, sie mußte daran denken, wie oft sie sich schon den Tod gewünscht hatte. Wie eine Erlösung war es ihr vorgekommen, der Qual des Lebens zu entfliehen. Oder hatte sie es nicht wirklich gewollt?

»Sicher kann man einiges tun mit Spritzen, mit aufbauenden Mitteln, schließlich auch mit künstlicher Ernährung. Man würde es in einer Klinik sicher versuchen. Wollen sie es?«

Nina schüttelte den Kopf. »Nein. Sie haben recht. Sie ist so friedlich. Man soll diesen Frieden nicht stören.«

»Es ist genug – es gibt eine Kantate von Johann Sebastian Bach, die so benannt ist. Daran muß ich immer denken, wenn ich einen Fall wie diesen vor Augen habe. Es ist gar nicht so selten. Viele Menschen sind gestorben in unserer Zeit, Millionen und Millionen, die nicht sterben wollten. Aber selbst im Krieg, ich war ja auch lange draußen, wie Sie wissen, habe ich bei Schwerverletzten diesen Frieden gefunden, an einem gewissen Punkt das Zugehen auf den Tod, die Versöhnung mit ihm.«

»Als ob er ein Freund wäre«, sagte Nina, und das Lied fiel ihr ein, das Vicky oft gesungen hatte, ›Der Tod und das Mädchen‹ von Schubert – ›bin Freund und komme nicht zu strafen . . .‹

In diesen letzten Wochen hatte Nina viele Gespräche mit Alice gehabt. Sie saß abends bei ihr im Zimmer, zuletzt an ihrem Bett, denn Alice konnte auch nicht mehr schlafen, aber so lange sie noch sprechen konnte, tat es ihr wohl, wenn Nina zuhörte. Denn worüber wollte sie sprechen? Über Wardenburg. Und wer sonst konnte ihr zuhören, sie verstehen, mit ihr darüber sprechen? Nina.

Das Gutshaus, wie sie es damals neu eingerichtet hatte nach ihrer Heirat.

»Es war ganz einfach, ganz ländlich. Ich wollte es vornehm haben. Ich kaufte Teppiche und englische Möbel. Seidene Tapeten mußten es sein. Da warst du noch nicht geboren, Nina, als ich Wardenburg ausstaffierte.«

»Ich weiß noch genau, wie es aussah. Es waren herrliche Zimmer. Bei uns zu Hause fand ich alles armselig dagegen.«

»Ich gab sehr viel Geld aus. Damals wußte ich noch nicht, daß wir kein Geld hatten. Nicolas lachte nur dazu, er dachte nicht daran, mir diese Verschwendung zu verbieten. Er war von Kerst her Reichtum gewohnt. Rechnen konnte er nie. Champagner mußte sein, er fuhr nach Paris oder an die Riviera, anfangs nahm er mich mit nach Berlin, wir wohnten im Bristol, immer in einer Suite, ich konnte einkaufen, was ich wollte. Nach Kerst durfte ich auch mitkommen.«

»Er muß dich sehr geliebt haben, Tante Alice.«

Alice schüttelte den Kopf.

»Geliebt hat er mich nie. Geliebt hat er immer nur sich selber. Vielleicht die Fürstin. Vielleicht diese Frau in Berlin. Ein wenig vielleicht dich.«

Nina stand auf und trat ans Fenster und blickte hinaus ins Dunkle. Ganz dunkel war es nicht mehr, es hatte begonnen zu schneien.

»Der erste Schnee«, sagte Nina. Das war im November gewesen. »Willst du nicht schlafen?«

»Ich werde es versuchen. Gib mir so eine Tablette.«

Das Problem für Nina bestand darin, wenn nun Schnee lag, wie sie zu den Czapeks kam. Bis jetzt war sie mit Herberts Rad gefahren. Nun mußte sie wieder laufen. Das war schon im vergangenen Winter so gewesen. Es war nicht sehr weit, aber ein Weg von einer dreiviertel Stunde war es doch. Und abends, wenn sie heimkehrte, war es dunkel.

Doch die Czapeks hatten nun ein Auto, und Karel, der sich kürzlich verlobt hatte, sagte: »Ich werde Sie dann abends schnell nach Hause fahren, Frau Framberg.«

Die nächtlichen Gespräche mit Alice wurden zur Gewohnheit, sie kosteten Nina den Schlaf, aber sie wußte, was sie für Alice bedeuteten.

»Der Verwalter verließ uns. Warte, wie hieß er? Lemke hieß er. Siehst du, das weiß ich noch. Er hatte es satt, sich abzumühen, und der Gutsbesitzer und seine Frau warfen das Geld zum Fenster hinaus. Es dauerte lange, bis wir wieder einen guten Mann bekamen. Dein Vater besorgte ihn uns. Wie hieß der denn nur?«

»Das weiß ich. Er hieß Köhler. Er hatte irgendeine Kopfverletzung und war immer sehr unfreundlich.«

»Stimmt, Köhler hieß er. Da, wo er früher war, hatte es gebrannt, und ein Balken war ihm auf den Kopf gefallen. Unsere Leute mochten ihn nicht, er war hart. Aber tüchtig. Und seine Frau war tüchtig. Und ich wußte inzwischen, wie es um Wardenburg stand, ich sparte, ich arbeitete mit. Ja. Aber es war zu spät.«

In einer anderen Nacht war Paule dran, der Sohn der Mamsell, erst so fleißig, so anstellig, ein Bewunderer seiner schönen jungen Herrin, und dann lief er fort mit der Zigeunerin aus der Hütte am Fluß.

Darüber wußte Nina gut Bescheid, da konnte sie mitreden, auch was aus den beiden geworden war und daß der uneheliche Sohn der Mamsell später der Besitzer von Wardenburg wurde.

Doch davon wollte Alice nichts hören, da schaltete sie ab. »So?« sagte sie wegwerfend. »Davon ist mir nichts bekannt.« Sie hatte es bestimmt gewußt, aber aus ihrem Leben verdrängt.

Mein Gott, wie wird es sein, wenn ich alt bin, dachte Nina. Werde ich dann auch vergessen haben, daß Karoline Gadinski, die dicke Karoline, wie ich sie nannte, die Besitzerin von Wardenburg wurde, nachdem Nicolas es verlor. Daß Wardenburg dem Gadinski schon lange gehörte, weil Nicolas tief an ihn verschuldet war. Wie ich sie haßte, die dicke Karoline! Werde ich das irgendwann vergessen haben?

Sie konnte Wardenburg nicht lange behalten, und was wird heute aus ihr geworden sein. Sie muß so alt sein wie ich. Nein, etwas älter, und ein Flüchtling ist sie jetzt auch. Vier Kinder hatte sie. Und Martha, meine Schwiegermutter, Kurtels Mutter, Gott gebe, daß sie tot ist, daß sie nicht auf die Flucht gehen mußte. Sie wäre sicher hierher gekommen, sie wußte ja, daß ich hier bin, daß Marleen hier ist. Vielleicht ist sie nicht geflüchtet, und die Russen haben sie erschlagen. Oder sie ist verhungert. Oder sie hat – nein, Selbstmord hat sie bestimmt nicht begangen, sie nicht.

Nein, wohl taten Nina diese Nächte mit Alice nicht, todesschöpft sank sie ins Bett und konnte nicht schlafen, weil die Erinnerungen so schrecklich lebendig waren.

Manchmal gab sie die Schlaftablette Alice früh, oder auch zwei davon, damit sie sich wegstehlen konnte von ihrem Bett, ehe sie selbst im Sessel einschlief, was auch schon vorgekommen war.

Erstmals hörte Nina von dem Sohn, den Nicolas gehabt hatte. »Die Frau lebte in Berlin. Ich wußte lange nichts davon, ich konnte es mir nur denken, daß eine Frau der Grund war, wenn er so oft nach Berlin fuhr. Allein. Dann hat er es mir erzählt. Sie sind beide gestorben, die Frau und das Kind. An der Schwindsucht. Er konnte froh sein, daß er sich nicht angesteckt hatte. Ja, seine Kinder blieben nicht am Leben.«

Nina ballte die Hände zu Fäusten. Von Vicky wollte sie nicht sprechen.

Aber dann fragte sie doch: »Du hast es gewußt?«

»Erst später. Vicky sah ihm sehr ähnlich.«

»Komisch. Das ist mir nie aufgefallen.«

Erst als Frederic Goll vor ihr stand, da war es ihr wie Schuppen von den Augen gefallen.

»Du hast ihn immer geliebt.«

»Ja«, sagte Nina. »Aber an so etwas hatte ich nicht gedacht.«

»Du warst ein Kind.«

Eines Tages war sie kein Kind mehr. Sie war schon verlobt mit dem armen Kurtel. Und sie wollte ihn nur deswegen heiraten, weil er eine Stellung in Breslau hatte und weil sie durch die Heirat mit ihm nach Breslau kommen würde, wo Nicolas wohnte, seit Wardenburg verloren war. Nur das hatte sie gedacht, sonst nichts.

Und dann war sie in Breslau, um eine Wohnung auszusuchen, denn der glückliche Kurtel wollte so bald wie möglich heiraten. Nina wollte ihn nicht heiraten. Sie war eine Maus in der Falle. Breslau ja, Nicolas in der Nähe, ja. Aber eine Ehe?

»Er war eifersüchtig«, sagte Alice in ihre Gedanken hinein. »Er wollte dich keinem gönnen.«

Alice war damals nicht da, der Arzt hatte sie zu einer Kur geschickt. Und Nicolas hatte endlich Kurtel Jonkalla kennengelernt, sie waren abends zum Essen gegangen, und nachdem sie Kurtel nach Hause gebracht hatten, fuhren sie in die Wohnung. Kurz darauf kam Nicolas in ihr Zimmer.

Er sagte: »Alles bekommt er nicht von dir, dein netter junger Mann.«

Einige Tage später sagte er, sie lagen im Bett: »Nichts ist so gewissenlos wie eine Frau, die von Berechnung oder von Liebe getrieben wird.«

Und Nina antwortete: »In diesem Fall von Liebe.«

Sie hörte seine Stimme, wenn sie daran dachte. Sie war neunzehn Jahre alt.

Die Gespräche mit Alice zerfaserten, wiederholten sich, wurden schließlich unsinnig, je schwächer sie wurde.

Als sie an ihrem Grab standen, dachte Nina: Wirst du ihn finden, dort, wo du jetzt bist? Gehört er dort dir? Wird er mir auch gehören? Irgendwann?

Und wie schon einmal: Nein. Nein. Ich will dieses Jenseits nicht, in dem man sich wiederbegegnet. Das Leben ist hier. Und dann soll nichts mehr sein. Es muß wunderbar sein, dieses Nichts.

Zu dieser Zeit sah Nina elend aus, sie war sehr dünn geworden, obwohl es wieder genug zu essen gab, sie war nervös, schlaflos und reizbar, der Körper gab schließlich nach, er war vernünftiger. Nina wurde krank. Es begann mit einer Erkältung, Dr. Belser stellte Kreislaufstörungen fest, auch bei ihr nun einen leichten Myocardschaden. Nina hörte es mit einer gewissen Befriedi-

951

gung. Krank sein war schön. Nicht durch den Schnee zur Arbeit stapfen, im Bett liegen, Marleens besorgte Miene, Stephans zärtliche Worte, und endlich einmal Ruhe haben.

Sie trank die Brühe, die man ihr ans Bett stellte; sterben wollte sie keineswegs, und als es ihr langsam besser ging, verflochten sich in ihrem Kopf die Gedanken. Nicht die von gestern, die von morgen. Sie dachte über das Buch nach, das sie schreiben würde.

Victoria von Mallwitz kam und sagte: »Du siehst ziemlich mickrig aus. Jetzt gibt es genug zu essen, und du bist klapperdürr. Dieses Jahr wirst du bei mir Ferien machen, das ist hiermit beschlossene Sache.«

Dieses Jahr, das Jahr 1950, war weit davon entfernt, Nina ein ruhiges Leben zu bescheren. Doch die Ferien im Waldschlössl fanden wirklich statt, drei Wochen lang blieb Nina draußen auf dem Land, und zwei Wochen davon war Silvester ebenfalls da. Dies war schon lange Victorias Plan gewesen, und er gelang erstaunlich gut.

Maria war mit Stephan zur gleichen Zeit wieder auf Schloß Langenbruck, wurde nun wirklich eine perfekte Schwimmerin, und trainierte mit Rico ihre Muskeln beim Turnen.

Mit Rico verstand sie sich gut, er war vergnügt, manchmal übermütig, hatte ein freches Mundwerk und brachte Maria zum Lachen. Und er machte ihr Komplimente, nicht wie es Maria gewöhnt war, über ihr profundes Wissen, sondern über ihr Aussehen.

»Du bist eine süße Puppe«, so zum Beispiel hörte sich das an. »Wirst du mich später heiraten?«

Darüber mußte Maria lachen, es konnte gar nicht anders sein. Sie sagte: »Du wirst kein blindes Mädchen heiraten.«

»Na, why not. Ich werde immer gut auf dich aufpassen, und du kannst mir nicht davonlaufen. Und wir machen flotte Musik zusammen.«

Ein wenig vom Talent seines Vaters hatte Rico geerbt, doch er dachte nicht im Traum daran, ein ernsthaftes Musikstudium zu absolvieren, er machte Jazzmusik. Er spielte verrückte Synkopen auf dem Klavier, er konnte großartig mit der Gitarre umgehen, und am liebsten hieb er auf dem Schlagzeug herum, das zum Mißfallen seines Vaters und des Barons auf dem Schloß Einzug gehalten hatte.

»Maria, mach mal! He babariba, he babariba! Na los!«

»Ich schmeiß dich raus mitsamt deinem Teufelslärm«, drohte der Kammersänger. »Verdirb mir Marias musikalische Ohren nicht.«

»Na, wenn man zu etwas musikalische Ohren braucht, dann dazu.«

Maria lernte also einige amerikanische Schlager, die sie zum größten Teil schon aus dem Rundfunk kannte.

Und sie lernte bei Rico eine Brücke machen, auf dem Kopf zu stehen und dann sogar einen Salto im Gras.

»Du brauchst keine Angst zu haben, ich stütze dich. Na, fabelhaft. Du könntest zum Zirkus gehen.«

Stephan hingegen fand ein ihn interessierendes Betätigungsfeld in den Gewächshäusern. Die besorgte mit größter Kompetenz ein Bulgare, der früher in Sofia eine große Gärtnerei besessen hatte. Gemüse, Salat und Blumen gediehen vortrefflich bei ihm, und als nächstes plante er eine Orchideenzucht.

»Gibt schöne Frauen auf der Welt, schöne Frauen brauchen Orchideen.«

Außerdem besaß Boris eine wunderschöne Baßstimme, er sang bei der Arbeit, er sang am Abend im Schloßpark, und er sang auch, weil Ruhland es so wollte, bei den Konzerten, die regelmäßig auf Langenbruck stattfanden.

»Und wann werde ich singen?« fragte Maria nach solch einem Abend.

»In drei Jahren fangen wir an«, sagte Ruhland. »Dann kommst du ganz zu mir, und dann werden wir systematisch arbeiten, Rico schicken wir tingeln, damit er nicht stört mit seinem Gegröle. Er wird nie den Tristan singen, weil er faul ist.«

»Will ich ja gar nicht«, warf Rico ein. »Aber ich werde mindestens soviel Geld verdienen wie du mit deinem Tristan. Wer geht denn heute noch in die Oper? Die ist doch tot.«

»Du wirst dich wundern, mein Sohn, wie lebendig die ist. Und bleibt.«

»Ich möchte auch Lieder singen«, sagte Maria.

»Natürlich. Das ist überhaupt das wichtigste. Ein Sänger, der keine Lieder singen kann, ist nur ein halber Sänger. Ach was, ein viertel Sänger. Was darf's denn sein heute abend?«

»Die Winterreise«, rief Almut Herrmann, die natürlich auch wieder dabei war.

»Mitten im Sommer?« Ruhland schüttelte den Kopf.

»Dann die Schöne Müllerin.«

»Brahms«, sagte Maria.

»Hugo Wolf«, wünschte sich der Baron.

So verliefen die Tage auf Langenbruck, noch fern war die Zeit von Marias erneuter Verdüsterung.

Nicht so musikalisch, aber höchst harmonisch vergingen die Tage im Waldschlössl.

Victorias Flüchtlinge, soweit noch vorhanden, waren voll in das Leben des Gutes integriert. Von den jungen Mädchen, die nach Kriegsende hier gelandet waren, hatten zwei ihre Familie wiedergefunden, drei waren nach München gezogen, wovon zwei inzwischen mit Amerikanern liiert waren, aber ernsthaft, wie Victoria betonte.

»Was ist das? Ernsthaft?« fragte Nina spöttisch ihre moralgesinnte Freundin.

»Sie werden ihre Amis heiraten. Sie haben mir ihre Freunde gebracht, das sind seriöse Burschen.«

»Na, wie schön«, meinte Nina. »Hoffentlich gefällt es den Girls in Amerika.«

Denn inzwischen waren schon einige der Amibräute aus Amerika zurückgekehrt, wie man erfahren hatte. Nicht jeder Amerikaner, der hier einen stattlichen Posten bekleidete, fand in Amerika Arbeit und Auskommen, und meistens wollten die amerikanischen Familien nicht allzuviel von den deutschen Mädchen wissen, die als eine Art Beutegut mitgebracht wurden.

Nina kam gerade zurecht, um die Hochzeit des jüngsten Flüchtlingsmädchens mitzuerleben. Es war eine hübsche blonde Ostpreußin, mittlerweile neunzehn Jahre alt, und sie heiratete einen angesehenen Bauernsohn aus dem Dorf.

Victoria richtete die Hochzeit aus, eine richtige langwährende Bauernhochzeit, an der fast das ganze Dorf und natürlich alle Bewohner des Waldschlössls teilnahmen.

Eine bayerische Sommernacht, sie tanzten im Hof, auf der Tenne, in der Halle des Gutes, und sie lachten und waren fröhlich.

»Es ist die Kleine, die anfangs nur geweint hat, weil sie ihren Bruder auf so schreckliche Weise verloren hat«, erzählte Victoria, die mit Nina und ihrem Mann zufrieden das fröhliche Treiben betrachtete. »Erinnerst du dich! Ich habe es dir damals erzählt. Es war . . .«

»Schon gut«, unterbrach Nina sie. »Das war der Panzer. Sprechen wir nicht mehr davon.«

»Right. Sie ist ein fleißiges Mädchen. Sie wird eine gute Bäuerin abgeben. Schwanger ist sie auch schon.«

Nina lachte. »Na, das ist wohl alter bayerischer Brauch. Mein Gott, Victoria, es ist nur fünf Jahre her.«

Nina ging viel spazieren, sie lag in der Sonne und aß mit gutem Appetit, ihre Wangen rundeten sich wieder, und als sie einmal mit Victoria zum Baden an den Starnberger See fuhr, strich sie besorgt über ihre Hüften.

»Wenn ich so weiter futtere, paßt mir mein Badeanzug nicht mehr.«

»Du bist nicht der Typ, der dick wird. Genauso wenig wie ich. Aber ein paar Pfund mehr sind unserer Schönheit nützlich. Falten wollen wir schließlich nicht haben.«

Victorias Kinder waren nicht im Haus. Albrecht, ihr Sohn, der bei der Luftwaffe gedient hatte, konnte die Fliegerei nicht lassen. Er wollte Pilot werden und machte zur Zeit die entsprechende Ausbildung bei der zivilen Luftfahrt.

Und das Liserl, Elisabeth, wie sie wirklich hieß, war zur Zeit in England bei der Großmama.

»Mama verkehrt nach wie vor in besten Kreisen«, seufzte Victoria. »Was mach ich, wenn das Liserl eine Lady wird? Was wird dann aus dem Hof?«

Ein wenig Angst hatte Nina gehabt, wie es mit Silvester gehen würde, aber es ging großartig. Er war freundlich, gelassen, verständig wie früher.

Als sie am Tag nach seiner Ankunft auf einem Wiesenweg durch die Felder gingen, die Ernte hatte bereits begonnen, die Luft war erfüllt vom Geruch des reifen Getreides, sagte Nina: »Hier sind wir schon einmal gegangen.«

»Hier sind wir nicht gegangen, hier sind wir geritten.«

»Stimmt. Das ist jetzt sage und schreibe – nein, ich kann es nicht ausrechnen.«

»Aber ich. Es ist vierzehn Jahre her, Nina. Du kamst im Herbst 1936, nachdem in Berlin die glorreichen Olympischen Spiele zu Ende gegangen waren. Du warst eine bekannte Schriftstellerin, und ich hatte große Scheu, mich der prominenten Dame aus Berlin zu nähern.«

»Das hattest du keineswegs. Du gingst ziemlich forsch auf die Dame los. Zwar hast du sie sehr prüfend betrachtet, aber du ließest ihr kaum Zeit, zu überlegen, auf was sie sich da einließ.«

»Du hast es dir immerhin noch zwei Jahre lang überlegt.«

»Anderthalb.«

In dieser Art plänkelten sie, und es war zweifellos ein neuer Ton nach den Jahren hilflosen Verstummens.

Auch Silvester tat der Aufenthalt auf dem Land gut, seine Schultern strafften sich wieder, sein Gesicht bräunte, er lieh sich den Wagen von Victoria, und sie fuhren zum Schwimmen an den See.

Und dann sagte er es.

»Herrgott! Ich lebe noch. Ich habe es überlebt, Nina.«
Sie saßen bei Ambach am Ufer des Starnberger Sees, Nina lehnte ihr Gesicht an seine sonnenwarme Schulter.
»Du hast lange gebraucht, bis du es begriffen hast.«
»Zu lange, nicht wahr? Zu lange für dich.«
»Ach, ich! Du weißt ja, wie mein Leben in den letzten Jahren war. Es hätte mir gut getan, deine Hilfe zu haben. Dieses, nun ja, was ich gerade tue, eine Schulter, an die man sich lehnen kann. Ich habe es mir immer gewünscht, aber es war mir wohl nicht bestimmt.«
»Verzeih mir, Nina. Ich bin ein Versager, wie alle Männer.«
Sie widersprach nicht. Sie sagte: »Männer sind seltsame Wesen. Und sie sind wirklich schwach. Ich glaube, die Frauen sind das stärkere Geschlecht. Schau dich doch um, Isabella, Franziska, Victoria –«
»Und du.«
»Ja und ich. Mein ganzes Leben war ein Kampf. Und ich hatte es oft so satt. Ich war des Kampfes müde, und immer wieder für jemand sorgen, und immer wieder sich dem neuen Tag stellen, und immer wieder – oh, ich habe es so oft satt gehabt, Silvester. Ich wünschte mir, zu sterben. Nicht erst jetzt, auch viel früher schon.«
»Aber du hast dich immer wieder dem Kampf gestellt, Nina. Und du bist nie besiegt worden.«
Nina lachte, richtete sich auf, schlang die Arme um ihre Knie. »Wie kannst du so etwas sagen! Ich bin tausendmal besiegt worden. Ich habe verloren, was ich liebte. Das fing mit Wardenburg und Nicolas an, das war Ernie, das war –« sie verstummte. »Alles, was ich liebte, verließ mich. Auch du.«
»Nein«, er zog sie heftig an sich, »nein, Nina. Wenn du willst, wenn du mich noch willst –«
»Ach, sei still. Was sollen wir jetzt noch mit dem kümmerlichen Rest anfangen?«
Doch heute war Silvester der Starke, der Mutige.
»Also jetzt werden die kümmerlichen Reste noch ein tüchtiges Stück schwimmen. Du ahnst nicht, wie gut mir das Schwimmen tut. Wenn ich denke, daß es eine Zeit gab, da ich nicht vom Bett aus zum Stuhl gehen konnte, und ich dachte, es würde immer so bleiben, nein, Nina, das verstehst du halt nicht, wie es war. Aber jetzt, Nina, meine geliebte, schöne Nina, willst du nicht wieder ein wenig auch an mich denken?«
Er nahm sie in die Arme, blickte sie an, und Nina war versucht zu sagen: denken? Was soll das? Wir sind zu alt. Zu alt. Da ist nichts mehr.
Was aber würde sonst sein? Der Gedanke an Peter war naheliegend, doch der war wieder einmal aus ihrem Leben verschwunden, er spielte in Berlin, höchst erfolgreich, wie sie in den Zeitungen gelesen hatte, und zur Zeit drehte er wieder einen Film. Und ein anderer Mann? Ein neuer Mann? Das konnte es nicht mehr geben, nicht für ihre Generation. Aber sie hatte ja einen Mann. Diesen hier.
»Gehen wir schwimmen«, sagte sie.
»Gib mir erst eine Antwort, Nina. Ist in deinem Leben kein Platz mehr für mich?«
»Eine großartige Frage. Was für eine Art von Leben stellst du dir vor? Ich lebe bei Marleen, und dort muß ich bleiben wegen Maria. Ich bin nicht frei,

Silvester. Ich bin gefangen, mehr denn je in meinem Leben. Oder willst du zu mir sagen, was du zu deinem Sopherl gesagt hast? Laß uns in die Toscana gehen, den Himmel betrachten und Bücher schreiben.«
»Warst du schon einmal in der Toscana?«
»Ich? Ich bin nirgendwo gewesen. Meine größte Reise, die ich je gemacht habe, führte nach Salzburg.«
»Ich will auch nicht in die Toscana. Ich bleibe hier. Das Leben in diesem Land wird zunehmend interessant. Ja, ich sehe es so. Ich möchte hier bleiben. Ich möchte sehen, wie es weitergeht. Und das Buch ist fertig, und ich habe auch schon einen Verleger dafür.«
»Nein! Wirklich? Silvester!«
Sie sprang mit einem Satz auf die Füße, beweglich wie ein junges Mädchen, streckte ihm die Hände hin.
»Laß uns schwimmen. Und dann gehen wir Renken essen, und du wirst mir alles erzählen.«
Das Wasser war kühl und frisch, der Himmel hoch, sie schwammen beide weit hinaus in dem sauberen klaren See, der noch nicht vom Wohlstand verunreinigt war. Die zweite Hälfte dieses verdammten Jahrhunderts hatte begonnen, und es würde das beste Jahrzehnt dieses Jahrhunderts sein. Auch für sie, die nicht mehr jung waren.
»Und nun werde ich dir erzählen, was ich schreiben werde«, sagte sie, als sie bei der Vroni saßen und in Butter gebratene Renken verspeisten. »Ja, ich werde wieder schreiben, ich werde mich auch dieser Herausforderung noch einmal stellen. Aber ich schreibe etwas anderes, nicht das, was sich Herr Wismar vorstellt, eine hübsche heitere Geschichte über fröhliche Menschen.«
»Sondern?«
»Sondern das, was ich ganz zu Anfang schreiben wollte. Damals in Berlin. Das war Ende der zwanziger Jahre. Da hatte ich noch nie ernsthaft etwas geschrieben, und eines Nachts setzte ich mich hin und wollte die Geschichte von Nicolas schreiben. Nur – ich konnte das nicht. Ich war unerfahren mit dem Schreiben. Ich wußte auch zu wenig von ihm, und ich machte es viel zu persönlich. ›Der Herr von Wardenburg‹ wollte ich das Epos nennen, und ich blieb sehr schnell stecken und kam nicht weiter. Es war wieder einmal eine schwierige Zeit, Felix hatte sein Theater zugemacht, ich hatte keine Arbeit – na ja, wie das eben so war.«
»Und wie stellst du es dir jetzt vor?«
»Weiträumiger. Nicht nur Nicolas und Wardenburg und was ein verliebtes Mädchen darin gesehen hatte. Ich werde von einem Gut in Niederschlesien schreiben. Und von der kleinen Stadt in der Nähe. Und von den Menschen, die dort lebten. Ich weiß noch genug davon. Meine nächtlichen Gespräche mit Tante Alice haben mich darauf gebracht. Ich verstehe jetzt vieles besser und kann es auch aus dem Abstand der Jahre heraus besser fassen, verstehst du? Meine persönlichen Gefühle spielen keine Rolle mehr. Ein Mann wie Nicolas, deswegen muß das kein Abziehbild sein, nur in der Art etwa. Auch seine Herkunft aus dem Baltikum, das ist wichtig. Es muß nicht genau sein Leben sein, wirklich nicht, ich hab' ja meine Fantasie. Ich möchte vor allem auch das schlesische Land darstellen, seine Menschen. Das halte ich heute für wichtig, weil es so verloren für uns ist. Und wie ich manchmal fürchte, auch verloren bleiben wird.«

»Das ist ein großer Stoff, Nina.«
»Ja, ich weiß. Nicht so ein Romänchen, das ich in ein paar Monaten runterschreibe. Ich werde Jahre dafür brauchen. Wie findest du das?«
»Gut. Ich bin sehr dafür, wenn du wieder schreibst, daß du dich an einem großen Stoff versuchst. Ich bin der Meinung, du kannst es.«
»Danke, daß du das sagst. Ich habe noch zu keinem davon gesprochen, ich werde auch nicht davon sprechen. Aber es formt sich in meinem Kopf, und wenn ich manchmal mit dir darüber sprechen kann, dann wäre es eine große Hilfe.«
Er nahm ihre Hand und küßte sie.
»Du kannst auf mich zählen, Nina. Wir wollen uns nicht mehr trennen. Die Welt ist immer noch und immer wieder voller Sturm.«
Im vergangenen Jahr hatte Mao-Tse-tung den langen Marsch beendet, China war zur Volksrepublik geworden, ein riesiges kommunistisches Land, befreundet mit der Sowjetunion, und in diesem Jahr, vor kurzem erst, hatte der Koreakrieg begonnen. Die Teilung der Erde, die immer deutlicher sichtbar wurde. Die dieser Welt nicht den Frieden brachte, den die Menschen so heiß ersehnten. Alle Menschen, hier wie dort. Doch das Morden, das Schlachten, das Sterben ging weiter.

Aber so schnell kam Nina nicht zum Schreiben. Sie war kaum vom Waldschlössl zurück, da kam doppelter Besuch ins Haus, fast gleichzeitig.
Beide Ereignisse waren angekündigt, traten nicht überraschend ein, für Hektik sorgten sie dennoch.
Dr. Alexander Hesse kam aus Amerika, und die Gräfin Ballinghoff kam aus Berlin.
Marleen war keineswegs begeistert, nachdem Hesse ihr geschrieben hatte, daß er im Spätsommer in Deutschland sein werde.
»Ob er denn hierbleiben will?«
»Das weiß ich doch nicht«, sagte Nina. »Was ist denn eigentlich aus seiner Fabrik im Ruhrgebiet geworden?«
»Die war kaputt. Und eine Frau hat er schließlich auch. Er muß ja nicht unbedingt bei mir bleiben. Oder?«
»Ich denke, du liebst ihn.«
»Liebe! Red nicht so dämlich mit mir. Wir haben uns viele Jahre gekannt, aber wann waren wir schon zusammen. Er hat ja nie Zeit gehabt, es waren immer nur Stunden. Ein einziges Mal haben wir zwei Wochen Urlaub zusammen gemacht, am Wörther See. Das war im Sommer, kurz ehe der Krieg begann. Er mußte ja immer sehr vorsichtig sein, solange ich mit Max verheiratet war.«
»Warum eigentlich, wenn er doch so ein großes Tier war.«
»Eben drum. Er hatte immer Angst vor der Gestapo. Er sagte immer, man dürfe ihnen keine Angriffsfläche bieten. Na, gewußt haben die das sicher. Als ich dann geschieden war, sind wir halt mal zusammen verreist. Nina, das ist mehr als zehn Jahre her.«
Nach kurzer Überlegung fügte Marleen hinzu: »Ich kann ihm ja gar nicht mehr gefallen.«
»Er wird auch nicht jünger geworden sein. Und du siehst fabelhaft aus für dein Alter.«

957

»Wenn du meinst. Wir sind ja alle ganz haltbar, wir Nossek-Frauen, das hast du an Alice gesehen.«
»Nur unsere arme Mutter nicht, die war früh verbraucht. Die vielen Geburten und das mühselige Leben. Und Vater.«
»Du konntest ihn nie leiden.«
»Ich habe ihn gehaßt, als ich ein Kind war.«
»Ich bin ganz gut mit ihm ausgekommen.«
»Du hast nichts an dich herankommen lassen, das war es. Du bist als Kind schon sehr egoistisch gewesen.«
»Eben«, bestätigte Marleen zufrieden.

Alexander Hesse war nicht jünger geworden, aber er sah eigentlich noch genauso aus wie früher. Ein gutaussehender Mann war er nie gewesen, nie ein fröhlicher Mensch, ständig mit Arbeit überlastet. Er war bereits über fünfzig, als er Marleen kennenlernte, ein reicher, ein erfolgreicher Mann, und das war er nicht durch die Nazis geworden, das war er vorher schon gewesen. Er hatte eine Frau und zwei studierende Söhne, und Frauen hatten in seinem Leben keine große Rolle gespielt. Doch als er die kapriziöse Marleen kennengelernt hatte, überfiel ihn zum erstenmal in seinem Leben die Liebe, denn Liebe war es bei ihm wirklich.

Es war nicht Marleens Typ, sie hatte immer große blonde Männer für ihre Seitensprünge bevorzugt, und Hesse war klein, gedrungen, dunkle Augen unter schweren Lidern, doch die Intensität, die Hartnäckigkeit, mit der er sie umwarb, siegte. Er verwöhnte Marleen, überschüttete sie mit Geschenken, aber das war sie ohnehin gewöhnt, es war schwer zu sagen, was sie an diesem Mann faszinierte, daß sie erstmals in ihrem Leben bei einem Mann blieb, ihm treu war. Nachdem Marleen geschieden war, wurde das Verhältnis zu Hesse unproblematischer, denn er fürchtete wirklich, trotz seiner hohen Position oder gerade deswegen, die Spitzel der Gestapo. Kam ja noch sein persönliches Geheimnis dazu, der jüdische Vater, von dem jedoch keiner erfuhr, auch Marleen nicht. Sie ganz gewiß nicht, denn in neue Gefahr wollte er sie nicht bringen.

An eine Scheidung seinerseits war nicht zu denken, seine Frau hätte nie zugestimmt, und er wollte auch in keiner Weise Aufsehen erregen.

Als er vor Marleen stand, mußte er die Lippen zusammenpressen, um nicht zu weinen. Geweint hatte er beim Tod seiner Mutter, geweint hatte er, als er die Nachricht erhielt, daß sein ältester Sohn gefallen war . . .

»Das ist sechs Jahre her, Kindchen«, sagte er.

»Nicht ganz«, Marleen lächelte nervös. »Du warst November 44 mal kurz hier.«

»Das weißt du noch?« Er hielt ihre Hand, die sie ihm hingestreckt, die er geküßt hatte, und betrachtete sie genau und noch immer mit den Augen der Liebe.

»Du bist so schön wie immer.«

»Danke«, sagte Marleen. »Es ist nett, daß du das sagst. Wo du gerade aus Amerika kommst, da gibt es sicher viel schönere Frauen.«

»Für mich warst du immer die schönste und wirst es bleiben.«

Das rührte Marleen nun doch und gab ihr die gewohnte Selbstsicherheit zurück.

»Ich hatte Angst, ich gefalle dir nicht mehr.«

»Du wirst mich nicht mehr mögen«, sagte er. »Ich bin ein alter Mann geworden.«

»Find ich gar nicht. Außerdem sind wir alle nicht jünger geworden«, wiederholte sie Ninas Ausspruch.

»Hauptsache, du hast alles gut überstanden. War nicht schlecht, dich nach Bayern zu verfrachten, wie?«

»Es war goldrichtig. Wir sind gut durch den ganzen Schlamassel gekommen. Das Haus hier war die reine Schatzkammer.«

»Hat es also eine Weile gereicht. Wie ich sehe, hast du auch deinen Schmuck nicht verkaufen müssen.«

Marleen trug das Brillantcollier im Ausschnitt ihres roten Kleides, sie trug den großen Brillantring, nur zwei Stücke der vielen wertvollen Geschenke, die er ihr gemacht hatte.

»Darf ich dich umarmen?«

Marleen war nun ganz und gar Herrin der Situation.

»Ich warte darauf.«

Er schloß sie in die Arme, und sie spürte, wie er zitterte. Dann beugte er sich zu Conny hinab, um die Tränen zu verbergen, die in seinen Augen standen.

»Na, der kennt mich wohl nicht mehr.«

»Wie sollte er! Er war ja noch ganz klein.«

Das war ihr Wiedersehen, bei dem sie allein waren, aber abends saßen sie alle zusammen, es gab hervorragend zu essen, Nina hatte selbst gekocht; es gab guten französischen Rotwein, den hatte Hesse immer gern getrunken.

Marleen und Nina erzählten abwechselnd, was sie in den vergangenen Jahren erlebt haben.

»Sie sehen«, sagte Nina, »es war nicht nur für Marleen gut, auch für meinen Sohn und mich, daß dieses Haus in Bayern da war.«

Sie war zunächst befangen, sie hatte diesen Mann ein einziges Mal im Leben gesehen, kurz nur, und sie fragte sich, wie er es aufnehmen würde, daß Marleen nicht mehr allein in diesem Haus lebte. Aber daß dies in den zurückliegenden Jahren sowieso nicht möglich gewesen wäre, würde er wohl wissen. Bevor er kam, hatte sie mit Marleen darüber gesprochen; würde er bleiben? Sicher wollte er dann mit Marleen allein sein, ohne großen Familienanhang.

Hesse wohnte im Hotel. Niemals wäre er einfach gekommen und hätte sich bei Marleen einquartiert. Wußte er denn, ob sie ihn noch um sich haben wollte? Ob es nicht einen anderen Mann in ihrem Leben gab?

Er hatte alles der Reihe nach erledigt. Zuerst war er bei seiner Frau gewesen, auch für sie hatte er gesorgt, sie wohnte in einem Vorort von Düsseldorf und war ebenfalls gut über die schlechte Zeit gekommen. Sein Sohn, der einzige nun, wohnte teils bei ihr, teils bei seinem Freund. Mit einer Enttäuschung hatte es begonnen, denn der Sohn nannte seinen Vater einen alten Nazi, mit dem er nichts zu tun haben wollte. Am Wiederaufbau der Fabrik war er nicht interessiert, das begonnene Studium hatte er nicht beendet, er trat zur Zeit in einem Kabarett auf, außerdem war er homosexuell.

»Er ist ein Künstler«, sagte seine Frau.

»Aha«, machte Hesse.

»Solche wie mich habt ihr vergast«, sagte Hesse junior bösartig.

Alexander Hesse sah sich eine Vorstellung des Kabaretts an, sie war mittelmäßig, kaute, wie Hesse das nannte, auf altem Mist herum. Den Freund seines Sohnes, der dort Klavier spielte, lernte er ebenfalls kennen.

Seltsam war das. Wie in den zwanziger Jahren, dachte Hesse. Die zwölf Jahre der Nazizeit schienen spurlos geblieben, man machte weiter, wo man 1933 aufgehört hatte.

»Du verachtest mich«, sagte der Sohn hochfahrend. »Aber das beruht auf Gegenseitigkeit.«

Das war kein guter Empfang auf deutschem Boden, und darum hatte Hesse mit einigem Bangen der Wiederbegegnung mit Marleen entgegengesehen.

Aber in München war alles gut, Marleen war für ihn so wundervoll wie immer, und Nina, die er jetzt erstmals richtig kennenlernte, gefiel ihm außerordentlich. Eine patente Frau, fand er. Er begriff, was der Tod ihrer Tochter für sie bedeutete, Vicky hatte er ganz gut gekannt, sie war immer gern zu Marleen gekommen. Er sah Stephan, er sah Maria, und er begriff auch, was Nina geleistet hatte. Nun arbeitete sie auch noch. Das imponierte ihm.

Er sagte es ihr, am zweiten Abend, den sie zusammen verbrachten. Nina lachte ein wenig verlegen. »Das war in meinem ganzen Leben so. Aber es wäre mir viel, viel schlechter gegangen, wenn wir nicht bei Marleen untergekommen wären. Eigentlich wären wir dann tot, Stephan und ich. Wir haben es Ihnen zu verdanken, daß wir leben.«

Sie haßte sich selbst für die demütigen Worte, aber entsprachen sie nicht der Wahrheit? Marleen war es immer gewesen, ihr ganzes Leben lang, die auf der Sonnenseite lebte. Und ich, dachte Nina, ich bin das Kind im Schatten.

Sie wies sich sofort selbst zurecht. So war es nicht, so war es nie gewesen. Und wenn sie an das Buch dachte, das sie schreiben wollte, das sie schreiben würde, das sich immer drängender in ihren Gedanken formte, überkam sie ein stürmisches Glücksgefühl.

Hesse blickte sie an, ihr klares Gesicht, die graugrünen Augen, in denen keine Müdigkeit wohnte, die Kraft, die von ihr ausging. Sie gefiel ihm ganz außerordentlich.

Ihr Sohn war anders, aber das kam wohl daher, daß er so lange krank gewesen war. Und noch immer kein gesunder Mensch war, vielleicht nie mehr sein würde. Von Stephans schwerer Verwundung wußte er, das hatte ihm Marleen seinerzeit erzählt. Stephan war aufgeschlossen, er fragte interessiert nach Amerika und wollte auf einmal wissen, was Hesse dort eigentlich getan hatte.

Gleich darauf rötete sich seine Stirn, und er sagte: »Entschuldigen Sie bitte, das geht mich nichts an.«

»Nun, ich verstehe, was Sie denken. Ich habe in erstrangiger Position für das Naziregime gearbeitet. Niemand hat mich dazu gezwungen, das werde ich niemals vorschieben. Mich hat die Aufgabe gereizt, und ich habe versucht zu leisten, was ich leisten konnte. Ich hatte das Werk. Wie Sie vielleicht wissen, habe ich dort geheiratet, ich stamme aus kleinen Verhältnissen. Aber ich habe großartig mit meinem Schwiegervater zusammengearbeitet. Ich konnte bleiben, wo ich war, es ging mir nicht schlecht. Aber wie gesagt, die Aufgabe, die man mir gestellt hat, reizte mich. Wissenschaftler sind seltsame Menschen. Und ich war in erster Linie Chemiker und dann erst Unternehmer. Nun gut, mit und ohne meine Arbeit wurde der Krieg verloren, und daß es so sein würde, daran habe ich nie gezweifelt. Marleen wird Ihnen das bestätigen.«

Es ging eine Faszination von diesem Mann aus, die sich schwer beschreiben ließ.

Nina dachte: also ich kann verstehen, warum Marleen bei ihm geblieben ist. Wie hat sie es nur fertiggebracht, solch einen Mann zu erobern.

Denn sie kannte einige der früheren Verhältnisse ihrer Schwester, die waren nicht der Rede wert gewesen.

»Wie man mir inzwischen erzählte«, fuhr Hesse fort, »hat man erwartet, mich als Kriegsverbrecher angeklagt zu sehen. Das war nicht der Fall. Die Amerikaner wußten sehr gut, welche Kapazitäten sie für sich beanspruchen wollten, denn hier gab es einen sehr starken Wettbewerb zwischen Amerikanern und Russen. Verzeihen Sie, daß ich mich als Kapazität bezeichne. Aber ich bin nicht der einzige Wissenschaftler, den sie für sich beansprucht haben. Anfangs war ich in Kriegsgefangenschaft, aber sehr bald habe ich gearbeitet. Diesmal auf sehr friedlichem Gebiet. Ich war an einem Projekt beteiligt, das die künstliche Herstellung von Vitaminen erforschte, und das ist eine Sache mit großer Zukunft. Tja. Ich habe eine Erfindung gemacht auf diesem Gebiet, ich habe ein Patent darauf, das man wohl, wäre es in Deutschland ausgestellt gewesen, einkassiert hätte. Es war für mich eine interessante Zeit und eine fruchtbare Arbeit. Die Adresse in Texas, die ihr kennt, die hat damit nichts zu tun. Das sind Freunde, die für mich die Verbindung herstellten.«

Verwandte waren es, von der Seite seines jüdischen Vaters her, die er schon vor dem Krieg kennengelernt hatte. Aber es war überflüssig, davon zu sprechen.

»Meine Arbeit in Amerika hat mir Freunde gewonnen, hat mir Freiheit gegeben und finanzielle Sicherheit.«

Sie hatten voll Spannung zugehört, und Marleen sagte kindlich: »Das finde ich toll.«

»Und was werden Sie nun tun?« fragte Nina.

»Das weiß ich noch nicht. Ich werde Marleen fragen, ob sie mit mir in Amerika leben möchte.«

»Ich?« fragte Marleen entsetzt.

»Wir könnten nach Kalifornien gehen. Ich garantiere dir ein angenehmes Leben. Ein Leben, das besser ist, als es hier auf lange Zeit sein wird.«

Marleen blickte Nina an. War ihr Leben nicht bequem und angenehm gewesen? Na schön, sie hatten im Winter gefroren, und sie hatten nicht immer das zu essen, was sie gern gehabt hätten. Aber sonst?

»Du wirst mit hinüberkommen und es dir ansehen«, sagte Hesse zu Marleen. »Wir können auch in Deutschland leben. Oder in der Schweiz. Ganz wie es dir beliebt, Kindchen.«

Maria hatte den Kopf auf die Seite gelegt und lauschte der fremden Stimme. Sie versuchte, sich den Mann vorzustellen. Es war Schwermut in ihm, ein dunkler Mollton.

»Wenn Sie hierbleiben wollen«, sagte Nina, »und ich glaube, Marleen würde lieber hierbleiben, dann ziehen wir aus. Wir könnten zunächst im Nebenhaus wohnen, da haben wir Freunde.«

Hesse hob abwehrend die Hand. »Das eilt nicht. Jetzt eilt gar nichts mehr.

Ich wohne sehr gut im Bayerischen Hof. Wir werden alles in Ruhe besprechen. Es ist ruhig und friedlich hier bei euch, und ich genieße das.«

Dies währte drei Tage und war wirklich harmonisch. Dann kam die Gräfin Ballinghoff.

Franz Wismar, der Verleger, hatte offenbar Ninas Adresse an Lou Ballinghoff weitergegeben, denn vor einem halben Jahr etwa war ein Brief gekommen, sehr höflich, sehr kurz, darin wurde die Bitte ausgesprochen, möglichst bald mit Nina zusammentreffen zu können. Der Brief kam aus Westberlin, der Absender nannte einen anderen Namen, und an diese Adresse solle Nina bitte antworten.

Nina legte den Brief beiseite und beantwortete ihn nicht. Von Stephan erfuhr sie, daß es sich um eine Freundin ihrer Tochter handelte, und schon darum verspürte Nina nicht die geringste Lust, die Verbindung aufzunehmen.

Sie bemühte sich, nicht mehr an Vicky zu denken. Und über sie sprechen wollte sie schon gar nicht. Und wie sollte man denn zusammentreffen? Um nach Berlin zu reisen, brauchte man einen Interzonenpaß, und wenn man den schließlich erkämpft hatte, war es immer noch ein strapaziöses Unternehmen.

Doch nun war wieder ein Schreiben gekommen, in dem Lou Ballinghoff mitteilte, daß sie versuchen würde, in nächster Zeit nach München zu kommen, und sich erlauben würde vorzusprechen. »Was will die Frau von mir?« fragte Nina widerwillig. Sie beantwortete auch diesen Brief nicht.

»Wer ist denn das überhaupt? Was soll ich mit ihr?«

»Eine sehr sympathische Dame«, sagte Stephan. »Vicky hat sich gut mit ihr verstanden. Maria wird sie auch noch kennen, die Gräfin hat ihr Klavierstunden gegeben. Sie spielte sehr gut Klavier, und Geige spielte sie auch. Sie hat Vicky oft begleitet.«

»Ist sie wirklich eine Gräfin?«

»Warum denn nicht?« sagte Stephan. »Ihr Mann war ein hoher Offizier, der in Rußland gefallen ist. Ich glaube, so war das. Als ich in Dresden war, arbeitete sie in einem Sanatorium auf dem Weißen Hirsch. Als Krankenschwester oder sowas. Nicht in dem Sanatorium, in dem ich war, in einem anderen. Ich habe sie bei Vicky kennengelernt.«

»Na schön, aber was habe ich damit zu tun«, sagte Nina.

Louise Ballinghoff kam an einem Nachmittag im Spätsommer, und sie kam unangemeldet. Das entsprach gewiß nicht ihren Gepflogenheiten, aber der Name Nossek war ihr nicht bekannt, und da Nina ihr nicht geschrieben hatte, wußte sie nichts als die Adresse.

Es war keiner im Haus außer Betty, dem Mädchen. Marleen und Hesse waren in die Stadt gefahren. Nina war bei den Czapeks, und Maria war mit Almut und Stephan bei den Beckmanns. Der Unterricht hatte erst kürzlich wieder begonnen, seit die drei von Langenbruck zurückgekommen waren.

»Ich möchte bitte Frau Jonkalla sprechen.«

»Die gibt's hier nicht«, sagte Betty.

»Nina Jonkalla? Aber ich denke, sie wohnt hier.«

»Meinen S' die Frau Framberg?«

Lou erinnerte sich, daß Vickys Mutter noch einmal geheiratet hatte. Hieß sie Framberg? Waren vielleicht darum ihre Briefe nicht angekommen?

Sie standen in der Diele, Lou hatte das Taxi weggeschickt, mit dem sie gekommen war, es war eine weite und teure Fahrt gewesen, und Mutlosigkeit überkam sie. Was tat sie eigentlich hier? Betty war ratlos, aber schließlich kam sie auf die Idee, Eva zu Hilfe zu rufen, mit der sie kurz zuvor noch im Garten gesprochen hatte.

»Kommen S' mit«, sagte sie und ging mit dem Besuch durch das Gartenzimmer hinaus, durch den Garten zum Zaun, und da war glücklicherweise Eva noch, sie saß im Liegestuhl und spielte mit ihrem Sohn, das heißt, Sebastian spielte mit Conny, und Eva sah lachend zu, wie die beiden im Gras herumkugelten. Nachdem Betty ihre Botschaft losgeworden war, kamen sie alle drei durch das Loch im Zaun.

»Ich bin eine Freundin von Frau Framberg«, sagte Eva. »Kann ich ihr etwas ausrichten?«

Von den Briefen hatte Nina nichts erzählt, und Eva hatte keine Ahnung, wer die Besucherin war.

»Ich bin Lou Ballinghoff. Sie haben nie von mir gehört?«

»Nein.«

»Frau Jonkalla, ich meine, Frau Framberg hat es nicht erwähnt, daß ich ihr geschrieben habe?«

»Nein.«

»Ich muß Frau Framberg unbedingt sprechen.«

»Sie sehen ja, sie ist nicht da. Sie kommt erst gegen Abend.«

»Ich komme direkt aus Berlin.«

»Ach so«, sagte Eva gleichgültig.

»Es ist keine Bagatelle von Berlin nach München zu kommen. Es war eine mühselige Reise. Außerdem wohne ich in Ostberlin, das hat die Sache noch schwieriger gemacht.«

»Ja, natürlich, das kann ich mir denken.« Doch nun war die Reise von Berlin in Evas Kopf gelandet, und sie fügte hinzu: »Darf ich Ihnen etwas anbieten? Tee, Kaffee, etwas Kaltes?«

»Das ist sehr freundlich, danke. Ich möchte Ihnen keine Mühe machen. Aber ich kann nicht einfach wieder fortgehen, ohne Vickys Mutter gesprochen zu haben.«

Eva horchte auf.

»Wie wär's mit einer Tasse Tee?«

»Ja, danke. Gern.«

»Betty, sind Sie so gut?«

Betty trabte ins Haus; Eva und Lou folgten langsam, Sebastian tobte mit Conny über den Rasen, der Hund bellte, der Junge quietschte vor Vergnügen. Als sie im Gartenzimmer angelangt waren, fragte Eva: »Dürfen Sie denn das überhaupt? Ich meine, einfach hierher reisen?«

»Ich bin mit falschen Papieren gefahren. Paß und Interzonenpaß sind in Westberlin ausgestellt und lauten auf den Namen einer Verwandten in Westberlin.«

»Sie haben aber Mut«, meinte Eva. Sie betrachtete das schmale Gesicht unter der hohen Stirn, in dem Leid und Entbehrung ihre Spuren hinterlassen hatten. Die Frau hatte eingefallene Wangen und schöne braune Augen. Sie war unvorstellbar mager. Dann fielen Eva die schönen Hände der Besucherin auf.

»Sie kannten Ninas Tochter?«

»Wir waren befreundet und haben viel zusammen musiziert. In ihrem herrlichen Haus auf der Brühlschen Terrasse. Ich arbeitete nach dem Tod meines Mannes als Krankenschwester. In Dresden lebte man ja ganz friedlich, und vollends im Palais Cunningham, da war man wie auf einem anderen Stern. Wenn ich heute daran denke, das tue ich manchmal, so zum Trost, dann kommt es mir vor, als müsse es in einem anderen Leben gewesen sein.«

»Nina hat nie davon gesprochen.«

»Sie war meines Wissens auch nur einmal da, das Reisen war ja zunehmend beschwerlich im Krieg. Victoria war sehr glücklich mit Richard Cunningham. Denn abgesehen von dem luxuriösen Rahmen, den er ihr bot, gab es auch sonst keinen Schatten in ihrem Leben. Richard liebte sie über alles und las ihr jeden Wunsch von den Augen ab, wie man so sagt.«

»Nina hat nie über ihre Tochter gesprochen, oder über diese Ehe. Da sie nie eine Nachricht bekam, nur dann erfuhr, daß das Haus zerstört war, in dem ihre Tochter gelebt hatte, mußte man annehmen, sie sei tot.«

»Ja, Victoria ist tot. Ich habe gesehen, was von ihr übriggeblieben ist.«

Eva schrie auf. »Nein!«

Dies war also die erste authentische Nachricht über den Tod von Ninas Tochter. War diese Frau deswegen hier? Jetzt, nach so vielen Jahren?

»Es war nicht mehr viel zu sehen von ihr«, sagte Lou, »ich erkannte nur die Fetzen des Mantels, den sie getragen hatte an jenem Abend. Und in der Nähe lag ihre Hand mit dem Ehering und dem kleinen Rubinring, den Richard ihr zu Michaelas Taufe geschenkt hatte.«

Kaltes Grauen kroch über Evas Rücken, sie griff nach Sebastian, der gerade ins Zimmer kam, und zog ihn wie schutzsuchend an sich. Die kalte unbeteiligte Stimme der Frau kam dazu, es war schlimmer, als wenn sie anteilnehmend berichtet hätte. Was um Gotteswillen mochte diese Frau erlebt haben? An jenem Abend, wie sie gesagt hatte, in den folgenden Tagen und Nächten.

»An jenem Abend«, wiederholte Eva beklommen.

»Sie war bei mir, als der Alarm kam. Ich wollte sie zurückhalten, aber sie lachte nur und sagte: in Dresden passiert doch nichts. Und dann lief sie los, und gleich darauf fielen die ersten Bomben. Sie ist auf der Straße ums Leben gekommen. Wäre sie bei mir geblieben – unser Haus ist auch eingestürzt, aber wir kamen noch in den Keller und der hat gehalten. Jedenfalls in dieser ersten Nacht.«

Betty brachte Tee und Gebäck und Eva, die das Gefühl hatte, sie würde die Teekanne nicht halten können, sagte: »Bitte, gießen Sie ein, Betty. Und dann nehmen Sie den Hund mit hinaus.«

Eine Weile blieb es still, Eva zündete sich mit zitternden Händen eine Zigarette an, bot dann Lou die Dose an.

»Entschuldigen Sie, nehmen Sie auch eine? Aber vielleicht sollten Sie erst etwas essen. Dieses Gebäck hier – ich kann Ihnen auch etwas anderes zurechtmachen lassen.«

»Danke, nein. Ich kann jetzt nicht essen. Eine Zigarette nehme ich gern.«

Sebastian reagierte auf die veränderte Atmosphäre, er saß still neben seiner Mutter auf dem blauen Sofa, rutschte dann hinunter und betrachtete die fremde Frau aus der Nähe, sehr aufmerksam, ohne ein Wort zu sagen.

»Das wollen Sie alles Nina erzählen?« fragte Eva schließlich. »Bitte! Tun Sie es nicht.«

»Wäre Victoria zu Hause geblieben, wäre sie auch tot. Im Palais Cunningham hat keiner überlebt. Davon habe ich mich am nächsten Tag überzeugt.«

Eva blickte nachdenklich vor sich hin. Das also auch noch. Von Maria wußte diese Frau nichts.

»Warum sind Sie gekommen? Es ist so furchtbar. Ich würde es Nina gern ersparen, dies alles wieder aufzurühren. Es ist so schwer für sie, das mit Vicky. Keiner von uns spricht davon.«

»Ich verstehe«, sagte Lou. »Sie kennen Frau Jonkalla schon lange?«

»Seit Kriegsende. Ich weiß, was sie durchgemacht hat, sie hat so viel ertragen müssen. Jetzt arbeitet sie, und darüber sind wir alle ganz froh, es lenkt sie ab und . . .«

»Ich verstehe«, sagte Lou noch einmal. Sie legte die Hand auf Sebastians Schulter, der sich vor sie hingestellt hatte und sie eingehend musterte.

»Wie heißt du denn?«

»Sebastian Lange«, kam es prompt.

»Und du bist, laß mich raten, vier Jahre? Oder noch nicht ganz?«

»Doch. Bald ganz.«

»Na, es fehlt noch ein ganzes Stück«, sagte Eva, erleichtert von der Intervention ihres Sohnes. »Es ist drei Jahre und fünf Monate.«

»Dann ist er groß für sein Alter.«

»Ja. Groß und reichlich frech.«

»Sie sind also der Meinung, ich sollte am besten hier wieder verschwinden, ohne Frau Jonkalla, ich meine Frau Framberg, gesprochen zu haben.«

»Ehrlich gestanden, ja.«

»Wir kennen uns nicht, ich sagte es schon. Aber Victoria hat mir viel von ihrer Mutter erzählt. Ich weiß, daß sie eine bekannte Schriftstellerin war, daß sie wieder geheiratet hatte und in München wohnte. Ausgerechnet in München, sagte Victoria, so eine leidenschaftliche Berlinerin wie meine Mutter. Und ich sagte darauf: du wohnst ja jetzt auch in Dresden. Gott sei Dank, sagte sie, hier ist wenigstens Ruhe in der Nacht. Außerdem kann ich gar nicht so eine besessene Berlinerin sein wie Nina, sie ist schließlich aus Schlesien eingewandert, das sind noch immer die besten Berliner. Ich bin ja dort schon aufgewachsen.« Lou stockte, seufzte, fuhr dann fort: »Ich erzähle das nur, um begreiflich zu machen, daß wir oft über Nina gesprochen haben. Den Namen Framberg hatte ich allerdings vergessen. Das heißt, ich weiß nicht einmal, ob Victoria ihn je erwähnt hat. Sie mochte wohl den neuen Mann ihrer Mutter nicht besonders. Sie war ein sehr besitzergreifender Mensch, und ich glaube, sie war eifersüchtig. Nina hatte ihr immer allein gehört. Einmal sagte sie: so ein Mist, daß sie den geheiratet hat, sie könnte so schön bei uns hier leben, wie im Paradies. Ja, so lebten sie wirklich, das stimmt.«

Eva hörte sich das alles an. Ihr kam es vor, als sei das Wesentliche noch nicht gesagt.

»Ninas Mann wurde dann verhaftet, und Stephan fuhr zu ihr nach München. Ja, und dann wurden sie ausgebombt, und es hieß, sie seien aufs Land gezogen, da wohnte seit einiger Zeit Ninas Schwester. Das alles habe ich behalten. Oder sagen wir besser, wiedergefunden, denn eine Zeitlang hatte auch ich vieles vergessen.«

»Und wie kommt es, daß Sie jetzt . . .«

»Ich habe mich seit Jahren darum bemüht, Nina zu finden. Diese Adresse hier habe ich nun endlich von Franz Wismar bekommen. Der Name ist Ihnen bekannt?«

»Ja, natürlich.«

»Dann habe ich geschrieben, aber keine Antwort bekommen. Nun bin ich hier.«

»Ich verstehe das alles nicht.«

»Aber ich habe jetzt etwas verstanden. Nina möchte verschont werden, von dem, was geschehen ist. Darum ist sie auf meine Briefe nicht eingegangen.«

»Was heißt, möchte verschont werden«, sagte Eva ein wenig ärgerlich. »Wir haben ja schon darüber gesprochen, was es für sie bedeutet, daß sie ihre Tochter verloren hat. Ich kannte sie nicht, aber Sie haben ja gerade selber erzählt, wie eng verbunden sie waren. Ich halte es in Ninas Interesse für besser, wenn nicht mehr über Vicky gesprochen wird. Nie mehr!«

»Ich sagte ja, daß ich es verstehe. Victoria Jonkalla hatte drei Kinder, das wissen Sie sicher auch.«

»Das weiß ich.« Sie war nahe daran, von Maria zu sprechen, schwieg, wartete ab.

»Wird von diesen Kindern auch nicht mehr gesprochen?«

»Wie meinen Sie das?«

»Im Palais kamen Richard Cunningham ums Leben, Maria Henrietta und der kleine Richard, der erst vor kurzem geboren worden war.«

»Ja und?« Eva war jetzt alarmiert, da kam etwas aus dem Dunkel auf sie zu, das sie noch nicht begriff.

»Michaela Cunningham lebt. Sie war bei mir. Victoria hatte sie mir gebracht an jenem Abend, als der Angriff kam. Das Kind fieberte, und es sah nach Scharlach aus. Das Palais Cunningham war voller Flüchtlinge, auch viele Kinder darunter, und Victoria fürchtete eine Ansteckung.« Die Gräfin lachte kurz und trocken. »Nun ja, ein ganzes Haus voll scharlachkranker Kinder wäre von heute aus betrachtet nicht das Schlimmste gewesen, was passieren konnte.«

»Und dieses Kind – es ist am Leben?«

»Sie bekam Scharlach, sehr schwer sogar, das Kindermädchen, das mitgekommen war, bekam ebenfalls Scharlach und schließlich ich auch noch. Da waren wir bereits aus Dresden geflüchtet. Ich packte das kranke Kind in einen Handwagen, den ich irgendwo gestohlen hatte, und Evi und ich flüchteten ins Elbsandsteingebirge. Evi war das Kindermädchen. Bei ihren Eltern in einem kleinen Nest im Erzgebirge landeten wir schließlich nach mühevollen Umwegen. Wie gesagt, alle krank. Es gibt ein Stück in meinem Leben, an das ich mich nicht erinnere. Ich war wochenlang so krank, daß man erwartete, ich würde sterben. Als ich wieder zu sehen, zu hören, zu denken begann, waren die Russen da.«

»Mein Gott«, sagte Eva, sie schlug die Hände vors Gesicht.

»Dieses Kind lebt?«

»Michaela lebt, sie ist jetzt genau sieben Jahre alt.«

»Wo um Himmels willen lebt sie?«

»Bei mir. Sie war all die Jahre bei mir.«

»Und – und jetzt?«

»Ich dachte, Victorias Mutter müsse das wissen.«

»Nach so vielen Jahren? Warum haben Sie das nicht früher mitgeteilt?«
»Wie denn? Wohin? Durch Ninas früheren Verleger habe ich endlich die Adresse erfahren. Aber konnte ich einfach in einem Brief schreiben, so und so ist das? Konnte ich das? Ich wußte ja nicht, was aus Nina geworden war. Und ich – Michaela und ich, wir haben eine lange Odyssee hinter uns.«
»Das Kind ist – gesund?«
»Gesund, hübsch und auch einigermaßen gut ernährt, was nicht immer einfach war. Sie kommt jetzt in Ostberlin in die Schule. Und ich – ich muß doch nun endlich wissen, ob sie dort bleiben soll.«
»Das ist ja der nackte Wahnsinn«, rief Eva, und dann hörte sie, wie draußen die Tür aufging, hörte Stimmen; Almut. Stephan, Maria, sie redeten über das, was sie eben von Herrn Beckmann neu gelernt hatten, das war immer so, wenn sie nach Hause kamen.

Gleich würden die drei hier hereinkommen, Betty würde Milch für Maria bringen, Tee für Almut und Stephan, und Kuchen oder Marmeladenbrote, in einer Stunde etwa würde Nina nach Hause kommen, und wo waren eigentlich Marleen und ihr Freund? Eva schob Sebastian beiseite, der an ihrem Knie lehnte, sprang auf, rannte zur Tür, riß sie auf und rief: »Geht inzwischen ins Wohnzimmer, ich habe Besuch.«

Sie sah Almuts erstauntes Gesicht, Stephan nickte freundlich, Maria kniete auf dem Boden und streichelte Conny, der sie wie immer begeistert begrüßte.
»Bitte«, wandte sich Eva zu Lou, sie stand mit dem Rücken zur Tür, »es ist so – also, es gibt in diesem Haus auch eine Überraschung für *Sie*.«
»Für mich?« Lou wurde blaß. »Wie meinen Sie das?«
»Maria Henrietta ist hier. Sie lebt. Aber sie ist blind.«
Es dauerte eine Weile, bis Lou sich gefaßt hatte.
Dann ging Eva ins Wohnzimmer und holte Stephan.
»Mein Gott, wie sollen wir das Mutter beibringen«, sagte er, als er alles erfahren hatte.
»Ich will Maria sehen«, sagte Lou.
»Ich hole sie«, sagte Stephan ruhig.
Stephan ging ins Wohnzimmer, nahm Maria an der Hand.
»Komm mal mit«, sagte er, »es ist Besuch gekommen.«
»Ja, das habe ich schon gehört.«
»Vielleicht ist es jemand, den du kennst «
Lou wurde totenblaß, als Stephan mit Maria hereinkam, sie preßte die Hand auf den Mund und starrte das Kind an.
Maria, so hübsch, so groß, eine dunkle Brille über den Augen. Eva nahm ihren Sohn bei der Hand und führte ihn zur Tür. »Lauf mal zu Betty und frag sie, ob sie nichts für dich zu essen hat.«
Almut Herrmann stand in der Diele und versuchte einen Blick auf diesen geheimnisvollen Besuch zu erhaschen.
Langsam fand Eva zu sich selbst zurück.
»Bitte, Frau Herrmann, würden Sie sich um Sebastian kümmern? Vielleicht kann Betty ihm ein paar Pfannkuchen backen. Und Sie haben ja auch noch keinen Tee gehabt.«
»Doch, doch, Betty hat uns schon versorgt.«
»Danke, Frau Herrmann. Sebastian, benimm dich anständig.«
Die Begegnung zwischen Lou und Maria war verhältnismäßig undrama-

tisch verlaufen, jedenfalls soweit es Maria betraf. »Maria, kennst du mich noch?« fragte Lou Ballinghoff, nachdem sie wieder sprechen konnte.

Maria legte den Kopf auf die Seite, lauschte der Stimme und sagte dann gelassen: »Tante Lou!«

Und gleich darauf, Lou zitterte immer noch, fragte Maria: »Wirst du mir wieder Klavierstunden geben?«

Eva und Stephan blickten sich an. Maria erinnerte sich an Lous Stimme, an die Klavierstunden, erinnerte sie sich auch an eine kleine Schwester, an einen ganz kleinen Bruder? Was war in ihrem Gedächtnis noch vorhanden, wovon sie niemals sprach? Das Haus in Dresden, ihre schöne Mutter, der liebevolle Stiefvater? Oder war es nur Mali, der Hund, an den sie sich erinnerte? Niemals hatte ein Mensch mit ihr von der Vergangenheit gesprochen.

Seltsam, dachte Eva, das Leben Marias beginnt mit acht Jahren, das denken wir jedenfalls. Dann hört sie eine Stimme, und sie weiß sofort, wer es ist.

Vor Nina kamen Marleen und Dr. Hesse nach Hause. Sie kamen herein, Marleen, sehr chic in einem lindgrünen Kleid, sie war gut gelaunt, schlenkerte ein paar Päckchen und rief: »Nein, in der Stadt ist es noch immer ziemlich trist. Aber wir haben sehr gut gegessen. Und wißt ihr was? Wir haben beschlossen, für einige Zeit ins Gebirge zu fahren, und zwar haben wir gedacht . . . Oh, ihr habt Besuch?«

»Ja«, sagte Stephan, »das ist eine alte Freundin von Maria aus Dresden. Gräfin Ballinghoff. Sie kommt aus Berlin. Wo wohnen Sie eigentlich hier, Gräfin?«

»In einer Pension, nicht sehr komfortabel. Ich bin gestern abend spät angekommen und war froh, daß ich überhaupt eine Unterkunft fand.«

Erstmals hatte Eva vernommen, daß sie es mit einer Gräfin zu tun hatte, denn Lou hatte bisher von dem Titel keinen Gebrauch gemacht, vermutlich hatte sie sich das abgewöhnt. Da, wo sie herkam, konnte es nur von Nachteil sein.

»Also, ich würde folgendes vorschlagen«, sagte Eva hastig, unterbrach sich dann: »Entschuldige, Stephan, ich habe dich nicht ausreden lassen, du wolltest sicher . . . darf ich bekannt machen, das ist Marleen Nossek, die Schwester von Nina. Dr. Hesse. Was ich sagen wollte, ich würde vorschlagen . . .« sie unterbrach sich wieder. »Entschuldige, Marleen, ich hab' hier so eine Art von Hausfrauenpflichten übernommen. Du warst nicht da, Nina ist nicht da, und die Gräfin kam ganz überraschend, und ich . . .«

»Danke, Eva«, sagte Marleen etwas erstaunt. »Du warst schon oft hier die Hausfrau. Ihr habt Tee getrunken? War denn auch etwas zum Essen da?«

»Ja, ja, es war alles da.«

Eva zündete sich mit fahrigen Händen eine Zigarette an, die Tür zur Diele war geöffnet, alles ruhig, also war Sebastian wohl in der Küche gelandet.

Eva schloß die Tür mit Nachdruck, wandte sich dann ins Zimmer zurück.

»Sie wollten etwas vorschlagen«, sagte Hesse ruhig, dem die Spannung nicht entging, die den Raum erfüllte.

»Ja, das wollte ich«, sagte Eva mit nervösem Lachen.

»Aber eigentlich weiß ich selbst nicht, was. Wir könnten . . . ich meine, wir müssen etwas besprechen, ehe Nina kommt. Wollt ihr nicht auch Tee trinken?«

»Wie wär's denn mit einem kleinen Whisky?« schlug Hesse vor. »Was halten Sie davon, Gräfin?«

Lou lachte. »Ach, Whisky. Ich weiß gar nicht, daß es so etwas noch gibt auf der Welt.«

»Sie kommt aus Ostberlin«, erklärte Eva.

»Dann werden wir einen schönen doppelten Whisky trinken«, meinte Hesse. Der Whisky war eine Neuerung im Haus, er hatte ihn eingeführt, es gab ihn erst seit zwei Tagen.

Es war mittlerweile halb sechs, Nina würde bald kommen, aber wer zuerst kam, war Herbert. Er besaß inzwischen ein Motorrad und ließ sich nun wieder öfter zu Hause sehen.

»Keiner da bei Langes«, sagte er, als er hereinkam. »Dachte ich mir doch, daß ich den Rest der Familie hier finde.«

»Oh, Herbert!« rief Eva überschwänglich, »wie froh bin ich, daß du kommst.«

Herbert bemerkte die Aufregung und fragte: »Ist was mit Sebastian?«

»Ach wo, dem geht's gut. Komm, setz dich, wir trinken gerade einen kleinen Whisky.«

»Ich sehe es.« Mit einer Verbeugung zu Lou hin: »Gestatten, Lange.«

»Ach, entschuldige, ich bin ganz durcheinander. Gräfin Ballinghoff. Sie kommt aus Berlin.«

Ich benehme mich wie eine Idiotin, dachte Eva, pausenlos entschuldige ich mich und bringe keinen vernünftigen Satz zustande. Was mach ich bloß mit Nina?

Herbert blickte fragend von einem zum anderen, die alle stumm dasaßen. Irgend etwas war hier los, nur konnte es ihm offenbar keiner erklären.

Maria rettete die Situation.

Sie sagte plötzlich: »Ich möchte Tante Lou gern etwas vorspielen.«

»Du kannst doch nicht schon wieder zu Beckmanns gehen, es ist gleich sechs und . . .« Stephan stockte, er hatte Evas Blick aufgefangen.

»Warum denn nicht?« rief Eva. »das ist eine gute Idee, Maria. Es wird bestimmt gut für dich sein, endlich mal wieder einen sachverständigen Zuhörer zu haben. Beckmanns macht das nichts aus. Und Sie, Gräfin, macht es Ihnen etwas aus, mit Maria zu gehen, es ist gleich nebenan.«

Evas Stimme klang hoch und leicht hysterisch, und Herbert hatte begriffen, daß etwas vorgefallen war, das Eva aus der Fassung gebracht hatte. Marleen und Dr. Hesse war nichts anzumerken, sie schienen ebenso ahnungslos zu sein wie er. Auch Lou hatte begriffen; man wollte sich besprechen, ohne daß sie zugegen war.

»Nein«, sagte sie, und ihre Stimme klang müde, »ich gehe sehr gern mit Maria zu einem Klavier.«

»Und Sie werden ihr nichts erzählen, von – Sie wissen schon«, flüsterte Eva unter der Tür.

Lou schüttelte den Kopf. Sie war zutiefst verwirrt. Was hatte sie eigentlich erwartet? Freude? Sie war ein Störenfried, ein unwillkommener Störenfried, jedenfalls in den Augen dieser Freundin von Nina Jonkalla.

Es wäre besser gewesen, nicht nach München zu fahren. Aber konnte sie denn für immer verschweigen, daß Michaela lebte? Durfte sie dieses Kind nur für sich behalten?

969

In all den Jahren hatte sie ein schlechtes Gewissen gehabt. Sie hatte nur für Michaela gelebt, hatte für sie gesorgt, hatte viele Kompromisse machen müssen, um das Leben für das Kind erträglich zu gestalten. Das erste Jahr dort auf dem Dorf bei Evis Eltern, in einer nicht gerade freundlichen Umgebung, war schwierig genug gewesen. Und es hatte lange gedauert, bis sie sich von der Krankheit erholt hatte, es gab wenig zu essen, sie bekam immer wieder Schwächeanfälle, kippte einfach um, ihr Kreislauf versagte.

Evis Eltern waren abweisend, sie hatten selbst nichts zu essen und wenig Platz im Haus, sie wollten die fremde Frau und das Kind loswerden.

Dann hatte Evi sich mit einem jungen Mann angefreundet, sie kam nächtelang nicht nach Hause, ihr Vater verprügelte sie, es war eine unerfreuliche Atmosphäre. Und Michaela war ungezogen, ein schlecht beaufsichtigtes Kind, das zu wenig Anregung hatte. Lou kehrte mit Michaela nach Dresden zurück, floh aber schon nach wenigen Tagen, der Anblick der toten Stadt war nicht zu ertragen, sie fand auch keine Bleibe.

Sie hatte kein Geld, keine Wohnung, keine Heimat, nichts mehr, nur Michaela, die versorgt werden mußte.

Sie hatte sich Kinder gewünscht, und nie ein Kind bekommen.

Nun auf einmal hatte sie ein Kind, und es war zweifellos eine Belastung in ihrem unsteten Leben, das sie über ein Jahr lang von Ort zu Ort trieb, immer auf der Suche nach einer Arbeit.

Schon 1941 war ihr Mann in Rußland gefallen, und seitdem war Lou Ballinghoff sehr allein gewesen. Als sie Victoria und Richard Cunningham kennenlernte, bekam sie so etwas wie eine Familie, jede freie Stunde verbrachte sie bei ihnen, und vor allem war es Maria Henrietta, die sie zärtlich liebte.

Alle waren tot, Michaela war ihr geblieben.

Sie kam nach Ostberlin, kurz ehe die Blockade begann, das setzte ihrer ruhelosen Wanderung ein Ende. Und dort fand sie erstaunlicherweise bald eine Arbeit, die sie befriedigte. Erst spielte sie Klavier an einer Ballettschule, und von dort kam sie an die Oper, wo sie das gleiche tat. Nun wurde ihr Leben etwas ruhiger, sie bekam ein Zimmer zugewiesen, sie bekam Lebensmittelmarken, sie verdiente nicht viel, aber immerhin so viel, daß sie das Kind einigermaßen ordentlich ernähren konnte. Sie versuchte, Michaela in der Kindergruppe des Balletts unterzubringen, aber Michaela gab sich nicht viel Mühe, eine Tänzerin würde wohl aus ihr nicht werden. Sie war ziemlich wild, manchmal ungebärdig, und Lous Problem bestand zunächst darin, jemanden zu finden, der das Kind beaufsichtigte, während sie arbeitete. Das war Hanni Cramer, eine Garderobiere des Theaters, eine ältere Frau schon, aber mit viel Geduld und Verständnis für Kinder. Aber natürlich hatte Hanni Cramer auch im Theater zu tun, und so saß oder lag Michaela oft abends spät, während der Vorstellung, in der Garderobe einer Sängerin oder Tänzerin, wurde verwöhnt und verhätschelt, was sich nicht gerade vorteilhaft für ihre Erziehung auswirkte. Je älter Michaela wurde, desto schwieriger wurde es, für sie zu sorgen. Sie war reif für ihr Alter, vorlaut und hatte schnell begriffen, wie leicht es war, ihren Kopf durchzusetzen.

Zweifellos wäre Lous Leben leichter gewesen ohne das Kind. Aber sie liebte es, sie fühlte sich verantwortlich, nur daß die Aufgabe, für ein heranwachsendes Kind zu sorgen, ihre Kräfte überstieg. Es ging ihr schlecht. Sie war unterernährt, nervös bis zum Kollaps.

Konnte, durfte sie dieses Kind für sich behalten?

In Berlin hatte ein Cousin von ihr gelebt, sie fand ihn nach einigem Suchen wieder, er war mit seiner Frau in Westberlin, Lou wagte die Fahrt mit der S-Bahn, sie fand freundliche Aufnahme, Hilfe, Zuspruch. Aber sie wagte es nicht, im Westen zu bleiben. In Berlin herrschte noch lange nach der Blokkade Arbeitslosigkeit, und sie hatte immerhin einen Job, der sie am Leben erhielt.

Von der Frau ihres Cousins, die in ihrem Alter war, blond und mit braunen Augen wie sie, hatte sie den Paß, auf ihren Namen war der Interzonenpaß ausgestellt.

Das war alles nicht von heute auf morgen gegangen, das mußte lange bedacht, lange vorbereitet werden, und sie hatte auf der Fahrt durch die Zone viel Angst ausgestanden. Wenn sie in einem Zuchthaus der Ostzone landete, was geschah dann mit Michaela?

Doch der Gedanke an Nina Jonkalla, an Victorias Mutter, hatte sie dazu bewogen, das Risiko auf sich zu nehmen. Hatte Nina nicht ein Recht darauf, zu erfahren, daß ihre Enkeltochter lebte, daß ein Mensch, der zu ihr gehörte, dem Inferno entkommen war? Daß nicht alle umgekommen waren? Nun war Maria Henrietta hier.

Sie war blind. Warum? Seit wann? Wie war sie hierhergekommen? Was war mit ihr geschehen? Wie war sie aus dem zertrümmerten Haus entkommen?

Lou hielt Marias Hand fest in ihrer, sie ging neben ihr die kleine Straße entlang zu dem Klavier, das man als Ausweg offeriert hatte. Lou begriff sehr wohl, warum man sie aus dem Haus haben wollte. Man wollte sich besprechen, ohne daß sie zugegen war. Sie war todmüde, am Abend zuvor war sie angekommen, sie hatte kaum geschlafen in der schmutzigen kleinen Pension, sie machte sich Sorgen um Michaela, die bei der Garderobiere war und vermutlich tat, was sie wollte. Sie trieb sich neuerdings viel zu sehr auf der Straße herum. Es war ein Fehler gewesen, nach München zu fahren. Kein Mensch hatte Michaela vermißt, kein Mensch wollte sie haben.

Almut Herrmann, die von Eva als Begleitung beordert war, sprach kein Wort. Sie hatte eigentlich genug von Beckmanns an diesem Tag, und sie war unsicher dieser fremden Frau gegenüber, die ebenfalls schwieg und nur starr vor sich hinblickte.

Im Gartenzimmer war es zunächst still, Eva nahm mit zitternder Hand ihr Glas und leerte es auf einen Zug, dann rief sie: »Mein Gott!« und griff sich mit beiden Händen an den Kopf.

»Was ist denn eigentlich los, zum Donnerwetter noch mal?« fragte Herbert. »Kann ich das endlich erfahren? Wo ist Sebastian?«

»Bei Betty in der Küche. Sie backt ihm Pfannkuchen.«

»Jetzt?«

»Na, warum nicht jetzt?« fragte Eva gereizt zurück. »Das ist sein Abendessen. Was soll daran verkehrt sein?«

Herbert betrachtete seine Frau mit einer Falte auf der Stirn, dann sah er die anderen an.

»Vielleicht kann ich endlich erfahren, was hier passiert ist. Hängt es mit dieser Gräfin zusammen?«

Hesse sagte: »Wir wissen es auch nicht. Wir sind gerade erst aus der Stadt gekommen, Marleen und ich.«

Alexander Hesse und Herbert Lange hatten sich am Tag zuvor kennengelernt, man hatte zusammen zu Abend gegessen, und Herbert fand diesen Mann, diesen geheimnisvollen Unbekannten, wie er ihn früher genannt hatte, höchst interessant, und besonders das, was er zu erzählen hatte. Darum hatte er an diesem Abend auf ein Seminar verzichtet und war herausgefahren in der Hoffnung auf ein weiteres Gespräch.

Und nun dieses Chaos hier!

»Also!« sagte er streng zu seiner Frau.

»Ich kann euch alles erzählen«, sagte Stephan, »es ist gar nichts Schlimmes passiert. Es ist im Gegenteil eine erfreuliche Neuigkeit. Das Problem ist nur, wie wir es Nina beibringen. Ich berichte ganz schnell, denn wir müssen dann überlegen, was wir ihr sagen. Sie wird nämlich jeden Augenblick kommen.«

Er berichtete kurz und sachlich, und er war kaum fertig damit, da kam Nina.

Sie war erhitzt und müde, es war ein warmer Tag gewesen, und es hatte viel Arbeit gegeben, denn die Firma Czapek wuchs rapide. Sie steckte den Kopf zur Tür herein.

»Fein, daß ihr alle da seid. Ich geh mich bloß schnell duschen.«

Zuvor hatten sie beschlossen, ihr nichts von Michaela zu sagen. Nur, daß die Gräfin Ballinghoff überraschend gekommen sei, man würde sie zum Abendessen einladen müssen, sie sei wirklich eine sympathische Dame.

Vorher würde Stephan zu Beckmanns gehen und die Gräfin informieren. Sie konnte von Gott und der Welt erzählen, von den Russen, von Ostberlin, von Bert Brecht, von ihrer Reise, aber sie durfte nicht von Dresden sprechen und nicht von Michaela. Noch nicht.

»Das kriegen wir schon hin«, sagte Herbert. »Man muß das strategisch vorbereiten. Nina darf keinen Schock bekommen.« Und Marleen sagte, was Nina so oft gesagt hatte in den vergangenen Jahren: »Gott, bin ich froh, daß Sie da sind, Herbert.«

Nina

Als sie mir endlich alles gesagt hatten, es war am Samstagabend, und sie saßen um mich herum wie eine Schar von Psychiatern, die es mit einem besonders schweren Fall zu tun haben, also nachdem sie mir den ganzen Fall tropfenweise beigebracht hatten, bekam ich weder einen hysterischen Anfall noch brach ich in großmütterliche Tränen aus, ich dachte nur, wie schön es sein müsse, wenn ein Mensch ganz für sich allein leben kann, und das ein Leben lang.

Aber so war das ja bei mir nie, schon als Kind hatte ich ewig nichts als Familie um mich, und dann habe ich blöderweise auch noch Kinder gekriegt, und was daraus werden kann, das erlebe ich täglich aufs neue. Zwei habe ich klugerweise abgetrieben, und die beiden, die ich zur Welt brachte, haben mich in Fesseln gelegt und unfrei gemacht, ein ganzes Leben lang. Peter hat schon recht, wenn er sagt, ob ich denn nie ein freier Mensch sein werde, der kommen und gehen kann, wann er will und wohin er will.

Vicky, die ich liebte und auf die ich so stolz war, ist von einer Bombe zerfetzt worden, nun weiß ich es also ganz genau, eines von ihren Kindern habe ich hier, und es hat mich fünf Jahre lang an den Rand meiner letzten Kraft gebracht, dieses Kind zu versorgen, zu behandeln, es zu einem einigermaßen lebensfähigen Menschen zu machen. Soll ich vielleicht jetzt noch ein Kind großziehen? Ich denke nicht daran. Ich werde im Oktober siebenundfünfzig Jahre alt, und wenn ich etwas noch will, dann will ich versuchen – versuchen! –, noch einmal in meinem Leben ein Buch zu schreiben.

Sie saßen also alle um mich herum, Stephan hielt meine Hand, und ich hätte seine Hand am liebsten fortgeschleudert. Ich brauche ihre Anteilnahme nicht, ihr Mitleid nicht, ich habe von ihnen die Nase voll. Ich habe mir sowieso gedacht, daß etwas im Busch ist, nachdem diese Frau hier aufgetaucht war, und sie sollen bloß nicht denken, daß ich in den letzten drei Tagen ihre bedeutungsvollen Mienen übersehen habe.

Maria war an diesem Abend vorsorglich ins Nebenhaus zu Almut Herrmann und Sebastian verfrachtet worden, denn ihr wollte man zunächst von der kleinen Schwester nichts sagen, beziehungsweise wollten sie erst mal abwarten, wie ich das alles aufnehme. Besonders komisch ist es ja, daß ausgerechnet jetzt der Hesse auch da ist, dem das nun wirklich schnurzegal sein kann und dem wir vermutlich auf die Nerven gehen. Er wollte zu Marleen, und das Umfeld von Marleen braucht ihn nicht zu interessieren. Dafür habe ich volles Verständnis. Dabei ist er sehr nett und höflich, hört sich alles an, aber was er sich denkt, kann ich mir wiederum auch denken.

Da ich mich überhaupt nicht äußere, an ihnen vorbei an die Wand starre, wo ein Bild hängt, das ich mag, ein Kandinsky aus der frühen Zeit, wie Hesse gestern erklärte, sind sie natürlich verwirrt. Meine Miene ist undurchschaubar, ich trinke den dritten Whisky, und wenn sie jetzt nicht aufhören, mich anzustarren, schmeiße ich ihnen das Glas ins Gesicht. Fast muß ich lachen.

Man kann ein Glas nur einem Menschen ins Gesicht schmeißen, also brauche ich mindestens sechs Gläser. Da ich also nichts sage, räuspert sich Herbert schließlich und beginnt zu reden. Daß man natürlich in Ruhe alles bedenken müsse, und wenn er die Gräfin richtig verstanden habe, so würde sie ja wohl doch gern in den Westen kommen, und für die kleine Michaela wäre es selbstverständlich auch das beste, und sie könnten zunächst bei ihnen wohnen, er habe das mit Eva schon besprochen, Platz hätten sie genug, Almut sei schließlich auch da, die sich um alles kümmern könne, viel zu tun hätte sie sowieso nicht mehr, lesen und schreiben könne Maria inzwischen allerbestens.

Ich muß die bissige Bemerkung unterdrücken, daß Frau Herrmann kaum gebraucht würde, denn blind sei ja wohl das andere Kind nicht. Übrigens wohnt die Gräfin Ballinghoff sowieso seit gestern bei den Langes, aber wie sie gesagt hat, will sie möglichst bald, bestimmt nächste Woche, zurückfahren, sie macht sich Sorgen um das Kind, von dem sie bisher nie – nie eine Stunde! – getrennt gewesen sei.

Was natürlich Quatsch ist, denn wenn sie in einem Theater arbeitet, wird sie das Kind ja wohl nicht mit sich herumschleppen. Abgesehen davon ist es mir so was von egal. Egaler geht es gar nicht. Soll sie das Kind doch behalten, wenn sie es gern hat, wie sie sagt. Im Osten oder im Westen, ist mir auch egal. Und wenn sie auch noch Verwandte in Westberlin hat, ist ja alles bestens. Mein Bedarf am Dasein einer Großmutter ist gedeckt. Danke. Ein und für allemal.

Ich nehme mir noch einen Whisky, ein wenig benusselt bin ich schon, am besten nehme ich die ganze Flasche mit und ziehe mich zurück. Jetzt schlafe ich in Alices Zimmer. Gott, hat die es gut. Ob ich noch länger in diesem Haus bleiben werde, bezweifle ich. Ich werde mir in München eine Bleibe suchen, ganz egal, wie die aussieht, und da ziehe ich mich mit meiner Schreibmaschine zurück, ohne Angabe der Adresse. So mache ich das.

Herbert gehen die Worte aus, das ist ein ganz seltenes Ereignis. Ist ihm noch nie passiert.

Ich stehe auf, schaue lächelnd über alle hinweg, sage freundlich, ich würde mich gern zurückziehen, ich hätte noch zu arbeiten (was das sein soll, erkläre ich nicht, geht auch keinen was an), dann nehme ich die Flasche beim Hals, sage höflicherweise, ihr habt ja noch eine, und verschwinde. Und wenn einer es wagt, mir nachzukommen, dann kriegt er die Flasche an den Kopf.

So war das gestern, Sonnabend. Samstag, wie sie hier in Bayern sagen. Heute am Sonntag habe ich mir eine Tasse Kaffee in mein Zimmer geholt, essen mochte ich nichts, dann bin ich spazierengegangen und habe mir jede Begleitung verbeten. Es ist regnerisch, aber das macht mir nichts aus, ich habe einen alten Regenmantel von Marleen angezogen, ich laufe bis zum Wald und in den Wald hinein, mein Kopf ist leer, ich denke gar nichts.

Betty kocht ganz gut, sie wird sich um das Mittagessen kümmern, und Marleen kann ja auch mal ihre Nase in die Küche stecken. Maria wird mich nicht vermissen, die ist so selig, daß Tante Lou da ist, sie redet ununterbrochen, so viel habe ich sie noch nie reden hören. Sicher sind sie wieder bei den Beckmanns, da sind sie bisher jeden Tag gewesen, sie spielen dort abwechselnd Klavier, und da die Geige von dem jungen Beckmann auch noch da ist, spielt die Frau Gräfin auch noch auf der Geige, und ich frage mich bloß, wann die Beckmanns endlich alle rausschmeißen.

Maria ist also glücklich, das ist ja sehr schön. Und ich gäbe etwas darum, wenn ich immer weiter- und weiterlaufen könnte und nie mehr zurückkehren müßte.

Ich schlage einen Bogen um Pullach, komme an die Isar, und dann an die Isartalbahn, und da habe ich eine großartige Idee.

Zwei Stunden später bin ich bei Isabella und Silvester. Ich bin müde und naß und sehe bestimmt schrecklich aus, mehr als schrecklich, ich muß aussehen wie tot, denn sie sind beide ganz erschrocken, als sie mich sehen, und fragen mich, aber ich setze mich nur hin und fange an zu weinen.

Isabella zieht mir den nassen Mantel aus und die schmutzigen Schuhe, Silvester nimmt mich in die Arme und hält mich ganz fest, und dann erzähle ich ihnen alles. Und dazwischen weine ich immerzu, und hinterher weine ich auch noch und kann einfach nicht aufhören.

Isabella gibt mir ein Beruhigungsmittel, packt mich auf die Couch und legt mir kalte Kompressen auf die Stirn und auf die Augen. Dann geht sie und ruft in Solln an, daß ich bei ihnen bin.

Silvester sitzt neben mir und hält meine Hand.

Ich kann das nicht ertragen, sage ich viel später, ich flüstere es nur. Sie verstehen mich. Sie kommen mir nicht mit dummen Trostworten, Isabella sagt: es gibt eine Grenze der Belastbarkeit. Am liebsten würde ich dich fortschicken, Nina, ganz weit fort.

Genau das, was ich auch gedacht habe.

Das schlimmste ist das Bild von Vicky, die auf der Straße von einer Bombe zerfetzt wurde, nicht weit entfernt von einem Haus, in dem sie überlebt hätte.

Konnten sie nicht erst zu mir kommen, deine Schwester oder dein Sohn? Erst mir alles erzählen? sagt Silvester.

Zu dir? sage ich. Du willst doch von ihnen nichts wissen. Am Abend sprechen wir dann darüber, was nun werden soll. Silvester sagt ganz ruhig: ich habe mir das schon überlegt. Natürlich muß das Kind herkommen, und ich bin dagegen, daß die Gräfin Ballinghoff diese gefährliche Reise noch einmal unternimmt. Sie bleibt am besten gleich hier. Ich werde Michaela holen.

Bist du verrückt, schreie ich, und meine Stimme kippt über vor Erregung.

Mir wird keiner etwas tun, sagt er, auch die Russen nicht. Ich bin KZ-Häftling gewesen, ich bin bekannt als Gegner der Nazis. Wenn einer das mühelos schaffen kann, dann ich.

Ich blicke Isabella an und erwarte, daß sie widersprechen wird, aber sie lächelt nur. Sie sieht Silvester an und lächelt. Wie stellst du dir das denn vor, sage ich, das ist ein ganz fremdes Kind. Warum denkst du, daß es einfach mit dir geht? Und überhaupt, wie kommt man denn da rüber?

In Berlin geht das ganz einfach. Mit der S-Bahn. Sonst ist es gefährlich, irgendwo über die grüne Grenze zu gehen, wenn auch viele Leute es tun, du hörst es ja immer wieder. Aber in Berlin setzt man sich in die S-Bahn. Diese Lou ist ja auch öfter hin und her gefahren, wie sie erzählt hat. Und ihre Verwandten in Berlin, mit denen müßte man natürlich zunächst Kontakt aufnehmen.

Du bist verrückt, wiederhole ich. Sie hat doch irgendwelche Sachen da drüben, irgendwo wohnt sie doch. Vielleicht hat sie Möbel und Kleider und was weiß ich, 'n Klavier sicher auch. Das ist alles nicht so wichtig, sagt Silvester.

Und verdammt noch mal, schreie ich, wo sollen sie hier denn wohnen?

Auch noch bei Marleen? Das geht nicht mehr. Ich werde auch ausziehen, und Stephan und Maria auch. Der von dir so verabscheute Naziverbrecher ist da, und er liebt Marleen immer noch, und sie wollen zusammenbleiben. Geld hat er auch. Also! Er wird keineswegs die ganze Mischpoke von Marleen im Haus haben wollen.

Gewisse Reche habe ich mir erworben, sagt Silvester. Ich werde mich um ein Haus oder eine Wohnung bemühen. Der Anderl Fels hat die besten Beziehungen. Und der Münchinger kandidiert für den Landtag. Das sind meine Freunde. Einmal werde ich davon Gebrauch machen.

Ich sehe wieder Isabella an, sie sitzt stumm da und nickt. Ja und dann? frage ich. Willst du mit mir und meiner ganzen Mischpoke zusammenwohnen? Und wo bleibt die Ballinghoff? Und was ist mit den Beckmanns? Die brauche ich nämlich. Und dann fange ich wieder an zu weinen.

Isabella entscheidet, daß ich nicht nach Hause fahren, sondern bei ihr übernachten soll. Sie ruft noch mal in Solln an.

Und in deiner Glasfirma werden wir morgen früh anrufen und sagen, daß du nicht kommen kannst, du fühlst dich nicht wohl.

Du wirst überhaupt aufhören, dort zu arbeiten, sagt Silvester. Ich werde für dich sorgen, und du wirst dein Buch schreiben. Isabellas Haushälterin deckt den Abendbrottisch, ich sage, daß ich sowieso nichts essen kann, aber dann esse ich doch, ich habe den ganzen Tag nichts gegessen und gestern abend habe ich mich betrunken. Ich habe Hunger. Erst gibt es eine kräftige Bouillon mit Grießnockerln, die schmeckt mir herrlich, dann lädt mir Isabella eine Riesenportion Rührei auf den Teller, und Silvester macht mir ein Schinkenbrot zurecht. Wir trinken eine Flasche Wein, dann noch eine. Ich fühle nichts, irgend etwas in mir hat nachgegeben.

Ich möchte endlich sterben, sage ich.

Du wirst es abwarten können, sagt Isabella.

Sie war kühl zu mir, die Gräfin. Sie merkte, daß ich sie und ihre Botschaft nicht gerade mit Begeisterung aufgenommen habe. Es ging mir vor allem darum, Sie wissen zu lassen, daß Michaela lebt, hat sie gesagt. Wenn Sie mir auf meinen Brief geantwortet hätten, wäre meine Reise überflüssig gewesen, ich hätte es Ihnen brieflich mitgeteilt.

Das war gestern abend. Später sind wir in den Garten gegangen, es war schon fast dunkel, aber die Rosen dufteten wundervoll.

Wie schön Sie es hier haben, sagte sie. Michaela und ich, wir wohnen in einem dunklen Hinterzimmer.

Ich denke an Maria. Für die ist das eins, ein dunkles Hinterzimmer oder ein Garten voller Rosen. Und ich frage mich, ob die Gegenwart einer Schwester, die *sehen* kann und mit der Unbefangenheit eines Kindes darüber spricht, für Maria nicht eine Quälerei sein wird.

Das erzähle ich den beiden, Isabella gibt keinen Kommentar dazu, doch sie sagt: also nun Schluß mit deinen Aschenbrödelgeschichten und mit Silvesters Wildwestfantasien.

Die Ballinghoff soll zurückfahren. Wenn sie hergekommen ist, wird sie auch wieder hinkommen. Falls sie weiter in ihrem Theater in Ostberlin arbeiten will, dann soll sie es tun. Es ist bestimmt nicht von großer Bedeutung, ob das Kind zunächst in Ostberlin in die Schule geht, Volksschule ist Volksschule, so groß wird der Unterschied nicht sein.

Wenn aber, fährt Isabella fort, die Gräfin Ballinghoff in den Westen will, so kann sie das sehr leicht ohne eure Hilfe bewerkstelligen, sie ist ja offenbar eine ganz patente Person. Meines Wissens muß man erst in ein Lager, wenn man offiziell in den Westen überwechseln will.

Ja natürlich, sagt Silvester, in ein Aufnahmelager.

Na also, was soll denn dann der Unsinn, du fährst rüber und holst das Kind. Das muß ordentlich regulär vor sich gehen, sonst haben sie hier dann Ärger. Und wenn die Gräfin Ballinghoff in den letzten fünf Jahren mit allem fertig geworden ist, wird sie das auch noch schaffen. Zumal sie ja Verwandte im Westen hat, die ihr sicher behilflich sein werden.

Silvester und ich hören ihr andächtig zu, Isabella ist wie immer die klügste von allen.

Und selbstverständlich muß gut überlegt werden, wie sie untergebracht werden. In München ist kein Zuzug zu bekommen, also müßte einer von uns sie aufnehmen. Ich kann es nicht und will es nicht. Marleen und ihrem Freund ist es nicht zuzumuten, Eva und Herbert, na schön, aber das ist vermutlich auch kein Dauerzustand. Und Silvester hat ja die Wohnung noch nicht, von der er gesprochen hat, und irgendwie eingerichtet müßte sie ja auch werden, und ob er wirklich eine ganze Familie um sich haben möchte, das bezweifle ich.

Ich betrachte Silvesters Miene und bezweifle es auch.

Es sei denn, fährt Isabella fort, du möchtest unbedingt das Kind deiner Tochter bei dir haben, Nina.

Gewiß nicht, sage ich. Ein Kind genügt mir. Ich wüßte auch gar nicht, wie ich das finanzieren soll.

Dann warten wir das in Ruhe ab. Vielleicht verbessern sich die Beziehungen zur Ostzone bald einmal, dann wird das sowieso leichter.

Darauf kannst du lange warten, sagt Silvester.

Dann läßt Isabella für mich ein Bad einlaufen, sie gibt mir eine Zahnbürste, sie macht ein Bett auf der Couch zurecht.

Nicht mehr nachdenken, sagt sie, schlafen.

Ich liege da und starre an die Decke. Gar nicht daran zu denken, daß ich schlafen kann. Warum hat sie mir keine Schlaftablette gegeben, ich bin daran gewöhnt.

Dann kommt Silvester, er bringt die Tablette und ein Glas Wasser. Dann nimmt er meine Hände und zieht mich sanft hoch. Du schläfst heute bei mir, sagt er.

Ich habe bei ihm geschlafen, in seinem Arm. Ich fühlte mich geborgen und habe nicht an morgen und übermorgen gedacht. Das werde ich überhaupt nicht mehr tun, das sollen die anderen jetzt für mich tun.

Zweites Buch

Die Stimme

Frederic Goll stand an die Wand gelehnt neben dem weit geöffneten Fenster, er konnte den ganzen Raum überblicken, der im Halbdunkel lag, nur die Kerzen auf den Kandelabern zu beiden Seiten der hohen Türen brannten. Auf dem Flügel stand eine Lampe, sie beleuchtete die Noten, Ruhlands Gesicht und seine Hände auf den Tasten, die nach dem letzten Takt einen Augenblick in der Schwebe blieben, dann langsam seitwärts niedersanken. Ruhland hatte den Kopf leicht zurückgeneigt, die Augen geschlossen. Es war still im Raum; es schien, niemand wage zu atmen.

Frederic war den Tränen nahe. Wie sie das gesungen hatte! Das klang kaum wie eine Menschenstimme, schier von jenseits zu kommen.

›... mir ist, als ob ich längst gestorben bin und ziehe selig mit durch ew'ge Räume, und ziehe selig mit durch ew'ge Räume!‹

In einem einzigen großen Bogen war die letzte Phrase gekommen, zartestes Piano, doch jeder Ton klar, jedes Wort zu verstehen. Ihr Gesicht sah man nicht, es lag im Schatten, man sah nur die hohe, schmale Gestalt im weißen Kleid, das dunkle Haar, das wie ein Schleier ihr Gesicht verhüllte, denn sie hatte den Kopf gesenkt nach dem letzten verklingenden Ton.

Frederic sah nur sie, alle übrigen Menschen im Raum waren für ihn nicht vorhanden. Daß ein menschliches Wesen so singen konnte! Einer hatte diese Lieder komponiert, viel tausendmal waren sie seitdem gesungen worden, aber nun schien es, als seien sie einzig und allein für diese Stimme geschrieben worden.

Mußte sie deshalb blind sein? War das der Preis, den sie bezahlen mußte, um mit dieser Engelsstimme zu singen?

Rico hatte den Platz neben seinem Vater, dem er die Noten umgeblättert hatte, verlassen; er trat zu Maria, umarmte sie, küßte sie auf die Wange, redete leise auf sie ein. Frederic drehte sich schnell um und starrte hinaus in den dunklen Park; das Gras und das Laub der Bäume waren noch feucht, es hatte am Nachmittag geregnet, und der Park schien voll Glück zu atmen. Über den Bäumen stand der Mond. Jenseits des Parkes, ein gutes Stück entfernt noch, lag der See, und über dem See drüben, beglänzt vom Mond, standen die Berge. Das konnte man von hier aus nicht sehen, doch Frederic wußte genau, welches Bild die Mondnacht bot. Wenn er hinaufsteigen würde zum Turm, dann würde er dies alles sehen.

Er. Niemals sie.

Er wollte nicht sehen, was sie nicht sah. Lieber wollte er hinausgehen in die feuchte Kühle des Parks, nur die Bäume um sich, die duftenden Blumen, darüber der Mond. Und ihre Stimme im Ohr.

Vor zwei Tagen hatte er Kairo verlassen, nachdem er dort noch Nassers große Tage miterlebt hatte: Nehru war auf Staatsbesuch in Ägypten gewesen.

Frederics Tätigkeit an der Botschaft in Ägypten war beendet; sein neuer Posten würde Paris sein.

Er wandte sich wieder um. Maria stand noch in der Bucht des Flügels, und Rico hatte rechts und links von ihr die Hände aufgestützt.

Was für ein aufdringlicher Bursche das war!

Der Hund schien das auch zu empfinden. Er hatte seinen Platz an der Tür verlassen und drängte seinen Kopf zwischen Rico und Maria.

Es waren nicht viele Menschen da, nur geladene Gäste. Als Frederic sah, daß Ruhland aufstand, trat er rasch einen Schritt in den Saal hinein.

»Darf ich eine Bitte aussprechen?« fragte er.

Alle sahen zu ihm hin.

»Nur zu«, sagte Ruhland, »für weitgereiste Leute haben wir immer ein offenes Ohr.«

»Es ist eine so wunderbare Nacht. Sie wissen nicht, wie ich es genieße, hier zu sein.«

»Nun also, eine schöne Nacht«, bestätigte Ruhland. »Und wo bleibt die Bitte?«

»Ich weiß, es war ein Brahmsabend. Aber wenn ich hinaussehe...« Ruhland trat neben ihn an das hohe Fenster. »Ich weiß, was Sie wollen, Mr. Goll.« Ruhland tat einen tiefen Atemzug. »Was für eine Nacht! Sie haben recht. Ich sage ja immer, es ist eine einmalige Kulisse hier. Ferdl, schau, dein Park. Er inszeniert sich selber wieder einmal außer jeder Konkurrenz. Setzen Sie sich bitte wieder, meine Herrschaften! Eine einzige Zugabe. Diesmal Schumann.«

Er lächelte Frederic an. »Habe ich es erraten, Mr. Goll?«

»Durchaus.«

»Mondnacht«, rief Rico und kramte schon nach den Noten. Sein Vater war wieder am Flügel, die Gäste setzten sich. Nina ging zu Frederic, blickte hinaus in den Park, dann sah sie Frederic an. Er wußte, was sie dachte. Sie dachte dasselbe wie er: Maria würde die ›Mondnacht‹ von Robert Schumann singen; aber sie konnte nicht den Park sehen, nicht die Bäume, nicht den Mond. Frederic nahm Ninas Hand und ließ sie nicht los, solange Maria sang.

›Es war, als hätt' der Himmel die Erde still geküßt, daß sie im Blütenschimmer von ihm nur träumen müßt.‹

Das paßte gut zu dem Brahmslied; die letzten Worte ähnelten sich fast:

›...und meine Seele spannte weit ihre Flügel aus, flog durch die stillen Lande, als flöge sie nach Haus.‹

Stille. Dann stand Ruhland auf, senkte den Deckel über die Tasten, fuhr sich mit der Hand durch die dichte weiße Mähne.

»Nun also!« sagte er. »Das wär's für heute. Etwas mehr Licht bitte.«

Der alte Diener mit den weißen Handschuhen, der an der Tür stand, löste sich nur mit Mühe aus dem Bann, der alle gefangen hielt. Endlich ging der Kronleuchter an.

Ruhland trat zu Maria, schob Rico beiseite, führte sie zu dem Sessel, der seitlich rechts vom Flügel stand.

»Das war sehr gut, Maria«, sagte er leise.

Zwei weitere Diener kamen in den Saal, mit Tabletts, auf denen Gläser mit Champagner standen, sie gingen herum und boten an, leise erhob sich ein Gespräch, einige Leute traten zu Maria, sprachen sie an. Es war schwer, die richtigen Worte zu finden, hier und jetzt. Zu ihr.

Sie hatte die dunkle Brille aufgesetzt, sie lächelte, sie neigte den Kopf, sie sagte leise: danke.

»God bless her«, murmelte Frederic, dann ließ er Ninas Hand los.
»Es ist schön, dich wieder einmal hier zu haben, Frederic«, sagte Nina. »Mit Kairo bist du also fertig.«
»Ja, Gott sei Dank. Es war heiß. Heiß und laut und voller Staub. Erst die Wahlen, dann der Staatsbesuch. Ich genieße die Luft hier. Es gibt auch schöne Mondnächte am Nil. Oder in der Wüste. Durchaus. Aber hier zu atmen, das ist wie ein Geschenk der Götter.«
»Du wirst mir morgen erzählen, wie es war. Heute kommen wir wohl nicht mehr dazu. Ruhland plant eine Überraschung.«
»Eine Überraschung?«
»Na, was auch immer, er führt etwas im Schilde, ich kenne ihn gut genug. Er hat bestimmt, daß wir alle dieses Wochenende hier sein müßten, nur Familie, hat er gesagt, nur Freunde des Hauses. Aber ich sehe doch einige, die nicht in diese Kategorie fallen. Der da drüben, der jetzt bei Ruhland steht, gehört nicht zur Familie. Jedenfalls kenne ich ihn nicht. Aber ich kenne den, der mit Silvester spricht. Der ist vom Bayerischen Rundfunk. Ich war ein paarmal mit im Funkhaus, als Silvester die Vortragsreihe hielt. Der gehörte zwar nicht zum Nachtstudio, aber ich habe ihn in der Kantine einige Male gesehen. Wetten, daß der mit Musik zu tun hat?«
»Was denkst du?«
»Ich denke, daß Ruhland etwas vorhat. Ist es wahr, was Eva mir vorhin erzählt hat? Deine Eltern kommen?«
»Ja. Ich muß schon in einer Woche meinen Dienst in Paris antreten. Es verlohnt sich nicht, für zwei oder drei Tage nach Boston zu fliegen. Da kommen sie her. Mein Vater wollte gern einmal dieses Schloß sehen. Und Ariane kennt es auch nicht. Und ein paar Tage Paris würden ihr auch Spaß machen, sagte sie am Telefon.«
Ruhland stand jetzt neben Marias Sessel, hob die Hand, räusperte sich, alles schwieg, und mit seiner vollen tragenden Stimme kam er nun mit dem heraus, was Nina eine Überraschung genannt hatte. »Liebe Freunde«, sagte er, »ich habe Sie alle hierher gebeten in dieser schönen Mondnacht, wie unser amerikanischer Gast sie nannte, um Ihnen etwas mitzuteilen. Und um Ihre Unterstützung zu bitten. Ich konnte nicht ahnen, daß der Mond mitspielen würde, heute nachmittag, als Sie ankamen, hat es noch geregnet. Aber nun ist sie da, Frau Luna, und ich betrachte es als gutes Omen. Nun also! Hier sitzt Maria Jonkalla, ihr habt sie singen gehört, und an euren Gesichtern sehe ich, welchen Eindruck es gemacht hat. Was ich jetzt sage, geschieht gegen Marias Wunsch und Willen. Darum brauche ich eure Unterstützung. Seit vier Jahren schule ich Marias Stimme, und was daraus geworden ist, war soeben zu hören. Ich bin ein alter Hase in diesem Beruf. Ich habe alle Stimmen gehört, die gut und noch besser waren. Aber Besseres als Marias Stimme habe ich nie gehört. Sie brachte die Voraussetzungen mit, ich habe mein Wissen und meine Erfahrung dazu getan. Sie war eine fleißige und aufmerksame Schülerin. Und sie hat in diesem Raum und auch in unserem großen Saal schon vor größerem Publikum gesungen. Und nun frage ich: soll diese Stimme nirgendwo sonst gehört werden als in diesem Haus?«
Er legte eine wirkungsvolle Pause ein, Proteste wurden laut, Maria jedoch sank ängstlich in ihrem Sessel zusammen.
»Ich habe mit Maria dies alles zwar besprochen«, fuhr Ruhland fort, »doch

wir sind uns noch nicht einig geworden. Es ist ihr genug, daß sie singen kann. Mir ist es nicht genug. Ich möchte, daß alle Menschen sie hören, die zu hören verstehen.«

Zustimmendes Murmeln rundherum, und Nina flüsterte: »Na, was habe ich gesagt?«

Ruhland machte es spannend. Wieder eine Pause, dann lächelte er, legte die Hand auf Marias Schulter.

»Nun also! Anschließend darf ich euch alle hinüberbitten in den venezianischen Salon. Stephan hat dort ein Buffett vorbereitet, kalt und warm, das mir sehr verlockend erscheint, nachdem ich einen kurzen Blick darauf geworfen habe. Vorher möchte ich euch mit zwei unserer Gäste bekannt machen, die zum erstenmal hier sind. Das ist Dr. Bongarth vom Bayerischen Rundfunk, und hier, mein langjähriger Freund, Rolf Herminger, von der weltbekannten Schallplattenfirma Polyhymnia. Beide Herren sind heute hier, um Maria zu hören. Sie haben sie gehört. Was ich mir wünsche, sind Engagements für Maria sowohl da wie dort. Wir sprechen heute abend nicht über Pläne, nicht über Verträge, auch nicht über Geld. Nur soviel: wenn zwei Menschen so hart gearbeitet haben wie Maria und ich und wenn als Ergebnis eine solche Stimme erklingt, dann sollte diese Stimme nicht nur gehört werden, wie ich sagte, sie sollte auch Geld verdienen. Maria wird viel Geld verdienen, daran zweifle ich nicht. Und das ist ihr gutes Recht. Doch es wird eine schwere Aufgabe sein, sie zu überreden, an die Öffentlichkeit zu gehen. Dazu erbitte ich eure Hilfe. Nun also, das wär's. Gehn wir essen.«

Ruhland ergriff energisch Marias Hand und zog sie hoch, aber da war Rico schon wieder da, schob seinen Arm unter Marias Arm und führte sie zur Tür. Der Hund ging an ihrer linken Seite, wie immer sie sacht berührend. Frederic sah ihnen nach.

»Sie wird viel Geld verdienen«, sagte er zu Nina. »Und eine tüchtige Werbung wird es gehörig ausschlachten, daß sie blind ist.«

»Ja«, sagte Nina. »Das fürchte ich auch. Aber das ist wohl nicht zu vermeiden.«

»Es war sehr geschickt, was Ruhland gesagt hat. Die Stimme muß gehört werden. Durchaus. Und warum soll sie nicht Geld damit verdienen und er schließlich auch. Er wird sie managen.«

»Das wird wohl Rico tun. Er will sie heiraten.«

»Was will er?«

»Er will Maria heiraten.«

»Das kannst du nicht im Ernst sagen?«

»Nun, es ist naheliegend. Sie kennt ihn jetzt seit so vielen Jahren. Seit sie damals von Boston zurückkam, lebt sie hier auf Langenbruck. Und Rico war zuletzt immer da. Sie hat ihn ja auch vorher gekannt, schon als Kind. Erst Stephan und ich, dann Ruhland und Rico, das waren die Menschen, zu denen sie gehörte. Und wenn sie wirklich öffentlich auftreten soll, braucht sie jemand, der neben ihr ist, nicht wahr?«

»Rundfunk und ein Plattenstudio sind keine Öffentlichkeit«, sagte Frederic abweisend.

»Aber jemand muß sie auch dorthin begleiten. Ich kann das nicht. Außerdem weiß ich, daß Ruhland auch an Konzerte denkt. An Liederabende. An Oratorien. Na komm, laß uns essen.«

»Nein«, sagte Frederic schroff. »Danke. Ich möchte jetzt nichts essen. Ich gehe in den Park.«
»Maria wird dich vermissen. Sie freut sich doch, daß du da bist.«
»Ich kann es nicht ertragen, Nina, daß sie für immer und für alle Zeit nur ein hilfloses Objekt sein soll. Gute Nacht, Nina.«
Damit wandte er sich, öffnete die Tür, die ins Freie führte, ging die Stufen hinab in den Park und verschwand im Dunkel.
Nachdenklich verließ Nina den Saal und ging den Gang entlang zum sogenannten venezianischen Salon. Das Venezianische an dem rechteckigen Raum bestand eigentlich darin, daß an den Wänden nur Bilder mit Motiven aus Venedig hingen, die der Baron Moratti in seiner Jugend selbst gemalt hatte: San Marco, der Campanile, Canal Grande mit Gondel, Canal Grande mit Palazzo, Rialto, Maria della Salute und so fort. Keine Meisterwerke, aber, wie Silvester sagte, hübsch anzusehen.
Wo keine Bilder hingen, standen schöne alte Schränke, in denen Glaswaren aus Murano ausgestellt waren, was Nina immer an ihre frühere Tätigkeit bei den Czapeks erinnerte. Und sonst war der Raum nur mit hochlehnigen Stühlen und zwei langgestreckten Tischen eingerichtet. An diesem Abend jedoch, wie immer wenn Gäste da waren, hatte Stephan einige kleine runde Tische aufstellen lassen. Stehparties waren in Schloß Langenbruck verpönt.
Nina zögerte an der Tür, immer noch unsicher, was sie tun sollte, Frederic nachgehen oder ihn allein lassen. Er war so glücklich und gelöst gewesen, während Maria sang, offenbar hatte er gar nicht gemerkt, daß er ihre Hand festhielt. Nun jedoch schien er verärgert zu sein. Weil sie das von Rico erzählt hatte?
Nicht daß der Gedanke an diese Heirat Nina besonders zusagte, es war ein ungleiches Paar. Einer aber mußte den Platz an Marias Seite einnehmen, erst recht später, wenn sie auftreten sollte. Ruhland hatte es sich in den Kopf gesetzt, und er würde nicht aufgeben. Er hatte diese Stimme ausgebildet, und sie sollte gehört werden, damit hatte er recht, Nina sah es ein. Und nur Rico konnte Marias Begleiter und Manager sein, er verfügte über Durchsetzungsvermögen und Geschäftssinn und er kannte sich aus in der Musikwelt, wenn auch seine Szene eine andere gewesen war. Die Band, mit der er aufgetreten war und auch erfolgreiche Plattenaufnahmen gemacht hatte, hatte er verlassen, seit über einem Jahr war er meist in Langenbruck und widmete sich nur noch Maria. Kümmerte sich auch darum, daß sie nicht nur arbeitete, er ging mit ihr spazieren, er ging mit ihr zum Schwimmen, und er tanzte viel mit ihr, was sie erstaunlich gern tat und auch gut konnte. Außerdem behauptete er, Maria zu lieben.
Seine Liebesaffären zuvor waren zahlreich gewesen, von Ehe war nie die Rede.
Als Nina das letzte Mal in Langenbruck war, vor drei Wochen, hatte er mit ihr gesprochen, wie er sich das vorstellte.
»Ich werde jeden ihrer Schritte begleiten. Meine Augen werden ihre Augen sein. Ich weiß, mein Vater hält nicht viel von mir, aber ich werde ihm beweisen, wie ernst es mir ist. Kein Mensch wird Maria etwas Übles tun, wenn ich bei ihr bin.«
»Und deine ... deine andere Musik?«
»Passé. Ich verstehe auch genug von ernsthafter Musik, von der E-Musik,

wie wir das nennen. Schon durch meinen Vater. Ich werde die besten Verträge für Maria aushandeln.«
»Was für Verträge?« hatte Nina gefragt.
»Warte erst mal ab.«
Heute abend hatte sie erfahren, wie Ruhland sich das dachte. Und Rico war offenbar in diese Pläne eingeweiht.
Eine Karriere also für Maria Jonkalla. Das würde beginnen, Schritt für Schritt, würde zum Erfolg führen, und sicher hatte Frederic nicht unrecht, wenn er sagte, ihr Blindsein würde eine gute Reklame abgeben.
Nina blieb an der Tür stehen, abwesend, in Gedanken versunken. Würde es gut sein für das arme Kind? Dahin und dorthin geführt zu werden, dann zu singen, dann zurückgeführt werden in ein Heim, ob es nun das Schloß oder sonstwo war, immer an Ricos Hand, seine Stimme, seine Anweisungen, seine – nun ja, Liebe. Kann ich wirklich daran glauben, daß es so sein wird? dachte Nina. Rico ist Ende Zwanzig und ein verdammt hübscher Bursche. Kann so etwas gutgehen? Aber wir sind alle zu alt, keiner von uns kann diese Aufgabe in ihrem Leben übernehmen.
Frederics Worte klangen ihr noch im Ohr.
Ich kann es nicht ertragen, daß sie für immer und alle Zeit nur ein hilfloses Objekt sein soll.
Damit hatte er gewiß recht. Aber was sonst sollte man tun? Ninas Objekt, Stephans Objekt, Ruhlands Objekt, Ricos Objekt. Eine große Künstlerin, aber nie ein freier Mensch.
Nina strich sich mit der Hand über die Stirn. Sie würde später nach Frederic schauen.
Sie überflog den venezianischen Salon mit raschen Blicken, Gruppen hatten sich gebildet, man speiste, die Diener gingen mit den Weinflaschen von Tisch zu Tisch, Stephan kam vom Buffet mit einem Teller, der war sicher für den Baron bestimmt.
Er sah sie an der Tür stehen und schlug einen kleinen Bogen. »Willst du denn nichts essen, Nina?«
»Doch, gleich.«
»Setz dich, ich bringe dir dann gleich was.«
»Danke, ich hole es mir selber. Das sieht aber gut aus.«
»Die ersten Steinpilze, Boris und ich haben sie gestern gesucht.«
»Garantiert nicht giftig?«
»Garantiert nicht.«
Nina sah ihm nach, wie er in seinem eleganten dunklen Anzug durch den Raum ging, halblaut einem der Diener eine Anweisung gab, dann dem Baron den Teller brachte.
Stephan als Majordomus auf diesem Schloß, verantwortlich für die Haushaltsführung, die Bücher, den Gärtnereibetrieb und für das Wohlergehen aller, die hier lebten, und Stephan, hochzufrieden mit diesem Leben. Sehr seltsam, was die Begegnung mit dem Kammersänger Ruhland in ihrer aller Leben bewirkt hatte!
Der Baron saß mit Agnes Meroth und ihrem Mann zusammen, Ruhland an einem anderen Tisch mit den Herren vom Funk und der Plattenfirma, ein anderer, jüngerer Mann war auch noch dabei, der eben gerade mit großer Geste etwas erklärte.

Vermutlich der zukünftige Werbemensch, dachte Nina leicht amüsiert. Ganz hinten, an der Ecke des großen Tisches, entdeckte sie Silvester, Hesse und Herbert in ein offensichtlich sehr eifriges Gespräch vertieft; keiner schien sie zu vermissen, keiner warf einen Blick zur Tür.

Marleen saß zusammen mit Eva und einer unbekannten Dame, noch einige Leute waren da, die Nina nicht kannte, wohl Nachbarn und Freunde des Hauses, und richtig, da war ja auch Ruhlands spezieller Freund, der kommunistische Bürgermeister, der längst kein Bürgermeister mehr war, aber einen florierenden Handel mit Landmaschinen betrieb.

Schade, daß Victoria von Mallwitz nicht gekommen war. Nina hatte noch am Vormittag mit ihr telefoniert, aber Victoria hatte gesagt: »Ganz unmöglich. Wir haben mit der Ernte angefangen, und Elisabeth muß sich noch ein wenig schonen.«

»Und dein Schwiegersohn?« fragte Nina.

»Ach, der! Der muß noch viel lernen.«

Das Liserl hatte soeben ihr drittes Kind bekommen, ihr Mann war zwar promovierter Botaniker, verstand aber nach Victorias Meinung von der Landwirtschaft nicht das geringste. Joseph von Mallwitz war vor drei Jahren gestorben. Seitdem führten Victoria und ihre Tochter, falls die nicht gerade im Wochenbett lag, das Gut allein. Victoria jedenfalls war der Meinung, keiner verstehe das besser als sie und eventuell das Liserl.

Nina warf einen flüchtigen Blick zum Buffet. Eigentlich hatte sie gar keinen Appetit. Und der Gedanke an Frederic, allein da draußen in dem dunklen Park, ließ ihr keine Ruhe. Und wo war Maria? Sie war nicht zu sehen, der Hund nicht, und Rico auch nicht.

Nina seufzte. Sie beschloß, zunächst den Baron zu begrüßen; dazu war sie heute noch nicht gekommen.

Er stand auf, als er sie kommen sah, ein wenig mühselig, er war alt geworden, aber er küßte schwungvoll Ninas Hand und sagte: »Es war wieder einmal hinreißend, meine Liebe. Dieses Kind singt, es singt wie eine Göttin.«

»Ja«, stimmte Agnes Meroth zu, »ich bin alt genug und lange genug weg vom Fenster, daß ich sagen kann, sie singt mindestens so gut wie ich.«

Alle lachten, Stephan schob Nina einen Stuhl zurecht, und kurz darauf brachte er ihr einen Teller vom Buffett.

»Ja, ja, ja«, sagte der Baron. »Es ist eine große Ehre für mich, zwei so berühmte Frauen bei mir sitzen zu sehen.«

»Sie können doch kaum mich damit meinen, Baron«, sagte Nina.

»Aber gewiß, meine Liebe. Ihr Roman ist ganz wundervoll. Meine Augen, die tun es nicht mehr so recht, aber Stephan liest ihn mir und Maria vor. Immer wenn er ein Stündchen Zeit hat, und wenn Maria Zeit hat, sitzen wir in der Bibliothek, immer dort, niemals draußen, man muß Ruhe um sich haben, wenn man ein gutes Buch genießen will.«

»Stephan liest Ihnen mein Buch vor? Davon hat er mir nichts erzählt.«

»Nun, wir haben Sie ja auch eine ganze Weile nicht gesehen bei uns. Ja, er liest uns vor. Wir sind schon auf Seite 305. Stephan liest sehr gut. Er muß nur, wie gesagt, Zeit haben, er ist ja ein vielbeschäftigter Mann. Bei dieser Gelegenheit möchte ich Ihnen wieder einmal sagen, wie froh ich bin, Stephan hier zu haben. Er kümmert sich um alles. Einfach um alles. Wissen Sie, was er als Neuestes plant? Er legt eine Rosenzucht an. Rosen waren immer schwierig

985

hier. Im Winter kann es ja ziemlich rauh sein. Aber Stephan hat jetzt den richtigen Fachmann gefunden.«

»Mich natürlich«, sagte Agnes Meroth. »Und meinen Mann. Wir sind bewährte Rosenzüchter. Wir haben einen Platz ausgesucht, wo die Rosen Schutz haben, aber auch genügend Sonne.«

Nina hörte artig, wenn auch ein wenig abwesend zu. Wo war Maria? Wo blieb Frederic?

Sie entschuldigte sich nach einer Weile, ging zu dem Tisch, an dem Eva und Marleen saßen. Marleen blickte ein wenig gelangweilt um sich, sah aber höchst dekorativ aus in einem Kleid aus cremefarbener Seide. Seit sie älter war, bevorzugte sie helle Farben. Wie immer war sie perfekt zurechtgemacht, kein graues Haar in ihrer Frisur.

Nina tat es ihr nach und färbte ihr Haar ebenfalls. Die Zeit für graue Haare kam noch rechtzeitig genug.

»Was reden die eigentlich da hinten stundenlang?« fragte Marleen, die es noch immer nicht vertragen konnte, wenn die Männer sich nicht ihr widmeten.

Nina blickte zu dem Tisch am Ende des Raumes, wo Silvester, Hesse und Herbert die Welt um sich vergessen hatten.

»Ich weiß es zwar nicht, aber ich kann es mir denken. Seit dein Mann sich am Verlag beteiligt hat, schmiedet Silvester große Pläne. Er möchte Bildbände machen.«

»Bildbände?«

»Große prächtige Bildbände über berühmte Kunstwerke der Welt. Er meint, der Trend ginge nach Bildern. Bald würden die Leute sowieso nur noch fernsehen und nicht mehr lesen, und wenn sie Bücher kaufen, wollen sie Bilder sehen. Was nicht ausschließt, daß er ausführliche Texte dazu macht. So etwas ist natürlich teuer in der Herstellung, bisher konnten sie nicht daran denken, aber mit Alexanders Finanzspritze sieht die Sache anders aus. Silvester ist jedenfalls ganz besessen von diesem Gedanken.«

Marleen und Alexander Hesse hatten vor einem Jahr geheiratet, nachdem seine Frau gestorben war.

Silvester, der sich mit zwei Büchern einen guten Namen gemacht hatte, war vor fünf Jahren als Teilhaber in den bekannten Münchner Verlag eingetreten, für den er schon während der Nazizeit, damals allerdings im verborgenen, gearbeitet hatte. Ninas Buch war bei Franz Wismar erschienen, der inzwischen aus der niedersächsischen Kleinstadt nach Darmstadt umgesiedelt war und in den letzten Jahren mit Erfolg seinen Verlag wieder etabliert hatte.

Auf Ninas Buch hatte er lange warten müssen, ihr Roman ›Der silberne Strom‹ war im vergangenen Herbst erschienen, und es war wirklich die Geschichte von Wardenburg und ihrer niederschlesischen Heimat; sie hatte viele Jahre daran gearbeitet, in diesem Frühling war die zweite Auflage erschienen. Über die Filmrechte wurde momentan verhandelt, und Peter Thiede hatte ihr geschrieben: Schade, daß ich schon so alt bin, ich hätte gern deinen Nicolas gespielt.

»Kannst du Herbert dort nicht loseisen?« fragte Eva. »Wir wollten nicht zu spät zurückfahren. Ich bin unruhig, wenn die Kinder so lange allein sind.«

Für Dr. Herbert Lange war das Thema, über das an jenem Tisch gesprochen wurde, interessant. Er hatte kürzlich zusammen mit einem Partner eine Kanzlei eröffnet, und er wollte sich, unter anderem, für Urheberrecht spezialisieren.

»Michaela ist ja inzwischen alt genug, um auf die Kinder aufzupassen.«

»Das denkst du«, sagte Eva. »Sie hat die verrücktesten Ideen. Das letzte Mal, als wir nach Hause kamen, hatten sie das ganze Wohnzimmer in ein Indianerzelt verwandelt, Sebastian schwang einen Tomahawk, und Claudia hatten sie an den Marterpfahl gebunden. Es war immerhin halb elf abends. Wir waren nur mal im Theater.«

»Michaela könnte wirklich langsam vernünftiger werden«, meine Nina.

»Das habe ich ihr auch gesagt. Sie liest nur Wildwest- und Abenteuergeschichten, niemals ein ernsthaftes Buch. Sie ist ja auch glücklich sitzengeblieben.«

»Ja, und Lou war sehr wütend darüber.«

Durch die Tür im Hintergrund sah Nina Rico hereinkommen, dann Maria mit dem Schäferhund. Nach ihnen kam Lou. Wo war sie eigentlich den ganzen Abend gewesen?

Nina stand auf und ging ihnen entgegen.

»Wo wart ihr denn? Was hast du, Maria?«

Maria sah müde aus, sie hatte unnatürlich gerötete Wangen im blassen Gesicht.

»Maria fühlt sich nicht so wohl«, sagte Lou. »Sie hatte sich ein bißchen hingelegt.«

Nina legte rasch ihre Hand auf Marias Stirn, sie war heiß.

»Du hast Fieber, Kind.«

Maria bog unwillig den Kopf zurück.

»Es ist nichts«, sagte sie und lauschte in das Stimmengewirr des Raumes hinein.

»Es sind so viele Leute hier«, murmelte sie gequält. »Warum kann ich denn nicht . . .«

Lou sagte: »Ich war dagegen, daß sie noch einmal hereinkommt. Aber Rico meint, sie müsse sich unbedingt blicken lassen. Und etwas essen sollte sie auch.«

»Ich will nichts essen«, sagte Maria abweisend. »Ich will auch keine Leute mehr haben.«

»Sei nicht albern«, sagte Rico. »Das ist ein großer Abend für Vater. Und für dich. Nimm dich zusammen, Maria.«

Sie wandte den Kopf zur Seite, ihr Hals, ihr Kinn waren angespannt, ihre Hand lag auf dem Kopf des Hundes.

»Ich will nicht«, wiederholte sie eigensinnig.

Die drei Männer, die in der Nähe saßen und ihr Gespräch unterbrochen hatten, mischten sich ein.

Hesse stand auf und trat zu ihnen.

»So laßt sie doch in Ruhe«, sagte er ärgerlich. »Sie hat genug geleistet heute abend.«

»Sie muß sich daran gewöhnen, daß man auch nach einem Konzert mit seinem Publikum spricht«, sagte Rico.

»Sie muß gar nichts«, sagte Hesse scharf. »Komm, setz dich einen Moment zu uns, Maria. Hier hast du deine Ruhe. So, so, Posa, schöner Posa, braver

Posa«, er strich behutsam über den schmalen Hundekopf. Der Hund hielt still, seine Rute bewegte sich nicht. Er hatte es nicht gern, wenn andere Menschen ihn anfaßten. Er war für Maria da, er liebte Maria. Er mochte Ruhland ganz gern, und sonst war es nur noch Stephan, der ihn liebkosen durfte. Von Stephan bekam er auch sein Futter. Alle übrigen Menschen betrachtete er als lästiges Zubehör.

Sein voller Name lautete Marquis von Posa, der stammte von Ruhland, denn ein so treuer Freund wie einstens der Marquis Posa dem Don Carlos, so ein Freund war der Hund für Maria. Hesse führte sie zu einem Stuhl.

»Komm, setz dich. Wir sind hier ganz unter uns, Silvester ist hier und Herbert. Wir sitzen weit entfernt von den anderen, und hinter dir ist gleich die Tür. Wenn du willst, kannst du jederzeit verschwinden. Willst du nicht doch einen kleinen Bissen essen?«

Maria schüttelte den Kopf.

»Sie hat Fieber«, sagte Nina.

Sie sprachen nicht von dem Konzert, nicht von Marias Gesang. Sie wußten, daß sie es nicht mochte, wenn danach darüber gesprochen wurde.

»Ich hol dir ein Glas Wein, Maria«, schlug Rico vor. »Rotwein?«

»Ich will keinen Wein.«

»Einen Saft?«

»Ich will gar nichts.«

Nina und Lou setzten sich auch, Rico sagte: »Ich geh mal zu Vater. Mal hören, was die da reden.«

»Herbert«, sagte Nina, »Eva meint, ihr solltet nicht zu spät nach Hause fahren.«

»Ja, ja, ich weiß«, erwiderte Herbert ungeduldig. »Sie treibt immer. Ich kann nie in Ruhe wo sitzen und mich unterhalten. Immer und ewig hat sie sich mit den Kindern.«

In der Ehe von Eva und Herbert kriselte es in letzter Zeit, das war Nina bereits aufgefallen. Eva war unzufrieden mit ihrem Hausfrauen- und Mutterdasein, und Herbert sah sie selten. Er war mit so vielen Dingen beschäftigt, am wenigsten mit seiner Familie. Praktisch war Eva auch lange Zeit die Erziehung von Michaela aufgebürdet worden, nachdem sich Lou meistens im Schloß aufhielt. Michaela war ein ungebärdiges, vorlautes Mädchen, faul in der Schule, nichts als Dummheiten im Kopf.

Nina hatte sich schon oft gedacht: wie kommt Eva eigentlich dazu, sich ständig um Michaela zu kümmern? Einmal hatte sie mit Lou darüber gesprochen und vorgeschlagen, Michaela in ein Internat zu geben, doch davon wollte Lou nichts wissen. Im Schloß war Michaela nicht so gern gesehen, sie war verknallt in Rico, wie sie das nannte, und zeigte es zu offensichtlich.

Nina hätte gern ein paar Worte mit Maria allein gesprochen. Doch sie war nicht mehr Marias Vertraute.

Stephan kam und fragte: »Kann ich irgend etwas für irgend jemand tun?«

»Ja«, sagte Nina, »du könntest mir ein Glas von dem Frankenwein bringen, wenn du so lieb bist.«

»Dann trinken wir doch alle noch ein Glas«, schlug Herbert vor. »Am besten bringst du gleich eine Flasche, Stephan. Oder noch besser zwei.«

»Ich denke, du willst noch nach Hause fahren?« fragte Nina.

»Na und? Die Stunde fahre ich mit geschlossenen Augen.«

988

Nina lachte nervös. Das waren so Sätze, noch immer waren das unmögliche Sätze. Wenigstens hatte er nicht gesagt: fahre ich blind.

»Gib nur nicht so an«, sagte sie.

»Ist Frederic hier?« fragte Maria.

»Nein. Er wollte im Park spazierengehen. Das ist jetzt eine Stunde her, und er ist immer noch nicht da. Gleich nach der ›Mondnacht‹ ist er hinausgegangen. Er war richtig erschüttert, weißt du. Hoffentlich erkältet er sich nicht, es ist sicher kühl draußen. Und er kommt gerade aus Ägypten.« Maria entspannte sich ein wenig.

»Ach ja, er war in Ägypten. Wo es die Pyramiden gibt.« Mit den Händen formte sie das Dreieck einer Pyramide. »Herr Beckmann hat mir einmal ein Modell davon gemacht. Aber was eine Sphinx ist, das hat er mir nur erklärt. Er sagte, das sei zu schwer, das könne er nicht nachmachen.«

Nina, erleichtert, daß Maria sprach, meinte: »Na, das müßte Silvester eigentlich fertigbringen, ein Modell von einer Sphinx aufzutreiben. Oder?« Sie blickte ihn fragend an, und Silvester sagte: »Sicher, das wird sich machen lassen. Aber die Form allein tut es in diesem Fall nicht. Die Hauptsache ist die Wirkung, die das geheimnisvolle Ding da in der Wüste hat.«

»Du hast es gesehen?« fragte Maria.

»Ja. Ich war Ende der zwanziger Jahre mal in Ägypten. Das hat mich sehr beeindruckt.«

Stephan und ein Diener kamen mit dem Wein und neuen Gläsern. Stephan füllte Marias Glas und gab es ihr in die Hand. »Danke«, sagte sie und trank, erst einen kleinen Schluck, dann leerte sie fast das ganze Glas.

Nina war versucht, sie noch einmal zu fragen, ob sie nichts essen wolle. Aber sie schwieg. Und sie hätte gern Marias Hand gefaßt, aber sie unterließ auch das. Maria hatte Fieber, das sah sie auch so. Eine Erkältung? Dann hätte sie kaum so singen können. Sie hatte das noch nie bei Maria nach einem Konzert beobachtet. Was tat Ruhland ihr an? Worüber hatte Rico mit ihr geredet? Sie blickte Lou an und fand den Ausdruck in ihrem Gesicht, den sie kannte. Also doch! Es war etwas geredet worden, was Maria verletzte oder ärgerte. Und Lou ärgerte es auch. Lou würde es ihr später erzählen.

Dann sah sie, wie Ruhland und die Herren an seinem Tisch sich erhoben, nachdem Rico eine Weile mit ihnen geredet hatte. »Maria«, sagte sie schnell, »es kommen jetzt Leute zu dir. Wenn du niemand mehr sprechen willst, dann bringe ich dich hinaus.«

»Nein, laß nur«, sagte Maria. »Ich weiß schon, was sie sagen werden. Und Rico hat mir gesagt, was ich tun muß. Nur lächeln und danke sagen. Alles andere besorgt er.« Ihre Hand lag auf dem Kopf des Hundes. »Und bitte sorge dafür, daß sie auf meine andere Seite kommen. Nicht da, wo Posa ist. Und gib mir noch ein Glas Wein.«

Sie saß jetzt gerade aufgerichtet, den Kopf ein wenig vorgestreckt, ihre Lippen zitterten.

Stephan, der hinter ihr stand, füllte ihr Glas und gab es ihr in die Hand. Dann ging er den Männern entgegen und geleitete sie auf Marias rechte Seite.

Marias linke Hand krampfte sich um den Kopf des Hundes, und Marquis Posa zog die Lefzen hoch.

Was für eine Quälerei! dachte Nina. Was für eine Quälerei! Erst Vicky und jetzt sie. Du holde Kunst . . . zum Teufel damit!

Frederic

Frederic ging tiefer in den Park hinein, das Gras war noch naß, feuchte
Zweige streiften sein Gesicht, es war kühl, und nach einiger Zeit fröstelte es
ihn. Doch er konnte sich nicht entschließen umzukehren.
  Warum war er nur hierhergekommen? Es wäre viel vernünftiger gewesen,
gleich nach Paris zu fliegen, ein paar ruhige Tage zu verbringen und auf
Ariane und seinen Vater zu warten. Statt dessen hatte er vorgeschlagen, sich
in München zu treffen, hatte Ariane eingeredet, sie müsse unbedingt nach
Langenbruck kommen, um Maria wiederzusehen.
  Wiederzusehen! Um Maria zu hören, hätte er sagen müssen. Aber auch er
hatte sie heute zum erstenmal gehört, nein, er hatte nicht gewußt, was ihn
hier erwarten würde. Ein einziges Mal war er bisher auf dem Schloß gewesen, damals, als er Maria aus Boston zurückbrachte und sie schließlich hier
ablieferte. Ablieferte wie ein Paket, ein hilfloses Objekt, wie er zuvor zu Nina
gesagt hatte. Und das, nachdem sie ein halbes Jahr lang zu seinem Leben gehört hatte. Warum hatte er sie überhaupt zurückgebracht nach Deutschland?
Sie hatte sich wohl gefühlt in Boston, sie war gesund geworden.
  Erst Stephan und ich, dann Ruhland und Rico, das waren die Menschen, zu
denen sie gehörte, hatte Nina gesagt.
  Warum sagte sie das? Sein Vater, Ariane, sein Bruder, er selbst, die beiden
Hunde, alle waren für Maria dagewesen, als sie damals, wiederum verstört
und starr, keiner Regung fähig, nach Amerika kam. Sein Vater hatte Maria die
Kraft zum Weiterleben gegeben, er allein.
  Und ich war ihr Freund, mir hat sie vertraut, von Anfang an, es begann, als
ich ihre Hand hielt auf dem Flug und später ... Und nun hatte dieser Rico
ihm Maria weggenommen.
  Frederic ärgerte sich über seine unkontrollierten Gedanken. Weggenommen! Er selbst degradierte Maria zu einem hilflosen Objekt. Sie gehörte ihm
nicht, keiner konnte sie ihm wegnehmen. Sie war eine große Künstlerin, und
sie würde eine große Karriere machen, blind oder nicht. Heinrich Ruhland
und sein Sohn Rico würden dafür sorgen, daß sie berühmt wurde. Und reich.
Die moderne Technik erlaubte es, eine Stimme von dieser Vollkommenheit
weltweit den Menschen bekannt zu machen, ohne daß Maria je eine Bühne
oder ein Konzertpodium betrat. Aber sie würden sie auch aufs Konzertpodium bringen. Frederic sah das Bild vor sich wie eine Vision – das Podium,
der Konzertflügel, und Rico, der Maria hereinführte und zu ihrem Platz am
Flügel brachte, der Empfangsapplaus, Maria neigte den Kopf, Rico verbeugte
sich mit seinem strahlenden Lächeln, küßte Maria die Hand, zog sich zurück.
  So ihr Auftritt, so ihr Abgang. Und es konnte genausogut ein Orchester
sein, vor das er sie hinstellte, ein Dirigent, der mit ihr kam, anfangs beunruhigt, weil sie nicht sehen konnte, wenn er ihr das Zeichen zum Einsatz gab.
Aber ihr Einsatz kam todsicher, das hatte Ruhland perfekt mit ihr vorbereitet.
So würde es sein, hierzulande und anderswo. Und zweifellos würde es den

Erfolg noch vergrößern, daß dieses schlanke, schöne Geschöpf mit der göttlichen Stimme blind war. Wie wunderbar ließ sich in den Zeitungen darüber berichten, Rico würde die Interviews geben, und daß er es verstehen würde, ausreichend Sahne darüber zu gießen, daran konnte kein Zweifel bestehen. Er, ihr Mann, der liebende, aufopferungsvolle Begleiter. Was für eine Story!

Der seltsame Schmerz, die Traurigkeit, die Frederic in den Park getrieben hatten, waren in Zorn umgeschlagen, eine Regung, die ihm im Grunde fremd war.

Er war vom Weg abgekommen, es war dunkel, das Mondlicht drang nur schwach durch die dichtbelaubten Baumkronen. Er wußte nicht, wo er war, ob er vielleicht im Kreis gegangen war. Die Lichter vom Schloß waren nicht mehr zu sehen, nichts war zu hören als das saugende Geräusch, das seine Schritte auf dem nassen Boden machten, einmal piepte ein Vogel, den er im Schlaf gestört hatte.

Er hatte keine Ahnung, wie groß der Park war, ob er etwa übergangslos in den Wald führte, dann war der Rückweg noch schwerer zu finden. Nun, irgendwo landen würde er, dies waren nicht die Rocky Mountains und nicht die Dschungel Afrikas. Er befand sich im Chiemgau.

Er erinnerte sich, wie Patton einmal gesagt hatte: »Was für ein schönes Land, dieses Bayern.«

Selbst damals, so kurz nach dem Krieg, hatte der General es so gesehen. Und wie hätte ihm heute wohl das Konzert in einem Schloß gefallen?

Auf einmal lichteten sich die Bäume, und Frederic gelangte an die Mauer, die den Schloßpark umgab, er ging keineswegs übergangslos in den Wald hinein.

Frederic fand einen herausstehenden Stein und zog sich an der Mauer hoch, der Anzug war sowieso verdorben, die Schuhe naß. Auf die Mauerkrone gestützt, blickte er hinaus auf die mondhellen Wiesen, in deren Mitte ein kleiner Weiher silbern glänzte und das Mondlicht widerspiegelte.

Er stand und starrte in die helle Dunkelheit, und trotz allem, was er erlebt hatte, die Beendigung seines Studiums, die Spezialausbildung für den diplomatischen Dienst, sein erster Posten in Ägypten, waren seine Gedanken nun erfüllt von der Erinnerung an die letzte Begegnung mit Maria. Als er damals mit seinem Vater nach München kam, fand er überdies eine total verzweifelte Nina vor.

»Ich bin schuld! Ich allein. Sie haben mir gesagt, es ist ein Versuch, man kann nicht wissen, wie es ausgeht. Es ist zu lange her, haben sie gesagt. Ich hätte es früher tun müssen. Es ist meine Schuld, nur meine Schuld.«

Die Operation, am Horizont schwebend wie ein mögliches Wunder, von dem man immer wieder einmal sprach, beschwörend, hoffend, glaubend. Auch zu Maria. Bis auch sie hoffte und glaubte.

Als sie wieder im Dunkel versank, war es schlimmer als je zuvor. Sie war kein Kind mehr, sie verstand nun alles, verstand es viel zu gut, denn Jahre um Jahre hatte man ihren Verstand geschult. Sie war fünfzehn, aber da sie nie eine normale Kindheit, nie eine unbekümmerte Jugend gehabt hatte, wirkte sie älter und reifer. Sie reagierte wie ein Mensch, dem man alles genommen hatte, wenn auch gerade dies nicht der Fall war. Man hatte ihr nichts genommen außer der Hoffnung und dem Glauben an ein neues Leben.

Auf diesen Punkt brachte es Professor Goll sogleich und sagte: »Es ist der größte Verlust, den ein Mensch erleiden kann.«

»Es ist wie damals, als man sie mir gebracht hat, nachdem sie in Dresden ausgegraben worden war«, sagte Nina. »Nein, eigentlich ist es noch schlimmer. Alles, was wir getan haben, alles, was sie sich erobert hat, ist wie ausgelöscht. Als ob man einen Schwamm nimmt und von einer Tafel alles wegwischt, was dort geschrieben steht. Sie ist nicht nur blind, sie ist nun auch taub und stumm und wie ein Stück Holz.«

Wie ein lebloser Schatten hockte Maria in ihrem Zimmer, sie war nur noch ein Strich, sie wollte nicht essen, sie sprach mit keinem.

»Sie hat gesagt, sie will nun sterben. Sie wird es machen wie Tante Alice«, berichtete Nina. »Mein Gott, wäre sie doch damals in Dresden tot gewesen. Ich kann nicht noch einmal von vorn anfangen. Nein, nein, nein . . .« und in ihrer Stimme schrillte Hysterie. »Ich kann es nicht.«

Zu dieser Zeit lebte Silvester wieder mit Nina zusammen, und zwar in Marleens Haus in Solln. Eine Zeitlang war alles sehr gutgegangen, Silvester arbeitete, und Nina hatte begonnen, ihr Buch zu schreiben. Davon konnte nun keine Rede mehr sein. Keiner wußte, wie Nina und Maria zu helfen war, Silvester, Isabella, Victoria, die Langes, Lou, mit der sich Maria besonders gut verstanden hatte, sie alle standen hilflos diesem neuen Unglück gegenüber.

Marleen war nicht da, Alexander Hesse hatte ein kleines Haus in Ronco, oberhalb des Lago Maggiore, gekauft, dort hielten sie sich jetzt oft wochenlang auf.

Nachdem sich Professor Goll ohne Kommentar einige Tage lang die Situation betrachtet hatte, sagte er ruhig: »Wir nehmen Maria mit.«

»Aber das geht doch nicht«, schrie Nina.

»Das geht sehr gut. Es ist mein Beruf, psychisch kranken Menschen zu helfen. Und da ich mich weitgehend zur Ruhe gesetzt habe, es gibt nur noch ein paar alte treue Patienten und einige meiner früheren Schüler, für die ich da bin, habe ich genügend Zeit für Maria. Ich will versuchen, ob ich ihr das Leben wiedergeben kann, ihr Leben, so wie sie es bisher gewöhnt war. Und außerdem muß man dich jetzt von Maria trennen, sonst wirst du ernsthaft krank, Nina. Sieben Jahre sind genug. Du mußt jetzt wenigstens eine Zeitlang dein eigenes Leben haben. Du hast dich tapfer geschlagen. Aber ich möchte nicht, daß du nach alldem dann doch besiegt am Boden liegst.«

Er sah Silvester an, der bei diesem Gespräch zugegen war, und Silvester nickte.

»Es wird Ihre Aufgabe sein, Dr. Framberg, Nina zu helfen. Verreisen Sie eine Weile, führen Sie sie aus, kaufen Sie ihr hübsche neue Kleider, und dann soll sie weiter an ihrem Buch schreiben. Das wird die beste Therapie sein.«

Wirklich erholte sich Nina, nachdem sie den Schock von Marias plötzlicher Abreise überwunden hatte. Es war ein ganz unbekanntes Gefühl von Freiheit, endlich einmal keine Verantwortung tragen zu müssen. Sie verreisten nicht, sie blieben in dem Sollner Haus mit seinem schönen Garten, in dem kein Gemüse und keine Kräuter mehr wuchsen, sondern wieder Blumen.

Zu dieser Zeit lebte Stephan fast schon ständig auf Langenbruck. Das hatte sich ganz von selbst ergeben, als Resultat der Sommerferien, die er mit Maria dort verbracht hatte. Und zwar beginnend mit den Gewächshäusern von Boris, für die sich Stephan von Anfang an interessiert hatte. Der Verwalter, wenn man ihn so nennen wollte, Franz Mösslinger, war alt geworden, genau wie sein Herr, der Baron Moratti, er hatte Arthrose in den Beinen und ein angegriffenes Herz und fühlte sich der Aufgabe, sich um alle Belange des Schlosses und des dazugehörenden Geländes zu kümmern, um die Wirtschaft, um die Angestellten und was eben alles dazugehörte, nicht mehr gewachsen.

Verwalter war nicht ganz der richtige Ausdruck. Mösslinger war auf dem Schloß aufgewachsen, genau wie Heinrich Ruhland, sein Vater war der Diener des alten Barons gewesen. Der Erste Weltkrieg brachte Franz Mösslinger in die große weite Welt, erst auf den Balkan, dann nach Frankreich, wo es ihm ausnehmend gut gefiel, denn der Schützengraben blieb ihm erspart; er war Ordonnanz im Casino. Auch als er in Gefangenschaft geriet, hatte er Glück. Das große Landgut im Süden Frankreichs, wo er zunächst auf dem Feld arbeitete, wurde ihm zu einer neuen Heimat. Er blieb nicht lange auf dem Feld; er hatte Manieren und sprach gut Französisch, und so wurde er bald Diener im Herrenhaus, alle waren mit ihm zufrieden, er war zufrieden mit seiner Stellung, es hätte alles bleiben können, wie es war, wenn, ja wenn Franz sich nicht in die Tochter des Hauses verliebt hätte. Wahnsinnig verliebt, und das junge Mädchen erwiderte seine Liebe. Das blieb lange Zeit verborgen, Liebende sind ja geschickte Lügner, aber schließlich kam die Affäre doch ans Licht, und wenn man den François, wie er hier genannt wurde, auch schätzte, was nicht ging, das ging nicht. Die junge Dame wurde sofort zu Verwandten nach Paris verfrachtet und bald darauf verheiratet.

Franz kehrte mit gebrochenem Herzen nach Langenbruck zurück und wurde dort mit Freuden wieder aufgenommen, und da blieb er denn auch und wuchs mit der Zeit in alle Aufgaben und in die Verantwortung hinein, die ein so großer Besitz mit sich brachte. Geheiratet hatte er nie.

Doch nun war er alt, und Stephan, von ihm angelernt, trat an seine Stelle. Eine unerwartete Wendung in Stephans Leben und, wie Nina fand, eine glückliche Fügung, denn Stephan gefiel das Leben und die Arbeit auf dem Schloß. Das ging nicht von heute auf morgen, es ergab sich so.

Maria nahm gar nicht richtig wahr, was mit ihr geschah, sie wollte es auch nicht wissen, sie ging aus dem Haus wie eine Marionette, geführt von Frederic, sie nahm nicht Abschied, wie man es vor einer großen Reise tut, sie ließ sich von Nina auf die Wange küssen, überhörte jedoch Ninas besorgte Worte. »Mein Gott, Kind«, flüsterte Nina, die Augen voller Tränen, und sah dem Taxi nach. Denn der Professor hatte verboten, daß sie mit nach Riem kam.

»Je beiläufiger die Abreise vor sich geht, desto besser«, hatte er gesagt, und soweit es Maria betraf, ging das vorzüglich. Sie war auch ganz ruhig, als Frederic sie die Gangway hinaufführte, sie saß regungslos auf ihrem Platz, und Frederic wußte noch genau, was er gedacht hatte: was tun wir ihr an! Wie fürchterlich muß die Maschine in ihren Ohren dröhnen! Sie muß es spüren, daß wir die Erde verlassen, mehr denn je ist sie im Nirgendwo, im Nichts, ein hilfloses Objekt, mit dem jeder machen kann, was er will.

Damals hatte er das zum erstenmal gedacht.

Er nahm vorsichtig Marias Hand, sie entzog sie ihm nicht. »Ich bin bei dir. Du brauchst keine Angst zu haben«, sagte er.

Maria erwiderte: »Ich habe keine Angst. Wovor sollte *ich* Angst haben?« In ihrer Stimme klang leiser Spott, fast ein wenig Überheblichkeit.

Eine Weile später sagte sie: »Sie hat mich fortgeschickt. Sie wird froh sein, mich endlich los zu sein.«

»Nina hat dich nicht fortgeschickt. Wir haben dich mitgenommen. Nina ist sehr unglücklich, das hast du doch gemerkt, Maria. Sie kann nichts dafür, daß die Operation mißglückt ist, das mußt du einsehen.«

Maria nickte.

»Man wird es später noch einmal versuchen.«

»Nie wieder«, sagte Maria hart.

»Die Wissenschaft macht Fortschritte, weißt du.«

Maria schwieg.

»Vater denkt, daß eine neue Umgebung dich ablenken wird.«

Und wieder Spott in ihrer Stimme: »Ablenken? Wovon? Jede Umgebung ist für mich die gleiche.«

Etwas Neues hatte sich ihrem Wesen hinzugefügt: Trotz, Kälte, und eben dieser Spott.

Frederic kannte sie zu wenig, um es zu beachten. Er blickte seinen Vater an, der nichts gesagt hatte, seit sie in der Luft waren, nur das eine Wort, das er immer sagte, wenn die Maschine abhob: airborn. Er liebte dieses Wort.

Seitdem saß er still da, in sich versunken, abwesend.

Dann auf einmal Marias erstaunliche Frage: »Ist unter uns das Meer?«

»Noch nicht«, antwortete Frederic, »aber bald.«

»Ich habe mir immer gewünscht, das Meer zu sehen. Ich habe nie das Meer gesehen.«

Professor Goll erwachte wie aus einem Traum. »Du wirst das Meer hören, Maria.«

Die sanfte Stimme der Stewardeß, Maria verstand die englischen Worte und schüttelte den Kopf.

»Aber ja, Maria«, sagte der Professor. »Wir werden einen kleinen Schluck Champagner trinken und etwas Gutes essen. Es wird dir sonst zu langweilig.«

Die Stewardeß servierte mundgerechte Bissen, und Maria nahm sie von Frederic.

An diese Szene mußte Frederic denken im nächtlichen Park, noch immer oben auf die Mauer gestützt. Dann bröckelte der Stein ab, auf den er sich stützte, er rutschte herunter und schürfte sich dabei die Hand auf.

Ihm war, als höre er das Dröhnen der Maschine, das ihm so laut vorgekommen war wie nie zuvor, weil er es mit ihren Ohren hören wollte. Eine Weile hielt er die Augen geschlossen, um nicht zu sehen, wie sie, nur zu hören; aber er wußte ja, wie es um ihn aussah. Das ernste strenge Gesicht seines Vaters, die Gesichter der anderen Passagiere, die er kaum wahrgenommen hatte, die er aber jetzt deutlich vor sich sah, das Lächeln der Stewardeß. Er hielt wieder Marias Hand, er wußte selbst nicht warum. Sie habe keine Angst, hatte sie gesagt. Aber er, er hatte Angst. Und er dachte wieder: was tun wir ihr an?

Und jetzt im Park derselbe Gedanke, nicht mehr im Zorn, sondern verzagt, erbittert.

Was tun sie ihr an?

Er saugte das Blut von seinem Handballen, nahm sein Taschentuch und wischte sich die Hände ab.

Sie hatte immer gefragt: sind meine Hände sauber? Meine Nägel? Fragte sie jetzt Rico?
Vier Jahre lebte sie nun in diesem Schloß, dessen Räume, dessen Park sie nie gesehen hatte. Vier Jahre lang stand sie neben dem Flügel – Übungen, Exercisen, Scalen, Lieder, Arien.
»Noch einmal, Maria. Das war nichts. Ganz gerade einsetzen. Abstützen. Hör zu, Maria, ich singe es dir vor. Gib acht, Maria, noch einmal.«
Ruhlands Stimme, bannend, tyrannisch, unerbittlich – so mußte es gewesen sein.
Frederic verstand genug von einer künstlerischen Ausbildung, um es sich vorzustellen.
Ruhlands Wille, seine Kraft, sein Ehrgeiz schufen Marias Stimme. Sie war sein willenloses Objekt gewesen, und er wußte, wie er damit umging. Niemals hätte ein sehender, zum selbständigen Handeln fähiger Mensch sich so preisgegeben, sich selbst so aufgeben können, um nichts mehr zu sein als eine Stimme.
Sie habe ein riesiges Repertoire, hatte Ruhland am Nachmittag gesagt.
»Und alles nur in ihrem Kopf gespeichert, sie hat nie eine Note gesehen von dem, was sie singt.«
Er hatte nicht nur ihre Stimme ausgebildet, er hatte all diese Lieder und Arien mit ihr einstudiert. Note für Note, Phrase für Phrase.
Was für eine ungeheure Leistung. Nicht nur von Maria, auch von Ruhland, das mußte man zugeben. Marias Leben war nur noch die Stimme. Marias Stimme war Ruhlands Erfolg. Würde Ricos Erfolg sein. Und dazu wollte er noch die ganze Maria in Besitz nehmen.
Frederic schlug mit der geballten Faust an die Mauer. Er hatte vergessen, wie die Stimme ihn bewegt und erschüttert hatte, plötzlich sah er in ihr nur noch Marias Feind, der sie versklavte, sie an ihre Eroberer auslieferte.
Wozu das alles? Erfolg? Ruhm? Geld?
Ihr blasses Gesicht vor einem dunklen Nirgendwo.
Das strahlende Siegerlächeln der beiden Ruhlands.
Frederic schlug wieder an die Mauer.
Was für irrwitzige Gedanken! Was ging es ihn an?
Er würde jetzt den Weg zum Schloß zurück finden, versuchen, an das vordere Portal zu kommen und ungesehen in sein Zimmer zu gelangen. Morgen in der Früh am besten gleich abreisen. Er konnte mit Vater und Ariane in München im Hotel sprechen und ihnen die Fahrt zum Schloß ausreden. Fahren wir lieber gleich nach Paris?
Er konnte sich jedes Wort sparen, das wußte er genau, sein Vater wollte Maria wiedersehen, wollte sehen, wie sie sich entwickelt hatte, seit sie wieder in Europa war. Und Ariane, die sich so liebevoll um Maria bemüht hatte, wollte das alles auch. Und dann wollten sie Maria hören, ganz klar.
Damals, noch während des Fluges, hatte Professor Goll gesagt: »Ich habe mir noch nicht überlegt, was wir tun werden, aber Marias Frage nach dem Meer hat mir den richtigen Gedanken eingegeben. Wir werden nach Cape Cod gehen, Ariane, Maria und ich, das Haus ist klein und leicht zu begreifen, es kommen keine fremden Menschen, Tag und Nacht hört sie das Meer. Es wird bald Sommer, dann wird sie Sonne und Wind und die salzige Luft vom Meer spüren.«

»Ariane und du?« fragte Frederic. »Und ich?«

»Du studierst, soviel ich weiß, mein Sohn. Du wirst uns manchmal besuchen.«

Als Professor Goll das erste Mal mit Maria um die Hausecke bog, und der Sturm sie packte, warf sie den Kopf zurück und lachte.

»Ich möchte hinein in das Meer.«

»Später, Maria, es ist noch zu kalt.«

»Ich weiß, wo wir sind. Wo die Leute von der ›Mayflower‹ landeten. Und immer weiter und weiter nach Osten ist Europa. Wenn ich hier in das Meer hineingehe und immer weiter und weiter, komme ich nach Europa.«

»Kaum«, sagte der Professor trocken, »es treibt dich zurück an die Klippen, tot und ertrunken.«

»Das wäre doch schön.«

»Wie man's nimmt. Eine Wasserleiche ist durchaus kein schöner Anblick.«

Marias Behandlung gestaltete sich viel leichter als der Professor erwartet hatte. Sie in eine neue Umgebung hineinzustoßen, die ihre volle Aufmerksamkeit erforderte, ob sie wollte oder nicht, war der erste wichtige Schritt. Sie mußte sich zurechtfinden in neuen Räumen, in einem anderen Bett, mußte nach Dingen greifen, die sie nicht kannte, mußte die Stimmen erkennen, mußte Freundschaft schließen mit den Hunden.

Ariane war nicht deprimiert und unglücklich wie Nina in letzter Zeit, sie war heiter, gesprächig und voller Einfälle.

Sie beschrieb Maria alles, was um sie war, erklärte Land und Leute, den kleinen Garten vor dem Haus, was die Hunde taten, auch was sie kochen würde und wie sie es zubereitete.

»Du hast eine süße Figur, Maria. Du bist so anmutig in der Bewegung.«

»Ich?«

»Ja. Ich bilde mir ein, du müßtest gut tanzen können, Maria.«

»Ich?« wiederholte Maria.

»Ich war früher Tänzerin. Soll ich dir davon erzählen?«

Ariane erzählte. Manchmal nahm sie Marias Hand und machte Tanzschritte mit ihr oder stellte ihre Beine in die Ballettpositionen.

»Ja, so ist es gut, Maria. Und nun geh nach unten, das rechte Bein noch ein wenig mehr nach außen, so, ganz weich, ganz langsam. Wunderbar machst du das.«

Der Professor fand die beiden in der ersten, zweiten oder dritten Position, er fand Marias Bein waagerecht in die Luft gestreckt oder ihren Körper zur Brücke gebogen, makellos und geschmeidig.

»Sie wäre eine großartige Tänzerin geworden«, rief Ariane begeistert, »sie hat Musik in den Gliedern.«

»Sie wird nicht tanzen, sie wird singen.«

»Na ja, ist ja auch ganz schön.«

»Ich singe nicht«, darauf Maria knapp.

»Es ist ja auch noch zu früh«, sagte der Professor ebenso knapp.

»Ich werde nie wieder singen«, das klang trotzig.

»Was heißt, du wirst nie wieder singen. Du kannst es ja noch gar nicht, ich denke, du sollst es erst lernen. Wie heißt er gleich, dein berühmter Kammersänger?«

»Ich weiß es nicht«, war Marias Antwort.

Es befand sich kein Klavier im Haus, aber ein Plattenspieler, und Ariane legte zu ihren Übungen Platten auf, wenn sie nicht einfach dazu summte oder sang.

»Du sollst hier weder singen noch tanzen«, sagte der Professor, »du sollst mit mir reden.«

Maria widerspenstiges Schweigen wurde sehr schnell beendet in der neuen Umgebung. Sie mußte zuhören, sie mußte reden, und sie sträubte sich nicht lange dagegen, ihre Intelligenz ließ sich nun einmal nicht unterdrücken.

Nach guter alter Freudscher Manier sprach der Professor zunächst gar nicht von gestern und vorgestern, er wollte vor allem wissen, was Maria noch aus ihrer frühen Kindheit wußte. Bei Nina war das Thema tabu gewesen – Marias Kindheit, Dresden, ihre Mutter –, der Professor fragte ungeniert danach.

Maria wußte noch erstaunlich viel. Sie beschrieb Victoria Jonkalla, ihre Mutter, mit großer Genauigkeit, ihr Gesicht, ihr Haar, ihre Stimme, ihre strahlende Sicherheit.

»Mami war wie Sonnenschein«, sagte sie einmal. »Ich kann die Sonne nicht mehr sehen, aber ich weiß noch, wie ihr Licht durch die Fenster kam. Da hing ein wunderschönes Bild von Mami. Er hatte es malen lassen.«

»Wer?«

»Papi. Ihr Mann.«

»Er war der Mann von deiner Mami, aber er war nicht dein Papi?«

»Nein. Aber ich durfte Papi zu ihm sagen. Er hatte das gern.«

»Du hast ihn liebgehabt?«

»Ja. Ich habe ihn sehr liebgehabt. Er war . . .«

»Wie war er?«

»Gut. Er war gut. Und er hatte mich lieb. Und Mami hatte er sehr lieb. Ich liebe dich über alles in der Welt, sagte er zu ihr. Dann lachte sie. So.« Maria warf den Kopf in den Nacken und lachte mit geöffnetem Mund.

»Sie war also eine glückliche Frau, nicht wahr?«

»Ja. Eine sehr glückliche Frau.«

Sie konnte das Haus beschreiben, in dem sie gewohnt hatte, das Personal, die Schule, in die sie gegangen war.

Mit seinen behutsamen Fragen holte Goll ihre Kindheit ans Licht. Sie kamen sogar bis nach Baden, zu dem Haus, in dem Maria die ersten fünf Jahre ihres Lebens verbracht hatte. Sie beschrieb den Garten, das große Zimmer, Cesare in seinem Rollstuhl.

»Er konnte nicht laufen?«

»Nein. Er saß immer in dem Stuhl. Wenn er . . .«

Sie stockte.

»Ja?«

»Er wurde ins Bett gelegt. Oder wenn er . . . ja, wenn er gebadet wurde . . .«

»Dann mußte ihn jemand aus dem Stuhl heben. Wer war das?«

Das fiel ihr nicht gleich ein. Aber an Anna erinnerte sie sich sehr gut. Anna kochte, besorgte das Haus, kümmerte sich um die kleine Maria.

»Er war ihr Mann.«

»Wie sah das Zimmer aus?«

»Es war dunkel . . .«

»War die Tapete dunkel?«
»Ja. Ja, die Tapete war dunkel. Ich glaube braun. Und die Bäume im Garten waren sehr groß. Es war sehr schattig. Dadurch wurde das Zimmer so dunkel.«
»Im Sommer.«
»Ja, im Sommer. An den Winter kann ich mich gar nicht erinnern.«
»Bist du nie mit einem Schlitten gefahren?«
»Nein.«
»Hast du mit anderen Kindern gespielt?«
»Nein. Es gab keine anderen Kinder.«
»Du warst also immer allein mit dem Mann im Rollstuhl, und mit Anna und ihrem Mann.«
»Er hieß Anton«, fiel ihr ein.
»Verstehst du, wie wichtig es ist, davon zu sprechen? Viele Dinge versinken im Laufe eines Lebens. Aber gerade das, was man als Kind erlebt hat, behält man sehr gut. Und man muß manchmal davon sprechen, damit man es nicht vergißt. Es war in Baden. In Baden bei Wien. Warst du auch einmal in Wien?«
»Nein.«
»Es war also immer das Haus, der Garten und diese drei Leute. Hat dich denn deine schöne Mami nicht manchmal besucht?«
Maria hob die Schultern.
»Ich erinnere mich nicht.«
»Und wie ging es weiter?«
»Dann waren sie auf einmal weg, der Mann im Rollstuhl und Anton. Als ich aufwachte, war nur noch Anna da, und sie weinte furchtbar. Sie haben ihn abgeholt, sagte sie. Und dann gingen wir auch fort, ganz schnell. Ich konnte nicht einmal meinen Kakao austrinken, so schnell ging es.«
Eine behütete, aber einsame Kindheit erkannte der Professor. Keine anderen Kinder, keine Spielgefährten. Er kam zu dem selben Schluß wie Victoria von Mallwitz, als Maria nach der überstürzten Flucht bei ihr im Waldschlössl landete: Dieses Kind ist vollkommen lebensfremd aufgewachsen. Es fürchtet sich vor anderen Kindern.
Nina hatte die kopflose Anna und das verängstigte Kind in Graz abgeholt, wo sie auf ihrer Flucht gestrandet waren. Und als sie die beiden in München hatte, wurde Silvester verhaftet.
An das Waldschlössl erinnerte sich Maria ganz gut, und Mali, die kleine Hündin, die geboren wurde, während sie dort war und die sie später nach Dresden mitnehmen durfte, als die Mami sie zu sich nahm, war und blieb die wichtigste Person in dieser Zeit.
Über Mali zu sprechen, war immer noch schwierig, Maria weinte zum erstenmal während ihres Aufenthaltes in Amerika. Das war just an einem Tag, an dem Frederic wieder einmal von Boston herauskam, und er kam oft. Er fand Maria in Tränen, und er machte seinem Vater Vorwürfe, daß er nach der Hündin gefragt hatte.
»Ich hätte dir das auch erzählen können«, sagte er. »Das war 1945, als ich zu ihnen ins Haus kam. Da sprach sie das erste Mal, und sie sprach von dem Hund.«
»Zu dir?«

»Nein. Zu Nina. Nachdem ich gegangen war. Aber Nina erzählte es mir am nächsten Tag.«

Frederic nahm Maria zärtlich in die Arme.

»Vergiß Mali. Vater hat nicht recht. Manches soll man auch vergessen. Du hattest Conny in München, und hier hast du Buster und Buggy. Buster ist schon ziemlich alt, weißt du. Aber er ist doch lieb, nicht?«

»Ja.«

»Komm, wir nehmen die Hunde mit und gehen ans Meer. Es ist ganz windstill heute. Wir ziehen die Schuhe aus und stecken die Füße in den Ozean.«

»Und du erzählst mir, was du studiert hast?«

»Ja. Ich erzähle dir von Napoleon, das war ein toller Bursche.«

»So einer wie Hitler?«

Das ließ Frederic erst einmal verstummen. Er mußte überlegen. »Einerseits, andererseits«, sagte er. »Das läßt sich nicht vergleichen. Obwohl, geschichtlich gesehen, eine gewisse Parallele besteht.«

Erst mal kam ihm so richtig zu Bewußtsein, daß Maria von dem Untergang Deutschlands, von der anschließenden Verfemung und Verdammung durch die übrige Welt, nichts mitbekommen hatte. Wer hätte zu ihr von den Verbrechen der Deutschen, von den Morden der Nazis, wer von Entnazifizierung oder vom Nürnberger Prozeß sprechen sollen? Das war spurlos an ihr vorübergegangen, so wie die Nazizeit selber, die sie nur als Kind erlebt hatte, immer abseits von den Ereignissen. Daß man den alten Mann abgeholt hatte, wie sie es nannte, weil er Halbjude war und international unübersichtliche Verbindungen besaß, das wußte sie nicht, das hatte ihr keiner erklärt, falls es überhaupt einer von denen, die um sie gewesen waren in den letzten Jahren, richtig begriffen hatte. Es hatte irgend etwas mit Italien zu tun, hatte Nina einmal erzählt, mit dem faschistischen Regime, zu dem Cesare Barkoszy offenbar beste Verbindungen gehabt hatte. Nachdem Mussolini an Macht verlor, schützte keiner mehr Cesare in seinem Rollstuhl.

»Ich weiß, wer Napoleon war«, sagte Maria an diesem Tag zu Frederic. »Herr Beckmann hat mir von ihm erzählt. Es war nach der Französischen Revolution, und er wurde Kaiser. Herr Beckmann hat gesagt, es sei absurd, erst eine Revolution zu machen, und den König und die Königin und den Adel umzubringen, und dann, ein paar Jahre später, einen Kaiser zu haben, der viel strenger regierte und immerzu Krieg führte. Herr Beckmann sagte, so etwas bringen nur die Franzosen fertig, die sind ganz anders als wir.«

»Was meinst du mit wir?«

»Na, uns. Deutschland. Ich bin doch Deutsche.«

Für sie war kein Makel damit verbunden. Und zu dieser Zeit, Anfang der fünfziger Jahre, hatte Deutschland bereits wieder an Ansehen und Geltung in der Welt gewonnen.

Übrigens starb der Oberstudienrat Beckmann, während Maria in Amerika war, er hatte einen leichten, schmerzlosen Tod, um den man ihn beneiden konnte, er lag eines Morgens friedlich und tot in seinem Bett.

Maria sollte ihn nicht wiedersehen, besser gesagt, nicht wiedertreffen, als sie zurückkam. Die Rolle, die er in ihrem Leben gespielt hatte, war nicht mit Gold zu bezahlen, war mehr als eine Million Dollar wert, wie man in Amerika gesagt hätte.

Auch Almut Herrmann traf sie nicht mehr an. Sie hatte eine Anstellung in einer privaten Blindenanstalt gefunden.

Für Frau Beckmann war der plötzliche Tod ihres Mannes verständlicherweise ein großer Schmerz, nun war sie ganz allein. Aber sie blieb nicht allein, Lou Ballinghoff und Michaela Cunningham, nunmehr seit einem Jahr in der Bundesrepublik lebend, hatten bisher bei den Langes gewohnt. Nun zogen sie zu Frau Beckmann, es war nur um die Ecke, eng verbunden blieben die Bewohner der drei Häuser auf jeden Fall.

Die Lösung befriedigte allgemein; Herbert war mit seinem Studium beschäftigt, denn er hatte beschlossen, es in kürzest möglicher Zeit zu bewältigen. Und Eva erwartete ihr zweites Kind. Die lebhafte Michaela im Haus war störend bei Herberts Arbeit. Frau Beckmann hingegen war gut unterhalten, denn Michaelas Temperament sorgte für Aufregung. Und Lou, unterernährt und nervös, mußte gehegt und gepflegt und gefüttert werden. Das war eine neue Lebensaufgabe für Frau Beckmann, der sie sich mit Hingabe widmete.

Bisher hatte sich Lou viel mit Maria abgegeben, sie hatten zusammen musiziert, doch die Operation beendete abrupt diese Harmonie. Michaela konnte in dieser Hinsicht kein Ersatz für Lou sein, sie hatte nicht das geringste Interesse an Musik. Sie genoß die neue Freiheit auf ihre Weise, am liebsten tobte sie im Freien herum, und als Spielgefährten hatte sie nur Buben. Was alle verwirrt hatte, war die Beziehung zwischen Maria und Michaela. Es gab sie nicht, und sie stellte sich auch während dieser relativ kurzen Zeit, die sie in großer Nähe verbrachten, nicht ein. Michaela wich der Blinden scheu aus, und die Tatsache, auf einmal wieder eine kleine Schwester zu haben, machte auf Maria nicht den geringsten Eindruck.

Im Schloßhof parkten noch die Autos, alle schienen noch da zu sein, stellte Frederic fest, als er an das vordere Portal gelangte. Es war weit geöffnet, und wie immer, wenn Gäste im Haus waren, saß Charly, selbstverständlich eigentlich Karl geheißen, hinter seinem Tisch im Vestibül. Das hatte Stephan so angeordnet; der Eingang durfte nie unbewacht bleiben, auch wenn die Leute auf dem bayerischen Land zumeist ehrlich und anständig waren. Doch die Banden der Nachkriegszeit, die umherstreiften und einbrachen, waren nicht vergessen.

Charly, aus dem Dorf stammend, war von Stephan angestellt worden und erwies sich als Gewinn. Er war stolz darauf, im Schloß zu arbeiten, bewunderte beide Ruhlands, betete Maria an und merkte sich die Namen aller Schloßbesucher in Windeseile. Er stand auf, als Frederic unter dem Eingang erschien, die beiden Hunde, die ins Schloß gehörten und die bei ihm gelegen hatten, erhoben sich.

»Oh, Mr. Goll«, rief er, »what happened to you? Sie sind ja ganz naß. Und was ist mit Ihrer Hand? Are you hurt?«

Er lernte Englisch von Maria und benutzte es so oft wie möglich.

»It's nothing«, tat Frederic ihm den Gefallen. »Just a scratch.« Doch Charly wollte etwas unternehmen. Er überlegte eine Weile, was Pflaster heißen könnte, er wußte es nicht und entschloß sich für deutsch.

»Ich werde Ihnen ein Pflaster besorgen«, sagte er eifrig. »Just wait a moment.«

»Thank you«, sagte Frederic und lächelte.

Charly brachte nicht nur das Pflaster, sondern auch ein Fläschchen mit Jod.

»It will burn«, sagte er warnend. »But it's better to ... ich meine, es ist besser, die Wunde zu desinfizieren.«

»Thank you«, sagte Frederic wieder, nachdem die Behandlung beendet war.

»You will change und go to the party?« forschte Charly.

»No. I won't. Good night, Charly.«

Zum Frühstück war am nächsten Morgen sowohl im Speisezimmer als auch auf der Terrasse gedeckt. Da es ein strahlend blauer Tag war, entschloß sich Frederic für die Terrasse, wo er Nina und Lou vorfand, in ein Gespräch vertieft, das sie beendeten, als er kam.

»Störe ich?« fragte er mit gewohnter Höflichkeit.

»Niemals«, sagte Nina. »Kaffee oder Tee? Aber zuerst einen Orangensaft, ja?«

Der Diener stand schon bereit, der Orangensaft kam sofort, dann der Tee, der aus einer großen Kanne eingeschenkt wurde.

»Hast du gut geschlafen? Ein herrlicher Tag heute«, begann Nina das Morgengespräch.

»Ihr seid allein?« wunderte sich Frederic. »Wo sind die anderen?«

»Silvester hat schon gefrühstückt, und Stephan hat ihn in die Gewächshäuser geschleppt, damit er dort alles besichtigt. Sie sind Stephans ganzer Stolz; sie bringen ja auch guten Gewinn. Marleen und Alexander frühstücken immer erst später. Und die meisten sind gestern noch nach Hause gefahren.«

»Und Maria? Hat sie auch schon gefrühstückt?«

»Sie kommt nicht herunter. Sie trinkt eine Tasse Kaffee in ihrem Zimmer, und wenn wir Glück haben, ißt sie auch einen Bissen dazu.«

Es klang resigniert.

Eine Weile blieb es still. Lou rauchte und blickte in das Grün der Bäume. Nina paßte auf, daß Frederic alles bekam, was ein amerikanischer Mann zum Frühstück brauchte – Eier und Schinken, Toast, Marmelade. Und es befriedigte sie zu sehen, wie es ihm schmeckte.

»Ich habe euer Gespräch unterbrochen«, sagte Frederic schließlich, nur um überhaupt etwas zu sagen.

»Es war nichts Besonderes. Worüber wir immer sprechen. Die Sorgen mit den Kindern.«

»Was für Kinder?« fragte Frederic, obwohl er ganz genau wußte, wer gemeint war.

»Nun erst einmal Michaela, die sitzengeblieben ist und eine Klasse wiederholen muß.«

»Was nicht sein müßte«, sagte Lou, »denn dumm ist sie nicht. Nur faul. Und sie hat nichts als Unfug im Kopf.«

»Na ja«, meinte Frederic nachsichtig, »in dem Alter!«

»In dem Alter waren wir alle mal. Ich wette, Sie sind nicht sitzengeblieben, Frederic.«

Er lachte. »Nein. Ich nicht, und mein Bruder auch nicht. Allein, sich Vaters Miene vorzustellen, hat es verhindert. Und Ariane kann auch verdammt energisch werden.«

»Michaela hat hier den Himmel auf Erden. Sie wird von allen Seiten verwöhnt und gehätschelt und gepätschelt. Sie ist alt genug, um zu begreifen, wie glücklich sich ihr Leben gewandelt hat.«

1001

»Wie alt ist sie denn jetzt?« fragte Frederic, mäßig interessiert an Michaela.
»Sie wird im nächsten Monat vierzehn.«
»Das ist ein dummes Alter. Sie hat noch Zeit genug, vernünftig zu werden.«
»Aber . . .« begann Lou, doch Nina unterbrach sie, sie kannte das Klagelied über Michaela schon: »Sie hat zuviel Freiheit. Lou läßt sie laufen, wohin sie will. Frau Beckmann erst recht, und ich denke nicht daran, mich um Michaelas Erziehung zu kümmern. Die einzige, die ihr mal den Kopf zurechtsetzt, ist Eva. Das hört sie sich mit Vergnügen an. Wenn sie sich nicht irgendwo in der Gegend herumtreibt, ist sie bei Eva. Die Kinder sind ihr ganzes Entzücken.«

»Neulich hat Michaela erklärt, sie möchte Kinderärztin werden«, erzählte Lou. »Ich habe ihr gesagt, daß sie dazu das Abitur haben muß. Und dann studieren.«

»Warten wir das Abitur ab«, sagte Nina. »Falls sie sich je dazu aufschwingen kann. Noch eine Tasse Tee, Frederic?« Sie winkte dem Diener, der wartend unter der Tür stand.

»Feudalismus ist eine angenehme Lebensart«, sagte Frederic. Nina nickte. »Ich habe das als Kind schon gedacht. Wenn ich auf Wardenburg war, bei Nicolas und Alice. Wir hatten zwar bloß einen Diener, den Grischa, das war ein Russe. Aber der war mindestens drei Diener wert. Hier in Bayern ist alles viel feudaler als bei uns in Schlesien.«

»Ich habe dein Buch gelesen«, sagte Frederic. »Ich verstehe dich und Tante Alice jetzt viel besser.«

»Nein? Du hast es wirklich gelesen?«
»Aber selbstverständlich. Ich muß dich etwas fragen, Nina.«
»Ja?«
»Findest du immer noch, daß ich Nicolas ähnlich sehe?«
»Aber ganz gewiß. Mehr denn je. Je älter du wirst, desto ähnlicher wirst du ihm. Nur habe ich mich inzwischen daran gewöhnt und falle nicht jedesmal in Ohnmacht, wenn ich dich sehe.«

»Du bist damals auch nicht in Ohnmacht gefallen.«
»Aber beinahe.«

Sie lachten sich an. Es hatte nicht sehr viele Begegnungen in ihrem Leben gegeben, aber immer waren sie von Bedeutung, voll nachhaltigem Eindruck gewesen. Wie nahe sie einander noch kommen würden, wie schwerwiegend jede Stunde, jede Minute sein würde, die sie miteinander verbrachten, konnten sie noch nicht ahnen.

Damals, das war im Juni 1945 gewesen.
Heute, das war im Juli 1957.
Zwölf Jahre waren vergangen. Nina rechnete es im Geist nach und kam zu einem überraschenden Ergebnis. Zwölf Jahre, dieselbe Zeitspanne, genau soviel Zeit, wie das Tausendjährige Reich Hitlers gedauert hatte.

Das kann nicht möglich sein, dachte sie. Diese letzten zwölf Jahre sind viel schneller vergangen.

Maria kam auf die Terrasse, an ihrer Seite der Marquis von Posa, hinter ihr Rico Ruhland.

»Hei, Leute«, rief Rico. »What a wonderful morning! Habt ihr alle gut geschlafen?«

Er schob Maria den Sessel zurecht, winkte dann dem Diener, bekam ebenfalls Orangensaft, dann Kaffee.

»Hast du schon gefrühstückt, Maria?« fragte Nina.
Maria nickte: »Ja.«
»Und was? Wenn ich fragen darf?«
Maria zog unwillig die Brauen hoch und gab keine Antwort.
»Zu wenig«, sagte Rico, »wie immer zu wenig. Ich kann mir den Mund fransig reden, daß sie mehr essen soll. Der einzige, der mal Erfolg hat, ist Stephan, er stellt sich einfach neben sie und geht nicht weg, bis sie aufißt, was er ihr vorgelegt hat. Aber heute hat er wohl keine Zeit.«
»Ich dachte immer«, sagte Frederic, denn er meinte, etwas sagen zu müssen, damit sie merkte, daß er da war, »Sängerinnen müssen dick sein.«
Maria wandte den Kopf in seine Richtung, nicht überrascht, sie hatte wohl seine Gegenwart gefühlt. Sie lächelte.
»Nicht gerade dick«, sagte Rico, »das würde zu Marias Image nicht passen. Aber ein bißchen zulegen könnte sie schon, es wäre der Stimme nur dienlich. Vater sagt das auch.«
»Ich habe ein Stück von dem Hefezopf gegessen, den Zenzi gebacken hat«, sagte Maria in Ninas Richtung.
»Ein halbes Stück«, berichtigte Rico. »Die andere Hälfte lag auf ihrem Teller.«
Er war also in ihrem Zimmer, konstatierte Frederic, und der Ärger vom Abend zuvor, nein, die Wut, stieg wieder in ihm hoch. Was maßte sich dieser aufgeblasene Jüngling an, der da, durchaus gut genährt und braun gebrannt, in einem kurzärmeligen Hemd, die dunklen Locken zerzaust, neben Maria saß und nun auch bei dem Hefezopf angelangt war.
»Ich verstehe das gar nicht«, sagte Frederic. »Als du bei uns warst, hast du immer ordentlich gefrühstückt. Du hast so gern Cornflakes mit Milch gegessen. Das müßte es hier doch inzwischen auch geben.«
Maria wandte belästigt den Kopf zur Seite, und auch Nina begann das Gespräch auf die Nerven zu gehen.
»Milch gibt es gerade genug hier auf dem Land«, sagte sie, »und Cornflakes kann ich aus München mitbringen.«
»Kriegen wir in Wasserburg auch«, beschied sie Rico, »so amerikanisiert sind wir lange. Ich wußte nur nicht, daß sich Maria aus dem Hühnerfutter was macht.«
Lou hatte sich ein wenig von den anderen abgewendet, ihr Blick ging über die Büsche und den Rasen, der vor ihnen lag. Dazu pfiff sie leise die Rosenarie aus ›Figaro‹.
»Ja, ja«, sagte Rico, »die Susanne haben wir jetzt voll drauf. Wie mir die Plattenfirma gestern abend erzählte, plant man, in Zukunft komplette Opern aufzunehmen. Maria, das wird für dich das Geschäft deines Lebens. Übrigens, Herrschaften, klappt es mit dem Rundfunk auch. Kommende Woche fahre ich nach München, und dann reden wir ernsthaft darüber. Und wißt ihr, was ich dann vorhabe? Ich fliege nach Berlin. Dort müssen wir auftreten. Mehr oder weniger stammt Maria ja aus Berlin. Wir können von Victoria Jonkalla sprechen, ihrer Ausbildung in Berlin, vielleicht treiben wir ihre Gesangslehrerin noch auf, wie hieß sie doch gleich, und dann natürlich Dresden und...«
»Nein!«
Es war ein lauter Schrei, und er kam von Nina.

Ihre Augen funkelten zornig.

»Das wirst du ganz gewiß nicht tun. Ich verbiete es.«

»Aber Nina!« sagte Rico ehrlich bestürzt. »Das mußt du doch verstehen! Ich bin Marias Manager. Eine Karriere baut man nicht ohne Trommelwirbel und Paukenschlag auf. Das tangiert dich doch nicht. Das mache alles ich.«

»Warum?« fragte Frederic ruhig.

»Um Maria berühmt zu machen.«

»Muß sie denn berühmt sein?«

»Lieber Mr. Goll, Sie haben sie gestern gehört, nicht wahr? Wir sind ja nicht taub hier auf Langenbruck. Wir haben hier eine Jahrhundertstimme ausgebildet.«

»Wer wir?«

»Ach, kommen Sie mir nicht linksrum. Mein Vater, klar. Aber mein Anteil daran war auch nicht gering. Und was ich daraus mache, das werdet ihr sehen. Maria wird so viel Geld verdienen, daß euch allen die Augen übergehen.«

Sie schwiegen, peinlich berührt. Maria hatte den Kopf gesenkt, ihre Hand streichelte den Kopf des Hundes.

»Maria!« sagte Frederic. »Willst du denn das? Soviel Geld verdienen?«

Maria hob den Kopf, wandte das Gesicht in seine Richtung. »Ich habe noch nie Geld verdient«, sagte sie, »ich habe jeden Menschen, der mich kennt, bisher nur Geld gekostet. Nina, Marleen, deinen Vater, deine Mutter. Herrn Ruhland, Rico. Alle haben mir zu essen gegeben, alle haben mich angezogen, alle haben mir ein Bett gegeben. Und der Arzt hat Geld gekostet, und der Flug hat Geld gekostet, alles, alles hat immer nur Geld gekostet. Und was Gesangstunden kosten, solche Gesangstunden von einem so berühmten Mann wie Heinrich Ruhland, das weiß ich auch. Soll es mein Leben lang so bleiben? Soll ich nie eigenes Geld verdienen? Soll ich immer nur von der Gnade, von der Barmherzigkeit der anderen leben?«

Ihre Stimme war lauter geworden, erregt. »Soll ich immer von Almosen leben? Weil es einer Blinden so geziemt?«

»Mein Gott, Kind! Almosen!« sagte Nina schockiert. »Wie kommst du zu so einem Ausdruck?«

»Sie hat recht«, sagte Rico, wischte sich den Mund ab und zündete eine Zigarette an. »Es mag Blinde geben, die von Almosen leben müssen. Sie nicht; ich habe ihr das gestern nach dem Konzert deutlich gesagt.«

Er blickte Frederic herausfordernd an, denn er spürte den Widerstand, der von Frederic kam.

Hatte er nicht recht? Doch, Frederic mußte es zugeben. Seine Bedenken waren lächerlich. Und seine Aversion gegen die Ruhlands erst recht.

Vor vier Jahren, von Boston kommend, hatte er selbst sie nach einem kurzen Zwischenaufenthalt in München hier herausgebracht. In ein bequemes, in ein wahrhaft luxuriöses Leben, zu Menschen, die es gut mit ihr meinten, zu einem Mann, der seine Kraft und sein Können einsetzte, um eine Sängerin aus ihr zu machen. Das war gelungen, und daß nun, für all den Fleiß, der aufgebracht worden war, für alle Arbeit, die er und Maria geleistet hatten, ein Erfolg daraus werden mußte, war nicht mehr als recht und billig. Und Erfolg bedeutete Geld.

Sie wollte es auch. Sie hatte es eben gesagt.

Heinrich Ruhland hatte seinen Teil geleistet und würde ihn weiter leisten. Aber Rico Ruhland war ebenfalls nicht zu entbehren.

Frederic stand auf, blickte in die Augen des Hundes, der ihn aufmerksam beobachtete.

»Was hast du denn vor?« fragte Nina.

»Oh, ein wenig spazierengehen. Wann fahrt ihr zurück nach München?«

»Später, am Nachmittag. Wir haben gedacht, wir könnten heute mal an den Chiemsee zum Schwimmen fahren, es ist so schönes Wetter. Komm doch mit! Maria, du auch.«

»Maria hat Gesangstunde«, sagte Rico.

»Ach, hör auf«, meinte Nina unwillig. »Nach gestern abend kann sie ja wohl mal einen Tag blau machen. Heute ist Sonntag. Ein ordentliches Stück schwimmen kann ihr nur guttun. Und dann essen wir in der ›Post‹ in Seebruck zu Mittag. Und zwar ausführlich.«

Rico überlegte mit zusammengezogenen Brauen. »Na schön«, sagte er dann gnädig. »Fahren wir zum Chiemsee. Ich werde Vater Bescheid sagen.«

Er verschwand im Haus, Nina sah ihm nach. Nun verstand sie, warum Maria am Abend zuvor so verstört gewesen war.

Sie stand ebenfalls auf und berührte Maria leicht an der Schulter, was der Hund wachsam betrachtete.

»Komm, Kind, wir holen deinen Badeanzug.« Sie legte vorsichtig die Fingerspitzen auf den Kopf des Hundes. »Herr Marquis, Sie schwimmen doch auch gern, nicht wahr?«

»Er läßt mich nicht allein ins Wasser«, sagte Maria.

Das Schwimmen im See war herrlich, das Wasser warm und wie schmiegsame Seide. Maria schwamm ruhig und sicher, Posa links von ihr, Rico rechts.

Am späten Nachmittag trennten sie sich, die drei fuhren ins Schloß, Nina, Lou, Silvester und Frederic zurück nach München.

»Warum bist du nicht ein paar Tage draußen geblieben?« fragte Nina. »Deine Eltern kommen erst übermorgen, und ich hätte sie hinausgefahren.«

Frederic schüttelte den Kopf. »Nein«, sagte er, sonst nichts.

»Warum nicht?« beharrte Nina. »Maria hätte sich gefreut.«

»Das glaube ich nicht.«

»Du hast ihr nichts von Ägypten erzählt.«

»Das wird sie kaum interessieren, Nina.«

»Und sie hätte für dich gesungen.«

»Wozu? Ich werde sie hören, wenn sie berühmt ist.«

»Du bist schlecht gelaunt«, stellte Nina fest.

»Stimmt«, sagte Silvester. »Das ist mir auch schon aufgefallen.«

Daraufhin schwiegen sie alle.

Silvester wollte Frederic ins Hotel fahren, doch Nina widersprach.

»Was soll er denn den ganzen Abend allein im Hotel herumsitzen? Du kommst noch mit zu uns, Frederic, oder magst du uns auch nicht mehr?«

»Nina«, sagte Silvester, »sei nicht so aufdringlich. Vielleicht will Frederic mal einen Schwabingbummel machen und ein nettes Mädchen kennenlernen.«

»Will er nicht. Schwabing – auch schon was! Er will mit uns reden. Es ist ein wunderbarer Abend, wir können draußen zu Abend essen.«

»Schon wieder essen«, wehrte Frederic ab. »Der Schweinsbraten war sehr reichlich.«

»Das ist schon eine Weile her. Und wir essen ja auch nur eine Stulle und trinken ein Weißbier dazu. So! Kommst du mit?«

Frederic, der vorn neben Silvester saß, wandte den Kopf und lächelte Nina an.

»Ja, ich komme gern mit zu euch, Nina. Das weißt du.«

»Die Mädchen in Schwabing sind wirklich nicht so wichtig. Fahr nicht so schnell, Silvio, es ist soviel Verkehr.«

»Apropos, Mädchen...« sagte Silvester. »Du bist noch nicht verlobt, Frederic? Soviel ich weiß, heiraten Amerikaner doch sehr jung. Und im diplomatischen Dienst braucht ein Mann eine Frau. Sie hat wohl auch immer allerhand Aufgaben auf dem jeweiligen Posten zu erfüllen.«

»Meine Posten sind bis jetzt nicht so wichtig, daß eine Frau zum Repräsentieren notwendig wäre«, erwiderte Frederic. »Im Gegenteil, die Ehefrauen der höheren Chargen haben es ganz gern, einen einsamen Junggesellen zu betreuen und in die Gesellschaft einzuführen.«

»Siehst du«, meinte Nina, »das sind schon einmal interessante Erfahrungen, die du da gemacht hast.«

Dann waren sie in Solln angelangt, und Lou, die müde aussah, sagte: »Ihr entschuldigt mich. Ich gehe nach Hause.«

»Michaela ist sowieso nicht da«, sagte Nina, »wenn sie nicht bei Eva ist, treibt sie sich sonstwo herum.«

»Manchmal kannst du auch ein wenig taktlos sein, meine liebe Nina«, sagte Silvester, als sie kurz darauf das Haus betraten.

»Wieso? Wie meinst du das?«

»Nun, deine Bemerkung über Michaela hat Lou bestimmt geärgert.«

»Komm, wir haben erst heute morgen lang und breit über Michaela gesprochen. Lou ist der Aufgabe nicht gewachsen, das Kind zu erziehen. Wir sind alle zu alt dafür, Lou und Frau Beckmann mal bestimmt. Und wie kommt Eva denn dazu? Sie hat selber Kinder. Michaela treibt sich pausenlos herum. Und den letzten Spaß, den sie sich geleistet hat, kennst du noch nicht. Sie hat Frau Beckmann Geld gestohlen. Und Frau Beckmann hat nicht viel, wie du weißt.«

»Sie hat gestohlen? Das ist mir neu.«

»Natürlich ist dir das neu. Lou geht ja damit nicht hausieren. Sie hat es mir heute beim Frühstück erzählt.«

Sie waren im Gartenzimmer angelangt, und Nina öffnete weit die Tür zum Garten. »Herrlich! Mach es dir bequem, Frederic. Hier ist ein Sessel, draußen ist der Ahorn, und wie du siehst, besitzen wir seit neuestem eine Hollywoodschaukel, die hat Marleen angeschafft. Und zieh die Jacke aus. Ich mach uns gleich einen kühlen Drink.«

Silvester hielt sie zurück.

»Sie hat gestohlen, sagst du?«

»Ja. Du hörst es doch. Zehn Mark oder so. Die Beckmannsche Haushaltskasse befindet sich in einer Küchenschublade und ist jedermann zugänglich.«

»Und woher will man wissen, daß es Michaela war?«

»Silvio, deinen Gerechtigkeitssinn in allen Ehren, aber du kannst sicher sein, daß Lou das Kind nicht ohne Beweis beschuldigen würde. Michaela hat es auch ohne weiteres zugegeben.«

»Und wofür hat sie das Geld gebraucht?«

»Wofür brauchen Kinder Geld? Für Eis, fürs Kino, irgendsowas. Und sie hat ziemlich frech erklärt, sie hätte viel zuwenig Taschengeld.«

Frederic, dem das Gespräch peinlich war, hatte sein Jackett ausgezogen und spazierte in den Garten hinaus, auf den Ahorn zu, der noch größer geworden war, und wie immer, wenn er den Baum erblickte, sah er Alice dort sitzen. So wie sie damals da gesessen hatte, als er zum erstenmal ins Haus kam.

Silvester, der ähnliche Gefühle wie Frederic zu haben schien, sagte vorwurfsvoll zu Nina: »Du mußt ja nicht gerade über Michaelas Verfehlungen reden, wenn Frederic dabei ist.«

Nina schlug die Augen zum Himmel.

»Ach, komm wieder runter. Verfehlung! Sie hat geklaut. Und statt ihr eine zu kleben, hat Lou geweint. Was soll ich bloß mit dem Kind machen, hat sie mich gefragt, und ich habe ihr geraten, sie besser zu beaufsichtigen und strenger mit ihr zu sein. Und am besten wäre es, sie käme in ein Internat. Weil, wie ich schon sagte, wir alle zu alt sind, um sie richtig zu erziehen. Sie hat zuviel Freiheit, und du weißt ja selber, wie charmant sie sein kann, wenn sie etwas erreichen will.«

»Und wer soll das Internat bezahlen?«

»Vermutlich ich. Sie ist ja nun mal meine Enkeltochter, nicht wahr? Und da du mich ernährst und wir hier mietfrei wohnen, kann ich mir von meinem Honorar so eine Extravaganz leisten. Zumal ich die Absicht habe, wieder ein Buch zu schreiben.«

»Nein, Nina, wirklich?«

»Wirklich. Herr Wismar drängt sehr nachdrücklich. Und Lust habe ich eigentlich auch. Und eine Idee auch schon.«

»Erzähl mal!«

»Nein, Silvio, nicht jetzt. Aber du wirst staunen. Ich erzähle es dir heute abend im Bett. Nun laß uns erst noch von Michaela reden, und dann müssen wir Frederic wieder aufbügeln.«

»Er kommt mir irgendwie bedrückt vor.«

»Du sagst es. Und ich glaube, ich weiß auch, warum.«

»Warum?«

»Eins nach dem anderen, Geliebter. Erst Lou. Natürlich ist das nicht so schlimm mit dem Geld, aber man darf es Michaela nicht durchgehen lassen. Ich werde mit ihr sprechen, sehr ernsthaft, aber ohne ein Drama daraus zu machen. Man muß ihr die Situation mal deutlich vor Augen führen, nicht? Es ist ein Wunder, daß sie am Leben ist, werde ich ihr sagen. Und sie möge bedenken, was Lou alles für sie getan hat. Und tut. Und wenn sie sich hinfort anständig aufführt, wird sie von mir ein Taschengeld bekommen. Aber außerdem werde ich mal die Sache mit dem Internat mit ihr erörtern. Ganz gleichberechtigt, nicht wahr? Ich werde sie fragen, was sie davon hält. Sie ist weder scheu noch ängstlich, sie müßte kein Elternhaus aufgeben, und mit Gleichaltrigen ist sie ja sowieso gern zusammen. Ich sehe da keine Schwierigkeiten. Das wären noch zwei, drei Jahre bis zur Mittleren Reife, und wenn sie sich zusammenreißt, ein paar Jahre mehr zum Abitur. Kann man mehr für das Kind tun?«

»So wie du es betrachtest, klingt es ganz vernünftig.«
Nina lachte. »Es ist meist vernünftig, wenn ich etwas betrachte. Noch einen Schritt weiter betrachtet, sieht es nämlich so aus: Marleen und Hesse werden nicht ständig im Tessin wohnen wollen, es ist ein Haus für die Ferien, sonst nichts. Und jetzt im Sommer ist es sowieso ziemlich heiß dort, sagt Marleen. Du und ich, wir werden uns nach einer Wohnung umsehen. Ist immer noch ziemlich schwierig, aber ich denke, daß wir das schaffen werden.«
»Sind sie deswegen heute nicht mit hereingekommen?«
»Ach wo, sie sind gern im Schloß, und der Baron schwärmt sowieso für Marleen. Platz haben sie dort gerade genug. Und nun muß ich mich mal um Frederic kümmern. Der Arme hat immer noch nichts zu trinken. Sieh mal, jetzt sitzt er wirklich unter dem Ahornbaum. Ist er nicht ein Schatz?«
»Ja, ein liebenswerter Mensch. Aber was bedrückt ihn eigentlich?«
»Maria. Und die ganze Situation.«
»Maria?«
»Er hat sie sehr gern. Und es gefällt ihm nicht, daß man sie jetzt so . . . so . . . na, wie soll ich sagen, so in ein neues und sicher auch hartes Leben hineinstoßen will.«
Silvester nickte. »Mir gefällt es auch nicht.«
»Ja, ich mache mir auch Sorgen, wie sie damit fertig werden soll. Rico ist sicher der richtige Mann dafür. Aber er ist so robust, und ich fürchte, auch ziemlich unsensibel. Diese Ehe zwischen den beiden – also ich weiß nicht.«
»Ich bin dagegen, das habe ich dir schon gesagt. Er redet nur immer davon, was Maria für Geld verdienen wird.«
»Womit wir beim Thema wären. Er liebt sie, sagt er. Na, was der so Liebe nennt. Und Maria? Was stellt sie sich denn unter Liebe vor? Rico nimmt sie in die Arme, preßt sie fest an sich und küßt sie.«
»Das tut er?«
»Ja, ich habe es zufällig gestern beobachtet. Es muß nicht das erste Mal gewesen sein, denn sie hielt still und wehrte sich nicht. Aber sie war wie eine leblose Puppe.«
»Ob es . . . ob es schon weiter geht zwischen den beiden?«
»Silvio, ich weiß es nicht. Ich kann sie nicht fragen. Und ich werde mich hüten, ihn zu fragen, er käme mir wahrscheinlich dumm. Aber eigentlich glaube ich es nicht. Maria ist keine Frau. Sie ist auch kein Mädchen. Sie ist ein Neutrum.«
»Ob du dich nicht täuschst? Wenn man sie singen hört . . .«
»Ja, wenn man sie singen hört. Trotzdem. Sie singt wunderschön. Aber es ist kein Leben darin, keine Leidenschaft. Vergiß nicht, daß ich eine singende Tochter hatte. Zugegeben, Marias Stimme ist viel edler, sie ist traumhaft schön. Sie ist wie ein Instrument. Und sie hat auch niemals Schwierigkeiten mit ihrem Hals, das war es ja, was Vicky so genervt hat. Aber wenn Vicky sang, wenn ihre Stimmbänder in Ordnung waren, dann klang das so strahlend, so . . .«
Nina brach ab. Vickys Stimme war lange verstummt.
»Geh raus zu Frederic. Ich mix euch was. Martini?«
»Für mich lieber ein Bier.«
Nina mußte lachen, als sie in der Küche war. Der arme Silvio! Was sie ihm in Minutenschnelle da alles aufgehalst hatte!

Die Probleme von Michaela, Lou, von Maria, und dazu noch der Vorschlag, eine Wohnung zu suchen.
Dabei war sie gar nicht so sicher, ob Marleen und Hesse wieder nach Solln zurückkehren wollten. Alexander Hesse hatte den alten Traum, am Tegernsee zu wohnen, noch nicht aufgegeben. Marleen hatte ihr das am Tag zuvor erzählt.
»An den Tegernsee wollte er mich ja damals von Berlin aus schon verfrachten«, hatte Marleen gesagt. »Wir fahren demnächst mal hin und schauen uns da um.«
»Und dein Haus in Solln?«
»Wir könnten es verkaufen. Von mir aus können wir es auch behalten, aber Alexander will da nicht wohnen. Ihm ist das alles zu familiär.«
»Verständlich. Wir ziehen selbstverständlich aus.«
»Ach, nicht wegen euch. Das ganze Drumherum.«
»Wir könnten dann wenigstens Miete zahlen.«
»Darüber können wir ja mal reden.«
Gespräche über Geld und Besitz waren mit Marleen unproblematisch, das war immer so gewesen und war zweifellos eine ihrer besten Eigenschaften.
Es geht uns verdammt gut, dachte Nina, während sie für sich und Frederic Martinis mixte. Wenn ich an die Zeit nach dem Krieg denke, nur zwölf Jahre ist es her. Mir ist es nie im Leben so gutgegangen. Und wenn ich es jetzt noch zustande bringe, ein neues Buch zu schreiben . . .
Eine Weile stand sie gedankenverloren in der Küche und bastelte an dem geplanten Stoff herum. So etwas wie das Schicksal der Czapeks schwebte ihr vor, die inzwischen eine große Fabrik im Allgäu besaßen und sehr wohlhabend waren; Karel hatte schon zwei Söhne.
Man müßte natürlich, überlegte Nina, von vorn anfangen. Wie die Nazis das Sudetenland besetzten. Irgendein Nest da, der Glasbläser, seine Frau, die Gesellen, und wie begeistert sie den Einmarsch der Deutschen begrüßt haben. Haben sie wohl. Ein Jahr später war Krieg.
Sie schreckte auf, nippte an ihrem Martini.
Gestern abend schien Frederic glücklich und gelöst, heute dagegen verstimmt und bedrückt.
Sie hatte gesagt, sie wisse, warum, und sie wußte es auch. Er hatte Maria gern, und nachdem Nina von Ricos Absichten erzählt hatte, war Frederics Stimmung umgeschlagen.
Wenn man es einmal musikalisch betrachtet, dachte Nina, ergibt es keine Harmonie. Es ist jedoch, im Hinblick auf Marias Zukunft, eine nützliche Verbindung. Und was weiß Maria schon von Liebe. Immerhin behauptet Rico, sie zu lieben.
Nina seufzte und stellte die Gläser auf ein Tablett. Irgend etwas in ihr hatte sich auch empört, als sie Maria gestern in Ricos Armen gesehen hatte. Willenlos, hilflos, ausgeliefert. Ein hilfloses Objekt, da hatte Frederic den richtigen Ausdruck gefunden. Sie mochte noch so schön singen, sie würde nie ein freier, ein selbständiger Mensch sein.
Sie sprachen aber dann, unter dem Ahorn sitzend, nicht von Maria, sondern von Frederic.
Zunächst erzählte er von Ägypten, seinen Erlebnissen dort, und dann sagte er: »Ich möchte damit aufhören.«

1009

»Womit?« fragte Silvester.

»Ich möchte den diplomatischen Dienst wieder aufgeben. Das ist nichts für mich.«

»Nein!« rief Nina. »Aber Frederic! Warum denn? Ich stelle mir das riesig interessant vor.«

»Sicher. Das ist es auch.«

»Du kommst in der ganzen Welt herum, lernst die tollsten Leute kennen und erfährst immer aus erster Quelle, was in der Weltgeschichte los ist.«

Frederic lächelte. »Ja, so kann man es sehen. Durchaus. Aber Diplomatie im zwanzigsten Jahrhundert ist nicht mehr Diplomatie des neunzehnten Jahrhunderts. Die erste Quelle ist es gewiß nicht mehr. Heute wird Politik woanders gemacht. Na, und was die tollen Leute betrifft, es sind immer dieselben. Und auf diese Weise in der ganzen Welt herumzukommen, das ist es gerade, was mir nicht gefällt.«

»Das mußt du mir erklären.«

Silvester jedoch nickte. »Ich glaube, ich begreife, was Frederic meint.«

»Es ist so, Nina«, sagte Frederic, »man muß sich hochdienen. Ganz klar, wie in jedem Beruf. Hier sieht das so aus: Dies war mein erster Posten in Ägypten, jetzt komme ich nach Paris, natürlich auch noch ganz am unteren Ende, und dort werde ich bestimmt nicht lange bleiben, Paris ist nur mal so ein kleines Bonbon für Anfänger. Wenn ich Kulturattaché werde, kommt erst einmal irgendeine kleine Bananenrepublik in Frage. Bis ich Attaché in einem einigermaßen bedeutenden Staat werden kann, vergeht eine Weile. Und während dieser Zeit wandere ich also von Südamerika nach Afrika und von dort nach Vorder-, Mittel- oder Hinterasien. Eine Frau brauche ich dazu auch, das hat Silvester ganz richtig gesehen. Wenn alles klappt, wird man später Gesandter und schließlich Botschafter, und die Sache fängt von vorn an. Bis man Botschafter in einem großen Staat wird, ist man meist schon ein reifer Herr. Immer vorausgesetzt, man hat sich bewährt, und alles ist karrieremäßig richtig gelaufen.«

»Hm«, machte Nina. »Und dieses Leben reizt dich nicht?«

»Nein. Es reizt mich durchaus nicht. Ich habe das vorher nicht bedacht, doch inzwischen ist mir klargeworden, es ist ein Leben auf einer vorgeschriebenen Bahn, und trotz aller tollen Leute und interessanten Ereignisse ist es kein Leben für mich.«

»Und was dann?« fragte Silvester.

»Ich hätte Medizin studieren sollen. Wie mein Bruder. Aber als ich damals aus dem Krieg zurückkam, hatte ich nur eines im Sinn: den Frieden auf dieser Welt. Und ich wollte die Menschen darüber aufklären, was sie falsch gemacht hätten und wie sie es besser machen sollten.«

Er lachte. »Es klingt anmaßend, ich weiß. Aber ich war jung, und das waren eben meine Gefühle. Mein Vater sagte damals schon: so empfindet jeder, der aus einem Krieg zurückkehrt. Und ich hatte so viele kranke und verletzte und sterbende Menschen gesehen, daß ein Medizinstudium mich abschreckte.«

»Aber du hast doch so viel studiert inzwischen«, sagte Nina. »Damit kannst du doch sicher etwas anfangen.«

»Das ist es. Ich möchte auf diesem Weg weitergehen. Und ich bin sehr froh, daß mein Vater jetzt kommt. Ich werde nicht hier, aber in Paris mit ihm darüber sprechen.«

»Demnach hast du schon Pläne«, sagte Silvester.
»Pläne wäre zuviel gesagt. Vorstellungen.«
»Wird dein Vater nicht sehr enttäuscht sein?« fragte Nina.
»Nein. Mein Vater versteht mich immer. Und Ariane versteht mich auch. Sie hat schon mal gesagt, sie findet es schrecklich, daß ich dann immer so weit weg sein werde.«
»Ja«, sagte Nina, »da kann ich sie verstehen. Mal in Tokio und dann vielleicht in Bolivien, dann wieder in Jerusalem oder sogar in Australien, das ist schon alles sehr weit weg.«
»Ich werde älter, hat Ariane gesagt, und ich werde alt, und ich habe keinen Sohn, keine Enkelkinder, und kann höchstens stolz darauf sein, daß mein Sohn ein Herr Botschafter ist. Pfeif ich drauf.«
»Hat sie recht«, meinte Nina.
»Mein Bruder hat inzwischen geheiratet, wie ihr wißt, und einen Sohn hat er auch schon, also insofern ist Ariane versorgt.«
»Aber es geht um dich«, sagte Silvester. »Und wenn du der Meinung bist, dieses Leben, das du begonnen hast, ist nicht das richtige Leben für dich, solltest du es ändern.«
»Ja. Ich habe es mir, wie gesagt, vorher nicht so richtig klargemacht.«
»Und was hast du für Vorstellungen?«
Frederic lachte ein wenig verlegen.
»Es fällt mir schwer, das einzugestehen, aber zunächst möchte ich noch weiterstudieren. Auch wenn ich eigentlich nun zu alt dazu bin. Geschichte war es, was mich am meisten interessiert hat, und das ist heute noch so. Und das knüpft wieder an meine Gedanken an, die ich unmittelbar nach dem Krieg hatte. Was alles geschah auf dieser Welt, wie alles kam, warum es so kam und was die Menschheit daraus lernen kann. Und darum ist es vor allem die europäische Geschichte, die mich interessiert. Wir haben sie selbstverständlich ausführlich behandelt in Harvard, aber ich denke, daß ich noch einiges dazulernen kann. Kurz und gut, ich würde gern ein paar Semester an der Sorbonne studieren und ein paar Semester in Deutschland, am liebsten in Berlin an der Freien Universität. Da ich beide Sprachen ganz gut kann, würde mir das keine Schwierigkeiten machen.«
»Und was wird dann daraus? Studieren ist noch kein Beruf.«
»Wenn ich selbst genug weiß, könnte ich mein Wissen weitergeben.«
»Na klar, ich hab's«, rief Nina. »Du wirst Professor in Harvard.«
Frederic nahm ihre Hand und küßte sie.
»Ob es gerade Harvard sein wird, weiß ich nicht. Aber ich werde promovieren und die Laufbahn eines Hochschullehrers anstreben.«
Es war schon spät am Abend, die Stullen, wie Nina es immer noch nannte, hatten sie gegessen, das Bier getrunken, sie waren vom Garten hereingegangen ins Haus, und Frederic wirkte nicht mehr bedrückt. Es schien so, als sei es eine Erleichterung für ihn, daß er über sein Problem hatte sprechen können. Nina erriet hellsichtig: »Das war ungefähr eine Generalprobe heute abend für das Gspräch mit deinem Vater.«
»Ja. Du hast es erkannt. Ich habe noch zu keinem Menschen davon gesprochen. Zu wem auch? Es war in meinem Kopf noch unklar. Aber jetzt ist es mir klargeworden. Und ganz sicher möchte ich später Bücher schreiben über bestimmte Epochen europäischer Geschichte. Da gibt es so unendlich viel. Und

nicht zuletzt die Geschichte meiner Vorfahren. Das Baltikum, die Kultivierung des Landes durch die Ordensritter, das Verhältnis zu Rußland, das manchmal freundschaftlich war, manchmal feindselig, und schließlich die Eingliederung des Baltikums in das Russische Reich, mit allen Privilegien, die den Balten blieben. Es ist ein ganz spezielles und höchst interessantes Kapitel europäischer Geschichte. Mein Vater hat davon erzählt. Und als ich dein Buch gelesen habe, Nina, bin ich wieder darauf gekommen.«
»Nein? Durch mein Buch? Silvio, was sagst du?«
»Wenn du von deinem Nicolas erzählst, dann erzählst du ja auch von seiner Jugend im Baltikum.«
»Leider weiß ich nicht viel darüber.«
»Wir werden alles genau erforschen.«
Der Abend endete harmonisch. Nina hatte inzwischen Lou angerufen, sie wollte nicht mehr kommen, immerhin aber war Michaela zu Hause. Daß die Langes in der Nacht zuvor wohlbehalten heimgekommen waren und auch die Kinder unbeschadet vorgefunden hatten, war über den Zaun mitgeteilt worden. Frederic wollte auf keinen Fall von Silvester ins Hotel gefahren werden, er werde sich ein Taxi nehmen, sagte er.
»Eigentlich könntest du auch bei uns wohnen«, sagte Nina.
»Wir haben Platz genug, wenn wir allein sind.«
»Es ist besser, ich bin im Hotel, wenn meine Eltern kommen. Und dann fahren wir ja sowieso nach Langenbruck.«
»Es hat mir wohlgetan, mit euch zu sprechen«, sagte Frederic zum Abschied. »Und wenn ich in Langenbruck bin, werde ich einmal in Ruhe mit Maria reden. Oder besser noch, Vater wird es tun. Wenn er dabei ist, wird es uns vielleicht gelingen, diesen Rico auf Abstand zu halten.«
»Deinem Vater gelingt es sicher«, sagte Nina. »Und was meinst du, soll er mit Maria besprechen?«
»Ob sie das Leben so haben will, das man für sie plant.«
»Du hast ja gehört, daß sie es will. Soll ich immer von Almosen leben? Weil es einer Blinden so geziemt?« wiederholte Nina die Worte Marias. »Wo sie bloß diese blödsinnigen Ausdrücke herhat?«
»Klingt nach Herrn Beckmann«, meinte Silvester.
»Sicher wird sie für deine Eltern singen«, sagte Nina. »Dann beantworten sich alle Fragen von allein.«
»Alle?« fragte Frederic. »Auch, daß sie diesen Burschen heiraten soll?«
»Was heißt soll? Kein Mensch zwingt sie dazu. Aber er wird alles arrangieren und er...«
»Ja, ja«, unterbrach Frederic ungeduldig, »ich habe das alles gehört und verstanden. Einen Impresario kann man engagieren. Es muß nicht ausgerechnet dieser sein, und heiraten muß man ihn schon gar nicht. Wenn ihr wollt, finde ich in Amerika einen höchst kompetenten Mann für sie. So etwas gibt es.«
Nina und Silvester tauschten einen Blick.
»Das sind ja ganz neue Perspektiven«, murmelte Nina.
»Und überhaupt finde ich«, fuhr Frederic fort, »sollte Maria Urlaub machen. Nach allem, was ich gehört habe, arbeitet sie zu viel. Sie ist blaß und schmal und sieht mitgenommen aus. Als sie bei uns in Boston war, hat sie mir besser gefallen. Am besten nehmen meine Eltern sie gleich mit.«

Nina lachte. »Du hältst mich heute abend wirklich in Atem, Frederic.«
»Hast du nicht gesehen, wie gut ihr das Schwimmen getan hat? Und noch besser bekommt ihr das Meer. Sie liebt das Meer. Ich möchte es einmal sehen, hat sie damals gesagt, aber wenigstens kann ich es jetzt hören. Ja, sie soll mit meinen Eltern nach Boston fliegen und ein paar Wochen auf Cape Cod bleiben. Dann werdet ihr sehen, daß sie zugenommen hat und rote Wangen kriegt. Schade, daß ich nicht mit kann.«
»Hm«, meinte Nina mit leichtem Spott. »Am besten quittierst du den Dienst gleich.«
Frederic küßte Nina, als sie ihn zum Gartentor brachte, und sie legte beide Arme um seinen Hals.
Ach, Nicolas, dachte sie, es ist so schön, daß du immer noch da bist.
Als sie wieder im Haus war, sagte Silvester: »Es hört sich so an, als sei er in Maria verliebt.«
»So hört es sich an, ja. Aber das ist Unsinn. Er hat sie seit vier Jahren nicht gesehen. Wie kann er da in sie verliebt sein. Er fühlt sich irgendwie verantwortlich. Und er mag Rico nicht.«
»Den er gestern zum erstenmal gesehen hat.«
»Wie findest du das mit seinen Berufsplänen?«
»Nun ja, erstaunlich. Aber er ist alt genug, um zu wissen, was er will.«
»Ach, ich weiß nicht. Ich sehe ihn noch immer vor mir, wie er damals hier in der Diele stand. Für mich ist er überhaupt nicht älter geworden.«
»Du hast demnach mütterliche Gefühle ihm gegenüber.«
»Das denn doch nicht. Ein bißchen andere schon. Silvio?«
»Ja?«
»Bist du dafür, daß Maria mit den Golls nach Amerika fliegt?«
»Nein, gewiß nicht. Es ginge schon wegen des Marquis nicht.«
»Da hast du recht. Sie würde sich nie von dem Hund trennen. Und wenn man ihn mitnehmen will, muß man ihn in eine Kiste packen oder so was. Das würde sie nicht ertragen.«
»Ich habe eine bessere Idee, was den Urlaub und das Meer betrifft.«
»Du?«
»Ja, ich. Darüber habe ich nämlich schon nachgedacht. Ich möchte das Meer auch gern einmal wiedersehen. Das letzte Mal, als ich das Meer gesehen habe, das war ... laß mich nachrechnen? Das läßt sich gar nicht mehr nachrechnen, das war vor 33. Da war ich erst in Venedig und dann an der Adria. Und einmal war ich auf Capri, das war Ende der zwanziger Jahre.«
»Und in Ägypten warst du auch, wie du erzählt hast.«
»Da habe ich eine Seereise gemacht, ja.«
»Du willst nach Italien?«
»Nein, ich möchte nach Norden. Ich habe nie in meinem Leben die Ostsee gesehen und nie die Nordsee. Du?«
»Ich? Ich habe gar nichts gesehen in meinem Leben.«
»Dann wird es höchste Zeit. Wir fahren nach Sylt.«
»Wohin?«
»Auf die Insel Sylt. Davon hat mir der Münchinger neulich mit solch einer Begeisterung erzählt, daß er gar nicht mehr aufhören konnte. Da gibt es einen breiten Strand und ein großes wildes Meer.«
»Das ist doch dort, wo sie alle nackt baden.«

»Auch das. Nicht alle. Du kannst, aber du mußt nicht.«
»Da willst du hin?«
»Da will ich hin. Ehe ich noch älter werde, will ich die Nordsee erleben. Und Maria nehmen wir mit.«
»Aber...«
»Maria kommt mit und der Marquis natürlich auch. Wir fahren mit dem Wagen. Schön gemütlich durch Deutschland. Auch das möchte ich gern.«
»Und die anderen?«
»Welche anderen?«
»Na, Lou und Michaela. Und Rico.«
»Ich habe gesagt, wir fahren mit dem Wagen und nicht mit einem Omnibus. Du, Maria, der Marquis Posa und ich. Schluß. Wenn wir dann noch ein paar Koffer haben, ist der Wagen sowieso voll.«
»Rico hat selber einen Wagen.«
»Er soll sich um die Geschäfte kümmern. Sonst holen wir uns einen Impresario aus Amerika. Das gibt es, hast du ja gehört. Und nun gehen wir ins Bett. Du wolltest mir noch von deinem neuen Roman erzählen.«
»Heute noch? Das kann ich nicht. Dazu bin ich viel zu aufgeregt. Wir verreisen? Wann denn?«
»So bald wie möglich. Nächste Woche.«
»Ach, Silvio. Du bist fabelhaft«, rief Nina, und diesmal umarmte sie ihren Mann, ganz ohne mütterliche Gefühle und ohne an Nicolas zu denken.

Michaela

So schnell, wie Silvester es sich gedacht hatte, ging es mit der Reise denn doch nicht, einige Vorbereitungen gehörten dazu.

Zunächst wurde der Brauereibesitzer Münchinger befragt, Silvesters Jugendfreund, der die Insel Sylt kannte.

Sie trafen sich an einem Abend bei Isabella, wie es üblich geworden war, in ihrem alten Freundeskreis, der jedoch im Lauf der Zeit kleiner geworden war. Der Anderl Fels lebte nicht mehr, und Professor Guntram war im vergangenen Frühjahr gestorben.

»Wenn ihr so weitermacht«, hatte Isabella nach der Beerdigung traurig gesagt, »bleib ausgerechnet ich allein übrig.«

»Das halt ich für möglich«, hatte der Münchinger darauf erwidert, »du bist aus haltbarem Stoff gemacht.«

»An die Nordsee?« fragte Franziska entsetzt, als sie von Silvesters Plan hörte und schüttelte sich. »Geh, du spinnst. Da ist es viel zu kalt. Warum fahrst net nach Italien? Meer hast da auch.«

»Nein«, sagte Isabella, »sie sollen an die Nordsee fahren. Das ist ein prachtvolles Meer. Ich war mit meinen Eltern da, als ich ein Kind war. Auf der Insel Norderney waren wir, und mir hat' s so gut gefallen. Leider waren wir nur einmal dort, das Klima bekam meiner Mutter nicht. Schad, daß ich nicht jünger bin, ich käm glatt mit.«

»Na, das ist überhaupt die Idee«, sagte Silvester. »Du fährst mit, das würde Nina freuen.«

Isabella lächelte. »Nein, nein, damit fang ich nicht mehr an. Ich fahr im September wieder nach Badgastein, das tut meinen müden Knochen gut.«

Die Kur in Badgastein leistete sich Isabella seit drei Jahren, denn ein wenig mußte sie nun mit ihren Kräften haushalten; sie hatte die Praxis noch nicht aufgegeben und bewältigte immer noch ein beachtliches Arbeitspensum.

Münchinger meinte, sie müßten unbedingt nach Kampen, dort sei die Buhne 16, der vielgerühmte Nacktbadestrand. Ein wenig schockiert erwiderte Silvester, dies sei nun wirklich nicht der Grund der Reise, es ginge ihm darum, endlich die Nordsee kennenzulernen. Und Maria sollte das Meer hören.

»Weiß eh«, grinste der Münchinger, »ich sag's halt bloß. Die Kleine sieht's ja net. Aber für dich wär's eine ganz nette Zugabe, oder?«

»Was sind die Männer bloß für Deppen«, sagte Franziska kopfschüttelnd. »In eurem Alter! Das ist ja bloß noch Theorie.«

»Ich hab' ja nicht gesagt, daß es dort unanständig zugeht«, verteidigte sich der Münchinger. »Ist halt hübsch anzusehen. In manchen Fällen.«

»Bist am End da auch nackt umeinander gehatscht?« erkundigte sich Franziska.

»Freilich«, sagte der Münchinger trotzig. »Ist dort so der Brauch.«

»Na, das muß ein Anblick gewesen sein. Bei deiner Wampen.«

»Die ist in der Badehose genau so sichtbar«, sagte der Münchinger logisch.
Er hatte in Westerland im Hotel Miramar gewohnt, das liege direkt am Strand und sei ein sehr schönes Hotel, erzählte er dann. Es gebe noch viele andere rundherum, und in Kampen könne man selbstverständlich auch wohnen.

»Läßt dir halt ein paar Prospekte schicken«, schlug er Silvester vor.

Daraufhin stellte sich heraus, daß für den Monat August sowieso kein Quartier mehr zu bekommen war, erst Anfang September war es möglich, in der Art unterzukommen, wie Nina es wünschte: drei Zimmer, möglichst nebeneinander gelegen, denn man konnte Maria in einer fremden Umgebung nicht sich selbst überlassen.

Mittlerweile hatten die Ruhlands und Maria von dem geplanten Unternehmen Kenntnis erhalten.

»An die Nordsee?« fragte Rico entsetzt. »Da wird sie sich erkälten.«

»Schmarrn«, sagte sein Vater. »An der Nordsee erkältet sich kein Mensch. Da fährt man hin, um eine Erkältung auszukurieren. Seeluft wird Maria guttun. Du hast in nächster Zeit genug zu tun, und ich auch. Ich werde nach Wien fahren. Ich war noch nicht wieder dort, seit Österreich den Staatsvertrag hat. Interessiert mich sehr, wie es jetzt dort ausschaut. Und eine Menge guter Freunde habe ich da schließlich auch noch.«

Silvester sagte später zu Nina. »Es ist sehr gut für Maria, mal eine Weile aus der täglichen Mühle herauszukommen. Sie soll sich erholen und überhaupt nicht singen. Ich versteh zwar nicht sehr viel von diesem Beruf, aber ich weiß, daß eine Stimme immer eine gewisse Zeit des Ausruhens braucht. Das habe ich von kompetenter Seite.«

»So? Warst du auch einmal mit einer Sängerin befreundet?«

»Leider nicht. Ich habe sie immer bloß als Publikum bewundert. Diese Weisheit stammt von Agnes Meroth. Weißt du, was sie gesagt hat? Sie hat gesagt, der Ruhland strapaziert die Kleine ein bisserl viel. Sie ist jung, die Stimme ist jung. Man darf sie nicht überanstrengen.«

»Das hat sie gesagt?«

»Genau das. Und nicht nur das. Sie hat außerdem gesagt, der Heinrich ist ein ehrgeiziger Hund. Das war er immer schon. Er könnt ja genau wie ich an der Musikhochschule unterrichten, dann verteilt sich das Interesse eines Lehrers auf mehrere Schüler. Aber er hat sich mit voller Wucht auf Maria gestürzt, nur auf sie allein. Es ist der Mühe wert, gewiß, aber sie war eigentlich noch zu jung, als er mit dem Unterricht angefangen hat. Und sie ist jetzt noch zu jung, um all diese Partien zu singen, die er mit ihr einstudiert. Schön, sie arbeitet mit großer Intensität. Aber da sie alles nur nach dem Gehör und aus dem Gedächtnis lernen kann, ist es auch geistig eine große Anstrengung. Ich bin der Meinung, er überfordert sie.«

»Das finde ich ja hochinteressant«, sagte Nina. »Du wirst lachen, ich habe mir das auch schon gedacht. Schließlich hatte ich eine Tochter, die Gesang studiert hat. Und die Losch-Lindenberg, das war Vickys Lehrerin, hat immer gesagt, eine Stimme muß man langsam aufbauen.«

»Siehst du!«

»Wann hast du denn mit der Meroth darüber gesprochen?«

»Unlängst an dem Abend, als Maria die Brahmslieder sang.«

»Das hast du mir gar nicht erzählt.«

»Nein. Aber ich habe daraufhin die Sache mit der Reise überlegt. Ich hab' nur befürchtet, der Ruhland wird Sperenzchen machen. Hat er glücklicherweise nicht.«
»Was hat denn die Meroth noch gesagt?«
»Maria singt einmalig schön, hat sie gesagt, das muß jeder zugeben, der etwas davon versteht. Aber eine Stimme muß Zeit haben, um zu reifen. Genau wie der Mensch, der dazu gehört. Händel und Bach, hat sie gesagt, auch Lieder, gut und schön. Aber nun studiert er eine Opernpartie nach der anderen mit ihr ein, das ist einfach zu früh, das überfordert sie in jeder Beziehung. Der gute Heinrich kann's nicht abwarten, als strahlender Gottvater mit dieser Stimme an die Öffentlichkeit zu treten. Es wird auch ihm neuen Ruhm bringen.«
»Und Rico dazu.«
»Richtig. Das erwähnte sie am Rande auch noch, ziemlich skeptisch. Er wird sie ausbeuten, sagte sie.«
»Na, weißt du. Und das erzählst du mir nicht.«
»Ich tu's ja gerade. Was sie am meisten geärgert hat, war die Isolde.«
»Isolde?«
»Ja. Ruhland hat ihr offenbar vorgeprahlt, in drei Jahren würde Maria die Isolde singen. Dazu kann ich nur lachen, sagte die Meroth. Als ich zum erstenmal die Isolde sang, war ich fünfunddreißig. Das ist früh genug. Wenn man das früher macht, singt man mit vierzig gar nichts mehr.«
»Das finde ich ja toll. Ich meine, daß du mit ihr darüber gesprochen hast. Zu mir hat sie kein Wort davon gesagt.«
»Vielleicht findet sie, daß du eine ehrgeizige Sängermutter bist und daß man mit mir vernünftiger reden kann.«
»Das wird's wohl sein«, erwiderte Nina spöttisch. Sie war ein wenig eifersüchtig. Ausgerechnet Silvester, der sich so lange um Maria überhaupt nicht gekümmert hatte, wurde nun als sachverständiger Experte hinzugezogen.
»Frauen sprechen halt immer noch viel lieber mit Männern als mit Frauen«, murmelte sie nach einer Weile vor sich hin.
»Hast du was gesagt?« fragte Silvester lächelnd.
»Nö. Nur mit mir selber raun ich.«
»Den ›Ring‹ würde ich gern mal wieder hören. In der nächsten Spielzeit werden wir wieder öfter in die Oper gehen. Zu schade, daß unsere Oper zerstört ist. Es war so ein unvergleichlich schönes Haus.«
»Ich kenne es. Ich hatte die Ehre und das Vergnügen, daß du mich einige Male dorthin eingeladen hast.«
»Öftrige Male. Aber es soll ja wieder aufgebaut werden, wie es heißt.«
»Ich finde das Prinzregententheater auch sehr schön. Eine wunderbare Akustik. Und man kann von jedem Platz aus gut sehen. Komisch, von der Isolde hat Vicky nie gesprochen. Die Elsa, die Elisabeth, das waren ihre Fernziele.«
»Das Evchen in den ›Meistersingern‹, nicht?«
»Das sei eine fade Partie, fand sie.«
»Na, allein das Quintett ist doch ein Höhepunkt in Wagners Musik.«
»Vielleicht hing es auch damit zusammen, daß die ›Meistersinger‹ während der Nazizeit so eine Art Nationaloper waren. So richtig deutsch, und der Text paßte auch fein in die Ideologie, und dann noch Nürnberg dazu.

1017

Hitler latschte ewig in die ›Meistersinger‹. Das ergab eine gewisse Aversion.«

Auch Professor Goll, der sich mit Ariane drei Tage auf Langenbruck aufgehalten hatte, hatte seinen Segen zu der Reise gegeben.

»Maria liebt das Meer. Sie stand und lauschte auf die Brandung, und wenn es stürmisch war und das Meer tobte, war sie ganz hingerissen. Einmal sagte sie: wenn ich es höre, ist es mir, als ob ich es sehen könnte.«

Goll und Ariane, beeinflußt von Frederic, hatten sich kritisch in Langenbruck umgesehen, konnten aber Frederics Bedenken nicht teilen.

Das Schloß und der Park zeigten sich unter einem weißblauen bayerischen Himmel von der besten Seite, der Kammersänger Heinrich Ruhland bezauberte die Gäste mit seinem Charme und seiner Bonhomie, Ariane fand ihn unwiderstehlich europäisch. Der Baron war seinerseits von den Amerikanern entzückt, und Rico war die Liebenswürdigkeit selbst, er fuhr die Gäste in der Umgebung herum und sah dabei so unerhört gut aus mit seinem gebräunten Gesicht unter dem dunklen Haar, daß Ariane einmal zu ihrem Mann sagte: »Wenn Maria ihn sehen könnte, würde sie sich sofort in ihn verlieben.«

»Soviel ich beobachtet habe, ist das schon geschehen. Es besteht eine gewisse Vertrautheit zwischen den beiden, was ich ganz gut finde, denn wenn aus all diesen Plänen etwas werden soll, braucht Maria einen Mann an der Seite, der erstens von der Sache etwas versteht und den sie zweitens gern hat.«

»Frederic hat sich ziemlich abfällig über den jungen Mann geäußert.«

»Frederic hat sich überhaupt komisch benommen. Irgend etwas stimmt mit ihm nicht, wir werden es in Paris erfahren.«

Mit Maria war der Professor zufrieden, sie erschien ihm ruhig und ausgeglichen, erfüllt von ihrer Arbeit, nur zu dünn und zu blaß. Deswegen begrüßte er die Reise an die See, sie würde ein wenig Farbe bekommen und mehr Appetit.

Selbstverständlich wurde auch gesungen. An einem Abend sangen Maria und Heinrich Ruhland abwechselnd Schubertlieder, und da die amerikanischen Gäste eine Ahnung davon bekommen sollten, was für ein großer Mann Ruhland einst gewesen war, endete der Schubert-Abend programmwidrig mit der Gralserzählung aus dem ›Lohengrin‹, die er noch immer mit Bravour abliefern konnte. Am Klavier saß Lou Ballinghoff, sie war auf Ruhlands Wunsch mit herausgekommen. Michaela habe ja nun Ferien, hatte er gesagt, und könne wechselseitig von den anderen Damen beaufsichtigt werden.

Lou war eine exzellente Begleiterin; wäre sie nicht dagewesen, hätte Ruhland selbst begleiten müssen, das tat er nicht gern, wenn er vor Publikum sang. Er wollte auch als Erscheinung bewundert werden.

Während dieser Tage fand Nina Gelegenheit, in Ruhe mit Michaela zu sprechen. Sie hatte Trotz und Widerstand erwartet, doch davon konnte keine Rede sein, Michaela bereute den Diebstahl, außerdem schäme sie sich ganz schrecklich vor Frau Beckmann, wie sie hinzufügte.

»Ich kann ihr gar nicht in die Augen sehen. Wenn ich sie kommen höre, verschwinde ich aus dem Haus.«

»Das ist auf die Dauer kein Zustand. Und damit verletzt du sie erst recht.

Wenn du gesagt hast, daß es dir leid tut und daß du es nie wieder tun wirst, dann kann man die Geschichte als erledigt betrachten. Und das kann ich doch erwarten, daß du es nicht wieder tun wirst?«

»Nie«, rief Michaela stürmisch, »niemals. Aber sie werden mir nicht mehr trauen.«

»Wer, sie?«

»Na, Frau Beckmann und Tante Lou. Lou hat gesagt, wer stiehlt, der lügt auch. Da hat sie recht. Ich lüge manchmal.«

Nina lächelte. »Ein bißchen schwindeln ist manchmal erlaubt. Aber richtig lügen ist übel. Es ist meistens nur Feigheit, und man kommt sich selbst sehr schäbig dabei vor.«

Nina unterbrach sich und dachte nach. Gab es Lügen in ihrem Leben? Eigentlich nur eine: ihre Liebe zu Nicolas zog zwangsläufig die große Lüge nach sich, Betrug an Tante Alice, die sie ja liebgehabt hatte. Vor allem hatte sie ihrer Tochter nie die Wahrheit gesagt. Vicky hatte nie erfahren, wer ihr Vater war. Sie seufzte. Doch, das Leben zwang einen manchmal zur Lüge. Oder sollte man besser sagen: die Liebe. Die Lüge ist die Schwester der Liebe, das hatte Nicolas einmal gesagt. Sie wandte sich wieder dem Mädchen zu, das ihr mit ernstem Gesicht und sehr ordentlich gekämmten Haar, was eine Seltenheit war, gegenübersaß.

»Ich könnte sagen, jeder muß mit seinen Fehlern leben. Aber man kann immerhin versuchen, einige davon loszuwerden. Auf jeden Fall solltest du Lou keine Sorgen machen, und das tust du häufig, nicht wahr? Siehe Schule. Sie hat es schwer gehabt in den Jahren nach dem Krieg, und du kapierst schließlich auch, was du ihr zu verdanken hast. Sie hat dir das Leben gerettet, sie hat für dich gesorgt in den schlechten Jahren, und dann hat sie noch das Wunder vollbracht, dich hierher zu bringen. Und jetzt ist das Leben für sie auch nicht so einfach. Sie hat eine kleine Pension, sie macht gelegentlich Übersetzungen aus dem Französischen oder Englischen, die Silvester ihr durch den Verlag verschafft. Sie muß Frau Beckmann Miete bezahlen und was sonst noch dazugehört, sie sorgt für dich, schön, du futterst dich hier reihum durch die Gegend, und für deine Garderobe sorge ich. Und nun bist du also sitzengeblieben.«

Michaela senkte den Kopf mit den langen blonden Haaren, und Nina fragte sich, was echt und was gespielt war an ihrer sichtlichen Reue. Sie war ein hübsches, frisches Mädchen und erinnerte Nina manchmal an Vicky, im Aussehen, aber auch durch den bezwingenden Charme, über den sie verfügte oder verfügen konnte, wenn sie wollte.

Vicky war aparter gewesen, differenzierter und intelligenter. Schulschwierigkeiten hatte es mit ihr nie gegeben. Und Lügen? Nein, gewiß nicht. Sie war von strahlender Offenheit gewesen, unbekümmert und selbstsicher.

Aber man durfte nicht ungerecht sein gegen dieses Kind hier. Seine Kindheit war unruhig gewesen, voller Unsicherheit, vielleicht hatte sie manchmal wirklich lügen müssen. Und die Abende in den Garderoben des Theaters waren gewiß nicht gut für ihre Entwicklung gewesen; sicher hatte sie da manches aufgeschnappt, was für Kinderohren nicht geeignet war. Nina entnahm es den Ausdrücken, die sie manchmal gebrauchte.

»Jetzt hör mir mal gut zu, ich möchte etwas mit dir besprechen. Zunächst einmal, das wird dir ja auch schon aufgefallen sein, ist Lous Gesundheitszustand nicht der beste. Ihr Herz ist angegriffen, das hat Dr. Belser festgestellt. Es kann möglicherweise die Folge jener Scharlacherkrankung sein, die sicher damals nicht richtig behandelt und vor allem nicht auskuriert wurde. Die Hungerjahre, die darauf folgten, haben den Rest besorgt. Daß sie elend aussieht, nervös ist und schlecht schläft, wirst du ja mitbekommen haben.«

»Ich weiß, daß ihr Herz krank ist«, sagte Michaela ernst. »Sie ringt manchmal nach Luft, das ist ganz schrecklich.«

»Siehst du! Ich wäre dafür, daß sie eine längere Zeit ruhig auf dem Lande lebt, entweder im Waldschlössl oder in Langenbruck, sie ist an beiden Orten willkommen und könnte sich gründlich erholen, und vor allem würde sie ordentlich zu essen bekommen. Und daß sie ißt, dafür würde Victoria sorgen beziehungsweise Stephan. Du aber mußt in die Schule gehen. Bei mir kannst du nicht bleiben, dies ist Marleens und Alexanders Haus, sie werden allein hier wohnen wollen. Silvester und ich suchen eine Wohnung, sobald wir von der Reise zurück sind.«

»Ihr wollt hier ausziehn?«

»Ja. Bleibt Eva. Bei der kannst du auch nicht ständig sein, sie hat genug mit ihren eigenen Kindern zu tun.«

»Und wo soll ich hin?« fragte Michaela, nun ehrlich bestürzt.

»Ich habe an ein Internat gedacht. Wo du gut versorgt wirst und mit jungen Leuten zusammen bist, was für dich vielleicht ein Ansporn sein wird, fleißiger zu sein.«

»Ich soll also weg.«

»Hm. Es ist wohlgemerkt meine Idee. Kein Mensch wird dich zwingen. Du sollst darüber nachdenken und mir sagen, was du davon hältst. Es braucht nicht weit von uns entfernt zu sein, damit wir uns oft sehen können. Es ist nicht so, Michaela, und das mach dir bitte klar: wir wollen dich nicht los sein, keiner von uns. Ich schon gar nicht. Ich bin sehr glücklich, daß du überlebt hast, und das ohne körperlichen Schaden. Das sage ich im Hinblick auf Maria. So wie Maria damals aus Dresden zu mir kam, das war ein furchtbarer Schock. Und es war für mich eine jahrelange schwere Belastung. Und das ist es noch. So wie es jetzt aussieht, hat Maria einen Lebensinhalt gefunden, sie hat schwer dafür gearbeitet und muß weiter dafür arbeiten, aber ich hoffe ... ja, ich hoffe, ich wünsche, ich bete darum, daß ihr Leben dadurch für sie erträglich sein wird. Daß sie trotz ihres Leidens ...«

Nina konnte nicht weitersprechen.

»Du liebst Maria mehr als mich«, sagte Michaela leise.

»Das ist eine törichte Bemerkung. Liebe läßt sich nicht messen, und schon gar nicht gegeneinander abwägen. Denk an die vielen Jahre, die ich mit Maria verbracht habe. Als man sie mir brachte, das war kurz vor Kriegsende, ging es mir auch nicht besonders gut. Ich war ausgebombt, Silvester war im Konzentrationslager, und ich wußte nicht, ob er lebte, Stephan war sehr krank, er war in Rußland schwer verwundet worden. Und ich hatte keine Ahnung, und das war das Schlimmste, was aus deiner Mutter geworden ist. Das war eine sehr böse Zeit, Michaela. Und dazu das blinde verletzte Kind, das kein Wort sprach, das kaum etwas Menschenähnliches hatte, das wie ein verschrecktes, scheues kleines Tier war. Ob ich Maria mehr liebe als dich? Soll ich dir die Wahrheit sagen? Ich wünschte damals, Maria wäre genau wie ihr in Dresden ums Leben gekommen und mir wäre diese furchtbare Last erspart geblieben. Das habe ich gedacht, Michaela, wenn ich dir keine Lüge erzählen soll.«

Michaela saß wie versteinert, die großen blauen Augen, vor Entsetzen weit geöffnet, starrten Nina an.

Es blieb eine Weile ganz still im Zimmer. Nina stand auf, ging zum Fenster und blickte hinaus auf die stille Straße.

»Lange Zeit habe ich immer noch gehofft, daß deine Mutter am Leben sei«, sprach sie gegen die Scheibe. »Wenn wir Liebe schon messen wollen, sie habe ich am meisten geliebt von euch allen. Sie kam nie wieder zu mir. Dann bist du plötzlich gekommen, ganz unerwartet. Du bist gesund, du kannst sehen, und du kannst nicht als einziger von uns allen ohne Verstand im Kopf sein, das gibt es nicht. Ich möchte, daß du in der Schule ordentlich lernst und später einen Beruf hast. Das hat mit mehr oder weniger Liebe gar nichts zu tun, das ist eine Frage vernünftiger Überlegung. Übrigens würde ich das Internat für dich bezahlen, ganz billig ist so etwas nämlich nicht. Also denk darüber nach.«

Während ihrer letzten Worte hatte sich Nina wieder umgedreht, und nun stand Michaela auf und kam auf sie zu.

»Darf ich . . . darf ich . . .«

»Ja? Was?«

»Darf ich dich umarmen?«

»Was für eine Frage! Selbstverständlich darfst du.«

Michaela legte sehr vorsichtig beide Arme um Ninas Schultern, sie war schon etwas größer als Nina, und küßte sie auf die Wange. Und Nina dachte: sie hat schon recht. Sie hat von mir wirklich keine Liebe bekommen.

Michaela sagte. »Ich hab' schon überlegt. Ich glaube, ich würde das ganz gern machen. Und ich werde dir beweisen, daß ich lernen kann, wenn ich will. Und einen Beruf will ich auch haben. Du wirst dein Geld nicht zum Fenster hinausschmeißen.«

Nina lachte. »Das hört sich ja alles recht gut an. Dann werde ich Herbert beauftragen, sich nach einem geeigneten und guten Internat umzusehen. Er ist der richtige Mann für so etwas. Lou werden wir vor vollendete Tatsachen stellen.«

»Ja. Sie muß wieder ganz gesund werden.«

Nina nahm Michaelas Gesicht zwischen beide Hände und küßte sie auf den Mund.

»So«, sagte Nina, »das war ein vernünftiges Gespräch zwischen gleichberechtigten Partnern. Und nun lauf mal hinüber zu Eva, sie hat einen Zwetschgenkuchen gebacken, wie ich weiß. Sie soll man immer schon Kaffee kochen, ich komm dann auch gleich. Ich muß erst mit Langenbruck telefonieren, wann die Golls hereinkommen.«

»Darf ich es Eva erzählen?«

»Klar. Sie wird staunen.«

Nina sah ihrer Enkeltochter nach; sie konnte zufrieden sein mit diesem Gespräch. Da war nur noch etwas hängengeblieben, das sie beschäftigte.

Du liebst Maria mehr als mich.

War das vielleicht der Grund für Michaelas Unarten?

Das ist ein Thema für den Professor, dachte sie. Und darum erzählte sie ihm und Ariane von dem Gespräch mit Michaela, das war am letzten Abend, bevor sie nach Paris flogen.

1021

»Wie sich zeigt, hast du mich nicht dazu gebraucht, Nina«, sagte Professor Goll. »Und ich denke, du hast Zeit und Gelegenheit genug gehabt, dich zu einem guten Psychologen zu entwickeln. Wie jede Mutter, die Verstand im Kopf hat.«

Ausführlich erzählten Ariane und Michael von Langenbruck.

»Frederic hatte sich ein wenig negativ dazu geäußert. Ich verstehe eigentlich nicht, was er meint«, sagte Ariane.

»Er fürchtet, daß Maria zuviel arbeitet.« Von Rico und der geplanten Heirat sprach Nina nicht.

»Das tut sie sicher. Aber sie tut es gern.«

»Was hat sie noch gesungen außer dem Schubert?«

»An einem Abend haben sie beide das ›Italienische Liederbuch‹ von Hugo Wolf gesungen. Da habe ich die Gräfin am meisten bewundert, die Begleitung ist verteufelt schwer. Sie haben beide sehr schön gesungen, aber Maria fehlt es für diese Lieder an Koketterie.«

Nina nickte. »Ganz verständlich, nicht? Das ist etwas, was sie nicht hat und nicht kann.«

»Am meisten imponiert von allen hat mir der Hund«, sagte Ariane. »Der Marquis von Posa! Was für ein Einfall, einen Hund so zu nennen, das kann auch nur einem Sänger einfallen. Ich muß das meinem Vater erzählen.«

Sie küßten sich zum Abschied, und Nina sagte: »Grüßt Frederic von mir. Er soll sich bald wieder einmal sehen lassen. Und es interessiert mich auch zu hören, wie es mit ihm weitergeht.« Das war ein kleiner Versuchsballon, aber die Golls wußten wirklich noch nichts, denn Ariane seufzte nur und sagte: »Mir graut jetzt schon bei dem Gedanken, wo sie ihn das nächste Mal hinstecken werden. Stellt euch vor, er kommt in irgendso einen Staat im Ostblock. Oder in eines von diesen Ländern, die bisher Kolonie waren und nun selbständig geworden sind. Die sind sowieso nicht ganz zurechnungsfähig.«

Silvester mußte lachen. »Das sind seltsame Ansichten für eine freie Amerikanerin.«

»Ach, ich weiß nicht. Mir ist die ganze Weltgeschichte so unheimlich. Vor ein paar Jahren dieser Aufstand in Ostberlin. Die Russen mit Panzern auf den Straßen. Und voriges Jahr der Aufstand in Ungarn. Auch der wurde brutal niedergeschlagen. Und dann die Suezkrise, zur gleichen Zeit. Kann es denn auf dieser verdammten Erde niemals Frieden geben?«

»Es hat nie Frieden auf ihr gegeben«, sagte Professor Goll, »und es wird nie Frieden auf ihr geben. Denkt an den Koreakrieg, mit dem kein Mensch gerechnet hatte.«

Korea, es war so weit entfernt gewesen. An Vietnam war noch nicht zu denken.

Sylt

Die weite Reise in den Norden Deutschlands begann Anfang September, und sie wurde dadurch sehr erleichtert, daß Hesse ihnen seinen Mercedes geliehen hatte.
　Silvester hatte zunächst abgelehnt. Das könne er nicht annehmen, sagte er, und wie solle denn Alexander mit dem Volkswagen zurechtkommen.
　»Allerbestens«, sagte Hesse, »für Stadtfahrten und um mal in den Verlag zu schauen, reicht er aus. Und wenn es Marleen nicht beliebt, darin zu fahren, werden wir ein Taxi nehmen. Wir wollen jetzt sowieso mal eine Zeitlang hierbleiben.«
　Der große Wagen war freilich für die weite Fahrt bequemer, und Silvester steuerte ihn mit geradezu andächtiger Miene.
　»Solch einen Wagen habe ich noch nie gefahren«, sagte er zu Nina, als sie die Stadt verlassen hatten und auf die Autobahn kamen.
　»Wir werden uns abwechseln«, sagte sie.
　»Ob du mit diesem Wagen zurechtkommst?«
　Nina mußte lachen. »Das kommt mir vor wie in der ersten Zeit unserer Ehe. Da hattest du auch Angst, ich käme mit deinem ollen Adler nicht zurecht und wolltest mich nicht fahren lassen. Und das war auch gar nicht so einfach. Aber merk dir eins, Geliebter: je größer ein Auto, um so leichter fährt es sich damit.«
　Maria und der Marquis von Posa saßen hinten. Eine Pfote hatte der Marquis immer auf Marias Schoß, und da er gern Auto fuhr, schien ihm das Unternehmen Spaß zu machen. Um Maria teilnehmen zu lassen, schilderte Nina die Gegend, durch die sie kamen, Wald, Felder, Wiesen, Vieh auf den Weiden.
　»Keine Pferde?« fragte Maria.
　»Ich habe noch keine entdeckt«, erwiderte Nina.
　»Ich möchte so gern in meinem Leben einmal ein Pferd sehen«, sagte Maria. »Herr Beckmann hat gesagt, es ist das edelste und schönste Geschöpf, das Gott geschaffen hat.«
　»Sag das nicht so laut«, warnte Silvester, »sonst ist der Marquis beleidigt.«
　Maria legte die Hand auf den Kopf des Hundes. »Ich kann mir ja ungefähr vorstellen, wie er aussieht, weil ich ihn fühlen kann.«
　»Willst du sagen, du hast nie ein Pferd gesehen?« fragte Nina. »Auch als du klein warst nicht? Du hast doch Pferde bei Tante Victoria gesehen. Im Waldschlössl.«
　»Das ist wahr«, antwortete Maria nach einer Weile. »Da waren Pferde. Das hatte ich ganz vergessen. Und in Baden, da fuhren Wagen mit Pferden. Fiaker nannte sie der Anton. Das habe ich auch vergessen.«
　»Da hast du also immer noch im Unterbewußtsein Dinge stecken, von denen du nichts weißt«, sagte Nina. »Nicht einmal unser großer Psychiater in Boston hat sie entdeckt.«
　»Aber du«, sagte Maria und lachte.

Nina lauschte dem Ton nach. Es war noch immer ein seltenes Ereignis, daß Maria lachte.

»Ich werde aufpassen, ob ich irgendwo ein Pferd entdecke«, sagte sie. »Und jetzt erzähle ich dir, was die Pferde für mich bedeutet haben.«

»Ja, du hast es in deinem Buch geschrieben.«

Nina erzählte von Wardenburg, von Ma Belle, der Schimmelstute, von den Ritten auf dem flachen niederschlesischen Land, von den Ritten später in Breslau und dem blamablen Sturz, den sie getan hatte, als ihr Pferd sie abwarf und den Kürassieren nachlief.

Das unterhielt sie eine ganze Weile auf der Fahrt.

Dazwischen kamen sie an Augsburg vorbei, und dank Herrn Beckmann wußte Maria, daß es einst eine Freie Reichsstadt gewesen war, desgleichen Ulm, das sie später passierten, und daß dort ein prachtvolles Münster stand, wußte Maria auch.

»Das ist aber so ziemlich das einzige, was dort noch steht«, sagte Silvester trocken. »Die Bomben haben ganz schön hier gewütet.«

Und da man nun über die Donau fuhr, war man, von Bayern aus betrachtet, schon fast im Ausland.

»Und wenn man erst über dem Main ist, hat Herr Beckmann immer gesagt, dann ist man sowieso bei den Preußen.«

»Ja, ja«, meinte Silvester. »So kenne ich das auch. Das ist bayerische Geographie.«

Maria schien die Fahrt zu genießen, sie war nicht so still und abweisend wie in letzter Zeit, was Nina sehr erleichterte. Manchmal hatte sie das Gefühl gehabt, keinen Zugang mehr zu Maria zu haben, daß sie ganz in den Besitz der Ruhlands übergegangen war.

Seit vier Jahren lebte sie nun in Langenbruck, und vielleicht war sie ganz froh, der täglichen Fron, um nicht zu sagen, der Tyrannei von Vater und Sohn Ruhland entronnen zu sein. Sie redete soviel, wie man es von ihr gar nicht gewohnt war. Der Besuch von Ariane und Michael Goll hatte sehr anregend auf sie gewirkt, und sie erzählte von ihren Erlebnissen in Boston und auf Cape Cod.

»Buster lebt nicht mehr, hat Ariane gesagt. Das ist sehr traurig. Er war ein so schöner Hund.« Sie sagte wirklich schöner Hund, als hätte sie ihn gesehen.

»Posa darf nie sterben, das würde ich nicht ertragen«, sagte sie nach einer Weile.

»Jeder muß sterben, ob Mensch oder Tier, das weißt du doch«, sagte Silvester.

»Ja«, kam die leise Antwort, »ich weiß es.«

»Posa ist erst vier Jahre alt«, sagte Nina rasch, »den behältst du noch lange.«

Mittags unterbrachen sie die Fahrt in einem Rasthaus, und sie übernachteten in einem sehr hübschen Hotel in der Lüneburger Heide, ein Stück abseits der Autobahn gelegen. Eine Empfehlung vom Münchinger.

Es war noch hell, die Sonne schien, die Heide blühte.

Nina konnte sich vor Entzücken kaum fassen, und es entfuhr ihr ein Satz, der ihr sonst nie über die Lippen kam: »Wie schade, daß du es nicht sehen kannst.«

»Ja«, sagte Maria nur.
Nina schloß sie heftig in die Arme.
»Ich bin ein Kamel, Maria«, sagte sie reuevoll.
»O nein«, sagte Maria, »es ist ganz klar, daß du das sagst. Beschreibe mir, wie es aussieht.«
Doch Silvester kam ihr zuvor. »Kamele sehe ich zwar nicht, aber Pferde. Zu dem Hotel gehört nämlich ein Reitstall, und ich kann hier vom Fenster aus Pferde auf der Koppel sehen. Wenn ihr nicht zu müde seid, spazieren wir mal dorthin.«
Müde waren sie nicht, oder nicht mehr, nachdem sie angekommen waren, und der Marquis brauchte sowieso Bewegung.
Am Koppelzaun erklärte Nina: »Es sind zwei Schimmel, drei Füchse und fünf Braune. Schade, daß wir keinen Zucker dabei haben.«
»Man soll Pferde auf der Koppel nicht füttern«, sagte Silvester, »das weißt du auch. Außerdem schmeckt ihnen das Gras viel besser. Und sie kommen auch so. Siehst du, sie sind viel zu neugierig.« Mit leisem Zungenschnalzen lockte er die Pferde, und dann konnte Maria die Hand auf einen warmen, glatten Pferdehals legen, dann seinen Kopf betasten, die weichen Nüstern fühlen.
»Es hält ganz still«, sagte sie beglückt. »Wie sieht es aus?«
»Es ist ein Goldfuchs mit einer schmalen weißen Blesse und großen dunklen Augen. Jetzt streckt er den Kopf über den Zaun. Seine Nase ist ganz nahe an deinem Gesicht. Hast du keine Angst, Maria?«
»Nein. O nein.« Und dann spürte sie die weichen Pferdenüstern an ihrer Wange.
Nina ließ sie nicht aus den Augen, schließlich gab es Pferde, die beißen. Aber dieser Fuchs war ein zärtliches Tier, das die Liebkosung von Menschenhand genoß.
Der Marquis von Posa mochte ein wenig eifersüchtig sein, er drängte sich eng an Marias Knie, aber sonst benahm er sich vorbildlich, wenn man bedachte, daß es die ersten Pferde waren, die er in seinem Leben sah.
Nina sagte, mit einer kleinen Bitterkeit in der Stimme: »Mir ist soviel in meinem Leben vorenthalten worden. Reiten war für mich das Höchste auf der Welt. Aber ich konnte es nur, solange Nicolas da war.«
»Ganz stimmt das nicht, mein Herz. Als wir uns im Waldschlössl kennenlernten, sind wir zusammen ausgeritten, wenn du dich bitte neben Nicolas auch an mich erinnern wolltest.«
»Freilich erinnere ich mich. Ein paarmal bin ich dort geritten. Das Pferd hieß Buele oder wurde jedenfalls so genannt und war alt und ziemlich faul. Na ja, klar, ich hatte jahrelang auf keinem Pferd gesessen. Das letzte Mal in Breslau vor dem Krieg. Und als ich das erste Mal ins Waldschlössl kam, das war im Herbst 36, das könnt ihr euch ja leicht ausrechnen, das war über zwanzig Jahre her. Es war mutig von Victoria, daß sie mich überhaupt auf ein Pferd setzte.«
»Reiten verlernt man nicht.«
»Genau das hat sie damals auch gesagt. Aber das war's auch schon. Danach bin ich nie wieder geritten. Warum eigentlich nicht, Silvio? Wir hätten in München doch reiten können.«
»Warum bist du in Berlin nicht geritten?«

1025

»Ganz einfach, ich konnte mir das nicht leisten. Ich war froh, wenn ich die Miete bezahlen konnte.«

»Nun, ich meine nach dem Besuch im Waldschlössl. Da warst du doch eine gute verdienende Schriftstellerin.«

»Soviel verdient habe ich auch nicht. Ich hatte dann endlich eine schöne Wohnung, das ja. Aber die Kinder. Und dann du. Als wir geheiratet hatten, dauerte es noch ein Jahr und der Krieg begann.«

»Etwas mehr als ein Jahr«, korrigierte Silvester. »Aber er lag in der Luft, wir haben uns schon vor ihm gefürchtet.«

Sie sahen sich an, Ninas Hand lag auf dem Hals eines Braunen, sie strich leicht über das sonnenwarme Fell. Jetzt war sie alt, das Leben war vorübergegangen, und so viele Dinge, die sie gern getan hätte, erlebt hätte, waren verloren. Die Pferde, das Reiten, das war so etwas. Aber auch Reisen, die sie gern gemacht hätte, fremde Länder, die sie gern kennengelernt hätte, dazu war es nun auch zu spät.

Am nächsten Tag kamen sie auf der Insel an, und die Fahrt war aufregend genug, Nina hatte damit zu tun, Maria alles zu berichten, was sie sah. Je weiter sie nach Norden kamen, desto mehr Tiere waren auf den Weiden zu sehen, Kühe, junge Rinder, Schafe, und immer wieder Pferde.

»Hier haben sie viel mehr Pferde als bei uns in Bayern«, stellte sie mehrmals überrascht fest.

Die Fahrt über den Hindenburgdamm vom Festland auf die Insel, das Auto auf den Zug verladen, war sensationell.

»Maria, Maria«, rief Nina, »wir fahren mitten durch das Wasser. Es ist unvorstellbar, Wasser so weit du sehen kannst.«

»Ich höre es nicht«, sagte Maria.

»Wir fahren durch das Watt«, erklärte Silvester. »Hier gibt es keine Brandung.«

Abends dann, hoch oben auf dem Roten Kliff in Kampen stehend, hörte Maria das Meer. Ein wenig nur, es war ein ruhiger sonniger Abend, nur wenig Wind, das Meer tobte nicht, wie Maria es auf der anderen Seite des Ozeans erlebt hatte. Dafür gab es einen prächtigen Sonnenuntergang, doch den konnte Maria nicht sehen. Sie stand gerade aufgerichtet, der Wind spielte mit ihrem Haar, das Meer, grau-silbern-rosa, spiegelte sich in ihrer dunklen Brille. Und Nina dachte: es war keine gute Idee, hierher zu fahren. Nicht soweit es Maria betrifft. Es ist wundervoll, aber sie sieht es ja nicht. Und sie kann hier keinen Schritt allein tun. Es geht steil hinab, und da unten der weite Strand, wie soll sie sich da zurechtfinden. Sie kann wirklich keinen Schritt ohne mich tun.

Und so war es auch. Der Weg über die Kampener Heide war uneben und bucklig, der schmale Pfad lief zwischen Heidekraut, und man mußte sehen, wohin man trat, wenn man nicht von ihm abkommen oder stolpern sollte. Und welchen Sinn hatte es, Maria den wunderbaren Blick zu erklären, den man von einem gewissen Punkt aus hatte, wenn man zur gleichen Zeit auf der einen Seite das offene Meer und auf der anderen Seite das ruhige Watt erblickte, denn so schmal war die Insel an dieser Stelle. Maria konnte es nicht sehen.

Ostwärts zum Watt zu gehen, wo die hübschen Friesenhäuser standen, war ebenfalls schwierig, denn auch hier waren es kleine Wege, die sich kreuz und quer durch die Heide schlängelten, auch hier empfahl es sich zu sehen, wohin man trat.

Vollends schwierig war es, den abfallenden Weg zum Strand zu gehen, es war sandig, und das Gefälle machte Maria unsicher. Doch dann waren sie am Strand, es wehte ein lebhafter Süd-West, und das Meer ließ sich hören, das war am Tag nach ihrer Ankunft. »Was für ein Sturm!« meinte Nina ein wenig ungehalten und faßte mit beiden Händen in ihr Haar.

»Das ist noch kein Sturm, das ist Wind«, sagte Maria.

»Bei richtigem Sturm kann man sich kaum auf den Füßen halten.«

»Na, mir genügt das schon, bleibt mal stehen, ich muß mir den Sand aus den Schuhen schütteln.«

»Hab' ich auch drin«, sagte Silvester. »Ich denke, das beste ist, die Schuhe auszuziehen. Hier hat kein Mensch Schuhe an. Außerdem ist es gesund, barfuß im Sand zu laufen.«

»Und wo lassen wir die Schuhe?«

»Wir werden uns so einen Strandkorb mieten, mein Herz. Und dort lassen wir die Schuhe und alles andere. Und dann können wir wenigstens mal die Füße ins Meer stecken.«

»Willst du etwa auch nackt hier herumlaufen?« fragte Nina empört.

»Ich habe eine Badehose unter meiner Hose an. Hier, wo wir sind, haben alle Leute Badeanzüge oder Strandanzüge an. Dieser berühmte FKK-Strand ist wohl ein Stück weiter draußen. Ich probiere es erst mal mit Badehose.«

»Ich möchte auch ins Wasser«, sagte Maria.

»Das ist zu gefährlich«, widersprach Nina.

»Aber ich bin eine gute Schwimmerin, das weißt du doch.«

»Hier schwimmt kein Mensch. Das geht gar nicht. Die Leute springen in die Brandung hinein, also in jede Brandungswelle, verstehst du. Manche rückwärts, um besser standzuhalten. Und da – da hat es einen umgeschmissen. Ich trau mich nicht, Maria, und ich glaube, du kannst das auch nicht.«

»Alles kann ich nicht«, sagte Maria niedergeschlagen.

Nein, es war keine gute Idee gewesen, ans Meer zu fahren, darüber waren sich Nina und Silvester schon an diesem Tage klar. Sie gingen dann alle vier ein Stück am Strand entlang, das Meer überspülte ihre Füße, der Wind pfiff um ihre Ohren, es war steigende Flut, und manchmal spritzte eine besonders hohe Welle bis über ihre Knie.

Das heißt, sie gingen nur zu dritt, der vierte lief. Der Marquis Posa war so entzückt von dem Strand, daß er wie ein Irrer im Kreis lief, dann auch mit seinen vier Pfoten ins Wasser hinein, und die Wellen, die ihm entgegenkamen, bellte er wütend an. Nina und Silvester mußten lachen und beschrieben Maria das Verhalten des Hundes.

»Ich wußte gar nicht, daß er so viel Temperament hat«, sagte Silvester. »Sonst ist er immer so ruhig.«

Einen Spielgefährten fand der Marquis auch, einen Setter, mit dem er ausgelassen davonraste, zum erstenmal schien er Maria zu vergessen. Doch nein, das geschah nicht, er kam ebenso eilig zurück, schmiegte sich an Marias Knie, leckte ihre Hand. »Lauf nur«, sagte Maria. »Lauf! Du sollst wenigstens Freude am Meer haben.«

Im Laufe der nächsten Tage spielte sich ihr Strandleben einigermaßen ein. Sie wohnten in einem Hotel gleich oben am Roten Kliff, der Weg war nicht

1027

weit und wurde Maria einigermaßen vertraut, auch wenn Nina oder Silvester sie immer führten, sie hatten einen Strandkorb und nahmen ihre Badesachen mit hinab, sie trauten sich ein Stück ins Meer hinein, besonders wenn es ruhiger war, Silvester versuchte es mit ein paar Schwimmzügen, aber die Brandungswelle, auch wenn sie gering war, warf ihn um, und durch die Brandung zu tauchen, dazu besaß er die Kraft nicht mehr. Und auch nicht die Erfahrung. Er sah aufmerksam zu, wie die anderen es machten, und er sagte: »Wir sind so richtige bayerische Landratten. Mit dem Starnberger See und dem Chiemsee werden wir ja einigermaßen fertig, aber das hier muß man geübt haben.«
»Du meinst, ich könnte es auch nicht?« fragte Maria.
»Bestimmt nicht. Es tut mir leid, Maria, man muß hier genau sehen, was man tut. Du mußt in die Brandung hineinspringen, und wenn du hinter der Brandung wärst würdest du total die Orientierung verlieren.«
»Dann würde ich ertrinken«, sagte Maria. »Das wär doch für mich das beste.«
»Wenn du solche Gedanken hast, Maria«, rief Nina wütend, »dann fahren wir morgen nach Hause. Du hast gesagt, du wolltest das Meer hören. Du hörst es und du riechst es, und es ist eine wunderbare Luft hier. So eine Luft habe ich in meinem Leben noch nicht geatmet. Mehr können wir dir nicht bieten. Und wenn du damit nicht zufrieden bist und mit Selbstmordgedanken spielst, dann können wir hier nicht bleiben.«
»Verzeih mir«, sagte Maria leise. »Ich denke es manchmal, aber ich tu's ja nicht.«
Nina war es übrigens, die sich nach wenigen Tagen ganz geschickt in der Brandung benahm, falls sie nicht zu hoch war. Sie war standfest auf den Beinen und hielt der Woge stand und teilte die wilde Lust mit all den anderen, die sich dem Ansturm des Meeres entgegenwarfen. Denn das war es, eine wilde, atemberaubende Lust. An einem Tag, als das Meer sehr ruhig war, schwamm sie sogar ein gutes Stück hinaus, aufmerksam beobachtet von Silvester. Denn einer von ihnen blieb immer am Strandkorb, sie ließen Maria nicht allein, auch wenn der Marquis, der sich inzwischen an Strand und Meer gewöhnt hatte, gut auf sie aufpaßte. Aber auch ihn überkam immer wieder der Rausch; einmal am Vormittag, wenn sie zum Strand kamen, mußte er ein paar stürmische Runden drehen.
Nina legte den Finger an die Lippen, als sie zum Strandkorb kam. Maria mußte nicht erfahren, daß sie geschwommen war.
»Ziemlich kalt, das Wasser«, sagte sie. »Wir haben Ostwind.«
Denn so erfahrene Inselbewohner waren sie inzwischen geworden, daß sie als erstes am Tag die Windrichtung prüften. Silvester legte ihr den Bademantel um die Schultern, und Nina streifte den nassen Badeanzug ab und dachte dabei, daß es wirklich ein prachtvolles Gefühl sein müßte, ohne Badeanzug in dieses Meer zu gehen.
»Na, dann werde ich auch mal die große Zehe hineintauchen«, sagte Silvester. Auch er schwamm ein Stück hinaus, lief dann, um warm zu werden, am Strand entlang.
»Schwimmt er?« fragte Maria plötzlich.
»Ach wo. Er ist ein kleines Stück hineingegangen und jetzt trabt er am Strand hin und her.«
»Du mußt mich nicht belügen, Nina. Dein Badeanzug ist ganz naß.«

»Also gut, dann schwimmen wir ein kleines Stück nebeneinander. Aber du mußt dicht bei mir bleiben. Und wenn ich sage, wir kehren um, dann kehrst du um. Versprichst du mir das?«
»Ja.«
»Dann komm. Solange ich noch kalt bin.«
Nina warf einen Blick rundum. Der kalte Ostwind hatte viele Leute davon abgehalten, an den Strand zu kommen, Mittagszeit war es auch.
»Ich geh schnell ohne hinein. Es sind nicht viele Leute da. Das nasse Ding mag ich nicht noch mal anziehen.«
Silvester wurde sehr schnell auf die beiden aufmerksam, denn der Marquis stand aufgeregt am Ufer und bellte. Er machte auch einen Unterschied zwischen Chiemsee und dem Meer, er traute sich nur wenige Meter hinein. Ärgerlich schnappte er nach den Quallen, die angespült wurden.
»Das laß lieber bleiben«, sagte Silvester. »Die Dinger brennen. Und das ist direkt ein Vorteil für dein Frauchen, sie kann das Glibberzeug nicht sehen. Ich bewundere Nina. Mich ekelt davor, weißt du.«
Nina klapperte mit den Zähnen, als sie an Land kam, und Silvester hüllte sie zum zweitenmal in ihren Bademantel. »Ganz ohne, du hast es also nicht lassen können. Hier ist noch Textilstrand, wenn ich dich darauf aufmerksam machen darf.«
»So 'n Quatsch, wenn ich dort kann, warum soll ich nicht hier können.«
»Schluß für heute. Du gehörst jetzt unter eine warme Dusche und wirst einen Schnaps trinken.«
»Ich trinke eine ›Sylter Welle‹. Das schmeckt mir fabelhaft.«
Ihr Hotel war ganz nett, die Zimmer waren nicht sehr groß und nicht allzu komfortabel eingerichtet, so war das am Meer seit je. Aber es besaß ein hübsches Restaurant, wo man gut essen konnte, und einen sehr gemütlichen Aufenthaltsraum.
Das blinde Mädchen erregte Aufsehen, und alle Leute bemühten sich, ihr etwas Freundliches zu sagen, ihr eine Tür zu öffnen, ein Hindernis aus dem Weg zu räumen. Für Nina und Silvester war es lästig, auch für Maria, die es spürte. Sie war wieder sehr scheu, sehr zurückhaltend, die Sicherheit, die sie in den letzten Jahren gewonnen hatte, verlor sich.
Nina beobachtete das alles sehr genau.
Einmal sagte sie zu Silvester: »Wir sind jetzt seit Jahren daran gewöhnt, Maria im Schloß zu sehen. Dort kennt sie sich inzwischen sehr gut aus. Sobald sie in eine fremde Umgebung kommt, ändert sich das. Wenn sich nur ein Teil von dem verwirklichen soll, was Ruhland plant, dann kann sie auf Rico gar nicht verzichten. Konzerte geben! Das ist doch heller Wahnsinn.«
»Na ja, zunächst handelt es sich ja bloß um Plattenaufnahmen und um das Rundfunkstudio. Aber gewiß, da kann sie auch nicht allein hingehen. Stephan könnte das machen.«
»Stephan könnte das nicht machen. Erstens ist das eine ganz fremde Welt für ihn, und zweitens ist er total glücklich und ausgefüllt mit seinem Leben auf dem Schloß. Und wie du ja immer sehen kannst, sie brauchen ihn dort wirklich.«
»Du könntest es machen.«
»Ich! Ich habe auch keine Ahnung von dieser Musikwelt. Und außerdem bin ich zu alt.«

»Du bist nicht alt, mein Herz. Ich brauche dich hier nur zu sehen, wie du nackt im Meer herumhopst. Und durchgesetzt hast du dich schließlich immer.«

»So? Habe ich das? Also ich kann es nicht. Und ich will es nicht. Ich will schreiben. Rico ist nun einmal für diese Aufgabe prädestiniert. Das sieht Ruhland so, das sieht er selber so, und Maria ist auch an ihn gewöhnt. Was habt ihr alle gegen ihn?«

»Wer, alle?«

»Du. Frederic. Die Meroth.«

»Und du nicht?«

»Ich kann nicht sagen, daß ich ihn besonders mag. Oder sagen wir mal so, als irgendeinen netten jungen Mann fände ich ihn ganz amüsant. Es ist nur so: der Gedanke, ihm Maria total auszuliefern, stört mich. Und das stört euch alle.«

»Und ich werde dir etwas sagen, Nina. Es liegt nicht an Rico, es liegt an der Situation an sich. Wer immer Maria den Weg zu dieser sogenannten Karriere ebnen soll, auf den wird sie angewiesen sein, oder, wie du es gerade nanntest, sie wird ihm ausgeliefert sein.«

Am meisten Angst hatte Nina vor dem Roten Kliff, denn von dort ging es steil in die Tiefe. Und gerade dort stand Maria am liebsten. Dort zauste sie der Wind, dort hörte sie das Meer. »Du darfst nie allein hierher gehen, versprichst du mir das?« sagte Nina wieder einmal.

»Ich gehe ja nirgends allein hin«, antwortete Maria. »Wenn es dir zu windig ist, gehen wir.«

»Nein. Mir macht der Wind nichts aus. Ich finde ihn auch schön.« Denn der Wind hatte wieder gedreht, es war sehr stürmisch an den folgenden Tagen. Nina und Silvester waren in ihrer Bewegungsfreiheit sehr eingeschränkt, denn Spaziergänge am Watt waren für Maria zu beschwerlich.

»Geh doch ruhig allein«, sagte Nina zu Silvester, und er brach dann auch zu einem Spaziergang auf, kam aber meistens bald zurück. Der Marquis war nicht zu bewegen, ihn zu begleiten, er verließ Maria nicht.

Also fuhren sie manchmal nach Westerland hinein, doch in der Friedrichstraße war viel Betrieb, viel Verkehr. Und trotzdem fielen sie auf, Nina hatte ihren Arm unter Marias rechten Arm geschoben, der Marquis ging dicht an Marias linkem Knie, die Leute sahen ihnen nach. Sie saßen windgeschützt vor einem der Cafés an der Friedrichstraße, und es geschah, was Maria lange nicht mehr passiert war, sie stieß ihre Tasse um, die am Boden zerklirrte.

Sie war den ganzen Abend über sehr schweigsam, sie aß kaum, ihr junger Mund war hart.

Als sie zu Bett ging, Nina war bei ihr, sagte sie: »Es tut mir leid.«

»Wegen der blöden Tasse?«

»Nein. Daß ihr mich mitgenommen habt. Ich verderbe euch den ganzen Urlaub. Mit mir kann man nicht verreisen.«

»Na, soviel ich weiß, warst du schon in Amerika. Da wirst du es wohl auf dieser Insel aushalten können.«

»Es ist schön hier, nicht wahr?«

»Es ist wunderschön. Ein hoher weiter Himmel und das weite riesige Meer. Und überall blühen die Rosen.«

»Ja, das rieche ich. Wenn ihr allein wärt, hättet ihr viel mehr davon. Ihr könntet spazierengehen. Ihr könntet in die anderen Orte fahren. Heute sprach ein Mann von Keitum. Er sagte, es wäre der schönste Ort der Welt überhaupt.«

»Ja, ich habe es gehört. Wir werden auch einmal hinfahren.«

»Was hat es für einen Sinn, daß ich dort hinfahre? Der schönste Ort der Welt ist für mich ein Ort wie jeder andere.«

»Maria, hör auf, dich zu bemitleiden. Dir wird es besser gehen, wenn du wieder singen wirst. Und nun schlaf! Gute Nacht, mein Schatz. Ich lass die Tür einen Spalt offen.«

»Mach sie zu«, sagte Maria scharf. »Ich laufe nicht weg. Ich bleibe in diesem Bett.«

Maria lag lange wach, das Dunkel der Nacht war das gewohnte Dunkel ihres Lebens. Singen? Sie wollte nicht singen, sie wollte sehen. Doch, sie würde singen: Und sie würde Geld verdienen, wie man ihr verheißen hatte.

Und wenn ich das Geld habe, dachte sie, dann lasse ich mich operieren. Ich habe das nie gewollt, aber nun will ich. Und wenn ich dann immer noch nicht sehen kann, dann will ich auch nicht mehr leben.

Es wurde alles besser, es änderte sich mit einem Schlag, als Rico kam.

Er kam unangemeldet, und er hatte Glück wie immer. Das Hotel hatte gerade eine Absage bekommen, und er erhielt das schönste Doppelzimmer im ersten Stock.

Angereist war er in einem funkelnagelneuen Sportwagen, den sein Vater finanziert hatte. Zwar widerwillig, wie er lachend erzählte, aber schließlich doch.

»Ich hab' ihm gesagt, wenn er nicht will, braucht er nicht, ich trete wieder mit einer Band auf, dann kann ich mir so ein Ding spielend selber kaufen. Doch davon will er nichts hören. Es kommt ihm nur auf Marias Karriere an.«

Rico kannte die Insel, er war schon zweimal da gewesen und wußte, daß es hier von hübschen Mädchen wimmelte. Aber um die kümmerte er sich diesmal nicht, er war nur für Maria da.

Er nahm sie einfach auf die Arme und lief mit ihr ins Meer hinein, und wenn die Brandung sie umwarf, fischte er sie wieder auf und brachte sie heil an Land. Er lief mit ihr am Strand entlang, er ging nicht, er lief und zog sie mit, kamen sie an eine Buhne, hob er sie hoch und darüber hinweg. Er fuhr mit ihr nach List und fütterte sie mit Muscheln, nachdem der Wind am Hafen sie bald fortgeweht hatte. Er erklärte nicht sorglich wie Nina, wie es da und dort aussah, aber seine Sicherheit war so beherrschend, daß Maria gar nicht dazu kam, sich zu fürchten.

»Es gibt einen dummen Ausdruck«, sagte Nina zu Silvester, »sich jemandem blind anvertrauen. Das fällt mir immer ein, wenn ich die beiden sehe. Am Ende ist er doch der richtige Mann für sie. Oder?«

»Ich weiß es nicht, Nina. Wir alle sind hin- und hergerissen, was diese Verbindung angeht. Mal denkt man, nein, es ist unmöglich, und wieder, wenn man das hier so sieht, ist man geneigt zu sagen, ja, er ist der richtige Partner für sie. Obwohl sie überhaupt nicht zusammenpassen.«

Selbstverständlich kannte Rico die besten Restaurants auf der Insel, Fisch-Fiete, Munkmarsch, das Landschaftliche Haus, die Altfriesischen Weinstuben, und meinte, man brauche ja nicht immer im Hotel zu essen. Er tanzte abends mit Maria im Kurhaus von Kampen oder in der Kupferkanne in der Kampener Heide, und er führte sie so sicher, daß keiner etwas von ihrer Behinderung bemerkte. In Westerland kaufte er ihr ein kurzes Strandkleid und flache Leinenschuhe, in denen sie gut laufen konnte, und wenn sie dennoch über eine Unebenheit stolperte, rief er »Hoppla«, nahm sie in die Arme und küßte sie.

Und schließlich nahm er sie mit in sein Bett.

Nina und Silvester hatten nun etwas mehr Freiheit und konnten auch allein etwas unternehmen. An einem sonnigen Tag wollte Silvester nach List fahren. Wenn er denn schon am Meer sei, sagte er, wolle er auch einen Hafen sehen.

»Das ist eine gute Idee«, stimmte Rico zu. »Dort bläst der Wind immer, und ihr müßt unbedingt Muscheln essen.«

»Muscheln?« fragte Nina skeptisch.

»Aber ja. Die schmecken herrlich. Ihr geht zum ›Ollen Seebären‹.«

»Ich habe noch nie Muscheln gegessen.«

»Da wird es Zeit. Du hast doch schon Austern gegessen?«

»Ja, sicher.«

»Nun also, um mit Vater zu sprechen. Muscheln sind so ähnlich. Nur werden sie nicht kalt, sondern warm in einem Sud serviert. Du nimmst die leere Muschelschale in die rechte Hand, und ziehst damit das Muschelfleisch aus der Muschel, die du in der linken Hand hältst.« Er grinste vergnügt. »Es sei denn, du bist Linkshänder.«

»Bin ich nicht. Willst du nicht mitkommen?«

»Nein, wir gehen an den Strand und lassen uns die Sonne auf den Bauch scheinen.«

»Paß bloß gut auf Maria auf!«

»Aber das tu ich doch pausenlos, schönste aller Schwiegermütter. Mir ist unser Goldstück genauso viel wert wie dir.«

»Jetzt nennt der mich schon Schwiegermutter«, sagte Nina ärgerlich, als sie im Auto saß. »Wie findest du das?«

»Du hast nicht widersprochen.«

»Kannst du dir eine Ehe zwischen den beiden vorstellen?«

»Nina, wir haben, seit er hier ist, so ziemlich jeden Tag davon gesprochen. Und er ist seit einer Woche hier. Mir hängt das Thema zum Halse heraus.«

»Tut mir leid, wenn ich dir auf die Nerven gehe. Ich fühl mich halt für das Kind verantwortlich. Wenn er sie so einfach mit sich fortreißt, ohne Rücksicht auf die Angst in ihrem Gesicht, das macht mich ganz krank. Ich versuche immer, mir das vorzustellen, wie das ist, so ins Blinde hineinzulaufen.«

»Wie lange stellst du dir das vor, Nina?«

»Seit sie bei mir ist. Aber nicht in dieser Form. Du hast das nicht miterlebt. Anfangs ging sie sowieso keinen Schritt von selbst. Und dann hat Stephan sie immer geführt, oder ich und Eva. Wir alle. Aber dieser Rico, du kannst sagen, was du willst, ich finde ihn rücksichtslos.«

»Die Frage ist, ob sie es auch so empfindet. Es heißt, sie braucht ihn, wenn sie Karriere machen will. Karriere! Ich kann das verdammte Wort schon nicht mehr hören. Er wird sie irgendwo hinstellen, und sie wird singen. Das, was man ihr eingetrichtert hat.«

»Wie sich das anhört!«

»Entschuldige, ich sehe es so. Ob sie singt oder nicht, sie ist ein unfreier Mensch. Wie lange sie das seelisch aushält, ist eine andere Frage.«
»Das denkst du?«
»Ja, das denke ich.«
Von Karriere wurde am Strand von Kampen auch gesprochen. Rico hatte Maria heute bis zu Buhne 16 geschleppt, das war ein weiter Weg, aber sie bewegte sich jetzt am Strand schon ganz sicher.
Er zog ihr das kurze Strandkleid aus und streifte ihr den Badeanzug ab, den sie darunter trug.
Sie zog fröstelnd die Schultern zusammen. »Mir ist kalt.«
»Nix da. Die Sonne scheint schon ganz schön warm. Setz dich in den Strandkorb, da bist du vor dem Wind geschützt.«
Dort saß sie, zusammengekauert, und Rico stand, nackt und schön mit seinem gebräunten, sehnigen Körper aufrecht in der Sonne. Er wußte gut genug, daß die Frauen ihn ansahen, so einer wie er war begehrt, er hätte nur die Hand auszustrecken brauchen. Denn genau betrachtet waren eine ganze Menge Dickbäuche hier versammelt, viele schlaffe Haut und faltige Popos. Doch gerade diese Typen hatten meist die hübschesten Mädchen bei sich.
Nun, für Rico war der Lauf der Welt längst kein Rätsel mehr. Hübsche Mädchen, wenn sie nicht unbedingt arbeiten wollten, konnten nicht von der Luft leben. Und ein Urlaubsaufenthalt auf einer Insel wie dieser wollte eben bezahlt sein. Eine Weile flirtete er mit dem Inhalt des nächsten Strandkorbs, mit dem weiblichen Inhalt, versteht sich, der männliche Teil las die Frankfurter Allgemeine.
»Ich rauch mal eine Zigarette«, sagte er zu Maria, »bis gleich.«
Weder Maria noch der Marquis schätzten Zigarettenrauch, also gebot es die Höflichkeit, sich aus dem Strandkorb zu entfernen. Wie er erwartet hatte, kam die langbeinige Blonde auch, als er mit den Füßen im Wasser stand.
»Wollen wir rein?« fragte sie ohne Umschweife und wies aufs Wasser.
»Bißchen später vielleicht«, sagte er. »Wird jetzt langsam kühl, nicht?«
»Na, das war's immer schon. Ist ja wonnig hier, nicht? Aber voriges Jahr war ich in Riccione, zum Baden ist es da schon besser.«
»Aber nicht so schicke Leute wie hier.«
»Ja, das stimmt.«
»Und ohne Badeanzug, das geht dort auch nicht.«
»Nee, geht nicht.«
»Was ja direkt schade ist«, sagte er und ließ seinen Blick ungeniert an ihrem Körper auf- und abspazieren. Sie war braun von Kopf bis Fuß und wunderbar gewachsen.
»Ja, Spaß macht das schon.«
»Und Ihrer Farbe nach sind Sie schon länger hier.«
»Oh, seit Juni.«
Rico warf einen Blick zurück auf den Zeitungsleser.
»Mit ihm?«
»Ach wo. Er ist der dritte in diesem Sommer.« Und genauso ungeniert wie er fügte sie hinzu: »So etwas wie Sie war leider nicht dabei.«
Rico grinste. »Na, vielleicht kann man sich nebenbei mal treffen.«
Nun blickte sie zu seinem Strandkorb.
»Sie sind ja auch nicht allein.«

1033

»Tja, das stimmt. Meine Verlobte.«
»Na, sehen Sie. Hübsches Mädchen.«
Daß Maria blind war, hatte sie offenbar nicht bemerkt.
»Und vor allem ein bildschöner Hund. Der gefällt mir.«
»Ja, er bewacht sie gut. Sagen Sie, was mich interessiert, klappt es denn immer so mit den wechselnden Herrn den Sommer über?«
Sie lachte unbekümmert.
»Nicht ganz ohne Übergang. Dazwischen habe ich mal in einem Laden gearbeitet. Und 'ne Zeitlang als Kellnerin.«
»Das finde ich ja tüchtig.«
»Ja, nicht? Mal so, mal so. Wie das Leben eben so spielt.«
»Und wie wär's denn nun mal mit einem kleinen Treffen am späteren Abend?«
»Geht nicht so einfach. Aber er bleibt nur noch vier Tage. Dann hätte ich schon Zeit.«
»Wollen Sie denn noch länger bleiben?«
»Weiß ich nicht. So Ende September hau ich ab.«
»Wohin, wenn man fragen darf?«
»Weiß ich auch noch nicht. Eigentlich komme ich aus Berlin. Aber ich wollte es jetzt mal mit München versuchen. Soll eine dufte Stadt sein.«
»Sagt man, ja. Ich kenne München nur flüchtig.«
»Und wo wohnen Sie?«
»In Frankfurt.«
»Da ist auch allerhand los, nicht?«
»Geht so.«
Die, wenn sie wüßte, daß er nicht allzu weit von München entfernt auf einem Schloß wohnte, wäre morgen da, verlobt oder nicht. Diese Mädchen von heute waren schon seltsame Wesen. Doch alle waren sie wohl nicht so, ein Ort wie dieser lockte Mädchen dieser Art an. Hübsch war sie, aber irgendwie würde es ihm doch nicht gefallen, als vierter in diesem Sommer dranzukommen. Falls er der vierte sein würde, vermutlich gab es noch ein paar Zwischenspiele.

Mit geradezu zärtlichen Gefühlen kam er zu Maria, die zurückgelehnt im Strandkorb saß. Ihr Körper war immer noch sehr weiß, ihre Haut ganz zart, ihre Glieder wirkten zerbrechlich.

»Maria mia«, sagte er, »du legst dich jetzt auf meinen Bademantel in den Sand, und zwar legst du dich auf den Bauch, und ich öle dir den Rücken ein. Ein bißchen Farbe müssen wir schon vorweisen, wenn wir zurückkommen.«
»Gehn wir nicht ins Wasser?«
»Später. Jetzt legen wir uns nebeneinander in die Sonne und sprechen von der Zukunft.«

Mit behutsamen Händen ölte er ihren schmalen Rücken ein und deckte ein kleines Tuch über den Popo.

»Der ist nämlich besonders empfindlich. Und ich möchte nicht, daß du einen Sonnenbrand bekommst. Eine halbe Stunde, mehr nicht. Liebst du mich, Maria?«
»Oh!« sagte Maria, und weiter nichts.
»Weißt du, was Liebe ist, Maria?«
»Nein. Ich weiß es nicht.«

»Wir sind jetzt, laß mich überlegen, seit einem Jahr und vier Monaten täglich zusammen. Müßtest du mich nicht lieben, Maria mia?«

»Ich kann dich ja nicht sehen.«

»Denkst du denn, man muß sehen können, was man liebt?«

»Ja.«

»So ist das also bei dir. Darauf bin ich noch nie gekommen. Dann liebst du niemand?«

»Ich liebe niemand.«

»Auch Nina nicht? Oder Stephan? Oder meinen Vater?«

Maria bewegte unbehaglich die Schultern. Sie lag auf dem Bauch, und er saß neben ihr. Aber das machte ja keinen Unterschied, auch auf dem Rücken liegend könnte sie ihn nicht sehen.

»Liebst du sie auch nicht, Maria?«

»Ich . . . ich weiß nicht. Ich kenne sie. Ihre Stimmen, ihre Hände, ihren Geruch. Aber das kann nicht Liebe sein.«

Sein Blick fiel auf den Hund.

»Und den Marquis Posa? Den liebst du auch nicht?«

»Doch«, rief sie stürmisch und fuhr hoch. »Ihn liebe ich.«

»Aha! Da haben wir dich also beim Widerspruch ertappt. Ihn siehst du auch nicht. Aber du liebst ihn. Seine Stimme, sein Fell, seine Pfoten, seinen Geruch. Was ist anders bei ihm?«

»Er gehört zu mir.«

»Er gehört zu dir, das stimmt. Und zwar total. Ich verstehe genau, wie du es meinst. Was bei den anderen fehlt. Auch bei mir. Leg dich wieder hin, Maria.«

Sie legte sich wieder, er strich sacht mit der Hand über ihren Rücken.

»Es wird in Zukunft auch so sein, Maria, daß ich zu dir gehöre. Du wirst anfangen zu arbeiten, zuerst eine Sendung beim Rundfunk, das wird im November sein, dann vermutlich ein paar Plattenaufnahmen, der Vertrag ist noch nicht perfekt, aber das kommt schon. Und ich werde immer bei dir sein, Maria. Ich werde keinen anderen Beruf mehr haben, als dein Begleiter zu sein. Genau wie der Marquis. Und dann müßtest du mich eigentlich auch lieben.«

Maria schwieg eine Weile.

»Du bist doch kein Hund«, sagte sie dann.

»Das war eine kluge Bemerkung, Maria. Nein, ich bin kein Hund. Aber vielleicht kann ich dir noch ein wenig mehr bieten als ein Hund. Sieh mal, wir sprechen zusammen. Dein Hund kann nicht sprechen. Dein Hund kann sich nicht um deine Verträge kümmern, nicht um dein Essen, nicht darum, wo du wohnst und mit wem du zusammentriffst, nicht darum, was du singst, wo der Flügel steht, und schon gar nicht um deine Karriere.«

»Karriere!« wiederholte sie, es klang gequält.

»Karriere, jawohl. Deine Karriere ist auch meine Karriere, Maria. Ich habe alles andere aufgegeben für dich. Aber nicht wie dein Hund bin ich damit zufrieden, neben dir zu sitzen, und deine Hand auf meinem Kopf zu spüren. Du wirst eine berühmte Sängerin werden, und daß du es wirst, dafür sorge ich. Du hast eine wunderbare Stimme, du bist jung, du bist schön.«

»Ich bin schön?«

»Ja, das bist du. Das wird uns sehr helfen.«

»Und die Tatsache, daß ich blind bin.«
»Das auch«, gab er ehrlich zu. »Es gibt deiner Schönheit etwas Rührendes. Ich habe bereits mit drei Journalisten gesprochen, die ich kenne, ich habe ihnen von dir erzählt. Sie werden kommen und werden Bilder von dir machen, wenn wir zurück sind. Dein Bild wird in der Zeitung zu sehen sein, deine Story wird man lesen. Und dann wird man deine Stimme hören. Das alles kann dein Hund nicht für dich tun.«
»Darum liebe ich ihn«, murmelte sie. »Er ist der einzige, der gar nichts von mir verlangt.«
»Ganz so ist es auch nicht. Er würde sein Fressen von dir verlangen, wenn er es nicht von anderen bekäme. Zu Hause von Stephan, hier von Nina. Und du erinnerst dich, Maria, es ist noch gar nicht lange her, da hast du ganz entschieden erklärt, du möchtest Geld verdienen. Dein eigenes Geld.«
»Ja, das will ich auch. Mein eigenes Geld. Und ich will viel Geld verdienen.«
»Nun also, da sind wir uns einig, Vater, du und ich. Du wirst kaum Mühe haben, du mußt nur singen. Alles andere mache ich. Und du kannst sicher sein, wenn du nicht blind wärst, hättest du einen langen und schweren Weg zu gehen, um Karriere zu machen.«
Darüber mußte Maria nachdenken.
Dann sagte sie, und es klang sehr kühl: »Du willst sagen, weil ich kein gesunder Mensch bin, kein normaler Mensch wie andere, wird es leichter sein, das zu machen, was du Karriere nennst.«
»Das will ich sagen.«
»Das ist schrecklich.«
»Es ist meine Philosophie. Man muß aus jeder Situation das beste machen. Und nun gehn wir schwimmen. Sonne war es genug.« Er stand auf, zog sie hoch und nahm sie auf die Arme. Sie war so leicht wie ein Kind. Er lief mit ihr ins Wasser, ließ sie los, als sie schwimmen konnte.
Die Blonde im Strandkorb nebenan würde auch jetzt nicht bemerkt haben, daß ihre Nachbarin eine Blinde war.
Rico lachte vor sich hin, als er, das Gesicht im Wasser, mit kräftigen Stößen hinausschwamm. Das immerhin konnte er fertigbringen. Wenn er wollte. Nicht immer, aber manchmal.
Gleich nach dem Baden liefen sie den Weg am Strand zurück. Hinauf in die Dünen ging er nie mit ihr, das war wohl doch zu schwierig. Im Hotel nahm er sie mit in sein Zimmer.
»Nun werde ich dich duschen. Das Salzwasser muß man immer vom Körper abspülen.«
Er war erstaunt, wie widerspruchslos sie sich wieder von ihm ausziehen, unter die Dusche stellen und abbrausen ließ.
Aber daran war sie gewöhnt. Sie war immer gewaschen, gebadet und geduscht worden, von Nina, auch von Stephan, sie liebte Wasser an ihrem Körper, sie liebte den Geruch von Seife, von Frische. Sie hatte die Brille abgenommen, doch sie hielt die Augen geschlossen. Das war ihm lieber, er sah ihre toten Augen nicht gern.
Dann trocknete er sie sorgfältig ab, hob sie hoch und legte sie auf sein Bett und deckte sie zu.
»So, nun ruh dich aus, Maria mia. Ich dusche auch schnell. Bist du sehr hungrig?«

»Ja, ein bißchen.«

»Zu essen gibt es jetzt nichts. Aber ich werde uns Tee bestellen und ein Stück Kuchen.«

Als er vom Duschen kam, blieb er neben dem Bett stehen und blickte auf sie nieder. Warum eigentlich nicht? Ob sie eine Ahnung davon hatte? Ob jemals ein Mensch mit ihr darüber gesprochen hatte?

Nein, keiner. Das war klar. Wer denn auch? Nina? Stephan? Sein Vater? Sie sahen in diesem Mädchen immer noch ein Kind, und keiner hatte wahrgenommen, daß es kein Kind mehr war. Die ganzen Entwicklungsstufen fehlten; eine Schwärmerei, die erste Verliebtheit, die Knutscherei mit Jungen, ein Flirt hier und da, die Neugier, das Bewußtsein des eigenen Körpers.

Hatte Nina zu ihr nie davon gesprochen, als sie in die Pubertät kam? Das mußte für sie doch ein unverständliches und erschreckendes Erlebnis gewesen sein. Wie wurde sie damit fertig? Rico stand und überlegte. Zuvor hatte er so leichtfertig über Liebe gesprochen. Sie hatte sicher nicht begriffen, welche Art von Liebe er meinte. Und er? Er sprach seit einiger Zeit vom Heiraten, und er hatte dabei nicht ans Geschäft gedacht. Liebte er sie denn? Begehrte er sie?

Eigentlich nicht. Auch für ihn war sie ein geschlechtsloses Wesen. Das Gespräch am Strand fiel ihm ein.

Man muß sehen können, was man liebt. Er sah sie. Er wollte sie an sich binden, er wollte ein gemeinsames Leben mit ihr aufbauen, ein erfolgreiches Leben, das für ihn genau wie für sie viel Arbeit, viel Anstrengung kosten würde. Und würde es nicht besser für sie sein, wenn sie kein ahnungsloses Kind mehr sein würde?

Jetzt und hier, entschied er.

Er hob die Decke an und schlüpfte neben sie ins Bett.

»Das tut gut, wie? Kein Sand mehr zwischen den Zehen und in den Wimpern.«

»Irgendwo ist immer noch welcher«, gab sie zur Antwort.

Sie schien ganz unbefangen, wehrte nicht ab, als sich sein Körper an sie schmiegte, als er anfing, sie zu streicheln. Es überraschte ihn maßlos. Wollte sie es auch? Wußte sie, worum es ging, was er vorhatte?

Sie wußte es nicht, sie hatte wirklich keine Ahnung, und doch reagierte ihr Körper, er fühlte, wie ihre kleinen Brüste sich hoben, wie die Brustwarzen unter seinen spielenden Fingern hart wurden, wie sie weich und nachgiebig wurde in seinen Armen. Sie war also doch eine ganz normale Frau. Er hob sie ein wenig hoch, blickte in das schöne stille Gesicht mit den geschlossenen Augen. Und nun begehrte er sie auch. Er küßte sie lange und leidenschaftlich, öffnete dabei ihre Schenkel, und nun erschrak sie doch, bäumte sich auf, wollte sich losreißen von ihm, doch nun gab es kein Zurück mehr.

Hier und heute. Dann gab es auch für sie kein Zurück mehr.

Keiner würde sie ihm je wegnehmen können.

Höchst ungewöhnlich war ihre Reaktion danach. Sie betaste ihren Bauch und ihre Schenkel und flüsterte entsetzt: »Du hast mich schmutzig gemacht.«

Er mußte lachen. So etwas hatte noch keine Frau zu ihm gesagt. Es war ein sehr jäher Abschluß dieser Umarmung und ließ kein zärtliches Nachspiel zu.

»Ich mach dich gleich wieder sauber.«

Er holte Schwamm und ein Handtuch, säuberte sie, sie aber rückte zur Seite mit unwilliger Miene.

Natürlich, das Bettuch. Er hätte daran denken und etwas darauflegen müssen.
Sie setzte sich auf den Bettrand, nahm das Handtuch und rieb heftig ihre Schenkel.
»Du mußt keine Angst haben, es ist nichts passiert. Ich habe aufgepaßt.«
Sie wandte ihm das Gesicht zu, und jetzt waren ihre toten Augen weit geöffnet.
»Wie meinst du das?«
Rico fuhr sich ratlos mit der Hand durch das Haar. Konnte das möglich sein, hatte sie wirklich keine Ahnung? Sie konnte doch lesen, sie mußte doch schon einmal ein Buch gelesen haben, in dem von Liebe die Rede war.
Und dann kam ihre Frage: »Ist es das, was du – Liebe nennst?«
»Ja. Aber das nenne ich nicht nur so. Das ist es, was alle Menschen Liebe nennen.«
Er fragte nicht, ob es ihr gefallen habe. Die Antwort konnte er sich selbst geben.
»Du singst doch oft von Liebe, Maria. In deinen Liedern, in deinen Arien kommt sie vor.«
Was für ein Blödsinn, den ich rede, dachte er, die Liebe in den Liedern, in den Arien beschrieb nun gerade dies nicht.
Der Hund, der sich die ganze Zeit sehr still verhalten hatte, kam nun und legte seinen Kopf auf Marias Knie. Ein Wunder, daß er mir nicht an die Gurgel gefahren ist, dachte Rico. Was hätte er getan, wenn sie sich gewehrt hätte?
»Bitte, bring mich in mein Zimmer«, sagte Maria ruhig. Nichts wollte Rico lieber als das. Und was zum Teufel sollte er sagen, falls Nina schon zurück war und Maria vermißt hatte? Nun, sie konnten gerade vom Strand gekommen sein, es war noch früher Nachmittag. Blieb nur die Frage, was Maria erzählen würde.

Maria erzählte gar nichts, sie war nur sehr schweigsam während des Abendessens, doch das mußte Nina nicht ungewöhnlich erscheinen, Maria war meist still. Außerdem war Nina viel zu erfüllt von der Begegnung dieses Tages, daß sie Maria große Aufmerksamkeit geschenkt hätte.
Es war im Hafen von List, sie sahen gerade einem auslaufenden Schiff nach, und Silvester rief in den Wind, der hier heftig blies: »Kapitän wäre ich gerne geworden.«
Nina lachte. »Du? Das kann ich mir ganz und gar nicht vorstellen.«
»Wieso nicht? Als Bub habe ich mit Vorliebe Bücher über die Seefahrt gelesen, am liebsten von den großen Forschungsreisenden, Scott, Peary, Umberto Nobile und natürlich Nansen und Amundsen, die berühmten Norweger. Besonders Amundsens Schicksal bewegte mich tief. 1897 war er bereits zu einer Südpolexpedition aufgebrochen. Kannst du dir vorstellen, was das in jener Zeit für ein gewagtes Unternehmen war?«
»Ich nehme an, das ist es heute auch noch. Und man weiß bis jetzt vom Südpol auch nicht viel mehr, als daß es dort kalt ist und daß es Pinguine gibt.«
»Später dann, zu Beginn des Jahrhunderts, ging er auf eine Nordpolfahrt, von der er nie zurückkam. Er war verschollen mit seinen Männern. Und meine Fantasie malte sich all das Schreckliche aus, was ihnen widerfahren sein mochte, verhungert, erfroren im ewigen Eis, das langsame Sterben nach

dem verzweifelten Kampf ums Überleben. Und ich malte mir auch aus, daß ich ein Kapitän wäre mit einem großen Eisbrecher, wie ich ihn finden und im Triumph nach Hause bringen würde.«

»Das weiß ich alles gar nicht.«

»Siehst du, es gibt noch viel, was du nicht weißt. Übrigens wäre es keine schlechte Idee, wieder einmal ein Buch über diese Männer und ihre Entdeckungen herauszubringen. Denk nur an Fridtjof Nansen, den Erfinder des Nansen-Passes. Etwas Einmaliges in der Weltgeschichte. Zuerst kam er den russischen Emigranten zugute, die durch die Revolution aus ihrer Heimat vertrieben worden waren. Immer mehr Staaten erkannten ihn an. Und wer weiß, wie schwer das Leben für einen Staatenlosen ist, wird begreifen, was dieser Paß für die Menschen bedeutet hat. Deutschland hat ihn erst 1933 anerkannt, ich nehme an, es gereichte dann den jüdischen Emigranten zum Vorteil. Jahre vorher hatte Nansen den Friedensnobelpreis dafür bekommen.«

Nina war sehr beeindruckt.

»Du bist ein kluger Mann, Silvio.«

»Mit Klugheit hat das eigentlich nichts zu tun. So etwas kann man lesen. Außerdem bin ich ja ein Zeitgenosse dieser Ereignisse. Ein Zeitgenosse war ich auch beim Untergang der ›Titanic‹. Das war ein so unvorstellbares Unglück, daß es die Menschen wochen- und monatelang beschäftigte. Mein Vater sagte zu mir: sixt es, so einfach ist das nicht mit der christlichen Seefahrt, wenn selbst der Kapitän von solch einem großen Schiff in die Katastrophe fährt. Und ich darauf, selbstbewußt: Ich wäre dem Eisberg ausgewichen. Dabei war ich bis zu dieser Zeit nur über den Starnberger See gekreuzt. Sind ja auch ganz hübsche Schiffe, mußt du zugeben.«

»Später bist du doch dann mit einem großen Schiff über das Mittelmeer gefahren.«

»So groß war das Schiff nicht. Ein kleiner Frachter. Eine Reise auf einem eleganten Musikdampfer konnte ich mir nicht leisten. Als Seefahrt war es aber so viel eindrucksvoller.«

»Ich war noch nie auf einem Schiff. Ob wir nicht einen kleinen Ausflug nach Dänemark machen sollten?«

Sie standen immer noch vorn am Kai, und ihre Unterhaltung war laut, da sie gegen den Wind ansprechen mußten.

Plötzlich fühlte sich Nina von hinten umarmt, und eine Stimme sagte in ihr Ohr: »Bleib lieber hier, Ninababy.«

Peter Thiede! Nach so vielen Jahren!

Sie drehte sich in seinem Arm, und sie küßten sich, ihre Umwelt ganz vergessend.

»Peter! Wo kommst du denn her?«

»Dasselbe könnte ich dich fragen. Ich aus Berlin, und du vermutlich aus München. Wo trifft sich die große Welt? Auf Sylt.«

Silvester und Peter schüttelten sich die Hand, und nun hatte Nina auch die Dame gesehen, die einige Schritte entfernt stand und der Begrüßung lächelnd zugesehen hatte.

Nina erkannte sie sofort: Sylvia Gahlen, der große Filmstar, die berühmte Schauspielerin, Peters Partnerin in vielen Filmen. Früher. In den letzten Jahren hatte man von Sylvia Gahlen nichts mehr gehört.

Sie gingen zusammen Muscheln essen, es hätte Ricos Anweisungen nicht bedurft, Nina konnte Peter zusehen, wie man das machte. Es schmeckte ihr hervorragend.
Und es gab viel zu erzählen, was in Berlin geschehen war, was in München geschah.
Peter spielte in Berlin am Schillertheater, das 1951, neu aufgebaut, wieder eröffnet worden war. Einen Film hatte er lange nicht mehr gemacht.
»Nun sind andere dran«, sagte er. »Die Rollen, die man mir noch anbietet, reizen mich nicht.«
»Er ist zu eitel, um sich mit Väterrollen zu begnügen«, sagte Sylvia lächelnd. »Auf der Bühne hat er große Erfolge gehabt.«
»Ich weiß genau, was er gespielt hat«, sagte Nina eifrig. »Ich lese es immer in der Zeitung.«
»Dann weißt du Bescheid, Ninababy. Aber der Hamlet war niemals dabei. Damals noch nicht, später nicht mehr, es hat einfach nicht geklappt.«
»Es wird ein ewiger Stachel in seinem Herzen sein«, sagte Sylvia. »Er kann mir nie verzeihen, daß ich die Ophelia gespielt habe, auch wenn es hundert Jahre her ist.«
Sylvie! Also doch. Nina spürte in ihrem Herzen immer noch ein wenig Eifersucht. Sie hatte ja gewußt, daß er Sylvie liebte. Mehr als er Nina je geliebt hatte. Diese Eifersucht reichte zurück bis in das kleine Theater von Felix, als Sylvia Gahlen überraschend auftauchte und Peter um den Hals fiel. Dann, als sie Sylvia in Salzburg trafen, schon ein Star, und Nina allein nach Berlin zurückfahren mußte. Und was für ein hinreißendes Liebespaar waren sie in ihren Filmen gewesen.
Lebten sie jetzt zusammen? Waren sie verheiratet? Dann hatte Sylvia sich scheiden lassen.
Das war nicht der Fall. Und Nina erfuhr, nach dem Mittagessen, was Sylvia Gahlen erlebt hatte in den bösen Jahren, die hinter ihnen lagen.
Peter, als er 1948, kurz vor Beginn der Blockade, nach Berlin zurückkehrte, suchte Sylvia und fand sie in ihrem Haus in Zehlendorf, das den Krieg unbeschädigt überstanden hatte. Er konnte dort wieder einziehen und ersparte sich so die Suche nach einer Bleibe. Er hatte im letzten Kriegsjahr, nachdem er ausgebombt war, schon in der Villa in Zehlendorf Aufnahme gefunden, bei Sylvias Mann, dem Anwalt, mit dem er genauso gut befreundet war wie mit Sylvia. Denn entgegen Ninas Verdächtigungen, hatte es, abgesehen von ihrem Anfangsjahr, das sie gemeinam in der Provinz verbracht hatten, nie wieder ein intimes Verhältnis zwischen Sylvia und Peter gegeben.
Als Peter sie wieder traf, gab es ihren Mann nicht mehr. Er war nicht tot oder in Gefangenschaft, er war einfach verschwunden.
Von ihrem Mann war Sylvia mit den Kindern ins Riesengebirge geschickt worden, an den Rand des Gebirges, nach Hirschberg.
»Eine bezaubernde kleine Stadt, und wir lebten dort sehr friedlich, Detlev ging in die Schule, meine Tochter war noch zu klein, uns ging es gut. Oder sagen wir mal, mir wäre es gut gegangen, wenn ich nicht ständig Angst um meinen Mann gehabt hätte. Wir telefonierten täglich, wann immer das Telefon nach großen Angriffen wieder funktionierte. Und ich war sehr froh, daß Peter dann bei Thomas wohnte und er nicht allein in dem Haus war. Dann kamen die Russen, und wir mußten Hals über Kopf fliehen. Das wißt ihr ja

noch, es ging mir wie vielen anderen, nur machte ich es etwas klüger, ich floh nicht geradewegs nach Westen, was mich unweigerlich in die Katastrophe von Dresden geführt hätte, ich reiste über Prag nach Österreich.«

»War es da nicht schon sehr gefährlich in der Tschechoslowakei?« fragte Sylvia.

»Nicht für mich. Ich hatte viele Freunde dort, auch unter den Tschechen. Ich hatte am Deutschen Theater gespielt, ich hatte zweimal dort gefilmt, und ich kannte noch von Reinhardts Zeit her einen jüdischen Schauspieler, der sich all die Jahre sehr geschickt bei seiner tschechischen Freundin verborgen hatte, die auch eine bekannte Schauspielerin war. Da kam ich zunächst unter, bis meine Freunde meinten, es wäre vielleicht doch besser, ein Stück weiterzuziehen. Das sagte auch mein Mann, mit dem ich telefonische Verbindung hatte.«

In Wien blieb Sylvia nur kurz, auch hier wurde es zunehmend gefährlich, sie zog mit den Kindern weiter ins Salzkammergut.

»Und das Verrückte an dieser Geschichte«, sagte Peter. »Wir waren ganz nah beieinander, ich in St. Gilgen, Sylvia am Mondsee, als der Krieg zu Ende war. Wir wußten nur nichts voneinander. Wir waren ja damals gegen Kriegsende dort, um einen Film zu drehen auf Goebbels' Befehl, wie ihr wißt.«

»Ja, wir waren nur wenige Kilometer getrennt, aber keiner wußte etwas vom anderen. So war das damals eben. Und ich hörte nichts von meinem Mann, es gab keine Verbindung nach Berlin. Es war eine schreckliche Zeit, ich hatte auch kein Geld mehr. Ich arbeitete dann bei dem Bauern im Stall und im Haus mit, und Detlev ging mit aufs Feld. Er schwärmt übrigens heute noch davon. Bis ein amerikanischer Offizier mich aufpickte und mich in einer Offiziersmesse beschäftigte, so als eine Art Hausdame. Das hatte den Vorteil, daß ich gut zu essen bekam und auch für die Kinder immer etwas mitnehmen durfte. Denn wenn wir auch bei einem Bauern wohnten, bekamen wir nicht viel zwischen die Zähne.«

»Insofern war ich besser dran in St. Gilgen«, warf Peter ein. »Meine Bäuerin und ihre beiden Töchter verwöhnten mich. Arbeiten mußte ich gar nichts.«

Das waren die typischen Erlebnisse der Nachkriegszeit, die sich für jeden zwar ähnlich, aber doch unterschiedlich abgespielt hatten. Das große Unheil traf Sylvia erst, als sie ein Jahr später, mit viel Mühe, nach Berlin zurückkam. Sie hatte die ganze Zeit von ihrem Mann nichts gehört, obwohl ihre amerikanischen Offiziere sich nach Kräften bemüht hatten, ihr behilflich zu sein.

Das Haus in Zehlendorf stand noch, fremde Leute waren dort eingewiesen worden, mit denen Sylvia längere Zeit die Wohnung teilen mußte. Dr. Thomas Boldt, ihr Mann, war verschwunden. Einfach weg.

»Einfach weg«, sagte Sylvia auch an diesem Tag, und man merkte ihr an, wie oft sie das schon gesagt hatte und wie unverständlich es geblieben war. »Ich habe bis heute nicht erfahren, was aus ihm geworden ist. Auch das Haus in der Joachimsthalerstraße, in der sich die Kanzlei befand, ist stehengeblieben. Hier wie dort ist er nicht im Keller umgekommen. Ist er in einem anderen Keller verschüttet worden, unterwegs irgendwo? Ist er auf der Straße getötet worden? Haben ihn die Russen erschlagen? Haben ihn die Russen verschleppt? Ist er in Sibirien? Er hatte eine große Praxis, auch unter den damaligen Funktionären. Er war kein Strafverteidiger, er hatte eine Wirtschafts-

1041

praxis.« Sie blickte Nina an. »Der Mann Ihrer Schwester kennt ihn gut. Dr. Hesse und mein Mann hatten öfter miteinander zu tun. Man kann fast sagen, sie waren befreundet, soweit das bei Hesse möglich war, er war ja sehr verschlossen. Aber sie hatten einen gemeinsamen Club, in dem sie sich trafen, sehr privat. So etwas gab es ja in Berlin noch. Womit nicht gesagt sein soll, daß die Gestapo nicht auch dort ihre Spitzel hatte.«

Nina blickte von einem zum anderen. Auch dies war wieder eine schreckliche Geschichte, und der Krieg lag nun doch schon so lange zurück, daß man diese Dinge langsam ein wenig vergaß. Nie wieder etwas von einem zu hören! Nicht zu wissen, was aus ihm geworden war! Gerade sie konnte das gut nachempfinden. Peter hatte Krieg und Nachkriegszeit relativ gut überlebt, Silvester war, nach einigen Jahren, zu einem normalen Leben zurückgekehrt. Sylvias Mann war und blieb verschwunden.

»Einige Zeit lang habe ich gedacht, eines Tages steht er vor der Tür«, sagte Sylvia, »aber das denke ich nun nicht mehr.«

»Ja, und ich«, sagte Peter, »lebe all die Jahre bei Sylvia, helfen konnte ich ihr nicht.«

»Du hast mir dadurch geholfen, daß du da warst. Allein wäre ich verrückt geworden.«

Einige Zeit hatte sie auch wieder Theater gespielt, und jetzt hatte das Fernsehen ihr ein Angebot gemacht.

»Ich weiß noch nicht, ob ich es machen werde.«

»Aber ganz gewiß wirst du. Es ist eine großartige Rolle.«

»Man sagt ja, Fernsehen hätte eine große Zukunft«, meinte Sylvia. »Aber irgendwie habe ich Hemmungen, nach so langer Zeit wieder ins Atelier zu gehen. So alt, wie ich inzwischen geworden bin.«

Darüber wurde pflichtschuldigst gelacht. Sie war noch immer eine schöne Frau, doch der Kummer der vergangenen Jahre hatte Spuren in ihrem Gesicht zurückgelassen. Peter dagegen sah sehr gut aus, fast wie in alten Tagen. Das graue Haar stand ihm gut, und ein paar Fältchen machten im Gesicht eines Mannes nicht viel aus.

»Es ist wichtig«, sagte er, »daß man arbeitet. Sonst wird man wirklich alt. Es ist eine gute Rolle, Sylvie, und du wirst sie spielen. Keine jugendliche Liebhaberin mehr, eine Charakterrolle. Und einer von uns muß den Einstieg ins Fernsehen schaffen.«

Sylvias Sohn studierte Jura und wollte später in die Kanzlei des Vaters in Berlin eintreten, die bis heute von Dr. Boldts Sozius geführt wurde.

»Meine Tochter besucht die Schauspielschule. Es war ihr nicht auszureden.«

»Wie jede Mutter«, erzählte Peter, »versucht sie, es ihr auszureden. Ganz grundlos. Marlene ist so hübsch wie Sylvia, und sie ist begabt, außerdem hat sie zwei alte Hasen in der Familie, die sie beraten und ihr so manchen Trick verkaufen können.«

Davon also erzählte Nina beim Abendessen, ausführlich und sehr beteiligt. Rico interessierte es nicht sonderlich, er war schon eine andere Generation, die Nachkriegserlebnisse bedeuteten nicht viel für ihn, zumal er selbst keinerlei Not erlebt hatte.

»Morgen wollen wir uns zum Abendessen treffen«, sagte Nina. »Es ist ihr letzter Tag, übermorgen fahren sie nach Berlin zurück.«

»Und wann fahren wir zurück?« fragte Maria überraschend.
»Auch demnächst«, sagte Silvester. »So in drei oder vier Tagen dachte ich.«
»Maria fährt diesmal mit mir«, sagte Rico.
»O nein«, sagte Maria sehr entschieden. »Ich fahre mit Nina und Silvio.«
Zum erstenmal gebrauchte sie den Kosenamen, den Nina für ihren Mann gefunden hatte.
»Aber wieso? Wir haben doch ausgemacht, daß du mit mir fährst.«
»Wir haben gar nichts ausgemacht«, erwiderte Maria abweisend. »Außerdem ist dein Wagen für Posa viel zu klein bei so einer langen Fahrt.«
Zum letztenmal standen Nina und Maria am Abend vor ihrer Abreise oben auf dem Roten Kliff. Es war sehr stürmisch, der Wind fauchte ihnen um die Ohren, und das Meer tobte wild auf den Strand.
»Da ist was los«, sagte Nina hingerissen. »Der Strand ist nur noch halb so breit. Jetzt kommen wohl die Herbststürme.«
Rico war schon vor zwei Tagen weggefahren, so plötzlich, wie er gekommen war.
»Hattet ihr Streit?« fragte Nina, als sie zum Hotel zurückgingen, und ärgerte sich gleich über die dumme Frage. Wer hatte schon Streit mit Maria?
»Nein, wieso?«
»Er war gekränkt, daß du nicht mit ihm fahren wolltest.«
»Ich habe ja gesagt, warum nicht. Und nicht nur wegen Posa, ich wollte überhaupt nicht mit ihm fahren. Ich fahre lieber mit euch.«
»Darüber bin ich sehr froh«, sagte Nina und schob ihre Hand zwischen Marias kalte Finger.
Vor dem Hotel angekommen, nahm sie Maria in die Arme.
»Ach, Kind, was werden sie bloß jetzt mit dir machen? Ich habe Angst um dich.«
»Du brauchst keine Angst um mich zu haben«, sagte Maria, »ich werde wieder üben, jeden Tag viele Stunden. Und wie es weitergeht, das weiß ich auch nicht. Aber was er auch für mich tut, ich möchte Rico nicht heiraten.«
»Hast du dich also doch über ihn geärgert?« fragte Nina ratlos. Maria schüttelte den Kopf. Ihr Mund war hart, in ihre Augen konnte man nicht sehen. Nina erriet den Grund für ihre Haltung.
»Er ist . . .« begann sie zögernd, »ich meine, hat er . . .« Maria schüttelte wieder den Kopf.
»Es ist nichts. Er hat gesagt, aus mir kann nur etwas werden, wenn er mir den Weg bahnt. So etwas hat er schon oft gesagt, und diesmal, ehe er abgefahren ist, in aller Deutlichkeit. Ich weiß nicht, ob er recht hat. Aber wenn es so ist, dann werde ich ihn dafür bezahlen. Aber nicht heiraten.«
Nina schwieg verblüfft. Das war eine Maria, die sie nicht kannte. Aber es befriedigte sie doch, das zu hören. Was hatte Frederic gesagt? Einen Impresario kann man engagieren.
Nina lachte und schob ihren Arm unter Marias Arm.
»Komm wir wollen deinen Koffer packen. Und du brauchst nicht zu heiraten, wenn du nicht willst. Rico schon gar nicht. Einen Impresario kann man engagieren, weißt du. Du bist es, die singen wird. Und es wird für jeden, der es versteht, ein Geschäft sein, dich berühmt zu machen. Das muß nicht Rico sein, das kann ein anderer auch. Und wenn du nicht auftreten willst, brauchst du nicht. Ich kann schon für dich sorgen.«

Nun lächelte Maria.

»Ich will Geld verdienen, ich habe es dir schon gesagt. Ich bin Heinrich Ruhland viel Geld schuldig für seine Stunden. Und ich bin dir viel schuldig und allen, die für mich gesorgt haben.«

»Red nicht so einen Unsinn, Maria. Du bist niemand etwas schuldig. Mir schon gar nicht. Und Ruhland? Er hat es freiwillig getan und mit großer Begeisterung. Kein Mensch hat es von ihm verlangt.«

Maria riß ihren Arm los.

»Er hat mir nicht nur Gesangsstunden gegeben, ich habe dort im Haus gewohnt und gegessen, und man hat für mich gesorgt, viele Jahre lang.«

»Na, nicht von seinem Geld. Dafür kannst du dich höchstens bei dem Baron bedanken.«

»Ich will mich bei niemand bedanken müssen. Ich will nicht von Almosen leben, das habe ich dir schon gesagt. Ich will mein eigenes Geld verdienen.«

»Gut«, sagte Nina besänftigend. »Reg dich nicht auf! Du wirst dein eigenes Geld verdienen, denn du bist eine große Künstlerin. Aber laß dir ein paar Jahre Zeit. Es muß nicht so schnell gehen, wie der Herr Kammersänger und sein Sohn sich das vorstellen.«

»Ich möchte, daß es schnell geht«, sagte Maria.

Baden

Als Nina mit Maria nach Langenbruck kam, hatte der Kammersänger wieder mit einer Überraschung aufzuwarten.

Er war in Wien gewesen, hatte dort wie er berichtete, viele alte Freunde wiedergetroffen und gute Kontakte für Marias Zukunft geknüpft. Und er war auch in Baden gewesen.

»Das ist überhaupt der Knalleffekt, liebe Nina. Und Sie haben mir nie davon erzählt.«

»Wovon?«

»Daß Maria so lange in Baden gelebt hat.«

»Das wissen Sie doch. Und so lange war es ja wieder auch nicht. Die ersten fünf Jahre ihres Lebens. Das kann doch kaum von Wichtigkeit sein.«

»Nicht von Wichtigkeit? Dieser Tatbestand? Beste Nina, ich habe Sie immer für eine patente Frau gehalten. Können Sie sich nicht vorstellen, was sich daraus machen läßt? Maria ist in Österreich geboren, Maria hat entscheidende Kinderjahre dort verbracht, was glauben Sie, wie nützlich das ist? Und nicht nur das. Im Grunde gehört sie immer noch dorthin. Baden ist ihre Heimat, und zu alldem ist sie eine reiche Erbin.«

Nina blickte ihn verständnislos an.

Heinrich Ruhland hatte das Haus in Baden gefunden, das Cesare Barkoszy gehört hatte, er fand zwei alte Leutchen dort. Anna und Anton Hofer, von denen er alles erfuhr, was er wissen wollte.

»Diese Anna weinte vor Glück, als ich ihr erzählte, Maria sei am Leben. Und sie weinte noch viel mehr vor Kummer, als ich ihr erzählte, was mit Maria passiert ist. Meine kleine Maria, sagte sie immer wieder. Bringen Sie mir meine kleine Maria wieder. Ist das vielleicht nichts?«

»Sie ist also noch am Leben.«

»Sie ist am Leben und klar bei Verstand, was wichtig ist. Dieser Jude hat Maria sein Haus vermacht, schon gleich nach ihrer Geburt. Und eine Menge Geld dazu. Er hat Konten in Österreich, in Italien und vor allem in der Schweiz. Das erfuhr ich dann von seinem Notar in Wien. Alle Papiere haben die Hofers sorglich aufbewahrt, und so kam ich auch zu dem Notar, der glücklicherweise noch am Leben ist und alles vorliegen hat. Was sagen Sie nun?«

»Cesare Barkoszy war Halbjude«, wandte Nina ein.

»Jedenfalls haben die Nazis ihn eines Tages abgeholt, auf dem Transport ist er dann gestorben. Das konnte mir Anton Hofer, ebenfalls weinend, genau berichten, denn er war dabei. Wußten Sie denn nicht, daß Maria das alles geerbt hat?«

»Es war seinerzeit die Rede davon. Offen gestanden, ich habe das längst vergessen. Es kann doch heute keine Gültigkeit mehr haben.«

»Und warum bitte nicht? Wir haben inzwischen wieder einen ordentlichen Staat, und die Österreicher sowieso, die sind ganz und gar unabhängig seit

1045

dem Staatsvertrag. Maria gehört das Haus, die Hofers haben dort Wohnrecht auf Lebenszeit, das ist sehr gut und richtig, sie haben auch alles in Ordnung gehalten, oder besser gesagt, wieder in Ordnung gebracht. Die Russen hatten das Haus beschlagnahmt, sie haben lange darin gewohnt, und entsprechend sah es dann aus, wie ich hörte. Das heißt, so lange, bis Anna und Anton wieder in das Haus zurückdurften. Erst hat man sie hinausgeworfen, aber dann, als Offiziere dort einquartiert wurden, hat man sie zurückgeholt, und sie hat für die russischen Offiziere gekocht, und dann durfte Anton auch kommen, um Haus und Garten in Ordnung zu halten. Sie waren beide vollkommen unbelastet, einfache Menschen aus dem Volk, denen hat man nichts getan.«

Nina hörte sich das mit großer Verwunderung an. Sie hatte Cesare nicht vergessen und das, was er für Vicky und Maria getan hatte. Doch für sie war es eine lang vergangene Zeit, eine versunkene Welt, sie wäre nie auf den Gedanken gekommen, daß es plötzlich wieder Leben gewinnen könnte.

Das Haus sei alt und natürlich etwas verwahrlost, erzählte Ruhland weiter, aber ein schönes großes Haus mit einem schönen großen Garten, am Rande von Baden gelegen, auf das Helenental zu.

»Allerbeste Gegend, meine Liebe. Und vergessen Sie nicht, was Baden ist, ein bezaubernder Ort mit Tradition, mit altberühmten Heilquellen dazu. Kaiser Franz-Joseph hat dort Urlaub gemacht, Beethoven und noch viele große Männer, deren Leben eng mit Baden verbunden ist. Nun also, nun also, so etwas ist doch für Maria ein Glücksfall sondergleichen. Sie wird in Wien singen, und sie wird in Baden wohnen und wird sich mit Rührung an ihre Kindheit erinnern.«

»Für die Presse, nehme ich an«, warf Nina sarkastisch ein.

»Richtig. Für die ganz besonders. Die Österreicher haben noch verschiedene Ressentiments gegen die Reichsdeutschen, doch damit unterlaufen wir das alles.«

Maria, die bei dem Gespräch zugegen war, hatte noch kein Wort geäußert, sie hatte den Kopf leicht zur Seite geneigt, sie lauschte in die Vergangenheit.

»Maria, erinnerst du dich noch an alles?« fragte Ruhland.

»An manches. Anna und Anton leben also noch? Das ist schön.«

»Du wirst sie wiedersehen, Maria.«

»Sie werden mich wiedersehen«, korrigierte Maria. »Und Sie sagen, es ist Geld da?«

»Geld ist da. Wieviel, weiß ich nicht, es wird auch sicher eine langwierige Verhandlung und allerlei bürokratischen Kram geben. Aber das ist ja nicht so dringlich und so wichtig. Zunächst einmal geht es darum, was wir aus dieser Geschichte machen können. Ich habe es Rico schon erzählt, er ist gestern nach Berlin geflogen, aber anschließend wird er sich nach Wien begeben. Ein wenig vorgearbeitet habe ich schon. Und was die Erbschaft betrifft, das Haus, das Geld, die Papiere, was immer da vorhanden ist, damit würde ich Dr. Lange beauftragen, Nina. Das ist ein aufgeweckter Bursche, der wird schon wissen, wie man das anfängt.«

»Cesare!« sagte Nina nachdenklich. »Er ist schon so lange tot. Vicky hat ihn in Venedig kennengelernt. Marleen hatte sie in den Ferien mitgenommen an den Lido. Vicky war siebzehn. Cesare wohnte im selben Hotel, er hat ihr Venedig gezeigt, und dann«, Nina lachte unfroh, »mit dem Singen. Er war der erste, dem sie erzählt hat, daß sie Sängerin werden möchte. Sie erzählte begeistert von ihm, als sie nach Berlin zurückkam. Zweimal hat er uns dann später in Berlin besucht, er wohnte im Adlon , was uns sehr imponierte. Dann kam er nicht mehr. Wir bekamen einmal Nachricht von ihm über die italienische Botschaft. Wir dachten, es sei wegen der Nazis, daß er nicht mehr kam. Wir vergaßen ihn. Nein, Vicky vergaß ihn nicht. Als sie das Kind erwartete, erinnerte sie sich an ihn. Sie fuhr zu ihm und brachte dort Maria zur Welt. Er war gelähmt, deswegen ist er nie mehr gekommen.«

»Ja, ja, das habe ich alles auch erfahren. Er war Waffenhändler, und ein amerikanisches Gangstersyndikat hatte ihn zusammengeschossen. Mafiosi vermutlich. Er war ja durch seine Mutter halber Italiener. Eine interessante Vita; halb Jude, halb Katholik, halb Österreicher, halb Italiener. Victoria Jonkalla hat das ganz schlau gemacht. Und nun erbt Maria auch noch.«

»Und wann kann ich zu Anna und Anton?« fragte Maria.

»Noch nicht, mein Kind. Wenn wir unseren ersten Auftritt in Wien haben, das ist der richtige Moment.«

»Ob es viel Geld ist?« fragte Maria, als sie mit Nina allein war.

»Das weiß ich nicht mein Schatz. Und mach dir keine Illusionen, es wird sicher ein langwieriges Unternehmen sein, bis du davon etwas bekommst. Falls wirklich noch etwas da ist.«

»Aber das Haus?«

»Na ja, das ist da. Ziemlich altes Ding, wie ich mich erinnere, groß und düster. Vielleicht kann man es verkaufen.«

»Das geht ja nicht, wegen Anna und Anton.«

»Die könnte man sicher abfinden.«

»Ich möchte es eigentlich nicht verkaufen.«

»Bitte sehr! Es ist dein Haus. Falls es je wirklich dazu kommt. Ich bin da nicht so ganz optimistisch wie der gute Heinrich. Aber ich kann es Herbert ja erzählen, und dann wird er sich mit dem Notar in Wien in Verbindung setzen. Sicher fährt Herbert gern mal nach Wien. Cesare hatte uns damals eingeladen, ihn in Wien zu besuchen. Aber dazu kam es nicht mehr. Ich war dann später mit Silvester in Wien, das war 38, nach dem sogenannten Anschluß. Du warst etwas über ein Jahr alt. Und du warst ein sehr süßes Kind.«

»Ob es viel Geld ist?« wiederholte Maria ihre Frage.

»Maria, seit wann bist du so geldgierig?«

»Ich habe es dir gesagt.«

»Ja, ja, ich weiß. Du willst nicht von Almosen leben, und Schulden hast du auch bei Gott und der Welt. Schön, hoffen wir, daß es viel Geld ist und daß du es bekommst.«

»Nina, wer war mein Vater?«

»Warum willst du das wissen? Du hast mich nie danach gefragt.«

»Habe ich kein Recht darauf, es zu wissen?«

Am liebsten hätte Nina geantwortet: Vicky wußte ihr ganzes Leben lang nicht, wer ihr Vater war. Das ging auch.

Aber es wäre eine törichte Antwort gewesen. Vicky war ehelich geboren, und sie mußte Kurtel Jonkalla für ihren Vater halten.

»Dein Vater? Er ist inzwischen ein berühmter Mann geworden. Ich lese seinen Namen oft in der Zeitung.«

»Ein berühmter Mann?« fragte Maria erstaunt. »Wieso ist er berühmt?«

»Du hast nicht nur von deiner Mutter die musikalische Begabung geerbt.

1047

Auch von deinem Vater. Er galt schon damals als Genie. Er heißt Prisko Banovace, und ich glaube, er war ein Slowake. Er hatte schwarzes Haar und wilde schwarze Augen, und ich konnte ihn nicht ausstehen. Ich kannte ihn kaum. Nur war mir meine Tochter zu schade für ihn.«

»Ein Genie, hast du gesagt? Und warum ist er berühmt?«

»Er studierte damals in Berlin Musik. Und Vicky hatte ihn im Gesangsstudio kennengelernt, wo er korrepetierte. Und dann fing sie ein Verhältnis mit ihm an. Oder wohl besser gesagt, er mit ihr.«

»Und warum ist er berühmt?«

»Ich lese seinen Namen oft in der Zeitung. Er ist Dirigent. Er hat die Berliner Philharmoniker dirigiert und ist in Salzburg am Pult gewesen, und zur Zeit ist er in Amerika und dirigiert ich weiß nicht welches Orchester.«

»Ein Dirigent«, flüsterte Maria. »Das hast du mir nie erzählt.«

»Wie gesagt, du hast nie danach gefragt.«

»Und er weiß, daß ich seine Tochter bin?«

»Er weiß, daß Vicky ein Kind bekam. Das ist alles, was er weiß. Sie wollte nichts mehr mit ihm zu tun haben.«

»Warum?«

»Nun, so groß war die Liebe zwischen den beiden wohl nicht. Und außerdem war Vicky wütend, daß sie ein Kind erwartete. Sie wollte kein Kind, sie wollte Karriere machen.«

Maria bedachte das eine Weile sorgfältig.

»Ich danke dir, daß du mir es gesagt hast.«

»O bitte. Ich hätte es dir bestimmt längst gesagt, wenn du es hättest wissen wollen. Aber heute ist offenbar ein besonders vergangenheitsträchtiger Tag.«

»Du bleibst aber noch hier?«

»Ich fahre morgen zurück. Ich will nur schaun, daß du dich wieder einigermaßen etablierst. Und heute abend möchte ich in aller Ruhe ein wenig mit Stephan sprechen.«

»Ich nicht?«

»Doch, du auch, wenn du willst. Wir müssen ihm von Sylt erzählen.«

»Und von der Erbschaft.«

»Gut, auch davon.«

»Wenn es viel Geld ist, dann können wir alle machen, was wir wollen. Mein Geld gehört ja euch.«

»Danke, Schatz. Stephan ist hier ganz zufrieden. Sehr zufrieden sogar. Man weiß allerdings nicht, was aus dem Schloß wird, wenn der Baron mal nicht mehr lebt. Direkte Erben hat er ja nicht.«

»Aber viele Verwandte. Manchmal waren schon welche hier.«

»Man kann also nicht wissen, ob Stephan hier bleiben kann. Vielleicht wird er doch noch dein Impresario. Er sollte sich bei Rico abschaun, wie man so was macht.«

»Wenn dieser Mann . . . dieser Dirigent meinen Namen hört, wird er dann wissen, daß ich seine Tochter bin?«

»Falls dein Name je bekannt wird, könnte er sich ausrechnen, daß du seine Tochter bist.«

»Eigentlich möchte ich keine Karriere machen. Und nicht berühmt werden.«

1048

»Schatz, du weißt nicht, was du willst. Einmal sagst du ja, einmal sagst du nein.«

»Ich habe Angst davor.«

»Das verstehe ich, Maria. Ich verstehe es bei jedem Menschen, denn ich habe es schon einmal mitgemacht. Und ich verstehe es besonders in deiner Situation. Aber da du nun so schön singst, soll man deine Stimme hören, wie Ruhland sagt.«

»Aber ihr hört sie doch. Es genügt mir, wenn ich für mich singen kann. Und für euch.«

»Damit ist Ruhland nicht einverstanden, das weißt du sehr genau. Und schon gar nicht dein Rico.«

»Er ist nicht mein Rico.«

»Gut, also nicht. Aber ich erinnere dich daran, du möchtest mit dem Singen Geld verdienen, um dir damit eine gewisse Unabhängigkeit zu verschaffen. So kann man es vielleicht ausdrücken.«

»Unabhängig werde ich nie sein.«

Nina seufzte. »Nein. Da hast du recht. Aber du willt nicht von Almosen leben. So hast du es schließlich selber ausgedrückt.«

»Aber wenn ich viel Geld erbe . . .«

Nun mußte Nina lachen.

»Komm, hör auf von dem Geld, das irgendwo in den Sternen hängt. Das ist eine ganz ungewisse Sache. Das Geld kann längst futsch sein, entwertet, was weiß ich. Es wäre besser, du hättest gar nicht gehört, was Ruhland da erzählt hat.«

»Das Haus ist da. Anna und Anton sind da.«

»Schön. Wenn ein bißchen Geld da ist und du kriegst es, werden wir es erfahren. Ich werde Herbert gleich in Bewegung setzen. Und nun laß uns mal zu Stephan ins Büro gehen, ob er nicht mir zuliebe etwas früher Schluß macht heute. Und dann müssen wir Posa in den Park lassen. Du kannst nicht mitgehen, es regnet. Auf Sylt war das Wetter schöner.«

Maria schwieg, einen abwesenden Ausdruck im Gesicht. »Oder? Hat's dir nicht gefallen am Meer?«

»Doch. Es war sehr schön.«

Wenn es viel Geld ist, lasse ich mich operieren, dachte Maria. Noch einmal und noch einmal. Bis ich sehen kann. Ich will das Meer sehen. Und wenn es nie etwas wird, wenn ich immer blind bleiben muß, dann gehe ich zu Anna und Anton. Und bleibe bei ihnen. Es macht dann nichts, daß es dunkel ist in dem Haus. Und ich brauche niemals berühmt zu werden. Wenn es nur so viel Geld ist, daß es reicht für Anna, für Anton und für mich.

»Hast du morgen Gesangstunde?« fragte Nina.

»Ja. Morgen.«

Briefe

München, im November 1957
Lieber Frederic, die ersten Aufnahmen im Rundfunk haben nun glücklich stattgefunden, Maria hat Schubert-Lieder gesungen, und wie man mir sagte, ist alles höchst undramatisch und in normaler Arbeitsatmosphäre verlaufen. Irgendwann wird das nun gesendet, und damit hat es sich. Maria kam sehr erleichtert zurück, offenbar hat kein Mensch besonderes Interesse an ihr oder an ihrem Zustand gezeigt. Plattenaufnahmen sind für den nächsten Monat geplant, ebenfalls Schubert, dann noch Brahms und Schumann. Zunächst alles gängige und bekannte Lieder, weil die sich am besten verkaufen lassen. Als nächstes dann eine Platte mit Mozart, vermutlich Konzertarien. Vielleicht auch Opernarien.

Ich glaube, wir haben uns alle von Ruhland und Rico in eine übermäßige Spannung hineinsteigern lassen, auch Maria. Eine Blinde singt ein paar Lieder, sie singt besonders gut, aber andere Leute singen auch, und möglicherweise auch gut. Diese spektakuläre Karriere, von der Ruhland träumt, geht nicht von heute auf morgen. Vermutlich gehört dazu eben doch das persönliche Auftreten im Konzertsaal und, noch wirkungsvoller, auf der Bühne. Letzteres ist ja für Maria unmöglich. Und bis sich eine Konzertdirektion findet, muß sie einen gewissen Namen haben, sonst geht nämlich kein Mensch in das Konzert, und dann ist es für den Veranstalter ein großes Verlustgeschäft. Das war schon zu Vickys Zeiten so, daran wird sich nichts geändert haben.

Zur Zeit sitzen sie friedlich in Langenbruck und arbeiten. Rico ist meist nicht da, er ist auf Reisen, heißt es. Ich fahre jede Woche einmal hinaus, um zu sehen und zu hören, wie es geht. Bei uns ist es viel bewegter zugegangen, Hesse ist mit Marleen vor vierzehn Tagen nach Amerika geflogen und will eine Weile dort bleiben. Er ist da irgendwie an einem chemischen Werk beteiligt, die werten eine Erfindung von ihm aus, und dafür ist ihm jetzt eine Verbesserung eingefallen, die will er dort erproben. Er denkt nicht daran, das in Deutschland zu tun, denn hier hätten die Sieger, nachdem sie die Patente geklaut haben, alle chemischen Gebiete verboten, und das Verbot galt noch bis Anfang der fünfziger Jahre. Das sei so typisch für den Schwachsinn, mit dem sich Sieger blamierten. Hat er gesagt, wörtlich. (Offen gestanden, ich habe das gar nicht gewußt.) Nun will er seine Versuche in Amerika machen, wo ihm ein erstklassiges Labor mit modernsten Geräten und qualifizierten Mitarbeitern zur Verfügung steht. Über diesen Mann kann man nur staunen.

Marleen war zunächst nicht so begeistert von dem Reiseplan, sie hat es ganz gern bequem. Aber er hat ihr Amerika ganz gut verkauft, wie man so sagt. Bequem werde sie es haben, sie wohnen nur in besten Hotels, und die Amerikaner seien reizende Leute, er habe genügend Bekannte, die sie treffen würden, und auf einmal sprach er sogar von Verwandten, die er angeblich in den Staaten hat. Mir ganz neu. Sobald er mit seinen Forschungen fertig ist, wollen sie einige Monate in Kalifornien verbringen. Marleen wollte anfangen, einzukaufen für die Reise, doch er meinte, einkaufen könne sie in New York, das sei viel amüsanter.

Nun sind sie also für eine Weile auf und davon, und für mich hat es den Vorteil, daß ich mich nicht gleich nach einer Wohnung umsehen muß. Es wird mir schwerfallen, dieses Haus zu verlassen, in dem ich nun so viele Jahre lebe. Auch Silvester fühlt sich wohl hier.

Was sagst du denn zu Adenauers Wahlergebnis? Fantastisch, nicht? Dabei ist der Mann schon so alt. Er regiert wie ein Patriarch, streng, gerecht und sehr katholisch. Wie sich zeigt, ist der größte Teil des Volkes damit zufrieden. Aber der wirkliche Gewinner der Wahl ist eigentlich Ludwig Erhard, der Vater des Wirtschaftswunders, wie man ihn nennt. Er hat die Währungsreform zu einem Erfolg gemacht, weil er, ruckzuck, von einem Tag auf den anderen die Bewirtschaftung aufgehoben hat. Obwohl die Besatzungsmächte das gar nicht haben wollten, nicht in dieser Form. Er hat es einfach getan, und es war goldrichtig. Ohne ihn würde es uns nicht so gut gehen, darüber sind sich eigentlich alle Menschen klar.

München, im Dezember 1957

... Du schreibst ob ich Verständnis dafür habe, daß Du Anfang des Jahres den diplomatischen Dienst verlassen willst. Du hast uns ja im Sommer, als du hier warst, erklärt, wie du leben möchtest und wie nicht. Und da Deine Eltern Dich verstehen, warum sollte ich Dich nicht verstehen? Es ist sehr wichtig, daß ein Mensch sich entscheidet, was er sein und was er werden möchte, der eine früher, der andere später. Halt nur nicht zu spät. Doch Du bist noch jung genug, um etwas Neues anzufangen. Was Du erlebt und gelernt hast in den letzten Jahren, kann ja nur nützlich für Dich sein.

Mir kommt es vor, als sei es Dir ein wenig peinlich, auf einmal wieder Student zu sein. Doch das ist ganz zeitgemäß. Viele Männer in Deutschland, die aus dem Krieg oder gar aus der Gefangenschaft heimgekehrt sind, waren viel älter als Du, als sie endlich ein Studium beginnen konnten. Du hörst also Vorlesungen an der Sorbonne und wirst Dich nächstes Semester voll dort einschreiben. Und daß Du außerdem Berichte aus Frankreich für eine amerikanische Zeitung schreibst, hört sich doch gut an. Da verdienst Du wenigstens eigenes Geld und mußt nicht alles von Deinem Vater bekommen. Darauf kommt es Dir doch hauptsächlich an, nicht war? In Berlin wolltest Du doch auch noch ein paar Semester studieren, muß es unbedingt Berlin sein? München hat auch eine gute Universität.

Du schreibst, daß Ariane traurig ist, weil ihr Vater gestorben ist, nur ein paar Monate, nachdem ihre Mutter starb. Beide so schnell hintereinander, das ist schlimm, aber sie sind ja wirklich sehr alt geworden, und Ariane hatte sie immer in ihrer Nähe, das war doch viel wert.

München, im Dezember 1957

... schade, daß Du Weihnachten nicht herkommen willst, aber es ist auch gut und richtig, daß Du Deine Eltern besuchst. Grüße sie von mir. Geschrieben habe ich ihnen natürlich auch. Und zu dem neuen Enkelkind gratuliert. Die Kleine heißt Gwendolyn, das ist wirklich ein hübscher Name. Du wirst dann Deine neue Nichte gleich besichtigen können.

Maria hat inzwischen die Plattenaufnahmen gemacht, und alle waren des

Lobes voll über die Sicherheit und Präzision, mit der sie das gemacht hat. Keine Komplikationen, kaum Wiederholungen, sagt Ruhland, die waren ganz hin und weg von Maria. So schnell hätten sie in dem Plattenstudio noch nie Aufnahmen aufgezeichnet. Auf dem Cover der Plattenhülle wird ein Bild von Maria sein. In der Zeitung stand nun auch einmal eine kurze Notiz von ihr. Aber nun kommt etwas Neues, sehr Bedeutendes. Nächstes Jahr zu Ostern, genau am Karfreitag, soll sie die Sopranpartie in der ›Matthäus-Passion‹ singen, nicht im Funk, nicht auf Platte, sondern vor Publikum.

Es gibt einen jungen, viel beachteten Chorleiter hier in München, der hauptsächlich Bach-Konzerte veranstaltet, der war draußen und hat sich Maria angehört, und dann wollte er sie sofort haben. Maria studiert die Partie schon, und wie ich Ruhland kenne, machen sie das sehr gründlich. Die Aufführung wird glücklicherweise nicht in einem Saal, sondern in einer Kirche stattfinden. Ich denke mir, daß das für Maria leichter ist.

Du fragst, was ich mache? Ich habe ein neues Buch angefangen. Eine Art Familiengeschichte auf dem Hintergrund der Zeit. Unserer Zeit, nicht, wie in dem vorigen Buch, die Zeit meiner Jugend. Die Familie Czapek dient mir so in etwa als Modell. Du weißt noch, wer die Czapeks sind? Ich war schon dort und habe sie besucht und interviewt. Sie sind ja jetzt im Allgäu und haben dort einen Betrieb, der sich sehen lassen kann. Ein schönes großes Haus haben sie sich auch gebaut. Und der Karel hat mittlerweile drei Kinder. Sie haben sich schrecklich gefreut, mich zu sehen und haben mich fürstlich bewirtet. Und sie haben mir von früher erzählt, alles, was sie wissen. Sudetenland, die Tschechen, wie Hitler kam und wie es weiterging. Sehr interessant, das aus erster Quelle zu erfahren, auch wenn sie es nur mit ihren Augen sehen können. Die notwendigen facts werde ich mir anderswo besorgen. Ich fange mit dem sogenannten ›Münchner Abkommen‹ an, das war im Herbst 38, und blende dann zurück in die Zeit, als die Tschechoslowakei entstand, das war nach dem Ersten Weltkrieg. Dann die zwanziger Jahre, und Prag natürlich, dann die Nazis, der Krieg, die Ermordung Heydrichs muß hinein, ganz wichtig, und schließlich das bittere Ende für die Deutschen, die Vertreibung ist ja sehr grausam und blutig verlaufen. Aber für die Tschechen bedeutete das immer noch kein Ende ihrer Unfreiheit, ihr Land wurde ein von Moskau beherrschter Staat. Und in das Ganze hineingestellt die Story dieser Familie, diese einfachen Glasbläser aus dem Sudetenland, die heute Fabrikbesitzer geworden sind, wovon sie nie auch nur geträumt haben. So etwas hat der Krieg auch fertiggebracht.

Langweile ich Dich? Du siehst, wie mich der Stoff schon gefesselt hat.

Nun wünsche ich Dir ein gesegnetes Weihnachtsfest, bleib gesund und hab' Freude an Deiner Arbeit. Ich wünsche mir, daß wir uns bald einmal wiedersehen. Du weißt ja, Frederic, daß du für mich etwas ganz Besonderes bist. Und Du weißt auch warum.

München, im Januar 1958

. . . danke für deinen lieben Brief zu Weihnachten und den wunderschönen Seidenschal. Ganz pariserisch.

Bei Deinen Eltern war es sicher schön und friedlich. Wie ist denn das neue Baby von George? Sicher süß. Alle Babies sind süß. Ariane hat nun zwei Enkelkinder, damit wird sie sich wohl eine Weile zufriedengeben.

Apropos Enkelkinder – Michaela war über Weihnachten hier, und es war sehr erfreulich, sie da zu haben. Sie hat sich gut herausgemacht, benimmt sich sehr manierlich, und ihre Leistungen in der Schule sind auch besser geworden.

Etwas komplizierter war die örtliche Verteilung. Ich hatte vorgeschlagen, die ganze Weihnachtszeit in Langenbruck zu verbringen, aber das wollte Silvester nicht. Ich hätte gern Maria unter dem Christbaum singen hören.

Silvester wollte den Heiligen Abend zu Hause verbringen, auch wegen Isabella, die nun schon zum drittenmal an diesem Abend bei uns war. Diesmal auch Franziska, die zur Zeit ziemlich deprimiert ist. Ein ganz ungewohnter Zustand bei ihr. Von ihrem letzten Freund hat sie sich getrennt, es war auch eine reichlich dubiose Angelegenheit meiner Ansicht nach. Ehemaliger Schwarzhändler, mit großer Klappe, aber sehr ungebildet. Ihr Geschäft geht schlecht, wer kauft heute schon Antiquitäten, heute kaufen die Leute neue Möbel, für den Fall, daß sie eine Wohnung haben oder eine bekommen. Es wird derzeit viel gebaut in München, nicht sehr schön für meine Augen, aber zunächst kommt es ja darauf an, daß die Leute überhaupt Wohnungen kriegen. Ein Freund von Silvester, Josef Münchinger, er hat eine Brauerei, plant ein großes Bauvorhaben. Er hat ein Trümmergrundstück in Bogenhausen gekauft und will dort bauen, schöne Häuser, wie er sagt, nicht so nackerte Hochhäuser. Da wird ja dann vielleicht auch für uns eine Wohnung dabei sein, wenn Marleen und Hesse wieder einmal zurückkommen.

Ja, also Weihnachten. Am ersten Feiertag sind wir dann nach Langenbruck gefahren, schon am Vormittag, weil wir zum Gänsebraten rechtzeitig da sein wollten. Mit Hesses großem Wagen fährt es sich ja auch im Winter problemlos.

Es gab ein herzzerreißendes Wiedersehen zwischen Lou und Michaela. Und weißt Du, wen wir mitgenommen hatten? Frau Beckmann. Sie tut mir leid, denn sie ist so einsam, seit Michaela im Internat ist. Und Lou ist ja nun ständig draußen bei Maria. Ich habe einfach den Herrn Kammersänger angerufen und gefragt, ob ich sie mitbringen darf. Aber sicher doch, aber warum denn nicht, sagte er, meine gute Frau Beckmann, sie darf Weihnachten nicht allein und traurig sein. Nur her mit ihr.

Und sie hat es ja auch verdient, finde ich. Wenn ich denke, was sie und ihr Mann alles für Maria getan haben, das kann ich niemals gutmachen. Sie war sehr befangen, denn sie war noch nie im Schloß, aber sie waren alle furchtbar nett zu ihr, und da war sie dann auch ganz happy.

Es gab jede Menge Gänsebraten und Knödel und Blaukraut, Stephan hat inzwischen eine böhmische Köchin eingestellt, und die kochen ja am besten von allen. Marleen hatte in Berlin auch eine. Mir ist so ein Essen offen gestanden mittlerweile etwas zu schwer, ich mußte hinterher zwei große Schnäpse trinken.

Michaela hat am meisten reingehauen – entschuldige, verstehst Du den Ausdruck? Ich will sagen, sie hat am meisten gegessen. Maria nur wie ein Spatz, das kennen wir ja. Sie ist überhaupt momentan schwierig, um nicht zu sagen, launisch. Keiner kann es ihr rechtmachen, und sie geht allen aus dem Weg. Selbst Stephan, der doch die Geduld in Person ist, sagte: Sie ist zwar noch keine Diva, doch sie benimmt sich wie eine. Ruhland beachtet es gar nicht. Und Rico lacht dazu. Mit ihm versteht sie sich zur Zeit ganz gut, das

1053

war eine Weile nicht so. Von mir wollte sie nur wissen, wie die Angelegenheit in Wien steht, das interessiert sie ungeheuer. Ich habe nie gewußt, daß Geld ihr soviel bedeutet. Nun, die Sache steht gut, Marias Anspruch besteht zu Recht, das Haus gehört ihr, und Geld ist auch da, und offenbar nicht zu knapp. Es ist eine umständliche Abwicklung, Gott sei Dank kümmert sich Herbert darum, er war schon zweimal in Wien und kommt mit dem Anwalt dort bestens zurecht. Der hat einen Sohn als Juniorpartner in der Kanzlei, der ist ungefähr in Herberts Alter, er war auch an der Front, und so ergeben sich gemeinsame Erlebnisse der Vergangenheit, was, wie Herbert sagt, ganz nützlich ist.

In Österreich selber ist es nicht mehr allzuviel Geld, und das steht Maria zur Verfügung, sobald sie volljährig ist, was ja im nächsten Monat sein wird. Italien ist kompliziert, da sieht man noch nicht klar, obwohl es dort sehr viel Geld gewesen sein muß. Und dann die Schweiz. Dort müßte, sagte der Notar in Wien, Maria am besten einmal mit hinfahren. Aber auch erst, wenn sie einundzwanzig ist.

Das ist ein langer Brief geworden. Hoffentlich langweile ich Dich nicht. Du kommst doch bestimmt Ostern, wenn Maria die Matthäus-Passion singt?

Neuruppin, den 24. Januar 1958

Liebe Frau Nina,

hiermit muß ich Ihnen die traurige Mitteilung machen, daß meine liebe Frau, Ihre Schwester Gertrud, am 15. Januar verstorben ist. Sie war schon einige Zeit lang krank, und ich habe gewußt, daß sie nicht mehr lange wird zu leben haben. Weihnachten haben wir noch zusammen feiern können. Und wie so oft hat sie da wieder gesagt, ach wenn ich nur Nindel und die Kinder noch einmal sehen könnte. Das hat sie oft gesagt, aber es hat nicht sollen sein. Das mit ihrer Nichte Victoria hatte sie zuletzt ganz vergessen.

Für uns war eine Reise in den Westen ja ganz unmöglich, wie Sie wissen. Und die Leute aus dem Westen kommen nicht sehr gern zu uns. Das soll kein Vorwurf sein. Es ist eben heute so. Und wir wissen ja, warum es so gekommen ist.

Ihr Paket ist zu Weihnachten noch rechtzeitig eingetroffen, vielen Dank auch. Es war für Gertrud die letzte Freude in ihrem Leben. Nun bin ich wieder allein. Nicht allein in meinem Häuschen, es wohnen ja seit Kriegsende zwei Leute bei uns, ein Ehepaar aus Pommern, und die Frau kocht jetzt auch für mich. Wir verstehen uns ganz gut. Am liebsten hätte Gertrud ja Ihren Stephan noch einmal gesehen, die zwei haben sich immer so gut verstanden. Das Bild von Stephan, das Sie einmal geschickt haben, hat sie immer wieder angesehen. Was für ein schmucker Mann er geworden ist, hat sie immer gesagt. Ich hatte Stephan auch sehr lieb, wie Sie wissen.

Das wollte ich Ihnen nur mitteilen.
Mit herzlichen vielen Grüßen
Ihr Schwager Fritz Langdorn.

Dieser Brief verursachte Nina ein schlechtes Gewissen. Trudel war tot. War gestorben, ohne daß sie sich noch einmal wiedergesehen hatten. Schön, sie hatte Pakete geschickt, seit das möglich war, sie hatten sich hin und wieder geschrieben. Allzu schlecht war es ihnen in Neuruppin nicht gegangen, sie hatten den Garten, sie hatten Hühner, und Trudel hatte geschrieben: hungern müssen wir nicht mehr. Aber Dein Bohnenkaffe war sehr willkommen. Warum habe ich sie nicht einmal besucht, dachte Nina. Aber sie war ja noch nicht einmal wieder in Berlin gewesen, die Stadt, von der sie sich nie hatte trennen wollen. Doch eine Fahrt in die Ostzone, da hatte Fritz Langdorn schon recht, wer nahm die freiwillig auf sich?

Als Stephan den Brief gelesen hatte, sagte auch er: »Ja, wir hätten wirklich einmal hinfahren sollen.«

»Hätten wir, ja. Aber wie? Man weiß doch nie, was die mit einem anstellen. Ich als Schriftstellerin im Dritten Reich, mag es auch noch so bescheiden gewesen sein, was ich geschrieben habe. Na, und du als Offizier? Nee, tut mir leid, ich wäre nicht gefahren. Und dich hätte ich auch nicht fahren lassen. Es ist ein Jammer und eine Schande, was aus Deutschland geworden ist.«

»Wie Fritz ganz richtig schreibt: wir wissen ja, warum es so gekommen ist.«

»Hitler ist schuld. Er hat den Krieg angefangen, und nun haben wir die Sowjets mitten in unserem Land. Keiner von uns hier hat gedacht, daß wir diesen Krieg gewinnen können, aber keiner konnte sich vorstellen, wie es danach aussehen wird. Daß wir kein richtiges Deutschland mehr haben. Aber das wird sich doch wieder einmal ändern. Stephan?«

»Da habe ich wenig Hoffnung. Nur wieder durch einen Krieg. Und das wollen wir doch nicht.«

»Nein, da sei Gott vor. Durch einen Krieg ist noch nie etwas besser geworden. Und wenn man die Zeit so betrachtet, heutzutage nicht einmal für die Sieger. Die Russen haben halb Europa besetzt und sind überall verhaßt und können nur mit Gewalt ihre Herrschaft aufrechterhalten. Denk nur an Ungarn. Die Engländer verlieren eine Kolonie nach der anderen, die Franzosen wechseln ständig ihre Regierung, die Amerikaner haben in Korea kämpfen müssen, Israel ist von Feinden umgeben – wenn man sich so umschaut, Frieden ist eigentlich fast nirgends auf der Welt.«

Nina setzte ihre Brille wieder auf und nahm Fritz Langdorns Brief vom Tisch, an dem sie mit Stephan saß, es war in seinem Büro in Langenbruck.

»Er spricht mich mit Sie an. Haben wir uns nicht einmal geduzt? Mein Gott, Stephan, ich kann mich kaum noch erinnern, wie er aussieht. Wenn ich denke, wie ihr da hingefahren seid, Trudel und du, und dann kamt ihr mit Nazisprüchen zurück. Er war ja wohl anfangs ein großer Anhänger der Braunen.«

»Ja, anfangs. Das änderte sich schlagartig, als der Krieg begann. Den Krieg konnte er Hitler nicht verzeihen, das änderte seine Meinung hundertprozentig.«

»Das ist eben der Unterschied zwischen den harmlosen und den gescheiten Menschen. Ich sage nicht die Guten und die Bösen, ich sage die Dummen und die Klugen. So einer wie Silvester hat immer gewußt, daß es Krieg geben wird. Er hat den Hitler von Anfang an gehaßt. Nicht nur, weil er einen Krieg vorausgesehen hat, sondern weil er das ganze Regime, so wie es war, verabscheute. Und so jemand wie ich? Ich war nicht sehr klug und nicht sehr dumm, ich hatte nur das Gefühl, daß es falsch war.«

»Ich kann mich noch genau erinnern, als ich das erste Mal im Krieg wieder hinkam, das war nach dem Polenfeldzug«, sagte Stephan, »Fritz war so ver-

1055

biestert und verbittert, daß er kaum mehr den Mund auftat. Und Tante Trudel, die durch ihn eine Verehrerin von Hitler geworden war, verstand die Welt nicht mehr. Aber wir haben doch gesiegt, sagte sie. Und er sagte: du bist zu dämlich, um zu begreifen, daß dieser Sieg nischt wert ist. Am Ende werden wir verlieren, genau wie das letzte Mal. Ich weiß, wovon ich spreche, ich hab's mitgemacht.«

»Meine große Schwester«, sagte Nina. »Jetzt ist sie tot. Ich habe ihr viel zu verdanken, und meine Kinder haben ihr viel zu verdanken. Das ist die Tatsache. Daran hat Hitler nichts geändert. Mein Gott, ich weiß noch, wie sie geheiratet hat. Sie war fünfzig, und es hatte nie einen Mann in ihrem Leben gegeben. Fritz Langdorn in Neuruppin.«

Volljährig

Marias einundzwanzigster Geburtstag wurde in Langenbruck groß gefeiert, und Maria hatte nichts dagegen, sie war sogar bereit zu singen.
Rico hatte es geschafft, ein paar Journalisten, die er kannte, herauszulokken, die Platte lag inzwischen vor, der Rundfunk hatte die Schubert-Lieder gesendet, von der Matthäus-Passion konnte man sprechen. Es gab keine Sommernacht und keinen Mond, doch Schloß und Park machten sich auch im Schnee sehr gut. Maria sang diesmal keine Lieder, sondern Opernarien: die Rosine aus dem ›Barbier‹, die Gilda und die Arie der Butterfly.
Rico hatte für die Journalisten einen Text vorbereitet, den er wohlweislich Nina nicht gezeigt hatte, denn Marias Mutter, die berühmte Victoria Jonkalla, kam darin vor.
Im Gegensatz zu ihrem Verhalten in den letzten Monaten war Maria sehr liebenswürdig, sie gab Antwort auf Fragen, die man ihr stellte, und wenn sie nicht antworten wollte, lächelte sie geheimnisvoll und legte die Hand auf den Kopf des Hundes, der wie immer bei ihr war. Sie sah sehr schön aus, in einem bodenlangen Kleid aus lichtblauer Seide, mehr noch, sie wirkte dekorativ, es wurden viele Bilder geschossen, die kurz darauf in einer Illustrierten erschienen. Auch die Münchner Zeitungen berichteten.
»Das ist eine gekonnte Inszenierung«, sagte Victoria von Mallwitz zu Nina, als sie das Schauspiel beobachtete.
»Ja, und das tollste ist, sie spielt mit. Wenn du sie in letzter Zeit erlebt hättest, würdest du es nicht für möglich halten. Wie hat Rico das wieder fertiggebracht, frage ich mich«, erwiderte Nina.
»Er macht seine Sache gut. Liebt sie ihn?«
»Wie kannst du mich so etwas fragen, Victoria. Ich weiß nichts über Marias Gefühle. Ich weiß nicht einmal, ob sie welche hat, außer wenn sie singt. Eine Zeitlang hat sie sich sehr negativ über Rico geäußert. Wenn überhaupt.«
»Schläft sie mit ihm?«
»Auch das darfst du mich nicht fragen, ich weiß es nicht. Oder könntest du dir es vorstellen, daß ich sie danach frage?«
»Warum nicht?« Und nach einem Blick in Marias schönes, lächelndes Gesicht: »Nein, du hast recht. So wie sie sich heute gibt, kann man sie nicht fragen. Sie wirkt sehr erwachsen, sehr sicher und ganz so, als ob sie wüßte, was sie will. Aber rein gefühlsmäßig würde ich sagen ja. Sie ist kein Kind mehr.«
»Ich könnte Stephan fragen, dachte Nina, vielleicht weiß er etwas. Doch es ist einfach albern, solche Fragen zu stellen. Ich frage ihn ja auch nicht, obwohl es so aussieht, als habe er sich nun ernsthaft verliebt.
Stephans Liebesleben in den vergangenen Jahren war als Thema zwischen ihnen tabu, seitdem Nina sich einmal hatte einmischen wollen. Damals hatte er ein Verhältnis mit der Sekretärin, die im Schloß tätig war; neben der Arbeit für den landwirtschaftlichen Betrieb, für die Gärtnerei, für allen sonstig an-

fallenden Schriftverkehr war sie hauptsächlich mit der Korrespondenz des Schloßherrn befaßt, denn der Baron unterhielt einen regen Briefwechsel, nicht nur mit Verwandten und Bekannten, auch mit Künstlern, die im Schloß aufgetreten waren oder die er durch Ruhland kennengelernt hatte, weiterhin nicht nur mit Musikern, sondern auch mit Malern und Bildhauern und zur Krönung auch noch mit Wissenschaftlern, mit Politikern sowie mit dem Kardinal.

»Das ist wichtig für mich«, hatte er einmal Nina erklärt, »wenn ich nicht schreibe, krieg ich keine Post. Und wenn ich keine Post krieg, komme ich mir vor wie schon begraben.«

Damals also hatte Nina zu Stephan gesagt: »An deiner Stelle würde ich mich nicht mit einem Mädchen einlassen, das deine Angestellte ist.«

»Sie ist nicht meine Angestellte, sie ist die Angestellte des Barons. Und sie ist kein Mädchen, sie ist eine Frau von neunundzwanzig Jahren, die weiß, was sie tut. Und bitte, Nina, wollen wir so verbleiben: es ist meine Angelegenheit.«

Nina hatte das stillschweigend geschluckt. Sie sah ein, daß er recht hatte.

Später dann war es ein Mädchen oder eine Frau aus Wasserburg, er fuhr da öfter gegen Abend hin und kam am Morgen erst zurück. Nina hätte es nicht gewußt, wenn Ruhland nicht eine Andeutung gemacht hätte.

Diesmal sagte sie kein Wort dazu; es war seine Angelegenheit. Doch nun schien es eine offizielle Angelegenheit zu werden. Im vergangenen November war Stephan vierzig geworden, und er war so gesund, wie es bei ihm möglich war. Die Arbeit im Schloß beanspruchte ihn zwar, aber sie überanstrengte ihn nicht, schon allein deswegen nicht, weil er sie gern tat. Auch weil der den Rahmen liebte, in dem er lebte.

Gegen die Frau, um die es sich diesmal handelte, konnte Nina nichts einwenden, sie war etwa Mitte Dreißig, schlank, hübsch und selbstsicher, die Tochter eines Gutes aus der Nachbarschaft. Sie hatte jung geheiratet, und der Mann war im Krieg gefallen, jetzt lebte sie mit ihren beiden Kindern wieder bei den Eltern. Nina sah Mildred heute zum zweitenmal und konnte nicht verhehlen, daß diese Frau ihr gefiel. Ihre Haltung war von kühlem Stolz, aber in Stephans Augen war zu lesen, was er empfand.

»Da wir gerade von Liebe sprechen«, fragte Victoria, »was ist mit deinem Sohn? Liebt er diese stolze Blonde?«

»Rein gefühlsmäßig, wie du dich ausgedrückt hast, würde ich sagen, ja. Aber ich werde mich hüten zu fragen; wenn er Mildred heiraten will, werde ich es ja wohl erfahren.«

»Mildred?«

»Ja. Wie das Leben so spielt. Ihre Mutter ist Engländerin, genau wie deine Mutter.«

»Das gibt es ja nicht.«

»Wie du siehst, gibt es das doch. Und da Stephan immer für dich geschwärmt hat, paßt das eigentlich ganz gut in sein Leben.«

»Ich werde mich mit der jungen Dame etwas unterhalten. Was hältst du davon?«

»Eine Menge. Gewisse Gemeinsamkeiten sind ja gegeben.«

Nachmittag und Abend dieses Tages verliefen in großer Harmonie, alle waren zufrieden, und später am Abend, als die Familie und die engsten

Freunde unter sich waren, saß Maria bei ihnen, sie schien nicht müde zu sein und in keiner Weise schlecht gelaunt. Irgend jemand hatte ihr ein Stofftier gebracht, einen schön gefleckten Leoparden, den sie auf den Schoß nahm und streichelte, nachdem man ihr erklärt hatte, wie er aussah. Doch das ging nicht, der Marquis war eifersüchtig und knurrte das seltsame Ding auf Marias Schoß an, sie mußte den Leoparden beiseite legen. Das genügte dem Marquis noch nicht, das Ding mußte ganz weg, außer Sichtweite, also trug es Stephan lachend aus dem Zimmer.

Von ihrer Volljährigkeit machte Maria sofort Gebrauch.

Sie sagte im Laufe des Abends: »Ich möchte Herbert später einmal allein sprechen.«

»Zu Diensten, Madonna«, rief Herbert, sprang auf und legte seine Hand unter ihren Ellbogen. »Wohin darf ich dich begleiten?«

»In eine ruhige Ecke, wo uns keiner stört.«

Nach einer Weile kam Herbert zu Nina.

»Sie hat zwar gesagt, sie will mich allein sprechen, und das hat sie nun getan, aber ich denke, ich sollte dich über den Inhalt des Gesprächs unterrichten.«

»Mach's nicht so feierlich. Was will sie denn?«

»Sie will mitkommen, wenn ich das nächste Mal nach Wien fahre. Das heißt, so hat sie es nicht formuliert. Sie hat gesagt, ich möchte, daß du mit mir nach Wien fährst.«

»Nach Wien?«

»Ja. Das heißt, sie will nicht nach Wien, sie will nach Baden. Zu den Hofers. Und zwar so bald wie möglich.«

»Ja, aber . . .«

»Nichts, aber. Sie hat sehr entschieden hinzugefügt, wenn ich nicht wollte oder keine Zeit hätte, dann fände sie auch einen anderen Begleiter. Ich könnte jederzeit mit Rico fahren, hat sie gesagt, aber ich möchte keine Reklametour nach Wien machen, ich möchte zu Anna und Anton. Und lieber ohne Rico. Außerdem könnten wir doch gleich die geschäftlichen Dinge regeln. Ich müßte doch eigentlich jetzt von dem Geld endlich etwas bekommen.«

Nina war sprachlos. Sie saß in einem Sessel, in der einen Hand das Weinglas, in der anderen die Zigarette, und so verharrte sie eine Weile regungslos.

Herbert nahm ihr vorsichtig das Glas aus der Hand.

»Da staunste was? Langsam scheint sich ihr Charakter nun zu verändern.«

Nina schluckte. »Ach, das weniger. Sie möchte zu den Hofers, was ich verstehe. Und mit dem Geld – ja, das ist seltsam, aber auf das Geld ist sie schon lange scharf.«

»Du meinst, ich soll wirklich mit ihr hinfahren?«

»Na, warte wenigstens, bis der Schnee weg ist. Es ist ja eine weite Fahrt. Ihr könntet auch mit dem Zug fahren.«

»Und du würdest mitkommen?«

»Ich? Will sie das?«

»Sie hat nichts davon gesagt. Aber mir wäre es lieber. Ein wenig Betreuung braucht sie ja schließlich.«

»Da bin ich aber gespannt, was Ruhland dazu sagt. Lange kann sie auf

1059

keinen Fall bei den Hofers bleiben, sie arbeiten doch an der Matthäus-Passion.«

Sie fuhren Mitte März, und sie blieben nicht länger als eine Woche, mehr hatte Ruhland nicht genehmigt. Rico, der mitfahren wollte, wurde von Maria kühl zurückgewiesen.

»Ich hab' da Persönliches zu erledigen, das hat nichts mit Presse zu tun. Ich will dich nicht dabeihaben.«

Rico war sehr erbost. Zumal sich in letzter Zeit das Verhältnis zwischen ihnen recht erfreulich entwickelt hatte. Maria wies ihn nicht mehr ab, sie schliefen hin und wieder zusammen, nachdem Rico ihr mit vielen Worten erklärt hatte, daß eine erste und einmalige Begegnung mit der Liebe für eine Frau höchst unbedeutend sei. Wenn sie denn je Gefallen am Zusammensein mit einem Mann finden wolle, müsse sie ihm schon gestatten, sich etwas näher und ausführlicher mit ihr zu befassen.

Er hatte es mit diesen etwas sarkastischen Worten ausgedrückt, denn ihr Verhalten ihm gegenüber hatte ihn unsicher gemacht. Marias Antwort überraschte ihn wieder einmal. Sie antwortete ziemlich gleichgültig: »Red nicht soviel. Laß es uns halt tun, und dann werden wir ja sehen, ob es mir besser gefällt.«

Über diese etwas geschäftsmäßig klingende Vereinbarung kam ihr Liebesleben nicht hinaus. Maria gewöhnte sich an das sexuelle Verhalten seines und ihres Körpers, und ihr Körper reagierte ganz normal, aber Leidenschaft konnte Rico in ihr nicht erwecken, von wirklicher Hingabe war sie weit entfernt. Es lag zweifellos auch an ihm; er war zu unsensibel, und er war immer ein Mann rascher Abenteuer gewesen, nie ein Mann, der um eine Frau werben konnte. Er machte sich jetzt auch nicht viel Gedanken über ihr Verhältnis; so wie es war, konnte es bleiben, das gab ihm für später mehr Freiheit. Wenn es ihr genügte, so konnte es ihm auch genügen. Er wußte nichts über Maria, er kannte sie nicht, er würde sie nie verstehen. Er selber war ja zu Hingabe nicht fähig, wie sollte er sie von einer Frau erwarten?

Aber daß sie ohne ihn nach Wien fahren wollte, ärgerte ihn maßlos, doch sein Ärger stieß bei Maria auf Desinteresse, ihre Ansicht änderte sich nicht.

Nina konnte nicht mitfahren, Silvester bekam Anfang März eine schwere Grippe, die ihn sehr mitnahm, er brauchte Pflege. So kam es, daß Eva nach Wien mitfahren durfte.

»Kann ja nicht wahr sein«, sagte sie zu ihrem Mann, »daß du mich mal wohin mitnimmst. Aber es ist ja auch nur wegen Maria.« So war der Ton jetzt zwischen ihnen, was Nina sehr bedauerte. Frau Beckmann zog während Evas Abwesenheit in das Haus der Langes, um die Kinder zu versorgen, und Nina versprach ebenfalls, nach dem Rechten zu sehen.

»Ich möchte nur nicht, daß sie sich anstecken.«

»Keine Bange«, meinte Eva. »Die waren beide während des Winters schon erkältet.«

Nach ihrer Rückkehr erzählte Eva, was sich alles in Baden abgespielt hatte.

»Ich bin ja wirklich nicht so leicht zu rühren«, sagte sie zu Nina. »Aber ich saß da und heulte. Es war unbeschreiblich. Die alte Frau hielt Maria im Arm und weinte jämmerlich. Und zwischen ihren Schluchzern stieß sie immer wieder hervor: meine kleine Maria. Meine liebe kleine Maria. Und dieser

Mann weinte auch, und Maria weinte aus ihren blinden Augen, na, und ich auch.«

»Eine Tränenorgie«, bestätigte Herbert. »Nur ich habe mich daran nicht beteiligt, weil ich das ja schon einmal erlebt habe, ich meine, als ich das erste mal dort hinkam, da war es auch sehr tränenreich.«

Das Haus sei sehr schön, ziemlich groß und wunderbar gelegen, erzählte Eva. Keineswegs so verwahrlost, wie Ruhland es geschildert hatte. Ein paar Renovierungen, und man könne herrlich da wohnen. Und das habe Maria offenbar vor.

»Was sagst du?« fragte Nina.

»Sie hat zu diesen beiden Leuten, zu den Hofers gesagt, sie kommt und wird bei ihnen bleiben.«

»Wie soll ich das verstehen? Sie allein? Und was ist mit der sogenannten Karriere?«

»Das habe ich sie auf der Rückfahrt auch gefragt. Und sie hat folgendes geantwortet, und nun paß gut auf: ich kann eine Karriere machen, wenn ich will. Und ich muß keine Karriere machen, wenn ich nicht will. Ich habe das Haus, ich habe Anna und Anton, und ich habe ja wohl auch ein wenig Geld. Ich kann endlich einmal entscheiden, wie ich leben will.«

»Stimmt«, sagte Herbert. »Akkurat das hat sie gesagt. Ich war auch baff. Wir alle wissen offenbar nicht, was in Maria steckt. Und soweit ich es begriffen habe, möchte sie nicht immer mit sich etwas machen lassen, sie möchte selbst über ihr Leben bestimmen. Meinen Beistand hat sie.«

»Sie möchte nicht für immer und alle Zeiten ein hilfloses Objekt sein«, murmelte Nina. »Sie sieht es auch so.«

»Was heißt, sie sieht es auch so?«

»Frederic hat das einmal gesagt. Übrigens er kommt nächste Woche.«

»Frederic?«

»Ja. Er hat angerufen, während ihr verreist wart. Er muß unbedingt mit mir sprechen, über etwas Ernsthaftes. Und das kann er nicht am Telefon, hat er gesagt.«

»Gottes willen, er wird doch keine Dummheiten gemacht haben.«

»Frederic macht keine Dummheiten.«

»Er ist auch nur ein Mann. Und nun sucht er deinen mütterlichen Rat.«

»Ich verbitte mir das«, sagte Nina empört. »Ich bin nicht seine Mutter. Meine Beziehung zu Frederic, das ist – das ist etwas ganz Besonderes. Das versteht keiner.«

»Hoffentlich versteht er es«, sagte Herbert.

»Ein bißchen vielleicht. Was meinst du mit Dummheiten?«

»Na, vielleicht will er heiraten. Oder er kriegt ein Kind.«

»Er kriegt kein Kind.«

»Ich meine die eventuell dazugehörende Dame.«

»Ich glaube, dazu würde man meinen Rat nicht brauchen.«

»Oder er hat Schulden.«

»Dann würde er seinem Vater schreiben und nicht zu mir kommen. Warten wir ab, was er mir zu sagen hat. Noch etwas, Eva, aber ganz unter uns. Ich habe deinen Sohn mit einer Zigarette erwischt, hinten im Garten. Er braucht nicht zu wissen, daß ich ihn verpetzt habe. Aber ich denke, es ist wichtig, daß du es weißt.«

»Na, das ist doch die Höhe«, begann Herbert, »da werde ich aber . . .«
»Nichts wirst du. Offiziell weißt du davon nichts, es war nur eine vertrauliche Mitteilung. Ich glaube, es hat ihm auch nicht geschmeckt, und es war ihm ziemlich übel.«
»Diese Kinder heutzutage . . .«
»Das war immer so. Ich weiß noch, wie ich einmal nach Hause kam und Stephan stinkbesoffen war. Da war er so elf oder zwölf. Kann auch eine ganz gute Lehre sein. Aber nun tut mir den Gefallen und erzählt mir noch einmal genau, was Maria gesagt hat.«

Frederic

Frederic kam am späten Nachmittag, es war ein kalter Tag mit Wind und Regen, und Nina sagte: »Ich mache uns Tee. Silvester ist noch nicht da, aber ich hoffe, er kommt bald nach Hause. Es gefällt mir gar nicht, daß er so lange im Verlag bleibt, er ist noch immer mitgenommen von seiner Grippe.« Sie setzte Frederic ins Wohnzimmer, aber er hatte keine Ruhe, kam ihr nach in die Küche und sah zu, wie sie den Tee aufgoß. »Willst du was essen?«
»Nein, danke.«
»Dann essen wir nachher zusammen mit Silvester. Hier.« Sie drückte ihm das Tablett mit den Tassen, der Zuckerdose und dem Sahnekännchen in die Hand, nahm die Teekanne und ging ihm voran ins Wohnzimmer. Seine Unruhe hatte sie wohl bemerkt. Etwas stimmte nicht, das hatte Herbert richtig vorausgesehen. Aber sie hatte keine Ahnung, was ihr bevorstand. Sie goß den Tee ein, holte die Karaffe mit dem Rum, Frederic nahm seine Tasse in die Hand und stellte sie wieder hin, ohne zu trinken, stand auf und begann im Zimmer hin- und herzugehen. Nina sah ihn befremdet an, so kannte sie ihn nicht, er war sonst immer ruhig und beherrscht.
»Frederic! Was ist los? Setz dich hin, trink deinen Tee und sag es mir. Gleich.«
Er setzte sich nicht, blieb vor ihr stehen und sagte es ihr, gleich, ohne jede Einleitung.
»Maria kann jetzt operiert werden. Ich habe den richtigen Arzt für sie.«
Nina setzte ihre Tasse klirrend ab und starrte ihn sprachlos an.
»Es gibt eine berühmte Klinik in Paris, das Centre d'Ophtalmologie des Quinze-Vingts. Ich habe Professor Berthier an der Sorbonne kennengelernt. Er ist Spezialist für Hornhautverpflanzungen, und ich habe ihm von Maria erzählt. Er wird Maria operieren, so bald wie möglich.«
»Du bist verrückt«, sagte Nina.
Sie nahm die Karaffe und goß sich einen kräftigen Schluck Rum in ihren Tee.
»Verrückt bist du.«
»Nein«, sagte er, und eine Stimme war wieder normal. »Denkst du, ich habe nicht lange darüber nachgedacht? *Ein* Versuch, das ist zu wenig. Wir müssen es noch einmal wagen.«
»Was heißt wir?« fragte Nina hart. »Du wirst nicht operiert und ich nicht. Maria. Das tut sie nie. Und das weißt du ganz genau.«
»Sie muß sich operieren lassen.«
»Du weißt, wie es damals war, nach der Operation. Als dein Vater sie mitnahm und monatelang behandelt hat, damit sie wieder halbwegs normal reagierte. Diesmal nimmt sie sich das Leben, darüber bist du dir klar.«
»Sie nimmt sich nicht das Leben, denn diesmal wird es gutgehn.«
»Wie kannst du so etwas sagen! Einfach so dahinreden. Sie tut es nie. Niemals. Und ich werde nicht mit einem Wort versuchen, sie zu überreden.

1063

Denn auch ich, das kann ich dir schwören, könnte es nicht noch einmal mitmachen. Alles hat seine Grenzen.«
»Du kannst es. Wenn nicht du, Nina, wer dann? Du bist stark und du bist mutig.«
Nina lachte laut und voller Hohn und goß sich den Rum pur in die Tasse.
»Du und ich, wir beide schaffen es.«
»Du bist verrückt, Frederic. Was soll das heißen, du und ich, wir schaffen es. Wir operieren sie ja nicht. Und es sind nicht unsere Augen. Was können wir denn tun?
Wir können gar nichts tun. Weißt du nicht mehr, was dein Vater damals gesagt hat? Das schlimmste ist, wenn der Glaube und die Hoffnung vernichtet werden. Maria hat beides nicht mehr, nicht in dieser Beziehung. Willst du erneut Hoffnung in ihr wecken? Sie glaubt nicht mehr an eine Heilung, sie hofft nicht darauf, wieder sehen zu können. Also!«
»Woher willst du das wissen?«
»Ich weiß es eben. Sie hat sich mit ihrem Leben eingerichtet, wie es ist, und sie ist gerade jetzt in einer guten Verfassung. Sie arbeitet für die Matthäus-Passion, und sie hat Baden wieder entdeckt. Das ist offenbar wichtig für sie, sie war vergangene Woche dort und war geradezu fröhlich, als sie zurückkam. Dein Vater könnte das sicher erklären.«
»Ich habe mit Vater telefoniert und habe ihm von der Operation erzählt.«
»Von was für einer Operation?« schrie Nina wütend.
»Er hat ja gesagt.«
»Wozu hat er ja gesagt? Daß Maria endgültig zu Tode gequält wird? Ich gebe dazu meine Einwilligung nie.«
»Das mußt du auch nicht. Maria muß ihre Einwilligung geben.«
»Das tut sie nicht. Niemals. Einmal war genug. Sie wird es nie wieder mit sich machen lassen.«
»Nina, ich bitte dich. Laß uns doch in Ruhe darüber reden.«
Sie griff wieder nach dem Rum, Frederic hielt ihre Hand fest. »Trinke jetzt nicht. Wir müssen ernsthaft darüber reden. Vor allem, wie wir es Maria beibringen.«
»Mit meiner Unterstützung kannst du nicht rechnen.«
»Doch, das tue ist. Vater hat gesagt: ›Sprich mit Nina. Wenn einer Maria dazu bringen kann, dann ist es Nina.‹«
Nina blickte zu ihm auf, er stand immer noch vor ihr, ganz ruhig und gelassen jetzt. Tränen verdunkelten ihren Blick.
»Dein Vater hat eine gute Meinung von mir. Ich bin auch nur ein Mensch. Und ich kann nicht mehr, Frederic, ich kann einfach nicht mehr. Vielleicht ist es dir nicht aufgefallen, aber ich bin mit den Jahren nicht jünger geworden. Ich möchte einmal ein wenig Ruhe und Frieden in meinem Leben haben, für mich, für meine Arbeit. Wenn Maria operiert wird und es mißlingt wieder, und es wird mißlingen, dann kann ich ihr gleich danach Gift geben, denn dann will sie sterben. Und ich nehme das Gift auch. So. Und dann wird endlich Ruhe sein.«
Vickys Stimme aus dem Jenseits . . . ›dann wird Ruh im Tode sein‹, die Pamina, die verdammte g-moll-Arie, wie Vicky sie genannt hatte.
»Ja, dann wird Ruhe sein.« Ninas Kopf sank vornüber, und sie begann zu weinen.

Frederic kniete vor ihr nieder, nahm ihre Hände, die sie verkrampft im Schoß liegen hatte, küßte die eine Hand, dann die andere.

»Nina, weine nicht. Bitte, weine nicht. Hör mir zu. Ich weiß genau, was du meinst. Man kann nicht sagen, wenn es mißlingt, dann ist alles so wie vorher, es hat sich nichts geändert, so ist es nicht, das weiß ich auch. Aber ich glaube einfach daran, daß es diesmal gutgeht. Ich glaube daran, verstehst du. Ich wünsche es so sehr. Maria soll leben. Und sie soll ihre Augen wieder haben. Ich möchte, daß sie mich ansieht. Nina, verstehst du das nicht? Seit ich das erste Mal in dieses Haus kam und sie sah . . . Nina, hörst du mir zu? Du hast damals gesagt, sie hat das erste Mal gesprochen, nachdem ich da war. Du hast«, seine Stimme wurde leise, »du hast an Nicolas gedacht, als du mich gesehen hast. Das hast du doch gesagt. Du hast gesagt, ich wußte, daß mir von Ihnen nichts Böses kommen kann. Nina, weißt du das nicht mehr?«

In diesem Augenblick kam Silvester, er blieb verblüfft auf der Schwelle stehen, die weinende Nina, vornübergebeugt im Sessel, Frederic auf den Knien vor ihr.

Sie hatten beide nicht gehört, wie das Auto vorfuhr, sie hatten nicht gehört, wie er ins Haus kam, sie hörten ihn auch jetzt nicht.

Seine Eltern, dachte Silvester, es muß etwas passiert sein. Oder sein Bruder.

Er räusperte sich und kam in das Zimmer hinein.

Frederic fuhr auf, sah wie erwachend auf Silvester, dann stand er auf, müde und langsam.

»Good evening, Sir«, sagte er.

»Guten Abend, Frederic. Komme ich im rechten Moment? Oder störe ich?«
Er sah, daß Nina nach einem Taschentuch suchte, er reichte ihr seins, trat dann hinter sie und legte beide Hände auf ihre Schultern.

»Was ist geschehen, mein Herz? Kann ich helfen?«

»Er ist verrückt. Verrückt«, rief Nina, wischte die Tränen ab und schneuzte sich die Nase. »Los, Frederic, sag ihm, was du mir gesagt hast.«

Silvester und Frederic blickten sich über die weinende Nina hinweg an, und dann begann Frederic seine Rede von vorn.

Silvester hörte regungslos zu, und dann sagte er nur ein Wort. Er sagte: »Ja.«

Nina blickte wütend zu ihm auf. »Hast du ja gesagt?«

»Ich habe ja gesagt.«

Sie sprang auf, sie weinte nicht mehr.

»Du willst damit sagen, das Kind soll operiert werden?«

»Das Kind ist inzwischen ein erwachsener Mensch, und ein sehr bewußter Mensch, wie ich beobachtet habe. Man soll es noch einmal versuchen. Wenn es nicht gelingt, wird sie es diesmal leichter ertragen als das letzte Mal.«

»Das macht ihr ohne mich.«

»Nein, Nina«, sagte Frederic, »das geht nur mit dir. Du kommst mit nach Paris, du und ich, wir werden uns um alles kümmern, vorher und nachher. Wie immer es ausgeht. Und denke daran, was ich dir vorhin gesagt habe.«

»Was du mir gesagt hast? Nichts als Unsinn hast du mir gesagt.«

Frederic setzte sich und trank seinen kalt gewordenen Tee.

Sie griff nach der Karaffe mit dem Rum und goß sich wieder davon in ihre Tasse.

»Macht sie das schon länger?« fragte Silvester.

»Jawohl«, erwiderte Nina, »das macht sie schon länger. Der Rum steht gerade hier. Und wenn es mir so beliebt, kann ich mich betrinken.«

»Aber sicher, mein Herz. Es ist ja auch ein ekelhaft kalter Tag heute. Und der Tee sieht auch aus, als ob er schon eine Weile hier stände. Angenommen, du läßt den Rum jetzt stehen, ich hole uns eine gute Flasche Wein, möglicherweise hast du auch zum Essen etwas vorbereitet, das fände ich sehr wünschenswert, ich hatte mittags nur ein kleines Käsebrot, und dann können wir vielleicht in Ruhe über alles reden.«

Nina sagte: »Du hattest nur ein kleines Käsebrot?«

»So ist es.«

»Ich habe Kalbsschnitzel da. Und Tomatensauce. Und Spaghetti. Ich dachte an Piccata Milanese.«

»Aber das ist wundervoll, nicht, Frederic? Ich esse gern italienisch. Dazu hole ich uns einen schönen Wein aus dem Keller, rot oder weiß, ganz wie es beliebt. Willst du kochen? Oder soll ich?«

»Ach, red nicht mit mir, als ob ich einen Dachschaden hätte. Natürlich koche ich. Ich bin froh, wenn ich in der Küche verschwinden kann.«

Der weitere Abend verlief friedlich. Nina bereitete das Abendessen und hörte sich dann still an, wie die Männer den Fall erörterten.

Silvester interessierte es, was Frederic über die Klinik erzählte.

»Quinze-Vingts«, wiederholte er. »Das ist eine merkwürdige Bezeichnung. Was soll man darunter verstehen?«

»Es heißt so viel wie fünfzehnmal zwanzig, also dreihundert. Man hat diese Zahl im dreizehnten Jahrhundert offenbar mit diesen Worten bezeichnet. Es wird ganz plausibel, wenn du bedenkst, daß die Franzosen für die Zahl achtzig heute noch quatre-vingt sagen. Das Quinze-Vingts ist eine Gründung von Ludwig dem Heiligen. Ludwig der Neunte. Saint Louis, wie die Franzosen ihn nennen.«

»Einer der letzten Kapetinger.«

»Und der bedeutendste von allen. Die Franzosen, die ja ein sehr lebendiges Verhältnis zu ihrer Geschichte haben, verehren ihn heute noch. Jedes Kind in Frankreich weiß, wer Saint Louis war. Er kam schon als Zwölfjähriger auf den Thron, und seine Mutter, Blanca von Kastillien, eine sehr kluge und energische Frau, übernahm für ihn die Regentschaft. Es gab alle möglichen Versuche, dem jungen König Teile seines Reiches zu entreißen, aber Blance besiegte alle Angreifer. Sie regierte auch später, als Ludwig 1249 zu seinem ersten Kreuzzug aufbrach.«

»Na, ist ja ausgezeichnet, wenn ihr euch jetzt mit Geschichtsunterricht amüsieren könnt. Hat der heilige Ludwig dich zu der Augenoperation angeregt, Frederic?« fragte Nina voll Hohn. Aber sie fand keine Beachtung, Frederic sprach unbeirrt weiter. »Er trägt seinen Beinamen zu Recht. Er war fromm und gütig, und ein gerechter Herrscher. Er muß auch ein schöner Mann gewesen sein, das zeigen alte Statuen und Bilder. In Paris ließ er die Sainte-Chapelle erbauen, und er gründete eben auch das Quinze-Vingts, das zu jener Zeit kein Krankenhaus war, sondern ein Heim für Blinde. Les aveugles«, fügte er zu Nina gewandt hinzu, »so heißen die Blinden auf französisch.«

»Vielen Dank für den Schulunterricht.«

»Blinde muß es zu jener Zeit viele gegeben haben, durch Seuchen, Infek-

tionen; und viele blindgeborene Kinder gab es wohl auch. Sie waren darauf angewiesen zu betteln. Dreihundert ließ der König in seinem Haus unterbringen, verpflegen, und sie bekamen auch eine gewisse Summe Geld. Das Quinze-Vingts ist nie aufgelöst worden, es überstand alle kommenden Dynastien, sogar die Revolution.«
»Starb Saint Louis nicht auf seinem zweiten Kreuzzug?« fragte Silvester.
»Ja, leider, er starb in Tunis. Der zweite Kreuzzug war höchst überflüssig, zumal schon der erste nicht sehr erfolgreich gewesen war, er wurde von Sarazenen gefangengenommen und kam nur durch ein hohes Lösegeld frei. Fünf Jahre hielt ihn der erste Kreuzzug von Paris fern. Dann kamen die Jahre seines segenreichen Wirkens in der Heimat. Er vermied Kriege, er wollte Frieden, er verhandelte, er führte eine königliche Gerichtsbarkeit ein, er ließ Münzen prägen, die im ganzen Königreich gültig waren. Aber noch einmal einen Kreuzzug zu unternehmen, das war ihm nicht auszureden. Möglicherweise beeinflußte ihn auch sein Bruder, Karl von Anjou, in dieser Richtung.«
»Karl von Anjou war sein Bruder? Der war das Gegenteil von Ludwig, ein ehrgeiziger und auch grausamer Herrscher.«
»Er paßte besser in seine Zeit«, meinte Frederic.
»Ich sehe, du hast deine Zeit an der Sorbonne schon gut genutzt«, sagte Nina bissig. »Und du bildest dir nun ein, Maria wird in diesem Blindenheim von dem heiligen Ludwig sehend gemacht. Hokuspokus, Ludwig kann das.«
»Bitte, Nina«, sagte Silvester, »sei nicht so unsachlich. Es ist doch interessant, ein wenig Geschichte zu rekapitulieren. Du hast doch sicher in der Schule etwas über Ludwig den Heiligen gelernt.«
»Hab' ich nicht.«
»Maria hat es bei Herrn Beckmann bestimmt gelernt.«
»Na, wie schön. Dann wird sie sich ja mit Begeisterung von Ludwig dem Heiligen operieren lassen.«
Die beiden Männer sahen sich an und seufzten unisono. Mit Nina war heute nicht zu reden.
»Entschuldige, Nina«, sagte Frederic, »noch ein wenig Schulunterricht. Da ich es nun einmal ermittelt habe, möchte ich es erzählen. Das Quinze-Vingts befand sich zunächst an einem anderen Platz in Paris, erst in der zweiten Hälfte des achtzehnten Jahrhunderts, kurz vor der Revolution, übersiedelte es in die rue de Charenton, wo sich die Klinik noch heute befindet. Und zu jener Zeit spricht man auch zum erstenmal von einer Behandlung der Augenkranken. Und zwar sprach Ludwig der Sechzehnte davon.« Zu Nina gewandt: »Das war derjenige, den man während der Revolution köpfte.«
»Das weiß ich gerade noch«, antwortete Nina.
»Und der Kardinal Rohan. Er finanzierte ein Memorandum, das sich mit der Prophylaxe und der Heilung von Krankheiten des Auges befaßte. Damit war die Idee zu einer Klinik geboren. Ende des neunzehnten Jahrhunderts war sie bereits angesehen, heute ist sie eine der besten auf diesem Gebiet.« Frederic lehnte sich zurück, und er zündete sich eine Zigarette an, er wirkte erschöpft.
Nina sah es nun auch. Es war ungerecht, ihn so zu behandeln. Das alles regte ihn mindestens so auf, wie es sie aufregte.
»Trinken wir noch eine Flasche Wein«, sagte sie in veränderlichem Ton.

»Entschuldige mein Benehmen, Frederic. Wir werden morgen nach Langenbruck fahren und mit Maria sprechen. Sie muß entscheiden.«

Silvester und Frederic seufzten wieder, diesmal erleichtert, Nina war wieder sie selbst.

Als Silvester mit der zweiten Flasche kam, sagte er: »Wirst du mir verzeihen, mein Herz, wenn ich noch ein winziges bißchen Schulunterricht hinzufüge? Nur der Vollständigkeit halber.« Nina hob die Schultern und hielt ihm ihr Glas hin. Nachdem Silvester die Gläser gefüllt hatte, erzählte er: »Ludwig der Heilige hatte einen Hofkaplan, Robert de Sorbon, der gründete ein Kollegium für mittellose Theologiestudenten, das heißt also, sie bekamen ein Stipendium und konnten in diesem College, wie man heute sagen würde, umsonst wohnen. Von Robert de Sorbon bekam die Sorbonne ihren Namen.«

Nina lächelte ihrem Mann zu.

»Das habe ich nicht gewußt. Du, Frederic?«

»Nein«, log der bereitwillig. »Ich auch nicht.«

Die Begegnung mit Maria am nächsten Tag verlief ganz anders, als sie erwartet hatten.

Nachdem sie sich telefonisch angemeldet hatten, fuhren Nina und Frederic am Vormittag in den Chiemgau, wurden wie immer vom Baron herzlich willkommen geheißen, und wie immer sagte er: »Mittagessen um ein Uhr. Was es gibt, wird nicht verraten.« Maria hatte noch Gesangstunde, doch sie kam kurz darauf mit Ruhland aus dem Musikzimmer.

»Wie weit seid ihr mit der Passion?« fragte Nina.

»Sie steht«, erwiderte Ruhland. »Sie steht auf festen, sicheren Beinen. Es wird für Maria der große Durchbruch sein.«

Da das Wetter immer noch schlecht war, gingen Nina und Frederic in Marias Zimmer, und Nina sagte ohne weitere Umschweife: »Frederic hat dir etwas zu sagen, Maria. Du brauchst nicht zu erschrecken, und du brauchst dir auch den Appetit auf das Mittagessen nicht verderben zu lassen. Du kannst einfach nein sagen, und dann ist es erledigt.«

Doch Maria sagte ja. Ohne Zögern, ohne Vorbehalte, nur einfach ja.

Nina sah sie fassungslos an.

»Du willst dich wirklich operieren lassen?«

»Ja, ich will es. Und du brauchst keine Angst zu haben, Nina. Wenn es nichts wird, dann gehe ich nach Baden zu Anna und Anton. Ich habe jetzt vier Tage bei ihnen gewohnt, sie wissen alles und sie verstehen mich. Ich habe Anna schon gesagt, daß ich mich operieren lasse. Sie wird für mich beten.«

»Du hast Anna gesagt – du wußtest doch noch gar nichts davon.«

»Ich will es aber. Das wußte ich.«

»Du kannst doch nicht bei diesen alten Leuten bleiben.«

»Sie sind nicht alt. Du bist doch auch nicht alt. Und Anna ist genauso alt wie du. Sie werden für mich sorgen, wie sie für Cesare gesorgt haben. Ob ich sehen kann oder nicht.«

Frederic trat zu Maria, die hoch aufgerichtet mitten im Zimmer stand, er schloß sie in die Arme, nicht so vorsichtig wie sonst, sondern fest und voller Zärtlichkeit.

»Maria, Maria, ich danke dir. Es wird gutgehen. Und wenn nicht beim erstenmal, dann werden wir es wieder versuchen. Ich habe einen erstklassigen Arzt für dich. Nicht nur Anna betet für dich, wir alle, auch meine Mutter. Ich danke dir, daß du soviel Mut hast, Maria.«

Maria hielt still, als er sie küßte. Und Nina, die ihnen zusah, begriff: er tut es nicht nur für Maria, er tut es auch für sich. Er liebt sie.

Ehe sie zum Essen gingen, sagte Maria sachlich: »Nach Ostern. Wenn ich die Passion gesungen habe. Gleich nach Ostern kannst du einen Termin vereinbaren, Frederic.«

Bei Tisch war sie gelöst, geradezu heiter. Und sie aß mit gutem Appetit, mehr als man von ihr gewohnt war.

»Das hat sie in Baden gelernt«, meinte Ruhland. »Seit sie von dort zurückgekommen ist, entwickelte sie Appetit. Sie ißt jetzt wie ein erwachsener Mensch.«

Maria lächelte. »Ich konnte doch Anna nicht enttäuschen. Sie hat mit soviel Liebe für mich gekocht.«

Paris

Nina hätte es sich nicht träumen lassen, daß sie in ihrem Leben einmal nach Paris kommen würde. Silvester hatte gelegentlich von einer Italienreise gesprochen, Rom und Florenz vor allem wollte er ihr gern zeigen.
Doch nun war sie in Paris. In vielen Romanen hatte sie über diese Stadt gelesen, und Stephan hatte manches erzählt, er war während des Krieges hier gewesen und kannte die Stadt recht gut. Aber was konnte Paris in dieser Situation für Nina bedeuten? Sie hätte sich ebensogut auf dem Mond befinden können. Kam dazu, daß sie sich nicht verständigen konnte. Sie hatte nicht gewußt, wie verloren man sich in einem fremden Land vorkam, dessen Sprache man nicht verstand. Zwar hatte sie in der ›Von Rehmschen Privatschule für Mädchen‹ Französisch gelernt, doch davon war nicht viel übriggeblieben, es war zu lange her. Auch ängstigte sie die Größe der Stadt, ihr Verkehr, ihre Hektik. Sie hatte doch in den letzten Jahren in dem stillen Solln ein sehr ruhiges Leben geführt.
»Ich müßte eigentlich von Berlin her das Leben in einer Großstadt gewöhnt sein«, sagte sie zu Frederic. »Aber das ist nun auch schon so lange her. Ich komme mir vor wie eine Provinzlerin.« In Berlin hatte sie sich ausgekannt, die Straßen der Stadt, die Gebäude, die U-Bahnlinien waren ihr vertraut. In Paris traute sie sich allein in die Metro nicht hinein.
Freilich, auch in Berlin hatte sie sich meist in denselben Stadtteilen bewegt, es gab Gegenden von Berlin, die waren ihr unbekannt geblieben.
Frederic hatte gesagt: »Ich werde dir Paris zeigen«, und er führte sie in den ersten Tagen auf die Ile de la Cité zur Notre Dame, von der Madeleine über die Place de la Concorde zu den Champs-Élysées, in die Tuilerien, sagte: »Den Louvre heben wir uns für später auf«, doch dann bemerkte er ihre Nervosität, ihr Desinteresse, sie war mit den Gedanken bei Maria und nicht bei dem, was er ihr zeigte und erklärte. Er beschloß, ihr mehr Ruhe zu lassen, sie nicht unnötig zu ermüden. Seine Absicht war gewesen, sie abzulenken von ihren quälenden Gedanken, aber es war ein vergeblicher Versuch. Erst mußte man wissen, was mit Maria geschah.
Zunächst geschah nicht viel. Sie befand sich seit fünf Tagen im Quinze-Vingts, man stellte alle möglichen Untersuchungen mit ihr an, von der Operation war nicht die Rede.
Vielleicht, dachte Nina, stellen sie fest, daß es gar nicht geht. Dann fahren wir nach Hause, wie wir gekommen sind.
An einem Nachmittag Mitte April, die Sonne schien, ging Nina von der Klinik zu ihrem Hotel. Den Weg kannte sie nun schon. Die rue de Charenton entlang bis zur Place de la Bastille, den Platz mußte sie überqueren, auf der anderen Seite des Platzes durch die kurze rue de la Bastille gehen und gleich um die Ecke befand sich das kleine Hotel, in dem sie wohnte. Frederic hatte es mit Bedacht ausgewählt, es war nicht weit von der Klinik entfernt und die Wirtin stammte aus dem Elsaß, so daß Nina sich mit ihr verständigen konnte.

Das Zimmer war bescheiden eingerichtet, lediglich mit dem Nötigsten ausgestattet, doch es war sauber und hell und bot eine Zuflucht. Nur daß Nina, wenn sie allein in diesem Zimmer war, von Ängsten gepeinigt, immer unruhiger wurde.

Sie nahm die Bücher zur Hand, die Frederic vorsorglich bereit gelegt hatte, ›Henri Quatre‹ von Heinrich Mann und ›Arc de Triomphe‹ von Remarque, ein großes Buch, sie kannte es und würde es noch einmal lesen angesichts der Stadt, in der es spielte. Dann war ein Buch über französische Geschichte dabei, und sie hatte sich bereits genau über Ludwig den Heiligen informiert. Sodann gab es noch einen Führer von Paris, ein deutsch-französisches Wörterbuch und ein Buch mit täglichen Redewendungen, das so unbrauchbar war, wie alle Bücher solcher Art.

Frederic hatte sie an diesem Tag noch nicht gesehen, er wollte einen Bericht für seine Zeitung schreiben, denn Frankreich hatte wieder einmal eine Regierungskrise. Momentan gäbe es gar keine Regierung, hatte Frederic erklärt. Die politischen Verhältnisse in Frankreich waren sowieso nicht durchschaubar, auch wenn Nina in den letzten Jahren hin und wieder in der Zeitung darüber gelesen hatte. An die stabilen politischen Verhältnisse in der Bundesrepublik gewöhnt, konnte man sich kein Bild über die Zustände in Frankreich machen.

»Seit de Gaulle zurückgetreten ist«, hatte Frederic gesagt, »und das war im Januar 1946, hat es in Paris vierundzwanzig Regierungen gegeben.«

»Und warum haben sie de Gaulle nicht behalten, nachdem sie ihn so stürmisch gefeiert haben nach dem Krieg?«

»Warum haben die Engländer Churchill nicht behalten? Auch für Sieger kann die Nachkriegszeit in gewisser Weise chaotisch sein. Deutschland hat das nicht zu spüren bekommen, weil es von der Besatzung regiert wurde. Außerdem ist de Gaulle von selber gegangen. Es dauert nicht mehr lange, und er kehrt zurück. Dann wird er wirklich Macht besitzen, und er wird verstehen, sie zu nutzen. Das größte Problem für Frankreich sind seine Kolonien. Diese furchtbare Niederlage, dieses erbarmungslose Blutvergießen in Indochina hat die Franzosen schwer getroffen. Und nun geht es in Algerien los. Damit wird keine Regierung fertig.«

»Aber de Gaulle?«

»Wenn einer, dann er.«

Nina konnte es nicht lange in ihrem kleinen Zimmer aushalten. Sie stand eine Weile am Fenster, starrte auf die Straße hinunter. Sie kam sich unendlich verlassen vor.

Alles war so fremd. Und der Gedanke an Maria, so blaß und still auf einem Stuhl sitzend, inmitten der fremden Menschen, peinigte sie wie ein körperlicher Schmerz.

Hungrig war Nina auch. Zwar gab es in der Nähe ihres Hotels ein hübsches kleines Restaurant, in dem sie schon mit Frederic gegessen hatte, doch als sie heute mittag daran vorbeigegangen war, hatte sie sich nicht hineingetraut.

Das hatte sie geärgert. Warum benahm sie sich, als käme sie wirklich aus der tiefsten Provinz? Was war schon dabei, in das Lokal zu gehen, sich an einen der kleinen Tische zu setzen, die Karte in die Hand zu nehmen, Essen zu bestellen und eine Karaffe Wein? Essen, trinken, bezahlen und gehen.

Ganz einfach. Aber schon das Bezahlen war schwierig, die ungeheuren Zahlen des französischen Francs waren ihr ein Buch mit sieben Siegeln.

Sie zog ihre Kostümjacke wieder an, verließ das Zimmer und stieg die enge Treppe hinab in den kleinen Empfangsraum. Die Frau des Patrons war jetzt da.

»Bon jour, madame«, grüßte sie. »Sie gehen aus?«
»Ein Stück spazieren«, sagte Nina. »Es ist so schönes Wetter.«
»Ah oui, nun kommt der Frühling. Endlich.«
»Le printemps vient«, sagte Nina, stolz, daß ihr das einfiel.
»Sie waren heute schon im Hospital?«
»Ja. Es gibt nichts Neues.«
»Ah, quelle malaise. La pauvre petite.«

Die Elsässerin kannte Maria, die in der ersten Nacht hier auch gewohnt hatte, und sie nahm lebhaft Anteil und erkundigte sich jeden Tag nach ihr.

Nina trat auf die Straße, und sie wußte auch, wo sie hingehen wollte. Ganz in der Nähe befand sich die Place des Vosges, die kannte sie, die war ihr schon vertraut.

Dort gab es ein Bistro unter den Arkaden, sie würde eine Tasse Kaffee trinken, einen Cognac und in Ruhe eine Zigarette rauchen. Auf irgendeine Weise mußte der Rest des Nachmittags ja vergehen. Abends würde Frederic kommen und sie würden zusammen essen gehen. Sie freute sich auf Frederic und auf das Abendessen. In Frankreich, hatte Frederic ihr erklärt, müsse man sich unbedingt am Essen erfreuen, das gehörte dazu. Und Nina hatte beobachtet, mit welcher Hingabe und konzentrierter Aufmerksamkeit die Franzosen aßen. Wie immer die wirtschaftliche Lage sein mochte und ob sie eine Regierung hatten oder nicht, Lust und Zeit, um ausgiebig zu essen, hatten sie immer.

Sie ging einmal langsam unter den Arkaden um den Platz herum und freute sich an den Bauten, die alle einander ähnlich sahen. Sie stammten aus dem 17. Jahrhundert, hatte sie im Reiseführer gelesen, es waren ehemalige Paläste des Adels, und die Autorin Nina versuchte sich vorzustellen, wie sie wohl hier gelebt hatten in dem Rahmen dieses Platzes, der wie ein geschlossener Raum wirkte, wohltuend, in seiner ruhigen Harmonie. Das war zur Zeit Ludwigs des Vierzehnten, den man den Sonnenkönig nannte. Roi Soleil, das hörte sich hübsch an.

Sie ging über die leere Straße und betrat die Anlagen in der Mitte des Platzes. An den Büschen zeigte sich das erste Grün und auf den Bänken saßen alte Leute im Sonnenschein.

Es gab ein Denkmal inmitten der Anlagen, diesmal war es Louis Treize, Ludwig der Dreizehnte. Sicher, den mußte es wohl auch gegeben haben, aber über den wußte sie gar nichts. Aber sie hatte ja das Geschichtsbuch von Frederic, da konnte sie sich über den Herrn informieren.

Wie geplant landete sie in dem Bistro an der einen Stirnseite des Platzes und bestellte Kaffee und Cognac. Als sie an dem schwarzen Gebräu nippte, das ihr nicht schmeckte, sah sie nur noch Marias blasses Gesicht vor sich, und wie sie da still und gefaßt auf dem Stuhl saß. Im Bett mußte Maria nicht liegen, und wenn Nina kam, konnten sie ein wenig auf dem Gang hin- und hergehen, allein fand sich Maria in der fremden Umgebung nicht zurecht.

Wann würden sie operieren? Würden sie überhaupt operieren? Sie brauchten das passende Transplantat, hatte der junge deutsche Arzt gesagt. Den berühmten Professor Berthier hatte Nira noch nicht zu Gesicht bekommen.

Das Warten mußte für Maria schrecklich sein, entnervend. Mußte sie eigentlich an den Rand der Hysterie bringen. Was dachte sie in ihrem armen Kopf? Sie wirkte so ruhig, so gelassen. Saß da still und stumm unter fremden Menschen, deren Sprache sie nicht verstand.

Englisch hatte sie gelernt bei Eva. Italienisch bei dem Baron und bei Ruhland, soviel sie zum Singen brauchte. An Französisch hatte kein Mensch gedacht.

Nina rauchte die dritte Zigarette, trank den zweiten Cognac, ihre Hände zitterten, und sie hatte das Gefühl, sie würde gleich vom Stuhl sinken, auf dem Boden liegen und nie mehr aufstehen können.

Am besten wäre es, tot zu sein.

Da war er wieder einmal, der lang nicht mehr gedachte Wunsch. Tot sein. Jenseits des Flusses. Alles hinter sich lassen, nichts mehr wissen, nichts mehr wollen. Für nichts und niemand mehr verantwortlich sein. Keine Liebe mehr empfangen, keine Liebe mehr geben, keinen Kummer mehr erleiden. Nun war sie wieder angelangt am Ufer des schwarzen Flusses, verlangte nach dem Trank des Vergessens.

Sie hob die Hand und winkte dem Garçon: »Un autre.«

Es erschien ihr, daß der Mann sie besorgt ansah. Ein schöner Anblick, eine betrunkene Deutsche mitten auf der Place des Vosges. Aber sie war nicht betrunken, obwohl sie nichts gegessen hatte, drei Cognac konnte sie leicht vertragen. Nach dem dritten würde sie gehen, noch einmal um den Platz herum, in das kleine Zimmer in dem kleinen Hotel und auf Frederic warten.

Frederic, so nahe, so vertraut. Der fremde junge Soldat, der einst ins Haus gekommen war, und der sie an Nicolas erinnert hatte. Und was war er jetzt? Ein Mensch, den sie liebte. Nina tupfte die Tränen aus ihren Augenwinkeln. Eine heulende Deutsche auf der Place des Vosges mitten in Paris.

Frederic kam kurz vor acht, er hatte sich fein gemacht, trug einen gutgeschnittenen dunklen Anzug. Und Nina, als ob sie es geahnt hätte, trug das kleine Schwarze mit den Perlen, die Silvester ihr letzte Weihnachten geschenkt hatte.

Frederic fragte als erstes, was Nina mittags gegessen hätte.

»Nichts«, erwiderte sie.

»Das habe ich befürchtet. Ich habe einen Tisch bestellt, in einem guten Restaurant. Dort werden wir speisen, ausführlich.« Er führte sie in ein kleines Restaurant am Montparnasse, es war dunkel unter alten Balken, Kerzenlicht auf dem Tisch, ein alter Kellner, der sie sorgfältig beriet und geradezu liebevoll bediente.

»Ich dachte immer, sie hassen alle Deutschen hier«, sagte Nina, nachdem sie dem Ober dankend zugelächelt hatte, der den Aperitif vor sie hinstellte.

»Das ist halb so wild«, meinte Frederic. »Die Franzosen sind nicht so emotionell wie die Deutschen, sie sind eher praktisch veranlagt. Jetzt sind sie in gewisser Weise neidisch auf den Aufstieg, den die Bundesrepublik in den letzten Jahren gemacht hat. Nach dieser Niederlage! Das ärgert sie, das bewundern sie auch. Sie haben schließlich auch Hilfe durch den Marshall-Plan bekommen, und nicht zu knapp. Sie bewundern vor allem Adenauer und beneiden die Deutschen um ihn. Diese Stabilität, diese Ruhe im Staat, dieser

1073

Wirtschaftsboom! Das kann man immer wieder hören. Das bereitet den Weg für de Gaulle. Die EVG war eine schwere Geburt, soweit es die Franzosen betrifft. Obwohl ja Schuman bereits 49 viel für eine Verbindung zwischen Frankreich und Deutschland getan hat. Aber es war dennoch ein weiter Weg. Was die Franzosen sehr empört hat, ist die deutsche Wiederbewaffnung.«

»Nicht nur die Franzosen, mich auch. Ich hatte gehofft, wir seien ein für allemal das Militär los. Nach zwei verlorenen Kriegen.«

»Dagegen hatten wir Amerikaner nun etwas. Wir sind der Meinung, daß Europa sich selbst verteidigen soll. Zumindest zu seiner Verteidigung etwas beitragen soll.«

»Verteidigung?« fragte Nina. »Gegen wen? Gegen die Russen? Nachdem ihr sie erst mit Waffen versorgt und nach Europa hereingelassen habt?«

»Nachdem Hitler sie angegriffen hatte.«

»Nun gut. Dann hättet ihr die beiden halt sich selbst überlassen, Hitler und Stalin. Die hätten sich gegenseitig umgebracht. Was konnte Besseres passieren? So habt ihr Stalin das Leben gerettet, uns in Grund und Boden gedonnert, und nun haben wir die Bescherung. Deutschland geteilt, Berlin mittendurchgerissen, die Russen in Europa, der Kalte Krieg, der Eiserne Vorhang und was zum Teufel noch. Ihr mußtet Krieg führen in Korea, und soviel ich weiß, sieht es dort in dieser Ecke der Erde noch ziemlich finster aus. Und wir haben wieder Soldaten. Kostet eine Menge Geld. Die Franzosen nehmen uns das auch noch übel. Dabei sitzen wir viel näher dran als sie. Und wenn die Russen Atombomben schmeißen, sind wir erst einmal dran.«

»Dann sind wir alle dran.« Frederic seufzte. »Die Lage der Welt ist hoffnungsloser denn je. Und wie lange wir Frieden haben werden...«

»Ich möchte jedenfalls keinen Krieg mehr erleben«, sagte Nina. »Ich habe schon zwei. Ich würde sagen, das genügt für ein Menschenleben.«

»Hier kommen die Horsd'œuvres. Laß uns essen und nicht mehr von Politik sprechen.«

Nicht von Maria, nicht von Maria, dachte Nina. Nicht jetzt.

»Gut. Sprechen wir vom Frühling.«

»Vom Frühling?«

»Ja. Er kommt. Er ist schon beinahe da. Auf der Place des Vosges saßen heute schon Leute auf den Bänken. Ich habe Louis Treize dort besucht, du wirst mir gleich etwas über ihn erzählen. Und ich habe Kaffee und drei Cognac getrunken. Darum muß ich jetzt dringend etwas essen.«

»Bon appétit, ma chère«, sagte Frederic, beugte sich zu ihr und küßte sie auf die Wange.

Ob man ihn vielleicht für meinen Liebhaber hält, dachte Nina. Ach nein, höchstens für meinen Sohn. Und warum nicht für meinen Liebhaber? So etwas gibt es doch. Mein Haar ist immer noch goldbraun, ich bin gut zurechtgemacht, und das Kerzenlicht schmeichelt. Das Essen schmeckte ihr ausgezeichnet. Von Maria sprach sie erst beim Dessert.

»Es hat sich noch nichts ereignet«, berichtete sie. »Ich sprach mit diesem netten jungen Assistenzarzt aus Hamburg. Das heißt, so jung ist er gar nicht. Er hat den Krieg auch schon mitgemacht, als Unterarzt. Er wirkt nur so jung. Und er strahlt so viel Optimismus aus. Das ist gar kein Problem mit Maria, hat er gesagt, das kriegen wir wunderbar hin. Sagt das Professor Berthier auch, habe ich gefragt. Ja, genau, sagt er auch, antwortete er.«

»Wenn Maria sehen kann . . .« begann Frederic.
»Schweig!« unterbrach ihn Nina. »Sprich es nicht aus. Sprich es um Gottes willen nicht aus!«
Frederic legte seine Hand auf ihre.
»Nein, du hast recht. Ich sage nichts. Du und ich, wir lieben sie, so oder so.«
Zum Kaffee trank Nina noch zwei Cognac. In dieser Nacht konnte sie das erste Mal schlafen seit sie in Paris war.
Maria wurde zwei Tage später operiert. Nina durfte nicht zu ihr. Doktor Lafrentz, der deutsche Assistenzarzt, sagte: »Sie muß Ruhe haben.«
»Aber ich . . .«
»Wirklich, gnädige Frau, Sie können gar nichts tun. Ich werde ihr erzählen, daß Sie da waren, daß Sie ganz beruhigt fortgegangen sind, weil die Operation so gut verlaufen ist, und ich werde an Ihrer Stelle eine Weile Marias Hand halten. Zufrieden?«
Nina lächelte mühsam. »Sie sind auch ein guter Seelenarzt, nicht?«
»Das gehört dazu, wenn einer ein richtiger Arzt sein will . . .«
»Könnten Sie nicht ein Treffen mit Professor Berthier vermitteln?«
»Er kann Ihnen auch nichts anderes sagen als ich. Außerdem verstehen Sie nicht, was er sagt. Er spricht sehr schnell.«
»Sie könnten doch dolmetschen.«
Dr. Lafrentz lachte. »Ach, ich! Ich kann selber nicht genug Französisch.«
»Wie ist das möglich? Wenn Sie doch in dieser Klinik arbeiten.«
»Ich bin ja noch nicht so lange da, ein halbes Jahr. Als ich herkam, verstand ich kein Wort. In der Penne hatte ich Latein und Griechisch gelernt. Englisch dann in einem amerikanischen Gefangenencamp. Was die so unter Englisch verstehen. Und Französisch bekomme ich nun so peu à peu mit. Ich habe mir gerade eine französische Freundin zugelegt, das ist sehr nützlich.«
»Warum sind Sie überhaupt nach Frankreich gekommen?«
Der junge Arzt begleitete Nina zur Pforte, es lag ihm offenbar daran, daß sie die Klinik verließ und nicht mehr nach Maria fragte. War das ein schlechtes Zeichen?
»Als ich aus der Gefangenschaft kam, das war 47, stand ich erst mal auf der Straße. Na, und dann gab es in einem Vorort von Hamburg eine nicht mehr ganz junge Ärztin, die unerhört viel zu tun hatte. Die nahm mich auf, und ich durfte ihr assistieren. Allerdings mußte ich auch mit ihr schlafen, das war nicht so ganz mein Geschmack. Da bin ich dann wieder abgehauen.«
Nina wurde wirklich abgelenkt von ihren Sorgen.
»Und dann?« fragte sie.
Wie alt mochte der junge Mann sein? Mitte/Ende Dreißig etwa, er wirkte jünger und war von einer fröhlichen Gelassenheit, die sicher wohltuend für Patienten war. Ein wenig erinnerte er Nina an Herbert.
»Dann ging ich in die Heide. Lüneburger Heide. Da arbeitete ich in der Riesenpraxis eines Landarztes mit. War sehr lehrreich. Dann machte ich Urlaubsvertretungen. Und dann dachte ich, daß es langsam Zeit würde zu promovieren. Also ging ich wieder nach Hamburg zur Universität. Das waren zwei sehr magere Jahre, die folgten.«
»Und nun sind Sie hier.«
»Ja, ich bin hier, weil ich mich entschloß, Facharzt zu werden. Facharzt für Augenheilkunde. Genau betrachtet, war ein Kriegserlebnis der Anlaß dazu.

Wir hatten mal einen Stoßtrupp ganz junger Soldaten ins Lazarett bekommen. Unter denen war eine Mine hochgegangen, vier davon erwischte es im Gesicht, sie waren blind. Den Leutnant, der der Führer der Gruppe gewesen war, hatte es zerfetzt, auch drei andere waren tot. Und diese Blinden, keiner älter als zwanzig, die konnte ich nie vergessen. So was gibt's ja, nicht?«

Sie standen jetzt im Hof der Klinik, die Sonne schien hell, es war richtig warm.

»Der Krieg«, sagte Nina. »Ist es nicht schrecklich, was man den Menschen antut? Warum läßt Gott das zu?«

»Ach, der! Der kümmert sich da nicht drum. Mit Recht würde ich sagen. Er hat den Menschen doch Verstand mitgegeben. Wenn sie ihn nicht nutzen, sind sie selber schuld.«

»Aber was hilft es dem einzelnen, wenn er seinen Verstand gebrauchen würde. Er wird ja gezwungen. Es wird ihm befohlen, zu kämpfen und zu sterben.«

»Das eben ist die Frage. Ob es immer so bleiben muß. Sehen Sie, Pazifisten hat es immer gegeben. Zwischen den Kriegen und auch während des Krieges. Die sollten effektiver werden. Das ist auch mit ein Grund, warum ich jetzt in Frankreich arbeite. Abgesehen davon, daß diese Klinik einen sagenhaften Ruf hat. Ich finde, es ist wichtig, daß sich die Menschen verschiedener Völker kennenlernen. Man kann nicht auf jemand schießen, mit dem man zusammen am Operationstisch gestanden hat. Oder mit denen man viele Gläser Wein gemeinsam geleert hat, und auch noch gut gegessen dabei. Es hat schon seine guten Gründe, warum absolute Herrscher oder Diktatoren ihre Bürger nicht gern in fremden Ländern herumreisen lassen. Oder gar dort arbeiten lassen. Aber nun muß ich langsam wieder. So schön es sich hier auch in der Sonne steht.«

»Nur noch eine Frage. Wenn Sie nicht Französisch sprechen, wie verständigen Sie sich da mit Ihren Kollegen?«

»Im Notfall reden wir Lateinisch miteinander. Mit den Schwestern ist es schon schwieriger, obwohl einige auch ganz gut Latein können. Und sonst sind sie sehr darum bemüht, mir Französisch beizubringen, oft mit recht drastischen Mitteln. Na, und die Patienten, mit denen kann ich noch nicht viel anfangen. Deswegen bin ich ja so froh, daß Maria hier ist. Sie braucht mich und ich brauche sie.«

Daraufhin lachte er fröhlich, und Nina mußte unwillkürlich lächeln. Er war froh, daß Maria hier war. In dieser Klinik lag, mit verbundenen Augen vermutlich jetzt, von Schmerzen gepeinigt, allein mit ihrer Angst, wenn sie denn bei Bewußtsein war.

»Au revoir, madame«, sagte er. »Seien Sie ganz beruhigt, es läuft alles vorbildlich. Genießen Sie Paris im Frühling.«

Am Abend erzählte sie Frederic von diesem Gespräch.

»Warum lassen Sie mich nicht zu Maria?«

»Sie werden ihre Gründe haben. Vielleicht braucht sie wirklich totale Ruhe für einige Zeit.«

»Könntest du nicht einmal versuchen, Professor Berthier zu sprechen? Du kennst ihn doch.«

»Ja, ich werde es versuchen. Um wenigstens zu hören, ob er so optimistisch ist wie Dr. Lafrentz.«

Und dann geschah etwas Seltsames: Nina begann wirklich den Frühling von Paris zu genießen. Es lag an Frederic, mit dem sie viel zusammen war. Er holte sie ab, sie streiften durch die Stadt, ganz zwanglos, er zeigte ihr die Plätze, die er liebte, fuhr mit einem Schiff auf der Seine, auch der Eifelturm kam dran, er zeigte ihr die Hallen, den vielgenannten Bauch von Paris, sie saßen oben auf dem Montmartre, auf der Place du Tertre, im Freien an kleinen Tischchen zwischen Einheimischen und Touristen, meist waren es Amerikaner, blickten von Sacré-Cœur auf die Stadt herab, sie besuchten das Musée Grevin mit seinen wildbewegten Szenen aus der französischen Geschichte. Am meisten bewegte Nina das Bild ›La vie de la bohème‹ nach Murger, und sie sah Vicky in der Szene in ihrer Lieblingsrolle, der Mimi. Sie erzählte Frederic von Vicky, von Victoria Jonkalla, ihrer schönen Tochter, sie konnte das auf einmal, nie hatte sie über Vicky sprechen können, all die Jahre nicht, aber zu ihm konnte sie von ihr sprechen. Frederic hielt ihre Hand und hörte schweigend zu.

»Ein wenig hast du wohl von deinem Vater mitbekommen«, sagte sie. »Ich kann zu dir sprechen wie zu keinem Menschen sonst.« Er ging überhaupt gern Hand in Hand mit ihr, das war Nina ungewohnt, aber er tat es mit Selbstverständlichkeit, er suchte die Berührung, die Nähe eines vertrauten Menschen. Und das wurde er für sie immer mehr, ein vertrauter, mehr noch ein geliebter Mensch. Sie erkannte, daß er genau war wie sie: ein Mensch, zur Liebe fähig. Ein Mensch, der Zärtlichkeit brauchte und Zärtlichkeit geben konnte.

Sie fragte sich, ob er allein lebte, ob er keine Freundin hatte, doch er würde dann kaum soviel Zeit für sie übrig haben. Doch sie fragte ihn nicht. Sie wollte es gar nicht wissen. Auf einmal, und das war in diesen im Grunde doch sorgenvollen Pariser Tagen das unvermutete Wunder, gehörte Frederic ihr. Nina war erfahren genug, um ihre Gefühle zu erkennen. Das durfte doch nicht wahr sein, das konnte es doch nicht geben, daß sie sich in diesen jungen Mann verliebt hatte.

Sie lag nachts wach im Bett, nachdem sie sich an der Tür des kleinen Hotels von ihm getrennt hatte. Er küßte sie jedesmal, liebevoll, sanft, zärtlich, er küßte sie auf die Wange und auch auf den Mund. Sie hütete sich, ihre Gefühle zu zeigen, sie beherrschte sich, um seinen Kuß nicht zu erwidern. Aber sie spürte diesen Kuß, stundenlang noch nachdem er sie verlassen hatte. Sie beherrschte sich solange er bei ihr war, doch ihre Fantasie ließ sich nicht zügeln, sie lag in seinen Armen, sie küßte ihn, sie umarmte ihn, nachts in ihrem Bett war sie seine Geliebte. Und ein Gedanke, er war nicht zu vermeiden, begleitete sie ständig: Nicolas, meine erste Liebe. Frederic, meine letzte Liebe.

Die eine so unmöglich wie die andere.
Die erste – dennoch möglich geworden.
Doch diesmal? Nein, es würde nur bei ihren Träumen bleiben. Maria würde Frederic gehören, daran zweifelte sie nicht mehr.

Silvester rief häufig an, erkundigte sich nach ihrem Befinden. »Soll ich kommen, mein Herz?« fragte er.

»Nein, du kannst nichts helfen. Ich komme gut zurecht. Und Frederic kümmert sich um mich.«

»Brauchst du Geld?«

»O nein, ich habe noch viele Travellerschecks, das reicht noch gut.«
»Laß Frederic nicht immer bezahlen. Du weißt, er hat nicht viel Geld.«
»Ich weiß es, aber er läßt mich nicht bezahlen, wenn wir essen gehen. Aber wir gehen nicht immer in teure Restaurants. Er kennt sich gut aus, und wir gehen oft in nette kleine Bistros, das ist nicht so teuer und das Essen ist trotzdem gut.«
»Und Maria?«
»Ich war gestern bei ihr. Sie muß noch liegen, sie hat die Augen verbunden. Sie ist sehr ruhig, gar nicht nervös. Sie sagt: mach dir keine Sorgen, Nina. Erzähl mir, was du gestern gesehen hast. Ich habe ihr die Besprechungen von der Matthäus-Passion vorgelesen, die du mir geschickt hast. Ich sagte, siehst du, eine besser als die andere. Der nette deutsche Arzt, von dem ich dir erzählt habe, kam auch gerade, er las die Besprechungen und sagte, Respekt, Maria ist ja ein Star. Hat sie wirklich so schön gesungen? Traumhaft schön hat sie gesungen, sagte ich. Ihre Arie, ›Aus Liebe will mein Heiland sterben‹, die mit dem Flötensolo, also man hätte sich in tausend Teile auflösen können, so herrlich hat sie das gesungen.«
»Wußte er, wovon du sprachst?«
»Und ob er das wußte. Die Matthäus-Passion, sagte er, ist das Schönste, was es überhaupt auf Erden gibt. Maria, wenn Sie wieder einmal die Matthäus-Passion singen, lassen Sie es mich wissen. Ich nehme Urlaub und komme sofort. Und Maria lächelte und sagte mit großer Sicherheit, nächstes Jahr Ostern.«
Ein anderes Gespräch, zwei Tage später.
»Weißt du, wer sich bei Ruhland gemeldet hat?«
»Nein, wer?«
»Dieser Dirigent: Prisko Banovace.«
»Ach, du lieber Himmel!«
»Er hat nun auch über Maria gelesen, und er weiß, daß es seine Tochter ist, er schreibt das ganz unverhohlen und möchte sie kennenlernen. Sofort. Stephan war hier und brachte mir den Brief.«
»Ist dieser Mensch in Deutschland? Ich dache, er hat in Amerika ein Orchester.«
»Er ist hier zu Proben oder Verhandlungen, oder was weiß ich. Im Sommer dirigiert er wieder in Salzburg. Er ist wohl ein ziemlich berühmter Mann.«
»Ein Genie, ich weiß. Das war er schon immer. Vicky sagte, wir haben jetzt ein Genie im Studio, den müßtest du sehen, wir fürchten uns alle vor ihm.«
»Na, so weit kann es mit der Furcht nicht hergewesen sein.«
»Leider nicht.«
Sie wußte genau, wann Vicky ihr eröffnet hatte, daß sie ein Kind erwartete. Nina war am selben Tag aus Bayern nach Berlin zurückgekehrt, von einem längeren Aufenthalt im Waldschlössl, das erste Mal überhaupt, daß sie ihre Freundin Victoria besuchte. Und sie hatte im Waldschlössl einen Dr. Framberg kennengelernt. Am gleichen Tag sagte Nina zu Frederic: »Es ist so warm geworden, ich brauche etwas anzuziehen. Ich möchte mir ein Kleid kaufen. Vielleicht ein helles Kleid mit einem kleinen Jäckchen. Irgend etwas, das nach Frühling aussieht.«
»Es wäre ja auch nicht normal«, erwiderte er, »wenn eine Frau in Paris ist und nichts einkauft.«

Er begleitete sie bei dem Kleiderkauf, beriet sie und bewunderte das neue Stück an ihr. Und sein Lächeln, mit dem er sie ansah, erinnerte sie wieder einmal an Nicolas.

Nicolas hatte sich immer dafür interessiert, was sie anzog. Wenn sie nach Breslau kam, ging er in der Schweidnitzer Straße mit ihr in die feinsten Läden.

»Erst einmal werden wir Nina neu einkleiden«, hatte er gesagt. Er hatte Geschmack, wußte genau, was zu ihr paßte. Mit einem Koffer voll neuer Kleider kehrte sie nach Hause zurück, und Rosel, die alte Dienstmagd, schlug die Hände über dem Kopf zusammen.

»Jedid nee, nee. Nu seht ock bloß unser Kind. So scheene Sachen. Een Vermögen muß das gekostet haben, een Vermögen.«

Nachdem sie das Kleid hatte, wollte sie auch neue Schuhe. Also gingen sie Schuhe kaufen.

»Nimm nicht so hohe Absätze«, warnte Frederic. »Wir laufen ja doch viel herum.«

Nina schämte sich. Die arme Maria lag in der Klinik, und sie kaufte Kleider und Schuhe und freute sich am Frühling in Paris. Sie spazierten durch die einander so ähnlichen Straßen des achten Arrondissements, und Frederic erzählte von George Eugene Haussmann, der all diese Prachtboulevards angelegt hatte, zur Zeit Napoleons des Dritten.

»Es ging ihm darum, die armen Leute und die Arbeiter aus der Innenstadt zu vertreiben. So wurden erst mal alle Häuser, die dort standen, abgerissen, breite Straßen angelegt, so wie du sie heute noch siehst, und dann diese prächtigen Häuser erbaut, die alle den gleichen Stil aufweisen. In diesen Straßen würde keiner Barrikaden aufbauen. Haussmann war Präfekt des Seine-Departements. Für seine Leistungen als Erbauer dieser Stadtviertel wurde er von Napoleon geadelt. Sag mir, wenn du müde bist.« Seine Hand in ihrer. »Wir könnten uns dort in das Café setzen und einen kleinen Aperitif nehmen. Wo möchtest du heute zu Abend essen?«

»Wo es nicht zu teuer ist. Oder du läßt endlich mich einmal bezahlen.«

Frederic drückte leicht ihre Hand.

»Das würde Ariane mir nie verzeihen. Sie wäre der Meinung, sie hätte mich schlecht erzogen.«

Seine Wohnung bekam Nina nie zu sehen. Es sei nur ein kleines Zimmer am Montparnasse, sagte er, sehr einfach, aber es genüge ihm.

Dafür zeigte er ihr die Botschaft der USA in der Avenue Gabriel, wo er bis vor kurzem gearbeitet hatte.

»Tut es dir leid?« fragte sie.

»Nein.«

»Stell dir vor, du hättest einmal in diesem prachtvollen Gebäude als Botschafter der Vereinigten Staaten von Amerika wirken können.«

»Das wäre noch ein langer Weg gewesen. Jetzt bin ich erst mal ein armer Student, in einer kleinen Bude. Das schließt nicht aus, daß ich eines Tages Präsident der Vereinigten Staaten werde.«

»Möchtest du das?«

»Nein. Vater machte nur einmal den Vorschlag. Er sagte, man solle seine Ziele so hoch wie möglich stecken. Versuchen könnte ich es. Bei uns ist so etwas möglich.«

Er sagte: bei uns. Er fühlte sich eben doch als echter Amerikaner, ganz gleich woher seine Eltern stammten.

Sie gingen auch über die Seine, und im siebten Arrondissement gefiel es Nina eigentlich am besten. Die schönen alten Häuser entzückten sie.

»Mit welcher Harmonie sie früher gebaut haben, es ist wie Musik«, sagte sie.

»Dies war ein Wald- und Jagdgebiet. Erst im siebzehnten Jahrhundert fing man an, hier zu bauen, zumeist waren es Sommersitze, später auch Stadtpalais des vermögenden Adels. Übrigens gehört das zusammen. Eine Zeit, die keine Musik machen kann, bringt auch keine schönen Bauten hervor.«

Er zeigte ihr die Regierungsgebäude, den Quai d'Orsay, die Nationalversammlung, die verschiedenen Ministerien. Eine Regierung hatte Frankreich immer noch nicht.

Tief beeindruckt war Nina vom Invalidendom. Respekvoll blickte sie auf den Sarkophag in die Tiefe.

»Da liegt wirklich Napoleon drin?«

»Nehmen wir an, es ist so.«

»Wenn man bedenkt, was er diesem Volk alles angetan hat. Diese vielen Kriege. Dieser fürchterliche Feldzug nach Rußland, die vielen, vielen Toten. Und heute verehren sie ihn so.«

»Sie haben ihn ziemlich bald wieder verehrt. Ich sagte ja schon, die Franzosen sind ein pragmatisches Volk. Sie lieben sich selbst, sie lieben ihre Geschichte. Sie sind bereit und fähig, aus der größten Niederlage einen Sieg zu machen. Sie würden niemals, wie die Deutschen, sich selbst verdammen oder verachten.«

Schließlich meinte Frederic, nun müsse Nina auch das Schloß Versailles kennenlernen, das bombastische Denkmal, das sich Ludwig der Vierzehnte selbst errichtet hatte. Sie fuhren in Frederics kleinem Renault hinaus nach Versailles, und es wurde ein anstrengender Tag, Nina taten am Abend die Füße weh, trotz bequemer Schuhe. Aber dafür hatte sie viel über Schloß und Park erfahren, wie es selten einem Tagesbesucher gelingen mochte.

Und Maria?

Nina besuchte sie jeden Tag, ehe sie zu ihren Exkursionen aufbrach, sie hatte ein schlechtes Gewissen, wenn sie Maria wieder verließ, doch Maria sagte: »Paß gut auf. Erzähl mir morgen, was du gesehen hast.«

Auch Silvester zeigte sich befremdet am Telefon.

»Wenn man dir zuhört, könnte man meinen, du machst eine Vergnügungsreise.«

»Wenn ich nun schon mal hier bin – Frederic will mir eben alles zeigen. Ich werde ja sowieso in meinem Leben nie wieder nach Paris kommen.«

»Marleen hat wieder angerufen. Sie fragt, ob du sie brauchst, und ob sie nach Paris kommen soll.«

»Himmelswillen, nein. Sie kann mir nicht helfen. Kommen sie denn schon wieder zurück?«

»Also, sie müssen da in bester Gesellschaft sein. Alle beide lernen Golfspielen, und Marleen sagt, die Leute seien sooo reizend. Und sie hätten ein ganz bezauberndes Haus gemietet, in Malibu. Keine Ahnung, wo das ist. Und einen Hund hat sie auch wieder.«

Conny war bereits seit drei Jahren tot.

»Den Marquis habe ich übrigens besucht, wie aufgetragen. Er ist immer noch sehr traurig, aber wenigstens frißt er wieder, und er hält sich an Stephan. Läßt ihn nicht aus den Augen, als hätte er Angst, er könne auch plötzlich verschwunden sein.«
»Maria fragt jedesmal nach ihm. Ich werde ihr berichten, was du gesagt hast.«
»Dann hätte ich noch eine wenig erfreuliche Neuigkeit.«
»Was denn um Gottes willen?«
»Eva und Herbert wollen sich scheiden lassen.«
»So ein Quatsch! Wie kommen sie denn darauf?«
»Er hat eine Freundin, sagt Eva. Sie war gestern hier, hat mir das erzählt, sehr temperamentvoll, du kennst sie ja. Sie läßt sich nicht betrügen, hat sie gesagt; dafür habe ich ihn nicht monatelang in meinem Keller versteckt.«
»Und Herbert?«
»Den habe ich nicht gesprochen. Geht mich ja auch nichts an.«
»Also muß man erst mal hören, ob er sich scheiden lassen will. Er hängt doch sehr an den Kindern. Und Eva liebt er auch, das weiß ich. Macht er halt mal einen Seitensprung, wird nicht so wichtig sein. Das bringe ich schon wieder in Ordnung.«
»Ja, mein Herz. Das bringst du leicht wieder in Ordnung. Übrigens, nebenbei gesagt, du fehlst mir.«
»Das ist gut so.«
Das war nur so hingeredet. Dachte sie überhaupt an Silvester, außer wenn sie mit ihm telefonierte?
Alle ihre Gedanken waren erfüllt von Frederic.
Den schönsten aller Tage verbrachten sie im Bois de Boulogne, es war nun fast schon alles grün, die Forsythien blühten, die ersten Tulpen und Narzissen; sie spazierten Hand in Hand auf den Wegen, am Ufer der Seen und Teiche entlang, ziellos, planlos, sie sprachen wenig, doch sie dachten beide das gleiche.
»Morgen«, sagte Frederic.
»Ja. Morgen«, wiederholte Nina.
Er blieb stehen, nahm sie in die Arme und küßte sie. Und an diesem Tag gestattete es sich Nina, seinen Kuß zu erwidern. Kein leidenschaftlicher Kuß, ein sanfter zärtlicher Kuß, sie waren Freunde, keine Liebenden.
Ich liebe dich, dachte Nina, aber das weißt du nicht. Das wirst du nie erfahren. Ich habe es mit den Jahren ein wenig besser gelernt, meine Gefühle zu verbergen.
Am nächsten Tag sahen sie Marias Augen. Große dunkle Augen, die sie mit Verwunderung, mit Andacht geradezu anblickten. Sie hatten Maria drei Tage lang nicht sehen dürfen, letzte Untersuchungen, hatte es geheißen, sie mußte ungestört bleiben. Nun stand sie im Zimmer, schmal und groß in dem blauseidenen Morgenrock, ihr Haar war lang geworden, fiel auf ihre Schultern, schmucklos zurückgestrichen, man sah die verblaßte Narbe an der linken Schläfe, die in die Wange hineinreichte.
Und Nina dachte sinnloserweise: mein Gott, jetzt wird sie die Narbe sehen. Hoffentlich stört sie das nicht.
»Ich sehe euch«, sagte Maria. Sie schloß die Augen, öffnete sie wieder. »Ich sehe euch wirklich.«

1081

Nina wollte auf sie zugehen, doch Frederic war schneller, er war schon bei ihr, legte beide Hände auf ihre Arme, sie standen regungslos, blickten sich an.

»So siehst du also aus«, sagte Maria. »Ja. So siehst du aus. Ich hätte dich sofort überall erkannt.«

»Maria«, sagte Frederic, und Nina hörte die Tränen in seiner Stimme. »Geliebte Maria!«

Jetzt wird er sie küssen, dachte Nina, er wird sie in die Arme nehmen.

Er küßte sie nicht, er blieb stehen, ließ die Hände sinken, und sie sahen sich an. Sie sahen sich nur an, sonst nichts. Nina merkte, daß ihr Tränen über die Wangen liefen.

Warum weine ich? Aus Freude? Aus Schmerz?

Ich habe ihn verloren. Was für ein Unsinn, er hat mir nie gehört. Das, was ihn und mich verbindet, das bleibt.

Ach, Nicolas, ich habe immer verloren, was ich liebte . . .

Zum Schluß bekam Nina Professor Berthier doch noch zu sehen. Frederic dolmetschte das Gespräch.

»Wie ich gehört habe, ist Mademoiselle Jonkalla eine berühmte Sängerin.«

»Das will sie erst werden«, erwiderte Nina.

»Es wird mich freuen, sie eines Tages in der Pariser Oper zu hören«, sagte der Professor verbindlich. »Oder in Bayreuth.«

»Sie fahren nach Bayreuth?«

»Immer. Ich liebe Wagner.«

Ninas Danksagungen schnitt der Professor mit einer Handbewegung ab. »Ich bin selbst zufrieden mit mir«, sagte er. In nächster Zeit solle Maria ein ruhiges Leben führen, keine Anstrengungen, keine Arbeit, nicht singen.

»Vielleicht eine kleine Urlaubsreise«, empfahl Professor Berthier. »Und wenn Sie jetzt nach Deutschland zurückkehren, fliegen Sie nicht, fahren Sie nicht mit dem Auto, nehmen Sie den Schlafwagen. Das ist am bequemsten und überanstrengt Mademoiselle Jonkalla nicht.«

Er streichelte Maria die Wange, küßte Nina die Hand, schlug Frederic auf die Schulter.

»Eh bien, mon ami, bonne chance. Elle est une très jolie fille. Mais écoutez! Doucement, doucement. Il faut qu'elle apprenne à vivre.«

Maria verließ das Quinze-Vingts mit sehenden Augen. Ein wenig unsicher ging sie zwischen Nina und Frederic, sie wagte es nicht, nach rechts oder links zu blicken, jedes vorbeifahrende Auto erschreckte sie. Frederic nahm ihre Hand.

»Du mußt nun lernen zu leben, Maria«, sagte er.

Nina sah, daß er Marias Hand hielt, und sie sah die Angst in Marias Gesicht. Immer noch Angst? Eine andere Art von Angst? Die Angst, vor dieser unbekannten Welt, die sie umgab und die sie auf einmal sah.

Alles, was nun kam, mußte Maria erschrecken. Das war zunächst die Elsässerin im Hotel, die sich wortreich äußern würde, das war die Fahrt im Zug, das war München, Silvester, Eva, Langenbruck, Ruhland, Rico, der Baron.

Sie hatte keinen von diesen Menschen je gesehen.

Sie hat mich gesehen und Stephan, als sie ein kleines Mädchen war, dachte Nina.

Der Gedanke an all diese Begegnungen machte auch Nina angst.
»Maria«, sagte sie. »Professor Berthier hat gesagt, du solltest eine Urlaubsreise machen. Aber so hat er es sicher nicht gemeint. Ich verstehe es so, daß du erst einmal Ruhe haben solltest. Daß nicht alles auf einmal auf dich einstürmt. Daß du dich langsam an dein verändertes Leben gewöhnen sollst.«
»Ich möchte das Meer sehen«, sagte Maria.
»Aber das ist großartig«, rief Frederic. »Wir fahren nach Deauville. Oder in irgendeinen kleinen Ort an der Küste. An den Atlantik, Maria, diesmal auf der anderen Seite.«
Maria schüttelte den Kopf. »Erst muß ich Posa holen. Er soll mitkommen.«
»Dann weiß ich, was wir machen«, sagte Nina. »Wir fahren nach Sylt. Du und ich und Posa. Ich kenne es, Posa kennt es, das macht die Sache leichter. Und wir fahren auch mit dem Schlafwagen, von München nach Hamburg, das ist gar kein Problem.«
Ehe sie am Gare de l'Est den Schlafwagen bestiegen, küßte Frederic sie beide.
»Es ist gar nicht so leicht«, sagte er leise zu Nina.
»Nein«, sagte Nina, »das habe ich auch nicht erwartet. Jetzt beginnt wieder einmal etwas Neues. Und etwas Schwieriges. Maria mußte sich zurechtfinden in diesem neuen Leben.«
»Und das kann sie nur mit deiner Hilfe.«
»Das denkst du?«
»Ja. Das habe ich begriffen in den letzten beiden Tagen. Es ist deine Aufgabe.«
»Es ist, wie immer, meine Aufgabe«, wiederholte Nina.
Maria stand still, starr, der Betrieb auf dem nächtlichen Bahnhof ängstigte sie, ihre Hand umklammerte Ninas Arm.
»Wir steigen jetzt in den Zug, und du legst dich dann gleich ins Bett. Ich bleibe noch ein bißchen bei dir sitzen. Und wir werden in Ruhe besprechen, was wir machen, wenn wir angekommen sind.«
»Dann sind alle da?« fragte Maria beklommen.
»Keiner ist da. Niemand weiß, wann wir kommen. Wir fahren mit dem Taxi nach Solln, und da ist nur Silvio. Vielleicht ist er auch nicht da, wenn wir kommen, vielleicht ist er im Verlag.«
»Und die anderen?«
»In Langenbruck wissen sie auch nicht, wann wir kommen. Ich werde anrufen und werde sagen, du mußt allein sein und brauchst Ruhe. Ich werde sehr energisch sein, denn weder Ruhland noch Rico können wir jetzt gebrauchen.«
»Nein«, sagte Maria, »nein.«
»Siehst du. Ich habe genau verstanden, was Professor Berthier meint. Stephan wird uns Posa bringen. Und dann fahren wir ans Meer.«
Sie standen vor dem Schlafwagen, der Schaffner mahnte: »Montez, mesdames, s'il vous plaît.«
»Und ich?« fragte Frederic unglücklich? »Mich könnt ihr auch nicht brauchen.«
Nina hob die Hand und legte sie leicht an seine Wange.
»Doch, Frederic. Später. Ein wenig später. Ich werde es dich wissen lassen, wenn du kommen sollst.«

1083

Maria

Tastend ging Maria über die Kampener Heide, ihr Blick hing am Boden, sie beachtete jeden Buckel, jede Vertiefung auf dem unebenen Weg. So war es in den ersten Tagen, und Nina störte sie nicht, ließ sie mit sehenden Augen ihren Weg suchen und finden, ging auch selbst nicht schneller. Nur an einer bestimmten Stelle tippte sie leicht an Marias Arm. Sie blieben beide stehen, und Nina sagte: »Erinnerst du dich noch, was ich dir voriges Jahr erzählt habe? Hier ist die Insel ganz schmal, links siehst du das offene Meer und rechts das Watt. Von hier aus siehst du es.«

Allein diese Worte nun zu gebrauchen: du siehst es, war für Nina jedesmal ein Ereignis. »Das ist auch sehr gefährlich. Bei einer großen Sturmflut ist es möglich, daß sich die Wasser treffen. Darum braucht man die Dünen als Schutz gegen das Meer. Und wo es keine Dünen gibt, muß man Deiche bauen.« Nina lachte. »Ich habe das alles nicht gewußt. Du mußt bedenken, ich habe im letzten Jahr das Meer auch zum erstenmal gesehen.«

Maria stand und blickte von einer Seite zur anderen.

»Ich kann es sehen«, sagte sie andächtig.

Täglich und stündlich war es für sie ein neues Wunder, daß sie sehen konnte, und das Sehen füllte derzeit ihren ganzen Tageslauf aus. Es begann morgens, wenn sie erwachte, und sie erwachte sehr früh, als könne sie es nicht erwarten, diese sichtbar gewordene Welt, die sie umgab, wiederzufinden.

Jeden Abend, wenn sie zu Bett gingen, fragte sie: »Werde ich morgen sehen können, wenn ich aufwache?«

»Natürlich, Schatz. Genau wie heute. Du brauchst keine Angst zu haben, daß es wieder dunkel wird.«

»Du tust so, als ob du es ganz genau weißt.«

»Ich weiß es ganz genau.«

»Es ist schade, daß ich schlafen muß.«

»Es ist gut für dich, wenn du schläfst. Alles ist ja für dich sehr anstrengend und sehr aufregend. Du brauchst die Ruhe des Schlafes. Deine Nerven müssen sich erholen im Schlaf. Und auch deine Augen.«

»Sind meine Augen denn noch krank?«

»Jeder Mensch braucht den Schlaf, damit sein Körper, seine Nerven und seine Augen sich ausruhen können.«

Sie war wie ein Kind, dem man die Welt erklären mußte. Manchmal war sie erregt, unsicher, geängstigt, klammerte sich an Nina wirklich wie ein Kind, das von der Umwelt erschreckt wird. Doch dann wieder war sie von einem euphorischen Überschwang und wollte am liebsten alles auf einmal sehen, erleben, begreifen und festhalten, damit sie es nie wieder verlor. Nina mußte dieses Ungestüm bremsen, genau wie sie Trost und Halt in den Stunden der Angst bieten mußte. Diese Maria war ihr so nahe wie nie zuvor, näher als das stumme blinde Kind, und viel näher auch als in den letzten Jahren, in denen die Menschen in Langenbruck ihr Leben bestimmt hatten. Neu war auch, daß

Maria reden wollte. Sie war immer sehr still gewesen, aber mit der Gabe des Sehens schien sie die Gabe des Sprechens gewonnen zu haben. Sie erzählte unaufgefordert alles, was ihr einfiel, besonders was sie in Langenbruck erlebt hatte, wie die Gesangstunden sich abgespielt hatten, wie Ruhland manchmal ungeduldig wurde, wenn sie eine Melodie, eine Phrase nicht gleich behielt.

»Ich mußte mir ja alles auswendig merken. Nun kann ich Noten lesen. Ich muß es aber erst lernen. Damals in Dresden konnte ich es schon. Lou wird es mir wieder beibringen, nicht?«

»Ja, ich denke auch, daß Lou die richtige Lehrerin dafür ist.«

Das Wort Lehrerin brachte sie auf den Oberstudienrat Beckmann. »Er hätte sich gefreut, wenn er erlebt hätte, daß ich sehen kann.«

»Er hätte sich unbeschreiblich gefreut.«

»Frau Beckmann hat geweint.«

»Vor Freude.«

»Und Eva hatte auch Tränen in den Augen.« Betont fügte sie hinzu: »Ich habe es gesehen. Seltsam, daß man weint, wenn man sich freut.«

»Es kommt auf die Art der Freude an. Wenn du plötzlich vor ihnen stehst und siehst sie an, dann ist das ja keine lustige Freude, es ist eine ernste Freude. Eine erschütternde Freude. Verstehst du den Unterschied?«

»Ich verstehe den Unterschied sehr gut. Vielleicht waren sie traurig, daß ich blind war. Und wenn Trauer sich in Freude verwandelt, muß man weinen.«

Frau Beckmann, Eva und Herbert waren zu einem kurzen Besuch zugelassen worden, und nicht nur Eva hatte Tränen in den Augen gehabt, Herbert hatte sich schnell abgewendet und war aus dem Zimmer gegangen. Nina fand ihn eine Weile später im Garten mit sehr nachdenklicher Miene.

»Komm rein«, hatte Nina zu ihm gesagt. »Trink einen Whisky zur Beruhigung. Denkst du auch dran, wie alles angefangen hat? Ich bin mit meinen Gedanken immerzu im Jahr 45, als Maria wie ein stummer Schatten hier zwischen uns lebte. Leben kann man eigentlich nicht sagen, vegetieren. Eben bloß gerade vorhanden sein.«

»Ja. Daran habe ich auch gedacht.«

»Laß uns von anderen Dingen sprechen. Meine Nerven vibrieren noch. Wie steht es mit der österreichischen Erbschaft? Wir brauchen Geld zum Verreisen.«

»Geld ist da. Ich kann euch sofort etwas vorstrecken.«

»Ausgezeichnet. Und was ich da gehört habe von einer Scheidung, das ist ja wohl Unsinn.«

»Eva spinnt. Es handelt sich wirklich nur um eine Bagatelle.«

»Eine blonde oder dunkelhaarige Bagatelle?«

»Rothaarig«, knurrte Herbert.

»Echt oder gefärbt?«

»Daß ihr Weiber doch immer zusammenhalten müßt.«

»Na, was denn sonst? Abgesehen davon, habe ich Verständnis für ein wenig Abwechslung im Leben eines Mannes. Auch im Leben einer Frau, wohlgemerkt. Ihr seid jetzt immerhin, na, laß mich rechnen, so an die vierzehn Jahre zusammen. Das ist eine lange Zeit in einem Menschenleben. Und wenn du Eva die ganze Zeit treu geblieben bist, bewundere ich das sehr.«

»Wirst du ihr das auch sagen?«
»Aber sicher.«
»Ich war ihr nicht immer treu. Da war schon was, als ich studiert habe.«
»So genau will ich es gar nicht wissen. Es wird auch wieder mal etwas sein. Versuche halt, es möglichst diskret zu machen. Aber es wäre schade, wenn ihr auseinandergehen würdet.«
»Ich will mich ja nicht scheiden lassen.«
»Um so besser. Eva werde ich daran erinnern, daß sie einen Sieger geheiratet hat. Von so etwas läßt man sich nicht scheiden, auch wenn er hier und da mal woanders ein bißchen siegen muß.«
»Du nimmst es leicht. Würdest du als Ehefrau auch so denken?«
»Ich? Weißt du, ich bin mein Leben lang dran gewöhnt, einen Mann immer nur kurz zu haben, oder sagen wir, für eine Weile. Und heute sehe ich es vollends abgeklärt und friedlich.«
Es ist nicht wahr, es ist nicht wahr, Nina, wie war es kürzlich erst, als du mit Frederic Hand in Hand durch Paris gelaufen bist? Warst du da abgeklärt und friedlich?
Nina lächelte. »Für eine kleine Weile konnte ich behalten, was ich liebte, so war es immer.«
»Das trifft aber auf Silvester nicht zu.«
»Nein. Seltsamerweise nicht. Obwohl es mal so aussah. Komm jetzt mit, wir trinken ein Glas, und dann müßt ihr gehen, Maria braucht noch Ruhe. Vielleicht ist heute ein ganz günstiger Abend für euch beide, ein vernünftiges Gespräch zu führen. Gerade weil man unwillkürlich daran denkt, wie es einmal war, damals, gleich nach dem Krieg.«
»Weißt du, Nina, wer für mich ein echter Sieger ist? Du.«
»Ach, ich.«
»So wie du hier und heute vor mir stehst, bist du eine Siegerin. Du hast gewonnen.«
Fast zu dramatisch wurde es, als Stephan den Marquis Posa brachte. Stephan bekam zunächst kein Wort heraus, er zitterte, als er Maria umarmen wollte, wozu es nicht kam, denn der Hund gebärdete sich wie ein Verrückter, er jaulte und winselte, sprang an Maria hoch, die ihn lachend mit den Armen auffing, dann saßen die beiden auf dem Boden, Maria hielt den Kopf des Hundes in den Händen und sagte immer wieder: »Siehst du mich, Posa? Siehst du mich?«
»Schon gut, schon gut«, bremste Nina diese stürmische Begrüßung, »er hat dich immer gesehen.«
»Und jetzt sehe ich ihn«, rief Maria glücklich. »Er ist so schön. So schön ist er.«
Da konnte Stephan endlich etwas sagen.
»Und ich?« fragte er. »Zu mir sagst du so was nicht, Maria?«
Das waren die Szenen, die sich in den ersten Tagen nach der Rückkehr von Paris abgespielt hatten. Wäre Silvester nicht gewesen, der immer wieder für Ruhe und Entspannung sorgte, hätten Ninas Nerven nun wirklich einmal versagt.
Sie war sehr froh, daß Ruhland ihr Verbot befolgt hatte und nicht mitgekommen war.
»Er ist ein wenig beleidigt deswegen«, sagte Stephan. »Glücklicherweise

ist er gerade erkältet, nicht schlimm, er hustet ein bißchen. Das hat ihn wohl davon abgehalten, mich zu begleiten.«

»Und Rico ist ebenso glücklicherweise verreist, wie ich höre.«

»Er trifft sich in Berlin mit Mr. Banovace. Sie schmieden Pläne.«

»Nicht für die nächste Zukunft, das kann ich dir versprechen. Maria braucht viel Zeit. Zeit, um ihr neues Leben zu lernen. Das hat Professor Berthier gesagt, das sagt Frederic, das sage ich. Wenn man sie jetzt überstürzt in die Arbeit drängt, bekommt sie wieder einen psychischen Knacks. Das liegt ganz nahe. Bedrohlich nahe. Wenn das die anderen nicht einsehen, dann rufe ich morgen Frederic an, er soll kommen, Maria abholen und mit ihr nach Boston fliegen, zu seinem Vater.«

»Das geht nicht wegen Posa. Sieh dir doch die beiden an. Du kannst sie nicht schon wieder trennen.«

»Gut. Dann versuche ich es auf meine Weise. Wir fahren nach Sylt. Aber das darf keiner wissen. Vor allem Rico nicht. Der bringt es fertig und kommt wieder an, genau wie das letzte Mal.«

Das Meer!

Maria stand minutenlang im heftigen Wind, ohne sich zu rühren, ihr Blick hing gebannt an der stürmischen Nordsee, die ungebärdig auf den Strand tobte. Maria stand, sah und schwieg. Nina fror, sie war müde und hatte Kopfschmerzen, sie hätte sich gern im Hotel etwas hingelegt, aber der erste Gang zum Meer, gleich nach ihrer Ankunft, war unvermeidlich gewesen. Sie waren die Nacht durchgefahren, im Schlafwagen von München nach Hamburg, und von Altona aus dann weiter durch das frühlingsgrüne Land, über dem ein schwerer grauer Himmel hing. Maria, Posa zu ihren Füßen, sah unausgesetzt zum Fenster hinaus.

»Ich habe Pferde gesehen«, rief sie aufgeregt.

»Ja, Schatz, ich habe sie auch gesehen. Wir werden noch viele Pferde sehen.«

»Und was sind das für Tiere?«

»Das sind Schafe. Und sie haben junge Lämmer, siehst du. Die kleinen Schäfchen sind die Kinder von den großen dicken wolligen Schafen.«

Es war, als habe sie ein Kind bei sich. Die beiden Leute, die außer ihnen im Abteil saßen, ein Herr und eine Dame, lächelten amüsiert. Sie mochten sich fragen, aus welchem Land die hübsche junge Dame im grauen Reisekostüm wohl kommen mochte.

Sie wohnten diesmal in Westerland im Hotel ›Stadt Hamburg‹, das Nina im vergangenen Herbst kennengelernt hatte, denn sie waren einige Male dort zum Essen gewesen. Das Hotel hatte ihr gefallen, ganz besonders das stilvoll eingerichtete Restaurant, und sie hatte sich gedacht, da sie ohne Auto waren, wohne es sich besser in Westerland. Hier hatten sie Taxis in der Nähe und konnten mühelos jeden Ort der Insel erreichen. Für den Strand war es sowieso noch etwas früh im Jahr, was der Tag ihrer Ankunft bestätigte mit seinem ungemütlichen Wetter. Auf dem Weg zum Meer, durch die Strandstraße, kam ihnen der Wind fauchend entgegen, Nina knöpfte ihre Jacke bis zum Hals zu, zog den Schal fester. Sie war viel zu dünn angezogen. In Paris war es schon so warm gewesen.

Während sie oben auf der Strandpromenade standen und dem wilden An-

1087

sturm des Meeres zusahen, rissen die Wolken jäh auseinander, die Sonne fuhr wie ein blitzender Speer in die aufgewühlte See, die im Widerschein funkelte.

Maria ergriff Ninas Arm. »Ich sehe das Meer«, schrie sie laut in den Wind. »Ich sehe das Meer.« Sie streckte den Arm aus. »Und da hinten, das ist der Horizont?«

»Ja«, schrie Nina zurück. »Das ist der Horizont. Und nun laß uns gehen, ehe du dich erkältest.«

»Ich erkälte mich nie.«

»Aber vielleicht ich. Mir ist kalt.«

Maria wandte ihr Gesicht Nina zu, ihre Wangen waren gerötet, ihre Augen strahlten. Ja, man konnte es wirklich nicht anders nennen: sie lebten und sie strahlten.

Einen kleinen Spaziergang hinter den Dünen, wo sie Schutz vor dem Wind fanden, machten sie dann doch, denn der Marquis hatte keine Bewegung gehabt an diesem Tag, er war nur eben in den Anlagen am Bahnhofsplatz in Altona gewesen.

»Morgen«, sagte Maria, als sie zum Hotel zurückgingen, »morgen gehen wir gleich ganz früh wieder ans Meer.«

»Morgen, und zwar nicht ganz früh«, sagte Nina, »werden wir erst einmal in Ruhe frühstücken. Dann werden wir Pullover kaufen. Du hast das Meer jetzt jeden Tag. Du wirst es jeden Tag sehen. Und ich bitte dich . . .«

Maria schob ihren Arm unter Ninas Arm. »Ja, ich weiß schon. Entschuldige! Ich muß dir schrecklich auf die Nerven gehen. Jetzt bekommst du gleich einen heißen Tee.«

Zwei Tage blieb es kalt und stürmisch, dann änderte sich das Wetter, es wurde hell, der Himmel war hoch und weit, die Sonne schien bis spät in den Abend, denn um diese Zeit wurde es in dieser Gegend kaum richtig dunkel. Die Vögel sangen noch abends um halb elf, und wenn Maria erwachte, sangen sie schon wieder.

Nicht nur das Meer faszinierte Maria, auch an dem leuchtenden Grün in Keitum konnte sie sich nicht sattsehen. Das ganze Dorf schien nur aus Bäumen, Büschen und Blumen zu bestehen, in den Gärten blühten Tulpen und Narzissen, und ehe sie verblüht waren, brannten die Kerzen der Kastanien über den Reetdächern der alten Friesenhäuser und über den Wällen hing duftend der Flieder.

Auch Nina war hingerissen.

»Das ist wirklich das schönste Dorf der Welt, und man muß es im Frühling sehen. Ich habe nie gewußt, daß so viele Büsche und Bäume und Sträucher auf einmal blühen können. Es muß die Luft hier sein, daß alles so herrlich gedeiht.«

Nina erlebte den Frühling zum zweitenmal in diesem Jahr, in Paris war er schon einige Wochen früher eingetroffen. Bei ihrem ersten Besuch in Keitum waren sie auch am Watt entlangspaziert, die weite Wasserfläche lag geruhsam im Sonnenschein, das Meer schwappte mit kleinen Glucksern gegen die Steine. Hier faßte Posa mehr Vertrauen, er sprang hinein, schlapperte Wasser, ließ es aber schnell wieder sein. Seltsam schmeckte dieses Wasser.

Als sie das zweite Mal in Keitum spazierengingen und ans Watt kamen, blieb Maria überrascht stehen.

»Wo ist das Wasser?«

»Na, du siehst ja drüben auch, wie es steigt und fällt, wie es kommt und geht. Hier sieht man es eben noch deutlicher, wenn Ebbe ist. Herr Beckmann hat dir doch sicher von Ebbe und Flut erzählt. Das Wasser kommt und geht, und an der Nordsee sieht man es besonders deutlich. Irgendwie hängt es mit dem Mond zusammen, glaube ich. Silvio hat es mir erklärt, als wir hier waren, aber ich habe nicht richtig aufgepaßt. Wir werden ein schlaues Buch kaufen, wo es drinsteht.«

»Ob ich es lesen kann?«

»Wir werden es versuchen.«

Denn auch lesen mußte sie erst wieder lernen, lesen mit den Augen nicht mit den Fingern.

Das, was Nina am meisten befürchtet hatte, ein erneuter psychischer Schock stellte sich nicht ein. Sie beglückwünschte sich selbst zu der Idee, mit Maria ans Meer gefahren zu sein. Es gab hier so viel zu sehen und zu erleben, daß Maria gar nicht dazu kam, sich allzu intensiv mit sich selbst zu beschäftigen. Und es war auch gut, daß sie mit ihr allein war, daß sie jede Emotion steuern konnte und auf möglichst spielerische Weise Maria wieder auf den Erdboden zurückholte. Nur keine seelischen Exzesse dulden, war Ninas Parole, Maria mußte das Gefühl gewinnen, ein normales Leben zu führen. So sah es Nina, so handhabe sie es und so war es gut. Ich muß das Frederics Vater erzählen, dachte sie einmal, wenn ich ihn wiedersehe, und ihn fragen, ob ich nicht auch ein ganz brauchbarer Psychologe bin.

Täglich wurden Marias Schritte leichter und sicherer. Sie zog die Schuhe aus, wenn sie am Strand entlangliefen, und watete ein Stück ins Wasser hinein, das noch kalt war. Posa rannte wie im vergangenen Jahr ausgelassen durch den Sand, zuckte zurück vor der Brandung, bellte die Wellen an. Er brachte Maria zum Lachen. Sie lachte und sie redete, redete ununterbrochen über das, was sie sah, wie sie es sah, was sie dabei empfand. Nicht nur das Meer, der Strand, der Himmel und die Wolken, nicht nur die grünen Bäume und die bunten Blumen bewegten Maria, auch die Gesichter der Menschen.

»Hast du die Frau gesehen am übernächsten Tisch?« fragte sie eines Abends, als sie in ihr Zimmer gingen. »Sie ist sehr schön, nicht?«

»Ja, eine schöne Frau. Der Mann hat mir auch gefallen, er hatte einen guten Kopf.«

»Hast du Männer gern?« fragte Maria neugierig.

»Ja. Ich habe Männer immer gern gehabt.«

»Frederic ist auch schön, nicht?«

»Das sagt man von einem Mann nicht. Frederic sieht gut aus, das stimmt. Kunststück, er sieht aus wie Nicolas.«

»Den hast du geliebt.«

»Ja. Den habe ich geliebt.«

»Dann müßtest du Frederic auch lieben.«

»Das wäre gut möglich. Wenn ich ein bißchen jünger wäre. Außerdem habe ich ja einen Mann.«

»Silvio hat auch einen guten Kopf«, wiederholte Maria die ungewohnte Formulierung.

»Doch, kann man sagen.«

»Ich kann immer noch schlecht erkennen, wie alt oder wie jung ein

Mensch ist«, sagte Maria nachdenklich. »An der Stimme habe ich es besser erkannt. Sag mir, wie Herr Ruhland aussieht.«

Nina versuchte Ruhland zu beschreiben, der ja mittlerweile auch älter geworden war und etwas zu stattlich. Das Essen schmeckte ihm stets ausgezeichnet.

»Und wie sieht Rico aus?«

»Du wirst ihn ja bald sehen.«

Maria schwieg und überlegte. Sie waren in ihrem Zimmer, sie bewohnten diesmal ein großes geräumiges Doppelzimmer, weil Nina möglichst immer in Marias Nähe sein wollte.

Plötzlich erzählte Maria, was sich zwischen ihr und Rico abgespielt hatte.

»Das habe ich befürchtet«, sagte Nina gelassen. »Liebst du ihn denn?«

»Ich habe ihn noch nie gesehen.«

»Und wenn du ihn sehen wirst?«

»Ich . . . ich weiß nicht. Ich glaube, ich will das nicht mehr.«

»Hat es dir . . .« Nina stockte. Sie hatte sagen wollen: hat es dir keinen Spaß gemacht? Aber das wäre eine unpassende Frage in diesem Fall. Sie stellte sich vor, wie Rico die blinde Maria umarmte, und eine jähe Wut stieg in Nina auf. Nun verstand es Maria schon, in Ninas Gesicht zu lesen.

»Ich hätte es nicht tun sollen.«

»Du hast es nicht getan. Er hat es mit dir getan. Es ist meine Schuld. Ich hätte mit dir darüber sprechen müssen. Das habe ich versäumt.«

»Weil ich blind war«, sagte Maria altklug. »Mit einer Blinden spricht man über so etwas nicht.«

»Du hast recht. Das eben ist mein Fehler gewesen.«

»Das erste Mal war es hier. Als wir im Herbst hier waren.«

»Das sieht ihm ähnlich. Und dann?«

»Dann wollte ich es nicht mehr. Aber er hat gesagt . . .«

»Was hat er gesagt, dieser Tausendkünstler?«

»Er hat gesagt, man muß es öfters tun, damit es schön ist.«

»Und war es dann schön?«

»Nein. Aber Liebe ist so, hat er gesagt.«

»Liebe! So ein Quatsch. Das hat mit Liebe nichts zu tun.« Und dann sprach Nina aus, was Maria sich immer gedacht hatte. »Du mußt einem Menschen in die Augen sehen. Dann wirst du wissen, ob er dich liebt.«

Auch dieses Gespräch verlief recht unproblematisch, und das lag an Nina, die so tat, als sei es von keinerlei Bedeutung, was vorgefallen war. Auch die Tatsache, daß Rico mit ihr geschlafen hatte, sollte Maria nicht irritieren. Es war geschehen, viel wichtiger war es, was geschehen würde.

Und so sprachen sie denn auch eines Tages über Marias Zukunft.

»Du wirst wieder singen, Maria. Aber du hast Zeit. Du hast viel Zeit. Du bist so jung. Jetzt wirst du erst einmal leben, ein Jahr lang, zwei Jahre lang. Du sollst üben, du wirst deine Stimme nicht einrosten lassen. Aber du wirst dich weder von Ruhland noch von Rico und schon gar nicht von Herrn Banovace in eine überstürzte Karriere hineinstoßen lassen. Es ist dein Leben, es ist deine Stimme. Du wirst in zehn Jahren noch singen und in zwanzig Jahren noch viel besser. Du hast viel, viel Zeit.«

»Aber die Reklame, daß ich eine blinde Sängerin bin, die fällt nun weg.«

»Gott sei gelobt, die fällt weg. Du wirst eine ehrliche Karriere machen, die nicht auf Mitleid aufgebaut ist.« Und tief befriedigt fügte Nina hinzu: »Du wirst kein hilfloses Objekt mehr sein. Du wirst dein Leben nach deinem Willen gestalten.«

Dieser Satz beeindruckte Maria mehr als alles andere, fast noch mehr als der Anblick des Meeres. Früh wenn sie aufwachte, dachte sie an diese Worte. Sie sah sich im Zimmer um, ihr Blick wanderte von der Decke über die Wände zum Fenster, vor dem sich im leichten Luftzug der Vorhang bewegte. Sie sah das Gesicht der schlafenden Nina, und sie streckte ihre Hand aus und berührte Posas Kopf, der vor ihrem Bett lag.

Eines Tages war sie so weit, daß sie sich allein auf die Straße wagte, sie ging mit Posa spazieren, er wie gewohnt an ihrem linken Knie, eine Leine brauchte er nicht.

Sie sah den Leuten ins Gesicht, die ihr begegneten, sie blieb vor jedem Schaufenster stehen, ganz gleich, was darin ausgestellt war.

Und sie hatte Spaß am Essen. Nina staunte immer wieder, wieviel Maria auf einmal essen konnte, und mit welchem Genuß.

Sie sagte kindlich: »Es ist so schön, wenn man sehen kann, was man ißt.«

Nina besah sich den Steinbutt auf ihrem Teller, er hatte weißes, festes Fleisch. Die Hollandaise war sahnig hell, die Kartoffeln von zartem Gelb, der Salat auf dem kleinen Teller grün.

»Du hast recht«, sagte sie, »es ist schön, wenn man sehen kann, was man ißt. Es schmeckt bestimmt besser.«

Immer hatte man darüber geschimpft, daß das Kind so wenig aß, daß die erwachsene Maria die Speisen kaum anrührte. Es war ganz plausibel, und Nina dachte: trotz aller Sorgfalt, habe ich doch vieles nicht verstanden.

Am liebsten ging Maria zum ›Fisch-Fiete‹ in Keitum, das Lokal lag unter hohen Bäumen, im Vorgarten plätscherte ein Brunnen, und noch während sie da waren, begannen die Rosen an der Mauer zu blühen. Aber auch innen konnte sich Maria nicht sattsehen an den kleinen ineinander gehenden Räumen unter den schweren Balkendecken, mit Kacheln an den Wänden; das blitzende Kupfergeschirr, die vielen Bilder, und in den originellen kleinen Fensternischen standen Blumen. Jeder Tisch war dennoch eine kleine Welt für sich, liebevoll gedeckt, mit glänzendem Porzellan und funkelnden Gläsern.

Alles wurde von Maria genau betrachtet, und vor allem das, was sie auf dem Teller hatte.

Fisch schmeckte Maria besonders gut, sie aß ihn fast jeden Tag.

»Wenn man nicht sehen kann, ist es schwierig, Fisch zu essen.«

»Ich habe dir immer die Gräten rausgemacht.«

»Es macht viel mehr Spaß, wenn man sie selbst rausmachen kann.«

Dann entdeckte Maria die Ansichtskarten. Aussuchen, kaufen, schreiben. Sie saß und malte lange an den Karten herum, auch schreiben mußte wieder gelernt werden. Sie schrieb an Silvester, an Eva, an Frau Beckmann, an Frederic, an Anna und Anton, an Stephan und schließlich auch an Heinrich Ruhland.

Da waren sie schon fast einen Monat auf der Insel, die Sommersonnenwende stand bevor, die Nächte wurden immer heller.

Eines Tages wußte Maria auch, was sie tun würde.

»Wir fahren nach München, und dann holt mich Stephan, und ich bleibe ein paar Tage in Langenbruck. Damit sie mich sehen können.« Sie lachte, geradezu übermütig.

»Damit ich sie sehen kann.«

Denn noch immer, und das verwunderte Nina stets aufs neue, übertrug sie ihr Nichtsehenkönnen auch auf andere. Was sie nicht gesehen hatte, konnten die anderen auch nicht gesehen haben.

»Und dann«, sprach Maria weiter, »fahre ich zu Anna und Anton. Und da bleibe ich den ganzen Sommer über. Für sie wird es gar nichts Besonderes sein, daß ich sehen kann. Ich werde mit Posa im Wienerwald spazierengehen. Das haben wir damals nicht getan. Oder ich weiß es nicht mehr. Dort ist es auch schön, nicht wahr? Das Meer, der Wald und das Singen, das sind die schönsten Dinge, die es auf der Erde gibt.«

Nina mußte lachen. »Dagegen kann ich nicht viel einwenden. Es gibt auch sonst noch schöne Dinge.« Nach einem kleinen Zögern fügte sie hinzu: »Die Liebe zum Beispiel.«

Darüber mußte Maria eine Weile nachdenken.

»Ich weiß schon, was du meinst. Es ist schön, wenn man einen Menschen lieben kann.« Sie umarmte Nina stürmisch. »Ich liebe dich, Nina.«

»Aber du kannst es eigentlich erst, seit dem du mich siehst.«

Sie waren an diesem Tag nach List gefahren, hatten den Schiffen zugesehen und gingen jetzt auf der Wattseite den Deich entlang. Es war warm, sonnig und ganz windstill.

Nina mußte an Peter denken, den sie im vergangenen Herbst hier in List getroffen hatte. Liebe, ach ja. Sie kommt und geht, doch manchmal bleibt sie auch.

Sie ist wie die wärmende Sonne auf meinem Gesicht, wie der sanfte Wind, wie das leise Gluckern der See. Sie ist einfach da, ohne daß man sie anfassen kann. Man kann auch einen Menschen lieben, ohne ihn zu besitzen. Aber man muß wohl erst so alt werden wie ich, um das zu begreifen.

»Wirst du mitkommen in den Wienerwald?« fragte Maria.

»Nein, Schatz. Ich muß mich jetzt wieder um Silvio kümmern. Er ist lange allein gewesen.«

»Daran bin ich schuld.«

»Nun, er ist in mancher Zeit seines Lebens auch ohne mich ausgekommen. Aber nun will ich wieder bei ihm sein. Weißt du, ich bin froh, daß ich ihn habe. So richtig klargeworden ist mir das eigentlich erst jetzt.«

»Du hast ihn lieb, nicht wahr?«

Das Thema Liebe beschäftigte Maria weiterhin.

»Ja«, antwortete Nina.

»Ich habe auch schon viele Menschen liebgehabt. Mami und Papi, und meine kleine Schwester. Ich möchte jetzt Michaela richtig kennenlernen.«

»Sie hat im Sommer Ferien, und dann könntet ihr ja . . .«

»Ich weiß schon«, rief Maria eifrig. »Ich werde sie einladen. Sie kann mich besuchen in Baden.«

»Das ist eine gute Idee.«

»Meinst du, ich könnte Frederic auch einladen? Würde er kommen?«

»Ganz bestimmt. Ich glaube, er wartet nur darauf, dich zu besuchen.«

»Ich habe es ihm zu verdanken, daß ich wieder sehen kann.«

»Das ist wahr. Er hat als erster ein Anrecht darauf, bei dir zu sein. Nur eins,

Maria, nimm dir nicht zuviel vor. Erst fährst du mal nach Baden, und mich brauchst du dazu nicht. Ich hab' ja auch angefangen, ein neues Buch zu schreiben. Vielleicht bringt Herbert dich hin oder Stephan, das wird sich finden. Und dann bleibst du mal eine Weile mit Posa allein. Anna und Anton werden gut für dich sorgen. In Baden gibt es sehr gesunde Heilquellen, in diesem Wasser kannst du schwimmen, das wird dir guttun. Und dann im Laufe des Sommers besuchen wir dich, Silvio und ich. Vielleicht bringen wir Michaela mit. Das Haus ist ja groß und hat viele Zimmer. Ich kenne es, wir haben dich dort besucht, als du ein ganz kleines Mädchen warst.«

»Ja, das hast du erzählt.«

»Und wenn du dann dort bist und dir nun alles in Ruhe ansehen kannst, wirst du ja selbst entscheiden, ob du vielleicht ein paar Zimmer neu einrichten willst, oder ob etwas zu renovieren ist. Oder vielleicht willst du neue Tapeten.«

»Meinst du, das kann ich?«

»Warum nicht? Du hast ja Anna, die hilft dir.«

Maria blieb stehen und blickte ernsthaft ins Watt hinaus.

»Ich werde schöne Zimmer für euch einrichten. Und ein Zimmer für Frederic. Und eins für Michaela.«

»Du wirst sehr viel zu tun haben«, sagte Nina befriedigt. In Westerland wurden sie von Rico erwartet.

Sie waren mit der Inselbahn zurückgefahren, was Maria viel mehr Spaß machte als ein Taxi, vom Bahnhof her kamen sie zu Fuß zu ihrem Hotel zurück.

Vor dem Hotel stand Rico, Nina sah ihn schon von weitem, er stand da, spähte umher, er sah ernst aus, geradezu sorgenvoll. Nina überlegte blitzschnell, was sie tun sollte. Sie blickte Maria von der Seite an, öffnete schon den Mund, um zu sagen, wer sie erwartete, entschloß sich dann zu schweigen. Keine Vorbereitung. Auch mit einer Überraschung mußte Maria einmal fertig werden können.

Sie gingen geradewegs auf Rico zu, der sie kommen sah, sein Gesicht belebte sich, er lächelte, doch Maria ging an ihm vorbei, während sie lebhaft auf Nina einredete über irgendetwas, was sie im Laufe des Tages gesehen hatte.

Nina verhielt den Schritt, wartete ab. Rico streckte die Hand nach Maria aus, sein Gesicht war, wie Nina es noch nie gesehen hatte, voll Angst geradezu.

»Maria«, sagte er leise.

Maria blieb stehen und wandte sich um.

Sie sah ihn an, sie sah ihn zum ersten Mal.

»Rico?« Staunen in ihrer Stimme, aber kein Schreck, keine Bewegtheit. Sie sah Nina an. »Rico ist da. Hast du das gewußt?«

»Wie sollte ich?« sagte Nina, in möglichst unbefangenem Ton.

»Aber ich habe mich schon lange gewundert, daß er nicht aufkreuzt. Tag Rico.«

»Es war dein ausdrücklicher Wunsch und Befehl, mit Maria allein zu sein«, sagte Rico, seine Stimme war heiser vor Erregung.

»Und ich danke dir, daß du dich daran gehalten hast.«

»Es war viel verlangt. Ich habe euch in Baden schon gesucht.«

»Ah, ja!«

»Und nun hat Vater ja eine Karte von Maria bekommen. Ich nicht.«
Maria lachte. »Ach, du hättest sicher auch noch eine bekommen. So schnell geht es bei mir mit dem Schreiben noch nicht.«
»Maria! Wie konntest du mich so lange in Ungewißheit lassen!« Er ergriff ihre Hände, erst die eine, dann die andere, dann küßte er sie auf die Wange. Maria lächelte freundlich.
»In Ungewißheit? Wie meinst du das?«
»Habe ich nicht ein Recht darauf zu erfahren, wie es dir geht? Wie alles ausgegangen ist?«
»Das wißt ihr doch«, sagte Nina.
»Aber ich konnte nicht wissen, wie es weitergeht. Ob sie . . .« Sein Blick forschte in ihrem Gesicht, haftete schließlich an ihren Augen.
»Maria! Wie schön du bist!«
»Also bitte keine Liebesszenen auf der Straße vor dem Hotel«, sagte Nina. »Komm rein. Es geht uns gut, das siehst du ja.«
»Aber ich konnte nicht wissen«, begann Rico noch einmal und es klang geradezu verzweifelt.
»Es geht uns gut, richtig gut«, wiederholte Maria, »siehst du, ich bin schon ein bißchen braun geworden. Und wir essen immerzu Fisch. Und heute waren wir in List. Und jeden Tag, jeden Tag sehe ich das Meer.«
Er nahm wieder ihre Hand.
»Du bist glücklich, Maria?«
»Ja, ich bin glücklich«, so wie sie es sagte, klang es fast nebensächlich, sie gab dem Satz keine besondere Bedeutung und gleichzeitig lächelte sie einem älteren Ehepaar zu, das ebenfalls im Hotel ›Stadt Hamburg‹ wohnte und gerade heimkam von einem Spaziergang.
»Guten Abend«, sagte Maria. »Waren Sie wieder in Keitum?«
»Ja, es war ein wunderschöner Tag«, antwortete die Dame, beugte sich herab und streichelte Posa, der sich neben Maria gesetzt hatte. »Und was haben Sie unternommen?«
»Wir waren in List«, erzählte Maria. »Wir haben Schiffe gesehen.«
»Kann ich auch nicht genug von kriegen«, sagte der Mann. »Schiffe sind für mich das höchste auf der Welt.«
Sie nickten sich alle zu, ein flüchtiger Blick streifte Rico, dann betraten sie das Hotel und Nina folgte ihnen augenblicklich.
»Kommt«, sagte sie. »Hast du schon ein Zimmer, Rico?«
»Nein, ich wußte ja nicht, wo ihr wohnt. Ich war zuerst in Kampen, in dem Hotel, wo wir im Herbst gewohnt haben.«
»Ach ja, naheliegend. Vielleicht bekommst du hier im Haus noch was. Sonst mußt du dich umschauen. Guten Abend.« Das galt der Dame an der Rezeption, und aus seinem Büro kam der Chef des Hauses und begrüßte sie auch, und Maria lächelte allen zu, nahm den Schlüssel im Empfang.
»Da kannst du gleich nach einem Zimmer fragen«, sagte Nina zu Rico.
»Wir sehen uns dann zum Abendessen, ja?«
Verdutzt blieb Rico an der Rezeption zurück.
Glücklich, dachte Nina, während sie hinter Maria durch den langen Gang ging, der in das Hotelgebäude führte, das ist es, was sie glücklich macht. Da kommen Leute, zu denen sie guten Abend sagen kann, wie jeder andere Mensch es auch tut, man sieht sich, man begrüßt sich, der Hotelier, das Per-

sonal, jeder spricht mit ihr auf normale Weise, es gibt kein verlegenes Verstummen, keine übertriebene Höflichkeit, sie ist nichts als ein hübsches junges Mädchen, das man wohlwollend betrachtet, höchstens daß einer mal denkt: was hat sie für große dunkle Augen!

Das ist Glück für sie, hier, heute und vermutlich noch für lange Zeit. Möglicherweise ihr Leben lang. Das müßte Rico als erstes begreifen, genau wie ich es sehr schnell begriffen habe.

Nach dem Abendessen gingen sie noch einmal ans Meer, Posa, der sich in letzter Zeit freier bewegt hatte, blieb heute wieder dicht an Marias Knie. Sie ging schneller und schneller, Nina und Rico blieben etwas zurück.

»Es ist jeden Tag dasselbe«, sagte Nina, »sie kann es kaum erwarten, ans Meer zu kommen.«

Rico schwieg.

»Sie hat sich gut erholt, findest du nicht? Sie ißt jetzt ordentlich, und sie war täglich viele Stunden an der Luft. Mir hat es auch gutgetan.«

Rico schwieg, sein Blick folgte Maria, die mit ihrem anmutigen Tänzerinnengang sich immer weiter von ihnen entfernte.

Sie brauchte in Zukunft seine Hand nicht mehr, nicht seine Augen, nicht seine Hilfe.

»Übermorgen wollen wir nach Hause fahren«, sprach Nina weiter. »Jetzt kommen Feriengäste, da wird es voll auf der Insel.«

»Sie liebt mich nicht mehr«, sagte Rico düster.

Nina blieb stehen.

»Hat sie dich denn geliebt?« fragte sie ernst.

Auch Rico stand, blickte Nina an. Er sah unglücklich aus, keine strahlende Siegermiene mehr.

»Ich weiß es nicht. Sie hat einmal zu mir gesagt, man kann nur lieben, was man sieht. Posa war der einzige, den sie trotzdem lieben konnte, ohne ihn zu sehen.«

»Sie fängt ein neues Leben an, Rico. Ein ganz neues Leben. Und bisher ist es gutgegangen. Sie findet sich erstaunlich rasch zurecht in diesem neuen Leben. Ich hatte das offen gestanden nicht erwartet.«

»Und ich?« fragte er.

»Was, und du?«

»Sie braucht mich nicht mehr.«

»Nicht so wie zuvor, das ist wahr. Doch du hast viel für sie getan in all den Jahren, das hat sie bestimmt nicht vergessen. Was du sonst für sie sein kannst in diesem neuen Leben, das bleibt abzuwarten. Ich kann dir nur einen Rat geben: versuche nicht wieder, sie zu überrumpeln. Das geht nicht mehr. Sie ist erstaunlich selbstsicher geworden.«

»Frederic hat sie mir weggenommen«, sagte Rico düster.

»Sei nicht kindisch. Sie gehört keinem, und keiner kann sie darum irgend jemand wegnehmen. Sie ist frei, verstehst du? Ein freier Mensch. Ich glaube nicht, daß sie sich in nächster Zeit an einen Mann binden wird, weder an dich noch an Frederic. Später, vielleicht. Und dann wird es ihr freier Entschluß sein.«

Das Meer lag ruhig und friedlich in der Abendsonne, der Horizont war ein klarer Strich, wie mit dem Lineal gezogen.

»Ich sehe das Meer«, sagte Maria feierlich. Wie oft sie diesen Satz nun

1095

schon gesagt hatte! Und sie sagte ihn stets mit der gleichen Andacht, mit inbrünstiger Dankbarkeit.

»Nun weiß ich es«, fügte sie nach einer Weile hinzu.

»Was weißt du?« fragte Nina.

»Wie ich singen werde. Ich will bald wieder singen, und ich werde jetzt viel besser singen.«

»Vater wartet auf dich«, sagte Rico.

»Ja. Ich bin schon neugierig darauf, ihn zu sehen. Und im Winter werden wir viel arbeiten und dann . . . Ich bin euch allen so dankbar. Alle seid ihr so gut zu mir gewesen. Dein Vater, Rico, hat einmal gesagt, es wird mich glücklich machen, wenn ich singen kann. Er meinte, weil ich nicht sehen konnte. Aber jetzt möchte ich andere Menschen glücklich machen, wenn ich singe.« Sie faßte Ninas Hand, hielt sie fest. »Glaubst du, daß ich das kann?«

Der Himmel war rot, wo die Sonne im Meer versunken war. Das Meer glühte im Abendschein, hoch und weit und endlos war der Himmel.

»Ja«, sagte Nina, »das glaube ich nicht nur, das weiß ich. Du wirst die Menschen glücklich machen mit deiner Stimme. Und es wird, auch wenn du nun sehen kannst, immer das größte Glück deines Lebens sein. Denn ein Mensch kann nur wirklich glücklich sein, wenn er andere Menschen glücklich machen kann.«

Inhalt

DER DUNKLE STROM

Einleitung *9*
Tage und Nächte – 1925 *12*
Die Familie *18*
Das Haus am Stadtrand *58*
Nina – 1928 *68*
Nina – 1928 *74*
Der Vater *80*
Nicolas *97*
Kinderfreundschaften *138*
Nina – 1928 *163*
Nina – 1928 *171*
Das Klavier *179*
Begegnungen *184*
Nina – Zwischen den Jahren *257*
Nina – 1929 *266*
Hedwig und Magdalene *271*
Zwischen Traum und Wirklichkeit *297*
Nina – 1929 *381*
Die bitteren Jahre *404*
Nina – 1929 *414*

FLUTWELLE

Die Reisenden 1931 *429*

Erstes Buch

1931–36 *471*

Zweites Buch

1937–41 *617*
Die Verlorenen 1942–45 *711*

DIE UNBESIEGTE

Erstes Buch

München – Juni 1945 *763*
Nina *779*
Cape Cod – September 1945 *794*
München – September 1945 *812*
Nina *844*
Nachkriegszeit *850*
Nina *877*

Die Jahre dazwischen *927*
Nina *975*

Zweites Buch

Die Stimme *981*
Frederic *992*
Michaela *1017*
Sylt *1025*
Baden *1047*
Briefe *1052*
Volljährig *1059*
Frederic *1065*
Paris *1072*
Maria *1086*

Doris Lessing

Eine der bedeutendsten Schriftstellerinnen der Gegenwart. Ein literarisches Ereignis!

»Man ist beeindruckt von dem unbestechlichen Blick der Autorin und ihrem strengen, realistischen Stil.«
PUBLISHER'S WEEKLY

01/8126

01/8212

01/8125

Wilhelm Heyne Verlag München

UTTA DANELLA

Die großen Romane der großen Erzählerin als Heyne-Taschenbücher.

01/8023

01/5533

01/5593

01/6228

01/5665

01/6204

01/6344

01/6370

UTTA DANELLA

Schicksale unserer Zeit im erzählerischen Werk der Bestseller-Autorin.

Utta Danella – Niemandsland Roman
01/6552

Utta Danella – Jacobs Frauen Roman
01/6632

Utta Danella – Der schwarze Spiegel Roman
01/6940

Utta Danella – Die Unbesiegte Roman
01/7890

Utta Danella – Der Garten der Träume Vier Erzählungen
01/7948

Utta Danella – Alles Töchter aus guter Familie
01/6846

Utta Danella – Eine Liebe, die nie vergeht Begegnungen mit Musik
01/7653

Utta Danella – Die Reise nach Venedig
01/6875

Die verlorene Heimat wiederfinden – in Impressionen und Erinnerungen großer Erzähler

Schlesien – Ein Lesebuch
01/8292

Ostpreußen – Ein Lesebuch
01/7965

Jugendjahre in Ostpreußen
01/8380

Pommern – Ein Lesebuch
01/8143

Böhmen – Ein Lesebuch
01/8440

Wilhelm Heyne Verlag
München

Leonie Ossowski

Leonie Ossowski ist eine der herausragenden deutschen Erzählerinnen der Gegenwart.

Neben anderen literarischen Auszeichnungen erhielt sie für ihr Gesamtwerk den Schillerpreis der Stadt Mannheim.

01/7817

01/7835

01/7922

01/7954

01/8037

01/8183

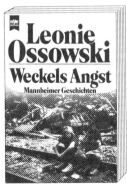

01/8255

——————— Wilhelm Heyne Verlag München ———————

HEYNE BUCH-PROGRAMM

Sie ist schön, klug, warmherzig – und eine der
berühmtesten Filmschauspielerinnen Hollywoods

Katharine Hepburn

*Bilder und Erinnerungen aus ihrem faszinierenden Leben
im Programm des Heyne Verlags*

Katharine Hepburn:
African Queen oder
Wie ich mit Bogart, Bacall
und Huston nach Afrika fuhr
und beinahe den Verstand verlor
Heyne-Taschenbuch 01/8328

Katharine Hepburn: »Ich«
Geschichten meines Lebens
Heyne Buch-Programm 40/150

Alvin H. Mavill:
Katharine Hepburn
Heyne Filmbibliothek 32/8

**Wilhelm Heyne Verlag
München**